浙江省新时期优秀剧作选

第一卷

——浙江省戏剧家协会 编著

優秀劇作

Selection of Excellent Dramas
in Zhejiang Province
in the New Period

中国戏剧出版社
CHINA THEATRE PRESS

图书在版编目（CIP）数据

浙江省新时期优秀剧作选：全四卷 / 浙江省戏剧家协会编著 . — 北京：中国戏剧出版社，2018.12

ISBN 978-7-104-04755-1

Ⅰ . ①浙… Ⅱ . ①浙… Ⅲ . ①剧本—作品综合集—中国—当代 Ⅳ . ① I230

中国版本图书馆 CIP 数据核字（2018）第 270139 号

浙江省新时期优秀剧作选（全四卷）

责任编辑： 赵宇欣
责任印制： 冯志强

出版发行： 中国戏剧出版社
出 版 人： 樊国宾
社　　址： 北京市西城区天宁寺前街 2 号国家音乐产业基地 L 座
邮　　编： 100055
网　　址： www.theatrebook.cn
电　　话： 010–63385980（总编室）
传　　真： 010–63383910（发行部）

读者服务： 010–63381560
邮购地址： 北京市西城区天宁寺前街 2 号国家音乐产业基地 L 座

印　　刷： 涞水建良印刷有限公司
开　　本： 787mm × 1092mm　1/16
印　　张： 184
字　　数： 2885 千字
版　　次： 2018 年 12 月　北京第 1 版第 1 次印刷
书　　号： ISBN 978-7-104-04755-1
定　　价： 798.00 元（全四卷）

目　录

第一卷

第二卷

第三卷

第四卷

新时期独树一帜的戏剧创作劲旅

——《浙江省新时期优秀剧作选·序》

崔　伟

作序，尽管是一件很光耀的事，自知不是谁都能胜任的，起码应是德高望重、才学不凡的大家。因此当我蒙这本书的编者信任，嘱为《浙江省新时期优秀剧作选》做序，岂敢慨然应诺？自然是真诚的谢辞。但当对方颇为真诚地说出因为“您经历了改革开放40年来中国戏剧文学的历程，且由于工作关系，对各地戏剧创作特点、风格、价值比较了解，加上您始终对浙江戏剧创作极为重视与关注，和几代剧作家老师、朋友都很熟稔，可以评价一下浙江的戏剧创作历程和在全国的特性、贡献啊”。这倒令我心安理得了些。尽管才学见识有限，也愿谈谈我心目中对浙江戏曲文学发展新时期以来对当代戏曲建立做出巨大贡献的评价，以及令我不能忘却的那些剧作家朋友的才华与作品，智慧与品德。这些感想恐怕可以勉强归为序吧？

读过这本作品集最突出的感慨是，尽管仅收录了改革开放40年来在浙江上演的具有代表性的优秀戏剧新作，但我却觉得有着非同一般的意义！对浙江，它自然是新时期以来戏剧创作成果的汇集；对新时代的中国戏剧，它也是一个重要戏剧创作流派与浓郁创作风格的学术呈现，历史纪录。因此，这本剧作选的意义也就深远了许多，读了它足可洞悉改革开放40年来在时代和文化环境巨变下，浙江戏剧的成果和生机，浙江戏剧作家群体的智慧与贡献。因此，我觉得这本书的编者的确是做了一件有意义的好事，而且从甄选的严谨和选编的全面上讲，也证明了编者无疑是有识见、有思考、有审美高度、有艺术标准的行家里手。这不仅保证了书收录内容的代表性、全面性，也奠定了本书学术上的权威性。

中国的当代戏剧，其实在很大意义上应该是以改革开放40年以后的社会与文化的巨大变化，催生出许多比以往更具人文精神和历史思考的优秀戏剧文本拉开序幕。这种变化表现在戏剧创作中，最明显的标志就是剧本，无论是话剧，还是戏曲，都在题材开掘的文学深度和戏曲表现的方式方法发生显著不同，也可以说当代戏曲是以戏曲文学的巨大变化为起点和支点的。无论是老一辈的作家还是后来涌现的新秀，他们表现古代生活的作品中更多浸透了“文革”后对人生、对历史、对社会遭遇痛彻后的深深思考；即使现代题材剧本也越来越远离以往那种简单、表面的“歌颂”“配合”，更浓郁地融入了自身对生活的思考、体验、顿悟、向往、批判。

更重要的是，随着20世纪80年代初当代戏曲文学崛起，在全国形成了“闽派”“湘派”“浙派”三大实力雄厚、风格鲜明、作品丰富、作家众多的戏曲创作高地。其中“浙派”显著标志是最具戏曲本体品格，也是至今能将风格延续下来的唯一一派！究其原因，盖因为它不但继承了浙江戏曲注重演出性、剧种性、故事性的传统风格，而且更擅长以喜闻乐见的形式承载剧作深刻鲜明的文学主体，以深入浅出的哲理映照沁润当代生活，演活事态人心。与时俱进地传达了中国戏曲文化“抒百姓之情，表文人之理”的雅俗共赏境界，因此，我始终感到改革开放40年来浙江剧作家作品，特别是收录于书的77部作品无不有正气、接地气、具灵气、有生气，追求独特、魅力独特。

这本剧作集中汇聚的作家与作品也可称为蔚为大观。因为浙江的剧作家队伍在改革开放之初可以说是全国最为壮大的一支力量。更重要的是新时期以来的浙江剧作家无论是实力、学识与戏曲本体经验，还是以往的创作资力、经验，都是在百花凋零后复苏的20世纪80年代在全国首屈一指的。如顾锡东、魏峨、双戈（钱法成）、胡小孩等都是这一时期在全国卓有影响的剧作大家。他们普遍是新中国第一代的“戏改”干部，熟悉热爱戏曲，文化学养深厚，内心上敬畏本体，观念上经过“文革”磨砺，具有着深深的人生体验和厚重的历史思考，因此他们改革开放后创作的作品一改“文革”前的面貌，重要的是内容承载了很多主体对故事与人物命运、性格的复杂开掘，强烈体现为戏曲文学的古典文化气韵和戏曲文本的舞台呈现鲜活相得益彰，以及极具浙江人文特色的历史思考、生活感悟的活色生香；这恰也体现与铸造了“浙派”戏曲文学的基因和本质特色。

我们完全可以把这本剧作集作为浙江新时期的一部戏剧文学史来读，因为它收录的全面性和经典性给我们提供了巨大的信息量和学术性的研判参照。比如“浙派”戏曲文学流派是什么面貌？有哪些特点？在当时和当下在全国有什么意义？再如，读过这本剧作集，我们会感到尽管《五女拜寿》在新时期以来似乎影响最大，也最能代表“浙派”风格，但浙江新时期戏剧创作的成果却是由一大批剧作家和众多的优秀作品共同构成的。这些作家作品耕耘和影响延续40年，也体现出改革开放至今中国戏剧的发展变化和在不同时期迸射出的艺术创作的亮点与人文精神上的震撼力。这本剧作集可贵与可信正是因为它忠实记录下了浙江戏剧前行的足痕。

毫无疑问，新编历史剧是新时期浙江剧作的最大亮点。而浙江新编历史剧中既注重题材的人文开掘，也重视戏剧的观赏效果，擅长做到喜闻乐见、寓教于乐则使浙江的新编古装剧具有了极强的看点。从《五女拜寿》《乾嘉巨案》《汉文皇后》《两袖清风》《花烛泪》《红丝错》等，都体现出这样鲜明的艺术特色。这种“好看、耐看”为标志的特色一直延续下来，恐怕也和浙江的剧种特点的亲民性以及剧作家谙熟戏曲创作规律，尊重观众的审美呼唤密不可分。这必然在使浙江戏曲独具一格的同时，促进了戏曲内容和形式齐头并进的新发展，而不像新时期许多地方戏曲发展那样，呈现为文本与演出的一腿粗一腿细。

浙江戏剧创作风格之可贵，不仅呈现为一种40年一脉相承的鲜明风格，还在于更可从每个时期、每位作家创作中读出各有特点的多样性、差异性，这无疑使得浙江戏剧创作和“浙派”风格都更具有生机和魅力，也体现了“浙派”戏曲创作风格的成熟、宽阔，促进了戏剧文学与作家的艺术生命力强盛、创造力凸显。书中收录的剧作，可以说本本精粹，都可作为个例展开品评。仅以我熟悉的一些作家，如：包朝赞、顾颂恩、张思聪、尤文贵、顾天高、郑朝阳、杨东标、王杰夫、阮逊、张烈等等，他们的作品无论剧种和题材怎样，但都具有很强的戏曲文学性，更具有着不同艺术理想、文化禀赋、地域特点、审美追求上的诸般不同风景。他们创作的共性在于那种建立在情节生动性之上的题材思考与开掘，那种紧扣人物命运情感表达基础之上的裂变与升华，那种充分发挥戏曲表现优势和剧种风格特点之上的娴熟与灵巧。但他们的区别也很明显，如那种情节营造的巧思、命运走向的悲情、题材意韵的深刻、人物性格的传奇，抑或文采体现的典雅或清丽、剧种格式上的严谨或传神。可谓：共性鲜明，个性鲜活，才情各异，品格天成。

这种戏剧文学创作上戏曲性的坚守与剧作家人文精神的彰显，赋予了浙江戏剧文本极为强烈的舞台生命力，且生命力所及不仅限于本省、本剧种，而是遍及全国各剧种。可以说，在新时期的诸多戏曲新作中，浙江文本的上演和移植、改编率是当之无愧首屈一指的。至今，在统计全国各剧团的常演剧目时，原创于浙江的戏曲《五女拜寿》《红丝错》《春江月》《花烛泪》《梨花情》《天涯断肠人》《讨饭国舅》《洗马桥》《汉文皇后》《仇大姑娘》《强盗与尼姑》，儿童剧《寒号鸟》等等，目前都可在各地舞台上常常看到。包括目前兴旺之极的民营剧团，做下统计以上剧目也是他们视为“饭碗”的首选，因为演员演出讨俏，观众市场热捧。尽管南北文化和剧种的差异演绎出了许多不一样的风景，但这反而证明了浙江戏剧作品题材与艺术表现上的亲和与实在。其实，这也似乎匡正了我们对经典的一种衡量标准，即：好的戏曲文本标志绝不能是一阵风后束之高阁，名副其实的经典更在于文本演出的生生不息，广泛流传。这一点，恐怕这本集子中的许多作品都能做到！

在一种前人铸就并得到充分认同的地域剧作风格上，仍能不凝滞、不雷同，永葆鲜活的个性，焕发不同时代和文化理念的魅力，对于“浙派”戏剧以及它的后来传承既是重要的也是艰巨的课题。这本剧作集中的《凤姐》《大将军韩信》《红色浪漫》《第一次亲密接触》等就是“浙派”戏曲风格的赓续发展。《凤姐》选取的题材切合越剧传统，但聚焦的凤姐这一人物则具有极强的人物开掘挑战性。如何写出这一个凤姐的精神世界、性格本质，以感性和艺术的笔触，发现并写出其作为一个独特女性个体的心灵血肉和行为脉络，并作出新视角新思考后的情感臧否和道德评判，其实比运用越剧形式讲一个完整故事更具有挑战性和显现创作才华。显然这个文本呈现的不同凡响，作者足可看作“浙派”戏曲创作衣钵的传神继承发展！《大将军韩信》同样写出了以往“浙派”剧目中故事和人物普遍缺少的阳刚色彩和文学气魄，特别是在运用武戏形式时，颇见功力地体现了尽管不能像文戏一样尽情铺排，但作者却以注重写出韩信英雄气概下的内心纠结，升华命运悲剧下的情感澎湃，用外在动作性的激昂抒写了人物内心的悲壮凄凉，这在近年全国武戏创作中极为珍贵。《第一次亲密接触》在当时也是开了网络文学与现在已无处不在的网络生活在戏曲艺术中的表现先河，不仅当时颇有影响，而且在题材创新，特别是拉近戏曲和当代生活与观众的距离产生积极意义。更重要的是，从这些剧本的思想性、艺术性、文学性、戏曲性结合很好的效果看，也足以令人为“浙派”戏剧创作的发扬光大而欣慰不已。

当然，浙江戏剧创作尽管自成一派，但却不是封闭的，同样有在外地的浙江籍作者的优秀作品，因为契合了浙江剧种剧团的艺术风范，并在浙江舞台上焕发出了活力和魅力，并成为标志着浙江新时期戏剧创作收获的重要组成部分。本集中收录的《屈原》《一钱太守》《心比天高》即属此例。可见浙江戏剧是开放的！

总之，这是一本记载着浙江戏剧艺术40年来艰辛前行历史进程，有意义、有价值、有分量、有温度，闪耀着浙江深厚独特戏剧文化魅力，体现着许多优秀剧作家创造智慧的戏剧文学荟萃，当然，更标志着浙江戏剧艺术在新时期中国戏剧艺术辉煌成就中的重要贡献。在我们隆重纪念中国改革开放40周年之际出版这部选集也就具有着非同寻常的特殊意义。

是为序！

中国剧协分党组成员、秘书长 崔伟

2018年8月13日

目录

七场话剧

天涯断肠人

天　高

人　物（年龄以第一次出场为序）

黄维芝——男，40 岁，字伯兰，国民党少将军医主任。
钟离秀兰——女，58 岁，黄维芝妻，肖州艺术大学教授。
黄小芝——男，30 岁，黄维芝子，东海舰队 805 艇艇长。
钟离汉——男，35 岁，黄维芝妻弟，国民党少将后勤主任。
曾　耿——男，45 岁，字介臣，国民党中将参谋长。
陶叔冶——男，42 岁，解放军华东前线群工部长。
朱　福——男，28 岁，黄维芝随身副官。
朱　义——男，28 岁，朱福之子，“东亚号”轮机手。
闵子水——男，43 岁，“东亚号”渔轮船长。
茜　丽——女，42 岁，钟离汉之妻。
钟离孝珍——女，17 岁，钟离汉之女。
林菊仙——女，32 岁，皇后舞厅歌星。
任九车——男，38 岁，西蓬市警备副司令。
方　蔚——男，26 岁，《青年战士报》记者。
园　觉——男，78 岁，普救寺禅主。
悟　胜——男，18 岁，普救寺小僧。
外国游客——男，40 岁，某国商人。
蔡课长——男，37 岁，警备区稽查处课长。
侍者，警卫甲、乙，文身流氓甲、乙。
张副官，游客甲、乙。

序　幕

〔琴弦琤琮，歌声悠扬：

山屹屹，
水回回，
山长水远莫相违，
何日彩云归？
料得严寒终有尽，
九天今已动春雷。
起舞弄清影，
何日彩云归？

〔词曲声中幕启。一道朝阳射向珠帘低垂的水榭，水榭中一位妇女在精心谱曲弹唱。

〔片刻，黄小芝同朱义并肩而入。我们看到了大厅的全貌。这是一个旧式的客厅，墙悬书画，案置盆景，只是从几幅欢迎台湾同胞的宣传画上才看得出已经是一九七九年的春天。

黄小芝　（他是东海舰队805艇的艇长，三十岁，英俊魁梧，为人热情）朋友，不要客气，随便坐。

朱　义　（二十七八岁的台湾渔民，身体并不瘦弱，但是，因为生疏，显得拘谨和不自然）这……这就是官长的家吗？

黄小芝　看你，又来了，我不是官长。

朱　义　噢，艇长先生。

黄小芝　我们平时不称呼职务。我叫黄小芝，你就叫我小芝好了。

朱　义　是，黄艇长，——噢，不，小芝先生。

黄小芝　坐，喝杯西湖龙井茶。

朱　义　谢谢。（喝茶）啊！真香！（新奇地观察大厅陈设）

黄小芝　这些画都是我妈画的，她是肖州艺术大学国画系的教授。

朱　义　画得太好了，彩云归？

黄小芝 这幅画和这首词是她自己最喜欢的，所以谱了曲，经常弹唱。（两人静听水榭中传来的歌声。片刻，黄小芝看了看表）练琴的时间快结束了，一会儿，我就给你们介绍认识……（电话铃声，接电话）喂，是的，陶伯伯，你好！对了，今天是我三十大寿，当然欢迎，面条保证供应！……朱义？……在我们家……什么？他们的渔船修好了，马上就要回去？你等一等。（对朱义）闵船长要找你讲话。

朱　义 （接过电话）我是朱义。（突然转讲台湾话）是！是！我马上就到船上来。（放下电话）小芝先生，真遗憾……

黄小芝 这就走？不，你等一等，（叫）妈妈！

秀　兰 （在水榭中）是小芝回来了吗？

黄小芝 妈妈，请你出来一下。

秀　兰 （仍在水榭中）听说这次大风中，你们舰艇接到了援救台湾渔船的任务？

黄小芝 是的，妈妈。（帮助撩起珠帘）

秀　兰 （走出水榭，我们看到了一个风采动人的老年妇女，鬈曲的头发已现银灰，两眼饱含着热情的光，她就是失去丈夫三十年的钟离秀兰，虽然年龄近六十岁，但看起来最多四十五六岁）任务完成得好吗？

黄小芝 很好。妈妈，这就是我们从大风中救起来的台湾同胞。（指朱义）

秀　兰 （回头看到朱义）欢迎，欢迎！

朱　义 我叫朱义！

秀　兰 朱义先生（握手），第一次到大陆来吧？

朱　义 是的。

黄小芝 朱义是勇敢的轮机手，要不是他胆大心细，那只渔轮早就翻进太平洋啰！

朱　义 我们万分感谢大陆海军弟兄的冒死营救，小芝先生是第一个带缆跳帮的英雄。祖国政府是我们的再生父母。

秀　兰 大陆和台湾本来就是一家人嘛。你们到西湖去观光过了吗？

朱　义 太美丽啦，和我们的日月潭一样吸引人。

秀　兰 朱先生是台湾人？

朱　义 是的，出生在台湾，妈妈是高山族人，生下我不久就死了。听我生父讲，我的祖籍也在大陆。

黄小芝 （捧出一盘枇杷）这个季节没有什么水果，听说你们那里是“水果之乡”，一年四季水果不断？

朱　义 是的！这个（指枇杷）也有，但没有这么大。

秀　兰　请尝尝，这叫白沙枇杷！（剥一个枇杷给朱义）

朱　义　（吃）啊！很甜！

秀　兰　朱先生说祖籍也在大陆，什么地方？

朱　义　安徽凤阳，朱家集。

秀　兰　你父亲叫什么名字？

朱　义　朱福。

秀　兰　朱福？过去在军队里做事？

朱　义　是的。可是，前年他含恨去世了。

黄小芝　妈妈，你不是常说，跟爸爸去台湾的副官也姓朱吗？

朱　义　怎么，小芝先生的父亲也在台湾？

秀　兰　是的，三十年了，我们经常在打听他的消息……

朱　义　请问，老先生的名字……

秀　兰　黄维芝。

朱　义　啊！

秀　兰　怎么，你听说过这个名字？

朱　义　听说……不，不知道……（掩饰地）这幅画太好了！

黄小芝　（激动地）朱义兄弟，有什么话你就大胆地说吧。我们这儿没有特务盯梢，没有人安窃听器。你快把真情告诉我们吧！

朱　义　（一把抓住黄小芝）小芝兄弟！我——

〔陶叔冶和闵船长上。

陶叔冶　（年逾七十，头发斑白，但精神焕发，声音宏亮。他长期担任统战工作，现是政协负责人）秀兰，秀兰。

秀　兰　老陶！

黄小芝　陶伯伯。

陶叔冶　你们看，“东亚号”闵船长专程登门拜访来啦！

闵子水　黄先生！

黄小芝　闵先生，这是我妈妈。

秀　兰　欢迎，欢迎，钟离秀兰。

闵子水　（四十多岁，秃头金牙）黄老太太！“东亚号”闵子水。（给名片，握手）黄先生见义勇为，舍己救船，我“东亚”同人无不钦佩，特此前来面谢。（送一盒礼品）

秀　兰　大陆和台湾本是骨肉同胞，何必见外。

陶叔冶 是啊！我们分开的时间太长了，造成了人为的隔阂，应该尽快地像一家人一样重新生活在一起才对。

闵子水 是啊！是啊！

黄小芝 朱义先生，你刚才的话还没有讲完——

朱　义 不，不，我没有讲什么！

黄小芝 你不是说大陆上也有亲人吗？

闵子水 噢？朱义，是吗？

朱　义 没有，我是说，船友中不少人的老家在大陆，亲人也一定在大陆。

陶叔冶 闵先生，朱先生，你们这两天大概已经亲眼看到粉碎“四人帮”之后祖国大陆的变化了吧？中国需要统一，中国必定富强。

秀　兰 陶老先生是黄埔的老学生啦，现在省里负责政协的工作。

陶叔冶 我陶某，白发苍苍劲犹在，为了祖国统一的大业，当仁不让。不管是谁，如果想找大陆上的亲人，敝人一定帮忙！

闵子水 谢谢！谢谢。（看表）呀！时间不早了，为了不影响“东亚号”起航，不能久留了！（向朱义）我们不打搅了！

朱　义 （欲言又止）再见了，小芝先生，钟离教授……

秀　兰 等一等，闵先生。朱义先生和我儿子小芝是患难之交，我想送一点礼物作为纪念。

陶叔冶 好嘛，这个想法很有意义！

黄小芝 妈妈，你的意思是——

秀　兰 朱先生刚才说喜欢这张画，就把它取下来。

〔黄小芝用木叉取下立轴《彩云归》。

陶叔冶 对，有眼力，这是钟离教授的精心杰作《彩云归》。（不由望着立轴念起来）“长恨天涯隔一水，白头唯有影相随，西湖明月在，何日彩云归？”问得多好呀！闵先生，你说呢？

闵子水 （不甚懂，望着画）是的，是的，这云彩确实很好看！

秀　兰 闵先生，请把大陆人民的心意带回去吧！（眼中饱含着热泪，将画卷送交朱义）

朱　义 （激动地）谢谢教授，谢谢……（回头看闵子水的脸色）

闵子水 （愠怒转为假笑）收下吧！

朱　义 （勇敢地接下，敬礼。还想讲什么）……

闵子水 （对朱义）那——我们走吧！再见了！（鞠躬告别，陶叔冶同下）

朱　义　（默默走到门口复回，紧握黄小芝的手）我们一定会回来的！

〔闵子水在门外叫朱义，朱义飞奔而下，黄小芝送下。

〔静场中汽车声远去。黄小芝复上。

黄小芝　妈妈，陶伯伯说他一会儿再来……（见母沉思）那个姓闵的真讨厌，肯定是个“钉子”，刚才朱义把嘴边的话又缩回去了……

秀　兰　是啊，朱义一定很了解你爸爸的情况，他是朱副官的后代。当年就是朱副官陪你爸爸到上海去的，说是三天就回来，可一别就是三十年哪！

黄小芝　妈妈！

秀　兰　三十年啦！

〔炮声隆隆，灯光暗转。

〔朗诵：忆江南，恋江南，
　　　隆隆炮声压湖山。
　　　狂风折断连理枝，
　　　人去泪涟涟！

第一场

〔一九四九年五月初。

〔景同序幕，仍在江南某城，黄维芝家大厅。

〔明显看出：这是三十年前国民党逃跑时的残局，盆景枯萎，箱笼待运，一片杂乱。

〔灯光复明。场上勤务兵正在整理箱子，远处传来报童的叫声：“看报、看报，吴兴失守，张耀明转移舟山，汤恩伯固守上海……”

〔勤务兵甲跑上。电灯突然灭了，点油灯。

勤　甲　伙计，听说了吧！吴兴都失守了！

勤　乙　啊！这么快，离咱们这里不远啦。

勤　甲　要不了多少时候了！

勤　乙　还没有喘过气来，又要跑了……

勤　甲　朱副官来了，走……（两人下）

〔电话铃声不断。朱福手拿报纸上。

朱　福　（年轻，厚道，忠心耿耿。他跟随黄维芝当副官已多年，形影不离。略有迟疑地接电话）喂，黄主任病了。什么，找后勤主任钟离汉？他不在，船上已经装好了。明天一早开船？好，我一定告诉他。（放下电话）勤务兵！

〔勤务兵甲、乙上。

勤　甲　在。

朱　福　把这两个箱子搬到船上去。（勤务兵搬箱下）

〔电话铃又响，朱福烦躁地取下来故意不听。电灯又亮了。

朱　福　（片刻后对电话）什么？我们主任病了。是！是！曾参谋长！主任可是真的病啦！……我一定报告。（放下电话）

〔黄维芝在朱福打电话时上。

黄维芝　（少将军医主任，为人耿直，医道高强，虽是黄埔毕业的前辈，却因思想左倾，并不受重用。他抗战胜利时曾放走共产党干部陶叔冶，对内战又时有不满，已引起上峰的注意。年四十岁）怎么回事？

朱　福　曾参谋长来的电话，问你什么时候去上海。

黄维芝　（愠怒）你没有告诉他，这两天我生病？

朱　福　我说了，曾参谋长说汤总司令来电话催了好几次……

黄维芝　（暴怒地）我黄维芝为党国出生入死，从不懈怠，没有想到老婆生孩子请两天假都逼得那么紧！

朱　福　主任高龄四十得贵子，这个时候上峰还能不给几天假吗？放心吧！喔，钟离主任说，他今天也要走了！（交报纸）

黄维芝　都走吧！树倒猢狲散！（打开报纸，一信封落地，朱福捡起）谁的信？

朱　福　（望着信封惊呆）这——

黄维芝　怎么回事？！

朱　福　是……是解放军华东前线指挥部送来的！

黄维芝　什么？（怒）怎么会到这里来的？！

朱　福　刚才和报纸一起送来的！（交信）

黄维芝　（看了看信封，一笑，扔在桌上，继续看报）哼，溃不成军！

朱　福　听说，和谈代表都留在北平不愿意回来啦！

黄维芝　你也想来劝我投降共产党？

朱　福　小的不敢。可是，前线战况节节败退，太太临产又不宜多动，跟着他们像兔子一样跑……主任，还是要从长计议呀！

黄维芝 （感情地）朱福，你已跟随我多年，今天是应该听听你的想法。

朱　福 （勇敢进言）主任，你常跟我说："人心所归，唯道与义。"我想共产党之所以得势，大概就是这个道理！

黄维芝 是呀，义军必胜！

朱　福 那就看看这封信吧！（举信）

黄维芝 （正色）朱福，你放下！

朱　福 你不愿拆我来拆！（欲拆信）

黄维芝 （严厉地）朱副官！军纪不容！

朱　福 要杀头要坐牢由我一个人承担！

黄维芝 （怒斥）别拆！你糊涂！你以为真是共产党寄来的！？

朱　福 怎么？

黄维芝 人家早就想给我栽赃了，军统局的老爷们什么事干不出来？

朱　福 你是说这是军统特务伪造的？

黄维芝 这两天门口经常有狗，你没有看到？他们对我早就防范了！

〔秀兰已在房门口听到两人的谈话。

朱　福 唉！这——（放下信）

秀　兰 （她比序幕时年轻许多，虽有身孕但体态未变，穿着一身紫红的旗袍，显出几分华贵和庄重）把信给我！

黄维芝 秀兰！你……

秀　兰 （边说边拆信）我一不是军人，二不怕共产，尤其想见识一下特工们的手腕，开开眼界……（看信，惊喜）维芝，是陶叔冶寄来的！

黄维芝 什么？叔冶！（抢过信急看，心情更为复杂，突然，撕信）朱福，立即烧掉！

朱　福 （接过碎纸）主任……

黄维芝 不要多说，快去烧掉！

朱　福 唉！（跑下）

〔黄维芝心情烦躁，拉开通水榭的珠帘。

秀　兰 （望着黄维芝的行动，理解地）维芝，天无绝人之路，慢慢再想办法嘛！叔冶的信上不是说欢迎你……

黄维芝 不可能呀！戎马半生铸大错，回首往事悔恨迟。虽说共产党公布的这两批战犯里没有我的名字，可大小总是一个少将！

秀　兰 难道你还想跟着他们走？（激动，阵痛）

黄维芝 不！……（发现秀兰脸色有变）秀兰……朱……

秀　兰 别叫，没有事了。

黄维芝 你可千万要保重身体。

秀　兰 我只希望这两天你不要离开我。

黄维芝 不离开，一定不离开。你会平安分娩的，我们的宝贝会平安出世的。

秀　兰 （靠在黄维芝肩上）只要孩子生出来就好了，我们就可以走……

黄维芝 走！往哪里走啊？唉！

秀　兰 维芝，你——

〔朱福上。

朱　福 主任，太太，医生来了。

黄维芝 请。

〔朱福引陶叔冶上。朱福复下。

陶叔冶 （四十岁左右，头戴礼帽，手提药箱，进门后脱去礼帽）伯兰兄嫂，久违啦！

秀　兰 叔冶兄！

黄维芝 （惊）是你！只身来此，太危险啦！

陶叔冶 小弟略识医道，听说嫂夫人身孕临产在即，特来助一臂之力。

秀　兰 刚刚收到叔冶兄的来信，我正和维芝在商量……

黄维芝 秀兰，你——需要安静！

秀　兰 叔冶兄，我们身陷囹圄，正在踌躇……

黄维芝 （愠怒）秀兰！你还是快进屋去休息吧！

秀　兰 不，维芝，你让我说完。我是个教书画画的妇道，对政治素无兴趣，但命运使我坐上了国民党的战车……

黄维芝 秀兰。都怪我！现在车仰马翻，血染战袍。我是未列名单的战犯，前途、出路何需多言？

陶叔冶 伯兰兄，出路就在眼前，前途并不黯淡。共产党言而有信，起义者既往不咎，何况伯兰兄抗战有功，反共不力，这些年受尽汤恩伯之流的箝制、排挤。你的处境我们很了解，你的为人我们都知道！

黄维芝 （紧握陶叔冶的手）叔冶兄，共产党虚怀若谷，不计前仇，对末将仁至义尽，伯兰我心悦诚服，可是——

陶叔冶 还有什么困难和要求——

黄维芝 叔冶兄，直言相告，军统局已经对我实行特别监视，我担心连你今天都很难出得去！

〔朱福急上。

朱　福　主任，曾参谋长到。

黄维芝　糟了！

陶叔冶　来得正好，三年不见，我倒想会一会这位老同学。

黄维芝　不行，秀兰，先请叔冶到内室避一避。

〔秀兰与陶叔冶入内室。

黄维芝　（对朱福）你就说，我卧床不起，不能迎候！

〔曾耿及张副官上。

曾　耿　不必客气，老同学。

黄维芝　你！

曾　耿　哈哈哈，你的病我还不知道？不要找借口了！

〔朱福、张副官下。

黄维芝　我找什么借口！信不信由你！病了就是病了！

〔秀兰从内室急出。

秀　兰　介臣兄！是我病了！是我让维芝请个假，要罚就罚我吧！

曾　耿　弟妹言重了，我并没有责怪伯兰的意思。现在是“大难临头各自飞”，若不是上峰有令，我才不管这些闲事！

黄维芝　哼！

曾　耿　信不信由你！汤总司令催你去上海的电话知道了？

黄维芝　这两天我不能走。

曾　耿　我已经替你呈请过了，不行啊，汤司令的健康由你负责，刚才又来电话……

黄维芝　（怒）我黄维芝是人，不是牲口，生儿养女，岂能袖手不管！

秀　兰　介臣兄，弟妹尚有一事费解。

曾　耿　请讲。

秀　兰　你和伯兰，从小一起长大，同入黄埔，共赴沙场，可谓生死之交，手足之情啦！

曾　耿　那——当然！

秀　兰　我和伯兰对介臣兄可曾有过口蜜腹剑、背信弃义之处？

曾　耿　没有！没有，绝对没有！

秀　兰　那你今天为什么要活活拆散我们夫妻？

曾　耿　弟妹，别误会，汤总司令说他本人要维芝去看病，要我陪同前往。

黄维芝　什么看病，是软禁、押送上海！

曾　耿　伯兰，这是什么意思？

黄维芝　三年前，就在这个地方，你奉命破坏和谈想抓叔冶；三年后又来逼我，岂非旧戏重演？

曾　耿　三年前可是你放走了叔冶，我违抗了军令。军棍打在我一个人的屁股上呀！老同学，我是个军人，以服从命令为天职，碰到这种事情真是芒刺在背，进退不得呀！（见两人冷淡）弟妹，你们全家一起走，飞机票没有问题。

黄维芝　你看她这个样子能走吗？

曾　耿　那——我再给汤总司令打个长途电话，就说你确有重病。（拨电话）

〔陶叔冶从内室出。

陶叔冶　（接住电话）不必打了。

曾　耿　（惊）是你！（回头看黄维芝）这是怎么回事？

陶叔冶　阔别三载，很想再和介臣兄叙谈叙谈。

曾　耿　伯兰！时过境迁，今非昔比，窝藏共产党是要杀头的！

陶叔冶　曾参谋长，我是代表中国人民解放军华东前线指挥部专程找你的！（给一信笺）

曾　耿　陶叔冶，你们共产党虽然沙场获胜，兵临城下，但是，在这里，只要我一个命令，照样可以把你抓起来！

陶叔冶　要是怕你抓，我就不来了。

曾　耿　你到这里来想干什么？

陶叔冶　谈谈。

曾　耿　我们之间没有什么好谈的。

陶叔冶　我想告诉曾参谋长，历史是无情的，前途应该看清，解放军已过长江，上海即将解放。难道你们还要跟着蒋介石落荒而逃，继续作恶下去？

曾　耿　不用说了，你们共产党战将云集，势如破竹，这我都承认。但我曾耿不信共产主义，宁做刀下鬼，不做阶下囚。

陶叔冶　好吧！介臣兄，革命人民已经当家做主，中华民族必将取得解放，历史的车轮谁也无法阻挡。希望二位今后不要再做亲者痛仇者快的蠢事，不要失去立功赎罪的机会，不要沦为受人唾骂的千古罪人！

〔门外传来警车声。朱福上。

朱　福　报告，宪兵队紧急戒严，说是要抓一个共产党的大官。

〔张副官上。

黄维芝　张副官，请你把这位医生护送出城去吧！

张副官　这——

黄维芝　介臣兄，还是你的车比较安全，有特别通行证，免得宪兵队啰嗦！

秀　兰　医生是我请来的，介臣兄帮这大忙，弟妹向你代为致谢。

曾　耿　（无奈）张副官，快去快回。

陶叔冶　（戴上礼帽，提起药箱）诸位先生，后会有期！（握手告别，张副官随下，朱福送下）

〔汽车声远去。

〔曾耿想打电话，被黄维芝制止。

黄维芝　两国交兵不斩来使，何况叔冶此来全为你我……

曾　耿　事情要是捅出去，大家都完蛋。

黄维芝　人各有志，话可以不听，箭不可暗射！

曾　耿　嘿！……（传令兵急上）

传令兵　报告，汤总司令急电。（曾耿看电报后无言）

黄维芝　（接过电报看，沉默无言）……

秀　兰　汤恩伯怎么说？（也看电报）啊！（哭）

〔朱福复上。

朱　福　（见状惊异，拣起电报念）“令黄维芝明晨到沪，违抗军令，军法处置。”

曾　耿　弟妹，我曾某以人格担保，三天之后，一定把伯兰护送回家。

朱　福　太太，我朱福跟主任去上海，要杀要罚由我代罪。

黄维芝　不，朱福，你不能去，太太身边不能没有人！

曾　耿　好吧，你们再商量一下，做些准备，等一等让张副官来车接你！（下）

〔汽车声远去，又有汽车声驶来。

〔钟离汉军容整肃地上。

钟离汉　（三十五岁，略显矮胖，说话带四川口音）刚才汽车上是谁？

朱　福　曾参谋长，下达汤总司令的命令，要主任马上去上海。

钟离汉　啊！难怪门口岗哨林立。

秀　兰　怎么，他们真的要绑架啦？

钟离汉　我们这号人，早就把命卖给党国啦。朱副官，把我的东西先装车上去吧！

〔朱福搬箱子下。

秀　兰　你也要走？

钟离汉　我要押运大米去台湾，兵马未到，粮草先行。我这后勤主任逃跑也要比别人先走一步呀！

秀　兰　什么时候回来？

钟离汉　回来？怕是一去不回头喽！

秀　兰　汉弟！那你……

钟离汉　姐姐，姐夫，不瞒你们说，这几年，我也不是笨蛋，积了一点本钱，都已经寄到香港。到了台湾，军队里我是混不长久的，还是到香港做点生意，比较太平。

黄维芝　汉弟，也许你是对的，香港共产党一时还去不了。

钟离汉　好在我是光棍一条，混到哪儿都可以。如有万一，你们就到香港来找我好了。

秀　兰　这就走啦？

钟离汉　还要赶到码头去上船。姐姐，你就要临产了，（取出一盒人参）这个，你留着吃吧！姐姐，你可要保重啊！

秀　兰　汉弟，你也要当心！

钟离汉　我这个人，随波逐流惯了！我走了，姐夫，再见！（下）

〔静场，钟声嘀嗒作响。

秀　兰　他走了……维芝，……

黄维芝　看来，没有多少时间了。

秀　兰　三天以后一定要回来！

黄维芝　三天以后……一定回来！

秀　兰　我想叔冶的话是对的，等孩子生下之后我们就去找他，好吗？

黄维芝　好！

秀　兰　维芝，你真的决定了？

黄维芝　决定了。看来这是唯一的出路！

秀　兰　维芝！（感情地投入黄维芝的怀抱）说不定，你回来的时候，小宝贝已经出世。对了，你给他起个名字吧！

黄维芝　要是生男的就叫小芝，生女的就叫小兰，好吗？

秀　兰　好。我们盼了多少年，好不容易盼到了……维芝，你不高兴？

黄维芝　高兴。

秀　兰　我再给你弹一曲《彩云归》好吗？

黄维芝 你的身体……

秀　兰 不要紧，来，你的箫。你还记得抗战胜利那天我们一起写的《彩云归》吗？（给黄维芝箫）词里说，“男耕女织永相随……”以后等你回来，脱下钢盔，戴上斗笠，你去采药，我去画画，为你的医案走遍祖国的三山五岳……

黄维芝 是啊，可不知要到哪一天呀！

秀　兰 这一天会来的，总会来的！

黄维芝 总会来的！

〔两人同唱。

黄维芝
秀　兰 （唱）雾蒙蒙，

雨霏霏，
故园芳菲频遭摧。
相看彩云归！
化戈为锄应有日，
前途莫教寸心灰。

秀　兰 （哭泣）……

黄维芝 秀兰！

朱　福 （急上）主任，张副官来了。

秀　兰 朱福，你要和主任一起去上海，一起回家来！

朱　福 太太！我朱福一定照办！

黄维芝 不，……

秀　兰 维芝，你就听我这一回吧！

黄维芝 ……

〔张副官及两名兵士持枪上。

张副官 报告，时间已经到了！

黄维芝 我三天就回来！

秀　兰 （捧箫和医案）这个带在身上，万一……

黄维芝 你要等医生来呀！

秀　兰 我等着你回来！（扑向黄维芝）

黄维芝 （紧抱秀兰）为了孩子，千万珍重！

张副官 黄主任，要开车了！（朱福提行李下）

秀　兰　你——去吧！

〔黄维芝忍泪而下。

〔汽车声远去。

秀　兰　（大叫）维芝！——（哭泣着扶门框，渐倒在地上，昏厥）

〔歌声：云漠漠，
雾迷迷，
泪眼难辨真与伪，
只盼彩云归！

〔炮声隆隆，枪声渐近。

〔幕落。

第二场

〔朗诵：星月转，年复年，
家事乡情两茫然！
春兰秋菊情难移，
回首恨绵绵……

〔距离前场二十多年后，已进入七十年代。

〔台湾，西蓬市海滨游览区。

〔绿树红花，怪石嶙峋，一座日本式凉亭可供游人休息。亭子上有“庄敬自强，处变不惊”等标语牌。

〔一阵阵电子音乐把人带到了这个情调特殊的小岛。幕启时，游人三两而过。朱福和茜丽在摆餐具。钟离汉手持台杖在瞭望。

茜　丽　钟离，你倒是来看看，这样行不行？

钟离汉　（看野餐的布置）可以，我从香港带来的绍兴加饭呢？

朱　福　阿义他们会带来的。

钟离汉　朱福，今天这次郊游能把你的主任拉出来可不容易呀。（对茜丽）一会儿客人来了，你们带孩子们在那边吃，我们好说话！

茜　丽　曾司令又不是外人……

钟离汉　到台湾之后，他们一直不和，我今天有意给他们说合说合！

茜　丽　那菊仙小姐的事儿……

钟离汉　一举两便么。

茜　丽　你说菊仙小姐真的很像你姐姐？

钟离汉　像，太像了，我第一次听她唱歌的时候简直愣住了，真不敢相信自己的眼睛。后来我才知道，她的老家也在大陆，也是将门之女，出身不凡呀！

茜　丽　那怎么落到弦歌地上当了歌女？

钟离汉　唉！一言难尽呀！

朱　福　钟离先生，菊仙小姐的事，我看今天先别提了……

钟离汉　他苦熬了二十多年，身体又不好，身边总得有个人么。

朱　福　可我总觉得……

钟离汉　怎么？你们以为小舅子保媒，劝亲姐夫纳妾，是风流雅事吗？唉！春兰秋菊，聊以移情罢了。

朱　福　主任早就说过了，除了太太，他是绝不娶别的女人的……他的脾气你还不知道？弄得不好，会把客人当面得罪的！

钟离汉　朱副官，你跟了主任几十年，就像咱们自己家里人一样，实话告诉你，太太那边我早就托人打听过消息，可这十几年乱得很，石沉大海啦！

朱　福　是呀！我对不起太太，离开的时候答应和主任……

茜　丽　这怎么能怪你呢？这些年幸好有你在身边，我们当弟妹的也放心多了！

钟离汉　喔，他们上来了。朱福、茜丽，今天，你们都要听我的安排，等一会儿，我让他们先来一段——“似曾相识燕归来”。

朱　福　是！（向山下招呼）主任，我们在这里。（迎下）

〔黄维芝，一身春装，兴致勃勃地在朱义和孝珍簇拥中上。

钟离汉　伯兰哥，你看这里的风景不错罢，前有大海，后傍高山。

黄维芝　你这是干什么，还大摆宴席，请什么贵客？

钟离汉　不……不请谁，是孝珍要请姑父来野餐！

黄维芝　是吗？

孝　珍　不，我要听姑父继续讲故事！

黄维芝　好好，刚才讲到哪儿啦！

孝　珍　海神爷把石屏姑娘和母亲隔开了！

黄维芝　对！从此，石屏姑娘就天天站在海边，望着汹涌澎湃的大海，盼呀，盼呀，盼着有一天能和母亲重新团聚在一起。可是，年复一年地过去了……

朱　义　石屏姑娘变成了一座山……

孝　珍　你别乱说！我要听姑父的。

朱　义　是真的！那山就叫半屏山，母亲就是那边的大陆，我们的老家都在大陆上……

朱　福　阿义，你胡说什么。

朱　义　我是从你买的书上看来的么。

朱　福　你小子欠揍啦！（打朱义的头）

黄维芝　朱福，阿义说的是实话，我讲的故事也是你买的那本杂志上看来的啊！

钟离汉　我的大姐夫，你可真是返老还童啦，有闲工夫看孩子书。

黄维芝　（从口袋里取出一本小册子）汉弟，别小看这小东西，你我这样的老孩子都会爱不释手的。

钟离汉　是吗？我倒要见识见识，（接过书念）《乡音——游子的心声》。这倒很有趣。（翻阅）

黄维芝　朱福，以后碰到它，继续帮我买来。

朱　福　听说这个杂志已经勒令查封了。

黄维芝　哦，禁了！嘿，抽刀断水水更流，“乡音”和“心声”是禁不住的！

钟离汉　伯兰哥，你真应该多出来散散心，看来，最近你的气色欠佳。

茜　丽　姐夫是名医，你不要在关公面前耍大刀了。

黄维芝　我确实有病。

钟离汉　你的病，我能治。

茜　丽　好了，好了，你少出洋相。

黄维芝　让他看，要不要先号号脉？

钟离汉　我看病，望、闻、问、切，一概不用，心病心药医，你的病根就两个字。

黄维芝　哪两个字？

钟离汉　（举起小册子）“思乡”。

黄维芝　啊！这个病可不好治啊！

钟离汉　要治也方便，我给你开个药方。（提笔在册子背后写了个“安”字）

黄维芝　“安”？什么意思？

钟离汉　家中有女为安嘛。我看你……

黄维芝　（明白了）好了，好了，你又来了，钟离，这个事情不要再提了。

〔茜丽和钟离汉面面相觑，一时无话。

黄维芝　汉弟，这次你去香港，请无论如何帮我弄些四川当归来，我半生戎马，风寒暑湿郁于肌肤、血脉，老觉得半边痛麻……

钟离汉 你这大国手的考究也太多了，偌大一个台湾，多少国药店，当归多得是，干吗要大老远地从香港弄来？

黄维芝 唉，隔行如隔山。中医用药讲究非时不采，非地不用。同属当归，秦产者宜补，川产者善攻。地道不真，则美恶迥别。上次秀兰从重庆带了一些川归，又叫彩云归，我用了几年，功效神奇。

钟离汉 喔，真是那样，我一定给你带到。

黄维芝 （感情地）唉！当归，当归，久别当归啊！（摸出随身带的玉箫来）钟离，我想早一点把那本书搞好，早一点出国考察……以了我一件心愿……

钟离汉 你的计划我是一百个赞成，但是，出国申请迟迟批不下呀。……你先坐坐，我让他们去买些冷饮来。（边说边指挥茜丽等下）

〔黄维芝一个人，手中举着玉箫，渐渐陷入深深的思念之中。

黄维芝 家中有女为安！唉！说是三天就回来，可是一别已经快三十年啦。秀兰，你现在在哪里呀？（情不自禁举箫吹起《彩云归》。突然，凉亭后传来悠扬的琵琶声，弹的也是《彩云归》。黄维芝已进入音乐的梦乡，还以为是和秀兰在合奏，并无察觉。片刻，他停下玉箫，叹了一口气。琵琶声迟了几拍仍在弹奏，他感到吃惊）这是谁在弹？（忽然，亭中出现一个妇女背面弹唱的幻影）秀兰！（幻影消失。音乐继续。音乐中幻影又在树下出现）秀兰，真是你吗？（扑上前去，幻影又消失）

〔林菊仙打着一把太阳伞，背着琵琶上场。

黄维芝 （疑惑地上前探看，与林菊仙照面）啊！不是！不是！对不起！！

林菊仙 请问，是黄参议，黄维芝将军吗？

黄维芝 您是——

林菊仙 林菊仙，钟离先生的朋友。

黄维芝 喔，久仰，久仰。钟离一会儿就来，请菊仙小姐稍候片刻。失陪！失陪……

林菊仙 （笑）嘻嘻，黄参议真的怕吗？

黄维芝 怕？怕什么？

林菊仙 你不是说过“卜居怕近弦歌地”吗？大概是怕和我们在一起，有失身份？

黄维芝 哪里，哪里。见到您非常高兴！

林菊仙 多谢！（致礼）听钟离先生说，黄参议壮年别妻，天各一方，在这声色犬马的环境里挣扎了二十多年，令人十分钦佩！

黄维芝 啊！惭愧，惭愧。菊仙小姐……我……我去替你找一下钟离……

〔钟离汉提冷饮并与茜丽同上。

钟离汉 不用找了，菊仙小姐，我和茜丽到那边接你去了，原来你已经到了。你们已经认识了？那我就不用介绍啰。来，来，先喝点冷饮。

〔茜丽热情招待菊仙。

黄维芝 弟妹，你们谈吧，我……

钟离汉 伯兰哥，菊仙小姐是皇后舞厅的名歌星……

茜　丽 而且会写诗，是个才女呀！

黄维芝 失敬！失敬！

林菊仙 见笑了！

钟离汉 （一把抓住黄维芝）姐夫，今天，我兴致来了，填了一阕词，特请菊仙小姐前来弹唱。这叫班门弄斧，请你这行家多指点了！

黄维芝 这，哪里话……

钟离汉 坐吧，菊仙小姐就赏我们聆听雅曲吧！

林菊仙 献丑了！

〔林菊仙弹唱起来，黄维芝无奈，钟离汉倒酒。

〔林菊仙琵琶伴唱《彩云归》。

林菊仙 （唱）烟袅袅，
风微微，
红灯绿酒对蛾眉，
何必彩云归。

〔黄维芝感到失望。

林菊仙 （看到黄维芝的变化，停下琴来）黄参议，我弹得不好，贻笑方家了！

黄维芝 哪里，哪里，我老朽落伍，实在不懂得时代曲，请多包涵。（起身）

钟离汉 那词里说的如何？“红灯绿酒对蛾眉，何必彩云归。”我看，还是取铁球哲学——随遇而安的好。

黄维芝 当然，当然，“醉里乾坤大”嘛，自然可以麻木于一时。可是，毕竟是“醒时日月长”，叫我如何不想她！

〔林菊仙忽然回过身去，偷偷抹泪。

钟离汉 菊仙小姐，不要误会，黄参议是说他自己。

林菊仙 （立即掩饰地凄然一笑）不，黄参议说得很好，我厌恶这纸醉金迷、灯红酒绿的夜生活，我恨透那虚情假意、互相玩弄的肉市场。黄参议的话使我从睡梦中醒来，我感到高兴！

钟离汉 好，好，这说明你们是情投意合，一见倾心啦！

黄维芝 （勃然）汉弟！你！（起身便走）

〔朱福上。茜丽陪林菊仙上后山。

朱　福 主任！曾参谋长来了！

黄维芝 怎么！（对钟离汉）也是你去请来的？！

钟离汉 不！他打电话找过我，我说已约你出来郊游……

黄维芝 原来如此，可惜你这宴席空摆了！（欲走）

钟离汉 （拉住）我知道你和介臣兄长不和，但他这个人也是“食君之禄，忠君之事”么……

黄维芝 你不必为他做说客。一味愚忠，上峰一个乱命就可以失义气、违人伦，还以纯粹军人自诩。我是不会原谅他的。

钟离汉 这位老同学，虽然当了警备司令，倒还肯帮忙，不仅让我做生意，就是你的参议宝座也是他推荐的，出国申请的事也还得找他。

黄维芝 不，我不感谢他，也绝不会去求他！朱福，走！

〔朱福随黄维芝下。

钟离汉 唉，真是个不通情理的怪人！

〔后传口令声：“立正！”曾耿上。张副官随上。

钟离汉 介臣兄！欢迎！欢迎！

曾　耿 伯兰没有来？

钟离汉 来是来了，带着孝珍他们爬山去了！

曾　耿 他是不愿意见我！

钟离汉 介臣兄，别误会！……

曾　耿 “一泓水隔，抱恨终天。”伯兰要怨我也是自然的……把他拉上飞机的总是我曾某人呀！

钟离汉 唉，我这位姐夫也是死心眼儿，离开二十多年啦，音信全无，可还是丢不下我姐姐。

曾　耿 今天我就为这事来的，秀兰有消息啦！

钟离汉 （惊）我姐姐有消息啦！

曾　耿 这是秀兰的画。（取出一小块剪报）

钟离汉　（几乎叫出声来）钟离秀兰！

曾　耿　轻一点。

钟离汉　是那边的报纸？

曾　耿　快放好，交给伯兰，不要说是我给他的。现在对他的行动各方面都非常注意，所以出国的申请一时也不会批准，要他耐心等待……

〔摩托车马达声。

张副官　报告，任九车副司令来了。

曾　耿　喔，他盯得这么紧。

〔任九车上。

任九车　曾司令，总算把你找到了，何特派员有特别训令！（交文件，曾耿细看）

钟离汉　任副司令来得正好，一起聚一聚，前天，我专程到您公馆去过……

任九车　啊，钟离先生太客气了！你去香港的护照，学生已经办妥啦！（交护照）

〔茜丽和林菊仙从亭上下。

茜　丽　任副司令，要多谢你啦！

任九车　哪里话，太客气了，应该的。哟！这位不是当代才女皇后舞厅的菊仙小姐吗？

林菊仙　任副司令记性真好，还记得我们。

任九车　这哪能忘记呢！只是最近共匪统战，日甚一日，弄得我们防不胜防，连跳舞的时间也挤掉了。

林菊仙　前几天我们舞厅里也抓了几个，说是有通匪之嫌。哼，都是老客人啦。

任九车　（嬉皮笑脸地）若是有菊仙小姐的老相好，兄弟一定代为说情。（扶着林菊仙，热乎起来）

曾　耿　（看完文件）好吧，钟离汉老弟，既然伯兰如此绝情，那我只好告辞啦！

钟离汉　那怎么行，既然来了，就一起干一杯！

〔任九车主动走向餐席。

任九车　（看着餐席）嘿，真丰富。钟离将军，你们今天的同学会真有点儿派头，学生沾光啦！（举杯）来，来，曾司令，我先敬你一杯！

曾　耿　对不起，我们是邂逅相遇，不是什么同学会。好了，公务在身，恕不奉陪，再见！（径自下，张副官随下）

任九车　（仍然举着杯子，非常尴尬）这……

钟离汉　来来来，他是在生我姐夫的气。任副司令，伯兰出国考察申请，还得请你多多方便呀！

任九车 啊！钟离汉将军的面子还有什么说的！干杯，干杯！（又举杯）

〔特务甲急上。

特务甲 报告，弟兄们查到一本小册子——

任九车 （接过看）《乡音》？这可是重要的情况，踏破铁鞋无觅处，得来全不费功夫！快说！是哪里查到的？

特务甲 刚才黄参议正在看。

众 啊！这……

钟离汉 误会！误会！……

林菊仙 （上前夺下小册子惊叫）哎呀！这不是我买来的那本吗？钟离先生，刚才我是给你看看的，怎么——

钟离汉 我……

林菊仙 好吧！一人做事一人当，是我林菊仙的，和他们没有关系。

任九车 你……哪里买来的？

林菊仙 这个多得是，我们舞厅里就卖过几回。

特务甲 这是共产党的地下刊物。

林菊仙 （故作惊讶）啊，太吓人啦！

任九车 林小姐，别开玩笑啦，你有兴趣看这样的东西？

林菊仙 我们姓林的老家都在闽南，"陈、林半天下"，你们不知道？听听老家的声音也有罪？（撒娇地）任副司令，我是共产党，就把我抓走吧！抓呀！

钟离汉 菊仙，红帽子可不能乱戴，不是开玩笑的！

林菊仙 副司令要靠我升官发财，有什么办法，你抓吧！

钟离汉 这不行，林小姐是我的客人，任副司令这件事可要手下留情。

特务甲 任副司令，你不是常对我们说，抓匪情要六亲不认。

任九车 你懂个屁！菊仙小姐会是共产党？黄参议是党国的中坚，更是忠贞可靠。这件事，你们就别管了！

特务甲 是！（退下）

任九车 菊仙小姐，这件事落到我任九车手里好办……

林菊仙 那就谢谢你啦！

任九车 好，我走啦！再见！（下）

〔摩托声远去。

钟离汉 菊仙小姐，真是对不起，有心栽花花不发……反而惹出这么多事。

林菊仙 干咱们这一行，就是逢场作戏，有什么对不起的？不过，能见到黄参议也是三生有幸，请代我致意，后会有期。

〔钟离汉等送林菊仙下。

〔孝珍哭着跑上。

孝　珍　不好啦！爸爸，他们打起来啦！

钟离汉　怎么回事？

孝　珍　（讲台湾话）……太保……啊呀，吓死人啦！

钟离汉　慢慢说，慢慢说。

孝　珍　一群光头太保，打姑父啦！

钟离汉　啊，真是祸不单行啊！

茜　丽　快去！快去呀！（钟离汉欲下，方蔚扶黄维芝上。）

方　蔚　（二十五六岁，长得比较清秀，穿着一身学生式的服饰，举止正派，遇事机敏）你们快给老先生喝点儿水，他也挨着打了。

黄维芝　简直是横行霸道，有恃无恐到了极点。为了一本小册子，就可以无理取闹，随便搜身打人，还有什么王法？

钟离汉　他们真的敢动手打人！？

方　蔚　哼，自称是中华复国的基地，有一千六百万自由的人民，自由在哪里？国法在哪里？人权在哪里？

钟离汉　先生，说话轻一点。

方　蔚　人身安全得不到保障，随时随地都可能被暗算，这样的世界还有什么光明和希望？

黄维芝　先生，请问尊姓大名。

方　蔚　我是《青年战士报》的记者，方蔚。（出示名片）

钟离汉　久仰！久仰！见义勇为，令人敬佩。

方　蔚　不平的土地，需要有人去踩踏；不平的社会，更需要有人去呐喊。今天的事，我要在报上公诸于世，争取舆论的公断。

钟离汉　千万别，……方蔚先生，弄得不好会把你戴上红帽子送到火烧岛去的。

方　蔚　为公平和正义说话是我的天职。先生们，女士们，放心吧，绝不会连累你们的，再见！（正在握手告别，朱义跑上）

朱　义　不好了，爸爸被他们拖到海边去了！

黄维芝　你们快去把朱福拉回来！

方　蔚　简直无法无天，走！（朱义、方蔚跑下）

孝　珍　妈妈，我怕！我怕！（扑向茜丽）

茜　丽　孩子，别怕！爸爸姑父都在……

〔朱义、方蔚扶朱福上。

朱　义　爸爸！爸爸！

黄维芝　朱福你怎么啦！

朱　福　（想站起来，一阵恶心）恶……

朱　义　血！

黄维芝　啊！吐血！朱福！朱福！（朱福大口吐血）

朱　福　（脸上惨白）黄主任，我……不行了……

黄维芝　（看到朱福的伤，大惊）啊！他们用刀子？！

朱　义　他们还说这是先打个招呼，以后……

朱　福　阿义，别胡说！

黄维芝　原来是这样！朱福，我又连累你啦！快去医院。

方　蔚　我去叫急救车。（下。茜丽拉孝珍随下）

朱　福　主任，我对不起太太……

钟离汉　朱福，太太有消息啦！你放心吧！伯兰哥，我从香港偶然看到一张画。

黄维芝　（看画）秀兰！真的！你看，朱福，这是她的画！

朱　福　主任，我真高兴，今天终于等到了太太的音信……可我不能送您回家啦！

黄维芝　不，你会好起来的……我们一起回家去！我马上送你去医院……

朱　福　不用了！主任，我死前还有一件事放心不下……就是这没娘的孩子……

黄维芝　你的儿子，就是我的儿子，我收他当义子好吗？

朱　福　太高攀了，阿义！叫……叫义父。

朱　义　义父！（跪下，黄维芝立即扶起）

〔风声大作，乌云密布，朱义扶住朱福。

朱　福　（从口袋里取出一张黄纸）主任，我还想请您这福大命大的人帮我念一念。

黄维芝　（取过纸）寄名符！

朱　福　这上面是我的姓名、乡籍、生辰八字。有了它，等我死了，在奈何桥上吃了王婆的茶，到望乡台就可以请阎王的使者把我带回故乡进宗祠，免得沦落他乡做游魂野鬼……

黄维芝　好！我念！我念！“朱门显考讳福，本命于癸丑年二月，朔后三日降生于安徽，凤阳郡西，朱家集本宅。”……（点火烧寄名符）

朱　义　（大叫）爸爸！爸爸！

黄维芝 朱福！朱福！（面对大海哭叫）朱福！回家去吧……

〔大风吹走寄名符。风雨大作。

〔幕落。

第三场

〔朗诵：兰离芝，芝离兰，

隔水遥望待君还。

芝兰两地盼相会，

有约却无缘。

〔距前场数月后。

〔香港，万国饭店十三楼八号。

〔灯壁辉煌，花鲜果香。室内有彩色电视及各种画报。透过纱门可以看到餐厅内跳舞的人影。

〔幕启时，侍者引钟离汉上。

侍　者 钟离汉先生，请！（倒茶，点烟，开电视）

钟离汉 关掉，关掉。中国银行的代表来了就请到这里来。

侍　者 是！

钟离汉 用我的车，马上跑一趟机场，把黄维芝先生接到这里来。（交名片给侍者）

侍　者 是。先生，刚才有一位小姐，来找过您几次……

钟离汉 小姐？是什么人？

侍　者 她说是老熟人，从台湾来港参加小妮妮演唱会的，就在十七楼。对了，她的琵琶还留在这儿哪。

钟离汉 哦，菊仙小姐也来香港了？好呀！请她有空就过来。

侍　者 是。您不想再要点什么了？

钟离汉 不要了。（侍者欲下）等一等，你说刚才中国银行来过电话，赵行长几点钟到？

侍　者 五点整！

〔时钟敲五点，叩门的电铃声。

钟离汉 真准时，有请！

〔侍者开门。

〔陶叔冶上。

陶叔冶 （容光焕发，热情洋溢）钟离汉先生！

钟离汉 您是……赵行长……

〔侍者下。

陶叔冶 （手举名片）中国银行，香港分行，赵如镜。

钟离汉 （接过名片，细看赵如镜）对不起，赵先生很像我的一个熟人……

陶叔冶 （放声大笑）哈哈哈，二十多年流逝的光阴威力也不小呀，它可以模糊人们的记忆！

钟离汉 叔冶！真的是你呀！老同学，（握手）

陶叔冶 四九年，我最后一次见到了伯兰和介臣，可是没有见到你。听说你的生意做得不错，到底是后勤主任出身的呀！

钟离汉 叔冶，这么说，兰姐是你帮着找到的？今天，她能来吗？

陶叔冶 伯兰通知到了吗？秀兰盼着这个历史性的会见哪！

钟离汉 我已经打了两个电报到台湾，汽车已经去机场接他。他会来的，一定会来的！

陶叔冶 秀兰现在是名教授，省人民代表，这次来港还有一些其他的社交活动，（看表）马上就会来的。

钟离汉 名教授？教国画？

陶叔冶 秀兰的山水画可是独具风格，名驰中外，在肖州艺术大学国画系里是首屈一指的呀！

钟离汉 真想不到，兰姐居然成了大名人！省人民代表是什么官衔？是议员吗？

陶叔冶 对对，和美国的州议员差不多。（见钟摇头）怎么，你不相信？

钟离汉 不可思议，你们多变的政治实在是不可思议。前不久还听说凡是有家眷在台湾的都是“反属”，这会儿她却当上了议员？

陶叔冶 是呀，历史在发展，形势在变化，我们都应该向前看嘛。美国总统尼克松都到北京去过了，难道还要拒亲人于门外？

钟离汉 这个……（转换话题）对了，老同学，这些年我姐姐生活得怎么样？

陶叔冶 她很好，当然，有过困难和痛苦，但是，都已经过去了……唉，三言两语跟你怎么说得清楚呢？也许，你又会觉得不可思议了！

钟离汉 不，不，你快说说，她还是一个人生活吗？她的家庭情况……

陶叔冶 怎么是一个人呢？她现在有一个得力的助手，海军军官……

钟离汉 什么！海军军官？！

陶叔冶 我说你会觉得不可思议吧！告诉你，她们相依为命，生活得很好。再说，秀兰同志桃李成群，壮志凌云，对生活和事业都有着满腔的热情……

钟离汉 既然是这样，今天和伯兰哥的这次见面就不一定合适啦！

陶叔冶 为什么？难道伯兰不想见她？

钟离汉 不！让他们再演一次《钗头凤》会过于伤心，没有必要……

陶叔冶 哈哈哈，不会的！（门铃声，看表）好了，秀兰来了。

〔门打开，钟离秀兰出现在门口。

秀　兰 （虽已五十多岁，但并不见老。穿了一身藏青色西装裙，颇有艺术家风度）汉弟！

钟离汉 兰姐！（两人热烈拥抱）你真是没有变呀！

秀　兰 可你却大变了，完全成了阔老板！

钟离汉 （看秀兰两鬓）啊！这里到底也白了！

秀　兰 快六十啦！

钟离汉 嗐，反正咱姐弟还能活着见面就是“外快”。维特儿！

侍　者 在，有什么吩咐？

钟离汉 来酒，香槟酒！

侍　者 是！（下）

陶叔冶 别站着啊，坐下慢慢谈。哟，我把你要的川归忘在汽车里啦，我就回来。（下）

秀　兰 汉弟，坐下，听说你的家庭很美满，弟妹是高山族人？

钟离汉 哈哈，我这个人一向随遇而安，讲究实惠。

秀　兰 有一个女儿？叫什么？

钟离汉 叫孝珍。

秀　兰 好！好！……（冷场）汉弟，怎么就你一个人……

钟离汉 伯兰哥估计晚上的飞机能赶到。

秀　兰 他知道今天这次约会吗？

钟离汉 我在电报里告诉他了，他一定会赶来的，已经派车去接他了！

秀　兰 维芝他……好吗？

钟离汉 好……好……可是老了许多。唉，孤独催人老呀！

秀　兰 怎么？……他还是一个人？

钟离汉 唉！……

秀　兰 既然不能回大陆，这么些年为什么不重新成个家呢？

钟离汉 我也这样劝过他，可是……他不愿意……姐姐，听说你现在的家庭生活也还比较幸福？

秀　兰 幸福？——当然，应该算是幸福的。

钟离汉 新姐夫是海军军官？在什么地方工作？

秀　兰 什么？新姐夫？……

钟离汉 是呀！人生犹如浮云流水，谁能预测自己未来的命运呢？快三十年啦，伯兰哥会理解你的。

秀　兰 汉弟，你说的什么啊？

钟离汉 刚才叔冶都告诉我了，说你桃李成群。孩子们都好吗？

秀　兰 哈哈哈，你呀！你想认识一下新姐夫吗？（给他看照片）

钟离汉 （疑惑地）怎么？这是……

秀　兰 你的亲外甥，海军军官黄小芝！

钟离汉 黄小芝？！

秀　兰 这个名字还是临别那天维芝亲自起的！

钟离汉 （仔细看相片）哎呀！像姐夫，太像啦！是西湖边拍的？美极啦！伯兰他看到了会多高兴呀……这军装……是真的？

秀　兰 怎么？你还不信？他现在是一个战斗艇的艇长。

钟离汉 艇长？一个国民党将军的儿子，当了艇长？

秀　兰 几年前，这样的事是不可能的，但是，“四人帮”粉碎之后，小芝不仅提拔当了艇长，而且最近还派他出国去参观学习。

钟离汉 好，好极啦！你为什么不和小芝一起来港？

秀　兰 他的工作离不开。

钟离汉 不要紧，不要紧，总有一天会见面的。啊，照片给我，等姐夫来了，我要让他好好高兴高兴！……你看我这个人，怎么把你当年怀孕的事都忘了，刚才还以为……哈哈哈，姐姐，你和伯兰哥可真是海枯石烂心相印呀！伯兰哥为你苦熬了二十多年，他心里就是丢不开你呀。

秀　兰 （流泪）维芝！

〔侍者带酒上。

侍　者 钟离汉先生，去机场的汽车回来了。

钟离汉 来了，伯兰哥来了。（起身欲迎）

侍　者　不，客人没有接到，黄先生没有到港。

钟离汉　这不可能，你为什么不多等一会儿？

侍　者　等了。司机说，仔细查问过了，黄维芝先生根本没有上飞机。

秀　兰　汉弟，维芝身体好吗？他在那边……到底怎么样？

钟离汉　姐姐，你别急，我再挂个电话。（写地址交侍者）挂台湾，西蓬市，要黄维芝先生本人。我们在这里等着！

侍　者　是！（下，静场）

陶叔冶　（上）怎么啦？

秀　兰　班机已经到了，维芝没有来。

钟离汉　我已经打了两个电报，不可能收不到，这里面肯定有问题。

秀　兰　汉弟，他……

钟离汉　他——思归心切，郁郁寡欢，不时流露出对党国的不满，所以当局对他的行动控制得特别严紧……

秀　兰　是这样……（失望地）这么说，这次还是不可能见他了！

钟离汉　不。情况还没有搞清，通了电话就好了。说实在的，能听听声音，哪怕见不到面也不虚此行呀！

秀　兰　既然当局对他已经注意，恐怕电话也不一定能接通吧！

〔电话铃急响。三人静听未接，侍者上，接听电话。

侍　者　是的，钟离先生，台湾电话。

钟离汉　来了！是伯兰哥来的电话。

秀　兰　维芝来的电话？

钟离汉　（把电话拉出来，高兴地）我是钟离汉，电话接过来吧！（对秀兰）兰姐，你来接吧，姐夫一定会特别高兴的！

秀　兰　（情绪激动地）好，我来接！（满怀深情地接过话筒，镇静自己）喂，我是秀兰……你是……维芝，是我呀！我……（换了口气）怎么？台湾挂不通？

钟离汉　怎么会挂不通呢？（接过话筒）喂，我要黄维芝本人……什么？黄维芝家的电话今天拆掉了！喂，喂喂！（挂断）

〔又一个静场，侍者下。

钟离汉　姐姐，别急，我再想办法打听……

陶叔冶　人为的隔阂，不合理的阻拦。同是一个祖国，同是骨肉亲人，可是，连通邮、通商、通话都不能做到！镜花水月，可望而不可及！这太无情啦！

秀　兰　这是可以预料的。汉弟，看来，维芝他的处境很不好呀！……

陶叔冶　听说最近台湾当局害怕和谈和统一的呼声，在岛内岛外都加强了控制，你们要格外小心呀！

钟离汉　我这个人早就和政治绝缘，怕啥子？

陶叔冶　不仅你和伯兰，就是介臣这样的人，心情也未必舒畅。宦途险恶，该好自处之！

钟离汉　好，我回去一定转达你们的关照。兰姐，你能再等一些日子吗？

秀　兰　盼了二十多年了，我当然很想马上见到维芝，但是，看来这次又不可能了……唉！像我们一样盼着团聚的中国人何止千万……该结束了，该结束了！战争和动乱给几代人带来了苦难和不幸，不能再把创伤留给我们的孩子们啦……（激动得说不下去）

陶叔冶　是呵！钟离，当年我们在外患濒临、军阀混战的黑暗岁月里，入黄埔，求革命，抛头颅，洒热血，还不是为了救中华，富国民，要使自己的祖国统一和富强吗？那就请把这“彩云归”带给伯兰，希望你们驾着彩云早日回归祖国吧！（把川归郑重交给钟离汉）

钟离汉　（眼含热泪）我……替伯兰心领了！

侍　者　赵行长，钟离女士，港澳美术界同人协会的车子已经来了。

秀　兰　汉弟，有事就找中国银行，叔冶会把一切办好的。

陶叔冶　对，对，（对钟离汉）你要的货，我们已经提前运到，对一切有良心的爱国商人，我们要优待照顾。

钟离汉　我从心里表示感激！再见！（握别）

〔陶叔冶、秀兰下。

〔钟离汉情绪兴奋地把川归和照片看了又看，哼着川剧，把东西放在妥善的地方。忽然，门外冲进方蔚。

方　蔚　（把门关好）钟离先生。

钟离汉　你是谁？

方　蔚　方蔚，《青年战士报》的记者，还记得吗？海边……小册子。

钟离汉　（似乎想起）你……怎么，跑到这里来干什么？

方　蔚　钟离先生，还是你对国民党看得透彻。上次的事，我的文章还没有见报就被送进了绿岛集中营。

钟离汉　哦！你是从火烧岛逃出来的？（警惕地）你想干什么？

方　蔚　我要回祖国去，我要到大陆去！

钟离汉 你疯了，这里是万国饭店，我是个商人，你和我讲这些干什么？

方　蔚 钟离先生，救救我吧，我只有这一条路啦！

钟离汉 你快出去，我不认识你！（欲打电话）

方　蔚 （失望地）唉！革命无门，爱国无路。你打电话吧，让特务们把我重新送进火烧岛，让他们把我枪毙了吧！（颓丧已极）

钟离汉 （犹豫）那——你快走，我没有办法，帮不了你。

方　蔚 不！只要你把我介绍给中国银行的代表，我自己能把情况说清楚的。

钟离汉 你——

〔侍者上。

侍　者 钟离先生，曹董事长在楼下车里等你！

钟离汉 （感到了问题）好！走吧！

〔钟离汉和侍者从电梯急下。

方　蔚 （追到门口）哎！钟离先生（电梯门已紧闭）

〔另一门外林菊仙的声音："许经理，胡太太，我看个朋友一会儿就来。"

林菊仙 （穿着十分时髦的服装上）钟离先生，你可真是稳坐钓鱼船呀！黄参议的太太来过了吗？……（未见钟离汉，见到方蔚）钟离先生不在？

方　蔚 （观察对方片刻）不知道！你是什么人？……

林菊仙 你是什么人？……

方　蔚 你来干什么？

林菊仙 你来干什么？

方　蔚 再见！（飞跑而下）

林菊仙 （抱起琵琶，思索着弹出一个音来）他到底是什么人？

〔幕落。

第四场

〔朗诵：重重难，深深怨，
荆棘藤萝层层缠。
飞舟欲渡归无路，
瑶琴又断弦。

〔前场数天后。

〔台湾西蓬市警备司令部。

〔室内陈设简单，气氛森严。墙上挂有国民党旗及“励精图治”四个大字。

〔幕启时任九车正在审问钟离汉。

任九车 钟离大老板，希望你不要再扯那交易所的斗法术了。我们这里是西蓬警备司令部，只管抓匪情，不管做生意。

钟离汉 （风度依然）我是香港麦尔登公司的贸易伙伴，只管做生意，不吃政治饭。稽查处拿走的这些东西可都是合法商品，是经过商务部批准的！

任九车 大陆货也是批准的？黑枣、药材、绍兴老酒也是批准的？

钟离汉 任副司令请注意，那是香港出品的！

任九车 哼，这一套我们见得多了，商标、包装都是香港的，可东西是大陆的！

钟离汉 （感到被动，打算退却）好吧！这一回我认了，这些东西就算请司令部的弟兄们尝尝新鲜。任老弟，咱们是老交情了，俗话说：多一个朋友多一条路。我钟离汉是要朋友的，咱们后会有期！（欲走）

任九车 （压住怒火）钟离汉先生，你是我们的老前辈，党国的纪律你也明白，凡通匪者，不管高官显要，格杀勿论。

钟离汉 通匪？谁通匪？

任九车 你！你钟离汉和中共要人陶叔冶，中共人民代表钟离秀兰，秘密策划于万国饭店十三楼八号！

钟离汉 （语塞）你——你们！

任九车 要不要人证、物证？

钟离汉 陶叔冶是中国银行代表，我们谈的是商务；钟离秀兰是我姐姐，姐弟相遇叙谈别情，何罪之有？

任九车 得了，得了，你还是把黄维芝通匪叛国的整个计划和盘托出，争取立功为好！

钟离汉 胡说，完全是胡说八道！

任九车 嘿，你们还把共党分子方蔚从绿岛集中营弄出来，企图先行逃往大陆……

钟离汉 无中生有，简直是——无中生有！

任九车 （按电钮，侧右门开）你回头看看！

〔一警卫押方蔚上。

钟离汉 这——

任九车 认识吗？方蔚，你认识这位先生吗？

方　蔚 （“刑”后疲惫地默默点头）……

任九车 方蔚，你和钟离先生在香港见过面？

方　蔚 （看一眼钟离汉）见过！

任九车 那就把你们叛国通匪的计划统统说出来！

钟离汉 （着急地）你可不能信口胡说呀！

任九车 方蔚，大胆说！

方　蔚 （哭泣）这都是他们让我干的呀！（指钟离汉）

钟离汉 你说啥子？！

任九车 （对方蔚）你说下去！

方　蔚 他和黄维芝让我通过中国银行打开一条通路，把台湾的青年一批批弄到大陆去！

钟离汉 混蛋！你乱说老子枪毙你！

任九车 钟离“将军”，该枪毙的我们一个也不会放过的！

钟离汉 我……我要找你们曾司令！

任九车 这会儿，找总司令也救不了你！

钟离汉 （对方蔚）蛇！你这条毒蛇！（欲扑向方蔚）

任九车 钟离汉先生，你就在这里考虑考虑，把黄维芝问题搞清楚吧！

钟离汉 这是圈套，是陷害！陷害！！（被拉下）

〔警卫夺下钟离汉的皮包交任九车。

任九车 （与方蔚同时大笑）老兄！这场戏演得精彩！

方　蔚 据查实，这个家伙在港、台、马来西亚的总资产是二亿一千八百万。（边说边脱去伪装的衬衣）

任九车 你错了，是二亿六千七百万。

方　蔚 副司令这一手真厉害，名利双收。

任九车 老弟，不会亏待你的，名单已报军部情报处，赐个花翎封个赏是起码的。

方　蔚 谢副司令栽培！

任九车 你把这皮包交给我的刘副官，放到保险柜去。

方　蔚 是！

任九车 好了，快去洗个澡，换换衣服，晚上在巴士德夜总会等我。

方　蔚 All right（遵命）

任九车 （得意地哼起《梅花曲》。电话铃响，方蔚将电话取下交任九车，方蔚下，任九车接电话）喂，我是任九车。……何特派员，钟离汉通匪案已全部查清，罪证确凿，案情重大，黄维芝早就想通过出国考察，金蝉脱壳，投靠共匪啦！是啊！最棘手的问题，曾司令和他们都是老黄埔，老同学，关系非同一般……是！是！就按这个计划办，我一定请示曾司令。（放下电话）哼，请示他！

〔窗外传来汽车声，任九车整理案卷，坐等。

〔曾耿严肃无言地上。

任九车 曾司令到军部情报处去过啦？

曾　耿 嗯！（见任九车得意地吹口哨）有什么市面？

任九车 侦缉队大发利市，破获了共党重案。

曾　耿 哦！

任九车 事情就发生在服皮底下，我这个副司令玩不转，只好请司令过目。

曾　耿 老弟台何必客气，我是个军人，对侦缉罗织之学素无研究，况且，侦缉处是你分管范围，你全权处理好了！

任九车 案情重大，只怕我全权处理不了，免得再给人留下笑柄！再说，何特派员下令，要我请示司令才能行动。

〔曾耿接过案卷翻阅，惊愕。

任九车 （得意地）发生这样的事情真是意想不到呀！

曾　耿 既然上头已经指示，你放胆处理就是。我想他们百战余生，上峰总不会不顾他们汗马功劳，以小过而杀功臣罢！

任九车 司令说得很对，但这绝非小过，再说，又牵涉到两名“将”字号。

曾　耿 不管“将”不“将”，案情要确凿。

任九车 都是老黄埔的，不确凿敢碰吗？老实说，这些老家伙，过去就是吃里扒外和共产党穿过连裆裤。时至今日，胆子越来越大，竟然和大陆明修栈道，暗渡陈仓，干起大买卖来了！没有人开绿灯行吗？

曾　耿 你的话什么意思？

任九车 我的意思是有些人碰到这种事尽扯蜘蛛网，扯来扯去扯不清，占着茅坑不拉屎，还不如早点滚！让别人痛痛快快地干！要不怎么叫他娘的“励精图治”呀！

曾　耿 哈哈哈！任副司令请！（起身让坐）

任九车 （愣住）司令别误会……司令辅佐蒋公，功业彪炳，小弟一向敬佩的！

曾　耿　你就直说吧，对钟离汉和黄维芝打算如何处理？我自然是开绿灯的，又当怎样连坐？

任九车　这和司令有熊相干？至于他们俩嘛……钟离汉秘密处决；黄维芝也照样请他回老家，但不能公开逮捕，要使人认为他是自杀的。你看如何？

曾　耿　伪造自杀？！

任九车　对，这样我们就可以给共产党一个反宣传，说是他的老婆在港受利用，黄维芝忠于党国，以死明志，把黄维芝之死的黑锅让共产党去背。

曾　耿　真亏你，花这么多脑筋！（欲打电话）

任九车　（加重语气）这是何特派员的决定！

曾　耿　（略有犹豫，又拿起电话）给我接国防部。……找部长，什么？在开会，你说曾耿有急事报告……什么？出去开会了？……噢。（放下电话）

任九车　钟离汉的死刑何时执行，黄维芝的处置如何着手，就等司令一句话了。

曾　耿　（吼似地）别问我，我马上找部长当面辞职！

〔曾耿欲走，警卫上。

警　卫　报告，黄参议为出国申请在外室等候接见。

曾　耿　黄维芝还想出国？真是活见鬼！

任九车　来得好！曾司令不想亲自审问一下？

曾　耿　告诉他，我不见！（径自从左门下）

任九车　（叫住警卫）等一等，我见！

警　卫　是！

任九车　给黄参议准备一杯南投冻顶茶来！（示意下毒于茶中，警卫应声下。任九车迅速将案宗收起，整容迎候）啊呀！兰公果然亲临卑处，有失远迎。

〔黄维芝不悦地上，朱义随后。

黄维芝　曾司令不在吗？

任九车　司令有要紧公事分不开身，要学生作陪，不知老前辈有何吩咐？

黄维芝　我写过几份要考察东医的呈文，不知过了老弟台的清览没有？

任九车　哦，老前辈的呈文，我们不敢怠慢，早都转上去了。老前辈请放心，学生负责催促，如有回音，一定电告。

黄维芝　不必劳驾，今天我打算坐催了。阿义，你先到下面等我。

〔朱义下。

任九车　（不禁失声）坐催！咳，这也难怪兰公动怒。你戎马半生，为党国卓著勋劳，又是个国医妙手，要出去考察考察还如此推三阻四，太不成体统了。好罢，如蒙不弃，今夜就请下榻于司令部的迎宾楼，学生连夜去见何特派员。

黄维芝 不要等晚上，你现在就给何炳安打个电话，有话好当面讲。

任九车 这——也好，（拿起电话，略一思考，放下）还是学生自己去一趟，当面向何特派员转达兰公的意思。

黄维芝 好吧，反正没有答复就不走啦。

任九车 （按铃，警卫上）备茶！（警卫应声下）兰公，学生暂辞！（下）

〔黄维芝在此很不自在，正想走动，警卫上。

警　卫 黄参议请喝茶！

黄维芝 好！好！（接茶欲喝）

〔朱义飞奔而入。

朱　义 阿爸！哟！（故作莽撞，打掉茶杯）

黄维芝 （怒）你！放肆！这是在家里吗？二十多岁的人还不懂礼貌！把它拣起来！

警　卫 不要紧，我来。（扫掉碎碗下）

朱　义 （一直不语，等警卫下后对黄）阿爸！快走吧，情况不妙，我们被人监视了！

黄维芝 （惊）你说什么？曾耿他……竟下此毒手！

朱　义 快走吧！（两人欲下，汽车声）

黄维芝 不行了，要不动声色，见机行事。

朱　义 知道了。

〔汽车声，任九车复上。

任九车 哎呀！兰公，恭喜恭喜，您老这坐催法真灵！

黄维芝 上峰答复如何？

任九车 你瞧吧。（交文）

黄维芝 （看）“所请照准”，批准了！

朱　义 阿爸，这下可以出境了！OK！

任九车 兰公，多年夙愿可望实现啦！一切手续，学生办妥后就送上。

黄维芝 拜托，拜托，就此告辞。留步，留步！（朱义扶下）

任九车 （大声）兰公，一路顺风！

〔汽车发动声远去。警卫上。

任九车 （眼望窗外，背对来人）一切按指令办了？

警　卫　冻顶茶打翻了。

任九车　嗯！混蛋！……

警　卫　其他一切照办，汽车螺钉我们已经拧松了，还换了断的，他们跑不多远就会自动翻车。

任九车　不会再有意外？

警　卫　绝对不会！

任九车　好！要报馆发一条消息：卫生参议黄维芝，车祸身亡！

警　卫　是！

〔幕落。

第五场

〔朗诵：香烟袅，梵音传，
　　　皈依古刹避尘缘。
　　　愿从高人指迷津，
　　　何处是彼岸？

〔前场几天后。

〔云岭脚下，星月湖边，普救寺前。

〔寺旁湖畔，碧水荡漾，大树遮荫，石栏杆上可以坐人，石桌石凳上均可休息。

〔幕启时，晨钟缭绕，鸟语声声，园觉和尚一个人在练拳。

〔林菊仙从寺内出。

林菊仙　舅舅！

园　觉　（停拳）菊仙，有事吗？

林菊仙　你看今天的报纸了吗？（念）“海滨公路车祸频仍，少将卫生参议坠崖殒命，尸体遍寻无着，显有自杀嫌疑。”

园　觉　哼，又是一起谋杀。（接过报纸）

林菊仙　黄参议是一位很有抱负的人，怎会如此轻生？！

园　觉　你认识他？

林菊仙　不仅认识，而且熟悉。此公真可称是埋头著书，洁身自爱。但是，过于耿直……

园　觉　喔，他就是那位被汤恩伯逼到台湾来的儒将黄维芝？

林菊仙　一定是他，上次为了一本叫《乡音》的小册子，早就引起了警备司令部的注意。

园　觉　唉！“国破山河碎，心裂寸肠断。”这条不合理的海峡断送了多少无辜的生命！

林菊仙　听说他的妻弟钟离汉从香港回来的第二天就被抓起来枪毙了。

园　觉　世途迷茫，苦海无边，无奈啊无奈！

林菊仙　舅舅，这消息会是真的吗？

〔小和尚悟胜从寺内出。

悟　胜　师父，前寺有客求见。

园　觉　好，请到这里来。（披起袈裟准备迎接）

〔小和尚迎黄维芝及朱义上。

悟　胜　请。

林菊仙　（与黄维芝照面，惊）黄……

黄维芝　（掩盖地）噢！魏芝圃！菊仙小姐。

园　觉　你们早就认识？

林菊仙　见……见过。

园　觉　（已觉察）魏先生请。

林菊仙　魏先生请坐。

园　觉　菊仙，你在那边等我吧！

〔林菊仙应声下。

园　觉　这位是……

黄维芝　这是小儿，小名存义。

园　觉　不知老先生光临小寺，所求何宗？

黄维芝　我对佛学素无研究，但得皈依正道，唯我师之命是从。

园　觉　哈哈……那是无心求佛，倒是对佛有求了！

黄维芝　这……

园　觉　老先生是尘海来人，六根不净，苦恼丛生，佛门能解救么？

黄维芝　这……

园　觉　当然，遁入空门，祛解诸般烦恼，这在我国历史上也不乏先例，所谓看破红尘么，啊！哈哈哈……但老先生真的打算在木鱼清磬之间，黄卷青灯之际，在一个又一个寂寞的长夜中了此终生？

黄维芝 这……

园　觉 我以为，老先生虽然有家难归，有国难投，既战败于对手，又受挤于同僚，命途坎坷，出路未着，但终究不是悲观无望的人！你应该振作起来，重登征程！

黄维芝 师父！你讲得如此真切，若非耳聆目睹，我真不敢相信——

园　觉 这并不奇怪，因为我有切身之感！

黄维芝 请问师父的大名——

〔林菊仙匆匆奔上。悟胜随上。

林菊仙 舅舅，黄参议！山下已被包围，说是追捕逃犯黄家父子！

园　觉 来者何人？

林菊仙 曾司令手下的一个课长。

园　觉 好！存义，你随悟胜换一套僧服，然后到菜园去挑水。

悟　胜 请随我来！（朱义应声随下。）

园　觉 （对黄维芝、林菊仙）黄参议随我来！

〔黄维芝、林菊仙随园觉入寺，警察甲、乙上。

警　甲 前边后边都要搜查！

警　乙 到寺里去看看吧！（欲进寺）

〔寺内走出手拿小黄幡和木鱼的悟胜，一躬一步念念有词地引路。后随头缠白巾的黄维芝和林菊仙。他们手中举香，虔诚求佛。

〔警察刚要上前，悟胜送他们每人一枝香，他们莫名其妙地接着。

警　甲 你们是干什么的？

林菊仙 拜佛求医治病的。

警　乙 搜查，统统要搜查！

〔园觉从寺内出。

园　觉 阿弥陀佛！（合掌）我佛慈悲为本，普渡众生，老先生祛邪避瘟，岂能冲撞神灵。

警　乙 这是上面的命令！搜查逃犯。

园　觉 太太，病人不能受惊，千万当心！

警　乙 去你妈的当心，把身份证拿出来。

园　觉 （威严地）休得无礼，请长官说话。

警　乙 长官来了也得搜查！

警　甲　立正！

〔蔡课长上。

蔡课长　怎么回事？

警　乙　这个和尚不让我们搜查！

园　觉　蔡课长，你带人搜查，所为何来？

蔡课长　（抬头见园觉）啊！翁老将军！我们奉命追捕一名逃犯……

园　觉　岂有此理，佛门圣地岂能窝藏逃犯！（蔡课长及两警察被镇住）魏太太身份证带了吗？请给他们看一看。

林菊仙　好吧！（假装取证件）

蔡课长　不用，不用，翁老将军的好朋友还看什么？没事！没事！

警　乙　（低声耳语）这到底是谁呀？

蔡课长　瞎了眼啦，鼎鼎大名的三星上将！（回头对园觉）打扰了，我们冒犯了！敬礼！

两警察　（同时）敬礼！

园　觉　善哉！善哉！阿弥陀佛！

〔蔡课长与警察下。

黄维芝　（取下白巾）翁老将军，小弟久闻大名，今日在此幸遇，谢救命之恩，没齿难忘，受小弟一拜！（欲拜）

园　觉　（阻止）慢！此处不能久留。

黄维芝　请翁老收末将为弟子吧！

园　觉　不！你和我不一样呀！我是拿枪的，月黑杀人，风高放火，这双手的血，已沾得太多，再去反攻大陆？再在这孤岛上开杀戒？不！我不想再作孽了！放下屠刀，立地成佛，但愿能在忏悔中挨过残生。可是你黄参议是国医圣手，进则救世，退则救民，不能为良相，亦当为良医。再说，常言道：鸟飞千里思归巢，树高千丈叶归根，汪洋孤舟总有一天要驶向欢乐的彼岸。你是有希望的，应该振作起来！

黄维芝　（感动地）师父！——

林菊仙　黄参议，快走吧！先到我一个朋友那里暂避几天，一切从长计议。

园　觉　对。存义先留在这里，我给他另找去处，你们父子要暂断来往，避避风头。

黄维芝　好！一切拜托恩师！（告别后随林菊仙下。园觉入寺）

〔导游女及外国游客追逐而上。

游　客　站住！站住！

〔导游女站在寺前，外国游客对她举相机。

导游女　我是导游的，对照相没有兴趣，请原谅。

游　客　给女人拍照我可有兴趣！！

导游女　我不干！

游　客　嘿嘿，你不干！他们早告诉我了，你是个“黑牌”导游，不识相，这碗饭就叫你吃不成！

导游女　你！——

游　客　坐上去，把衣服脱了！

导游女　我——（只好坐上石栏杆）

游　客　快脱！

导游女　（含泪脱下外衣）……

游　客　（看了看镜头）啊！这湖水美极啦！姑娘！还要脱！还要脱！

导游女　（怒）什么？！

游　客　（得意地）我要在佛门圣地，拍一张惊人的照片！

导游女　（怒目而视）你！（重新披上外衣）

游　客　啊！你放心，我会给你很多很多钱！快脱！（欲上前强脱，被打了一个耳光）

导游女　来人呀！

〔外国游客把导游女打昏在地。

〔朱义闻声赶到，见状用扁担与外国游客搏斗。

〔外国游客被打败，逃跑。

〔朱义扶起昏迷的导游女。

朱　义　醒醒，小姐！

导游女　（醒来）放开我！放开我！（欲跳湖自尽）

朱　义　不能这样！（拉住对方）我送你回家去！

导游女　我没有家！你让我死吧！（哭泣）

朱　义　你爸爸妈妈在哪里？

导游女　都——死——啦！

朱　义　你叫什么名字？

导游女　我叫……石屏。

朱　义　石屏姑娘，多熟悉的名字啊！

导游女　你也知道这个名字？！

朱　义　知道，因为石屏姑娘是一个聪明、善良、勇敢、坚定的女孩子。她受尽了灾难，站立在海边，可她的心永远连着母亲的心——为了盼着和母亲团聚，她要坚强地活下去！

导游女　你叫什么名字？

朱　义　阿义！

导游女　阿义！你是阿义！

朱　义　是呀！（摘去僧帽）我是阿义！

导游女　阿义哥！（扑向朱义，大哭）

〔幕落。

第六场

〔朗诵：隐名姓，寓海边，
夜风冷月透心寒。
飘萍无寄愁肠断，
恨海用血填。

〔一九七九年农历端午节。月夜。

〔台湾，承天市，黄维芝的医寓。

〔旧城区的一个老式洋楼底层。台左可看到大门，门上挂着“魏芝圃医寓”的牌子。室内有开业医生所用的一般医疗器械及药橱、病榻。桌上有照片。墙上显眼地挂着一把宝剑。有门通内室。

〔凄凉悠扬的洞箫声中幕启。眉月高挂，黄维芝闭目追思，口吹洞箫。

黄维芝　（凄然泪下，吹不下去，吟出几句诗来）飘泙无寄梦江南，夜风寒月伴凄然。天涯游子寻归路，西望家乡又一年。

〔方蔚带领几个便衣在门外监视，并打算行动。忽听有人走来，方蔚和便衣隐去。

〔一个女人，手持电筒在黄维芝的门口照射。林菊仙上，见此情景警惕地隐退。

〔女人发现有人，也迅速离开黄维芝家。便衣跟随女人下。

〔林菊仙急速地敲门，黄维芝开门。

黄维芝 你，这么晚……

林菊仙 门外有狗！

黄维芝 （开门看了看，入内）有什么情况吗？

林菊仙 阿义，阿义出事情啦！（给黄维芝看报纸）

黄维芝 什么？（念报）“承天海洋渔业公司轮机手朱义跳海内渡未遂，现拘押于本市军事监狱候审……”这个阿义，怎么这样莽撞，这一年来，改名换姓，分隔两地，隐居闹市，到了还是没有逃出他们的手掌！唉，干吗要跳海！

林菊仙 舅舅已经托人去打听过了，不是阿义莽撞，他没有跳海！

黄维芝 那又是怎么回事？

林菊仙 听说是大风把“东亚号”刮到浙江省的大陈岛，那里的共产党干部热情接待了他们，还请他们去观光西湖，帮他们修船，装水……

黄维芝 那怎么会抓走阿义一个人呢？

林菊仙 阿义接受了共产党的礼物，话语间有所不慎，被船上的“钉子”抓住了。

黄维芝 唉！故土不能回，亲人不能见，连被风送上了祖国的土地也有罪！可人家共产党就做得合情合理，元旦《告台湾同胞书》中说得多么真切：“如果我们还不尽快结束目前这种分裂局面，早日实现祖国的统一，何以告慰列祖列宗？何以自介子孙后代？……”唉！这一天要等到什么时候呀！

林菊仙 舅舅说，阿义的事一定会牵扯到您，要早做准备。

黄维芝 知道了。

林菊仙 你写的那份《认同回归请愿书》，我拿回来了。

黄维芝 （看信）啊！签名的人这么多？翁老将军也签了名！

林菊仙 舅舅还加了几句话呐。

黄维芝 （看着信，高兴地念出声）“我们都是黄帝的子孙，中华的儿女，绝不能数典忘祖，让后辈唾骂！”说得太好了！（对林菊仙）为了这份东西，你也竭尽心力，要谢谢你啦！

林菊仙 谢什么，我也是中国人，可是至今还没有看到过巍峨的长城，奔腾的黄河，莽莽的昆仑……人生短暂，轻重自取，我想活着能为统一出一点力，也可以使生命更有意义一些。

黄维芝 （肃然起敬）菊仙小姐有这样的抱负，不愧是将门之后。

林菊仙　黄参议，你以为台湾岛上这么多歌女、导游、酒吧、按摩……都是自甘堕落的下流女人？

黄维芝　不！不！绝不！……这都是生活的逼迫，不幸的沦落……

林菊仙　我生在一个灾难的年代，从小就被糊里糊涂地带到了这个小岛，父母在战争中打死了，舅舅把我抚养成人。可是，他已看破红尘，削发为僧，我便成了被遗弃的孤儿，被凌辱的玩物。我恨透了战争，恨透了那边的一切……因为，我一直认为是他们使我落到了今天这样的境遇……但是，这些年来，许多事情使我开始怀疑这个仇恨的价值！

黄维芝　是啊！战争早已停止，时代也在更新，可我们却死死抱住那失去意义的怨恨在苦海中沉沦！

林菊仙　黄参议，自从我第一次听到您不幸的命运，看到您思乡的真情，才明白，历史给我们戴上了同样的枷锁，我……

黄维芝　菊仙小姐，真对不起，回想起爱华亭的初次相遇，实在太不礼貌了……

林菊仙　那是因为你不虚伪！

黄维芝　后来我才知道，为了那本小册子，你还受到了非难和牵连……

林菊仙　你不是说过“醉里乾坤大，醒时日月长”吗？那是我醒来以后做的第一件值得做的事。

黄维芝　菊仙……你……你……（时钟敲了两下）哦，两点了……

林菊仙　对了，今天是端午节，这是舅舅带给你的。（边说边取出几只粽子）

黄维芝　粽子！（捧起粽子，思绪万千）天际思家归未得……

林菊仙　……闲中红豆忍相看。

黄维芝　（摇摇头）梦断海已枯……

林菊仙　……情深月重圆。

黄维芝　月重圆？！……唉！（靠在沙发上无言）

林菊仙　吃药吧！（倒药给黄维芝，又给黄维芝倒水、递手帕）

黄维芝　（接过手帕，感慨地）菊仙……我……对不起你！

林菊仙　黄参议，古人说：每逢佳节倍思亲。我送你一曲好吗？

黄维芝　你……

〔林菊仙弹唱起来。

林菊仙　（唱）情切切，
意催催，
沦落天涯泪同挥，

飞舟彩云归。

黄维芝 （失声呼唤）秀兰！……

林菊仙 黄参议！……我完全理解你……

〔黄维芝似梦初醒，心情复杂，无言。

〔有人敲门，黄维芝要林菊仙入内室。

黄维芝 （向门外）谁呀？

孝　珍 （在门外）魏医生在家吗？

〔林菊仙改变主意躺在病榻上装病人。

黄维芝 请进。我是魏芝圃，小姐……

孝　珍 （关门）我……想请您看看病。（谨慎地跟随黄维芝）

黄维芝 请。（见病榻上林菊仙坐着）你……

林菊仙 （注视着孝珍手里的电筒）啊！是你？滚出去！

孝　珍 你！你是什么人？

林菊仙 （跳下病榻一把抓住孝珍）你快说，谁派你来的？你说！你说！

黄维芝 （拉开）菊仙！你——

林菊仙 刚才就是她，在监视你的行动！一定有狗特务在外面！

孝　珍 不！不！我不是奸细，我是孝珍！

黄维芝
林菊仙 孝珍？

孝　珍 是的，我是孝珍，我是孝珍！

黄维芝 （认真地看着孝珍，终于认出来了）是孝珍！

孝　珍 姑父！（扑向黄维芝哭泣）

林菊仙 你就是钟离先生的女儿？……快请坐吧！

黄维芝 孝珍，你快说，这些年你们到底怎么啦？

孝　珍 爸爸最后一次从香港回来，就被特务抓去了。过了几天，突然通知我们说，他在狱中暴病死去。接着母亲又发了疯，死在医院里。家里资产全部被查封。我一个人逃了出来，当了导游女，因为受不了污辱，正要投湖，却碰上了阿义……

黄维芝 阿义！原来，阿义的朋友就是你！

孝　珍 因为怕有人再来暗害我，就把名字改叫石屏了。

黄维芝 真没有想到！真没有想到！

孝　珍 阿义一直不让我来找你，说有人在跟踪，会坏事的。可是，这次阿义突然被捕了，我再没有别的亲人了，只好深夜冒这个险！

黄维芝 孩子！你早该来啦！

孝　珍 可没有想到……

林菊仙 嗨，都怪菊仙阿姨深更半夜没弄清楚。好，我给你们热咖啡，吃了消消气。（下）

孝　珍 对了，姑父，爸爸最后一次从香港还带了两样东西。

黄维芝 什么？

孝　珍 （取出药）这是您要的当归。

黄维芝 “彩云归”终于带到了！

孝　珍 还有，（给照片）你看！

黄维芝 （接过照片，激动不已，老泪纵横）秀兰！小芝！我的孩子……是我的亲生儿子吗？！

孝　珍 （也流泪）是的！是姑妈和表哥在西湖边拍的！表哥多神气！很像姑父！

黄维芝 是吗？像我吗？菊仙！你快来看！我的儿子！我的儿子！

〔林菊仙出，看照片。

林菊仙 （流泪）黄参议！您……真幸福！

黄维芝 我幸福吗？是呀！我能有这样的家是幸福的呀……（高兴地笑了）我多幸福呀！幸福，（苦笑）可是！我的幸福到底在哪儿呀！（不禁失声大哭）

孝　珍 爸爸还说过，姑妈当时在香港等着姑父去见面，盼着你回去，没有想到，爸爸一死就再也找不到您的下落……

黄维芝 （似乎没有听到孝珍的话，自语地）见面……回去……为什么不让我回去？是谁不让我回去？……

孝　珍 （害怕地）姑父！……

黄维芝 （仍在自语）你们说，一个人的肉体能随意肢解吗？一个人的心……能经受这样的撕裂吗？……我的心快要碎啦！

林菊仙 黄参议，您安静一下……

黄维芝 不，我已经忍耐了整整三十个年头，今天再也不能沉默啦！我虽然没有精卫填海、女娲补天的本领，但是，我还有一颗跳动的心。日月经天，江河行地，这颗心永远向着大海的彼岸——我一定要回到生身母亲的怀抱！（过于激动，一阵头晕）

孝　珍　姑父!

林菊仙　黄参议!(两人同时扶黄维芝)

〔门外有几个黑影把大门围住，急剧喊着敲门:“开门!快开门!”

林菊仙　你们快从后门出去，我来对付他们!

黄维芝　不，我不走……

林菊仙　孝珍，快和姑父进去!(不容分说地推两人进屋)

〔门外敲门声更紧，骂声不绝。

林菊仙　(解松头发，懒洋洋地)来了!来了!深更半夜的，是谁呀!(开门)

〔特务们进屋。

特务甲　黄维芝在哪里?

林菊仙　黄维芝?你们弄错了吧!这里是魏芝圃先生的医寓。

特务乙　把魏芝圃叫出来!

林菊仙　真不巧，魏医生出诊去了!

特务甲　你是什么人?

林菊仙　问得真奇怪，我是什么人你们看不出……

方　蔚　菊仙小姐，别演戏了，快让开!(要进内室)

林菊仙　你……不能进去，(阻挠)不能……(挡住门)你是什么人?

方　蔚　(取下眼镜)你真的不认识了?

林菊仙　啊!原来你是特务!你……你(上前纠缠，特务甲将她推倒地上)狗特务!

〔黄维芝及孝珍冲出。

黄维芝　菊仙!(扶起林菊仙)

林菊仙　(指方蔚)是他在香港化装盯梢，害死了钟离夫妇。

孝　珍　啊!狗特务，你还我爸爸!(上前拔剑刺方蔚)

〔特务甲拔枪打孝珍，林菊仙上前保护，中弹。

黄维芝　菊仙!

方　蔚　(打特务甲)混蛋!谁让你开枪的!

黄维芝　菊仙!菊仙!马上要送医院!

方　蔚　好了，黄维芝将军，还是马上到警备司令部走一趟吧，曾司令有请!

黄维芝　又是曾耿?好呀!我正要到地狱去见见这个魔鬼!

林菊仙　(挣扎起来)此去凶多吉少……您要千万小心……

黄维芝　菊仙，相见恨太晚。

林菊仙 ……诀别言未尽……

方　蔚 押走！

黄维芝 （走到台阶上回头）孝珍，（指林菊仙）要马上送医院！

〔两个便衣将黄维芝押走，方蔚随下。

孝　珍 姑父——（扑向门口，哭）

林菊仙 孝珍，快去普救寺找园觉禅师，救……黄参议……快！救……救……维芝……

孝　珍 （扑向林菊仙）菊仙阿姨！（大哭）

〔幕落。

第七场

〔朗诵：风雨骤，浪滔天，
　　　茫茫夜色驾归帆。
　　　炎黄子孙同心志，
　　　骨肉要团圆！

〔接前场两天后。

〔承天市，警备司令部会客室。

〔整个背景是一片落地长窗，厚厚的窗帘，使室内昏暗无光。

〔幕启时曾耿一人坐立不安，片刻，门铃声。

曾　耿 进来。

〔张副官上。

张副官 报告，中央党部来电话，要司令您写一篇反对共党和谈阴谋的文章，明天一定要送去。（给电话记录）

曾　耿 （未理睬此事）黄维芝将军有消息了吗？

张副官 没有消息，已经两天了。那个以警备司令部名义抓人的科长也查不出是谁。肯定不是我们的人。

曾　耿 我要你给翁老将军送去的信送到了吗？

张副官 送到了，是我亲自送去的。翁老将军说，菊仙小姐无辜受害，这件事他一定要管到底。现在事情已经告到国防部，这是部里关于追查此案的指令！

曾　耿　部里的指令？（看指令）好极了！出国护照和船票都办好了吗？

张副官　都弄好了，是今天晚上开往日本的“长崎10号”。

曾　耿　好！（略加思考，断然拨电话）接西蓬警备司令部……

张副官　别打了！西蓬任司令已经到承天来了。

曾　耿　什么？！已经到了？！

张副官　说是专为朱义一案而来！

曾　耿　哼，果然不出所料！这么说黄维芝将军有着落了……

张副官　任司令也太过分了，西蓬都让给他了，还要逼到承天来……

曾　耿　朱义现在怎么样？

张副官　押在监狱里。

曾　耿　马上把他带到这里来。

张副官　好！

〔门外口令声：“立正，敬礼。”

张副官　任司令到。

曾　耿　请。

〔任九车上。

任九车　曾司令，辛苦了。

曾　耿　任司令，大驾光临，连个招呼都不打，有失远迎，还望恕罪。

任九车　岂敢劳您的大驾！

曾　耿　请坐。

任九车　谢坐。

曾　耿　上茶。（张副官应声下）任司令亲自光临、有何指教？

〔张副官上茶后下。

任九车　（手里拿着报纸）美国人不讲交情，共产党乘虚而入，还有这些专会营窝打洞的老鼠，眼看着船要沉下去，就带了把牙刷逃之夭夭，逍遥国外做寓公去了。

曾　耿　有什么办法？

任九车　这是党国的耻辱。

曾　耿　可也是党国的传统呀！

任九车　你看见没有，和谈问题这批老家伙终于开口说话了，（读报）“与共产党和谈犹如饮鸩止渴”。

曾　耿　和谈不能提，独立行不通，大陆更是回不去，我们这些人弄得连个祖国都没有，长此以往，到底算什么？

任九车　唉！这些事何需你我多想？

曾　耿　哼！有的人，数典忘祖还自鸣得意！

任九车　老兄别误会，我是说，这个残局谁都知道不好收拾，若不是小蒋稳得住，我们早就跳太平洋啰！好了，你我也应该精诚团结，共赴国难，来一次破天荒的携手合作！

曾　耿　合作？任司令开玩笑啦，曾某老朽，帮不上忙啰。

任九车　（不快）不是我任九车多事，这是上面的命令。（给公文）要我们同一心志，同一行动，三天之内，了结此案。

曾　耿　（看文）什么，黄维芝果然没有死？

任九车　不仅没有死，而且隐姓埋名在贵市开业行医，难道你警备司令一点不知道？

曾　耿　照你说，是我窝藏了黄维芝啰？

任九车　不敢，不敢。他义子朱义，公开接受共党统战之物你总该知道啰？

曾　耿　（断然地）不知道！

任九车　好吧！那就请司令亲眼看一看吧！方科长！

〔方蔚上，出示立轴。

曾　耿　（看立轴）《彩云归》！好画呀！你从哪儿弄来的？

任九车　这是共党心战的炮弹！送画的人就是黄维芝的太太！

曾　耿　可黄维芝人都找不到……

任九车　哈哈哈，人证，物证，一应俱全，黄维芝我也带来了！

曾　耿　喔，张副官！

〔张副官上。

张副官　在。

曾　耿　重犯黄维芝现在哪里？

张副官　关在候审室。

曾　耿　要严加看管。

张副官　是。（下）

曾　耿　任司令，既然如此，你何不亲自动手呢？

任九车　杀一个黄维芝当然易如反掌，但是此公最近发起了一个什么《认同回归请愿书》签名，人多势众，背景复杂……

曾　耿　怎么？

任九车　上峰的意思你们是老同学，摸底比较方便……

曾　耿　我？积怨太深，旧情已断，曾某实难从命！……不过，事成之后，酬劳多少？

任九车　此话怎讲？

曾　耿　钟离一案你老弟不是一亿两千万捞到手了吗？

任九车　谣传，谣传！

曾　耿　你放心，此事我是不会向上峰报告的！

任九车　（镇定自己，拿起指令）不过……

曾　耿　不过……我也接到了一份指令，（读）“命令你部迅速查明林菊仙之死的真相。国防部。”

〔方蔚急得擦汗。

任九车　（接过指令，疑惑地）国防部直接管这件事？

曾　耿　我想，总有它的道理吧！老兄，还要你多多帮忙喽！为了查清此案，方科长要暂且留下。张副官！送任司令！

〔张副官上。

张副官　任司令请！

任九车　曾司令，请你考虑事情的后果！（傲然而下）

〔方蔚欲跟任九车下，被张副官阻挡。

张副官　（指内室）请！

〔方蔚服从地下。

曾　耿　（对张副官）把黄维芝将军请到这儿来！

〔张副官应声下。

〔黄维芝怒冲冲上。张副官随上。

曾　耿　（伸手上前）老同学……（黄维芝未理睬）张副官，上茶！

〔张副官应声下。

黄维芝　（感到曾耿走来，回过头去）……

曾　耿　（难以启口）唉！伯兰弟，想不到一别二十多年，竟然如此重逢。俗话说，最难风雨故人来，我们是……

黄维芝　少说废话，要杀要剐随你就是。

曾　耿　老同学，请息怒。

黄维芝　什么老同学，不敢当！我是当年私通大陆案的罪魁，伪造车祸案的主谋，煽动内逃案的要犯！

曾　耿　老弟误会了，当年汽车事件乃任九车有意陷害，我是力不从心，无法制止，一直为此愧悔莫及，想要当面……

黄维芝　少来这一套！

〔张副官送茶后下。

曾　耿　（亲自敬茶）先用茶，先用茶。

黄维芝　（冷笑）嘿嘿，南投冻顶茶？！（当面倒掉）

曾　耿　这——是啊！你我之间已失去最起码的信任。

黄维芝　信任？哈哈哈，你还谈信任？

曾　耿　是啊！往事不堪回首。介臣把你掳到这块孤岛整整三十年，造成终生遗恨。我——确实有罪！

黄维芝　个人的恩怨荣辱，我视若浮云，但是，我要问你，钟离何罪？

曾　耿　钟离……

黄维芝　你将他秘密处死于狱中，逼疯他的妻子，掳走他的资产，女儿沦为导游，女婿也进监狱，你这样斩尽杀绝，所为何来？这难道是同窗之时，报效国家，拯救民众的初衷吗？

曾　耿　真没有想到事情会是这样！

黄维芝　“没有想到”，好一个“没有想到”！他难道不是死在你的警备司令部？难道不是你下的命令？

曾　耿　唉！伯兰哪，不瞒你说，就为此事，我连降三级，从西蓬调到了这个不起眼的承天。今天，这个姓任的又逼上门来……

黄维芝　想从我的身上捞回一点损失？

曾　耿　不！他说朱义从大陆又带回了东西……

黄维芝　大陆带回了东西就有罪？大陆是哪里？难道不是你我的生身之地？难道不是我们历代祖宗埋葬白骨的地方？母亲身上的乳汁，孩子们吮吸了竟然也有罪？同一个中华民族，木同本，水同源，书同文，人同种，为什么会变成“盈盈一水间，默默不得语”？眼看着骨肉分离，箕豆相煎，你就没有一点心痛之感？

曾　耿　箕豆之怨，何独你我。你以为我真是冷血动物吗？不！伯兰，我身上的皮也是黄的，血也像你们一样在奔腾，我也是大禹的后代，炎黄的子孙呀！

黄维芝　住口，你的血已经冻僵，已经变黑，已经发臭！你以为这一条海峡能把整个中华民族永远隔开吗？不可能，绝对不可能。一泓水隔算什么，血，毕竟浓于水啊！

曾　耿　“血，毕竟浓于水！”血，毕竟浓于水！（突然，面对黄维芝，严峻地）这么说，你真的想要回那边去？

黄维芝　是的，我想，台湾岛上一切有良心的中国人都在想！

曾　耿　好吧！（按铃，张副官上）叫朱义到这儿来！把钟离小姐也接到这儿来！

张副官　是！（下）

〔门开，朱义戴镣铐上。

黄维芝　阿义！（扑过去）

朱　义　阿爸！（相抱而泣）

黄维芝　（突然醒悟，对曾耿）你，究竟打算怎样处置？

曾　耿　（给朱义启镣）实话相告，上面要我立即对你们父子下手！

黄维芝　好吧！你一向以服从为天职，那就动手吧！

曾　耿　不，伯兰……

黄维芝　你听我说，临死之前，有两事相托。

朱　义　阿爸——

黄维芝　看在钟离面上，放走孝珍、朱义！

曾　耿　可以。

黄维芝　我死之后；请将人头、书信连夜送到台北。

曾　耿　伯兰！

黄维芝　刀割的创伤应该早日愈合，分裂的中国应该到此结束。当局若能纳此死谏，维芝将含笑九泉！

朱　义　阿爸！

曾　耿　伯兰，你为什么这样想呢？（展开《彩云归》画卷）秀兰在等着你，应该回去看看！

朱　义　阿爸，这是钟离教授亲手给我的……

黄维芝　（双手抚摸画卷，无言而泣）……

曾　耿　（取出护照）这是三张护照，你们赶快去承天码头，去日本的船就要启航了！（向内喊）张副官，快把黄参议的行李拿来，钟离小姐也请来。

〔孝珍在门口出现，臂戴黑纱。

孝　珍　姑父！（扑向黄维芝）菊仙阿姨的后事翁老将军都料理好了！

〔张副官拿小皮箱上。

黄维芝 （完全相信曾耿，几十年的积怨一旦消除）介臣兄！

曾　耿 伯兰弟！（两人拥抱在一起）回到老家请代向亲人问候，向叔冶致意。

黄维芝 不！介臣兄，我们一走，你的处境就更——

曾　耿 伯兰，你应该回去，秀兰在等着你，孩子在等着你……认同回归，人同此心，心同此理。我们还会见面的！

黄维芝 介臣兄——

曾　耿 快走！（两人紧紧握手）情天恨海，作孽何人，后世儿孙，当会定论。

〔黄维芝、朱义、孝珍与曾耿告别而下。

〔曾耿打开窗帘，向窗外招手示意。阳光耀眼，汽车声远去。

〔《彩云归》歌声：

天淡淡，
日垂垂，
断肠人自倚斜晖，
何日彩云归？

长恨天涯隔一水，
白头唯有影相随。
西湖明月在，
何日彩云归？

〔《彩云归》歌声越来越响。

〔幕落。

〔剧终。

1980 年

（根据李栋、王云高短篇小说《彩云归》改编）

《六场话剧》

梦　幻

童汀苗

人物表　鲁　迅——是年 46 岁，广州中山大学文学系主任兼教务主任。

许广平——是年 26 岁，女，鲁迅的助教。

毕　磊——是年 25 岁，中大文学系学生，革命青年。

常　虹——中大文学系学生，号称“小鲁迅”。

苏　红——中大文学系女生。

杨　凯——中大文学系毕业生。

闰　土——农村来的少年，广州高师学生。

戴季陶——是年 45 岁，国民党中央执委兼中大校长。

朱家骅——是年 34 岁，中大副校长。

钱大钧——是年 34 岁，广州戒严司令。

钮有恒——是年 41 岁，戴季陶的夫人。

沈家杰——中大反动学生团体“士的党”头目。

中大文学系徐教授、中大文学系女生、“士的党”党徒、警官、军警、人力车夫、女佣等。

第一场

〔1927年，广州四·一五大屠杀前夜。

〔广州东堤白云楼26号二楼，鲁迅寓所。当中的一边安置着一张板床，床头悬挂着一把日本白壳武士刀。对面是一列醒目的书架。西窗下一张书桌，堆放着许多书籍和文稿。墙上有一副鲁迅手书的集骚句对联："望崦嵫而勿迫；恐鹈鴂之先鸣！"

〔透过窗户，可见一条"祝捷北伐军克复沪、宁"的红底白字标语。

〔幕启，场上无人。有顷，许广平女士开门进来，提着红烧陈皮鸭和街上买的鲜花、杨桃罐头等。进门以后，她如主人似地在一个青瓷盆里插上鲜花，整理着房间。这时，新女性型浪漫诗人苏红和几个爱好文学的女生——她们手里都提了灯彩，蝴蝶的，果子的，苏红则是火炬的——蹑足而入，放下灯彩，想窥探什么秘密。许广平回过头去，苏红她们又躲过一边，但终于给她发现了。她装作生气的样子，大步走出门去。

苏　红　（门口一拦）许广平女士，不欢迎我们？

许广平　我去报告警察，抓你们几个小偷！

苏　红　革命者不怕警察的皮鞭，请吧！

许广平　你们不在中大上课，来这儿偷偷摸摸做什么？

苏　红　想从生活这个多彩的窗口，窥视一下当今文学巨子，我们中山大学的教授鲁迅先生和他亲爱的学生许广平小姐之间有什么秘密的关系。

许广平　苏红，你——

苏　红　哈哈哈！

女生甲　咦，先生不在？

许广平　今天学校开会，他是教务主任，能在家？

苏　红　那许小姐你——没陪着？

许广平　为什么要陪着？

苏　红　这还用说！自从前年先生支持你们北京女师大学生闹风潮，你对先生的爱慕之心就溢于言表；去年你被学校开除，先生遭到北洋军阀政府通缉，你们又双双南下；现在先生来中山大学，特意选你做了他的助教，你又有什么理由不陪呢？

许广平 （从床头拿下日本武士刀）看我不割了你的舌头！

苏 红 （立刻害怕地）哎呀别、别……

女生乙 （对甲）先生怎么还爱好刀剑？

许广平 这是先生留学日本时，一个老武士送给先生作纪念的。杀向对方，刀壳就会自动破开。（对苏红）先拿你试试。

苏 红 （叫起来）呀！

女生甲 广平姐姐，别吓唬她了。

〔女生甲和乙好奇地传看短刀，往桌上轻轻一碰，刀壳果然自动破开。

苏 红 （解除了威胁，又气壮起来）哎哟，生什么气？你与先生的两地书，都已经写到第一百一十三通了，还瞒谁呢？

许广平 （淡淡一笑）我——我不过是他的学生。

苏 红 （看见陈皮鸭）学生还管红烧陈皮鸭吗？

许广平 （大方地）这叫弟子服其劳呗！先生吃惯了绍兴的霉干菜、霉豆腐，广州的口味太淡，我在家里给他做的。

苏 红 真香！

〔有人敲门。

许广平 边格？（即广东话“谁”）

〔又轻轻地敲了两下。

许广平 （开门）揾边格？（广东话“找谁”）

〔进来的是带着浓厚乡土气息的少年——闰土。

闰 土 （羞怯地）先生，这里是鲁迅先生的寓所吗？

许广平 是呀。你找谁？

闰 土 中山大学文学系的毕磊。他说在这里等我的。

许广平 （对苏红）这可得问你了。

女生甲 对呀，快告诉人家你的毕磊在哪里吧！

苏 红 刚刚我们一起出来的，半路上有人找他上区委去了。回头么，照例给先生送我们共青团的《少年先锋》来。（对闰土）你等他？

闰 土 （点点头）

许广平 （对闰土）快请坐。

苏　红　（看看表）都五点了，先生还不回来？

许广平　你们找先生有事？

苏　红　你不知道？今晚全市在我们中大操场集合提灯巡行，庆祝北伐军克复沪、宁。我们是来请先生和你同行的。

许广平　那就等等吧。（坐下整理文稿）

女生甲　整理先生文稿？（拿过来念）《革命时代的文学——1927年4月8日黄埔军校讲》。

女生乙　这不是前几天才讲的吗？

苏　红　（一把抢过去，高声朗读）“中国现在的社会情状，止有实地的革命战争，一首诗吓不走孙传芳，一炮就把孙传芳轰走了。”先生讲得太好了！去年国民革命军从广州北伐进军，不到半年时间就打败了吴佩孚、孙传芳两个大军阀，现在又克复了东南名城沪、宁。啊，远方，美妙的音乐，火与剑的交响！轰轰的炮声，闪闪的电光，革命的血肉在飞溅、飞溅，飞溅在沙场！于是普罗米修斯的炬火举起来了！举起来了——（举着火炬灯到窗口）哎呀，鲁迅先生回来了！

女生甲
女生乙　（朝楼下观望）真的回来了！

〔楼梯的响声。

苏　红　快开门。

〔许广平拉开门，进来的却是鲁迅最为钟爱的学生常虹。常虹的外形、服饰甚至隶书“一”字胡，都与鲁迅相似，今天夹的又偏偏是鲁迅出门必带的红底黑色线条印花布包袱。

众　（恭恭敬敬地行礼）先生！

〔许广平习惯地接过印花布包袱。

常　虹　（莫名其妙）这……

许广平　常虹，是你呀？

苏　红　（举拳猛击常虹）该死！该死！你干什么夹着先生的包袱来作弄人？

常　虹　我在学校等先生开完教务会议，送先生回白云楼，刚刚朱家骅副校长在楼下碰到先生，我就拿着这包袱先上楼来了。喔哟，好痛！（对苏红）你对我总是这么狠心。

苏　红　哈哈哈！我们的杂感家，你不正在进行心的探索吗？我这“狠心”，也值得你研究研究呀！

常　虹　对，对，《新女性的铁拳——兼论苏红女士的心》，又是一篇随感录。要是先生同意，就增选进我的杂文集《心的探索》。

许广平　（拿起一部文稿）对了，常虹，你这本杂文集《心的探索》，先生给你选好了，还重抄了一遍，已经推荐给广雅书局，你先校勘一下。（递过稿子）

女生乙　（惊奇地）苏红，他的文章先生还一字一句重抄一遍？

许广平　这是先生乐意做的。先生常说，“宁愿做未名的泥土，来栽植奇花乔木”。

常　虹　（十分感激）先生教务那么忙，又要给北京的《语丝》《莽原》做文字，我这本小小的集子还一字一句地——

许广平　真的，先生为你这部稿子都累病了，这几天他咳得很厉害，今天是发着烧去中大的。

常　虹　（感动得要落泪）先生他……

〔门外响起笑声。随之而进的，前是鲁迅；后是朱家骅。朱家骅提了个青天白日的灯彩，一头光亮的头发，一身笔挺的西装，显得清秀。鲁迅却是矮小的身材，一头硬直如钢针般的长发，灰旧的长袍，陈嘉庚帆布胶鞋，明显的日本式隶书“一”字胡。他目光炯炯，两臂时时屏气曲举，脚步轻快有力，走路目不旁视。进门以后，鲁迅仍在朗朗笑着，笑得连烟卷都会拿不住，而且常常咳嗽起来。

鲁　迅　你们这位朱副校长刚刚说，今天晚上的庆祝盛典我一定得参加，而且由于我的带头，这青天白日将格外的光辉，因为我周树人是“战士”“革命家”！

朱家骅　先生在北京十五年，反对过张勋复辟，反对过段祺瑞的北洋政府——

鲁　迅　我反对张勋复辟，是恐慌我头上再长一根粗粗的大辫子；而反对段执政，那是害怕丢了饭碗。

朱家骅　先生太谦虚了。就过去的事实看，你确是一个战斗者、革命者。

鲁　迅　倘若是的，就应该在北京、厦门奋斗，但我躲到“革命后方”的广州来了，这就是并非战士的证据。

〔鲁迅拿出烟卷，一支接一支地抽。

朱家骅　（忙递过好烟）抽我的，“美丽”

鲁　迅　（接过）也抽抽我这便宜货——“彩凤”。

朱家骅　（接过）好好。先生是我的先辈，“五四”时候就是新文化运动的主将。我记得《新青年》上接连发表了先生二十七篇短评，真不愧为思想界的权威，青年的导师。

苏　红　（拿过一个灯彩）今天晚上一定请先生走上街头，为实际运动再作指导。

朱家骅　对，对！北伐军相继克复沪宁，万众欢腾。戴季陶校长根据广东省政府的函示，明令中大放假三天，参加全市大游行及党部举办的各种活动。我们竭诚欢迎周先生与大家携手前往，为北伐的胜利歌呼！

〔朱家骅与学生们鼓起掌来。

鲁　迅　哈哈哈！骝先，你这带头一拍手，我的“青年导师”便做定了。

朱家骅　先生，我一贯的宗旨，是带领中大诸君向左走。在这革命的大浪潮中，更不能例外呀。

鲁　迅　我倒觉得，只要中大诸君永远记着前线，也就够了。

朱家骅　先生，大家是真心诚意希望你指导的。

鲁　迅　“指导青年”的话，不过是报馆替我登的广告。其实呢，连我自己尚且没有指南针，又怎么去指导别人？

朱家骅　前年许先生她们女师大闹风潮，你仗义发表七教授宣言支持，不就是对学生运动的指导吗？

鲁　迅　那是她们（指许广平）媳妇儿们被婆婆校长杨荫榆开除了，才发了一纸空文，结果自己在段执政的“白名单”里荣获人选，逃出了北京。

朱家骅　这正是先生痛打落水狗的大举！

鲁　迅　你一定要送我这么多纸糊的桂冠，那么我专用徐大总统哲学：听其自然！（看见杨桃罐头）来来来，广平兄代买的杨桃，不妨大嚼一通。来广州几个月，对中大说不上有丝毫裨益。我最卓著的成绩，是吃这杨桃。骝先，动手呀！来，吃，吃。（见到躲在一角的闰土）你也是中大的？

闰　土　不，广州高师的。

鲁　迅　叫什么名字？

闰　土　闰土。

鲁　迅　闰土？

闰　土　我是闰月生的，五行缺土，所以叫闰土，和先生《故乡》中的闰土同名。

鲁　迅　（极感兴趣）啊，闰土！闰土！（用绍兴方言）实格话嗒起来，偌也是农村来咯？

〔听的人一个个都傻了眼。

许广平　（想翻译）先生是说，是说……

朱家骅　许先生，翻译广东话，只有靠你这个广州人。听这绍兴话，还是我这浙江人。（对闰土）这么说起来，你也是农村来的？

闰　土　是，我家也是海边。先生，你在《故乡》里不是说，你喜欢鬼见怕、观音手这些贝壳吗？（说着掏出许多好看的贝壳）我捡的，送给你。

鲁　迅　（十分高兴）好，好！你知道，闰土是我少年时代最要好的朋友，我们哥弟称呼，不分你我。以后你这个闰土也是我的朋友了，你就叫我迅哥儿吧。

苏　红　叫啊，叫啊！

闰　土　（恭恭敬敬一鞠躬）先生！

〔大家都笑了起来。

朱家骅　先生，过去我们在北大共事，同声相应，同气相求，今天我深信也一定能够并肩而行。（挽起鲁迅的手）诸位同学同志，全市提灯巡行的队伍就要往我们中大操场集合了，走吧！

苏　红　（兴高采烈）同学们，走！

〔学生们都举起了灯彩。

常　虹　先生，朱副校长这样盛情，是不是……

鲁　迅　小有胜利，便陶醉在凯歌中，肌肉松懈，忘却进击，敌人便会乘隙而起。

朱家骅　哈哈哈！中山先生生前实行“联俄、联共，扶助农工”三大政策，国共两党至诚合作，同心北伐，迄今青天白日之光辉，已由两粤而江南而河北，现在军阀久踞之穴沪、宁又失却负隅，封建余孽即可一鼓荡平了！

鲁　迅　黑暗的区域里，反革命者的工作怕也在默默地进行。

朱家骅　先生，你想得太远了。

鲁　迅　（拿出一篇文章）不！你看，北伐军总政治部副主任郭沫若先生，前几天发表的文章——

朱家骅　（看文章，一惊）《请看今日之蒋介石》？我一定好好拜读。先生，今晚盛会，省党部恐怕还会向你发出特别邀请。戴季陶校长还有事找我，我告辞了。再会，再会。（匆匆下）

苏　红　唉！先生不去，还有什么兴致？今天我还特地做了新衣裳，你看！

鲁　迅　（逗趣地）谁穿什么衣裳我看不见的。

苏　红　（走近去）看见了吗？

鲁　迅　看见了，并不漂亮。

苏　红　啊？

鲁　迅　红上衣要配黑裙子，你这裙子是咖啡色的，还带格子，颜色浑浊得很，把红上衣也弄得不漂亮了。

苏　红　（不服地）我就觉着美。

鲁　迅　好了，把你们写的作品拿出来给我看看吧。常虹，这期《珠江》你编好了？

常　虹　这期《珠江》就等先生一篇文章了，不然怕卖不出去。

鲁　迅　我教你们一个办法：你们写文章骂我，销路一定好的。（众笑）当然，我还是搜索枯肠，写了点文字。（递过稿子）

常　虹　《庆祝沪宁克复那一边》！先生，你对我们的支持太大了。

鲁　迅　平平而已。

女生甲　（递上稿子）先生，这是我们俩（指女生乙）合写的一个剧本。

鲁　迅　好，我一定细看。

苏　红　（递上一迭诗）这些诗我写得很乱，也请先生看看吧。

鲁　迅　（看不清，垫上一张纸在双层稿纸中间衬着看）看清楚了。“啊，革命，革命，革革革命……”

许广平　（见闰土想拿出稿子，又不敢）小同学，拿出来给先生看好了。

闰　土　不不，我这根本不像小说，太幼稚。

鲁　迅　不要紧的，成人都是小孩变来的。

闰　土　从小没人教，家里穷，所以——

鲁　迅　你们穷的是金钱，而不是聪明和智慧。（接过稿子）

闰　土　谢谢先生，我走了。

苏　红　你不是等毕磊吗？

闰　土　等毕磊是为了拜望先生。先生再见！（连鞠两躬，兴冲冲下）

鲁　迅　哎，今天那个瘦小精干的湖南青年没有来？

苏　红　毕磊一会儿就来。

鲁　迅　给我带《少年先锋》来吗？

苏　红　先生，你盼他的《少年先锋》比看我的诗稿迫切多了。

鲁　迅　你知道，那上面载着最明快的哲学。

苏　红　最明快的哲学？什么呀？

鲁　迅　你们敬仰的马克思主义。（吞了几片药，提起笔）我先把常虹这本集子的序作完。

常　虹　先生，你已经为我这本集子累病了，这序你就别——别忙了。

许广平　先生，你还是先休息一下。（扶他至躺椅上）

鲁 迅 就让我这么躺着？（忽地起来）不行——

许广平 （即刻按住）你——对，有你的信，你先看看信。（递过两封信）

鲁 迅 （拆开看）“……务必拜托先生，毕业之后为我找一个薪俸较高之职，以供父母妻儿一家之食……杨凯。”

常 虹 噢，是和我同宿舍的杨凯，就盼着赶快得到一张文凭，好找个工作接济家里。

鲁 迅 那你转告这位杨凯君，我一定给他留心。（拆另一信看，怒色）这些市侩！竟然不同意出版常虹的这本杂文，怕这未名之作没人买！（气得急剧咳嗽）

常 虹 （忙扶住）先生你不必介意。今后我还会遵照先生的教导，竭力排击旧物，破破中国的寂寞！

鲁 迅 好，好。从厦门大学开始，我不仅赞赏你犀利的笔锋，更喜欢你这个自害的脾气：对这社会偏爱发点议论。（一边咳嗽，一边迅速写完序文）把这部稿子送给广雅书局，告诉他们：出版所受损失，可由我的《阿Q正传》版税补偿。

常 虹 不不！先生……

鲁 迅 假若仍不同意，我卖断《阿Q正传》版权，自己出钱也要给你出书！

〔鲁迅又急剧咳嗽起来，咳出一口痰，吐在痰盂里。许广平发现痰中有血，十分惊讶。

许广平 先生，你——

鲁 迅 （马上掩饰地盖上痰盂盖）常虹，快去吧。

常 虹 （感激万分）先生，这东西（指稿子）还这么幼小，而你……

鲁 迅 惟其幼小，希望就正在这一面。

常 虹 我，我去，去。（下）

许广平 （拿掉痰盂盖，十分心疼）先生你看——你都咳出血来了。

鲁 迅 我的肺本来就不好。

苏 红 （深受感动）先生，你是以自己的血在喂饲我们啊！

鲁 迅 至今为止，我时时有一种乐观，以为压迫、杀戮青年的，大概是老人。这种老人渐渐死去，中国总可以比较地有生气，所以我对你们是无条件地敬畏的。

〔敲门声。

钮有恒 （内声）鲁迅先生在家吗？

许广平 在家。（开门）

〔进来的是戴季陶的夫人钮有恒。这是一个有知识的女人，虽不妖艳，但十分矫揉造作，喜好夸夸其谈。

钮有恒 许小姐，你好。

许广平 噢，是戴夫人。（介绍）先生，这是戴季陶校长的夫人钮有恒女士。

钮有恒 学生拜望先生您来了。

鲁　迅 噢，广州女界的明星，请坐。

女生甲 （感到不便）苏红，我们走吧。

钮有恒 （拉住他们）不不不！我是最喜欢和女子在一起的。我现在是广州妇女问题研究会发起人，这你们可能是知道的。从过去的历史来考察，你就会发现，自上古至今，中国的妇女一代一代衰败下来了。在中古时期以前，是女性中心时代，妇女命令男子！后来经过骑士风，就渐渐被男子征服，一变而成了男性中心时代，我们妇女倒成了乖乖！我的抱负就是要使男女两界立在一条水平线上，让这社会充满着美的、爱的、光明的、平等的、自由的空气！

鲁　迅 不知尊夫人光临敝舍，要命令我这个男子做点什么。

钮有恒 唉呀你看，我这人一见了我们的姊妹，就把正事忘了。先生，我们传贤虽然是中山大学的校长，可又是国民党中央执行委员，还兼着广东省政府委员，公务始终是忙，先生来广州四个月，也没有亲自来瞻仰先生的丰采……

鲁　迅 不很好看，三十年前还可以。

钮有恒 不不，先生的风采那是——哟！先生这一头长发，也该理理了。

鲁　迅 我一看见锋利的剃刀就害怕。

钮有恒 先生真会说笑话。（拿出请柬）先生，现在我代表传贤，特地给你送来请柬，晚上省党部举行欢宴大会，戴校长想亲自给你斟酒，并请你即席发表演讲。

〔许广平偷偷将一瓶药塞在鲁迅手里。

鲁　迅 真不巧，胃病发了，刚刚还吞这脾自美药丸。

钮有恒 先生，今天的盛举，是省党部执行委员特别会议议决的，各界举行伟大热烈之庆祝，昭隆以重，以表欢忱。

鲁　迅 坚苦的进击者向前进行，遗下广大的已经革命的地方，使我们可以放心歌呼，也显出革命者的色彩，其实和革命毫不相干。这样的人们一多，革命精神反而会转成浮滑，稀薄，以至消亡。

钮有恒　（十分尴尬）是是，先生说得是。先生既然身体欠安，那么改日传贤专门在东山寓所设宴奉陪。（欲走又回，对许广平等）我真舍不得离开姊妹们。许小姐，妇女问题研究会是大有可为的，现在我们得到政府同意，要倡导一个“天乳运动”，禁止女学生束胸，违者罚洋五十元。

〔羞得女生们欲跑进内室。

钮有恒　（拉住她们，显出十分亲热和爱护）这是为了我们妇女全面彻底的解放呀！再见。（猛又想起）哎呀你看，我又把正事忘了。（从包里拿出两把纸扇）先生，这是杭州王星记名产，传贤特地叫我带来送你，这上面他亲笔题了字，表示对先生的敬重之心。这把是传贤请先生题字的，先生有空，随便涂几个就行。（突然，雄壮的军乐破窗而入）啊！姊妹们，庆祝盛典开始了，今晚的提灯巡行，将由于我们新女性的参加而变得更加光彩、夺目！中大操场见。（行礼下）

〔军乐声中，各式灯彩随着汽车驰动移过窗口。许多传单飞进室内。

苏　红　先生，巡行的汽车都往我们中大开过去了！走吧，走向社会，走向民众，摇动革命底旗，去呐喊，呐喊！今晚在海珠公园，我一定要尽兴跳一个红色的苏俄舞！（说着情不自禁地跳起来）

〔鲁迅观赏着，更思索着。

鲁　迅　你们都把革命游戏化了！广州究竟是中国的一部分，这里有喜悦，有兴奋，但是没有悲哀，没有思索。我总觉得，满街的红标语，红中夹白，有点可怕。这庆祝盛典的背后，是不是正在安排人肉的酒宴？

苏　红　先生，你把革命看得多么吓人！

〔警车声骤起。伴着几声刺耳的枪声。毕磊穿着学生装急速推门而入。

毕　磊　（气喘地）先生！

苏　红　毕磊！（娇声地）看你，这时候才来。

毕　磊　先生，你，你在就好！

众　怎么了，毕磊？

毕　磊　广州戒严司令钱大钧，突然致函民众运动委员会，庆祝克复沪宁大会延期举行，全市立刻戒严，并且出动军警阻拦巡行队伍，双方发生冲突，钱大钧竟然下令开枪！我怕先生被他们请去发生意外，从区委赶到这里来了。

〔这消息使大家震惊了，苏红抖抖地挽住毕磊的手。

鲁　　迅　（思索着）列宁究竟是革命的老手。（对毕磊）你们的《少年先锋》第八期上引的列宁的这段话："第一要事是，不要因胜利而使脑筋昏乱……"

毕　　磊　三天前，蒋介石在上海发动了四·一二政变，大批共产党人倒下去了，我们两广区委书记陈延年同志到上海以后也牺牲了。

鲁　　迅　可惜我来广州以后，你只带我见了他一面。

毕　　磊　（难过地递上一本《少年先锋》）先生，以后我不能常给你送《少年先锋》来了，这是最后一期。

鲁　　迅　（把它放在原有的一迭《少年先锋》上）你这十二本《少年先锋》，已经是极好的纪念。

毕　　磊　只是先生喜欢的水横枝，我还没有到越秀山挖来。

鲁　　迅　不要惦着这些。

毕　　磊　那么先生，别了。

〔鲁迅目送毕磊和学生们走去，回转身，又传来一声警车的尖叫。夜色降临，漆黑一团，唯有烟卷的一点亮光在闪烁。

鲁　　迅　（画外音）黑絮般的夜色简直似乎要扑到心上，四周沉寂着，仿佛要走向死灭……

〔幕落。

第二场

〔紧接前场，当天晚上。中山大学大钟楼前面校园。

〔幕在警笛声、警车声、枪声中启。"士的党"党徒甲、乙靠坐在榕树下睡着了。

沈 家 杰　（对甲、乙）起来！什么时候，还这么舒坦？（甲、乙干脆靠在一起）他妈的，放跑了那些 CP、CY，小心朱副校长送你们蹲钱司令的大牢！

"士的党"甲　你嚷嚷什么？大搜捕还没开始呢。

沈 家 杰　你听听枪声！今天戒严司令钱大钧亲自布置，谁要放走一个，小心脑袋。

“士的党”甲　见鬼，本来今天晚上打算到酒吧间“打水围”（作饮酒状），叫几个南词妹来唱南词。那儿的南词妹腔口好，容貌美，准人扪，也准人抱……

沈　家　杰　（一个耳光）他妈的，你还像个大学生？

“士的党”乙　（劝开）行了行了，这些雌头谁没野合过一二回？（摸出一瓶酒）来来来，新到上海三光啤酒，喝一口消消气。

〔朱家骅上。

沈　家　杰　谁？（看清）朱副校长！

朱　家　骅　他们的住所都看好了？特别是那个毕磊，是我们中大 CP 的头子，决不能放过了。还有那个“小鲁迅”常虹，也别漏了。

沈　家　杰　四面都叫我们“士的党”的人包围了，朱副校长你放心。

朱　家　骅　（给一迭毛巾）拿着。一会儿蒙上。

沈　家　杰　（接过毛巾）……

朱　家　骅　南京国民政府有令，现在是清党护国的非常时期，宁可错抓一千，不可漏放一个。

沈　有　杰　是！

〔朱家骅回大钟楼，“士的党”四处分散。苏红和常虹分别出。

苏　　　红　（见一边有人闪出，以为是毕磊）毕磊！毕磊！

常　　　虹　苏红？

苏　　　红　（心切地一把抓住常虹）毕磊，这个时候你怎么躲着我？我都吓死了。（往他身上靠去）

常　　　虹　苏红，别怕。

苏　　　红　（看清是常虹，一脸羞涩）唉呀是你！（赶紧走开）

常　　　虹　（拉住她）你别乱跑！我们已经被“士的党”监视了。（远远一条黑影）过来！（拉她躲到榕树后）

苏　　　红　太可怕了！毕磊在宿舍吗？

常　　　虹　我也在找他。他安排我们小组撤到农村，可我——我怎么能这么匆匆忙忙跟先生不辞而别呢？我从厦大跟随先生到广州以后，先生用他的全部心血浇灌我，我要这么走了，先生会多伤心！

苏　　　红　就是。走，找毕磊去。

常　　　虹　我陪你。

〔他们走了几步，又发现监视的黑影，绕开。

常　虹　苏红，有句话趁这将要分手的时候，我想说了出来。

苏　红　你说吧。

常　虹　孟子说："鱼我所欲也，熊掌亦我所欲也，二者不可得兼，舍鱼而取熊掌者也。"你是把我看作鱼呢，还是视若熊掌？

苏　红　我不懂你的意思。

常　虹　你知道，我把爱深藏在心底几年了。当然，比起毕磊君，我不过是……

苏　红　你有天赋的文学才华，所以先生这样钟爱你，你应该是熊掌。

常　虹　那你——苏红！（伸开双手欲拥抱她）

苏　红　原谅我，我的心早已给了毕磊了。

常　虹　（木然良久，痛苦地）那么，我把爱还是深藏着。

〔正欲举步，迎面走来蒙了毛巾的"士的党"。

沈家杰　谁？

常　虹　"士的党"！（把苏红推入竹丛后）

〔沈家杰一挥手，全部蒙了毛巾只露出眼睛的"士的党"把常虹围住。

沈家杰　你是常虹先生吗？

常　虹　我不屑和你们这一群东西说话！（径自走开）

沈家杰　（一拦）……

常　虹　不要忘了三民主义有"民权"这一条！

沈家杰　两点开始特别戒严，有违者——抓！

〔"士的党"一下子架住常虹。

常　虹　朱副校长从来是带领学生向左走的，他能允许你们这样做吗？（"士的党"大笑）

沈家杰　走！

常　虹　（回头欲叫苏红）

沈家杰　（给常虹嘴里塞了一团东西，对甲、乙）马上交给军警，回头注意毕磊。

〔这时，一辆黄包车直闯进来，沈家杰迅速截住。

沈家杰　下来下来！

〔下来的是许广平。

许广平　（正气凛然）请你们让开。

沈家杰　许先生有何贵干？

许广平　周先生的教案忘记在办公室里，我来替他取回去。

沈　家　杰　就不能等到明天吗？

许　广　平　每天晚上两点以后备课，这是先生的习惯。走开！

“士的党”甲　好厉害。

许　广　平　厉害吗？早两年在北京发动“驱羊运动”的时候，还与军警厮打过呢。去吧，告诉朱副校长，问问他教务是否有碍于戒严，这大钟楼我能不能进？

沈　家　杰　（被锐气怔住）是是。（一挥手）走。

〔“士的党”下。苏红出，一把抱住许广平。

苏　　　红　广平姐！

〔一边芭蕉丛中毕磊和闰土也迎了出来。

毕　　　磊　许先生！

苏　　　红　毕磊！

毕　　　磊　（十分意外和着急）苏红，你怎么还没离开学校？常虹他们走了吗？

苏　　　红　常虹他，他刚刚给抓走了。这种时候你还狠心舍得下我！（抽泣）

毕　　　磊　苏红，原谅我。这是组织的决定。

许　广　平　快别说了，先生让我来接你们，都到先生这里先住下。

毕　　　磊　不，不能连累先生！（对闰土）小陈同志，联络的任务就交给你了。

闰　　　土　好。

毕　　　磊　别忘了给先生送水横枝。来，你跳墙，穿小巷出去。

许　广　平　毕磊，你们坐我的车走，他（指闰土）由我来想办法。

工　　　友　（脱下自己的号衣，给闰土穿上）小兄弟，你送这位先生。

毕　　　磊　不不，你……

工　　　友　毕磊同志，我是人力车工会的，我们的夜校你来上过课，自己人哪。

毕　　　磊　同志！

〔一阵警车声。徐教授闻声出。

工　　　友　快，军警来抓人了。

毕　　　磊　许先生，你们快走！问先生好！（拉过苏红就跑）

闰　　　土　毕磊！

许　广　平　毕磊！

苏　　　红　（回头恋恋地）广平姐！

许　广　平　苏红！毕磊！

〔一队戴着白布蓝字（“钱”）臂章的军警跑上。

警　官　站住！全市特别戒严，知道吗？（对徐）干什么的？

徐教授　本校西洋文学教授。

警　官　为什么这个时候出来聚众活动？

徐教授　教授楼的厕所坏了，我拉痢疾！

警　官　（一把抓住工友）那你——

徐教授　（对警官）他是我们教授楼的工友，（对工友）还不给我修厕所去！

工　友　是，先生。

徐教授　Good-night, Genterman!

警　官　什么什么？

徐教授　（行了一个洋礼）先生们，晚安！（下）

警　官　（对许广平）那么，这位小姐在特别戒严期间，又是干什么来了？

许广平　我是中大周树人教授的助教，到学校来替他取教案备课的。

警　官　谁？周树人？

许广平　就是鲁迅先生。

警　官　噢，周鲁迅，周鲁迅，大名人。

许广平　要检查吗？

警　官　不不，看看证件。

许广平　（拿出国民党党证）党证，看吧。

警　官　对不起，我们认的是这个——特别通行证。

许广平　那好，请你跟我到戴季陶校长那里，让他验明真身，再发给我这个国民党员一张特别通行证。（取出纸扇打开，故意亮出戴季陶的题词）怎么样，劳驾你？

警　官　（看扇上题词，念）“一人笔胜万夫众，继往开来语最工。怒向军阀成冷对，金言击响自由钟。赠鲁迅。戴季陶。”

许广平　（故意转了两个圈，让警官兜着看）……

警　官　这，这是戴委员的亲笔！

许广平　（合上扇子）车夫，拉东山戴校长寓所。认得路吗？

闰　土　认得，小姐。（扶许上车，拉起）

许广平　（对警官）走吧？

警　官　不必了不必了。请，请。

许广平　（对闰土）走！

〔闰土拉车下。“士的党”拖着打得昏了过去的毕磊上。小汽车的刹车声，戒严司令钱大钧上。

沈家杰 报告钱司令，中共两广区委学生运动委员会副书记、中大共党首犯毕磊，已经缉拿在案。其余的共产分子——

钱大钧 抓！抓！今天晚上我一气抓了两千一百多人，中大这四十三名，也一个不漏地给我抓！

警 官 是。钱司令，警备司令部和公安局都关押不下了，中大这一批……

钱大钧 解往南关戏院！

警 官 戏院老板提出抗议——

钱大钧 把他一同关了起来。

警 官 是。

沈家杰 （对警官）走。

〔“士的党”引路指点，与军警下。朱家骅拿着一张布告上。

朱家骅 钱司令，祝贺广州清党护国运动初战告捷！

钱大钧 哈哈哈！朱副校长大概忘了，黄埔军校东征陈炯明的时候，我以六连士卒敌它四千之众，蒋总司令不是因此给我当了这个师长么？

朱家骅 是是，钱司令作战素以神奇骁勇著称。

钱大钧 嗯！这次我只调动了两个团，分兵五路，速战速决，各工会反动首要和各纠察队、自卫军、农军都已分别围捕缴械。原驻四标营之四、五两期黄埔入伍生也同时解决。怎么样，神哉奇也乎？

朱家骅 （捧场地）神哉奇也，奇哉神也！

钱大钧 你们中大这个小小的巢穴一清，全市即可宣告解除特别戒严。朱副校长，咱不独居其功，这次清党大搜捕，也是靠了你们制造的胜利气氛，才使他们措手不及，啊？哈哈哈……

朱家骅 鄙人今天和你又一次协调作战。（抖开手中布告）

钱大钧 （念）“本校布告（第三十六号）——处置共党分子……”哈哈，诡计多端！好！你文得及时，我武得彻底，国民革命必胜！

朱家骅 必胜！

〔朱家骅把布告交“士的党”贴上布告栏。昏倒在地的毕磊霎时站了起来。

毕 磊 朱家骅！你这个伪君子！

朱家骅 你——拉出去，拉出去！

钱大钧 解往南石头惩戒场，一经讯实，马上枪毙！

毕　磊 除去了你眼前渺小的存在，更会有人催生美好的未来！

钱大钧 不用给我宣传。我不是《少年先锋》的拜倒者，而是调集枪口瞄准你们胸膛的指挥官！

毕　磊 哈哈哈！钱司令，我们的鲜血将会泼在你们的欢乐宴上，积成我们最后胜利的美酒，懂吗？

钱大钧 （抽出指挥刀）这个，你懂吗？

毕　磊 魔鬼手上总有漏光的处所，掩不住光明的。这个，你又懂吗？

钱大钧 （举刀逼视）它可以刹那之间让你进入地狱。

毕　磊 地狱吗？司令，我早已在但丁的《神曲》里游历过了，并不可怕！

钱大钧 （忙问朱）但丁是哪个朝代的？

朱家骅 这，这但丁是欧洲中世纪意大利的诗人。钱司令，你用不着跟他扯这些。立予正法，以清乱源！

钱大钧 来人哪！

毕　磊 你们杀了一个毕磊又算什么？信仰——人们心底马克思主义的信仰，就像珠江的波涛，你抽千刀，截万段，又能阻挡住它的奔腾、怒号吗？

朱家骅 正是由于你们共产党徒自崇的信仰，才使人人渴望之国民革命，一变而为人人痛恶之阶级流毒。若不采取断然措施，将何以策革命之成功？

钱大钧 蒋总司令的天职，就是要消灭你们的信仰。

毕　磊 这正好说明，你们的蒋总司令，是和吴佩孚、孙传芳、张作霖一样的货色！

钱大钧 什么？

毕　磊 蒋介石刚刚在上海发动了“四·一二”大屠杀，又在广州进行了大搜捕，这比军阀更凶残，更无耻！

钱大钧 你竟敢侮辱蒋总司令？

毕　磊 哈哈哈！（摸摸钱司令身上的识别带）钱司令，你看看，你们身上的三色识别带，不是变成了两色的青红带了吗？这就是说，革命军的总司令，已经成了青红帮的头子了！现在，眼看就要成功的国民革命，都被他毁了！他是绞杀革命的刽子手，军阀！

钱大钧 （自鸣得意地辩驳）军阀是什么？直截了当地说，军阀是帝国主义造成的，我们背后没有帝国主义，什么人也不能说我们是军阀。

毕　磊 你们没有帝国主义老板在背后支持，敢于叛变革命吗？

钱大钧　什么革命不革命！我只知道我们是革命的，谁要妨碍我们的革命，我们就要革掉他的命。我只知道革命的意义就是如此。拉下去，革掉他的命！

〔军警给毕磊戴上手铐。

毕　磊　（沉静地）你们永远不会知道，世界的进步，正是从流血得来的。

〔毕磊转身走去，轻声哼着《少年先锋》歌："走上前去呵曙光在前，同志们奋斗，用我们的刺刀和枪炮开自己的路，勇敢上前……"幕后深沉的合唱伴送着他远去。

朱家骅　钱司令，里面稍坐片刻？

钱大钧　不，你们戴校长还等着我去晤谈，以便电告总司令。

朱家骅　领功请赏？

钱大钧　（敞怀大笑）哈哈哈……

〔朱家骅送钱大钧下。"士的党"拽着苏红、女生甲乙和杨凯出，同时贴上一条标语："打倒CP，清除鲁迅派！"杨凯身穿长袍，高度近视，人很瘦弱。

沈家杰　滚！统统滚出中大！

女生甲　"士的党"，野蛮！放开我！

苏　红　放开我！放开我！……

杨　凯　家杰君，你知道，我杨凯进中大四年，素不闻CP、CY或PC、PY，也不知道种种的"主义"是长乎，短乎，方乎、圆乎？我只盼着早点得到一张文凭，找一个薪俸较高之职，以供父母妻儿一家盘中之餐……

沈家杰　是拜托鲁迅先生吗？

杨　凯　啊，你怎么知道？

沈家杰　哈哈哈！邮检呗！

杨　凯　你、你……

沈家杰　你什么？滚吧，你们这批"鲁迅派"，都开除出中大了！（指指那条醒目的标语）

女生甲
女生乙　你们凭什么——

沈家杰　凭这个（指布告）！（念布告）"兹奉政治会议广州分会秘书处函告：经本会三十二次会议议决，令知中大，准其执行。现将共党及反动嫌疑各生姓名分别布告于后……"他妈的自己看！限你们天亮前离开中大！

（下）

苏　红　（看完布告，哭了）……

杨　凯　（盯着布告，反复念着）“……犯反动嫌疑各生，应即停止晋业，停发修业毕业各种证书……杨凯。”（突然神经失常，大笑）哈哈哈！哈哈哈！（撕下布告，忽地跪下）双亲大人膝下敬禀者，孩儿寒窗苦读四载，文凭今已在握……哈哈哈！文凭！（抛去布告）

女生甲
女生乙　杨凯！杨凯！

苏　红　杨凯，你、你怎么了？

女生甲　快，扶他回宿舍。

〔女生甲、乙扶杨凯下。苏红随下。

〔鲁迅夹着印花布包袱，迈着沉重的步子，怒发冲冠，径直走进沉沉如死的校园。一阵冷风吹过，落叶飘零，那张布告滚到鲁迅脚前。鲁迅拾起来，看着看着，印花布包袱跌落在地，四周响起了沉沉的镣铐声……

鲁　迅　（愤激难平）血的游戏已经开头，而角色又是青年，我现在已经看不见这出戏的收场！

〔幕落。

第三场

〔前场的第二天下午，白云楼鲁迅寓所。

〔幕启，鲁迅不平静地吸着烟。有顷，许广平上。

许广平　先生！常虹有消息了！你看，他托人带给你的信。

鲁　迅　那他还活着？快看看，看看。

许广平　（拆开，念）“先生，还没来得及跟你道别，我就被捕入狱了。四周的高墙昏黑着，拷打的皮鞭嘶鸣着，血污的空气窒息着……。让我回到先生身边去吧，跟随先生去大呼猛进，将碍脚的旧轨，不论整条或碎片，一扫而空。……”

鲁　迅　（越听越耐不住）密斯许，有什么办法救他？

许广平　（突然在信中发现了办法）先生，你看：他说一个看守告诉他，要是肯花大钱，许是能保释出狱的。

鲁　迅　（拿过信来细看）在广州我是外江佬，你应该有几个熟人。

许广平　熟人是有，就是这钱，怕不是小数目。

鲁　迅　（从抽屉里拿出一张合同）拿着这张版权合同，找广雅书局，卖断我《阿Q正传》的版权。

许广平　先生，你已经辞去中大一切职务，要是卖断了版权，以后生活……

鲁　迅　我可以勉力再写些文字，一时还不愁生计。（拿出一颗印章）用你送我的这颗金星印章，代劳一趟吧？

许广平　好。

〔许广平开门欲出，苏红一头扎到她怀里。

苏　红　广平姐！（哭泣）先生，你就不能救救我们？救救我们？

鲁　迅　（针刺般难受）……

苏　红　中大四十多个学生抓走了，两百学生开除了，先生，你是教务主任，你就不管我们了吗？

许广平　苏红，先生他……

苏　红　先生，先生，你怎么不说话？我已经不是你的学生了！

许广平　苏红，先生下午召集教务会议，要求学校全力营救，可是朱家骅……苏红，先生心里比谁都难受。为着你们，他都辞职了！

苏　红　（感动地扑到鲁迅膝前）先生！

鲁　迅　（无限内疚）我没有肩住这黑暗的闸门，放你们到宽阔光明的地方去……

苏　红　那么，从此我们再也不能跨进中大的门了。啊，六塔寺的灯光，消失了；镇海楼的伟影，不见了；荔枝湾的欢语，瘦狗岭的竹篁都凄然失声！珠江啊，用你汛淹生灵的权威，索性毁灭了去吧！我是已经交给了毁灭——我的诗心，我的青春……

鲁　迅　在自然界，鹰的捕雀，不声不响的是鹰，吱吱叫喊的是雀；猫的捕鼠，不声不响的是猫，吱吱叫喊的是老鼠。结果，是只会开口的被不开口的吃掉。老鼠虽然吱吱地叫，尽管叫出很好的文学，甚至像你这样的好诗，但是猫儿吃起来还是不客气。

苏　红　给猫儿吃了吧，吃了吧！毕磊生死不明，我被驱逐出校，我还有什么可以希望的呢？

鲁　迅　黑暗是会灭亡的，它不永久。然而希望是永远要有的，并且总要光明起来。

苏　红　虽说希望的号角可能微微颤颤地响着，一声两声……。然而我，先生，我已经无力倾听。

鲁　迅　脆弱呀脆弱，脆弱的人即使有万丈怒火，除弱草以外，又能烧掉什么？

苏　红　我是脆弱的，但又怎么能变得坚强？望不见普罗米修斯的炬火，看不到路的尽头，革命啊，你在哪里？

鲁　迅　倘必须前面贴着"光明"和"出路"的包票，这才雄赳赳地去革命，那革命是永远和我们久违的。

苏　红　是啊，久违了，革命……

鲁　迅　苏红女士，让我来指给你光明的所在吧：用骨肉碰卷了刀刃，血液浇灭了硝烟，在刀光火色中，看出一种薄明的天色，那便是新世纪的曙光！

〔敲门声，轻轻地。

闰　土　（在门外）先生，先生。

许广平　是小陈。（开门）小陈，快进来。

闰　土　（鞠躬）先生！（拿出水横枝呈上）先生，毕磊说这水横枝是你最喜欢的。

鲁　迅　毕磊他——

闰　土　他……（不住拭泪）

苏　红　他怎么样？快说呀！

闰　土　他被解往南石头惩戒场以后，反动派用麻袋装起来，用刺刀捅，然后，把他扔进了珠江！

苏　红　（哭叫）珠江啊，你为什么不把这世界早早毁灭了去呵！

许广平　苏红！苏红！（扶她进另一室）

〔长时间的沉默。鲁迅接过水横枝，把花拿下，放入青瓷盆里，慢慢浇着水。

闰　土　先生要写点什么吗？毕磊生前最爱看先生的文章。

鲁　迅　（停止浇水，奋笔疾书挽联，悲愤沉吟）身既死兮神以灵，魂魄毅兮为鬼雄！

闰　土　（抹抹泪）先生，我走了。

鲁　迅　等等。（拿过稿子）你的稿子。你敢于取下假面，大胆地看取人生，这是叫我最高兴的。努力吧，中国应该有几个凶猛的闯将。

闰　土　先生，你说过："只有真的声音，才能感动中国的人和世界的人，我记

着你说的话。（欲下）

鲁 迅 回高师去？

闰 土 不，我也被开除了。

鲁 迅 那你就别走了，在我这里住下。

闰 土 先生，组织上已决定我回故乡去。

鲁 迅 （难舍地）那你——就要走吗？

闰 土 是。故乡的农民已经组织起来，有了农民协会。先生，再见。

鲁 迅 （从抽屉里拿出几块大洋）拿着路上用。

闰 土 不不。（放回）先生再见！（走到另一室门外）许先生再见！

〔许广平与苏红出。闰土已经下楼。

许广平 小陈走了？

鲁 迅 走了。多像绍兴的那个闰土啊，那样纯朴，叫人喜爱。

苏 红 （还在拭泪）先生，我也走了。

许广平 我顺路送你。

〔鲁迅无言地与苏红握手告别，许广平陪苏红下。鲁迅仰靠在藤椅上。敲门声。朱家骅上。

朱家骅 （在门外）周先生在屋吗？

鲁 迅 （没睁眼）进来。

朱家骅 （进门）先生！

鲁 迅 （还不睁眼）谁呀？

朱家骅 我，骝先。先生，我受戴校长的委托，代表校务委员会特地给你送“挽留书”来。先生，我放你书桌上了。

鲁 迅 （仍闭着眼）不必。

朱家骅 那么，我给你念念？（欲拆）

鲁 迅 （睁开眼，站起）不必！中大教授周树人，已在下午四点以前面交辞呈，滚出了“革命的摇篮”。

朱家骅 先生，本校革新伊始，有幸聘得先生这样的近世巨子，学术前途已增无限光彩，中大面貌为之一新，我们怎能应允先生离校而去？（又恭敬地递上挽留书）望先生日内归里，怅望之殷！

鲁 迅 （接过）……

朱家骅 （高兴地）过去我们在北大互为进退，因此都遭段祺瑞军阀政府的通缉而南下。我深信单凭我们个人之间的友情，也是会携起手来，共策进行的。

鲁　迅　（找出一份聘书）连同中大以前给我的聘书，一并退回，请你转呈校务委员会并戴季陶校长。

朱家骅　先生，这……

鲁　迅　从现在起，我与中大已无丝毫瓜葛。如果作为浙江籍的同乡，我们可以喝喝龙井，谈谈你们湖州的名产羽毛扇。（倒了杯茶）请。

朱家骅　呃——好好。（接过茶，喝了一口）先生，中山大学目前是中央最高学府，也可以说是党校，政府方面将跨党分子驱逐出校，为的是严肃党纪，而达学校党化之目的。

鲁　迅　（抽烟不语）……

朱家骅　先生，这“挽留书”你还是收下吧。

鲁　迅　（仍然不语）……

朱家骅　那么，先生决意辞职了？

鲁　迅　（突然干脆地）骝先，我可以留任，但有一个条件。

朱家骅　先生请讲。

鲁　迅　请回 Democracy。

朱家骅　德谟克拉西——民主？

鲁　迅　对。民主，“五四”时候我们最尊敬的德先生。办得到吗？

朱家骅　那当然！民主是我们“五四”时候竭力提倡的口号。

鲁　迅　现在需要的还是德先生。

朱家骅　是是。民主乃民权之本，无民主即无自由，无民主即无平等，无民主也就不存在三民主义了。

鲁　迅　那好，被捕学生全部放回，开除学生立即复学，请你们把德先生像供孙中山先生的遗像一样，供在中山大礼堂！

朱家骅　先生，这是政府的事，我朱家骅是无能为力的。

鲁　迅　学校就不能出面担保他们？骝先，我们应当是学生的家长，对学生负责。

朱家骅　先生说得是。可是，我们总不能跟政府对立行事。

鲁　迅　（又激动起来）学生犯了什么罪？他们违背了中山先生三大政策的哪一条？国民党不是要联共容共吗？

朱家骅　联共容共确是中山先生的政策，但据我所知，中山先生的原意，只是容纳单个的共产党分子加入国民党，共同为国民革命奋斗。但日久生变，彼等受第三国际所驱使，拒而恪遵三民主义，进而垄断党权，不能不为之可恶。

鲁　迅　最初你们说共产党是火车头，是革命的恩人，要学生们一起在苏俄顾问鲍罗廷的面前行最高礼。所以青年们都很感动，当了共产党。而现在又突然因为是共产党的缘故，把他们抓起来，作为屠杀的材料！

朱家骅　先生，为完成国民革命之天职，伏隐之逆不得不除。

鲁　迅　然而屠杀者绝不是胜利者。

朱家骅　哈哈哈！先生真是深刻的思想家。

鲁　迅　也想给我定一条可恶罪吗？

朱家骅　先生应该知道，如今党派分歧，不入于杨，即入于墨，非蓝非赤的中间色是没有的。

鲁　迅　噢！如今连颜色也难以自由了。恐怕有一天总要不准穿破布衫，否则便是共产党。

朱家骅　现在是非常时期，先生还是少发议论的好。

鲁　迅　你们尚无割舌之权，总还要被骂几回的。（倒水）喝茶。

朱家骅　经过这次清党，民国坚如长城，骂怕是骂不倒的。

鲁　迅　可惜民国年久失修，连招牌都已剥落殆尽，仿佛花旦脸上的脂粉。

朱家骅　先生，这话未免缺少斟酌吧？

鲁　迅　不！我多年坐在玻璃窗下看人生，还欠刻毒。

朱家骅　先生，自古以来，过激的文字难免牢狱之忧，饱尝铁窗斧钺风味的。

鲁　迅　你是想请我做“文字狱”的主角吗？（屏气曲举双臂，进逼过去）

朱家骅　（害怕地后退）你、你……（跌坐在椅上）

鲁　迅　（大笑不止）哈哈哈……

朱家骅　（莫名地）先生，你——什么意思？

鲁　迅　倘不死绝，肚子里还有半口闷气，要哈哈哈地吐它出来呀！现在你们法律也没有国民必须哭丧着脸的规定吧？

朱家骅　先生真是嬉笑怒骂皆成文章。好吧，既然不能慰留先生，我转呈戴校长就是。

〔朱家骅开门出，向楼梯边上挥手示意，下。鲁迅没来得及关上门，“士的党”甲乙穿着长袍闪进门来。

鲁　迅　（不认识）你们是……

“士的党”甲　先生不认识我们吧？我们是中大法学院的，听说先生为营救学生愤然辞职，我们前来慰问先生，并且代表学生会挽留先生。

鲁　　迅　谢谢。

“士的党”甲　先生，你一辞职，我们就不能在文学上接受你的指点了。

鲁　　迅　你们喜欢文学？

“士的党”乙　对对，我们特别喜欢红色的苏俄文学。

“士的党”甲　听说先生有许多这方面的书籍、杂志。（贼眼溜溜地朝书架走去）先生的书真多。

“士的党”乙　能给我们看看吗？（也东张西望）

鲁　　迅　（打开另一室的门）这屋也是我的藏书，你们随便看吧。

“士的党”甲　好好。（示意乙进另一室，轻声）一定要找到《少年先锋》。

〔“士的党”乙进另一室，“士的党”甲紧张地搜寻着。鲁迅沉着地将桌上的十二本《少年先锋》放进抽屉，坐在书桌前，点上一支烟。

鲁　　迅　找到你们需要的书了吗？

“士的党”甲　在找，在找。

〔“士的党”乙出。

“士的党”甲　（对乙）找到了？

“士的党”乙　没有。里面全是古籍、古碑。他妈别找了，还会明摆在这里？

鲁　　迅　（仍不回头）使你们失望了？

“士的党”甲　这些我们都看过。（走近书桌）先生，你这书桌里有藏着的吧？

鲁　　迅　（打开抽屉，抓出几块大洋）我这里藏的是钱，缺用吗？

“士的党”甲　不不。（眼往抽屉里看）

鲁　　迅　（放回大洋，一关抽屉）……

“士的党”甲　他妈的，走走走。

鲁　　迅　不！既然你们登门求教，我不得不教（拿起桌上几本书）这不是放着现成的几本俄国文学吗？请坐。抽烟。

“士的党”甲
“士的党”乙　（想抽又不敢）不不。

鲁　　迅　对于俄国文学，我并无专门的研究，但读过一些作品，像高尔基，果戈理，这是你们熟悉的。

“士的党”甲
“士的党”乙　对对，这些我们都看过。（欲走）

鲁　　迅　（留住）那我今天就不谈他们，专讲十九世纪末和二十世纪初的一位代表作家——那就是理欧乃德·安特列夫，了解吗？（甲、乙摇摇头）安特列夫既是小说家，又是戏剧家。他的戏剧《狗的跳舞》，有一段是很精彩的（靠拢他们一步）：主角亨利帝尔一边奏着一曲“狗的跳舞”，一边学着那小的狗跳舞着。这样，这样，主人用一根弹簧把小的狗拖着，手里拿着一块糖，打——打——帝——帝——打，于是那些小狗举起了他们的脚。

“士的党”甲
“士的党”乙　（不觉举起他们的脚来）……

鲁　　迅　对，对，这样，于是他们跳舞了——帝——打——打，打——打——帝——帝——打……

“士的党”甲
“士的党”乙　（按节拍学着舞蹈）……

鲁　　迅　对，对，那些愚蠢的小狗，为了吃这块糖，是这样的，是这样的，那些愚蠢的小狗！

〔突然沈家杰踢开门冲进来。

沈 家 杰　（对甲、乙）好啊，你们这些“鲁迅派”又聚在一起了！（摸了一下他俩的口袋）他妈的，滚！滚！

“士的党”甲
“士的党”乙　（一边叫一边溜）先生！先生……

鲁　　迅　（坐到书桌前）你，又是那一群的？

沈 家 杰　TY——三民主义同志社。今天我受三民主义同志社的委托，向你——周树人教授提出抗议！抗议你擅自召集教务会议，公然为共产党徒辩白，而且竟敢以辞职相威胁，与政府严重对立！

鲁　　迅　（两臂屏气曲举，若无其事）……

沈 家 杰　你与 CP、CY 分子紧相勾结，我们热血青年是不能熟视无睹的。请你走开！

鲁　　迅　（离开书桌，仍然若无其事）……

〔沈家杰趁机拉开抽屉，鲁迅敏捷地走过来，盯着他。

鲁　　迅　看清楚了，我也是无赖！

〔接着，一顿拳击，沈家杰跌倒在地。

鲁　　迅　要知道，我曾经当过强盗。早在日本留学的时候，我就参加了反清的“光复会”。没有两下子，强盗们能要我吗？

沈家杰 （拔出手枪）我打死你！

鲁　迅 （早已摘下日本武士刀举起）……

沈家杰 哈哈哈！绍兴师爷，带壳的刀是扎不进肉里去的。（举枪逼到鲁迅的面前）

鲁　迅 三民主义同志，这是日本武士刀，只要碰及人体，刀壳就会自动破开！

〔鲁迅举刀逼向沈，沈畏惧地倒退出门，摔下楼梯。

鲁　迅 （高兴地大笑）哈哈哈！都是些没有做侦探资格的笨蛋！哈哈哈！

〔此时，门外一阵狂笑，杨凯痴痴呆呆地走到鲁迅面前，一手拿一个铅笔扁匣。

杨　凯 你，周树人，鲁迅，做小说的，对不对？

鲁　迅 （诧异）你是谁？

杨　凯 我就是杨凯。（摇摇铅笔匣）

鲁　迅 （回忆地）杨凯？给我写过一封信的杨凯？我的学生么？

杨　凯 怎么不是！

鲁　迅 那么你今天来找我，还是为了毕业以后的工作？

杨　凯 工作？哈哈哈！拿钱来！

鲁　迅 你要钱什么用？

杨　凯 我没有饭吃了！拿来！（脸上做着凶相）

鲁　迅 （把刀握在手里）我没有钱，请你不要无理。出去！

杨　凯 （静了会儿，忽然发出大声）什么东西！哈哈哈！

鲁　迅 你可以停止了。我知道你的疯是装出来的。你此来也是受人派遣，另外藏着别的意思。

杨　凯 什么东西！周树人就是鲁迅，什么东西！哈哈哈！

〔突然，他拿起铅笔匣，傲然走了出去。鲁迅气得连吸了一阵烟，提起笔，迅疾地写起来。

鲁　迅 （画外音）我历来对中国的情形，本来已经多不舒服的了，但还没有料到政界和学界对于他的敌手，竟至于用了乔装的疯子来做武器……

〔钮有恒出现在门外。

钮有恒 学生我又拜望先生您来了。

鲁　迅 又来命令我这个男子吗？

钮有恒 不不。（手持一信奉上）戴校长请你明天上午，到他东山寓所叙谈叙谈。

鲁　迅 好的。也试试我这个人究竟能受得多少明枪暗箭。

〔幕落。

第四场

〔前场的第二天上午，东山戴季陶别墅的客厅。

〔正中透过窗户，是一个花园。两厢可通书房和藏书楼。

钮有恒 （对内）王妈，给常先生送早点了。

〔女佣王妈应声端出早点。

钮有恒 放这里吧。

〔王妈摆好点心下。

钮有恒 （至藏书楼下房门外）常先生，请用早点。（无人应）常先生！用早点了。（推门一看，大惊失色）啊！跑了？（四周匆匆找了一下）常先生！常先生！（至另一侧敲门）传贤！传贤！

戴季陶 （内声）夫人，什么事？我正在洗澡。

钮有恒 常虹跑了！

戴季陶 （内声）给钱司令打电话，抓！

钮有恒 （打电话）喂喂！找钱司令说话！哎呀钱司令钱司令！喂喂！喂！（不断按电话）

〔常虹从花园里看着书上。

常　虹 （自语）唉！学业，前途，全完了！即使幸免屠刀，出去以后又能有我的立身之地吗？找先生去？先生他——他现在自己也……

钮有恒 （抬头看见常虹）哎呀你！你……（急对内）传贤！传贤！在，在啦！

戴季陶 （内声）先请用早点吧。

钮有恒 （给他拿过早点）常先生，刚才你是去花园里散步了？

常　虹 不，我看看书。戴校长不是让我看看他的著作吗？人说戴校长的文章与吴稚晖堪称双绝，今天有幸初次拜读——

钮有恒 如何呀？

常　虹 阐发透彻，系统井然，使我对国民党和三民主义有了新的认识。（又看书）

钮有恒 来来，先吃吧，广州的早点。你吃呀！

常　虹　我想见见戴校长。他从狱中接我到这里一整天了，我的事……

钮有恒　鲁迅先生亲自出面保你，钱司令能不领这个情吗？

常　虹　先生他，他已经……

钮有恒　常先生，戴校长正在跟钱司令交涉，你放心吃吧。

常　虹　戴校长要是现在有空，我……

〔摩托车发动、远去的声响。

钮有恒　你听，戴校长骑着摩托车到郊外呼吸新鲜空气去了。常先生，怎么不吃？来，先喝点咖啡。（自己端起一杯）

常　虹　（也端起）听说戴校长从小天资过人，有神童之称？

钮有恒　戴校长自己有句话："神童佳号空归我，小子高筹君未知。"神童是不敢当的，但他从小胸怀壮志倒是不假。还是在他念小学的时候，一天老师不在，他写了一首诗："不闻从军劳且苦，但愿热血溅黄土。双手拨开奴隶云，双腕击起革命鼓。"为此还遭老师体罚呢！哈哈哈！

常　虹　（油然起敬）戴校长真是从小就有丹心报国的大志。

〔摩托车由远而近，开至门外，刹住。

钮有恒　（起身看了一下）戴校长回来了。

常　虹　那我能不能马上就……

钮有恒　哎呀！又进书斋写大字去了。

常　虹　戴校长真是做学问的人。

钮有恒　上而至于春秋，下而至于现代新文学，他都揣摩细味，遍读无遗。（室内传出吟诵声）你听，又吟诵起诗文来了。（对内）传贤，你就不能等等再念吗？常先生等你半天了。

〔钮有恒进书房拉戴季陶出。戴季陶手里拿着一卷文稿。

戴季陶　夫人，我正读着好文章呢。

常　虹　戴校长。

戴季陶　噢，常虹同学，你好，请坐。

钮有恒　传贤，你念的什么好文章？噢，《心的探索》。

常　虹　《心的探索》？

戴季陶　（对常）你的好文章！刚从书局取来小样，我读来是爱不释手。

常　虹　（不知所措）这……

戴季陶　我欣赏你敏锐的思想，利剑一样的锋芒，笔法与鲁迅先生一脉相承。小鲁迅，小鲁迅！哈哈哈！夫人，给我们沏杯茶好吗？

钮有恒 好。（下）

戴季陶 （踱了几步）常虹同学，我这藏书楼，你都浏览了吧？

常　虹 简直像座宝库。

戴季陶 （取出一张名片）那么，欢迎你以后常来取宝。这是名片。

常　虹 （不敢接）名片？

戴季陶 你超群的才华这几年埋没了。我作为党国先辈，有责任栽培你。

常　虹 （简直不敢相信）戴校长，这……

戴季陶 记苦成人么，我深信十年八年以后，你的名字会更加响亮。（把名片放在常虹手里）

常　虹 （接过名片，兴奋自语）十年八年以后，我的名字会更加响亮？戴校长是党国要人，有他的栽培，那……

〔钮有恒送茶上。

钮有恒 常先生，喝茶。

常　虹 谢谢，谢谢。（恢复了冷静）可戴校长，我现在还是囚犯。（放下名片）

戴季陶 哈哈哈！钱司令早已同意你保释出狱了。

常　虹 那我，马上可以回去？（欲走）

戴季陶 夫人，送常虹同学。

钮有恒 （递过名片）常先生，请。

常　虹 不不！我陪戴校长喝完这杯茶，也好当面多聆听几句戴校长的教诲。

戴季陶 哈哈哈！我这个校长是被毕磊这一伙骂为“自觉的反革命”的，何谈教诲二字？

常　虹 不，戴校长造诣精深，我愿意听听。

戴季陶 那么，今天我找到一个知音了。

常　虹 兼听则明，是为至理名言。

戴季陶 慎思、明辨、笃行，此乃真理。

常　虹 是，戴校长。

戴季陶 （喝了一口茶，振振有词）我追随中山先生逾二十年，毕生精力在于确立先总理忠孝、仁爱、信义、和平的道德精神。道德是什么？道德乃国家之元气，群伦之表率，能造成人类真正之文明。将来世界即使实行了马克思主义，最终也还要回到先总理的教义上来。因为人类如果不是以道德为基，世界就没有和平的一天。

常　虹 戴校长，马克思主义告诉我们，道德是带有强烈的阶级色彩的。

戴季陶 常虹同学，请不要误会，我不是军阀张作霖，我不认为马克思主义是洪水猛兽！共产主义和三民主义并不是没有相通的地方。马克思和列宁，也是伟人。你看过我留存的一幅挽联吗？（拿出挽联）

常　虹 （念）"挽中山先生——继往开来，道德直承孔子；吊民伐罪，功业并美列宁。受业戴传贤。"

戴季陶 看见了吧，我是把孙中山和列宁并美的。现今世界上许多人对马克思主义崇信不讳，这不能不说是马克思和列宁的伟大。

常　虹 对，对。（自语地）毕磊他们怎么能说戴校长是自觉的反革命呢？

戴季陶 但是马克思主义只是片面可通的唯物史观！

常　虹 （不明其意）啊？

戴季陶 中国实业尚未发达，国内并无明显的阶级区分，只有大穷和小穷的差别，所以马克思的阶级斗争，无产专制，中国便用不着！（翻开桌上的书）你看看这本著作里我的论述——

常　虹 对对，这里讲得很清楚。

戴季陶 我们衰老了的中华民族，很容易受流行病菌的侵害，昏庸而粗暴的医生很热心的走拢来，使用他们的医案说：中国现在要进行社会革命，立刻变为共产！但是三民主义者说，不，中国该进行民族革命，先求民族之解放。民族革命尚未成功，怎么谈得上社会革命？而他们却偏偏鼓动着这样的革命，天天喊着向左、向左！许多青年这几年就被这很高的口号催眠了，也跟着嚷嚷向左、向左，在一片狂潮中激来荡去，弄得都中了魔，卷到葬送前途的枉死城中！凭你的天赋，能是这么薄薄的一本著作吗？

常　虹 （悔恨地）唉！

戴季陶 这样自迷迷人，自误误人，不单大学失了一个好学生，中国民族便失了一个栋才。青年诸君啊，日月逝矣，岁不延我哪！

常　虹 （猛地抬起头）戴校长精深之理，诚挚之心，金石为开！这几年在狂潮中激来荡去，好似举杯邀月的李白，只邀得一个水中皓魄！（激昂地）天地者万物之逆旅，光阴者百代之过客。从今以后，立定脚跟，拿定主意，当以戴校长为楷模，立起万载千秋的大业！

戴季陶 那么，常虹同学，这《心的探索》就是你飞跃的起点了。（对内）夫人。（钮有恒出）你告诉广雅书局，此书不在查禁之列，请他们马上出版。

钮有恒 好，一会儿我亲自去。

戴季陶 现在你先陪常虹同学到花园里散散心吧。

钮有恒 常先生，请。

常　虹 （拿起名片）请！

〔钮有恒和常虹下。传来汽车刹车声。有顷，钱大钧凯旋地上。

钱大钧 戴委员，让你久等了。

戴季陶 凯旋将军，失迎失迎。

钱大钧 清党一举，已了却一重公案，今天为一个什么鲁迅，值得你我出面吗？要抓要杀，你吩咐一句就是。

戴季陶 鲁迅不是毕磊，可以一枪一刀抛进珠江了事。他是世界有名的文学家，可以轻易碰的吗？我们三番两次拉他参加庆祝盛典，他拒不出门；我们在中大抓人，他却立即出面营救，宣布辞职，还给你写了这一堆的杂文！（指着一本杂志）看看吧，《可恶罪》，指着鼻子骂我们呢！

钱大钧 他不是和毕磊有联系吗？听说还和两广区委书记陈延年见过面。干脆今天抓了起来。

戴季陶 你又来了。真凭实据呢？

钱大钧 那些“士的党”，他妈全是饭桶！

戴季陶 染于黄则黄，染于苍则苍。只要我们做足了感化的工夫，不怕证据不到手。

钱大钧 感化？这些人个个都是卢布党，只有杀、杀！

戴季陶 （愠怒地）不要杀得连人心都失光了。

钱大钧 哈哈哈！戴委员，不杀能征服人心吗？

戴季陶 力拔山兮气盖世的项羽，挡不住张良吹一夜的箫，软刀有时会比钢刀更有锋芒！

〔钮有恒上。

钮有恒 钱司令，你好。

戴季陶 （对钮）常先生怎么样了？

钮有恒 常先生改名“昨非”，宣布退出 CY，这是他的声明和行动计划。

戴季陶 钱司令，你请看，一个你刀下的 CY 中坚分子，现在觉悟到昨日之非，表示要拿起利剑，誓死冲破迷蒙前途的浓雾，杀绝狠毒、阴险的狡狐了。

钱大钧 （不相信地拿过声明和计划来看）……

戴季陶 司令，战胜武力要靠武力，战胜他们的主义，还要靠我们的主义。

钱大钧 还真他妈有学问在里头！戴委员不愧为党国先辈，兄弟服了！

〔王妈上，递上一张名片。

戴季陶 周树人！他来了。

钱大钧 那我就出面邀请他给兵士演讲？

戴季陶 对。这种时候，他多半是会拒绝的。

钱大钧 那就是与党国二心，拿他当面问罪！这次他既然出了门，我就让他蹲蹲我的大牢。

戴季陶 （提醒地）他万一答应了……

钱大钧 那更好。（背诵地）只要有片言只语可抓，就立他一条反对党国之罪！他去了说些毫不相干的话，那就立他一条——（问戴）什么罪？

戴季陶 那也为党国张扬了学术研究之风。

钱大钧 好！那我们就文戏武唱！

戴季陶 武戏文唱！有请鲁迅先生！

钱大钧 有请鲁迅先生！

〔鲁迅仍然穿着灰旧的长袍，夹着印花布包袱上。

钮有恒 （去搀扶鲁迅）唉呀鲁迅先生，你看你，传贤已经派车去接你了。来来来，我来介绍一下，这是传贤。

戴季陶 （热情地）久仰先生。

鲁　迅 有幸有幸，清党的伟力终于使我们见面了。

钮有恒 这位是国民革命军二十二师师长钱大钧，我们党国的少壮派。

鲁　迅 功臣，功臣！

钱大钧 （得意地）哈哈哈！岂敢，岂敢！

钮有恒 （对内叫）王妈，王妈！（王妈应声送茶食上）先生，今天传贤特地请了给中山先生烧菜的厨师，一会儿就在这里便饭了。有道是食在广州，着在苏州，玩在杭州，死在柳州，四鼎天下么，这顿饭你是不能不吃的。

鲁　迅 可惜我的胃总是不好，吃了这顿饭说不定马上跑到柳州装进楠木棺材去。哈哈哈！（坐下）有恒女士最近对妇女问题又有什么新的研究了？

钮有恒 先生，我近来研究着“女子将来的地位问题”。将来社会的女子，伊是一点也不会再受别人的支配的，伊是自由的，她们可以自由地同居，也可以自由地离婚。而离婚，据我的研究，分类如下：无因离婚，有因离婚，限制离婚，协议离婚，裁判离婚……

鲁　迅 哈哈哈！今天妇女问题之研究，有如此蓬蓬勃勃之气象，实在令我们不能不觉得是妇女解放的曙光。

钮有恒 先生过奖了。

戴季陶　（赶紧打断）树人兄，喝茶喝茶。

鲁　迅　（喝了一口）好茶。（拿出一把纸扇）戴先生让我题字，盛情难却。（递过去）步先生原韵，不成句式，见笑了。

戴季陶　噢！好好好！谢谢，谢谢！（打开）书法自成一体，好字，好字！

钮有恒　传贤，快念，快念呀！

戴季陶　好好。（戴起眼镜，郑重其事地吟诵）"一人笔胜天下众……"不敢，不敢！树人兄，你这真是——

钮有恒　你念下去！

戴季陶　对对。（又诵）"先生文章惊苍穹……"（得意地故作谦虚）树人兄过誉了！

钮有恒　哎呀你念！

戴季陶　（从头吟诵）"一人笔胜天下众，先生文章惊苍穹。羊毫轻扫桃李落，青天白日满地红。"（十分尴尬）这……

钱大钧　"青天白日满地红"，好，好！（也拿出一把纸扇）也给我题一首。

戴季陶　钱司令，先生难得来此一趟，还是叙谈叙谈吧。

钱大钧　哎！今天幸会当今世界的新文学大家，机会难得。拿笔拿笔。（钮有恒只好拿来笔砚）先生请！

鲁　迅　好吧。（落笔成句，递上）……

钮有恒　（幸灾乐祸地）钱司令，念哪！

钱大钧　（念）"屠伯刀下血，席宴杯中浆。狐狸方去穴，桃偶又登场。"

戴季陶　（咬牙地）都是好诗，好诗！

钱大钧　（气得欲拔手枪）好一个屠伯！

戴季陶　（马上按住他）钱司令，茶凉了。

〔戴季陶示意钮有恒下。

钱大钧　周树人先生，我的部下也久仰你的大名，屠伯们想请你去作次演讲，我趁机面聘了。

鲁　迅　哎呀，命题作文，我最不擅长，否则，我在清朝不早中了秀才了？

钱大钧　（马上跳起来）什么，你竟敢与党国二心？

戴季陶　（又按住他）树人兄，你来中大，对文科多有建树，师生瞩望甚切。今日钱司令面聘先生演讲，我就代表中大，一块邀请了。

钱大钧　怎么样，去还是不去？

鲁　迅　（抽了几口烟，悠悠然地）可以的。比如一条疲牛吧，明知不堪大用的了，但废物何妨利用呢，所以张家要我耕一弓地，可以的；李家要我挨一转磨，也可以的；赵家要我在他店前站一站，在我背上贴出广告道：敝店备有肥牛，出售上等消毒滋养牛乳。我虽然深知道自己是怎样的瘦，又是公的，并没有乳，然而想到他们为张罗生意起见，情有可原，只要出售的不是毒药，也就不说什么了。但倘若用得我太苦，是不行的；要专制我为某家的牛，将我关在他的牛牢里，也不行的；如果连肉都要出卖，那自然更不行！

戴季陶　树人兄，你想多了。先生从发表《狂人日记》起，就是勇猛呐喊的前驱，请先生赐教于民，那是当然的事。但不知你讲的是哪方面的内容？

钱大钧　对，说来我听听。

鲁　迅　老调子已经唱完，讲什么呢？

钱大钧　前几天你在黄埔军校不是讲过什么猫呀老鼠呀，你讲得对极了，老鼠尽管吱吱叫，猫儿吃起来还是不客气。啊，哈哈哈！

鲁　迅　司令大概喜欢听听文学方面的？

钱大钧　喜欢喜欢。不曾像戴委员这样做过学问，但也略知一二。

鲁　迅　那好。我就讲讲魏晋风度及文章与药及酒之关系。

钱大钧　什么什么？魏晋这个人的风度、文章，吃药、吃酒的关系？魏晋这小子是谁？

戴季陶　魏朝晋朝的文章风格与药及酒之间的关系。

钱大钧　他妈的，文章与药和酒有屁关系！

戴季陶　鲁迅先生，给革命的兵士演讲，只是说些毫无革命色彩的关系，怕他们是不会答应的吧？

钱大钧　对，对！

鲁　迅　戴先生，我辗转到革命策源地以后，听说革命已经过去了，这里已经变成后方，以致没有见上革命的面。迄至继续追赶革命时，却又说革命已经成功，天下太平无事，以致到底没有遇到革命的缘分。所以这革命的色彩，只有你们——党国英雄才能往上加的！（夹起包袱）什么时候，什么地点演讲，通知一声便是。

钱大钧　（对戴，轻声）什么罪也没立上一条！

戴季陶　（仍然沉着地）不着急。（上前一步）树人兄，请留步。你的学生常虹，由于你的担保，钱司令已经把他放了。

鲁　迅　人呢！他在哪里？

钱大钧　噢，他就在——

戴季陶　就在门外钱司令的车上。

钱大钧　对对。（对门外喊）马营长，把常虹送进门来！

〔常虹由警官陪着，从门外进，随后跟着钮有恒。

鲁　迅　常虹！

常　虹　先生！先生，要不是你的保释，我这命……（欲跪）

鲁　迅　（连忙扶起）出来就好。走。

钮有恒　先生，饭菜都摆好了！

〔鲁迅一扭头，跨出轻捷的步子。常虹赶紧搀扶着他，一起走去。戴季陶、钱大钧、钮有恒发出一阵得意的奸笑。幕落。

第五场

〔几天后的一个傍晚，珠江边，小街路口。

〔幕启，杨凯坐在一角，面前摆着一块“代写书信”的招牌，正替一个中年妇女写完书信，接过两个铜板。又有一个男的残废乞丐走来，杨凯忙请坐下。但是，这个乞丐却伸手向他要钱。杨凯给了他一个铜板，乞丐致谢离去。有顷，苏红一晃一晃出现在珠江边。

杨　凯　（不好意思地）小姐，你要写信吗？

苏　红　（没好气地）也不长两只眼睛看看。

杨　凯　（认出）你，你不是苏红吗？

苏　红　呀，杨凯！你这么瘦，我都认不出来了。你现在干吗呢？

杨　凯　（指指招牌）代写书信。你现在干吗呢？

苏　红　我像只孤雁，寻觅我昨天的足迹。每天每天，我为着寻觅烦恼，我为着烦恼寻觅。我重伤了的灵魂呵，已经奄奄一息……

杨　凯　苏红，你究竟每天干啥？

苏　红　从长堤的这一头，逛到长堤的那一头，又从长堤的那一头，逛到长堤的这一头。

杨　凯　整天闲逛？你的家不就在广州吗？

苏　红　家里要是知道我被开除了，还不赶我出门？所以白天我只好逛着，晚上到同学这儿暂时住着，星期天回一趟家把双亲骗着。

杨　凯　（感慨无穷）共是悲秋客，何处觅前程！

苏　红　（感叹地站起）唉！（慢慢起步晃去）每天每天，我为着寻觅烦恼，我为着烦恼寻觅……

〔苏红沿着珠江的长堤晃悠而去。杨凯叹口气，渐渐乏力，睡了过去。沈家杰化妆成卖烟的小贩上。

沈家杰　列位先生小姐太太，中国南洋兄弟烟草公司“同志牌”香烟出世，此乃青天白日下之新国产，此乃青天白日下之新国产……

〔常虹闻声从街口一座房子的楼梯上下来。

沈家杰　戴校长问你，《新生》第一期什么时候发排？

常　虹　快了。你看，我正在赶写。

沈家杰　鲁迅的稿子到手了？

常　虹　说好今天可以完稿，一会儿我就去拿来。告诉戴校长，一切顺手。

〔中大徐教授夫妇走来，常虹即匆匆上楼。沈家杰迎上去卖烟。

沈家杰　胜利之军，胜利之民，不可不抽胜利之烟。先生，买包“胜利”？

〔沈家杰盯着徐教授夹的一册厚书，徐教授厌恶地拉着他的太太绕开。

沈家杰　（拿下一包“绿宝星”香烟，上前拦住）香烟之唯一明星，社会无上至宝，烟中上品，薄海风行。太太，“绿宝星”！先生，“绿宝星绿宝星”！（趁此故意碰撞教授的胳膊，教授的一册厚书掉下）《圣经》！

徐教授　混账！

〔徐教授夫妇下。沈家杰走近杨凯。

沈家杰　请问先生！你也爱美女吗？（拿起一包“美女”烟）

杨　凯　（睁开双眼）……

沈家杰　你瞧，这盒子上的这位绝色美女，她不会老，不会发脾气，又不要你的金钱挥霍，可以一辈子和你厮混着……

杨　凯　（打落香烟）你自己厮混去吧，我只有一个铜板！

沈家杰　杨凯，你别不识抬举！

杨　凯　啊，沈家杰！你……（不觉毛骨悚然）

沈家杰　（拿出一个证件一晃）别害怕，省府军政督察委员会政治侦察队。

杨　凯　（赶紧收拾摊子走开）你、你……

沈家杰　别走。把你手里的书拿来。（一把抢过）《桃色的云》！桃色不就是红色吗？好啊，公开在街头传播红色书刊！走，跟我走一趟。

〔常虹上，从沈家杰手上夺过书来。

常　虹　难道现在连爱罗先珂的童话也不许看吗？（对沈）你是干什么的？滚开！

〔常虹示意沈走开，沈下。

杨　凯　（认出）常虹，是你！

常　虹　杨凯！这几天我正到处找你呐。

杨　凯　这帮“士的党”，欺侮我没个完了！

常　虹　别理他们。

杨　凯　（突然想起）哎！四·一五那天，你不是给抓走了吗？

常　虹　他们拷问不出什么问题，只好把我放了。杨凯，你这样总不是办法。

杨　凯　远离家门，举目无亲，只好聊以活命！（扛起摊子欲走）老同学，谢谢你了。

常　虹　（拿出一份《语丝》）你先别走。这里有写你的一篇文章。

杨　凯　《语丝》？《记杨凯君的袭来》——鲁迅！

常　虹　你念念这段。

杨　凯　（又念）“我历来对于中国的情形，本来已经多不舒服的了，但还没有料到政界和学界对于他的敌手，竟至于用了乔装的疯子来做武器……”（激动得不能自制）这是怎么回事？为什么写文章骂我这个可怜的人啊！

常　虹　杨凯，你别激动，你被学校开除以后，是不是一度精神失常了？

杨　凯　（默默点了一下头）……

常　虹　那期间，你去过鲁迅先生家里？

杨　凯　（又默默点了一下头）……

常　虹　你说了些什么？

杨　凯　（想了半天）好像问他要钱了。

常　虹　（挑拨地）那也不能说是敌人派遣！

杨　凯　常虹，你与先生关系好，你得替我申辩明白，我不是敌人用以攻击先生的武器，我杨凯再也受不得这么大的冤屈了！

常　虹　杨凯，看了这期《语丝》以后，我找先生说过你的事。可是，学生的意见是不能轻易说服先生的。

杨　凯　我该怎么办？

常　虹　杨凯，不写文章申辩，你怎么洗得清？

杨　凯　（又有点异常）写，我写！我平生要发一次宏论！周树人，鲁迅，什么东西！哈哈哈！

常　　虹　我给你介绍发表。明天一早给我稿子，行吗？

杨　　凯　行！拜托，拜托！（匆匆下）

〔“士的党”甲、乙拉沈家杰上。

“士的党”甲　（对沈）你看！鲁迅夹着一大包东西，朝这边走来了，好像是书。要不要拦住搜查？

常　　虹　是他？（匆匆避开）

沈 家 杰　盯住他。特别要注意《少年先锋》第八期，那上面有列宁的话。

〔沈家杰一挥手，三人散开等待。

沈 家 杰　怎么不见了？哎，不见了！

〔小汽车的鸣叫声。

“士的党”甲　一定是发现了我们，跳上了这辆汽车。

沈 家 杰　对，对！拦住他！拦住他！

〔三人拦住道，叫喊着。

三　　人　停车！停车！

〔刹车声。

沈 家 杰　（气势汹汹）下来下来！检查！

〔车门“乒”一声响，出来钮有恒。

钮 有 恒　（气得两眼瞪着）……

沈 家 杰　（吓得发抖）是、是戴夫人！（一看侧幕后，更为惶恐）戴、戴、戴校长……

钮 有 恒　你们拦车做什么？

沈 家 杰　我们发现鲁迅夹着一大包书籍朝这边走来，正要伺机搜查，忽然不见人影，以为是上了车了。

钮 有 恒　追上他，不许放过。

三　　人　是！（转身走）

钮 有 恒　等等。（对沈）去邮局查看过吗？鲁迅的书籍、杂志都扣下了？

沈 家 杰　扣下了。《语丝》《莽原》《烈火集》，我全给写上了两个绿色大字：“扣留！”

钮 有 恒　好。今天广州学联请戴校长在南关戏院演讲，回头你们都去维持秩序。

沈 家 杰　是。（对甲、乙）快，分头找。

〔钮有恒和“士的党”甲、乙下。女生甲、乙上，环顾四周。

女 生 乙 先生在哪儿呀？你看错人了吧？

女 生 甲 不不，是先生。看，那不是先生过来了？

〔许广平和鲁迅从小街两边的人行道上。

女 生 甲 先生！广平姐！

鲁 迅 你们好，你们好！

许 广 平 （对女生甲、乙）你们看，先生非让我远远离着他，走这边道。

鲁 迅 要是有个万一，不是连累你了？

许 广 平 学生自不量度，才浅力薄，不足与言大事，但作一个誓死不二的“马前卒”，总该允许吧？

鲁 迅 你呀，生性倔强，不可教也。

许 广 平 谨请先生循循善诱呀。

女 生 甲 先生，前几天你收到传单了吗？

鲁 迅 传单？

女 生 甲 就是印着你的文字《小杂感》的那张油印小报。

鲁 迅 有，有，不知是谁从门缝里塞进来的。

〔女生甲、乙突然笑起来。

鲁 迅 你们——是你们给我的？（与之紧紧握手）真的猛士，敢于正视淋漓的鲜血！

女 生 甲 先生，是你的一篇篇杂文鼓舞着我们！

女 生 乙 （对甲）有人。我们走，也去听听戴季陶说些什么。先生再见。

〔女生甲、乙匆匆下。常虹捧了许多小黄瓜，从另一方向跑上。

常 虹 先生！先生！广平姐！

许 广 平 常虹，先生是特地来看你的。

常 虹 先生你真是！你看，我买了这些刚上市的小黄瓜，正要去看你呢。

许 广 平 （拿了一条给鲁迅）先生就爱吃带泥土味的黄瓜。

鲁 迅 （吃着小黄瓜，对许）你还不如常虹对我摸得透。哈哈哈……

许 广 平 （对常）先生总是褒奖你。

鲁 迅 常虹，你其实何必搬家呢？在我这里住着好了，又不收你房租。

常 虹 在先生这儿已经住了几个晚上，我觉得太麻烦先生了。再说，我是被抓过的异党分子，总怕影响先生。

鲁 迅 哈哈哈！我自己是什么也不怕的。生命是我自己的东西，所以我不妨大步走去，向着我可以走去的路。

常　　虹　先生总是这样深刻地教育我。我一定像先生一样，做一个弄潮儿立于涛头而不在意。

鲁　　迅　好，好！浊浪拍岸，徘徊海滨，一溅水花，便觉得有所沾湿，狼狈起来，那是我最不愿看见的。

许广平　你看你们师生俩一个坏脾气，一见面就发议论。（对鲁迅）快去看看他住的吧。（拿起火酒炉、饼干盒之类，对常）先生怕你烧东西不便，给你带来了火酒炉，还有罐头、饼干，怕你晚上看书、写文章饿了。

常　　虹　先生，这、这……

鲁　　迅　给他拿上楼去吧。（欲上楼）

常　　虹　先生，广州的楼梯又陡又窄，你还是……

许广平　我上去看看吧。（对鲁迅）你就在这长椅上坐着，别动，别走开。要有事你就马上叫一声，没事你就别作声。

鲁　　迅　（摸出一包烟）那么，抽烟行吗？

许广平　也不行。你一天已经抽到五十支了。（把烟放回他的口袋）

〔鲁迅伸手摸烟，碰到许的目光，又缩了回去。常与许上楼。沈家杰上，压低帽檐，走近坐在长椅上的鲁迅。

沈家杰　先生，三民主义为唯一建国方略，坚决服从，是为真同志。这“同志牌”香烟，即本此信条而制造。先生，买烟吗？（坐下，摸鲁迅的包袱）

鲁　　迅　（认出来，起身，两臂曲举，眼睛狠狠盯着他）……

沈家杰　（赶紧走开，换一个方向叫卖）常吸“同志牌”香烟，即能唤起旧同志之努力，促进新同志之激增！

〔呼叫声中，“士的党”甲、乙出。

沈家杰　（对甲、乙）全是书，盯着。（下）

“士的党”甲　先生，你好！

鲁　　迅　噢，又是你们两个。

“士的党”甲　先生今天上街玩玩？

鲁　　迅　我还没那么有闲。

“士的党”乙　噢！先生是上街买书来了。这么沉，都是些什么书？

鲁　　迅　都是文学方面的。（把包袱往他们面前一摆）看吧！

〔“士的党”甲、乙扑过去翻找。

"士的党"甲 （看不懂）先生，这、这是些什么书？

鲁　　迅 日文版的文艺理论：本间久雄的《文学论》，厨川白村的《苦闷的象征》……拿走吧，连同你们扣下的我的《语丝》《莽原》《烈火集》，全堆放到你们禁锢赤色书刊的邮局去！

"士的党"甲 （笑嘻嘻地）先生，邮局现在都堆放不下。

鲁　　迅 那么，秦始皇的老谱一定将被袭用。

"士的党"甲
"士的党"乙 秦始皇的老谱？

鲁　　迅 焚书坑儒！

〔说话间，天幕上烧起熊熊大火，纸灰飞飞扬扬。

"士的党"甲 先生真有先见之明，你看，这不已经在焚烧了吗？

〔幕后响起喇叭声："诸位静一静！现在请我们敬仰的党国先辈戴季陶先生，作'青年之路'的演讲！"掌声。

"士的党"甲
"士的党"乙 先生再见，我们听演讲去了。（下）

〔熊熊大火中，传出戴季陶的演讲声："诸位同学同志，我追随中山先生逾二十年，毕生的精力在于宣传本党主义，建立人类真正的文明……"

〔突然，幕后人声嘈杂："虚伪的文明，我们不要听！不要听！……"接着，一股人流涌了过来。警官急急跑上。

警　　官 干什么干什么？回去，回去！回南关戏院听戴委员演讲去！

〔女生甲、乙跑上。

女 生 甲 先生，戴季陶的演讲叫我们轰散了！看，同学们都朝这里涌过来了！

〔许多大中学生涌了出来，其中有徐教授夫妇、人力车夫、残疾乞丐等。

学　　生 鲁迅先生，我们要听你演讲！

许 广 平 先生，你讲吧！

警　　官 （向许）他是谁？

许 广 平 他就是鲁迅先生。

警　　官 噢！周鲁迅！大名人！大名人。

〔人群中闪出"士的党"，每人抱着一大迭戴季陶的小册子《演讲录》。

沈家杰 不许他作赤色宣传！同学们，戴校长给我们指明了青年之路，请看他的《演讲录》！

〔“士的党”撒出一叠叠《演讲录》。学生们纷纷扔了回去。

学　生 我们不要看！要听鲁迅先生演讲。

警　官 （无奈地）先生，那你请、请快。

鲁　迅 （激动不已）我实在无话可说。惨象，已使我目不忍睹；这文明，更使我耳不忍听！我是向来以最坏的恶意来推测他们的，然而还不料，除了用钢刀，还用这割头不觉死的软刀（扬扬手中《演讲录》），还用这烈火来制造文明的！文明，中国的文明是什么？其实不过是安排给阔人享用的人肉的酒宴！

学　生 对！什么文明！人肉的酒宴！虚伪！……

鲁　迅 （继续着）自从有所谓文明以来，这人肉的酒宴一直排到现在，哪一天不是吃人，被吃，以凶人的愚狂的欢呼，将弱者的呼号遮掩？

〔残疾乞丐走近鲁迅先生。

乞　丐 先生，是、是这样啊！你看我的这只手，就在四·一五那天……（啜泣）

鲁　迅 （更加激愤）先前，我读但丁《神曲》的“地狱”篇，就惊异于作者设想的残酷，但到现在，才知道他是太仁厚的了：他还没有设想出一个现在极平常的、惨苦到谁也看不见的地狱来。这是不能如此便宜他们的！纵已节节败退，但还有我的生命存在，偏要留几片铁甲在身，站着，给他们放一点可恶的东西在眼前，使他们有时小不舒服，知道原来自己的文明世界也不十分美满！

学　生 （热烈鼓掌、叫好）讲得好！让他们的好世界多一点缺陷吧！……

鲁　迅 （走到警官面前，伸出双手）带走吧。

警　官 不！周鲁迅先生，你——你快请回吧！

沈家杰 （拦住）慢着！（对鲁迅）跟我走。

〔几个学生保护着鲁迅。

学　生 （对沈大叫）“士的党”，滚、滚、滚！“士的党”，滚、滚、滚！……

警　官 （对沈）走开！周鲁迅是你我能动得的吗？

〔沈家杰无奈。小汽车鸣叫声。

警　官 哎呀，戴委员过来了！（对众）回去！回去！不回去我要开枪了！

〔又上来几个军警驱赶，众下。

常　虹 先生，你骂得太痛快了！就是应该在这可诅咒的地方，击败这可诅咒的时代！

许广平　快把稿子给常虹吧，刚才他都急坏了，就怕给人抄走。（一见一堆书乱放着，有些紧张）怎么，真的抄走了？

鲁　迅　在，在。这稿子是应常虹之约，又是写毕磊君的文字，我拼着命也得保护它。密斯许，你知道，我在日本留学的时候就立志要创办《新生》了，现在由常虹来把它办成，我是特别的高兴。（亲切地拉着常虹）

常　虹　正是为了继承先生的志向，我才定名《新生》的。

鲁　迅　快拿稿子吧。

常　虹　（急切地翻书，未见）稿子丢了？

许广平　（从精装书的脊夹缝里抽出稿子）这不是吗？

常　虹　噢，藏在这儿！

许广平　我们走到丁卜书店门口，突然兵警拦路检查行人，先生随即走进书店，买了几本日文版的精装书，把稿子藏到这里了。他们查了半天，什么也没有发现。

鲁　迅　（对常）看你急出这一头冷汗。

常　虹　（忙擦汗，掩饰地笑笑）噢，噢！（贪看稿子）《痛悼毕磊》！太好了！

鲁　迅　（起身）密斯许，走吧。我还是请你走那边。

许广平　我偏要并肩而行。

常　虹　（热情相送）先生再见！广平姐再见！

许广平　再见。先生等着你的《新生》了。

〔鲁迅与许广平下。

常　虹　（得意欣喜）《痛悼毕磊》，哈哈哈……

〔苏红又晃悠而来。

苏　红　常虹！

常　虹　你——苏红！

苏　红　出狱了？

常　虹　先生保我出狱的。苏红，这些日子，你好吗？

苏　红　我，我……（说着忍不住抽泣开了）

常　虹　苏红，你怎么了？怎么了？

苏　红　我被学校开除以后，有家归不得，天天这么逛，我真想一头扎进珠江去！

常　虹　苏红，你是一个有诗才的热血女性，振作起来，努力才是人生。

苏　红　我疲倦了，一切都疲倦了。你看，连星们也闭上了俊俏的眼睛。

常　虹　苏红，难道希望的火焰已经燃尽了吗？

苏　红　我的心已经粉碎在花的瓣上了。

常　虹　苏红，花瓣可以粉碎，但是丘比特——司光的爱神，能让你枯了的心绽开芬芳的花苞。

苏　红　人生几度变迁，生活几度失颜，爱情的火……（摇摇头，轻轻叹口气）

常　虹　苏红，鱼和熊掌已不可得兼，现在，我又把深藏的爱献在祭坛上了。

苏　红　（未下决心）……

常　虹　苏红，现在我已经在报馆找到了工作，也有了这个暂时安身之所。让我们一起拨云雾而奋进吧，办杂志，写稿，著书，翻译，我什么都可以做，什么都可以干。看，《心的探索》已经出版了，那只是我的第一本著作！金钱，幸福，前程，都会来的，都会朝我们奔来的！苏红，鼓起你爱情的双翼吧！

苏　红　（终于投向常虹的怀抱）爱情，爱情这杯苦酒啊！

〔双双挽臂走去。幕落。

第六场

〔前场几天后的一个晚上，白云楼鲁迅寓所。

〔幕启，鲁迅缓缓地浇着水横枝。除了时钟的声响，一切都沉寂着。

鲁　迅　（画外音）我抱着梦幻而来，一遇实际，便被梦境放逐了，不过剩下些索漠。唯一可以得到抚慰的是毕磊送的这水横枝，它的绿叶，是青葱得可爱了。只是那个瘦小精干的湖南青年已经不在人世，少年闰土也不知去向……。但眼前总还在生长着一点希望，常虹创办的《新生》也许会比绿叶更加的青葱可爱？

〔许广平推门进来，手里拿着几张报纸。

鲁　迅　密斯许，怎么这么晚才回来？

许广平　街上汽车突然停开，我走回来的。

鲁　迅　找到常虹了？《新生》怎么样，编好了？你怎么不说话？噢，饿了！今天先生服其劳。（拿出饼干，倒了水，递过去。）

许广平　我不饿。

鲁　迅　常虹没找到？

许广平　他早从那里搬走了。

鲁　迅　搬哪儿？

许广平　谁也不知道。

鲁　迅　你可以打个电话问问报馆。

许广平　报馆说不知道有常虹这个人。

鲁　迅　他刚去，人家也许不熟悉，别着急，我相信他会把事情办好的。来，你还是吃点东西。

许广平　（把报纸一扔）你看看香港的《循环日报》，能吃得下吗？

鲁　迅　（看报，念）"思想界先驱鲁迅，日前逃离广州，据悉已至汉口，拜倒在共党顾问、俄人鲍罗廷门下……哈哈哈！来，我跟他们开点小玩笑。（递笔给许广平）

许广平　你要干什么？

鲁　迅　请你代笔书信。（一本正经地口述）"广州公安局邓彦华局长阁下：我——周树人，即鲁迅，小名樟寿，自民国十六年一月十八日抵粤任教中大，住在每夜有十多匹或二十匹老鼠驰骋的大钟楼。民国十六年三月二十九曰移居东堤白云路白云楼二十六号，至今月余，一直没有余暇去汉口领取卢布，在此西屋九蒸九晒，炼得满身痱子……"

许广平　（不禁笑了）你还有心开这种玩笑。算了！

鲁　迅　横竖种种谨慎，也还是重重逼迫，好像负罪无穷。（在信上签名）寄给他们。

许广平　好吧，谁叫我是你誓死不二的"马前卒"呢。（拿过信，又收拾起桌子上一篇稿子）先生，这篇文章给你誊写好了，一块寄走吗？

鲁　迅　你是说，《杨凯君袭来事件的辩正》那篇文字？

许广平　是的。寄《语丝》发表？

鲁　迅　对对。杨凯的事，亏了你的提醒。现在知道是真的了，却又觉得这种牺牲实在太大，还不如假装的好。

许广平　你别多想了，还是编你的《唐宋传奇集》吧。

鲁　迅　好吧。看看绿叶，编编旧稿，真是虽生之日，犹死之年！

〔许广平拉门出，不料从门上掉下一封信来。

许广平　你的信。

鲁　迅　（拆信看）署名昨非。这是哪位英雄好汉？（戴上眼镜，认真读完）哀

其无聊，付之一笑！（把信一扔）

许广平　（拿过来看）“鲁迅吾师，你现在往哪里躲了呢？我们的青年指导者，你躲在白云楼整天指导着谁呢？先驱的伟大，在于藏匿白云深处，陪伴月亮，卿卿我我、缠缠绵绵吗？……”（气得发抖）真不如仗三尺剑，与以一击，然后仰天长啸，伏剑而死，也足以寒贼胆而使不敢妄动！

鲁　迅　（只是抽烟）……

许广平　死不能、活不成，不反抗只好永远沉沦下去。

鲁　迅　你——最好酌减“急”的角度，否则要防自己吃亏。因为现在的中国，总是阴柔人物得胜。

许广平　他们造作蜚语，力施中伤，我都快要成为你笔下的狂人了！

鲁　迅　我却能够细嚼黄连而不皱眉了。

许广平　（拿掉他的烟，灭去）烟雾里没有极乐世界。你倒是说个对付的办法。

鲁　迅　（略作思索，然后铺开一张纸，握着大笔，一挥而就）贴上它，看看黑暗里的诸公其奈我何！

许广平　（捧着，激动得念出纸上的字迹）“时大夜弥天，璧月澄照，饕蚊遥叹，余在广州。”

鲁　迅　既是大夜弥天，我就需要月亮的陪伴。让那些嗡嗡作响的饕蚊遥叹去吧。

许广平　（感动地，也是感情地扑过去）先生！

鲁　迅　对异性，我是爱的，但我一向不敢，深恐辱没了对方。所以先前偶一想到爱，总立刻自己惭愧，怕不配。

许广平　先生，你是不知道，在北京女师大每星期翘首盼望听你讲《中国小说史略》的时候，我的心就……还记得吗，你住北京“老虎尾巴”的时候，常常买些玩具放在书柜里，我们这些女学生一进门就一、二、三——抢！你看，至今我还珍藏着一只绿蟾蜍。今天，就让它作为我们爱情的见证吧！

鲁　迅　广平，从此我目不斜视，而且永远如此。

许广平　先生！

鲁　迅　来，把它贴上。（边贴边说）这两年，世事总是螺旋，逃到这间西晒的楼上，一声不响，以为可以免罪。啊呀，还是不行，监督思想时时盘问的，请我演讲进圈套的，说我投奔共产党的，连住这白云楼也成了一条可恶的罪状。在青天白日旗下一样华盖罩命，晦气临头，看样子要在这里开审了。

许广平 那我就陪你过堂，一块枪终路寝。

鲁 迅 有你这句话，我就足以自慰了。

〔突然，街灯放明，游行示威的人声顿时沸腾起来。“偿还广州‘四·一五’血债！”“捉拿蒋介石交人民裁判！”“打倒新军阀！”……口号阵阵，如大海咆哮。许多传单飘进室内。

鲁 迅 （兴致勃勃地）走，密斯许，我们也去看看时代的悲壮剧。

许广平 （也兴致勃勃）对。走。

〔许广平挽起鲁迅的手正要出门，忽闻楼下传来“救命”的呼救声。

鲁 迅 出了什么事了？

〔两人至窗口观看。在嘈杂的人声中，二场出现过的人力车工人背着落水被救的杨凯上。

工 友 许先生！许先生！

许广平 怎么回事？

工 友 我们人力车工会的游行队伍刚刚到这长堤小桥，远远看见几个青年抡起拳头，朝这位戴眼镜的先生一顿猛打，就把他推下河跑了。这河就连着桥外珠江，要是迟一步就没命了！

许广平 是你跳下去救了他？

工 友 （不否认地笑笑）嘿嘿。听说周先生在日本学过医，先给他治治伤。我赶队伍去了。（下）

鲁 迅 （像医生一样利索）密斯许，给我兜安氏止痛水。（包扎好伤口）还痛吗？来，你喝点开水。

〔鲁迅递上开水，杨凯渐渐清醒过来，和鲁迅的目光相遇。

杨 凯 你——鲁迅先生！

鲁 迅 你——杨凯？

杨 凯 是，是我。

鲁 迅 看到上期《语丝》我骂你的文章了？

杨 凯 看、看到了。

鲁 迅 （急切地）杨凯君，这是我刚写好要寄到《语丝》发表的补正。（十分歉疚）我怀疑你上次登门是敌人派遣，断定你是乔装的疯子……（郑重地）杨凯君，我对你神经过敏的推断应该注销！（把文章给杨凯）

杨 凯 （接过看）《杨凯君袭来事件的辩正》！（慢慢念出声）“广平兄被几位同学极诚恳地告知，说四月十五日访我的学生杨凯，那样地动作、说话，是被开除后神经一时的错乱……。我太易于猜疑，太易于愤怒了。他已经陷入这样的境地，我还能不赶紧来消除对于他的误解吗？……由我自己造出来的酸酒，应该由我自己来喝干！……”（杨凯感动得流下两行热泪，手抖动着）

鲁　迅　杨凯君，我对不起你！

杨　凯　先生，是我对不起你啊！我看了上期《语丝》，已经写文章骂了你！

鲁　迅　这是该骂的。

杨　凯　不，不！我把文章交给了常虹，而常虹他竟要害死我！

鲁　迅　常虹？哪个常虹？

杨　凯　就是常到先生你这里来的常虹。他要害死我，我上当了！我对不起先生！先生你原谅我，原谅我！

许广平　杨凯君，你细细地说说！

杨　凯　前几天在珠江边碰到他，他拿出上期《语丝》，指给我看先生你写的那篇文字，鼓动我写文章，我一时冲动，就——唉！不料今天他找到我，给了我一张党证——喏，这个！说从今天起，我就是那与狡狐作战的三民主义同志了。我是向来不闻世上种种“主义”的，今天突然令我卷进党派纷争的旋涡，我杨凯穷死而不为！可好，他见我不肯答应，一招手，从小车上下来沈家杰他们几个“士的党”，噼噼啪啪把我一顿揍。我还没悟过来这天地之间又发生了什么不测之祸，人已经落水。

鲁　迅　（气得站立不住）……

许广平　先生！先生！

杨　凯　先生，这全是我的过错，别气我这个不中用的学生。

鲁　迅　不，杨凯君，我要感谢你的。

许广平　（见鲁迅力不能支）杨凯君，你先进屋休息一下。

〔许广平领杨凯进内。门外响起急急的敲门声。

苏　红　（在门外）先生！先生！开门，开门！

〔许广平开门，苏红气喘喘进。

许广平　苏红！

苏　红　先生，你快走！他们要害你，要害你！

许广平　苏红，怎么回事？快说，怎么回事？

苏　红　（拿出一本杂志）先生，你看这个——常虹办的《心声》！

鲁　迅　《新生》？（接过）《新生》成了《心声》！

苏 红 先生你看，这篇是他写的——《鲁迅与毕磊》，昨非就是他；这是你给他的稿子——《痛悼毕磊》；这是杨凯骂你的文章……

鲁 迅 （看着《心声》）《鲁迅与毕磊》……好具体的材料！毕磊赠我《少年先锋》十二本，第八期有列宁的话，《庆祝沪宁克复的那一边》引为经典……是只有他才写得出来！

许广平 苏红，你快告诉我，你到底怎么知道的？

苏 红 广平姐姐，我毁了自己，毁了青春了！（伤心地哭起来）

许广平 天哪！这又是怎么回事？苏红，苏红，你说呀！

苏 红 那天在珠江边碰到他以后，我就跟他——毁了，我毁了呀！珠江啊，用你汛淹生灵的权威，把我吞噬了去吧！

许广平 苏红，你别难过，慢慢说，慢慢说。

苏 红 那天晚上，我都已经睡了，忽然楼下客厅里一个女人的笑声把我惊醒。我就偷偷地听着……啊，可怕！原来，原来是戴季陶的夫人钮有恒在跟他说："昨非呀，你编的《心声》戴校长看了，非常之好！你这篇《鲁迅与毕磊》证据具体，他这篇《痛悼毕磊》自己作了招供，再与《循环日报》鲁迅逃往汉口的快讯一配合，现在，公安局就可以给他一个通缉令！"广平姐姐，我跟谁生活在一起呀！我的青春死了，在空虚里，在漆黑里……

鲁 迅 （气得击拳于桌）当面是吾师和先生，背后却是毒药和暗箭！

许广平 先生，你对有些人过于深恶痛绝，简直不愿同在一地呼吸，而对有些人期望太殷，不惜赴汤蹈火。现在你看——唉！

鲁 迅 你击中了我的弊病。我时时解剖别人，更应该无情面地解剖我自己！

苏 红 先生，你就快走吧，他们会下毒手抓你的！

鲁 迅 不，我还要在白云深处放几支冷箭。

〔敲门声。常虹赶到了这里。

常 虹 （在门外）先生在家吗？

苏 红 哎呀，他追来了！怎么办？

许广平 你先进里屋去。

〔苏红进内。

常 虹 先生，先生，开门哪！

〔许广平开门，常虹进。

常 虹 先生晚上好。广平姐，苏红来这里了吗？

许广平 （怒目而视，不加理睬）……

常　虹 先生，苏红她……

鲁　迅 （抽烟的手抖动着，许久吐不出一个字来）……

常　虹 先生，你怎么了？身体不舒服？（仍然显出十分关心的样子）……

鲁　迅 （终于迸出一个字）你！

〔鲁迅急剧咳嗽起来，咳出一口血，吐在手帕里。

许广平 啊，血！先生，先生……

常　虹 先生你，你……（也过去扶他）

鲁　迅 （厌恶地甩开常虹，习惯地屏气曲举两臂，紧握双拳，似要把骨头捏碎）……

常　虹 先生，你，你这是……

鲁　迅 （两眼喷着火）你的《新生》，编定了？

常　虹 （松了口气）噢！先生是说《新生》。先生，我真不知道怎么说才好。你的那篇稿子，由于学生保管不慎，一时丢失，《新生》未能如期编定，所以这几天未敢来看望先生。

鲁　迅 是这样？

常　虹 是这样。我一直在找……

鲁　迅 有人替我找回来了。

常　虹 啊！谁？

鲁　迅 我的学生。

常　虹 是苏红？

鲁　迅 为什么一定是苏红呢？

常　虹 我，我这么猜想。

鲁　迅 （突然暴怒地）除下你的假面，赤条条地站出来说几句真话！

常　虹 先生，这，这是从哪儿说起呢？

鲁　迅 （把《心声》往他面前一摆）从这里一《心声》，你的《心声》！

〔苏红、杨凯从内出。

常　虹 啊！苏红，你，是你——

苏　红 是我！

常　虹 杨凯，你，是你——

杨　凯 是的，是我，没死的杨凯！

鲁　迅 想用串戏的方法来遮住麒麟皮下的马脚，就看不清假面了吗？撕下来吧，撕得鲜血淋漓，即使只值半文钱，却是真价值；即使丑得使人恶心，却是真面目！

常　虹　先生，我并没有做过对不起你的事，你这样的斥责学生，是不公平的。

鲁　迅　（悲痛含泪地）公平，公平在哪里！在生活的路上，我将血一滴一滴地滴过去，以饲别人，虽自觉瘦弱，也以为快活。而现在呢，饮过我的血的人一看见我不能再饮了，便想一棒打杀，还将肉作罐头卖以获利……

许广平　（愤愤地）轻薄卑劣，不成人样！

常　虹　我一直是在先生引导下学步的，要说是饮血，我确是饮了先生的血才得以长进的。而且我的生命都是先生保全的，我怎么能起那样的坏心？

鲁　迅　当面称为“同道”，暗中却将我作为傀儡，听从他人之命，从背后枪击我——

常　虹　先生的意思，是学生在暗中陷害于你？

苏　红　难道还不是吗？这本《心声》上还留着戴季陶的亲笔！

鲁　迅　不曾想到，你竟会是我写的《奔月》中的逢蒙。逢蒙跟羿学成了射箭的本事，便想杀害他，伏在路旁，连射九箭，最后一箭弓如满月，径向羿的喉咙射去。逢蒙以为羿给射死了，便慢慢踱过来，微笑着去看他的死脸，当作喝一杯胜利的白干。

常　虹　先生既然这样加罪于我，那么我——你说的逢蒙，就不能不敬告先生：这《心声》上载着确凿的证据和供词，又有在街头公开辱骂党国的行动，先生难免要中这致命的一箭。

鲁　迅　通缉吗？

常　虹　对了，通缉你——堕落文人鲁迅！大野钩棘，遍伏陷阱，逃往汉口都已经来不及了！

鲁　迅　昨非先生，我先前对于你的唯唯听命，乃是无条件的敬畏。现既逼迫不完，好像即使避到棺材里，也还要戮尸的样子，那我就不再徬徨，拳来拳对，刀来刀挡！

许广平　时光老人的力量，真能显示物以类聚的真实。（对常）请你出去！

常　虹　苏红，跟我回家。

苏　红　不，你走！

常　虹　好吧，离开了妒贤嫉能的先驱，抛却羁绊脚跟的女人，我，常虹，昨非，将会更快地出现金子一样的前程！再过五年十年，也许我的名字会有更响亮的声音！

〔许广平气得把他一推，“乒”一下关上门。

鲁　迅　（痛心疾首）学生，我最钟爱的学生！……

〔鲁迅恰似瘫痪了一般，跌坐在椅上。

许广平　先生！先生！

苏　红　先生！先生！

杨　凯　先生！

〔许广平给鲁迅送上小瓷壶，他摇摇头；许广平给他香烟，他摆摆手。

许广平　（急得泪汪汪地）先生，你……

〔鲁迅表示要一个人静一静，许广平示意大家退下。

〔夜空的闪电明亮起来，随之雷声隆隆，暴雨倾注而下。

〔许广平关好窗，轻轻进内。

鲁　迅　（无限的沉痛，感慨，自责，欣喜，与火一样燃烧的热情）我的生命的一部分，就这样地用去了。然而我至今终于不明白，自己是在筑台呢还是在掘坑。即使是筑台，也无非是将自己从那上面跌下来或者显示老死；倘是掘坑，那就当然不过是埋掉自己。总之，过去的生命已经死亡。我对这死亡有大欢喜！（推开窗，暴雨洒在身上，电光照着他）我一向是相信进化论的，所以对于青年，我倍加敬重。然而，在这明与暗，生与死，友与仇，人与兽的争斗中，我目睹同是青年，而分成两大阵营。我的思路因此轰毁！看，霹雳的巨响震颤我的灵魂，闪电的长剑斩断射杀我的毒枪。我大笑，我歌唱！

〔阵阵雷电、狂风暴雨中，白云楼的一切瞬息不见了，只见鲁迅立于滔滔大海之滨，像一尊塑像，让大自然的风雨冲击着。又顷，走来一个身穿戎装的小战士——他就是闰土。

闰　土　先生！

鲁　迅　（上下打量）闰土！你……

闰　土　先生，离开你以后，我回故乡参加了轰轰烈烈的农民运动，后来投奔国民革命军第二方面军，参加了“八一”南昌起义，现在跟随贺总指挥回广州来了！（拿出厚厚一叠文稿）这是我在战地生活中写下的长篇：《地火》，请你作序。

鲁　迅　（欣喜无比）《地火》《地火》！中国的文坛究竟会出几个凶猛的闯将！

〔恢复了青春活力的苏红，萌发着革命朝气的杨凯，以及许广平、女学生甲、乙，叫着“先生”兴冲冲奔上。

苏 红 革命的炬火又照亮了我心的王国。先生，这是我新写的诗，请你修改。

杨 凯 先生，你始终殷切期望的《新生》，我们创刊了。这是第一期。

女生甲 先生，卷首是你的文章。

鲁 迅 （更为欣喜）好，好！只要我还活着，就和你们一道，拿起我的笔，去回敬他们的手枪！

〔鲁迅和青年们手挽手，迎着风雨雷电走去。幕落。

〔全剧终。

1981 年

越剧古装剧

汉 宫 怨

顾锡东

人物表 刘　询——西汉宣帝，又名刘病已，为武帝之曾孙。江充陷害东宫，连累刘询襁褓入狱，丙吉救之。刘询少年走马四方，较知民间疾苦。

许平君——啬夫（乡官）许广汉之女，与刘询结缡后失散。刘询即帝位，册封为皇后。

霍成君——霍光之女，后为霍皇后。

霍　光——汉大司马、大将军领尚书衔，封博陆侯。

霍夫人——名显，原为侍婢，霍光妻亡，被扶为正室。

丙　吉——御史大夫，后为丞相。

蔡　义——丞相。

夏侯胜——光禄大夫。

淳于衍——女医官。

瑞　香——霍府婢女，后为许皇后宫人。

琼　英——霍府婢女，后为霍皇后宫人。

春　喜——霍府书僮。

马　忠——大太监。

众太监、众宫娥、众婢仆、众御林军。

第一场　游园

〔汉宣帝刘询即位之初，八月中秋。

〔大司马、大将军霍光府中花园，湖畔假山，花树楼台，金雀馆一角。

〔幕后合唱：

旌旗招展迎晚风，
车马辚辚出皇宫。
少主幸临霍侯府，
效法成王敬周公。

〔幕启：众御林军、太监、宫女、大太监马忠上，霍光迎接刘询上。

霍　光　万岁幸临，皇恩浩荡，老臣霍光接驾，再拜谢主龙恩。

刘　询　老柱国三世重臣，孤皇得继汉宗，全仗鼎力匡扶。今日君臣共赏中秋，情同鱼水也。哈哈哈！

霍　光　呵呵呵，拜请万岁赴宴金雀馆。

刘　询　排驾。

〔众引刘询、霍光下。

〔二小婢引霍夫人上。

霍夫人　瑞香，瑞香！

〔瑞香应声上。

瑞　香　夫人。

霍夫人　小姐怎么还不下楼？

瑞　香　小姐正在梳妆呢！

霍夫人　速去请来。

瑞　香　是。（下）

霍夫人　（唱）老侯爷，今日进宫当面奏，
请万岁，驾幸我府赏中秋。
喜望天颜我暗点首，
少年天子正风流。

我有意让爱女成君为皇后，
金雀馆中奉金瓯。
但愿得，花好月圆意相投，
龙凤姻缘天长地久。

〔瑞香内声：“小姐，走好！”与琼英引霍成君上。后随许平君。

霍成君 母亲。

霍夫人 哎呀！我的宝贝女儿……（打量地）唔，女儿穿上这身绣衣裙，更显得丽若天人，仪态万千。

霍成君 母亲，这身衣裙都是许平君绣的。

霍夫人 许平君？

霍成君 平君快来呀！

许平君 （上前）拜见夫人。

霍成君 母亲，她绣得可好呢！

霍夫人 好，好，许平君就长期留在府中使用。

许平君 夫人，平君想出门寻找夫君。

霍夫人 唔？

霍成君 母亲，听瑞香说，平君夫妻失散多时，寻找不着，常常伤心落泪，实是可怜。一个女子出门寻夫，诸多不便。母亲，我们理当遣人为她寻找丈夫才是。

霍夫人 这一定是个不读诗书，不明礼义的草野男子，竟忍心抛弃于你！

许平君 不，夫人啊！

（唱）夫君他，是个落难旧皇孙，
布衣东游有才情。
杜城初遇他染病，
梅花巷，宝剑为聘成了亲……

霍夫人 （付之一笑）以后再说吧。

（唱）我要你，针线织造作班首，
赶制宫装百花裙。

霍成君 母亲，赶制宫装做什么呀？

霍夫人 （唱）富贵荣华是天命，
侯门女儿配帝君。

许平君 如此恭喜小姐！（拜）

琼英 瑞香 贺喜小姐。（拜）

霍成君 （羞）母亲……

霍夫人 哈哈哈。

〔春喜上。

春喜 老夫人，万岁在金雀馆赴宴，老侯爷请老夫人与小姐即速前去。

霍夫人 知道了，成君，快走吧！

霍成君 平君，一起去。

霍夫人 哎，好不懂事，许平君怎么能去？

〔春喜先下，霍夫人、霍成君、瑞香、琼英、二小婢女下。

〔许平君徘徊园中。

许平君 （唱）明月升，银光似水泻芳园，

晚风轻，吹送绮宴鼓乐喧。

望华堂，侯爷端庄飘银髯，

喜盈盈，夫人殷勤颤凤冠。

催红妆，低垂云鬟把酒劝，

依稀见，君王回眸带笑看。

愿他们，天生一对神仙眷，

早缔结，人间无双龙凤缘。

别人家，花开月满多欢乐，

叹平君，形单影只不团圆。

刘郎不知何处去，

苦相思，叹月凄凉泪不干。

〔忽闻人声，许平君退入太湖石畔躲避。

〔内刘询吟诗声：

朱丝断兮情难断，

〔刘询持酒樽漫步上，马忠捧盘随上。

刘询 （接吟诗）明月圆兮人未圆。（饮酒）

〔马忠以盘承酒樽，下。

刘询 明月啊明月，你怎知孤的心事啊——

（唱）酒落欢肠转愁闷，

独自徘徊心不宁。

想当初，布衣东游异乡地，
谁识我，患难幸存的旧皇孙。
在杜城，我染病相会平君女，
怎能忘，风雪道上救我身。
梅花巷，草堂虽小炉火暖，
怎能忘，亲奉汤药送鱼羹。
感恩爱，宝剑为聘成连理，
怎能忘，机抒伴读共晨昏。
到后来，皇室宗亲蒙恩召，
怎能忘，含泪惜别两情深。
逢国丧，入京痛悼先昭帝，
老霍光，择贤为嗣秉权衡。
昌邑王，荒淫不堪继大宝，
选孤皇，一飞冲天为至尊。
数月来，勤政未忘贤妻子，
频频遣使到杜城。
谁知寻访无踪影，
生死未卜令人惊。
众朝臣，议立皇后我不允，
只盼等，梅花独占汉宫春。

许平君 （自太湖石后闪出）

（唱）听不清，少年天子感叹声，
暗窥望，形容却似我夫君。
忍不住，欲想上前细辨认，
怕只怕，惊动圣驾罪不轻。
想刘郎，宗室支流附龙尾，
岂能够，异想天开他为君。

刘询
许平君 （重唱）今夜抬头问明月，
何处照我心上人。

〔幕后接合唱：
心上人，咫尺天涯难相会，

霍夫人，叮咛蛾眉朝至尊。

〔四婢女提灯前引，霍夫人推霍成君上，许平君避下。

〔霍夫人暗笑下。

霍成君 （唱）奉慈命，月下含羞盈盈拜——

（拜）参见万岁！

刘　询 （从沉思中醒来）啊，平身，平身！

霍成君 （唱）接圣驾，臣家上下沐恩辉。

慕陛下，平易近人多仁厚，

敬万岁，中兴汉室展鸿才。

万岁你，忧国忧民垂古训，

也须要；善保圣躬常宽怀。

舒展愁眉把秋光赏，

有什么烦恼且抛开。

刘　询 呀！

（旁唱）好一个，口齿伶俐成君女，

她言语婉转别有才。

明月光下把丽人看，

却好似，广寒宫里下凡来。

我只把，功臣掌珠当御妹——

刘　询 成君！

霍成君 万岁！

刘　询 （唱）可嘉你，秀外慧中胜须眉。

霍成君 万岁过奖了，臣女无知，不过是君忧亦忧，君喜则喜而已。

刘　询 哈哈，中秋佳节，赏此名园胜景，哪有不喜之理。

霍成君 此园乃先皇所赐，虽有可玩之处，怎能比得御花园。可惜臣女从未见过。

刘　询 哎，孤皇的御花园，日后由你尽情玩耍便了。

霍成君 多谢万岁！

（旁唱）他话中有话情意美，

顿使我，脸泛红云头难抬。

〔一声雁叫。

霍成君 （抬头惊喜）哎呀，陛下快看呀！

（唱）冰轮高悬琼楼月，

一行雁字过楼台。
数数雁儿都成对，
对对伴着彩云归。

刘　询　（唱）千里乘风雁成队，
雁儿怎不捎信来。
忽听一声孤雁叫，
怜它失偶独自哀。

霍成君　（唱）堪敬陛下性慈爱，
那孤雁，感激圣恩止伤悲。

刘　询　（解颐一笑）哈哈哈！

霍成君　（唱）万岁呀，那隔岸园林更幽美——

刘　询　（唱）烦成君，前边引路把孤陪。

〔四婢女提灯引刘询、霍成君下。

〔许平君从太湖石畔出，欲追下……

〔霍夫人、霍光上。

霍夫人　平君，你慌里慌张要到哪里去？

许平君　这……平君恳求夫人方便，奏请万岁查问朝堂，可有一个刘病已？

霍夫人　什么刘病已，我从来没有听见过。他是什么人？

许平君　他……他有一把昆吾宝剑，交与平君收藏，因此寻访原主。

霍夫人　什么宝剑不宝剑，这样的芝麻绿豆小事情，也敢惊动万岁，我看你是想男人想疯了！

霍　光　夫人……

霍夫人　哼！

霍　光　啊，平君，朝堂之上，并无刘病已其人。

许平君　（失望）啊，老侯爷也不知道？

霍　光　老夫替你慢慢查问，回房去吧！

许平君　是。（黯然下）

霍夫人　哼，便宜了她！……（望远处笑）老爷，你看那边女儿与万岁……哈哈哈……

霍　光　嘿嘿嘿……

〔灯暗，幕闭。

第二场　辨剑

〔若干天后。霍侯府后院花厅。

〔霍府仆婢在张灯结彩，披红挂绿。

〔幕后合唱：

大臣议亲进皇宫，
定教天子作乘龙。
霍侯府准备庆大典，
张灯结彩又披红。

〔幕启：瑞香上。家院甲乙搬玉石花瓶上。

瑞　香　留心！这是霍去病大老爷远征归来送给老侯爷的无价之宝，老夫人要给小姐做陪嫁的。

众婢女　哦？！（纷纷围观）

〔霍夫人上，众仆婢恭身立。

霍夫人　唔！

〔家院甲、乙忙放好花瓶。

〔家院丙、丁拿礼匣上。

家院丙 家院丁　启禀夫人，今有蔡丞相、夏侯大夫送来礼匣。

霍夫人　（略看）哈哈，放下。

家院丙 家院丁　是。

〔霍夫人打量四周布置，似无可指责。

〔内声："老侯爷回府！"霍光上，春喜随上。

霍夫人　（笑）啊，老侯爷进宫回来了。

霍　光　（指周围布置）夫人，这是做什么？

霍夫人　（挥手，仆婢下）你呀，成君快要做皇后了，还不该挂灯结彩，披红挂绿！这亲事，万岁已经答应了吧？

霍　光　夫人。

（唱）万岁无心议婚姻——

霍夫人　啊？为什么？

霍　光　（接唱）他正为失落国宝神不宁。

霍夫人　哦，什么国宝？

霍　光　（唱）下丹诏，重赏寻访昆吾剑——

霍夫人　（惊）昆吾剑？那许平君不是说有把昆吾宝剑？

霍　光　对！

（唱）万岁跟前已禀实情；

追还宝剑我担承——

霍夫人　（接唱）却原来，府中混进盗宝人！

〔瑞香侍侧，一惊，暗下。

霍　光　万岁命丙吉大夫协同查剑，即刻便到。你叫许平君来书房见我。

霍夫人　老侯爷你进宫回来身体疲劳，自去歇息，万岁的国宝，由我追还。

〔霍光下。

霍夫人　嘿，追回国宝，就好议亲。家院！

〔众家院应声上。

霍夫人　老侯爷奉旨搜查国宝，前后府门严加防守，霍府上下一律不准外出。

众家院　是。

〔众家院下，霍夫人下。

〔霍成君、许平君、瑞香上。

霍成君　（唱）平君有难心不忍，（向平君）

助你脱网快逃遁。

许平君　（唱）小姐好心放我走，

不知何罪落我身？

霍成君　（唱）事不宜迟莫细问，

瑞香与你说原因。

钗簪给你作盘缠——

（取下钗簪给许平君，转向瑞香）瑞香，快！

〔内声："侯爷夫人有命，前后府门严加防守，霍府上下不准外出！"

瑞　香　啊，小姐，出不去了！

霍成君　这……怎么办呢？

琼　英　小姐，后花园的角门，不是无人看管吗？

霍成君　好，瑞香！

（接唱）快带她逃出后园门。

瑞　香　是，平君快走！

〔霍夫人上。

霍夫人　哪里走？贱人好大胆！

霍成君　母亲，不与瑞香相干，是我命她送平君脱难。

霍夫人　哎呀女儿，你快要做皇后了，还是这么孩子气！许平君，你来！

许平君　夫人……

霍夫人　哼，你不是亲口跟我讲，有一把昆吾宝剑么？

许平君　有。

霍夫人　你可知道昆吾剑的来历？

许平君　乃是我夫刘病已传家之宝。

霍夫人　胡说，这是我皇万岁的国宝！

许平君　啊？！

霍夫人　老侯爷按皇上旨意查访国宝，要你把昆吾剑献出。

许平君　夫人，这把昆吾剑，乃是我丈夫定情之物，如何献你！

霍夫人　倘若不献，罪上加罪！

许平君　清白之身，何罪之有？要我献剑，万万不能！

霍夫人　啊，丫头随我到她房中搜剑。（走）

许平君　啊……（追上去阻挡）夫人。

霍夫人　来啊，将她绑了。

〔二家院上绑平君。

〔霍夫人与婢女们下。

许平君　冤枉啊！（被推下）

霍成君　平君……（与瑞香追下）

〔内声："丙大人请！""老侯爷请！"

〔霍光、丙吉同上。

霍　光　昆吾宝剑，内人正在查问，丙大人稍坐。

丙　吉　谢坐。

〔内声："宝剑搜到了！"霍夫人拿剑，后随琼英。

霍夫人　丙大人，老侯爷，宝剑搜到了。

丙　吉　（接剑）老侯爷一同观看。

霍　光　出鞘寒光闪闪，

丙　吉　入匣嵌玉镶金。

霍　光　好一把昆吾宝剑！三十五年前，老臣亲见先武帝赐予东宫太子，只为奸贼陷害，逼得太子伏剑身亡。此剑传之三代，应为当今万岁所有，为何落在刘病已之手？

霍夫人　问许平君一定知道。

丙　吉　丙吉正想见她。

霍夫人　把许平君带上来！

〔许平君、霍成君出，

许平君　老侯爷。

霍　光　许平君，丙吉大人有话问你。

许平君　（跪）丙大人，何事下问？

丙　吉　起来说话。

许平君　是。（起立）

丙　吉　你是许平君？

许平君　正是。

丙　吉　家住哪里？

许平君　家住杜城。

丙　吉　所配何人？

许平君　刘郎病已。

丙　吉　何物为聘？

许平君　昆吾宝剑。

丙　吉　可是这把？

许平君　哎呀丙大人，这把昆吾剑乃是我丈夫刘病已传家之宝。夫人诬良为盗，贫女实是冤枉！

霍夫人　哇！大胆许平君，刘病已偷盗国宝，你夫妻串通，为他窝藏，还敢狡辩！

霍　光　啊？！（向许平君）你！

丙　吉　哎呀，老侯爷、夫人哪，可知万岁幼年遭牢狱之灾，是我丙吉相救。因其多病，改名“病已”。旁人不知，丙吉知道，刘病已就是万岁，万岁就是刘病已。今奉万岁旨意到府辨剑认人，迎接娘娘千岁进宫，

〔众人惊喜，霍夫人惊呆。

许平君 （极度紧张）丙大人，你你你说什么？

丙　吉 丙吉参见娘娘千岁！（跪拜）

〔众人皆跪拜，许平君惊慌失措。

〔霍成君拉母亲，霍夫人无奈背向而跪。

许平君 （唱）霎时间，心花怒放……热泪淌，

不料那，少年天子果是刘郎。

悠悠惚惚疑春梦——

（四望众人）

众　人 娘娘……

许平君 （着急地示意众人起来）

（接唱）是真情，接我进宫面君王？！

想平君，本是杜城寒门女，

觅夫郎，栉风沐雨到京邦。

我只愿，民间夫妻常相守，

谁知道，平地青云飞凤凰。

心感激，刘郎对我情意重，

真叫人，又是欢喜又心慌。

霍成君 娘娘！

（唱）却原来，你失散的夫君是天子，

祝愿你，昭阳宫里天长地久伴君王。

许平君 多谢了！

丙　吉 （向内）宫娥们快来与娘娘更衣。

〔宫娥们捧盘盛皇后衣冠上。

丙　吉 丙吉立即进宫面奏圣上。

〔霍光送丙吉下，春喜随下。

宫　娥 （跪）请娘娘更衣。

霍成君 娘娘请！

〔霍成君、许平君携手下，瑞香、琼英、宫娥下。

〔霍光回上。

霍　光 啊，夫人……

霍夫人 （气恼欲哭）老侯爷……

霍　光 夫人，不要气恼了。

霍夫人 今日蔡丞相为媒，你们一同进宫，要万岁允下亲事，选我女儿做皇后。满朝文武，个个称赞；霍府上下，人人道喜。想不到万岁不把三朝元老霍侯府的千金小姐放在眼里，却要这个穷女人去做娘娘。这口气，我哪里咽得下！

霍　光 哎呀夫人哪，人各有志，不能勉强。万岁不忘旧情，实为仁德可风！

霍夫人 （大发雌威）什么仁德可风，这个没良心的落难皇孙，全靠你霍光抬举他做皇帝。他选我女儿做皇后，乃是公平交易。不料他过河拆桥，忘恩负义，弄得你脸上无光，害得我气满胸膛。你这个不中用的老糊涂啊！

霍　光 （气）喔唷，岂有此理！

（唱）拥立少主我为宰辅，
老夫大事不糊涂。
居功自傲要招祸，
仕途谨慎免风波。
我霍家官高爵显福禄全，
画尽人间富贵图。
夫人休要不知足，
自寻烦恼自折磨。

霍夫人 这个气我咽不下。

霍　光 唉！

〔霍成君上。

霍成君 母亲！

霍夫人 女儿，害你做不成皇后，真委屈死你啦（抱成君号啕大哭）

霍成君 母亲，他们本来就是患难夫妻嘛！

霍　光 女儿有见识，你枉为她的母亲。

霍夫人 好啊，我为女儿操心，到头来落得个满身不是，你……（怒摔花瓶，撕绸桌毯，歇斯底里大发作）

霍成君 母亲！（阻拦）

霍　光 夫人，你……

霍夫人 走开！

〔内声："万岁驾到！"

霍成君 母亲，娘……（着急拉母下）

〔蔡义、夏侯胜上。

蔡　义
夏侯胜　啊，老相国，万岁亲自驾到……

霍　光　迎驾！

〔霍成君上，一同迎驾。

〔鼓乐声中众太监、彩女、丙吉引刘询上。

刘　询　老相国，快快请起！

丙　吉　臣启万岁，娘娘流落京城，全仗侯爷府照应。

蔡　义　臣启万岁，老相国保得帝后团圆，理当格外重赏。

夏侯胜　臣启万岁，大将军屡建丰功伟绩，理当格外加恩。

刘　询　蔡丞相、夏侯大夫所言极是，老相国！

霍　光　臣在。

刘　询　今大司马、大将军、博陆侯霍光，迎孤皇以安宗庙，护凤驾以备中宫，恩褒益封一万七千户。长子霍禹成边在外，晋封左将军。幼女霍成君贤德淑女，封为御妹公主。

霍　光
霍成君　谢主龙恩。

马　忠　请娘娘凤驾进宫。

〔众恭立。瑞香扶许平君皇后装束上。

刘　询　（大喜激动）平君，爱妻！……

许平君　（惊喜，激动）刘郎！……不……臣妾许平君参拜万岁！

刘　询　（双手扶起）平身。爱妻为我受苦，孤皇亲自接你来了！（取昆吾剑相赠，许平君跪接）

马　忠　请万岁与娘娘千岁起驾回宫！

〔幕后合唱：

　　　　患难夫妻庆重逢，

　　　　天从人愿情更浓。

〔刘询与许平君并肩走。

〔灯暗。

第三场 密谋

〔一年以后。景同上场。

〔幕后合唱：

谁知侯府霍夫人，
别有滋味在心中。
敲床捶枕恨不绝，
卧榻称病怨无穷。

〔幕启：霍夫人带病和衣斜倚榻上。

〔婢女上。

婢　女　夫人，请用参汤。

霍夫人　放下。

〔琼英引淳于衍拎药箱上。

琼　英　夫人，女医官淳于妈妈来了。

淳于衍　阿衍见侯爷夫人有礼。

霍夫人　琼英给妈妈看座。

淳于衍　谢夫人。（坐）夫人服了我的通气丸，贵恙好些么？

霍夫人　药虽好，吃了一年不解气。阿衍啊，这几天为何不来看我？

淳于衍　夫人明鉴，只为许娘娘临产体弱，圣命要我进宫日夜侍候。

霍夫人　（冷笑）这位许娘娘在我府上做针线的时候，哪有这样娇嫩！

淳于衍　许娘娘命大福大，昨夜临盆分娩了。

霍夫人　生下是男是女？

淳于衍　实乃普天之喜，生下一位太子。

琼　英　啊，许娘娘生太子，真叫人高兴！

霍夫人　（厌恶）你也高兴？！

琼　英　这……夫人，你不高兴吗？

霍夫人　嘿嘿嘿，傻丫头，夫人有恩于她，当然高兴。阿衍啊，她母子平安吗？

淳于衍　太子无妨，只是娘娘难产，须要精心调理。唉，妇人做产，一只脚跨在棺材里，一只脚跨在棺材外，医书上说："妇人免身大故，九死一生。"

霍夫人 （起，旁白）好一个"妇人免身大故，九死一生"！（一转念。对琼英）琼英，天大喜讯，还不报与小姐知道！

琼　英 对，报与小姐，她一定高兴。（下）

霍夫人 阿衍啊！

淳于衍 夫人。

霍夫人 （唱）你结交侯门二十载，
是夫人，宠爱心腹常往来。
我保你，名扬四海御医做，
我保你，丈夫升官又发财。

淳于衍 （唱）夫人恩情深似海，
知恩必报记心怀。

霍夫人 （唱）成君未把皇后做，
真把我，活活气死赴泉台。
你若真心想报答我，
要听我，神鬼不知巧安排。

淳于衍 什么安排？

霍夫人 这（分头四看无人）
（唱）产妇汤药暗下毒——

淳于衍 （吓坏了）啊……

霍夫人 （接唱）拔去了眼中钉，凤辇飞向我家来！

淳于衍 这……

霍夫人 阿衍，你家乡那桩命案，还在我的手里呢！

淳于衍 哎呀夫人哪，不是阿衍不愿，那宫中帝后服药，须要医官先尝。若是依计而行，阿衍自己岂不先要送命了！夫人……（摇手而拜）

霍夫人 哎呀阿衍，你要给我想想办法，我老侯爷权倾天下，若有三长两短，一切由我担当。（怒目威胁）

淳于衍 这……让我再想想看。（踱步思索）

霍夫人 （不耐烦）阿衍……

淳于衍 夫人，有了！
（念）坐褥忌热药，我用附子汤，

霍夫人 附子汤？！

淳于衍 （念）常人吃不死，能送产妇亡。

〔淳于衍与霍夫人耳语。

〔灯暗，幕闭。

第四场　探病

〔三天之后。昭阳寝宫。

〔幕启：许平君卧凤榻上，瑞香与宫女甲乙侍立刘询不安地背手徘徊。

〔马忠奉盘陈奏章上。

马　忠 万岁，边关送来奏章，请万岁御览。

〔刘询取奏章，看。

许平君 瑞香……

瑞　香 娘娘

〔瑞香从宫女盘中取小金碗。

刘　询 （放下奏章，上前）梓童，好些了吗？

宫　娥 请娘娘用膳。

许平君 我不想吃。

刘　询 （忙接小金碗扶平君而喂之）梓童，终日饮食不进，病体如何好转？

许平君 臣妾自恨卧病在床，总是连累君王，请万岁以朝政为重，不要管我了。

刘　询 哎，爱妻有病，理当照料。

（唱）庆爱妻，产下皇儿大喜事，

愁爱妻，免身血难损芳姿。

孤也曾，病重劳卿亲服侍，

梅花巷，同甘共苦结红丝。

到如今，昭阳有主添恩爱。

却又为，凤体违和惹忧思。

唤瑞香，宣召御医进汤药——

瑞　香 奴婢领旨。（下）

刘　询 （接唱）劝平君，忍耐病去如抽丝。

许平君 （唱）听刘郎，深情慰语提往事，我含泪感激圣心慈。
本以为，寒门长依双燕子，
又何幸，承恩飞入凤凰池。
怕只怕，彩云易散花易落，
总觉得，精神恍惚病难支。

刘 询 梓童何出此言，你……好好睡一会儿吧！

〔瑞香引淳于衍端盘陈药碗上。

瑞 香 启奏万岁，御医到。

淳于衍 （远远跪下）启奏万岁，小医淳于衍为娘娘供奉药汤，请万岁过目。

刘 询 （上前）淳于衍，这是什么汤药？

淳于衍 补血益气、清热解毒之汤。

刘 询 可否药到病除？

淳于衍 缓缓治之，定能奏效。

刘 询 既然如此，小心供奉。

淳于衍 遵旨，小医当面试尝。（双手持碗喝一口药汤，由于心虚，双手发抖）

刘 询 啊，为何双手发抖？

淳于衍 这……哎呀万岁啊，娘娘受命于天，为医者知病而不知天命，倘有万一，小医罪该万死，怎不战战兢兢！

刘 询 既是受命于天，只要你忠心耿耿尽力而为，何罪之有！

淳于衍 谢主龙恩。（起，远远侍立）

瑞 香 待奴婢请娘娘服药。

刘 询 （看）梓童睡着了，稍等片刻。

〔马忠上。

马 忠 万岁，御妹霍成君进宫探望娘娘。

刘 询 御妹来了，快快有请。

马 忠 有请。

〔霍成君上，琼英抱盒随上。

霍成君 参拜万岁。

刘 询 御妹平身。

霍成君 正喜天赐皇储，谁知凤体欠安，成君进宫，一来贺三朝洗儿之礼——

刘 询 多承了。（马忠接盒）

霍成君 二来问候皇嫂之病。

许平君 谁呀……

刘　询 啊，梓童，是御妹来了。

霍成君 （上前）皇嫂……

许平君 （喜起）成君……

霍成君 （忙扶）皇嫂保重。

许平君 （唱）贵客原来是成君，
精神顿觉增三分。

霍成君 皇嫂。
（唱）你莫要，虚弱之体太兴奋——

许平君 不妨。
（唱）我与你，细诉衷肠情意深。

淳于衍 请娘娘服药。

刘　询 对。
（唱）梓童先把汤药饮——

瑞　香 （端药碗）请娘娘服药。

许平君 （接过药碗，闻到气味皱眉，把药碗还给瑞香）

瑞　香 娘娘……

刘　询 唉。
（唱）——拒药焉能病减轻。

许平君 闻到这药气味，便觉心慌，我不吃了。

霍成君 （接药碗）皇嫂！
（唱）端过药碗笑脸迎。
你莫教万岁心不宁。（递碗）

许平君 （无奈接碗，气味难闻仍还碗）我实在喝不下去。

霍成君 这……（为难，放药碗于盘中）

淳于衍 哎呀万岁，娘娘饮食不进，神虚血亏，若不及时服药，只怕吉凶难料。

众宫娥 请娘娘服药。

〔刘询急，示意霍成君劝平君吃药。

霍成君 （旁唱）皇兄焦急催得紧，
叫我成君难煞人。
（唱）皇嫂啊，良药苦口利于病，
我为你，亲尝苦水把忧分。

（喝了一口药汤）

许平君　（感激而痛苦）御妹……

（唱）千金为我亲尝药，
　　接过药碗心翻腾，
　　人为知己死无怨，
　　哪怕是，黄连苦水也要吞，

（抖瑟瑟服药）

刘　询　这就好了。

淳于衍　娘娘保重，小医告退。（拭汗退下）

刘　询　御妹在此，孤皇少陪了。

霍成君　皇兄请便，有我在此相伴。

〔刘询下，马忠随下。

许平君　瑞香，你们外厢侍候。

〔瑞香应声，与琼英、二宫娥下。

许平君　（忽然抚胸恶心，晕眩欲倒）

霍成君　（慌）皇嫂，你怎么了？……（急扶）皇嫂，你躺下说话。

许平君　不……（强振精神）成君，想我出身寒门，父母双亡，并没有一个亲人。……我孑然一身，千里寻夫来到京城，在侯府蒙你对我百般照应，今日又来看我，为我亲尝汤药。你一片深情厚意，胜似骨肉同胞！成君，让我叫你一声妹妹，不知你可愿意叫我一声姐姐？

霍成君　怎么不愿意？我的好姐姐！

许平君　我的好妹妹！妹妹你是侯门之女，有德有才又有品貌，要不是刘郎不弃糟糠……

霍成君　姐姐，你说这些做什么呀？

许平君　这是肺腑之言，愚姐为此深感不安。

霍成君　这是姐姐德高谊厚，才使万岁刻骨铭心。小妹有何德何才，怎敢与姐姐相提并论！

许平君　我是担心，妹妹的恩德，我此生难以报答了……

霍成君　（惊）啊，姐姐何出此言？

许平君　妹妹，连日来我饮食不进，神思恍惚，看来我的病不会好了。万一我一病不起，有一桩大事要托付妹妹，你千万要依允才是。

霍成君　姐姐你宽心养病，有何为难之事，小妹理当承担。

许平君 愚姐一死之后，既愁娇儿失母，又愁君王失偶。只有妹妹当上了皇后，才能使我在九泉之下，含笑无忧。

〔瑞香、琼英上。

霍成君 （辛酸）姐姐，姐姐你别想得太多，你会好起来的……

许平君 妹妹，（取剑）这把昆吾宝剑，是君王与我定情之物，今转送于你。你若能依允愚姐，你你你就收下我这把宝剑。

霍成君 （慌）姐姐，……你你你还是宽心养病吧！

许平君 妹妹你不肯依允？

霍成君 我不，不……

许平君 （唱）见妹妹，不收宝剑双泪悬。
身后事，无可信托倍辛酸。

霍成君 姐姐……

瑞　香 小姐，娘娘有病，不能过于悲伤，你就收下吧！

霍成君 （唱）怜姐姐，权且接过昆吾剑。（接剑）
愿苍天，保佑姐姐凤体安。

许平君 时光不早了。妹妹回府去吧！

霍成君 （交剑于瑞香，示意放在宫中。回身）姐姐保重，小妹告辞了。

许平君 瑞香代我相送。

〔瑞香送霍成君、琼英下。

许平君 （唱）怅望人去心悲惨，
胸闷气喘头昏眩。

〔幕后合唱：
霎时间天旋地也转，
恍如大海浪翻船。

〔平君昏倒在地，瑞香与两宫娥回上。

瑞　香 （大惊）啊，快去报与万岁知道。

〔两宫娥急下。

瑞　香 （扶平君卧榻上）娘娘，娘娘……（哭）

〔刘询急上，两宫娥急上，马忠随上。

刘　询 啊，梓童醒来。

瑞　香
二宫娥 娘娘醒来。

刘 询 快取甘露，快取甘露。（接瑞香递壶喂平君）

许平君 万岁……

刘 询 梓童服药不久，如何反见病重……哦，莫非药中有毒？！

许平君 哎，御妹为我亲尝药汤，哪里有毒！不要错怪御医，瑞香，你们出去，稍停去乳娘那里把小皇子抱来。

瑞 香 是，娘娘。（与二宫娥下）

刘 询 梓童……

许平君 万岁……

刘 询 平君……

许平君 刘郎啊……

（唱）蒙君王，不嫌蒲柳恩义好，
怎奈我，命似游丝一缕飘。
生不能，克尽箕帚来答报，
求刘郎，如我遗愿莫违拗。

刘 询 （唱）爱妻有求无不允，
哪怕千条与万条。

许平君 （唱）偏怜婴儿在襁褓，
谁能真心育幼苗。
思量只有成君女，
姐妹情深如同胞。
恕我擅赠昆吾剑，
托孤悲泪湿鲛绡。
弥留间，我力荐成君为新后，
助皇上，保皇儿，双重担子一肩挑。

刘 询 妻啊……

（唱）听一番，断肠话，心痛如绞，
善良意，感肺腑，泪落黄袍。
可怜你，忧患多，欢娱甚少，
为寻夫，冒风霜，千里迢迢。
盼得那，宝剑还，凤驾来到，
生下了，小皇儿，更添欢笑。
实指望，从今后，白头偕老，

谁知道，病魔缠，玉殒香消。
天无道，地无灵，此恨绵渺，
伤心人，誓不为，断弦续胶！

许平君 （唱）刘郎啊，我病无望心已碎，
与君王，只怕永别在今宵。
说什么，断弦誓不续鸾胶，
岂能叫，后宫无主永寂寥。

刘 询 贤妻……放心！（拭泪）

〔瑞香抱婴儿上，宫女们上。

瑞 香 娘，小皇子抱来了。

许平君 儿啊……（泣抱婴儿）
（唱）出世婴儿怎知晓，
娘心如割寸寸刀。

〔幕后合唱：
泪眼无语生死别，
黄叶飘零暮钟敲。

众宫娥 娘娘！

〔灯暗，幕闭。

第五场 惊毒

〔翌年初春。御花园中吟香阁。

〔幕后合唱：
汉宫何处觅香魂，
君王遵约续弦琴。
皇后新立成君女，
理罢朝政共游春。

〔幕启：宫娥陈酒设席，马忠引刘询上；瑞香、琼英引霍成君抱婴儿另一边上。

霍成君 万岁。

（唱）万岁呀，莫怪贱妾未相迎，
喜看皇儿出了神。

刘　询　（唱）梓童啊，你爱皇儿似亲生。
足见你姐妹情义深。

霍成君　（唱）但愿得，宁馨儿健壮君王喜，
怎敢忘，备位中宫慕贤贞。

刘　询　（唱）偕成君饮酒吟香阁——

霍成君　万岁请！
（唱）举金樽，共赏红梅一枝春。

刘　询　（唱）愁见这，杜城移来红梅树，
勾起我一腔旧时情。

霍成君　（对梅唱）一杯琼浆表心意，
小妹我，无时或忘托孤情。

刘　询　（唱）面对红梅孤心碎，
倒不如，望湖楼上共赏春。

霍成君　任凭万岁作主。

〔马忠上。

马　忠　启奏娘娘千岁，侯爷夫人进宫来了。

霍成君　瑞香、琼英，快去迎接老夫人。

瑞　香
琼　英　是。（下）

霍成君　万岁，我母亲来了。

刘　询　（冷漠地）你见见她吧，孤皇先走一步，在楼上等候梓童。

霍成君　如此万岁先请，臣妾随后就到。

〔刘询下，马忠随下。

〔琼英、瑞香引霍夫人上，淳于衍随上。

霍成君　母亲……

霍夫人　哎呀，我的宝贝女儿！噢，参见娘娘千岁。（欲拜）

霍成君　母亲免行国礼，请坐受女儿一拜。

霍夫人　我儿少礼。

霍夫人　哈哈，我那万岁女婿呢？

霍成君　万岁在望湖楼，等女儿去赴宴。

霍夫人 哎呀阿衍，我们来得不巧了。

淳于衍 夫人有事就说，事成就走。

霍成君 母亲有什么事？

霍夫人 （唱）一为君王祝万寿，

二为皇后颂千秋。

三为那，抚育皇子你责任重，

带来了，灵丹妙药世难求。

霍成君 什么灵丹妙药？

淳于衍 （从药箱拿出一只小锦盒）娘娘！

（唱）此名金童百宝散，

天地精华药中收。

乳儿服了祛百病，

保皇子，身强体胖乐无忧。

霍成君 这妙药如何服法？

淳于衍 每天黄昏戌时，用乳汁调和妙药三厘给小皇子服用。

霍成君 瑞香，拿去叫乳娘照此给孩儿服用。

瑞　香 是。（接盒下）

霍成君 琼英带御医去领赏。

淳于衍 谢娘娘。（向霍夫人使眼色）老夫人，我在外面等候佳音。（随琼英下）

霍夫人 儿啊，为娘要你向万岁美言几句，给阿衍的丈夫弄一个都尉大官做做。

霍成君 （正色地）母亲，这是为何？

霍夫人 嘿嘿。阿衍是我心腹之人，她帮我的忙，我许她的愿，你爹爹铁面无私不给她丈夫做官，就只好来求你了。

霍成君 母亲，爹爹铁面无私，女儿更加不可。

〔宫娥上。

宫　娥 娘娘，万岁请你速到望湖搂饮酒。

霍成君 知道了。（宫娥回下）母亲，我……（要走）

霍夫人 女儿，阿衍丈夫做官的事，你无论如何要向万岁美言几句。

霍成君 母亲，此事断断不可！

霍夫人 哎呀女儿，你若不依，为娘为难死了。有件事你爹爹面前不好讲，此刻无人，跟你直说了吧！

霍成君 （惊疑起来）母亲有话请讲。

霍夫人 儿啊，那许氏贱人占了皇后宝座，为娘气恨难消，全凭阿衍出力，用一服“附子汤”，喏……（耳语）

霍成君 （吓呆了，跌坐）母母母亲，你……你你跟女儿说说说笑话么！

霍夫人 不要吓，我是句句实言。

霍成君 母母母亲，你你你们怎么干出这这这种伤天害理的事来？！

霍夫人 （气）啊，女儿你说话要有良心。是你做皇后，又不是我做皇后！好啦，我的宝贝女儿，此事你知我知，只要你陪万岁吃酒时，美言几句，万岁一定听你。快去吧，你不依为娘，便为不孝。我走了。（下）

霍成君 （唱）霎时间，如落冰窖浑身凉，

好一似，孤舟茫茫飘海洋。

怎料想，汉宫夜夜冤魂泣，

这情景，触目惊心痛断肠。

平君啊，姐姐啊——

你生前，含泪细诉知心话，

对小妹，无限信赖情义长。

你要我，劝慰君王消惆怅，

你要我，抚爱皇儿代亲娘。

我以为，临终言哀因病重，

谁知你，遗恨绵绵被暗伤。

饶不了，杀人凶手淳于衍.

为姐姐，报仇雪恨怒满腔。

我要面奏君王把冤情诉——

（急走又回）

——想起了，害人的祸首是我娘。

若为姐姐雪冤愤，

君王一怒起祸殃。

怕只怕，高堂老母命难保，

天底下，哪有不孝的孩儿害亲娘。

倒不如，回府去与爹爹讲……

（急走又回）

——不可啊，不可啊，气死了老爹爹，女儿我也活不长。

可怜我，自幼娇生又惯养，

不知人世有忧伤。

怎禁得，惊涛骇浪风雨打——

〔瑞香回上。

瑞　香　娘娘，药已交给乳娘了。

霍成君　（接旁唱）——莫非是，此药也有鬼花样！

瑞香，快快把药取回来！

瑞　香　娘娘，为什么要取回来？

霍成君　我、我不给皇儿吃药。

瑞　香　哎呀娘娘，这是老夫人一片心意。

霍成君　（怒）死丫头，叫你快去你就快去。

瑞　香　瑞香这就去，可是为什么不让皇儿吃药？娘娘啊娘娘，你难道忘了当初为许娘娘亲尝药汤之情？！（下）

霍成君　（震动，痛苦）啊……当初姐姐拒不服药，万岁劝她也是不吃，是我亲尝汤药，劝得姐姐服下这送命毒药！这这这……难道是我毒死姐姐？！难道是我毒死姐姐？！（哭）姐姐，姐姐啊……（伏桌上大哭）

〔刘询上，见状，示意马忠退下。

刘　询　（赔笑）梓童……

霍成君　万岁……

刘　询　莫非受了你母亲委屈吗？（成君哭）看在孤皇面上，不要哭了，来来来，随孤皇到望湖楼饮酒去。（拉她走）

霍成君　（走几步停下，熬不住哭）喂呀……

刘　询　哎呀梓童，你究竟为何痛哭啊？

霍成君　万岁，姐姐她……

刘　询　她怎么啦？

霍成君　她……她她她……（大哭）姐姐啊……

刘　询　这是为了什么？

〔瑞香拿小药盒回上。

瑞　香　娘娘……

霍成君　啊……（抢步上前抢药盒塞入袖中）

刘　询　什么东西，拿来我看。

霍成君　不……（摇摇欲坠，几乎昏倒）

刘　询　梓童有病，扶回宫中医治服药！

霍成君 我不要吃药，我不要吃药！（被瑞香扶下）

刘 询 这倒奇了。

〔马忠引丙吉上。

丙 吉 臣有急事启奏万岁！

刘 询 丙爱卿有何急事？

丙 吉 今有太医院上书，告发淳于衍为许皇后用药有诈，请万岁定夺。（呈书）

刘 询 （看书信怒）丙爱卿听旨，速拿淳于衍到案，严加鞫讯治罪！

丙 吉 领旨！

〔幕闭。

第六场 诘奸

〔翌日。霍光书房。

〔幕后合唱：

钦命查案拿凶犯，
丙吉执法令如山。
御林军布下天罗网，
岂容奸侯越城关。
吓得淳于衍团团转，
霍侯府中去避难。

〔幕启：霍光端坐，霍夫人装病坐一侧。淳于衍向霍光叩头如捣蒜。

淳于衍 ……小医医病不医命，降罪于我，实是冤枉啊……（哭）

霍 光 听你申诉之言，像是无罪之人。快快起来，自去投案，老夫为你做主，辩明冤枉。

淳于衍 谢老侯爷。（无奈起来）老夫人，小医投案去了！（使眼色）

霍夫人 （呼痛）哎唷……

淳于衍 老夫人不要见怪，小医方寸已乱，不能为你治痛了。（故意走）

霍夫人 哎唷，痛死我了。

淳于衍 （回身急扶）夫人！

霍 光 哎呀，夫人病发，如何是好！唉，我来问你，夫人之病如何治得？

淳于衍 哎呀老侯爷，夫人气阻于胸，绞痛于心，若由小医针石急救，时刻不离左右，或可化险为夷；倘若一时疏忽，只怕后果难料。

霍　光 这……

霍夫人 （怒）哎呀老侯爷啊！你你你枉为三朝元老，盖世功臣，不敢保一个小小医生为我治病，你你你哪里还有夫妻之情啊！（哭）哎唷……

淳于衍 啊，老侯爷，夫人昏过去了。

霍　光 也罢，此事有我安排，你扶老夫人治病去吧！

〔淳于衍扶霍夫人走出书厅，两人对笑。春喜上，见状莫名其妙，霍夫人忙呼痛与淳于衍下。

春　喜 （入内）禀老侯爷。丙吉大人求见。

霍　光 来得好快，有请。

春　喜 有请丙大人。

〔丙吉上。入内。春喜暗下。

丙　吉 丙吉参见老侯爷。

霍　光 丙大人，请坐。

丙　吉 谢坐。

霍　光 不知到府何事？

丙　吉 只因太医院上书，告发淳于衍有谋害许皇后嫌疑……

霍　光 不用多讲，淳于衍是我老妻心腹医官，医术高明，一向忠心，谋害许皇后绝不可能，定是冤枉。

丙　吉 （吃惊）啊，老侯爷啊！

（唱）宫廷大案非寻常，
岂能贸然称冤枉，
求侯爷，交出杀人嫌疑犯，
查一个，水落石出振纪纲！

霍　光 （唱）妻病难把医官放，
时刻急救护身旁，
此事老夫明真相，
何劳大人坐公堂！

丙　吉 （唱）谋害皇后一命丧，
惊天动地事一桩。
用药有诈弥天罪，

下官怎不察其详！

霍　光（唱）近日无仇往日无冤，
谋害皇后是虚诳。
保她无罪有明证，
我女汤药亲口尝。

丙　吉（唱）难防一剂虎狼药，
常人不死产妇亡。

霍　光（唱）捕风捉影凭猜想，
无风起浪害善良。

丙　吉（唱）明察秋毫报圣上，
不教无辜受刑伤。

霍　光（唱）老夫自与君王讲，
何用你来问短长！

丙　吉（唱）钦命问案责在我，
各司其职循规章。

霍　光（唱）难道老夫无权问，
官卑职小休逞强。

丙　吉（唱）无错问你索钦犯，
有罪摘印我还乡。

霍　光　可恼！
（唱）大胆丙吉太强项，
一团怒火燃胸膛，
小小医官我保不了，
算什么，先帝托孤的老霍光！
春喜！

春　喜（急上）小人在！

霍　光　与我送客！（转身不理丙吉）

春　喜　丙大人，请！

丙　吉　慢，老侯爷你一生正直，老成持重，有匡汉之心，无震主之威。奈何今日偏私护短，置圣命于不顾，视大案如草芥。如此姑息养奸，实为居功自傲！侯爷在生之年，万岁不会降罪，只恐百年之后，子孙富贵难保也！（拂袖而去。春喜送下）

霍　光　哎呀！

（唱）丙吉直言如雷震，

莫为子孙栽祸根。

悔不该，偏听老妻抗圣命——

（见春喜回上，问）春喜，你可知夫人之病？

春　喜　老侯爷，春喜亲眼看见老夫人与淳于妈妈在门口笑哩，老侯爷，她是装病……

霍　光　（一把抓住春喜）你待怎讲？

春　喜　夫人假病，不信你去看来。

霍　光　老不贤啊！（摔手，喜春跌倒）

（接唱）怒冲冲直往后堂奔。（急下）

春　喜　不好了，只怕侯爷吵架，老夫人要打死春喜，这……我还是快快逃走了吧！（急下）

〔霍光拉霍夫人急上。

霍夫人　（挣脱，不免慌张）你这是做什么？哎唷……

霍　光　你你你在后堂谈笑风生，分明装病欺骗于我，你与淳于衍干得什么勾当？如若不讲，将她送进衙门三拷六问，哪怕她不招！来啊……

霍夫人　事到如今，与你直说了吧！

霍　光　你讲！

霍夫人　只为那许氏贱人占夺我女儿皇后之位，是我气恨难消，与阿衍商量，用一服附子汤，送她见阎王！

霍　光　（惊呆）啊！

霍夫人　老侯爷啊，如今只有保得阿衍平安无事万事全消；要不，大祸临头，连你也难保！

霍　光　（气得发抖，怒打耳光）老不贤啊！

（唱）可恨你，倚势骄横心毒狠，

竟做了，杀害皇后主谋人。

我只得，免冠认罪进宫去——

霍夫人　老侯爷，你你不能去，（跪拉衣袖）老侯爷……

霍　光　（接唱）你你你，难免一刀祭冤魂。

霍夫人　老侯爷，你不顾为妻，也该顾惜女儿的终身！

霍　光　（唱）提起了成君女……我的肝肠断，

你为她求荣华……反而害亲生。
只怕我，百年之后……不免千古恨，
保不住，斩我老少一满门。
可叹我，一世英名付流水，
晚节难保，纵容悖逆弑后欺君罪孽深。

（哭跪）先帝啊，先帝，先帝啊……（不支而倒）

霍夫人 老侯爷，老侯爷……

〔幕闭。

第七场　贻怨

〔一年后。未央宫偏殿上。刘询端坐帝位，丙吉（已为丞相）、蔡义、夏侯胜与众太监、宫娥侍立。

马　忠 万岁有旨，将霍显押上殿。

〔御林军押霍夫人上。

霍夫人 （唱）侯爷亡故万事休，
皇亲沦作阶下囚。
哎，君王毕竟是女婿，
强装从容拜冕旒。

臣妾博陆侯未亡人霍显参见万岁！

刘　询 霍显你可知罪！

霍夫人 臣妾何罪之有？

刘　询 淳于衍谋害许皇后一案，你可知情？

霍夫人 臣妾不知。

刘　询 杀人是你主谋，怎说不知！

霍夫人 万岁呀，当初老侯爷保得圣驾登基，立下盖世之功。如今先夫尸骨未寒，万岁就要加罪于我；那淳于衍潜逃在外，不知去向，说我主谋，有何凭证？

丙　吉 哇，大胆霍显，淳于衍已经落网招供，是你指使谋害皇后，杀人便是“附子汤”！

霍夫人 啊……（发抖）

刘 询 可恨也！

（唱）你本是侯门狐媚婢，
侍宠僭为诰命妻。
贪心欲壑深无底，
谋夺皇后动杀机。
今日是，恶贯满盈末日临，
你自作自受怨自己！

将霍显打入天牢，究治其罪！

〔御林军推霍显急下。

蔡 义 臣启万岁，许皇后母仪天下，惨遭不幸，神天共愤，须将霍显、淳于衍剖腹挖心，以祭冤魂。

夏侯胜 臣启万岁，霍显潜逃边关，分明与长子霍禹通同谋反，请万岁速夺霍禹兵权，将霍家满门抄斩。

蔡 义 臣启万岁，当初许皇后不肯服药，是霍成君假献殷勤，亲尝汤药，分明母女同谋，夺取中宫之位，理当宣霍成君上殿一并治罪！

刘 询 （惊）啊？

〔内声："霍娘娘请求上殿。"

马 忠 （看）万岁，霍娘娘请求上殿。

蔡 义 她来得正好！

刘 询 她来作甚？！

夏侯胜 定是为母求情，请求开恩。

蔡 义 定是开脱罪责，混淆视听！

丙 吉 萧相国律法俱在，其罪当诛者，虽宗室外戚不免！

刘 询 （怒）宣！

马 忠 万岁有旨，宣霍娘娘上殿！

〔霍成君内唱：

成君上殿悲难忍——

〔霍成君脱簪珥、捧宝剑上。

霍成君 （唱）肠已断，心已碎，愧对冤魂；
苦不能，告娘罪，隐瞒真情，
害姐姐，含冤死，怨恨难平。

今日里，雪沉冤，我既喜却惊，
脱簪珥，朝至尊，待罪宫廷！
臣妾向万岁……请罪。（跪）

刘　询　你，所犯何罪？

霍成君　我……知情不报，身负大罪。

夏侯胜　臣启万岁，霍成君既然知情，可见母女同谋，害死许皇后是实！

霍成君　（惊）母女同谋？……

蔡　义　臣启万岁，那一天女医进药之时，霍成君赶进宫去，亲尝汤药，骗许皇后服药，这不是母女同谋害死许皇后，又是什么？……

霍成君　（更惊）是我……害死许皇后？……

刘　询　你快把实情讲来！

蔡　义　讲！

夏侯胜　讲！

霍成君　（有口难辩）……

刘　询　你倒是说！你倒是讲呀！

霍成君　（唱）霍成君，跪殿上，珠泪滚滚，
君王怒，众口毁，我无地容身。
许皇后，遭惨害，天怨地恨，
跳黄河，洗不清……我苦果自吞。
万岁呀！
我悔不该，亲尝汤药劝姐饮，
悔不该，鸠占鹊巢伴至尊。
平君姐，生前赠剑情意真，
她怎知，为我屈死成冤魂。
成君我，无颜答对托孤人，
甘愿一死报平君。

蔡　义　哼，料她无言可驳！

夏侯胜　分明不打自招！

刘　询　（大为激怒，发出一阵冷笑、惨笑）嘿，嘿，嘿嘿……想不到你当初口称姐姐，亲尝汤药，都是虚情假意，蛇蝎心肠。你们母女同谋，害死了平君，骗取孤皇一片真心！（一把拿过宝剑）来呀！霍成君欺君罔上，大逆不道，废去皇后，将她打入冷宫，母女一并治罪！

〔幕后合唱：

啊！天威盛怒霹雳震，

狂风折枝花飘零。

〔御林军丙、丁将霍成君押下。

刘　询　退班！（抱剑跌坐龙椅，生气不止）

〔蔡义、夏侯胜、众太监、彩女纷纷下。

丙　吉　万岁！臣以为霍显杀人是实，母女同谋是冤。

刘　询　（一震）啊！何以见证？

丙　吉　若是霍成君与恶母同谋，太子焉能保全？

刘　询　哦！

丙　吉　此事马公公查访属实。

马　忠　瑞香、琼英上殿！

〔内瑞香、琼英同呼“万岁”上。

瑞　香
琼　英　万岁，霍娘娘冤枉——（同跪）

（唱）母女的心肠不相仿，

（唱）霍娘娘誓保皇子永安康。

（同唱）若是不信有明证，

小小药匣献君王。（呈药匣）

刘　询　（接药匣）何来此药，起来说话。

瑞　香　哎呀万岁呀，这是夫人与淳于衍给小皇子送来的毒药。

刘　询　毒药？

瑞　香　霍娘娘追回此药，先调于鹦哥食内，那鹦哥吃了便死。若不是娘娘大义，小皇子早已性命不保。

众　人　请万岁明鉴。（跪）

刘　询　啊——！（恍悟）快！快传成君回来！

马忠等　领旨！（三人急下）

刘　询　丙爱卿，若不是你提醒，孤皇险些冤屈善良了！

马　忠　（上）万岁，霍成君来了。

〔霍成君素服上，瑞香、琼英随上。

霍成君　罪妇霍成君参拜万岁！（跪）

刘　询　（激动上前，扶）成君——

（唱）好成君，不负平君托孤情，
　　害卿委屈我判不明。
　　从今后你安居凤宫消愁虑，
　　孤皇愿作护花人。

〔刘询深情地取剑交与成君。

霍成君　（无此精神准备，见宝剑，后退不接）……

刘　询　成君，你？（上前交剑）

霍成君　（痛苦）成君一有不能告发娘亲之罪；二有不能申雪姐姐之冤；三有不能报陛下知遇之恩。成君无德薄情，不不不敢接此昆吾宝剑。（再三退后）

刘　询　（双手搀住成君，拉向前来，诚挚地）成君！你心可怜，你罪可恕……（成君渐靠近，刘询示意丙吉）孤皇要收回成命，让你仍为皇后。

丙　吉　臣以为不可。

刘　询　啊？（成君惊退）

丙　吉　臣知霍成君心地善良，并非与恶母同谋。她虽知情不报，欺瞒圣上，但她保育皇子有功，尚能功过相抵。

刘　询　那为何不能仍为皇后？

丙　吉　万岁，只是那霍显弑后逆天大罪，为的是霍成君当上皇后，如今霍成君牵连大案，天下皆知，若仍执掌中宫，只怕举国上下，人心难平。

刘　询　你……你你将她如何处置？

丙　吉　废居昭台宫，不得亲近天颜！

〔瑞香、琼英哭喊："小姐！"扑向成君。

刘　询　不，不……

丙　吉　万岁，万岁欲为中兴之主，而不能忍痛割私爱之情，何以治国平天下！——望陛下三思。

刘　询　这……（与成君对视，又看手中宝剑，大恸）

（唱）贵为君王难把妻子保，
　　为什么，风雨宫闱百花凋。
　　问苍天，夺我平君何残忍，
　　叹成君，李代桃僵不终朝。

霍成君　万岁保重，贱妾大礼拜别了！（跪拜）

刘　询　成君！（扶起成君）

（唱）孤不能，不爱江山护佳丽，

为政者，律法焉能失萧曹。
可悲你，身受牵连遭贬黜，
愁听冷雨把窗敲！
孤也是，无可奈何花落去，
离愁别恨总难消。
遥望昭台挂残月，
何处瑶琴慰寂寥？
昔日游园成梦忆，
送卿风露步中宵。

〔刘询与成君缓缓向台阶走去。

〔幕后合唱：

玉笛凄凉汉宫怨，
何时缺月再重圆！

〔两人望月特写。

〔幕落，剧终。

1981 年

《六场话剧》

光　明　行

张思聪

人物表 庄　丽——待业知青，27 岁。

范　霞——待业知青，30 岁。

艾　娜——待业知青，26 岁。

石　人——待业知青，27 岁。

焦一标——待业无知（识）青年，24 岁。

杨　光——外办干部，29 岁。

阿　兰——国营工厂女工，24 岁。

艾　虎——花边厂新招工，艾娜的哥哥，31 岁。

赵小龙——水产学院后勤处职工，22 岁。

老方伯——在街道帮助工作的离休干部，68 岁。

常玉娟——杨光的母亲，工商局科长，48 岁。

范小妹——范霞的妹妹，13 岁。

少年时代的庄丽

少年时代的杨光

外宾甲、乙

游客们

护　士

第一场

〔一九七九年——那个困难和希望、沉沦和奋起、挫折和胜利交错并存的难忘年头，中国江南某中等城市里，有一群普普通通的青年，在人生舞台上，演出了这么一幕普普通通的悲喜剧……

〔走进剧场，我们看到大幕洞开着，舞台上醒目地横贯一幅巨型广告，上面画着一个漂亮的女青年，笑容可掬，手举茶杯迎宾客，边有赫然大字："光明青年服务社。社址：江心岛"。下有说明："服务项目，一应俱全。文明营业，礼貌服务。敬请光临，无任欢迎"（此广告在演出中同时起二道幕的作用）

〔在一阵昂扬又激奋的二胡乐声中，广告渐渐隐去。

〔春天的清晨，薄雾已经消退，江中孤屿清晰可见，秀丽异常。江边的房屋群，是本世纪各种建筑风格和样式的集中展览，虽然杂乱，但由于六七十年代的新型建筑占着优势，倒也别有一番风味，反映出这是一座年轻又古老的城市。这里，我们看到的是这个建筑群里很不显眼的一间——范霞的家。

〔屋子有点破旧，经主人精心收拾布置，显得窗明几净，整齐美观。透过正面对开的大窗，可以看到不远处的大江、孤屿。有一门通屋外石板路，一门通内室。屋里摆着新搭的行军床、几条凳子和一张小方桌。

〔一个女孩子背对观众，面向大江，正在练奏刘天华的二胡名曲《光明行》。她用的是一把破旧的二胡，稚嫩但动人的乐声明白无误地告诉我们：这女孩子的心底里也是一片光明。但当一曲奏罢，她缓缓转过身来时，我们清清楚楚地看到：她的眼睛里却是一片黑暗。她叫范小妹，在她双目失明的脸上，有一种和她年龄不很相称的早熟神色。大概是由于经济条件所限，身上的衣服又短又小。她放下二胡，拿起扫把摸索着扫地，不慎叫行军床绊了一跤。

〔范霞拿着两张大饼从内室急出。她朴素得有点古板，老实得近于懦怯，有一双并不难看的眼睛，很少见她笑，即或笑，眼角也要出现几条她感到可悲的鱼尾纹。她慌忙扶起瞎眼妹妹，帮她扑打身上的尘土。

范　霞　（心疼地）小妹，让你歇着，干吗又扫地？

范小妹　客人就要来，我怕姐来不及收拾。

范　霞　来，吃早点。

范小妹　（接过一张大饼，大口大口地吃）姐，今天来的客人是谁？

范　霞　（边整理行军床边答）是姐姐的老同学，刚从黑龙江病退回来，父母死了，房子也没了，街道老方伯叫她先住我们家。

范小妹　她叫什么名字？

范　霞　叫庄丽。

范小妹　多好听的名字。（停了一下，突然地）姐，她长得好看吗？

范　霞　（笑）你就爱问人长得好看不好看。那时候她在班上样样第一，漂亮也是冠军，可好看了！

范小妹　你们好久不见了？

范　霞　十年前她支边去，一直没回来过。对了，她二胡拉得好，还能当你的老师呢。

范小妹　那太好了。

范　霞　姐去找老方伯，问问今天哪儿要临时工。庄丽姐来了，先让她歇着。

范小妹　好。

〔范霞拿起一条劳动用的披肩，下。小妹摸着旧二胡，想到什么，笑了笑，哼唱着走进内屋。

〔片刻后，庄丽提着简单的行李上。她是个一看就叫人喜欢的姑娘，健康、丰满，美而不俗，落落大方。长年生活在社会最基层，使她极富同情心，深沉善感，对善良的人们有一种天真和固执的爱。而坎坷的经历，又使她性格中增添了倔强、泼辣，甚至执拗的成分。正是这种倔强、泼辣和执拗的性格，为某些自视清高者所不容，这也正是她生活中经常遭到挫折的原因。她又是无畏的，总能以特有的方式踢开荆棘，冲破暂时的黑暗，奔向光明的大道。此刻，她正是怀着这么一种心情，凝望着离别十年的家乡。

〔（庄丽的心声）（吁了一口长气，深情地）大江，还是那么雄伟，江心岛，还是那么秀丽，可是人，已经长了整整十岁！家乡，亲爱的家乡，你拿什么迎接你久别的女儿？是鲜花，还是荆棘？是慈母一般的热心肠，还是后妈那样的冷面孔？……哎，想这么多干啥，船到桥头自会直，没有什么过不去的火焰山。

〔她对照手中的信封，寻找范霞的家。

〔艾娜迎面上。她刺目的漂亮，过度的大方。前几年失过足，甚至还失过身，两年劳教后，她决心重新做人。可是，社会上一些人不但不谅解她，反而十分卑视她，所以，别看她表面上嘻嘻哈哈，无忧无虑，可心底又怎么样？天知道！今天，她大概遇上了什么开心的事，不离手地玩弄着扑克牌，不离口地哼着歌儿，笑嘻嘻地走来。

庄　丽　同志，请问范霞住哪儿？

艾　娜　（不回答，哼着用不同曲调谱写的同一句歌词）“开心里格来啊哟开心里格来……”

庄　丽　同志……

艾　娜　（全神贯注于扑克牌上）等一等，要是准，请你吃喜糖。（猛地抽出一张牌）红桃老 K？！……红桃，是说我交桃花运，老 K 呢，是外国老头，对，就是那个老华侨。（大笑）准，真准！（连连拍打庄丽的肩膀）怎么样？你说，你说。

庄　丽　（拨开她的手）你说什么呀？

艾　娜　我要嫁人了，就嫁这个老 K，百万富翁老华侨！我二十六岁，他六十二岁，年岁蛮相当吧？（又大笑）

庄　丽　你要嫁个老头？

艾　娜　等一等。（上下打量庄丽）啧啧啧，你真是个美人胎！我卖五千元，你值一万块，给你也牵条线，怎么样？

庄　丽　（大喊）喂，你是不是有神经病？

艾　娜　我是太高兴了。哎，你刚才问什么来着？

庄　丽　不跟你说！

艾　娜　想起来了，你是问那个三十岁还嫁不出的老姑娘。

庄　丽　三十岁还嫁不出的老姑娘？

艾　娜　对，那个搬来不久的范霞。（朗诵似地）范霞范霞，好比那天上的晚霞，青春年华美如画，可惜快要把山下。喏，她就住在这儿。再见。（又哼唱起“开心里格来”，下）

庄　丽　（自语）天上的晚霞快要把山下？（稍停后，进门）有人吗？

〔范小妹上。

范小妹　谁呀？

庄　丽　我叫庄丽。

范小妹　你就是庄丽姐？

庄　丽　你是小妹？都长这么大了！我走的时候，你还在摇篮里呢。

范小妹　我姐一会儿就回，你先歇着。（熟练地摸索着端过脸盆）来，揩揩脸。

庄　丽　（发现小妹是个盲人）小妹，你眼睛怎么了？（扳她脸对着阳光看，震惊地）你姐怎么带你的？

范小妹　（懂事地）不怪姐不怪姐。我三岁那年，眼睛叫坏蛋打瞎了，姐是临时工，没钱给我治眼睛。姐老说对不起我，其实是我叫她吃苦了，是我对不起她。

庄　丽　（一阵心酸，一把抱住小妹）小妹！

范小妹　（摸庄丽的脸）你哭了？

庄　丽　哦，没有。

范小妹　姐叫我别哭，让我学二胡，天天拉《光明行》。

庄　丽　（心里为之触动）《光明行》？

范小妹　姐说你琴拉得好，教教我行吗？

庄　丽　行。（感情地）《光明行》这曲子也是最喜欢的，是个老同学教我的。小妹，你知道。你姐为什么叫你练这支曲吗？

范小妹　（摇摇头）……

庄　丽　（深情地）你眼睛虽然失明了，可拉起《光明行》，就会看到我们的生活是一片光明，感受到我们的心底也是光明一片。

范小妹　你说得对，姐说等她有了正式工作，就给我治眼睛。那时候，我就会看到蓝的天、红的花，会看到屋后的大江、孤岛，也会看到姐的笑脸，会看到你好看的庄丽姐。

庄　丽　（摸着小妹的头，感情地）会的会的，这一天会有的。

〔范霞上。

范小妹　（已经听到）姐回来了。

范　霞　庄丽！

庄　丽　范霞！

〔两人紧紧拥抱手，注视着对方，眼睛湿润了。

范小妹　姐，我生炉子烧水，给庄丽姐泡茶。（进内屋）

范　霞　快坐下。一去十年，我以为你失踪了。唔，没大变，还是那么漂亮！

庄　丽　得了吧，早变成老太婆了。

范　霞　快说说，这十年都干了些什么？

庄　丽　（连比带画地）种过田、放过马、教过书、背过枪、学过拳，还打过狼！

范　霞　打过狼？

庄　丽　披人皮的，专门想吃女孩子。

范　霞　（会意地）哦。

庄　丽　我要是作家，准能写部长篇小说。你也一样吧？

范　霞　（苦笑）你是小说，我是悲剧。你走以后，我爸、妈都病死了，我带小妹过。十年里，家搬过五次，临时工也换过十几种。

庄　丽　（同情地）真是我老实的大姐姐，十年也没混上个正式工作。

范　霞　一无门路，二无背景，见面礼买不起，“研究费”没法送，求三姑拜四嫂，什么好话没说过？什么笑脸没装过？什么脏活累活没干过？你看我这双手，还像姑娘的吗？老茧磨出三层，披肩磨破十几块，可还是个——临时的。

庄　丽　我在黑龙江也一样。说到我们，有人总是从鼻子里发声：哼，那些三届生，临时工！我的天，我们活在这个世界上，可不是临时的呀。现在好了，四人帮总算打倒了，但愿一切都快点儿好起来。

范　霞　我也这么想，看人家一批批招工去了，欢天喜地干四化，别提心有多急，手有多痒了。

〔范小妹在内室喊：“姐，你来一下。”

〔范霞答应着进内室，又端着杯茶复出。

范　霞　来，喝茶。（见庄丽喝了口茶，又朝自己笑了笑）你笑什么？

庄　丽　告诉我，有男朋友了吗？

范　霞　（怔了一下，摇摇头）没有。

庄　丽　年纪不小了，该找一个了。

范　霞　（笑）听说有人调查过，目前国家经济比例失调，男女青年比例也失调，姑娘过剩。

庄　丽　那更该抓紧。

范　霞　男的三十一枝花，女的三十豆腐渣，我又老又丑，没工作，还拖个小妹，谁要我？（停了一下）就说有人要我，我也不能拖累人家。

庄　丽　（敏感地）说，这个“人家”是谁？

范　霞　不可能的事，说了也没用。他也刚招工进厂，家里还有个不争气的妹妹，一个大包袱不卸掉，谈不上成家。

庄　丽　你们俩正式谈过？

范　霞　没有，好几回做临时工都在一起，嘴里没说，心里都明白。

庄　丽　你把他指给我，我给你挑明了。（拍拍胸脯）我包了！

范　霞　嗬，好大的口气。看样子，你自己已经有了？

庄　丽　（笑了笑）这倒很难说。说有，也有。说没有，也没有。

范　霞　这话等于没说。

庄　丽　（坐下）还记得吗，有个男同学，小学、初中都跟我同班、同组、同桌。

范　霞　哦，记得记得，叫杨光，那时你们俩可要好了。

庄　丽　（从行李卷上取下一把二胡，进入深深的回忆中）这把二胡就是他送给我的。那时候，我们形影不离，干什么事都在一起，一起读书，一起游戏，一起数天上的星星，一起畅谈未来的生活道路。他是那么聪明，那么纯真，那么富于理想。他教我拉二胡，第一首曲子就是刘天华的《光明行》……

范　霞　也是《光明行》？

〔庄丽和范霞紧坐在一起，神思飞驰，耳边似乎又听到了往日的琴声，眼前也好像看到了一对两小无猜的少年……

〔第一表演区灯暗；第二表演区灯亮。少年时代的庄丽和杨光面对朝霞，一起练奏二胡。庄丽听着杨光那独特的颤弓处理，点头赞许。

〔（庄丽的声音）初中刚毕业，“文化大革命”开始了，不久我支边去，他为我送行……

〔琴声不断。第二表演区里：少年杨光和庄丽交换二胡，默默相对。

〔（庄丽的声音）他还跟我换了二胡，他的话就像一首诗：不要小看这把粗糙的二胡，也不要轻视那些简单的音符。它像一团炽热的火焰，燃烧在我们年青的心窝，它像一河奔流的碧波，送我们奔向光明的征途。

〔琴声仍然不断。第二表演区里：巨轮载着庄丽渐渐远去，杨光依依送别。他们俩都挥舞着手中的二胡。

〔（庄丽的声音）他还说：二胡有两根弦，我们有两颗心。两根弦在一起，才有动听的乐声。两颗心在一起，生活会更加光明！

〔琴声渐止。第二表演区灯暗。第一表演区复明。

范　霞　说得太好了。哎，现在呢？

庄　丽　（站起，摇摇头）他父母都是干部，运动里全家遣送山区，以后就下落不明了。

范　霞　快下点工夫找他。

庄　丽　（笑了笑）都十年了，他也许早成了家，有了孩子呢。

范　霞　（武断地）不可能！他会找你、等你，就像你找他、等他一样。我帮你找，对，下午就开始！

庄　丽　（又笑）你比我还急嘛。吃饭问题第一，下午得先找老方伯。哎，老方伯怎么样？

范　霞　刚调来不久，听说来头很大，是什么大干部。

庄　丽　大干部怎么在街道帮忙办事？不过他挺关心人的，给我写过信，说给我安排了一个工作。

范　霞　真的？刚才我找他没找着。走，马上找他去！

〔老方伯应声上。

老方伯　不用找，我来了。

〔老方伯高个子，热心肠，笑面孔，举止敏捷，言谈明快，毫无老态，曾有人向他索取“青春恢复片”秘方，答曰：时刻和青年在一起，爱他们，带他们，教他们，也学他们。

范　霞　老方伯，她就是庄丽。

老方伯　（笑哈哈地伸出手）见过见过。

范　霞　（奇怪地）你们见过？

老方伯　信上见过她的字，你这里见过她的照片。实话实说吧，她跟我脑子里猜的，一模一样。怎么，路上累垮了吧？

庄　丽　青年人累不垮，只有闲垮！

老方伯　嗬，是个急性子，一上阵就要冲锋。

庄　丽　你不是给我找到工作了？

老方伯　（爽朗地）对，找到了。范霞，还有你！

范　霞　正式的？

老方伯　当然。

范　霞　长期的？

老方伯　那还用说！

范　霞　（跳了起来）太好了！什么部门？

老方伯　服务部门。（指窗外）就在那儿，江心岛上。是个新单位，我给它取个名儿，叫服务社。

庄　丽　服务社？是国营的？

老方伯 不是。

范 霞 大集体？

老方伯 也不是。

庄 丽 最次也是小集体？

老方伯 还不对。

范 霞 总不会是街道办的？

老方伯 也没猜着。实话实说吧，它什么也不是，是你们自己办的。

两 人 （惊愕地）自己办的？

老方伯 （兴致勃勃地）那江心岛是个旅游的好地方，最近又对外开放了，整天是人山人海。酒家、饮食店忙得喘不过气，但好多游客还是渴了没茶喝，饿了没饭吃。江心岛真是块“宝地”，谁要在那儿夏卖冷饮，冬卖热茶，再动动脑筋，增加服务项目，从小到大，全面开花……

庄 丽 （忍不住打断）老方伯，你是让我们自己办服务社，江心岛上卖茶去？

老方伯 实话实说吧，这是我在那儿足足看了五天，才想出的主意，你们看怎么样？

〔庄丽和范霞面面相觑，不知如何回答。

老方伯 （笑了笑）我猜你们心里准在骂：这个方老头子，闹了半天，给我们吃的是只空心汤团。这也算工作？再说大姑娘上街卖茶，像什么话？对不对？

庄 丽 （苦笑一下，学着老方伯的口吻）实话实说吧，是这么想。

范 霞 （也忍不住苦笑一声）老方伯，找一个工作，怎么那么难哪？

老方伯 是难啊，我们难，国家也难。十年内乱，生产发展慢慢吞吞，生儿育女可突飞猛进。这两个月，我们街道设法安排了几百个待业知青的工作，可剩下的还仍然不少。（语重心长地）孩子，国家国家，国与家连在一起，每个有志青年，都要为国分忧，不能为国添愁。不要等，要自己想办法干起来。就冲这一点，我看先卖卖茶，也很光荣。

〔庄丽走到一边想着、想着……

范 霞 （走近）庄丽，你看怎么样？

庄 丽 （咬咬嘴唇）反正是暂时的，先干也好。

老方伯 （高兴地）好，街道党委研究了，委托我告诉你们，给你们一百块资金，我个人再给三百。庄丽当头，开始人不要太多，除你们俩，再收一个。

两 人 谁？

〔艾娜内喊："老方伯……"

老方伯 巧，说曹操，曹操到，她来了。

〔艾娜手里扬着一本户口册跑上。庄丽和范霞一见，吃了一惊。

〔艾虎随后喊着妹妹追上。他五大三粗，宽肩圆膀，一看就知道是个直性的炮筒子。

艾　娜 老方伯，有人破坏《婚姻法》！

艾　虎 （扬拳）看我揍你！

艾　娜 （挺胸以对）揍呀揍呀，揍死了我，你也好卸掉包袱！

范　霞 （心里一动）艾娜，别瞎说。

艾　虎 范霞，别理她！

艾　娜 理不理，一样的。你卸掉我这个包袱，一身轻，样样灵，（瞟了范霞一眼）就能讨老婆、生孩子、成家。

艾　虎 你……

老方伯 好了好了，出什么事了？

艾　虎 老方伯，这死丫头吃了迷魂药，居然想嫁个华侨老头，要拿户口簿去登记，我不给，还跟我吵。

艾　娜 吵还是客气，再干涉我婚姻自由，我还告你呢！老方伯，你是街道父母官，要给我作主，事成以后，一斤喜糖，怎么样？

老方伯 （慢条斯理地）一斤喜糖，太少了吧？

艾　娜 那……两斤，五斤，不，要什么给什么！

老方伯 （不动声色地）要什么给什么，你给得起？

艾　娜 给得起，反正那老头子有得是钱。这叫没钱寸步难行，有钱走遍天下。（笑，随口又哼唱起来）"开心里格来啊哟开心里格来……"

老方伯 （突然拍桌，大声地）别唱了！

〔全场为之一震。

老方伯 （变了脸色，缓步走向艾娜，声音颤抖地）我要你做人的尊严，你有吗？你给得起吗？

〔艾娜一愣，没有回答，不敢正视老方伯。

老方伯 （激动地）看着我，看着我！别把头低下来，不要转过去！笑，再笑啊！为什么不笑了？为什么不唱了？

艾　娜 我……（试图咧咧嘴，但没有成功）

老方伯 骗人！你脸上在笑，心里在哭；嘴里在唱，心里在流血！

〔艾娜好像受到沉重的一击，深深地低下了头。

老方伯 （痛楚地）二十六岁，是一生中最好的时光，居然有人要用钱买，居然有人也愿意卖。（扶住艾娜的肩）孩子，告诉我，嫁给那个老头子，你心甘情愿？

艾　娜 （抬起满是泪水的脸，爆发地）不，不情愿！我死不情愿！这是卖身，可耻！我都知道！可是……可是我不这样，又有什么办法呢？前几年我犯过错误，我要改，要学好，我多想有一个正儿八经的工作啊，可有人总斜着眼睛看我，工厂不要，单位不收，但是人，总要活下去，总不能一辈子吃家里的饭，连洗头、洗澡、买卫生纸也向哥哥要钱呀。我哥对我好，前几年做临时工养活我，今年总算招工进了厂，是我这个大包袱害得他到现在还没有结婚，可他从不嫌我、怨我，世界上再也没有这样的好哥哥了！一想起这，我心里就痛得慌啊……

艾　虎 妹妹，我们回去吧。

艾　娜 （声泪俱下地）老方伯，我也有一双手，能干活！可哪有我的路，哪有啊？！

老方伯 （大声地）有！就在这儿！

艾　娜 这儿？

老方伯 对，这儿新办了一个服务社！

艾　娜 她们要我吗？

庄　丽 （一直在听、在想，这时与范霞交换一个眼色后，激动地）要！我们要！

艾　娜 你……

庄　丽 认识一下，我叫庄丽，我和范霞欢迎你来一起干！（伸出手）

范　霞 对，欢迎你。（也伸出手）

艾　娜 （呆了半晌，猛地扑过去紧紧抓住她们的手）好，你们看得起我，我艾娜要是叫你们丢脸，就是乌龟王八蛋！

艾　虎 妹妹，那户口簿……

艾　娜 还你。不嫁了，永远不嫁了！

老方伯 哎，永远不嫁可不行，我还等你的一斤喜糖呢。

〔众笑。

艾　虎 老方伯，你们真是做了件好事，以后用得着我，只管招呼！

老方伯 少不了要麻烦你。实话实说吧，她们办的是件新鲜事，往后难处少不了，全靠大家帮忙。

范　霞　哎，我们服务社总该有个名字吧？

老方伯　对，去工商局领许可证，也该有个名。

庄　丽　我说，就叫它“光明”，“光明服务社”，怎么样？

众　人　好。

〔范小妹端着一大盘茶上。

范小妹　来，喝茶，大家喝茶啰！

老方伯　（顺手举起一杯茶，以茶代酒）为了“光明”，干杯！

众　人　（举起茶杯）干杯！

〔乐声中，人们隐去，巨型广告又出现在舞台上……

第二场

〔巨型广告前。

〔一周之后，上午。

〔杨光匆匆上。他是个英俊青年。十年浩劫，他的家庭几度兴衰，大起大落，使他在社会地位问题上产生了一种特殊的敏感性。目前，他是本地青年心目中的“王子”，理想的工作，舒适的住房，似乎什么都有了，于是显得有点盛气凌人，看人时，眼睛几乎都是居高临下地俯视（尽管他个子并不太高），但生活中显然缺了两样东西：往日的理想和理想的妻子。所以，有时他又显得颇为沮丧。但是，他毕竟还不是垮了的一代，胸中热情并未完全熄灭，心底里对爱情还有一种可贵的专注。今天，他身穿笔挺的料子服，正匆匆上班去。

〔阿兰随上。她穿着时髦，自命不凡，但从她的言谈举止中，处处流露出浅薄、平庸和俗气。她亲热地挽着杨光的手，咯咯咯地笑着。杨光也随和地笑了笑，他偶然看了一眼广告，似乎有所感，停下脚步。

阿　兰　杨光，走啊。

杨　光　（仍回头看广告，轻轻抽出阿兰挽着的手）阿兰，我有点事，你先走吧。

阿　兰　好，我在江心岛等你。（下）

〔杨光急步回头，两眼死死地盯着画中人。

〔（杨光的心声）谁？她像谁？奇怪，我好像在哪里见过她？……哦，太像庄丽了！（轻声地）庄丽，这是你吗？

〔（庄丽的声音）是我，是我呀杨光。我知道你等了我十年，我也等了你十年啊。来，拉着我的手。

〔杨光情不自禁地走近广告。庄丽的声音消失。

杨　光　（擦擦眼睛，自嘲地摇摇头）我今天怎么了？（走了几步，又停下）太像她了，奇怪……（读广告上字）“光明服务社”、江心岛……

〔常玉娟呼喊着儿子杨光上，她虽然年近五十，却一点也不显得老。她的优点是：精明、能干。不过优点如果稍稍过分，往往会变成缺点。在她身上，似乎正有着这种带缺点的优点，或者说带优点的缺点。

〔杨光听到母亲喊声，连忙拔腿就走。

常玉娟　阿光，妈话没说完，你怎么就跑了？

杨　光　（不耐烦地）我知道你要说什么？

常玉娟　知道就好。你说阿兰哪一点配不上你？她那个在上海工作的爸爸是工程师，思想挺进步，中央首长也很器重他，他可喜欢你了。

杨　光　我不喜欢。

常玉娟　不喜欢就不要和阿兰在一起玩。

杨　光　又不乱搞，玩玩有什么？青年人的事，你不懂！

常玉娟　我懂，你是嫌阿兰不漂亮。长得好看能当饭吃？

杨　光　我的事等两年再说，好不好？

常玉娟　等两年等两年，还想等那个庄丽？幼稚，小孩子说的玩笑话，就当真了？

杨　光　妈，你不知道！

常玉娟　妈虽然不认识庄丽，可女孩子的心，天上的云，一阵风就无影踪，妈见得多了。十年过去，恐怕她早结了婚，孩子都好几个了。

杨　光　（不想再听）今天陪外宾游江心，我走了。（欲下）

常玉娟　（拦住）陪完外宾陪阿兰，今天你们要把事情谈定。

杨　光　再说吧。（急下）

常玉娟　（追喊）我带她先去江心岛，望江亭里等你！（下）

〔广告隐去。

〔江心岛。

〔“光明服务社”流动服务车停放在一棵树边。庄丽正往树上挂我们见过的那幅广告（当然要小得多）。

艾　娜　（在下面指挥）行了，站好，我看看。唔，画得跟你自己很像，有了它，生意起码兴隆三倍！

〔老方伯拎浆糨糊桶，夹着一大卷广告笑哈哈地上。

老方伯 今天开市大吉，恭喜恭喜啊！

庄　丽 老方伯，你这是干什么？

老方伯 帮你们贴几张广告。（拿出一纸）这是领许可证的报告，街道同意了，你找工商局的常科长批一批。

庄　丽 （接过报告）好。

老方伯 （顺手整理车上货物）神气点，做生意，就得有点做生意的气派。我再到那边贴去。（下）

〔庄丽等目送老方伯下。

范　霞 （拿出三条绣工非常精致的围裙）来，围上它。

艾　娜 嘀，简直是工艺品，够出口水平！是你的手艺？

庄　丽 谁不知道范霞脑子灵，脾气又好，心又细，手又巧！

范　霞 算了，你才是诗、画、剪、绣，吹、拉、弹、唱，什么都会，要不，怎么能当社长？

艾　娜 唉，你们都不错，就我是个不发酵的黄馒头。

庄　丽 谁说的？你嘴又快，腿又勤，认识人又多。

艾　娜 这倒不吹牛，这一带除了鬼以外，我都认识，不过这不算什么本领。

庄　丽 做生意，还怕熟人多？这本领太有用了。哎，我说两位，今天是本社首次开张，大家都卖力点儿。

范　霞 有人来了。

庄　丽 喊！

〔庄丽和范霞显得很紧张，互相看了看，尝试着吆喝，但谁也没喊出声来。

艾　娜 （笑）听我的。（随口有板有眼地编喊着）卖茶嘞卖冷饮，龙井铁观音，特色果子水，红茶菌棒冰，本社独家卖，又香又甜又健身，还有导游手册纪念章，小手绢上画颗心！来呀快来呀，迟了就没啦，物美又价廉，包你笑哈哈，怎么样？

庄　丽 太棒啦！

范　霞 我们拜你为师！

〔庄丽和范霞也模仿艾娜口吻喊着，声音由轻到响，渐渐自然。三人相对大笑。

〔一群游客闻声拥上，好奇地围拢，争购茶水。

女顾客 （喝干茶后，揩揩嘴）嘿，真甜哪！

老农民 （提着布袋）可不是，现在我们队里富了，家里有钱了，也想上城里来旅游旅游，可上次怎么也找不到水喝。姑娘，这是谁出的主意，能活一百岁。

老工人 （跑步锻炼身体，突然大声地）给我来三杯。

老农民 （吓了一跳）三杯？你肚子是水桶？

老工人 我是肚子里高兴，多喝几杯表示感谢。（三饮而尽）

〔众笑，向庄丽等告别，下。

〔庄丽等高兴地把钱投入钱箱。

〔石人上。他为人老实，学习勤奋，有时全神贯注竟忘了自己的存在。现在就是这样，手拿书本，口中念念有词地读外语。

〔庄丽和范霞、艾娜同时大声叫卖，石人却毫无所觉。

〔艾娜有点发急，端起一杯茶，冲到石人面前。石人眼前突然出现茶杯，不觉一怔。

石　人 这，这是干什么？

庄　丽 （忙上前，笑容可掬地）同志，念外语念得口干了，喝杯茶吧？

石　人 谢谢。（接茶喝罢，朝姑娘们点点头，径自就走）

艾　娜 （忙拖住）哎哎，钱！

石　人 钱？

艾　娜 （跑过去敲敲服务社的广告）我们是做生意的。

石　人 哦，有有。（不料翻遍口袋，却找不出一分钱，不禁额上冒汗）对不起，我忘了带钱

庄　丽 不要紧，算了吧。

石　人 （看了艾娜一眼）可你们是做生意的。这样吧，我留下名字和地址，明天送钱来。我叫石人，家住花园路五号……

艾　娜 （一本正经地）怎么不留工作单位？

石　人 （紧张地）工作单位？我没有，我是待业青年，我……

艾　娜 （哈哈大笑）跟你开玩笑，也不知道？去吧去吧，这杯茶我请客。

庄　丽 去吧。

石　人 那……谢谢，谢谢了。（下）

艾　娜 （大笑）真是个老实头！

范　霞 听说有个叫石人的，年纪不大，懂三国外文，说不定就是他，人家都叫

他“留”学生。

艾　娜　留学生？他去过外国？

范　霞　哪里，连大学也没上过，他硬是从留声机里学的外语，所以叫他“留”学生。

艾　娜　（颇感兴趣）是吗？

庄　丽　哎，又有人来了。

〔常玉娟和阿兰上。庄丽等人又喊。

阿　兰　伯母，喝汽水吧。（走至服务车前，用两个指头捡起茶杯，掏出手绢擦拭）

庄　丽　（笑嘻嘻地）这是消过毒的。

〔阿兰哼了一声，没有理睬，随手倒开水洗杯。

庄　丽　（有点不快）请不要浪费开水。

阿　兰　我付钱。（继续洗杯）

庄　丽　这样不好。

阿　兰　不好就不喝。（摔下杯子，顺手又丢下几枚铝币）

艾　娜　（忍无可忍）喂，别在这儿装阔！

阿　兰　哟，你管得着我？

庄　丽　同志，应该讲点礼貌。

阿　兰　礼貌？（放肆地扫视一眼庄丽）一个卖茶的，还有那么多礼貌？

庄　丽　（也忍耐不住）卖茶的，就不是人？

阿　兰　你……（语塞）你们要为人民服务！

艾　娜　对你这种人，就不服务！

常玉娟　（连忙劝阻）好了好了，双方都克制点。阿兰，你先去望江亭等我。

〔阿兰悻悻下。

常玉娟　我要六瓶汽水、三杯龙井，麻烦送到望江亭。

庄　丽　好吧。

〔常玉娟下。

庄　丽　（对艾娜）来，送吧。

艾　娜　我不送！（冲着阿兰去向）以为我不认识你？你叫阿兰，仗着老子有几个臭钱，不上班整天乱逛，有什么了不起？要我艾娜伺候你？做梦！

庄　丽　批评归批评，生意还要做的。

范　霞　庄丽，我帮你送。

〔庄丽和范霞泡茶。

〔焦一标和赵小龙上。这俩人留着爷爷的胡子和嫂嫂的头发，穿着姐姐的衣服和奶奶的鞋子，不同的是赵小龙身材瘦小，还读过几句书，焦一标则“高头大马”是待业无知（识）青年。

赵小龙 焦哥，看。

焦一标 哟，艾娜。（上前拍拍艾娜的肩）

艾　娜 别惹我，往后我们井水不犯河水。

焦一标 井水河水不都是水吗？来，陪焦哥玩玩去。

艾　娜 瞎了狗眼的，我在上班！

焦一标 不就为俩钱吗？陪我玩去，我给钱。

艾　娜 （沉下脸，叉起手）放明白点，别惹火了你姑奶奶。

庄　丽 喂，别影响我们营业！

焦一标 哟？哪儿冒出的？这么一个漂亮姑娘！

赵小龙 焦哥，她们在这儿卖茶。

焦一标 哦，城东有个烧饼西施，城南有个瓜子西施，这儿又冒出个茶水西施。来，认识认识，交个朋友，我叫焦一标，他叫赵小龙。

庄　丽 （忍住火气）对不起，我没空。（端起茶和汽水，对范霞）走。

焦一标 （拦住）等一等。

庄　丽 干什么？

焦一标 我……我要买茶。

庄　丽 上那边买去。

焦一标 不，就要你手里这一杯。（掏出一张拾元纸币）来，找钱，拾元的，找我九块九毛八。

庄　丽 找不出。

焦一标 那就不要找，我连茶带人一起买了。

庄　丽 （变了脸）你说什么？

焦一标 茶水西施，我说连茶带人一起买。

庄　丽 流氓！

焦一标 你骂人！（拔出拳头）

庄　丽 （放下茶杯）怎么，还想打人？

焦一标 打你是看得起你。

庄　丽 （猛地摆出一个自卫的架势）你敢？

赵小龙 （惊）焦哥，她会打拳！

焦一标 不怕！（扑向庄丽）

〔庄丽灵巧地避过，几个来回后，突然把焦一标扫倒在地。

艾　娜 （拍手大笑，有节奏地喊）好好好，打得好！妙妙妙，打得妙！

庄　丽 滚！

焦一标 好丫头，你等着！（溜下）

〔赵小龙随之溜下。

艾　娜 庄丽，这两下子真漂亮！

范　霞 你说学过拳，我还当你说笑话呢。

庄　丽 （颇为得意）没这两下子，这十年不知要吃多少亏。走。（与范霞端茶下）

〔艾娜整理货车。传来小车喇叭声、刹车声，几个游客上，好奇地窥视。

〔杨光上。

杨　光 （边喊边推游人）走走走，请让开请让开。喂，车子也推开。

艾　娜 干什么？

杨　光 外宾来了。喂，那边不要挤过来。（回头见艾娜没有推车）喂！车子怎么不推开？

〔庄丽和范霞上。

庄　丽 （迎上前去）同志，车子干吗要推开？

杨　光 是这样的……（突然，他的话说不下去，全身像融了电似的）你……

庄　丽 （同样被“电”击中）你……

〔强烈的乐声轰起。霎那间，世界上的一切似乎都突然静止下来。他们俩痴痴地对望着、对望着……

〔舞台上画面停止。《光明行》悠然响起。

〔（杨光的心声）二胡有两根弦，

〔（庄丽的心声）我们有两颗心。

〔（杨光的心声）两根弦在一起，才有动听的乐声。

〔（庄丽的心声两颗心在一起，生活会更加光明！

〔（两人的心声）（一声比一声响）是他（她）、是他（她）、是他（她）……

〔乐声止。舞台上静止状态解除。

杨　光 （扑过去紧握其手）庄丽！

庄　丽　（激动地摇着他的手）杨光！

艾　娜　（大惊，对范霞）怎么回事？

范　霞　别着急，慢慢再和你说。

杨　光　你现在……

庄　丽　（爽朗地指广告）喏。

杨　光　我说呢，这广告上的人那么像你！

〔汽车喇叭声响。

杨　光　我先接待外宾，完了再细谈。（看看服务车）这车子……

庄　丽　不要紧，外宾来了，请他们喝茶。

杨　光　千万要注意。（急下，又陪两位外宾上）请，请这边走。

外宾甲　（不禁赞叹）Oh! How beautiful! 这么美的江水，这么美的孤岛。万能的上帝，你创造了人间天堂！

外宾乙　杨先生，你们生活在这么美丽的国度，真是一种幸运。

杨　光　是的是的。

庄　丽　（送上两杯茶，落落大方）先生们，欢迎你们，请。

外宾甲　谢谢小姐。

外宾乙　谢谢。（看到庄丽身上的围裙，眼睛一亮，转身又看到范霞和艾娜的围裙，更是喜形于色）请原谅，我想借你们的围裙看一下。

庄　丽　行。

外宾乙　（接过三条围裙翻看，兴奋地）约翰，怎么样？

外宾甲　（眉飞色舞）Oh！ Very good! 图案、色彩、绣工都是第一流的。小姐，这是什么工厂的产品？

庄　丽　（与范霞交换一下眼色）工厂的产品？

外宾乙　哦，是这样的，这次我们来贵国采办，一直没有看到如此理想的绣品，本公司要通过贵国外贸公司，向他们订购。

范　霞　（惊讶地）订购这种围裙？

外宾甲　对，有多少，要多少。

艾　娜　（忍俊不禁）先生，说起这家工厂嘛……

范　霞　（忙拉艾娜衣角）让庄丽跟他们说。

庄　丽　（想了想，突然有所决地）好吧，我可以奉告，这围裙是本服务社生产的。

外宾甲　是吗？那太巧了！

艾　娜　（感到有趣，又忍不住插嘴，一本正经地指着庄丽）这就是本社庄社长。

外宾甲　哦，社长小姐，见到你非常荣幸。（出示名片）请来宾馆做客。

杨　光　（欲阻）庄丽……

庄　丽　（接过名片）谢谢，本社研究以后，将结果告诉我国外贸公司，请与他们联系。

两外宾　可以可以。

杨　光　先生们，时间不早，请回去休息吧。

两外宾　庄小姐，再见。

庄　丽　再见。

〔外宾下。

杨　光　送走他们，我就回来。（匆匆随下）

艾　娜　（从庄丽手上抽走名片，装模作样地）哦，社长小姐，见到你非常荣幸！（大笑）

范　霞　别闹别闹。庄丽，这事可不好闹着玩。

庄　丽　一点也不闹着玩。老方伯不是说，要增加项目，从小到大，全面开花吗？我刚才灵机一动，这送上门的生意，可以试试。

艾　娜　（夸张地）我的天哪，这生意，你真要从中国做到外国去啊？

庄　丽　技术上的头头，范霞来当。

范　霞　（大惊）我？不行不行，海蟹上不了酒席，我对自己最没信心了。（拉过庄丽的手贴在自己心口）听听，现在你这么一说，我心就乱跳。

庄　丽　放心，大家撑着你，晚一点儿找老方伯商量商量。

艾　娜　我哥分在花边厂，以后也许还能帮我们忙呢。嘿，这开张第一天，想不到就大喜临门。

（唱）“开心里格来……”

范　霞　不，是双喜临门！

艾　娜　双喜临门？（见范霞望看庄丽笑，恍然大悟地）哦，刚才那位“杨先生”跟你……

艾　娜　人家马上要来，我们要知趣。走，上那边卖去。

庄　丽　不……

范　霞　算了算了，嘴里说不，心里咚咚咚地跳，巴不得我们越快走越好。（与艾娜推车下）

庄　丽　（也不禁失笑，自语）是啊，心里怎能不咚咚咚地跳呢？十年了，三千六百多个日日夜夜，盼得就是这一天……

〔杨光快步上。

杨　光　庄丽！

庄　丽　杨光！

〔两人走近。千言万语，一时不知从何说起。

杨　光　……这十年，你都在哪儿？

庄　丽　问我？该先问问你自己。我写过多少封信，都是“查无此人，原信退回”。

杨　光　唉，你走以后，我们全家遣送山区，对外联系，统统卡死。七二年才放宽了点。再去信，已经找不到你了。

庄　丽　有个坏蛋逼我嫁他，七零年我就离开了，以后得了严重关节炎，一星期前才病退回来。

杨　光　没安排工作？

庄　丽　没有，只好先办这个服务社。

杨　光　不像话，这算什么工作？没问题，这事包在我身上！

庄　丽　你现在情况好像不错？

杨　光　当了三年工农兵大学生，分到花边厂当技术员，我不喜欢。爸爸这个大部长原则性又强，不肯帮我调工作，这次还是乘他出差，妈想办法，才调到外事办公室，上班也不过半个月。

庄　丽　你物理、数学那么好，专业对口吗？

杨　光　都快三十的人了，还谈得上什么专业不专业？（挥挥手，转过话题）庄丽，你……好吗？

庄　丽　（笑）指的什么？

杨　光　譬如说……个人生活方面？

庄　丽　（又笑了笑）好，出门一个人，回家人一个，依然故我，自由自在。（期待地）你……大概不像我吧？

杨　光　（惊喜地）彼此彼此，我也是无牵无挂！

庄　丽　（也惊喜地）是吗？

杨　光　（激动地）庄丽！

庄　丽　（也激动地）杨光！

〔两人贴近，紧紧握手……

〔阿兰呼喊着上，庄丽闻声避开。

阿　兰　（发现两人神色有异，怀疑地看了一眼庄丽）杨光，你怎么不来？我都等急了。

杨　光　（没好气地）我又没让你等！

阿　兰　（嗲声嗲气地）哟，我可是奉伯母之命，要你马上去的。

杨　光　我不去！

阿　兰　去吧去吧！（挽起杨光手臂就走）

杨　光　（挣脱她的手）说了不去就不去！

阿　兰　（又瞟了一眼庄丽）哟，原来有朋友在这儿哪，怎么不介绍介绍？

〔常玉娟拿空汽水瓶上，站在一边听。

杨　光　介绍就介绍，她是我老同学，（重重地）老朋友，多才多艺，各方面都很有水平。

阿　兰　那好啊，再介绍介绍嘛，她在哪个单位工作啊？

杨　光　这……

阿　兰　凭她这么高水平，又和你是老朋友，我猜她不是大学研究所，就是机关办公室，至少也是个国营工厂，对不对？（说着，得意地笑了起来）

庄　丽　你——（明显地感到对方不怀好意，竭力控制住自己，走到阿兰面前）我说同志，你太健忘了吧，我是干什么的，你怎么不知道？要不要我说一说刚才见面的详细情况，比如说，说了哪些“文明”的话，干了什么“漂亮”的事啊？

〔阿兰瞠目结舌。

常玉娟　（对这个漂亮的女孩子颇感兴趣，连忙走近）姑娘，你到底在哪个单位？

庄　丽　（转身迎上）哦，我是……

杨　光　（突然大声地）保密的。

常玉娟　（更感兴趣）哦，保密单位？

庄　丽　（摇摇手，接过常玉娟手中的汽水瓶）你认不出了，我是这儿卖茶的。

常玉娟　哦，看我这双眼睛。对对对，阿兰，刚才我们跟她见过。

阿　兰　对，是见过。（气焰逼人地）来，再来六瓶汽水，马上送望江亭，快，我们三个人等着喝呢！（掏出钱）这是钱，怎么不接呀？

庄　丽　（想发作，又忍住）对不起，我下班了。

阿　兰　哟，现在卖茶的，说话都这么神气！

庄　丽　（忍耐不住）没你神气。不过，我一不偷，二不抢，堂堂正正，靠双手养活自己，比起有些人，饱食终日，无所事事，当寄生虫，我觉得要光荣得多。

杨　光　（瞟了阿兰一眼）对对对！

阿　兰　你……（气得脸孔发青）好，好！她光荣，你也光荣！就我是寄生虫！我走！（走了几步又停下）将来她卖茶，你烧火，你当“火头军军长”好了。（跑下）

常玉娟　哎哎，阿兰……

杨　光　她污辱我朋友，不要理她。

常玉娟　唉，你们这些青年人哪，真是搞不清楚。（见庄丽气急地坐在一边，忙上前）我说同志，对不起，阿兰是小和尚念经，有口无心，你别见怪。其实嘛，革命工作无贵贱，比如说，你卖茶，我当科长，分工不同嘛，都是为人民服务嘛。你一个大姑娘，敢上街去卖茶，不容易啊，光儿，要好好学习，向她……哦，对了，还不知道你叫什么名字？

庄　丽　我叫庄丽。

常玉娟　对，向这位庄丽同志……（突然悟及）庄丽？

杨　光　妈，她就是我常提起的那位老同学。

常玉娟　（心里一动，又马上掩饰地）啊，好啊好啊。

杨　光　庄丽，这是我妈，在工商局工作。

庄　丽　工商局？伯母，我正想找你们常科长呢！

常玉娟　有事吗？我就是。

庄　丽　那太好了。我们社要领许可证，请你批一批。

常玉娟　（不以为然地）临时卖卖茶，好像没这个必要吧。

庄　丽　刚才我们商量了，要跟外贸公司联系，争取接下外商的订货。

常玉娟　你们也接外商订货？

庄　丽　所以一定要有许可证。

常玉娟　在这儿办公不太好，明天你送局里来吧。

杨　光　（拿过报告塞到母亲手里）妈，你就免了这一套吧！

常玉娟　好吧，研究研究吧。（对庄丽）你在这儿玩。光儿，妈有话跟你说。

杨　光　妈，我跟庄丽……

常玉娟　妈的事要紧！

杨　光　可……

常玉娟　（声音虽不重，但有着不容更改的力量）听话！来吧，唔？（下）

杨　光　庄丽？

庄　丽　你去吧。

杨　光　好。（去而复回）那今天晚上这儿等我。（又去而复回）七点钟，不，六点钟！（再次跑回，想了想，摆摆手）就这样！（跑下）

〔庄丽目视他的背影，看着手中的汽水瓶，若有所思……

〔切光。

〔巨型广告隐现。

第三场

〔巨型广告前。

〔三个月后。一天傍晚。

〔艾娜挎着篮子兴冲冲上，篮子里有不少熟菜。她一边走，一边拿起一小块烧鹅，有滋有味地尝了尝。

〔杨光推着自行车气喘吁吁地迎面上。

杨　光　艾娜，庄丽呢？

艾　娜　没下班。

杨　光　（感到好笑）好神气，你们也有什么上班下班？

艾　娜　（反感地）怎么，看不起？（突然地）请问你一个月工资多少？

杨　光　六十块。

艾　娜　靠边站吧你。

杨　光　什么？

艾　娜　（宣布似地）听着：光明社成立到今天，刚好三个月，今天又发工资了。这个月每个人带奖金不多不少，刚好九十块。

杨　光　九十块？

艾　娜　干吗？把眼睛瞪得那么大？早哩，等我们的围裙一上马，生意从中国做到外国去，那时候不拿它一百多元才怪呢！你说：（连珠炮似地）跟国营比，我们哪一点不如？光明社前途光明不光明？敢不敢看不起我们啊？

杨　光　（步步后退）好好好，我挂免战牌。

艾　娜　看在庄丽面上，饶了你这一回。（欲走）

杨　光　说了半天，还没说她在哪儿。

艾　娜　晚上我们在范霞家聚餐庆功。

杨 光 让她在那儿等我，有好消息告诉她。

艾 娜 什么好消息？

杨 光 暂时保密！（推车急下）

艾 娜 （从篮子里又拿起鹅腿咬了一口）好香！（唱起她的“保留歌曲”）“开心里格来啊哟开心里格来……”（下）

〔范霞提着篮子上。石人追上。

石 人 范霞，艾娜呢？

范 霞 上我家去了。你有事找她？

石 人 （先点头，又忙摇摇头）哦，没什么。

范 霞 （忍不住笑了）你呀！这三个月，她卖茶，你读书，天天在江心岛见面，怎么现在一说话，你还脸红？

石 人 我……

范 霞 哎，你觉得她怎么样？

石 人 她好，很好。

范 霞 那你见到她，心里想什么就说什么嘛？

石 人 想什么就说什么，这行吗？

范 霞 行，胆子大一点，明白吗？去吧去吧，我还得找庄丽去，回头见。（下）

石 人 回头见。（自己鼓励自己）对，胆子大一点！（下）

〔广告隐去。

〔范霞家。

〔艾娜唱着歌上。石人喊着艾娜上。

艾 娜 “留”学生来了？

石 人 艾娜，告诉你一个好消息。

艾 娜 咦，今天好消息真多。

石 人 我参加外贸公司招工考试了，考外语翻译！

艾 娜 考得好不好？

石 人 口试、笔试都拿了一百分，主考说：肯定录取！

艾 娜 这么说，你快当翻译去了？（丢下篮子，塞了一块鹅腿给石人）有你的！

石 人 （有点兴奋又有点难为情）我考得好，也有你一份功劳。

艾 娜 我？

石 人 在江心岛，你天天给我送茶。跟第一天那样，从不收我茶钱。

艾 娜 （笑）这有什么。

石　人　我怎么谢谢你？

艾　娜　不用谢，有空教我读英语吧。

石　人　你也想学英语？

艾　娜　（瞪起眼请）怎么不行？

石　人　（连忙赔笑）行，当然行。

艾　娜　社越办越好，以后少不了跟外国人打交道。

石　人　好吧，明天就开始教你。这是字母表，你先拿去看看。（从手中书里拿出一纸）

艾　娜　（接看，高兴地）哟，认得的认得的，这是A，这是K……

石　人　对对，你还有点基础嘛。

艾　娜　（更加得意，大声地）这是钩子，这是皮蛋！

石　人　钩子？皮蛋？

艾　娜　（从口袋里掏出扑克）这上面都有。

石　人　（笑）错了错了，念法不一样。

艾　娜　（也笑，欲把扑克放回口袋，想了想扬手就丢）去你的！

石　人　（阻住）留着它，这是你过去生活的一份见证。

艾　娜　（被触动）想起过去，真好像做了一场噩梦。

〔艾虎拿着一卷东西兴冲冲地上，见状止步。庄丽手拿一把新二胡，范霞提着个包随上，见状也停下偷听。

石　人　（吞吞吐吐地）艾娜，我有句话……

艾　娜　（有所感，柔情地）说吧。

石　人　（鼓足勇气）你愿意跟我做朋友吗？

艾　娜　（感到幸福的降临，但又觉得恐惧）可你知道我……

石　人　（激动地）知道，我全知道，那不是你的责任。这三个月，你给我送茶，也给我送来亲人一般的温暖，你聪明、肯学、大方、善良。

艾　娜　你将来会后悔的。

石　人　不，我石人的字典里，没有“后悔”这两个字。（热烈地）艾娜，我第一次看到你，我的第六感觉就告诉我，你会永远给我幸福的，是的，一定会的……

艾　娜　别说了，你别说了！（突然蒙着脸呜呜地哭起来）

石　人　（慌了手脚）是我说错了什么，伤了你的心？

艾　娜　不，不是伤心，我是开心。（一反常态，羞涩地）这么多年里，我第一次感到自己是个真正的人，是个真正的女人！

石　人　（伸开双臂）艾娜！

艾　娜　（幸福地扑到石人怀中）石人！

〔艾虎见状激动，不慎碰倒凳子，艾娜和石人惊觉地分开。

艾　虎　（眼里含着泪花）谈吧谈吧，我们什么也没有看见。

范　霞　对，什么也没听到。

艾　娜　（大方地）听到也没什么。石人，是吗？

石　人　（涨红了脸）哎、哎。

艾　娜　哥，你怎么也来了？

艾　虎　今天你们大喜，哥也送点贺礼。（打开手中纸卷）这是我们花边厂的一些技术资料，你们做围裙，也许用得着。

庄　丽　（接过）太谢谢你了！

艾　娜　哥，你真好！

艾　虎　我马上要出差，一星期后回来，（看看范霞）向你，你们告个别。

范　霞　（关切地）你这就走？

庄　丽　（笑嘻嘻地）范霞，你看艾虎今天头发是新理的，衣服是新做的，像不像个新郎？

范　霞　（一下子红了脸）新不新，跟我什么相干？

艾　虎　（也有点不好意思）庄丽，这两天，老方伯又让几个青年学你们的样，办起什么理发社、裁缝社、开水灶、小吃店……可多了。现在是头发一去就能理，做衣服几天就能拿，开水随时能打，小吃通宵供应，隔壁邻居都直夸好。我这头发、这衣服，就是特意来给你们看看的。

庄　丽　说清楚，是给大家看，还是给某一个人看啊？

艾　娜　（拍手大笑）对，说呀，说清楚呀！

艾　虎　（感到招架不住）说不过你们，我赶车去了。（下）

石　人　我也走了。

庄　丽　别走，留下吃饭。

艾　娜　对，跟我再去买点东西。来，篮子提着，油瓶拿着，包背着，走。

〔石人笨拙地“执行命令”，与艾娜并肩下．

〔范霞望着他们的背影，又高兴又羡慕。

庄　丽　（见范霞看得出神）范霞，什么时候跟艾虎也这么成双成对地走走？

范　霞　（羞涩地）早哩。

庄 丽 现在你们俩都有工作了，行啦！

范 霞 可我就担心社办得长不长。

庄 丽 傻丫头，就你想得多，放心好了。还记得刚办社那阵子吧，我们是没法子暂时干干，可干下来一看，真不错，现在要我别干，我真舍不得了。

范 霞 （点点头）我跟艾虎商量了，等他出差回来，就把事情定下来。

庄 丽 （跳起）太好了！

范 霞 （幸福地）他要买纪念品，我说别，可他不肯，那我说：你就给我买一条丝巾吧，红红的，像朝霞那样。

庄 丽 对，谁再说我们的范霞是晚霞，我就给他两记耳光。（打趣地）不过要控制点，温度太高，心会烤焦的。

范 霞 得了得了，该坦白坦白你和杨光的事了。

庄 丽 怎么说呢？他待我很真心，他妈很宠儿子，现在对我也不错。要是结婚，我估计杨光一定是“模范丈夫”。

范 霞 （刮脸）大姑娘夸丈夫，不怕羞。

庄 丽 你知道，这十年里我是多么地想他，可是重新见面那阵欢乐过去以后，我却觉得他身上好像少了点什么。

范 霞 少了点什么？

庄 丽 说不清楚。（看到手中的二胡）也许……就少了当年的琴声吧！（用手指弹拨了几个音）

范 霞 琴声？

庄 丽 有一次我对他说：杨光，我多想再听听你拉一次《光明行》啊。可他摆摆手说：“这种老式乐器，早就过时了。”你听听这话。

范 霞 是啊，我也觉得这十年他变了许多。

庄 丽 不怕，我要把他变回来。（自信地）我的话，他会听的。

〔范小妹上。

庄 丽 小妹你来，今天发工资，我送你一样东西。（递手中二胡）

范小妹 （抚弄，高兴地）新二胡？

庄 丽 这三个月，你学的琴进步很快。用这把新二胡，去学好《光明行》。

范 霞 你琴学好了，姐钱也积够了，就给你治眼睛。今天是你十三岁生日，姐也送你一件礼物。（打开手中纸包）

范小妹 大蛋糕？

范 霞 （感情地）我知道你很想吃蛋糕，可从来没向姐要过，姐心里难受啊。

现在姐有工作了，买得起了。

庄　丽　小妹，吃吧，快吃吧。

范小妹　不，等会儿大家一起吃。

〔杨光骑车匆匆上。

杨　光　庄丽，庄丽！

范　霞　小妹，拿蛋糕到里屋去。庄丽，我找找老方伯，他说分给我们一个新社员，让我去领。你们谈吧。（轻声地）控制点，温度太高，心要烤焦的！（笑着与小妹分头下）

庄　丽　（掏出手绢为杨光擦汗，心疼地）看你，一脸的汗，我正想找你呢。

杨　光　有事？

庄　丽　（拿出一份图纸）生产围裙，能不能帮我们来个机械化？

杨　光　（推开图纸）先摆着。你猜一猜，我带来了什么好消息？

庄　丽　是你妈批下许可证了？

杨　光　那件事早着哩。妈说这个社算什么性质？集体还是单干？社会主义还是资本主义？还要来调查调查呢！（示手中一纸）看，这是什么？

庄　丽　（接看，眼睛一亮）招工通知单！谁的？

杨　光　（得意地）还能有谁的？

庄　丽　（跳起）我的？

杨　光　花了九牛二虎之力，终于弄到手了。明天象征性地考一考，后天就报到，是外贸公司！

庄　丽　外贸公司？我能行？

杨　光　行，这个单位，好混得很，满意吗？

庄　丽　满意，太满意了！（激动地）十年里，我干过多少工作，可是连工作证是什么样儿，也不知道，现在终于有正式工作了！我的劳动，总算得到社会的正式承认了。

杨　光　来，把行李也收拾收拾，搬回老家去。你家的房子落实了政策，也搞回来了。

庄　丽　杨光，我该怎么谢谢你呢？

杨　光　（感情地）庄丽，这么说你不觉得见外吗？我们的一切，包括生命，早就紧紧连在一起了！

庄　丽　（扑入杨光怀中）杨光！

〔两人沉浸在深深的感情海洋之中。

庄　丽　（突然想到什么，拥抱着的手渐渐松开，茫然地）可是……我走了以后，社怎么办？

杨　光　哎，离开你，地球就不会转了？（激动地）哼，这三个月，我是听够了闲话，受够了气。什么卖茶的老婆啰，什么“火头军的军长”啰，嘲笑吧，讽刺吧，挖苦吧，憋在心头的这口气，今天总算狠狠地出来了。

庄　丽　可是杨光，我说的是这儿……

杨　光　啊呀，待业待业，待的就是职业嘛。找到工作是好事，大家都会为你高兴的。

庄　丽　这也是，不过我想今天晚上先不告诉大家。

杨　光　为什么？

庄　丽　让大家高高兴兴喝杯庆功酒，过两天再慢慢对她们说。

杨　光　不行，夜长梦多，这件事不能拖，明天一早你就要去报到！

庄　丽　可我们总也要替人家想一想啊！

杨　光　（焦急地）啊呀，可你更要替自己想一想嘛！（突然有所感地，停住话头）你干吗用这种眼光看我？

庄　丽　刚才这话，……好像不应该是你讲的。

杨　光　当然我们也要考虑人家。这样吧，你不好说，我来说。

庄　丽　不，……

杨　光　哎，我心里有数。

〔一阵喧嚷声中，艾娜、石人、范霞上。

艾　娜　庄丽你看，范霞领来的新社员是谁？

〔焦一标低着头上。

范　霞　（轻声地）他参加走私活动，被拘留刚放出来。

艾　娜　来来来，别低着头，见见我们庄社长。

〔焦一标抬头见庄丽，心里一惊，忙转过头。

艾　娜　你那张八哥嘴今天怎么了？叫呀，叫社长！

〔焦一标抬头欲叫。

杨　光　（笑嘻嘻地）别叫了，庄丽已经不是社长了。

众　人　什么？

杨　光　我帮她找到工作了，明天就要去报到！

庄　丽　（责怪地）杨光！

〔众大惊。

艾　娜　庄丽，是吗？

〔庄丽慢慢点点头。

范　霞　（有些不信，又问）是吗？

〔庄丽又摇摇头。

艾　娜　你又点头、又摇头，到底怎么回事？

庄　丽　我、我自己也不知道。

〔范霞从庄丽手中拿过招工单一看，不说话了。艾娜接过一看，也默然了。

范　霞　（停了一下，缓缓地）我想过，这一天总要来的，可没想到来得这么快……

艾　娜　（丢下篮子）唉，今天的庆功酒，算是吃不成啰。

庄　丽　不不不，酒还是要喝的。

杨　光　（兴致勃勃地）对，要喝的，就改为送行酒！我再去买点酒，我也参加。（骑车飞下）

焦一标　（也来了劲）有酒喝，也算我一个。

艾　娜　没人伺候你！

焦一标　（厚着脸皮）那我自己来。（提篮子进内室）

〔艾娜呼喊着追下。石人随下。范霞想了想，也欲随下。

庄　丽　范霞！（见对方止步，但又不敢正视对方）范霞，我……

范　霞　（也没有正视庄丽，强笑地）庄丽，找到工作了，是好事，我打心眼里为你高兴。

庄　丽　（轻轻地）谢谢。我走了，社里的事你要多操心了。

范　霞　我？

庄　丽　待会儿我找老方伯，建议由你接替我当社长。（拿出一叠东西）这是帐册、银行存折、物资清单……（又拿出一叠）这是生产围裙的计划。

范　霞　（叹了口气）你走了，这计划也要泡汤了。

庄　丽　你可以带大家干嘛。

范　霞　（苦笑一下）不行，我的心又在乱跳了。

〔庄丽无言。两人目光相遇，又急忙避开。

〔静默。

〔焦一标端菜出。艾娜翘着嘴巴和石人端菜随出。

焦一标　来了，请入席。酒，酒呢？

〔杨光应声飞车上。

杨　光　酒，酒来了！

焦一标　（接酒）好哩！

范　霞　（突然生硬地）今天只吃饭，不喝酒！

焦一标　什么？

范　霞　（大反常态，固执地）在我家，就得听我的！（夺下酒瓶，重重地往桌上一放）

杨　光　（忙打圆场）不喝也好，不喝也好。

范　霞　（毕竟是老实人，感到自己有点过分，又装出笑容）坐，坐吧。

〔众入席。

范　霞　吃吧。

杨　光　（反客为主，满面春风地）对，吃吧吃吧。（伸出筷子）

艾　娜　（看见杨光高兴大为不快，突然把筷子一拍）杨光！

杨　光　（一震，忙放下筷子）什么事？

艾　娜　你今天送来的，真是个好消息。

杨　光　（不明其意，小心地笑了笑）以后有机会，一定也帮你们想想办法。

艾　娜　那，为了提前谢谢你，我给你算算命吧。（掏出扑克牌）

石　人　（阻止）艾娜。

艾　娜　（推开石人，洗了洗牌，对杨光）来，抽三张。（见杨光犹豫，不容反对地）抽呀！

〔杨光只好抽了三张扑克牌。

艾　娜　（看牌）唉，不算了，不算了！

杨　光　怎么？

艾　娜　说出来，你要骂我的。

杨　光　（好奇地）没关系。

艾　娜　那我就不客气了。三张都是梅花，（尖刻地）今天碰上你，算碰上倒霉蛋了。

〔众哄笑。

杨　光　岂有此理！

庄　丽　（按住他）杨光！

〔范小妹兴高采烈地端大蛋糕出。

范小妹　吃啰，大家吃蛋糕啰。（摸索着走到桌前）庄丽姐、艾娜姐，吃呀！

庄　丽　小妹，你吃吧。

艾　娜　对，我不吃。

范小妹　为什么不吃？庄丽姐，这块蛋糕一定要吃。我看不见，可听得见，这三个月，你们干得多累又多辛苦。隔壁伯伯婶婶都说了：这光明社越办越光明啦！这话多叫人高兴啊！

范　霞　小妹，别叽叽喳喳的说个不停。

范小妹　姐，她们都不吃蛋糕，你先吃。

范　霞　姐也不吃。

范小妹　不，你一定要吃！

范　霞　（有些烦躁）说过不吃就不吃。

范小妹　（撒娇）不嘛，不嘛！（摸索着把蛋糕塞到姐姐嘴里）

范　霞　（更烦躁，顺手一推）我不吃！

〔范小妹没有防备，仰面跌倒，全场惊住。

〔范小妹一双瞎眼愕然地看着姐姐。

范　霞　（从自己的反常举动中醒悟过来，急忙扶起妹妹）小妹，跌痛了没有？

范小妹　没、没有。（触及痛处）哎哟！

范　霞　（一边自责，一边不觉流出泪水）都是姐不好，姐不好！

范小妹　不，姐好，姐没有不好。（摸到姐姐脸上的泪水）姐，你怎么了？

范　霞　没什么，没什么。（蒙脸径进内室）

〔众人面面相觑。难堪的沉默。

庄　丽　（欲叫住范霞，又觉得无话可说，烦躁之极，突然大喊）杨光！

杨　光　什么事？

庄　丽　酒呢？

杨　光　你要喝酒？

庄　丽　快拿来！

〔杨光迟疑地递过酒瓶。庄丽倒了一碗白酒，仰脖一口喝干。众人看得发呆。

杨　光　庄丽……

庄　丽　干什么？（渐渐控制不住）你们干吗不喝？喝吧喝吧，一来庆功；二来送行，应该高兴高兴嘛！杨光，你说对不对？

杨　光　哎、哎。

庄　丽　（笑）杨光你真好！你真好！（大笑着踉踉跄跄地下）

杨　光　庄丽，庄丽！（推车追下）

〔众望着他们的背影，百感交集。

艾　娜　（突然抓起酒杯，塞到石人手里）愣着干什么？喝！

〔众望看艾娜。

〔灯暗。巨型广告隐现。

第四场

〔巨型广告前。

〔一周之后。上午。

〔庄丽上。一阵风过，广告一角似乎有些卷曲，她忙上前轻轻地抚平，耳旁似乎听到了什么……

〔（艾娜的声音）行了，站好，我看看，唔，画得跟你自己很像。有了它，生意起码兴隆三倍！

〔（范霞的声音）庄丽是诗、画、剪、绣，吹、拉、弹、唱什么都会，要不，怎么能当社长呢？

〔（艾娜的声音）听我的！（喊）卖茶来卖冷饮，龙井铁观音，特色果子水，红茶菌棒冰，本社独家卖，又香又甜又健身……怎么样？

〔（庄丽的声音）太棒啦！

〔（范霞的声音）我们拜你为师。

〔三个人的笑声、叫卖声，混成一片。

范　霞　（内喊）艾娜！

〔庄丽惊觉，匆匆下。

〔范霞跑上，朝庄丽去向看了看。艾娜上。

范　霞　奇怪！那个人真像庄丽！

艾　娜　你想她想疯了！唉，她——上了班，搬了家，都一个星期了，也没回来看一看。

范　霞　这几天，我看到个人老在我们车边转，说不定是她下班以后偷偷来看我们的。

艾　娜　不可能！她上班在东门，住在南门，怎么下班会经过西门？我的范社长，今天工作怎么安排？

范 霞 我去工商局找常科长，你跟焦一标先出车。

艾 娜 哼，昨天这小子掏钱箱，叫我抓住了！

范 霞 唉，这匹野马，只有庄丽治得了他。走，早出车早收摊，今天……

艾 娜 对，今天我哥回来，你们俩的事该定下了，晚上大家都高兴高兴。

范 霞 （叹口气）社变成这样子，只怕高兴不了。

艾 娜 （合掌）阿弥陀佛，保佑我能早点叫上“嫂子”。

〔两人分头下。庄丽闪出，想了想，下。

〔常玉娟提着公文包上。

常玉娟 （看着庄丽去向）庄丽怎么也去江心岛？（听到不远处喊声：“到江心岛去的，上船啰！”）喂，等一等，等一等！（急下）

〔巨型广告隐去。

〔江心岛。还是我们见过的那样：树上挂着广告，树下停着服务车。艾娜生气地坐在那儿。庄丽上，闻附近有人声，又退下。

〔焦一标上。

艾 娜 （举手示表）几点了？才来！

焦一标 别要求太高，反正大家都要走的。

艾 娜 什么意思？

焦一标 凉亭再好也只能躲雨，到时候都要回家。庄丽不是说走就走了？艾娜，我们也得找找门路。

艾 娜 （烦躁地）我不找。

焦一标 哦，你想和这个短命的社团结在一起，战斗在一起，死亡在一起啊？当心到时候吃亏。

艾 娜 （更烦躁）吃亏也不关你的事！

〔阿兰和赵小龙上。

赵小龙 焦哥，工作蛮积极嘛。

焦一标 妈的，方老头子算给我戴上紧箍圈儿了。阿兰，你干吗也愁眉苦脸的？

赵小龙 她失恋了。

阿 兰 （夸张地摇摇头）痴心女子负心汉，古来如此！

焦一标 杨光跟庄丽好，你不是说他妈不同意吗？

阿 兰 他是独子，从小宠惯了，他妈本来就拗不过。再说那丫头现在进了外贸公司，听说婚礼也开始筹备了。（越说越伤心）活在世界上，我还有什么意思？（更夸张地）我真想立刻去死，用生命来表白我对爱情的坚贞！

艾　娜　（听不下去）喂喂，瞎聊天去远点，这儿要做生意。

阿　兰　神气什么？资本主义的生意，看你还有几天好做？

艾　娜　谁做资本主义生意？

阿　兰　谁是就说谁。不是资本主义，怎么到现在还拿不到许可证？

艾　娜　你……

阿　兰　（得意地）我有得是小道消息，你们等着吧！

焦一标　哎，怎么回事？

阿　兰　不告诉你。（对赵小龙）走。

〔阿兰、赵小龙下。焦一标追下。

艾　娜　（朝他们背影呸了一口，但又想到什么，自语）是啊，许可证怎么一直没有批下？难道真要出什么事？（烦躁之极）不想它，不想它。（坐下）

〔焦一标返回。

焦一标　（拿着两块钱）喂，来一大瓶果子水。

艾　娜　干什么？

焦一标　阿兰她们要喝。

艾　娜　哦，骂管骂，喝管喝，就不怕资本主义把他们毒死？

焦一标　（走到车边，摇了摇一个大玻璃瓶）哎，果子水只有一点了？

艾　娜　（突然有所决，一下夺下焦一标手中的钱）有得是！（提起热水瓶就往玻璃瓶里倒开水，赌气地）反正说我们是资本主义。

焦一标　好主意！（见艾娜手中的热水瓶是空的，忙提起脚边一木桶就往玻璃瓶里倒）

〔庄丽从树后闪出。

庄　丽　（气急地）焦一标！

焦一标　（一怔）是你？

艾　娜　庄丽？

庄　丽　怎么能这样干？

焦一标　（藏水桶）我干什么？

庄　丽　（夺桶）你掺水！

焦一标　这有什么？我家那边老酒都掺水卖，还是个国营酒店呢！

艾　娜　对！国营的可以干，我们“资本主义”的更可以干！

庄　丽　艾娜，这是损坏我们服务社的名誉！

艾　娜　（一怔，坐下不说话了）……

焦一标 我们服务社？（对艾娜）听听，好像她还在这儿当社长。得了得了，我的国家大干部同志，可怜可怜我们待业青年吧。

庄 丽 待业青年也不能这么干。

焦一标 去你的！不要唱高调，有本领你回来当社长，我就服你管！

庄 丽 你……

焦一标 走开走开，我送货去了。（端起玻璃瓶，阴阳怪气地唱）果子水儿不掺水，又香又甜有滋味，一毛一杯，要喝快来呀。（欲下）

庄 丽 （气得发抖，一把拦住）喊什么？不准你卖！

焦一标 我偏要卖！（又欲喊）

庄 丽 住口！我全买下了！（丢下两块钱，提起玻璃瓶就想往江里倒）

〔范霞上。

范 霞 （阻住）庄丽，出什么事了？

焦一标 没事没事，你来了，我交班了。（跑下）

庄 丽 站住！（回头见艾娜愣在一边，又气又急）艾娜呀艾娜，你好糊涂啊！怎么会想出掺水这种主意？

范 霞 掺水？艾娜，你怎么搞的？

艾 娜 （已感到理亏，但仍不服输）谁让她说我们坏话？

庄 丽 （更气急）哦，人家说坏话，你就真坏上了？光明社这块牌子这么亮，你又不是没出过力？拿镜子照照吧，这一个月你瘦了多少？这几斤肉，打算白掉了？自己砸自己牌子，不心疼吗？（克制地）当然，我现在不在社里了，也许你会嫌我多嘴，可我……（鼻子一酸，说不下去）

〔艾娜双手捧头，一声不响，这时突然蹦起，掉头就跑。

范 霞 你干什么？

艾 娜 我就回来。（跑下）

范 霞 （苦笑地）你看，这乱糟糟的。

庄 丽 （焦急地）生意好像也不太好？

范 霞 和上个月比，差多了。看到我们生意好，这星期岛上就来了好几辆茶水车。

庄 丽 那就转过来生产围裙。

范 霞 可许可证还没有批下。刚才常科长又没找着，说是今天来调查了。

〔常玉娟从树后走出。

常玉娟 对，我调查过了。

庄　丽　伯母！

范　霞　常科长，你看我们社……

常玉娟　庄丽刚才做得很好嘛，我都看到了。对这种资本主义经营方式，就要斗争。

庄　丽　资本主义经营方式？

常玉娟　（指玻璃瓶）这瓶果子水，很能说明问题嘛。不下来，不知道，看一看，吓一跳。我们总还是社会主义国家，不能允许这种现象自由泛滥嘛！

范　霞　常科长，这种现象是很偶然的。

常玉娟　（摇头）偶然性里有必然性。我早就有怀疑，三个人办一个组，五个人搞一个社，算什么性质？变相的个体户嘛，这是解放初期就要解决的问题嘛。青年人，眼睛不能老盯在钱上。

范　霞　盯在钱上？

常玉娟　上个月你们每人分了九十块，是不是？说句笑话吧，我都革命几十年了，一个月才八十多，你们说这样正常吗？

庄　丽　伯母！

常玉娟　庄丽，你现在也是国家干部，站得比较高了，你说，我们能批这个许可证，给资本主义开绿灯吗？

〔老方伯端着一大箱果子水上。

老方伯　喝，什么红灯绿灯的？哎，这不是小常吗？

常玉娟　你是……

老方伯　当了科长，连我也不认识了？

常玉娟　（惊喜地）是你呀老首长！

庄　丽　（大惊）老首长？

常玉娟　（热情地）首长还在省里工作？

老方伯　不啦……

常玉娟　听说了听说了，听说中央请你这个老红军进京呢。

庄　丽　（更惊）老红军？

常玉娟　庄丽，你不认识他吧？他是杨光爸爸的老首长。老红军、老革命，省商业局局长。

老方伯　小常啊，我的目标，算叫你给暴露光了。

常玉娟　这次是来视察工作吧？有什么需要我做的？

老方伯　正要找你办件事。

常玉娟 说吧说吧，我马上给你办。

老方伯 这个光明社的许可证，请你批一下。

常玉娟 （愣住，拉方到一边）情况你都了解？

老方伯 完全了解！

常玉娟 那……好吧。（打开公文包，拧开钢笔套，又想到什么）哎，你怎么了解的？

老方伯 实话实说吧，这个社就是我帮街道抓的。

常玉娟 你帮街道抓的？那你……

老方伯 不是调了吗？喏，就调回老家来了！

常玉娟 （大惊）你……离休了？

老方伯 看你看你！我猜得出，你现在心里想什么：完了，这方老头一定犯错误了？猜得对不对？

常玉娟 （已从一时失态中恢复过来，笑了笑，转过话题）你到底怎么回来的？

老方伯 你看我，文化不高，年纪不小，身体又不好，自己要求，组织批准，就回来了。

常玉娟 就这样回来了？

老方伯 还要怎么样？我先回来，老伴和独养女儿这两天也到。

常玉娟 （说不出是同情还是怜惜）带头让贤，老首长姿态真高啊！

老方伯 （笑呵呵地）再高也没你工商局门槛高。我回来帮帮街道的忙，管管孩子们的事，没想到头一脚就踢上你这铁门槛。

常玉娟 （又拉方到一边）老首长，我请示一下，办这种社，中央有指示吗？

老方伯 这倒还没有。不过上边的指示，也从实际里来嘛。

常玉娟 （不动声色地拧回钢笔套）是啊是啊，实践是检验真理的标准嘛。顺便向你汇报一下。（出示几份东西）园林管理局、饮食公司都有书面意见。

老方伯 都是些什么意见？

常玉娟 （笑嘻嘻地）很尖锐，要求取缔这种资本主义买卖！

老方伯 资本主义买卖？（被激动）那什么叫社会主义？在江心岛连口水也喝不上，叫社会主义？剃头、吃饭要排队，做件衣服要等三个月，叫社会主义？一边是有事没人干，一边是有人没事干，还不让解决，也叫社会主义？小常啊，我们有些同志，吃的用的穿的，都是送上门的，老百姓的难处，知道得太少啰。现在国民经济在调整，有些同志的脑子，我看也要调整调整！

常玉娟 （心中不快，脸上仍笑嘻嘻地）我一定把你的指示带回去，向局领导汇报。（把报告递还范霞）这报告你先拿着，一有结果，我就告诉你。我走了。老首长，有空上我家玩。（下）

范　霞 常科长！

庄　丽 伯母！

老方伯 小常，小常……

〔范霞看着手中的报告，百感交集，突然一蹬脚，欲撕。

庄　丽 （连忙阻住）范霞，你干什么？

范　霞 干什么？（从来没有过的爆发）我想不通，想不通啊！我们想办法，找出路，给国家减轻负担，辛辛苦苦干活，结果是资本主义？有些人拿国家工资，干不干，两块半，游游荡荡的，倒是社会主义？这是为什么、为什么啊？

老方伯 （过去抚摸范霞的头发）这问题提得好啊。搞了三十年，社会主义该怎么搞，不少人还没闹清楚。就是我也一样，不下来走一走、看一看，光听听汇报、圈圈材料，好多事是不知道的！孩子，我们这干的，肯定没错！

范　霞 （一反常态，坚强地）对，这三个月我就懂了一条，路要自己走，事靠自己干，要相信自己的心、自己的双手。说我们这么那么，我们偏要干出点样子来给他们看看。

老方伯 有志气！实话实说，这次回来，我本不想惊动人，看来不行，我得去找李康同志谈谈。

庄　丽 市委李书记？

老方伯 过去我们在一个部队待过。（取过范霞手中的报告）我去替你们争一争！（欲下）

范　霞 等一等。老方伯，许可证要是批下后，生产围裙技术上的事，我包了。社这副担子，能不能另外找个人挑？

老方伯 （看了庄丽一眼）这问题，再商量吧。（走了几步，又回头到庄丽面前）庄丽，你去外贸公司工作，当然也是好事，可是……不说了，这话不好说。

庄　丽 老方伯！（激动地）你要说什么，我都知道。社里要我，我也想社啊！这一星期里，我人在外贸公司，心还留在这儿。离开自己亲手创办的事业，离开朝夕相处的姐妹，吃饭不香，睡觉不稳，连走路都撞电线杆儿。

每天下班，我都绕一个大圈来看一看……

范 霞 庄丽！

庄 丽 回到这儿来干吧，我也想过，可人家说国营单位是铁饭碗，这儿呢，顶多是纸饭碗，要有个风吹雨打的，它会怎么样呢？

老方伯 孩子，要相信现在的党中央，吹的是春风，下的是及时雨，会给我们老百姓撑腰作主的！

庄 丽 我相信，可社会上有些人总不拿我们卖茶的当人看。

老方伯 是啊，社会地位问题上的偏见，根深蒂固哪。就说我这次回来吧，老伴也不高兴。可我对她说：是凤凰，就能展翅高飞。是战士，到处都是岗位。

庄 丽 （体味地）是凤凰，就能展翅高飞；是战士，到处都是岗位。

老方伯 我们边走边谈吧。（与庄丽下）

〔范霞整理服务车。艾娜气呼呼地拖焦一标上。赵小龙、阿兰随上。

艾 娜 走！回来！

焦一标 干什么？

艾 娜 （端过果子水）我们俩错了，一起检讨、赔款！社里有规定，谁犯了错误又不检讨，就要罚款，严重的开除！

焦一标 开除？好像这个社要长生不老似的，别做梦了，它永垂不朽了。

艾 娜 你胡说！

焦一标 刚才我们碰到那个老太婆科长了。她说这种社就是资本主义，不准办，完蛋了。

范 霞 你造谣！

焦一标 妈的，我吃饱了撑的，造这种谣？算了算了，大家理一理，算一算，这些东西嘛，分掉算了！（抓起两瓶汽水，分别丢给阿兰和赵小龙）来，喝！

范 霞 焦一标，你……

艾 娜 住手！（一把抓住他的手）不准破坏！

焦一标 破坏？破坏就破坏，我破坏的是资本主义！（推开艾娜，扯下树上的广告，翻倒车子）收摊散伙啰！（跑下）

〔阿兰、赵小龙随着笑下。

范 霞 流氓！

艾 娜 回来，有种的你回来！

〔艾虎兴冲冲地提旅行包上。

艾　虎　范霞！哦，妹妹你也在。范霞，（从包中取出红丝巾）看，红红的，像朝霞那样！（见范霞没有伸手接）怎么啦？

范　霞　（忍耐不住，突然放声大哭）看看吧！你看看这个烂摊子。

艾　虎　（环视，大惊失色）啊？出什么事了？

〔灯暗。

〔巨型广告隐现。

第五场

〔巨型广告前。

〔次日晚上。

〔庄丽心事重重，杨光兴致勃勃，两人并肩上。

杨　光　（滔滔不绝地）……爸爸出差回来了，狠狠克了我一顿，还批妈不该调我进外办。我硬着头皮听他批，完了就说我们俩的事，没想到他一口答应，同意我们国庆节结婚。（见庄丽心不在焉）喂喂！

庄　丽　我听着呢。

杨　光　你看什么？（顺着庄丽的视线）广告？还记挂这个光明社呀！告诉你，为它，今天爸跟妈也吵了一顿。

庄　丽　为什么？

杨　光　听说有个老红军上市委告状了。

庄　丽　（急切地）市委什么态度？

杨　光　具体的我没听。

庄　丽　（失望地）你呀，怎么不打听打听？

杨　光　这种闲事，我不想管，你也不要多管。走，看电影去。

庄　丽　不想看。

杨　光　走吧，走吧。（拉庄丽下）

〔巨型广告隐去。

〔范霞家附近。江边，有一凉亭。不远处可见范霞家的屋檐。

〔范小妹坐在亭里练琴，有点心魂不定，不时侧耳远听，以后索性放下琴，摸索着伫立亭边，似在等人。

范小妹 （自言自语）姐怎么还不回来？

〔范霞和艾虎拖着沉重的脚步上，大概因为心情的关系，没有发现凉亭中的小妹。

范　霞 （停步）……快到家了，再见吧。（伸出手）

艾　虎 （紧握其手，像是怕她会飞走似的，轻声地）你……没别的话了？

范　霞 该说的都说了。

艾　虎 （见范霞背过身去）那好吧，我走了……（慢慢地欲下）

范　霞 （突然转身）艾虎！

艾　虎 （奔过去紧抓起范霞的手，几乎是喊）不，范霞，你还是不要再犹豫了！

范　霞 艾虎……

艾　虎 （越说越激动）我盼今天，盼了多少年啊！我一定要娶你，你们社就是垮了，你没有工作了，也要娶你！我有力气，我养得起你！答应我，答应我！

范　霞 （热泪满眶）艾虎，我的好艾虎！你对我好，我都知道，我也是个人，这里也有颗扑通扑通跳着的心，我想答应你，比想还想！

艾　虎 那你答应了？

范　霞 （摇摇头）不，这一回生产围裙的事，我是狠下心要搞了。明摆着难处不少，要是一时上不去怎么办？你就有三头六臂，养得起我，也养不起艾娜和我那个瞎眼的小妹啊！

艾　虎 这不要紧，你的妹妹也就是我的妹妹，再苦再累我也愿意！

范　霞 （倔强地）我不愿意！这是一辈子的事，我们姐妹俩一定要欢欢喜喜地进你家的门。（心疼地安慰）艾虎，一切都很快会好起来的，我们的事再往后推一推吧，啊？

艾　虎 推一推？推多少时间？

范　霞 （不觉又很茫然）谁知道？一个月、一年，也许三年、五年？

艾　虎 我等你，随便多少年，一定等你！可就是……

范　霞 可就是什么？

艾　虎 你我都已经三十岁了，我们……

范　霞 （不觉悲从中来，连忙打断）别说了，你走吧！（蒙着脸跑下）

艾　虎 范霞，范霞……（擦擦眼睛，垂头丧气地转身下）

〔范小妹从凉亭里走出，呆呆地坐下，大颗大颗的泪珠滴下。

〔庄丽急匆匆地上。

庄　丽　小妹，看到你姐了？

范小妹　她回家了。

庄　丽　和艾虎一起？

范小妹　艾虎哥走了。

庄　丽　出什么事了？刚才我在电影院门口，看到他俩脸色不太好，就赶来了，我找她去。（欲下）

范小妹　庄丽姐，你等一等，姐的事，我都知道！

庄　丽　你都知道？

范小妹　刚才她和艾虎哥在这儿说话，我都听到了，他们俩的事还要往后推。

庄　丽　（大惊）为什么？

范小妹　姐说社一时上不去，艾虎哥就是养得起姐，也养不起……

庄　丽　养不起什么？

范小妹　也养不起我这个瞎子妹妹。（哭）庄丽姐，我姐都三十岁了，还要往后推，都是我不好，都是我不好！

庄　丽　小妹，你不能这么说，你不能……

范小妹　庄丽姐，有件事，我求求你。

庄　丽　什么事？

范小妹　福利院里你有熟人吗？帮我开个后门，让我进福利院工作去吧！

庄　丽　（震惊地抓住小妹的衣襟）你胡说些什么？

范小妹　不是胡说！庄丽姐，我姐从小就带我，为我吃了多少苦啊。好吃的让我先吃，好穿的让我先穿，又当姐姐又当妈，待我多好啊！我不能再拖累她了，福利院，我会快快活活地去的，你就给我想想办法吧！我求求你，求求你！（跪下）

庄　丽　（泪如雨下，急扶小妹）小妹，你快起来。

范小妹　你不答应，我不起来。

庄　丽　小妹，你起来。你忘了，我教你拉二胡的时候说过：生活，总是会光明的。我答应你，一定尽力帮助你。（扶起小妹，为其揩泪）天不早了，先回去歇着吧。

〔范小妹点点头，下。

〔庄丽百感交集，沉思着走进亭里，发现小妹遗下的二胡，欲送去，想了想又坐下，慢慢地拉了起来。她拉的也是《光明行》，随着情绪起伏不定的乐声，我们似乎也听到了她的心声……

〔（庄丽的心声）……怎么办？这一步路，该怎么走？要想一想，好好地想一想，我的后半生，也许就决定于今天了……算了算了，你都快三十岁了，好不容易有一个安定工作，怎么能轻易抛弃？……不，我们总是喝党的奶汁长大的，谈不上党性吧，也该有点人性，有点血性，你完全能做的事，为什么不去做？……可是走出这一步，人们会怎么看我？杨光会怎么对我？国庆节我们就结婚了呀……找杨光谈谈吧，对，找他，也许他会帮我拿主意的……

〔乐声戛然中止。杨光跑上。

杨　光　庄丽，电影刚开头，怎么就不见了你？

庄　丽　出来散散心。有件事，正想找你谈谈。

杨　光　什么事？

庄　丽　（迟疑了一下）这怎么说呢？也许是一种可能性吧。假如由于某种原因，我可能又回光明社去，你会有什么感觉？

杨　光　我只能觉得你神经不大正常。

庄　丽　为什么？

杨　光　谁都巴不得从鸡窝飞到凤凰巢，正常人决不会从米箩跳到糠箩去。

庄　丽　可老方伯说：是凤凰，就能展翅高飞；是战士，到处都是岗位。

杨　光　（一怔）庄丽，你在拿我寻开心吧？走走，看电影去。

庄　丽　不，杨光，这个世界上，除了你，我没有别的亲人了。这个时候，我多么需要你帮我拿主意啊！

杨　光　（有点紧张）出什么事了？

庄　丽　来，沿江边走走吧。

〔两人并肩下。

〔艾娜上，向范霞家走去。焦一标追上。

焦一标　等一等！

艾　娜　干什么？

焦一标　对你说过，社不办了，跟我走吧！

艾　娜　去去去！

焦一标　那你怎么办，再嫁那个62岁的老头子？

艾　娜　你管不着。

焦一标　来吧，跟哥们儿姐妹们一起，像当初那样地干，吃的喝的穿的玩的，你要什么，我保证给什么！

艾　娜　（冷冷地）要什么给什么，你给得起？

焦一标　（拍拍胸脯）说，你要什么？

艾　娜　我要做人的尊严，你有吗？你给得起吗？

焦一标　（不解地眨眨眼睛）做人的尊严？

艾　娜　告诉你，艾娜已经不是当初的艾娜了！这三个月里，我吃的是自己流汗换来的饭，穿的是自己花力气赚来的衣服。我吃得实在，穿得舒服，当着大家面前，我可以大声地说：我也是个人，是个对国家有用的人。这些你懂吗？你有吗？你能给我吗？

焦一标　（冷冷地）我没有，可是以后谁能再给你？光明社吗？它不光明了，它黑了，它垮了。

艾　娜　不，它不会垮！

焦一标　算了，煮熟的鸭子——只有嘴巴硬了。工商局不批许可征，两天以后就不能出车，这个月工资怎么办？你那“实在”的饭上哪儿吃？“舒服”的衣裳上哪儿穿？啊？你说！

艾　娜　（又气又恨，答不出来）反正不用你管！

焦一标　（嘻皮笑脸）不，哥们儿姐妹们一场，怎么能不管呢？（看看四周后，挽起衣袖，露出手臂上一排手表）看！

艾　娜　手表？你走私！

焦一标　轻一点。最近有一笔货要过手，用得着你，跟我去吧！

〔艾娜瞪了他一眼，回头就走。

焦一标　你干什么？

艾　娜　我告诉老方伯去。

〔焦一标慌了手脚，连忙拖住艾娜。石人奔上，见状怒火中烧，不知哪来的力气，一拳将焦一标击倒。

石　人　滚！

〔焦一标狼狈跑下。

艾　娜　石人！（扑入石人怀中，所有的苦恼和冤屈，都找到了发泄的地方，哭了起来）

〔庄丽和杨光闻声赶来，见状退进凉亭。

石　人　艾娜，别哭，明天上派出所告他，别哭了。

艾　娜　石人，我不是为这哭的。

石　人　那为什么？

艾　娜　好端端的服务社，眼看要办不下去了，现在办一件事，怎么那样难啊？

石　人　（被触痛什么）是啊，怎么那样难啊？（突然沉默下来，推开艾娜，走向一边）

艾　娜　（感到有异）你出什么事了？哎，今天你去外贸公司，他们录取你了吧？

石　人　（苦笑着，摇摇头）……

艾　娜　（大惊）什么？是你成绩没那么好？

石　人　（又摇摇头）……

艾　娜　那是为什么？

石　人　（沉重地）我的名额，叫人开了后门。

艾　娜　谁？是谁进去了？

石　人　主考告诉我了。

艾　娜　你快告诉我。

石　人　不，不能告诉你。

艾　娜　为什么？

石　人　因为她是一个很好很好的人。

艾　娜　好？占你的名额，好个屁。

石　人　占我名额，她自己也不知道。

艾　娜　她到底是谁？

石　人　（固执地）我说过不告诉你。

艾　娜　那你打算怎么办？

石　人　进你们社，跟你在一起！

艾　娜　不行，你那“留学生”不能白当。你不告诉我，我自己去打听。

石　人　不要去，听话！

艾　娜　哟，还不是你老婆，就想管我了？我偏要去，这就去！（欲下）

石　人　（从来没有过的大声）站住！

艾　娜　（被震住）你……

石　人　（也被自己的声音吓了一跳，定定神后，恳挚地）你相信我吗？相信我，就应该相信她，她是好是坏，我心里有本账。

艾　娜　那你相信我吗？相信我，就告诉我，她是好是坏，我心里就没本账？

石　人　这个人，其实你也认识……

〔杨光匆忙从凉亭里走出。

杨　光　石人！

石　人　杨光？

杨　光　石人，这件事……

〔庄丽也从凉亭里走出。

庄　丽　（已经预感到一切，强自抑制住感情）等一等！

艾　娜　庄丽？你也在这儿？

庄　丽　（看了看石人，又看了看杨光）艾娜，让我和杨光单独谈一谈，好吗？

艾　娜　好吧。（与石人悄悄退下）

庄　丽　（走到杨光面前，颤抖着声音）杨光，不会是真的吧，我进外贸公司……

杨　光　庄丽，我……

庄　丽　不要说别的，回答我，我要听你亲口的回答！

杨　光　（不敢正视庄丽）这是妈去办的，开始我并不知道。

庄　丽　那以后呢？以后你就默认了？你就容忍了？说话呀！

杨　光　（低下头，嗫嚅地）刚好占了石人的名额，我更不知道。

庄　丽　那占别人的就可以了？（痛心地）前几天我就有点怀疑。问题为什么解决得这么快？为什么是先决定后考试？可我一直没往这上头想，不，不是没想，是不敢想！

杨　光　庄丽，这都是为你好啊！

庄　丽　为我好？不，这样做，你还不如骂我一顿、打我一顿更好。你说说，我现在有什么脸去见石人和艾娜？

杨　光　这我负责解释，他们会原谅的，这种事目前也不是一个人……

庄　丽　哦，人家做贼，你也去做小偷？

杨　光　（被刺痛）你怎么能这样说？我做小偷？你说错了，我也是一个被偷的人！

庄　丽　这是什么意思？

杨　光　（有些激动）我不是对你说过吗？这十年里，爸爸妈妈被打下去以后，上调、招工、参军、上大学，多少次机会啊，凭条件我都有份，可硬是给你开了后门、挖了墙脚嘛！

庄　丽　那你现在就去开别人的后门，挖别人的墙脚了？

杨　光　（感到理屈）反正我说的是事实。

庄　丽　可这些不正之风，党中央正在纠正，也是事实！大家都在往高处走，可你……（恨铁不成钢地）杨光啊杨光，这次回来，我觉得你变化太大了!

杨 光 变化?我没有这种感觉!

庄 丽 可怕的就在于你自己没有感觉!

杨 光 你说话要有根据。

庄 丽 当然有!十年前,你第一次教我拉二胡的时候,说得多好啊:“不要小看这把粗糙的二胡,也不要轻视那些简单的音符,它像一团炽热的火焰,燃在我们年青的心窝;它像一河奔流的碧波,送我们奔向光明的征途。”这些话,是你说的吗?

杨 光 (低着头)……

庄 丽 可现在呢?那么纯洁的心灵,那么美好的理想,那么动听的乐声,那个朝气蓬勃的杨光,到哪儿去了呢?!

杨 光 (垂头丧气地)我也不知道。理想、献身精神,做一个品德高尚的人,这些是我们从小就接受的教育,也曾经像刀子一样刻在我们纯洁的心上。(又渐渐激动)你以为失去它们,我心里就好受吗?不,夜深人静的时候,我也哭过,骂过!哭的是失去的理想,骂的是自己的堕落!整夜整夜地哭,整夜整夜地骂!(抱头坐下)

庄 丽 那就让我们一起,去把那失去的东西找回来吧!

杨 光 找回来?怎么找?

庄 丽 (满怀希望地)从我做起,从现在做起。明天我就到公司辞职,说什么也要让石人进去,你说好吗?

杨 光 庄丽!

庄 丽 请你正面回答我!

杨 光 我……

庄 丽 说吧,怎么想就怎么说。

杨 光 (迟疑了一下,终于说出)庄丽,你不能回去,你想过后果吗?

庄 丽 (终于失去了最后的希望,松开紧握着杨光的手)我想过,你母亲可能会不同意我们的婚事。你那些老朋友还会指着我的脊梁骨,讥笑你讨了一个卖茶的老婆,你也会为我感到羞愧和痛苦。(痛楚地)那十年没见面,我们人是那么地远,可心是那么地近。十年后重见,人是那么地近,可心怎么又那么远啊!

杨 光 庄丽!

庄 丽 做出违背自己感情的决定,是非常痛苦的,可有时候却不能不这样做。

我有一个可怕的预感：我们就这样在一起生活，恐怕不会太幸福的！

杨　光　（受到极大的震动）什么？

庄　丽　看来目前谁也说服不了谁，我们只好暂时分手。

杨　光　暂时分手？

庄　丽　暂时，希望不是永远。（蒙着脸跑进凉亭，倚在栏杆上抽泣）

杨　光　（完全意想不到）好，好吧……（跑下）

庄　丽　（猛转身，追上几步）杨……（颓然地自语）他走了，走了……

〔艾娜、石人引老方伯、艾虎上。范霞闻声也从家里走出。

老方伯　（走近庄丽，抚其头）孩子，你……

庄　丽　（扑到老方伯怀里，放声大哭起来）老方伯！

老方伯　好孩子，哭吧哭吧，哭完了也许会轻松一点。

庄　丽　（抬起头）老方伯，我要回社！

老方伯　那好啊。告诉你一个好消息，让你和大家都高兴高兴。

众　人　什么好消息？

老方伯　市委李书记，还有杨部长，就是杨光他爸爸，都支持我们办社。（取出一纸）这就是许可证。

众　人　（欢呼着争看许可证）太好了！

老方伯　你们马上就可以跟外贸公司订合同，围裙生产立刻上马，光明社要大放光明了。

〔庄丽与艾娜、范霞兴奋地拥抱。

老方伯　（掏出一张纸，庄重地交给庄丽）社长同志，生产大发展，人员也要大增加，这是一份要求入社的报告。

庄　丽　谁的？

老方伯　我女儿的，她明天就到。

庄　丽　你——一个老红军的女儿，也参加我们这种社？

老方伯　为什么不行？老红军女儿可以上大学，可以出国留学，可以当干部，为什么就不能当工人，进服务社？庄丽哪，实话实说吧，这也算我对你们一点小小的精神支持吧！

庄　丽　（激动地）老方伯，谢谢你，谢谢所有关心、支持我们的老一辈人！

范　霞　走，上我家商量商量去。

〔众下。杨光从亭后慢慢地走出。

杨　光　（望着她们的去向，百感交集地）走了，庄丽走了，他们都走了，只剩下我孤零零的一个人了……我好像是该想一想，好好地想一想……

〔灯渐暗，收光于杨光痛苦思索的脸上。

〔巨型广告隐现。

第六场

〔巨型广告前。

〔一年之后。清晨。

〔一个青年背着身子仰看广告，一会儿，他转过身来，我们才看清原来是焦一标。像是有过某种经历，他的样子变化很大。

〔一阵紧促的急救车声响过。阿兰神色惊慌地上。

焦一标 阿兰。

阿　兰 （仍看急救车去向，惊魂未定）吓死人了。

焦一标 急救车里是谁？

阿　兰 杨光。

焦一标 他怎么了？

阿　兰 在厂里试验什么做围裙的机器，把眼睛弄伤了。

焦一标 咦，他是在外办陪外国人的嘛。

阿　兰 早叫他那个革命的爸爸给调回厂里去了。（突然想起）哦，你去劳教也一年了吧，刚出来？

焦一标 （点点头）当时还是艾娜聪明，不一起做那笔倒霉生意。（看四周）这一年变得真快，就你没变，跟杨光结婚了？

阿　兰 （撇撇嘴）人家大干部儿子，看得上我？哼，去年叫那个卖茶的甩了，他妈又来找我，我决定，从今天起也不理他了！

焦一标 （不以为然地）他刚伤了眼睛，就甩了人家，太不讲义气了。

阿　兰 我们焦一标同志的说话腔调，怎么也高了八度？（笑）

焦一标 笑什么？人往高处走，水往低处流。（一本正经地）过去我错了，错了就改，改了就好嘛。

阿　兰 哟，劳教场待了一年，说话都一套一套的了。怎么，（敲敲广告）出来了，再回这儿去？

焦一标 听说社越办越红火了。

阿　兰 （不无嫉妒地）这是旧广告，现在人家变服务公司了。哎，也不知道触动上帝哪一根神经，卖茶摊居然跟外国人做上生意，广播里、电视里，老是哗啦哗啦什么光明公司放光明。

焦一标 唉，不知会不会再要我？

阿　兰 死了这条心吧。来，跟我去散散心。

焦一标 不，我找老方头，不，老方伯去。（急下）

〔阿兰喊着追下。

〔老方伯拎糨糊桶和庄丽、艾娜上。

庄　丽 来，把这张广告也改一改。

老方伯 我来。（被庄丽和艾娜扶上凳子，将广告上“光明服务社”字样改成“光明服务公司”）怎么样，我的公司经理和副经理？

庄　丽 （装模作样地）唔，报告老顾问，很好很好。

艾　娜 Yes, very good!

〔老方伯跳下凳子，庄丽和艾娜笑成一团。

老方伯 走，到医院看看小妹去。

〔三人同下。

〔巨型广告隐去。

〔市医院眼科病房。摆看两张病床，一架屏风。一张床空着，一张床上坐着范小妹。

〔她眼上包着绷带，范霞刚刚给她喂好饭。

范小妹 姐，我今天真能看到吗？

范　霞 能！你庄丽姐找医生去了，今天就给你拆绷带。怎么还不回来，我看看去。（下）

〔片刻后，护士引常玉娟和眼睛包着绷带的杨光上。

护　士 （指空床）床位就在这儿，先休息，明天再动手术。

常玉娟 好的好的。

〔护士下。

常玉娟 （对直挺挺躺着的杨光）光儿，现在感觉怎么样？

〔杨光哼了一声，没有回答。

常玉娟 都怪你爸这老头子，偏要把你弄回厂里。这一回，我算跟他没完！

杨　光 （烦躁地）别说了，回厂我也愿意！

常玉娟 你也是。一年前跟那个人断了以后，就像丢了魂，回到厂里一声不吭搞试验，这不，试出了这场大祸！

杨 光 别说个不停好不好？

常玉娟 好好好，你歇着，我打开水去。（提热水瓶下）

〔杨光在床上辗转反侧，唉声叹气。

范小妹 （走到杨光床前）大哥哥，你痛吗？

杨 光 哦，还好。

范小妹 大哥哥，你不要难过，医生伯伯技术可好了，跟我一样，你眼睛会亮起来的。

杨 光 （痛楚地）眼睛，我的眼睛……

〔范小妹想了想，若有所悟，摸索着从床头拿起二胡，轻轻地拉了起来……

杨 光 （由不在意到有所感，惊异地）《光明行》？（急切地）小妹妹？

范小妹 什么事？

杨 光 你的琴跟谁学的？

范小妹 跟我庄丽姐学的。

杨 光 庄丽？

范小妹 她也是跟她老同学学的。（热情洋溢地）她跟我说：你眼睛虽然看不到，可拉起《光明行》，会看到我们的生活是一片光明，会感到我们的心底也是光明一片！

杨 光 （体味地）“生活是一片光明，心底是光明一片”？

范小妹 我庄丽姐可好了，过会儿她就要来的。

杨 光 怎么，她要来这儿？

范小妹 让她也跟你说说，保证你听完以后，就不会太伤心了。听，她们来了。

杨 光 （惊慌地）小妹妹，我有事出去一下。（欲出门，闻人声越来越近，只好摸索着躲到屏风后面）

〔庄丽、范霞、艾娜、石人、艾虎上。

庄 丽 小妹，去拆绷带。

范 霞 你们在这儿等着，我扶她去。（扶小妹下）

〔老方伯上。

老方伯 哈，我猜都在这儿。小妹呢？

庄 丽 拆绷带去了，医生说，肯定可以重见光明。

老方伯 好，是件喜事，我再来个喜上加喜。（向外）来呀，又不是大姑娘上轿——头一回。

〔焦一标迟迟疑疑地上。

艾　娜 （气火火地）是你？

焦一标 艾娜，一年前是我对不起你。

艾　娜 （举拳，又放下）石人，替我揍他！

石　人 （拉拉艾娜衣角，轻声地）算了算了。

庄　丽 老方伯，他……

老方伯 实话实说吧，请你们让他归队。

众　人 归队？

老方伯 废品也要回收，何况是人，更不要说他本来就是你们公司的人嘛。

艾　娜 不收！光明公司好不容易有今天，不能叫一粒老鼠屎，坏了一锅汤！

焦一标 （呆了一下）老方伯，那就再说吧。（回头慢慢地欲出）

庄　丽 等一等，你打算……

焦一标 唉，我也有一双手，我也要干四化，可是……（苦笑）不能怪别人，只能怪自己。

老方伯 （笑眯眯地）艾娜，我记得一年前有个女孩子，好像也说过这样的话。

艾　娜 （一怔）可是……

庄　丽 焦一标，要是重新收你，你打算怎么办？

焦一标 那我这一米八全豁出去了！再有三心二意，就……（想不出适当的词，看见墙上眼睛挂图，脱口而出）就叫我一双眼睛瞎掉！

〔众笑。

庄　丽 艾娜，怎么样？

艾　娜 好，收下他。

焦一标 （兴奋地）谢谢，谢谢。

〔范霞欢叫着跑进。

范　霞 亮了，亮了！

〔众回头，只见范小妹容光焕发，双目明亮，出现在门口。

众　人 小妹！

范小妹 （幸福的喜泪挂满了脸）别说话，让我猜猜，你们都是谁？这是老方伯，你实话实说，对不对？

老方伯 对！（高兴地将小妹擎起又放下）

范小妹 你……庄丽姐？！

庄　丽 （激动地连连点头）小妹！

范小妹 你比我想得还要好看。

艾　娜 （拉着石人挤了上来）小妹！

范小妹 艾娜姐、石人哥哥，你们俩是一对。

艾　娜 小鬼，应该先向你姐要喜糖！

范小妹 姐姐！（扑向艾虎）姐夫！对，庄丽姐，你的呢？

庄　丽 我？（摇摇头，笑了一笑）

〔杨光从屏风后钻出头注意地听。

老方伯 庄丽，你也该解决了。

范　霞 就是，给她介绍过几次，都说早哩早哩。

艾　娜 她呀，太多情了，心里还在想那个杨光呢？

庄　丽 别瞎说！

艾　娜 哦，你以为我不知道？我揭发了！你胸前那小笔记本里藏着谁的照片？托我到厂里打听的是谁？听说他又搞上老专业，高兴得流出眼泪的又是谁？我还有旁证，石人，说！

石　人 都是事实，百分之一百的事实！

艾　娜 不过依我看，这个杨光不值得爱。当初他还看不起你，他算老几？你才了不起呢！现在是报纸上有名、广播里有声、电视里有影，全省新长征突击手，大名鼎鼎！你是这个（伸出大拇指），他是这个（示小指）！

石　人 听说他也在这个医院。

艾　娜 一个瞎子，谁还愿意嫁他？肯定一辈子打光棍。活该！

范　霞 艾娜！（指指呆立一旁的庄丽）

庄　丽 老方伯，我有点急事，先去一下。（急下）

艾　娜 她上哪儿去？

老方伯 你这聪明人，今天也太糊涂了。

范　霞 走吧走吧，看看去。

艾　娜 （拍额）哦，对对对。

〔众拥下。焦一标也毕恭毕敬地扶老方伯随下。

杨　光 （自屏风后出来，喃喃地自语）“一个瞎子，谁还愿意嫁他？肯定一辈子打光棍。活该！”是活该，我是活该啊！（捶胸顿足，伏在床上痛哭）

〔庄丽出现在门口，显然她是在医院里找了一圈后，才找回这里的。她倚立在门框边，痴痴地望着杨光。常玉娟上，欲叫庄丽，被庄丽用手势止住。

杨　光　谁？

常玉娟　是我。光儿，庄丽来……

杨　光　（粗暴地打断）叫庄丽来？不，不能叫她来，也不要告诉她我的事。

常玉娟　为什么？

杨　光　为什么？现在我还有什么脸见她？有什么脸见她啊？

〔庄丽从常玉娟手中接过热水瓶，走到床边，往茶杯里倒水。

杨　光　（以为是母亲，滔滔不绝地倾诉）你知道吗？我心里有多后悔啊！一年前，我骄傲得像王子，实际上愚蠢得像头笨驴！我一直以为和庄丽好，是我低就她！可她竟然提出来暂时分手，这好像一声雷，打在我心上，我震惊，我痛苦，我也思索：她凭什么不要我？凭她那卖茶的职业吗？凭她那微薄的收入吗？凭她那毫无地位又实际上并不存在的家庭吗？不是，都不是！我想得脑袋发胀、发痛，才慢慢地想明白：她凭的是她那颗光明的心！我多想见到她，请她原谅，又想等做出点成绩后……于是拼命搞试验，为她们做围裙机械化出一点力，可是现在……（示小指）我是这个，（示拇指）她是这个！

〔庄丽将其手指折下并拢，并递给他茶杯，又用自己的双手紧紧握住他端杯的手。

杨　光　（感到异样）你……你是谁？

庄　丽　（含着热泪，轻声地）二胡有两根弦，我们有两颗心。两根弦在一起，才有动听的乐声。两颗心在一起……

杨　光　（情不自禁地冲口而出）生活会更加光明！（惊喜之至）庄丽？！

庄　丽　（激动地）是我是我，杨光，现在我们人是那么地近，心也多么地近啊！

〔常王娟在旁也流下了高兴的眼泪。

〔早已暗上并拥挤在门口、窗口的老方伯和范霞等人，非常兴奋、欣喜。

杨　光　（突然推开庄丽的手）不，庄丽，你……走！

庄　丽　什么？

杨　光　我本来就配不上你，更不要说现在……（手颤抖着指指自己的眼睛）

庄　丽　（蒙住他的嘴）不，即使有什么意外，我也要服侍你一辈子，我们一定永远在一起！

老方伯　（跨进门来）好，说得好！你俩，（遍指在场者）还有你们，都会永远在一起，因为我们大家的心底，都是一片光明！

〔众欢笑。

〔灯暗，巨型广告隐现。

〔谢幕开始：庄丽、范霞、艾娜、焦一标，还有几个我们未见面的青年社员上。

庄　丽　（指着广告）同志们，各位如果需要本公司服务，请来联系。本公司新大楼最近落成，地址光明路，电话 4368、8782，如蒙光临，无限欢迎。

众　人　欢迎欢迎！

常玉娟　（上）庄丽，局里派我到你们公司蹲点。

庄　丽　（高兴地）妈！

〔老方伯、杨光（已治好眼睛）、石人、艾虎、范小妹等鱼贯上，阿兰和赵小龙有点不好意思，被老方伯拖上。

〔大幕渐落。

〔全剧终。

1982 年

七场现代越剧

终身大事

俞南道　黄光椿

人物表　陈长根——58 岁，水产公司职工。
陈　母——54 岁，长根妻。
陈春林——28 岁，长根长子，渔村对虾养殖场负责人。
陈春生——24 岁，长根次子，对虾养殖场员工。
金梅儿——26 岁，水产公司女技术员。
金志平——25 岁，梅儿弟，对虾养殖场员工。
三阿婶——48 岁，梅儿、志平的母亲。
秀　女——23 岁，渔村赤脚医生。
菲　菲——24 岁，某单位新招女职工。

第一场　争利

〔故事发生在 20 世纪 80 年代初的一个秋天。

〔东海某岛陈长根家院子，葡萄架下设有桌椅，路通左右，远处碧海蓝天，征帆掠影。

〔幕启：陈母拎菜篮上。

陈　母　老头子，老头子！

（唱）昨日里，老头回到屋里头，

老太婆一条妙计上心头。

喏！做几只红烧狮子头，
炒一碗香干肉丝洋葱头，
豆芽冷拌海蜇头，
买一瓶上等名酒“二锅头”。
原以为老头尝到小甜头，
大儿子顶职有苗头，
想不到，我把事情刚提头，
他眼睛弹过额角头，
拳头举过肩胛头，
嘴巴翘起碰鼻头，
弄得我鱼刺鲠在喉咙头，
实在有点触霉头。

〔陈长根拎着旅行袋从内屋出，正想悄悄溜走，被陈母发现拉住。

陈　母　哎——老头子！

陈长根　好哉，蚂蟥叮住螺蛳脚，作啥？

陈　母　这顶职的事……

陈长根　顶职，顶职，老太婆！

（唱）我身强力壮像头牛，
一口气能喝三碗绍兴酒。
看别人献身四化争上游，
叫我提前退休好比火煎油。

陈　母　老头子，我同你说……

陈长根　不要听。

陈　母　不要听？！老头子，我这个人就是这犟脾气，你不要听嘛，我偏要说。

陈长根　我要听呢？

陈　母　那么你听咚！

陈长根　你……

陈　母　老头子！大儿子春林，年纪已经不小了，你媳妇要不要嘞？

陈长根　春林不是已经与梅儿挂上钩了嘛！

陈　母　哼，你不要看得太简单。

陈长根　你也不要想得太复杂。

陈　母　你知道梅儿的母亲三阿婶是什么态度？

陈长根 什么态度？

陈　母 她说，要是我们春林不去顶职，这门亲事趁早散伙。

陈长根 哦？

陈　母 人家梅儿是城镇户口，是国营单位正式工，可春林是个乡下人。

陈长根 乡下人又怎么啦？

陈　母 你……哎，我嘴巴讲燥，舌头起泡，还不是为了儿子好。要不为儿子着想，还算啥个爹娘！我看天下就没有你这种阿爹，你这样……

陈长根 （顿脚）好了！

陈　母 难道我……

陈长根 好，勿用多说，我提前退休，让儿子顶职。

陈　母 （转喜）真格？嘻嘻……

陈长根 （学笑）嘻嘻！我回去马上打退休报告。（欲走）

陈　母 哎，老头子。

陈长根 作啥？

陈　母 这件事对小儿子春生暂时保密，当心孙悟空大闹天宫。

陈长根 晓得。（欲下）

陈　母 哎，老头子……

陈长根 又作啥？

陈　母 事情办好早点写封信来。

陈长根 有数。（欲下）

陈　母 哎，老头子！

〔陈长根厌烦，不高兴地返回。

〔陈母从篮内拿出一瓶酒，突然送到长根面前，长根顿觉高兴，夺酒笑下。

陈　母 老头子，船上当心。（目送长根下）嗨，这个老头子！

（唱）他好比，大汛潮水霎时退，

乐得我，木鱼开口难合嘴。

但愿得，洞房早开一枝梅，

孙子孙囡生一对。

我左手抱个女，右手抱个男，

叫声奶奶我浑身骨头脆。

哎，快去告诉三阿婶，大家高兴高兴。（出门，笑着下）

〔陈春生追秀女上。

陈春生 秀女！走，拍照片去。

秀　女 大白天不去劳动，不怕人家笑话。

陈春生 劳动？你呀，真是头发长，见识短呵！

（唱）我阿爹顶职条件已具备，
春生是早有打算在肚内。
待他早日把家归，
我理所当然去接位。

秀　女 想得倒美。

陈春生 嘘，千万不能让哥哥知道。

秀　女 怎么？

陈春生 防止哥哥抢碗夺盏。

秀　女 你……

陈春生 这也是为你着想。将来我到了水产公司，公房住住，戏文看看，让你也尝尝城市生活的味道。哎，你那个后娘对我们的婚事还不同意？

秀　女 她想把我嫁到泥螺岛去，还想讨人家一千元彩礼。

陈春生 哼！秀女，只要我进了城，马上就带你离开这个不完美的家庭。

秀　女 春生！

（唱）倘若你日后进了城，
单位里姑娘漂亮更多情。
秀女是荒岛石岩野菊花，
只怕你信手摘来浪里扔。

陈春生 秀女！

（唱）你满头黑发堆乌云，
凤眼含情水灵灵。
行如海燕轻展翅，
笑似黄莺放歌声。
离开你，我山珍海味无味道，
见到你，我倒咬香烟烫嘴唇。
春生若是不忠诚，（跪誓）
我情愿尸骨抛海无踪影。

秀　女 （急堵其口）不，谁叫你说这样的话！

陈春生 （故意揉脚髁头）喔唷，喔唷！

秀　女　难看勿难看？还不赶快起来。

陈春生　（伸手求拉）秀女。

秀　女　你呀！（拉起春生）

〔菲菲拎包上，见状故意咳嗽，秀女含羞逃下。

菲　菲　春生，好一出断桥相会呀。

〔金志平追上。

金志平　菲菲，我来送送你。

陈春生　这么说，你们是十八相送了。

菲　菲　你……

陈春生　这叫六月债，还得快。

金志平　菲菲……

菲　菲　啊呀！不要烦。

陈春生　志平，菲菲这次招工进城，真好比锦上添花，你找着这样的对象，真是前世修的福分啊！

菲　菲　嘻……春生，你们试养的对虾怎么样啦？

陈春生　八字还没一撇呢！

金志平　春林哥也不知是怎么想的，这些天他老是在捕小鱼。

菲　菲　人家是脚后跟搽桐油啰。

陈春生　什么？

菲　菲　你姆妈刚刚对三阿婶说……

金志平　（急拉）菲菲，别说。

菲　菲　怎么，落片树叶也怕打破脑袋？

陈春生　菲菲，你说。

菲　菲　你姆妈要让……

金志平　菲菲！

菲　菲　哼，我偏要说！春生，你姆妈要让春林去顶职。

陈春生　啊，让哥哥去顶职！……（急进院子）姆妈，姆妈……（踢翻椅子，又气呼呼地入内屋）

金志平　你看……

菲　菲　怕啥！

〔菲菲把拎包交给志平，金志平茫然地返身欲下。

菲　菲　哎，到那边去做啥？

金志平 我……

菲　菲 人家都远走高飞，难道你就不去找找门路？

金志平 什么门路？

菲　菲 嘿，门路有得是。我也是农村户口，这次招工，不就是靠我小娘舅帮忙？再说你是个退伍军人，只要肯花点本钱……

金志平 不，我不去。养虾不也是工作吗？

菲　菲 ……呆大！（夺过包，扭身下）

金志平 菲菲！（跟下）

〔陈母喜冲冲上。

陈　母 （唱）亲家母闻喜讯难止笑声，
硬留着老太婆吃碗点心。
一路走一路想格外高兴，

〔突然屋内飞出小凳，陈母一愣，春生出。

陈　母 （唱）差一点吓掉我六魄三魂！
春生，你还不到虾场去？

陈春生 哼，养断命虾！

陈　母 怎么，欠你三百两？

陈春生 问你自己。

陈　母 我？

陈春生 我又不是三岁小孩。（又踢凳）

陈　母 小爹爹，有话好好讲。

陈春生 好好讲？（思索，忽然一反常态，无限亲热地端凳）姆妈快坐。

陈　母 我坐。

陈春生 （倒茶）姆妈喝茶。

陈　母 我喝。

陈春生 （掏烟）姆妈抽烟。

陈　母 春生……

陈春生 （替母捶背）姆妈，春生待你好哦？

陈　母 好，好。

陈春生 姆妈欢喜我哦？

陈　母 欢喜。

陈春生 我有难事你会帮哦？

陈　母　只要能办到，姆妈宁愿豁出命一条。

陈春生　好，姆妈，那就让我去顶职。

陈　母　顶职？

陈春生　妈！……纸是包不住火的。

陈　母　春生，既然你已知道，我也不瞒你了，这是你阿爹开的金口。

陈春生　你们包庇哥哥。

陈　母　哎，大儿子是我手心肉，小儿子是我手背肉，只因你阿哥的丈母娘……

陈春生　姆妈，你怎么让人家牵着鼻子走。

陈　母　事情总得有点先后嘛！

陈春生　难道你就看着我在乡下苦一辈子？看着我活受罪！

陈　母　你……

陈春生　唉，做人有啥意思，还不如早点死掉。

陈　母　春生……（左右为难）

陈春生　（旁唱）我看她，热锅上蚂蚁团团转，
火上还需把干柴添。

陈　母　（旁唱）难办难办真难办，
我好比，走上了一块跷跷板。

陈春生　（眼睛一亮，计上心来）姆妈，我看你也不要为难，顶职之事，由我们兄弟俩自己决定。

陈　母　两个儿子，一个位子，有啥法子。

陈春生　撮——纸——团。

陈　母　撮纸团？

陈春生　是啊，俗语说，纸团撮过，并无罪过。爹娘不见怪，兄弟不结怨。

陈　母　让我想想看。

〔陈春生围着陈母左右分说。

〔陈春林背鱼篓，哼着渔歌上。见状忙从鱼篓中拎出一条大鱼，在两人眼前一晃。大笑。

陈　母　（一惊）春林。你又去推掔网啦？

陈春林　与海龙王交个朋友。

陈春生　朋友，朋友，脚底搽油，想溜。

陈　母　春林，工作还得好好干哪！

陈春林　姆妈。

（唱）涂头推挈弄潮水，
满篓鱼鲜踏浪归。
春林我，并非嘴馋想贪杯，
只为那，试养对虾防敌害。

陈　母　防敌害？

陈春林　（唱）到海边摸清杂鱼产卵期，
严格控制放塘水。
防止鱼蟹进虾塘，
使幼虾平安无事长得肥。

陈春生　哥哥，废话少说，言归正题，我要同你撮纸团。

陈春林　什么，撮纸团？你要分家啦！

陈春生　不，比分家还要紧。

陈春林　什么事？

陈春生　终身大事。

陈春林　终身大事？喔，你想结婚？！这叫“早稻不割割晚稻”，哈哈哈……（剖鱼，看鱼，作记录）

陈春生　装啥糊涂，哥哥，纸团到底撮勿撮？

陈春林　搅七念三。

陈春生　你不要背靠青山，稳坐钓鱼台。

陈　母　春生！（拦住）

陈春生　走开。

〔陈母一个踉跄，春林急扶住。

陈春林　你老酒吃醉啦！

陈　母　春林，本来嘛让你去顶职，可春生他一定要撮纸团。

陈春林　喔！你想去顶职？那好，我没意见。

陈春生　你？你不去了？

陈春林　你就是用直升飞机来接我，我也不去。

陈春生　真的？哥哥，你是世界上最亲最好、最好最亲的好哥哥！

陈春林　神经病。

陈　母　不，春林，你去，应该你去。

陈春林　姆妈，他顶他的职，我养我的虾，不是很好吗？！

陈　母　这关系到你的终身大事，还有梅儿……

陈春林　这与梅儿有什么相干?
陈　母　（发急）春林!
陈春生　姆妈，哥哥已经决定，你就笃笃定定坐冬。
陈　母　不，就照你说的——撮纸团。春林，你去写!
陈春林　我不写
陈　母　那么春生写。（进内拿纸笔，复出）
陈春生　好，我写，我写！（边唱边做纸团）
（唱）叫我写，正中了，春生下怀，
一张纸，暗中间，扯成三开。
两张上，都写“留”，桌上一掼，
手里头，捏张“走”，巧计安排。
哥哥，你大我小，小尊大，你先撮。
陈春林　我不撮。
陈　母　春林，姆妈代你撮。
〔陈母欲撮纸团，急又缩手。
陈　母　春林，这纸团里的字，你先来检查检查。
〔春生急扑向桌子，盖住纸团。
陈春林　姆妈，你真是多此一举。
陈春生　是嘛，兄弟之间何必呢!
陈　母　好，我先撮。
（唱）并非做娘有偏心，
我撮纸团为春林。
但愿手指生眼睛，
让我一家好摆平。
〔陈母左挑右拣，终于撮了一张；春生急拿起另一张偷偷调换。
陈春生　姆妈，你撮的是啥?
〔陈母抖开纸团，给春生看。忽又推开春生，给春林看。
陈　母　春林，你看!
陈春林　“留”。
陈春生　“走”。喏!
陈　母　啊!
〔幕急落。

第二场 闹亲

〔几天之后。养虾场虾塘一角。

〔醒目的“对虾养殖场”牌子上，挂着陈春林的外衣。

〔幕启：金梅儿拎背袋上。

金梅儿 （唱）轻舟穿浪追流云，
碧海秋色眼前涌。
这一次，公司又派我到虾场，
同与春林育虾种……

〔发现春林衣服，热切地拿起衣服，四顾无人，深情地以腮吻衣，自感羞涩。多少次倚门望海问浪花，多少次含羞对月托春风，但愿得，两朵莲花早并蒂，想到此，脸泛彩霞两腮红。

〔金梅儿见陈春林走来，急忙故意地躲于一边。

〔陈春林上。

陈春林 （唱）春生他，心想顶职入了疯，
擅离虾场不劳动。
我代他巡查到塘口，
一路仔细测水温。

〔陈春林看水温表，精心记录。金梅儿悄悄地为他披上衣服。

陈春林 （惊喜）梅儿！（上下打量）

金梅儿 盯着我做啥呀？

陈春林 看看你呀！

金梅儿 （大胆地上前一步）你看，你看，你看，让你看个仔细。

陈春林 你呀，还像个野姑娘。

金梅儿 你……（假装要打）

陈春林 （也上前一步）你打，你打，你打，让你打个痛快。

金梅儿 你呀，也是个野小子。

陈春林 哈哈哈！

金梅儿 喂，送你一样好东西。

陈春林 什么？

金梅儿 你猜？

陈春林 （思索，摇头）

金梅儿 你转过身去。

〔陈春林转身，金梅儿取出笛子，插入春林衣领。

陈春林 笛子！

〔陈春林吹笛，金梅儿唱渔歌。

金梅儿 （唱）哥是东海奔腾水，
妹是海鸥浪尖飞。
千里展翅长相伴，
涛声鸥歌永相随。

陈春林 你唱得真好。

金梅儿 不，是你吹得好。

〔两人深情地一笑。

陈春林 哎，我叫你借的书呢？

金梅儿 （从包内取出书）喏，《对虾养殖》。

〔陈春林眉开眼笑地翻阅书本。

金梅儿 满意了吧？

陈春林 （俏皮地）敬礼！梅儿，关于对虾敌害问题，我写了一篇文章，请你这个技术员指教指教。（掏出稿子）

金梅儿 不敢当，拜读一下倒乐意。（接稿看）……好，好。

〔金梅儿看着看着，高兴地把手一挥，刚好打在春林凑过来的脸上。

金梅儿 唷！（本能地举手欲揉其脸，忽觉不妥而止，含羞窃笑）

陈春林 怎么样？干脆，你帮我修改修改嘛。

金梅儿 我让刘工程师先去看看。

陈春林 刘工程师？

金梅儿 对！刘工程师刚调来，是个水产养殖专家。不过，我还有一个想法。

陈春林 说。

金梅儿 照你这里写的，在对虾幼小期间，要严格控制放水，防止鱼类进入。那么，后期对虾长大的时候，能不能有意识地放进一些鱼苗，以充当对虾的饵料呢？

陈春林 ……对！这叫做前期防止大鱼吃小虾，后期来一个大虾吃小鱼。妙！妙！不愧为科班出身，有研究，有理论，有……

〔梅儿愠怒地追打春林。金志平匆匆上。

金志平 春林哥，春林哥！不好啦。

〔陈春林、金梅儿急忙分开。

金梅儿 志平，什么事这样急？

金志平 姐姐，那边一塘对虾都浮头啦！

陈春林 浮头，是不是饿了？

〔三人登塘看虾，复下塘，沉思。

金梅儿 不像是饿……

陈春林 （掏出本子查阅）虾儿一群连着一群，乱跳乱蹦……

金梅儿 一定是缺少氧气。

陈春林 对，缺氧。

金梅儿 立即放入新鲜海水。

陈春林 走！

〔三人奔下。

〔三阿婶拎一包糕点上。

三阿婶 （唱）姑娘大了不中留，
留来留去要添忧愁。
梅儿她年过二十后，
说亲的媒人隔三岔五不间断。
都说我家门槛高，
都说我不肯开金口。
这才是一家好女百家求，
丈母娘我又是得意又担忧。
又谁知姑娘人大心难留，
她竟然和那春林暗中早把情意投。
论人品，小伙子眉清目秀人忠厚，
论家底，他陈家在村里也算上游。
只可惜他是𡚱里户口养虾人，
整日里晒得活像一条黑泥鳅。
倘若我女儿嫁了他，

岂不是一朵鲜花落田沟？
我有心效法王母划天河，
把他们的亲事一笔勾。
想不到搁滩的鲈鱼逢大潮，
春林他顶职进城就要走。
我只得趁风再撑顺水船，
（夹白）喏！我买来一包花色糕点！
送给那未来的女婿讨彩头。
（向幕内招手）春林，春林！
〔金梅儿奔上。

金梅儿 姆妈！

三阿婶 唷！梅儿，你怎么一回来就到这里报到啦？你倒是“没出嫁，就忘娘啦”！

金梅儿 姆妈！（撒娇捶其背）

三阿婶 喔唷！姆妈的老骨头被你敲断哉。

〔陈春林上，金梅儿暗示他去叫三阿婶。

陈春林 阿婶。

三阿婶 （故作不理）

陈春林 阿婶。

金梅儿 （悄悄地对春林）叫姆妈。

陈春林 （对三阿婶）阿……

金梅儿 （急跺脚）

陈春林 姆……姆妈。

三阿婶 哎！春林阿囡呀，看你脸上黑里黑塔，身上烂泥骨搭。（忙扯下花手巾，为春林擦汗、掸灰）

金梅儿 （忍不住发笑）嘻嘻……

三阿婶 （有些不好意思，把手巾交给春林）

陈春林 我……

三阿婶 春林阿囡，没关系，放心擦冬。

陈春林 （擦毕递还）姆妈。

三阿婶 哎！春林阿囡，你马上要去顶职，姆妈也没啥东西好送，只有这点小意思。

陈春林 我……

金梅儿 顶职？春林，想不到你对我还保守秘密。

三阿婶 好哉，这下子你们两人，国营对全民，技术员对正式工，嘻嘻！

金梅儿 春林，你一走，养对虾谁来负责？

三阿婶 好愁勿愁，愁六月没日头。

陈春林 姆妈……（欲说明）

三阿婶 春林阿囡，这是大红枣！

（唱）阿囡吃了大红枣，
入党提干步步高；
时装笔挺回家来，
我丈母娘脸上也荣耀。

陈春林 姆妈！……

三阿婶 春林阿囡，这是姆妈亲手做的面发糕。

（唱）阿囡吃了面发糕，
工资级别次次调，
新式家具套打套，
再过三载把楼房造。

陈春林 姆妈！……

三阿婶 春林阿囡，这是双喜糕。

（唱）阿囡吃了双喜糕，
喜事临门合家笑；
早生贵子早得福，
我等着想把外孙抱。

〔三阿婶做着抱小囡的动作。

金梅儿 （不高兴）姆妈！

三阿婶 咋？

金梅儿 你讲些什么呀？

三阿婶 哎呀，这有啥啦！我吃过的盐比你吃过的饭还要多。春林，你讲呢？

陈春林 我……姆妈，你送这许多东西，不会后悔格？

三阿婶 唉，这算啥闲话啊！

阿春林 要是我顶职不去呢？

三阿婶 （旁白）他还故意来考考我。（转对春林）春林阿囡呀！姆妈现在思想觉悟也提高了，你去也好，不去也好，都是我的好女婿，我一百个同意，一千个欢喜。

陈春林 姆妈，那就实话告诉你，我不去了。

三阿婶 （生怕听错）讲啥？

陈春林 我还是养对虾，让阿弟去顶职。

三阿婶 真的？

陈春林 真的！

三阿婶 啧啧啧，你呀，呆大！

金梅儿 姆妈，青年人志在四方，我看都一样。

三阿婶 你也发昏！春林，快对你姆妈讲，顶职不能让！长子顶父，合情合理。

陈春林 姆妈，有些道理也用不着我多讲。

三阿婶 道理？道理能当饭吃？道理能当衣穿？道理一斤值几个铜钿？

陈春林 可是对虾……

三阿婶 对虾，对虾，对虾是你阿爹？对虾是你阿娘？对虾是你十八代祖宗？

金梅儿 （拉住三阿婶）姆妈。

三阿婶 哼！你们养虾能成功，狗鳗出角变蛟龙。

陈春林 那要是成功了呢？

三阿婶 若能成功，我一只一只生吃！

金梅儿 姆妈……

三阿婶 去去去，一对宝货。

金梅儿 你听我讲嘛！

三阿婶 同他去讲，顶职非去不可。

金梅儿 （无奈地）春林，我姆妈讲……

三阿婶 讲呀！别像小姑娘吃泡泡糖——吞吞吐吐。

金梅儿 春林，我姆妈讲，去不去顶职，主意由你自己定。

三阿婶 啊！（拉过梅儿）侬格朝外货。

陈春林 姆妈。

三阿婶 姆妈？现在还不好叫。

金梅儿 （学母亲的话）春林阿囡呀！姆妈现在思想觉悟也提高了，你去也好，不去也好，都是我的好女婿，我一百个同意，一千个欢喜。……

三阿婶 （哭笑不得）你……唉，春林啊春林！

（唱）你枉为长子少盘算，

不如你兄弟有门槛。
却原来大蟹还是小蟹乖，
小蟹打洞会转弯。

陈春林 你听我说……

三阿婶 我勿要听！

（唱）倘若你，愿作沙蟹恋泥滩，
莫怪我，棒打鸳鸯要你们散！

陈春林 阿婶，照你意思我和弟弟去争？？

三阿婶 去争！

陈春林 去抢？！

三阿婶 去抢！

陈春林 那……（抱起一块石头故意欲下）

三阿婶 哎！

陈春林 我去把弟弟敲死，省得去争去抢，我好稳稳当当顶职去！

三阿婶 哎！……那是要犯法格。

陈春林 是你要我这样做，犯法坐牢也只好去。

三阿婶 咳……

〔三阿婶一屁股坐下石凳，春林、梅儿上前劝说。

〔陈母拎饭篮上。

陈　母 （唱）春林儿，在虾场，尚未吃饭，
我这里，送来了，点心满篮。
猛见那，三阿婶，坐在一边，
看脸孔，好像那，鳗鲞风干。
一定是，为顶职，两人闹翻，
我还是，转回家，省得纠缠。（欲下）

三阿婶 （发现陈母）哎！你来得正好。

陈　母 我……（只得回身，把饭篮给春林）

金梅儿 （与陈母打招呼）阿婶！

三阿婶 （拉过梅儿）骨头勿要太轻。

〔金梅儿赌气地拉陈春林下。

陈　母 亲家母，我回屋里还要补网去。

三阿婶 （拉牢陈母）那么，先把我这个“破洞”补补好。

陈　母　破洞？

三阿婶　春林娘，你也是上了年纪的人，做事咋能像三岁小囡，一会儿哭，一会儿笑。

陈　母　我……？

三阿婶　在我面前讲得清清爽爽，可人还没有转背，马上又叫春生去顶职，寻啥开心？

陈　母　唉，清官难断家务事哪！

三阿婶　大脚勿用装小脚，我知道你在家里大小事情一把抓，就连你老头子，你叫他往东，他也不敢去西。

陈　母　亲家母，我可没有你的福气好，一对宝贝听你话，我格春生……

三阿婶　春生又不是鲨鱼，怕啥？今朝仔打开天窗说亮话，要是春林不去顶职，别想梅儿当媳妇。

陈　母　有话慢慢讲，不要发脾气。

三阿婶　生煞了心，钉煞了秤，我三阿婶就是这种人。

陈　母　亲家母。

三阿婶　是不是亲家母还蛮难说。

陈　母　三阿婶！

（唱）两兄弟顶职之事既然定，
老太婆难把饺子变馄饨。
你不看僧面看佛面，
成就两个有情人。

三阿婶　做梦！

（唱）你春林，沙蟹爬在泥涂中，
我梅儿，凤凰飞进南天门。
你春林，破庙夜雨一盏灯，
我梅儿，九曲银河一颗星。
春林若想娶梅儿，
除非是投胎重翻红脚盆。

陈　母　三阿婶，俗话说“只要夫妻恩爱，勿怕闲人白眼”。我看他们两人愿意，我们就……

三阿婶　哼！要我愿意，除非我两脚伸直口眼闭！

陈　母　这种话不好乱讲格。

〔陈春生拿着一封信跑上。

陈春生 姆妈，阿爹来信了，你看……

陈　母 （急使眼色）等会再讲。

陈春生 （未理会）阿爹讲，过几天就来，带我去办顶职手续。

陈　母 （急制止）你……

三阿婶 春生，恭喜恭喜。（欲下）

陈　母 （急拉住三阿婶）哎！

三阿婶 木头做成了舢板，生米煮成了熟饭，迟了。

陈　母 我与春生再商量商量。（转对春生）春生，我看还是让你阿哥去顶职。

陈春生 姆妈，你不要黄鱼摸摸，带鱼捞捞。

陈　母 （轻声地）三阿婶要退婚哉！

陈春生 哦？三阿婶！

（唱）爱渔村，才算得，有志青年，
为四化，理当把，力量奉献。
陈春生，也曾想，留乡奋战，
只因为，事已定，再难改变。
我劝你，别让那，浪花迷眼，
可不要，满脑袋，封建观念。
如果你，为顶职，硬把婚退，
将遭到，后代人，唾骂千年。

三阿婶 嘻嘻！你倒是山顶上装喇叭——专唱高调。

陈春生 有话开门见山，不要暗中带刺。

三阿婶 你拿出镜子自家面孔照照看。

陈春生 这是我家里事情，不要你多管闲事。

陈　母 小爹爹，你给我回去！

陈春生 偏不回去。

〔陈春生与三阿婶同时坐下石凳，猛发现，忙转身靠背而坐。

陈　母 （推春生）你……

陈春生 （朝三阿婶狠吐唾沫）呸！

〔陈母推着春生同下。

三阿婶 （也不示弱）呸！梅儿，梅儿……

〔金梅儿出，三阿婶拉起女儿就走。

金梅儿 哎，我还要同春林……

三阿婶 跟我回去。

金梅儿 姆妈。

三阿婶 从今以后，你同他，桥管桥，路管路，勿搭界。

金梅儿 不，我喜欢他，我喜欢他！

三阿婶 （学舌）“我喜欢他”！还像个姑娘家说的话？他有啥值得你喜欢的？

金梅儿 姆妈！

（唱）我爱他，品行端正好秉性，
我爱他，刻苦钻研求学问。
踏浪花，涂头推挈摸敌害，
披朝霞，塘边洒汗查虾情。
风雨中，通宵达旦管溪门，
霜雪里，夜伴种虾到天明。
姆妈呀，钢刀难把水劈断，
愿与他，卤水晒盐结成晶。

三阿婶 啊？梅儿！

（唱）我十月怀胎担双身，
让你吃奶到三岁整。
你哭一声，我像吞枚针，
你笑一阵，我似六月吃杯冰淇淋。
喜盈盈，看你挂上红领巾，
甜滋滋，送你读书到省城。
实指望，母女两人心连心，
又谁知，今日秋雨隔田塍。
我是竹篮打水一场空啊！
日后叫我怎做人。

〔三阿婶撒泼坐地，呜咽。陈春林上。

金梅儿 姆妈。

三阿婶 你不听我，阿娘同你一刀两断。

〔三阿婶一见春林，拎起糕点急下，脚滑，几乎跌倒。金梅儿上前急扶，三阿婶趁机一把抓住梅儿。

三阿婶 跟我回去！（强拉梅儿下）

陈春林 梅儿！

〔幕落。

第三场 退婚

〔数日后。月夜。塘边。

〔舞台一角，放有一只小舢舨。

〔幕启：金志平背着小口径步枪，搜索着上场。

金志平 （唱）浮云遮月夜色昏，

虾场四周寂无声。

只因为，夜间水獭常吃虾，

金志平紧握钢枪当哨兵。

〔金志平四处搜索。菲菲匆匆上场。

菲　菲 （唱）怪我当初瞎眼睛，

拣片鱼鳞当金银。

原以为，他当兵能把军官升，

谁知他，依然回村当渔民。

我道他，雄鹰展翅志凌云，

谁知他，是烂船板中锈铁钉。

连日来，我梦带怨恨泪湿枕，

怪只怪，月老系错红头绳。

幸喜得，同村青年陈春生，

他倒是，知冷知热知我心。

我主动上前施温柔，

看起来，流水落花两有情。

如今他顶职快进城，

我倒是，柳暗花明又一村。

今夜相约海边来，

不由我，羞羞答答，扭扭捏捏难为情。

〔菲菲拿出镜子照，猛见金志平。

菲　菲　你？……

金志平　菲菲，海边风大，当心着凉。

菲　菲　好省不省，念佛烧香。

金志平　你！（欲走）

菲　菲　我有话对你讲。

金志平　啥话？

菲　菲　（从袋内取出照片）这是你的照片，物归原主！

金志平　啊！

菲　菲　（唱）我与你意不合来情不投，

你自知之明也该有。

好在婚姻讲自由，

得分手时早分手。

金志平　（气得说不出话来）你……你……

菲　菲　拿去！（志平不接）讨厌！

〔菲菲狠命把照片丢地，扬长而去。

〔金志平气愤地拾起照片，

〔幕后忽然枪响，陈春林拎水獭上。

金志平　春林哥，你的枪法真好。

陈春林　志平，我们整整七夜的心血总算没有白花。

金志平　以后我来管。

陈春林　不，我看得想个办法，不能这样呆守下去。

金志平　是啊，老是这样呆守，恐怕身体也吃不消。

陈春林　你说水獭最怕什么？

金志平　这……

陈春林　（学狗叫）汪，汪，汪！

金志平　狗？

陈春林　我想养条狗。

金志平　对，狗一叫，水獭就吓跑，是个好办法。

陈春林　（拿出笛子）志平，唱一个。

金志平　（心事重重）我……

陈春林　你好像有什么心事？

金志平　没……没有哇。

陈春林 你姆妈跟姐姐又吵嘴啦?

金志平 ……唔。

陈春林 怎么，对我也滴水不漏?

金志平 春林哥!

（唱）自从你顶职起风波，

我家里，闹得猪窜鸭叫鸡飞坡。

姆妈是，一会儿嚷着去上吊，

一会儿吵着要跳河。

今日里，她两人闹得难开交。

陈春林 你姐姐她怎么样了?

金志平 （唱）姐姐她是雨打梨花泪珠落。

陈春林 她怎么说?

金志平 （唱）我看她，满腹心事不愿说。

陈春林 那么你一定知道她的心事。

金志平 （唱）她要我，不许向你把真情吐。

陈春林 哦?

〔三阿婶暗上。

陈春林 这得怪我。

金志平 不，都是姆妈不好。……

三阿婶 （闪出）志平!

金志平 姆妈，你又来做啥?

三阿婶 这里没你的事了，去去去。

金志平 我不走。

三阿婶 又没在做戏文。啊哟，我的小祖宗!（推志平下）

〔陈春林欲走。

三阿婶 春林。

陈春林 阿婶。

三阿婶 我……

陈春林 （旁唱）她月夜到虾塘找春林，

欲言又止为何因?

三阿婶 （旁唱）我只得快刀斩乱麻，

免得日后再是非生!

春林……咳，我实话对你讲，不过，你不要太难过。梅儿准备和你……和你退婚。

陈春林 退婚？这是她说的？

三阿婶 嗯。

陈春林 哈哈哈！

三阿婶 笑啥？

陈春林 我不相信。

三阿婶 信不信由你，退不退由她！

陈春林 梅儿不是这种人。

三阿婶 有道是“三月天，姑娘脸，上了十八还要变几变”。

陈春林 变……？

三阿婶 其实啊，梅儿心里，另有所爱。还是一个工程师。

陈春林 工程师？我从来没听说过。

三阿婶 姑娘家脸嫩，心里想的口里不会说。再说，在你面前，她哪里肯说！

陈春林 这个工程师姓啥？

三阿婶 姓……

陈春林 （自言自语）是不是姓刘？

三阿婶 对，对，是姓刘，刘工程师。

陈春林 （思索）刘工程师？

三阿婶 （唱）他两人同窗读书常接近，
三日两头通书信。
今晚相约城里会，
清风月下谈爱情。

陈春林 啊！
（旁唱）曾记得，梅儿常提姓刘人，
不信却有几分真。

三阿婶 （唱）你何必葛藤缠树箍得紧，
害梅儿进退为难误终身。
春林啊，你身为七尺男子汉，
又何必厚着脸皮硬缠人！

陈春林 你……

三阿婶 你晓得村里人背后在说啥？

陈春林 说啥?

三阿婶 说得真难听来!啥个"癞蛤蟆还想吃天鹅肉"。

陈春林 啊!

三阿婶 我看你还是退婚的好。

陈春林 我……

三阿婶 说呀!

陈春林 好,既然如此,我不妨碍她。(痛苦地)退就退。

三阿婶 好,就要你这句话。(急下)

陈春林 咳!

(唱)原以为,人间情爱值千金,
想不到,世上常有势利人。
这才是,路遥千里知马力,
天长日久见人心。

〔陈春林猛然摸着笛子,欲折断又止,思绪万千。幕内响起梅儿的画外音:

哥是东海奔腾水,
妹是海鸥浪尖飞;
千里展翅长相伴,
涛声鸥歌永相随。

陈春林 (唱)手拿笛子暗沉吟,
又觉得,事有蹊跷难轻信。
虽说她,一枝杏花红十里,
未嫌我,海岛渔村赤脚人。
曾记得,滩头弄潮幼时景,
青梅竹马两称心;
曾记得,同窗读书同桌坐,
互帮互学共长进;
曾记得,送她读书去省城,
她要我,做个渔乡有为人;
曾记得,三年接信多少封呀!
她对我,字字句句吐衷情;
如今是,试养对虾共出力,
更好比,伯牙操琴遇知音。

难道她，真会……？不，
我还须再找梅儿问一问，
弄一个水落石出明真情。

〔金梅儿上，急切地寻船。

陈春林 梅儿。金梅儿（未曾发现）

陈春林 梅儿！

金梅儿 春林？！

陈春林 看你急急忙忙，哪里去？

金梅儿 公司来电话，叫我马上就去。

陈春林 是不是刘工程师找你？

金梅儿 哦，你也知道啦？！也许，可能是刘工程师……

陈春林 （旁白）原来果有此事。（对梅儿）刘工程师这个人不错吧？

金梅儿 知识渊博，为人诚恳。

陈春林 他对你……

金梅儿 对我很好，很关心我。

陈春林 那么你呢？

金梅儿 那还用说吗！（船笛声）呵，渡船来了。（欲下）

陈春林 （自语）难道是真的？

金梅儿 啊哟，看你这个人！我还会骗你！

陈春林 梅儿，我想找你好好的……

金梅儿 啊呀，你这个人，回来不好谈吗？（欲下）

陈春林 等一等……祝你幸福。（把笛子还给梅儿）

金梅儿 啊，这……

〔船笛急催，金梅儿奔下。

〔陈春林顿足，颓然坐在石上。突然，猛击石。奔下。

〔陈春生手拎录音机上。四顾，坐于一旁的小船上。

〔菲菲上，见状躲于一边，拾石向春生投去。

陈春生 （不高兴地）谁？

菲　菲 （捏着鼻子装秀女声）我是秀女。

陈春生 ……（站起欲走）

菲　菲 （急拦住春生）哈哈哈！

陈春生 菲菲？

菲　菲　这是对你的考验。看来你还忘不了她。

陈春生　有了你，早就把她忘了。

菲　菲　不见得吧！多少年的感情，爹娘又看中，多少好！

陈春生　怎么，你还不相信我？（上前拉菲菲手）

菲　菲　（打掉春生的手）当然不相信。我问你，她好看还是我好看？

陈春生　论品貌，她也不错……

菲　菲　啥？

陈春生　你别生气！你的风度、派头、神态，她哪一样比得过你！

菲　菲　真的？

陈春生　菲菲！

（唱）你是身如杨柳弱婷婷，
眼若秋波水灵灵；
行同海燕穿浪飞，
笑似黄莺放歌声。

菲　菲　（喜）喔唷，我有介好？

陈春生　（唱）离开你，我山珍海味无味道，
见到你，我倒咬香烟烫嘴唇。

菲　菲　骗人。

陈春生　（唱）春生若是不忠诚，（跪誓）
我情愿尸骨抛海无踪影。

菲　菲　好，起来吧！

陈春生　（立起）你答应啦？

菲　菲　不，要等你顶职之后。

陈春生　这……

菲　菲　好了，我来教你跳个舞吧！

陈春生　（摇头）我不会。

〔菲菲扫兴地打开录音机，抱着机子自跳。

〔陈春生看着、学着。少顷，春生夺下菲菲抱着的机子，两人共舞。慌乱中，春生踩着菲菲的脚。

菲　菲　喔唷，脚……

〔陈春生急关录音机，扶菲菲坐下，为她揉脚。

〔秀女拿着刚织好的绒线背心上。

秀　女（唱）春生即日要进城，
　　　　秀女心中不平静。
　　　　日扯彩霞理绣线，
　　　　夜借明月飞银针。
　　　　匆匆前来将他找……
　　　　春生，春生！（树上鸟飞，惊）
　　　　哎呀呀，鸟离树林吃一惊。
（轻轻地呼唤）春生……
〔陈春生和菲菲一惊，春生推菲菲欲下，菲菲对他耳语。
〔菲菲下。

秀　女（发现春生）春生。

陈春生　在这里。

秀　女　春生！
（唱）眼看你就要离渔村，
　　　　我有几句话儿说你听。

陈春生（唱）梅花自知春意浓，
　　　　何劳东风多叮咛。

秀　女　你呀！新岗位新的任务新环境。
（唱）你要事事勤奋多认真，
　　　　一心钻研求上进。

陈春生（唱）可怜她不知内中情，
　　　　倒叫我春生难启唇。

秀　女（唱）生活起居要节俭，
　　　　早晚冷暖要当心。
　　　　衣服破了让我补，
　　　　被单脏时你捎回村。
　　　　随手递上毛背心，
　　　　不知穿着可合身？！

陈春生　这……

秀　女　春生，你在想什么？

陈春生　我在想……

秀　女　你不说，我也知道。

（唱）你在想，明秋桂子吐香馨，
枝头喜鹊闹盈盈。
大海扬波来贺喜，
我与你。话不出口都知情。

〔秀女喜滋滋地采朵小花插在头上，站在春生旁边。春生冷若冰霜。

陈春生 （唱）秀女她，一片痴情倒也真，
反教春生难出声。
我此时不把实话说，
日后麻烦更不轻。
秀女！我……

秀　女 春生，你怎么啦？

陈春生 秀女，咳！
（唱）你我相知岁月深，
你的心思我领情。
你是个实心实意的好姑娘，
应找个贴心贴意的忠厚人。
并非我春生无情义，
只因环境不由人。
我此番进城把户口迁，
即刻成了城里人。
城里人娶了乡下人，
以后麻烦数不清。
夫妻不能在一起，
公房不能成套分。
生出儿子也姓“农”，
两地生活更难忍。
秀女啊！
莫怪我，山誓海盟忘干净，
都怨你，至今仍是吞里人。
我求你，助人为乐学雷锋，
再莫要，冬瓜缠住葫芦藤。
你要骂，指我鼻子骂一顿，

你要打，我伸出头颈把你等。

秀　女　你！……

陈春生　秀女！你不要生气，我也实在……

秀　女　你……给我走！

陈春生　……那好，从今以后，只好各奔前程了。（丢下背心）我对不起你！（下）

秀　女　（唱）闻此言，十冬腊月炸雷滚，
天旋地转昏沉沉。
却原来，一腔热血化成冰，
只落得，海边孤女放悲声。
当初他，苦苦求爱追得紧，
却不料，如今嫌我乡下人。
难道说，业分等级定贵贱？
难道说，人以城乡高低分？
想秀女，后娘从来待我凶，
恶言冷语常刺心。
若是知道眼前事，
教我今后怎做人！（秀女急奔下场）

（伴唱）来时欢喜情难禁，
去时悲痛泪难忍。
风牵衣襟拦不住，
大海声声怨不平！

〔陈长根上。

陈长根　（唱）家务琐事烦煞人，
但不知，顶职为何又换春生？
搭了便船回家来，
一路上，心如潮水乱翻腾。

〔幕内金志平声：“秀女，秀女……”

〔金志平拉秀女上。

秀　女　你放开我，放开我……

陈长根　（误当金志平不怀好意）你？！（用力过猛，一把扯下金志平的衣袖）

秀　女　不……

陈长根 什么?

秀　女 长根伯!

〔秀女一头扑在陈长根的怀里哭。

〔幕落。

第四场　训子

〔距前场一天后。陈长根家。

〔幕启:陈长根抽着闷烟,生气地坐在桌边,陈母端酒菜从内室出。

陈　母 (故意逗乐)老头子,俗话讲“儿女大来不由娘”,火嘛不要太大,心嘛不要太急,先喝几杯老酒和和气。(斟酒)喝呀!

陈长根 (酒兴上来,端杯欲喝,烦恼陡起,酒兴顿消)气都气饱了,还吃什么断命老酒!(无意中将酒壶碰落地)

陈　母 哎呀呀!死老头,怎么拿酒壶出气。

〔陈长根也觉可惜,拾起酒壶,喝光壶中剩酒。

陈长根 都是你,都是你。

陈　母 啊,这也怪我?自己儿子不争气,拿我出气,好事都是你的功劳,坏事都是我的罪过。

陈长根 这小子还不是让你给宠坏的,不是我吹牛,大儿子春林,要不是我严格管教,哪有这样听话、懂道理,可这小的……

陈　母 如今新社会,讲教育、开导,你这种“棒头出孝子”的办法不灵了!

陈长根 难道你这样宠他就好?

陈　母 打总不是办法!

陈长根 被你宠坏了,只好打!

陈　母 那好,你有本事,你有办法,你把他管管好。

陈长根 当然。老子今天非教训教训他不可。你给我进去。

陈　母 老头子。

〔陈长根推着陈母同进内。

〔金梅儿上。

金梅儿 (唱)实指望,春风送暖花更红,谁料想，忽遭寒霜落纷纷！
想当年，互表衷情捅破纸一层，
总以为，夙愿能遂水到渠成；
如今他，断然绝情退婚姻，
我好比，秋叶随风任飘零。
咫尺相望成了陌路人呀！
叫梅儿，对谁怨来对谁恨？
今日里，特地上门找春林，
问问他，急流转舵为何因？

〔金梅儿敲门。

〔陈长根闻声出，误当是春生。

陈长根 哼，小畜生来啦！

〔金梅儿又敲门。

陈长根 敲什么，还不赶快给我滚进来！

〔陈长根拿起扫帚冲向门口，门开，不料金梅儿出现在门口，陈长根一呆，急装扫地以搪塞。

陈长根 梅儿！嘿嘿，我在扫地，扫地。坐，快坐。老太婆，老太婆！

陈　母 （边出边唠叨）一歇歇叫我来，一歇歇叫我去，到底是去还是来，是来还是去啊！（陈长根忙向她暗示）喔唷，梅儿来了。（没话找话）老头子，看你福气多好，你一到家，媳妇……（急改口）客人就登门了。哈哈……

陈长根 快去烧碗糖水鸡蛋。

陈　母 对，糖水鸡蛋，糖水鸡蛋。（欲进）

金梅儿 勿要客气，我……

陈　母 （强按梅儿）坐冬！（下）

金梅儿 （坐不宁，又站起）长根伯，春林在家吗？

陈长根 不在。喔，暂时不在，马上就能回来，对，马上就来，马上就来。坐，请坐。

〔陈母端糖水鸡蛋出。

陈　母 梅儿，快趁热吃了。

（唱）难得姑娘初登门，
　　　鸡蛋成双甜津津。

金梅儿　（旁）成双自有成双人，

只恐怕，你家媳妇不姓金。

你们不要同我说笑话了！（放下碗）

〔老两口发觉异样，心有疑虑。

陈　母　老头子，这……

陈长根　（唱）对岙吹螺听回音，

看气候，像多云转雨阴沉沉。

陈　母　（唱）两门亲事都不顺，

莫非是，我家交了竹节运？

陈长根　（唱）且不要，见风即雨乱议论，

也许是，姑娘生来娇三分。

梅儿，你……

金梅儿　大妈，我……

陈　母　你有话，尽管对我说！

金梅儿　（唱）你家儿子负了心，

还我信物退婚姻。

想必他，心中另有所爱人，

要与我，鱼雁陌路各自分。

陈　母　啊！春林他……他也这样？

陈长根　我去找他！……（正要出门）

〔陈春林抱狗上。

陈春林　（见梅儿）你……！

金梅儿　春林同志。

陈春林　你好，技术员同志。

金梅儿　我想找你谈谈。

陈春林　对不起，没空。（进屋）

陈长根　（怒气顿生）春林！

〔金梅儿奔出门，倚墙欲哭。

陈长根　给我出来！

陈春林　（出来）啥？

〔陈长根打了春林一记耳光，春林避开。陈长根又要冲上去。

陈　母　长根！（急拖住）

〔金梅儿闻声欲下又止，暗立墙边。

陈长根 都是你，养出这种儿子！

陈　母 春林，这么好的姑娘为啥要退掉？

陈长根 说，你给我说个明白。

陈春林 阿爹，姆妈！

（唱）常言道，海天难测多风云，
为顶职，闹得两家不安宁。
梅儿她，另攀高枝有新人，
我就该，成人之美把方便行。
强扭瓜儿不香甜，
男子汉何必屈求贬自身。

陈长根 谁说的？

陈春林 三阿婶。

陈长根 可梅儿说你自己不好。

陈春林 她是故意演戏。那天晚上，她在船埠头亲口跟我说的，要找刘工程师约会。

陈　母 真的？

陈春林 我当时要找她谈谈，她不肯，还说刘工程师对她好，关心她！

陈　母 我怎么从来没听说过？

陈春林 三阿婶说她们早就有书信来往。

〔金梅儿如梦初醒。

陈长根 （内疚地）孩子，阿爹错怪你了，我决定由你去顶职。

陈春林 不！

陈长根 怎么？

陈春林 阿爹！

（唱）父母美意儿尽解，
我却是，心有万缕情丝牵。
一人招工固然好，
招不了岛上千万众青年。
家乡尚穷人思变，
一代创业在眼前。
常言道天冷不可避，

家穷不可搬；
天上不会落白米，
地下不会长金钱。
全靠那双手栽培摇钱树，
汗水引来幸福泉。
孩儿我，既是海山一子孙。
愿作那，万丈高楼奠基砖。（进内）

陈长根 春林！（与陈母跟入）

金梅儿 （感动万分）原来是这样！
（唱）隔墙听得金石言，
才知母亲是祸端。
也怪我，那晚对他未说明，
害我俩，乱麻挂刺两相缠。（梅儿下）

〔陈长根、陈母复出。

陈　母 看你，这么好的儿子还打他，你的脾气……

陈长根 我这脾气……一定改，我一定改。

陈　母 哼！改，改，等会儿小儿子一来，又是吹胡子，瞪眼睛，还不是开口就骂，动手就打。

陈长根 不，总该吸取吸取教训，再不能搞成“冤假错案”了。

陈　母 那你准备怎样教训他？

陈长根 叫他老老实实去和秀女谈恋爱。

陈　母 哎，硬开顶风船行不通，千万不能再动手动脚了。

陈长根 好，一不打，二不骂。

陈　母 三要说话客气笑嘻嘻，儿子心里欢喜，就会回心转意。

陈长根 好，试试看。这回态度一定和和气气。

陈　母 看你这个茅草火性，难说。

〔传来一阵录音机播送的歌声。

陈　母 喏，他来哉。

〔陈春生拎录音机进屋，见父在场，忙关掉音乐，避于一边。

〔陈长根强装笑脸，迎上。

陈长根 春生，你来了。（急上前拉手）

陈春生 （受宠若惊）

陈长根 啊呀！我是你阿爹，又不是老虎，怕什么，来来来，坐下。哎，你饭吃过吗？

陈春生 我……

〔陈长根端起桌上一碗鸡蛋给春生，蛋汤溢出，烫了春生手。

陈春生 ……（吃蛋。想入非非，踏着舞步）

陈长根 春生！看你这身打扮，真不像新中国的青年，不像打渔人，更不像……

〔陈母故作咳嗽暗示。

陈长根 不像我的儿子。

陈春生 这有什么？

陈长根 你呀！

（唱）首先讲你这个头，
三日两夜翻花头，
啥个"菊花头""螺蛳头"，
叫人恶心捏鼻头。
一件衬衫大花头，
领子好比尖刀头。
裤子开着喇叭口，
皮鞋倒像火箭头。
你这是大葱插在猪鼻头，
冒充大象摆噱头。

陈春生 （唱）可笑可笑真可笑，
大惊小怪穷唠叨。
现在是，解放思想兴自由，
你还是，十八世纪老一套。
年老之人背时话，
思想僵化不开窍。

陈长根 （怒）什么，我背时，我思想僵化？

〔陈母又暗示，陈长根勉强克制。

陈长根 好好好！你说说，为什么要把秀女抛弃？

陈春生 这叫婚姻自由。

陈长根 （盛怒）呸，你这是忘恩负义！

〔陈母劝阻无效，陈春林闻声出。

陈长根 （唱）可恼可恼实可恼，
我怒目圆睁胡子翘。
做出如此肮脏事，
还有那，歪嘴理论一大套。
我骂你，喜新弃旧丧天良，
逼得秀女走绝道。
要不是，志平发现将她救，
只怕你，一条狗命也难保。

陈春生 我又没有叫她去死，与我有什么相干。

陈长根 你……（欲打春生）

〔陈母急拖住长根。

陈春林 弟弟，你这算啥闲话？

陈长根 哼，这个职让不让你去顶，我还要考虑考虑。

陈春生 纸团撮过，并无罪过，这个职我顶定了。

陈长根 你老子还没有死呢！

陈春林 弟弟，要顶职也该好好去顶，看你这副样子，只怕去了也做不好工作。

陈春生 什么？

陈长根 你好样不学学坏样，看你这种德性，符合顶职的条件吗？

陈春林 是啊，是不符合顶职的条件。

陈春生 哦！
（唱）听罢此言我细思考，
前前后后多蹊跷。
漩涡不散必有礁，
分明是里应外合做圈套。
哥哥，我就吃亏在不会看大人的脸色，不会讨爹娘的欢喜，不会拍马屁，不会耍阴谋。

陈春林 弟弟！

陈春生 （唱）有人做事实奸刁，
竟会对父母兄弟耍花招。
欲钓大鱼放长线，
调动那老婆丈母假作退婚来缠绕。
阳一套来阴一套，

真好比绍兴大班唱高调。

陈春林 啊！

陈长根 （气极）你……（举手欲打）

陈春林 阿爹（制止）

陈长根 你给我滚，滚出去！

陈春生 滚就滚！（拿起录音机奔下）

陈春林 弟弟。（追下）

陈　母 春生……（对长根）你看！你看！我要你耐心、耐心，可你……

陈长根 耐个屁！（挥拳猛击于桌）

〔幕落。

第五场　续情

〔数月后。虾场一角。

〔伴唱声：

滔滔东海宽又深，
不及父母爱儿心；
潮汐汇流随浪转，
恰似人间儿女情；
有心拔锚锚难起，
无意扯篷风又顺……

〔幕启：陈春林在一旁斩鱼，金梅儿挑一担饵食上，四目相对，欲言又止。梅儿上踏步，因桶绳过长而上台阶困难，春林上前相帮，然后回身欲走。

金梅儿 站住。（放担）我有话同你说。

陈春林 同志，现在是工作时候。（欲下）

金梅儿 嘿。（故意唱歌，挑担下）

〔陈春林茫然不解地下。

〔金志平拎鱼饵食上。三阿婶赶上。

三阿婶 志平，志平。

金志平 姆妈，做啥？

三阿婶　啊呀，你这个呆大儿子！

（唱）可恨菲菲狐狸精，
岂让她三言二语就退婚姻，
快快上门去评理，
省得你一世做光棍。

金志平　不去，这种人，她看不起我，我还看不起她呢！（摇船下）

三阿婶　哎……真是生呆子还不如生败子！

〔菲菲娇滴滴上，四顾寻人。

菲　菲　春生，春生……

三阿婶　啊，是你？！我正要找你算账！

菲　菲　找我算账，嘿嘿！

三阿婶　（唱）自从我儿子与你订了婚，
为你家做牛做马三年整。
三间茅舍翻瓦屋，
四面围墙全打进。
前院筑个百花坛，
后门挖眼小水井。
东边搭间养猪棚，
西向种根葡萄藤。
汛汛鱼蟹对半分，
岁岁拜年送礼品。
你怎能过了小河就拆桥，
忘恩负义来退亲？
剖开肚皮看一看，
好一个黑肚黑肠黑肝黑肺的黑心人！

〔陈长根暗上，旁听。

菲　菲　哼！老实对你说，只怪你儿子是倒霉的农村户口。

（唱）如今我，招工进了城，
要比你，呑农儿子高一等。
你儿子，沙蟹爬在泥涂里，
我菲菲，凤凰飞上南天门。
你儿子，破庙夜雨一盏灯，

我菲菲，九曲银河一颗星；
若要我菲菲做媳妇，
除非他，投胎重翻红脚盆。（下）

三阿婶 啊！你你你……

陈长根 （大笑）哈哈哈！

三阿婶 你倒来评评理，难道农村户口是有介格低卑？

陈长根 我？

三阿婶 是啊！说句公道话。

陈长根 （旁唱）刚才我找到梅儿问实情，
明矾落水才澄清。
眼前一件凑巧事，
我不妨先撒大网后收绳。
亲家母！
莫怪姑娘黑良心，
句句有理也中听。

三阿婶 啊，还有道理？

陈长根 是啊！
（唱）只怪你儿子无福分，
投胎在呑里当农民。

三阿婶 你也这么说，农村户口就应该退婚？

陈长根 应该退婚。

三阿婶 应该低人一等？

陈长根 应该低人一等。

三阿婶 你这是啥思想！我看你同她是一路货色，势利、自私、缺德！

陈长根 现在这种人多了，男的，女的，老的，小的，都有。

三阿婶 谁还会像你这样。

陈长根 有啊，这种人远在天边，近在眼前。

三阿婶 啊！……
（旁唱）这死鬼指着海蜇骂河豚，
不由我脸上起红晕。
火烫自身方知痛，
且回家中再定论。（欲走）

陈长根　亲家母，告诉你个好消息。喏，春林写的关于养对虾的一篇文章发表了。

三阿婶　哦，上书了？

陈长根　他们试养的对虾就要成功了。

三阿婶　什么，真的成功了？！

陈长根　是呀！人家还夸他是个有出息的好青年，为渔村富起来开辟了一条新的门路。不过也有人反对他……

三阿婶　谁？

陈长根　你。你不是不要这样的女婿吗？

三阿婶　我……

陈长根　亲家母啊！

（唱）买缸要拣釉势浓，
　　挑人要挑一颗心。
　　妹子哪！
　　你我都是过来人，
　　最怕子孙饭碗空。
　　后辈有志能创业，
　　做长辈岂能拦在路当中？
　　你不该以假乱真逼退婚，
（夹白）你好比天上的王母娘娘——
　　活拆夫妻罪难容。

三阿婶　啊！我活拆夫妻？

陈长根　害得他们两人互生怨恨，挫伤感情，见面都不说话。

三阿婶　哦？……算了算了。（欲走下）

陈长根　哎，哪里去？

三阿婶　回家啊！

陈长根　我还要问你一句话。

三阿婶　啊呀！回家不好说？脚骨你自己生着，要来嘛自己来，难道还要派辆小汽车来接你！真是……（下）

陈长根　哈哈哈！（跟下）

〔秀女上。

秀　女　……（望见志平远来，欲喊又止，摇头，用手捂脸）

（唱）自从那晚相救后，

一股暖流绕心头，
我好比，一条小鱼搁沙滩，
正是他，一浪卷我重遨游。
经得严寒知春晓，
方识人间美与丑；
从前嫌他人呆笨，
如今倒觉更忠厚。
莫看他，嘴无莲舌巧言少，
能分清泉与浊流；
见到姑娘脸带羞，
却有勤劳一双手。
这真是无意看人三寸三，
有心看人九尺九。

〔秀女发觉志平摇船来，避于一旁。

〔金志平摇船登岸，坐于小舢板上，拿出针线包，笨手笨脚地穿针引线。

秀　女　（抿嘴一笑）哧！

金志平　秀女！

〔金志平站起，难为情地互相让坐，两人不约而同地坐向船边，发觉后急起。

金志平　秀女，你到这里来做啥？

秀　女　喏，我是给你补衣服来的。

〔秀女夺过志平手中针线。

金志平　嘿嘿！你怎么知道我衣服破了？

秀　女　那天晚上你怎么知道我要……

金志平　我是无意中看到的。

秀　女　那我也是无意中看到的。

金志平　你……你真好。

秀　女　好什么？

金志平　好……

秀　女　好什么，快说！

金志平　好医生，关心同志嘛。

〔秀女温柔地一笑，帮志平脱下衣服。

〔三阿婶上。

三阿婶 （唱）亲家公肺腑之言震耳根，

老太婆问心有愧受感动，

解铃还需系铃人，

我自搭鹊桥去找春林。

〔三阿婶猛发觉志平、秀女，躲在一边偷看。

〔金志平用力过大，线断。

金志平 算了，不要补了。

秀　女 不补，你穿啥?

三阿婶 （唱）呆大儿子比牛笨，

嘴边的嫩草也不知吞。

欲想帮忙难插手，

急得我胸中好比蟹爬甑!

秀　女 你呀!线断了就没办法啦?看，不是又接上了。

金志平 又接上了……秀女，可不能让它再断了。

秀　女 放心，断不了。

〔金志平出神地看着秀女。

秀　女 看什么?

金志平 看你的手艺呀!

秀　女 我可是笨脚笨手的。

金志平 不，你的手最巧最巧。

秀　女 是吗?

金志平 秀女……你能给我补几次?

秀　女 ……你要我补几次，我就给你补几次。

金志平 （高兴地）秀女!

〔秀女一惊，针戳手指，金志平束手无策。

秀　女 没关系。

金志平 嗨……!（尴尬地笑，忽又难过起来）

秀　女 志平，你怎么啦?

金志平 我……我的心思……你不知道。

秀　女 我知道。

金志平 我要一生一世的在渔村，可是你……

秀　女　（忍不住发笑）放心，我也要像你一样，永远在家乡，永远在你身边，你养虾，我治病。

金志平　（激动地上前握手）秀女……

〔三阿婶见状，忍不住笑出声来，两人惊跑下。

三阿婶　哎哎哎，回来，回来……我走……我走……看来我格呆大儿子倒还不呆嘛！

（唱）我日日担心他做光棍，

夜夜只想抱孙孙。

看起来呆大自有呆福气呀！

真好比，一只烤熟毛蟹会爬进门。

〔金梅儿上。

三阿婶　梅儿，春林呢？

金梅儿　这样的烂呑农找他做啥？

三阿婶　（语塞）这……

金梅儿　你不是说要把我嫁给一个工程师吗？有地位，有名誉，多吃香。

三阿婶　哎，当初我是骗骗他的，好了，好了，快去把他叫来。

金梅儿　我不去，是你拆的桥，要去你自己去。

〔母女俩又推又拉。春林上，三阿婶发觉急止。

三阿婶　春林，你们的对虾养得介大啦！

陈春林　是呀！快好吃了。（撒饵料）

三阿婶　……（推梅儿上前，避下）

〔静场片刻。

金梅儿　（自言自语地）对虾长得倒真快。

陈春林　技术员同志，你是来检查对虾的吧？

金梅儿　有你在此，不用我操心。

陈春林　是来值班？

金梅儿　今天轮到我休息。

陈春林　那你来做啥？

金梅儿　我来给你贴伤膏。（暗笑）

陈春林　贴伤膏？我哪里负伤了？

金梅儿　那天晚上你不是吃了你阿爹一个冤枉巴掌吗？

陈春林　你怎么知道？

金梅儿 不过也不冤枉，谁叫你自作聪明。

陈春林 自作聪明?

金梅儿 刘工程师是什么样的人你知道吗?

陈春林 一定是聪明能干。

金梅儿 对，很有才华。

陈春林 英俊漂亮?

金梅儿 五官端正。

陈春林 他与你……

金梅儿 感情深厚，心心相印。

陈春林 既然这样，那又何必……

金梅儿 怎么，爱了你就不能爱别人了?嘻……

陈春林 喂!严肃一点好不好?

金梅儿 唷!告诉你，你上了我母亲的当了。

陈春林 什么?

金梅儿 难道你叫我嫁给一个五十多岁的……还想叫我去搞“同—性—恋”!（大笑）

陈春林 啊!是个女的?

金梅儿 那天晚上，她叫我去讨论你的文章，可你……

陈春林 （大悟）是这样。梅儿，我，嘻……

金梅儿 喂!严肃一点好不好!你呀，狗咬吕洞宾，不识好心人!

（唱）你不该，未作调查便轻信，
你不该，把我当作势利人。
你不该，数年情意一时绝，
你不该，臭摆架子难接近。
你千不该呀万不该，
害得我，枕边热泪结成冰。

陈春林 梅儿，我的笛子……

金梅儿 哼，哪有这么简单。

陈春林 难道还要我向你磕头不成。

金梅儿 磕，磕呀!

〔金梅儿猛把笛子给春林，两人相依。

金梅儿 告诉你，下次不许再说这两个字了。

陈春林 两个什么字?

金梅儿 “退婚”。

陈春林 ……要说，还要说，退婚，退婚!

金梅儿 退你个魂!（捶春林）

陈春林 真的，反正对虾不试养成功，我们就不结婚。

金梅儿 你!（拎起饵食桶欲下）

陈春林 做啥?

金梅儿 再去喂点饵料，好让它早点成功啊!

〔两人高兴地奔下。

〔菲菲、春生上。

菲　菲 春生，你的事到底怎么样了?

陈春生 阿爹说还要考虑考虑。

菲　菲 笨蛋，你不会想点办法吗?

陈春生 啥办法?

〔菲菲对春生耳语。

陈春生 啊!这个……

〔幕落。

第六场　装死

〔数日之后。陈家卧室。

〔幕启:陈母整理室内杂物。

陈　母 （唱）只因顶职起风波，

春生儿，离家数日无处寻。

〔乌鸦叫声，陈母出门。

陈　母 呸，呸!烂舌头……

（唱）乌鸦对门叫连声，

果然是，家道不宁灾祸生，

三代祖宗暗帮衬呀!

但愿他，平安无事早回门。

〔陈母进门，陈长根从内出。

陈长根 嘿，还相信这一套。

陈　母 老头子，春生这孩子，啥事都干得出来，我看还是让他去顶职算了。

陈长根 不成！

陈　母 反正春林不想去，三阿婶又同意了，你还……

陈长根 啊呀！你知道啥？顶职也得符合条件，像他这种德性，去了也要败坏门风。

（唱）行船不当反撞礁，

宠儿不当娘上吊。

你看他利欲熏心不正经，

干出了桩桩丑事太蹊跷。

若是不把警钟敲，

定然是要在我长根脸上贴黑条。

陈　母 乌鸦当头叫，万一有个三长两短……

陈长根 放心，他闹着去顶职，还会去寻死？

陈　母 那么你再去寻寻看。

陈长根 我可没有这么多工夫。

陈　母 死老头，是你把他赶出门，万一出了事，你要负全部责任，还不快去？！

陈长根 （被迫起身）去，去！（下）

〔陈春生失魂落魄地上。

陈　母 啊！阿囡啊！你可回来了……（疼爱地）小祖宗，你到哪里去了？可把妈……（伤心地）

陈春生 （唱）我不到西也不到东，

只在那河畔海边把无常等。

本想一死了青春，

想起了廿多年慈母养育恩。

要死也死到家里来，

尸骨还你老母亲。

陈　母 喔唷，阿囡啊！这样的话讲不得格，讲不得格！

陈春生 姆妈，我只问你一句话，顶职之事到底怎么说？

陈　母 这……春生，你阿爹的脾气难道还不知道？

陈春生 那好，到时候你们可不要后悔。

陈　母　春生，你不要这样想，我跟你阿爹再商量商量。喔！妈去给你烧碗点心。（进内）

陈春生　真是机不可失，时不再来啊！

〔陈春生忙从包内拿出药瓶，行动起来。

陈春生　（唱）拿出法宝两三样，
专对二老爹和娘。
敌敌畏，床头床边洒得浓；
安眠药，乱七八糟撒地上。
我两脚伸直床上躺，
管叫他，乖乖举手来投降。

〔陈春生躺下，菲菲上。

菲　菲　春生，是我……啊！（欲溜）

〔陈春生突然坐起，装怪相。

菲　菲　要死了！吓了我一跳。

陈春生　菲菲，我装得像不像？

菲　菲　像，像极了，真是个新鲜活死人！哈哈……

陈春生　嘘！我妈快来了。

菲　菲　那你赶快躺下！

〔春生躺下，菲菲为其摆布。

菲　菲　喂，你还没有全死，手脚不能伸直。要是真的死了，还顶什么职啊？

陈春生　噢，对。那……（蜷曲身子）这样行吗？

菲　菲　你是服了毒药，药性发作，喏！
（唱）双手抓胸脚乱蹬，
呼吸急促喘连声。
眼睛翻白往上掬，
牙关咬紧闭嘴唇。
口吐白沫扇鼻孔，
浑身抖动像抽筋。
要他们见了又惊又慌又是急，
你要装得半死不活假乱真！

陈春生　那么你呢？

菲　菲　（唱）我在旁边看动静。

陈春生 不行！你也要装！

（唱）你要哭哭啼啼、披头散发叫不停！

菲　菲 喔唷！我怎么哭得出来？

〔陈母端碗推门出，两人急忙装假象。

菲　菲 啊呀！春生啊！

陈　母 啊？怎么了？

菲　菲 春生吃了毒药了！天啊！

陈　母 啊！……（失手，碗落地）啊唷，春生阿囡啊！

菲　菲 现在不是哭的时候，快叫人送医院，恐怕还能救活！

陈　母 还能救活？！（如梦初醒，立即止哭）喔，我去叫，我去叫！（急得团团转，出门大喊着下）

〔陈春生急下床。

陈春生 不对，不能送医院。

菲　菲 为啥？

陈春生 医生一检查，不就出洋相啦？

菲　菲 那……

陈春生 就叫这个土里土气的土医生打一针，装装样子，我就活过来了。

菲　菲 好，快，他们来了。

〔陈春生复装死，陈长根、陈春林、秀女、陈母一涌而进。

陈长根 春林，快送医院。

菲　菲 哎哎哎，不要送医院，不要送医院。

陈春林 怎么，难道就让他死了？

菲　菲 我是说去医院路太远，先叫秀女打一针。

陈长根 也好，先打一针，再送医院。

〔秀女诊脉，似觉异样，又看眼神，暗惊，思索。

陈春林 秀女，还有救吗？

陈　母 快打针，快打针，秀女！

（唱）求求你，高抬贵手生好心，

抢救性命最要紧，

秀女啊！你宰相肚里好撑船，

千万不可记前恨。

陈春林 秀女，快打针呀！

〔秀女复诊后暗笑，拉过陈春林和陈长根暗语。

陈长根 什么？人命关天，你……

秀　女 错不了。

〔陈长根、陈春林观察现场，若有所悟。

陈长根 岂有此理！（上前欲拉陈春生，被陈春林制止。陈春林与父耳语，陈长根会意。）

陈　母 秀女，快打针呀，快呀！

陈长根 打个屁，人已经死定，打针也没用。

〔陈母大哭。

菲　菲 不，秀女，给他打一针，就会活的，就会活的。

陈春林 哦！你怎么知道他就会活的？

〔菲菲语塞，假哭，为陈春生盖上白布。

陈长根 唷，看你哭得这么伤心，怎么连一滴眼泪都没有？

〔菲菲假作拭泪，陈长根坐下抽烟。

陈长根 嘿嘿！这样的儿子死得好，死得好啊！

陈　母 啊？你这死老头！（夺烟，摔地）

（唱）骂你这个狠心鬼，
逼儿太甚铸大罪。
你不该，一意孤行不答应，
你不该，赶他出门太伤悲。
人家是，父恩母爱两股亲，
我的儿，他是当初错投胎。
儿呀儿！
倘若你有灵能入梦，
只到阿娘身边来！

陈春林 春生啊春生，趁你灵魂未散，哥哥为你说上几句。

（唱）你要听灵清了！
今日里，不是爹娘心肠狠。
只怪你自己太胡行。
你灵魂得了“传染病”，
且听哥哥来说“病根”。
虽说是，人往高处是常情，

却不能，避苦求乐享现成，
莫羡那，鸠居鹊巢占私利，
要学那，燕子衔泥苦经营。
有道是，大海有岸先踏浪，
清泉虽甜要凭找寻。
幸福全靠自创造，
损人利己要害自身。
寻死觅活有何用？
装神弄鬼要传笑柄。

陈长根 春生，你听见哦？
（唱）倘若你想活就起来，
若是真死就闭眼睛。
黄泉路上你要自反省，
但愿你“下世”做人要正经。
来，抬出去火葬！

菲　菲 慢！他……他还有救呢！

陈长根 没有救了！快送火葬场！

〔众欲抬，春生大叫一声跳下，众惊呆，静场。

陈长根 畜生！你的戏该收场了。

陈　母 原来你是装死。

陈长根 本来就是假的。你听着，你要再提顶职，我就送你去火葬。

陈春生 阿爹！……

陈长根 一言为定！（转身不理）

陈春生 姆妈……

陈　母 你这个小畜生！真是活见鬼！（转身不理）

陈长根 不错，有鬼，这鬼还不止一个，倒有一双！

〔菲菲触动，扭身欲出。

陈春生 菲菲！

菲　菲 哼！（下）

〔陈春生自觉孤立无助，愧恨交加，突然坐地号啕痛哭，陈春林见状，拉起弟弟。

〔幕落。

第七场　三喜

〔秋后，对虾丰收时节。

〔渔村堂屋，鱼灯高悬，红联成对，一片喜气洋洋。

〔在热烈欢快的音乐和鞭炮声中幕启：随着三阿婶的招呼声，陈长根、陈母和男女青年们簇拥着胸戴大红花的金梅儿、金志平和秀女上，一片迎亲的热闹场面。

三阿婶　哈哈哈哈，今朝真是双喜临门啊！

众　人　对，双喜临门，双喜临门。

（唱）第一喜，梅儿结偶小春林，
　　第二喜，志平和秀女两成亲。
　　新郎成对两家欢，
　　新娘成双闹盈盈。

三阿婶　好，现在结婚典礼开始，新郎新娘就位！

〔众拉梅儿、志平、秀女就位。

陈长根　哎，不对，不对呀！

三阿婶　什么对不对，听我格！

陈长根　啊呀，你这个糊涂总管，新郎少了一个也不知道？

三阿婶　啊？啊呀，春林呢？

青　年　哦，来了，来了，新郎来了！

〔陈春林拉着一副狼狈相的菲菲上。

金梅儿　菲菲？

菲　菲　梅儿姐！（羞惭地后退）

陈春林　来吧！都是自己人。（向众）

（唱）当初她，依靠城里的小娘舅，
　　违法招工把后门走。
　　想不到，如今他娘舅受处分，
　　连累她退回原处把工职丢。

菲　菲　春林哥，梅儿姐，秀女，我……

秀　女　菲菲！

（唱）我们是从小的姐妹情义厚，

你不必难过不用羞。

金梅儿　是啊！

（唱）但愿你放下包袱往前走，

陈春林　（唱）和我们携手前进同战斗。

〔陈春生拎一大串对虾上。

陈春生　看，对虾！对虾！

众　人　喔唷！真大啊！

陈春林　今年试养成功，每塘收了八千多斤！

众　人　八千多斤？

陈春林　明年大面积养殖，计划年产值五十万元。

众　人　五十万元？

陈长根　这五千多亩海涂，够你们大干一场，这才是年轻人的终身大事啊！

菲　菲　春生。

陈春生　菲菲！你……（改口）欢迎你回来！（伸手）

〔菲菲伸手，众带笑地议论

陈长根　好啊！俗话说“靠山吃山，靠海吃海”，我们穷山荒岛真要富起来了！

众　人　对！要富起来了！富起来了！

三阿婶　这么说，还是三喜临门啊！

群众甲　我看是四喜临门！

群众乙　我看五喜临门！

陈　母　勿要争哉！反正是喜气临门，大家吃糖！

三阿婶　我先吃！（取糖）

金梅儿　慢！姆妈，你不是早说过，若是对虾养成功，你就一只一只生吃？喏！对虾！

三阿婶　这小娘！还揭你娘的痛疮疤？（要打）

陈　母　亲家母，你打我媳妇大娘，老太婆要心痛个！

众　人　哈哈哈哈！

〔大笑声中，幕后合唱：

海天万里广无垠，

远望锦绣好前程。
真金每从洪炉出，
彼岸必由险处登。
年轻人欲问终身事，
刻苦创业莫留停——
莫留停！

〔幕落。剧终。

1982 年

《八场历史喜剧》

柳 玉 娘

魏 峨 双 戈

人物表 马　周——三十岁，狂放的穷秀才。
柳玉娘——廿五岁，豪爽的小孤孀。
小　妹——十五岁，玉娘亡夫之妹。
唐太宗——李世民，三十一岁。
常　何——四十多岁，五品中郎将。
夫　人——三十多岁，常何之妻。
常　福——三十岁，校尉，常何之侄。
常　贵——十四岁，常何之子。
袁天罡——四十多岁，游方相士。
王老头——六十多岁，玉娘的娘舅。
封世隆——五十多岁，招贤馆主。
秋　香——十六岁，常府丫头。
书　僮——十六岁，常府书僮。
猢狲儿——二十多岁，游手好闲者。
文武官员、侍从、太监、宫女若干。

第一场　三看相

〔唐朝贞观四年冬。

〔长安附近的新丰酒店。

〔新丰这地方，原是长安城外的近郊。汉高祖刘邦做了皇帝以后，把父亲接到长安做太上皇。太上皇不习惯长安的生活，怀念故里丰乡。于是刘邦按丰乡的模样复制了一个村落，取名新丰，让太上皇居住，以后逐渐发展成为市镇。隋炀帝末年，战乱使新丰破落，四野荒凉。唐朝贞观年间，新丰又见复苏。

〔合唱：

大唐天子爱英才，
豪杰如云纷纷来。
慧眼识贤传佳话，
今日粉墨又登台。

〔王老头上。他是个诙谐的老人，勤快的酒家。

王老头　（唱）新丰卖酒四十秋，
小二变成王老头。
路近长安京师地，
门前顾客如水流。
怎奈贵人常打猎，
都是些皇亲国戚万户侯。
百里方圆路断绝，
害得我生意清淡心发愁！

唉，无人买我酒，自己吃罢！（自斟自饮起来）

〔柳玉娘上。她爽利、精神，虽是小户人家打扮，还带着孤孀的印记，依然光彩照人，她看见娘舅在自饮自乐，暗暗发笑。

玉　娘　娘舅！

王老头　哎！玉娘，你可要喝它一杯?

玉　娘　娘舅，你自开酒店自喝酒，不怕蚀了老本？

王老头　嘿嘿！今朝生意清淡，都只为有贵人在附近围场打猎，道路不通，客商断绝。

玉　娘　（有感触地）又是围场打猎？

王老头　是啊！当初隋炀帝围场打猎，王公贵戚趁机霸占民田，你父亲气出一场大病，就死在这上头啊！唉，现在又来了。

玉　娘　（转话题）娘舅，我这次回娘家已有不少日子，我想就回长安去了。

王老头　（放下杯）啊，玉娘，你年纪轻轻没了丈夫，还是回娘家吧，你一个人在长安，我也不放心，寡妇门前是非多啊！

玉　娘　娘舅！

（唱）自从前年丧了夫，
家中留下一小姑，
姑嫂相依同为命，
自立门户自当垆。
吃饭凭我两只手，
顶天立地赛丈夫。
人在世上炼，
刀在石上磨，
怕什么寡妇门前是非多！

王老头　呵呵！看你不出，倒真有点志气。……好，你一定要回去，我也不拦你。（摸出一锭银子）喏，这五两银子，你拿去补补家用。（递银）

玉　娘　我不要……（推辞）

王老头　哎，收下收下！

玉　娘　娘舅你自己用！（又推回）

〔两人正在推让，幕后传来叫声："王老头，官府宣召，快来！"王老头无意间把银子失落在地上。

王老头　（应声）噢，来啦！（对玉娘）官府宣召，不知为了何事，你帮我看看店，我去去就来。（下）

〔玉娘打扫店堂，当垆坐下。

〔马周上。他风尘仆仆，肩背行装，身披着一件狐氅，遮蔽不住褴褛的内衣，但却有一股豪爽放达的气概。

马　周　（唱）浪迹生平独爱酒，

醉笔千言不可收。
满腹经纶常碰壁，
曲高和寡志难酬。
隋炀当道我晦气，
妻亡子故天火烧我读书楼。
才高八斗难糊口，
身无分文无处投。（哂笑）
马行绝径自有路，
一元复始且莫愁。
闻听得大唐天子求贤士，
引来我千里迢迢一马周。

〔马周行来，一脚踩在银子上，拾了起来，向旁边一看。

马　周　啊，这酒店柜台之下，为何失落一锭银子？（对玉娘）大姐！（作揖）

玉　娘　（连忙还礼）啊，相公要用酒么？

马　周　非也！这一锭银子落在柜台之下，想必是你的吧！（示银）

玉　娘　啊！不错，是我娘舅方才不小心失落了。

马　周　如此奉还。（递银）

玉　娘　多谢相公拾金不昧！

马　周　何足挂齿。（要走）

玉　娘　（叫住）相公！看你风尘仆仆，想必是远道而来的吧。

马　周　不错，少说也有两千里之遥。

玉　娘　既是远路客人，何不请进喝上几杯，解解劳累。

马　周　实不相瞒，小生身无分文，不敢饮酒了。

玉　娘　（感动）啊！（旁白）他身无分文，却拾了银子还我，实在难得！（见马周要走）相公请转！

马　周　还有何事？

玉　娘　我这酒店的酒……是不要钱的。

马　周　哪有开酒店不卖钱之理？

玉　娘　凡是正人君子，可以分文不取，请，请呀！

马　周　哎……哎……（无奈进了酒店）

〔玉娘擦桌端酒，殷勤接待。

马　周　（旁白）付不了酒钱，如何是好？也罢！（对玉娘）这一个玉扇坠，就

当作酒钱吧！（递扇坠）

玉　娘　（看扇坠）这个么……

马　周　可值得一壶酒么？

玉　娘　我看呀，还有得多！

马　周　笑话了，笑话了！

玉　娘　你放开酒量喝吧！我再添些菜来。

马　周　大姐，菜不用了，只有一事相求。

玉　娘　何事？

马　周　方才我一路行来，遇见贵人围场打猎，这些王公贵族，只顾寻欢作乐，不顾百姓死活！

玉　娘　（触动）说得对呀！

马　周　他们打猎，道路不通，我只得绕道河沟而来，如有热水，讨一盆洗洗脚可好？

玉　娘　好，热水我去烧来。（欲下）

〔袁天罡手执“相命卜卦”的旗幡踱着方步，吟诵而上。玉娘止步。

袁天罡　（吟）天地阴阳，

八极八荒，

吉人天相，

祸福有常！

（望见酒店）哎，走得口渴，我骗她一碗酒来吃吃。（笑脸上前）嘿嘿嘿……

玉　娘　先生要买酒么？

袁天罡　且慢！小娘子好一副贵相，让我相上一相。

玉　娘　咦？谁要你看相来啦？（欲下）

袁天罡　（忙叫住）哎！小娘子三清之气运至天中，五行之道顺于地阁，此乃贵人福相，日后定为一品夫人！

玉　娘　（听呆了）你说什么？

袁天罡　日后定为一品夫人！

玉　娘　你在说梦话！

袁天罡　嘿嘿！你不信的话，取一碗这个（指酒）给我润润喉咙，我仔仔细细再给你相上一相！

玉　娘　（发笑）嘻嘻！

马　周　（发笑）哈哈！

〔两人同笑："嘻嘻哈哈……"

袁天罡　笑什么笑什么？

马　周　我笑你满口奉承，不过想骗碗酒吃！

袁天罡　（尴尬）啊？

玉　娘　对不起，我这个一品夫人，要烧洗脚水去啦！（下）

马　周　哈哈哈哈……

袁天罡　（恼羞成怒）你这秀才，为何这般无理！

马　周　我不过说了句实话，你要喝酒，就该老实说出来，我倒可分一杯给你，何必去骗那店家。

袁天罡　（旁白）这烂秀才好厉害，待我气他一气！（故作惊讶地对马周）啊，秀才不要得意，你这脸上的气色，可不大好啊。

马　周　气色有何不好？

袁天罡　天克地冲，晦气星高照！

马　周　哈哈，这倒是说了一句实话。（酌酒）请！

袁天罡　（旁白）奇怪！骂他晦气他倒高兴了。

〔王老头引着盛气凌人的常福上场，打断了相命。

常　福　（训斥）哇！你说店里无客，为何有人在此饮酒？

王老头　（小心地）他……他们是刚来初到。

常　福　叫他们快快滚了出去！

王老头　（为难）这个……

常　福　滚！

马　周　（拍案）欺人太甚！

王老头　（连忙上前赔罪）相公……请息怒。方才官长吩咐下来，有大贵人在此围场打猎，再过半个时辰，要到小店里来。请各位暂且回避。

马　周　是哪一位贵人？

王老头　（问常福）是哪一位贵人？

常　福　不许多问！

马　周　哼！你既不讲，我便不走。

常　福　你好大胆！

马　周　在下胆子不小，此番进京正要为国事进言，莫说什么贵人，便是皇帝万岁到此，我也要见他一见！

常　福　啊？……

王老头　官长，好在还有半个时辰，容他把酒喝了再走吧！

常　福　也罢，看他这个穷酸相，也买不起多少酒！

马　周　（猛然脱下狐氅）先取好酒来！

王老头　（忙劝）算啦算啦，少喝点吧。

马　周　这件狐氅当给你，好酒好菜尽管取来，今日大醉方休！

王老头　这个……

玉　娘　（捧酒坛及小菜上）相公请用！

王老头　玉娘你……

玉　娘　娘舅，开酒店的，哪有赶客人的道理呀！（瞪常福一眼）

常　福　嘿！这倒麻烦了！

袁天罡　（奉承地）嘿嘿，长官要他走么，这容易，只要我三言两语，定然把他气走！

常　福　噢？你快去讲，把他赶走，我请你喝酒！

袁天罡　（干笑着走过去）嘿嘿嘿嘿，秀才，你慢慢喝酒，我为你看上一个相可好？

马　周　（斟酒给相士）好！你就为我慢慢相来，我请你一醉。（干杯）

袁天罡　（旁白）哈哈，他们两头赌气，成了我的福气！（干杯）秀才贵庚？

马　周　虚度三十。

袁天罡　（念念有词）五六三十之年，戊巳丙酉之数，五行相克，六方碰壁，啊呀不好！

马　周　怎讲？

袁天罡　（叫头）秀才听了！

（唱）你运至眼堂气色昏，
　　　数遇三奇逢灾星。
　　　鼻掩地宫妻当死，
　　　耳招印堂天火焚。

马　周　哈哈！倒给你乱说说对了。（斟酒）请！

袁天罡　（旁白）嘿嘿，骂骂还有得吃！（一饮而尽）我还有呢！

（唱）你穷困潦倒无人问，
　　　身上无有半分银。
　　　狗屁文章难混饭，
　　　奔走求食难为情。

都只为命逢五鬼缠得紧——

马　周　（泰然地）哪五鬼？

袁天罡　乃是五个穷鬼，也叫五穷。

（唱）财穷智穷文穷交穷更加命穷，

饿纹入口冻死沟渠了终身。

马　周　（不乐）嘿！

常　福　（越听越乐）哈哈哈哈！

马　周　笑什么？这种话，听听大有好处！

常　福　什么好处？

马　周　污蔑诽谤之言，可以激励奋发之气！

玉　娘　有见识！

常　福　什么见识！这相士相得准，骂得好，我重重有赏。来呀，取酒来！

〔玉娘在旁早已愤愤不平，趁势端上洗脚水一盆。

玉　娘　来啦！（重重放下）喏，欺侮穷人的，真可请他喝个够！

常　福　（一愣）啊？

袁天罡
马　周　（发笑）哈哈哈哈！

〔唐太宗上，常何、封世隆紧随，侍从跟上。唐太宗示意侍从退下。唐太宗身穿猎装，貂裘软佩，英武飘逸。这位三十一岁的开国君主，虽然穿着便服，但遮盖不住他聪明、刚毅、超人一等的气概。常何是个勇猛的武将，他粗犷中露着蛮气，勇武中透着傻劲。在唐太宗面前，他处处收敛小心。封世隆是个文官，圆滑世故。

〔常何恭敬地引唐太宗进店，常福一见，慌忙连滚带爬地迎接。马周冷眼相看。

常　何　（训斥常福）嗯？闲杂人等，为何不回避？

〔常福急推赶马周，马周几乎跌倒，唐太宗扶住。

唐太宗　不必惊动顾客，一同饮酒，有何不可？

常　何　是！

常　福　是是是！店家，取上好的酒来！

〔玉娘、王老头应声“来了”，送酒上来。玉娘要揩桌，揩布被常福夺去，擦桌抹凳，一副奴才相。

唐太宗　（坐定）封大人、常将军请坐呀！

封世隆
常　福　谢坐。（坐下）

唐太宗　（对常福）你也不妨坐下。

常　福　（受宠若惊）不敢！是，是（又想坐又不敢，以至坐空跌倒）

马　周　（大笑）哈哈哈哈……

袁天罡　（拉马周衣袖）莫笑莫笑。

马　周　方才你为我看相之时，他何等耀武扬威，转眼之间，如此卑躬屈膝，岂不可笑？

唐太宗　（拱手）秀才请了！

马　周　请了！

唐太宗　你们刚才在看相么？

马　周　是啊。

袁天罡　嘿嘿，在下铁口袁天罡，看相卜卦测字算命百发百中，人称袁半仙。

唐太宗　相士，你不妨为我也看上一个相。

袁天罡　这个……小人不敢。

唐太宗　只管照直说来！

常　何　相好了重重有赏！

袁天罡　嗯，待我看来……（看太宗）天庭有英拔之气，地阁具智慧之光，乾父坤母，德配阴阳，啊呀！大人此相，贵不可言，大富大贵，长命百岁！

唐太宗　（觉得可笑）嘿嘿嘿嘿，我定能长命百岁么？

袁天罡　倘若活到九十九，只管来找我。

唐太宗　哈哈哈……

封世隆　好，相得好！

唐太宗　赏他银子，让他去吧！

常　何　重重有赏！

常　福　（给银子）快快谢赏！

袁天罡　（跪谢）多谢大人！（高兴地下）

马　周　（发笑）哈哈！哈哈哈哈……

唐太宗　秀才因何发笑？

马　周　我笑人世之上，总爱这等花言巧语，倘若朝廷之内也是如此，岂不坏了国家大事！

封世隆　你这秀才，胆敢毁谤朝政么？

常　何　（欲怒）啊？

唐太宗　（震动）讲得倒也有理。秀才对国家大事，有何高见？

马　周　若论国事，我自有万言国策在此！

唐太宗　（暗对封）你乃招贤馆主，不妨一看。

封世隆　啊，秀才的“万言国策”，请借一观。

马　周　（略一犹豫）看看无妨。（把万言书交给封世隆）

唐太宗　你这国策，写的都是什么？

马　周　如今大乱之后，人丁稀少，百废待兴。怎奈官府不察民间疾苦，劳民太甚，政多不便！

唐太宗　有何不便，试言一二。

马　周　修建洛阳宫，不合时宜，劳民太甚，大不便者一；达官贵人围场打猎，糟蹋农田，大不便者二。

唐太宗　这一带白雪荒原，并无庄稼，怎说糟蹋农田？

马　周　这一片白雪之下，乃是过冬的麦苗，难道大人连这个都不知道么？

唐太宗　这个……

封世隆　放肆！你这国策之上，写的也都是胡言乱语！（掷还国策）围场打猎，又有何妨？

马　周　嘿嘿！当初隋炀帝围场打猎，达官贵人趁势强占民田，前车之鉴，怎说无妨？

常　何　啊！你竟把当今天子，比作隋炀帝么？（欲拔剑发作）你？！

唐太宗　（示意阻止）嗯！

（旁唱）秀才出言令人惊，

震动我贞观天子李世民。

君临天下历四载，

如此直言久不闻。

巧遇贤才满心喜——

赏酒！

常　何　赏酒！

常　福　是！（取过一壶酒，无礼地）喂！秀才，我家主人赏你酒吃，快快磕头！

马　周　你家主人是谁？

常　福　莫问是谁，赏给你吃，就是你的福气！（把酒放在桌上）

马　周　马周虽穷，不吃嗟来之食！（拖出洗脚盆，脱鞋洗脚，将酒倒入脚盆）

常　福　（惊）啊？

马　周　你这酒只配我洗脚！

唐太宗　（受刺激，一怒而起）啊？

（唱）原来是放纵孤傲一狂生！

〔常何拔出剑来，封世隆冷笑声声。

唐太宗　（阻止）不必！狂生不足取，我们去吧！

〔唐太宗拂袖而去，封世隆紧随，被等在门口的侍从们拥下。

〔常何命常福付酒钱。

常　福　（扔过一锭银子给玉娘）不用找了！（拉常何暗语）叔父，你要讨一个小的，这个可好？

常　何　（看着玉娘着迷）……不错！好极！（猛醒过来）啊呀，快快跟上去保驾！

〔常何、常福下。

〔王老头和玉娘紧张地吐了口气，马周却坦然地洗完了脚。

王老头　唷，相公，你用这酒洗脚，险些闯下大祸呀！

马　周　（一笑）这些豪门权贵，何必怕他！

王老头　你这样做人，要吃亏的！

玉　娘　娘舅，这位相公做得好啊！

（唱）相公为人胆气豪，

出言吐语见识高。

句句是黎民百姓心里话，

又何必面对权贵就弯腰。

但愿相公把官做，

造福苍生乐逍遥。

马　周　（一笑）大姐夸奖，倘若如今朝廷也像你这样看人，那就好了。（取狐氅）这件狐氅当作酒钱，告辞了！

王老头　这个……

玉　娘　娘舅！（附耳低言）

王老头　（肃然起敬）啊！原来还是一位拾金不昧的君子，这狐氅断断收不得。

玉　娘　你去长安，大冷天气还在后头，怎可没有狐氅！

马　周　如此多谢了！（欲走）

王老头 （叫住）相公，你去长安，可有亲友么?

马　周 并无亲友。

玉　娘 你身无分文，又无亲友，到哪里去落脚呀?

马　周 去那招贤馆。

玉　娘 好极了，你此去长安招贤馆，倘若天子爱贤，你做了官，千好万好，只愿你多为我们百姓说话……

马　周 那是自然。

玉　娘 万一你时运不到，有了难处，可到一个地方去投奔。

马　周 投奔何处?

玉　娘 待我与你写来！（提笔写）

（唱）教坊街头石径斜，
门前一树蜡梅花。
蜡梅树后有小店，
走投无路是你家。
凭此绍介去投奔，
保你衣食定不差。（递条子）

马　周 （接字条，疑惑）去找哪一位呀?

玉　娘 （唱）若问凭此将谁找?
专寻店里小当家。

〔王老头会心而笑。

〔幕落。

第二场　初进店

〔半个月之后。

〔长安教坊街头，玉娘的小店。

〔幕前合唱：

教坊街头石径斜，
门前一树蜡梅花。
蜡梅已有迎春意，

狂生飘落到谁家？

〔幕启。小妹上。她是个聪明伶俐的小姑娘，勤快地打扫着店堂。

小　妹　（唱）姑嫂相依同为命，

长安立户卖点心。

手勤脚快百样巧，

烧饼包子肉馄饨。

半月前嫂嫂归宁看娘舅，

回转来，开口闭口论朝廷。

每日里打听天子招贤士，

好像在等一个人！

（灵机一动）哎，待我与嫂嫂开个玩笑。

（向内喊）嫂嫂，来啦来啦！

〔玉娘上。

玉　娘　谁来啦？

小　妹　嫂嫂等的那个人来了。

玉　娘　在哪里？

小　妹　（乱指）喏，喏，喏！

玉　娘　嘿！你这个小鬼，也来同我寻开心。

〔猢狲儿暗上，偷听。

小　妹　（亲热、撒娇地）嫂嫂，你每天等呀等呀，等的是谁呀？

猢狲儿　（闯进来）每天等呀等呀，等的就是我呀！

玉　娘　呸！谁等你这个猢狲，也不照照镜子！

猢狲儿　玉娘呀！

（唱）猢狲方才照过镜，

一表人才蛮精神。

风流踢得气球高，

倜傥放得好风筝。

手脚灵便能奔走——

〔奔过去欲抱玉娘，玉娘塞了张凳子让他抱住，猢狲儿就势坐下。

（唱）一张巧嘴阿姐阿妹会应承。

你孤孀女流冷清清，

不如把我接进门。

玉　娘　（唱）你好吃懒做踢球高，
　　　　游手好闲放风筝。
　　　　手脚灵便能捣蛋，
　　　　一张利嘴该生疔。
　　　　你老虎头上拍苍蝇，
　　　　我当头赏你烧火棍！
　　小妹，用烧火棍打出去！

小　妹　哎！（举棍便打）

猢狲儿　哎哎！客气点，我是老主顾，来买点心的！

玉　娘　买什么快讲。

猢狲儿　一只肉包子，两张油煎饼。（付钱）

玉　娘　（熟练地连抛三件过去）去，去，去！

〔猢狲儿忙不迭接住，玉娘转身下。

小　妹　（举棍）快走！

〔猢狲儿逃避，一头撞在迎面走来的常福身上。油饼污了常福的衣裳，常福撩起一掌打去，猢狲儿狼狈逃下。

小　妹　（乐了）哈哈哈哈……

常　福　（打量小店）嗯，到了。小丫头，这店里可有一个小寡妇柳玉娘么？

小　妹　有，有啊。

常　福　总算找到了，你叫她出来。

小　妹　（旁白）莫非嫂嫂等的就是他？（向内叫）嫂嫂！你等的人来了！

〔玉娘应声上，迎面见常福，愣住。

玉　娘　（对小妹）瞎起哄！（对常福）这位长官，到此买点心么？

常　福　特来恭喜小娘子，贺喜小娘子。

玉　娘　喜从何来？

常　福　我家叔父，当朝五品中郎将常何将军，看上你了，请你到我家享福去。

玉　娘　什么中郎将，豆爿酱！我不认识他。

常　福　认识的，你们在新丰店里见过面。

玉　娘　噢，就是那个络腮胡子呀？

常　福　莫看络腮胡子，乃是有功之臣，官居五品！（轻声）他要讨个小的，特地叫我来接你去享福！

玉　娘　（骄傲地冷笑）哼哼！

小　妹　（骄傲地冷笑）哼哼！

玉　娘　他官居五品，我开店卖饼，只怕配不上吧。

常　福　配得上，我都打听过了！

（唱）相士为你相过命，

注定你一品诰命封夫人。

趁早随我叔父去，

穿着绫罗用金银。

单等婶娘命归阴，

你便可堂堂正正做夫人。

玉　娘　哼，你们在做梦吧！

（唱）甜言蜜语真动听，

其实是，倚官仗势欺我贫。

金银财宝如粪土，

高官厚禄我看得轻。

何况他络腮胡子像板刷，

满面肉刺像鞋钉。

蛤蟆想吃天鹅肉，

劝他死掉这条心！

常　福　啊？我叔父抬举你，你竟不肯。哼，休怪我们动手来抢！

玉　娘　你敢？！

（唱）帝辇之下你敢横行，

我定告御状到午门。

走，小妹，说告就告，到午门告御状去！

常　福　（慌了）哎……不可不可，惊动了万岁，可就不得了。

玉　娘　那你就老老实实，（逐客）请吧！

小　妹　（逐客）请吧！

常　福　（软下来）嘿嘿嘿，再商量商量嘛！

玉　娘　（硬起来）小妹，用烧火棍打出去！

小　妹　是！（举棍就打）打，打，打！

〔常福砸碎瓦罐，气恼而下。

〔小妹回过头，突然伤心起来。

小　妹　（哭）呜……

玉　娘　小妹，为啥哭啦？

小　妹　嫂嫂，我想想伤心。

玉　娘　伤心什么呀？

小　妹　嫂嫂！

（唱）自从哥哥入坟台，
门前蜡梅三度开。
嫂嫂你抚养小妹恩义重，
茹苦含辛巧安排。

怎奈是每日有人来欺侮，
常见你赶走狂徒泪满腮。
嫂嫂呀，莫做孤孀莫守寡，
快快寻一个哥哥来！

玉　娘　（哭笑不得）你真是个小孩子，你还不懂。

小　妹　我懂，我懂！

玉　娘　好，你懂，快帮我烧火去。

小　妹　哎！

〔玉娘、小妹入内，下。

〔马周衣衫褴褛，迷惘地上。穷酸之中，不失狂放之态。

马　周　（唱）孤身只影绕长安，
寒风扑面苦衣单。
马周我千里奔波京师地，
想不到招贤馆中不招贤。
吏部说我非贡举，
求人引荐没靠山。
帝辇咫尺通无路，
“万言国策”上达难。
身无分文度日艰，
我只得当去狐氅作盘缠。
更不料当来的银子全失落，
走投无路进退难。

饥肠辘辘何处去——

〔玉娘小店景重现。

没奈何，只得凭着这张字条，一路寻来。嗯，教坊街头……一树蜡梅……不错，就在这里。

（唱）但不知可肯容我度饥寒？

〔北风吹来，又冷又饿，突然一阵腹痛，咬一咬牙，振作起来。

〔小妹上。

马　周　（忍住痛）小姑娘。

小　妹　嗳，要买点心么？

马　周　不，不用。

小　妹　看你这副样子，定是饿坏了，买些点心吃了吧。

马　周　不，我想是有病了。你看看这张字条，写的可是你家？

小　妹　（看字条）"教坊街头石径斜，门前一树蜡梅花……"不错，正是我家，你找谁呀？

马　周　找你们小当家。

小　妹　小当家么，就是我。

马　周　（失望）小当家是你？

小　妹　大当家么，就是我嫂嫂！

马　周　啊？你们当家的男人呢？

小　妹　我哥哥去世三年，没有男人了，就是嫂嫂当家。（向内叫）嫂嫂，快点来呀，又有人找上门来啦！

〔玉娘上。

玉　娘　（对小妹）你不要瞎起哄！（转身看见马周）啊！是你……

马　周　啊！是你……？

〔两人顿时呆住对视。玉娘惊异马周的褴褛，马周惊异这里就是玉娘的家。小妹也看呆了。

玉　娘　（旁白）啊，他没有去做官，落得这般光景！

马　周　原……原来就是玉娘大姐的家呀！

玉　娘　马相公，你来啦！快快请进，快快请坐！

小　妹　（热情地拉马周）请，请坐呀！

〔马周不自然地坐下。

玉　娘　小妹！（使眼色）

小　妹　（领会）嗳！（端过一盘点心）马相公请用请用！

玉　娘　（捧来一盆热水）马相公，热水洗个脸吧！

马　周　多……多谢！（边洗脸边发抖）

玉　娘　马相公，天气寒冷，你那件狐裘呢？

马　周　说来惭愧，因我盘缠用尽，已在当铺里当去了！

玉　娘　当了多少银子！

马　周　当了十两银子，只因我袖口已破，一转眼银子都失落了，只剩得一张当票。

玉　娘　（接过当票）一张当票，如何过得了这寒冬腊月啊！（示意）小妹！

小　妹　（领会）暖，（一转身取出一件衣服）这件哥哥的衣服。

马　周　这……

玉　娘　天气太冷，穿上吧！

〔玉娘与小妹为马周穿衣，伴唱起：

世人不识真英才，
多少珍珠落尘埃，
偏有奇女能知己，
催落男儿泪满腮！（马周暗暗拭泪）

玉　娘　马相公！

（唱）你到长安半月外，
未知朝廷可爱才？
招贤馆里可安顿？
为何不到我家来？

马　周　玉娘大姐呀！

（唱）四处碰壁言难尽，
招贤馆中不识才。
虽有“国策”难上达——（拿出“国策”）

玉　娘　（接过看，愤愤不平地）那些人真的不长眼睛！

马　周　（唱）落魄街头实难挨。

玉　娘　既然如此，你早该来了。

小　妹　是呀，我嫂嫂等呀等呀，等了半个月了。

玉　娘　（以指戳小妹）多嘴！（对马周）马相公！

（唱）既是相公无处去，

我家住下暂安排。

莫嫌后院柴房小，

胜似露宿雪里埋。

闭门攻读待时机，

明春夺个状元来！

小 妹 （高兴得跳起来）嗳！好，好！

马 周 这个……只怕有些不便。

小 妹 有什么不便呀！这位哥哥，你家里有嫂嫂么？

马 周 早已亡故了。

小 妹 正好，我嫂嫂也没有哥哥……

〔玉娘一掌打断了小妹的话。

马 周 这万万不可，我留此实在不便。

小 妹 唷！看不起我们卖饼的呀？

马 周 非也，非也！只怕流言蜚语，中伤你们姑嫂啊！

玉 娘 流言蜚语，听它作甚！

马 周 玉娘大姐呀！

（唱）感蒙恩义心有愧，

事涉嫌疑不敢违。

常言道流言好似伤人箭，

诽谤如刀把命催。

一饭之恩难报答，

怎敢连累你再遭灾。

马周长安不得志，

我宁愿千里迢迢把家回。

玉 娘 马相公呀！

（唱）你曾说诽谤令人图奋发，

怕什么嫌疑遭什么灾？

你囊空如洗行千里，

定难免冻饿沟渠白骨堆。

流言蜚语何足惧，

但愿你进取功名志不摧！

马 周 这个……

玉　娘　不必犹豫，留下吧！

小　妹　留下吧，留下吧！

马　周　这个……只是大恩大德难以报答。

玉　娘　谁要你报答来啦？

小　妹　是呀，谁要你报答来啦？我嫂嫂做了好事，从来不记账！

马　周　（感叹地）唉，真乃是寒门出君子，砂砾见真金也！（突然一阵腹痛）喔唷……！

玉　娘　（惊）啊！你怎么啦？

马　周　（痛极，支持不住）啊……不好！想……想必是生病了！

〔马周支持不住，玉娘忙扶。猢狲儿暗上看见。

猢狲儿　哈哈！在我面前假正经，原来养了个野老公！

〔幕落。

第三场　做文章

〔两个月之后，已是贞观五年的初春。

〔常何府中，武将的书房。

〔唐太宗登位以后，逐渐统一了中国。他一再诏令手下的武将要学文化。常何是个莽汉子，以武功得官，但也不得不摆设一个书房做做样子。但这书房总露出一些不文不武的痕迹。屏风上没有山水字画，却挂了些武将打仗的画像之类，一副大铜锤压住了砚台。

〔幕前合唱：

英才流落在街坊，
天子求贤意正长。
诏令文武献国策，
忙坏了将军做文章。

〔幕启。常何摇头晃脑，似有所思，进入书桌，提笔要写，落不下手，苦恼万状，吹胡子瞪眼。书僮在旁发笑。书僮是个机灵活泼的孩子。

书　僮　（念三角板）稀奇古怪滑稽相，
将军老爷做文章。

他斗大的字儿识半筐，
每日只知弄刀枪。
都为万岁逼得紧，
急得老爷像哭丧。
今朝学作斯文样，
摇头晃脑踱起方步，
之乎者也瞎装腔！

常 何 （轻声地）书僮，万岁的万字，怎么写法？

书 僮 万岁的万字么……同饭桶的饭字差不多。

常 何 胡说！万岁怎么同饭桶差不多？

书 僮 那么你说，万岁的万字怎么写，饭桶的饭字怎么写呢？

常 何 嘿！你当书僮的不识字，反来问我么？真是个饭桶！

书 僮 （旁白）你自己才是个大饭桶……

常 何 （突然想起）且慢！我快要想起来了！（拼命想）这个万字，好像同高低的高字差不多。（作拔高状）高……高……

书 僮 对！（学样）高……高！

常 何 嘿！给你一吵，我又忘记了！（又用力思索，突然拍案）哎！我道为何想不出来，写文章么，理该点上一炷清香。快快点香！

书 僮 是！（迅速地打火点好香）

常 何 墨要磨得浓。

书 僮 是。（磨墨不止）

常 何 （持笔苦思，嗅一嗅清香，仍写不出来）唉！难啊！
（唱）想文章，恨文章，
为什么偏要常何做文章？
想当初南征北讨舞刀枪，
赫赫战功表华章。
到如今万岁又立新规章，
定要那五品以上进表章。
命我等议论朝政评奏章，
怎奈我肚皮里面少文章。
无可奈何写一章，
若不然难逃训斥脸无光。

恨得咱家要骂娘，娘，娘娘娘娘娘——
啊呀对了！
（唱）写文章，磨墨应有个美娇娘！
常言道，美人磨墨立一旁，
落笔千言好文章！

我上次命常福去讨那个小娘子，两个月过去了，为何到现在还未讨来？（对书僮）僮儿，快去把常福叫来！

书　僮　是。（跑下）

〔常贵拿了一本书跑上。他本是个聪明孩子，只因富贵人家教育无方，所以才显得愣头愣脑，傻里傻气。因刚才读《诗经》，讲话也带了节奏。

常　贵　爸爸爸爸，快快快快！

常　何　小畜牲，干什么？

常　贵　这几个字，我不认识，妈妈要打我，你快教教我。

常　何　什么字？

常　贵　（指书）就是这个字。

常　何　（拿过书横看竖看，远看近看）嗯……你这个字印错了。

常　贵　不错的。

常　何　我说错了就错了！

常　贵　不错不错不错的！

〔常夫人手持戒尺上，秋香随上。

夫　人　啊？逃到这里来了，认不得字，照样要打！

常　贵　爸爸也不认得，你去打爸爸。

常　何　啊？

夫　人　你看你看，给你宠成什么样子啰！

常　何　少识几个鸟字，也就马马虎虎！

夫　人　（跳起来）什么？气都气死我了！
（唱）你不知，如今天下已太平，
皇上偃武要修文。
我的父，当朝国公程咬金，
每日里，读书写字也不停。
只有你，鲁莽糊涂见识少，
斗大的字儿识五升！

我前年说起说到今，
你不肯为儿请先生。
贵儿长大不识字，
五品官儿难袭承。
我亲自教他两年整，
不料他一首诗文也读不成！

常　何　你教了阿贵什么诗文呀？

夫　人　我教了《诗经》上第一首，只有十六个字，他就是学不会。

常　何　哪十六个字呀？

夫　人　我读给你听：

（吟诵）关关雎鸠，
在河之洲。
窈窕淑女，
君子好逑。

常　何　就这样一点点，小畜牲学了两年？

夫　人　学了两年还读不下来呢！

常　贵　读得下，读得下来了。

常　何　好，我考你一考。读！

常　贵　（念）“关关关关，雎雎雎雎”啊，不对！“雎雎雎雎关关关关……”

夫　人　你看该打不该打？

常　何　该打！

〔常夫人举起戒尺。

常　贵　妈妈不要打，后面两句“窈窕淑女，君子好逑”我会读，我也懂得的。

夫　人　这两句你懂？讲给你爸爸听听。

常　何　讲！

常　贵　“窈窕淑女”就是漂亮女人；“君子好逑”就是……就是爸爸想讨小老婆，我阿贵想秋香！

夫　人　呸！

〔秋香害羞逃下。

常　贵　（追）秋香，秋香！（跑下）

夫　人　（恨恨地把戒尺往桌子上一拍）嘿！这真是有其父必有其子！

〔常夫人追下。

〔常福上。

常　福　见过叔父。是你叫我么？

常　何　嗯。我叫你去讨那个小娘子，为何过了两个月，还不见回话？

常　福　你说那个柳玉娘么？嘿，我看算啦，她不过是个卖馄饨烧饼的！

常　何　（发火）卖烧饼又怎么样？我过去也卖过烧饼，你看不起我么？

常　福　侄儿不敢。

常　何　我偏偏就喜欢卖烧饼的！

常　福　叔父！我跑了许多趟，她非但不肯，说出话来还难听呢！

常　何　她说什么？

常　福　她说你呀！这个……哎，不用讲啦！

常　何　嘿！她为何胡言乱语？

常　福　我猜猜，她说不定想要大价钱，趁机敲一竹杠！

常　何　要银子好办，要多少给多少，快快把她讨来，我做文章要用。

常　福　（不懂）什么用？

常　何　做文章要用？

常　福　是！（旁白）做文章怎么个用法？……（迟疑）

常　何　你为难什么？侄儿，叔父平日待你如何？

常　福　全靠叔父提拔，赛过亲生父母。

常　何　这一点小事你都办不了么？

常　福　侄儿肝脑涂地，定为叔父办好！

常　何　快快用顶小花轿去抬来！

常　福　是！我马上就去，再请个人去做媒，包你满意称……

〔常夫人上，回来拿戒尺。常何、常福连忙闭嘴使眼色。

夫　人　哎！你们叔侄两个挤眉弄眼，搞什么鬼名堂？

常　何　没……没什么大事，没什么大事。（向常福丢一个眼色，避下）

夫　人　（见常何走了，拉住常福）你讲！究竟什么事，要老实讲！要不然，让你看看婶娘的厉害！

常　福　（有些怕）婶娘！叔父他……他叫我去请个人来。

夫　人　什么人？讲！讲呀？莫非他又想讨小老婆？

常　福　这个……这个人么，叔父做文章要用的。

夫　人　（恍然大悟）噢……原来是为我儿子请教书先生呀！

常　福　（含糊答应）哎……哎……

夫　人　（高兴地）这个老头子总算做了一件好事！还瞒着我，想到时候让我高兴高兴！哈哈！……常福呀，你先生一定要请得好，学问一定要高！

常　福　这个……

夫　人　咦！为难什么！常福侄儿呀，婶娘平日待你如何？

常　福　婶娘待我如同亲生。

夫　人　叫你请个好先生来，你都为难了么？

常　福　侄儿肝脑涂地，定为婶娘请来。

夫　人　快快请来，我重重赏你。

常　福　是。

〔幕落。

第四场　哭文章

〔时间接上场。

〔幕前合唱：

将军有心聘娇娘，
夫人决意请先生。
一仆二主难主张，
落魄才子正断肠。

〔幕启：玉娘家内的堂屋，这是平民的起居室，内通寝室，外通店堂。陈设简单朴素，整洁有致。

〔幕启时，马周正在桌上挥笔作字画，时而停下笔来，在火盆上烤火。

马　周　（唱）残冬尽，春尚寒，
流落长安七十天。
那一日大病缠身来势猛，
只道从此赴黄泉。
玉娘仗义将我救，
留我住下，不顾邻里起谰言。
她典当衣衫换汤药，
马周我九死一生命保全。

病愈后，眼看她家真勤苦，
一衣一饭皆艰难。
我堂堂男儿受供养，
饭来张口心不安。
幸喜得长安士民识字画，（又挥毫）
我作画卖字也换钱！

〔马周将画好的松雪图挂起，自己欣赏。柳玉娘上，马周未觉。

马　周　（对着图画，自言自语）青松白雪，其志高洁！这画理应送给玉娘，不该将它卖钱。

〔玉娘暗笑。

马　周　（发现）啊，原来玉娘在此！

玉　娘　（递酒壶）马相公，天气寒冷，请用一壶酒，驱驱寒气！

马　周　多谢了！（从袖内摸出银子）玉娘，昨日我上街卖字画，得来这一两银子，请你收下，补补家用。

玉　娘　（收银）多谢马相公费心了。

马　周　（指松雪图）玉娘，你看这一张画，可卖多少银子？

玉　娘　若论此画，高雅之极。只可惜无人识货！

马　周　（豪爽地）哈哈！我那“万言国策”，虽然无人识货，可是我的字画，买的人倒也不少！

玉　娘　（一笑）这样就好！今日天气寒冷，你留在家中读书。我用你卖画得来的银子，把你的狐裘赎回来你穿。（欲走）

马　周　（要拦）哎……理当先赎你家当掉的东西，我的狐裘，随它去吧！

玉　娘　你就不用多管啦！（下）

马　周　（美滋滋地自饮自酌）唉！她有了一点银子，又要为我去赎狐裘！好在我的字画，在长安已有小小的名气，多挣几两银子，倒也不难！待我把这一张画，再拿去卖了给她吧！

〔马周正要取画，小妹上。

小　妹　马相公，你又画了一张呀！

马　周　你看画得可好？

小　妹　好，好极了，我最喜欢看。

马　周　我这就去卖掉它！（要收画）

小　妹　（拦）哎……不要不要！

马　周　为何不要？

小　妹　你今天卖不出去的。

马　周　（一笑）你怎知卖不出去？

小　妹　我今天没空。

马　周　哈哈，这就奇了，你有空无空，有什么相干？（又要动手取画）

小　妹　（忙拦）哎……你还不知道呀？

马　周　知道什么？

小　妹　噢！嫂嫂说过，不要告诉你！

马　周　什么事不告诉我？

小　妹　我不讲，我不讲！

马　周　也罢，你不讲，我卖画去了。

小　妹　（又拦）哎……好！（轻声）我就偷偷地告诉你吧！

（唱）说来都怪我家贫，

害得你在此攻读不安心。

近月来，你冒着寒风卖字画，

只可惜，无人肯花半分银！

马　周　哪里话来！头几天虽无人买我的字画，可是到后来，买的人可不少哇！

小　妹　（笑）嘻嘻嘻！你哪里知道，都是我托人买回来的！

马　周　（惊奇）什么？

小　妹　（唱）都只为无人肯把字画买，

嫂嫂怕你太伤心。

又怕你心怀惭愧离此去，

更怕你感受风寒病又生。

她叫我托人前去买字画，

免得你空手而回难为情！

马　周　啊？真有此事？

小　妹　你还不信？（从角落里取出一大卷字画）喏，你卖掉的字画，都在这里喏！（觉得有趣，又笑起来）嘻嘻嘻嘻……

马　周　（震惊、激动、惭愧、感激一齐涌上心头，手足无措）啊……（坐下发愣）

小　妹　（慌了）马相公你怎么啦？你怎么啦？……（惊喊）啊呀嫂嫂，嫂嫂……（跑下）

马　周　（唱）猛听得小妹吐真言，

百感交集心似油煎。
我只道写字卖画尚有用，
万不料都是玉娘你周全。
玉娘啊——
你心如皎月照顽石。
可叹顽石不堪怜。
我自幼读书破万卷，
遍访名山走大川。
深知民间多疾苦，
胸怀大志欲回天。
只道是既生我才必有用，
又谁知万言国策上达难。
玉娘恩高难报答，
马周文章不值钱！
恨当初，
读什么书，
进什么言，
赶什么路，
招什么贤！
倒不如烧去文章归故里，
决不连累孤孀女流度日艰！

〔马周愤然将“万言国策”丢入火盆，正值玉娘抱了狐裘上，玉娘急忙抢出火中的文章。

玉　娘　啊！你在做什么呀？

马　周　（难过地）玉娘，这文章无用，让我把它烧掉吧！

玉　娘　啊？这文章千金难买，烧不得呀！

马　周　不过是一堆废纸！（夺过又烧）

玉　娘　（拦住夺回）怎说是一堆废纸，等到以后，要派大用场呢！

马　周　唉！等到以后，要等到何年何月啊？你家度日艰难，我决不能再连累你了！

玉　娘　什么，你卖字画，补我家用，出力也不少，怎说什么连累？

马　周　（激动地）玉娘！你……你就不要骗我了！

玉　娘　啊？你！

马　周　我都知道了！我堂堂男儿，再不能饭来张口，我……我要走了。

玉　娘（惊）啊，走到哪里去？

马　周　回老家去。就此告辞！

玉　娘　不，马相公……（拦住）

马　周　唉！我马周是个无用之人，你就让我走吧！

玉　娘　马相公啊！

（唱）说什么远走高飞回故乡，
又何必妄自菲薄把心伤。
莫看眼前遭沦落，
大丈夫来日前程未可量。
古时候伊尹四十遇成汤，
姜太公八十遇文王。
人都说当今天子爱贤士，
你这里"万言国策"可安邦。
一朝际遇待时机，
莫为细事乱主张。
相公啊——
你大病初愈体虚弱，
怎禁得风霜雨雪路途长。
我这里粗茶淡饭值多少，
只怕是怠慢相公不应当。
委屈你柴房狭小且将就，
照应不周你要多体谅！
决不可一时灰心从此去，
枉费了你十年寒窗、千里迢迢，
为国为民，一片至诚热心肠！

〔马周感动得无言可答。

玉　娘　你快进去休息吧！

〔马周进内下。

〔常福、袁天罡上。

常　福　到了！

袁天罡 原来在这里。

玉　娘 你们来此作甚？啊，相士先生也来了。

袁天罡 大姐！在下走南闯北，要到京城来扬扬名气。不过今天，是向你贺喜，为你做媒来的。

玉　娘 谁要你做媒，快去快去！

常　福 （赔笑拦住袁天罡）嘿嘿，我上次失礼，是来赔罪的。

袁天罡 （不解地）啊？赔罪来的？

玉　娘 谁要你来赔什么罪呀？

常　福 （唱）前日我眼睛蒙上豆腐皮，
不识好歹少道理。
言语冲撞多得罪，
今日里百两白银来赔礼！
（揭开礼盒，露出一大堆元宝）

玉　娘 （唱）黄鼠狼拜鸡无好意，
炫耀富贵将人欺。
肮脏银子我不要，
有何诡计快直提！

常　福 （唱）我叔父相思泪儿答答滴，
多情多义不相欺。
花轿已到请快去——

玉　娘 （严厉地）做什么？

常　福 （唱）为做文章……要用你。

玉　娘 呸！
（唱）玉娘人穷志不短，
休要狗眼看人低！
要做文章你找秀才，
我家只有馄饨皮！

袁天罡 对对对，大姐说得对，要做文章理当去请秀才，不该把我骗来做媒。真是岂有此理！

常　福 （赔笑）请秀才么，我家实在想请一个为公子教书。我看……就请你去吧！

袁天罡 嘿！你弄错了，我只会看相算命，不会做文章！告辞告辞！（悻悻而下）

玉　娘　（一转念）什么？你家真的要请秀才么？

常　福　当然真的。

玉　娘　我向你推荐一个，你们可要？

常　福　小娘子推荐，是天大的面子，当然要的！不知学问可好？

玉　娘　（一指）你看他画的画，写的诗。

常　福　（看诗画）嗯，不错，看来不错。人在哪里？

玉　娘　乃是我的亲戚，我叫他出来！（喊）马相公！

〔马周应声上。与常福照面，两人一惊。

常　福　啊！原来是他！

马　周　（问玉娘）为了何事？

玉　娘　马相公，有人特地来请你去教书，你可愿去么？

常　福　（一愣）什么？我特地来请他？这位秀才，我可不敢请！

玉　娘　啊？我的亲戚你也不买账么？（逐客）那么请便吧！

常　福　这个……（旁白）老爷叫我抬娇娘，夫人叫我请先生。我不如抬了娇娘，请了先生，卖她一个情面，日后还好商量。（笑对马周）嘿嘿嘿嘿！马相公，请你到我家去教书，教得好了，一定重重谢你。

马　周　这个……（旁白）我如今落魄长安，暂去教书，也是好的。

玉　娘　马相公，你去教书，更可安心攻读，不妨去试试。

马　周　多谢玉娘一片苦心，我今天就去。

玉　娘　不，你今天先到东家去看看，早些回来，仍可住在我家。

常　福　（指画）这个带去，我们走吧！

马　周　暂且告辞！（要走）

玉　娘　你不说有轿子吗？把马相公抬去！

常　福　是！（向外一挥手）

〔小花轿抬上。

马　周　这个……

玉　娘　你只管坐去吧！

〔马周上花轿，抬起。

〔灯暗。幕落。

第五场　武盘文

〔时间接上场。

〔常何家的厅堂。摆设富丽。

〔幕启。常何上，书僮跟随。

〔合唱：

将军急把娇娘等，

轿里抬来狂书生。

狭路相逢武盘文，

实在有理说不清。

常　何　（唱）书房之中闷煞人——

〔常夫人上，秋香跟随。

夫　人　（唱）移动莲步待嘉宾。

常　何　（唱）你也等来……

夫　人　（唱）……我也等。

恭喜你办了一桩大事情！

常　何　啊？这桩事情，你已经知道了么？

夫　人　当然知道，侄儿常福已经告诉我了。

常　何　（一愣，试探地）你可愿意么？

夫　人　此乃大好之事，岂有不愿之理？再说你要做文章，也正好用得着他。

常　何　（喜）如此多谢夫人！（作揖）

夫　人　喔唷！何必客气！按理说，我应该谢谢你才对。

常　何　（不解）啊？你谢我？……（旁白）这是什么意思？

〔常福上，施礼。

常　福　见过叔父婶娘！

常　何　免礼免礼，事情办好了么？

夫　人
常　福　办……办好了。

常何
夫人　（同时大喜）办好了，有赏有赏！

〔常何示意书僮赏银子，夫人示意秋香赏银子，常福两面受赏。

常　福　多谢叔父，多谢婶娘！

常何
夫人　（同时）人来了么？

常　福　人已经来了，轿子已到门口，可要抬进来？

常　何　办得爽快！

夫　人　办得能干！

常　何　快快抬进来！

夫　人　快快请进来！

常　福　是！（下）

常　何　夫人，你真的愿意我请她来么？

夫　人　我是日也盼，夜也盼啊！

常　何　啊！哈哈哈哈！过去我错怪你了！

（唱）大贤大德好夫人，
实不该把你当醋瓶。
新人来此定感激，
与你相爱又相亲，
我让她日里陪你画蛾眉，
夜里伴你点朱唇！

夫　人　（跳起来）你发疯啦！

（唱）你文章做出神经病，
胡言乱语羞煞人。
请他来此教诗文，
怎可伴我点朱唇？

常　何　（莫名其妙）什么？（忽又恍悟）啊，夫人不喜她陪伴，也就算了。就让她住在偏房。

〔常福引马周坐轿抬上。常何大喜，忙乱相迎。

常　福　请来了，请来了！（打起轿帘）

马　周　（长揖）请了！

常　何　（失惊站起）啊？（愣住）

夫　人　（站起回礼）啊，先生请，快快请坐！

〔秋香设坐，马周坐下，书僮献茶。

常　福　（向夫人递上书画）婶娘，这就是他写的诗、画的画！

夫　人　（看诗稿大喜）好！写得好！画得好！

常　何　（一把揪住常福）你怎么请了他来？

常　福　是……是夫人命我请的。

夫　人　是呀，我正要请这样一位先生。

常　何　（猛一推）蠢材！

〔常福趁势溜下。

夫　人　我看呀，常福并不蠢，老爷你倒有点……（把“蠢”字咽下，改口）……疏忽了。先生方才行礼，你怎么忘了还礼呀？

常　何　呃……还礼还礼！（懊恼坐下）

夫　人　不知先生尊姓大名，平日修何学问？

马　周　小生姓马名周，表字宾王，“四书”“五经”无所不知，天文地理略知一二。

常　何　哼！我见过他！他的学问，便是用酒洗脚！

夫　人　哈！好极啦，有气派！我就喜欢这样的先生，秋香，吩咐厨房，准备好酒好菜，款待先生。

秋　香　是！（下）

常　何　我看不必！

夫　人　（咬牙）你是怎么啦？（对马周）先生才高八斗，莅临敝府，真乃家门有幸。

马　周　不敢！

常　何　谅他不敢！

夫　人　（暗戳常何一下）少多嘴！（对马周）我家小儿常贵，生来聪明伶俐，要拜你为师，烦先生多多教诲，日后定有重谢。

马　周　不敢当。

常　何　谅他不敢当！

夫　人　（拧常何一把，又对马周）我家老爷乃是一介武夫，只知舞刀弄枪，不懂斯文，先生多多包涵，莫要见笑。

马　周　文有文才，武有武功，各不相同，怎敢见笑？

夫　人　老爷，你陪先生坐一坐，我叫贵儿来拜见师傅。

常 何 （爱理不理）嗯。

〔夫人下。常何、马周各转过身去。

常 何 嘿，可恼！

（唱）一场喜事变得快，
来了这新丰店里狂秀才。
冒充佳人往里抬，
气得我颈粗脖子歪！
欲要赶他出门外——
且慢，待我出几道题难他一难！
（唱）要他自己难下台！
啊，马秀才！

马 周 常将军有何见教？

常 何 听说你学问高深，我有几件学问，想要请问。

马 周 请讲。

常 何 你听了！

（唱）什么东西长不了？
什么事情苦难熬？
怎样一来定吃饱？
青天共有多少高？

马 周 （唱）骄奢淫逸长不了，
民不聊生苦难熬，
五谷丰登定吃饱，
青天无限万里高。

常 何 嘿！不对不对！

马 周 如何不对？

常 何 你的学问，看来有限得很。（伸小指头）全部答错了。撤座！

〔书僮撤去马周的座位。

马 周 （愤然）错在哪里？倒要请教。

常 何 好，我就告诉你，让你长长见识！

（唱）兔子尾巴长不了，
老鼠见猫苦难熬，
狗落粪缸定吃饱，

两个蛤蟆一天高！

马　周　岂有此理！

常　何　嘿！常言道：蛤蟆跳得半天高，两个蛤蟆岂非正好一天之高？！

马　周　荒唐之极！

常　何　你学问太少，自然不懂！哈哈哈哈！

（唱）你枉读诗书全无用，

酒囊饭袋一世穷。

区区小事全不懂，

误人子弟我不容！

马　周　好恼也——

（唱）今日大材遇小用，

忍辱上门只为穷。

他无理取闹将人戏，

他不容我，我岂能容？

你且听了！

马周人穷志未穷，

今日浅滩困蛟龙。

常何你无知鼠辈太懵懂，

你无礼来我不恭！（猛然击桌）

常　何　你放肆！

马　周　你无礼！

常　何　哼哼！

马　周　哼哼！

常　何　当日新丰店里，我饶你性命，还敢如此猖狂？

马　周　马周为人做事，正大光明，何用你来饶我？

常　何　似你这等秀才，我家不要！

马　周　你便再想请我，我也不来，告辞！

常　何　不送！

〔马周愤然而下，常夫人拉着常贵上。

夫　人　咦？那位先生呢？（常何不应）

常　贵　师傅呢师傅呢？（常何不睬）

夫　人　你倒是说话呀！

常　何　那先生并无学问，被我一考，就吓跑了。

夫　人　什么？你去考人家？

常　何　“兔子尾巴长不了，老鼠见猫苦难熬”他都不懂，这种先生有什么用处！

常　贵　（失笑）哈哈哈……

夫　人　（打常贵一掌，对常何）你这个草包哎！

（唱）先生他天文地理全知晓，
考什么兔子尾巴老鼠猫。
秀才原是一个宝，
派派用场本不少。
代写书信兼记账，
文书往来他一手包。
夜里代你写奏稿，
日里为儿把书教。
正逢你苦恼文章做不好，
到手秀才又赶跑。
明日里万岁要你把卷交，
我看你五品官儿要坐牢！

常　何　啊呀，你为何不早讲？

夫　人　你自己的头脑呢？想小老婆想昏啦！

常　何　（顿足大悔）嘿……

夫　人　（严厉地命令）你快去把他请回来！

常　贵　（撒娇）我要师傅，我要师傅！

常　何　（挥手）不要吵！（失手打翻贵儿）

常　贵　（号啕大哭）呜哇……

〔幕落。

第六场　二进店

〔时间：当天晚上。

〔月夜，寒风。地点仍在玉娘家小店的门前。色调完全变了，好似换了一个场景。一树蜡梅在寒风中摇曳。

〔幕前合唱：

将军府上哭号啕，

玉娘店里静悄悄。

长安月下寒风夜，

千针万线补狐袍。

〔合唱中幕渐启，影渐显。玉娘正在灯下补狐裘，打二更。

玉　娘（唱）耳听更鼓传街楼，

玉娘灯下补狐裘。

月光如水过窗冷，

寒风透壁令人愁。

孤孀受遍千般苦，

三年历尽万种忧。

每日里强打精神驱恶狗，

到夜来难禁枕边泪暗流。

人间浑浊我看透，

独敬那志诚君子穷马周。

相公啊，你才高学广人品好，

飘零落魄志难酬。

今日受聘去学馆，

但愿你时来运转再莫愁。

今夜里春寒料峭分外冷，

你衣衫单薄，为何不来穿狐裘？

〔马周醉步踉跄，迎着寒冷的北风，上。

马　周（唱）穷马周，马周穷，

狂醉踉跄迎北风。

平生未做亏心事，

老天待我太不公。

招贤原是南柯梦，

长安对我路不通。

满腹经纶全无用，

教书糊口也难容。

无颜再见玉娘面，
决计回乡直朝东！
玉娘啊，今生难报恩义重，
但愿来世再相逢！

〔一头撞在蜡梅树上，吃惊。

马 周 啊？怎么又走到这里来了？呀！

（唱）窗内烛影暗摇红——

〔暗暗上前，通过窗眼望去，激动。

（唱）恩人她将我狐裘密密缝。
一阵感激情难禁，
好似热泉涌心胸。
痴立窗前步难动——

〔寒风卷地而来，马周瑟瑟发抖。

玉 娘 呀！

（唱）窗外阵阵起寒风。
相公呀，时过二更不回转，
莫非你又在意外不测中？
莫非你夜晚归来迷了路？
莫非你此去不利又逢凶？
神志恍惚……（一针扎在指上）
唷！（拭血）

马 周 （在窗外，同时）唷！

玉 娘 （唱）……连心痛……

马 周 （感动地唱）玉娘为我指流红！

〔马周禁不住流泪，僵立在一旁。

〔小妹睡眼惺忪地上。

小 妹 嫂嫂，你还不睡觉呀？

玉 娘 马相公还没回来。

小 妹 到现在还没回来？怪不得我做了一个梦。

玉 娘 什么梦？

小 妹 嫂嫂！

（唱）我梦见满山遍野百花红，

我与你化作彩蝶飞花丛。

万花丛中见哥哥，

突然间，哥哥变成了马相公！

玉　娘　傻丫头，不要乱讲。

小　妹　真的真的，一点不骗你。咦？马相公为啥说过回来又不来呢？

玉　娘　猜不透啊。

小　妹　啊呀不好，说不定跌进护城河里去了？

玉　娘　（也急起来）难道他……真的这样晦气么？……

小　妹　说不定呢，我们快去找一找，到常将军府上去问一问。

玉　娘　也好！快打灯笼。

〔马周欲避，又难以移步，缩成一团发抖。

〔玉娘拿了狐裘，小妹提了灯笼，两人出门。小妹一眼看见，吃惊大叫。

马　周　莫怕，莫要怕……

小　妹　啊也！原来躲在门角落里，同我们捉迷藏！

马　周　（又激动又冷）这……

玉　娘　马相公！

马　周　哎……（声音发抖）

玉　娘　看你冻成这个样子！（忙为他披上狐裘）快快进屋来。

〔玉娘与小妹扶马周进屋。

小　妹　马相公，你又碰见倒霉事情了么？

马　周　唉，不用提起！我马周连教书也教不成，被他家赶出来了。

玉　娘　不用说了，只要回来了就好。

小　妹　对，回来了就好！

玉　娘　小妹，去烧碗姜汤来，给马相公驱驱寒气。

小　妹　是！（下）

〔玉娘与马周默默相对。

马　周　（看着狐裘，无限感慨）玉娘啊，马周在此恐无出头之日，你小户人家，度日艰难，我不能再连累你了。就此告辞！

玉　娘　（急拉住）不，不！

马　周　便是讨饭，我也要走了！（挣脱）

玉　娘　（绊倒在地）马相公！讨饭……要讨饭明天我陪你一同去讨！

马　周　（激动）玉娘！（扶起玉娘）马周我穷困潦倒，一无是处，你究竟看上我什么呢？

玉 娘 相公啊！

（唱）从来疾风知劲草，
人逢磨难见英豪。
新丰店里识君子，
两月来相敬如宾到今朝。
我敬你忠诚正直好情操，
我敬你才博学广性气高。
我敬你贫困潦倒志不倒，
我敬你面对权贵不弯腰！
相公啊——
莫道穷困无是处，
我看人才数你高；
莫道穷困无是处，
粗茶淡饭愿同饱；
莫道穷困无是处，
愿与你同往长街把饭讨！
世人不识真君子，
玉娘我偏要把贤招！

马 周 （激动得说不出话来）玉娘……（相抱）

〔小妹送上姜汤，玉娘惊觉。

玉 娘 时间不早，你快休息去吧！有何话语，明天再讲。

马 周 是！（向另一边，下）

〔小妹将碗拿下，下场。玉娘正要关大门，常福引着常何闯上。玉娘挡不住，被他们撞进店里。

玉 娘 （失惊）你们要做什么？

常 福 我们特来赔礼！

常 何 对，特来赔礼！

玉 娘 又来赔什么礼？哼哼！半夜闯进我家，真的想要抢人吗？

常 何 （辩白）不不不……

玉 娘 （打断）不要脸！

（唱）你三番两次来欺侮，

真是无耻老狂徒。
礼义廉耻全不顾，
夜闯孤孀道理无！

常　何　你弄错了！

玉　娘　呸！
（唱）你脸皮厚得绷铜鼓，
一厢情愿骨头酥。
劝你识相莫做梦，
玉娘已经有丈夫！

常　何　啊？……

玉　娘　马相公！出来帮我把两个贼打出去！

〔马周与小妹从两边上，小妹要动手。

马　周　（愤怒）啊，你们来此作甚？

常　福　马相公，常将军特地亲自登门，向你赔礼来了。

常　何　（上前）都怪我是个老粗，方才多多得罪，赔礼赔礼！（施礼）

马　周
玉　娘　（面面相觑）奇怪！

常　何　请马相公今夜就回我府中去。常福，快快献上礼品。

〔常福献上元宝，马周不收。

马　周　谁要你的礼品，快快出去！

小　妹　出去出去！

常　福　马相公，我叔父堂堂五品大臣，特来谢罪请你，这是天大的面子，你怎可不去啊？

马　周　区区五品，何足挂齿！方才赶我出门，我只得赶你出去！

常　何　（懊恼）嘿！白白受气，走吧！

常　福　（一把拉住，轻声）叔父，明日上了金殿，怎样开交啊？再请另外的人代笔，也来不及了！

常　何　啊？依你怎样？

常　福　只得再求一求。

常　何　嘿！（忍下气）马相公，万般无奈，只得再来求你一求。

马　周　求我何来？

常　何　我只得讲实话了！

（唱）只因万岁把旨降，
命我等五品以上进表章，
褒贬国政论短长，
每人一篇大文章。
苦煞常何没法想，
怕只怕交上白卷难下场。
限定明早要奏上——
如今是十万火急，火烧眉毛！
（唱）恳求你大笔一挥……
我宁愿叫你一声亲爹娘！

〔玉娘暗笑，小妹大笑。

马　周　哈哈，原来如此！
（唱）马周我千里迢迢来京城，
原为国政有条陈。
怎奈帝阙通无路，
至今愤然恨不平。
也罢！
但愿朝廷革弊政，
造福苍生利万民。
代笔上书有何妨，
穷马周，今日借他常何的名！

常　何　（恳求）马相公答应了吧！

马　周　既要写这等文章，何不早讲？

常　何　对对对，都怪我不好。

马　周　（昂然入座）笔砚侍候！

小　妹　是！（捧笔砚）

〔常福连忙抢过，恭恭敬敬捧上。

马　周　取酒来！

小　妹
常　福　是！（同时奔下取酒）

马　周　磨墨！……

〔玉娘暗笑不动。常何见无人应，连忙应声。

常　何　是！（常何磨墨）

〔小妹、常福取酒上，常福欲斟酒。

马　周　换大碗来！

常　福　是！（连忙换了一个极大的大碗）

〔小妹斟酒一大碗，常福恭敬地捧上去。

〔马周接过大碗，一饮而尽，挥笔疾书。

马　周　（唱）酒落中肠胆气旺，

今日借名上表章。

下笔千言悲而壮，

万民血泪告君王。

一元复始新气象，

但求弊政一扫光！（抛笔）

拿去吧！（掷给常何）

〔常何连忙接住。

〔马周大笑，支持不住，醉倒。

〔玉娘与小妹忙扶。

〔幕落。

第七场　识真贤

〔时间接上场。

〔金銮宝殿，金碧辉煌，豪华壮丽。

〔合唱中幕渐启。

金銮宝殿气势壮，

帝王当殿阅文章，

唯恐难如君王意，

百官如同上考场。

〔幕启。文武百官已在列班侍候，常何立在班末，是大臣中最小的官儿。

〔唐太宗穿戴帝王冠服，英气勃勃，披览百官的文章。

唐太宗　（唱）房卿此文堪嘉奖——

〔大臣甲面有喜色，躬身谢恩。

唐太宗 （唱）长孙的文章深谋远虑见识长！

〔大臣乙欣喜，拱手作谢。

唐太宗 （唱）权万纪——

大臣丙 臣在！

唐太宗 （唱）所言不痛也不痒，

〔大臣丙低头惭愧退回。

唐太宗 （唱）为什么不见魏徵好文章？

大太监 启万岁，魏徵告病在家。

唐太宗 扫兴！（又看一篇）

（唱）此文看得我头脑涨——

〔常何及封世隆吃惊，提心吊胆。

唐太宗 （唱）阿谀奉承马屁连篇奴才相！

封世隆 臣在！

唐太宗 你这奏章之上，写些什么？

封世隆 启奏万岁，近日南山凤凰来仪，白雉长鸣，乃国家祥瑞之兆，理当大大庆贺一番！

唐太宗 凤凰白雉，有何道理？

封世隆 主国运昌隆，大吉大利。

唐太宗 （笑）国家兴亡，事在人为。与那飞禽走兽，有什么相干？

封世隆 这个……

唐太宗 寡人下旨求贤，已有许多日子。你身为招贤馆主，至今不见你举荐一个贤才，却来空谈什么凤凰野鸡！

封世隆 这个……怎奈当今天下，实在并无贤才。

唐太宗 胡说！

〔封世隆吓得跪下。

唐太宗 中国之大，岂无贤才？分明你自己糊涂，欲小看天下之人。如此昏庸之辈，怎敢信口雌黄！赶下殿去！

卫　士 是！（赶封世隆下殿）

〔众文武震惊。

唐太宗 （继续看文章，受震动，猛然站起）啊！

（唱）这一篇龙蛇飞舞气势壮，

条陈国事慨而慷。
细诉民情周而详，
痛斥弊政二十桩。
啊呀好哇！
谁人上本？我要刮目看，（翻阅）
却原来不是文臣，倒是常何武中郎！

（大喜）常将军！

常　何　臣在！

唐太宗　哈哈！往日你南征北讨，功劳不小，如今又这样的好学问，实在难得。近来读书不少吧！

常　何　（大喜过望）嘿嘿，嘿嘿！读书么，人家读四书五斤，我一读就读了两三百斤！嘿嘿嘿嘿！

唐太宗　啊？你胡说什么？

常　何　小臣不敢胡说，我力气大，两三百斤不在话下，就是四五百斤，我也拿得起，放得下。

唐太宗　（起疑）啊……我且问你，你这奏章之上，都写了些什么？

常　何　（目瞪口呆）这个……

唐太宗　讲！

常　何　启禀万岁，我记性不好，忘记了！

唐太宗　大胆！

〔常何吓得跪下。

唐太宗　你可知罪么？

常　何　（旁白）啊呀糟糕，那穷秀才不知写了些什么，闯下大祸了！（叩头）万岁恕罪！

唐太宗　你把这篇文章的来龙去脉，速速讲来，不得隐瞒！

常　何　啊呀万岁，这篇文章胡说八道，实在不是我写的，小臣该死！

唐太宗　是谁代你写的？

常　何　（吓坏了）就是那新丰店里的穷秀才马周代我写的。他写了些什么，我真的一点也不知道啊！（叩头）

唐太宗　（一怔）啊，是他！起来！速速宣那马周，前来见我，不得有误！

常　何　是！（抱头鼠窜而下）

〔灯暗。

〔二道幕前。

〔内马周起导板。

马　周　（唱）冷水浇头催酒醒——

〔马周头套绳索，被常何拉上。

马　周　（唱）颈套绳索来面君。

常　何　快走！

马　周　（唱）常何威逼凶又狠，

可怜那玉娘受惊泪淋淋！

常　何　快走呀！

马　周　（唱）马周文章无差错，

为百姓，今日上殿敢力争！

常　何　快快快！

马　周　（唱）强移醉步把丹墀进——

〔马周、常何下。

〔内传："马周上殿！"

〔再传："马周上殿！"

〔二幕启，金殿景再显。

〔常何拉马周上，强迫他跪下。

常　何　启禀万岁，马周带到！

唐太宗　（猛然地站起）出接！

〔唐太宗离座降阶而迎，众臣失色相随。

唐太宗　（唱）大贤到此我降阶迎！

〔唐太宗扶起马周，两人照面，马周吃一惊。

马　周　啊……当初马周不识龙颜，有大不敬之罪！（下跪）

唐太宗　（激动地）啊！爱卿无罪，罪在寡人也！

（唱）见大贤衣衫褴褛我心痛，

恨当初双目如瞽耳不聪。

马爱卿！（扶起）

新丰狩猎早相逢，

初遇爱卿酒肆中。

寡人我隐姓埋名未律己，

却道你御酒濯足礼不恭。

都怪我闻谏不喜有骄意，
责人细过量不洪。
失之交臂罪在我，
害得你流离颠沛遭贫穷。
大浪淘沙真金见，
拜读贤文敬高风。
民间果有真良士，
邦国有幸得卧龙。
今日重逢无限喜——
（升座）马周听封！

马　周　臣！

唐太宗　（唱）破格加封麟台凤阁御史公！

马　周　谢万岁！

唐太宗　（唱）莽常何……

常　何　（发抖跪下）臣该死，臣该死！

唐太宗　（唱）……无意中举贤也有功，

常　何　（莫名其妙）啊？

唐太宗　（唱）加官晋爵居郎中。

常　何　（大喜过望）谢万岁，万万岁！

众文武　（皆大欢喜）哈哈哈哈！

唐太宗　马爱卿！

马　周　臣！

唐太宗　你一人来到长安，家中可有妻小么？

马　周　妻子亡故三年，实因家贫，未能再娶。

大臣甲　启万岁，老臣小女年方二八，尚未配婚。

大臣乙　万岁！微臣长女，今年十九了，尚无夫婿。

大臣丙
大臣丁　万岁！吾等也有女儿……

唐太宗　（打断）住了，你等有女儿，寡人就没有御妹么？

大臣丙　不敢！（低头）

唐太宗　马爱卿，随我进宫细谈！退朝！

〔唐太宗携马周手，同下，太监、卫士、宫女随下。

〔众大臣惊羡。

〔幕落。

〔幕落后仍然鼓乐喧天。

第八场 三进店

〔时间接前场。

〔玉娘家的内厅，景同第四场。

〔鼓乐声中合唱起：

只因奇女识英贤，
今日长安鼓乐喧。
鼓乐喧天人心碎，
玉娘腮边泪未干。

〔幕启，鼓乐声继续，时隐时现。

〔玉娘擦着眼泪，与王老头上。

王老头 玉娘，你不要着急，马相公究竟犯了何罪，娘舅帮你去打听打听！

玉　娘 娘舅，你一来，就碰到这种事……

王老头 心宽一点，我去去就来，不管是死是活，定把马相公找回来！（下）

〔鼓乐声又响起来，小妹上，惶惶四顾。

小　妹 嫂嫂，鼓乐喧天，不知是谁家娶亲呢？

玉　娘 唉！马相公此去金殿，生死不明，管它谁家娶亲呢！

小　妹 （心酸）嫂嫂，马相公是个好人，定是冤枉的！（哭）

玉　娘 （悲从中来）定是那个常何设下的诡计，陷害了他！（哭）

〔乐声大振，玉娘、小妹相抱而哭。

〔猢狲儿奔上，边喊边跑，乐声隐去。

猢狲儿 报喜报喜，恭喜恭喜！

玉　娘 什么？

猢狲儿 你们还哭什么？马相公上了金殿，被万岁看中，封了大官啦！

小　妹 （高兴得跳起来）啊？真的？

玉　娘 封了什么官？

猢狲儿 这个……倒记不清楚了，反正是个大官！

玉　娘 （激动地）马相公真的做官了？……

猢狲儿 一点不错，玉娘大姐，你也要富贵了！

〔袁天罡气喘喘地奔上。

袁天罡 啊，玉娘大姐，马相公上了金殿，做了大官了！

玉　娘 （喜悦）这么说，是真的了！

袁天罡 当然是真的，不过……（连忙闭嘴）

玉　娘 不过什么？

袁天罡 这个么……不讲也罢。

玉　娘 讲呀，真是急死人了。

袁天罡 讲了也好。马相公做了大官，当朝宰相房大人，国舅爷长孙大人，还有张尚书李太尉，都要把女儿嫁给马相公！

玉　娘 啊？（木然片刻，镇定下来）马相公怎样说呢？

袁天罡 听说还没有定，马相公正在一个一个地挑选呢！真是个个如花似玉呀……

小　妹 （气得哭出来）真没有良心！呜……

袁天罡 哎，不能这样讲，我看马相公不会没有良心；至少么，也会送几百两银子来谢谢你们！你们发财啦！

小　妹 （哭得更凶）哼！没良心没良心！……

玉　娘 （心情沉重地为小妹拭泪）小妹，不要哭！

（唱）事属传闻难凭信，

不可以任性骂人没良心。

更何况，玉娘本意助君子，

此外并无非分的心。

马相公，得做高官应欢喜，

但愿他，鸿鹄得志上青云。

从来患难易相处，

富不忘贫有几人？

只要他，能为百姓除弊政，

岂图他，酬谢玉娘几两银！

〔王老头上气不接下气跑来。

玉　娘 （忙扶住让坐下）娘舅！

王老头 玉娘……马相公他……

玉　娘 他怎么样了？

王老头 他……他再也不会回来了。

玉　娘 （吃惊）怎么啦？

王老头 他他他……被万岁召进宫去，招为驸马了！

玉　娘
小　妹 啊！（绝望地颤抖起来）

〔伴唱骤起：

啊——

甜酸苦辣涌心胸，

仰望帝阙万千重。

贵贱自来鸿沟起，

人生何处再相逢？！

〔玉娘禁不住落下了泪。

王老头 玉娘，你，你不要难过。

玉　娘 （闪耀着泪花）不，我不难过，我在为马相公高兴啊！

〔鼓乐声又起，常何手捧一大盘金元宝上，后随常福侍从，皆捧礼盒。

常　何 （深深一躬）常何有礼了！

常　福 常福有礼了！（打躬）

玉　娘 （吃惊，拭泪）你、你们又来作甚？

常　何 我奉了圣旨，特地给你送上喜礼！

玉　娘 什么喜礼？

常　何 成亲的喜礼啊！

玉　娘 （怒）你与我滚！

（唱）莫道贫女弱可欺，

玉娘矢志不可移，

倘若奉旨将我逼，

宁愿一死决不依！

〔玉娘猛然拔出常何的宝剑要自尽，常何连忙拉住。（大叫）哎呀不可！玉娘你误解了，常何此来，乃是奉了圣旨，专为御史公大人说媒来的。

玉　娘 御史公大人是谁？

常　何 就就就……就是马、相、公！

玉　娘　（不信）马相公？他不是招了驸马了么？

常　何　玉娘你有所不知，马相公做了高官，丞相把女儿许他，他不要；国舅把千金配他，他不肯；连万岁也要把御妹长公主下嫁……

众　人　（紧张）怎么样？

常　何　他也婉言辞绝了。如今他奏明万岁，他只要一个患难中生死相扶的……

众　人　（更紧张低声地）什么人？

常　何　（大声）他的恩人柳玉娘！

玉　娘　啊？！（激动得站不住，小妹忙扶）

〔鼓乐大振。

〔马周穿了崭新的官服上，侍从中已有家人和丫头一大群，其中有人捧了托盘，用红绸盖着。王老头、袁天罡、猢狲儿一拥而上向马周行礼贺喜。

马　周　（向王老头拱手）王老伯！（急急地向玉娘上前几步）恩人柳玉娘在上，请受马周一……一拜！（跪拜下去）

玉　娘　（泪如泉涌）马……相……公！（扶起）你……你到底回来了啊……（拭泪）

马　周　玉娘，马周我身受大恩，无以相报，（示意丫鬟连忙托盘）今日以此相酬，以报万一，请你收下了吧！

玉　娘　这……（推让）

小　妹　（揭开红绸一看，光彩夺目，惊叫起来）啊！凤冠霞帔！

玉　娘　啊？（一时手足无措）

马　周　（捧过凤冠）你就收下吧！

玉　娘　（恐慌起来）不不不，我决无非分之想，这凤冠霞帔，如何担当得起？

袁天罡　担当得起！

常　何
猢狲儿　担当得起！

马　周　玉娘，你若不收，我就跪下了！（欲跪）

玉　娘　（忙拦住，激动地）这个……马相公，我柳玉娘是个贫贱女子，卖饼为业，一无才，二无貌，你究竟看上我什么呢？

马　周　（深情地，起叫头）玉娘呀！

（唱）从来疾风知劲草，

　　　患难相知恩义高。

想当初，马周落魄无人晓，
四面碰壁遭冷嘲。
穷困潦倒无人睬，
唯有你玉娘仗义把我招！
我敬你玉洁冰清高情操，
我敬你慷慨助人志气豪。
我敬你赤诚之心肝胆照，
我敬你面对权势不弯腰！

玉娘啊！
莫道贫贱无才貌，
马周不忘患难交；
莫道贫贱无才貌，
生死与你同到老；
莫道贫贱无才貌，
你比那九天仙女，更美、更贤、
更好、更高、更勤劳！
你就收下吧！（送上凤冠）

玉　娘　这个……（还想推让）

常　何　（见时机成熟，拿出圣旨）圣旨下，快快接旨！

〔马周、柳玉娘等皆跪。

常　何　（读得结结巴巴）“皇帝诏曰：寡人亲自做媒，马周、柳玉娘即日成亲，加封柳玉娘一品诰命夫人！钦此！”

马　周
玉　娘　谢万岁！

袁天罡　哈哈！不是在下夸口，我早就相准了是一品夫人！

王老头　哼哼！你给马相公相的什么命？你忘记啦？哈哈哈……

马　周　（捧着凤冠，深情地）娘子！（再一次送凤冠）

玉　娘　（羞涩地）多谢官人！（接过）

小　妹　（亲热地）哥哥！

〔玉娘接过凤冠，丫鬟们一拥而上，侍从们一霎时像变魔术一样挂起了双喜和彩带，宫灯耀眼，红烛高烧，整个场面倾刻改观。丫头们拉起围幛，为玉娘穿戴凤冠霞帔。合唱起：

霎时张灯又结彩，
今日奇女配英才。
鲜花伴着泪水开，
风流佳话传下来！

〔伴唱声中，袁天罡司仪：一拜天地，二拜君王，夫妻对拜，送入洞房！

〔欢乐的气氛中剧终。

〔马周拉着系着彩球的红绳，拉玉娘转了一圈，随即向观众谢幕。

1982年

七场古装越剧

五女拜寿

顾锡东

人物表 杨继康——户部侍郎。
杨夫人——继康妻。
杨元芳——长女。
俞志云——长婿。
杨双桃——次女。
丁大富——次婿。
杨三春——三女。
邹应龙——三婿。
杨四香——四女。
陈文新——四婿。
杨五凤——五女。
陈文华——五婿。
陈松年——礼部侍郎。
陈夫人——松年妻。
翠　云——杨府义婢。
邹士龙——邹应龙弟。
春　兰——元芳婢女。
夏　莲——双桃婢女。
秋　菊——四香婢女。
冬　梅——五凤婢女。
杨府老家人　杨府家丁甲、乙、丙、丁　丁府四婢女　钦差　校尉

第一场　拜寿堂老母偏心

〔明代嘉靖年间。春暖花开之时。

〔户部侍郎府，牡丹厅寿堂，喜气洋洋。

〔幕后合唱：

牡丹竞放笑春风，
喜满华堂寿烛红。
白首齐眉庆偕老，
五女争来拜寿翁。

〔合唱声中杨继康、杨夫人笑哈哈上，翠云随云上。

杨继康　（唱）一生谨慎立朝堂，

杨夫人　（唱）夫荣妻贵寿而康。

杨继康　（唱）疏远严嵩思告老，

杨夫人　（唱）还乡安度好时光。

〔老家人喜冲冲上。

老家人　禀老爷夫人，扬州大小姐大姑爷、二小姐二姑爷，杭州四小姐四姑爷、五小姐五姑爷，带来各式各样寿礼，一齐进京拜祝老爷六秩大寿来了。

杨继康、杨夫人　快快有请。

老家人　是。（向外）有请大小姐大姑爷、二小姐二姑爷、四小姐四姑爷、五小姐五姑爷。

〔众女儿女婿上。丫鬟春兰手托玉如意、夏莲手托金寿星、秋菊手托红珊瑚、冬梅手托翡翠瓶随上。

众女婿　啊，岳父岳母在上，小婿大礼拜祝寿诞。（同跪拜）

女　儿　女儿祝爹爹母亲寿诞。

杨继康、杨夫人　贤婿、女儿请起。

众女婿　谢岳父岳母。（起身）

女　儿　谢爹爹母亲。

杨继康　哈哈哈，众位贤婿、女儿，路上辛苦了。

俞志云　（抢先命春兰献玉如意）岳父岳母啊！

（唱）白玉如意献岳丈，

如意吉祥祝寿长。（翠云收礼品）

接手谕，知有告老还乡意，

愿奉养，如同孝敬亲爹娘。

常言道，长婿当作半子靠，（挽杨元芳）

我夫妻，拜迎两老到维扬。

杨夫人　（对杨继康）大姑爷不愧是尚书公子，孝心可嘉。

杨继康　哈哈哈。

杨双桃　（忙到两老身边）母亲爹爹啊（从夏莲手中取过金寿星）

（唱）赤金寿星笑口开，

寿比南山景云辉。

（奉金寿星与母亲，翠云上前接过）

你女婿件件都听我，

爹娘啊，养老要到我家来。

（示意丁大富快讲）

丁大富　（赶向前）是啊！

（唱）贤妻说，报答双亲恩和爱，

为养老，瘦西湖边造楼台。

杨夫人　（对杨继康）二姑爷是扬州首富，你看，这金寿星多像你呀。

杨继康　呵呵呵。

陈文新
陈文华　（齐上前）岳父岳母啊！

〔秋菊托红珊瑚，冬梅托翡翠瓶上前，

陈文新　（唱）献上这，玲珑珊瑚福临门，

陈文华　（唱）呈上了，翡翠宝瓶万寿春。

陈文新　（唱）爹爹说，亲家本是同窗友，

湖山有幸迎知心。

陈文华　（唱）母亲说，天下风光西湖好，

颐养天年可长生。

杨四香
杨五凤 （齐唱）爹娘啊，婆婆临别细叮咛，

养老还请到杭城，
姐妹晨昏共侍奉，
嘘寒问暖孝双亲。

杨继康 （对杨夫人）陈亲家教子有方，不愧是相国后代。

杨夫人 这两对小夫妻真讨人喜欢。

杨双桃 啊呀！母亲爹爹，扬州的花园，数丁府顶大顶漂亮，还是到我家来养老的好。

丁大富 对对对，一定到我家来。

俞志云 （拉杨元芳走向前）岳父岳母，长婿如同长子，理应请两老到我家来住。

众 岳父岳母到杭州来，到扬州来，到我家来。（重句）

杨继康 不要争了，你们都有孝心，等我告老以后再作商议，你们先到花厅用茶。

杨双桃 （赶忙抢话）哎呀母亲，你最喜欢我，你若不到我家来，女儿不依！（扭着杨夫人撒娇）

杨夫人 （满心喜悦地）真把你宠坏啦。

〔老家人引众女、众婿、众婢下。

杨夫人 （唱）四个女儿好孝心，
更难得，个个女婿似儿亲。

杨继康 （唱）堂前花开有五朵，
可惜是，义女三春未来临。

杨夫人 （不悦）我四个亲女儿够了。

〔家丁甲上。

家丁甲 禀老爷夫人，三小姐三姑爷拜寿来了。

杨夫人 带来什么寿礼？

家丁甲 一双空手！

杨夫人 哼！这个领养的野丫头，嫁了个穷书生，流落天涯，她来作甚？

杨继康 夫人，既来拜寿，可谓知礼。吩咐他们进来。

家丁甲 是。（向外）三小姐三姑爷，老爷叫你们进来。

〔邹应龙、杨三春朴素打扮上。家丁甲下。

邹应龙 娘子请。

杨三春 官人请。

邹应龙　你我一同上前拜寿。

〔邹应龙偕杨三春一齐进厅堂。

邹应龙　岳父岳母在上，小婿大礼拜祝寿诞。（同跪拜）

杨三春　爹爹母亲女儿

杨继康　哈哈哈，请起。

杨夫人　（正眼也不看）罢了，罢了。

邹应龙　谢岳父岳母。

杨三春　爹爹母亲。

杨继康　你们两人从哪里而来，这一向家境可好？

邹应龙　岳父岳母啊！

（唱）想先父，两袖清风一身轻，
蒙岳父，践约成婚配千金。
数年来，草堂授课南京郊，
娘子她，针线助我读书文。
叹去岁，赴考名落孙山外，
空辜负，立志报国一片心。
是娘子，屈指算来寿期到，
因此上，双双拜寿到府门。

杨继康　哦，却也难为你们。

杨夫人　哼，拜寿拜寿，一双空手，成何体统！

杨三春　爹爹母亲啊！

（唱）与官人，专程拜寿心意诚，
空手而来有内情。
女儿我，千针万线漏夜赶，
为爹娘，寿鞋两双早绣成。
有道是，千里来把鹅毛送，
礼薄情重奉年尊。
谁知晓，昨夜宿店遇窃贼，
盗去寿鞋与衣银。
身无分文徒步走，
一路安慰我官人。
只要人到心意到，

定能得，两老原谅两三分。

杨继康 原来如此。看来你们夫妻空腹而来，未曾用餐？

邹应龙 不妨。

杨夫人 不用说了。翠云，你领他们到厨房吃饭去。

翠　云 夫人，即刻就要摆酒开筵了，让三小姐三姑爷一道吃吧。

杨夫人 多嘴！好吧，让厨娘好菜好饭看待。

翠　云 是。（同情地）三姑爷三小姐，随我来。

〔翠云引邹应龙杨三春下。

杨继康 夫人，为何不让他们一同赴宴？

杨夫人 算了，他们上不得台盘。来呀，吩咐奏乐开筵。

〔内应声："夫人吩咐，奏乐开筵。"

〔乐声中家丁们端菜盘过场。

〔众女众婿争先恐后地簇拥杨继康杨夫人去筵会厅赴宴下。

〔杨元芳走在后面返身探望。翠云上。

翠　云 大小姐！

杨元芳 翠云，听说三春妹妹和三妹夫也赶来了，人呢？

翠　云 老夫人让三小姐三姑爷到厨房去吃饭啦！

杨元芳 啊？！……

俞志云 （上，催杨元芳）快走呀！（拉杨元芳同下）

〔筵会厅中传来一片喧笑声。内声："祝岳父岳母寿比南山，福如东海！哈哈哈！"

翠　云 唉！

〔幕闭。

第二场　闹柴房姐妹绝情

〔若干天后。

〔杨府后院一角，青藤小麻房。

〔幕启，邹应龙执卷看书，杨三春在一旁绣花为母做鞋。

〔翠云捧茶盘自外上。内丁大富声："明天我请客。"俞志云声："好，你可不要吃醉了。哈哈哈！”

翠　云　（唱）可恨世道不公正，
只重衣衫不重人。
这几天，贵婿吃尽团圆酒，
冷落了，贤德小姐穷郎君。
夫人偏心太势利，
老爷糊涂不过问。
三小姐，补做寿鞋多劳累，
翠云我，于心不忍来照应。（入内）
三姑爷、三小姐请用茶。

杨三春　喔，多谢翠云。

翠　云　唉，一样女婿，两样看待。他们住在楼房，吃在厅堂；你们住在偏房，吃在厨房。三小姐，这几天委屈你们了。

杨三春　（淡淡一笑）不要这样说，翠云啊！
（唱）花树同园不同根，
我与那，姐妹并非一母生。
想当年，生父惨遭严嵩害，
救孤女，多亏叔父杨继盛。
爹爹收我为螟蛉女，
没齿难忘养育恩。
归来拜寿无孝敬，
娘亲见责也该应。
官人更是豁达人，
你看他，陋室不废读书文。

翠　云　姑爷，你听见了没有？

邹应龙　（专心读书未闻）啊，听见什么？

翠　云　姑爷住在这里……

邹应龙　哈，翠云，你看这本书上说：（读书调）“陋巷箪瓢，饔飧不继，回也不改其乐。”

翠　云　哎呀，你文绉绉的，我可听不懂。

邹应龙　是说孔圣人弟子名叫颜回，住的破房子，用的破篮子，经常饿肚子，可是他有书可读，照样十分快乐。我在这里有你翠云照顾，（读书调）胜

过颜回十倍啊，十倍哟。（坐下看书）

翠　云　姑爷真好！（见一双绣鞋）这双鞋已经绣好了。

杨三春　翠云，你看，这是我给母亲绣的花样。（两人看绣匾低语）

翠　云　绣得真好。

〔春兰、夏莲、秋菊、冬梅纷纷上。

夏　莲　姐妹们，来，看看这个穷姑爷什么样子！

春　兰　对，快去看看。（大家在门外窥看）

夏　莲　哎唷，衣衫褴褛，面黄肌瘦，小姐不像像丫头，姑爷不像像猴头，哈哈哈……

众丫头　哈哈哈……（邹应龙、杨三春泰然自若）

翠　云　（闻声气冲冲出来）你胡说什么？

夏　莲　（脸一沉）我说什么，你管不着！

翠　云　哼，不要狗眼看人低，你们把三姑爷当作什么样人看待！

夏　莲　姑爷？姑爷见得多了。春兰，你的姑爷是什么人？春兰我的姑爷，堂堂尚书公子，状元种子！

秋　菊　我的姑爷，前朝宰相孙子，杭州才子！

冬　梅　我的姑爷，也是宰相孙子，江南名士！

夏　莲　嘿，我的姑爷，扬州首富，有财有势，脚盆嵌玛瑙，檀香劈柴烧，山珍海味吃勿了，拿去喂狗喂猫！

翠　云　嘿，我们三姑爷，可不像那种绣花枕头一包草，三姑爷学问好、骨气好、心肠好，时来运转，必中状元！

夏　莲　嘿嘿，他中状元，你挖掉我一双眼睛！

翠　云　你敢打赌？

夏　莲　打赌就打赌！（与翠云拍手掌）嘿嘿，你看中这个叫化状元，给他做小老婆好啦……

翠　云　（怒打夏莲耳光）

夏　莲　啊，你打你打你打！气死我了……（欲拚）你这贱人！

春兰等　（忙劝阻）好了好了……

杨三春　（忍不住，出来严正地）不要吵了！

〔众丫头不由自主畏怯，霎时静下来。

杨三春　（停了一下）……夏莲，我看二姐把你宠坏了，如此出言势利，肆意谩骂，太没有规矩了！

夏　莲　哼！（下，春兰、秋菊、冬梅随下）

杨三春　（见翠云气哭拭泪）翠云妹，何必与她一般见识，官人有我照应，你只管侍候老夫人去吧！翠云妹，你受委屈了！……

翠　云　三小姐，是你们受了委屈，你……你们还是回去吧！（含悲急下）

杨三春　（唱）翠云仗义受了气，

含泪劝我把家离。

不怪小婢心势利，

多留只怕惹是非。（进室内）

官人！

邹应龙　哎，娘子！……

杨三春　可曾听见门外婢女吵架？

邹应龙　婢女吵架，与我无干！（仍欲看书）

杨三春　（夺下书本）你啊！

（唱）吵架本为嘲笑你，

翠云仗义反受气！

邹应龙　（唱）娘子啊！大人不记小人过，

荷花出水有高低。

夸我不足喜，

骂我不生气。

燕雀安知鸿鹄志，

何必与，势利之辈辩是非。

杨三春　（唱）官人啊，势利之言可不理，

人多口杂要受欺。

我不畏天涯风霜苦，

愿随你，及早抽身万里飞。

邹应龙　我的好娘子啊！

（唱）并非我，寄食岳家少志气，

更不愿，在人檐下把头低。

都只为，久仰叔丈杨继盛，

他为那，铲除严嵩费心机。

我本想，寿堂面献除奸计，

谁知他，奉旨南巡出京畿。

老岳父，惧怕严嵩思告老，
欲提醒：怕虎反受虎狼欺。
鄙人暂时不想走，
为的是，得与忠良相会期。

杨三春 官人，你立志为民除害，为我报杀父之仇，妾身无不依从。

邹应龙 娘子。（端茶给杨三春）

〔杨双桃怒冲冲上，丁大富随上。

杨双桃 三春，给我出来！

杨三春 （出门赔笑）二姐，二姐夫也来了，请里边坐。

杨双桃 哼，里边一股穷酸气，我不愿意进去。

丁大富 是啊，上等之人，不进下等之房！

杨三春 （忍气）那么，有什么事？

杨双桃 我问你，我的贴身丫头，你为什么骂她，你为什么打她？

丁大富 你这是老虎头上搔痒，真正岂有此理！

杨三春 二姐，你可知道，刚才夏莲在这门外骂些什么，她跟何人吵架，是谁没有规矩？

杨双桃 算了！我全都知道！

（唱）打狗也要看主人面，
谁敢欺侮小夏莲。
丁府丫头不低贱，
官绅见了赔笑颜。
看你一身穷酸气，
摆什么，小姐架子在人前。

丁大富 对！

（唱）赫赫扬州丁百万，
侍女娇贵胜天仙。
谁敢轻易来得罪，
绳捆索绑挨皮鞭。
今朝对你还客气，
我看你，夫妻不值半分钱。

杨三春 二姐、姐夫，都来娘家做客，还当以礼相待，岂能以富欺贫，说话不讲道理！

杨双桃
丁大富　谁不讲理，谁不讲理？！

邹应龙　（出门，正色地）哎呀娘子，这种人不可理喻，何必睬她。（拉三春入内）

杨双桃　啥，没有这样便当，我们进去。

丁大富　我们进去！（两人欲进）

邹应龙　（当门拦住）且慢，你们一身珠光宝气，经不住这房中穷酸之气，何必进来！（双手关门，上闩，拉三春入内下）

杨双桃　啊，气死我了，走，告诉母亲去！

丁大富　对！告诉丈母娘去（同下）

〔幕闭。

第三场　受株连乐极生悲

〔次日。

〔侍郎府，牡丹厅。

〔杨夫人中坐，满面怒容。杨双桃、杨元芳侍立夫人身旁，俞志云一旁等着看笑话。丁大富向厅外观望。

〔杨三春捧盘陈两双寿鞋，偕邹应龙同上。

杨三春　女儿拜见母亲。

邹应龙　女婿拜见岳母

杨夫人　你手捧何物？

杨三春　为爹爹母亲补做的寿鞋，略表寸心。

杨夫人　（鄙夷地）哦？

杨双桃　哎呀母亲，这种鞋子，在我们扬州府中，只配给下等人穿用。

杨夫人　拿下去赐与门公夫妇。

夏　莲　是。（接盘下）

〔四女、五女，四婿、五婿暗上，见堂上气氛紧张，一旁伫立。

杨夫人　三春，本念你夫妻穷途落魄，好意收留府内，怎敢得罪贵客，还不当面赔礼？

杨三春　母亲！

（唱）婢女嘲骂少家规，
二姐护短理不该。
此事翠云可作证，
万望母亲作主裁。

杨双桃 哎呀母亲！
（唱）分明嫌你错责怪，
偏心糊涂不明白。

丁大富 （唱）有意挑衅不赔罪，
小婿告辞把家回。

杨夫人 贤婿坐下，有我作主。

丁大富 是。

杨夫人 贱人，你敢嫌我错怪？

杨三春 女儿没有。

杨夫人 你敢嫌我偏心？

杨三春 女儿不敢。

杨夫人 若不赔礼，便为不孝，休想留在府中。

邹应龙 岳母啊！（不卑不亢地）
（唱）我夫妻，一片诚心祝寿诞，
都只为，抚育之恩难忘怀。
有道是，富而毋骄贫毋谄，
并不想，攀龙附凤上门来。
三春她，做鞋一夜未合眼，
尽孝礼，拜别不用岳母催。
（袖中拿出书信）
但等见过岳父面，
呈上书信便离开。

杨夫人 （怒，抢过书信）
（唱）穷鬼说话太傲慢，
一阵怒火上心来。
你们要走赶快走，
何必再等老爷回。
永世不见忤逆女，

从此一刀两分开。

（掷信于地，怒冲冲下）

〔众女、婿纷纷跟下。杨元芳不忍，留下。

〔邹应龙拾起书信。

杨元芳 三妹，三妹夫。

杨三春
邹应龙 大姐。

杨元芳 （唱）母亲盛怒难劝解，

委屈贤妹受责备。

你们来时逢盗窃，

囊中空空怎生归。

还请两位稍等待，

我到房中取银来。（回身走）

〔俞志云上。

俞志云 （拦住，严厉地）你要做什么？

杨元芳 喔，官人，三妹夫妻身无分文，借些盘缠银子与她。

俞志云 父为子纲，夫为妻纲，怎不与我商量！

杨元芳 如此，官人你看可好？

俞志云 我不答应。

杨元芳 啊……

俞志云 娘子好不糊涂，岳母大人逐走不孝之人，你怎能违抗母意，接济银两！（呵斥）走！

〔杨元芳忍泪急下，俞志云神气地随下。

杨三春 想不到大姐如此可怜！

邹应龙 唉，娘子，我们回南京去吧！

〔夏莲上。对邹应龙、杨三春白一眼，扭下。

〔翠云捧小包裹叫“三小姐，三姑爷”上。

杨三春
邹应龙 翠云……

翠　云 三小姐，我害苦了你们啊……啊……（哭）

杨三春 翠云妹，不要这样说。

翠　云 （唱）送别小姐泪难忍，

种种是我惹祸根。
是我得罪势利女，
连累了，姑爷小姐横遭辱骂逐出门。
望小姐，不嫌婢女衣衫旧，
这里边，有我积蓄十两银。
临别依依情难诉，
略表翠云一点心。

杨三春 翠云妹，怎好生受于你。

翠　云 三小姐，你收下了吧！

杨三春 （唱）接过赠银心酸痛，

翠　云 姐妹情谊胜亲人。

邹应龙 （唱）多谢翠云情义好，
他年重逢报深恩。
翠云，书信一封请交岳父。（递书信）

翠　云 是。（接信）三小姐三姑爷准备到哪里安身？

邹应龙 在南京郊外，有几间草房，尽可安心读书。翠云，我们走了。

翠　云 免得旁人议论，随我走边门出去。（引三春、应龙同下）

〔杨继康内唱：
下朝堂，心惊肉跳魂魄消——

〔杨继康惊慌地上。

〔杨夫人、四女、四婿、四婢纷纷上。

杨继康 （接唱）大祸临头怎开交。

杨夫人 啊，老爷何事惊慌？

杨继康 夫人，大事不不不好了！
（唱）杨继盛，回京上本奏当朝，
他竟想，扳倒严嵩，不怕引火自身烧。
老严嵩，装腔作势把忠心表，
引得那，万岁怒气冲云霄。
大骂继盛谎奏本，
当廷拿问下天牢。
严相咬牙恨入骨，
堂弟今番命难逃。

两班文武谁敢保，
吓得我，目瞪口呆心如绞。
怕只怕，宦海变幻风波险，
遭株连，杨氏亲族受煎熬。

杨夫人 这，这，这如何是好啊！

〔众女儿、女婿低声商议。

杨双桃 （拉丁大富一起向两老）哎呀爹爹母亲，扬州家中有急事，我们夫妻要回去了。

丁大富 是呀，小婿告辞了。

夏　莲 （对双桃）是啊！家有急事，小姐赶快走！（随双桃、丁大富下）

俞志云 岳父倘若早与严丞相交好，也不会受此株连。（对元芳）岳父也太没有远见了。

杨继康 啊！你——

俞志云 告辞了。（拉元芳）

杨元芳 爹爹，母亲，女儿如何舍得……

杨继康 去吧……

〔俞推元芳下。

俞志云 （临走回头对文新、文华）你们还不快走？

陈文华 岳父家有难，怎能一走了之。

俞志云 唉，你爹爹处世谨慎。常言道：君子不立危墙之下。还是快走的好！

陈文新 弟弟，我们还是回去吧。

陈文华 岳父……

杨继康 回去吧。

〔文新拉文华下。

杨四香
杨五凤 爹爹母亲……

杨继康
杨夫人 去吧，去吧，你们都去吧。

杨四香
杨五凤 爹爹母亲……（哭）

〔四香、五凤、秋菊、冬梅下。

杨夫人 哎呀老爷啊……

（唱）刚才还是乐融融，

顷刻之间一场空。
女儿个个离娘走，
大难到来各西东。（哭）

杨继康 哎呀夫人啊……
（唱）啼啼哭哭有何用，
不如趁早整箱笼。
帮忙可叫三春女，
后院还有邹应龙。

〔翠云暗上。

杨夫人 这个不孝之人顶撞于我，被我赶走了。

杨继康 你啊……

翠　云 老爷，这是三姑爷留下的书信。（呈信）

杨继康 （拆信看）……哦……嗯……

杨夫人 敢是他骂我？

杨继康 不，不可小看应龙。他说：人不伤虎，虎必伤人。劝我暗助继盛除奸。唉，如今来不及了！（藏信入袖）

老家人 （急上）老……老爷，不好了，钦差带来校尉进府，家丁们都逃光了。老爷，你……

杨继康 你……也走吧！

〔内声："圣旨下！"

〔钦差上，老家人下。

钦　差 杨继康全家听旨！

〔杨继康夫妇跪下，翠云一旁也跪下。

钦　差 奉天承运皇帝诏曰："杨继盛诬告严嵩丞相，罪大弥天，本当九族全诛，念杨继康平时忠厚谨慎，从轻发落，即日起削职为民，抄没家产，逐出京都。钦此！"（下）

杨夫人 老爷……（哭）

杨继康 如今只剩下你我两条老命，一无所有。

杨夫人 我们只好去投奔女儿女婿了。

杨继康 只是路途遥远，无人照应。

翠　云 老爷、夫人，孤女翠云，承蒙收留十载，如今老爷两难，翠云义当照应，生死相随。

杨继康 翠云！……

〔幕闭。

第四场 势利女负心欺亲

〔初秋。

〔扬州丁大富家花厅。

〔杨双桃懒洋洋地卧在榻上，夏莲在旁打扇。

〔丁大富匆匆自外上。

丁大富 夫人，夫人……

杨双桃 哼！（转身不理）

丁大富 夫人，岳父岳母到扬州来了。

杨双桃 （坐起）哦，爹爹母亲来了，现在哪里？

丁大富 刚才我到尚书府中，大姐夫到南京去了，我在厅堂门口一张，只见大姐陪着岳父岳母……

杨双桃 我爹爹母亲什么打扮？

丁大富 穿着员外夫人衣衫，上下一身新。

杨双桃 （喜，立起）看来我爹爹没有问罪，乃是告老还乡。你为什么不接我爹爹母亲回府？

丁大富 没有夫人作主，我不敢。

杨双桃 你真笨，单是我母亲便有十万两私房银子！

丁大富 十万两银子？！

杨双桃 哼，十万两银子不能让大姐独吞。夏莲，快吩咐备轿到尚书府去。

夏　莲 是。（向外）喂，家丁们听咚，小姐吩咐备轿去尚书府。

丁大富 你去做什么？

杨双桃 接爹爹母亲到我们丁府来。

丁大富 对，夫人想得周到，我陪你一同前去。

杨双桃 不要你去。

〔杨双桃与夏莲欲下，迎面碰上俞志云。

俞志云 啊，二妹到哪里去？

杨双桃 （笑）大姐夫，你从哪里而来？

俞志云 我从南京刚回来。

杨双桃 可有到家？

俞志云 没有到家。

杨双桃 你没有到家？那……我到哪里去……暂时不告诉你。

〔一笑翩然下，夏莲随下。

俞志云 二妹夫，二妹她到哪里去啊？

丁大富 嘿嘿，夫人不说，我也不能说。请坐。

俞志云 哈哈哈，不说也罢，二妹夫，愚兄南京回来，特来跟你商量件大事。

丁大富 大姐夫请说。

俞志云 二妹夫啊！

（唱）愚兄我，为求官职到南京，

闻听得，严相巡狩江南城。

他要把，杨继盛亲友都查问——

丁大富 （惊）啊！你我两家会不会出事情？

俞志云 （接唱）幸喜我，打通关节严府门。

严相国，招贤纳士收义子，

只消你，孝敬义父万两银。

趋吉避凶有山靠，

保管你，扬州城中有财有势第一人。

丁大富 （唱）钱可通神愁变喜，

人要发财舍血本。

银子万两小意思，

不知如何去孝敬？

俞志云 此事包在愚兄身上。不过我手头不便，你借我五千两银子，你我同拜义父，共享荣华富贵。

丁大富 只是此事还要与夫人商量。

俞志云 二妹乖巧，断无不允之理。这封拜认义父的书帖，我马上与你代笔。

丁大富 大姐夫一肚皮墨水，拜托拜托！你我一同到书房，去。（与俞志云下）

〔夏莲、双桃接杨继康夫妇上，翠云随上。

夏　莲 老爷夫人走好！

杨双桃 爹爹母亲请上坐，受女儿大礼参拜。

杨继康
杨夫人 哈哈哈，女儿好孝心，一旁坐下。

杨双桃 谢爹爹母亲。（向内）来啊！（两小婢女上）你给老爷老夫人准备香汤沐浴，更换绫罗衣衫。（婢女甲应下）准备停当以后，吩咐厨房烹调山珍海味，给老爷夫人在荷花厅设宴。（婢女乙应下）

杨夫人 啊，好女儿，不必铺张了。

杨继康 是啊，生身父母不是外人。

夏　莲 （送茶）哎呀老爷夫人，二小姐想念两位老人家，哭得来眼泪答答滴，真罪过。

杨双桃 爹爹母亲……（哽咽）啊……啊……

（唱）数月来，思念双亲珠泪抛，
儿懊悔，听从你女婿往家跑。
爹爹为官多清正，
圣明天子全知道。
从未得罪严相国，
吉人天相大祸消。
喜接爹娘来养老，
花园清静画楼高。
参汤燕窝由你吃，
绫罗衣衫任你挑。
儿伴你，瘦西湖里泛画舫，
儿伴你，扬州城里任逍遥。
爹娘啊，女儿为了尽孝道，
可怜我，焚香拜天心常焦。
哎呀爹娘啊……（哭）

杨夫人 （同哭）哎呀女儿啊……我的好女儿……

夏　莲 老夫人小姐团团圆圆，勿要哭了。

杨双桃 对。夏莲，叫家丁们前往尚书府，把老爷夫人的箱笼物件、行李包裹，统统搬到这里来！

夏　莲 是！（欲走）

杨继康 慢！

杨双桃 爹爹还有什么吩咐？

杨继康 唉，儿啊，为父如今一无所有，哪里来的箱笼物件？

杨双桃 （吃惊）啊！此话怎讲？

杨继康 儿啊……

（唱）数十载，小心为官成梦幻，
可悲我，一座冰楼筑沙滩。
你叔父，除奸不成反被害，
恨严嵩，屈斩忠良逞凶残。
虽然我，留得老命免一死，
只落得，削职为民、抄没家产度日难。
小翠云，仗义陪伴同赶路，
变卖尽，随身饰物旧衣衫。
到扬州，两手空空无所有，
一路上，受尽风霜历尽难！

杨夫人 （唱）女儿啊，尚书府相会你大姐泪涟涟，
元芳她，为两老换上新衣衫。
不枉我，自幼对你最宠爱，
到你家，春风满座暖心坎，
双桃啊，为娘依你长住下，
母女相依不孤单。

杨双桃 （旁唱）懊悔我，自搬砖头压脚背，
不问情由找麻烦。
姐妹原来有五个，
怎甘心，独做傻瓜独负担。

〔两小婢上。

众小婢 禀老爷老夫人，酒筵、香汤一切准备好了。

杨双桃 （有气无处出）滚！（两小婢惶惶退下）

杨继康 啊，双桃何故发怒？

杨双桃 （强笑）嘎，这班贱人不听使唤，真叫人生气。你们坐坐，我去去就来。

〔双桃匆匆下，夏莲欲随又止，偷听。

翠　云 老爷老夫人，你们看到没有？

杨继康 杨夫人 看到什么？

翠　云　二小姐一听老爷的真情话，脸色就变了。

杨夫人　（笑）嘿嘿翠云，你二小姐，从小就是一会儿哭一会儿笑的。

翠　云　哎呀老夫人，我看二小姐没有大小姐厚道……对了，我去请大小姐来，再作商议。（欲走）

夏　莲　（凶狠狠地跳出来）慢！

翠　云　（镇静地）夏莲，你要做什么？

夏　莲　哼，当初你这贱人，仗着老夫人宠容于你，打我一巴掌，我忍气吞声。今天你东家失势了，这一巴掌我要打还。

杨夫人　夏莲，你敢？！

夏　莲　为什么不敢！（打翠云耳光）

杨继康
杨夫人　（气恼）你……

〔夏莲冷笑跑下。

杨继康
杨夫人　翠云！

翠　云　老爷夫人啊，翠云挨打事小，只怕你们这里住不得了，我去请大小姐来接你们回去。（出门急下）

杨继康　夫人，看来翠云言之有理。

杨夫人　哎呀老爷，丫头不好，与小姐有什么相干！

〔双桃、夏莲上。

杨继康　（有意试探）啊，女儿，为父腹中饥了，蒙你荷花厅设宴，快伴父母用膳去吧！

杨双桃　（苦笑）爹爹，此事不巧了？

杨继康　怎说不巧？

杨双桃　你女婿说，今天约了扬州城里富商巨贾，在荷花厅请客吃酒。

杨继康　那也无妨，不在荷花厅，可在另处设席。

杨夫人　是啊，双桃，自己爹娘不是外人，随便哪里都可以用膳嘛！

杨双桃　母亲说得对，自己爹娘，不是外人，随便哪里都可以。夏莲，带老爷老夫人到厨房里去吃饭。

杨夫人　啊……

夏　莲　两位老人家饿坏了，下厨房吃饭去吧。

杨夫人　（悲愤痛心说不出话来）你……你……

杨继康 （气笑）嘿嘿嘿，夫人，女儿这样孝心，我倒要尝尝这个味道。来！（拉夫人随夏莲下）

杨双桃 （唱）不是双桃硬心肠，
过分优待要弄僵。
赖在这里不肯走，
往后叫我怎收场！

〔翠云引杨元芳上。

杨元芳 啊，二妹。

杨双桃 嗄，大姐来了。

杨元芳 爹爹母亲呢？

杨双桃 下厨房吃饭去了。

杨元芳 什么，下厨房去吃饭？！

杨双桃 对。

杨元芳 你……（忍气欲去厨房）

〔杨继康、杨夫人迎面上。

翠　云 老爷、夫人！

杨继康
杨夫人 翠云。

杨元芳 爹爹、母亲……

杨继康
杨夫人 大女儿……

杨元芳 你们怎么啦？

杨夫人 （唱）冷菜冷饭咽不下，
一阵心痛绞乱麻。
千般溺爱万般宠，
宠养逆女虐待妈。
她把爹娘，当作一对老叫化。
皇天有眼雷打她。（摇摇欲坠）

杨元芳 （忙扶）母亲……

翠　云 老夫人！

杨继康 （唱）我把双桃贱人骂，
不由为父恨咬牙。
快与我，赔罪认错来跪下，

要不然，告你忤逆到官衙。

给我跪下！

〔丁大富、俞志云暗上。

杨夫人 （指双桃）你，你……

杨继康 （上前欲打双桃）小贱人！

丁大富 （一把推开杨继康）你敢！

（唱）要告忤逆你去告，

我只消，一张状纸到官衙。

只说你上门来敲诈，

天大官司我不怕。

杨继康
杨夫人 啊……（气得发抖）

杨元芳 爹爹母亲，随女儿回去吧！（拉父母走）

俞志云 （上前厉声）不许走！

杨元芳 官人……

俞志云 好大的胆子，没有得到我的同意，你怎敢收留他们？！

杨元芳 官人，他们是我的生身父母……

俞志云 在家从父，你可以听他；出嫁从夫，你就得听我。不要管他们，你给我回去！（厉声）快回去！

杨元芳 （哭）啊，官人啊（慑于志云目光，抑住哭声）啊……（跪）

（唱）痛断肝肠忙下跪，

哀求官人发慈悲。

哪个不是爹娘养，

怎把双亲轻抛开。

可怜我，父母受了奸臣害，

削职为民远道来。

一路受尽风霜苦，

风烛残年病体衰。

但愿留在我家内，

长伴膝下不离开。

官人许我行孝道，

大恩大德记胸怀。

官人啊，倘若不肯依允我，
为妻我，跪死地上不起来。

俞志云 （无情地）起来听我说话。

杨元芳 官人……

俞志云 起来！（猛拉起元芳）唉，娘子！
（唱）你怎能，颠倒黑白胡乱讲，
严相国，本是当朝大忠良。
杨继盛，十恶不赦谎奏本，
他才是，奸臣没有好下场。
你父亲，削职为民身有罪，
我若是，收留于他遭祸殃。
可知我，要拜严相作义父，
到来朝，飞黄腾达为栋梁。
允许你，回家取银五十两，
送他们，作为盘缠走他乡。

丁大富 对，我也出五十两银子，可算仁至义尽。

俞志云 好，娘子不用回家去取，二妹借我一用。

杨双桃 夏莲，给我爹爹母亲去取一百两银子，再加两套衣服。

夏　莲 什么衣服？

杨双桃 大姐夫府中给什么新衣裳，丁府里也给什么新衣裳。（夏莲应声欲走）

杨继康 （厉声）不用了！……（喘了口气）夫人，把衣裳脱下来！（抖瑟瑟脱衣帽抛于地）

杨元芳 爹爹……

杨继康 （帮夫人脱衣抛于地）哼……

杨元芳 （哭）爹爹母亲啊，这叫女儿如何是好……

杨继康 儿啊，不分忠奸，认贼作父之人给的东西，为父一点也不要！

俞志云 啊，犯罪之人还要骂人，不要理他们。（拉杨元芳走）

杨元芳 爹爹，母亲！（挣扎回来，扑在父母脚下）爹爹母亲……

杨继康
杨夫人 儿啊……

杨继康 天无绝人之路，他日定能相见，儿啊，你回去吧！

俞志云 贱人与我走！（拉元芳，不走，打她）

杨元芳 爹爹母亲……（被俞志云推下）

杨夫人 （哭）儿啊……

〔杨双桃也略有不忍，被丁大富拉下，夏莲拾起衣帽忙随下。

翠　云 老爷老夫人，还是到南京寻找三小姐三姑爷去。

杨夫人 哎呀翠云，亲生女儿都靠不住，还找他们！

杨继康 这，杭州陈亲家是我同窗好友，我们还是到杭州去。

〔幕闭。

第五场　懦亲家关门逐客

〔深秋。

〔杭州陈松年府内客厅。

〔陈松年手拿书信自内唱上。

陈松年 （唱）陈松年，心似火燎回家走，

惊闻得，严相亲信到杭州。

俞志云下书多讥刺，

警告我，窝藏罪官祸临头。

快来人哪！

〔秋菊上。

秋　菊 老爷回来了。

陈松年 速将两位公子叫出来。

秋　菊 是。（向内）老爷有请两位公子出来相见。

〔陈文新、文华上。

陈文新
陈文华 （施礼）爹爹游山回来了。

陈松年 （示意秋菊退下）儿啊，为父不在家中，可有客人来到？

陈文新 爹爹容禀。

（唱）昨日傍晚风雨稠，

家丁禀报客来投。

孩儿忙到大门口，

但只见，一对老人面露愁；
面黄肌瘦衣破旧，
浑身湿透雨淋头。
相伴只有翠云女，
原来是，岳父岳母到杭州。

陈松年 果然是他！他讲些什么？

陈文新 爹爹！
（唱）岳父开言泪双流，
人生妄把富贵求。
官海风波多险礁，
小心谨慎也沉舟。
岳父他，削职为民本无罪，
更可叹，家产被抄全没收。
最可恨，岳父到扬州找女婿，
一个个，认贼作父不知羞。

陈松年 （急）噤声！你们看这书信。

陈文新
陈文华 （同看书信）

陈松年 （唱）为得是，认贼作父一句话，
翁婿反目结冤仇。
快让你，岳父悄悄出门去，
有罪之人怎能留？

陈文华 （不服）爹爹！
（唱）他是你，要好亲家同窗友，
怎能薄情撵他走！

陈松年 （怒）大胆，跪下！
〔陈文新跪，并拉文华跪下，文华勉强跪下。
〔陈夫人、杨四香、杨五凤上。

陈夫人 哟，老头子啊，你游普陀山回来哉。

陈松年 （没好气地）回来了。

陈夫人 咦，（对文新、文华）你们跪在这里作啥？

陈文新 爹爹为了孩儿收留岳父岳母，大发雷霆。

陈文华 母亲，爹爹要将岳父岳母逐出门。

杨四香 杨五凤 啊！请婆婆作主。

陈夫人 勿要急，有我。

陈松年 哎呀夫人，这件事非同小可哇！

陈夫人 啥格大事体？（对文新、文华）起来起来。（兄弟立起）喜得亲家远道而来，文华，去请亲家公亲家母出来，喝杯团圆酒。

陈文华 是。（欲走）

陈松年 （喝止）大胆！

陈夫人 喔唷老爷，作啥吓我一跳？

陈松年 夫人哪！可知闭门家中坐，祸从天上来。杨继康乃有罪之人，岂可轻易留在府中！

陈夫人 啥？亲家上门，理该欢迎；你竟不留，逐出府门。老头子呀，你今番游普陀跌落一样东西哉！

陈松年 跌落什么？

陈夫人 良心跌落，给野狗吃脱哉！

陈松年 气死我也！

陈夫人 （唱）老爷说话不中听，
怎知亲家是罪人？
当初是你同窗友，
同年为官廿余春。
常来常往常相近，
双双儿女配成婚。
有情有义有缘份，
杨家陈家一家人。
如今亲家遭灾星，
千里迢迢找上门。
只要人穷志不短，
皇帝也有草鞋亲。
留下亲家我作主，
侬怪儿子为何因？！
老爷侬要仔细忖，

切莫做，六亲不认的势利人。

〔杨继康、杨夫人暗上，翠云相随。

两　儿　爹爹千万不能逐走啊！

两　媳　公爹！

陈松年　夫人哪！

（唱）不是老夫心肠狠，

一步错，难保引火自烧身。

留客便成窝藏罪，

得罪严相要灭满门。

两　儿　爹爹还求你想个办法……

两　媳　公爹！

杨继康　（愤慨上前）你们不要求了！想不到千里奔波，到处碰壁！

〔杨夫人哭。

陈夫人　真是苦煞亲家哉。（对陈松年）死老头子，难道没有办法可想？

陈松年　（想，拿起信）办法，倒是有一个。

陈夫人　快讲快讲。

陈松年　亲家的大女婿已拜严相国为义父，我陪亲家去找他，向严相国赔罪认错，赐恩亲家留我家中。

杨继康　（气极）我，我决不去求那个寡廉鲜耻的衣冠禽兽俞志云！陈年兄，告辞了！

杨四香
杨五凤　爹爹，母亲！（跪下）

陈文新
陈文华　岳父，岳母！（跪下）

杨继康　贤婿、女儿啊……

（唱）小夫妻，双双对对跪地上，

忍不住，泪眼模糊话凄凉。

〔示意女婿、女儿起来）

两　婿　岳父……

两　女　爹爹

杨继康　（接唱）在朝堂，我见恶不除无大志，

却难避，恶虎伤人遭祸殃。

可悲我，骨气没有继盛硬，
甘忍让，保官保命保门墙。
想不到，势去财尽人倒运，
落得个，众嫌亲弃无下场。
尝够了，人间苦味枉奔走，
到如今，忍无可忍把心横。
恨恶婿，认贼作父黑心肠，
恨严嵩，横行当朝害忠良。
我怎能，低声下气求奸相，
我怎能，趋炎附势求原谅！
叫夫人与翠云——

杨夫人
翠　云　老爷！

杨继康　（接唱）——打起精神往外走……

〔陈夫人暗下。

杨四香
杨五凤　（哭叫）爹爹……（跪步上前）母亲……

陈文新
陈文华　岳父岳母

杨夫人　儿啊……

杨继康　（接唱）小女儿，哀声哭得我心惨伤。
纵然有千言万语……何必再言讲，
生离死别铁心肠。
（扶老妻挽翠云）夫人走！（大步而下）

杨四香
杨五凤　爹爹……（与文新、文华欲追）

陈松年　站住！不要相送，被奸党看见，我家也要遭殃了！

〔陈夫人捧银子上。

陈夫人　亲家！亲家！

陈松年　你——？

陈夫人　给亲家三百两银子作盘缠。

杨四香
杨五凤　爹爹母亲已经走了。（哭泣）

陈夫人 （指陈松年）侬格死老头子。

〔陈松年低头，羞愧。

〔灯暗。

第六场　走绝路苦尽甜来

〔严冬，雪天。

〔南京城外郊区，邹家草堂。

〔杨三春在草堂内缝补衣裳，停针凝想叹息。

杨三春 （唱）朔风阵阵叩柴门，
大雪层层压屋顶，
草堂寂寂多惆怅，
愁绪缕缕挂在心。
思夫君，立志赴试上京城，
秋去冬来无音信；
念双亲，蒙冤漂泊去何方，
愿苍天，保佑两老身康宁。

〔室外，邹士龙背米袋撑雨伞顶风冒雪而来。

邹士龙 嫂嫂开门，嫂嫂开门！

杨三春 （忙开门）啊，二弟来了。（让士龙入内，关门）

邹士龙 （放下米袋，取出银锭）嫂嫂，这里白米一斗，纹银二两，请收下了。

杨三春 二弟教书收入微薄，为嫂怎好受你！

邹士龙 长嫂为娘，理当孝敬。

杨三春 你哥哥上京赶考，为何不见回来，二弟要与为嫂打听消息。

邹士龙 嫂嫂，我大哥志大才高，必有出头之日。待小弟上街打听《京报》消息，便来告诉嫂嫂。

杨三春 有劳二弟。（取伞递与士龙）

〔邹士龙出门冒雪下，杨三春关门负米袋入内。

〔翠云冒雪挽篮子求乞上。

翠　云 （唱）冰冻路滑雪花飞，

落难异乡心惨凄。
寒风扑面如刀刺，
刺透我身上单薄衣。
庙廊下，忍看两老饥寒苦，
没奈何，含羞乞讨到村里。
可叹那，人情薄如一张纸，
翠云我，伤心不在路旁啼。
想当初，寿堂承欢多孝女，
总道是，半子情深有靠依。
却不料，千里投亲亲不认，
恰似那，孤禽难觅一枝栖。
四顾茫茫眼昏花，
晃悠悠，忽觉天旋地转移。

〔翠云晕倒在地。邹士龙撑伞上，几乎为翠云所绊倒，见而吃惊，四望左右无人来，顾不得男女有别，扶起翠云走向草堂。

邹士龙 （急叫）嫂嫂开门，嫂嫂快开门！

〔杨三春闻声上来开门，见状吃惊，忙扶翠云入内坐下。

杨三春 （关门不及细看）二弟你去拿姜汤来。（士龙下）

翠　云 （似醒非醒地哭叫）老爷，夫人……

杨三春 （闻声惊视）啊，你是翠云，老爷夫人在哪里？

翠　云 在城隍庙……

〔士龙捧姜汤上，交给三春。

杨三春 （忙将姜汤碗塞在士龙手中）二弟，你给她吃，为嫂去去就来。（急匆匆出门去找爹娘）

邹士龙 哎，嫂嫂，嫂嫂……她怎么走了？！叫我怎么办？叫我怎么办？……（保持距离，姜汤碗放在桌上推过去）姑娘，你喝姜汤……姑娘，请喝姜汤……

翠　云 （睁眼）啊……（惊起来，又欲晕倒）

邹士龙 哎哎……（急去扶，以背将翠云撑住，转身、坐下，取姜汤喂她，再取三春旧衣为她披上）姑娘醒醒……

翠　云 （清醒，惊羞而问）这、这里是什么地方，你是谁？

邹士龙 姑娘啊

（唱）请姑娘，放心喝下这暖肚汤，
这里是，南京城外邹家庄。
只为我，兄长赶考无音讯，
奉嫂命，打听《京报》上街坊。
半路上，见你昏昏倒在地，
怎禁得，冰雪满地朔风狂。
看左右，无人经过相救你，
顾不得，男女之间有大防。
这草堂，是我嫂嫂一人住，
救你来，与她作伴也无妨。
姑娘啊，不知你何故落了难？
不知你漂泊去何方？
城隍庙里何人在？
让你独行为哪桩？
可愿与我仔细讲，
不要悲伤泪汪汪。
姑娘一定身寒冷，
你只管，披上我嫂嫂旧衣裳。

翠　云（唱）闻言感激暗窥望，
堪敬书生少年郎。
走尽了，人间坎坷不平路，
看透了，世态炎凉恨满腔。

邹士龙（唱）姑娘受了何人害？
含冤抱屈走他乡。

翠　云（唱）翠云不为自身恨，
只为奸贼害忠良。
老爷削职为民后，
亲友不认受凄凉。
四个女儿不供养，
垂老流落在异乡。
小婢乞讨奉两老，
顶风冒雪忍饥肠。

昏迷若无恩公救，
只怕一命赴汪洋。

邹士龙 （唱）可敬姑娘明大义，
请把你，老爷名姓说端详。

翠　云 （唱）提起老爷有名望，
他就是，户部侍郎杨继康。

邹士龙 啊！杨继康乃是我嫂嫂的父亲……

翠　云 （急问）你嫂嫂是谁？

邹士龙 兄长邹应龙，嫂嫂杨三春！

翠　云 啊！（急叫）三小姐，三小姐……（又晕）

邹士龙 我还是扶她到嫂嫂房中去睡一会儿。（扶翠云入卧房，复出，取姜汤碗下厨房）

〔杨继康、杨夫人叫“翠云”，步履艰难上。

杨继康 翠云……翠云……

杨夫人 翠云……翠云……（滑倒在地）

杨继康 夫人（吃力地扶起老妻）夫人小心。

杨夫人 （喘气）翠云她，她她她不知去向了。老爷……天寒地冻……路已走绝……也罢，你我不如一死！

杨继康 （咬牙）冤恨未伸，恶人未除……我还不想死！
（唱）天寒地冻冻不死落难人，
我心头还有一点暖火温。
好翠云，乞讨走村去寻问，
南京城外……一线希望寄三春。

杨夫人 （摇头）哎！
（唱）一个个亲生女儿靠不住，
怎去找，被我逐走的不孝人。
你痴心妄想有何用，
罢罢罢，投河一死了残生。

杨继康 夫人……（急拉老妻）

杨夫人 （不知哪里来的力气，推倒杨继康）

〔内杨三春痛呼：“爹爹，母亲……”

杨继康
杨夫人 （呆住了）啊……是谁？好像是三春！三春在哪里？

〔杨三春急上。

杨三春 爹爹……

杨继康 女儿……

杨三春 爹爹啊……（相搀哭）

杨继康 儿啊！

杨三春 母亲……

杨夫人 你？……我……（羞惭转身）

杨三春 母亲，我是你女儿三春啊！（跪）

杨夫人 （抖瑟瑟回身扶）三春，我的亲女儿！（哭）

杨三春 恕女儿不知爹爹、母亲在城隍庙落难受苦。（拭泪）

杨继康 多亏翠云大义相伴，不知她到哪里去了。

杨三春 翠云就在我家，请爹爹母亲进去住下，（见母犹豫）母亲……（拉母与父入草堂内）翠云……翠云……

〔翠云踉跄走出。

翠　云 啊，老爷，夫人……

杨继康
杨夫人 翠云……

翠　云 三小姐！

杨三春 翠云！

（唱）手挽翠云无限情，
多谢你，大德大义好良心。
相伴爹娘同苦难，
你比亲妹还要亲。

杨夫人 （唱）人比人来心比心，
三春、翠云胜亲生。
满面羞惭自悔恨，
手挽三春和翠云。
只有你俩真孝顺，真孝顺，
思前想后泪纷纷。

〔邹士龙端一炭盆出来，放下。

邹士龙 快来暖暖身子。（见两老）嫂嫂……

杨三春 二弟，快来见过我爹爹母亲。

邹士龙 侄儿邹士龙拜见杨家伯父伯母。

杨继康 杨夫人 贤侄少礼。

翠　云 翠云昏倒在雪地里，多亏恩公相救。

杨继康 （喜看两人）好好好，哈哈哈……

邹士龙 嫂嫂，饭已烧好了，请伯父伯母用膳去吧！

杨三春 爹爹母亲，请！（扶杨夫人与杨继康、翠云。邹士龙同入内）

〔邹应龙仍书生打扮，神采奕奕上。

邹应龙 （唱）来到故乡心沸腾，
邹应龙，模样不改旧书生。
谁识我，金榜题名为巡按，
察民情，一路私访到南京。
行来不进金陵府，
到家中，相会我妻杨三春。
三春开门，三春开门。

〔杨三春闻声上，开门。

邹应龙 娘子！

杨三春 啊，官人你回来了。

邹应龙 我回来了。

杨三春 （唱）面对郎君喜盈盈，
书生还是旧衣巾。
官人啊，秋闱赴试数月整，
天天盼你转家门。
不得功名不要紧，
夫妻相守过光阴。

邹应龙 （唱）娘子不要小看我，
料我不得上青云。

杨三春 （唱）难道官人登科第，
为何蓝衫未脱身。

邹应龙 （唱）若说登科非容易，

当朝专权大奸臣。
哪个题名金榜后，
要做严嵩小门生。
不当门生无官做，
投靠严府把官升。

杨三春 （唱）官人说出内情话，
为妻明白八九分。
只因官人骨气硬，
不做严嵩小门生。
得罪老贼受排挤，
因此你，无官回来一身轻。

邹应龙 （笑）娘子，此番赴试，金榜题名，状元及第，做了七省巡按。（取出金印）娘子，你来看！（举起金印）

杨三春 （见印惊喜，拿过金印）
（唱）双手捧起黄金印，
笑在眉头喜在心。
转念一想疑云生，
为何你前言后语理不明？

〔杨继康、夫人、翠云、邹士龙上。

邹应龙 怎见得？

杨三春 （接唱）你说道，不当门生无官做，
投靠严嵩把官升。
料你不肯把严嵩靠，
哪来官职哪来印？

杨继康 （正色上前）问得好，这是为何？

邹应龙 原来是岳父岳母驾到，小婿大礼参拜。

杨继康 不用，你速速回答三春的问话。

邹应龙 岳父，为了得到这颗金印，小婿是去拜严嵩作了门生，只因为……

杨继康 （大怒）住口！想不到你也是个口是心非、趋炎附势之人！

杨三春 冤家，你怎能不忠不孝，亲仇不分！

邹应龙 娘子……

杨三春 你，你若要夫妻到老，这金印立刻与我抛掉！（欲夺金印）

邹应龙 哎呀，慢来！（忙抢回金印）

杨三春 （气哭）爹爹。

杨继康 哼！老夫决不与口是心非，认贼作父之人为伴！

翠　云 夫人，我们走吧。

杨三春 三春愿与爹娘同走。

邹士龙 对，我也要走。

邹应龙 （忙拦）且慢，请岳父听小婿讲完再走！

杨继康 讲！

邹应龙 （急去关好门）岳父啊——

（唱）莫将小婿来错怪，
细听应龙吐心怀。
那严嵩，祸国殃民把君迷，
多少个，忠臣良将惨遭害，
岳父你，蒙冤漂泊无家归，
继盛叔，横遭屈斩更可哀。
应龙我，早已立下除奸志，
愿把那，一片丹心献乌台
想朝廷，开科取士为治国，
那严贼，妄图网罗众贤才。
不入虎穴怎除害，
为除害，将计就计巧安排。
登门虽把相国拜，
且与老贼常往来。
施妙计，我曾狠把严嵩打——

杨继康 你把严嵩打了？！

邹应龙 打了！

（接唱）他当我，心腹之人自愿挨，
保我七省为巡按，
腰悬金印出京来。
一路上，微服私访查奸党。
掌握严贼的滔天罪。
拚一死，上殿奏本谏万岁，

落一个，青史名标为国除奸为民除害方称我胸怀。

杨三春 （歉然羞笑）官人……

杨继康 倒是老夫一时性急，错怪贤婿了。（与妻同笑）哈哈……

翠　云 （上前）三姑爷。

邹应龙 翠云，多亏你照顾两老！

邹士龙 兄长！

〔翠云发现与邹士龙靠得太拢而害羞。众笑。

〔幕闭。

第七场　重团圆玉石分明

〔三年后，春天。

〔杨府寿堂。

〔幕后合唱：

风风雨雨三长载，
严冬过后绽春蕾。
忠良昭雪奸佞倒，
又喜华堂牡丹开。

〔合唱声中幕启：杨元芳与春兰指挥众家丁布置寿堂，家丁们摆好寿桃寿面下。

杨元芳 （唱）好一位，足智多谋邹应龙，
斗倒了，十恶不赦的老严嵩。
我妹夫，官居刑部尚书上奏本，
老爹爹，发还家产圣恩隆。

今日里，母亲六秩庆大寿，
蒙三妹，接我苦命到京中。
狠心贼，当年嫌我罪官女，
赶走我，带发修行落庵中。

〔老家人上。

老家人 禀大小姐，大姑爷上门拜寿来了！

杨元芳 （惊）啊，无耻之徒有什么脸上门！让他走！

〔俞志云青衣小帽闯上堂来。

俞志云 娘子哪里？娘子哪里？……啊，娘子先来一步，恕鄙人来迟了！（施礼）

〔老家人从外下，

〔春兰入后堂禀报。

杨元芳 认贼作父的衣冠禽兽，谁是你的娘子？！

俞志云 哎，娘子啊……

（唱）认贼作父是假意，
趋吉避凶合时宜。
一朝树倒猢狲散，
严嵩父子命归西。
反戈一击揭罪状，
我今革职改前非。
喜得是，杨侍郎是我老岳丈，
邹尚书，是我连襟好兄弟。
与娘子，破镜重圆续旧情，
跟着你，拜祝岳母寿诞期。

〔杨继康、杨夫人、杨三春、春兰上。

杨继康 何人在此喧哗？

俞志云 啊，岳父岳母在上，小婿恭祝千秋，大礼参拜！

杨夫人 哼，你还有脸来见我？！

杨继康 不要理他。夫人请坐。（两人同坐）

俞志云 （尴尬）娘子，替我美言几句，就说鄙人得罪两老，事过后悔，今日特来登门谢罪。

杨元芳 谁听你的花言巧语，出去！

俞志云 （求）啊，娘子你……

杨元芳 谁是你的娘子！（拂袖而去，与三春侍立父母左右）

〔内声“三姑爷到——！”

〔邹应龙上。

邹应龙 （唱）除严党，去奸邪，万民同喜，
执法令，整朝纲，顾盼雄飞。

回府见，岳父母，恭身施礼——

杨继康 贤婿少礼，一旁坐下。（邹应龙欲坐）

杨元芳 （走向下位）三妹夫，苦啊！

邹应龙 啊！

（接唱）见大姐，苦悲啼，令人惨凄。

大姐有什么话，快说吧。

杨三春 大姐……

杨元芳 三妹，三妹夫啊！

（唱）我恨那，认贼作父、不忠不孝不义人，

逐走我，两老爹娘剥衣巾。

打得我，遍体鳞伤多残忍，

害得我，青灯木鱼度光阴。

今日里，严门已倒杨府兴，

他转篷使舵重认亲。

他无情无义无人性，

狼心狗肺不是人。

厚颜无耻来纠缠，

妹夫啊，求你重办这衣冠禽兽俞志云。

〔俞志云发抖。

邹应龙 俞志云！你的所作所为，情理难容！

俞志云 （跪）大大大人，看在亲戚份上，多多恕罪。

邹应龙 嘿，早知今日，何必当初。

杨继康 （气甚）来人啊！

〔家丁们内应“在”，上场。

杨继康 将这无情无义、寡廉鲜耻之徒赶了出去，永远不许上门！

家丁甲
家丁乙 是！（拉俞志云）走！（同下）

杨三春 大姐。

杨继康
杨夫人 好女儿，不要气恼了。

杨元芳 是。

〔老家人上。

老家人　禀老爷、夫人，杭州陈老爷全家到府。

杨继康
杨夫人　有请！

老家人　有请！

〔陈松年、陈夫人、陈文新、陈文华、杨四香，杨五凤、秋菊、冬梅上。

陈松年　啊，亲家。

杨继康
杨夫人　亲家到来，有失远迎，请上坐。

陈文新　文华，拜见岳父、岳母！

杨四香　五凤，爹爹、母亲！

杨继康
杨夫人　贤婿、女儿起来！

邹应龙
杨元芳
杨三春　（向陈松年夫妇）拜见伯父伯母！

陈松年
陈夫人　状元公，不敢啊不敢！快快请起。

〔众坐下。

杨继康　陈亲家何事到来？

陈松年　专程来为亲家拜寿！

杨继康　老朽当年飘零四方，无人收留，今日亲家特来拜寿，使我好不惭愧！

陈松年　这……（羞惭）

陈夫人　两位亲家公、亲家母，我格老头子呒没面孔来拜寿，今天是我硬拖他来赔礼道歉的。

陈松年　老朽当年畏惧奸党，冷淡两位亲家，多有得罪！

杨继康　看在亲家母份上，不怪啊不怪！坐，坐！

杨夫人　是啊，你我还是好亲家。

陈夫人　应当要好，应当要好。嘿嘿嘿嘿……

众　人　哈哈哈哈……

杨继康　请两位亲家花厅用茶。

〔老家人引陈松年、陈夫人下，秋菊、冬梅随下。

〔夏莲捂住双目逃上，杨双桃持剪刀追上，丁大富跟上。

夏　莲　救命啊！救命啊！……

杨继康
杨夫人 啊，是你们！来做什么？

杨双桃 我要挖她一双眼睛！（要抓夏莲）

夏　莲 （哭掩双目逃）救命！……

杨夫人 贱人，住手！

〔三春上前，从双桃手中拿过剪刀。

杨双桃 哎呀母亲啊！

（唱）贱婢势利太猖狂，
　　讽刺我应龙妹夫郎，
　　说什么，若是穷鬼中状元，
　　情愿挖她眼一双。
　　我要为，三妹夫妻出口气，
　　定要她，有眼无珠不见光。

杨夫人 （唱）一见贱人怒火旺，
　　怎敢到此闹寿堂。

丁大富 不不，我们是来向岳母大人拜寿……

杨夫人 谁是你的岳母！

杨双桃 母亲……

杨夫人 谁是你的母亲！

杨双桃 啊……哎呀爹爹，我是你的亲生女儿……我是你的亲生女儿……

杨继康 贱人！给我走！

杨夫人 滚！

杨双桃 我不走，五个女儿拜寿，为什么单单逐走我。（撒泼）你们不认我女儿，我死也不走，我死也不走啊……（大哭大闹）

杨继康
杨夫人 气死我了……

〔内声："新姑爷、新小姐回府！"

杨继康
杨夫人 啊，一对新人来了，快快有请！

〔邹士龙、翠云官服盛装上。

邹士龙 （唱）题名进士上金榜，
　　洞房花烛喜成双。

翠　云 （唱）感激爹娘认义女，

今日双双上寿堂。

邹士龙 （唱）手挽娘子去拜寿，

翠　云 （唱）祝愿双亲永安康。

邹士龙 岳父岳母在上，小婿大礼祝拜千秋！

翠　云 爹爹母亲在上，女儿大礼祝拜千秋！

杨继康
杨夫人 （欢喜上前搀起）贤婿女儿请起！

邹士龙 谢岳父岳母！

翠　云 爹爹母亲！

杨夫人 （搀翠云上前，对双桃）贱人你看看，这才是我的孝顺女儿！

杨双桃 羞死我了！羞死我了！（奔下）

丁大富 啊，夫人，夫人，……（追下，夏莲随下）

翠　云 母亲，不要生气了。

杨继康 对，来啊，吩咐奏乐开筵。

〔内应声："奏乐开筵！"合唱：

（合唱）岁寒方知松柏健，

患难相守品德全。

寿堂重叙天伦乐——

情深和睦笑开颜。

〔在鼓乐合唱声中，女儿女婿一对对拜寿。

〔杨三春托盘，盘中两双寿鞋。杨继康、杨夫人见鞋捧起，眼中闪出欢喜的泪花。

〔幕闭，全剧终。

1983年

越剧历史剧

汉文皇后

（本剧选取西汉时《窦皇后姐弟离合》《汉文帝执法斩舅》等史料贯串而成）

张 波

人物表 刘 恒——汉高祖刘邦之子，初封代王，公元前一七九年即帝位，为汉文帝。

窦 姬——原为代王府宫婢，文帝即位后，立为皇后，即汉文窦皇后

窦广平——窦姬之弟。

赵 通——仪阳高利贷巨商，后逃长安。

赵芙蓉——赵通之女，后为窦广平妻。

婉 儿——芙蓉侍女。

赵 能——赵通家丁，后改窦能，为国舅府管家。

贾大夫——年约二十余岁。

张丞相——年约五十余岁。

车骑将军。

郎中令。

文武朝臣。

大太监。

太监。

芍 药——宫女。

彩 霓——宫女。

其他宫女。

众村民、众宫女之父母。

窦姬之邻家阿婆。

富商、郎官。

羽林军士、都尉。

老太监。

序 幕

〔西汉早期吕后临朝时某年秋。

〔清河郡观津县驿馆。

〔幕后合唱声起：

官赋重，债利高，哀鸿遍地。

帝王家，征宫女，连年未息。

入宫门，归无期，骨肉伤别，

最堪怜，窦家女，难舍孤弟。

〔合唱声中幕启：驿馆外之驿亭。亭外斜阳古道，枯树荒草，战乱遗迹斑斑。

〔应征宫女芍药、彩霓等与亲人泣别。窦姬惶急不安，似有所待。

〔合唱声中，众宫女从父母手中接过行装，抹泪缓步入驿馆，众父母不舍随入。

老太监 时辰将到，准备登程。（见窦）窦姑，为何还不准备登程？

窦　姬 （跪求）告公公，民女父母双亡，家中只有一个六岁弟弟。求公公稍待片刻，容小女子见上弟弟最后一面，不忘公公大恩大德！

老太监 （不耐烦地）休得耽误了！（下）

窦　姬 是。（仓皇四顾、焦急万分）

〔窦广平内呼“姐姐”上，邻家阿婆随上。

窦　姬 （抱广平、泪涌）弟弟，你怎么这时才来？

窦广平 （高兴地）姐姐，邻家阿婆带我摘野果去了。姐姐，你在这里做什么呀？

窦　姬 （忍泣）好弟弟，姐姐要……到长安宫中去了

窦广平 （欣喜）我也要到长安宫中去……

窦　姬 好弟弟，姐姐不是和你说过了吗，你还小，不能去。姐姐已拜托邻家阿婆照看你，你要听阿婆的话……（悲泣）

窦广平 姐姐不要哭。姐姐今朝穿花花衣裳，应该开开心心才是啊！

窦　姬 嗯，姐姐是开心的。唉，你这肚兜又撕破了块——姐姐可来不及给你补了。（爱怜地抚摸其头）喏，头又脏了，待姐姐讨点米汤水来给你洗洗好吧？

〔邻家阿婆进驿馆。

窦广平 （顽皮）我不洗，我不洗，等姐姐从长安宫中回来再洗——

窦　姬 （感触万端）回来？！……（紧紧地抱住窦广平）弟弟！（忽然抚摸到广平脑后的伤疤）弟弟，你没有忘记这伤疤吧？

窦广平 （羞笑）没有。那天我跟姐姐去采桑，是我爬上树去采桑果，跌下来伤了头，害得姐姐还哭了一场。

窦　姬 嗯，姐姐心痛啊！以后千万别再去爬树了——姐姐前夜对你讲过的话都记住没有？

窦广平 记住了。

窦　姬 记住就好。

〔邻家阿婆端米汤水上。

〔窦姬为弟洗头。幕后歌声起。

米汤水和着离人泪，
此生难再洗一回；
千遍万遍嘱咐语，
幼弟未解诀别哀！

〔突然长号悲鸣，气氛骤变。老太监、军士急上。

老太监 （喝）时辰已到，登车上路！

军　士 （齐呼）登车上路去哉——

〔顿时哭声震地。

〔众宫女与父母牵衣不舍，被军士们拦开。

众宫女 （跪拜惨呼）爹爹——母亲！

众父母 （哀呼）女儿——（被军士分头挡下）

窦　姬 （向邻家阿婆跪拜）阿婆，我弟弟拜托你了——（泣不成声）

邻家婆 （泣）姑娘，你放心去吧！

窦　姬 （撕肝裂胆地惨呼）弟弟——（抑下）

窦广平 （愣住，猛惊醒）姐姐——

〔窦广平欲扑过去，被军士挡开，邻家阿婆拽广平下。

〔空场。纱幕后隐约现出车马远去景象；在嘈杂的人声、车马声中，依稀可闻窦姬哭呼“弟弟”声。

窦广平　（疯狂般奔出，狂呼）姐姐！

〔马蹄嘚嘚，铃声叮当，渐远、渐弱。

〔幕下。

第一场　入宫

〔是年冬天。

〔晋阳，代王府。

〔字幕：长安皇宫，宫女人满为患。吕后命将窦姬等选送至僻远的晋阳侯遭冷落的代王刘恒。

〔幕后合唱声起：

塞上风刀破雪团，
代王心中别样寒。
身如囚犯处僻壤，
又闻凶讯遍长安！

〔幕后：代王府古朴无华，刘恒书房卷轴累累。窗外漫天飞雪，朔风悲咽。代王刘恒在看一信件，不时叹息。

刘　恒　（手持信件，沉痛地）如意兄弟，你死得好惨啊！

（唱）赵王无端一命亡，
悲兄弟，颜色未敢露凄惶。
帝子王孙少天伦，
知何日，吕后密诏诛代王？

唉！（放下信件，举《诗经》吟）“燕燕于飞，差池其羽。之子于归，远送于野。瞻望弗及，泣涕如雨。……”呵，这首诗中兄妹手足之情，可谓深切的了。倘天下人都能如此，我那可怜的如意兄弟也不致惨死长安了！（泪下，闻人声，急拭泪。大太监上。）

大太监　禀大王，代太后传见。

刘　恒　孤王便去。（欲下）

大太监 大王！

刘　恒 还有何事？

大太监 长安新来的窦姓宫女，屡犯宫规。她每逢饮食便长吁短叹，夜深人静更独自啼哭；还常与宫女议论民间苦情，有失王府奴婢之体统。如何发落，请大王示下。

刘　恒 此乃人之常情，随她去吧！（下）

大太监 是（下）

〔幕后歌声起：

非怨宫役只怨离，
悲风伴随宫婢啼。
魂飞关山向故家——
弟弟可曾添寒衣？

〔歌声中，窦姬于纱幕后扫雪过场上。

窦　姬 唉，今日如此寒冷，不知邻家阿婆替我弟弟加寒衣了吗？（忽见案上有一卷打开的书卷，不禁伏案观看）《诗经·邶风·燕燕》！（捧书吟诵）

燕燕于飞，差池其羽。
之子于归，远送于野。
瞻望弗及，泣涕如雨。
……

（触动）这诗中所写兄妹依依惜别之情，不正像我与弟弟分别之时的情景吗？！（情不自禁地从袖中摸出一新肚兜，端详出神、自语）弟弟——

〔芍药端药上，见状泣。

芍　药 姐姐！

窦　姬 （错觉）啊，弟弟——噢，芍药妹妹。（急藏起肚兜）

芍　药 姐姐，你又在想念弟弟了！

窦　姬 芍药妹妹，你给代太后端药，怎么端到这里来了？

芍　药 给代太后的药，大王都要亲自尝过。

窦　姬 喔。妹妹，皇家倒还有母子之情，可是我们……

芍　药 （抽泣）是呀，我在这里天天给代太后端药，可是自己家里的母亲如今死活不知……又有谁给她端药呢………（哭）

窦　姬 芍药妹妹，看来你我………（泪涌）

芍　药　（哭声益哀）母亲——（哀痛忘情，失手，药碗落地打破。）

〔两人惊呆。大太监上。

大太监　（对窦）哼，你竟敢私自翻看大王书卷，好大的胆子，你不要命了？（发现药碗打碎，惊，怒斥）啊？！你……竟把代太后的药碗摔了？！

芍　药　（惧极跪地）公公，药碗是奴婢打翻的。

窦　姬　（抢告）告公公，这药是奴婢打翻的，不关芍药的事。

大太监　好，又是你。

芍　药　（急辩）姐姐，你——公公，药碗是奴婢自己打翻的，与窦姐姐无关。

窦　姬　是我打翻的……

〔两人争论不已。

〔幕后呼："大王到！"刘恒上。

刘　恒　何事喧哗？

大太监　禀大王，宫婢窦姑不尽洒扫之职，偷看大王书卷，打翻太后药碗，正待发落。

芍　药　（情急）禀大王，药碗是奴婢打翻的——

窦　姬　是奴婢打翻的，不关芍药妹妹的事。

芍　药　不关窦姐姐事……

窦　姬　大王！芍药妹妹年幼思母，哀痛欲绝，奴婢上前劝慰，不慎失手打翻药碗，甘受处罚。

芍　药　（益急）是奴婢……

窦　姬　（急阻）芍药！

刘　恒　（冷静观察，早已有数）好了——（对大太监）命太医即刻重新配药。

大太监　是。（下）

刘　恒　（对芍药）打翻药碗，事关代太后凤体，岂能如此粗心！日后当以谨慎为上。速去重煎，休得耽误。

芍　药　谢大王洪恩！大王，药不是窦姐姐打翻的。

刘　恒　孤王知道。

芍　药　……（下）

刘　恒　（对窦姬）你为何要替芍药受过，瞒骗孤王？

窦　姬　（惶恐）奴婢不敢，奴婢知罪。

刘　恒　我再问你：你为何看书忘情，不尽洒扫之职？

窦　姬　这——

刘　恒　你看的是什么书呀？
窦　姬　禀大王，奴婢看的是《诗经》。
刘　恒　（微惊）《诗经》？！你能看得明白？
窦　姬　（疑惧地）奴婢粗知一二。
刘　恒　所看何篇，因而忘情？
窦　姬　禀大王，是《邶风·燕燕》这一篇。
刘　恒　（惊）啊！《燕燕》！莫非你也有兄弟姐妹的离别之痛？
窦　姬　大王容禀：
（唱）妾本是，清河郡，采桑姑娘，
女红外，粗读了，几篇诗章。
债利高，租赋重，爹爹病故，
葬亡父，别孤弟，远离家乡。
千里入宫到长安，
朝思暮悲在晋阳。
奴婢非怨宫役苦，
为的是，六岁弟弟牵肝肠。
飞雪天，担忧弟弟少衣裳，
读《燕燕》，触动我姐弟离情长！
一时忘情暗惆怅——
犯下了宫规望见谅。
刘　恒　（惊问）你家中只有一个六岁弟弟？
窦　姬　是。
刘　恒　（惊）那你、你怎忍心离开弟弟？
窦　姬　（悲泣）皇命难违，身不由己！
刘　恒　（叹息）唉，民生如此，王侯之罪也。（潸然泪下）
窦　姬　大王，处罚奴婢吧——（抬头见刘恒落泪，大惊）
刘　恒　（急拭泪，掩饰）唔。
窦　姬　（旁白）这可奇了。闻我身世，大王他珠泪滚滚，莫非他也有难言之痛？
刘　恒　（旁唱）听她言，心中悲，
人间朝野多愁怀。
同有辛酸同有哀，
同情何必论尊卑。

早知官府赋税重，
更闻奸商将民摧。
哀高帝，乾坤初定仙驾去，
怨吕后，纵容后党乱朝规。
吕家裙带受荣宠，
刘氏王子遭诛害。
无人再问苍生苦，
百姓怨声载道来。
叹孤王，分封代郡地僻小，
无力补天减民灾。
窦女哀伤我同悲——
怎奈是，无有言语将她慰！

（白）窦姑，这卷书，你既喜欢，便赐给你吧！

窦　姬　（惊疑、意外）赐给奴婢？

刘　恒　是呀，常读这篇《燕燕》离别之诗，也算是慰情聊胜于无了！

窦　姬　（惊喜、感激）谢大王！

刘　恒　（微笑）你读了《燕燕》之诗，不知有何见解？

窦　姬　诗中所写兄妹之情，感人肺腑。若天下人都能如此，那就好了。

刘　恒　（惊奇）你竟也有如此之想？

窦　姬　（急跪）奴婢一知半解，信口开河，望大王恕罪。

刘　恒　不、不错！有理！（示意窦姬起）（旁白）想不到这宫女竟有这般见识，难怪她不忘民情、爱怜幼弱、代人受过呀！（赏识地观望窦姬）

（旁唱）适才间，母亲又催我选夫人，
实恐怕，贵家嫔妃多骄矜。
吕后专权多猜忌，
母亲远避有余惊。
我宁可，贫女相伴终代郡，
莫做那，戚姬、赵王惨丧生。
见窦女，出身贫贱重仁爱，
以小见大有德行。
我心原如古井水，
今日竟，投石扬波心不宁，

想必是，终日孤寂少共语，
一曲山水识知音。

（观看沉思）

窦　姬　（战栗）大王……

刘　恒　（微笑）好，你且在此等候，待我进去禀过母后——

〔芍药捧药上：跪呈刘恒。

芍　药　禀大王，药已煎好，请大王过目。

刘　恒　待我一尝。（尝药，品味良久）好，随我同侍母后服药。（两人下）

窦　姬　（见状赞叹）好一个贤孝之人！

（唱）本以为，王侯豪贵皆寡情，
却为何，他敬上爱下似常人。
因何故，闻我身世他珠泪落？
因何故，不见责罚赐《诗经》？
因何故，他愁眉隐隐含哀怨？
不由我，满腹层层生疑云。
我呆思冥想胡思付、胡思忖——
或许他——或许他，发善心，
能恩准，许我为弟弟传音讯。

（朔风劲吹）哎，到了这个地步，还胡思乱想些什么！还是再去扫雪吧。

（持扫帚欲下，大太监上，宫女随上）

大太监　（极其恭敬地）王夫人！

窦　姬　（惊慌）喔，公公，奴婢这就去扫雪，马上就去！

大太监　（跪）奴婢参谒王夫人。

窦　姬　（惊绝）公公，你这是什么意思？

刘　恒　（暗上）。

大太监　大王上禀代太后，代太后有命：封窦氏为王夫人，仪同王妃。请王夫人改装。

窦　姬　（如同梦幻）王夫人？（看见刘恒）

刘　恒　（微笑点头）

窦　姬　（惊惶失措）大王——（跪）

〔灯暗，幕下。

第二场　弟难

〔序幕后十二年。

〔仪阳郡高利贷巨商赵通家。

〔字幕：百官诛灭吕党。迎代王刘恒到长安即帝位。窦姬随驾进宫，令人四方寻弟。

〔幕后合唱起。

苦寒过尽阳春来，
代王进京即帝位。
姐为夫人随驾去，
弟落异乡成奴辈。

〔合唱声中幕启：赵家庭院：内经中门至大厅；旁有侧门通马厩；外通大门。

〔窦广平上。他已十八岁。此刻病态恹恹，艰难地背草料自外入，暂憩。

〔幕后赵通声："送客——"广平闻声急入侧门。

〔赵能出，恭候。郎官、富商出。赵通送上。

赵　通　郎官大人，小女高攀本郡太守之事，就此拜托了！

郎　官　赵公不必客气，下官理应效劳！

富　商　赵公，方才商议债金利息增加一成之事，便算商定了？

赵　通　好，好，算数，算数，大家都改为四成利息，债户们也就无话可说了。同舟共济，同进同退么！哈哈——

富　商　好一个同进同退。哈哈哈哈！赵公留步。

赵　通　恕不远送。

〔郎官、富商下。赵能引下。

赵　通　（踌躇满志）

（念）放债收利生黄金，
女儿如花攀高亲。
新皇登基诏书频，

心忧怕改旧时政。

赵能！

赵　能　（急上）老爷，小人在。

赵　通　你带上几个人，去通知各地债户，将原本三成利息统统改成四成利息。愿借者照算，不愿借者，本利立时还清。

赵　能　是，小人马上去办——

赵　通　（忽有所思）慢！方才得知长安京中有位宫差来到郡城，恐有什么动静，你先去探听一番。

赵　能　是，小人便去。（恭送赵通进内。怒喝）窦广平，窦广平——唔？莫非死啦？（入侧门，拖窦广平出）懒虫，叫你备马，便要装死！

窦广平　管家，小人实在有病……

赵　能　有病？好，待我替你医上一医！（用鞭欲打广平）

〔婉儿暗上，见状急下。

窦广平　（挣扎立起，直站赵前）管家，你一定要打，就打个够吧。

赵　能　（益怒）啊？！还敢犟嘴！（抽了两鞭，看见广平挺胸露出仇恨的目光，不禁一怔。住手）怎么？！你想造反啦？等会再来和你算账！（悻悻下）

窦广平　（见赵能走远，方凄然落泪）唉！

（唱）被拐离乡十二年，
日夜想姐泪偷咽。
喂马奴隶同牛马，
马鞭常作打人鞭。
饥寒苦海何处岸？
窦家孤儿何人怜？
姐姐呀，声声唤姐可听见
何日方能重见面？
只盼今日早入梦，
告姐姐，弟被人欺苦难言。

（呼唤）姐姐，你到底在哪里啊——

〔赵芙蓉急上，婉儿侍上。赵芙蓉无限同情地注视广平，拿出巾帕欲给广平拭血，羞止。示意婉儿，婉儿递帕，广平接帕，感激地点头。

赵芙蓉　婉儿看他病中挨打，好不可怜。你去烧碗热粥来给他喝吧！

婉　儿　是。（下）

赵芙蓉　（旁唱）为什么，自古善良多苦难？

窦广平　（旁唱）为什么，她父女心肠不一般？

赵芙蓉　（唱）广平呀，你要咬紧牙关经磨炼，
来年春草绿青山。

窦广平　（唱）小姐呀，你顾自珍重千金体，
莫为奴仆空哀叹！

赵芙蓉　（唱）你莫要，奴仆小姐尊卑分，
我与你，同为孤儿受欺凌。
你想姐，或者尚有见面日；
我想娘，九泉之下何处寻？
曾记得，爹爹娶新满府奉承，
我亲娘病危无人问。
多承你，偷偷上山采药来，
纵然是，无济于事我永记心！

窦广平　小姐又提这件事了。小姐！
（唱）采药小事何足论，
苍天保佑你善心人。
广平恨无出头日，
难报小姐照看恩！（跪礼）

〔婉儿端粥上。见状略惊。

婉　儿　小姐，粥汤烧来了！

赵芙蓉　（惊觉，羞，急离窦广平）你给他吃吧。

婉　儿　（微笑）快些趁热吃，吃了病就好了。

窦广平　（接粥）谢大姐。

〔赵通自内出，见状惊，大怒。

赵　通　（呵斥）女儿，你荒唐——（向广平）啊！你，你想找死吗？（打翻其汤碗，发现巾帕。扯出，益怒）啊——（拔出佩身匕首，逼向广平——）

赵芙蓉　（怨恨、惊呼）爹爹——

赵　通　唔？！（转念，收敛。对广平怒喝）贱奴，快去！

〔窦广平入侧门。

赵　通　（和颜悦色）女儿，莫怨为父动怒，给你说过多次了。别的事都好原谅，独有此事宽容不得。你要知主奴有分，男女有别——好，好，不说这个

了，那天给你提的亲事——

赵芙蓉 （哭泣）母亲……

赵　通 女婿虽然年纪大些，可他是本郡的父母官哪。不但女儿终身有靠，就连为父——

赵芙蓉 （坚决地）爹爹定要将女儿送给郡守作妾，女儿情愿去九泉下陪伴母亲。（哭更哀）母亲呀……（婉儿解劝）

赵　通 哎，无礼！无礼——

〔赵能内呼“老爷”急上。

赵　通 何事？

赵　能 老爷请这边来，小人有要事相禀！

（念）长安皇宫窦夫人，
派人寻弟到郡城。
文书上面写明白，
年纪祖籍与出身；
夫人贵弟非别个，
喂马家奴窦广平。

赵　通 （大惊）啊，是他？你查清楚了没有？

赵　能 查对确实，千真万确。

赵　通 噢。（沉思）

（旁唱）他转眼登天成皇亲，
必将恩怨诉夫人。
报信功难抵旧时恨，
倒叫我，又惊又怕心不定！
这，这便如何是好？（思索、渐解眉至狂喜）

对，对，对，把女儿嫁给他！先让他们成亲，再说明窦夫人寻弟之事。这样一来，他是皇亲老夫我也算国戚！有这座天大靠山，不管如何高利盘剥、广搜粮食，谁也奈何我不得了！哈哈……

（唱）攀什么，仪阳小郡老太守？
怕什么，新皇新政新来头？
拉住了，皇亲国戚同舟乘，
从此后，鱼龙变化任遨游！

（委婉地对芙蓉）女儿，爹爹想过了，眼前只有你一个女儿，怎能委屈你？方才提的那门亲事，你既不愿，也就罢了——

赵芙蓉 （止哭、惊疑）啊——

赵　通 为父另外替你挑选了一位如意郎君，不知你可愿意？

赵芙蓉 谁？

赵　通 便是府中的窦广平。

赵芙蓉 （益惊）窦广平？！

〔赵能闻言初惊，继而一想，大悟，暗地拍手称赞。

赵　通 （和蔼地）怎么样，女儿？终身大事马虎不得。选郎君要以人品为上，不能只讲门第高低——喏喏喏，他虽然现为家奴，一旦做了为父的女婿，还能委屈他吗？为父给你一副厚厚的嫁妆就是。

赵芙蓉 （旁唱）是真情？是试探？猜疑不定，

莫非是，忆母亲，发现良心？

赵　通 女儿你称心吗？为父我要对得起你那可怜的娘亲——（掩面泣）

赵芙蓉 （半信半疑）爹爹……（欲言又止）

〔赵通向赵能耳语。

赵　能 （极恭敬地）有请窦广平！（谄笑着下）

窦广平 （出，见状惊疑）老爷有何吩咐？

〔芙蓉羞涩背立。

赵　通 广平，你自到我家，老爷管教甚严，为的是盼你成才，一番苦心，对天可表。如今你已长成，老爷喜欢，小姐有意；今日便将小姐许配于你，你看可好？

窦广平 （犹闻霹雳）啊？！小人不敢，小人不敢！

赵　通 哈哈，怕什么呢？待你与小姐成亲之后，老夫还要设法替你寻找姐姐。

〔赵能自内抱一青铜匣暗上。

窦广平 寻找姐姐？（半信半疑）

赵　通 是呀，要帮你寻姐姐！（从青铜匣中取出一叠债券，递给广平看）喏，这些是给你们的——

（唱）债主名改窦广平，

连本带利值千金；

莫嫌老夫礼仪薄，

权作嫁妆送玉人。

女儿——

赵芙蓉 （疑惑羞涩）爹爹——

赵　通 姑爷！

窦广平 （紧张已极）不，不……

赵　通 选定黄道吉日，给姑爷小姐成亲。

赵　能 是。

窦广平 （惶恐不知所措）啊？！

赵　通 （得意地）哈哈哈哈。

〔笑声中幕落。

第三场　册后

〔次年早春。

〔汉京长安未央宫。

〔字幕：公元前一七九年，代王刘恒登皇帝位，是为汉文帝。不久，百官议立皇后。

〔中幕外：张丞相、郎中令、车骑将军、贾大夫及众朝臣上。

张丞相 列位大人！皇上登基以来，大赦天下；废全家株连之法，免蒙受诽谤之罪；广收四方人才，严禁郡县贡献；救济鳏寡孤独，减轻田租赋税。万民踊跃，齐呼圣明天子。如今社稷初定，太后下诏欲册立皇后，列位有何高见？

车骑将军 丞相！立皇后大事，非同一般。人选嘛。倒是有呀。喏：

（念）老太尉娇女美绝伦，

深宫伴驾必受宠幸。

郎中令 （念）上将军幼妹门第显，

堪配凤驾统妃嫔！

贾大夫 （念）窦夫人贤德满朝闻，

应为后宫椒房尊！

张丞相 （念）只怕她出身低微遭议论，

郎中令 嗯，老丞相言之有理。

贾大夫 （激愤）啊！什么叫出身低微？

车骑将军 出身平民，难居高位。

贾 大 夫 好一个难居高位！——请问将军，高皇帝开创汉室，贵极人间，不知他当初是什么出身？

车骑将军 （语塞）这——

张 丞 相 高皇帝以布衣而成帝王，此乃上应天命、下合人心之故。至于皇后嘛，历代都是选于高门望族；不然，何以助皇上之政！

贾 大 夫 好一个助皇上之政！——请问丞相，吕后家族可谓高门，到头来是如何助皇上之政的哪？

张 丞 相 （语塞、尴尬）这——

贾 大 夫 丞相、列位大人哪！

（唱）华夏代代教训深

皇后贤明君贤明；

姿容门面何足道，

与诸位，万岁面前再争论！（昂然而下）

张 丞 相 唉，少年气盛，不知世事之深啊！列位大人，上朝去吧！

众　　臣 丞相请。（众人俱下）

车骑将军 （旁白）这个书呆子，不知得了窦氏的什么好处，如此出力！（下）

〔中幕启。未央宫新设椒房——皇后寝宫。窦姬率宫女在皇座旁设置皇后凤座。

众 宫 女 （唱）御苑春早飘兰香，

椒房新挂芙蓉帐；

对对纱灯绘龙凤，

后宫排场迎娘娘。（暗下）

窦　　姬 （唱）人世变幻如沧桑，

我受封夫人侍驾旁；

今日里，迎凤凰，

我理该恭恭敬敬侍奉皇后在椒房！（郑重其事地练习向后座行礼）

〔彩霓上。

彩　　霓 （跪）禀夫人——

窦　　姬 （扶起）彩霓妹妹，别无他人，何必如此！

彩　　霓 （改口）姐姐，听说百官已经议定了皇后。我想这正宫娘娘啊，不是老太尉之女，定是上将军之妹！

窦　姬　彩霓，太后、万岁与群臣选定的皇后必定是品德齐备、贤淑端方之人。我们准备着好好侍候就是——

〔幕后人声：“文武臣等候旨，拜见正宫娘娘！”

窦　姬　（惊慌）哎哟，皇后尚未进宫，怎么文武官员到内宫朝拜来了？

〔芍药急奔上。

芍　药　禀夫人，文武朝臣在宫门等候，口口声声要朝见皇后娘娘！

窦　姬　（益惊）皇后在哪里？娘娘在哪里呀？

〔幕后刘恒声：“皇后在此，娘娘在此！哈哈哈哈……”笑声中刘恒上，大太监上。

窦　姬　（跪）臣妾接驾。

刘　恒　（笑）皇后少礼！

窦　姬　（惊绝）啊？皇后？！

刘　恒　（笑）皇后呀！

（唱）太后懿旨定春秋，
　　　百官齐朝凤凰首；
　　　未央宫主汉皇后，
　　　不属别家只属窦！

窦　姬　（惊绝）啊——（如入梦幻，惊定，急跪地）万岁，臣妾、臣妾实在不敢奉诏，求万岁收回成命！

刘　恒　（疑惑）这却为何？

窦　姬　（诚惶诚恐）万岁呀！

（唱）君恩浩荡永难忘，
　　　怎奈是，妾如鸟雀非凤凰；
　　　无德无才不知政，
　　　倘若是，一步走错、一言荒唐、百官见笑，连累万岁脸无光。

刘　恒　爱卿，正因你顾全大体，进退有度，谨守妇德，因而百官荐举，爱卿休要推辞。

窦　姬　（惶恐）万岁，臣妾胸无大志，愿终生侍奉万岁、皇后，尽嫔娥之职；实不敢与万岁并称龙凤！望万岁体察！

刘　恒　爱卿呀！

（唱）正因你，孝义谦逊广心胸，
　　　太后命你主正宫。

（扶起窦姬，欲扶其入后座，窦姬急退）

窦　姬　（惶急）啊，万岁呀！

（唱）皇后应选高门女——

刘　恒　（唱）未忘代郡共寒冬；

窦　姬　（唱）民间富贵尚易妻——

刘　恒　（唱）帝家有情同始终。

窦　姬　（唱）妾出身穷乡家贫寒——

刘　恒　（唱）能助寡人谙民风；

窦　姬　（唱）曾为宫婢位低贱——

刘　恒　（唱）不忘故旧警奢荣！

窦　姬　（益惶急，跪求）

（唱）万岁呀，实难作皇后心惶恐——

刘　恒　（唱）从未见，作皇后难于上苍穹！

窦　姬　（唱）万岁呀，妾但求无过非求宠——

刘　恒　（唱）越推辞，越敬你谦让有古风。

窦　姬　（语塞，万般无奈）万岁，没有皇后称号，臣妾不是一样的侍奉万岁吗？

刘　恒　（微笑、赞叹）爱卿越是推辞，寡人立后之意越坚。来来来，寡人扶爱卿登皇后之座！（强扶入座，窦姬惊慌）

众宫女　（朝拜）参见娘娘——

窦　姬　（惊慌离座，泣）不，不，不，万岁呀！

（唱）为皇后，应助万岁主九重，

怎奈是，窦姬无父又无兄；

虽有孤弟骨肉在，

怎奈是，自幼失散，萍飘天涯无影踪！

刘　恒　（激动）啊哟，爱卿呀！

（唱）正为你，母家无亲无牵连，

方能将，后党乱宫巨祸免。

卿不见妲己祸国因妖冶，

褒姒乱周起烽烟；

吕党专权封亲族，

吕产吕禄成巨奸。

后党专权贤臣死，

前事不忘有殷鉴！
卿不见，汗青史书一篇篇，
记多少，后宫争宠血飞溅？
记多少，生灵涂炭弥天祸，
出自后宫歌笑间？
记多少，英武君主定天下，
乾坤断送御榻边？
爱卿呀，这皇后，非是寡人随意定，
母命臣议朕挑选！
爱卿应闻古人言：
家思贤妻，
国乱思良相，
选定你，是为大汉社稷求妇贤！

窦　姬　（受到震动）啊？

刘　恒　爱卿快登皇后之座。

窦　姬　（惶恐四顾）万岁，实在别无他人，臣妾、臣妾只得权充了。

刘　恒　（笑）权充也好！（刘恒扶窦姬登后座）

〔众宫女奉拂尘、漱盂、茶盘等上。

众宫女　（齐跪）奴婢等朝见正宫娘娘——娘娘进茶。

窦　姬　（见宫女众多，触动，离座巡视，益觉不安）万岁，臣妾承蒙万岁错爱，令主正宫，只是心头有一句话，不知当讲不当讲？

刘　恒　爱卿，有话但讲不妨。

窦　姬　万岁呀！

（唱）宫娥如云妾心愧，
她们是，哪一个无有辛酸无有悲？
怎忍看，至亲骨肉永分离，
怎忍看，白头宫女守宫闱。
臣妾我，自幼勤劳甘淡泊，
何须用，众多宫娥侍周围？
求万岁，下旨放出宫女去，
让她们，天伦团聚把婚配！

众宫女　（惊异）放出宫女？

窦　姬　（唱）愿世人，莫像妾，家贫无钱医父疾；
愿世人，莫像妾，六岁弟弟生抛开；
愿世人，家家团聚得天伦乐，
莫像妾，家破人离愁满怀！（泣）

刘　恒　（触动、感激）爱卿所说，颇合寡人之意。

芍　药　（激动万分、自语）母亲，女儿可以回来给你端药了……

刘　恒　进呈皇后凤冠霞帔、蟒袍印玺侍候。

众　人　领旨！（下）

刘　恒　爱卿，想寡人是高皇帝姬妾之子，侥幸避过吕后之祸，无功无德，靠着高皇帝的威望和文武百官的扶持，登上汉天子大位，住进了未央宫。只是尚没有替黎民百姓做些好事，心中实在惭愧，总觉得对不起天下。今爱卿想放还宫女，此实一大德政，寡人一定下诏发放。
（唱）贤皇后，轻言数语关兴衰，
寡人将下诏告四海
减免租赋扶困危，
重农抑商防奸宄，
太后懿旨张皇榜，
为爱卿招寻弟弟——唉，为朕招得国舅来！

窦　姬　（惊喜，感激流涕，跪）谢万岁！

刘　恒　爱卿请起（扶上后座）
〔太监宫女分捧皇后衣冠玺绶上，跪拜。
〔文武朝臣进宫齐跪拜。

众　人　（高呼）大汉皇后陛下千岁、千千岁！
〔灯暗，幕下。

第四场　认弟

〔中幕外，赵通上。

赵　通　新皇果然厉害，下诏重农抑商，严禁高利盘剥。郡县闻风而动，纷纷压制商贾，好不气人。可笑仪阳地方官，还不知我赵通来头，竟然要传我到案，追究收取高利、逼死债户等事。哈哈，我已将窦广平带来长安，等我把窦皇后寻弟之事告诉他们，让那些地方官来传我到案吧！嘿嘿——

〔幕后喝威之声起，赵通急隐过一旁。

〔四羽林军士引羽林都尉上。

都　尉　众军士！

众军士　在。

都　尉　贾大夫奉万岁圣旨，会同京兆尹率领我羽林军士，自即日起，巡查长安街巷，官民府宅；凡发现作奸犯科及不法债主巨商，立即捉拿归案！

众军士　是。

都　尉
众军士　（念）万岁上谕写得明：

重农抑商行新政。
奉旨巡查捕奸商，
不避公侯与豪门；
若有抗旨不法徒，
按律严惩不徇情。

众军士　遵命！

都　尉　巡查去哉！

众军士　得令！（下，都尉亦下）

〔赵通出，略感惶恐。

赵　通　啊哟不对，但见羽林军来来往往，杀气腾腾，盘查甚严。看来事不宜迟，待我急去告诉窦广平，让他进宫认姐。单等他姐弟相认，他当国舅，我成皇亲；我是债主，他也有债券！哈哈！这叫作：

（念）连环套连环，
环环紧相连；
大事化小事，
小事化轻烟！
此刻便去告诉他。（下）

〔幕后歌声起：

抑商贾，减赋税，社稷初兴，
除奢侈，去豪华。后宫风清；

窦皇后，亲采桑，妇女范行，
见桑果，思孤弟，黯然伤神。

〔合唱声中幕启；未央宫后苑。一泓碧水之旁，桑树丛丛；远处桃花朵朵，云蒸霞蔚，窦皇后着旧时衣裙，正率宫女采桑暂憩。她手拿桑果凝视出神。众宫女见状悄下。

窦　姬　（触景生情）桑果?！那年弟弟上树摘食桑果，跌下树来，头破血流，落下伤疤——（沉思神往）

〔幕后独唱声起。

采桑采桑入哀思，
伤心人长忆少年时。

窦　姬　（唱）皇榜招弟遍四海，
因何故，至今未见消息来。
食桑果的人儿究何在?
不由我，日夜思虑费疑猜。……

弟弟——

〔从袖中取出肚兜，感伤不已。

〔幕后呼："万岁驾到——"

窦　姬　（急拭泪，藏起肚兜）接驾。

〔刘恒急上，太监侍上。

刘　恒　（唱）匆匆后宫报喜来——爱卿呀，今日是，九重天外彩云归！

窦　姬　万岁神采飞扬，有何喜事临门?

刘　恒　（喜悦难抑）爱卿！方才郎中令送来一个青年男子——

窦　姬　他是何人?

刘　恒　道是爱卿胞弟、清河郡观津县窦广平！

窦　姬　（惊呆）窦——广——平?！——弟弟?！（欲奔出）啊，弟弟在哪里，弟弟在哪里?

刘　恒　爱卿莫急，待寡人唤他进来，让爱卿认个真假。

窦　姬　（急不可待）那就快快命他进来！

刘　恒　宣清河窦广平！

大太监　领旨！（下）

窦　姬　苍天保佑，但愿真是弟弟才好——

〔大太监引窦广平战战兢兢地上。

窦广平 （跪拜）小民窦广平叩见万岁！

刘　恒 平身。

窦广平 谢万岁。（站立一旁，颤抖不已）

〔窦姬焦急地观察广平，茫然地用肚兜虚试其身。窦广平暗中抬头，两人互看；旋又均感失望，疑惑。

窦　姬 （旁唱）看眼前，这男子，细高条，瘦骨嶙嶙；

窦广平 （旁唱）偷眼看，这贵人。容颜美，体态高尊；

刘　恒 （旁唱）愿此人，非假冒，天可怜，姐弟重相认，

窦　姬 （旁唱）怎不见，黄头发，缺牙缝，弟弟面形？

窦广平 （旁唱）怎不见，姐姐那，采桑女，旧时身影？

刘　恒 （旁唱）为什么，他两人，不相认，如同路人？

（白）窦广平，你进宫认亲，可有标记之物？

窦广平 （畏惧）无、无有。

刘　恒 可有郡县查明之文书？

窦广平 （惶恐）小民无、无有。

刘　恒 （疑）唔？！——可有祖籍父老人证？

窦广平 （益惶急）小民亦、亦无有。

刘　恒 （疑惑）你既无标记，又无文书、人证，凭么进宫认亲？

窦广平 （慌乱、语无伦次）万岁，小民实在不知，小民只知姐姐……（跪泣）

〔窦姬见状失望，暗向刘恒摇头，伤心。

刘　恒 （安慰）爱卿莫要难过，待寡人再盘问他番。窦广平！

窦广平 小、小民在。

刘　恒 你家住哪里？

窦广平 （唱）家住清河观津西。

刘　恒 今年几岁了？

窦广平 （唱）年方十八无所依。

刘　恒 几时与你姐姐分离？

窦广平 （唱）十二年前姐入宫，
从此盼姐常流涕！

刘　恒 与你姐姐是怎样分开的？

窦广平 （唱）那日相别观津驿，
姐弟相对泪沾衣。

窦　姬　（渐动容，关注地）你当时怎么样讲？

窦广平　（唱）我年幼识浅不懂事，
　　　　　　　要跟姐姐到宫里。

窦　姬　（急切）你姐姐怎样吩咐于你？

窦广平　（唱）从此要听阿婆话，
　　　　　　　莫要爬树莫下溪。

窦　姬　（益急）你姐姐对你还讲些什么？

窦广平　（唱）她还说，寒食清明父母坟，
　　　　　　　培土烧纸莫忘记。

窦　姬　（触动、泪飞哽咽）还，还有呢？

窦广平　（唱）姐姐她，强忍珠泪露笑脸，
　　　　　　　讨来米饼充我饥。
　　　　　　　阿婆端出米汤水，
　　　　　　　临行给我把头洗！

窦　姬　（激动万分，欲认）弟——

刘　恒　（急阻）窦广平，你是否记得起旁人并不在场、单单为你姐弟两人所知之事？

窦广平　（急切地）有、有、有！
　　　　（唱）有一日，爹爹病重卧在床，
　　　　　　　随姐姐，饥肠辘辘去采桑。
　　　　　　　我因偷摘桑果跌下树，
　　　　　　　跌破了后脑，急坏了姐姐，
　　　　　　　泪水和着血水淌！
　　　　　　　归家后，姐叫我爹爹床前强作笑，
　　　　　　　到如今，留下伤疤永难忘！（跪地揭示伤疤）

〔刘恒、窦姬急看伤疤。

刘　恒　伤疤？

窦　姬　（撕肝裂胆地）弟弟——

窦广平　（如痴如呆）啊——

窦　姬　（举桑果示意）弟弟，我是姐姐呀，我是你姐姐呀！

窦广平　（山洪暴发般地跪步向前）姐姐——

〔姐弟相抱而哭，刘恒挥泪，暗下。

〔幕后独唱起。

骨肉重逢喜中悲，

但愿从此不分离。

〔姐弟分开，凝视。

窦　姬　弟弟，不是在做梦吧？

窦广平　姐姐，不是梦，是真的。

窦　姬　（呼喊）弟弟——

窦广平　（呼喊）姐姐——（姐弟复抱）

窦　姬　（唱）总以为，此生难见亲弟弟，

窦广平　（唱）总以为，见姐只在睡梦里！

窦　姬　（唱）总以为，窦家香火无人继，

窦广平　（唱）谁想到，今日与姐姐再相依！

姐姐——

姐姐呀，我六岁被拐离祖基，

流落异乡遭人欺。

讨残羹，宿巷尾，

饥寒困顿无人理！

到后来，卖赵家，

仪阳喂马作奴隶。

腹中苦水吐难尽，

桩桩件件在心里。

十二年来无所求，

只求一见亲姐姐！

窦　姬　（心疼、欣喜，不断拭泪）弟弟——

窦广平　姐姐不要哭——

窦　姬　弟弟，姐姐没有哭。姐姐是高兴的……

（唱）弟呀，

姐怕你，春天爬树添新伤，

姐怕你，夏日贪玩深溪旁。

姐怕你，秋夜孤零啼梦醒，

姐怕你，寒冬无有棉衣裳！

姐为你，临寝忧弟无宿处，

姐为你，对食常叹弟饥肠。
姐为你，背人暗做红肚兜，
姐为你，半痴半呆常端详。
幸喜你，路边野草自生长，
长成了七尺男儿比姐长。
弟弟呀，十二年苦处缓缓讲，
从今后，万事由姐作主张！

窦广平　（唱）只要姐姐在身边，
纵然我，千辛万苦心舒畅！

窦　姬　（唱）只要弟弟在眼前，
姐姐我，永扫愁云无惆怅。
焚清香——

窦广平　（唱）一一向东乡，

窦　姬　（唱）九泉下——

窦广平
窦　姬　（唱）——告爹娘：

窦广平　（合唱）姐与弟，从此相聚无离伤，

窦广平　姐姐，我再也不离开你了！

窦　姬　弟弟，姐姐再也不让你离开了！

〔刘恒微笑手执窦姬、广平，互视。

〔幕后歌声起：

再分离，除非是：
冬日雷鸣六月雪
渭水枯干华山裂！

〔歌声中幕下。

第五场　亲祸

〔数日之后。

〔窦国舅府。

〔幕后合唱起：

皇帝严命惩奸商，
不法债主皆慌张。
赵通遥入国舅府，
想倚裙带作屏障。

〔随着合唱声幕启：国舅府后堂，桌上置有赵通储藏债券的青铜匣。赵通和赵能（已改名窦能）密语良久，窦能闻言惶恐。

窦　能　老爷，这，这可是关系重大，小人吃罪不起

赵　通　（怒）唔？！你原是我府中家奴，老爷我特地把你送国舅，当上管家，为的什么？

窦　能　是，是。不过，老爷，倘若国舅出了事，老爷你也没好处呵。

赵　通　（冷笑）哼，他不出事，老爷我平安无事；倘若他出了事么，老爷我，越发平安无事！

窦　能　（不解）此话怎讲？

赵　通　蠢材。窦皇后是万岁宠幸之人，与国舅情重如山。纵然国舅把老天戳上一个大洞，也是无妨的。到时候万岁不治国舅的罪，还能治我的罪吗？

窦　能　（大悟）对、对！老爷高见。小人便去门口探望动静，见机行事。（下）

赵　通　唉，倒是女儿不好说话——女儿在哪里？

〔赵芙蓉出，婉儿侍上。

赵芙蓉　爹爹来了，何事相唤？

赵　通　女儿，仪阳那班刁民债户的事发作了。京兆尹要派人来搜查，并传我到案；女儿快去求求国舅爷，托他帮帮我的忙——喏，喏，先替爹爹把这只债匣子，藏到内房……

赵芙蓉　（不接，冷漠地）爹爹在仪阳做的事也太——

赵　通　如今说这个还有何用？爹爹出事，你这个国舅夫人有何颜面？就是国舅，也难免受到牵连。

赵芙蓉　（惊）连国舅也要牵连吗？（心动）他怎能帮得爹爹？

赵　通　哎，女儿！

（唱）世间作兴亲帮亲，
枕头风里万事行。
若遇疑难通关节，
莫求老爷求夫人！

你告国舅他求姐，
皇后寝宫朝至尊；
赦书一道传下来，
爹爹我，依然赫赫新皇亲！

赵芙蓉 （犹豫）这样做得吗？

赵　通 （急）女儿，你不念十八年养育之恩，也要为国舅着想。喏喏喏，爹给你跪下了。（跪）

赵芙蓉 （急扶）爹爹你怎么这样？！（背泣）母亲哪！

〔幕后人呼："国舅回府！"

赵　通 （益急）国舅回来了，你快求求他！（入内）

赵芙蓉 （自怨自艾）唉，爹爹贪财寡义，做下这种事情，连累得一家不安。叫我如何向国舅开口？（略思索）婉儿，且为国舅备下酒肴。

婉　儿 是！

〔婉儿入内。窦能上，迎候甚恭。

窦广平 （内唱）苦海有边冬有尽，
（上唱）满朝笑顾窦皇亲。
府门外，车马喧闹多嘉宾，
厅堂前，僮仆迎候喂马人。
（笑）哈哈哈！
皇上赐人国舅府，
姐姐万事称我心。
锦绣红袍替破衫，
玉盘珍馐补前情。
果然是，吃得民间苦中苦，
方为帝都人上人！
从今后，春风得意百无忧，
唔——
见芙蓉为何有泪痕？

赵芙蓉 夫君，你日日进宫朝见娘娘，夫妻难得相见；今日且小饮几杯，妾身再将心事相告。

窦广平 （茫然、疑惑）好，好。

〔婉儿奉酒肴上。窦广平恭立接盘，婉儿失笑。夫妻对饮。窦能暗下。

赵芙蓉　（泣诉）夫君，妾身好不容易盼到有今天的日子，谁知爹爹出了事。

窦广平　岳父他出了什么事呀？

赵芙蓉　你还不知道吗？（与窦耳语）

窦广平　哎，这事是他自作自受，广平怎能管得？

赵芙蓉　你、你不肯管？

窦广平　我不能管。

赵芙蓉　你、你一定不管？

窦广平　我实在不能管！

赵芙蓉　（怨恨）夫君——广平，你、你好！

（唱）不怪你，旧怨深，翁婿无情，
总该想，你与我，夫妻情深。
苦命女此生别无望，
但求相守得安宁。
倘若是，京兆狱中囚爹爹；
你我何颜进宫门？
求夫君，为我爹爹想一计——
免他年迈受苦刑！

窦广平　（不忍、犹豫）这个——

〔赵通突然从内出。

赵　通　（凝视两人良久，痛哭失声）好可怜的女儿，好可怜的姑爷呵！……

赵芙蓉　（惊疑）爹爹——

窦广平　岳父——

赵　通　（哭道）姑爷不必为难，老夫决意去京兆尹自首。老夫一死本不足惜，实在是可怜女儿、可怜姑爷、可怜窦娘娘呵！

窦广平　（惊疑）此话从何说起？

赵　通　实对你说了吧，京兆尹要来捕我，并非要难为老夫一人。

窦广平　要难为哪个？

赵　通　正宫皇后窦娘娘！

窦广平　（大惊）难为姐姐？这是为何？

赵　通　姑爷、女儿，你们好糊涂哪！窦娘娘是一介贫家女子为皇后，有多少人嫉妒！他们这番想把赵通治罪，也给你国舅爷脸上抹黑，窦娘娘有你这个弟弟，有我这个亲家，脸上还有什么光彩，落下这个把柄，就会有人来接皇后之位！

窦广平　（惊异）啊——姐姐为何没有说起？

赵　通　娘娘久居深宫，怎会得知？长安街议巷谈，何人不晓？（哀哭成调）我那可怜的女儿芙蓉，没有亲娘爱宠，好容易配了如意郎君，眼见得也是竹篮打水一场空！

赵芙蓉　（感触，焦急）夫君，你快拿个主意吧……

窦广平　（心乱，饮酒一盅）小姐放心，他们不敢——

赵　通　（哭更哀）更可怜我那苦命的姑爷广平，十八年吃尽了人间苦辛，好容易盼得了国舅身份，眼见得化成了镜花水月，还在梦中沉睡不醒！

窦广平　（极度反感）不要讲了一

赵　通　（悲痛欲绝）可叹那窦氏娘娘，经历了多少人间凄凉，好容易熬到了尊居未央，转眼间也只得废后的诏书一张！这后半生的冷宫生活实在令人哀伤！

窦广平　（大怒）他们果真要害我姐姐吗？

赵　通　姑爷，你不想想，倘若不为窦娘娘，值得如此大动干戈，兴师动众吗？

窦广平　我到后宫找姐姐去——（欲下）

赵　通　（急阻）啊哟，姑爷，你此刻万万不能去寻娘娘——

窦广平　这却为何？

赵　通　姑爷，请看（从桌上取过青铜匣打开，取出一叠债券）

窦广平　这是什么？

赵　通　（狞笑）这是高利盘剥之罪证债券！上面写得明白：四成债利，债主窦广平！

赵芙蓉
窦广平　（俱惊）啊？！

窦广平　（愕然）这个——

〔窦能幕后呼“老爷——”急上。

窦　能　（惶急）启禀国舅爷，府门外来了一队羽林军，围住府门口；不许人进出，口口声声要来搜府抓人——

窦广平　（惊）羽林军？

〔窦能暗下。

赵　通　（惊惶焦急）喏，羽林军原来都是老太尉统率的。倘若单为赵通一人，何用羽林军？

窦广平 （不禁点头）

赵　通 （进逼）何用围住国舅府？

窦广平 （益信）

赵　通 为何不许人进出？

窦广平 （确信，情不自禁地将青铜匣递给芙蓉。颓然而坐）

〔赵芙蓉惶急无措，抱匣入内，复上。

赵芙蓉 （焦急）爹爹，这可怎么办哪？

赵　通 事至今日，还有什么办法？想历朝以来，皇亲国戚都是官居高位，一人之下，万人之上，满朝文武正眼都不敢看上一眼……谁像如今呵——唉，都怨窦娘娘母家无人，外臣才敢欺侮……

窦广平 （大怒，呼）谁说无人，难道我不是窦皇后的亲人？

赵　通 （紧接）只怕是你这国舅爷不在他们眼里呵！

窦广平 （大怒）他们敢——（已完全听信赵通之言，连饮酒三杯）

（唱）只道是，搜捕岳父因民愤，

却原来，后宫争位有隐情。

莫欺我，窦家势单人丁孤，

水流不平鸣高声。

莫欺我，昔日家奴位低贱，

威赫赫一座国舅府，

到底是，大汉国舅有身份！

威赫赫一座国舅府，

岂容军士任横行？！

喉头难咽一口气，

今日里再受气我枉为皇亲！

拿酒来！！（怒火益升，举酒狂饮）

赵　通 （筛酒）今日只要不让老太尉的羽林军抓到我，无有罪证，便动不了窦皇后一根毫毛。只要皇后无恙，天塌地陷又有何妨！

窦广平 我、我自有主意——（饮酒益狂）

赵　通 姑爷，酒不可过量，喝多了要出事的！

〔窦能幕后呼“老爷——”急上。

窦　能 禀报国舅老爷，羽林军都尉已进中门。

〔赵通急入内，赵芙蓉亦下。

窦广平　（已醉）他要干什么？

窦　能　小、小人不敢讲。

窦广平　讲、讲出来！

窦　能　小人说，这是国舅府，搜不得的，他说，哼，窦广平当不了几天国舅啦，还不是仍旧叫他喂马去！！

窦广平　（盛怒）他好大胆子

〔羽林军都尉上，窦能暗下。

都　尉　国舅爷。

窦广平　你是何人？

都　尉　在下羽林军都尉。

窦广平　来此做甚？

都　尉　有文书呈上（递文）

窦广平　（接文，因不识，羞忿）上面写的什么？

都　尉　（因在门口被阻，怨气未消）公文写得明白，国舅大人岂能不知？

窦广平　（老羞成怒）无礼！我偏不看这个。（将公文丢过一旁）

都　尉　（略惊）啊？！国舅爷，在下是奉命搜捕人犯而来！

窦广平　人犯是谁？

都　尉　不法债主赵通。

窦广平　抓赵通怎么抓到我的府中来了？

都　尉　据报赵通便在府上。

窦广平　赵通纵然在府，天大官司，由我国舅爷处置，你们不必多管！

都　尉　国舅爷莫非有包庇之意？

窦广平　便是包庇，拿我怎样？

都　尉　包庇要犯，罪同窝藏！

窦广平　便是窝藏，拿我怎样？

都　尉　此话当真？

窦广平　十八年说话无人顾，今天说话要算数！

都　尉　这就由不得你了，今天定要搜查！

窦广平　你、你敢藐视国舅！

都　尉　奉命而为，不避皇亲！（命众军士）来啊！搜！

窦广平　（阻拦）只怕搜不得！

都　尉　定是要搜！

〔窦广平死死阻拦，都尉推开广平，广平一个趔趄，跌坐在剑架边。剑架倒，广平狂怒，顺手抽剑——

窦广平 （狂呼）我叫你搜——（刺都尉）

都　尉 啊——（倒地死）

〔众羽林军士搜出青铜匣，捕赵通、窦能上。赵芙蓉、婉儿惊惶上，见状俱惊绝。

〔贾大夫上，见状大惊。

贾大夫 万岁上谕："奉旨搜府，严惩奸商，有抗拒搜府者，不论何人，立斩不赦！"

窦广平 （惊醒，呆若木鸡）啊——

〔灯暗。

第六场　惊变

〔紧接前场。

〔幕启：未央宫椒房。地点同第四场，但装饰较前更简朴。窦姬与众宫女在整理祭品，喜形于色。

〔幕后合唱起：

姐弟终于日相见，
窦皇后从此开欢颜；
蒙皇恩，忙检点，
送弟弟返乡祭祖先。

〔幕后呼："万岁驾到——"

窦　姬 接驾。

〔刘恒懊丧地上。

刘　恒 （旁唱）窦国舅，杀都尉，罪当斩刑，入后宫，对皇后，怎告凶讯？

窦　姬 臣妾见驾。

刘　恒 （忙扶）爱卿平身。（痛惜）唉！

窦　姬 （觉察）万岁方才上朝去时，神采飞扬；此刻下朝归来，唉声叹气，定有疑难之事了。不知能否告诉臣妾，亦好分忧一二。

刘　恒　爱卿，自从寡人下了重农抑商、免赋减息之诏书以来，臣民踊跃欢呼。却有少数巨商债主不遵法令，抗旨逃来长安，避入豪门贵家，地方官无可奈何——

窦　姬　这还了得？万岁定要严惩他们才是呀！

刘　恒　（紧接）怎奈现有一人，与爱卿沾亲带故！

窦　姬　（大惊）是哪个？

刘　恒　仪阳巨商、不法债主赵通。

窦　姬　万岁，据臣妾弟弟言道，那赵通在仪阳高利盘剥、欺压乡民，逼死债户多人。若不加以严惩，何以服众！

刘　恒　爱卿，他可是皇亲哪！

窦　姬　（敛衽）万岁，王子犯法，与庶民同罪，万岁只顾依律量刑，不必以臣妾姻亲为念。

刘　恒　（伤感地）难得爱卿如此顾全大体！如今更有一人，竟敢杀死奉旨搜捕罪犯的羽林军都尉——

窦　姬　这人想是不要命了！杀死奉旨搜府的羽林军都尉，论律该斩！

刘　恒　是呀，寡人向满朝文武下过诏书：“抗拒搜府者，不论何人，立斩无赦！”

窦　姬　未知这亡命之徒是何等样人？

刘　恒　他、他、他便是——

〔大太监急上。众宫女暗上。

大太监　启奏万岁，文武百官已奉旨齐集前殿，等候万岁登殿。

刘　恒　知道了。彩霓！

刘霓等　（跪）奴婢在。

刘　恒　（低声）命你等好生侍候娘娘！不得离开一步。

彩霓等　（不解、茫然）是！

刘　恒　（低声）倘有变故，立召太医！

彩霓等　（更茫然）是！

窦　姬　（欣喜）万岁莫要忘了臣妾弟弟之事——

刘　恒　（大惊）你弟弟之事？

窦　姬　是呀！万岁不是已恩准臣妾弟弟回清河郡观津县看望乡亲、祭扫双亲祖坟了吗，臣妾已把祭品都备下了！

刘　恒　（心慌）好，好的，稍等再说吧。

窦　姬　（喜悦）谢万岁！万岁，臣妾得能与弟弟团聚，想来再无离别之苦了。

望万岁准许臣妾将《燕燕》诗篇焚于香炉，送别离情，图个吉利吧！

刘　恒　（心益乱）好，好！随卿之便。起驾！（下）

窦　姬　送驾——（喜悦难禁）姐妹们，烧了那离别之诗吧！

众宫女　（齐欢呼）烧了吧，烧了吧！

窦　姬　（唱）枕边寻来旧诗篇，
　　一场梦魇十二年。（哑然失笑）

众宫女　（唱）青铜香炉焚《燕燕》，
　　莫让哀怨留人间！

彩　霓　（对宫女）姐妹们看，娘娘笑得多开心啊，仿佛年纪都轻了十岁似的——

窦　姬　（听见，笑）你们呀！又在讲我的坏话了。你们也快要回乡团聚去了，是应该高兴；这真像我们姐弟团圆一样啊！

众宫女　（笑，欢呼）托娘娘之福！烧书啰——
（唱）缕缕离情化青烟，
　　点点相思送九天。
　　从此再无离别苦，
　　姐弟团聚无挂牵！

〔幕后赵芙蓉呼："娘娘救命呀——"奔上。

赵芙蓉　（哭拜）臣妾叩见皇后！皇后，救命呀！

窦　姬　（见状凄楚）芙蓉休要悲戚，你父亲之罪，本宫已知。皇亲犯法，与戒民同罪，汉律昭昭，实难赦免。

赵芙蓉　（哭诉）娘娘，臣妾之父，罪难宽容；臣妾非为求赦父罪而来！

窦　姬　那你口呼救命，为着何来？

赵芙蓉　娘娘，国舅他、他、他喝醉了酒，杀死奉旨搜府的羽林军都尉了——

窦　姬　啊？！（惊绝、昏厥）

众　人　（急呼）娘娘！

〔幕后独唱声起：
　　是梦是魇难分晓，
　　莫非是，渭水枯干、华山崩裂时辰到。

窦　姬　（渐苏醒，容颜大变，神情恍惚，起身欲走）
（唱）一阵阵，又如刀来又如锥，
　　一寸寸，才接的肝肠今更碎！
　　软绵绵，双足似在云里踩，

昏沉沉，未央宫阙扑面来。
弟弟呀，安分守己你不听，
为什么酒后杀人惹祸灾？
曾记得，风雨夜半爹临危，
爹爹他，拉我双手来交代。
抚养弟弟继香火，
海枯陆沉志莫改。
老父遗言犹在耳，
窦姬我，一十八年无懈怠！
倘若他，身首分离魂归去，
窦姬何颜告泉台？！
救弟法有违；
不救弟命危。
无奈前殿去，
难顾羞与愧。
隐约间，闻得前殿钟鼓催，
怕迟了，君臣定下弟死罪！

〔窦姬昏厥倒地，彩霓等急上扶。

众宫女　娘娘——

〔灯暗。

第七场　廷判

〔紧接前场。

〔幕后合唱。

昔日争议立皇后，
今朝难判斩国舅；
廷尉铁面把罪定，
百官纷纷论未休！

〔合唱声中，郎中令、车骑将军及文武朝臣唉声叹气上。

三骑将军 （背白）这窦国舅是定要保的；他要是保不住，我们府上那一位也就难了！这叫与人方便，与己方便——

〔张丞相、贾大夫边争边上。

张丞相 （唱）遇事三思而后行——

贾大夫 （唱）理应快刀斩乱绳！

张丞相 （唱）利害攸关非一般——

贾大夫 （唱）左顾右盼失民心！

车骑将军 （唱）百官联名保国舅——

贾大夫 （唱）贾某力主斩皇亲！

张丞相 （气恼）贾大夫！

（唱）你年少气盛当收敛。

贾大夫 谢丞相！

（唱）晚生我只知执法不徇情！

〔幕后大太监呼："万岁令百官进见。"

众　　臣 领旨。

张丞相 列位大人请！

众　　臣 丞相请。（众人随张丞相下）

车骑将军 （旁白）哼，贾某人仗着皇上对他的宠爱，出言实在狂妄。当初立窦皇后是他最出力；今日斩窦国舅又是他最激烈。如此做官办事，无有准绳，可悲可叹！（下）

〔中幕启，未央宫前殿。陈设简陋，古朴无华；帷无绣边，饰无金玉。

〔刘恒坐皇座。众太监、宫女环立，张丞相正在跪奏。

张丞相 万岁呀！

（唱）万岁孝义行仁政，
　　　莫伤皇后手足情；
　　　百官顿首求变通，
　　　赦国舅，体恤老臣故将心。

〔众朝臣齐上。

众　　臣 （齐跪）臣等愿以身家性命力保，求万岁赦免窦国舅之罪！

车骑将军 万岁，窦国舅酒后误杀，情有可原，一定要赦，一定要赦的！

刘　　恒 （为难）唉——

〔彩霓幕后呼"万岁——"急上，跪于殿前。众宫女随上。

彩　霓　万岁，娘娘已闻知国舅之事，在后宫哭泣哀伤，血泪斑斑，几番昏厥，痛不欲生。奴婢等万分不忍，冒死上奏，万岁，娘娘凤体羸弱，势难经此大变，求万岁开恩！（泣涕叩头）

众宫女　（齐）求万岁开恩！（齐跪泣）

刘　恒　啊哟！

（唱）枉法徇情平生恨，
国舅一案乱方寸。
她手足情重命相依，
只怕是，弟亡难保姐独生！
笔端千钧回肠转——

〔幕后传来窦姬哀哭声“弟弟——”

刘　恒　（接唱）忽闻得皇后哀声到前廷。

（凝视）皇后来了！卿请起。

〔窦姬神色大变，痴似呆上。众人皆惊。

〔静场片刻。

窦　姬　（环视百官似求声援，跪于帝前）万岁——

刘　恒　（动容起立）皇后！

窦　姬　（跪步向前、哀望）万岁——

刘　恒　（动情，离座扶窦）爱卿！

众　臣　（皆泣）皇后哀伤过度，求万岁赦免窦国舅之罪。（复跪）

众宫女　（复跪）求万岁开恩！

刘　恒　（左顾右盼、心动）啊哟！

（背唱）文武臣，同声求唤，
众宫娥，哀诉婉转；
铁石心肠经不起，
经不起，窦爱卿泪眼相看！

（白）罢、罢、罢！就这一回吧！

（背唱）赦广平，交皇后，严加训管，
待事后，谒高庙，罪己不宽。
祭南郊，思过失，布告郡县，
记教训，执法刑，再不手软。

（白）皇后请起，众位爱卿请起！

众　人　（齐）求万岁赦免窦国舅。

刘　恒　（决定）赦免。

众　人　（齐起欢呼）谢万岁、万岁、万万岁！

〔幕后忽然传来贾大夫响亮笑声，众皆惊。

刘　恒　殿堂之上，何人发笑？

大太监　启奏万岁，贾大夫发笑！

刘　恒　（震动）啊，众卿退下，贾大夫上殿！

〔贾大夫内应“领旨”匆匆上。

贾大夫　臣见驾。万岁！万万岁。

刘　恒　先生平身。先生，前日寝宫夜谈，寡人得益匪浅，不知今日先生何故发笑？

贾大夫　臣见万岁英明，执法如山，因而朝臣欢呼。汉室振兴有望，微臣岂能不笑？

刘　恒　（内疚）这个——先生，窦国舅可否赦得？

贾大夫　赦得，自然赦得！

刘　恒　（茫然）赦得？

贾大夫　喏喏喏，他是皇亲，怎能不赦？哈哈哈……（大笑不已）

刘　恒　（闻言起立）先生——

贾大夫　万岁，窦国舅赦得好啊！

（唱）横行公卿齐弹冠，
　　　皇亲国戚保平安。
　　　官子官孙无顾忌，
　　　弦歌声中送大汉！

刘　恒　（震惊）这？！——先生之意，这窦广平一案——

贾大夫　（慷慨激昂地）万岁呀！

（唱）暴秦虽亡有遗害，
　　　吕党祸平有余灾。
　　　裙带姻亲乱法度，
　　　我朝此风切莫开。
　　　天降大任于皇上，
　　　开创盛世传万代。
　　　高皇帝，约法三章赫然在，

杀人抵命怎能改？

朝野臣民刮目看，

看这回，国舅抗旨怎交代？

刘　恒　（震动）啊——

贾大夫　（取出——案卷欲呈）万岁请看《搜府要录》！

刘　恒　念！

贾大夫　“太仆丞宅搜得安邑不法巨商一名；万福公主府搜得邯郸不法巨商一名；车骑将军府搜得临淄不法巨商一名……

刘　恒　（惊）啊？！这样吗？

贾大夫　万岁呀！

（唱）事关社稷兴与衰，

有言不陈非我为。

求万岁，禀太后，劝娘娘，命廷尉，斩国舅，莫迟缓，朝臣树威，万民颜开——再惩治，贾生不敬帝后罪！（跪地摘冠呈献刘恒）万岁不斩国舅，臣羞为汉室大夫！

刘　恒　（极大的震动）啊！先生快快请起，请起复冠！

贾大夫　万岁不斩国舅，臣便跪死在殿上！

刘　恒　（惊）啊！先生何须如此！寡人并非愚顽，请容寡人三思——

〔大太监幕内呼“万岁——”急上。

大太监　（跪）万岁，廷尉已将抗拒新政之不法巨商公卿窦广平等一十七名要犯捕获待判，请万岁示下。

刘　恒　（震动、为难）啊哟——寡人知道了！

（挥手令太监退下）

刘　恒　（震动）——啊哟！

（唱）贾生直言陈利害，

未央前殿起惊雷！

民意可敬不可违，

所向向背定兴衰。

暴秦吕党烟云过，

只因民怨动地来！

想寡人，孤身为帝少君威，

满朝中，功臣宿将露骄贵。

今日里，不整肃朝纲斩国舅，
到他日，公卿不法怎定罪！
令出不行法规乱，
徇私焉能树国威！
高祖创业非容易，
安国兴邦寄后代！
倘若是，三十载汉室江山从此衰，
九泉下，又有何颜见先辈？
皇后呀，非是寡人不体谅，
怎奈是，赦一回便有千百回。
蚁穴能使长堤溃，
为社稷，万万难赦国舅罪！

贾大夫 万岁，事不宜迟，快快下诏——

刘　恒 （对贾，感激地扶起）先生。果然是——
（念）匹夫身上系兴衰，
寡人知错当立改！

贾大夫 （惊喜）万岁，你——

刘　恒 多谢先生见教，寡人方才错了！

贾大夫 （慷慨地）万岁呀！
（念）明君忍痛斩国舅，
汉室振兴在此秋！
君臣同心并同谋——

刘　恒 （念）用何言语慰皇后！？
〔窦姬突然奔出，面如死灰，两人大惊。

刘　恒
贾大夫 （惊愕，不知所措）皇后？！
〔窦姬走向贾大夫，逼近凝视，贾大夫步步后退。

贾大夫 娘娘——

窦　姬 （凝视良久，突然下跪）谢大夫！

贾大夫 （惊惶急跪）娘娘……

窦　姬 （起立，强忍哀痛）
（唱）汉家忠臣金石音，

惊起我私情梦中魂；
先生莫笑妇女见，
我为社稷谢贤臣！

贾大夫（出乎意外，感激涕零）娘娘——

刘　恒（凄戚、感激）爱卿，你——

窦　姬（无比沉痛，声泪俱下）万岁呀——
（唱）半是悲痛半是愧，
弟弟犯法我责难推！
妾不该，只图溺爱少管束，
未曾教他识法规！
妾不该，只念姐弟情同命，
不念汉律有严威！
千不该、万不该，
妾不该，仗皇后，恃君爱，为求私情登殿台！
辜负了，太后选妾期望深，
辜负了，万岁平日常教诲。
一步走错难挽回，
太后座前怎交代？
求万岁，扬钟鼓，集群臣，朝会重开，
容臣妾，对百官，责己请罪！（跪）

刘　恒（极大的震动，泪下，急扶）爱卿（扶起窦姬）！

贾大夫（声泪俱下）皇后，待窦国舅一案事清，贾生肉袒负荆，长跪宫门，向娘娘请罪！（跪拜）

〔窦姬作手势扶贾大夫。

〔刘恒挥手令贾大夫照旨办理，贾大夫欲下，窦姬昏厥。

刘　恒（见状心痛，大声）慢！传寡人之旨，赐窦国舅鸩酒，令他服毒自尽伏法；准其全尸——礼葬！

贾大夫　领旨

〔灯暗。

第八场　生祭

〔次日。

〔窦国舅府厅堂。

〔幕后丧锣震撼人心。

〔幕后歌声起：

〔随着合唱声，中幕外丧仪过场：开首为“奉旨吊孝”的白幡，后随擎白幡素帐、丧灯之类的仪仗人员；幡上书：“窦国舅千古”“鹤驾西游”等挽词，丧灯上书“窦府之丧”等字样。张丞相、贾大夫等文武朝臣身着素服，手擎清香，缓步过场。

〔丧仪过尽。

〔幕后百官齐呼：“给窦国舅吊孝！”“给窦国舅吊孝”！

〔呼声中幕渐启：国舅府厅堂。窦广平痴立堂前，惊愕无措。旁置一祭案，百官环向，朝窦广平举香号丧。张丞相在读祭文。

张丞相　（举文跪读）“……酹酒一觞，享我烝尝，呜呼哀哉，伏惟尚飨！”

众　臣　（齐呼）呜呼，窦国舅！哀哉，窦国舅！（齐哭）

窦广平　（四顾惶恐）啊——

〔张丞相将酒酹窦广平之前，再拜而起。

窦广平　（痛楚地）姐姐！

贾大夫　（呼）进挽歌！

众　人　（齐唱古挽歌《蒿里行》）

蒿里谁家地？

聚敛魂魄无贤愚。

鬼伯一何相催促，

人命不得少踟蹰。

窦广平　（羞愧难当）啊哟！

（唱）百官紧逼将命催，

广平咬牙把姐待。

我不信，姐姐不肯相救我，
我不信，皇后讨不得赦书来！

贾大夫 啊哟！窦广平还在痴等皇后、万岁赦免，不肯伏法。这成何体统？待我再催拜一番！（跪拜窦前）窦国舅呀！
（唱）今日里，满朝哭丧国人见，
纵然是，万岁赦书难更迁！
皇后大义断私情，
痴魂速去休迟延！
劝你莫把皇后等——

窦广平 （唱）我一定要见姐姐面！

贾大夫 （唱）皇后决难此地来，

窦广平 （唱）我不信，姐姐不把弟弟见！

〔幕后人呼："皇后驾到——"众惊。

贾大夫 （惊）啊？！

窦广平 姐姐救我来了——（抱最大希望跳跃出迎，下）

张丞相 （见机行事）撤去灵堂，回朝复命！

贾大夫 （愤慨、坚决）慢！贾生要当着皇后之面，再拜祭一番！

〔窦广平满脸疑惑恐惧地退上。彩霓等捧祭品上。窦姬浑身缟素上，众惊骇。

窦广平 （惊惶）姐姐，你、你为何身穿素服……

窦　姬 弟弟，姐姐求得万岁恩准，与弟弟，诀、诀别来了——（泣不成声）

〔众朝臣闻言暗惊，退下。车骑将军更惊，惶恐而下。

窦广平 （惊绝）啊？！姐姐，你、你！

窦　姬 （悲痛难言）弟弟！

窦广平 姐姐，你、你！
（唱）你难道，忍心不肯把我救？

窦　姬 （唱）姐姐是，万般想救不能够！

窦广平 （唱）你是万人之上汉皇后，

窦　姬 （唱）姐虽为皇后难开口！

窦广平 （失望、怨恨）姐姐！你，你好！
（唱）窦广平，苦海浮沉尝凄凉，
方才出头又遭殃；

苍天不公犹可恕，
难恕你，姐姐铁石硬心肠！
今日里，我虽死不把口眼闭。
九泉下，桩桩告诉爹和娘！
你身为姐姐无照应，
骨肉之情在何方？
从此后，愿娘娘，荣华富贵万年享，
天可怜，我想姐寻姐这一场！

窦　姬（悲痛欲绝，抱住广平）弟弟——
（唱）可怜你，落地开眼母遭殃，
我是又做姐姐又做娘；
眼泪拌粥喂你胜琼浆，
怀抱冰团哄你入梦乡。
弟哭一声姐心痛，
弟露笑容姐欢畅；
最是伤心离弟日，
我是一步一回一断肠！
日有阴时月有缺，
十二年，我无时不把弟弟想。
倘若是，姐姐能把弟罪替，
我情愿、了却残生、保得穷门香火长！
你可知，都尉执法枉死后，
可怜他，寡妇孤儿痛哀伤。
我也曾，披麻戴孝祭都尉，
灵堂上，老怨少怒我无话讲！
姐姐我，千赔万赔人难赔，
总只为，“杀人抵命”汉律章！
弟弟你，虽因酒后人挑唆，
总怪你，倚仗皇亲少思量。
弟弟怨姐姐不怪怨，
只求你，听话伏法无勉强。
原准备纸马香烛祭祖坟，

今日且为弟弟享。
弟弟呀，你在姐姐怀中归去吧！
姐姐会送你回故乡！

窦广平 （唱）大梦醒，无怨嫌，泪如涌泉，
辜负了，好姐姐，苦心一片。
恨只恨，赵通他，用心狠毒；
悔只悔，轻受骗，遭此牵连。
怨只怨，身触法，自作自受；
喜只喜，好姐姐，送弟在身边！
求姐姐，今日事，莫怪芙蓉，
从今后，看弟面，多多相怜。
望姐姐，多保重，千金玉体，
再莫把，弟弟我，记在心间！
（悲呼）姐姐保重——

〔窦广平举鸩酒，窦姬情不自禁、发狂般欲夺，旋强忍。窦广平饮鸩酒。

窦　姬 （惨呼）弟弟！

窦广平 姐姐——

窦　姬 姐姐再替你洗洗头，让你干干净净地回去。

〔宫女捧米汤水上。窦姬为广平洗头。

〔幕后独唱声起：
米汤水和着离人泪，
此生难再洗一回。

〔灯骤暗。

〔幕后歌声即起：
窦国舅伏法满朝惊，
魑魅魍魉难藏身。
豪贵惶恐黎民喜，
法度严明社稷新。

〔合唱声中灯光重明：天幕布景上现出万民欢腾之灿烂图景。刘恒、窦姬居上，群臣肃立听诏。

刘　恒 诏告天下：王侯犯法，与民同罪；轻徭薄赋，严惩高利盘剥！

众　臣 （齐呼）万岁，万岁，万万岁！

（齐唱）**整肃朝纲济苍生，**

皇后贤明君贤明。

〔剧终。

1983 年

古装瓯剧

仇大姑娘

（本剧根据《聊斋·仇大娘》改编）

尤文贵　郑朝阳

第一场　离家

〔场灯熄。音乐起。

〔幕后合唱：

人道是，风雨黄昏最凄凉，
失群孤雁声哀伤。
花到秋时盼结子，
人到中年思儿郎。
仇仲丧偶又续娶，
雪后老梅花更香。

〔幕启。仇仲中堂，喜幛低垂，红烛高烧；鼓乐悠扬，宾朋满座。

〔仇祥仇仲上。

众贺客　仇员外，恭喜！恭喜！

仇　仲　多谢亲友光临，请到客厅用茶。请！

众贺客　请！请！

〔众贺客下。

仇　仲　仇祥，大姑娘还在哭闹么？

仇　祥　大姑娘静坐闺房，请员外放心。

仇　仲　唉，我就是放心不下呵！

（唱）我年近半百两鬓霜，
岂爱风月盼成双？
只为膝下无嗣子，
家业不继祖坟荒。
女儿不知我苦衷，
日夜吵闹哭亲娘。
只怕今朝成婚日，
她风波迭起闹喜堂。

仇　祥　员外！

（唱）可怜姑娘幼丧母，
心中难免苦情多。
她人虽刚烈懂道理，
定能雨过天晴气平和。

仇　仲　但愿如此。你还得小心侍候，好言相劝，不可惹事生非，闹出笑话。

仇　祥　是！

〔门外鼓乐大作。乳娘奔上。

乳　娘　员外，新夫人花轿已到，快请更衣成礼。

〔仇仲、仇祥下。众亲友上。乳娘搀扶邵氏上。仇祥引仇仲穿吉服上。

赞礼郎　（高声赞礼）帽儿光光，今夜喜做新郎；红梅满枝，来年早生贵子！夫妻交拜天地！

〔鼓乐起。夫妻正欲交拜，忽听后堂一声哭叫。

〔大姑娘内声："亲娘！我那苦命的娘啊！"

〔大姑娘披麻戴孝，手捧亲娘灵牌奔上。众大惊。

仇　祥　啊！大姑娘，你……

大姑娘　我要祭奠母亲！

乳　娘　啊，大姑娘，今日是你父亲大喜之期，怎可如此不懂情理！听我相劝，快快进去。

大姑娘　父亲不义，忘情再娶；女儿有情，为母哭灵。是谁不懂道理？难道只许新人欢笑，不许旧人哭泣吗？我偏要为母亲一哭！（举灵牌悲呼）母亲，娘啊！（跪地痛哭）

（唱）哭一声，我的娘，你好苦命，
喜堂上，可听到，儿放悲声？
可怜你，三春花好逢风雨，
香消颜殒叶飘零；
可怜你，喜鹊暖窝被鸠占，
空费辛劳目难瞑；
可怜你，在世千般爱，
一死了无情，
坟头草未青，
洞房进新人！
娘啊，娘！
你把眼睁，把眼睁，
瞧一瞧这满堂笑脸满堂灯，
看一看你丢下的女儿苦伶仃！

〔乳娘等劝止不住。

邵　氏　（失声痛哭）天啊！（昏眩）

〔众大乱。乳娘和一女客急扶邵氏下。

仇　仲　（大怒）贱人，畜生啊！

（唱）为父何时忘旧情？
十载长夜伴孤灯。
为了将你抚养大，
辛勤经商不娶亲。
如今儿年已十八，
花红彩礼早受聘。
女儿若嫁夫婿去，
老父膝下冷清清。
父老谁奉养？
父病谁照应？
父死谁扫祭？
父业谁继承？
迎娶后母没奈何，
再三说明你不听！

想不到，你披麻戴孝咒老父，
喜堂哭灵下绝情！
抱冰取暖终是冷，
镜花水月成泡影！
罢罢罢，一死断烦恼，
你我同丧命！

〔仇仲怒取竹杖，举手便打。众亲友急忙拦阻相劝。

众亲友 啊，打不得，打不得！员外今日大喜，不可伤了和气！

〔仇祥拉住仇仲。众护大姑娘下。

仇　仲 （气得泪流满面）你放手！养女如此不孝，不如打死！

仇　祥 员外啊！
（唱）请员外息怒气莫打亲生，
老安人只留下独花单茎。
病榻前苦嘱咐照顾遗孤，
怎舍得重责打叫人心疼！
纵然她任性闹喜堂，
恳请宽恕她还年轻。

仇　仲 （弃杖长叹）唉，老管家！
（唱）我何尝，不哀亡妻怜孤女，
只恨她，如此吵闹太骄横。
她不容继母必生事，
只怕仇家从此不安宁。

〔乳娘急上。

乳　娘 啊呀，员外，新夫人不住啼哭，几次昏眩，如何是好？

仇　仲 啊！（顿足）唉，一场喜事，弄得如此尴尬，我好后悔也！

仇　祥 员外休要烦恼，快先去探望新夫人，以免出事；大姑娘那里，由老奴慢慢劝解。

仇　仲 也好，有劳你了！（随乳娘匆匆下）

〔后堂人声忽起。

〔内声："大姑娘慢走！大姑娘留步！"

〔大姑娘改换常服，手提包裹，快步上。

〔众亲友追上。

仇　祥　啊，大姑娘，你去哪里？

大姑娘　此处不容人！自有留人处！

仇　祥　大姑娘，此话差矣！员外从小疼爱你，岂有不容之理？继娶夫人，出于无奈，姑娘理该体谅员外苦衷才是！

大姑娘　（悲愤地）老管家！岂不闻"人死情绝，新欢情热"？后母进门，我便受责，往后苦海无边，我自应早寻归宿。

仇　祥　姑娘意欲何往？

大姑娘　我已受聘，自去婆家！

仇　祥　啊，姑娘，不可！未告公婆，未备嫁妆，单身出走，怎可使得！（向一亲友）快请员外出来！（一亲友急下）

大姑娘　我意已决，管家不必强留。但有一事相求，不知能否应允？

仇　祥　姑娘尽管讲来。

大姑娘　老管家！

（唱）我远离家乡嫁外郡，
　　　从此不回娘家门。
　　　生母坟前难祭扫，
　　　恳求管家多照应。
　　　灵牌台前勤供茶，
　　　遗容画下常点灯。
　　　每逢忌辰三炷香，
　　　清明时节代扫坟。
　　　管家若是能应允，
　　　我双膝跪地谢大恩！（跪下）

仇　祥　（悲呼）啊呀，姑娘！此乃老奴应做之事，无须吩咐。快请起！请起！

大姑娘　如此多谢了！（深深一拜，起身便走）

〔仇仲内声："女儿，慢走！"（气喘吁吁，急奔而出）

仇　仲　儿啊，你去哪里？

大姑娘　儿去婆家。

仇　仲　畜生！你单身出走，无异私奔！你叫老父如何做人？

大姑娘　明媒行聘，婚书为证，谁人敢说我私奔！孝顺公婆，勤俭持家，决不会丢失父亲面子！

仇　仲　儿啊，你喜堂哭灵，气昏继母，赌气出走，闹得天翻地覆，莫不是要逼死老父？

大姑娘 女儿出走，好让父亲和睦持家，正是为了安宁，怎说要逼死老父？

仇　仲 （悲恸）儿啊！你全不念老父十八年抚育之苦么？

大姑娘 （哭泣）父亲！女儿绝不会忘记恩情！父亲在上，受女儿一拜！（跪拜）

仇　仲 （扶住）儿啊，你若是真的要走，也该在家稍住几天，待为父备办嫁妆，送你成亲。

大姑娘 儿有双手，自可谋生，不需嫁妆。（站起）父亲保重，女儿走了！（决然下）

众 （高叫）大姑娘！大姑娘！（追下）

仇　仲 女儿！转来！转来呵！

仇　祥 唉，大姑娘不会回来了！

仇　仲 啊，仇祥，你速到账房，取田契百亩，纹银千两，作为嫁妆，赶上姑娘，送她到婆家成婚！

仇　祥 是！

仇　仲 快去，快去！

〔仇祥急下。

〔幕下。

第二场　败家

〔字幕：二十年后。

〔幕后合唱：

时光易逝快如箭，
仇仲再婚已廿年。
继妻邵氏产一子，
新娶媳妇人称贤。
可恨娇子不成器，
昏天黑地赌银钱。

〔幕启。仇宅中堂，已见败象。

〔新媳妇姜银凤端汤药上。

姜银凤 （愁眉不展，轻轻叹息）唉！

（唱）人道是，新婚燕尔甜如蜜，
银凤我，成亲一月苦似黄连。
夫君不听良言劝，
日夜混迹赌场间。
负债累累家道落，
逼得老父离家园。
经商一去无音讯，
愁得婆婆病又添。
手捧汤药伺婆婆，
一把酸泪腹中咽。

〔姜银凤下。

〔仇福无精打采地上。

仇　福 嘿！真倒运呵！

（唱）人家叫我大相公，
袋里厢输得精精空！
当衣衫，借银子，
典田地，卖古董，
额角头碰得梆梆响，
屁股后欠债一大宗！
只等阿爸回家来，
银子到手万事通。
牌九桌上再做庄，
骰子一扔运转红。

〔欲进门，背后有人叫——

〔外声："仇福相公！仇福相公！"伙计甲、乙匆匆上。

伙计甲 嘿，大相公，你好难找！

仇　福 做啥？

伙计甲 （拿出账单）这笔欠账，一共是二十八两银子，请大相公帮帮忙，清了吧！

仇　福 混账！今天是几时啦？讨什么账！

伙计甲 咦，咦，今天是腊月份廿九，正是讨账的日子。

仇　福 明天不迟！明天来吧！（欲进门）

伙计乙　（上，拦住）呀，大相公，发财，发财！我家钱庄，年终结算，这二百两银子，东家请你本息一起还清。

仇　福　告诉你的东家，等我阿爹一到家，我就给你送银子去！（顾自进屋）

伙计甲
伙计乙　嗳，嗳！（追进屋）

伙计甲　大相公，今朝是廿九，你家员外还没回家，过了明天，讨不来账，我可不好向东家交代！

伙计乙　干脆，我们在这里坐等你家员外回来！

仇　福　（着急）哎，有这样坐在人家屋子里讨账的吗？

伙计甲　怎么没有？对不讲信用、脸皮又厚的人，就该这么讨账，就要叫他难堪！

仇　福　（怒）放屁！你给我出去！

伙计甲
伙计乙　唷，好大的威风！拿来！

仇　福　什么？

伙计甲
伙计乙　银子！

仇　福　今朝没！

伙计甲
伙计乙　今朝没有，我们不走！

仇　福　你走不走？

伙计甲
伙计乙　你有没有？

仇　福　你走！

伙计甲
伙计乙　不走！

〔仇福动手推人。

伙计甲
伙计乙　（大叫）仇福赖账哩！仇福赖账打人哩！

〔银凤扶邵氏急出。

邵　氏　啊，儿啊，你们……

伙计甲
伙计乙　老太太，少奶奶，大相公欠账不还，还动手打人，天底下有这样的理吗？

仇　福　胡说！谁打你了？

伙计甲　你！

伙计乙 你！

仇　福 你们撒谎！

伙计甲
伙计乙 借银欠账，到时候不还，才叫撒谎哩！

邵　氏 天啊！（气得连连咳嗽。姜银凤扶邵氏坐下）

姜银凤 官人，你欠人家多少银子？

伙计甲
伙计乙 少奶奶，不多，不多。我们俩合起来，也不过二百二十八两银子。

姜银凤 啊，二位店家，我家公公未回，家中缺少现银，你坐催也是枉然；我这里有金钏一只，先拿去抵账吧！（交金钏给伙计乙）

伙计乙 （接过）唉，这一只金钏，抵不了二百两银子啊！

伙计甲 （一把夺过金钏）哈哈，老兄，这金钏够抵我这二十八两了，给我吧！

伙计乙 不行不行，我的账多，当然先抵我的！（又抢回去）

伙计甲 那，平分平分！

〔二人争夺。邵氏、姜银凤气得失声痛哭。魏名上。

魏　名 （见状微笑，故意怒叱）谁在这里吵闹？

伙计甲
伙计乙 （一惊）啊，是魏二爷！嘻嘻，我们是来讨账的。

魏　名 讨账！有这么不懂规矩、吵吵吵闹闹的吗？（一把夺过金钏）都给我滚出去！

伙计甲 魏二爷，我们捧的是东家的饭碗，难呵！

伙计乙 滚也不难，只要仇大相公拿出银子来，我们就滚！

魏　名 欠多少？

伙计甲
伙计乙 二百二十八两。

魏　名 哈哈，这么一点银子！还不够我魏二爷赌一次！仇福相公是我的好朋友，过了年，你们到我家拿吧，算我的！

伙计甲
伙计乙 好！有您魏二爷一句话，我们就好向东家交代了！走，走！（二人下）

仇　福 唉，魏二哥，多亏你来解围。

邵　氏 多谢仗义相助！

魏　名 （把金钏还给邵氏，大笑）哈哈哈哈！不必谢，不必谢！我魏名哪有什么银子哟，只不过要个骗局，打发他们走罢了。老实说，我，也是来讨债的！

众 啊！

魏 名 仇福！

（唱）去年赌牌九，
你输得光溜溜。
赵阎王借银子，
是我来经手。
阎王催还债，
我不能不来收。

仇 福 （大惊）啊，魏二哥，我阿爸爹还未回家，哪有银子还债？求你向赵大爷说句好话……

魏 名 嘿！老弟！

（唱）阎王脾气臭，
人称“鬼见愁”。
一怒拔刀子，
一碰鲜血流。
谁人敢惹他？
我可难开口。

仇 福 （急得跺脚）那怎么办？那怎么办？

邵 氏 魏老哥，仇福欠赵大爷多少银子？

魏 名 不多，五百两。

姜银凤 （一惊）啊？

邵 氏 孽子啊！

（唱）当年你父娶为娘，
为求得子世代昌。
谁知你长大成人后，
不务正业进赌场。
家财败尽债满身，
逼得老父去经商。
可怜风烛残年人，
餐风宿露受凄惶。
你劣性不改依然赌，

岂不气煞爹和娘！

（捶胸顿足，气喘声咽）

姜银凤 婆婆！婆婆！（忙给邵氏捶背摩胸）

魏　名 啊哟哟，老夫人，你勿用急，勿用急！我魏名一生做好人，办好事，总会替仇福想办法，让他躲过这难关再说。

仇　福 啊，什么好办法？魏二哥，你快说说。

魏　名 你银子没有，田地不少。先把田契拿给赵大爷，抵押它七百两银子，连刚才的债，也不就还清了？等老员外做生意归来，再赎回来就是。

邵　氏 唉，所有田契，都被福儿押出去了，哪里还有哇！

魏　名 不对。你家不是还有一百亩上等水田？

仇　福 （惊喜）在哪里？在哪里？

邵　氏 不行！这水田不是我们的。

魏　名 哈！老夫人不要隐瞒了。这一百亩上等水田，实实在在是你们仇家的啊！

邵　氏 魏大哥，这百亩水田，不要说我不敢动，就是员外在家，也不会动它的。

魏　名 咦！这就奇怪了。为啥呢？

邵　氏 没有仇家大姑娘点头，谁都不敢动。

魏　名 噢，就是员外前妻生的仇大姑娘么？

邵　氏 正是，仇家大姑娘。

仇　福 哈哈哈哈！这就好办了。俗话说："嫁出去的女，泼出门的水，"这田地住房，都是我这个儿子的，哪有她的份儿！

邵　氏 畜生，你懂得什么！

（唱）廿年前，娘进仇家门，

她大闹喜堂来哭灵。

你父一怒痛责打，

她咬牙离家嫁外郡。

员外赠田百亩银千两，

作她嫁资已分清。

人虽不在产权在，

谁也不敢将它吞。

仇　福 嘿，阿妈娘，这个大姐姐，廿年不回家，笃定死了心，不会来闹事的，还怕她什么！

邵　氏　啊唷，你还没见过她，不知她的厉害！为娘一想到她哭灵闹堂的情景，到如今还心惊肉跳哩！

魏　名　老夫人，这位大姑娘把田契带走了吗？

邵　氏　没有。大姑娘不要，但老员外已将田契写下她的名字，家里只能用她的租谷，不许动她的田产。

魏　名　哈，这就好办了。老夫人只要偷偷地将田契拿出来，抵押几天，等银子一到，马上赎回，谁知道哇？

仇　福　对对！阿妈娘，你快拿出来。

邵　氏　儿啊，别的事娘都依你，大姑娘的田契，娘不敢拿给你。

仇　福　你不拿？好！我自己去找，不怕找不到！（欲走）

邵　氏　（急阻拦）不能拿，不能拿！

仇　福　（挣扎）我要去！放手！放手！

姜银凤　（劝阻）官人，婆婆身体有病，你可不能让她烦恼。

仇　福　你走开！走开！她有病，我没命，要死大家死，死了算完！

〔三人纠缠。乳娘急匆匆上。

乳　娘　安人！安人！老管家回来了！老管家回来了！

众　（一怔）啊？！（转而大喜）老管家回来了？在哪里？在哪里？

〔仇祥颤巍巍上。众急扶他上堂。

众　老管家，你回来了？坐，坐。

邵　氏　老管家，员外呢？员外在哪里？

仇　祥　（突然哭出）啊呀，安人，不好了！员外他，他，他……

众　员外怎样了？

仇　祥　安人啊！

见安人，不由我痛断肝肠，
员外他，在路上不幸遭殃。
为相公，还债务星夜返里，
在山西，遇胡兵被掳番邦。
仇祥我，躲草中万幸脱险，
奔回家，报凶信情惨心伤。

邵　氏　啊呀，夫啊！（昏去）

姜银凤　婆婆！婆婆！

仇　福　阿妈！阿妈！

乳　娘　安人！安人！

〔众抢救。

仇　祥　少奶奶，你快去煎碗参汤来！

〔姜银凤下。魏名将仇福拉到一旁。

魏　名　勿要哭！你这呆大，俗话说：“爹亲娘亲，银子最亲。”有了银子，啥都勿要紧！你先问问做生意的银子下落嘛！

仇　福　哎，“活着要人，死了要银”，这倒是最要紧的事！（拉过仇祥）老管家，我阿爸丢了，这银子丢了没有？

仇　祥　大相公，员外的银子都由我经管，因此不曾丢失，已经带回来了。

仇　福　（大喜）阿弥陀佛！有多少银子？

仇　祥　有一千五百二十两，整数已经兑成银票，全在这里。

仇　福　快拿来交把我。

仇　祥　慢来，慢来，先给老安人过目才是。

魏　名　咳，老管家，仇员外生死不明，如今是大公子当家了！

仇　福　是啊，我是长子，是我当家，快拿来，拿来！

〔仇福抢仇祥银子，仇祥急递给邵氏；仇福又去抢，邵氏死抱住不放，被仇福拖倒在地。

〔姜银凤端参汤上。见状大惊，急去护住婆婆。

姜银凤　官人，婆婆有病，你怎么如此无理！

仇　福　你滚开！用勿着你来噜苏！

邵　氏　（哭）畜生啊！这银子是你父亲用命换来的，你不能拿去还赌债啊！

姜银凤　官人啊！

（唱）赌场本是陷人阱，
倾尽金山无踪影。
公公他，苦心积蓄非容易，
你不能将此钱财挥霍尽。

魏　名　少奶奶，你的话勿错。不过，赵阎王的银子不还，只怕白刀子进，红刀子出，大相公的性命难保呀！

仇　福　是啊！我不还债，就会送命；我若没命，仇家绝代；阿爸用命换银子，银子拿来救我命；一命换一命，仇家才会有命根！（一把夺过银子）你给我吧！

邵　氏　福儿，你不能拿走！不能啊！

姜银凤 （拉住）官人，你狠心拿走，也该留下一些，给婆婆治病。

仇　福 先救儿命，再治娘病。去你的吧！（推倒，与魏名急下）

邵　氏 （放声大哭）天啊！员外生死不明，孽子狂赌败家，叫我如何活得下去！不如死了吧！（捶胸，大咳）

姜银凤 （悲叫）婆婆！

仇　祥 乳娘，你快扶安人去歇，我去请个郎中，替安人看病。

乳　娘 是。（扶邵氏下）

姜银凤 啊呀，老管家啊！官人嗜赌如命，婆婆软弱有病，公公生死不明，眼看仇家败尽，这便如何是好？

仇　祥 少奶奶啊！我是仇家过来人，全知道后果前因；家败别人无奈，唯有请来一人！

姜银凤 你道是……

仇　祥 仇大姑娘！

姜银凤 仇大姑娘？

仇　祥 只有请大姑娘来，才能治好这个家！

姜银凤 婆婆都无法训子，姐姐岂能治好弟弟呢？

仇　祥 少奶奶，你是新到仇家，不知这位大姑娘的为人呵！

（唱）仇家这位大姑娘，
秉性刚烈智谋强，
精明能干又泼辣，
行事果断敢顶撞。
若是她能回娘家，
不怕大相公再荒唐！

姜银凤 话虽如此，听说大姑娘怨公公继娶后母，喜堂哭灵，一怒出走，只怕不肯再回娘家。

仇　祥 大姑娘从小是我抱大，我知道她的脾气。只要一说老员外生死不明，家财败尽，灾难重重，受人欺凌，她定会激起骨肉之情，赶回娘家。

姜银凤 如此甚好，就请老管家前去邀请。

仇　祥 是。我即刻前往。

〔幕下。

第三场　分家

〔幕后合唱：

栋梁断裂大屋败，
鲁班师傅何处来？
性如烈火炼顽石，
姑娘可有补天才？

〔幕启。仇宅中堂，更见衰败。

〔仇祥引大姑娘和她八岁儿子阿禄上。

仇　祥　大姑娘，到家了！阿禄，这就是你的外婆家。

阿　禄　喔！（四下张看）

仇　祥　大姑娘，进屋吧！

大姑娘　（四下观看，百感交集）哎，哎。

〔三人进屋。

仇　祥　大姑娘请坐。阿禄，快去见外婆、舅妈，说你娘回来了。

阿　禄　好。（随仇祥下）

大姑娘　（四处巡视，无限感慨）唉，离家二十年了！二十年前，我生在这里，长在这里，可怜亲生娘亲，一病身亡。老父因无儿子，继娶后母。是我年少无知，不懂父亲苦衷，就在这堂上，戴孝哭灵，触怒老父，将我责打。我一气之下，自去婆家，发誓永不回娘家大门。唉，想不到呵——

（唱）想不到，一别廿年情势更，
仇家完全变陌生：
昔日堂上闹盈盈，
今日门内冰冰冷。
金漆桌椅无踪影，
换作几张破条凳。
古董字画全卖尽，
板朽屋旧积灰尘！

越看越觉心头酸，
一腔怒火满腹恨。
咬牙切齿一声喊——
家里人死绝了？都给我滚出来！（拿起凳子狠狠一顿，接唱）
要你们把败家的情由说说清！

〔坐下抽烟。

〔仇祥引邵氏、姜银凤上，阿禄随上。

阿　禄　娘，外婆、舅妈来了。

〔大姑娘不理。

邵　氏　啊，大姑娘回来了？一去二十年，好不叫人惦念呀！（见大姑娘仍不响）媳妇，这就是你的大姑姑，快来见过。

姜银凤　大姑姑！（万福）

大姑娘　快别多礼。听说你很贤慧。仇福弟弟呢？

姜银凤　你……（欲言又止）

邵　氏　（笑）他不知大姑娘来，到外边看朋友去了。

大姑娘　（冷笑）哼，哪里是看朋友，分明又去赌场了！老管家，你去把他找回来。

仇　祥　是。

大姑娘　他若是不肯回来，你告诉他，大姑娘就打上门去！

仇　祥　是，是！（下）

邵　氏　（强笑）大姑娘一路辛苦，请到内室更衣用茶，歇息一会儿吧！

大姑娘　（将烟筒一挥）别来这一套了！我不是来做客，我是来探亲，来看望我的老父亲的。父亲呢？

邵　氏　喔，不巧得很，你父亲出门经商去了。

大姑娘　咦？父亲年过花甲，为什么还去经商？

邵　氏　这……

大姑娘　唔？

邵　氏　大姑娘，只因去年福儿成亲，花销较大，欠了一些债，因此你父亲……

大姑娘　（厉声）不用说了！你骗不了我！是为了仇福赌钱，欠满赌债，你们才逼得老父出门卖命的！哼，你们呀，你们把这个仇家糟蹋得成什么样子啊！

（唱）人家说，你们个个是败家，

今朝看来话不差。
狂赌的儿子溺爱的妈，
金山银山也会垮！
逼老父风烛残年去经商，
命换的银钱又去还赌债！
仇家多少祖宗业，
只剩下空壳大屋几张瓦。
当年父亲娶继母，
为了传宗接代把家发。
谁料到，养子不孝反受害，
落得个山穷水尽日西下！
大姑娘今朝来娘家，
听一听你们怎回答！

（狠狠地将凳子一顿，叉腰坐下）

阿　禄　（吓得要哭）娘……

大姑娘　（大喝）别吵！不肖的畜生！

姜银凤　（急将阿禄拢到身边，缓和地）大姑姑，母亲有病在身，望大姑姑慢慢说话。

大姑娘　噢，继母有病吗？请坐啊！

邵　氏　（坐下）大姑娘，你出嫁二十年，没有回娘家，这次来，多住些日子，我与你慢慢细讲。

大姑娘　继母，承你的好意。不过，我这次来，想长住娘家，不走了，你可愿意吗？

邵　氏　大姑娘说哪里话来，你本是仇家的血脉，这仇家本是你的家，怎么说愿意不愿意呢？

大姑娘　（冷笑）哼，量你们也不敢！

〔仇祥和仇福上。

仇　祥　大相公，快进去吧！

仇　福　你先告诉一声，我就来。

〔仇祥进屋。魏名暗上，与仇福咬耳朵。

仇　祥　大姑娘，大相公来了。

大姑娘　咦？为什么不进来？（站起等着）

〔魏名暗下。仇福进屋。

仇　福　大姐姐在哪里？

大姑娘　我在这里！

〔二人对视。

〔幕后合唱：

　　虽是同根一树生，

　　前后分杈不相亲。

大姑娘　（唱）只见他，面黄肌瘦人憔悴，

仇　福　（唱）只见她，横眉冷眼使人惊；

大姑娘　（唱）我有心，狠狠骂来重重责，

仇　福　（唱）我有心，嘻嘻笑来好好迎；

大姑娘　（唱）怕只怕，心急粥烫难下嘴，

仇　福　（唱）怕只怕，拍马反被马脚蹭；

大姑娘
仇　福　（合）倒不如，慢慢摸底细细问，

　　慢慢试探慢谈心。

大姑娘　阿禄，这就是你的舅父，快去见过。

阿　禄　拜见舅父。（一拜）

仇　福　呵，外甥都这么大了，我还没有见过他呢！

大姑娘　我也没有见过你这弟弟呢！

仇　福　是啊，是啊，二十年没来往，亲人也不亲了。

大姑娘　亲不亲，同根生，叶落归根，大姐姐不是回来了吗？

仇　福　好啊，好啊。大姐姐，你坐，坐。

大姑娘　（坐）仇福，听说你时常到赌场跑跑，有吗？

仇　福　大姐姐，朋友之间逢场作戏，也是有的。

大姑娘　唔，还顺手吗？

仇　福　运气勿好，不大顺手。

大姑娘　最近输了多少？

仇　福　嘿，也不知输了多少，反正都输光了！

大姑娘　嗯。老管家带回来的银子，你还剩下多少？

仇　福　早完了！

众　啊！才一个月，你就全输光了？

仇　福　哼，还欠人家五百两银子呢！

邵　氏　天哪！怎么好呵！

大姑娘　欠谁的？

仇　福　赵阎王。

大姑娘　哼，我不信。

仇　福　是魏名作的保。他现在门外，大姐姐不信，可以问他。

大姑娘　好，你叫他进来。

仇　福　是。（出门）

大姑娘　（向众）你们先避一避。

〔众下。大姑娘到门边偷听。

仇　福　魏二哥！魏二哥！

魏　名　叫我？（急摇头）不不。你家这个姐姐很厉害，我不见她，不见她。

仇　福　你不见她，这赵阎王的银子怎么办？

魏　名　卖田地。

仇　福　啊呀，田契是在父亲名下，能卖得了吗？

魏　名　有一个办法。

仇　福　喔？快说！

魏　名　把家分掉，你就好卖自己的一份田地了。

仇　福　分家？父亲不在，这家能分吗？

魏　名　嘿嘿，你这个呆大！只要叫你大姐姐分去一百亩随嫁田，这家不是不分也算分了吗？

〔大姑娘微笑，暗暗点头。

仇　福　哎，大姐姐要分家，这就分了。对！就这么办。魏二哥，你就和我进去说说。走吧！

魏　名　好，为朋友不怕两肋插刀，走吧！

〔大姑娘急回原处。仇福、魏名进屋。

仇　福　大姐姐，这就是我的好朋友，魏名。

魏　名　大姑娘好。

大姑娘　哎哟，魏老弟，（讽刺地）听说你时常照顾我的弟弟去赌场，没有你，这仇家的金银也没处花了，真要谢谢你哩！

魏　名　（哭笑不得）嘿嘿，大姑娘，这不能怪我。开头大家都不过是玩玩，后来仇福输多了，我作为朋友，想帮他“翻本”，谁知道他运气勿好，越输越多，竟欠下了一大笔债。

大姑娘 勿怪你，勿怪你。（点烟吸着，慢条斯理地）不过，仇家实在到了山穷水尽的地步，这债还不起呀！可是不还么，当中又夹了一个你魏老弟，总不能叫你为难呀！

魏　名 （感激地）就是，就是！

大姑娘 仇福，你说怎样办呢？

仇　福 （试探地）大姐姐，是不是变卖点田地，还清这笔债呢？

大姑娘 （猛地将烟筒一笃）不行，田地决不能卖，不能卖！

仇　福 （也硬起来）不卖田地，没法还债！

大姑娘 办法你自己想，与我无关！

仇　福 我的办法就是卖田地，我自己卖！

大姑娘 （冷笑）哼，你卖得了吗？

仇　福 为什么？

大姑娘 田契在父亲和我的名下，你能卖？做梦！

仇　福 （强硬地）把家分掉，我卖自己的一份，谁都管不了吧？

大姑娘 （故作大怒）好啊！你看我回到娘家，把家一分，让我无依无靠，好把我赶走吧？告诉你，这家财中，有我的一份；我不点头，看谁敢分！

魏　名 （急忙打圆场）哎哟哟，大姑娘，你别发火。你是仇家的大姐姐，谁敢赶你走？仇福是为了你好，才说分家的。

大姑娘 唷？为我好？

魏　名 是为大姑娘好。仇福，你说说，你说！

仇　福 大姐姐这次来，不走了吧？

大姑娘 （决然）不走了！

仇　福 姐姐带了外甥来，长住这里；我又成了家；这门庭上下，用多用少，如何算账？日子一长，难免会有口角。反正大姐姐有随嫁的田地在这里，不如分出去，自立门户，岂不更好？

大姑娘 这个……（故作沉吟）你说的也有点道理。你打算怎么分？

仇　福 那一百亩随嫁田，全给你。

大姑娘 （冷笑）哼，这还用你说吗？本来就是我的嘛！还有你们收去的二十年租谷呢？

魏　名 当然，当然。仇福，还应该分些给你大姐姐。

仇　福 （咬牙）好，廿年租谷，再顶一百亩！

大姑娘 （摇头）还不行！还有我一千两随嫁银子呢？

仇　福　那……这仇家老屋，分一半给你顶账！

大姑娘　还不行！

仇　福　还不行？

大姑娘　继母、老管家、乳娘他们呢？是你养还是我养？父亲若是平安回家，是你养还是我养？我看啊，谁也不想找这个麻烦！

仇　福　干脆也分给他们一份，各人管各人的！

魏　名　对，除了大姑娘的一百亩随嫁田，其余家产作三股分。

大姑娘　仇福，你说呢？

仇　福　行，就这么分！

大姑娘　继母若是不肯呢？

仇　福　（拍胸膛）包在我的身上！

大姑娘　（断然站起，眼露冷光）好！请继母！

仇　福　（向内）！你们都出来吧！

〔邵氏、姜银凤、仇祥、乳娘、阿禄等均上。

邵　氏　儿啊，你叫为娘出来作甚？

仇　福　阿妈娘！

（唱）今朝大姐来娘家，
从此不再回夫家。

如今我已成了家，
各人都有自己家。

这家难管那一家，
不如分家管自家。

众　（意外）什么？分家？

仇　福　对，分家！立刻分家！

姜银凤　大姑娘，你也答应吗？

大姑娘　我答应！

姜银凤　啊呀，大姑娘，万万不可分家，如若分家，官人分来的一份家财，只怕……

仇　福　（大喝）住口！勿许你插嘴！

邵　氏　福儿，这家不能分啊！

仇　福　啥？你不肯？好！（拿出一叠借据）把这些债全给我还掉，不分就不分！

邵　氏　家中哪有银子呢？

仇　福　没有银子就卖田地！

邵　氏　卖了田地，以后如何活命呀！

仇　福　我现在就没命了，还管以后的命吗？反正没有命，不如早送命！（耍赖）拿刀来！拿刀来！我死！我要死哩！（捶胸顿足，大叫大闹）

魏　名　（有意煽火）老夫人，仇福不还债，只怕赵阎王也会给他一刀哩！

邵　氏　啊，天哪！这样闹下去，如何了结啊！（捶胸顿足，号啕大哭）

姜银凤　（急得哭叫）婆婆！婆婆！

阿　禄　（吓得哭叫）外婆！外婆！

乳　娘　老安人！老安人！

仇　祥　大相公！大相公！

〔顿时大乱。

大姑娘　（将烟筒猛拍桌子，怒喝一声）吵什么！

〔众一惊，静下。

大姑娘　（沉痛地）你们听着！二十年前，就在这里，老父盼子心切，迎娶后母。是我大闹喜堂，一怒出走，发誓不回娘家。我原想你们定能争气，不负老父苦心；谁知二十年后，家财被你们败尽，老父被逼出门，生死不明，继母懦弱多病，仇家走到绝境，叫我心疼难忍！因此摒弃前嫌，赶回娘家探问。想不到啊，你们仍不悔改，吵闹寻死，卖地抢银，把这家闹得鸡犬不宁！这仇家已变成死家了！既成死家，不如分家！分家大吉！我同意分家！仇福，你说，这家怎样个分法？讲！

仇　福　大姐姐从前嫁资，还给大姐；其余财产，一分为三：一份归我；一份归大姐；一分留给父母养老。

大姑娘　好哇！就这么分！魏老弟，烦你为我分家代笔作中！

魏　名　大姑娘吩咐，义不容辞，我写！

大姑娘　阿禄取纸笔！

〔阿禄取过文房四宝，磨墨；魏名提笔欲写。

大姑娘　魏老弟，你为我写下文书：仇家财产，有田四百，大屋一座。除掉我的百亩良田，其余三百亩，一分为三：一百亩归我；一百亩归仇福；一百亩归父母。大屋一座，一半归我；一半由仇福和父母平分。父母供养，由我照顾；管家、乳娘听我使唤。父母的一份家产，也归我经营。家具衣物，谁用归谁；债务私账，谁欠谁还。分家之后，自立门户，有祸有福，与别家无关。听清了没有？

众 听清了。

大姑娘 魏老弟，写！

魏　名 是。

〔写文书。写毕，呈大姑娘，大姑娘看过。

大姑娘 （将袖子一捋）分家文书已经写好，都来给我捺下手印！

〔大姑娘先捺，接着仇福、邵氏捺过。

大姑娘 魏老弟，你也捺！

魏　名 我？

大姑娘 哟，你是个中人，日后还要借重你哩！（一把抓住）请吧！

〔魏名捺手印。捺好，将分家书分给各人。

大姑娘 好哇！

（唱）仇家从此分三家，

仇　福 哈哈！

（唱）一家自己管一家！

邵　氏 天啊！

（唱）我愁仇福难当家，

姜银凤 大姑娘！

（唱）只怕他分家便没家！

仇　福 放屁！

（唱）我有本事管好家，

大姑娘 哼哼！我料你不到半年呵——

（唱）大祸必定出你家！

（拿烟筒去打）你给我滚！滚！滚！

〔仇福和魏名逃下。

姜银凤 （哭出）大姑娘！

〔幕下。

第四场　弭祸

〔幕后合唱：

分家只有一年久，
仇福滥赌更难收。
田地卖尽家败落，
悬崖走马不回头！

〔幕启。

〔仇宅中堂。现分给仇福，光景更为败落。

〔姜银凤在补缀破衣。

姜银凤　唉！

（唱）可恨仇福不听劝，
日夜只把赌场恋。
夫妻冷落无情义，
衣食不周谁人怜？
只怨银凤多薄命，
浪子之妇苦难言！

（端针线盒下）

〔外声："走，快走！"

〔赵阎王推仇福上。魏名随上。

仇　福　赵大爷，我求求你，你让我稍延几日，我还给你银子就是。

赵阎王　不行！（掏出一张纸）我告诉你，这张字据，是你亲笔所写。（念字据）"立据人仇福，今向赵阎王借银二百两，愿将发妻姜银凤作押。双方约定，凭赌输赢，仇赢，纹银归仇所有；赵赢，仇妻归赵所有。恐后无凭，立此存照。作证人：魏名。"你已输了，就该痛痛快快把老婆交出来，谁要你的银子？

仇　福　啊呀，赵大爷啊！我愿加倍还你银子，不能将我妻带走！我求求你！我给你大爷磕头！（跪下）

赵阎王 （一脚踢开）去你娘的！魏名，进去！

魏　名 嘿，慢来，慢来！赵大哥，土话说："强扭的瓜不甜"，你还是让仇福先进去，和他老婆打个招呼；我们去叫顶轿子，等会儿来接她，这不更好吗？

赵阎王 唔，是该用轿子抬。（突然拔出匕首）仇福，你看见了？你逃不了！（和魏名下）

仇　福 天啊！（踉跄进屋）银凤哪里？我妻快来啊！

姜银凤 （上）啊，官人，何事惊慌？

仇　福 妻啊，大事不好了！

（唱）昨夜晚在赌场，输得凄惨，
向阎王借银子，想把本翻。
悔不该写字据，将你作押，
今朝他上门来，要把你占。

姜银凤 （大惊）你待怎讲？

仇　福 阎王心狠，设下骗局，有意霸妻！

姜银凤 啊呀！（昏去）

仇　福 （惊呼）银凤！银凤！

〔幕后合唱：
一听卖妻还赌债，
却似九天落惊雷！

〔姜银凤醒转，悲愤交加。

姜银凤 夫啊！

（唱）一夜夫妻百年情，
忍饥挨饿心不悔。
千辛万苦甘愿受，
难容你卖妻良心昧！

我好恨，我好悲，
恨你滥赌把家毁！
我清白之身不可污，
宁将香魂付流水！

〔姜银凤拿起剪刀欲自裁。仇福抢夺。魏名、赵阎王带二轿夫上。

仇　福　（大叫）魏二哥，快救命啊！

魏　名　（大惊）啊？快！

〔赵阎王一个箭步上前，夺下剪刀，随手抱着姜银凤。

赵阎王　啊哟，我的美人，你是我二百两银子买来的宝贝，死不得！

姜银凤　（打赵阎王一记耳光）贼子！我家财产，被你骗尽，如今还丧尽天良，拆散人家夫妻！我宁愿一死，与你相拼！

〔姜银凤一头撞去，赵阎王顺势抱住。

赵阎王　哈哈哈哈，乖乖，上轿吧！

仇　福　（扑上）银凤！

赵阎王　（放下姜银凤，拔出匕首）你敢！

〔姜银凤逃到仇福背后；赵阎王追去抓她，仇福阻拦；赵阎王一刀刺去，姜银凤惊呼一声，以自身相护，被赵阎王刺中。

姜银凤　啊！（倒地）

仇　福　（狂叫）杀人了！杀人了！救命啊！

二轿夫　（吓得大叫）杀人了！快报官去！（跑下）

魏　名　（急动脑筋）啊呀，仇福，已出人命，还不快逃！

仇　福　是赵阎王杀人，要他偿命，我逃什么！

魏　名　（威胁地）是你狂赌卖妻，逼她含恨自杀，这里有字据为证，你逃不了这场官司！

仇　福　（大惊）啊？

魏　名　快逃出去避祸，这后事由我料理。快逃！快逃！（推仇福出门，仇福逃下）

赵阎王　魏老弟，我们怎样办？

魏　名　嘻嘻！赵大爷，仇福一走，无人作证，这人命推到他的身上，你便无关了！

赵阎王　多亏老弟相助！（一揖）

魏　名　轿夫已去报案，县官必来验尸，还不快走！

赵阎王　走！

〔大姑娘内声："哪里走！"

〔大姑娘手舞烟筒，仇祥挥动扁担冲上。魏名乘机逃下；赵阎王被大姑娘抓住衣襟，赵阎王急脱衣逃走。大姑娘发现匕首和卖妻字据。

大姑娘　（回身摸姜银凤鼻息）老管家，快抬走！

〔二人抬姜银凤入内。

〔门外锣鼓响。二轿夫带皂隶、仵作、县太爷匆匆上。

县太爷 嘿!

（念）轿夫一声报，

这里人杀倒。

人命案如山，

赶紧来踏勘。

来啊！验过尸身。（在中堂坐下）

仵　作 禀太爷，没有尸身。

县太爷 啥？死人跑了？

仵　作 太爷，死人不会跑，跑了没死人。

县太爷 对！轿夫！

二轿夫 小人在。

县太爷 你慌报案情，该当何罪？

二轿夫 小的不敢。老爷，你看，这里还有血迹。

县太爷 （察看）不错。你们下去。（二轿夫下）这是谁的家？

皂　隶 仇仲长子仇福的家。

县太爷 带仇福！

皂　隶 仇福逃走了，他母亲邵氏在家。

县太爷 （唱）这案勿用审，

不审也很清；

没罪勿用逃，

逃走定杀人！

来啊！带他母亲邵氏！

〔皂隶押邵氏上。

邵　氏 （吓得发抖。跪下）叩见老爷！

县太爷 咄！你儿子杀妻潜逃，你必知他的下落。从实招来！

邵　氏 （大惊）啊?！仇福杀妻？天啊！这是真的吗？

县太爷 嘿嘿，你装得倒像，来啊！

皂　隶 在！

县太爷 封掉房屋，锁拿回衙，严刑拷问！

皂　隶 呵——（动手）

〔大姑娘内声："冤枉啊！"

县太爷 何人喊冤？带上来！

〔大姑娘上，跪下。

县太爷 你是何人？

大姑娘 民女是仇福大姐姐。

县太爷 你有何冤枉？

大姑娘 仇福犯罪，与我们无关，老爷为何将我家产查封，将我继母锁拿？

县太爷 胡说！仇福是邵氏儿子，你的弟弟，怎说无关？

大姑娘 老爷容禀：

（唱）仇福本是一家人，

他平日浪荡不安分。

早就怕他闯大祸，

去年时节把家分。

自立门户有文书，

生死祸福不相闻。

（呈"分家书"）

县太爷 （看）喔，果然把家分死了！你起来。来，启封条，放邵氏。

皂　隶 是！（启封，放邵氏。大姑娘暗示邵氏下）

县太爷 行文各府，缉拿仇福；提到真凶，再行审问。回府！

大姑娘 冤枉啊！

县太爷 啊？你为啥又喊冤枉？

大姑娘 民女为仇福喊冤！

县太爷 胡说！仇福杀妻，理应缉拿归案，有啥冤枉？

大姑娘 大老爷，仇福杀妻，有何证据？

县太爷 这个……有血迹为证。

大姑娘 血难作证，死有尸身。尸身何在？

县太爷 这个……仇福杀妻匿尸，只要捉到仇福，尸身就能找到。

大姑娘 大老爷，仇福之妻未死，哪来的尸身？

县太爷 （大惊）什么？弄了半天，人也没死？她现在何处？快说！

大姑娘 在赌棍赵阎王家中。魏名可以作证。

县太爷 真的？

大姑娘 真的！

县太爷 来啊，带赵阎王、魏名！

皂　隶 是！（两皂隶下）

县太爷 仇家姑娘，你说仇妻在赵阎王家中，可有证据？

大姑娘 民女有赵阎王和仇福赌妻的字据为证。（呈字据）

县太爷 （看，大怒）呀呀，呸！

（唱）老爷做官几十年，
赌人妻子未曾见！
如此世风若不治，
枉在此地为青天！

〔皂隶上。

皂　隶 赵阎王、魏名带到！

县太爷 给我拉上来！

〔皂隶锁赵阎王、魏名上。

县太爷 （怒叱）赵阎王！你将仇福之妻抢到何处？给我交出来！

赵阎王 大老爷，小人从未见过什么仇福老婆，怎样叫我交出来？

县太爷 混账！

（唱）骂一声，老畜生，
横行霸道无人性！
世上赌钱也常有，
未见你将人老婆赌输赢。
这张字据是罪证，
老爷只向你要人！
你交也不交？

赵阎王 小民实在没带走她。

县太爷 可恼！来啊！

皂　隶 在！

县太爷 先打四十大板！狠狠地打！

皂　隶 呵——（拉倒赵阎王，打）一十、二十、三十、四十！

县太爷 招也不招？

赵阎王 呵，老爷！（念“扑灯蛾”）

小人聚赌事有因，
借银赌妻也是真。

银凤不从她自杀，
确实未曾抢他人。
老爷若是不相信，
堂下魏名可作证。

魏　名　大老爷，赵阎王的话是真。银凤自杀，仇福因此逃走。

大姑娘　胡说！你二人勾结杀人，还想诬陷仇福吗？

魏　名　大姑娘，莫包庇兄弟，血口喷人哪！

大姑娘　（冷笑）哼，魏老弟，大姑娘若是掐不住你们喉咙，也就打不死你这豺狼！（向县太爷）大老爷，请你问他们，这匕首是谁的？（呈匕首）

县太爷　（看）唔，这刀把上明明刻有“赵阎王”三字，你们还抵赖？（大喝）拉下去，统统打八十大板！

魏　名　（惊叫）啊呀，莫打，莫打！大老爷，这匕首是赵阎王的。

县太爷　如何杀人，从实招来！

魏　名　老爷！

（唱）仇福赌钱输老婆，
阎王抢人起风波。
匕首刺中姜银凤，
句句实话无差错。

县太爷　好贼子！聚众狂赌，一大罪；霸占人妻，二大罪；杀人匿尸，三大罪！三罪并罚，你难逃一死！来啊，把他们锁回衙门！

大姑娘　冤枉啊！

县太爷　啊？你又喊冤枉？这回为谁喊冤？

大姑娘　这回为我全家喊冤。

县太爷　快讲！

大姑娘　青天大老爷啊！

（唱）赵阎王称霸开赌场，
多少人受骗又上当！
仇福财尽卖妻子，
家破人亡太悲伤。
求老爷明镜高悬明赏罚，
判阎王归还银两和田庄。

县太爷　唔，这也应该！听我判来。（提笔疾书，高声宣读）“有赵某者，绰号阎王，乃赌鬼中之渠魁也。享赌鬼血食，掌赌鬼生死，刮赌鬼财，淫赌鬼妻。无恶不作，令人发指，故人神共愤，必欲诛之。食血者以血偿，谋财者以财还。赵某杀仇妻该以命抵；夺仇财应予归还。此判！”

大姑娘 谢大老爷！愿大老爷步步高升，代代做官，荣华富贵，长命百岁！

县太爷 哈哈哈哈！托福！托福！来啊，回府！

大姑娘 送老爷！

县太爷 免！

〔幕下。

第五场　买弟

〔幕启。

〔仇宅中堂，已归大姑娘经营，装潢一新。

〔邵氏提猪食盂蹒跚上。

邵　氏 唉！

（唱）夫君失踪已两载，
福儿出逃快半年。
天涯海角两茫茫，
何处容身何处眠？

梦魂牵，苦难言，
何年何月能相见？
食不甘味夜难寐，
日夜愁思白发添。

〔大姑娘抱布匹上，见邵氏提猪食盂，急上前夺下。

大姑娘 继母，你近来身体勿好，这猪食我会送的，你快去歇着。

邵　氏 大姑娘，里里外外，全是你一个人忙着，还是让我帮你做点事吧。

大姑娘 不行，不行，你身体好了再说。快去歇着，歇着。（硬推邵氏下）

仇　祥 （上）大姑娘！

大姑娘 啊，老管家，你回来了？

仇　祥　回来了，回来了！

大姑娘　怎么样？还好脱手吗？

仇　祥　哈哈，好极了！

（唱）秋收一过年关到，
添衣购食集市闹。
我家布匹正应市，
猪鸭牛羊易开销。
这趟出门卖好价，
进账更比上次高。

大姑娘　（高兴）太好了！老管家，今年还织有一批布，养了几只猪，趁年下还好卖它一回。

仇　祥　好卖，好卖！（摸出一纸包）喔，大姑娘，你要的人参，也买到了。

大姑娘　（接着）哎，真是上等人参。老管家，以后看到这样好的人参，你多买一点，不要怕价钿贵。

仇　祥　是，是！（下）

大姑娘　乳娘！

乳　娘　（上）大姑娘，有事吗？

大姑娘　人参买到了，你给我拿去，调得浓些，吃了才有劲。不要省。听清了？

乳　娘　（接过）唉，大姑娘，你知道别人在背后怎么说哟！

大姑娘　怎么说？

乳　娘　人家说你大姑娘心太狠，霸占了全部家财，兄弟逃走，也不关心；自家儿子吃香穿好，读书求学；对继母苛刻，自己天天吃人参……

大姑娘　（把烟筒一挥）好了，好了，由他们说去吧！我若怕骂，也不来娘家了！你快去吧！

乳　娘　是。唉！（下）

〔大姑娘提猪食盂下。

〔阿禄背着书包，悄悄从外上。他见无人，便将书包偷偷地塞到桌下，再脱下新衣，拿出一条鞭子，便向外走。

大姑娘　（上）阿禄！

阿　禄　（一惊）娘！

大姑娘　（厉声）你不去上学，回来做什么？

〔阿禄不应声。

大姑娘 啊，你的新衣裳呢？

〔阿禄仍不应声，大姑娘四下张望，发现桌下的书包、新衣。

大姑娘 （大怒）好啊，你脱下新衣，不去上学，是不是想到外面胡闹？讲！

〔阿禄还是不应声。

大姑娘 畜生！你父亲早亡，我苦守你成人，盼你成龙，谁知你和你舅父一样！没出息的东西，不如早日打死！（夺过鞭子抽打）

阿　禄 （捧住鞭子）娘！我不是去胡闹，是想去放羊啊！

大姑娘 什么？想去放羊？为什么？讲！

阿　禄 娘啊！

（唱）娘要儿，上学堂，
村里人，把话讲：
说娘黑心霸家财，
不顾兄弟奔他乡。
亲生儿子读诗书，
穿新衣裳喝参汤。
同窗骂我“中山狼”，
因此我，想不读书要放羊。

大姑娘 啊！（紧抱儿子，心疼地）儿啊，娘错怪你了！

（唱）为娘十八到你爹家，
可怜你爹一病亡。
灯孤心冷养独苗，
盼你成才慰爹娘。
只因外公家里起灾祸，
我不计前嫌撑大梁。
唇枪舌剑娘抵挡，
不能让儿学业荒。

阿　禄 娘，我们回家吧！

大姑娘 不！你外公生死不明；你舅父流落他乡未归。这仇家我在经管，我怎能半途而废！（拿起布匹，一剪断之）儿啊，你来看：一匹布，织成不易，一剪便断，前功尽弃！你读书如此，娘管家也如此，岂可半途而废？你还不懂这个道理吗？

阿　禄 啊，娘，我懂了！

大姑娘 （欣喜地）这就好！你穿衣服，娘给你拿点心，吃了去上学！（下）

〔阿禄穿衣，背上书包出门，下。

大姑娘 （端点心上）阿禄！咦，哪里去了？（放下点心，出门探视，下）

〔邵氏上，见点心。

邵　氏 哼，总是亲生儿子好哩。（下）

〔仇福悄悄上。他衣衫褴褛，蓬头垢面，四下张望，偷偷进屋。他想叫，又不敢，见桌上有点心，急忙端起吞食。

〔大姑娘自外入。见有人偷吃点心，大吃一惊。

大姑娘 （怒斥）是谁！（仇福不敢抬头）你这个讨饭的，好没规矩！怎么跑到人家屋里偷吃的？快给我出去！出去！

〔仇福不动。

大姑娘 你怎么还不走！（动手推他）

仇　福 （扑地跪下）大姐姐！

大姑娘 （吓一跳）啊，是你？仇福！

仇　福 大姐姐，正是弟弟啊！

大姑娘 （悲喜交集）啊呀，我的兄弟，你可回来了！（泪如雨下）继母！老管家！乳娘！快来啊！仇福回来了！仇福回来了！

〔邵氏、仇祥、乳娘等急上。

邵　氏 我儿呢？仇福呢？

仇　祥
乳　娘 大相公！大相公！

仇　福 母亲！老管家！

邵　氏 （抱仇福大哭）儿啊！苦了你了！

大姑娘 （把烟筒一挥）慢着！仇福，我问你：你狂赌卖妻，银凤被杀，一逃了之，丢下一场官司，由我去打！你害人害己，还有什么脸皮回来？

邵　氏 啊呀，大姑娘，官司已经了结，仇福平安回来，这就谢天谢地了！

大姑娘 没那么便宜！银凤身死，他是祸首，这账未算！他已败家，寸草无留，我这里不能养他！（对仇福）你给我出去！（拿烟筒赶他）出去！

仇　福 啊呀，大姐姐！我本来无脸回来，流落他乡，死有余辜。只因逃到关外，见到父亲……

众 啊，你见到老员外了？

仇　福 见到父亲了！他命我回家报信，才回来见你们啊！

邵　氏　你父亲怎样了？

众　老员外怎样了？

仇　福　母亲，大姐姐！

（唱）自从逃出仇家村，
行乞长街苦难尽。
那一天乞食到关外，
风雪途中遇父亲。
他被掳番邦牧战马，
荒漠野外受艰辛。
三年为期一轮换，
轮换时节可赎人。
父命仇福求大姐，
速备千两纹银赎父身。

邵　氏　（合掌）阿弥陀佛，总算有音讯了！大姑娘，你快设法去赎你父亲啊！

大姑娘　我却不信！仇福，我看你必是赌瘾发作，回家来骗银子吧？

仇　福　大姐姐休要猜疑，有父亲血书为证。

〔仇福脱下衣衫，跪呈血书。

邵　氏　啊，这件衣衫，正是你父亲的呀！

大姑娘　（手捧衣衫，急看血书，泪如雨下）啊，爹爹！父亲啊！

〔幕后合唱：
一见血书魂魄飞啊，

大姑娘　（唱）恨不得魂飞关外——

〔幕后合唱：
魂飞关外，

大姑娘　（唱）迎爹归！

众　（合唱）可怜风烛年迈人，
怎受得饥寒与劳累！

仇　福　大姐姐啊！父亲现在塞北牧马，三年后回到边关，过期不赎，父命难保啊！

〔幕后合唱：
三年后不赎命难保，

众　（合唱）求姑娘筹银赎父回。

〔大姑娘点烟猛吸，苦苦思索。

邵　氏　大姑娘，你父亲能不能活着回来，全靠你一句话了！

乳　娘　大姑娘，员外年迈，你快救命呵！

仇　祥　大姑娘，老奴愿去赎回员外！

大姑娘　（主意已定，冷静地）你们听着：父亲是一定要赎的！不过，仇福，家财已被你败尽，现在哪里拿得出一千两银子啊？（众默然）好在时限还有三年，我们分头筹银，三年到期，去赎父亲！

邵　氏　啊呀，这仇家三份家财，全是你管，别人分文没有，这银子理该是你拿的呀！

大姑娘　（怒）继母，你这话勿中听了！仇福的一份，早被他赌光，是我打官司赢来的，算是我的；你和父亲的一份，只够你吃药家用、雇人耕耘，哪还有闲钱多下？你好不明理哟！

邵　氏　如此说来，只好眼睁睁看着你父亲死在番邦了？天哪！（哭泣）

仇　福　大姐姐，你说，怎样分头筹银赎父呢？

大姑娘　我说么，这样：我出三百两；继母出三百两；仇福，你是长子，该出四百两。凑成千两，去赎父亲，好不好？

仇　福　（决然）好，我设法去筹银！（欲走）

大姑娘　回来！你要到哪里去？

仇　福　我借银子去。

大姑娘　你狂赌卖妻，名声扫地，谁人借你？

仇　福　这……我赚银子去。

大姑娘　你会做工？

仇　福　不会。

大姑娘　你会种田？

仇　福　不会。

大姑娘　你会做生意？

仇　福　不会。

大姑娘　你这也不会，那也不会，连自己都养不活，怎能赚到四百两银子？

仇　福　（沮丧）唉！只恨平生不务正业啊！（蹲下哭泣）

大姑娘　（讥讽地）哼，堂堂七尺男儿，竟无法赚银子！

仇　福　（猛省）是啊！我虽然不会种田经商，却还有个七尺身躯！对，母亲、姐姐，我仇福愿卖身为奴，将银赎父！我走了！

邵　氏　我儿不可造次，你手无缚鸡之力，怎能卖身为奴？再说，也卖不到四百两银子啊！

大姑娘　这倒好办，有人肯出四百两。

仇　福　谁人肯出？

大姑娘　我！

邵　氏　（大惊）啊，大姑娘，你要买弟弟？

大姑娘　不！我要买奴才！

邵　氏　（大怒）啊！你，你！

（唱）猛听得姑娘要买弟为奴，
不由为娘又惊又怒！
卖身救父世上有，
买弟为奴理全无！

仇　祥　大姑娘啊！

（唱）大相公是我抱他大，
怎能忍心改称呼？
耕田种地由你安排，
千万不可叫家奴。

乳　娘　大姑娘！

（唱）口舌无钢能杀人，
人言汹汹改山河。
若把兄弟买为奴，
只怕姑娘人难做。

邵　氏　呸！

（唱）说什么买弟为奴人难做，
分明是无情无义非骨肉！
你霸占家财我可忍，
不赎父亲、买弟为奴心太毒！

贱人！反正此生无望，我这条老命，不如和你拼了吧！（向大姑娘一头撞去）

仇　祥　（急拦）老安人！使不得！使不得！

乳　娘　老安人！（忙扶邵氏进内室）

大姑娘　（冷冷地）仇福，你怎样啊？

仇　福　（激动地）好，大姐姐，你若肯出四百两银子，我、我就卖给你！

大姑娘　你不反悔？

仇　福　决不反悔！

大姑娘　你能吃苦？

仇　福　苦死无怨！

大姑娘　我的四百两银子，要在三年之后，才能给你，你可愿意？

仇　福　只要赶上赎父期限，就行！

大姑娘　好！写下卖身文书来！（抓过桌上纸笔，丢给仇福）

仇　福　我写！

〔仇福写好文书，递给大姑娘。仇祥上。

大姑娘　老管家！

仇　祥　在！

大姑娘　我把这新买的奴才，交给你管带。你让他住在这后堂柴房里，黎明出工，日落收工，若有偷懒犯规，家法重治！听清了？

仇　祥　是，是！

大姑娘　（凶狠地）仇福，你立即给我去劈柴，要劈三百斤，明天一早，挑到街上去。听清了？

仇　福　是，大姐姐！

大姑娘　谁是你的大姐姐！

仇　福　……奴才遵命！

〔仇福一跪，大姑娘痛苦地转过头去。

〔幕下。

第六场　训弟

〔幕启。

〔仇宅中堂，装饰更见富裕。

〔时在五更，远处鸡声起落。

〔仇大姑娘一手抱布，一手端灯，从左方上，她放下灯和布，用手捶腰，点火吸烟。

〔堂后传来阿禄读书声。

大姑娘　（欣慰地听着）

（唱）一夜织布到五更，
阿禄书声慰我心。
侧耳听，鸡啼鸣，
仇福甜甜入梦境。
我有心骂他懒骨头，
啊，低下头来暗思忖：
自从买弟为奴后，
继母怨恨日日深：
人前人后常怪罪，
明里暗里护亲生。
时生风波常起浪，
难煞我这“划船人”！

（苦笑，下）

〔邵氏端碗面条，悄悄上。

邵　氏　（轻声）福儿，福儿！

仇　福　（从后堂打呵欠上）母亲！

邵　氏　（给面）你快吃，快吃！

仇　福　母亲，大姐姐今朝给你吃什么呀？

邵　氏　猪肝肉丝面。

仇　福　咦，大姐姐那样精明的人，她怎么天天给你这么多的面条啊？她难道不知道你吃不了吗？

邵　氏　你管她呢！给我越多越好，剩下来你才有得吃。快吃，别让她看见！

仇　福　哎！（狼吞虎咽地吃面条）

邵　氏　（心痛地）唉！作孽呀！

（唱）想当初，你穿绸着缎嫌粗糙，
如今草鞋布衣难得到。
想当初，你米面鱼肉厌入口，
如今青菜淡饭恨太少。
娘怨你大姐心太黑，
对弟刻薄对儿好。

你一向，娇生惯养受宠爱，

今朝为奴苦难熬。

仇　福　唉，母亲，这也是我自作自受哇！

〔递碗给邵氏。邵氏发现仇福满手血泡。

邵　氏　啊，你手心全是血泡呀！

仇　福　天天劈柴、掘地，怎么不起血泡呢？

邵　氏　（咬牙）这贱人！你听，她让自己的儿子读书，让你当奴才，这还有天理良心吗？儿啊，为娘再也忍不下去了，要把你赎出身来！

仇　福　写了卖身文书，没有四百两银子，怎么能赎身呢？

邵　氏　能！当年分家，我和你父亲也有一份家财。我叫老管家将它卖掉，就能把你赎出来。

仇　福　这份家财，写明由大姐姐经管，她不肯，只怕你卖不了。

邵　氏　娘也想好了。她不肯，我就到衙门叫冤，告她想把兄弟折磨死，独霸财产，留给她自己的儿子！

仇　福　母亲，就算你能卖掉，以后你和父亲靠什么养老呢？

邵　氏　靠你这个亲生儿子呗！不管它，娘就是饿死，也不能让她把你折磨死！走，找老管家商量去！（拉仇福下）

〔阿禄气愤地上。

阿　禄　呸！谁想霸占你的家财？谁想把你折磨死？你为什么骂我的娘啊？（哭）我才不想住在你家哩！

大姑娘　（上，一惊）阿禄你怎么了？

阿　禄　（扑到大姑娘身上）娘啊，我们回家吧！回家去呀！

大姑娘　为什么？说呀！

阿　禄　娘啊！

（唱）刚才儿在读诗书，

外婆送面给舅父。

她骂你霸占家财无天理，

害得舅父受苦楚；

她要卖田赎亲生，

还要公堂喊冤捉你到官府。

娘啊娘，你快回家，

若不回家会闯祸。

大姑娘 啊，原来如此！

阿　禄 （跪下哀求）娘啊，我求求你，回家吧！回家吧！我在这里也常受气啊！

大姑娘 啊！

（唱）见孩儿，苦哀求，

口口声声催娘走。

此地隐隐雷声紧，

风暴欲来他担忧。

儿啊，你——

不用怕，不用愁，

休怕怨言如刀口。

为娘若无补天手，

不来娘家炼石头。

你起来！读书去！不要管娘的事了！

阿　禄 娘！你为什么一定要在这里啊？外婆咒你，村里人骂你，我吃不下这口淘气饭了。娘，你不回家，我回家去！

大姑娘 胡说！给我读书去！

阿　禄 我不去！我不去！

大姑娘 （举起烟筒）你去不去？

〔阿禄哭泣下。

大姑娘 唉！（痛苦地坐下）

〔仇祥匆匆上。

仇　祥 大姑娘，大姑娘！

大姑娘 老管家，什么事？

仇　祥 老安人逼我去卖她的田地，要为大相公赎身。这事如何是好？

大姑娘 （倏地站起）不行！你叫她自己来跟我说！

仇　祥 她不肯来见你。

大姑娘 （厉声）没我点头，休想卖地！

仇　祥 是！（欲下）

大姑娘 等等！老管家，听说我若不肯，她要上衙门告我？

仇　祥 这……大姑娘别听她的气话了。

大姑娘 （冷笑）哼，赵阎王一只虎，我也敢剥他的皮，还怕几条泥鳅？好哇！她不告我，我还要告她呢！老管家你过来！（与仇祥耳语）

仇　祥　是，是！好，我就去！（匆匆下）

大姑娘　乳娘！

乳　娘　（上）大姑娘。

大姑娘　（与乳娘耳语）快去！

乳　娘　是！（匆匆下）

〔大姑娘冷冷一笑，坐下吸烟。

〔邵氏带仇福怒冲冲上。

邵　氏　大姑娘，我有句话问你。

大姑娘　（平静地）继母，什么事啊？请讲吧！

邵　氏　我想把分给我的那份田地卖掉，早点给你父亲赎身，好不好？

大姑娘　呀，这好嘛！难得继母你一片好心啊！

邵　氏　那好，我就……

大姑娘　不过，三年期限未到，你们到哪里去赎父亲？

邵　氏　这……大姑娘，早交给你四百两银子，仇福不是不要当奴才了吗？

大姑娘　哈哈哈哈！绕了一圈，这才是句真心实话哩！怎么，仇福，你吃不下苦了？两年前，你不是说“苦死无怨”的吗？

仇　福　这……

邵　氏　大姑娘也别太过分了！不管怎么说，他总是仇家的血脉，是你的兄弟。你不疼他，还有我这个做娘的疼他呢！我卖我的田地，你也管不着，为什么不让我卖？

大姑娘　哈！我哪里敢呀！不过，继母卖了田地，将来靠什么养老啊？

邵　氏　我自愿饿死，与你无关！

大姑娘　（把烟筒一插，决然地）那好！不过，只能卖你自己的半份；父亲的半份你无权卖！

邵　氏　（也决绝地）也好！五十亩够四百两了吧！

大姑娘　不管够不够，算四百两！我来买！

邵　氏　啊，你买？

大姑娘　我买！（摸出“卖身文书”）仇福，这“卖身文书”你拿回去，算你交了四百两赎父亲的银子了。从今起你不是奴才了。

邵　氏　（大喜）多谢了！（接过“文书”）

大姑娘　告诉你们：从今天起，不许你们吃我的一口饭！都给我出去！

邵　氏　（大惊）什么？你要赶我们走？

大姑娘 （冷笑）你已卖了田地，他已不是奴才，这里就没有你们吃饭的地方了。想白吃我的可办不到！（厉声）自己找饭吃吧！

邵　氏 （大怒）贱人啊！你好狠毒啊！

（唱）你心毒手辣太凶狠，

逼得我母子无地可容身！

这仇家财产你休想独吞，

我要上公堂告你贱人！

大姑娘 怎么？你要上公堂？

邵　氏 上公堂！

大姑娘 好哇！

（唱）继母要去告姑娘，

大姑娘陪你走一趟。

你为儿子打官司，

我为银凤来告状！

当年卖妻罪证在，

今朝一起来算账！

（大声）仇祥，拿状纸、字据来！乳娘，拿罪证来！

〔仇祥、乳娘各捧小盒子上。

大姑娘 你们把罪证拿出来！

〔仇祥拿出“卖妻字据”；乳娘取出两件衣衫。

大姑娘 你们看！这是“卖妻字据”，这是父亲血书、银凤血衣！仇福，这都是你的罪过啊！（一把拉住邵氏）继母，走，我与你一起上公堂！

邵　氏 （面如土色）啊！天啊！（痛哭）

仇　祥
乳　娘 啊，大姑娘，使不得，使不得！

仇　福 （扑地跪下）大姐姐！你不要生气，我给你赔罪，给你赔罪！

大姑娘 （惨然）你用不着向我赔罪！你该向父亲、银凤赔罪啊！

（唱）你，把头抬，眼睁开，

看这两件血衣谁穿戴？

一件血衣写血书，

字字句句疼心怀。

老父因你还赌债，

身陷番邦荒漠外。
一件血衣留血迹，
银凤平白被你卖。
可怜无辜刀下死，
斑斑血泪今犹在！
两件血衣是罪证，
你罪孽深重难宽待！
仇福啊，你害人害己害家宅，
问一声天理良心还在不在？

（将血衣丢给仇福）

仇　福　（放声痛哭）啊呀，父亲、银凤啊！
（唱）见血衣如雷震，将我惊醒，
哭一声我的妻，我的父亲。
恨当年无人性，败坏家门，
害老父被俘虏，贤妻丧生。
如今是倾泰山，难填恨海，
虽一死难赎我，千古罪行。
捧血衣对青天，立下重誓：
仇福我不改好，天雷轰顶！
大姐姐，你骂，你打，打死我这改不好的奴才吧！

大姑娘　（凄然摇头）仇福啊！为人只要有良心，有心不用人教训。大姐纵有千钧力，难救无心悔改人呵！你去吧！

仇　福　不，不！（夺过邵氏"卖身文书"）大姐姐，你收回这张"卖身文书"，我不走！（跪地呈书）以后奴才若是不改好，但凭重治，决无怨言！

大姑娘　（仍摇头）苦海无边，风大浪大，我无力渡你登岸！

邵　氏　（惭愧地）大姑娘，是我错了。

仇　祥
乳　娘　大姑娘，以后大家都听你的，你就收下吧！

邵　氏　大姑娘，我给你赔不是了！（欲拜）

〔大姑娘急忙扶住邵氏，迟疑一下，收起"文书"，慢慢扶起仇福。

〔幕下。

第七场　试弟

〔幕启。

〔仇宅中堂，已复旧观。

〔仇祥手捧银罐随大姑娘上。大姑娘指点仇祥将银罐埋于后园。仇祥下。

大姑娘　阿禄！阿禄！

阿　禄　（上）娘，叫我吗？

大姑娘　你去把舅父找来，就说娘叫他带锄头来掘地。

阿　禄　哎！（下）

〔仇祥上。

仇　祥　大姑娘，埋好了。

大姑娘　嘘——（与仇祥耳语）快去！

仇　祥　嗯，好！（出门下）

〔仇福带锄头上。

仇　福　大姐姐，你叫我到哪里掘地啊？

大姑娘　我想把这后园开出一片菜地，种点瓜菜。

仇　福　好，我去。

大姑娘　先从墙边掘过去，好搭架子种丝瓜。

仇　福　明白了。（下）

〔大姑娘到窗边偷看。

〔仇祥引魏名上。

仇　祥　魏老弟，请吧！

〔大姑娘急躲下。仇祥和魏名进屋。

魏　名　老管家，你说仇福找我，他人呢？

仇　祥　你先请坐，我去叫他。（下）

魏　名　（四下巡视）唉！

（唱）自从官司打输后，

　　监牢坐了一年久。

听说仇福早回来，
没有机会碰碰头。
仇大姑娘人厉害，
常和别人闹别扭。
今朝仇福来叫我，
定有急事找朋友！

〔仇福内声：“大姐姐！大姐姐！”

魏　名　咳，来了……啊，不对。他叫姐姐，定是大姑娘一起来了。哎哟，我可不能让她瞧见。对，先躲起来再说。（钻进桌下）

〔仇福手捧银罐，满头大汗上。

仇　福　大姐姐！母亲……咦，她们都到哪里去了？

〔仇福放下银罐，摸出一锭银子，惊喜地看着。魏名从桌下钻出偷看。大姑娘在门后探头偷看。

魏　名　啊，真想不到！好多的银子啊！

仇　福　（大吃一惊）你！

魏　名　哈哈！老朋友，你发了横财哩！怪勿得请我魏名来哟！

仇　福　谁叫你来的？你给我出去！

魏　名　嘿！老弟，别这样说话。想当年，我们哥儿俩，吃、喝、玩、乐，都混在一起，多亲热，多惬意！这几年，赵大爷被你姐姐弄到监牢里去了，你又做了奴才，冷冷清清怪没味道……

仇　福　住口！你给我滚出去！

魏　名　唷，凶什么。呆大，你发了横财，有了银子，还不去痛快痛快？

（唱）老朋友，运气有，
天赐银子该享受。
前村老王摆赌筹，
我们好去摸牌九。
呼吆喝六吃老酒，
过去的美梦又回头！
哈哈！跟我走，快跟我走！

仇　福　滚开！你再纠缠，别怪我勿客气了！

魏　名　那好，你不去，银子借点给我，好吗？（去拿银罐）

仇　福　（挡住）滚！

魏　名　（突然惊叫）呀，你大姐姐来了！

〔仇福回头，魏名冲上抢去银罐便逃。

仇　福　啊！你这个狗头！

〔二人抢夺银罐，开打。

〔大姑娘手舞烟筒，仇祥拿扫帚跑上。

大姑娘　魏名，休走！（挥烟筒狠打）

魏　名　啊唷！（抱头鼠窜，又被仇祥打出门外，下。仇祥追下。）

仇　福　（慌乱地）大姐姐，银子，银子……

大姑娘　（悲喜交集）兄弟啊，你比银子还好百倍啊！（喜极，哭出声来）

仇　福　（激动万分）大姐姐！（跪下）

大姑娘　（跪下）我的好兄弟啊！

〔二人抱头痛哭。

〔幕外独唱：

一声呼唤万般悲，
姐弟同洒伤心泪。
浪子回头金不换，
阿姐苦心可相慰。

〔邵氏、仇祥、乳娘、阿禄均上。

邵　氏　（焦急地）啊呀，又怎么了？

大姑娘　（跃起，欢喜地）兄弟改好了，改好了！（奔向邵氏）继母，仇福改好了！（奔向乳娘、仇祥）乳娘，老管家，大相公改好了！（拉阿禄）阿禄，你舅父改好了！快叫舅父！

阿　禄　舅父！

邵　氏　（高兴得合掌）阿弥陀佛，真要谢天谢地啊！

大姑娘　老管家，赎父期限三年已到。这罐子里已有纹银三百两，你快到库房，取银子七百两，凑合足千两纹银，让仇福兄弟赶到关外，去赎父亲！

仇　祥　好哇！（欲下）

大姑娘　等等！你再取纹银一百两，给仇福备办新衣，做来回盘缠。

仇　祥　哈哈，大姑娘，你今天大出手哩！（笑下）

大姑娘　继母，你和乳娘快去收拾行装，好让仇福出门。

邵　氏
乳　娘　好，好！（笑下）

大姑娘 仇福，你跟我到祠堂拜祭祖宗，平安上路啊！

阿　禄 （欢跳）舅父，快走，快走！

〔幕下。

第八场　齐家

〔幕启。

〔仇家中堂，“和、合二仙”绣像高悬，灯彩满堂，披红铺锦，气象兴旺。

〔仇祥、阿禄和亲邻们在摆设果品。

阿　禄 管家爷爷，我外公和舅父今天一定到家吗？

仇　祥 到的，到的！哈哈哈哈！

（唱）昨天有人传信来，

今朝你外公回故宅。

一家团圆庆兴旺，

“双喜临门”心花开。

众亲友 呀，老管家，怎么是“双喜临门”啊？

仇　祥 哈哈！

（唱）员外回家是一喜，

还有一喜让你猜。

大姑娘自有巧安排，

会有好戏搬上台。

〔众大笑。

〔外声：“老管家，员外和大相公回来了！”

仇　祥 啊？到了？老安人！老安人！

阿　禄 外婆！快来！快来啊！

邵　氏 （穿新衣、喜滋滋上）啊，他父子都到了嘛？（迎出门去）

〔仇福、仇仲上。

仇　福 母亲，父亲接回来了！

仇　仲 夫人！

邵　氏 （悲叫）员外！你、你受苦了！（二人把手唏嘘）

仇　祥　快先进屋吧！

〔众进屋。众亲友纷纷问好。

仇　祥　老奴拜见员外！

仇　仲　啊，老管家，山西一别，亏你持家，老夫谢过大恩。（作揖）

仇　祥　（急扶住）不敢，不敢！老员外，老奴哪有这个能耐！这家，唉，全靠自家大姑娘啊！（推阿禄）快叫外公！

阿　禄　拜见外公！

仇　仲　（抱住）啊，我的外孙也这么大了？（悲声）你的娘呢？（张望）我的女儿呢？大姑娘呢？

邵　氏　她在厨房，亲自为员外准备酒菜。

阿　禄　我去叫娘！（叫）娘！娘！（跑下）

〔众翘首等待。静场。

〔大姑娘内唱："忽听老父回家门——"

〔大姑娘快步跑上，见到父亲，站住，丢开围裙。

大姑娘　（悲叫）爹爹！（跪步扑上）

仇　仲　（颤声）儿啊！

〔父女相抱痛哭。

大姑娘　（接唱）不由儿，满腹辛酸泪纷纷。
　　今日得见爹爹面，
　　千言万语难出声。

仇　仲　（老泪纵横）啊呀，儿啊！
（唱）天黑方知灯火明，
　　落难才懂骨肉亲。
　　仇家若无姑娘在，
　　家败父离弟沉沦！
儿啊，你该受父一拜！

大姑娘　（急抱住）啊呀，父亲，折杀女儿了！

仇　福　姐姐大恩，理该拜谢。孩儿代父亲一拜！（跪下）

大姑娘　（忙跪下）兄弟！（爱抚仇福）你痛改前非，迎回父亲，一家团圆，大姐姐欢喜！姐姐理该谢谢你哩！（万福）

仇　福　（急扶住）大姐姐，讲起前非，我羞愧难当啊！（二人相挽起立）

大姑娘　（拿出"卖身文书"）弟弟啊，这是你的"卖身文书"。当年姐姐为你改好，咬牙买弟为奴。如今你已改好了，这“卖身文书”嘛——（到蜡烛前点着）也该烧了！

邵　氏　啊，大姑娘……（惭愧地）唉，继母委屈你啊！

大姑娘　（苦笑）从前的事，提它作甚，爹爹、继母，女儿还有一件心事未了。

仇　仲
邵　氏　有甚心事，你快说吧！

大姑娘　老管家！

仇　祥　在！

大姑娘　你去告诉乳娘，叫她快将新人迎来！

仇　祥　是，是！（含笑下）

大姑娘　仇福兄弟，银凤妹妹和你结亲一年，就被你卖与赌徒，被杀身死。你还记得这血海深仇吗？

仇　福　弟弟终身难忘！

大姑娘　好啊！姐姐看你痛改前非，如今为你重娶一房妻室，你要疼爱她才是。

仇　福　啊，大姐姐，想我仇福，负心卖妻，才使贤妻丧生。我对银凤罪孽深重，岂能另娶？

大姑娘　嘿，你又错了！你不娶妻，仇家还要后代，此事岂能由你？听姐姐的话，让姐姐了却一件心事。

仇　福　不，不！别的听姐姐吩咐，此事决不从命！

〔门外鼓乐起。仇祥上。

仇　祥　大姑娘，新人迎到了！

众　（惊异）啊！

大姑娘　快快迎新人上堂来！

〔乳娘扶一新人上堂。仇福欲走，被大姑娘一把拉住。

大姑娘　兄弟，你不要走。你来看——（挑开新人头巾）

众　（大惊）啊！银凤！

仇　福　（惊呆）银凤！

姜银凤　（扑到大姑娘身上）大姐姐！……（泣不成声）

众　这是怎么一回事啊？

乳　娘　员外，安人啊！

（唱）三年前，银凤被杀几丧身，
　　亏姑娘，将她暗藏娘家门。

请医送药赠银子，

如今破镜重圆再结亲。

姜银凤 公婆啊！

（唱）姐姐她，日日人参滋补我，

时时好语慰我心。

三年来，我是身病心病全养好，

银凤不忘救命恩！

（跪拜大姑娘）

邵　氏 （拖拉仇福）儿啊！你还不快给我跪下！（仇福跪）大姑娘，过去我错怪你了，我叫仇福替我赔罪了！

大姑娘 呀，快起来，快起来！（抹泪，强笑）你们怎么了？今日团聚理该高兴才是！老管家，快叫他们摆上酒席，我要给老父接风，为仇福夫妻团圆喝杯喜酒呢！

仇　祥 哈哈哈哈！对对！（喊）摆上酒筵！

〔喜乐起。亲邻、乳娘等端菜上。大姑娘叫过阿禄，附耳暗语。阿禄点头下。

〔众人入席，大姑娘捧壶在手。

大姑娘 大家听着：先喝我一杯酒，我还有话要讲。

〔大姑娘为大家敬酒一巡，举盏干杯。

大姑娘 老管家！

仇　祥 在！

大姑娘 取账簿过来！

仇　祥 是！（呈账簿）

大姑娘 父母、兄弟、亲友啊！我回娘家已有五年。如今老父回家，兄弟成才，全家团圆，我心事已了。五年来有多少话语压在心头！今天当着大家的面，我要讲一讲了！

（唱）为人心中有灯在，

灯明灯暗靠自爱。

我痛娘家受人害，

兄弟浪荡家业败，

老父被掳困番邦，

生死不明揪心哀。

咬牙来挑千斤担，
愿唱红脸走上台。
有人骂我良心黑，
有人骂我霸家财。
何苦来？何苦来？
我的心事谁能猜？
就为这，五间新屋大门台；
就为这，描金桌椅满堂彩。
就为这，河边好田留后代；
就为这，杯中有酒盆有菜。
就为这，兄弟改好夫妻会；
就为这，老父平安回家来！
人和爱，家兴泰，
大事已了我告退。
五年收支笔笔在，
未取分文落自袋！

爹爹，请你收下账簿！（跪呈）

仇　仲　啊呀，儿啊！为父年老，已无能力当家，女儿劳苦功高，没有你哪有仇家今天！还是女儿来管这个家吧！

大姑娘　女儿丈夫虽亡，尚有一子，该回夫家才是。

仇　仲　留下外孙，在此同住。

大姑娘　不可！女儿不愿。请老父收下账本。

仇　仲　为父决不能接。

大姑娘　爹爹不接，女儿长跪不起了！

仇　仲　也罢，为你先行收下，再作道理。（收簿）女儿起来！

大姑娘　（起）阿禄，取包裹来！

阿　禄　哎！（提包裹跑上）

大姑娘　父亲、继母、兄弟、妹妹，愿你们一家和睦相聚，我，拜别了！（深深一拜，转身欲走）

众　啊呀，大姑娘，不要走，不能走啊！

〔幕后合唱：

多少积怨你丢开，

勇挑重担治家来。

任劳任怨甘受诬，

功成身退人敬爱！

〔合唱声中，大姑娘三次欲走，被众三次拦住。大姑娘无奈，退回坐下，取烟筒吸烟。姜银凤急忙装烟，仇福急忙点火。

大姑娘 （吸了几口，猛地站起）这支烟筒，也不知打了弟弟多少次！现在兄弟改好，它也没有用了！（举手欲折）

仇　福 （急忙夺走烟筒）啊，姐姐，这烟筒留着！我看到它，便想到姐姐教诲，不忘姐姐一番苦心！

仇　仲
邵　氏 （端过酒杯）儿啊，爹娘敬你一杯酒，谢你恩情！

大姑娘 （一饮而尽）多谢父母！（放杯一拜）全家保重！（提起包裹，携着阿禄，夺门而去）

众 （高喊）大姑娘！儿啊！姐姐……

〔众追下。

〔幕后合唱：

空手而来空手回，

女中豪杰人敬佩！

但愿世人皆如是，

风和日暖春光美！

〔幕在合唱声中徐徐下，剧终。

1983 年

《民间传奇越剧》

春　江　月

包朝赞

待嫁绣娘“拾”啼婴，冒认“私生”救难臣。
历尽磨难不图报，清风明月知我心。

人物表　柳明月——美丽、善良的绣花女
春　牛——英武、敦厚的猎手
柳老大——老猎人，柳明月之父，春牛的师父
柳　二——里正，柳明月的二叔
二　婶——柳二妻
刘之章——难臣，后平反复官
刘夫人——刘之章妻
柳　宝——刘之章嫡子，柳明月养子
春　燕——刘府丫鬟
官兵、衙役、打手、老娘舅、丫鬟、绣花姑娘

一

〔幕前曲：广寒明月照春江，
春江儿女多贤良。
一曲山歌和泪唱，
高山流水情义长。

〔阳春三月，春江畔，古柳垂翠，半掩青瓦粉墙。

〔柳明月手挽包袱，盈步而上。

柳明月 （唱）轻舟送我回故乡——
又见这，翠竹古柳掩门墙。
十月前，离家佣工做绣娘，
换来银钱敬高堂。
爹传喜讯催儿归，
为明月，择定佳期许夫郎。
一路上，喜鹊高唱蝶双飞，
回家快绣嫁衣裳。

（叩门）爹爹开门，女儿回来了。

〔门开，春牛上。

柳明月 春牛哥，是你！

春　牛 （高兴地）师妹，你回来啦！

柳明月 爹爹呢？

春　牛 师父过江采办果品，明日方能回来。

柳明月 春牛哥，我出门在外，绣花卖艺，冬去春来，时已十月有余，家中多亏师兄照看，辛苦你了。

春　牛 不辛苦，不辛苦。师妹，你回来了，我也该走啦。

柳明月 怎么，师兄要走了？

春　牛 只因母亲年迈，无人侍奉，催我早些回去。师妹，你不在家，我已请过满师酒啦，只等你回来，师父有人照看，我便好动身回家了。

柳明月 春牛哥！

（唱）柳家学艺三年多，

练出一身真工夫。

爹爹爱你贴心徒，

明月敬你老实哥。

春　牛 （旁唱）与师妹，三年吃饭共只锅，

也曾暗中生爱慕；

胆小嘴笨不敢说，

师妹待我像阿哥。

如今她，好花移在宝盆栽，

恭喜她，美满姻缘幸福多。

（取出一朵珠花）师妹，再过几天，便是你的大喜佳期，穷阿哥送不起好东西，一朵珠花，略表心意。（递）

柳明月 （接）珠花！多谢春牛哥。

春　牛 不要谢不要谢，日后我春牛赚下了银子，一定再给师妹补送一笔像像样样的礼品。天色不早，我要走了。

柳明月 慢，春牛哥，我也要送你一件东西。（从包袱中取出一只小包）给你。

春　牛 这是什么？

柳明月 你且打开看来。

春　牛 （解开）啊，你又给我做了一双新鞋？多谢师妹了。让我先穿上试试，看合脚不合脚。（欲穿）

柳明月 慢！这双新鞋，哥哥若要穿它，先得依我一件。

春　牛 哪一件？

柳明月 春牛哥！

（唱）在柳家，妹做鞋袜缝衣衫，

旧的未破新的添。

从今兄妹两分离，

隔山隔水难相见。

伯母年迈眼有疾，

谁人与你做针线？

师兄回家须趁早，

快快央媒把红丝牵。

访一个，多情重义的贤淑女，
情投意合结凤鸾。
这双鞋，权作明月贺喜礼，
你穿它，交拜天地入喜筵。

春　牛　啊？这双鞋子要等到拜天地方能穿呀？唉！
（旁唱）白云山下一穷汉，
空有力气无银钱。
谁家姑娘愿下嫁？
这新鞋，穿我脚上待何年？
（取出包裹雨伞）师妹，我要走了。
〔远处传来阵阵隐雷声。

柳明月　春牛哥，天要下雨了，你还是明日再走吧。

春　牛　不要紧。（走而复回，小声叮咛）师妹，这几天乡亲们纷纷传说，朝中出了奸臣，到处捕杀忠良，天下又要大乱了……师父不在家，你要多加小心了。（下）

柳明月　（依依难舍，挥手送远）春牛哥，走好了！（回头见门上挂着定亲志喜的红绸）呀！
（唱）见门楣，喜绸高悬红艳艳，
快理彩线绣妆奁。（关门，下）
〔天色转暗，夜幕降临。
〔猛然一声炸雷，狂风骤起，暴雨如泼。
〔伴唱：谋反奸贼乱乾坤，
欺君盗国害黎民。
多少忠良遭惨杀，
天下一片号哭声！
〔刘之章仓惶逃奔而上。

刘之章　（唱）刘之章，刚正忠直为社稷，
落下了，满门入狱受毒刑。
破网逃出命三条——
〔幕后传来婴儿啼哭声，刘之章回身扶着怀抱婴孩的刘夫人上。

刘夫人　（接唱）可怜我，伤痕累累步难行。
身后处处有追兵，

天涯何处可藏身？

〔幕后官兵追杀声骤起。

〔婴儿啼饥。

刘夫人 （焦急万状）儿啊，为娘知道你饿坏了，莫哭啊莫哭……（孩子反而哭得更凶了）老爷，这便如何是好？

刘之章 这……夫人遍体鳞伤，婴儿啼哭不停，若是招来官兵，定然一网打尽。这、这、这……（抬头猛见古柳下房舍窗户亮起灯光，悄步上前，朝窗内细看，转身定下主意）夫人，有了！

刘夫人 老爷？

刘之章 夫人哪，你我一家三口，与其同归于尽，不如各奔前程！（与她一阵耳语）

刘夫人 （一惊）啊？这如何使得！

〔刘之章抱过婴儿，弃置门前石凳上。

刘夫人 （急忙上前，抱回）儿是为娘心头肉，就是死……娘儿俩也要死一起。（哭）

刘之章 夫人！

（唱）休怨之章铁石心，

身后追兵杀声紧。

只要留得青山在，

除奸雪恨有后人。

〔官兵追杀呐喊声起。

刘之章 （焦急，求恳）夫人！

刘夫人 ……也罢，儿啊……（紧抱婴儿，悲泣）

〔刘之章撕下一方白绸，咬破食指写血书，毕，取金锁，同藏于婴儿襁褓。

〔伴唱：生离死别心似绞，

血书金锁寄襁褓。

〔刘夫人将婴孩轻放门前，欲走，婴儿哀啼，于心不忍，转身欲抱，忽闻屋内有动静，刘之章急拉刘夫人隐藏下。

柳明月 （内声）门外是谁呀？（举灯开门上，见石凳上弃婴，一惊）啊？谁把孩子放在这里了？（婴儿啼，忙抱起）噢噢，宝宝不要哭，不要哭。你妈妈呢？（四寻，呼唤）喂！谁把宝宝丢在这里啦？宝宝饿坏了。快来抱呀！……咦，天底下竟有这般狠心的爹娘，把孩子往人家门口一丢，不要啦？（婴儿啼）噢噢，宝宝不要哭，你看，小喉咙都哭哑了，小衣衫全湿透了。（欲解开襁褓，发现金锁血书）啊？金锁、血书！（展开，念）“弃儿心何忍？国难家仇深；百拜托孤苗，且等开锁人。”呀……

（唱）白绸赤字血写成，
　　一把金锁作凭证。
　　宝宝爹娘知是谁——

（再展读血书，念）“弃儿心何忍？国难家仇深……”听春牛哥言道：朝中出了奸臣，到处捕杀忠良……

（接唱）莫非他，爹娘有难舍亲生？
　　可惜我，赶绣嫁衣佳期近。
　　总不能，抱着你，坐上花轿去成亲。

（放下婴儿，转身欲走；婴儿哀啼，急又抱起）宝宝不要哭！

（接唱）左难右难难煞人……

〔柳明月进退两难，幕后官兵呐喊声起，她急抱婴儿进屋藏避。

〔众官兵举火把、执钢刀追上。

官兵甲　你等听着：老相爷有令，掘地三尺，也要将逃犯夫妻、婴儿一齐捉拿归案，斩尽杀绝！

众官兵　是！（追下）

〔柳明月出。

柳明月　哎呀宝宝，你好命大也！

（唱）果然是，落难忠良后代根，
　　他爹娘，百拜托孤期望深。
　　我还是，藏起孩子避灾祸，
　　待明朝，再求爹爹把计定。

〔柳明月抱着婴儿进屋，关门，熄灯。

〔刘之章夫妇闪出，朝门内跪地长叩。

〔灯暗。

二

〔村口。

〔柳二上。

柳　二　（唱）官兵追捕刘之章，

图形高挂悬重赏；

婴儿也值千两银，

我逐家挨户暗查访。

昨日半夜，我侄女儿闺房之中，忽然传出一阵婴儿啼哭之声。天明之后，我从门缝往里面一瞧——哎呀，这婴孩莫非就是……想我柳二身为里正，若是知情不报，如何吃罪得起？若去告官，要加害自己的亲侄女，又恐被天下人耻笑，这、这、这……也罢！老阿哥，侄女儿，事到如今，我也顾不得你们了。

〔二婶喜气洋洋上。

柳　二　站住！看你打扮一新，哪里去？

二　婶　哪里去？你这个做叔叔的呀。侄女儿明月姑娘的男家，拣好吉日良辰，要来送礼担，忘记啦？

柳　二　你又做婶婶，又做红娘，太辛苦啦。

二　婶　这算什么话？大伯待我们恩重如山，他长兄代父，把你从小抚养成人，为了你我成亲，还欠下一大笔债。如今轮到侄女办喜事了，你这个做叔叔的，反倒阴不阴，阳不阳，在一边讲起风凉话来了，真没良心。（欲走）

柳　二　慢，我劝你，今天她家里还是不去的好。

二　婶　为啥？

柳　二　这……

二　婶　喂喂，赶快换换衣衫，一起去吧。（见他站着不动）哼，做人岂能忘了根本，六亲不认？（悻悻下）

柳　二　哼，什么六亲八亲，常言道：“人不为己，天诛地灭！”

〔切光。

三

〔柳家门前，景同一场。

〔柳明月焦急地上。

柳明月 （唱）抱回婴儿已三天，
　　三天光阴似三年；
　　爹爹呀，盼你等你眼欲穿，
　　为何还不回家转？
　　今日里，夫家要下定亲礼，
　　宝宝交托谁照看？

〔春牛提竹篮上。

春　牛 师妹！

柳明月 春牛哥！你怎么来了？

春　牛 师妹今日要办定亲酒，老阿妈命我送来鸡蛋红枣，看，我还特地为你打来这许多野味！师父呢？

柳明月 爹爹到这般时候还未到家。

春　牛 听说官兵封江设卡，搜捕逃犯，定然是半路上耽搁了。不要紧，粗生活我先做起来。（屋内传出婴儿哭声）咦，师妹，这是……

柳明月 嘘！（四顾无人，与春牛耳语）

春　牛 （一震）啊？师妹，你可闯下大祸了！若是被人知道了，怎么办？

柳明月 （急）春牛哥，快替我想个主意吧。

春　牛 走，先把孩子藏好再说。（二人急下）

〔柳老大脸带病容，步履蹒跚地上。

柳老大 （唱）枝头喜鹊叫连声，
　　柳老大，身患病痛心高兴。
　　女儿要行定亲礼，
　　抱病过江采果品。
　　官兵封江捕逃犯，

困在荒村三天整。
幸喜今朝开航渡，
匆匆过江回家门。

明月，明月！

柳明月 （上）爹爹回来了？（抱怨地）爹爹，你怎么到今天才回来呀！

柳老大 明月，爹爹知道你等急了。

柳明月 爹爹，女儿有件要紧之事，要与爹爹商量。

柳老大 要紧之事？

柳明月 爹爹……

〔柳明月正欲禀告，幕后传来鼓乐声、鞭炮声。

〔二婶兴冲冲上。

二　婶 大伯，来啦，来啦！

柳明月 （急）爹爹……

柳老大 明月，迎客要紧，有什么事，明日再慢慢商量吧。去吧，去吧！

〔二婶硬推柳明月下。

〔老娘舅领着挑礼担的家丁吹吹打打上。

二　婶 大伯，这是新姑爷的舅老爷，给明月送礼担来了。

柳老大 （作揖）多谢亲家！

老娘舅 （回礼）客气客气！（挥手，众家丁挑下礼担，进屋）

二　婶 舅老爷，快请到里面喝茶吃瓜子。

柳老大 亲家请！

老娘舅 亲家请！

二　婶 大家请！哈哈哈哈。（众人一起进屋）

〔柳二引官兵上。

柳　二 军爷，就在这家。

官兵甲 你可看仔细了？

柳　二 看得清清楚楚，明明白白。

官兵甲 你且听着：搜到婴孩，重重有赏；若敢谎报，（拔刀）哼哼！

柳　二 是。军爷，我在此多有不便，暂且回避了。（退下）

官兵甲 呔！统统与我出来！

〔柳老大、二婶上，见状，一惊。

柳老大 军爷，有何公干？

官兵甲 快把窝藏的朝廷钦犯小孽种交出来！

二 婶 咦？军爷，我倒被你弄糊涂了。这里正在办喜事，哪来的什么……小孽种？

柳老大 军爷，你们一定弄错了。

官兵甲 弄错了？哼，与我搜！

二 婶 慢！我说过没有就是没有，可不要把喜气冲掉了。

官兵甲 你是什么人？

二 婶 我丈夫是里正。

官兵甲 他？（轻蔑一笑）哼哼，与我搜！

二 婶 哎呀……

柳老大 弟妹！为人不做亏心事，不怕半夜鬼敲门。我柳老大一辈子与豺狼虎豹打交道，什么没见过？让他们搜。

官兵甲 搜！

众官兵 是。（冲进屋，复上）启禀军爷：不见婴孩。

官兵甲 哦？

二 婶 是不是？我说你又不信。

〔众官兵欲下，屋内突然传出婴儿哭声，众人一惊。

官兵甲 再搜！

众官兵 是！（冲下，抱婴儿上）

官兵甲 婴儿藏在米缸之中。

官兵甲 小孽种呀小孽种，我总算是找到你了！（夺过婴孩，高高举起，欲摔）

柳明月 （内呼）住手！（奔上）军爷，宝宝并非朝廷钦犯之子……

官兵甲 哦？这是谁家的孩子？

柳明月 他是……

官兵甲 讲！

众官兵 快讲！

柳明月 他……

官兵甲 （将婴孩丢在石凳上）来，砍了！

众官兵 是。（钢刀齐举）

柳明月 （急以身掩护孩子）慢！军爷，宝宝他……他是我的……

官兵甲 他是你的什么人？讲！

众官兵 讲！

柳明月 他是我的——

官兵甲 开刀！

柳明月 （千钧一发，脱口而出）他……他乃是民女的亲生……

众 （此言一出，众人震惊）啊？！

柳老大 明月，你！

柳明月 爹爹……

二　婶 明月，你可不能乱说呀！

官兵甲 你一个未曾出嫁的黄花闺女，哪来的孩子？

柳明月 （编造）军爷容禀：十月之前，民女离家远去南阳绣花……

老娘舅 好啊，绣花绣出私生子来了，呸！

官兵甲 奸夫是谁？

柳明月 他……他……

官兵甲 你说不出奸夫是谁，分明是谎言骗人！来呀，与我砍了！

春　牛 （突然冲出人群）是我！

官兵甲 你是什么人？

春　牛 我叫春牛。

柳老大 春牛，你、你、你……

春　牛 师父，徒弟对不起你！（跪）

官兵甲 这孩子真是你生的？哈哈，你就是奸夫？

柳老大 你、你、你……呸！你这个畜生！

众 （耻笑）真不要脸，呸！

官兵甲 来，将他带走。先打三十军棍，严加盘问，若有虚假，一同问罪！

众官兵 走！（押春牛下）

老娘舅 不要脸的东西，晦气，倒霉！来呀，将礼担挑回去。（众家丁挑礼担下）

柳老大 亲家……

老娘舅 （狠狠地）什么亲家？呸，冤家！（下）

二　婶 哎呀，舅老爷，再商量商量呀……（追下）

〔场上只剩下父女二人，静得可怕。

柳明月 （放好婴孩，小心翼翼地走近）爹爹……

柳老大 （猛击一巴掌）贱人！

柳明月 （跪地）爹爹！

柳老大 （唱）你竟敢，不守古训把廉耻丧，抱回孽种藏闺房。

我一生做人求清白，

岂容你，败坏门风丑名扬？

柳明月 爹爹，且先听女儿一言。

柳老大 你有脸开口，我无脸见人。你……你这不孝的东西！你去死吧，去死吧！

〔二婶急匆匆上。

二　婶 唉，明月呀明月，你怎会这样的不争气？唉，快起来吧。大伯，这是男家的……（递上一纸）

柳老大 什么？

二　婶 （一想，又藏）唉，不看也罢。

柳老大 拿来我看，拿来呀！

〔二婶无奈，只得递上。

柳老大 （接，念）“退回年庚八字，两家永绝来往。”（悲愤欲绝，口吐鲜血）

柳明月 （急扶）爹爹！啊？血……

柳老大 （一把推开她）滚开！

二　婶 大伯，你要想得开些呀！（急搀扶他进屋）

柳明月 爹爹！（奔下）

二　婶 （内声）大伯！

柳明月 （内声）爹爹！（撕心裂肺地惨叫）爹……爹……呀！

〔舞台灯光骤暗。

〔伴唱：呼天哭地天地昏——

喜堂戴孝祭亲人……

〔凄凉的哀乐声起。

〔一束惨淡的特写光，映照着白衣素服、怀抱婴儿的柳明月，她如痴似呆，缓步出门。

柳明月 爹爹呀！女儿有话，你为何听也不听，就这样去了，就这样去了……爹爹呀！（长跪，悲泣）

（唱）古柳门前哀哀跪，

送我爹爹西去魂。

爹爹啊，求你英灵慢慢行，

且听女儿诉苦情。

明月自幼失娘亲，

与爹爹，相依为命苦度光阴。
爹常说，做人要有恻隐心，
积德行善仗义助人。
忠良遭难舍亲生，
见死不救心何忍？
危急中，不顾羞耻认私生，
愿担丑名保他命。
爹爹你若知此中情，
定然会，体谅女儿一片心。
怨儿未及细禀告，
害爹爹，口吐鲜血目难瞑。
你临死不愿对儿看一眼啊，
我千呼万喊你不应声。
你将儿怨，将儿恨，
我是一腔冤屈和泪吞。
爹爹呵，黄泉路上将儿等——

（弃下婴儿欲奔下，婴儿悲啼，于心不忍，止步回头，抱起婴孩）

（接唱）可怜这，无娘的孩子谁照应？

〔伴唱：黄花闺女做娘亲，
从此后，两个苦瓜一条藤。

〔幕落。

四

〔字幕：十年之后

〔村口。

〔柳宝肩背书包哭上。

柳　宝　（唱）妈妈送我上学堂，
进了学堂更遭殃。
同窗骂我是野种，

撕破衣衫身有伤。

人前咬牙不流泪，

人后难忍泪汪汪。

〔柳二迎面上。

柳　宝　二叔公。

柳　二　谁是你的二叔公？

柳　宝　（低声地）不是就不是好了。（欲走）

柳　二　回来！都是你，害得我革掉里正还挨了五十大板。野种！

柳　宝　做啥骂人？

柳　二　啊，你竟敢顶嘴！（上前一巴掌将柳宝打倒在地）小杂种，我饶不了你们，等着瞧吧！（下）

柳　宝　（坐地痛哭）妈妈……

〔灯暗。

五

〔柳明月家，门前枯柳寒鸦，室内一架纺机。

〔柳明月挎一篮野菜上。

柳明月　（唱）哀鸿遍野声声怨，

鱼米之乡遇荒年。

绣针难挑千斤担，

与宝儿，饥一餐来饿一餐。

今日里，后山挖来苦叶菜，

熬汤煲粥度饥寒。

〔柳宝哭上。

柳明月　宝儿，你回来了？……啊，你怎么啦？……你看你，衣衫撕破了，鞋子也弄脏了。这脸上乌一道紫一道的，你在学堂里是怎样读书的？

柳　宝　（重重地放下书包）我不要读书了。

柳明月　不许这般说话。一定是不用功，专和别人顽皮惹祸，还要哭呢。

柳　宝　（委屈地）谁说我不用功？谁说我顽皮惹祸？（忍不住又哭）呜……

柳明月　到底为了何事？还不快快讲来。

柳　宝　（唱）小柳宝，真晦气，

进了学堂把头低。

豪门少爷来打骂，

好比老鹰抓小鸡。

半路遇见二叔公，

巴掌劈我倒在地。

妈妈呀，只怨我生来是苦命，

没爹的孩子受人欺。

柳明月　（旁唱）听他言来泪难忍，

钢针戳在我心里。

可怜他，小小年纪遭打骂，

我满腹委屈向谁提？

宝儿，刚才错怪你了。不要哭，来，我为你缝补衣衫。（拉过柳宝，为他缝补）

柳　宝　妈妈！

（唱）我好比，花果山上小石猴，

出世未见亲爹爹。

我好比，田沟浮萍水上漂，

空长叶儿无根基。

问妈妈，儿的祖宗姓什么？

问妈妈，儿的爹爹在哪里？

柳明月　（旁唱）他问我，我问谁？

我比孩子心更急。

日盼夜盼开锁人，

苦等十年无消息。

隐情欲向宝儿讲——

怕只怕，败露风声灾祸起。

柳　宝　（旁唱）娘在一旁把头低，

几次问她默无语。

莫非人言果是真？

越思越想越生疑。

妈妈，你说呀，说呀！

柳明月 （旁唱）明说怕他嘴不严，

想瞒又怕追根底。

我还是，拿出金锁讲故事，

借了故事说底细。

宝儿，来，妈妈给你讲一个金锁的故事。

柳　宝 我不要听，我不要听，这金锁是……

柳明月 怎么样？讲啊！

柳　宝 人家都说，这金锁是野男人送的臭东西。

柳明月 啊？你……你敢再说一句！

柳　宝 他们都是这样说的，臭东西，臭东西！

柳明月 你……（举手欲打，舍不得，反向自己胸口痛捶）天哪！

（唱）别人耻笑犹可忍，

宝儿怨我太寒心！

我不怨别人只怨命，

自种苦果自己吞。

柳　宝 （旁唱）见妈妈，怒气生，

捶胸顿足泪淋淋。

我不该将娘来抱怨，

快快上前去求情。

妈妈！妈妈……

柳明月 （哭怨）你不要叫我妈妈，我不是你的妈妈。我本来就不是你的妈妈……

柳　宝 妈妈！（跪下）

（唱）妈妈莫要哭，

妈妈莫伤心；

打我骂我儿不怨，

从今后，再不敢胡言乱语伤娘心。

妈妈，你骂我吧，你打我吧！（哭着拉柳明月的手痛打自己）

柳明月 宝儿！（母子抱头痛哭）

（旁唱）宝儿跪地哀求恳，

他伤心我更伤心。

不怪孩子说错话，
只恨世道太无情。
（为柳宝拭泪）宝儿！
（唱）恶言恶语莫睬理，
为娘之话须牢记。
儿不是，无有爹爹的小石猴，
儿不是，田沟浮萍无根基。
你爹爹不是野男人，
我是个，清清白白的绣花女。
娘要你，发奋攻读圣贤书，
娘要你，寒梅傲雪有骨气。
但等那，乌云消散金锁开，
扬眉吐气回故里。

柳　宝　（唱）听娘话，好比旱田逢春雨，
点点滴滴心头记。
从今后，别人笑骂风吹耳，
埋头苦读志不移。
长大若有出头日，
谁敢再将母子欺？

柳明月　（欣慰）我的好宝儿……你一定饿坏了，我给你煮粥去。

柳　宝　妈妈，我不饿。我要过江请春牛叔叔打一只铁砚台，我要磨穿铁砚，苦读圣贤。（欲走）

柳明月　（拦）宝儿，叔叔那里不要去。

柳　宝　咦，这是为啥？春牛叔叔他不好吗？

柳明月　他是世上最好的好人。

柳　宝　那为啥不许我去？平常他送东西来，你总是门也不肯开。这是为啥？

柳明月　为啥为啥，哪来这许多为啥？叫你不要去，你不去就是了。

柳　宝　（忽向远处一指）咦，妈妈你看，叔叔他来了。

〔春牛上，柳明月欲关门回避不及，两人相见无语。

柳明月　春牛哥……

柳　宝　叔叔，你挑的啥东西？

春　牛　（指）松柴一担。你看，天气冷了，耽怕你们母子两个冻坏啰。

柳　宝　叔叔真好！

春　牛　（取出一只野山兔子）宝儿，喏！

柳　宝　野山兔？（接过）叔叔打猎的本领真好！妈妈，我去开刀剥皮，今天又有荤菜吃喽！（下）

柳明月　春牛哥，你又来作甚？

春　牛　师妹，有件事，心里藏了十年，真比搁着块烧红的烙铁还难受。

柳明月　什么事？你倒是说出来我听听。

春　牛　师妹，讲错了，你可不要笑我。

柳明月　我不笑你。

春　牛　（取出那双鞋子）师妹，我把你送的这双鞋子带来了。

柳明月　你……你这是何意？

春　牛　师妹！

（唱）一双布鞋两只新，
师妹嘱咐牢记心。
放了一年又一年，
箱底藏了十年整。

柳明月　（唱）为何不听妹相劝，
空留布鞋误青春？

春　牛　（唱）今日带鞋上门来，
是穿是还妹来定。

柳明月　这……

（唱）难忘你，见义勇为作假证，
难忘你，雪中送炭助寒贫。
十年来，一句话儿未出唇，
纸糊灯笼心里明。
可叹我，好比白布落染缸，
连累哥哥受欺凌。
劝你走路绕开走，
免生是非缠不清。

春　牛　（唱）如今我，高堂老母已过世，
孤炉冷灶独一人。
你好比，黄连树下吃苦瓜，

你苦更比我苦深。
我与你，人前已把“丑事”认，
路人笑骂断六亲。
倘蒙师妹不嫌弃，
挺直腰板铁了心，
门前贴上红双喜，
师兄师妹两联姻。
从今后，两股苦水一起舀，
两肩合力担千斤。

柳明月 （唱）爹爹坟前我立誓盟，
黑锅压头独人顶。
金锁不开门不开，
我不愿，不清不白做新人。

春　牛 （唱）师妹既已立誓愿，
春牛情愿将妹等。

柳明月 （唱）他爹娘，再过三年未上门？

春　牛 （唱）等你三冬又三春。

柳明月 （唱）三冬三春容易过，
十年不见开锁人？

春　牛 （唱）十载廿载我愿等，
白发满头无怨心。

柳明月 呀……
（旁唱）听他句句肺腑语，
三月春阳融寒冰。
似这等，重义男儿世间少，
铁石人儿也动心。
春牛哥！
（唱）你一腔真情对明月，
明月无言心相印。
望将此鞋心内藏，
莫叫白底染污尘。
但等那，枝头莺歌报喜讯，

哥穿新鞋将妹迎。

〔柳宝上。

柳　宝　妈妈，野山兔杀好了，快去烧吧。

柳明月　宝儿，我再去熬些米粥，今天叔叔在我们家吃中饭了。（下）

柳　宝　叔叔，你早就该到我们家一起吃一起住了。快进来，（拉）来呀！

春　牛　好，我先给你们去挑担水来。

柳　宝　叔叔，那……只准你挑一担。

春　牛　一担？

柳　宝　一担。

春　牛　好，就挑一担，哈哈哈哈！（随柳宝同下）

〔柳二潜步上。

柳　二　（踮起脚跟，扒着门缝张望）哈哈，果然都在里面！这两个伤风败俗的东西，气死我老阿哥，又害我落了个谎报之罪，不弄掉你们，把房产家私夺到手，决不罢休！（向幕后招手）来！

〔打手甲乙上。

柳　二　先在大树后面藏好，等那个野汉子一出来，立刻将他绑了，押往码头，再回来绑那个贱货。

打　手　是！

柳　二　嘘！轻点……

〔三人悄步退藏。

〔春牛挑着水桶走出门口，柳二突然闪出，一猛棍将他打昏，又用破布塞住他嘴巴，两打手立刻架起他，拖下。

〔稍倾，二婶匆匆上。

二　婶　（焦急地）明月，明月！

柳明月　（上）二婶！

二　婶　明月，不好了！

柳明月　出了什么事？

二　婶　你二叔……嗨，这个该死的杀头胚，串通官府，将春牛抓去充军服苦役去了。

柳明月　（惊）春牛哥……（欲追）

二　婶　（拖住）明月，你也赶快逃生去吧！

柳明月　我？

二　婶　那个伤天害理的东西，要将你卖进妓院，打手即刻便到。

柳明月　啊？我与他们拼了！

二　婶　（拦）你一个弱女子如何拼得过他们？若遭不测，可怜的宝儿，谁来抚养？

柳明月　这个……

〔柳宝上。

柳　宝　妈妈，二叔婆！

二　婶　宝儿……听话，快跟妈妈从后门逃生去吧！

柳　宝　二叔婆，为啥要逃呀？

二　婶　唉，不要多问了。这点银子，你们拿着，将来有了出头之日，带个信给二叔婆……（擦泪）明月，你们快快去吧！

柳明月　（拉过柳宝，一起跪叩）多谢二婶救命之恩！

〔切光。

六

〔字幕：又过了八年。

〔柳家门前，景同一场。

〔伴唱：乌云遮日难久长，
春回春江山歌扬。
唱得改朝又换代，
唱出奇事又一桩。

〔春燕引便服私访的刘之章、刘夫人上。

刘之章　（远望春江，百感交集）好一条锦绣春江，一别八年老夫又来矣！

（唱）云开日出山河重光，
刘之章，官复一品伴朝堂。
冤狱昭雪国仇报，
奸佞终无好下场。

刘夫人　（唱）想当年，亡命途中寄婴孩，
金锁血书儿身藏。

今日里，千里寻锁认骨肉，

又见这，翠竹古柳旧门墙。

刘之章 （辨认）古柳树、白粉墙、石条凳……

刘夫人 老爷，正是此地。

刘之章 来，与我叫门。

春　燕 是。（敲门）里面可有人么？

〔半晌，门开，柳二探头出门。他形容枯槁，衣衫破旧，一副落魄相。

柳　二 （念）败尽家产债满身，

听见敲门心就惊。

（抬头一看）你们找谁？

刘之章 你可是这家的主人么？

柳　二 正是，我叫柳二，这房子乃柳家祖传产业，老大死后，归我所用。

刘之章 当年你家中可有一位姑娘？

柳　二 姑娘？什么姑娘？

刘之章 十八年之前，风雨夜中，那位姑娘曾在这门前收养了一个婴儿。

刘夫人 这婴儿乃是我刘家之后，襁褓之中，藏有金锁血书为证。

柳　二 你们是……

刘夫人 我家老爷当年被奸臣所害，如今冤狱平反，官复一品。

柳　二 （旁白）啊？原来他们就是当年被官兵追捕的……（跪）参见青天大人！

刘之章 起来说话。（柳二起）我且问你，你既是此家主人，那位姑娘又是你的何人？

柳　二 她……她是我的侄女儿。

刘夫人 原来是恩人的叔叔。如今你侄女儿人在哪里？我家孩儿可好？快快叫他们出来相见。

柳　二 这个……（计上心来）哎呀，老爷夫人，我等得你们好苦呀！

（唱）那一年，风雨飘摇夜深沉，

我侄女，门外捡回满月婴。

可恨奸人去告密，

官府派兵困柳门。

阿哥遭打吐血死，

我爱妻，被逼投河丧了命。

刘之章 真把你家害苦了。

柳　二　（唱）我领了侄女藏婴儿，
东躲西逃求活命。
革掉里正丢差使，
一份家产败干净。
家破人亡何足惜，
幸喜这，忠良之后保太平。

刘夫人　（唱）柳恩公，为我孩儿受牵累，
你真是，世上少有的善心人。

柳　二　（唱）没想到，宝宝长到十岁整，
风云不测大祸生。
那一年，春江暴雨泛洪灾，
浪卷四乡十八村；
我侄女，你公子，
双双落水丧了命。

刘之章　你待怎讲？

柳　二　老爷夫人，你们来迟一步了。

刘夫人　啊呀……（昏厥，春燕急扶）

刘之章　（唱）闻噩耗，痛我心，
刘家忠良绝后人。

刘夫人　（唱）千里寻锁迎娇儿，
只道是，苦尽甜来乐天伦。
儿啊儿，恕娘不该将儿丢，
一错铸成终生恨。

柳　二　老爷夫人，人死不能复生，还请多多保重。

刘之章　夫人，还是回得府中，设坛祭奠，愿我儿早得超生。

刘夫人　（悲泣）儿啊……

柳　二　（假哭）我那苦命的侄女儿啊……

刘之章　柳恩公，难为你一家为我儿所累，义重恩深。

柳　二　老爷，我柳二为保忠良之后，虽家破人亡，决无怨心！

刘夫人　老爷，柳恩公品德高尚，令人崇敬。常言道：滴水之恩，当涌泉相报。

刘之章　（点头）哦。柳恩公，下官欲邀你一同上京，先为府中总管，日后定然保举于你，不知恩公可愿屈就？

柳 二 （喜出望外）多谢老爷夫人！（跪拜）

〔灯暗。

七

〔状元府回廊。

〔柳宝长成英俊少年，改名换姓，春闱及第，锦袍宫花，翩翩而上。

柳 宝 （唱）京华处处春色新，

笑迎蟾宫折佳人。

金殿御宴不敢醉，

长街夸官马蹄轻。

不敢醉，马蹄轻，

处处提防多谨慎。

我本是，被人唾骂的私生子，

出世有娘没父亲。

十岁上，随娘逃命到异乡，

荒庵苦度八冬春。

为求功名入仕林，

谎报家世改名姓。

战兢兢，瞒过考官众翰林，

险凛凛，搁滩鲤鱼跃龙门。

喊衙役，与我挽轿相府行——

〔众衙役上，列队开道。

柳 宝 （唱）拜谢恩师刘大人。

〔众衙役引柳宝下。

〔灯暗。

八

〔相府华堂，雕栋画梁，金碧辉煌。

〔鼓乐声中，刘之章、刘夫人上。

刘之章 哈哈哈哈！

（唱）江山万里沐春光，
人才辈出国运隆昌。
今日里，新科状元拜师来，
合府上下喜洋洋。

刘夫人 （唱）大喜之期暗惆怅，
悔不该，当年难中弃儿郎。
我看这，富贵荣华如浮云，
老来无子倍凄凉。

刘之章 （唱）喜今日，天下安宁万家欢，
莫为往事添忧伤。

〔柳二上。

柳　二 参见老爷夫人！老爷，今日府中，为何这般热闹？

刘之章 新科状元过府拜师，即刻便到。

柳　二 啊，新科状元要来拜师？老爷夫人，我去挑选一篮上等蜜桃，送与状元公尝尝新。

刘夫人 总管爷想得周到。

柳　二 接待高官，广交新朋，应该的，应该的。哈哈哈哈！（下）

〔内声："状元公到！"

刘之章 有请！

〔鼓乐声中，柳宝上。

〔刘夫人一见柳宝，似觉面善，暗惊。

刘之章 状元公请！

柳　宝 刘大人，老夫人请！

刘之章 请哪，哈哈哈哈！

〔三人分宾主坐定，丫鬟们奉茶。

柳　宝 学生此番春闱及第，金榜题名，全仗刘大人教诲。有道是一日为师，终生为父。恩师在上，且受学生一拜！（叩礼）

刘之章 贤契请起，哈哈哈哈！

（唱）贤契年少学有方，
才华横溢气宇昂。
落笔成章惊四座，
朝中喜得一栋梁。

柳　宝（唱）蒙恩师，太过奖，
稚驹学步路漫长。
愿效先辈报国志，
社稷安危记心房。

衙役甲（上）禀老爷：王大人有要事相报，在下书房候见。

刘之章 知道了。（衙役甲退下）贤契，你且稍坐。我去去就来。（下）

刘夫人（注视柳宝，看得出神）呀……

（旁唱）面前这位状元郎，
似曾相识在何方？
他与老爷年少时，
音容笑貌一般样。

柳　宝（旁唱）老夫人，两眼出神将我望，
看得我，脸红心跳暗惊慌。
莫非她，认出我是冒名人？
怕只怕，露出破绽要遭祸殃。

刘夫人 状元公，请用茶。

柳　宝 老夫人请。

〔两人对饮，眼睛始终在注意对方。

刘夫人（旁唱）我还是，投石下河探深浅，
不露声色问短长。

柳　宝（旁唱）我还是，有事且作无事样，
对答如流将她搪。

刘夫人 状元公今年贵庚多少？

柳　宝　虚度年华一十八岁。

刘夫人　一十八岁？可是三月初五子时生？

柳　宝　不，学生是五月初三寅时生。

刘夫人　状元公爹娘可好？家住何方？

柳　宝　老夫人！

（唱）学生出世牛家庄，
　　自幼逃难走四方。
　　父亲亡故娘健在，
　　她是个，吃素念佛的绣花娘。

刘夫人　（唱）你母亲，是亲生还是养娘？

柳　宝　（唱）乃是我，嫡嫡亲亲的亲生娘。

刘夫人　是亲生娘？

柳　宝　正是。

刘夫人　（失望，摇头）不是的……

柳　宝　（误会）是的。

刘夫人　不是的。

柳　宝　是的。

刘夫人　不是的，不是的。（悲从中来）儿啊……

柳　宝　老夫人，你……

刘夫人　（唱）我儿与你貌相像，
　　不幸惨死在异乡。
　　倘能长到十八岁，
　　定与你，一样聪明、一样英俊、一样青名题金榜。
　　怪我想儿发了痴，
　　错将门生当儿郎。

柳　宝　（松了口气，挥汗）老夫人，请莫悲伤，学生虽非老夫人亲生，从今之后，一定敬你如同亲生母亲一样。

刘夫人　（欣喜）好啊，从今之后，我也将你当成亲生儿女一样。

柳　宝　师母！（跪礼）

刘夫人　我的好宝儿！（扶起）哈哈哈哈！

〔刘之章闷闷不乐上。

刘夫人　老爷来得正好……（见他神色不宁）老爷，你怎么了？

刘之章 适才王大人传下万岁口谕，说是有人举报，本科春闱，有一冒名考生混入考场，骗取功名，龙心大怒，命我严加查办。

柳 宝 （震惊）这……恩师，他是——

刘之章 贤契不必惊慌，此事与你无关。

刘夫人 老爷，谁有那么大的胆子，竟敢冒名混入科场，骗取功名？

刘之章 有位李姓书生，只因父亲罪死牢中，母亲是个淫妇，因此他自小便被打入另册。但他不甘沉沦，立志报国，发奋攻读，才学超人，此番改名换姓，隐瞒家世，上京赴考，春闱及第。想不到被人告发，犯下了欺君之罪啊！

刘夫人 （不平地）他父母不好，与他何干？他又有什么罪？

刘之章 话虽不错，可千古礼法，历来如此。

刘夫人 这真是应了一句俗话："一人得道，鸡犬升天；一人犯罪，九族株连。"老爷，你可要对他网开一面呀！

刘之章 这个自然，我一定尽力而为。

刘夫人 咦，状元公，你的脸色不好呀！是不是——

柳 宝 啊，师母，学生有些乏力……

刘夫人 状元公连日辛劳，回府好好歇息去吧。

柳 宝 学生告辞。（叩礼，下）

〔柳二捧蜜桃上。

柳 二 （念）新官面前献殷勤，来日方长好照应。老爷，夫人，状元公呢？

刘之章 他身有不适，告辞回府了。

柳 二 （旁白，泄气地）嗨！

〔灯暗。

九

〔紫竹庵。新月、竹影、孤灯。

〔伴唱：新月清风伴孤灯，
　　独坐绣案心不宁。
　　针针线线连往事，

朝朝暮暮思亲人……

〔柳明月独坐刺绣。

柳明月 （唱）春牛哥，你在何方受磨难？
到如今，空留珠花不见人。
好心二婶可健在？
难为她，虎口救我逃残生。
宝儿上京去赴考，
花开花落半年整。
未知他旅途可安好？
不知他金榜可题名？
只盼他，春风得意早早归，
好将这，金锁血书交儿身。
满腹心事付彩线，
绣一幅，襁褓信物旧时景。

〔柳宝换了书生衣装，心神不宁地上。

柳　宝 （唱）十载寒窗为功名，
功成名就难安宁。
金殿告假蒙恩准，
荒庵访娘慰慈亲。
一路上，心似乱麻乱纷纷，
见了娘，我如何向她说真情？
是非之地难久留，
倒不如，弃官为民一身轻。
行来已到紫竹林，
但见荒庵亮孤灯。（叩门）

柳明月 门外是谁呀？

柳　宝 母亲，是孩儿回来了。

柳明月 （喜）是宝儿回来了？（急去开门）宝儿！

柳　宝 母亲！（进屋，母子依偎）

柳明月 （四看）宝儿，你是一个人回来的？

柳　宝 是一个人回来的。

柳明月 （上下打量）还是穿着这身衣衫？

柳　宝　是这身衣衫。

柳明月　（端坐）如此说来，宝儿未曾得中功名？

柳　宝　母亲，孩儿已高中头名状元，此番乃是轻身简从，告假回来探望母亲的。

柳明月　此话当真？

柳　宝　当真。

柳明月　果然？

柳　宝　果然。（亮出朱印文书）

柳明月　好啊！总算熬出头了。

（唱）谢苍天，谢神灵，
佑我宝儿得功名。
儿好比，南山竹笋出了头，
我好比，经冬枯草又逢春。

柳　宝　（旁唱）母亲她，谢了苍天谢神灵，
两眼泪花笑盈盈，
她怎知，我做的是个冒名官，
吉凶祸福还难分。

柳明月　宝儿啊宝儿！（高兴得想笑又想哭）

柳　宝　母亲……

柳明月　宝儿？

柳　宝　我……（欲说又止）

柳明月　宝儿因何吞吞吐吐？莫非有何心事瞒着我不成？

柳　宝　母亲，儿虽得中功名，又怎能舍得离开母亲……

柳明月　宝儿，你难以舍弃为娘，我又怎能离得开你？放心吧，明日我跟你一同上京，在府中照看宝儿就是了。

柳　宝　（连忙）不，母亲，孩儿欲想弃官不做，永离京城，侍奉母亲。

柳明月　啊？你怎可说出这等话来？我含辛茹苦一十八载，为得就是宝儿能有个出头之日啊！

柳　宝　母亲，孩儿若要为官，定得舍弃母亲，若要母亲，就得弃官。

柳明月　却是为何？

柳　宝　母亲恕罪！（跪）母亲，儿是个有娘无爹，入了另册之人，进不得考场，攀不上功名，万般无奈，儿只得改名换姓，谎报门庭。母亲若是与我同到京城，只恐被人知道了，败露机关，大祸临门，万望母亲鉴谅！

柳明月 这个么……宝儿不必害怕，事到如今，我也该把十八年前的往事，告诉于你了。

柳　宝 什么往事？

柳明月 宝儿，快快请起。

（唱）十八年，乌云遮月月难明，
听我从头说隐情。
那一日，我从南阳归家来，
风声雨声闻哭声。
举灯开门见婴孩，
却原是，忠良托孤舍亲生。
恨只恨，官兵追杀困柳门，
危急中，万般无奈将儿认。
宝儿啊，你是我养非我生，
且将这，金锁血书看分明。

柳　宝 呀……

（旁唱）母亲她忽把往事提，
一时真假还难分……

母亲，这……难道是真的不成？

柳明月 宝儿确是忠良之后。

柳　宝 （旁唱）十八年，人人都骂我"私生"
心中只把爹爹恨。
血书上，斑斑血迹字字明，
为何不具名和姓？
为什么，母亲从未提往事？
为什么，今日突然说隐情？
千人口，一人言，
谁是假来谁是真？

母亲，你说我是忠良之后，我父官居何职，姓甚名谁？

柳明月 这……

柳　宝 我的母亲又是何人？

柳明月 这……

柳　宝 十八年来，为何杳无音讯，不来认领？

柳明月　这个……

（旁唱）宝儿他，打破砂锅问到底，

我纵有千口也说不清。

柳　宝　（旁唱）母亲他一问三不知，

更叫我，心头阵阵起疑云。

（苦思冥想，突然恍悟）哦，我明白了，我明白了！

（旁唱）莫不是，母亲怕我担罪名，

忍痛不认我亲生？

（越想越对）是的，是的，一定是的。母亲！

（唱）你一片苦心为孩儿，

我怎能，另攀高枝换门庭？

常言道，儿女不可嫌母丑，

从今后，过去之事莫再论。

（交还金锁血书）

柳明月　（旁唱）当年我，为救他命说假话，

如今他，真作假来假当真。

看起来，不见亲人他不信，

解铃还须系铃人。

宝儿，总有一日，你会见到自己的骨肉亲人。

柳　宝　母亲，你便是我的骨肉亲人，这世上我只有你这一个亲母亲。孩儿情愿留在庵堂，侍奉母亲，终老一生。

柳明月　这可万万使不得！

柳　宝　母亲，孩儿当的是个冒名官，整日里担惊受怕。皇上已经查出了一个，命恩师大人严加查办。想那日我在刘夫人府中拜师，刘夫人对我看了又看，问了又问，吓得我出了一身冷汗。

柳明月　却是为何？

柳　宝　她也有个与我同年的孩子，难中弃落异乡，因此见了孩儿便想起了她自己的孩子，故此又看又问，我这才松了口气呀。

柳明月　（有所思）夫人她也有个与你同年的孩子，难中弃落异乡……

柳　宝　母亲，你就让孩儿留下吧。

柳明月　宝儿，如今你已是朝廷命官，岂可由得自己，想走便走，要留就留？听话，明日一早，即刻起程回京去吧。

柳　宝　（恳求）母亲……

柳明月　你若不听，我情愿削发为尼了……

柳　宝　（无奈）母亲，孩儿遵命便是。

柳明月　宝儿！

（唱）莫为我明月多挂牵，
有句话儿你记心间：
你随我，黄连当饭十八年，
儿是个，吃苦长大的苦状元。
苦状元莫做贪赃官，
大堂上，少动刑罚多伸冤。

柳　宝　孩儿记下了。（更鼓响）母亲……

柳明月　夜已深了，快进房歇息去吧。

柳　宝　是。（欲走）母亲，你……

柳明月　我还要做一会儿针线。

柳　宝　孩儿在此陪伴母亲。

〔柳明月刺绣，柳宝一旁陪坐读书，渐倦，伏案睡去。

〔三更鼓响。

柳明月　（唱）见宝儿和衣入梦乡，
暗定主意离庵堂。
刚才他，无意中说出刘府事，
刘夫人，莫非是他……也难讲。
我身藏绣像京城去，
要为宝儿寻爹娘。
绣针引路细查访，
水落石出总有望。

（收拾包裹，出门）

柳　宝　（梦呓）母亲，娘……

柳明月　（唱）宝儿梦中声声喊——

（转身，禁不住高叫）宝儿……（急又掩口噤声）

〔伴唱：欲走难走回头望。

〔柳明月返回，为柳宝轻轻盖上衣衫。

柳明月　（唱）十八年，结下了生死情呵！

〔伴唱：愿宝儿，明日快马离庵堂。
〔柳明月一步三回头，依依离去。
〔灯渐暗。

十

〔相府后衙。
〔春燕上。

春　燕　（唱）相府义女做新娘，
丫鬟使女日夜忙。
街坊寻得名手归，
金丝银线绣红妆。

〔刘夫人上。

刘夫人　春燕，小姐婚期届近，命你四处寻访绣花能手，赶绣妆奁，办得如何了？

春　燕　启禀老夫人，昨日已招来二十名绣花姑娘，今天又招得一位绣花女子，年纪虽是大了些，可她绣的花儿呀，直把那飞舞的蜜蜂蝴蝶都招引过来了。这里有她绣的罗帕一幅，请老夫人过目。（递）

刘夫人　（接看，惊叹）哎呀，绣的真似活的一般！快快传她进来。

春　燕　是。（招手）喂！那位绣花大嫂，老夫人唤你进来。

〔柳明月上。

柳明月　民女叩见夫人。

刘夫人　免礼。你的手艺甚好，可愿进府为我义女刺绣嫁衣？

柳明月　民女平日素以刺绣谋生，老夫人若不嫌弃，自然是愿意的。

刘夫人　（点头）听你口音，不像京中人氏？

柳明月　民女世居春江，乃是上京寻找亲人来的。

刘夫人　春江？我知道，那可是个好地方呀！亲人可曾找到？

柳明月　（摇头）……

刘夫人　且莫心急，以后慢慢地打听吧。春燕，领她到下房去吧。

春　燕　大嫂，随我来。

〔灯暗。

十一

〔相府后院，翠阁飘香，花径映红。

〔绣花姑娘们轻舒彩线，刺龙绣凤，翩翩起舞。

〔伴唱：小小绣针闪银光，
针针线线情意长。
绣呀绣呀快快绣，
鸳鸯凤凰绣成双。
绣呀绣呀轻轻绣，
嫁衣沾得百花香……

柳明月 （唱）绣呀绣呀悄悄绣，
忙为他人赶嫁妆。
丝丝缕缕牵动心呀，
心儿飞驰回故乡。
那一天，夜半挑灯绣嫁衣，
门前拾儿遭祸殃。
一把金锁锁姑娘，
十八年，锁我青春好时光。
十八十八三十六，
金锁未开宝儿未见亲爹娘，
千里寻根进相府，
盼只盼，巧逢故人夙愿偿。

〔春燕上。

春　燕　姐妹们，老夫人说，大家辛苦了，歇歇去吧。

众绣女　是。（下）

春　燕　大嫂，这是老夫人送你保养身体的补品。

柳明月　这如何受当得起？

春　燕　大嫂不必推让，老夫人还有话呢，大嫂！

（唱）大嫂巧手夺天工，
绣出娇花百样红。
丫鬟使女都称美，
都说是，织女下凡到相府中。
夫人命我来叩谢，
多谢你，日夜辛劳添病容。
有心邀你长住下，
绣尽人间春意浓。

柳明月 这……多承夫人好意，此事实难从命。

春　燕 却是为何？

柳明月 我……（欲语又止）

春　燕 大嫂，我看你好像有什么心事？有什么话，尽管讲吧。我家老爷是个保国忠良，老夫人是个菩萨心肠，你看我家小姐，虽是个义女，可老夫人待她比亲生女儿还亲呢。

柳明月 怎么，小姐不是亲生女儿？老爷夫人可有亲生孩子吗？

春　燕 有，十八年前，老爷夫人被奸臣陷害，亡命途中，将刚满月的亲生孩子丢弃了。

〔柳二手拿礼单上，见状悄退，暗藏窃听。

柳明月 宝宝丢在什么地方？

春　燕 春江畔柳下人家门前。

柳明月 （震惊）啊？如今公子可曾领回？

春　燕 老爷夫人曾去认领，唉，可惜他早已不在人世了。

柳明月 （禁不住脱口而出）啊？莫非就是他……

春　燕 大嫂，你说什么？

柳明月 （急改口）夫人她送我补品，民女无以报答，想回送一件东西。

春　燕 什么东西？

柳明月 乃是一幅绣像。这绣像是民女花了十八年心血绣成的，还望大姐快快请老爷夫人来此一观。

春　燕 好，春燕即刻便去。（下）

柳明月 （唱）日盼夜梦见忠良，
喜今朝，开锁人就在我身旁。
托信清风唤宝儿，

快到相府认爹娘。

我也好，了却心愿回故里，

快将那，锦绣图像来挂上——（下）

〔柳二闪出。

柳　二　（大惊）啊？原来是她！这真是冤家狭路呀！（见柳明月回上，急躲藏）

〔柳明月回上，将一幅巨大的绣像高高悬挂。

柳明月　（接唱）在一旁，等候那，老爷夫人认儿郎。（悄悄退下）

柳　二　（闪出）明月侄女从天降，我六斤四两要搬场。这便如何是好？（想计）哼哼，水蛇要肚饱，田鸡要活命，今天是有她没我，有我没她！（四顾，顺手从绣花案上取过剪刀，潜步下）

〔春燕引刘之章、刘夫人上。

春　燕　大婶，老爷夫人来了……咦，人呢？

刘之章　（见花架上悬挂的巨幅绣像，震惊）啊？襁褓婴儿！

刘夫人　金锁血书！

刘之章　（念）“百拜托孤苗。”

刘夫人　（念）“且等开锁人！”

刘之章　春燕，快快有请那绣花女子！

丫鬟甲　（内喊）哎呀，不好啦！（急上）老爷夫人，绣花大嫂为总管爷所害，倒在血泊之中！

刘之章　啊？快快捉拿凶手，救人要紧！

〔切光。

十二

〔风雨途中。

春　牛　（内唱）风狂雨暴行路难——（肩背包裹，张着破伞，抗风挡雨上）

（接唱）攀山涉水奔向前。

恨柳二，抓我充军当苦役，

幸遇大赦把家还。

归来不见明月妹，

不知她，流落何方受饥寒？
走遍荒村羊肠路，
苦苦寻觅已三年。
饿了帮人作苦工，
有病卧倒凉亭间。
千辛万苦不算苦，
愁只愁，明月母子受熬煎。
今生不见亲人面，
死在黄泉心难安。

众衙役 （内声）哪里走！抓住他！

春　牛 啊？官府又在抓人了。

〔柳二仓惶逃上。

柳　二 大伯大哥，快快救我一命……

春　牛 （过去）你犯了什么王法？

柳　二 我……（抬头一看）啊？春牛！

春　牛 哈哈，原来是你，亲人没寻到，仇人倒是自己送上来了。

柳　二 （跪求）春牛，当初是我一时糊涂，你就饶了我吧。

春　牛 少啰嗦！我来问你：明月母子被你逼到哪里去了？

柳　二 她……她正在相府之中。

春　牛 你还想骗人？

柳　二 我若骗你，五雷击顶！（猛然一声霹雳，吓得他抱头惊呼）啊……

春　牛 那好，前面带路。

〔柳二无奈，磨磨蹭蹭走了几步，佯装蹲下拔鞋子，突然从靴中抽出匕首，猛刺春牛。春牛眼快手疾，闪开，两人开打。

〔柳二渐渐败退，最后被春牛一把揪住。

春　牛 哈哈，你这两下子，差远啦。

〔众衙役追上，绑下柳二。

〔灯暗。

十三

〔相府花厅，鼓乐齐鸣，喜气洋洋，丫鬟们忙着端茶、捧果品，上上下下，穿梭不息。

春　燕　（上）夫人，这边请！

〔柳明月伤势初愈，衣饰简朴，缓步上。

柳明月　（唱）柳明月，还金锁，孤身上京，

与柳二，逢狭路，险丧性命。

谢苍天，佑良善，死里逃生，

更喜得，金锁开，雨过天晴。

盼宝儿，车马到，骨肉相认，

了却我，一片心，早登归程。

〔刘夫人上。

刘夫人　恩人请上坐！

柳明月　夫人请！（两人入座）

刘夫人　恩人大难不死，后福无量。老爷已去状元府中，宝儿即刻便到。

〔幕后声："状元公到！"

〔手捧凤冠霞帔的丫鬟们引柳宝、刘之章上。

柳　宝　（边走边喊）母亲哪里？母亲哪里！（一见）母……亲！

刘夫人
柳明月　（同时上前）宝……儿！（一看对方，又同时退了回去）

柳　宝　母亲！

柳明月　夫人，宝儿在唤你呢。

刘夫人　不不！恩人，宝儿是在唤你。

柳　宝　母亲，娘！（跪）

〔柳明月、刘夫人终于忍不住，同时上前扶起柳宝。

刘夫人
柳明月　宝……儿！

柳　宝　母亲！

柳明月　老爷，夫人，恭喜你们一家骨肉团圆。十八年来，悬在我心上的千斤石头，总算放下了，明月就此告辞。

刘之章　恩人，你万万不能走呀！

刘夫人　恩人，从今之后，你就如同我的亲姐妹一般，住在府中，同受荣华富贵，共享天伦之乐。

柳明月　夫人好意，我心领了。（欲走）

柳　宝　（拦）母亲！

柳明月　宝儿，你可记得，柳家庄中有我爹爹的坟墓，我已有十年未去上坟。还有你那苦命的春牛叔叔，至今不知人在何方，我要去找他呀，你就放我走了吧！

柳　宝　母亲，娘啊！（跪）

（唱）双膝跪地喊娘亲，
娘的恩情比海深。
你为我，未做新娘先做娘，
你为我，黄花闺女认“私生”；
你为我，家破人亡落荒庵；
你为我，含冤受辱留骂名；
你为我，耽误青春十八载；
你为我，两鬓斑白一身病；
你为我，孑然一身无家归呀；
你为我，半生心血全熬尽。
娘啊娘，我不是你生胜亲生，
三生难报养育恩。

刘之章　恩人，下官与你跪下了！（刘夫人与众丫鬟一起跪下挽留）

柳明月　（急扶）老爷，夫人，宝儿，快快请起！

刘之章　恩人请改换衣衫，后厅赴宴！

柳　宝　母亲请！

〔柳明月无奈，被众人簇拥而进。

〔春牛挟包裹雨伞，东张西望上。

春　牛　（边走边喊）师妹！师妹……

〔衙役甲追上。

衙役甲　喂，哔喇哔喇做啥？
春　牛　我寻个人。（喊）喂……
衙役甲　不许叫！你晓得这是什么地方？
春　牛　我晓得，这是官老爷享福的地方。
衙役甲　喉咙光响，脸孔墨黑，一看就是个烧炭佬。
春　牛　你猜错了，我不是烧炭佬，我是个打猎的。（在椅子上坐下）
衙役甲　（赶他）起来起来，你生来就是站着跪着爬着的命，还用坐么？喂，你找谁呀？
春　牛　我找柳明月。
衙役甲　柳明……啊，她是你的什么人？
春　牛　她是我的师妹，我叫春牛。
衙役甲　（立刻肃然起敬）啊？原来是春牛老爷！
春　牛　我叫春牛，不是老爷。
衙役甲　（端过凳子，吹灰揩尘）老爷请坐！
春　牛　我生来就是站着跪着爬着的命，还用坐么？
衙役甲　嘻嘻。大人不记小人过，宰相肚里好撑船，请坐请坐。（按他坐下）老爷稍待，我马上进去通报。（下）
春　牛　嗨，我倒被他弄得混沌沌了。一会儿说我是烧炭佬，一会儿又叫我老爷；一会；不准我坐，一会；又硬要我坐。这个人是不是脑子有点毛病？
衙役甲　（幕内声）夫人到！
〔柳明月穿戴凤冠霞帔上。
柳明月　（惊喜地）春牛哥！
春　牛　（见前面来了位贵夫人，吓了一跳，连忙逃开，擦了擦眼睛，仔细辨认）啊？你是……
柳明月　春牛哥，是我呀！
春　牛　啊，是明月妹妹！
〔两人久别重逢，悲喜交集，欲诉无语。
〔伴唱：朝思暮想盼亲人，
　　　　亲人相见泪纷纷……
春　牛　（旁唱）见师妹，青春消逝霜满鬓，
柳明月　（旁唱）师兄他，受尽磨难留伤痕。
春　牛　（旁唱）我欲想，强颜欢笑去恭贺，

柳明月 （旁唱）我只得，低头暗把悲泪忍。

〔伴唱：千言万语口难开呀！

欲诉难诉默无声。

柳明月 （半晌，转悲为喜）春牛哥，你来得正好啊！

（唱）乌云散，见青天，

宝儿他，金榜题名中状元。

骨肉团圆合家欢，

父子同朝做大官。

更喜你师兄来相会，

从今后，口吃甘蔗节节甜。

春 牛 （由衷地）好，好，看见你和宝儿能有今天，我真为你们高兴！好人得好报，我放心了……

柳明月 春牛哥，你等一等，我去去就来。坐，你坐呀！（匆匆下）

春 牛 （唱）见师妹匆匆进后厅，

莫非她，禀告相爷留我领赏银？

她是种瓜得瓜苦尽甜来该享福，

我怎能，无功受禄留府门？

十八年脚穿草鞋走天涯，

盼只盼，有朝一日换上新鞋将妹迎。

如今她贵为状元母，

我与她，隔条鸿沟万丈深！（取出鞋子）

悄将原物还故人——

鞋呀鞋，我无福穿你只怨命。

师妹，我走了……（放鞋于桌，恋恋不舍下）

〔柳明月改换了原来的衣衫，手挽包裹上。

柳明月 师兄！（不见春牛，只见那双留下的新鞋）啊？（急呼）春牛哥！

〔灯暗。

十四

〔京郊。

〔春牛上。

春　牛　（唱）离了相府出京城，

雨伞包裹背上身。

今日幸见亲人面，

儿尊娘贵人上人。

千斤石头落了地，

回家打猎赶路程。（下）

〔柳明月上。

柳明月　（唱）脱下了，凤冠霞帔富贵衣，

还我清白旧衣裙；

跟随师兄回春江，

相依相伴永不分。

师兄，等等我！（追下）

〔刘之章、刘夫人、柳宝等追上。

柳　宝　母亲！

刘夫人　恩人！

刘之章　走，哪怕寻遍天涯海角，也要将恩人迎接回府！

〔一同追下。

〔灯暗。

十五

〔江畔。

〔春牛赶路上。

柳明月 （幕后叫声）春牛哥！

春　牛 （驻足）咦，她怎么来了？

〔柳明月气喘吁吁追上。

柳明月 春牛哥！

春　牛 咦，你怎么又换成这身衣衫了？

柳明月 我本来就是穿这身衣衫。

春　牛 你跑这许多路来追我，有什么事吗？

柳明月 我特来还你一样东西。

春　牛 还我啥东西？

柳明月 你自己看来。（递过包裹）

春　牛 （打开一看）啊，鞋子！（发现柳明月在一边又羞又喜地将他送的那朵珠花，轻轻插上云鬓，恍悟）啊，我明白了，明白了！

柳明月 春牛哥，穿吧。

春　牛 （激动地）好，我穿，我穿。（在柳明月身边坐下，庄重地换上新鞋）

柳明月 合脚吗？

春　牛 合脚，合脚，刚刚合脚。

〔枝头莺歌声声。

柳明月 啊！黄莺鸟呀黄莺鸟，你又在唱歌了。春牛哥，你听，它在唱些什么呀？

春　牛 （聆听）“恭喜！恭喜！”

柳明月 “回去！回去！”

〔柳明月从包裹中取出一件绣帔，披在春牛身上；春牛折来翠柳山花，献给柳明月。

〔幕后传来柳宝和刘之章夫妇的呼叫声：“母亲！”“恩人！”

〔柳明月、春牛向远处频频招手，遥祝刘氏一家骨肉团聚，永远幸福。

〔伴唱：**春江明月照四海，**

春江儿女四乡来。

故乡的山啊故乡水，

叶落归根百花开！

〔一对情侣，苦尽甘来，相依相伴，含笑向远方走去，走去……

〔天幕化为一片蔚蓝，一轮巨大皎洁的明月，冉冉升起。

〔柳明月和春牛的身影，映在月亮中……

〔定格。

〔剧终。

1983年

《七场古装婺剧》

梨 花 狱

王杰夫

人物表 武则天——圣神皇帝。原为高宗皇后。高宗晏驾，太子李显即位，史称中宗。不久，被废为庐陵王，由其弟李旦继位，是为睿宗。但政事皆决于太后，睿宗居别殿，不得与闻。天授元年（公元六九〇年），武则天正式称帝，改唐国号为周，自名武，降睿宗为皇嗣，成为我国有史以来第一位女君主。

狄仁杰——唐室旧臣，累迁至地官（户部）侍郎、文昌左丞、鸾台侍郎同平章事（宰相）。在朝直言敢谏，面折廷争，武则天每屈意从之。其名言有："苟利于国，岂为身谋"，史称直臣。武则天信重狄仁杰，群臣莫及，称之国老而不直呼其名。入见，常止其跪拜，并免其宿值（值夜班）；还诫谕群臣："自非军国大事，勿以烦公。"

李安静——右卫将军，已故功臣李纲之孙。文武兼备，屡建战功；秉性刚烈，肝胆照人，大有乃祖遗风。

武三思——春官（礼部）尚书，爵封梁王，武则天之亲侄。因中宗被废，睿宗失宠，为谋入主东宫，在朝市恩结党，对上进谀献媚，对下排除异己，势压群僚。

李成器——睿宗之子，原曾立为皇太孙，寻即被废，降为寿春王。兄弟数人，与故太子李贤诸子，皆被幽禁宫中，不出门庭者十余年。

郭弘霸——史载或称郭霸。剧中为李安静帐下掌书记。后因投书告密，官升至监察御史。

韦团儿——武则天宠信之宫婢。谄佞多端，曾欲私于皇嗣而遭拒绝。遂生怨望，蓄意加害，乃诬皇嗣妃刘氏、德妃窦氏为魇咒。两妃同时为武则天所杀。此后，韦复欲加害皇嗣（睿宗李旦）。事发，武则天乃杀之。

李夫人——李安静之妻。

安金藏——京兆太常工人。皇嗣及诸子被幽禁期中，公卿朝臣皆不得见，唯金藏等工人得在左右。

刘公公——武则天之近侍太监。

武士禄——梁府总管。

宫娥、羽林军、校尉、众廷臣、丫鬟、刀斧手，等。

第一场

〔九月深秋。

〔神都洛阳玄武门御街。舞台一侧，立有铜铸龙匦一具。

〔徐敬业之反被平后，武则天怕天下人图己，铸铜为匦以受天下密奏。洛阳城四门各立一匦。东曰："延恩"，献赋颂求仕者投之；南曰："招谏"，言朝政得失者投之；西曰："伸冤"，有冤抑者投之；北曰："通玄"，言天象灾变及军机秘计者投之。有告密者，臣下不得问，皆给驿马，供五品食，使诣行在。虽农夫樵人，皆得召见。所言称旨，立即给官；诬告失实，不予追问。于是四方投书者蜂起，告密之门盛开。奸恶之徒，借机罗织相仇。睚眦之嫌，即称有密。不少李唐宗室旧臣，即死于来自龙匦之告密表疏。朝野人人自危，重足屏息，相见莫敢交言。

〔李成器青衣小帽骑马上。安金藏随上。

李成器 （唱）换上了，青衣小帽出后庭，
看不尽气象万千洛阳城。
只可叹，父皇失宠遭幽禁，
累及我，困闭冷宫十余春！
闻听说，梨花秋放现奇景，
为遣闷，我乔装潜出玄武门。
虽然是，平民装束人难认，

总不免，举止仓惶心不宁！

〔坐骑失控。嘶鸣。安金藏急拽住缰绳。

安金藏 小殿下不要惊慌，坐稳了！

（唱）有老汉，随身护驾紧跟定，

保殿下，赏花解闷不受惊。

〔众羽林军内声：“呔，闲人闪开了！”

李成器 （闻声紧张）安老伯，那边有羽林军及宫娥过来了，如何是好？

安金藏 小殿下不必害怕。我们且往那边躲避一下再出城去。

〔李成器与安金藏避下。

〔四羽林军上，净街，严密警戒。四小宫蛾簇拥韦团儿上。至龙匦前，开锁取出密奏，置于一精致描金盒内，然后龙匦加锁。韦团儿择盒下。宫蛾、羽林军紧随护送下。

〔少顷，李成器与安金藏复上。

李成器 （指龙匦）安老伯，那是何物？适才宫人武士来此作甚？

安金藏 这就是投书告密的龙匦。适才是宫人前来收取密奏，呈于万岁披览。

李成器 （心惊胆战地）啊，这就是承受告密的龙匦！

安金藏 是啊，这叫“通玄匦”。万岁为周知天下事，在洛阳四城门各立一具龙匦，令天下人投书告密。称意的，立可升官；失实者，也不加罪。

李成器 呀！

（唱）一见龙匦心头震，

它那里，张嘴龇牙好狰狞！

那密书，捕风捉影知多少，

吞噬了，多少宗亲与旧臣。

好叫人，不寒而栗添悲愤——

安老伯，我们回宫去吧！

安金藏 小殿下，好不容易乔装打扮混出后宫，观赏梨花解闷，怎么又要回去了呢？

李成器 我心中害怕。

安金藏 所怕何在？

李成器 我怕看这龙匦！

安金藏 这——那就不要去看它，我们绕道而行吧！

李成器 唉！走呀！

（接唱）小王我，掩袖扬鞭绕道行！

〔梁王府两豪奴扛着一个用紫木雕镂的花架上。架上托一只唐三彩大花瓶，瓶中插有一大束梨花。花架花瓶均用彩绸绑扎着，犹似一顶彩轿。总管武士禄鞭马随上。

〔李成器躲闪不及。马撞花架。

武士禄 （凶横地）吠！瞎了你们的狗眼了！

两豪奴 启禀总管，瓶中梨花被他们撞落了一瓣。

武士禄 这还了得！大胆死囚，这梨花乃是梁王武三思王爷特为采来献与万岁观赏的。你们撞落了花瓣罪该万死。来啊，与我打！

安金藏 （厉声地）大胆！放肆！你们也不睁眼看看这是谁！他乃是殿……

李成器 （急忙制止）安老伯！

武士禄 管你什么电公雷母大神，李唐国戚皇亲！来人，打！

〔武士禄与恶奴扬鞭抽打李成器。安金藏以身遮护。两人均被打倒于街上。

李安静 （内唱）破吐蕃，奏凯旋，班师回京——

〔四将校，众兵丁，郭弘霸上。李安静半戎装鞭马上。

李成器 （认出李安静。高声哀呼）李将军，武三思家恶奴仗势欺人，快快救我……

李安静 住手！（认出呼救者乃寿春王李成器，不觉一怔）

武士禄 （倨傲地）怎么的？大路朝天，各走一边。我们梁王府的事你管不着！

李安静 校尉们！

四将校 哟！

李安静 将这班恶奴拖下去，各打二十鞭！

郭弘霸 打！

四将校 是！

〔将校拖武士禄等下。郭弘霸打毁瓶中梨花，随下。

李安静 （趋前参拜）臣，李安静叩见小殿下！

李成器 将军免礼！

李安静 （接唱）问殿下：因何受辱在都门？

李成器 （伤心难言。掩面而啼）将军……

安金藏 李将军……

李安静 你是何人？

安金藏 老汉乃是太常寺工人安金藏。皇嗣父子幽禁宫中，日夜伤怀。今日闻听人言，玄武门外梨花秋放，是老汉将小殿下乔装打扮，出城观光，为他遣愁解闷。不料在此碰上武三思家恶奴，说小殿下将梨花撞落了一瓣，为此遭受凌辱！

李安静 （气愤填膺）哦！

（唱）武三思，仗恃宗亲乱朝政，
居殿堂，飞扬跋扈压群臣。
纵恶奴，横行都门欺百姓，
竟敢在，御街之上辱皇孙！
奸佞不除愤难忍——

殿下，依臣之见，这梨花不看出罢，还是快快回宫，免得多惹是非。

李成器 将军言之有理。安老伯，我们回宫去吧！

〔李安静执镫提鞭。

李安静 请殿下上马！

〔李成器挥泪与安金藏下。

李安静 郭先生！

郭弘霸 （上）将军有何吩咐？

李安静 这几个恶奴，由郭先生处置。处置完毕，你等可先行回府，禀告夫人知晓，说安静进宫见驾之后，当即回府。

郭弘霸 是。（为李安静提鞭）

李安静 （接唱）上金殿，痛斥权奸谏圣君！（下）

郭弘霸 将恶奴带了上来！

〔四将校驱武士禄等上。

郭弘霸 今日是李将军班师回朝的大喜日子，从轻发落了你们。下次如再重犯，当心你等的狗头！（对将校）我等回府！

〔郭弘霸与四将校下。

武士禄 （抚摸鞭痕）啊哟！

两豪奴 总管，看，梨花也被他们打坏了！

武士禄 啊？！

〔武三思带两武士上。

武三思 呔！大胆奴才，陛下就将在万象神宫大宴群臣，俺命你采摘梨花，因何迟迟不回？

武士禄 王爷，梨花已经采来，却被李安静打坏了！奴才还挨了他二十下鞭子！

武三思 啊！李安静，你好大的胆！

（唱）破吐蕃，俺欲挂帅掌军柄，
谁想你，夺俺之位握重兵。
今日恃功打梨花，
分明把我来看轻。
我岂能甘休把气忍——

（咬牙切齿地）哼！

武士禄 王爷，让奴才出城再去采吧？

武三思 不用了！

（接唱）就将这，残枝败蕊献至尊！

——灯急暗

第二场

〔万象神宫，设有御屏、龙座。

〔钟鼓声中，众廷臣、羽林军肃立迎驾。

〔韦团儿与众宫娥引头冠冕旒、身服衮袍的武则天上。

武则天 （唱）登龙位，主神器，大业天授，
振纪纲，革旧制，改唐为周。
娥眉称帝古未有，
皆为世人贬女流。
且看朕，挥动翻云覆雨手，
创一个，尧天舜日、日月当空照九州！

〔归龙座。须发如银的狄仁杰与文武群臣伏地参拜。

众廷臣 臣等参见圣神皇帝万岁陛下！

武则天 众卿平身！

众廷臣 谢万岁！

〔众廷臣两旁侍立，唯狄仁杰年迈，站立不起。

武则天 团儿！

韦团儿 奴婢在。

武则天 快快搀起国老，一旁赐座。

韦团儿 是！国老请起，一旁请坐。

〔两宫娥端上绣墩，置于龙座一侧。

狄仁杰 慢来慢来，陛下驾前，安有老臣的座位？老臣不敢当呀！

武则天 国老年迈，不必过谦，快快坐下，毋违朕意。

韦团儿 国老快快请坐。

狄仁杰 如此，老臣多谢了！（又欲跪拜）

武则天 国老不要拜了。朕见国老跪拜，也觉全身酸痛哪！（笑）众卿，国老年事已高，今后倘非军国大事不要烦扰国老！

众廷臣 臣等遵旨。

〔狄仁杰就座。刘公公上。

刘公公 启禀万岁：右卫将军李安静，大破吐蕃，得胜还朝。

武则天 （喜）哦，李将军大破吐蕃，得胜还朝？啊，国老！

（唱）李安静，统雄师，平乱边塞，

可喜他，扬国威，奏凯归来。

果不愧，凌烟阁，名臣后代——

狄仁杰 安静虽然智勇过人，如非陛下奖掖后进，破格任用，安有今日？

（接唱）亏陛下，独具慧眼识英才！

武则天 （得意地）啊，哈哈哈，宣李安静进宫见驾！

刘公公 是。陛下有旨：宣右卫将军李安静进宫见驾！

〔鼓乐声中。李安静捧舆图上。

狄仁杰 （出迎）李将军！

李安静 （急忙施礼）国老！

众廷臣 （拱手为礼）李将军！

李安静 列位大人。

狄仁杰 快快参见圣驾！

李安静 臣，李安静，托陛下洪福，大破吐蕃，复取四镇。如今回朝交旨。

〔呈上舆图。韦团儿接过，转呈于武则天。

武则天 爱卿文武兼备，智勇双全，今日一战，又建奇功。朕赐卿纪功金牌一面，以资嘉奖！国老，代朕授牌！

狄仁杰 老臣遵旨。

〔鼓乐声再起，韦团儿呈上纪功金牌。狄仁杰接过，转奉与李安静。

〔李安静躬身谢恩。

〔武三思上，见李安静手上金牌，呈嫉妒愤懑之色。

武三思 侄臣武三思参见陛下万岁！

武则天 平身。三思侄儿，眼下已是三秋九月，宫中盛传皇城之外，梨花盛开，可有此事？

武三思 启禀陛下！如今虽是三秋九月，皇城之外，确是梨花盛开。此皆因陛下恩加海内，德感上苍，是以春花秋放，天降祯祥！

武则天 （喜不自禁）哦！

武三思 列位大人，当此太平盛世，我等应恭贺陛下圣寿无疆！（率先跪倒）

众廷臣 （只得附和跪贺）万岁、万岁、万万岁！

〔狄仁杰缓缓站起，执笏当胸，默然无语；李安静则屹立不动，并不跪贺。

武则天 哈哈哈……（挥手令众人平身）

（唱）近日里，落齿重生兆增寿，
又喜逢，梨花开放在三秋！
祥瑞纷呈，乾坤添锦绣，
庆承平，君臣欢宴则天楼。

内侍，速速差人到皇城外采摘梨花，朕要摆设梨花宴，与诸臣同庆。

刘公公 是。（欲行）

武三思 慢。启禀陛下，侄臣已命家奴到皇城外采来梨花，呈献陛下与列位大人观赏。

〔向廊下挥手，两武士抬残损的梨花上，置于御座之前。

武则天 三思侄儿，这梨花为何尽是些残枝败蕊？

武三思 陛下，适才在御街之上，李安静狂言，说梨花秋放，乃是妖异之象，将这梨花打损成这般模样！

武则天 （笑容顿敛）啊！

武三思 适才满朝文武同声庆贺，唯有李安静不贺不拜，恃功傲上。陛下应治他欺君之罪！

李安静 （恳切，耿直地）陛下，臣并未打损梨花，此乃武王爷虚构不实之词。臣此番出征，倒是亲眼所见：境内百姓陷于水火，边塞子民困于烽烟。当今天下，并非如梁王武三思所奏已是太平盛世……

武则天 （不悦）哼！

〔狄仁杰暗中摇手示意李安静勿再多言。

李安静 臣以为：深秋时节，草木黄落，唯有梨花独放，非时而开，此也并非什么“天降祯祥”，实是节令失序，阴阳颠倒……（自知失言，急忙煞住）

武三思 （乘机进谗）陛下，李安静他竟说什么“阴阳颠倒”！

李安静 （愤激地）武三思，你驾前进谗，意欲何为？陛下，武三思适才所奏，乃是粉饰太平，欺蒙圣躬，陛下切不可轻信。臣刚还朝，原本不该——轻议朝政，怎奈是骨鲠在喉不吐不能！

（唱）梁王他，惑君上，居心不正，

借梨花，说祥瑞，淆混视听。

罗织罪名，假手陛下加白刃。

在朝中，市恩树党结亲信，

久怀有，谋夺东宫不轨心。

勋戚旧臣，尽被视为眼中钉。

看两廊，文武忠良诛殆尽——

陛下呀！

（接唱）愿陛下永葆圣聪，常加警醒，莫听这虚情假意的颂德声！

武三思 陛下！

（唱）他满口胡言谤朝政，

竟敢为叛臣逆子鸣不平！

武则天 （震怒地）李安静，尔大胆！

（唱）一派胡言败清兴，

辞锋如剑刺朕心。

说什么，文武忠良诛殆尽，

讥诮朕，闭目塞听是个昏庸无道君！

怎容尔诋毁朝廷犯至尊——

羽林军！将李安静绑了！

狄仁杰 （亢声高喊）陛下！

众廷臣 （出班求情）陛下！

武则天 （稍为冷静下来）撤回纪功金牌！

（接唱）廷杖二十诫骄横！

〔韦团儿收回金牌，羽林军绑李安静下。

武则天 撤去梨花宴，退朝！

众廷臣 谢万岁，万万岁！

〔众廷臣、宫娥、羽林军肃然退下。狄仁杰仍然端坐不走。

武则天 国老莫非有事奏闻？

狄仁杰 （耿直地）为了几枝梨花，几毁一员大将，陛下你也太失于谨慎了！

武则天 （语塞）这——

狄仁杰 老臣也曾闻听人言，陛下欲立梁王武三思为太子，不知真有此事否？

武则天 这个……

狄仁杰 梁王自恃宗亲，怙宠生骄，而又器量狭小，不能容人。依老臣看来，断断不可立为太子！

武则天 （不悦）此乃朕之家事，不烦国老过问！

狄仁杰 陛下此言差矣！

（唱）立太子，并非陛下家务事，
普天下，人人瞩目尽关情。
选州县，尚且不能掉轻心，
何况是，九五至尊继位人？
东宫皇嗣无大过，
一旦废黜失人心！
倘若是，一着失误铸大错，
上危社稷下害民。
李安静，犯颜直谏怀忠荩，
可算得，忧国忧民栋梁臣！

武则天 （沉吟有顷）国老请退，容朕思之。

狄仁杰 老臣告退。（下）

武则天 （唱）国老他，一席话，将朕提醒，
立储事，还得要，慢酌细斟……（下）

〔武三思暗上，韦团儿从龙座屏风后闪出。

武三思 团儿姐，适才狄老儿与陛下说些什么？

韦团儿 他说王爷怙宠生骄、气量狭小，不可立为太子。

武三思 （切齿）此老儿不除，势必坏我入主东宫之大事！

韦团儿 王爷所见甚是。狄老儿位极人臣，德高望重；李安静手握重兵，又是李唐后裔。这一文一武乃是太子左膀右臂，若不翦除，王爷定难遂愿！

武三思 团儿姐有何妙计？

韦团儿 陛下最恨的莫过于“谋反”两字，王爷何不利用龙匭告密……

武三思 利用龙匭告密？

〔韦团儿与武三思附耳低语。

武三思 （不禁权掌）好，好，此计甚好！团儿姐，此后望你在陛下跟前多多美言！

（唱）借重你御前三寸舌，

胜安静手下十万兵！

日后三思继大统——

〔跃登龙座，踌躇满志地。刘公公暗上，见状大惊，急忙隐一旁。

武三思 我定封你为贵妃！

（接唱）管叫你，权倾六宫压妃嫔！

韦团儿 （跪谢）臣妾拜谢万岁赐封！

武三思 平身，平身！哈哈哈……

〔灯急暗。

第三场

〔万象神宫外。两武士执戟立于张牙怒目的石兽前。

〔郭弘霸着一般幕僚装束上。

郭弘霸 （唱）可叹我，书剑飘零，半生潦倒，

幸遇上，李将军，收作幕僚。

破吐蕃，我曾随军同征讨，

虽无功劳有苦劳。

将军他，奏凯歌，还朝受封诰，

弘霸我，依附大树盼凌霄。

宫门外望眼欲穿待喜报——

〔走近宫阶，探头探脸往里眺望。

武 士 哇！此乃神宫禁地，平民百姓不得近前！

郭弘霸 （讪笑）嘿嘿嘿，我乃右卫将军李安静帐下掌书记郭弘霸，并非平民百姓。

武 士 （怒目竖眉）什么掌书记不掌书记！此是朝廷文武大臣出入的所在，往

后站！

郭弘霸 （忍气吞声）是，是。（后退）

武　士 再往后站！

郭弘霸 是。（又后退一步）

武　士 （更加高声地）还要往后站！

郭弘霸 再往后站，我就无立足之地了！哼！

（背唱）笑燕雀，不识鹏程万里遥！

休看我，掌书记官卑职小——

呸，难道说你郭老爷今生就不能够——

（接唱）脱下蓝衫换紫袍！

哼，真真是岂有此理！

〔文武廷臣三三两两出宫，人人神气沮丧。

郭弘霸 朝班已散，想必李将军就将出来了。

廷臣甲 唉，好好的一个梨花宴，竟落得不欢而散……

廷臣乙 （急忙嘘声制止）嘘——年兄！

廷臣丙 （左顾右盼，心有余悸）是非只因多开口。我们还是走吧！

〔众廷臣分下。

李安静 （内唱）直言招祸受廷杖——

〔李安静受刑后踉跄地上。执戟武士暗下。

郭弘霸 （迎上前去）将军，这，这……

〔安金藏从另一方上，向后招手，李成器青衣小帽奔上，搀住李安静。

李成器 将军——（指郭弘霸）他，他是何人？

李安静 他，他乃为臣帐下掌书记郭弘霸。郭先生，快快拜见皇孙小殿下。

郭弘霸 （跪）拜见小殿下！

郭先生 免礼。将军！

（接李安静唱）怪小王，累及将军身受创！

恨奸邪，蛊惑君主掀风浪，

痛朝廷，不爱英贤妒栋梁。

望将军，千万珍重细调养——

〔从怀里取出一包用黄绫包裹着的伤药。

（接唱）金创药，为卿止痛治棒伤。

李安静 多谢殿下！

〔郭弘霸接过金创药。

李安静　（唱）往日里，冲锋陷阵擒敌将，
　　　　　冒矢石，血染征衣也寻常。
　　　　　叹今日无端屈受杖……

〔触到痛处，不觉呻吟出声。

李成器　（急扶）将军，小王我送你一程。

李安静　为臣不敢。

李成器　将军！

（接唱）我敬你，砥柱中流立朝堂！

〔李成器与安金藏搀扶李安静下。

郭弘霸　（喟然长叹）完了，又完了！

（唱）只道他，树高千丈好栖凤，
　　　又谁知，枝断叶凋花不红。
　　　看起来，此生欲遂凌云梦，
　　　还得要，另投港湾重扯篷……

〔一阵苦笑，失神地往宫中走去。

〔武士禄与四校尉引武三思从宫中出来。

武士禄　（认出郭弘霸）王爷，此人就在李安静手下做事，曾参与打坏梨花，还抽打我二十鞭子！——来人，给我打！

校　尉　照打！

郭弘霸　且慢！我乃李安静将军帐下掌书记郭弘霸。在此帝辇之下，你等竟敢凌辱斯文！

武士禄　呸！管你什么斯文，打！

武三思　休得无礼！——你真是李安静帐下掌书记郭弘霸？

郭弘霸　是也！

武三思　校尉们，快请郭先生上轿，一道回府！

校　尉　是。（躬身对郭）请！

郭弘霸　（受宠若惊，茫然地）啊，请，请！

〔校尉与郭弘霸同下。

武士禄　（不解地）王爷，这，这是……

武三思　哈哈哈，他来得正好，此乃天助我也！

〔灯急暗。

〔少顷，灯复亮。舞台一侧，立一铜铸龙匦。

〔两校尉提着“梁府”灯笼上。

〔武士禄扶已有八分酒意的郭弘霸上。

武士禄 郭先生，走好了！

郭弘霸 不妨事，不妨事！

（唱）谢总管，推心置腹倾肺腑，

感王爷……（回身拜揖）

武士禄 武王爷不在，命在下代送先生。

郭弘霸 （接唱）感王爷，席间为我亲执壶！

〔一个踉跄。

武士禄 郭先生，你醉了！

郭弘霸 不醉，不醉啊！

（唱）休看我，脚下醉踏八仙步

武士禄 郭先生，适才商议之事，万万不可有误啊！（指指龙匦）

郭弘霸 总管放心！

（接唱）报知己，我赴汤蹈火不含糊。

武士禄 郭先生，为了避人耳目，恕我不远送了。

郭弘霸 免送，免送。总管请回。

武士禄 如此，专候佳音了！请！（与校尉同下）

郭弘霸 （醉态可掬）

（唱）今日里因祸反得福，

从此后，改换门庭，凤凰择枝栖碧梧。

常言道，权门自有通天路。

何须那，萤窗雪案苦读书！

〔忽然触及袖中金创药，拿出黄绫小包裹，扔掉伤药，紧握黄绫。

郭弘霸 哼！李安静的伤药！黄绫啊黄绫，看来你就是我的升官符了！李将军啊李将军！

（唱）休怪我，卖友求荣天良丧，

莫道我是以怨报德中山狼。

权借你，登堂入室当阶石，

好为我，攀龙附凤作桥梁。

宦海浮沉，古往今来皆一样，

管什么路人侧目、蜚短流长，郭弘霸不图那青史
留名虚文章！

〔酒嗝上涌，醉眼蒙眬，身倚龙匭而笑。

〔切光。

第四场

〔大幕在铮铮琴声中徐启。

〔武则天寝宫外院的雅致书斋。墙上竖着原欲赐给李安静的纪功金牌。

〔武则天已换女装，虽已年逾周甲，依然华色未衰。她正焚香抚琴。宫蛾两旁侍立。

〔狄仁杰匆匆上，一听琴声，不觉一怔。

狄仁杰 （唱）原召我，进宫议事平寇患，
却传来，琴弦之声出宫桓。
倾耳听——指下似觉宫商乱，
分明是，胸有疑虑决断难。
轻移步履进宫院，
辨明心曲徐进言。

〔蹑足入内，立于一旁谛听。

武则天 （有所察觉，停止抚琴）哦，国老进宫来了！

狄仁杰 不敢惊动陛下。

武则天 国老可知此曲之名？

狄仁杰 好似陛下亲制的《神宫大乐舞》曲。

武则天 正是。国老认为如何？

狄仁杰 老臣不解音律，不敢妄言。只是觉得琴声之中，似有战马嘶鸣、金鼓并发之声。

武则天 哦！国老！
（唱）闻边报，突厥兴兵又犯境。
朕欲想，统帅雄师亲出征。
卿闻得，琴弦声中金鼓震，

真可谓，周郎顾曲善知音！

狄仁杰 （唱）平边乱，何须陛下亲临阵，

我朝中，不乏能征惯战臣。

武则天 （唱）兵凶战危须谨慎，

朕但虑，忙中失误用李陵。

狄仁杰 （唱）李陵变节诚可恨，

也怪那，汉武宠私不识人！

武则天 （背唱）他那里，借古讽今巧辞令，

话中另有弦外音。

狄仁杰 （背唱）她借机，要让梁王掌军柄，

难启齿，欲言又止试我心。

武则天 （背唱）朕但愿，委英贤，旗开得胜，

狄仁杰 （背唱）我应当，以国事为重，力举贤能。

武则天 国老！

（唱）佩帅印，眼前有人可胜任——

狄仁杰 哦，眼前有人？

（接唱）问陛下，此人莫非指老臣？

武则天 （唱）老爱卿，威名远播人钦敬，

只可惜，如今须发白如银！（笑）

狄仁杰 （唱）臣举一人当不辱王命，

武则天 （唱）卿家且报他姓名。

狄仁杰 （唱）此人现与陛下咫尺近——

武则天 啊，与朕近在咫尺，此人是谁？

狄仁杰 这……

〔君臣不约而同均注视墙上纪功金牌，又同时上前欲摘金牌。

狄仁杰 哦，陛下原来也是属意——

武则天 哦，爱卿原来也是属意——

（同唱）沙场宿将李将军！

狄仁杰 这真是不谋而合啊，哈哈哈……

武则天 是不谋而合啊！只是李将军受了廷杖，难免心中委屈，托疾辞命。朕是以犹豫不决哪！

狄仁杰 老臣深知李将军为人，决不至因小忿而误大局。陛下放心，此事包在老

臣身上。

武则天 不知他棒伤如何，能否经得起鞍马劳顿？

狄仁杰 这个——待老臣亲去看看便知。

武则天 如此就烦国老将这纪功金牌送去，替朕宣谕慰问关切之意。

狄仁杰 （接过金牌）遵旨！（拜辞出宫）哈哈哈……

（唱）兴致冲冲出宫禁，

可笑我，自作聪明多疑心。

陛下她，不计旧嫌有胸襟，

可算得，知人善任的有道君！

〔笑下。

〔韦团儿捧着装密奏的描金盒上。刘公公暗上。

韦团儿 陛下，这是刚从龙匦中取来的密奏，陛下请看。

武则天 念来！

韦团儿 是。（拆密奏）啊，有人告发李安静暗结东宫太子与皇孙，欲图谋反……

武则天 （震惊）什么？李安静暗中勾结皇嗣父子谋反！（拿过密奏，念）"……廷杖之后，衔恨于怀，亲撰梨花反词一首……"（怒掷密奏于地，徘徊有顷）将那梨花反词念来！

韦团儿 是。梨花词——调寄《醉花阴》："丹桂香消金风起，百卉皆凋敝，偏是梨花开。可恨东君，误报春消息。何事天公违常例，却教桃代李？任尔乱阴阳，且喜人间，毕竟留正气！"

武则天 （怒砸琴弦）哼！告发者是谁？

韦团儿 李安静帐下掌书记郭弘霸。

武则天 郭弘霸？你等可知此人？

韦团儿 奴婢不知。

刘公公 启陛下，郭弘霸乃是同安人，与奴婢同乡。此人幼读诗书，颇有才气，只是时运不佳，穷愁潦倒。后来幸遇着李安静将军，见他可怜，将他收作幕僚，任掌书记之职，专管文书奏牍。

武则天 他与李安静相处如何？

刘公公 听说交谊甚深。有一回，李将军患病，郭弘霸还亲尝过李将军的粪便；说是粪便味苦，不日就可病愈……

武则天 哦，有这等事！传朕旨意：着郭弘霸为五品游击将军，进宫回话。

刘公公 是。（下）

〔武则天重又拿起梨花词观看。

〔郭弘霸着五品服随刘公公上。

郭弘霸 （唱）一纸密书告谋叛，
随手捞来五品官。
平步青云时运转，
原来做官也不难！

小臣郭弘霸参见陛下万岁！

武则天 郭弘霸，你告发李安静暗结皇嗣父子谋反，可是实情？

郭弘霸 句句属实，不敢虚言。李安静酒后常对臣言……（欲说又止）

武则天 为何不说？

郭弘霸 只恐亵渎圣驾，臣不敢说。

武则天 但照李安静原话说来，朕不加罪于你。

郭弘霸 是。李安静酒后常对臣言：陛下年老昏庸，刑赏不明，偏信奸佞，庇护私亲，不如仍奉东宫太子复位，方能保终身富贵。

武则天 还有呢？

郭弘霸 廷杖那日，在万象神宫门外，与皇外孙小殿下暗中交接图谋叛逆之计。臣在一旁，乃是亲眼目睹。

武则天 还有什么？

郭弘霸 受了廷杖之后，衔恨于怀，写了梨花反词一首，更萌叛逆之心。

武则天 梨花词可是李安静的亲笔？

郭弘霸 字字皆真，绝无虚假。

武则天 你且起来，将词意解与朕听。

郭弘霸 是。这梨花反词中所说“金风起，百花凋敝，”是指陛下大肆诛戮李唐宗室旧臣。

武则天 叛逆之臣，罪在不赦。这倒是说对了。这“恨东君，误报春消息”呢？

郭弘霸 是说陛下即位之后，雨露不施，民生凋敝，百姓多有怨懑；而陛下却偏说是什么太平盛世。

武则天 （微笑）嘿嘿嘿，文字尚佳，只可惜是危言耸听！

韦团儿 “乱阴阳，桃代李”又是指的什么？

郭弘霸 是说：李氏天下武家坐，天意民心两不符；女流当政，阴阳颠倒……

韦团儿 （火上浇油）陛下，怪不得那天李安静竟当着陛下之面说什么“阴阳颠倒”！

武则天 （拍案而起，自觉失态，克制地）往下讲！

郭弘霸 是，是。最后这“喜人间，留正气”，乃是复辟之心不死。陛下！

（唱）贼子乱臣是心病，

内外勾连，变起肘腑祸患生；

莫道外叛已平定，

须防这，复辟危机在内廷！

武则天 （冷笑）嘿嘿嘿……

郭弘霸 （谄笑）嘻嘻嘻……

武则天 （突然变脸）郭弘霸，你可知罪？

郭弘霸 （一惊，屈膝跪倒）这……

武则天 你分明是诬陷好人、欺蒙朝廷，妄图加害皇嗣父子。如不从实招来，立即处死！内侍，传成器进宫对质！

刘公公 是。（下）

郭弘霸 陛下……

武则天 （厉声）我来问你：李安静得病，你可曾亲尝过他的粪便？

郭弘霸 这，这，是有此事。

武则天 既愿尝粪便，为何还来告密？嗯！

郭弘霸 陛下！

（唱）探病尝粪系私情，

告密乃为报明君。

宁可不义背故友，

焉敢不忠负朝廷？

臣幼读诗书常发奋，

仰慕高风学前人。

大义灭亲古训在，

微臣我，耿耿此心不染尘！

〔刘公公引李成器上

李成器 （唱）身如筛糠心抖战，

两腿如铅步步艰。

战战兢兢进宫院——

看祖母，满脸冰霜好威严！

孙儿成器拜见祖母陛下！

武则天 成器，你父子竟敢勾连李安静通同谋反！

李成器 （大惊失色）啊！

武则天 念你年幼无知，只要从实招来，可免你一死！

李成器 （浑身发抖，语不成声）祖母陛下……这，这实是冤枉呀！

郭弘霸 陛下，容小臣与小殿下对质。小殿下，那日你在万象神宫门外，与李安静暗递消息，勾结图谋，是我亲眼目睹，怎说是冤枉！

李成器 你，你这是血口喷人！

郭弘霸 （从袖中拿出包药的黄绫）这幅黄绫，乃是殿下宫中之物，曾用来包裹反叛密书，就在李安静之处。难道这也有假吗？

武则天 畜生！这黄绫确是你宫中之物，如今人证物证俱在，还想抵赖不成！

李成器 啊呀祖母陛下呀！

（唱）李安静，受廷杖，孙儿不忍。
取宫中，金创药，送与将军。
这黄绫原为包药用，
此中并无通谋情。

武则天 大胆！

（唱）朕杖责逆臣李安静，
你竟敢暗自抱不平。
私相授受违禁令——

韦团儿 （唱）可见得，暗地勾连事属真。

郭弘霸 （唱）微臣御前敢作证。

武则天 （唱）再狡辩，朕叫你父子同受刑！

李成器 （叩头拜求）祖母陛下啊！

（唱）我父宫中久卧病，
怎会图谋乱朝廷？
都是孙儿惹下祸，
要杀要剐我担承，
还望祖母顾念骨肉情！

武则天 （心有不忍）……

郭弘霸 陛下！（指指黄绫）

韦团儿 陛下！（示以梨花词）

武则天 （终于下了狠心）也罢！羽林军！

〔四羽林军闻召急进宫来。

武则天 （唱）皇嗣父子打入天牢待勘问；

推事院，严审李安静谋叛情。

郭弘霸，告密有功官提一品——

郭弘霸由五品游击将军升为四品监察御史，会同推事院严刑审问李安静。如能审清谋反内情，再立新功！

（接唱）你的官职还可往上升！

郭弘霸 （感激涕零）谢陛下！

〔羽林军绑押李成器。

李成器 （惨呼）祖母。孙儿冤枉啊……

〔切光。

第五场

〔将军府客厅。

〔李夫人上。两丫鬟捧汤药随上。

李夫人 （唱）将军他，在御前，直言议政，

叹朝廷，宠奸佞，薄待功臣。

受廷杖，虽不曾，筋断骨损，

却伤了，忠义士，报国丹心。

连日来，人郁闷，饮食少进，

奉汤药，装笑颜，劝慰夫君。

有请将军！

丫　环 有请将军！

李安静 （内唱）积愤难消心惆怅——

〔握卷从内室上。

李夫人 将军，请饮汤药！

李安静 唉！夫人，安静心头之创伤，岂是这汤药所能疗治？不喝也罢！

（接唱）叹陛下，昏昏然，听任那瓦釜雷鸣震朝堂！

李安静，岂肯合污同俯仰，

金殿上，直言痛揭弥天谎。
伸张正气再把弹章上，
岂容那，奸邪祸国乱朝纲。
纵然是，冲犯龙颜屈受杖，
无愧我，凛凛丹心横秋霜！

〔举笔欲书。

李夫人 将军！（拿过李安静手中笔）
（唱）独木岂能支大厦，
只手难挽逆澜狂。
自来宦海多风浪，
妾怕你，补天无术徒招殃！
倒不如——
学范蠡，功成身退泛舟五湖上，
做一个严子陵垂钓富春江。
像渊明种菊东篱下，
布衣常染黄花香。
将军啊！
妾能飞梭织布帛，
君可挥锄务农桑。
清茶淡饭无怨望，
愿像那，闲云野鹤，无拘无束同飞翔！

李安静 （不禁哑然失笑）哈哈哈……

李夫人 将军。你笑什么？难道妾说错了吗？

李安静 夫人之心，安静岂会不解？只是朝中权奸乱政，国事日非，何能有安乐之乡啊！

李夫人 将军……

李安静 好，好，此事容后从长计议。我来喝药吧。

李夫人 啊呀，药又凉了。待为妾再去热来。

李安静 有劳夫人了！（李夫人端药与丫鬟下）

〔幕内声：国老来访！

李安静 哦，国老来了，有请！

〔狄仁杰一路笑呵呵地上。

狄仁杰 不用请，老夫自己进来了！

李安静 （出迎）国老！

狄仁杰 将军！

李安静 国老请坐。

狄仁杰 坐，坐。

〔坐定。丫鬟献茶。

狄仁杰 将军棒伤如何？可还疼痛？

李安静 国老，末将之伤，不在身上，而在心上！

狄仁杰 将军忠勇刚烈，大有祖上遗风，实令老夫钦敬！只是——

（唱）武三思阴怀偷天计，
陛下常为甘言迷。
因此是投鼠应忌器，
回天尚需待时机。
敬将军，无私无畏为社稷，
却落个，忠言逆耳反招疑。
叹如今，边关再次风云起，
突厥又兴兵犯界把我欺……

李安静 啊！

（唱）忽听得，突厥又犯我边境，
似耳闻，边塞父老呼救声。
为将者，置身事外心何忍，
不由我，周身热血又沸腾！
救民水火何惜命——

国老！

（接唱）且伴我，金殿之上请长缨！

〔李夫人急上。

李夫人 将军。不可啊！

（唱）日前屈受二十棍，
两股斑斑染血痕。
创伤未复难临阵，
将军怎可又出征！

李安静 （唱）身经百战冒锋刃，

征袍何处无血痕？

岂在乎区区二十棍——

狄仁杰 好将军！

（接唱）你似那，凌霜傲雪的苍松翠柏万年青！

李夫人 国老！

（唱）朝廷既是宠奸佞，

挂帅领兵岂无人？

将军！

（唱）激流勇退莫受命，

解甲归田隐山林。

李安静 （唱）眼望边关烽火警，

隐山林，扪心自问怎安宁？

狄仁杰 少夫人！

（唱）国事为重民为本，

扫边患，举国翘首望将军！

陛　下 她，赐金牌……

〔狄仁杰挥手，四羽林军奉金牌上。狄仁杰将金牌授予李安静。李安静接过金牌，豪情满怀。

李安静 （接唱）——末将心领。

狄仁杰 （唱）明日里，御驾送你出都门！

李安静 （唱）请夫人速把行装整——

〔李夫人叹息地下。

狄仁杰 将军！

（接唱）凯旋日，我与你开怀畅饮会诗文！

告辞了！（笑下）

李安静 送国老！

〔李安静眼望纪功金牌，心情振奋，脱衣拔剑起舞。

〔内声："圣旨到！"

李安静 接旨！

〔刘公公押旨上。但不宣读。

刘公公 （不忍出口）李将军，这圣旨……

李安静 刘公公，圣上旨意，末将已经知道了。

刘公公 哦。将军既已知道了，那赶快去收拾收拾吧！

李安静 已经着手收拾了，明日即可启程。

刘公公 将军，等不得明日了，要你随旨上路哪！

李安静 啊！莫非军情有变？

刘公公 （一怔）军情有变？

李安静 适才国老言讲，陛下将命末将挂帅出征！

刘公公 啊呀将军！哪里是要你挂帅出征。这旨意乃是……你自己念吧！

李安静 （疑虑地接过诏书，念）“奉天承运，圣神皇帝诏曰：兹据郭弘霸投书告密，李安静暗结皇嗣父子，阴图谋反，并亲撰梨花反词，诽谤朝廷，欺君犯上。着交推事院严加拷问……”

（晕眩欲倒）

〔李夫人冲上，扶住李安静。

李夫人 将军！

李安静 夫人！

李夫人 （唱）国老方才传喜讯，

为什么，横祸忽然又临门？

李安静 （唱）郭弘霸，恩将仇报丧人性，

怪为夫，有眼无珠错看人！

李夫人 （唱）推事院，岂能就把诬词信，

谅不会，捕风捉影定罪名。

李安静 夫人啊！

（唱）“丽景门”，人人道它“例竟门”，

进此门，照例百死无一生。

屠刀下，为夫岂望获幸免，

但悲你，孤孀弱女举目无亲！

罪臣眷属谁敢问，

只能往，国老府中权栖身。

莫忘明年忌辰日，

到我坟前哭几声！

李夫人 （痛不欲生）将军！妾定当，伏阙鸣冤呈辩本，血溅金阶不惜身！

〔夫妻抱头恸哭。四羽林军上，摘下墙上金牌，躬身为礼。

羽林军 请将军上路……

〔灯渐暗。

第六场

〔偏殿。一侧设有铜鼎。

〔武三思挟卷宗上，向内招手，韦团儿自内出。

韦团儿 王爷，那李安静可有口供？

武三思 口供在此。（递卷宗）

韦团儿 他全招认了！

武三思 李安静受尽“仙人献果”“玉女登梯”种种严刑，只是死不招认……

韦团儿 那这口供？

武三思 是我授意推事院锻炼成词，定了他一个“反是实”的死罪！

韦团儿 哦，要赶快禀奏陛下，趁机下手，免得夜长梦多。陛下来了！

〔众宫娥簇拥武则天上。

武则天 侄臣武三思拜见姑母陛下。

武则天 平身。经过推事院审问，李安静可有口供？

武三思 李安静已招认暗结皇嗣父子，并亲笔撰写过梨花反词“反是实”。卷宗在此，陛下请看！

武则天 （翻阅卷宗，大为震怒）哼！

（唱）养痈果然贻大患，

乱臣逆子竟翻天！

传朕旨，押赴刑场立开斩——

〔举笔欲判斩，又不觉犹豫，不忍落笔。

（接唱）举笔千钧重如山！（搁笔长叹）

武三思 陛下为何慨叹？

武则天 想那李安静乃是先朝功臣李纲之孙，文武兼备，屡建战功，实是将帅良材！有道是：三军易得，一将难求哪！

武三思 虽是将帅良材，但对朝廷不忠，又有何用！

武则天 这……

武三思 陛下，将相反叛，后患无穷；乱生心腹，非同等闲哪！

武则天 （不觉惧然，毅然举笔）也罢！

安金藏 （内声）冤枉啊——

武则天 啊，何人喊冤？带上来！（搁笔）

〔四羽林军带安金藏上殿。

武则天 你是何人，敢在此喊冤！

安金藏 启陛下，小人乃是太常寺工人安金藏。

武则天 安金藏，你有何冤枉？

安金藏 小人并无冤枉。冤枉的乃是朝廷忠良，陛下的亲骨肉！

武则天 （意外）此话怎讲？

安金藏 啊呀陛下！皇嗣父子身处深宫，小人乃太常工人，得随左右。既未见皇嗣有越轨之行，更未闻有谋反之事。那一日，李安静将军身受廷杖，是小人不忍，与寿春王小殿下取金创药送与李将军制棒伤。此间一未勾结，二无通谋。告密之徒，捏造虚情，欲置皇嗣父子与李将军于死地。陛下倘若轻信，岂非正中奸谋！

武三思 （一旁咬牙切齿）大胆安金藏！看来你也是与奸党通同谋反之人！

安金藏 啊呀陛下，陛下！小人不忍陛下错杀贤良，加害骨肉，故而冒死前来喊冤，禀明真相哪！

武则天 （冷笑）哼，哼，哼！安金藏，你定是受人贿买，有意前来为叛臣逆子讲话。还不从实招来！

安金藏 陛下！

（唱）人都道，陛下处事有明鉴，
却原来，拒谏不纳忠贞言。
保国英才遭诬陷，
眼前事急谁御边？
皇嗣未曾图反叛，
怎忍骨肉两相煎？
安金藏虽是身卑贱，
能辨是非识忠奸。
愿敞肺腑让人看，
一片冰心可对天！
罢罢罢——
殿前舍身作死谏，

留一腔正气在人间！

〔乘众不备，拢出武士腰刀剖腹明心，晕死于地。

武则天 （大惊失色）啊！

（唱）似这等，烈性老人实少见，

他竟然，剖腹明心在朕前！

将老人，速速送往太医院——

〔羽林军抬安金藏下。武则天犹豫，徘徊。复又拿起卷宗翻看，沉吟。

（接唱）难道说，案情有诈确蒙冤？

韦团儿 陛下……（欲言又止）

武则天 团儿，你有话说？

韦团儿 没有，没有。奴婢人微言轻，朝廷大事，不敢乱说。

武则天 你乃朕之耳目，但说不妨！

韦团儿 是。陛下！

（唱）奴婢我，原本不该多插嘴，

报陛下，我披肝沥胆敞心扉。

梨花案，盘根错节连宫闱——

（白）陛下曾晓谕：皇嗣父子不许擅自出宫，更不许与朝臣交接，安金藏为何敢领寿春王出宫，又与李安静会面？倘非有人出谋授意，谅他一个小小工人——

（接唱）岂敢忤旨乱宫规？

今日是，以死相胁、妄图推罪——

武三思 陛下！

（接唱）姑息养奸祸必随！

武则天 （唱）一席话，颇令人，振聋发聩；

朕耳旁，似响起，一阵惊雷！

〔归座，决然写了诏书。

武则天 速将李安静押赴刑场问斩！

韦团儿 （接过诏书，交与武三思）王爷快快遵旨行事！

武三思 知道了！（奉旨急下）

狄仁杰 （内唱）步履踉跄宫中跑——

〔颤巍巍奔上。

（接唱）心胆俱裂似火烧！

陛下信谗坠魔道，
奸邪乘机举屠刀。
全不念，梁摧栋折大厦倒，
忍教这，功臣碧血洒荒郊。
虎口中，舍身要把忠良保，
作死谏，何惜区区命一条！

〔进宫，扑通跪倒。

武则天 啊，国老为何又行此大礼？团儿，快搀国老起来。

狄仁杰 慢！老臣今日不想起来了！

武则天 （挥手令众人退下，冷冷地）国老莫非是想为逆臣李安静求情不成？

狄仁杰 李将军刚烈忠正，有功于朝；如今无罪判斩，天理民心难平！

武则天 李安静反叛朝廷，怎说无罪？

狄仁杰 何以见得？

武则天 （拍拍卷宗）供词在此，岂能有假！

狄仁杰 三木之下，何求不得！陛下，当今边事危急，亟须将士用命。老臣愿以全家百口，力保李将军并无谋反之情！

武则天 （冷笑）国老如此为逆臣求情，莫非有什么难言之隐吗？

狄仁杰 此话何意？

武则天 （从描金盒里取出数封密奏）你，自己看来！

狄仁杰 （翻阅密奏）“狄仁杰与李安静通谋”？哈哈哈！陛下如信我亦谋反，来来来，那就斩下老臣之头！（免冠于地）

武则天 朕也知安静反而国老不反。今日当卿之面销毁如何！（掷密奏于鼎内）从此以后，勿再提起此事也就是了。国老出宫去吧！

狄仁杰 陛下……

武则天 （作色）出宫去吧！

狄仁杰 （毫不退让，仍然执拗地）陛下！李安静乃是先朝功臣之后，是陛下你看着他长大成人，又是陛下你将他提携，破格任用为帅。难道说陛下你，你，你，你竟然忍心……（感情地）将亲手栽培起来的栋梁之材，亲手摧毁了么……（痛心地）陛——下！

武则天 （不觉动容，沉吟有顷）国老！

（唱）朕日前，未忍加诛爱材勇，
就因为，念他征战屡建功。

不计小过拟大用，
谁料安静果不忠。
你可知，朕为此，
举笔踌躇也心痛……（顿）
怎奈是，叛逆之臣难相容！
劝国老，毋坠奸计受欺弄，
养痈贻患误朕躬。
国老休再多言，出宫去吧！

狄仁杰 陛下……（膝行而前）

武则天 （厉声地）出宫去吧！

狄仁杰 （唱）千言万语谏不醒，
不由我，老泪纵横放悲声……（哭腔）

武则天 密奏已烧，朕未加罪，缘何痛哭失声？

狄仁杰 （唱）老臣是，年近古稀何惜命，
我哭的是陛下与朝廷！

武则天 你哭朕何来？

狄仁杰 （唱）一纸告密竟轻信，
问陛下，可知此中流弊深？

武则天 （唱）朕欲周知天下事，
告密使朕耳目明。

狄仁杰 （唱）告密未必是善政，
那龙匦，是非真伪一口吞。
都只因，诬告失实不究问，
为奸徒，盛开弄虚作假门。
或是挟仇泄私愤，
或是诬陷谋进身。
若凭杯弓与蛇影，
满朝尽是可疑人。
臣但悲，大明殿前大不明，
朱雀门内蒙烟尘。
陛下不赦李安静，
老臣我，跪死殿中不起身！（长跪不起）

武则天 呀！

（唱）此老天生执拗性，

鬼不怕，神不惊，面折廷争铁铮铮；轰不得，撵不成，倒叫朕一时束手无计行！

〔刘公公与韦团儿一路争辩着上。

韦团儿 你这是违反宫规！

刘公公 你这是欺凌弱女！

韦团儿 你横行！

刘公公 你霸道！

武则天 嗯，为何争吵？

刘公公 陛下，有一女子长跪宫前，说有天大冤枉，恳求陛下召见。

武则天 为何不去衙门告状？

刘公公 她说冤大如天，无衙可告，无人敢问。

韦团儿 陛下日理万机，只断军国大事，哪有余暇召见一个普通民女！

刘公公 陛下曾晓谕天下：凡有要事密告者，不论农夫樵子，均予召见。

狄仁杰 （已猜知此事奥秘，抗声直言）有道是君无戏言，岂可失信于民！

武则天 好一个不可失信于民！（借机劝解地）国老，你我君臣二人，一起听听那女子的冤情如何？

狄仁杰 老臣是要听上一听！

武则天 那你总该起来了吧，啊？团儿，搀起国老。内侍，宣喊冤女子进宫！

刘公公 喊冤女子进宫哪！

李夫人 （上）

（唱）叩阙鸣冤蒙召见，

谢公公仗义作周旋。

含悲忍泪进宫院——（跪）

武则天 你有何天大冤枉，竟要面见朕躬，从实诉来！

李夫人 （接唱）臣妾为夫辩奇冤！

〔高举白绫血状。

狄仁杰 （唱）忍看这，白绫上斑斑点点……

武则天 （唱）原来是，罪臣之妻叩宫桓！

李夫人 （唱）妾夫沙场浴血战，

戎马关山十数年。

有功无罪遭屈斩，

岂不教，天下将士尽心寒！

武则天 （唱）你夫结党图反叛，

怎说无罪遭屈斩？

李夫人 （唱）那都是奸人诬栽陷……

武则天 （唱）梨花词，就在此，铁证如山！

你可认得你丈夫的亲笔迹？

李夫人 我夫的笔迹哪有不认得之理。

武则天 （从卷宗中抽出梨花词笺）好，这就是你丈夫亲笔所写的梨花反词。你去认来，方见朕并不冤枉于他！

李夫人 （接过梨花词，仔细辨认，大惊失色）啊！

（唱）手捧词笺魂魄散，

果然是，夫君手迹无虚传。

看起来，救夫脱难成梦幻，

顿觉得，山崩地陷天转旋。

我好似，丧偶啼猿肠寸断，

止不住，斑斑泪血滴词笺！

将军！（忽然发现词笺有异样）啊！

（唱）这词笺，泪滴之处露破绽，

却与那，寻常纸色不一般？

莫不是，泪眼昏花看未清——

〔擦泪，仔细察看。

国老，公公，这词笺……

〔刘公公拿过词笺欲细看，韦团儿情急，上前夺取，竟将词笺撕为两半。

武则天 （怒）大胆奴才！这乃是逆臣谋反的铁证，你等竟敢将它撕毁！

〔韦团儿、刘公公惊跪。

韦团儿 奴婢看她点点泪珠落在笺上，怕将罪证毁了，是以上前夺过……

刘公公 （忽然惊呼）陛下，这词笺好像与通常不大一样。陛下请看！

武则天 （接过断笺，两相拼合，复又举笺向阳仔细辨认，不觉大惊）快拿清水上来！

〔两宫娥用金盘端水上。

〔武则天将梨花笺浸于水中。

狄仁杰 （近前观看，不觉惊呼）陛下你看，词笺化开，片片脱落！

武则天 （接唱）这词笺，果然其中有异端！

一入水中原形显，

原来是，剪贴裱糊拼成篇！

何物狂奴施暗算，

与天借胆将朕瞒。

此案未可等闲看，

务必深究穷根源。

李安静押刑场命悬一线……

（焦急地）国老！

（接唱）速速把朕口谕传！

速去刑场，传朕口谕，将李安静送回宫来见朕。快去，快去！

狄仁杰 是。

〔狄仁杰拉起李夫人奔下。

武则天 （心中不宁）什么时辰了？

刘公公 快近午时三刻啦！

武则天 （拿起一面赦牌）再持赦牌前去晓喻三思：赦免李安静，立即回宫见驾！

刘公公 是。（持赦牌急下）

武则天 （焦急，徘徊）团儿！

韦团儿 （面如死灰，丧魂落魄）……

武则天 （高声地）团儿！

韦团儿 （惊跪）陛下、陛下，奴婢在此！

武则天 （熟视之）你为何举止仓惶，有失常态？

韦团儿 奴婢是……只怕忠良遭害，心有不忍……

武则天 传旨摆驾法场！

韦团儿 是。（站起）摆驾……法……法场！

〔幕后声：摆驾法场！摆驾法场——

〔灯暗。

第七场

〔刑场，设有监斩官公座。

〔天色阴霾，秋风萧瑟。追魂号长鸣。

李安静 （内唱）一腔怒气冲霄汉——

〔刀斧手押李安静上。

李安静 （接唱）可叹我，蒙冤负屈伸张难！
大丈夫报国具肝胆，
死不皱眉心不颤。
恨只恨，百战沙场头未断，
这腔血，却在京畿祭刑坛！
生前未能平边乱，
死后亡魂赴北关。
挥戈杀贼助征战，
保我中原好河山！

〔武三思、郭弘霸与众武士上。

郭弘霸 王爷，我与李安静有过一段交往。临刑之前，让我祭他一祭，表表心意！

武三思 去吧！

〔郭弘霸挥手。两校尉端祭盘奠物上。

郭弘霸 将军！
（唱）敬奠你，三炷清香一杯酒，
与将军从此永别，我，我痛、痛、痛心头！
莫怪我，不念友情忘故旧；
莫怪我，出首告密求封侯。
我与你，道不相同难携手，
也只得，泾水渭水各自流。
泉台之下你慢慢走，
从此后我俩和解莫记仇！

将军，你且喝下这杯饯行酒吧！

李安静 （怒目睁）郭弘霸！

郭弘霸 （不敢正视）将军……

李安静 你这卖友求荣、人面兽心的匹夫！你与我滚了开去！

〔踢翻奠盘，校尉收拾拿下。

〔郭弘霸畏葸地躲向武三思身后。

武三思 李安静！死在眼前，还敢如此放肆！

李安静 武三思，我骂你这祸国殃民的奸贼！

（唱）尔等弄权乱朝政，

千秋万世留骂名。

铮铮铁骨李安静，

昭昭日月映丹心。

泉下我当化厉鬼，

决不轻饶误国臣！

武三思 呸！来人，时辰可到？

众 时辰未到！

郭弘霸 （恶毒地附耳低语）王爷，管他到也不到，赶快开刀！

武三思 刀斧手！将李安静绑上断头台，立即开刀！

郭弘霸 斩！

〔众武士凌空架起李安静。

狄仁杰 （内声）刀下留人——

〔李夫人与狄仁杰奔上。

武三思 嘟！这乃是法场禁地，你敢倚老卖老，阻拦行刑？轰了下去！

狄仁杰 谁敢！李将军无罪，不可动刑！

武三思 （高擎圣旨）我乃奉旨监斩，谁敢阻拦！

狄仁杰 我乃传陛下口谕，谁敢动刑！

武三思 呀！

（背唱）圣命开释不问斩。

落口的羊羔又生还。

莫不是，蛛丝马迹露破绽，

风云突起进退难！

郭弘霸 （低语）王爷，先发制人除后患，纵虎容易缚虎难！

武三思　（凶相毕露）刀斧手！绑了下去，斩！

狄仁杰　武三思，敢抗旨不遵？

武三思　拿来？

狄仁杰　什么？

武三思　圣旨！

狄仁杰　我乃传陛下口谕！

武三思　哼！你，口说无凭！刀斧手，斩，斩，斩！

〔李安静被押下，李夫人、狄仁杰追下。

〔一声炮响。刀斧手斩讫上，呈刀受验。

〔刘公公气喘吁吁持赦牌上，见李安静已受刑，伏地恸哭。

〔内声："圣驾到！"

〔宫娥、羽林军、文武群臣，韦团儿手拿纪功金牌，众人簇拥武则天上。武三思、郭弘霸跪接。

武则天　众卿平身！

〔武三思、郭弘霸站起。刘公公伏地如故，满场沉寂无声。

武则天　内侍！

刘公公　陛下……

武则天　李将军呢？

刘公公　李将军他，他他他——已经升天了！（大哭）

武则天　啊！（此时方才鼓传午时三刻。怒指武三思）时辰未到……你……你竟敢提前行刑……羽林军！

羽林军　有！

武则天　把，把他们绑了！

〔羽林军绑武三思、郭弘霸下。

〔武则天往断头台一望，晕眩欲倒。

武则天　将军，朕来迟一步了！

（唱）惊看这，碧血横飞将星殒，
　　　都恨朕，耳不聪、目不明，屈斩贤良，自折股肱毁长城！
　　　将军！（拿过纪功金牌）
（接唱）为社稷，你百战沙场冲锋陷阵，
　　　　忠心贯日，屡建功勋。
　　　　立朝无私素刚正，

敢怒敢言敢抗争。
今日含冤受白刃，
卿未负朕朕负卿！

〔李成器身上犹披囚服，喊上。

李成器 陛下——祖母……（跪倒）孙儿我，差点儿见不到您了……（哭）

武则天 （心碎地扶起李成器）成器，好孙儿……你、你受苦了！

李成器 （四面察看）李将军呢？李将军呢？祖母，李将军呢？

武则天 李将军他，他……

（唱）从此后，朝堂永失他身影，
难再闻，直言敢谏铿锵声……

李成器 将军！（痛苦地跪地悲泣）

武则天 （唱）手抚金牌悲难禁，
两行愧泪吊将军！
愿将军，一缕忠魂升天境，
化作那皓月朗星，与天齐寿，万古长明！

（拭泪）

〔武士搀扶狄仁杰上。

狄仁杰 （哭）将军啊……

武则天 国老！

（唱）卿言告密非善政，
果然龙匦误寡人！
想当年，初登大宝受天命，
朕倒也，闻过则喜纳谏诤。
宵衣旰食思发奋，
励精图治求鼎新。
悔不该——
近年来疏远贤臣宠奸佞，
忠言逆耳、多疑偏信，好听歌功颂德声！
如今是，杜鹃泣血惊梦醒……

〔宫娥扶李夫人上。

李夫人 将军！夫君！啊……（哭腔）

武则天 （接唱）可怜她，两袖斑斑满血痕！

〔为李夫人擦泪并递与纪功金牌。

武则天　（唱）世上恨无还魂药，
　　起死回生已不能。
　　朕为你，斩决仇徒雪冤愤，
　　剖腹剜心祭英灵！
　　羽林军！将郭弘霸带上来！

〔羽林军绑郭弘霸上。

武则天　郭弘霸！这梨花反词究竟从何而来？

郭弘霸　乃是李安静亲笔所写。

武则天　狂奴。还敢移祸好人！分明是你将李将军平日所写的书信、奏章的底稿裁剪下来，拼贴成这首梨花反词，充作假证。是也不是？还不招来！

郭弘霸　（无可狡辩，叩头认罪）陛下圣明，饶臣一死……

武则天　推出斩了！

郭弘霸　陛下饶命，微臣尚有话说啊……

狄仁杰　陛下，叫他把话讲完，死而无怨。

武则天　讲！

郭弘霸　微臣乃系一时糊涂，为人所用。此事都是王爷武三思亲自授意啊！

武则天　啊！

刘公公　（凄然跪倒）陛下，奴婢该死啊！

武则天　你？

刘公公　廷杖李将军那日，奴婢亲眼看见：武王爷坐于陛下龙座上，封团儿为贵妃；团儿口呼武王爷为万岁。看来他们早有通谋。只因事关重大，奴婢不敢启奏，致使李将军蒙冤受害。陛下，奴婢我该死呀……（以头撞地而哭）

武则天　团儿！你、你……

韦团儿　陛下，奴婢冤枉呀！（跪）

郭弘霸　哦，陛下，微臣回想起来了……（忘乎所以。竟欲站起）

羽林军　（怒叱）跪下！

郭弘霸　哦，跪下！（复又跪倒）武王爷曾对臣说过，宫中有人为他引线，要微臣不要害怕。此人就是她！（指团儿）武王爷还说：先杀李安静，后除狄国老，并将太子与皇孙都株连在内，谋夺东宫，日后好继皇位！

武则天　（愤怒之极，几至不能自持）啊……

（唱）恨朕一时失审慎，
　　遂令奸徒有隙乘！
国老！

狄仁杰 老臣在！

武则天 （唱）告密积案详按问，
　　朕将甄别真伪的重任委爱卿！
羽林军——

羽林军 有！

武则天 （唱）武三思，押天牢，朕亲勘问，
　　先斩这，两刁奴，祭奠忠魂！

郭弘霸 （垂死挣扎）慢！我郭弘霸罪不至死！陛下设龙匭，令天下人告密，并宣谕："告密有功，失实无罪。"今若杀我，乃是自食其言，失信于天下。微臣我心中不服！

武则天 嘿嘿嘿……
（唱）今日就借尔之头以示儆——
　　拿文房四宝！
〔宫娥捧上笔砚与素绢横幅。武则天挥笔在横幅上疾书。
（接唱）"诬告者必反坐"——
　　朕知过改过，反躬自省谢臣民！斩！
〔羽林军绑郭弘霸、韦团儿。起大圆场，众造型，亮相。
〔剧终。

1983年

现代甬剧

浪子奇缘

天　方　杨东标

人物表　郑亚鹃——青年姑娘，二十五岁。

唐海龙——待业青年，二十七岁。

唐大妈——海龙母，五十余岁。

宋金宝——亚鹃舅舅，六十岁左右。

阿　章——卖大饼的饮食业营业员，二十余岁。

朱　玲——亚鹃女友，汽车驾驶员，二十余岁。

李　民——派出所所长，四十余岁。

徐家嫂——居民委员会主任，四十岁左右。

广播嫂——海龙家邻居，三十岁左右。

小　妹——海龙家邻居，十七岁。

王善根——农民，五十岁左右。

小　胡——外号“小胡子”，二十余岁。

小　王——省城医院护士，二十七八岁。

戴眼镜者、青年流氓、青年甲乙及姑娘与邻居、保卫科干部等。

序　幕

〔一九七九年春。

〔省城火车站附近，丛林一角。

〔幕启：夕阳西斜，汽笛长鸣。唐海龙肩背挎包，疲惫地上。他踯躅徘徊，神态懒散。

〔画外独唱声：

沉沉日西斜，
丛林栖晚鸦。
萍踪漂泊浪荡子，
人海茫茫哪是家？

〔唐海龙至条石上坐下憩息，见有老者摔倒，急上前扶起；一对恋人抱大包小包行李走过，顾此失彼，唐海龙忙去相帮，对方微笑致谢。唐海龙颇为得意。

唐海龙　唉，真好！一到新地方，谁也不认识我。嘿！

（唱）骏马失蹄难驰骋，
人陷泥坑步步深。
可叹我，唐海龙，
生来高照晦气星。
在家乡，欠下债务一大堆，
又得个“中国拉兹”的大名声。
没奈何，偷上省城来躲债，
落得个，浪迹天涯孤零零。
孤零零，倒清静，
抬头到处是陌生人。
不愁债主跟，
不怕人看轻。
我好比，孙悟空脱掉金箍圈，

无拘无束称了心。

只可惜，一要吃，二要住，

两件大事伤脑筋！

以后我倒可以寻个小工做做，赚点钱混饭吃，现在咋办！……（又至条石前）唔，这块条石倒是个不错的临时旅馆，一不要证明，二不要房钱，先住它一晚再说。（坐）唉，一天没吃饭，肚皮咕咕叫！……（一想）勒勒裤带束束腰，闭目养神睡一觉。（背靠石栏，倒下欲睡）

〔传来叫卖声："卖大饼油条……"

唐海龙 （摸遍口袋，只有一个硬币）身边只有两分钱，连个大饼也买不到！……（倒身又睡）

〔饮食店营业员阿章骑着装饼筐的自行车上。

阿　章 （叫着）大饼油条要哦？买大饼油条！

唐海龙 （饥饿难忍，眼一眨，来了主意，乘阿章不备，挨身上前，从后面偷拿一个大饼丢在地上，故意叫）喂，同志，你大饼掉了！

阿　章 （回头）啊！（忙拾起）同志，谢谢你！（拍灰）

唐海龙 唉哟，这么脏的大饼还有谁要？我看你处理掉算了！

阿　章 处理？

唐海龙 （出硬币）喏，两分钱，卖给我。

阿　章 这……你要？

唐海龙 你嘛，丢掉可惜；我嘛，乐得便宜；对国家来说，也可减少损失。

阿　章 （笑了）哈，你这个同志，真有意思。好，处理给你。（交饼，收钱，叫着）大饼油条要……（下）

唐海龙 嘻，这办法真灵，两分钱换只大饼！（忙狼吞虎咽地嚼起来）

〔天色渐暗，月色朦胧，树影婆娑。

〔丛林深处，忽传来姑娘凄厉的呼喊声："救命啊！……"

唐海龙 （惊起）啊！……（循声跑下）

〔须臾，郑亚鹃惊慌地从丛林中奔出，不慎摔倒，一戴眼镜者和一青年流氓持匕首从后赶上，把她抓住。

戴眼镜者 怎么，想跑？（扬匕首威胁）识相点！（夺过旅行包和手表）

郑亚鹃 你……

戴眼镜者 （往丛林一指）走！

郑亚鹃 你，你们还要干什么？……

戴眼镜者 我们？（下流地）还要你人！

郑 亚 鹃 （惊叫）啊！……（想跑）来人！……

〔那青年流氓忙捂其嘴，郑亚鹃死命挣扎，戴眼镜者对她猛扎一刀，郑亚鹃受伤倒地。

戴眼镜者 再叫要你命！（示意那青年流氓）拉进去！

〔两流氓正待把郑亚鹃拖进丛林，唐海龙回上，大声喝阻。

唐 海 龙 住手！

〔两流氓一惊。

戴眼镜者 （持刀过来）讲点交情，少管闲事！

唐 海 龙 那，你把她放下，我可以不报告警察。

戴眼镜者 （恶狠狠地）你……（趁其不备，一刀刺去）

〔唐海龙急忙躲过，顺势一脚，踢去匕首，两人格斗。青年流氓见戴眼镜者不支，只得放开姑娘前来助战，唐海龙奋力抵敌。

郑 亚 鹃 （大声呼叫）快来人，抓流氓呀！快来人，抓流氓呀！……

〔两流氓心怯，戴眼镜者被唐海龙打倒。卖大饼的阿章闻声赶来，那青年流氓见势不妙，拔脚逃下。

阿　　章 （叫着）抓住他！……（追下）

〔戴眼镜者挣扎不脱，只得拿出手表。

戴眼镜者 这，这是她的手表……

〔唐海龙接表，戴眼镜者趁机奋力脱身，顺手欲抢旅行包，被海龙眼快一把抓住。

〔阿章奔上。

阿　　章 （钦佩地）同志，你真了不起！那个小流氓已经抓住了。

唐 海 龙 绳子！

阿　　章 有！（从自行车上拿下绳子，捆绑戴眼镜者）

〔唐海龙擦着汗，吁出一口气，回身把旅行包和手表送交郑亚鹃。

唐 海 龙 姑娘，这是你的东西。

郑 亚 鹃 （感激）啊……同志，请问你在哪个单位工作？叫啥名字？

唐 海 龙 （迟疑地）我……这没啥，你快走吧，路上当心。（回身欲走）

郑 亚 鹃 （拉住）不，你一定要告诉我！

唐 海 龙 （为难）这……（一眨眼）我，我是一个县机械厂的采购员，到省里来出差。名字……叫唐海龙。……

郑亚鹃 同志，谢谢你……（一阵昏晕，倒倚石栏，头巾落地）

唐海龙 啊，你……（欲扶，觉不便，忙缩手；见地上头巾，捡起看，惊）啊，血！……

阿　章 啊！

郑亚鹃 （微睁眼，拿出一信封）请……请你们打个电话，告诉我……舅舅……

唐海龙 （接过信封）这……（当机立断）请你把流氓押送派出所，并去打电话，我送她进医院！

阿　章 好！

〔灯暗，幕闭。

〔音乐。一阵急促的救护车笛声划过长空。

〔画外独唱声起：

遇危丛林下，
救伤春寒夜；
相逢何必曾相识？
现代传奇成佳话！

第一场　相知

〔次日上午。

〔二道幕前：省城医院，走廊。

〔唐海龙焦虑地来回踱步。阿章匆匆上。

阿　章 情况怎么样？

唐海龙 进院后一直昏迷不醒，医生正在检查。你电话打通了？

阿　章 唉哟，她舅舅刚刚出差到外地去了。

唐海龙 啊，这，这怎么办？

阿　章 是呀！我还在上班，怕你急，先来告诉你一声，中午下班我再来。（下）

〔护士小王从内出。

小　王 哪一位是唐海龙同志？

唐海龙 （忙迎上）我。

小　王 （崇敬地）啊，小唐同志，听那姑娘讲，是你把她从流氓手里救了出来，你真了不起！

唐海龙 这没啥。她醒了？

小　王 已经醒了。哎哟，小唐同志，这个姑娘可感激你啦！

（唱）她昏昏沉沉刚苏醒，

睁眼就把你找寻。

说道若非你相救，

只怕刀下已丧生。

唐海龙 （反觉不安了）可惜我已经迟了一步……（关切地）她的伤势怎么样？

小　王 （唱）只恨流氓太残忍，

刀刺脊背创口深。

肩骨碎裂愈合难，

怕只怕……

唐海龙 怎么？

小　王 （唱）稍有疏忽留下残疾害终生！

唐海龙 （焦急地）啊，护士同志，无论如何请你求求医生，一定要治好，千万不能让她留下残疾……

小　王 （感动）看你心情，比她亲人还急。你放心，医生当然会尽心的，只是她伤重，日常生活要人照顾。她的舅舅来了吗？

唐海龙 唉，真不巧，她舅舅刚刚出差，不在省城。

小　王 （急）哟，这怎么办？小唐同志，她舅舅不来，只怕你暂时不能离开。

唐海龙 （怔）我不能离开？这，合适吗？

小　王 有啥不合适？救人就该救到底嘛！照顾病人，只要细心，耐心，有时间就行。

唐海龙 时间？我这人，要别的没有，要时间多得是，像牛皮筋一样，要长拉一拉，要短松一松。

小　王 （喜）这太好啦！你人好，心好，一定能够照顾好。我马上去告诉她！（进内）

唐海龙 哎哎……（欲阻不及，自语地）我“人好，心好”？……（感慨地）唉，唐海龙呀唐海龙，你这样的人，居然还有人说你“人好，心好”！唉！

（唱）为只为，我贪图享受蒙了心，

东借西骗日子混。

在宁江，出外不敢走大街，

在家只怕人敲门。
躲躲闪闪像老鼠，
见人低头矮三分。
看惯了，冷眉冷眼冷面孔，
听惯了，冷言冷语冷嘲声。
谁知我，偶然仗义抱不平，
竟招来，一片赞扬火热情。
霎时间，只觉心似波涛滚，
不知是喜是酸辛！……
回想起，派出所所长一番话，
语重心长回味深。
他说道："走路应走阳关道，
做人要做正当人。"
海龙活到廿七岁，
今才知，良药苦口值千金。

（转念）是呀！

那姑娘，声声感激唐海龙，
伤势沉重少亲人。
我若离开不照顾，
叫她独自怎养病？

对，帮人帮到底，我在病房角落打个地铺，强似露天临时旅馆。只是……身无分文，吃饭难办！……（抬头，一喜）又是那位卖大饼同志来了！……（得计）唔，我仍旧在他身上打点主意。

〔阿章上。

阿　章　姑娘醒了没有？

唐海龙　醒是醒了，只是伤势重，她舅舅又不在，护士说，要找个人照顾病人日常生活。

阿　章　找了没有？

唐海龙　找了。

阿　章　谁？

唐海龙　我。

阿　章　啊，好呀，你救了她，又肯照顾她，真成了救命王菩萨！

唐海龙 只是，难哪！

阿　章 难啥？

唐海龙 不瞒你说，怪我不当心，昨天在路上被扒手偷走粮票、钞票、工作证，弄得身无分文。

阿　章 哦，怪不得你大饼也买“处理品”！

唐海龙 是呀，我虽已写信回去，只是远水难救近火，吃饭成问题。你说急人不急人！

阿　章 唷，我当啥大事！这有啥要紧？我先借点给你。

唐海龙 借倒不必。我姓唐名海龙，你肯帮忙，只要每天记账供应我三副大饼油条，我就感激不尽。

阿　章 唉！三副怎么够，每天六副，我阿章保证供应。

唐海龙 嘿！阿章同志，你真够交情。

阿　章 你助人为乐，我这是向你学习。

唐海龙 （苦笑）哎，不不，千万不能向我学习。不过，请你保守秘密。

阿　章 放心，我守口如瓶。

〔两人笑。灯暗。

〔二道幕启：三天后。病房一角。

〔晨曦微露，郑亚鹃静卧病床。唐海龙拿着热水瓶和洗净的衣服蹑手蹑脚上。发现床柜上的饭菜未动，同情地看她一眼，又摇摇头，无可奈何地悄悄拿走，下。

〔有顷，天渐明。郑亚鹃醒来，挣扎着坐起，护士小王送药上。

小　王 你昨天晚上又没有吃饭？

郑亚鹃 我……吃不下。

小　王 你吃不下，可急坏了一个人。

郑亚鹃 谁？

小　王 （一笑）还有谁，你那位救命恩人兼义务服务员——小唐同志！

郑亚鹃 他，来过了？

小　王 看，你昨天没吃的饭菜，他已经收拾走了，热水瓶已经冲来，衣服也替你洗好送来了。

郑亚鹃 （感激地）这，这叫我怎么过意得去呢！

小　王 你呀，就不要客气了！

（唱）小唐他，办事能干人机灵，

更有一颗善良心。
他怜你，无辜遭害伤势重，
他愁你，孤身住院少照应。
自愿留下细看顾，
三天来，尽心尽意胜亲人。
难怪那，同房病人都议论——

郑亚鹃 议论啥?

小　王 （唱）说你们，“少年夫妻”恩爱深。

郑亚鹃 （羞）哎哟，这，这怎么能……

小　王 真的，要不是晓得内情，我也会当他是你的……

郑亚鹃 哎，小王，我不许你瞎讲，要是被小唐同志听见……

小　王 哈，好，我不讲。不过，为了伤好，你饭不能不吃。（交药）这药每次饭后服。

郑亚鹃 哎!

〔小王持药盘下。

郑亚鹃 （翻检洗净的衣服，感激地）小唐同志他……
（唱）仗侠义，御强暴，
济危在丛林；
怜伤残，任劳苦，
病房照顾勤。
似这样，善良青年天下少，
亚鹃我，难表内心感激情。
适才间，护士一番戏谑话，
不由我，脸儿发热飞红云。……
（陷入遐思）

〔唐海龙端粥上。

唐海龙 郑亚鹃同志，早饭来了。

郑亚鹃 （惊觉，有些腼腆）啊，谢谢你。

唐海龙 你一夜没吃东西了，“人是铁，饭是钢”，你不吃，难养伤。

郑亚鹃 那，你呢?

唐海龙 我?（一拍肚子）老早吃过了。你趁热快吃，我等你。（坐下）

郑亚鹃 嗯!（喝粥）小唐同志，你这样照顾我，工作怎么办?

唐海龙 工作？哦，不，不要紧。我出差来采购物资，只要出去联系联系，物资办好就万事大吉。

郑亚鹃 那你办好了吗？

唐海龙 嗯……正在办，隔几天就可以去托运了。

郑亚鹃 你们的机械厂在哪个县？

唐海龙 宁江。

郑亚鹃 宁江？听说这是个非常漂亮的县城，对不对？

唐海龙 （来了兴致）对对，你没去过？（夸张地）啊，这地方真好，可要我讲点给你听听？

郑亚鹃 好。

唐海龙 （唱）说宁江，道宁江，
宁江县城好风光。
一条江水滚滚流，
船艇往来穿梭忙。
两面青山高人云，
竹林果树莽苍苍。
曲巷深处藏园林，
绿柳丛中露厂房。
五光十色百货楼，
歌声缭绕影剧场。
家家庭院栽花卉，
大街两旁树成行。
闲时登山往下看，
满目锦绣山河壮。
到晚上，点点华灯似繁星，
可比那，九天银河落地上。

郑亚鹃 （深被吸引）哟，这么好的地方，什么时候，我真想去一次哩！

唐海龙 你真去？我替你做向导。

郑亚鹃 你有空？

唐海龙 反正我一个人，没啥事体……

郑亚鹃 你只有一个人？

唐海龙 噢，不，屋里还有个妈妈。

郑亚鹃 你爸爸呢？

唐海龙 爸爸？（黯然）我还没看见过呢！……

郑亚鹃 （诧异地）怎么？

唐海龙 唉，说来话长。

（唱）我父亲，一直工作在外地，
另有外遇把家弃。
在我三岁那一年，
狠心逼娘把婚离。
“文革”中，听说又当了小头头，
参加武斗命归西。
因此我从小有娘没有爹，
寡母弱子两相依。

郑亚鹃 呀！

（旁唱）一番话，情苦凄，
牵动我，心底苦水泛涟漪。
想不到，天涯相遇同命鸟，
一样是，窠碎巢破孤影飞。（不觉泪下，拭泪）

唐海龙 （怔）你哭了？

郑亚鹃 你倒还有个妈妈，我连妈妈都没有。

唐海龙 啊！……你爸爸妈妈呢？

郑亚鹃 （唱）十年“文革”动乱起，
黑白颠倒淆是非。
父亲成了“走资派”，
家属子女遭唾弃。
我娘忧急得病亡，
老父屈死“牛棚”里。
只留下，一个舅舅当会计，
可惜他，工作在省城居两地。
此番若非你救助，
孤身弱女谁可倚？

唐海龙 （同情地）这没啥，就怕我粗手笨脚照顾不好。……

〔阿章拿一纸包上，在窗外打开纸包亮出大饼油条，打手势招呼海龙。

唐海龙 （发觉，对外）啊，我就来！……

郑亚鹃 谁？（回头）

〔阿章忙掩藏大饼油条。

阿　章 （笑着）是我……

郑亚鹃 哟，阿章同志，怎么不进来？

阿　章 呃，我……怕影响你休息……

郑亚鹃 我现在不睡，你来好了。……

唐海龙 （忙接上）不，他找我有点事，你休息一会儿，我马上就来。（急出至窗外）

阿　章 （到一边，悄声）你看，我每天按时送到。（交纸包）六副！

唐海龙 哈，你真够朋友，我唐海龙也讲交情。（交钱）喏，你已送了三天。三六十八副：一六得六，六八四十八，共一元零八分，先清前账，再记后账。

阿　章 你哪里来的钱？

唐海龙 我……汇款来了。

阿　章 （不信）三天工夫，汇款哪有这么快！（发现唐海龙身上少了什么）你的上装呢？

唐海龙 哦，……（支唔地）天热，收起来了。……

阿　章 （恍然大悟）啊！我明白了，你是卖了上装……

唐海龙 （发窘，急阻）哎，轻点！

阿　章 唉，你这是何苦呢！这钱我不能收……（欲退钱）

唐海龙 （挡住）有借有还，下次不难。你先代我照顾她一下，我吃好早点就来。（下）

阿　章 哎哎！……（欲阻不及）

郑亚鹃 阿章同志！你们在讲啥呀？

阿　章 啊，没啥。（进房）他说去吃早点，让我来照顾你一下。

郑亚鹃 早点，他不是说吃过了吗？

阿　章 嘿，他身无分文，每天要等我送大饼油条当饭，怎么会……

郑亚鹃 啥？身无分文，大饼油条当饭？……

阿　章 （知失言，忙改口）啊，不不，是当早饭。

郑亚鹃 （觉有异，故意）你当我不知道？其实你们外面讲的话，我都听到了。

阿　章 你都听到了？

郑亚鹃 嗯。

阿　章　亚鹃同志，既然你听到了，也不必瞒你。小唐他被人偷去钞票、粮票、工作证，为了照顾你，说好让我每天记账供应六副大饼油条当饭，等他汇款来了一并还我。现在还只三天，不过十八副大饼油条，他竟然卖掉上装付欠账。你说，这钱我怎么能收？

郑亚鹃　（怔）哎哟，这事他怎么不告诉我？

阿　章　这人哪，做了好事就是不肯让人知道。

郑亚鹃　（感动）啊，是这样……

〔护士小王陪同拎着水果点心的宋金宝上。

小　王　小郑，你舅舅来啦！

宋金宝　（急上）亚鹃！

郑亚鹃　啊，舅舅！

宋金宝　（难受地）舅舅刚巧出差去开会，想不到你会出这样的事。要不是单位打电报来，我还不知道哩。

郑亚鹃　幸亏我碰到了好人，否则……

宋金宝　我知道。你的详细情况，护士同志都告诉我了。（见阿章）

宋金宝　噢，这位就是唐海龙同志吧？小唐同志，谢谢你……（握手）

阿　章　（忙挣脱）不不，我叫阿章，不是小唐。

郑亚鹃　那天也幸亏阿章同志赶到，才抓住了流氓。

宋金宝　阿章同志，谢谢你，谢谢你！……

阿　章　哎哟，我算啥，小唐同志才真正了不起哪！（绘声绘色，边讲边表演）那天晚上，两个流氓手拿尖刀，对他步步进逼，突然，对准小唐胸口猛刺一刀。说时迟，那时快，只见他侧身一躲，飞起一脚，踢走尖刀，同流氓英勇搏斗。等我赶到，那个四只眼流氓已被他打倒在地，苦苦挣扎……

小　王　啊，大快人心，小唐打得真漂亮！

宋金宝　唔，见义勇为，难得，难得！这几天又蒙他热情照顾亚鹃，我真要当面谢谢他。

阿　章　这便当。我马上替你去叫。（出病房，下）

小　王　你请坐，我不陪了。

宋金宝　好好，麻烦你。

〔小王下。

宋金宝　唉，亚鹃！

（唱）只为你，父母双亡孤零零，
舅舅又未能好照应。
害你遭祸受此苦，
叫人心酸泪难忍。
今日我，带来现金两百元，
住院费用莫担心。

郑亚鹃　不，舅舅！
（唱）你待亚鹃骨肉亲，
今生难忘舅舅恩。
在镇上，我也常做临时工，
身边小有积蓄金。
舅舅你，单身在外费用多，
莫为甥女再操心。

宋金宝　（生气地）咳，我一个孤老头，吃穿不愁，有了积蓄不给你用，还带到火葬场去吗？（把钱一塞）拿去！

〔阿章拉了唐海龙，喊着："来了！来了！"进病房。

阿　章　喏，这就是我们的英雄唐海龙同志！

宋金宝　（万分感激地）啊，唐海龙同志，难为你了，你真是一位好青年呀！

唐海龙　我？好青年？（忙摇头）哎，不敢当，不敢当！……

阿　章　啥不敢当，你是当之无愧！

宋金宝　是呀！
（唱）你奋勇救我甥女命，
护理又存火热心。
请问单位在哪里？
我要写信表扬颂先进。

唐海龙　（急了）单位？你千万不能写信！

宋金宝　为啥？

唐海龙　……

阿　章　我知道！
（唱）与他相处三天整，
友谊已深成知音。
小唐立志学雷锋，

不愿表扬不图名。

宋金宝 （领首）哦！

唐海龙 （唱）这些小事称先进，
听了叫人难为情。
今日舅舅已回来，
我可以，肩卸重担告辞行。

宋金宝 小唐同志，我该怎么谢谢你才好呢？只是……

唐海龙 什么？

宋金宝 我那边会议还没结束，单位打电报来让我回来看一下，马上还要走……

唐海龙 这……

阿　章 （机灵地）这好办，依我看呀！
（唱）舅舅他，外地开会难抽身，
小郑她，对你护理蛮称心。
不如你暂且留下来，
待她伤势减轻再动身。

唐海龙 哎，阿章！……

阿　章 （悄声提示）不要忘记你身无分文，在这里我还可以每天供应大饼！

唐海龙 （被点醒）这……我留是可以，只怕她舅舅不放心。……

宋金宝 （听到，忙说）放心，放心，有你这样的人照顾，我咋不放心？只是不好意思开口。亚鹃，你说呢？

郑亚鹃 （高兴地点头）嗯！

宋金宝 好，小唐同志，只是又要辛苦你了。（对郑亚鹃）亚鹃，你好好休养，我开完会马上再来看你。

郑亚鹃 舅舅，我不能送你了。

阿　章 不要紧，反正我也要回去，顺便替你代送。

宋金宝 好好。
〔宋金宝和阿章出病房，下。
〔唐海龙收拾粥碗也欲走。

郑亚鹃 小唐同志，请你留一下，我想问你一件事。

唐海龙 什么事？

郑亚鹃 你每天帮我送饭送菜，自己吃饭怎么办？

唐海龙 吃饭？那好办，外面多得是酒馆饭店，到处可以吃。

郑亚鹃　酒馆饭店？

唐海龙　是呀！

郑亚鹃　这是实话？

唐海龙　当然。

郑亚鹃　那，你在酒馆饭店吃点啥？

唐海龙　自然是好东西。

郑亚鹃　（紧问不舍）啥好东西？

唐海龙　这……（眼一眨，来了词）亚鹃同志，不瞒你讲！

（唱）想我唐海龙，
出身虽贫穷，
三餐吃东西，
营养蛮注重。
平生最爱四样菜，
说出来，只怕你稀奇古怪听不懂。

郑亚鹃　哦，你倒说说看。

唐海龙　（唱）第一样，“有头有脚”性情凶，
第二样，“有脚无头”称将军，
第三样，“有头无脚”穿黑袍，
第四样，“无头无脚”像灯笼。

郑亚鹃　（笑了）这是甲鱼、螃蟹、乌贼、蛋，有啥不好猜！

唐海龙　哈，你真聪明，一猜就中。

郑亚鹃　只怕你吃的不是这四样吧？

唐海龙　那是啥？

郑亚鹃　（唱）有一样，一面小锣不用铜，要响（香）只需炉火烘。
再一样，一条奇怪小黄龙，
两头尖尖腹中空，
生性不喜大海游，
出身只在油锅中。
这是两样啥东西，
问你海龙懂不懂？

唐海龙　（茫然）这……

郑亚鹃　你呀！

（唱）每日里，大饼油条把饥充，
　　　休再将我亚鹃哄！

唐海龙　（语塞）你……

郑亚鹃　（怜惜地）你丢了钞票、粮票、工作证，又偷偷卖掉上衣付欠账，还瞒我！

唐海龙　我……（拿出手绢包）喏，给你。

唐海龙　这是啥？

郑亚鹃　这是舅舅给我的医药费和我自己的积蓄，一共三百元，从今天起，全部交给你保管使用，希望你不要再咬大饼油条了。

唐海龙　（不敢相信地）啥？三百元全部交给我？

郑亚鹃　对。（把包交到唐海龙手里）

唐海龙　你，相信我？

郑亚鹃　什么相不相信，给你，你就拿着吧！

唐海龙　（手捧绢包）啊，天哪，三百元哪？……

〔灯暗。

〔幕闭。

第二场　恋情

〔次日。

〔二道幕前：省城闹市。

〔唐海龙喜滋滋上。

唐海龙　哈哈！

（唱）三百元，装进袋，
　　　心花顿时朵朵开。
　　　繁华闹市四处游，
　　　悠悠闲闲好自在。（东看西望）
　　　这一家，时式新装花样多，
　　　那一家，高级酒馆做名菜。
　　　且在这里细细看——

〔内声："虾爆鳝、八宝鸭来啦！"……

唐　海　（唱）哎哟哟！

一阵阵酒菜香味扑鼻来。

（朝店内张望、辨气味）

桌子上，虾爆鳝丝八宝鸭，

旁有名酒是茅台。

唉！多少天呵——

为了三餐伤脑筋，

咬紧牙关把日子挨。

今日一朝钱在手，

不免我，口馋心痒酒瘾来。

只可惜，钞票是我替人管，

吃光用完难交代。

姑娘好意对海龙，

我岂能昧心把她害？

（摇头，欲走，又被香味吸引，留步，转念）

就吃这一次，钞票也不至于用光；反正我又不想骗她，只是借一借，以后再归还嘛！对，就这一次，下不为例。哈！

（唱）打定主意进酒馆，

轻飘飘，恰似神仙登瑶台。

（进内，叫）喂，我要一瓶酒，四个菜！

〔内声：“请上雅座开票！”

〔唐海龙高兴地答应着下。灯暗。

〔画外独唱声：

人生岔路口，

浪子欲回头。

留省近一月，

迷海逐沉浮。

姑娘伤势渐痊愈，

心中默默栽红豆。

〔二道幕启：一个月后，省城医院病房前。冬青苍翠，丛花似锦，旁有条椅。

〔郑亚鹃独坐条椅，专心致志地用尼龙彩丝，在带血的头巾上绣花。

郑亚鹃 （唱）患难遇知音，
病房伴晨昏。
心有千般话，
羞赧难启唇。
巧把血迹绣鲜花，
今日吐深情。（绣毕）

〔唐海龙拿着新买的女两用衫从外上。

唐海龙 亚鹃，看！（展衣）

郑亚鹃 啊！我试试！（试穿）真好！刚买的？

唐海龙 我，看你快出院了，也没件像样的衣裳，就自作主张，替你买了一件……

郑亚鹃 （高兴）你想得真周到！

唐海龙 不，这本来是你的钞票。

郑亚鹃 看你，啥你的我的，不是一样！

唐海龙 一样？啊，不，不一样，你的钱，我用了就要记账，以后好还……

郑亚鹃 我不要你还。

唐海龙 （意外地）不要我还？

郑亚鹃 嗯！……

唐海龙 （茫然不解）这……

郑亚鹃 （暗笑，取过头巾）我让你看样东西。

唐海龙 （展看，惊喜）呀，真漂亮！你把血迹绣成了杜鹃花，怪不得你总不肯把它洗掉！

郑亚鹃 这是我们俩认得的珍贵纪念，一看到它，就会使我……想起一个人……

唐海龙 一个人，谁？

郑亚鹃 （羞嗔）哎哟！你不能仔细想想？……

唐海龙 仔细想想……（忽有所悟）啊，难道她……（不敢置信地）不不，不可能。（转身对郑亚鹃，吞吞吐吐地试探着）亚鹃，你是说……你，你对我……

郑亚鹃 （羞笑着一点头）嗯……

唐海龙 （狂喜，险些跳起来）啊，这是真的？亚鹃，这是真的？

郑亚鹃 你呀，真呆！

唐海龙 是呀，我是真呆呀！

（唱）原以为，一生冷落无人睬，

想不到，爱情花朵对我开！

（上前欲表心迹猛又缩回）

可是……

我本浪子充好人，

姑娘她，错把朽木当良材。

这情意，受之有愧丢不舍，

叫我如何去对待？……

郑亚鹃 海龙……

唐海龙 亚鹃，你不了解我，我，我穷……

郑亚鹃 穷不怕，我拣的是人。

唐海龙 只怕我……我这个人也不大好……

郑亚鹃 你好不好，我心里明白。

唐海龙 （有苦难言）不，你不明白，将来要后悔的。

郑亚鹃 不，海龙！

（唱）岁寒更知松柏青，

患难最能见人心。

亚鹃愿随唐海龙，

暗暗早把主意定。

唐海龙 （感动）你……（情不自禁）亚鹃！

郑亚鹃 （深情地）海龙！

唐海龙 我，我怕对不起你。

郑亚鹃 （忙掩其口）不许你讲这种话！来，把头巾替我围上。

唐海龙 （鼓鼓勇气）哎！

〔唐海龙替郑亚鹃围头巾，宋金宝上，刚看见。

宋金宝 （欲避不及）唷！

郑亚鹃 （不好意思地）舅舅！

唐海龙 （尴尬地）舅舅请坐。我……我去替你倒茶。……

宋金宝 茶不用倒了，你有事就去忙吧。

唐海龙 哎。（下）

宋金宝 （看着他进去）看来，是个好小伙子啊！

郑亚鹃 舅舅，你……

宋金宝 你的心事，舅舅我早看出来了，只是……

郑亚鹃 什么？

宋金宝 他为人虽不错，毕竟萍水相逢。我想要不要托人到宁江去了解一下？……

郑亚鹃 舅舅，我看不必了。他的情况我都了解，屋里只有一个娘，在厂里表现也不错。

宋金宝 厂里表现也很好？

郑亚鹃 （出一信）你看，前几天他厂里来的一封表扬信，还在我这里呢！

宋金宝 哦！（看信封）“宁江县机械厂”……（抽信笺，读）“小唐：你的任务完成得很出色，为厂里生产解决了大难题。最后一批物资，望尽快托运……”

郑亚鹃 听他说，这最后一批物资昨天也已运走了。

宋金宝 （满意地领首）这我就放心了。不过，亚鹃，宁江同凤凰镇路远迢迢，你们分隔两地，准备怎么办呢？

郑亚鹃 我，打算跟他到宁江去。

宋金宝 这……

郑亚鹃 舅舅，你看呢？

宋金宝 亚鹃！

（唱）你十六岁上死双亲，
我晚年失伴孤零零。
虽居两地路不远，
遇事我能常照应。
今日你想宁江去，
舅舅欢喜又担心。
喜得是，你女大当嫁有归宿，
怕得是，你雏鸟学飞遇风云。

郑亚鹃 （唱）亚鹃今年廿五春，
经风见浪早成人。
莫为甥女担忧愁，
我自会，鸟飞长空辨风云。

宋金宝 你主意定了？

郑亚鹃 （点头）嗯，也想听听舅舅意见。

宋金宝 你同海龙商量过了？

郑亚鹃 还没，只要你舅舅同意，我就马上告诉他，我想他一定会高兴的。
宋金宝 唉，也罢！常言道女大不由娘，何况我是舅舅。亚鹃！
（唱）你若已把主意定，
舅舅不做挡路人。
只望你，早晚有空常来信，
莫忘了，我身边无人冷清清。
郑亚鹃 （唱）舅舅呀，你待亚鹃恩义深，
岂忍让你受凄清？
只等将来你退休，
我们双双把你迎。
到那时，朝夕相伴住一起，
让舅舅，安安稳稳欢度晚年享天伦。
宋金宝 好哇，这样看来，我的外甥女还没忘记我这个舅舅。
郑亚鹃 唉哟，舅舅，我怎么会忘记你呢！
宋金宝 那你准备什么时候去呢？
郑亚鹃 我不久就可以出院了，出院后，先回凤凰镇去料理一下，马上就去。
宋金宝 也好。
〔朱玲喊着上。
朱　玲 亚鹃！亚鹃！（见宋金宝）啊，舅舅也在！
郑亚鹃 （喜）啊，朱玲！
朱　玲 你好呀，说是老同学，受了伤也不告诉我一声！
宋金宝 你这个驾驶员，开着汽车东走西跑，到哪里找你去？
朱　玲 看，到底亲舅舅，说话总帮外甥女。
郑亚鹃 快坐！
朱　玲 伤怎么样了？
郑亚鹃 总算好了，不久就可以出院了。
朱　玲 好，你出院，我用便车来接你回凤凰镇。
宋金宝 你不光要“接”，只怕还要“送”。
朱　玲 送？
宋金宝 用你的四只轮盘汽车，送她去乘满排轮盘的火车。
朱　玲 为啥？
宋金宝 （神秘地指指郑亚鹃）这你要问她。哈哈！亚鹃，你们讲讲，我有事还

要到单位去。

郑亚鹃 舅舅，走好。

宋金宝 哎！（下）

朱　玲 亚鹃，你乘火车要到哪里去？

郑亚鹃 （羞笑不语）……

朱　玲 嘿，你受伤不告诉我，到外地去又想瞒我，看我饶过你！（上前胳肢她）

〔郑亚鹃笑逃，朱玲紧追，终于把她抓住。

朱　玲 快坦白，否则我……（呵痒威胁）

郑亚鹃 （笑着告饶）好好好，好朱玲，我讲，我讲。

朱　玲 快！

〔郑亚鹃对朱玲轻轻耳语。

朱　玲 （意外地叫起来）啊！你这个小东西，真是会捉老鼠的猫不叫，原来你要到婆家去啦！

郑亚鹃 哎呀，轻一点！吹啥喇叭！

朱　玲 哈哈，好哇！

（唱）亚鹃可比一枝花，
娇艳秀丽似朝霞。
名花应栽金盆里，
找到的，定是一个好婆家。

郑亚鹃 （唱）我本是草野杜鹃花，
风雨作伴开山崖。
不爱金盆恋山坡，
水土相宜便安家。

朱　玲 （唱）山花只宜伴芳草，
翠鸟岂肯随乌鸦？
亚鹃自选意中人，
品性才貌定不差。
不知此人住哪里？
朱玲倒要见见他。

郑亚鹃 他就在医院里，刚刚跑开，马上就会来的。

朱　玲 噢！他姓啥？叫啥名字？

郑亚鹃 姓唐，叫海龙。

朱　玲　（一怔）什么？他叫什么？

郑亚鹃　唐海龙。

朱　玲　（沉吟地）唐海龙……

郑亚鹃　（奇怪）怎么？

朱　玲　这名字我怎么这样耳熟？……

郑亚鹃　你认得他？

朱　玲　不，这名字我在哪里听到过……（苦苦思索）

郑亚鹃　哦？

朱　玲　（猛然想起）啊，对了！（自语地）难道会是他？……

郑亚鹃　是谁？

朱　玲　这……（迟疑）不，这不可能，不会那么巧！

郑亚鹃　唉哟，朱玲，你今天怎么啦？讲话半句进半句出，叫人心里摸不着。

朱　玲　亚鹃，我先问你，你们是怎么认得的？

郑亚鹃　我们是路上认得的。

朱　玲　他不是本地人？

郑亚鹃　嗯！

朱　玲　哎哟，这就难说了！

郑亚鹃　怎么？

朱　玲　亚鹃，我们是老同学，好姐妹，这件事不管是真是假，我都应该告诉你。

郑亚鹃　什么事？

朱　玲　（唱）我平时，车轮滚滚走四方，
常有那，马路新闻传耳旁。
有次出差在外地，
同行闲谈事一桩：
当地出个流浪者，
借骗钱财人荒唐。
人称“中国新拉兹”，
稍不留心就要上他当。
大名就叫唐海龙——

郑亚鹃　啊？

朱　玲　（接唱）亚鹃呀，此事你需细提防！

郑亚鹃　（旁唱）一番话，震心房，

不由亚鹃暗着慌。
难道说，海龙竟然是骗子——
（细想，摇头）不，这，这怎么可能呢！
事需三思休莽撞。

（转问）朱玲，你说的那个唐海龙，是哪里人？

朱　玲　可惜我没问，人家也没讲，不大清楚。

郑亚鹃　那你这事是在哪里听到的？是不是在宁江？

朱　玲　这……唉，事隔一年多，当时又不在心，实在说不准……

郑亚鹃　（松口气，笑了）朱玲，虽然我和海龙萍水相逢，不过我相信，他不是这种人。

朱　玲　为啥？

郑亚鹃　你不知道！是他把我从流氓刀下救出来，是他病房日夜照顾我，他在机械厂当采购员，最近还受到表扬。天下哪有这样好的骗子！

朱　玲　他是机械厂采购员？还受到表扬？

郑亚鹃　你不信？（出信）这就是他单位领导写的表扬信！

朱　玲　（看信）哦！……

郑亚鹃　再说进院后，我伤重不能行动，把三百元医药费也都交给他保管。如果真是你说的那个骗子，那早就远走高飞了，现在还会在我身边？

朱　玲　那……

郑亚鹃　（笑）只怕是同名同姓，一场虚惊。

朱　玲　（也笑）这也真巧，差点儿冤枉好人。

郑亚鹃　等下他回来，你一看就知道了，热情，风趣，真是一个好人。

朱　玲　啧！还没过门，就这样痴心，不怕难为情！

郑亚鹃　（羞）哟，死朱玲，你真坏！（打朱玲）

朱　玲　哈哈！（逃闪）

〔唐海龙上，郑亚鹃险些打到他身上。

唐海龙　（急躲）哎哎！……

郑亚鹃　（忙住手）啊，海龙，来，我替你介绍。（指朱玲）这是我的老同学，好姐妹，朱玲。（指唐海龙）这就是唐海龙。

唐海龙　啊，朱玲同志，你好！

朱　玲　（有些尴尬）啊，你，你好！……

唐海龙　请到里面坐。

朱　玲　啊，不，我要走了。

郑亚鹃　多少日子没见面，刚来就走？

朱　玲　装卸工还在外面汽车上等我，要去装货。等你出院我再来。

郑亚鹃　再见！

唐海龙　再见！

〔朱玲下。

〔郑亚鹃、唐海龙送朱玲回身，目光相遇，郑亚鹃看着他甜甜地一笑。

唐海龙　你笑啥？

郑亚鹃　告诉你，我们的事，舅舅已经看出来了。

唐海龙　（急问）舅舅怎么说？

郑亚鹃　你放心，他呀，同意了！

唐海龙　（一喜）真的？

郑亚鹃　嗯。

唐海龙　（不无感激地）舅舅真好！

郑亚鹃　海龙，我不久就要成为你家的人了，我真想像不出，你家是一个什么样子的呢？

唐海龙　我家？

郑亚鹃　嗯！

唐海龙　你……你将来自会晓得的……

郑亚鹃　不，我现在就想知道。

唐海龙　这……我家不怎么好……

郑亚鹃　不好也不要紧，你讲嘛！

唐海龙　（不忍违她，眼一眨，来了词）好，我讲，你听！

郑亚鹃　哎！

（唱）祖居宁江城，
　　家住在东门。
　　临江一座屋，
　　号称“望月厅”。
　　家具虽简单，
　　件件都新颖：
　　吃饭“荷花轮转碗”，
　　照明“白玉柱子灯”。

海龙从小爱清洁，
洗脸排场更惊人：
独用“无边大面盆”，
外加“透明新毛巾”……

郑亚鹃　（大笑）哈哈哈！哎哟，你都在讲点啥呀！

唐海龙　怎么？

郑亚鹃　你这人呀！

（唱）开口就像说相声，
真真假假笑煞人。
快快闭嘴不许讲，
胡言乱语谁要听！

唐海龙　（无可奈何地）我不讲，你偏要我讲；讲了，又不相信。

郑亚鹃　哼，你不讲也不要紧，反正我到宁江，一去就晓得了。

唐海龙　（一惊）啥，你要到宁江去？

郑亚鹃　对，老实告诉你，舅舅怕我们远隔两地，他同意我一出院，就跟你到宁江去安家啦！

唐海龙　（更紧张）啊，你一出院就去？

郑亚鹃　怎么，不欢迎？

唐海龙　（忙掩饰）啊……欢迎，当然欢迎！

郑亚鹃　（满意地）我知道你听到这消息，一定会高兴的，对吗？

唐海龙　（尴尬地）啊，对对，我……我高兴！

郑亚鹃　嘻，你呀，真是个呆大！

〔唐海龙暗暗一声长叹。

第三场　吐真

〔若干天后的一个上午。

〔二道幕前：车站附近。

〔郑亚鹃肩披头巾，喜滋滋地上。

郑亚鹃　（唱）花开连枝喜成双，

亚鹃今日去宁江。

海龙车站做行李，

难得他，机灵能干加倍忙。

约定等候丛林前——（漫步徜徉）

〔二道幕启：丛林，景同序幕。

啊！

旧地重游心神往。

丛林依然郁苍苍，

人事已非旧模样。

那晚我，鱼困浅滩险遭难，

今日里，比目双游精神爽。

眼看将过新生活，

乐得我心儿要歌唱！

（看表）咦，海龙怎么还不回来？（一想）唔，他今天真辛苦了，我去买点苹果来慰劳慰劳他。（下）

〔唐海龙心神不安地上。

唐海龙 唉！

（唱）离开车站回丛林，

两腿好似千斤重。

亚鹃她，欲去宁江喜盈盈，

我却是，怕回家乡忧忡忡。

当初只为不丢丑，

编套巧言把人哄。

姑娘竟然当了真，

一片痴心待海龙。

亚鹃呀！你只道今日得佳偶，

岂知我，雪人难见太阳红。

一旦回家露底细，

你你你，岂肯将我轻宽容？

看眼前，车到悬崖前无路，

我我我，恰似蚂蚁爬在热锅中！

（焦灼、烦乱地）……告诉她？把一切都告诉她！……可……可叫我怎么开口呢？……

〔郑亚鹃买苹果上。

郑亚鹃 （听到）你什么事不好开口？

唐海龙 （一怔）啊，没，没啥。

郑亚鹃 你行李托运好了？

唐海龙 （支吾地）嗯嗯，托运好了。……

郑亚鹃 火车票呢？

唐海龙 也，也买了。

郑亚鹃 （体贴地）快坐下歇歇。看你头上都是汗！（用手帕替他揩抹，并递过一只苹果）喏，慰劳品！

唐海龙 （捧着苹果，更觉不安）这……

郑亚鹃 你吃呀！

唐海龙 啊，……我吃。

郑亚鹃 （挨他坐下，调皮地）海龙，你知道我现在在想啥？

唐海龙 想啥？

郑亚鹃 你猜。

唐海龙 我，猜不着。

郑亚鹃 （含嗔地）你呀，连这也猜不着！告诉你，我在想呀——

（唱）此番同回宁江城，
双手创立新家庭。
日里一起去上班，
夜归相伴不离分。
闲来江滨同散步，
不忘孝敬老母亲。
勤劳节俭过日子，
粗茶淡饭也欢心。
待到将来有积蓄，
添套家具簇簇新。
再买一台电视机，
学习知识看戏文。
相敬相爱共进步，
为祖国四化献青春。

唐海龙 （更痛苦）唉！

（旁唱）她那里，心如蜜糖甜津津，

更使我，口吃黄连苦万分。

吐真情，箭在弦上不容缓，

只是我……

话到口边难出声。

郑亚鹃 （见唐海龙神态，诧异）咦，海龙，你怎么啦？

唐海龙 啊，我，我也在想。

郑亚鹃 想啥？

唐海龙 想……想一个人。

郑亚鹃 谁？

唐海龙 我的一个同学。

郑亚鹃 你，怎么想起同学来了？

唐海龙 我，……你讲了幸福心情，我忽然想起他来了。

郑亚鹃 他怎么样？

唐海龙 （唱）他本是，天真活泼一学生，

胸前飘过红领巾。

革命理想美如画，

誓当社会主义接班人。

想不到，十年浩劫一场梦，

他理想破灭断前程。

沾上了，好吃懒做坏习气，

变成个，哄骗钱财的害人精。

你若碰到这种人，

厌不厌来恨不恨？

郑亚鹃 （笑）哈哈！你这人真是！

（唱）不做铁匠学打钉，

不当和尚忙念经。

我未曾碰到这种人，

何必为此费脑筋！

唐海龙 人生在世，祸福难料。万一有朝一日，你碰到这种人呢？

郑亚鹃 那就等碰到了再说。

唐海龙 你……唉！

（旁唱）我这里，铜铃打鼓另有音，

她却是，蒙在鼓里浑沌沌。

我还需，耐着性子剥竹笋，

一层一层透真芯。

（转对郑亚鹃）亚鹃，你看，我像不像一个坏人？

郑亚鹃 你？嘻嘻，你又要真真假假寻开心了。你怎么会像坏人？

唐海龙 要是我真是一个坏人呢？

郑亚鹃 就是太阳从西边出来，我也不会相信。

唐海龙 为啥不相信？

郑亚鹃 （半戏谑半认真地）你呀，在我眼里是天下最好最好的好人！

唐海龙 （震惊，痛苦地）什么？"最好最好的好人"？！

（旁唱）一声赞语似雷震，

面红耳热撼我心。

我用她钱财骗她爱，

怎能当此好名声？

"好人"，"好人"，我为什么不能做个真正的好人？对！

（续唱）怕什么难堪怕什么羞，

做好人，就应该革面洗心吐丑行！

（毅然地）亚鹃，我对你讲实话吧，我没有买火车票，只替你买了一张到凤凰镇的汽车票。你……回去吧！（交车票）

郑亚鹃 （怔呆）什么？你说什么？现在是什么时候，你还开玩笑？

唐海龙 不不，这是真的，不是玩笑。（严肃而又庄重地）要说好人，你才是个真正的好人！我不能再骗你了，我是个没有工作的流浪汉，你不能跟我去……

郑亚鹃 （急了）你，你胡说！你在机械厂工作，是个出差的采购员，领导还写信来表扬了你……

唐海龙 不是，不是，这些都是我骗你的，那封表扬信也是我怕你疑心假造的……

郑亚鹃 那你……

唐海龙 （难过地）刚才说的那个同学就是我。我……

郑亚鹃 （呆住，不可置信地）什么？你，你……真是……是的，真是一个骗过别人钱财，在宁江县无人不知，大名鼎鼎的"中国拉兹"！（已热泪

盈眶)

郑亚鹃 (震惊,气恨)啊!你,你!……(愤然举手欲打)

〔唐海龙俯首闭目,甘心受责,郑亚鹃却又缩手,失声痛哭,倒在椅上。

〔画外独唱声:

啊!

惊雷滚,震碎心,

霎时间,难分是梦还是真!

郑亚鹃 (猛抬头)不不,你讲!

(唱)你既是浪子少品行,

为何要,解救亚鹃在丛林?

唐海龙 (唱)我虽卑劣也知善恶,

救助你,原为正义抱不平。

郑亚鹃 (唱)你既然一心骗钱财,

又为何,现金在手不远遁?

唐海龙 (唱)你至诚相待信任我,

我岂能,过河拆桥负良心?

郑亚鹃 (唱)你既然不愿负亚鹃,

何不早早吐真情?

唐海龙 (唱)我若早把真情吐,

怎能相伴到如今?

我也知,纸包炭火不久长,

却恋你,一片真诚爱和情。

郑亚鹃 那你——

(唱)你为什么,今日又把实情告?

唐海龙 (唱)为得是,不敢再累害姑娘昧良心!

郑亚鹃 不敢再累害我?

唐海龙 是的,你太纯真,太善良了。这一个月来,我这个失去生活信心的人,从你身上,看到世界上不只有欺骗,还有真诚;不只有冷酷,还有温暖!像你这样的好姑娘,我不能报答你,哪能再害你!……

郑亚鹃 你,你叫我以后怎么办?……(掩面啜泣)

唐海龙 (也泪流满面)我对不起你。以后,你就说,遇到一个骗人的浪子,差点上当。你仍旧回凤凰镇去,找一个清清白白的好青年吧。(出手帕包)

这是用剩的粮票和钞票。三百元现金，除去一个多月医药费、生活费，还有九十多元。其中有四十元是我用的，将来一定要还你。你若不相信，我家里的地址，还有详细账目，都在里面笔记本上，请你收下。（放在郑亚鹃身边）……刚才我行李没有托运，暂时寄在那里。等下你要乘汽车走了，我帮你去领来。……（下）

郑亚鹃 （拿起手帕包，痛定思痛，更加伤心）呵！……

（唱）原以为，鸟飞比翼双投林，
春光灿烂花似锦。
谁知道，风雨骤至飞冰雪，
只落得，孤鸟折翅花凋零。
我好悔，我好恨，
竟把浪子当知音。
无限憧憬竟是梦，
大梦醒来惊魂定。
镜花水月何所恋，
倒不如，改道速回凤凰镇！

（收起手帕包欲走，回头发现搭在椅上的头巾，心有触动，情不自禁上前拿在手里，凝视良久）头巾！……

（唱）见头巾，杜鹃似火鲜血凝，
一缕情思油然生。
举目丛林景犹在，
一草一木牵我心。
怎能忘，月夜受辱情危急，
海龙他，面对尖刀勇挺身；
亚鹃我，病中伤痛折磨苦，
海龙他，床畔长留笑语声。
怎能忘，怎能忘，
患难相处一片情？！
思前想后意纷乱，
难决难断难煞人！……

〔唐海龙手提行李上。他放下郑亚鹃旅行袋，拿起自己的挎包，默默地走至郑亚鹃跟前。

唐海龙 （歉疚地）行李我已经替你取回来了，现在我走了。那四十元钱，我有了一定替你寄来。请你保重！（说着深鞠一躬，回身走去）

郑亚鹃 （怅然，慌乱地）你……你到哪里去？

唐海龙 （止步）我，……我想回宁江去，可是……

郑亚鹃 可是什么？

唐海龙 （不敢正视）我是躲债出来的，在宁江等着我的，是一个为我伤心哭坏了眼睛的老娘，是一群逼着我还钱的债主……我又怕回去……

郑亚鹃 债？你有多少债？

唐海龙 二百多元，我都有账。

郑亚鹃 （诧异）你既然会骗，怎么还会欠这么多债？

唐海龙 我每当手头缺钱用，总是冒充代人买紧张商品，拿人家的钱，但我都把真名真姓、真实地址告诉人家。我拿不出东西，别人怎么肯放过我？没办法，只得骗来东家还西家，这样就越骗越大，债也越欠越多……

郑亚鹃 （哭笑不得）啊，你，还真有些坐不更名，行不改姓的“气概”！这样做，你是在骗别人，还是在骗自己？

唐海龙 我……我……也知道这样做不好，可是……我又收不住……

郑亚鹃 （痛切地）难道你就愿意这样过一辈子？

唐海龙 （被触动创伤，痛苦地）不，不，我不愿意！我走上歧途，又不能自拔，别人看不起我，他们怎知我的内心却是一个痛苦的战场！……想不到这次我偶然做了一件好事，你们都这样信任我，使我第一次感到了人的尊严。我决心做一个好人，可是……只怕已经晚了，来不及了。像我这样一个陷过泥坑、满身肮脏的人，谁还能原谅我、相信我？……（泣不成声）

郑亚鹃 （激动）你……

唐海龙 （平静一下）当然，这都是我自作自受。你是个好心的姑娘，谢谢你对我的关心。我应当走了，再见！（转身走去）

郑亚鹃 你……（眼看他走着，欲阻又止，激烈斗争，猛然呼唤）海龙！

〔唐海龙略一犹豫，随即一狠心毅然狂奔下。

郑亚鹃 （欲追）海龙！海龙！……（呼唤不应，望着他远去的背影，颓然坐下，自语地）啊，他走了……走了……（又倏然站起）不，他身无分文，没有工作，叫他回去怎么办？还不是再去流浪、拐骗，越陷越深？！……不不，不能让他这样下去……（决然地）对，我马上去买火车票，赶往宁江！

〔灯暗。

〔幕闭。

第四场　归家

〔次日傍晚。

〔宁江畔，唐海龙家。泥墙斑驳，桌椅简陋。门前是小巷，远处高楼大厦鳞次栉比，同这小屋形成鲜明对照。

〔幕启：唐大妈独坐窗前在糊纸盒。因光线昏暗，眼睛又不好，看不清，揉揉眼再糊，仍看不清，只得住手。

唐大妈　唉！

（唱）窗外红日已西沉，

纸盒糊得两眼昏。

养儿不肖老来苦，

只落得，孤寂凄清度残生。

（推窗，光稍亮，摸索着又糊）

〔广播嫂背着一袋米上。

广播嫂　（唱）生来耳聪眼目明，

街头巷尾消息灵。

大事小事不过夜，

串家走户传新闻。

得个雅号“广播嫂”，

全靠我嘴巧脚头勤。

（叫着进门）唐家姆妈！米来了！

唐大妈　啊，是广播嫂！

广播嫂　居委会徐主任夜里开会，她代你买的米托我送来。（放米）

唐大妈　（感激地）你们真好。

广播嫂　这有啥！俗话讲，远亲不如近邻，你眼睛不好，有事只管叫一声。

唐大妈　谢谢你了。

广播嫂　你家“拉兹”还没消息？

唐大妈 （不懂）拉兹？……

广播嫂 （稀罕地）啥？你还不晓得？就是海龙呀！外面人家都叫他是“中国的拉兹！”

唐大妈 拉兹，是个坏人吧？

广播嫂 啊，这是外国电影《流浪者》的主角，也不算坏人，就是手脚有点不大干净。不过后来是改好了。

唐大妈 唉！人家能改好，我家这个浪子不知几时能回头！（拭泪）

广播嫂 喔唷，你这样的眼睛，千万不能再哭！（想到）对了，我还替你带来一瓶好眼药。（摸）哟！心急慌忙出来，忘记在屋里了。你等等，我马上去拿！（匆匆出门）

唐大妈 要你费心。

广播嫂 唷！莫客气！（下）

〔唐大妈欲拎米袋进内。

〔王善根拿着字条，对照着地址门牌上。

王善根 是这里了。（推门进来）请问，这里是唐海龙同志的家吗？

唐大妈 对，快请坐。老同志，你大概也是来讨债的吧？

王善根 哎，不不，我是来拿脚踏车的。他答应替我代买，已经半年多了，今天想来问问买到了没有。

唐大妈 哎哟，老同志，你不要相信，他哪里有车子买？顶要紧，钞票千万不能交给他。

王善根 小唐同志说，他在县供销社有熟人，要车子一句话，一百七十元我当时就交给他啦！

唐大妈 （跌足）唉！老同志你也上当啦！

王善根 上当？

唐大妈 不瞒你说，他是我儿子，怪我从小太宠爱，弄得好吃懒做，没正经工作，每日靠东借西骗过日子。你这一百七十元，也是鹞子断线收不回来了！

王善根 （发急）咦，这，这可不能寻开心！老阿嫂，我们乡下人积这么一笔钱可不容易呀！

（唱）春耕冒着雨水淋，
耘田忍受蚂蟥叮。
“双抢”要掉四斤肉，
才得秋天有收成。

老妻养鸡不吃蛋，
小女刺绣不停针。
老头我，省吃俭用细打算，
半年不敢见荤腥。
辛勤忙碌将钱凑，
只巴望，买辆新车代步行。
我诚心诚意信托他，
他岂能，欺我老实昧良心？
快将小唐叫出来，
我要当面把理评！

唐大妈 唉，老同志！
（唱）他离家一月无音信，
常有债主寻上门！
我正日夜盼他归，
怎奈是，一时无处去找寻！

王善根 （更急）哎哟，老阿嫂！我今天出来，屋里老太婆和我女儿，正欢欢喜喜等着我把一部新车子推回去。想不到现在人不见，钱不见，你叫我转去咋交代！……

〔小胡子上，一脚把门踢开，进来。

小胡子 喂！唐海龙今天总回来了吧？

唐大妈 （赔笑）还没回来。……

小胡子 啥？还没回来？！哼，他欠我的钱存心想不还了？没这么便当！老实告诉你，今朝多少要还一点，否则不要怪我不讲交情！

唐大妈 实在没钱，叫我拿什么来还呢？

小胡子 拿什么？（四看，见米）就先拿这袋米！（过去，拎起米袋就走）

唐大妈 （忙拉住）哟，这是我半个多月的口粮，你拿走了叫我吃啥？……

小胡子 这我管不着！（摔开大妈欲走）

王善根 （挡住）小同志，你怎么能拿她口粮？

小胡子 你懂啥？她儿子欠我五十多元，这袋米连还零头也不够！

王善根 她儿子欠我一百七十元，我也不能拿她米呀！

小胡子 嘿！你自己当“寿头”，叫我陪你当瘟生？对不起，没兴趣。

王善根 （气）你，骂人？

小胡子 骂又怎么样？打也可以！老寿头！（扬长欲走）

王善根 （气得说不出话来）你，你……

〔广播嫂拿眼药上，在门外已听到，这时进来，挡住小胡子去路。

广播嫂 小胡子！慢点走，把米放下！

小胡子 嘿，又来一个！好，放米可以，拿来！

广播嫂 什么？

小胡子 唐海龙的五十多元欠债。

广播嫂 欠你的什么债？

小胡子 谁不晓得唐海龙的为人，当然是被他骗去的……

广播嫂 呸！什么骗去的，你当我不晓得？这五十多元是你们要他请客，大吃大喝酒肉账！

小胡子 （纳闷地）咦！你……

广播嫂 （乐了）哈！这地方啥事情能瞒过我广播嫂！

小胡子 啥人认得你什么“广播嫂”“喇叭嫂”！就算请客也是债。是债就要还！（走）

广播嫂 回来！你不认得我广播嫂，我可认得你小胡子。你前脚一走，我后脚就去派出所告诉李所长，说你逼讨酒肉账，蛮横夺口粮，拿去的米，照样要你送回来！

小胡子 这……

广播嫂 派出所李所长你总认得了吧？（一把夺过米袋）识相快走，有账等海龙回来再算！（顺手把他推出门外）

小胡子 呸！算我倒霉！（悻悻地下）

唐大妈 广播嫂，你今天为我得罪了他，只怕……

广播嫂 怕啥！对这种人，就是不能太客气！

〔王善根见情，默默欲走。

唐大妈 老同志，那你……

王善根 老阿嫂，你不要讲了，我不能难为你，这笔钱就等你儿子回来再说吧。（出门下）

广播嫂 他也是来讨债的？

唐大妈 唉！都是我这不争气儿子作得孽！

广播嫂 你难过也没用，保重身体要紧。（交眼药）我眼药拿来了，生产组王阿姨要我帮你一起把糊好的纸盒马上送去。

唐大妈 又要麻烦你了。

〔两人理纸盒，捧着出门。

〔徐家嫂上，门口相遇。

广播嫂 唷，徐主任！

徐家嫂 大妈，这十元钱，是居委会给你的生活补助费。

唐大妈 （感激地）徐主任，要不是居委会和邻舍关心，只怕我这把老骨头早就烂了。可我家这个浪子到现在……

徐家嫂 放心，李所长正派人在四处找寻，迟早总会回来的。走，送纸盒一起去。

〔三人边说边下。

〔静场，音乐。

〔天色渐暗，街巷中华灯初上。

〔音乐声中，小妹陪着拎旅行袋的郑亚鹃上。

小　妹 海龙哥还没回来过，现在只有他姆妈在屋里。喏，就住在这里。

郑亚鹃 啊，这就是他的家？

小　妹 嗯！（叫）唐家姆妈，你家有客人来了！……（引郑亚鹃进屋）咦，没人！

郑亚鹃 （抬头）唷，屋顶还有洞！

小　妹 海龙哥这个人可滑稽了，样样都有新名堂。这样的破屋，他还自称“望月厅”哩！

郑亚鹃 喔，这就是“望月厅”？

小　妹 他说：屋顶有洞，可以“举头望明月”，不是“望月厅”吗？

郑亚鹃 这人哪……（因暗，脚被凳绊）这么暗，电灯开关在哪里？

小　妹 他家没电灯。

郑亚鹃 为啥？

小　妹 他整天东游西荡，自己也养不活，全宁江城几万户人家，只怕就是他屋里没电灯了。

郑亚鹃 那晚上怎么办？

小　妹 （在桌上找到矿烛，点着）喏，用这个。

郑亚鹃 （省悟）哦，这就是他说的“白玉柱子灯”了！

小　妹 （笑了）对！他对你也讲过？

郑亚鹃 那你说吃饭用的“荷花轮转碗”呢？

小　妹 屋里只有几只破碗，缺口都像荷花瓣一样，有时碗不够，只好轮转用，这就叫“荷花轮转碗”。

郑亚鹃 还有“无边大面盆”呢？

小　妹 他平时洗脸，常常到江边抹一把就算，这条宁江，不就是“无边大面盆”吗？

郑亚鹃 那什么是“透明新毛巾”？

小　妹 他洗了脸，用手把水珠抹掉，再让江风吹干。这江风，就成了他永远用不坏的“透明新毛巾”……

郑亚鹃 啊，是这样！……（四面打量，不由暗自垂泪）

小　妹 大姐姐，你，你哭了？

郑亚鹃 （忙拭泪）啊，没，没哭……

小　妹 你，你大概不知道他的情况吧？

郑亚鹃 知道。

小　妹 知道？……唉，大姐姐，海龙哥这人，就是骗人钱财不好，其实，心并不坏呀！

郑亚鹃 哦？……

小　妹 （唱）我们从小是街坊，
大家尊他孩子王。
为保护邻里小弟妹，
不怕打架性气刚。
有时因此吃了亏，
他也默默忍受从不讲。
就说我，九岁那年捉迷藏，
不慎失足落宁江。
也是他，不顾安危跳下水，
拯救小妹搏风浪！

郑亚鹃 （沉思地）啊……

小　妹 （见郑亚鹃不语）那大姐姐，你先坐坐，我替你去找唐家姆妈。（出门，下）

郑亚鹃 （心绪纷乱地凭窗而望）唉！
（唱）窗外华灯映波光，
心头阵阵卷激浪。
这凄凉景象天下少，
难想象，他如何度这苦时光？

今日他，口说归来人不见，
更叫我，心烦意乱没主张。
欲待撒手回省去，……（拎行李，出门，忽止）
又难舍，相知一场情义长……
（烦乱地）我我该怎么办呢？……

（稍顷，唱）

细想起，刚才姑娘一番话，
分明他，本是好铁不成钢。
再想车站离别情，
他声声忏悔泪盈眶。
若不是，深爱亚鹃恨前非，
又怎肯，忍心割爱揭旧疮？
人生难遇真知己，
亚鹃岂可再彷徨！（毅然进屋）
趁空且把屋子理——

（抹桌搬凳，整理屋子）

〔广播嫂和唐大妈自外上。

唐大妈 谢谢你，还要送我回来。

广播嫂 我送到放心。……（突然）咦，奇怪！
（唱）你屋里为何有灯光？

唐大妈 啊……

广播嫂 （上前推门一看，忙缩回）唷，里面有个大姑娘！

唐大妈 哎，你广播嫂也要寻我开心，我屋里怎么还会有姑娘进门？

广播嫂 真的，真的！（又去门缝张望）嘿，这姑娘眉清目秀，雪白粉嫩，还真漂亮呢！（拉大妈）你来看，她扫地抹桌，像在自己屋里一样。

唐大妈 （张看，诧异）哟，稀奇！难道说我这个瞎眼婆婆，真的碰到了“田螺姑娘！”……一定是她走错人家了！

〔小妹上，见大妈忙叫。

小　妹 唐家姆妈，我到处在找你！你家有客人找海龙哥，我陪她到屋里了。

唐大妈 （指屋内）就是她？

小　妹 对对。

唐大妈 喔，只怕也是来讨债的……

小　妹　不对，不对，她说在省城认得的，还带了行李。我看呀，只怕是……

唐大妈　是啥？……

小　妹　是海龙哥的……朋友！

唐大妈　“朋友”？

广播嫂　（机敏地）哦！看来是你家“拉兹”，也碰到了“丽达”！

唐大妈　“丽达”？

小　妹　就是对象！

唐大妈　对象？（摇手不迭）不会，不会，这我做梦也没想到过！……

广播嫂　到底是不是，进去一问就晓得！

〔三人进屋。

小　妹　大姐姐，这就是海龙哥的姆妈。

郑亚鹃　（亲切地）大妈！

唐大妈　啊，姑娘，你，你是来找海龙的？

郑亚鹃　嗯。

唐大妈　那你是……

广播嫂　（心直口快）就是说，你是不是海龙的对象？

郑亚鹃　（羞窘）哎哟，你……

唐大妈　（急拉广播嫂）哎，你怎么能这样问话？叫人家姑娘怎么回答！

广播嫂　（笑着）哈！你不知道，我这是“火力侦察”。不用她回答，我马上能晓得。

小　妹　那她是不是对象？

广播嫂　我看，八九不离十。

唐大妈　为啥？

广播嫂　你看她，一不发火，二不否认，羞羞答答，一声“哎哟”，这意思还不明白！

小　妹　（高兴）啊，果然是对象，对象！

唐大妈　哎哟，我家这个浪子，这姑娘怎么会看中的呢？

广播嫂　这……（忽有所悟地一拍手）对了！

唐大妈　怎么？

广播嫂　唐家姆妈，我这人“弄堂里扛木头——直来直去”。这姑娘不要也是海龙骗来的哪！

唐大妈　（也急了）啊哟，越骗越厉害，这还了得！（对郑亚鹃）姑娘，我家海龙你千万跟不得呀！

（唱）他在家浪荡惹祸根，
宁江城里有名声。
出门一月胆更大，
竟把你姑娘骗回门。
海龙他，现在不知在哪里，
切莫上当误终身！

郑亚鹃 （唱）大妈她，神情焦急责子深，
慈爱贤良人可亲。
家中有此好妈妈，
更添亚鹃眷恋情。
（对大妈）大妈，你冤枉海龙了。

唐大妈 冤枉？

郑亚鹃 （唱）海龙骗过许多人，
唯独对我不欺心。
一不骗，二不拐；
我是自愿找上门。

唐大妈 啊？！……

广播嫂 哎唷，唐家姆妈！（拉大妈至一边）
（唱）明知海龙不学好，
她却“自愿”找上门。
鱼找鱼，虾找虾，
看来她也不是个正路人！

唐大妈 是呀！
（唱）我儿已是败家子，
又岂可，再添一个扫帚星！（对郑亚鹃）
姑娘请你快回去，
这破庙难留活观音。

郑亚鹃 大妈！……

唐大妈 不不，姑娘，我求求你，可怜可怜我这个老太婆，放开他吧。好在像你这样的姑娘，总不会只有我家海龙一个男朋友的……

郑亚鹃 （吃惊而又委屈地）啊，大妈你你把我当成……

小　妹 （同情地）大姐姐！……

郑亚鹃 大妈呀!

（唱）我家住省城凤凰镇，

郑亚鹃三字是我名。

只因半途遇流氓，

蒙海龙，仗义救助结知音。

怜他失足想悔改，

我这才赶到宁江城。

唐大妈 （意外地）这……这是真的？

郑亚鹃 真的。

广播嫂 原来如此。唐家姆妈，恭喜你啦!

小　妹 （亲昵地）大姐姐，你真好!

唐大妈 这……（犹疑不决）不，不!……

广播嫂 唐家姆妈，依我看，天已不早，海龙也没回来，这事以后再商量吧!

小　妹 对，大姐姐也该休息了。

唐大妈 哎哎，姑娘，你路上辛苦，快先进去休息。只是……这里的地方实在见不得人。

郑亚鹃 （也感疲惫）大妈，不要紧的。（取行李）

小　妹 我来!

〔唐大妈、小妹陪郑亚鹃进内。

广播嫂 哈唷!新闻，新闻，头号新闻!“新式拉兹”碰到一个“中国丽达”，又是我广播嫂第一个晓得!（一想），这件事我应当马上报告派出所!（对内）唐家姆妈，我走啦!（出门）

〔唐大妈答应着同小妹出。

唐大妈 小妹，谢谢你呀!

小　妹 不要谢，唐家姆妈。我也去啦!（出门，下）

〔唐大妈取灯复进内。

〔静场，音乐。幕后独唱声起：

夜幕黑沉沉，

倦鸟飞归林。

白天进城怕人见，

躲到黑夜才回门。

〔在独唱声中，唐海龙肩背挎包，垂头丧气地上。他推门进屋，在黑暗中颓然坐下，忽又伏桌啜泣起来。

〔唐大妈持灯出，闻声一怔，一时看不清。

唐大妈 谁？

唐海龙 （止泣，抬头）是我……

唐大妈 你，是海龙？

唐海龙 我回来了。……

唐大妈 （又恨又爱地）你，你还想得到回来！

唐海龙 （嗫嚅地）妈！……

唐大妈 一去个把月，音信全无，你倒无牵无挂在外游荡，丢下我这个瞎眼老太婆，每天为你担惊受怕，生怕你又出什么事……叫我……（哽咽，说不下去）

唐海龙 （良心深受责备，大恸）妈，你不要说下去了，我对不起你，对不起大家，更对不起一直关心教育我的派出所李所长。我悔，我恨！妈，我真想重新做人，你说还来得及吗？

唐大妈 （有些意外）你，想重新做人？

唐海龙 对，妈！

（唱）我原道人生浑似梦，
今明白，人生价值千金重。
过去只当昨天死，
要把悔恨化教训。

唐大妈 （唱）忽听浪子要回头，
禁不住，老眼模糊热泪涌。
海龙你可是真心话？
切莫将我为娘哄。

〔郑亚鹃闻声从内出，默默听着。

唐海龙 真心话，真心话！妈！

（唱）我曾救过一位好姑娘，
邂逅相逢患难中。
给我力量给我爱，
一片痴心待海龙。
她心灵高洁似彩虹，
我乌鸦怎能讴金凤。
中途吐真伤她心，

车站分别情惨痛。

我虽无福伴姑娘——

（插白）但是我要做一个好人的决心，

（接唱）坚如磐石不摇动！

唐大妈 你……（摇头）只怕你说得到，做不到！……

唐海龙 不不，妈！（猛然跪倒）我一定能做到！我一定要做个真正的好人！（泪下如注）

〔郑亚鹃忍不住啜泣，海龙回头。

唐海龙 （惊呆）啊，你？！……

郑亚鹃 海龙！我已经来了，就等你说这句话。只要你真诚悔过，我相信你，也决不离开你！……

唐海龙 （感动）亚鹃，你……不不，我不配……

唐大妈 对，姑娘，你还是回去的好！

郑亚鹃 （恳切地）大妈，我来了，就不回去了。

唐大妈 （摇头）唉！姑娘，你虽是一片好意，只怕人家说他又拐骗姑娘，我们是有口难辩啊！

〔李民同徐家嫂、广播嫂推门进来。

唐大妈 （不无慌乱地）啊，李所长，徐主任，你们来得正好，这位姑娘……

李　民 大妈，我们已经知道了。唐海龙！

唐海龙 （忙答应）哎！

李　民 我们正要替你安排个临时工，你怎么跑掉了？

唐大妈 （意外地）临时工？这，这是真的？！……

唐海龙 （半晌，不可置信地）……像我这样的人，还替我安排临时工？……

徐家嫂 是呀！我们同塑料厂一切都讲好了，只要做得好，还能转正。可你，跑到哪里去了？

唐海龙 我……（低下头去）我躲债去了……

李　民 躲债？能躲一辈子？

徐家嫂 唉！你呀，你对得起谁？

唐海龙 （无语）……

李　民 姑娘，你同唐海龙真的是正当恋爱？

郑亚鹃 是的。

李　民 为了对你负责，我们把唐海龙的问题，当着他的面对你说清楚，好吗？

郑亚鹃 好。

李　民 唐海龙原是个待业青年——

（唱）他哄骗钱财宁江城，

糊涂失足痛人心。

冒充过：采购、供销、驾驶员，

随时可以变身份。

骗钱到手就挥霍，

到头还是一身贫。

到现在，经过处理退欠款，

可仍有，不少债务未还清。

（问海龙）我讲的是不是事实？

唐海龙 （连连点头）是事实，是事实！……

〔郑亚鹃一时无语，人们齐都注视着她。

郑亚鹃 （平静地）这些我都知道，他全对我讲了。

徐家嫂 他没瞒你？

郑亚鹃 是的。他还说现在的欠债有二百多元。正因为他敢于讲实话，想改正，我才下决心跟他来的。

〔人们惊愕。李民惊喜地目视徐家嫂，徐家嫂赞许地微微颔首。

李　民 （对亚鹃）这是真的？

郑亚鹃 真的。

李　民 姑娘！你可要考虑仔细呀！

（唱）你脚下道路千万条，

条条大道有光明。

为何偏走独木桥，

你不怕，风雨飘摇步难行？

郑亚鹃 （唱）独木桥，步难行，

修桥更需同路人。

为海龙，领导和大家费尽力，

亚鹃也愿操一份心。

徐家嫂 （唱）浪子回头非容易，

姑娘你，终身大事要谨慎。

郑亚鹃 （唱）海龙改错有决心，

亚鹃我，愿助臂力无悔恨。

李　民　（高兴地）好，姑娘你做得对！

徐家嫂　姑娘，你有这样的决心，我们就放心了。

唐大妈　不，姑娘，我们实在太穷啦，不能害你……

郑亚鹃　只要一天有三顿薄粥，我也决不嫌苦！

唐大妈　（不禁上前紧拉郑亚鹃）好姑娘！……（不觉泪下）

广播嫂　嗨！这真是一桩天下奇闻！

〔灯暗。

〔幕闭。

第五场　阻婚

〔数天后。

〔二道幕前：大街。

〔广播嫂挽竹篮兴冲冲上。

广播嫂　哈呀！

（唱）说新闻，道新闻，

宁江县里出奇闻：

“新式拉兹”遇到小“丽达”，

今日登记要结婚。

忙煞我，隔壁近邻广播嫂，

喜煞那，瞎眼大妈老年人。

怕只怕，海龙不是小董永，

辜负那，七仙女下凡一片心！

〔广播嫂过场欲下，迎面传来汽车喇叭和紧急煞车声。广播嫂吓得惊叫着急忙缩身，险些跌倒。

〔朱玲急上。

朱　玲　（歉意地）大嫂，对不起，你受惊了。

广播嫂　啊，姑娘，不怪你，是我走马路不当心。

朱　玲　不，是我急于到机械厂打听一个人，开车思想不集中，怪我不好。

广播嫂 （打量）看你汽车牌照，听你说话口音，是外地来的吧？到机械厂打听谁？

朱　玲 我受人委托，打听这里一个叫唐海龙……

广播嫂 唐海龙？哈，大名鼎鼎的“新式拉兹”，这里啥人不知道，何必要到机械厂！

朱　玲 大嫂，那个“新式拉兹”我也听说过，不过，不对。我打听的那个唐海龙，他在机械厂工作……

广播嫂 机械厂工作？（大笑）哈哈哈！姑娘，不瞒你说，我是这里出名的“广播嫂”，城里大小事情，各色人物，在我脑子里分门别类，归档编号。机械厂连个姓唐的都没有，全宁江就只有这个“新式拉兹”叫唐海龙，最近还找到一个“中国丽达”成了特大新闻啦！

朱　玲 （一惊）真的？

广播嫂 啥人骗你！我们是邻居，今天他结婚，我还在帮忙呢！

朱　玲 啊！（急问）这个新娘子叫啥？

广播嫂 郑亚鹃。

朱　玲 （跌足）哎哟，糟糕！亚鹃找的果然是这个“新式拉兹”！（急对广播嫂）大嫂，他们家在哪里？

广播嫂 东门巷，十八号。……

朱　玲 谢谢你，再见！（转身就走）

广播嫂 （忙叫）嗳嗳嗳，你要找他，我可以陪你去！……

朱　玲 （边走边说）旅馆里还有人等我回音，不麻烦你啦！（忙下）

〔汽车启动声渐渐远去。

广播嫂 嘻，这姑娘来去一阵风，真有意思！

〔王善根提着一篮鸡蛋上。

王善根 大嫂，鸡蛋要吗？

广播嫂 嗯，办喜事鸡蛋倒用得着。多少钱一斤？……（似面熟）咦！你……

王善根 啊，你……（认出来）是广播嫂吧？

广播嫂 对，对，你就是那天到海龙家讨债的那位老阿哥？

王善根 是呀！大嫂，你家是啥人办喜事呀？

广播嫂 啊，宁江这样大的新闻你还不知道？嘿，听我对你广播广播：说来你也许不相信，就是那个大名鼎鼎的唐海龙……

王善根 啊，他回来了？

广播嫂 回好几天啦！还带来一个漂漂亮亮的大姑娘，今天就要结婚，我想买两斤蛋送送……

〔王善根闻言，提起篮就走。

广播嫂 （回头见他走，怔）哎哎，你到哪里去？

王善根 他有铜钱结婚，一定有铜钱还债——讨债去！（急下）

广播嫂 （急叫）哎，老阿哥！……

〔小胡子路过，在旁已听到，这时一把拉住广播嫂。

小胡子 怎么？唐海龙结婚了？哈，好！那天你说有账等海龙回来再算，今天我去讨债，你总不能再去叫派出所所长了吧？

广播嫂 你……

小胡子 （一个响指）拜拜！（下）

广播嫂 哎哟！今朝海龙结婚高高兴兴，现在弄两个债主上门，这婚咋还结得成！……对，追他们回来！（大声）喂！你们不能去！（叫着追下）

〔灯暗。

〔幕后独唱声：

乌鸦招来金凤凰，
浪子成亲做新郎。
一身旧衣是妆奁，
一间破屋作新房。
这件婚事不寻常，
轰动热心众街坊。

〔二道幕启：景同第四场。唐海龙和郑亚鹃在打扫、布置屋子，简陋的小屋已焕然一新。窗上贴大红囍字，并新装了电灯。

〔唐大妈端茶水喜滋滋地出。

唐大妈 海龙，快叫亚鹃歇歇，喝口水。

郑亚鹃 妈，快要好了。

〔一阵锣鼓声。徐家嫂、小妹和几个青年拿着家用什物、一对喜联欢快地上，进门。

徐家嫂 唐家姆妈，恭喜你啦！

唐大妈 哟，徐家嫂来了！

唐海龙 徐主任！

郑亚鹃 （腼腆而又大方地）徐主任，请坐！（搬凳）

小　妹　（一拉灯线）电灯亮啦！大妈，今后你夜里糊纸盒就方便多了！

唐大妈　（感动地）这些都亏亚鹃呀！带来几十元钱，又装电灯，又办喜事。（难过地）唉，我听人家讲，现在姑娘找对象，要讲多少“机”，还有……什么“空”……

唐海龙　“海陆空”！

唐大妈　对，“海陆空”。（对郑亚鹃）你今日结婚，只有一间破屋爿，几块硬铺板，大妈连件新衣也没替你做，真委屈你了！

唐海龙　（解嘲地）好，我们也不错，没有“海陆空”，倒有“地对空”。

唐大妈　啥？“地对空”？

唐海龙　下有水泥“地”，四面屋“空空”，这不是“地”对“空”？

唐大妈　（佯嗔）你，就是嘴巴乖！

〔郑亚鹃、唐海龙也快乐地笑了。

徐家嫂　（一把拉住郑亚鹃，又细细端详，赞叹地）好姑娘，你不但人长得漂亮，更难得还有一副好心肠！街坊们知道你为了海龙改好，愿意跟他受苦，都托我送东西来啦！（指东西）你们看！

（唱）春风十里传喜讯，
邻里不断贺新人：
东家送块小明镜，
西户送条新毛巾。

青年甲　（唱）有的送碗又送筷，

青年乙　（唱）有的送梳送面盆。

两青年　（同唱）他们说：不是礼物是心意，
请收下，街坊邻里一片情。……

小　妹　（捧出一个小坛）

（唱）我外婆，家住城外五里村，
腿脚不便难出门。
专托人，带来一坛陈咸齑，
叫我转送表寸心。

郑亚鹃　（紧拉徐家嫂）

（唱）亚鹃初到宁江城，
街坊的盛情感人深。
请你转告一句话：

有这么多人关心海龙——

帮助他，走正道我更觉踏实添信心。

唐海龙 （感动地）徐主任！

（唱）多少年，浑浑噩噩度人生，

表面嘻笑心如冰。

只以为，大家冷眼将我看，

今才知，众人胸怀火热心。

冰河解冻梦惊醒，

决不辜负众街邻。

徐家嫂 （语重心长，亲切地）好呀，海龙，以后就看你的实际行动啦！

唐海龙 （点头）嗯！

徐家嫂 为了祝贺你们，居委会还送你们一对喜联。

〔青年甲、乙各展一联。

郑亚鹃 （念）“齐心协力奔四化大道”。

唐海龙 （念）“同甘共苦建勤俭新家”。

徐家嫂 （展横批，念）“前途光明”。

小　妹 （接过横批）来，快贴起来！

两青年 对！（三人去贴）

郑亚鹃
唐海龙 （争着上前）让我们自己来……

徐家嫂 （笑拦）新郎，新娘，你们还是把东西收进去，快准备准备，等下李所长等还要来参加你的婚礼呢！

唐大妈 （既高兴又为难地）哎哟，这，这叫我拿什么招待大家呢？……

徐家嫂 （出纸包）放心，三斤喜糖，半斤茶叶，是李所长和我的一点心意。

郑亚鹃 （不好意思地）徐主任，怎么能叫客人自带喜糖……

徐家嫂 （不容分说）这你就不用客气啦！我们先走一步，等下再来。（招呼青年和姑娘们）走吧！

〔徐家嫂及小妹、青年出门，下。

唐大妈 真是一些好人哪！（说着去搬礼物）

郑亚鹃 （忙上前）妈，你歇息，我们来。

唐海龙 对，我们来！

唐大妈 哎，好好，我去装喜糖，等下好待客。

〔郑亚鹛和唐海龙一起搬礼物进内；唐大妈拿糖和茶叶包欲下，广播嫂喊着急上。

广播嫂 唐家姆妈！唐家姆妈！（进门）

唐大妈 啊，广播嫂，吃喜糖！

广播嫂 哎哟，还吃喜糖，事情麻烦啦！

〔唐海龙出，闻声站住。

唐大妈 怎么？

广播嫂 我在大街碰到小胡子和那个乡下老阿哥，他们听说海龙回来了，马上要来讨债，挡也挡不住。幸亏我抄小路，早到一步，先送消息，你们快想想办法！

唐海龙 这……

唐大妈 （急）哎哟，虽说穷人做亲，总也欢欢喜喜，要是讨债一来……

广播嫂 是呀，这一来就“热闹”了！……

〔外面小胡子叫声：“唐海龙！唐海龙！……”

广播嫂 喏，他们已经来啦！……

唐大妈 啊……

〔小胡子和提着一篮鸡蛋的王善根匆匆上，进屋。

小胡子 好哇，海龙，你倒笃定！回来不打招呼不见面，定定心心躲在屋里结婚？这五十几元钱……

唐海龙 小胡子，轻点，讲点交情，今天我实在没钱……

小胡子 哈！没钱还债，倒有铜钿结婚？当我瘟生？！

王善根 是呀，小唐同志，我是相信你，才给你一百七十元买自行车，半年工夫连个轮胎也没看到。谢谢你，把钱还我，自行车我不买了！……

唐海龙 （愧疚地）老王，是我骗了你，对不起你，钱一定还你，只是今天……

王善根 我不相信！到时候你又朝外面一走，我哪里去找你？

唐大妈 （急得团团转）唉，这都是你不学好的下场！（苦求）小胡，老同志，你们做做好事，今天他结婚，客人马上要来……

小胡子 什么客人不客人，谁叫他欠我债？老实说，今天他不还债，休想结婚！（坐下）

王善根 对，今天不还钱，我也不去了！（蹲在一边）

广播嫂 哎哟！看来婚真要结不成啦，这，怎么办呀！……

唐大妈 唉呀，这这……小胡，老同志，我求求你们，求求你们……

〔郑亚鹃出，扶住大妈。

郑亚鹃 （轻唤一声）妈！

〔全场因郑亚鹃平静的神态而怔住。

郑亚鹃 （缓步走向小胡子、王善根）你们的话，我在里面都听到了。（诚挚委婉地）今天虽说是我和海龙结婚，可是请你们看看，没一样新家具，没一件新衣裳，没买一斤肉，没打一瓶酒；零用杂物是邻居送的，喜糖茶叶是街道干部出钱买的。这哪里像办喜事的样子！不是不想弄得好一点，实在是没有钱呀！……

〔全场默然。唐大妈不觉泪下，唐海龙忍不住低声喟叹。

郑亚鹃 （略顿）海龙欠你们的钱，是应该还的，只是砻糠榨不出油来，能不能请你们宽限一些时候，将来慢慢还你们……

小胡子 怎么，又叫我白跑？办不到！

王善根 姑娘，不是我要逼你们，你不知道，为了这笔钱，我老太婆同我又吵又闹，气得旧病复发，倒在床上，我女儿难过得饭也吃不下，你说，我心里好受吗？你，你叫我怎么办！……（几乎哭出来）

〔郑亚鹃沉吟无语。

唐大妈 （担心而又痛惜地）亚鹃！……

郑亚鹃 （毅然摸出所有钞票，对小胡子）这二十元是我最后一笔钱了，本来是留作生活费的，现在你先拿去。（回身又脱下手表，对王善根）老大伯，屋里再没有值钱的东西了，这你拿着，总还值八九十元。余下不够的，以后再还你们。

王善根 （捧表在手）你……

唐大妈 （老泪纵横）孩子，太委屈你了！……

郑亚鹃 （劝慰地）妈！

小胡子 好吧，兄弟我也是讲交情的，还有三十六元以后再算。（一个响指）拜拜！（出门下）

王善根 （半晌）姑娘，这我不能收。（交回手表，拎篮欲走）

郑亚鹃 老大伯！……

王善根 好姑娘，你不用讲了。虽然初见面，我已看到了你一颗金子一样的心。有了你，小唐同志有救了，我的钱也有希望，我放心了。（欲走又止，捧起蛋篮）姑娘，我老头没啥东西，这篮鸡蛋，就算我祝贺你们新婚的一点心意吧！

郑亚鹃 不，老大伯！

王善根 让老天爷保佑你称心如意。（放篮，出门）

唐大妈 老同志……

唐海龙 老王同志！……

王善根 （在门外）再——见！（下）

〔郑亚鹃拿着表，看着蛋，百感交集。

广播嫂 （终于松了一口气）哎哟！我命都急出来了！好了，好了，债主已走，天下太平，你们快准备准备，好迎接客人！

唐大妈 （破涕为笑）哎！

〔郑亚鹃、唐海龙忙整理屋子，准备待客物件。广播嫂说完就往外走。

唐大妈 （拉住）你就不要走了。

广播嫂 哎，隔壁近邻，要啥客气，（一扬竹篮）我还要去买点东西，马上就来！（挣脱出门）

〔刚巧朱玲陪着宋金宝，同广播嫂相遇。

朱　玲 嗳，大嫂！你看，我找到这里来了。

广播嫂 （热情地）姑娘，是你呀！这位是……

朱　玲 亚鹃的舅舅，在旅馆里等我回音的就是他。

广播嫂 啊唷，来得正好，海龙和亚鹃都在里面。（返身进门）亚鹃，你家舅舅来啦！

郑亚鹃 （一惊）啊！舅舅……

唐海龙 （大喜）好呀，舅舅来了，快请他进来！（欲出迎）

〔宋金宝面有愠色，已同朱玲进门。唐大妈、广播嫂见情惊异；郑亚鹃、唐海龙神色不安。

郑亚鹃 （上前）舅舅，你是搭朱玲便车来的？

宋金宝 不用叫啦，你还晓得有舅舅！（负气坐下）

唐大妈 （笑迎）舅舅是啥时候到的，不是说你工作忙，离不开？

宋金宝 （更气）啥？他们样样都瞒着我，不让我来，还说我工作忙离不开？

唐大妈 啊，不让你来？……

郑亚鹃 （忙打圆场）妈，你先去歇歇，舅舅让我来招待。

唐大妈 这……

唐海龙 （识趣地）对，妈，我们进去，这里让舅舅和亚鹃谈谈。（边说边扶疑虑重重的唐大妈进内）

广播嫂 （见情，旁白）哎哟！走了债主，又来舅舅。看来事情还不太平，让我快去讨救兵！（悄悄溜出门，急下）

郑亚鹃 舅舅！

宋金宝 （扭头不理）……

朱　玲 哎！你来了这许多天，怎么连封信也不写？你知道不知道，这个唐海龙就是那个“新式拉兹”？

郑亚鹃 我知道。

朱　玲 既然知道，还同他结婚？

郑亚鹃 朱玲！……

朱　玲 亚鹃！

（唱）天下青年随你挑，
为什么明知火坑往里跳？

郑亚鹃 （不语）……

朱　玲 你看看，这样的新房，这样的家，这样的生活！亚鹃，我的好妹妹！

（唱）错迈一步害终身，
遗恨绵绵无时了。
这样大事瞒舅舅，
难怪老人要气恼！

郑亚鹃 你听我说……

宋金宝 不用说！如果你还承认有我这个舅舅，就听我一句话。

（唱）鲜花不配狗尾草，
黄莺怎伴乌鸦鸟？
我们家贫人清白，
岂能与浪子把亲招！
莫糊涂，休执拗——

（插白）乘今日还没结婚，当机立断，各奔前程——

（接唱）你同他，路归路来桥归桥！

郑亚鹃 什么，舅舅，你要我取消婚事？

宋金宝 对！朱玲的汽车就在外面，只要你把东西一整，马上可以回去。

郑亚鹃 不不，舅舅，如果我今日回去，当初何必要来？

宋金宝 你！……

郑亚鹃 （恳求地）舅舅，我知道你们都是为我着想。想到海龙过去的一切，我也气他，恨他。可我，又总离不开他……

宋金宝 啊，离不开他？！

朱 玲 亚鹃，我真不明白，你这究竟是为了什么？

郑亚鹃 （缓缓解下杜鹃头巾，轻轻抚摸，深情地）你不知道，他，心好！……

朱 玲 心再好，不也是个浪子！

郑亚鹃 （激动了）朱玲，你怎么能这样看他？

（唱）墙角一棵路边草，

更需阳光雨水浇；

折翅受伤孤飞鸟，

防风栖身盼暖巢。

党是阳光洒雨露，

我筑暖巢不辞劳。

苦中自也有欢乐，

我不怕受穷受嘲笑！

宋金宝 什么，你……要是他改不好呢？

郑亚鹃 那……我也决不怨恨舅舅。

宋金宝 （伤心地）好，朱玲，我们走！……

朱 玲 （为难）舅舅！

宋金宝 从今以后，她没有我这个舅舅；我，我也如同没有这个外甥女！（走）

郑亚鹃 （凄楚地叫唤）舅舅！……

宋金宝 （住步，回头，但终于一咬牙）嗨！（转身又走）

〔唐大妈忙从内出，叫住。

唐大妈 慢！（上前，善良地）舅舅，你不要生气，我不知道他们都瞒着你。现在一切明白了，就请你把亚鹃……带走吧！

宋金宝 你？……

〔广播嫂同李民、徐家嫂匆匆上。

广播嫂 （进门）李所长、徐主任来了！

〔李民、徐家嫂进门。

唐大妈 李所长，徐主任，你们来得正好。这是亚鹃舅舅，我要请他把亚鹃带回去，这件婚事算了。

李 民 （对宋金宝）老人家，怎么回事？

宋金宝 李所长，我原以为海龙是个好青年，才让亚鹃到宁江来，哪知道他们样样都瞒着我。亚鹃从小没有父母，我不能眼看她往火坑里跳，不拉一把呀！

李　民 亚鹃，这样的大事，怎么能瞒着舅舅？

郑亚鹃 我，我是怕舅舅为我伤心，所以……

徐家嫂 唉，这也不能瞒呀！

李　民 现在你舅舅不同意这桩婚事，你看怎么办呢？

郑亚鹃 我……

唐大妈 （慈爱地）亚鹃，你是个好心的姑娘，大妈永远不会忘记你。不过，你应当体谅舅舅的心情。我已经替你都预备好了。（对内叫）海龙，出来！

郑亚鹃 妈，你……

〔唐海龙心情沉重地拿着郑亚鹃的旅行袋等行李出来，默默地交给郑亚鹃。

郑亚鹃 （看着行李，心如刀绞，泪如泉涌）啊，不不！舅舅，你，你就不能体谅亚鹃一片苦心吗？……

〔宋金宝见此情景，不无所动。

李　民 老人家，亚鹃为挽救海龙确是一片真心，这事你看……

宋金宝 （对郑亚鹃真情地）亚鹃，不是舅舅心狠，硬要拆散你们。我，我也是为你着想啊！

唐海龙 （含着泪）亚鹃，你，你就回去吧……（泣不成声）

徐家嫂 亚鹃，这事要你自己拿主意啊！……

朱　玲 亚鹃，你也不能太叫舅舅伤心啊！……

〔郑亚鹃神情凄楚地环视众人，作着最后抉择。

郑亚鹃 （下决心地）舅舅，如果你实在不放心，不同意我结婚，要请你依我一条。

宋金宝 哪一条？

郑亚鹃 让我留在宁江等他一年，如果他真的不能改好，我就随舅舅回去。

宋金宝 等他一年？

徐家嫂 （上前）舅舅，像海龙这样的人，我们总不能都丢开不管，让他当一辈子光棍呀！

李　民 （深情地）舅舅，对海龙我们拉一拉就过来了；推一推就过去了。让我们大家来拉他一把吧！

宋金宝 这……

李　民　舅舅！

（唱）新社会，阳光温暖处处春，

怎忍他，长陷泥坑毁一生？

大家都望海龙好，

你何不，成全亚鹃一片心！

郑亚鹃　舅舅，为了他早日回头，我还要同他“约法三章”。

李　民　好！舅舅你看……

宋金宝　那，你的“约法三章”呢？

唐大妈　亚鹃你只管讲，大妈一定赞成。

李　民　海龙，你说呢？

唐海龙　（忙说）赞成，赞成，亚鹃，你讲吧。

郑亚鹃　（唱）第一条，不上馆子不喝酒，

浪荡朋友断交情。

唐海龙　（唱）从此戒酒戒香烟，

平日无事不出门。

郑亚鹃　（唱）第二条，按时上班勤劳动，

用汗水洗刷旧心灵。

唐海龙　（唱）我提前到厂迟下班，

再苦再累也心甘。

郑亚鹃　（唱）第三条，工资全部拿回家，

私自不许动分文。

经济大权我代管，

争取早把债还清。

唐海龙　（唱）此后事事你安排，

一言一语我都听。

郑亚鹃　（唱）倘然违约如何办？

唐海龙　这……

唐大妈　怎么样，快讲！

唐海龙　（唱）任你处置不敢有怨恨。

李　民　老人家，你还有什么意见？

宋金宝　唉，好吧，既然亚鹃愿意，就等他一年。不过话要讲明，到时候再不改好……

李　民　放心，到时候不用你来，我也会把亚鹃送到你手里。

宋金宝　好！李所长，亚鹃我就拜托给你们了！我走了。（起身）

郑亚鹃　（依恋）舅舅，你怎么刚来就走？

宋金宝　唉，我这样住着也不爽快。（对唐大妈）老阿嫂，多有得罪，请莫见怪。（对众）各位再见了！（和朱玲出门）

〔郑亚鹃追至门外，人们齐到门口。

郑亚鹃　（依恋地）舅舅！

〔宋金宝留步，回头，又强自压制感情，挥手而别。

唐海龙　（负疚地）舅舅来嗬！

〔灯暗。

〔幕闭。

第六场　惊变

〔半年以后。

〔独唱声：

心似磐石坚，
情热如火焰；
姑娘留宁江，
转眼已半年。
生活激流波折多，
又见浪涛险！

〔二道幕前：街巷口，傍晚。

〔唐海龙上。

唐海龙　（唱）难忘亚鹃情意厚，
日夜操劳把心血呕。
眼见债务渐渐清，
她却身体虚弱日见瘦。
多少次，要买补品她不许，
可叹我，身边无钱空发愁。

幸亏有笔意外财，
今夜马上能到手。
到明早，替她买盒“双宝素”，
来个先斩后启奏。

〔唐海龙走，迎面小胡子上。

小胡子 唐海龙！（见唐海龙不理，拦住）怎么，你这个“新式拉兹”搞到一个“中国丽达”，连兄弟都不认了？

唐海龙 欠你的债都还清了，还找我做啥？

小胡子 不要一本正经。我知道那只“金凤凰”管得你特别紧，工资要全部上交。好久没喝“三滴水”了吧，走，今我请客！……

唐海龙 对不起，夜里我要值班，没空。

小胡子 （眼一亮）值班？你是临时工，值啥班？

唐海龙 门房老陈伯病了，我替他代班。

小胡子 嗄！领导能相信你？

唐海龙 （颇自豪地）当然！（下）

小胡子 哎……海龙，海龙，我还有话同你说哩！（追着跟下）

〔灯暗。

〔二道幕启：次日上午，唐海龙家门前。一道矮墙，爬满藤蔓，前有板桌木凳。墙后，宁江横亘，隔江街景如画。

〔郑亚鹃在糊纸盒，唐大妈自内出。

唐大妈 哎哟，亚鹃！今天不上班，我叫你就在宿舍里休息休息，怎么又来了？

郑亚鹃 妈，我糊纸盒不也跟休息一样！

唐大妈 （夺下纸盒），亚鹃你呀！
（唱）为了海龙重做人，
工作家务两操心。
平日里，小荤只为母子留，
自咬咸菜把饭吞。
你来时面色像朵花，
到现在，形容憔悴少精神。
大妈我，看在眼里心头痛，
好似扎上绣花针！

郑亚鹃 妈！

（唱）我在这里半年整，
你待亚鹃胜娘亲。
更喜海龙渐回头，
受点劳累也高兴。

〔小妹持信上。

小　妹　亚鹃姐，你有信。

郑亚鹃　（接看）啊，是舅舅来信！

唐大妈　快看看，舅舅怎么讲？

郑亚鹃　（看毕，面露喜色）舅舅已经动身，又到宁江来了，今天下午就到！

唐大妈　（紧张）啊，是不是又要叫你回去？

小　妹　（也急了）不，亚鹃姐，不许你去，不许你去！……

郑亚鹃　（笑）放心，这次舅舅不会叫我走啦！

唐大妈
小　妹　为啥？

郑亚鹃　李所长出差在省城遇到舅舅，说海龙积极劳动，重新做人，舅舅要来看看。说要是真的改好了，就让我们……

唐大妈　怎么？

郑亚鹃　（羞涩地）……提前半年成婚……

小　妹　（雀跃）好呀，好吃喜糖啰！

唐大妈　（乐）舅舅他真是炮仗脾气棉花心啊！我马上去收拾屋，好迎接舅舅！

郑亚鹃　妈，我帮你一起去。

小　妹　我把这喜讯去告诉大家！

〔小妹下。唐大妈、郑亚鹃进屋。

〔唐海龙拿一盒“双宝素”上。

唐海龙　（唱）值班回家步如飞，
一盒补品表心意。
只怕她，心痛钞票不肯受，
还得暗中用巧计。

〔郑亚鹃出。

郑亚鹃　海龙，下班都半天了，怎么才回家？

唐海龙　啊，我，我碰到门房老陈伯，为一件事，讲了半天。

郑亚鹃　什么事？

唐海龙 （唱）我代他值班一星期，
他深深感激在心里。
听说你近来人虚弱，
硬送我，一盒补品作谢礼。（出补品）

郑亚鹃 “双宝素”！这怎么能收？快去还掉！

唐海龙 是呀，我也说不能收，可他无论如何不依！
（唱）说什么，海龙退还这份礼，
分明对他看不起。
推推让让大半天，
没奈何，只得暂收回屋里。

郑亚鹃 这……

唐海龙 我想，硬退也不好，以后有机会回他一份礼也就是了。这盒“双宝素”你就收下吧。

郑亚鹃 那，也好。下午舅舅要来，正好借花献佛，孝敬舅舅。

唐海龙 （慌）什么，舅舅要来？……

郑亚鹃 （笑）呆大，急啥？你看看这封信！（交信）

唐海龙 （忙看，喜出望外）原来舅舅他……（额手庆幸）啊，也有这么一天！

郑亚鹃 （出钱）还不快去买点菜，准备招待舅舅！

唐海龙 哎！（接钱欲走，又回）这盒“双宝素”还是你吃，孝敬舅舅我另买绍兴加饭酒。（奔下）

郑亚鹃 （喊）海龙，海龙！……（又喜又无奈地）这人哪！（取“双宝素”欲进屋）

〔小妹奔上。

小　妹 亚鹃姐，你看，谁来啦！

〔宋金宝持行李乐呵呵地上。

郑亚鹃 （惊喜）啊，舅舅！（对内）妈，舅舅来啦！

〔唐大妈出。

唐大妈 呀，舅舅，你信里不是说下午到嘛！

宋金宝 听到海龙改好，心里一高兴，恨不得马上飞到此地，所以改乘早班车，提前到了。海龙呢？

郑亚鹃 他替舅舅买酒菜去了。

宋金宝 酒菜？我要的是听听他这半年的表现。

小　妹　舅舅，现在海龙哥可好啦！不吃烟酒，劳动积极，亚鹃姐叫他往西，他不敢朝东！……

郑亚鹃　（笑嗔）要你多嘴！（示“双宝素”）舅舅，这是海龙替门房老陈伯代班，老陈伯谢他的礼物，他要我孝敬舅舅。

宋金宝　好好好！这一回，我酒也喝，礼也收，再不会像上次那样，做《西厢记》里的老夫人了。哈哈！

唐大妈　（高兴地）舅舅路上辛苦，快先到里面去洗把脸，休息休息。

宋金宝　哎哎！

〔唐大妈引宋金宝进屋。郑亚鹃同小妹拿着宋金宝的行李准备进屋，广播嫂急匆匆上。

广播嫂　（忙叫住）亚鹃！海龙呢？他厂里出事啦！

郑亚鹃　（怔）出什么事了？

广播嫂　（唱）他厂里，今天一早乱哄哄，
保卫科干部也出动。
说道是，二百多元备用金，
放在一只铁盒中。
昨夜晚，有人撬开会计室，
现金铁盒无影踪。
案子一查叫人惊——

郑亚鹃　怎么？

广播嫂　（唱）嫌疑最大是唐海龙。

郑亚鹃　为什么？

广播嫂　（唱）昨夜厂里人不多，
海龙值班宿厂中。
都说他，过去名声本不好，
见钱哪会不眼红？
请只老鼠管谷仓，
迟早总要钻壁洞。
案子还在继续查，
我特地赶来透透风。

郑亚鹃　啊，这……不，不可能！……

小　妹　对，我也不相信！

郑亚鹃 再说，海龙今天回来，情绪也很正常……

广播嫂 他对你讲点什么？

郑亚鹃 说是上午碰到门房老陈伯，送他一盒“双宝素”……

广播嫂 （打断）啥？门房老陈伯？他根本不在宁江，怎么碰得到！

郑亚鹃 （怔住）老陈伯不在宁江？

广播嫂 是呀，昨天我亲眼看他乘车到上海去看病，海龙分明是在说谎！

郑亚鹃 这么说，他身边没有钱，哪来这盒“双宝素”？

广播嫂 哎哟，这，这就难说了！看来真是“江山好改，本性难移”啰！唉！

郑亚鹃 啊！（痛心地自语）“江山好改，本性难移！”

〔宋金宝已从屋内出来，愤愤地把“双宝素”塞还给郑亚鹃。唐大妈心情沉重地跟在后面。

宋金宝 （唱）我原道，花好月圆乌云开，
哪知是，一段朽木难成材！
休再留恋随我走，
永世不到宁江来！（拉郑亚鹃）

郑亚鹃 舅舅，我要等他回来问个明白。

宋金宝 这样明白的事你还问啥！……

〔唐海龙拿酒菜，兴冲冲喊着上。

唐海龙 亚鹃！……呀；舅舅已经来了！

宋金宝 （怒坐一旁）哼！

唐海龙 （发觉有异）亚鹃，这……

郑亚鹃 我问你，这盒“双宝素”究竟是哪里来的？

唐海龙 是……是老陈伯送的呀！

郑亚鹃 老陈伯昨天已去上海看病，你是怎么碰到的？

唐海龙 （语塞）啊，这……

小　妹 （焦急地）你快说，是不是偷来钞票买的？

唐海龙 什么，偷来钞票？不，亚鹃！我……

唐大妈 （上前，严厉而沉重地）海龙，你过来！

唐海龙 （胆怯地）妈！……（缓步过去）

唐大妈 （猛然在他身上搜摸，发觉口袋有异，竟掏出一叠钞票）啊，钞票！

〔全场惊住。

广播嫂 （失声）海龙，这事果然是你做的呀！

小　　妹　（气得哭了）你，真不争气！（扭头奔下）

唐 海 龙　妈，这……

唐 大 妈　（狠狠地打唐海龙一记耳光）你这个畜生！

唐 海 龙　妈，妈，你听我说……

广 播 嫂　海龙，昨夜你厂里备用金失窃的案子已经发了，快去交代，争取从宽处理！

唐 海 龙　我……

〔保卫科干部拿一小铁盒上。

保卫科干部　海龙，你认得这只铁盒子吗？

唐 海 龙　不认得。

保卫科干部　这只放备用金的空铁盒，就在你值班室查到的，会计室还有你掉下的一粒纽扣！

唐 海 龙　啊！

保卫科干部　你马上跟我到厂里去，把情况讲清楚！

〔海龙忽然推开众人，跳越矮墙，飞奔而下。人们大惊。

广 播 嫂　（惊呼）唐海龙逃了！

保卫科干部　追！

〔保卫科干部及广播嫂追下。

〔唐大妈惊慌失措。宋金宝愤然跃起。

宋 金 宝　（对郑亚鹃）快整东西，跟我回去！

〔郑亚鹃一阵昏晕，摇摇欲坠。

唐 大 妈　（急忙扶住，哭叫）亚鹃！……

〔灯暗。

〔幕闭。

尾　声

〔当天。

〔宁江畔。

〔独唱声：

晴空起风云，
劳燕各自分。
山水依旧来时景，
频频回首倍伤心。

〔幕启：独唱声中，宋金宝手提行李，同郑亚鹃上。郑亚鹃面色憔悴，步履沉重，一步一回头。

宋金宝 亚鹃，走吧，赶不上公共汽车，火车就要脱班了。

郑亚鹃 舅舅，我……（痛苦地欲说什么）

宋金宝 快走吧！

〔广播嫂叫着："亚鹃……"陪唐大妈上。

唐大妈 （颤巍巍地）亚鹃，我来送送你。

郑亚鹃 （扑向大妈）妈！

唐大妈 （老泪纵横）亚鹃，大妈对不起你呀！
（唱）你莲蓬结子含苦心，
到头来，风吹荷池叶飘零。
愿你此去后福长，
好心姑娘天照应。

郑亚鹃 不，妈！
（唱）我被迫匆匆登行程，
其实未死一片心。
半年时间不算短，
海龙言行看得清：
分明他，病蝉已蜕旧时衣，
今日变化我难信！
难道说，真是亚鹃瞎了眼，
错把恶魔当善神？
他今一走无消息，
我今日回去怎安宁！

宋金宝 明明赃证俱全，他又畏罪出逃，追也追不到，你还有什么不死心？

广播嫂 唉，我早说过，你是下凡七仙女，只怕海龙不是小董永。你也不要难过，先跟舅舅回去再说。……

〔远处传来汽车喇叭声。

宋金宝 咳，公共汽车来了，快走吧！

唐大妈 亚鹃，你走吧！……

广播嫂 （一望）不是公共汽车，是一辆卡车！

〔一阵煞车声，传来朱玲叫声："亚鹃！"

郑亚鹃 （抬头）啊，朱玲！（迎上）

〔朱玲和阿章奔上。

阿　章 亚鹃同志！

郑亚鹃 啊，阿章同志！你们怎么一起来的？

朱　玲 是舅舅告诉我，要来替你们办喜事。他就同我一起来参加你的婚礼啦！

宋金宝 婚礼吹啦！

朱　玲
阿　章 （愕然）为啥？

广播嫂 怪海龙不争气，偷窃厂里备用金，又犯案啦！

朱　玲
阿　章 （大惊）啊！

阿　章 哎哟，本来是一桩天巧地合的"奇缘"，想不到现在……

广播嫂 "奇缘，奇缘"，从此全完！

〔李民已上，这时出现。

李　民 （接上）不，"奇缘，奇缘"，美满姻缘！

人　们 （闻声，齐）哟，李所长！

李　民 总算被我赶上了。舅舅你不能走，我还有喜事告诉你啦！

宋金宝 对不起，不要听。上次也是你报喜，我差点儿招个贼女婿！这次……

李　民 这次我还你一个好女婿！你不知道，厂里失窃，作案的不是海龙，而是小胡子。幸亏海龙发觉一粒纽扣……

〔人们愣住，郑亚鹃惊喜。

宋金宝 纽扣？……

李　民 海龙值班时，小胡子曾到厂里去过。他们以前是好朋友，曾经做过同样的一件衣服。所以海龙一看到那粒纽扣，怕耽误时机，来不及讲就越墙而走，去找小胡子查看。他一直到车站才追到小胡子。刚刚我出差回来看到，当场搜出赃物。唐海龙为破案立了功啦！

郑亚鹃 那这盒"双宝素"……

李　民 这是他代班费买的，怕你心痛钞票，才只说是老陈伯送的。

唐大妈 那他袋里怎么会有这么多的钞票?

李　民 这……看，海龙来了，就让他自己来讲吧!

〔徐家嫂和小妹等人拥唐海龙上。

〔唐大妈、郑亚鹃和人们齐上前招呼。

唐海龙 妈，亚鹃，我害你们受惊了。

郑亚鹃 你快说说，袋里怎么会有一大叠钞票的?

唐海龙 那是李所长为帮助待业青年找出路，筹办饮食店，临走托我代办用具的资金，刚从银行领出来。

唐大妈 你为什么早不讲?

李　民 当时上级还没批下来，是我叫他暂时保密。

广播嫂 唷，想不到还是一场误会!

朱　玲
阿　章 （叫）海龙!

唐海龙 哟，阿章！朱玲!

阿　章 我们是专程来喝你喜酒的，差点儿没喝成!

广播嫂 看，小胡子来啦!

〔公安人员押小胡子上。后随群众。

广播嫂 小胡子，你也有今朝一日呀!

唐大妈 （对海龙）你要吸取教训呀!

李　民 押下去!

〔公安人员押小胡子下。

宋金宝 （拉起亚鹃）走!

人　们 （怔）啊?

宋金宝 回头走，替海龙办喜事去!

〔人们雀跃。

李　民 好！“奇缘奇缘”，浪子回头，终成良缘！这才叫——

人　们 “浪、子、奇、缘”!

〔人们欢乐地把唐海龙、郑亚鹃推到一起。鼓乐齐鸣。

〔幕渐闭。

〔剧终。

1983年

七场古装越剧

天之骄女

魏　峨

人物表　尉迟燕娘——19 岁，尉迟恭的侄女，程诰命的外甥女。

高阳公主——18 岁，唐太宗的爱女。

武媚娘——17 岁，即武则天，太宗的才人，高宗的昭仪。

唐太宗——52 岁，已是晚年的李世民。

房玄龄——71 岁，老宰相，开国元勋。

房遗直——21 岁，玄龄长子，燕娘的丈夫。

房遗爱——19 岁，玄龄次子，高阳公主的驸马。

房遗玉——15 岁，玄龄幼女。

晋　王——24 岁，唐太宗嫡子，名治，后为唐高宗。

长沙王——23 岁，唐太宗之子，晋王异母弟，名恪。

尉迟恭——58 岁，大将，封为卢国公，开国元勋。

程诰命——59 岁，程咬金之妻，诰命夫人。

辩　弘——30 岁，和尚，感业寺住持。

长　明——60 岁，尼姑，感业寺静修庵住持。

宫女、武士、家人、侍从、和尚、尼姑、太监等若干。

第一场　议嗣选婿

〔唐朝贞观末年。

〔勤政殿是太宗退朝后办公的地方，摆设如同书房。正面，一排大书架，摆满了古籍书册；两侧有屏风，各写着太宗自勉之言。其一曰："以铜为镜，可以正衣冠；以古为镜，可以见兴替；以人为镜，可以知得失。"其二曰："人言天子之子尊，无所畏惮，朕则不然，上畏皇天之鉴临，下惮群臣之瞻仰，兢兢业业，犹恐不合天意，未副人望。"贞观末年，勤政殿由武才人（媚娘）管理图书文册。

〔幕渐启。武媚娘光艳照人，爽利地收拾着文书案牍，擦拭花架。

武媚娘　（唱）豆蔻年华入唐宫，
帝王驾前作书僮。
人道我赐封才人已得宠，
其实是徒负虚名一场空。
青春如水枉虚度，
思念来日愁正浓。
武媚娘独坐春宫常落泪，
细想来唯有太子执礼恭。
他忠厚斯文人品好，
来日继位要登龙。
他与我年貌正相当——

〔太子晋王上。

晋　王　（躬身）求见父皇！

武媚娘　（旁白）呀，想着他他就来了！
（唱）——一阵羞喜涌心胸。
（满面春风地）啊，太子驾到，请，请进。

晋　王　（进门，恭敬地）武才人请了。

武媚娘　殿下请了。

晋　王　闻听父皇已经退朝，特来请安。

武媚娘　万岁身子困倦，方才休息了，不便打扰。

晋　王　如此，我稍停再来。（要走）

武媚娘　殿下……你不要走开。

晋　王　（拘谨、胆怯地）为……为什么呀？

武媚娘　昨日殿下请安来迟，万岁不高兴，反说长沙王比你孝顺，你忘记了么？

晋　王　（恍悟）啊！多谢才人提醒。（作揖）

武媚娘　（忙还礼）不敢当。（亲热地）殿下，万岁近来喜怒无常，你要多加小心才好。

晋　王　（感激地）嗳！……多蒙指点！

武媚娘　你不如在此坐等，免得吃亏。

晋　王　是！（坐下）

〔两人相对一时无言，武媚娘捧茶献上，目光相遇，武媚娘多情娇羞地避下。

晋　王　呀！

（唱）秋波令人魂飞荡，
果然是貌若天仙武媚娘。
久闻她幼读经史才学好，
聪慧超群世无双。
倘若为我贤内助，
他日大事可商量。
媚娘有情我有意——

（欲表白，又迟疑）呀，不……不可呀！

〔武媚娘复上。

武媚娘　（娇羞地）殿下在想什么呀？

晋　王　（掩饰地）我

（唱）——我在想，父皇圣体可安康？

武媚娘　（暗暗一笑，趁势而言）唉！万岁近来心跳胸闷，常犯昏厥之症，只怕……

晋　王　只怕怎样？

武媚娘　臣妾不敢讲。

晋　王　（紧张）难道不久人世了么？

武媚娘 （暗暗点头）万岁百年之后，我等不是陪葬，便是为尼，叫我如何是好啊？……（突然悲泣起来）

晋　王 （慌乱地）莫哭，莫哭啊！

武媚娘 万岁升天，殿下登基，武媚娘是死是活，全凭殿下了！（跪下）

晋　王 （连忙扶起）放心放心，我决不会忘记了你！

武媚娘 （羞答答钟情地扑入晋王怀里）殿下……

〔晋王欢乐无限，又惊又喜，武媚娘突然惊觉离开。

武媚娘 万岁怕是快醒了！（瞟晋王一眼，下）

〔晋王目送，如醉如痴，向一侧下。

〔二宫女扶持高阳公主上。

（唱）金枝玉叶号高阳，
尊荣高贵冠群芳。
探望父皇问起居——

〔长沙王叫喊着"贤妹，贤妹……"上。

高　阳 （娇滴滴地）唷！

（唱）——来了个，天之骄子长沙王！

长沙王 贤妹请了！

高　阳 恭喜王兄，贺喜王兄！

长沙王 恭喜什么？

高　阳 我听说，父皇改变主意，要立你做太子了。

长沙王 （丧气地）嘿！今日朝议，被几个老头儿谏阻了！

高　阳 哪几个老头儿？（目视宫女，宫女退下）

长沙王 （咬牙）一个房玄龄，一个尉迟恭。

高　阳 房玄龄、尉迟恭……

长沙王 （拉公主低语）贤妹，我与你一母所生，父皇最喜欢的是你，望你在父皇面前多多美言。

高　阳 （骄傲地）我就这样为你所用么？

长沙王 我若得志，登基之后，大大加封于你，国库金银，任凭你取！

高　阳 谁稀罕那些废铜烂铁。

长沙王 我与你平分天下，共掌乾坤，凡事让你做主！

高　阳 （一笑）这还差不多！

长沙王 多多拜托，我们向老头儿请安去吧！

高　阳　王兄请！

长沙王　贤妹请！

〔二人入勤政殿，晋王转上，连忙拦住。

晋　王　贤弟贤妹，父皇正在睡觉，不可惊动。

长沙王　这勤政殿，你来得，我等来不得么？

〔武媚娘暗上。

高　阳　（讽刺地）他如今是太子呀！哪把我等放在眼里！

武媚娘　启公主，万岁圣体不安，不要大声惊动为好。

高　阳　（藐视地）我与太子说话，何用你来插嘴！你算个什么东西？！

晋　王　不是这等说法！

长沙王　（大声）什么这等那等！（一推）让开了！

晋　王　（踉跄跌坐在椅子上）啊！怎可如此！

〔唐太宗上。

唐太宗　（不悦）何事喧哗？

〔晋王、长沙王、高阳公主忙跪下。

晋王等　尔等特来向父皇请安！

唐太宗　起来，既来请安，为何大声叫嚷？

长沙王　太子晋王拦住我等，不许我等请安，孩儿心急，所以喊叫。

唐太宗　（坐下）有这等事么？

晋　王　这……父皇正在休息，贤弟心太急了！

唐太宗　尔等兄弟之间，理当友爱相处，怎可为了细事争吵？

晋　王
长沙王　孩儿不敢。

唐太宗　除了请安，还有事情么？

长沙王　启禀父皇，近来番邦猖獗不臣，孩儿愿带领大军，一刀一枪，立功沙场，为父皇争光！

高　阳　王兄英武果断，就像父皇一样！

唐太宗　（赞许地点点头）嗯！（对晋王）治儿，你看呢？

晋　王　父皇，不可妄动干戈，以睦邻安邦为好！

长沙王　说什么睦邻安邦，分明你武艺平常，不敢出征前往！

晋　王　你……

唐太宗　（不悦击案）尔等退下。

晋　王
长沙王　是！（出门，下，高阳亦下）

〔唐太宗生气地来回踱步，被花盆架所阻。

唐太宗　这花盆架不宜立在此地，换个地方。

武媚娘　是！（将花盆架移后）

唐太宗　（指案上）把这文书收拾了！

武媚娘　是！

〔武媚娘收拾文书，退入屏风。

唐太宗　唉！

（唱）寡人膝下十四男，
不肖者多贤者鲜。
长子承乾谋叛逆，
泰儿夺嗣心也奸，
祐儿举兵抗吾旨，
恽儿穷奢贪服玩，
悟儿游猎荒无度，
宽、嚣夭折早归天。
到如今虽立晋王为太子，
忠厚有余斯文懦弱难将国政挑在肩。
长沙英武称吾意，
怎奈是，群臣道他人不贤。
谁人为孤承大统，
后继何人定计难！

〔咳嗽，有些支持不住。武媚娘连忙出来，扶太宗坐下，为他轻轻捶背。

〔高阳公主悄悄上，见武媚娘在捶背，顿起妒意，瞪了一眼。

唐太宗　（见了女儿就高兴起来）高阳，你为何又来了？

高　阳　（撒娇地）我呀，我是为父皇捶背来的。

唐太宗　呵哈哈哈！来来来，我正要你捶背呢！

高　阳　（走过去瞪武媚娘一眼）去，不用你了！

〔武媚娘只得退让。

唐太宗　武才人，传话下去，叫房玄龄、尉迟恭前来议事。

武媚娘　是！（趁机走下）

高　阳　（捶背，从上捶到下）父皇！

唐太宗　哎！

高　阳　我是最孝顺的啊！

唐太宗　嗯。

高　阳　长沙王也是孝顺的，只有那个晋王，文绉绉，假孝顺！

唐太宗　哈哈哈！他们都是假孝顺，只有你是真的啰！

高　阳　是嘛！

唐太宗　好，重重有赏。

高　阳　（为太宗理须）赏我什么呀？

唐太宗　你要什么，就赏你什么！

高　阳　真要赏我么……父皇！

（唱）只为兄长少贤良，

见父皇常为后嗣把心伤。

倒不如封赏我为皇太女，

唐太宗　啊？

高　阳　（唱）接替唐家做女王。

唐太宗　哈哈哈！这怎么可以呀？

高　阳　这有何不可呢？

唐太宗　（唱）已立晋王为太子——

高　阳　（唱）晋王文弱少主张。

唐太宗　（唱）长沙英武也可立——

高　阳　（唱）长沙虽好，怎及女儿孝爹娘！

唐太宗　哈哈哈哈！自古没有此例呀！

高　阳　（嘟嘴撒娇）父皇说过赏我，又赖掉了！

唐太宗　哎！

（唱）除却太子皆可赏——

高　阳　真的么？

唐太宗　当然真的。

高　阳　（唱）赏我个……（娇羞起来），

唐太宗　什么呀？

高　阳　（唱）如意称心的驸马郎！

唐太宗　（大笑）哈哈哈哈！好，好！都怪为父糊涂，每日忙于国事，竟把你的驸马忘记了！你要选怎样一个驸马呢？

高　阳　（羞）我……我乃父皇爱女，至少要配公侯宰相之家。

唐太宗　那是当然。国舅长孙无忌之子，你看可好？

高　阳　（连忙摇手）呀……那位表兄，样子像个丑八怪！

唐太宗　那么宰相房玄龄之子，你看怎样？

高　阳　房玄龄之子？（羞涩）我……我要亲自看过。

唐太宗　这个好办，稍停宣到此地，你可在屏风后面细看了！

〔武媚娘上。

武媚娘　启万岁，房玄龄、尉迟恭应召到此。

唐太宗　让他们进来。

武媚娘　是！（传话）房玄龄、尉迟恭进殿！

〔高阳公主避下，武媚娘侍立，房玄龄、尉迟恭上，房玄龄鬓发已白。

房玄龄
尉迟恭　（参拜）参见吾主万岁！

唐太宗　平身，来此不必拘泥常礼，坐下吧！

〔房玄龄、尉迟恭坐。

唐太宗　房爱卿。

房玄龄　臣。（忙站起）

唐太宗　坐下坐下，你有几个儿子？

房玄龄　老臣多年无子，后来不想连生两个犬子。

唐太宗　都在京城么？

房玄龄　都在辇下。

唐太宗　宣房玄龄二子进宫。

武媚娘　（传话）宣房玄龄二子进宫！

〔内应声："是！"

房玄龄　（吃惊）宣小儿进宫，为了何事？

唐太宗　（摇手笑笑）再说，再说。

房玄龄　（惴惴不安）莫非我家小儿不肖，闯下大祸了么？

唐太宗　非也，非也！不是你家小儿不肖，乃是寡人小儿不肖，难承大统，因此特宣二位爱卿进宫，再作商议。

尉迟恭　（吃惊）陛下，今日朝议，众位大臣以为，太子晋王已立多时，并无过错，不可轻易废立更换。

唐太宗　寡人再三想过，晋王懦弱斯文，不如长沙英武，长沙有些像我。

〔媚娘一惊，尉迟恭、房玄龄面面相觑。

唐太宗　房爱卿有何高见？

房玄龄　这……此乃陛下家事，外臣怎敢多言。

唐太宗　直言无妨。

房玄龄　这个么……

武媚娘　（暗急）这……

〔媚娘急中生智，暗暗推倒花盆架，砰然作响，众人一惊。

唐太宗　（生气）啊？花盆架为何打翻在地？

武媚娘　万岁恕罪！（急跪）

（唱）花盆架奉旨殿前早立定，
适才间又蒙圣意作变更。
仓猝移位根基动，
架倒盆翻把人惊。
万岁明鉴此中情，
多怪媚娘欠小心。

唐太宗　啊？

（唱）好一个仓猝移位根基动，
以小见大理颇明。

尉迟恭　陛下圣明！太子易位，根基摇动，万万不可。

唐太宗　（微微点头）嗯……

房玄龄　（顺势而言）尉迟将军言之有理！

（唱）太子仁孝无差错，
秉性忠厚颇识人。
不宜轻易再更改，
一旦变动乱人心。

唐太宗　啊，是呀！

（唱）晋王虽弱仁厚在，
重臣归心颇得人。
根基宜稳不宜动，
唐室江山可守成。
二卿至言朕听取，

从今后扶助太子须同心。

房玄龄
尉迟恭 遵旨！

唐太宗 哈哈！

（唱）今日有幸决大计，

想不到一盆花草定乾坤！

〔太监上。

太　监 万岁，房玄龄二子宣到。

唐太宗 （换作笑颜）宣进来！

太　监 宣房家二子进殿！

〔房遗直、房遗爱上，两个都是翩翩少年，房遗爱更为倜傥，房玄龄忐忑不安，示意小心。

房遗直
房遗爱 （参拜）参见吾皇万岁！

唐太宗 平身！

房遗直
房遗爱 万万岁！

〔高阳公主探身出来偷看。

唐太宗 （笑容满面）你等叫何名字？多少年纪？

房遗直 小臣房遗直，痴长二十一岁。

房遗爱 学生房遗爱，今年十九岁。

唐太宗 （笑）好，好，好！个个都是少年英俊啊！哈哈哈……

〔高阳公主从屏风后面跑出来。

高　阳 （拍手）好，好！我都要，两个我都要！

〔房玄龄、尉迟恭莫名其妙。

唐太宗 （微嗔）唔……成何体统？

高　阳 （突然羞起来）啊呀……（撒娇逃下）

房玄龄 （仍弄不明白）不知高阳公主要什么，老臣自当奉献。

唐太宗 （笑）哈哈哈！我女儿要招驸马。

房玄龄 （吃惊）啊？

尉迟恭 （叹气）唉！

房玄龄 （连忙说明）陛下，老臣长子遗直，已与尉迟恭将军的侄女订亲了。

唐太宗 啊，你们原来是亲家。

尉迟恭 正是，下月初四，就要成亲了。

唐太宗 你次子遗爱有无定亲？

房玄龄 尚未定亲。

唐太宗 寡人就招遗爱为驸马，可好么？

房玄龄 （犹豫）这个……

房遗爱 （抢上一步跪拜）谢万岁！

〔房玄龄无可奈何。

唐太宗 就让你两个儿子，下月初四一同成亲了吧！

房玄龄 谢主隆恩！（与房遗直、房遗爱同拜）

〔幕落。

第二场　豪华婚礼

〔次月初四。

〔画栋雕梁，张灯结彩，金香炉，玉屏风，珊瑚如树，珍珠为帘，花烛高燃，流苏低垂，丫鬟仆役穿红着绿，里外忙碌。

〔房玄龄喜滋滋地指挥家人布置，房遗玉天真地跑了过来。

房遗玉 爹！

房玄龄 哎！

房遗玉 （唱）尊荣喜庆天下少，
帝王宰相配亲高。
挂灯结彩人欢笑，
遗玉有事不明了。
爹爹呀，大哥的妻子叫大嫂，
驸马的妻子我怎么叫？
公主下嫁到我家，
但不知，驸马公主，公主驸马，
哪个低来哪个高？

房玄龄 哈哈，女儿哎！
（唱）公主尊贵天下少，

来到我家即嫂嫂，
你二哥招为驸马多荣耀，
分什么谁低与谁高！

〔房遗玉点点头。

〔老管家报上。

老管家 启禀相爷，卢国公夫人程老诰命到！

房遗玉 （大喜）她来啦，好极好极！

房玄龄 快快有请！

老管家 有请程老诰命！

〔程诰命上，她衣着豪华，却带着一股乡土气，大袖管、大裤脚筒，一丫鬟扶着。

程诰命 哈哈哈哈！

（唱）老太公程咬金镇守边疆，
老太婆看甥女前来拜堂。
进门来但只见……
啃啃！（一惊）
……宝气珠光，
胜过我成亲时熬粥喝汤！
哈哈哈哈……

房遗玉 （奔过去亲热地）老婶娘……

程诰命 啊，小遗玉！眼睛一眨，老母鸡变鸭，长成大姑娘啦！

房玄龄 程夫人请了！

程诰命 房家老阿哥请了！（抬头）哎哟！老阿哥，几年不见，你胡子雪白了呀！

房玄龄 哈哈，老了，老了！

程诰命 我告诉你一个好办法，用木炭染一染。

〔房遗玉掩嘴而笑。

房玄龄 嘿，不用了，不用，

程诰命 我外甥女的花轿，还没有到么？

房玄龄 尉迟将军就会送来。

〔内声：鄂国公尉迟大人送亲驾到！

〔房玄龄、程诰命迎出。尉迟恭上。

房玄龄 啊！尉迟将军！

尉迟恭 房老相公！

程诰命 老亲家你好呀！

尉迟恭 托福，还好！

程诰命 我的外甥女呢？

尉迟恭 侄女儿已经上轿，花轿即刻就到。

房玄龄 有劳尉迟将军亲送了！

尉迟恭 房老相公，俺侄女嫁到你家，有几句言语拜托。

程诰命 我也有话要讲。

房玄龄 请讲，请讲。

尉迟恭 房老相公！

（唱）俺侄女本是舍弟一遗孤，

程诰命 （唱）他弟便是我妹夫。

尉迟恭 （唱）俺的弟当年烧得好木炭，

程诰命 （唱）只可惜好人命短早呜呼。

尉迟恭 （唱）侄女她流落京师跟随我，
偏学会琴棋诗书能画图。

程诰命 是呀！

（唱）甥女她要画老虎像老虎，
要画鹁鸪像鹁鸪。
拿手好菜炖豆腐，
飞针走线真功夫。

尉迟恭 （唱）今日高攀嫁相府，
还望你，莫欺我侄女……

程诰命 （唱）……莫欺我甥女……

尉迟恭
程诰命 （同唱）自幼孤！

房玄龄 哈哈哈，来到我家，如同我的女儿，怎会欺侮她呀！

尉迟恭 多多拜托了！

老管家 （报上）新人花轿到！

房玄龄 奏乐！

〔房遗玉及丫鬟们自内迎出。丫鬟扶着尉迟燕娘姗姗而上，傧相随侍。

房遗玉 （热情地跑上去）嫂嫂……

〔尉迟燕娘罩着盖头红，热情地拉住房遗玉。

程诰命 （跑过去）我的宝贝外甥女儿！（揭盖头红偷看）啊！真是天仙美女呀！拜堂拜堂。

〔另一边，傧相引新郎房遗直上。

傧　相 拜堂！一拜天地，二拜高堂，夫妻对拜，送入洞房！

〔交拜毕，新郎牵着红绳引新娘下，差一点儿把程诰命牵下。房遗玉要跟去，被程诰命拉回，程诰命乐不可支，大笑不止。

〔老管家引大太监上。

老管家 王公公到！

〔房玄龄、尉迟恭、程诰命三人迎上施礼。

三　人 王公公请了。

大太监 请了，房大人，高阳公主乘坐凤辇鸾驾，已出宫门，万岁命我送来了。

房玄龄 有劳公公了。

〔传呼声："公主鸾驾到！"

房玄龄 红毯铺地，全家老幼，列队恭迎！

〔房遗直引尉迟燕娘复上。新娘揭去了红盖头，房遗爱帽插宫花，春风得意，立在房玄龄一旁。

〔仪仗煊赫排列而上，一队宫女边舞边跪迎，引高阳公主上，二宫女为之提裙。高阳公主不罩红盖头，只扯着一片薄纱半遮着脸，司礼太监随侍在后。

房玄龄 恭迎公主！

〔众人躬身迎，公主并不还礼，姗姗步入中堂，正中坐下，大太监立在一旁。

房遗玉 （热情地跑上去）嫂嫂……（见公主傲然相对，吓得退了回来）

大太监 皇恩浩荡！泽尔高阳，房氏有幸，喜庆吉祥！行参拜之礼！

众　人 （跪拜）参拜公主！

高　阳 （傲然）罢了！

程诰命 （对尉迟恭）嘿嘿！你我一大把年纪，对她跪下，她说什么"罢了"！

尉迟恭 （气恼）嘿！（站起）

程诰命 （气恼）哼！（也站起）

房遗玉 （学样）哼！（也站起）

大太监 （暗对公主）应该说声"请起"。

高　阳 不是一样么？好，请起请起。

房玄龄等 谢公主！（起立）

大太监 遗爱高阳，结发成双，鸾凤鸳鸯，地久天长！行夫妻交拜之礼！驸马参拜公主（房遗爱拜）一拜，二拜，三！……公主答拜！

高　阳 我也要拜么？

大太监 只需一拜。

高　阳 也罢！（一拜毕，二人站起）

大太监 鸾唱凤和，子孙繁多，妯娌相爱，孝敬公婆！公主拜见公爹！

高　阳 什么？我还要拜见他么？

〔程诰命与尉迟恭一愣，面面相觑。

大太监 要拜的！

高　阳 好好好，拜见公公！（行了个便礼）

房玄龄 （忙还礼）还礼！

大太监 公主拜见长辈亲人！

高　阳 谁是长辈亲人？

程诰命 （笑）嘿嘿嘿！我就是一个，他（指尉迟恭）也是一位。

高　阳 你等也是我的长辈么？

程诰命 你的嫂嫂尉迟燕娘，是我的外甥女，他的侄女儿。来来来，拜一拜，见个礼，日后见面笑嘻嘻！

高　阳 （轻轻一笑）要我拜你，只怕你担当不起！

程诰命 啊？……

尉迟恭 （忍耐不住）好恼！我们走吧，告辞！

〔尉迟恭拉着程诰命往外走，程诰命几乎跌倒。

程诰命 哎哟！你这个打铁佬，重手重脚！

尉迟恭 气死我了！

程诰命 慢来！（傲然地对高阳）你那皇帝老子，见了我也客气三分哩！哼！

尉迟恭 走！

程诰命 回去回去！

〔二人气冲冲下。

大太监 哎……慢走……

〔房玄龄尴尬难言，高阳冷笑声声，房遗玉愤愤不平，燕娘不动声色。

高　阳 （问司礼）还要行什么礼么？

大太监 行姑嫂妯娌相见之礼。

高　阳　哪几位是姑嫂？

房遗玉　我就是小姑房遗玉，有礼了！（见高阳不还礼）哼！

高　阳　哪一位是嫂嫂？

燕　娘　尉迟燕娘参拜公主。（恭敬地施礼）

高　阳　平身平身！你叫尉……尉什么？

燕　娘　尉迟燕娘。

高　阳　啊，燕娘。你伯父方才见过，你父亲是谁，居何官职？

燕　娘　我父亲早年亡故，并无官职。

高　阳　（惊奇）什么？连个官职都没有，他做什么呀？

燕　娘　他早年烧炭为业。

高　阳　（大惊）啊？是个烧炭的？！真是岂有此理！驸马，你看看这像什么样子啊！

房遗爱　（附和）公主说得对，实在不像样子！

房遗玉　有啥不像样？二哥，我看你做了驸马就变样！

〔房玄龄暗暗阻止。

房遗直　启禀公主，我岳父早年亡故。燕娘的伯父尉迟恭，是开国第一功臣哪！

高　阳　哼！我知道他！

房玄龄　启公主，燕娘姨丈乃当朝卢国公程咬金将军，也是开国元勋哪。

高　阳　不管怎么说，烧炭的女儿，做我嫂嫂，岂有此理！

燕　娘　（一笑）怎说岂有此理？我父亲是烧炭的，我伯父是打铁的，我姑夫是种田的，我娘舅是织布的，我那姨丈程咬金，还是个贩私盐的呢！

高　阳　（感到受了侮辱）啊！

（唱）贱女说话太无礼，
　　竟敢与我论是非！
　　早听说，尉迟房家勾结起，
　　奉承晋王把人欺。
　　害得长沙难继位，
　　今日我，要为胞兄出口气！

房玄龄！

房玄龄　公主有何见谕？

高　阳　（唱）你须发如银有年纪，
　　岂不知贵贱从来分高低。

有道是金玉难容沙一粒，
凤凰队里不容鸡。
高阳公主帝王女，
岂与那炭奴铁匠农夫织贩为妯娌！
快将她一纸休书赶出去，
若不然禀报父皇决不依！

房玄龄 这个……

燕　娘 公公不必为难，让我去告诉她。公主啊！

（唱）你乃是金枝玉叶贵无比，
怎奈是长居深宫见识稀。
你可知沙里淘金金混土，
深山求玉玉裹泥。
沙土之中藏金玉，
全凭磨炼见高低。
公主你小看农工是贱业，
但不知可吃饭来可穿衣？
若无铁匠把锅打，
每日三餐吃生米；
若无炭夫把炭烧，
寒冬腊月冻死你；
若无农夫把田种，
你除却青草啃树皮；
若无织工，织成绫罗将你打扮起，
怎见得，谁是凤凰谁是鸡？！

高　阳 啊……（被驳得无言可答）气……气死我了！

房遗玉 （开心地大笑）哈哈哈哈……（被房玄龄止住）

高　阳 （无可奈何）哼！（拂袖而起）

房遗爱 （随着生气）哼！（拂袖）

〔高阳公主、房遗爱气冲冲下，宫女、太监一拥而下。

房遗玉 （也来一下）哼！

房遗直 （又高兴又佩服）啊，多亏娘子大才，若不然真是无法收场了！

房遗玉 嫂嫂，你讲得真好！

燕　娘　多蒙夸奖，不过公主说过，要把我休了，我看不如趁早，让我回去吧。

〔燕娘欲走，房玄龄、房遗直忙拦，房遗玉拉住。

房玄龄　这如何使得！

房遗玉　嫂嫂你不要走！

燕　娘　今日不让我走，只怕，日后麻烦。

房玄龄　委屈你让她三分，也就是了。

燕　娘　多蒙公公教诲，媳妇日后小心。

房遗玉　嫂嫂放心，我帮你的忙！

房玄龄　回房去吧！

〔房遗玉高兴地推二人下。

〔房玄龄苦笑，转而叹息。

〔幕落。

第三场　风波迭起

〔半个月以后。

〔相府花厅，是房玄龄起居之室。外有雅致的庭院，内通卧室。摆设素淡雅静，无奢华多余之物。

〔房玄龄拄着拐杖，病容满面，房遗直、遗玉两边扶上，坐下。

房遗直　父亲在此少坐，我叫媳妇取药来。

房玄龄　去吧！（对房遗玉）女儿，你彻夜未眠，也去歇息！

〔房遗直出花厅下，房遗玉进内下。

房玄龄　唉！家门不幸，家门不幸啊！

（唱）自从万岁降隆恩，

公主下嫁我家门。

人都说锦上添花好福分，

有谁知无限烦恼由此生。

每日里反要公公拜媳妇，

她那里逼兄休嫂闹不停。

我年过古稀风前烛，

一场病起……只怕从此了残生！

〔燕娘盆托玉碗上。

燕　娘　公公请用药。

房玄龄　唉，不用也罢！（推开）

燕　娘　公公，此药专治虚火攻心，媳妇亲手煎好尝过。请用了吧。

房玄龄　难得你一片孝心，只是为父此病，非药可治啊！

燕　娘　（心酸地）看来都是儿媳我不好。

房玄龄　怎说是你不好？

燕　娘　公公啊！

（唱）我未出娘胎已犯法，
不该生在卖炭家。
招得公主连日骂，
搅得阖府乱如麻。
引得驸马欺兄长，
害公公，年逾古稀病交加。
都怪我出身微贱人不齿，
实不该高攀房门宰相家。

房玄龄　这是哪里话来。贤媳妇啊！

（唱）自从贤媳来我家，
聪明孝顺众人夸。
万般是非难怪你，
只怪我华盖当头阴阳差！

燕　娘　公公，这药，还是喝了吧！

房玄龄　好，我喝，我喝。（饮药）

〔房遗爱上，神态傲然。

房遗爱　启禀父亲，公主即刻来此，命我前来通报。

燕　娘　见过驸马。（施礼）

房遗爱　（并不还礼）喂！你可回避了。

房玄龄　畜生！你就不能叫一声嫂嫂么？

房遗爱　公主吩咐，不许叫她嫂嫂。

房玄龄　为父吩咐你叫！你叫！

房遗爱　孩儿不敢。

房玄龄　（气得发抖）啊……我打死你这畜生！

〔颤巍巍举起拐杖要打，燕娘忙拦，玉碗被房遗爱撞翻，打碎。房遗玉、房遗直闻声急上。

燕　娘　（抓住拐杖）公公……切不可为我动气，害你们父子不和，都是媳妇的罪过了。

〔内传呼："公主到！"

燕　娘　（避让）媳妇回房去了！（急下）

〔宫女拥高阳公主上，气派十足，房玄龄忍住气，只得扶杖站住，房遗直扶住，高阳公主一脚踩到碎碗，皱眉。

高　阳　（指责地）何来碎碗？

房遗直　公主，这碗……（目视房遗爱，改口）是我妻子方才不小心，打碎了。

房遗玉　不对不对，是二哥打碎的。

〔宫女欲收拾。

高　阳　见我来了，她就摔碗！不必收拾！（傲然坐下）啊，公公不妨坐下！

房玄龄　谢公主。（坐）

高　阳　听说公公身体有恙，我心中不安，特来探望。

房玄龄　多蒙公主挂心。

房遗玉　（暗暗地）哼！

高　阳　今日凑巧，感业寺和尚辩弘法师来到我家，让他给你念一个咒，病就好了。

房玄龄　（不信地）念一个咒，病就能好么？

高　阳　那和尚法力无边，念起咒来，可以定人生死，灵验得很呢！

房玄龄　我却不信！

房遗玉　我也不信！

高　阳　（传令）请辩弘法师进来！

〔宫女传话："有请辩弘法师！"

〔辩弘和尚上。房玄龄见了就讨厌生气。辩弘穿着华丽的袈裟，约莫三十来岁，神气活现，机灵异常，声若洪钟。

辩　弘　阿弥陀佛！公主、相爷在上，贫僧稽首了！（合掌）

房玄龄　（冷冷地）罢了！

高　阳　（亲热地）辩弘法师，相爷近来身体不好，你给他念个咒吧！

房玄龄　（摇手）不用！

辩　弘　善哉，善哉！我佛慈悲，普度众生，念经咒一卷，救人间大苦大难！

房玄龄　（不信）什么经如此灵验？

辩　弘　相爷！（连念带唱）

曼陀罗法密宗行，
去病除妖拘鬼神。
安宅神咒经，
五龙咒毒经，
取血咒血经，
咒贼咒法经，
七佛安宅神咒经，
贱女不除难太平。
唵、嘛、呢、叭、咪、吽……

房玄龄　（气恼地打断）一派胡言乱语！快快出去！

房遗玉　（赶）去去去！

辩　弘　这……善哉善哉，阿弥陀佛！（下）

高　阳　（心头恼起）哼！你们这是生我的气么？

房玄龄　岂敢！我气那和尚胡说八道。

高　阳　（冷笑）和尚是我的客人，你对他无礼，便是对我无礼！

房玄龄　岂敢！公主哪……

（唱）房家有幸蒙圣眷，
　　公主下嫁恩如山，
　　但只愿妯娌和睦互敬爱，
　　我纵死九泉笑也甜。

高　阳　啊……

（唱）承蒙公公多教训，
　　怎奈言语理太偏。
　　我不曾历尽世故知圆滑，
　　也不曾活够年纪吃尽盐。
　　要我讨好下贱女。
　　除非是我变地来她变天！

房玄龄　啊！……（气极，发抖，昏厥）

房遗直
房遗玉　（哭扶）爹爹……爹爹……

房遗爱　（发慌）这……不好了！

高　阳　慌什么！

〔内声："万岁驾到！"

高　阳　父皇来了，快快接驾！

〔众迎出，房遗直只得拭泪出迎，只有房遗玉扶住哭。

〔唐太宗上。随带侍从御医。

高　阳　女儿接驾！（跪）

众　人　万岁！（跪）

唐太宗　平身！女儿，驸马，近来可好？

高　阳　托福还好！

房遗爱　感蒙圣恩！

唐太宗　闻听房老爱卿有病，寡人特来探望。房爱卿现在何处？

高　阳　他……

房遗直　他他他……

唐太宗　（紧张）怎么样了？

房遗直　臣父方才昏过去了。

唐太宗　啊？速速去看！

〔房遗直引唐太宗入花厅，房遗玉连忙施礼。

唐太宗　（冲上前拉住手叫）房爱卿……房爱卿！（欲哭）寡人来迟了啊……太医，速速诊脉。

太　医　领旨！（诊脉）……还好，还好！方才是恶气攻心，一时昏厥。（施针灸）

房玄龄　（唱）昏沉沉似觉三魂飞天外——

唐太宗　（舒了口气）房爱卿！（握住手）

房玄龄　（睁眼）啊？

（唱）万岁驾临费猜疑。

唐太宗　（唱）特来探病愿保重——

房玄龄　哦……

（唱）恩高难报，我泪满腮！

唐太宗　房爱卿，数日不见，不想病成这个样子！

房玄龄　唉！老臣……不久人世了啊……

唐太宗　（激动）房爱卿！

（唱）想当初赖卿助我创大唐，
数十年历尽辛劳发如霜。
开国元勋君为首，
一朝永诀实堪伤。
骤起暴病因何故？
直言无隐说端详。

房玄龄　这个……

唐太宗　方才御医言道：爱卿恶气攻心，所以昏倒。不知为何事生气？恶气从何而来呀？

房玄龄　这个……一言难尽，不必讲吧。

高　阳　父皇，公公不肯讲，我告诉你，只是他们……（目视房遗直和房遗玉）

唐太宗　（挥手）你等暂且退下。

〔房遗直、房遗玉遵旨退下。

高　阳　父皇啊！

（唱）公公身体本康健，
只因嫂嫂太不贤。
那泼妇出身微贱烧炭女，
目无尊长礼不全。
每日里指桑骂槐高声叫，
敲盆摔碗闹翻天。
气得公公生大病，
我看在眼里心也烦！

唐太宗　啊？竟有这等事么？

房玄龄　（气得发抖、手足无措）不……

房遗爱　公主之言，句句是真。

高　阳　父皇你看，那泼妇刚才摔碎的碗，还在此地！

唐太宗　（见碎碗）好恼！

房玄龄　这……老臣家事，不劳陛下费心，其中是非曲直，老臣心中明白。

高　阳　你明白，难道父皇就不明白么？

唐太宗　房爱卿，不必犹豫，寡人为你做主，多多保重了。（起立）

高　阳　起驾！

〔唐太宗由高阳公主搀着下，房遗爱亦下。房遗直赶出来恭送，房玄龄气呆，房遗玉亦出。

房遗直 （回头见父亲失常，忙叫）父亲……爹爹……

房玄龄 （似惊醒）啊，你来了，你……都听见了么？

房遗直 孩儿不敢偷听，不知都说了什么？

房玄龄 咳！不……不必提起！

〔内声："圣旨下！"太监捧旨上。

太　监 房遗直接旨！

房遗直 臣！（跪下）

太　监 （读旨）"皇帝诏曰：房遗直之妻燕娘，忤逆不孝，犯七出之条，命遗直立即休妻，不得拖延。钦此！"

〔太监交旨，退下。

房遗直 （大惊）啊！……（看着圣旨发抖）这这这，这是为何啊？父亲，孩儿要冒死上本，辩明是非。

房玄龄 （摇手）不，不可啊！万岁最宠高阳公主，这是非曲直，如何辩得清楚？你若上本，于事无补，反招大祸！

〔燕娘捧燕窝汤暗上。

房遗直 （欲哭）难道……就将娘子休了么？

房遗玉 嫂嫂不能休，不能休掉！

房玄龄 唉！君要臣死，不得不死，何况休妻？！

房遗直 爹爹……真要逼死孩儿了！（哭泣）

〔燕娘支持不住，几乎跌倒。

房遗玉 （哭）嫂嫂……

〔房玄龄一阵猛咳气喘，燕娘端燕窝汤上。房遗玉连忙止哭。

燕　娘 公公，这碗燕窝汤，请用了吧！

房玄龄 （对燕娘，带着哭腔）我的好媳妇，公公对不住你啊……（流泪）

〔房遗玉扶房玄龄下。

房遗直 娘子……

燕　娘 不用讲了，我都听见了。你把休书写了吧！（递笔）

房遗直 （激动，看圣旨，为难，举笔写不下去）天哪！这叫我如何写呀！

（唱）手擎羊毫泪沾衣，

怎能落笔休贤妻。

燕娘啊，我宁愿抗旨获大罪，

与你生死永相依！

（唱）官人出言动肺腑，

燕娘心中好惨凄。

恩爱夫妻活拆散，

千言万语恨别离！

如今是金枝玉叶贵无比，

藜藿禾黍贱如泥。

天下不平多多少，

以强凌弱总相欺。

今日之事不怪你，

君命难违枉迟疑！

你……（递笔）你就写吧！

〔房遗直举笔难写，心疼欲裂。

〔房遗玉奔上，夺下笔。

房遗玉 哥哥……你不能写！（丢笔于地）

燕　娘 妹妹……

房遗玉 嫂嫂……

房遗直 娘子……

燕　娘 官人……

〔三人拥抱而哭。

〔高阳公主上。

高　阳 （冷笑）哼哼，还在哭哭啼啼，竟敢抗旨不成？

房遗玉 哼！公主，你欺人太甚，心肠太毒啦！

高　阳 啊！你放肆！

房遗玉 我偏要放肆一下！（拍案）

（唱）公主你逼哥休嫂太无理，

来到我家生是非！

害得爹爹生大病，

害得哥嫂哭啼啼。

我看大嫂人品好，

胜似你绣花枕头草肚皮！

姑娘偏要得罪你，

试一试，可敢把我也休离？！

高　阳　（气极）啊！如此无理，真是少见！

房遗玉　像你这样才是少见！

高　阳　哼！（举手要打）

房遗玉　哼！（举拳相对，被房遗直拉开。房遗玉拂袖进内）

房遗直　公主啊！望你高抬贵手，转奏圣上，饶了燕娘吧！

高　阳　（冷笑）要我饶她么？除非是日向东落水朝西！

燕　娘　官人何必求她！

（唱）男儿应当有志气，

何必对她把头低。

我不信人世之上无公理，

更不信骄奢淫逸能永期。

高　阳　啊？

燕　娘　（不睬，对房遗直）官人，我走了，你把休书送到我家去吧！（决绝而下）

房遗直　娘子……（哭）

高　阳　（冷笑）哼哼哼哼……

〔房遗玉从内室慌张跑出。

房遗玉　哥哥！……爹爹他他他……

房遗直　（急问）怎么样了？

房遗玉　（哭）他已经归天了！

房遗直　（惨叫）爹爹……（哭奔入室）

〔闭幕。

第四场　闹殿责女

〔数日后。

〔勤政殿，景同第一场，加了一个卧榻。

〔长沙王上。

长沙王　（唱）恨父皇立定晋王不变动，

长沙心愿一场空。

每日请安本无用，

但求老儿快送终！（迈步欲走）

〔内高阳公主声：“王兄！”高阳上。

长沙王 啊，贤妹，你招了驸马，还来向父皇请安么？

高　阳 我特来向你贺喜呢！

长沙王 又贺什么喜？

高　阳 我为你出了气，报了仇，房玄龄那个老头儿死掉了！

长沙王 啊？怎么死的？

高　阳 我叫那辩弘法师去念了一个咒，他就死了！

长沙王 哈哈哈！哎？我前日托你之事，有否办好？

高　阳 早已办好了！（取出个黄布小包）

长沙王 （打开一看，惊喜）桃木小人！灵验么？

高　阳 （低声）此乃辩弘和尚亲手所制，念神咒九九八十一道，上有太子生辰八字，只要将这桃木小人放入东宫之内，保他一命归天！

长沙王 （狂喜）多谢贤妹！此事若成，定与你平分天下！

高　阳 即使不成，那和尚另有办法。

长沙王 好，好！（藏小人于袖）我们给老头儿请安去吧！

〔走前几步，见殿门关着，轻轻敲。

〔武媚娘上。

长沙王 求见父皇。

武媚娘 万岁圣体不安。

长沙王 又病倒了？昨天还是好好的。

武媚娘 只因宰相房大人亡故，万岁就生病了。

高　阳 我们进去看看。

武媚娘 万岁有旨，皇亲国戚，文武大臣，一律不见！

高　阳 （狠狠地对武媚娘）哼！

〔武媚娘退让，下。

长沙王 嘿！回去吧！

〔小太监上。

小太监 殿下，王府有客相请。

长沙王 嗯！（一想）陈宣，你要发财么？

小太监 （一副媚态）嘿嘿，奴才当然想发财，不知有何吩咐？

长沙王 （取出桃木小人，轻声地）你将这个，悄悄放入东宫之内，莫要被人知道，事成之后，赏你黄金一千两！

小太监 （惊喜）奴才一定办好！（交给）小心了！

〔长沙王、高阳公主下。武媚娘悄悄上。

小太监 奇怪，是什么宝贝？（解开黄布包一看）嘿嘿！是个桃木小人……

武媚娘 （一直暗暗注意）什么？

小太监 （忙藏）没……没什么，没什么！

武媚娘 （不动声色）拿来我看。

小太监 （赔笑，狡猾地）嘿嘿嘿嘿……（藏来藏去）

武媚娘 那边谁来了？（乘其不备，机智地一把夺过）拿来！啊？桃木小人！

小太监 （忙狡辩）这个……

〔小太监伸手要夺，武媚娘闪过。

武媚娘 （放下脸来）你好大胆！

小太监 （惊）啊！

武媚娘 你要死还是要活？

小太监 （见败露，慌乱）这……

武媚娘 你若要死，我立即禀报万岁！

小太监 啊！……要活，要活……才人饶命。

武媚娘 要想活，快把这桃木小人的来龙去脉，讲个一清二楚！

小太监 我讲……我讲！

武媚娘 到那边去讲！

小太监 是！

〔武媚娘引小太监下。

〔内尉迟恭起导板。

尉迟恭 （唱）怒气满腔把殿闯——

〔二武士手执金戈被逼退上，尉迟恭、程诰命闯上。

尉迟恭 闪开了！

程诰命 闪开闪开！

（唱）咬碎银牙恨高阳！

尉迟恭 （唱）她无端逼走我侄女——

程诰命 （唱）去找皇帝论短长！

闪开闪开！

卫　士　（躬身）万岁有旨，不论皇亲国戚、文武大臣，一律不见！

尉迟恭　俺尉迟恭要见！

卫　士　不敢放进！

尉迟恭　滚开！（拔拳就打，将二卫士打倒）

〔卫士逃下。

程诰命　哈哈，你真有两下子。（敲门）开门开门！

〔二宫娥上。

宫　娥　万岁有旨，一律不见！

程诰命　什么一律不见，两律不见！我是程咬金屋里老太婆，找皇帝，讨还我的外甥女！（猛一推门，推空跌了进去）

〔尉迟恭趁势闯进，二宫娥吓呆。

程诰命　（对宫娥）快来呀！扶我起来！（宫娥扶）哎唷！老骨头跌断啦……（宫娥扶起）

尉迟恭　万岁在哪里？

宫　女　（示意轻声）万岁正在睡觉……

程诰命　哈哈！他女儿横行霸道，他倒白天睡觉，吵他醒来！

尉迟恭　对，吵他醒来！

程诰命　这一下看我的。（摆出架势，拍桌打凳猛然跳到龙案上，坐上桌去大拍大叫）醒来！醒来！快醒来！

〔唐太宗上，宫女忙跪。

唐太宗　（生气）啊？尉迟恭、程诰命，因何无礼？

程诰命　（跳下）我的好皇帝哎，是我无礼还是你女儿无礼，你先弄弄清楚！

唐太宗　是何言语？（坐于卧榻）

尉迟恭　万岁！

（唱）如今公主大如天，
开国元勋不值钱。
气死宰相少先例，
逼兄休嫂更无前。

我侄女出身微贱何足道，
尉迟恭不过打铁莽儿男。

兔死狗烹已无用，

但求解甲早归田！

唐太宗 尉迟爱卿，你都说了些什么呀？

程诰命 嘿嘿！讲了半天他还不清楚，万岁，让我仔仔细细告诉你，喏！

（唱）只怪你把高阳宠成个小太婆，

骄横跋扈是非多。

气得老房生了病，

万岁你不明是非加把火！

下旨休了我甥女，

赶出相府、下落不明、十之八九跳了河！

相爷一气归天去——

程诰命 我这个诰命夫人也不要了！（丢冠）不要！（弃佩）不要！（脱袍）全不要！

（唱）我只要，快把甥女还给我！

唐太宗 （震惊）啊？有这等之事？

程诰命 我老太婆从来勿讲造话，讲造话勿是程咬金屋里老太婆！

尉迟恭 若有半句虚言，斩我尉迟恭首级！

唐太宗 啊呀！

（唱）尉迟恭程诰命决无虚言，

果然是高阳跋扈品不端。

寡人宠女误大事，

功臣旧勋皆心寒。

悔不该一向无暇教儿女，

至如今后患无穷起祸端。

速宣高阳不孝女——

一宫娥 是！（下）

唐太宗 尉迟将军，程老夫人！

尉迟恭
程诰命 臣！

唐太宗 （唱）都怪我偏宠偏爱偏听偏信把旨传。

寡人不明当罪己——

尉迟恭
程诰命 不敢！

唐太宗 二位请暂回府。寻找燕娘，此事容寡人处置。

尉迟恭
程诰命 不是！（拜别，走）

程诰命 到底是个好皇帝，这一状告准了，哈哈哈哈……

〔尉迟恭、程诰命下。

唐太宗 官诰送上。

一宫娥 是！（拾起官诰追出门，下）

唐太宗 唉！

（唱）帝王家不如民间子孙贤！

〔高阳公主上，进殿。

高　阳 （满面春风）父皇！（撒娇地）我猜到父皇又在想我了，嘻嘻嘻……

唐太宗 哼！我分明有病在身，你公公尸骨未寒，你倒还笑？

高　阳 啊……父皇，那老头儿七十多岁，是该死了！

唐太宗 放肆！（高阳公主无奈跪下）

（唱）你生在深宫锦绣乡，
披金裹玉厌膏粱。
不知创业非容易，
全凭着功臣血汗建大唐。
可是你藐视元勋出身贱，
巧言令色欺父皇。
假传吾旨休妯娌，
横行霸道太不良。
更不该气死玄龄老丞相，
断我臂膀实可伤！
悔不该家教不严将你宠，
到如今骄横跋扈怎收场？
文武离心将我怨，
弃官解甲要回乡。
若论尔罪……当赐死——

高　阳 （哭）爹爹……（抱唐太宗膝撒娇）父皇……

（唱）女儿若死，何人孝敬老父皇！
　　从来虎毒不食子，
　　难道说帝王之家赛虎狼？
　　我亲见长兄承乾谋逆死，
　　泰哥祐哥为叛亡。
　　父皇你杀尽子女得仁义，
　　但愿万古永流芳！

唐太宗　（猛受刺激）啊？滚下去！

〔高阳公主悻悻而下。

唐太宗　（唱）高阳出言把我伤，
　　悔恨我治国有术治家却无方。
　　终生遗恨诸儿事——
　　（捶胸顿足大恨，突然心痛病发）啊！
　　一阵心痛绞胸膛！
（支持不住，跌坐在龙椅上，支肘低头喘息）

〔武媚娘引小太监悄悄上。

武媚娘　启禀万岁！

唐太宗　（猛抬头）何事？

武媚娘　陛下请看这个。（递上桃木小人）

唐太宗　这是什么？宫廷之内怎有此物？

武媚娘　这桃木小人之上，刻有太子生辰八字，念过神咒，要害太子性命！

唐太宗　（惊）啊？是何人所为？

武媚娘　你让他讲。

唐太宗　讲！

小太监　（战战兢兢）万岁，是长沙王命奴才放到太子宫里，要害太子性命，奴才实在不敢……

唐太宗　（怒气攻心，猛喊一声）啊呀！气……气……气死我也！……（浑身发抖，两眼发直，终于昏倒，小太监溜下）

武媚娘　（慌乱忙扶）万岁……万岁！

〔宫娥闻声，齐上去扶。

唐太宗　（慢慢醒来，有气无力地）快，快召太子和尉迟恭前来！

武媚娘　是！万岁有旨，宣太子、尉迟恭进见！

〔武媚娘与宫娥扶唐太宗到卧榻上休息。

〔晋王与尉迟恭上。

晋　王　晋王奉召进见！

尉迟恭　尉迟恭进见！

〔唐太宗挣扎坐起，无力说话，招手示意。

〔唐太宗示意起来。

武媚娘　（传旨意）平身！

尉迟恭　啊，万岁为何一时病成这等模样？

唐太宗　寡人……不，不……不久人世了啊！

晋　王　（失声）父皇！

尉迟恭　万岁！

唐太宗　（断断续续，呻吟地）寡人治国，虽……虽见成效，惜乎教子不严，儿女不肖，催……催我早死……你，你，你要谨防奸谋，扶助太子，保我大唐！

尉迟恭　（带哭）臣肝脑涂地，力扶太子！

唐太宗　如今看来，立晋王为太子，总算不错，可以继吾大统！儿啊，你把这……读一读。

〔晋王读："以铜为镜，可以正衣冠；以古为镜，可以见兴替；以人为镜，可以知得失。"读毕。

唐太宗　切记，切记！（挣扎发恨）对那长沙王，你……你要与我……（说不下去，气绝，死去）

晋　王　（哭跪）父皇！……

尉迟恭　（哭跪）万岁！……

武媚娘　（哭跪）万岁！……

宫　娥　（哭跪）万岁！……

〔幕落。

第五场　邂逅寺庵

〔数日之后。

〔长安郊外感业寺静修庵，与和尚住的寺院隔有一箭之地。堂上佛龛帷幕之内，供有观音立像一尊，案前点着清香。背景上可见青山苍翠，感业寺佛殿飞檐。

〔幕启：钟鼓木鱼声中，二小尼搀扶着改了佛家打扮的武媚娘礼拜观音。

〔礼毕。

小尼姑 你且在此暂等，师父就来，为你受戒！

〔媚娘悲切地摇头。二小尼下。

武媚娘 （唱）万岁驾崩事猝然，

忙乱中高阳逼我入尼庵。

太子你肩负大丧忙国事，

可知我削下青丝难回还。

你可知媚娘流落在何处，

你可知高阳长沙谋不端。

桃木小人案未了，

料他们不谋叛逆心不甘。

遥望帝阙心粉碎，

何人为我把信传？

〔长明及众小尼上。

武媚娘 （恭敬地施礼）师父！

长　明 （合掌）南无观世音菩萨！我佛慈悲，普度众生，今日为你落发，摩顶受戒。徒儿，剃刀侍候！

〔二小尼一捧盆，一持剃刀奉上。

武媚娘 （悲从中来，哭）喂……呀……

长　明 六根清净，他日飞升极乐世界，因何啼哭？

武媚娘 师父！媚娘被迫来此，只求绝处逢生啊！

长　明 善哉！

（唱）摩顶受戒乃大喜，

怎说绝处求生机？

公主之命难违抗，

皈依我佛休哭啼。

徒儿，侍候了！（举刀）

武媚娘 （情急）师父！

（唱）公主之命且莫提，
如今新皇已登基。
来日讨我青丝发，
只怕师父后悔迟！

长　明　（大惊）啊？……如此说来，乃是大大的贵人，贫尼失敬了！（合掌赔礼）

武媚娘　师父少礼，媚娘只求暂住庵堂，日后定有重谢！

长　明　不敢，但凭贵人吩咐！（悄悄对小尼）快去准备上等斋饭，侍候贵人！

〔一小尼应声下。另一小尼自外上。

小　尼　师父！前面寺中辩弘法师有请，说有要事相商。

长　明　（对武媚娘）啊。我去去就来。（对小尼）徒儿！

二小尼　（合掌）师父！

长　明　小心侍候贵人，庵中之事，要听贵人吩咐！

二小尼　是！贵人请！

〔武媚娘随二小尼入内，长明出门外，下，

〔燕娘导板：

悲愤交加离相府——

〔燕娘着儒冠男装，自外上，

燕　娘　（唱）燕娘我投奔何处是归途？
这古刹尼庵颇雅静，
但愿容我作寄庐。
都只为无颜再见伯父面，
乔装改扮出京都。
我自幼飘零吃过苦，
不怕流落走江湖。
公公无端被气死，
扫墓归来我气难舒！
男儿无力护妻小，
女流自立为丈夫。
我定要站定脚跟睁眼看，
看人世善恶报应有也无！

〔进门。

燕　娘　请问庵主可在么？

〔一小尼上，见是书生，慌忙合掌。

小　尼　阿弥陀佛！我……师父不在！

燕　娘　小生想暂住几日，不知可否？

小　尼　（合掌）小尼不敢做主。

〔武媚娘上。

武媚娘　（学着行合掌礼）阿弥陀佛！

燕　娘　师太请了！

武媚娘　请了。

燕　娘　请问师太，这宝庵是什么所在？

武媚娘　此乃感业寺静修庵，请问相公尊姓大名，来此有何贵干？这个……小生姓燕……噢……姓严，名叫严良。游学京师，走访名山，偶尔到此。

武媚娘　原来是位游学的秀才严相公，失敬了，请坐，献茶！

〔另一小尼献茶上。

燕　娘　多谢香茶，师太！你这静修庵，山明水秀，雅静天然，好一个所在。

武媚娘　佛门弟子，理当清静。

燕　娘　小生远道而来，无处落脚，想借宝庵一席之地，在此读书，不知可肯容纳么？

武媚娘　这个……只怕有些不便。

燕　娘　空房甚多，有何不便？

武媚娘　我庵中都是女尼，并无男人。

燕　娘　（喜）这样正好，正好！

武媚娘　啊？

〔二小尼害羞，避下。

燕　娘　（恍悟）啊！小生失言，多多恕罪。

武媚娘　不妨，你们读书之人，大多如此！……其实，前面和尚庙宽敞得很，你住到那里正好！

燕　娘　（吃惊）哎……不不不！和尚庙里，更为不便。

武媚娘　这倒奇了！

燕　娘　师太，这庵堂外面大树之下，也有数间空房，并无人住，暂借一用，小生愿抄写经卷，作为酬谢！

武媚娘　这个……

（唱）这书生一表人才俊非常，

为什么出言吐语颇荒唐？
愿求尼庵把身寄，
提起和尚他心发慌。
分明是女儿扮作男儿样，
定有苦衷心内藏。
我看她乔装改扮有胆量，
请她送信谅无妨。

严相公，你温良恭谦，暂住庵前，谅也无妨。

燕　娘　（大喜）多谢师太！

武媚娘　（唱）只不过，与人方便自方便，
也求你，为我办成事一桩。

燕　娘　师太请吩咐。

武媚娘　（唱）秀才可知朝阳门？

燕　娘　知道。

武媚娘　（唱）左首一家白院墙。

燕　娘　知道，我看见过。

武媚娘　（唱）今有要事拜托你——
（取出一信）
（唱）将此密信寄君王。

燕　娘　啊？小生并无官职，如何寄得去啊？

武媚娘　你只需到朝阳门内，白院墙里，找到东宫太监马公公，交他便是。

燕　娘　（为难）这……

武媚娘　（一笑）你害怕什么？严相公！
（唱）你穿戴儒冠男儿装，（燕娘一惊）
办此细事本平常。
我料你心中定有奇冤在，
我知你为避尘世到庵堂。（燕娘惊呆）
你有仇来我有怨，
同舟共济理应当。
你若助我把信寄，
来日百倍作报偿。
天大的冤仇为你报，

还你本来旧时妆！

燕　娘　（吃惊）啊……

（唱）自离相府半月长，
无人识我是红妆。
这师太目光似箭透脊梁，
洞察隐情我难躲藏。
蒙她留情不说破，
为她寄信本应当。
但不知聪慧超群她是谁？
奇女因何落庵堂？

啊，师太，你这书信，小生一定为你送到。

武媚娘　此信非同小可，多多拜托了！（交信）

燕　娘　师太放心！……请问师太法号？

武媚娘　（一笑）我并无法号，我乃宫中才人武媚娘是也！

燕　娘　啊！原来是武才人！失敬了。（作揖）

武媚娘　（还礼）多多拜托！师妹哪里？

〔二小尼上。

小　尼　贵人有何吩咐？

武媚娘　将庵前空房打扫几间，引这位相公且住下。

小　尼　是！

〔二小尼引燕娘下。

〔武媚娘正欲下，忽听传呼声：“公主驾到！”武媚娘一惊。

〔长明匆匆上。

长　明　快快迎接！

〔众尼出来恭迎。

〔高阳公主上，宫女簇拥，辩弘等和尚陪侍，高阳公主饮酒，抛杯，狂笑。

（唱）想那日父皇骂我不贤良，
未及赐罪自身亡。
超度亡魂庵堂住，
任我玩乐任我狂！

辩　弘　公主，她就是庵主长明师太。

长　明　（施礼）阿弥陀佛！

高　阳　长明听了！我平生最讨厌尼姑，你吩咐下去，不许尼姑前来打扰！

长　明　是！

辩　弘　公主为超度先帝亡魂，设七七四十九日罗天大醮，一切有我等和尚侍候，你等去吧！

长　明　是。

〔众尼下，长明及武媚娘欲下。

高　阳　且慢！（一眼盯住武媚娘）武媚娘！

武媚娘　（合掌）阿弥陀佛！

高　阳　（盯视长明）为何还不落发？

长　明　这……启禀公主，须等到黄道吉日，才可落发受戒。

高　阳　哼！武媚娘！

（唱）你不过，出身贱吏入宫墙，
实不该，冒充才女瞎装腔。
见我捶背你捶背，
施尽媚态惑先皇。
更不该多嘴多舌告我状——

武媚娘　（闭目合掌）阿弥陀佛！

高　阳　（唱）造谣生事害得先皇骂高阳！
今日里贬入尼庵天报应，
要问你，还敢猖狂不猖狂？

武媚娘　（不动声色）阿弥陀佛！

高　阳　哈哈哈……滚下去吧！

武媚娘　善哉善哉！阿弥陀佛！（合掌稽首退下，长明亦下）

〔众和尚与高阳相视大笑。

〔宫女从食盒中取出酒果陈设毕。

高　阳　（对宫女）你等也都退下。

宫　女　是！（下）

高　阳　（举杯）辩弘法师，和尚们请呀！

众　僧　这（互相顾盼）

高　阳　（一笑）你们这些和尚，平时阿弥陀佛，七戒八戒的，实在可笑，全都免了！

〔二小尼打扫完毕，引燕娘从外上，惊呆。

高　阳　（发现）尔等来此作甚？

辩　弘　（粗横地）来此作甚？

二小尼　（害怕）啊……（逃下）

燕　娘　（吃惊）啊，原来是她！（欲走）

高　阳　啊，秀才留步！

辩　弘　公主命你留步！

燕　娘　原来是位公主，小生有礼了！

高　阳　免礼！（上下打量，心喜，旁白）好一位俊秀才，真是貌若宋玉，天下少有！（娇滴滴地）啊，秀才，你因何到此呀？

〔和尚们面面相觑。

燕　娘　小生游学京师，寄居在此读书。

高　阳　（一笑）寄居尼庵读书，定然是个风雅之士，不妨请坐。

辩　弘　秀才请坐，我等进内念经去了！（与二和尚避下）

高　阳　你们进内喝酒去吧！

燕　娘　（心慌）小生告辞！（欲走）

高　阳　（拉住）秀才呀！

（唱）你游学尼庵作仙乡，
　　定是个风流知趣少年郎。
　　有幸相会心莫怕，
　　随情适兴有何妨？

燕　娘　啊……

（唱）狭路相逢在庵堂，
　　她睁眼不识我燕娘。
　　且看她寡廉鲜耻出何丑，
　　我忍下怒气不声张。
　　公主！
　　帝脉琼枝贵无上，
　　何故屈驾到荒乡？
　　因何相伴皆和尚？
　　小生难免心发慌。

高　阳　（笑）哈哈哈……

（唱）罗天大醮祭父皇，

为尽孝道住庵堂。
会同高僧参佛理，
秀才何必心发慌。
你脸若桃花令人爱，
体态风流世无双。
今日天高皇帝远，
邂逅相逢缘分长。
只要你风雅知趣如人意，
我保你功名富贵乐无疆！
来吧！（拉着燕娘要抱）

〔房遗爱自外上，撞着看见。

房遗爱 啊？……嘿！

高　阳 （松手）噢，原来是驸马，大惊小怪做什么？

〔燕娘连忙躲入佛龛，藏在观音像身后。

房遗爱 哼！气死人也！

高　阳 这有什么可气的！叫你去拿的东西呢？

房遗爱 （狠狠地取出一个盒子丢下）拿来了！

（唱）你叫我长沙王府取砒霜，
说什么来日要派大用场。
我只道祭悼先皇正经事，
谁料你寻欢作乐在庵堂。
遗爱堂堂男儿汉，
岂容妻子乱纲常。
你今日做出无耻事，
我定要……

高　阳 （寸步不让）怎么样啊？

房遗爱 （唱）一纸休书付高阳！

高　阳 （淡淡一笑）哼哼，算了吧！

（唱）你我心中都透亮，
说什么纲常装什么腔？
我爱男来你爱女，
互不相碍有何妨？

赏你美女快请便——

若不然，请你自己用砒霜！

房遗爱 （软下来）啊？……也罢，能屈能伸大丈夫！

高　阳 丫鬟们！

〔宫女们一拥而上。

高　阳 你等不必在此，伺候驸马玩去吧！

宫　女 是。（拥向房遗爱）驸马！……

〔房遗爱受宠若惊，大喜，拥宫女出门，下。

高　阳 （自语）咦？那个秀才呢？（寻找，找不到）嘿！这秀才胆小穷酸，还不如和尚念经有趣！（下）

〔燕娘从佛龛中探出身来。

燕　娘 （唱）眼看奇丑我怒满腔，

这真是骄奢淫逸世无双！

为什么，长沙王府取砒霜？

为什么要用毒药祭先皇？

其中定有奸谋在，

伤天害理须提防。

这高阳恶贯满盈何时了——

〔房遗直内声："燕娘！你在哪里？"

〔房遗直上，燕娘连忙又藏入佛龛之内。

房遗直 （唱）四处奔波寻燕娘！

莫非你遁迹空门入尼庵——

〔入庵堂门，见观音像。

啊！观音大士啊！（跪拜）

（唱）你可知我的燕娘在何方？

可怜她无端被休出门去，

传闻一怒跳了江。

我枉为七尺男儿汉，

无力相护愧难当！

倘若燕娘无处找，

遗直我，从此出家做和尚。

〔燕娘早已渐探出身来，越听越感动。

燕　娘　（不禁脱口而出）官人！

〔房遗直猛一惊，燕娘忙藏入帷后。

房遗直　呀！

（唱）猛听得燕娘一声唤——

〔四处寻找，不见人，更惊，声色大变。

（唱）莫非她，在天之灵降庵堂？

房遗直　莫非说观音大士显灵异？

燕　娘　（藏在佛龛之中，不露脸）我乃南海观世音是也！

房遗直　（大惊失色）啊！……

燕　娘　（厉声）房遗直！不许抬头，我有话讲。

房遗直　（忙跪）啊！观音大士有何吩咐？（不敢抬头）

燕　娘　（渐渐探出身来，深情地）不必牵挂燕娘，她依然活在人世。你速将这案前密书呈送君王，要他多多小心提防豺狼！（丢信）速速去吧！（隐身入后）

房遗直　（抬头）啊？密书在哪里？（找到）啊！原来在此。（拜揖）多蒙观音大士显圣指点，房遗直肝脑涂地，定将信送到，把话传到！（拜毕出门而下）

〔燕娘探出身来目送。

燕　娘　（心酸地）官人……

〔武媚娘暗上。

武媚娘　（一笑）严相公！

燕　娘　（微微一惊）啊……武才人，你所托之信，我已经寄走了。

武媚娘　（一笑）我已经知道了！

燕　娘　（一愣）我还有要事相告。

〔两人警觉地趋向一旁，燕娘以手势比画毒药砒霜之事。

〔两人警惕地亮相。

〔幕落。

第六场　罗天大醮

〔数日之后。

〔大雄宝殿，气势庄严。如来佛端坐莲台，铜香炉中香烟缭绕，巨烛高烧，宝幡低垂。木鱼声声，念经声低沉。

〔烟雾缭绕中长沙王、房遗爱上。

长沙王　（低声）都安排好了么?

房遗爱　遵从殿下与公主之意，早就安排妥当。万岁即刻就到。可以下手!

长沙王　（冷冷一笑）速速献上净水!

房遗爱　（向内一挥手）

〔三个小沙弥各托净水上，一个金瓶，两个银瓶，金瓶置案正中，银瓶分列左右。小僧摆好净水，合掌退下。

〔长沙王将砒霜投入金瓶之内。

〔内声："万岁驾到!"

长沙王　接驾!（三人躬身一旁）

〔高阳引驾，尉迟恭陪同唐高宗（晋王）上，侍卫武士相随。

唐高宗　（唱）初登大宝日夜忙，

又逢设醮祭父皇。

昨日遗直传密信，

原来是高阳逼走武媚娘!（瞪高阳公主一眼）

信中劝我多防备，

又听说观音显圣说豺狼。

我派人接了媚娘去，

将信将疑进庙堂。

高　阳　（装作亲热地）皇兄!

唐高宗　御妹!贤弟!

高　阳
长沙王　臣!

唐高宗 （唱）你我并肩行大礼，
有何佛事可开场。

长沙王 是！万岁有旨，佛事开场！

辩　弘 领旨！

〔一击钟铃，磬声木鱼声中，辩弘及众和尚舞拜而出。

辩　弘 （唱）阿弥陀佛金刚顶，
我佛如来见至尊！（合掌）

众　僧 （唱）南无佛——（合掌）

辩　弘 请万岁兄妹行礼！

〔唐高宗、高阳公主、长沙王跪拜，众僧伴唱。

众　僧 （唱）南无佛，南无佛，西天诸圣亿万佛！

辩　弘 （唱）圣躬一礼如山重，
亡魂穿火即飞升！（合掌）

众　僧 （唱）南无佛——（合掌）

辩　弘 请万岁兄妹各烧灵符一道！

〔沙弥捧上三张符，分与三人，点火烧去，唱。

众　僧 （唱）南无佛，南无佛，西天诸圣亿万佛！

辩　弘 （唱）亡魂飞临通天河，
饮罢净水入天门！（合掌）

众　僧 （唱）南无佛——（合掌）

辩　弘 请万岁兄妹各饮净水一瓶！

〔高阳公主、长沙王举起银瓶，唐高宗举起金瓶，正欲饮下，内一声喊叫："且慢！"众人一惊，燕娘突然飞步而出，一把夺过金瓶。

燕　娘 万岁！水中有毒！

唐高宗 （大惊）啊？

长沙王 哇！大胆狂徒，竟敢惊动圣驾，绑下了！

高　阳 绑下绑下！

〔卫士应声欲绑燕娘。

尉迟恭 且慢！这秀才说净水之中有毒，不妨验来！

唐高宗 验来验来！

卫士甲 是！（要取金瓶）

高　阳 （塞上银瓶）去验去验！

尉迟恭 （厉声）不需，单验这金瓶之水！

〔卫士应声取金瓶下，场上气氛紧张。

高　阳 （凶狠地）秀才怎知水中有毒？定与奸谋有关！

长沙王 （拔卫士剑刺燕娘）看剑！

尉迟恭 慢！（拔剑挡住长沙王）

唐高宗 怎可如此！（推开）

高　阳 辩弘法师！（拉出）是哪个小和尚捧来的净水，快快抓起来！是！

尉迟恭 不用，验明了毒，再作道理！

辩　弘 （吓得发抖）阿弥陀佛！（逃下）

长沙王 嘿！一场佛事，搅得如此模样，散了吧！

高　阳 走！

〔二人出殿门，房遗爱跟出，下。

卫士乙 （上）报！殿东一犬，饮毒而亡，长沙王刺死验毒之人匆匆出殿而去！

唐高宗 啊！长沙王竟把验毒之人刺死！

燕　娘 万岁！此乃杀人灭口，欲盖弥彰，请万岁下旨，查明叛党！

唐高宗 这秀才之言，倒也有理，还当委派大臣，查明此事。

尉迟恭 万岁！何必另派大臣，这秀才保驾有功，让他查明此案，定可一清二楚！

唐高宗 这个……这秀才并无官职，如何理此大案？……

太　监 （上）启禀万岁，奴才奉旨接回武才人，武才人请求见驾。

唐高宗 宣她上来。

太　监 武才人见驾！

武媚娘 （拜）参见万岁！

唐高宗 平身！（关切地）武才人，你受屈了！

武媚娘 万岁受惊了。

唐高宗 唉！方才若非这秀才保驾，险遭奸人暗算！

武媚娘 叛逆不除，大唐难保呀！

唐高宗 寡人正想委派大臣，查明此案。

武媚娘 万岁，这秀才保驾有功，何不封他官职，让他查明叛党！（大喜）啊！武才人之见，与尉迟将军相同。（对燕娘）你这秀才，叫何名字？

燕　娘 小生姓严名良。

唐高宗 严爱卿，你保驾有功，孤封你代行御史之职，特赐尚方宝剑。查明此案，另行封赏！

〔太监捧过尚方剑，高宗亲授燕娘。

燕　娘　领旨！（接过剑）

〔幕落。

第七场　善恶昭彰

〔数日之后。金銮宝殿，气象万千。丹陛龙椅之后，有字屏一幅，写着“以铜为镜……以古为镜……以人为镜……”的遗训。

〔隆重肃穆的传呼声：“万——岁——升——殿——”

〔文武百官俯首恭候，唐高宗由左右扶持，拥上金阶龙椅坐下。

百　官　（拜舞山呼）参见吾皇万岁！万岁！万万岁！

唐高宗　众卿平身！

百　官　谢万岁！（各归班序站立两旁）

唐高宗　速宣严爱卿上殿！

太　监　（传宣）宣代御史严良上殿！

〔内声：“领旨！”起导板。

（唱）裙钗今日面至尊——

〔燕娘上，后面跟着程诰命和房遗玉跑上，将燕娘横看竖看，咧着嘴笑。

燕　娘　（唱）人间善恶敢直陈。

姨母小姑盯得紧，

怕只怕识破乔装是欺君。

啊，这位老夫人，你们盯着我作甚？

程诰命　（笑）嘿嘿，嘿嘿嘿嘿！让我仔细看看你！你这副相貌……和我外甥女一模一样！

房遗玉　一模一样，不错不错！

燕　娘　（一惊）啊！老夫人不该胡言乱语，我要上殿去了！（欲上殿）

程诰命　（拉住）真的不是么？

燕　娘　当然不是！

程诰命　真的不是，我就招你做女婿。

燕　娘　（摆脱）哎！此地不可多言，我要上殿去了！

程诰命　我跟你一同上殿。（对房遗玉）我带你进去！

燕　娘　（唱名）报！代御史严良奉旨上殿！

太　监　严良上殿！

燕　娘　（上金阶拜舞）严良拜见吾皇万岁，万万岁！

唐高宗　平身！

燕　娘　谢万岁。（起立）

程诰命　（大声唱名）报——卢国公程咬金夫人，一品诰命老太婆要上金殿！

〔唐高宗及众大臣一愣，不知何故。

程诰命　（拉着房遗玉跑上了金殿）参见小皇帝万岁，万万岁！

唐高宗　程老诰命平身！

程诰命　谢万岁！

〔房遗玉始终躲在程诰命身后。

唐高宗　程老夫人，今日上殿为了何事？

程诰命　（笑）哈哈哈！我是来看看我的外甥女……（急捂嘴改口）来看看这位严御史禀报案情来的。

唐高宗　如此，请在一旁听罢。

程诰命　不用不用，我就坐在这里听。（坐在龙椅前的金阶上，拉房遗玉蹲下）

尉迟恭　哎！如此坐法，不成体统。

程诰命　我说老亲家哎！如今天下，弟媳妇赶走阿嫂，儿媳妇气死公公，阿弟阿妹谋害阿哥，啥个体统勿体统！

〔尉迟恭嘿然。

唐高宗　随她去吧。严爱卿！

燕　娘　臣！

唐高宗　命你查清感业寺一案，结果如何？

燕　娘　万岁容禀！

（唱）感业寺佛门净土不清净，
情状污秽不堪闻。
那高阳骄奢淫逸无止境，
长沙王蓄谋夺位害至尊。
二人暗地早勾结，
约定天下两平分，
妖僧辩弘是同党，

驸马遗爱罪不轻。
假借佛事下毒药,
妄想一举乱乾坤。
今日里查清奸谋案已定,
敬请下旨决死生!

程诰命 哈哈,查得好,好极啦!

〔内,高阳公主一声惨叫:“皇兄!”闯上殿来。武士们急拦不住。众吃惊,程诰命一见就气,在金阶正中坐下。

高　阳 皇兄!万岁呀……(哭腔叫头)

程诰命 你好省省哉!

高　阳 (唱)我与你金枝玉叶根连根,
从来互敬又互亲。
放毒之事我不知,
长沙谋逆我不闻。
和尚作恶更不晓,
我是个横遭诬陷冤枉的人!
啊呀皇兄呀,喂呀……(哭腔)

程诰命 (打断)好啦!

太　监 (报上)启禀万岁,武昭仪武娘娘有本启奏!(众人一愣)

众　臣 (相顾)武昭仪?

唐高宗 (大喜)啊!快宣上来!

〔内声:“领旨!”武媚娘姗姗而上,高阳公主一见大惊。

武媚娘 参见万岁!

唐高宗 平身!武昭仪来得正好,今日之事,如何办理,未知你有何高见?

武媚娘 万岁!高阳乃是谋逆重犯,快叫她当殿跪下。

尉迟恭 对!跪下,跪下!

程诰命 跪下!

〔高阳公主犹倔强不跪。

唐高宗 叫你跪下就跪下!

程诰命 (上前跳踢)跪下!

高　阳 (哭着跪下)冤枉!

唐高宗 武昭仪,有何话说,不妨直讲!

武媚娘 领旨！高阳听了！

（唱）你本是金枝玉叶毒瘤根，

飞扬跋扈绝古今。

身为弟媳强休嫂，

气死玄龄老元勋。

先帝被你催了命，

要你高阳独担承。

可恨法网有遗漏，

你假借佛事又宣淫。

你与长沙早勾结，

桃木小人咒当今。（示桃人）

你又在净水之中下毒药，

妄图谋反敢弑君。

大逆不道罪滔天，

千刀万剐尚嫌轻。

花言巧语难救命，

铁证如山你赖不成！（高阳公主惊瘫）

程诰命 讲得好，好极啦！

唐高宗 如何处置，众位有何高见？

程诰命 万岁，让我老太婆帮你拿个主意喏！……

（唱）高阳是只狐狸精，

千刀万剐斩肉饼。

长沙应当割头颈，

驸马对劈两半分。

辩弘割肉喂老鹰，

和尚犯法该充军！

一大臣 万岁，看在皇亲分上，从轻发落为好！

程诰命 从重的好！

一大臣 从轻的好！

尉迟恭 从重的好！

武媚娘 （对唐高宗）万岁呀！

（唱）先帝早有遗例在，

同胞谋叛不容情。
严良功大当封赏，
加官晋爵广施恩！

尉迟恭
程诰命 （大喜）好，好！

众大臣 讲得甚好！

（唱）武昭仪处事得当称朕心，
寡人准奏付实行。
高阳长沙当自尽，
驸马辩弘付斩刑。

唐高宗 严爱卿！

燕　娘 臣！

（唱）你保驾办案功劳大，
加封你一品侍中冠群臣！

燕　娘 这……

程诰命 （催促）快快谢恩哪！

尉迟恭 快快谢恩！

燕　娘 陛下恕罪！（跪下）

唐高宗 啊？爱卿何罪之有啊？

燕　娘 我乃是乔装改扮的尉迟燕娘！（害羞）

众　人 （惊诧）啊！

程诰命 哈哈！果然是我的外甥女！

武媚娘 万岁！燕娘虽然出身低微，胜似金枝玉叶，保驾有功，当封她一品夫人，与房遗直再度成亲！

唐高宗 好，寡人准奏。传房遗直冠带上殿。（程诰命等大乐）

燕　娘 谢万岁！（欲下）

房遗玉 （奔过去亲热地）嫂嫂！……

高　阳 （哀求膝行过去）嫂嫂……看在妯娌份上，为我说句好话，饶了我吧！

〔燕娘拂袖而下。

房遗玉 要想饶你呀，除非是日向东落水朝西！（下）

高　阳 （转求尉迟恭）亲家……

尉迟恭 嘿！（挥手）

高　阳　（转求程诰命）亲家……

程诰命　（柔和地）嗳！

高　阳　姨母……

程诰命　喔！

高　阳　你为我说句好话吧！（跪下）

程诰命　喔唷！你给我跪下，实在担当不起唷！（猛地背过身去）

高　阳　（再求高宗）皇兄……

唐高宗　押下殿去！（掩面）

〔武士押高阳公主下殿。正值房遗直上，二人照面。高阳愧然而下。

房遗直　房遗直参见吾王万岁！

唐高宗　平身，赐你袭承父爵，与尉迟燕娘二度成亲！

房遗直　房遗直谢万岁！

〔燕娘改女妆上，程诰命、尉迟恭、房遗玉迎上。

燕　娘　燕娘伯父！姨母！小妹……

〔众人大乐欢笑。

房遗直　娘子……（奔过去）

燕　娘　官人……（扶持）

〔燕娘、房遗直等拜谢唐高宗。合唱起。

唐宫一曲悲欢史，
善恶报应果有时。
金枝玉叶何足贵，
民间凡品堪入诗。

〔幕落。

〔剧终。

1983年

《七场黄岩乱弹》

拾 儿 记

（根据台州乱弹传统剧目《寄缘配》改编）

章甫秋　曹志行（执笔）

人物表　王小二
白氏
王梅英、梁文焕
县官
梁夫人、梁小姐
王老四
家院、衙役、丫鬟、轿夫各若干

第一场　投亲

〔戚府，后院。

〔王梅英喜冲冲地上。

王梅英　小姐、小姐！

戚小姐　（从假山后出）

王梅英　小姐啊！

（唱）今晨喜鹊叫得欢，

果有那，喜事一桩天外来。

戚小姐　死丫头，今天是个平平常常的日子，能有什么喜事？

王梅英 没有喜事？那……我就不说了。

戚小姐 说了又不说，看我不打你？（说着就追）

王梅英 （跑着）小姐，我说、我说。

戚小姐 那你还不快说！

王梅英 小姐啊！

（唱）有客自那远方来，

戚小姐 谁呀？

王梅英 （唱）要你小姐猜一猜。

戚小姐 是京都的姑夫？

王梅英 （摇头）

戚小姐 是九江的舅舅？

王梅英 （摇头）

戚小姐 那……

王梅英 （唱）若问来人他是谁？

戚小姐 说呀，快说呀。

王梅英 （唱）他可是，戚家门里嫡嫡亲亲，

亲亲嫡嫡的亲姑爷。

戚小姐 （惊喜地）你，你是说……梁公子来了！

王梅英 是啊，是梁公子来了。

戚小姐 哎呀，梅英，快与我一起去见姑爷。

王梅英 小姐，看你……这身打扮……

戚小姐 （笑）是了？如此待我换了衣服再说。

〔戚小姐与王梅英下。

〔戚夫人缓缓地上。

戚夫人 （唱）我夫朝廷戚阁老，

官居一品爵位高。

可怜一朝成故人，

六树既倒基础摇。

可喜亲家梁兵部，

圣恩眷宠四海晓。

实指望，华堂高烛成亲日，

重振门楣多荣耀。

却不料，姑爷今日到黄岩，
行色匆匆事蹊跷。
来前未通报，
一身着青袍。
哪像达官将门子，
好似云游郎中貌。
厅堂之上耳目杂，
万事小心为至要。
咐咐他，小憩片刻来后院，
细细叙谈探分晓。

〔家院上。

家　院　夫人，黄岩县令有事求见。

戚夫人　唔？今日家中有事，唤他改日再来。

家　院　是！

〔黄岩县令冲上。

县　官　夫人在上，下官有礼。

戚夫人　你！

县　官　夫人，下官擅自闯入戚府，多有冒犯。不过……下官今日不能不见夫人。

戚夫人　怎么？……（示目以家院，家院退下）

县　官　夫人，今有六部公文，说那兵部因克扣军粮，私养战马，有谋反之迹。现已押解进京……

戚夫人　此……此话当真？

县　官　下官不敢虚诳，其子梁文焕，抗命在逃，因戚梁两家，订有婚约，故丞相来文，吩咐下官前来查问……

戚夫人　哎呀！

（唱）忽听闻梁兵部钦命收监，
不由我戚夫人心如油煎。
想小女与文焕早订婚约，
实指望凭好风直上青天。
谁知晓今日里风云忽变，
反累我母女俩受此牵连。

这……这事如何是好，如何是好？

县　官　啊，夫人不必焦虑。

戚夫人　不知县尊有何打算？

县　官　王丞相如今在朝廷中权大势重，你我自然得罪不起……

夫　人　是啊是啊。

县　官　若是……

戚夫人　如何？

县　官　……想那梁家父子，已是朝廷钦犯，戚府岂能与他联姻，……若夫人同意，下官回府，即给丞相休书一封，就说梁戚两家，早已断绝婚事……

戚夫人　这……

县　官　此乃是下官给老夫人安排的万全之策。

戚夫人　这……唉！

（噶）戚府门难认那钦犯为婿，
得罪了王丞相祸害非浅；
到如今不容我犹疑寡断，
打起那竹枝儿分飞劳燕。
此事就依县尊之意去办。

县　官　是……

戚夫人　县尊之意，老身明鉴。事成之后，定当谢……

县　官　啊，老夫人客气了……多谢。

戚夫人　家院，送客。

〔县官随家院下。

〔戚小姐上。

戚小姐　母亲……

戚夫人　女儿。

戚小姐　女儿我，我命苦啊！

戚夫人　哎，女儿都听到了。

戚小姐　（点头）母亲你。你可要给女儿作主。

戚夫人　不知女儿意下如何？

戚小姐　母亲啊！

（唱）孩儿本是官家女，
岂能够，找个钦犯为婆家。
从此一生受穷苦，

保不定，颠沛流离到天涯。

哎呀呀，女儿命贵如金银，

不堪沦落为牛马。

这样的男人我不嫁，

倒不如，嫁跛脚，嫁驼背，手残癞头十不全，但得保我享荣华。

戚夫人　好了好了，看你说到什么地方去了？！

戚小姐　母亲，我不嫁，我不嫁……你要我嫁，我就上吊、跳楼！死……死给你看……

戚夫人　女儿，女儿……谁说要你嫁给他了？

戚小姐　啊，母亲你，你答应了？

戚夫人　唉，你呀，真是！……梅英！

〔王梅英上。

戚夫人　有请梁公子。

王梅英　是！（下）

戚夫人　女儿暂且回避。

戚小姐　母亲……

戚夫人　为娘自有道理。去吧！

〔戚小姐下。

〔王梅英带梁文焕上。

梁文焕　（唱）一路上扮郎中不分昼夜，

忍饥饿受寒冻方抵黄岩。

王梅英　梁公子请。

梁文焕　有劳大姐……岳母在上，受小婿一拜。

戚夫人　梁公子，坐。

梁文焕　谢坐。

戚夫人　梁公子今来戚府，却为何事？

梁文焕　岳母大人。

（唱）恨只恨贼奸相一手遮天，

平白里我父亲竟遭诬陷。

天下人谁不知梁家忠义，

为社稷数十年屯垦戍边。

如今成阶下囚蒙耻受辱，

是非混真假淆皂白难辨。
不得已来戚府暂且安身，
待来日雪耻恨血染龙泉。

戚夫人 啊，梁公子历尽艰辛，方到黄岩，本当留你在此，不过……

梁文焕 不知岳母有何为难之处?

戚夫人 实话相告，黄岩县令已率丞相公文，前来戚府捉拿公子归案。

梁文焕 （惊怒）啊!

戚夫人 如今王丞相权威势重，戚府力薄，自然不敢违命，还望公子……

梁文焕 如此说来，小婿告辞。

戚夫人 且慢。

梁文焕 不知岳母尚有何事?

戚夫人 梅英，去取三百两白银……

王梅英 ……是。（下）

戚夫人 区区小数，助作路途之用，不过，老身心有一事，实在……难以启齿。

梁文焕 岳母有话，尽管吩咐。

戚夫人 戚梁两家的婚事………

梁文焕 怎么?

戚夫人 ……公子一走，王丞相自然不肯放过戚府，事到如今，只能……废弃前约了。

梁文焕 啊也!

（唱）世态炎凉今方信，
原来人情如纸薄。
戚夫人，趁人之危断婚约。
激起我，心头一股恨和恼。
怪我文焕不长眼，
错把冰窟当暖巢。
跋山涉水千里遥，
招来了，一盆冰水当头浇。
文焕生就傲骨在，
铁石铮铮不弯腰。
事到如今难羁留——

啊！既然夫人有此打算？文焕遵命便是。只是……那定亲之物，梁家的传世之宝玉鸳鸯还当归还与我才是。

〔戚小姐奔上。

戚小姐 （从衣襟上解下玉鸳鸯掷于地上）谁要你这个破石块！

（唱）从此后，我与你，路归路来桥归桥。

戚夫人 女儿！

戚小姐 母亲，走！

〔梁文焕拾玉鸳鸯，苦笑。

王梅英 （上）夫人……

戚夫人 梅英，将这三百两白银交给梁公子……

王梅英 夫人。

戚夫人 去吧。

王梅英 ……是……梁公子。

梁文焕 （拂袖）我就是沿街乞讨，也不要戚府半分银两！

王梅英 梁公子！……夫人，公子本是落难之人，出于无奈，才投奔到此……

戚夫人 你……放肆！

王梅英 夫人。

戚小姐 你敢多嘴？……母亲，走。

戚夫人 梁公子，老身不便远送，还望公子多多保重。

〔戚夫人、戚小姐下。

〔幕后合唱：

夫人小姐负心肠，
逼迫公子走他乡。
梅英无力来帮忙，
心惆怅。意怏怏。

梁文焕 大姐，告辞了。

王梅英 公子。

梁文焕 你！

王梅英 这……

（唱）话到嘴边难出口，
不由脸红忙低头；
只因公子是忠良后，
梅英心中淌忧愁。

梁文焕 不知大姐有何事？

王梅英 这……

（唱）但不知，公子欲往何处去？

梁文焕 我……

王梅英 （唱）一路上，兵丁如云难脱走。

梁文焕 这……

王梅英 （唱）公子若无他处投，

倒不如，小女家中先避风头。

梁文焕 呀！

（唱）一席话，胜万金，

恰似春风暖心头。

大姐之言，刻骨铭心，可如今我是官府缉拿的钦犯，岂能连累于你？

王梅英 公子

梁文焕 告辞！（下）

〔幕后合唱：

天下茫茫，何处是归宿？

善良女子，心事难了却。

〔幕落。

第二场　说媒

〔二道幕外。

〔王老四上。

王老四 （唱）天昏黄，日斜西，

醉醺醺走来我王老四。

老四我今日做媒去，

要叫那，乌鸦凤凰做夫妻。

讲起噶个胡癞头哪实在好笑，牙齿落完，头发精光。要说多难相嘛就有多难相。棺材里噶寿桃都快摸到了，还想讨老婆，真是勿识相。不知怎生望上了我噶侄囡王梅英，一定要我做媒，拨他做小。我望望是不相像。

勿料他偷偷塞拨我二十两银子！嘿嘿，望在银子的份上，望望就有眼相象。勿料昨夜赌博场里一逛，二十两银子输得个活脱精光。俗话讲，拿人家手短吃人家的嘴软，噶个媒人勿当勿像样。

（唱）凭我这三寸不烂舌，

黄铜说成金，死人说个活，

鸡子壳里也好做道场。（下）

〔二道幕开。

〔王小三家

〔白氏在忙碌。

白　氏（唱）老倌人出门卖豆腐，

我在家百事要料理。

淘锅里煮好豆腐浆，

豆浆上捞起豆腐皮。

酱坛里卤起豆腐干，

盐缸里霉落豆腐乳。

豆腐化身名堂多，

豆腐价钱又便宜。

指望豆腐卖得快，

积蓄银子，寻个囡女婿。

〔王小三挑豆腐担上。

王小三（唱）刚才戚府捎音讯，

说我阿囡生毛病，

急得我，一头乌发变白发，

阳寿要损五六春。

当时我在卖豆腐，生意蛮好，买噶人抢都抢勿着……要晓得，我王小三做噶豆腐黄岩城里是有眼名气的……一听阿囡生毛病，连忙收起豆腐担，随即回家……想我王小三，年纪活到五十三，只生一个宝贝阿囡，好比竹竿头上噶鸭蛋，脱落来就要打碎的。

（唱）回家放好豆腐担，

去戚府，接回阿囡才放心。

老太婆，老太婆嗳。

白　氏　做格么？

王小三　勿好了，勿好了。

白　氏　格么事情？

王小三　戚府带来口信，说阿囡生毛病了。

白　氏　哎哟！格么病？

王小三　大毛病。

白　氏　大毛病？格么大毛病？

王小三　这……噶是我勿晓得的。

白　氏　哎哟，生格么毛病都勿晓得……噶你还勿快去戚府拨阿囡接回来。

王小三　就去，就去。

白　氏　死老倌，说走就走，接生病人嘛要戴块红布。（取红布交给王小三）记牢，将红布系牢小囡噶额角头。

王小三　晓得。（下）

白　氏　（念）一听小囡生毛病，

急得我，心头别别跳勿停。

〔王老四上。

王老四　阿哥，阿哥。

白　氏　老四啊，你来做格么？

王老四　我来寻阿哥。

白　氏　你阿哥勿在。

王老四　勿在我就等。

白　氏　等要等到天亮。

王老四　这……嘿嘿，我来望阿哥，也特地来拜望你。

白　氏　小叔介客气。

王老四　阿嫂，我望你额头亮光光，有福气。

白　氏　福气？晦气都赶勿尽。有格么福气？

王老四　有，有，阿嫂你坐落来听我讲。

（唱）有份人家是财主，

开爿大店做生意。

大爷生来才学好，

要选美女做夫妻。

黄岩城里都选遍，

只有阿英才中意。

看来姻缘前世定。

也是王家有福气。

白　氏　财主人家，高攀勿上。

王老四　他自情愿，有格么关系！……阿嫂，噶份人家，天底下难寻，阿英是独囡，许亲许拨财主人家，我做小叔也光彩，阿嫂，你讲对勿对？

白　氏　话是这么说，勿过……

王老四　怎么？

白　氏　阿英生毛病。只怕讲勿成。

王老四　嗨！生毛病嘛总会好的。先讲起来，等阿英毛病好了。再嫁过去。

白　氏　这……许亲要你阿哥做主。

王老四　阿英是你亲肚皮生，你也做得主。

白　氏　噶倒是实在话。

王老四　好，讲定了，事情讲定了。阿嫂，我就去回话。

白　氏　哎哎，小叔。

王老四　怎生？

白　氏　还是等你阿哥回来再讲。

王老四　嗨！

〔王小三扶王梅英上。

王小三　阿囡。屋里到了。

王梅英　爹爹。

王小三　嗳，阿英。爹爹在噶里。

王梅英　公子呢？公子在哪里？

王小三　公子他……

王梅英　他在哪里？在哪里？

王小三　……在屋里。在屋里。

王梅英　（进屋）公子。公子！

王老四　阿英嗳。

王梅英　你？

王老四　是我，阿英我是你噶小叔。

王梅英　小叔？（摇头。出屋）

王小三　（拉住女儿）阿英，屋里去，屋里去。外面风大……老太婆呆古隆冬做格么，探探阿囡身体有没有发热？

白　氏　（手摸女儿额角）啊呀！老倌人，噶个时节，闲神野鬼多，莫非中了邪气？
王小三　阿英，你近月有呒有出门？
王梅英　出门了。他不知到哪里去了？母亲……（扑到白氏怀中）
王老四　阿嫂，望样子真是中了邪气……阿哥。我给阿英赶个野祀。
王小三　对，老太婆，快拨阿囡送去困觉，等歇我去赶野祀。
白　氏　嗳。（扶女儿下）
王小三　（向内高声）老太婆嗳，拨我阿囡被头塞牢，布帐放好，再受凉勿得了……老四啊，你来做格么？
王老四　阿哥，你讲我来做格么？
王小三　勿是借银子，就是要铜钿。
王老四　阿哥讲得勿对。
王小三　喃？
王老四　今朝我来，拨侄囡做媒。
王小三　好省好省。
王老四　怎生？
王小三　阿囡生毛病，性命交关，顾勿上我老公。
王老四　哎，侄囡生毛病。运气疙瘩。
王小三　格么疙瘩？勿是讲，今朝夜里拨她赶野祀？
王老四　对对，野祀一赶，百病消散……格末噶事情等侄囡毛病好了再讲。
王小三　格么事情？
王老四　喏，拨侄囡找老公。
王小三　好省好省。
王老四　怎生？
王小三　你自己老婆勿找，倒要拨侄囡找老公。噶眼力气还是花在自己身上好。
王老四　哟，阿哥讲话蛮厉害……好好，今朝勿提，今朝勿提……阿哥，格末我回去了。
王小三　勿送。
王老四　阿哥嗳。我来一趟勿容易。做媒做勿成？总勿好叫我白走一趟。
王小三　老早晓得，你要铜钿。
王老四　勿是我要铜钿，是铜钿要我。
王小三　拨你一讲。倒是我袋里噶铜钿犯贱……老四，阿哥做豆腐。赚铜钿勿容易，拨了你你勿要去赌，去嫖……

王老四 晓得晓得……噜哩噜苏，拨了我铜细也勿讨我好中……阿哥，过两日我还要来的。

王小三 勿来也好。

王老四 要来的。要来的。（下）

白　氏 （上）老倌人，小叔做媒，也是一片好心，你怎生二话勿讲，一口回绝。

王小三 噶种人上门呒好事情。

白　氏 听他讲讲总呒啥。

王小三 呒噶种闲功夫。

白　氏 唉，……阿囡年纪也勿小了，是该许亲了。

王小三 拨阿许亲还早。眼面前毛病呒好。赶野祀顶顶重要。

白　氏 赶野祀？道士先生还呒来？

王小三 自己代代，省几个铜钿，哎呀，道士帽呒有。

白　氏 道士帽？……对了，把羊皮帽帽叶翻落来，当道士帽。

王小三 老太婆蛮聪明，我王小三是要讨你做老婆。

白　氏 死老倌，赶野祀还讲蛮笑？！

王小三 小囡病倒，解解心焦，快去拿来。

〔白氏取羊皮帽给王小三。

王小三 噶顶帽，数转遍有十七八个洞眼。

白　氏 格么辰光买噶？

王小三 还是我做新郎噶辰光买的。

白　氏 我阿爹买拨你的。

王小三 老太婆记性好，我王小三穷。新郎帽也要老丈人买来戴。（将帽戴头上）

白　氏 话越讲越多，勿讲了，赶野祀要紧。（将灯笼交给王小三）

王小三 晓得晓得，老太婆，我走。（出门）

白　氏 统统请出，关门大吉。（关门）

王小三 （走几步回头）老太婆嗳，我时辰八字忘记了。

白　氏 时辰八字嘛是正月初三子时生。

王小三 噢，正月初三子时生……老太婆，噶是介人噶时辰八字？

白　氏 是我噶时辰八字。

王小三 哎哟！我问阿囡噶时辰八字。

白　氏 阿囡噶时辰八字啊，是五月初五午时生。

王小三 噢。五月初五午时生……老太婆嗳。我赶野祀走走又走转来了。

白　氏　哎哟哟！赶野祀是勿可转回头噶！

小三肖　噶呀呣（什么）？

白　氏　烧豆腐。

王小三　肖噶噢？

白　氏　烧豆腐。

王小三　哎呀。十二生肖里，呒有肖豆腐噶。

白　氏　噢。你问的生肖啊？……阿囡肖马。

王小三　肖我？

白　氏　死老倌！我讲阿囡噶生肖是肖马的，牛马的马。

王小三　噢，阿囡噶生肖是肖马的。五月初五午时生，肖马的……老太婆嗳，我赶野祀走走又走转来了。

白　氏　要死要死，你怎生三步两回头噶呢？

王小三　鞋在里面。

白　氏　出去了

王小三　鞋在里面。

白　氏　统统出去了。

王小三　哎呀。我的鞋与你的鞋穿调了。

白　氏　格末好穿否？

王小三　穿末还好穿，前头紧夹夹，后头宽坦坦。

白　氏　深更半夜，呒人望见，好穿就将就将就。

王小三　嗳……别人讲，讨老婆要讨小脚老婆，我讨还是讨大脚老婆好。无米落锅，小脚白落。大脚的鞋，要紧要慢。穿起来就好走。

〔隔灯，幕。

第三场　拾子

〔二道幕外。

〔梁文焕上。

梁文焕　（唱）自那日一怒下别离戚府，

流落在异乡地人生地疏。

深夜间常在外东藏西躲，

身上冷腹中饥倍加凄苦。

〔二道幕开。

〔五洞桥畔，七颗星在眨眼。

〔王小三上。

王小三 （唱）半夜子赶野祀独自行路，

来到了五洞桥停住脚步。

把羹饭放地上点香插烛，

整一整道士帽拿起酒壶。

要请，要请……道士先生噶活：我讲勿清爽，讲勿清爽，还是勿讲……（韵白）弟子王小三，奶名叫阿和。年过花甲，勿生多男，只有一个阿囡。只因家道贫寒，送拨大户人家做丫鬟。不知为何。神明冒犯，回到屋里，得病艰难。特地做起团圆麦饼，端来米筛羹饭。

（念）三杯美酒哎，开吊长久变醋。

刀头净肉哎，小猫还听出。

东海鱼鲜哎，白眼鱼鲞玩大。

五爪金鸡哎，鸡子壳里呒孵。

水花豆腐哎，小囡病倒，老太婆忙牢呒磨。（转韵白）一碗水，当碗粥，一碗粥，当碗肉，番茄面成菜萝卜，王小三待客热乐。勿要嫌我淡薄，有处去，走出去，呒处去，走转我王小三屋里来……哎哎，勿可来。勿可来……

〔斟酒。蹲在一旁。不觉打瞌睡。

梁文焕 （见米筛中的麦饼）

（唱）见麦饼不由我饥火中烧，

耐不住百肠间辘辘难熬。

欲取麦饼充饥肠，

怎奈是，文焕自幼识礼教。

欲向老人说明白，

落难人，避人耳目莫招摇。

左不是，右不是，

方寸已乱主意少。

（难忍饥饿，取麦饼）还望老伯原谅了。

王小三　（醒）咦？麦饼像是少了？……想这荒野郊外，夜深人静，怎生会有人来吃我的麦饼？多心了，多心了。（又打瞌睡）

梁文焕　（取麦饼，喝酒）

王小三　（醒）咦？麦饼又少了……呀，酒杯里的酒也被吃了，难道真的有鬼？

梁文焕　老伯。

王小三　啊，有鬼！有鬼！

梁文焕　老伯，我不是鬼，我是人。

王小三　（仔细打量）嗯。望望倒像人样。噶么说，是你吃了我噶麦饼？

梁文焕　正是。

王小三　为格么要吃我噶麦饼？

梁文焕　我乃是投亲不遇的落难之人，饥饿难忍，才吃了你老人家的麦饼。

王小三　噢。（取麦饼）你吃，你再吃。

梁文焕　吃饱了，吃不下了。

王小三　吃勿下，你带去，明朝吃。

梁文焕　这……

王小三　怎生？勿拨你吃你自己吃，拨你吃你又勿要吃……拿去拿去。

梁文焕　谢老人家。

王小三　勿要谢。勿要谢……（合掌）在天神灵，听我讲明。王小三赶野祀，心到意诚，只因碰到落难之人，饥饿难忍。才将供奉之品，解其之困。倘有冒犯，勿怪别人。是错是罪在我一身……（起身）

梁文焕　老人家……这是一两银子。给你老人家作酬谢之金。

王小三　你是落难人，银子用得着，勿用客气。

梁文焕　这……

王小三　（端起米筛羹饭）怎生你还在噶地方勿走？

梁文焕　我就在这桥亭中过夜。

王小三　哟，望望蛮可怜，格末夜里呒地方住宿？

梁文焕　正是。

王小三　勿嫌地方狭窄，到我屋里宿夜。

梁文焕　老人家真是个好人。

王小三　我人倒勿坏。

梁文焕　与人为善，必有后福。

王小三　后福？我连养老送终的人也没有，还有格么后福？

梁文焕 呀！

（唱）看这位长者有怜悯之心，
真叫我梁文焕感恩不尽。
何不如拜他为义父大人，
暂且在他家中避难安身。

老伯，若不嫌我微贱，愿拜老人家为义父。

王小三 啊呀！

（唱）听此言，吃一惊，
是真是假难分清。
王小三想儿子想了一世，
镜中花水中月总难称心。
似这般好后生作我义子，
岂勿是老来福前世修定。
小哥，此话当真？

梁文焕 岂有欺骗长者之理……不知老伯是否愿意？

王小三 噶是点灯笼也寻勿着。

梁文焕 如此，义父在上。受义子一拜。

王小三 慢来慢来，屋里还有义母，要拜回去一淘拜。

梁文焕 是。

王小三 呀！等歇回到屋里，老太婆要讲，老倌人，坐家一口，米添三斗，勿会做生活，要坐吃山空噶……对了。义子哎，三百六十行，你会哪一行？

梁文焕 自幼读书。

王小三 会读书噶？……义子嗳。你会读书，阿爹要考你一考。

梁文焕 请义父出试。

王小三 望牢。（用手指向掌上一画）格么字？

梁文焕 一字。

王小三 （在掌上画二画）格么字？

梁文焕 二字。

王小三 （在掌上画三画）格么字？

梁文焕 三字。

王小三 好，连中三元。义子哎。你阿爹两眼一模黑，苦头吃煞。从此后，我卖豆腐你记账。再也勿会错账……回屋里望义母去。

梁文焕 请爹爹前面带路。

王小三 哈哈哈!

（唱）赶野祀，拾义子，

王小三心里乐滋滋。

〔幕落。

第四场 看病

〔二道幕外。

〔王小三，梁文焕上。

王小三 义子嗳。屋里到了……老太婆嗳……

〔白氏上，开门。

白 氏 嘘……阿英在楼上困觉，你拔直喉咙嘎嘎叫，又勿是中状元。

王小三 中状元还及勿得我高兴，老太婆你来望望。他是……

白 氏 勿认得。

王小三 你搭我噶义子。

白 氏 义子？格么戴方求？

王小三 赶野祀，拾义子。路上拾来……义子哎，快快拜见义母。

梁文焕 义父义母在上。受义子一拜。（跪拜）

白 氏 起来起来……嘿嘿，噶是妈妈要拨你见面铜钿噶。喏！（解下衣襟上的一串铜钿，交给梁文焕）

〔梁文焕回走，铜钿又随着绳子回到白氏身边。

梁文焕 这……

白 氏 （尴尬地）嘿嘿，嘿嘿……姆妈是怕铜钿被人偷，串根绸子随人走……义子勿要见怪勿要见怪。

王小三 义子还是个读书人呢！

白 氏 读书人？……身上背格么袋？

梁文焕 药囊。

白 氏 义子会做太医？

梁文焕 略知医理。

白　氏　噶么好，快拨你阿妹看病去。

梁文焕　义妹现在何处？

王小三　在楼上……老太婆，你带义子上楼，我拨义子烧点心。

白　氏　嗳。（与梁文焕同下）

〔二道幕开，王梅英卧室。

〔王梅英病态恹恹地出帐。

王梅英　（唱）谯楼上钟鼓声已鸣三更，

冲不破拂晓前长夜深沉。

梅英我病染身彻夜难眠，

踽踽移步凭窗棂。

但见那，寒星闪烁月清冷，

银辉如霜万物明。

照不见。杳然无踪的落难人，

梅英心中倍伤情。

欲随明月伴他行，

苦无鸿雁传音讯。

无音讯，我百计难解心头愁，

愁得我，茶饭不思病渐深。

强起身焚清香对天祈求，

求神灵冥冥中多庇荫。

荫佑那忠良后逢凶化吉。

平安无事我心方宁。

〔白氏引梁文焕上。

白　氏　（轻声）阿英。阿英哎。

王梅英　（帐内欲哭声）姆……妈。

白　氏　咳，勿要哭哭啼啼。有毛病，慢慢会好。姆妈特地拨你望病来。

王梅英　（帐内声）姆妈不会看病。

白　氏　唔。呒讲清楚，我是叫你噶义兄来拨你望病。

王梅英　（帐内声）女儿没有义兄。

白　氏　刚刚拾来。义兄懂得医理，会做太医。

王梅英　（帐内声）姆妈。女儿没有病。

白　氏　那那那，又娇起来，阿英哎，让姆妈拨你手探一探。有呒有发热？

王梅英 女儿没有发热。

白　氏 手伸出来，姆妈探过才会放心。阿英哎，快眼拨手出来。

王梅英 （内声）姆妈。请看。（伸手腕出帐）

白　氏 （向梁文焕招手）来来来。

梁文焕 上前按脉。

王小三 （幕内声）老太婆哎，豆腐浆滚出来了。

白　氏 哎呀！豆腐浆滚出来了！小囡毛病还呒好，忙得我双脚走起泡。（下）

王梅英 （帐内声）姆妈，姆妈！

梁文焕 呀，叫我如何应答？

王梅英 （内声）姆妈，你说话呀！

梁文焕 我……

王梅英 （内声）你怎么不说话呀！

梁文焕 我……姆妈她下楼去了。

王梅英 （内声）你？……（撩帐）呀！（起床）

梁文焕 啊，是她？

王梅英 是他？！

（唱）莫非我王梅英一梦未醒，
想公子却不料公子来临。

梁文焕 （唱）我与她戚府曾相识，
原来是梅英好心人。

……义妹

王梅英 义兄，……义兄请坐。

梁文焕 义妹请坐。

〔二人坐定。偷偷相看。

梁文焕 （唱）义妹她，花容憔悴似伤春。
未知得病为何因？

王梅英 （唱）义兄他，低头不语似思忖，
可知梅英得何病？

请问义兄，小妹的病，你可医得？

梁文焕 这……

王梅英 但说无妨。

梁文焕 如此，恕我直说了。

（唱）义兄医书读几本，
阴阳脉理懂几分。
义妹一定多思念，
气血不和脉不匀。
一记重来一记轻，
乃是得了心头病。
心病还须心药医，
义兄无药医不成。

王梅英 （唱）义兄他，阴阳脉理断得准，
一语道出我病根。
义兄啊。小妹果然是心病，
休说无药医不成。
一见义兄心头喜，
十分毛病减九分。

梁文焕 （旁唱）听她说来感人深，
将我当作思念人。
我俩本是陌路人，
萍水相逢一时辰。
文焕我本是落难人，
难为她耿耿记在心。
怎奈我是朝廷一钦犯，
连累她全家怎安心！

（断然地）义妹，我告辞了！（欲走）

王梅英 义兄！你不能走！（拦阻）

梁文焕 义妹啊，我梁文焕乃是朝廷钦犯。隐姓埋名，乔装江湖之辈，若被旁人发觉，就要啷当入狱，那时岂不要连累于你……

（唱）万望你，休要将我放心上，
文焕我。远走高飞等天明。

王梅英 （唱）义兄他一番话语令人敬，
救忠良梅英岂能顾自身。
义兄啊，你若坐牢我坐牢，
你若受刑我受刑。

即使我与你同斩首，
千秋万代也留芳名。
更何况浮云终究难蔽日，
会有一朝见天青。
朝中尚有忠良辈，
民间也有正义人。
劝兄你不要心悲戚，
将我当作你亲人。

梁文焕　（唱）听罢了一片衷肠话，
义妹她情比山高海样深。
义妹……

王梅英　义兄……

〔白氏上，王梅英闻声连忙躲入帐内。

白　氏　（见帐子抖动）阿英！

王梅英　嗳。

白　氏　义子哎，阿英她……

王梅英　义妹她……看义妹她……

白　氏　她，她怎么了？

梁文焕　她，她……

白　氏　哎哟！阿英哎……（昏去）

梁文焕　义母，义母！

〔王梅英出帐。

王梅英　姆妈！姆妈！

白　氏　（醒）阿英，你的病……

王梅英　姆妈，女儿的病好了。

白　氏　啊？怎生好得介快？

王梅英　义兄他……阴阳脉理断得准啊！

白　氏　噶么他是一把抓先生。

王梅英　姆妈。此话怎讲？

白　氏　你阿爹拨你赶野祀赶了半夜，你毛病勿见好，义兄拨你手腕一抓。你毛病就好，难道勿是一把抓先生？

王梅英　（笑）姆妈呀。

（唱）义兄切脉能治病，
他比华佗强几分。

白　氏　一把抓末当然要比华佗好。
（唱）女儿患了绝命症，
没有义儿医不成。
义儿救了儿一命，
阿囡何物来谢恩？
是白鲞、猪蹄、桃子、荸荠……

王梅英　姆妈！
（唱）义兄本是读书人，
不要海味与山珍。

白　氏　噶么要格么呢？
（唱）义儿他，不要金也不要银，
姆妈我，给他找个可意人。

王梅英　谁呀？

白　氏　（唱）此人不是别处人，
她与姆妈是至亲。

王梅英　唔？是表姐？

白　氏　不是。

王梅英　是表妹。

白　氏　也不是。

王梅英　到底是格人？

白　氏　阿囡，你好勿明白！你阿爹赶野祀拾义子，本当我俩养老送终，哪晓得带便拨你寻个老公！

王梅英　姆妈！……

〔幕落。

第五场　发难

〔王小三家。

〔王小三、白氏在磨豆腐。

王小三 （唱）雪白豆腐变银子，

白　氏 （唱）银子用来办婚事。

王小三 （唱）我办婚事真稀奇，

白　氏 （唱）黄岩城里冇人比。

王小三 （唱）小囡便是我媳妇，

白　氏 （唱）义子又当囡女婿。

王小三
白　氏 （唱）我俩老，丈人丈母兼公婆，公婆又兼娘和爹。

白　氏 爹啊。

王小三 娘啊。

白　氏 公啊。

王小三 婆啊。

白　氏 丈人。

王小三 丈母。

白　氏 义子。

王小三 媳妇。

白　氏 阿囡。

王小三 女婿。

白　氏
王小三 （唱）称呼多得唻，

小日脚过得真有味。

哈哈哈哈。

〔王老四上

王老四 （念）只因癞头逼得紧，

老四我，硬着头皮做媒人。

（进屋）阿哥。

王小三 老四啊。你又来做格么？

王老四 我来望望侄囡噶毛病好勿好？

王小三 阿英噶毛病好了。

王老四 嘿嘿，我讲嘛，野祀一赶病消散。

王小三 你以为噶毛病是赶野祀赶好的啊？告诉你阿英噶毛病是太医先生一把抓

抓好的。

王老四 这……，嘿嘿，赶野祀赶好的也好，太医先生一把抓抓好的也好，反正，侄囡噶毛病好了，我来做媒。

王小三 你噶个媒人做勿成。

王老四 做勿成……阿嫂。

白　氏 小囡已经有老公了。

王老四 啊？侄囡已经有老公了……格末要死。

王小三 死是勿好死，还要拜天地，进洞房。

王老四 （一想）嘿嘿。阿哥骗我。

王小三 怎生骗你？

王老四 找老公又勿是做豆腐，盐卤一点，豆腐浆生冻，呒有介快噶。

王小三 信勿信由你。

王老四 格末我要问，侄囡噶老公叫格么名字？

王小三 叫……哎，老太婆，小囡噶老公叫格么名字？

白　氏 怎生来问我？要问问你自己。

王小三 问我自己？……老四啊，小囡噶老公叫格么名字要问他自己的。

王老四 格末他是谁？

王小三 他是我噶义子。

王老四 阿哥格么地方来义子？

王小三 赶野祀，拾来的。

王老四 阿哥骗我。

王小三 怎生骗你？

王老四 一歇歇是义子，一歇歇是侄囡噶老公，难道勿是骗我？

王小三 既是我噶义子。又是小囡噶老公。

王老四 我勿相信。

王小三 勿相信，叫出来拨你望望相。

王老四 好，我要望的。

王小三 老太婆，拨义子叫来。

白　氏 （向内）义子哎！

〔梁文焕应声上。

王小三 义子哎，见过小叔。

梁文焕 拜见小叔。

王老四 哟！义侄蛮懂道理……让我仔细细望相，……嗯，相貌长得蛮好，阿哥蛮有福气……咦？好像在格么地方望着过？

王小三 义侄会做太医，大概拨你望过相思病？

王老四 勿是。

王小三 义侄会做文章，大概拨你写过状纸？

王老四 勿是。

王小三 格末只有梦里见过。

梁文焕 爹爹，若无他事，孩儿告辞。

王小三 对，对，义子辛苦。快去休息。

梁文焕 小叔，恕义侄不能奉陪。（下）

王老四 （满腹孤疑地盯着梁文焕。忽然以手击额）想起来了。想起来了……阿哥。义侄果然是你赶野祀拾来的？

王小三 是啊。

王老四 阿哥，你拾来个金元宝。

王小三 是义子。勿是金元宝

王老四 是金元宝，勿是义子。

王小三 怎讲？

王老四 阿哥嗳。

（唱）城门边，一张告示贴墙上，
捉拿那，钦犯之子出悬赏。
形影之图画得全，
相貌跟他一模样。

王小三 啊？！……老四。你可看得清？

王老四 看得清。

白　氏 认得明？

王老四 认得明。

王小三 啊呀！

（唱）一听老四说真相，
唬得我，心跳好比锣鼓响。

白　氏 （唱）倘若义子是钦犯，
岂不是，连累我家遭祸殃。

王老四 窝藏钦犯，要杀头的。

白　氏　哎呀呀，老倌人，我搭你杀头还呒啥，小囡杀头可勿得了！

王小三　是啊是啊！

白　氏　真是前世作的孽，今生受报应。拾义子，做女婿，本当养老送终。哪晓得是个钦犯，带累我搭一道杀头。老倌人哎。你讲怎生好？怎生好？

王小三　这……这……

王老四　阿嫂哎？

（唱）你勿用急，勿用忙，
老四我自有妙计心中藏。
一根麻绳将他绑，
送到官府去领赏。
白花花的纹银三百两，
阿哥你，一生一世用勿光。

王小三
白　氏　告官？

王老四　是啊，眼乌珠是黑的。银子是白的，噶种机会千载难逢，阿哥千万勿可放过。

王小三　我王小三勿想发财。

王老四　财勿想发，命总是要的。你杀头勿要紧，总勿能把侄囡噶命也贴上去罗。

王小三　格末要去告官？

王老四　当然要去告官。

王小三　好。去！

〔王梅英急上。

王梅英　爹爹，使不得的，

王老四　怎生？

王梅英　爹爹，小叔呀！

（唱）梁家世代忠良将，
蒙耻受辱遭祸殃。
岂能够，落井下石昧天良，
无辜送他入牢房。

王小三　噶么说，义子是忠臣？

王梅英　忠臣。

王小三　良将？

王梅英 良将

王小三 好人？

王梅英 当然是好人。

王小三 格末老四，勿可告官，勿可告官。

王老四 阿嫂……

白　氏 义子是好人。怎可去告官？

王老四 嗨！你们勿告官，害我王老四气。

王小三 怎生？

王老四 到手噶银子，滑脱了精光。

王小三 格么意思？

王老四 我驼背人讲实话，你们讲勿告官，我就勿告官，勿过噶个赏银，要你阿哥付拨我。

王小三 哎哟！老四，你噶记竹杠敲得厉害，阿哥一辈子省吃俭用。才积攒了一点银子，要拨你侄囡嫁老公用，统统拿去阿哥勿答应。

王老四 勿答应。我告官去！

王小三 哎哎慢走慢走……阿英？你望望相。

王梅英 女儿婚嫁事，只要小叔勿去告官，就给他银子。

王小三 阿英答应？我自蚀银子勿悔。老太婆，你拿银子拨老四。

白　氏 嗳。（下）

王老四 嘿嘿，嘿嘿，我老四勿是呒良心噶人，阿哥噶义子嘛就是我噶义侄。阿哥噶女婿嘛就是我噶侄女婿，怎好去告官……

白　氏 取银子上。

王老四 （一把从白氏手中夺来银子）阿哥，话要说清楚，噶银子是借的，以后还。一定还。（出门）

（唱）运气来，推勿开，

老四我，平白无故发横财。

阿哥身上敲竹杠，

再去官府领赏钱。

王小三 （追出门）老四，老四！

王老四 阿哥叫我做格么！

王小三 （把老四拉进屋）今朝夜里你就宿在噶里。

王老四 为格么要我宿在噶里？

王小三 就怕你前脚出门，后脚告官。

王老四 阿哥你又勿是我肚皮里噶蛔虫，怎生晓得我要去告官？

王小三 勿去告官，宿在噶里蛮好。

王老四 宿在噶里呒啥。

王小三 呒啥嘛多宿几日。

王老四 阿哥！

王小三 怎生？

王老四 宿在噶里，要你管饭。

王小三 管饭？好说

王老四 一日三餐老酒，顿顿鱼肉。

王小三 一日三餐米饭，顿顿豆腐。

王老四 要我做和尚，勿宿。

王小三 老四，老四……太婆哎，你望望相。

白　氏 只要义子平安，三餐老酒，鱼肉呒啥。

王小三 对对，只要义子平安，坐吃山空勿悔。

王老四 格末我要困觉。

〔兄弟俩睡下。一会儿，王小三起呼噜声。老四轻轻推小三，不醒，起床，摸索，绊凳，发出声响。

王小三 （醒）老四嗳。

王老四 阿哥。

王小三 你起来做格么？

王老四 我……喝茶。

〔王老四上床假装打呼噜。小三轻轻推老四，不醒。欲睡。又起。取绳，一头在自己脚上，一头缚在老四脚上。脚动，老四脚也动，笑。

王小三 我笃定困觉。（一会儿就鼾声如雷）

王老四 （张开眼睛）阿哥，阿哥……阿哥花头蛮大，可惜我老四勿会上当。

王老四 解下脚上的绳，缚到床脚上。（下）

王小三 （醒）老四，老四！（脚动）嗯，分量蛮重，怎生拉他都拉勿醒……（揉眼一看）哎呀，老四逃走了！（下床，走，绊倒）老太婆，老太婆哎！……

〔幕落。

第六场　搜查

〔二道幕外。

〔黄岩县令、旗牌、衙役、王老四上。

县　官　（唱）世事迷离难料测，

恰如风云多变幻。

梁兵部，官复原职近天威，

王丞相，降薪罚俸三长载。

从来荣损如花卉，

秋枯春发几轮回。

为官者，揣摩人事通变达，

方能够，左右逢源航宦海。

王老四！

王老四　大老爷。

县　官　那梁文焕果然在王小三家中？

王老四　小人如有谎报，眼乌珠挖出来拨你当桂圆吃。

县　官　如此。带路！

王老四　是。

县　官　（唱）今日找得梁文焕，

敬如神明不怠慢。

〔一行人下。

〔二道幕开，王小三家。

〔王小三提灯笼急上。

〔白氏、王梅英迎上。

白　氏　老倌人，老四噶人呢？

王小三　到处找遍，老四勿见。

白　氏　那，那他一定报官去了。

王梅英　呀！要是小叔去报官，官府就要来抓人。这便如何是好，如何是好呢？……娘嗳……

王小三 哎哟，噶一声哭是哭得我心肝荡荡动……阿英，哭嘛勿要哭，办法嘛还有一个。

王梅英 不知爹爹有何办法？

王小三 俗话讲，三十六计。走为上计。

王梅英 逃？

〔梁文焕上。

梁文焕 义父义母，孩儿不愿逃命。

王梅英 你……

王小三 义子嗳，你都晓得了？

梁文焕 孩儿在隔壁听得清清楚楚。

王梅英 既然义兄知道，那就快走。

梁文焕 义妹啊。

（唱）小叔若是把信报，
事急如火烧眉毛。
此时刻，文焕岂能只身走，
害你一家受煎熬。

王梅英 （唱）义兄此话实误谬，
尚须斟酌细思考。
官府本为捉拿你，
岂能够，自作蚕茧受桎梏。
何况一旦被抓去，
这窝藏钦犯之大罪，
想要脱逃难脱逃。

梁文焕 这……

王小三 对噶对，义子嗳，义父义母好勿用担心。喏，头发白了，牙齿落了，呒有几年好活了，还是你自己逃命要紧。

梁文焕 这……

王梅英 事不宜迟，义兄千万别再犹豫。

梁文焕 ……如此，孩儿拜谢义父、义母救命之恩。

王梅英 义兄！

梁文焕 义妹！

王梅英 保重！……

〔王小三开门，忽地把门关上。

王小三 勿好。勿好！

王梅英 爹爹！……

王小三 老四他。他带着官府里噶人来抓人了！

众 啊？！

王小三 望样子逃是逃勿成了。

王梅英 这便如何是好？

梁文焕 待我与他们拼了。

王小三 格末我拨豆腐扁担借拨你。

王梅英 爹爹！

王小三 怎生？

王梅英 使不得的……义兄，有道是大丈夫能屈能伸，你切莫意气用事，还是到我绣房里暂避一时。

王小三 对噶对噶，阿英说得对，官兵来，有我爹爹对付。

王梅英 义兄随我来。（拉梁文焕下）

王小三 老太婆嗳。

白　氏 嗳。

王小三 等歇官兵来，问起义子在格么地方，我怎生讲讲？

白　氏 就说家中呒有义子。

王小三 对噶对噶，就说家中呒有义子，嘴巴上贴封条，牙齿缝里勿要漏出去……老太婆嗳。等歇官兵若是要上阿英屋里搜查，我怎生对付对付？

白　氏 就说阿英生毛病，勿好随便进人。

王小三 阿英噶毛病勿是好了

白　氏 噶是哄骗官兵噶话，怎生你就当真？

王小三 对噶对噶，骗人噶话，勿好当真……格末老太婆，你到隔壁去。噶里由我对付。

白　氏 好。（下）

〔王小三拉凳，端坐于门口。

〔黄岩县令、旗牌、衙役、王老四上。

王老四 知县大老爷，噶里就是我阿哥王小三噶豆腐作坊。

县　官 如此，梁文焕就在此地？

王老四 对噶。

县 官 敲门。

旗 牌 是。（敲门）王小三哪里？

王小三 来了来了……怎生我牙齿格格响。双手冰冰冷……（开门）噢，是衙门里吃差使饭噶人，叫我王小三做格么？

旗 牌 老爷有令，速速交出梁文焕。

县 官 慢！……你就是王小三？

王小三 我就是黄岩城里做豆腐噶王小三！

县 官 唔，王老丈，听说兵部之子梁文焕在你家中……

王小三 格么凉公子热公子。我勿晓得。

县 官 果然不知？

王小三 是勿晓得。

县 官 王老四。

王老四 大老爷。

县 官 王老四，你说梁文焕现在你兄长王小三家中，你兄长王小三说梁文焕并非在此，究竟在与不在，从实讲来。

王老四 阿哥。

王小三 唔？

王老四 你，你就拨人交出来吧。

王小三 你要我交出格人？交出我噶老太婆呢，还是交出我噶阿囡？

王老四 钦犯之子梁文焕。

王小三 梁文焕是格人？

王老四 阿哥噶义子。

王小三 啱，来了，嘴巴上封条贴牢牢，勿要从牙齿、缝里漏出来……老四啊，阿哥呒有义子。

王老四 阿哥有义子。

王小三 格么地方来义子？

王老四 赶野祀，拾来个。

王小三 义子怎生拾得来？……今朝知县大老爷在噶里。我拨他拾来当义子。好用勿好用？

旗 牌 大胆！（欲打）

县 官 住手！

王小三 知县大老爷勿肯做我义子，我就呒有义子。

王老四 阿哥。

王小三 唔？

王老四 你，你勿要太死心眼……早眼拨人交出来，免得皮肉吃苦。

王小三 皮肉吃苦，还勿都是你。

王老四 怎生是我？

王小三 勿是你讲我有义子，知县大老爷怎生会来向我要人？

王老四 阿哥。我可是为你好。

王小三 为我好？

王老四 交得梁文焕，领到赏钱，阿哥你就勿要半夜磨豆腐，清早卖豆腐，半世做人，辛辛苦苦。

王小三 格末我还要谢谢你。

王老四 谢末勿要谢，只要你拨人交出来。

王小三 记牢牢，勿可从牙齿缝里漏出去……知县大老爷？人嘛我是想要交的，可惜呒有义子。要末我拨老四交拨你。好用勿好用？

旗　牌 咄！放肆！

县　官 休得无礼！……老丈莫要惊恐。

王小三 动勿动就打人，看看是有眼怕西西的。

县　官 老人家你有所不知。本官是特来迎接梁公子的。

王小三 唔，噶两句话讲得蛮客气。

县　官 如今梁兵部已官复原职，有六部公文在此寻找梁公子下落。

王小三 格末梁公子勿是钦犯了。

县　官 不是钦犯了。

王小三 格末我搭你讲。梁公子勿但是我噶义子。还是我噶囡女婿嘛！

县　官 嗬？！………如些说来。老丈与梁兵部是两老亲翁了？

王小三 还有我老太婆也做了梁兵部的亲家婆。

县　官 不错，请问梁公子现在何处？

王小三 在……（瞥见王老四一脸奸笑）哎呀！要死要死！勿想到他硬噶来软噶来，害我一勿注意就义子从牙齿缝里漏了出去………唔，我王小三勿是木头人，有办法来对付的。知县大老爷嗳……

县　官 老丈快说。

王小三 义子嘛昨夜是宿在噶里。勿过……

县　官　怎么？

王小三　天还勿亮他就出了门，与大老爷前脚后步刚刚脱出。

县　官　老丈可知梁公子去向？

王小三　噶是勿晓得。

王老四　知县大老爷，你勿要听他瞎三话四，梁文焕定藏在我侄囡屋里，一搜就搜出来。

县　官　嗬？

王小三　大老爷，阿囡屋里勿可搜。

县　官　却是为何？

王小三　阿囡生毛病，屋里勿好进人。

县　官　不知令嫒是何病症？

王小三　阿囡要末勿生病，生起病来就生相思病。

县　官　原来生的相思病。如此，恕本官冒犯了，搜！

〔旗牌、衙役欲上前。王小三操起扁担。拦住去路。

王小三　格人上前。小心脑袋开花！

〔旗牌、衙役慑住。

王老四　大老爷，我阿哥是豆腐架子，管看勿管用，让我来！（走到王小三跟前）阿哥，你让勿让开？

王小三　老四。你上勿上？

王老四　我就要上。

王小三　我就勿让。

王老四　阿哥嗳，可晓得我是黄岩城里，十门三关，三关十门，打打七，學犟八，豆腐将军打手四伯爷啊！（摆打手架势）

王小三　晓得。

王老四　晓得，就让开。

王小三　勿让。

王老四　阿哥，你一定勿让？

王小三　老四，你一定要上？

王老四　一定要上。

王小三　一定勿让。

王老四　格末阿哥，勿要怪我伤了兄弟情分，着打！（虚晃一拳）

王小三　（丢掉手中的扁担）呵哟义子哎，我是挡勿牢了。

〔梁文焕上。

梁文焕 梁文焕在此。休得无礼！

〔向老四背上一拍，老四滚向一边。

县　官 啊，梁公子……

梁文焕 梁文焕在此，要抓要杀听凭发落，何人敢动义父一根毫毛，休怪我梁文焕手下无情！

县　官 梁公子，下官这厢有礼了。

梁文焕 你……

县　官 （唱）昨日六部公文到，
下官奉命将你找。
公子切勿多犹豫，
请到县衙走一遭。

梁文焕 这……

县　官 公子，请。

王小三 大老爷，噶是真噶啊？

县　官 事到如今，本官难道骗你不成？

王小三 真噶就好，真噶就好，……义子快去，快去！

梁文焕 孩儿遵命。

县　官 请！

〔梁文焕昂然下，县官、旗牌、衙役随下。

王梅英 （追出）义兄！

〔幕落。

第七场　争婚

〔二道幕外。

〔戚小姐上。后随丫鬟甲、乙。

戚小姐 母亲，母亲。

戚夫人 上。

戚小姐 母亲，梁兵部官复原职。你还不快把梁公子找回来！

戚夫人 你总是这样吵吵闹闹，叫我好不心烦意乱啊！

戚小姐 我不管你烦不烦，乱不乱。母亲啊！

（唱）女儿若不配公子，
无有脸面活人间；
女儿若不配公子，
人死不能闭双眼。
母亲啊，女儿定要嫁公子，
不嫁公子心不甘。
母亲，快派人去找呀！

戚夫人 已经找到了梁公子。

戚小姐 真的？

戚夫人 前次对他薄情，想必会记恨在心，我已经吩咐黄岩县从中斡旋，不知是否奏效？

〔家院上。

家　院 夫人，黄岩县求见。

戚夫人 快请。

家　院 是。（下）

戚夫人 女儿，回避片刻。

〔戚小姐不情愿地退下。

〔县官上。

县　官 夫人，梁文焕今已在下官府中。

戚夫人 如此，为何不将他送来戚府？

县　官 下官以为，为时尚早。

戚夫人 却是为何？

县　官 梁文焕藏身在王小三家，与那王家之女……

戚夫人 怎么？

县　官 他与那王家之女……订亲了。

戚夫人 你，你是说那……王梅英？

县　官 正是。

戚夫人 小贱人！……事到如今，叫我如何是好？如何是好？

县　官 老夫人不必焦虑，下官以为。此事尚有周全之策。

戚夫人 不知县尊有何高见？

县　官　夫人，那王梅英乃是戚府的丫鬟。只要老夫人出面，明之以理，晓之以利。不怕她不绝了这个念头。

戚夫人　这……

县　官　到那时。凭下官如簧之舌，还怕梁文焕不回心转意么？

戚夫人　县尊之言有理。只是……

〔戚小姐上。

戚小姐　有劳县尊。你快去，快去吧！

县　官　下官尽力去办。（下）

戚夫人　女儿，你真不懂事啊！

戚小姐　母亲！快到梅英家去。快去呀！

戚夫人　唉……吩咐家院备轿。

戚小姐　备轿！备轿！备轿！

〔戚夫人、戚小姐下。

〔二道幕开。王小三家。

〔王老四上。

王老四　（唱）勿是晦气是运气，

好比是，老鼠跌进米仓里。

噶话怎么讲？喏，那梁文焕虽然免了班房之祸。害我王老四蚀了赏钱……仔细想来，倒是因祸得福……那王梅英是我噶侄囡，她嫁拨梁文焕，梁文焕就成了我噶侄女婿。王老四我有这样一个宝贝侄女婿，嘿嘿嘿嘿！

（唱）勿愁吃，勿愁穿，

黄金白银化勿完。

（敲门）阿哥。阿哥！

王小三　（上、开门）老四，你还有脸皮到噶里来啊？

王老四　嘿嘿，阿哥，老四今朝搬家。

王小三　搬家？搬到格么地方？

王老四　搬到阿哥屋里。

王小三　搬到我噶屋里？

王老四　阿哥嗳，从今后，我要换根骨头做人。跟你过日子了。

王小三　唉哟哟，老四，阿哥屋里整日磨豆腐，卖豆腐，老四过勿惯。

王老四　过得惯，过得惯。阿哥就是讨饭，老四也跟你。

王小三 格末好，老四，你快去拨东西拿来。

王老四 嘿嘿，阿哥，老四人来，家就搬来了。

王小三 老太婆……

白　氏 （上）做格么？

王小三 你去隔壁收拾收拾。拨老四住。

白　氏 嗳。

〔老四跟白氏下。

〔戚夫人、戚小姐、家院上。

家　院 王大叔。

王小三 啊，是大伯。

家　院 我家夫人小姐来看望你了。

戚夫人 王老伯。

王小三 戚夫人。

戚夫人 女儿还不前来谢过恩公。

戚小姐 （不情愿地）谢恩公。

戚夫人 王老伯啊

（唱）恩如山，情似海，
　　　我一家，没齿不忘记心怀。

王小三 哎哟哟。作孽作孽，我王小三做格么事情，要你戚夫人来谢我？

戚夫人 （唱）贤婿梁文焕，
　　　流落在黄岩，
　　　多亏你，仗义扶危来相助，
　　　收作螟蛉急人难。
　　　老身我，特备薄礼登门来，
　　　酬恩谢情理应该。

王小三 戚夫人你，你说梁文焕是你噶囡儿婿？

戚夫人 正是。

王小三 啊也！

（唱）一言如同响鞭炮，
　　　我心也惊、肉也跳。
　　　倘若义子已订亲，
　　　小囡病发如何了？

先前有人一把抓，
化灾驱祸疾病消。
往后无人抓一把，
病入膏肓命难保。
叫我如何是好？如何是好？

〔王老四、白氏、王梅英上。

王老四 阿哥，格么事情？

王小三 老四嗳，听戚夫人说，义子是他家的姑爷。

王老四 啊？！……阿英，噶事是真的？

王梅英 已经废除婚约了。

王小三 已经废除婚约了

王老四 阿哥，婚约都废除了，你还怕格么？去，同她评评道理。

王小三 （定到戚夫人跟前）戚夫人……

戚夫人 唔？！

王小三 （语塞）……

王老四 （悄语王小三）问她格么辰光订亲？

王小三 戚夫人，梁公子与戚小姐格么辰光订亲？

戚夫人 自幼订亲。

王老四 （耳语王小三）格人做媒？

王小三 （向戚夫人）格人做媒？

戚夫人 指腹为媒。

王老四 （耳语王小三）有格么凭证？

王小三 （向戚夫人）有格么凭证？

戚夫人 这凭证么——

戚小姐 有玉鸳鸯为证。

王小三 老四，她有玉鸳鸯为证。

王老四 格末要死。

王梅英 阿爹，戚小姐已经拨玉鸳鸯掷还给梁公子。

王老四 玉鸳鸯已经掷还给义侄了？

王梅英 是。

王老四 格末阿哥勿要怕。有理走遍天下，再上！

戚夫人 （一拍桌子，腾身而起）你是何人？

王老四 我，我是梁公子的小叔。

戚夫人 小叔？哼！休得多嘴！

王老四 喏，介凶做格么？想拨我一口吞落去啊？

戚小姐 母亲……

戚夫人 女儿不要急……王老伯。此事尚须从长计议。

王老四 计议？格么计议？！

戚夫人 王老伯啊！

（唱）梁戚两家儿女亲，
朝廷多有人知闻。
倘若中途有变更，
岂不是，败坏梁家好名声。
老伯你是善良人，
这事情，还须思忖再思忖。

王小三 这……

戚夫人 （唱）我小女，若与公子成了亲，
与梅英，姐姐妹妹来相称。
奉你老伯为至亲，
从此后，荣华富贵享不尽。
女儿，还不前来称呼妹妹。

戚小姐 妹妹。

王梅英 这……

王老四 梅英哎，噶个妹妹是做勿得的。

王梅英 爹爹……

王小三 戚夫人，我豆腐囡拨你戚府做小姐，当勿起。当勿起噶。

戚小姐 王梅英，你不要不识抬举！

王梅英 小姐……

戚小姐 我叫你妹妹已经给了你天大的面子。难道你真的要与我争夺梁公子不成？

戚夫人 女儿！

戚小姐 母亲，不给一点厉害看看，他们真不知天高地厚了！

王老四 怎生？怎生？

戚小姐 王梅英，你说，梁公子是我的夫婿还是你的夫婿？

王梅英 这……

王老四 梅英，你就跟她讲，梁公子是我噶夫婿。

王梅英 这……娘哎。

白　氏 阿英，阿英……

戚小姐 王梅英你倒是说不说?

王梅英 小姐，此并非梅英说了就可算数的……

戚小姐 怎么?

王梅英 还是由梁公子自己作主。

戚小姐 你……小贱人！小骚货！今天我要你的命！

〔扑上去，撕打。

〔梁文焕。县官上。

梁文焕 住手!

戚小姐 公子！……母亲与我前来接你回府。

戚夫人 贤婿。多日来你受苦了。今日老身亲自前来接你回府。

县　官 是啊是啊，梁戚两家，多年世交，如今又结秦晋。更是情上加情，亲上加亲。真可谓千古美谈，千古美谈啊!

戚夫人 县尊之言极是。

县　官 极是极是。

梁文焕 哈……

县　官 这……梁公子之意……

梁文焕 县尊大人说得好啊。

（唱）梁戚两家儿女亲，
　　朝廷多有人知闻。

戚夫人 是啊是啊。

梁文焕 （唱）我与小姐同年庚，
　　双亲指腹为婚姻。

戚夫人 （点头）这已经是二十年前的事了。

梁文焕 （唱）流年如水二十春，
　　你来我往情更深。

戚夫人 公子真是个有情人。

梁文焕 （唱）玉鸳鸯，本是两家定情物，

戚小姐 正是我俩定情之物。

梁文焕 （唱）如今可在小姐身?

戚小姐 我……

梁文焕 （唱）那日戚府去投亲，
你们翻脸不认人。
小姐甩还玉鸳鸯，
悔盟弃约断婚姻……
含悲愤，宿鸟无处可栖身，
多亏了义父一家善良人。
收我文焕作螟蛉——
我梁文焕永远不忘此恩，（取出玉鸳鸯）
（唱）玉鸳鸯，理应交给我心上人。
义妹！

王梅英 义兄！

戚小姐 你，你，你真无情无义啊！

县　官 哎呀，王梅英患难相救，梁公子知恩不忘，如今缔结秦晋，更是情上加情，亲上加亲，真可谓千古美谈。千古美谈啊！

梁文焕 县尊之意……

县　官 下官正是此意。正是此意。

戚夫人 黄岩县，你……

县　官 夫人，这是顺理成章的事啊。还望夫人息怒。

王老四 呵呵！原来是个吃白蟹拉肚噶人。

戚夫人 你，你……气死我了，走！

戚小姐 母亲！

戚夫人 走！

〔戚夫人、戚小姐、县官下。

王梅英 义兄。

梁文焕 梅英，我们一道进京。

王梅英 舍不得爹娘。

梁文焕 岳父母一同前往。

王小三 我勿去。

王老四 你，阿哥……

王小三 怎生?

王老四 要去的！……梁公子，嘿嘿，我搭侬一道去一道去。

梁文焕 是呀，望岳父母不要推辞。

王小三 勿去，我勿去。

梁文焕 这……如何报答老人家恩情？

王小三 ……对了。（摘下头上的毡帽）我噶顶帽。还是跟老太婆拜堂噶辰光买噶，如今上面已经有十七八个洞洞眼。义子方便，拨我买顶新帽戴戴。

梁文焕 是！

白　氏 老倌人，苦了你拾个义子丢个卤。

王小三 勿要紧，黄昏头有我与你讲白谈，喏。做豆腐还有老四做帮手。

王老四 我？

王小三 嗳。

王老四 哼！谁跟你一道做豆腐，吃西北风！（下）

王小三 老四，老四！

白　氏 随他去！

王小三 格末义子小囡，一路走好。

梁文焕
王梅英 二位大人在上，受孩儿一拜！

（合唱）王小三一世卖豆腐，
清清白白日脚过。
不去京都享清福，
还是做豆腐来卖豆腐。

王小三
白　氏 哈……

〔剧终。

1983年

八场古装越剧

唐伯虎落第

姚博初

人物表（出场为序）

雨　墨——唐伯虎的书童，甚机灵。
唐伯虎——苏州解元，旷达不羁的明代书画大家。
陆昭容——唐伯虎之妻，爱慕虚荣，因丈夫落第而反目离去。
凤　儿——陆昭容的随身丫鬟，颇伶俐。
唐子重——唐伯虎之弟，酒食店掌柜，厚道而看重钱财。
祝枝山——唐伯虎挚友，诙谐正直的明代才子。
徐　锦——江阴富家子弟。
沈九娘——唐伯虎患难中得到的伴侣。
程敏政——礼部右侍郎，会试主考，耿直爱才。
马侍郎——礼部左侍郎，善攀附，重权欲。
韩　平——唐伯虎科试时结识的新朋友。
狱　吏——马侍郎的同党。
徐府家院；一校尉；差役、考生、搬伕若干。

第一场　赴考

〔明孝宗弘治十二年春。

〔苏州阊门外。运河远去，寒山在望，垂柳依依，春到水乡。

〔似有若无的吴歌声中，雨墨挑着书箱欢快地走上河堤。

雨　墨　（回头喊）相公，船在这里！

唐伯虎　（耍着一枝才吐细叶的柳条儿，自内唱上）

（唱）春风又绿姑苏城，
　　步出阊门满眼新。
　　看运河，碧水如带白帆点点，
　　望寒山，翠色似屏红墙隐隐。
　　忍不住飞步寻春去——

雨　墨　哎——相公，船在这里啊！

唐伯虎　（失笑）哈呀呀！

（接唱）你看我，一入胜境就忘远行！

〔二人欲下船，陆昭容快步追上，抱着酒坛的唐子重、拎着食盒的凤儿随上。

陆昭容　官人留步！

唐伯虎　哎呀娘子，（返回）你这样难舍难分，不如陪我一同上京去吧。

陆昭容　（含情地）看你说的，这儿，可是官塘大路啊！你兄弟说了，上船之前，定要敬你几杯“状元红”，讨个吉利。（凤儿提银壶斟酒）

唐伯虎　有酒喝嘛，自然是好啊！

唐子重　（放下酒坛，从凤儿手中接过酒杯）兄长！

（唱）出门求官图吉利，
　　小弟借它表心意。
　　临行喝盅“状元红”，
　　愿你金榜把名题。

唐伯虎　好好好，（一饮而尽）

（唱）水乡美景代佳肴，
长堤饮酒别有味！

唐子重 （抱起酒坛）这是给你路上喝的！（上堤下船）

陆昭容 （接过凤儿递来的第二杯酒）官人！
（唱）我料你，金榜题名不费力，
更盼着，今科状元点中你！

唐伯虎 我也是这样想的啊！（又干了一杯）
（唱）小小银杯不够味，
何不畅饮尽壶底！（欲取银壶）

陆昭容 （阻）哎！
（唱）敬酒三盅是惯例，
要饮四杯不依你！

唐伯虎 好好好，三杯、三杯。

陆昭容 （唱）三杯酒儿慢敬你，
先有句要紧的话儿你用心记。
官人金殿夺魁时，
要为我，求一套，金线绣的、珍珠串的、
红艳艳的、亮闪闪的、
凤冠霞帔百宝衣！

〔祝枝山暗上，闻言捏鼻。

唐伯虎 一定、一定！
（唱）少年登科得如意，
闺房更添乐滋味。
迎回凤冠和霞帔，
打扮我这，花容月貌的美娇妻。

祝枝山 嗨嗨，“鸭屎臭”哦？人还没有上京，如意算盘倒先打定了，不怕落空吗？

陆昭容 祝大爷，我家官人今日出门，你可要说些吉利话才是啊。

祝枝山 吉利话？有的是！

唐伯虎 你呀，狗嘴里吐不出象牙！

祝枝山 （唱）我祝你，一路顺风到西天，
不成佛来也成仙。
成佛是个偷荤佛，

成仙也是风流仙。
偷来王母金凤冠，
好叫尊夫人笑开颜。

陆昭容 （唱）正经人不说正经话，
十个才子九个癫！

祝枝山 （唱）一不狂，二不癫，
我特地赶来进一言。

陆昭容 丑话听够，免开尊口！官人，上船吧。

祝枝山 （旁白）哈，不让我开口？（故意大惊小怪地）哎呀！弟媳妇啊，你是心比天高、他却命如纸薄，我看来看去，他不是一个做官的坯子！

陆昭容 啐、啐、啐！

唐伯虎 （泰然地）你倒说说看，我这个“坯子”，有什么不好啊？

祝枝山 你纵有满腹才气、凌云志气，可惜七分傲气、还带三分狂气，好酒使气，是你改不了的脾气，官府跟前也不低声下气，这就不免招怨受气。做官没得运气，小心倒灶晦气。

陆昭容 （急不择言）断命祝胡子放屁，听得我触气！触气！触气！

唐伯虎 （自负地）哈哈……娘子！
（唱）任他咒来任他嬉，
腹中文章他偷不去。
此番占定龙虎榜，
探花、榜眼不作奇。
倘若我，状元及第回故里——
（夹白）祝胡子啊祝胡子！
（接唱）要罚你，头顶香盘、手捧凤冠、
低眉顺眼、跪在此地，
向我娘子赔大礼！

祝枝山 好好好，我就等着这个美差！
〔徐府家院内喝：“喂喂喂、让开让开！”抬着箱笼上堤。

徐　锦 （向身后催促着上）快、快！大爷可是赶考去的，不可耽误开船的吉时！

祝枝山 （拦住）哎哎哎，你到底是去赶考啊、还是去经商？

徐　锦 啊——原来是唐祝二兄！小弟上京赶考，特地绕道苏州、采办些锦绣绫罗，到京城拜客备用。不想二位在此，巧极了！巧极了！

祝枝山 喏喏喏，唐寅，这才是当官的坯子！

徐　锦 祝兄休得取笑。

祝枝山 不是取笑，我会看相的。你是生就的富贵相啊——

（念）眼睛长长，八面灵光，
鼻梁长长，到处吃香；
两手长长，高枝攀上，
两腿长长，稳立朝堂！

众 哈哈……

祝枝山 弟媳妇，你还笑得出？你给唐寅带去多少砖头啊？

陆昭容 （不解）砖头？

祝枝山 敲门砖啊！

陆昭容 哎呀，我叫他带了礼物去，他就是不肯啊。（喊）雨墨！雨墨！快回去，叫人把礼物抬来！

唐伯虎 （厌烦地）哎呀呀，你又来了！

陆昭容 你看人家！

祝枝山 勿要急，我是寻寻开心的。官场路路通，本事各不同嘛！

徐　锦 喔唷唷祝兄，甘拜下风！甘拜下风！

〔内声："开船啰……"

徐　锦 唐兄，我就先走一步了！

唐伯虎 请！

〔徐锦、唐伯虎相继走下河堤，各自上船。陆昭容目送丈夫登舟。

祝枝山 （看着唐伯虎画出的那块地皮，不由失笑）咔！弟媳妇啊，我就等着跪在这里、低眉顺眼、给你送凤冠呢！

陆昭容 （美滋滋地）这个凤冠呀，你是送定了的！

祝枝山 （向远处喊）小唐，凤冠霞帔不要忘记！（自顾踱去）

〔客船离埠远去，陆昭容、唐子重等上堤远眺。

〔伴唱：运河水，千里长，
载去美梦与厚望。
天下多少读书郎，
几个不想上金榜？

〔伴唱声中，灯渐暗。

第二场 画美

〔半月后。

〔京城，程侍郎府花园。

〔晨光熹微中，沈九娘以纨扇作盘，采摘花蕊，轻轻拨入青花瓷瓶。

沈九娘 （唱）冬积雪花秋积霜，
三载储藏制佳酿。
朝采霞光晚采露，
百样花蕊配奇方。
般般此心无他求，
唯愿老爷寿绵长。

〔唐伯虎手持折扇徐步上。

唐伯虎 （唱）客店内，熙熙攘攘梦不香，
早起拜访程侍郎。
谁知恩师未下朝，
书房闲坐茶已凉。
信步漫走遣无聊，
好风送来阵阵香。
看园中，万紫千红春已浓，（瞥见花丛中的沈九娘）呀！
见一位佳人花中藏。
哎呀呀，若非身处侍郎府，
疑是瑶台窥仙妆。
这娇模样，纵有神笔难描摹……

〔九娘绝美的摘花姿态，令唐伯虎心驰神往，掉了手中折扇……

雨　墨 （寻觅着咕哝上）我家相公……咦！（见状乐了，悄悄拾起折扇、俏皮地递上）

〔唐寅下意识地把折扇当成了画笔，随着九娘移动的身姿，假山、石桌、乃至雨墨的脊梁，都成了他临摹美人风姿的“画桌”……。

雨　墨　（怕痒）啊唷、啊唷唷唷……

〔被惊动的沈九娘转身急避，唐伯虎亦步亦趋、紧随不舍……

程敏政　（匆匆而来）唐寅在哪里？唐寅在……（迎面碰上九娘）九娘因何慌张？

沈九娘　（又羞又急，一指身后）园内有人！（在程敏政身后躲了）

程敏政　（发现唐）啊、哈哈……原来唐解元在此啊！

唐伯虎　（这才从迷醉中醒来）啊、啊呀呀呀，拜见恩师！

程敏政　（忙扶）免礼！免礼！

（接唱）——朝罢来迟望见谅。

唐伯虎　哪里哪里！未投名帖，迳自来访，是唐寅冒失了。

程敏政　哎！应天府乡试发榜之后，你我不就成了忘年之交了吗？我这个家，你随时都可进来。只是……（正色地）从明天开始，你就不能来了。

唐伯虎　这是为何？

程敏政　（笑）嘿嘿，作为应试的举子，你要避嫌。我嘛，也须避嫌哦。

唐伯虎　（惊喜）莫非……恩师是皇上钦点的今科主考？明天就要晓谕天下了？

程敏政　这是你自己猜的，我可没有说啊。九娘，来来来，这就是我常常说起的江南才子唐寅、唐伯虎。

沈九娘　（有些得意）九娘已经猜中了。（深施一礼）唐解元万福。

〔唐伯虎看着看着又呆了，忘了还礼。

雨　墨　（忙提醒）相公！

唐伯虎　喔、不消不消。请问芳名……？

沈九娘　乳名九娘。

唐伯虎　九娘？……恩师堪称儿女满堂啊！

程敏政　非也非也。她姓沈，乃是老朽的侍女。

唐伯虎　侍女？……这等侍女，不知恩师何处觅来？

程敏政　这……说来话长，改日奉告。

〔沈九娘抱起瓷瓶欲走。

程敏政　啊，九娘，瓶中何物？

沈九娘　这嘛？是老爷最喜爱的东西。

程敏政　啊？

沈九娘　早晚一杯，强身明目，老爷已经饮用三年了啊。

程敏政　喔——“百花酒”“百花酒”啊！来来来，这百花酒又香又醇，快敬唐解元一杯。

沈九娘 这一瓶，尚未封坛，封了坛，也要等三年之后才能喝呢。

程敏政 那……你把陈酒拿来嘛，我要请客。

沈九娘 我是专为老爷泡制的，三年才得一坛，好不容易呐！唐解元，恕九娘小气了。

唐伯虎 哈呀呀呀，只怪唐寅没有口福啊。

程敏政 你看你看，什么事都得听她安排！

唐伯虎 （遐想地）九娘忠心侍奉大人，好有一比。

程敏政 比着何来？

唐伯虎 （唱）赞九娘，百花酿酒为添寿，
体贴高贤情悠悠。
大人若比苏学士，
九娘更胜朝云秀。

程敏政 哈哈……
（唱）她比朝云百倍过，
我比苏子却万分羞。

沈九娘 （唱）好一个，锦心绣口唐解元，
此一比，暗合我心意自况久。
老爷啊，九娘虽无朝云德，
却早把誓言立心头。
终生不离你左右，
学朝云，把东坡居士勤侍候。

程敏政 （爱抚地）傻丫头……（见唐寅在出神地比画）唐解元，你这是……？

唐伯虎 啊、如此美人，不可不画！

雨　墨 （雀跃）嗬——画！画！（利索地从笔墨袋中掏出画具置于石桌）

程敏政 你要画她？

唐伯虎 （揖）望恩师成全！

程敏政 你可要画得真、画得像，不许把她画丑了哦！

唐伯虎 那是自然！学生岂止要用心画她，还要把她的倩影随身带着、随处挂着，朝朝晚晚、时时刻刻，吟诗饮酒、都能见她……

沈九娘 哎呀老爷，唐解元好没正经，怎么说出这种话来！

程敏政 是啊是啊，你怎么说出这种话来！

唐伯虎 九娘休要着恼，且听唐寅道来——

（唱）生平独把画笔恋，
甘苦只对知己言。
花鸟山水无限美，
挥洒自如容易见。
唯有仕女最难觅，
深闺绣阁藏红颜。
画就了，林下美人映明月，
画就了，江上娟秀喜采莲。
画就了，半抱琵琶娇矜态，
画就了，含笑拈花飘飘仙。
画过仕女上百件，
九娘清姿从未见。
胸中顿起飞升念，
《百美图》须当有新变！
恕我疏狂不避嫌，
要画下这，清丽之美留人间。

程敏政 呀！

（唱）往日有人传流言，
总道是，唐寅风流少检点。
今朝闻此肺腑话，
方知庸人见识浅。
九娘啊，成人之美你可愿？

沈九娘 （接唱）蒲柳姿，受不下这多溢美言。（纨扇遮面，含羞转入花丛下）

唐伯虎 妙啊、妙啊、越发的妙极了！

（唱）一柄纨扇模样鲜，
亭亭玉立春风前。
此画当称《纨扇图》，
无尽妙意出其间……

〔唐伯虎聚精会神地作画，程敏政兴致勃勃地观赏。

〔马侍郎两眼搜索着进园。

马侍郎 （念）今科主考已钦定，
天下桃李出此门。

为笼络后生探试题，

免去通禀攀亲近。（见状好奇，悄悄走近）

程年兄，好雅兴啊！

程敏政　（甚感突兀）呃？啊呀呀、马年兄大驾光临，门上竟敢不来禀报，如此失礼、不可容忍，且看程某家法惩治……（摩拳擦掌地欲往前厅）

马侍郎　（忙拦）年兄休怪下人，是小弟不让他们通报的。你我同僚多年，还用这些繁文缛节吗？幸亏我不声不响、悄悄进来，才看到年兄你、还有如此雅兴啊！哈哈……

程敏政　（按下心中狐疑，勉强赔笑）嘿嘿……

马侍郎　（凑过去看画）唔，这个画匠，手艺不错，画得好一张美人图！

程敏政　哈哈，年兄，此乃赫赫有名的苏州解元唐伯虎啊！

马侍郎　（注意）哦？他就是唐伯虎啊？！

程敏政　（对唐）这位是礼部马侍郎！

唐伯虎　（并未放下画笔）啊，马侍郎！（略一拱手，继续作画）

马侍郎　（恼其不敬，却依然套着近乎）唐解元，久仰大名！

唐伯虎　（头也不抬地顾自画着）马侍郎，大名久仰！

马侍郎　（独白）唐寅好生无礼！

〔程敏政示意唐伯虎前去拜见。

唐伯虎　（不理会）啊？时候不早，晚生告辞了。（收画）

马侍郎　且慢。唐解元既然在此作画，何不替下官也画上一幅呢？

唐伯虎　只是我没有工夫呀。

马侍郎　为何如此忙碌？

唐伯虎　科试将近，要回客店读书去。

马侍郎　都说你是江南才子、才华盖世，这功名二字嘛，早已十拿九稳了！（语意双关）

唐伯虎　即便十拿九稳，也还有一分未曾拿稳啊。

马侍郎　（弦外有音）嘿嘿，纵有一分不稳，只要今科主考程大人赏识，也就千稳万稳了啊！

程敏政　年兄，皇上尚未晓谕天下，你不该在举子面前如此言说，这可是朝廷机密啊！

马侍郎　年兄，真人面前莫说假话，你对这个得意门生，难道真的不曾透露一二？

程敏政 年兄，程某是此等人吗？

马侍郎 （呵呵一笑，转了话题）呵呵……闲聊而已，程年兄不必介意，你看，唐解元为你画了一幅好画，也该替我画上一幅啊。

程敏政 （勉为其难）唐解元，马侍郎难得向你求画，你就……

唐伯虎 只是……匆忙下笔，难有好画啊。

马侍郎 解元公神笔，信手涂来，也是上品。

唐伯虎 当真？

马侍郎 当真！

唐伯虎 （突然来了灵感）如此，我就信手涂抹一幅吧。

马侍郎 （喜形于色）使得使得！

〔唐伯虎暗自一笑，提笔挥洒起来。

程敏政 （把马侍郎邀至一边坐下）年兄难得过府，定有贵干，是有要事相商吗？

马侍郎 大比之年，礼部繁忙。年兄身为主考，岂能事必躬亲？马某不才，愿为年兄效劳。（凑近去）若需商议试题嘛……

程敏政 承蒙年兄关切，这试题嘛……遵皇上旨意，早与吏部尚书李东阳商定了。

马侍郎 （捻须，但仍不死心）今科举子多于往常，若是抄写试题的人手不够么，马某也可凑上一个。

程敏政 啊呀！年兄大材，岂能小用？抄写试题，是翰林院编修们的差使，不敢劳驾、不敢劳驾！

马侍郎 （难堪地）这……（记恨了）

程敏政 （避开话题，走回作画处）呵呵，唐解元果是神笔，画得好快呀！

〔唐寅题完诗，得意地搁笔。

程敏政 是否有了好诗？（饶有兴趣地念那题画诗）“迎风……”（感觉不妙，忙止口，一边卷画掩饰、一边作埋怨状）唉、唐解元，马侍郎诚心求画，理该画得精细些才是，这画如此粗糙、还是留给我吧，改日另画一幅好的给马侍郎送去。

马侍郎 （不依）说哪里话来！这是唐解元特地为我而作，程年兄岂可夺人之爱！？

程敏政 这画，你是不会喜欢的。

马侍郎 这画，你是强夺不了的！

程敏政 留给我吧？

马侍郎 是给我的！

程敏政 给我！

马侍郎 给我！（二人争画）

唐伯虎 哈哈哈！程大人，你争个什么呢？这画嘛，我是专为马侍郎而作的啊。

马侍郎 多谢、多谢！哈哈！年兄，马某不请自来、可没有白走一趟啊！哈哈……（抱画离去）

唐伯虎 （笑指马侍郎的背影）哈哈……

程敏政 （正色地）你呀，你呀，你闯下大祸了！

〔唐伯虎浑然不当回事儿。

〔切光。

第三场　蓄谋

〔当天。

〔礼部左侍郎府花厅。

马侍郎 （恭敬地朝外送客）公公，马某一切遵命，恕不远送！（一躬到地）嘿嘿……程敏政啊、程敏政！

（唱）你钦点主考得恩宠，

须知福极灾也重。

结怨宦官栽祸根。

此一番，科场要掀鬼头风！

徐　锦 （伸着懒腰自内出）哎——呀，读书读得瞌冲懵懂了……唷，舅父回来了！程侍郎那里、弄到试题了吗？

马侍郎 嘿，程敏政守口如瓶，一字不露。幸亏我宫中有人，试题已经透露给我了。

徐　锦 当真？！哈哈……试题瞒不了皇上啊！皇上知道，皇上身边的人自然也会知道。舅父手眼通天啊！

马侍郎 宫内之人向我泄露机密，不是为了我，更不是为了你，而是另有所图。

徐　锦 图？图啥呢？

马侍郎 这个，你就别问了，做好我的帮手吧。

徐　锦 舅父让我做帮手？！我能帮你什么啊？

马侍郎　你去跟唐伯虎做一场游戏。

徐　锦　我不去。他对我爱理不理的，不会跟我做游戏，我也懒得理他。

马侍郎　别的游戏不做，这个游戏，没有一个考生会拒绝你，唐伯虎也不例外。

徐　锦　什么游戏？

马侍郎　猜试题。

徐　锦　猜试题？！

马侍郎　三场的“经史时务策”，是科考的重中之重，猜试题，猜的就是“策论”。

徐　锦　哎呀舅父！甥儿最怕的就是“策论”了，这个试题，我是猜不来的。

马侍郎　为舅自会教你。

徐　锦　好好好！舅父快把题目告诉我，我让唐伯虎做出来看看！

马侍郎　（勃然变色）哇！绝密试题，供你备考之用，只有我知你知，天地都要瞒着，岂可泄露他人！

徐　锦　（呆了）那，舅父不是要我跟唐伯虎做游戏嘛！

马侍郎　游戏只是游戏，由着他大海捞针猜去，你只一味怂恿着他，让考生们围观就是了。

徐　锦　万一他真的猜着了呢？

马侍郎　猜着了好哇！只是你也露不得半点声色，速速借故离开。谨记、谨记！

徐　锦　（心中很不踏实）做这游戏，不是白白耽误了读书备考吗！

马侍郎　你以为真是游戏吗？这是设下的一个“局”。

徐　锦　舅父这么说，甥儿害怕。

徐　锦　放心，你们是有惊无险，要逮的，是条大鱼。大鱼逮住了，自有你的好处。

徐　锦　（掂量着）有惊无险，还有好处……那好，我听舅父的！

马侍郎　好。哈哈……（突然想起）呀，差点把唐伯虎的画儿忘记了！（掏画）

徐　锦　哦？唐伯虎平日目中无人，见了舅父这样的高官，到底还是要拍马屁的啊！舅父，你说他的画，到底好是不好？

马侍郎　我刚刚进门，宫里的人就来了，唐伯虎这幅画，我还来不及打开看呢！（徐徐展开）

徐　锦　哈，画的是幅牵牛花！（抢过）水灵灵、翠生生，喇叭花开得好鲜艳啊！唷，还有题画诗呢。

马侍郎　（凑近看，念出声来）

（念）迎风腰自弯，
　　喇叭花儿开。

莫道柔无骨，
善把高枝攀。（被刺痛了）

徐　锦　这诗，可不大好呢！

马侍郎　嘿嘿……（脸上虽是笑的，手中早就将画揉作一团）

徐　锦　舅父息怒。舅父，大人不记小人过，唐伯虎生来就是这副怪脾气。

马侍郎　怪脾气？！本来也想让他有惊无险，既然他作画羞辱了我，我就索性来个一箭双雕！

〔切光。

第四场　落第

〔会试后。

〔宿店。半是小院，半是唐伯虎的居室。

〔雨墨高高兴兴地抱着酒壶，自外而入。

雨　墨　相公，酒来了！

〔唐伯虎持《纨扇图》飘逸而出，神情无比轻松。

唐伯虎　（唱）三场考毕喜洋洋，
文章得意神采扬。
暖酒一壶画一幅，
胜过仙山逍遥乡。（品酒赏画，怡然自得）
只见她，眉如春山含聪慧，
凤目凝神倍端庄。
纨扇恰似玉屏幛，
那神情，只可敬来不可伤。
一朝相见永难忘，
我情愿，终生为她画绣像。
画一张，得真趣，
画十张，睿智长。
百张千张笔如神，
呼得仕女下画廊。

九娘是我无言师，

无穷妙理画中藏。

〔雨墨见他如痴如醉，不由讪笑。

〔韩平来到唐伯虎门前，想敲门，又怕打扰，徘徊着。

唐伯虎 （发现酒没了）雨墨，再去打壶酒来。

雨　墨 相公，会试完了，还有殿试呢，少喝点吧。

唐伯虎 你家相公什么样的考试都不怕。

雨　墨 对，相公是猜题高手。住在店内的这些考生，都说被你猜中了！

唐伯虎 猜中了，是碰巧；猜不准，我也会考得比别人好！咦，你怎么还不去啊？

雨　墨 我怕你喝多了，殿试的时候考不好。

唐伯虎 去是不去？

雨　墨 不去、不去。

唐伯虎 好好好，你不去，我自己去。

雨　墨 （拖住衣襟）相公！

唐伯虎 （开门，见一人在门口发呆）你是谁啊？

韩　平 （忙答）哦，在下韩平。

唐伯虎 韩平？（出房打量）看你模样，真也是个寒贫之人。

韩　平 唐解元，我是慕名来访。

唐伯虎 有什么事么？

韩　平 我想……我想求你一幅画。

唐伯虎 又来一个求画的！我的画，也未必好啊。

韩　平 你的画，把前人画风为之一变，好处全在一个“真”字啊！

唐伯虎 是吗？

韩　平 你是文人，可你的画却不属“文人画”技法，清秀缜密、墨彩滋润，别具一格，令人耳目一新！

唐伯虎 啊呀呀，你是个品画的行家啊！来来来，我就给你画，给你画！（将韩平拉进室内）

韩　平 可我……我连酬金也付不起啊！

唐伯虎 酬金？（灵机一动）一壶酒，你可买得起？

韩　平 买得起、买得起。

唐伯虎 那就劳你打壶酒来。

韩　平 哎！我这就去，这就去。（喜极，抱起酒壶就走）

雨　墨　（欲夺壶）韩相公！

唐伯虎　（将雨墨推进内室）你就少管闲事吧！

韩　平　（自语）都说唐伯虎是个狂生，我看倒是个痛快人！（高兴地下）

〔唐伯虎铺纸研墨，洗笔调色。

唐伯虎　（唱）书画只宜赠识家，
真诚相求岂论价？
此人似有真才学——（潜心构思，豁然开朗）
好诗伴画送与他。（奋笔作画，大有一气呵成之势）

韩　平　（上）唐解元，酒来了！

唐伯虎　我的画，也快好了。

韩　平　（观画）呀！
（旁唱）画中贵人官儿大，
拥炉赏雪好荣华。
想我是，篷门筚户穷人家，
草堂哪配挂此画？
唐解元！
这幅画儿我不能受——

唐伯虎　你若不受——
（接唱）我白喝此酒要被人骂。
是你的画，你就拿去。

韩　平　不可啊不可！

唐伯虎　莫非嫌我画得不好？

韩　平　哪里哪里！我是穷人，不配挂这幅富贵图啊！

唐伯虎　哈哈……你穷，他、（指画中人）比你还穷呢！

韩　平　他？！

唐伯虎　他就是当初冒着大雪赶往寺院，为得就是讨一口斋饭的吕蒙正啊！

韩　平　（恍然）喔？是吕蒙正啊！

唐伯虎　吕蒙正能贵为大宋宰相，你就不能发迹吗？

韩　平　（深受鼓舞，激动）哈呀、我……

唐伯虎　上面这首小诗，也是我专门送给你的。

韩　平　啊？（赶忙细看）
（念）“冰雪风云事不同，

今朝尊贵昨朝穷。
穷时多少英雄伴，
名字应留夹袋中。”……呵！

（唱）读罢绝句热泪涌，
诗中寓意铭记胸。
唐兄啊，韩平若有显贵时，
不负真情贯始终。

〔锣声自远而近。

〔众考生纷纷上，雨墨一蹦而出。

二差役 （持喜报上）报——湖广荆州府举子韩平，高中十八名进士！

唐伯虎 啊、是你，是你！快接喜报啊——（将高兴得呆住了的韩平推向人前）

韩　平 啊、韩平是我、韩平是我。（接喜报，拭泪）

二差役 韩老爷，赏钱！（一齐伸手）

韩　平 赏钱？这、这……（窘迫得连连后退）

唐伯虎 喏喏喏，这是韩老爷的赏钱。（给）

二差役 （大喜）唷五两啊？！多谢韩老爷！

韩　平 （解了难堪，连连作揖）谢唐兄！多谢唐兄！

唐伯虎 （忙扶）哎，如今你是进士老爷了！来来来、我要向你祝贺——干杯干杯！（斟酒）干！

韩　平 呃，干！

〔二人干杯。

考生甲 唐伯虎倒是仗义之人啊！

考生乙 人家有钱啊！

二差役 韩老爷，这喜报，挂在哪里？

韩　平 （呛着了，边咳边说）喔，我我我住在那边——在那边！（指）

〔二差役顺着韩平所指下。

韩　平 （急急跟去，才走出两步，忽然想起）哎呀，我的画！画！（回身取画，急下）

众考生 （哄笑）哈哈……人穷，运气倒好！不知下一个轮到谁了？等着吧，等着、等着。（各自回房，下）

雨　墨 相公，你的喜报怎么还不来呀？

唐伯虎 （满有把握）会来的，会来的。

雨　墨　一定会来的?

唐伯虎　一定会来的。

雨　墨　天已这么晚了，怎么还不见报来呢?

唐伯虎　这喜报么，倒是越晚越好啊!

（唱）你可知，一科中举百十名，
报喜有序先后分。
韩相公喜报来得早，
区区进士十八名。
一名一名往上报，
你就耐着性子等喜讯。

雨　墨　（唱）我竖起耳朵睁大眼，
三更不来等五更!

〔锣声又响，众考生奔出来踮着脚尖企盼。

二差役　报——苏州举子唐伯虎，高中今科会元!

雨　墨　喏，赏银!

众考生　（惊呼）哇——会元啊! 会元都报来了，你我都没有指望了! 今科还是白考了一场啊! 唉! 晦气、晦气。

考生甲 考生乙　唐兄，恭喜恭喜!

唐伯虎　来来来，进来喝一杯吧!

考生甲 考生乙　不叨扰了。告辞、告辞!

唐伯虎　那……我送送你们! 送送各位! （抱拳作送客状）

众考生　留步、留步! （各自散去）

二差役　（已将喜报在门上张挂起来，见唐回房）祝唐老爷步步高升!

唐伯虎　多谢多谢!

〔二差役下。

唐伯虎　（望着喜报，乐不可支）雨墨!

雨　墨　（同样高兴）相公!

唐伯虎　大喜日子，相公要赏你喝酒!

雨　墨　好好好，喝!

〔主仆连连碰杯，喝得兴起，翩翩起舞。

二　人　（同唱）大红喜报光闪闪，

忽如夜半红日悬！

唐伯虎　（唱）今日科试中会元，

雨　墨　（唱）明朝殿试夺状元！

唐伯虎　（唱）报国有门遂心愿，

雨　墨　（唱）莫忘夫人金凤冠！

唐伯虎　哈哈……祝胡子啊，祝胡子，这凤冠嘛，我是一定要你送的了！

雨　墨　这个近视眼，跪在码头上给夫人送凤冠，一定很好笑！哈哈……哈哈……

唐伯虎　哈哈……哈哈……

〔二人越想越好笑，笑得前仰后合，无意中合上了房门。

〔沈九娘匆匆上，见到门上喜报，迳直上前。

沈九娘　（拍门急呼）唐解元！唐解元……

雨　墨　（闻声开门）你是……？啊——相公相公，画上的美人来了！

唐伯虎　（喜出望外）啊？（迎出）九娘，是你？！

沈九娘　（痛楚、焦急，然而沉静）唐解元，老爷出事了！

唐伯虎　（吃惊）什么？！

沈九娘　有人告发他泄露考题，他……他被押往大理寺去了！

唐伯虎　泄露考题？！从何说起！他会泄露给谁呢？

沈九娘　（痛苦地）他们、他们指的是你！

唐伯虎　我？！岂有此理！我与他们辩理去——（欲行）

〔一校尉率差役闯入院内。

校　尉　呔，苏州唐伯虎，快快出来！

雨　墨　（急护）相公！

〔众考生惊讶地出来探看。

唐伯虎　（挺身上前）我就是唐伯虎。

校　尉　锁上！

唐伯虎　且慢！我乃今科会元，岂容你等妄加刑具！

校　尉　嘿！你贿赂主考、巧取功名，今科会元，已被勾销，连南京乡试的解元，也被革去了！

〔众考生惊愕地窃窃私语。

唐伯虎　（大受打击）什么？！……说我贿赂主考？凭证在哪里？凭证！

校　尉　休得放肆，给我锁上了！

〔差役一拥而上，将铁索、手铐强加于唐伯虎。

唐伯虎 岂有此理！岂有此理！

〔唐伯虎在呼号中被强行拉走。

众考生 （七嘴八舌）还说猜中了试题，作弊啊?！革去功名，活该！什么“江南才子”，呸！哎哎哎，我们这些落第举子，何不趁机闹它一闹?！对，闹贡院去！闹啊——闹贡院去喽！（众考生蜂涌而去）

雨　墨 （着急地）相公！相公怎么办啊?！相公……（哭着跑去）

沈九娘 唐先生……（一阵眩晕，骤见壁间挂着的《纨扇图》，大恸）唐先生！（倒在了图下）

〔切光。

第五场　醉监

〔大理寺狱。

〔唐伯虎披铁索、凭铁栏，在黑暗中失神地望着远方。

〔长空雁鸣。

唐伯虎 （唱）一声雁鸣报秋凉，
几叶梧桐飘过墙。
自在逍遥半生短，
囚徒生涯片刻长！
忆昔日，春风送我到帝都，
自料必登天子堂。
想不到，不戴纱帽戴镣铐，
不坐公堂坐牢房。
不赴皇家琼林宴，
倒在人间地狱把苦刑尝！
纵然是，有朝一日回故乡，
叫我亲人聚首如何讲?！
倘若娘子不见谅，
我只有，到黄土垄头哭爹娘……

想起了，老爹爹，黯然神伤，
有多少，难忘事，涌上胸膛！
那一年，秀才考，我一十六岁，
高中了，第一名，誉满街坊。
你喜满怀、泪满面，立下宏愿，
草窝中，要养出，金翅大鹏！
到如今，只落得，铁索锒铛，
贤主考，被牵连，同遭祸殃！
秋风起，更惹得，百结愁肠，
到何处，觅好酒，送入醉乡……

〔传来程敏政的呻吟声："啊唷！啊——唷……"

唐伯虎 啊！（隔窗遥呼）恩师！恩师——

狱　吏 （闻声喊上）叫什么？叫什么？不准喧哗！

唐伯虎 程大人伤得如此模样，为何不给他请医治伤？！

狱　吏 什么程大人！到了我这里，都是犯人。

唐伯虎 嘿，官司尚未定案，休要欺人太甚！

狱　吏 还想出去当官吗？做梦！（扬长而去）

唐伯虎 呸！都是一丘之貉。（面向程敏政的牢房，动情地跪下）恩师！恩师……（伏地而泣）

〔雨墨拎食盒，穿了官服的韩平抱着个小酒坛跟上。

雨　墨 （轻唤）相公、相公，你看，谁来了？！

〔唐伯虎慢慢地转过脸来。

韩　平 （心中一酸）唐兄！

唐伯虎 你是……

韩　平 我是韩平啊！

唐伯虎 （激动）韩平？韩平？！你还会来看我？

韩　平 唐兄！

〔二人隔栏相偎，啜泣。

唐伯虎 韩平，不要伤感，不要伤感，你看我不是很好吗？——有人给我送饭，有人给我送水，还有人给我看门呢！你我相见，应当高兴才是啊！哈哈……（想笑，不禁哭出声来）

韩　平 唐兄，今日一见，只怕永无相会之期了！

唐伯虎 （愕）此话怎讲？

韩　平 唉！

（唱）我盼做官、盼功名，

盼得功名先受惊。

唐兄入狱恩师囚，

科场案令人眼目昏。

唐兄啊，文人才德笔下见，

我知你不屑去钻营。

几呈奏折代申诉，

惹恼权贵逐出京。

临去边塞来探望，

不负唐兄诗画情。

唐伯虎 （感动）想不到萍水相逢，你竟如此真心！

韩　平 唐兄，你还记得那首诗吗？（音乐声中，神往地念）"冰雪风云事不同，今朝尊贵昨朝穷。穷时多少英雄伴，名字应留夹袋中！"

唐伯虎 （兴奋）哈哈……一首小诗，竟换来了一个真朋友！韩兄仁义，快为恩师弄些好药，治治他的刑伤。

韩　平 提起此事，实实的可恼！九娘多次送药，这帮狐群狗党横加阻拦、百般刁难，我已经把给恩师的药丸带进来了。

唐伯虎 阿弥陀佛，恩师有救了！

〔韩平打开食盒，拿出药葫芦，并将酒壶送到唐寅手中。

唐伯虎 （大喜）酒！（向程敏政牢房投去关切的一眼）你就带来这么一壶？

韩　平 唐兄身子虚弱，不宜多饮。这坛酒，你留着慢慢喝吧。（抱来的小酒坛递不进铁栅，只得就近放在栅外）

唐伯虎 韩兄，此刻我心里痛快，这壶酒，你给恩师送去，他也是爱酒如命的啊！

韩　平 好，好。

〔雨墨接过酒壶，引韩平下。

唐伯虎 （双手伸出栅外，掀去坛盖，高高捧起酒坛，遥呼）恩师！来——干！（凭着嵌进铁栅的小半个坛口，贪婪地狂饮。饮着饮着，软软地坐了下去）哈哈……哈哈……哈哈……

（唱）眼蒙眬，身下空，

飘忽忽似在云雾中。

玉液琼浆怎及它？

下肚更添君子风！

人间浊气离我远，

不怕中伤受捉弄。

好酒啊、好酒！……（又饮）

〔一阵急骤的梆子声，雨墨拖韩平急急过场，离去。

〔狱吏率差役上。

狱　吏　（厉声）唐寅听着！

唐伯虎　（双目喷火，恨恨地指向狱吏）

（唱）魑魅魍魉休逞凶——

狱　吏　（冷不防）啊？！

唐伯虎　（接唱）且看唐寅力无穷！（猛摇铁栅）

狱　吏　你要做什么？！

唐伯虎　（唱）金殿有人挖窟窿，

早该召我去补墙洞。

狱　吏　发酒疯，发酒疯！

唐伯虎　呸！

（唱）谁人把我当酒疯，

他是天下大饭桶！

哈哈，饭桶，饭桶！（笑指狱吏）

〔狱吏抛钥匙给差役，牢门打开。

狱　吏　（进入牢房）唐伯虎，你的案子结了，听读判词！

唐伯虎　（醉熏熏地）判词？判得是也不是？

狱　吏　（念判词）“唐寅科举舞弊，案情震动朝纲，证据不足，予以释放，革去功名，不得再入考场！”

唐伯虎　（苦涩地）证据不足？哈哈！证据不足！哈哈……（狂笑）

狱　吏　狂徒不可教化，还不速速离去！（掷判词）

〔差役跟狱吏下。

〔雨墨急上。

雨　墨　相公，你释放了？

唐伯虎　（木然地）释放了。

雨　墨　我们回去吧。

唐伯虎 回去?

雨　墨 夫人等着呢!

唐伯虎 夫人……夫人!

雨　墨 快走吧!(扶)

唐伯虎 (迸发地)不!我不走!我不走哇……(声泪俱下)

雨　墨 (急得大哭)相公……

〔切光。

第六场　归舟

〔翌日。

〔京郊官渡口,有“折桂亭”。侧幕处,酒帘斜挑,上书“桂花酒”。

〔伴唱声中,唐寅郁郁而行,沈九娘扶程敏政随之上。

〔伴唱:西风中,饱含着,桂子馨香,
夕照里,满眼是,枫红菊黄。
七巧云,留不住,雁阵南去,
京华梦,惊飞了,鸿鹄一双。

〔雨墨从酒帘飘处捧来酒具。

雨　墨 相公,店中烦杂,还是在亭内坐坐吧。

〔九娘扶程敏政入亭。

唐伯虎 (见亭匾)折桂亭!(被深深触痛,苦笑)
(唱)折桂亭,迎候在,京口官塘,
接送过,多少个,得意才郎!
独少见,似这般,冷落悽惶,
看我等,痛别离,消魂断肠……

程敏政 (强作豪放之色)唉!
(唱)阶下囚,脱牢笼,活着还乡,
也算是,天有眼,大喜一桩。
唤九娘,将药丸,调入酒盏,
害不死,就应当,善自保养。

〔九娘从腰间解下药葫芦，向两个杯中倒药。

唐伯虎 （忙阻）呀，这是恩师的药丸啊！

沈九娘 （唱）昔日里，未让你，把家酿尝，

到如今，唯愿君，一路无恙。

唐伯虎 多谢九娘！

程敏政 此番变故，我心中甚是明白。今日在此送你南归，等我病体稍愈，也要回休宁老家去了。

唐伯虎 愿恩师早日康复，回乡安度晚年！（举杯）

程敏政 我祝你一路平安、归家夫妻团圆！干——

〔远远几声锣响。

差　役 （吆喝上）喂喂喂，闪开闪开，休要挡道！

〔唐寅等侧目而视。

差　役 （望）这条小船是谁的？

雨　墨 我们的。

差　役 开船、开船，快快开船！

唐伯虎 笑话！主人还在这里喝酒呢，谁叫开船？

差　役 徐老爷进士及第，放了苏州府通判，要在这里下船，快快让开！

唐伯虎 岂有此理！运河滔滔，万民所造，岂容官府横行霸道！

差　役 你！

〔仪仗喝道，引徐锦策马上。

徐　锦 哈哈……

（唱）舅父果然好谋算，

联手铸成科场案。

一箭双雕落下水，

兴风作浪有言官。

直闹得，主考下狱贡院乱，

我也是，吃过小苦立过案。

舅父他，几经周折洗白了我，

浑水中，闹给我一个大通判。

差　役 禀老爷，有个狂生，骂老爷横行霸道！

徐　锦 （恼）啊！？

〔唐、徐照面。

唐伯虎 哈哈……我道是哪位徐老爷，原来是你啊。

徐　锦 唐兄，科场案我也是吃了苦头的，最后总算弄明白了，你我猜题、只是儿戏，贿赂买题、没有证据，也就不再追究，放了我一个苏州通判。可是你……

唐伯虎 徐兄前途无量，恭喜、恭喜！

徐　锦 （发现程敏政也在）哦，恩师也在这里？恩师……

程敏政 岂敢、岂敢。（把脊背朝向了他）

徐　锦 （旁白）这个倔老头！……惹事不如省事，跟他斗气，已经犯不着了。来呀，将官船摇往对岸，人马绕道过桥！

〔众吆喝着引徐锦下。

程敏政 （感慨地）嘿嘿……

（唱）平庸之辈徒风光，
食民之禄民遭殃。
开科取士不纳贤，
勤政天子被欺诳！

唐伯虎 （仰天长叹）唉——

（唱）锦绣皇都一地脏，
桂花林中不闻香。
欲向天公借宝扇，
赶却人间烟和瘴！

程敏政 说得好哇！那《纨扇图》还缺少一首题图诗呢，何不将此意题上？

唐伯虎 恩师说好，学生就敢题到画上！雨墨，取画来。

雨　墨 是。（从书箱中取出笔砚画卷，妥妥地放于石桌）

〔唐伯虎喝下一杯酒，在画上轻轻挥洒几笔，然后疾书数行，掷笔背身。

程敏政 （看画）呵呵，寥寥数笔，原先的《纨扇图》就成了一幅《秋风纨扇图》……改得好！（动情地读出声来）“秋来纨扇合收藏，何事佳人重感伤？请把此情详细看，大都谁不逐炎凉！”

〔唐寅的愤懑和痛苦难以克制，连斟连饮。

沈九娘 唐先生！（夺住酒壶）

程敏政 （痛惜而深沉地）唐——寅——啊……

（唱）题诗言志为泄愤，
莫让不平揉碎心。

若说恨事处处有，
九娘家世不忍闻……

沈九娘　（悲从中来）爹爹！

唐伯虎　（愕然）九娘……？

沈九娘　唐先生！

（唱）家父原是一儒生，
诗书画艺般般精。
人人道他怀真才，
却个个嫌他守清贫。
奉迎无术遭冷落，
馈送往来不合群。
专心治学全无用，
举人榜上总无名。
偶闻流言知隐情，
神圣学宫欺神圣。
匡世文章被讵金，
偷天换日自有人。
我爹爹，辱难忍、恨难吞，
投书告状偏无门。
书生气短投了江——

唐伯虎　（震动）呵！

沈九娘　（接唱）孤女无依似飘萍。
若非老爷收留我，
孰料九娘死和生……

唐伯虎　（充满同情）九娘！

（唱）你的父，可叹可怜又可恨，
抛得下，伶仃弱女也太狠心！
倘若这世上少了你啊，
春色也会减几分。

程敏政　（唱）她的父，留下了，惨痛教训，
阅人世，大不必，过于认真。
若问我，天地间，何物看重？

唯有那，绝世才，最为倾心。

这一支，羊毫笔，万不可轻抛——

唐伯虎 （见程敏政颤巍巍拾起自己扔下的笔，感动地跪下接过）恩师！

程敏政 （接唱）千叮咛，万嘱咐，要自爱自珍！

莫辜负，山川钟秀、日月精华，

休抛掷，黄金岁月、无价青春。

用你那，珠玉字、锦绣画，

吐你这，方寸心、正气声。

时逢清明颂清明，

眼见不平写不平！

唐伯虎 （唱）金玉良言铭记心，

不做状元也做人！

深深一礼别恩师——

〔雨墨收拾书箱下船。

〔三人在亭前久久难分。

〔伴唱：偷将泪眼掩黄昏。

〔唐下舟。小舟徐徐而去。

〔九娘扶程敏政上堤，依依目送……

〔伴唱：运河水，千里长，

载去怨恩和惆怅。

天下多少落第汉，

如此遭遇可有双？

〔灯渐暗。

第七场　反目

〔离前场旬余。

〔唐家后院。考究的摆设与平民的屋子极不相称。

〔陆昭容斜倚在美人榻上玩牌占卜。

陆昭容 （乐）通了，又通了！

（唱）心神不宁把纸牌弄，
且喜牌儿顺又通。
好兆头万事遂人意，
想必是，官人赴考早得中。

唐子重 （匆匆上）嫂嫂！嫂嫂！兄长回来了！

陆昭容 （喜）哎呀呀、到底把他盼来了！（急切地）他现在哪里呀？他是什么打扮？骑马还是坐轿？他带了……

唐子重 哎呀、我还没有看见呢！是人家告诉我的。我站在桥头这么一望啊——好大好大一只船，朝苏州来了！

陆昭容 这是你兄长的官船啊！（甜声甜气地）二弟，快准备“状元红”为相公接风

唐子重 哎，哎！（乐滋滋地下）

陆昭容 （叫唤）凤儿，凤儿！梳妆——给我梳妆！
（唱）日日梳妆夜夜等，
今朝总算喜盈门。
对镜只觉花不鲜，
顾影又嫌凤不新。
佩上金簪换上钗，
珠光宝气显身份。
（啊呀）凤头鞋，沾了尘，
绣花袄，不称心。
官人官人你等一等，
我再翻笼箱拣衣裙。（下）

〔唐伯虎悄悄地走进院来。

唐伯虎 （唱）糊涂案子说不清，
踏上故土怕见人。
那徐锦，威风八面上任来，
羞得我，不走大街绕小径。
进门来，桌也亲、榻也亲，
娘子的，脂粉味儿最好闻。
忽听得，环珮轻摇莲步声——（快步迎去，忽止，拭泪）哎！
（接唱）不争气的眼泪、你忍一忍

〔陆昭容打扮得雍容华贵，翩翩而来，凤儿端酒具随上。

唐伯虎 （冲动地迎上去）娘子！

陆昭容 （倒退几步，完全出乎意料）啊、啊、啊？！（盯住唐寅反复打量）

唐伯虎 （故作轻松）嘿，你这么一打扮啊，比当新娘那天还好看呢！

陆昭容 （自作聪明地对凤儿）哈，他是存心捉弄我啊！

凤　儿 （乖巧地）凤儿给相公贺喜！

唐伯虎 什么喜？这酒……

凤　儿 是夫人得了信，特地为相公接风的！

唐伯虎 哦，多谢娘子！（一躬到地）

陆昭容 相公是从水路来的吧？

唐伯虎 是啊是啊。

凤　儿 （与陆昭容低语）没错、没错，就是那条大船！（下）

唐伯虎 娘子，数月不见，我想得你好苦，来来来，我们这里坐！（摆开了对饮的阵势，斟酒）

陆昭容 相公，请先拿来！

唐伯虎 （莫明其妙）什么？

陆昭容 凤冠霞帔啊！

唐伯虎 啊呀呀娘子，如今我落第归来，哪有什么凤冠霞帔啊！

陆昭容 你看你看，装得多像！哈哈……我才不傻呢！你是赫赫有名的江南才子，就算不中状元嘛、也是进士及第。怎么会落第呢？你呀，你呀！

（唱）你不要，有趣同我绕圈子，
谁不知，你风流才子怪性子！
虎丘山扮作叫花子，
作诗戏弄土财主。
气得他们瞪眼吹胡子，
都怪财主无眼珠。
任凭你，装成落第穷举子，
终究骗不过你妻子！
快换上，大红官蟒新袍子，
戴起纱帽金翅子。
你骑上挂彩的高头马——响起那银铃子，
我坐进披红的大轿子——撩起那锦帘子。

威威风风、荣荣耀耀、戴着凤冠过闹市，
叫苏州城里人人知！

唐伯虎 （无奈出示手腕伤痕）娘子，你看我、这是镣铐的伤痕啊！

陆昭容 （顿时花容失色）镣铐？！你是真的落第了？

唐伯虎 （蔫蔫地）落第了。

陆昭容 还吃了官司？！

唐伯虎 （委屈之情难抑）娘子！……

陆昭容 （也为之动容）官人！……

〔二人抱头而泣。

陆昭容 （挣脱）你给我说清楚，这场官司从何而起？

唐伯虎 唉，我无法说清啊——有人说我行贿得题，我却至今还蒙在鼓里啊！

陆昭容 看你看你，糊里糊涂、就让人家欺侮了！你拿什么去行贿？当初什么都没带去——哎呀，你就不会替自己申辩几句吗？！

唐伯虎 申辩无门，也是枉然。

陆昭容 唉！认了这场晦气吧。吃过一次苦，终生不糊涂。关门再读三年书，下科状元，还是你唐伯虎！

唐伯虎 唉，只怕今生今世难遂你的心愿了。

陆昭容 怎么？！

唐伯虎 （给判词）这是判词。

陆昭容 判词？（念）“……革去功名，不得再进考场……”啊！你这一生一世都不能再考了？！哎呀！我好命苦啊……（哭）

唐伯虎 （手足无措）娘子！娘子！

（唱）娘子休要哭啼啼，
我把心底话儿掏给你。
有福同享果然好，
布衣也做好夫妻。
今生不能进考场，
我就一心一意陪伴你。

陆昭容 啐！

（唱）我陆家也算高门第，
当初为何嫁给你？
我为你，媒妁之言皆不听，

求婚帖退了一尺几！
我为你，十里红妆减大半，
只因你家摆不起！
我为你，日送点心夜盖衣，
常问冷暖和饱饥。
我为你，冬添炉炭夏打扇，
把你看作金玉体。
如此操心为什么啊？
就为你才高有名气。

唐伯虎 （唱）娘子你，拣个才郎做夫妻，
有滋有味不淘气。
莫为我落第伤身体，
才气还在我肚里。

陆昭容 呸！
（唱）别人家，才气可换金缕衣，
你的才气贱如泥。
凤冠霞帔成梦想啊，
恨你一世不成器！
哎呀，爹娘哎……

唐伯虎 唉，好没意思……（信步走到书桌前，下意识地拿笔涂抹着）

陆昭容 （见唐寅不理自己了，故意拿腔拿调地号哭起来）啊呀爹娘哎！我的……

唐伯虎 （看着自己勾勒的画，不禁失笑）好了好了，不要哭了，我还你一身凤冠霞帔，也就是了。

陆昭容 我料你也拿不出来！

唐伯虎 （哑然一笑，将画挂起——画上的陆昭容戴凤冠、着霞帔，一身富贵气）你看看，这是不是你？

〔唐子重上。

陆昭容 （见画，越发恼了）啊？你这死鬼！自己不成器，反来讥笑我？我不与你干休、我不与你干休！（撕扭）

唐伯虎 看你看你，闹成什么样子！

〔唐子重与闻声赶来的凤儿一个拉、一个推，好不容易将陆昭容劝进卧室。

唐子重 兄长，你也真是！人到这个地步，还有心思开这样的玩笑，怨不得嫂嫂

责怪你。

唐伯虎 唉，我这是黄连树下弹琴——苦中作乐啊！原想博她一笑，不料弄出这场没趣。唉……

唐子重 方才听雨墨言道，你不但今科落第，连日后的功名也无指望了？

唐伯虎 唉，就这样过日子吧。

唐子重 那……（欲言又止）

唐伯虎 你有什么话吗？

唐子重 这……兄长！

（唱）既然功名已无份，

望兄长，莫做书虫把文墨啃。

店内客多人手少，

能否学点生意经？

唐伯虎 （为难地）唉！

（唱）你我手足当知心，

为兄是，离了诗画难做人。

唐子重 （唱）兄长无心做营生，

小弟有话……

（忙改口）喔！

（接唱）小弟我，捎来娘子话几声。

唐伯虎 （唱）女人话，你去说与女人听——

唐子重 不不不，这话、是捎给你的。

（接唱）望兄长，原谅小弟太无能。

娘子她常嫌店铺小，

欲将祖业对半分。

临街前院赐小弟，

兄居后院也安静。

从今各自把门户立，

日后贫富无怨声。

唐伯虎 哦，要分家……（颓然而坐）

唐子重 这是我娘子的意思。

唐伯虎 （心寒地苦笑）嘿嘿……

陆昭容 （上，颜色转和，唤唐寅）喂，过来，我问你一句话。

唐子重 （急于离开）这事，你与嫂嫂商量商量吧。我走了。

〔陆昭容对唐子重报以白眼。唐子重逃也似地下。

陆昭容 （对唐子重背影叽咕）分家？不要后悔！（对唐寅）你过来呀！我有一句话对你说呢。

唐伯虎 （心烦地）说吧说吧，我这里听着呢。

陆昭容 方才我想出了一个主意——既然不让你再去考，我们就买！

唐伯虎 （茫然）买？

陆昭容 买个“捐班”，照样也是个官儿！

唐伯虎 呸！

（唱）亏你出的馊主意，
买官鬻爵最卑微。
平生不做谄媚事，
请你闭口莫再提！

陆昭容 喔——唷！

（唱）跟斗跌在阴沟底，
架子摆到云端里！
不识抬举做犟驴，
不知变通要苦到底！
莫道我眼高人势利，
你自己兄弟也见弃。
科举落了第，
买官又不依。
经商你不会，
务农少力气。
一支秃笔一张纸，
只好画个大饼去充饥。
我与你夫妻难合意，
休妄想，叫我娘家养活你！

唐伯虎 好气，好气也！

（唱）京中受尽冤和气，
回家又遭妇人讥。
满腔怒火冲天起——

陆昭容 （逼上去）怎么？气势汹汹还想打人？！

唐伯虎 （接唱）我要打你这

冷嘲热讽、刻薄尖酸的臭嘴皮！

陆昭容 啊！凤儿！凤儿——

〔唐伯虎欲打未着，陆昭容抓起玉镜向唐扔去，镜碎。

凤　儿 （正好赶到）啊呀，玉镜打碎了！（忙收拾）

陆昭容 他的好日子也到头了！凤儿，快去雇些人来，把我的东西统统搬走！

〔凤儿应声下。

唐伯虎 （始料未及）啊！你你……？

陆昭容 我怎么？哼！这座屋子里，哪样东西不是我的？！你有什么？——（拍桌打凳）一块石砚！几支破笔！喏，还有这些劳什子！（插在大瓷瓶中的几卷书画被拔出，扔给唐寅。高声朝外喊）给我打轿——（扬长而去）

〔凤儿指挥搬伕，将一应物件全部搬空——包括那只大瓷瓶。

〔唐寅抱着扔过来的书画，被这突如其来的变化弄得目瞪口呆。

〔静场。

唐伯虎 （从凄然苦笑过渡到歇斯底里的狂笑）嘿嘿……哈哈……哈哈……

〔一束追光，“送”着唐寅茫无目的地向外走去，光圈逐渐缩小……

〔收光。

第八场　缔缘

〔又一春。

〔苏州城北桃花坞。被唐伯虎取名为“桃花庵”的小别墅，实际上是座竹篱茅舍。室外，满坞桃花一片嫣红；室内，凄凄切切冷冷清清。

〔祝枝山上。

祝枝山 （唱）应天通判卸了任，

顿觉无官一身轻。

惦念旧日诗酒友，

先访受屈小唐寅。

（呼）唐寅！唐寅！咦，上门不见土地！（四顾）啊呀呀呀，蜘蛛结网、老鼠打洞，四壁空空、不成体统！（痛心地）唉！一个顶天立地的才子，落到这样的地步，不公啊、不公！

沈九娘 （四顾着上，迟疑地走近）请问，这里……是唐伯虎先生的家吗？

祝枝山 你是……？

沈九娘 我叫沈九娘。

祝枝山 沈九娘？几时认识唐寅的？

沈九娘 唐先生赴考之时，在程侍郎府中相识。

祝枝山 哦——请坐，请坐。

沈九娘 你是这里的……？

祝枝山 喔，我是唐寅的朋友，朋友。

沈九娘 不知唐先生可在？

祝枝山 呃……在、在！

沈九娘 如此，请唤唐先生一见。

祝枝山 （旁白）这倒好！叫我到哪里去找？（对沈）好好好，你坐坐，我去叫、我去叫！（欲走）喔、喝茶，喝茶！（倒水，壶是空的）这、这……（捧着茶壶打转转）

沈九娘 老伯、休要客气。

祝枝山 什么老伯！唤我祝胡子就是了。

沈九娘 祝……？

祝枝山 祝枝山。

沈九娘 啊——原来是祝大爷！九娘失敬了。（施礼）

祝枝山 （忙扶）呃，不消不消。

唐伯虎 （内吟）今朝有酒今朝醉，
莫等无酒空举杯……

祝枝山 来了，来了！

〔犬吠。唐寅抱着酒壶，醉步赶犬上。

唐伯虎 去！去！可恶，连你家主人也不认识了？你——也是势利眼！

祝枝山 （拍肩）唐寅！你从哪里来？

唐伯虎 （美美地）风月楼——有歌，有酒，还有美女！

沈九娘 （怔惊）啊？！

唐伯虎 （打着趔趄）呕——

〔沈九娘痛苦地拿了茶壶、茶碗进内。

祝枝山 唐寅啊唐寅，你还像个做人的样子吗？

唐伯虎 做人？哈哈……

（唱）做人要做醉中仙，
快活一天算一天。
酒醒只在花前坐，
酒醉倒向花下眠。

祝枝山 （唱）你睁开醉眼看一看，
何人来到你面前？（指内）

唐伯虎 （唱）有人来，也不见，
只有酒壶可谈天。

沈九娘 （捧碗上）唐先生，喝碗醒酒汤吧。

唐伯虎 醒酒汤？我不喝，不喝！我是花钱买醉，醉了，好啊……

祝枝山 （要过汤碗）对对对。醉了好，越醉越好！唐寅，这碗酒，我料你也喝不下！

唐伯虎 谁说我喝不下？你看我喝，喝！（把醒酒汤一饮而尽）

祝枝山 好，海量，海量！嘿嘿……（顺势扶唐寅伏桌而寐）

〔九娘欲为唐寅盖衣。

祝枝山 （知趣地）呃——客人远道而来，不可怠慢。我去……嘿嘿，我去弄点、弄点下酒菜！嘿嘿……（下）

〔沈九娘深情而怜悯地替唐寅盖上自己的披风。

沈九娘 （唱）见先生，往日英气已耗尽，
我痛楚阵阵泪难禁。
恨九娘，弱女无力助须眉，
难慰老爷爱才心。

（啜泣）老爷……

唐伯虎 （唱）隐隐似闻悲泣声——（拭目四顾）呀！

（接唱）草庵何时来佳人？
你是……？

沈九娘 （闻声，忙拭泪走近）啊，先生！

唐伯虎 （惊异）啊？是九娘！（细看）呀，一身素色，水仙花一般，越发的雅致了！（不能自信地）莫非、莫非我在梦中？呃，做梦也是好的！（倾

诉地）九娘——

（唱）自那日离别在折桂亭，

常感念，恩师与你两知音。

苦只苦，破碎心尽做破碎梦，

多年来，未曾有过好梦境。

今日总算见到你啊，

但愿此梦永不醒！

沈九娘（唱）先生啊，休将白日当梦幻，

九娘特来把你寻。

唐伯虎 哪有这等好事！这只是我心里想要的一个梦。

（唱）我知道，恩师视你是亲生，

怎让你，数百里奔波冒风尘！

沈九娘（唱）莫道是，数百里相隔山水遥，

先生的遭遇已耳闻。

老爷他，痛你大才受大屈，

怒骂浊世抱不平。

一纸嘱咐亲手封，

要九娘，面交先生失意人。

唐伯虎 恩师有亲笔信让你带来？！快让我看，让我看！（接书一看）“遗——嘱”？！啊——（忙扔）我不看、我不看！你快走，我不要这个噩梦、不要这个噩梦啊！（猛地咬痛了自己的手指）啊唷！

沈九娘 先生，这不是梦，不是梦啊！

唐伯虎（这才面对现实）九娘……

沈九娘 先生……

〔二人掩面，相背而泣。

〔伴唱：流泪眼怕对流泪眼，

断肠人难慰断肠人……

〔唐寅无意中触到挂在壁间的瑶琴，发出一阵悲鸣的颤音。

〔祝枝山欲进屋，见状，退了出去，转向屋后。

〔唐寅一脸冰霜取下瑶琴，把一腔凄苦诉之琴弦。

唐伯虎（唱）悲莫悲兮，良师失，

哀莫哀兮，心死绝！

英贤独挫折，
良善多磨劫，
风流总被严霜恶雨袭！
怨还抑，耻未雪，
正与邪，凭谁说？
此恨只共子规泣，
不啼清泪常啼血！

〔歌声转激越，成合唱。

鸣咽绝，肝肠裂，
思已彻，心如铁。
丈夫有志展不得，
何如抱石投江去无迹……

沈九娘 （大放悲声）先生不可！

〔唐寅伏琴恸哭，连连击琴，琴声喷愤！

祝枝山 （夺过瑶琴，有意驱散这悲凉气氛）好了好了，不要弄坏了瑶琴！才子到底是才子，哭起来也这么好听！日后我祝枝山断了气，灵魂儿就先到这里来听你的哭声！

〔沈九娘接琴，挂起。

祝枝山 唉，唐寅啊！这一阵我在南京应天府衙门，常常有人来问："唐伯虎吃了一场官司，怎么就默默无声了呢？莫非江郎才尽，科场作弊是真？！"方才你狂歌当哭、意切情真，句句好词、声声妙音。你有这样的才气，为什么这几年一不写诗、二不作画？你是对得起自己？还是对得起程老先生？！

唐伯虎 （刺激地）……写诗？……作画？（指）这都是我的诗，这都是我的画呀！我为它们耗尽了心血，可它们，它们给我的却是苦水啊！……既不能题名金榜，又不能千古流芳。文章出众、反坐铁窗……我恨它！我怨它！我要它何用？要它何用啊？！——（失控地乱撕乱扔）

沈九娘 （哭求）唐先生，你不能这样，不能这样啊！

祝枝山 （发急地大喝）你给我住手！

〔唐寅被吼声镇住，《秋风纨扇图》从他手中滑落下来。

〔静场。

唐伯虎 （吞泣，终于憋不住）祝兄！

祝枝山 我不要看你这张哭丧面孔！

沈九娘 （怜悯地）祝大爷……

祝枝山 你不要可怜他！

〔九娘在祝枝山暗示下，拾起狼藉的书画，回避内室。

祝枝山 （搬个椅子居中一摆，把唐伯虎按着坐下）记不记得那天我来送你上船？我就说你“七分傲气、三分狂气，好酒使气、要倒灶晦气”的！你为啥要给我说中呢？你还是没出息啊！

唐伯虎 （委屈得要命）我的苦、我的冤，你就……

祝枝山 （抢白）苦啊、冤啊！什么叫苦？什么叫冤？啊？！

唐伯虎 我……

祝枝山 （唱）你冤莫喊、苦别叫，
你受的冤苦小又小。
当年孙膑被陷害，
两只脚骨都斩掉。
他装疯癫，嚼粪料，
保全残生，写出兵书多多少！
汉朝还有司马迁，
按实记史被诬告。
堂堂男儿受腐刑，
奇耻大辱天下少。
同代人，笑他苟活是偷生，
到今世、反敬他，留得煌煌青史昭！
唐寅啊，你自夸读了五车书，
怎把先贤全忘掉？
不怪天，不怪地，
要怪那，坐堂的老爷心太好。
倘若碰上我祝枝山，
也叫你，尝尝腐刑是啥味道！
断你脚骨喂你粪，
方能清醒你头脑。
只要你，文章写得多又好，
科场案不销也自销！

读书人要留千古业，
岂只做官路一条？
你唐寅作画手段高，
何不多将世态描？
由你贬，由你褒，
留给后代更加好。
像这样，醉生梦死活百岁，
死了只肥一蓬草！

唐伯虎 唉，祝兄啊祝兄！
（唱）你话虽刻薄心肠好，
我何曾甘愿学无聊！
怎奈是，妻子逼休绝了情，
兄弟把我当累赘抛。
随身童仆离我去，
连黄犬也把主人咬！
似这般，冷屋冷心冷锅灶，
换了你，可有热血去煎熬？！

祝枝山 （语塞）呃……
（旁唱）我训他骂他奚落他，
这日子我也过不了！
（发现遗书，拆读，失笑）咦——哈哈……

唐伯虎 你这祝胡子，又弄什么名堂？

祝枝山 嗨嗨，大有名堂！大有名堂！（神秘地，耳语）你呀，交运了！

唐伯虎 休要胡说！

祝枝山 你老哥哥虽然荒唐，这种事情岂敢胡说？你自己看看，程老先生的遗嘱是怎么说的？！

唐伯虎 （细看，既震动，又愧疚）恩师啊恩师，你对唐寅如此钟爱，是我辜负了你的期望啊！

祝枝山 哎哎哎，爽爽快快给我一句话——要还是不要？

唐伯虎 唉呀祝兄，如今我穷极潦倒，岂能害她！

祝枝山 那么，我去回掉！（欲去内室）

〔沈九娘抱着整理好的画卷出。

祝枝山 呃……嘿嘿九娘，程老先生的遗嘱，我们两个都拜读了。不知你……有否读过？

沈九娘 此乃老爷生前密封，临终交托于我，嘱我亲自给唐先生送来，未敢擅自启封。

祝枝山 没有看过？那我就老实告诉你了。程老先生最不放心的，便是这个倒霉才子，叮嘱他牢记三条：第一，“轻利不可轻生。”

沈九娘 （点头）嗯。那第二呢？

祝枝山 “失意不可失志。”

沈九娘 老爷说得极是。那第三？

祝枝山 那第三……

唐伯虎 （求其别说）祝兄……

祝枝山 （不顾，响咳一声，提高了嗓门）第三——“良缘不可不缔！”

〔唐寅窘，沈九娘略受震动。

祝枝山 程老先生说——（连珠炮似地念遗书）“九娘知书达礼、深明大义，足可助你成家立业。愿你俩白头偕老、患难相依，我在九泉之下也可瞑目矣！”

唐伯虎 不不不、九娘！你看我家徒四壁、囊空如洗，这日子，你是过不下去的呀！

沈九娘 九娘愿为先生分忧。

祝枝山 （肃然起敬）哈呀呀，说得好！说得好！不愧是程老先生身边的人！

唐伯虎 老祝，唐寅敬重九娘、爱慕九娘，却万万不能留下九娘！

祝枝山 唉！既爱之，则留之。何必装腔作势，违心推辞？！

唐伯虎 （急得蹬足）哎呀，我早就说过，不能害她！

沈九娘 先生，你错了！

（唱）当留不留你少主见，
九娘含羞吐真言。
你说家徒四壁空，
我却见，满室珍品耀花眼。
你说愁无安家资，
我却见，万斛明珠在你胸间！
休害怕，添个闲人添张口，
九娘我，人不娇懒身也健。

先生啊，俗眼贪得是富与贵，
我唯求你，挣脱自弃转自勉。
愿先生，诗中画中怡性情，
寄人寄景把德操写。
好诗好画慰知心，
比锦衣玉食更开颜。

祝枝山 （大受感动，对唐寅）还不快向九娘磕头！（推）

唐伯虎 （真的就势一跪）九娘！

沈九娘 （急忙扶住）先生！

祝枝山 哈哈……

唐伯虎 （唱）九娘心胸宽无边，
我唐寅洪福大如天！
从今后，桃花庵里做桃花仙，
诗山画海共翩跹。
闲来写幅丹青卖，
不使人间造孽钱！

祝枝山 哎——这才对了！（从怀中掏出一包东西）来，猪尾巴过老酒，恭喜你们永结同心——干！

〔三个酒杯碰到一起，叮当声中，彩光飞旋。

〔唐伯虎的画，源源不断地从桃花庵飞出。

〔伴唱：逸史又翻新一章，
才子芳名百世扬。
是落第？是及第？
谁说布衣不风光！

〔光渐收。

〔剧终。

1985年

浙江省新时期优秀剧作选

第二卷

浙江省戏剧家协会　编著

優秀劇作

Selection of Excellent Dramas
in Zhejiang Province
in the New Period

中国戏剧出版社
CHINA THEATRE PRESS

目　录

《七场新编历史剧》

乾嘉巨案

魏　峨

人物表　玉　梅——郝云士之长女。

吕　笙——吕凤台之子。

吕凤台——御史。

郝云士——吏部郎中，吕凤台的同乡同学同年及亲家。

吕　母——吕凤台之母。

陈　氏——吕凤台之妻。

玉　姐——郝云士之次女，傻大姐。

乾隆帝——即弘历，时年八十五岁。

嘉庆帝——即颙琰，先为嘉亲王。

王怀祖——即念孙，学者，御史。

纪晓岚——即纪昀，学者，翰林学士。

和　珅——文华殿大学士，首辅。

广　兴——御史。

广　泰——御史。

春　香——郝府丫鬟。

皇太后——嘉庆帝之母。

张守备——陕西督抚手下的武官。

解差甲、乙，书吏、太监、宫女、丫鬟、家院、刺客、外国人、卫士等若干。

第一场　会亲

〔郎官郝云士的府邸。

〔花厅布置豪华，张灯结彩，珠帘锦幔，屏风前有琴案一张。

〔喜庆的乐声中合唱：

正月里来是新春，
家家户户挂红灯。
乾隆当政六十载，
繁花似锦庆升平。

〔幕徐启。

〔玉梅上，后随春香持纸一卷。

春　香　小姐，你看这花厅，布置一新了！

玉　梅　啊，真好看。

春　香　天都黑了，小姐还要写字么？

玉　梅　（一笑）把纸放下，你忙别的去吧！

春　香　（狡黠地）噢，小姐是在等待姑爷来拜年！

玉　梅　死丫头！

〔春香放下纸卷，笑着跑下。

〔远处鞭炮声声。

玉　梅　（欣喜地）过年啦！

（唱）新春佳节彩灯红，
花厅上，珠帘锦幔换新容。
过罢新年长一岁，
想起吕郎我脸儿红。
我与他青梅竹马同长大，
自从定亲难相逢。
新年元旦他当来此，
玉梅我清早等到夜露浓。

张守备 是！告辞。（下）

郝云士 （笑看银票）嘿嘿嘿，相爷十万两，我得一千两！九牛一毛九牛一毛耳！

（唱）郝云士，芸窗苦读求仕进，

两榜出身居斯文。

谁料想，文章锦绣并无用，

官居郎中薄俸银。

长恨富贵无我份，

和珅相爷忽垂青。

命我代他收贺礼，

从此后，夜半三更金银如水涌进门。

家　院 （上）老爷，有一人定要求见。

郝云士 （急将礼帖藏入抽屉）是何等样人？

家　院 说是前来送礼！却从大门进来。

郝云士 （警惕地）不见！

家　院 他定要求见。

〔一书吏打扮之人闯上。

书　吏 啊，参见郝大人！

郝云士 你是何人？

〔书吏以目视家院，郝云士一挥手，家院退下。

书　吏 （掏出一张礼单）开封府王大人敬献白银一万两，烦请呈和珅老相爷新春之喜，但求……

郝云士 （冷笑）哼哼哼！

（旁唱）可笑他不知机关乱登门，

分明不是道中人。

莫非有意来试探，

谨防有诈需当心！

（厉声地）你且听了！和珅相爷廉洁奉公，你无端来我家行贿送礼，来呀，用乱棒赶了出去！

〔书吏收拾礼单，被家院用乱棒赶下。

〔郝云士得意地哈哈大笑。

家　院 禀老爷，吕大人、吕公子前来拜年了！

郝云士 啊，亲家来了，快快有请！

家　院　有请吕大人、吕公子！

〔吕凤台、吕笙上。

吕凤台　（拱手）郝年兄！拜年拜年！

郝云士　（拱手）吕年兄！恭贺新禧！

吕　笙　岳父大人，新春之喜。（拜）

郝云士　贤婿请起！哈哈哈，家院，叫小姐出来，为亲家拜年！

〔家院应声下。吕等坐下。

吕凤台　（见花厅布置一新）啊，郝年兄，你家珠光宝气，金碧辉煌，与往年大不相同，看来你家发财了！恭喜发财！

郝云士　见笑见笑。区区郎官，发什么财唷！

〔玉梅与玉姐上。

玉　姐　（傻乎乎地跑来）爸爸，爸爸！

郝云士　（不悦）嗯，你怎么也来了？

玉　梅　年伯大人，玉梅拜年！（施礼）

吕凤台　哈哈，请起请起！

郝云士　玉梅，我们两家定亲多年，也该叫声公公才是！

玉　梅　（含羞）爹……

玉　姐　（傻乎乎地向吕凤台叫）公公！

郝云士　嘿，乱叫什么，这是你吕年伯！

玉　姐　吕年伯！（万福）

郝云士　这是你姐姐的郎君。

玉　姐　（对吕笙万福）郎君！

郝云士　蠢材！应该称作姐夫！

玉　姐　（傻乎乎地）姐夫？

吕　笙　（作揖）妹妹拜年！

玉　姐　（突然大笑）哈哈哈哈！

玉　梅　（暗拉玉姐）妹妹……

郝云士　（叹气）唉！你们下去吧，向你们母亲拜年去。

玉　梅　公子请！

吕　笙　小姐请！

玉　姐　（学样）小姐请！走！我们放炮仗去！（挽着吕笙就跑下）

〔玉梅随下。

郝云士 唉！家门不幸，生了如此一个白痴，嫁都嫁不出去！

吕凤台 依我看，二小姐比前几年好得多了，正如你家的境况，也比前几年好得多了！

郝云士 年兄休得取笑。

吕凤台 年兄！

（唱）你与我，儿女亲家又同年，

愿兄听吾进一言。

郝云士 年兄有话请讲。

吕凤台 （唱）君不闻，和珅相国十数载，

招权纳贿成巨奸。

恶虎贪狼权势大，

搜刮财货史无前。

卖官鬻爵家常饭，

朝野侧目不敢言。

官逼民反遍地起，

他却要粉饰太平独瞒天！

君子清流当自重，

愿年兄，远离权奸免牵连。

郝云士 啊呀呀，年兄此话怎讲？

吕凤台 不瞒亲家，我正在广集和珅罪状，要参他一本！

郝云士 （猛地跳起来）啊！你发疯啦！

吕凤台 （微微而笑）亲家，风闻人言，说你为和珅代收各处礼品，不知是真的么？

郝云士 无稽之谈，胡说八道！（拍案）胡说八道！

吕凤台 何必如此生气！为人不做亏心事，夜半敲门心不惊嘛！

郝云士 岂有此理！（猛地站起）我与你自幼同窗，你连我也不相信了么？

吕凤台 这……我只是提醒年兄。既无此事，我也就放心了！

郝云士 年兄！

（唱）年兄你，读书成书呆，

忽生痴想为何来？

皇上倚重和相国，

言听计从不疑猜。

你小小谏官欲弹劾，

岂不是，以卵击石自招灾。
我劝你蚍蜉撼树莫做梦，
为官之道，从来就该一眼闭来一眼开！

吕凤台 依年兄之见，这个本奏不得？

郝云士 万万奏不得。否则便是天底下头等白痴！

吕凤台 连你家二小姐也不如么？

郝云士 远远不如！

吕凤台 （笑）哈哈哈，如此领教了。

郝云士 请到书房，你我细谈！

〔二人下。

〔玉梅送吕笙上。玉梅含羞赠扇。吕笙感激，又相对无言。

吕　笙 小姐留步，小生告辞了！（躬身欲走）

玉　梅 （含羞地叫住）吕公子……

吕　笙 （停步）小姐还有何见教？

玉　梅 公子啊！

（唱）每年一度会匆忙，
相逢恨短别时长。
今日难得到我家，
稍坐片刻又何妨？
奴在深闺无师友，
自学诗书不成章。
久慕公子学问好，
志大才高人赞扬。
今日元旦逢新岁，
愿赐春联字两行。

吕　笙 （唱）相逢恨短别时长，
比不得青梅竹马旧时光，
心中虽有千般话，
相对难以诉衷肠。
小姐呀，学海无涯深又广，
扬帆万里我初启航。
才疏学浅常知愧，

美言夸奖不敢当。

既蒙命我把春联写，

愿借纸笔，冒昧请教书两行！

玉　梅　（活泼地）纸笔早就准备好了！（取出纸笔）

〔吕笙略一思索，一挥而就。

玉　梅　（拿起对联）

（念）匡时济世文方贵，

傲雪迎霜梅正香！（连连点头）

梅玉梅　（忽害羞起来）多谢公子，我把它贴在我的门上。

〔玉姐跑了出来，放了一个鞭炮，"砰"的一声，玉梅吃惊，对联落在地上。

玉　姐　（拾起）给我给我。

玉　梅　妹妹，这是吕公子写给我的。（夺回）

玉　姐　我也要！写一张给我！

吕　笙　可惜没有纸了。

玉　姐　（随手取了张画）这里有纸！

吕　笙　这是一张画，不能写的。

玉　姐　咦！（嘟起嘴到处乱找，找出抽屉中的礼帖）这不是一张么！纸有啦！（递给吕笙）

吕　笙　（细看礼帖，吃一惊）啊？小姐你看。

玉　梅　（接过读）"珍珠八斗，白银十万两，敬贺和珅相爷元旦之喜！陕西督抚英善敬拜！"啊？妹妹，这是哪里来的？

玉　姐　（高兴了）哈哈，一阵风，从天上掉下来的！

吕　笙　是真的么？

玉　姐　（傻笑）嘿……

吕　笙　赃证到手，好哇！

玉　姐　（拍手）好啊……

吕　笙　（唱）和珅贪墨亲眼见，

金珠十万拜新年。

可想见，层层盘剥民财尽，

世风糜烂不堪言。

我父正要参一本，

愿冒万死斗权奸。

今日苍天赐罪证，

定能够弹劾奸相力回天！

玉　梅　（赞成地）啊，原来这样！

吕　笙　告辞了！（欲下）

玉　姐　（大叫拉住）给我写给我写！

〔郝云士、吕凤台上。

郝云士　出了什么事？

〔气氛紧张，吕笙遮掩礼单。

玉　姐　我要我要……

玉　梅　（机智地递过春联）给你！

玉　姐　（高兴地）好！没有事啦！（跪下）

〔郝云士释然叹气。

吕凤台　郝年兄，告辞了！

〔吕凤台、吕笙辞下。

〔郝云士想起礼帖，寻找不见，吃惊落座。

〔幕落。

第二场　游园

〔幕间合唱：

泻玉流金圆明园，

疑是仙境下人间。

月榭风亭看不尽，

皇家气象万万千。

〔幕启。

〔月榭风亭，离宫别馆，分外雅致；玉石牌门，金龙玉凤，喷泉飞瀑，一派豪华。

〔官员们三三两两，或行或止，指点观赏这名园胜境。

〔一太监上。

太　监　圣旨下啦！

〔众官员即刻肃静恭听。

太　监　传万岁口谕：今日新春，游园观礼，文武百官都要直言政事，别打马虎眼！御史台的谏官们，更要直言敢谏，不许文过饰非。钦此！

众官员　遵旨！

〔太监下。

纪晓岚　（潇洒地）哈哈，众位御史大人，皇上新春求直言，看你们的了！（欲走）

王怀祖　（拉住）纪大人，你乃当今才子，帮我们出个主意。

纪晓岚　我纪晓岚清闲之人，与我何干？（哼起来）各人自扫门前雪唷……莫管他人瓦上霜！（下）

广　兴　（冷笑）哼哼哼哼！

广　泰　（冷笑）嘿嘿嘿嘿！

王怀祖　二位因何发笑？

广　兴　（念）从来忠臣不怕死！

广　泰　（念）胆小如鼠实可嗤！

广　兴　（念）万岁降下求言旨，

广　泰　（念）正是忠良报国时！

王怀祖　（肃然）啊，莫非二位有本参奏？

广　兴　自然要动本参奏！

吕凤台　（上前）不知参的哪一个？

广　兴　（慷慨地）独断专行，招权纳贿，败坏朝纲，人人切齿，还有哪一个？

广　泰　（激昂地）欺上压下，卖官鬻爵，结党营私，人皆共知，还有哪一个？！

王怀祖　二位有此胆略，王怀祖钦佩之至！

吕凤台　（激动地拉住二人）好哇！广兴大人，广泰大人！

（唱）敬闻慷慨震吾心，
　　　庆喜朝廷出忠臣。
　　　御史台前结同志，
　　　吕凤台，愿附骥尾报国恩。
　　　今日里前赴后继共上本，
　　　肝脑涂地劾奸佞！

广　兴　好，你先上本，我等紧紧跟上。

吕凤台　岂敢掠美。

王怀祖　（警惕地）轻声，和珅来了！

吕凤台 我等避过一旁！（与王怀祖、广兴、广泰分头向舞台深处走去）

〔和珅三绺黑须，貂皮紫袍，头戴双眼花翎，挺着肚子，手持画卷，左顾右盼而来。后面跟随着郝云士等。一官员迎上。（迎上）老相爷，新春大喜！（跪礼）

和　珅 哈哈哈，罢了！

官　员 （奉承地）老相爷，您老手中是一幅画么？

和　珅 嗯，老夫画了万寿图一幅，想请哪位才子添上一首诗。

官　员 纪大人正在那边。

和　珅 （架子十足地应了一声，迈步走去，忽然停步，阴险地问官员）万岁下旨求言，有什么动静？

官　员 （低声）只怕有些麻烦。

和　珅 谁？

官　员 吕凤台！

和　珅 啊！（看郝云士一眼）这个我早已料到，跳梁小丑！哈哈哈哈！

〔和珅与郝云士下。

〔纪晓岚匆匆跑上，王怀祖、吕凤台、广兴、广泰从深处走出来。

王怀祖 纪大人，何事匆忙呀！

纪晓岚 嘿！那和珅死皮赖脸，要我题诗，故而我脚底擦油——溜了！

广　泰 题诗一首，润笔定然不少呀！

纪晓岚 谁要那不干不净的银子！

广　兴 高！

广　泰 高！

纪晓岚 嘿！观礼之事早已安排停当，等到现在，不知老头儿跑到哪里去了！

众　人 （吃惊）老头儿？你说谁？

纪晓岚 就是那七老八十的皇帝老头儿呀，哈哈……

〔笑声中，乾隆帝须发如霜，精神奕奕突然出现。后随嘉亲王颙琰及太监等。

〔纪晓岚连忙止笑，众人惊伏于地。

众　官 万岁！

乾隆帝 起来！

众　官 谢万岁！

乾隆帝 纪昀！

纪晓岚 臣！

乾隆帝 （威严地）君臣之道，你可知晓？

纪晓岚 君臣如同父子！

乾隆帝 臣对君不敬，该当何罪？

纪晓岚 罪该万死。

乾隆帝 （厉声）“老头儿”三字怎讲？

纪晓岚 （机敏地）万岁容禀！

（念）万寿无疆谓之老，
顶天立地谓之头，
天子天孙谓之儿呀！

乾隆帝 （不觉大喜）哈哈哈！吾儿，纪晓岚讲得可对么？

嘉亲王 绝顶聪明，讲得甚好！

乾隆帝 好一张油嘴！都准备好了么？

纪晓岚 启禀万岁，新春大喜，四方来朝。今有东洋日本国，南洋爪哇国，西洋红毛英吉利、葡萄牙，欧罗巴意大利、法兰西，北洋俄罗斯等国，仰慕天朝，倾心归化，前来贡物献宝！

乾隆帝 （威严地）献上。

纪晓岚 贡物献宝——

〔乐声大起，乾隆登上白玉台阶就座，太监、武士环立，文武官员排列两行，嘉亲王立于帝侧。众臣躬身礼毕。

太　监 （传呼）献宝！

〔乐声起，各民族各国家的姑娘与青年舞上献宝物，宝物中有玉璧、东珠、座钟、毛瑟枪。奇特而华丽的音乐随舞蹈而变化。

〔舞蹈气氛热烈，各献技艺。

〔乾隆见此盛况大喜，接过毛瑟枪朝天放了两枪，群臣失惊，乾隆帝大笑。

乾隆帝 哈哈哈哈！

（唱）寡人御国六十年，
太平盛世属空前。
十全武功靖寰宇，
百夷宾服齐朝天。
常言道，白玉微瑕总难免，
唐宗宋祖也有偏。

今日游园贺新岁，
寡人重赏求直言。
直言有赏，众爱卿因何缄口不言哪？
〔吕凤台欲上前。
和　　珅　（抢先一步）万岁！
（唱）皇上圣明过自谦，
功高泽广史无前。
看当今——
万里版图成一统，
十全武功震极边。
爱民如子千叟宴，
天下齐颂太平年。
六十年来无弊政，
睿智明察绝权奸。
圣德无疆古罕见，
远胜舜日并尧天！
乾 隆 帝　呵呵哈哈！和珅，讲得过分，恐属溢美之词。
和　　珅　句句实话，绝非溢美之词。
乾 隆 帝　众爱卿以为如何？
郝云士等　皇上圣明，并非溢美之词。
乾 隆 帝　（大喜）唔唔唔，寡人当国，六十年间，肃清纲纪，宫府一体，绝无权奸乱政之事。这倒是实在话！哈哈哈……
吕 凤 台　（忍耐不住）万岁！臣吕凤台有本启奏！
〔太监转递奏本。
乾 隆 帝　（看奏本）“……大学士相国和珅，招权纳贿，卖官鬻爵，专横乱政，朝野共怒。独陛下一人尚在鼓中耳……”（不悦）吕凤台！
吕 凤 台　臣！
乾 隆 帝　据你所言，寡人已老朽昏庸，竟在鼓中度日了么？
吕 凤 台　（耿直地）岂敢，但和珅招权纳贿，实乃天下共知！
和　　珅　万岁！奴才尽忠报国，陛下明察秋毫，吕凤台竟敢诋毁圣明如在鼓中，居心何在？！
乾 隆 帝　（斥责）你休得多言！

和　珅　（忙低头退回）喳……喳！

乾隆帝　吕凤台言道，和珅之罪，人所共知，你们还有谁知道？

〔众臣面面相觑，不敢发言。

吕凤台　陛下，御史广兴、广泰，皆有本参奏。

乾隆帝　广兴、广泰！

广　兴
广　泰　（吃惊）臣！

乾隆帝　尔等也有本参奏和珅么？

广　兴　啊呀万岁！

（唱）吕凤台，信口雌黄诬和珅，
胡乱攀扯累广兴。
和相国，尽忠报国谁不晓，
是一个，百僚共敬的栋梁臣！

〔吕凤台大惊失色。

广　泰　万岁！

（唱）和中堂鞠躬尽瘁十余载，
两袖清风传美名。
庆贺圣主得良相，
理应当，加官晋爵再施恩。

〔吕凤台惊倒。

乾隆帝　吕凤台无端诬陷大臣，来呀，绑了出去。

〔武士应声，扭吕凤台欲下。

吕凤台　（挣扎）且慢！微臣绝非信口雌黄。和珅贪贿，铁证如山，有罪证在此！

〔取出礼帖，和珅、郝云士皆惊。

乾隆帝　递上来。（武士转递，细看）“珍珠八斗，白银十万两，敬贺和珅相爷元旦之喜。陕西督抚英善敬拜。”啊？和珅！

和　珅　臣！（跪下）

乾隆帝　（冷笑）哼哼哼，想不到你倚仗权势，如此贪财！

和　珅　（狡猾地）啊呀万岁，此乃假造罪证，诬陷为臣，皇上定能洞察其奸！

乾隆帝　吕凤台，你这张礼帖从何而来？

吕凤台　这个……从郎中郝云士家中得到。

乾隆帝　郝云士？

郝云士 臣！启禀万岁，微臣家中，绝无此物！

吕凤台 啊呀呀，昨天夜晚，你家二小姐拾到，交与我儿的呀！

郝云士 启禀万岁，我家二小姐，乃是个白痴！

吕凤台 啊！你你你！

乾隆帝 住口，扯到白痴头上，荒唐之极！

吕凤台 万岁！臣言句句是真。

乾隆帝 （冷笑）我年事已高，还不至如此胡涂，我让你看一个人。来呀！

〔书吏上，跪拜。

书　吏 见过万岁！

乾隆帝 你把昨日之事，讲与众人听听！

书　吏 遵旨！小臣奉旨试探，郝郎中不收贿赂，并无代收礼品之事，用乱棒将我赶出门外。和相国不愧是廉洁奉公之大臣！

乾隆帝 听见了没有？

吕凤台 这……万岁尚不明真相……

乾隆帝 （大怒）吕凤台！

（唱）你道寡人在鼓中，
敢欺朕，年过八旬一老翁。
信口雌黄诬首辅，
满嘴荒唐理不通。
如此狂悖令人恼，
不整纲纪天不容。

来呀，即刻绑赴市曹斩了！

〔武士应声，将吕凤台摘去顶戴绑了。

王怀祖 且慢！陛下，吕凤台冒犯圣上，虽然有罪；念在今日下旨求言，故有此举，还望开恩，免他一死。

乾隆帝 （怒）哇！寡人下旨求言，岂容胡言乱语？看来你也不是个好东西，革去官职，赶了出去！

〔武士摘下王怀祖顶戴，被赶下。

纪晓岚 万岁！

乾隆帝 纪晓岚，你也想来凑个热闹？

纪晓岚 新春佳节，普天同庆，谁都想凑个热闹呀！

乾隆帝 你要来胡说些什么？

纪晓岚 臣怎敢胡言乱语，只是新春乃大喜之期，良辰美景，杀人恐怕不利呀！

乾隆帝 杀人不利，难道姑息养奸，反而有利么？（拍案）

嘉亲王 父皇！（跪）

乾隆帝 我儿有何话讲？

嘉亲王 纪晓岚之言不无道理，父皇恩布四海，泽及万方，新春佳节，普天同庆。吕凤台不过小小疯子，莫被他坏了兴致。

乾隆帝 嗯，寡人已老，皇帝要让给你做了。你看如何处置？

嘉亲王 疯子一个，饶他一死吧！

乾隆帝 也罢，死罪虽免，活罪难饶！抄没家产，发配充军！

吕凤台 （叩头）谢万岁！

乾隆帝 广兴、广泰，你二人敢于直言，官升一级！

广　兴
广　泰 （大喜）谢万岁！

〔和珅得意地笑。

〔吕凤台痛苦地抬起头。

〔收光，幕落。

第三场　送别

〔长亭，古道。远山如雾，路柳似烟，高岸下运河通向天际。

〔凄凉的乐声中幕启。

〔吕凤台披枷戴锁，在伴唱声中上。后随武士打扮的解差二人。

〔伴唱：长亭外，古道边，
　　　滔滔江水亦含冤。
　　　忠臣获罪充军去，
　　　满腔悲愤对谁言！

解差甲 来此已是长亭，难得他是个忠良！让他亲人过来一别吧。

解差乙 只怕误了行程。

解差甲 傻瓜！亲人别离，定有银子送来。（解差乙点头笑）喂！你们过来吧！

〔解差甲、乙下。

〔吕笙和陈氏扶着颤巍巍的吕母上。

吕　笙　（哭奔上前）父亲……

陈　氏　（哭奔上前）夫啊……

吕凤台　（激动地走向站立不动的吕母）母亲……（双膝跪下）

（唱）孩儿不孝惹灾星，

连累古稀老娘亲。

此行万里无归日，

今生辜负养育恩！

吕　母　（唱）儿行万里碎娘心，

死别生离痛煞老身年迈人。

我心如刀绞却含笑，

儿不愧，吕家忠良后代根。

你一人获罪充军去，

愧煞满朝文武臣！

为娘已老不足念，

愿我儿风霜雨雪自当心。

〔吕凤台泣。

陈　氏　（哭）夫啊！

（唱）今日你无辜获罪充军去，

眼前磨难愁煞人。

都道是天山冰雪无比冷，

你衣衫单薄怎成行？！（流泪）

吕凤台　啊，既然如此，可曾将衣服和银两带来？

陈　氏　银两？还有什么银两！

吕　母　（阻止）媳妇，不要讲了。

陈　氏　我怎能不讲，夫啊！

（唱）便是你同僚广泰与广兴，

奉旨查抄到家门。

如狼似虎凶又狠，

任凭求恳不讲情。

封尽家财犹未了，

将我等一阵乱棍赶出门。

往日你，高朋满座多亲友，
患难中，人人远避似瘟神。
如今赤贫真如洗，
无家可归宿凉亭！

吕凤台 （大惊）啊呀！
（唱）闻听此言猛一惊，
恼恨辛酸泪满襟！
叹只叹，忠言难醒君王梦，
这人间，善恶颠倒天地昏。
恨只恨，奸佞反得君王宠，
逢迎善变把官升。
悲只悲，世态人情薄如纸，
落井下石也有人！
娘啊娘，孩儿不孝实该死，
害全家，从此之后怎为生？

吕　笙 爹爹！
（唱）可恨世道太不平，
忠言反招大祸临。
爹爹此行多珍重，
家中百事儿担承。
今日对天盟誓愿，（跪）
子承父志斗奸佞。
贼和珅，恶贯满盈难长久，
爹爹你，远在万里候佳音。

吕凤台 好啊！不愧吾儿，不愧吾儿！

〔幕内一声高喊："公公——"玉梅身披斗篷快步而来，身后跟着丫鬟春香，众人失惊。

吕　笙 啊！玉梅小姐……

玉　梅 公公……（跪步哭）
（唱）昨日噩耗传闺中，
玉梅我心乱如麻眼哭红。
彻夜无眠到天亮，

顾不得，抛头露面来见公公。
想不到忠言反招君王怒，
无罪无辜把军充。
祸根原从我家起，
那礼帖引来大祸患无穷。
吕家抄没财已尽，
公公你万里跋涉怎通融？
我急忙取来银百两，
略补盘缠供途中！（献银）

吕　笙　（激动地）小姐！

陈　氏
吕　母　（激动地）玉梅！

吕凤台　啊！玉梅，这银子，是你父亲让你送来的么？

玉　梅　我从母亲之处拿来，请放心收下吧！

〔众人疑问地看春香，春香忙点头。

吕凤台　（感激地收下）惭愧，惭愧！

〔马蹄声响。马嘶声中，郝云士上，翻身下马，后随家丁，啊，亲家来了！

吕　笙　（忙行礼）岳父大人！

郝云士　（装作没看见，厉声）春香贱人！

春　香　（跪）老爷！

郝云士　你好大胆，竟将小姐带到此地！

玉　梅　爹！是我自己要来，与她无干。

郝云士　一个女孩儿，不顾礼仪，抛头露面，来到郊外，被人看见，岂不耻笑！

玉　梅　（难以分辩）爹爹……

郝云士　快快回去！（对春香）送小姐上轿，快回去！（催逼）

〔玉梅无奈，与春香下。

〔同时，王怀祖上。

吕凤台　啊，怀祖兄来了！（拱手）

王怀祖　（拱手）特来送行！

吕　笙　（施礼）王大人！

王怀祖　不敢，我已削职为民，不可再称大人，这位（指郝云士）才是大人唷！

吕凤台　唉！都怪我连累了你们，今日穷途末路，又蒙二位前来送行，心中感激之至！

郝云士 唉！你呀！不听我好言相劝，落得如此下场！

吕凤台 亲家，如今我家被封抄，老母妻儿无家可归，只得拜托你了！

郝云士 （吓了一跳）啊？万万不可！

（唱）我好言相劝你不听，
落此下场怪何人？
更不该，捕风捉影攀扯我，
害得我左右为难洗不清。
今日来此非送行，
但求片纸快退亲！

吕　笙 （大惊）啊！

吕凤台 你你你，竟要退亲？

郝云士 并非郝某势利，实乃身不由己！

王怀祖 岂有此理！郝大人！

（唱）易涨易落山溪水
时反时复小人心！
这婚姻，三媒六证皆君子，
岂容你，趁机逼迫落难人？

郝云士 哼！

（唱）吕兄啊，怀祖无力将你救，
蒙圣恩，削职为民家犹存。
寒舍后院草庐在，
伯母嫂侄暂到我家共清贫。
来年春暖花开日，
代侄行聘完婚姻。

吕凤台 （激动）怀祖兄，你真是我家的恩人了！（跪）

吕　笙 （跪谢）恩公！

〔王怀祖忙扶起。

郝云士 （冷笑）哼哼哼哼，王怀祖，女儿是我所生，谁要你来做主？你这才叫作岂有此理！

王怀祖 （恼）啊？

郝云士 （对吕凤台）还是把退婚书写了吧！

吕凤台　（气得发抖）也……罢！我儿，你把退婚书写给他！

吕　笙　（痛苦地）爹……

吕凤台　（严肃地）写！

〔家院迅即捧上纸笔，将笔塞给吕笙。

吕　笙　（恳求地回头）娘……奶奶……

〔陈氏含泪，低头不应。

吕　母　（颤抖地从亭子里站起，对郝云士）你你你……竟然如此忘恩负义……（忍住）孙儿，争一口气，写吧，写了吧！

吕　笙　（求告无门）天哪——

（唱）含悲举笔重千斤！

〔伴唱：重千斤啊！

吕　笙　（唱）想起玉梅怎忍心！

〔伴唱：怎忍心！怎忍心！

吕凤台　（暴怒）快写！

吕　笙　（唱）莫奈何，羊毫写下违心话，

〔伴唱：全是违心话呀！

吕　笙　（唱）斩断恩情两离分！

〔伴唱：痛离分！

〔写毕交给吕凤台。春香暗上偷听，急下。

吕凤台　（看了一眼）郝云士，拿去吧！

〔郝云士忙接过。

吕凤台　连同你这一百两银子，也拿回去！（掷入郝云士怀中）

郝云士　（一惊）这……这是什么？

〔一声凄厉的惨叫，玉梅哭着奔上。

玉　梅　爹爹！……（猛一把夺过退婚书，撕得粉碎）

郝云士　（失惊）啊！玉梅你你你……

玉　梅　（悲愤而凄楚地）爹……

（唱）爹爹行事太绝情，

女儿决难再做人！

今日玉梅抗父命，

皇天后土鉴我心！（朝天跪下）

拜罢苍天拜父老——

（一圈拜将过来）

碰死长亭……（众人大惊）

……表忠贞！

〔玉梅一头向亭柱碰去，被吕笙、陈氏拦住。玉梅挣脱，奔向河岸，纵身跳河。郝云士等急叫着奔下。

吕　笙　玉梅，玉梅！……天哪！（痛哭）

〔吕凤台、吕母、陈氏悲愤欲绝。

〔揪心的伴唱声起：

啊——啊！……

〔幕落。

第四场　夜奔

〔舞台的大部分为一片荒芜的旧园，可见断墙残壁，老树枯藤在寒风中抖索。

〔一角为一草庐，庐中陈设简陋，家徒四壁。

〔幕启：寒风卷着雪花在夜空里飞舞。

〔吕笙坐在炉边。

吕　笙　（唱）大雪纷飞天地冻，

仰望夜空泪洒胸。

爹爹呀，雪海茫茫你行何地？

身边可有炉火红？

那一日，玉梅悲愤跳河去，

我抢救不及恨无穷。

可恨江水浪涛涌，

冲散你我各西东。

各西东，心悲痛，

生死未卜音不通。

洁白的雪花纷纷下，

好似玉梅冰清玉洁落苍穹！

茫茫人间无比冷，
天寒地冻刺骨风。
王恩公雪里送来炭火红，
化不开我心头冰霜千万重。

〔拭泪，倦意袭来，倚桌而寝，睡着。

〔黑夜中，玉梅踏雪而来，后随丫鬟春香，春香背着琴囊。（唱）茫茫黑夜苦寻踪——

〔玉梅在雪中滑倒，春香即扶起。

春　香　（扶住）小姐，慢些走！

玉　梅　（唱）顾不得天寒地冻刺骨风。
玉梅求死难如愿，
今夜求生脱牢笼。
多蒙春香把路引——

春　香　（指点）就是这间草庐。

玉　梅　啊！
（唱）吕郎庐中烛尚红！

春　香　小姐，我去敲门吧。

玉　梅　不，你要赶快回去，免得爹爹知道，你又要吃苦！

春　香　小姐……（拭泪，将琴囊交给玉梅）拜别了！（下）

〔玉梅几番想要敲门，又缩手，一阵寒风，玉梅跌倒，鼓足勇气，推开了门。

〔吕笙梦中惊醒过来，发现门已开了，走去关门，发现玉梅。

吕　笙　啊！玉梅！

玉　梅　（激动，寒冷）吕郎……（站立不住，昏了过去）

吕　笙　玉梅，玉梅……（连忙高叫）娘？奶奶！快来呀！……

〔吕母、陈氏急急忙忙披衣而上。

吕　母　（见状吃惊）啊？这是怎么回事啊？

吕　笙　玉梅小姐在门前冻僵了，我一开门，她就跌进来了！

〔陈氏急忙将玉梅抱在怀里，吕母连忙脱下自己身上的衣服，包在玉梅身上。

吕　笙　（连连呼叫）玉梅！玉梅……

吕　母　（对吕笙）快多加一些炭火！

〔吕笙忙向炉中投入炭块，少顷，炉火熊熊。

吕　母　（伤心地）好孩子，你快醒醒呀！

玉　梅　（唱）只觉得身边炉火旺——

　　　　　　睁眼难忍泪两行！

　　　　（挣脱怀抱，跪下）夫人！老夫人！

　　　　　　玉梅越礼羞难禁，

　　　　　　一片苦衷禀高堂。

　　　　　　那日里，玉梅投江求一死，

　　　　　　昏迷中，又被救回锁闺房。

　　　　　　连日来，爹爹逼迫无休止，

　　　　　　竟要我，阿附权奸另嫁郎。

　　　　　　玉梅矢志不更改，

　　　　　　爹爹暴打将我伤。

　　　　　　我逃出牢笼到此地，

　　　　　　不避人言奔吕郎！

　　　　　　还望高堂收留我，

　　　　　　共忍饥寒度时光。

陈　氏　（感动地）玉梅啊！

　　　　（唱）你冰清玉洁如仙降，

　　　　　　苦难吕家添荣光。

　　　　　　此行贵似金万两，

　　　　　　愧煞人间势利狂！

　　　　　　你抛却富贵来受苦，

　　　　　　恩义更比天地长！

吕　母　（无比激动）

　　　　（唱）劫后余生偏有幸，

　　　　　　老泪纵横谢上苍！

　　　　　　不逢大雪寒彻骨，

　　　　　　怎见梅花扑鼻香！

　　　　孙儿呀，快向玉梅行大礼——

吕　笙　（激动地双膝跪下）玉梅！

玉　梅　（跪答）吕郎！

吕　母　（唱）落难人，以心换心即拜堂！

吕　笙　遵命!

〔伴唱:苍天悠悠地茫茫,
拜罢天地拜高堂。
结发同心共白首,
海枯石烂永成双。

吕　母　(喜泪交流)孙媳妇!

玉　梅　(激动地)太婆!

陈　氏　(悲喜交集)我的好儿媳!

玉　梅　婆婆!

〔抱持流泪不已。

〔犬吠声声。

吕　笙　夜深人静,为何犬吠阵阵?

玉　梅　莫非是爹爹追我来了?

陈　氏　你们快逃走吧!

〔吕笙拉门欲出,见郝云士率家丁前来,急关门。

吕　笙　来不及了。

吕　母　你们都进去,这里有我。

〔陈氏拉玉梅、吕笙入内,下。

〔郝云士引家丁上,敲门。

郝云士　开门!快开门!

〔吕母镇静地开了门,郝云士等闯进。

郝云士　搜!

吕　母　谁敢?!郝大人,看来你真的目中无人了!

郝云士　老母亲,你是我的救命恩人,我怎敢目中无人!我是寻找女儿来的。

吕　母　你寻找女儿,怎么闯到我家来了?

郝云士　我女儿雪夜出走,我跟踪而来,到此不见脚迹,故而冒昧登门!

吕　母　我这里没有你女儿,你与我出去,出去!

〔郝云士示意家丁出去,自己正要出门,发现了瑶琴。

郝云士　(转身见琴囊)琴!果然在这里,搜!

吕　母　(威严地)站住!玉梅是在我家,她再也不是你的女儿了!

郝云士　啊?

吕　母　你……你这个忘恩负义的贼子!

（唱）当初你，自幼丧父成孤贫，
我不该将你收养长成人。
与我儿同窗共读同赴考，
同登金榜同成名。
不料你，投靠权奸心肠变，
忘恩负义不像人！
须知道，玉梅我孙早定亲，
三媒六证有信凭。
方才双双拜天地，
明媒正娶已成婚。
嫁出的女儿泼出的水，
玉梅属我吕家人。
恶丈人，夜闯洞房不知礼，
快快与我请出门！

（推郝云士出门）

郝云士 啊！生米做成熟饭，若被相爷知道……（吃惊，下狠心，示意家丁，耳语，一家丁下）

郝云士 （赔笑进门）老母亲！既然已经拜堂，我也不再强求。总该让我父女见上一面呀！

吕　母 也罢，你们出来。

〔玉梅、吕笙、陈氏上。

郝云士 （忽然缓了口气）女儿呀！

（唱）怪为父，一时气恼心糊涂，
舐犊之情人岂无。
既然女儿志不改，
宁愿受苦居草庐。
父女一场从此别——
家院，斟酒来。

〔一家丁复上，从食盒中取出酒壶，郝云士亲自斟上两杯酒。

（唱）我与你释尽旧怨好如初。

〔玉梅接过酒杯，欲饮。

吕　母 且慢——（夺过酒杯）既然两家和好如初，这酒理当你我同饮！请呀！

（猛饮一杯）

郝云士 （一惊）啊？！

吕　母 你饮呀，饮呀！这就算你报答我养育之恩吧。

郝云士 （慌乱地）啊……

〔郝云士丢杯急跑下，家院急下。

吕　母 （愤怒地将酒杯掷于地）呸！

吕　笙
玉　梅 奶奶……

陈　氏 婆婆，因何如此？

吕　母 你等好不晓事，此酒恐是毒酒！

众　人 （大惊）毒酒！

〔毒酒毒性发作，吕母痛绝于地，众人哭叫着扶起。（喘着气）我老矣，死不足惜！孙儿……

吕　笙 奶奶……

吕　母 玉梅……

玉　梅 太婆！

吕　母 我该去了，你们日后，要为……为吕家争气！

〔吕母死去。

〔吕笙、玉梅、陈氏痛哭扑上去。

〔凄厉的哭声中，

〔幕落。

第五场　动本

〔四年之后。草庐依旧。

〔差役扛着“国丧”的牌子，锣声中过场。

〔陈氏操持家务上，

陈　氏 （唱）四度春秋风雨加，

含辛茹苦度生涯。

遥望夫君无音讯，

魂断关山泪如麻。
数日前，忽闻皇上崩了驾，
长街罢市垂白纱。
但愿寒冬从此尽，
枯木逢春盼发芽。
我儿出外忙奔走，
探听消息未回家。

〔玉梅、吕笙兴奋地上。

玉　梅　婆婆，喜讯来了，喜讯来了！

陈　氏　什么喜讯？

玉　梅　王恩公被召进宫去，官复原职了！

陈　氏　真的么？

吕　笙　娘，是王恩公亲口告诉我们的！

玉　梅　公公的冤枉，可以昭雪了。

陈　氏　如此说来，我家出头有望了？！

玉　梅　是呀，出头有望了！

吕　笙　娘！若要出头，尚须力争！

（唱）乾隆太上归天去，
盼只盼，一元复始旧弊除。
怎奈是，奸党势大遍朝野，
忠良力薄难相持。
那和珅拥立新皇功劳大，
前日加封号太师！

陈　氏　（吃惊）啊？那还了得！

吕　笙　娘！

（唱）王恩公今日奉召紫光阁，
见新皇意欲除奸又犹豫。
恩公命我快写本，
明日里，带我入内趁机上本莫误时！

陈　氏　我儿休得鲁莽，奸臣势大，嘉庆皇帝尚且犹豫，只怕时机不到。

吕　笙　娘！皇帝犹豫不定，时机正在今日，王恩公才叫我快写奏本呀！

陈　氏　儿啊，若再鲁莽行事，我们吕家死无葬身之地了！

吕　笙　母亲放心。

陈　氏　唉！（下）

吕　笙　快快动手。

玉　梅　我来磨墨。

〔吕笙铺纸，玉梅磨墨。

〔春香引玉姐上。

春　香　二小姐，大小姐就住在这里！

玉　姐　（高兴地傻叫）找到啦！（进门）姐姐，姐姐呢？嘿嘿哈……（见是玉姐）啊，妹妹！（奔上前去抱住哭）

〔玉姐被感染，也哭起来。

吕　笙　妹妹！

玉　姐　（傻哭）啊——啊——啊！

玉　梅　春香，长久不见，今日因何来此？

春　香　小姐……（欲说）

玉　姐　（打断抢着说）我来讲，我来讲，姐姐！

（唱）我在家中想姐姐，
娘在家中想姐姐，
爹爹不准想姐姐，
我们偏要想姐姐。
拿来银票送姐姐，
还有一信交姐姐。

〔春香将银子及信件交给玉梅。

玉　梅　（看信）这是母亲的来信。

吕　笙　岳母写的什么？

玉　梅　（念）骨肉分离痛碎心，
赠银百两快逃生。
远走高飞他乡去，
免遭不幸大祸临！

（吃惊）啊呀官人，母亲赠来银子，要我们远走高飞，不知为了何故呀？

玉　姐　我知道，我知道！

玉　梅　妹妹快讲！

玉　姐　爹爹讲……讲……讲什么？啊呀我忘记了！

玉　梅　春香，还是你讲吧！

春　香　小姐，姑爷呀！

（唱）老爷近来心不宁，
常叹息，一朝天子一朝臣。
只怕姑爷告御状，
惊动新皇堪担心。
风闻相爷有密谕，
责令斩草要除根。
夫人得知惊又急，
今日里，假借行香暗送银两，
催促你们快远行！

玉　梅　（吃惊）竟有这等之事？

玉　姐　（点头）嗳，嗳，嗳！要派刺客来杀你们哩！

春　香　小姐，我们不便久留，告辞了。（拉玉姐走，忽止步）啊呀，险些忘了！小姐！（悄声）你要我去拿的黑皮账簿，我悄悄带来了！（取出黑皮账簿交给玉梅）

〔吕笙急忙取过黑皮账簿看起来。

春　香　我们走了！（拉玉姐下）

〔玉梅送走玉姐、春香，回过身来。

玉　梅　吕郎，今日之事，如何是好呀！

吕　笙　（一拍黑皮账簿）好极了，此乃和珅受贿又一大罪证！

玉　梅　（着急）哎呀！（夺取账簿）不要看了，只怕刺客要来啦！

吕　笙　（坦然地）哈哈，啊哈哈哈！

玉　梅　因何发笑？

吕　笙　玉梅啊！

（唱）我不过，无力缚鸡一书生，
笑奸佞，如临大敌要除根。
分明是，嘉庆新皇难预料，
乱臣贼子已惊心。
良机莫失快写本，
今日里，钢刀架颈笔不停！
吕笙若死本犹在，

贤妻你，代夫叩阙奏帝君！

玉　梅　（哽咽着点头）嗳……你写吧！写吧！如此大事，还需禀告婆婆知道。（入内）

吕　笙　（磨完了墨，兴奋地举起笔来）

（唱）手擎狼毫血沸腾，

千仇万恨涌上心。

吕笙白衣无官职，

斗胆弹劾大奸臣！

在民间，查明和珅千条罪，

探明和珅万库银。

相府暴富胜国库，

遍植党羽害黎民。

误国欺君罪难赦——

〔陈氏急奔上。

陈　氏　还写什么呀！刺客就要来了！（夺过笔）

吕　笙　（夺回笔）娘，让我写完它！

（唱）何惧刺客到家门！

陈　氏　儿啊！儿啊——

（唱）你父当初奏一本，

发配边疆充了军。

连累祖母丧了命，

苦度春秋到如今。

你爹当初为御史，

扳不倒，位高权重贼和珅。

满朝文武皆无用，

何况吾儿是白身！

吕家唯你一条根，

飞蛾扑火枉丧生。

你不念前车之鉴多险恶，

你不念无穷后患已分明。

你不念为娘体弱身有病，

你不念丢下玉梅靠何人？

刺客前来你不逃避，

我不如先死了残生！

〔玉梅上。

吕　笙　娘！（拉住陈氏跪下）

（唱）娘亲息怒莫心惊，

儿怎能鲁莽行事累娘亲。

朝廷上，一叶知秋风云变，

暴雨将到有雷鸣。

为什么，奸佞无端派刺客，

分明是，怕我奏本达帝君。

娘啊娘，四年来望断关山日夜等，

今日里，刺客为我报佳音。

前车之鉴虽险恶，

岂能忍让去偷生。

爹爹沉冤要昭雪，

唯有拼死斗奸佞。

恩公嘱咐快动本，

今日里，赃证在手，水到渠成，

前仆后继，扳倒和珅，吕家才能得翻身！

陈　氏　（含泪点头）好，我儿，你写吧！我来为你掌灯。

吕　笙　（跪谢）多谢母亲！

〔吕笙激动地写本。

〔一黑衣刺客突然闯入草庐，高举雪亮的钢刀，对着吕笙就劈。

吕　笙　（惊叫）啊？！有刺客！

刺　客　不许叫喊！

〔刺客持刀进逼，吕笙灵活躲闪，继续大声喊叫。

〔玉梅猛然闯了出来，陈氏跟上。

玉　梅　刺客杀人啦！（前去阻挡）

〔王怀祖率家丁闻声赶来。刺客猛刺吕笙一刀，吕笙倒地。刺客见人来，越墙而去。王怀祖大惊。

玉　梅　（扑上痛哭）夫君……

陈　氏　（悲痛欲绝）儿啊

王怀祖 （命家丁）快去追赶刺客！（家丁们下）

〔王怀祖急上前，将吕笙慢慢扶起。

〔陈氏与玉梅带泪为吕笙包伤口。

王怀祖 这到底为了何故啊？

玉　梅 恩公，这是我母亲送来的信，你一看就明白了。

王怀祖 （看信）啊，可恼，可恼。吕笙贤侄呀！

（唱）如今正当风云变，

狗急跳墙定使奸。

侄儿他身负重伤难见驾——

玉　梅 恩公，奏本已经写好，玉梅愿代夫上本！（递过）

王怀祖 （看奏本）好啊！

（唱）待明日，

太后庆寿乘机奏本报仇雪恨在眼前！

吕　笙 （挣扎站起）吕笙不死，还要奏本！

〔玉梅急扶住吕笙。

〔幕落。

第六场　琴音

〔圆明园内，景如第二场。挂起“万寿无疆”的寿幡。

〔合唱：乾隆仙逝礼当哀，

太后寿诞另安排。

圆明园中景依旧，

玉梅告状到此来。

〔合唱声中幕启。

〔王怀祖引玉梅上。玉梅素服，肩背琴囊。

〔纪晓岚迎面上。

王怀祖 啊，纪大人！（施礼）

纪晓岚 啊，王大人！（还礼）这位是？

王怀祖 乃是下官的女儿，今日太后寿诞，特来为太后弹琴。

纪晓岚 （失笑）哈，你什么时候，冒出个女儿来了？此事瞒得过太后，可瞒不过我呀！

〔王怀祖急与耳语，纪晓岚点头。

纪晓岚 原来如此！（对玉梅）你怎么全身穿白的？

玉　梅 启禀纪大人，如今是太上大丧之期。

纪晓岚 加上一条红彩带！（一挥手）

〔一宫女上，献上一条红绸彩带。

纪晓岚 披上，太后大寿，丧中有喜嘛！

玉　梅 是！

〔宫女为玉梅披好彩带，随即退下。

王怀祖 （对玉梅）你在此等候，那边拜完了圣寿，饮罢了寿酒，太后如果高兴，就过来听琴。

玉　梅 是！

〔王怀祖、纪晓岚下。

玉　梅 （舒了一口气）嗨！

（唱）随恩公，匆匆进了圆明园，
　　心潮起伏如浪翻。
　　名园胜景无心看，
　　只盼今日洗沉冤。
　　玉梅我自幼未曾见世面，
　　禁不住一阵阵，心头颤抖发了寒。
　　咬紧牙关壮起胆，
　　小心谨慎理琴弦。

〔玉梅解开琴囊，将琴置于一侧的玉石长凳上。传来人声，玉梅急取琴，避入栏杆之后。

〔郝云士及和珅上。

郝云士 （扶着和珅下玉石台阶）老太师，慢步走。

和　珅 （低声地）那件事，办得怎样了？

郝云士 老太师请放心，昨天已派人去，办得干净利落。

和　珅 （阴狠地）人头呢？

郝云士 这个……

和　珅 人头不见，怎说干净利落？哼！都是你留下祸根。回去之后，连你那女儿的人头，一齐拿来见我！

郝云士 （躬身）是，是！

和　珅 风云难测，莫要儿女情长了！

郝云士 岂敢。

和　珅 新皇亲政，有人妄想动我，要让他们知道我的厉害！

郝云士 是。老太师请到那边少坐。

〔和珅点头，蹒跚而下。玉梅躲避，不慎发出声响。

〔郝云士回过头，忽见石凳上的琴袋，上前细看，吃了一惊。四处搜寻，玉梅躲避不及。

郝云士 啊！果然是玉梅，你来此作甚？

玉　梅 为太后弹琴。

郝云士 你究竟来此作什么？

玉　梅 何必多问。

郝云士 （咬牙切齿）你你你……你难道要为吕家告状？奏本在哪里？

玉　梅 （一惊，本能地护住琴）并无奏本！

郝云士 （一把将玉梅推倒，从琴下夹层里取出奏本，看了一眼）啊？贱人！竟敢为吕家上本，将我的账簿也偷了出来！你你你……玉梅（爬起夺奏本）还给我……

郝云士 （猛一掌打去）贱人！

〔玉梅哭着又扑上去抢，抢不到手，又被郝云士打了一掌，一脚踢倒在地。

郝云士 （威胁地）你敢！

〔忽闻传呼声："万岁、太后到！"

〔郝云士急忙将奏本藏入靴中。玉梅痛哭着伏在地上接驾。

〔太监引道，宫女如云，簇拥着太后及嘉庆帝上，坐于玉阶之上；官员们紧跟而上侍立，和珅从另一边上，郝云士急上前耳语。

嘉庆帝 老太师，请坐一旁。

和　珅 谢坐！（也坐下）

嘉庆帝 （指伏在地上的玉梅）她是何人？

王怀祖 为臣之女，在此候驾。

太　后 （高兴地）啊！就是来为哀家弹琴的么？起来吧！

玉　梅 谢太后！

〔玉梅含泪站起，几乎站立不住，王怀祖惊异地上前搀扶。

嘉庆帝 王怀祖！看来你家女儿有病，不该让她来此弹琴。

和　珅 万岁仁慈之心，令人感佩。生病之人，不必弹琴献艺，让她回去吧！

广　兴
广　泰 言之有理，此乃圣上恩德，快回去吧！

郝云士 快快回去！

王怀祖 启禀万岁，我女儿并无疾病。

太　后 既无疾病，因何站立不住，满眼泪痕呢？

纪晓岚 太后，此乃合乎常理之事啊！

嘉庆帝 纪晓岚有何高见？

纪晓岚 万岁！

（唱）民家小女忽朝天，
感激涕零出自然。
眼带泪痕无足怪，
忠贞失态本堪怜。

嘉庆帝 哈哈，如此说来，乃一片忠心所致？

纪晓岚 那是自然！

太　后 那好吧！哀家今日寿辰，恰逢大行皇帝丧期，戏也不能唱，只与众位爱卿共听瑶琴，难得此女有此忠心，那就弹几个曲子听听吧！

玉　梅 遵旨！

〔宫女将琴安在低架子上，玉梅跪地抚琴，琴声委婉而凄切。

玉　梅 （抚琴而歌）

（唱）金玉阶，
碧瑶台，
千秋王母聚仙来。
繁花似锦云烟里，
万里悲鸿关山外！……

〔太后听得十分高兴而感动。

郝云士 啊呀万岁，太后圣诞之期，此女不该放此悲声！

嘉庆帝 （微微点头）唔……

和　珅 放此悲声，大不吉利！理当治罪。

广　兴
广　泰 对对对，大不吉利！理当治罪。

嘉庆帝 治罪倒也不必。下去吧！

郝云士 快下去！

〔玉梅无奈，被迫走去，王怀祖示意，玉梅猛回头跪地高喊。

玉 梅 冤……枉……（哭）

〔满座失惊。

嘉庆帝 因何高叫冤枉？

太 后 是呀，倒要问上一问。

和 珅 万岁！太后圣诞之期，她竟哭哭啼啼，分明不识大体，何必多问，反生烦恼！

纪晓岚 老太师，皇上圣明，太后仁慈，正要倾听民间疾苦呢！

〔和珅语塞。

嘉庆帝 言之有理，有何冤情，只管讲来！

王怀祖 女儿，圣上恩准，快快奏本！

玉 梅 万岁……太后啊！（跪下）

（唱）承蒙天恩诉下情，
难禁珠泪乱纷纷。
万岁呀，太平盛世出奸臣，
（满座惊愕）
赃银亿万绝古今。
偏有人为虎作伥代受贿，
黑心肠，民脂民膏塞门庭。
我公公弹劾权奸招大祸，
抄家发配充了军。
我家太婆被毒死，
全家苦度四冬春。
（太后感动落泪）

嘉庆帝 如此凶残，实是可恼！

太 后 后来又怎么样了？

玉 梅 （唱）不料想，奸党斩草要除根，
刺客行凶又上门。
我夫君血泪斑斑把奏本写——

嘉庆帝 奏本在哪里？

玉 梅 （唱）适才间，奸党拦路，夺去奏本，

横施暴虐，抢走罪证，
不许奏章达帝君！

嘉庆帝 何人夺去奏本？

玉　梅 （唱）夺本之人……（痛苦地）……是我生父郝云士！

〔众大惊。

嘉庆帝 原来你是郝云士之女？

王怀祖 万岁！郝云士要害死女儿，为臣才将她收为义女。

嘉庆帝 原来如此！

玉　梅 （唱）求万岁，下旨命他快上呈！

〔众臣吃惊，嘉庆帝怒起。

嘉庆帝 郝云士！

郝云士 （发抖）臣……（急跪伏）

嘉庆帝 速速将奏本呈上来！

郝云士 万岁，她她她是个疯子，休得信她胡言乱语！

纪晓岚 郝大人！休得遮盖，还是拿出来吧！（从郝云士靴筒内抽出奏本及账簿呈上）

〔嘉庆帝翻阅奏本，暗暗冷笑。

嘉庆帝 哼哼哼……好哇！

（旁唱）和珅他相国专权二十年，
积下了家财亿兆罪万千。
正愁国库空如洗，
天赐财源到手边。
整饬纲纪从今始，
名利双收，可除奸！

和珅！

和　珅 臣！

嘉庆帝 你入阁二十年，积了多少家财？

和　珅 万岁，老臣两袖清风，所有家财，皆先皇所赐。

嘉庆帝 哼！

和　珅 太后……

〔太后不理睬。

〔广兴、广泰交换眼色。

广　兴　（见机而上，慷慨激昂地）万岁圣明！和珅贪财纳贿，搜刮民脂民膏，家中金玉如山，不可胜计。臣有本在此！（递奏本）

广　泰　（紧紧跟上）万岁！和珅专权误国，卖官鬻爵，家财亿万，远胜国库！臣有本上奏。（递本）

嘉庆帝　（看本）和相国……（和珅没听见）和珅！

和　珅　（急站起）万岁！奴才二十年来忠心耿耿，皇上明鉴啊！

嘉庆帝　（冷笑）嘿嘿嘿……好一个忠心耿耿，家财亿万的奴才！

〔和珅吓得跪下。

嘉庆帝　来呀！摘下和珅、郝云士顶戴！

〔武士应声摘去二人顶戴。

嘉庆帝　广兴、广泰！

广　兴
广　泰　臣！

嘉庆帝　你二人忠心为国上本除奸，官升一级！

广　兴
广　泰　谢万岁！万岁如此英明，天下定得太平！

嘉庆帝　和珅一案，由你二人审理！

广　兴
广　泰　遵旨！（对和珅）走！

〔和珅、郝云士被押下。

王怀祖　陛下，若论弹劾和珅，首功当属吕凤台。

嘉庆帝　吕凤台？就是那个说先帝在鼓中之人么？

纪晓岚　正是。他如今还在乌鲁木齐，充军受苦呢！

嘉庆帝　啊呀呀，寡人险些儿忘怀了。速速下旨，赦吕凤台回京！

众　人　谢万岁！

〔幕落。

第七场　余音

〔景同第四场，长亭古道，远山近柳，只是色调较为明朗了。

〔合唱：长亭外，古道边，

萋萋芳草忆当年。
离合悲欢今又是，
甜酸苦辣遍人间。

〔合唱中幕启。鸣锣开道。吕凤台在舞台深处过场。郝云士披枷戴锁，步伐踉跄而上，后随解差二人。

解差甲 来此已到长亭，他虽是个奸臣，也让他亲人来此一别吧！

解差乙 只怕误了行程！

解差甲 傻瓜！他是个赃官，亲人来了，银子一定不少！（解差乙点点头）喂，你们过来吧！（与解差乙下）

〔玉姐由春香扶着，哭上。

玉　姐 爸爸……（傻哭）啊——啊！

郝云士 （悲从中来）儿……啊！（拭泪）春香大姐……我一向亏待了你。如今我举目无亲，夫人自尽身亡，留下这痴呆的女儿……只得拜托你了……（跪下）

春　香 （吃惊，连忙跪扶）老爷……

郝云士 春香大姐，可……可曾带来银子，我路上使用？

春　香 老爷，哪里还有什么银子呀？

郝云士 一点也不剩了么？

春　香 老爷！

（唱）广兴、广泰二大人，
奉旨查抄到家门。
封尽家财犹未了，
将小姐一阵乱棍赶出门，
亲朋邻里皆远避，
见了小姐当瘟神。
如今身无银半两，
无家可归宿凉亭！

郝云士 （恸哭）天哪……这是我的报应啊……（凄凉地）看来只有死路一条了……

〔幕内一声高喊："爹！"

〔玉梅快步奔上。

春　香 啊，小姐！

玉　姐　姐姐……

郝云士　（惊奇地）玉梅你？（惶惑发抖）

玉　梅　爹！

（唱）玉梅心碎泪难禁，

生离死别到长亭。

往日里爹爹不将女儿认，

患难中女儿理当认父亲！（跪下）

郝云士　（忙跪下，惶愧难禁）玉梅啊……悔恨当初，我鬼迷心窍，伤天害理，今日得此报应！我……实在不像你的爹啊……（哭）

玉　梅　（同哭）爹……

（唱）爹爹呀，以往罪孽须自省，

但愿你，来日风霜自当心。

妹妹春香随我去，

骨肉相依共清贫。

怕只怕天山万里充军路，

爹爹你身无分文怎起程。

女儿家贫难筹措，

只能够倾家献此百两银！（献银）

有朝一日逢大赦，

女儿我，迎接爹爹到长亭！

郝云士　（双手发抖接过银子）玉梅……女……儿！（痛哭）

〔内声："吕大人到！"

郝云士　啊呀，我当回避了！（避向一旁，解差押下）

〔"肃静""回避"及"奉旨回京"等虎头牌之后，吕凤台上，已带老态。

陈　氏　夫……啊！（奔上前）

吕凤台　妻……啊！（相持拭泪）

吕　笙　爹爹！

玉　梅　（同时跪迎）公公！

吕凤台　（高兴得流泪）儿啊！起来起来！

〔王怀祖、纪晓岚上。

〔吕凤台急忙迎上。

王怀祖 纪晓岚 啊！凤台兄！（拱手）

吕凤台 王大人，纪大人！（拱手）

王怀祖 恭喜凤台兄沉冤昭雪，奉旨回京。

吕凤台 全凭众位大人为国除奸！不知那和珅奸贼怎么样了？

纪晓岚 哈哈，凤台兄！

（唱）和珅绝命在天牢，

抄没家财车载斗量尽珠宝，

赃银数达八亿两——

吕凤台 （咋舌）啊？八亿两！

纪晓岚 （唱）大清朝，出此巨贪堪自豪！

吕凤台 （以手加额）苍生有幸啊！

纪晓岚 （摇头笑）

（唱）苍生何曾得便宜，

和珅扳倒，嘉庆吃饱，

乐坏了皇帝，苦坏了你老！

〔众人会意而笑。

王怀祖 凤台兄，皇上召你回京，必有重用，都御史之职非君莫属！

纪晓岚 都御史？嘿嘿，早已封给广兴、广泰了！

王怀祖 （吃惊）啊？又是他们升官？

纪晓岚 一批人办事，一批人升官，大清朝历来如此！

吕凤台 （叹气）嘿！我也该告老还乡了。

〔内声："都御史广大人到！"

〔跟班拥广兴、广泰上。

广　兴 广　泰 （拱手）啊，吕大人！

吕凤台 （还礼）二位广大人！

广　兴 广　泰 恭喜沉冤昭雪！

吕凤台 （讥讽地）还应恭喜二位高升！

广　兴 广　泰 （得意地）哈哈！

众官笑 哈哈哈哈！

广　兴　（取出圣旨）吕凤台听旨！

吕凤台　臣！（跪听）

广　兴　（读旨）“吕凤台蒙冤受屈，忠心可鉴，官复原职，到御史台听用，钦此！”

吕凤台　万万岁！

纪晓岚　（对广兴，广泰）如此说来，二位就是他的顶头上司了？哈哈，委屈你了！

吕凤台　大清朝有二位栋梁之臣，区区吕凤台，又有何用？

广　泰　皇上圣意如此！（交圣旨）

吕凤台　（细看圣旨苦笑）嘿嘿嘿嘿……（一时站立不住）

吕　笙　（急扶）爹！

王怀祖　（关心地）凤台兄！

纪晓岚　（轻声）凤台兄贵体欠安，不如急流勇退！

王怀祖　（点头）晤，我等都该如此了！

〔吕凤台目视吕笙，吕笙坚定地摇头，吕凤台满意地点头。

广　兴　啊，凤台兄若有难处，吾等当代奏圣上。

吕凤台　不，谈不上什么难处！

（唱）曾经沧海难为水，

除却巫山不是云。

和珅当道尚无惧，

何惧更有大奸佞！

江河万古流不尽，

我等后继亦有人。

凤台生来顽石性，

今日奉旨回朝廷！

广　兴　如此甚好，请！

吕凤台　打道进京！

〔众随从起步。

〔郝云士被解差押上，与吕凤台照面。

吕凤台　啊！原来是亲家！

郝云士　惭愧，惭愧！

广　兴
广　泰　（嗤之以鼻）哼！

〔郝云士被押下。

吕凤台 众位大人，这充军之路，我走过了，如今他去了。不知下一次，该轮到哪一位了？！

广 兴
广 泰 （失惊）啊？……

〔众人相顾会意而笑。吕凤台、吕笙迈步向前……

〔乐声起……

〔剧终。

1985年

八场神话婺剧

白蛇前传

徐勤纳

第一场　下凡

〔西天一角，雷音寺前。昏暗、空寂。

〔白素贞被锁于擎天柱上，小青被高高吊在第二表演区上。

〔众和尚朝山进香，呆板、冷漠。经白素贞和小青身旁鱼贯而过。

〔伴唱：祥云缭绕锁雷音，
　　　　佛天广宇气萧森。
　　　　弥陀诵经声声响，
　　　　悟得真谛知几人？

白素贞　水、水……（焦渴）
（伴唱）链缠身，体肤裂，
　　　　筋骨寸断，
　　　　餐风饮火五内焚。
　　　　晨钟暮鼓传怨恨，
　　　　何时还我自由身？
（白）水、水……
〔法海、众和尚上，路经此地。

法　海　善哉，善哉，只要你忍饥耐渴，苦心修炼，去思凡之邪念，就能修成正果。

白素贞 不，不！我不愿在此修行！

法　海 咳，真是冥顽不化，必须严加管束！

沙　弥 是。

〔法海等下。

白素贞 水、水……

沙　弥 实在可怜，快喝吧！（递水）

〔白素贞接，喝水。

（唱）甘霖入唇心肺润，

灵气渐苏神功增。

我与青妹

深山修得女儿形，

情如姐妹骨肉亲。

谁知法海强逼我皈三宝，

被锁西天难脱身

〔钟鼓声响。

耳闻钟鼓心生怨，

（白）青妹！

〔天幕上重现小青挣扎之状。小青内呼“姐姐”

（接唱）为何强逼苦修行？

断铁链，离雷音——

〔挣断铁链。

解救青妹同赴红尘。

〔下场，再从第二表演区上，弄断锁小青的铁链后与小青齐飞下。

〔沙弥上，大惊，法海上。

法　海 白妖哪里去了？

沙　弥 又又又又，又逃下凡去了。

法　海 这妖孽如此难以教化，那还了得！

沙　弥 老禅师，她既不愿修炼成仙，就由她去吧！

法　海 嘟！人妖混淆，岂不乱了法统！你快下凡去，探明蛇妖下落，我在凡间金山寺等候于你。

〔转暗。

第二场　游湖

〔春天的西湖。

〔花神舞蹈。

〔伴唱：水盈盈，山青青，
水中彩霞天上云。
堤上情侣相偎行，
春日西湖最多情。

〔白素贞与小青穿行于花神中。

白素贞（唱）水盈盈，山青青，
春日西湖最多情。
断桥凌波何曾断？
相思树下系红绳。
水盈盈，山青青，
春日西湖最多情。

〔众花神下，小青下。许仙拿雨伞上。

白素贞（唱）见那生低首移步过断桥，
全不把湖山春色着意瞧。
这满湖山色都绿了，
难道春风尚未吹绿你心苗。

许　仙（唱）春满西湖人欢笑，
父母坟台我独自扫。
步上柳堤忧思重，
那有逸兴赏花朝。

〔二人碰面，许仙避让，向另一方向走去。

白素贞（唱）蓦地里喜上眉梢，
喜相逢西湖春晓。
朴实人温柔性一眼看透，

托终身结情侣便在今朝。

双双穿柳堤，

愿效比翼鸟。

携手登画舫，

两心共相照。

〔小青上，见状大喜。

许　仙　（叹气）唉！

白素贞　（唱）奇了，奇了！

有什么心思不能抛？

〔许仙欲行，小青手一指，许仙雨伞落地，白与许同拿伞，“小推磨”

〔伴唱：春光无限好，

莫辜负青春年少。

流水落花春归早，

流水落花春呀春归早。

〔许仙发现与白素贞同握雨伞，急放手。白还伞许仙。

许　仙　多谢夫人。

小　青　啐！我家小姐还在闺中呢！

许　仙　（抬头看，惶恐地）噢噢，多谢小姐，多谢小姐！（下）

〔白素贞如有所失望。

〔伴唱：云飘渺，人去了！

白素贞　（唱）人去了，人去了，

悔不该将花伞交。

顿觉得水凝，山暗，

湖光山色雾中罩。

小　青　姐姐，他——去了！

白素贞　（醒悟）啐！

小　青　姐姐，你看这个人可好？

白素贞　青妹，你看他，忠厚老实，容颜常带三分忧愁，令人……

小　青　哟！都已动心了！世上的人不一定好。

白素贞　青妹。

小　青　好好，随我来吧。

〔圆场绕到许仙前面。

小　青　看，他来了。

（唱）俯身掬起西湖水，

霎时春雨迎面飘。

〔许仙持雨伞上。

许　仙　风雨迷蒙趱步急，

小　青　好大的雨唷。

许　仙　呀！雨湿衣裳怎相宜？

（白）二位大姐，看你们衣裳都湿透了，快用我这把伞吧。

小　青　那么你呢？

许　仙　我不妨事，不妨事的。（互让雨伞）

小　青　拿过来吧，不用客气，三人共撑一把伞吧！

许　仙　不不不！

小　青　哎呀！天下这么大的雨，还顾得那么多。

〔拉许仙至伞下，许仙退立于树下。

许　仙　不知二位小姐家住哪里？

小　青　家住……不知君子家住哪里？

许　仙　我家住清波门外，小姐呢？

小　青　我家是钱塘门外。

许　仙　我们是同路了，待我前去雇船，船家——没有船，如何是好呀？

小　青　你看那边不是来了吗？

许　仙　呀！果然来了。刚才我怎么没看见呀！船家！船家！

船　翁　（内应声）哎！

（唱）东边日出西边雨，

道是无情却有情。

（白）原来是一家三口人！你们要到哪里去？

许　仙　清波门。

小　青　钱塘门。

船　翁　哈格，一个要到清波门，一个要到钱塘门，你们还是和和气气商量商量，等你们商量好了，我再来。（欲走）

许　仙　哎哎，船家！是先她们到钱塘门，再送我到清波门。多给船钱就是了。

船　翁　呵，要是早早讲清楚就好了。（与小青会心地一笑）快上船吧。

许　仙　看跳板！小姐请先。

白素贞 君子请先。

船 翁 （看小青，小青示意）跳板滑，你们还是扶着一起上来吧。

〔小青故意摇动跳板。白跌入许仙怀中，小青笑，白素贞微嗔小青。

开船啰！

（唱）最爱西湖三月天，

斜风细雨送游船。

十世修来同船渡，

百世修来共枕眠。

〔小青示船翁，许仙站立不稳，跌入白素贞怀抱，小青船翁大笑。

白素贞 （唱）我看他，

多羞怯无甚豪迈，

也无那浪公子风流体态。

行一步常露傻乖，

憨厚心性最动人怀。

（白）青妹你去问她……

小 青 噢噢，有数了。哎！待了半天，还不知道你姓什么，叫什么？

许 仙 小生姓许名仙，字汉文。

小 青 那里人氏？

许 仙 钱塘人氏。

小 青 还有呢？

许 仙 父母双亡。

小 青 还——有呢？

许 仙 嗯嗯，尚未——

小 青 什么？

许 仙 尚未娶妻。

小 青 嗨！果然尚未娶妻！姐姐！姐姐！他还未娶妻呢！

白素贞 青妹！（羞）

小 青 （笑）我说尚未娶妻的，我家小姐问你姓名，你怎么不也问问她呀？

许 仙 噢噢，待我问来。请问小姐芳名宝姓？

白素贞 奴家姓白，名素贞……

许 仙 白素贞，这个名字取得好呀……

小 青 哎哎，我家小姐还没讲完呢。

许　仙　那么贵庚多少？

白素贞　……

小　青　一千！

许　仙　啊！什么一千呀？

小　青　一，一千年也难遇啊。

许　仙　什么一千年也难遇啊。

小　青　喏，我家小姐和你一样，也是年方二十，也是父母双亡，也是尚未——许人。

许　仙　怎么，小姐尚未许人？

小　青　啊呀，你们真是千年难遇的一对……

〔小青将二人拉近，二人凝视，思绪化成动作。

小　青　天晴了！

〔二人醒悟，甜蜜地同唱。

白素贞　（唱）抬头望又只见湖山如洗，

许　仙　（唱）果然是淡抹浓妆都相宜。

船　翁　钱塘门到了！

〔三人下船。

小　青　喏，雨伞还给你！

许　仙　看这天又要下雨了，雨伞小姐拿去用吧，我明日来取，不知小姐家住哪里？

〔众花神上。

白素贞　（唱）钱塘门外水榭旁，
红楼一角盼君访。
莫叫我空凭栏，水望断……

（白）许官人，你要早些来呀！

许　仙　一定早来！

白素贞　（接唱）也不枉离西天下凡一场。

〔白素贞、小青退入花神中，留恋地下场。

许　仙　哎呀，小姐请转，小姐请转！

小　青　（上）大惊小怪做啥？

许　仙　我忘了你家小姐姓什么了。

小　青　姓白！

许　仙　对，是姓白。

小　青　记住，明日早点来！

许　仙　是是是！（小青下）哎呀！她姓什么呀？

船　翁　姓白，姓白，姓——白呀，哈哈哈……

〔许仙，船翁下。

〔花神造型，暗转。

第三场　良缘

〔西湖边红楼。

花　神　（唱）白素贞要配许仙郎，

化出红楼作洞房。

西湖又添新佳话，

断桥画舫映夕阳。

小　青　（上）

（念）姐姐做新娘，

小青里外忙。

花烛高烧酒喷香，

人间喜事讲排场。

（白）姐姐！油要多擦一点！（向内喊）

花　神　花要多放些，要穿红衣裳！

〔众下。船翁和许仙上。

船　翁　喏，不是蛮好找的嘛，就是这座红楼。

许　仙　呀！这样一座高楼房，过去我怎么没有看见过呢？

小　青　（上）这是新造的！

许　仙　是你！好了，好了（欣喜地）找到你了。

小　青　快进去呀。

许　仙　我，我不敢进去。

船　翁　为啥不敢进去？

许　仙　这是大户人家呀。

小　青　这是我们小姐的家，小姐正在里面等你呢！
许　仙　如此白小姐在哪里？（进门）白小姐在哪里……
小　青　哎哎哎，刚才是怕进府，你变得倒快！我来问你，我家小姐到底好不好呀？
许　仙　小姐是人好，心好，世上难找。
小　青　世上难找！对对对，你不知道我家小姐独守空闺房，她立誓不嫁……
许　仙　（急）哎呀呀，青春年少，怎可不嫁！你要劝劝她呀。
小　青　我家小姐呀！
　　　　（唱）立誓不结豪门亲，
船　翁　（唱）高官显贵无至诚。
小　青　（唱）也不愿嫁风流子，
船　翁　（唱）纨绔子弟多负心。
小　青　（唱）愿效七姐嫁董永，姐姐要嫁……
许　仙　嫁哪一个？
小　青
船　翁　（唱）嫁给许郎老实人！
许　仙　（大喜）哈哈！
小　青　算你运道好！你可不能负心！
许　仙　呵呵……（小青下）是不是在做梦呀？
船　翁　大白天，怎会做梦？
许　仙　你快扭我一把。
船　翁　你不怕痛吗？
许　仙　快扭呀！
船　翁　好，一，二，三。
许　仙　哎哟！
　　　　（唱）惊喜万分魂离身，
　　　　　　　你道是假却是真。
　　　　　　　她好似百花仙子下凡尘，
　　　　　　　许仙何福占尽春！
小　青　（白素贞上）小姐有请许官人！
许　仙　啊！（大喜过望）
船　翁　快上楼去！快上楼去！

〔小青扶着白素贞下楼，船翁跟着许仙上楼。

许　仙
白素贞（唱）羞答答男儿也乏勇气，虽则是神仙

（唱）惭惭难禁小鹿胸前踢

众　人（唱）是甜？是苦？是酸是辣，难品味。

许　仙
白素贞（唱）断桥相遇烟花迷离，

小　青
船　翁（唱）更难得画舫中同风雨。

白素贞（唱）湖边惜别魂儿系，

听更漏熬盼三唱雄鸡。

许　仙（唱）昨夜里攒下了万千言语，

事到临头全忘记。

〔小青招呼后，花神持花伞上。

小　青
船　翁（唱）这才是天上人间相思意……

花　神（唱）这才是天上人间相思意，

化作比翼鸟双飞！

〔婚礼舞蹈，象征爱情的伞将许仙、白素贞围当中。

〔暗转。

第四场　惊变

〔“保和堂”药铺内室。

〔法海持酒壶引许仙上。

法　海（指酒壶）只要她今日饮下这雄黄酒，自然真相大白。到那时你再到金山寺还愿，老僧与你指引迷津，切记。（下）

〔许仙木然呆立。白素贞与小青上。

小　青　姐姐，你看时辰已临，我们快去躲一躲吧！

白素贞　为姐有孕在身，此刻离家，恐许郎挂念。

小　青　都什么时候了，你还顾那么多！

白素贞　我有千余年道行，谅必无妨，青妹你自去避一避吧。

〔二人欲出与许仙相遇，许仙藏酒壶。

小　青　姐夫，你怎么了？

许　仙　没，没有什么呀。

小　青　姐夫，我去看赛龙了，姐姐有孕在身，你要好好照看才是啊。

许　仙　自然，自然。

小　青　你……

白素贞　快去吧！（推小青下）

许　仙　（看二人背影）

（唱）适才遇见法海僧，
一席话听得我六神无主。
胆战心惊，
他说道，
你妻本是蛇妖变。
是千年蟒蛇化作美女，
迷凡人。
倘若迷恋不醒悟，
哎呀来日一口
将你吞。
猛想起，那一日——
湖上相遇，
晴天忽然雨倾盆。
她主仆孤楼无亲友，
这红楼何时建于西湖滨？
若说是妖……
又怎会有这样善良心？
温柔性，
开药铺驱瘟疫治救人。
荒谬之言难相信，
法海他又遇我把计行。
他说端阳饮下雄黄酒，
蛇妖定会现原形。
提起酒壶手发抖，

心如小鹿跳不停。

白素贞 （上）许郎！

许　仙 啊！（吓得跌坐地上）

白素贞 是为妻呀！（搀扶许仙）你脸色不佳，真非是病了？我与你诊脉。（许缩手）

（唱）许郎呀，莫不是，
昨夜风起受了冷？
今晨晓露湿衣襟？

许　仙 娘子，我，我是好好的呀。

（唱）娘子她对我体贴多温存，
一载夫妻恩爱深。
如今又已怀身孕，
怎会是蛇妖蟒怪害人精？
倒不如劝妻饮下雄黄酒，
破除那和尚妄言驱疑云。

（白）娘子，今日端阳你我同饮一杯！

白素贞 不！许郎为妻今日不能饮酒。

许　仙 啊！她今日不——饮——酒。

（唱）听她言我心暗惊，
不由得冷汗淋漓湿衣襟。
端阳不饮雄黄酒，
莫非她、她她她她……
果真是千年蛇妖化美人？

〔许仙呆立。

白素贞 许郎，许郎！休要如此，为妻陪你饮一杯就是了。

〔白素贞接过酒杯欲饮，许仙急阻。

许　仙 娘子！还还还……还是不要饮吧。

〔白素贞推开许仙的手，饮酒。许大恐。

许　仙 （捂住眼睛）啊！

〔白素贞饮下酒，亮空酒杯，许仙疑团顿消，大喜。

许　仙 （兴奋）娘子！

（唱）一杯酒驱散了满天疑云，

释重负顿觉一身轻。

白素贞 （唱）许郎欣喜我展眉舒心，

许　仙 （唱）从此后

再不听旁人搬弄是非生。

白素贞 许郎，你说什么呀？

许　仙 （诚挚地）娘子呀！

（唱）都怪我听妄言半信半疑，

老法海说你是妖蟒成精。

如今饮雄黄容颜依旧，

不是妖不是怪你是玉洁冰清。

喜滋滋斟上这二杯酒——

娘子呀！

饮下这杯情酒恩爱更深。

白素贞 这二杯酒！

（唱）再饮一杯力难胜，

不饮又恐疑虑重生。

本想上前将真情诉……

又只恐

事与愿违吓坏了郎君。

这第二杯雄黄酒，

我饮是不饮……

许　仙 娘子，这是双杯酒啊！有道是双杯酒，双杯酒，夫妻恩爱到白头！

白素贞 （激动地）好个夫妻恩爱到白头！许——郎！

许　仙 娘子！

〔白素贞接杯，无限幸福地。

白素贞 （唱）消疑虑凭玄功——

素贞勉力把酒饮。

〔白素贞饮雄黄酒，许仙无比激动兴奋。

许　仙 （唱）与娘子饮双杯，

我无比欢欣！

〔白素贞腹痛，头晕不支。

许　仙 娘子，你怎么了？

白素贞 许郎，你你，你快出去！（推许出门）

许　仙 娘子喝醉了，待我去调碗醒酒汤来。（下）

〔白素贞挣扎，翻滚，最后于桌上显形。

法　海 （暗上）

（念）妖总是妖，
原形毕现。
回头是岸，
佛法无边。

（白）阿弥陀佛！（隐下）

许　仙 （上）娘子，快饮醒酒汤，（见状）啊呀！

〔许仙“僵尸”倒地。

〔小青上。

小　青 姐姐醒来，姐夫被你吓死了！

白素贞 许郎！（扑向许仙）

（伴唱）见许郎受惊吓仆地身僵，
一霎时天摇地转断了肝肠。
千呼万唤唤不醒，
不由我泪如雨无限悲怆！
哎呀——
我的许郎夫呀——

小　青 难道天上人间就没有救活姐夫的仙丹灵草么？

白素贞 （唱）一言提醒白素贞，
昆仑山上有仙方。
取灵芝，救许郎，

小　青 昆仑山防守森严，去不得！

白素贞 刀山火海也要闯！

第五场　盗草

〔昆仑山顶峰在纱幕后第二表演区，灵芝草隐约可见。

〔伴唱：危哉高哉昆仑山，
峰巅峭壁，灵芝灿烂。
誓同与死，
救夫岂畏难！

〔白素贞飞上昆仑山，欲摘灵芝，二仙童上，开打。白素贞摘下灵芝翻下。

〔第二表演区灯暗转；第一表演区——舞台亮。白素贞携灵芝翻上，不支，倒下。

〔伴唱：不惜身万死——
誓取灵芝还！

〔白素贞挣扎起来，欲走，仙童上，拦挡展开夺灵芝草的造型式开打。最后灵芝被仙童夺回，白素贞战败，仍伸手向灵芝，仙童欲杀白素贞，南仙翁上阻止。

仙　翁　休要伤生，放她去吧。

仙　童　哼，快去！

〔白素贞眼望仙翁，退而复回，仙童持剑相逼，只得悲怆后退……

〔伴唱：无有灵芝草，
怎能救许郎？
罢，罢，罢。
不如同死剑下亡！

〔白素贞夺剑欲自刎。

仙　翁　住手，恕尔盗草之罪，为何自己轻生？

白素贞　（哭诉）呀呀，仙翁啊！
（唱）未开言心如绞泪流满面，
望仙翁发慈悲将我怜悯。
盗仙草无有那邪心恶念，
也不是求长生得道成仙。
恨只恨老法海居心凶险，
强拆散鸯鸯侣造成祸端。
端阳节许郎他受惊气绝，
为救夫上了这昆仑山巅。
明知此行多风险，
白素贞我早把生死抛一边。

誓与许郎同生死，
雷轰电劈情更坚。
取得灵芝我含笑转，
取不得灵芝……
我情愿一死化杜鹃。
飞过昆仑千重山，
飞回西湖断桥边，
飞上许郎坟头边，
一声一滴血，泣在坟前。
倘若唤得许郎醒，
化作比翼双飞鸟，飞向碧云天。
倘若许郎唤不醒，
纵然是万死我也心甘！
哎呀，仙翁啊！……

仙　翁　（感动）难得小小妖仙，倒如此重情义。赐你仙草，速速救你夫去吧！

〔仙翁赐与灵芝，白素贞感动再三跪拜。

白素贞　多谢仙翁！多谢仙翁！多谢仙翁！

〔白素贞举灵芝亮相。

第六场　削发

〔金山寺大殿，法海端坐正中。

〔众僧上。

众　僧　（唱）大千世界佛光普照，
莲台咫尺极乐逍遥。
拜佛烧香才是正道，
除尽孽根皈依三宝。

沙　弥　（上）有请许官人！

许　仙　（上）拜见老禅师。

法　海　来得正好，我来问你，端阳节那白妖可是显了原形？

许　仙　我娘子说那是苍龙出现。

法　海　那正是她的蛇身。

许　仙　既是蛇身为何又未将我吃掉，反而救我性命？

法　海　这……未到时辰。

许　仙　何时方到？

法　海　这……天机不可泄露，凡人何必多问。

许　仙　如此告辞了。

法　海　那里去？

许　仙　回家去！

法　海　（唱）人妖混淆乱纲常，

迷途知返莫徬徨。

速乘法舸登彼岸，

你本是佛门子应早拈香。

许　仙　啊！要我出家？

法　海　正是。

许　仙　哎呀老禅师，你叫我上金山烧香还愿，怎么又要我身入空门？我娘子并不曾害我，我要回去了。

法　海　慢！人妖怎可混淆，你要斩断孽缘，必须皈依佛门。

许　仙　（跪求）啊呀，老禅师！娘子待我情意重，夫妻恩爱难舍难分。我不要做和尚，老禅师你放我回去吧！

法　海　（无动于衷，置若罔闻）来。

众　僧　有！

法　海　准备与许仙剃发为僧。

众　僧　阿弥陀佛！

许　仙　（大呼）娘子，娘子！娘子——

〔众僧绕许仙做剃头法事。

〔白素贞，小青上。众僧拦阻。

白素贞　许郎！

小　青　姐夫，快跟我回去！

法　海　大胆妖孽，来到本寺作甚？

白素贞　我夫烧香未归，特来接他回家。

法　海　谁是你的丈夫？

小　青　这要问你！

白素贞　青妹！（阻小青）老禅师，放我许郎回去吧！

法　海　许仙已入佛门，怎能回家。

小　青　真正气死我也！

白素贞（唱）佛门慈悲应行善，
　　　　　　怎能活活折散好姻缘。
　　　　　　可怜我身怀孕即将临产，
　　　　　　你忍心孩儿无父
　　　　　　一家不团圆。

法　海（念）你不该屡动邪念，
　　　　　　不修正果结孽缘。

白素贞（唱）夫妻情深实难离舍——
　　　　　　望禅师
　　　　　　网开一面手放宽。

法　海（唱）法鼓沉沉寺钟响，
　　　　　　今日里誓将你孽根斩断！

白素贞（忍无可忍）水漫金山！

小　青　是！

〔众僧抬许仙下。

〔暗转。

第七场　水斗

〔众水族作推波助澜。水满金山。

〔众和尚兵与水族开打。

〔白素贞、小青与和尚兵开打，和尚兵败。

〔莽和尚与白素贞开打，震动胎气，白素贞不支，小青解围。

〔法海抛出龙头禅杖，化为巨龙围住白素贞。小青力战，救白素贞，一同败下。

〔暗转。

第八场　断桥

〔秋天的西湖。

白素贞　（内声）青妹！

〔上场。略显狼狈。

金山战败恨难休，

青妹！

〔小青奔上，与白素贞相遇。

小　青　娘娘！

白素贞　青妹！

〔两人紧紧拥抱。跪地。

白素贞　（唱）一片深情付东流。

小　青　（唱）劝娘娘，暂忍悲愁，

有一日定能够雪冤报仇。

白素贞　（唱）如今是一叶扁舟漂雾海，

小　青　（唱）茫茫人世何处投？

〔白素贞，小青蛇步下场。

〔许仙上。

许　仙　（唱）下金山越过了重重峻岭，

寻娘子那顾得崎岖难行。

想我与娘子恩情非浅，悔不该听信法海之言，私上金山烧香，连累她们受尽苦楚，今日偷偷逃下山来，寻找娘子……哎呀，倘若此番碰上青妹，她，她岂肯轻饶于我，这、这、这——

白素贞　（内声）许郎！

许　仙　忽听得背后唤人声，

白素贞　（内声）许郎！

许　仙　呀！（回望）

（唱）原来是我妻白素贞，

慌忙上前叙别情。

小　青　（内声）那里走！

〔许大惊。

许　仙　（唱）又、又——又又又又，又只见小青儿怒目圆睁杀气逼人。

小　青　（内声）许仙！

许　仙　（唱）吓吓吓吓，吓得我胆战心又惊！

小　青　（内声）许仙！

许　仙　（唱）这这这这这这这叫我何处去逃生？

〔许仙逃下。

〔小青、白素贞追上。

白素贞　（唱）忍悲痛急忙追赶。

小　青　（唱）管叫他插翅难飞。

娘娘你来看，许仙见了你我，反而逃走。

白素贞　速速赶上前去！

〔两人追下。

〔许仙跌扑上。

许　仙　（唱）青姐她紧紧追赶不停留，

吓得我失魄掉三魂。

暂奔断桥亭内将身隐，

小　青　（内声）那里走！（许仙跌扑）

许　仙　（唱）啊呀呀哎呀，难，难，

难难难难难藏身。

急急往前奔。

〔白素贞、小青追上。三人“三插花”。

白素贞　（唱）我为她受尽千般苦，

小　青　（唱）谁知他全无半点情。

许仙！（举剑砍许仙）

许　仙　娘子救命！

〔三人做介，亮相。

白素贞　（唱）往事历历心凄惨，

含悲忍泪把许郎唤。

我与你风雨同舟结夫妻，

谁曾想好姻缘变恶姻缘。

小　青　看剑!

〔做介，亮相。

白素贞　（唱）想那日端阳后你命悬一线，

我为你仙山盗草受尽颠连。

你不该病好将心变，

上了法海无底船。

小　青　许仙!

〔做介，亮相。

白素贞　（唱）妻盼你归家你不理，

哪一夜不等你到五更天。

可怜我泪洒衣襟全湿遍，

寻你到金山寺院。

若非青儿拼死战，

我腹内的姣儿也难保全。

小　青　（怒）嗨!

白素贞　（唱）莫怪青儿变了脸，

只怪你许郎——

许郎我的夫呀，只怪你事做偏。

小　青　许仙，你与我走来!

许　仙　（不敢上前）青、青、青姐有何见教?

小　青　我来问你，娘娘待你可好?

许　仙　是，是好的呀!

小　青　你待娘娘可有真心?

许　仙　岂岂……岂会有假意。

小　青　这上是什么?

许　仙　上是是是，是天呀!

小　青　这下呢?（越怒）

许　仙　下下下下，下是地!

小　青　呸!（怒打许仙“抢背”）

（唱）你还知有什么天有什么地，

轻弃娘娘丧尽天理。

全不念夫妻情意，
啊呀娘娘呀！
倒不如两下里恩断义绝，
斩断这恶姻缘各奔东西！

许　仙　她她她走吧！

白素贞　许郎！

〔小青拉走白娘娘，许仙急忙追上前拦。

许　仙　娘子！卑人还有下情相告！

白素贞　事到如今你还有何话可说？

小　青　娘娘不要理他。

许　仙　青姐息怒，娘子啊！

（唱）那日金山去还愿，

小　青　为何不归？

许　仙　（唱）法海逼我苦修行。
他说娘子是妖孽，
青姐也是灵蛇精。

小　青　娘娘，我们走吧。

白素贞　青妹事到如今，应该告诉他了。

小　青　娘娘你……

白素贞　（唱）你妻原非凡间人，
确是天上一蛇仙。

〔许仙先惊，后渐镇定。

成仙得道我不恋，
只羡人间美姻缘。
风雨西湖识郎面，
万缕柔情把两心牵。
谁知我一往情深痴心一片，
许郎我的夫呀！
我痴情一片，
你私上金山。
纵然是异类，我待你何浅？
谁是谁非你问问心间。

许　仙　（唱）听娘子肺腑言撼我寸心，
人世上最难得意挚情真。
从此不亲信和道，
我与你白头到老永远不离分！

白素贞　那些馋言乱语你还听么？

许　仙　卑人不听了！

小　青　我却不信！

许　仙　青姐，我若再听信馋言，在你剑下身亡，死而无怨。

白素贞　如此起来。

许　仙　是是。（欲跪，青急扶）

小　青　娘娘！（对许）起来起来起来！

许　仙　是是是！

白素贞　许郎，如今你到哪里安身？

许　仙　去钱塘我姐丈家暂住一时再做道理。

白素贞　如此许郎请。

许　仙　娘子请。

白素贞　青妹请。

小　青　娘娘请。

许　仙　青姐请。

小　青　请请请！

许　仙　噢噢，如此卑人带路。

白素贞　走吧！

〔三人上断桥状。

〔众花神上。

花　神　（舞唱）水盈盈，山青青，
秋日西湖无纤尘。
几经人间风和雨，
患难夫妻情更深。

〔剧终。

1985 年

康王告状

叶保定　张金海

人物表 张布兰——村姑，原名张桂兰。
田水郎——青年农夫。
皇　帝——落难王子，后为皇帝。
曹子彬——叛臣，后为朝廷钦差、巡按。
贾知县——镇海县令。
贾夫人——知县夫人。
贾玉女——知县千金。
徐　直——吏部尚书。
铁木耳——外寇将领。
禁婆、校尉、差役、村姑、群众若干。

第一场　救驾

〔时间：古代某朝外寇入侵之际。
〔地点：浙东张家村。江边。
〔合唱：外寇入侵犯江南，
浙东水乡起狼烟。
霜降稻香忙开镰，
村姑扬场在江边。

〔田水郎肩挑稻担上。

田水郎 桂兰！

张桂兰 水郎哥，辛苦你啦。

田水郎 没什么，应该的。

〔为田拍掸身上的稻稔，即取过烤番薯递上。

张桂兰 水郎哥，烤番薯趁热吃。

田水郎 你自己吃吧！

张桂兰 你干的是重活，肚子一定饿了，快吃吧！

田水郎 还是留着给大妈吃吧，我还要去耕田，先走啦！

张桂兰 水郎哥，明天我来帮你家扬场。

田水郎 好！桂兰，这兵荒马乱的，你要多加小心！

张桂兰 你放心去吧。

〔田水郎挑谷箩下。

〔王子内唱：走小路，绕田间，仓惶逃命——

〔王子急上。

王　子 （唱）回首望敌无踪稍觉宽心。

口干舌燥饥难忍，

上前去，讨茶求食暂憩身。

这位大姐，（施礼）过路人口渴难忍，请你赐杯淡茶！

张桂兰 呀，刚刚喝完。

〔王子见吊桶有水，捧起欲饮。张桂兰去秕谷撒入水中。

王　子 （怒起）你……

（唱）一把秕谷撒水中，

激我心头怒气冲。

讨一口井水恶作剧，

如此捉弄心太凶！

张桂兰 （唱）你不知好歹发雷霆，

可知晓猛喝井水易得病。

水浮秕谷逼缓饮，

免得病坏你出门人。

王　子 原来如此，如此错怪大姐了！（赔罪施礼）

张桂兰 （吊水，递桶与王子）喏，慢慢地喝吧！

〔王子喝水后，盯着番薯，一副馋不可耐的模样。

张桂兰 壮士，你……

王　子 不瞒大姐，我已三餐没有进食。

张桂兰 噢，烤番薯，权请充饥！（奉上番薯，王子接过，狼吞虎咽地吃起来）壮士，这皮是不好吃的！

王　子 好吃好吃，比山珍海味还要好吃！

〔王子噎住，桂兰急捶背灌水。

张桂兰 壮士，你怎么啦？

〔马蹄声聚起。

王　子 （惊急）阿哟！

（唱）忽听隐隐马蹄声

拜别大姐去逃生。

张桂兰 （唱）外寇穷追为何因？

看来他是忠良臣。

王　子 （唱）前有江河后有兵，

来一个鱼死网破作强拼！（拔剑欲迎敌）

张桂兰 壮士寡不敌众，千万使不得，还是快快躲藏起来的好！

王　子 这……（寻藏身处）

张桂兰 （见稻桶，翻转）壮士，快躲到这稻桶底下。

〔王子钻入稻桶，桂兰见井边放着王子草帽，急丢帽子井中，自己端谷，站在稻桶上面扬谷。

〔曹子彬引铁木耳敌兵上。

铁木耳 四下搜查！（敌兵分头下）

曹子彬 （抬头见桂兰扬场）喂，可有人经过此地？

张桂兰 有有，有男有女，有老有小，有高有矮，有胖有瘦……

铁木耳 休得啰嗦，一个带宝剑的青年，你可曾看见？

张桂兰 可是一个壮士模样的人？

铁木耳 是呀，他往哪里去了？

张桂兰 他早就往那边去了！（指反方向）他早……

铁木耳 追！（率众欲下）

曹子彬 慢。（见稻桶起疑，对张）下来！

〔张桂兰不动，曹拖下张，欲去掀开稻桶，又怕，让兵去掀。桂兰急中生智，丢茶瓶于井中，发出声响，引开贼兵注意力，贼兵走向井口观望。

兵 甲 大人，莫非井下有人？

兵 乙 还有王子的草帽。

铁木耳 乱石封井！

〔兵众把乱石抛入井内。

〔铁木耳踢桂兰倒地。

铁木耳 （向井观望）哈哈哈哈，与我继续追赶，逃兵败将杀他个片甲不留。

众 是！（下）

铁木耳 （铁木耳对曹）走！

〔曹子彬下，铁木耳随下。

张桂兰 （爬起身，见贼兵远去，急去掀稻桶）壮士，壮士，你快快出来吧，他们都走远了。

〔王子出桶。

王 子 多谢大姐救命之恩！

张桂兰 壮士，你大难不死，必有后福！

王 子 但愿如此，荣华之日，定当重重报恩。

张桂兰 小女子不图报恩。

王 子 有恩不报非君子，请问大姐此地何村？你叫何芳名？家中还有何人？

张桂兰 （唱）流水清清张家溪，
小女子姓张名……

王 子 名什么？

张桂兰 名……（见系着的布兰）
（唱）小名布兰无须提。

王 子 噢，你叫张布兰。那你父亲……

张桂兰 （唱）爹爹抗寇阵前亡，
留下母女两相依。

王 子 噢，你还待字闺中——
（唱）落难之人无可赠，
反要你半块布兰作标记。
（撕下半块布兰）
但等新君登基时，
我望你高叉布兰作大旗。

哪家又旗哪家报，

昭阳宫中等着你。

张桂兰 （似懂非懂）噢，你还是快点走吧！

王　子 如此恩人告辞！

张桂兰 慢，此路须防敌兵设防。

王　子 那边长河拦道，无桥无舟，又如何过江？

张桂兰 稻桶便可作舟，待我来送你过江！

王　子 好！

〔王子与桂兰同扛稻桶。

〔灯暗。

第二场　让恩

〔时间：三年之后。

〔地点：田水郎家院子。

〔幕启：田水郎正在大手粗糙地补一件破袄。

田水郎 （唱）山上独木难成林，

家中单丁冷清清。

耕田挑担我不怕，

这小小银针重千斤。

（针戳在手指上）喔唷……

针尖刺在手指上，

破袄染红血淋淋。

还是请桂兰去帮忙——

（一想又觉得不妥）

常要她做衣缝被难为情。

（撕布条，包扎手指）

〔张桂兰手执一双新棉鞋上。

张桂兰 水郎哥，试一试大小怎么样？（见状）你手上怎么有血？

田水郎 针头戳到手指上。

张桂兰 你男人家大手大脚，补什么破衣！（又嗔责，又关切地为田包扎）我来补。

田水郎 桂兰！

（唱）叫你缝，叫你补，

样样叫你来照顾。

只怨我，草屋人家娶亲难，

说不清，没有女人多少苦！

张桂兰 （唱）水郎哥，叫你打稻又犁田，

重活儿样样你来做。

相依为命母女俩，

桂兰家与你同样苦，

张桂兰 我去洗衣！（拿衣下）

〔两衙役边敲锣边从内上。

衙　甲 新皇登基，重义守信！

衙　乙 寻找恩人，进宫受封！

〔田水郎出门。

衙　甲 喂，向你打听一个人，张家村可有一个叫张布兰的姑娘？

〔张闻听出来。

田水郎 没有，没有。只有春兰秋兰、冬兰桂兰，就是没有布兰。

衙　乙 那么请问有没有救过皇帝的姑娘？

田水郎 从来没有听说过。

衙　役 唉，这倒奇了！（叹息着离去）

张桂兰 水郎哥，你知道这个布兰是谁呀？

田水郎 不知道。

张桂兰 她远在天边，近在眼前。

田水郎 呀，谁呀？

张桂兰 就是我！

田水郎 桂兰，你可不能开这种玩笑，桂兰布兰，弄错一个字冒名顶替，是要坐牢杀头的。

张桂兰 水郎哥，三年前，我救过一个年轻壮士，对他用了个假名就叫张布兰，他说日后报恩，就以布兰叉大旗为标记。

田水郎 啊，真的。是不是还要把你接进宫去……

张桂兰 （旁唱）往日他，心里有话不吭声，

今日里，定要逼他吐真心。

（故逗）水郎哥。

（唱）年轻壮士做皇帝，

你猜怎样报大恩？

定会把我接进宫，

当我上宾做新人。

戴凤冠，披霞帔，

问你高兴不高兴？

田水郎 高兴，当然高兴！

（唱）好花好草长好地，

好人好报好福气。

你不戴草帽戴凤冠，

不穿布衣霞帔披。

草窝云雀变凤凰，

我怎能替你不欢喜。

张桂兰 （试探地）你真的为我高兴，那你为何面带愁容？

田水郎 （忙用袖子揩泪，憨态可爱）桂兰！

（唱）想起了，你我自幼长一起，

朝夕相处不分离。

每日里，落地路过你家门，

见到你笑眯眯，浑身长力气。

听惯了，甜甜的一声水郎哥，

到夜晚，我都带入睡梦里。

到如今，天要落雨燕要飞，

从今后，唯有梦中再见你。

张桂兰 （唱）水郎哥，这样的话儿多有味，

为什么你过去从不提？

我也是习惯了太阳升起来，

倚门梳头等着你。

什么花栽什么地，

梅花怒放喜寒季。

什么鸟栖什么窝，
云雀向着竹林飞。
冬笋夏草不理土，
荷池莲花终南移。
怎忍你伤心送燕飞，
怎忍你见我要在梦头里。
水郎哥，我不去啦！

田水郎 要去要去，你还是要去！
（唱）怎忍你，不住金屋住草窝，
怎忍你，不穿霞帔穿布衣。
只要你，过得好，
我甘愿一生凄凉苦自己。

张桂兰 （唱）金窝银窝凤凰窝，
不及草窝暖无比。
后宫多的是帝皇妻，
能获几分真情意？

田水郎 （唱）村夫皇帝两相比，
相差十万八千里。

张桂兰 （唱）真情实意无价宝，
荣华可抛情难弃。

田水郎 桂兰，你真的不去了？

张桂兰 不去了

田水郎 桂兰，那布兰大旗就不要叉了。

张桂兰 要叉要叉。

田水郎 哎呀，布兰大旗一叉，皇帝要派人来接你进宫的！

张桂兰 皇帝当年亲口说过，哪家叉布兰旗，哪家报恩。让张家村家家叉布兰大旗，人人沐皇恩，岂不更好！（四面呼喊）喂，春兰秋兰，大家快来呀！

田水郎 （帮喊）喂，冬兰玉兰，大家快来呀！
〔春兰等四村姑，叽叽喳喳地上。

众　人 水郎哥、桂兰姐，啥事体呀？

张桂兰 大家都去布兰叉大旗。

秋　兰 布兰叉大旗，这有什么好看的？

田水郎 不是叉好看，是当今皇帝下的圣旨，哪家叉布兰大旗，哪家报恩。

冬　兰 水郎哥是老实头人，不会开玩笑的，我们大家都去布兰叉大旗！

〔四村姑欢悦地下。

张桂兰 水郎哥，你家也叉吧！

田水郎 我家哪有布兰？

张桂兰 喏，就把我这块也叉上吧！

〔解下布兰，水郎拿竹竿系上，竖起。

〔天幕变景，众家叉起布兰大旗。

〔伴唱：张家溪，家家布兰叉大旗，
皇帝的恩人一大批。
急坏了，县老爷，
走到东来窜到西。

〔贾知县带若干衙役上。

衙　役 老爷你来看。

贾知县 唉！

（唱）奉命寻找救驾女，
想不到布兰插起一百几。
乡下佬七岁骗八岁，
本县打假有妙计，
把救驾恩人都请进来。

〔春兰等四村姑嬉笑着随上。

贾知县 救驾恩人，都到了吗？

春　兰 太爷，人都到齐了，不知皇帝要怎样报恩？

贾知县 来呀，把张家溪的姑娘，全都带到县衙，三拷六问，关进牢门。

〔众大惊失色，衙役用刀棍相遇。

秋　兰
银　兰 （吓得发抖）我不去，我不去！

衙　役 （紧逼）走！

田水郎 （挺身而出）慢！县太爷，这算什么报恩，简直是强抢民女！

贾知县 冒领皇恩，严惩不贷！

张桂兰 哪家叉布兰大旗，哪家报恩，这是皇帝当年亲口说的！

贾知县 口说无凭！

张桂兰　有半块布兰作证！（取示，递交）

贾知县　半块布兰，如何作证？我且问你，当年皇帝是怎样死里逃生的？

张桂兰　藏在稻桶底下，后来又用稻桶作舟渡江！

贾知县　（松气）找到了找到了，总算找到了！请救驾恩人上座，受下官一拜！

张桂兰　客套少来，回去告诉皇帝，叫他来报恩众乡亲！

贾知县　哎呀，我一个小小县官，如何见得了皇帝？朝廷钦差，正等呢，有话你自己去讲。来呀，接救驾恩人坐轿回府！

张桂兰　水郎哥，我会回来的！

〔切光。

第三场　顶替

〔时间：接前场。

〔地点：贾府客堂。

〔幕后声："老爷回府——"

〔贾夫人偕女儿贾玉女出迎。

〔贾知县引张桂兰上。

贾知县　恩人请，恩人请坐。夫人、女儿。快来见过救驾恩人！

贾夫人　（急忙跪拜）拜见救驾恩人！

张桂兰　（急扶）夫人，快快请起。

贾夫人　你坐，你坐！请问恩人今年几岁了？

张桂兰　十九岁。

贾夫人　哟，正好与我阿囡同年。

张桂兰　你是几时生的？

贾玉女　三月初三。

张桂兰　哎呀，我是二月初三，正好比你大一个月。

贾夫人　（乘机讨好）女儿，快与恩人结拜姐妹！拜见姐姐。

贾玉女　（出于真心，乖巧地）玉女高攀姐姐！

张桂兰　（村姑腔调）文绉绉地，我喜欢你这个妹妹！

贾夫人　（殷勤巴结地）哎呀，我这就现成做了干娘，我家老爷，当了十八年的七品芝麻官，以后就拜托干女儿了！

张桂兰 夫人，我不想进宫！

贾夫人 啥，介好格事体，你勿去？

张桂兰 不去。

贾玉女 姐姐，还是到我房中去坐坐，请！（亲昵地携桂兰入内）

贾知县 来人！（衙役上）速去禀告钦差大人，就说救驾恩人接到！（衙役应声下，一声长叹）唉！

（唱）牛羊吃草性难改，
村姑不知享尊贵。
叹女儿枉有西施貌，
无有福气进宫闱。

贾夫人 （唱）你聪明面孔笨肚肠，
肚中枉有黑墨水。
村姑不愿进宫去，
顺水推舟由阿囡代。

贾知县 倘若识破，要犯欺君之罪！使不得，万万使不得！

贾夫人 （唱）少年天子初登基，
说不定半是报恩半选美。
我女儿，玲珑剔透美如玉，
万岁一见定喜爱。

贾知县 夫人，这未免太冒险了。

贾夫人 哎呀老爷，机不可失，时不再来。我这就把阿囡喊出来！（向内喊）阿囡——

〔玉女上。

贾夫人 （唱）你的鸿运来了。
娘要你代替布兰进宫去，
绝代佳人配皇帝。

贾玉女 （唱）女儿无有救驾恩，
怎能冒名去顶替？

贾知县 （唱）女儿呀，东园桃树西园移，
西园摘桃不足奇。

贾玉女 （唱）种瓜得瓜，种李得李，

种下黄连，自尝苦味。
鱼目混珠终非真，
到头来，搬起石头害自己。

贾夫人 （唱）侬勿要多思多想多忧虑，
侬勿要怕这怕那怕露底。
少年天子风流君，
定对侬越看越爱越喜欢。

贾知县 （唱）到那时，你不做皇后做贵妃，
为父我，金殿可坐太师椅。

贾夫人 （唱）我做皇帝姆娘，
丞相见我也跪地。

贾玉女 （唱）他人之福我不占，
谁贪荣华谁代替。

贾夫人 阿囡一向孝顺，哪能连娘的闲话都不听了！

贾知县 （惊急）啊！阿囡，你若不依，为父只好向你跪下了！

〔贾玉女急扶。

〔幕后声："钦差大人驾到——"

贾知县 出接。

〔曹子彬上。

贾知县 大人请！参见钦差大人。

曹子彬 免礼！

贾知县 谢大人！

曹子彬 回坐。

贾知县 谢坐。

曹子彬 贾知县，救驾恩人在哪里？

贾夫人 大人，这位就是救驾恩人张布兰！

贾知县 布兰，快去见过曹钦差！

贾玉女 （无奈地）见过钦差大人——

曹子彬 不敢不敢，恩人请坐。（端视玉女）请问恩人芳龄？

贾玉女 虚度一十九春。

曹子彬 噢，三年之前，恩人还只有十六岁，竟做出如此巾帼英豪之事，佩服佩服。未知恩人当年是如何搭救王子的？

贾玉女 过往之事，不必提了。

贾知县 （巴结地）大人，我来代讲。当年敌寇搜查王子，是恩人把王子藏在了稻桶底下！

曹子彬 （若有所思）稻桶底下？

贾知县 是呀是呀，后来又用稻桶作舟渡王子过江。

曹子彬 （失言）难怪我也被蒙骗过去了！

贾知县 （听误，一惊，慌出示布兰）蒙骗！啊呀大人，没蒙骗，这里还有半块布兰为证！大人，请看。

曹子彬 （冷笑）当年王子落难如何打扮？多少年方？

贾玉女 （无奈作答）二十相近，一个逃难人模样？

曹子彬 身上带着什么？

贾玉女 这个……

曹子彬 你在村口作甚？

贾玉女 那个……

贾夫人 跑跑亲戚，观赏田园风光！

曹子彬 贾知县，竟敢冒名顶替，欺君罔上，狗胆包天。来呀，拉下去斩了！

〔贾知县夫妇吓得浑身哆嗦。

贾知县 大人饶命！

贾玉女 （慌忙代过求情）啊呀大人息怒，这与我爹娘无关，全是小女子贪图荣华富贵，强要冒名顶替，若要治罪，由我一人承担。

贾夫人 大人，真的恩人不愿进宫，这才姐姐调妹妹，桃子调杨梅。

贾玉女 （急从内拉出桂兰）姐姐快来！大人耳聪目明，一眼就看穿我是假的。如今将功赎罪，还你一个真的！（拉母亲暗下）

〔曹子彬与张桂兰四目相视，各一怔。

张桂兰 见过钦差大人！

张桂兰
曹子彬 （同旁唱）此人一副面善相，

似曾相见在何方？

张桂兰 啊，难道是他？

（唱）分明当年引兵人，

且为何，摇身一变伴君皇？

曹子彬 就是她！

（唱）村口扬场正是她，

也是她，用稻桶藏人送过江。

张桂兰 （唱）险恶之辈需提防，

曹子彬 （唱）要让她不进皇宫进牢房。

张桂兰 请大人转告万岁，小女子不图报恩，我这就回去了！

曹子彬 你既然来了，那就走不得了！

张桂兰 （暗惊）我是皇帝的恩人，你敢把我怎样？

曹子彬 你不是恩人，是罪人！

张桂兰 我身犯何罪？

曹子彬 稻桶底下密不透风，你把王子藏在下面，分明图谋害人。又用稻桶作舟渡江，妄想把王子淹死在水中，两次害人，罪不可赦！

张桂兰 （愤怒）你混淆是非，颠倒黑白，我要面见万岁！

曹子彬 痴心妄想，本钦差正是奉旨捉拿罪犯归案。来啊，把张布兰押入死牢！

〔校尉上，押呼喊冤枉的桂兰下。

曹子彬 贾知县，你在死牢之中，务必将她暗杀了！

贾知县 这个……

曹子彬 贾知县，杀人灭口，方成大事，从此以后，你的女儿就是救驾恩人张布兰！

贾知县 啊呀大人，下官再也不敢了！

曹子彬 由本钦差作主，你还怕什么，明日启程进宫！

贾知县 多谢大人！

曹子彬 贾知县，后会有期！（下）

贾知县 送大人！

〔玉女与夫人内上。

贾玉女 爹爹，千万不可暗杀姐姐！

贾夫人 是呀是呀，既然收为义女，得饶人处且饶人！

贾知县 老爷心里明白，上峰之令，不得不听，不可全听，我也要留下一条后路。

〔切光。

第四场　吐真

〔时间：几天后的秋夜。

〔地点：西湖龙舟上。

〔幕启：宫娥彩女，载歌载舞。吏部尚书徐直，一旁陪伴兴致勃勃的皇帝边饮酒边观赏。

〔伴唱：龙灯高挂万点红，
　　　月照湖波映九峰。
　　　龙舟轻歌惊柳莺，
　　　人醉西子美色中。

皇　帝　无名小卒吃掉你的轰天大炮！

徐　直　万岁真是好棋艺。有道是“棋如其人”，万岁胸怀万民，才会着此以兵吃炮的高招。

皇　帝　（得意）姆姆姆……

徐　直　万岁胸中有民，才不忘取信于民，真是有道明君。

皇　帝　（越发得意，故作姿态）还不是你老爱卿常在耳边唠叨，朕差点儿把三年前救驾之事给忘怀了。

〔内侍上。

内　侍　启禀万岁，救驾恩人张布兰到！

皇　帝　请恩人登龙舟饮酒赏月！

内　侍　（传呼）万岁有旨，请恩人张布兰登龙舟赏月！

〔贾玉女由曹子彬引上。

贾玉女　（唱）一身传唤登龙舟，
　　　未见天子魂已丢。
　　　浓妆丽服难遮忧，
　　　强作镇静来应酬。

叩见万岁！

皇　帝　恩人快快请起！（急扶起，惊视）呀！

（唱）红妆素裹玉玑体，
杏脸桃腮透娇艳。
浓妆淡抹总相宜，
仿佛嫦娥下九天。
记忆犹新旧时貌，
大不相同三年前。

曹子彬 （暗惊）万岁！
（唱）有道女大十八变，
更何况，三分容貌七分扮。
想当年，万岁落难寒酸相，
看今朝，风度翩翩俊龙颜。

皇　帝 曹爱卿说得好，说得对！

曹子彬 （对玉女一语双关地）啊恩人，你从乡村来到万岁身边，当说的就说，不该说的，要三思而行！

皇　帝 两位爱卿，你们歇息去吧！

徐　直
曹子彬 臣告退！（同下）

皇　帝 恩人，流光如水，一别三载，恩人一向可好？

贾玉女 托万岁洪福，还好。

皇　帝 恩人一路辛苦，孤王我特备筵席，请恩人饮酒赏月。（斟酒）
（旁唱）下旨寻找救驾女，
送来一个女风流。
难信女大十八变，
看她如何作应酬。
恩人请！
（唱）西子秋色美如绣，
龙舟权作杏花楼。
双手捧上桂花酒，
接风洗尘庆聚首。

贾玉女 （旁唱）大祸迟早要临头，
倒不如借酒壮胆消忧愁。
万岁请！（一饮而尽）

皇　帝　（赞赏）恩人好酒量，后宫之中，没有一个比得上你！

贾玉女　如此，小女子敬万岁一杯。（斟酒奉上）万岁请！

皇　帝　恩人请！（一同饮下）

（唱）双双饮下二杯酒，
心头一暖难忘旧。
想当年，稻桶作舟渡长河，
你双手作桨搏激流。
一阵风，几层浪，
浪花水，把你我衣衫全湿透。
你怕我，翻下水，
双手攀你肩，渡难不觉羞。

贾玉女　（旁唱）万岁提及当年事，
我一无所知怎应酬？
（唱）万岁呀，过往之事不足论，
如今你今非昔比坐龙舟。

皇　帝　对得好，对得乖巧，来来来，孤皇再敬你一杯酒。（斟酒）请！

贾玉女　万岁请！（同饮）

（旁唱）龙颜欢悦喜色浓，
毫无疑心频敬酒。
鱼目混珠暗庆幸，
慌乱之心暂且收。

皇　帝　（旁唱）看她喝下三杯酒，
面若桃花更俊秀。
后宫粉黛二三千，
百花丛中她为首。
君子好逑女窈窕，
假的要当真的留。

贾玉女　万岁，（故意把话岔开）今夜的月色好美，可惜不圆。

皇　帝　哎，月虽不圆，且是半露半藏，另有一番诗意啊！

（唱）明月高照有情人，
三潭印月人印心。
你我有缘来相会，

双双拜月结秦晋。

（拉玉女手，双双跪地拜月）

贾玉女 （旁唱）她把我，当作布兰有情人，

偷来之情岂暖心。

冒名顶替难长久，

不如设法早脱身。

皇　帝 哎呀，你怎么不拜了？

贾玉女 万岁，小女子不配！

皇　帝 只有你，才与我真正相配。待拜过月老大人，朕就封你为贵妃。从此与朕朝夕相处，永不分离！

贾玉女 万岁，小女子受之有愧。

皇　帝 什么有愧无愧，只要朕喜欢，就受之无愧！

贾玉女 万岁，我有话……

皇　帝 讲。

贾玉女 我怕万岁动怒问罪！

皇　帝 朕对你如此喜欢，就是错了，也决不问罪。

贾玉女 此话当真？

皇　帝 君无戏言。

贾玉女 你可知道我是谁？

皇　帝 （带玩笑地一语双关）朕早就知道了，你就是你！

贾玉女 我究竟是谁，请万岁仔细看来！

皇　帝 犹如梨花带雨，芙蓉出水，越看越美。

贾玉女 万岁，看你想到哪儿去了？

皇　帝 朕想到你既然来了，就安下心来吧。

贾玉女 万岁，我并非张布兰。

皇　帝 用个假名，不足论罪，你多饮几杯了，来来来，朕扶你早点安睡！

贾玉女 万岁，小女子实是冒名顶替！

皇　帝 你……唉！

（旁唱）有心将假当做真，

她偏要向我吐隐情。

掩人耳目佯治罪——

（拔剑）大胆！

你冒领皇恩当严惩。

贾玉女 万岁，我有话！

皇　帝 讲！

贾玉女 （唱）奉父母之命来京城，
女孩儿尽孝是本分。
人惶人恐进宫厅，
心怀有愧见圣君。
万岁一番深情话，
感动我冒名顶替人。
总以为你是有道君，
因此我真诚想报吐隐情。
总以为万岁面前说真话，
君前尽忠称良臣。
你刚恩准，纵然有错不问罪，
君无戏言重九鼎。
万岁呀，宝剑不杀忠孝女，
宽恕弱女两难人。

皇　帝 呀！
（唱）聪明伶俐巧言辩，
句句入耳称孤心。
世上的事，真真假假，
假假真真无定论，
称心满意才是真。
双手牵扶小美人，
一场虚惊莫道真。

贾玉女 谢万岁！

〔徐直上。

徐　直 恭喜万岁，贺喜万岁。

皇　帝 老爱卿夜半深更，还来作甚？

〔贾玉女知趣地避下。

徐　直 万岁选到如此天姿国色的伴驾女子，老臣特来恭喜贺喜！

皇　帝 老爱卿，救驾恩人是曹爱卿找到的，怎么可以说选来呢！我看你呀，有一点糊涂了。

徐　直　是呀是呀，似这等如花似玉的大家闺秀，敢在刀枪之下救人，又用稻桶作舟，送万岁过江，老臣我确实有点糊涂了。

皇　帝　老爱卿你可知女大十八变么？

徐　直　可是三寸金莲，到老不变！

皇　帝　（语塞）这个……

徐　直　万岁！

（唱）李代桃僵事平常，
　　留下假的也无妨。
　　有道是，喝水不忘掘井人，
　　穿新衣莫丢旧衣装。
　　万岁报恩民间女，
　　事关民心整朝纲。
　　重信用，守仁义，
　　天下百姓颂君皇。
　　张布兰，究属何因不进宫，
　　更须防，有人作祟做文章。

皇　帝　这……

徐　直　万岁，依老臣之见，这假恩人到底是谁家女儿，这真布兰又不知下落何方？还需要查个水落石出！

皇　帝　老爱卿言之有理，朕重派曹子彬为江南巡按，前去明州查访！

徐　直　万岁，老臣以为，事关重大，请万岁亲自出马的为好。

皇　帝　就依老爱卿所奏，明日你陪朕同行！

徐　直　遵旨！

〔切光。

第五场　算命

〔时间：一月后。

〔地点：贾府客堂。

〔幕启：贾知县夫妇坐立不安。

贾夫人 （念）女儿进宫一月零，
未传佳音愁煞人。
心惶不定请先生，

贾知县 （念）但愿得，算个好命慰我心。

〔家院引扮作相士模样的皇帝上。

家　院 先生请，老爷夫人，绍兴名流张半仙来了！

贾知县 快快有请。

皇　帝 张半仙见过老爷夫人。

贾知县 先生请坐。

皇　帝 谢坐。

贾夫人 先生年轻风流，这一行倒干得早。

皇　帝 幼年拜师，屈指算来，已有八个年头了。

贾夫人 半仙半仙，半个神仙，算得准重重有赏。

皇　帝 准不准，一试就见分晓。请问老爷夫人，测字还是看相算命？

贾夫人 我相信算命。

皇　帝 算男命还是女命？

贾夫人 女命。

皇　帝 请问年庚八字？

贾夫人 今年十九岁，三月初三后半夜生的。

皇　帝 十九岁？（旁白）贾玉女也是十九岁，莫非……

贾夫人 先生，快算呀！

皇　帝 噢，待我慢慢算来！子丑寅卯辰巳午未申酉戌亥，一十九岁属兔，子末丑头的时辰，照命实算，老爷夫人听了！
（唱）丑时落地女姣姣，
爹娘喜欢当珍宝。
一二三四五六岁，
聪明可爱人乖巧。
七八九岁学诗文，
十一二岁把画描。

贾夫人 算得准，算得准！

贾知县 快让先生算下去。

皇　帝　（唱）十三四岁知礼仪，
　　爹娘面前尽孝道。
　　十五六岁长成人，
　　出水芙蓉貌独好。
　　十七八岁婚嫁年，
　　可惜是，如意郎君未找到。
　　算命算到十九岁，
　　十九岁年间不得了……

贾知县
贾夫人　（惊急）怎么样？

皇　帝　（唱）是祸是福难预料，
　　要看面相见分晓。

贾夫人　先生，关子少卖，银子好商量！

皇　帝　老爷夫人，还是请令爱出来，仔细地看上一相。

贾夫人　这……

贾知县　（托辞）先生，闺房小姐，羞见男人，看相就免了吧！

皇　帝　我看这人是请不出来了。

贾夫人　是呀，先生，为何不算了，快算下去！

皇　帝　老爷夫人！
　　（唱）风云多变十九岁，
　　玉堂金马成梦想。
　　配错了金龙盘玉兔，
　　水火相克遭祸殃。
　　玉殒香消叹薄命，
　　十九岁命终见阎王。

贾夫人　（恸哭）阿囡，这都是为娘害你的呀！

皇　帝　贾玉女果然是他们的女儿。（窃喜）老爷夫人，切莫伤心，我这是算命，不可不信，也不可全信。

贾夫人　先生，相信相信。我女儿正是配错了金龙盘玉兔！

皇　帝　哎呀，先生面前，可千万说不得半句假话，快快从实讲来，替你想个补救的办法！

贾夫人　先生，怨只怨镇海出了个救驾女张布兰，皇帝要接她进宫去。

皇　帝　噢，莫非老爷从中做了手脚，使了个调包之计？

贾知县　没有。

贾夫人　是呀，到如今反误了女儿性命。

皇　帝　看来这真布兰的下落他们自然知道。

贾知县　你呀，对江湖人怎么能抛出真话。

贾夫人　要他算命算得准，怎好说假不说真呢？

皇　帝　那张布兰现在何方？

贾夫人　在牢……

贾知县　（急打断）在老家张家村种田！

皇　帝　她理该是皇后娘娘，待我为她去算命看相。

贾夫人　先生不必去了。

皇　帝　却是为何？

贾知县　（扯谎）张布兰与我阿囡义结金兰，早就嫁了丈夫，连孩子都有了，所以让义妹代为进宫，老爷我已给了她许多银子，已代皇上谢过恩了。

皇　帝　此话当真？

贾知县　千准万确！

贾夫人　万确千准！

〔家院上。

家　院　禀老爷夫人，朝廷巡抚已到明州，要老爷速去见他，还有一位白胡子老翁，说是来找张半仙的。

皇　帝　哎，这个白胡子老翁，乃是我的师傅，请老爷先容我一见。

贾知县　好，容你们外厅相见！夫人快与我更衣。

〔家院应声下。

〔徐直上。

徐　直　张半仙，命算得怎样了？

皇　帝　果不出你所料。

徐　直　意料之中，不足为奇。

皇　帝　可惜，张布兰她已嫁人了。

徐　直　你相信了？

皇　帝　贾知县说得有板有眼，不会有假，你我即刻回京。

徐　直　还早还早，我要带万岁去一个地方。

皇　帝　什么地方？

徐　直　藏风之地……

〔切光。

第六场　探监

〔时间：接前场。

〔地点：女牢内。

〔幕启：张桂兰半卧地床。

〔禁婆端饭菜进牢，放至张桂兰面前。

禁　婆　吃吧，还有一点热气。

张桂兰　我不吃。

禁　婆　嫌勿好吃，有东西吃就不错了，谁叫你是朝廷钦犯。

张桂兰　钦犯？什么叫钦犯？

禁　婆　就是皇帝要捉拿的罪犯。（说着离去）

张桂兰　天哪！

（唱）西风烈，恨绵长，
牢狱阴森倍凄凉。
自古恶人坐牢房，
杀人偿命付刑场。
张桂兰好心救人反遭罪，
恩怨颠倒伤天理。
想起了，青梅竹马的水郎哥，
想起了，相依为命的病中娘。
水郎哥，病中娘，还道我桂兰进宫墙。
哪知我受尽牢狱苦，
天大的冤屈对谁讲！
漫漫长夜何时尽？
何日再见儿的娘。

〔田水郎探监上，禁婆阻拦。

禁　婆　出去出去，她是朝廷钦犯，不准探监！

田水郎 恳求婆婆，让我见上一面。

禁　婆 非亲非故，怎能见面。（田水郎塞银子）你是她的什么人？

田水郎 我……是她的丈夫。

禁　婆 丈夫，好吧，轻一点，早点出来。（下）

田水郎 （进牢门）桂兰，水郎看你来了！

张桂兰 水郎哥！

（唱）想亲人，盼亲人，落难之人倍思亲，
今日亲人重见面，千言万语涌上心。
我与你青梅竹马共长大，
实指望终身做伴不离分。
谁知我身陷囹圄进牢房，
平白无辜遭厄运。
再不能为你缝衣做新鞋，
再不能春耕秋收共晨昏。
留下病娘孤苦伶仃，
拜托你日后多照应。

田水郎 （唱）桂兰呀，见到你如此模样心已碎，
可知我，日日夜夜盼你归。
在村口，陪着太阳下西山，
等到月亮升起来。
忘断秋水问断燕，
茶饭无味夜不睡。
若不是，等来个白胡子老公公，
还不知，你受苦受难受牢灾。

张桂兰 白胡子老翁怎么讲？

田水郎 （唱）白胡子老翁赛神仙，
他说你劫难正逢十九岁。
见不到贵人见克星，
未享荣华先受罪。
我与你心相印命相连，
生生死死分不开。
怎忍你含冤受屈在牢房，

田水郎，大难当头共担待。
卖掉田产作盘缠，
要告状，要伸冤，闯刀山，下火海，
誓要把你就救出来！

张桂兰 水郎哥，切勿莽撞，这冤案正是万岁所定！

禁　婆 （上）探监时间已到，快快离开。

〔禁婆欲撵田水郎下。

〔皇帝上。

皇　帝 慢来慢来！

禁　婆 你是什么人？

皇　帝 测字看相的江湖人！

禁　婆 她是朝廷钦犯，有死无生，你还看什么死相，快走！

皇　帝 这个你就不懂了，该死的人，或许会绝处逢生，不该死的人，说不定一朝丢命。这就叫相数所定变幻莫测！

田水郎 哎呀，白胡子老翁算命，也是这么说的。先生，你快替桂兰看上一相。

〔皇帝欲看，被禁婆拉住。

禁　婆 你要看相，先付银子！

皇　帝 付谁！

禁　婆 靠山吃山，管牢吃牢！

皇　帝 此乃贪赃枉法！

禁　婆 呸，你算什么东西，竟敢教训起我来了，告诉你，就是皇帝老儿来探监，也得照办！

皇　帝 （恼怒）说得好，那就赏你五根金条！（撩起一掌，掴得欺弱畏强的禁婆捂着脸痛喊哎哟退下）

张桂兰 先生，我的相，你就不用看了！

皇　帝 却是为何？

田水郎 先生，她坐死牢，实是天大的冤枉！

皇　帝 是谁目无王法，冤枉了她！

田水郎 是那个短命的皇帝老儿，恩将仇报，定为钦犯！

皇　帝 啊！错了错了，有恩不报非君子，皇帝乃一国之君，仁义天下，岂会干出这等以怨报德的事来！

张桂兰 （悲愤地）先生，这千古奇冤，正是那个没有良心的皇帝所为！

（唱）村姑与皇帝，
本来相隔天与地。
只因为，三年前国难遭敌欺，
他仓惶逃命到张家溪。
我舍生忘死将他救，
姚江畔，他声称要报恩作别离。
别来三年无音讯，
我时刻把他挂心里。
祈祷他刀枪林中身安宁，
期望他保国抗敌早胜利。
闻得他平寇功成登大基，
说不出心里多欢喜。
荣华富贵我不贪，
只望他做个好皇帝。
谁知他派人来报恩，
倒打一耙抛恩义。
说什么稻桶藏身居心恶，
说什么稻桶作舟怀恶意。
可怜我，好心救人成钦犯，
受尽折磨等死期。
怨皇帝不仁不义，
恨皇帝伤天害理。
骂皇帝颠倒黑白丧天良，
人世间，救人不可救皇帝！

皇　帝　（情不自禁）冤枉啊冤枉！

田水郎　这天大的冤枉，在人间，恐怕审不清了！

皇　帝　审得清，一定审得清，请问小哥，你是她的何人？

田水郎　邻舍阿哥！

皇　帝　我问你，敢不敢去明州巡按大堂告状？

田水郎　告谁？难道叫我去告当朝皇帝？

皇　帝　你去状告镇海知县，便能申清冤枉！

田水郎　告官的状纸，谁敢写！

皇　帝　我写！（从测字袋中取出纸笔砚，田水郎研磨铺纸，挥毫疾书）

（唱）皇帝替人写状纸，
历朝历代第一次，
胆大包天镇海县，
偷梁换柱欺天子。
皇帝的恩人成死囚，
千古奇冤吟悲词。
条条王法不容情，
要把权臣严惩治！

张桂兰　先生，这状纸有用吗？

皇　帝　有用，一定有用。凭这张状纸，假如还伸不清冤枉，扬不了正气，就在大堂上痛骂皇帝，治的什么国，立的什么法！

田水郎　先生，如此说来，这张状纸，非同寻常？

皇　帝　这是只赢不输的天下第一状！

田水郎　桂兰，你有救了！先生，我向你叩头！

皇　帝　快去吧！

田水郎　桂兰，我走了，你要多加保重，等候音讯！（下）

张桂兰　水郎哥，你要小心——先生，多谢你侠义相助！（欲行礼）

皇　帝　（扶住）可怜你受苦了！

张桂兰　你是谁？

皇　帝　你看我是谁？

张桂兰　（细看脱口而出）壮士！

皇　帝　对，我就是三年前你救下的壮士！

张桂兰　如今呢？

皇　帝　如今已是当朝皇帝了！

张桂兰　曹钦差是你委派的？

皇　帝　正是！

张桂兰　因何派他？

皇　帝　他是皇亲国戚，保国良臣，现为朝廷巡抚，在明州代天巡狩！

张桂兰　（惊急）啊，莫非田水郎是向他告状的！

皇　帝　真是向他去告状！

张桂兰　（惊怒）好你一个向他去告状！（恼怒地狠打皇帝一巴掌）

（唱）你扮相士到牢房，
怂恿水郎去告状。
冤家路窄眼中钉，
羊落虎口鱼撞网。
你害我桂兰还不够，
又害我亲人丧天良。
〔静场。

皇　帝　（唱）一番苦心挨巴掌，
打得我七窍冒烟怒火上。
大苦大难曾受过，
这女人的巴掌头次尝。
欲发怒，怒难发——
但见她，脸容憔悴软了心肠。
毕竟是，救命之恩大如天，
没有她，我怎平外寇称君皇。
布兰呀，一别三载常思念，
带着你半块布兰驰疆场。
实指望，登基报恩结连理，
又谁知，镇海县送来假姣娘。
我为你，脱下龙袍穿布衣，
我为你，贾府算命私察访。
我为你，用心良苦来探监，
我为你，牢房执笔写诉状。
巡抚大堂去诉冤，
怎说我害你亲人丧天良？
朕准备接你进宫房，
这巴掌吃得好冤枉！

张桂兰　你把叛贼，封为巡按，还叫田水郎去告状，岂不是叫他去送死！

皇　帝　桂兰，巡按曹子彬，亲手杀了铁木耳，立下汗马功劳，怎说他是叛贼！

张桂兰　三年前，引兵追杀你的就是他！将我定为钦犯，送入死牢的也是他！

皇　帝　桂兰，相像之人，天下多得是，定是你看错了人！

张桂兰　不是我看错了，是你糊涂了！

皇　帝　是朕糊涂，还是你看错，打赌！

张桂兰　好，我错了，就在你面前跪上三天三夜认罪！

皇　帝　不，你输了，就随朕进宫。朕输了，情愿再挨你三个巴掌！

〔切光。

第七场　闹堂

〔时间：几天后。

〔地点：明州府公堂。

〔幕启：贾知县媚扶醉醺醺的曹子彬上。

曹子彬　（唱）偷梁换柱立奇功，
皇上对我更重用。
官放巡按到明州，
花天酒地乐融融。

贾知县　大人，我女儿真的封了贵妃娘娘？

曹子彬　尽管放心，不日之后，你就是当朝国丈。

贾知县　那个短命的张半仙，一派胡言，把我吓得半死！

〔幕后声："吏部尚书徐大人到——"

曹子彬　他来作甚？

〔徐直上。

徐　直　哈哈哈，曹大人。

曹子彬　徐大人大驾光临，有失远迎！

徐　直　两位大人，免礼免礼！

贾知县　下官公务在身，告辞！（欲溜）

徐　直　（挽住）哎呀，老朽一到，你怎么就走了。来来来，留下。

曹子彬　（试探地）徐大人，不在金殿议事，千里迢迢跑到明州，不知有何要事？

徐　直　（故意给吃定心丸）曹大人找到救驾恩人，万岁龙颜大悦，他携带新贵人，喜游余姚龙泉山，老朽跟随而来，顺道看看曹大人。不知明州的冤假错案，审得怎样了？

曹子彬　（稍安心）代天巡狩，有冤必审！

〔堂鼓声起。

贾知县 大人，有人击鼓。

徐　直 必有冤情。

曹子彬 （校尉站堂）请徐大人同审！

徐　直 好好，如此老朽就向曹大人领教。

曹子彬 岂敢岂敢，还请徐大人多多指教。

徐　直 如此请贾知县一同三堂会审，岂不热闹。

曹子彬 升堂，来，带击鼓人上堂。

〔曹子彬坐正堂。徐直坐偏堂，贾知县无奈坐右偏堂。

〔田水郎顶状呼冤上。

田水郎 冤枉——

曹子彬 状告人姓甚名谁，家住何方？

田水郎 镇海县张家村田水郎。

曹子彬 状告何人？

田水郎 镇海贾知县！

贾知县 （一惊，动怒）嘟，大胆刁民，竟敢状告朝廷命官，该当何罪？

徐　直 贾知县心中不做亏心事，何惧半夜敲门声。

贾知县 这……

曹子彬 张桂兰是你何人？

田水郎 是……是我的未婚妻子。

徐　直 贾知县何罪之有，一一诉来！

田水郎 青天大人容禀！

（唱）一纸冤状上公堂，
千古奇冤世无双。
救驾村姑张桂兰，
未进宫墙进牢房。
这都是，镇海县施毒计，
暗做手脚天理伤。
到如今，救驾人受尽牢狱苦，
望大人翻案雪冤枉！

贾知县 （唱）大胆刁民太猖狂，
一派胡言在公堂。

你谎告我皇帝老丈人，
灯蛾扑火自灭亡。
巡按大人，快快把这刁民打入死牢！

徐　直　贾知县！
（唱）莫动怒，莫惊慌，
镇静下来坐公堂。
明镜高悬巡按府，
曹大人断案有良方。

曹子彬　（旁唱）老冤家，来得蹊跷话也蹊跷，
须防他，老谋深算做文章。
随机应变巧审案，
惩治村夫先为上。
田水郎！

田水郎　草民在！

曹子彬　你所说的救驾女子，姓甚名谁？

田水郎　张桂兰。

曹子彬　田水郎，你听清了没有？同姓不同名，完全两个人。

田水郎　啊呀大人，张桂兰就是张布兰，张布兰就是张桂兰，只因她施恩不图报，使用了个假名张布兰。

曹子彬　可有物证、人证？

田水郎　当今皇帝，就是人证。

曹子彬　（拍惊堂木）大胆狂徒，口出狂言，竟要皇帝作证，无法无天，来呀，将田水郎推下去斩了！

徐　直　慢来慢来！村夫要皇帝作证，倒也说得有趣呀有趣。曹大人，凭这句话斩首，三百条王法上，找不到这一条呀！

曹子彬　这……徐大人与他有亲？

徐　直　非亲。

曹子彬　有故？

徐　直　非故。

曹子彬　非亲非故，因何为他说话？

徐　直　（反诘）曹大人与他有仇？

曹子彬　无仇。

徐 直 有怨?

曹子彬 无怨。

徐 直 既无仇，又无怨，为何凭一句狂言，就定死罪?

曹子彬 谎告朝廷命官，无理取闹公堂，又是钦犯的未婚丈夫，论罪当斩!（朱笔一挥，立斩“田水郎令牌”掷下，校尉将田水郎捆绑，插牌，欲推下）

徐 直 （下堂拦阻）曹大人，连天下的老百姓都晓得午时三刻见朝廷命官，喝最后一杯断头酒，吃最后一顿断头饭，曹大人身为朝廷命官，为何连这点都忘了?

曹子彬 也罢，将田水郎暂且押了下去!

〔击鼓声骤起。

〔张桂兰闯堂。

张桂兰 （痛呼）水郎哥，桂兰救你来了!

曹子彬 （大惊失色）贾知县，张桂兰怎么没有死?

贾知县 我手下留情了!

〔幕后声:“贵妃娘娘驾到——”

贾知县 （闻声窃喜）女儿一到，我可以挺胸凸腰。

曹子彬 （心稍定）娘娘作证，我可以真假乱套。

徐 直 真假相逢，戏文更加热闹。

张桂兰 真人面前，看你如何混淆?

〔贾玉女上。

贾知县
曹子彬 参见娘娘!
徐 直

曹子彬 娘娘来得正好，张桂兰冒你之名字把水搞混，就请娘娘作证!

贾知县 是呀，娘娘一言定生死，就听娘娘一句话了!

徐 直 真的莫说假，假的莫说真，请娘娘指点迷津。

贾玉女 谁真谁假，曹大人心中早已明明白白。

曹子彬 是呀，臣早就明明白白，可是徐大人还有点糊里糊涂，才要请娘娘说个一清二楚。

贾玉女 那如此我就实说了，我是皇上御封的新贵人，她是皇上的救驾人。

曹子彬 这，（暗惊，圆滑地）徐大人。

徐 直 曹大人你看怎么样?

曹子彬 我看她们都是假的，撤坐！

徐　直 （拍案）曹大人！

（唱）公堂公堂要公正，

明镜高悬照人心。

是非善恶不能颠，

怎能说假不说真。

贾玉女并无救驾恩，

张桂兰才是救驾人。

李代桃僵谁主谋，

你大堂之上说分明。

贾玉女 （唱）但只见，老爹爹诚惶诚恐站一旁，

他主谋此案罪恶深。

禽兽尚有跪乳情，

情愿自己受律刑。

禀大人，主谋乃是……

〔曹子彬、贾知县惊急，同问："主谋是谁？"

贾玉女 （唱）主谋乃是我贾玉女，

李代桃僵攀皇亲。

徐　直 贾知县，你可知她是谁家女儿？

贾知县 本县不知！

徐　直 你一手操办，怎说不知？定是你自己的女儿冒名顶替！

贾知县 贾玉女，贾知县是不是你的父亲？

贾玉女 他说不是，也就不是了！

曹子彬 （金蝉忙脱壳）好哇，原来你是个冒名顶替的贾娘娘，一同拿下了！

〔皇帝奔上。

皇　帝 谁敢！

（唱）怒气冲冲上大堂

让权臣自酿苦酒自己吞。

贾知县 张半仙，你好大的胆子，这里是公堂，不是你算命的地方！

皇　帝 我就是要在大堂上，为乱臣贼子算命！

曹子彬 江湖佬吵闹公堂，轰了出去！

皇　帝 曹子彬！

徐　直　臣叩见万岁！（贾知县惊得目瞪口呆）

曹子彬　（惊恐地）臣叩见万岁！

〔皇帝走上正堂，手捧巡抚金印，一阵悲凉的大笑。

皇　帝　（唱）朕亲挥狼毫诉冤枉，

号称天下第一状。

果然是，条条王法成空文，

大堂上，冤上添冤天理丧。

张布兰，状告皇帝告得好，

看清了奸贼罔逞凶狂。

今日里，若非徐直巧运筹，

恩人要在刀下亡。（走下正堂）

布兰啊，你救我性命，

为我除奸，留下伤痕，催我猛省，

朕要重重作报偿。

徐爱卿，把乱臣贼子拿下了！

徐　直　是！

贾知县　（呐喊）桂兰，我的义女，曹钦差要杀你，是我留下了你，你也要放我一马！

〔切光。

尾　声　封后

〔时间：几天后。

〔地点：浙江张家村村口。

（合唱）黄道吉日紫气爽，

八抬大轿进村道。

皇帝要娶民间女，

鼓乐喧天惊四方。

众　声　请护国娘娘上轿！

〔张桂兰与身系布兰的四村姑上。田水郎紧随桂兰上。

皇　帝　请恩人穿戴凤冠霞帔，坐上八抬大轿，随朕进宫。

张桂兰　万岁，我系惯布兰，戴惯草帽，走惯了田间小路，不想进京。

皇　帝　布兰，朕已封你护国娘娘，特来亲自接你，怎能空轿而回？

张桂兰　那就请万岁将凤冠霞帔，龙凤花轿留在民间，让民间女子出嫁时穿戴使用。

徐　直　万岁，古有严子陵不要做官，今有张布兰不结皇亲，都是高风亮节，顺之为好。

皇　帝　人各有志，朕依你就是，日后凡民间女子出嫁，一概穿戴凤冠霞帔，乘坐龙凤花轿！

〔张桂兰偕四村姑礼仪：“谢主隆恩！”

皇　帝　田水郎，朕也赐你一套花翎莽袍，与张桂兰拜堂时穿戴使用！

田水郎　谢主隆恩！（内侍奉上，接过）

皇　帝　取御笔过来！

〔挥毫书写“民女封后”，在天幕上映现。

（合唱）不恋金屋恋草屋，
不嫁皇帝嫁村夫。
民间女子尽封后，
村姑功德扬千古。

〔剧终。

1985 年

七场历史故事剧

强盗与尼姑

黄　韶

人物表（岁数以第一次出场为准）

王金发——男，25岁，绍兴府都督。曾在嵊县做过强盗。

沈月娥——女，18岁，人称“绣花西施”。嫁王金发为妻，后入尼庵。

尹彩姑——女，22岁，王金发的部下，政务员。

铁云标——男，28岁，王金发的部下，执法队队长。

秋　瑾——女，32岁，光复军领袖。

周树人——男，27岁，山会学堂监督（即“校长”）

巧少奶奶——女，45岁，月蛾的母亲。

沈介白——男，58岁，月娥的叔公。

章介眉——男，57岁，月娥的表叔公，原是省巡抚衙门的刑名师爷，后投奔袁世凯为陆军部秘书。

朱　瑞——男，29岁，浙江都督，第五军军长，后投靠袁世凯，封为“兴武将军”。

张殿魁——男，40岁，流氓土匪头子。

老尼姑、喜娘、钱举人、张少爷（假洋鬼子）、老烟鬼、贺客、仆人、卫兵、清兵、土匪、警察若干。

序　幕　受托

〔一九〇七年盛夏，深夜。

〔绍兴大通学堂。

〔幕启。乌云密布。合唱声中秋瑾在计划光复进军线。

〔合唱：风雨如磐夜蒙蒙，（秋瑾伏案思制作战方案）

秋瑾运筹壮志宏。

切盼党友传捷音，（秋瑾起身急切等候王金发）

却不料，金华武义弃前功。（王金发上，向秋瑾汇报敌情）

劝首领暂避锋芒离绍走，

女英侠誓收残局斗逆风。

重任托付王金发，

越墙突围离大通。（王金发跳墙出，下）

校外阵阵枪声紧，（秋瑾打枪拒敌，弹尽，丢枪）

鉴湖侠，面对刀丛却从容。（清兵上。押秋瑾，下。灯暗）

刑名师爷章介眉（灯复亮。一清兵在向章介眉报告战情。章示速斩秋瑾，当听到王金发已逃出，章大为吃惊。）

密令绍兴知府极刑用。

听得逃出王金发，

似闻惊雷一声轰。

〔灯急暗，下幕。

第一场　遇盗

〔一九一一年深秋的一个傍晚。

〔静心庵山门外，近处碧水如镜，远望石壁秀丽，红枫夕照，归鸦阵阵。

〔幕启。喜鹊叫，沈月娥手舞花鹊图自山门出。

沈月娥　（唱）闲居庵堂绣花绷，
绣出花鹊尾巴长，
抬头看，树上的花鹊对我叫，
这花绷和树上对对花鹊都一般样。
花鹊素来报喜讯，
看来好太太平平回城厢。

〔巧少奶奶和老尼姑相随出。

老尼姑　沈小姐，让贫尼看看。

〔沈月娘展花鹊图给两位老人看。

老尼姑　巧少奶奶，令爱果然是好手艺，怪不得人家要称她绣花西施。

巧少奶奶　师太你夸奖了，小女只是从小喜爱绣花，如今十八岁的大姑娘了，手上的功夫还浅呢！

老尼姑　这样的手艺，那个看了不称赞！沈小姐，明天是不是为我静心庵，绣一幅观音宝像。

沈月娥　我不绣了，（回头）娘！明天回城去吧。

巧少奶奶　好的。

老尼姑　（同声）回城？

沈月娥　喜鹊喳喳叫，是吉不是凶，可以放心进城了。

巧少奶奶　哎，月娥，城还进不得，
（唱）昨日叔公把信传，
城里局势又有变。
原先的光复不算数，
派人到省城去接线。

江洋大盗王金发，
就要带兵到府山。
人心惶惶乱纷纷，
街上店家排门关。
大户人家都避难，
我们怎能把城还。

沈月娥 （唱）风言风语不可信，
叔公是个小心眼。
我家三代举人有声望，
知府尚且礼相见。
半月来，母女避难静心庵，
未闻城里出凶险。
说什么，强盗带兵要进城关，
定然是，叔公胆小信谣言。

老尼姑 小心啊！如今世道多变，处处盗贼烽烟，大清皇上也管不了江山，听说昨夜哨金道墟那边，被海盗抢劫，还杀了人……阿弥陀佛，小姐还是小心为上。

巧少奶奶 师太说得有理。

沈月娥 哎，花喜鹊花喜鹊，你到底报的是喜还是愁！……

〔乌鸦和喜鹊叫声相杂，鹊叫声渐惨。

沈月娥 （抬头看）啊，乌鸦把喜鹊赶走了。

老尼姑 这是乌鸦抢喜鹊窝。

巧少奶奶 这真是，喜鹊白辛苦，乌鸦得现成。

老尼姑 时候不早，请巧少奶奶和小姐到里边吃夜饭去吧！

〔三人正欲回山门，只听得一声喝“慢走！”喝声过处，张殿魁和二个土匪穿着光复军制服奔上，他们背搭包裹和衣衫等，显然是抢劫所得。

土匪甲 （捷足先到山门前，把破长枪一横）我们大哥有令，请留步！

巧少奶奶 你们是谁？

土匪乙 刚刚在杭州打了胜仗的光复军，我们大哥是赫赫有名的嵊县乌带党首领王金发！

众 啊！

张殿魁 不要怕、不要怕！我是劫富济贫的好汉，如今是到绍兴府来当都督的。

二土匪 对对对，大哥是王都督！

老尼姑 王都督有什么吩咐，贫尼遵命就是！

张殿魁 出家人，不要你操心，这两位施主，倒是应该有钱出钱的！

土匪甲
土匪乙 听见没有，快拿买路钱来！

张殿魁 （喝阻）混蛋，什么买路钱！是革命钱，喏喏喏，弟兄们革命辛苦，慰劳慰劳。

巧少奶奶 先生，出门人身边没有带钱。

张殿魁 首饰也好，首饰也好！

〔巧少奶奶和月娥都将耳环脱下，由巧少奶奶交给土匪。

巧少奶奶 先生们，革命辛苦了！

土匪乙 不用客气，不用客气，你们是有钱出钱，我们是有力出力。

张殿魁 小姐，请将头上的金钗玉簪，也慰劳了吧！（顺手来拔）

沈月娥 （避，扑向巧少奶奶）娘！

张殿魁 （一把抓住月娥，一个照面）唷！好一个美人，像浣溪边的西施，月亮里的嫦娥！

土匪甲 大哥，我认出来了，她就是城里沈家门楼的绣花西施！

张殿魁 （放开手）绣花西施，好，今朝竟能狭路碰到我王金发。（对巧少奶奶）丈母娘在上，小婿有礼了。（整衣、立正、作举手齐眉礼）

巧少奶奶 谁是你的丈母娘！

张殿魁 啊！看样子，敬酒不吃要吃罚酒，弟兄们，请夫人上路！

土匪甲
土匪乙 是！（对月娥）夫人，请！

沈月娥 娘！

巧少奶奶 （同时地喊着奔拢去）月娥！

〔土匪们抢沈月娥，正要起步，只听得一声吆喝："站住！"马嘶声过处，王金发和尹彩姑擎马鞭上。

王金发 快将这小女子放下！

张殿魁 你们是些什么人？

王金发 瞎了你的狗眼，老子是王……

尹彩姑 （用乌鞭捅了王金发一下，抢上前）大哥是皇甫庄的夏少爷，出洋回来，哪个不晓。

张殿魁 看来你就是他的……

尹彩姑 妹妹。

张殿魁 喔！是兄妹，一副学生打扮，生得倒也英俊秀气，夏家的少爷小姐，告诉你们，我们是革命党人，要革你们这些人的命。今日送上门来，快把洋钿留下，算你们慰劳革命，将功赎罪！

王金发 有你们这样革命的吗？

张殿魁 好小子，竟敢在老虎头上搔痒，弟兄们，先把他拿下了！

二土匪 是！（向王金发扑来）

王金发 （喝声）谁敢！（拉开外衣，胸露两支短枪）

〔二土匪忙将破长枪逼住王金发，张殿魁和尹彩姑也都掣手枪相逼！

〔这时树上乌鸦叫了儿声，王金发不慌不忙，举枪向天左右开弓，两只乌鸦自空而下。

二土匪 啊！好枪法！（逃下）

张殿魁 不要跑！（脚也不由自主，跟着逃下）

〔王金发举枪欲击，彩姑夺住枪。

尹彩姑 大哥，不能打死，他们穿着光复军制服，这里面有文章。

王金发 对，在绍兴地界，看他也逃不出我的手掌。

老尼姑 夏少爷，你真是救苦救难的观世音菩萨。

巧少奶奶 （向王金发跪倒）谢谢夏少爷救命之恩。

王金发 啊呀呀，不要这样！（扶起巧少奶奶）

〔沈月娥见娘跪谢，也上前跪了下来。

王金发 姑娘请起！

（背唱）看她是，仪容端庄一姑娘，
风姿秀逸非寻常。

沈月娥 （背唱）我只道，从来书生多文弱，
却不料，他是琴心剑胆本领强。

王金发 （唱）姑娘你为何到此来，
莫非是陪母还愿来烧香。

沈月娥 （唱）我本在闺楼绣花绷，
只为避王金发进城逃庵堂，

王金发 喔，是为了避王金发……

沈月娥 刚才王金发行凶作恶，多亏夏少爷相救。

王 金 发 啊！这个强盗……

沈 月 娥 就是王金发。

王 金 发 巧极了！

巧少奶奶 （唱）谢义士救我母女俩，
太平日，请来寒舍品善酿。

王 金 发 （唱）贵府住在何方地？
日后登门好拜访。

沈 月 娥 （唱）竹丝墙门是我家，
高高五马灰山墙。

〔远处枪声。

尹 彩 姑 大哥，这是白篷船上的枪声，催我们下船了！

王 金 发 好，是该下船了。

〔王金发和尹彩姑举马鞭欲行。

沈 月 娥 （喊住）夏少爷留步！

〔王金发回身。

沈 月 娥 刚绣好一幅花鹊图，请义士收下，聊表谢意！

王 金 发 （看绣）绣得真好，多谢姑娘，告辞！

〔灯暗，幕下。

第二场　逼嫁

〔距上场一个月后。

〔沈府大厅。

〔幕启。沈介白焦躁不安，在厅堂里踱步，听得猫叫，猛的将几上茶杯向猫扔去。

〔巧少奶奶和沈月娥自内出。

**巧少奶奶
沈 月 娥** （同声）向叔公问安！

沈 介 白 罢了罢了，这个世道还安宁得了？

巧少奶奶 我夫死了，这个家全亏叔公操持，想不到时局变得如此，真是难为叔公了。

沈介白 唉，如今是强盗做都督，鸡犬都不得安宁呀！巧少奶奶，那天抢月娥的真是王金发吗？

巧少奶奶 听得十分清楚。

沈介白 卑鄙！

沈月娥 叔公，可曾谢过那救命的义士？

沈介白 皇甫庄已来人，讲根本没有这个夏少爷和夏小姐的，叫我到哪里去谢！

沈月娥 啊！总应该找到下落，答谢救命之恩才是。

沈介白 这个，我晓得，尚在派人四处打听，这敢于和王金发火并的勇士，不能不找啊！

沈月娥 叔公常说王金发不好，打家劫舍，杀人放火，月娥亲眼目睹，果然是个杀人不眨眼的强盗！这样的人，为啥要请来做都督？

沈介白 唉，这是有人心怀叵测！

（唱）城里有个中学堂，
中学堂里多新党，
新任监学周树人，
煽动学潮掀风浪。
不承认光复的新政府，
偏要请兵去钱塘。
王金发是个光复党，
他们是同党掌权想捞官当。

沈月娥 叔公，你们不是也有个党吗？

沈介白 我们的党叫自由党，系侬表叔公章介眉发起的，先前倒也红极一时，宣布光复，组织绍兴军政分府，叔公我也当上了一名科长，可是现在步步受压……唉，王金发将绍兴军政分府重新组建，把自由党人一个个都撤掉，叔公我也被赶出了军政分府的衙门！

巧少奶奶
沈月娥 （同声）啊，可恶的强盗啊！

〔男仆上报。

男仆 老爷，有钱举人、张少爷和章家老令拜会！喔！他们来了，

沈介白 快快有请。

男仆 是！（下）

沈 介 白 （对月娥母女俩）你们回避吧！

巧少奶奶
沈 月 娥 （同声）是！（同入内堂去）

〔钱举人、张少爷和章介眉上。

钱 举 人
张 少 爷
章 介 眉 介白兄，你好！

沈 介 白 三位仁兄请了！

〔让坐，女仆上茶。

钱 举 人 介白兄，你听到风声吗？

沈 介 白 什么？

钱 举 人 不好了，王金发贴出告示，严禁鸦片，张兄和我开办的烟馆都要被查封了。

沈 介 白 我早已料到，这黑饭不是好路，光复一来，自然要禁，幸亏我早收烟馆摊子，改营白米杂粮。

张 少 爷 哎，看你还蒙在鼓里，白米黑饭一样倒霉，王金发已经开仓放粮，米价大跌。

沈 介 白 啊！这个强盗，在我们手上强取豪夺，可恶，可恶！表弟，你为何一言不发。

章 介 眉 表兄，有所不知，愚弟是省衙刑名师爷，王金发在古轩亭公祭秋瑾，看来我是难逃莫须有的罪名了。

沈 介 白 啊，三十六计，走为上策，表弟啊，你还是早早逃出绍兴城吧！

章 介 眉 到哪里去呢？表兄！

（唱）处处烽烟光复声，
联军已经克南京。
清室难保大厦倾，
袁世凯虽有兵权还未坐稳。
眼前离绍非时机，
多变时局还须等。

沈 介 白 那眼前难道你束手待毙？

张 少 爷 章兄是眼睛一眨，计策一百，妙计倒有一个，要请介白兄大力促成！

章 介 眉 表兄，我今朝是向你讨救兵来的！

沈 介 白 用得着我，自当尽力为之。

章介眉 谢表兄！

沈介白 计将安出，快说吧！

章介眉 喏喏喏！钱兄打听得王金发新近丧妻，正要续弦，不是正可投其所好，来一个美人计吗？

沈介白 好计好计。

钱举人 我还打听得王金发看中的美人是绍兴城内的绣花西施。

沈介白 绣花西施！？

章介眉 侄孙女月娥，不是绣花西施么！

沈介白 这……

章介眉 真是天赐良机，切莫错过！

沈介白 哎，将侄孙女嫁给一个强盗，叫我怎么向先兄亡侄交代！

章介眉 啊！表兄啊！

（唱）切莫犹豫失良机，
众人的命运靠着你。
大义灭亲自古有，
何况是，丢一个小小侄孙女。
还望表兄顾大局，
不惜丢卒同保车。

钱举人 （唱）侄孙女非是亲骨肉，
推出门外莫犹豫。

张少爷 （喝）蛇要肚饱田鸡要性命，
管什么先兄亡侄阴司鬼（音居）。

章介眉 （唱）再说是都督夫人有名气，
亲人面前也对得起。

众 介白兄！

沈介白 唉！

众 为我们自由党人风雨同舟，你就答应了吧！

沈介白 也罢，看来只能如此了。

众 仁兄真是义重如山，敬佩敬佩！

沈介白 明日听我回音。

章介眉 好，弟等告退！

钱举人
张少爷 明日听候佳音！留步！留步！

沈介白 恕不远送！

〔章、钱、张三人下。

沈介白 阿三，请巧少奶奶和小姐！

〔内男仆声："巧少奶奶、月娥小姐，老爷有请！"

〔沈月娥母女俩出。

巧少奶奶
沈月娥 （同声）叔公有何吩咐？

沈介白 坐坐坐！

〔沈月娥母女告坐。

沈介白 （向内）倒茶！

〔女仆搬茶上。

沈月娥 叔公今日把我们当客人了！

沈介白 先兄亡侄，短命夭亡，思想起来好不伤心！（擦泪）

巧少奶奶 （感激）亏得有叔公持家，孤儿、寡母总算能有今天。

沈介白 你们娘儿俩也是苦命，叔公有不到之处，尽管对我说来！

巧少奶奶 叔公是一家之主，怎敢妄议叔公，叔公有什么事，尽管当面吩咐。

沈介白 如今侄女已年方十八，长大成人，在这多事之秋……叔公有一句话要和你们娘儿俩商量！

沈月娥 （羞涩）叔公……

沈介白 男大当婚，女大当嫁，今日正好有人来做媒，男方条件还不错。

巧少奶奶 全凭叔公做主。

沈介白 如今革命了，新派新办，理当和本人商量商量！

巧少奶奶 不知新官人是谁家少爷？仪容如何？人品怎样？

沈介白 是巧少奶奶和侄孙女儿都已经见过面的！

巧少奶奶
沈月娥 （同声）是哪个？

沈介白 绍兴都督王金发！

沈月娥 啊！我不愿！我不愿！

巧少奶奶 月娥，不要这样，叔公总是为你好的，有话好商量。

沈月娥 还商量什么！

（唱）王金发强盗出名人人晓，

杀人如麻像割草。
静心庵山门亲眼见，
嫁他好比伴虎豹。
叔公早就把他恨，
刚刚还在骂强盗，
满身血腥鲁莽汉，
叔公啊，怎忍送我入笼牢。

巧少奶奶 （唱）乌鸦怎能配凤凰，
千金怎能嫁强盗。
请叔公回绝提媒人，
门当户对女婿挑。

沈 介 白 巧少奶奶，侬咋会也这样讲！月娥，我嫡嫡亲的侄孙女儿啊！
（唱）自古道，识时务者为俊杰，
为人总想步步高。
王金发已非昔日草头王，
一府之长官不小。
英雄不怕出身微，
金龙本是鲤鱼跳。
想当年，刘邦本是小亭长，
亡秦灭项披龙袍，
朱元璋出身是和尚，
一统江山建明朝。
我看金发有贵相，
龙行虎步豪光照。
怪我叔公一时昏，
竟然骂他是强盗。
月娥你，待字闺中总须嫁，
我沈家光耀门楣将你靠。
这正是四海难觅的好姻缘，
有人想求也求不到。

沈 月 娥 （痛哭）我不愿，我不愿。
（唱）孩儿已经主意定，

要我嫁强盗办不到，
即使强盗做皇帝，
也不做皇后惹人笑。

沈 介 白 唉，也难怪！巧少奶奶，你好好开导开导你的女儿吧！（昂然下）

〔沈月娥母女拥抱大哭。

巧少奶奶 （唱）女儿啊，总怨命里生得苦，
你小小年纪就丧父。
为娘是，女流之辈无权柄，
莫惹叔公发了怒。

沈 月 娥 （唱）终身大事非儿戏，
我怎能认盗作丈夫。
娘啊娘，你生我养我痛惜我，
总要为女儿做个主。

巧少奶奶 （唱）娘是寡妇难做主，
要听叔公来摆布。
今日你若不答应，
以后日子如何过！
孤女寡母谁照应？
沈家门里人难做。

沈 月 娥 （唱）夏少爷你今身在何方地？
庵门一别音讯无。
助人总要助到底，
为何不来救月娥。

巧少奶奶 女儿啊，你不要胡思乱想了，夏少爷今日是不会来救你了，你……你就委屈委屈，免得再生意外，娘求求你，娘求求你！（跪）

沈 月 娥 娘！

〔幕下。

第三场　成亲

〔前场后第七天。

〔都督府内堂。

〔幕启。

〔中幕前：众卫兵捧彩盘、鲜果、灯台、盆花等在喜乐声中穿梭过场。

〔章介眉上。

章介眉　哈哈哈！

（唱）我略使小小美人计，
强盗他对我去狐疑。
他委我，仍旧任职治安科，
看来我，已经走对了第一步棋。
今朝他，大红请帖送上门，
章介眉，我都督府中来道喜。
听说是，省里来了朱军长，
他与我同僚有交谊，
今日我且把脚站稳，
到时候，
东山再起图大计。

〔铁云标全副戎装挂礼花上。

铁云标　嗄，章科长来了！

章介眉　蒙都督看重，当然要前来贺喜！

铁云标　章科长为都督撮合美事，费了不少心计，今日邀你前来喝喜酒，还要重重赏你！

章介眉　不该不该！

铁云标　章科长请！

章介眉　铁队长你忙！（入内）

〔幕内声："浙江都督朱军长到！"

〔朱瑞和卫兵上，和铁云标互行军礼。

章介眉 朱军长请！

朱　瑞 请！

〔铁云标送朱瑞和卫兵下。

〔中幕开，内堂张灯结彩，香烟缭绕，人们忙碌张罗。

〔爆竹声声，内传声：“花轿到了”，忽然卫甲奔上，惊异地向大家窃窃私语，继而众人议论纷纷。

卫　乙 真的吗，新娘子带着剪刀？

卫　甲 珠翠都踏破，旗袍也剪破，要不是喜娘手眼快，也许……

卫　丙 啧啧啧，倒是个烈性女子！

卫　甲 做都督夫人，人家别都别勿着。

卫　乙 各人有各人的想法。

卫　甲 花轿里乱纷纷，看热闹的人不少。

卫　丙 去看看！

卫　乙 不用去了，来了来了！

〔喜娘扶破衣散发的沈月娥上，后随尹彩姑。议论即止。卫众侍立，尹彩姑示意卫众退下。

沈月娥 我不要活了！我不要活了！（哭）

喜　娘 新奶奶，侬真是想不开，都督夫人有啥不好？快快再梳妆打扮，准备拜堂。

沈月娥 强盗！强盗！

尹彩姑 沈小姐，你还认得我吗？

沈月娥 （注视）啊，是夏小姐！（跪倒）夏少爷在哪里？救救我呀！

尹彩姑 啊！快起来起来！（对喜娘）你先下去，准备礼服！

〔喜娘下。

沈月娥 （注视尹彩姑的打扮）夏小姐你……你这身打扮？

尹彩姑 我不是夏小姐，我是光复军炸弹队里的尹彩姑，今天是军政分府的政务员！

沈月娥 你也投王金发了？

尹彩姑 沈小姐，你一定误会了！那天的强盗不是王金发，真正的王金发就是夏少爷。

沈月娥 夏少爷？不会吧，夏少爷不像是强盗！

尹彩姑 夏少爷在嵊县是做过强盗的。沈小姐啊！

（唱）真人面前不说假，
夏少爷才是王金发，
他出身嵊县董龙岗，
从小习武好射猎。
枪打飞鸟连珠出，
名扬绿林是豪客。
粗通文墨中秀才，
组织党会称乌带。
他和余姚的马宗汉，
同随徐锡麟留学到国外。
立下光复河山志，
誓把皇帝拉下马。
他协助秋瑾图大事，
大通学堂教枪法。
辛亥革命起武昌，
响应起义把队伍拉。
猛攻上海制造局，
光复杭州缴军械。
清兵闻风丧了胆，
巡抚大人见他怕！
他出生入死干革命，
汗马功劳可算大。
他不是打家劫舍的獐鼠辈，
他做强盗为国家。

沈月娥 （唱）听罢彩姑一番话，
又是敬佩又奇怪：
为什么他便服来到静心庵？
为什么他改称姓夏是少爷？
为什么叔公逼我嫁强盗？
为什么乡绅都在咒骂他？

尹彩姑 沈小姐，难怪你有这些想法。我是他的老部下，从嵊县跟他出来，光复上海、杭州，同在一个敢死队中，他的行为，我略知一二，那天我们乔装打扮，为的是查察旧官僚的罪恶……

沈月娥 这倒是。

尹彩姑 自从秋女侠就义之后，大哥是常用夏了黎三字为名，要说改姓，早就在改了。还有你叔公逼嫁之事，我们到今朝见你带着剪刀上轿，才刚刚知道。至于乡绅咒骂大哥，这是因为大哥办事，好了民众，损害了乡绅，不足为怪。不瞒你说，大哥为了绍兴民众，拜堂之前，还在处理公事，上午，签署了免钱粮、禁乌烟的布告，刚才又给周树人先生拨去二百元办校经费，现在正和傅盛记老板商量平价粜米，以利穷苦百姓！

沈月娥 想不到世上还有拜堂之日理公事的新郎。

〔王金发叫着“沈小姐！”“沈小姐在哪里！”上。

王金发 沈小姐，我来迟了！

沈月娥 好一个夏少爷，我什么都知道了

王金发 沈小姐啊！

（唱）山门离别情悠悠，
我也曾四出寻访托好友，
竹丝墙门五马山，
怎奈是，绍兴城里多此楼。
花鹊绣图帮我忙，
都说出自绣花西施的手。
想不到你美如西施重转世，
又有一双灵巧的手。

沈月娥 （唱）山门离别情悠悠，
我每日想你在闺楼。
托人寻访皇甫庄，
相救之恩须谢酬，谁知道皇甫庄并无姓夏人，
原来就是你强盗头。
强盗头又是孺子牛，
拜堂日，尚在为民福利谋。
这样的强盗令人敬，令人爱，
谢苍天，为我配下良缘结佳偶。

王金发 （唱）不瞒你，我早有元配在乡间，

却不料她，竟遭瘟疫一命休。
为续弦多少好友把亲提，
也有那献媚的劣绅把好投。
一个个难合我的意，
只因花鹊飞进我心头。
今日你做了王家人，
屈居继室你可接受。

沈月娥 （唱）何必要把元配继室挂在口，
月娥勿将地位求，
此心一片已属君，
愿与你，结同心，订百年，
恩恩爱爱共白首。

尹彩姑 啊呀，误会已解除，也该梳妆打扮行大礼了！

沈月娥
王金发 （同声）是是！

尹彩姑 喜娘，快快准备！

〔喜娘："来了！"上。在音乐声中喜娘给沈月娥簪珠花，围彩裙，披红袄，盖头巾。

王金发 嗳！如今文明结婚，我不是送去上海带来白色的西式礼服吗，这种服装太老式了。

喜　娘 啊呀都督大人，这是沈介白老爷的吩咐，他说，今天是喜庆，按照绍兴老习惯，都是白的颜色不好。

尹彩姑 （对王）也好，旧风俗慢慢的改。

〔喜娘给盖头巾。

王金发 哎，盖这个做啥？

喜　娘 这也是绍兴老习惯，红头巾要到洞房才可以揭呀！

王金发 嗳，这脸孔我们早已熟了，用不着遮起来了！（众笑）

喜　娘 一切准备定当！

尹彩姑 结婚仪式开始！

〔隔灯。

〔前厅，换上了一面五色旗和孙中山先生像。

〔王金发戎装佩刀，胸挂礼花和沈月娥中间对面而立，两旁立着众贺客和卫兵，在鼓乐声中，铁云标赞礼：“一拜天地！二拜祖宗！夫妻对拜！”王金发行军礼，沈月娥在喜娘扶教下行旧礼，显得很不协调。

铁云标 送新郎新娘人洞房。

〔众热烈鼓掌相送。

王金发 诸位请慢，先送新娘进房，我还有话和大家讲呢！

〔众止步。喜娘送沈月娥。

王金发 诸位！今天我很高兴，高兴的不仅是举行了结婚礼，更高兴的是军政分府已完成了对秋瑾烈士被谋杀一案的调查，今天我正借婚礼的时候，请这主凶入瓮了，政务员请当众宣布罪状。

〔众哗然。继则一片肃静。

尹彩姑 （拉开公文包）查绍兴劣绅章介眉，原任浙江巡抚衙门的刑名师爷，该犯鱼肉乡里，罪恶累累，大通案发后，在详文未下之前，密令贵福杀害秋瑾……。

王金发 够了！

章介眉 （扑通跪倒，连连叩头）王都督冤枉！王都督冤枉！

王金发 嗨！（抽出指挥刀）为秋大姐报仇，你死有余辜。

张少爷
钱举人 （同声）王都督息怒！今日是都督喜庆之日，不可妄动。

章介眉 王都督！宝刀不杀无罪之人，想我章介眉，在你来绍之前，就组织军政分府，也是光复功臣，请你刀下留情。

王金发 住口！章介眉——

（唱）昔日你，横行绍兴称一霸，
敲榨勒索欠下了多少血泪债。
在省城，密令贵福杀秋瑾，
心狠手毒你执掌刑名是师爷。
眼看清廷大势去，
你潜回绍兴把白旗挂。
冒充光复组织军政府，
妄想篡权花招耍。
暗箭伤我王金发，
今日里，岂容你，乌鱼漏网重作怪。

朱　瑞 你竟敢暗箭伤害王都督，果有此事吗？

章介眉　小人不敢，断无此事。

王金发　好一张利嘴，来人!

卫　兵　有!

王金发　带张殿魁!

卫　兵　是!

〔张殿魁被押上。

章介眉　啊!

王金发　张殿魁，你将口供重说一遍!

张殿魁　是是。

（数板）我叫张殿魁，
无赖加地痞.
从小少教养，
到大勿争气。
一天遇介眉，
把我看中意。
给我老龙洋，
发我新军衣。
要我趁乱世，
混水摸鱼去。
冒充王金发，
四出抢东西。
弄臭光复军，
民众好痛恨伊。
军政府留空名，
到时好换旗。
若还成功日，
给我大功记。
从此吃油和穿绸，
殿魁爬上了登天梯。
句句是实话，
都是介眉出主意，出主意!

王金发　巧不巧强盗碰强盗，拆穿西洋镜，章介眉看你再敢花言巧辩。（一脚将章介眉踢翻在地）朱军长，你看这两个人怎么办？

朱　瑞　王都督是绍兴的一府之长，此事由王都督全权裁定！

王金发　如此，王某放肆了。执法队！

铁云标　有！

王金发　把张殿魁押送治安科严办！

铁云标　是！（一挥手，一士兵上前押张殿魁下。）

王金发　将章介眉绑到轩亭口，先示众三天。

铁云标　是！

〔铁云标指挥两卫兵，将章介眉挟起。

〔灯暗。

〔幕下。

第四场　求情

〔新婚一月后。

〔都督府书房。

〔幕启。王金发挥毫作画。沈月娥送上一碗莲子汤，在旁观画。

〔幕后唱：新婚燕尔花如锦，
府衙卷案理无心。
蜜月虽逝甜长留，
如胶似漆恩爱深。

沈月娥　金发！

（唱）想当初我把强盗恨，
看如今，你我形影不离分。
绍兴府，一府荣华我享尽，
这真是夫贵妻荣身。

王金发　（唱）岂只夫贵妻荣身，
沈氏门楼光谁增。
我委任叔公当局长，
表表侄孙女婿一片心。

月娥，你看叔公当局长，够大勿够大？

沈月娥 总勿见得让伊做都督！

王金发 看你，一张巧嘴……

沈月娥 （唱）金发啊，还有一对大媒人，
就是张少爷和钱举人。
当上了司长科长做了官，
感谢你都督不忘恩。

王金发 嗨，算他们运道好，本来么，这批自由党人，都是章介眉手下的，军政分府里一个也不留，叫他们统统滚蛋。

沈月娥 谁叫你娶我这个绣花西施。

王金发 看在夫人的面子上，都给他们一点油水得得。

沈月娥 看在我的面子上，我还有一件事请请你帮忙。

王金发 什么事？

沈月娥 你肯不肯？

王金发 你我夫妻情分深，还有什么不好商量呢？

沈月娥 那我就斗胆讲了，金发啊！我有一个亲戚，关在监牢里，请你从宽发落，将他放了。

王金发 啊，有这样的事，那你为何不早说，你的亲戚就是我的亲戚！好，马上就放。

沈月娥 你真是我的好丈夫。

王金发 夫妻之间还来这一套作甚。快快讲，是谁？

沈月娥 就是拜堂时被你关起来的章介眉！

王金发 是他？

沈月娥 是他。

王金发 真的是他？

沈月娥 真的是他！他是我的远房表叔公。

王金发 嗨！今后不准再提他！

沈月娥 都督，怎么发这样大的火？

王金发 妇道人家，你懂得什么！

沈月娥 啊！你……

王金发 我怎么啦？说你几句，还算轻的，惹得我性子起，我就……（举拳）

沈月娥 好，你打你打，你就打吧！（边哭边凑近去）

王 金 发 唉！（拳击在桌上）妇道人家，真难对付！

（唱）见夫人，哭哭啼啼我心就软，

想不到，今日夫妻会口角生。

夫人啊，请你恕我心急躁，

今日得罪我赔情。

只是放章杀章事重大，

还请夫人谅三分。

沈 月 娥 （不睬，仍哭泣）呜……

王 金 发 多哭哭啥！有话好商量嘛！

〔卫兵上。

卫　　兵 王都督，尹政务员和铁队长请你商置北伐大事。

王 金 发 好，我就去。

〔卫兵回身下。

王 金 发 夫人，回来再和你讲！（下）

沈 月 娥 （止哭）啊，想不到他一口拒绝，叫我如何回复叔公呢？

〔内报："沈家老夫人到！"

沈 月 娥 啊，是娘来了，快开正门，迎接老夫人。

〔巧少奶奶上。

沈 月 娥 （迎前）娘！

巧少奶奶 月娥！三朝过门以来，已有一个多月了，为娘多想你哪！

沈 月 娥 孩儿也想念母亲！

巧少奶奶 那你为何不来娘家走走？

沈 月 娥 这……

巧少奶奶 你啊！真是喜鹊尾巴长，嫁了丈夫忘记娘！

沈 月 娥 哪会忘记呢？娘！

（唱）我三朝回门来探娘亲，

都督夫人有身份。

八人大轿将我抬，

军乐队开道在前行。

一路彩旗飘如云，

鞭炮放了二百斤。

谁知惊动了一些人，

《越铎日报》上骂夫人。
因此我深居简出避闲言，
请娘体谅女儿心。

巧少奶奶 （唱）这班人，真是吃饱米饭无事情，
大惊小怪瞎起劲。
都督革命功劳大，
贵夫人，摆摆场面也该应。

沈 月 娥 不讲这些了，娘轻易是不出门的，今日上都督府来，想必有要紧之事。

巧少奶奶 是啊！放表叔公一事，你求过情吗？娘今朝就为此事而来。

沈 月 娥 这……

巧少奶奶 莫非你们夫妻还不够贴心，有话难讲。

沈 月 娥 不，都督对我言听计从！

巧少奶奶 这就好了！

沈 月 娥 唯有放表叔公一事……适才间都督发了火。

巧少奶奶 啊，这如何是好？月娥啊！
（唱）为此事，叔公天天发脾气，
娘是暗暗流眼泪。
今天逼我上门来，
要我亲自求女婿。
月娥啊，如果你，求情不成要害娘，
我只好，回到屋里上吊死。

沈 月 娥 （唱）娘的处境儿详悉，
要不然，怎会惹都督生怒气。
看来是表叔公杀害秋瑾罪难赦，
我再去求情也勿依。

巧少奶奶 （唱）老话讲拳头总归打出外，
手臂总要弯进里。
表叔公虽然犯大罪，
但总是表亲有情谊。
月娥啊，行善积德浮屠造，
你无论如何要救伊。

沈 月 娥 娘，你不要着急……哎，后园梅花避开，娘，我陪你一边赏梅，一边

商量办法如何？

〔巧少奶奶点头。

沈月娥 娘，随我来！（拖巧少奶奶同下）

〔王金发手拿一张报纸，气呼呼地上。

王金发 他妈的，岂有此理，岂有此理！（扔报）

〔内报："沈局长、钱司长、张科长到！"

〔沈介白、钱举人、张少爷等捧礼品上来。

众 王都督，你好，你好！

王金发 哼！拿了我的钱，前几天骂夫人，如今骂起我来了！

众 啊！有人竟敢骂都督，大胆，大胆！

〔沈介白拾起报纸，展开，只见上面是《越铎日报》四个字，整版是两幅漫画。

张少爷 （凑近身，读）"阔客一顶帽，贫民半年粮"。

钱举人 （也凑近身，读）"剥伐袋"呸！

沈介白 （翻到报纸背面）看，这里还有好文章！

张少爷、钱举人 （同读）"军界痛言！"

沈介白 看这泼辣的文笔，一定是周树人的杰作。

王金发 他妈的，我要用手枪打死他！

沈介白 都督要杀周树人！

张少爷 都督要杀周树人！

钱举人 都督要杀周树人！

王金发 住嘴！我是要枪毙违犯军纪的军人。

沈介白 对对，违犯军纪的军人也不好，这骂都督的文人更可恼。

（唱）自从都督上了任，
绍兴全城气象新。
谁不夸你都督好，
骂都督都是一些臭文人。

张少爷 （唱）都督出钱反受骂，
难怪都督怒气生，
全城百姓都靠你，
都督保重多自珍。

钱举人 （唱）都督功比泰山高，
都督恩比东海深，
如今功臣反受气，
亟须整治儆一儆。

王金发 不！
（唱）本都督轻易不杀人，
何况是文章也有理三分。
省督催办北伐款，
我只得百姓头上捐税增。
周树人本是我好友，
直言不讳来提醒。
如今是下面称我“剥伐袋”
上面筹款催得紧。
我好比老鼠钻进风箱里，
两头受气吃夹棍，
王金发本是百无禁忌痛快汉，
到如今才知做人难来难做人。

沈介白 （唱）都督何愁无出路，
柳暗花明又一村。
卑职斗胆进一言，
北伐经费包我身。

王金发 沈局长你是我的长辈，快说！

沈介白 （唱）有人愿毁家纾难田三千，
慷慨捐献五万银，
省督催办一日清，
百姓捐税可减轻。

王金发 有这样的人，好！军政分府里我给他一个科长当当。

沈介白 就怕都督食言。

王金发 废话，本都督办事从来赏罚分明！

沈介白 可是这人还关在牢监里，只要将功补过就可以了。

王金发 哪一个？

沈介白 章介眉！

王金发 啊！他与秋瑾案有牵连，不杀他对不起鉴湖女侠在天之灵！

张少爷 不会，不会，秋女侠切切盼望光复的胜利，决不会计较个人恩怨。

钱举人 王都督，卑职也进一言：想当初诸葛亮七擒孟获，七次都放掉了，才赢得南蛮来归，这真是宰相大才，宽容仁恕。今日在章介眉一案中，正好咸与维新，不修旧怨，显得王都督也是豁达大度，将帅之才，非绿林好汉可比也！

张少爷 对对对，以前辈圣贤为鉴，顾全大局为重。

王金发 这……

〔尹彩姑上。

尹彩姑 大哥，省督来电！

王金发 念！

尹彩姑 “南京当局已成立北伐军司令部，任命王金发为副司令，希从速筹粮筹款，以应队伍誓师北伐。”

张少爷 常言道，兵马未动，粮草先行，这筹粮筹款之事，实在拖延不得啊！

钱举人 王都督，此一时，彼一时，都督为共和局势着想，放了章介眉，正是一举两利，顺应时局。

尹彩姑 啊？

〔铁云标上。

铁云标 大哥，有本城乡绅联名信一封呈上。

王金发 念！

尹彩姑 （接铁云标递来联名信）“王都督大人钧鉴：“章……”（发呆）

王金发 念！

沈月娥 是替章犯说情的信，不念也罢。

〔沈月娥和巧少奶奶上。

沈月娥 都督！（跪）

（唱）都督啊，你若执意要杀表亲，
娘亲回去难做人。
你若执意要杀表亲，
月娥我，从此难进娘家门。
求都督，勿看僧面看佛面，
为娘亲，为月娥，
你饶了表叔公一条命！

王金发 （唱）夫人跪地苦求情，

王金发内外相逼陷困境，

看起来章犯阳寿不该绝，

委屈了，鉴湖女侠在天灵。

双手扶起我夫人——

执法队！

铁云标 有！

王金发 （唱）快去把章犯释放出牢门。

尹彩姑
铁云标 （跪倒）大哥，不能放！

王金发 放！

尹彩姑
铁云标 （同声）放不得！

王金发 好！执法队不放！我亲自去放！（怒冲冲下）

〔尹彩姑和铁云标追下。

〔沈介白、钱举人、张少爷畅怀大笑。

〔幕闭。

第五场　亲离

〔接前场。

〔大通学堂。雨廊前。纵深处厅内鲜花丛中，悬挂着秋瑾大幅遗像。厅侧一块屏风，上写着光复会入会誓词“光复汉族，还我河山，以身许国，功成身退”十六个大字。

王金发 （唱）秋大姐，你是秋风秋雨愁煞人，

金发我，却是春暖还寒冷三分。

施政少有如意事，

东碰西撞步难行。

为了北伐筹饷银，

又为了，宽恕夫人娘家亲，

恕王某食言当年誓，
释放章犯同维新。
大姐啊，你在天之灵若有知，
定会体谅我苦心。
待到北伐凯旋归——（起立）
（接唱）再次公祭古轩亭。
〔卫兵上。

卫　兵　报都督，铁队长和尹政务员殷切求见。

王金发　不见！

〔铁云标和尹彩姑闯上。

铁云标　大哥，我们两人跟了你十多年，从来同进同出，并肩杀敌，如今你竟然叫卫兵把我们兄弟俩隔开，是何道理？

尹彩姑　除恶务尽，原是我们当年的共同誓言，你为什么不听忠言，执意放章？

王金发　你们俩口口声声要杀毁家纾难的章介眉，我不愿再听！

铁云标　我是执法队长，我要去把章介眉抓回来。

王金发　抓了章介眉，谁出三千田，五万银？

铁云标　抓了人，再将财产充公，有何不可！

王金发　章介眉上有南京陆军部说情，下有绍兴城众乡绅作保，我若抓人夺产，一意孤行，还能在绍兴城站得住脚吗？

铁云标　大哥你进绍兴，靠的是南京陆军部和众乡绅，还是靠的众兄弟？

王金发　这个……

铁云标　既然大哥已不靠我们，我辞职！

王金发　你？

铁云标　（唱）秋案主谋同维新，
光复会还革什么命！
执法队长空留名，
倒不如卸甲归田事耕耘。

王金发　你疯了。
（唱）宣统皇帝尚在位，
北伐大业未告成，
岂容你半途而废做逃兵，
你要辞职我不准。

铁云标 （唱）孙中山已把民国建，
袁世凯议和逼清廷，
清帝退位在眼前，
我看你也难保北伐军中的副司令。

王金发 嗨！
（唱）好一个不识抬举的铁云标，
竟然蔑视我司令，
步步紧逼太无礼，
惹得我火起不留情。

铁云标 大哥，保重！（转身走）

王金发 站住！

铁云标 （转回身）还有什么话？

王金发 你真的要走？

铁云标 真的要走！

王金发 一定要走！

铁云标 一定要走！

王金发 （掣枪）我枪毙了你！

尹彩姑 （拦阻）大哥！（对铁云标）大哥的脾气你是晓得的，他一心北伐，敢死队中不能没有你。

铁云标 光复会宗旨："功成身退！"如今绍兴早已光复，章介眉都放了，还留着我铁云标有何用。假如大哥不准我铁云标出城，好，战场上没有死在敌人之手，今天大哥就……（拉开衣襟，拍胸脯）来吧！

王金发 来人呀！去军政分府总务科取大洋五十，送铁队长出城！（转身，心痛如绞）

卫　兵 是（下）

铁云标 云标靠的双手，不要你一个铜钿，大哥啊，临走别无他言，这章贼归案一事，劝你慎思再三，莫违民意，大哥、彩姑，后会有期！（转身毅然下）

王金发 彩姑，你就替我送他一程吧！

尹彩姑 是！（下）

〔卫兵上。

卫　兵 报都督，周树人先生求见！

王金发 不见！

卫　兵 是。（下）

〔侧幕内一阵笑声，周树人随着笑声上。

周树人 金发君，周某闯进来了！

王金发 你……

周树人 好友求见！数次被挡，也太不给我一点面子了！

王金发 你来得不是时候。

周树人 既然来了，你是赶我不走的。

王金发 你来做甚？

周树人 我是上门请你杀头来的！（将带来的《越铎日报》，往桌上一放，自己寻座）

王金发 （拿起报一看）我出钱，你骂我……

周树人 金发君，这是买了白柴打自己的脚梗，是一桩赔钱的买卖呀！……哎，怎么朋友来了，连一杯清茶都没有。

王金发 倒茶。

〔卫兵送茶上，放毕，下。

周树人 金发君，都说你是个秀才强盗，粗通文墨，你还记得这首诗吗？“煮豆燃豆萁，豆在釜中泣……”

王金发 （接）“本是同根生，相煎何太急。”这是曹子建的七步诗。

周树人 好，你还没有忘记。想八年之前，我在日本横滨码头，迎接你这留日寻求真理的同乡，一起加入了光复会，情同手足，想不到今日你竟要手足相残。

王金发 手足相残的是你，不是我！

周树人 我？

王金发 （掷《越铎日报》）你看，文如匕首，刺在我王金发的身上。

周树人 你痛了？

王金发 痛彻心肺！

周树人 好，痛了就好！金发君，世上有这样两把刀，一把是杀人的，你在驱逐鞑虏中用过；一把是救人的，我在仙台医校里用过。（示《越铎日报》）你说这是刀，这就是手术台上的刀，我要割去你的腐肉，割掉你的毒瘤，只怕你讳疾忌医，那……总有一天要病入膏肓。

王金发 啊！我明白了，树人兄，你是我真正的好友，这个比方好！我听你的，来人！

卫　兵　（应声上）有！

王金发　吩咐总务科，给《越铎日报》再送去五百大洋。

卫　兵　是！（下）

王金发　树人兄，办报经费，尽管向我来拿。你就在报上骂！骂一个痛快吧！

周树人　照这样说来，你这个赔本的买卖还要做下去。

〔两人“哈哈”大笑。

周树人　（呷茶）你我的情谊，应像这杯水珠茶，一无杂质，清澈明净，无话不谈。

王金发　对，对。

周树人　我有重大之事，要和你推心置腹谈一谈。王金发，金发君啊！

（唱）光复绍兴你是功臣，

可记得入城时，百姓夹道把你迎。

我带领学生到码头，

你与我，紧紧握手共相庆。

你满怀激烈抒豪情，

立志要兴利除弊治绍兴，

鞠躬尽瘁为黎民。

那时候我满腔希望寄你身，

实指望，你励精图治慰民心。

谁知你，好比隋唐的程咬金，

三斧头劈过就无劲。

到如今，口嚼鱼翅饮花雕，

软貂轻裘披上身。

乐不思蜀庆昇平，

安坐宝椅昏沉沉。

王金发　对对对，我马上就改！

周树人　其实，都督穿皮袍，饮饮花雕，有何不可，只不过——

（唱）为光复，多少同志献了身，

你却把当年的誓言忘干净。

马放青山解戎装，

刀枪入库铁锈生。

竟然放走章介眉，

与秋案谋主同维新。
有道是纵虎容易擒虎难，
你总有一日要害自身。

王金发 这个，树人兄多虑了，章介眉纵然是虎，坐牢一月有余，也已经变落水狗了。我王金发惯打猛虎，不打落水狗！

周树人 金发君，落水狗一旦上岸，咬人更凶。

王金发 我已经放了，大丈夫言出如山，难以收回成命。

周树人 （站起来走上一步，指着王金发）你是大丈夫吗？当年秋瑾遇难之时，你是怎么说的？

王金发 这……

周树人 当时你信誓旦旦，要杀尽秋案幕后人。好一个言出如山！你不配做一个大丈夫！你是小人，见钱眼开，章介眉说一声："毁家纾难"，一张张银票，一块块大洋，就把你的眼睛迷住了！你有刀不用，强盗怕刀，天下怪事。你枉有七尺之躯，拜倒在夫人的石榴裙下。啊！可惜啊可惜，这光复的新绍兴，眼看就要丧在你这种小人之手了！

王金发 （再也忍不住）住口！这绍兴府都督，是你？还是我？！

〔静场片刻。

周树人 （长衫口袋中，摸出辞呈，递过）我的王都督，请看！

王金发 （看纸条、手发抖）辞职书！

周树人 本来嘛，受都督委以山会学堂校长之重任，理应鞠躬尽瘁，怎奈绍兴当前气候不佳，周某实在受不了这郁闷，只好到外面去透透风。

王金发 树人兄，还能挽留吗？

周树人 大丈夫言出如山。（拂袖而起）

王金发 好啊，爽快！我也不留你，不过……

周树人 你还有什么话说！

王金发 （停顿，强压火气，思索）愿树人兄勿忘旧交，多多来信。

周树人 该写之时，我是一定要写的。（下）

王金发 （唱）云标离我回故乡，
树人离绍我更惆怅。
痛失双臂我心震颤，
难道我放章之事欠思量？
凭吊大通忆旧事，

想当年，歃血为盟志昂扬。
挥汗练武勤操练，
奔马禹陵尘土扬：
清兵包围大通日，
我突围翻出这垛墙。
往事历历在眼前，
更难忘，秋侠浩气日月长。
唉！秋大姐，我对不起你啊！

〔灯渐暗，天幕上出现秋瑾，追光罩着王金发。

秋　瑾　金发君，你还记得我吗？

王金发　秋大姐，我没有忘记你。

秋　瑾　看你大做起王都督来了！

王金发　不！我正在忏悔自己。

秋　瑾　哈哈哈，秋案早过去了，仇人也杀得不少了，章介眉也毁家纾难，咸与维新了，我的王都督！王都督！王都督！……（一声比一声响亮）

王金发　大姐！

〔秋瑾隐去。另一侧章介眉出现在追光灯下。

章介眉　王都督，我很感谢你啊！（狞笑）哈哈哈……（又隐去）

〔灯光复亮。

王金发　啊，我不能辜负秋侠遗言嘱托。要把章介眉抓回来，来人啊！

卫　兵　（上）有！

王金发　命令执法队全体出动，包围章宅，把章介眉重新捕捉归案。

卫　兵　是！（下）

〔尹彩姑上。

尹彩姑　大哥，你刚才调兵遣将，发生了什么事？

王金发　是去抓章介眉，将他重新捕捉归案！

尹彩姑　好大哥，你还是我们的好大哥，把铁云标追回来吧！

王金发　对！把铁云标追回来！我要任他北伐忠勇队队长！

尹彩姑　北伐？啊呀省里已来电，说南北达成和议，清帝在乾清宫颁发了退位诏书，不用再北伐了。真是不幸呵！

王金发　终于光复了汉族大好河山，怎么说不幸？

尹彩姑　参议院在南京选举了袁世凯继任大总统。

王金发 啊！姓袁的真的得了现成天下。

尹彩姑 朱瑞要你发电贺喜，表示效忠袁世凯。

〔王沉默，众期待。

王金发 （少顷）他妈的，老子只效忠孙中山！什么袁世凯？清皇朝的走狗，还不是一个大花脸吗！

〔卫兵上。

卫　兵 报告都督，执法队扑了一个空，章介眉早已逃出绍兴了！

王金发 什么？

卫　兵 章介眉早已逃出绍兴了！

王金发 啊！

〔幕下。

第六场　别离

〔一九一二年中秋。

〔越王台楼栅内。

〔幕启。月色朦胧，浮云飞空，王金发在舞刀。少顷，尹彩姑上。

尹彩姑 大哥，又来了消息，兴武将军朱瑞，已派出一团精锐部队，向绍兴开来，先头部队已过了钱塘江。

王金发 水来土掩，兵来将挡。他妈的，这个投靠袁世凯的走狗，就和他拼个你死我活。（一刀刺进了楼柱）

尹彩姑 大哥啊，使不得！

（唱）今非昔比时局变，

大丈夫能屈也能伸。

光复军兴盛之日已过去，

敢死队早已走散大半人。

自从错放章贼后，

士气低落已难振。

朱瑞他兵多武器好，

三千大军压绍兴。

鸡蛋难和石头碰，
知己知彼最要紧。
三十六计走为上，
大哥你要三思忖。

王金发 这……

〔卫兵上。

卫　兵 报都督，禁烟局搜了一个老烟鬼的家，老烟鬼不服，吵吵闹闹，吵到都督府来了。

王金发 把他带到这里来。

卫　兵 是！

〔卫兵下，押老烟鬼上。

老烟鬼 （眼泪鼻涕）王都督，你快救救我这条命吧！禁烟局把我的乌烟都搜去了，再是半天不抽烟，我没命了！王都督，救救我，救救我。（哭）呜……（跪）

王金发 嗨！中国就伤在你这种人手里。难怪外国人叫阿拉东亚病夫，可耻可耻！

老烟鬼 这……都督可不能冤枉，我看，是伤在当官的手里，贪赃枉法，专刮民脂民膏。

王金发 什么什么？你这个病夫，还要信口开河，中伤官府。

老烟鬼 王都督手下就有这种赃官。

王金发 哪一个？

老烟鬼 禁烟局局长就是一个，他搜去我家乌烟三十两，都落了自己腰包，名为禁烟，实为抢烟，他是真正的老烟鬼！

王金发 废话，不准你伤害官府。

尹彩姑 大哥，这是真的。

王金发 啊！

尹彩姑 我已派人调查，写好呈文，只是连日来局势混乱，还没有向你呈上。

王金发 来呀！

卫　兵 有！

王金发 把禁烟局长给我抓来。

卫　兵 是！

尹彩姑 慢！禁烟局长三天前已经携带大量乌烟逃走了！

王金发 他妈的！

老烟鬼 （笑）哈哈哈，伤害官府的不是我，真是官府自己。

王金发 你……你这个老烟鬼，也不是好东西，中华民族留着你这种败类何用！（抽出楼柱上的刀，刺向老烟鬼）

尹彩姑 （阻止）大哥，这样对待老烟鬼，太鲁莽了，被劣绅们又要列成一条罪状。

〔王金发丢刀，尹彩姑示意老烟鬼退下去，老烟鬼狼狈而下。

尹彩姑 唉，从禁烟局长携烟逃遁一事看，军心民心已非往昔，大哥难道还指望死守绍兴么。

王金发 这……

尹彩姑 衙门里办事的逃的逃了，散的散了，事已紧急，要早点定下来。

王金发 听你，听你的。

尹彩姑 好，越快越好，我去连夜遣散党人和士兵。

王金发 慢！夫人是大家闺秀出身，不便随我同行，怎么办？

尹彩姑 这个……有了，到静公庵去——

王金发 做尼姑？

尹彩姑 不，带发修行，暂时避难，还要招摇过市，放出与大哥斩断夫妻之情的空气。

王金发 这，不能！

尹彩姑 哎，这是使夫人免遭伤害的办法。到时候我会去庵堂照顾她的。

王金发 如此多谢彩姑。

尹彩姑 不用不用，我这就去。（下）

王金发 来人。

卫　兵 （上）有！

王金发 摆上酒菜，请夫人越王台赏月。

卫　兵 是！（下）

〔少顷沈月娥高兴地叫上。

沈月娥 都督，都督！我到处找你赏月，原来你在这里。

王金发 你看这月亮可圆？

沈月娥 圆！今日中秋，花好月圆，这正像你我夫妻，团团圆圆，美满姻缘。都督啊，你请我赏月，我请你吃月饼。（打开月饼包）这是老德和里定做的，油酥足，香又甜。

王金发 谢谢夫人。

〔卫兵摆上酒菜。

沈月娥 都督，我来敬你一杯！

〔王金发默不作声。

沈月娥 都督，今宵中秋佳节，你一言不发，愁容满面，这是为啥呀？

王金发 我是喜欢爽爽快快的，夫人，我就和你实说了吧！

（唱）人生好比浪里船，
随浪万里任漂流。
风平浪静稳坐船，
风狂浪险要把性命丢。
金发我是个过来人，
多少恶浪我迎风斗。
总道绍兴光复后，
太平日子同享受。
谁知天无百日好，
更有恶浪在后头。
莫道今宵月儿圆，
明日乌云要压城楼。
各地的军政分府都撤销，
唯有我绍兴不低头。
袁世凯恼羞成怒已下令，
朱瑞他，兵过钱江北塘头，
绍兴孤城兵马少，
难免败北血横流。
唯有弃绍奔他乡，
伺机反扑再图谋。
因此上，面对夫人满腹愁，
今宵饮的是分手酒。

沈月娥 （唱）猛听得夫妻要分手，
好似那一盆冷水泼当头。
金发啊，夫妻好比鸳鸯鸟，
东南西北并排游。
天涯海角随你去，

丢弃绣针举吴钩。

王金发 （唱）夫人你是名门闺阁千金女，
怎能够跟我亡命四方游？
人说道，夫妻本是同林鸟，
大难到来各飞走。
只要留得青山在，
总有一日再聚首。

沈月娥 （唱）好狠心的强盗头，
你忍心竟将妻来丢。
我是没爹的孤女受人欺，
早把叔公的心看透。
是你撤了他的职，
众乡绅也把你恨透。
如今我沈府难回何处去？
倒不如阴魂随夫长相守。

王金发 （唱）夫人莫说伤心话，
生离死别自古有。
越王当年离会稽，
西施吴宫同忍羞。
俱都是离别亲人去异国，
人虽落魄志不丢。
天意不负卧薪人，
生聚教训报大仇。
千古佳话传到今，
青史册上英名留。

沈月娥 这都是古人的事，你我怎能相比？

王金发 五百年以后，你我也是古人了。

沈月娥 你倒还想到五百年以后，看眼前如何渡过难关？

王金发 我已为夫人安排了一个去向。

沈月娥 到哪里？

王金发 静心庵……

沈月娥 啊！难道你要我去当尼姑？

王金发 不不不，是暂披佛衣，渡过难关，留着青丝，等待团圆。

沈月娥 你自己呢？

王金发 我吗？先到上海避一阵风头，再去东洋联络孙中山，有革命党在，就有我王金发在，誓和袁世凯势不两立。

沈月娥 唉，事到如今，也只有这样了。

王金发 请尹彩姑！

〔尹彩姑上。

尹彩姑 大哥，都已安排好了。

沈月娥 彩姑姐！（哭）

尹彩姑 夫人不要担心，我们会暗中保护你的。

沈月娥 几时动身？

尹彩姑 云标哥已备好便轿一顶，明天一早停在都督府门口。

沈月娥 啊，说走就走，这样快。

尹彩姑 越快越好。大哥，刚才来报，朱瑞的马队趁月夜奔驰，已过萧山了。

王金发 啊，这样快！

〔隐隐传来枪声。

沈月娥 啊，枪声。

尹彩姑 夫人不要慌，还远呢！

王金发 时已三更，正好趁夜出城。夫人，我先走了。

沈月娥 都督你什么时候回来？

王金发 这次分手，少则半年，多则三载，灭了袁贼，再来绍兴，共享太平。

沈月娥 我在庵堂，为你烧香拜佛，菩萨自会保佑于你。早成灭袁大事，夫妻早日团聚。

王金发 好，我走了！

沈月娥 慢！（取花鹊图交给王金发）把它带在身边，好比为妻我陪伴夫君。

王金发 夫人你等着，总有一日花鹊报喜！

〔猛一跃身，跳出越王台楼栅，跳下了越王台。

尹彩姑 大哥保重！祝君一路平安！

〔幕下。

第七场　追捕

〔一九一五年，春天。

〔幕启。中幕前。

〔灯亮。章介眉和朱瑞各在上下场台口捏了一个电话筒。

朱　瑞　什么？王金发潜回浙江。

章介眉　不错。朱将军，拘捕王逆、清除心腹之患，全仗你的大力。

朱　瑞　哪里哪里！只是袁大总统……

章介眉　朱将军不必顾虑，北京自有我来安排，杭州就靠你的铁腕了！

朱　瑞　章秘书放心！

章介眉　我已写信给表兄沈介白，他可以助你一臂之力。

朱　瑞　章秘书想得周到！

章介眉　事成之后，我为你报功请赏！

朱　瑞　多谢多谢！朱某我即刻行动！

章介眉　好！

〔隔灯。

〔中幕开。静心庵的云房中；沈月娥静坐青灯下。

〔幕后唱：云房不闻木鱼声，
带发尼姑勿懂经。
夜伴青灯思夫君，
朝倚山门盼喜讯。

沈月娥　（唱）三年前，夫妻分手越王台，
月娥我，再次避难到静心庵。
想金发，梦牵魂萦不成眠，
想金发，夜夜悲泪湿枕边。
夫君啊，你今奔波在何方地？
为什么，不托鸿雁家书传。
未知你，三餐茶饭可温饱，

未知你，四季衣衫可周全！（雷声）
春雷阵阵夜雨临，
你雨夜可曾宿客店。
袁贼势盛捕捉紧，
三年来你可曾遇凶险。
风雨无情要把花摧，
为妻等你心熬煎。

〔又一阵雷声。隔灯。灯亮处王金发西装革履，手捧一束鲜花，出现在台左倒定位灯光下面。

沈月娥 金发！

王金发 月娥！

沈月娥 夫君！

王金发 夫人！

沈月娥 （拭泪）你回来了么？

王金发 我来接你了！

沈月娥 总算把你盼回来了。金发，这三年来的日子，你是怎样度过的？

王金发 （唱）三年来我闯荡三关六码头，
王金发威名天下传。
率领讨袁北伐队，
攻打北京我领先。
袁世凯兵败逃出紫禁城，
被我抓住了他双肩，
好像老鹰抓小鸡，
倭刀一挥他命归天。

沈月娥 （唱）杀了袁贼庆太平，
未知你如今当了什么官？

王金发 （唱）庆功会上众人选，
选我为陆军部里当总参。
做官做到北京城，
今日来接你出尼庵。

沈月娥 （唱）这真是苦尽甜来乐无穷，
喜得我泪花挂腮边。

我可以脱卸佛衣上京去，
还我昔日绮罗衫。
夫妻从此不分离，
恩恩爱爱到百年。

王金发 你快收拾收拾，跟我走吧！

沈月娥 让我告别师父，再跟你去！（喊）师父！师父！

〔一声响雷，隔灯。灯亮时王金发已隐去。

沈月娥 啊！夫君！夫君！你到哪里去了，你快来呀，你快来呀！

老尼姑 （端莲子汤上）来了来了！夫人，夜已深了，请用莲子汤，点点心。

沈月娥 谢谢师父，我实在吃不下。

老尼姑 夫人不要这样，养好身体，迎接都督。凭都督的本领，不怕不成功，总有一日他会回来接你。

沈月娥 已经等了三年，还要等到何年何月啊！

老尼姑 快了快了，白天不是求了一张上上之签吗？菩萨定会保佑他平安回来！

〔扣门环声，远处狗叫。

沈月娥 听，山门外有人。

老尼姑 我去看看。（点上一盏风灯，去开山门）

〔闪电响雷中，王金发破衣烂衫而进。

老尼姑 （黑暗中见人影）谁？

王金发 是我！

老尼姑 啊，是王都督！（回身）夫人，都督来了，都督来了！

王金发 夫人，我来了！

沈月娥 啊！你这副模样？

老尼姑 狗叫得这样急，莫非后面有人。

王金发 是有人跟着我。

沈月娥 若是警察追来，咋办呢？

王金发 （摸出短枪）不要紧，我和他们拼个你死我活！

老尼姑 王都督，不可硬拼！（丢给一件尼姑衣、一条黑头巾）快穿上，混一混！

〔沈月娥帮金发穿上衣，又给他一个木鱼。

〔两警察敲门，老尼姑开了门，警察闯进了云房。

警　甲 有人进来过吗？

老尼姑 没有！

警　乙　搜！

〔警甲、乙转了一圈，照面。

警　甲
警　乙　是没有人啊！

警　甲　庵中有几个人？

老尼姑　我们庵中师徒三人，还有一个佛婆。

〔警察甲发现桌上莲子汤，两警察争吃。

警　甲　（问王金发）庵中有没有男人？

王金发　（摇了摇头）

警　甲　他妈的，不好好回答老子。

老尼姑　先生请不要发火，他是哑巴！

警　甲　喔！

警　乙　（笑）嘻嘻嘻，问哑巴！

警　甲　笑什么？走吧！

警　乙　哎！老兄，我说这个沈老头，也太混账了，是他告的密，讲王金发到静心庵里来了。庵里有个屁，害我们冒着雨白跑一趟。

警　甲　（拉过警乙）轻声点，轻声点！（耳语）

警　乙　有道理有道理！老兄，是你有办法。

警　甲　（轻声地）这是沈老头子关照的。

〔警甲、乙下。

老尼姑　瘟神总算送出了，你们夫妻放心诉诉离别之情吧。我去给你们望风！

沈月娥　谢谢师父！

〔老尼姑去山门口，隐入侧幕。

〔王金发脱去头巾、佛衣。

王金发
沈月娥　（同声）夫人！
夫君！

沈月娥　夫君，刚才我梦见你来了，眼前莫非又在做梦么？

王金发　不，我是真的来了。

沈月娥　夫君，我担心你总有一天要出啥个事情。

王金发　三年来，我死里逃生，已是多次了。夫人啊！

（唱）袁世凯为捕党人使重金，
悬赏十万要我命。

我几次起义招旧部，
势孤力单败下阵。
党内有人劝告我，
要我北上去假投。
他说道，欲得虎子要入虎穴，
学一学，捐官行刺的徐锡麟。
却不料袁贼处处防备紧，
我被密探暗暗盯。
他们想顺藤摘瓜使毒计，
把党人一网来打尽。
我只得花天酒地装沉溺，
寻机脱梢到绍兴。
今日沈府去看岳母，
谁知道岳母早已命归阴。
叔公殷勤将我留，
还要赠我盘费银。
我急于会你到庵堂来，
辞别沈府匆匆行。
谁知这只老狐狸，
报案告密到衙门！

沈月娥 啊！好狠心的叔公！今宵你回来了，就不要走了，省得我担惊怕事。

王金发 你要我不革命？

沈月娥 你已经革过命了，今后也当安安稳稳过日子了，这革命就让给别人去革吧！

王金发 不！我本来就是董龙岗的一个小少爷，家有薄田，不愁吃穿，能安安稳稳过日子，为了共和，我散尽钱财，不图安稳。夫人啊，我怎能儿女情长，只革半辈子的命呢？

沈月娥 革命革命，要赔上性命，革命实在太危险了。

王金发 赔上性命，也是情愿。我是准备坐牢、杀头！

沈月娥 啊，我想起来了，万一你真的要坐牢杀头，我去求表叔公章介眉！

王金发 求章介眉？

沈月娥 听说他在北京做了大官。

王金发 只怕他不肯帮忙。

沈月娥 不会的，一则是亲戚……

王金发 亲叔公都要告密，何况他是表亲。

沈月娥 那还有二则，我救过他；三则你放过他；一条命换一条命，理所当然。

王金发 好了好了，你也不要担心，九死一生，牺牲是最坏打算，还有一丝希望呢！有朝一日革命成功，我接你回去，与你白首到老，同享荣华富贵。

沈月娥 但愿我们早日团聚。

王金发 良宵苦短，总须一别，我走了。

沈月娥 慢！（取过针线，将王金发拖到身边坐下，给他缝补肩上破洞）

〔幕后唱：一线牵着两颗心，
　　　　　此时无声胜有声。
　　　　　但求夜长分手迟，
　　　　　偏闻雀喧催黎明。

〔传来几声鹊叫，接着是麻雀叽喳。

王金发 天快亮了，趁现在没有动静，我走了。（下）

〔电闪雷鸣，突然枪声大作，喊声“抓住他！”“带走！”

沈月娥 啊！（惊倒）

〔幕落。

第八场　长恨

〔一九一五年，夏。

〔杭州监狱刑审室。

〔幕启。桌上放着一桌丰盛的酒菜。朱瑞陪章介眉上。

朱　瑞 奉章秘书之命，酒菜已经备好，不知这一桌酒菜……

章介眉 是为王金发准备的。

朱　瑞 嗔！这是何意？

章介眉 感谢他三年前将我“放出潼关”。今日送他上路，要好好款待一番。

朱　瑞 章秘书真是仁人君子，仁至义尽！

〔狱卒上。

狱　卒　报告！外面有一个尼姑，寻到这里，要求见章秘书。

朱　瑞　哦！是月娥来了。请她进来！

狱　卒　是！（下）

朱　瑞　是王金发的老婆。今日见她，还有必要吗？

章介眉　朱将军，她过去救我一命，我正要为她指点迷津。

朱　瑞　章秘书说得有理。朱某在此，多有不便。

章介眉　朱将军不妨暂且回避。

朱　瑞　好。（下）

〔沈月娥上。

沈月娥　表叔公！

章介眉　月娥，你受惊了！

沈月娥　表叔公，得知你在北京做官，给你写了几封信，可曾收到。

章介眉　嗬！我考察大江南北，离京已多时了。

沈月娥　今日听得表叔公来到杭州，侄孙女特地到此，求你帮忙。

章介眉　你是为王金发而来？啊呀，这件事可难办啊！月娥！

（唱）这桩案子非一般，
王金发是当今钦犯要严办。
上峰早下通缉令，
恐怕他罪大恶极挽救难！

沈月娥　表叔公啊！

（唱）金发若是难挽救，
月娥我岂非守寡受苦难。
你怎忍我母女两代成寡妇，
总要救他出牢监！

章介眉　哎！如今是民国年代了，还要守什么寡？新派新办，我表叔公给你物色一个新官人。

（唱）王金发本是强盗坯，
当初悔不该把亲攀。
好在他今日犯大罪，
你正可，飞出樊笼脱苦难。
何况你年华正茂丰韵在，
姿色未曾减当年。

你若欢喜经商人，
洋行里嫁一个新买办；
你若喜欢儒雅郎，
文化名流中交交关。
你若仍然爱军人，
我为你，旅团级中女婿拣。

沈月娥 啊！表叔公，你要我改嫁？

章介眉 旧人去，新人来，这是为你着想。

沈月娥 当时嫁金发，也是表叔公给我乱攀的亲，既然嫁了我要从一而终，金发是我最亲的人。

章介眉 天、地、君、亲、师，爹亲娘亲没有君亲，王金发犯欺君罔上之罪，你应该大义灭亲才是。

沈月娥 啊！好一个大义灭亲！表叔公难道忘了，想当初，我是大义“救”亲，跪求丈夫，救下了你这位表亲！

章介眉 这个……

沈月娥 那时节月娥若不苦苦求情，你还不成了我夫刀下之鬼！

章介眉 这个……

沈月娥 我夫亲手放你出牢，咸与维新，这真是不计旧怨，恩同再造！

章介眉 这个……

沈月娥 难道你今日知恩不报，见亲不救，忍心眼看我侄孙女亡夫丧亲，哭灵！

章介眉 这个……

沈月娥 （唱）表叔公你身为京官有权柄，
金发的生死只要你金口玉言话一声。
月娥今日恳求你，
愿你不忘当日恩。
今日若是放金发，
我与他，从此隐居进山林。
决不再，惹事生非闯四方，
不让你表叔公做难人。

章介眉 （背唱）她迷恋丈夫难割情，
我顺水推舟安排定。
（唱）月娥啊，你说出一番衷情话，

我也为你暗伤心。
介眉我不是绝情人，
怎会忘，当年你求情救我命。
滴水之恩自当涌泉报，
怎奈是，包庇钦犯罪非轻！
我是心有余而力不足——

也罢！

（接唱）要学你月娥救人的好品行。
纵然是拼将介眉这老命，
上书政府救亲人。

沈月娥 （下跪）表叔公，谢谢你的大恩大德！

章介眉 起来起来！

沈月娥 如此我即刻回去，准备酒菜，迎接我夫释放回程。

章介眉 既然来了，就见一见金发吧！

沈月娥 啊，能够见他！

章介眉 应该让你们见见。朱将军正好为金发备有酒菜，以表辛亥同志之谊，你来了，就陪陪金发吧！

沈月娥 谢谢表叔公！

章介眉 （转身喊）来人！

〔狱卒上。

章介眉 把王金发带到这里来。

狱　卒 是！（下）

章介眉 月娥，你们边饮边谈，叔公我马上去为金发写上书！（下）

〔狱卒押王金发上。

王金发 夫人！你到杭州来了？

沈月娥 夫君！（哭）

王金发 想不到还能见上一面。不要伤心，留着眼泪，以后再哭吧！

沈月娥 我不伤心，我是流的高兴泪，夫君，你有救了！

王金发 有救了？哈哈哈，王金发早把生死置之度外，廿年后又是一条好汉！

沈月娥 我向表叔公章介眉求情，他答应我拼死上书救你，不日释放回绍。

王金发 啊！章介眉到杭州来了！

沈月娥 是啊！

王金发 只怕是来者不善！

沈月娥 夫君不要胡思乱想。他是我的表叔公，当时你放了他，又是有恩于他，亲戚嘛，总归手臂弯进里，拳头打出外。

王金发 嗄！

沈月娥 他还准备了酒菜，叫我陪你饮酒。

王金发 （疑虑重重）他和你怎讲？

沈月娥 他说你是当今钦犯，难以挽救。在我恳切求情之下，他说要涌泉相报当年救命之恩，拼将老命，上书救你！

王金发 嗄！当年咸与维新，不计旧怨不举，能换得今日一条性命。哈哈哈，真是便宜。

沈月娥 金发啊，幸亏你当年听我劝告，这也是善有善报啊！

王金发 谢夫人！

沈月娥 （唱）想当年，越王台苦饮分手酒，
喜今朝，换了苦酒饮甜酒。
昔日求你放表亲，
今日求章把夫救。
这真是，行得春风有夏雨，
两次多亏我把情求。
金发啊，表叔公款待莫辜负，
我敬你一杯团圆酒。（斟酒捧上）

王金发 （唱）夫人她，满面春风喜悠悠，
王金发，手执酒杯心颤抖。
章贼此番到杭州，
看起来我的死期已临头。
她怎知，团圆酒就是断头酒，
我欲饮难饮骨鲠在喉！

沈月娥 金发，你快饮吧！

王金发 （唱）苦涩涩，饮下一杯酒，
满腔悲伤涌心头。
想当初，雄风威猛闯天下，
到如今，虎落平阳牢笼囚。
千悔万恨悔不及，

恨我不打落水狗！

沈月娥 （唱）为夫斟上二杯酒，
喜庆夫妻永聚首。
你坐牢三月人消瘦，
瘦在你身上，痛在我心头。
明朝我雇顶轿子来接你，
回家后，要将你精心调养勤侍候。

王金发 （唱）多谢夫人情深厚，
为我三年云房守。
愿你还俗享安乐，
我对天祝告你长寿。
金发无颜见父老，
情愿终生铁窗囚！

沈月娥 （唱）我与你白头到老有誓言，
飞鸟归林要共枝头。
从此后，妻绣花绷夫耕田，
安居乐业少烦愁。
静心庵里多捐油，
观音面前虔诚求，
我替你生个王家后，
共享天伦乐悠悠。
兴匆匆斟上三杯酒，
愿夫君浇开心头万般愁。

王金发 （唱）三杯酒，端在手，
杯杯都是催命的酒。
章贼不来我还有救，
章贼到此我命难留。
王金发一死何足惜，
叹只叹，共和未成志未酬！
夫人她寒梅翘盼春消息，
如此噩耗怎经受？
自古道，男儿有泪不轻弹，

王金发，此情此景泪亦流。

沈月娥 啊，金发，你怎么哭了！

王金发 我……我太高兴了。

沈月娥 是啊，我也太高兴了！

〔狱卒上。

狱 卒 王金发，朱将军有请！

〔王金发站起。

王金发 夫人，我走了！

沈月娥 （问狱卒）朱将军叫他，可知何事？

狱 卒 听说是收拾收拾，准备要送他回老家。

沈月娥 噢！真的就要释放了。

王金发 （回头）夫人，你保重了！

〔狱卒押王金发。

沈月娥 金发，我等着你，一同回去！

（唱）金发神态有异样，

不由月娥费思量——

祈求菩萨多保佑，

免灾避祸降吉祥。

（喜鹊喳喳声）啊，喜鹊叫了，喜鹊叫了！

〔幕后王金发喊声："打倒帝制！共和万岁！"

沈月娥 （惊变）啊！

〔天幕上透出临危不惧，面不改色的王金发身形。

〔两声枪响，王金发怒目而视，不支倒下。

沈月娥 金发！（哭）是我害了你，是我害了你啊！（昏厥过去）

〔幕闭。

尾声 血写

〔一九二五年十二月。

〔北京女师大，鲁迅先生的补树书屋里。

〔幕在合唱声中启。

风雨如磐又十年，
改朝换代几度变。
何以纪念王都督？
血写光辉文一篇。

〔灯光昏暗，烟雾弥漫，鲁迅先生在案头疾书。

〔画外音（鲁迅的声音）：“这一篇……是见了我的同辈和比我年幼的青年们的血而写的。”

〔天幕上一行行的字冉冉升起：秋瑾女士，就是死于告密的……革命一起，她的故乡就到了一个都督，也是她的同志：王金发，他捉住了杀害她的谋主，调集了告密的案卷，要为她报仇。然而终于将那谋主释放了……但等到二次革命失败后，王金发却被袁世凯的走狗枪决了，是他所释放的杀过秋瑾的谋主。

〔剧终。

1985 年

民间传奇越剧

桐　江　雨

包朝赞

苦苗错移宝盆栽，富孀溺爱反成害。
慈母千里寻骨肉，亲人相逢酿祸灾。

人物表　桐　花——山乡织布女
大　龙——桐花之子
二　龙——桐花养子
金夫人——钱塘富孀，二龙生母
女管家——金府管家婆
灵　芝——卖身金府的小婢
金　山——金府家奴
银　海——金府家奴
秋　华——金府丫鬟
冬　英——金府丫鬟
金罗汉——金夫人夫家大伯，奸商
金　虎——金罗汉之子
使女、家丁、衙役等

第一场

〔阳春三月桐花坞，千树桐花白如雪。透过丛丛花枝，遥见桐江碧水，盈盈东去。

〔悠扬的山歌起——

桐花桐花，
洁白无瑕。
开在深山，
香飘天涯……

〔山歌声中，帷幕徐启。一束特写光，映照着一树洁白的桐花。

二　龙　（内喊，声回山谷）母亲！母亲——

〔二龙身背书包，急步而上。

二　龙　（呼叫）母亲！……嗨！

（唱）蓝蓝天空卷乌云，
清清池塘风波生。
同窗见我挂玉龙，
风言风语起议论。
听得二龙心生疑，
要寻娘亲问分明。

（喊）母亲——

〔远处传来大龙的应接声："弟弟——"

二　龙　啊，我哥哥来了。（招手）哥哥！

〔大龙一身小渔夫装束，从江边健步走上。

二　龙　（迎上）哥哥！

大　龙　弟弟，学堂里放学了？

二　龙　嗯。母亲在哪里？

大　龙　母亲正在那边山上采野菜呢。

二　龙　有件事，我要找母亲问个明白。

大　龙　什么事，好不好先说给哥哥听听？

二　龙　哥哥，人家背地里都在说你……

大　龙　说我什么？

二　龙　说哥哥不是母亲亲生的，我们两个不是亲兄弟。

大　龙　啊？

〔幕后传来孩童们的戏笑声：“你哥哥不是你母亲亲生的，是拾来的，拾来的！哈哈哈哈……”

二　龙　（跺脚）去去去，哼！……哥哥，这是真的吗？

大　龙　不，弟弟！

（唱）风言风语风吹过，
闲人闲语莫当真。
你我好比南山竹，
一母同胞根连根。

二　龙　（唱）你我既是亲兄弟，
为什么，母亲相待厚薄分？
你看我，身背书包上学堂，
胸挂玉龙多精神。
我看你，一身衣衫半破旧，
打鱼砍柴受苦辛。
难怪旁人要议论，
我也为你哥哥抱不平。

大　龙　（唱）弟弟休将娘抱怨，
儿女要体谅慈母心。
只叹爹爹去世早，
苦命娘，辛酸苦辣都尝尽。
供你读书已艰难，
哪有钱，兄弟同进学堂门？
弟弟呀，哥哥辛苦不算苦，
比比母亲担太轻。
愿弟弟，不忘娘教勤攻读，
为兄我，代母分忧理该应。

二　龙　这……

（唱）你我既是亲兄弟，
为什么，我与哥哥同年生？

大 龙 （唱）同年兄弟古来有——
哥哥我的生日在正月初，弟弟你的生日在腊月底，你倒来算算看？

二 龙 （算）唔，哥哥比我大十一个月。

大 龙 是啊！
（唱）哥与你，月份大小隔冬春。

二 龙 哥哥，我明白了。

大 龙 从今之后，可不许再乱说什么亲生不亲生的了，免得叫母亲听见伤心，记住了吗？

二 龙 （点头）嗯。

〔一阵山风吹过，飘来阵阵花香。

大 龙 （抬头见桐花树）弟弟你看，母亲种的这株桐花树，又长高许多了。这花开得多香呀！

二 龙 （拉大龙到树下比划高低）哥哥你看，我也长高许多了，你也长高许多了。

大 龙 我们兄弟两个，要同这桐花树一样，快快长高长大，替母亲做事，好好孝敬母亲，好吗？

二 龙 嗯。

〔兄弟俩在树下亲密依偎。

〔伴唱：树上花儿几多情，
树下兄弟几多亲……

二 龙 （手抚玉龙，忽想主意）哥哥，你把眼睛闭起来。

大 龙 做什么？

二 龙 我要你闭上嘛。

〔大龙只得依他。二龙悄悄取下胸前玉龙，替大龙挂上。

大 龙 （睁眼一见）啊？弟弟，你这是——

二 龙 这只玉龙，从今之后我们兄弟两人轮流挂，省得旁人再说闲话，好吗？

大 龙 不好不好。这玉龙从小就是弟弟挂的。（欲取下）

二 龙 （阻拦）哥哥，我要你挂嘛。

大 龙 （只好依他）好好，我挂我挂。（藏好玉龙）哥哥要去卖新鲜的鲥鱼啦！

二 龙 我跟哥哥一起去，好吗？哥哥！

大 龙 好好好，快走吧。（喊）客官，卖鱼呀！

二　龙　（学喊）卖新鲜的鲫鱼呀！

〔弟兄俩携手同下。

〔桐花手提一篮野菜，从山岭走下。

桐　花　（唱）山青青，水莹莹，

春风春雨逢清明。

脚踏山径芳草路，

采来野菜回柴门。

桐花我，好比这篮中苦叶菜，

苦水塘边生苦根。

两手要养三张口，

日夜织布梭不停。

大龙儿，嫩竹扁担压千斤，

难为他，长兄代父来帮衬。

二龙儿，乃是别人的骨肉从小养，

血泊中，救回山乡作亲生。

幸喜他，兄弟相爱胜同胞，

桐花我，尝遍苦草也甜心。

〔大龙、二龙同上。

大　龙　母亲！

二　龙　母亲，这是哥哥给你买的糖饼，喏！

桐　花　为娘不饿，你们吃吧。

大　龙　母亲，今天山公公帮我一起撒网，打了一大篓鲫鱼。喏，这是卖鱼的银钱。（递）

桐　花　一大篓鲫鱼，只卖得这几文钱？

二　龙　母亲，刚才那位外乡财主女客人，欺负哥哥年纪小，杀低鱼价，强买鲜鱼，真气人！

桐　花　真是为富不仁，以后我们不卖与她，也就是了。

大　龙　（递上一只钱袋）母亲，这里还有呢。

桐　花　哦？这一袋银钱，又是哪里来的？

大　龙　路上拾来的。

桐　花　拾来的东西，为何不送还人家？

二　龙　母亲，这钱袋就是那个外乡财主女客人掉的。

大　龙　本该上前去还她，想想实在气不过。

桐　花　孩子，不可啊！

（唱）她杀鱼价是她错，

拾钱不还你理不正。

温饱应从勤劳得，

不义之财手莫伸。

大　龙　这……

桐　花　（唱）孩子啊，沙滩走路留脚印，

望你们，从小学好步步正。

快将原物还原主，

好言好语去赔情。

大　龙　啥？去还她，还要向她赔情？

桐　花　儿啊，为人在世，要像这树上白花，江中清流，一身清白才好呀，去吧。

大　龙　（低声）我不去。

桐　花　大龙，今天怎么不听话了？你若不去。为娘我可要生气了。

大　龙　母亲，我……

桐　花　你爹爹在世之时常说，凡百事情，自己吃亏点，心里不亏；若是占了别人便宜，这心里，可就欠下一笔债了。难道你都忘记了吗？

大　龙　母亲……

桐　花　孩子，别人的东西，哪怕是金山银山，也不许眼红呀。

大　龙　母亲我错了。

二　龙　母亲，我也错了。

桐　花　知错就改，这才是娘的好孩子呀。快走吧，我到江边洗菜去了。（下）

大　龙　弟弟，今天我这个哥哥没当好。

二　龙　不，都怨我读书之人，不懂道理。（将大龙塞进衣襟的玉龙取出、挂好，欣赏地）哥哥挂上玉龙，真好看呀！

大　龙　哥哥要去还东西去了，弟弟你快回家去吧。

二　龙　不，我要到江边帮母亲洗菜去。（下）

大　龙　弟弟走好！（欲下，见前面有人过来，调皮地藏身树后）

〔女管家低头寻找钱袋上。

女管家　（唱）夫人命我把公子寻，

船过桐江暂留停。

上岸买得鲜鲥鱼，
得了便宜我暗高兴。
谁知贪小反失大，
失落钱袋无处寻。

〔大龙从树后走出。

大　龙　喂，女客人！

女管家　（抬头）你？看见我掉的东西了吗？

大　龙　是不是这个？（示钱袋）

女管家　哎呀，是的是的。

大　龙　（还她）请客人当面点一点。

女管家　（打开钱袋，飞快数钱）不错不错。嘻嘻，多谢你啦。（近前，猛见他胸前玉龙，一怔，旁白）啊？玉龙？这乃是我家少公子身上之物，怎会挂在他的胸前？莫非他……

〔大龙转身欲走。

女管家　且慢！

大　龙　（驻步）什么事？

女管家　你这只玉龙真好看，哪里来的呀？

大　龙　自己家里的。

女管家　你家住哪里？

大　龙　前面桐花坞。

女管家　今年几岁啦？

大　龙　十二岁。

女管家　（旁白）不错，我家少公子今年是有十二岁了。（大龙欲走，她又拦住）你家爹娘姓什么叫什么呀？

大　龙　你问这些做什么？

女管家　我……啊，我想找你爹娘当面道谢呢。

大　龙　不要不要。我父亲早已过世，母亲名叫桐花。

女管家　桐花？

大　龙　母亲说，人家东西该还给人家，有什么好谢的？（欲走）

女管家　看你小小年纪，就要撒网打鱼，吃苦受累，我猜，你恐怕不是桐花母亲亲生的，对不对呀？

大　龙　（回头，生气地）客人，你怎么说出这种话来了？刚才我弟弟听见有人说我不是母亲亲生的，想不到你这个外乡客人也这样乱说？

女管家 别人也是这样说你的？这就对了。

〔桐花上。

大　龙 对什么？我是母亲亲生的。（拉住桐花）亲生的！

桐　花 大龙，怎么啦？

大　龙 母亲，她乱说。

女管家 啊，你就是桐花大嫂么？

桐　花 客人，有什么事吗？

女管家 我——（欲说又止）啊，不不，时候不早了，桐花大嫂，后会有期，告辞啦！（一揖，走下几步，又回头盯看大龙胸前玉龙一眼，匆匆下）

桐　花 （望着女管家的身影，沉思，自语）好一个奇怪的客人……

〔切光。

第二场

〔金府华堂，张灯结彩，满室生辉。

〔伴唱：华堂高悬七彩灯，
　　寿幛映红松柏青；
　　富贵之家多喜庆，
　　金夫人，年方三十当寿星。

〔幕启：鼓乐声中，众丫鬟、家丁提灯彩、捧果品穿梭过场，好一派热闹景象。

〔金夫人上。

金夫人 （唱）后厅开宴闹盈盈，
　　我喜中藏忧暗伤神。
　　那一年，孩儿周岁庆生辰，
　　天下大乱动刀兵。
　　乳娘她，抱我婴儿去逃生，
　　生死不明十二春。
　　姣儿不知落何方？

寻遍天下无踪影。
老爷伤怀染绝症，
口眼不闭气难咽。
他要我，从一而终把孩子寻，
他要我，保住这千仓万贯传子孙。
多少次，三叔四叔逼改嫁，
我费尽心机护门庭。
今日里，大开华筵宴贵宾，
为只为，借得虎威阻狼群。

〔秋华上。

秋　华　启禀夫人，金大老爷领了公子，过府祝寿来了。

金夫人　啊？大伯他回来了？快快有请。

秋　华　是。夫人有请！

〔金罗汉领金虎上。

金罗汉　弟妹，今日乃是你的寿诞之期，老夫来迟一步，失礼了！

金夫人　大伯言重了，虎儿，你又长高长大许多了。来来来，快快请坐。

〔三人坐定，秋华奉茶，下。

金夫人　大伯，何时从南京回来的？

金罗汉　昨日刚到。叶落归根，以后就不走啦。

金夫人　那是最好。有大伯为邻，我未亡人也可有个依靠了。

金罗汉　弟妹，这些年来，我一直在外经商。听说三弟四弟这两个不成器的东西，常来逼你嫂嫂改嫁，可有此事？

金夫人　还请大伯替我做主啊！

金罗汉　这成何体统？哼，我定要好好教训教训他们。不过，二弟名下若就这样断了香烟，我这个做大伯的，也是于心不安呀！

金夫人　（凄然）儿啊……

金罗汉　唉，人死不能复生，弟妹也不必多伤心了。我替你想了个补救的办法。

金夫人　大伯请讲。

金罗汉　弟妹！

（唱）一笔写不出两个金，
一墙隔不开兄弟情。
薄礼一份请收下，

喜上加喜亲上亲。

虎儿，快快过去行过大礼。

金 虎 是。金虎见过婶婶。

金罗汉 （提醒）嗯？

金 虎 哦，晓得哉。（改口）金虎拜见母亲！（跪下）

金夫人 （意料不到，急退避）啊？不不不……

金罗汉 弟妹呀！

（唱）可怜我宝贝侄儿死得早，

你有财无子受气恼。

长此以往非久计，

到老来谁人可依靠？

我膝前，金虎金豹儿一双，

聪明伶俐八字好。

匀出一个当寿礼，

奉送弟妹作亲苗。

从今后，三弟四弟死了心，

不敢上门是非找。

到来朝，你子孙满堂个个孝，

一世清福享到老。

金夫人 （旁唱）大伯他，一开笑口一条计，

本是一只笑狐狸。

送子为夺我家产，

咬定牙关决不依。

金罗汉 弟妹，此事你看如何？

金夫人 大伯！

（唱）亡夫临终有叮咛，

定要我，寻子回府把家业继。

金 虎 啥西，还要寻？要么叫阎罗王放二叔还阳，再生个小弟弟出来。

金罗汉 放肆！弟妹。

（唱）你寻子寻了十载余，

又何必，水中捞月空费力？

我忍痛割爱把子让，

还不是，为你从此免孤凄？

金夫人 多谢大伯的一片好心。不过此事容我先与族中长辈，还有我那娘家兄弟慢慢商量商量，再作道理。大伯，你看如何？

金罗汉 （旁唱）这个女人有心计，
也是一只刁狐狸。
更何况，她娘家兄弟有权势，
恼了她，只恐蛋打鸡又飞。
且用软功莫性急，
金钥匙，迟早落到我手里。

弟妹，既然如此，不必勉强，你就慢慢地商量好了再说吧，啊？不过，我可是一片好心哪。

金夫人 大伯的好心我都明白了。虎儿，快到后厅喝酒去吧。

金罗汉 还不快过去谢过婶婶？

金　虎 怎么，又叫她婶婶了？

金罗汉 多嘴！

金　虎 好好好，老子闲事不管，酒喝三碗。（拂袖而下）

金夫人 大伯快请后厅上坐。

金罗汉 请！（冷笑）哼哼哼哼！（下）

金夫人 （唱）大伯他，阵阵冷笑藏歹心，
定然又有恶计生。
此事叫我如何好？
心似麻团乱纷纷……

女管家 （内喊）夫人！夫人——（急匆匆上）见过夫人！

金夫人 你可回来了？

女管家 恭喜夫人，贺喜夫人！

金夫人 唉，免了罢。（转身欲走）

女管家 夫人，少公子已有下落了。

金夫人 （止步回头）你说什么？

女管家 我已查访到少公子的下落了。

金夫人 （惊喜）啊？此话当真？

女管家 当真。

金夫人 果然？

女管家 果然!

金夫人 你……你是怎样查访到的?

女管家 夫人,那一天,我船过桐江,在那桐花坞前……(与她一阵耳语)

金夫人 好啊,好啊!

(唱)一道喜讯从天降,
乌云消散喜欲狂。
谢天谢地谢祖宗,
寿堂祭拜烧高香。

秋华,快快与我上香。

〔秋华应声而上,点香。

金夫人 (叩拜,毕)管家,你为我寻子有功,定当重赏。

女管家 谢夫人。

金夫人 金山、银海哪里?

〔金山、银海上。

二　人 夫人有何吩咐?

金夫人 你二人速备马车,跟随管家一起,去往桐花坞,接公子回府,不得有误。

二　人 (不解地悄悄互问)公子?

金夫人 (取出玉龙)这里有玉龙一璧,此乃我的传家之物。你叫养娘交出公子身上那只玉龙,双龙合璧,便可为证。

女管家 (接过)是。

金夫人 纹银百两,送与养娘。

女管家 是。(接银,对金山、银海)走。

金夫人 慢!

女管家 夫人还有何吩咐?

金夫人 常言道:多门官亲多条路,添个穷亲添笔债。更何况孩子一岁便离娘,若是日后养娘常来常往,我们母子就越发的不亲了……

女管家 (领悟)啊,夫人,我明白了。此去桐花坞,我接回公子,留下银子,决不留下夫人的姓名地址。

〔金夫人含笑点头。

〔灯暗。

第三场

〔桐花家，藤缠竹篱，花掩茅舍。

〔时近黄昏，乌云渐起，风摇花枝。

〔一缕青光，映照着手捧玉龙、独坐窗下布机的桐花。树上落花片片，向窗口悄悄地飘去，飘去……

〔伴唱：风潇潇，落花飞，
翩翩飘向织布女。
她停了梭儿轻叹息，
手捧玉龙入梦去……

〔梦境：二龙正在用功读书，突然闯进两个蒙面人，拆散母子，架走二龙……

〔一声惊雷，风声大作。

〔桐花从梦中惊醒。

桐　花（急喊）二龙！二龙……原来是个梦呀……
（唱）刚才我，朦胧之中入梦境，
梦中之事乱我心。
一璧玉龙紧紧捧，
两手冷汗湿淋淋。
这玉龙，本是二龙从小戴，
也算他，亲人留下一凭证。
我粗茶淡饭养他大，
相依为命十二春。
十二年，我瞒下隐情不忍说，
只恐他，孤儿想娘要伤心。
那一日，大龙江边还钱袋，
遇见那，外乡奇怪女客人。
她见了玉龙如见宝，

盘三问四缠不清。

莫非她，欲得财物起贪心？

莫非她，识得玉龙知隐情？

从此我，收起玉龙身边藏，

日不安耽夜难宁。

〔远处传来阵阵马嘶声，桐花闻听，越感不安，将门紧闭。

〔女管家领金山、银海上，与他们耳语。金山、银海退下。

女管家 （敲门）桐花大嫂在家吗？快开开门呀！

桐　花 （缓缓开门，一见是女管家）啊？是你！

女管家 我不是说过，后会有期吗？哈哈哈哈！（进屋）

桐　花 客人请坐。你找我何事？

女管家 奉我家夫人之命，特来接少公子回府。

桐　花 哪位少公子？

女管家 大嫂，十二年前，天下大乱，你不是曾经收养了一个婴孩吗？

桐　花 你怎知此事？

女管家 大嫂行了善，做了好事，怎能瞒得过别人？大嫂，这孩子就是我家夫人的少公子呀。

桐　花 他的母亲早已死在血泊之中，是我亲眼所见。

女管家 大嫂，你弄错啦。那位死去的，乃是公子的乳娘，我家夫人还好好的呢。

桐　花 这……不，我不认识你，空口白牙，难以为信。

女管家 我家少公子身戴凭证。

桐　花 什么凭证？

女管家 胸挂一只玉龙。

桐　花 玉龙？！（急掩袖中玉龙）

女管家 此乃我家夫人传家之物，少公子胸前挂着一半，夫人身边留着一半。双龙合璧，便可为证。请大嫂当面一试。（递过玉龙）

桐　花 （迟疑地接过，取出自己藏的那只一试，刚好相合）呀，果然双龙合璧！

女管家 大嫂，这一下，你总该相信了吧？

桐　花 （旁唱）看来此事果是真，

一时间，我慌了神哎呀乱方寸！

心头割肉实难舍，

我不愿，轻把孩子推出门。

女管家 大嫂，既是双龙合璧，那就请你——

桐　花 不，孩子是我养大的，孩子是我的……（顾自坐下织布）

女管家 哎呀大嫂，别人的骨肉，怎可当成自己的亲生？放心吧，我们夫人不会叫你白养的，要送你许多银子呢。

桐　花 不，我不要你们什么银子！我不要……（埋头快织）

女管家 这……（改了腔调）哎呀大嫂呀！

（唱）世上数你好良心，
夫人她，托我拜谢你恩情。
求大嫂，好事要做做到底，
早放公子见亲人。
夫人盼儿眼欲穿，
多少回，悲痛欲绝死又生。
大嫂若将公子放，
也算你，救她母子两条命。

我那苦命的夫人哪……（哭泣）

桐　花 呀……

（旁唱）听此言来动我心，
天下母亲怜母亲。
她痛失姣儿十二载，
我为她想来也伤心。
我不该，只顾自身不顾人，
连累孩子误前程。
忍泪奉还白玉龙，
愿孩子，树高千丈叶落归根。

女管家 （急忙上把接过玉龙）多谢大嫂。

桐　花 不知你家夫人尊姓大名，府上何方？

女管家 这个嘛……（连忙岔开）哎呀大嫂，时候不早了，快请公子出来吧，我好领他回府去呀。

桐　花 怎么，即刻便走？

女管家 唉，夫人想子成病，日夜盼等着呢。

桐　花 不能再留个一天半日么？

女管家 大嫂，只怕去得迟了，他们母子就……

桐　花　唉，也罢。（从布机上断下一匹麻布）客人请稍待。（欲走）

女管家　你是去叫唤少公子么？

桐　花　不，我……我去去就来。（下）

女管家　她这是到哪里去？莫非——不对，夜长梦多。（到门口招手）

〔金山、银海急上。

女管家　她到外面去了，只恐事情节外生枝，我去盯着她。你们且在门口等着。只等少公子一回来，抱上马车，挥鞭就走。

二　人　有数。

〔女管家把银子放在桌上，匆下。

〔二龙放学归来。

金　山　（悄语）来了！

〔两人跟踪二龙进屋。

二　龙　（回头一见）喂，你们鬼头鬼脑地做什么？

金　山　我们在等桐花大嫂的孩子。

二　龙　我就是。什么事？

金　山　啊，见过公子！

二　龙　哎哎哎，我不叫公子，我叫二龙。

金　山　公子，请吧！

二　龙　到哪里去？

银　海　嘿嘿，回府享福去哉。

金　山　公子，请！

〔两人上前去拉。

二　龙　啊？你们是什么人？我不认识你们，我不去，我不去！（逃避，大喊）母亲，哥哥，快来呀！

〔大龙打鱼归来，一见，把鱼叉一挥。

大　龙　你们要做什么？

二　龙　（似见救星）哥哥！（忙躲到他身后）

金　山　（对大龙）你是什么人？

二　龙　他是我哥哥。

大　龙　我叫大龙。

银　海　哈哈，又钻出来一条龙。

金　山　让开让开。（又去拉二龙）

二　龙　哥哥……

大　龙　你们为何跑进我家，欺负我弟弟？

金　山　关你啥事？（一把将他推开）

〔大龙上前帮助弟弟，终于敌不过两位大汉，被踢倒在地。

二　龙　哥哥！

大　龙　弟弟！

〔金山、银海拉起二龙欲下。

〔女管家匆匆进来。

女管家　（一见）哎呀你们弄错了！（指地下大龙）是他呀！

金　山　是他？

银　海　他像啥个公子？像个叫花子。

女管家　你懂个屁。常言道：可怜天下父母心，哪个做娘的不偏爱自己的骨肉亲生？你们仔细看看，哪个是亲生的，哪个是拾来的，不就分得一清二楚了吗？那天，我亲眼看见，玉龙就戴在他身上。快将他带走！

〔金山、银海卷起袖子，去拉大龙。

金　山　嘿嘿，公子，刚才奴才失礼了。

女管家　少公子，请吧。（一起去拉）

大　龙　你们要做什么？放开我，放开我呀……（被三人拉下）

二　龙　哥哥……（哭着追下）

〔稍刻，桐花提礼品上。

桐　花　（唱）一匹麻布半月粮，
　　　　　　杀价贱卖换银两。
　　　　　　店中买回新鞋帽，
　　　　　　送二龙，去见陌生的亲生娘。
　　　　　　今宵别后何时见？
　　　　　　难舍难分暗忧伤。

（进屋）咦，客人呢？（见桌上银子）银子？二龙，二龙！

〔二龙哭着回来。

桐　花　二龙，你怎么啦？

二　龙　母亲，哥哥他……

桐　花　他怎么样了？讲啊！

二　龙　刚才，家里来了几个陌生人，说是来接什么公子的，将哥哥拖上马车，翻山过江，已经去远了。

桐　花　（如雷击顶）啊？！（急呼）大龙！（奔下）

二　龙　母亲！（追下）

〔雷声，风声，天昏，地暗。

〔人去楼空，静场有顷。

〔二龙扶着神思恍惚的桐花，缓步走上。

〔伴唱：飞马不知何处去？

娘失亲儿寸心碎……

二　龙　母亲，你不要难过了，啊？

桐　花　（呆呆地）……

二　龙　母亲，哥哥走了，家里只有我们两个人了。从明天起，我不去读书了。我一定同哥哥一样，打鱼，砍柴，帮母亲做事，好好孝顺母亲，啊？

桐　花　……

二　龙　好不好？啊？母亲，你说话呀！

桐　花　（痛苦地）孩子……

〔伴唱：儿莫催，儿莫喊，

一时间，怎说清这千言万语、万语千言……

二　龙　母亲，我早就听人家说过，哥哥是人家的孩子——

桐　花　不，他们领错人了……

二　龙　领错人了？

桐　花　事到如今，我也不再瞒你了。二龙，你是我从小收养的孩子呀。

二　龙　（万想不到）母亲，你说什么？

桐　花　孩子，你母亲在盼你想你，我要送你回去，也好换你哥哥回来……

二　龙　不不！我是母亲亲生的，我不离开你，我不去，我不到那个抢人的人家去，母亲……（跪求）

桐　花　孩子……（母子抱头痛哭）

〔伴唱：养娘养儿骨肉情，

相依为命实难分……

〔收光。

第四场

〔金府后花园。

〔伴唱：牵错了藤儿摘错了瓜，
　　苦苗栽进富贵家；
　　深院留身难留心，
　　何时生根又开花？

〔大龙换上了锦衣绣服，在丫鬟使女们众星拱月般前簇后拥下走来。

大　龙　（烦躁地）哎呀，你们总是这样围着我，跟着我做什么？做什么！

女管家　（挥退众人）下去下去，统统与我下去！

〔众丫鬟使女退下。

〔大龙胡乱地卷起衣袖。

女管家　（连忙）哎呀少公子，富贵人家，穿衣服有穿衣服的规矩。喏，要这样，要这样才对呀。（说着替他整理衣袖）

〔大龙走到一块石头旁随便坐下。

女管家　（又连忙）哎呀少公子，你是有福之人，立有立相，坐有坐位，怎可随便乱坐？请到那边亭子里——

大　龙　你……烦死了，去去去！

女管家　这……好吧，你在这里游园赏花吧，有什么吩咐，招呼一声，我马上就来，啊？嘻嘻嘻嘻！（下）

大　龙　唉……

（唱）住在高楼雕花房，
　　换了一身富贵妆。
　　眼也花来心也乱，
　　面前好似梦一场。
　　我本是，山里生来江边长，
　　从小未离娘身旁。
　　夫人偏说是她儿，

骨肉失散今还乡。
谁是真来谁是假，
哪个是我亲生娘？

〔灵芝提食品篮上。

灵 芝 见过公子。

大 龙 灵芝妹妹。

灵 芝 （从篮内端出一碗）公子，请用莲子汤。

大 龙 我不吃。

灵 芝 夫人吩咐，一定要吃的。

大 龙 我不饿。

灵 芝 这……公子！
（唱）碗中莲汤甜津津，
夫人爱子一片情。
公子若不趁热吃，
夫人责怪我罪非轻。
求公子，高抬贵手行方便，
可怜我灵芝奴婢身。（跪）

大 龙 啊，你怎么跪下了？（扶）快快起来吧，我吃，我吃。

灵 芝 多谢公子！

大 龙 （接碗，欲尝又止）唉……

灵 芝 公子，你怎么不吃了？

大 龙 我在这里享福，也不知家里怎么样了？

灵 芝 这不是你的家么？

大 龙 （摇头）不，我从小就在桐江边桐花坞中长大，一网就能打上许多鱼虾来。春天一到，我家门前，开满了雪白雪白的桐花……（说着，低头伤心）

灵 芝 公子，你怎么啦？

大 龙 灵芝妹妹，你不知道，我母亲就叫桐花……我真想她呀！
（唱）心随这杏枝出高墙，
望断蓝天想念娘。
娘啊娘，自那日儿坐马车过江来，
我与你，隔断天涯各一方。

不知娘，流了多少伤心泪，
不知娘，追儿寻儿到哪乡？
儿走后，谁人与你把水挑，
谁砍柴，谁撒网？
月夜织布谁相伴，
有病谁为你送药汤？
风雨山路行走难，
谁送弟弟上学堂？

〔飞鸟啾鸣，声掠长空。

大　龙　（唱）拜托飞鸟传音讯，
盼亲人，早来接我回山乡。
母亲，你快来呀……（哭泣）

灵　芝　（旁唱）见公子低头泪汪汪，
不恋富贵不忘养娘。
看起来，豪门也生真君子，
夫人刻薄儿善良。
公子！
（唱）劝公子，莫忧伤，
到来朝，亲人相逢总有望。

大　龙　（点头，擦泪）灵芝妹妹，我还不曾问你，你怎么会到这里来的，是不是也被他们拉来的、拖来的？

灵　芝　这……公子，莲子汤快凉了，你快吃吧。

大　龙　你不告诉我，我就不吃。（佯走）

灵　芝　（急追）公子，我求求你……（忽觉头晕，昏昏欲倒，扶住假山）

大　龙　（回头一见，忙去搀扶）灵芝妹妹，你怎么了？

灵　芝　我……没有什么。

大　龙　看你身体不好，来，快喝下这莲子汤暖暖身子吧。

灵　芝　不不，我不能吃。

大　龙　我能吃，为何你就不能吃？

灵　芝　这是公子吃的补品，若被夫人知道，奴婢吃罪不起呀。

大　龙　不用害怕，这里只有我们两个人。来，（拉灵芝）来呀！（扶灵芝坐下，端过莲子汤，欲喂她）

〔正巧这时，金虎攀花折柳，走了过来。

金 虎 （一见）啊？堂堂公子，给丫头喂莲子汤？哈哈哈哈！大家快来看呀，快来看呀！

〔灵芝、大龙惊起，分开。

〔金夫人、女管家、众丫头闻声四上。

金夫人 出了什么事了？

金 虎 刚才你那宝贝儿子，给这个贱丫头喂莲子汤。呸！祖宗十八代的霉头都让他触尽了。

金夫人 你——龙儿，可有此事？

大 龙 灵芝妹妹身体有病……

金夫人 什么妹妹？她是什么人，你是什么人？

金 虎 我看他们两个本来就是一样的人。

金夫人 你放肆！

金 虎 哼，我告诉阿爸爹去！（喊）阿爸爹快来呀，快来看呀！（边喊边跑下）

金夫人 （气得无处发作，迁怒于灵芝）灵芝，你且过来。

灵 芝 （战战兢兢，低头上前，跪下）夫人……

金夫人 进府之时，我是怎样交待你的，还记得吗？

灵 芝 夫人要我好好伺候公子……

金夫人 难道你就是这般伺候的吗，你竟敢吃公子的补品，还要叫他来喂你。你、你、你真是胆大包天！

大 龙 （上前分辩）母亲——

金夫人 不许插嘴，管家！

女管家 在！

金夫人 叫人拖下去，与我重重地打！

女管家 是。来！

〔金山、银海应声上。女管家一挥手，两人狠狠拖下灵芝。

〔幕后传来阵阵鞭打声。

大 龙 （哭求）母亲——

金夫人 （拂袖不理）你等听着：以后谁敢乱了上下规矩，欺侍我儿，休怪我手下无情。还站在这里做什么？下去！

〔众丫头低头退下。

〔大龙“倔”在一旁流泪伤心。

金夫人　（见四下无人，温情地上前）龙儿！

〔大龙气呼呼地转身走开。

金夫人　唉，龙儿，你好不懂事呀！

（唱）接儿回府数月整，

劝儿教儿费苦心。

为什么，对牛弹琴不入耳，

儿总是，难改山乡野脾性？

儿是个，富豪门弟少公子，

为什么，尊卑贵贱全不分？

儿可知，有人视你眼中钉，

诬为娘，冒认黄铜充真金。

儿若不改卑贱相，

更惹旁人添话柄。

大　龙　（唱）灵芝体弱身有病，

做人总有恻隐心。

金夫人　（唱）我儿既有恻隐心，

为何不将娘怜悯？

可怜我，受了别人多少气，

笑口常把苦泪吞。

幸喜我儿从天降，

指望你，长作栋梁撑门庭。

儿若是，不听娘教无大志，

我半生日子靠何人？

（悲从中来）我好命苦也……（泣）

大　龙　（心动）母亲……

〔金虎拉金罗汉上。

金罗汉　弟妹，刚才这里出了什么事了？

金夫人　（神态一改）大伯，这里好好的，哪有什么事呀？我正和龙儿在一起游园赏花呢，哈哈哈哈！

金　虎　骗人！刚才他——

金罗汉　（制止）虎儿！弟妹，龙儿回府之后，我看他尊卑不分，上下颠倒，这是我们金家族规所不容的。如此下去，这还了得？

金夫人　大伯，龙儿还小。

金罗汉　小不教养，大了遭殃。我这个做大伯的，不得不管呀。从明天起，让他到我府中读书去吧。

金夫人　不不，大伯，还是在我身边的好。

金罗汉　在你身边？整天和这班下贱的东西混在一起，将来有什么出息？

金夫人　大伯，龙儿胆子小，恐怕他——

金罗汉　（打断）这件事，就这样定了吧。虎儿，龙儿，来，你们拉拉手。往后，便要天天在一起读书了。

金　虎　（逼近大龙）乡巴佬儿，贱骨头。

大　龙　你骂人？

金　虎　（威胁地）以后，你当心点！

大　龙　（不甘示弱）难道我还会怕你不成？

金　虎　啊？你还敢犟嘴！（出其不意，一把扭住大龙）

金夫人　（惊叫）哎呀，龙儿！

〔金罗汉一旁得意暗笑。

〔大龙突然就势一转，反将金虎踢倒在地，举拳狠揍。

金罗汉　（这下轮到他发急了）啊？虎儿！

〔金虎狼狈大哭。

金夫人　（大喜）哈哈哈哈！好了好了，都起来吧，起来吧。哈哈哈哈！

〔两个家长，各自扶起自己的孩子。

金夫人　（立刻定了主意）大伯，既然如此，那就让龙儿一起去读书吧，啊？

金罗汉　好吧，明天我来接他。

金　虎　（哭）阿爸爹……

金罗汉　（悻悻地）下去！弟妹，告辞了。（拉着金虎，狼狈地下）

金夫人　哈哈哈哈！龙儿，刚才真叫为娘高兴呀！常言道：马善被人骑，人善受人欺。往后做人，就该这样才对。龙儿！

（唱）儿要处处强过人，

天坍下来有娘顶。

你要吃要用把嘴唇动，

为娘我，桩桩件件都依从。

儿要替娘争口气，

望儿长大成强龙！

〔伴唱：夫人望子成强龙，
　　　　三分放纵七分宠。
　　　　大伯用心多“关照”，
　　　　哥儿兄弟来怂恿。
　　　　流水光阴匆匆过，
　　　　人生变幻真无穷……

〔伴唱声中，金夫人“开导”、“教育”大龙，大龙似有所悟。

〔灯光变幻——金罗汉从金夫人身边拉走大龙；金虎和大龙碰杯；金罗汉竖起拇指，夸奖大龙……

〔收光。

第五场

〔四年之后。

〔风雪普救寺。

〔伴唱：秋去冬来四年过，
　　　　桐花走尽天涯路。
　　　　寻儿白了青丝发，
　　　　送子未遇亲生母。

〔二龙已长成了英俊后生，搀扶着抱病的桐花，顶风冒雪，艰难走上。

二　龙　（唱）飞雪漫天朔风紧，
　　　　望断村路少行人。

桐　花　（唱）离乡背井叹飘零，
　　　　母子俩同把母子寻。

二　龙　（唱）与哥哥分手已四载，
　　　　为什么，风筝断线无音讯？

桐　花　（唱）走过了多少坎坷路，
　　　　旧疾未愈添新病……

二　龙　（唱）今宵何方避风寒——
　　（抬头见庙）母亲！

（唱）庙堂之内暂安身。

〔二龙扶桐花进庙。

二　龙　（四顾）偌大庙宇，空无一人，原来是座荒庙。（掸扫佛凳）母亲，来，这边坐。

桐　花　二龙，你只顾照看为娘，连口粥汤也未曾落肚。快去前面村坊之中，买些吃的吧。

二　龙　母亲，你病体未愈，我顺便替你买些调养补品回来。

桐　花　盘费已经不多，不必了。

二　龙　这里不是还有一包银子么？

桐　花　这银子么？（见物思儿）大龙，儿啊……

二　龙　母亲，孩儿我不该提这银子，又让母亲为哥哥伤心了……

桐　花　二龙，这银子不许动用，快快放下。

二　龙　孩儿遵命。（放下银子，出庙，下）

桐　花　（唱）手捧这银两如抱寒冰，

见物伤情热泪滚滚。

怨只怨当年异乡客，

欺我桐花苦命人。

错领孩子飞马去，

不留名姓不告而别太绝情。

大龙啊，自你那日离家后，

为娘我，想儿寻儿病缠身。

梦中常闻儿啼哭，

大龙儿啊，你在何方？快快应我娘一声！

抬头仰望神灵在，

求大士，保佑我母子团圆早回山村。

观音大士，救苦救难的菩萨啊……（虔诚跪拜）

灵　芝　（内唱）飞来横祸从天降——（奔上）

（唱）灵芝我，又恨又气心又慌。

插翅逃出牢笼地，

免落虎口作羔羊。

（进庙，猛地关紧大门）

桐　花　（抬头一见）啊？姑娘！

灵　芝　大婶，这庙中可有别人？

桐　花　别无他人。

灵　芝　求大婶救我一命！（跪）

桐　花　姑娘，有什么事，快快起来讲吧。（扶）

灵　芝　大婶，我——（欲言又止）

桐　花　姑娘！

（唱）姑娘不必多担惊，
我也是异乡落泊人。
有何难处宽心讲，
愿助姑娘解危困。

灵　芝　大婶……

（唱）小灵芝，家住在，天目山岭，
家遭难，失双亲，卖身豪门。
少公子，初回府，相待情深，
数年间，换了副，铁石之心。
夫人纵子学强梁，
大伯堂兄来唆引。
他挥金霍银欺下人，
万贯家产半败尽。
夫人她，望子成龙反类犬，
自搬石头压自身。
今日夫人作客去，
少公子，欲卖灵芝落火坑。
我冰天雪地苦逃生，
求大婶，难中救我一条命。

大　龙　（内喊）来人哪，快与我追！

灵　芝　（惊恐）大婶，他们追上来了！

桐　花　快随我来。（拉灵芝避下）

〔金虎率家丁追捕过场。

〔大龙亦已长大，身披斗篷，一脸骄逸之气，踏雪追上。

大　龙　哈哈哈哈！

（唱）美酒半饱踏雪行，

醉眼朦胧步沉沉。
金家公子有名声，
路人相见让三分。

〔金虎与众家丁回上。

金　虎　大龙兄弟，前面不见人影。

大　龙　哦？灵芝这死丫头，逃到哪里去了？阿哥，这么大的风雪，还到哪里去追？算她运气，还是回府罢了。

金　虎　罢了？大龙兄弟，你瞌睡勿醒，王侯公子那里，你拿什么去交账？

大　龙　这个……

金　虎　不要这个那个了，我看你对这丫头，就是有点嘴硬骨头酥。

大　龙　（羞恼）住口！

金　虎　好好，我不说，我不说。不过动作要快，趁你母亲作客未回，先来个生米成熟饭。要是你母亲一回来，哼哼，事情要弄僵。

大　龙　（低头，突然发现雪地上的脚印）饭桶，人一定藏在这里面，还不与我搜！

金　虎　（一挥手）搜！

〔众家丁踢开庙门，正欲冲进庙去。

家丁甲　（内急喊）公子——（跑上）公子，那边发现两行脚印。

大　龙　哦？定然是往那条路上逃走了，与我追！

〔大龙、金虎率众家丁追下。

〔稍刻桐花轻步走出，见人已走远，松了口气。

桐　花　（悄声喊）姑娘，出来吧。

〔灵芝上。

灵　芝　多谢大婶相救之恩。

〔二龙捧点心上，进庙。灵芝一见，惊怕欲逃。

桐　花　姑娘不必害怕，这是我家二龙。二龙，快来见过灵芝妹妹。（与他耳语）

二　龙　啊，灵芝妹妹。

灵　芝　大哥。

二　龙　母亲，这里有两份点心，你们快快趁热吃了吧。

桐　花　你呢？

二　龙　我已经吃过了。

桐　花　姑娘，吃吧。

灵　芝　大婶，大哥，只怕他们稍刻又要回来搜寻，我不能连累你们，我要走了。

桐　花　这么大的风雪，你走到哪里去呀？

灵　芝　离此百里之外，有我的一位穷表亲，我找他去。灵芝就是死了，也要和亲人死在一起……（泣）

桐　花　唉，可惜我也帮不了你什么。（摸出一吊钱）这点钱，你拿着路上好用。

灵　芝　大婶，大哥，恩人！（跪谢）

桐　花　（扶起灵芝）二龙，我们送姑娘一程。

二　龙　是。

〔桐花、二龙送灵芝出庙，走下。

〔伴唱：非亲非故亦有情，
　　天下苦人怜苦人。

〔大龙、金虎与众家丁回上。

金　虎　追了半天，原来是个疯子，呸！

大　龙　人定然还藏在这庙中。

〔众家丁冲进庙去。

金　虎　大龙兄弟，这里刚才是有人来过的。

大　龙　哼，与我细细地搜。

众家丁　是。（四下搜）

金夫人　（内喊）龙儿！龙儿——

金　虎　糟！你母亲来了。

〔金夫人率领众丫鬟气冲冲赶上。

〔大龙泄气地示意家丁停止搜查，迎出庙门。

金夫人　龙儿啊龙儿，为娘指望你读书上进，光耀门庭。谁知你如此不学好，竟敢卖起府中丫鬟来了。日后莫非还敢将为娘也卖了不成？（狠对金虎）都是被你们带坏了，带坏了。

金　虎　咦咦咦，他是你的儿子，又不是我的儿子，怎么都怪到我的头上来了？

大　龙　算了算了。母亲，灵芝这丫头跑掉了，我欠王侯公子的账怎么办？

金夫人　你又欠了他多少？

大　龙　一百两。

金夫人　天哪，又是一百两！唉……（取银子）拿去，下次不许再欠。你要早去早回，听见了吗？小祖宗！

大　龙　听见啦。（一把拿过银子，暗笑，溜下）

〔金虎、家丁们跟着溜下。

金夫人　菩萨呀菩萨，保佑我儿迷途知返吧！

〔女管家匆匆上。

女管家　夫人，舅老爷来了，请夫人快快回府。

金夫人　唉，你们留下几人，把灵芝这死丫头找回来。

〔桐花、二龙送走了灵芝回上。

二　龙　（发现女管家，悄声地）母亲，你看她——

桐　花　（眼睛一亮）是她！

女管家　（扶着金夫人）夫人走好。

桐　花　（上前拦住）啊，客人慢走！

女管家　啊？你——

桐　花　怎么，不认识我啦？

女管家　（也认出来了）你怎么到这里来了？

桐　花　她就是你家夫人么？

女管家　不错。

桐　花　谢天谢地，总算让我找到啦。

金夫人　你是什么人？找我做什么？

桐　花　夫人，民妇便是桐花坞的桐花呀。

金夫人　桐花？

桐　花　想当初，他们错把我儿当作你家公子，不告而别，领回府中。这一错，就整整错了四年啦。

金夫人　（震）啊？果有此事？

〔女管家张口结舌，不知怎么回答才是。

桐　花　夫人，银子奉还。（递）二龙，快来见过你的亲生母亲吧。（拉二龙上前）

〔伴唱：娘见亲儿不相认，

　　　　儿见亲娘难出声……

〔金夫人等人围着二龙细细察看。

金夫人　（越看越像，欣喜不已）好啊！

（旁唱）英俊少年貌堂堂，

　　　　犹似我，老爷转世又还阳。

　　　　一样高，一样长，

　　　　共一副，耳大脸方富贵相。

　　　　气宇轩昂知礼仪，

日后定可成栋梁。
这真是，龙生龙来凤生凤，
他才像我亲儿郎。

孩子，你受苦了。

桐　花　二龙，快叫母亲，叫呀！（推二龙）

二　龙　（讷讷地）母、母亲……

金夫人　我的儿啊！你等快快接公子回府，香汤沐浴，改换衣衫，祭拜祖宗！

众丫鬟　公子，请！

金夫人　儿啊，快随为娘来吧。（一把拉走二龙，早把桐花忘在一边了）

〔二龙走了几步，挣脱金夫人，跑回到桐花身边。

二　龙　（紧紧拉住桐花）母亲！

金夫人　啊，大嫂，你也一起来吧。儿啊，快来呀！

〔金夫人招手，二龙扶着桐花，齐下。

〔灯暗。

第六场

〔金府后园。

〔二龙换上了锦衣绣服，在丫鬟们众星拱月般前簇后拥下走来。

二　龙　（不安地）哎呀，你们总是这样围着我，跟着我做什么呀？啊？

女管家　（挥退）下去下去，统统与我下去！

〔众丫鬟退下。

女管家　公子，这里清静，酒余饭后，正可踏雪赏梅。有什么吩咐，就招呼一声，啊？（退下）

二　龙　唉……

（唱）华堂厌听恭维话，
陪客应酬真烦人。
进府算来方三日，
只觉得，久似三冬又三春。
想娘寻娘盼相见，

为什么，相见又似陌路人？
我与她，如油入水难交融，
隔人隔面隔条心。
闲来思念桐花娘，
不知她，哪座小楼暂栖身？
大龙哥哥今何在？
为什么，左盼右等未回门？
（寻，喊）母亲，你在哪里呀？母亲——
〔金夫人应声而上。

金夫人 龙儿，你在叫喊为娘么？

二　龙 不……啊，是的。

金夫人 龙儿！
（唱）过去是，一颗明珠落尘埃，
喜今朝，洗尽污泥闪毫光。
你风华正茂知礼仪，
六亲九眷都夸奖。
祖宗积德荫后世，
金家代出好儿郎。
我这里，交你传家金钥匙——（交钥匙给二龙）
从今后，儿助为娘把家当，
今日里，官亲绅友登门贺。
随为娘，陪客敬酒到华堂。

二　龙 母亲！
（唱）儿有心事难放下，
时刻思念我养娘。
不知她，身上衣衫够不够，
不知她近日病体可安康？

金夫人 （唱）我儿且把心宽放，
为娘我，岂会亏待你养娘？
只等大龙回府来，
娘一定，厚礼酬谢赠她金银送她母子早回乡。

二　龙 不，还望母亲留下他们……

金夫人 哦？这怎么使得？

二　龙 母亲，娘！

（唱）钱江源头在桐江，
儿有今日靠养娘。
她将那，连心乳汁养育我，
亲生孩子喂米汤。
哥哥打鱼我上学，
儿尝荤腥娘咽菜糠。
她教儿，做人要学村前柳，
甘为路人送阴凉儿。
她教儿，一事当头知进退，
见义勇为见利谦让。
她教儿，双脚要走清白路，
高山流水心坦荡。
她是那，三月桐江甘露雨，
心血浇儿儿成长。
养娘的恩情深似海啊，
金山银山难报偿。
求母亲，留她长在府中住，
我定要，终生孝敬侍高堂。

金夫人 （淡淡地）龙儿，你说得真好呀。

〔桐花挎洗衣篮上。

二　龙 （迎上）母亲，我正到处找你呢。

金夫人 哎呀大嫂，你是客人，又是恩人，理该好好地玩几天，放下，快放下。（接过篮子）

二　龙 母亲，几日不见，你又瘦多了。

金夫人 哎呀大嫂，我和龙儿正在商量，不知你几时动身回去，也好送你银两，报答你的恩情呀。

二　龙 （不满地）母亲你……

桐　花 夫人！

（唱）公子困居在山乡，
十余年，草履布衣度时光。

照料不周心有愧，
养儿岂为图报偿？
夫人啊，只有一事心焦急，
为什么，不见大龙回门墙？

金夫人 啊，大嫂，几天前他到王府公子府中玩耍去了，我已命人去找他回来啦。

桐　花 夫人，这些年来，不知我家大龙可肯上进，待人可好？

金夫人 这……啊，大嫂，他书也读过了，人也长高了，见了面，恐怕你都认不出来了。这些年来，吃的穿的玩的用的，哪样都不曾亏待过他，你就放心吧，哈哈哈哈！

二　龙 （对桐花）母亲，等哥哥回来，我们就可以团团圆圆地住在一起了。

金夫人 （不悦）龙儿，快到后堂陪客去吧。

二　龙 让我与母亲再说一会儿话好吗？

金夫人 （酸溜溜地）你就没有想到与我也说几句话吗？

桐　花 （知趣地）二龙，快去同你母亲好好叙叙吧。

金夫人 （连忙）那么大嫂，我们娘儿先走一步了，啊？（拉着二龙走下）

桐　花 （唱）二龙低头随娘去，
我疼在心头口难言。
那边是，朱楼玉宇传欢笑，
这边是，小屋破窗叹辛酸。
主婢隔院隔重天，
府中规矩好森严。
大龙误进富贵家，
这样的日子怎习惯？
我为他担忧为他愁，
但愿他，忠厚本分似当年。
早早回府早相见，
早回山乡庆团圆。（下）

〔大龙上。

大　龙 哈哈哈哈！
（唱）快活快活又数天，
王侯府中乐无边。
公子挽留不放行，

百两银子全化完。

源头自有活水来，

母亲是座大靠山。

（鼓乐声盈耳）唷，今天府中为何这般热闹？

〔冬英迎面走来，擦肩而过。

大　龙　回来！给我取醒酒汤来。

冬　英　（冷冷地）热水要人烧，冷水要人挑。你也该自己动动手啦。（欲走）

大　龙　站住！

冬　英　（斜他一眼）哼！（扬长而下）

大　龙　死丫头，看我怎样办你！

〔金夫人上。

大　龙　哎呀母亲——

金夫人　等了你好几天，总算回来了，你也该去准备准备啦。

大　龙　准备什么呀？母亲——

金夫人　（制止）从今之后，我们要改一改称呼了。我来告诉你一个喜讯。

大　龙　喜讯？

金夫人　（唱）喜讯来自桐花坞，

你母亲，千里寻儿到钱塘。

大　龙　（震）啊，我母亲？

金夫人　（唱）你是她的亲生子，

当初你，不该冒认我亲娘。

过往之事我不咎，

幸喜得，二龙平安回门墙。

大　龙　什么？二龙他……他也来了？

金夫人　（唱）你我非亲也有情，

总算是，母子相称四年长。

我送你盘缠赠银两，

只望你，早随母亲回山乡。

大　龙　我这不是在做梦吧？

金夫人　做梦也该梦醒了。

大　龙　哎呀母亲——

金夫人　你又来了！快去见过你自己的母亲吧，（指）就在那边。去吧，啊？（下）

大　龙　哎呀……

（唱）这真是，梦中一声惊雷响，
死水潭中起波浪。
心中想娘娘不来，
忘了亲娘偏来娘。
想起山中千般苦，
再也不愿回桐江。
心中只把二龙恨，
你来享福我遭殃。

〔金罗汉上。

大　龙　（如见救星）大伯，不好了！

金罗汉　我全都知道啦。

（唱）两个孩子争个娘，
两龙相争必有一伤。
你还是，背起包裹低头走，
回乡去当打鱼郎。

大　龙　不，大伯，我不回去，我不回去！

金罗汉　你不回去，金府可容不得你。

大　龙　大伯，我是金家之子，他是假的……

金罗汉　哈哈哈哈！他是假的，你是真的？可是两个母亲，一个来接你，一个不认你，谁来相信你？

大　龙　这……（哀求）大伯，平日我什么都听你的，我把许多古董宝贝都偷偷搬到你府上来了。如今你可要救救我呀。大伯……（跪）

金罗汉　唉，我本来不想多管你们家的闲事。看你实在可怜，平日我又喜欢你，那就——

大　龙　多谢大伯！（叩头）

金罗汉　不过，不知你有没有这个胆量？

大　龙　上天入地我都敢！

金罗汉　那好（四顾无人，急下，取上一篮酒菜，摆在梅亭石桌上）来！（塞给大龙酒壶）

大　龙　大伯，这是做什么？

金罗汉　等一会，你——（与大龙耳语）

大　龙　（骇怕）啊？不不不！

金罗汉　哼，如今是有你没他，有他没你，一口池塘容不下两条龙啊！

大　龙　不不不，这可使不得……

金罗汉　使不得？哈哈哈哈！有道是胆大做皇帝，皇帝也杀亲兄弟。何况你与他本来就不是一家人。怕什么，一切有大伯替你做主。

大　龙　哎呀……

（旁唱）大伯为我出计谋，

逼上险路难罢休……

金罗汉　（旁唱）我出主意他下手，

一场好戏唱开头。

看，他来了。我在外面等候你的佳音，嗯？（退下）

〔二龙上。

二　龙　（辨认，高兴地）哥哥，我是二龙呀！

大　龙　（心虚地）啊，二龙……

二　龙　哥哥！

（唱）与哥哥，流泪分手四年长，

朝也思来暮也想。

忘不了，你长兄代父厚爱我，

情谊刻在弟心房。

哥哥呀，你我当年同受苦，

我与你，今日有福该同享。

大　龙　（旁唱）他句句话儿动我心，

倒叫我，事到临头又彷徨。

于心不忍难下手——（耳边忽然想起金罗汉阴险的话声）

金罗汉　（画外音）一口池塘容不下两条龙。如今是有你没他，有他没你。没有你，没有你，没有你……

大　龙　罢罢罢！

（接唱）要尝鱼腥快下网。

二龙，今日兄弟相会，喜从天降。这里有现成酒菜，为兄借花献佛，敬弟弟一杯。

二　龙　（高兴地）哥哥请！

大　龙　弟弟请！

〔二人入座。

大 龙 （抖抖索索地斟酒，举杯）弟弟，请干了此杯。

二 龙 好。（接杯）哥哥，你可记得，小时候母亲不许我们喝酒。有一次，哥哥你偷偷喝了一杯，也给我喝了一杯，我们两人醉得都吐了。母亲知道了，伤心得流下眼泪。从此，我们就再也不喝酒了。哥哥，你还记得吗？

大 龙 嗯，记得，记得……

二 龙 可是今天，哥哥一片心意，这杯酒我是一定要喝的，要高高兴兴地喝下去。我想母亲一定也会高兴的。哥哥，这是一杯骨肉团圆的喜酒呀！多谢哥哥！（举杯欲饮）

大 龙 （突然喊叫）放下！

二 龙 （奇怪）哥哥你——

大 龙 （烦躁地）叫你放下，你就放下！

〔桐花上。

桐 花 大龙！

二 龙 啊，母亲来了。（放杯，去扶桐花）

桐 花 大龙！

大 龙 你……

桐 花 怎么，不认得为娘了？

大 龙 （低头）母亲……

桐 花 孩子！（一把拉住大龙，爱抚，端详）

〔伴唱：梦中寻儿几多回，
碎了心啊白了头……

桐 花 儿啊，想娘了吧？

大 龙 嗯……

桐 花 这些年来，儿在府中可好？

大 龙 好，好！母亲，你来做什么？

桐 花 啊？你说什么？

二 龙 哥哥，你可知道，母亲想你、念你，望穿双眼呀。

大 龙 （咕哝）我在这里好好的，何用思念？

桐 花 （一震）啊？

〔伴唱：一句话，寒天滴水凉心头，
一腔热望化忧愁。

二　龙　（旁唱）哥哥说话理欠周，
　　　　母亲一旁暗低头。
　　　　亲人相见应欢喜，
　　　　我打圆场去敬酒。

母亲，今日喜相逢，合家庆团圆。这杯酒是哥哥给我喝的，我代哥哥敬给母亲。

大　龙　（急拦）你放下！

二　龙　哥哥，母亲恩重如山，理应敬她一杯。

大　龙　叫你放下！

桐　花　（心酸地）怎么，为娘我连一杯水酒都受当不起么？

大　龙　母亲，这酒……你喝不来。

桐　花　这是什么酒？

大　龙　这是……这是补酒。

桐　花　为娘身体虚弱，正可一补。（欲饮）

大　龙　（拦阻，恳求）母亲！

桐　花　（对酒生疑）哦？

〔幕后传来金夫人喊声："龙儿！"

桐　花　二龙，你母亲在喊你，快去吧。

二　龙　我要陪伴你与哥哥。

桐　花　去吧，我先与你哥哥说几句话。

二　龙　是。（去而复回）哥哥，好好陪母亲坐坐，我去去就来，啊？（下）

桐　花　大龙，你且过来。

〔大龙嘟着嘴，不情愿地缓缓走过去。

桐　花　这到底是什么酒？

大　龙　是补、补酒。

桐　花　真的是补酒？

大　龙　真的……（低头）

桐　花　你把头抬起来，眼睛看着为娘，说：这到底是什么酒？

大　龙　（缓缓抬头，一见桐花目光，立即心虚地低下头）是补酒……

桐　花　既是补酒，你给我喝下去！

大　龙　（惊、退）我……

桐　花　（厉声）喝下去！

大　龙　不不，母亲，这酒中有……（扑通跪地）

桐　花　（猛然一愣）啊！你、你、你这伤天害理的东西！（举起酒壶欲掷过去，忽感昏晕，跌坐桌旁，酒壶落地）

〔伴唱：啊——

裂了地，坍了天，

欲哭无声啊怨、怨、怨！

〔半晌，桐花渐渐苏醒，缓缓抬头。

桐　花　（喃喃地）啊，我在哪里？这是什么地方？这天，怎么这样黑，这地，为何这样冷呀？

大　龙　（害怕地近前，轻喊）母亲……

桐　花　（精神恍惚）谁在叫我母亲？啊，你是谁呀，我怎么不认识你呀？

大　龙　母亲，我就是大龙呀。

桐　花　（呆呆地望着他，摇头，凄凉地）不，不是的，你不是我的大龙。我家孩子没有了，被人用毒酒……害死了……

（唱）大龙是我心头宝，

他从小，孝敬母亲疼爱弟弟肯勤劳。

三岁帮娘看大门，

五岁竹筒把水挑。

七岁下河学捕鱼，

八岁上山打柴草。

九岁十岁小后生，

一家柴米半依靠。

十二岁上遭了祸呀，

可怜我，风里雨里将儿找。

娘哭儿，哭伤心，

四年未曾露欢笑。

娘想儿，想成病，

九死一生受煎熬。

娘寻儿，寻得苦呀，

这样的下场谁料到？

抬头呼天天不应啊，

是谁害了我好根苗？

大　龙　（流泪，后悔）我错了，母亲……

桐　花　你不要过来，走开，你走开呀！（推开大龙，呼叫）大龙，你在哪里呀？为娘接你来了，快随娘回家去吧，啊？（步步后退，撞到了石狮子身上，转身发问）啊，你知道我的孩子在哪里吗？啊？你说呀，说呀！你为什么不说话呀！（哭着捶打石狮）

大　龙　母亲……（搀扶）

桐　花　（挣脱，茫然呼叫）夫人，你在哪里？快快还我孩子，还我孩子……（跌跌撞撞地奔下）

大　龙　母亲！（下）

〔少顷，金虎探头探脑走上。

金　虎　阿爸爹这个老家伙，刚才一个人偷偷摸摸地又弄酒又弄菜，不许我尝一口，拎起篮子勿声勿响送到婶婶这边来哉。弄啥花样精？（一眼看见亭内桌上酒菜）哈哈，原来摆在这里。这是请菩萨还是请太公？哼哼，管他三七二十一，有得吃落得吃，不吃白不吃，阿爸爹勿许我吃我偏偏要吃，多吃些，吃他个精光滑脱。（进亭，坐下，倒酒挟菜，吃喝起来）

〔二龙上。

二　龙　母亲，哥哥！（见金虎）看见我母亲哥哥了吗？

金　虎　（斜他一眼，摇摇头。突然发作起来）啊唷！

二　龙　你怎么啦？

金　虎　（抱肚打滚）哎哟，痛煞哉……

二　龙　（上前扶他）你醒醒呀！

金　虎　（惨叫）哎哟……

〔金罗汉闻声赶上。

金罗汉　（窃喜）看样子，大概差不多了。哈哈哈哈！

〔金虎忽然倒在二龙怀中死去。

二　龙　（惊喊）快来人哪！

金罗汉　来啦来啦。（赶上前一看）啊？儿啊！（俯身抱尸干哭，稍停，眼珠一转，起身一把抓住二龙）你竟敢害死我儿子，我要你抵命！

二　龙　不不，不是我，不是我……

金罗汉　不是你害死的？难道是我害死的不成？快来人哪！

〔衙役甲、乙上。

〔金夫人、女管家闻声上。

金夫人 这里出了什么事了?

金罗汉 (对衙役)我儿被他毒死，速将凶手送官治罪!

金夫人 (大惊)啊?

二　龙 冤枉啊!

衙　役 (一把架起二龙)走!(拖下)

〔女管家追下。

金夫人 大伯，你不能冤枉我龙儿啊!

金罗汉 哼哼，连你也逃不了!(一把推倒金夫人)

金夫人 (坐地号哭)儿啊!

金罗汉 (跪地干哭)儿啊!

〔灯光骤灭。

〔稍停，亮起一缕青光。

〔金夫人孤独一人，失神呆坐。

女管家 (内喊)夫人!夫人……(匆匆上)启禀夫人，少公子得救了。

金夫人 你不要来骗我，我的命根子没有了……

女管家 夫人，这是真的呀，放毒酒的凶手已经拿到了。

金夫人 啊?他……他是谁?

女管家 他就是原来的那个大龙公子。

金夫人 是他?(恨恨地)哼，瓜有瓜种，人有人种，我早就料到他会起坏心的。我恨不得把他——

女管家 夫人，他母亲已经带他投案去了。

金夫人 那我家公子呢?

女管家 少公子已经无罪释放了。

金夫人 (一震)你说什么?

女管家 (指)看，少公子回府来啦!

金夫人 快快大开中门，迎接公子。龙儿!(奔下)

〔气氛突转，灯光全亮，欢乐的鼓乐声大作。

〔收光。

第七场

〔桐江畔，桐花坞。桐花如雪，春雨如丝。

〔桐花手挽包袱，孤身只影，缓步走上。

〔伴唱：桐江雨，雨纷纷，
　　慈母归来哭无声。
　　二龙已回娘怀抱，
　　大龙请罪入牢门。

桐　花　（唱）桐江雨，雨声声，
　　雨中桐花迎故人。
　　此花当年是我栽，
　　春风春雨育成林。
　　孩子常在花前走，
　　花下兄弟骨肉亲。

〔桐花的幻觉——少年大龙二龙，手挽手地出现在树下。

大　龙　（画外音）啊，母亲种的这株桐花树，又长高许多了。

二　龙　（画外音）哥哥你看，我也长高许多了。

大　龙　（画外音）我们兄弟两个，要同这桐花树一样，快快长高长大，替母亲做事，好好孝敬母亲，好吗？

桐　花　（追，喊）孩子！（幻影消失）

桐　花　（唱）如今花开不见人，
　　满树银花挂泪痕……

二　龙　（内喊）母亲！（急上）母亲！

桐　花　二龙，你怎么回来了？

二　龙　（唱）回来了，回来了，
　　又见这，好山好水沐春光。
　　多少回梦中想故乡，
　　多少回梦中寻亲娘。

我的故乡在哪里？
儿的亲娘在何方？

桐 花 孩子，你不是已经找到了吗？

二 龙 （唱）找到了，找到了，
找到了，真正的故乡亲生娘。
故乡就在桐花坞，
你就是孩儿亲生娘！

（跪叩）求母亲不要再责怪哥哥了，好吗？母亲，你回来之后，我三上公堂，这场冤案总算审清了。金罗汉害人害己，打入死牢。哥哥受过刑罚，已经释放了。

桐 花 你说什么？

二 龙 （指）母亲，哥哥他已经回来了。（招手）哥哥！

〔大龙换了渔夫装束，羞愧低头走上。

二 龙 （拉大龙到桐花面前）哥哥快来。

大 龙 （悔恨、痛哭、跪地）母亲……

二 龙 （一齐上前跪求）母亲！

〔桐花终于上前扶起他们。

二 龙 （高兴地）母亲，哥哥，这一回，我们真的可以团团圆圆地住在一起，永远不再分离了。

桐 花 （唱）多谢你，不忘桐江山水情，
千里迢迢来投亲。
孩子有德娘高兴，
不枉我，爱你疼你十六春。
喜今朝，风雨过后花又开，
还望你，早回钱塘伴慈亲。

二 龙 不，我不回去。

〔传来金夫人喊声：“龙儿！”

桐 花 啊，你母亲追你来了，快快去吧。

大 龙 （取出那只玉龙）这只玉龙，本来就是你的，原物奉还。

〔幕后又传来金夫人的喊儿声。

桐 花 孩子，听话，快去吧，啊？

二 龙 （旁白）是了，我还是再去恳求母亲，接他们一同回府。母亲，哥哥，

你们在这里等等我，等等我，啊？（匆下）

桐　花（望着二龙的身影）好了，我们也该回家了。

〔大龙扶着桐花，向花丛深处走去。

〔伴唱：桐花桐花，

洁白无瑕。

开在深山，

香飘天涯……

〔灯渐暗，幕徐落。

〔剧终。

1986年

古装传奇越剧

憨痴传奇

（本剧根据《聊斋》有关章节合成）

尤文贵

第一场　悔婚

〔姜宅花厅，寿诞待客之处。

〔喜乐盈耳。

〔幕外合唱：

　　温州府有个姜员外，
　　人称首富万贯财。
　　年届花甲庆大寿，
　　灯红酒绿喜筵开。
　　银山更比灵山近，
　　善男信女滚滚来！

〔幕启。众家人、仆妇川流不息，忙着收礼物，迎宾客，端茶送水。

〔姜员外喜气洋洋上。

姜员外　呵呵！

（唱）告老还乡娱晚景，
　　年届花甲庆寿辰。
　　财势二字皆享有，

儿女亲事未遂心。
有子憨郎人嫌傻，
女婿贫贱难当门。
月有盈亏常不满，
人总欠缺时阴晴！

〔外声："乐城表亲胡相公到！"

姜员外 （大喜）啊。我的表侄儿来了？（向仆妇）快请小姐、少爷来见他表兄！（仆妇答应下）有请！

〔几个家丁，抬寿礼上。胡禧光衣鲜服，春风满面随上。他一见姜员外，立即翩然下拜。

胡　禧 姑父万寿，侄儿奉母亲之命，特来祝贺。愿姑父福如东海，寿比南山！

姜员外 哈哈哈哈！好侄儿，快起来，快起来！

〔胡禧献上寿礼。

姜员外 啊呀，何必如此破费！（收下）快请坐！

胡　禧 告坐！

姜员外 来，奉茶！

〔丫鬟献茶。

〔姜憨郎内声："哈哈！表兄来了？在哪？在哪里呀？"（跑上）

姜憨郎 嘿嘿！在这里！（拉胡禧）你上次来，答应带一只小狗送我，狗呢？

胡　禧 （笑）我倒忘记了！

姜憨郎 啥？忘了？（生气）你这个人呀，老是骗人！

姜员外 （喝止）憨郎，不得无理！你妹妹呢？

姜憨郎 嘻嘻！你问妹妹呀？

胡　禧 正是，怎么不见表妹呢？

姜憨郎 她呀，一听你来，嘿！
（念）手里拿个镜，
拼命扑白粉，
前照又后映，
又画眉毛又涂唇！
还要半天忙哩！你就等着吧！

〔姜玉莲打扮得花枝招展上。正好听到憨郎说她。

姜玉莲 （羞打憨郎）你胡说什么！（追打）我打你！打死你！

姜憨郎 （躲到胡禧身后）哎哟，表兄救命，救命啊！

胡　禧 （笑拦）玉莲表妹，你就饶了他吧！

姜玉莲 啊，表兄一路辛苦了！（作礼）

胡　禧 （含情脉脉地）表妹，你一向可好？

姜憨郎 （突然跳出）勿好，勿好！她天天愁眉苦脸，唉声叹气！

胡　禧 啊，这为什么？

姜憨郎 嘻嘻！她说不愿嫁给林大痴！

姜玉莲 （又追打）你！憨子！傻子……

姜员外 （抓住憨郎）你这不成才的东西！还在这里胡说八道！给我进去！

姜憨郎 呀，呀，你自己也常说妹妹嫁错人，怎么讲我胡说八道？我……

姜员外 住口，你给我进去，进去！（拉憨郎下）

姜玉莲 唉！真叫人心烦！

胡　禧 啊，表妹，终身大事，难于安心啊！

（唱）当年老父在朝廷，
指腹为婚订鸳盟。
谁知林家命运恶，
父亡家破门墙冷。
可恨生子是书痴，
酸臭冲天又无能。
可怜我，一树娇桃逢苦雨，
名花错配破瓦瓶！

胡　禧 （叹息）唉！这真是姑父铸下的大错呵！

（唱）妹是天仙婿痴蠢，
错将鲜花插牛粪。
为兄有意移花去，
不知花心可有情？

姜玉莲 （羞喜）表兄！

（唱）花自有心人无情，
流言似火不饶人。
须有甘露能灭火，
移花方能保生根。

胡　禧　（笑）表妹放心，为兄自有主意。（从袋中取出珍珠一串）你看，这串珍珠项链，便是为兄心意。妹妹有心，请受此物。

姜玉莲　（含羞接过）多谢表兄！

〔憨郎突然冲出。

姜憨郎　哈哈！胡禧，你可好！

胡　禧
姜玉莲　（同时一惊）啊！（姜玉莲羞下）

姜憨郎　（冷笑）哼哼，你这个人呀，不老实，真不老实！

胡　禧　（惊慌地）表弟，你都听到了？

姜憨郎　听倒没听到，看是看到了。你答应给我狗，忘了；送我妹妹的东西，你怎么没忘？你是勿是勿老实？

胡　禧　（放心地）呀！原来这样！好，好，我也给你一样东西。（取出一个玉佩）这好吗？

姜憨郎　（一看丢下）这东西我家里多的是，不稀罕！我要你给我小狗，汪汪，汪汪汪！

姜员外　（上）奴才，你又在胡闹！宾客满堂，招人笑话，真真气杀老父！你给我进去，进去！

姜憨郎　我不，我不！

〔外声："林姑爷到！"

姜憨郎　哈哈！我那未过门的妹夫来了！（急忙去迎接）

〔林大痴腋下挟书，手中拿书，边走边看，正好与跑来的憨郎相撞，书本撒满一地。

林大痴　啊！（急于俯身拾书，痛惜地）痛哉！痛哉！飞来横祸，清白玷污，岂不悲哉！

〔憨郎傻笑着要扔书。

林大痴　（急护书）啊呀呀，内兄，你可知"万般皆下品，唯有读书高"这个道理吗？书，圣贤之言，岂可丢也！

姜憨郎　算了，算了！你心痛，我赔你！我家里有的是银子！（拉林大痴）快进来，进来！（喊）阿爸爹，妹夫来了！

〔姜员外上。

林大痴　岳父大人在上，小婿特来祝寿，请受小婿一拜！（拜下）

姜员外　（冷冷地）免了，免了！你在家读书，大可不必来此，有误你的用功！

林大痴 非也，非也！荀子云：“事无礼而不成”，礼，不可废也！岳父寿辰，小婿理当来拜。不过，礼成，小婿也就告辞了！（欲走）

姜憨郎 （急拉住）嗳，嗳，妹夫，人家说你是书痴，我看呀，实在有点像。“拜寿，拜寿，吃面喝酒”，怎么一拜就走？来来来。吃面去，喝酒去！

林大痴 不可，不可！内兄，我是读书要紧啊！

胡　禧 对对对，林兄讲得好，读书要紧，读书要紧。

姜憨郎 唉唉！读书，读书，越读越糊涂！也不吃，也不喝，这就叫呆大！

姜员外 憨郎，休得纠缠！人各有志，他立志读书，不可耽搁，让他去吧！

林大痴 是，是！告辞！

姜憨郎 等等！（从地上拾起玉佩）妹夫，刚才我弄脏了你的书，这块东西赔你，你再买几本书读，啊？

林大痴 （摇头）不敢，不敢！

胡　禧 （一把抢过）这是我的玉佩，怎好送人？美玉最怕穷气熏哪！他没这个福气！

林大痴 （怒视，泄气）唉！（急下）

胡　禧 （大笑）哈哈哈哈！

姜憨郎 （突然大声）勿要笑！我看你呵，像只乌老鸦！

胡　禧 呀，表弟，此话怎讲？

姜憨郎 “嘎嘎嘎嘎！”你把我妹夫气跑了！真是乌鸦一叫，晦气就到！

姜员外 胡说！你懂得什么！

姜憨郎 我懂，我懂！阿爸爹！

（唱）我懂妹夫家里穷，
常常没吃肚子空。
你应让他吃饱面，
不该迫他回家中！

胡　禧 哈哈哈哈！表弟，这好办！

（唱）难得表弟人情重，
我有主意救他穷。
纹银百两由我出，
你可前去为我送？

姜憨郎 （欢喜）真的？好咯！这有啥难？拿来！

胡　禧 慢来，你给他百两银子，要买回来一张纸头。

姜憨郎 哈哈哈哈！你这个人！我妹夫整天读书写字，一张纸头，有啥名堂？一百两银子买一张，合算！我叫他多卖你几张。

胡　禧 （冷笑）哼，只怕他不卖给你！

姜憨郎 没事，没事！他笃定给我。好，待我去弄点吃的东西带给他。你等着！（跑下）

姜员外 啊！贤侄，你这是何意？

胡　禧 姑父啊！

（唱）凤凰岂可配书虫？
姜林联姻败门风。
百两纹银休前约，
免教表妹恨无穷。

姜员外 （沉吟）这个……我怕那书痴不肯。

胡　禧 （冷笑）他无财无势，我谅他不敢！

姜员外 还有人言菲薄。

胡　禧 我家财大气粗，谅必无人敢说！

姜员外 不知玉莲之意如何？

胡　禧 （笑）不妨请出表妹一问。

姜员外 （点头）好。玉莲哪里？

姜玉莲 （上）爹爹，何事相唤？

姜员外 儿啊！

（唱）当年为父错订亲，
如今后悔欲退婚。
月落自有朝阳出，
良禽知否觅新林？

姜玉莲 爹爹！

（唱）日月轮转非人意，
安排从来由天命。
良禽早有择木意，
单待爹爹觅新林。

姜员外 好！既然女儿依允，便请你表兄担当退婚之事，也解了为父失误之过！只是……解了一件心事，还有一件心事呵！

胡　禧 姑父还有何难处？

姜员外 唉!

（唱）玉莲幼年失母亲，

唯留子女各一人。

女儿错配虽可解，

憨郎娶妻却无门。

姜家若是香烟断，

万贯家财谁继承?

六十大庆有何趣?

寿筵难解心头闷。

胡　禧 姑父休要烦恼。小侄此次来温，家母曾有交代，家中小妹，年已及笄，有意与憨郎表弟攀亲，不知姑父首肯否?

姜员外 （大喜）什么?你母亲愿将香英许配憨郎?

胡　禧 正是。姑父若是依允，小妹年庚八字，倒也带来了。（取出呈上）

姜员外 （喜不自胜）好，好!若如此，亲上加亲，我姜家香烟有继了!谢天谢地!

姜玉莲 （叫）憨郎，憨郎，你快来啊!

〔憨郎提小篮子上。

姜憨郎 来了，来了!你们急啥啦?我拿一些寿面，拿一些寿酒，顺便给妹夫送去，耽误勿了送银子!

姜玉莲 不是叫你送银子，是给你娶娘子!

姜憨郎 啥?给我娶娘子?啥叫娘子呀?

〔众笑。

胡　禧 憨兄弟，娘子便是妻子啊!

姜憨郎 给我娶妻子吗?妻子啥东西啊?好玩吗?

〔众又笑。

姜员外 畜生!全不懂人事!贤侄，你兄弟如此模样，不知香英愿意否?

胡　禧 憨兄弟如此，我家至亲，早已知晓。无妨!

姜员外 那好，我便做主定了。这里有汉玉手镯一对，聊作信物，你且收下。

胡　禧 多谢玉成!（收下）

姜玉莲 憨郎，快叫大舅!

姜憨郎 叫谁大舅?（四处看）

姜玉莲 （指胡禧）他呀!

姜憨郎 嘿!他叫表兄嘛，你真笨!

〔众大笑。

姜憨郎 闲话少说，拿银子来，我给妹夫送去哉！

胡　禧 不用你送了。

姜憨郎 呀哈！你这个人又不老实了，刚说了勿算数！

胡　禧 这件事怕你办不成，还得我自己去办。

姜憨郎 （跳起来）啥？送银子也勿会呀？你把我当呆大看呀？啊！

胡　禧 不不！送银子容易，要把婚书拿回来难！

姜憨郎 啥？刚刚你讲一张纸头，现在怎讲是……啥名堂啊？

胡　禧 婚书！那张纸头就叫婚书。

姜憨郎 啥叫婚书呀？你拿回来作啥用啊？

胡　禧 （笑）哈，那婚书拿回来，他就不是你的妹夫了！

姜憨郎 啧啧啧，你这人！婚书和妹夫有啥关系？我这个妹妹给他，我就该叫他妹夫。阿妹，你讲对勿对？

姜员外 憨儿！你拿回那张婚书，你妹妹就不给他了。

姜憨郎 （瞪眼）啊？不给他了？为啥？

姜员外 那书痴只知死读书，全不懂人事，家中贫穷落泊，怎好叫你妹妹前去受苦？

姜憨郎 啊呀，阿爸爹，你错哉！

（唱）你嫌妹夫家里穷，
　　　自家金银一封封，
　　　叫人送去一箩筐，
　　　阿妹愁啥没吃用？

勿要紧咯！勿要紧咯！阿妹，你还是给他，没吃没用来找我！

姜玉莲 （啐他）呸，我不嫁他！

姜憨郎 哈？你不嫁他？好，你不嫁他，我嫁给他！

〔众哭笑不得。

姜员外 畜生！一派胡言！该死，该死！

〔家人上。

家　人 禀告员外，寿筵已备，宾客已齐，请到花厅开宴！

姜员外 好，吩咐下去，开宴！

家　人 （向内）开宴！

〔鼓乐起。

姜员外 贤侄，请！憨郎，去陪你表兄入席！

姜憨郎 我不，不！我要去妹夫那里！（追胡禧）喂，喂，你拿银子来！你骗人！你骗人！（追下）

〔幕落。

第二场 遇仙

〔林大痴家，破屋陋具，零乱不堪，但书架特大，满架是书。

〔林大痴手执书卷，来回踱步，高声朗诵。

林大痴 （抑扬顿挫）子曰："博学之，审问之，慎思之，明辨之，笃行之，有弗学，学之弗能，弗措也；有弗问，问之弗知，弗措也；有……"

〔他感到口干舌燥，念不下去，便去缸中舀了一瓢水，喝下，忽然感到饥饿，便到处找食，失望，而他强忍饥火，仍然把卷坐读。

林大痴 "……有弗问，问之弗知，弗措也；有弗思，思之弗得，弗措也……"

〔声音越来越低，终因饥饿而伏案喘息。

〔憨郎身背布袋，手提竹篮，推门入。

姜憨郎 妹夫，妹夫，妹夫哎！

林大痴 （惊起）啊，内兄，大驾光临，有失远迎，恕罪，恕罪！

姜憨郎 哈哈，勿客气！勿客气！（四处看）哎呀，你住的这地方，比我家猪栏还差呀！（四处找）妹夫，你吃啥东西呀？（林大痴摇头，指指水缸）啥？喝水？唉！妹夫呀妹夫！

（唱）你只知道呆读书，
　　　住的不如我家猪；
　　　吃的只有一瓢水，
　　　这种日子怎么过！

林大痴 （急翻书示憨郎）咳，内兄，你看，你看。子曰："饭疏食，饮水，曲肱而枕之。乐亦在其中矣！"

姜憨郎 （摇手）我勿懂，我勿懂！

林大痴 （笑）这意思是吃粗粮，喝冷水，弯着手臂当枕头，这当中也有乐趣呵！

姜憨郎 啥？这也有乐趣啊？

林大痴 你看，你看，子曰："君子食无求饱，居无求安，敏于事而慎于言，就有道而正之，可谓好学也已。"

姜憨郎 （掩耳）好了，好了！勿要和尚念经了！我听勿懂你这些经文咒语。

林大痴 （失望地）唉！内兄，子曰："学而时习之，不亦说乎！"你也该读书啊！

姜憨郎 （大笑）哈哈哈哈！妹夫哎！

（唱）你天天讲读书，
越读越糊涂。
人叫我呆大，
读书更闯祸。
糊涂加呆大，
憨痴双料货！

林大痴 啊呀呀，岂有此理！（翻书）你看，你看。子曰……

姜憨郎 （大叫）好了！我问你，你读书能当饭吃吗？能住好屋吗？啊？

林大痴 怎么不能？（又去找一本书）你看，宋真宗《劝学篇》讲得明明白白哪！

（唱）富家不用买良田，
书中自有千钟粟；
安居不用架高堂，
书中自有黄金屋；
娶妻莫恨无良媒，
书中自有颜如玉。
出门莫恨无人随，
书中车马多如簇。
男儿欲遂平生志，
五经勤向窗前读。

姜憨郎 （捧腹大笑）哈哈哈哈！哈哈哈哈！人家叫我憨郎，叫你大痴，实在有道理！

林大痴 何以见得？

姜憨郎 刚才的话，只有你这个痴的讲得出来，我这个憨的听得下去，别人是勿会讲，勿会听的哟！

林大痴 这话是皇帝讲的呀！

姜憨郎 你被皇帝老子骗了呀！

林大痴 你不信？

姜憨郎 我才不信哩！妹夫哎！

（唱）书中若有“千钟粟”，
你家为啥穷到骨？
书中若有“黄金屋”，
你住的为啥这样破？
书中若有“颜如玉”，
阿妹为啥不嫁夫？
书中若有“车马多”，
你出门为啥脚走路？
痴人读书做痴梦，
不如我憨郎憨糊涂！

林大痴 这……

姜憨郎 你肚皮饿不饿？

林大痴 （苦笑）我，（点头）是有点饿了！

姜憨郎 （拿书）你啃书呀！

林大痴 唉，内兄笑话了！

姜憨郎 谁和你说笑话！（猛地掀开竹篮）妹夫，你看。这是啥呀？（边拿边讲）这是面！这是鸡！这是肉！这是鱼。这是……哈，没了！

林大痴 （咽口水）好香啊！

姜憨郎 怎样？还是我好吧？

林大痴 （边吃边点头）嗯，嗯，是也，是也！（突然停住）啊，内兄，还是书上言之有理。

姜憨郎 哈？还是书上有理？

林大痴 对，你看！

（唱）只因大痴勤读书，
自有人送来鸡和肉。
可见书中不骗我，
鸡肉胜过“千钟粟”！

（大笑）哈哈哈哈！妙哉，妙哉！

姜憨郎 （突然夺过他的鸡肉）你拿来吧！

林大痴 （吃惊）啊，内兄，这……

姜憨郎 你吹牛也不怕脸红！这些东西，都是我偷来送给你的，是你读书读出来的么？（收拾东西）好好，你读书，你读书！

林大痴 啊呀呀，内兄息怒，是小弟失言了！（作揖）

姜憨郎 （哧地笑出声）嘿！这才对哩！（忙把食品全部搬出）来来来，妹夫，你吃，你尽管吃！我家有的是！

林大痴 多谢！多谢！

姜憨郎 妹夫，我走哩！

林大痴 送内兄！

姜憨郎 勿送，勿送，你快吃！吃完了，我再去偷来把你！（跑跳下，又跑回）啊呀，还有件事忘了告诉你！

林大痴 何事？

姜憨郎 我那个胡禧表兄，要拿银子买你的一张纸头，你勿要卖把他。卖给他，我阿妹就不给你了，你记住了？

林大痴 （点头）哦，哦！

姜憨郎 好，我走了！（跑下）

〔林大痴坐下，吃面，不觉又去拿书，边吃边看书，面汤沾到书上。

林大痴 （心痛地）啊呀呀！（急忙用袖子揩擦，向书作揖）书呀，书呀，把你玷污了。恕罪，恕罪！

〔胡禧带二个家丁上，见状大笑。

胡　禧 哈哈哈哈！果然是个书痴，名不虚传！

林大痴 （一惊）啊，原来是姑表舅兄！小弟这里有礼。（作揖）

胡　禧 （用袖子捂住鼻子）好臭！

林大痴 （惶惶然）姑表舅兄，请坐。

胡　禧 （叱斥）谁是你的姑表舅兄！真是痴人做梦！

林大痴 啊呀呀！弟为姜府之婿，兄乃姜府表兄，称为姑表舅兄，有何差错也？

胡　禧 （喝止）住口！你听着！

（唱）蛤蟆休想得天鹅，
痴汉怎可配嫦娥？
今朝胡禧来退婚，
百两纹银换婚书。

林大痴 （大惊）什么？你们要毁约退婚？

胡　禧 （点头）奉我姑父之命，特来退婚。

林大痴 （急）岂有此理！（拿书）你看，有道是："糟糠之妻不下堂！"怎可无故休妻！

胡　禧 哈哈！痴儿，不是你休妻，而是我姜家"休夫"！你放明白点！

林大痴 也不可，有书云："烈女不嫁二夫。"她怎可退婚另嫁？岂不失妇德嘛！

胡　禧 （冷笑）我不和你书痴引经据典。我且问你，俗话说："柴米夫妻"，你无柴无米，怎可娶妻？难道叫姜家小姐来住你这臭茅坑，喝你这冷河水么？

林大痴 这……（翻书）子曰："一箪食、一瓢饮，在陋巷，人不堪其忧，回也不改其乐。"贤者岂能厌穷！我……

胡　禧 住口！我家表妹不做贤者，你就给我退回婚书来！

林大痴 不可，不可！诗云："相鼠有皮，人而无仪。人而无仪，不死何为！"

胡　禧 （大怒）痴儿，你敢骂我！

家　人 胡相公，他骂我们啥呀？

胡　禧 这小子说老鼠有皮，骂我们没有礼仪，不如死去！

家　人 （大怒）啊！这小子骂老子不如老鼠，不如去死啊！伙计，打！

〔二家人扑上，打林大痴。

胡　禧 住手，只要将婚书拿回便是！

家　人 好！

〔一家人抓住林大痴，一家人搜身，搜桌，从书中翻出婚约。

家　人 胡相公，婚约在这里了！

胡　禧 好，走！

〔胡禧率家人下。

林大痴 （浑身发抖）啊，天啊！

（唱）胡禧逞凶强退婚，

可怜我，无能护自身！

（悲呼）书啊，书啊！

（接唱）我信你，句句是真理，

我信你，字字不骗人；

谁知你，无力驱邪恶，

我信如神人不信！

（怨恨地）书啊，书啊！

（接唱）日夜读你仍无食，

日夜读你无分文；
日夜读你居破屋，
日夜读你妻退婚；
日夜读你了无益，
受人讥笑受人轻！

〔将书掼在地上，又心痛拾起，揩擦，又扔开，伏案大哭。

〔书中云烟喷起，出现两位少女，掩口笑，走向林。

少女甲 （高吟）丈夫无能莫怨恨，

少女乙 （接吟）男儿有泪不轻抛！

林大痴 （大惊）啊！（急避开）你，你们是人是妖？

少女甲 少女乙 （笑）既不是人，也不是妖，我们乃书仙是也！

林大痴 （怀疑地）书仙？你们从何而来？

〔云烟中，天上降下一本大书。

少女甲 少女乙 （指大书）我俩从《汉书》中来的。

林大痴 啊？

少女甲 少女乙 痴郎，你来看！（拂袖，书中出现亭台楼阁）

（边舞边唱）家住在，蔡伦造的古楼台，
仓颉生我俩姐妹。
毕升行文孔丘教，
人间文士皆相爱。
学海浩瀚难飞渡，
名士无缘不可追。
感君痴情情须了，
为君怨恨入世来！

林大痴 （大喜）啊呀呀，果然是书仙下凡了！书仙下凡了！请问仙子，可有名号？

少女甲 我乃“颜如玉”；

少女乙 我叫“闻书香”。

林大痴 妙哉，妙哉！有女颜如玉，共剪窗前烛；时时闻书香，此生愿已足矣！

少女甲 （摇头）不对，不对！（指地上书）你刚才怨书，骂书，将书摔在地上，还能爱我们姐妹吗？

林大痴 （急忙拾书）啊呀呀，是小生一时心烦，作此失理之事，望书仙恕罪！

少女乙 你自无能，被人夺去婚书，怎么怪起书籍来呢？

少女甲 你自称读书君子，何不写张状纸，向官府上告？

少女乙 对，你写啊！

林大痴 对！（铺纸，提笔）啊，这状是怎么写的呢？（急去翻书，查看）

少女甲 （笑）痴郎！临时查书，书能给你现成状纸吗？

少女乙 可见你平时只知死读书，不会运用，难怪人家叫你书痴啊！

林大痴 （掷笔长叹）唉！

少女甲 痴郎，你只认得几个字，拼命背书，却不懂其理，不会用，又有何用啊！

（唱）世人只求多读书，
尽背书本不知悟。
死读成痴人已傻，
胸藏万卷何用处？

少女乙 痴郎！

（唱）他人读书成君子，
人笑你痴却为何？
只因囫囵吞下“人参果”，
不知滋味便下肚！（大笑）

少女甲 （唱）读书不懂仍称盲，
空费岁月窗前读。
学不致用大无益，
不怨自身却怨书！

林大痴 啊，我明白了！

（唱）多谢仙子教诲我，
昏昏如梦方醒悟。
书山巍巍疑无路，
学以致用如何做？

少女甲 痴郎，你可知书中一句“洒扫庭除”，是何意思？

林大痴 是“洒水扫地，清除庭院”之意。

少女甲 （笑）学以致用，就是要你拿起扫把，将你这脏房子扫除干净啊！

林大痴 呵呵！原来读了书，还要学着做啊！

少女乙 对，对！（卷袖）痴郎，拿扫把！

林大痴 哎，哎！（急去拿扫把）两位仙子入寒门，教我如何扫灰尘！

〔三人大笑，动手清理。

〔幕落。

第三场　遇疯

〔姜宅后园。假山花木，亭台楼阁，景物清幽。

〔幕启，远处传来阵阵喜乐声。

〔憨郎身穿新郎衣，手提布袋，悄悄上。

姜憨郎 嘻嘻！

（唱）荒唐荒唐真荒唐，
阿爸爹要我做新郎。
做啥新郎我勿管，
只要偷点菜和粮。
三月未见妹夫面，
不知饿得啥模样。
趁人忙着办喜事，
溜出后门去送粮。

〔憨郎正欲溜走，突然被家人捉住。

家　人 哈哈！憨相公，看你往哪里逃！

姜憨郎 做啥，做啥！你管得着吗？（藏布袋）

家　人 员外到处找你，快去，快去！

姜憨郎 找我做啥？我勿去！

家　人 嘿嘿嘿！今朝是侬讨老婆，花轿都快到了，还不赶快去换衣裳？

姜憨郎 讨老婆？啥叫老婆啊？

家　人 （大笑）哈哈哈哈！你连老婆都不懂啊？真是个憨郎！

姜憨郎 （想）哈，我懂！阿爸爹说，我的娘就是阿爸老婆，所以么，老婆就是娘！对勿对？

家　人 （笑得弯下腰）哈哈哈哈！哈哈哈哈！

〔憨郎趁他不备，就往外跑，被前来的姜员外一把抓住。

姜员外 畜生！花轿都到了，你还往哪里跑？快去拜堂，快！

姜憨郎 我勿去，我勿去！

姜员外 啊呀，花轿到了！快走！快走！（拉憨郎）

姜憨郎 （突然叫起来）我要拉屎，啊呀，我要拉屎！

姜员外 （急得顿足）你真是孽障！快去，快去！

〔憨郎跑到假山后，溜走。

家　人 啊呀，员外，相公跑了！

〔众追下。

〔胡禧匆匆上。

胡　禧 姑父！姑父！

〔姜玉莲上。

姜玉莲 表兄，家父去找憨郎兄弟了！

胡　禧 （顿足）啊呀！花轿都到了中堂，等新郎拜堂，你看……唉！

姜玉莲 表兄，莫急，我有话问你。

胡　禧 何事要问？

姜玉莲 你为甚急将你妹妹香英，嫁给憨郎？

胡　禧 （笑）哈哈，表妹，还不是为了你姜家传宗接代吗？

（唱）憨郎憨傻无人爱，
　　姜家不可无后代。
　　你我至亲应照顾，
　　胡家舍己嫁小妹。

姜玉莲 （冷笑）哼，好一个“舍已嫁小妹”！你骗得别人，却骗不得我！

胡　禧 （一惊）啊，表妹，你怎么说出这种话来？难道我……

姜玉莲 （指胡禧鼻子）你为的是我姜家万贯家财哪！

（唱）说什么舍己嫁小妹，
　　都为的姜家万贯财。
　　你明知憨郎不成材，
　　嫁小妹便可掌权来！

胡　禧 哈哈哈哈！好一个聪明机智之人哪！我胡禧有这样一个贤内助，真是天赐宝贝也！不过，我全是为了你啊！

姜玉莲 此话怎讲？

胡　禧 你可知我为何抢了大痴婚书？

姜玉莲 是为了你娶我为妻。

胡　禧 你愿意吗？

姜玉莲 你我相爱多年，自然愿意。

胡　禧 是了！憨郎若是娶一个像你一样聪明能干之妻，这份家财，还能落到你的手中吗？

姜玉莲 落到你家妹妹手中，也是轮不到我得家财！

胡　禧 （大笑）哈哈哈哈！你只知其一，不知其二。

姜玉莲 此话怎讲？

胡　禧 你附耳过来！（胡禧与姜玉莲耳语）

姜玉莲 （大惊，喊道）什么？你家妹妹，是个疯子？！

胡　禧 嘘——禁声！

姜玉莲 你好狠心！

胡　禧 嘿嘿！我的好表妹啊！

（唱）我家小妹半疯癫，
　　配给憨郎正对工。
　　疯憨不会掌家业，
　　钱财全落你手中。
　　你我结成好鸳鸯，
　　人财两旺沐春风！

这还不好吗？

姜玉莲 （点头）原来如此！（冷笑）胡禧，我看你这人貌似斯文，内有诡计。你若是抛弃我玉莲，我教你人财两空！

胡　禧 啊呀呀，好表妹，我没有你同心相助，能得到姜家钱财吗？！

姜玉莲 你明白就好！

胡　禧 憨郎亲事一完，我便托人向姑父提亲，娶你这天仙过来呵！（欲抱姜玉莲）

姜玉莲 嘘——有人！

〔姜员外拉憨郎耳朵过来。众随上。

姜憨郎 痛杀哉！痛杀哉！

姜员外 你还逃不逃？

姜憨郎 勿逃了！勿逃了！快放手，耳朵掉下啦！

胡　禧 姑父，快叫表弟拜堂，新人等久了！

〔忽听外面响起喊声。

〔外声：“新娘子跑了！新娘子跑了！”

〔传来一个女人哈哈狂笑声，随声跑上胡香英。

胡香英 哈哈哈哈！哈哈哈哈！我是天上神仙，你们抓不住我！来啊！来啊！哈哈哈哈！（狂笑狂跑）

〔众大惊大乱。

姜员外 （大惊失色）天啊！是个疯子！

胡香英 谁是疯子？你才是疯子哩！老头子，你知道我是谁呀？

（唱）我本是，九天玉女下凡尘，
匹配皇帝老昏君。
三宫六院全杀死，
剩我一个沾甘霖！

（大笑）哈哈哈哈！（忽然看见戴乌纱、穿红袍的憨郎）啊呀，万岁爷在此！（忙下跪）陛下，奴婢恭迎皇上，愿吾皇万寿无疆！

姜憨郎 （吓得大叫）啊呀，妈呀！疯子，疯子！（急逃）

〔众大乱。

胡香英 （一把抱住憨郎）皇上，你我同效于飞呀！走呀！（拉憨郎）

姜憨郎 （大叫）救命啊！救命啊！

〔胡禧急分开胡香英。憨郎逃下。

姜员外 （大怒）好啊，胡禧！

（唱）你明知香英是疯人，
怎能昧心配婚姻！
原以为，你家有心成全我，
却原来，疯女扔进我家门！
速将你妹抬回去，
从此断绝两家情！

胡　禧 啊，姑父息怒，容小侄禀告！

（唱）小妹本是贤淑女，
因病不幸神志昏。
今朝轿中闷太久，
一时发作失本性。
稍事歇憩便好转，

岂敢欺骗您至亲！

姜员外 （疑惑地）哦？是轿中闷得太久，一时神志昏迷吗？

胡　禧 正是，正是。啊，你看，这不是好了吗？小妹，香英，这是姑父——不，不，是你公爹啊！

胡香英 （疯狂已过，痴痴地）啊，这是哪里？

姜玉莲 嫂嫂，这便是你的家呀！这是公爹！

胡香英 （机械地）公爹！

姜员外 谢天谢地，好了，好了！来啊！快搀到新房去，请个郎中看一看，再作道理。

仆　妇 是！（搀胡香英下）

姜员外 （突然发现）啊，憨郎呢？

众 啊呀，憨郎又跑了！

姜员外 （急得顿足）天啊！快找！快找！

〔胡禧随众急忙跑下。

姜员外 老天爷，一个痴的，一个憨的，还来一个疯的！你都叫我碰上了，这便如何是好啊！

〔灯暗。

〔幕落。

第四场　仙情

〔林大痴家室，经书仙布置，此处已面目全变。窗明几亮，字画清雅，书册齐整。

〔幕外合唱：

神仙岂亦爱凡尘？
皆因书痴入迷津。
窗前把手须指点，
灶下佳肴可提神。
莫怨有书无作用，
如今方知书情深。

〔幕在合唱中慢启。

〔颜如玉和林大痴一起读书。

〔闻书香手端酒菜，欣喜上。

少女乙 如玉姐姐，你快来尝尝这酒菜，快来！

少女甲 （尝菜）啊！味道好极了！是谁烧的？

林大痴 哈哈，是我！

少女甲 啊，痴郎，你怎么会烧得这样好的菜呀！

林大痴 （高举书本）哈哈哈哈！我是全靠这本《菜谱》，我是边学，边烧的呀！

（唱）一本《菜谱》做先生，

几番试烧便入门，

咸淡火候亲口尝，

不难赢得好手名！

少女甲 （笑）痴郎，总算懂得“学以致用”了！我为你高兴！

（唱）为你痴情下凡尘，

伴君读书三月整。

幸喜郎君能领悟，

应用之中求学问。

世上有书皆“菜谱”，

均须亲口品一品。

痴郎若能成名手，

烧出“好菜”济苍生。

林大痴 （大笑）哈哈哈哈！今日大痴，不是昨天书痴了！

（唱）与君相处方三月，

却是重生再世人。

眼明心亮书能解，

文章落笔如行云。

我欲蟾宫去折桂，

文苑一鸣举世惊！

少女甲 痴郎，你真有上京赴考之意？

林大痴 不经春闱争魁，不知自身学问深浅；不得鳌头独占，有负书仙教诲之情啊！

少女乙 （鼓掌）好！这才是书生志气！文章济世，本是我姐妹心意。痴郎若能如此，也不负我姐妹与你相处一场了！来来来，为你豪情壮志，我姐妹敬你一杯！

林大痴 好！饮你书仙酒，便去争鳌头！我今日就去赶考，龙门一试！

〔三人斟酒、碰杯，正欲畅饮，忽听憨郎喊叫——

〔姜憨郎外声："妹夫哎！妹夫哎！"

〔二书仙急忙隐去。

姜憨郎 （背着布袋，气喘吁吁跑进门）妹夫哎！（抬头一看）呀，跑错哉！（回头便走）

林大痴 内兄！

姜憨郎 （回身）啊，（四下看）妹夫，这是你的家呀？

林大痴 正是。

姜憨郎 哟！眼睛一眨，臭茅坑变成皇帝家！奇怪！奇怪！

林大痴 啊呀，内兄，你怎么这身打扮？这真是奇怪呀，奇怪！

姜憨郎 （猛然想起，吓得发抖）啊呀，妹夫哎，差一点我就送命哉！

林大痴 啊？这是为何？

姜憨郎 阿爸爹今朝给我讨老婆，讨来一个疯癫婆，吓得我拼命逃出屋，只好到你这里躲一躲！我勿走哉！

林大痴 （为难地）这……内兄，我这里，不方便呀！

姜憨郎 啥？哦，我晓得了，我晓得了！

林大痴 （一惊）你知道了？

姜憨郎 我晓得你没得吃，怕我吃你的，是勿是哩？（打开布袋）你看：有鸡，有鸭，还有银子！还怕啥？（突然发现桌上酒菜）咦，你这些酒菜啥地方来的呀？哈哈哈，你发财哩，怪勿得勿要我这个送米人哩！

林大痴 啊呀呀，内兄说哪里话来！（轻声）我实话对你说吧，我这里有客人！

姜憨郎 （大声）有客人？哟，快请出来见见呀！（大叫）客人！客人！

林大痴 啊呀呀，你莫高声，她们是仙人，是书仙。

姜憨郎 书仙？啥叫书仙呀？你叫出来让我看看嘛！

林大痴 （无奈）好好，可不许胡来！（憨郎点头。林大痴整衣祝告）两位仙子，此乃我之内兄，为人虽憨，却是好人，望勿见外，请来一见。

姜憨郎 对咯，对咯，我和妹夫一样好咯！

〔书架后云烟起，颜如玉、闻书香含笑出。

姜憨郎 （手舞足蹈）哈哈！你念的咒语蛮灵光的呀，出来了！出来了！

少女甲 憨郎！

姜憨郎 （大为惊奇）哟，你怎么知道我的名字啊？

少女甲 我不仅知道你姓名，还知道你的为人。

少女乙 只因你为人善良，我们方才见你。

姜憨郎 好咯，好咯，我们做个朋友！

少女乙 做朋友可以，你要答应我一件事。

姜憨郎 既做朋友，就讲义气（拍胸）一百件也依你！

少女乙 你能做到？

姜憨郎 一定做到！

少女乙 好，听着！

（唱）世上读书最要紧，
学识能教人聪明。
憨郎要我做朋友，
必得跟我读诗文。

姜憨郎 啥？叫我读书呀？我不会，也勿喜欢！

少女甲 那你喜欢什么？

姜憨郎 我呀？嘿嘿！

（唱）喜欢弹弓使本领，
喜欢打拳学武林；
喜欢爬树掏鸟窝，
喜欢踢球跳草绳。
一见书本就头痛，
勿死也会生毛病！

少女乙 （生气）那，我就不和你做朋友！

少女甲 慢来，慢来！憨郎，你喜欢做游戏，可知做游戏也要读书的吗？

姜憨郎 哈哈！做游戏也要读书呀？没听说！

少女甲 你不信？

姜憨郎 不信，不信！

少女甲 好！（取出一球）你说喜欢踢球，可知这球之来历？如何踢球？

姜憨郎 用脚“啪”一踢，不就是了？

〔颜如玉、林大痴、闻书香三个都大笑起来。

姜憨郎 笑啥？

少女乙　我笑你不懂！

少女甲　这里头就有学问。痴郎，你给他讲吧！

林大痴　（拿书）内兄，踢球古人叫“蹴鞠”，传说起于黄帝，或说起于战国。到唐代，才有蹴球比赛。

姜憨郎　（感兴趣）哦，怎么个比法呀？

林大痴　这本《文献通考》中，就记有其事呵！

（唱）地上插竹两边分，
　　网高数丈隔作门。
　　球工两队分左右，
　　双方角逐争输赢。
　　有规有矩有踢法，
　　花样百出最动人！

姜憨郎　（惊喜）啊，你这个书痴，怎么也懂得踢球啊？比我还内行！

林大痴　（指书）都是书中教的嘛！

姜憨郎　哈，让我看看！（接书，瞠目）嘿！花里花啦，认勿得！

少女甲　憨郎，你看，能读书，游戏起来，不是更有味道吗？

姜憨郎　好，（向闻书香）你就教我读这本书！

〔众笑。

少女甲　憨郎，读一本书，只会一样，这里还有好玩的呢！（拿出诗签筒）这是什么？

姜憨郎　（摇头）不知道。

少女乙　这叫“酒令诗签”，是喝酒时行令用的，可好玩哩！今天痴郎要上京赴考，我们正要为他送行，不妨边喝边玩，如何？

林大痴　好，妙哉！妙哉！来来来，大家快坐下，来。

〔众坐下，闻书香斟酒，掷骰子。

少女乙　六点！（数）哈，是如玉姐姐。

少女甲　（摇签，取一根，念）“梅花。念梅花诗一首，唱梅花小调一曲。”好，你们听了：“众芳摇落独暄妍，占尽风情向小园，疏影横斜水清浅，暗香浮动月黄昏。”

（唱）哥像风雪无情摧，
　　妹像梅花雪里开。
　　任你狂暴任你冷，

妹总有心等哥来！

〔唱毕，饮一口酒。众鼓掌叫好。颜如玉掷骰子。

少女甲 七！（数）呀，是痴郎！

林大痴 （摇签，取一根，念）“梨花。念梨花诗两句。吹奏一曲。”好，你们听了：“寂寞空庭春欲晚，梨花满地不开门”。（取笛子吹奏）

〔二书仙按曲起舞，憨郎乐而乱跳。

姜憨郎 （鼓掌）哈哈哈哈！妹夫哎，你怎么会吹这竹管的呀？真好听！让我吹吹！（吹不成音）嘿！像鬼叫！

少女乙 （拿起曲谱）憨郎，你要先学会这曲谱，才能学吹笛子！

姜憨郎 咳，看来样样都得学！

林大痴 （掷骰子）十二点！哈，内兄，是你了！

姜憨郎 （急摇手）我勿会！我勿会！

众 不会就要罚！

姜憨郎 我罚，罚酒三杯！

众 不行，不行！

姜憨郎 我罚狗叫！汪、汪……

少女乙 住口！大丈夫在世，岂可学狗叫！憨郎，你羞也不羞？

姜憨郎 这……

少女乙 （深情地）憨郎，你说，这样喝酒取乐，有趣不？

姜憨郎 （点头）哎，有趣，有趣！

少女乙 可是你却不会！将来和我们在一起，有何味道？还做什么朋友！

姜憨郎 （大喊）我一定学会它！

少女乙 想学会它，先得读书。

姜憨郎 我读，我读！你教我！

少女乙 好，一言为定！

姜憨郎 勾指头！

〔二人勾指头。众笑。

林大痴 哈哈哈哈！妙极了！我正要上京赴考，内兄却为逃婚避难，这个家，就让内兄住下，两位仙子也好帮他读书，正是三全其美呀！

姜憨郎 妹夫，你真的要去赶考啊？

林大痴 想以前“学而无用”，今日赴试，若能得中，为民为国效劳，才是“学以致用”道理！

姜憨郎 好咯，好咯！考个状元回来，气死我家妹妹！（掏腰包）给你！这银子勿是偷来的，是我平时积存的，给你做盘缠。

林大痴 多谢内兄相助！

姜憨郎 （脱衣）你那破衣勿神气，我这新衣没用处，正好给你穿上赶考去！

少女乙 太好了！（帮林大痴穿上）

少女甲 （端过一杯酒）痴郎，祝你旗开得胜，蟾宫折桂，簪花归来呵！

众 （唱）此一去，一跃上龙门，

林大痴 （接唱）大痴不负亲人心。

众 （唱）盼你簪花骑马来，

姜憨郎 （唱）气煞贪富欺贫人！

〔林大痴饮酒。

林大痴 内兄，你要好好读书啊！

姜憨郎 晓得哉！

〔林大痴拱手作别，下。

〔幕落。

第五场　祸害

〔同前景。

〔幕启，少女乙在教憨郎读书。

少女乙 天、地、玄、黄。

姜憨郎 天、地、玄、黄。

少女乙 宇、宙、洪、荒。

姜憨郎 宇、宙、洪、荒。

〔幕外合唱：

一字一句把手教，
憨郎始读《千字文》。
严师有心化顽石，
顽童能否改劣性？

〔憨郎读了一会，渐渐不耐烦，丢开书本，玩耍起彩球来。

少女乙 （焦急地）憨郎，你怎么不读了？

姜憨郎 我头痛！

少女乙 你骗我！

姜憨郎 嘻嘻！好妹妹，我骗你是小狗！（学狗叫）汪、汪汪、汪汪汪！（咬闻书香）

少女乙 （生气）你呀！我不教你了！

姜憨郎 不教？好啊！那就和我一起玩球！来，接着！（抛球）

〔闻书香一指，彩球被悬在空中。

姜憨郎 啊，怎么吊住了？下来啊！下来啊！（急得缠住闻书香）我不！我不！你还我球来！还我球来！

少女甲 （从书架后出）憨郎，你又调皮了！

姜憨郎 如玉姐姐，她不陪我玩，还把球吊到天上去了！

少女乙 我已陪你玩了半天，你应该读书了！

少女甲 这就是你的不是了！憨郎！

（唱）你曾和她勾指头，
决心读书少嬉游。
男儿一言马难追，
怎可失约改金口？

少女乙 （唱）痴郎上京夺鳌头，
你却在家学做狗！
他日相见分优劣，
你不争气我也羞！

姜憨郎 （赌气）好哉，好哉！噜苏啥哟，我读就是了！（故意大声）天、地、玄、黄，天、地、玄、黄……

少女甲 住口！你真的不愿读书，我们何必勉强？香妹，我们走！

〔一阵云烟，二仙隐去。

姜憨郎 （大惊）哎哟！好姐姐，好妹妹！你们不能走！（四下寻找）天啊，不见了！不见了！（哭）叫我怎么办啊？剩下一个人，全身冷冰冰，叫天天勿应，一定会送命的呀！好姐姐！好妹妹！以后我勿敢调皮了！我给你们跪下来啦！（跪下）

〔从空中降下一本大书，书中出现书仙甲、乙。她们见憨郎跪着，不禁掩嘴偷笑。

少女甲
少女乙 憨郎，你爱不爱读书啊？

姜憨郎 爱爱爱！你们快出来呀！

少女甲
少女乙 我们在这里！

姜憨郎 （一蹦跳起）啊！你们在书里！快让我也进去！

〔憨郎欲进，却无门可入。

姜憨郎 啊呀，这书没门，我进不去嘛！

少女甲
少女乙 憨郎，你听着！

（唱）世上之书皆有门，
只是难你无心人。
唯有苦读门自开，
姐妹双双来相迎。
憨郎若是不肯读，
今生休想见我们！（说罢，隐去）

姜憨郎 （惊叫）啊呀，又不见了！我读书！我读书！

〔憨郎取书来读，闻书香出现。

姜憨郎 嘿嘿，书香妹妹，你也太狠心了，丢下我一个人，我……

〔闻书香隐去。

姜憨郎 啊呀，勿要跑，勿要跑，我读，我读！

〔憨郎急忙读书，闻书香又出现。憨郎拼命读，闻书香含笑点头。憨郎干脆搬过凳子，坐到大书边，让闻书香指点着读书。

〔胡禧带家人暗上，见状，大惊。

胡　禧 （向家人轻语）憨郎在这里，快禀告员外，快去！

〔家人跑下。胡禧悄悄入内。

胡　禧 （大声）好啊，可找到你了！

姜憨郎 （惊倒）啊！

〔闻书香急隐去。

胡　禧 咦，美人哪里去了？（四下寻）美人呢？美人呢？

姜憨郎 （怒喊）站住！你来做啥？谁叫你来的？出去！

胡　禧 嘿嘿，表弟妹夫，你没拜堂就逃了，叫我们找得好苦哇！原来你在这里讨了个小老婆，怪漂亮的，好亲热啊！

姜憨郎 胡说！她是书仙！什么老婆老婆的，烂舌头！

胡　禧 什么？书仙？哈哈哈哈！只怕是妖精吧？我的表弟妹夫，你让小妖精迷住哩！

姜憨郎 你晓得个屁！跟你讲勿清，你给我出去！出去！

胡　禧 慢来，慢来！讲勿清，也得要弄清。你说是书仙，好，请出来让我见一见。

姜憨郎 （冷笑）哼哼，她见好人，不见坏人，你见不到她！

胡　禧 哈哈！她不见我，我来找她！（到处找）

姜憨郎 （得意地）嘻嘻！你找勿到。她住在书本里头。不过，我勿告诉你……啊呀，我讲漏嘴哉！

胡　禧 呵呵！原来在书本里头！（向书）你出来！不出来我就放火烧了你！（书本无形）怎么？不出来？

姜憨郎 （叫）勿要出来，勿要出来！

胡　禧 好！烧！（寻火种）

少女甲
少女乙 （现形）胡禧，大胆！

胡　禧 （又惊又喜）妙也！

（唱）忽见书中现真身，
　　果然是，天仙下凡尘！
　　闭月羞花倾国貌，
　　勾魂夺魄迷煞人！
　　憨郎哪有此艳福？
　　应归胡禧同鸳衾。

二位仙子，快来和小生相会，以了相思啊！

姜憨郎 勿要出来！勿要出来！

少女甲
少女乙 憨郎，你且闪开！

〔书中烟起，二书仙出，胡禧迎上。二仙子出红绸飞舞。胡追，被红绸缠住，红绸变为大蛇，胡惊倒。二仙隐去。

胡　禧 （大叫）救命啊！救命啊！（吓昏）

〔姜员外带家人急上。

众家人 胡相公！胡相公！

胡　禧 （惊叫）蛇！蛇！

众　（吓得乱躲）在哪里？在哪里？

胡　禧　在我身上，身上！

众家人　哈哈，胡相公，这是红绸啊。

胡　禧　啊？（一想更怕）啊呀！有妖精！妖精！

众　（又吓得乱躲）在哪里？在哪里？

胡　禧　在书里，在书里！

姜员外　（大喝）胡说！你也和你妹妹一样，莫非得了疯病不成！

胡　禧　啊呀，姑父啊！

（唱）刚才我来找憨郎，
忽然见到两姑娘。
美貌不应世上有，
缠着憨郎要同房。
见我进来施妖法，
突将红绸变大蟒。
幸亏你们来得快，
晚来一步我命早丧！

姜员外　（大惊）啊？那我儿憨郎呢？

胡　禧　怕早被妖精吞进去了！

姜员外　（大哭）儿啊！你死得好苦啊！

〔姜憨郎内声："阿爸爹，我没死，我没死！"

姜员外　啊？儿啊，你在哪里？快出来随我回家！

〔姜憨郎内声："我不！我不回家！不回家！"

胡　禧　啊呀姑父，那妖精住在书里，憨郎一定被迷到书中去了。

姜员外　（向家人）快把书撕开，快！

〔家人撕书，书不动。

胡　禧　妖精会妖法，快把脏物泼上，就会破了妖法。

家人甲　对，找尿盆去！

〔家人端尿盆正要泼，憨郎从书架后扑出，拦住。

姜憨郎　勿许动！谁敢向书泼脏水，我就和他拚命！

姜员外　（惊喜）啊，儿啊！你出来了！快随老父回家！

姜憨郎　我不回去！我要和书仙在一起！

胡　禧　啊呀，表弟，那两个是妖精啊！

姜憨郎 你才是妖精哩！

姜员外 莫管是仙是妖，你一定要跟我回家！（前去拉耳朵）走！

〔憨郎咬他一口。

姜员外 （大惊）啊，你咬我！

胡 禧 （故作大惊小怪）不得了，不得了！这是蛇精咬人！妖精不除，憨郎也会变蛇精了！快除妖，快除妖！

姜员外 来啊，将憨郎拉开！

众家人 是！（抓住憨郎）

姜憨郎 （哭叫）我不！我不！

胡 禧 快泼脏水，快！

〔家人泼尿水。

胡 禧 放火烧书，根除妖精！

姜憨郎 （挣扎哭喊）不要烧书！不要烧书啊！

胡 禧 烧！烧！快烧！

〔家人烧书，顿时火光大起。二书仙在火中痛苦挣扎。

少女甲
少女乙 （悲叫）憨郎——

姜憨郎 （大哭）姐姐，妹妹！（扑上，被众拉住）

〔二书仙倒下。

胡 禧 （拍手）哈哈，死了，死了！

姜憨郎 （大叫一声）啊——（昏倒）

姜员外 （大惊）啊，憨郎！憨郎……

〔灯暗。

〔幕落。

第六场　毒害

〔姜宅内室。

〔憨郎仰卧病榻上。姜员外、姜玉莲、胡禧均围在床前。

姜员外 （悲呼）儿啊，你醒醒，你醒来啊！

（唱）千呼万唤儿不言，
　　　魂不守舍人凶险。
　　　我告老还乡求安乐，
　　　谁知大祸仍难免！
天啊，天！
（接唱）为什么，祸事全落老夫家？
　　　　憨、痴、疯、妖闹翻天！

姜玉莲　爹爹！
（唱）祸根皆因书痴起，
　　　因痴招妖祸牵连。
　　　更恨窝藏憨郎弟，
　　　方有今日被妖魇！

胡　禧　姑父啊！
（唱）书痴忽然人不见，
　　　必定已被妖吞咽。
　　　眼看憨郎中妖毒，
　　　只怕此身也难免。

姜员外　（怒叱）胡说！你们安的什么坏心？先前娶给他一个疯子，把他吓得逃走；现在又讲这些混账话，巴望他快死不是？

胡　禧　啊呀，姑父，我也是一片好心啊！

姜员外　（冷笑）哼哼，好心！可惜我已明白了！告诉你：我儿若有三长两短，这份家财，宁可捐给寺院，也不会落到外人手中！

姜玉莲　爹爹，你何必讲此绝情话来？还是快请郎中，为哥哥看病要紧啦！

姜员外　我当然要请名医，救活我儿。你给我好生侍候憨郎。

姜玉莲　是。爹爹放心。

〔姜员外叹气下。

胡　禧　呸！一片好心，竟落个没趣！

姜玉莲　（冷笑）哼，你自己讲话有失检点，自讨没趣！

胡　禧　你看憨郎已是奄奄一息，我叫他早作准备，有何不对？

姜玉莲　表兄，你太性急了！
（唱）书痴婚约早拿回，
　　　憨哥昏迷病已危。

姜家唯有玉莲在，
哪怕不得万贯财？
水到渠成莫焦急，
瓜熟蒂落自送来！

胡　禧　唉，表妹，你有所不知呵！
（唱）姑父好似有察觉，
我几次求亲不理睬。
今朝听他一席话，
却似九天落惊雷！
若将家财献寺院，
你我竹篮打水空等待！

姜玉莲　这……你有何打算？

胡　禧　（狠毒地）先下手为强，后下手遭殃！

姜玉莲　（大惊）啊你……！我不依允！

胡　禧　（笑）哈哈哈哈！你想到哪里去了？你放心，我自有妙计，叫家财到手，家中平安！

姜玉莲　你真有这般能耐？

胡　禧　日后你自会明白。

姜玉莲　但愿如此！

胡　禧　定能人、财两得。哈哈哈哈！（猛抱姜玉莲）

姜憨郎　（突然大叫）救命啊！救命啊！

〔胡禧、姜玉莲一惊，急忙分开。

姜憨郎　（跳下床来）不能烧！不能烧！（胡禧急忙抱住憨郎）啊，是你！胡禧，都是你害人！是你烧了书！你给我滚！滚开！（又打又咬，将胡禧赶出）

〔胡禧下。

姜憨郎　（大叫）我要书！我要书！还我书来！

姜玉莲　（急拿一本书来）哥哥，书在这里。

姜憨郎　（急忙抢来，按在心口）哈哈！书啊，书啊，我又看到你了！（把书供在桌上，连连作揖）如玉姐姐，书香妹妹！你们出来啊！你们快出来啊！

姜玉莲　啊呀，哥哥，那妖精已经烧死了，你不要再叫了……

姜憨郎　（怒吼）你给我滚开！都是你害死她！你滚出去！滚出去！（推出姜玉

莲，闩门）

〔姜玉莲下。

姜憨郎 （回身又叫）姐姐！妹妹！你们不理我了？（捧书哭诉）你出来呀！

（唱）我一定，听你姐妹话，

不再嬉游不玩耍；

我一定，听你姐妹话，

不再做狗把你吓；

我一定，听你姐妹话，

好好读书学文化；

我一定，听你姐妹话，

天亮读到月西下。

我若偷懒任你骂，

我若不乖任你打！

只要你俩不离我，

叫我做啥我做啥！

（悲呼）姐姐哎，妹妹！你们怎么不出来啊！（抚书哭，昏去）

〔颜如玉、闻书香亡魂出现。

少女甲
少女乙 （悲叫）憨郎！

（唱）焚书受害丧了命，

离魂缕缕不忘情。

随风飘飘进姜宅，

探望憨郎可怜人。

憨郎，醒来！醒来！

姜憨郎 （惊喜）啊，如玉姐姐，书香妹妹！

〔憨郎扑上，二仙魂飘开。

少女甲 憨郎啊！

（唱）憨郎莫想再近身，

少女乙 （唱）仙魂一缕已无形。

少女甲 （唱）镜花水月唯有影，

少女乙 （唱）空山鸟语只闻音。

少女甲 （唱）传言憨郎莫悲切，

少女乙 （唱）速寻痴郎上帝京。

少女甲 （唱）痴郎若中龙虎榜，

少女乙 （唱）求他为我把冤伸。

少女甲 （唱）罪魁祸首是胡禧，

少女乙 （唱）图财夺妻恶毒人！

少女甲 （唱）姐妹冤魂跟随你，

少女乙 （唱）不见痴郎不死心！

少女甲
少女乙 憨郎，切记，切记！我去也！（二仙魂飘下）

姜憨郎 （哭醒）如玉姐姐！书香妹妹！（开门寻找）我和你一起走，一起走呀！

〔胡香英疯上，拦住。

胡香英 哈哈！皇上，你往哪里走啊？

姜憨郎 啊！（吓得返身逃进室内）你、你要做啥？做啥？

胡香英 皇上，你和我结成夫妻，怎么不见哀家呀？

（唱）我和你，原是彩凤配金龙，

为什么，游龙不来戏彩凤？

丢下我，孤灯凄凄鸳衾冷，

今日来，要请陛下回寝宫。

皇上，来啊！随哀家回宫啊！

姜憨郎 好，好！你先走。我，就来，就来！

胡香英 （摇头）嗯，不嘛！一起走嘛！（来拉憨郎）

姜憨郎 （吓得大叫）救命啊！救命啊！

〔胡禧闻声急上，急忙拦住胡香英。

胡　禧 表弟莫怕，莫怕，有我在此！

姜憨郎 （一见胡禧，大怒）胡禧，你这个坏东西，害得我好苦啊！

胡　禧 啊呀，你这是从何说起？

姜憨郎 你听着！

（唱）是你强把婚书退，

是你嫁给我疯妹；

是你烧死两书仙，

是你图谋我家财。

是你是你都是你，

全是你胡禧造成灾！

胡　禧　（大惊）啊！

（旁唱）这憨儿不憨真可怪，

难道书妖指点来？

他若聪明事必败，

我不除他是祸害！

啊呀，表弟，你错怪我了，这都是你病中胡思乱想啊！你看，我给你买了药来，对你多好啊！（冲药）来来来，快喝下去，啊，喝啊！

姜憨郎　（打开）我不喝你的药！坏人的药勿能喝！

胡香英　（突然接过）你不喝我喝！

胡　禧　（大惊）啊！英妹，你不能喝！你不能喝！

〔胡禧抢，胡香英逃。

姜憨郎　咳，何不趁机逃走，去找我大痴妹夫？对！（逃下）

胡香英　（喝药）哈哈哈哈！好喝！好喝！

胡　禧　啊，糟了！糟了！（急逃下）

胡香英　咦，皇上呢？皇上！皇上！（腹痛）啊呀，痛死我了！痛死我了！（倒地打滚）

〔姜员外、郎中、姜玉莲、胡禧、家人等闻声急上。

众　啊，她怎么了？

胡　禧　妹妹！妹妹！

胡香英　皇上，他跑了！（死去）

姜员外　啊，郎中，你救她！

郎　中　（检视）是中毒身亡，已经死了！

众　啊？！

胡　禧　（一把揪住姜员外）好啊！你儿子毒死我家妹妹，还我命来！

姜员外　岂有此理！你有何凭证？

胡　禧　死在此地，便是凭证；香英口叫憨郎而死，便是凭证；凶手逃走，便是凭证；众人所见，便是凭证！你与我上堂，打一场官司去！

姜玉莲　啊呀，表兄，且慢！爹爹年迈，怎能经受官司？你我至亲，有事慢慢商量可好？

胡　禧　人命关天，岂可商量！子逃父抵，古来如此！走，衙门去！

众　啊，胡相公，慢来，慢来！都是至亲，还是私休吧！

胡　禧　你们说私休？

众　对，对，私休，私休！

胡　禧　好，若是私休，须依我三件！

姜玉莲　哪三件？

胡　禧　第一件：写下字据，承认憨郎毒死我妹香英，以免日后反悔！

姜玉莲　那二呢？

胡　禧　要将姜家财产，赔我胡家人命！

姜玉莲　这三呢？

胡　禧　玉莲与我成亲！

姜玉莲　这……

胡　禧　这是为了照顾至亲，保你姜家血脉，让你爹爹老年有靠，是我一片好心哪！

姜员外　（狂笑）哈哈哈哈！好一个好心！好一个好心啊！

胡　禧　怎么？你不愿私休！

姜员外　不！我愿私休！

胡　禧　好，你给我写下字据来！

姜员外　且慢！你也要依我一件。

胡　禧　请讲！

姜员外　给我一千两纹银，捐给寺院，让我带着香英尸身，出家忏悔，超度媳妇亡灵。

胡　禧　（大喜）好！此乃好事，我便依你。你快写字据！

姜员外　取纸笔来！

〔胡禧取过纸笔，姜员外稍作思考，书写毕，交给胡禧。

胡　禧　（读）“老夫之子憨郎憨痴人也毒杀胡香英其兄胡禧作证吾女玉莲家财尽付与憨郎不许争夺。”（演员读成：“老夫之子憨郎，憨痴人也，毒杀胡香英，其兄胡禧作证。吾女玉莲，家财尽付与，憨郎不许争夺。”）好！（收起字据）

姜玉莲　爹爹，你还是留在家中吧！

姜员外　（冷笑）哼哼！我岂敢和豺狼为伴！（向家人）来，帮我殡殓媳妇，送我到佛寺出家！

众　员外……

姜员外　（仰天大笑）哈哈哈哈！你们听着！岂不闻——

（唱）善恶到头终有报，

只是时辰还没到。
静坐深山睁眼看，
自能认得人和妖！
〔灯暗。
〔幕落。

第七场　相会

〔荒郊古庙前，立有一个“路碑”。
〔幕外合唱：
匆匆出走无分文，
孤身乞讨踯躅行。
关山重重人何在？
冷月西风凄凄情。
〔憨郎身背破席，手挽竹篮、打狗棒，瑟瑟发抖上。

姜憨郎　唉，好冷呵！
（唱）只怪我，未带分文逃出门，
无钱买饭饿煞人。
肚皮饿得咕咕叫，
脚底跑得血淋淋。
大痴妹夫哎，你在哪里呀？
（接唱）叫天叫地勿答应，
东南西北何处寻？
唉，到了这个十字路口，哪一条路到京都啊？找一个人问问。（四处寻找）要死哉，没有一个人！（忽见“路碑”）哟，这是个啥东西呀？（前去察看）“路碑——”哈哈，是“路碑”！（读）“东至海滨，南到府城，西至万山，北到京都！”哈哈哈哈！（乐得翻筋斗）晓得哉！晓得哉！向北走，到京都！（向路碑作揖）幸亏您老人家告诉我，真要谢谢侬！（想）啊呀，错哉！
（唱）说什么，“路碑”指迷津，

幸亏我，碑上字会认。

看起来，吃没白读书，

讲到底，书仙是恩人！

姐姐、妹妹！可怜呀，再也勿会教我读书哩！我想你们啊！我一定找到大痴妹夫，为你们报仇！（欲走，感肚饥）唉，饿煞哉，走勿动哉！

〔憨郎到溪边喝水。

姜憨郎 唉，以前大痴妹夫没得吃，只好喝水，想勿到我今朝也喝水哉！（喝了水，走到庙前石阶上坐下歇力，慢慢睡着）

〔闻书香魂飘下，见状，泪下如雨。

少女乙 （悲叫）憨郎！憨郎！

（唱）你本是，不懂世事娇憨人，

为我们，报仇雪恨出远门。

身无盘缠遭落泊，

忍饥挨饿受苦辛。

可怜你，沿街乞讨被狗咬，

荒郊露宿风霜冷。

破衣片片如败叶，

乱发蓬蓬似枯藤。

面黄肌瘦人将病，

奄奄一息神志昏。

可怜我，身死神散已无力，

不能助你免饥馑。

唯有梦中暗庇护，

为你梳洗和你亲。

如玉已到京都去，

仙魂去把痴郎寻。

痴郎若是能得中，

引来相会把冤伸。

憨郎，你好苦啊！

〔闻书香解下飘带，到溪边沾水，为憨郎擦洗，梳发。

〔忽然，远处传来一声惊叫——

〔颜如玉内声：“书香妹妹，如玉来也！”飘上。

少女乙 （惊喜）啊，如玉姐姐，痴郎可曾寻到？

少女甲 痴郎已高中状元，钦点巡按，我已将他引到这里。你看痴郎一队人马，已经来了！

〔远处传来鸣锣喝道声。

少女乙 （惊喜）啊，谢天谢地！如玉姐姐，憨郎到此，你我拦住痴郎马头，让他们二人相会！

少女甲 是。你我在一旁等候。

〔二仙魂躲下。

〔喝道声大响，旗牌、兵丁、中军相继上场。林大痴骑马上场。

〔二仙魂扑上，拦马，马嘶。二仙魂冲散，飘下。

林大痴 （控马，大惊）众军，是甚惊动坐骑？

众　军 大人，见两团白气，在马前飞舞，惊动坐骑。

林大痴 啊，一路上有白气一团，引我到此，现在又有两团白气，阻我前进，难道有何冤情不成？来啊，四下查看！

众　军 是！（发现憨郎）启禀大人：有一讨饭人在此！

林大痴 哦，传来见我。

众　军 讨饭的，醒来，大人召见！

姜憨郎 （擦眼睛，见军士，大惊）啊！（急逃）

众　军 （拦住）休怕，大人召见你。

姜憨郎 （心惊胆战，爬到马前）大人饶命！大人饶命！我再也不敢在这里讨饭了！

林大痴 你休害怕。我听你口音，好似温州人氏？

姜憨郎 正是，正是，我是温州府人。

林大痴 可怜，原是我同乡。温州离此甚远，你怎会到此讨饭？

姜憨郎 我要寻我妹夫，没带盘缠，只好讨饭。

林大痴 （似有所觉）你妹夫叫何名字？

姜憨郎 他叫林大痴。

众　军 （发威）呵——

〔憨郎吓得跌倒。

林大痴 啊！你是憨郎？

姜憨郎 正是憨郎！（抬头）啊，你就是我大痴妹夫啊？

林大痴 （急下马）内兄，我正是大痴啊！

姜憨郎 （大哭）妹夫哎！

林大痴 （相抱，大哭）兄弟！

姜憨郎 我饿煞哉！快弄点东西吃吃要紧！

林大痴 中军，快取干粮！

中　军 是！（取干粮）

〔憨郎狼吞虎咽，被噎住，林大痴急忙按摩，取水喂他。

林大痴 兄弟，慢吃，慢吃。

姜憨郎 （咽下，突然放声大哭）妹夫哎，不得了哉！

林大痴 兄弟，何事惊慌？你又为何如此狼狈？快快讲来！

姜憨郎 妹夫，出大祸啦！

〔唢呐吹“急三枪”，憨郎手势比画叙述。

林大痴 （大惊失色）此话当真？

姜憨郎 勿当真，我也勿用讨饭哉！妹夫，快回温州，伸冤报仇去呀！快，快，快！

林大痴 （大喝）军士们！

众　军 在！

林大痴 催马加鞭，驰赴温州去也！

众　军 （呐喊）呵——

〔众军圆场下。

〔林大痴和憨郎驰马下。

〔二仙魂上，追下。

〔落幕。

第八场　团圆

〔姜宅中堂，悬灯结彩，喜幛高挂，喜乐盈耳。

〔家人、丫鬟来往奔忙。

〔胡禧身穿吉服，喜气洋洋上。

胡　禧 哈哈哈哈！我好福气也！

（唱）福星高照我胡禧，

　　今朝入赘娶娇妻。

憨郎逃走无下落，
姑父出家寺院里。
一张字据握在手，
人财两得遂心意！

〔外声："众亲友到！"

胡　禧　有请！

〔众亲友上，胡禧迎进。

众亲友　胡相公，恭喜，恭喜啊！

胡　禧　哈哈哈哈！托福，托福！稍待多喝几杯，多喝几杯！

赞礼郎　（上）吉辰已到，夫妻成礼——

〔吹打起，丫鬟扶姜玉莲上。

赞礼郎　新郎、新娘就位，交拜天地——

〔憨郎仍穿讨饭衣，林大痴改穿穷生衣，同上。

姜憨郎　慢慢交，慢慢交！慢慢交！慢慢交！

家人甲
家人乙　（急拦住）咄！你这个讨饭的，怎敢闯上喜堂来？勿懂规矩，找死哉！

姜憨郎　哈！谁勿懂规矩啦？大舅未到，老婆勿好讨，你懂勿懂啦？阿三？

家　人　啊……你是大相公！

姜憨郎　差不多！

家　人　林姑爷？

姜憨郎　有点像！

家　人　（紧张地推他们）你们快逃，快逃！

姜憨郎　做啥？我自个家……

〔家人向憨郎耳语。

姜憨郎　（大笑）哈哈哈哈！我两个早晓得哉！今朝就是特地来凑热闹咯！（推开家人，上堂）嘿嘿，胡禧表兄，表弟向你贺喜，讨杯喜酒吃吃！

胡　禧　（一惊）啊，憨郎！

姜憨郎　勿错，你还认得我。还有一个林大痴，读书呆大！

姜玉莲　（掀开头巾）啊，哥哥！

姜憨郎　哟，新娘子妹妹，侬今朝真漂亮啊！好咯，好咯，我把这个穷书生找回来了，正好给你配对拜堂哉！

〔姜玉莲羞下。

胡　禧　（怒喝）住口！

姜憨郎　呵，蛮凶的呀！

胡　禧　（咬牙）好啊，憨郎，你来得正好！

姜憨郎　嘻嘻！勿迟勿早，正好正好！

胡　禧　你给我听着！

（唱）你欠我胡家命一条，
人命官司逃不掉！
只因你父苦求情，
一张字据私休了。
玉莲许配我胡禧，
家财全归我名号。
你若在此再胡闹，
立时捆绑送大牢！
你给我小心了！

姜憨郎　（故意吓成瘫痪样子）哎哟哟！吓死我哉！吓死我哉！

胡　禧　来啊！赶他们出去！

林大痴　慢来，慢来！（取书）你看——子曰："始吾于人也，听其言而信其行；今吾于人也，听其言而观其行。"从前信你花言巧语，如今不再受骗上当，你给我拿出字据来！

姜憨郎　对咯！拿字据来看！

胡　禧　呵呵！想不到憨儿，痴人，也学会这般厉害！

姜憨郎　哼，你想勿到的，还多着呢！

胡　禧　好！今朝当着亲众友之面，可以让你看看字据！（取出字据，冷笑）只怕你目不识丁，不会看它！

姜憨郎　（一把抢过）你拿过来吧！

〔憨郎看字据，沉思，突然大笑起来。

姜憨郎　哈哈哈哈！阿爸爹啊阿爸爹，侬这张字据，写得真是勿大好懂的呀！

胡　禧　谅必你不懂！

姜憨郎　对对对，胡禧表兄，侬读把我听听，你读，你读！

胡　禧　（取字据）你听着（读）"老夫之子憨郎憨痴人也毒杀胡香英其兄胡禧作证吾女玉莲家财尽付与憨郎不许争夺。"（演员读成："老夫之子憨郎，憨痴人也。毒杀胡香英，其兄胡禧作证。吾女玉莲，家财尽付与。憨郎不许争夺。”）

姜憨郎 （大笑）哈哈哈哈！哈哈哈哈！你读错哉！读错哉！

胡　禧 胡说！字据上写得明明白白，你敢抵赖！

姜憨郎 不赖，不赖！只是你读错哉！

胡　禧 （大笑）哈哈哈哈！目不识丁之人，也敢胡言乱语！（讽刺地）你说我读错了，那，你来读吧，啊？哈哈哈哈！

姜憨郎 （大声）拿来！你听着！（读，字幕仍不加标点，演员读成）“老夫之子憨郎，憨痴人也。毒杀胡香英，其兄胡禧！作证：吾女玉莲。家财尽付与憨郎，不许争夺！”

胡　禧 （大惊）啊！

林大痴 （鼓掌欢笑）妙哉！妙哉！姜伯父不愧是做过大臣，文不加点，深藏机密！憨郎兄弟不愧受过书仙指点，读书成才，聪明机智了！胡禧呀，胡禧，这张字据，不是保你图财害命，反而成了你图财害命罪状！你还有何话可说？

〔众亲友纷纷议论。

胡　禧 （大叫）岂有此理！你们强词夺理，我岂肯与你甘休！走，到官衙打一场官司去！

姜憨郎 好啊，打官司！（向外）来啊，巡按大人升堂！

〔外声：“呵——”众旗牌、兵丁、中军拥上。林大痴更换官服。众亲友惊退两旁。胡禧吓得嗦嗦发抖。

林大痴 （升座）胡禧！（胡禧跪下）本院问你：姜伯父现在何处？

胡　禧 他，他现在后山寺院里。

林大痴 来啊！速去后山，接回员外！

兵丁甲
兵丁乙 遵命！（下）

林大痴 胡禧，你可知罪！

（唱）抢婚书，夺人妻，
　　毒亲妹，诬憨弟，
　　图财害命烧书仙，
　　兴风作浪全是你！
　　天理昭昭终有报，
　　王法条条不可欺！

来啊！拉下去，听候发落！

姜玉莲　（内声）且慢！（冲上）胡禧，我和你一起去死！

胡　禧　啊！

姜玉莲　事已至此，还有何话可说！我恨你啊！

（唱）原以为你爱我深，

却原来你人凶狠。

到如今作茧自缚，

你叫我如何见人！

姜憨郎　呵呵，你也勿是好东西，呒没家妖，招勿来外鬼！你嫌妹夫穷，你看如今多威风！可惜你没福气，到手的诰命夫人飞脱哉！

姜玉莲　天啊！（羞恨难当，掩面哭下）

林大痴　将胡禧带下去！

兵　丁　是（押胡禧下）

〔外声："姜员外到！"

林大痴　有请！

〔林大痴、憨郎出迎。姜员外上。二兵丁推一小车上。

姜憨郎　阿爸爹！

姜员外　（悲喜）憨郎，儿啊！

〔父子相抱，喜极而泣。

林大痴　（施礼）姜伯父，晚生有礼了！

姜员外　啊！（掩面）惭愧！惭愧！

林大痴　伯父说哪里话来！幸亏伯父一张字据，了却这件公案，晚生衷心敬佩！

姜员外　哦？那张字据，你们看懂其中奥秘了？

林大痴　（笑）是憨郎兄弟看懂的呀！

姜员外　（大喜）儿啊！你聪明了！谢天谢地！

姜憨郎　阿爸爹，全亏两位书仙教我。当时你还说她们是妖精哩！

姜员外　唉！都怪我老夫糊涂呵！

（唱）当时老夫无是非，

人妖颠倒眼昏迷。

如梦惊醒恨已晚，

字据留待清官理。

你看，我将香英尸体，藏于寺院冰窖之中，也是为了日后好让清官审案相验！

姜憨郎 啊？（前去察看，凄然）阿爸爹，她是替我死的呀！（哭）她不该死！该死的是玉莲……

〔内声：“不好了！不好了！玉莲小姐上吊了！上吊了！”

众 （大惊）啊！

〔丫鬟、家人抬玉莲尸体上。

姜员外 （扑上）儿啊！你醒醒！你醒醒！

丫　鬟 员外，小姐她……已无救了！

姜员外 （哭）儿啊！

姜憨郎 天啊！香英妹死了，玉莲妹死了，书香妹死了，如玉姐姐死了！你叫我可怎么办啊？胡禧，你害得我好苦呀！（哭）

林大痴 唉，兄弟，让我们祭奠她们吧！来啊，撤去喜堂，设灵开祭！

〔颜如玉、闻书香外声：“痴郎，且慢——”

姜憨郎 （跳起）啊！是书仙姐妹声音！（喊）书香妹妹！如玉姐姐！你们在哪里啊！快出来啊！出来啊！

〔颜如玉、闻书香外声：“我来也！”

〔一阵风起，天昏地暗，二仙魂（替身演员）在喜幛后出现。她们两袖拂动，霎时神光闪烁。她俩向胡香英、姜玉莲招手，两尸体起立，向仙魂走去。四人反复叠合。最后，两仙魂隐去，胡香英（少女乙扮演）、姜玉莲（少女甲扮演）倒退回堂前。

**姜憨郎
林大痴** （同时）啊！如玉姐姐，书香妹妹，你们在哪里呀？怎么不见了？

少女乙 （转身）憨郎！

少女甲 （转身）痴郎！

**姜憨郎
林大痴** （大惊）啊！姐姐！妹妹！你们……

少女甲 （笑）借尸还阳重相会，

少女乙 （笑）脱胎换骨再世人！

众 啊！世上真有此奇事！

少女甲 咳，岂不闻——

（念）秦火连天书未绝，

文章千古不坏身！

姜员外 （大笑）哈哈哈哈！好一个“书未绝”“不坏身”啊！来来来，乘此喜堂现成，亲友皆在，老夫为你们主婚，结成夫妻吧！

众 （鼓掌）好啊！双喜临门，我等要喝他个双杯酒哟！

〔喜乐大起。新人双双披红簪花。

〔幕外合唱：

魂断魂归事出奇，
花落花开旧相识。
冬去春来花又发，
月缺月圆燕双飞！

〔两对新人交拜天地。

〔彩光满台。幕落。

〔剧终。

1987年

《七场民间传奇婺剧》

讨饭国舅

谭 伟

人物表 吴明志——“愁不怕”，一个好心肠的叫花子
钱 氏——吴明志原来的妻子
李 芬——善良美貌的姑娘，后来做了皇妃
张 氏——李芬的晚娘
李 娟——张氏的亲生女
小 棣——李芬的亲弟弟
王老五——又一个叫花子，后来当了牢头
明 皇——明代的一个皇帝
胡 理——靠当人贩子起家的绅士
知 县——一个贪赃枉法的瘟官
道 士——关王庙庙祝
公差、太监、御林军、叫花子、百姓若干

第一场 疏财仗义

〔幕启，整个舞台挂着一巨幅画轴，上书清李渔《玉楼春》词。
〔幕后合唱《玉楼春》：

好汉从来难得饱，
穷到乞儿犹未了；

得钱依旧济颠危，
甘死沟渠成饿殍。
叫花铜钱容易讨。
乞丐名声难得好；
谁教此辈也成名，
只为衣冠人物少。

〔画轴在合唱声中徐徐升起，露出第一场景。

〔舞台右侧有个古钱式的大门，双门紧闭。

〔风雪黄昏，年近岁迫，翠竹红联映白雪。

〔吴明志背着褡裢，撑着雨伞，踩着雪，走向家门。正当他踏上石阶，举手敲门时，却传来几声“救命！”

吴明志 （唱）风雪紧，黄昏近，
家家闭门祭灶神。
人人求神奏好事，
却为何，
雪地偏传救命声？（看介）
生平听不得人叫苦，
听见肚肠会抽筋。

（收伞，想举步看个究竟，却又停住）唉！

（接唱）多因爱打抱不平，
弄得来十成家当去五成。
有人夸我心肠好，
有人笑我骨头轻。
老婆骂我扫帚星，
逼我早做朱买臣。
看起来，
狗捉老鼠空起劲，
倒不如，百事搁到背脊心。

（正想叩门）

〔内声：“救命哪！”

吴明志 （接唱）啊呀钉死的秤，生成的性，
闲事勿管要生毛病。

〔胡理拖着绳捆双手的李芬上。

吴明志 站住！光天化日之下，你敢强抢妇女？

胡　理 啥个强抢妇女，这是我买来的货。

吴明志 货？天底下哪有把人当货卖的道理。

胡　理 不信你去问她。

李　芬 娘！

吴明志 姑娘不要怕，大胆讲。（给李芬松绑）

李　芬 （唱）自从出世到人间，

父母把我宠上天。

亲娘不幸暴病死，

娶来个晚娘黑心肝。

她要卖我进妓院，

独吞家产，又得卖身钱。

吴明志 （惊异）啊！

〔李娟、小棣追上。

李　娟 姐姐！

小　棣 姐姐！……

〔张氏拿着个棒棰赶上。

张　氏 啊呀，你这个贱货，介好的地方不去，想到啥地方去啊？

（唱）绫罗绸缎天天换，

鸡鸭鱼肉吃不完。

吹拉弹唱随你玩，

赛过天上活神仙。

李　娟 娘，介好地方，让我去，让我去。

张　氏 啊呀，你勿好去咯！

李　娟 不亲生的好去，我这个亲生的“拖油瓶”，为啥勿好去？

张　氏 （轻声地）娘是嘴上讲得好听……

李　娟 （大声地）啊，你是嘴上讲得好听……

张　氏 轻点，轻点！

李　娟 娘，做人良心要好。

张　氏 我哪里不好，哪里不好？

李　娟 是你亲口对我讲的：“小娟哎，将她姐弟二人赶出，家当你我独得。”

张　氏　啊呀，你！（举手欲打）

李　娟　你打，你打！

张　氏　我……唉！（却又打不下手）

小　棣　母亲！我和姐姐虽然不是你亲生，还望看在我爹爹分上，饶了我姐姐吧！

张　氏　小孩子懂得什么，滚开！

小　棣　劝娘不要“自己肉连心痛，别人肉好熬冻”！

张　氏　你，翻了天了！（一棒槌打在小棣腿上）

小　棣　（站立不住）哎哟！

张　氏　带走！

胡　理　（拉李芬）走！

吴明志　（大声地）住手！

张　氏　（吓了一跳）你，你想做啥？

吴明志　你这位大婶，手心是肉，手背也是肉，劝你莫做晚娘毒。

张　氏　好啊，（对李芬）你这个死丫头，哪里找来个野男子，想活活气死老娘？

吴明志　你，你讲话稍有分寸一点。

（唱）一家人，就应该连心连肺连肝胆，

你不该，隔层肚皮如隔山。

如今你，退钱放人尚不晚，

要不然，哼哼！

张　氏　怎样？

吴明志　（接唱）跟我一起去见官。

张　氏　见官？哈哈哈哈！

（唱）有道是，清官难把家务断，

畚箕里的菩萨你管得也太宽。

官司打到金銮殿，

女儿养娘理当然。

带走！

胡　理　（拉李芬）走！

吴明志　你敢！动动看！你可知道这卖女为娼，大明刑律该定个什么罪？

张　氏　（胆怯地）什，什么罪？

吴明志　我若告到当官，你这两条腿呀，怕要白变红，红变青，青变紫！

张　氏　这……

吴明志　还是放了她吧！

胡　理　（拿出一张卖身契）你看看，我是花了四十贯钱买来的呀！

吴明志　（对张氏）还他四十贯。

张　氏　（悲切地）我，我都还了债了。

胡　理　不还钱，我可不能放人。

李　芬　我的亲娘啊！

吴明志　呀！

（唱）她好似覆巢一乳燕，

我岂能眼睁睁看她落深渊？

这样的事我岂能甩手不管——

（将褡裢里的钱统统倾倒在地上）拿去！

胡　理　（拾钱）四十一贯。

吴明志　（接唱）一贯给你作利钱。

胡　理　谢谢！（拿出卖身契）

吴明志　你走吧！

〔胡理赶忙将卖身契塞进怀里，下。

张　氏　嘻嘻，谢谢你了。（装出一副亲切的样子）女儿哎，跟娘回去！

李　芬　我，我不回去。

吴明志　姑娘，你还是先回去吧！

李　芬　恩公，我若回去，倘若她再次卖我，谁来救我啊！

吴明志　介是回去勿得格。

张　氏　（对小棣）那……你跟我回去。

小　棣　我也不回去。

张　氏　好啊，那就永生永世不要回来。小娟，我们回去。

李　娟　我也不回去，家产让你一个人独得。

张　氏　小娟哎，为了你，娘才改嫁。你不回去，娘是没法活下去了，跟娘回去！

小　娟　姐姐，小棣……（被张氏拖下）

吴明志　姑娘哎，如今有家归不得，还是先到亲戚家避一避吧！附近有亲戚吗？

李　芬　（摇头）……

吴明志　再末伤脑筋，断六亲格！

李　芬　有个娘舅在山西开酒店。

吴明志　山西？啊呀，离此几百里……嗯，好人做到底，让你到山西。（捏捏褡裢瘪脱脱）啊呀这路费……（浑身摸遍还是没有）啊呀这路费……（摸着项上的金项链，取下）这是老婆给我出门辟邪防身的金项链，不见了可要吃“生活”格。唉，顾不得许多了，大不了两个膝盖吃点苦头。姑娘来来来，这金项链给你当路费。

李　芬　这……（意想不到，反而有些吃惊）

吴明志　拿着，去吧！

〔李芬激动地接过金项链，叩了个头，扶着小棣，离去。

〔吴明志做了好事，似乎一身轻松，背起褡裢，走上石阶想敲门，手又停住。

吴明志　啊呀，勿对！

（念）口袋统统扑了底，

老婆定要发脾气。

不是一把涕一把泪叫天哭地，

定是桌子翻盘子飞甩东敲西。

一时急得没主意，……

对！

先去朋友家避一避。

〔吴明志正想抬脚，大门开，钱氏走出。

钱　氏　相公哎，你回来了。

吴明志　嗨嗨，回来了。（尴尬）

钱　氏　外面风大，快进去暖和暖和。（拉着吴明志，相当亲热）

吴明志　哦，哦……（嘴里应着，却迈不开步）

钱　氏　咦，你今天怎么了？

吴明志　没啥，没啥。

钱　氏　这趟生意做得怎么样？

吴明志　呃，好，还好。

钱　氏　赚了多少？

吴明志　不多，不多。

钱　氏　我看看。（拿过褡裢，摸介）怎么，一个钱也没有？

吴明志　（支吾地）呃，是，是一张银票。

钱　氏　银票？（想把手伸进褡裢）

吴明志　（赶忙夺住）动勿得，一动它就要变格。

钱　氏　（顾自伸手进褡裢，取出的却是一张草纸）啊？草纸！

吴明志 跟你讲动勿得，动勿得，这不，银票变草纸了。

钱　氏 你，真会把人气死格喏！

（唱）招了这个上门婿，
用起钱来如水洗。
上月叫你去贩梨，
说啥梨都烂成泥。
月初叫你去贩鸡，
说啥鸡变喜鹊朝天飞。
前天叫你去贩米，
啊呀，一张草纸是本利。
我，我好命苦啊！

吴明志 （接唱）劝老婆，莫生气，
吵吵闹闹伤身体。
想那年，我到你家当女婿，
你一件棉袄只有面子没夹里。
我若不会做生意，
你哪来一身锦缎衬狐皮。
老婆哎！
做人不可光为己，
吃饱应知别人饥。

钱　氏 哦，你把钱都做了好事了？……咦，我的金项链呢？

吴明志 我……

钱　氏 也做了好事了？

吴明志 人家没路费，我……

钱　氏 好啊！

（唱）嫁了只漏底破畚箕，
金山银山也要变白地。
跟着你，迟早要盖破蓑衣，
倒不如，清水浑水各条溪。
跟你离！（进屋拿出纸笔）

吴明志 啊呀老婆，吵几句嘴何必就提这个。

钱　氏 若不一刀两断，我要跟你讨饭。

吴明志 老婆，我改好不好？

钱　氏 只怕讨饭骨头改勿掉了。（扔笔）快写！

吴明志 老婆，勿要开口闭口离、离、离，离了我只怕你要悔。

钱　氏 我悔什么？

吴明志 你好好想想喏！

钱　氏 我想什么？快与我写，写，写！

吴明志 你叫我怎么写呢？

钱　氏 我讲，你写！

（念）拆散夫妻两愿意，
　　从此鸳鸯各自飞。
　　钱财统统都归我——

吴明志 啥格？统统都归你？

钱　氏 （接念）义字值千金，是你自己提。快写！

吴明志 这……

（唱）老婆断情又绝义，
　　说出话来太无理。
　　看来是，喜鹊乌鸦难一起，
　　又何苦，叽叽喳喳一树栖。
　　含泪提笔将妻弃——

（写好休书，却又犹豫）

钱　氏 （夺过休书，逼盖指印，然后进门拿出一根竹棒和一只碗）给你！

（接唱）送给你，走南闯北逛东西。（欲关门）

吴明志 慢点！

钱　氏 做啥？

吴明志 老婆哎，你晓得我是个断六亲的，如今身无分文，只怕……

钱　氏 活该！

吴明志 银子多少也给点我啰！

钱　氏 休想！（关门）

吴明志 你……

〔风在刮，雪在飘，吴明志被关在门外，感慨万千。

〔幕后合唱：

　　西北风，钻皮钻骨又钻肺，

闭门羹，伤心伤骨也伤脾。
疏财仗义遭妻弃，
世道也真没天理。

吴明志 （接唱）天理有无我不计，
愁只愁，马上就要饿肚皮。

〔帮唱：马上就要饿肚皮！

〔李芬扶小棣复上。

吴明志 咦，你们怎么又回来了？

〔李芬默默地将金项链交还吴明志。

吴明志 怎么，不走了？啊呀，你那个狠心的晚娘可没有好果子给你们吃。

小　棣 我腿痛走不动，姐姐力小背不动，姐姐……（哭）

吴明志 再么好，一个腿痛走不动，一个力小背不动，这可怎么好……哎，姑娘，不如把小棣留给我，你先走。

李　芬 这……

吴明志 不相信我？我把他认作亲兄弟，这总放心了吧！（交金项链）

李　芬 （不接）你，你拿支竹棒做什么？

吴明志 嗨嗨，为了把你救，老婆逼我休。拿支青竹棒，出门好打狗。

李　芬 啊呀，这金项链我不要。

吴明志 为啥？

李　芬 救我脱苦难，恩义重如山。怎能再为我，让你去讨饭啊！

吴明志 啊呀，有道是："巧了一张嘴，老酒天天醉，勤了两条腿，青菜豆腐有得配"，你为我愁点啥？（交金项链）拿去！

李　芬 （感动地）阿哥！……

吴明志 既然叫我阿哥，就要听话，拿着。一路当心，早到早好；小棣腿好，马上送到。

李　芬 （接金项链，跪）阿哥！

吴明志 起来，快走！

〔李芬感激地拭泪，奔下。

〔吴明志背起小棣，在合唱声中向前走去。

〔幕后合唱：

为解人愁成"叫花"，
"叫花"却先愁人家。

别人忧愁当己愁，
真正是个“愁不怕”。
〔灯渐暗。

第二场　颠沛流离

〔灯渐亮。
〔合唱在继续。
〔乱云飞，雾迷离，合唱声中，吴明志与小棣迎着云雾缓缓过场。
〔幕后合唱：“愁不怕”，“愁不怕”，
穷到讨饭还愁啥？
饱了便愁别人饥，
得钱又让苦者花。
鸡啼愁自己，
半夜愁人家。
从严冬，到初夏，
“愁不怕”，一路传扬名气大。
都说他不是“叫花”是“教化”，
讨饭堆里一枝花。
〔景转半塌的映春亭，初夏之夜。
〔吴明志拉着小棣，来到亭边。

吴明志　小棣，快歇歇，阿哥害你吃苦了。

小　棣　跟着阿哥我一点也勿苦。人家不是讲嘛！
（念）叫花子，最省心，
锅灶泥在脚后跟。
睡的是无脚床，
盖的是满天星。

吴明志　是啊，是啊！
（念）不怕日头只怕冰，
不怕臭虫只怕蚊子叮。

（朝腿上拍蚊子）哎哟！
小小映春亭，
一只蚊子有半斤。

小　棣　阿哥，你的新鞋子呢？又送人了。

吴明志　（看看脚上两头通的破鞋）嗨嗨，破鞋子比新鞋子凉快多了。

小　棣　阿哥，你的心真好。

吴明志　不是心好，是“生成的性，钉死的秤”改勿掉了。小棣，还有吃的没有？

小　棣　饿伤了吧？

吴明志　肚子里唱戏文了。

小　棣　（从袋里拿出两个窝窝头）阿哥你吃。

吴明志　你一个，我一个。

〔二人正打算吃窝窝头，亭内发出一声长叹。

小　棣　阿哥，啥东西？……好像狼叫。

〔吴明志举起竹棒想打，亭内滚出个人来。

王老五　饿煞哉！……

吴明志　老哥，你怎么了？

王老五　（有气无力地）饿煞哉！

吴明志　小棣，快！

小　棣　（犹豫）阿哥！……

吴明志　救人要紧。（拿过一只窝窝头给王老五）

〔王老五狼吞虎咽吃完一只，双眼又盯着小棣手里的另一只。

吴明志　小棣！

小　棣　我不。

吴明志　给他。

小　棣　阿哥，你也要饿煞哉！

吴明志　（咽了口唾沫）给他。

〔小棣无奈，分了半个给王老五，王老五恨不得一口吞下，却噎住了。

王老五　呃……

吴明志　小棣，快拿水来。

〔小棣取来一碗水，王老五喝完水，两眼发亮，精神顿振。

吴明志　老哥，你怎么饿成这副样子？

王老五　唉，一言难尽啊！

（唱）王老五，真正苦，
好似药店里的揩桌布。
都怪我，
一爱喝，酒一肚，
二爱睡，到中午。
三爱斗鸡四爱赌，
万贯家财，
一塌刮子送给“青龙”和“白虎”。
没奈何，乞讨把日度，
又谁知，讨饭也会绝了路，
啊呀绝了路。

吴明志 除死无大难，讨饭再不穷，讨饭也会绝了路格？

王老五 （念）总以为，讨饭应该多叫苦，
勿苦啥人肯帮助？
又谁知，那天人家娶媳妇——
我只叫了一声“新娘子，饿煞哉！”只见一个人，
手里拿个盆……

吴明志 不是鱼肉，定是豆腐。

王老五 唉！“喝拉啧”！
（接念）泼了我一头灰来一身土。

小　棣 哈哈，该泼，泼得好！

王老五 为啥？

小　棣 新娘子都会饿煞格？还不该让你受点晦气。

王老五 晦气的事情多了。
（念）悔不该，顺手牵羊拿了东家小茶壶，
浑水摸鱼偷了西家白布裤。
弄得来，
有的口水朝我脸上吐，
有的放狗咬我小腿肚。
家家关窗又闭户，
王老五成了黄老鼠。
眼看讨饭没了路，

只好到，阎王殿里去凑数。

（不觉伤心地哭了起来）

吴明志 老哥，讨饭虽穷，志气要有，岂能去做三只手。手指像钩，见物就偷，这种人呀，做人没路走，做鬼没处收，阎罗王见了也要皱眉头。

小　棣 这叫“旧性勿改，泥牛落海”。

王老五 看样子，我是一定要改。

小　棣 有段莲花落叫我阿哥唱给你听听喏！

王老五 好，好！

吴明志 （打竹板）那就唱起来！

（唱）我做叫花你莫笑，

小　棣 （唱）哩呀哩莲花，

吴明志 （唱）英雄讨饭也不少。

小　棣 （唱）哩莲花，莲呀莲花落。

吴明志 （唱）韩信也曾把饭讨，

小　棣 （唱）哩呀哩莲花，

吴明志 （唱）伍子胥落难吹过箫。

小　棣 （唱）哩莲花，莲呀莲花落。

（以下帮腔同上，王老五也帮起腔来）

吴明志 （唱）我做叫花你莫恼，

人穷偏有气节高。

一不偷，二不盗，

明里要，当面讨。

小　棣 （唱）人家济他他济人，

衣衫虽破心肠好。

〔帮腔：哩莲花，莲呀莲花落。

王老五 哎，你好像是在唱那“愁不怕”。

小　棣 你也知道“愁不怕”？

王老五 “愁不怕”，好叫花，家家户户把他夸，我看叫花子没介好，恐怕是“大头天话”。

小　棣 啥“大头天话”，他就是“愁不怕”。

王老五 他就是“愁不怕”？

小　棣 （拿出一个布卷，展开似一轴画，上写四句诗）你看！

（念）仗义疏财“愁不怕”，
自书名号肩上挂。
别人济我我济人，
叫花之中行教化。

王老五 原来你是“愁不怕”！刚才多亏你救了我，可是明天你们一走，只怕我还是死路一条。（哭）

吴明志 老哥，改了三只手，何愁没路走啊！小棣，袋里摸摸看，还有多少铜钱。

小 棣 早数过了，二百缺一个。

吴明志 统统送给他。

小 棣 那明天我们怎么过？

吴明志 明天再讲，统统给他。

小 棣 （不太情愿地）给你！

王老五 （见钱眼开，跪）大恩人哪！

（唱）救苦救难“愁不怕”，
赛过观世音菩萨。
今生不能报你恩，
来世给你当牛马。
任你骑来任你打——
保佑你……

（一个蚊子叮在嘴边，自己狠狠打了一掌）哎哟，好大的蚊子！

小 棣 （接唱）保佑你，
嘴巴叮肿不会说空话。

困觉！

吴明志 天不早了！（打了个呵欠也躺下）

王老五 大恩大德忘不了啊！

吴明志 睡吧！睡吧！

〔蟋蟀鸣声，人们渐渐入梦，王老五偷偷起身，轻轻从“愁不怕”身边抽出那个布卷，揣在怀里，轻手轻脚地溜走。

〔灯渐暗。

第三场　奄奄一息

〔关王庙。

〔明皇富商打扮上。

明　皇　（唱）叹孤皇居深宫耳塞目闭，
看奏章都说是道不拾遗。
扮客商查吏治出了京畿，
却只见贪官污吏毁了山西。
小酒店遇李芬令人欣喜，
秀丽中藏正气颇识是非。
借陪她还神愿暗察吏弊——
芬姑娘，快来啊！

〔李芬内应："来了！"提篮上。

李　芬　（接唱）救人恩赠金义永羁心扉。
唉，他带着我的弟弟，现在也不知走到哪里了。

明　皇　还是进庙拜求关王爷，保佑他们一路平安吧！

李　芬　是。
（唱）拜关王略表我恩情永记，

明　皇　（接唱）酒家女识大义我自愧不及。

〔老道上。

老　道　（殷勤地）施主请！

〔王老五手拿布卷上。

王老五　道长！

老　道　你是……

王老五　我是"愁不怕"。

老　道　哦，你就是那个好心肠的叫花子"愁不怕"？

王老五　货真价实，的的确确的"愁不怕"。你看！

老　道　（指着布卷念）

仗义疏财愁不怕，
自书名号肩上挂。
别人济我我济人，
叫花之中行教化。

明　皇　叫花之中行教化。好，好啊！

王老五　（唱莲花落）
我做叫花你莫恼，
哩呀哩莲花，
人穷偏有气节高。
哩莲花，莲呀莲花落。
一不偷，二不盗，
明里要，当面讨……
多了给我我不要，
哩呀哩莲花，
骨头实硬牌子老，哩莲花，莲呀莲花落。

明　皇　果然是个好叫花，铜钱给你二十八。

王老五　（收钱）你这位大爷，老道长！如今世道不好，到处都有冒牌货，连我“愁不怕”都有冒牌的，你们千万不要上当。

老　道　勿会咯！

王老五　那我就放心了。（下）

明　皇　姑娘，我们进去吧！

〔明皇陪李芬进庙，老道随下。

〔小棣扶着吴明志上，让他坐在石阶上。

吴明志　唉！
（唱）从山东，到豫西，
我没挨冻来未受饥。
到山西，真晦气，
我好似老鼠钻进风箱里。
三天没见半粒米，
处处冷言来相讥。
肚皮难唱空城计，
看起来，阎王要招我做女婿。

（支撑不住，差点倒下）

小　棣　阿哥！（急扶）……道长，师父，饿煞哉！

〔老道上。

老　道　叫什么，叫什么？（看布卷）嗨嗨！又来一个“愁不怕”，冒牌货，去去去！

小　棣　道长，我阿哥真要饿煞哉。

老　道　饿煞与我啥相干？看看清楚，这是受人布施，不是布施人的地方。

小　棣　当道士总该发点善心嘛！

老　道　善心？哈哈，老实告诉你，他死了，向各家各户凑个棺材钱，我还落两个用用；把他救活了，我有啥格好处？

小　棣　你……

老　道　你啥？哼！（拂袖下）

小　棣　（伤心地）阿哥！

吴明志　走！（立起，一阵眩晕，又坐下）

小　棣　阿哥！

吴明志　（有气无力地）小棣！

（唱）未开言，泪先淌，

看来阿哥命不长。

小　棣　阿哥！……

吴明志　（接唱）命不长，管他娘，

黄鱼总归要变白鲞。

气只气，

傲雪寒梅花开短，

乌龟王八寿偏长。

小棣啊！

我害你，肚皮常贴背脊上，

我害你，冬穿破衣透心凉。

眼看我，中途却要撇下你，

你怎能，只身流落在他乡。

阿哥我，

眼难闭，气难咽，心难放啊！

小棣，我的好兄弟！

小　棣　阿哥！

（唱）劝阿哥，莫悲伤，

似海情，永难忘。

难忘你，夜夜平处让我躺，

餐餐好的我先尝。

为了我，你三天喝不上一口汤，

阿哥啊！

都是我，害你活不长。

吴明志　小棣！

（唱）怎怪你，独一无二最亲人，

恨只恨，不三不四的成了精。

呼五喝六称好佬，

歪七扭八变红人。

九九归源一句话，

实在是，

老天爷，没眼睛，这世道，不公平，

吃亏的总是老实人！

小　棣　阿哥啊，阿哥！眼看着你我两人一起饿死，倒不如……

吴明志　怎样？

小　棣　将我卖掉，换些银子，买些吃的，也好使你活命！

吴明志　你……

小　棣　阿哥！

（唱）求阿哥，将我卖，

我愿给人当奴才。

只求你毛病好得快，

棒打鞭抽我愿挨。

只求阿哥活下来，

我当牛做马……也应该。

吴明志　（紧紧抱住小棣）小棣！

（接唱）孩子语中百般爱，（哭腔）

想不落泪偏满腮。

为，为什么眼前好像乌云盖？

我欲举步腿难抬。

（晕倒）

小　棣　阿哥！（急忙将吴明志扶起）

吴明志　（坐下，有气无力地）不要紧，阿哥是勿会死咯！

（念）人说我命最古怪，

好像蚂蟥来投胎。

晒不死，饿不坏，

死去还会活转来。

“愁不怕”至今没后代，

我，我还不想进棺材。

小　棣　（伤心地）阿哥！

吴明志　喝碗薄粥汤，眼睛就会亮。你到前面讨讨看，也许会碰着好心肠。

小　棣　哦，阿哥，你，你一定要等我。

吴明志　快去，快去！

小　棣　哦。（不放心地慢慢离去）

吴明志　（竭力想挣扎立起，却又摔倒，勉强坐定）嗨嗨，做好事，做好事，做到头来偏饿死。活着给人骂傻子，死后被人说该死，想想实在……有意思。（挣扎立起）要死也死得旁边点，省得妨碍别人走路。（抬头看见庙匾）关王庙！……关王爷啊关王爷，你讲义气我也讲义气，你讲义气人家给你造了介大一座庙，可是我……嗨嗨……（苦笑，突然一阵眩晕）啊呀，不对，莫非真要饿着肚皮，死在路里？哎哟！（跌倒，昏厥）

〔老道上，用脚踢了一下，吴明志毫无反应。

老　道　真个去哉！介是财神菩萨照顾我啦！（怀中取出一本簿子，耳朵上取下一支笔，蘸了一点口水，写介）叫花子一命呜呼，薄皮棺材全无，望仁人君子，店铺富户，慷慨解囊，随缘乐助，赛过修桥铺路，念经超度……（自鸣得意）好，妙，高！

〔李芬与明皇从庙内出来。

老　道　二位施主，庙前饿死个叫花子，请随缘乐助，买口棺材。

明　皇　死了个叫花子，拖去埋掉就是了，还捐什么棺材。去，去！

李　芬　朱大爷，看他也是个可怜之人，捐上一点吧！

明　皇　好吧，那就捐上一点。（写）李芬捐银三钱。（付银）

李　芬　（看见布卷）怎么，他也是“愁不怕”？

老　道　是个冒牌货。

明　皇　唉，真是人心不古啊。快抬走！

老　道　是，是。

李　芬　（拿起褡裢）啊?！难道是他?（急看容颜，大惊）果然是他！恩公，阿哥，阿哥啊！（哭倒在吴明志身上）

明　皇　（对老道）银子十两，速买上好棺木一口。（付银）

老　道　是。（接银奔下）

李　芬　阿哥啊！

（唱）朝烧香夜点烛虔诚祈祷，
　　祝愿你一路平安灾难全消。
　　昨夜晚梦中还见哥言笑，
　　盼只盼兄妹相会在明朝。
　　没料到好心人饿死关王庙，
　　想报恩，恩难报，我肝肠寸断，
　　心如刀绞，心如刀绞！
　　天啊天，
　　为什么善恶报应偏颠倒——

明　皇　姑娘！

（接唱）人死悲号已徒劳。

还是保重身体要紧啊！

〔小棣拿着一个窝窝头奔上。

小　棣　阿哥，阿哥！

李　芬　小棣！

小　棣　咦，姐姐……

李　芬　（沉痛地）阿哥，他……

小　棣　（见状大惊）啊！阿哥，阿哥！（双手竭力摇动吴明志身体，痛心疾首地）阿哥，你怎么不等我啊！怎么不等我啊！

吴明志　（被摇动，缓缓地苏醒过来）饿煞哉！

小　棣　（拿窝头）阿哥，快吃，快吃！

李　芬　（忙将篮内食物给吴明志）阿哥！……

〔吴明志吃了食物，渐渐有了精神。

吴明志　（对小棣）咦，你哭什么?早就跟你讲了，阿哥是蚂蟥投胎，死了会活转来格。咦！（擦擦眼睛）阿妹，你怎么也在这里，不是做梦吧？

李　芬　（扶吴明志坐下）阿哥！

（唱）蒙赠银来山西寻找娘舅，

小酒馆人手少我帮着应酬。

遇着这朱大爷常来喝酒——

明　皇　（接唱）美姑娘心如璧两情相投。

游名胜四处走来此不久，

为恩兄，关王庙里把神求。

没想到，绝处逢生两聚首，

姑娘她，从此无忧愁。

老　道　（上）棺材抬到！……咦，活了！？

李　芬　棺材退掉，快快备轿！

老　道　备轿，备轿！（奔下）

吴明志　阿妹，备轿做啥？

李　芬　跟我一起走，让你享几天清福。

吴明志　我这个人啊，喜欢劳碌，勿会享福，劳劳碌碌困得熟，要我享福，统身百骨都不舒服。小棣交还你，我还是要走格。

李　芬　走？你到哪里去？

吴明志　回老家。

小　棣　阿哥，你不是没有家了？

吴明志　老婆发脾气，逼我把她离；夫妻总是夫妻，定会回心转意。

李　芬　这……你我兄妹一场，难道不能相聚几天？

吴明志　阿妹，你们也在客地，方便不如家里；再说阿哥不喜欢做“拖油瓶”格，还是让我走吧！

明　皇　既然一定要走，（取出一锭元宝）这纹银五十两，你且收下。

吴明志　朱大爷，这……

明　皇　你收下吧。有几句话相劝，不知你能不能听。

吴明志　请讲！

明　皇　（念）银子五十两，如今赠给你，

丢掉讨饭棒，做点小生意。

世上可怜事，多得难算计，

救人救不完，不如先救己。

吴明志 这……朱大爷的话，我记住就是。这银子……

李　芬 你就收下吧！阿哥，人家叫你“愁不怕”，我倒真为你愁啊！

吴明志 有什么好愁的？

李　芬 阿哥！

（唱）愁你心慈太忠厚，
仗义用钱像水流。
为人解愁成讨饭，
讨饭还为别人愁。
愁你奸诈看不透，
朝你喊苦便上钩。
再若饿倒谁来救？
我的好阿哥！
愁不怕，该怕愁，
你一人难解万家愁。

吴明志 我这脾气看来是要改。

李　芬 （脱下一只戒指）阿哥！

（接唱）金戒一只戴哥手，
见它如见妹，妹话记心头。

吴明志 （藏好元宝，背起褡裢）朱大爷，我阿妹拜托你了。

明　皇 你放心吗？

吴明志 你是个好人。阿妹，照顾好小棣，我走了。

小　棣 我要跟你走。

吴明志 啥格？好不容易，送到山西，你又要回去？等你父亲回来，你再来看阿哥。听话，再不阿哥要生气了。

小　棣 阿哥生气是个啥样子，我没见过。

吴明志 嗯！（做了个鬼脸）

众 哈哈哈哈！

吴明志 我走了。

〔幕后合唱：
愁不怕，了心愿，
想与老婆再团圆，
祝你掼掉讨饭碗，

生意兴隆路路宽。

〔吴明志在合唱声中与众人告别，下。

〔切光。

〔追光。

〔吴明志上。

吴明志 当初做好事，用脱一点银子，在我那个老婆面前讲了几个谎话，她就当起真来，骂我不会做生意。我不会做生意？当叫花子，那是没有本钱，如今有了本钱，我赚一票给你看看，气你死！……啊呀，此番回家，吃饭住店，哪止一天，如此开销，岂不伤了本钱？嗯，倒不如再做几天老行当！哈哈！

（唱）破衣褴衫，褴衫破衣，

啊呀还是离不开你。（下）

〔切光。

第四场　本性难移

〔景同第一场，吴明志的老家，已略有修缮。

〔初秋，雨意正浓。

〔幕启。二家丁拖李娟上，张氏追上。

李　娟 救命啊！

〔李娟被拖进大门，家丁把门关紧。

张　氏 （唱）眼睁睁见儿入火坑，

她力薄怎敌恶煞星。

左右街坊无人问，

多是胆小怕事人。

活着不能解儿苦，

倒不如一根绳子了此生。

（解下腰带，挂在门前树枝上）我死也要死在你的门口。（回头去搬石块）

〔吴明志上。

吴明志 （抽去腰带）嘻嘻……

张　氏 （不见了腰带）啊？！（找介）老天爷，我真的活不下去了啊！

吴明志 活不下去也要活！

张　氏 （惊）你！……

吴明志 咦，这不是小棣的晚娘吗？

张　氏 （夺住腰带）让我去死，让我去死！

吴明志 （旁白）这种女人应该多死几个。（对张氏）格末我让你去死！（松手）

张　氏 （跌坐在地）女儿啊，娘救不了你啦！

吴明志 你女儿怎么了？

张　氏 叫花子，滚开！

吴明志 呀！

（唱）好心向她问苦情，

不想碰了个软皮钉。

这种女人，死她十七八个啥要紧——

哎，千样错，好改过嘛！

我怎能，忍心不救这落难人！

大婶，你看我是谁呀？

张　氏 一个讨饭的。

吴明志 你仔细看看。

张　氏 （看介）啊呀，原来是你！（急躲）

〔雨渐渐下了起来。

吴明志 有啥格难处，跟我讲讲，也许还能帮你一把。（将撑着的伞递给张氏）

张　氏 唉！

〔张氏推开雨伞，雨水淋了吴明志一身。

吴明志 啊呀你！……你女儿究竟怎么了？

张　氏 唉！

（唱）我不该，赶走小芬和小棣，

他父亲，回家一气命归西。

从此后，

堂叔来霸田，大伯来占地，

孤儿寡妇啊，受人欺。

可恨胡理没天理，

吴明志 胡理是什么人！

张　氏 （接唱）就是那，贩卖小芬的赖泼皮。
他拿出当初小芬的卖身契，
硬抢小娟把债抵。

吴明志 啊呀，当初还他四十贯，我一时大意，忘了要回那张卖身契，怎么他竟借此又来敲诈？你就该去告他。

张　氏 告？往哪里去告啊！
（接唱）新县官是他把兄弟，
人贩子当了刑房吏。
一张契约在他手，
冤枉官司输到底。

吴明志 真是岂有此理，走，我找胡理去。

张　氏 他就住在这里。

吴明志 啥格？

张　氏 他就住在这里。

吴明志 （一想）哦，一定是我老婆怕冷清，到娘家去住，这房子租给胡理了，开门，开门！（用脚踢）胡理，滚出来！

〔门开，出来的却是钱氏。

吴明志 咦，老婆是你！

钱　氏 哟，像个发财的样子嘛！

吴明志 休要耻笑，老婆哎……

钱　氏 谁是你老婆，哪个是你老婆？
（唱）一张休书写得明，
纸上盖着你的“狗脚印”。
我与你东山毛竹西山笋，
老酒酸醋早就瓶各瓶。
都是你这个老乞婆，哪里弄来个讨饭胚，前来欺侮我。

张　氏 胡少奶奶，我……

吴明志 胡少奶奶？你……

钱　氏 本来就是胡少奶奶，怎么？

吴明志 呀！
（唱）以为她，歪根萝卜未空心，

霜后的丝瓜还留着筋。
又谁知，蚕豆开花心早黑，
可笑我，抹布上绣花枉费神。
叫那胡理出来！

钱　氏　胡员外没工夫，有事跟胡少奶奶讲。

吴明志　快把姑娘放出来！

钱　氏　放人容易，拿来！

吴明志　什么？

钱　氏　银子。

吴明志　当初就在这里，是我给了他四十一贯铜钱，他休想赖。

钱　氏　何人作证？

吴明志　这个……

钱　氏　何物为凭？

吴明志　那个……

钱　氏　什么这个那个，卖身契怎么在我手里？（取契）

吴明志　那是我一时大意。

钱　氏　大意？哼哼，四十一贯不是少数，你这个男子汉，老江湖，会那么大意，谁相信你？……再说，就算是你出过四十一贯，那也是我的钱，抵不得数。

吴明志　这……

钱　氏　要我放人，马上拿钱。如若不然，公堂相见。（欲进屋）

吴明志　好，再给你四十一贯。

钱　氏　不，连本带利银子三十两。

吴明志　三十两？

钱　氏　疏财仗义的大佬倌，出出手吧！哼，量你也拿不出。

吴明志　住口！

（唱）这婆娘说的话全无人味，
真是狗眼看人低。
讨饭袋虽破休要看不起——
待我拿出来，啊呀！……
刚要伸手又迟疑。
朱大爷要我好好做生意，

阿妹她再三劝我改脾气。
这晚娘，见利便忘义，
我何苦，搬块石头压自己！
左右为难没主意——
哎，朱大爷做好事把元宝送我，我为啥不能做好事把元宝……对！
（接唱）救人理该救到底。
（取出元宝）拿去！

钱 氏 一个大元宝！（欲接）

吴明志 慢点，先放人，还我卖身契。

钱 氏 哟，这回是阎罗王的爷爷——“老鬼”了！好，（向内喊）把姑娘放出来。

〔家丁将李娟放出。

李 娟 母亲！……

张 氏 我的儿……快谢过恩公。（拉李娟一起跪下）

吴明志 起来，走吧！

钱 氏 慢点，银子呢？

吴明志 （交银）还她卖身契。

钱 氏 好。

〔钱氏正想交还契约，胡理员外打扮上。

胡 理 谁敢把人放了？

钱 氏 是我。（交元宝）

胡 理 好大一个元宝！

吴明志 胡理，你还认得我吗？

胡 理 （看也不看）老子认钱不认人！

吴明志 给你三十两，理该找我二十两。

胡 理 咦，一个叫花子，哪来介大一锭元宝？（看银子）啊！这上面铸有官府大印，分明是一锭库银！哈哈！
（念）我与太爷盗库银，
上司严查正担心。
如今来了替罪羊，
金蝉脱壳好抽身。
（忙向家丁耳语，家丁下）三十两银子拖了一年，如今该还六十两。

吴明志 啥格？

胡　理 这锭元宝五十两，还差十两。

吴明志 你们……

胡　理 把人带进去。

李　娟 母亲！

吴明志 慢！

（念扑灯蛾）胡理信口利滚利，

分明仗势把人欺。

胡　理 带进去！

〔钱氏拖住李娟。

吴明志 也罢！

（接唱）不够且将金戒抵，

不可啊！

弃金戒如弃妹情谊。

一时叫人没了计——

哎，有道是救人如救火，哪里管得介许多。阿妹啊！

（接唱）原谅我，江山易改本性难移。

这戒指可值十两？

胡　理 （掂了掂戒指）十两还多。

吴明志 权作十两，还我借契（扯契），放人！

张　氏 （感激地）恩人！

李　娟 （感激地）恩公！

吴明志 快走！

〔家丁引二公差上，将吴明志上锁。

吴明志 你们要干什么？

公　差 偷盗库银的强盗，你逃不了啦！

张　氏 （大惊）啊！

李　娟 （大惊）啊！

吴明志 嗨嗨，这真叫天晓得！

胡　理 统统带走！

〔切光。

第五场　从何说起

〔山阳县县大堂，旭日东升的屏风，那太阳却像个大铜钱。堂正中悬挂有一匾，文曰："实斯各仰"。

〔幕启，众公差站堂，胡理坐于案旁，知县从钱眼里钻了出来。

知　县　（念）老爷文不懂，
　　只识金银铜。
　　前堂冷面孔，
　　后门路路通。
来呀，带人犯！

公　差　带人犯！

〔一公差押吴明志上。

吴明志　叩见大老爷。

知　县　下跪之人叫何名字？

吴明志　出外当叫花，人人叫我"愁不怕"。

知　县　人人都怕愁，你偏愁不怕。如今犯了法，还不讲实话，从实招来！

吴明志　你要我招些什么？

知　县　偷盗库银。

吴明志　这是从何说起啊！

知　县　就从挖墙洞说起。

吴明志　大老爷，我只会破衣补破洞，勿会墙上挖墙洞。

知　县　勿挖墙洞，那库银难道自己会嘟——飞到你袋里不成？

吴明志　我哪里有什么库银？

胡　理　愁不怕，这锭元宝可是你给我的？

吴明志　是我给你又怎样？

胡　理　财主人家把散碎银子铸成元宝，不过五两、十两一锭，这五十两一锭不是库银是什么？

吴明志　这……

胡 理 你来看，这上面分明铸着官印，你还想抵赖？

知 县 大胆！

（念）穷得把饭讨，哪来大元宝？

上铸官府印，岂能赖得掉！

看来不用刑，量你不会招。

来啊，拉下去打他四十大板！

公 差 啊！

〔公差拉吴明志下，打介。

〔幕后合唱：

好事偏偏添烦恼，

仗义却反把祸招。

上次饿倒关王庙，

这回恐怕要坐牢。

〔公差推“愁不怕”上，“吊毛”“乌龙绞柱”，跌倒。

吴明志 （唱）四十板——

打得我昏头奔脑莫名其妙，

又痛又辣实在吃不消。

天哪！

好心为啥没好报，没好报？！

这世道颠颠倒倒，叫人又想哭来又想笑！

哈哈，呵呵，哼哼哼哼……（苦笑）

知 县 招是不招？

吴明志 冤枉。

知 县 住口！

（唱）老爷断案，了如指掌，

有人送来，匾额一方。

上写四字：“实斯各仰”，

老爷是榜样，州县都敬仰，

威名远扬！

若再要刁喊冤枉，

夹棍下，不死也带七分伤。

讲，讲，讲！

吴明志 呀！

（唱）这匾上四个字颇难猜想——

哦！“实斯各仰”原来是“入死格娘”。

这样的饭桶官有什么理可讲？

愁不怕，

遇上他横横直直要遭殃！

〔胡理与知县耳语。

知　县 嗯，带李张氏！

〔张氏与李娟被带上堂来。

张　氏 叩见大老爷。

知　县 李张氏，下面这个人你可认识？

张　氏 小妇人认识，他是个好人。

知　县 他是个江洋大盗。

李　娟 不！他不是江洋大盗。

（唱）胡理仗势诈银两，

他却仗义救姑娘。

是真盗他岂会自投罗网？

是真盗他怎敢明里销赃？

知　县 这……好一张利嘴，来啊！

（接唱）先打她五十皮巴掌——

〔众公差如狼似虎地把李娟架起来。

吴明志 慢！

（接唱）大老爷你莫要伤害善良。

我愿招！

李　娟 恩公，你不能乱招！

吴明志 我若不招，你要“倒灶”；这种味道，你，吃勿消啊！

李　娟 恩公！……

知　县 快讲！

吴明志 （唱）娟姑娘难经受毒刑酷掌，

我救了她又怎忍看她遭殃。

知　县 这库银哪里来的？快讲！

吴明志 （接唱）朱大爷好心赠银两，

我岂能连累他铁索啷当？
看起来招也死不招也死，
又何苦熬酷刑死在公堂！
罢罢罢！
我情愿丢掉这“六斤四两”，
一切由我来承当。

知　县　快招！

吴明志　（接唱）衙中库银是我抢，

胡　理　赃银放在何处？

吴明志　（接唱）赌光吃光全用光。

知　县　同伙是谁？窝家是谁？

吴明志　（接唱）生平喜欢独来往，
爱宿凉亭与庙堂。
江洋大盗“愁不怕”——
一人做事一人当。（画供）

知　县　来呀，李张氏、李娟交保释放，“愁不怕”押入死囚牢！

李　娟　恩公……

吴明志　真是从何说起啊！（苦笑）哈哈哼哼哼…

〔切光。

第六场　生死相依

〔死囚牢。

〔幕启，吴明志脚镣手铐独坐牢中。

〔幕后合唱：

好人坐牢代代有，
好心常会触霉头。
好话偏多遭人咒，
好事反添许多愁。
为啥为啥为了啥？

“愁不怕”，一团乱麻理不出头。

吴明志 （感慨万千）唉！

（唱）死囚牢，黑沉沉啊冷飕飕，

我心中，好似辣椒胡椒炒蚕豆。

世上最恨人如狗，

却为何，狗着衣冠气如牛？

我人穷爱伸援苦手，

没想到，无罪却成阶下囚。

如今有难谁来救？

只好坐着等杀头。

〔王老五牢头打扮上。

王老五 （念）为人不可当牢头，

除非良心喂了狗。

牢里进来个盗库银的江洋大盗，定有不少油水。喂，你给我站起来！

吴明志 （背朝王老五坐着）做啥？

王老五 规矩懂不懂？拿出来！

吴明志 身上皮包骨头，袋里分文没有，想敲竹杠？你找错户头。

王老五 嘿嘿，你比我还凶。告诉你，我这个人呀，就是喜欢鸡爪脚上劈肉，蚊虫肚里刮油，若再不出手，叫你皮肉吃苦头。

吴明志 别的没有，还有一只讨饭碗，你要就全给你。

王老五 你！（举手欲打，突然停住）咦，这不是“愁不怕”吗？……

吴明志 怎么不打了？

王老五 （跪倒）啊呀！

吴明志 做啥？做啥？

王老五 我冒过你的牌，发过你的财，害你遭了灾，想想实在太不该。

吴明志 你是……

王老五 我是王老五。

吴明志 哦，快起来，快起来，过去的事情还提它做啥啊。

王老五 你是大人不计小人过，我小人肚里实在不好过啊！

吴明志 算了，算了。现在你是我的“顶头上司”了，你可要高抬贵手啊！

王老五 有我，有我，我给你开锁。

吴明志 这个……

王老五 啊呀，有道是瞒上不瞒下，瞒官不瞒私，在这牢里，我开口就是皇帝的圣旨。（开锁）

吴明志 老哥，你怎么会来当牢头的？

王老五 托我老娘舅，请了几桌酒，买官买不起，买了个小牢头。

吴明志 你冒我的牌，不是也发财吗？

王老五 唉，真的“愁不怕”，叫花之中行教化，假的“愁不怕”，叫花之中搞欺诈；你是观音菩萨，我是害群之马；嘴里吃甜喝辣，心里总归七上八下。

吴明志 做人第一心要好。

王老五 是啊，是啊。唉，总以为外面欺的是好人，牢里诈的是坏人，没想到竹杠敲到你大恩人。咦，你怎么会来坐牢格？

吴明志 唉，你冒了我的牌子，害我差点饿死；幸好碰到妹子，妹夫赠我银子，银子去做好事，好心反吃官司……

王老五 老天太不公平。

吴明志 世道就是如此啊！

〔张氏与李娟上，李娟拎个篮子。

张　氏 监大哥！

王老五 做什么？

李　娟 探监的。

王老五 拿来。（伸手）……喔！（又觉不妥）你们来看哪一个？

张　氏 来看“愁不怕”。

王老五 （开门）快进来！

李　娟 恩公！

王老五 轻点，轻点！

吴明志 啊呀，你们来做啥？

李　娟 恩公！

（唱）因救我，你无端被诬为盗寇，

因救我，你蒙冤甘做阶下囚。

恩公啊，犬马尚知恋故友，

小娟我誓与你风雨同舟。

王老五 姑娘有良心格。

吴明志 啊呀，你们快走！

（唱）胡理凶残如禽兽，

吃肉勿肯吐骨头。
姑娘若不及早走。
只怕还要落虎口。
快走!

张　氏　恩公!
（唱）有句话，难启口，
还望恩公先点头。

吴明志　你讲，快讲!

张　氏（接唱）今有一事来相求，
求你把我女儿收。
她愿与你操箕帚，
她愿与你共白头。

吴明志　大婶! 你恐怕是豆腐糟吃醉了吧!
（接唱）我与她，年纪差八九，
只怕也好叫舅舅。
此话亏你说出口，
听得我，面孔红到额角头。

李　娟　恩公!
（接唱）情投何妨差八九，
意合宁担远近忧。
生愿与你共相守，
死愿与你做鬼偶。
恩公啊!
人生能得几好友?

吴明志（激动地）小娟!
（接唱）你是芙蓉最知秋。
深深情，心领受，
可惜我不久要杀头。
快走吧!

张　氏　恩公……你不答应我就不走。

吴明志　啊呀，讲不清楚了。……

王老五　勿要推了。

（念）如今世道不对头，
好人活不久，恶人天不收。
王老五，想起往事满面羞，
今朝磕头把你求。
眼看有天没日头，
好人应该把种留。
好让苦难有人救，
好使弱者解忧愁。
我看就在牢房，马上拜堂。

吴明志 啊呀，老哥，你也来凑热闹，开玩笑。

王老五 啥人同你开玩笑？今朝八月初九，想给娘舅做寿，蜡烛现成有。

张　氏 （提篮）酒菜不用愁。

王老五 喜娘你来凑。

张　氏 媒人是牢头。

王老五 我去蒸馒头。

张　氏 我去扎红绸。

王老五 走，哈哈哈哈！

〔两人笑着进内室，小娟被张氏拉下。

吴明志 动勿得格！……再么好！
（唱）世上奇事样样有，
没见过，牢房里面办喜酒。
说啥个好人把种留，
只怕是，石板上种豆，一生一世出不了头。

〔王老五拿着一对点燃的红烛，张氏拿着一个上贴红喜字的木架，小娟拿着红被面扎成的彩球上。

王老五 来来来，拜堂，拜堂！

〔张氏把彩球的一端塞给吴明志。

吴明志 啊呀，动勿得格！

王老五 （嘴里仿着鼓乐的鞭炮声）咪哩吗，咪哩吗，叽里呱拉，冬——啪！（不觉念起赞词来）
（念）一树红花配绿柳，
喜洋洋来乐悠悠。

一拜天，二拜地，
好人子孙万代留。
夫妻磕个和气头，
甜甜蜜蜜到白头。

吴明志 啊呀，（抛下红绸）到白头，到白头，害她一世皱眉头。

王老五 勿会格。

张　氏 （斟酒，交小娟）那就先喝一杯定亲酒。

王老五 对对对，大家先喝酒。

张　氏 请！（将篮中酒菜拿出来）

王老五 请！哈哈哈哈……

〔小娟将酒递与吴明志。

〔大家正欲举杯，号声骤起，都被怔住。

李　娟 （急躲张氏身后）母亲！
（唱）这号声好似那狼嗥虎吼！

王老五 （接唱）莫非是县太爷，他要杀人灭口？

吴明志 这是什么号声？

王老五 大，大老爷出门拜客。

吴明志 不是的。

王老五 是的。

吴明志 不是的！
（唱）我是那纸灯笼心里亮透，
分明是阎王请我去喝烧酒。

王老五 你乱猜什么，吃酒，吃酒！

张　氏 吃酒！

李　娟 恩公！（为吴斟酒）
（唱）一杯酒，解君愁，
受屈坐牢不会久。

吴明志 （接唱）不会久，不会久，
到明年，坟上青草三尺九。

李　娟 恩公！

吴明志 勿要叫恩公，应该叫我阿哥。

李　娟 （深情地）阿哥！

吴明志 哎！嗨嗨嗨……（号声再起）

李　娟 阿哥！

（唱）二杯酒，消君忧，

且将烦恼丢开手。

吴明志 （接唱）丢开手，丢开手，

心里总归寒抖抖。

喝酒！（强装镇定）大婶，你也喝。

张　氏 我……（悲痛欲绝）唉！

〔号声，刽子手过场。

李　娟 （唱）三杯酒，祝君寿，

好人迟早有出头。

吴明志 （接唱）有出头，有出头，

只怕今朝头难留。

头啊头，我真把你愁；

有得吃，你就吃两口，

说不定马上跟你……要分手了！来，喝酒！（一饮而尽）

王老五 （带着哭声）喝，喝酒！

吴明志 你哭什么？

王老五 我没有哭，没有哭。（忍不住放声哭了起来）我对不起你啊！

吴明志 老哥！

（念）往事一笔勾，

何必太难受。

神仙也有三只手，

馊面能发好馒头。

只要毛病肯去改，

长过毛的才是好酱油。

老哥啊！你我就要分手了，有句话不知你听勿听得进？

王老五 你讲。

吴明志 老哥，前半夜想想自己，后半夜想想人家啊！

（念）当牢头虽然行当臭，

心地千万要宽厚。

王老五 大恩人啊！

（念）他临死反为别人愁，
王老五背上如鞭抽。
含泪捧上一碗酒——

〔号声，二公差上。

公　差　开门！

王老五　大恩人！

（接念）我若不改……是条狗。

〔公差踢开牢门，刽子手拥上，胡理与知县随上。公差将吴明志绑起，插上斩条。正在危急之时，后面一声“圣旨下！”把所有的人都惊呆了。

〔御林军引小棣上。

小　棣　圣旨下！

众　万岁！（跪）

小　棣　“偷盗库银，其案不小，朕要亲自审问，命山阳县将所有人犯押来行宫。”带走！

知　县　（得意地）带走！

吴明志　（见小棣，惊讶）小棣……

〔切光。

第七场　扬眉吐气

〔行宫。

〔幕启：明皇穿皇服坐于正中，御林军、太监侍卫两旁。

明　皇　（念）微服爱出游，
只为社稷愁。
世风若不正，
岂能享千秋。
来，带人犯！

〔吴明志、知县、胡理被押上。

三　人　叩见万岁！（跪）

明　皇　山阳县。

知　县　下官在。

明　皇　抓住偷库银的大盗，功劳不小哇！

知　县　（得意地）万岁！

（念）县衙库银被盗，
下官亲自查找。
此功虽然微小，
倒也费尽辛劳。

胡　理　万岁！

（念）知县亲自查找，
无非马后放炮。
擒住江洋大盗，
岂是他的功劳。

明　皇　不是他的功劳，难道是你的功劳？

胡　理　（念）"愁不怕"，给我一只大元宝，
辨出库银被他盗，
是我县衙把信报，
大盗才抓牢。

明　皇　依你说来，用库银的都是江洋大盗？

胡　理　这……

明　皇　讲！

胡　理　万岁，一个叫花子，哪来这许多银子？

明　皇　难道就不许别人送他？

胡　理　那送他银子之人，定是江洋大盗。

明　皇　山阳县，你说呢？

知　县　是江洋大盗。

明　皇　哈哈，哈哈哈哈！"愁不怕"。

吴明志　在。

明　皇　你为何要偷盗库银？

吴明志　小人没有偷盗库银。

明　皇　你那锭库银是从何而来？

吴明志　是，是一位朱大爷送我的。

明　皇　当初山阳县问你，你为何不讲？

吴明志　万岁！山阳县问不上三句，就要用刑。人家好心赠我银子，我怎能恩将仇报，连累于他啊！

明　皇　哦，你就宁死不说？

吴明志　（点头）哎。

明　皇　呀！

（唱）好一个"愁不怕"果然厚道，
怕连累孤皇我他宁死不招。
可恼这糊涂官七颠八倒，
更恨这奸胡理横行霸道，任意放刁。
忍住怒且跟他开个玩笑，
定叫他心胆裂魄飞魂销。

"愁不怕"，我来问你，赠你银子的那位朱大爷，可是江洋大盗？

吴明志　朱大爷面善心好，不像是江洋大盗。

胡　理　胡说，布施叫花子，一出手就是一个元宝，岂能不是江洋大盗？

知　县　是啊！抓住他就该开刀！

明　皇　哈哈，愁不怕，你抬头看看，那位朱大爷与孤皇可还相像？

吴明志　小人不敢。

明　皇　尽管抬头，仔细看上一看。

吴明志　（看介）啊！……（大惊）

明　皇　像不像啊？

吴明志　呀！

（唱）朱大爷与万岁一模一样，
"愁不怕"，
晕头转向，却成了丈二金刚。
莫不是万岁爷乔装察访？

朱大爷！

御林军　啊！

〔吴明志吓得跌倒。

明　皇　（接唱）大胆起来莫惊慌。
孤赠银反害你受尽冤枉，

山阳县！

你诬良为盗丧心病狂。

知　县　下官有罪，有罪。

明　皇　我来问你，孤皇可是江洋大盗，孤皇可该开刀？

知　县　啊呀，罪该万死。（发抖）

明　皇　偷盗库银，你是首脑，贼喊捉贼，罪更难饶；你，草菅人命，诬君为盗，贪赃枉法，法网难逃。来呀，将山阳县绑出斩了！

御林军　啊！（将山阳县摘去冠带，拖下）

明　皇　胡理！

胡　理　（发抖）小，小人罪该万死！

明　皇　我来问你，愁不怕欠你租？

胡　理　不欠。

明　皇　欠你债？

胡　理　不欠。

明　皇　为何要他五十两银子？

吴明志　还诈了我一只金戒指。

胡　理　那，那是李张氏欠我的债。

明　皇　传李张氏母女。

太　监　传李张氏母女。

〔张氏、李娟上。

张　氏
李　娟　（一起）叩见万岁！（跪）

明　皇　将李娟带入后宫。

李　娟　（着慌）母亲……

明　皇　不必害怕，去吧！哈哈哈哈！

吴明志　去吧！

〔一太监引李娟下。

明　皇　李张氏，你欠胡理多少银子？

张　氏　民妇并没有欠他银子，是他有意图赖。

明　皇　胡理，从实招来。

胡　理　这……

吴明志　你不讲我来讲。他是一个人贩子，又跟县官拜把子，诈了五十两银子，还敲我一只戒指，这种人不治一治，百姓没法过日子。

胡　理　小人该死，小人该死！

明　皇　“愁不怕”！

吴明志　万岁！

明　皇　此人占你妻子，诈你银子，累你吃冤枉官司，险些被他害死。看样子这个人应该让你来处治。

吴明志　万岁，你是要我来判他的罪？啊呀，我是勿懂经格。

明　皇　要他死，要他活，就凭你一句话。

吴明志　那好。

胡　理　啊呀，看来这回活不成了！（吓得发抖）

吴明志　你这个胡理，不是个东西；为了一点小利，拼命伤天害理；勾结贪官污吏，到处横行无忌；依着我格脾气，就该抽筋剥皮。

御林军　啊！（架起胡理）

吴明志　做啥？做啥？

御林军　抽筋剥皮。

吴明志　啊呀，那是骂人的话，作勿得数格！胡理！我若杀你，过于严厉，我若饶你，太无天理。来啊，将他充军八百里！

御林军　啊！（押胡理下）

吴明志　万岁，你看……

明　皇　判得好，判得好。李张氏，你有几个儿女？

张　氏　一个。不，三个。

明　皇　其他两个哪里去了？

张　氏　这个……

明　皇　为人父母，理该细心教养，岂能虐待前妻之子，卖女为娼！

张　氏　我……

（旁白）万岁爷怎么会统统晓得格嘞？！

明　皇　如此恶妇本当重处，念你已有悔改之意，送进宫中养老终身，不得出宫一步。

张　氏　谢万岁！

明　皇　退下。

〔张氏下，御林军亦退下。

明　皇　“愁不怕”。（下位）

吴明志　朱大爷！哦，万岁！（欲跪）

明　皇　（扶住）孤有一事想与你商量。

吴明志　请万岁吩咐。

明　皇　（唱）自从孤皇登龙位，

常为那，世风日下添愁肠。

六部送礼成了风，

州县十九饱私囊。

社稷安危不去想，

常因利己把民伤。

仁义成了假空谎，

哪像你“愁不怕”，

穷了还把苦的帮。

你做好事不为赏，

人穷心地偏善良。

你堪为人人做榜样，

孤封你，礼部天官掌朝纲。

吴明志　万岁，介是动勿得咯。

（唱）叫我做官想也未曾想，

怕只怕，闹出笑话难收场。

若让我叫花子做丞相，

万岁！

实在勿像样，朝廷名气要倒光。

明　皇　呀！

（唱）别人做梦都把官来想，

为争位，你一刀来我一枪。

你越推让我越不放——

吴明志　万岁！

（接唱）“愁不怕”，

不是这一行，宁可充军决不当。

我勿是这种料啊！

〔李芬、李娟、小棣上。

三　人　哈哈哈哈！

吴明志　阿妹！（高兴地）你……

小　棣　要叫娘娘！

吴明志　哦，明白哉，叩见娘娘！

李　芬　（不好意思地）阿哥！……

明　皇　天官不当，这国舅是推不掉了。

吴明志　推不掉也是讨饭国舅。

小　棣　对对对，他是大国舅，我是小国舅。

愁不怕　小棣（一起）一对讨饭国舅。

吴明志　万岁，既然我是国舅，倒有几句心里话想跟你讲讲呢。

明　皇　讲吧！

吴明志　（念）一路讨饭到山西，
见过多少没天理。
百姓苦得嗒嗒滴，
看来跟你有关系。

明　皇　哦，诉起皇帝的不是来了，你不怕死？

吴明志　我都死过两回了。万岁！
（念）民间无正气，
国家多事体。
若要世风改，
除非倡正义。
使民享安乐，
才是好皇帝。

明　皇　说得好啊，说得好，那就有劳你了！

吴明志　要我做什么？

明　皇　（袖中取出扇子）拿笔砚过来。

〔太监捧笔砚上。

明　皇　（写介）
（念）特命国舅，代皇巡狩，
为民解愁，替孤分忧。

吴明志　你要我……

明　皇　查吏治，访民情，正风气。

吴明志　介是还要去做叫花子？我懂了。

明　皇　懂什么？

吴明志 我去出力气，帮你撑名气，我去住破庙，你稳坐金交椅。

明　皇 难道不愿意？

吴明志 我为人人愁，就是不为你。

明　皇 哈哈，说话剥了皮，还是不改老脾气。

众 哈哈哈哈！

小　棣 人家吃尽苦头，死里逃生，也该让他歇口气嘛！

李　芬 万岁！

明　皇 何事？

李　芬 喜事。（耳语）

明　皇 好好，孤皇做主，即日完婚。

吴明志 你们讲点啥？

李　芬 宫中喜事多，小娟配阿哥。

吴明志 啊呀，格是动勿得咯。我是讨饭公，娶了她，要做讨饭婆格。

李　芬 阿哥，万岁做媒，你就答应了吧！

小　棣 对对对，皇帝开金口，大家笃定喝喜酒！

众 哈哈哈哈，

〔灯渐暗。

第八场　马不停蹄

〔行宫旁，临时国舅府门口。

〔喜庆音乐声中，一批批文武官员从国舅府中出来，大小国舅盛装在门口送客！

吴明志 唉！

（唱）人家当官笑歪了口，
我做国舅真发愁。

（念）一双靴子三寸厚，
走路常常把脚扭。
一件蟒袍三斤九，
压得我整日气难透。

文官昨天来贺喜，
武官今朝来祝寿。
我一天到晚忙应酬，
东叩头啊呀西叩头。
忙得我，头上汗珠像黄豆，
腰筋脚筋不断抽。
（唱）这样的日子实在太难受，
倒不如，马不停蹄即刻走。

小　棣　阿哥，你老毛病又发了？

吴明志　大国舅走，小国舅留，出门放心不担忧了。咦！那不是我前头那个老婆？小棣，你来对付。（进府）

〔钱氏上，小棣背朝着她。

钱　氏　嘻嘻，拜见国舅爷！

小　棣　你是何人？

钱　氏　我，我是你前头的老婆。

小　棣　（转身）什么前头后头，小爷至今没老婆。

钱　氏　（抬头一看）啊呀，弄错哉。

〔吴明志叫花子打扮上。

钱　氏　（突然发现）哟，国舅爷！

吴明志　原来是胡少奶奶，你来做什么？

钱　氏　听人家说，朝中出了个讨饭国舅……

吴明志　对对对，我是讨饭骨……头。

钱　氏　不是讨饭国舅，是讨饭骨头？

吴明志　一点勿错，你看！（指着自己一身打扮）

钱　氏　啊呀，我好命苦啊！（欲下）

吴明志　慢点，给你五十两银子，回去好好过日子。

钱　氏　哦！

吴明志　再要老样子，怕要苦一世！

钱　氏　我改！（下）

吴明志　唉！

小　棣　哈哈哈哈！

〔李娟上。

李　娟　国舅爷真的又要去讨饭?

吴明志　小娟哎，你我自己出了头，岂能忘记万家愁啊!

李　娟　让我跟你走。

吴明志　在家看门口。

李　娟　那……（向府内招呼）

〔四卫士叫花子打扮上。

吴明志　这是做什么?

李　娟　派卫士保护国舅。

吴明志　这……

李　娟　（把扇子交给“愁不怕”）扇子不可丢。

吴明志　啊呀，做好事靠啥大牌头。

李　娟　还是带着吧，赶赶苍蝇蚊子也好。

吴明志　唉!

（念）劝人勿要当国舅，
官字沾边反添愁。
跟屁虫，跟在后，
做好事还要靠牌头，
啊呀实在不自由。

众卫士　请国舅爷起程!

吴明志　走吧!走吧!

〔幕后合唱:

往时脾气不肯丢，
吃油穿绸偏摇头。
济危扶困仍依旧，
为人愁啊，
愁到害怕还再愁。
乞丐偏有心儿秀，
衣冠中人羞不羞?
羞不羞!

〔合唱声中，吴明志被人们举了起来。

〔李渔词《玉楼春》画轴徐徐落下。

〔剧终。

1987 年

（选自《谭伟剧作选》，中国戏剧出版社 1995 年出版）

《八场现代越剧》

明月何时圆

杨东标

人物表 亮　亮——男，农村青年，原大队书记之子，二十一岁（以 1975 年算，下同）。
三　月——女，农村青年，二十一岁。
秋花嫂——三月的母亲，四十七岁。
牛皮糖——三月的父亲，五十岁。
巧　妹——大队长的女儿，十九岁。
金　斗——男，大队干部，二十四岁。
王大海——男，拖拉机手，巧妹的同学。
跃　星——男，农村待业青年，方书记之子，三十岁。
方大妈——跃星之母，五十岁。
孔部长——男，公社武装部长，三十八岁。
小　沈——男，亮亮的助手。
民兵、青年数人。

上　篇　秋怨

〔合唱：月儿缺，月儿阴，
秋风阵阵雨无情。
阴晴圆缺天上月，

悲欢离合人间情。

一

〔1975年秋。

〔浙东山村，白云岙村口月亮潭。

〔夕阳西下，黄花遍野。

〔亮亮背着行装，风尘仆仆，眺望家乡，百感交集。

亮　亮　到家了，总算到家了，白云岙，月亮潭！（歇下行装，捧起潭水，畅饮）

（唱）潭水清清碧波漾，
迎我亮亮回家乡。
家乡有我心上人，
家乡啊，山水依旧秋花黄。
三月啊，忍心与你远离别，
只为你爹浅眼光。
他说若要娶得你，
除非是，帮他把草屋换瓦房。
亮亮人穷志不穷，
今日我，赚回钞票，有脸见你爹和娘。
沿路上，条条标语反右倾，
不由人，提心吊胆好惊惶。

〔内喊"救命"声。

亮　亮　（闻声）啊！（急脱衣奔下）

〔稍顷，亮亮背着昏昏沉沉的巧妹上，让巧妹倚坐在石凳上。

亮　亮　姑娘，你醒醒，醒醒。

〔巧妹慢慢透过气来，睁开双眼。

〔两人目光相视，看清对方，同时一惊。

巧　妹　（感激地）亮亮哥！

亮　亮　是你？（冷冷地走开）哼！（拎起行李，欲走）

巧　妹　（急喊）亮亮哥——全靠你救了我，要不，我就……我该怎样谢谢你呢？

亮　亮　（生硬地）不用谢了。

巧　妹　你……

亮　亮　你是什么人？我是什么人？你来谢我，不是天大的笑话！？

巧　妹　亮亮哥，你，还在恨我？

亮　亮　恨？哼！

（唱）想当年，你爹把材料来反映，
　　我爹他，含冤打成反革命。
　　好人无辜遭狗咬，
　　这情景，寒冬喝水点点滴滴落在心！

巧　妹　我爹是我爹，巧妹我从来把你当作亮亮哥。

亮　亮　不要噜苏了。（拎起行李欲走）

巧　妹　亮亮哥……（站起，发现丢掉一只鞋子）哎呀，我的鞋子呢？会不会掉到潭里去了？

〔亮亮站住。

亮　亮　（愠了她一眼，丢过毛巾）你等着！（下）

巧　妹　亮亮哥，这潭水又深又冷，你……（勾起忆想，深情地）

（唱）潭水倒映千朵云，
　　巧妹我，恍惚好似在梦境。
　　在潭边，不慎落水亏他救，
　　牵起我眷眷无限情。
　　想儿时，我俩亲密如兄妹，
　　青梅竹马不离分。
　　他为我，上山捕鸟采野果，
　　我与他，草坪同欢放风筝。
　　钥匙上，串着一只小海螺，
　　本是他，春游归来将我赠。
　　小海螺，玲珑小巧铭友谊，
　　小海螺，洁白无瑕身边存。

〔亮亮拎鞋上。

亮　亮　（丢鞋在巧妹面前）喏！

巧　妹　（打断了巧妹的遐思）亮亮哥，想不到今天会在这里碰到你……你初中毕业后，我们就很少见面了，想起小时候……

亮　亮　（冷冷地）不要说了，小时候我是大队书记的儿子，现在我是反革命的后代！（越说越气）小时候我不懂事，现在我看清人世啦！

巧　妹　都是我爹爹不好，害得你爹爹含冤而死。过去，他们是多么亲密要好呀……

亮　亮　（迸发地）亲密要好？我与你刘家只有仇，没有恩。今后不准你对别人说是我救了你，要是你告诉别人，就是辱了我的人格！你答应不答应？

巧　妹　（满腹委屈地）我，答应就是了。

亮　亮　不，你发誓。

巧　妹　嗯，我发誓。

亮　亮　走吧！

〔巧妹又气又委屈，欲发作又止，沮丧地泣下。

亮　亮　哼，这年头，骗人的东西太多了！（欲拎行李）

〔三月东张西望地上。

亮　亮　（发现三月）三月！

三　月　（惊喜地）亮亮！

亮　亮　三月，你怎么会到这里来？

三　月　我怎么不好到这里来？不是你信上说的？

亮　亮　（明白了）你是来接我的？

三　月　我在镇上车站等了半天，眼睛都望穿了，连个影子都不见！

亮　亮　我是步行来的。

三　月　（细细打量亮亮）怎么，一身水淋淋的？

亮　亮　走得一身是灰尘，我洗了洗。

三　月　（爱惜地）当心受凉。

亮　亮　三月，我们的事有希望啦！你看！（拉开衣襟，取出钱）喏！

三　月　钞票！（急为其掩）

亮　亮　（掩不住高兴）整整八百元！

三　月　八百元？队里一天工分，只有八分钱！

亮　亮　三月！

（唱）在兰州，我挨家挨户木匠做，
起早落夜干不休。
酒不喝，烟不抽，
省吃俭用熬到头。

积下了工钱八百块，
总算是，一年的汗水没白流。

三　月　（深情地）真难为你了！

亮　亮　（唱）到冬天，办点木料买点砖，
请几个朋友做帮手。
起三间，坐北朝南向阳屋，
红瓦白墙掩绿柳。

三　月　亮亮哥！
（唱）你为我，远离家乡苦受够，
你为我，日夜劳累人消瘦。
一年来，斧凿声声梦中响，
一年来，望穿云水盼聚首。
今日里，心中石头落了地，
满眼愁云顷刻收。
我爹不能再翻悔——

三　月
亮　亮　（唱）你我俩，高高兴兴办喜酒！

亮　亮　（突然想起）三月，路过上海，我给你买来两样东西。

三　月　什么东西？

亮　亮　（取出围巾和衣服）衣服、围巾，三月，你喜欢吗？

三　月　（含嗔）你又花钱啦！

亮　亮　（动情地）三月，我是没有钱给你买东西，不过你放心，总有一天，我会有出息的，我要赚好多好多的钱。到那时，我要把天下最时兴的东西买来，把你打扮成天下最漂亮的人！

三　月　（含羞地）你……（想起）你饿了吧？（从篮子里取出鸡蛋）喏，快吃！

亮　亮　鸡蛋，慰劳我的？

〔两人会心地笑，下。

〔孔部长上，金斗随上。

金　斗　孔部长，孔部长，李亮亮回来了。

孔部长　李亮亮？

金　斗　亮亮溜到外面一年多了，这小子一定发财了。

孔部长　什么，发财？（冷酷地）人人都在学大寨，他还要去走资本主义道路，

这就是阶级斗争新动向！这次我来蹲点，就是要狠狠地抓一抓！堵不住资本主义的路，迈不开社会主义的步！金斗同志！

金　斗　（奉承地）对！对！

〔灯暗。

二

〔数日后。

〔亮亮家的院子，农家小舍，瓜蔓缀绿，有桌凳可坐。

〔三月依着瓜棚哭泣。

〔亮亮用斧头使命地砍着一段树，借以发泄心中的愤怒。

亮　亮　哭什么！哭干眼泪他们就能把钱还给我吗？

〔三月哭得更凶了。

亮　亮　（仇恨地）割资本主义尾巴，连饭都没有吃了，还割尾巴，割他娘的尾巴！

三　月　（抬起头，惊恐地）亮亮，你不要再说了，让他们听到，会把你……

亮　亮　怕什么？八百元钱充公，还能把我人抓去？嘿嘿嘿……八百块，我只当让狗拖了去！明年我照样出去，照样赚得同来！

三　月　（无限忧虑）明年？还能等得到明年吗？（啜泣地）我爹他……

亮　亮　你爹怎么啦？

三　月　（无限痛苦地）亮亮！

（唱）上几天，我爹回家唱又笑，

昨夜晚，钞票充公变了调。

清早起来寻生事，

闹得鸡飞狗又跳。

说道是，无钱休想把媳妇讨，

他就要把我嫁到青山岙。

亮　亮　（顿时呆了）什么？你说什么？

三　月　（抽泣着）我爹他要把我嫁出去。

亮　亮　（唱）只恨那世道太无情，

好人总是受欺凌。

自从我爹含冤死，

难得你，患难之中见真情。

你不弃我家境苦，

你不怕，我的父亲带罪名。

亮亮不能没有你——

三　月　（激动地扑向亮亮）亮亮……（轻轻啜泣）

亮　亮　（唱）人生难得好知音！

〔秋花嫂上。

秋花嫂　三月！

三　月　（两人分开，擦泪）妈。

亮　亮　大妈！

秋花嫂　三月，你快回家去！你爹三碗老酒落肚，又在发酒疯了，正在到处找你！

三　月　（急）妈，你要为女儿做主呀！

亮　亮　大妈！

秋花嫂　唉！为了你们俩，我气也淘够了。亮亮你从小没娘，是我一手带大的；你爹临死嘱托的话，我一句也没有忘记。

〔院外传来牛皮糖的吆喝声。

三　月　啊，爹来了。

亮　亮　来了也不怕。

秋花嫂　啊呀，他的脾气臭，不能同他硬顶，快，快到屋里去躲躲，我来对付他，快。（把他们两人推进屋内，自己也随进）

〔牛皮糖醉醺醺地上。

牛皮糖　（唱）断命亮亮真晦气，

赚来钞票充公去。

这亲事，命中注定要吹掉，

鸡飞蛋打空欢喜。

满腹懊丧把女儿找——

免得她，被人笑话多是非。

〔秋花嫂从容地从屋内端木盆出。

牛皮糖　老太婆，侬在这里做啥？

秋花嫂　唉，可怜亮亮钞票充公，米甏精空，我想帮他磨点番薯干粉。

牛皮糖　侬倒是想得周到呀，我勿是同侬讲过啦，从今以后再勿能同他来往！

秋花嫂 人家落难了，哪能换了面孔，做人总要讲点良心。

牛皮糖 啥，我呒没良心？我良心实在太好了，啥人勿想日子过得好一点？我肯让三月跟他过这种日子！（突然想起）侬看到三月了？

秋花嫂 三月？她勿是到月亮潭去洗衣服了？

牛皮糖 洗衣服？（起疑，欲进屋内）

秋花嫂 啊呀，你既然不招亮亮做女婿了，何必到他屋里进进出出？人家看到又会讲啥闲话？

牛皮糖 这……

〔金斗上。

金　斗 牛皮糖，牛皮糖……（与牛皮糖照面）大叔！

牛皮糖 哇啦哇啦，叫魂啊！

金　斗 大叔，书记请你到大队部去一趟。

牛皮糖 大队书记请我去做啥？人家辛辛苦苦赚来的八百块钞票，你们一张布告就充公，还要叫我去？钱充公还勿够，还要批判？批判也轮勿到我！

金　斗 哎呀，大叔，亮亮这笔账么，是公社孔部长一手抓的典型，大队书记也得听他的。你朝我发啥脾气？快走吧！孔部长请你去喝酒呢。

牛皮糖 啥，孔部长请我去喝酒？

秋花嫂 孔部长叫你，总有事情，你就快去吧！（推牛皮糖）

金　斗 对，大叔，有好事情，走吧！（拉牛皮糖）

牛皮糖 哎哎哎……（随金斗下）

秋花嫂 （松了口气）唉！（见人已远去，悄声对内）三月，早点回家，妈先走了。（下）

〔巧妹背一袋米上。

巧　妹 （唱）爹爹无情我有情，
亮亮不幸我怎忍心？
暗中送来米一袋，
危难相助理该应。

（进院内，歇下米袋）咦，有人在哭，是谁？（朝窗内张望，顿时愣住）啊！（心慌意乱）我……

（唱）心中翻了五味瓶，
甜酸苦辣分不清。
实指望，向阳花儿先得暖，

又谁知，不照花朵照柳荫。
也曾风闻他俩好，
未曾想，相爱已是海洋深。
爹爹呀，你上代积下仇和怨，
苦果要我下代吞。
满腹心事何处诉？
白云呑，有谁知我痴傻心？

（一赌气，背米欲走，一想不妥，又放下。）

〔金斗匆匆而上，巧妹欲避不及。

金　斗　（见是巧妹，顿时眉开眼笑）呀，是巧妹姑娘呀。

巧　妹　（冷冷地不睬）……

金　斗　巧妹，我正叫你呢，你没听见？

巧　妹　做啥？

金　斗　（嬉皮笑脸地）你何必这样冷淡我呢，我总还是副大队长哩！

巧　妹　那好，祝你早日转正！

金　斗　（解嘲地）你看你看……总是讽刺我，不说了，我是来找亮亮的。

巧　妹　找他做什么？

金　斗　大队叫他到水库工地去。

巧　妹　到水库工地去？为啥？

金　斗　这……当然有原因。

巧　妹　啥原因？

金　斗　你得保保密呢。

巧　妹　（一愣）保密？

金　斗　（轻声地）实话告诉你，公社书记看中三月了，要三月给他儿子做媳妇。

巧　妹　这是真的？

金　斗　骗你是乌龟！还是孔部长做的大媒。其实呢，我金斗心里很明白，孔部长为了讨好方书记，谁不晓得方书记的儿子是……（做拐脚样）

巧　妹　啊？三月姐同意了？

金　斗　三月哪里会晓得？刚才牛皮糖喝了酒，满口答应，当场收下五百元聘金，说是重阳节就过门办喜酒，只怕亮亮搅七廿三，所以末，把他派到工地去！

巧　妹　（气愤地）这是包办婚姻！

金　斗　嗅！山岙里姑娘出嫁谁不是父母包办？再说，现在是政治标准第一，阶级路线第一么！不过，孔部长交代，这桩事还得包一包再办，巧妹，你一定要保密呢！哎，我找亮亮去。（欲进内）

巧　妹　家里没人，他上山去了。

金　斗　那，我去回孔部长的话。巧妹姑娘，什么时候我们谈谈心啊？（嬉笑着走近巧妹）

巧　妹　你走，你走！

金　斗　嘿嘿，再会！（急下）

巧　妹　卑鄙！

（唱）眼看三月落陷阱，

好花偏遭风雨淋。

义不容辞去报讯，

对，我要告诉三月姐——，

不让那，害人的阴谋来得逞！

（背起米袋，敲门）

〔灯暗。

三

〔月亮潭边，月影朦胧，山谷幽静。

三　月（背简装行李上）

（唱）山蒙蒙，月昏昏，

声声夜鸟催人行。

前日里，多亏巧妹报凶讯，

商定了，今宵远走离山村。

步悄悄，心怯怯，

月亮潭边会亲人。

（轻声呼唤）亮亮，亮亮……

亮　亮　三月！今天晚上，我们真的走得了吗？

三　月　巧妹一切都为我们安排好了，八点钟她同学王大海开拖拉机来接我们。

亮　亮　巧妹，可靠吗？

三　月　（嗔怪地）亮亮……

亮　亮　当初我爹和她爹亲密得如同兄弟，没想到，运动来了，她爹竟在背后捅了一枪。

三　月　我看巧妹不会，没有她，我们能得到消息吗？

亮　亮　（似信非信）这……

三　月　（劝说）亮亮，等歇见了面，你千万不要再冷冰冰的，啊？

〔巧妹手拿红毛衣上，不时向后张望。

三　月　巧妹，你来了。

巧　妹　三月姐，我总觉得后面有声音。

三　月　这，不会吧……

〔三月示意亮亮热情一些。

亮　亮　（不自然地）你……来了。

巧　妹　你……（欲言又止，无限感伤地）三月姐，你和亮亮哥就要走了，我没有什么东西好送给你，天气冷了，这件毛衣是我新织的，就送给你当嫁衣吧。（递衣）

〔亮亮闻言一愣。

三　月　（感动地）巧妹，大家日子都不好过，你还是留着自己穿吧。

巧　妹　（坚执地）三月姐……（把毛衣交给三月）

三　月　（动情地）巧妹，我们永远不会忘记你的！

巧　妹　（心情复杂地）我……时候不早了，大妈怎么还不来？

亮　亮　我去接她。

三　月　不，你进村太危险了。

巧　妹　（欲走）我去接。

三　月　巧妹，拖拉机就要到了，王大海只有你认识，还是我去吧。（下）

〔一时静场，巧妹、亮亮两人显得有些尴尬。

〔幕后唱：山野寂寂悄无声，
　　　　心似浮云飘不定。

亮　亮　（旁唱）为何她，火热心肠来撮成？
　　　　难道她，父女不是一条心？

巧　妹　（旁唱）为何他，始终对我不理解？
　　　　他对巧妹太绝情。

亮　亮　（几分心动，欲言又止）……

巧　妹　（终于鼓起勇气）亮亮哥，你与三月姐就要走了，我心里有句话，不知当说不当说？

亮　亮　（平和地）你说吧！

巧　妹　亮亮哥！

（唱）我爹他，做了错事愧在心，
　　一杯苦酒悔恨深。
　　就算是，父辈有仇难相解，
　　你不该，怨恨迁在我的身。
　　巧妹对你有何错？
　　你不该，处处对我冷冰冰。
　　今宵一别何日见？
　　只求你，从此后两家冤仇一笔清！

亮　亮　（闻言心动）

（唱）巧妹她，无限怨恨出肺腑，
　　言词恳切情意真。
　　难道我，真的对她有偏见？
　　巧妹呀，你知我心中伤痛有多深！

巧　妹　亮亮哥……

〔三月扶秋花嫂上。

秋花嫂　亮亮！

亮　亮　大妈，我们一走，不能再照顾你了，你身体有病，千万要保重！

秋花嫂　亮亮，从今后，我把三月交给你了。只要你们两人好，我就是闭上眼睛，也对得起你地下的爹娘了。

三　月　（伤心地哭）妈！

秋花嫂　（一把搂住三月，深情地抹去她的眼泪）三月，今晚当着妈的面多哭几声，往后，跟着亮亮，再苦再难也不许哭，啊？（三月点头）

〔秋花嫂从怀里取出钱。

秋花嫂　亮亮，这四十块钱是我多年的积蓄，做妈的没有本事为你们操办体面的婚事，这钱，算是陪嫁。亮亮，今夜，在这月亮潭边你就叫我一声妈吧。

亮　亮
三　月　（悲怆地）妈！（跪地哭泣）

〔三人哭成一团，巧妹也在一旁落泪。

〔此时，山下传来拖拉机声。

巧　妹　（惊喜地）拖拉机，你们听，不会错，是王大海来了。

秋花嫂　时间不早，你们走吧！

三　月
亮　亮　（难分难舍地）妈！你要多多保重！

秋花嫂　你要给妈多多来信，到时候回家来看看！

三　月　妈！

巧　妹　三月，你们放心走吧，我会照顾好大妈的！亮亮哥快走吧！

三　月　（无限感激地）巧妹！

〔三月、亮亮与秋花嫂、巧妹恋恋不舍地诀别。

〔突然，传来内声："哪里走！"——孔部长率持枪民兵从四面涌上。

三　月　（猝不及防，大惊失色）啊？！

孔部长　（神气地用手电筒一射）怎么，想半夜逃走？

亮　亮　（挺身而出，保护三月等人）你想怎么样？

孔部长　（冷笑）哼哼，李亮亮，你是反革命的儿子，半夜三更拐骗良家妇女，凭这一条，我不能定你的罪？

亮　亮　（气愤至极）你……

秋花嫂　（拉住亮亮，哀求）孔部长，求求你高抬贵手，成全成全他们吧！

孔部长　成全？嘿……笑话！难道你们不晓得，她爹早将她许给方家啦？

三　月　不，我不晓得……我不答应！……

孔部长　你爹连聘礼都收下了，还能不答应？三月，你要好好考虑！

三　月　不！我不……

〔金斗、牛皮糖急匆匆上。

牛皮糖　（见状，气得说不出话来，指着三月）你这个不要脸的，竟然瞒着我私奔！（哭丧着脸）作孽啊，我前世犯了什么罪了！（欲拉三月）

秋花嫂　（颤颤巍巍地）你……你……好狠心呀！（三月把她扶住）

牛皮糖　都是你，教养了这么个女儿，我还有什么面孔见人！

孔部长　金斗，今天晚上的事情，性质十分严重，你告诉书记、队长，我们公社要从严处理！

金　斗　是！是！

孔部长　（喝令）来，把李亮亮绑起来！

〔众民兵欲动手。

巧　妹　你们！你们凭什么抓人？

孔部长　巧妹你……（阴险地）你的任务已经完成，没有你的事了！

巧　妹　你这是什么意思？

孔部长　什么意思？哈哈，全靠你这个通讯员当得好呀！

亮　亮　什么？原来是你报的讯？

巧　妹　（惊慌失措）不，不，王大海人呢？王大海……

〔王大海上。

王大海　巧妹！

巧　妹　大海，这到底是怎么一回事呀？

王大海　不是你要我带孔部长一起来的吗？

巧　妹　（伤心已极）我什么时候同你说过这个话？

王大海　（莫名其妙）呀，是孔部长说的，是你告诉他的呀！

〔众惊。

巧　妹　（对孔部长）你……

孔部长　（微笑地）巧妹，阶级斗争觉悟高是好事嘛，不要怕伤了和气！

巧　妹　啊？！

亮　亮　哼！

巧　妹　亮亮哥，我没有说过，我没有……

亮　亮　三月，我们又上当了！

巧　妹　不，不，亮亮哥，你不要相信他们，你不要……

亮　亮　（咬牙切齿地）两面派！你真比你爹还要毒！

巧　妹　啊！

（伴唱）天大冤枉加在身，
　　　　跳进那月亮潭里洗不清！
　　　　洗不清！

孔部长　（对民兵）将亮亮绑起来！

三　月　亮亮快逃！

〔亮亮欲逃，被阻；寡不敌众，被绑。

三　月　（失神地冲向亮亮）亮亮……（民兵阻住）

秋花嫂　（凄厉而绝望地）亮亮……（昏厥倒地）

三　月　（回身大惊）妈，妈，妈妈呀！（扑在娘身上大哭）

〔亮亮被带走，回头呼喊："妈"。

〔灯暗。

〔数天以后，秋风萧瑟，天色阴沉。

〔亮亮的院子，一片萧条。

〔音乐起，亮亮归来。猝然间，他苍老了，蓬头垢面，神情憔悴。

亮　亮　（唱）公社关押整七天，

吃尽了，"群专"拳头和皮鞭。

皮肉之苦我不怕，

只把那，大妈、三月来挂牵。

满怀悲愤归家转，

别离恍如已十年。

妈！三月！

牛皮糖　（出）谁？

亮　亮　（瞟了他一眼）爹！……

牛皮糖　是侬回来了。何苦呢？鸡飞蛋打一场空，侬吃苦头，我触霉头，我那苦命的老太婆……（呜咽）

亮　亮　（一愣）妈怎么啦？

牛皮糖　侬还勿晓得呀？可怜我老太婆心脏病发作，还没抬回家里就……（抹泪）

亮　亮　（大惊）啊！（悲痛地高呼）大妈——！

牛皮糖　唉，三月都整整哭了七天了。

亮　亮　三月？三月呢？

牛皮糖　今天一早，哭哭闹闹，送到镇上方家成亲去了！

亮　亮　（一跃而起）你说什么？

牛皮糖　侬看，贴了白纸贴红纸，办了丧事办喜事。

亮　亮　啊！

牛皮糖　（递过蓝布包裹）这是三月叫我给你的！（下）

亮　亮　（丧魂落魄地）三月，你在哪里？三月，（高声地）你在哪里呀？（只觉得天旋地转，跌跌撞撞地推进家门，解开包裹，是一条红色的围巾，又发现一封信）信。（急忙看信）

〔灯光渐渐变化，另一表演区灯亮，照着三月，正在写信。

三　月　（含着泪花）亮亮，你在哪里？

（唱）未曾落笔心已碎，
泪如泉涌挂两腮。
孔部长上门把婚逼，
利刀快箭刺心肺。
他说道，我若不嫁方跃星，
你是强夺人妻罪上又加罪。

亮　亮（愤恨地）强夺人妻，到底是谁强夺人妻！（继续看信）

三　月（唱）娘亲为我一命归，
三月我，肝肠寸断心哀哀。
难道说，让你再去把牢坐？
难道说，让你为我再受灾？
白日我，半碗米粥难下咽，
长夜里，枕边湿透伤心泪。
亮亮呀，生死只有一条路，
还让我，嫁鸡嫁狗换你回！

亮　亮　原来还是这样放掉我的！

三　月（唱）亮亮呀，千声珍重道不尽，
万般委屈莫伤悲。
远走高飞离家去，
只待他年伸冤归。

亮　亮　不，不，三月，我不能没有你呀，我不能没有你呀！（哭泣，幻觉中突然发现三月，两人视线相触）三月——

三　月　亮亮，永别了，你会知道你的三月是怎样一个人，三月永远是你的三月，永远、永远……

〔三月的表演区灯光渐暗，三月隐去，一切如原。

亮　亮（绝望中冲出门外，高呼）三月，三月，你在哪里呀！
（唱）见此信，犹如钢刀扎胸膛，
蒙奇耻，仇比山高恨深如海洋！
想当初，爹爹受屈含冤死，
母亲气恨命夭亡；
今朝三月被强抢，
大妈新坟断人肠。

（白）白云岙呀白云岙！

（唱）为什么，重重灾难总对我？

为什么，偏偏难容我李亮亮？

生我养我的家乡土啊，

你不该，把我做人的权利、生命的希望全毁光！

（伴唱）天哪！天哪！

天雷地火何时有，

为什么，不把人间不平烧成粉末化成浆！

亮　亮　（接唱）既然无有立锥地，

天涯海角我去闯。

咬碎仇恨埋心底，

（白）总有一日再回转——

（唱）这切齿仇恨要报偿！

〔巧妹失神地上。

亮　亮　（仇视得双眼冒火）是你？

巧　妹　亮亮哥，我真的没有向姓孔的报过信，我没有……

亮　亮　（冷笑）嘿嘿嘿，我真不该那天在月亮潭救了你！（欲走）

巧　妹　（如雷击顶）亮亮哥……（伤心地哭泣）事情没弄清楚，你走了！

亮　亮　我会回来的，总有一天，我要报深仇大恨！

〔巧妹痛苦地退在一旁，注视着亮亮。

〔天暗了，起风了，黄叶飘零。

〔亮亮肩背行装，愤然而走。

〔幕后伴唱：秋风起，黄叶飘，

人间怨恨何时了？

人间怨恨何时了？……

〔巧妹呆呆地望着。

〔灯渐暗。

下 篇 春溶

四

〔时光过了七年。1982 年春天。

〔充满生机的春天，漫山遍野，花红草绿。

〔幕启。巧妹伫立村头。

〔合唱：月儿圆，月儿明，
云消雾散碧天清。
阴晴圆缺天上月，
悲欢离合人间情。

巧　妹（唱）冬去春来雪消融，
柳丝袅袅舞春风。
巧妹我，那有绿柳悠闲意，
工厂里，资金短缺难进设备火燎心胸。
金斗他，为求贷款县城去，
但愿得，顺风顺水得成功。

牛皮糖（上，挂小吃店招牌，招呼）巧妹姑娘，早啊，吃碗馄饨吧。

巧　妹　大叔，生意好啊！

牛皮糖　唉，赚点钞票哪里介容易。
（唱）人家发财万万千，
我是螺丝壳里荡秋千。
村口开爿馄饨摊，
想做万元户，好比上青天。

巧　妹　大叔，慢慢会好起来的。

牛皮糖　对，对，慢慢会好起来的。巧妹，侬当厂长也勿容易啊！

〔金斗内喊：“巧妹，巧妹……”急上。

金　斗　巧妹！

巧　妹　金斗，贷款落实没有？

金　斗　唉，我跑断脚头，到处磕头，找遍头头，贷款还没有一个零头！

巧　妹　（失望地）啊，贷款解决不了？

金　斗　（神秘地）巧妹，侬勿要着急，贷款未落实，我倒带回一个惊人的重要消息！

巧　妹　啥消息？

金　斗　告诉你，出走七年的李亮亮回——来——了！

巧　妹
牛皮糖　什么？亮亮回来了？

金　斗　不但回来了，而且还发了大财呢！

（唱）亮亮他，已非当年旧面貌，
如今是，出人头地名望高。
在浙南，家具公司当经理，
优质产品海外销。
银行里，他有存款几十万，
坐的是，高级轿车有空调。
县里闻名将他请，
办分厂，要他支持又撑腰。
洽商会，县长同他拍合照，
人人叫他财神菩萨大阔佬。

牛皮糖　（听得目瞪口呆）金斗，不是说他已经跳江了吗？

金　斗　我都见到他了，昨天傍晚，我在县政府门口碰到了他，他一眼便认出了我，我趁机把厂里贷款的事同他说了。

巧　妹　（紧问）他怎么说？

金　斗　他说，（学亮亮口气）本乡本土的，有什么事情不好商量？他正准备回家呢！

巧　妹　他要回来，什么时候到？

金　斗　说好今天早上，小汽车到。巧妹，这可是好机会哪！

巧　妹　（心情复杂地）七年了，亮亮你到底有志气！金斗，中午我们要好好招待亮亮，为他接风！

金　斗　（神气活现地）对！成败在此一举。

〔巧妹、金斗同下。

牛皮糖　（悻悻地）唉！真是三十年河东，三十年河西，没想到啊，真没想到！……

〔三月挽篮上。她风韵犹在，却显得憔悴了。

（唱）连日阴雨昨夜收，

归家祭母上坟头。

憔悴难忆旧时景，

往事如烟飘悠悠。

（见牛皮糖）爹！

牛皮糖　咦，三月，今天你怎么回家来啦？

三　月　爹，明天是清明，我给娘扫墓来了。

牛皮糖　喔，是啊，明天是清明。你吃碗馄饨吧？

三　月　爹，我不饿。（取鞋）我给你做了双布鞋，你试试。

牛皮糖　唉，真是孝顺女儿。三月，你早勿来，迟勿来，偏偏今天回来。

三　月　今天回来又怎么啦？

牛皮糖　（边吃边说）三月，亮亮今日就要回村来了。

三　月　（震惊）什么，亮亮？他还活着？

牛皮糖　三月，都是爹勿好，当初目光短浅，要是你跟了亮亮，就不会……

三　月　（顿时慌乱起来，不知所措）爹，……你不要说了……

〔远处传来汽车喇叭声。

〔青年甲、乙、巧妹、金斗急上，众人眺望。

〔牛皮糖、三月也不由自主地张望。

金　斗　不错，不错，是李亮亮回来了，是亮亮回来了！

〔亮亮的助手小沈，提皮包上。

小　沈　你们好！我们的李经理回来了。

〔亮亮西装革履，戴着宽边太阳镜，风度翩翩地上。

金　斗　亮亮，你好快的车子呀！来，坐一歇。（殷勤地接下亮亮手中的衣帽）

〔三月见亮亮，百感交集，欲下。

巧　妹　（拦住三月）三月姐！

亮　亮　（猛地发现，摘下太阳镜）三月？

三　月　（几乎哭出声来）呜……（冲下）

〔亮亮凝望三月下去。

金　斗　（不知从哪里端来一把靠背椅子，连忙用手袖子擦净）亮亮，坐，坐。

青年甲
青年乙　亮亮哥，坐，坐。

亮　亮　（笑容可掬）好，好。

金　斗　（忙不迭地递烟）抽烟。

亮　亮　（推开）来来，抽我的。（从身上掏出高级香烟，交金斗）

金　斗　（卖弄见识）三五牌！外国香烟！来来，大家抽烟。（分烟）

亮　亮　（热情地）爹，你身体好吗？

金　斗　（分烟）大叔，来……你也抽一支！

牛皮糖　（双手承接，有几分尴尬）哎，好，好。（嗅嗅烟）嗯，香，香，我这一辈子都没享用过。

金　斗　亮亮，侬碰上啥个好运气，眼睛一眨，红脚梗变成财神菩萨！

亮　亮　（弦外有音地）我亮亮有今天，还不是有人帮忙！

巧　妹　（上前）亮亮哥，真没想到，你会回来！

亮　亮　喔，原来是巧妹，临走时，我不是说过的吗？总有一天，我是要回来的。

巧　妹　现在世道变了，一切都清楚了。

亮　亮　说得好，一切都清楚了。巧妹，听说你当厂长了？

巧　妹　一个不称职的厂长。

亮　亮　厂长可是不大好当的呀。

巧　妹　所以，我希望得到你的支持。

亮　亮　为家乡办点事，理所当然。（对金斗）你们等着资金用？

金　斗　亮亮，勿瞒侬讲，要进新机器，没有这个数（翻手），难办呀！

亮　亮　（豪爽地）好，我代表公司，给你们投资十万！

巧　妹　（喜出望外）亮亮哥，一言为定？

亮　亮　我李亮亮向来是说得出，做得到！

巧　妹　（兴奋地）亮亮哥，你真是雪中送炭，救了我们厂啦！

亮　亮　慢，当着大家的面讲清楚，我还有两个小小的条件呢！

巧　妹　啥条件？

（唱）帮助办厂理该应，

我不忘，乡里乡亲有乡情；
只不过，办厂并非容易事，
第一条，不称职的厂长要调整。

巧　妹　这……
（唱）原来他，铜铃打鼓另有音，
依然对我成见深。
巧妹本是受冤屈，
一时里，三言两语怎说清？
好吧，
只要工厂能办好，
巧妹我，愿意辞职当工人。

〔众人一愣，反应不一。

巧　妹　（坦然地）那第二条呢？

亮　亮　（唱）七年来，我走南闯北家未成，
至今仍然是单身。
归来要把婚事办——
娶三月，要靠众位主公正。

〔众惊，纷纷私议。

巧　妹　（未曾料到，急忙地）亮亮哥，这怎么可能，三月她已经结婚了。

亮　亮　结婚？这还不是包办婚姻，强迫婚姻！我父亲已经平反了，难道这婚姻不该平反？！

〔众愣然。

〔灯暗。

五

〔数天以后，桥头镇上。

〔跃星家的小院，显得破旧、简陋。墙上挂着补鞋牌子。

〔跃星坐在小桌子旁，正在补鞋。

〔方大妈捧一碗糖氽蛋上。

方大妈 跃星，妈给你烧了碗糖氽蛋补补身体。

跃　星 妈，让三月吃吧！

方大妈 还能少掉她吗，你快吃吧！（递碗）

跃　星 她人呢？

方大妈 溪边洗衣服去了，就会回来的。

跃　星 （似有心事地）唉！（站起，拄着拐杖）

方大妈 跃星，你怎么啦？

跃　星 没啥。

方大妈 我知道你是为亮亮的事……

跃　星 妈，你叫三月早点回来，我有话对她说。

方大妈 哎！（下）

〔跃星端点心进内。

〔牛皮糖引亮亮上。亮亮穿着新式的茄克衫，富有气魄的装饰，透着阔气，藏着傲气。

亮　亮 爹，这里就是跃星的家？

牛皮糖 （点头，又拦住）我去找他们来，你先坐一歇。（进内）

亮　亮 （环视四周，心情复杂地）

（唱）眼前是，小院矮屋旧墙门，
　　不由我，甜酸苦辣百感生。
　　心切切，只恨归来相见晚，
　　意慌乱，不敢相认心中人。
　　纱巾牵着旧时情，（取出纱巾）
　　忆想当年刺我心。

〔牛皮糖拿热水瓶、茶杯出，跃星随上。

牛皮糖 亮亮，跃星来了。

跃　星 （热情地迎了上去）啊，是亮亮兄弟，坐，爹，我来吧！

〔亮亮收起纱巾，瞟了跃星一眼，款款坐下。牛皮糖连忙替他泡茶。

牛皮糖 你们谈，你们谈。（进内）

跃　星 （热情地递过茶杯）你喝茶。

亮　亮 不要忙了。（声色不露地）你就是方跃星？

跃　星 是的。

亮　亮 （瞥见鞋摊）你是修鞋匠？

跃　星　见笑见笑，一家三口，靠它吃饭呢！

亮　亮　你那当书记的爹呢？

跃　星　六年前，就去世了。

亮　亮　（似有所感）噢，日子还过得不容易呢。三月呢？

跃　星　她到溪边洗衣服去了，就会回来的。

亮　亮　好吧，我是个直性子的人。今天，我开门见山说清楚，我是来接三月回去的！

跃　星　（不解地）你说什么？

亮　亮　我是来接三月回去的！

跃　星　（意外地）你，你这是什么意思？

亮　亮　（慢慢地解开扣子，从怀里掏出红纸包，丢在桌上。）七年前，你方家五百元钱强买去了我的三月，今天，我用十倍的代价还给你，一包五百元，一共五千元，请你点一点吧！（推过红纸包）

〔三月挽篮上，见状，欲进又止，站在门外窥听。

跃　星　（突然感到受了凌辱）嗬，原来是这样。三月是我的妻子，你想用这点钱……你想错了，请你收回去吧！

亮　亮　（猛地站了起来）怎么，嫌少？

跃　星　嘿嘿……说实话，我还从来没有见过这么多的钱！不过，我跃星再穷，也从来没有想过要卖掉我自己的妻子。

亮　亮　你的妻子？你凭什么做她的丈夫？凭你父亲当官的势力？还是凭包办婚姻？你……

跃　星　（气得发抖）你……

〔三月突然从门外冲进来。

三　月　亮亮——

亮　亮　三月，我是来接你回去的，你收拾一下，跟我走吧！

跃　星　三月走不走，是她的权利！

三　月　跃星！（示意跃星进内）

〔跃星进屋。

亮　亮　（激动地）三月！

（伴唱）梦里相见几多回，
今日默默两相对。
泪眼重觅旧时影，

千言万语口难开。

〔三月一阵昏眩，亮亮急忙把她扶住。

亮　亮　三月……

三　月　亮亮，没有想到我还能跟你见面！

亮　亮　（深情地）三月，过去我穷，不能与你团圆；现在有钱了，什么都有了，跟我回去吧。

三　月　（凄然地摇了摇头）……

亮　亮　你可知道，这七年来，我是怎么过来的吗？三月！

（唱）想当年，秋风送我离深山，

孤雁独飞形影单。

走南闯北吃尽苦，

跳长江，死里还生渡难关。

走投无路靠朋友，

来到了，鹿城远郊李家湾。

（取出当年的红纱巾）

多少次，手抚纱巾不忍看，

只盼是，有朝一日重团圆。

多少次，铺纸写信又撕碎，

梦中唤你泪潸潸。

三　月　（牵起思念，百感交集，不禁啜泣起来）亮亮……

亮　亮　（唱）好容易，熬到阳光照心坎，

政策开放把身翻。

到如今，扬眉吐气回家转，

只期望，你与我同回月亮潭。

三　月　（不禁泪如雨下）亮亮，不是我三月断情断义，负了你，我……

（唱）青青树，怕刨根，

提起往事泪纷纷。

为救你，我含愤允亲方家来，

百念灰，早求一死了残生。

又谁知，服毒被救送医院，

悠悠醒来月昏昏。

那天半夜三更，我猛地从床上坐了起来，又惊又怕，啊，是他，方跃星，

见我醒来了，痛苦地对我说：你不要怕，我不会欺侮你的，我们一家都晓得你与亮亮的关系。我爹说，待你养好身体，就送你回家去。说罢，就到外屋去睡了……亮亮！

（唱）不幸之中遇大幸，
我遭难且喜逢好人。
方书记，四处派人去找你，
只可惜，云海茫茫无回音。
方大妈，拉着我手认女儿，
天天安慰见真诚。
可怜我，母亲惨死父翻脸，
有家难回苦伶仃。
我与他，做了半年假夫妻，
等着你，泪眼望穿天边云……

就这样，我天天等着你，月月等着你，等呀等呀，等到了第二年的春天……

〔灯光渐渐暗去。

〔回到六年前——1976 年的春天。

〔三月的画外音：那是 1976 年反击右倾翻案风的时候，方书记又被打倒，揭发他的就是当年给方家做媒的孔部长……

〔跃星坐在院子里拉着二胡，琴声如诉如泣。

〔三月端了脸盆上，晒衣服。

三　月　（见状，同情地安慰他）跃星哥，你不要难过，方书记是好人，他不会有什么事情的。……你要当心自己的身体。

跃　星　（收起胡琴，猛然站起）我要到县里去告状，把姓孔的脸皮全都撕下来！

三　月　（劝慰）跃星哥，你不要这样，现在是他们当道的呀！大妈已经去打听了，但愿你爹平安无事……

跃　星　不，我受不了啦，坐牢、杀头，我都不怕，让他们杀我好了！（激动地冲了出去，不慎跌倒）

三　月　啊！（上前连忙把跃星搀扶起来，帮他拍去身上灰尘）跃星哥，你不要这样……

〔三月扶跃星坐下，跃星顿时感到一阵疼痛。

三　月　你，怎么啦？

〔跃星拉上裤管一看。

三　月　啊，都乌青了，快让我帮你揉一揉。（帮揉伤痛）

跃　星　（感动地一把抓住三月的手，眼中闪出泪花）三月，你真好！

〔三月慌忙抽回双手，垂下头走开。

跃　星　（从口袋里取出一本旧笔记本）三月……你来看……

三　月　（一愣）啊，笔记本，这是亮亮的笔记本。（接过本子，急切望着跃星）

跃　星　我替你找过亮亮，这笔记本是他唯一留下来的东西，怕你难过一直没有交给人，他跳江了！

三　月　（顿时感到头昏目眩，欲泣无声）亮亮……

〔方大妈跌跌撞撞而进。

方大妈　（紧张地喘着气）跃星，跃星——

跃　星　妈，爹怎么啦！

方大妈　跃星，那个姓孔的要把你爹往死里推啊！

孔部长　（上，见状堆出笑脸）嘀，你们都在这里。唐三月，公社有事情找你谈谈。

三　月　（平静地）有什么事，你就直说吧。

孔部长　（略有不快，从口袋取出一张纸）唐三月！

（唱）你含冤受屈半年整，

心中的苦楚我知情。

方家倚权强抢你，

害得你，寻死觅活要自尽。

千仇万恨要清雪，

罪魁祸首是他父亲。

今日我，为你伸冤写材料，

请你过目签大名。

〔跃星愤怒地欲发作，被方大妈拦住。

三　月　（默默地接过揭发材料，颤抖着双手）谢谢你为我伸冤，我心里很明白。告诉你，我已经和跃星结婚了，我是自愿的！方书记没有罪！

方大妈　三月……

三　月　好！

孔部长　（尴尬地）啊！你……你会后悔的！

三　月　（把材料一撕为二）我不后悔……你别费心机了……

孔部长　（气愤地）你……！

〔灯暗。

〔灯亮，又回到现实。

〔三月已泣不成声。

三　月　亮亮，你能原谅我吗？你能宽恕我吗？亮亮！

（唱）你待我，似海深情我记心窝，

只恨我，一生难报你亮亮哥。

从此后，我是你的亲妹妹，

你是我的亲哥哥。

〔三月紧紧抓住亮亮的手，摇着他。

亮　亮　（呆住了，僵住了，失神地站着，说不出话来）你爱他？

三　月　（唱）我与他，患难相依七年多，

难得他，一片真诚对待我。

我不愿，和睦家庭再拆散，

更不忍，你仗钱把他来折磨。

亮　亮　（大吃一惊）啊，你……你真的不跟我走了？

〔亮亮一愣，手中纱巾落地，失神落魄地转身出门。

三　月　（拾起纱巾，伤心地）亮亮……

〔亮亮急下。

〔牛皮糖自内出，见状。

三　月　（转身，失声痛哭）爹！

〔灯暗。

六

〔月亮潭边，景色依然；一弯弦月，几点星光。

〔金斗扶着亮亮上，两人都喝得几分醉意，手中各持一瓶酒。

金　斗　亮亮，你，你不要这样。（奉承地）像你这样的大老板，还怕讨不着好老婆？难道天下就一个三月？

亮　亮　（喝令）你胡说什么？

金　斗　（醉意更浓）我是替你着想。现在样样讲更新，感情也好更新的。想当

初，我还没有成家的辰光，我对巧妹也蛮有点意思，可是她……对你倒蛮欢喜。

亮　亮　巧妹？

金　斗　（讨好地）亮亮，实在巧妹她对你倒是蛮欢喜的！

亮　亮　去！去！去！我们喝酒！

金　斗　不，我不能再喝了，再喝下去，我要跌到月亮潭里去了。

亮　亮　（喝酒，瓶已空，甩掉酒瓶，取钱，交给金斗）拿去，再去买酒，喝个痛快！……

金　斗　（混乱地）亮亮……

亮　亮　（掷钱）你去不去？

金　斗　（胆怯地）我去，我去。（将酒瓶放于石桌，拿钱下）

亮　亮　（失神地笑）嘿嘿嘿……月亮潭！

（唱）月亮潭，绿水幽幽景依然，
不见月亮来团圆。
心中的月亮已失落，
面对潭水我心更酸。
只以为，归来能把怨气吐，
与三月，重续前情结姻缘；
又谁知，昨是今非人已变，
到头来，落人笑柄我怎心甘？

〔亮亮颓然地坐在石上，伤心啜泣。

〔巧妹上。

〔亮亮又欲饮酒，巧妹上前一把按住酒瓶。

巧　妹　（关切地）亮亮哥，不要再喝了！

亮　亮　是你？

巧　妹　村里村外，我到处找你……

亮　亮　（猛然站起）哼，来看我的笑话？

巧　妹　亮亮哥，你不能再这样下去了，你错了！

亮　亮　我错了？我撤了你的厂长，你伤心了？

巧　妹　我伤心？我伤心的是你竟变成这副样子，我伤心的是你把那些陈年老账记得这样牢。

亮　亮　我当然记得牢，一生一世都不会忘记。

巧　妹　所以你这个条件，那个条件，你是要报复……

亮　亮　我就是要报复！就是要出这口恶气！比起当年受的冤苦，我这算客气的！

巧　妹　（回击地）天底下就是你一个人受冤？就数你受苦最深？……（温和地）亮亮哥，看看现在是什么时候了，你还这样心胸狭窄，亏你还是个堂堂的男子汉！

巧　妹　（顿时爆发地）你不要唱高调了！（仇视地）当初，你爹爹是怎样害死我的爹？当初，就在这月亮潭边，又是谁当面说得好听，背后通风报信，害得我们家破人亡，吃尽苦头！你这个口蜜腹剑的狐狸精，还有脸孔来说我？

〔金斗手持酒瓶，早已上场，见状大惊。

金　斗　亮亮，你冤枉巧妹了！

亮　亮　冤枉？

金　斗　（惶惶地）当年，都是我不好，要说报信，是我报的！

亮　亮　什么？你说什么？

金　斗　那天，我路过三月家门口，听见巧妹正在为你们安排拖拉机一事，我怕出了事难以交代，便向姓孔的打了电话，千错万错是我错。巧妹是冤枉的！

亮　亮　什么，是你打的电话？

金　斗　（点点头）

亮　亮　为什么姓孔的说是她？

金　斗　这都是姓孔的阴险毒辣，诬陷好人，他已被撤职查办了。

亮　亮　（对金斗）你说的都是真的？

巧　妹　现在都成历史了。

亮　亮　那是我冤枉你了？

巧　妹　（不答）……

亮　亮　那么我撤了你的厂长，恨你，骂你，你为什么不申辩？为什么不报复？

巧　妹　报复？亮亮哥！

（唱）人间怨恨知多少，
若要报复何时了？
父辈侧目成教训，
后辈岂能又重蹈？
吃尽了，你争我斗多少苦，

倍珍惜，雨过天晴云雾消。
我不愿，再翻旧账图报复，
纠缠不清添烦恼；
我只愿，从此大家相友好，
把恩恩怨怨，过去仇恨全部抛！

亮　亮　（被震动，内疚地）我都做了一些什么？我错了？唉，我对不起你！

巧　妹　（安慰地）亮亮哥……

亮　亮　（羞愧地）嗨！……（跑下）

〔灯暗。

七

〔当天夜里，紧接上场。

〔桥头镇跃星家。

〔月光清寒，映照小院。

〔亮亮心烦意乱地上。

亮　亮　（唱）巧妹一番肺腑言，
好似重锤敲心田。
欲找三月吐烦恼，
面对墙门愧无颜。

〔三月手持衣服、针线自内屋出。

亮　亮　（隔院看见）啊，三月！

三　月　唉！
（唱）心神不定睡难安，
悄悄起身到小院。
手儿颤，心意乱，
针线不知何处穿？

亮　亮　（唱）月光朦胧人依然，
咫尺天涯两隔断。
只见她，神色凄惶人憔悴，

莫不是，为我平添无限怨？（欲敲门）

〔跃星自内出，见三月正在补衣。

亮　亮　跃星？（注视里面）

跃　星　（唱）夜风习习凉如水，

哪有跃星心中寒。

昨日里，亮亮上门风波起，

我好似，千斤重石胸中悬。

（对三月）三月。

三　月　（一愣）跃星，夜深了，你怎么又起来了！

跃　星　我，睡不着，你，勿是也睡不着吗？

三　月　我把这件衣裳补一补。

跃　星　（凝视三月）不，三月，我知道你有心事。

三　月　（一惊）没，我没有什么心事。

跃　星　昨天亮亮来过了，我知道你心里很痛苦。

三　月　（忙避开）跃星，你想到哪里去了。我没有什么，春天忽冷忽热，我怕你冻了，把这件中山装补一补，还好穿。（有所动）从结婚到现在，你还没有做过一件新衣服。我想，明天把那只生蛋的老母鸡卖了，就给你买布料，好吗？（咬断线头）

跃　星　（摇摇头）三月，你的心意我都领了，平时你自己勿肯花一分钱，都熬到我身上了。

三　月　夫妻之间分什么你我，只要家庭和睦，粗茶淡饭我也高兴（走向跃星）夜深天冷，当心受凉。（欲为跃星披衣）

跃　星　（把身子移开）不，我不冷。

三　月　（愣住）你……

跃　星　三月，我想同你讲点事。

〔亮亮注意起来。

三　月　哎。（坐下）

跃　星　我们商量商量。

三　月　（诧异地）什么事？

跃　星　我想，我同你从此分手了吧！

亮　亮　（一愣，旁白）分手？

三　月　（一怔）什么？你说什么？

跃　星　我已经想了整整一天一夜了。

（唱）难得你，朝夕相伴七年整，
患难相依见真诚！
七年来，婆媳和睦春风暖，
夫妻相敬洽如宾；
七年来，你里里外外一身挑，
勤俭持家人人称；
冬夜时，你是跃星灯一盏，
夏日里，你是跃星一片云；
你给方家添欢乐，
方家有你荡笑声。
难为你，粗茶淡饭受委屈，
一身旧衣未添新；
跃星对你深有愧，
害得你，日夜操劳受苦辛。
昨日里，亮亮虽然不讲理，
细想想，也该将他来同情。
他也是，受尽创伤少温暖，
更可贵，七年对你情未泯。
我不能，只顾自己再拖累你——

三　月　（不禁泪下）……

跃　星　（接唱）理应该，成全你们重建一个好家庭！

亮　亮　（受到震动）没想到，他……

三　月　（抓住跃星）你说到哪里去了？你为什么要说这样的话？

跃　星　（轻轻地推开三月）我想得很多很多，我同我妈也商量过了，好的是我们还没有孩子，还是……

三　月　（泪如雨下）不，不，我不能离开你，我不会离开你。跃星！我的好跃星！

（唱）你莫将，伤心话儿刺我心，
三月我，珍惜这七年患难情。
难得你身残志不残，
为人正直品质纯。
我与亮亮曾相好，

怎奈是，历史遗憾已造成。
我不愿，和好的家庭再折腾，
我相信，亮亮他总会谅解我的心！

跃　星　（激动地搂住三月）三月……

〔两人抱头啜泣。

亮　亮　（震颤地）

（唱）院中传来哭泣声，
声声刺痛我的心。
没想到，因我多事生风浪，
扰得他，全家痛苦不安宁。
没想到，眼前这个方跃星，
美好的心儿像水晶。
悔不该，出言吐语伤害他，
悔不该，仗着钱财欺侮人！
一场恶梦今方醒，
一面镜子照得清。
心比心，愧煞人，
我做了，亏理缺德的蠢事情！

跃　星　（突然推开三月）三月，亮亮他更爱你，更应该得到你！（从门边取出一只背包）三月，我主意已定，今晚就走。

三　月　（惊慌）你要到哪里去？

跃　星　我到亲戚家去住几天。

三　月　（悲伤至极）跃星！（一把拉住背包）你真的这样狠心？

〔跃星心头一横，欲夺包，三月紧紧拉住。

跃　星　你放手！

三　月　你放手！（啜泣）

〔亮亮突然推进院门，出现在门口。

亮　亮　跃星，你不能走！

三　月
跃　星　（惊）亮亮？！

亮　亮　（真诚地）跃星，我都看到了，我都听到了，我也终于想明白了。巧妹说得对，我不能再破坏你们安定的家庭了。我看到了你们一颗真诚的心！

跃星，三月值得你爱，你值得三月爱！跃星，我错了，请你原谅！（恭敬地向跃星鞠了一躬）

三　月
跃　星　（意料之外，被深深感动）亮亮！

〔灯暗。

尾　声

〔数天以后，清晨，天边一轮皓大的圆月，吐着清辉。

〔村口。亮亮提皮包缓步而上，他举头望着明月，感慨万端。

（唱）圆圆明月吐清幽，
清晨我，离村一步一回首。
匆匆而来匆匆去，
无限感慨涌心头。
从此是，一身轻松无愧疚，
为什么，心中却是空悠悠。
今日离去何日返？
不由我，怅然回望步停留。

〔巧妹持信匆匆追上。

巧　妹　亮亮哥，亮亮哥！你怎么要走了？

亮　亮　县里有工作等我回去。

巧　妹　你就不能等我们厂进了新机器以后再去吗？

亮　亮　只怕误了时间。

巧　妹　（感情复杂地）你……

亮　亮　巧妹！我走了，我不会忘记你帮助了我。

巧　妹　不，不会忘记的是你帮助了我们。

亮　亮　我帮助你不过解决了厂里的一些困难，你帮助我救了一个人。这次回家来，是我一生最难忘的，我懂得了许多做人的道理！

巧　妹　你……（示信）你这封信是让我转交给三月的？

亮　亮　是。

（唱）我别无事情将你求，
只求你，代我将三月来问候。
一封书信转给她，
但愿她，今后生活永无忧。

巧　妹　（感动地）亮亮，你放心！我一定替你转交给她。

亮　亮　谢谢你。

巧　妹　亮亮哥，你什么时候再回来？

亮　亮　（几分惆怅地）这很难说了。

巧　妹　（吞吞吐吐地）你要是真的不回来了，我，我有件小小的纪念品给你带走吧！（亮出小海螺）

亮　亮　小海螺？（突然想起）巧妹，你这只小海螺——

巧　妹　（顿时脸红了，说不出话来，转身）……

亮　亮　你一直保留到今天？

巧　妹　我永远不会忘记我们小时候纯洁美好的情谊。

亮　亮　（领悟地）巧妹！这小海螺，还是你留着吧！

巧　妹　你……

亮　亮　（双目明亮起来）我会回来的，一定回来。

巧　妹　（含情脉脉地低下头）好，我等着你。

〔内汽车喇叭声响。

亮　亮　（从沉思中清醒过来，毅然地）保重！

巧　妹　（依依不舍地）保重！

〔亮亮携包匆匆下，巧妹注目远送。

〔天色渐亮，圆月淡去，东方现出一片绚丽早霞。

〔三月扶跃星上。

三　月　巧妹！亮亮人呢？

巧　妹　三月，亮亮已经走了，他给你留下一封信。

三　月　信？（接信，启开）

跃　星　支票？

〔三月读信。

〔亮亮的画外音：三月，我走了。当年哥哥穷，没有嫁妆好送给你；如今哥哥重新补礼，五千元钱，就请你一定收下吧！

三　月　（感动地）亮亮！

（走上高处，遥望远处，深情地呼喊）亮亮——

〔天地顿时明亮起来。

〔合唱起：阴晴圆缺天上月，

悲欢离合人间情。

但愿天下人长久，

千秋并怀明月心。

〔幕徐落。

〔剧终。

1988 年

四幕科幻儿童剧

明 天 飞

钱永明 天 高 虞哲杰

时 代 21 世纪。

地 点 中国—南极。

人物表 天 天——中学生，男，13 岁。

明 明——小学生，男，11 岁。

飞 飞——来历不明的女孩。

洪 涛——科学家，45 岁，天天、明明之父。

金明珠——医生，42 岁，洪涛之妻。

凌 云——飞行员，男，26 岁。

熊 猫——动物机器人。

领 头——来历不明的蓝光。

护士小冯。侦缉队员小史。六个机器人（亦可扮演小动物、仙人掌、企鹅等）。

人类渴望在宇宙中找到自己的兄弟姊妹，渴望在将来某一天同他们握手言欢。

序　幕

〔在节奏明快的《明天飞》主题歌声中，大幕徐徐拉开。主题歌歌词：

明天飞，明天飞，
飞出地球去探险，
勇往直前不回头，
征服宇宙太空间。
明天飞，明天飞，
扬起科学的风帆，
乘上理想的航船，
驶向幸福的彼岸。

〔熊猫机器人笑容可掬地走到台前。

熊　猫　亲爱的小朋友，你们好！我们的演出开始了。这个戏叫《明天飞》……什么，问我是谁？我叫Panda Robot，就是熊猫机器人的意思，21世纪我出生在中国，扳扳熊掌指头算起来今年刚好十二岁。我在戏里扮演一个可爱的角色。……对了，我告诉你们，这个戏的故事不是发生在昨天，也不是发生在今天，而是发生在明天，——也就是说，发生在未来……

〔定格。灯暗。熊猫机器人下。

〔“未来”两字的余音仿佛还绕着屋梁不息地回响，把小观众带到了遥远的未来世界……

〔充满幻觉而神奇的音乐声起：“叮叮咚咚……”

〔苍穹深邃，宇宙莫测。天幕上繁星闪烁，舞台边各色灯光此亮彼暗，相映成辉……

〔突然，观众厅的上空闪出一道耀眼醒目的蓝光，它左右盘旋，飘忽不定。猛然间，它又出现在舞台中心，天幕深处……

〔一群机器人跳着机械的舞蹈上，他们头盔上的天线发出熠熠的光。

〔响起宏亮的画外音：“公民们，二十一世纪宇宙中心向你们报告：神奇的蓝光又一次在中国的上空出现，为了捍卫人类的安全，勇敢的人们尽快揭开它的奥秘！”机器人下。

〔手持微型摄像机的天天对着空中的蓝光边拍录边上。看他那认真的模样，真像一位勇敢探索的小科学家。

〔“嘟嘟”，哼着小曲的明明驾驶着一辆新颖别致的太阳能小汽车飞驰而来。

明　明　哥哥——我把太阳能小汽车开来了，快上车吧！

天　天　哎。（上车）明明，目标——蓝光，快速前进！（继续拍录）

明　明　好咧！

〔蓝光缓缓移动。明明驱车紧追不舍。

明　明　哥，你说这蓝光到底是什么呀？它一会儿上，一会儿下，像条舢板在海上漂呀漂，又像朵礼花在空中荡呀荡。说它是卫星吧？不像；是飞碟吧？也不像……

天　天　少说话，追上它什么都明白了。

明　明　可我们能行吗？

天　天　那就要看我们有没有勇气和决心了！

〔熊猫机器人像球一样地滚来。他笨嘴笨舌地呼喊着。

熊　猫　明明弟弟、天天哥哥，等等我……我也跟你们一起去追蓝光！

明　明　嘿！熊胖胖，你凑什么热闹？笨头笨脑的。

天　天　明明，停车！带上熊胖胖吧，说不定它能帮助我们。

明　明　（刹车）请吧，熊胖胖。

〔熊猫笨拙地爬上车。车又跟着蓝光飞速地向前奔驰。明明和天天唱起歌，熊猫打着拍子：“追蓝光，追蓝光，去揭开秘密，我们直前勇往；去寻求，去探索，为创造奇迹，我们展翅飞翔……”

〔蓝光忽隐忽现，四处飘荡。

天　天　蓝光！加速！

明　明　在哪儿？

天　天　朝原始森林飞啦！加速！

明　明　明白。拐弯啦，当心！

熊　猫　哎哟……（不慎跌下车去）

〔熊猫呆头呆脑地从地上爬了起来。

熊　猫　（一本正经地）别笑，请大家别笑！有什么好笑的！在探索的路上摔一下，没啥了不起。（左顾右盼）咦，人呢？对不起，我得追上去！明明弟弟、天天哥哥……

〔熊猫摇头晃脑地追下。

〔天色渐暗，然而那神奇的蓝光仍在空中游弋。

第一幕

〔原始森林，古木参天，怪石峥嵘，一派荒芜的景象。深邃的天空中星光闪烁，神奇的蓝光不停地盘旋，它给影影绰绰的大森林抹上了一层神秘的色彩。

〔“嘟嘟嘟”，传来刺耳的汽车喇叭声。忽然，那蓝光向下俯冲，一晃即逝。只见几只小鸟像中了弹似的从树梢上跌落下来。随后听到明明一声惊叫：“糟了，汽车开不动了。”天天：“快下车推！”明明、天天和熊猫齐声喊：“一、二、三，嗨哟！一、二、三……”明明：“不行，不行，推不动呀！”

〔天天上，明明嘟嘟囔囔地跟来。

明　明　完了，这下完了。汽车感冒了……

天　天　什么？

明　明　汽车感——冒——了！眼看都快追上蓝光了，可偏偏在这时候，嗨……（一屁股坐在地上）现在怎么办？别说追蓝光，我们回也回不去啦！

天　天　回不去？回不去就在这儿安营扎寨。

明　明　（跳起来）什么？在这儿过夜？这里是原始森林保护区，到处都有老虎、狮子、狗熊……

天　天　那怕什么？（百思而不解似地）……奇怪，我们跟踪蓝光都快三个小时了，可是一到这原始森林后……（想起地）咦，胖胖哪儿去啦？（喊叫）熊胖胖！

〔音乐声中，熊猫步履蹒跚地走来。

天　天　熊胖胖，你来陪陪明明。

熊　猫　是。

〔熊猫却一反常态像喝醉了酒似的，忽而向东走，忽而又朝西奔，接着不停地在原地打转转。

天　天　熊胖胖，你怎么啦？

熊　猫　我也不知道怎么回事！（仍不停地打转）

天　天　你站住——

熊　猫　是，天天哥哥，可我不知怎么的，站不住了。（又打起转来）

天　天　你这机器熊猫中了邪啦？我命令你站住。

熊　猫　是。（又转动起来）对不起，大概这、这行动指挥部门，（指指心脏）失灵啦！（说完竟直逼着天天冲过来）对不起天天哥哥，我无法控制住自己，真对不起……（直向天天逼去）

天　天　（连连后退）熊胖胖，你站住啊！

熊　猫　是。

〔天天、明明喊站住，熊猫一个劲儿地说："是。"可脚步却不停地继续向天天逼紧。天天招架不住，摔了一个后滚翻。

天　天　明明，你拽住它！

〔明明拉住熊猫，可熊猫还是一个劲儿地向天天扑去。

天　天　你这个笨熊，今天怎么啦？

熊　猫　天天哥哥，我不是笨熊！我是熊猫机器人，（指指胸脯）肯定这儿坏了。我控制不住啦！

天　天　明明，快把它的电脑心脏关掉。

〔明明关掉熊猫的电脑心脏。

熊　猫　啊，我休克了！

〔天天、明明被一场虚惊搞得气喘吁吁。

明　明　嗨……胖胖……怎么……疯疯颠颠的……

天　天　我——我也——不知道啊！

明　明　你——你摔坏了——没有？

天　天　还好——屁股——有点——有点痛。

明　明　今天全乱套了，汽车坏了，熊胖胖也疯了。（发现地上的死鸟）哥，你瞧，这儿还有那么多的死鸟！

天　天　奇怪，（检查熊猫的方向器）明明，原来胖胖的活动程序全乱了。

明　明　哥，不得了，这儿肯定要发生地震啦！

天　天　别瞎猜，地震局从来没预报过这消息，我觉得这和蓝光有关系。

明　明　蓝光？

天　天　我想起来，刚才汽车开进大森林快要追上蓝光的时候，你揿了一下喇叭，对吗？

明　明　那是我请森林里的小白兔让道。

天　天　对，可就在这时，蓝光突然朝我们俯冲下来，曜……（朝明明作俯冲状）

明　明　（踉跄倒地）于是，汽车坏了、胖胖疯了、鸟都死了。真可怕！（从地上爬起）哥，我要回去。

天　天　别害怕，蓝光不是没伤害我们吗？

〔正在这时，明明手中的鸟张开翅膀飞走了，地上的鸟也纷纷飞回森林。

明　明　哈哈，这些鸟没有死，没有死，你的判断、推理、分析破产啦！

天　天　（抓抓头皮）嗯，我只是猜测，（拧开开关，对熊猫）熊胖胖！

熊　猫　（又恢复原状）嗳嗳，天天哥哥、明明弟弟！

天　天　好啦，胖胖也没有事了，都没事儿了。明明，我先去修汽车，再到前面侦察一下。你在这儿好好休息，可别当逃兵。（走了几步，又回过身对熊猫耳语。熊猫点头。天天下）

〔远处隐约传来野兽的吼叫声和林中的松涛声。明明不禁一颤，本能地抱住熊猫。

熊　猫　明明弟弟，有我在，别怕！

明　明　我、我……（露出无线电腕表）我要和妈妈通话。

熊　猫　明明弟弟，你不能和金阿姨通话！

明　明　为什么？

熊　猫　天天哥哥说，探险家不能一碰到困难就求援。

明　明　嗨，我可不听他那一套！（一揿电腕表，表上立即伸出一根天线）是飞船基地医院吗？我要金明珠大夫听电话……

〔熊猫一按电键，头上立刻长出两根天线，发出“嘟嘟”的声响。

明　明　咦，怎么回事？（生气地）熊胖胖，你干什么？

熊　猫　天天哥哥说，探险家不能……

明　明　我可没那么傻，汽车修不好，难道我们在这儿瞪着大眼等天亮？

熊　猫　哼，你不听话，我要去告诉天天哥哥！（下）

明　明　（又抽出天线）飞船基地医院……妈，我真想你啊！……我们在原始森林保护区……

〔此时，天空上闪现出两道蓝光，一道飘忽远去，另一道盘旋坠地。瞬间，森林呈一片蓝色，点点蓝光在音乐声中闪闪飞舞。

明　明　……啊，妈妈，我又看见了蓝光……蓝光……（电话即刻中断）喂，喂，……咦，怎么电话……我……（话没说完便飘飘然地倒下……）

〔蓝光渐渐隐去。森林里一片寂静。片刻，在树丛深处探出了一个小脑袋，东张西望，然后一位漂亮的少女露出身子，向外走来。

〔传来天天的呼喊声："明明，熊胖胖……"

〔少女闻声一怔，十分紧张地东跑西窜起来，随后她体力支持不住，倒了下去。

〔天天喊叫着跑上。当目睹这惨景时，他不禁大为震惊。

天　天　（心痛欲裂地）明明！（推了推）明明……

〔明明犹如酣梦初醒，坐起身来，揉了揉惺忪的双眼。

〔熊猫惊醒地从地上爬起来。

天　天　嘿，睡着了。我以为你们遭到蓝光袭击了，原来是一场虚惊。

明　明　我、我好像做了一场梦，梦见一个小姑娘笑着朝我走来……

熊　猫　我好像也看见了。（转身发现少女，惊呼）啊，一个小女孩！

〔天天和明明来到少女身边。

明　明　喏，我看见的小女孩就是她！

天　天　（轻声呼唤）喂，请醒一醒！

〔少女微微蠕动了一下，慢慢直起腰，站起身，显得非常紧张。她等情绪稳定后，彬彬有礼地向众人欠了欠身子，道了个奇怪的万福。

天　天　请问，你是谁？

少　女　（学天天）请问，你是谁？

天　天　我问你呀！

少　女　我问你呀！

〔天天和明明愕然。这时，少女掏出一顶蓝光帽子戴上。

少　女　（发出一阵银铃般的笑声）呃呃，你问我？呵——是你们的朋友、你们的伙伴、你们的知音。

明　明　说的什么呀？朋友、伙伴、知音是一回事嘛！

天　天　请问，你叫什么名字？

少　女　我叫——会飞的鲜花。

明　明　蝴蝶？

熊　猫　问你自己的名字。

少　女　我叫——勤劳的天使。

明　明　蜜蜂？

熊　猫　越说越不对了。

少　女　我叫——勇敢的精灵。

明　明　海燕？

熊　猫　瞧，她好像比我还差劲！

〔少女笑呵呵地点点头。

明　明　蝴蝶、蜜蜂、海燕都有翅膀，都会飞，我知道你一定叫飞飞，对吗？

少　女　（一愣）飞飞！嗯嗯，对对。

熊　猫　飞飞，这个名字倒挺好听的。

天　天　请问飞飞，你从哪儿来？

飞　飞　我——来自广袤肥沃的大地、深邃莫测的海底、星光闪烁的太空和生命永存的行星。

明　明　我知道你一定来自诗的故乡，是吗？

飞　飞　诗的故乡？是的，是的。

天　天　再请问，你到这大森林里来干什么？

飞　飞　我一来寻找幸福的乐园，播撒友谊的种子，探索人类的奥秘！

明　明　我知道……

熊　猫　（紧接）你也是来找蓝光的吧？

飞　飞　（诧异地）什么？你们也找蓝光？

明　明　对，我们要找到蓝光，揭开它的秘密。

飞　飞　（踌躇地）这……

天　天　怎么，你不是来找蓝光的？

飞　飞　是、是……（突然变得异常兴奋）我也是在找蓝光！

天　天　这么说我们是志同道合啰？

飞　飞　志同道合？！

天　天　就是我们志向一致，道路相同，都为了找蓝光才来到这大森林里。

飞　飞　（拍手）对对，志同道合。

明　明　太好了！飞飞，我叫明明。他是我哥，外号小博士……

天　天　我叫天天。

熊　猫　我叫 Panda Robot。

飞　飞　熊猫机器人？

熊　猫　是的，是的。

明　明　我提议：我们三个人组成一个找蓝光的探险队。

天　天　（点头）好！

飞　飞　（鼓掌）好，好！（三人击掌）

熊　猫　（跺脚）别忘了，还有我呢！

明　明　来，为了我们的相识和友谊，为了找到蓝光，唱吧、跳吧！

〔明明拿出一支新颖别致的唢呐吹了起来，那声音悠扬动听，婉转悦耳。飞飞随着乐曲情不自禁地起舞。她跳得那样轻、那样美，将众人都给迷住了。天天和明明也一起跳了起来。这时，小白兔、小松鼠、小山雀等都纷纷闻声而来，跃入舞池。间歇，熊猫窜出来，笨手笨脚地表演一番，逗得大家哈哈大笑。

〔正当伙伴们沉浸在欢乐之中时，不远处响起飞船的降落声。片刻，金明珠风风火火地跑来，凌云提着药箱跟上。

〔小动物纷纷退下。

金明珠　（激动地）明明！天天！

〔明明和天天喊着“妈”扑向金明珠的怀里。

金明珠　你、你们出什么事了？

明　明　我们没出什么事，都很好。

金明珠　让妈妈好好看看。明明，刚才你为什么给我打了一个没头没脑的电话？

凌　云　你妈接到这电话后急得团团转。这不，硬拉我驾着飞船赶来……

明　明　我打过电话来着？噢，想起来了，好像有那么一回事。妈妈，我们刚认识了一位好朋友，（拉飞飞）她叫飞飞。（向飞飞介绍）这是我们的妈妈！快叫。

飞　飞　（不自然地）妈、妈！

明　明　嗨，你怎么叫妈妈？要叫阿姨。

飞　飞　阿姨，您好！（鞠躬又行礼）

熊　猫　瞧，飞飞鞠了躬还行礼，真有趣。

金明珠　（端详飞飞）看得出你是一个听话的好孩子。哎，深更半夜的，你跑到这大森林里来干什么？难道你也是来找蓝光的？

凌　云　金大夫，你真会开玩笑，一个小女孩怎么可能……

天　天　凌云叔叔，如果真是这样，你怎么说？

凌　云　探索蓝光的奥秘是全世界宇宙科学家当前的攻关项目，你们别去凑热闹了！

明　明　如果真是这样，你该怎么办？

凌　云　那……那我就……我就从此不开飞船！交出飞行电脑。

明　明　（拉住凌云）你不会后悔？

凌　云　决不后悔。

明　明　好吧，告诉你，飞飞也是来寻找蓝光的。

凌　云　什么？这小女孩也是来找蓝光的呀？啊呀，真了不起。（溜）

明　明　嗳，你别溜啊。（追）

金明珠　好了，好了，别闹啦！（发现）咦，明明，你——你的下巴怎么变蓝、蓝颜色了？

天　天　嗨，明明，你这是怎么啦？啊，满脸长出了蓝胡子啦！

〔天天拉拉明明的胡子，明明一摸下巴——

明　明　（哭起来）妈——

金明珠　孩子，你给我打电话时，大叫蓝光、蓝光，是不是你们遇到了蓝光？

明　明　是的，有一道蓝光朝我们俯冲下来。

金明珠　啊！他们遭到了蓝光射线的袭击，一定是得了……

众　人　得了什么？！

金明珠　（命令地）少啰嗦，你们统统回基地医院检查治疗！

天　天　妈，我也要回去吗？

金明珠　都回去。

熊　猫　我是机器人，也要回去吗？

金明珠　回去！

明　明　我不去！不去！

金明珠　你看！你的胡子越长越长了……

〔天天捧起明明的胡子，胡子一点点长出来，越来越长。

明　明　啊……

〔众人大惊。

〔幕落。

第二幕

〔旅游飞船基地医院的小花园，环境幽雅，生机盎然。一座小巧玲珑的隔离室在红花绿叶的掩映下，瑰丽夺目。远处，一排披着金色晨曦的鱼雷式飞船依稀可辨……

〔熊猫身挂值日绶带、手持警棍，威风凛凛地站在过道上。灯在砰砰的敲门声中亮起来，关在隔离室里的飞飞大声吼叫："开门，快开门！熊胖胖，放我出来！……"

熊　猫　（亲切地）飞飞姐姐，你是病人，要好好休息，不能出来！

〔飞飞内声："我没病，我要出来！"

〔熊猫启开隔离室圆形的小窗户。

熊　猫　金阿姨说，你病得不轻……

〔飞飞从小窗户里探出头。

飞　飞　不，我的身体非常好。熊胖胖，求你把天天、明明请来好吗？他俩最了解我，我们还要一起去找蓝光呢！

熊　猫　对不起，请安心养病，别找什么蓝光了。（随手关上小窗户）

〔金明珠神色紧张地上。

金明珠　熊胖胖，这儿有情况没有？

熊　猫　报告金阿姨，飞飞吵闹着要出来。

金明珠　没有我的许可，决不能让她出来。哎，天天、明明来过没有？

熊　猫　没来过。

金明珠　很好，你严守岗位，把住大门。

〔护士小冯推着一架人体综合检查仪上。

小　冯　金大夫，（递上化验单）您看，第三次化验报告单出来了：飞飞的血液还是蓝色的。

熊　猫　啊，蓝色的血液？（自言自语地）我的血液是啥颜色的？……对了，我是机器人，没血液。

金明珠　（思索地）据世界上最新的科学档案查证，确实有白色、黄色、绿色的人造血液，可唯独没有蓝色的！飞飞会不会是……？小冯，马上对飞飞作人体综合检查。

小　冯　（调试仪器）准备完毕，金大夫。

金明珠　好。熊胖胖，你去把住大门……（熊猫欲下）等等，（指着熊猫）你要千万记住，谁也不准进隔离室。

熊　猫　是。（指着金明珠）你要千万记住，谁也不准进隔离室。（下）

〔金明珠一挥手，小冯前去打开隔离室的门。飞飞像小鸟似的冲了出来。

飞　飞　（由于着急，竟然说起外星球的话）阿依古拉哇……

金明珠　（莫名其妙地）你、你说什么？

飞　飞　我说，你们太不友好了。

小　冯　啊呀，有这么好的条件给你治病，还说我们不友好？

飞　飞　那为什么把我关在一个不能出来的盒子里？

金明珠　飞飞，你误会了，这是最先进的隔离室。（指指检查仪）我还要请你……

飞　飞　（警惕地）干什么？！

金明珠　请你作一次人体综合检查。

〔小冯按电钮，人体综合检查仪立即发出各种声响，并闪烁出五颜六色的灯光。

飞　飞　（吓得后退几步）这……这是什么？

金明珠　飞飞，别怕，只要在前面站一会儿，就能照出你的肺、胃、肝、胆、脾……

飞　飞　（躲避）不，我没病，我不检查！你……你们不怀好意！

小　冯　嘿，到底是我们不怀好意，还是你不讲道理？（欲抓飞飞，飞飞逃避）

〔门外传来熊猫与凌云的争吵声。

金明珠　飞飞，我是医生，有责任……哎，请你别跑，别跑……

〔熊猫气呼呼地上。

金明珠　（边追飞飞边跑）别跑！

熊　猫　我没跑。金阿姨，我有敌情向您报告！

金明珠　什么事？说吧。

熊　猫　凌云叔叔好不讲理，硬要违反您的规定闯进来。

小　冯　哎，凌云不是去南极了吗？怎么这么快就返回来了？

金明珠　一定是有紧急情况……

〔凌云大声喊叫："金大夫，十万火急……"

金明珠 熊胖胖，快请凌云进来！

熊 猫 什么？你刚才说过，谁也不准进隔离室……

金明珠 嗨，情况变了，快让凌云进来。

熊 猫 我的情况没有变，（指金明珠）你要千万记住，谁也不准进隔离室！

金明珠 真是笨熊。小冯，你去……

〔小冯应声下。

〔熊猫嘟嘟囔囔地跟下。飞飞躲到一边窥探。凌云心急火燎地随小冯上。

凌 云 金大夫，洪涛博士说、说……

金明珠 （急切地）说什么？

凌 云 （环顾四周，神秘地）洪涛博士说，南极宇宙航天站已得到重要情报，蓝光确实是外星人的飞行器，当它射到人的身上，就会……

金明珠 突然昏倒，不省人事，但三分钟后又会醒过来。凡是受到宇宙射线袭击的男性公民，无论年龄大小，都会像明明那样长出蓝胡子？

凌 云 对对对。还有，洪涛博士预测：这次到地球上来的外星人肯定有特殊使命。为了保护人类的利益，他命令我火速把长蓝胡子的明明和流蓝血液的飞飞一起送往南极，进行观察分析，查清外星人的企图。

〔飞飞闻言异常紧张，下意识地摘下蓝光帽，后又戴上，发疯似的狂吼。

飞 飞 我不去！我不去南极……

金明珠 飞飞，你这是怎么啦？既不肯接受检查，又不愿飞往南极！

飞 飞 我没有不省人事，我没有长蓝胡子！

金明珠 可你全身流着蓝血液。

飞 飞 反正我没病，我不去南极！

金明珠 好吧，那我给你作人体综合检查……（去拉飞飞）

飞 飞 不准靠近我！

小 冯 凌云，来，帮一下忙。

〔凌云和小冯欲上前去拉飞飞。

飞 飞 （厉声地）别靠近我！（又一次拿下蓝光帽）我提醒你们，别靠近我。

金明珠 （自语）她好像对我们怀有戒备心理……

〔凌云和小冯分左右两边慢慢靠近飞飞。

飞 飞 （晃了晃蓝光帽）再靠近我，我就要对不起啦！

〔小冯止步退却，凌云继续向飞飞靠近。飞飞连退三步，猛地跃上高点，举起蓝光帽，凌云一个箭步冲上去……

金明珠 （预感不妙，高喊）闪开，别上去！

〔刹那间，飞飞手上的帽子射出一道强烈的蓝光，凌云被击中了。

凌　云 啊，我、我……（旋转一圈后倒下）

小　冯 （惊呼）蓝光、蓝光！蓝光是从她的帽子里射出来的。难道她、她就是外星人……

金明珠 （感到情况严峻，迅速掏出步话机）机器人别动队、机器人别动队，立即携带卡布笼到隔离病区集中。

飞　飞 （急了）不、不，请别抓我、别抓我！

〔熊猫惊慌失措地跑上。

熊　猫 什么事？发生了什么事？

〔少顷，在一名巨人般的机器人带领下，四名机器人别动队推着大卡布笼上，他们如临大敌，等候命令。熊猫手持警棍乱晃一通，金明珠夺过熊猫手中的警棍，警棍发出熠熠的光和呜呜的响声。

金明珠 （命令）全体别动队，迅速把这小女孩抓住，关进卡布笼！

〔于是，一场特殊的战斗开始了。飞飞如羽毛似地飘来荡去，笨拙的机器人奔东奔西。最后，由于寡不敌众，飞飞被高大的机器人一把抓住，关进卡布笼，金明珠锁门。

〔金明珠挥了挥警棍，众机器人别动队下。

熊　猫 （不解地）奇怪，为什么要把飞飞关进卡布笼里？

小　冯 （对飞飞）你是外星人，对吗？

飞　飞 我不是你们的敌人！（死命摇卡布笼，哭喊）我不是你们的敌人……

熊　猫 金阿姨，外星人和敌人是不是一回事？

飞　飞 （喊）我要去找蓝光、找蓝光！

〔熊猫同情地走向卡布笼，去安慰飞飞。

小　冯 金大夫，她就是蓝光外星人，怎么还说要去找蓝光？

金明珠 看来情况十分复杂，也相当严峻。在地球上肯定还有另一个蓝光外星人……

〔熊猫回头发现凌云躺倒在地上。

熊　猫 （惊讶地）啊，凌云叔叔，怎么躺在地上？

金明珠 熊胖胖，这儿不用你管，你去把住大门，不许任何人……特别是不许天天、明明进来，不许他们接触飞飞！

熊　猫 啊，情况又变了，千万记住，不许接触飞飞。

金明珠 小冯，马上抢救凌云。

〔金明珠和小冯正欲抢救，凌云已慢慢苏醒，坐起身。

凌　云 不用抢救，我醒过来了。（下意识地摸了摸下巴）

小　冯 还好，凌云，你还没长出蓝胡子。

凌　云 不，等会儿肯定会长出来的。

飞　飞 对不起，长出蓝胡子，我会帮您洗掉，凌云叔叔。

凌　云 呸，谁是你的叔叔？（挥挥拳头）你这可恶的外星人！

飞　飞 请别骂我，我不是你们的敌人。

〔飞飞欲抬手行礼，凌云误以为她又要取蓝光帽，吓得倒退几步。

金明珠 凌云，这儿情况这么严重，我要立即电告洪涛。你快去作好准备，将卡布笼运往南极（和凌云悄悄耳语）记住了吗？

〔熊猫踱步上。

凌　云 记住了，卡布笼锁的密码是……我、爸、爸、是、博士。

熊　猫 （一怔）我、爸、爸、是、博、士？（对金明珠）金阿姨，我的警棍。

金明珠 （交警棍）给。有紧急情况，你可以用它指挥机器人别动队！

熊　猫 是。（持警棍下）

〔金明珠检查卡布笼。

飞　飞 （哀求地）金阿姨，请别把我送到南极去，我要去找蓝光！

凌　云 老实点，乖乖待着。

〔金明珠也没再搭理飞飞，与凌云下。小冯推着人体综合检查仪尾随其后。

〔关在卡布笼里的飞飞想出出不来。她万般无奈，悲痛欲绝，面对天空呼救。

飞　飞 天天、明明，你们在哪里？！

〔远处传来明明吹唢呐的乐曲声。

飞　飞 明明在吹！（大叫）明明！……

〔飞飞哼起一种特别的曲子。曲声深沉、悠扬，缓缓地飘向遥远的天边。

〔片刻，遥远的天边回响起同样的曲声。飞飞在和谐、动听的乐曲声中呻吟——

飞　飞 啊，我尊敬的领头，
我已陷入误会的深沟，
我被关进可怕的卡布笼，
我盼望着您前来营救！

〔响起领头铜钟般的画外音：

我的亲人啊，莫忧愁，
真诚的行动靠计谋，
用你的行动和智慧，
去填平误会的深沟。
啊……唷，啊……唷！

飞　飞　（急切地）我尊敬的领头，您在哪里？您为何低声呼救？！

〔领头凄苦地："我在死亡谷、死亡谷……哎哟！"

〔门外，熊猫大声地喊叫："不许进去、不许……"这喊声中断了飞飞与领头的对话，一切又恢复了原状。

〔身背行装的天天和明明上。

熊　猫　（边退边上）金阿姨说，不许你们进来，不许接触飞飞。

明　明　（拨开熊猫的手）你躲开！

〔卡布笼里的飞飞见到天天和明明如同见到救星一般。

飞　飞　（欣喜而悲伤地）天天……明明！

天　天　（惊愕地）啊，飞飞，怎么把你关进了卡布笼里？

〔飞飞拭泪，不语。

明　明　（揪住熊猫）你说，是谁把飞飞关起来的？

熊　猫　是……是机器人别动队。喏，（举起警棍）用我这警棍指挥的。

〔明明欲夺警棍，熊猫不肯。

飞　飞　天天，快救救我呀！凌云叔叔一会儿就要把我和明明送到南极去了。

明　明　（奇怪地）把我和你送到南极去？为什么？

飞　飞　因为你长了蓝胡子，我流着蓝血液……

天　天　所以要把你们两个送到南极，交给我爸爸洪涛博士去观察研究，是吗？

飞　飞　是的、是的。可我不去南极……

明　明　对，我们要去找蓝光。

飞　飞　天天、明明快把我救出来呀！

明　明　好，（捋袖子伸胳膊）我来救你。

熊　猫　（阻拦）明明弟弟，你不能救飞飞。

明　明　我说熊胖胖，要是把你关在卡布笼里，你好受吗？

熊　猫　不好受、不好受！

明　明　知道不好受，就来帮我的忙。

熊　猫　好的，好的。

〔明明开始用手砸锁，又用脚踢门。熊猫在一旁瞎起劲。天天察看卡布笼。

天　天　（制止）明明，这是无缝密码锁，用手砸不开，用脚踢不破，得想办法才行。

明　明　（焦急地）哥，那你快想想办法呀！

天　天　熊胖胖，这卡布笼是谁锁的？

熊　猫　好像是金阿姨。

天　天　（思忖）卡布笼要送往南极……无缝密码……哎，我妈对凌云叔叔说了什么没有？

熊　猫　没、没说什么呀。

明　明　你再好好想想。

熊　猫　噢，想起来了。我来取警棍的时候，听凌云叔叔说，我、爸、爸、是、博士。

明　明　嘿，你胡说什么呀？我爸爸当然是博士，是南极宇宙航天站的大博士。可这和开锁有啥关系？

熊　猫　有关系。不是高能智慧的博士就打不开这密码锁。

明　明　真的？我试试。（对着卡布笼锁喊）我、爸、爸、是、博、士。（拉锁，锁不开）胡闹！你骗人！

熊　猫　（摸摸后脑勺）我、我也搞不清楚。

天　天　（细琢磨）我……爸爸……是……博士（兴奋地）对，有了！就是588484！

〔天天念号码，迅速打开了卡布笼锁。飞飞像离弦的箭一下冲了出来。

明　明　哥，你真不愧是小博士啊！

〔天天向明明和飞飞招招手。

天　天　你们过来！

〔明明和飞飞聚向天天，熊猫也凑过来。

天　天　刚才，我用电脑窃听器听到一个绝密情报，我们日夜寻找的蓝光，是外星人的飞行器，这次来地球有特殊使命……

明　明　那蓝光现在在哪儿？

天　天　蓝光去向不明。不过，据我分析，南极是地球通向宇宙的窗口，外星人肯定会去那儿。

飞　飞　你是说，我们去南极？

天　天　对，我们自己去南极，一定要先找到蓝光。

明　明　我、我不去南极。我怕死亡谷！

飞　飞　（惊喜地）死亡谷？！

天　天　对，去南极要经过死亡谷。

飞　飞　（激动地）好，我们去死亡谷……不，去南极。

明　明　（好生奇怪）飞飞，你怎么又……

飞　飞　咦，我们是探险队员！

天　天　对！明明，你看飞飞都不怕，你还怕？

明　明　好吧，小姑娘不怕，小爷们当然也不怕。我们到——

飞　飞
天　天　（异口同声）南、极、去！

熊　猫　什么，你们会到南极去？

天　天　（对明明）糟糕，我们的秘密计划泄露了。

明　明　（对熊猫）请你给我们保密，知道吗？

熊　猫　我、我是机器人。我——不会说谎。

明　明　谁让你说谎？让你保密！

熊　猫　可我的活动程序里没有保密装置！你们说的话，输送到我的耳朵里储存起来。别人一问，我就得吐出来，我没办法保密呀！

〔天天和明明面面相觑。

明　明　这家伙真笨，你不会说，他们没有到南极去！

天　天　（笑）你真聪明，此地无银三百两。

熊　猫　（认真地）是，我就说：他们没有到南极去，此地无银三百两。

明　明　笨熊！

熊　猫　是，笨熊。

〔天天掏出地图，摊在地上。明明和天天蹲下围看。

天　天　来，我们研究一下地图，确定航线。

明　明　我学过驾驶，我……（长胡子老是妨碍，用力朝后甩）这长胡子真讨厌！

天　天　（取出剪刀）明明，我给你剪掉它，说不定会妨碍你驾驶飞船的。（欲剪胡子）

明　明　不行，不行，妈妈说我胡子上有神经，一剪会痛的。

天　天　嗨，试试看嘛！

〔天天用剪刀剪，明明痛得在地上打滚。

飞　飞　（安慰地）明明，你别着急，胡子一定能洗掉的。

天　天　哦，用什么办法洗掉？

飞　飞　只要找到蓝光，就有办法。

天　天　好，我们马上去南极找蓝光。（发现熊猫在偷听）你干什么？

熊　猫　我没干什么呀！

天　天　站远点。

熊　猫　是，站远点。

明　明　哥，不行呀，没有飞行电脑，我无法驾驶飞船。

飞　飞　凌云叔叔不是有飞行电脑吗？他一会儿就来。

天　天　那我们就逼他交出……（又发现熊猫在偷听）

熊　猫　对不起！我又听见你们的秘密谈话了。我还得站远一点。（退步）

明　明　完了，天机全泄露了。

〔天天向明明一招手，明明立即明白。两人包围上去。熊猫见势不妙，准备溜走。

熊　猫　求求你，天天哥哥……

〔明明和飞飞上来帮忙按住熊猫。天天取熊猫的电脑心脏，夺走警棍。

天　天　我们是为了顾全大局，让你暂时休息一下。

熊　猫　我……我……我又休克了。（一下不动了）

飞　飞　（发现有动静，惊慌失措地）不好，有人来了。

〔天天向飞飞和明明悄悄耳语。飞飞躲回卡布笼里。天天和明明藏到隔离室后。

〔戴着飞行帽的凌云急匆匆走来，他的身后跟着一名高大的和两名矮小的机器人。

凌　云　熊胖胖……（见熊猫坐着不动）嘿嘿，懒熊睡着了……（想了想）不对呀，熊猫机器人是不睡觉的。（指着飞飞）一定是你拿走了它的电脑心脏！

飞　飞　凌云叔叔，您可别冤枉人啊，我关在卡布笼里……

凌　云　（四处寻觅）咦，警棍呢，警棍哪儿去了？没有警棍，我怎么指挥机器人别动队呀！

〔天天调皮地露了露警棍。

〔凌云敌视地对着飞飞。

凌　云　喂，熊胖胖的警棍是不是你拿的？

飞　飞　凌云叔叔，我们是朋友。（边说边从卡布笼里走出来）我不是你们的敌人！

凌　云　（大惊失色）啊，你……你是怎么出来的？莫非你……有……

〔飞飞步步逼近凌云，凌云惊恐万状。

凌　云　（大声呼喊）机器人别动队……快……把这小孩抓起来！

〔机器人别动队纹丝不动。

凌　云　啊呀，这该死的警棍弄到哪儿去了？

〔天天在室后举着发光带响的警棍高喊："机器人别动队，快把这凌云叔叔抓起来！"话音刚落，三名机器人出击追捕凌云。凌云东奔西跑，慌忙逃躲。

凌　云　别……别抓我，快……抓……她！（指飞飞）

〔机器人根本不听凌云的，继续追捕他。不一会儿，凌云被高大的机器人一把抓住。

凌　云　（挣扎、狂喊）你……你抓错了。

〔天天和明明走出来。

天　天　没抓错，凌云叔叔！

凌　云　（恍然大悟）原来是你们两个捣蛋鬼呀？天天，快把警棍给我。

天　天　对不起，警棍暂时还不能给您。

凌　云　别胡闹了，这样会出大乱子的。（噘噘嘴）你们知道她（指飞飞）……是谁？

〔飞飞取下蓝光帽走近凌云，凌云惊恐。

天　天　说呀，她是谁？

凌　云　（看着蓝光帽）她……她是你们……"明天飞"的探险队员。

明　明　嗨，知道了还问？凌云叔叔，请把你的飞行电脑借我用用，好吗？

凌　云　借飞行电脑？不行，我还要送你们去南极呢。

明　明　很遗憾，不用您送，我们自己去。（动手搜凌云口袋）

〔凌云欲躲避，机器人紧抓不放。

凌　云　不许无礼！天天、明明，你们上……

〔凌云话没说完，被飞飞用手绢堵住了嘴。明明迅速掏凌云口袋，取出飞行电脑。

明　明　我们上南极。

〔天天举警棍。

天　天　机器人别动队：请把凌云叔叔关进卡布笼。

〔机器人将凌云关进卡布笼。天天上锁。飞飞把自己的披风盖在凌云头上。众机器人下。

天　天　凌云叔叔，实在对不起，委屈您啦！

明　明　哥，我们快走吧！

〔忽然，披风落地，凌云的下巴上长出了蓝胡子，他想喊又喊不出声。

明　明　哈哈，凌云叔叔也长出了蓝胡子，这回我们成蓝胡子王国啰。我就是蓝胡子国王。

天　天　（疑惑地）奇怪，凌云叔叔怎么会长出蓝胡子的？

明　明　管他呢！我们快去。

天　天　等等，我要问问。（欲开门）

〔传来一阵脚步声。

飞　飞　天天，金阿姨来了，我们就走不了啦！（将披风挂在卡布笼上）

明　明　（拉天天）快走。

天　天　好！（随手给熊猫装上电脑心脏）

〔三人急匆匆下。熊猫活了。

〔金明珠跑上。

金明珠　熊胖胖，看见明明没有？

熊　猫　报告金阿姨，明明他们不是去南极了，此地无银三百两。

金明珠　嘿，你瞎扯啥？（走向卡布笼，摘下披风）啊，凌云？！（连忙拿掉凌云嘴上的手绢）

凌　云　他……他们全飞走了。

〔此时，天空上一艘飞船腾空而起，直冲云霄，飞向南极。

金明珠　（取出步话机急促地呼叫）南极、南极，洪涛博士……

〔一道很强追光中显现出洪涛的身影。

洪　涛　我是洪涛、我是洪涛……

金明珠　老洪，你肯定飞飞就是外星人？

洪　涛　综合各方面的情况分析判断，毫无疑问那个叫飞飞的小姑娘就是外星人。另外，据二十一世纪宇宙中心报告：有两个外星人将在南极接头，并携带大量地球资料企图突围潜逃……

金明珠　（焦急地）老洪，外星人飞飞已经带着天天和明明乘飞船去南极了！

洪　涛　啊！我马上加强警戒、严密监视……再见！

〔洪涛隐退。

金明珠 我们两个孩子和飞飞在一起，那不是太危险啦？

凌　云 就是嘛，外星人到地球上来，都怀有敌意，什么坏事都干得出来。

熊　猫 我听飞飞说，还要带天天、明明到宇宙去呢！

金明珠 天哪！我的天天和明明被可恶的外星人抓走了！凌云快追！

〔幕落。

第三幕

〔在《明天飞》主题歌的乐曲声中，“西湖号”飞船飞行在湛蓝的天空上。明明驾驶着飞船，天天和飞飞坐在后舱唱着歌。

〔飞船突然摇晃起来，三人随之摇到东、晃到西。

天　天 明明，飞船怎么摇晃起来了？

明　明 请注意，飞船开始接近瓦维瓦拉死亡谷啦。

飞　飞 （惊喜地）啊！死亡谷？

天　天 是的。凡是飞禽走兽一走进这地区，就会莫名其妙地死去。

〔呜呜的声音踩响。

飞　飞 （忽地站起来）我明白了。

天　天 明明，把住方向盘，沿着死亡谷的边沿前进，当心误入歧途。

明　明 是。

飞　飞 能不能马上降落？

天　天 不行，不行！

飞　飞 哎哟，哎哟……

天　天 怎么啦？飞飞？！

飞　飞 噢，我的肚子突然痛得厉害！我受不了了，请把飞船降落到地面上。哎哟，快！痛死我了。

明　明 不行，左边是沙漠，右边是死亡谷，不能在这儿降落。

飞　飞 哎哟，哎哟……

明　明 哥，你说怎么办呀！

天　天 在左边沙漠地带就地着陆。

〔飞船滑翔而过。灯暗。接着响起一声飞船着陆的声音。

〔烈日炎炎，沙海茫茫，一排排全身带刺的仙人掌高高伫立在沙漠上。这是一块神奇荒凉的地方。耀眼的太阳光射着霓虹般绚丽多彩的花环，闪光的沙粒宛如无垠海洋中的珍珠在跳荡。飞飞像天鹅似的飞来，仙人掌起舞欢迎。

〔突然，乌云遮日，狂风骤起，飞卷的沙粒铺天盖地，来势迅猛，不可阻挡，整个舞台天昏地暗。天天和明明在狂风中挣扎、翻滚、搏斗。

〔一会儿，烧焦了似的云块散去，风平沙静。台右出现了两排仙人掌，在仙人掌的后面，两块像巨人般的大石头清晰可见。天天和明明揉揉眼、拍拍身从地上爬起来。他俩连连打喷嚏。

明　明　沙漠这鬼地方，怎么说变天就变天呢?

天　天　嘿，地理书上不是说么，沙漠的气候变幻莫测，一会儿飞沙走石，一会儿又风平沙静。

明　明　哥，你看，这儿怎么一下长出了那么多的仙人掌？喏，那儿还有两块大石头，多么像两个守门的卫兵啊!

天　天　是啊，这地方太神奇了。哎，飞飞呢？怎么没看见飞飞？!

明　明
天　天　飞飞，飞飞……

〔唤声回荡。

明　明　飞飞好像在巨石后面。

天　天　我去看看!

〔在阴森可怕的音乐声中，天天朝两排仙人掌的中间走去，谁知没走几步，他被仙人掌一下钩住了胳膊。

明　明　哥……（扑上去一起和仙人掌搏斗。一个回合后）哥，我们还是在这儿喊喊飞飞吧！（喊）飞飞！……

〔从巨石后传来飞飞的应声。

天　天　啊，飞飞在石头后面，我一定要去看看!

〔明明说着又朝仙人掌走去。

明　明　（焦急地）哥，你还是别过去吧，仙人掌会把你吃掉的。

天　天　（耍了耍匕首）放心，我这真家伙不是吃素的。

〔天天朝着荆棘丛中走去。突然，两株仙人掌伸出带刺的手掌欲抓天天，天天用匕首奋力劈砍，手掌落地。他又走了几步，被两株仙人掌抱住，动弹不得。仙人掌们像群魔似的乱舞起来。

明　明　啊，哥！……

〔明明冲上去，接过天天的匕首，割断抱住天天的仙人掌的手臂，天天得救了。两人想继续往前走时，明明手上的电腕表发出嘟嘟的声响。

明　明　奇怪，我这电腕表怎么突然响了？

天　天　好像是那两块石头的原因。（拉明明离开）来，我们走开试试。

〔天天和明明试验地离开巨石，声响立即停止；再靠近巨石，声响又起。

明　明　哥，你说这是怎么回事呀？

天　天　明明，你还记得吧？在英国牛津郡的荒野上，有一排神秘的巨石阵……

明　明　记得，记得，十多块像巨人一样的大石头，排成一个圆圈，他们好像在谈天说地……

天　天　对对，人一靠近巨石，还能听到超声波和原子能放射线。

明　明　哥，科学家不是早就测定，那些巨石都是外星人在几千年前埋下的。

天　天　我想，这两块巨石会不会也是外星人埋下的……

明　明　天啊，外星人、仙人掌、巨石，太可怕了。哥，我们还是赶快走吧！

天　天　走？！我们能丢下飞飞走吗？

明　明　可也是，不能丢下飞飞。

天　天　再说，我们来的目的就是要一起找到蓝光，揭开它的秘密。

明　明　对！

〔天天和明明像两个勇敢的骑士，大步流星地走向巨石，表中的声音越来越响。随后，只见几株仙人掌摇晃了起来，两块巨石也摇晃起来，站立不稳。明明急忙拉起天天往回逃。

明　明　快逃。

天　天　（挣脱手）放开我，（明明紧握不松手）快放开我！

明　明　哥，求求你，别再去了。

天　天　好明明，你放心。（捡起摄像机）给！我冲进去，你录像，将来好给科学家们提供第一手资料。（掏出“明天飞探险队”的旗子交给明明）记住！你的任务是记录实况。

明　明　（接旗）是！记录实况！

〔天天手持匕首，昂首挺胸地走向巨石。巨石又摇晃起来，而且愈摇愈烈，同时，发出隆隆的声响。突然，传来飞飞的喊声：“别过来，危险！”

天　天　飞飞，我来救你啦！

〔飞飞的声音：“不用救我，千万别过来……危险！”

〔天天不顾一切地冲向巨石，此时，巨石缓缓地合拢来。飞飞喊：“危——险！”就在千钧一发之际，飞飞猛地将天天推出来，天天一个趔趄摔倒在地。然而，飞飞却被两块巨石死死地夹住，只露出上半身。

明　明　（扑上去）飞——飞！（慢动作跑向飞飞）

天　天　（爬起来，扑上去）飞——飞！（慢动作跑向飞飞）

〔悲壮的、震撼人心的音乐声起。幕后响起《明天飞》主题歌的伴唱声。

明　明　哥哥，我们俩一起把飞飞拉出来吧！

天　天　嗳……

明　明　飞飞，你忍一下，别怕痛。我们……轻轻地拉。

天　天　（拉飞飞）一、二、三……

飞　飞　天天、明明，这样是救不了我的。天天，请你摘下我的帽子，站到远处，对准巨石，拔掉花冠。

天　天　这是为什么？

飞　飞　请按我说的去做，别问为什么，好吗？

天　天　好的。（摘取飞飞的帽子）

〔天天站到远处，举起帽子。顿时，帽子中喷射出道道蓝光，整个舞台呈现出一片蓝色，沙漠和天空都闪烁起耀眼的光芒。奇迹发生了：两块巨石缓缓地朝两边分开，飞飞一个前滚翻，双脚落地。

明　明　（万分激动，急速地把这一变幻用摄像机拍下来）太好了！

〔飞飞刚想起身，面对摄像机却感到头部剧烈疼痛，继而又倒在地下。她拼命地翻滚着。

明　明　（继续对着飞飞拍摄）飞飞、飞飞，你怎么啦？……

飞　飞　（挣扎着站起来）我的头疼得厉害……

明　明　（这才感到出了问题，停止拍摄，抚摸飞飞）这样好一点吗？……你说话呀！（扶起飞飞）

天　天　（扑上去抓住飞飞）飞飞，你到底是什么人？

明　明　哥，你疯啦？飞飞是我们的好朋友。

天　天　我知道，她还是我们“明天飞”的探险队员。

飞　飞　（捂住头）哎哟……

明　明　看看，飞飞为了救你，自己被巨石夹住了……

天　天　（拔出匕首对准飞飞）你说，你到底是什么人？（举起蓝光帽）这帽子怎么会发蓝光的？

飞　飞　啊！（连连后退，躲到明明身后）

明　明　（推开天天）你想干什么？我不准你欺侮飞飞！

飞　飞　天天哥哥，你为什么这么敌视我？

天　天　我是想弄清事实真相，（对明明）你闪开！

明　明　呸！没想到你是个忘恩负义的人。飞飞，你别难过，我、我要好好教训教训他。

〔明明一头撞倒了天天，飞飞去扶天天，天天翻身抓住飞飞。

天　天　你说实话，凌云叔叔是怎么长出蓝胡子的？

飞　飞　（哭了）呜——

〔明明朝后一甩长胡子。

明　明　飞飞，你别哭，（对天天）你这不讲理的家伙——

〔天天、明明两人扭成一团，撕打得不可开交。天天拽住明明的胡子，明明痛得直叫唤。

飞　飞　你们别打了，别打了！（突然像猛狮一般大吼起来）啊——

〔天天、明明惊住了。

天　天
明　明　飞飞——

飞　飞　（缓缓走向明明）可爱的明明，你是那样的善良、正直。（行了一个奇怪的礼）

飞　飞　（走向天天）可敬的天天，你是那样的勇敢、聪明。可我——我……（号啕大哭起来）

天　天
明　明　飞飞，你怎么啦？

飞　飞　我对不起你们，我的内心一直充满着戒心，没有把真实的情况吐露给你们，害得你们弟兄俩打了起来。（哭得十分伤心）

明　明　飞飞，别难过。你想说什么就痛痛快快地说吧！

天　天　飞飞，对不起，我不该吓唬你，我只是怀疑……

飞　飞　不不，你的怀疑表现了你的聪明。我……不是你们地球上的人，我、我是一个外星人。

明　明　（大惊失色）什么？！飞飞……你是外星人？这不可能，绝对不可能。你可别被我哥吓蒙了！

飞　飞　明明，我没有吓蒙，我是外星人。

明　明　可我在书上、电影、电视里看到的外星人都是矮个子、绿眼睛、大嘴巴。

飞　飞　来到你们地球以前，我整过面容……

明　明　你过去是不是也像我一样长胡子？

飞　飞　胡子？！（想起地）明明，请你等一等。

〔飞飞冲过两块巨石间，下。此时巨石又开始发出声响，缓缓移动。飞飞趁巨石没合拢的一刹那冲了出来。她双手捧着一只耀眼夺目的翡翠金盂。

飞　飞　亲爱的明明，请你用这金盂水洗洗脸吧！

明　明　金盂水？洗脸？！

飞　飞　明明，洗吧！这翡翠金盂里的水能洗掉你脸上的胡子，能冲散我们之间的隔阂。

〔明明走近金盂，飞飞将披风当毛巾朝明明脸上轻轻一抹，明明脸上的长胡子全部脱落下来。

明　明　哈哈，我的胡子没了，也不痛啰！

〔天天拍手，明明紧紧握住飞飞的手。

明　明　飞飞，谢谢你，谢谢你。（拿出探险队队旗）嗨，探险，探险，没想到探了半天，蓝光外星人就是你啊！（指飞飞）这回我们可以凯旋啰！

飞　飞　不，蓝光还没有找到！

天　天
明　明　什么？

飞　飞　我们要找的蓝光还没找到。

天　天　那……你说的蓝光现在在哪儿？

飞　飞　蓝光就是我的领头，当年他就住在这死亡谷的石洞里。

〔天天、明明大惑不解。

天　天　这是怎么回事？

飞　飞　好吧，真诚的朋友，我把全部真情统统告诉你们。按地球人的算法，大概三个世纪前，我的领头就已经来到了你们中间……

天　天
明　明　（同时）我的天哪！三百年前……

飞　飞　是的。他是我们的伟人，叫玉宇博士。他到地球的目的是为播撒友谊的种子，他致力于一项科学试验，要在地球上培植千果树。这种树无论在干枯的沙漠，还是在寒冷的南极，都能成活。这奇异的金盂水就是浇灌这种树用的。

天　天　飞飞，你瞧，这石壁上还有许多小虫一样的字。

（读）奇异果树已成材，
生命将尽神力衰。
飞往南极急求援，
友谊之手快伸来。
啊，不好！

天　天
明　明　怎么啦?

飞　飞　我尊敬的玉宇博士，他在这块沙漠上考察的任务已经完成，现在携带着大量资料飞到南极去了。可是……他的生命危险，要我快去给他补充生命的力量，不然……他……

天　天　他会怎么样?

飞　飞　他会默默地死去。

明　明　哥，我们快去救玉宇博士吧！

天　天　好，我们马上去南极。

明　明　是。

〔幕落。

第四幕

〔从远处传来急促的电讯呼叫声："洪涛博士、洪涛博士……"追光下，闪出洪涛的身影。"二十一世纪宇宙中心向您报告！外星人正在行动，肯定要在南极接头，并携带大量地球资料企图突围潜逃，谨请加强警戒，不得有误！"

〔洪涛大步流星地走上。

洪　涛　（对步话机）南极各飞船基地请注意：立即关闭所有机场，只准飞船降落，不许飞船起飞……有情况随时向我报告！

〔步话机回话："是，有情况随时报告。"

〔金明珠、熊猫及长蓝胡子的凌云来到洪涛身边。

金明珠 老洪，你快救救孩子呀！

洪　涛 别着急……

〔步话机呼叫："洪涛博士，'西湖号'飞船已迫降在三号地区，请指示！"

凌　云 （激动地）啊，"西湖号"——我的飞船！

洪　涛 （对步话机）侦缉队注意：立即赶到三号地区，抓住那个外星人，救出两个小男孩，我随后就来。

〔步话机回话："是，我明白！"

〔洪涛准备出发。

凌　云 洪涛博士，我也去，我非亲自抓住那个可恶的飞飞不可！

熊　猫 （拍掌）抓人我最喜欢，我也去！

〔灯暗。众人急下。

〔手持蓝光帽的飞飞，慌慌张张地跑来。

飞　飞 ……啊，伊格次里……

〔山谷深处传来了同样的呼喊声。

〔飞飞高兴地戴上帽子，轻轻一拨，闪出一道蓝光。

〔顿时，远处也闪过一道蓝光，只见一个蓝色的身影在冰山的峡谷间晃动，那就是领头。

领　头 （虚弱地）噢，我的亲人，你……你终于来到了我的身边。我的生命最多……只能再维持一刻钟了。一刻钟，……噢，我的最后的一刻钟！多么宝贵的……一刻钟……

〔山谷里响起阵阵的回荡声。

飞　飞 请你莫悲伤啊——我亲爱的领头，你的生命曙光在这里！（举起一枚色彩鲜艳的颗粒物）

领　头 噢，我得救了——延续我生命的晶体，快拿过来吧，我的生命的母亲。

〔飞飞呼喊着连蹦带跳地扑向前去。谁知这时，一道强烈的红光射来，挡住了飞飞的去路，她连连倒退几步。

〔"抓住她……"呼喊声由远及近。

领　头 赶快离开这儿，我的亲人，地球人由我来对付。

飞　飞 请你千万别使用蓝光武器，它会加深我们和地球人之间的隔阂！

〔传来"抓住她……"的喊声。

领　头 走吧，请服从我的命令！七分钟后我们再在这里会面，请记住——七分钟！

〔飞飞躲在企鹅身后，退下。

〔凌云、小史、熊猫冲了上来。

熊　猫　（盲目地呼喊着）不许动，不许动……（用警棍对准小史）

小　史　熊胖胖，你捣什么乱呀？

凌　云　咦，刚刚还在这儿，躲到哪儿去了？

小　史　好像随企鹅跑了。

〔凌云正欲追赶，领头射出一阵蓝光。

凌　云　啊，我头晕……我……我。

〔凌云倒下，领头倏地隐没了。

小　史　（摇晃凌云）凌云，凌云……

〔汽车声过后，洪涛与金明珠上。

小　史　报告洪涛博士，刚才两个外星人正要接头，被我用超速激光打散了。

洪　涛　好，干得好！

小　史　可是，等我们赶来，小姑娘一下子不见了，蓝影也突然消失。可怜的凌云又被蓝光击中，他牺牲了……

凌　云　（倏地跳起来）报告洪涛博士，我没死，我又活过来了。

洪　涛　你——

凌　云　金大夫，可我的胡子又长了这么多……这个小姑娘太可恨了！

洪　涛　小姑娘朝什么地方去了？

小　史　好像朝企鹅走的方向去了。

洪　涛　（思忖地）企鹅？有了，有办法了！（朝小史、凌云招招手，对他们耳语）

凌　云　您是说让我们装扮成企鹅？

洪　涛　对！

小　史　妙计，真是锦囊妙计！（拉凌云）走！

熊　猫　等等我，我也去！（欲追）

金明珠　熊胖胖，你别去！你去了会露馅的。

〔洪涛和金明珠、熊猫下。

〔大小两只企鹅蹒跚地走来，它们是由凌云与小史装扮的。此时飞飞躲在真企鹅的身后慢慢过来了，凌云与小史马上低下头，朝两边围了上去。当假企鹅想去抓飞飞的时候，天天和明明喊着“飞飞”跑上。

小　史　糟糕，天天、明明来了。

凌　云　别出声！

天　天　飞飞！（扑上去）

〔大企鹅马上用身子挡住天天。

明　明　飞飞！（也扑上去）

〔小企鹅立即用手臂拦住明明。

飞　飞　（伸开双臂）天天、明明！

〔两只假企鹅迅速拉起手围住飞飞。

天　天　对不起，企鹅公主，请走开！

明　明　走开，走开！（赶假企鹅）

〔两只假企鹅一动不动，死死盯住飞飞不放。

飞　飞　天天、明明，快救救我，他们到处在抓我！时间很紧，我要和领头联系了。

天　天　（拨开假企鹅）滚开，快滚开！（用力一推，假企鹅仰面摔倒，嘎嘎直叫）

〔飞飞又想戴蓝光帽，却被另一只假企鹅拦住。

明　明　（更火了）你也想来凑热闹？看拳！（猛击一掌，假企鹅连连后退，“哇哇”高喊）

〔飞飞无奈，只得东奔西逃，两只假企鹅紧追不放，天天和明明左右挡架，他们像捉迷藏似的来回乱窜。

〔这时，远处传来嘈杂的追喊声，飞飞大惊失色。

天　天　飞飞，快把蓝光帽交给我，我替你跟领头联系。

飞　飞　（犹豫地）这……

天　天　请相信我，飞飞！

明　明　飞飞，快把蓝光帽交给我哥哥吧！

〔蓝光——领头在天边出现了。

飞　飞　好好！天天，请你快发信号！

〔飞飞刚想递过蓝光帽，谁知被假企鹅一把夺走。凌云扯下企鹅服。

凌　云　哈哈，这回蓝光帽捏在我的手心上，飞飞的阴谋就甭想得逞。

〔飞飞挣扎着想跑，被另一只假企鹅用绳子捆了起来。明明生气地扒下企鹅服，小史现了原形。

小　史　（憨厚地一笑）真对不起！我们这是执行洪涛博士的命令……

明　明　洪涛博士是我们的爸爸，你知道吗？

小　史　知道，知道。

〔洪涛、金明珠和熊猫走来。真企鹅悄悄退下。

明　明　既然知道，那就好好听着：我命令洪涛博士，洪涛博士命令你们，赶快放开飞飞，交出蓝光帽！

洪　涛　哈哈！谁那么大的口气在发号施令呀？

天　天　（转身，激动地）爸——爸！

明　明　妈——妈！

金明珠　我的宝贝儿子。（将明明搂入怀中）

小　史　报告洪涛博士，按照您的妙计，我们智擒了这个外星人。

凌　云　洪涛博士，瞧！我还缴获一件神秘武器——蓝光帽！（将蓝光帽交给洪涛）

洪　涛　好漂亮的蓝光帽。

飞　飞　（祈求地）请把蓝光帽还给我吧！

明　明　爸，您快把蓝光帽还给飞飞。快！

洪　涛　为什么？

天　天　飞飞要用它和她的领头取得联系，送一种特殊的晶体给他延长生命。

〔远处传来领头的声音：“噢，我只剩下生命的最后三分钟啦……”飘然而逝。

〔飞飞哭泣。

洪　涛　（指那闪动的蓝点）你们说的领头就是他吗？

天　天　是的。爸，求求您，快把蓝光帽还给飞飞！不然，那领头就会死去的。

凌　云　不行，外星人奸诈狡猾，诡计多端。我看他们这完全是苦肉计！一旦蓝光帽交回他们手中，全地球不分男女老幼，一个个都会像我一样长出长长的蓝胡子的。

天　天　这完全是误会。

凌　云　误会？！

天　天　对。（把明明推出来）你瞧，明明的胡子不是没有了吗？

金明珠　我的好孩子，是谁把你的长毛症治好的？

明　明　是飞飞。妈，飞飞他们是友好的、善良的、可以信赖的。

天　天　你们看。（拿出袖珍录像机，天幕上呈现了一幅飞飞救出天天，而自己却被石头夹住的动人画面）飞飞为了治好明明的长胡子病，消除我们和他们之间的误会，她还奋不顾身地去取翡翠金盂水。——这就是她当时的真实记录。

洪　涛　天天，你能告诉我，他们来地球究竟是为了什么吗？

〔天天拿起小史手中的高速红外线枪，跃上高坡，对准雪地放射了一通，打了一个洞。

天　天　（举起一颗种子）这就是他们来的目的。

〔天天把种子扔进了洞里，把雪埋上。

明　明　爸爸，妈妈，只要在这洞里浇上翡翠金盂水，这些种子就会在冰天雪地的南极，长出一株株茂盛的千果树。……

〔天天取出翡翠金盂水正欲浇灌……

凌　云　等一等，请千万给我留一点，让我把长胡子病治治好。

天　天　（学凌云的语言）外星人奸诈狡猾，诡计多端。我看他们完全是苦肉计！（欲倒金盂水）一、二……

凌　云　别、别、别，是我错啦，天天我求求你啦。（天天不理）

明　明　弟弟你给说句好话吧。（明明摸摸下巴走开）

天　天　（又欲倒金盂水）一、二……

凌　云　（急了）等等！等等！！

飞　飞　天天哥哥，先给凌云治病吧，然后再浇千果树也不晚。

〔飞飞用金盂水给凌云洗掉了蓝胡子。

洪　涛　行啦，还是快把蓝光帽交给飞飞，让她抓紧与领头接上头，时间不多啦！

〔众欢呼洪涛的决定。

飞　飞　请大家让开……

〔众后退闪开。

飞　飞　伊格次里……

〔领头没回答。

飞　飞　（焦急地）伊格次里……

〔从观众厅里传来了领头的回答声："伊格……次里……"

〔飞飞立即带上蓝光帽，刹那间从帽上发出一道道的蓝光。领头从观众厅步履艰难地走近飞飞，由于体力不支，跪扶在台口。

〔众人围了上来，飞飞拿出晶体交给领头。飞飞快拿金盂水来。

〔领头捧起金盂水，沉思片刻，他跌跌撞撞走到了深埋种子的洞口。

众　人　（激动地）领头！！

〔领头缓缓地将一盆金盂水全部倾倒在洞里……他站不住了，天天、明明一个箭步冲上去把他扶住，领头渐渐地把眼睛睁开，用手指指地上白茫茫的雪……

领　头　阿、其巴斯零，碎呀，不、零……

飞　飞　（焦急地）他不会说人类的话，他说南极的冰雪是无菌的，他希望能用这来帮助他吞下这晶体。

〔众人捧上一大堆白花花的雪，领头致谢，取雪，艰难地将晶体吞了下去。

〔晶体发生了效力，领头疼痛难熬。

众　人　领头！

〔领头的疼痛渐渐转缓，很快身体康复了起来。众人欢呼雀跃，飞飞昂然地扑上去和领头拥抱、亲吻。天天、明明围着领头亲昵。

飞　飞　（介绍地）洪伯伯、金阿姨，他就是我的领头——玉宇博士。

洪　涛　欢迎，欢迎！欢迎你们到地球上来。（和领头握手）

领　头　啊……伊……呜……喔。（行奇怪的礼）

飞　飞　（翻译）领头说很抱歉，是我发明了这该死的蓝光武器，可是它非但不能（走近领头）保护我们，相反，它却加深了我们（指大家）间的鸿沟。

〔众笑，领头风趣地举起蓝光帽，把它拓得很远、很远。众欢呼。

领　头　呀、伊别斯啦，切莫别嘎基斯……

飞　飞　（翻译）领头说，是理解和真诚——

领　头　（学着说中国话）是、孩子们、的童心，净化了、我们、的灵魂，我们、终于握起手、来啦！

〔众雀跃，熊猫突然叫了起来。

熊　猫　你们看——

〔音乐声起。冰山深处一棵千果树的种子在发芽、成长、开花、结果……

天　天　（高兴地）看，种子发芽、开花、结果……

领　头　伊……哈……拉……哇……

〔长大的树上结满了各种各样的水果、粮食和糖果。众拍手。

领　头　伊……哈……拉……哇……

飞　飞　玉宇博士说，请大家随便吃。

〔领头摘下香蕉、苹果给天天、明明。飞飞摘下一包糖果，走到台口，分撒给台下的小朋友。

飞　飞　请吃吧！尝尝我们从外星球上带来的巧克力糖。

〔大幕欲落。突然，领头又喊又跳起来，众人大骇。

飞　飞　洪伯伯、金阿姨，玉宇博士说，他想带明明、天天飞出地球，飞向宇宙，飞到我们的星球上去！

洪　涛　好，我赞成。明珠，你呢？

金明珠　我没说的，同意！

〔天天、明明感激地和洪涛、金明珠拥抱、亲吻、道别。

熊　猫　明明弟弟、天天哥哥、飞飞姐姐，别忘了带上我。

三　人　好，走吧！再见！

〔领头、明明、天天、飞飞和熊猫下。

〔众人招手挥别。六个机器人上，他们翩翩起舞，唱起《明天飞》……

〔这时，舞台上空飞起一个巨型的蓝光体，像飞碟一样。从里面传来明明、天天、飞飞的声音："再见吧！小朋友们！勇敢地探索吧！"

〔剧终。

1989年

汉武之恋

张　波

人物表　汉武帝——西汉皇帝，名刘彻，时当年轻，初登帝位。

陈阿娇——武帝表姐，立为皇后，后被废。

卫子夫——初为歌女，后为武帝皇后。

李央央——初为宫女，后为武帝宠妃，封夫人。

窦太后——太皇太后，即汉文窦皇后，武帝祖母，陈阿娇之外祖母，时已垂暮，失明。

平阳公主——武帝胞姐，寡居，后嫁卫青。

卫　青——卫皇后之弟，马夫，后封大将军。

李　广——西汉名将：号“飞将军”，时年六十余。

李延利——李央央之兄，平阳公主府管家，后封将军。

陈石公——丞相，陈阿娇之叔公，年七十余。

曹玉奴——原为歌女，后入宫侍卫皇后。

大臣。甲、乙、丙、丁、羽林军士、黄门、宫女。歌女、女巫等。

一

〔战鼓频频，烈马长嘶；马蹄声似急风骤雨，喊杀声惊天动地。

〔边郡荒漠，烟尘蔽日。

〔大字幕：公元前一百四十一年，年轻的汉武帝初登帝位。当是时，匈奴侵扰，边郡告急。

〔火光突起，景变。

〔长安未央宫，前殿后侧之偏殿。

〔钟鼓之声杂乱，人声营营。

〔汉武帝微怒冲出。

汉武帝 唉，好烦人也！

（唱）胡骑已踏中原境，

还在高谈求和亲。

叹父皇，遗我辅佐少英才，

眼前满朝昏庸臣！

怨祖母，选定皇后像御史，

管内管外管煞人！

何日方能——

〔陈阿娇急出，李央央侍。

陈阿娇 皇上！

汉武帝 （淡然）噢，皇后何事？

陈阿娇 皇上，文武大臣都在殿上议事，等皇上下诏，你怎么一个人跑到这里来了？

汉武帝 寡人，我——

陈阿娇 噢，莫非皇上与哪一个美人儿约好了在这里相会的吧？

汉武帝 皇后休要胡乱猜疑。

陈阿娇 哈哈，皇上的一举一动都瞒不过臣妾的呀——

〔陈石公呼“皇上——”踉跄而出，众大臣随上，皆老迈。

陈石公 皇上，方才朝会议定和亲，选送美女金帛，请皇上快快下诏，匈奴侵边，事不宜迟哪？

（唱）高皇帝，和亲之策亲手定，

文皇帝，休养生息未动兵；

景皇帝，遵循祖训让匈奴，

皇上呀！本朝更应求安宁。

众大臣 丞相言之有理，请皇上下诏！

汉武帝 （冷淡）这些话，你们在殿上不是都说过了吗？

陈阿娇 那就下诏和亲吧！

汉武帝 （更冷）寡人知道——

〔幕后呼："李广求见！"

汉武帝 （振奋）李广？不就是匈奴人最为惧怕的，号称飞将军之李广吗？快宣！

〔李广急上。

李　广 臣右北平太守李广叩见皇上！

汉武帝 平身——

李　广 （紧接大呼）皇上，李广为边民请命：

（唱）匈奴日前破边州，

血洗城池掳马牛，

马后载我妇女去，

马前悬我男子头。

皇上呀，遇敌不战非丈夫，

中原猛士掩面羞！

李广请旨为先锋，

踏平匈奴斩敌首。

汉武帝 （旁唱）果然是，三步之内芳草有，

可惜他，宝刀未老人白头；

若得少年如李广，

兴盛汉室何用愁！

李　广 皇上——

〔汉武帝精神振奋，群臣窃窃。

陈石公 （唱）和亲之策祖宗授，

李　广 （唱）美女难抵匈奴寇；

陈石公 （唱）太平方能国运久——

李　广　（唱）难道要，北拜匈奴甘俯首？！
众大臣　（唱）胡骑骁勇不可挡——
李　广　（唱）汉将强弓鬼见愁；
众大臣　（唱）以卵击石枉送死——
李　广　（唱）我情愿，马革裹尸壮志酬！
众大臣　（为其震慑）啊？
李　广　皇上，快快下诏出击匈奴！
陈石公　（忿恚）李广，你目无祖宗！
李　广　末将为大汉请缨！
陈石公　三公九卿，难道见识都不如你？
李　广　官高爵显，未必便有报国之心！
陈石公　（语塞）你、你——（气极狂咳欲倒）
陈阿娇　（斥）咄，大胆李广，丞相是本宫嫡亲叔公，三朝元老，你无理顶撞，该当何罪？
李　广　（勉强地）臣——知——罪！
陈阿娇　（搀扶陈石公）叔公—丞相，你千万保重，莫和粗野莽夫生气……
李　广　（倔强地）皇上，当今匈奴强蛮，只能开战，不能和亲呀！
陈阿娇　（怒）啊？！皇上，姓李的违背祖训，顶撞丞相，还蔑视本宫，这还了得？！你快将他革职充军、永不为官——皇上，你快处置他呀！（蛮缠）
汉武帝　（微笑）寡人正要处置——众卿！
众大臣　万岁！
汉武帝　（大声）寡人诏告天下：匈奴不灭，大汉不安，命李广为骁骑将军，统兵五万，出雁门关抗击匈奴！
众大臣　（惊愕）啊？！
陈阿娇　（震怒）你——
李　广　（大振奋）臣领旨——
陈石公　慢！（跪求）皇上，匈奴打不得呀！（哭呼）皇上，祖宗之策改不得呀！
众大臣　（齐跪）皇上？匈奴打不得呀！
陈石公　（脱冠哭求）皇上若是定要改祖宗之策，臣老迈无能，不能侍候皇上了。
汉武帝　老爱卿——
陈石公　臣真正老迈无能，不能侍候皇上了。
汉武帝　（叹）唉，丞相不肯再赐教寡人，寡人怎敢勉强？老爱卿回府多多保重！

（接冠）

陈石公 （意外、惊呆）啊？（踉跄奔下）

众大臣 丞相——（送下）

陈阿娇 （急怒）皇上，你对丞相怎能如此？你把臣妾的颜面放在何方？

汉武帝 丞相自已请求告老，寡人正是看在皇后面上，当即准他回府养息的呀！

陈阿娇 （气急语塞）你——你自作主张，更改祖宗之策，是何道理——

汉武帝 请问皇后：你口口声声祖宗之策，可知祖宗之时如何？本朝又是如何？

陈阿娇 （结舌）这——我、我不知……

汉武帝 再问皇后，与匈奴战有何益，战有何害？和有何益，和又有何害？

陈阿娇 （羞恼）我、我不晓……

汉武帝 皇后既然不知详情，还是莫问朝政，请回宫自便！

陈阿娇 （感到受辱，大怒撒泼）啊？！皇——刘彻！刘小二，你、你好！

（唱）想当初，若非我母亲巧用计，

皇位哪能轮到你？

若不是，太皇太后宠阿娇，

你不过，胶东小王在外地！

谁知你，登上皇位忘根本，

朝事与我无商议！

今日辱我恨难消，

外祖母面前评是非！

你、你等着！（哭）外祖母——太皇太后哇！（哭下，李央央随下）

汉武帝 （松气）谢天谢地！酒来！（黄门侍酒，赐酒李广）飞将军，开疆拓土本少年之事，难得将军老骥壮志，远在战阵。此番便劳将军远征，寡人坐待捷报。

李　广 （极感激地）李广今日受皇上知遇，愿粉身碎骨以报君恩！

汉武帝 飞将军，请饮此酒！

李　广 （接酒）谢皇上——

〔幕后徐呼："太皇太后驾到——"

汉武帝 （惊惶不安地）接驾。

〔窦太后时已失明，由陈阿娇及宫女搀扶，陈石公紧随其后上。汉武帝急扶太皇太后。

汉武帝 （跪礼）臣孙皇帝请皇祖母安，臣孙叩见皇祖母！

窦太后 哼，你这不解事的小冤家！我来问你：你之才能，比你父亲——景皇帝如何！

汉武帝 臣孙不及父皇。

窦太后 你之才能，比你祖父——文皇帝如何？

汉武帝 臣孙不及皇祖。

窦太后 你之才能，比你祖父——高皇帝如何？

汉武帝 臣孙不及高皇帝——

太　后 （厉声）既然不及，为何要改祖宗和之策，为何要免祖宗三代所用之人？

汉武帝 （诚惶伏地）臣孙知罪！知罪！

窦太后 唉，彻儿，你做起事来，总是这样莽撞任性，可怜祖母活到这般年纪，还要为你操心，你、你这没出息的子孙呀！

（唱）艰难创汉六十秋，

你为君首要把祖业守；

动兵不慎会动根基，

寡欲清心，方能保冕旒。

李　广 （情不自禁，悲声大呼）太皇太后！

陈阿娇 禀太皇大后，他就是违背祖训、顶撞丞相的李广。

窦太后 （动情地）噢，飞将军李广么！当初文皇在日，常常夸你为虎将的呵！——（对宫女）银筝侍候。（一宫女捧银上）飞将军：

（唱）你曾经，三箭退敌保陇右，

若遇乱世封公侯！

银筝一张将性修；

静室歌弹最养身，

文帝遗臣寿悠悠！

李　广 （百感交集、悲愤接筝）谢太皇太后！（下）

窦太后 （对汉武帝，亲切地）彻儿，你看今日之事——

汉武帝 （无奈地）臣孙错了，臣孙改过就是。

窦太后 （点首）改过就好！改过就好！

汉武帝 （委屈地）陈丞相官复原职，告老不准。

陈石公 谢皇上。

窦太后 （委婉地）那么，对那个匈奴呢？

汉武帝 （更无奈、厌烦地、大声）和亲！和亲！！

窦太后 （喜）好！好！这才是皇祖的好孙子——阿娇，来！（摸索着将汉武帝与阿娇之手拉在一起）两人从此和好，不许吵闹。再闹，我便要生气了！

汉武帝
陈阿娇 （同时）听皇祖母
外祖母吩咐。

窦太后 （喜极）这就好了，哈哈哈哈——回宫。

众　人 送太皇太后！

〔窦太后与众人皆下，汉武帝呆若木鸡。

李央央 （见机可乘，急趋皇前献媚）皇上——皇上休要生气……

〔陈阿娇回上，见状厉声向李央央。

陈阿娇 小妖精！拿酒来！

李央央 （委屈后退）

陈阿娇 （笑）怎么样，皇帝陛下？外祖母是听你的呀，还是听我的呀？嗳，不要生气了么！（妩媚地）皇上，皇表弟呀：

（唱）我与你，青梅竹马表姐弟，
　　好好恼恼无稀奇；
　　只要你，不入花丛亲嫔妃，
　　别样事情好商议。
　　来来来，闹过了，把手携，
　　饮盅琼浆解解气。

（斟酒，故令李央央献，将特意丑妆了的李央央再乱妆）好了，勾引皇上去吧！

李央央 （极其委屈地）皇上，请饮酒。

汉武帝 （见李央央厌恶）哎，下去！下去！

陈阿娇 （笑、亲捧酒，极妩媚）皇上，相比之下，臣妾如何呀？

汉武帝 （冷漠，接酒不喝）

陈阿娇 （撒娇）皇上，你喝呀，快喝呀，还生我的气呀——（见汉武帝仍冷漠，欲发作，强忍）今日可是太皇太后定下在长乐宫赏桂的日子，我可要先去了，你随后就来——哼，真不知好歹！（下）

汉武帝 （嘘长气，举壶饮，狠摔酒爵）嗨！

（唱）祖宗之策不可改，
　　祖母之意不可违；
　　笼鸟怎越昆仑巅？

厩马如何将风追？
我欲击长空羽未丰，
欲登太行少梯台！
欲游沧海无云帆，
欲放悲歌知音谁？
知音谁？知音谁？
何人与我共此杯？
（饮酒益狂，醉吟）
好风几时有？
送我天之头；
随手摘星月，
脚下观神州！

〔切光。

二

〔灯微暗，一队歌女涌出台前，跪地起舞，景渐变。

〔灯复明，平阳公主府大厅，陈设华丽。

〔皇姐平阳公主陪汉武帝观赏歌舞。

〔汉武帝巡视众女，皆不悦，下。众歌女亦下，平阳公主羞忿不安。

李延利 禀公主，今日给皇上贡献歌舞，不见卫子夫！

平阳公主 （叫住一歌女）曹玉奴！

曹玉奴 （急返上）公主——

平阳公主 卫子夫呢？

曹玉奴 卫子夫？（欲掩饰）待奴婢即去唤来！

〔卫子夫惶急奔上。

卫子夫 （跪求）公主宽恕。

平阳公主 养兵千日用在一时，今日皇上来了，偏偏找不到你。

卫子夫 公主，我……

平阳公主 贱婢还有何辩？

卫 子 夫 （泣）公主容禀：

（唱）弟弟卫青养马童，

暗学骑射飞将军。

不慎堕马伤筋骨，

伤痛孤卧草舍中。

方才为弟敷药去，

奉驾来迟求宽容！

平阳公主 （唱）皇家只有主奴分，

哪有什么姐弟情？！

侍驾不到难补救，

触犯府规受家刑。

管家——家法伺候。

〔李延利持杖上。

李 延 利 奴臣遵命——卫子夫，给你一个记性！（举杖欲打）

卫　　青 内呼“且慢”，冲出护卫子夫。

〔汉武帝悄然上，众不觉。

平阳公主 （惊）啊？！卫青，竟敢私闯内厅？

卫　　青 （倔强、愤慨）公主：

（唱）问公主，姐姐怜弟何罪名？

你怎能，是非不明便动刑？

问公主，人间若无姐弟爱？

却为何，你对皇上特殷勤？

平阳公主 （被震慑、强振）贱奴还敢强嘴……

李 延 利 卫青！你竟敢顶撞公主！我正要找你算账呢：你身为马夫，不好好喂马备鞍，却去偷学骑马射箭，该当何罪？

卫　　青 匈奴侵边，中原不安，是真男儿就该枕戈待旦，杀敌报国！卫青何罪之有？！

李 延 利 （理屈）你、你目无尊长，给你一个记性——（举杖欲打卫青，卫青一把夺杖，轻轻一推，李延利倒地）哎哟！你、你要造反吗？你、你敢打我！

卫　　青 卫青连匈奴都敢打，还不敢打你这个小人吗？！（将杖折断弃地，众惊呆）

汉 武 帝（情不自禁地赞赏）好一个壮士呵！

平阳公主（惊觉）啊，皇上来了！（李延利急推卫青下）

汉 武 帝 皇姐，此人虽为奴仆，却是有志男儿，不可轻视——（指卫子夫）此是何人？

平阳公主 卫子夫！

卫 子 夫（闻言暗喜）奴婢卫子夫叩见皇上。

汉 武 帝 平身。

卫 子 夫 谢皇上！（目光与汉武帝相遇）啊——

汉 武 帝（惊）啊？！

〔两人忘情对视，平阳公主惊。

汉 武 帝（旁唱）但见她，梨花带雨泪晶莹，
芙蓉出水独娉婷；
淡妆高髻有奇韵，
分明是相思梦中人。

〔平阳见状喜，暗示卫子夫起舞。

〔音乐起，卫子夫情不自禁起舞，频视汉武帝，汉武帝似呆。

汉 武 帝（旁唱）舞婆娑兮纤腰轻，
美目盼兮秋水盈；
秋水盈，莲步移波盘鼓疾，
盘鼓疾，点点击在寡人心！
实堪叹，后宫浓妆多多少，
寡人胸间无倩影；
今日非在蓬莱上，
何来魔障勾我魂？
勾我魂呀销我魄，
寡人我，魂魄全无唯有情！

〔平阳公主见状悄然下。

卫 子 夫（旁唱）但见他，面如冠玉人翩翩，
凝眸忘情意绵绵；
既无君皇威仪相，
不见皇孙贪馋颜！
献舞从来少真情，

却为何，今日里，心如丝网结千千？
舞步碎，乐章乱，难作翩跹，
我非爱君皇爱少年！

汉武帝 （深情地）卫爱卿！

卫子夫 （羞怯地）皇上——

汉武帝 卫爱卿，随寡人回宫去吧！

卫子夫 （惊喜羞涩）不，皇上，卫子夫一介歌女，轻贱之躯，怎好侍奉皇上？

汉武帝 爱卿差矣！男子可分高才庸夫，不可分尊卑；女子可分丽质俗流，不可分贵贱！

卫子夫 皇上，后宫佳丽不是多得很吗——

汉武帝 （激动地）不，爱卿，不知为何，禀人一见爱卿，便觉得似曾相识、追寻已久！寡人魂游四极、飘荡无定，一见爱卿，便觉得心有所系，情有所归！一见爱卿，便觉得与爱卿生必相守，死不相弃！寡人八方受制、举步维艰，时萌心灰意冷之念。今日一见爱卿，顿觉人生甜美，壮志重发须有大作为于天下，方才对得起爱卿！

卫子夫 （深受感动，低泣）皇上……

汉武帝 （解下玉玦，替卫子夫系上）爱卿，这玉坚贞无瑕，权作定情之物吧！

卫子夫 （羞涩喜悦）这——

〔两人凝视，欲相拥抱，突然僵住。

汉武帝 （旁唱）欲与佳人结连理——

卫子夫 （旁唱）欲与君皇结连理——

汉武帝 （旁唱）猛想起，皇后妒嫉世间奇；

卫子夫 （旁唱）猛想起，今日受宠何日弃？
有多少，朝为君皇掌上珠，
暮入冷宫万人欺。

〔两人僵对，犹豫。

卫子夫 （凄楚）皇上，这玉玦——

汉武帝 （怅然）爱卿——

〔两人潸然泪下，分开渐退，凝眸不转，静场。

〔突然，火山迸发般地同时呼出：

汉武帝 爱卿——

卫子夫 皇上——

〔两人不顾一切地奔扰拥抱。

〔女声独唱紧接。词据汉乐府《上邪》:

我欲与君爱,
长久无绝衰。
若要与君绝,
除非江水竭。

卫子夫 (深情地)皇上呀:

(唱)鲜花无有百日红,
娇颜难保千日丽;
不求富贵封后妃,
但求君皇常怜惜!

汉武帝 (真挚而激奋地)爱卿呀!

(唱)与爱卿,孤星两颗各一方,
独行夜空暗茫茫;
中夜相吸又相撞,
苍穹灿烂大辉煌。
三生三世曾相识,
果然是,一见钟情非虚妄!
见卿方知男女爱,
见卿方为自由郎;
看眼前,万物熠熠放异彩,
与爱卿,同立誓盟告上苍!

〔众歌女拥上,宫香缭绕,汉武帝与卫子夫跪地祈天。庄重的盟誓仪式,众歌女伴舞。

〔女声独唱:

立誓盟,
立誓盟;
但求皇宫似民间,
白头到老永相亲。

〔平阳公主、黄门、李延利捧珍宝匣暗上。

汉武帝 (大声)卫子夫随寡人回宫,起驾——

众　人 领旨。

平阳公主 （极喜）慢，臣姐与卫子夫是姐妹一般的情分，今日她与皇上大喜，臣姐怎好不表点心意哪——

卫 子 夫 谢公主！

〔平阳公主将珍宝匣赠卫子夫，极亲热地。

平阳公主 子夫——妹妹：你去宫中享受富贵，可不要忘了我呀！

卫 子 夫 公主保重！

平阳公主 恭喜皇帝阿弟！

汉 武 帝 多谢皇姐，起驾回宫！

〔汉武帝偕卫子夫下，众人侍下。

〔平阳公主沾沾自喜。

〔卫青内呼："姐姐——"急上，李延利讨好地引上。

平阳公主 （见卫青，忽有所感，温情凝视）卫青！

（唱）我看你，伤痛不失威武相，
出口不凡将军腔。
从今后，你只管潜心读兵书，
走马击剑论文章。
再不要，喂马备鞍做下人，
只要你，莫忘情谊是平阳。

卫 青 （惊呆）啊——

李 延 利 （妒恨的目光）

〔切光。

三

〔微暗灯光中，羽林军士过场。

〔灯复明，景变：外宫精舍陈设华美

〔清晨，卫子夫刚送走汉武帝，还沉醉在恍惚、惊喜之中。

卫 子 夫 （唱）君皇早朝款款行，
依稀良宵绵绵情。
千般爱怜羞乍起，

万种温柔喜犹惊！
都道君皇无专宠，
他却是，还我一颗赤诚心。
最是枕畔叮咛语，
春光莫让皇后闻。
外宫藏美难长久，
我三分欣喜怕七分。

〔数名宫女捧梳洗物品上，跪呈。

众宫女 请夫人梳洗！

卫子夫 （受惊失措）啊，啊——

〔曹玉奴急自内出。

曹玉奴 （大方地）

（唱）你鱼龙变化入宫门，
好难得君皇是真情。
真情长在君恩在，
又何必，愁眉暗锁自担惊。
你从此一片锦绣路，
快梳洗笑待君皇临！

〔众宫女列队入内。

〔卫子夫、曹玉奴随下。

〔灯光微变，李延利引卫青机警地上。

李延利 （四顾窥探）卫青好兄弟，就是这里了！

卫　青 多谢李管家特地引路指点。

李延利 不、不，小人理应效劳么！好兄弟，日后你姐弟飞黄腾达，还求多多照应呢——你快进宫探，小人在外守候。

卫　青 多谢李管家！（入内）

李延利 嘿嘿，卫青，我要看你好戏！

（唱）屈做管家不得志，
日夜祈望飞腾时。
探实君皇藏美处，
叫妹妹转报皇后知。

〔灯光变化，舞台出现两表演区：一较暗处，卫子夫与卫青姐弟叙话；一较明处李延利与李央央窃议。

李延利 妹妹，你可都记下了？

李央央 都记下了，待我即告诉皇后。（欲下）

李延利 慢——妹妹，你怎么如此打扮，真是、真是奇丑无比呀！

李央央 （委屈地）唉！哥哥还不知道吗！

（唱）皇后要我作丑妆，
不许真颜朝君皇。
青丝沾粉失光泽，
玉容盖灰成枯黄。
皇上见我如避瘟，
众人嗤笑羞难当！
哥哥呀，明珠掩土难见天，
爹娘枉生我美红妆！（泣）

李延利 （唱）劝妹妹忍耐莫悲伤，
女人相妒亦寻常。
只要你，留得那勾魂摄魄娇模样，
我兄妹，总有一日登殿堂！

妹妹，不要难过了，今日便是好机会，倘若皇后因此喜欢你，说不定——

李央央 哥哥你去吧，我即去禀报皇后！

〔李延利、李央央隐去。

〔灯大明，卫青正向卫子夫辞别。

卫　青 （戚然）姐姐！

（唱）与姐生别何凄凄，
弟去从军今日离；
姐姐努力加餐饭，
珍重莫向秋风啼。
弟作《破匈十二策》，
心血铸字胜珠玑。
托姐慎重献君皇，
君皇知我必称奇。
破敌诏下三军起，
看弟飞马征蛮夷！

三分勇略七分遇，

拜将封侯或有机！

卫子夫 （凄楚地）弟弟！

（唱）骨肉重见茫无期，

求弟莫为功名羁。

平安归来身强健，

姐姐相迎咸阳西。

〔曹玉奴持盘缠上。

卫 青 姐姐，这《破匈十二策》关系汉家大业，你千万要早日献给皇上。（交《破匈十二策》）

卫子夫 （接过）姐姐知道。

卫 青 姐姐，我去了——

〔幕后突呼："皇后驾到——"

〔姐弟惊呆，痴立无措。

李延利 皇后来了！

卫子夫 弟弟快走！

曹玉奴 （焦急）外男入宫，罪上加罪！快快藏起来再说。（命卫青入内）

卫子夫 我、我呢？我呢？

曹玉奴 事已至此，只得接驾了——接驾！

〔卫子夫战战兢兢跪地，曹玉奴接过《破匈十二策》急下。

〔宫卫、宫女、黄门列队上。

陈阿娇 （内唱）几番昏死悠悠醒——

〔李央央扶气昏了的陈阿娇上。

陈阿娇 （唱）千刀万剐、难泄我心头恨！

皇上果然无情义，

冷落阿娇宠新人！

冤有头、债有主，

我要抽筋剥皮惩妖精！

（明知故问）呔，接驾何人？

卫子夫 （畏惧战栗）平阳公主府歌女卫子夫。

陈阿娇 原来是个下贱歌女，进宫来作甚？！

卫子夫 奉皇上旨，进宫充当宫婢……

陈阿娇 宫娥如云，何必用你这下贱之人？！

卫子夫 这——

陈阿娇 既然来做宫婢，怎配住这宫室？

卫子夫 （惶恐）这、这、这……

陈阿娇 （气极，一耳光打倒卫子夫）你不要脸的贱奴呀：

（唱）你竟敢妖冶狐媚惑君圣，

我岂容，睡榻之旁有鼾声！

内宫非是歌笑场，

岂容你卖笑弄风情？！

本宫是，六宫至尊汉皇后，

生死荣辱随口定。

你轻贱惑君罪名重——

众宫卫！

众宫卫 （齐应）在。

陈阿娇 （接唱）送往掖庭用宫刑！

卫子夫 （骇倒）皇后开恩哪——

〔一宫卫自内室搜卫青出，卫子夫瘫倒。

卫　青 姐姐。

陈阿娇 （亦惊）好啊！还藏着青年男子？淫乱宫闱，这还了得！拉出宫门斩了——

众宫卫 遵旨。

卫子夫 （急阻、跪求）皇后，皇后开恩哪！

（唱）胞弟从军来辞行，

姐弟话别亦常情。

触犯宫规求宽容，

皇后大恩放弟生。

奴婢我，情愿今日出宫去，

永世不踏内宫门！

陈阿娇 今日饶你，我这口气如何消得？本宫不管你什么姐姐弟弟，外男入宫，依律当斩，快将他拉出宫去斩！

众宫卫 遵旨——走

卫　青 （击倒一宫卫欲逃，众宫卫齐上围住）。

陈阿娇 啊?！他要造反，快斩！快斩——

卫子夫 （惨呼）弟弟！

〔幕后呼："圣旨到——"黄门官捧圣旨急上。

陈阿娇 （不以为然）哼，什么圣旨不圣旨，读吧！

众　人 （齐跪，陈阿娇立）。

黄门官 （读旨）"子夫贤淑端方，深得君心，封为夫人，居延春宫；卫青勇略可用，《破匈十二策》见识过人，封为中大夫，侍卫内宫。钦此！"

众　人 （齐呼）万岁万岁万万岁！

陈阿娇 （昏厥瘫地，李央央等急扶。平阳公主，曹玉奴随上）。

陈阿娇 （半晌方苏，仇恨地环视卫青、卫子夫、平阳公主等，咬牙切齿地）好。原来是你们串通起来算计我呀，你、你、你们等着——

〔切光。

四

〔黯淡灯光中，众宫女织帛舞过场。景变，静谧无声。

〔灯大明，长乐宫太皇太后居室陈设简朴、陈旧，气氛压抑，隐约可见一群宫女在织帛，动作机械，其声单调。

〔居室正中，立一私祭神位，上书"汉孝文皇帝之位"，窦太后伏于地。陈阿娇立侍，边置菜肴。

〔众宫女唱《织帛歌》，曲调呆板：

　　唧唧又乘乘，
　　代代织机声；
　　勤俭为古训，
　　富贵不忘根……

陈阿娇 （端盘，欲向太皇太后进餐）外祖母——

窦太后 （摇头摆手）

陈阿娇 （无奈）唉！（拭泪）

〔汉武帝亲端食盘上，陈阿娇见状，赌气隐下。

汉武帝 （唱）皇祖母气我不进膳，

六宫震恐我心悬。
解铃还需系铃人，
消气最宜多请安。
（跪）臣孙皇帝请皇祖母安。

窦太后 （不理）

汉武帝 （跪前）皇祖母，臣孙不肖，皇祖母尽管教训就是。皇祖母不进饮食，有伤玉体，臣孙痛彻肺腑，肝肠俱裂，叫臣孙如何对天下之臣民，如何报皇祖于泉下？（泣）

窦太后 （动情、叹息）唉，我若是教训你，你已是大国天子，堂堂汉皇；我若是劝说你，你又总是不听。你如此作为，皇祖在九泉之下，怎会安心啊！（落泪）

汉武帝 （亦动情）皇祖母——请皇祖母进餐！

窦太后 （点头）你起来吧——嗯？（忽听出织机有异，忙向织帛宫女）哎，织机上有根经线断了，一定有根经线断了！（一宫女欲去处理，窦太后阻，亲自摸索过去指点，处理妥后又摸回）我，我刚才说到哪里去了？

汉武帝 皇祖母正说到叫臣孙起来。

窦太后 对，你起来吧。

汉武帝 谢皇祖母，皇祖母请进餐——

窦太后 （点头）喝口汤吧！

汉武帝 （大喜）多谢皇祖母！（亲手侍汤，窦太后呷一口）

窦太后 （深情地）彻儿，你年纪轻轻登上皇位，叫人如何放心得下，祖母常常说你几句，为的是要你好啊！可怜你父皇早死，我不管你，还有谁来管你呢？（泣，抚摸汉武帝）

汉武帝 （泣）臣孙知道，皇祖母保重！

窦太后 不长进的冤家，可知皇祖母如何出身？

汉武帝 臣孙知——噢，臣孙不知，臣孙不知。

窦太后 （感慨万端）彻儿呀！
（唱）我本是、贫家女、采桑种柳，
　　做宫婢、受皇宠、本无他求。
　　谁料想、你皇祖、偏爱忠厚，
　　未央宫、百官拜封我皇后。
　　从此后，帝后相敬如宾客，

安宁和睦几十秋。
你为何不学你皇祖样？
清静无为少奢求？
你为何不学你父皇样，
遵祖守业治九州？
你为何，放任朝政爱嬉乐，
斗鸡走马贪风流？
你为何，偏宠歌女卫、卫、卫……

汉武帝　（没好气地）卫子夫！

窦太后　对、对，卫夫夫，卫夫夫——

（接唱）害得阿娇闹不休？
你这不忠不孝的不肖孙，
今日在皇祖面前诉根由！

汉武帝　臣孙错了，皇祖母不要生气，快快进餐！（又献汤）

窦太后　（拒不进汤）既然错了，快把那个叫什么卫夫夫的宫女赶出宫去，和阿娇重归于好！

汉武帝　（不语，反感）

窦太后　你说话呀！

汉武帝　（不语，倔强）

窦太后　（渐气）你，你到底赶不赶走卫夫夫？

汉武帝　（鼓起勇气）臣孙是皇帝，喜爱一个女子也是可以的，当年皇祖——

窦太后　皇祖什么？

汉武帝　（脱口而出）当年皇祖那么敬重皇祖母，不是也宠着一个美女慎夫人吗？

窦太后　（触动隐痛，大怒，说不出话来）啊？！你、你，皇祖的事，也是你说得的，你你——（打翻汉武帝手中碗）

汉武帝　（慌）皇祖母保重，臣孙又错了。

窦太后　你、你向皇祖认错，你、你是我的孙子，便向皇祖认错。

〔汉武帝不语，双方僵持。

〔沉闷、古板的《织帛歌》又起：

无求自淡泊，
寡欲便清心。

窦太后　你认不认错？到底认不认错？！（越说越气，几至气绝）

汉武帝　（惊慌）皇祖母千万保重，莫要动气，臣孙向皇祖认错就是了！（向神主郑重大拜，任性地）皇祖，臣孙死罪呀死罪！

（唱）泣血三叩文皇帝，
都怨臣孙不争气，
从此后，皇祖母说东我不西，
皇祖母说高我不低；
皇祖母不爱我不喜，
皇祖母欲哭我先啼。
万事都将祖母靠——

窦太后　呸！你自己就没有一点主见？我，我要是死了呢？

汉武帝　（接唱）跟随祖母到黄泉地！

窦太后　（气极）你、你、你这畜生——（扑向神主哭）文皇帝，臣妾对不起夫皇，对不起高皇帝呵！

（唱）子孙不肖最堪哀，
管教无方妾之罪；
夫皇呀，实在是难挽回，
臣妾我，回天无力人已衰；
我若一去无人管，
他要变得——（突发梗塞，气绝）

汉武帝　（惊呼）皇祖母——（陈阿娇急奔出）

陈阿娇　（悲呼）外祖母——

〔灯暗

〔灯大明，景变：丧宫外之偏殿。

〔群臣侍于殿侧。

〔两黄门官扶哀伤的汉武帝出。

汉武帝　（向内痛哭）皇祖母哇！

陈石公　（极度哀伤、衰弱）皇上，太皇太后神位已入太庙，与文皇帝同享祭祀。请皇上节哀，主持朝政要紧。

众大臣　请皇上节哀。

汉武帝　（振作）众卿！

众大臣　皇上。

汉武帝　（唱）天丧大汉失障屏，

太后撒手弃寡人。
从此后，令行禁止齐整肃，
莫负太后厚望深。

众大臣 （皆慑伏）万岁万万岁！

汉武帝 （大声）寡人诏告天下，整肃戈矛，北伐匈奴！凡我猛士，皆应踊跃，先破敌者封万户侯！

众大臣 万岁万万岁！

陈石公 （欲奏、惶恐）皇、皇上……

汉武帝 陈丞相尚有何言？

陈石公 （亦惶恐心虚）皇、皇上，文皇帝曾有诏曰：对匈奴只能和，不能战——

汉武帝 （厉声、打断）文皇帝之时，国力衰微，百废待举，对匈奴自然只能委屈忍让，如今国力强盛，寡人不击匈奴，更待何时？

李　广 （大呼）皇上英明！

众大臣 （附和）皇上英明！

陈石公 啊？！（环顾，感到势孤力单，绝望，突向内跪哭）太皇太后，臣对不起你，对不起文皇帝呵咳咳咳咳………（渐不支，晕倒）

众大臣 （惊呼）陈丞相——

黄门官 启禀皇上，陈丞相哀伤过度，晕倒殿上。

汉武帝 （恭诚地）快送陈丞相回府静养，文武不得以朝事相烦！

众　人 领旨！

〔黄门官扶送陈石公下，汉武帝礼送。

李　广 （跃起大喊）快哉皇上！壮哉皇上！臣愿领兵出击匈奴！

汉武帝 （微笑）飞将军老当益壮，寡人深为赞佩；请问将军：若命你挂帅出征，你看少年之中，谁可为先锋之将？

李　广 先锋吗？皇上，中大夫卫青可用！

汉武帝 卫青？将军何以见得？

李　广 （极激奋地）皇上呀！

（唱）卫青年少勇略备，
《破匈十二策》胜前辈；
野战先行须此将，
求君破格用奇才。
李广将老今逢时，

携手后生共显威。

祁连山前神弓响，

未央宫中捷报来。

汉武帝 飞将军，卫青果真可用？

李　广 果真可用。

汉武帝 哈哈，飞将军果然久经战阵，惯识战将，推荐卫青，正合寡人之意——中大夫卫青！

〔卫子夫、平阳公主等暗上

卫　青 臣在！

汉武帝 封你为骁骑将军，统兵五万，挂帅出征，抗击匈奴，不得有误！

〔众臣惊讶，李广状若痴呆。

卫　青 （兴奋、感激地）臣领旨！

平阳公主 （欣喜）皇上慧眼识人，臣姐早就看出卫青是个将才呀！

卫子夫 （喜悦难抑）臣妾谢皇上大恩！

汉武帝 卫青人才难得，寡人用他；非为宠幸宫眷，爱卿无须谢恩—

李　广 （如从寐中醒来）皇上——

汉武帝 噢，李将军尚有何言？

李　广 皇上，李广莫非果真无用了吗？

汉武帝 不、不，飞将军威名远镇匈奴，天下何人不知？喏、喏、喏，卫青年少，报国心切，老将军何不让些少年！

李　广 （失神）让些少年？

卫子夫 （恳切地）老将军，请受卫子夫一礼！

卫　青 （恭敬地）老将军，请受卫青一拜！（跪）

李　广 （急扶）使不得！使不得——

卫　青 （感激真挚地）老将军——老师！卫青平日多承教诲，今日又蒙推荐，将破敌之机让予卫青，提拔之恩，永生不忘，卫青改日登门求教破匈大计。

李　广 （痛苦地）好……好……（渐不支）

卫　青 老将军！老将军！（搀扶）

汉武帝 快扶老将军回府将养！

李　广 谢、皇、上！（挣脱卫青搀扶，自语）李广不老？李广不老！（踉跄而下）

〔卫青怅然，陈阿娇暗上。

汉武帝 卫将军！

（唱）盛世人杰必有用，

凯旋归来步青云。

卫　青（唱）若无明君识卫青，

才高孙吴亦虚空。

平阳公主（唱）千里骏马好威风，

莫忘伯乐在后宫。

卫子夫（唱）选我姐弟贫贱里，

万死难报君恩重。

汉武帝（一往深情）爱卿……

陈阿娇（再也压制不住，火山爆发般地冲出奔向汉武带，突然冷笑）嘿嘿，嘿嘿——一个下贱的歌女，在皇宫里神气活现，连做马夫的兄弟也转眼封为将军，这不是逼我去死吗？！（迸发，哭喊）你、你就杀了我吧！让我死了吧！让我跟外祖母去吧——

汉武帝（冷漠地）请皇后回宫！

陈阿娇 不——（抓住卫子夫，痛恨欲绝）皇上，你今天定要说个清楚：有陈阿娇便没有卫子夫；有卫子夫便没有陈阿娇！你说，你说呀！

汉武帝（镇定冷漠）皇后病了，要送长门宫静养。传太医调理，不得有误！

李央央 是，娘娘回宫去吧！

陈阿娇（状若半疯）有陈阿娇便没有卫子夫；有卫子夫便没有陈阿娇——外祖母哇……（被众宫女挟下）

汉武帝（突然想起，向内悲呼）皇祖母，呜呼；太皇太后，哀哉！

众　人（齐呼）太皇太后，呜呼，哀哉！

〔切光。

五

〔大字幕：汉武帝废皇后陈阿娇于长门宫，衣食侍奉如旧，卫青凯旋，封为将军。

〔仪仗簇拥下汉武帝与卫子夫携卫青，缓缓而上。

〔平阳公主急随上。

汉武帝 （喜悦地）大将军凯旋而归，大汉生辉！

卫　青 （恭敬地）远征得胜，全靠皇上之威！

汉武帝 （得意地）哈哈哈哈……

平阳公主 （喜滋滋地）卫夫人！（与卫耳语）

卫子夫 （喜）皇上——（与汉武帝耳语）

汉武帝 哈哈啥哈，皇姐嫁与大将军，寡人与卫氏亲上加亲了！

卫　青 （推辞）皇上，卫青一介武夫，不配公主……

汉武帝 大将军不用推辞，英雄美人，天地作合！寡人亲为皇姐与大将军主婚。

平阳公主 （佯羞）皇上，这、这……要办你就快点办吧！

卫子夫 （喜极）公主——喔，该叫弟媳了！

平阳公主 卫夫人见笑……

众　人 哈哈哈哈……

〔笑声中灯变。

〔闪烁灯光中，怪影幢幢，跳跃作舞状，景渐变，长门宫。

〔陈阿娇孤单一人，极专心地扎一布帛人。

〔李央央急上。

李央央 娘娘！

陈阿娇 （不应，劳作如故）

李央央 娘娘大喜！奴婢探得皇上已经起驾，往长门宫缓缓而来。

陈阿娇 你说什么？

李央央 皇上往长门宫方向而来……

陈阿娇 （狂喜）好了，好了！神巫媚魂，果然法力无边——快快给本宫梳妆！快！快！

李央央 是。（匆忙侍候，忙中偷闲为自己整衣理鬓，画眉涂唇）

陈阿娇 （急不可待）皇上就要来了！快、快些呀！（忽见李央央在偷妆，怒）贱婢，你偷偷上妆，又想狐媚皇上吗？（毁其妆）你休想！皇上是我的，是我一个人的，谁也夺不走！贱婢出去！出去——

李央央 （怨恨地）是。（退出）

陈阿娇 （复转喜，急梳妆，喜悦难抑）

（唱）忽听得，喜鹊声声君皇到，

妆盒重开添风骚。
赤金凤凰依然在，
青铜镜里格外俏。
（已入痴迷，摩挲玉玦，亲昵自语）皇上，皇表弟：
曾记得，你我两小无相猜，
游戏内宫共欢笑。
曾记得，外祖母前你惊人语：
要造座金屋藏阿娇。
曾记得，赠我玉玦意深长——
今日里，忆旧情，其中甘苦方知晓！
都怪我阿娇太任性，
都怪我阿娇脾气躁；
都怪我阿娇少妇德，
都怪我呀，失礼失言惹你恼！
皇上呀，要打要骂我情愿，
只求你，与臣妾续前情、修旧好、你我恩爱度良宵！

〔李央央急上。

李央央 （焦急）娘娘，皇上不来了！

陈阿娇 什么？皇、上、不、来、了！

李央央 皇上不是到长门宫来的……是到延春宫去了！

陈阿娇 延春宫？又是下贱歌女那里？

李央央 是到那里——

陈阿娇 （妒火中烧，悲愤出窍）不。皇上一定会来的！皇上是来长门宫的——我知道皇上是来长门宫的！都是卫子夫这个妖精，在半路上把你的魂摄去了！（取过布帛人，咬牙切齿地）卫子夫！卫、子、夫！！——侍候祈天！

众　人 （齐）侍候娘娘祈天。

〔众人焚香、奏乐、行内宫祈天礼。

陈阿娇 （极虔诚地祈求）上苍神明共鉴，卫子夫妖媚惑圣，汉宫不安，求其早丧，陈阿娇情愿与其共死！（悲愤大哭）

〔众女巫作法。

陈阿娇 卫子夫，你也有今日！（举针刺布帛人）

（唱）戳你美目兮，

众女巫　（边舞边接唱）——让你再顾盼？！

陈阿娇　（唱）断你纤指兮，

众女巫　（接唱）——让你再歌弹？！

陈阿娇　（唱）截你双足兮，

众女巫　（接唱）让你再姗姗？！

陈阿娇　（唱）挖你心肝兮，

众女巫　（接唱）——躯体四方散！

〔幕后呼：“圣旨到——”

陈阿娇　（惊喜大呼）圣旨来了，一定是卫子夫死了，皇上迎我回去做皇后了！下去、下去。接旨——

〔黄门官捧圣旨上。

黄门官　“卫子夫喜降太子，即册封为大汉皇后！六宫庆贺，不得有误。钦此！”

众宫女　遵旨。

〔陈阿娇瘫倒。

〔灯光变幻，宫乐大作。

〔惨淡灯光中，陈阿娇僵卧病榻。

〔李延利与李央央在稍远处警语。

陈阿娇　（呓语）卫子夫怎么还不死？卫子夫！怎么还不死……

李央央　（上前呼）娘娘！娘娘——

陈阿娇　（苏醒长叹）你把我喊回来做什么？还是让我死掉的好！让我死后变成一个厉鬼，向卫子夫索命。（狂呼）卫子夫，我要向你索命——

李央央　娘娘，你可是要除去卫子夫？

陈阿娇　（点首）

李央央　娘娘，你可是要皇上回心转意？

陈阿娇　（点首）

李央央　奴婢倒有一个办法。

陈阿娇　你有什么办法，快说——

李央央　娘娘：

（唱）娘娘且息雷霆怒，

婢有妙计除妖妇。

以毒攻毒上上策，

历代通用入兵书。
娘娘呀，暗中寻得美女来，
容貌要胜过卫子夫。
献君前，呈歌舞，
皇上必然醉心顾。
喜新厌旧人本性，
有了新宠忘当初。
那美人，枕畔细述娘娘情，
君皇句句入肺腑。
入肺腑，人醒悟，
皇上他，必将废弃卫子夫！！

陈阿娇 计倒是好，只是哪里去寻这般美女呀！

李央央 娘娘放心，这美女已经寻着了！

陈阿娇 人在何处？

李央央 便是央央！娘娘，你看好吗——

陈阿娇 好！好！好一个美女！（一拳击倒李央央）
（唱）料你没安好心肠，
巧计为自媚皇上。
皇上若是宠了你，
我更是，催命符书添一张！

李央央 （唱）一片好心为娘娘，
反要委屈李央央。
若是不用这上上策，
你长门宫冷怎下场？

陈阿娇 （震动）这（痛苦、犹豫）

李央央 娘娘保重，奴婢告辞——（欲走）

陈阿娇 央央——

李央央 娘娘。

陈阿娇 （犹豫）你是宫婢之身，如何轻易见驾？

李央央 这个嘛，娘娘，我兄长李延利定能安排妥帖，他已在宫外侍候。

陈阿娇 李延利？传！

李央央 李延利进见。

〔李延利急出。

李延利 奴臣李延利叩见娘娘。

陈阿娇 李延利，你当真愿为本宫出力吗？

李延利 （情真地）臣兄妹待娘娘多年，素受娘娘之恩惠，如今卫氏专宠汉宫不安、娘娘蒙尘，吾兄妹见此，悲愤难言，今日让央央面君，实在是我兄妹一片真心，望娘娘三思！

李央央 娘娘，天下有心之男女，何人不知报恩？奴情愿赴汤蹈火，以报娘娘之恩。（泣）

陈阿娇 （不觉点首）央央，你过来！

李央央 娘娘！

陈阿娇 （抚慰）央央，你真的不为自己，是为我的吗？

李央央 （泣）奴婢整个人都是娘娘的，不为娘娘，还为谁呢？

陈阿娇 （极恳切、哽咽）央央，这宫里，只有你知道我在受煎熬，你真的不会忘了我？你真的知道我度日如年吗？……（泣不成声）

李央央 （亦哽咽）奴婢知道……

陈阿娇 （决然地）宫娥们。

众宫女 在。

陈阿娇 （痛苦而庄重地）为李央央梳妆！（将自己妆盒郑重赐李央央）

李央央 （接妆盒伏拜，声泪俱下）谢娘娘大恩！众宫女侍李央央梳妆，陈阿娇别面。

李央央 （唱）捧妆盒，泪如珠，
今日总算把妆梳。
去陈垢，洗新污，
还我真颜绝代姝。
天生我貌本无罪，
安能长久受诬妒？
天生我貌必有机，
一朝君宠惊帝都。

陈阿娇 （偷睹半妆成之李央央，惊、妒）啊？！

〔切光。

六

〔鼓乐中，李延利与乐工、歌女作舞出，舞影中，景渐变。

〔未央宫后苑，水榭亭阁，奇石玲珑。

〔歌舞宫乐喜庆声中，汉武帝兴冲冲上。

黄门官 启禀皇上，今日公主与大将军成亲，奉旨赐宴偏殿，现已具备。

汉武帝 好！皇姐与大将军卫青之婚事，系由寡人主婚，业已诏告天下，今日万事均须光彩体面！

黄门官 遵旨——皇上，赐予大将军之歌舞亦已具备——

汉武帝 先让寡人一看！

黄门官 遵旨！

〔歌女突出，李延利等且歌且舞汉乐府《北方有佳人》。

李延利 （唱）北方有佳人，

绝世而独立；

一顾倾人城，

再顾倾人国。

宁不知倾城与倾国，

佳人难再得！

汉武帝 （微笑）这便是虚言了——歌者何人？

李延利 奴臣平阳公主府管家李延利。

汉武帝 李延利，人间果然有曲中之佳人吗？

李延利 禀皇上，奴臣不敢虚言。

汉武帝 （好奇地）佳人在何处呀？

李延利 皇上！

（唱）佳人之歌出臣乡，

八方儿郎引颈唱。

男子忘情女子妒——

便是臣妹李央央！

汉武帝 （益好奇）李央央？

李延利 禀皇上，李央央正在操习歌舞，奉旨赐予大将军。

汉武帝 不，先引来寡人一看。

李延利 遵旨——皇上请看！

〔李央央盛妆而出，光艳四射，众呆。

〔女声伴唱：

花自掩面月自隐，

琴瑟断弦寂无声。

汉武帝 （凝视、忘情、惊赞）啊！！！（惊叹）美哉佳人！奇哉佳人！

（旁唱）果然是，天外尚有一层天，

卫后绝色不及仙。

疑她未尝烟火食，

餐云饮露在洞天！

奇花岂容他人摘，

除却寡人谁配恋？

（亲切而情深地）爱卿家住何方？

李央央 （唱）家住中山美女泉，

选入宫里有数年。

汉武帝 （唱）你在宫中已数年，

为何寡人未曾见？

李央央 （唱）皇上呀，君未见时妾粗俗，

君见妾时方丽艳！

汉武帝 （惊悟）不错呀不错！

（唱）绝色不为寡人爱，

埋入深宫恨绵绵。

爱卿呀，寡人怜花花更娇，

不枉造化生红颜。

〔解玉玦赠李央央，李央央跪谢。

〔女声独唱：

君皇又赐定情玉，

再设盟誓告苍天。

〔卫子夫喜洋洋上。

卫 子 夫 （唱）弟弟成亲赐御宴，
百官贺喜集偏殿。
婚礼将开请皇去——
（见状惊止步）啊？
〔汉武帝见状，令李央央急隐。

卫 子 夫 （接唱）猛然见，皇上忘情拥娇艳！
皇上——

汉 武 帝 （尴尬地）皇后！

卫 子 夫 皇上，臣妾方才见一美女，她是何人？

汉 武 帝 （泰然）噢，她是宫婢李央央。

卫 子 夫 李央央？可否容臣妾一见？

汉 武 帝 一介宫婢，不见也罢！

卫 子 夫 皇上，李央央既能为皇上所喜，定是天上人间、从古到今的绝代美女，定是远胜臣妾，臣妾但求一见，以慰钦慕之心！

汉 武 帝 皇后一定要见？

卫 子 夫 （行礼恳求）皇上！

汉 武 帝 好吧——李央央见过皇后。
〔李央央复出。

李 央 央 奴婢李央央叩见皇后陛……

卫 子 夫 平身！（细端详，惊呆，自愧不如）啊——
（旁唱）眼前忽现一团亮，
她是光彩逼我心慌张。
天呀天，既然生了卫子夫，
为何又生李央央？——唉，
今日是弟弟公主大喜日，
万事且隐不张扬。
（强欢颜）皇上——
〔平阳公主、卫青急上。

平阳公主
卫　　青 （焦急地）臣叩见皇上。

汉 武 帝 两位爱卿急匆匆地忙些什么？

平阳公主 皇上莫非忘了？

汉 武 帝 寡人忘了什么？

卫　　青 （焦急）今天是皇上主婚，赐公主与卫青的喜日呀！

汉 武 帝 （心系李央央，漫不经心）噢，是今日吗？

平阳公主 （微怨）啊哟，这吉日良辰也是皇上亲自钦定的呀！快请皇上前去主婚。

汉 武 帝 （心不在焉）皇姐，寡人令日朝事繁多，不能前去。喏喏喏喏，皇后前去也是一样的么！

众　　人 （惊）啊？

平阳公主 （焦急、怨艾）哎，皇帝阿弟呀！

（唱）皇上主婚传城乡，
圣驾不临怎下场？
臣姐无颜在其次，
怎对得，先帝母后在泉壤。
你总该看看皇后面，
更何况卫青得意将。
皇上呀，若非他舍命破匈奴，
你怎能安居在未央？！

汉 武 帝 （闻言不悦）哈哈，皇姐！

（唱）说什么若非卫青破匈奴，
寡人难做太平皇！
你可知，若非寡人选人才，
将军终老马厩旁。
你可知，若非寡人识美女，
皇后珠黄在歌坊！
寡人处事有定章，
对卫青，封侯赐婚已相当！

卫　　青
平阳公主 （震惊）啊？！

卫 子 夫 （见汉武帝对李央央情深，已是明白，仍委婉相劝）皇上——

汉 武 帝 （反感、打断）寡人治理天下，管的是汉家大业，岂能专管姐弟私事呀！

卫 子 夫 （骇）啊？！

汉 武 帝 寡人博大胸怀，能容纳天下之奇才美女，岂能单单容纳卫氏之私爱呀！

卫 子 夫 （益骇）这……

汉 武 帝 寡人洞察常人之见，不需常人之劝——（径下）

卫 子 夫 皇上——

平阳公主 （顿时明白突大哭）先帝！母后！我好苦的命呀！（急往外走）

卫　　青 （急阻）公主——

平阳公主 你还拦我做什么？

卫　　青 公主，今日成婚大礼——

平阳公主 （冷冷地）不办了！（掉头而下）

卫　　青 （惊呆）不办了？嗯？（茫然追下）

卫 子 夫 弟弟（心如刀绞，暗泣）

李 央 央 （笑）皇后何必悲伤，后宫之事，历来如此，当初之陈皇后，比皇后还要受宠呢……

卫 子 夫 （发泄、怒斥）咄，李央央，你不过一个宫婢，竟敢在本宫面前肆无忌惮！

李 央 央 （笑）皇后莫要生气，央央确是低贱，不过么——皇后呀！

（唱）莫道央央是宫婢，

女子命运难预计。

刚才当街卖歌笑，

转眼就能变公卿——

刚在贫家采桑麻，

转眼入宫当皇妃！

皇后呀，只看君皇喜不喜，

女子出身无高低……

卫 子 夫 （深有感触，饮语难言）你不要说了，你不要说了——

〔陈阿娇突上。

陈 阿 娇 哈哈！

卫 子 夫
李 央 央 （同惊）啊？

陈 阿 娇 （痛恨入骨地）卫子夫，你也有今日？

（唱）看你伤心看我笑，

善恶相报在今朝！

我造央央受君宠，

君皇恋旧思阿娇。

逐出卫家轻贱女，

重操旧业卖歌笑。

卫子夫 （不由被震骇）你、你……

陈阿娇 哈哈哈哈——哎，央央，我的好央央，你在皇上面前替我说情了吗？皇上是怎么说的呀？

李央央 （犹豫）这——

陈阿娇 （急切）这什么，快说，皇上怎么说的呀？

李央央 皇上说——皇上说要加重处罚你呢！

陈阿娇 你说什么？

李央央 （已无畏惧）你掩盖央央花容玉貌，皇上大怒，定要加重处罚你！

陈阿娇 （绝望、狂怒）啊？！你在皇上面前不替我求情，还要火上加油！李央央，我、我饶不了你——（追打）

李央央 （逃呼）快来人哪——废皇后疯啦。

〔李央央逃下，陈阿娇已疯癫，乏力倒地，卫子夫扶起，陈阿娇时哭时笑而下。

卫子夫 （惊惶焦急，悲凉暗泣）

（唱）桂子香销黄花冷，

芙蓉色变泣秋声；

我恨那，君宠却似这三秋色，

一夜风霜便凋零。

我盼那，君宠却似这三秋色，

明年此日又争春。

我岂想，六宫专宠年年重，

但求卫氏得安宁。

我虽知，代代君皇无长爱，

想不到，恩爱转眼化为冰！

如今我，难忍难泄怨和恨，

我欲问君皇旧誓盟！

我若是，因妒生怨怨君皇，

前车之鉴在长门。

我若让央央得专宠，

她必然，浅薄无行霸宫禁。

好容易，君皇振作汉室兴，

怎能够，内助不贤误帝圣。

〔幕后合唱：

暮云起，金风急，哀鸿阵阵，

卫子夫，心头乱，柔肠寸寸！

卫子夫 天哪——

〔切光。

七

〔一队军士持弓作舞过场，景变。

〔长安近郊，军营。

〔李广营帐外，远处可见军士练弓。

李　广 （于松下石凳上弹筝，终难成调，推筝而起，持弓长叹）弓呀弓，难道你也老了么！

（唱）七十余战未离身，

多少敌血洗你尘。

难怪你昨夜壁上鸣，

怎能忍，一张硬弓换银筝？！

银筝弹来曲调变，

又是铁马冰河在战阵！

〔卫青突上。

卫　青 老将军！

李　广 噢，大将军来了！

卫　青 老将军——老师，近日身上可好些了？

李　广 多蒙大将军屡来探望，李广早已好了——当此草黄马肥之秋，大将军前来，可有军情？

卫　青 不出老师所料，匈奴为报前番兵败之仇，聚集铁骑十万，分陇右、雁门关两路入侵。

李　广 （振奋）两路入侵？

卫　青　卫青特来求教。

李　广　（激动地）大将军，李广一生征战，未受重用，人将老矣！此番最后之机，请大将军皇前推荐，命李广为马前先锋！（突跪）

卫　青　（急扶）老师快快请起！

李　广　（泪飞）大将军，除却君父，李广一生未曾跪于人前啊！

卫　青　（旁唱）见他悲壮我隐痛，
又忆起，公主变色皇后恐。
君宠渐冰应挽回，
再战匈奴建奇功。
老师，老将军！
进宫同求君皇诏，
与将军，分兵出塞破夷戎！

李　广　（感激大呼）生我者父母，知我者大将军也！！（与卫青紧握）

〔众军士齐出，作战阵骑射之舞。且歌且舞。
大将军，李广出，
匈奴夜遁祁连北。
神箭射定胭脂山，
匈奴妇女无颜色！

〔烽火起，人景隐。

〔灯复明，景变。

〔未央宫后苑，秋花绚丽。

〔汉武帝与李央央欣喜游苑。

李央央　（娇媚地）皇上呀：
（唱）美蓉似妾含羞放，
芳心一点朝君皇。

汉武帝　（唱）君皇带笑看不够，
花不解语逊央央。

李央央　（唱）名花长侍君皇侧，
皇后不容怎下场？

汉武帝　（唱）皇后虽居万人上，
却也是，寡人所封非天降。
爱卿但请放心就是！

李央央 臣妾谢皇上大恩!

〔卫子夫着宫女装，持帚扫落叶上。

李央央 （发现、惊）啊！皇上看，皇后她——

汉武帝 （亦惊）嗯，皇后……

卫子夫 臣妾叩见皇帝陛下。

汉武帝 （不解地）皇后，你为何如此装束？在此洒扫？

卫子夫 （诚地）皇上呀!

（唱）臣妾才貌皆平常，
自愧不及李央央；
不配相侍君皇侧，
天命如此难勉强!
妾原想，求得皇恩出宫去，
更兼太子年幼小，
嗷嗷待哺要唤娘。
皇上呀，妾情愿，粗衣淡饭勤劳作，
充当宫婢在未央。
岂敢再求君皇顾，
但求得，远远见，君颜康泰人无恙!（泣）

汉武帝 （感触生怜，不语）嗯——

李央央 （撒娇）皇上呀:

（唱）皇后作此怪模样，
分明辱我李央央。
臣妾受辱倒无妨，
她不该，冷言冷语刺皇上。
皇上呀，你要持公道、论短长，
要为央央作主张。（泣）

汉武帝 （渐不悦李央央）好了，好了，不要闹了!

卫子夫 （委婉地）央央妹妹——

李央央 （不理）哼!

卫子夫 （更诚恳地）央央，我的好妹妹呀!

（唱）你是绝代佳人兼聪慧，
大国后妃正相配。

求妹妹，从此谨慎侍皇上，
整肃六宫清宫规。
愿妹妹，辅佐君皇成大业，
妇德风范天下魁。
皇上呀，今日交还皇后印，
求皇上，册封央央主宫闱。

〔卫子夫坚决地交还印玺。

汉武帝 （益怜）皇后，卫爱卿，你何必如此！

李央央 （凝视后印，半信半疑，转念又闹）皇上，这……

汉武帝 （凝视卫子夫，深感内疚）

（旁唱）她哀而不怨言凄清，
勾起我，山盟海誓旧恋情。
央央恃宠不容人，
娇多反觉欠可亲。
寡人宠美如用将，
胸中自有一准绳！

（亲切地）皇后呀——

〔黄门官上。

黄门官 启禀皇上，大将军卫青有紧急军情禀报！

汉武帝 命众卿殿上议事——

〔景变，未央宫前殿。

〔卫青、李广等急上。

卫　青 启禀皇上，匈奴两路入侵，雁门关、陇右同时告急！

汉武帝 （微笑）匈奴小丑还不甘心吗？好！匈奴两路入侵，寡人便两路出击，务必直捣巢穴，踏平匈奴！大将军卫青——

卫　青 臣在。

汉武帝 命你统兵五万出雁门关抗击匈奴，不得有误！

卫　青 臣领旨！皇上，那陇右之敌呢？

汉武帝 大将军，你看朝中文武谁可为将，兵出陇右？

李　广 （急跪）臣李广愿往。

汉武帝 （笑）老将军又来争先了？壮哉呀老将军！大将军，你看呢？

卫　青 （欲奏）皇上——

李央央 （娇媚地）皇上，远征匈奴，应当选拔年轻有为之人做将军呀——

卫子夫 （已知其意、紧接）皇上，央央之言实有道理，当初选拔臣妾之弟卫青，不也是这样的吗？（示意卫青）

李　广 （渴求地）大将军——

卫　青 （四顾、为难）哎哟！

（唱）皇后眼波频频示，
央央之意我更知。
欲固宫宠顺宫意，
荐将只得负我师。
莫笑卫青无风骨，
人入官场宜多思！

汉武帝 大将军，到底谁可为陇右统兵之将呀？

卫　青 启禀皇上，出陇右破敌主将，臣以为可用中大夫李延利！

李　广 （惊呆）啊？！

汉武帝 你说是李延利？

卫　青 正是李延利

汉武帝 哈哈哈哈，妙哉卫青，好个伯乐也！

李延利 （见机急出）启禀皇上，延利幼读兵书，熟知《孙子兵法》，愿为破匈之将！嘿嘿！（奴颜卑膝地谄笑）

汉武帝 （点首）年轻有为，理应阵前磨炼，一试锋芒——李延利。

李延利 （急伏地）臣在。

汉武帝 封你为贰师将军，统兵五万，出陇右抗击匈奴，不得有误！

李延利 （得意地）臣领旨——

卫子夫 （恭贺）李将军大喜！将军天生将才，必定马到成功，不负君恩！

李延利 谢皇后。

汉武帝 （真诚赞叹）卫爱卿真是识大体、有大度的贤淑皇后。皇后请佩上皇后印玺，寡人决不辜负皇后。（还印于卫子夫）

卫子夫 （泣）皇上——

汉武帝 封李央央为贵夫人，居揽月宫。

李央央 （喜）谢皇上。

汉武帝 谢过皇后。

李央央 （尴尬地）谢皇后——（欲跪）

卫子夫 （急扶）李夫人不必如此，你我理应姐妹相称，不分上下……

汉武帝 大将军，李将军！

卫　青
李延利 臣在。

汉武帝 兵贵神速，即刻发兵，延误军机者斩！

卫　青
李延利 臣领旨。

〔平阳公主急上。

平阳公主 慢来，皇上，大将军一心为国，与臣姐的婚事至今还未办呢！

汉武帝 好，好，好！寡人主婚，寡人主婚！

〔两卫、两李、平阳公主皆下。

李　广 （两呆半晌、突大呼）皇上——

汉武帝 （惊觉）噢，老将军！老将军尚有何言？

李　广 （万分悲痛地）皇上，臣一介武夫，以杀敌报国为天职，临战不用，无颜人世！求皇上命李广为军中先行！

汉武帝 （犹豫）老将军——

李　广 皇上若不许，臣今日便碰死在殿上！（欲触柱，汉武帝急阻）

汉武帝 非是寡人不许，实在是将军老、老矣！

李　广 李广何老之有，看李广为皇上再开硬弓——弓来！

〔两军士抬弓上。

李　广 皇上请看——（抖擞精神，奋力开弓，狂喝）开——（死命拉开硬弓）

汉武帝 （情不自禁）壮哉，飞将军——将军年逾花甲，虎威不减，真乃天神也，只是——可惜呀可惜！

（唱）惜将军，壮志不老人已老，
有才不用怨前朝。
寡人若遇你少年时，
你定然，功盖天下大汉骄！
问将军，为何你，历经三世无机遇，
为何你，蹉跎耽误到垂老？

李　广 （悲愤出窍）

（唱）文皇帝，用人爱老不爱壮，
李广当时少年郎。

景皇帝，用人重文不重武，

李广却在武将行;（行：音“杭”）

皇上你，用人喜少不喜老，

李广已老鬓如霜！

三代不遇谁之过?

三代都是英明皇。

皇上呀，才各有异人有别，

报国安能分老壮?！

众　人　（闻言震惊）啊?！

汉武帝　（极大的震撼、内疚、彻悟）啊——

（唱）九天惊、神鬼泣、汉宫震荡，

报国心、无知遇、咎在君皇，

我所识、我所喜、人有几何?

怪不得：世世代代、万千英才、无声无息湮四方！

老将军三世不遇，君皇之过，今日寡人命你为后将军，辅佐卫青共击匈奴！

李　广　臣领旨！

汉武帝　（大声、振作地）大汉皇帝诏告天下：郡县荐举人才，从此不拘一格，以兴汉室！

众　人　（齐呼）万岁万岁万万岁！

〔字幕：汉武帝广搜人才，汉室鼎盛。其后，李延利战败降匈。

〔灯放异彩，呈现大汉鼎盛景象。

〔幕徐徐下。

〔剧终。

1990 年

《话剧》

日 蚀

童汀苗　房　子　顾天高

人物表　季　敏——江南丝联厂厂长。
廖立荣——市丝绸公司副经理。
孙玉华——江南丝联厂厂长助理。
左　伦——“青年作家”。
维　娜——季敏的女儿，歌星。
闻如燕——北京太平洋实业公司的幕后人物。
三公子——北京太平洋实业公司总经理。
沈科长——江南丝联厂供销科科长。
供销员——与江南丝联厂有关系的供销员。
李师傅——江南丝联厂传达室工人。
阿　根——江南丝联厂机修工。
阿　娟——江南丝联厂合同工。
雅　琴——江南丝联厂合同工。
陶　妹——江南丝联厂合同工。
阿　菊——江南丝联厂合同工。
老　赵——江南丝联厂干部。
云香嫂——江南丝联厂老工人。
小　朱——汽车司机。
罗　珍——廖立荣的妻子。
老　郑——市纪委书记。
张文斌——户籍警。

戈师傅——江南丝联厂老工人。

胡师傅——江南丝联厂老工人。

小　高——闻如燕的秘书。

古广达——画家。

茧站站长、茧贩、工商干部、检察院干部、看相老头、民航和咖啡厅服务员、港商、工人群众及宾馆警卫等。

1

〔江南，某省城机场候机厅。

〔透过玻璃墙看得见飞机的起落，墙中有一自动门为旅客出口。几张候机厅特有的长沙发和几盆室内植物，显示出这个机场的档次。几张抽象派的画，颇具现代感。大厅拐角有一电话。

〔在班机起落声中灯亮。几组候机、接人的旅客散坐在大厅各处，他们中间有政府官员、企业家、旅游的外国人和港、台同胞。

〔播音员用中、英、日及粤语播音："从北京飞往广州的CA5012航班，因北京上空有雷暴雨，晚半小时起飞，18点20分到达本港。"

〔候机厅中的人们一阵骚动。

〔电话铃声，一民航服务员接电话。

民航服务员　喂……好，请等一下。（放下听筒，向候机的旅客）丝绸公司廖副经理电话！

〔廖立荣，一个四十来岁的中年男子走向电话机，他高高的个子，潇洒、飘逸。

廖　立　荣　（从服务员手中接过电话听筒）哪一位？什么事？……不行，不能来，我在接北京的贵宾，明天到家谈。（挂断电话，点燃一支香烟，陷入沉思）

〔孙玉华上。她三十开外，体态丰满而匀称。

廖　立　荣　玉华！

孙　玉　华　廖副经理。

廖　立　荣　你怎么才来？我都等你半个钟头了。（拉孙玉华坐下）

孙玉华　厂里有点事耽搁了。

廖立荣　你这个厂长助理还挺负责任嘛。

孙玉华　我们这些小不拉子，领导叫干啥就干啥呗！

廖立荣　什么要紧的事非要今天办？

孙玉华　要我查找一些报表材料。

廖立荣　什么报表？

孙玉华　进出厂丝的报表。

廖立荣　谁叫你查的？

孙玉华　厂长。

廖立荣　季敏？（有些生气）别理她。这个寡妇，就她会来事。

孙玉华　你别这样说！她可是个好人。

廖立荣　好人？刚才你们供销科长的电话都打到这儿来了，说她把上半年进出厂丝的报表都调了去。

孙玉华　对，厂长她要亲自查一查。

廖立荣　（稍有收敛）应该查，应该查。计划是我下达的，调拨也是我批的，让她去查吧。

孙玉华　我怕她再查下去会牵连公司领导……

廖立荣　你的神经太脆弱了！公司领导就不能查了？谁能保证我们在改革中不犯点错误？查嘛！

孙玉华　看不出，你还真是个彻底的改革派！

廖立荣　玉华，等闻大姐到了，我要把你介绍给她的出国团组。我要用上等丝绸把你打扮成仙女，让你成为丝绸皇后！

孙玉华　我又不是企业家……

廖立荣　华华，你的聪明才智是我们企业家的骄傲！你会成为未来的优秀企业家！

〔“青年作家”左伦上。他三十左右，留着长发，穿着名牌风衣，一副现代派诗人的样子。

左　伦　廖副经理！

廖立荣　啊，我们的青年作家来了！

左　伦　怎么，班机还没到？

廖立荣　北京上空有暴雨，晚起飞半小时。

左　伦　这位漂亮的小姐，认识一下吧。

孙玉华　孙玉华。

廖立荣 江南丝联厂厂长助理，（指左伦）青年作家左伦。

孙玉华 左伦？

廖立荣 左罗的弟弟，左拉和拜伦的结合体。

孙玉华 哟，那您是双料的大作家啦！（接名片）啊！您的官衔可真不少啊，企业家联谊会特约记者，哦，我想起来了，您最近发表过一篇《不会陨落的星星》，对吗？

左　伦 对呀，您看过？

孙玉华 在我们江南厂反响可大啦！

左　伦 因为写的是你们厂长的女儿？

孙玉华 有人说这个记者是为了追求她的女儿才写的，也有人说肯定得到过这位歌星的好处，至少也有拍马之嫌。

左　伦 对不起，写这篇文章之前，我根本不认识她母亲。

廖立荣 遗憾得很，没有看过这篇奇文。

左　伦 （从风衣口袋里取出一份小报）请批评指正！

廖立荣 （接过小报）我以企业家联谊会秘书长的名义，要查查你这个特约记者从中受了多少贿赂。

左　伦 嗨，谁向穷作家行贿呀，几个稿费贴进去买烟还不够呢！是不是，孙小姐？

孙玉华 隔行如隔山，你们作家、记者怎么受贿我们可不清楚。

廖立荣 （使劲地拍着小报）很好！真是天才作家，虽然你写的是《不会陨落的星星》，而实际上她已经陨落了，偷税漏税款尽管补交了，也掩盖不了她的过错。高明！

左　伦 秘书长大人，我的“丝绸大王”，我不明白你为什么对这件小事有那么大的兴趣？

廖立荣 对不起，这超出了采访的范围。

孙玉华 嘘——来了！

〔季敏上。她四十五岁左右，端庄大方。虽已步入中年，但风韵犹存；虽被冠以优秀企业家的称号，却不失朴实、谦逊。

孙玉华 （热情迎上）厂长！

季　敏 （亲切地）玉华，你也在这儿？

孙玉华 我正为计划的事向廖副经理求情呢。

左　伦 季厂长也来接客人？

季　敏 什么客人，我女儿，这孩子总让人放心不下。

摩立荣 她也从北京来？

季　敏 是啊。喏，上次为补交税款的事闹了场风波，小左还来采访过。

摩立荣 （扬了扬手中的小报）我正在拜读。

季　敏 谢谢廖副经理关心。你们是来接哪位大人物呀？

廖立荣 一位北京来的女首长。

孙玉华 （在季敏耳边悄悄地）太平洋公司的。

季　敏 真的？太平洋公司？

廖立荣 这家公司天上地下无所不包、无所不有。对了，还得加上一句，无所不能！

季　敏 通天？

廖立荣 大概吧。

季　敏 这么神通广大？

廖立荣 这么说，我们的歌星和客人同机？

季　敏 可能吧。（走向廖立荣）廖副经理，我们的报告您看了吗？

廖立荣 看了。你的助理盯得这么紧，我能怠慢吗？

季　敏 蚕茧收不上来，厂丝计划又不足，逼得我们只能发百分之七十五的工资……

廖立荣 （耐心地）丝绸行业情况大致相同，不只是你们一家，所以说跌入低谷嘛！

季　敏 可是上边分配给我们的计划，为什么月月不能兑现？

廖立荣 不是经过公司批准的吗？

季　敏 我怀疑是不是都经过批准。

廖立荣 所以你在查供销科长的月报？

季　敏 （惊）这么快你就知道了？

廖立荣 查漏洞是必要的，但对当前形势要有个清醒的认识，不能光等上面调拨，那是不可能有活力的。

季　敏 难道对骨干企业的分解就是改革的目的？

廖立荣 你看，又来了！

〔播音员声："由北京飞往广州的CA5012航班已经到达本港。"

〔接客的人向门口涌去。最先进入候机厅的是歌星维娜，她正当青春年华，装束入时。

维　娜 （一眼认出了季敏）妈妈！我真没想到您会来接我！

季　敏 维娜，我不放心！税交了吗？天冷该知道多穿件衣服。

维　娜　这不挺好吗？我在飞机上认识了一位女首长，她可好了，要认我做她女儿，说有什么困难可以找她。

季　敏　来，我帮你去取行李。（下）

维　娜　我自己去吧！

〔几名民航服务员来到自动门前维持秩序。广播中响起《迎宾曲》，俨然一副国宾驾临的气派。

〔随员簇拥着闻如燕上。她身穿上等套装，外披风衣，戴着进口变色镜，匀称的身材，伶俐的口齿使人很难看出她实际上已超过离休规定的年龄。她走到哪儿都是风风火火，成为环境的中心。

闻如燕　啊哈！天堂到底是天堂，不冷不热不干不湿，怪不得慈禧要仿效天堂造一个颐和园了！（发现廖立荣）哦，小廖！这么些熟人，都是来欢迎我的？哈哈哈……小廖，谢谢你来接我。北京的一场暴雨害你多等了半小时，是不是？

廖立荣　应该的，应该的！

闻如燕　那当然了，谁让你是主人呀！（脱去外套，发现维娜）维娜，你先出来了？我还到处在找你呢！

左　伦　（拍照）首长，请您签个名！（递笔记本）如果允许的话，我将向您作一次采访。

〔维娜下。

闻如燕　你是记者？

廖立荣　不，他是青年作家。

〔闻如燕接过本子随意画了几笔。

左　伦　（十分感激）谢谢首长！

闻如燕　别叫我首长，我已经离休了。我们太平洋实业公司只是经商办企业，没什么职务，叫我大姐吧，大家都这么叫。

廖立荣　闻大姐，总经理他没来？

闻如燕　你是说他？（伸出三个指头）三公子？这个三公子一听有雷暴雨就调直升飞机了，这会儿在天上还是在地下都不知道呢。

〔电话铃响。秘书小高接电话。

小　高　首长，电话。国宾馆来的。

闻如燕　（接电话）啊哈，我的三公子，正说你呢。什么，你已经到了？在国宾馆住下了？你真他妈神了！……好，我一会儿就到。（挂断）

廖立荣　请吧，闻大姐，车就在门口。

〔闻如燕手一挥，众人呼呼啦啦下场。

〔灯暗。

2

〔季敏和维娜母女俩坐在轿车里，一个光圈照着她们。车窗外的交通灯不时变换着色彩。

维　娜　（搂着季敏）妈，我看您气色不大好。

季　敏　妈累了，也老了。

维　娜　妈还和从前一样，一点也不老。

季　敏　尽说傻话，这几千人的工厂快把妈压垮了！

维　娜　妈，您该结婚了。爸爸去世五年，里里外外全靠你一个人，晚上回家连个说话的人也没有，有时候想想，真不该离开你。广达叔叔有信吗？

〔季敏点点头。

维　娜　他什么时候回国？

季　敏　快了。

维　娜　等广达叔叔回国你们就结婚。到时候我送你一件意想不到的礼物。

季　敏　什么？

维　娜　现在——保密！

〔灯暗。

3

〔另一辆车内，坐着闻如燕和廖立荣。光圈照着他们。

闻如燕　小廖，大姐可想你啦！怎么样，夫人身体还好吗？

廖立荣　不好不坏，老样子。

闻如燕 有空可以带她到北京来看看病嘛。

廖立荣 工作一忙，也就顾不上了。

闻如燕 小廖，大姐我有点难处……

廖立荣 大姐，您尽管说。

闻如燕 公司和外商订了一年合同，现在外商在深圳急等着我们发货。一个月之内要是不交货，会影响我们公司的声誉，弄不好还要连累小三儿的父亲……

廖立荣 什么货？

闻如燕 白厂丝。

廖立荣 要多少？

闻如燕 一百吨。

〔他们身后的交通灯骤然亮起红灯。小车嘎的一声，急忙刹住。

〔灯暗。

4

〔夜。国宾馆大套间的客厅。窗外湖光山色，点点灯火。阵阵乐曲声，不时从宾馆的舞厅内传来。

〔闻如燕独自玩儿着纸牌。有顷，三公子上。

三公子 怎么，他们还没来？

闻如燕 急什么！

三公子 这湖光月色阵阵乐曲……可我们却在这里空度良宵，真他妈没劲！

闻如燕 怎么，又想入非非了？

三公子 （扭开录音机，突然想到）阿姨，还记得去年在里约热内卢吗？哈哈哈……

闻如燕 （自顾玩儿牌，无心搭理）嗯。

三公子 巴西狂欢节，谁到了那儿都会产生一种冲动——性的冲动！西方有种理论，人类的一切丰功伟绩、罪恶和战争，都来自这种冲动。别说拿破仑，就连斯大林……

闻如燕 小三，对你这套性理论我不感兴趣。

三公子　得了吧，你独身生活这么多年，就没有感到寂寞？你没听说叶群在您这个年龄……

闻如燕　（把牌一甩）行了，小三儿！你要是再这么没完没了，阿姨明天就回北京，看你这一百吨白厂丝向谁去要！

三公子　好了，阿姨，茶余饭后开个玩笑还不行吗？

闻如燕　怎么，拿我开胃？太没大没小了！（见三公子噘着嘴在转椅上转来转去不说话，便起身哄他）小三儿，咱们只有个把月时间，外商在口岸等着，待一会儿丝绸公司的头头和新闻界、理论界的朋友都要来拜访你。小三儿，凭你这样的地位，什么样的美女不能到手？（转身入内室）

〔三公子倒了一杯威士忌，一饮而尽；开响了收录机，室内顿时响起了节奏强烈的摇滚乐。他随着乐曲的节奏轻轻地扭动起来，眼前出现类似巴西狂欢节的幻觉——几个高个子女人发狂地在他跟前扭动，他也发狂地和她们一起扭动……幻觉逐一消失，左伦西装革履地站在他面前。

三公子　你是谁？

〔左伦连忙掏出一张名片送到三公子面前。

三公子　（翻看名片）“《经济导报》特约记者”？

左　伦　不，是这个。（把原先的名片迅速换回，又掏出一个记者证）

三公子　（接看）“《天天日报》记者站……”？

左　伦　（紧张）噢，又错了。这个，这个！（再掏出一个证件，递上）

三公子　（将名片、记者证“啪”的一声甩到茶几上，脸一沉）你到底是什么人？

左　伦　（慌了神，结结巴巴地）我……是作……作家。

三公子　你是便衣吧？说，是不是安全部的？搞克格勃活动搞到老子头上，你想怎么着？来人！

〔宾馆警卫上。

三公子　宾馆保卫处查一查他的真实身份。

〔警卫上前请左伦下。

左　伦　对不起，请听我解释一下，我是作家，是来采访的……

〔闻如燕从内室出，她已换了一身衣裳。

左　伦　（见闻如燕，如释重负，忙迎上）闻阿姨……

闻如燕　（打量他一下）噢——你是那个作家，叫左拜伦。

左　伦　叫左伦。您说得没错。我崇拜拜伦，也可以叫左拜伦。

闻如燕 （挥手让警卫下去）左作家先生，请坐！

〔警卫下。

左　伦 （坐下拭汗，惊魂未定地向闻如燕）我是来采访您的，没想到闹了场误会。

闻如燕 让你受惊了。认识一下吧，这位是太平洋实业公司总经理曹三先生。

三公子 （伸出手）请左作家别见外，不打不相识嘛！

左　伦 我对曹先生的高度警惕表示钦佩。这可以作为这篇采访的开头。闻阿姨，据我所知，贵公司享有很高的威望，在全国各大口岸都有分公司。

闻如燕 是这样。

左　伦 我很想知道，您和您的同事们是怎样开创这个局面的？

三公子 这很简单，你总学过几何吧，你知道了A和B的关系，也就可以从A和B求证出C，但是我可以坦率地告诉你，经济不是我们的最终目的。

左　伦 当然，经济的发展必然导致政治的进一步改革。

三公子 我们希望有更多的太平洋公司，这些公司拥有相当的经济实力，把这些实力汇合起来，就是一个强大的实体，一个中产阶级。

左　伦 我想冒昧地问一句，您的公司是官办的还是民办的？

三公子 当然是民办，但它可以起到官办所不能起到的作用。譬如说……

〔廖立荣提水果上。

廖立荣 对不起，对不起！闻大姐，曹先生，来迟了！

〔维娜与孙玉华紧随其后跟上。

维　娜 闻阿姨，我可是不请自到了。

闻如燕 我不是说过，要认你作女儿吗？妈妈对女儿还讲什么客气呀！

三公子 廖经理，你简直像魔术师一样，一下子变出了两位漂亮小姐！

廖立荣 这位是维娜小姐，大名鼎鼎的红歌星。这位孙小姐，是我们企业家联谊会的公关秘书。

三公子 （格外有兴致）来来，二位小姐，借花献佛，吃水果。（坐下）嗬，你们这儿有作家，有歌星，有公关小姐，而领头的又是企业家联谊会的领导，人才济济啊！我建议你们搞个沙龙，把企业家、艺术家、理论家都吸引过来，我们太平洋公司将全力支持你们。

〔众人报以热烈的掌声。

〔电话铃响。

闻如燕 （接电话）喂，嗯？这么快？你等一会儿……（用手捂住话筒）宾馆经理说，客人们认出了我们的歌星，想请她去舞厅唱支歌，怎么样？

三公子　我看可以，我们也好轻松轻松。

闻如燕　（向话筒）可以，一会儿就来。

左　伦　对啊，刚好三男三女，不愁没舞伴。

闻如燕　你们去吧，我已经跳不动了。

〔左伦等下。廖立荣被三公子留住。三公子从口袋中掏出几份“配额”，并示意闻如燕。三公子飘然下。

闻如燕　小廖，西装革履的，不觉得热吗？来，宽宽衣。

廖立荣　我自己来。

闻如燕　不，我是主人。（替他脱下）给，这几份“配额”你先拿着。

廖立荣　（睁大眼睛）“丝绸出口许可证”？

闻如燕　对了，一份出口一万米面料，光这张票就价值三万美金哪！我到部里跑了多少趟才搞到的。小廖，这是大姐的一点见面礼。

廖立荣　大姐，这，这是送我的？

闻如燕　小廖，怎么样？昨天我在汽车上给你讲的，一百吨白厂丝——

廖立荣　大姐，这个数字实在太大！

闻如燕　我可以比平价高两成来收购。小廖，这也是个不小的数字。

廖立荣　闻大姐，不瞒您说，我现在的日子也不好过，有几个工厂连工资都发不出来了，这个月开始就要打折扣……

闻如燕　我知道，您这位丝绸之府的王子不会拿不出办法的。（稍停）小廖，你是不是觉得大姐对你太苛求了？

廖立荣　不不……

闻如燕　你说大姐对你好不好？

廖立荣　（点点头）哎……

闻如燕　你听大姐的话吗？

廖立荣　（面有难色）大姐……

闻如燕　小廖啊，一年不见，你可比以前成熟多啦！（稍停）我向你们市委书记建议，你可以提为计经委主任。你们市委书记还是小谢吧？

廖立荣　小谢？噢，是的。

闻如燕　假如你实在为难，那我就直接找他——（站起，欲打电话）

廖立荣　（慌了神）大姐，我一定想办法办到，一个月，不，半个月内如果拿不到白厂丝，我陪你去收茧！只要有了茧，我就不信加工不出一百吨！

闻如燕 小廖，这才是你的性格嘛，大姐喜欢的就是这样的你！（稍顿）告诉你，搞经济不是目的，有了活跃的经济势力，必定要有它的政治代表。你还年轻，我希望你将来能成为我们在政治方面的代表。这一天很快就会来的。你手下最大的厂是哪一家？

廖立荣 江南丝联厂，厂长就是那位歌星的妈妈。我想可以先从他们厂的计划里调拨出五十吨来。

闻如燕 计划下达了吗？

廖立荣 还没有。

闻如燕 要是影响生产任务你担待得了？

廖立荣 大不了停它两个车间……

闻如燕 小廖，这才是你！这才是改革家的气派！

〔两人紧紧握手。

〔切光。

5

〔古运河码头一角。江南丝联厂供销科沈科长焦急不安地来回走动。片刻，供销员上。

沈科长 （气急败坏地）你怎么才来？我等了半天！

供销员 （有点酒意）什么要紧事这么着急？

沈科长 我给你的那张准运证呢？

供销员 不是交给庄口检查站了吗？

沈科长 你马上给我追回来！

供销员 这怎么追得回来？再说，五千元好处费不是已经给你啦……

〔沈科长急忙制止，示意小声，紧张地东张西望……

供销员 （被沈科长的神态吓得酒醒了一半）怎么，出事啦？

沈科长 要是有谁找你调查，你死活也不能说。知道吗？

供销员 明白，我明白啦！

沈科长 以后别再来找我，就当我们不相识。（急下）

〔切光。

6

〔运河边。江南丝联厂大门内外。

〔两个女工拿着饭盒上，和走来的云香嫂照面，云香嫂匆匆而过。

〔传达室里，李师傅正忙着打扫。供销员上，直闯进厂内。

李师傅 喂！回来！你往哪儿跑？

供销员 你们厂打电话叫我来的，我有一船队的好煤……

李师傅 煤不煤的也得在传达室登个记呀……我们不需要煤。

供销员 别唬我啦！你们厂一个季度的煤只够烧三天，你当我不知道？

李师傅 哦？

供销员 你们厂的烟囱为什么不冒烟，不就是煤不够烧吗？

〔季敏和孙玉华上，边走边说。

季　敏 玉华，你再到银行跑一趟，无论如何解决一笔贷款。

孙玉华 好，我就去。（转身急下）

李师傅 厂长，有人找。

季　敏 噢，是钱供销员。

供销员 厂长，我这次可是大同煤，四千八大卡！

季　敏 我找你来可不是为了煤。有件事想问问你……

供销员 什么事？

季　敏 走，到厂部谈谈。

〔季敏和供销员进厂，碰上沈科长，沈科长很不自然地擦肩而过。

〔阿根和阿娟上。阿娟拎着行李恋恋不舍地向厂外走。

阿　根 （把三百元钱塞到阿娟手里）给！

阿　娟 你哪来这么多钱？

阿　根 我们这些卖苦力的，除了力气，还能靠啥？

阿　娟 （心疼地抚摸着阿根红肿的肩头）刚做完夜班，你又去码头打包，那跳板又滑又窄，上回掉进河里，伤还没全好，你怎么又去……

阿　根 不去哪来的这些钱？户口怎么解决？你快给派出所张同志送去吧！

〔阿娟一阵心酸，抹着眼泪跑下。

阿　根　（不知发生了什么事）阿娟！阿娟……（不放心地追下）

〔阿菊、雅琴、陶妹等拎着包袱依依不舍地上。后边跟着云香嫂和干部老赵。

〔季敏从厂里匆匆跑出。

季　敏　（喊）雅琴、陶妹……等一等！我让厂里的车子送送你们！（进传达室准备打电话）

雅　琴　厂长，不用了，村里的船就在运河里接我们呢。

季　敏　等工厂日子好过了，你们再回来啊！

雅　琴　（一把抱住季敏跪了下来）厂长，留下我吧，我烧炉子、做饭、洗衣服，干什么都行，你留下我吧！……我们……

陶　妹　（流泪）厂长，留下我们吧！

阿　菊　我家里就一个瞎眼的母亲，还有个刚上学的妹妹，全靠我这几个工资养活她们……

季　敏　（动情地）陶妹，雅琴，我也舍不得你们走，可是没法子，原料越来越少，利润月月下降，几十台机子都停了。你们就先回家去等着，只要开了工，厂里一定还去请你们……

雅　琴　（搀扶着陶妹）陶妹，走吧！

季　敏　老赵，走，我们送她们上船。

老　赵　哎！

〔季敏和老赵把女工们送出大门，女工们走上河堤，季敏向她们挥手告别。

〔云香嫂伏在花坛上大哭起来。

季　敏　（返回）云香嫂，云香嫂！

云香嫂　厂长，这是过的什么日子啊！我十五岁进厂当学徒，三十年了，从来没有这么憋气过！困难时期，粮食不够，瓜菜代，勒紧裤带也要把生产搞上去；可今天，今天……车间停产，工人回家，工资打折扣，眼看着好好的一个丝厂败下去，我……我伤心！（忽地把眼泪一抹）可这是为什么？为什么？厂长，厂里那么多干部，那么多党员，你们怎么不想想啊！

季　敏　云香嫂，我们的心是相通的，你心里怎么想我全明白。吃饭去吧，食堂的饭菜都凉了。

〔静场。客轮沉闷的汽笛声。运煤船队在河里缓缓驶过。老赵上。

老　赵　都走了。

〔云香嫂哭着跑下。李师傅端了饭盒走向季敏。

李师傅 你也没吃吧，留了两个馒头，凑合着吃吧。

季　敏 （接过馒头，愣着）吃不下……

李师傅 （揪心地）厂长……

季　敏 多好的工人哪，我亲手把她们招来，十七八岁，一个个都水灵灵的，什么苦都肯吃，什么活都肯学，厂里叫她们干啥就干啥，现在把她们辞退了，我心里真不是滋味……（突然一昂头）你们说，这资金、能源、材料，我向哪里去要？

老　赵 厂长，我总觉得事情不那么简单，你想想，这些事情为什么都出现在你向公司反映了意见之后？……我是公安出身，也许神经过敏了些……

季　敏 你说下去。

老　赵 有没有这样一种可能，有人上下内外勾结起来对付我们企业，让你吃，吃不饱，饿，饿不死。

季　敏 （点点头）老赵，你赶紧打电话，告诉廖副经理，再要减我们的厂丝计划，我们就要关门啦！

〔老赵急下。

〔孙玉华和左伦上。

季　敏 怎么样？

孙玉华 总算解决了，银行答应贷款。

季　敏 多少？

孙玉华 四十万。

季　敏 （略展愁眉）太好了，太好了。

孙玉华 多亏了这位作家，门路多，脑子活，是他给帮的忙。

季　敏 （紧握左伦的手）谢谢你，真太感谢你了！

左　伦 企业家联谊会为优秀企业家服务，应该的。

孙玉华 不过，他们有个小小的附加条件。

季　敏 什么？

孙玉华 有辆车想卖给我们。

季　敏 我们不是有车吗？

左　伦 这事我来说。季厂长，这不叫卖，叫租。每月租金三千元，两年租金一次付清，车就归你们了。喏，就那辆！（指指门外的小车）超豪华，带空调，没跑过多少公里。

李师傅 这跟卖有啥两样！

左　伦 那可不一样，还可以配给你们一个司机。

季　敏 还要配司机？

孙玉华 不买的话，这四十万就到不了手。

季　敏 那就是说，从四十万贷款中划出七万二千元现金给他们？

左　伦 大概吧，不过有车呀！

李师傅 真会坑人！（走去看车）

左　伦 车可是一等好车！（喊）小朱师傅，请来一下。

〔小朱内声："老头，你别乱动！"走上。

左　伦 你给介绍介绍这辆车的性能。

小　朱 这挺简单，要就要，不要跟我爸说一声，那钱就不用打进来了。（说完就走）

左　伦 （连忙拦住）哎哎哎，小朱师傅，等会儿，等会儿，好说，好说！

〔李师傅返回。

李师傅 这怎么是出租车？

小　朱 怎么，"出租"两字在车上写着？

李师傅 牌号"九"字头嘛，这不明摆着是个体户的车？

小　朱 （软下来）这么的吧，零头饶了，算七万。

〔老赵从传达室出。

老　赵 厂长，电话打通了，公司下拨厂丝的计划已经定了，只能拨给五十吨！

季　敏 （一惊）减了一半？

孙玉华 厂长，这款非贷不可了。

〔小朱不失时机地拿出一份准备好的合同书，递给季敏。

小　朱 您签个字吧！

季　敏 （掏出笔，颤抖的手接过合同）我……签！……

〔灯渐暗。众人隐去。场上只剩下了季敏一个人。她感到一种被耍弄的极大的痛楚，心中泛起阵阵难言的苦涩。一束光打在她身上。

〔强烈的音乐声震撼着人们的心弦。季敏略一踌躇，回过神来，猛地抖擞精神昂起头，倔强地转过身去，迎着人间的艰苦坎坷大踏步向前走去……

〔切光。

7

〔沈科长正在自家花园内浇花。季敏上。

季　敏　沈科长。

沈科长　哟，是季厂长！

季　敏　沈科长，我想问一下，上半年经你手出厂的蚕茧和厂丝一共是几次？

沈科长　你调去的报表上不都写着吗？

季　敏　（不客气地逼问）可报表以外的呢？

沈科长　报表以外？没有！绝对没有！

季　敏　（从包里取出准运证）这是什么？

沈科长　（一惊）准运证！

季　敏　这准运证是你给钱供销员的吧？这笔买卖报表上可没写明呀！

沈科长　胡说……

季　敏　钱供销员交代得清清楚楚，光这张准运证你就收了他五千元的好处费。

沈科长　我……

季　敏　（继续追问）你这张准运证是从哪里来的？你知道，私开准运证可是违法的！

〔沈科长吓得直冒冷汗。

〔灯暗。

8

〔星期天上午，廖立荣家。舞台上一半是客厅一半是卧室。廖立荣的妻子罗珍伏在桌上画图。她虽只有四十多岁，但由于操劳过度，疾病缠身，看上去已近五十了，一副深度近视镜更增添了几分老态。

〔廖立荣边翻看丝绸方面的信息和资料，边从卧室来到客厅。罗珍跟着出来。

廖立荣 别老跟着我好不好？你画你的图，我看我的书，哪家老夫老妻像你这样黏糊的！

罗　珍 （深沉地）我想和你多待一会儿。

廖立荣 怎么啦，我又不死、不离，用得着吗？

罗　珍 立荣，最近我老是心慌，上电车觉得有小偷在盯我，走到街上也像是丢了什么东西，我觉得我活不了太久了。医生说这是一种病……

廖立荣 神经病！

罗　珍 立荣，你……真的，立荣，自从儿子上了大学，我越来越感到寂寞，你在家的时间又少，我真觉得活着没意思。

廖立荣 行了，多愁善感的太太，书香门第的大小姐，别老是摆出一副没落贵族的架势，这种形象我在屠格涅夫的小说中见得多了。

罗　珍 （几乎流出眼泪）你真的不理解还是压根儿不愿理解？

廖立荣 随你怎么说吧。大星期天一早就打嘴仗，有什么意思？

罗　珍 我知道你为什么这样烦我。立荣，难道夫妻之间除了那种感情之外，就没有精神方面的生活了吗？

廖立荣 我是唯物主义者，对柏拉图的精神恋爱不感兴趣。

罗　珍 （望着窗外长长地一声叹息）唉——（下）

〔门铃声。廖立荣开门，老郑上，他手上拎着一只甲鱼，足有两斤重。

老　郑 还认识我吗？

廖立荣 （抬眼，打量着）面熟，可一下子……您是进出口总公司的……

老　郑 不是。

廖立荣 对了，经贸厅综合处长？

〔老郑摇头。

廖立荣 不对，驻深圳办事处……

老　郑 别瞎猜了。

廖立荣 哦哟，想起来了。同年，62届大学生，“北外”毕业！

老　郑 到底还是想起来了。

廖立荣 驻汉堡领事。稀客稀客，快请坐！罗珍，倒茶！

老　郑 （递过甲鱼）先把它放好。

廖立荣 嗨，这么贵的东西您还……这……这多不好意思……

老　郑　这是从你家爬出去的，我在门口捡的。物归原主！

廖立荣　啊？（赶紧接过往卫生间一扔）罗珍，你看你连个甲鱼都管不住！（转身对老郑）请坐！真想不到，什么风把您刮来的呀？

老　郑　月儿还是故乡明啊，想家啦，哪来哪去，也算是叶落归根吧。

廖立荣　落实在哪个单位？

老　郑　还没任职，先在市委帮助工作，搞点调查研究。

廖立荣　到我们丝绸公司来蹲个点吧，这儿还是挺热闹的。眼看“丝绸之府”就要跌入低谷，一场好戏！

老　郑　哦，您这丝绸公司经理，也这么看？

廖立荣　没法儿不这么看，从上到下，谁都想伸手来捞这块肥肉，捞不到肉，沾点油腥也是好的。老郑哪，您在国外待过，容易理解。当今中国的事说不清道不明……哦，说这些你可能不感兴趣。

老　郑　我回国不久，你说的这些，我很感兴趣。

廖立荣　干脆中午在我家喝两杯，我们痛痛快快聊聊，我这里好酒还是有的。（向卧室喊）罗珍，买点菜去。

〔罗珍内应：“哎！”

老　郑　（起身）不了，以后还有机会。

廖立荣　不行，这杯酒你一定得喝。

老　郑　哎，廖副经理，我向你打听个人，你们系统有个叫季敏的——

廖立荣　有哇，她就是江南丝联厂的厂长，就在前面两幢楼。你认识她？

老　郑　我认识她死去的丈夫。

廖立荣　她的日子不好过呀！一个女同志，又是个知识分子，这么重的一副担子压在她身上，真难为她了。

老　郑　听说他们供销科长的经济问题还不小呢。

廖立荣　（一震）啊？您已经知道了？

老　郑　只是风闻，所以我想去看看季敏。

廖立荣　也好。看完马上过来，在汉堡领事馆你对我们那么热情，你不来可不够朋友呀！

〔罗珍拎菜篮子出。

罗　珍　我陪您去，季厂长家我顺路经过。

老　郑　谢谢。

廖立荣　带点熟菜回来。

〔罗珍同老郑下。

廖立荣 （忽然悟过什么）有来头！（急拨电话）季敏同志吗？我廖立荣，有个驻外领事去看您，等一会儿一起过来和他吃午饭。说定啦，咱们之间的事好说。（放下话筒）

〔门铃已响了好一会儿，廖立荣去开门，进来的是孙玉华。

廖立荣 （亲热地将她搂住）华华！

孙玉华 （挣脱）你看你，也不让人喘口气！

廖立荣 （帮她脱下风衣，挂好）你来得正好。

孙玉华 夫人呢？（走向卧室张望一下）

廖立荣 出去了。（把门关好，拥抱）亲爱的……

孙玉华 （低声）听说有个市纪委书记要到我们公司来。

廖立荣 （放开孙玉华）谁说的？

孙玉华 闻大姐。

廖立荣 哦。市委和军区都有她的老战友、她丈夫的老部下，难怪了。（打电话）喂，国宾馆吗？8012……哦，闻大姐看老战友去了，那总经理……也不在？（挂断）莫非就是他？

孙玉华 谁？

廖立荣 刚才来了个不速之客。

孙玉华 你说他就是那个市纪委书记？

廖立荣 （自言自语地）政治是无情的。闻大姐说得对，一切经济活动都有它的政治目的。那么反过来，一切政治活动也都有它在经济、文化方面的活动内容。

孙玉华 行啦。别像个哲学家似的分析个没完，我看你是在捕风捉影。

廖立荣 不不，任何事物的变动都有它的先兆，为什么他不期而至？为什么他又要打听季敏？

孙玉华 （搂过廖立荣）亲爱的，好好的一个星期天，别费那个神了。

廖立荣 （没有兴趣亲热）对，主动出击！批准季敏的报告，让供销科长停职检查，然后……（望着孙玉华）你亲自去……

孙玉华 什么呀？

廖立荣 （转而又立即去打电话）夏经理吗？我立荣，江南厂那个审查供销科长的报告，你觉得怎么样？我想批准他们，你同意吧？好，明天就下文。再见！（另拨电话）江南厂宿舍吗？我廖立荣，请告诉供销科沈科长，

马上到我家来！（挂断）

孙玉华　（心灰意懒）现在我对你更了解了。

廖立荣　什么意思？

孙玉华　你是属于这样一种人，为了某种政治目的，可以不惜一切，而我只不过是你政治天平上的一个小小砝码！

廖立荣　对，是砝码。但不是一般的砝码，而是一个能使天平倾斜的砝码。（盯住她）华华，我要在你肩上压更重的担子。你知道我为什么让你担任厂长助理？又为什么要你亲自主持查账？

孙玉华　为什么？

廖立荣　改革需要一批人才，这些人才应该有很高的文化素养，很强的公关能力，思想要解放，办事要果断！亲爱的，你就是我心目中最合适的人选。

〔钥匙开门声。廖立荣、孙玉华迅速分开。

〔罗珍提着菜进来。

罗　珍　就买了点熟菜，菜场人多，我懒得进去。

廖立荣　（看了看塑料袋）还行，还不错，我这位夫人居然还能从菜场买回熟食，该知足了。（向门外走去）

罗　珍　（喊住）哎，干什么去？

廖立荣　水果！（下）

〔罗珍看了伫立一旁的孙玉华一眼。静场。

罗　珍　（苦笑一下）他就是这样成天挖苦我。我觉得活着真没意思。小孙，难道夫妻之间就没有情爱也没有友谊吗？噢，你还年轻，你不知道……

孙玉华　他过去可不是这样的。

罗　珍　现在他对我什么要求也没有，好像我只是这个家里的一件家具。

孙玉华　罗大姐……

罗　珍　每天下班回家都是一个人，等呀等呀，等到三更半夜回来了，说不上三句话！

〔孙玉华无语，低头看着自己的脚尖。

罗　珍　我闹不清他到底是工作忙还是有了外遇。

孙玉华　（背对着罗珍）你可以盘问他呀。

罗　珍　我不问，如果跟一个肮脏的人一起生活，我宁可一辈子独身。你没有结过婚，你不会知道……

孙玉华　不，我知道。两性之间要是没有真正的爱情，分手倒是最好的解脱。

罗　珍　离婚？这我也不是没想过。如果有一天我们真的不在一块儿，我也希望他好。小孙，我担心他总有一天要出事……

孙玉华　怎么？

罗　珍　有一天，我忽然在他抽屉里发现了一张香港银行的……

孙玉华　（一惊）罗大姐，你可不能随便说。他是相当一级干部，要是把这件事抖出去，你这个家可就……

〔门外传来廖立荣“来了，来了！”的喊声，他提着水果和老郑、季敏上。罗珍拎菜进入内室。

廖立荣　动作不慢吧！来，老郑，认识一下，季厂长的助理小孙。（边说边忙着斟酒）嗯？罗珍，你怎么把醋当酒了？（端详手中酒瓶）难道叫我们都喝醋？

老　郑　喝醋？咱们这儿大概没有山西人吧？

廖立荣　这可不假。太原机场的餐厅里每张桌上都放了一盆醋，那醋盆子有脸盆那么大！

〔众人哄堂大笑。廖立荣换了酒瓶把酒斟好。

廖立荣　来来来，喝！这不是醋，是五粮液。

老　郑　这东西现在身份越来越高了。

廖立荣　来，老郑，荣归故里，请多关照。季敏同志，请多包涵。

季　敏　廖经理，这杯酒我不能喝。

廖立荣　为什么？

季　敏　你在我计划中砍掉了五十吨厂丝，好比砍去了我一只手，现在伤还没好呢！

廖立荣　不是已经贷到款子了吗？

季　敏　您别提那笔款了，它简直是只苍蝇，咽不下也吐不出。

廖立荣　有款就不错了。现在银根紧，你出百分之十五的利息，人家都不干，你有了钱还愁没厂丝？

季　敏　玉华，你听听，经理的口气多轻松！

廖立荣　我批给你几个庄口，请他们代购代烘代运。有了茧，那么多乡镇企业的缫丝厂是吃干饭的？

孙玉华　那成本就不得了啦！

廖立荣　那是你计划外的，利益归企业自己，你可以……（双手比画几下）

季　敏　倒呀？老郑，你看看，领导教我去犯法！

廖立荣 这不叫犯法，这叫搞活经济。

〔季敏不以为然地摇头。

廖立荣 季敏啊季敏，怎么我一提开放搞活，你就是这种情绪！这么下去企业会越来越被动，越来越滑坡。

季 敏 你放心，廖副经理！这两年我已经习惯了打擦边球，不过，叫我弄不懂的是，有人借着改革中饱私囊，搞垮国家企业，这也算开放搞活吗？

〔罗珍从内室出。

罗 珍 你们净谈工作，郑同志肚子饿了吧？

老 郑 不，挺好，使我长了不少见识。

廖立荣 来来，老郑，我们相识在西半球，那次宴会印象最深的是汉堡牛排，今天可是简陋之至啊！

老 郑 （举杯）不是挺丰富吗？来，干！

廖立荣 （故作神秘状）哎，同志们，听说市里新来了一位纪委书记。

季 敏 廖副经理，今天你的情报怎么失灵了？坐在您对面的这位是谁呀？

廖立荣 啊？老郑！（尴尬状）你还保密？

老 郑 文件还没下来，要以文件为准嘛！怎么一谈纪委就有些谈虎色变啊？

廖立荣 我们丝绸系统是该抓抓党纪了。季厂长，公司领导决定批准你们厂的报告。

〔沈科长上，轻轻敲门。

沈科长 廖经理，您找我？（凑上前）

〔罗珍给他让了个座。

廖立荣 现在我宣布，从明天起停止你的供销科长职务，清查账目。

季 敏 （意外地）哦？

廖立荣 清查小组孙玉华同志负责。

沈科长 廖经理……

季 敏 这个决定是对市纪委书记最好的见面礼，是吧？

老 郑 啊……

〔灯暗。

9

〔古运河边的宿舍楼。季敏家的书房。这间屋子原是女主人的丈夫做学问的地方，墙上挂着“板凳甘坐十年冷，文章不写一字空”的条幅。

〔维娜拎了一个大蛋糕上。

维　娜　妈，我回来了！（四顾不见回应，抬头问楼上）张伯伯，我妈在吗？李阿姨，我妈在你们那儿吗？（放下东西）厂礼拜也不在家歇着！（拨电话）喂？丝联厂吗？我妈有没有在厂里？我妈是谁？我妈是你们厂长！（搁下电话）……不在就不在，噜苏什么！（一屁股坐下，仰面看见墙上父亲的遗像，又站起，拿过相框看着，感情有点激动。）

〔门铃声。

维　娜　请进。

〔孙玉华上。

孙玉华　哟，大明星，从昆明演出回来了？演出怎么样？

维　娜　震啦！请坐。

孙玉华　你妈不在？

维　娜　我也是刚进门，不知道她去哪儿了。

孙玉华　奇怪。厂长她今天没什么事要去办呀。

维　娜　你找她有事？

孙玉华　小事，没关系。（似乎是第一次进这书房，环顾一下）这么多书！哟，还都是古籍！你妈还爱好古文？

维　娜　不，这一间原来是我爸的书房，我爸是研究古文的，书呆子！

孙玉华　听说你爸是大学教授？

维　娜　（点点头）我爸可是个有真学问的人，“文革”中人家打派仗，他却关门做了整整十年学问，“文革”后第一批提为副教授，后来又第一批提为教授，都带博士研究生了……

孙玉华　英年早逝，太可惜了！

〔停顿片刻。

维　娜　你找我妈有什么事，我转告她吧。

孙玉华　没关系，再等会儿。

维　娜　（突然想到）哎，不会是出差了吧？她昨天给我挂过一个电话，说可能下乡去收购蚕茧……

孙玉华　那不会。

维　娜　这人可没准，什么事她都要亲临第一线，改不了的坏脾气。

孙玉华　维娜，你妈不容易！几千人的一个大厂，担子全压在她身上，这几年蚕茧生丝紧缺，工厂不景气，厂里一些人又趁机搞倒卖，弄得工厂熄炉停产，你应该理解她，有空就多回家照看照看。

维　娜　我知道。这几年老在外面演出，家里就我妈一个人。

孙玉华　哎，听说你妈准备建立一个新家庭，是她的一个老同学，对吗？

维　娜　对，这事还是我强迫她，她才勉强同意的。哎，你看这幅画——《雨花石》，人人熟悉的血色的雨花石，这自然天成的纹路、诗一样的朦胧中你看出什么了？

孙玉华　（摇摇头）没看出什么。

维　娜　（指指点点）你看，隐隐约约不是有人影吗？这个迈步的，像是披着一身洁净的白纱；这个后仰的，胸前一片血色，似乎倒了下去……

孙玉华　看出来了，看出来了！画的是英烈，对不对？

维　娜　对，这构思多妙。这就是我妈妈那位老同学画的，你看多有才气！

孙玉华　真该向你妈祝贺。对了，我今天正好为她捎来了一件礼物（从包里取出一个精致的竹编工艺品白天鹅，殷红的小嘴，洁白的身子，很美）

维　娜　太好了！你送给我妈的？

孙玉华　不，一个外商来谈生意，没找着你妈，他说从广交会上买来这个小礼品，一定让我转送到。

维　娜　那就谢谢了！（接过欣赏）

孙玉华　你妈就像一只圣洁的天鹅。

维　娜　你这赞誉我觉得并不过分，我妈这一辈子确实清清白白，我的钱她从来不动用一分……

孙玉华　所以我们都说她是个好厂长。好了，再见。

维　娜　（送）再见。

〔孙玉华下。维娜打开大蛋糕，拿出生日蜡烛，准备往上插。

〔门外传来农村姑娘叫卖声：“蛋要伐啦蛋！蛋要伐啦蛋……”门被推

开。阿娟轻轻探头进来，在维娜身后叫了一声：“蛋要伐啦蛋……”

维　娜　（吓了一跳）谁？（转身见是一个陌生人）你要干什么？这么偷偷摸摸进来，想要干什么？

阿　娟　同志，要买鸡蛋吗？可以用粮票换……

维　娜　出去出去！谁要鸡蛋！

阿　娟　这是季厂长家里吧？我想托她件事……

维　娜　什么事？你说吧，我是她女儿。

阿　娟　请她给派出所说说情，为农转非的事……

维　娜　（厌烦地）去去去！什么事都来找我妈，真见鬼！（拉开门）到别处去卖去！

〔阿娟提着篮子，走到门口，与五十多岁的户籍警张文斌相遇。张文斌想躲避，被阿娟叫住。

阿　娟　张同志……（迎上）我的户口……

张文斌　再等等吧。

阿　娟　张同志，厂里把我辞退了，再不解决户口，我和阿根……

张文斌　就先回乡下吧。（欲走）

阿　娟　（一把抓住）张同志，你说我是郊区户口，计划内的，你一定给我解决……（给张文斌暗暗塞钱）

张文斌　可我一年只有一两个指标，排队的人好几百，我给谁？

阿　娟　（再塞钱）张同志，我求求您啦！（哭了起来）

张文斌　你看你，让别人看见像什么样子？

阿　娟　张同志，我月月给你送东西，逢年过节借债也要把鸡鸭鱼肉送到你家里……

张文斌　你喊什么！你疯啦！

阿　娟　张文斌！人要有良心啊，我把什么都给了你啦！（哭泣）

〔张文斌逃之夭夭。

〔阿娟抽泣着走下河道。传来她凄切的叫卖声：“蛋要伐蛋……”

〔维娜又拿起生日蜡烛，开始往蛋糕上插。

〔季敏推门走进，一头倒在沙发上，脸色煞白。

维　娜　（转身一看，急忙迎上）哎呀妈，妈！你怎么啦？

季　敏　没什么。

维　娜　你去哪儿了？你看你的脸色……

季　敏　急性肠炎，去医院挂了盐水瓶……

维　娜　厂里没给派车？

季　敏　厂礼拜，干吗麻烦人家！

维　娜　那你是骑车去的？

季　敏　骑不动，慢慢走着去的。

维　娜　（泪盈盈地）妈，怎么不给我打个电话，我会叫辆出租送你去……

季　敏　你成天忙着安排去天南地北演出，还能有空陪我？（发现“白天鹅”）哪来的？

维　娜　刚才孙阿姨拿来的，说是一个外商送给你的。

季　敏　（生气地）你怎么乱收人家东西！去还给人家！

维　娜　至于吗？你也太不近人情啦！

季　敏　娜娜，你今天怎么突然回家来了？

维　娜　今天是爸爸的忌日，五周年……

季　敏　哦，对。今天是他的忌日，你爸爸去世都五年啦。（拿起丈夫生前的相片）你爸爸走的那天，正好是他的生日，咱们俩买了蛋糕，点上蜡烛，是在医院病床前给他过的生日……

维　娜　可是没等蜡烛吹灭，他就走了！爸爸，今天是你的生日，每年的这一天，女儿都记着……

季　敏　娜娜！（想站起，但肚子突然又一阵疼痛，倒在椅子上）

维　娜　妈，我问你，爸是怎么死的？怎么死的？爸爸是累死的，累死的！妈，你成天这样没命地干，你也会和爸一样……

季　敏　我不就挂了两瓶盐水吗，你担什么心啊！

维　娜　（突然）妈，你把厂长辞了吧！把工作都辞了，女儿养你……

季　敏　你说什么傻话！这种时候我能歇下脚来吗？

维　娜　依我看，正是在这个时候，你应该趁早退下来。

季　敏　为什么？

维　梛　你这个厂不是停产了吗，这是为什么？

季　敏　原材料紧缺，白厂丝现在是最紧俏的东西

维　娜　怎么会出现紧缺的呢，你想过原因吗？

季　敏　厂里有人受贿搞倒卖。

维　娜　仅仅是厂里有人吗？

季　敏　当然，也有其他因素。

维　娜　哈哈哈！其他因素，你说得太含蓄了。厂里一个科长什么的，那叫小倒。在你上面的人呢？背景大得像泰山一样的人呢？他们都在倒！你们厂一吨白厂丝官价才卖几万，三倒两倒倒到深圳，就是五万美金，三十五万人民币啊！（此处的汇率应该按照剧本描述的年份）

季　敏　行啦！（摆手制止）

维　娜　妈，这些行情内幕我比你清楚，他们都倒出了甜头倒出了经验，不倒空这个国家他们不算完！

季　敏　你胡说些什么！

维　娜　这年头谁不倒谁是傻瓜！

季　敏　所以你三天两头跳槽、走穴、逃税！

维　娜　妈，你去问问税务局，打上次补税之后，我哪次没上税？哼，够守法的啦……妈，你以后什么也不用干，女儿养你。妈，我送你一样礼物……

季　敏　不要，我什么也不要。

维　娜　我革命的老妈妈，你不就是价值一百二十块的一个高工吗，这算什么呀！你都活了大半辈子了，连北京都没去玩过，更不用说松花江太阳岛、西安皇陵兵马俑……你想想你这大半辈子活得冤不冤！

季　敏　我不听你叨叨这些！你看你都变成什么样子啦！

维　娜　是的，我是变了。你呢，几十年如一日，没变。革命的老妈妈，你又能改变中国什么呢？

季　敏　你！你回宾馆过你的舒坦日子去！

维　娜　这个国家就靠你一个人吗？

季　敏　你！你走！你给我走！

〔维娜抹着泪跑下。

季　敏　（坐起）娜娜！娜娜……我的小娜娜！

〔房门内外，母女俩在两个内心空间、两个光圈下对话。

季　敏　（看着丈夫的相片）老郭，你不该走！你要是在，我们的娜娜不会是现在这个样子。我多想找回童年时代的那个小娜娜啊……

维　娜　我长这么大，谁管过我？我从小就孤独，我害怕孤独。现在我好不容易找到了自己的事业……

季　敏　你这样下去，会栽跟头的！

维　娜　女儿长大啦，我有我的追求。

季　敏　我这是为你好……

维 娜 我的事你别管！

季 敏 娜娜，你要当心啊！

维 娜 妈，你也要当心！我不希望我们家再有一个忌日……

〔光圈收去。季敏陷入深深的苦恼之中。

〔厂里老工人戈师傅、胡师傅气冲冲上。

季 敏 （发现来人）哦，是戈师傅，胡师傅，快，快请进。

〔戈师傅怒冲冲盯住季敏，没有开口。

季 敏 怎么，厂里出了什么事？

戈师傅 （忍不住）厂长，我们厂有几辆车？一辆小车，两辆面包车，三辆消防车，五辆大卡车，对不对？不是有你坐的小车吗？你为什么还非得再买一辆？是你批准的？

〔季敏无奈地点点头。

胡师傅 厂长，我们工人拿七五折工资闲在家里，你倒能横下心来再买一辆小车！你，你叫我们（拍胸口）这儿疼啊！

戈师傅 厂长，你把我们工人的心伤透了！（怒冲冲下）

胡师傅 （一跺脚）呸！（气冲冲下）

〔季敏痛苦万分，孩子般嘤嘤地哭了起来。

〔门外传来叫卖鸡蛋的声音："蛋要伐啦蛋……"

〔灯暗。

10

〔江南水乡。一座拱形石桥横跨河滨。桥的一头通向收茧站，另一头通向一个旅游点。一块"江南著名景点小观园由此过桥"的木牌指示着方向。桥头耸立着一个八角亭，红柱琉瓦，衬着清波绿野，景色宜人。

〔这里又像一个小小的集市，岸上有卖菜摆摊的，水上有过往小船，显得繁荣热闹。

〔八角亭亭角下挂着一个文化站录像室的大音箱，不时传出武打片的打斗声，更添一番声势。亭柱上及收茧站门口的一块宣传栏上，各式广告色彩斑斓，贴满录像海报、歌星舞星、麻衣神相、包医百病的招贴传单。

〔算命老头正在招呼阿娟看相。片刻，雅琴上。

雅　琴　阿娟，你怎么在这儿？

阿　娟　我来看外公，顺便收购些鸡蛋。

雅　琴　你做鸡蛋生意啦？

阿　娟　（点头）雅琴，你怎么也在这儿？

雅　琴　我家就住在这儿。你看——就那个村子。我来这儿接个人，你认识的。

阿　娟　谁？

雅　琴　我们厂长。这儿的收茧站是省里分配给丝联厂的庄口，我已经跟老站长打听过了，今天厂长亲自来，一会儿就到。

阿　娟　真的？哎，厂长来收购茧子，那我们缫丝车间不又可以复工了？

雅　琴　对。我们又可以进厂了！

阿　娟　那我，我就可以不用再穿街走巷去卖鸡蛋了！（高兴得落泪。突然感到恶心，想吐）

雅　琴　你怎么啦？阿娟，阿娟……

阿　娟　有几天了，我老觉得恶心想吐……

雅　琴　（敏感地）你跟那个机修工阿根，是不是已经……

阿　娟　不，不，阿根是老实人……

雅　琴　那你……

阿　娟　（坐下发呆）我的命，真苦……

雅　琴　（扶她起来）附近有卫生院，我陪你去检查一下，耽误了就麻烦了。

〔河面上传来几个姑娘的喊声："雅琴！雅琴——"

雅　琴　她们来了！（站到桥头，答应）哎，阿菊，陶妹！你们那边上岸。我先陪阿娟去卫生院，回头再去看厂长！（扶阿娟下）

〔季敏和茧站老站长从桥头走来。

老站长　厂长，今年秋茧丰收，你看看，河面上全停着送茧船；你再看，这茧站外面的自行车队，哈哈哈，望都望不到头！

季　敏　（笑盈盈地）老站长，谢谢你们给我们组织得那么好！不瞒你说，我们缫丝车间已经停了一段时间，一下子损失上百万！

老站长　这回保证你们吃饱。

季　敏　好，茧子一到我们就复工。

老站长　今天我们通告了，挑灯夜战，晚上开秤，过完秤我们就帮你们连夜运进城去。

季　敏　（握住老站长的手）真谢谢你们了！这在我们厂里可是件大事，一会儿我去买鞭炮，咱们热闹热闹，图个吉利。

老站长　好，放完鞭炮我就鸣锣开秤。走，先到站里休息一下。（与季敏高兴地下）

〔一个茧贩子从桥下船上跳到岸边；另一个茧贩子从茧站门外过来。两人转转悠悠了一阵。

茧贩甲　你从水路来？

茧贩乙　你从陆路来？

茧贩甲　你看看这河面上的送茧船……

茧贩乙　你看看这茧站外排的长队……

茧贩甲　今年咱们也丰收了。

茧贩乙　（领会）对对，丰收了，哈哈哈！走，上小观园御膳厅……

茧贩甲　乡里在宴请北京来的首长，你凑什么热闹？

茧贩乙　我们也沾个光，喝两杯。

茧贩甲　你够格吗？走走，到那边喝去。（和茧贩乙下）

〔陶妹、阿菊上。

（招呼）厂长！厂长！

〔雅琴与阿娟从另一头上。

雅　琴　（高兴地喊）陶妹！

陶　妹　阿娟！

〔季敏上，向姑娘们招手。

季　敏　你们不是缫丝车间的小姐妹吗？

众姑娘　厂长！厂长！（围上）

季　敏　你是阿娟，你叫雅琴，你呢，是陶妹；还有阿菊，对不对？

雅　琴　对对对！厂长，到我家做客去。

季　敏　你们都是附近村里的？

众姑娘　（点头）今天我们是特地来看你的，上我们家去吧！

季　敏　好，好。（拉着她们）我告诉你们，今天你们回家准备准备，明天就跟我一起回厂。

众姑娘　真的？（欢呼）

季　敏　真的！（同她们一起坐下）我听这儿的老站长说，这儿农村茧贩子很多，一会儿你们回村动员动员，这事可别让他们插一杠子。

雅　琴　我们这儿的农民卖茧，常常先卖一半，留一半……

季　敏　那你们就让大家全卖到茧站来，我们是越多越好。

〔姑娘们纷纷点头。老站长一手提锣，一手拿一捆鞭炮上。

老站长　（交鞭炮给季敏）厂长，鞭炮我给你买来了，这就准备开秤收茧吧？

季　敏　（招呼姑娘们）走，我们放鞭炮去！

〔姑娘们抢着鞭炮，簇拥着季敏下。

〔老站长提锣奔至桥头。

老站长　（打锣）今天卖茧的农民兄弟注意啦！今天卖茧的农民兄弟注意啦！你们把茧子准备好，排好队，马上开秤！（对幕后）厂长，季厂长！放鞭炮！

〔鞭炮声大作。

老站长　（鸣锣高喊）开秤收茧子喽！……（边喊边从桥头下）

〔八角亭上的大喇叭响起激越的民族音乐，顿时喜气洋洋。

〔但是，卖茧的人个个都按兵不动，船上的、骑车的，皆未立即响应。

〔良久，天色已暗，只闻大喇叭的乐声响个不停，场面却冷冷清清。

〔两个茧贩子复上。

茧贩甲　（对桥下船上卖茧的）你们怎么还不把茧子送过去？每担比他们（指收茧站）高五十！

茧贩乙　快，小观园后面晒谷场，过完秤就付现钱，好好坏坏一个价……（站在桥头一声长哨，手指着过桥的方向，像个交通警）

〔于是，过桥卖茧的队伍源源不断。灯光暗下来，队伍形成一股熙攘的剪影。

〔灯光全暗了。大喇叭的乐声还在响着，但听起来却很凄凉。

〔老郑出现在一个光圈里。他似乎在静观着这儿发生的一切。

〔季敏出现在另一个光圈里，这突然的打击使她猝不及防，她感到天旋地转，茫然失措。

季　敏　这，这是怎么回事！这船上的茧子，门外的茧子，怎么忽然都不见了？老站长！我们收购的茧子呢？老站长……我们的茧子呢？在哪儿？在哪儿……

〔老站长出现在又一个光圈里。

老站长　不知道，我也不知道……好像是忽然刮来了一阵风，全给刮走了！

季　敏　这是股什么风？什么风？

老站长　一阵狂风，发狂的风，这几年不是常见的吗？

季　敏　是的，常见的风，是妖风、魔风，让社会主义全都垮台全都完蛋的风！

〔舞台灯光忽明忽灭，交替照出四周的各式广告传单，照出一个色彩斑驳的世界。

季　敏　（望着这光怪陆离的景象）电脑算命、麻衣神相、麻将大刺激、裸女、性开放……这杂色斑斑的肌体在溃疡、痉挛、扭动……（愤然向天）中国，你怎么啦？你怎么啦？你怎么啦！难道这就是大家所向往的社会主义吗？难道这就是大家所向往的改革开放吗？有谁能回答？这是为什么，为什么呀！

〔光圈骤灭。

〔汽车开近的隆隆声。

〔车灯的强光直刺人眼。

〔阿娟跑上。

阿　娟　厂长！厂长！茧贩子把收购去的茧子全装上了卡车，看，开过来了！

老站长　我去打电话给工商管理所，扣留他们！（急下）

阿　娟　私运茧子是违法的，我去挡住他们！（急下）

季　敏　阿娟，危险！回来！

〔嘎嘎几声刹车声，车灯熄了。“砰砰”两声车门响，茧贩子复上。

茧贩甲　（气势汹汹）谁拦车？

茧贩乙　（一把抓住阿娟衣领）是你对不对？

季　敏　你放开手！私运茧子谁都有权制止，请你们把准运证拿出来看看。

茧贩甲　你是什么人？

阿　娟　她是我们厂长。

茧贩乙　厂长？我认识你个萝卜！（举手对季敏当胸一拳）

〔季敏踉跄后仰，阿娟急忙扶住。

阿　娟　（扭住茧贩乙）你打人！走，上派出所去！

茧贩乙　（狠狠一脚）去你的！（向幕后挥手）开车！

季　敏　站住！谁敢开车？除非从我们身上碾过去！

茧贩甲　（朝幕后狂喊）开车！开车！

〔车灯复亮，汽车发动。

〔老站长领工商干部上。

工商干部 （旗子一挥）停车！停车检查！

茧 贩 乙 （冲幕后）开车！快开车！

〔汽车仍在发动。

工商干部 （对茧贩子）是你们抢购的茧子？

茧 贩 甲 是的，怎么样？

工商干部 有准运证吗？

茧 贩 乙 没有，怎么样？

工商干部 走，把茧子全部卸下来，没收！

茧 贩 甲
茧 贩 乙 （急速以身阻拦）哎哎……

工商干部 把茧贩子押到工商管理所去！（对茧贩大喝一声）走！

〔两茧贩突然奔上石桥大喊。

〔闻如燕的秘书小高闻声从桥另一头急上。

小　　高 什么事？什么事？

茧 贩 甲 他们，他们要没收茧子！

小　　高 （看看架势，调解地）大家可能误会了。这些茧子并非私运，我们是得到有关方面许可的。

工商干部 不行！没有准运证，一律没收。走，卸货！

〔三公子、闻如燕在桥头出现。

三 公 子 （醉醺醺地晃过来）小高，怎么回事？

〔小高上前与三公子耳语。

三 公 子 谁要没收茧子？

茧 贩 甲 （指着工商干部和老站长）他们，他们。

三 公 子 （盯着工商干部和老站长）你们，是你们吗？

工商干部 你是什么人？

三 公 子 我吗？你先认识认识！（举手欲搧耳光）

闻 如 燕 （上前抓住三公子，制止）小三，别胡来！

小　　高 同志们，同志们，我给大家介绍一下，这位是北京太平洋实业公司的总经理；这位嘛，大名鼎鼎的闻大姐，也是太平洋公司的。

三 公 子 （趾高气扬）太平洋！太平洋你们不会没有听说过吧？我们太平洋是中国的一个起动点，一块奠基石，一个堡垒！

工商干部 我不管你是什么，我要的是你们的准运证！

三公子　什么证？

老站长　准运证！把上级领导批准运输茧子的准运证拿出来看看。

三公子　哈哈哈，一张小纸条是不是？

闻如燕　（拿出一沓纸翻找）是哪种？是这玩意儿对吧？（递给他们）还需要什么证？（蔑视地）不需要什么了？那我们再见了！（望望桥头，留恋地）小三，我还真舍不得离开这地方，他们这儿的小观园真可以与荣国府的大观园媲美！

三公子　御膳厅的佳肴更是回味无穷！小高，石蛙鲥鱼还有没有了？给咱们弄点回去，要活的！

小　高　好的，好的。

闻如燕　（频频点头挥手，似乎很亲切）再见了，再见！（与三公子等飘飘然离去）

老站长　（愤怒至极）这国家计划全给他们搞乱了！哪儿来的一伙王八蛋！

〔工商干部手拿那张准运证压抑着怒火，长叹一声，随老站长下。

〔老郑上，向默默伫立一旁的季敏点头招呼。

季　敏　郑书记，刚才……

老　郑　看见啦，都看见啦。本来我想找老站长调查办案，没想到有了意外的收获，让我又长了见识。

季　敏　郑书记，就这样眼巴巴地看着他们运走吗？

〔老郑半晌不语。

季　敏　郑书记，就这样由着他们逍遥法外吗？

老　郑　（斩钉截铁地）不！要查！查它个水落石出！

季　敏　对！先查查是谁开的准运证。明明是严格控制的准运证，为什么钱供销员手里有，沈科长手里有，这位闻大姐手里也有！究竟是谁给这些人开的绿灯？

老　郑　季敏同志，这不仅仅是一张准运证的问题，我看文章大着哩！我先走了，回去也作它一篇文章。

季　敏　郑书记，这么一来，我们厂到年底也开不了工！

老　郑　不见得吧，这天下毕竟还是社会主义的天下啊！

〔河面上传来“厂长！厂长……”的喊声。

〔雅琴跑上。

雅　琴　厂长！刚刚没来卖茧子的，我们都把他们动员来了。看，河里头一长串的送茧船！

〔老站长闻声跑出，翘首眺望。

〔陶妹、阿菊骑车上，后座各带几大筐茧子。

陶　妹　厂长，我们也送茧子来了，乡亲们家里还有一半茧子留着呢！

老站长　放鞭炮，开秤收茧子喽！

〔幕后响起热烈的锣鼓声、鞭炮声和人们喧闹的欢笑声。

季　敏　（深情地向桥头奔去，点头致意）农民兄弟！谢谢你们！谢谢你们！

〔老郑和季敏宽慰地向桥下频频招手。

〔灯暗。

11

〔季敏家的客厅内外。客厅内没有豪华的陈设，简朴雅致，给人一种洁净清新的舒适感。画家古广达正在看电视里的一场球赛。

〔门铃声。

古广达　（突然意识到可能是季敏回来了，连忙应声）来了来了！稍等，稍等！（架好眼镜，整了整装去开门）你呀你呀，总算把你等回来了……

〔阿娟站在门外。

古广达　（尴尬）你，你找谁？

阿　娟　我找厂长。

古广达　你是丝联厂的？

阿　娟　（点头）厂长不在？

古广达　我也在等她。（指指行囊）你看，我刚进门，她就被市里叫去了。

阿　娟　她很快就回来吗？

古广达　我也说不上来。（让）你进来，坐。

〔阿娟仍站着不动。

古广达　（自言自语）她走的时候说是很快就能回来，可一去，不知怎么回事，整整三个小时……你有什么事吗？我转告她。

阿　娟　你给厂长说一声，就说我阿娟来看过她。我……我不等她了。（懊丧地离开门口）

〔阿根气冲冲上，手里拿一张化验单。

阿　　根　（见阿娟）阿娟，这是不是你的化验单？

〔阿娟畏缩不语。

阿　　根　你为什么一直瞒着我？你说！你说呀！

〔阿娟开始哭起来。

阿　　根　（怒不可遏地打了阿娟一个耳光）你！你这个贱女人！

〔阿娟哭着跑下。

阿　　根　（也痛苦地呜呜哭了。有顷，发现阿娟已不在）阿娟！阿娟！……阿娟！（下）

〔门铃声。

古 广 达　（懒懒地应一声）谁呀？

〔门铃再响。

古 广 达　（懒懒地站起来）来了！

〔古广达未至门边，季敏已开门进来了。

古 广 达　你呀，你可真……

〔忽然看见季敏身后有两个检察院干部，气氛顿时严肃起来。

季　　敏　（支开古广达）老古，你先进屋休息会儿，我这儿有点事。

〔古广达非常扫兴，去拿旅行箱和提包。

季　　敏　（急于把古广达打发开）算了，就堆这儿吧。

古 广 达　好，好。（还是背了一件提了一件，样子有点狼狈）你们谈吧。（进内室）

季　　敏　（对内）厨房里有速煮面，先对付一顿吧。

古 广 达　（从内室出）光吃速煮面怎么行！哦，我上街去买点吃的来。（匆匆下）

〔不顺心的事汇集到了一起，季敏感到心力交瘁，坐下以后一声未吭。

检察院干部　你的经济问题我们检察院想和你当面调查一下。

季　　敏　我相信，这些举报是毫无根据的。说我在厂里倒卖茧子受贿两万元，这根本就……

检察院干部　我们跟举报人调查过，他一口咬定是他向你行贿的。

季　　敏　（一怔）你们，你们可以去银行查一查，我有没有两万存款……

检察院干部　我们已经查实，你名下确有两万元存款。

季　　敏　真是天方夜谭！要有存款，我总该有个存折吧？可我……

检察院干部　这些，我们会慢慢查清楚的。（站起）有人还揭发，外商送了你一些贵重礼物。

季　　敏　没有，绝对没有。噢，有件工艺品，是我女儿收下的。你们看吧！（递过竹编白天鹅）

检察院干部　（看了看）可以打开吗？

季　　敏　打开吧。

〔检察院干部打开“鹅”肚，亮出三条金项链。

检察院干部　我们暂时替你保存一下。（递物品扣押单）签个名。

季　　敏　（一下子傻了，怔怔地说不出话来）……

〔检察院干部下。

〔古广达手捧刚买来的食品进门。

古 广 达　他们走了？

季　　敏　（哽咽）走了。

古 广 达　来来来，我们吃点东西吧。

季　　敏　不饿。

古 广 达　你怎么了？身体不舒服？

季　　敏　没有。

古 广 达　那你一定是太累了。

〔季敏疲乏地摇头。

〔座钟当当响了两下。

季　　敏　（机械地弹起身，拎起提包）两点了。我得赶紧去厂里。

古 广 达　今天我刚回来，你不能请个假吗？

季　　敏　（意识到已被停职）不用请假了，我不上班，不用上班……

〔静场。古广达看她情绪有些异样，一时不知说什么好。

古 广 达　（少顷）维娜不在家？

季　　敏　（咬紧嘴唇忍着眼泪）……不在。

古 广 达　去哪儿了？

季　　敏　不知道。

古 广 达　不知道？出什么事了？

季　　敏　不说她了，就当我没生这个女儿！

古 广 达　你有什么伤心事吗？不能跟我说说？

季　　敏　（摇摇头）说不清。（换个话题，想高兴一些）你这次去中东半年，收获一定很大吧？

古广达 （来了兴致）大极了！（从包里取出一大堆速写本）你看看我的速写！这本，阿联酋画的；这本，科威特画的；这本，伊拉克；还有，阿尔及利亚、土耳其……还有两大箱油画没运到。我打算举办一个画展，让大家领略一下波斯的风土人情。

季　敏 这个想法太好了，也可以说是重温一下昔日的丝绸之路。

古广达 对对对，丝绸之路。你呀，总忘不了丝绸。

季　敏 祝贺你了，画家！可我，这些年什么事也没办好……

古广达 唉，你又伤感了。（打开旅行箱）来来来，给你带了点东西。你不总忘不了丝绸吗？我带的全是丝绸产品。（一件件取出来）真丝壁挂，怎么样？（挂到墙上欣赏着）真丝沙发靠垫，（一个个放到沙发上）漂亮吗？真丝台布，古老的图案，艺术极了！（铺到小圆桌上）还有这阿拉伯式的真丝头巾，（抖落开一条很长很长的花色头巾，围到季敏脖子上，拉着头巾的两头，慢慢后退）美啊，美，真美……

季　敏 是吗？……（总算勉强笑了笑，但笑得很难受，一点也不显高兴，慢慢把头巾收拢，取下丢到沙发上）

古广达 （十分扫兴）我说你，你今天究竟是怎么了？

季　敏 （答非所问）喝了酒人会不会暖和一些？

古广达 那当然，喝多了浑身发烧，晕晕乎乎的……

季　敏 那你给我拿点酒喝。

古广达 你从来不会喝酒的，今天怎么……

季　敏 我有点冷。

古广达 我给你拿件衣服披上吧。

季　敏 （执拗地）不要。给我拿点酒。（眼睛湿润，坐到小圆桌边）咱俩一起喝，清清静静的，把什么事都抛开，好不好？

古广达 好，好，我给你拿。（拿过一瓶葡萄酒和两个小酒杯）

〔两人坐到小凉台上。

季　敏 （举举杯子）为你接风。（一口干了，呛得厉害）

古广达 你……你别……这么喝好不好？

〔季敏又自斟一杯，喝了一大口，呛了半天。

古广达 你有什么事就不能跟我说吗？

季　敏 真有点热乎了……（又要举杯）

古广达　（夺下）对了，我还带了件礼物。（取出一件工艺品，一只变形骆驼）波斯人送给我的……

季　敏　（已有醉意）又是工艺品！（拿过来欣赏）真好！（突然推开，瞪着眼）你是不是想陷害我？

古广达　我的天！你在说些什么呀？

季　敏　说我有两万存款。哈哈哈！这几年我这百多块钱除了吃的，全贴给老郭买了那些古书；这几年我没要女儿一分钱，自己吃自己用，也就是过得去罢了，我哪来几万块存款？我工作大半辈子，全部收入加起来不就几万块钱吧？真要有这笔钱，我就不让我的女工去卖蛋了！

古广达　你怎么啦，究竟怎么啦？

〔季敏默默递给他一份停职文件。

古广达　（念）"停职反省"！（全明白了，郑重地为之斟酒）再喝一点，我敬你！

季　敏　谢谢你！（没喝）

古广达　我送你两句话："世人欺我恶我陷我，我且忍他由他耐他，再待几年你且看他。"

〔季敏点点头，抿了一口，放下杯子，坐到屋里沙发上，往后一仰。

季　敏　（感慨无穷）活得可真累，真累啊！

古广达　你干脆趁这机会辞了这个厂长吧，以后多休息休息。

季　敏　她有时候我也真想歇下来……（手往沙发扶手上一搭，正好搭在那块长长的阿拉伯头巾上。她无意识地触摸着，突然停住手，转身又抓过一个沙发真丝靠垫触摸一阵，然后又去摸真丝桌布，捏着揉着感觉着）

〔古广达给弄得莫名其妙，不知将要发生什么。

季　敏　（酒似乎全醒了，很清醒地）你这些东西都是真丝的？

古广达　真丝的。

季　敏　不是，肯定不是！我搞了二十多年丝绸，骗不了我这双手。

古广达　这手感不是很好吗？

季　敏　同志，这是化纤的。哪个国家产的？

古广达　日本。中东丝绸市场几乎都给日本人占领了。那儿的人还真盼望我们中国的丝绸。（拿过那只骆驼）送我这件礼品的时候，人家就说："一千三百多年前，中国就用这骆驼驮来了美丽的丝绸。今天为什么很少看到中国的产品？这骆驼驮得太慢、太慢了！"

季　　敏　（拿起骆驼望，忽然精神重振，忘了一切苦恼）这条丝绸之路应该开通起来。我知道我们省在那儿一年只有三百万美金的生意，闻名天下的丝绸之府，只三百万？要开拓这个海外市场！中东只有石油，几乎没有纺织业，海湾六国纺织品进口额就高达四十亿美金。我们应该打进去，到迪拜去建一个公司。你到过阿联酋的迪拜吗？

古广达　到过，迪拜是有名的自由港，很繁荣……

季　　敏　那儿也是中东、西亚、南亚次大陆和东非的贸易中心，到那儿经营我们中国的丝绸，重开一条丝绸之路！

〔隐隐的《丝路花雨》的旋律，季敏兴奋地披上那块长头巾。

季　　敏　你看过《丝路花雨》那部电影吗？那是一部舞剧，里面有个英娘，舞跳得美极了！（甩了甩头巾，学着跳起来，自觉跳得很别扭，但显得很高兴，笑起来）哈哈哈！反正你也不会欣赏……不过在大学里，我还是校文工团舞蹈队的……跳得怎么样？

〔古广达看着这一切，直想哭。

季　　敏　你在想什么？

古广达　我在想，你像一只骆驼，一只不知疲倦的骆驼。（举杯）来，为骆驼干杯！

季　　敏　干杯！

〔灯暗。

12

〔老郑的办公室。

〔老郑同两个检察院干部上。

老　　郑　你们的汇报很好。纪委同意你们的看法，季敏同志的这桩经济案是有些蹊跷。（沉思）为什么举报那个“白天鹅”，正好是在传闻季敏同志的女儿逃港以后？

检察院干部　对。这里面有文章。不过，既然丝联厂供销科沈科长一口咬定季敏受贿，那我们就查一查，说不定会有意外的收获。

老　郑　（点点头）好，市纪委准备派两位同志和你们一起去广州深圳，无论如何你们要把维娜的下落搞清楚。

〔灯暗。

13

〔古运河边。廖立荣与孙玉华相背而坐。

〔孙玉华渐渐发出抽泣声。

廖立荣　你这是干什么？

孙玉华　你这么一来，让我以后还怎么做人？

廖立荣　我不是跟你说了吗？这件事与你无关。

孙玉华　怎么与我无关？“白天鹅”是我送的，这不成了我在陷害厂长？别人会怎么看我？

廖立荣　你可以向大家讲清楚嘛！外商行贿她接受了，难道这不是事实？

孙玉华　季厂长不是这样的人！也许她根本没动过这件东西……

廖立荣　我看你都快成了她的辩护人了。

孙玉华　我看你这是在故意陷害她。

廖立荣　（生气）你把我当成什么人了？真没想到，你会这样不相信我……

孙玉华　也许我的话说重了。不过，我坚信，厂长她是冤枉的……

廖立荣　（激动地）好，就算这件事冤枉了她，那么两万元存款呢？这可是经检察院调查立案的。据沈科长揭发，这两万元就是他向季敏行的贿，这又该作何解释？（见孙玉华被问住了）头脑不要太简单喽！改革开放来，特别是这几年，我们好多基层干部利用职权搞了些什么！丝联厂为什么弄成这个样子？难道仅仅是一个沈科长的问题？不治一治怎么得了！……你这么一种精神状态，怎么能把丝联厂的担子挑起来？你考虑考虑，要是真没有这点勇气，我可以向公司提出来。

孙玉华　立荣，我只是担心，有一天我真会成了你政治天平上的一个砝码！

廖立荣　（充满柔情）玉华，难道我那么不值得你信赖？

孙玉华　正因为我信赖你、爱你，才时时有一种担心……

廖立荣　担心什么？

孙玉华　担心你有一天也会出事……

廖立荣　你听到什么了?

孙玉华　我问你，你香港银行里有存款吗?

廖立荣　（脸色陡变）谁说的?

孙玉华　别问我谁说的！告诉我，说真话……

廖立荣　造谣！造谣！这才是陷害！

孙玉华　（一下明白了）明白了。再见！（痛苦地跑下）

廖立荣　玉华！玉华！（追下）

〔灯暗。

14

〔市企业家联谊会俱乐部的小咖啡厅。厅内有一个小台可供歌星演唱。

〔咖啡厅临湖而设，窗外飘着柳丝。

〔廖立荣、港商、闻如燕上。

廖立荣　服务员，三杯咖啡。

〔服务员端上咖啡，下。

港　商　二位，我在深圳可是等得好心焦啊！我真担心这批“水货”给大水冲了！

闻如燕　现在放心了吧?

港　商　放心啦放心啦，我该怎样感谢你们啊！

闻如燕　不用谢，只要价格合理就行。

港　商　价格已经很合理啦，五万美金一吨的白厂丝已经是最合理的啦，没有比这更合理的啦！

闻如燕　行，老朋友嘛，拍板成交，原来谈好的五十吨，加上这次刚加工成丝的五十吨，一个整数。

港　商　一笔大买卖！

闻如燕　小意思。这在我们公司只算是个零头。

〔季敏从另一边上。

季　敏　（问服务员）服务员同志，今天唱歌的演员到了吗?

服务员 还没有。你请坐，要喝点什么？

季　敏 要一杯咖啡。

〔季敏坐下，发现闻如燕。闻如燕看见季敏，马上戴上大墨镜。

闻如燕 （对港商）走，我们到隔壁跳舞去。（站起，转身下）

〔港商随下。

〔服务员给季敏端上咖啡。季敏站起接过，正好与廖立荣目光相遇。

季　敏 （态度自若）廖副经理，你好！

廖立荣 季敏同志，你也来了？

季　敏 我也来听听歌呀。（悠悠然调着咖啡）

廖立荣 季敏同志，你倒是很有闲情逸致呀。

季　敏 过去忙，一直没能安安静静坐下来看看表演。这会儿空下来了，也来调剂调剂精神。

廖立荣 可我们还没见到你一个字的交代。

季　敏 那说明我还在进一步反省。

廖立荣 那好。（欲走）

季　敏 （叫住）哎，廖副经理，厂里供销科沈科长的案子怎么样了？

廖立荣 他的问题已经查清楚了，了结了。

季　敏 了结了？牵扯到上面的一些事也了结了吗？

廖立荣 你指什么？

季　敏 我指与他勾结起来，一块儿倒卖白厂丝的在上面的人。

廖立荣 有根据吗？

季　敏 这个，在我停职以前已掌握了证据。

廖立荣 那你可以向公司领导反映。

季　敏 我早已反映了，要不，我不会这么空闲。

廖立荣 我提醒你，诬告陷害同样要受法律惩处的。

季　敏 我懂。（喝了一口咖啡）但愿对我的举报只是一般的错告，不需要负法律责任。

廖立荣 你有这样的自信，很好，很好。（下）

〔老郑上。

老　郑 季敏同志，今天我请你喝咖啡。

季　敏 郑书记，我可是受审对象……

老　郑 还没定你的案嘛！我请错了，以后再检讨，提高认识。来来来，咖啡！

季 敏 我刚喝过，免了吧。

老 郑 我可得来一杯！（对服务员）对不起，一杯。驻外使馆待了几年，养成了喝咖啡的习惯。

季 敏 这玩意儿我可喝不大习惯，苦滋滋的……

老 郑 苦得有味。要我说，你现在喝咖啡，最能品出味道来。

季 敏 （苦笑）这味，早品到心里了。

老 郑 我送你两句话，你再品一品："荣辱不惊，任庭前花开花落；去留无意，看天上云卷云舒。"

季 敏 郑书记，我可冷静不了，眼前许多事可真叫人痛心……

老 郑 （激愤地）不仅是痛心，而且是痛恨，切齿痛恨！我回国工作时间不长，但我深深感到我们党的肌体在被侵蚀。那些以权谋私的，那些贪污受贿的，几万、几十万、上百万、上千万地倒，都把我们国家倒空了！

季 敏 这种局面什么时候能够终了？

老 郑 相信有一天会终了。

季 敏 这一天来得越快越好！

〔突然音乐大作，左伦自内叫着上。

左 伦 开始开始！演出马上开始！（对幕后）乐队！乐队准备！灯光……音响！各就各位！……（转对观众席）明星企业家同志们，对不起，让你们久等了！现在，歌星维娜小姐马上登台，她那动情动心的歌喉，将一展风采……

〔热烈的掌声中，维娜出台致意。

维 娜 （活跃起来）好。现在我准备为大家演唱。今天听我的歌的，都是明星企业家。为明星企业家演唱，我很高兴，非常非常的高兴！那是因为什么呢？那是因为我妈妈也是一位企业家。我看到我妈妈也坐在下面。妈妈，女儿的第一支歌，是献给你的！

季 敏 （发现是维娜）娜娜！你……（兴奋，站起）

维 娜 妈妈，你坐着。（走到季敏的桌前）你听我说，你还记得我去广州前要给你留下一份厚礼吗？（亮出握在手的一个小盒）就是这个……（开盒，拿出一张存折）一张以你的名义存进银行的存折，两万元。这钱没征得你的同意，我知道你是不会同意的。至于那个小工艺品，是我收下的，当时妈妈还训斥我："你怎么乱收人家东西，去还给人家！"我觉得你太不近人情，但绝没有想到这是有人要陷害你！……要不是市纪委的同志到广州来找我，我怎么也不会想到你会站在被告席上！……妈妈，要说有错，那是我做女儿的错，要打要罚，与妈妈你没有关系！妈妈，你没有错，你是清白的，女儿做证。妈妈，你站起来说，大声说，你是清白的。在座的企业家们都会说，你是清白的。

〔维娜的声音越说越高，季敏不由激动得站了起来，过去将维娜抱住。

季　敏　娜娜！我的小娜娜！你可算回来了！

维　娜　妈妈！……（猛一甩头，操起话筒，大步跨上演唱台）现在，就请听我的歌。我的歌是献给我的妈妈的，也献给像我妈妈一样勤勤恳恳而无半点怨言的企业家！

〔维娜开始演唱，用她的全部活力、全部激情和全部敬仰。……

〔灯暗。

15

〔国宾馆内闻如燕的房间。

〔闻如燕独自一人焦急地来回走动着。廖立荣匆匆走来。

廖立荣　闻大姐！

闻如燕　他们这是要干什么？怎么突然在公路上设起了层层关卡？是不是存心要卡我们这一百吨白厂丝？你怎么事先连一点消息也不透？

廖立荣　我也是刚刚得到的消息，所以跑来找你……

闻如燕　这事，会不会有什么背景？

廖立荣　我看都是那个市纪委书记搞出来的。

闻如燕　小小的一个纪委书记，也不掂掂自己的分量！你给我搞份材料，请小三带给他父亲看看。

廖立荣　（点头应诺）可这货得马上脱手运出去！

闻如燕　调车皮从铁路走。

廖立荣　那太慢也太显眼。

闻如燕　走水路，从古运河上运出去。

廖立荣　古运河上也设有检查站。

闻如燕　什么？全给他们卡死了？

廖立荣 三公子呢？他有什么办法没有？

闻如燕 他可好，这会儿连个人影也不见了。（抓起电话……房间里没人！）

〔老郑突然来访。

廖立荣 （一惊）郑书记！

老 郑 打扰你们啦。

闻如燕 你就是……

老 郑 这位是北京来的闻大姐吧？廖副经理，怎么也不介绍介绍！

闻如燕 不用介绍，咱们彼此心里都清楚。

老 郑 对！彼此心里都清楚。

闻如燕 听说你在外交部工作？我怎么觉得你好像是安全部的！

老 郑 何以见得？

闻如燕 你真像是个克格勃老手。

老 郑 哈哈哈！我倒很想学一手，无奈功夫不到家，要不，早就该送有些人上法庭了。比如廖副经理，我们对他的侦查就迟了一步。

廖立荣 （一怔）郑书记，我……

老 郑 你的问题需要向市委纪委一一交代清楚，如果一时理不出头绪，可以先从香港银行的存款说起。

廖立荣 （又一怔，故作镇静）可以申辩吗？

老 郑 当然可以。就是在法庭上，判决不服，也允许上诉。

闻如燕 （摆起架势）小郑同志，你可是相当一级的干部，这样说话是不是太轻率了！据我所知，廖副经理在改革中是做出了成绩的，即使有些错误，也是可以允许的嘛！

老 郑 改革允许犯错误，但绝不允许以权谋私，贪赃枉法，为非作歹！

闻如燕 你这番话说得精彩！回北京以后我准备向有关领导反映反映。

老 郑 闻大姐，我看你倒像个克格勃的老手！廖副经理，我顺便转告一声，市府决定，非法收购的白厂丝一根也不许运出去！谁要是乱开准运证，就追查谁的责任！（下）

廖立荣 大姐，难道就这样完了？

闻如燕 怕什么！你就是进了监狱，大姐我也会派车把你接出来！（急切地打电话）喂喂，小三吗？小三，你去哪儿啦？什么？玩儿去了！都什么时候了，还有心思玩！我告诉你，这批货出不去！危险！什么？情况你早知道了？三公子，你可真神呀！那你说怎么办？可要快呀！什么？已经，已经用飞机起运了？

〔顿时，响起飞机的隆隆声。

〔灯暗。

16

〔古运河堤岸上。隔岸望得见城市新崛起的建筑群，望得见晴朗的天空和朝霞。

〔季敏今天换上了从未穿过的新装，显得容光焕发。她今天出国考察，维娜和古广达拎着旅行箱和提包为她送行。他们刚刚步上堤岸，左伦就骑车追了上来。

左　伦　厂长！厂长！（下车）厂长同志！中央四中全会以后，您成了明星企业家。从去年的震荡之秋到今年的动乱之春，你的成绩特别感人，我打算把您的事迹写成一篇报告文学，这一定会和你女儿一样形成轰动效应，提高你的知名度。

季　敏　谢谢你的好意。

左　伦　那么，我想马上发一篇通讯，请你三言两语谈一谈这次去中东考察的目的、想法、打算、计划，特别是联系中国盛唐的丝绸之路，这种历史的纵深感……

季　敏　很抱歉，我还没想那么多。（对维娜和古广达）我们走吧！

〔小车刹车声。老郑的声音："季敏同志！"老郑急上。

季　敏　郑书记，你……

老　郑　来给你送行呀！季敏同志，你选了个好日子。

季　敏　怎么？

老　郑　最高人民法院和最高人民检察院今天郑重发布《通告》，反腐败斗争开始了一个新阶段，这是不是好日子？

季　敏　对，好日子，好日子。

老　郑　不过，你今天要走，又很遗憾。

季　敏　为什么？

老　郑　明天法院开庭审理廖立荣的案子，你不能亲自出席听听，不是很遗憾吗？

季　敏　（指指维娜和古广达）他们两个可以代表我出席，一样。

左　伦　（被晾在一边，主动打招呼）郑书记，你好。

维　娜　作家同志，听说这几天北京的闻大姐和三公子又光临本市了，你没陪他们玩玩？

左　伦　没有。听说他们去了莫干山普陀山雁荡山，这会儿他们刚走。

〔飞机声掠过。

左　伦　（指指天上）就这个航班，人已在天上……

老　郑　（仰头望望）总会有落地的时候。我可以告诉大家，中央已经撤销了那个“太平洋公司”，至于那位闻大姐和三公子，中央纪委的同志正在北京机场等候他们。

维　娜　妈，车来了。

季　敏　郑书记，再见！

老　郑　季敏同志，预祝你重开一条丝绸之路！

维　娜　我妈妈会成功的，会成功的！

〔灯暗。

〔剧终。

1990年

六场古装越剧

陆游与唐琬

顾锡东

人物表 陆　游——南宋大诗人。
唐　琬——陆游之妻。
陆　宰——陆游之父，官赠少师，致仕。
唐夫人——陆游之母。
唐仲俊——唐琬之父，军职副统制。
陆仲高——陆游堂兄，礼部主事。
赵士程——宗室士人，唐琬后夫。
李盼盼——歌妓。
柳三娘——卖花妇人。
小　鸿——唐琬侍女。
小　雁——唐夫人侍女。
陆　寿——陆府老家院。
范元卿——士人。
陈公敏——士人。
冯推官
众歌妓

第一场　赏新曲

〔南宋高宗绍兴十五年暮春。

〔山阴沈园。画桥春水绿，烟柳小桃纹。

〔幕后合唱《秋波媚》词曲：

九陌楼台闹管弦，
粉饰太平年。
河山半壁，
豪门欢宴，
志士遭贬。
沈园池上追游路，
杨柳又吹绵。
落红片片，
爱河无底，
恨海无边。

〔合唱声中幕启，小鸿携酒具上，掸去桌上落花，摆好壶杯。

〔陆游与唐琬分花拂柳而来。

陆　游　（唱）寻春不觉春已晚，
承琬妹，携酒为我遣愁怀。

唐　琬　（一笑而慰之）
（唱）春波桥上双照影，
与游哥，一路细数落花来。

陆　游　（唱）花易落，酒易醉，
山河残缺难忘怀。
老奸得志国几丧，
皇上说，太平翁翁是秦桧。

唐　琬　（担心地）游表哥……

陆　游　琬表妹，岳飞冤死十载，朝堂苟且偏安，想我陆游立志“上马击狂胡，下马草军书”，欲图恢复中原，奈何三试不中！

唐　琬　便是中了，丞相能容你么？

陆　游　嗯……

唐　琬　游表哥！

（唱）今番你、春试原来置第一，
为何被丞相的孙儿夺了魁。
朝堂哪有公道在，
报国无门遭忌才。
这些时，伴你纵情游山水，
劝游哥，心头郁结宜解开。

陆　游　多谢琬妹知心体贴。

小　鸿　三公子！

（唱）你邀小姐常外出，
老夫人，埋怨小姐好几回。
倒说她，放纵丈夫惰于学，
小姐是，低头听训口不开。

陆　游　有这样的事？

唐　琬　小鸿你多嘴，婆母是我姑妈，让她说几句也没有啥！总是你为我受委屈了！

〔马推官招众歌妓上。

马推官　你们听着，今天礼部丰事陆仲高大人在赐荣堂宴客，你们好好侍候唱曲侑酒。来！（招众歌妓过场下）

〔鼓乐喧天，众家丁参果品、菜肴盘过场下。

陆　游　（不屑一顾而冷笑）嘿，里边这位陆大人，是堂兄陆仲高。

唐　琬　仲高哥？——你们不是从小同窗念书吗？

陆　游　这几年他投靠秦桧，步步高升，衣锦还乡，大宴亲朋……

〔内声：“陆大人荣升，可喜可贺！”

〔陆仲高声：“诸位大人光临，内厢设宴，请！”“哈哈哈！”

陆　游　可叹啊……（吟诗）满朝新贵善谋身，误国而今岂一秦！

（唱）佞臣当道天日晦，
岂甘明珠土中埋。
我有心千里投贤尹，

问琬妹，可愿展翅远飞开！

唐　琬　（唱）游哥啊，山盟海誓言犹在，

哪怕是随夫从军我不畏。

（为陆游斟酒）

陆　游　琬妹！（与唐琬共饮酒）

〔幕后合唱：

红酥手，黄滕酒，

欢情无限，东风轻柔。

〔传来柳三娘的卖花声。

柳三娘　三公子、少夫人。

陆　游
唐　琬　柳三娘！

柳三娘　刚才我到府上给少夫人送花，碰到老院公说，福州副统制唐老爷有书信到来！

唐　琬　（喜）我爹爹来信了。

陆　游　多谢三娘！

〔忽闻呵斥声，李盼盼被撵跌撞而出，众歌妓随上。

李盼盼　还我曲谱……

〔马推官上。

马推官　李盼盼你竟敢在陆大人面前唱《咏梅》，好大的胆子。（撕毁曲谱）让你唱！（大摇大摆下。）

陆　游
唐　琬　盼盼怎么回事？

李盼盼　三公子、少夫人啊！

（唱）赐荣堂上高官坐，

原来是，你家风流仲高哥。

不料他，富贵忘却旧情义，

说什么，圣贤不听贱妓歌。

马推官，拦阻我把冤家问，

撕毁曲谱辱骂我。

唐　琬　只怕仲高哥没有看见你吧！

陆　游　他装什么假道学！盼盼随我去与他评理。

〔迎面赵士程、范元卿、陈公敏上。

赵士程 （拾曲谱）哼！岂有此理！唉，陆仲高当上礼部主事，当年风流潇洒的模样全变了！盼盼你受委屈了。

陆　游 （有好感）这位是……

范元卿 这位是皇室宗亲赵士程大官人。

陈公敏 这位是山阴望族少师府陆游三公子，与夫人伉俪游春。

赵士程 啊！久仰大名，初次得见贤夫妇，请受一礼！

陆　游 赵仁兄相助弱女，可敬，可敬！

赵士程 盼盼，陆仲高不让你唱三公子的《咏梅》，你就在此献唱请诗人鉴赏。

李盼盼 如此请三公子、赵大官人赐教。

陆　游
赵士程 请！（同入座）

李盼盼
众歌妓 （边舞边唱《卜算子》词曲）

驿外断桥边，
寂寞开无主。
已是黄昏独自愁，
更著风和雨。
无意苦争春，
一任群芳妒，
零落成泥碾作尘，
只有香如故。

〔陆游凝神倾听，感怀遭际，唐琬为之捧酒觞。

〔唐夫人偕小雁上，看在眼里大为不满。

唐夫人 务观！

陆　游 （闻声回头）母亲，你怎么来了？

唐　琬 婆母！

唐夫人 （落落大方、不露愠色）好热闹，我也来听听唱曲。

赵士程 （出于内心）原来是少师夫人，谁不尊敬你相门才女，教得好令郎，一首《咏梅》千古绝唱！

唐夫人 君子过奖了！

赵士程 （在范元卿暗示下）嘿嘿，晚辈们告辞了！

〔赵士程、范元卿、陈公敏施礼而下，众歌妓亦施礼而下。

陆　游　母亲！

唐夫人　务观，你落榜无须心灰，总不能终日听曲纵酒，误了青云之路，这是谁的主意？！（故意看唐琬一眼）

陆　游　母亲，是孩儿强邀琬妹游园遣愁，偶尔听曲，母亲莫怪。

唐夫人　务观，你仲高堂兄知礼，还乡便送来宴客请柬，你爹爹不在家中，我们母子礼当赴宴。小雁，进去禀报我侄少爷，说我来了。

小　雁　是！（下）

唐　琬　婆母，容儿媳先告辞回家。

唐夫人　你去吧。（见陆游也想走，叫住）务观！

陆　游　母亲，他是秦桧宠臣，道不同不相为谋，我实是不愿见他。

唐夫人　胡说，我们陆家世世代代都为大宋之臣，报效大宋之朝庭，自己人怎能不见？（小雁引马推官上）

马推官　唐夫人，陆大人有请！

唐夫人　有劳了。（见陆游回身欲走）务观……（生气）

〔内陆仲高声："婶娘哪里？婶娘哪里？"

唐夫人　（笑招呼）仲高我的好侄儿。（入内）

陆仲高　（内）婶娘亲尊，楼座请。

唐夫人　（内）务观，快来呀！

〔陆游不依，拂袖而去。

第二场　阻远行

〔春末夏初。

〔陆宰的山阴旧居，小隐山园书斋。绿柳垂书屋，红梅倚画屏。

〔幕后独唱《如梦令》词曲：

昨夜风斜雨细，
种种恼人天气。
寂寞待儿归，
难遣闲愁滋味。

牵记，牵记，

慈母深情厚意。

〔幕启：唐夫人翻阅诗卷，等人心焦。小鸿送羹上。

小　　鸿　老夫人，请用莲子羹。

唐 夫 人　小鸿，公子到哪里去了？

小　　鸿　方才老爷将三公子、少夫人唤去了。

唐 夫 人　什么事啊？

小　　鸿　好像说，福州府来人，要接他们到福州去。

唐 夫 人　（吃惊）有这样的事？

小　　鸿　老夫人不知道吗？

唐 夫 人　到福州去？务观他怎敢瞒我！

〔唐夫人瞪了小鸿一眼。

〔小鸿退下。

唐 夫 人　（唱）闻婢报、倍惆怅，

休道我、妇人之见不刚强。

先父极品为宰相，

公爹尚书耀门墙。

我是慈母严师一身担，

渴望陆游继书香。

我为他，三试不中心操碎，

重托了，仲高侄儿荐贤良。

儿怎能，行为偏听枕边话，

大事不与娘商量。

为什么，瞒我欲往福州去，

全不似，童年与娘贴心肠。

〔唐夫人复坐沉思，倦眼惺忪。

〔忽闻唤“母亲”，唐夫人眼前生幻觉，出现童年之陆游——

唐 夫 人　（笑）务观，你回来啦！

童年陆游　（示以手中书卷）母亲教我读《唐诗》，我记住了。

唐 夫 人　记住哪一首？

童年陆游　“慈母手中线，游子身上衣。……”

唐 夫 人　我的儿，（高兴得抱儿坐膝上）你比两个哥哥聪明，是我最好的儿子。

童年陆游 我的母亲，是天下最好的母亲。

唐 夫 人 嘿嘿嘿……来吃莲子羹。

童年陆游 母亲你吃。

〔内陆游声：“琬妹，快来！”将陆母从回忆中惊醒。

〔唐夫人急忙走出书斋，欲招呼，一转念，向另一边躲下。

〔陆游与唐琬欢喜而上。

陆　　游 （唱）岳父福州来书信，

府尹招贤情意深。

不惧秦桧排斥我，

赤心报国岂无门。

唐　　琬 （唱）随君化作双燕飞，

来朝万里赴云程。

陆　　游 （唱）离浅水，投瀛海，

访贤臣，结豪英。

唐　　琬 （唱）指点江山，激扬文字，

（唱）长歌击剑，待扫胡尘。

〔唐琬操琴，陆游拔剑起舞。

唐　　琬 游哥，福州远在千里之外，堂上二老都能应允吗？

〔唐夫人先在帘后露影，继而出来窃听。

陆　　游 我爹爹不愿与秦桧同朝为官，所以致仕还乡，刚才看了书信，十分同意。

唐　　琬 婆母呢？

陆　　游 母亲爱我至深，若以“父母在，不远游”为辞，叫我为难啊！

唐　　琬 那你走是不走？

陆　　游 我受屈于秦桧，欲伸其志，不得不走，不能不走，你看我如何说服母亲？

唐　　琬 既然公爹同意，那就请公爹劝说婆母，然后你说……（一段悄悄话）

〔唐夫人在外听不清楚，懊恼不已。

陆　　游 哈哈哈。好，承父志而求母情，也许容我们走了！

〔唐夫人假咳一声而出。

陆　　游 母亲！

唐　　琬 婆母！

唐 夫 人 什么事这么高兴啊？

陆　游　孩儿正要去禀明母亲。

小　鸿　三公子、小姐请用莲子羹。

陆　游　母亲，请用莲子羹。

唐夫人　务观你用吧。

陆　游　母亲，你先用。

〔唐夫人看着儿子，拿过莲子羹。

唐　琬　请婆母坐下用。

〔唐夫人忽然生起气来，将碗还给陆游。唐琬窘，忙将碗交给小鸿捧下。

陆　游　母亲你为何生气啊？

唐夫人　你说呢？

陆　游　不见仲高，是我任性，母亲生气，孩儿赔礼。

唐夫人　务观，儿啊，你虽怀才不遇，总不能每日里游山玩水，男女混杂，如此荒废光阴，贻误青春！可知为娘爱儿情深，为你前程担心啊！

陆　游　母亲啊！

（唱）山重水复疑无路，
　　　柳暗花明又一村。
　　　朝堂贤路虽闭塞，
　　　四海多有忠义臣。
　　　志同道合相援引，
　　　陆游不愁无前程。

唐夫人　你说，什么前程？

陆　游　此事决定儿的命运，当请爹爹一同议论。

唐夫人　好吧，去请你父亲来。

陆　游　遵命！（临行向唐琬一笑，下）

唐夫人　琬姑，你留下。

唐　琬　婆母？

唐夫人　琬姑！

（唱）内侄女儿作媳妇，
　　　你不亲我向谁亲。

唐　琬　（唱）唐琬孤单早丧母，
　　　多承垂爱一片情。

唐夫人　（唱）若是知恩当报答，

莫教游儿违慈亲。

唐　琬　（唱）唐琬不作长舌妇，

知儿莫若母贤明。

唐夫人　（一笑）好呀。

（唱）今日议儿前程事，

我只怕，树欲静而风不停。

你若有半点孝顺意，

倒要看、婆媳是否一条心。

唐　琬　（吃惊）啊，儿媳不知婆母何意。

唐夫人　等他们来了再说。

〔一阵笑声，陆游引陆宰上，老院公陆寿捧银包随上。

陆　游　爹爹请！

陆　宰　儿啊，此乃好事一桩啊！

唐　琬　（闻声上前）儿媳迎接公爹！

陆　宰　好、好……（欢喜入书斋）哈哈哈，夫人啊！

唐夫人　（讥讽地）老爷，你好快活啊！

陆　宰　我怎么不快活！

（唱）晚年无官一身轻，

享清福，天赐镜湖属闲人。

唐夫人　（唱）当初你在朝堂上，

大郎二郎步青云。

如今你退职官儿无人问，

连累三儿误前程。

陆　宰　嘿嘿嘿，夫人说哪里话来！

（唱）三儿是我家千里驹，

蒙岳父，关心爱婿少年人，

荐于福州韩府尹，

千里从政佐贤能。

愿儿一飞冲天去，

愿儿一鸣可惊人。

陆　游　爹爹。

唐　琬　公爹！

陆　宰　亲家思念女儿，你们小夫妻一起去吧！

陆　游　多谢爹爹！
唐　琬　多谢公爹！

陆　寿　恭喜老爷夫人，公子青云有路，老奴去准备车马治办行装。

陆　宰　好！

唐夫人　回来！福州太远了，不能去！

陆　游　（着急）母亲，机会难得，怎能不去！

陆　宰　夫人，你要以孩儿前程为重。

唐夫人　他的前程，我自有安排。

（唱）怎舍得，爱子忍心远飞走，
谁照应，你我二老两鬓秋。
仲高贤侄情义厚，
体贴婶娘善为谋，
礼部主事荐堂弟，
不难找，一官半职在杭州。

陆　游　（痛苦申辩）母亲！

（唱）并非任性违慈命，
少壮何敢忘国忧。
仲高苟附丞相府，
当知儿、秦桧檐下不低头。

唐夫人　胡说！

（唱）陆门世代朝天子，
莫把丞相视作仇。
忠君尽孝方为首，
洁身自好列公侯。

老爷，我难道叫儿子去做贪官污吏？你说，是去福州，还是去杭州？

陆　宰　（为难）这这这……夫人，再商量商量……

唐夫人　好啊，琬姑，既然是你父亲来信，你也说句话。

唐　琬　我……

唐夫人　有什么想法，大胆讲！

唐　琬　婆母为儿操心，本无不依之理。

唐夫人　（点头）对啊对啊！

唐　琬　只是儿媳有些担心……

唐夫人　担心什么？

唐　琬　担心游哥耿直，若在杭州任职，出言不慎，得罪权相，其祸不小。望公婆三思，恕儿媳告退。（不等同意便下）

陆　宰　夫人，琬姑言之有理呀！

唐夫人　（气坏了）你你……听她的，还是听我的！陆寿，去请仲高堂少爷明日到我家赴宴。

陆　寿　是！（下）

唐夫人　务观，写信回复福州府婉言谢绝。

陆　游　（几乎发作）母亲，这封回书，我……决不写！（拂袖而下）

唐夫人　务观！畜生……老爷你来写。

陆　宰　（拒不接笔，苦脸赔笑）不，夫人还是跟儿子再商量商……

唐夫人　老糊涂，他们小夫妻商量够了！你不写，我写。（入座修书）

〔灯暗。

第三场　错母爱

〔翌日，

〔小隐山园，赋归亭外芳草地。柳岸玲珑石，镜湖浩渺波。

〔幕后独唱《南歌子》词曲：

柳色遮楼暗，
桐花落砌轻。
庭前骄客酒微醺，
金杯频劝饮。
太殷勤。

〔幕启，合唱声中，陆仲高傲然上，唐夫人笑盈盈与小雁捧杯盘随即上。

唐夫人　仲高，来来来，赏过园林，再醉上几杯！

陆仲高　婶娘你太客气了。

唐夫人　自己侄儿，黄滕美酒由你喝，再敬你一杯。（斟酒）

陆仲高　（饮酒）好酒！记得万寿宫赴宴，秦太师命我赋诗恭呈御览，恩蒙御赐美酒。

〔陆宰偕陆游上。

陆　游　仲高哥请你不要提秦太师。

陆仲高　三弟，这是何意？

陆　宰　仲高，贤侄啊！

（唱）你三弟，春试第一好文章，
谁知触犯秦丞相，
定要他，孙儿秦埙列榜首，
黜陆游，岂非暗箭把人伤？

陆仲高　不不不，二叔你误会了。

（唱）秦公只手护封疆，
好一个太平宰相功德无量。
十年和约江南乐，
西湖笙歌百花香。
满朝中，讳言北伐挑边衅，
惜三弟，不知应时做文章。

陆　游　（反而付之一笑）哦，仲高哥，你说应时做文章该怎么做啊？

陆仲高　三弟与我自幼同窗，蒙婶娘重托，愚兄愿为三弟指引前程。

唐夫人　仲高，请你开导兄弟。

陆仲高　识时务者为俊杰，朝廷正为秦丞相庆寿，三弟何不献诗歌功颂德，消除前嫌，提拔少年，这种种包在愚兄身上。

唐夫人　（无主见地期待）务观……

陆　宰　（担心陆游顶撞）儿啊……

陆　游　哈哈哈，好主意！（负手踱步）倒有一诗奉献。

陆仲高　好！三弟才思敏捷，七步成章。

陆　游　（吟诗）遗民泪望岳家军，
歌舞朱门溢笑声。
大事竟为朋党误，
流芳遗臭尽书生！

〔一时陆宰欲阻不能，唐夫人大惊失色，陆仲高嗒然坐下气疯了。

陆仲高　你你……哼，当今朝堂之上，无不以“画疆守土、息事宁人”为上策，而务观书生习气，好为大言，骂我无妨，辱骂秦丞相灭门大祸。

陆　游　好，我若有罪，祸及九族，你堂兄一起坐牢杀头。（拂然下）

唐夫人　（不安地苦脸赔笑）仲高，你三弟死硬脾气，酒后狂言，请你多多包涵。

陆仲高　今天他不是顶撞于我，而是辜负了你！他若一意孤行，逆天行事，纵有满腹才华，永无功名之望，愧对祖宗啊！

唐夫人　仲高，我知道你一片好心。老爷，快把务观叫来赔礼道歉。

陆　宰　夫人，人各有志，不能勉强啊！

唐夫人　快去！仲高你息怒，我们去把务观叫来。（推陆宰同下）

〔唐琬从另一边引李盼盼上。

唐　琬　（上前唤）仲高哥，仲高哥。有人找你来了！

陆仲高　（醉眼朦胧）谁呀？

唐　琬　你的心上人来了！

陆仲高　什么心上人？！

唐　琬　咦，“不用灯和月，两心相照明”不是你赠给她的诗吗？

陆仲高　弟妹，你好大胆，怎敢引她进府。

李盼盼　是三公子传我进府，难道我找不得你吗？

陆仲高　你……你这个贱妓，还不与我出去！

李盼盼　啊！你好翻脸无情啊！（哭泣）

（唱）钢刀绝情刺心肺，
三年来，哪天不盼你归期。
山盟海誓，都是假情意，
始乱终弃，你把我薄命欺。
生下你女儿已有二岁半，

陆仲高　（吃惊）啊！

李盼盼　（唱）她终是陆门后代不低微。
恳求你随我去领亲生女——

陆仲高　（残忍地）哪里来的杂种，竟敢冒充我的女儿！（欲走）

李盼盼　（跪地上前抱住仲高腿）你你你不能让你女儿日后跟我一样……

（接唱）沦落风尘、堕落烟花，任人玩弄、由人践踏……
弹唱卖笑做歌妓。

〔这时，唐夫人拉陆游与陆宰、小雁同上，都看呆了。

陆仲高　你给我滚开！（踢倒盼盼）

唐　琬　（急忙扶起盼盼，义愤地）仲高哥，你这样无情无义欺侮弱女，抛弃亲生，如何算得正人君子！

陆　游　（上前来）什么正人君子，早已蜕变为卖身投靠的衣冠禽兽！

唐夫人　（着急）哎呀谁敢得罪贵客！

陆仲高　（恼羞成怒几乎发抖）好好好！真想不到，婶娘你这样待我，设宴是假，圈套是真！

唐夫人　我？！

陆仲高　你这个儿子作诗讽刺谩骂，你这个儿媳妇找个妓女来胡搅蛮缠，害我当众出丑！你们二老什么家教，不觉得可耻吗？！哼！（拂袖而去）

李盼盼　你不要走！（追下）

唐　琬　盼盼……（欲随下）

唐夫人　（厉声）琬姑……

唐　琬　（忙转身）婆婆……

唐夫人　你、你你你可知罪吗？

唐　琬　媳妇何罪之有？

唐夫人　你怎敢放娼妓进门？

唐　琬　她是仲高哥的外宠，自来寻夫。

唐夫人　仲高根本不理！

唐　琬　她女儿是陆门后代，当许认父。

唐夫人　仲高根本不认！

唐　琬　那是仲高负心，盼盼无辜，唐琬无罪！

唐夫人　啊，我为儿子前途把仲高请来，你叫他当众出丑，还说无罪！

陆　游　母亲，仲高是我得罪，盼盼是我唤来，何苦把气出在琬妹身上！

唐夫人　（更怒）不许你袒护她！我虽无孟母之贤，从来教子有方，自从你这贱人进门，蛊惑丈夫变心，离间母子之情，你的心肠好狠哪！

唐　琬　（不屈、沉默）……

陆　宰　哎，你们夫妻好好听训，便是话说重了，谁也不许顶嘴。

唐夫人　我重话还在后头呢，唐琬可以回家去了！

唐　琬　（震惊）……

陆　宰　也好，免得有伤和气，让琬姑归宁探亲，秋后归来，一家高高兴兴再团聚。

唐夫人　做你的梦，叫她回娘家，今生今世再也不许上门！

陆　宰　啊！气话可不能这样说啊！

陆　游　（痛苦反抗地）母亲，钢刀不斩无罪之人哪！

唐夫人　哼！《孔子家语》有“七出”明文：“不顺父母，逆德者出；不生儿男，无后者出；多口舌是非，离亲者出。”她“七出”之条有其三，叫你出妻，合法合理！

陆　游　哎呀母亲，陆游之妻，乃是你唐家骨肉亲侄女，你下不得这个狠心！

唐夫人　她教唆你荒废学业，远走高飞，割我心头之肉，误你出头之日，我“舍不得娘娘，保不得太子”，这个狠心我下定了！

陆　游　不！

（唱）得罪堂兄我承担，
秦桧不倒我出头难。
母亲不当恨琬妹，
盛怒错命且收还。
陆游不为无义男，

唐夫人　你要母亲，还是要妻子？你要母亲，还是要妻子？

陆　游　（被逼，忍无可忍）

（唱）要我出妻难上难！

唐夫人　（气得发抖）啊……从前你说我是天下最好最好的母亲，现在你就骂我是天下最坏最坏的母亲，哈哈哈……（转哭）啊……你铁心，我也铁了心，你不出妻，我出家！

陆　游　母亲……（痛苦欲拉住母亲）

唐夫人　（摔手）小雁去取剪刀，剪下烦恼青丝下庵堂！（哭下）

〔小雁紧随下。

陆　游　（追上几步）母亲……

陆　宰　夫人

陆　宰　快！快去劝阻你母亲，

〔陆游顾不上唐琬，被陆宰强拉下。

唐　琬　（无限悲愤委屈）

（唱）欲哭无泪，欲说无话，
怎禁得，晴空忽起惊雷炸。
可也是大雅之堂夫人身价，
怎张嘴，竟露那狰狞獠牙！
绝情话是真非假，

亲姑侄变作冤家。
无情剑当头劈下，
忍斩断并蒂莲花。
惊得他目瞪口哑，
压得我如痴似傻。
不觉得腿儿软、步儿斜，
混混沌沌……理不清……绞心肠一团乱麻。

〔陆游默默上。

陆　游　（痛叫）琬妹……

唐　琬　（抖动嘴唇叫不出，欲上前，摇摇欲坠）……

陆　游　娘子……（抢步迎上抱住唐琬）

唐　琬　（无力地倚着陆游，睁开眼来，凝睇含悲）游哥，把婆婆接回来，还是唐琬走！

陆　游　（万箭穿心）不……

唐　琬　（伏陆游肩饮泣）

陆　游　（唱）祸起萧墙，变生不测。
痛琬妹，平白无辜受欺压。
难想象，娘越爱我越恨你。
竟成了，水火不容亲姑侄。
只怪陆游太耿直，
不媚权贵求闻达。
正言敢把堂兄责，
恼怒高堂变颜色。
儿违命、妇替罪，
取闹岂因无知识。
母亲饱受圣贤教，
都成了摧残儿辈的钢刀铡。
怎奈我，情难求、理难辩、怨难诉、苦难言，眼睁睁，
鸾镜破碎怎收拾！？

〔小鸿上。

小　鸿　（带哭地）小姐，小姐你好冤枉！我与你一起走！

唐　琬　小鸿！（相抱对泣）

陆　游　也罢，你走，我也走！

〔陆宰正好上来。

陆　宰　啊，我儿你要到哪里去？！

陆　游　哎啊爹爹呀，孩儿为国不能尽忠，立身不能齐家，对母不能尽孝，对妻不能尽义，壮志难伸，寸心痛裂，只有披发入山一条路了！

陆　宰　我儿万万不可！

小　鸿　老爷、老爷，你是一家之主，求求你要拿主意啊！

陆　宰　好，我要为你们做主，我要为你们做主。琬姑……

唐　琬　公爹……

陆　宰　为父看你们从小长大，你在娘家，是个好姑娘，你嫁与务观，是个好妻子。你受了无辜委屈，我全都明白，琬姑，你千万要挺住啊！

唐　琬　（感情爆发，双膝跪地，泣不成声）公爹！

陆　游　（同跪）爹爹……（小鸿在后跪）

陆　宰　（心酸悲怆）儿啊……

（唱）见一双泪人儿膝前跪下，
不由人心酸痛泪眼昏花，
扶起了亲儿辈听我说话，
到此刻我怎能主意不拿。

陆　游　（期待地）爹爹！

唐　琬　公爹！

陆　宰　（唱）母命出妻且作假，
金屋藏娇瞒过她。
待母回心转意后，
你把琬姑接回家。

陆　游　（深情询问）琬妹？

唐　琬　（无言低头倚小鸿）……

陆　宰　唉！……

〔幕下。

第四场　绝亲情

〔秋九月。陆游为唐琬租的小红楼。素帐沉香榻，绮窗竹子帘。

〔幕后独唱《乌夜啼》词曲：

孤梦空回菊枕，
愁肠懒诉银筝。
兰膏香染云鬟腻，
钗堕滑无声。
冷落清吟伴侣，
阑珊游赏心情。
梧桐月照惊鸿影，
露冷夜寒生。

〔伴唱声中启幕，一束淡光照素帐，可见唐琬期待的身影。

〔天渐明，小鸿送汤药上楼来。

小　鸿　（伺候唐琬服药毕）哎，三公子又七天没有来了！小姐，小心受凉，喝药吧。

〔唐琬喝不下去，小鸿急。

小　鸿　（唱）小姐你，菱花镜里容颜瘦，
须小心，娇躯薄衫怯凉秋。
本来是，明媒正娶好夫妇，
却成了，暗续姻缘小红楼。
这样的日子不能久，
老夫人总该早回头。

〔柳三娘捧一瓶菊花上楼来。

柳三娘　（在房门外轻唤）小鸿！

小　鸿　（出房门）柳三娘，劳你送花来了！（插花瓶）

柳三娘　少夫人呢？

小　鸿　躺着歇息哩！（蹑手蹑脚回房放下花瓶，复出房门给钱）花钱给你。

柳三娘 （笑）这是赵士程大官人吩咐送来的，他说这小红楼赁与陆游少夫人居住，要三娘好生照看，吃穿用物，小鸿只管问我柳三娘要。

小　鸿 多谢三娘！

柳三娘 哎，公子又有几天不来啦？

小　鸿 哼，七天不来了！

柳三娘 这样下去，可怎么办？今天东门王员外以为陆游离婚了，要我给她女儿做媒。我可不做这种伤阴骘的事，就怕夜长梦多……

小　鸿 啊？！夜长梦多？

〔柳三娘怕里边唐琬听见，招呼小鸿同下楼而去。

〔唐琬忽然撩开素帐而出，摇摇晃晃上前，找人不见，耳边响起“夜长梦多，夜长梦多……”

〔唐夫人声：“唐琬身犯七出之罪，今生今世不许进门。”

〔陆仲高声：“陆游诋毁丞相，必须服罪。”

〔唐夫人声：“唐琬，还我儿子，还我儿子。”

〔唐琬晕倒在地。

唐　琬 （痛苦而呼）游哥，你在哪里，你在哪里？！（挣扎而起唱）

如坠深渊惊离魂，
只觉得心跳怦怦冷汗一身。
黄叶飘飘，秋风阵阵，
谁似我，冷冷清清、寻寻觅觅、凄凄惨惨戚戚的薄命人。
姑不容我夫不忍，
小红楼、背母留妻暂存身。
没脸儿见亲友，
无意儿出外行。
愁煞人，闷煞人。
只落得，雨打梨花深闭门。
等得那，夏雨过，秋风起，
等得那，长空雁叫断肠声。
敲断玉钗红烛冷，
多少夜无寐卧孤衾。
梦里常惊姻缘绝，
耻笑弃妇恨转深。

我为游哥痴心等，
他为我，青春耽误志难伸，
恨不得，劈破玉笼飞天外，
左思右想……我我、我怎忍心，自摔瑶琴绝知音。
〔唐琬伏枕饮泣，咳嗽。
〔陆游急匆匆上楼来，见唐琬昏睡，关切地唤醒琬妹，劝其服药。

唐　琬　（无言痴望，饮药汤）

陆　游　天天要来，母亲似有所察觉，以身体多病为由，强迫我读书不离左右。（恨恨地）我哪里还读得进书！琬妹，我也白天想你，夜梦伴你，无时无刻不牵挂着你啊！
（唱）琬妹啊！怜卿人比黄花瘦，
委屈你冷落小红楼。
两心不渝长相守，
一片苦心终须酬。

唐　琬　（唱）游哥啊，闷煞楼头待多久，
夜长梦多总添愁。
你是埋没人才难吐气，
我是屈做弃妇满面羞。

陆　游　（唱）琬妹当抛世俗见，
一双美玉蒙尘垢。
缺月自有重圆日，
不达目的不罢休。

唐　琬　（唱）白天等你倚窗口，
晚上等你烛泪流。
九十九天空等待，
等死我唐琬啊……
料你母亲不回头。

陆　游　我、我一定要她回头！

唐　琬　（惨笑）嘿，你做不到！我的表哥，但愿你前程为重，家室为轻，我想透了，唐琬不能爱你，也不会怨你恨你，还君明珠双垂泪，他生未卜此生休！你、你、你放我回娘家去吧！

陆　游　不……琬妹，陆游背母而留妻，难为你苦等了九十九天，说出这绝情之

话，心碎之言，正是你爱我之深，哪里会恨我怨我啊！

唐　琬　（禁不住伏案而哭）……

陆　游　琬妹啊！

（唱）你把这，断肠绝望话出口，

可怜你，为我屈留春到秋。

人讥我，不识时务不得志，

只有你，百般熨帖解我忧。

我们是，两心相印表兄妹，

蒙舅父，当年许婚西湖舟。

到如今，妇姑向背因我起，

左右为难两不周。

出妻本是母错命，

硬争反向火浇油。

耐心等待融冰雪，

我与你，今生情不了，来世也不丢！

唐　琬　游哥……

陆　游　琬妹，听说朝廷用“兵无常将”之策束缚备战，把你爹爹也调到杭州来了。

唐　琬　爹爹到杭州了！小鸿，小鸿……

陆　游　做什么？

唐　琬　要她去找我爹爹为我做主。

陆　游　你爹爹威武之将，霹雳之性，爱女受欺，不可忍耐，反误大事，还是我借赴杭会文为名，疏通岳父同来，与我母亲以手足之情劝和。

唐　琬　也好，你什么时候去？

陆　游　小舟就等在楼下河边，我……

唐　琬　游哥……（抱住陆游）我害怕……从此分手了！

陆　游　哎，我三五天就回来嘛！

唐　琬　（松手）那你……走吧！

陆　游　唉！（下楼恋恋不舍回头）琬妹保重，陆游去了！（下）

唐　琬　游哥……（凄然回房）

〔幕后伴唱：

人去也，情依依，悲莫悲兮生别离。

一阵马蹄声咕，忽戛然而止。

〔小鸿引唐仲俊佩刀上。

小　鸿　（引唐仲俊上楼）小姐，小姐，我家老爷来了！

唐　琬　啊！（激动地迎上来）爹爹……

唐仲俊　儿啊！（搀女细看）你、你你你受欺了！

唐　琬　爹爹……

唐仲俊　儿啊！为父到此闻知一切，快快收拾行装随为父走吧！

唐　琬　不，爹爹，游哥刚去杭州求你来劝和。

唐仲俊　我叫他到福州为什么不来？

唐　琬　是他母亲不许。

唐仲俊　这个老不贤教子无方，虐待儿妇，怎说劝和，我要她赔罪！

唐　琬　爹爹啊，游哥与我情深义重，怜我委屈，背母留妻，指望求助于爹爹，若是爹爹霹雳火性不能忍耐，夫妻重圆再无一线希望了。爹爹，女儿求你忍耐些吧！（跪）

唐仲俊　可怜的女儿！（双手扶起唐琬）我忍耐，我忍耐（憋不住气，拍桌子）我忍耐！

唐　琬　（着急）爹爹……

唐仲俊　（低声安慰）我一定……忍耐。

柳三娘　（急上）少夫人，老爷夫人来了！

〔唐仲俊阻止唐琬，不让出迎。

〔柳三娘引陆宰、唐夫人上。

〔陆宰、唐夫人上楼，柳三娘下。

陆　宰　（含笑招呼进房）啊，舅弟，你来啦！

唐仲俊　小弟迎接姐夫……（冷淡）姐姐！

陆　宰　舅弟请坐！（唐夫人冷笑远坐）

唐　琬　（不卑不亢）唐琬拜见二老！

陆　宰　琬姑，务观说你在此养病，你消瘦了，你消瘦了！

唐仲俊　（顺水推舟地）噢，原来女儿在此养病，姐夫，养病在府上好啊！

陆　宰　对对对，（一边暗示唐夫人莫说）舅弟啊！

（唱）唐陆通婚已两代，
　　世交至亲分不开。
　　姐妹情谊深似海，

正好接得琬姑回。

唐仲俊　（唱）开门见山好痛快，

少师府中你主裁。

既往不咎唤姐姐，

我亲送女儿上门来。

陆　宰　（赔笑）夫人，大事化小，小事化了啊！

唐夫人　哼！

（唱）出妻不是儿戏事，

不教如何戒后来。

命你女儿快下跪，

认罪求我发慈悲。

唐仲俊　啊！

（唱）何故横加“七出”罪？

唐夫人　（唱）不孝公婆不生男孩。

唐仲俊　（唱）结婚尚未过三载，

陆　宰　（唱）天赐麟儿自然来。

唐仲俊　（唱）琬姑有何不贤惠？

陆　宰　（唱）知书达礼守家规。

唐夫人　（气急）

（唱）教唆丈夫惰于学，

离间母子远飞开。

得罪仲高断官路，

前程不听娘安排。

唐仲俊　（唱）是我邀他福州去，

难道你，逼儿低头拜秦桧。

唐夫人　（唱）我儿倒运是她害，

这贱人，诰命夫人做不来。

唐仲俊　（大怒）呸！哪怕你儿子位极人臣，我也不稀罕！女儿，算了，唐仲俊堂堂副统制的千金，不怕嫁不出去！

陆　宰　（好人也气得发抖）谁也不许争吵！

（唱）诗书人家道不衰，

我主张，琬姑随我一起归。

唐夫人 慢！（咬牙拿起铜盆）

（唱）拿起铜盆我要问，

朱买臣，马前泼水怎收回？

唐仲俊 住口！怎把我女儿比作买臣之妻！？你胆敢泼出这盆水，我斩断你这娘家之路，永不来往！

唐夫人 （失去理智，连盆带水摔去）

唐仲俊 （失去理智，刀劈身旁坐椅）

〔唐夫人吓倒，唐琬昏倒。

〔切光。

〔陆游唱：回家来惊突变风狂雨骤……

〔灯复亮，小红楼中凌乱凄凉，陆游痛心欲狂。

陆　游 （痛呼）琬妹……

（接唱）人影渺只剩下一座空楼。

娘啊娘你何忍下此辣手，

亲绝情裂开了万丈鸿沟。

无一语成永别哪堪忍受，

再难见可怜妻泪眼含愁。

悲琬妹遭不幸白玉蒙垢，

谁似我内外交困郁结心头。

想我枉以天下为己任，

徒然少年意气稠。

恨秦桧压得我气难透，

铁铸的心肠不低头。

功名事业一无成就，

家庭破裂急浪翻舟。

眼睁睁，铸成大错难挽救，

普天下，谁把亲娘当成仇。

琬妹为我遭磨难，

海誓山盟永不丢。

只要一线希望在，

苦心孤诣重寻求。

这一线希望寄在锦书上，

（坐下飞笔修书）

婉妹啊、婉妹啊……

你远走，我高飞，约重圆，盼聚首，决不能善甘罢休。

〔柳三娘匆匆上楼来。

柳三娘 三公子，老夫人找你来了！

陆　游 （急忙将锦书塞给柳三娘）三娘，这封锦书请你千万交与琬妹。

柳三娘 （接信为难）三公子，我……

陆　游 只有求你相助了。

柳三娘 好吧，我去。（欲走）

〔唐夫人上楼来。

柳三娘 （慌忙藏信于怀）老夫人来了，请坐。

唐夫人 务观我的儿，回去吧！

陆　游 回去！又要为我安排前程，去投靠秦桧？！

唐夫人 哎呀，我管他什么秦桧！我只要母子贴心，你要到福州就去吧。

陆　游 （一肚子冤气）当初我苦苦哀求，你不放我去，如今倒放我去了，我好恨哪！

唐夫人 啊，你你你恨为娘不成？！

陆　游 我恨我不孝不义，我恨我报国无门，我恨我走得太晚了！

唐夫人 你马上要走？

陆　游 母亲在上，孩儿从此拜别了！（下）

唐夫人 务观……（唤不回，一想）从此拜别？难道他不要母亲，从此不回来了……（忽见三娘要走）把书信拿出来！

柳三娘 哎呀……（忙呈锦书）

唐夫人 （看信）“重圆有日，待我三年”。（顿生妒意）原来是这样，哼，不怕他不回来。

柳三娘 （胆怯地）老夫人，这封书信好送吗？

唐夫人 可以送嘛，噢，他匆匆忙忙写错一个字，我来改一下。（提笔改字，掷书于地）拿去！

〔柳三娘拾书信。

〔幕下。

第五场　题诗壁

〔三年后之暮春。

〔沈氏园。春水依依绿，杨柳袅袅青。众人听李盼盼弹琵琶独唱《江南春》词曲：

春水绿，
柳吹绵。
花开还依旧，
人去已三年。
小楼谁共听春雨，
折损残红孰可怜？

〔范元卿、陈公敏驻足而倾听。

范元卿　这不是李盼盼吗？

李盼盼　范相公。

范元卿　听你凄楚之曲，想是系念陆游吧！

李盼盼　范相公，我对不起三公子啊，当初他少夫人为我仗义而被逐，好夫妻从此拆散了！

范元卿　与你有什么相干！像陆游这样的高才，若能依母亲所望，投丞相所好，不愁其功名，不失其爱妻，大可过得甜蜜日子。

陈公敏　然而陆游不能屈服而丧其气节嘛！

范元卿　“气节”二字，将断送陆游一生的幸福，其人可敬，其情可怜啊你看他避秦而去福建三年，如今回来了！

李盼盼　三公子回来啦？

范元卿　有人看见他到沈园来了！

陈公敏　范兄，赵士程夫妇也来游园。

李盼盼　姐妹们，要是他知道唐琬改嫁赵士程，太伤心了。

歌妓甲　盼盼姐，我们去找他。

〔众歌妓下。范元卿、陈公敏议论下。

〔陆游信步游园而来。

陆　游　（唱）浪迹天涯三长载，
暮春又入沈园来。
输与杨柳双燕子，
书剑飘零独自回。
（拂去石桌上落花，无限感慨地回忆着）
花易落、人易醉，
山河残缺难忘怀。
当日应邀福州去，
问琬妹，可愿展翅远飞开。
唉！东风沉醉黄縢酒，
往事如烟不可追。
为什么，红楼一别蓬山远，
为什么，重托锦书讯不回。
为什么，情天难补鸾镜碎，
为什么，寒风吹折雪中梅。
山盟海誓犹在耳，
生离死别空悲哀。
沈园偏多无情柳，
看满地，落絮沾泥总伤怀。

〔柳三娘挽花篮叫卖杏花上。

柳三娘　卖杏花！（笑迎陆游背影上来）相公，要不要买杏花？（发现是陆游，慌张欲躲开）

陆　游　柳三娘……

柳三娘　啊……喔，陆游三公子回来啦！

陆　游　你还在卖杏花？

柳三娘　一生花里活，以前我常为三公子送花。

陆　游　（感叹地）难忘啊，小楼一夜听春雨，深巷明朝卖杏花！

柳三娘　对对对，我在小红楼里听少夫人念你的诗句……（掩嘴悔言，佯笑）我走啦！

陆　游　回来！

柳三娘　三公子，有啥吩咐啊？

陆　游　咦，问你呀，是你该给我回音。

柳三娘　啊，什么回音？

陆　游　别装糊涂，三年前托你送锦书，为何从此石沉大海？

柳三娘　这……三公子，那锦书我请小鸿交少夫人，不料唐老爷看了说，这是封绝交书。

陆　游　三娘，三娘，我哪会投书绝交？

柳三娘　不信！喏，赵大官人与少夫人来了，你当面去问问表妹。

〔陆游不由自主地回身望，柳三娘下。

〔赵士程偕唐琬与小鸿携酒具上。

〔幕后合唱：

骤相见、又惊又喜，
人对面、屏障千重。
还不知、是酸是痛，
那遗恨、无尽无穷。

〔合唱声中，陆游、唐琬互见，一刹那心情激动，欲前又退，唐琬晕眩欲倒，陆游欲扶，见赵士程扶唐琬而退。

赵士程　（摆脱困窘）啊，原来是陆游世兄！

陆　游　哦，原来是赵大官人！

赵士程　好久不见，今日幸会，赵士程偕内子游园，请受愚夫妇一拜！（唐琬隐忍而勉强同拜）

陆　游　噢，回礼！

赵士程　请君一起到湖亭饮酒如何？

陆　游　请便！（含愠背立）

唐　琬　（盈盈欲涕，欲唤还休）

〔赵士程拥唐琬下，小鸿不敢招呼陆游，急随下，陆游嗒然坐。

〔小鸿送杯盘上。

小　鸿　（感情地）三公子，请用黄滕美酒。（置壶杯于石桌上）

陆　游　拿回去。

小　鸿　三公子，是小姐命我送来的，你就喝吧！（斟酒）

陆　游　难道你要我补喝她的喜酒吗？

小　鸿　三公子……（难过地）你、你不要辜负小姐一片心。

陆　游　（气极而笑）嘿嘿，好个一片心，一片变了的心！（拂袖，小鸿手中酒

杯落地）

小　鸿　啊！三公子，那么你的心呢？

陆　游　我锦书上写得明明白白：“其人如玉，其心如玉，宁为玉碎，不为瓦全，重圆有日，待我三年。”

小　鸿　哎！不对不对不对，分明是“重圆有日，待我百年”。

陆　游　啊，我明明约她待我三年，如何成了百年？你、你把柳三娘找来！

〔柳三娘正在柳荫听着。

柳三娘　不用找，三公子，我说实话，这封锦书是你母亲拿去，亲笔改了一个错字，我想你这个才子怎么会写错字！

陆　游　你、你不要说了！（以拳击桌，恨恼难以自制）

小　鸿　三公子啊，小姐她早已识破你母亲手笔，从此绝望，她依从父命再嫁赵大相公，要与你永不相见，宁可使你怨她、恨她、忘记她；想不到今日狭路相逢，小姐她千般痛苦、万种伤心不能说，只能送你一壶酒了，三公子……小姐这身病，只怕难治了。（嘤嘤抽泣）

〔陆游万感交集，无言拾起酒杯，请小鸿斟酒，一饮而尽。

陆　游　（痛呼）琬妹……

（唱）茫茫情海难补恨，
伤心你为我作牺牲。
母亲改字心何狠，
害儿遗恨百年身。
若说是爱偏成恨，
若说是恨又不能。
爱愈深、恨愈深，
爱恨交织折磨人。
至死不变心许国，
一生痛苦是婚姻。
到如今，人在对面隔千里，
苦只苦，一点灵犀通不成。
借琬妹、断肠酒，
抒写愁绪，千古悲音。
小鸿，烦你去向园公借来笔砚。

〔小鸿含泪点头下。

〔小鸿捧笔砚盘上，置于石桌。

小　鸿　三公子……（黯然退去）

陆　游　（频频饮酒，挥毫濡墨，题诗于粉墙，边写边唱《钗头凤》词曲）

红酥手，黄縢酒，

满城春色宫墙柳。

东风恶，欢情薄，

一怀愁绪，几年离索。

错！错！错！

春如旧，人空瘦，

泪痕红浥鲛绡透。

桃花落，闲池阁，

山盟虽在，锦书难托。

莫！莫！莫！

〔此时，李盼盼与众歌妓纷纷上。

李盼盼　三公子，你要保重！

众歌妓　三公子，走吧！（同拥陆游下）

〔唐琬内唱：可怜我，万难当面亲斟酒……

〔唐琬急匆匆上，负手观题诗，颤抖不能自制，小鸿随即回上。

唐　琬　（唱）怎禁得，伤心词儿为我留。

我只道，天南地北相思绝，

偏又是，意外相逢旧地游。

可怜我，眼儿不敢瞅，

泪儿不敢流。

步儿也难走，

心儿发了抖，

半句话儿也难出口，

怎诉说，万种恨、千种愁。

罢罢罢，春蚕到死丝方尽，

休休休，绝笔词儿最后酬。

小　鸿　小姐……（扶着摇摇欲坠的唐琬坐下）

〔赵士程上。

赵士程　（关切地）啊，夫人，时光不早，可以回府了！

唐　琬　（无表情）……

小　鸿　大官人，小姐有些儿不舒服，让她休息一会儿，你先走吧！

赵士程　（苦笑）好，小鸿，你在此好好侍候小姐，我在园外等候。（下）

小　鸿　（见唐琬铺帕于桌）小姐，你也要写诗吗？（磨墨）

唐　琬　（点点头，取小羊毫疾书于手帕）

（唱《钗头凤》词）世情薄，人情恶，

雨送黄昏花易落。

晓风干，泪痕残，

欲笺心事，独语斜栏，

难！难！难！

人成各，今非昨，

病魂长似千秋索。

角声寒，夜阑珊，

怕人寻问，咽泪装欢，

瞒！瞒！瞒！

〔唐琬一阵咳嗽，吐血于帕上。

小　鸿　（惊痛）啊，小姐……

唐　琬　（将帕交给小鸿）小鸿，这……你收起来……交给他……日后若酬壮志……毋忘祭我……

小　鸿　小姐……

〔落红阵阵，小鸿扶唐琬在杨柳摇风中缓缓走去。

〔幕下。

第六场　觅梅魂

〔十四年后，孝宗隆兴元年春正月。梅林驿外。红梅千百树，白雪漫溪山。

〔幕后合唱《十六字令》词曲：

山……（啊）

雪舞梅林一片丹。

魂何在，

欲觅万分难。

〔雪天，陆游官服怅望之背影，陆仲高驿吏打扮，卑猥地坐于石阶。

陆仲高 三弟，你看这雪中之梅，真是“驿外断桥边，寂寞开无主”啊！

陆　游 （续吟）“零落成泥碾作尘，只有香如故。”

陆仲高 唉，惭愧啊，三弟！自从新主斥秦桧擢贤良，我有附逆之罪，被贬梅林驿站，真是南柯一梦啊。

陆　游 仲高哥……

陆仲高 哎，三弟如今去建业赴任？

陆　游 是啊！今日来此寻觅琬妹香墓，相遇堂兄，倒是意外。

陆仲高 三弟少年便立“上马击狂胡，下马草军书”之志，今日扬眉吐气，愚兄拜贺！

陆　游 兄何前倨而后恭啊！

陆仲高 这……

陆　游 李盼盼现在哪里？

陆仲高 那年唐琬墓葬梅林，盼盼哭坟回去，一病不起，我对不起她啊！

陆　游 你啊……

陆仲高 三弟，你要去找唐琬之墓，我陪你去。

陆　游 不……

陆仲高 那……我走了。（下）

陆　游 （信步徘徊）

（唱）入梅林，此心炯炯无人知，
过山溪，风雪迷茫独立时。
红梅啊，不知香墓在何处，
十四载，何曾忘却寄哀思，
到今日，新主登位秦桧死，
陆游我，四十从军不为迟。
纵然我，此去得伸报国志，
恨不能，当面痛诉泉下知。
冷冷清清，寻寻觅觅，
铜驼荆棘，荒草枯枝，
喔，敢是你，化作梅花满山谷，
不觉得仰天狂呼如醉似痴。

（高声唤）琬妹啊……琬妹啊……琬妹啊……

〔山鸣谷应。

〔陆游生幻觉，山中起五光十色。

〔有人应声喊：“游表哥……”于云雾迷漫之中，出现唐琬素衣仙姿，可望而不可即。

陆　游　（激动不已而拜）拜上琬妹，请听陆游倾诉，如今新主诏告天下：秦桧卖国，重用张浚元老将戎兵驻江淮，陆游此去虽任建业府通判，愿呈万言之书，请战疆场，慷慨赴敌，恢复中原，万死不辞，壮别琬妹！（拔剑起舞）

〔幕后合唱《秋波媚》词曲：

雪晓清笳百里哀，
烽火照高台。
悲歌击剑，
气吞残虏，
转电惊雷。
多情谁似关山月，
长映雪梅开。
壮怀浑在，
浩然起舞，
为报春来。

〔合唱声中陆游舞剑腾跃，幻景中唐琬与众素衣女奏乐伴之。天幕上出现“上马击狂胡，下马草军书”十个大字，气势宏伟。

〔剧终。

1990 年

七场现代姚剧

传　孙　楼

张金海

人物表　杨富康——50余岁。山村多种经营专业户主人。多智多谋，能说会道，人称杨才子。

常香子——富康妻。任劳任怨，善良厚道，又略带愚昧的山村妇女。

张巧巧——杨家长媳。图享受，怕劳苦，聪明伶俐多心计。

李多多——杨家次媳。思想观念新，但又要做贤德媳妇，所以对旧事优柔寡断。

杨万通——富康次子。乡办企业供销员。

杨翠翠——富康大女儿。公私分明、聪明能干的乡计生干部。

杨小三——富康幼子。稚气未改的小青年，别号“三猢狲”。

李乡长——李多多的父亲。幽默风趣，坚持原则，不徇私情。

张半仙——投机钻营、刁滑可笑的算命瞎子。

第一场　通生孙子

〔当代的四明山区，群山环抱的村落。

〔杨翠翠幕前唱：

　　山青水秀梨花香，

　　高楼四起展新貌。

　　如意人家有烦恼，

父母急盼孙子抱。

计划生育第一难，

我要去娘家唱反调。

〔幕启：初夏的午后，舞台上隐现一幢新楼。

〔婴儿啼哭。常香子摇摆着两只摇篮，唱着催眠曲……

常香子 （唱）摇呀摇，摇呀摇，

一摇摇到外婆桥。

外婆欢喜外公笑，

娘舅捧出水蜜桃……

〔催眠曲中，两婴儿静静睡去。

〔杨翠翠上。

杨翠翠 姆妈！

常香子 唉，翠翠，你来啦！

杨翠翠 姆妈，新楼房已经造好，为啥还不搬进去？

常香子 你爹讲，等老大老二回转来以后，再搬进去。

杨翠翠 到时候我来帮忙。

常香子 好格。

杨翠翠 （见常哄孩子）哎呀姆妈！

（唱）翠翠我每次回娘家，

总见你摇篮怀中抱。

夜里还要同困觉，

一对孙囡你承包。

抚养孩子有弟媳。

姆妈你何苦太操劳。

我去叫弟媳妇——

常香子 哎，不要去叫，不要去叫！

（唱）大媳妇还在困早觉，

要困到太阳升起三丈高。

你若此时把她叫，

嘴巴要翘得半天高。

二媳妇，有文化，

埋头用功看书报。

听说要科学致富找路道，
千万不可去打扰。

杨翠翠 这样看来，两个孙囡要你承包养大了！

常香子 （唱）媳妇生、阿婆养，
现在城乡都一样。
姆妈从来不怕苦，
媳妇会生我会养。

杨翠翠 姆妈你呀，真是一个养不怕！

常香子 哎。哈……翠翠，侬今朝来做啥？

杨翠翠 喏，叫弟媳妇填表格。

常香子 填啥表格？

杨翠翠 独生子女登记表。

常香子 独生子女登记表，不要叫她们填表晓得吗？

杨翠翠 为啥？姆妈。

常香子 两个儿媳还没有生儿子，千万不要填表！

杨翠翠 她们喜欢独生，你呀就不要多管闲账！（奔入）

常香子 哎呀翠翠，翠翠——（追入）

〔杨富康上。

杨富康 （唱）多种经营开孵坊，
孵出小鸭添烦恼。
养鸭要养生蛋鸭，
我却是雄鸭多雌鸭少。
我要媳妇生孙子，
偏偏都会生姣姣。
不尽人意家中事，
处处同我唱反调。

（摇篮中的婴儿啼哭，不耐烦地）女孩子要老实，要安静！

（唱）假如你是男宝宝，
阿爷我早就把你抱。
抱到东来抱到西，
村前村后显荣耀。
传宗接代香火旺，

阿爷我满腹心事早打消。
岂肯让你哭一声，
我情愿抱你一夜勿困觉。
我是只抱孙子，不抱孙女的。

〔常香子内出。

常香子 哎呀老头子，你来得正好，我有一件要紧事体要向你汇报！

杨富康 啥事体？大惊小怪的！

常香子 两个儿媳，在填表格来啦！

杨富康 你没有文化不晓得，填表格是好事体。

常香子 填的是独生子女登记表。

杨富康 啊！独生子女登记表，填勿来，不许填，搅七搅八填啥格表格，我还要叫他们生孙子呢！

常香子 两个儿媳不愿生了！你有啥格办法？

杨富康 为啥不愿生？

常香子 老头子！
（唱）现在的青年新思想，
与我当年不一样。
我是十九生到三十三，
吃苦耐劳不怕养。
她们是，生了一个早怕苦，
只求自己把福享。
我是怕不生儿子断香火，
她们是断子绝孙也无妨。

杨富康 （唱）我不怕媳妇新思想，
不愿生也要逼着生。

常香子 侬格老头子，肚皮生在儿媳身上，她不愿生你有什么办法？

杨富康 俗话讲，重赏之下，必有勇夫，我要采取措施，马上分家。

常香子 啊分家？分了家，你更加管不着！

杨富康 侬放心，我自有办法叫她们生，而且要她们抢着生！

常香子 格你有什么灵丹妙药？

杨富康 （手示一幢新楼，对常耳语）

常香子 （连连领首）哎呀好主意，好主意，怪不得人家都叫你杨才子，智多星。

杨富康 （得意地）哈……好，你去叫他们出来！

常香子 （对内喊）巧巧多多老三，快来！

〔张巧巧一手拿镜子，一手拿画笔，边画眉边照镜子上。

〔杨小三玩弄着打火机上。

杨小三 （对张巧巧看不入眼地）神经病，一天到晚爱打扮。

张巧巧 关你什么事？十三点！姆妈，你喊我出来啥事体？

常香子 阿巧，你爹做主，决定分家！

杨小三 （高兴地）好，我拥护阿爹的英明决定，这种大锅饭，早就该打破了！

张巧巧 打破就打破，有啥了不起。哎姆妈，三楼三底新楼房，怎么分？

杨小三 那还用讲，三兄弟各得三分之一。

张巧巧 可以，不过，从上到下，老大应该得三楼！

杨小三 大阿嫂，你讲错了！

（唱）嫩果高挂在枝头，
我幼子理该得三楼。
树高千丈从根起，
大房只好住底楼。

张巧巧 三猢狲，我看你连大小都不知道！

杨小三 我老三高中毕业，英文都晓得，怎会不知道大小呢！

张巧巧 那么我问你，村长大还是乡长大？

杨小三 你问这个做啥？乡长当然比村长大啰！

张巧巧 这就对啦！

（唱）越大越高是常理，
三楼理该归老大。
你争高楼道理差，
还是安心住楼下。
姆妈呀，分家总有老规矩，
请你说句公道话。

杨小三 姆妈，你要为我做主！（拉住常香子右膀）

张巧巧 （紧拉常香子左膀）姆妈，侬要为我做主！

常香子 喔唷，好哉好哉，不要拉！娘的手臂给拉断啦，谁高谁低由倷阿爹做主。

张巧巧 阿爹……

杨富康 好哉！大家都不用争，我已作出决定，把这幢新楼，取名为“传孙楼”！

〔杨翠翠、李多多上。

众 “传孙楼”？

杨翠翠 阿爹，你这是啥意思？

杨富康 堂堂乡妇女干部，难道传孙楼的意思也不懂？

杨翠翠 你的意思是，要把这幢新楼传给孙子？

杨富康 谁为我杨家第一个生孙子（示钥匙）我就把这幢新楼传给谁！

杨小三 阿爹，那末第二个第三个呢？

杨富康 银行里有奖储蓄，中头奖的发财，不中奖的倒霉。第二个第三个只好心平平，仍旧住老屋。这就叫竞争，竞争懂吗？竞争！就看谁生得快、生得早！

儿媳们 （异口同声）不合理，不合理！

杨小三 阿爹，这种政策，我从来也没有听到过！

杨富康 我就要改革创新！

张巧巧 分家从来分给儿子，怎能分给孙子？

杨富康 分给儿子，我分给儿子，儿子没有儿子，传给谁？

李多多 阿爹，没有儿子，就传给女儿嘛！

杨富康 传给女儿？传给女儿就是传给女婿，传给女婿就是传给外人呀！

杨翠翠 你也太重男轻女了，亲生女儿怎讲是外人呀！

杨富康 咋讲，这叫重男轻女？我问你，你生的儿子，为啥勿姓我杨，为啥叫外甥，外甥外甥，就是外人生的嘛！

杨翠翠 阿爹！

（唱）新楼传孙不传子，
这样的家规不适时。
主观武断下措施，
分明是逼着媳妇生儿子。
爹爹呀，莫忘了计划生育头等事，
怎能够家规国策背道驰！

杨富康 （唱）大道理，我也知，
用不着你计生干部训老子。
杨家香火不能断，
传孙楼鼓励媳妇生儿子。

常香子 （唱）阿囡呀，你不要独生子女来登记，理应该照顾娘家生孙子。

杨翠翠 （唱）姆妈呀，大公无私当干部，

我应从娘家先开始。

杨富康 （唱）好一个娘家先开始，

却原来你当干部要面子。

雨伞骨子里戳出，

从此休管娘家事！

杨翠翠 （唱）计划生育是我管，

若想超生要禁止！

杨富康 （唱）说什么超生要禁止！

吃生活有我老头子。

叫一声媳妇们大胆放心生儿子，

我老早准备罚款子！

常香子 （唱）只要媳妇生儿子，

我一手承包养孙子。

杨翠翠 多多、巧巧，你们要拿定主意啊！

杨富康 巧巧、多多，只要你们按照阿爹的政策去做，自有好处！

李多多 阿爹，既然大阿姐反对，你的政策行不通！

杨富康 什么行得通行不通，我这个家庭政策，用不着乡里批准，你们要得新楼就要生！

张巧巧 阿姐！我是要改变主意了！

（唱）为得一幢传孙楼，

我只得下定决心生儿子。

杨富康 你听阿爹的话，的确是我杨家贤德的媳妇，这样吧，老大在江西养峰，我到厂里去给你请假，明朝动身到江西去住两个月，一切开支，向我阿爹报销！

李多多 阿爹，要是大家都生女儿，那怎么办呢？

杨富康 大家都生女儿？我杨家是多种经营专业户，你的婆一个肚皮，儿子生了三个，你们两个肚皮，一个也生不出吗？

杨小三 阿爹，我不同意！

杨富康 三猢狲，我关照你，这幢新楼是我搞多种经营赚来的，你有什么权利反对！

杨小三 阿爹！

（唱）大哥二哥有妻子，
当然可望生儿子。
我老三未找新娘子，
光棍怎能生儿子？
新楼房，传孙子，
分明是委屈我小儿子！

杨富康 噢！三猢狲，你不要着急，爹保证你三个月内找对象结婚。生儿子完全来得及。

杨翠翠 三弟年龄还没有及格，不能结婚。

杨富康 （动怒）你这个朝外货，专同我唱反调，你给我滚，从今以后，不要踏进我娘家的门槛。

〔切光。

第二场 瞎子算子

〔次日上午。

〔杨翠翠幕前唱：

娘家工作碰钉子，
巧巧变卦要生子。

咳，我这位弟媳妇她的为人真像她的名字，人巧嘴巧脑子巧，唷。她来了——见她低头想心事，不知她又会想出啥点子？

〔灯亮：在杨家院子里，常香子同第一场一样，催眠曲哼着，她自己也瞌睡起来。

〔张巧巧手提行包上。

张巧巧 （唱）公爹催我去江西，
送我三百车旅费。
路上想出好主意，
比到江西更有利。
腹中无孕装有喜，

来一个绣花枕头填肚皮。
等满十月分娩期，
到医院，移花接木使巧计。
价值十万传孙楼，
由我巧巧来承继。

姆妈——

常香子 （瞌睡被惊醒）你江西为啥不去了？

张巧巧 姆妈，我江西勿用去啦！（佯作羞于启口）

常香子 为啥？

张巧巧 姆妈，我觉得嘴巴没味道。路也懒得走……

常香子 嘴巴没味道，吃点水果清清口。桃园里的桃子已经熟了！

张巧巧 桃子我不想吃。

常香子 吃西瓜？

张巧巧 西瓜也不想吃！

常香子 要吃啥东西呢？

张巧巧 我想吃萝卜干，大蒜头……

常香子 呵呵，想吃萝卜干，大蒜头？（喜悟）噢，阿巧，姆妈是过来之人，有数了，你有了是吗？多少日子了，你为啥早点不讲？

张巧巧 （故作不好意思地）姆妈，前几天还吃不准，现在明显了。算算日子，恐怕已有两个月多了！

常香子 哦，对格对格，正是两个月前，阿拉大海从江西放蜂回家，住了三天。

张巧巧 （作羞地）哎呀姆妈……

常香子 哎哟阿巧，生第二个了，还怕啥难为情。你嘴巴越馋，越是生儿子的，姆妈马上去买大蒜头、萝卜干。

张巧巧 姆妈，我还不知道肚皮里是男是女，急得饭也吃不下，觉得也困不好。姆妈，我想请瞎子先生来算一算，好勿吗？

常香子 好格，算一算，也好吃定心丸，姆妈就去看看先生有没有。（至门外张望。欣喜地）哟，张先生来了！阿巧，运道这么好，一定生儿子的！姆妈把先生喊之过来，先生，先生——（张巧巧入内）

〔张半仙上。

常香子 （指引）先生，走好走好！我们运道真好，今天给我们算个命！

张瞎子 （故作胆怯地）哎哟老阿嫂，你不要大喊大叫，现在在扫六害，算命看相，也要像搞地下工作一样！

常香子 先生，到我们杨家算命，你胆大点，没事的！喏喏张先生，阿拉屋在这里。先生请坐。阿巧，给先生倒杯茶——

张瞎子 原来足下便是杨才子家？

常香子 先生，你怎么知道的？

张瞎子 我瞎子眼睛虽然看不见，耳朵长头边，早就听说专业户杨才子发财有道。结下的亲家是乡长，阿囡在乡里当计划生育干部，是吗？

常香子 是格是格！

〔张巧巧端茶上。

张巧巧 先生，吃杯咖啡，算命提精神。

张瞎子 怎么会有这种事，算命还要吃咖啡！

常香子 先生，我们想叫你把命算得好点。

张瞎子 这我是坚持原则，照命直算！请问东家：命算左道还是右道？

张巧巧 先生，啥叫左道，啥叫右道？

张瞎子 左道就是男命，女命唤右道。

张巧巧 先生，命算右道。

张瞎子 年庚多少？

常香子 廿六岁。

张瞎子 生辰八字？

张巧巧 六月十六下半夜。

张瞎子 有数了有数了！

（旁唱）问罢年庚暗思忖，
二十六岁已结婚。
看起来算命不是为婚姻，
还须试探动脑筋。
忽闻得婴儿鼻息声，
莫非她已有孩子做母亲？
瞎子算命看形势，
眼下是计划生育抓得紧。
她定是腹中又怀孕，
是男是女不放心……
我瞎子精，精在摸门道，

通达人意好算命。

张巧巧 你为啥迟迟不算？

张瞎子 勿要心急，勿要心急，心急是要生女儿的！（察听反映）

常香子 是格是格……

张瞎子 照命算来，你头一个生的是千金对吗？

常香子 先生，你真是名不虚传的张半仙，开口见分晓，我们阿巧第一胎是女儿，不知道第二胎……

张瞎子 第二胎么，听我慢慢算来。子丑寅卯辰巳午未申酉戌亥，命算右道，生肖属龙丑时生辰，八字排准，两位听了——

（唱）半夜三更出娘胎，
哇哇呀呀落地来。
哭有声，眼无泪，
问你算得对不对？

张巧巧 先生，这个我咋晓得呢！

常香子 先生，落地哭是好还是坏？

张瞎子 （唱）常言道乖姣多哭人聪慧，
命中注定要发财。

张巧巧 先生，好话少讲，照命算来。

张瞎子 （唱）我瞎子照命直算不虚伪，
加油添酱从不来。
命算一岁到两岁，
爹娘欢喜当宝贝。
三岁四岁……

张巧巧 先生，前头的命你就不要算了，单算以后是男是女？

常香子 先生，我们算命铀照付。

张瞎子 好格。

（唱）算命算到廿六岁，
吉人天相花先开。
结子在后不用愁，
腹中喜讯跟着来。
待到明年春花开，
定为婆家添男孩。

常香子 （惊喜地）哎哟先生，你讲我们阿巧第二胎能生儿子？

张瞎子 是个儿子！

常香子 保证是个儿子？

张瞎子 保证是个儿子！如果不是儿子，我就不是瞎子！

常香子 （兴奋得激动）阿巧，一定生儿子的！你讲生儿子，我一百廿个放心。三年前，我请你为阿拉富康算了个命，讲三年内要大动木星，今年果然造起了新楼房。先生，算命钿多少？

张瞎子 老阿姨，为杨家算命，本来服务康务也就算了。不过瞎子不算白命，就是为亲爹亲娘亲兄妹算命，也要收费。老阿嫂，我不照牌价，就收十六元。

常香子 应该应该！

张瞎子 老阿嫂，大吉大利，外加奖金三十六块。

张巧巧 啊先生，你算命也要拿奖金？

张瞎子 小阿妹，现在各行各业都讲究奖金，那末我瞎子也要紧跟形势。

张巧巧 先生侬——

常香子 阿巧，先生算准生儿子，拿点奖金小意思，我等歇还要请他吃点心。

张瞎子 老阿嫂，老阿嫂，点心不用买。（常香子下）有钱人家到底客气，算命还要吃点心……

张巧巧 先生，你刚才讲，各行各业都在拿奖金，这都靠实货摆出来，我还没有生，你怎好拿奖金？

张瞎子 小阿妹，你请放心。

（唱）张半仙算命的质量响当当，
牌子靠硬名扬四方。
九个算命十个准，
客主个个给奖赏。
都劝我到电视荧屏做广告，
省内省外扩大影响。
我只怕眼下六害扫得紧，
即使录了像也不敢放。

张巧巧 （嘴）大言不惭张半仙，
牛皮吹得太荒唐。
去骗那耳聋眼花老太婆，
胡说八道也无妨。

诓我巧巧精明人，
可笑瞎子不自量。
先生呀，你口口声声跟形势，
说什么各行各业都有奖。
该知道现行承包责任制，
赏罚分明定规章。
我若果然生儿子，
到那时，定送你三百现金作重奖。
我若生女不生男，
问你到时怎么讲？

张瞎子 这……

张巧巧 你能保证我生儿子，那好吧，从现在起，我就把这肚皮承包给你，我们秋后算账，怎么样？

张瞎子 （唱）她……比我瞎子更厉害，
竟要我把肚皮包下来。
说她无理也有理，
怨自己信口开河说漏嘴。
我本是投人所好进美言，
怎知她腹中是男孩是女孩？

张巧巧 先生，你快讲呀，要不算命钱和奖金都要扣下！

张瞎子 小阿妹！
（唱）各行各业可承包，
你道我算命承包不应该。
算命不过捎个讯，
生男生女神仙亦难包下来。

张巧巧 噢，好，原来你刚才讲的全部是瞎话，讲瞎话怎好拿钞票。好哉，你好走了。（入内）

张瞎子 哎，小阿妹，小阿妹——今朝碰着女好佬，算我晦气，算我倒霉！（一想）哎，不是晦气，是运气，是运气！
（唱）我瞎子为了生儿子，
报告打了十几次。
杨家女儿杨翠翠，

大会批评我张瞎子。

如今她娘家生育无计划，

我正好抓牢辫子生儿子。

我马上叫女儿去打申请报告。

〔急行，跌倒……

〔切光。

第三场　设宴论子

〔杨家客堂。

〔杨翠翠幕前唱：

五月初五是端阳，

农家过节闹洋洋。

我请得乡长到娘家，

两亲家定有戏一杨。

哎呀哎之哟

阿爹你

怎样对付李乡长。

李多多　（唱）公婆定下传孙楼，

逼着媳妇儿子生。

我阿爹，当乡长，

他要我计划生育作榜样。

哪头重，哪头轻，

我自己心中有主张。

怕只怕，不听公婆拒超生，

家庭关系要搞僵。

无可奈何回娘家，

父母跟前去商量。

幸喜得，阿姐已经有安排，

爹爹登门我心欢畅。

（对内叫唤）姆妈——

〔常香子内应上。

常香子 多多，你回来啦！

李多多 姆妈，我回来啦！

常香子 多多，姆妈告诉你一件喜讯。

李多多 看你这么高兴，到底是啥喜讯？

常香子 喏，阿巧已经有了。张瞎子为她算了个命，讲她一定生儿子，你还打算生吗？

李多多 姆妈，我生与不生，今朝阿爹要来做客，看他怎讲？依我看来，巧巧违反计划生育，即使有了，也不能生。（向内）

常香子 今朝你阿爹要来做客，早不来，迟不来，今朝来做啥？

李多多 这个，阿爹来了就晓得！（下）

常香子 （急向外喊）老头子，老头子——

〔杨富康上。

杨富康 啥事体？

常香子 今朝李乡长要来做客！

杨富康 李乡长要来做客？他平时请都请不动，今朝主动上门走亲家，我看绝非好事。老太婆，他一定是做计划生育思想工作来的！

常香子 老头子，既是乡长，又是亲家，吵又不能吵，闹又不能闹，怎么办呢？

杨富康 我同他来一个针锋相对！

常香子 哎哟老头子，亲家是上客，要待得客客气气，要是闹翻媳妇要飞掉的！

杨富康 你放心，我不同他吵，我要同他斗智，反做他的思想工作。

常香子 你这老头子，只有干部做群众的思想工作，哪有群众做干部的思想工作？

杨富康 好来好来，不要啰哩啰嗦，快去准备一桌特里特别的小菜！

常香子 特里特别的小菜，啥小菜？

杨富康 令朝请李乡长吃的东西，从头到尾，都要带一个“子”！

常香子 从头到尾，都要带一个子，子……（顿悟）我有数了，我去准备！

杨富康 （得意地）李乡长，李亲家，今朝我要你吃得哽喉咙，非给我安排计划不可。（至外张望）他来了！（满面笑容地相迎）

〔李乡长上。

杨富康 李乡长，李乡长，今朝怎么这样难得？

李乡长 特地到亲家屋里，欢度端阳佳节！

杨富康 好好，热烈欢迎李乡长大驾光临！

李乡长 老杨，你喊我乡长，就把我当外人了，今朝到女儿家里，是自己人，你就喊我一声亲家，既客气，又亲热。

杨富康 对……亲家公请！多多，你爹来了，快倒面水！

〔李多多端洗面水上。

李多多 阿爹请洗面。

李乡长 多多，孩子呢？

李多多 孩子，隔壁邻舍抱去了。

李乡长 多多，这两日好吗？

李多多 好格，阿爹，侬坐。

〔杨富康入内端瓜子盘子。

杨當康 亲家，请坐请坐。

李乡长 （递上两盒双宝素）老杨，这是给你两老的。

杨富康 哎呀亲家，你来么尽管来，花费啥格钞票呢！

李乡长 意思意思。

杨富康 亲家，来……请吃瓜子！

李乡长 好。（嗑瓜子）

杨富康 亲家，这个多味西瓜子，味道怎样？

李乡长 味道不错。

杨富康 瓜子味道不错，西瓜还要好吃！不过没瓜子，就种不出西瓜！

〔常香子端小菜上。

常香子 亲家，侬坐侬坐！

李乡长 亲家姆，身体好吗？

常香子 好格好格。

李乡长 亲家，我一到，侬就忙煞哉！

常香子 亲家，没啥好吃，请吃粽子！（故意显示）来，吃粽子吃粽子！

李乡长 哟，你们叫我吃粽子，没有筷子呀……

杨富康 老太婆，你真是神智无知，没有脑子，没有筷子，叫亲家怎么吃粽子？（向内一语双关地）多多，送筷子！

〔李多多拿筷子上。

李多多 阿爹，筷子来了！

杨富康 只有粽子，没有筷子，眼睛看之没有法子，有了筷子，好吃粽子。

李多多 阿爹侬吃。

杨富康 亲家，没有小菜随便吃。

李乡长 亲家姆，你今天准备的小菜，别有风味！

常香子 亲家公，这盆蛏子蛮新鲜，这盆蚶子刚买来，这盆咸虾子，海里客人早送来，这盆猪脑子，老头子最欢喜吃。

杨富康 亲家，不瞒你讲，我最喜欢吃带“子”的东西，如韭菜花炒茄子，小虾炒蒲子，咸菜炒鱼子……

李乡长 老杨，你吃小菜的怪脾气，不知道啥时可以改掉？

杨富康 （话中有话地）亲家，这是传统小菜，要世世代代吃下去！（斟酒）

李乡长 老杨你喜欢吃，我就陪你吃！

李乡长 请！

（唱）多计多谋杨才子，
桩桩件件带个子。
醉翁之意已明了，
他要我安排计划生孙子。

常香子 （唱）老头子，有法子，
乡长霎时变哑子。
今朝要他开口子，
我笃定放心抱孙子。

杨富康 （唱）他那里，杯酒落肚脸发红，
默默无言暗沉思。
我这里，借酒添劲心头热，
步步进逼取攻势。

（热情奉酒）亲家公，请！

李乡长 请！（干杯）

〔李多多上。

李多多 阿爹，你不要喝得太多！

李乡长 多多，阿爹心里有数！

杨富康 阿爹有数格！亲家，趁热趁热。

（唱）这一盆热气腾腾炒腰子，
媳妇她亲手送来有意思。
小菜对口助酒兴，

色鲜味美在“要子”！

李乡长 （唱）这一盆热气腾腾炒腰花，
阿囡她，为父吃性最能摸。
我不吃蛏子蚶子咸虾子，
平时一直爱“要花”。

杨富康 哎呀亲家，这明明是炒腰子，你怎讲是炒腰花呢！

李乡长 老杨，你平常也在外面跑跑，上海，杭州，哪一家酒店饭馆，不叫炒腰花呢？

杨富康 哎呀亲家！
（唱）城市乡下不一样，
井水哪有河水长？
你在山区当干部，
怎能去看城市样！

李乡长 （唱）老杨你还是老思想，
其实是腰子腰花都一样！
你看现在的年轻人，
从不为此论短长。

杨富康 这是各人各思想，我讲不一样！

李乡长 那你也不能强加于人！

杨富康 亲家，今朝我与你两个人，公说公有理，婆说婆有理，讲也讲不明白。多多来……你讲！

李乡长 多多，来，你来讲！

李多多 （唱）阿公要我做难人，
我怎能俩老跟前偏一方？
引开话题把酒敬，
来一个明劝阿爹暗相帮。
阿爹，
亲家难得聚一起，
还是举杯叙家常。
腰子腰花本相同，
何必要咬文嚼字做文章！

李乡长 还是多多讲得对！

杨富康　（尴尬地笑）亲家，你女儿“水平”高的！

李乡长　老杨，我敬你一杯！

杨富康　请……

〔常香子端桔子上。

常香子　亲家，酒后水果，请吃桔子。

杨富康　亲家，吃桔子。（把桔子送到李手中）亲家，这桔子甜吗？

李乡长　甜甜！

杨富康　没有桔树，就结不出桔子对吗？

李乡长　老杨，对对！

杨富康　有了桔子，好种桔树，有了桔树，好结桔子，这就叫传种接代，按理说……

李乡长　这点道理，大家都晓得！

杨富康　大家都晓得，那事体就好办了！（取出一份申请书）亲家请你在这上面，签一个字。

李乡长　（佯作糊涂，痛快地）你这计划，准备安排在今年还是明年？

杨富康　（满意地）明年好了！

常香子　明年上半年。

李乡长　好，亲家公有要求，我大力支持，明年春天，就安排两千计划。

杨富康　两千？亲家，我两个媳妇生儿子，要两千做啥！我又不是养大群鸭！

李乡长　（大笑）我当你孵小鸭，所以大力支持，给你两千！

杨富康　亲家，我要生孙子的计划，两个！

李乡长　老杨，那我讲你聪明一世，糊涂一时……

杨富康　我糊涂在啥地方？

李乡长　老杨，这桔子好吃，全靠桔树开花，对吗？

杨富康　（脱口而出）对！（蓦地警觉）噢勿对勿对！

李乡长　有啥不对呢？桔树不开花，就结不出桔子，要结出桔子，全靠桔树开花，这是一个简单的道理，难道你杨才子也会勿晓得吗？老杨，你相信科学，靠科学致富，可是对传种接代这门科学，却是一窍不通啊！

常香子　（旁白）哟，阿拉老头子吃瘪了！亲家，传宗接代生孙子，讲啥科学不科学！

李乡长　亲家姆，要讲要讲，亲家姆呀！

（唱）西瓜若无好品种，

　　半边白来半边红。

杨梅若无好品种，
酸杨梅咬得牙齿痛。
这桔子若无好品种，
烂桔子里头生疽虫。
老杨你孵坊若无好品种，
孵出雄鸭一场空。
生育道理也相通，
关键在于育好种。
若是子孙败门风，
越多越是辱祖宗。
生男生女都传代，
何须男女分轻重。
劝一声才子亲家公，
你不该死抱旧传统。
科学发展到今天，
这点道理你该懂。

老杨，我要讲的都讲了！我该回去了。

杨富康 哎亲家，侬留步留步，我家情况特殊，你照顾照顾！

李乡长 老杨，照章办事，不开后门！

李多多 阿爹，侬下趟再来！（李乡长下）

杨富康 啊你跑得这么快做啥！单怕尾巴轧落啊！

常香子 咳，倷末这下弄得哭笑不得！

杨富康 老太婆，李乡长公事公办不答应，你就在他女儿身上下功夫！

常香子 还有啥功夫好下呢？

杨富康 喏。……（耳语）

常香子 哦，好格！

杨富康 我到孵坊去啦！（下）

常香子 多多，侬来！

〔李多多复上。

李多多 姆妈，你叫我啊……

常香子 多多，你真是一个聪明的儿媳，贤慧的儿媳，来来来，侬坐！

李多多 姆妈，侬坐。

常香子 多多，梨花岙一百多个儿媳，要算你最孝顺！

李多多 孝顺公婆，是应该的！

常香子 多多，老话讲，上了这条船总要这条船好，你讲是吗？

李多多 我到了杨家，自然要杨家好！

常香子 真是一个好儿媳，多多，那末你今朝到娘家去一趟，向你爹去要两个计划。

李多多 哎哟姆妈，阿爹是不会答应的！

常香子 多多呀，你今朝去，就对你爹讲：阿爹，你要是不答应，杨家要同我离婚了！

李多多 哎呀姆妈，我决不离婚！

常香子 多多，这是假离婚！

〔切光。

第四场　科学怀子

〔李乡长家。

〔翠翠幕间词：姆妈逼多多假离婚，这一定又是阿爹出的主意。我索性将计就计，叫多多来一个科学怀子，对付巧巧的瞎子算子。唉，搞计划生育真要动动脑子。

〔灯亮：李乡长在看报。

李乡长 （念报告）关于要求安排计划外生育的报告……关于要求安排第二胎的申请报告……关于要求保住第三胎的书面报告……（将厚厚一沓报告塞入公文包）

（唱）全都为超生打报告，

我只怕下半年生育又要掀高潮。

去年生育超指标，

我在市府作检讨。

今年立下军令状，

保证减产决不超。

却未料形势严峻来势猛，

明的打申请，暗的躲又逃。

丰衣足食山里人，

生育观念还是旧面貌。

生勿怕，养勿厌，

说什么多子多福有依靠。

当乡长肩上重担挑，

急得我酒也喝勿落觉也困勿好。

这计划生育如何搞，

看起来，还须把工作方法细推敲。

〔张瞎子喊“李乡长”上。

李乡长 张半仙，我是要扫六害的，封建迷信其中一条，侬犯勿着来找我！

张半仙 哎哟乡长，李乡长，今朝我勿是为侬算命拣日子来的。这是我第十三张要求生儿子的申请报告，请你审批！

李乡长 来，侬坐。喝杯开水。

张瞎子 倷要罪过煞来，乡长今朝这样客气，一定是心虚了。

李乡长 （接着报告）好，我看一看。

张瞎子 李乡长，请你早点批，免得我打搅你的工。

李乡长 张半仙。

（唱）你家中已有“两千金”，

大女儿廿岁出头将结婚。

你还要为生儿子打申请，

让母女双双同怀孕。

四邻八舍当笑话，

难道侬不怕难为情。

张瞎子 （唱）乡长呀，婆媳同生亦常见，

小娘舅大外甥，

村村皆有不足奇。

我瞎子，传宗接代要儿子，

问侬为啥不肯批？

李乡长 （唱）难怪你瞎子不会照镜子，

看勿见满脸皱纹像鸡皮。

你头上白发已过半，

我劝你老来身体要注意！

张瞎子 （唱）我会生育不算老，
用不着乡长关心我身体。
姜太公七十娶娇妻，
何况我比他还小二十。
乡长呀，国家法律千百条，
请你查一查，哪一条哪一款规定生育限年纪？

李乡长 张半仙，你这张嘴巴，不愧是算命赚钞票的。

张瞎子 有理走遍天下嘛。李乡长，这次总好批了！

李乡长 决不能批！

张瞎子 为啥不能批？

李乡长 虽然生育无年龄限制，但决勿能允许超生！

张瞎子 别人可以超生，难道我就不能超生？

李乡长 啥人家超生？

张瞎子 梨花岙杨才子，他大儿媳生小孩还不到半年，二儿媳的女孩还只有三个多月，现在都已经怀了孕。你们干部亲戚可以超生，我瞎子就不能超生？共产党为人民办事，就要大公无私，若是欺待我瞎子，我也勿是好吃果子，我会找市长告状去的！

李乡长 张半仙，你不要瞎讲，就算我别人家的事不晓得，难道女儿的事也不晓得吗？

张瞎子 李乡长，你不要假痴假呆，刚才我去找妇女干部杨翠翠，亲耳朵听见你女儿已怀孕两个月，还说啥是科学怀孕，保生儿子。

李乡长 （惊讶）有这种事体？

张瞎子 乡长，你相信也好，不相信也好，今天我同你约法一章，如果杨家要生，我瞎子要看样的！

李乡长 杨家不生呢？

张瞎子 我也不生。非但不生，还要做义务宣传员，算命带宣传！

李乡长 好，张半仙，一言为定！

张瞎子 讲话算数！（沾沾自喜地边说边下）杨家是一定要生的，这次我总好乘便车了！

李乡长 （沉思）嗯，杨才子要我两个计划，难道真的有了？

〔翠翠与多多同上。

杨翠翠 乡长！

李多多 阿爹——

李乡长 （注视多多腹，果见隆起，怒）多多，你……

杨翠翠 乡长，你勿要误会，这是假的！

李乡长 假的？多多，这是假的？

李多多 阿爹，假的！（奔入）

李乡长 多多——翠翠，这究竟是怎么回事？

杨翠翠 乡长，这是我对付阿爹的唯一办法。

（唱）阿爹定下传孙楼，
大弟媳响应带了头。
一夜间怀孕两月久，
真真假假叫人摸不透。
还请瞎子算过命，
保生儿子把握有。
逼着多多假离婚，
定要你乡长计划留。

李乡长 翠翠，你的娘家，我的亲家，如今成了开展计划生育的桥头堡！

杨翠翠 是啊！

〈唱）乡长呀，阿爹这个桥头堡，
歪理成论一套套。
我若向他做工作，
又要挨骂被赶跑。
看起来强攻难破桥头堡，
倒不如假戏真做有成效。
巧巧算子费心机，
叫多多来一个科学怀子生宝宝。
安排三弟边鼓敲，
父母跟前吵又闹。
传孙楼，你争我夺涌波涛，
要闹得阿爹他头痛脑涨火气冒。
到时候，我巧用钥匙开锈锁，
让阿爹把错误的决定自取消。

李乡长 翠翠，你真会动脑筋。不过，为了真正解决老年人的思想问题，必须彻底消除他们的后顾之忧。现在保险公司提倡养老保险，你不妨发动全乡妇女，也来参加为老年人的养老保险。

杨翠翠　对！发动妇女参加，对计划生育更有促进作用。

〔杨万通上。

杨万通　爹爹——

李乡长　哎！阿通——

杨万通　姐姐，你也在这里。

杨翠翠　嗯，阿通，你回来啦！

〔李多多内上。

李多多　阿通，你啥时候到格？

杨万通　我天亮快车刚到余姚。

李乡长　阿通，你这次去广州，情况怎么样？

杨万通　阿爹你放心，山区土特产，已订下外贸业务，乡镇企业前途光明。

李乡长　好，经济大发展，生育大减产，我当乡长，总算尽责。

杨翠翠　阿通，你们夫妻俩久别重逢，一定有不少心里话要谈吧！

李乡长　翠翠，还有一些工作，我们到乡政府去商量吧！

杨翠翠　好！（随李乡长同下）

杨万通　多多，我这次为你办来了最新科技资料，喏，你喜欢么？（取书递上）

李多多　喜欢喜欢，喜欢我的人，当然会买我喜欢的东西。（接书，翻阅）

杨万通　（发现多多腹异常）你身体好吗？

李多多　（娇声）身体健康，你尽管放心。

杨万通　这就奇了……

（唱）我见她肚腹已隆起，
　　猜度八九怀了胎。
　　三月不曾夫妻会，
　　丈夫不在孕何来？
　　只道她忠厚至诚人品好，
　　谁知她居然还有第三者？
　　平日里她口口声声誓贞操，
　　柔情似水意绵绵。
　　却原来，虚情假意将我骗，
　　背地里水性杨花引蝶采。

如此丑事传开去，
我不戴笋壳头难抬。
妻子不贤心痛裂，
大丈夫决不丑名背！
（醋性大发，怒撞茶杯愤拍桌）

李多多 （惊诧地）阿通，你怎么啦？

杨万通 你还问我，自家心里有数。

李多多 噢，怪我勿好，没有到车站迎接你，对吗？

杨万通 我没有这种福气！

李多多 阿通，你这话啥意思？

杨万通 这种事，我忍勿下！

李多多 噢，我明白啦，我看书看得入了迷，冷落了你，怪勿得你要发脾气，好啦好啦，我这就给你去泡咖啡。

杨万通 好啦，假客气，假殷勤！

李多多 阿通，夫妻之间，当然是真情实意，怎会假殷勤、假客气呢？多多这就向你赔礼道歉！

杨万通 赔礼道歉也没有用！

李多多 你啊气量也太小啦！

杨万通 我气量小，我勿是乌龟肚皮！

李多多 那你讲怎么办？

杨万通 离婚！

李多多 离婚？你呀，做爸爸了，还要发小人脾气！好啦好啦，我们还是回家去吧！

杨万通 慢，大家到乡政府办手续去！

李多多 你勿要开玩笑？

杨万通 啥人同你开玩笑！

李多多 （被逼得愤怒）好哇！
（唱）你爹娘为了添孙子，
逼我回娘家假离婚。
莫非你奉了父母命，
无事生非假成真？

杨万通 （唱）我尚未见过父母面，
要离婚是我自己作决定。

李多多 （唱）你外头回来变了心，
见面就要去离婚。
分明是跑广州玩桂林，
在外有了小美人！
杨万通 （唱）平日里我对你无限忠诚，
好比似对领导一样崇敬。
在家在外一个样，
决不另爱小美人！
李多多 （唱）既然对我存真心，
为啥翻脸要绝情？
杨万通 （唱）丈夫忠诚妻守贞，
才能够建立美满小家庭！
李多多 （唱）你指桑骂槐气煞人，
岂容你平白无辜坏名声。
有道捉奸要捉双，
你诬我不守贞操有何证？（哭泣）
你毁我面子背丑名，
叫我如何见乡邻！
杨万通 （唱）眼泪水休想打动我的心，
要证据就在你自己身上寻！
李多多 我身上有什么证据？是穿了男人的衣裳，还是男人的鞋子？你讲！
杨万通 好，我问你，我不在屋里，你为啥怀孕？
李多多 （恍然大悟）啊呀万通呀万通，原来你吃的是空头醋！告诉你，这都是你阿爹害我的！
杨万通 （愕然）多多，你勿要胡言乱语！
李多多 啥人胡言乱语！（腹中取下锈花枕头）喏，你去看！（扔给杨万通）
杨万通 （大惑不解）呃，这倒是怎么回事？
李多多 要离婚了，还讲这个做啥！
杨万通 这……
李多多 走，到乡政府，办手续去！
杨万通 （急忙笑脸劝阻）喂，多多——
（唱）叫一声贤妻好多多，

我不该醋海无端起风波。
害得我心上人受委屈，
都怪我多疑的丈夫心胸窄。
千错万错是我错，
随你打来随侬骂！

李多多 （唱）从此就要各归各，
再不用花头朵打朵！

杨万通 （唱）劝一声心上人，
一场误会化烟云。
你要再扮李秀英，
我只好做王玉林。
夫妻总有夫妻情，
不吵不闹不算亲。

多多，万通这厢有礼了——

〔切光。

第五场　未婚抱子

〔杨翠翠一副下乡回家的模样。

杨翠翠 （唱）山重水复梨花乡，
云山深处有人家。
我翻山越岭查超生，
三天踏破一双鞋。
今日里头顶晨雾离家门，
回来已是近半夜。
一天劳累我能受，
苦的是群众对我少理解。
舌头磨去几层皮，
喉咙说得发了哑。
却换来无动于衷冷面孔，

都说我计划生育管人家。
娘家之事讲勿响，
正好给人辫子抓。
我千言万语难解释，
犹如哑子吃苦瓜。
可恨那个张瞎子，
消息传得比风快。
这真是上坡车偏遇挡路石，
害得我计划生育无法抓。
无法抓，也要抓，
重任在肩不可卸！
对症下药想计策，
要对三弟巧安排……（灯暗）

〔灯亮，杨翠翠家，杨小三焦急地等着姐姐回家。

〔杨翠翠上。

杨小三 （惊喜地）阿姐——

杨翠翠 三弟！

杨小三 阿姐，我已在你家足足等了半夜，你到这个时候才回来，屋里已经勿得了，姐夫发牢骚，外甥皇帝哭又闹，我怕姐夫要同你离婚！

杨翠翠 （不以为然地）三弟，你放心，你姐夫是背后强盗，我一到屋里，他就拍马屁，笑嘻嘻！

杨小三 阿姐，外甥已经困熟，我们就在这里坐一会儿吧。

杨翠翠 好，三弟，你等了我半夜，有啥要紧事情？

杨小三 阿姐！

（唱）传孙楼，不合理，
阿爹的政策将我欺。
如今是大阿嫂瞎子算过命，
儿子早在肚子里。
二阿嫂水平高得更稀奇，
掌握了科学怀子称绝技。
我老三对象刚去找，
好比远水近火隔千里。

并非我眼红传孙楼，
心中实在勿服气。
特来找你大阿姐，
设法帮我小兄弟。

杨翠翠 （故作同情地）三弟呀，等你对象找起来，再等到年龄及格结婚生小人，肯定来勿及，况且你也勿一定生儿子。

杨小三 是呀！

杨翠翠 这都是阿爹的政策勿公平，明明吃亏你阿弟嘛！

杨小三 阿姐，我气得来，要去拆掉传孙楼！

杨翠翠 （启发地）三弟，光生气有啥用，要动脑筋，想办法！

杨小三 阿爹有政策，我要想对策，阿姐，要赶在大房二房的前头，只有一个办法！

杨翠翠 噢？啥个办法？

杨小三 （难以启口）阿姐，就是……

杨翠翠 三弟，你快讲，阿姐一定支持你的！

杨小三 阿姐，就是未找对象，先做阿爹！

杨翠翠 未找对象，先做阿爹？（失笑，旁白）三猢狲，歪脑筋倒会动的。不过，正好同我的计策不谋而合。

杨小三 阿姐，你看这个办法好吗？

杨翠翠 好办法，阿姐也是这样想的。

杨小三 好，那就立刻行动。阿姐，你是乡妇女干部，对全乡妇女的情况比较了解，这种有儿子的小寡妇有吗？

杨翠翠 这么大的一个乡，当然有啰！

杨小三 阿姐，那你就快去做媒，马上安排时间谈恋爱。

杨翠翠 谈恋爱又勿是谈业务，做生意，能够一下子谈成功！

杨小三 阿姐，贺老六娶寡妇祥林嫂，凭着“我会待你好的”一句话，不就一次性成功啦！

杨翠翠 三弟，现在的寡妇找对象，要求勿一样。首先双方要产生真正的爱情，你能够一下子产生爱情吗？

杨小三 阿姐，这怎么办呢？

杨翠翠 依阿姐看来，恋爱就勿用谈！

杨小三 阿姐，恋爱怎可以不谈！

杨翠翠 三弟！阿姐晓得你谈勿出爱情，所以，你只管抱了儿子回家去，见过爷爷奶奶，传孙楼就是你的了！

杨小三 对，阿姐，万一阿爹不承认，还要请你阿姐来帮帮忙。

杨翠翠 凭你这张嘴巴，笃定讲得过！

杨小三 阿姐，小寡妇住在什么村，叫什么名字，多少年纪，儿子有多少大，恋爱勿谈，总得让我见见面。

杨翠翠 三弟，你既然叫我帮忙，阿姐替你一手包办，难道你还不放心？

杨小三 阿姐办事体我总归放心，不过这婚姻大事……

杨翠翠 你的婚姻大事，无非是要对付阿爹的政策，为了早抱儿子，赶上大阿嫂、二阿嫂，这两条阿姐都会替你办好，至于小寡妇品貌如何，性格怎样，你还追究做啥？

杨小三 阿姐，年纪相差太大，总归勿妥当！

杨翠翠 你今年还只有廿一岁，人家既然做寡妇，算她廿四岁结婚，廿五岁生小人，廿六岁死丈夫，廿七岁最最起码啦！

杨小三 啊，要比我大六岁！

杨翠翠 三弟，你为啥也这样啰嗦！你既要先抱儿子，去得房子，又要妻子与你年龄相当，这种人到啥地方去找，好啦好啦，明天一早，你到阿姐屋里来抱儿子，阿姐办事，包你称心满意。

〔切光。

第六场　各献孙子

〔杨翠翠幕间唱：

　　传孙楼，掀波涛，
　　一浪更比一浪高。
　　大弟媳瞎子算命献孙子，
　　二弟妹科学怀子更巧妙。
　　神通广大三猢狲，
　　未婚献子称绝招。

（白）阿爹，你有政策，大家有对策，

这幢传孙楼，看你怎么传？

〔灯亮：常香子依然摆摇篮，逗孩子。

〔巧巧内上。

张巧巧 姆妈，这件事，你跟阿爹讲起过吗？

常香子 讲是讲过了。

张巧巧 那为啥迟迟勿作决定？

常香子 你爹讲，你还没生下儿子就搬进新楼，老二老三要有意见！

张巧巧 姆妈。

（唱）瞎子算命你在场，

宝宝早在肚里厢。

说什么，我先住新楼摆勿平，

啥人有本事，啥人去把儿子生。

姆妈呀，阿爹虽是一家之长，

经济大权独手掌。

你好比人大常委会，

大事情也好打主张。

你看看梨花岙，如今都是女当家，

你也勿要太谦让。

常香子 阿巧，你阿爹思想交关封建，他讲一个国家女人做皇帝要乱朝，屋里厢老太婆当家要吵吵闹闹！

张巧巧 哎呀姆妈，你勿是顶喜欢看戏文吗，阿爹好比是戏文中的杨老令公，你就是杨老令婆，杨老令婆发起火来，杨老令公也要怕的！

常香子 好，等你爹来了，我再同他讲一讲。

张巧巧 姆妈，你一定要为坚持原则，口气要强硬，立场要坚定！

常香子 姆妈心里有数！

张巧巧 姆妈，那我回房去了。

常香子 嗯，你去好好休息。（下）

〔杨富康兴冲冲上。

杨富康 老太婆，用科学检验种蛋，的确灵光，这一次孵出来的，只只都是雌鸭。

常香子 老头子，这是算命先生算出来的。

杨富康 算命先生雄鸭雌鸭，难道也算得出吗！

常香子 算得出！算得出！

（唱）去年瞎子算过命，
说你今年交好运。
财神菩萨紧紧跟，
新春定能动木星。
果然是三楼三底造起来，
孵坊赚钱勿亏本。

杨富康 这都是迷信！

常香子 （唱）高运到来喜盈门，
大媳妇要为杨家添孙子。
既然瞎子已算定，
要鼓励媳妇积极性。
她提出要求住新楼，
优先照顾也该应。

杨富康 孩子还没有生下来，怎晓得是儿子呢！

常香子 瞎子先生保证，我一百廿个放心。

杨富康 老太婆，现在是相信科学的年代，我们农民都要相信科学种田，你亮子相信瞎子，实在是个呆子！

常香子 老头子，我已经答应大媳妇搬进新楼，问你批准不批准？

杨富康 当然勿批准！

常香子 你勿能搞独权，一个人说了算，杨老令公也要听听杨老令婆！

杨富康 我勿要听你讲戏文！

常香子 好。我给你讲现在，你是一家之长，我……大人常委会，家里的重大事情，我也好做主！

杨富康 （大笑）老太婆，你没有文化，搅七搅八，传勿清爽，什么大人常委会，是人大常委会！

常香子 噢……好啦好啦，人大也好，大人也好，都是一样的，你要是勿批准，我就对你勿客气！

杨富康 勿客气？你打算怎么办？要离婚、要分居随你好了！

常香子 啊，你这个瘟老头，你这么大年纪了，还想变心……（伤心得哭起来，孩子被惊醒，负气地抱起孩子，塞到杨怀中）好，饭菜你去烧，小人你去抱！

杨富康 我只抱孙子，勿抱孙囡，你去抱！

常香子 你孙囡勿抱，我饭菜勿烧给你吃！

杨富康 你勿烧，我吃面包！嘿，想爬到我的头上来，办勿到！（常抱孩子呜咽入内）

〔杨万通与李多多捧着书和杂志上。

杨万通 阿爹，啥事体同姆妈吵？

杨富康 万通，你讲你娘这人多可笑，瞎三话四，相信瞎子算命，说巧巧笃定有儿子了，要她提前搬进传孙楼！

李多多 （奉承地）阿爹，幸亏你头脑清醒，勿相信迷信！

杨富康 我相信科学！

杨万通 （戴高帽）阿爹文化高，论水平，当个乡长县长笃笃定定。

李多多 是嘛，阿爹坚持原则，大公无私，立场与乡长县长一样坚定！

杨富康 （被吹捧得飘飘然）我这个家长，虽然勿是国家干部，不过你们要晓得，这个家是难当的。有道清官难断家务事，我自忖忖，这个家当得很不错。

杨万通 阿爹，你真是一个英明伟大的家长，请抽烟，请抽烟。（殷勤递烟点火）

杨富康 万通，真看不出，跑了二年供销，见多说广，人也聪明了，讲两句闲话水平蛮高！

杨万通 这是像爹的。阿爹，你相信科学致富，我和多多，搜集了一大批国内最新科技信息。

杨富象 万通，我现在对科学是入了迷，你搜集了一些啥信息？

杨万通 多多，你向阿爹具体汇报。

李多多 哎。阿爹——

（唱）这一本国外最新科技书，
上载科研新成果。
人类要生男和女，
方法简单又清楚。
只要对基因作调节，
便能够生男生女自做主。

杨富康 （唱）科学技术大发展，
生男生女我相信。
我用科学孵小鸭，
蛋内足能雌雄分。

李多多 （唱）这张国内科技报，

发表医学新发明。
欲知腹中男和女，
精密仪器显奇能。
是男是女能分清，
阿爹呀，你看先进勿先进？

杨富康 先进先进！

杨万通 阿爹。
（唱）多多她，科学实践相结合，
腹中已怀两月孕。

杨富康 （欣喜）多多，照这样说来，你腹中已有儿子啦！

李多多 （唱）阿爹呀，去过医院照过镜，
仪器证明是男婴。

杨万通 阿爹，医院证明你要看码？（佯作掏袋）

杨富康 勿用看勿用看，多多，你为啥老早勿对我讲呢？让阿爹也好高兴高兴。

李多多 阿爹，我这是搞试验，搞得勿成功，要闹笑话。

杨富康 （唱）多多你放心大胆试验搞，
公爹替你打包票。
为了鼓励积极性，
奖励政策要宣告。
明朝起倷提前搬进传孙楼，
多多的营养水平要提高。
鸡鸭鱼肉勿能少，
长期供应青春宝。
新鲜水果多吃点，
每日半斤小红枣。
一切开支凭发票，
统统向我来报销。
还有一条要记牢，
保守秘密极重要。
“科学怀子”好经验，
传扬出去勿得了。
倘若是，全村全乡全县全省大家统统生儿子，

大姑娘断种就糟糕。
生态平衡破坏掉，
阿拉孙子将来老婆要无处讨！

李多多
杨万通 阿爹放心，绝对保密，决不外传。

张巧巧 （早在一旁察听）阿爹，还有我呢？

杨富康 阿巧，你要有自知之明，你的瞎子算子，怎么比得上多多的科学怀子！你若勿相信，可以到医院里去照一照。

张巧巧 我勿去！

杨富康 你勿去，只好服气！

张巧巧 我勿服气！

杨富康 勿服气，就是不讲道理。

张巧巧 我讲的就是道理！
（唱）说啥科学勿科学，
怀孕总要靠丈夫。
叫声二妯娌，
你心里要清楚。
你勿是遥控电视机，
总勿能隔山隔海千里迢迢接电波。
万通弟跑广东走广西，
离家足有三月多。
夫妻不曾在一起，
难道你偷情嫖汉大了肚？

李多多 （羞辱）你……勿要你胡说八道，四邻八舍，谁勿晓得我李多多是清白的！

张巧巧 你既然清白，这肚皮里的货色从啥地方来？

杨万通 大阿嫂，你这就不懂了，这就叫科学生子，侬懂吗？

张巧巧 （对杨富康）阿爹，你相信科学，这种科学也有吗？去骗骗三岁小孩，也勿会相信！

杨万通 （急忙盯住态度骤变的杨富康解释）阿爹，我告诉你，这是最新科学，速度交关快，打枚针马上能怀孕……

张巧巧 阿爹，你看这个二万通，到这个时候，还要说这种话。我看他不带毛笋壳，以后怎么走得出去！

杨富康　（火冒三丈）好了好了，统统给我滚开！（多多气得欲撩开衣襟，取出枕头）

〔此时杨小三抱着小孩上。

杨小三　（嬉皮笑脸地）

（唱）叫声大阿嫂，

劝你勿要闹。

再叫二阿嫂，

你也勿要吵。

看我三阿弟，

有了男宝宝。

叫一声宝宝先把阿爷叫。

（抱至父前，杨富康不睬背身）

再叫大妈妈，

亲亲侄宝宝。（巧巧躲开）

二伯父咪咪笑，

一定喜欢小宝宝。

（塞到杨万通怀中）

大阿嫂，二阿嫂，

结婚成家比我早。

我老三长江后浪推前浪，

为杨家早养孙子立功劳。

阿爹定下传孙楼，

言出如山难动摇。

今朝我也勿客气，

请阿爹快把钥匙交。

杨富康　呸！（多多拉万通溜下）

（唱）叫你今朝去相亲，

媳妇还未接进门，

你未曾结婚先做爹，

抱来的孙子我不承认。

杨小三　（唱）阿爹叫我去相亲，

我却另遇意中人。

她虽有孩子做妈妈，
我偏爱寡妇定下亲。
婚姻自由法律定，
啥人要反对，法院把理评！

杨富康 你……真不要脸皮！

杨小三 （唱）阿爹呀，我是你的儿，
宝宝喊我为父亲。
我把他取名杨家根，
阿爹你没有道理勿承认！

杨富康 哼，抱来的儿子，不是我杨家正宗的孙子！

张巧巧 对，现在市场上冒牌商品交关多，你想用假宗来得传孙楼，办不到！

杨小三 大阿嫂，啥人晓得你肚皮里的是正宗还是假宗？我这个小宝宝，倒是堂堂正正进口来的！阿爹——

（唱）改革开放大流通，
进口物资多品种。
阿爹你，开孵坊，
还勿是引进了国外大鸭种。
大阿嫂，你香料要用外国货，
称赞进口的香气浓。
我把儿子引进来，
都应该热烈欢迎展笑容。
谁知你们旧思想，
说三道四论假种。
我要请大阿姐李乡长，
把谁是谁非作裁仲！

杨富康 （又气又恼，但又无言可驳）你这个小畜牲……

张巧巧 （火上加油）阿爹，要是你当初也是计划生育，就没有这个三猢狲惹你生气！

杨小三 （借题发挥）阿爹，你听你听，大阿嫂在教训你过去勿搞计划生育！

杨富康 （气得说话颤抖）唉唷老太婆，你快……出来！

〔常香子内急出。

常香子 老头子，啥事体呀？

杨富康 快去拿敌敌畏，敌敌畏！

常香子 啊你要寻死啦！

杨富康 我被这个三猢狲，逼煞了！

杨小三 （抱起孩子）小宝宝，快喊奶奶——

常香子 哎呀要死了，杨家子孙造反啦！

〔杨富康叹气。

〔切光。

第七场　试探儿子

〔杨翠翠幕间词：一幢传孙楼，把娘家闹得鸡飞蛋打，阿爹姆妈一定气得饭也吃勿下，觉也困勿熟，我得回去看一看，这桩事情，今朝到了该解决的时候了……

〔灯亮：杨家的葡萄架下，老夫妻相对而坐，常香子为丈夫斟酒作陪。

常香子 （唱）劝老头，要想开，
千万莫喝敌敌畏。
余姚黄酒喝几杯，
抛开烦恼醉一醉。
儿媳对你情不留，
都只为要住新楼胡乱来。
老头呀，你讲出离婚分居无情话，
我对你关心照顾却加倍。
你不高兴我锁眉，
为你添酒来作陪。
儿子媳妇早回房，
谁管你喝酒喝水还是在喝敌敌畏！

杨富康 （杯酒落肚，心头热起来，充满感情地）要紧关头，的确是老太婆亲热，对我又体贴又关心，老太婆，这个就叫爱情啦，爱情这个东西，的确胜过父子之情。（常香子向杨示意里面有人出来）老太婆！

（唱）老夫老妻谈谈心，

怕什么儿媳看见难为情。
平日里我在孵坊忙经营，
实无时间来亲近。

常香子 （唱）我看你黄酒落肚嘴巴甜，
花言巧语谁要听。

杨富康 （唱）离婚分居是假话，
千万不可当作真。
甘蔗越老越是甜，
老年夫妻情更深。

常香子 （唱）老头呀，我养大儿女养孙孙，
原谅我对你少关心。
儿媳虽多情不暖，
难比你老头对我亲。

杨富康 （亲热地）到底是爱情好啊……

常香子 （闻内有动静）老头子，有人来了！

〔内李多多声："阿通，快点快点——"

常香子 （望清）老二万通夫妻俩拎着包，不晓得到啥地方去？

杨富康 老二最近刚从广东广西回来，带来了不少土特产，一定是送给你来吃的。

常香子 哎，我看勿像，老头子，我们到一旁去看看好吗！（与杨至一旁察听）

〔万通夫妻拎包，佯作偷偷摸摸地上。

杨万通 多多，来，快点快点。

李多多 阿通，东西会不会漏掉？

杨万通 全都放好了，你不放心再检查一遍吧。
（唱）这一包桂圆出广东，
这一袋山东黑枣两斤重。
出口物资难买到，
要花外汇看面孔。

李多多 （唱）桂圆黑枣送姆妈，
将补身体最适用。

杨万通 （唱）这四川木耳也珍贵，
外国人当作补品早走红。

李多多 （唱）妹妹秋后将结婚，

正好当作人情送。

杨万通　（唱）这支东北野山参，

一百两百买勿动。

李多多　（唱）嫂嫂产后体虚弱，

你好比雪中把炭送。

杨万通　（唱）这一瓶贵州茅台酒，

货真价实是正宗。

李多多　茅台酒，理所当然送阿爹——

杨万通　你勿讲，我也老早准备送给丈人阿爸！

李多多　（唱）你真是孝顺女婿杨万通！

杨万通　轻点轻点，当心给阿爹姆妈听见。快点走，快点走！（同下）

〔常香子、杨富康怒出。

常香子　（咬牙切齿地）二万通，这，这个畜牲！

（唱）丈人丈母敬如神，

兄弟阿嫂也有份。

样样都送娘家人，

爹娘抛在脑后跟。

生儿好比生条虫，

全听老婆命令行。

亲生儿子勿孝顺，

老头子呀，你勿要再把那有孙无孙挂在心！

杨富康　（心灰意懒，叹息）唉，想勿到，二万通也是个黑良心！

常香子　老大，老三，也勿是好货！

杨富康　老太婆，刀靠磨出来，人靠试出来，今朝索性再试一试！

常香子　好，再试一试。

杨富康　你就讲我生了急性黄疸肝炎住院去了，看还有两个畜牲，着急勿着急！

常香子　好，老头子，你再到一旁去听着。（杨富康下察听）巧巧，三猢狲，快来——

〔巧巧、小三内上。

杨小三　姆妈，啥事体？

常香子　你爹生了急性黄疸肝炎，现在送到医院里去了，你们两个人，啥人去料理？

杨小三　这还用讲，当然叫大阿嫂去！

张巧巧 三猢狲，为啥一定要我去？

杨小三 大阿嫂！

（唱）读书写字上到下，

果子先熟必先摘。

你大房媳妇称老大，

理所当然从上排。

你应该积极主动把头带，

千万勿能作推却！

张巧巧 （唱）三猢狲争房子数你本事大，

未谈恋爱先做爹。

料理阿爹到医皖，

你休想责任推得快。

常香子 两个人争来争去，到底叫啥人去？

张巧巧 叫三猢狲去！

杨小三 叫大阿嫂去，按顺序！

张巧巧 好，就按顺序！

（唱）楼梯从下往上爬，

战场上小兵先冲杀。

春笋出土是嫩头，

芝麻下头称开花。

道理给你讲明白，

三猢狲你难推也难赖！

杨小三 （唱）摘瓜先摘根头瓜，

摆船总要靠老大……

常香子 好啦，大说大有理，小说小有理，既然推三赖四，那就两个人一道去！

张巧巧 我勿去，我要抱孩子！

杨小三 我也勿去，我要去会女朋友！

常香子 畜牲，照顾你爹重要，还是抱孩子、会朋友重要！

张巧巧 要是阿爹姆妈，只生我大房一个，即使黄疸肝炎要传染，我也会去的！

杨小三 对，大家都去，还有二房没有去，要是只生我三猢狲一个，我老早就去了。

常香子 （伤心得号啕大哭）老头子呀，儿子媳妇都靠勿住啊……

〔杨翠翠拎两瓶酒上。

杨翠翠 姆妈，你怎么啦？

常香子 翠翠，你爹生了急性黄疸肝炎，想勿到媳妇儿子都没有良心……

杨翠翠 （着急地）姆妈，阿爹人呢？

〔杨富康怒出。

杨富康 我在这里！（巧巧逃下，小三欲逃下）三猢狲，你停一停！

杨翠翠 阿爹，我陪你上医院！

杨富康 翠翠，阿爹没有毛病，阿爹的毛病都是装出来的！翠翠，（百感交集地）李乡长讲得对啊！

（唱）这真是，西瓜若无好品种，
半边白来半边红。
杨梅若无好品种，
酸杨梅咬得牙齿痛。
果然是生育道理也相通，
关键在于育好种。
子孙若无好品种，
纵然满堂也无用。
子孙若无好品种，
白生白养一场空。
今日里假病一装梦惊醒，
我何须男女分轻重。
骂一声不肖之子三猢狲，
今朝我要彻底改造你坏品种！

〔怒气冲冲追打小三，小三躲藏，杨撞倒与李乡长一同上来的张瞎子。

张瞎子 我是瞎子，难道你们也是瞎子吗？

杨富康 对勿起，对勿起！（搀扶瞎子）

李乡长 老杨，今朝为啥事体发这么大的火呀？

杨富康 （嘲讽地）李乡长，你福气好，一个女儿被你生着了！

李乡长 呵，这是啥意思？

杨富康 哑子吃馄饨，心里有数！（旁白）茅台酒味道总好的。

李乡长 亲家姆，我今朝上门做客，好像与上一次不相同！

常香子 亲家公，你有数了就好！

李乡长 亲家公，我有一桩事体，想同你们商量一下！

常香子 还有啥好商量！（语气显然带着成见）

李乡长 喏，张半仙还想生儿子，我讲你一定要生，我也没有办法，但是要罚款，他说杨才子还想生孙子，杨家罚，他也罚……

杨富康 张半仙，我关照你，你要生自家去生，同我勿搭界，要我罚款，一分也没有，我宁可吃老酒！

张巧巧 （显然已悄悄上来）阿爹，当初是你要我生的！

杨富康 当初是当初，现在是现在！

张巧巧 对，我本来就勿想生，我马上去流产！（下）

张瞎子 杨才子，杨才子——

杨富康 （不耐烦）我在这里！

张瞎子 你换了地方啦！杨才子，你儿媳生的是儿子呢，难道侬孙子也不要啦？

杨富康 孙子也好，孙囡也好，同我无关！

张瞎子 你媳妇流了产，那我的算命铜钱加奖金要泡汤了！

〔巧巧拿绣花枕头上。

张巧巧 你这个短命瞎子，瞎子讲瞎话，我肚皮里填的是绣花枕头！

常香子 啊呀，原来肚皮里塞的是绣花枕头啊，老头子，我上当哉。你这个张半仙，瞎子瞎讲，还有啥信你！

张瞎子 哎哟，今朝洋相出足哉，亏得我是瞎子，难为情怕我……

李乡长 张半仙，我问你，儿子还准备生吗？

张瞎子 勿生了，勿生了，坚决勿生了！我非但勿生，还要向大家宣传宣传，讲你李乡长办事靠硬！（边说边下）

李乡长 张半仙，那你夜里走好！

张瞎子 好走好走，我走路日里夜里都一样！（下）

〔杨万通、李多多带包上。

李乡长 阿通，你阿爹姆妈，思想已经转变，你们生不生儿子，对他已经无关！

杨万通 阿爹姆妈思想都通了，这太好了，多多她也做了人工流产。

常香子 （惊异地）人工流产，哪有这么快？

杨翠翠 姆妈，多多也是绣花枕头，所以一流就下。

杨富康 好哇，原来你们统统为了抢夺传孙楼，今朝我总算看明白，生儿子还是生囡好，我要把它改为传女楼，翠翠，这幢楼房送给你！

杨翠翠 阿爹，你可勿要一会儿重男轻女，一会儿又重女轻男。

杨富康 翠翠，你可晓得阿爹心里有多气啊！

杨万通 爹爹妈妈，刚才俩老一定生气了。喏，这包里的东西，本来就是送给俩老的。

杨富康 那刚才为啥……

李多多 阿爹，这都是大阿姐安排的！

杨小三 阿爹，我那个孩子，也是阿姐帮我借来的。

杨富康 （恍然大悟）噢，翠翠，原来你为了计划生育，安排了这场假戏！

杨翠翠 阿爹，你装毛病试儿媳妇，也是一场假戏嘛！

张巧巧 （不好意思地）阿姐，你们假戏真做，只有我真戏假做，我真糊涂……

杨小三 （检讨地）我也不好……

杨富康 算啦算啦，阿爹也不怪你们，看起来，是阿爹传孙楼的政策出了问题。亲家，你讲得对，生男生女都一样，关键在于育品种，要是品种不好，子女像大群鸭那么多，也没有用！

李乡长 老杨，我知道你一定懂得这门科学道理。

常香子 老头子，那三楼三底新楼房，现在怎么分？

杨翠翠 姆妈，依我看来这幢新楼，勿叫传孙楼，也勿叫传女楼，就叫幸福楼，俩老辛劳一生，就搬进新楼享受享受。（对众）大家说对吗？

众 （齐声）对！

常香子 老头子，你陪陪亲家，我去烧夜点心！

李乡长 （玩笑地）亲家姆，这一回你请我吃炒腰子还是炒腰花？

杨富康 （欢畅地）亲家，腰子腰花都一样！

〔众欢笑，定格。

〔灯渐暗。

〔剧终。

1990年

《七场古装越剧》

狸猫换太子

郑瑞棠

人物表 陈琳、寇珠（寇承御）、李妃、刘妃、郭槐、赵桢（太子）、宋真宗、八贤王、秦凤、接生婆、老总管、宫女、内侍、武士若干

第一场 定计

〔宋真宗年间，正月元宵之夜。

〔御花园。皓月皎洁，花灯灿烂，红梅吐艳，亭前设有石桌凳。

〔幕合唱：

月到元宵分外圆，
火树银花不夜天。
今年佳节非往岁，
御花园喜气洋洋摆酒宴。

〔幕启：寇珠、秦凤及宫女们穿梭似的端放酒菜、果品。

〔内声："万岁驾到！"众宫女忙迎上。

〔内侍甲、乙提灯前引，真宗左拉李妃，右携刘妃神采飞扬地上，陈琳、郭槐随后。

真　宗　呵！好一派元宵美景也！

（唱）灯月交辉梅吐艳，
与爱妃同赴御园喜开颜。

想起去年今宵时，
只愁大宋无人传。
喜今日两位爱妃怀六甲，
这真是人月双圆倍觉圆。
来来来，大家坐下饮酒赏月吧！……李爱妃、刘爱妃，朕先敬你们一杯！（举杯）

李　妃
刘　妃　（同举杯）谢万岁！

真　宗　（唱）朕盼龙种已多年，
天从人愿看今天。
哪位先生小太子，
御封为正宫娘娘福禄绵！

刘　妃　（忙跪）臣妾谢恩！

李　妃　万岁！
（唱）皇恩浩荡洪福广。
天降龙种定有望。
臣妾薄命自知足。
岂敢奢想正宫掌。
若能产子分君忧。
报答恩宠理应当。
想贤妹贤德聪慧人敬爱。
望万岁册封皇后主昭阳。

刘　妃　哎呀！小妹哪里及得上姐姐的福气呀！

真　宗　李卿所奏。足见谦让之美德。但此事朕意已决。勿再多言。陈琳。取过“黄绫帕”。将题诗念来。

陈　琳　遵旨！（取帕跪地——）
（念）春风得意恩千重。
梅花吐蕊一点红。
天降紫微接宋后。
册封昭阳掌正宫。
〔将帕分给李、刘。

李　妃
刘　妃　（同跪）谢主隆恩！

真　宗　爱卿平身！

李　妃　（突觉腹痛）啊唷！……

真　宗　爱妃。怎么了？

李　妃　霎时腹痛难忍。

真　宗　（惊喜）想必快要分娩了！待朕亲自扶卿。摆驾玉宸宫！

〔真宗扶李妃下。陈琳、秦凤等宫女下。

〔郭槐关切地顾视刘妃。最后下。

〔刘妃妒火中烧。喊令寇珠等宫女退下。怒火、痛饮、复起。焦灼徘徊。无力地扶靠亭柱……

〔云遮月。天转暗。一束追光——

刘　妃　（唱）乌云压顶月无光。
愁肠百结心寒怆。
眼睁睁（他俩）亲亲热热进宫去。
顿使我妒火中烧恨满腔。
想哀家素受恩宠人敬仰。
天生丽质压群芳。
实指望册封皇后领三宫。
却谁知妖妃争宠兴逆浪！
她若生下皇太子。
我凤凰顷刻变羔羊；
她若生下皇太子。
千恩万宠一旦丧；
她若生下皇太子。
一身权贵付汪洋；
她若生下皇太子。
我此生定无好下场！
越思越想越惊惶——（如热锅蚂蚁）

郭　槐　（匆匆上）启禀刘娘娘！万岁安寝去了。命你今夜子时，去照看李娘娘！

刘　妃　（隐忍）好哇！
（接唱）姐姐做喜应相帮！

哈哈哈！（折花、断枝……神情反常）

郭　槐　（关切）娘娘。玉宸宫若是生下太子。只怕……

刘　妃　……怎么样？

郭　槐　对娘娘不利啊！

刘　妃　（刺痛。掷花）奴才！（打郭巴掌）

郭　槐　（自打巴掌）奴才该打！奴才该打……娘娘。（爬至刘脚下）奴婢一片忠心。是为娘娘着想啊！娘娘！……

刘　妃　（为之动容）你起来讲。

郭　槐　（四顾）娘娘。有道是先下手为强，后下手遭殃！

刘　妃　嗯……

郭　槐　娘娘待奴婢恩重如山。若有用我之处，赴汤蹈火，万死不辞！

刘　妃　（信赖地）有何良策？

郭　槐　这……。娘娘，妖妃若生太子，就勒死他，只说是个“死胎”！

刘　妃　不妥！若被察觉，如何得了？

郭　槐　是啊！（主仆陷入沉思……）

〔忽传狸猫叫声。二人大吃一惊。

〔窜出一只金丝狸猫。

郭　槐　噢。原来是这个畜生！这是外邦进贡来的金丝狸猫。（抱猫给刘看）

刘　妃　金丝狸猫。

郭　槐　（计上心来）娘娘，有了！

刘　妃　什么有了？

郭　槐　娘娘！

（唱）天赐活宝金丝猫，
　　剥去皮似人非人像怪妖。
　　妖妃若生男孩儿，
　　就将这剥皮狸猫去“调包”！
　　命人把孽种来抛弃，
　　那妖妃触犯龙颜命难保！

这样一来，岂非“一箭双雕”，大功告成！

刘　妃　果然妙计！可是叫何人去“调包”呢？

郭　槐　这个……

刘　妃　对！可命聪敏伶俐的小宫女寇珠前去调包。

郭　槐　好！

〔内传寇珠声："娘娘——！"

郭　槐　（观）娘娘。寇珠来了。

寇　珠　（上）娘娘，夜深风大，请快回宫吧！（给刘加披风）

郭　槐　寇珠知寒知暖，对娘娘体贴入微，真是个好姑娘！

刘　妃　是呀！哀家越发要疼爱她了。

寇　珠　娘娘素来恩待奴婢。侍奉娘娘。理所应当。

刘　妃　好哇！……哀家要你往东？

寇　珠　我就往东。

刘　妃　命你往西？

寇　珠　我就往西。

刘　妃　不要你走呢？

寇　珠　我就站着不走，不离左右，侍候娘娘。

刘　妃　好！眼下就有一件急事，命你去办！

寇　珠　刀山火海，奴婢愿往！

刘　妃　你近前来！（与寇耳语）

寇　珠　（大惊失色）啊——！

（唱）一句话如雷击顶。

吓得寇珠冷汗淋！

天大的事儿怎担承？

进退两难难煞人！

刘　妃　寇珠，你要听话。事成之后，定有重赏。

寇　珠　娘娘——！

刘　妃　若不依从，要你一死！

寇　珠　这……

刘　妃　快去准备妆盒，随哀家同往玉宸宫。

寇　珠　我……

刘　妃　还不快去！

寇　珠　是……（无奈地下）

刘　妃　爱卿！难得你一片忠心，哀家决不亏待于你，速速照计行事，定要一举成功！

郭　槐　喳！（跪辞）

〔切光。

第二场　换子

〔玉宸宫外殿，夜深人静，灯火昏暗。盘龙柱前置有凤榻、圆凳等。

〔幕启：秦凤不安地上。

秦　凤　（唱）子夜寒，宫灯冷，
　　娘娘顷刻要临盆。
　　秦凤我身为执事责任重，
　　怕只怕好事多磨风波生。
　　望万岁快快回到玉宸宫，
　　保娘娘平安分娩身康宁。

〔内声：“刘娘娘驾到！”

〔内宫女闻声上。

秦　凤　怎么？皇上未到，刘娘娘却来了？……

〔刘妃上，后随寇珠（提补品盒）、守生婆。

秦　凤　奴婢拜见刘娘娘！

刘　妃　你们辛苦了！快起来！秦凤，你家娘娘还未临盆？

秦　凤　就要临盆了。

刘　妃　哀家命你速去国丈府，请李国丈全家沐浴焚香，求告上苍，保佑娘娘母子平安。

秦　凤　禀娘娘，奴婢身为玉宸宫执事，此刻离去，只恐……

刘　妃　嗯？！

（唱）哀家奉旨进宫来，一切由我作安排！

秦　凤　这………

（唱）为什么此刻命我出宫？——
对！乘机去请万岁爷。

刘　妃　还不快去！

秦　凤　是！（急下）

刘　妃　（对两宫女）你等将这补品去厨下烧火煎汤，以备李娘娘产后服用。（对另二宫女）你等去宫门守候，不许闲什人等进来！

〔四宫女应声（接“补品”）分头下。

刘　妃　你们快随哀家进去，小心侍候，不得有误！

〔刘下，寇、婆随下。

〔内声：“姐姐，你好吗？不要害怕，小妹特地前来侍奉姐姐！”“多谢贤妹了！”……

郭　槐　（慌上）刘娘娘！刘娘娘！（刘上）不好了！万岁进宫来了！

刘　妃　啊！这便如何是好？

郭　槐　没法挡驾！

刘　妃　（计上心来）嗯！速去奏明皇上，就说李妃即刻分娩，血光要冲犯圣驾，请皇上等候片刻，快去！

〔郭槐应声急下。

〔刘妃不安地在踱步徘徊。时而向内窥望。突传婴儿啼哭声。接生婆慌上。

刘　妃　（急问）是男是女？

生　婆　娘娘，果然是个男孩！

刘　妃　禁声！（四顾。急下）

〔接生婆退下。

〔少顷。寇珠手捧内盛婴儿的妆盒。颤抖地上。

〔伴唱：寇珠手捧妆盒重千斤。

要命她抛弃婴儿……步难行。

刘　妃　（上）寇珠！快。照计而行！

〔逼迫寇珠。寇点头。但身未动……

刘　妃　还不快去！

〔寇珠无奈，正欲出宫——

〔内声：“万岁驾到！”

〔刘妃大惊。真宗急上。与寇照面……

〔刘妃以身挡寇。拂袖催寇离去。

〔寇珠欲告不能。从刘身后出宫。并取针在盒上戳了三针。下场。

真　宗　李爱卿生下了吧？（欲进内宫）

刘　妃　（冷冷地）生下了。

真　宗　（急问）是龙是凤？

刘　妃　可惜非龙非凤！

真　宗　那是什么？

刘　妃　谁知道呀？……像是一个“怪胎”！

真　宗　（惊骇。难信）你说什么？

刘　妃　（哭）是个怪胎！

真　宗　怪胎？……（疑惑）

〔刘妃示意。接生婆端出“剥皮狸猫”呈上。

〔真宗大惊失色。以袖掩面……

刘　妃　万岁！

〔秦凤暗上，惊疑地匆匆进内下。

〔郭槐急拉接生婆下。

真　宗　（唱）一见怪胎魂魄惊。
满怀希望成泡影！
难道说天降妖魔传凶兆，
难道说赵家一脉要断根？

刘　妃　万岁！
（唱）姐姐产下小妖孽。
皇家传统丢干净！
天下耻笑事犹小。
怕只怕——

真　宗　怎么样？

刘　妃　（接唱）妖魔乱世江山倾！

真　宗　（顿足）是呀！
（唱）爱妃一言来提醒。
朕险些做了糊涂人。
今日不把妖妃除。
大宋江山保不成！
内侍快把妖妃宣——

内　侍　（外上）万岁有旨。李妃见驾！

〔秦凤扶惊疑、衰弱的李妃上。

〔小宫女关切地上。

李　妃　臣妾拜见万岁！

真　宗　贱人！

（接唱）你竟然无德无能产妖精！

有何颜面活世上？——

李　妃　（欲辩）万岁！我……

真　宗　来！

（接唱）将这贱人处极刑！

〔郭槐暗上。

秦　凤　万岁！

（唱）秦凤冒死奏当朝，

娘娘是贤德忠厚人称道。

晨昏侍奉不辞劳，

素怀忠心把皇恩报。

求万岁大开龙恩饶恕她——

众　宫　（跪）万岁开恩，饶恕娘娘吧！

真　宗　这……

刘　妃　万岁！

（唱）臣妾斗胆也把她保，

姐姐罪重虽该死。

念她为人尚厚道，

与我情同手足样。

望求万岁将她饶。

秦　等　万岁！饶了李娘娘吧！

刘　妃　总要万岁开恩！

真　宗　好好好。依卿所奏。来。将这贱人打入冷宫！

李　妃　万岁！万岁！（悲痛欲绝）

〔秦凤扶李妃下。内侍随后。从宫女掩面哭泣。

刘　妃　万岁息怒。保重龙体要紧。

真　宗　爱妃。贱人死何足惜。你何苦要保她？

刘　妃　万——岁！

真　宗　（赞叹）嗨！朕今日方才明白。爱妃是个大贤大德的娘娘啊！爱妃听封！

刘　妃　（暗喜忙跪）万岁！

真　宗　朕封你为昭阳正宫！

刘　妃　谢主隆恩！陛下万岁！万万岁！

真　宗　请起！（忙扶、刘依）

郭　槐　叩见皇后娘娘千岁！

众　宫　叩见皇后娘娘千岁！

刘　妃　（十分得意）平身！

〔切光。

第三场　搜盒

〔翌日清晨。曙光朦胧。

〔御园一角。九曲桥畔。背景壮观。内苑幽深。左侧有个大半个桥身。桥前有铜牛、石凳、柳树等；桥下激流声响。——

〔幕启。

寇　珠　（内唱）寇承御捧妆盒魂消魄飞！（疾步上桥）

（上唱）跨上了九曲桥肠断心碎！

太子你刚出世就遭危难。

顷刻间无情水呀送你西归！

〔欲抛盒。儿啼哭。不忍——

刘娘娘！你，你好狠心啊！

（接唱）你只顾，争权贵。

施毒计，将人害。

狸猫换出小太子。

斩草除根抛河内！

太子啊。谁叫你投生帝王家。

一出娘胎便有“罪”。

我有心，将你救。

娘娘命，怎能违？

我若是，将你害。

心难安，理太亏。

寇珠呀，事到临头怎安排——？

〔陈琳内声：“走啊！”

寇　珠　那边有人来了！（急步欲躲。扑跌——）

（接唱）你受惊切莫啼哭要忍耐。（躲过一旁）

陈　琳　（上唱）陈琳奉旨祝寿辰，

南清宫去送果品。

传闻内宫产妖孽，

流言蜚语实难信。

（下桥。发现有人）是哪宫宫人，与我出来。

寇　珠　原来是陈公公。奴婢这厢有礼了。

陈　琳　寇宫人，你一人在此作甚？

寇　珠　我。我是来玩耍的。

陈　琳　寇珠切莫贪玩。免受娘娘责打。（下）

寇　珠　是啊！人人都说陈公公是个忠厚仁慈之人。今日大难临头，何不求救于他？对！公公请转！

陈　琳　（复上）何事？

寇　珠　这……公公，你当真去南清宫送寿礼么？

陈　琳　谁来骗你！……看你神色慌张，莫非有什么心事？

寇　珠　没，没有什么心事。

陈　琳　你不肯说，那我走了！（下）

寇　珠　啊呀寇珠呀寇珠！事急燃眉，还要迟疑，此时不讲，更待何时？陈公公请转！

陈　琳　（复上）咳！你几次唤我回来，到底为了何事？

寇　珠　公公……

陈　琳　咱家皇命在身，有话快讲！

寇　珠　我……

陈　琳　寇珠，你不要看错人哪！

寇　珠　公公，救命呀！（跪）

陈　琳　（扶）天大事儿，公公与你做主。快快讲来！

寇　珠　公公呀。可怜李娘娘生下一子，反遭陷害。如今太子命在旦夕！

陈　琳　此话从何说起？

寇　珠　只因刘娘娘争夺正宫，与郭槐设下毒计，用狸猫换出太子，命奴婢前来抛入这御河之中！

陈　琳　（大惊）啊——！太子在哪里？在哪里？

寇　珠　（取盒。开盒）太子在这里！公公请看！

陈　琳　（跪步上前）太。太。太子啊！

（唱）见太子眉清目秀惹人爱。

小生命酣睡盒中不知命垂危。

太子你犯什么罪？

出娘胎便遭灾。

人间公理今何在——？

寇　珠　公公。快救太子呀！

陈　琳　你。你真有此心？

寇　珠　为救太子，万死不辞！

陈　琳　好！

（唱）快随我带了太子去见万岁。

寇　珠　谢公公！

陈　琳　快走吧！

〔两人急走。陈琳突停。

寇　珠　公公。为何不走了？

陈　琳　这……（退）

寇　珠　难道你变卦了？

陈　琳　寇珠啊！想刘妃新立正宫，权压当朝。郭槐凶残多疑，耳目众多。若是一时见不到万岁，坏了大事。这，小太子他！你。我。三条性命，岂非一齐断送么！？

寇　珠　这个——！公公啊！寇珠死不足惜。总要救救小太子才好。

陈　琳　唉！想你进宫不久。利害不知。咱家伴驾多年。看尽这深宫罪恶！满朝文武。人人自危。你我乃小小内侍。如何管得？实在是飞蛾扑火，白白送死啊！

寇　珠　如此说来。你是不想救太子了？

陈　琳　我……唉！

寇　珠　陈琳！

（唱）你枉为堂堂内侍臣，

身围玉带腰不挺。

前怕狼，后怕虎，

只怕引火烧自身。

太子无辜遭不幸，
你见死不救心何忍？！（哭）
原以为忠良会救皇家后。
又谁知满腔热望化成冰。
太子啊宫禁森森难容你。（浪声）
恶水滚滚在催命！
也罢！我生不能救你愿同死。
愿与你同葬鱼腹、化作冤魂、腾出深宫地狱门！

〔寇珠抱盒上桥。陈琳急拉：“寇珠！”

寇　珠　你不救太子，拉我作甚？（挣扎投河）

陈　琳　（复拉）寇宫人！

〔寇抱盒痛哭：“太子……”！

陈　琳　（唱）风卷柳舞碧波腾。
不由人思绪万千乱纷纷！
寇珠她宁为玉碎志不屈。
愿与太子共死生。
陈琳我纵然心如铁石硬。
又何忍眼睁睁断送两条命！
她小宫人有胆有识有骨气。
我总监臣顾前顾后顾自身。
恨奸贼争权夺宠施毒计。
谋取昭阳乱宫廷。
看深宫罪恶重重暗无天。
叹皇上软弱昏庸少英明。
想陈琳两代忠良保大宋。
受君禄理当尽责酬皇恩。
我怎能社稷安危全不顾？
我怎能面对淫威怕抗争？
我怎能见死不救皇太子？
我怎能做一个千夫所指的有罪人？
九曲桥啊你为证。
九天明月鉴我心。

寇宫人！为保大宋千秋业。

陈琳我拼一死要救太子出宫门！

寇　珠　（破涕为笑）谢公公。谢公公！公公不知如何搭救？

陈　琳　这……。有了！寇珠。快把妆盒调换。

寇　珠　换了妆盒。只恐被人识破。不如将婴儿放在公公盒中。

陈　琳　妆盒密不透风。怕要闷坏太子。

寇　珠　可打几个孔儿通风。（取针戳了三孔）公公。快将果品倒掉。

陈　琳　果品不用倒掉。盒中自有机关。

寇　珠　如此甚好。照计而行。

〔陈琳以身遮寇。四面望风。

陈　琳　（念）叫寇珠快把婴儿放在果品妆盒中。

我陈琳出生入死要将太子救出宫！救出宫！

寇　珠　公公。不知将太子送往何处？

陈　琳　送往南清宫请八贤王抚养。日后太子长大。可为李娘娘报仇！

寇　珠　好主意！……公公，若有人要搜查妆盒呢？

陈　琳　寇珠你看！（出示“皇封”）咱家带有万岁御笔皇封。无人敢开！

寇　珠　（抚掌）好哇！如此公公请——

〔陈与寇走了几步——

〔郭槐内声：“前面何人？”

寇　珠　那边有人来了。公公快走！（关切地下）

〔陈琳欲走。郭槐出现在桥上。

郭　槐　陈公公。请慢走！

陈　琳　噢！原来是郭槐公公。

郭　槐　请问：刚才是你一人在此？

陈　琳　一人在此。

郭　槐　可曾见到寇珠？

陈　琳　未见寇珠。

郭　槐　你！……你手捧妆盒。意欲何往？

陈　琳　奉旨往南清宫与八贤王祝寿。

郭　槐　妆盒中盛有何物？

陈　琳　时鲜果品。（欲走）

郭　槐　慢！目下昭阳宫珠宝失窃。请你打开妆盒。看看可有夹带？

陈　琳　不看也罢。

郭　槐　刘皇后懿旨！

陈　琳　万岁爷皇封！（示盒）

〔郭槐惊退。陈琳冷笑。欲下。

郭　槐　慢！见过皇后。方可出宫！

陈　琳　皇命在身。少陪了！（坦然地下）

〔内声："摆驾！"

郭　槐　（观、喜）正宫娘娘来了！皇后有旨，陈琳见驾！（追下）

〔众宫女引刘妃上桥——

刘　妃　（唱）春风得意牡丹开，

冠领群芳脱尘埃。

妙计巧夺正宫位，

还须除根灭祸胎！

为什么下手之人还未归？

哀家我察看动静出宫来！

〔郭槐陈琳回上。

陈　琳　陈琳拜见正宫娘娘！

刘　妃　平身！

陈　琳　谢娘娘！

刘　妃　陈公公。你哪里去？

陈　琳　奉旨去为八贤王祝寿。

刘　妃　一路上可曾见到寇珠？

陈　琳　未见寇珠！

刘　妃　盒中何物？

陈　琳　时鲜果品。

刘　妃　可有夹带？

陈　琳　并无夹带。

刘　妃　你且去吧！

陈　琳　喳！（急下）

郭　槐　娘娘！适才奴婢传旨查看妆盒。他竟抗旨不肯开盒。根本不把你正宫娘娘放在眼里！

刘　妃　再宣陈琳！

郭　槐　娘娘有旨。陈琳二次见驾！

陈　琳　（复上）陈琳二次见驾。娘娘千岁！

刘　妃　你一路之上可见寇珠？

陈　琳　未见寇珠。

刘　妃　盒中何物？

陈　琳　时鲜果品。

刘　妃　可有夹带？

陈　琳　并无夹带。

刘　妃　当真？

陈　琳　当真。

刘　妃　果然？

陈　琳　果然。

刘　妃　去吧！（欲擒故纵）

陈　琳　喳！（踢袍。窥察。急下）

郭　槐　娘娘！他匆匆而去，莫非其中有诈？

刘　妃　再宣陈琳！

郭　槐　喳！——呔！皇后有旨。陈琳三次见驾！

陈　琳　（内应）臣！领——旨！（惊慌“抖冠”上）

（唱）皇后三次宣陈琳。

紧抱妆盒魂魄惊！

暗求太子莫出声。

半空中悬着三条命！

陈琳一死何足惜。

怕只怕太子难救冤难伸！

懿旨好比催命符——

郭　槐　陈琳速速见驾！

〔陈琳惊退、定神——

陈　琳　（唱）生死关头须镇静。

陈琳三次见驾。愿皇后娘娘千岁！千岁！千千岁！（跪）

刘　妃　陈琳（和颜地）

（唱）我看你去时好比鸟出林。

回来却似蜗牛行。

莫非随身有夹带？
心怀鬼胎想蒙混？
且将妆盒放在地。
我问一言你答一声。

陈　琳　喳！……（小心轻放盒）

刘　妃　何故轻放？

陈　琳　怕损坏了御笔皇封。

刘　妃　噢！既有御笔皇封。盒中定是贵重之物。哀家倒要见识见识。

陈　琳　娘娘。奴婢已经回话。妆盒里不过是一些时鲜果品。

刘　妃　什么果品？

郭　槐　莫非是……“李子”？

陈　琳　李子？嘿嘿！

（唱）陈琳奉旨祝寿辰。
李子怎能当礼品？

刘　妃　该是……石榴？（“贼溜”意）

陈　琳　（唱）石榴（“贼刘”之意）开花没结果。

刘　妃　想必是——蟠桃？（“伴逃”之意）

陈　琳　对！

（唱）蟠桃上寿最相称！

刘　妃　是蟠桃？

陈　琳　是蟠桃！

郭　槐　不是李子？

陈　琳　不是李子。

刘　妃　嘿！哪里信得。打开妆盒。看个明白！

陈　琳　娘娘。没有圣旨。难以开得。

刘　妃　却是为何？

陈　琳　上有御笔皇封。

刘　妃　（生气）你敢拿圣旨压我？

陈　琳　奴婢不敢。

刘　妃　那就揭去皇封。打开妆盒！

陈　琳　娘娘。不可啊！

（唱）一条皇封重千钧。

圣旨不到揭不成。

谁开皇封谁斩首。

皇法如天先帝定。

刘　妃　（勃怒）大胆！

（唱）你竟敢用先帝皇法压哀家。

违抗懿旨罪不轻。

今日定要揭皇封。——！

是李是桃看分明！

开盒！

陈　琳　（唱）刘妃她大发淫威逼陈琳。

我这里三条性命系一身。

怕只怕机关败露恨千古。

后继无人江山倾！

我定要步步为营解重围——！

陈　琳　娘娘！（飞跪）（“刘侧”灯光复原）要揭皇封同上金殿请圣命！

刘　妃　啊！真正气死我也！郭槐。快与哀家揭去皇封！

陈　琳　郭槐！你敢违抗先帝皇法。定斩不饶！

郭　槐　娘娘！奴婢不敢！

刘　妃　一切有哀家担待！

郭　槐　一切有娘娘担待？

刘　妃　唔！快揭皇封！

郭　槐　喳！

陈　琳　你敢！

〔郭槐与陈琳均欲取盒。郭拔剑逼陈。踢陈（陈“翻”跌地）。郭取妆盒。揭皇封。

刘　妃　（举皇封）开盒！

〔郭应声。正欲开盒——

陈　琳　（破釜沉舟）慢！皇封既已揭去。我打开你们看！

〔陈琳从容开盒。刘、郭上前观看——

郭　槐　蟠桃？！

刘　妃　蟠桃——？（逼视陈琳）

陈　琳　（自若地）嘿嘿！（上前取盒）

刘　妃　且慢！（细观妆盒。取一桃。逼问陈琳）这蟠桃下面可有夹带?

陈　琳　（暗惊）蟠桃下面。何来夹带！?

刘　妃　噢——? 郭槐。翻开看看！

郭　槐　娘娘高见！

〔郭蟠桃。陈惊慌。千钧一发之际——

寇　珠　（从容走上桥来）娘娘。你在这里呀！奴婢特来复旨。

刘　妃　（迎上）事情可曾办妥?

寇　珠　（轻松地）已经办妥。将那“李”——

刘　妃　（急阻）李什么?

寇　珠　娘娘不喜欢吃的“李子”，倒掉了！

刘　妃　倒在哪里?

寇　珠　御河之中。

刘　妃　此话当真?

寇　珠　岂敢有假。

刘　妃　有何为证?

寇　珠　（示盒）空盒为证。

〔刘妃回顾郭槐。郭将桃放回盒中。刘放心了。

刘　妃　好！哀家自有重赏。

寇　珠　谢娘娘。

郭　槐　（近刘）娘娘。皇封之事，非同小可……

刘　妃　陈琳，既无夹带，也就算了。皇封之事，哀家自会禀明皇上。

陈　琳　（接过皇封）是！

寇　珠　娘娘，昨夜未睡，请回宫安歇吧！

刘　妃　唔！保驾回宫！

〔四宫女、郭槐先下。寇珠扶娘娘下。寇下场前。暗示陈琳：“娘娘走好！”

〔陈琳从惶恐中猛省过来。膝步跪前：“送娘娘！送娘娘！”

〔继之。急欲取盒。感到不妥。忙上桥看刘妃等出园而去。转身箭步上前。一个踉跄。从桥上翻下。近盒开“桃”。婴儿哭声惊人。急忙盖“桃”。四顾“抖冠”。盖盒……

陈　琳　太子，你，你，你好险啊！（拭汗。取盒）太子，随我出宫去吧！

〔得意、潇洒地下。

〔灯暗。

第四场　立储

〔十二年后，又逢元宵节日。

〔太极殿一角、设桌椅、挂灯等。

（合唱）叹皇家大喜事变成巨灾，
刘娘娘虽得子（却）夭亡西归。
昏庸君愁无嗣一十二载，
今又逢元宵节空对金杯！

〔幕启：真宗独饮酒，长叹息。内侍侍立。

真　宗　娘娘到哪里去了？

内　侍　禀皇上，今日元宵佳节，娘娘到御花园看花灯去了。

真　宗　朕龙体不适，她倒有此雅兴！去唤娘娘回来！

〔内侍应声下。

真　宗　（唱）想当年两妃怀孕伴驾前，
实指做大宋基业有人传。
不料想李妃产妖惊宫廷，
刘后她得子夭亡又断香烟。
到如今年过不惑无后嗣，
先皇啊天降紫微待何年？

〔真宗连饮咳嗽。

〔陈琳上，见之停步——

陈　琳　（唱）见万岁愁肠百结神黯然，
后继无人常哀怨。
陈琳我邀来八贤王，
报国报恩看今天。

（进殿）启禀皇上，八贤王驾到！

真　宗　（喜出望外）御弟来了，快快有请！

陈　琳　皇上有请八千岁！

贤　王　（上）兄皇，今日元宵，特来伴驾！

真　宗　御弟平身，赐坐！唉，御弟啊！

（唱）想朕求子已半生，

几番欢喜成泡影。

家邦若无真龙种，

六十年江山化烟尘！（咳嗽）

贤　王　兄皇，你要保重龙体啊！

（唱）劝兄皇莫要太悲愁，

弟有一事奏当今：

臣弟有个三儿郎，

十二少年正聪敏，

弟有心——

真　宗　你我手足情深，有话尽管讲来。

贤　王　（唱）弟有心过继膝下承基业。

未知兄皇可称心？

真　宗　好哇！

（唱）赵家骨肉延宋后。

快传殿下面见朕。

陈　琳　（喜）遵旨！（下）

真　宗　御弟。十二年来，朕为何从未听你说起有个三殿下呀？

贤　王　这……兄皇忙于国事，哪里顾得上小弟的家事！

〔陈琳引赵桢上。

贤　王　儿呀。快来叩见皇伯！

赵　桢　儿臣赵桢叩见皇伯！（跪）

真　宗　皇侄。快快起来！

赵　桢　谢皇伯！

真　宗　（细看）呀！眉清目秀，仪表堂堂！（对贤王）三殿下生得真像寡人啊！

贤　王　同是先皇一脉，自然相像。

陈　琳　（旁白）亲生儿子。怎会不像？

真　宗　（转忧为喜）哈哈哈！御弟。朕有心把皇侄继承过来。……可是。又恐刘氏她……

贤　王　兄皇既然中意。就该当机立断！

真　宗　对！皇侄听封：朕封你为宋阙太子！

赵　桢　儿臣拜见父皇万岁！万万岁！

真　宗　哈哈哈！皇儿。过来坐下。

内　侍　（上报）禀皇上，娘娘来了。

真　宗　来得正好！（坐）

〔刘妃匆匆而来。后随郭槐、寇珠。

刘　妃　万岁，唤我何事？

真　宗　梓童。今有御弟的三儿郎。朕已封为东宫太子了。

刘　妃　（大出意外）啊！……万岁！此事非同小可。你怎么……

真　宗　你要体谅朕的苦衷啊！

贤　王　皇嫂。大宋不能无后。望以国事为重。

真　宗　是呀！事关宋室基业。你就认下了吧！

刘　妃　这……

真　宗　皇儿。还不快来拜见母后。

赵　桢　是。儿臣拜见母后千岁！

刘　妃　平……平身！

〔两人照面……

刘　妃　呀！

（唱）见太子似曾相识为何因？……

贤　王　（唱）可笑她机关算尽太聪敏。

刘　妃　（唱）他取代皇儿我心伤。

寇　珠　（唱）你十二年来枉费心！

刘　妃　唉！

（唱）不是亲生总不亲。

　　　假作真情换真心。

皇儿啊。看你生得龙眉凤目。两耳垂肩。真乃一副帝皇之相也！

赵　桢　母后过奖了。

刘　妃　皇儿。哀家一见到你。就从心底里喜欢。从今往后。哀家待你比亲生儿子还要亲！

赵　桢　多谢母后！

贤　王　儿啊。母后一语重千斤。恩情似海深。真胜过你那亲生母亲了哇！……啊？哈哈哈！

刘　妃　嘿嘿！

真　宗　陈琳。命你伴领太子。插花游宫去吧！

陈　琳　遵旨！

赵　桢　父皇！母后！儿臣去了。

真　宗　去吧。去吧！哈哈哈！

〔陈琳领赵桢下。

〔同时。刘、郭对视。疑惑的目光。

贤　王　臣弟辞驾。

真　宗　慢！御弟一来，朕的病都好多了。朕要与你同饮几杯，畅谈一番。来，鼓乐齐鸣酒宴摆上！

太　监　领旨！鼓乐齐鸣，酒宴摆上！

〔鼓乐声起，小宫女端酒菜上。

郭　槐　娘娘，奴婢细看殿下……

刘　妃　郭槐，命你暗中查访，若有蛛丝马迹，速来报知。

郭　槐　喳！

〔灯暗。

第五场　宫会

〔当天黄昏。夕阳如血。

〔碧云宫。一缕阳光穿窗而入。窗外可见红墙枯李。院中设有寝榻茶几、春凳。

〔幕启：李妃抚“黄绫帕”。依窗愁思——

李　妃　（念）春风得意恩千重。

梅花吐蕊一点红。

天降紫微接宋后，

册封昭阳掌正宫。

〔李妃不觉潸然泪落。

秦　凤　（端茶上）李娘娘。你又在伤心落泪了？

李　妃　十二年了。今天又是元宵节了！……

秦　凤　娘娘。一杯清茶权当元宵美酒。请喝吧！

〔李妃呆然端杯。

〔秦凤欲慰无言。叹息地下。

李　妃　（唱）一杯苦水代琼浆，
半生荣宠梦一场。
冷宫深深冤沉沉，
元宵寂寂愁长长！
十二年前今日时，
与妹伴君把月赏。
霎时腹痛要分娩，
不为皇后为家邦。
深夜折腾无人问，
幸有贤妹在身旁。
临盆隐闻婴儿哭，
为什么责我产妖犯皇上？
又蒙贤妹来保奏，
才免一死锁囚房。
十二年不知我儿生和死，
此情绵绵愁断肠。
十二年不明不白受冤屈，
何日里拨开迷雾见阳光？！
我那苦命的儿啊！（哭）

秦　凤　（闻哭声上）娘娘，你要保重凤体呀！
（唱）娘娘苦楚奴全知，
哀怨虽大心莫死。
苦泪难洗冤和辱，
冷瓦压顶总有时。
大仇未报儿未见，
望娘娘熬雪凌霜待春至。

李　妃　我的好妹妹！

秦　凤　娘娘。进去歇歇吧！

〔秦凤扶李妃进内。下。

〔赵桢兴高采烈地上。

赵　桢　（唱）赵桢我三宫六院皆游罢，
　　到处是画栋雕梁金碧瓦，
　　不愧人间帝王家。

咦！这宫院冷落萧条好奇怪？待我进去看看！

〔赵桢进冷宫。

秦　凤　（出）你是谁？怎么闯到这里来了？

赵　桢　我？我就是八贤王的三殿下。如今已册封为宋阙太子了。

秦　凤　娘娘！（李妃出）这位就是皇上新封的太子！

李　妃　好哇。大宋洪福。江山不该绝后。

秦　凤　（小声）娘娘你看。小太子的相貌。真像娘娘啊！好似一个模子里印出来的！

李　妃　是吗？（端详颔首，爱言顿生）

〔赵桢被看得不好意思。又感奇怪……

〔陈琳寻太子至冷宫门外。"人到哪里去了呢？"……

秦　凤　（出）陈公公！

陈　琳　秦凤，可见到小殿下？

秦　凤　他在里面呢！

陈　琳　殿下为何进冷宫来了？倘若传了出去，皇上知道如何了得？

秦　凤　待奴婢去看看动静。

陈　琳　好！

〔秦凤下。陈琳进冷宫。

陈　琳　奴婢陈琳叩见娘娘。

李　妃　陈琳平身。

陈　琳　殿下。奴婢在那边等你。你怎么跑到这里来了？快随我回宫去吧！

赵　桢　慢。公公。这位娘娘。我可拜得？（因象而好感）

陈　琳　拜得。拜得！这是一位大贤大德的娘娘。你要称她"母后"多多拜上几拜！

赵　桢　噢！儿臣赵桢。拜见母后娘娘！（扑通跪地）

陈　琳　再拜！（赵拜）再拜！（赵又拜）多拜几拜！

赵　桢　愿母后千岁！千岁！千千岁！（磕头不止）

李　妃　小殿下请起！请起！（拉赵桢在身边）你今年几岁了？

赵　桢　一十二岁。

李　妃　一十二岁！……

（唱）一言勾起千重愁。

好似钢刀扎胸口。

看他眉清目秀多贤孝。

年纪也是十二秋。

眼前若是亲生子。

哀家何愁不出头。

赵　桢　母后。你怎么了？

李　妃　没。没有什么。

赵　桢　娘娘，你为何在此受苦呀？

李　妃　说来话长，十二年的今天，哀家生下一子，可是……唉！

赵　桢　噢！如此说来，和我同年，兄皇现在哪里？（李摇头不语）陈公公，你可知道我兄皇的下落？

陈　琳　我。我怎会知道。

赵　桢　娘娘，我兄皇到底在哪里呀？

李　妃　殿下，你有所不知，哀家临产之时听到婴儿啼哭之声，不知谁人谎奏一事，说我产下怪胎，万岁龙心大怒，把我打入冷宫中！

赵　桢　哼！皇家竟有此不平之事，是谁说谎奏皇上，害娘娘受苦的？

李　妃　冷箭伤人，怎能知晓。

赵　桢　陈公公，你知道吗？

陈　琳　唉！

赵　桢　我好恨也！

（唱）母后娘娘请放心，

此事儿臣来担承。

待来日定为娘娘报仇冤，

我还要帮你寻回小娇生。

李　妃　我的好殿下！

赵　桢　娘娘！

陈　琳　（唱）叹只叹母子相逢不相识，

要让她骨肉团聚慰愁情。

哎呀不可啊！

怕只怕走漏风声坏大事，

及早唤他回宫廷。

殿下，快随我回宫去吧！

赵　桢　不！

李　妃　唉！我好命苦啊！……（哭）

陈　琳　（唱）劝娘娘。莫悲伤，

保重凤体放宽心。

常言道吉人自有天相助，

娘娘你出头有日冤能伸！

赵　桢　是呀！母后一定会有出头之日的。

李　妃　（摇头无奈地笑）只怕要到来世了。

陈　琳　娘娘！请为那——

（唱）窗外有株“李子”树，

原本生长在“玉宸”。

十二年前遭蹂躏，

好心人抢救到此重植根。

莫看枯木无花果，

内蕴生机育青春。

待到春华秋实时，

根深叶茂“李子”盈！

李　妃　呀！……

（唱）他说道“李子”生长在玉宸，

十二年前遭蹂躏。

又说道莫看枯木无花果，

待等到春华秋实“李子“盈。

难道说殿下并非贤王子？

他是我十二年来朝思暮想的骨肉亲？

〔十分激动。热泪盈眶。

〔此时。窗后出现郭槐。陈琳见之大惊。秦凤也发现。忙进宫来。

秦　凤　殿下，你怎么跑到这里来了？请快出宫吧！

陈　琳　殿下，快随我回宫去吧！

赵　桢　不。我要睡在这里。陪伴娘娘。

陈　琳　殿下不可啊！万岁在等你回宫过元宵呢！

李　妃　殿下。还是快回去吧！

赵　桢　是。儿臣拜别！

陈　琳　娘娘保重！（跪辞）

赵　桢　明天我再来探望娘娘！（陈拉桢下）

李　妃　殿——下！（秦凤忙扶）

〔相互迎上。紧抱。

〔郭槐在窗外狞笑。

〔灯暗。

第六场　拷寇

〔翌日深夜。昭阳宫。平台上设有凤榻、凤椅；平台下有大烛台。大纱窗。窗外可见冷宫。

〔幕启：宫内阴暗无光。窗外火光映天。刘妃背身（剪影）。立窗前凝视……

刘　妃　（唱）黑夜沉沉，烈焰熊熊，
管叫妖妃，葬身冷宫。（转过身影）
非是我昭阳正宫心凶狠，
争权夺宠决雌雄。
都只为昨日一见新太子，
顿使我满腹疑窦忧心忡忡。
为什么太子容貌像李妃？
为什么年龄和那孽种同？
为什么从未听说有三殿下？
为什么游宫却进冷宫中？
怕只怕太子本是妖妃后，
寇承御当年抗旨留孽种！
因此要查根究底除隐患，
今夜晚火烧冷宫把妙计用。

〔郭槐带寇珠上。

寇　珠　奴婢寇珠，叩见娘娘千岁！

刘　妃　（扶）平身！姑娘。十几年来，哀家待你如何？

寇　珠　娘娘待我恩重如山。

刘　妃　好！就该知恩报恩。把当年九曲桥畔之事，从实讲来，自有你的好处。

寇　珠　是。

（唱）娘娘重提当年事，
容将实情来禀知。
想那年我奉命暗调包，
狸猫换出小太子。
将婴儿抛入御河内，
九曲桥下早淹死。
从此我守口如瓶十二年，
滴水不漏无人知。

刘　妃　噢？果真如此？

寇　珠　句句实话！

刘　妃　哼！（指窗外）你看——！

寇　珠　（猛惊）啊！冷宫起火了！李娘娘她……

刘　妃　嘿嘿！聪敏莫被聪敏误，还是从实讲了吧！

寇　珠　娘娘！寇珠已和盘托出，还讲什么呀！

刘　妃　（逼视）我问你：当年你与陈琳，是怎样串通一起，瞒骗哀家的？

寇　珠　哎呀！此话从何说起呀！

刘　妃　哼！不动刑罚，谅你不招。郭槐，将贱人绑下了！

郭　槐　喳！来人！

寇　珠　娘娘！

〔两内侍上。绑住寇珠。

刘　妃　你招是不招？

寇　珠　娘娘。奴婢冤枉啊！

刘　妃　拖下去狠狠地打！

〔寇珠被拖下时喊“冤枉啊”……郭槐随下。

〔内皮鞭声。惨叫声！……突然停止。

刘　妃　郭槐，为何不打了？

郭　槐　（上）娘娘，打死贱人，断了口供，难以追根。不如把陈琳宣进宫来，与她当面对质。

刘　妃　好主意！宣陈琳！

郭　槐　喳！传话下去，皇后有旨，陈琳进宫！

〔内声："陈琳进宫！陈琳进宫！"

陈　琳　（内唱）三更天声声传凶多吉少！

（上唱）恨刘妃焚冷宫夜举黑刀！

满怀悲愤进昭阳——（提腿跨门）

〔寇珠内呼"哎唷！冤枉啊！"……陈琳惊退——

陈　琳　（接唱）惊闻寇珠悲惨号，

莫非是当年事发在今朝？

见机行事莫折腰。

（内进）奴婢陈琳见驾，娘娘千岁！

刘　妃　平身！

陈　琳　谢娘娘！深夜宣奴婢进宫，不知为了何事？

刘　妃　陈公公，十二年前。哀家命寇珠办一件大事，她竟没有办好，听说，这件大事，你也知道？

陈　琳　什么大事呀？……奴婢想不起来了。

刘　妃　噢？真的记不起来了？

陈　琳　（摇首）年长日久，实在忘怀了。

郭　槐　可是，寇珠都讲过了。

陈　琳　她讲什么？

郭　槐　你不要装糊涂了。

刘　妃　你若不讲，休怪哀家翻脸无情。

郭　槐　娘娘要你死，你就活不成。

陈　琳　郭槐，你敢把我怎样？咱家有先帝"免死金牌"（示）

郭　槐　这——！（主仆一时无策——鼓打四更。）

陈　琳　娘娘，夜深了！容奴婢回宫慢慢想来。若能想起，即来禀告，辞驾！（欲走）

刘　妃　慢！想不起来也就算了，何必急着要走呢？

陈　琳　娘娘，还有何事？

刘　妃　你说寇珠坏了我的大事，该不该打？

陈　琳　这……哎，该打。

刘　妃　好，就命你打！

郭　槐　（丢棒给陈）打！把寇珠带上来！

〔两内侍将衣破血淋的寇珠“托举”上，摔地，寇痛号。

陈　琳　（唱）见姑娘血肉模糊太凄惨，
　　　　我心头好似乱箭穿！
　　　　她为救太子遭苦难，
　　　　何人助我挽狂澜？……

刘　妃　陈琳快打！

陈　琳　娘娘啊！奴婢手无缚鸡之力，如何打得？

郭　槐　皇后懿旨，你敢违抗？

陈　琳　娘娘——

刘　妃　还不给我快打！

陈　琳　（无奈）遵旨:（脱袍、举棍、打寇、不忍）

寇　珠　（半昏中）你，你是何人？

陈　琳　咱家——陈琳！

寇　珠　啊！是你？……你也来打我了？

郭　槐　嘿嘿！陈琳，寇珠将你攀住了！

刘　妃　好哇！将他绑了！（两内侍绑陈琳——寇珠惊醒）

陈　琳　（急中生智）娘娘，这分明是她难熬剧刑，血口喷人！

郭　槐　嘿！她如何不来攀我？

陈　琳　你若打她，她也会攀你。

郭　槐　吠？寇珠，打！

寇　珠　郭槐！你也敢来打我？当年之事也有你！

郭　槐　（惊恐落棒）哎呀娘娘！

刘　妃　寇珠，休得胡乱攀人！

陈　琳　娘娘！

刘　妃　（无奈）将他放了。

陈　琳　寇珠啊，我是奉娘娘之命行事，难得娘娘还会冤屈你不成？！

寇　珠　（觉悟）陈琳你与娘娘串通害我，天理何在？天理何在呀？

刘　妃　陈琳，还不与我重重地打！

陈　琳　喷！（拾棒）

（唱）手举棍棒重千斤，
心如刀绞泪难忍，
面对亲人怎下手？……

刘　妃　陈琳——

陈　琳　（唱）被逼无奈狠狠心，
寇珠，你竟敢违抗娘娘命，
莫怪咱家棒无情！

刘　妃　你打得这么轻，莫非真的怕她攀你不成？

陈　琳　（唱）没奈何佯作重打再举棒——

刘　妃　（唱）你还须打一棒来问一声！

陈　琳　娘娘，问她什么？

陈　琳　是。寇珠。你当年和谁串通？盒中藏过何物？

寇　珠　此话从何说起？难道你曾看见？

陈　琳　我？我怎会看见？娘娘，你可曾看见？

刘　妃　嘿。哀家当然看见。就看她招是不招！

寇　珠　娘娘既已看见。何必还要问我。

刘　妃　好一张利嘴！陈琳。你与我重重地打！狠狠地打！打得她招认方休！

陈　琳　娘娘！

郭　槐　陈琳。你不敢重打？嘿！看来你们是串通的了！

寇　珠　胡说！陈琳。你只管重重地打好了。

陈　琳　这是要丧命的啊！

寇　珠　冤有头，债有主。寇珠决不怪你！

陈　琳　可是你……

刘　妃　陈琳。还不重重地打！

陈　琳　天哪！

郭　槐　天还一片漆黑，只有冷宫火光！

陈　琳　万岁啊！

郭　槐　万岁在太极殿养病，保不了你！

寇　珠　陈琳，你快打吧！

刘　妃　打！

陈　琳　也罢！（振作精神，“棒花”举棒）
（唱）三次举起无情棒，

血泪滚滚腹中淌。

狠狠心肠重重打——

〔陈琳“左右棍”，“连续棍”。等身段。

〔寇珠剧痛。走“飞抢背”。“剪刀花”。“地腰翻”等。

陈 琳 （接唱）一棒棒打在我心上（拖棒，掩面）

寇 珠 陈琳，你，你，你打得好，打得好！

（唱）打得寇珠铁了心，

打得贼子胆颤惊。

打断铁棍枉徒劳，

打死姑娘何足论。

人生在世谁无死，

留得清白好名声。

陈琳，你打死我吧！成全我吧！

〔寇珠痛昏过去。主仆失望、气慨——

〔陈琳悲痛欲绝。激动万分——

陈 琳 （唱）肝胆裂啊，心悲怆，

可怜她遍体鳞伤鲜血淌。

为保太子敢舍命，

看来她招与不招皆要亡。

恨不能代她一死将她保，

怕只怕真情败露太子难留三命丧！

我死也难，保也难，

为报仇我只得含悲忍痛活世上。

寇宫人！想你是个聪敏女，

生死关头要细思量。

娘娘她命你招供是为国事，

难道还会有冤枉？

你若不肯来招认，

无情棒下一命亡。

陈琳若是成全你，

我岂非坏了国事负昭阳。

〔主仆对视。颌首。

〔寇珠省悟："呀"

寇　珠　（唱）棒无情，人有情，
话中话，意深深。
他口口声声称国事，
好似明灯亮我心。
国事为重奴为轻，
伸明大义理该应。
我还是舍命身先死，
免得他为难苦折腾。
我还是灭口身先亡，
奸贼断线难除根。
只要保得忠良在，
碧落黄泉也欢欣！
陈琳！打死我不过一时痛，
你活着苦果要吃一生。
刘妃！奸贼！
（唱）任凭你拷打逼供施毒计，
斩草除根枉费心！
恨不得食你之肉剥你皮，
我死后化作厉鬼以血还血偿我命。

刘　妃　死贱人。与我往死里打！

寇　珠　（高呼）李娘娘。寇珠随你来了！

〔寇珠纵身上窗。被外面卫士猛推。翻下。三次撞柱——摇首。下腰。鹞翻、僵跌。身亡。

〔"五更"急鼓。

内　侍　（急上）娘娘——！娘娘！
碧云宫烧为灰烬。就是不见李妃尸骨！

刘　妃　（立）你说什么？

内　侍　冷宫已毁。找不到李妃尸骨。

刘　妃　（大为震惊）啊——！（飞坐，横摊凤椅）

郭　槐　（跌落平台。复上）娘娘，这……这便如何是好？

刘　妃　走！去看个究竟。

〔刘妃急下，郭槐，内侍随下。

陈　琳　（剧痛中猛省）寇珠。（飞跪，眎步上前）我的好宫人！英烈女啊。（磕头不已）……寇珠。你听见了吧？李娘娘没有死，太子他没有死，我陈琳也没有死。你的血不会白流。总有一天要偿还的。姑娘，你看，天快要亮了。

〔陈琳擦擦眼泪。抱起寇珠尸体——

〔一缕晨光。穿窗而入。照在陈琳脸上。

〔渐渐收光。

第七场　昭雪

〔又过了五年，真宗晏驾，太子赵桢继位。

（合唱）宫冤深岁月匆又过五年，
老皇故新君立星移斗转。
陈公公脱囚禁寻回李后，
八贤王做大寿非比等闲。

〔幕启：南清宫寿堂。红烛高烧“寿”字高悬。在笙歌管乐声中，八贤王迈步上，后随老总管。

贤　王　（唱）红烛交辉映华堂，
今年做寿非寻常。
贤后回京开新局，
君臣用智撒天网。
寿宴好比鸿门宴，
雄兵百万昀中藏！

〔内声：“郭槐到”！

贤　王　郭槐他果然来了，有请！

总　管　有请郭槐公公！

〔郭槐傲然而上，后随持妆盒的内侍。

郭　槐　三宫总监郭槐拜见八千岁！

贤　王　公公免礼。

郭　槐　咱家奉万岁之命，特来送上寿礼，请八千岁收下。

贤　王　老臣拜谢皇恩！

〔接盒，由总管置于案上。

郭　槐　老寿星，奴婢告辞了。

贤　王　咳！公公难得来宫，怎能不饮寿酒匆匆而返？

郭　槐　皇命在身，恕不奉陪。（拱手欲走）

贤　王　慢！就让老夫打开妆盒，你我同用寿桃，共享皇恩，再走不迟。

郭　槐　这如何使得？

贤　王　公公，难道你一点面子也不给老夫？

郭　槐　好！恭敬不如从命。

贤　王　哈哈哈！

〔贤王启封开盒，现出“石榴”——总管接过“皇封”。

贤　王　怎么？不是蟠桃，却是石榴？

郭　槐　（惊疑）石榴？……

总　管　启禀王爷，这皇封背面，还有“御笔题字”。

贤　王　御笔题字？（接封）请公公过目。

郭　槐　岂敢。

贤　王　你我一同观看，

（念）当年祝寿送“李子”，

今为父王献“石榴”，（“贼刘”之意）

剖皮取肉请受用，

颗颗粒粒全不留！

——儿皇御笔亲封。

贤　王　公公，你可解得其中含义么？

郭　槐　（疑惑不安）这……这有什么可解的，告辞！

贤　王　且慢！你不解得，老夫解得：“石榴，贼刘妃也！皇上题字，送贼上门，分明是命老夫除灭贼党，一个不留”！

郭　槐　你曲解圣意，该当何罪？（夺路欲走）

贤　王　郭槐！（一把抓住）只怕你有来无还，去不成了！来人！

〔四武士，陈琳暗上。

〔郭槐示意，内侍溜出，总管有意放行。

郭　槐　嘟！你敢曲解圣意，蓄意加害我钦差大臣！

贤　王　（举“皇封”）今日奉旨擒贼问罪，名正言顺，天理昭然！

郭　槐　哼！咱家乃三宫总监，世代大臣，你敢把我怎么样？

贤　王　郭槐！你犯上作乱，陷害万岁，屈害忠良，罪大恶极，还不从实招来！

郭　槐　你说咱家罪大恶极，有何见证？

陈　琳　郭槐！

（唱）陈琳本是见证人，
笔笔血债要算清！
贼郭槐你罪滔天，
欺君罔上乱宫廷。
偷天换日施毒针，
杀人灭口把冷宫焚。
活活逼死寇承御，
屡屡加害我陈琳。
若非新君登大宝，
咱家我坐穿牢底难翻身！

郭　槐　一派胡言！

贤　王　不动大刑，谅你不招，来！用刑！

〔四武士应声上前绑郭。

〔内声：“国太娘娘驾到！”

陈　琳　（对贤王）“大鱼”上钩来了。

贤　王　嗯，先将郭槐绑下去！

〔武士抬起郭槐，郭喊“国太救我！”被抬下。

〔同时，刘妃怒冲冲上，内侍宫女随上。

贤　王　国太请坐！（复坐中堂）（武士复上）

刘　妃　（见此更火）嘟！你竟敢私设公堂，扣押大臣，该当何罪？

贤　王　老夫奉旨查办奸贼，何罪之有？

刘　妃　圣旨何在？

贤　王　请看！

刘　妃　（读）当年祝寿送“李子”，今为父王献“石榴”……（暗惊）陈琳，我来问你，当年先皇命你为八千岁祝寿，不都是蟠桃寿礼吗？

陈　琳　正是。

刘　妃　可这里说，送的是“李子”，岂不荒唐！

陈　琳　这也难说，今年送的，不是“石榴”吗？

刘　妃　这……陈琳，难道你当年真的送过“李子”？

陈　琳　提起此事，说来话长。娘娘！（刘妃狐疑地坐下）

（唱）小小“李子”新果苗，

万物之中奇珍宝。

“李子”长在“玉宸树”，

多少年才生下这花果俏。

要靠它生生不息永繁衍，

要靠它传种接代根基牢。

谁料想世上有个狠心人，

却把珍果当野草，

竟要将“李子”来倒掉。

又把“玉宸树”放火烧！

自古生机灭不完，

可笑她机关算尽枉徒劳！

刘　妃　（强作镇静）你！你信口雌黄！

陈　琳　非我信口雌黄，如今，那个“李子”都知道了。

刘　妃　（惊坐）他？他？……

陈　琳　娘娘，你害怕了？

刘　妃　你，你胡说！

陈　琳　还有，那“玉宸树”也知道了。

刘　妃　哈哈哈！我说陈琳，你还想妖言惑众，诓骗哀家？

陈　琳　咱家岂敢。

刘　妃　我来问你：你说的什么“玉宸树”，难道世上还有吗？啊——你说呀，讲呀！哈哈哈……

陈　琳　娘娘，请莫笑得太早，请看这个！（示帕）

刘　妃　（接过）黄陵帕！

陈　琳　正是黄陵帕，请问：人若已死，何来此物？

刘　妃　人死物留，也未可知。

陈　琳　可是，人还活着！

刘　妃　（大惊大疑）人还活着？！……人在哪里？人在哪里……哼！真是活见鬼！（恨欲撕帕）

陈 琳 （胜券在握）哈哈哈！

贤 王 来！有请当今国太（刘误认，迎上）李娘娘！

陈 琳 喳！有请当今国太李娘娘！

〔内群声："李娘娘驾到！"……

〔声声为惊雷，刘惶恐，落帕。

李 妃 （内唱）一声请等了我十七年冤恨长！

〔李妃悲愤填膺，秦凤扶上，后随四宫女。

李 妃 刘国太，贤妹妹，十七年不见了，你还认得为姐我吗？啊——

刘 妃 （惶恐）你……

李 妃 （接唱）我就是你害不死，烧不死，眼哭瞎心明亮十七年活着的李娘娘！

刘 妃 哎呀！（大惊失色，瘫倒在地）

李 妃 （唱）千年铁树开了花，

两代冤仇终得偿！

你明侍奉暗"调包"

假保奏真夺昭阳。

佛面蛇心太险毒，

到头来恶贯满盈遗臭万年梦一场！

刘 妃 哎呀！那年姐姐分娩，小妹是奉旨进宫服侍姐姐的呀！说我"调包"，从何说起呀！

李 妃 哼！分娩之时，我明明听到婴儿啼哭之声！

秦 凤 姐妹们都听到的。

刘 妃 这……这是接生婆之事，与我何干？

秦 凤 接生婆是你带进宫里来的，分明是你阴谋策划的"调包"之计。

刘 妃 这……（语塞）

李 妃 若不调包，妹妹怎能一步登天，取代昭阳？

秦 凤 若不调包，我家娘娘怎会冤沉海底，哭瞎双眼？

陈 琳 若不调包，寇珠怎会受尽折磨，含恨而死？

贤 王 若不调包，先皇怎会空怀忧伤，遗憾终身？

陈 琳 若不调包，何来这十七年天大冤案？

李 妃 你说！

众 屋 你讲！

〔刘妃惶恐倒地。

贤　王　来！将郭槐绑上来！

〔两武士绑郭槐上。

郭　槐　李国太，奴婢是奉命行事，懿旨难违啊！望求念在两代老臣，饶我一条老命吧！

贤　王　万岁有旨，立斩郭槐！

刘　妃　郭爱卿！

郭　槐　刘娘娘！

〔两武士绑郭槐下。

〔内声："万岁驾到！"全场震撼，李妃顿坐。

〔赵桢匆匆上，内侍随后。

刘　妃　（急忙出堂，拉住赵桢）皇儿，他们正在陷害为娘，皇儿救我！

赵　桢　哼！谁是你的皇儿？朕没有你这个娘亲！

刘　妃　（绝坐）天——啊！（掩面哭下）

赵　桢　母亲！娘——！（飞跪）

〔全场皆跪。李妃不觉起立，呆若木鸡。

赵　桢　儿的亲、亲、亲生娘呀！（膝步上前拜倒）

李　妃　你、你、你是哀家的亲生儿子？

赵　桢　是呀！娘！

李　妃　你就是当年探坐冷宫的小殿下？

赵　桢　是呀！是呀！娘！

李　妃　（突喜）怎么？哀家的眼睛亮了？

赵　桢　（惊喜）噢？……娘你的眼睛是亮了！

李　妃　真是苍天有眼呀！（上前抚摸、细看赵桢）

（伴唱）天有眼，人开眼，

喜见亲生喜见天。

赵　桢　娘！

（唱）唤一声亲娘儿心碎，

十七年来第一回。

是喜是悲更是愧，

儿认贼作母太不该！

子享荣华娘受苦，

儿做皇帝母为乞丐。

不认娘亲十七年，
孩儿犯下忤逆罪！

李　妃　（唱）不怪我儿认娘迟，
只恨奸妃将人害！
害母子几番险丧命，
害骨肉分离十七载。
娘想儿哭瞎双眼生犹死，
儿离娘从小到大无母爱。
喜今日重见光明重见儿，
为娘我苦难一生也安慰。

〔母子紧偎，悲喜交集。

两　武　（上报）万岁！郭槐已斩首示众！

内　侍　（上报）启奏万岁，刘妃悬梁自尽，一命身亡！

赵　桢　母后！奸党已除，大仇已报！

李　妃　上苍有眼啊！我们母子能有今日，多亏这班忠臣义士，还有那坚贞不屈的寇宫人。我儿要以德报德，广施仁政，爱民为子，做一个贤明的吾皇！

赵　桢　儿皇谨记教诲。

陈　琳　寇珠，好姑娘，你看见了吗？你的血没有白流，国恨宫仇都已报了。

赵　桢　拿酒来！寇珠，英烈女！在天有灵啊！

〔赵桢对天敬酒。

赵　桢　众位爱卿！

众　臣　万岁！（跪）

赵　桢　（唱）春回大地百花香，
众位功臣听封赏：
三代忠良陈公公，
“亚父”尊称极位享；
寇珠追封英烈女，
丰碑建立九曲旁；
秦凤总监内宫院，
保驾母后永安康。
庆功三日摆御宴，
大宋江山万年长！

众　臣　万岁！万岁！万万岁！

（合唱）深宫星火灭毒焰，
沉冤昭雪喜见天。
一代忠良千秋义，
人间正气万古传！

〔幕徐徐落——剧终。

1990年

《古装轻喜剧》

红　丝　错

顾颂恩

人物表　张秋人——章家学馆教师，忠厚老实。

薛春林——官宦子弟，风流潇洒。

章榴月——章家大小姐，沉静娴淑。

章榴花——章家二小姐，活泼奔放。

章榴儿——章家小公子，直率可爱，有点口吃。

章金涛——章榴月父。

章　母——章榴月母。

张　母——张秋人母。

刘半仙——算命先生。

春　燕——章家丫鬟。

雁　儿——薛家书童。

家院、贺客、公差、衙役、市民若干。

第一场　算命

〔幕后合唱：

　　三月江南春来早，

　　水乡庙会好热闹。

〔在欢快的音乐声中幕启。

〔城隍庙前酒肆茶坊，人来客往。

〔章榴月、章榴花、章榴儿和春燕在人堆中挤上。

章榴花 哎，姐姐弟弟，你们快来呀！

（唱）看那边，红男绿女放春鹞，

章榴儿 姐姐！

（唱）听那边，敲锣打鼓响鞭炮！

章榴月 （唱）出笼鸟不觉春已晓，

喜看春风染红桃。

章榴花 （唱）我要去游城隍庙，（拉章榴儿向东）

章榴儿 （唱）我要去看打虎跳！（拉章榴花向西）

〔章榴儿欲溜下。

春　燕 啊呀公子！小姐！（急）

（唱）你们一个往东走，一个往西跑——

章榴月 妹妹呀！

（唱）我们私出家门总不好。

若被爹爹来知晓——

章榴花 怕什么！

（唱）有榴花，大胆前行来开道！（拉章榴儿欲下）

〔章金涛上，与章榴花迎面相撞。

章榴儿 阿爹！

章金涛 嗯！

章榴花 啊呀，说到曹操，曹操就到！

章榴月 爹爹！

章金涛 哼！你们不在书房读书，到此抛头露面，成何体统？

章榴花 爹爹，今日难得庙会，外面桃红柳绿，人山人海，我们终年关在乡楼之中，实在闷死了！憋死了！愁死了！烦死了！

章金涛 住口！为父特请张秋人先生学馆教书，你们不该心猿意马，更不该到此出乖露丑，有失体面，还不快快回家读书！

章榴花 爹爹……

章榴月 （拉住章榴花）妹妹，听从爹爹吩咐。

章榴花 哼！（无奈，偕章榴月等下）

〔刘半仙内声："算命来，算命来！"摇卦板上。

章金涛 啊！刘先生！

刘半仙 噢，是章家大老爷！好福气啊，两个千金，一个叫榴月，一个叫榴花，真叫如花似月！

章金涛 哈……，刘先生，老夫正为大女儿之事，在此恭候已久了！

刘半仙 章老爷，侬又要算命啦？

章金涛 哈……，先生啊！

（唱）有道女大不中留，

家有长女年十九。

择婿独怕命相克——

刘半仙 嗯嗯嗯！

章金涛 （接唱）还望你，半仙掐指定春秋。

刘半仙 （唱）可是那，学馆先生张秋人？

章金涛 哈……

（接唱）张先生，破落门第难成偶。

请他来，教读儿女度春秋，

本是我，怜惜寒士来收留。

选中的女婿薛春林，

家有良田走马楼！

刘半仙 （眼珠一转）噢！（旁白）原来是薛家薛公子，官宦人家！（对章金涛）勿晓得公子、小姐今年几岁？

章金涛 公子二十五，小女十九。

刘半仙 相差六岁。（脱口而出）六冲！

章金涛 （一惊）什么？

刘半仙 （转口）噢，六六顺通，六六顺通！嘿嘿，男大六，金子砌楼屋！勿错勿错，请问时辰八字。

章金涛 先生请看庚帖。（递庚帖）

刘半仙 噢，好极哉，好极哉！（接看）

（唱）子丑寅卯算仔细。

喔唷！薛公子，是官宦人家好子弟。

章金涛 哈……，对对对，其父在京为官！

刘半仙 （旁白）我老早晓得哉！

章金涛 先生不愧为刘半仙！

刘半仙 哎，过奖过奖！

（唱）掐指算，女命属兔男属鸡，
金童玉女配夫妻。
男为龙德星，女为月德星，
龙凤呈祥是天意！
到将来，福星高照百无禁忌，
儿孙满堂万事如意。

啊呀章老爷，我三十年算命，还呒没算过介好格命！恭喜恭喜。

章金涛 哈……，托先生金口，先谢先生十两纹银，到时候，再请先生吃喜酒。（递银）

刘半仙 （接银）多谢老爷。

〔章榴儿奔上，正好听见。

章榴儿 阿伯爹，我也要吃……吃喜酒！

章金涛 你懂什么！

刘半仙 小公子……（拉过章榴儿，说得眉飞色舞）

〔传来喜乐声。家院急上。

家　院 老爷，薛公子定亲来了！

章金涛 （惊喜）啊！

家　院 老爷，满船彩礼，已经吹吹打打进城来了！

刘半仙 啊呀老爷，这是福星降临，财运进门啊！

章金涛 哈……，立即回府，迎接——

刘半仙 福星，福星！

章金涛 迎接福星！

〔喜乐大作。

〔章金涛高兴得晕头转向地与刘半仙撞在一起。

〔灯暗。

第二场　定亲

〔章家花园一角。蓝天白云，柳绿桃红。

〔张秋人伏石桌书写。

张秋人 （唱）春风万缕梳柳烟，
雨过园新碧云天。
章府教读三长载，
相伴姐弟度华年。
榴儿直率心地好，
榴花活泼赛春燕。
更有榴月才情高，
堪比皎月挂天边。
秋月依依情绵绵，
怎奈门第差万千。
也只好，埋下一片痴情梦，
潜心教读育雏雁。

〔章榴花、章榴月执诗稿上。

章榴月
章榴花 张先生！

张秋人 啊，是二小姐、大小姐！

章榴花 张先生，你好兴致，独自到园中写起对子来了！先生叫我们写诗，我们都写好了，请先生教正。（递诗）

张秋人 待我看来！
（吟）"东风一夜春如绣，
雨露添花竞日游。"
二小姐就喜欢游玩。

章榴花 对。

张秋人 （接吟）"最喜风来千树动，
杏花着意吹满头。"
嗯，意境甚好。

章榴花 嘻嘻嘻！

张秋人 不过，小姐正值青春年华，岁月易逝，不可一味贪玩！

〔章榴花嘟起嘴。

章榴月 妹妹，先生言之有理。

章榴花 （故作气恼状）哼！你们俩呀，总是一搭一档，一和一唱。

章榴月 妹妹……

章榴花 好了，好了，还是看姐姐的大作，先生一定十分中意！

章榴月 妹妹不可失礼。张先生，此乃学生月夜偶尔得之，请先生指正。

〔张秋人接看诗稿。

〔幕后伴唱：

“小院地白树栖鸦，
露冷风寒绽窗花。
遥叩蟾宫问玉桂，
今宵明月照谁家？”

张秋人 啊，妙啊！

章榴花 （故意学样）“啊，妙啊！”我早就猜到了，姐姐写的诗自然是好啊好，妙啊妙……

张秋人 不，二小姐不要介意。大小姐的诗作，含而不露，比兴得当，意远情长，堪称佳品。

章榴月 先生过奖了。

章榴花 照我说来，姐姐这首诗写得还不够好，只消改动一字，那就真的是“妙啊妙”，妙不可言了！

张秋人 哦，不知要改哪个字？

章榴月 还请妹妹赐教。

章榴花 （一本正经地）嗯哼！你们听了！

（唱）好诗难得明如话，
又何必，月藏云堆雾笼花。
我替姐姐改一字，
“今宵明月——”

章榴月 怎么？

章榴花 （接唱）“照张家！”

〔张秋人、章榴月羞。

章榴花 （戏谑地大笑）哈……，我替姐姐改好后，挂在书房之中，让大家都来看！（笑着逃下）

张秋人 （急）哎！二小姐休开玩笑！二小姐……

章榴月 张先生！（叫住张秋人）先生放心，小妹说说而已……

张秋人 （感情地）大小姐。

章榴月 先生，学生还写得一副上联。请先生指教。（呈字幅）

张秋人 （看）“三分月色描来易”！啊，愚师倒有一副下联。（写下联）

章榴月 （看）“一段秋思画出难”！

张秋人 月色……

章榴月 秋思……，张先生！

张秋人 大小姐！

〔章榴儿欢跃上。

章榴儿 阿姐，张先生，喜……喜事来哉，喜事来哉！

章榴月 小弟你说什么？

章榴儿 阿姐！阿爹到城隍庙里去算命，要将你许配公子薛……薛春林！

章榴月 （一呆）啊！你说什么？

章榴儿 阿爹要把你许配给薛公子了！

张秋人 榴儿，你此话当真？

章榴儿 是我……亲耳听……听见的！

章榴月 啊！

〔章榴花闻讯急急上。

章榴花 姐姐！

章榴月 妹妹……

章榴儿 小阿姐，大阿姐要嫁给薛公子，我们要吃，吃喜酒哉！

章榴花 （一把拉开章榴儿）你还高兴什么！大姐喜欢的是——（悄悄地）张先生！

章榴儿 啊，那太好了，我要张先生做姐夫，我去跟爹爹说！

章榴花 对！

张秋人 二小姐，你们使不得！

章榴花 这有什么！爹爹怎能不讲道理，你们也不能毫无主见！我看那薛公子官宦子弟八成不是个好东西，不是花花公子便是浪荡公子！

章榴月 （急）妹妹，……这可怎么办呢？

章榴花 姐姐！时间不等人，主意自己拿，总不能叫那糊涂爹爹一个人说了算。我陪你去告诉爹爹，将薛公子的婚事退掉，走！（拉章榴月）

〔章金涛夫妇笑上。

章金涛 哈……。儿啊，你的喜事来了！

章榴月 爹爹……

章金涛 为父做主，与你订下终身大事，八字也算过了，女为月德星，男为龙德星！

章榴月 （有苦难言）龙德星！

章榴儿 啥叫龙德星？

章榴花 只怕是扫帚星！

章榴儿 对！我看定是个花花公子、浪荡公子、呆……呆大公子！

章金涛 （怒）嗯！

章榴花 爹爹，姐姐与那薛公子素不相识，怎能定亲！快把这婚事退了吧！

章金涛 住口！

（唱）小女说话太荒唐，
可知晓，其父为官在京邦。
官宦子弟教有方，
八字相配，门户相当。
明日里，为父上京把亲翁访，
待公子，秋闱中试拜喜堂！

张秋人 （昏倒）啊……

众 张先生！

张秋人 晚生……略有不适……（一个踉跄，被章榴儿扶下）张先生！

章金涛 （警惕地）夫人，女儿都已长大成人，我走以后，务必好生管教，倘有差池，唯你是问！

章　母 老爷你只管放心。

〔家院上。

家　院 老爷，夫人，薛公子来了！

章金涛 好！吩咐客厅相迎！（欲下）

章榴花 爹爹，让我们出去看看……

章金涛 放肆，女儿家岂可抛头露面！你二人速速上楼，静守闺房，如若不然，家法从事！（下）

章榴月
章榴花 母亲……

章　母 儿啊，你父言出如山，万不可自作主张。自古以来，嫁鸡随鸡，嫁狗随狗。（对章榴花）好好劝劝你姐姐，唉！（下）

章榴花 （对父母背影生气）哼！

章榴月 妹妹……

〔章榴儿上。

章榴儿 阿姐，阿姐，那薛公子我……看见了！

章榴月 啊，你是怎么见到的？

（念）我悄悄绕过荷花堂，
爬到树上远张望。
只见公子脸如霜，
好像患病刚起床。
走起路来摇又晃，
好像跛足断臂膀。
急得我，冷汗滴滴往下淌，
啊呀，姐姐呀！
你千万不可去拜堂，去拜堂！

章榴花 啊！怪不得母亲说嫁鸡随鸡，嫁狗随狗呢！

章榴月 （急）天哪……

章榴儿 阿姐，这……这怎么办呢！

章榴花 哎，我倒有个办法！

章榴月 还有什么办法？

章榴花 姐姐呀！

（唱）待等日落西山下，
我悄悄下楼进书斋。
告诉他，姐姐早有意中人。
劝他退婚快回家！

章榴儿 哎！这个办法妙！

章榴月 这……（摇头）

〔灯暗。

第三场　夜访

〔明月初升。书斋幽静。

〔家院执灯笼上。

家　院　（对内）薛公子请。

〔薛春林内声："来了！"醉步上，后随雁儿。

薛春林　哈……

（唱）荷塘清波映月华，

花影重重掩奇葩。（步履蹒跚欲上前摘花）

雁　儿　（急阻）哎哎，前面是荷花塘！公子，你喝醉了！

薛春林　（酒醒）唔！我哪里会醉啊！

家　院　公子，老爷吩咐明日五更一同进京，请公子早些安歇。

薛春林　知道了！

〔家院下。

薛春林　嘿……。岳丈，你呀！

（唱）实指望，花好月圆把婚配，

谁知道，一瓢冷水当头洒。

说什么，玉女不嫁白衣郎，

定要我，蟾宫折桂再成家。

更可恼，上门不见小姐面，

好一似，水中明月镜中花！

小姐呀小姐！

深闺淑女千金价，

为什么，羞答答不敢把楼下！

是一朵，惊风怕雨的牡丹花，

还是个……

雁　儿　（接唱）青皮空心的烂冬瓜！

〔章榴花正好暗上，听见。

章榴花　（气）啊！他竟敢骂我姐姐是烂冬瓜！哼！

雁　儿　公子，……我看你这次白白来了，连小姐的面都见不上！

薛春林　（打断）你不要说了！倒茶，倒茶！

雁　儿　我知道了！

（唱）公子有气酒代茶，

醉里梦里去会娇娃。（斟酒）

公子请用茶。

薛春林 （饮酒）嗯，好茶！哈……，好茶……

章榴花 （隔窗暗窥）啊！

（唱）只见他，走路好像踩棉花，

果真是，跛足公子到我家。

〔雁儿执灯扶薛春林进内室，突然见墙上挂有小诗一首。

雁　儿 （惊喜）哎，公子你看，这是小姐写的诗！

薛春林 （感兴趣）哦，待我看来！

（吟诗）“小园地白树栖鸦，

露冷风寒绽窗花。

遥叩蟾宫问玉桂，

今宵明月照谁家？”

哈……，小姐呀小姐！

自古好诗明如话，

又何必，月藏云堆雾笼花。

小生替你改一字，

今宵明月照薛家。

章榴花 （不禁笑出声来）哈……

薛春林 哦！门外是谁？

雁　儿 （门外一看）公子，门外无人，唯有天上一轮明月。

薛春林 哦！哈……，今宵明月嘛，自然是照薛家啰！对，我这就替你改一个薛字！（提笔要改）

章榴花 （急）哎哎哎！（冲进门来）

薛春林 （一惊）啊！你！

章榴花 公公公……公子！

薛春林 你是……

雁　儿 （悄悄地）啊呀公子，那定是榴月小姐看你来了！

薛春林 （惊喜）啊！小……小姐，小生正在欣赏你的大作，真是文如其人，果然清新高雅。

章榴花 哎哎哎，这首诗不是我写的！

薛春林 哈……，小姐芳名在上，何必如此谦虚！小姐请！

章榴花 （窘）这……

雁　儿 （热情地）小姐请！

薛春林 雁儿看茶！

雁　儿 哎！（匆忙中倒了一杯酒）小姐请。

章榴花 这……，如此多谢公子。（喝了一口）啊，是酒！

薛春林 （急对雁儿）你……

雁　儿 啊呀该死，都是公子他……

章榴花 （羞问）公子怎么？

雁　儿 他以酒代茶！

章榴花 啊！哈哈！（连忙掩口）

薛春林 （窘）雁儿你，你还不取香茶来！

雁　儿 是（急下）

章榴花 这……（坐立不安）

薛春林 哈哈，小姐呀！

（唱）今夜和风送春来，
　　　月自销魂花自醉。
　　　一行佳句两心知，
　　　书斋小坐且宽怀。

章榴花 呀！

（旁唱）可笑弟弟胡编排，
　　　　这公子，举止潇洒好风采。
　　　　他殷殷相邀来款待，
　　　　满怀热望定亲来。
　　　　不如转身回楼台……

（一想）呀！
　　　　我若不把话讲明，
　　　　姐姐面前怎交代！
　　　　回头再把公子见——

公子！

薛春林 小姐！

章榴花 你……

薛春林 我怎么？

章榴花 你……（终于说不出口）啊呀呀！

（接唱）我舌尖儿打转口难开！

薛春林 （追问）小姐，我到底怎么啦？

章榴花 你，你……（忙转口）你看今晚月色多好啊！

薛春林 是啊！今宵明月自然是照薛家的啰！

章榴花 哎呀这……（羞怯难禁，掩脸欲出门，一跤绊倒）哎哟！

薛春林 啊！（手足无措）哎呀小姐，你，你何必如此匆忙！

章榴花 我……

（唱）我擅下绣楼忒冒昧，
怕只怕，耽误时辰要犯家规！

薛春林 唉！小姐给我坐下！

（唱）一言激起心愤慨，
你作茧自缚为何来！
青春淑女锁深闺，
对月凄凉太可悲。
何时东风知人意，
不阻红杏出墙来。
小姐你无畏下楼台，
超凡脱俗胜须眉。
小生不爱檐下雀，
偏喜鸿雁破云海。
小姐啊，人生难得逢知己，
管什么家规不家规！

章榴花 呀！

（旁唱）公子出言慷而慨，
他句句话语中心怀。
志同道合世难求，
怎舍得叫他把家归！
看起来，他与姐姐性情难相投，
倒与我，快人快语是天生一对……

薛春林 小姐，你在想什么？

章榴花 呃……，（掩饰）我在想，听君一席话，胜读十年书。只是时已不早，我该回去了。临行之际，我……我敬公子一杯。（斟酒）

薛春林 多谢小姐！（饮酒）可惜良宵苦短，明日一早便要启程了。

章榴花 （一怔）因何如此匆匆？

薛春林 唉！都是令尊大人，定要逼我上京赶考，说道务必先大登科，后小登科。只有中试为官，头戴乌纱，方能拜堂成亲！

章榴花 真是岂有此理！只要情投意合，便可结为伉俪！是与意中人结亲，又不是与乌纱帽成婚！

薛春林 说得对呀，小姐，我也敬你一杯！

（唱）我只盼，无官无禄一身轻，

结伴天涯万里行！

章榴花 （唱）我只盼，无拘无束像小鸟，

展翅蓝天去游春！

薛春林 （唱）无烦恼，脱俗尘，

章榴花 （唱）一路放歌伴黄莺。

薛春林 （唱）小姐唱歌我奏琴，

章榴花 （唱）一曲心弦两知音。

薛春林 （唱）高山流水抒豪情，

章榴花 （唱）花前月下配诗文。

薛春林 哈……

（唱）相逢仿佛曾相识！（举杯）

同是春风得意人！（饮酒）

小姐请！

章榴花 公子请！

〔幕后合唱：

情相投，心相融，

言难尽，意无穷。

不觉酒酣脸飞红，

〔薛春林、章榴花同饮。章榴花头晕醉倒。

薛春林 （急扶）啊！小姐，小姐……

〔幕后合唱：

醉了痴凰乱了凤！

薛春林 小姐（扶章榴花坐下，细细端详）呀！

（唱）喜看我，好夫人，桃腮粉染，

似一朵，红海棠，醉卧花苑。

平日里，萤窗苦读，孤灯做伴，

今日里，初会婵娟，心慌神乱。

我……还是扶小姐回房去吧！

〔薛春林扶章榴花欲出门，忽闻雷声。家院巡夜过场，薛春林扶章榴花复退。

薛春林 此刻不便出门，等她醒来再送她回去不迟。（扶章榴花上卧榻，返身灯下读书）子曰："吾曰三省吾身。吾曰……"呀！

（唱）读到东，想到西，意马心猿，

这情丝，剪不断，欲理还乱。

想不到，春夜良宵花容倦，

我怕你，醉卧书斋要受风寒。

可否扶她书房睡……

（欲扶又止）咳！我辈虽不拘俗礼，倒也不好意思……（将披风轻轻盖在章榴花身上，转身）我这里，坐守春宵护婵娟。（读书）

〔雷声渐紧，突然风雨大作，吹灭书斋灯火。一声雳霹，章榴花从梦中惊起。

章榴花 啊！母亲。

薛春林 （急扶）小姐，不要害怕……

〔又一声惊天霹雳。

章榴花 （惊叫）啊……（紧紧抱住薛春林）

薛春林 啊……

〔幕后合唱：

人醉、心醉、天亦醉，

薛春林，毕竟不是坐怀不乱的柳下惠。

〔薛春林扶章榴花进内。

〔灯渐暗。

第四场　责女

〔花厅一角。

〔春燕喜见满池红莲，向内招呼。

春　燕　小姐，快来看！满池荷花都开放了！

〔章榴花喜上。

章榴花　啊，真的！啊呀，你看朵朵红莲，都是成双作对的！春燕这就叫并蒂莲！是夏季最讨人喜欢的花儿。

章榴花　（心一动）啊，夏季已到，秋天也就不远了！

春　燕　哈哈，荷花刚刚盛开，你怎么想起秋天来了？

章榴花　我喜欢秋天。

春　燕　我也喜欢秋天。

章榴花　秋天荷花结籽。（心一怔）结籽……（呕吐）

春　燕　二小姐，你怎么啦？

章榴花　春燕，母亲上天云寺进香未归，你去侍候榴儿读书去吧！

春　燕　哎！（下）

章榴花　啊，并蒂莲……

（唱）并蒂莲花红，

往事常入梦。

怎能忘，月夜朦胧，

我与他，萍水相逢。

心意相通，

情比酒浓！

良宵苦短惊残红，

我悄悄儿离书斋，他在梦中。

从此一别两迷蒙，

腹中留下那多情种。

说不清，是喜是羞是惊是恐……

公子啊！

我只盼，荷花落，霜叶红，

大雁南归伴孤鸿。

公子……

〔章榴儿上。

章榴儿　阿姐，阿姐你怎么一个人在这里？（见章榴花呕吐）啊！

章榴花　弟弟，姐姐稍有不适，你千万不要告诉别人。

章榴儿 （听话地）噢，我不告诉别人。

章榴花 小弟真好。

章榴儿 好什么呀！这些天来你们心事重重，都不愿跟我玩。

章榴花 弟弟。（恶心）

章榴儿 啊！姐姐，你怎么啦？（扶章榴花坐下）

〔章母步履沉重地上。

章　母 （唱）自从老爷离家后，

小女她神不守舍在深楼。

无奈进香把签求，

说她是红鸾星动我担忧。

榴花！

章榴花 （一惊）啊！母亲……进香回来了？

章　母 回来了。榴花，看你气色不太好啊！

章榴儿 母亲，姐姐她……

〔章榴花急忙阻止。

章　母 怎么？

章榴儿 噢，姐姐说，千……千万不要告诉别人！

章　母 （一惊）哦！读书去吧！

章榴儿 哎！（急下）

章　母 女儿，这几个月来，看你精神倦怠，不知是何道理？

章榴花 这……

章　母 可是身子不适？

章榴花 （心一震）啊，不，……女儿没有病！（忍不住又呕吐）

章　母 还说没有病！（向内）春燕！

〔春燕上。

春　燕 老夫人。

章　母 快去请医生来，给小姐治病！

春　燕 是。（欲下）

章榴花 慢！母亲，女儿不愿看病，回房歇息片刻，便会好的……（欲下，又一阵恶心）

章　母 慢！（上下打量榴花）榴花，你有什么心事，可要趁早讲来！

章榴花 这……

章　母　为娘可是过来之人，你千万不要瞒我！

章榴花　母亲！（跪地）不孝孩儿，对不起母亲，对不起爹爹。

章　母　你，……难道你真的做了大逆不道之事？

章榴花　（点头）……

章　母　有多久了？

章榴花　（伸出三个指头）……

〔春燕逃下。

章　母　（如雷击顶，惊呆）啊！女儿你，你好……

（唱）你爹爹，临行嘱咐在耳边，

他要我，治家教女当从严。

谁知你，伤风败俗胆包天，

叫为娘，何颜见你爹爹面！

章榴花　母亲……

章　母　（唱）女儿啊，是哪个歹徒将你骗，快与为娘讲周全！你讲，你讲！

章榴花　母亲，那天晚上，我到楼下书房……

章　母　啊！夜半三更你去书房作甚？

章榴花　我是为姐姐……

章　母　你这个伤风败俗的，你叫我怎么向你爹爹交代！（气极）啊！看我不打死你！（追打）

〔春燕拉章榴月急上。

章榴月　母亲！

章　母　榴月，你妹妹她……

章榴月　母亲息怒，女儿知道了。

章　母　你们是同胞姐妹，平日无话不说，她受何人所骗，你……你要好好问她！天哪……（一个踉跄，被春燕扶下）

章榴月　妹妹！

（唱）雨打娇花花惆怅，

还须好言劝姑娘。

妹妹啊，你究竟与谁有私情事，

快把隐情对姐讲。

我不告诉爹爹，只告诉娘，

有姐姐，为你分忧解愁肠。

章榴花 （唱）姐姐她，关切榴花热心肠，
我话到嘴边舌打墙。
她怎知，我多情反被多情误，
竟把书斋作西厢！
我若人前把真情讲，
难煞了姐姐气坏了娘。
一旦泄漏到考场，
公子前程付汪洋。
姐姐啊，妹有难处你多体谅，
原谅我，姐前难以诉衷肠！

章榴月 妹妹呀妹妹，你你你怎么这样任性糊涂！你若不讲真情，母亲怎向爹爹交代，你在家中将无容身之地，还有那腹中孩儿……又怎生处置！

章榴花 （急阻）姐姐！总是妹妹该死，他……

章榴月 （急问）他是谁？

章榴花 他他他……他本来是属于姐姐的人。（失声痛哭，掩面奔下）

章榴月 （大惊）呀！
（唱）妹妹一语露真情，
不由榴月心震惊。
仔细想，仔细忖，
府中上下少男丁。
莫不是，教读姐妹的张秋人，
我对他，钟情之意埋得深。
总以为，先生饱学受人敬，
道德情操高十分。
平日里，对我不敢相亲近，
却原来，暗与妹妹有私情！
这真是，画龙画虎难画骨，
知人知面不知心！
想到此处无限恨，
我要禀告母亲，严办这恶先生！
（欲下又止）呀！
纵有怨，纵有恨，

怎奈是师生谊重，姐妹情深。
欲救无计，欲告不忍，
左右为难愁煞人！

〔张秋人上。

张秋人 大小姐！
（唱）平地风波我心惊，
羞愧府中做先生。

章榴月 哦！先生羞愧什么？

张秋人 （唱）教不严，师之惰，
我责任重大负疚深。
榴花不是轻薄女，
问小姐，那沾花惹柳是谁人？

章榴月 （气）啊！
（旁唱）他老实人不说老实话，
还要来，装腔作势问千金！
先生啊，榴树开花悄无声，
秋风多事惹花魂。
是哪个，闭嘴石榴暗结子，
要问你，满腹经纶张先生！

张秋人 （一呆）怎么问起我来了？

章榴月 （忍住气）你……细细想来！

张秋人 （忠厚地）细细想来……“榴树开花，秋风多事，石楠结子……”花、秋、子？（惊觉）啊！小姐你你你……你这话是什么意思？

章榴月 先生心里明白！

张秋人 啊！（旁白）她……她莫非在指我？（心急如焚）啊呀小姐呀！
（唱）天知情，地知情，
我有异心雷轰顶！
榴树开花师生谊，
你榴月早已映我心！
旁人胡言我不论，
你你……你无中生有我好伤情！（大发书呆子脾气）士可杀而不可辱——

我愿一死留清名！（推开章榴月欲跳荷塘）

章榴月 （急忙拉住）张先生，……学生出言不当，有辱师尊，还望先生见谅。

张秋人 你……

章榴月 人各有志，不可勉强。有道：得成人处且成人。先生既然对妹妹……

张秋人 （跳起来）大小姐你！

章榴月 （宽容地）我为妹妹高兴……

张秋人 （急）啊呀！大小姐……

章榴月 先生放心，学生绝非浅薄之辈，只要你们……

〔春燕喊上。

春　燕 大小姐，不好了！

章榴月 怎么？

春　燕 老爷来信，过几天便要回来。老夫人难以交代，急得走投无路，定要对二小姐动用家法。她有孕在身，万一……

章榴月 （急）春燕，快求母亲手下留情，我马上就来！

春　燕 那……那你要快来呀！（急下）

章榴月 张先生，妹妹大难临头，眼下救人要紧！

张秋人 对对，眼前别的事小，救人事大！

章榴月 府中都是女流之辈，唯有先生你……

张秋人 （责无旁贷地）是啊是啊，我是她的先生，怎么能见危不救……

章榴月 看来妹妹已走投无路，只有拜托先生你了！

张秋人 好，你说，我能做些什么？

章榴月 先生，若要保她母子平安，只有请你带妹妹回家去吧！

张秋人 啊？！我……

〔幕后传来章母责打声、章榴花哭声。

章榴月 （求恳地）张先生，……求你了！

张秋人 （恳切地）也罢！大小姐，只要你心里明白……，我就是……

章榴月 我能理解你对妹妹的一片情意……

张秋人 （有口难言）哎呀！我不是这个意思……

〔章榴花哭着逃上，后随春燕、章榴儿。

章榴花 天啊！我还是死了吧！

章榴月 妹妹！

张秋人 （拉住章榴花）二小姐，你不能这样，二小姐……

〔章母执家法追上。

章　母　小贱人，你不讲我就打死你。

张秋人　老夫人……（夺下家法）

章　母　张先生！她……

张秋人　老夫人，总是亲生骨肉，不要以死相逼！

章　母　不孝之女，伤风败俗，老爷回来岂能容得！（夺回家法，打）

章榴月　母亲……（上前阻拦）

章　母　你们走开！那歹徒究竟是谁？你讲！你讲！（打）

章榴花　女儿有苦难言，唯求一死！（欲跳池塘）

众　二小姐！

章榴月　妹妹！

张秋人　（苦求）老夫人，二小姐腹中还有孩儿，你……你再也不要逼她了！

章　母　待她爹爹回来，哪有她的生路，我母女早晚一死！（咬牙）不如趁早一起去死！（拉住章榴花一起向池塘奔去）

众　啊！老夫人，二小姐……（拦住）

章榴月　母亲，妹妹！

张秋人　老夫人！既然如此，让我陪……陪二小姐到乡下暂避一阵。

章　母　住口！小女不规，与你何干！

张秋人　（语塞）我……

章　母　（一怔）你怎么？你怎么？

章榴月　张先生……

张秋人　我……我有责任……

章　母　（一惊）啊！你有责任？

张秋人　我……我跪求老夫人饶小姐一命！（跪下）

章　母　啊！莫……莫非就是你！

张秋人　我……

章榴月　张先生……

张秋人　（痛苦地）你们……你们让我带她回去吧！

章　母　你……你这个衣冠禽兽！（一巴掌）

众　张先生！

章榴花　不！张先生……

〔幕后合唱：

秋风秋雨打秋枝，
酸甜苦辣我自知。

章　母　（怨恨、痛心）你们……你们与我走！

〔张秋人凄然扶起章榴花木然欲下。

章榴花　（求）母亲……

〔章母背身挥手拭泪。

〔张秋人、章榴花告别章榴月，悲怆地下。

〔章榴月昏倒。

〔灯暗。

第五场　产子

〔张秋人家庭院。

〔张母抱孙儿喜上。

张　母　哈……，我老太婆真当高兴煞哉！

（唱）手抱孙儿笑煞人，
落难公子天照应。
晓得我，家贫无钱讨媳妇，
老夫人，奉送千金喜联姻。
喜的是，不花我彩礼半毫分，
讨来媳妇带来孙。
媳妇美貌赛观音，
孙子活脱像秋人。
肉鼓鼓，胖墩墩，
掂掂分量十来斤。
从今后，张家有了后代根，传宗接代靠孙孙。
这真是，呆人自有呆人福，好心总有好报应。

〔张秋人离家月余，背行囊，挟字画，风尘仆仆上。

张秋人　母亲！

张　母　啊呀秋人，侬回来哉啊！媳妇哎，秋人回来哉！秋人啊！侬卖字画出门一两个月，喏，眼睛一眨，老母鸡变鸭，侬好做阿爸爹哉！

张秋人 啊！榴花她……

〔章榴花从内室上。

章榴花 先生！

张 母 （一呆）啊！

章榴花 （急忙改口）……官人。

张秋人 噢，……娘……娘子！

张 母 啊呀，一两个月勿见面，怎么陌生起来哉。快去亲亲热热讲两句！

张秋人 你……身子可好？

章榴花 多亏婆婆悉心照料，母子平安无事。

张秋人 （松了一口气）这就好，母亲辛苦了！

张 母 喔唷，好省哉，辛苦啥！自家媳妇，自家孙子，我做娘格高兴都来勿及！

张秋人 孩儿买得两包桂圆，一包孝敬母亲，还有一包……

张 母 都给榴花吃，产后进补顶要紧！

章榴花 婆婆……

张 母 来来来，秋人啊，抱抱自家格大胖伲子！

张秋人 （手足无措）这……

张 母 快抱呀，亲生伲子，勿要怕难为情！（将孩子塞给张秋人）

张秋人 （手忙脚乱地接过孩子）这……

张 母 嘿……，秋人啊，侬看这孩子像啥人？

张秋人 孩子十分秀丽，像他母亲。

张 母 哎，我看像侬格！

张秋人 这……

章榴花 （解围地）婆婆，我看这孩子，十有八九像娘娘！

张 母 哦！哈，勿瞒媳妇讲，我老早就看出来哉。喏，我做娘娘格下巴圆兜兜，孙子格下巴也圆兜兜！啊呀媳妇啊，孙子像娘娘，金子打门墙。好福气，好福气呀！

章榴花 托婆婆之福！

张 母 哎，秋人啊，小人长得介好，快给他取个好听点格名字！

张秋人 这……这孩子不知该姓什么？

张 母 啊？！侬姓啥？

张秋人 姓张。

张　母　侬姓张末小人当然姓张。

张秋人　是啊，不过……

章榴花　（帮助解脱）婆婆，让他好好想想嘛！

张　母　（气呼呼地）是要好好想想！哼，连自家姓啥都想勿起来哉！昏侬格头！

章榴花　婆婆，我去替他烧壶热茶来！

张　母　哎，媳妇大娘！我来！

章榴花　我来！（下）

张　母　嘿……，好，我去买点小菜回来，今朝要请客人，吃红蛋哉！（下）

张秋人　啊！不……母亲，母亲……

〔孩子哭，张秋人抱起反复哄拍。

张秋人　唉！

（唱）手抱孩子暗叫苦，
张家结出李家果。
半年来，白日强欢扮夫妇，
夜进柴房睡地铺。
别人家，新婚得子多欢乐，
我是纸上描花无结果。
无结果，背黑锅，
最伤心，大小姐还要冤枉我。
我口吃黄连话难诉，
老夫人，一巴掌打得我满肚火！
要发火，难发火，
自己的学生要保护。
我是打落门牙肚里咽，
强把小姐带出府。
回到家中骗老母，
只好冒牌做丈夫！
俯首再把孩儿看，
可怜你，出世难找亲生父。
你母亲，一段隐私不肯诉，
我不能，追根盘底添愁苦。
何时苦笋能出头，

不负我，蒙冤受辱救孤苦。

〔张秋人将孩子放进摇篮，欲下。

〔章榴花端茶上。

章榴花 （阻住）张先生，从今以后你再也不能住到柴房里了，让我们母子去住吧！

张秋人 啊！这可万万使不得，你产后虚弱，不能经风受冷。你好好歇息，我去替你煮一碗桂圆汤，补补身子。（下）

章榴花 张先生……

（唱）望恩师，泪难止，

负疚不敢忆旧事。

榴花逢凶化吉日，

正是先生蒙冤时。

你爱大姐难启齿，

为小妹，你添愁思。

风雨飘零相扶持，

种种苦痛我深知。

恩师啊，我为公子保名声，

人前背后瞒隐私。

待等花开团圆日，

双双登门谢恩师。

〔章榴月匆匆寻路上，进门。

章榴月 妹妹……

章榴花 （惊喜）啊！姐姐，……你是怎么来的？

章榴月 跟随母亲天云寺进香，已经第三天了，顺便来看望妹妹。

章榴花 爹爹可曾回来？

章榴月 爹爹来信说，京城有事，一直未能回来。

章榴花 母亲还在生我的气吗？

章榴月 母亲整天诵经念佛。

章榴花 姐姐……那你呢？

章榴月 我……也还好。妹妹，听说你生了一个男孩？

章榴花 你来看……（走向摇篮）

章榴月 长得真好！（回眸打量章榴花，甜甜地）妹妹你也胖了！张先生心地善良，待人体贴，你能与他结为伉俪——

章榴花　（急）不！姐姐，张先生一直在思念姐姐！

章榴月　（一呆）你与他……

章榴花　我与他过去是师生，如今还是师生！

章榴月　（惊）啊！那这孩子……

章榴花　孩子与先生无干！

章榴月　啊……

章榴花　姐姐，你千万不要再误会张先生了！我叫先生出来，你们好好谈谈。（下）

章榴月　天哪！这孩子的父亲不是张先生，是我错怪了他！

〔张秋人上。

章榴月　张……张先生，小妹在此，多有叨扰。

张秋人　这倒无妨。

章榴月　连累先生，于心怎安。

张秋人　事已如此，不必介怀。大小姐你……

章榴月　张先生，"疾风知劲草，日久见人心"。是我冤屈了高风亮节、代人受过的好恩师！（跪拜）

张秋人　啊！大小姐！

章榴月　张先生，学生对不起你呀……

张秋人　大小姐心里明白就好……（扶起章榴月）大小姐，你别后可好？

章榴月　先生啊！

（唱）薛公子，秋闱中试上金榜，

婚期已定要拜堂。

我与他，素昧平生两迷茫，

与恩师，几番相逢在梦乡。

怕只怕，今宵一别难相见，

唯将旧诗赠师长。

先生啊，来朝明月照何方？

小诗一首泪千行！（赠诗笺）

张秋人　（唱）手捧锦笺肠欲断，

情满诗稿泪满眶。

刻骨相思怎能忘，

心碎何言慰红妆。

小姐啊，人生自古事难全，
善自珍重莫凄惶。
我与你，心近不怕人隔远，
天涯海角永相望。

章榴月 张先生……

张秋人 大小姐！

〔春燕上。

春　燕 张先生！大小姐，夫人说，老爷已经回府，就要为大小姐操办婚事，催我们赶快回去！

章榴月 张先生……

张秋人 大小姐

春　燕 大小姐，夫人再三关照，不要耽搁时间！

章榴月 张先生，保重！（掩面下）

〔春燕随章榴月下。

张秋人 大小姐！……

〔张母怒冲冲上。

张　母 秋人，过来！

张秋人 母亲！

张　母 侬做格好事！

张秋人 怎么啦？

张　母 有人从城里回来，说章家老爷刚刚回府，要到衙门里去告侬！

张秋人 告我什么？

张　母 告侬拐骗章家二小姐！

张秋人 这！……母亲有所不知！

张　母 侬讲是老夫人做媒，明媒正娶，想勿到侬做出格种事体！

〔章榴花闻声上。

章榴花 婆婆！出了何事？

张　母 二小姐，我万万呒没想到，侬是被他骗来格。我……

章榴花 不，婆婆，是我不好。

张秋人 都是孩儿不好！

章榴花 是我不好！

张秋人 是我不好！

张　母　好来，好来！看伊两个人倒还有情义。我老太婆也是刀子嘴巴豆腐心。既然如此，我勿怪秋人，更勿怪榴花，我给你们重办喜事，明媒正娶。章家来问罪，我老太婆去顶！

章榴花　（急）婆婆……

张秋人　不！母亲……

张　母　啊呀秋人啊，侬呒没请过媒人，呒没办过喜酒，勿好算数格！

张秋人　不！这喜酒万万办不得！

张　母　为啥？

张秋人　我们……我们明为夫妻，实为师生……

张　母　啥叫"实为师生"！我问侬，小人是啥人生格？

张秋人　呃……

张　母　（厉声）是勿是侬生格？

张秋人　（只好承认）呃，是是……

张　母　好啊，既然小人是侬生格，小姐也愿意跟侬到乡下吃苦，侬还勿肯明媒正娶。我来问侬，侬是城里有花头，还是村里有相好？侬介呒没良心，我非打煞侬勿可……（操起扫把要打）

章榴花　婆婆！婆婆……

张秋人　母亲……

张　母　小畜生！（气极进内，关门）

张秋人　母亲……（伤心哭泣）

章榴花　（唱）好恩师，声声哭，我刀剐心窝，

他为我，气坏了，高堂老母。

恩师啊！

我不该，瞒真情，害你受折磨，

我不该，无年无月，要你背黑锅。

张秋人　（唱）小姐呀，恩师受屈且莫论，

你母子总不能长耽误。

我也曾，几次欲把真情问，

怕小姐，孕期不堪心受挫。

你快把心头之人告诉我，

我为你，关山万里去寻夫。

章榴花　先生……（哭）

（唱）若问我，心头之人他是谁——

张秋人 是谁？

章榴花 （接唱）正是那薛春林——

张秋人 （一惊）薛春林？

章榴花 （接唱）我姐夫！

张秋人 小姐放心！我一定把薛公子找回来！

〔两公差急步闯上。

公差甲 你可是张秋人？ .

张秋人 （一惊）正是。

公差乙 大人有令，将你捉拿归案！

张秋人 啊！我……我犯了何罪？

公差甲 你拐骗良家女子！

章榴花 啊！你们无凭无据，诬陷好人！

〔两公差上前抓张秋人。

张秋人 哼！你们……你们敢！

公差乙 啊？我们是奉薛春林大老爷之命，你们胆敢违抗！

张秋人 （一怔）什么？哪一位大老爷？

公差甲 嘿嘿！新任本县父母官薛春林，薛大人！

张秋人 啊！原来是他！我去，我去，我这就去！哈……，真是喜从天降！（主动戴镣下）

章榴花 张先生！我也去！（下）

张　母 啊呀，秋人！媳妇！

〔小孩哭，张母抱孩子下。

第六场　堂会

〔堂鼓声声。

〔众衙役分班上。

〔薛春林锦袍玉带上，后随雁儿。

薛春林 （唱）堂鼓声声如雷鸣，

来了我，新科进士薛春林。
家父托人来保举，
衣锦荣归当县令。
谁知道，上任接到岳丈令，
章家小女入迷津。
这真是，姐妹同胞不同心，
小女轻佻辱门庭。
岳丈严词委重任，
先审罪犯后成亲。
急急来把公堂上，
秉公执法不留情！

来呀，带张秋人！

衙　役　（向内）带张秋人！

〔公差押张秋人戴铐上。

张秋人　（喜不胜收）哈……

（唱）手戴镣铐喜在心，
洋洋得意上公庭。
踏破铁鞋无觅处，
县官就是那薛春林。

啊呀薛仁兄，小弟正要找你，想不到……

〔堂威。

张秋人　哎哎，各位大哥，你们不要误会，晚生受小姐之托，特来找仁兄商量……

〔堂威。

薛春林　（击桌）嘟！下站可是张犯？

张秋人　不！学生姓张不是犯！

薛春林　我来问你，半年之前，可是你携带章榴花出走回乡？

张秋人　正是学生。我们师生风雨同舟……

薛春林　（击桌）住口！你们既为师生，因何暗结私情又拐骗出逃？你身为秀才学子，可知“羞耻”二字。

张秋人　啊！啊呀你……你可不要冤屈了我，我和小姐从无男女私情……

薛春林　嘿嘿！既无私情，那孩儿是谁所生？

张秋人　（一呆）这……，你……

薛春林　本官对天下有情之人一向宽大为怀，只要你讲得入情入理，我就……

张秋人　（忍无可忍）啊呀公子，是你……你与小姐一见钟情。

薛春林　大胆！本官与那章榴花素不相识，你敢血口喷人！

张秋人　（跳起来）啊！你……可真是薛春林？薛大人？

薛春林　正是本官。

张秋人　好啊！原来你……你中了功名，做了高官，便不思旧情，翻脸无情！

薛春林　嘟！你身犯大罪又恶意栽赃，可知刑法无情！

张秋人　（书生意气）哼！薛春林呀薛春林！我为榴花伸张正义，哪怕钢刀架身，也要告你这过河拆桥、背信弃义、禽兽不如的无耻小人！

薛春林　（大怒）来呀，大刑侍候！（欲发签）

众衙役　是！

张秋人　啊呀，小姐。

薛春林　（一想）慢！（旁白）看在章家小姐的面上，（厉声）拉下去责打二十！

众衙役　是！

张秋人　啊呀，小姐呀小姐，看来为师救不得你了啊！（被拖下）

〔击鼓声。章榴花内喊："冤枉！"

薛春林　带上堂来！

雁　儿　（向内）带上堂来！

〔章榴花急上。

章榴花　（直奔薛春林）公子……

〔堂威。

章榴花　大人……

薛春林　下站何人？

章榴花　章榴花。

薛春林　来此作甚？

章榴花　为张先生鸣冤叫屈。

薛春林　嘟！你身为名门闺秀，怎与那无耻之徒私情苟合，又为他无理叫屈？

章榴花　想当初，有一位风流公子到我家登门定亲，那天晚上与我书房私会，情投意合……

薛春林　（一怔）啊！你……你是何人？

章榴花　大人！（抬起头来）

薛春林　啊！榴月！

章榴花　（上前）不，我是榴花！

薛春林　（大惊失色）啊！

雁　儿　大人，是她，是她！

薛春林　啊呀，错了，错了！

（旁唱）想不到，榴花竟是梦中人，

意外相逢喜又惊。

因爱转恨生疑问，

难道她，竟与那先生去私奔？

（愤极）你……你既与那公子情投意合，又为何见异思迁，与那张秋人暗结丝罗，双双出走？你……你与我说！你与我讲！讲！讲！（击桌）

众衙役　（举板子）跪下！

章榴花　薛大人！

（唱）可记得，月夜良宵花逢春，

情意相投吐心音。

酒为媒，两情深，

乐极生悲……我身有孕。

薛春林　啊！

章榴花　（唱）家母发觉命难存，

多亏恩师张先生。

他仗义相救把罪名担——

薛春林　这……

章榴花　（接唱）风雨相伴回山村。

大人啊！

他为我，横遭屈打逐出门，

伤心惨别心上人。

他为我，娘前有苦泪暗吞，

负屈不敢细追根。

他为我，风尘劳累把字画卖，

夜眠柴房受寒冷。

他为我，日受辱夜担惊，

欲哭无泪诉无门。

他为我，披枷戴锁衙门进，
公堂无辜受大刑！
大人啊！
要不是，恩师与大姐将我救，
我母子早已黄泉路上成冤魂！
谁知那，以酒代茶一狂生，
春风得意忘旧人。
他黄鹤一去无踪影，
抛弃我母子太薄幸。

薛春林 你……你说的句句都是实情？

〔张母内喊：“放我进去！”抱孩儿冲上堂。章榴花刚抱过儿子，张母就被衙役赶下堂去。

章榴花 （唱）大人不信你仔细看，
这襁褓孩儿像谁人！（将孩子捧上案桌）

薛春林 啊！小……

〔堂威。

薛春林 退堂！退……退堂！

〔众衙役下。

薛春林 （抱起孩子感情冲动地上前）小姐……

〔章榴花闪开。

薛春林 （急忙放下孩子端凳）小姐！（大献殷勤）小姐呀，
（唱）想不到，错系红丝……系上了意中人，
我醉眼朦胧遇知音。
叹只叹，你为我受辱受苦深，
我却是，错把恩人当犯人。
大水冲倒龙王庙，
我低头请罪谢千金！
小姐，是我不对！（拜）是我不好！（拜）

〔章榴花抱起孩子。

章榴花 哼！（故意摆足架势）

薛春林 啊呀小姐，小姐呀！
（唱）一夜夫妻百日恩——

〔薛春林负疚地轻撞章榴花，章榴花手松，薛春林赶紧抱过孩子，孩子哭，薛春林急忙哄拍。

薛春林 嗬……，我的心肝宝贝嫡嫡亲亲的亲生儿子啊！

（接唱）长大后莫学乃父薛春林。

我看你，两个酒窝深又深，

万不可，像我样，以酒代茶认错人！

章榴花 （忍不住笑出声来）……

薛春林 儿啊儿，你母亲不肯认我，我们父子只有向她跪下了！

章榴花 你呀……（抱过孩子）

薛春林 （大喜）啊！我的好娘子！好夫人……

〔薛春林、章榴花相偎一起。

〔雁儿扶张秋人一跷一拐上。

张秋人 （见状大喜）哈……。这就好了！这就好了！

薛春林 啊！恩公在上，请受小弟一拜。（拜）

章榴花 啊！恩公在上，请受学生一拜。（拜）

张秋人 （急扶）不……你们有情人终成眷属，我痛在身上喜在心头。

〔衙役急上。

衙　役 启禀太人，章家老爷派人告知，明日良辰吉时，大人与章榴月大小姐喜结良缘，请大人速速前往！

众 （大惊）啊！

张秋人 大小姐！（急得一跺脚，屁股痛）哎哟哟……

〔灯暗。

第七场　成亲

〔章家客厅。

〔章金涛气急败坏上。

章金涛 糟了糟了！都乱套了！

（唱）六月飞雪风云变，

想不到，薛春林小子暗藏奸。

我这里，百桌喜酒要开筵，
急得人，烈火焚心滚油煎！

〔章母急上。

章　母　老爷，客人都来了，你要想个办法才是啊！
（唱）都是你，养女不教失检点，
害老夫，名门望族失颜面！

章　母（唱）是你家法太苛严，
为什么，定亲不让人见面！
害榴花，醉里错把姻缘联，
害先生，冤枉官司苦黄连！
害榴月……

章金涛　住口！都是你！

章　母　都是你！

〔章榴儿上。

〔喜乐阵阵。章金涛、章母团团转。章榴花溜上，与弟弟耳语。

章榴儿　爹爹、母亲，你们不……不要吵了！客人都在等喜酒吃呢！

章金涛（急）啊呀这……这可怎么办呢？

章榴儿　嘻嘻，我倒有一个办……办法！

章金涛
章　母　什么办法？

章榴儿　大事化小、小小事化了！

章金涛
章　母　怎么个化法？

章榴儿　哈哈！
（念）现成喜堂现成酒，
两个姐姐来磕头。
两个姐夫牵红绸，
两对鸳鸯一同游。
榴儿两边喝喜酒，
皆大欢喜笑开口！

章金涛　这……

章　母　老爷，常言道，家丑不可外扬，更何况，榴月与张先生早已情投意合。

事到如今，也只有……

章金涛 荒唐！荒唐！

〔家院急上。

家　院 老爷，客人都等急了，怎么办？（下）

雁　儿 老爷、夫人，良辰吉时已到！

春　燕 请老爷夫人快拿主意！

〔喜乐一阵紧一阵。

章　母 老爷……

章金涛 （无奈，下决心）也罢，唤他们出来！

章榴儿 哎！（向两边招呼）两个姐姐，两个姐夫，阿爹叫你们快点出来！

〔张秋人与章榴月、薛春林与章榴花分别从两侧上。

**章榴月
章榴花** 见过爹爹，母亲！

**张秋人
薛春林** 见过伯父，伯母！

章金涛 哼！

（唱）风流小子礼不周，

老夫量大免追究。

现成喜堂现成酒，

给你们，两对夫妻配鸾俦。

四新人 （连连拜谢）多谢爹爹！

章金涛 慢！

（唱）榴月许配薛春林，

你贱女跟着先生走！

众 （大惊）啊！

章榴儿 （急）爹爹，侬……侬弄错哉！

章　母 老爷！

章金涛 听着！

（唱）龙德星配月德星，

老夫一语定春秋！

快快拜堂来成亲！

〔众求，章金涛坚决不从，两对新人被重新组合拉下。

〔强烈的喜乐声起。刘半仙等贺客祝贺上场。

〔张母被章榴儿拉上。

〔在喜娘的硬拉强拖下，两对新人愁苦地上。

〔司仪高叫："一拜天地，二拜高堂，夫妻交拜。"

〔张秋人和薛春林各找自己心爱者乱拜一气，被拖开，新娘被罩上盖头红，系上红丝。

〔众人围住章金涛求告。章榴儿趁机将章榴花拉到薛春林身边，正要将章榴月推向张秋人，被章金涛发觉。

〔章金涛面对站在一起、盖红巾的两个新娘子无法辨认，欲揭红巾又不能，揣摩着拉配成对，自以为已准确无误，其实红丝错系。两对新人还蒙在鼓里。

章金涛 哈……！送入洞房！

〔两对新人被强行拖下。

〔转景。两处洞房。

〔四个新人叹息、气恼、哭泣、怨忿。

（唱）为什么，秋月可望不可求？

（唱）为什么，洞房不见旧时偶？

（唱）为什么，烂漫春花总难留？

（唱）为什么，捆绑夫妻作牢囚？

〔春燕、章榴儿簇拥着章母、张母上。章榴儿示意两个母亲要两个新郎把新娘的红盖头揭开。四人惊喜。

〔幕后合唱：

喜相逢，惊相错，

谁能解得开红丝错！

〔两对新人各自出门相遇。

张秋人 啊呀仁兄啊！

薛春林 （唱）哪来这阴差又阳错？！

章榴月
章榴花 （唱）怎么身在错中不知错？！

章榴儿 （唱）是我把，两对新人暗调错！

章　母 （故作气恼）啊！

（唱）如今知错要改错！

来来来，重新拜堂！重新拜堂！

章榴花 不！

（唱）求母亲，将错就错索性错！

章榴月 （唱）求母亲，眼开眼闭莫改错！

薛春林 （唱）认错夫人我有错！

张秋人 （唱）气坏娘亲是我错！

张　母 啊呀，亲家母啊！

（唱）有情有义有啥错，

无情无义才是错。

圣人也有三分错，

抱错孙子算我错！

章　母 哈哈！亲家母……

〔章金涛、刘半仙闻声从舞台一侧上。

章金涛 （唱）洞房一片错，错，错，

我明媒正娶有啥错？（走进洞房）

张　母 啊呀，亲家公来哉！

四新人 拜见岳父（父亲）大人！

章金涛 （一呆，细细打量、比画，疑惑地）哎！？

（唱）是他们，两对夫妻婚配错，

还是我，老眼昏花人看错？

〔章母暗中拉过刘半仙，耳语，塞银子。刘半仙会意。

〔章金涛还在拭眼打量。

薛春林 （上前）小婿拜见岳父大人！

章榴花 女儿拜见父亲！

章金涛 啊！弄错了！弄错了！

章　母 （唱）红丝是你亲手系，

要说有错是你错！

章榴儿 爹爹，都拜过堂了，侬看怎……怎么办？

章金涛 （急）啊呀这……，刘先生，你排过八字算过命，如今张冠李戴，这可如何是好，这可如何是好啊？

刘半仙 春、花、秋、月——

（唱）春花秋月没配错，

是刘某，当初八字来排错。
也怪你，老爷把时辰来报错——
大小姐寅时出生，卯时落地，相差一点点、一点点……
喜今朝，神灵暗中来纠错！

章金涛 呃！如此说来，错就是对，对就是错，错中有对，对中有错，错错对对，对对错错！

章榴儿 爹爹，你说究竟对还是错？

章金涛 （尴尬地唱）今朝天气——

众 怎么样？

章金涛 （接唱）真不错！（一甩手将刘半仙带倒在地）

〔众大喜，喜乐大作。

〔合唱：

春催桃李笑口开，
明月秋光永相随。
东风吹得花信动，
遍地红杏出墙来。

〔幕闭。

〔剧终。

1990 年

七场现代越剧

巧 凤

魏 峨

人物表 巧 凤——热心的民办教师，她姓金，但人们都叫凤老师，第一次出场时 28 岁。

菊 花——好学的农村姑娘，流浪儿，初次出场时 12 岁。

成 龙——巧凤的丈夫，姓马，初出场时 30 岁。

翠 莲——成龙的姐姐。

郭乡长——高埠乡乡长，翠莲的丈夫。

李来发——山村农民，菊花的父亲，初出场时 46 岁。

春 茶——来发续娶的妻子，28 岁。菊花的后母。

阿 苗——高埠村党支书兼村办厂厂长，30 岁左右。

王校长——高埠乡中学校长，近 50 岁。

老邵头——码头老工人。

三 婶——巧凤的邻居。

七 嫂——巧凤的邻居。

小乞丐甲、乙及旅客若干。

第一场　风霜

〔20 世纪 80 年代初的一个秋天。

〔偏远的山村。

〔合唱：

小菊花，野地里黄，
十二岁的孩子没了娘。
后娘生了小弟弟，
雪上更加一层霜。

〔幕启。

〔山村，农家的院子。

〔合唱声中，菊花戴着红领巾，背着个婴儿，抱着书包，从山村小道走来。

菊　花　（唱）人家上学背书包，
菊花我背着弟弟上学校。
老师嫌弟吵，
同学把我笑。
回家还要割猪草，
但愿得，后娘不骂爹不敲。

〔菊花进院门。

菊　花　（张望）爹！娘！……（见无人应，将婴儿放在摇篮里，亲了一亲）小弟弟，你再睡一觉，姐姐打猪草去了！（拿起割刀和草筐，又从书包里取出一本书，边看边下）

〔春茶上。

春　茶　（唱）春茶今年二十八，
生来命苦貌如花。
一笔彩礼把人嫁，
老公比我大十八。
猢狲已老不中用，

人家发财他欠债。

恨不过，前妻留下讨债女，

只顾读书不顾家。

眼中钉儿定要拔，

我想了个计策安排她！

（婴儿哭声）哟！我的宝贝在这里呀！

（连忙抱起喂奶）宝贝饿坏了，饿坏了！

（探寻）菊花，菊花！咦？那个贱货不知死到哪里去了，尿布都没有换好！（给婴儿换尿布，同时喊）来发，快点来！

〔李来发端脚盆应声上：“哎——！”

来 发 （唱）老婆娘娘圣旨下，

连跑带笑见春茶。

前年我虚报年龄骗了她，

三千彩礼一身债。

老夫少妻颠倒怕，

我只得，百依百顺全听她。

我来啦！

春 茶 （没好气地）你倒好，一转身又到哪里去了？

来 发 （赔笑）嘿嘿！你不是吩咐过的么：早上要起早，生活要做好，菜地浇好料，一脚盆尿布要洗好。喏，这不是……

春 茶 哼！你看看，你那个千金小姐，把宝贝地上一掼，自己不知跑到哪里去玩啦！

来 发 啊，菊花跑到哪里去了？……作兴是读书做作业吧？

春 茶 作业？真是作孽！（丢尿布）一个农村姑娘，读书有啥用？

来 发 （附和）对对对，农村姑娘读书没啥用！

春 茶 哼！

来 发 （不明其意）啊？

春 茶 拿来！

来 发 什么拿来？

春 茶 你一担菜挑进城，卖了的钞票呢？

来 发 对对对，如数上交！（忙掏钱递过）

春 茶 （数钱）一五、一十、十五、二十……一、二、三，二十三块四角八，怎么只有这一点点?

来　发　全部上交了，一分没有留。

春　茶　骗人！刀豆茄子，新菜上市，价钱行俏，你又不是呆子！拿出来！

来　发　天地良心，真的没有了。

春　茶　你过来！

来　发　这……

春　茶　过来！（放下婴儿，揪来发耳朵近前）让我搜！

来　发　（躲）哎……

春　茶　（从来发口袋中摸出一张大团结）这是什么？一张大团结！

来　发　这个……你听我说，菊花上了初中，学费已经欠了一年，今年考了第一名……

春　茶　第一名顶个屁用！（将钞票塞进腰包）你再给她交学费，我就回娘家去！

来　发　（忙拦）哎……不交，不交就是！

春　茶　你听了！

（唱）常言道，养儿传宗可接代，

养大女儿赔钱财。

迟早总是朝外货，

不如及早作安排。

〔菊花割了猪草上，不敢打扰，在旁暗听。

来　发　怎么个安排法?

春　茶　（唱）北山有个光棍汉，

贩运毛竹发了财。

年过三十未娶妻，

愿出彩礼五千块！（菊花吃惊）

来　发　（惊叫）五千块！真的?

春　茶　当然真的。

来　发　呀！

（唱）五千块钱谁不爱，

还债有余心花开，

只不过，菊花终究年纪小，

老少相配不应该。

春　茶　（生气）什么！你同我不是老少配？不也是相差十八岁？你说配不配呀？

来　发　配配配！

春　茶　应不应该呀？

来　发　应该，应该！

春　茶　那你女儿就不可以啦？

来　发　这……哎呀，菊花才十二岁呀！

春　茶　十二岁啥要紧，先过门去当小妹妹，过两年长大了再同房，不是蛮好吗？五千元到手是实货！

来　发　这……总不大好吧！

春　茶　有啥不好？难道你要欠债欠到老？你今天不答应把菊花嫁出去，我就回娘家去，同你离婚！

来　发　（拦）哎……不要生气，我答应，我答应！

〔菊花哭着冲了出来。

菊　花　爹！……娘！……我不去，我不去！

来　发　啊？

春　茶　哼！你在偷听，贱货！

菊　花　爹！……

（唱）女儿挂着红领巾，
少年儿童怎嫁人？
我宁愿多割猪草多养兔，
照管弟弟我担承。
家中杂务全归我，
发奋读书求上进。
老师夸我成绩好，
批准给我助学金。
我一定上了中学上大学，
日后报答父母恩！

春　茶　放屁！你在说梦话！索性讲明白，我已经收下两千块定洋，到明天，北山就要来接人！

菊　花　爹，我不去……我不去！

春　茶　不去也要去！

菊　花　（哀求）爹！……

来　发　（苦恼地）不要吵啦！

菊　花　（哭着跪下）爹！……

春　茶　好呀，她不去，我回娘家去，你看着办吧！（将婴儿丢给来发，下）

来　发　（对菊花）菊花，爹也是没有办法！你早点过门去也好，人总会长大的，明天打扮打扮，到北山去！（进内）

菊　花　（凄厉地）爹！……娘！……（放声痛哭）

〔合唱声起：

叫爹爹不应，
叫娘没有娘，
走投无路好心伤！
泪如山泉水，
心似秋风凉，
逃离家乡去流浪！
去流浪……

〔合唱声中，菊花收拾了几件衣裳，找出一块破毯子披在身上，抱起书包，流着眼泪，暗暗离开这个家。

〔灯光渐收，合唱继续：

泪如山泉水，
心似秋风凉，
万般无奈去流浪，
去流浪！

第二场　流浪

〔一年之后。

〔运河边的码头候船室。候船室外有一块写有“行船时刻表”的大木牌。

〔幕启。夜色初降。

〔候船室里灯光灰黄，有几排长条椅，有数位旅客在椅上打瞌睡。两个中学生模样的孩子在叫卖茶叶蛋。

学生甲　（发现）呀？凤老师又来找我们了，快躲起来！

〔学生甲、乙躲下。

〔巧凤上。

巧　凤　阿春，你别跑，快回学校去！（追下）

〔小轮船的马达声渐近，汽笛声、船靠岸的哨子声。

〔老邵头拉着船缆系在码头墩子上。

老　邵　（拿起土做的广播筒）各位旅客注意，南湖县城到了，请旅客们按照次序慢慢上岸，注意安全，防止小偷！

〔船上的旅客鱼贯上岸，有提包的，有背袋的，有挑担的，有弹棉花的，有补鞋的，行装各异，熙熙攘攘。三个小乞丐涌上前去乞讨。菊花已剪了头发换成男装，成为小乞丐之一。有些旅客给些零钱，有些人则不理睬。

〔上岸的旅客中，有高埠乡的郭乡长和他的妻子马翠莲。翠莲提着一篮礼品走在后面。

菊　花　（伸手乞讨）大叔、大婶……

〔郭乡长摸出一分零钱，被翠莲一把夺过。

翠　莲　你好省省。（对菊花）去去去！

小丐乙　（拥上前）阿姨给我……（伸手）

翠　莲　（在掌上打一下）去！

小丐乙　（拦住）你做做好事……

翠　莲　（一推）让开！

〔小乞丐乙故意跌倒，翠莲一愣，小乞丐甲趁机偷了翠莲的皮夹子，又从篮里偷了一包桂圆想跑，被翠莲发现。

翠　莲　啊！（夺回桂圆纸包）小偷，抓住他！

〔小乞丐甲、乙转身逃跑而下。

郭乡长　（大喝一声）站住！（追了两步见跑远了）嘿！小赤佬跑得好快！

翠　莲　还好我警惕性高，一包桂圆差一点被他偷去！

郭乡长　（见菊花还在，指着菊花说）你们这些小讨饭都是小偷，都该送到派出所去！

〔菊花害怕地退缩而下。

翠　莲　哼！县里也不管一管，要是在我们乡里，老早……

郭乡长　（打断）好了好了我们走吧！

〔候船室里的王校长发现郭乡长。

王校长 （打招呼）啊，郭乡长！

郭乡长 王校长！（点点头）你也到县里来了？

王校长 我们学校有几个学生，跑到县里卖茶叶蛋，我们来做做工作。

郭乡长 好，这工作做得好。告诉你一个好消息，你们学校那排破教室，可以翻造了！

王校长 （惊喜）啊！经费解决了？

郭乡长 我帮你们筹集了五万元，再到县里去要一点，就可以动工！

王校长 太好了！王校长真要谢谢郭乡长！

郭乡长 （满意地）哈哈哈，不用谢我……

〔阿苗上。

阿　苗 郭乡长，夫妻双双进城呀！

郭乡长 我到县里开会，为他们学校讨钱，翠莲出来走走亲戚。你忙啊？

阿　苗 我为村办工厂弄了一批原料，乘夜班航船回去。

翠　莲 哟！阿苗书记兼厂长，工作辛苦啦！

阿　苗 村干部，不算数！哪里有你们郭乡长辛苦！

翠　莲 他个乡长顶个屁用！

（唱）乡长每日管开会，
开罢大会开小会。
县区乡村干部会，
计划生育妇女会。
一年四季都是会，
上下左右跑断腿。
那及你村里支书小落胃，
办起工厂有实惠！

阿　苗 （大笑）哈哈哈……

翠　莲 怎么样，收我到你们厂当个工人吧？

阿　苗 哟！乡长太太介大个菩萨，我们庙堂小，供奉不起呀！

翠　莲 （讽刺地）哟哟！不肯收就算了！我算啥，当民办教师都不够资格！王校长，对不对呀？你们都是独立王国，乡里是水泼不进，针插不进呀！阿郭，我们走吧！再见！

〔翠莲拉郭乡长下。

阿　苗 （摇摇头）嘿！这位乡长太太，真难侍候！

王校长 是呀！乡长太太厉害得很，我们学校的民办教师金巧凤，至今不能转正，都是她在捣鬼！

阿　苗 巧凤是她弟媳妇，反而不帮忙？

王校长 是呀，当初翠莲也是民办教师，实在教不好，只好请她回家。她莫名其妙都怪到巧凤头上！

阿　苗 哈哈，她自己教不好，反而怪别人？

王校长 真有些奇怪呀！

（唱）家务事，弄不懂，
她们是，大姐弟媳不相容！
巧凤积极她讥讽，
巧凤先进她眼红。
金巧凤，民办教师八年整，
申报转正总落空。
我今日，教育局里摸底细，
才知道，乡里从来未把材料送。

阿　苗 唉！真委屈巧凤了！不过真正的原因，你还不知道！

王校长 啥原因？

阿　苗 （笑）十多年以前，郭乡长曾经追求过巧凤，乡长太太到现在还在吃醋！

王校长 啊……

〔老邵头又拿着广播筒上。

老　邵 （对候船室）各位旅客，到高埠方向去的夜班航船，要到九点钟开船。码头上风大，旅客们可以先下船休息，防止感冒。请各位对号入座，注意安全！

阿　苗 王校长，我们先下船去，码头上冷。

王校长 巧凤还在找流生谈话，还没有来呢！

阿　苗 下船去等，也是一样！

〔王校长和阿苗提起行李，随着候船室的其他旅客，顺序下船。下。

〔菊花披着一块破毯子悄悄而上，咳嗽了几声，显然是感冒了。她见候船室里已没了人，放下了心。

菊　花 （唱）逃离家乡一年整，
每夜抬头望星星。
只有星星认识我，

洒下星光照我身。
菊花我，女儿扮作男孩样，
流浪乞讨似浮萍。
似浮萍，痛碎了心，
唯有那，捧起了书本得安宁。
多少次，偷偷到学校把课听，
多少次，被人发现赶出门。
多少次，遭人白眼被狗咬，
多少次，路遇强暴受欺凌！
码头老伯待我好，
允许我，遮风避雨暂栖身。
候船室里灯光亮，
照我读书到天明。

〔菊花从一个隐蔽的角落里拖出自己的麻袋，从中取出书包，拿出了一本书和一支笔，把候船的椅子当书桌，坐在地上，轻轻地读起书来，不时还用笔记些什么。

〔巧凤与一流生边谈边上。

巧　凤　阿春，凤老师的话都记住了？

流　生　记住了，明天我一定回学校上课。

巧　凤　这就对了！

流　生　凤老师再见！（下）

巧　凤　再见！明天凤老师在学校等你，一定要来啊！

〔巧凤看了看手表，就坐了下来。忽然她听见读英语的声音渐渐响起来，四顾无人，觉得奇怪。她站起来寻找读书声的来源，发现候船室的角落地上，竟是一个小乞丐在读英语，心中大惑不解。

巧　凤　啊！

（唱）码头之上悄悄静，
但闻琅琅读书声。
那孩子，衣衫褴褛似乞丐，
竟然在，专心致志读英文！
眼前之事难置信，
这世上，哪来这等的苦学生？

百思难解心头谜，

巧凤我，悄悄上前问原因。

小朋友！

菊　花　（吃一惊）啊！（连忙藏书）

巧　凤　不要怕，我是做老师的。

菊　花　（疑惑）你是老师？……

巧　凤　你叫什么名字？

菊　花　叫……张小强！

巧　凤　张小强，你的书借我看看好吗？

菊　花　这……（犹豫地递上）

巧　凤　（接过看）初中英语第三册！你是中学生吗？

菊　花　（摇头）不。

巧　凤　那么是小学生？

菊　花　（摇头）不。

巧　凤　你家住哪里？爸爸妈妈呢？

菊　花　我……没有爸爸妈妈。

巧　凤　（感叹）啊！那你怎么一个人在这里读书？

菊　花　……（不答）

巧　凤　小强，你告诉老师，好不好？

菊　花　（警觉地向后退一步）我是讨饭的！

巧　凤　（震惊）啊！讨饭的，却在这里用功读英语？

〔菊花突然一阵咳嗽。

巧　凤　（关切地）呀，你生病了！

菊　花　（紧张）不，不要你管！（欲走）

巧　凤　小强，你不要怕，我们可以谈谈心嘛！

菊　花　（疑惑）谈心？……不，不！（夺回英语书，跑下）

巧　凤　小强！……（怅然若失）唉！

（唱）可叹人间怪事多，

崎岖不平少坦途。

学校里，流生去卖茶叶蛋，

偏有人，一边讨饭边读书！

可怜他，瘦骨伶仃容颜枯，

小小的心灵像珍珠！
这样的孩子太受苦，
禁不住一阵心酸泪模糊！

（坐下拭泪）

〔乞丐甲、乙揪打着菊花上。菊花挣扎，被小乞丐紧紧抓住。

小乞丐　好呀，叫你配合你不肯，还要假装正经！你看，老子今天到手皮夹一个，钞票三十块！下次你干不干？

菊　花　放开我！……

小丐乙　教训教训他！（举拳欲打）

小丐甲　慢！我看他不像个男的，倒像个女的！

小丐乙　对，对，是像女的！哈哈哈……

小丐甲　把他衣裳裤子剥下来，参观参观！

菊　花　（挣扎）放开我……救命！……

〔巧凤快步上前。

巧　凤　（严肃地）放开手！（推开小乞丐甲、乙）不许欺侮人，不许耍流氓！

小丐甲　（老三老四地）哟！你管啥闲事！

巧　凤　我把你们送派出所去！

小丐甲　哈哈！派出所老子常进常出，有啥了不起！

巧　凤　（一时没了主意）啊？

〔翠莲怒气冲冲地上。

翠　莲　好呀，几个小偷都在，我的皮夹子一定是你们偷的，老老实实交出来！

〔小乞丐甲、乙有些发慌。

巧　凤　翠莲姐，你皮夹子丢啦？

翠　莲　巧凤你也在呀，好，帮我一道抓贼骨头！

翠　莲　（大喊）抓住他！

〔翠莲扑上去，小乞丐甲、乙灵活地逃下。翠莲扑了个空，见菊花还在，一把抓住菊花。这时，老邵和王校长被喊声惊动，上岸来探听。

（揪住菊花）你跑不了！

菊　花　不是我……

翠　莲　走，派出所去！

菊　花　（挣扎）不是我，不是我偷的！（一阵连续的咳嗽）

翠　莲　（毫不手软）还想赖，你们都是一伙，盗窃小集团！（几乎拽倒小菊花）走！

巧　凤　翠莲姐，偷东西的已经跑掉了，不要冤枉了他……

翠　莲　冤枉了他？你认识这个小讨饭？

巧　凤　不认识。我刚才看见他在读书。

翠　莲　小讨饭读书？屁话！

老　邵　（走上前）不，这个小讨饭一向规矩，还喜欢读书是真的。我在码头上工作，我最清楚。

翠　莲　噢，你最清楚，（笑）老师傅贵姓呀？

老　邵　我姓邵，人家都叫我老邵头。

翠　莲　你为他担保？

老　邵　我晓得，偷东西的不是他。

翠　莲　好呀，老邵头师傅，看你的面上，我放了他。（放了手）码头上的小偷，都在你的领导之下，我皮夹里三十元钱，你先还给我吧！

老　邵　啊？（气得目瞪口呆）

王校长　（笑着劝解）翠莲同志，你讲话太厉害了，人家吃不消的！

翠　莲　（带刺地）哟！王校长还没走呀，你是怕我弟媳妇巧凤太冷清，特地来陪她的吧？

王校长　（气闷住）这……这是什么话！

翠　莲　哈哈，讲讲笑话嘛！老邵头师傅，逃得了和尚逃不了庙，三十元钞票，我报告派出所，明天再来向你讨！（回头就走，摇摆而下）

老　邵　（气得透不过气）嘿！真是莫名其妙！

王校长　她是我们高埠乡乡长太太！

老　邵　少见，少见！

〔小轮船的汽笛鸣叫一声。

老　邵　好啦，到高埠的旅客下船啦，船要开了！（解船绳）

王校长　巧凤，下船去吧。

巧　凤　（找不见菊花）那个孩子呢？哪里去了？

王校长　什么孩子？

巧　凤　就是那个小讨饭，他在这里太危险，还生了病。小强——

王校长　船要开了！

巧　凤　王校长，你有急事，先回去吧。我，一定要找到他！

〔王校长下船，下。

〔汽笛声。

〔巧凤向四处张望。追寻而下。

〔收光。

第三场 暖流

〔次日。

〔音乐声中幕启，农村的早晨，农家的庭院，这是巧凤的家。

〔菊花拘谨地坐在小方桌旁，脚下放着她的讨饭袋。她胆怯地咳嗽，茫然地望着这个家。

〔巧凤从厨房端了一碗热气腾腾的姜汤上。

巧 凤 小强，先喝碗姜汤，驱驱寒气，对感冒有好处。

菊 花 （忙站起）凤老师……

巧 凤 你坐下慢慢喝，我去拿饭给你吃！（笑了一笑，下）

菊 花 （喝了几口姜汤，感慨地）

（唱）陌路相逢好心人，

带我坐船到家门。

一路之上细盘问，

我未敢吐露真姓名！

〔巧凤将饭和菜端上。

巧 凤 来啦——我们吃饭吧！

（唱）一碗咸菜自家腌，

四个鸡蛋用油煎。

黄瓜豆角门前种，

米饭吃饱尽管添！

巧 凤 吃，小强趁热快吃！（递碗）

菊 花 这许多菜……

巧 凤 吃吧！

〔菊花蹲到地上去吃。

巧 凤 哎，坐到桌子边吃，吃呀！（把荷包蛋夹给菊花）我陪你一道吃！（端

起碗）

〔菊花狼吞虎咽地吃起来，饿态可掬。音乐声起。

巧　凤　（不断给菊花夹菜、添饭）我再给你添饭。

菊　花　不，我已经饱了。

巧　凤　再吃个荷包蛋！（夹蛋）再喝点热汤！（将汤碗递过）都喝了它！

菊　花　（端起汤碗把汤全都喝完）我真的吃饱了！（站起想帮助收拾碗筷）

巧　凤　你放着，我会收拾的。（收拾到一边）

菊　花　那么……谢谢凤老师，（拿起破麻袋）我走了。

巧　凤　（叫住）哎，怎么就走？我还想考考你呢。

菊　花　（不解）还要考考我？……

巧　凤　（边收拾碗筷）你把你的书拿出来。

菊　花　（从麻袋里取出几本书递过）

巧　凤　你读过中学吗？

菊　花　读过半年多。

巧　凤　（翻书）初中语文第三册，初中英语第三册，化学、代数、历史……这些初中二年级的书，你都读了？

菊　花　我……我是自学的。

巧　凤　你自学到第三册，也做作业吗？

菊　花　也做……做了一些。（取出几本烟盒纸订成的笔记本）

巧　凤　（看作业本）啊，你做得真不少呀！……你能心算吗？

菊　花　还……还可以。

巧　凤　（取出个小算盘）20×20？

菊　花　（应声）400！

巧　凤　25×25？

菊　花　（应声）625！

巧　凤　365×365？

菊　花　（不加思索）133225！

巧　凤　（惊讶）呀！你算得好快！我考考你语文，做两个造句好不好？

菊　花　……好。

巧　凤　虽然……但是……

菊　花　（应声而答）虽然我到处流浪，但是我要读书！

巧　凤　因为……所以……

菊　花　（应声而答）因为我家里穷，因为我要读书，所以我一边讨饭，一边读书！

巧　凤　（被深深地感动）呀！

（唱）苦孩子要读书呼喊声声，
听得我心头颤抖两泪淋！
巧凤教书整八载，
何曾见，这般苦学的好学生！小小年纪受尽苦，
聪明绝顶志如金。
好学生流落成乞丐，
这样的遭遇太不平！

（见孩子收拾东西想走）
孩子呀——！
你莫走，且安心，
我已经，烧好热水一大盆。
把身上的积垢洗干净，
清洁的衣裳换一身。
从此后，留在我家把书读，
随我到，本乡中学去报名！

菊　花　（感动地）啊……让我留下读书？……

巧　凤　嗯，想不想读书？

菊　花　想，很想……

巧　凤　小强，你先洗个头，我把热水拿来！（向厨房下）

〔巧凤拿来脸盆、浴盆和一大捅热水。

巧　凤　小强，来，先洗洗头。（往脸盆里倒上热水）来，到这边来！嗳！（抚摸菊花头颈）啊呀，好脏呀，多少时间没洗过了？

菊　花　有……一年多了。

巧　凤　唉！快把头低下来，让我洗！

〔音乐伴唱声中，巧凤为菊花慢慢地洗头。

〔伴唱声：热水淌，热泪流，
一头乱发几多愁。
疑是梦中母亲的手，
温暖如泉涌心头！

〔巧凤为菊花擦干了脸。

巧 凤 小强，我们接着洗澡吧，把脏衣服都脱下来，我帮你用肥皂好好洗一洗！（为菊花解衣扣）

菊 花 （吃惊退避）啊，不，不……！

巧 凤 （觉得奇怪）为什么不洗澡？

菊 花 我……我到房间里自己洗。

巧 凤 小孩子怕什么？你那么脏，我帮你才洗得干净！

菊 花 （害怕）不！……我……我要自己洗！

巧 凤 （笑）还怕难为情？也好，你把洗澡盆和热水拿到房间里去洗！（取出衣服）这几件大人的衣裳，你先换上！

菊 花 嗳！

〔巧凤帮助菊花把洗澡用品及热水都送进房间，菊花在内把门关上。

巧 凤 （被关在门外，笑）他还怕难为情！……（起疑）呀？

（唱）这孩子名叫张小强，
说话的声音像姑娘。
家住何方不肯讲，
似有隐情心底藏。
莫非他，辛酸家事难开口，
莫非她，女扮男装为流浪？
我这里，且慢盘问追根底，
须防他，小小的心灵受过伤。
冰冻三尺难化解，
且待暖流化春江。

〔马成龙背着个旅行包兴冲冲上。

成 龙 巧凤！

巧 凤 （高兴地）啊！成龙你回来啦！（亲热地为他放下行囊，为他掸身上灰尘）这趟出差，时间好长呀。

成 龙 （笑）是呀，真想你呢！

巧 凤 （笑）先洗把脸吧！

成 龙 慢点！先看我献宝！（取出大包小包）

巧 凤 都是些什么呀？

成 龙 你看——

（唱）一件花布新衣裳，
两瓶凤凰珍珠霜。
这一件，袖珍电子计算器，

巧　凤　啊！

成　龙　（唱）你批改作业派用场！

巧　凤　太好了，要很多钱吧？

成　龙　放心！

（唱）都是我，一路省下的补贴费，
买来献宝全用光！（笑）

巧　凤　真要谢谢你了！你出差在外，可要注意身体。

成　龙　（拍胸）我身体不是很好嘛！

巧　凤　（笑）这趟出差，成绩怎么样？

成　龙　这一趟，为我们村办小厂，立下大功啦！

巧　凤　（笑）看把你高兴的。快坐下慢慢讲。

成　龙　哈哈！这一次真是大开眼界，八十年代新气象，城乡市场大兴旺，我为我们村办小厂订了好几个万元以上的合同，阿苗厂长高兴极啦！

巧　凤　（笑）恭喜你啦！

成　龙　巧凤，往年你年年评先进，今年哪，我成龙也要和你比个高低！（高兴得唱起来）你教书来我采购，夫妻双双争上游！……（笑）哈……

巧　凤　（笑）好，这次算是你立了功，辛苦啦！

成　龙　我辛苦，你该慰劳慰劳我呀，我肚皮饿煞啦！

巧　凤　正好，饭还是热的，菜么……啊呀，只有些剩菜了。

成　龙　剩菜？（看一眼，不大高兴）煎几只荷包蛋来吧！

巧　凤　荷包蛋？鸡蛋没有了。

成　龙　连个鸡蛋也没有？

巧　凤　本来还有几只，请一个小客人吃掉了。

成　龙　小客人？我们小东东回来了？（高兴地叫）东东，东东！

巧　凤　小东东还在外婆家，没有回来。

成　龙　那么哪里来的小客人？

巧　凤　等一下再告诉你，我先到隔壁三嫂家借几只鸡蛋，煎荷包蛋给你吃！你等着！（下）

成　龙　嗨，我先洗个澡吧。（欲推房门，推不开）咦，怎么推不开？（听，惊奇）

里面哗啦哗啦啥声音？

〔翠莲上。

翠　莲　成龙，出差回来了，也不来看看阿姐我！

成　龙　阿姐，我刚刚到家，饭还没有吃过呢！

翠　莲　啥？巧凤连饭也不烧给你吃？到我家吃去！

成　龙　她去借鸡蛋去了，就烧给我吃。

翠　莲　那还差不多！……大包、小包，带了不少东西回来嘛！（看珍珠霜）

成　龙　这些……是送给巧凤的！

翠　莲　哟！你心里只有巧凤，哪里还有阿姐我呀！

成　龙　（取出一包）阿姐，这包荔枝是给你的！

翠　莲　荔枝么，也应该给巧凤吃！

成　龙　我专门带给你的！

翠　莲　专门给我的？（笑）那么说，阿弟心里还有我这个阿姐！

成　龙　有，有！

翠　莲　那好，我告诉你一件事？（附耳低语）

成　龙　（摇头）阿姐你又来乱猜乱讲！王校长同巧凤是正常关系，师生关系！我不相信！

翠　莲　好好好，怕老婆！算我没有讲过，我走！

成　龙　阿姐，你来听听，我房间里好像有声音，门也推不进去，真奇怪！

翠　莲　啊？（近前听）是有声音。啥人跑到你的房间里去了？

成　龙　不晓得！

翠　莲　哦，一定是他！

成　龙　谁？

翠　莲　（神秘地）王校长！

成　龙　（一惊）王校长？不可能！

翠　莲　我亲眼看见他们夜里一道乘船回来，不是他是谁？

成　龙　这……不大可能吧！

翠　莲　这完全可能！事到如今你还要怕老婆？！快，准备好绳子扁担，他一出来就把他敲翻，捆起来送到乡里去！你姐夫一定为你做主。

成　龙　（犹豫）这……

〔翠莲急忙找来绳子，把扁担交给了成龙。

〔两人守候在房门口，成龙举起扁担，紧张地等候。

〔房门突然开了。菊花穿着大人的衣服出现在房门口，茫然望着成龙高举的扁担。巧凤拿了鸡蛋上。

成　龙　啊？（扁担落地）嘿！

〔灯暗。

第四场　黑雨

〔一个月以后。

〔合唱：

是山花，是野花，
流浪儿来到巧凤家。
微风拂动清泉水，
一石惊飞满树鸦。

〔幕启。巧凤家，景同前场。

〔三婶与七嫂窃窃私语，边做针线边上。

三　婶　……你不相信？我带你亲眼看看，巧凤收留的那个小讨饭，今天又穿了一套新衣裳！

七　嫂　奇怪！巧凤有一个儿子，为啥又收养一个？

三　婶　（神秘地）当然有原因啦！

七　嫂　啥原因？

三　婶　（暗笑）你想想，无亲无故一个叫花子，为啥收留在家，管吃管穿还送到中学里去读书？世上有介好的事体？

七　嫂　对，呒介好事体！巧凤又不是呆子！

〔巧凤自内出，看了看表。

巧　凤　小强，该到学校去了！

〔菊花应声而出，穿着新衣，背着书包。

巧　凤　（为菊花整衣，亲切地）这件衣裳喜欢吗？

菊　花　喜欢！

巧　凤　走吧！（在院门边遇见三婶七嫂）

三　婶　巧凤，到学校去呀？

巧　凤　（点头）嗳！（对菊花）小强，这是三婶，你该叫三叔婆！

菊　花　三叔婆！

巧　凤　这是七嫂，你该叫七婶娘！

菊　花　七婶娘！

三　婶　（审视菊花）哟！介小年纪就上中学啦！真聪明！

巧　凤　我们走啦！（搀着菊花下）

三　婶　你看清楚了没有？

七　嫂　看清楚了，又是一件新衣裳！

三　婶　（不满地）哎，我是问你，那个小讨饭像不像巧凤？

七　嫂　哎……有点，有点像！

三　婶　岂止有点像，两只眼睛同巧凤活脱活像！

七　嫂　啊？……不讲倒看不出，一讲呀，就越看越像，越想越像！怪不得人家都说，这小讨饭是巧凤的私生子！

七　嫂　（大悟）噢！怪不得要收养他……

三　婶　唉！只有成龙这个呆大，还蒙在鼓里！

〔成龙拿着一瓶酒上。

七　嫂　真是个木大！（拉三婶衣袖，悄悄地）成龙来了！

三　婶　（打招呼）啊！

〔三婶、七嫂溜下。

〔成龙走进家，取出个酒杯，坐下自斟自饮。

成　龙　唉！（放下酒杯）

（唱）巧凤做事太任性，

收留乞丐进家门。

多次劝阻她不听，

说道是，人生在世当助人。

我并非，吝惜钱财小气鬼，

都只为，孩子的来历说不清。

阿姐多次告诉我，

男子汉，莫让老婆任意行。

我与巧凤感情好，

为此反目不忍心。

一月来，村中已有流言起，

说我是，头戴绿帽怕女人。
半信半疑神不定，
闷酒落肚更烦心！（饮酒）

〔翠莲上。

翠　莲　哟！成龙阿弟，你倒还有心思喝酒呀？

成　龙　出了什么事？（继续喝）

翠　莲　村里沸沸扬扬，你还蒙在鼓里，阿姐我气都气死了！

成　龙　（停杯）阿姐你气什么？

翠　莲　巧凤收留的小讨饭，你当是她什么人？

成　龙　什么人？

翠　莲　是巧凤的私生子！

成　龙　私生子……阿姐你又乱讲了，这不可能。

翠　莲　为啥不可能？

成　龙　那孩子十三，巧凤二十八，只比他大十五岁，不可能！

翠　莲　嘿！你真是个呆子！

（唱）常言道，女儿十五开情窦，
十三爹，十四娘，古往今来无其数！
我已经，来龙去脉查清楚，
巧凤从小有奸夫！

成　龙　啊？

翠　莲　（唱）奸夫便是王校长——

成　龙　王校长？……

翠　莲　（唱）他们是，多年师生师爱徒。

成　龙　有什么证据吗？

翠　莲　有呀！

（唱）一月前，我到县城走亲戚，
事情被我亲目睹。
王校长，陪着巧凤进城去，
双双对对半夜三更转归途。
领回了私生野种让你养，
管吃管穿管读书。
人都说，小强的眼睛像巧凤，

耳朵鼻梁像奸夫！

成　龙　阿姐你讲的都是真的吗？

翠　莲　我查得清清楚楚，十多年前，巧凤的爸爸死了，就是王校长出钱培养巧凤读书，巧凤还曾经住在王校长家里！

成　龙　啊！

（唱）一番话气得我血冲头顶，
手发抖心发跳红了眼睛！
怪不得多次劝阻她不听，
怪不得孩子的来历说不清。
只道她，为人正派好品行，
原来她，欺人太甚养私生！
成龙也是男子汉，
这般的恶气岂能忍。
今日定要见分晓——（怒砸酒杯）
大不了，分道扬镳办离婚！

翠　莲　对，这才像个男子汉！巧凤当了民办教师，评了先进，尾巴翘上天，骑到你头上来啦！什么巧凤，是只黑乌鸦！要给她点厉害看看！

成　龙　（怒不可遏）我到学校找她算账！

翠　莲　不用！你是家长，坐在家里等着，才有威风！

成　龙　嗯！（怒冲冲坐下）

翠　莲　我到乡里告诉你姐夫，决饶不了他们两个！（恨恨而下）

〔成龙酒力不支，醉醺醺地在躺椅上躺下。

〔菊花背着书包，穿着男孩的新衣，欢乐活泼地上。

菊　花　（唱）蓝天白云艳阳天，
心花怒放笑开颜。
菊花插班把书读，
今日里，期中考试又领先。
难忘往日流浪苦，
倍觉今朝生活甜。

（进院门挂起书包）

菊　花　……成龙叔……成龙叔！

〔成龙猛然醒来，瞪大了两只醉眼盯着菊花，一步步逼近。菊花发慌，一步步后退，欲溜出院子。

成　龙　（大喝一声）站住！

菊　花　（吃一惊）啊？……

成　龙　你老实说，你究竟是什么人？

菊　花　（不知所答）我……啊？

成　龙　你究竟叫什么名字？

菊　花　（恐慌地）张……小强！

成　龙　骗人！

菊　花　（大惊）啊？

成　龙　你不姓张，你姓王！你给我滚出去！

〔菊花惊惧不已，退出院门，下。

成　龙　哼哼哼……果然是骗人，被我一问，就吓跑了！（又拿起酒瓶要喝，发现是空的，痛苦地坐下）空的，空的！老婆是空的，这个家也是空的！（痛苦地伏在桌上）

〔王校长和巧凤满面春风地上。他们进了院子。

巧　凤　（见成龙伏在桌上，暗笑）这个懒虫！王校长，他可能不肯去，你好好劝劝他。

王校长　（点点头，叫）成龙！

〔成龙不应。

巧　凤　（笑）大白天打瞌充！成龙，王校长看你来啦！

成　龙　（猛抬头）啊？你们俩……又一起来了？

王校长　特地来拜望你！

成　龙　黄鼠狼给鸡拜年？

王校长　（大笑）哈哈哈哈，你真会说笑话！

巧　凤　（发现不大对头）成龙，你酒喝醉了吧？

成　龙　我没有喝酒。什么事，就讲吧！

王校长　（笑着）好，好，成龙同志！

（唱）张小强，流浪苦读事动人，
期中考，名列全班第一名。
发奋上进精神好，
是一个全校学生的好典型。
你与巧凤思想好，

收养孤儿风格新。

特请你，明日来校作报告，

切莫推辞请光临！

成　龙　（苦笑）嘿嘿嘿……你们做起圈套，出我洋相，欺人太甚了吧！

王校长　（摸不着头脑）你讲什么呀？

成　龙　（以拳击桌）我成龙也是个男子汉，也要顶天立地做人，你给我滚！

巧　凤　（欲阻）成龙你……

王校长　啊？怎么回事？莫名其妙！

成　龙　（暴怒逼上前）滚，滚出去！

巧　凤　（急阻）王校长，对不起，他喝醉了，你先走吧！

〔王校长摇头叹息，巧凤送他出院门，下。

成　龙　巧凤，你回来！

巧　凤　成龙，你醉成什么样子，莫名其妙得罪人家王校长！

成　龙　得罪了他，你心疼了？

巧　凤　你这是什么意思？

成　龙　你们两个究竟是什么关系？

巧　凤　（生气）你说什么关系？你说，你说！

成　龙　（痛苦地）若要人不知，除非己莫为！（竟哭了起来）

巧　凤　啊？你喝醉了，快休息去！（为成龙拭泪）

成　龙　我没有醉，清醒得很！

巧　凤　这个样子还清醒！（扶成龙）起来，进屋去休息！

成　龙　我问你，民办教师几块钱一个月？

巧　凤　三十六块八！

成　龙　好呀，三十六块八，自己都不够花，定要收留个叫花子什么？

巧　凤　不是都讲过了吗，我是个教师，孤儿要读书，我当然应该帮助他！

成　龙　（讽刺地）哼！你思想好，你是先进分子，你无私奉献，你热心助人……

巧　凤　（打断）成龙！你也讲这种话，难道应该吗？

成　龙　应该！我也应该弄弄清楚，那个小讨饭，是谁生的孩子？他父母是谁？家住哪里？

巧　凤　这……一个孤儿，一时还讲不清楚呀！

成　龙　（学腔）一时讲不清楚！全村上下都清楚了，你还要骗人！

（唱）人都说，夫妻应是同条命——

〔菊花悄悄地在院墙边听。

成　龙　（唱）你不该对我两条心！

亲生儿子让外婆养，

收留野种到家门。

却原来，野种是你私生子——

巧　凤　（惊）啊？你胡说！……

成　龙　（唱）叫成龙，有何面目去见人。

今日里，打开天窗说亮话，

是好是散由你定。

若要好，打发野种永离去，

一刀斩断旧时情。

若要散，各奔前程从今始，

同到乡里办离婚！

巧　凤　啊！你真糊涂。你听我说……

成　龙　（打断）不要听你解释，给你五分钟，你给我考虑考虑！（进房门，猛地关上门）

巧　凤　成龙，你听我说！（猛敲门）成龙……成龙……（伏在门上）

〔菊花欲上前又不敢。见郭乡长和翠莲上，忙又躲在一边。

翠　莲　你进去同她讲，不要留情面，不要手软！否则群众不答应！……

郭乡长　（有些不耐烦）我晓得我晓得！按照政策办，不用你多讲！

翠　莲　哼！你过去追过巧凤，现在还下不了狠心呀？

郭乡长　你胡说八道些什么？

翠　莲　今朝是考验考验你！

郭乡长　好啦好啦，你去吧！

〔郭乡长推翠莲下，自己进了院门。

郭乡长　巧凤，巧凤！

巧　凤　（回头）啊，是姐夫！

郭乡长　嗯，（坐下）今朝公事公办，不要姐夫姐夫的，你叫我乡长！

巧　凤　乡长，有什么公事？

郭乡长　你呀，也太不像话，群众反应很大，我不能不处理了。

巧　凤　什么事？

郭乡长　我代表乡政府通知你，那个小讨饭，你不能收留。

巧　凤　啊？为什么？

郭乡长　根据政策，不能收留。

巧　凤　什么政策？

郭乡长　小讨饭有户口吗？没有户口，是犯法的！

巧　凤　不偷不抢犯什么法？

郭乡长　这个你不懂！还有，你生了一个儿子，又收养一个，违反计划生育基本国策，也是不能允许的！

巧　凤　又不是我生的，我只是帮助他读书，违反什么计划生育？

郭乡长　可是群众都说是你……好了好了，这个问题不讲了。反正根据政策，你不能收留他，哪里来的，让他回到哪里去！

巧　凤　（生气）这算什么政策？让社会上多一个讨饭的，少一个读书的，就是你的政策？

郭乡长　（生气）胡说！要知道这是乡里的决定！我通知你，你那个民办教师，从现在开始，不要再做了！

巧　凤　啊！为什么？

郭乡长　这个……你和王校长在一起工作，群众反应很大，影响不好！

巧　凤　（委屈地）这是造谣诬蔑！你们干部也不分是非，不讲原则吗？

郭乡长　好啦好啦，总而言之，要注意影响。其实我也不大相信！不过群众的意见不能全听，也不能不听！你不当民办教师更好！

巧　凤　不，我不同意！

郭乡长　嘿，巧凤你呀！

（唱）你不知群众骂我在包庇，
我只能如此作处理。
你莫把好心当恶意，
其实都为爱护你。
只要送走小乞丐，
群众的议论自平息。
到那时为你安排个好工作，
又何必硬着头皮惹是非！

巧　凤　不，我要找乡党委反映！

郭乡长　算啦，纠缠不休对你更加不利！乡党委的意见就是我的意见，我的意见，就是乡党委的意见！事情就这样定了！我很忙，没工夫再多讲，你听我

的话，先照办！（下）

巧　凤　啊！——

（唱）猛然间好一似黑雨倾盆，
污浊当头浇我身。
我以为荒唐流言无人信，
想不到蜚语如刀可杀人！
收养孤儿本无错，
为什么无人理解我一片心？
为什么空穴来风将我疑？
为什么民办教师也当不成？
欲辩无从辩，
要洗洗不清，
欲哭偏无泪，
委屈肚里吞！
仔细想，仔细忖，
巧凤我，心怀坦荡无隐情。
流言终有消散日，
日到中天事自明。
乡长弄权我不怕，
只要丈夫能同心。

（敲门）成龙，开门，快开门！

〔房门开了一条缝，巧凤推门而进，门又被关上。

〔菊花含泪从暗处出来。听见房内传来拍桌砸物和成龙吵闹的声音。

〔巧凤声：成龙，你听我说……

〔成龙声：（打断）不要说了，反正一句话，小讨饭不走，我们就分手！

〔巧凤声：成龙，从今以后，我不用你一分钱，我自己供他读书，还不行吗？

〔成龙声：那也不行，他不走，那就我走，我永远不回这个家！

〔巧凤声：成龙……！

〔成龙声：让我走！

〔砸物声大作。菊花听得哭了。

菊　花　（哭着向房门）凤老师……我对不起你，再……见……了！

〔向房门鞠躬，伴唱声起。

〔伴唱：欲走不忍走，

想留不能留，

脱下新衣两泪流！

背起破麻袋，

一步一回头，

再度流浪天尽头！

〔伴唱声中，菊花将脱下的新衣放在椅上，披上破毯，提起麻袋，伤心地下。

〔成龙从房内冲出来，巧凤跟出。

成 龙 让我走！（欲走）

巧 凤 （忙拉住）成龙，你要逼死我吗？……

成 龙 是你不让我做人，是你要逼死我！（气恼地坐下，发现坐在衣服上，狠狠地抽出，丢在地上）

巧 凤 （拾起）啊！是小强的新衣服，怎么脱下来了？（警觉地寻麻袋）啊！小强的麻袋呢？哪里去了？难道……

成 龙 一个讨饭袋，啥稀奇！

巧 凤 （失惊）啊呀不好，他跑掉啦！（叫）小强，小强！……

成 龙 跑掉了？

巧 凤 （着急）不！他不能走！要把他追回来！

成 龙 （拦住）嗨！已经走掉了就算了。

巧 凤 （失神地）不！他有危险！

成 龙 嗨，算了吧，何必再记挂他，天都快黑了，快烧饭吧！

巧 凤 （丧魂落魄地）天快黑了？哎呀不好，他有危险！小强——

成 龙 （拦住）巧凤，我求求你了，事情已经过去了，我可以既往不咎，你不要再去找他啦！

巧 凤 （恨极）你……不要你管！（猛一推）

〔成龙跌倒。

巧 凤 （冲出家门）小强——小强——（奔下）

成 龙 （从地上爬起）巧凤——巧凤——

〔雷声大作，收光。

第五场　追寻

〔三天之后的夜晚。

〔古运河船码头，景同第二场。

〔小轮船的汽笛声、马达声、船靠岸的哨子声，幕启。

〔老邵头系好船缆，拿起土喇叭筒。

老　邵　各位旅客，南湖县城到了，请旅客们按照次序慢慢上岸，注意安全，防止小偷！

〔旅客们鱼贯而上过场，小乞丐甲、乙拥上前乞讨。

老　邵　（对小乞丐甲、乙）去去去！不许你们两个到码头来！

〔小乞丐甲、乙被赶下。

〔旅客们陆续过场，老邵头也下，阿苗、成龙上。

阿　苗　你快走呀，还犹豫什么？

成　龙　阿苗厂长，还是让我出差去吧！

阿　苗　你又来了！出差有我，你的任务是赶快找到巧凤，她离家已经三天了！

成　龙　她是去追小讨饭的，同我有什么相干。

阿　苗　她去寻找小强，有什么错？

成　龙　人家都说，小讨饭是她的……私生子！

阿　苗　胡说八道！你都相信？

成　龙　我不完全相信，也不能不信，不是她的私生子，她急什么，为什么要去追？

阿　苗　嘿，你呀，真是糊涂！我同巧凤从小同学，同上中学，同班毕业，一直到介绍你们结婚，巧凤连恋爱也没谈过，哪来什么私生子？！

成　龙　这……

阿　苗　说话要有根据，你拿出证据来！

成　龙　这……人家说，巧凤读中学的时候，王校长一直照顾她，帮她交学费，关系密切！

阿　苗　这有什么！王校长是老师，关心学生，关系完全正常。你呀，你呀！

（唱）你俩夫妻八年长，

凭空起疑太荒唐。
巧凤她收留孤儿心高尚，
你不该听信流言将她伤。
这样好的妻子你不信，
恨不得打你两巴掌。
倘若巧凤出意外，
我拿你是问不原谅！

成　龙　啊？……

阿　苗　我走了，你给我好好地去找巧凤！还不快去！（下）

成　龙　唉！难道是我冤枉她了……

〔王校长上。菊花从暗处出来，见有人又躲下。

成　龙　（有些吃惊）王校长，你也坐这班船来的？

王校长　嗯！（欲走）到教育局开会。

成　龙　（抱歉地）王校长，前天……我喝醉了，真对不起……

王校长　你明白就好。巧凤回家了吗？

成　龙　没有啊，听说她丧魂落魄跑到县里来了。

王校长　啊呀！都三天了，不要出事情！……

成　龙　（也吃惊）她会寻短见吗？

王校长　那就看你是怎样欺侮她的了！

成　龙　（又急又悔）嘿！我真该死，该死！（打自己的头）

王校长　急也没有用，快去找她吧！我也帮你分头去打听！

〔成龙点头，与王校长下。

〔菊花从暗处出来。

（唱）猛听说，凤老师出走离家门，
叫人又怕又担心。
凤老师啊……
你待菊花无限好，
不是亲生赛亲生。
谁知乡邻起疑忌，
害得你家乱纷纷。
我万般无奈离你去，
只盼你家得太平。

凤老师啊……

我梦中曾把亲娘叫，

并非忍心两离分。

你离家出走因何故，

莫非是为追菊花将我寻？

〔巧凤内唱导板：

巧　凤 （唱）寻遍了全城不见踪影……

〔菊花连忙躲过，巧凤提了个包，疲惫地上

巧　凤 （唱）——心重如铅脚步沉。

河上秋风扑面起，

满天寒星眨眼睛。（疲倦地坐下）

孤儿衣衫多单薄，

寒夜何处度凄清？

巧凤受屈不可怕，

怕的是孤儿前途险万分！

只怕他，又受露宿风霜苦，

更怕她，不是男孩是女身。

流浪的环境多险恶，

幼女怎能长抗争？

她有如身处悬崖顶，

跌入深渊要毁一生！

到那时，聪明好学成画饼，

幼苗夭折堪痛心！

越思越想我坐不定，（站起）

似听见孤儿呼唤声。

码头故地再寻找……

〔巧凤在码头上到处寻找，菊花灵活地躲避。

〔巧凤在角落里找到一个麻袋，急从麻袋里搜寻，取出了书本。

巧　凤 （狂喜地）是小强的书，小强的麻袋！我找到他了！小强！小强——（无人应，巧凤对着暗处）小强！……你出来吧！你不要怕，凤老师知道你躲在这里。出来吧，跟凤老师一起回家去，啊！……（轻声地）老师知道你是一个又聪明又听话的好孩子！你这次出走，凤老师不会怪你的。小强，要是有人欺侮你，你就告诉我，凤老师一定会帮你的！……小强，你冷了吧，老师帮你把新衣服带来了。噢，你一定饿了吧，我还带来了鸡蛋，等着你吃……小强，我已经整整寻你三天三夜了，你再不出来，就太伤老师我的心了！……小强，你出来吧，我等着你……（疲倦已极，跌坐在地下）

〔菊花再也忍耐不住，从暗处哭着出来，扑向巧凤。

巧　凤　（狂喜地抱住菊花）小强，我到底找到你啦！

菊　花　凤老师，是我不好，对不起你……

巧　凤　不，老师不怪你，我们回去吧！

菊　花　（猛然惊觉挣脱）不，我不能跟你回去！

巧　凤　（有些伤心）小强，难道你就这样忍心离开我吗？

菊　花　（热泪盈眶，感情突然爆发）凤老师……妈妈！——你真是我的亲妈妈呀！（哭着跪抱巧凤的双腿）

巧　凤　（抱起菊花）孩子……

菊　花　妈妈！……

〔巧凤、菊花紧紧相抱流泪，伴唱骤起。

〔成龙暗上听见，在一旁看傻了。

〔伴唱：啊！

无限真情涌心房，
感天动地叫亲娘！
泪水交融紧相抱，
成龙心冷似冰凉！

成　龙　（懊悔地）嗨！我真是个木头！

巧　凤　啊？成龙你也在这里？

成　龙　（招手）小强，你过来。你刚才叫她什么？

菊　花　凤老师！

成　龙　还叫了什么？

菊　花　妈妈！

成　龙　妈妈？……嗨！（懊丧地打头）

〔王校长上。

王校长　啊，小强找到了，你们都在这里了，太好啦！

成　龙　（冷冷地）好个屁！这样吧，你们三个都在，这件事我成全你们，你们

商量怎么办吧，反正一句话，小讨饭不准带到我家去！我走了！（快步而下）

王校长 （不解）又怎么啦？

巧　凤 刚才孩子叫了我一声妈妈，他的毛病又来了。

王校长 （叹息）唉！这世上要做点好事也真难，人家不理解！

巧　凤 （伤心地）人家不理解，连自己的丈夫也不理解！

王校长 巧凤，你要坚强一些。这事情你准备怎么办呢？

巧　凤 不管怎样，我要培养他读书！

王校长 （沉思）这个……我们乡里中学是不行了，除非送到县里中学去住校。

巧　凤 那太好了！王校长，你介绍他到县里去吧！能住校更好！

菊　花 （胆怯地）住校？住在男生宿舍里吗？

王校长 那当然啦！

菊　花 这……妈妈，我不……

巧　凤 怎么啦？

菊　花 （唱）妈妈呀，你一片真心为我好，

孩儿说谎不应当。

我原名菊花本姓李，

不是男孩是姑娘！

巧　凤 （亲热地搂住菊花）孩子，我早就等你这句话了！

王校长 真想不到，想不到呀！

巧　凤 菊花，不要怕，明天我就为你去买花衣裳，住到女生宿舍去。

王校长 我去找县中吴校长，一定送你上学！不过……菊花住校开销很大，巧凤你怎么负担得起？……这样吧，菊花的学费，我和你一人出一半！

巧　凤 不，王校长你上有老，下有小，绝不能要你负担！

王校长 那你……你连民办教师都被撤掉了，你怎么负担呢？

巧　凤 我劳动出身，有力气！王校长！

（唱）人说巧凤软心肠，

柔肠也能变成钢。

认定真理走到底，

我深信乌云散尽有阳光。

今日里孩子真心叫我娘，

我认她作儿又何妨。

他们不许我当教师，

我偏要培养孩子上学堂。

只要她读书能上进，

一切费用我承当！

菊　花　（感激地）妈妈……

〔灯暗。

第六场　心愿

〔时空流动的环境。

〔音乐声中，舞台上出现各种变幻的灯光。巧凤拉着满载货物的大板车上。

〔伴唱：人间事，七色光，

人生的道路苦又长。

多少辛苦，多少期望，

多少烈日，多少风霜。

愿将汗水化春雨，

洒向花丛得芬芳。

〔歌声中，巧凤拉车渐渐隐去。

〔黄叶飘零。

〔伴唱声起，李来发拉着板车上。

〔伴唱：人间事，七色光，

人生的道路苦又长。

几多往事，几多荒唐，

几多悔恨，几多忧伤。

妻离子散一身债，

年过半百走他乡！

〔李来发拉车上坡，拉不动，挥汗如雨。

〔成龙上，见状，帮助推车。

来　发　（见人相助）多谢，多谢！（拼全力拉车上坡，拉到坡顶，力尽跌倒）

哎哟！

成　龙　（上前扶起）大叔，你年纪大了，拉得太重了！

来　发　（气喘不止）唉！为了还债，想多赚点钞票，没办法呀！……多谢你帮忙。你贵姓啊？

成　龙　我叫马成龙。

来　发　我叫李来发。吃支香烟，交个朋友。（敬烟）

成　龙　（拿出烟）我自己有。

〔李来发帮助点烟，边吸烟边休息。

成　龙　你看见一个女人拉板车的吗？

来　发　女人拉板车？笑话，这种苦生活，男人都吃不消，哪有女人会来做！

成　龙　听口音来发大叔不是本地人吧？为啥来吃这种苦呢？！

来　发　唉！不用提起啦！

（唱）家住隔县穷山梁，
提起往事好心伤。
悔不该，借债续娶如花女，
谁料想，老夫少妻不久长。
更不该，听从娇妻乱做主，
逼得我，亲生女儿逃他乡！（流泪）
娇妻嫌我穷又老，
与我离婚另嫁郎。
只落得家徒四壁一身债，
自种苦果自己尝！

成　龙　你女儿逃走多久了？

来　发　（伤心地）五年多啦！

成　龙　一直没有找到？

来　发　找不到呀！我女儿名叫菊花，万一你看见，麻烦关照一声。

成　龙　好！

来　发　多谢你了。再见！（拉起板车，下）

成　龙　唉！

（唱）这老汉，女儿逃走好伤心，
我家中，多出个儿子添烦心！
数年来，成龙好像在做梦，

一时清醒一时昏。
巧凤依然待我好，
不像对我有外心。
只见她，少言寡语人憔悴，
年纪轻轻白发生。
听人说，每逢成龙跑供销，
巧凤必定走县城。
其中仍有一团谜，
今日我，暗地跟踪查原因。

〔收光，成龙隐去。

〔大雪纷飞。

〔伴唱声起，巧凤拉板车上。

〔伴唱：人间事，七色光，
人生的道路苦又长。
多少辛劳，多少期望，
多少烈日，多少风霜。
愿将汗水化春雨，
洒向花丛得芬芳。

〔歌声中，巧凤拉车上坡，奋力拉也拉不动，挥汗如雨。

〔菊花背着书包上，见状帮助推车，两人拼尽全力把车推拉上坡顶。巧凤力尽跌倒。

菊　花　阿姨，阿姨，跌坏了没有？（上前扶起，发现竟是巧凤）啊！是妈妈呀，妈妈！……

巧　凤　（挣扎坐起）啊……菊花！

菊　花　（哭出来）妈妈……原来你在拉大板车，把你累垮啦！

巧　凤　（喘息）过一会儿……就会好的。

菊　花　（心疼地）妈妈……（哭泣不止）

巧　凤　（微笑）菊花，你看，妈妈已经好了，不要哭，笑一笑……

菊　花　妈妈！……
（唱）妈妈的笑容多慈祥，
一片苦心笑中藏。
为了将我来抚养，

这千斤的重负你独承当。
菊花年幼不懂事，
害妈妈，面容憔悴发染霜。
菊花年幼不懂事，
害妈妈，大雪纷飞倒路旁！
你为我，受尽委屈受尽苦，
我怎能，顾自读书不自量。
妈妈呀——
今年的高考我不去，
从今后，你拉大车我相帮！（丢掉书包）

巧　凤　菊花，捡起来！

菊　花　不，我跟你拉板车！

巧　凤　你！（踉跄着过去拾起书包，不支倒地）

菊　花　（奔过来扶起）妈妈我再也不让你为我吃苦了！

巧　凤　傻孩子，你还是不懂妈妈的心呀！

（唱）我本是，苦里生，苦里成长，
为求学，也曾经，辛辣遍尝。
当初你，边读书，一边流浪，
才叫我，横下心，定了主张。
我只愿，流浪儿，也能上进，
我只愿，普天下，同沐阳光。
我只愿，有志者，成材成器，
我只愿，有一天，送你还乡！
我盼你，学有成，投身四化，
我盼你，立大志，造福家乡。
除此外，我并无，半点企想，
但愿你，莫负我，老师心肠！

菊　花　（激动地扑在巧凤的怀抱）凤老师！——妈妈！我懂了！

〔巧凤、菊花紧紧相抱。

〔成龙和来发同上。

成　龙　（发现）咦，那边好像是巧凤在拉板车。

来　发　果然女人拉板车，不容易啊！

成　龙　巧凤……你怎么在拉大板车呀？（心中不忍）

巧　凤　成龙，你不是出差去了吗？

菊　花　成龙叔！

成　龙　啊？小强怎么变成个女孩子了？

巧　凤　她本来就是个女孩子，不叫小强，叫菊花！

成　龙　菊花？

来　发　菊花！（细看）啊，是我家的菊花呀！菊花！——

菊　花　啊！（见是来发）爹！（惊惧地后退）

来　发　菊花！……我找你找得好苦呀！……（上前拉住）

〔菊花惊叫一声，飞快地逃下。

来　发　你别跑！（追了几步，跌了个跟头，爬起来红了眼睛，对巧凤）你好！原来是你拐骗我的女儿，（一把抓住巧凤）你还我女儿！

巧　凤　（吃惊）是你的女儿吗？

来　发　不是我的女儿，难道是你们生的？（粗暴地）你不还我女儿，我打死你！（举拳）

成　龙　（冲上）放手！

来　发　她拐骗我女儿，你怎么帮她？

成　龙　来发大叔，我们都错了，都错了？（悔恨地打自己）巧凤！

〔巧凤拉住成龙的手。

〔收光。

第七场　四喜

〔数月之后。

〔巧凤家，景如第三场。

〔合唱：金风起，瓜果儿香，

　　又是一年菊花黄。

　　流浪儿高考上红榜，

　　黑乌鸦变成金凤凰。

〔成龙围着围披，把巧凤、菊花推出厨房。

成　龙　你们休息休息，厨房里有我呢！

巧　凤　大家一起做吧！

成　龙　不用，你医院里刚刚回来，好好休息，厨房里全部归我做！

（唱）今日里要做大菜十二样，

烹调技术我内行。

十二分悔意要献上，

十二分诚心请品尝。

我一向未曾尽责任，

今日后爹让我当。

你们俩请在堂前迎贵客——

巧　凤　你还请了贵客？

成　龙　（唱）贵客是，阿苗书记王校长！

〔巧凤笑。

成　龙　你们接待客人，厨房里有我！（跑下）

菊　花　还有我呢！

〔菊花扶巧凤坐，欢快地收拾桌椅，摆上食具、酒杯和酒。成龙端着菜跑上跑下，忙得不亦乐乎。

〔巧凤突然腰痛不支。

菊　花　妈妈！你是拉板车累坏的！

〔菊花扶巧凤躺到竹躺椅上，取毛巾为巧凤拭汗。

〔阿苗和王校长兴奋地上。

阿　苗　王校长，今天巧凤成龙夫妻和好，菊花考上重点大学，可说是双喜临门呀！

王校长　我看倒是三喜临门！

阿　苗　哦，还有一喜是？

王校长　等一下告诉你！（进门）啊，巧凤！

巧　凤　（撑着坐起）阿苗书记，王校长，请坐！

阿　苗　你身体不好，休息休息！

巧　凤　还好，还好！

阿　苗　菊花，祝贺你啦！考上重点大学，你是我们村里第一个！是什么大学呀？

菊　花　北京师范大学。

阿　苗　啊，了不起呀！

菊　花　我要和妈妈一样，做个老师！

王校长 好，好！

〔众笑。

〔巧凤亲热地搂住菊花微笑，成龙又端了菜上。

成　龙 生炒牛肉、白斩鸡来啰！哟，王校长，阿苗！

阿　苗 哟！菜不少呀！

成　龙 还有还有！（又跑下）

王校长 成龙，菜已经够了，不要再搞啦！

阿　苗 对对，自己人嘛！

成　龙 也好，吃了再说。王校长、阿苗，我成龙能有今天，全要靠你们二位，我敬二位一杯！

阿　苗 应该先敬巧凤一杯！

众　人 对对对，敬巧凤一杯！

巧　凤 我不会喝酒。

阿　苗 意思意思！

巧　凤 谢谢阿苗书记，谢谢王校长！（喝了一口）

成　龙 （举杯）请，感谢大家，干杯！

阿　苗
王校长 干！

王校长 今天成龙你做了一桌好菜，你家双喜临门，我再给大家带来一条好新闻！加上一喜！

众　人 又是一喜？

王校长 你们看！（取出一张报纸）菊花参加高考的一篇作文，在报纸上发表了！

众　人 （惊喜）啊！高考的作文在报上发表了！

阿　苗 （夺过报纸看题目）“我是一个流浪儿”，李菊花！啊，是菊花写的！

王校长 这篇作文写得好极了！

（唱）一篇作文写真情，

令人读罢泪沾襟。

描出了，人间坎坷崎岖路，

写出了，无私奉献巧凤的心！

文章登在省报上，

巧凤呀，一场冤案今日平。

阿　苗 （拍打着报纸）好极好极！菊花你真有出息！我看，这篇文章省报一登，我们这里又会热闹啦！

众　人　热闹什么？

阿　苗　你们等着看吧！

成　龙　吃菜吃菜！

巧　凤　请，请！

〔郭乡长和翠莲笑容满面上。三婶、七嫂也跟上，七嘴八舌地叫“巧凤”！

郭乡长　啊！巧凤在请客呀！哈哈哈……！

翠　莲　啊呀巧凤呀！怎么不请请阿姐我呀！哈哈……菊花，你真是争气，考上了重点大学！文章还登了报，了不起啊！哈哈哈……！

〔众人一时均无反应，僵了片刻。

巧　凤　大家请坐吧，都请坐！

成　龙　来，请坐，都请喝一杯！

翠　莲　对对对，大家都请坐，都喝一杯好好祝贺祝贺，等一会儿，老郭还有最新消息告诉大家呢！

阿　苗　最新消息？

王校长　什么最新消息？

巧　凤　郭乡长，有什么公事吗？

郭乡长　哎呀，叫什么乡长，应该叫姐夫。姐夫！

〔众笑。

郭乡长　是这样一回事。乡里刚才接到县委通知，县委高书记要特地来拜访巧凤，汽车已经开出县城了！

众　人　（吃惊）啊？高书记要来拜访巧凤？

翠　莲　是呀！巧凤脸上光彩，阿姐我脸上也光彩呀！

三　婶　是呀，我们邻居脸上也光彩呀！

七　嫂　县委书记亲自来拜访，不得了呀！

郭乡长　你们说得对！县委书记来拜访巧凤，我们全乡都光彩！

（唱）乡里召开了紧急会，
做出决定有三项：
第一项，决定全乡学巧凤，
立即张挂光荣榜；
第二项，拨出专款三百元，
资助菊花把大学上；
第三项，先进教师你评上，

召开大会作表彰!

巧　凤　啊?(感到意外,突然腰痛发作,硬支撑站着)

阿　苗　郭乡长,你真是贵人多忘事,巧凤的民办教师,已经被你撤掉啦!

郭乡长　嘿!那些事不用提了,过去我们做得不大好嘛,不算数!巧凤呀,县委书记面前,你可要……你总是我们乡培养出来的嘛!

巧　凤　(腰痛不支)哎……啊!

众　人　(吃惊)啊?!巧凤她怎么啦?怎么啦?

菊　花　(难过地)妈妈病啦!

翠　莲　怎么病了,成龙,快送医院去。

成　龙　她昨天刚从医院回来。

郭乡长　那快让她到房里休息休息。

众　人　对对对!

翠　莲　成龙,你要好好照顾!

〔众人忙将巧凤扶下。

众　人　(七嘴八舌地议论)她太劳累啦!

……太辛苦了!

……痛得不轻呀,应该送医院!

……听说在拉大板车,是累坏的!

三　婶　有些人还要造谣,真没良心!

七　嫂　我是从来不相信谣言的!

翠　莲　造谣的人,真该舌头生疔疮!

……

〔李来发出现在院门,胆怯不前。成龙复上。

郭乡长　他是谁?

成　龙　我介绍一下,他就是菊花的父亲李来发!

郭乡长　(摆起威风)啊,李来发就是你呀,你来这里做什么?

来　发　(胆怯地赔笑)嘿嘿嘿……我……想来看看我女儿菊花……(叫)菊花!……

郭乡长　什么,来看菊花?你早不来迟不来,现在我们把她培养成大学生,你倒来了?啊,你像个做父亲的吗?!

来　发　(结舌)我……

翠　莲　(跳了出来)是呀!(指着来发)

（唱）你茅坑里面照照镜，
有何面目来认亲？
菊花是，重点大学高才生，
岂容你占尽便宜享现成！

三　婶　是呀！（冲上去围攻）你这个老流氓！

七　嫂　（唱）你害得，菊花受尽流浪苦，
你害得，巧凤劳累病缠身。
作恶多端该报应，
想认女儿万不能！

出去！出去！

来　发　（被逼得团团转，向人直拜）对不住，对不住！……

〔巧凤从内出来。

巧　凤　不，不能这样，他是我请来的客人！（支撑不住，菊花、成龙又扶她坐下）

七　嫂　巧凤呀，菊花不能还给他！

翠　莲　不能便宜了他！

三　婶　巧凤你受了那么多的苦，今天他要想认女儿，至少叫他把这几年学费都赔出来！

来　发　（慌）这……

郭乡长　对！把这几年的培养费都交出来给巧凤，再来认女儿！

来　发　（欲哭）我……我……

三　婶
七　嫂　（逼上去）赔，赔出来，赔出来！赔不出来就走！……

巧　凤　（挣扎着坐稳）三婶，七嫂！

（唱）乡亲的好意我心领，
乡亲的主张我难赞成。
我只是尽我一片心，
夺人所爱我不能！
菊花呀，你父当初虽有错，
如今已是悔恨深。
你是他的亲骨肉，
岂能拆散再离分？

（来发哭出声来）
来发呀，你生了一个好女儿，
大浪淘沙是真金。
今日还你个大学生，
并非我从此卸责任。
我知你欠下一身债，
大学的学费我仍担承。
只愿她发奋深造成大器，
你我两家结干亲！

来　发　（激动得涕泪横流）巧凤老师！……我对不住你，我给你……磕头啦！（哭着跪下）

巧　凤　（欲扶不能动）快起来呀……菊花，扶你爸爸起来！

菊　花　（扶起）爸爸……！

来　发　（哭）女儿……！

王校长　父女相认，这是第四喜呀！

〔一群众报上。

群　众　郭乡长，郭乡长，县委高书记已经到乡里了！

〔众人感叹，传来小汽车喇叭声。

郭乡长　啊呀，快，我们快迎接高书记去吧！巧凤你……唉，你病了，这怎么办？

巧　凤　你们去迎接吧！

郭乡长　走吧！菊花你代表巧凤去迎接！

〔乐声大作，郭乡长牵着菊花，众人一起向外迎去，巧凤独自在竹椅上含笑挥手。

〔伴唱声起。

〔伴唱：人间事，七色光，
人生路，苦又长。
愿将汗水化春雨，
洒向花丛得芬芳，
得芬芳！

〔剧终。

1991 年

七场历史故事剧

宫 墙 柳

郑朝阳

人物表 纪宫柳——出场时 18 岁，宫女，明弘治帝生母。

张　敏——出场时 40 岁左右，明成化帝身边首领太监。

成化帝——出场时 40 多岁，明朝皇帝。

万皇后——出场时 50 多岁，成化帝皇后。

老宫女——曾侍奉过成化帝。

怀　恩——冷宫太监。

皇太子——6 岁，后来的弘治皇帝。

御　医——50 多岁。

小殿下——成化帝侄子，8 岁。

太监、宫女若干。

第一场　嫉杀

〔后宫正殿。

〔幕外合唱：

　　宫墙柳，宫墙柳，
　　春来嫩蕊上枝头。
　　徒垂络络丝，
　　空挂纤纤缕。
　　无意牵东风，
　　偏是惹风流。
　　一朝花絮结作子，
　　魂落秋空天尽头。

〔幕启，万皇后端坐于宝座之上，面若秋霜；两边宫女分侍，众太监手执刑杖。一宫女全身素白，青丝散乱，跪地受刑。

宫　女　娘娘，冤枉啊！

万皇后　（拍案而起）大胆贱人，你不思罪过，还敢喊冤叫屈？

宫　女　奴婢并无过错，皇命难违，奴婢不敢抗旨，望娘娘明鉴！

万皇后　好一个皇命难违！哀家多次警戒，不许你等狐媚惑主，秽乱深宫，你怎么就敢违抗哀家懿旨呢？

（唱）说什么，皇命难抗违，
　　总是你，装得妖精态，
　　狐媚惑主迷人醉，
　　秽乱深宫滔天罪！

打！

众太监　喳！

〔棍棒高举，正欲下手，忽听外呼：皇上驾到！

〔成化帝带着张敏急上。

成化帝　（寻找怀孕宫女）在哪里？她在哪里？

万皇后 （跪下）臣妾在此接驾！

成化帝 你，你把她怎么样了？

万皇后 不知皇上所指何人？

成化帝 朕问的是那个身怀六甲的宫女。

宫　女 皇上救命啊！

〔成化帝闻声，急去扶起宫女。

成化帝 （关切地）你……怎么样了？

宫　女 妾身性命难保！

成化帝 啊？可曾伤了龙胎？

宫　女 伐木摧花，焉能有果？望皇上看在胎儿分上，救奴婢一命！（哭）

成化帝 切莫着急！（对万皇后）梓童啊！

（唱）我与你，龙凤于飞二十载，
臣民皆盼皇子来。
奈何上天不赐福，
凤体未曾结龙胎。
今有宫女怀六甲，
社稷有幸朕欣慰。

万皇后 （故作吃惊）啊，宫女有孕，臣妾却是不知啊！

成化帝 不知者不罪，请梓童速将宫女交给张敏带走。

万皇后 慢！

（唱）宫女有孕天下喜，
中宫失察获大罪，
为保龙子不受惊，
臣妾理应多关怀。

张敏！

张　敏 在！

万皇后 （接唱）速招御医进宫来，
哀家要，亲自诊察保龙胎！

张　敏 是！（急下）

成化帝 （大喜）啊，皇后深明大义，真乃社稷之福啊！

（唱）人道爱卿常妒嫉，
今日看来人言非；

既通情，又达理，
拳拳爱心感天地。
大明江山能继承，
爱卿大功数第一！

万皇后 皇上放心，臣妾为保龙子，岂能视之等闲！

〔张敏引御医上。

张　敏 启奏娘娘，御医召到。

万皇后 皇上请到西殿稍候。

成化帝 好，有劳爱卿照应！（解下身上龙披披到宫女身上）你安心在此，听皇后吩咐。

〔与张敏下。

万皇后 （突然变脸）太医！

太　医 臣在！

万皇后 （冷冷地）你是个几品官儿？

太　医 臣蒙圣恩，赐封五品御医。

万皇后 你可要官升三品吗？

太　医 官升三品？不，不，臣不敢有非分之想。

万皇后 你听着！

（唱）今有宫女犯癫狂，
诓称怀孕惑君王，
真假要你细诊断，
看准了——
我保你三品官儿当；
若是你——
医术平庸出差错，
莫怪满门把命丧！

太　医 （吓得发抖）臣……遵、遵旨！

〔太医走向宫女，搭脉，窥视万皇后。

万皇后 （逼问）是有胎还是无胎？

太　医 （发抖）无……无胎！

万皇后 真的无胎？

太　医 真的无胎！

万皇后 （笑）好，你写下诊断来！

太　医 是、是！

〔宫女捧文房四宝，太医写诊断，呈皇后。宫女高举诊断书上“无孕”两个大字。

万皇后 好贱人！

（唱）你狐媚惑主犹可恕，
假孕欺君罪难当！
太医诊断已做证，
弥天大罪自取亡！

打！

〔众太监行刑，宫女受杖翻滚，发出阵阵惨叫，死去。

〔成化帝和张敏急上。

成化帝 （大声怒叫）住手！（急去探视宫女，见已死，怒视皇后）你！……你竟敢欺君？

万皇后 哎哟我的皇上！欺君的不是臣妾，而是这该死的贱人！你看！

〔宫女高举“无孕”奏折，成化帝惊愕。

〔收光。

第二场　幽会

〔皇宫奏事处，成化帝背手踱步，闷闷不乐。

成化帝 （唱）流水照夕阳，
日暮两鬓霜，
枯叶秋风悲肃杀，
未见新芽迎春光，
大明江山祖宗业，
后继无人心凄惶！

〔成化帝叹息入内。

〔张敏上，看着入内的成化帝，轻轻点头，胸有成竹。

张　敏 （唱）东君无力护芳菲，

柳折花残遍宫闱，
不忍秋霜太肃杀，
着意化雨春风吹。

〔向舞台深处轻轻击掌，随着掌声，走出青春美丽的宫女纪宫柳。

纪宫柳 张公公有何吩咐？

张 敏 （上下打量纪宫柳）纪姑娘，有件好事要轮到你了。

纪宫柳 好事？什么好事？

张 敏 你听着：奏事处值班宫女身患有病，不能伺候圣躬，咱家看你聪明伶俐，手脚勤快，要让你来伺候皇上。

纪宫柳 伺候皇上？

张 敏 是啊，伺候皇上可不容易，宫中三千宫女，哪个不想接近天颜？你可要好自为之。

纪宫柳 （惶恐地）奴婢初来乍到，只怕不能胜任，还请公公另选他人吧。

张 敏 不，此事非你莫属！不许抗命！

纪宫柳 （无奈顺从）是，奴婢遵命。

张 敏 这就对了。万岁爷即刻驾到，你要小心伺候。万岁爷渴了，你要端茶送水；万岁爷饥了，你要奉上点心；万岁爷若是困了，你要铺床垫被，服侍安歇，明白了吗？

纪宫柳 是。

张 敏 （点头）好！（下）

〔纪宫柳独自留在奏事处，既惊慌又好奇。

纪宫柳 （唱）辞别爹娘到京城，
深宫度过三月整。
人说道，皇家富丽胜天庭，
我却见，高墙重重太阴森。
时闻宫女受杖死，
常听中宫嫉杀人。
今日命我伴君王，
顿觉寒意飕飕冷。
曾记得，爹娘临别曾叮咛，
进宫当差须小心，
遇事忍让宁低头，

勤劳本分最要紧。

〔纪宫柳动手掸扫奏事处，欲入内，遇见成化帝手持奏本自内而出。成化帝惊其美艳，不觉奏本落地，纪宫柳忙上前拾起。

纪宫柳 奴婢叩见皇上。

成化帝 啊，平身！平身！（伸手扶起）我怎么从未见过你？

纪宫柳 奴婢进宫不久，今日奏事处宫女患病，奴婢是替她值班的。

成化帝 哦。你叫什么名字？

纪宫柳 奴婢姓纪，名宫柳。

成化帝 纪宫柳？好名字。（吟咏）“暖日晴风初破冻，柳眼梅腮，忽觉春意临深宫！”（见纪宫柳低头不语）你喜欢这句诗吗？

纪宫柳 奴婢不懂。

成化帝 哈哈哈，你不懂诗，可见到你的人就想吟诗啊！

（唱）纪宫柳，柳腰细细情千缕，
柳眉长长魂双勾，
柳态婀娜迎风舞，
柳意缠绵春雨稠，
柳烟弥漫藏娇容，
柳荫深处解风流，
果然秀色迷人醉，
春潮逐浪起心头！

朕想把你留在奏事处，你可愿意吗？

纪宫柳 把我留在奏事处？

成化帝 对，有你留在奏事处，陪伴朕躬，我愿足矣！

纪宫柳 这？……

（旁唱）他那里，大明天子开了口，
纪氏我，恰似春寒掠梢头，
东风欲扶柳丝飞，
直上青云入琼楼！
只怕高处不胜寒，
柳折花残埋荒丘；
我若婉言来拒绝——

成化帝 怎么样啊？

纪宫柳 呀!

（接唱）又怕龙颜震怒获大咎!

成化帝 你难道敢违抗朕的旨意吗?

纪宫柳 （急跪下）奴婢不敢!

成化帝 哈哈，这就对了！宫柳姑娘，外面起风了，你随朕进去吧。

〔成化帝解下龙披，欲披到纪宫柳身上，纪宫柳躲避再三，终被裹住，裹挟入内。

〔张敏上，窃笑。

〔收光。

第三场 告密

〔清晨，皇后寝宫，宫女们捧梳妆用具上，跪奏:“请皇后娘娘梳妆。”

〔万皇后上，她倦容未消，神情忧郁，坐下让宫女们伺候晨妆。

〔幕外唱:

光阴无情水东流，
人生易老转眼秋，
花未结子春已去，
千般无奈万般愁。

〔一宫女呈“起居注”上。

宫 女 启奏娘娘，敬事房呈“起居注”，请娘娘御览。

万皇后 啊!

（唱）“起居注”看罢生疑窦，
皇上行踪难猜透。
国泰民安无大事，
为什么，奏事处里多逗留?
莫非他，嫌我人老珠已黄?
莫非他，金屋藏娇又风流?
来啊!

二宫女 奴婢在!

万皇后 你二人送点心到奏事处，替哀家问候皇上，请皇上节劳休息，保重龙体。

二宫女 是。

〔二宫女送点心下。

〔一宫女奉参汤上。

宫　女 娘娘请用参汤。

〔万皇后接过参汤，喝下一口，忽觉恶心，呕吐。

〔宫女们急捧嗽盂承接，为她抹胸捶背，一阵忙乱。

〔万皇后先是惊疑，然后慢慢露出笑容。

万皇后 啊，我为何恶心呕吐？莫不是……（惊喜地按住腹部）

（唱）饮参汤顿觉恶心，

莫不是喜兆临身？

皇上那日驾幸临，

屈指算来二月整。

喜酸厌油少食欲，

似病非病昏沉沉。

怪道春潮已无信，

定是蚌孕明珠生！

（越想越喜）哎呀呀，宫娥哪里？

二宫女 奴婢在！

万皇后 （接唱）快快去，传旨太医来切脉，

判定虚实保龙鳞！

二宫女 是！恭喜娘娘！贺喜娘娘！（急下）

〔万皇后沉浸在喜悦、幻想之中。

万皇后 （唱）殷殷祈祷大半生，

痴痴企盼三十春，

真情感天天回应，

虔诚礼佛佛显灵！

〔灯光变幻，云雾迷蒙，出现送子观音，观音将一襁褓递给万皇后，隐去。

万皇后 （双手接过婴儿）

（唱）菩萨为我送子来，

龙儿紧偎彩凤身。

〔万皇后抱着婴儿，幸福地拍着，笑着，慢慢想起来——

万皇后 啊，这不是三十年前的事吗？

〔外声：太后有旨，命宫娥万氏专司抚养太子。钦差。

〔幕外唱：

三十年前颁旨意，
黄花宫女护龙体，
年年月月同嬉戏，
日日夜夜共枕席，
含辛茹苦十六载，
十六岁太子做皇帝，
承蒙龙心未嫌弃，
三十岁宫娥封贵妃。

〔回忆隐去，追光罩着万皇后，她仍然抱着孩子。

万皇后 （唱）三十岁宫娥封贵妃，
二十年岁月星斗移。
当年的孩子成皇帝，
我成了，当年怀里孩子妻。
当年的孩子要孩子，
我这个，带孩子的皇后无后裔。
我怨恨，我妒嫉，
夜求菩萨日求医。
上苍感我虔诚意，
哀家今日终有喜！
但愿老凤孵龙子，
保我凤辇保社稷！

〔将襁褓塞进腹部，腆着肚子，拍着，笑着。

〔外声：太医召到！

〔万皇后惊醒，回到现实中。

万皇后 啊，快快有请！

〔太医上。

太　医 臣叩请娘娘圣安！谢娘娘赐臣三品官衔！

万皇后 有功则赏，理所应当。

太　医 谢娘娘！

万皇后 听说你医术高明，尤精妇科，果真如此吗？

太　医 （得意地）臣不敢自夸，若说妇科，还算精通！

万皇后 好。近日以来，哀家自觉身上有异，你来看看，脉象如何？

太　医 谨遵懿旨。（为万皇后切脉，点头）嗯，实有些变化。

万皇后 哦，怎么样？

太　医 待臣再诊。（又凝神诊脉，有了把握）好了。

万皇后 快说！

太　医 （自信地）

（唱）非是臣自夸医术精，

弓三指便能入木三分；

妇科症尤称高明，

诊脉断病不离毫分！

万皇后 你快说，哀家是……？

太　医 （接唱）脉起连珠为喜脉，

万皇后 （大喜）啊，果然是喜脉？

太　医 （接唱）脉涩而缓是结症。

万皇后 那我是……？

太　医 （接唱）娘娘是，花到秋后残红落，

人到晚年无春讯。

万皇后 （震惊）你是说我不能生育了？

太　医 （憨厚地）不错不错，人到晚年，天葵必绝，此理自明，绝不会错！（发现万皇后神色不对）啊？

万皇后 （大怒）大胆庸医，一派胡言！来啊！

〔二太监急上。

万皇后 将他重责四十，囚禁天牢。

二太监 是！

太　医 啊，娘娘！我说的是真话、实话、直话啊！

万皇后 你说的是假话、昏话、屁话！（掩面而泣）

〔太医被拉下。

〔万皇后因失望而昏厥，宫女们慌乱大叫“娘娘！娘娘！”万皇后慢慢醒转，显得悲伤、绝望。

〔两名送点心的宫女回来。

二宫女 启奏娘娘，奴婢已将点心送到奏事处，皇上他……

万皇后 （厉声）皇上怎么样？你说！你说啊！

二宫女 是！奏事处来了一名新宫女！

万皇后 谁？

二宫女 她叫纪宫柳。

万皇后 纪宫柳？哼！果然不出所料！

〔又一宫女急上禀报。

宫　女 启奏娘娘，张敏求见。

万皇后 （冷笑）来得正好，叫他进来！

〔张敏急趋上前，跪倒在万皇后面前。

张　敏 奴才叩见娘娘！

万皇后 你来做甚？

张　敏 启奏娘娘，奴才有要事禀报！

万皇后 你这时候来，不觉得太迟了吗？

张　敏 娘娘圣明！奴才对娘娘一片忠心！

万皇后 哦？你说，出了何事？

张　敏 娘娘！

（唱）三月来，皇上驾临奏事处，
日夜闭门不出户。
勤勉非为理朝政，
迷恋皆因一娇娥。

万皇后 这个娇娥，名叫纪宫柳，是吗？

张　敏 是！

（接唱）此女名叫纪宫柳，
妖艳非凡胜嫦娥，
时沾皇恩已三月，
恰似鸳鸯戏爱河。

万皇后 （默然良久，突然拍案）大胆张敏，你可知罪？

张　敏 （一惊，急跪下）奴才不知所犯何罪？

万皇后 你既知事发三月，为何迟误不报？

张　敏 （松一口气）若说迟误不报，娘娘可是错怪奴才了！

万皇后 此话怎讲？

张　敏　此事非同儿戏，须有真凭实据，方可据实禀报！

万皇后　如此说来，你是拿到证据了？

张　敏　证据确凿！

万皇后　所据何来？

张　敏　纪氏已有身孕！

万皇后　啊？（惊呆）此事你怎知晓？

张　敏　她体态失常，连日呕吐，孕兆明显。

〔万皇后几乎昏厥，张敏扶住。

万皇后　（突然高声）来啊！

〔二太监急上。

万皇后　速将那纪宫柳捆绑前来！

二太监　是！

〔张敏胸有成竹，躬身拦住。

张　敏　娘娘息怒！娘娘且听奴才一言！

万皇后　怎么？你敢为妖婢求情？

张　敏　奴才不敢，奴才是为娘娘着想。

万皇后　为哀家着想？好吧，说！

〔张敏睨视左右，万皇后挥手，两边下。

张　敏　娘娘，奴才斗胆，请问一事。

万皇后　说！

张　敏　娘娘！

（唱）为什么，皇上他，沾花惹草？
为什么，娘娘您，严防无效？
都因为，龙与凤，和鸣失调，
昭阳院，杀声重，天心懊恼。
选后妃，重皇权，可立可废，
娘娘您，又如何，中宫确保？

万皇后　难道他要废我？

张　敏　历朝历代，并非少见。

万皇后　我无失德，难以废成。

张　敏　皇后无嗣，便可废之。

万皇后　（一震）啊……，张敏，依你之见，该怎么办？

张　敏　娘娘！

（唱）升大殿，杀宫女，失于凶暴，

挫伤了，夫妻情，难以和好。

你何必，亲动手，招来非议？

有忠臣，为娘娘，操刀代劳。

万皇后　话虽有理，可有谁能为哀家操劳？

张　敏　奴才愿为娘娘赴汤蹈火！

万皇后　好，此事不可张扬。

张　敏　娘娘圣明！

万皇后　你就去将纪宫柳处死来报！

张　敏　奴才遵命！（得意欲下）

万皇后　（一想）且慢！在处死之前，哀家倒要看看，那迷人的妖精有何迷人之处！带路！

张　敏　这……遵旨。

〔收光。

第四场　护生

〔宫女寝室。纪宫柳睡着了，正在做梦。

〔幕外唱：

宫墙柳，宫墙柳，

风吹雨打满地愁。

〔伴唱声中，出现被杀害宫女的幽灵，她们个个怀抱婴儿，围着纪宫柳悠悠飘行。

冤魂们　（唱）东风强嬉戏，

无力把春留。

花落金粉地，

香残彩凤楼。

（齐声）你不能生！不能生！

纪宫柳　（惊叫）啊——！（醒，急唤）大姐，大姐！

〔老宫女急上。

老宫女 纪姑娘，纪姑娘，你怎么了？

纪宫柳 我怕，我害怕呀！

老宫女 噢，你又做梦了！

纪宫柳 大姐，你快救救我吧！

老宫女 是啊，大姐正为你想办法呢。

纪宫柳 大姐，你有办法？你快说吧！

（唱）自从薄命入宫门，
离开爹娘苦伶仃，
多亏好心老大姐，
患难相助情义深，
如今我身怀六甲刀上颈，
求大姐保我胎儿生！

老宫女 什么，你要把孩子生下？

纪宫柳 是，求大姐相救？

老宫女 （摇头）不，我只能救你自身。

纪宫柳 救我？怎么救？

老宫女 剪草留根，舍末求本！

纪宫柳 剪草留根，舍末求本？你要我打胎？

老宫女 对，只有打胎！

纪宫柳 不，我不打胎！

老宫女 姑娘啊！

（唱）事出无奈不得已，
唯有打胎一条计！
打胎九死能一生，
胜过两命同时毙！
忍痛割爱躲打劫，
舍末保本莫迟疑！

（拿出一剂药）姑娘，这是一剂打胎药，服下之后，就可解脱了！

纪宫柳 （暴发）不，我决不服药！

（唱）大姐好心我领情，
却不懂母亲这颗心！

服药或能救自身，
腹中胎儿是根本！
若是打胎可解脱，
何须隐忍到如今？
我恨皇上种罪孽，
却爱腹中小生命。
自从怀上小娇儿，
才觉此身不虚生；
轻轻抚摸心陶醉，
脉脉腹中已有情；
夜来轻声将他唤，
母子夜话到天明。
他是我，枯竭心灵一清泉，
他是我，地狱门前一盏灯；
离了他，我虽生犹死活不成，
为了他，纵然千死也甘心！

这打胎之药，决不能服！（揉碎打胎药掷地）

老宫女 姑娘你……

〔突然爆出一阵碜人的冷笑，万皇后出现。

万皇后 哟，不肯打胎？

〔纪宫柳与老宫女大惊失色，急跪下。

纪宫柳 奴婢不知娘娘驾到，望娘娘恕罪！

万皇后 恕罪？你有什么罪？快起来，起来，让哀家看看你！听说你美冠六宫，艳压群芳，我是慕名而来，一睹芳容！

纪宫柳 （吓得发抖）奴婢该死！

万皇后 （抚起她的脸）嗯！

（唱）粉脸儿桃花羞，
汪汪地双星眸，
袅袅地烟云态，
轻轻地风摆柳！

纪宫柳 （不胜惶恐）奴婢我……

万皇后 你看你看，虽是愁容戚态，却不改柳性花心！

（唱）容颜虽带杨花愁，
风骚不改水性柳，
难怪他，蝶恋蜂狂云雨梦，
困住巫山不回头！

纪宫柳　（欲辩解）娘娘圣明，奴婢绝不敢勾引皇上，是皇上他……

万皇后　噢？皇上他怎么样？

纪宫柳　皇上他与奴婢偶然相遇，留我伺候……

万皇后　偶然相遇，就留你伺候？对对对，以你的夭桃艳柳之姿，皇上一相遇就着迷了，看一眼就丢不开了，对吗？（恨声）是啊！

（唱）色迷迷他爱嫩柳，
情痴痴喜新厌旧！
说什么，夫妻恩爱永不老，
总是他，风情逐水流！

（恨声而叫）皇上，皇上，你这个忘恩负义的皇上啊！

〔万皇后泪流满面，众人惊慌失措。

老宫女　（劝解）娘娘以金玉之尊，何苦与一宫娥比长较短？切莫伤了凤体要紧。

万皇后　（愤激）不，我偏要和她比一比！拿菱花镜来！

〔宫女急取菱花镜给万皇后。万皇后拿过菱花镜，左窥右照，与纪宫柳比较。

万皇后　（唱）莫称你，三春桃李呈姿色，
我却是，牡丹国色百花主；
莫称你，牵衣杨柳招怜爱，
我却是，梅花香艳在风骨；
莫称你，偷欢招得一时宠，
想当年，我是君王带笑看不足！
可恨天心太不公，
春风化雨各不同，
贱婢有福延血脉，
我彩凤偏不化真龙！

〔用力一摔，菱花镜打得粉碎。万皇后一步步逼近纪宫柳。

纪宫柳　（不胜恐惧）娘娘，你、你……

万皇后　我？我想再看看你这个妖妇！（猛然一记耳光，打在纪宫柳脸上，然后

纵声大笑）哈哈哈哈，哈哈哈哈！你看你，粉雕玉琢，如花似玉，原来不经打啊！

纪宫柳　（渐渐镇定下来）娘娘！

（唱）蒲柳之姿本卑微，
并无带雨牵风意。
只因天有好生德，
阴阳配合得生机。
无心草木尚结果，
有情生灵岂无裔？
千般凌辱皆忍受，
唯求胎儿出母体。
只待我产下腹中儿，
千刀万剐任凭你！（跪求）

万皇后　（长叹）我是有命无福，你是有福无命，这都是上天安排，上天安排！张敏！

张　敏　在！

万皇后　命你将纪宫柳立即处死！

张　敏　是！

纪宫柳　（声嘶力竭）不！娘娘，求求你，求求你！

〔万皇后扬长而去。

纪宫柳　天啊！（惨叫，昏厥）

老宫女　哎呀！纪姑娘昏过去了！

张　敏　不用惊慌。你速去冷宫，请首领太监怀恩到此！

老宫女　是！（急下）

〔张敏救护纪宫柳。老宫女带怀恩上。

怀　恩　张首领有何吩咐？

张　敏　欲与公公共谋大计，密保宫柳！

怀　恩　（一惊）既保宫柳，你又何必告密？

张　敏　（苦笑）若是不告密，焉能保得密啊！

（唱）金屋藏娇事泄漏，
中宫一怒欲折柳。
唯有告密取信任，

赢得今日暗运筹。
宫柳匿藏冷宫内，
待产龙儿保无忧。

怀　恩　此计虽好，难免万一泄露，一旦泄露，便是死罪！

张　敏　（仰天大笑）哈哈哈哈！若是以我之死，换得大明国储之生，死亦殊荣！
（唱）伟丈夫伟在敢冒风险，
大功臣功在有力回天！
我此举举在惊奇，
事若成千秋圣贤！
保皇子降生登基，
我与你富贵可齐天！

怀　恩　若是生下个女的呢？

张　敏　若是女的，再杀不迟！

怀　恩　（频频点头）嗯！

〔切光。

第五场　叹月

〔六年后。

〔幕外合唱：
宫墙柳，宫墙柳，
六年岁月如水流，
月亏月盈曾几回？
秋月又挂柳梢头。

〔御苑赏月台。太监、宫女们摆下酒肴果品。

〔成化帝、万皇后上。

万皇后　（唱）碧空上，纯净无尘，
婵娟下，人弄双影。

成化帝　（唱）临御苑，月台赏月，
可怜她，高处孤冷。

万皇后 （唱）看皇上，满面忧色，
对嫦娥，借酒开心。
陛下，值此中秋佳节，明月当头，你我夫妻何不对饮一杯，以庆团圆。

成化帝 （摇头）唉！借酒难浇愁，赏月更添忧！

万皇后 既如此，待臣妾再召一班宫女为陛下歌舞消愁！（示意歌舞）

〔宫女们舞《春江花月夜》。

万皇后 陛下你听，此曲清幽悦耳，委婉舒展，陛下可知其曲名吗？

成化帝 朕不知。

万皇后 此曲名为《春江花月夜》，是臣妾为皇上贺节，特召乐工赶练的。

成化帝 （抬头望月）只可惜花月甚好，春江水枯啊！

万皇后 （触到痛处）皇上你……何出此言？

成化帝 （重重叹息）唉！难道你真的不懂吗？
（唱）天上明月正团圆，
万物生辉多美满，
朕却是，年将半百秋已老，
膝下无子心凄寒。

万皇后 （愕然）陛下你、你是怪臣妾不能生育吗？

成化帝 你不能生育倒也罢了，可是你……唉！事到如今，说也迟了！

万皇后 这怎能怪我？儿孙天赐，不可强求。这也是陛下福分如此！

成化帝 （一震）你？！……嗨，看来朕是命该如此，愧对列祖列宗啊！

万皇后 月明星稀嘛，陛下你抬头看看这天上的圆月，不正是如此吗？

成化帝 （酸楚）是啊，月明星稀，人老丁稀！朕虽贵为天子，却想得个儿孙贺节都不能，孤孤单单，冷冷清清，倒可比这天上的月儿，高则高矣，明则明矣，只是太孤寒了！梓童你比得好啊！

〔万皇后也感无趣，两人沉默，冷场。

〔张敏看在眼里，此时上前禀奏。

张　敏 启奏皇上、娘娘，亲王带着小殿下，给皇上、娘娘贺节来了！

成化帝 （精神一振）噢？是皇侄来了吗？好、好，快快带来一起赏月。

张　敏 宣小殿下！

〔小殿下闻声跑上。

小殿下 参见皇伯父！参见皇伯母！

成化帝 万皇后 （高兴地）啊，平身，平身！

成化帝 侄儿，来，来吃月饼。

小殿下 月饼？不要，不要，我在家里早吃腻了！

万皇后 侄儿，来，来，你看这皇宫里面好玩吗？

小殿下 好玩！皇宫又大又气派，真好玩！

万皇后 是啊，皇宫里有很多宫殿，你知道吗？

小殿下 （夸耀）我知道！

（唱）父王常常对我言，

皇宫里面多宝殿，

有太和殿、养心殿、勤政殿、坤宁殿……

（突然想起）啊，对了！我娘说：

（接唱）将来她要住坤宁殿！

万皇后 （一震）什么？你娘要住坤宁殿？

小殿下 那当然！将来我做了皇帝，我爹我娘当然要搬进皇宫里住！

万皇后 你知道这坤宁殿现在是谁住的吗？

小殿下 是你皇伯母住的呀！

万皇后 那给你娘住了，叫我住在哪里啊？

小殿下 这个嘛……（想，有了办法）对了！我们搬进皇宫里住，你搬到我家去住，不就行了？！

万皇后 （气得发抖，厉声）这、这、这都是你父母说的吗？

小殿下 （吓哭了）是的呀！哇……

成化帝 来人！快带皇侄下去！

万皇后 不！你让他说！让他说！

成化帝 带下去！

〔太监急带小殿下离开。

成化帝 （唱）童言无忌吐真情，

万皇后 （唱）狼子野心昭然明！

成化帝 （唱）叹只叹，命中无子可奈何？

万皇后 （唱）恨只恨，虎视眈眈窥龙庭！

成化帝 （仰天长叹）这万里江山，终究是他们的啊！

万皇后 （捶胸顿足）天，我好后悔啊！

成化帝 你悔何来？

万皇后 我悔啊——

（唱）悔当初不知利害，

太嫉恨整肃宫闱。

皇上若有子嗣在，

谁敢觊觎窥帝位！

成化帝 那也不是你的骨肉啊！

万皇后 （接唱）即便不是我骨肉，

也是皇上亲生孩。

南宫太后仍是我，

坤宁宫门为我开！

成化帝 唉！你总算明白了！只可惜，晚了！

万皇后 不！不晚！张敏！

张　敏 奴才在！

万皇后 传我懿旨：广选宫女，伺候皇上，有为皇上产下皇子者，封为贵妃！

张　敏 （大笑）哈哈哈哈！哈哈哈哈！

成化帝
万皇后 张敏，你为何发笑？

张　敏 奴才要为皇上、娘娘高兴、道喜啊！

成化帝
万皇后 唉！未有皇子，且慢道喜！

张　敏 不，皇上已有皇子，怎能不高兴，怎能不道喜啊？

成化帝
万皇后 （同时站起）此话怎讲？

张　敏 皇上、娘娘啊！

（唱）可记得六年前一段旧情？

有一女名宫柳曾蒙爱幸。

成化帝 （追忆）啊，记得，记得，可她后来失踪了……

万皇后 （心情复杂地）难道她还活着？

张　敏 是，她还活着！

（接唱）宫柳当时已怀孕，

心中惧怕来求情，

我念皇储尚空虚，

留下龙种报君恩，
冷宫密藏纪氏女，
十月果将龙子生，
暗中抚养已六年，
今日还他与帝君！

成化帝 （似在梦中）这，这可是真的？

张　敏 千真万确！

成化帝 天啊，这不是做梦吧？我有皇儿了？我有皇儿了？哈哈哈哈，哈哈哈哈！

万皇后 啊，皇上洪福齐天，今日社稷有后！臣妾恭喜皇上！贺喜皇上！

成化帝 哈哈哈哈，同喜同喜！张敏，我儿现在何处？

张　敏 还在冷宫。

万皇后 哎哟哟！冷宫怎是皇儿住处？皇上快快传旨，即刻到冷宫接回皇儿！

成化帝 对，对对！张敏，传旨下去，朕要星夜到冷宫接回皇儿！

〔收光。

第六场　得子

〔冷宫密室内外，六岁的小皇子倚在母亲怀里睡着了，纪宫柳拥皇子坐于黑暗之中，轻轻拍着。一会儿，皇子醒了，揉眼看看四周——

小皇子 娘，这是白天还是黑夜？

纪宫柳 是夜里了。

小皇子 那怎么还有光亮？

纪宫柳 今晚有月光。

小皇子 月光？（从门缝往外看）娘，你让我出去看看月光吧！

纪宫柳 嘘——（拉过儿子）儿啊，轻声些。睡吧，睡觉吧。

小皇子 不，我要出去，我要出去嘛！

纪宫柳 儿啊，听话，听话！（强拉儿子，搂在怀中）

〔老宫女悄然上，看看四周无人，拿钥匙开门。

老宫女 纪姑娘，我给你们送月饼来了。

小皇子 月饼？啥是月饼？

〔老宫女将月饼给小皇子。

纪宫柳 大姐，又让你费心了。

老宫女 唉，大姐无能，唯有如此。纪姑娘，你可知今天是什么日子吗？是中秋节！

纪宫柳 （一怔）中秋节？

老宫女 是啊，又是一年中秋节了！纪姑娘，你们母子早点歇息吧，我走了。

〔老宫女出门上锁离去。

纪宫柳 （出神）啊，中秋节！

（唱）月自当空水自流，
冷宫密室度春秋。
柳花已被风吹去，
暗结絮子喜还忧。
年复一年月复月，
何年何月能出头？

小皇子 （细咬一口月饼，舍不得吃，掰一半给纪宫柳）娘，月饼真好吃，这一半给你吃！

纪宫柳 娘不吃，不吃。你吃吧。儿啊，娘把你带苦了！

小皇子 不苦，不苦，有娘在，我一点不苦！娘，你苦吗？

纪宫柳 娘不苦。有了你，娘再苦，也值得！儿啊，你是娘的命啊！

小皇子 （天真地）娘，你也是我的命啊！

〔正当母子相依，忽听外面慌声叫喊。

老宫女 纪姑娘，纪姑娘！大事不好了！

纪宫柳 出了何事？

老宫女 皇上和娘娘来了！

纪宫柳 （大惊失色）啊？这可怎么办？

〔外声：圣旨到——

〔一群太监宫女急上："不好了！不好了！娘娘来了！"

纪宫柳 你们快救救我的儿，快救救我的儿吧！（跪下）

老宫女 眼下之计，只有先把小皇儿藏起来！

〔外声：纪宫柳接旨！

纪宫柳 （跃起）快，你们快把他藏起来！（急推小皇子与众人下）

〔宣旨太监上。

宣旨太监 纪宫柳，接旨！

纪 宫 柳 奴婢在！（跪）

宣旨太监 纪姑娘，大喜啊！

纪 宫 柳 （一怔）大喜？

宣旨太监 皇上和娘娘要来接回皇子，这不是喜事吗？

纪 宫 柳 你说什么？娘娘不是来杀我儿？

宣旨太监 哈哈哈哈！纪姑娘说哪里去了！皇上娘娘正为子嗣担忧，今夜忽闻已有皇儿，真是喜出望外，龙心大悦啊！纪姑娘，你们母子出头了！

纪 宫 柳 （大喜过望）啊，出头了？我们母子出头了？

宣旨太监 是啊，你快准备接驾！咱家先去了。（下）

纪 宫 柳 （惊喜发呆，忽然想起）啊，你们快出来，出来！

〔众拥小皇子出。

纪 宫 柳 （欣喜若狂地奔到每一个人面前）你们可听见了？我儿出头了！我儿出头了！我儿出头了！哈哈哈哈！哈哈哈哈！

老 宫 女 （双手合十）阿弥陀佛，老天爷总算开眼了！

纪 宫 柳 （急找到儿子）儿啊，你可熬出头了！哈哈哈哈！哈哈哈哈！

小 皇 子 娘，你怎么了？

纪 宫 柳 娘是高兴啊！你父皇就要认你了！从今往后，你不必再藏在冷宫里！你可以到外面去看月光，也可以天天吃月饼了！

小 皇 子 这是真的？

纪 宫 柳 真的，真的！

小皇子 （高兴）噢！我要到外面去看月光啰！我要到外面去看月光啰！（跳跃欲去）

老 宫 女 （拦住）你还不能去！

小 皇 子 为啥不能去？我娘说了嘛！

老 宫 女 小殿下莫急，往后有你玩的日子！（对纪宫柳）纪姑娘怎么忘了，皇上娘娘即刻驾到，你们还要接驾呢！

纪 宫 柳 （被提醒）对啊，这可是大事啊！（问众人）你们快说说，该怎么接驾？

老 宫 女 依我看，最要紧是教小殿下接驾礼仪。

一 太 监 接驾礼仪，我来教他。

纪 宫 柳 好，好！儿啊，你快来学！

太　监　小殿下，你来看。（示范）参见父皇！

小皇子　（跟学）参见父皇！

太　监　（示范）参见母后！

小皇子　（跟学）参见母后！

纪宫柳　儿啊，你可学会了？

小皇子　学会了！

纪宫柳　好，一会儿你父皇来了，你就如此接驾，记住了吗？

小皇子　记是记住了，可是，谁是我的父皇啊？

众　人　（被提醒）是啊，小殿下从未见过他父皇，你叫他向谁接驾？

纪宫柳　这？……

老宫女　（提醒）纪姑娘，皇上已有胡须了。

纪宫柳　（一怔）皇上，他有胡须了？

老宫女　是啊，你多年不见，皇上他已两鬓微白，须髯垂胸了。

纪宫柳　（沉吟）两鬓微白，须髯垂胸……（转对儿子）儿啊，娘来告诉你！

（唱）你六年不识亲爹面，
今日父子要相见，
苦尽甘来熬出头，
娘是难言心中喜万千。
你若能，一眼认出亲生父，
娇娇滴滴叫得甜，
你父龙心必大悦，
骨肉团圆情和谐。
如此即是娘所愿，
我儿你要记心间！

小皇子　我晓得了！娘，你快告诉我，我父皇是啥模样？

纪宫柳　（唱）你父之相人难比，
堂堂天子有威仪，
年将半百春秋盛，
三绺胡须垂胸齐。
你若看见长须人，
叫声父皇莫迟疑！

老宫女　殿下，你听明白了吗？谁有胡须，谁就是你的父皇。

小皇子 （眨眼）胡须？啥叫胡须啊？

众　人 啊？你连胡须都不晓得？

太　监 是啊，小皇儿幽居冷宫，从未见过胡须。这皇宫之内，除了皇上，我们都是不长胡须的男人嘛！

众　人 这可怎么办？

纪宫柳 （焦急踱步，突然灵机一动，拉过儿子）儿啊，你胡须不晓得，这头发总晓得吧？喏，娘的头上有头发，你的头上有头发，大家的头上都有头发！

小皇子 嗯，这头发我晓得的！

纪宫柳 这就好了！

（唱）胡须模样像头发，

头发生在嘴巴下，

谁若是，嘴巴下面生头发，

他就是，你的父皇亲阿爸！

小皇子 （高兴）噢，明白了！明白了！谁的嘴巴下面长头发，谁就是我的父皇亲阿爸！

〔外声：皇上、娘娘驾到！

〔仪仗引成化帝、万皇后上。

成化帝 我儿哪里？我儿哪里？……

小皇儿 （一边寻找一边唱）

胡须模样像头发，

头发生在嘴巴下，

谁若是，嘴巴下面生头发，

他就是，我的父皇亲阿爸！

（找到）父皇！

成化帝 儿啊！

〔父子紧紧相拥。成化帝泪下如雨。

成化帝 （扳起皇儿脸细看）像我！像我！儿啊，父皇想你，胡须都想白了！

众　人 恭喜皇上！贺喜皇上！

成化帝 哈哈哈哈！平身！平身！张敏！

张　敏 奴才在！

成化帝 传朕旨意：即刻宣示大臣，诏告天下，立我儿为皇太子！

张 敏 是!

众 人 恭喜皇太子! 贺喜皇太子!

小皇子 咦，还有我的娘呢?

成化帝 对对对，我儿放心!（在人群中寻找）爱妃哪里? 爱妃哪里?（找到）爱妃你受苦了!（紧紧拥抱）

〔纪宫柳喜极而泣。

成化帝 （注视纪宫柳）爱妃你消瘦了，憔悴了!（抚爱怜惜）多亏了你，为朕延育血脉，保我社稷，朕感德不尽啊!

〔万皇后一旁受冷落，妒火中烧。

成化帝 张敏!

张 敏 在!

成化帝 传朕旨意：封纪氏宫柳为淑妃娘娘，迁居永寿宫!

众 人 啊，恭喜淑妃娘娘!

纪宫柳 臣妾谢皇上恩典!

张 敏 奴才给淑妃娘娘贺喜了!

纪宫柳 多谢张公公救护之恩!（对成化帝）陛下，我母子能有今日，全赖张敏之力，臣妾今日要替他求个恩典，请皇上恩准!

成化帝 应该、应该! 张敏听封：朕封你为皇宫总管太监，总理宫廷一切事务!

张 敏 （大喜）奴才谢皇上隆恩!

成化帝 （仰望星空，开怀大笑）哈哈哈哈! 这才是中秋月圆，普天同庆啊!

众 人 万岁，万岁，万万岁!

成化帝 （对皇儿）儿啊，你快随父皇回宫去，父皇要为你大宴群臣，大赦天下!

〔万皇后这时急上前抱住小皇子。

万皇后 儿啊，你快随母后回宫去，母后带你去赏月观灯，看看皇家气派!

小皇子 （挣脱皇后）不，我不跟你去!

万皇后 （尴尬）为何不跟我去?

小皇子 我要跟我娘在一起!（投进纪氏怀里）娘，我要跟你在一起，不跟她!（指皇后）

万皇后 这……（惊愕）

纪宫柳 （安慰儿子）儿啊，快随你父皇、母后回宫去吧，娘随后也去。

小皇子 真的?

成化帝 真的，真的。为父已命人连夜布置永寿宫，明日一早，接你娘入宫，好吗？

纪宫柳 听你父皇的话，去吧！

张　敏 伺候皇上、娘娘起驾！

〔众太监宫女拥成化帝、小皇子下，纪宫柳目送儿子离去。

老宫女 淑妃娘娘，你也该去沐浴更衣，等候銮驾了。

纪宫柳 （欣喜）哎！（随老宫女下）

〔万皇后有意落后，突然一声低喝：

万皇后 张敏！你站住！

张　敏 啊，娘娘有何吩咐？

万皇后 大胆奴才，你可知罪？

张　敏 （一惊）娘娘你……

万皇后 哼！

（唱）你当初违背我旨意，
密保宫柳施诡计，
私藏皇儿不禀报，
无视圣躬盼焦急，
一手遮天目无君。
我问你——
这欺君大罪你可当得起？

张　敏 （急跪下，发抖）奴才当、当不起！

万皇后 我量你也当不起！

张　敏 请娘娘恕罪！

万皇后 若定你有罪嘛，你却也有功！

张　敏 奴才不求有功，但求无罪！

万皇后 不，你确实有功！

（唱）亏你当初有主意，
留下皇储保后裔，
为国为君立大功，
封官拜爵也相宜。
你听着——
赏也有理杀也可，
你自去权衡想仔细！

张　敏　是，奴才明白！

万皇后　你真的明白？

张　敏　真的明白！

万皇后　（笑）好！不愧是个聪明人！

〔收光。

第七场　舍生

〔冷宫寝舍。喜乐悠扬，四名宫女分别托凤冠、霞帔、宫裙、玉带上场。

四宫女　（跪，齐声）敬请淑妃娘娘更衣！

纪宫柳　（内唱）昨夜是，冷宫日月长——（上）

喜今朝，天空凤翱翔。

看眼前，宫女齐声唤，

我已是，永寿宫中一娘娘！

四宫女　凤辇已到，请娘娘更衣。

纪宫柳　快起来，起来！我也是宫女出身，你们不必多礼，退下等候。

四宫女　是。（下）

纪宫柳　（细看衣物）呀！

（唱）这凤冠，金丝穿织闪珠光，

这霞帔，五彩缤纷色辉煌，

这宫裙，长长曳地风摆柳，

这玉带，晶莹璀璨锁霓裳。

呀！果然是，云想衣裳花想容，

一身宫妆改模样！（想象）

我这里，摇摇摆摆上殿去，

大大方方坐中堂。

两旁宫女肃然立，

便见皇儿未见娘。

一声母后千千岁，

叫得我，喜泪泉涌湿宫妆！

（幻觉）儿啊，快起来！哦，平身，平身哪！（伸手去扶，发觉自己失态，羞笑）

〔远处传来喜乐声。

纪宫柳 啊，来了，来了，凤辇来了！

〔外声：总管大人到！

纪宫柳 （喜）是他，又是恩公来接我！

〔张敏上。

纪宫柳 （迎上）有劳恩公相迎。

张　敏 哎哟，淑妃娘娘，你叫我恩人，奴才不敢当啊！

纪宫柳 当初若无恩公，我母子早已尸骨无存，哪有今日荣华富贵？恩公在上，请受我一拜！（深深一拜）

张　敏 （急扶住）哎哟，淑妃娘娘，你可折煞奴才了！（难过地）只怕从今以后，张敏不是恩人，而是罪人啊！

纪宫柳 （诧异）恩公何出此言？

张　敏 淑妃娘娘，你可知，张某为了救你母子，有三大罪过！

纪宫柳 有哪三大罪过？这第一——

张　敏 违抗娘娘懿旨，乃杖杀之罪！

纪宫柳 这第二——

张　敏 隐瞒皇上有子，乃欺君之罪！

纪宫柳 这第三——

张　敏 这第三嘛……不说也罢！

纪宫柳 恩公但说无妨。

张　敏 淑妃娘娘且莫问这第三大罪过。奴才且问娘娘：当年皇后，为何命我杀你？

纪宫柳 只因我曾蒙召幸，身怀六甲，她怕我母以子贵，于她不利！

张　敏 着啊！那时皇子尚未出世，皇后已难相容，可如今你……

纪宫柳 如今我儿为太子，母封贵妃。

张　敏 将来呢？

纪宫柳 将来我儿登基，我为太后！

张　敏 那……她岂能相容？

纪宫柳 （醒悟，大惊）啊？如此说来，她更难相容？

张　敏 对！绝难相容！

纪宫柳 难道皇上不能庇护？

张　敏 淑妃娘娘！

（唱）自古来，宫廷争宠事不穷，
多少冤案存疑踪。
明杀暗毒不胜防，
宫闱到处血腥风。
我只怕，淑妃进宫遭人妒，
祸及太子难成龙！

纪宫柳 （大惊失色）啊？祸及太子？！

张　敏 娘娘圣明！

纪宫柳 啊！

（唱）宫柳本是奴婢身，
无意争宠在宫廷。
熬得今日儿出头，
已慰拳拳母亲心。
恩公若能保太子，
宫柳含笑见阎君！

张　敏 （扑地跪下）淑妃娘娘啊，这便是我的第三条大罪了！张敏无能，难救娘娘，罪不该恕啊！

〔一宫女托白绫上。

纪宫柳 这、这是什么？

张　敏 白绫一条，请娘娘归天！

纪宫柳 （震撼）啊！难得你想得周到！（狂笑）哈哈哈哈，哈哈哈哈！好啊张敏，你快去禀报你的皇后，就说宫柳去了！心甘情愿地去了！可她的血脉还在，她生下了太子！他永远是我的，我的！你快去吧！去吧！

张　敏 是！是！

〔张敏急下，留下一条长长的、横贯舞台的白绫。

纪宫柳 （高声）儿啊，娘要离你去了！

（唱）宫柳此身等烟尘，
是为娇儿来偷生。
当初为儿求活命，
如今为儿愿舍生。

白绫绕颈气将绝，
从此阴阳两离分。
儿啊儿，儿年幼，
我儿年幼怎放心？
不放心，魂来牵，
魂灵护佑儿前程。
人虽死，爱永生，
母爱不死天地永存！

〔举白绫，自缢身亡。

〔幕外唱：

宫墙柳，宫墙柳，
春来嫩蕊上枝头，
本欲乘风扬青天，
终归入土魂悠悠。

〔合唱声中，柳树枯黄，落叶纷飞。

〔突然传来响亮的呼唤：“娘——！娘——！”纪宫柳空中回应：“儿啊——！”

〔纪氏母子相依造型。

〔幕外唱：

宫墙柳，宫墙柳，
春来嫩蕊上枝头，
风雨欲摧摧不得，
爱心不死永长留。

〔剧终。

1992年

《十场古装越剧》

西　厢　记

曾昭弘

人物表　张　珙——洛阳书生
崔莺莺——相国千金
红　娘——相府丫鬟
崔夫人——相国夫人
法　本——普救寺住持
法　聪——普救寺和尚
欢　郎——相国之子
琴　僮——张珙书童
众　僧——普救寺众僧人
众丫鬟——相府丫鬟

第一场

〔普救禅寺。佛乐齐鸣。

〔唱经声中，众僧持幡，敲钟击磬，过场，后随崔夫人、红娘、莺莺。

〔法聪领张珙游览上，琴僮后随。

张　珙　（唱）游学中原，脚跟无线，

雪窗萤案二十年。

才高难投俗人机，

时乖不遂男儿愿。

张君瑞赴试长安暂留连，

盘桓名刹普救院。

宝塔佛堂瞻仰遍，（抬头远望）

却为何幡影飘飘钟鼓喧。

（白）小师父，那方幡影飘飘却为何来？

法　聪　（忙答）哦，只因前朝相国薨逝，崔夫人与莺莺小姐扶灵柩回博陵安葬，路上不靖，暂居寺中，三天道场，今日是最后一天。

琴　僮　公子，该回去温书了！

张　珙　书？（掷过手中书卷）你先回去吧！

琴　僮　（接书）你还要赶考呢！

张　珙　（不耐其烦）唉，相公我游兴未尽呢！

〔琴僮悻悻下。

法　聪　张先生，崔家女眷来了，暂且回避！

〔法聪拉了张珙，躲入假山后。

〔众僧持幡，敲钟磬自大殿返，后随崔夫人、欢郎、莺莺及红娘。

〔幕后伴唱：

人随春色到蒲东，

门掩重关萧寺中。

花落水流红，闲愁万种，

徘徊无语怨东风。

〔众僧下。唯剩红娘、莺莺落后。

〔张珙情不自禁，从假山后转出。

〔法聪忙跟出，欲拉住，已迟了。

〔张珙与莺莺打个照面，四目凝视。

〔幕后合唱：

猛然见五百年前风流孽冤……（张珙惊呆）

——魂灵儿飞上九重天。

〔莺莺亦有所感；步迟迟地由红娘搀扶，从张珙跟前走过——

〔张珙神往。

法　聪　张先生！

张　珙　（一惊，回神）啊，小师父，适才怎么观音现世来？

法　聪　（扑哧一笑）先生看的眼花，那是相国千金莺莺小姐，那身旁是她的侍女红娘！

张　珙　适才听小师父言讲，夜间还要做佛事？

法　聪　直要做个通宵呢！

张　珙　哦，（掏出银锭）小生愿搭一份儿斋，追荐已故父母。

法　聪　（接银）待我恳请师父。

〔转景，大雄宝殿，香烛通明。

〔众僧敲钹击磬，唱经念佛。

〔主持法本，领张珙上。

〔崔夫人偕莺莺、红娘及欢郎上。

〔法本领崔夫人拈香、礼拜、祈祷。

崔夫人　（唱）摇铃宣疏高香烧，

愿亡灵超度，早脱尘世烦嚣。

（众僧和唱）

崔莺莺　（唱）愿在天的早归琼台享安泰，

愿在世的花好月圆人寿高。

（众僧和唱）

张　珙　（偷看）

（唱）月殿嫦娥离碧霄，

她梨花带雨啼更娇。

朱唇儿点樱桃，
粉鼻儿倚琼瑶。
艳如春梅绽瑞雪，
神如秋月映澄沼。
张珙多愁多病身，
怎禁她倾国倾城羞花貌。

〔法本领张珙拈香。

张　珙　（唱）哀哀父母，生我劬劳，
焚名香礼拜祝告。
祝愿那，亡灵在天乐逍遥，
祝愿这，小姐垂青，夫人、红娘莫相扰。

〔莺莺与张珙四目交注，莺莺含羞，低垂粉颈。

〔幕后合唱：
烛影红摇，香霭云飘。
顾盼一宵，情种心苗。（梆打五更）
玉兔沉，金鸡报晓。

法　本　时辰已到，请小姐、夫人回宅。

〔众僧散去，夫人携欢郎下，莺莺临去回眸凝睇。

〔张珙难以自制，欲上前。

〔红娘带嗔，拉莺莺下。红娘复转身，欲返佛殿。

〔张珙忙唤住红娘。

张　珙　啊！小娘子，莫非就是莺莺小姐身边的红娘么？

红　娘　何劳动问？

张　珙　小生姓张名珙字君瑞，本贯西洛人氏，年方二十又三岁，正月十七日子时建生，并不曾娶妻……

红　娘　（扑哧一笑）我又不是算命先生，要你的生辰八字何用？

张　珙　啊，红娘姐，小姐可常出来走走么？

红　娘　（佯怒）出来走走便怎么样？！
（唱）夫人治家重节操，
三从四德常训导。
女儿针绣闺房中，
妄出闺门是轻佻。

“非礼勿言”是古训，
秀才应当懂礼教。
事不干己莫动问，
何必相烦絮叨叨。
问我红娘我不介意，
若问老夫人她定不饶！

真是个书呆子！（掩口一笑，下）

张　珙　（唱）叹玉人归去太匆忙，
怨佛事何不再做三、五场。
小姐你若惧老萱堂，
何苦临去回眸望。
你撇下半天风韵，
我拾得万种思量。
我身躯虽立廊上，
灵魂儿伴你入西厢。
唉！准备着一万声长吁短叹，
五千遍捣枕槌床！

〔琴僮四顾急上。

琴　僮　相公，相公！你怎么一夜不回？今天，不是还要去拜望你的故友——白马将军吗？

张　珙　琴僮！

（唱）回转店堂挑行囊，

琴　僮　是搬到白马将军那里么？

张　珙　（唱）搬到庙堂，靠近那西厢。

〔琴僮愣住，莫名所以。

〔暗转。

第二场

〔西厢院外，太湖石畔。

〔月光皎洁，疏影横斜。

〔张珙蹑手蹑脚出。

张　珙　借住庙堂，靠近西厢，闻得莺莺小姐夜夜在花园烧香，乘月色饱看那芙蓉脸庞——

（唱）玉宇无尘，银河泄影，
月色横空，花荫满庭。
我侧着耳朵听，
蹑着脚步行。
登假山我在墙角边儿等，
等我那整整齐齐、袅袅婷婷小姐莺莺。

〔门内。崔莺莺："红娘，开了角门！"

〔红娘："晓得了！"

〔开门，莺莺、红娘（端香案）出。

张　珙　（唱）猛听得角门儿"呀"的一声，
风过外人未到衣香细生。
我踮着脚尖儿仔细定睛，
比初次见她时更加迷人。

红　娘　（持香近前）小姐，香点燃了！

崔莺莺　（接香）

（唱）一炷香，愿亡父早升天庭，
二炷香，愿老母福寿康宁，
三炷香……

红　娘　啊，小姐，为什么今夜到第三炷香，就没有话了？

崔莺莺　这……

红　娘　（从莺莺手中取过香来）待红娘替你祝告吧。

（唱）三炷香眼前事最最要紧，
愿小姐配一个如意郎君。
貌比潘安俊，
才高北斗星。
恩恩爱爱成双对，
地老天荒白头吟。

崔莺莺　（羞涩）红娘，休要胡说……

红　娘　小姐恕罪，待我给你说件好笑的事儿。

崔莺莺　什么事？

红　娘　前日我返回佛殿，碰见那个秀才，（张珙凝神倾听）他对红娘深深一揖，说（学样）：“小娘子不是莺莺小姐身边的红娘姐么？”我说：“何劳动问？”他便说：“小生姓张名珙字君瑞，年方二十又三岁，正月十七日子时建生，并不曾娶妻……”

崔莺莺　（抿嘴笑）谁叫你去问他的。

红　娘　谁问他来！他还问东问西，被我好好的抢白了一顿。

崔莺莺　你不抢白他也罢。

红　娘　哼，这样的书呆子，我不抢白他，还不知道做出什么疯事来呢！

崔莺莺　你对老夫人说过没有？

红　娘　还没有禀告过老夫人呢。

崔莺莺　（放心，仍叮嘱）这种小事，不对老夫人禀告也罢。

红　娘　红娘理会。小姐，你看月上中天，你再拜一香吧。

崔莺莺　（对月深深一声长叹）哎——！

张　珙　（在墙外）啊呀，小姐长叹，必有深意，我不免高吟一绝，看她如何？（吟）“月色溶溶夜，花荫寂寂春。如何临皓魄，不见月中人！”

崔莺莺　好清新的诗啊。

红　娘　是啊，听声音好像就是那个年方二十又三岁，未曾娶妻的书呆子呀。小姐，你就和他一首吧。

崔莺莺　（行吟）“兰闺深寂寞，无计度芳春，料得行吟者，应怜长叹人！”

张　珙　（倾听着，击节赞叹）好啊！

（唱）莺啼燕啭撩人心，
　　敏捷才思含深情。
　　国色天香善诗韵，
　　月儿做证，与你酬唱到天明。

红　娘　小姐，夜深了，怕老夫人责怪，我们回去吧！（拽莺莺衣袖）

〔莺莺恋恋不舍，勉强随行。

〔红娘关角门，与莺莺同下。

张　珙　（趋前，近门边）唉！

（唱）门掩了梨花深院，
　　粉墙儿高似青天。

恨天不与人方便，

只怕这刻骨相思病更添。

〔灯暗。

第三场

〔莺莺闺房。

崔莺莺 （唱）落红成阵，遍地胭脂冷。

蝴蝶梦断，杜鹃惊花魂。

昨夜他锦囊好诗传心声，

今日个玉堂人物难相亲。

系春心柳短情丝长，

隔花荫人远天涯近。

恹恹瘦损早伤神，

裙带宽，能消受几度黄昏！

〔金鼓声自远而近，渐闻马嘶人喊。

〔景转寺院。

〔崔夫人、红娘、莺莺出。法本急急奔上。

崔夫人 哦，长老，这寺前为何有金鼓喧天，马嘶人闹？

法　本 哎呀，夫人哪！那河桥守将孙飞虎，带领五千人马将寺院团团围住，口口声声要……

崔夫人 要怎么样？

法　本 要、要……抢莺莺小姐做压寨夫人！

崔夫人
崔莺莺 啊！

崔夫人 （唱）平地风雷一声震，

魂飞天外祸灭身。

崔莺莺 （唱）袖梢儿掩不住珠泪滚滚，

孤孀母女无处奔。

〔法聪跑上。

法 聪 师、师父……，老、老夫人！外面贼兵喊道，若不把小姐送出，他们就要放火烧寺了！

〔众惊。

法 本 令全体僧众，紧守寺门。你再去打听。

〔法聪退下。

崔夫人 （唱）凶信阵阵苦催人，
真教人进退两无门。
儿呀，这怎么办啊？

（哭抱）

崔莺莺 母亲！

（唱）怎忍见，老母为我捐性命，
怎忍见，先父灵寝不安宁。
怎忍见，佛殿为我化灰烬。
怎忍见，五百僧众遭蹂躏。
三尺白绫毕儿命，
魂留崔家尸与贼人！

〔众哭。

崔夫人 我儿，万万不可！

红 娘 小姐，不可！不可！不可啊！（啼哭）

法 本 阿弥陀佛！小姐不可如此。佛家普度众生，待我问过阖寺人等，可有退兵之计？

崔夫人 若有退兵之勇夫，老身重重有赏，愿将小女终身……

崔莺莺 母亲？

崔夫人 （无奈地）咳，虽不能门当户对，也强似献与鼠辈贼人。请长老传话，阖寺僧俗，谁能退得贼兵，老身做主，倒赔房奁，将小女莺莺，与他为妻。

法 本 老衲遵命！（至廊前大声宣称）阖寺僧俗听着；若有人能退了贼兵，老夫人做主，将莺莺小姐与他为妻！

〔张珙内喊："张珙来也！"

张 珙 （唱）猛听得劫佳丽贼兵围困，
救众僧护玉女舍我谁人！
虽没有"出师表""吓蛮书信"——

〔众惊异。

法　本　（瞠目）先生一介书生，手无缚鸡之力，怎退得贼兵？

张　珙　（唱）笔尖儿横扫这五千贼兵。

崔夫人　（半信半疑）适才对长老说过，但有退得贼兵者，将小姐与他为妻。

张　珙　小生扶善惩恶，义不容辞。

崔夫人　请先生速速退兵！

张　珙　好！（向法本）小生先用着长老。

法　本　（慌）老衲不会厮杀，请先生换个别人。

张　珙　不用你上阵杀贼，你只出去与贼人说："夫人本当将小姐送与将军，怎奈孝服在身，于军不利。请将军人马暂退一箭之地，三日后功德圆满，小姐换了吉服，倒赔房奁，送与将军。

崔夫人　三日之后，又当如何？

张　珙　众位，可知道关西有位白马将军？

法　本　谁人不知，白马将军现统十万大军镇守关西，可没有军令他不会发兵啊！

张　珙　小生与他八拜之交，此次正欲拜望，只要一封书信，说是张珙被困在此，救兵指日可到。

法　本　（兴奋）这就好了，倘若白马将军前来，何愁十个八个孙飞虎！

崔夫人　就请先生修书！

张　珙　（取书）书信么？夫人晓谕以前，小生早已写好。

〔崔夫人接书看。

法　本　如此老衲先说与贼将知道。（下）

崔夫人　（向张珙）多谢先生！红娘，搀扶小姐回房歇息！

红　娘　（搀莺莺，低语）小姐，看他不出，这时候他倒一点不傻了。

崔莺莺　（窃喜）但愿他能退出贼兵。

张　珙　小姐但请放心，回房歇息去吧！

红　娘　张先生，你真能退了贼兵？

张　珙　（成竹在胸，一笑）嘿嘿！

〔暗灯。

第四场

〔张珙书斋外。

红 娘 （叫上）张先生！张先生！

〔张珙焕然一新，喜滋滋出。

〔红娘呈上大红请柬。

张 珙 （唱）良辰美景眼前近，

一纸书缄巧联姻，

今日里东阁玳筵夫人请，

再不用西厢月下盼莺莺。

去吧！

红 娘 （唱）我“请”字儿未出声，

他“去”字儿早答应。

闻听莺莺临筵席，

似听到纶音佛旨将军令！

（见张珙来回走着）张先生，你为什么来回转圈儿呀？

张 珙 哦，小生客中，少了一面镜儿，只好借着日光影儿，看看衣冠齐整么！

红 娘 （唱）原来是来回顾影，

真是个风魔酸丁。

张 珙 红娘姐，你看我这乌纱小帽可曾迭净？

红 娘 （唱）它光油油滑倒苍蝇，

你酸溜溜酸到牙根。

张 珙 红娘姐，小生客中没有一些聘礼，怎好去见老夫人？

红 娘 （唱）你灭寇有计举将能，

两般功劳是红定。

更何况你李、杜诗章韩、柳文，

小姐对你早倾心。

张 珙 哈哈，既然如此，红娘姐先走一步，小生随后便到。（整理衣冠）

红　娘　先生早些来吧，休叫我再来请。（下）

〔莺莺闺房。莺莺对镜梳妆，红娘蹑足上。

崔莺莺　（唱）碧窗下轻画双蛾，
脸儿上粉香淡抹。
小兔儿轻轻撞胸窝，
面庞儿烫烫似烧灼。

红　娘　（唱）小姐你巧梳妆脸儿吹弹得破，

崔莺莺　（唱）小红娘休啰嗦信口开河。
全亏了张生一纸退干戈，
才免得崔家老小全家祸。

红　娘　（唱）快走吧，别耽搁。
合欢宴交杯酒等你结丝罗。

〔红娘引莺莺至客堂帘前。恰与张珙遇个正着。

〔二人礼让，红娘牵莺莺先入，张珙后进。

张　珙　老夫人！（行礼）

崔莺莺　母亲！

张　珙　（再拜）老夫人在上，受张珙一拜！

崔夫人　张先生少礼，老身也有一拜。（敛衽）

张　珙　小生怎敢当得？（答拜）

崔夫人　我一家性命，皆先生所得活，今日略备小酌，聊表谢忱。（红娘持酒壶杯盏，斟酒）请先生满饮此杯！（敬酒）

张　珙　长者赐，不敢辞，晚生拜饮。（干杯）

崔夫人　请先生上座。

张　珙　夫人在此，晚生怎能上座。

崔夫人　常言说得好，“恭敬不如从命”啰。

张　珙　如此，拜坐！

崔夫人　儿啊！不必避嫌，今后张先生乃是一家人了。（莺莺、张珙含情对视，又忙低头）儿啊，上前拜见你哥哥！

（众震惊）

〔幕后合唱：

好一个翻云覆雨的老婆婆，
竟说出妹妹拜哥哥！

张　珙　（唱）莫非我话听错？

崔莺莺　（唱）认兄妹，岂非有意断丝萝！

红　娘　（唱）看起来好姻缘天崩地裂，

崔夫人　（唱）门不当，户不对，无可奈何！

儿啊，张先生是我们一家救命恩人，快请你哥哥满饮此杯！

张　珙　小生量窄！

崔莺莺　（唱）他怎咽得下这玉液金波？

（抖索着递杯）母亲你苦了人还甜语多。

张　珙　（唱）饮酒、饮泪、饮苦涩，

（含泪苦笑）这一杯，恰似饮鸩难以止渴！（掷杯）

（合唱）合欢酒作了离别宴，

花烛夜成了梦南柯。

〔张珙晕眩伏案。

崔莺莺　（唱）张生啊，你无缘，我命薄，

母亲呀，你过河拆桥却误了我。

（合唱）误了我！

〔莺莺啼哭下。红娘随下。

崔夫人　张先生！

张　珙　告辞！

崔夫人　（赶紧相送）张先生醉了，快回书房歇歇……

张　珙　（愤然）不！小生不醉！只是骨鲠在喉，不吐不快！

崔夫人　请讲！

张　珙　日前贼寇相逼，夫人说，能退贼兵者，以小姐妻之？

崔夫人　老身说过。

张　珙　当时是谁挺身而出？

崔夫人　是张先生。

张　珙　既是小生，夫人理该恪守前言，将小姐许与小生，为何忽以兄妹相称？

崔夫人　哦，小女终身，先相国在日，面许下老身内侄郑恒，若他前来，何以为对，好在先生雅量，“扶善惩恶”，高尚情怀，尊意绝不在小女身上……

张　珙　哦！（瞠目，反击）不过夫人堂堂一品太君，谅也“言而有信”，更知道君子“一言既出，驷马难追”吧！

崔夫人　（语塞）这个，张先生！救命之恩，没齿难忘，愿多以金帛相酬，以报

大德。

张　珙　（愤然）哈哈！小生既是“高尚情怀”，赐以钱财，岂非亵渎！

崔夫人　红娘！（红娘应上）张先生真的醉了，快扶他安歇去吧。（下）

张　珙　（急追）老夫人！老夫人！（向四周）哦！方丈！法聪！琴僮！众僧！你们都看见的呀，都听见的呀！当时在回廊之下，老夫人是怎么说的？是怎样许愿的？你们大家都来做证呀，做个证呀！

红　娘　（扶张珙）张先生，你少喝几杯不好吗？

张　珙　我喝什么酒来！红娘姐啊！

（唱）这事儿，告不得别人瞒不了你，
见莺莺，我心劳梦断魂魄离。
恰好似前世的冤家今生见，
只盼着连理共枝花并蒂。
我有心，她有意，
老夫人廊下许愿成契机。
只道是一诺千金天作合，
又怎知，她翻手为云覆手为雨。
“言必行”，孔孟道，
“人有信”，周公理。
十年寒窗得教诲，
五部经书天下仪。
难道说不对高官显威灵，
只将枷锁套布衣。
问苍天，青天湛湛你言语！
问斜阳，斜阳啊，你留下公理在今夕！
谁有信？谁无义？
问三殿菩萨，五百僧侣！
九江八河能做证，
五湖四海可评理。
老夫人，食言而肥把婚拒，
令我张生何所依？
灵魂不附神无主，
奈何脚下遍地是荆棘。

红娘姐，小生是无路可走了，不如解下腰中之带，寻个自尽吧！（摸腰，无带，见红娘腰中丝绦，伸手欲取）。

红　娘　（一掌打开她的手）先生又犯傻了，你图个痛快，撇下小姐又怎么办呢？

张　珙　（急了）那怎么办？那怎么办呀？

红　娘　待红娘想个法儿。（耳语）

张　珙　多谢红娘姐姐！（拜揖）

红　娘　啊呀，又发酸了！

〔灯暗。

第五场

〔莺莺闺房外、内。

〔红娘上。

红　娘　（唱）那张生，横遭拒婚人虚脱，

出个点子他死变活。

小姐命我去探病，

张生他，一封书简交给我。

这书简上不知写什么，

不了花前月下浴爱河。

面交小姐要闯祸，

（进门，灵机一动）

将它放进梳妆盒。

（将帖儿放在梳妆盒中，然后至绣帏前。）小姐，小姐，什么时候了，该起床梳妆了。

崔莺莺　（起身）夜来不曾好睡，懒得梳妆了。

红　娘　小姐，我去收拾去！（下）

崔莺莺　（唱）玉容深锁绣帏中，

芳心束缚不从容。

昨日东阁开玳筵，

只道和鸣放鸾凤。

母亲她翻云覆雨把人哄，
张生他，沉疴不起病榻中。
从今后等闲难识春风面，
怕只有寒星冷月梦里逢。
他是影里情郎，
我是画中受宠。（镜前坐下）
欲施脂粉临镜慵，
（打开妆盒，一惊）
一张简帖粉盒中。
〔莺莺阅简。
〔幻景：张生抚琴试弦。

张　珙　昔日司马相如一曲《凤求凰》成其好事，传为美谈，我虽没有相如才高，但愿小姐有文君之意啊！
（唱）“有美人兮，见之不忘。
一日不见兮，思之如狂。
凤飞翩翩兮，四海求凰。
无奈佳人兮，不在东墙。
张弦代语兮，欲诉衷肠。
何时见许兮，慰我彷徨。”
〔幻景逝。仍在莺莺闺房中。

崔莺莺　这简帖儿定是他叫红娘送来。张生呀张生，你胆儿也太大了！……哎！（一想）我若不及时复他一信，他必担忧这简帖儿的下落。（又一想）我若是复他，不是一腔心事明明白白地告诉了红娘！（焦灼踱步）
〔红娘暗上窥视，莺莺觉察。

崔莺莺　（沉下脸来）红娘，你过来！

红　娘　（旁白）哎呀，这声息不对呀！

崔莺莺　过来呀！

红　娘　（畏缩地）小姐！

崔莺莺　这东西是哪里来的？谁敢把这简帖儿来戏弄于我？（掷简）我告诉老夫人去，不打你的下半截来！（欲走）

红　娘　（拦住）哎呀小姐！（委屈地）小姐命我去看他，他才叫我带了来。小姐不叫我去看他，我敢问他去讨来吗？我又不识字，知道他写了些什

么？（机灵地）小姐不要生气。（拾简）红娘到老夫人跟前出首去。（欲走）

崔莺莺 （反倒慌了，忙阻）你到老夫人跟前出首哪个？

红　娘 我出首张生！

崔莺莺 （一惊）罢了，且饶他一回吧。

红　娘 （仍欲走）我不出首，老夫人知道，也要打我下半截的。

崔莺莺 （喊住）红娘，（温和地）老夫人怪你时有我替你说话，不妨事的。

红　娘 哎呀小姐，你一会儿要叫老夫人打我，一会儿又要在老夫人面前替我求情了。

崔莺莺 （笑嗔）红娘，你近来说话越发不知轻重了。

红　娘 都是小姐把我闹糊涂了呀。

崔莺莺 （取回简贴）红娘！我还没有问你，你今朝去看张生，他怎么样了？

红　娘 （赌气）我不说。

崔莺莺 我叫你说的。

红　娘 小姐呀！那张生形容消瘦，病得不轻啊！

崔莺莺 就该请个好太医看看他的症候。

红　娘 他说这病儿呀，华佗、扁鹊也不济事呢。

崔莺莺 那要怎么样啊？！

红　娘 他说，只有你这个观音菩萨才能救苦救难呢。

崔莺莺 （暗喜佯怒）啐！红娘，与我磨墨，待我写信回了他，往后不可这般胡言乱语。

红　娘 小姐，这是何苦！

崔莺莺 我叫你去看他，只是兄妹之礼，别无他意。再有非分之想，定然告诉老夫人。

〔红娘摆文房四宝，莺莺提笔修书。将书信叠成方胜。

崔莺莺 拿去！

红　娘 我不拿去。

崔莺莺 快拿去。

红　娘 我不去。

崔莺莺 （佯怒）这死丫头好没分晓！（掷书，下）

红　娘 （无奈拾书）哎，我要是不去呀，又说我违拗她，小姐呀小姐！

（唱）你模样儿大家风范，

内心儿神魂倒颠。
人面前端庄颜面，
背地里伤春泪眼。
你使性儿装神弄鬼为苦恋，
我传书简，担风险，热心肠，看冷眼，又有谁怜！
（白）唉！去吧，去吧，谁叫我是红娘呢！
〔红娘持帖缓缓步下。
〔灯暗。

第六场

〔张珙书房。红娘上。
红　娘　张先生！
张　珙　红娘姐来了！（急问）事情怎么样了？
红　娘　还问呢，不济事了！
张　珙　（惊呆）啊，怎么不济事了？
红　娘　小姐恼了！
张　珙　（着急地）小生简帖是一道会亲的符咒，定是红娘姐不肯用心哪！
红　娘　（委屈，力辩）我不用心？上有青天下有地！你那简帖儿写得好呀！
（唱）只怪先生命乖蹇，
粗麻线难过针眼关。
那书简是你的供词她的诉状我的公案，
险些儿害得红娘皮肉绽。
从今后你们相会少、见面难，
已然是月暗西厢、凤去秦楼、云收巫山、酒阑人散。
张　珙　（颓然落坐，又站起恳求）红娘姐，我……
红　娘　好了好了，你也不要掏肝挖肺的了，怕老夫人找我，我回去了。
张　珙　（作揖）红娘姐！只有你是我的擎天柱哇！你这一走，我这病儿啊……
红　娘　（已走，又回头）我又不是太医，我管不了！
张　珙　（扯住红娘袖子）华陀转世也无用，只有你是救命神仙啊！

红　娘　神仙也没有什么好点子了。（掏方胜）这是小姐给你的回书，你自己看吧！

张　珙　（接简折阅，大喜）啊！

（唱）花笺上字字幽香喷麝兰，
行行是大补元气的还魂丹。
一缄情泪红犹湿，
满纸春愁墨未干。
书胜仙方可治病，
胁生双翼能飞旋。
早知红娘传喜讯，
我应该，撮土三拜排香案。

红　娘　（惊愕）张先生，这信上写的是什么意思呀？

张　珙　小姐恼我，都是假的，她约我今夜到花园里相会呢！

红　娘　我却不信。

张　珙　书简为证。

红　娘　书简写些什么？

张　珙　“待月西厢下，迎风户半开，隔墙花影动，疑是玉人来。”

红　娘　什么意思，解来我听听！

张　珙　“待月西厢下”，约我月上时就去。“迎风户半开”，那西厢角门儿开着等我呢。“隔墙花影动，疑是玉人来”，就是小生我来了也。

红　娘　真是这样解？

张　珙　小生乃猜谜的行家嘛！

红　娘　（气恼）好个小姐，原来连我红娘你都瞒过了，哼，我看你今晚如何瞒我！

张　珙　红娘姐！……

红　娘　（不悦）做什么？

张　珙　（趋前）今晚上那角儿门呀，（讨好地）就拜托你了！

红　娘　（赌气）你们的事儿呀，我管不了，也不管了！

张　珙　不管了，哈哈，不管！（摇头晃脑地）老夫人啊，老夫人，你关了相府之门，小姐却为我开着角门儿呢。（十分自得、展简，陶醉地）“待月西厢下，迎风户半开。”（望天）哎，红日红日，你快快落下，让月儿早些升起吧！

〔灯暗。

第七场

〔庭院。莺莺上。

崔莺莺 （唱）红日未落待月华，

人约黄昏柳荫下。

心儿慌，金莲踢损牡丹芽。

心儿怕，玉簪抓住荼蘼架。

夜凉青苔小径滑，

露珠湿透凌波袜。

柳梢头，玉钩挂，（看远处）

那不是玉人乌纱是暮鸦。

捱一刻，似一夏，

〔红娘内叫“小姐！”

一见红娘，心乱如麻。

〔红娘捧香案上。

红　娘 小姐，你今晚走得好快呀！小姐，你到哪里去啊？

崔莺莺 红娘，你看月儿东升，万籁俱寂，正是烧香的时候呢！

红　娘 是呀，我也想是烧香的时候呢，故而早把香案摆好了！

〔莺莺焦急四顾。

〔红娘放下香案，走向角门窥视。

崔莺莺 （一惊）红娘，你要到那里去？

红　娘 （笑着）看看角门儿关好没有。

崔莺莺 （无奈地）关好了么？

红　娘 小姐，好像门外有人，我看看去。

〔红娘出角门。张珙上。

张　珙 （月光下见人影绰绰）啊，红娘姐……

红　娘 轻声些。

张　珙 红娘姐，小姐来了没有？

红　娘　我先问你，真是小姐约你前来？

张　珙　（得意）小生乃猜谜的行家哟。

红　娘　（恍悟，不说）她在那边等你呢，去吧！

张　珙　春宵一刻值千金啊！（匆匆欲进角门）

红　娘　（一把拽住）慢，你从角门进去，岂不让小姐知道是我领你去的。这事儿她不让我知道，我不敢放你进去！

张　珙　（笑）红娘姐，你不放我进去，莫非叫我跳墙不成？

红　娘　哎！看这粉墙不高，你就跳墙吧！（进，闩了角门）小姐，这角门外连个人影儿都没有，快烧香吧！

张　珙　（推门，不料门真的闩上了，呆坐）唉！

（唱）人约黄昏户又栓，
跳墙顿觉腿儿颤。
猛想起“瓜田不纳履”，
“李下不整冠”。
“非礼勿动”孔孟礼，
“狗急跳墙”民谚传。
堂堂秀才焉做犬？
又奈何，老夫人、大门关，小红娘、小门闩，
察无洞穴可以钻。
粉墙高高似篱藩，
一生美梦锁深院。
欲跳墙，“五经”“四书”把脚绊，
不跳墙，难会那五百年前风流孽缘。
行路难，难于上青天！
老夫人哪，是你将我逼上巫山！

跳吧！是礼非礼，是福是祸，小生只此一跳了！

〔跳墙而进。

崔莺莺　哪一个？

张　珙　小姐，是我啊。

崔莺莺　张生！红娘在这里呢。

张　珙　红娘姐我早已见到了。

崔莺莺　（一惊）啊！（高叫）红娘，红娘——！

张　珙　小姐，我奉读大作，如聆佛旨，应约前来……

崔莺莺　（更慌）红娘，红娘——！

红　娘　小姐，什么事？

崔莺莺　有贼！

红　娘　真的？我来看看。（拉张珙袖，看）小姐，不要紧，是个熟贼。

崔莺莺　贼还有什么生的熟的？

红　娘　（指张珙）是张生哪。

崔莺莺　不管张生、李生，与我带了去。

红　娘　带到哪里？

崔莺莺　（失口）带到老夫人那里。（忙掩嘴）

红　娘　小姐，带到老夫人那里，岂不坏了他的名声？还是红娘帮小姐处置吧！张生，你过来。（作怒容）跪下！（接张珙跪下）张生，你既读圣贤之书，必达周公之礼，为何黑夜跳墙进来？是谁叫你来的？你说，你讲呀！

崔莺莺　红娘，与他多讲些什么，还不快带他下去。

红　娘　小姐，念他初犯，看红娘面上……

崔莺莺　（忙下台阶）是了，先生大恩，早晚必报。如何求之过急，万一老夫人得知，先生难以自安。红娘求情，这次便罢，下次……

红　娘　下次小姐如何安排？

崔莺莺　（话中有话）下次……不可。（下）

红　娘　（对张珙）你呀，真是个“银样镴枪头”！我要你说是她叫你来的，你为什么不说，你嘴巴到哪里去了？

张　珙　（似乎悟到莺莺的难处）你不明白，你不明白！

〔张珙踉跄欲倒。

红　娘　（惊，扶）先生你怎么了？先生！先生！哎呀，这祸闯大了呀！

〔灯暗，转景。

第八场

〔张珙书斋，莺莺闺房交替出现。

〔张珙抚瑶琴。

张 珙 （唱）倚我病身兮，三尺瑶琴。

忆昨冷遇兮，憾我心旌。

倩笑流波兮，岂非含情。

明月酬韵兮，能不知音。

我知汝心兮，难违母命。

拒我相握兮，推之远岑。

云山阻隔兮，插翼难近。

不得于飞兮，使我沉沦！

崔莺莺 （唱）疏帘风细传琴声，

声声凄苦声声恨。

叹昨夜，星空斗转牛郎座，

银河不渡织女星。

怕的是夫人早晚拘管紧，

恼的是红娘晨昏待侯勤。

惧的是春光泄露谤言起，

恐的是日后见你梦中寻。

瞻前顾后我悔恨，

毁约请罪我负荆。

细思量，以兄妹之名去探病，

学一个彩云追月的卓文君！

〔莺莺刚跨出门槛，迎面红娘上。

红 娘 小姐，你要到哪里去呀？

崔莺莺 （不悦）难道我就不能出门散散心吗？

红 娘 那好，红娘陪着小姐。

崔莺莺 嗨！你这样形影不离，真讨人欢喜呢！

红 娘 （委屈地）小姐，不要话中带刺儿，都是老夫人吩咐的呀。

崔莺莺 （苦笑）哼，老夫人管天管地，小红娘忠心不渝，我真有福气呢！

红 娘 （善解人意，不加辩驳）小姐，张先生病得很重呀！

崔莺莺 不是请太医与他调治么？

红 娘 太医哪能治得好这种病啊！小姐，那张先生如今水米不进，只剩下一口气了。

崔莺莺 我……（返回案前，提笔疾书）

（合唱）解铃还需系铃人，
　　　　月上柳梢便是春。

红娘，我开了一帖药方，你且带去。

红　娘　（吓得倒退两步）哎呀小姐，你又来了，前番你一帖药方，害得他一病不起。今番又是一帖药方，不是要了他的命么？

崔莺莺　红娘，这药方是救命的啊！

红　娘　（不信地摇摇头）小姐呀！

（唱）你把那张生常欺哄，
　　　其实是木匠戴枷自作弄。
　　　害得他，又是彷徨又惊恐，
　　　害得他，一会儿痴迷一会儿疯。
　　　小姐呀，水中也有鸳和鸯，
　　　天上还有凰和凤。
　　　他不是三妻四妾的偷香手，
　　　你不是朝三暮四的女儿红。
　　　又何苦，蚕儿吐丝茧中自缚，
　　　找一个毕生知己有何不公！
　　　慰张生何必药方用，
　　　你人到榻前是神农。
　　　有我贴心贴肺的红娘在，
　　　怕什么云山隔万重！

崔莺莺　（感动，真诚地）好姐姐！

红　娘　（贴心地）小姐，红娘是解得你的心意的呀！

崔莺莺　好姐姐，我此番决不哄你了，这“药方”真是对他症候的呀！

红　娘　（喜悦地）真是救命的方子！我这就送去。

〔张生书斋，张生阅柬。

张　珙　（兴奋异常，病祛身轻）这药方真是救命的啊！

（唱）撮土为香三叩拜，
　　　一纸香笺消病灾。
　　　她说道西厢变卦将我害，
　　　害得我，异乡客地病枕挨。
　　　她说道，此番相约定不改，

今宵端的佳期来。

〔走出门外。

天青湛湛彩云在，
月明溶溶沐莲台。
风弄竹声只道金珮响，
月移花影疑是玉人来。

〔张珙正焦灼翘首，忽听角门儿“呀”的一声，他眼睛一亮，莺莺在红娘推送下，含羞带愧，款款而来，音乐高扬。

〔幕后合唱：

银光盈盈满庭阶，
天仙飘飘下楚台。
花般模样，玉般精神，
半推半就，又惊又爱。
只缘秋波那一盼，
真心耐，至诚挨，并蒂花开。

〔幕闭。

第九场

〔莺莺闺房，老夫人上。

崔夫人 （唱）夜深沉，睡不稳，且去绣楼，
莺莺儿，好教人，提心在口。
这些时，她神思恍惚体态瘦，
春山低颦，秋水凝眸。
莫非是弄月嘲风伤春愁，
我苦口婆心解儿忧。
莺莺睡了么？（入内）

〔红娘上。

红　娘 （唱）立苍苔，红绣鞋儿冰凉透，
由他俩，去绸缪我回绣楼。

〔猛见老夫人，吓得回身便跑。

崔夫人 （厉声）站住！

〔红娘如脚下生胶。

红　娘 （故作镇静）噢，是老夫人，夜深了，你怎么还未安寝呀？

崔夫人 （压下火气）你从哪里而来？

红　娘 （慌）我……我陪小姐在花园烧香……

崔夫人 （怒）小姐呢？！

红　娘 （看见香盘，一指）嗯？小姐？噢，小姐在花园等我拿香盘呢，（取香盘）老夫人我……（急于脱身）

崔夫人 跪下！

红　娘 （故作镇静）老夫人，好端端的，为什么要跪呀？

崔夫人 你不跪，我打……（举帚）

红　娘 （架住）老夫人，不要闪了贵手，红娘去请小姐回来就是。

崔夫人 还不叫她快快回来！

红　娘 （如获大赦）是！（拔腿就走）

崔夫人 （忽觉不妥）慢！好你个刁钻的鬼丫头！待老身自去找她。（举步）

红　娘 （急了）哎呀，老夫人，你去不得！

崔夫人 小贱人，我为何去不得！

红　娘 花园中青苔路滑！

崔夫人 你搀扶我去。

红　娘 室外风大，老夫人要感风寒的。

崔夫人 胡说，月朗风轻！

红　娘 反正呀…你是去不得的！

崔夫人 我为何去不得？小贱人，你说！

红　娘 去不得嘛，就是去不得哟！

崔夫人 （怒）不说，我打死你这个小贱人！（欲打）

红　娘 我说，我说！

（唱）月儿才上柳梢头，
　　　早已人约黄昏后。

崔夫人 果真如此，气死我也！

红　娘 （唱）夫人啊，小姐是花中魁首，
　　　张生是文坛班头。

天造地设鸳鸯配，
夫人何必苦追究。
如今生米成熟饭，
你能罢休时且罢休！

崔夫人 天啊！我堂堂相府竟出了这样的丑事，待我把那禽兽告到官府里去！

红 娘 老夫人，你去告谁？

崔夫人 自然告那张生！

红 娘 这事儿怨不得他。

崔夫人 哎，也要怨我那不知羞耻的小贱人！

红 娘 也怨不得小姐。

崔夫人 哼，都是你这死丫头一人之罪！

红 娘 哎呀，这是你家的事儿，哪里怨得我红娘来？！

崔夫人 那倒怨着谁呢？

红 娘 怨只怨……

崔夫人 嗯？！

红 娘 都怨老夫人！

崔夫人 啊！怨我？小贱人，你要是说不出个子丑寅卯来，我打你个皮开肉绽！

红 娘 老夫人，你岂止“子、丑、寅、卯”，还有“辰、巳、午、未”一共八个“不该”呢！要是告到官府呀，只怕先要治老夫人的罪呢！

崔夫人 （冷笑）倒是我有了“八个不该”，还要治罪于我，你倒说说！说呀！

红 娘 老夫人哪！

（唱）一不该“言而无信”把信义丢，
再不该“知恩不报”反作仇。
三不该“治家不严”捅了漏，
四不该“相国府第”你扬了家丑。
五不该……

崔夫人 （恼羞成怒）够了，够了，这等丑事，不是你牵线搭桥，难道是我做下的？今天我非打死你不可！

〔张珙、莺莺上，见状，莺莺扑地跪在老夫人面前。

崔莺莺 母亲，这事儿与红娘无干，要打就打女儿吧！

崔夫人 你这不争气的孽障，你以为我舍不得打……（欲打）

张 珙 （忙上前托住）老夫人！

崔夫人 （大怒）你…你这禽兽！

（唱）错看你读书人人模人样，

怎知你鲜廉耻蝶浪蜂狂。

全不顾先王道三纲五常，

全不顾我年迈鬓雪鬓霜。

不仁不义不足训，

不郎不秀不自强。

枉读十年圣贤书，

亵渎三代宗祠堂。

我崔府世代不招白衣婿，

你缘木求鱼是虚妄！

崔莺莺 （哭）母亲，你再这样羞辱张生，叫女儿如何是好啊！

崔夫人 你这小畜生，心中只有张生，哪有为娘……（哭）老相国啊！我不如早早随了你去呀！

崔莺莺 母亲！

红　娘 老夫人！

〔三人哭成一团。

〔张珙忍无可忍，转身就走，忽停住，回顾莺莺；莺莺左右为难，楚楚可怜。张珙默默走向老夫人，蓦地跪下。众惊愕。

崔夫人 你……？！

张　珙 （唱）老夫人，高识宏度怒气平，

珍重贵体莫伤身。

三生有幸识令爱，

两心相印前世情。

白马解围九天助，

老夫人许婚万重恩。

张珙将你金口顺，

寸心未忤老夫人。

不才张珙岂无志，

志在人间觅知音。

布衣张珙岂无能，

万卷诗书藏胸襟。

张珙秉性薄功名，
呜呼也，万方仰望玉堂金马乌纱璎！
老夫人显祖扬宗爱金印，
张君瑞，风车云马跳龙门——
只为莺莺，岂怕违心！

崔夫人 好，既然如此，天明之后，你即行登程，进京赴考，得官回来，府门迎你；名落孙山，另攀高门！

崔莺莺 母亲？！

崔夫人 （果断地）红娘，速速整顿行装。你我与小姐明日返回博陵！！

〔众惊愕。

〔暗灯。

第十场

（合唱）碧云天，黄花地，
西风紧，北雁南飞。
晓来谁染霜林醉？
总是离人泪！

〔黄叶萧索，莺莺、张珙古道惜别。

崔莺莺 （唱）怨母亲不解儿女意，
折鸳鸯车儿向东马儿向西。
张生啊，多情青鸾信频寄，
我人去博陵心随你。
万不能金榜无名誓不归，
撇下你，举案齐眉、琴瑟伴侣。

张　珙 （唱）好莺莺啊！
最宝贵心有灵犀，
叹人生得一知己愿足矣！
马蹄踏碎几度霜，
鸳梦重温弹指期。

得官回来荣耀妻，

不得官回来陪伴你！

红 娘 （上）小姐，老夫人命你登车回程！

〔二人依依离别。

（合唱）柳丝长，玉聪难系，

恨不能疏林挂住斜辉。

四围山色中，一鞭残照里。

遍人间烦恼填胸臆，

量这些大小车儿任何载得起？

愿天下有情的都成了眷属，

永老无别离，万古常相聚！

〔剧终。

1992 年

浙江省新时期优秀剧作选

第三卷

浙江省戏剧家协会 编著

優秀劇作

Selection of Excellent Dramas
in Zhejiang Province
in the New Period

中国戏剧出版社
CHINA THEATRE PRESS

目 录

一鸟九命

胡小孩

人物表 张一脉、春娘、巧姑、王文秀、李单传、丁翠翘、宝儿、丁禁头、王氏、卜打更。

序 曲

〔主题歌：

说是假，也是真，
编个故事话人生。
一只小黄雀，
害了九条命，
血泪洒遍杭州城，
动魄又惊心。

人啊人，要相亲，
气不忍，祸就生。
一怒便成仇，一笑便是亲。
相逢何必曾相识，人情值千金。

说是假，也是真。

真假都在你的心，
但愿人生也像戏，
真真假假都留情。

一

〔三月，西子湖畔。

〔幕后伴唱：

春到西湖三月三，
踏青人儿满孤山。
扶老携幼赏花去，
水也暖来心也欢！

〔张一脉搀扶怀抱麟儿的春娘一路走来，与带着宝儿出来踏青的李单传、丁翠翘夫妇相遇，相互问好，分手上路……

二

〔小黄雀跳跃叫鸣，啼声清脆。

〔巧姑悄悄上，追逐小黄雀，扑过去捕住小雀，解下辫梢上的红头绳，系在小黄雀的脚上。

〔小黄雀在巧姑手上扑翅鸣叫。

巧　姑　（快活地叫）哥哥，嫂嫂！

〔张一脉与春娘上。

春　娘　巧姑，你刚才到哪里去了？

张一脉　都快长成个大姑娘了，还贪玩！

巧　姑　谁说我贪玩？你看！

春　娘　小黄雀！

巧　姑　（唱）多好看！一只红嘴银爪小黄雀，
　　　　　扑打着翅膀儿喳喳叫。
　　　　　它正在窝边，觅食嘴儿翘，
　　　　　悄悄地被我一把来抓牢。
　　　　　系上一根红头绳，
　　　　　它逃不走也飞不高。
　　　　　这是姑姑的满月礼，
　　　　　送给麟儿好宝宝！

春　娘　麟儿还小，不会玩雀儿呢！

巧　姑　会的，会的，小麟儿，姑姑送你一只小黄雀，你要不要？嘻嘻，麟儿笑了，他要，他要！

张一脉　哈，麟儿真笑了！

巧　姑　麟儿，你捏住绳子，别让雀儿飞走了。

〔巧姑一松手，小黄雀带着红头绳啼叫着倏地从麟儿手上飞走了……

巧　姑　哎呀，小黄雀飞走了！

〔巧姑追雀下，张一脉夫妇笑着跟下。

〔宝儿打着虎跳上。

宝　儿　（一个筋斗甩飞一只鞋，正在寻找。闻声见雀，忙去追扑，一把逮住小黄雀）哈哈，逮着了！

巧　姑　（赶上）啊，宝儿，快给我。

宝　儿　什么，给你？

巧　姑　这只小黄雀是我的。

宝　儿　怎么知道是你的？

巧　姑　它的脚上拴着一根红头绳。

宝　儿　你骗我！是你看见了才这样说的。

巧　姑　我不骗你，红头绳是我辫梢上解下来的。

宝　儿　哼！天上飞的，地上长的，到了我手，就是我的！

巧　姑　小鬼头，这种话是你说的？

宝　儿　嗨，是我妈教我说的。

巧　姑　好，好。你把小黄雀还给我，姐姐给你绣一个五色花线大香袋。

宝　儿　不要，不要！

巧　姑　你给不给？

宝　儿　不给，不给！

巧　姑　你到底给不给？

宝　儿　不给！不给！就是不给！

〔宝儿转身欲跑，巧姑一把扭住他的耳朵。

宝　儿　（捂耳）哎哟，你放手！

巧　姑　你把小黄雀还给我。

宝　儿　好，好。你先放手，我再给。

〔巧姑一放手，宝儿跳了开去。

巧　姑　快给我！

宝　儿　偏不给！嘻嘻，索性大家都没的玩！

〔宝儿一放手，小黄雀飞啼而去……

巧　姑　（气恨）你这小鬼头，真坏！

宝　儿　（嘻笑）你好，你就白白送我一个大香袋。

〔宝儿过去拾鞋，巧姑抢先拾鞋在手，用鞋底打了他一屁股。宝儿回身用头撞巧姑，巧姑一躲，宝儿一头碰翻在地，额角磕出个紫色包块。

宝　儿　（坐地哭闹）哎哟！哎哟！……

〔张一脉与春娘闻声走上。

张一脉　宝儿，你怎么啦？

宝　儿　你家巧姑坏，她打我！

巧　姑　你才真坏！

春　娘　（将麟儿交给巧姑，掏出绢帕替宝儿裹额）宝儿，你起来，到我家去给你治伤敷药。

宝　儿　（扯下绢帕甩开手）我不要！回家告诉我妈去！

〔宝儿爬起身来，哭着奔下。

张一脉
春　娘　宝儿！宝儿！……

三

〔幕后声，宝儿哭。

〔丁翠翘："好哇！一个大姑娘欺负小孩子，真正岂有此理！"
〔宝儿哭："娘！……"
〔李单传："宝儿娘，你忍忍气……"
〔丁翠翘："我忍不住这口气！"
〔丁翠翘怒上。

丁翠翘 好哇，张巧姑！
（唱）打了狗来欺了主，
打了儿子欺了娘。
气得翠翘火冒顶，
气得老娘恨断肠。
巧姑丫头你好大胆，
竟敢出手把我儿伤。
今日与你见高低，
翻天覆地闹一场！
（拉过宝儿）宝儿，跟我走！

宝　儿 （回头）爹！

李单传 （急忙劝阻）宝儿娘，你消消气。街坊邻里常见面，何必要硬去争高低！

丁翠翘 佛争一炷香，人争一口气，这口气老娘我非出不可！

李单传 宝儿娘，你耐耐性子再听我一句话。

丁翠翘 什么话？

李单传 前年秋天宝儿生病，多亏了张医生……

丁翠翘 多话！他看病，我给钱，早了结了！

李单传 慢着，慢着！宝儿娘，我们都是四十出头的人了……

丁翠翘 四十出头又怎样？

李单传 人过四十偏西，到了这把年纪，过一天是一天，多过几个太平年……

丁翠翘 嘿！嫁了你这个三拳头打不出一个屁的没志气老公，算我丁翠翘瞎了眼！你快放手！老娘给你李家争面子出气去！
〔丁翠翘一把推倒李单传，宝儿忙去搀扶父亲，喊爹……
〔丁翠翘气呼呼地卷起袖子，头也不回，三脚两步，跨出店门，蹬，蹬，蹬，一路奔过桥去。

四

〔四姑桥头，张一脉医寓门前。

〔春娘端着一碗热腾腾的鸡蛋汤走出门来。

春　娘　（朝桥下叫唤）巧姑，巧姑！

巧　姑　（手拿棒槌，挽着洗衣篮走上桥埠）嫂嫂！

春　娘　这碗鸡蛋，你趁热送给宝儿吃，见了宝儿爹和翠翘姐，赔个笑脸，多问几声好！

巧　姑　（放篮接碗）嫂嫂，我知道了。

春　娘　这包伤药给宝儿带去，早去早回！

巧　姑　（接药）嗯！

〔春娘提篮进屋，

〔巧姑捧碗揣药，高高兴兴走上桥头，与气冲冲奔过桥来的丁翠翘迎头打了个照面。

巧　姑　（强笑）宝儿娘！……

丁翠翘　（瞪眼）呸！你还认得我呀？

（唱）鬼丫头胆子真不小，

你竟敢，老虎头上来拔毛！

钱塘县，谁人不知我丁翠翘，

老娘的威名满城晓。

独养儿子挨人打，

今天还是头一遭。

你家没有娘管教，

老娘我叫你尝尝辣味道！

〔丁翠翘跳上前去，伸手就是一巴掌！

〔巧姑惊怔，二人定型。

〔幕后伴唱：

哎呀！翠翘，翠翘——

你打错了，打坏了！
一巴掌打断两家情，
一巴掌打出命九条！

〔巧姑双手捂脸，汤碗坠地，正巧泼溅在丁翠翘的脚背上，痛得她哇哇直叫，一抬脚滑翻在地。

丁翠翘 （又痛又骂）哎哟，杀千刀！哎哟，短命鬼！哎哟，痛死我了！哎哟……

春　娘 啊，这是怎么啦？

巧　姑 （气恨）哼！

丁翠翘 （坐地呻吟）哎哟！我的腰哇！……

张一脉 （上前看视）哦，快去拿个损伤膏药来！

〔春娘应声入门，赶紧拿出一个大红膏药。

〔张一脉接过膏药，上前按贴，被丁翠翘狠狠一蹬腿，差点儿跌了个踉跄！

张一脉 （不知如何是好）啊？这，这……

巧　姑 哥哥，我来给她贴！

〔巧姑拿过膏药，走上前用力按住丁翠翘，揭起后襟，给她贴膏药……

丁翠翘 （又蹬又骂）野汉子养的！断命丫头！杀千刀！老娘不要你来讨好！

〔巧姑气极，扬起膏药一下子粘贴在她的嘴皮上，丁翠翘顿时噤声！

〔街坊上下，哄笑四起……

张一脉 （责备地）哎呀！巧姑你！……

〔春娘慌忙去揭膏药，被丁翠翘一把推开，差点儿跌倒……

〔丁翠翘爬起身，又羞又恼，一边撕开膏药，一边走动……

〔幕后伴唱（心声）：

断命丫头杀千刀，
哄动街坊将我笑。
剥我面皮坍我台，
恨在心头气难消。

丁翠翘 （唱）扳不倒巧姑鬼丫头，
我就不叫丁翠翘！

〔丁翠翘恨声不绝，扭腰奔下。

五

〔丁禁头的家。

〔王氏兴冲冲地揩抹桌椅，桌上摆着花生、瓜子炒货。

〔丁禁头提肉进门。

丁禁头 老婆，肉来了！

〔王氏高兴接过。

丁禁头 （抓起花生吃）嗨！妹夫店里的炒货真好吃。老婆，我那个小舅子到杭州来做客了吧？

王　氏 快了，快了，信上说三月初一动身，三天路程……（屈指计算）哟！今天就到。

丁禁头 好，好！舅郎叫啥名字？

王　氏 看你那个记性！他叫王文秀，是我的嫡亲兄弟呢！

丁禁头 哦，哦！

王　氏 （唱）我那嫡亲兄弟王文秀，

自幼儿，过继堂叔去台州。

十年未见亲弟面，

时刻牵挂在心头。

文秀他十年寒窗勤攻读，

得了秀才品学优。

此一番求师赴试上杭城，

姐弟重逢喜悠悠。

文秀来了好招待，

但愿他，连中三元夺魁首！

丁禁头 好，好！有朝一日舅郎做了高官，我也不用再当牢头、禁子，好歹也弄个棋牌、门官当当。哈哈哈！

〔夫妻俩正高兴，门忽地打开，丁翠翘手柱拐杖，摇摇摆摆哭进来。

丁翠翘 （又哭又嚷）啊呀！大哥呀！啊哟，啊哟！啊哟！……

丁禁头 （连忙叫老婆扶她坐下）妹子，这是怎么回事？

李单传 （跟进门来）没什么事，不要紧，不要紧！

丁翠翘 还说不要紧？呸！男人不争气，老婆受人欺，都把我气死啦！啊哟！……

丁禁头 妹子。谁欺侮你了？

丁翠翘 （唱）一见亲人眼泪抛，
捶胸顿足气难消。
泪汪汪上门见哥嫂，
听妹子，一长两短把苦情告。
哎哟，哥嫂呀！……

丁禁头 （拍胸脯）天塌下来，有大哥给你顶住，你哭个啥？说，快说！

丁翠翘 （唱）张家药寓四姑桥，
有个妹子狠又刁。
她惹是生非大欺小，
把宝儿头上打出个紫血包。
妹子我上门去讲理，
她又当着街坊逞凶暴。
一脚将我踢倒地，
一棍将我打断腰，
又是骂么又是打，
这苦楚，自出娘胎还是头一遭！
哎哟，哎哟！……

丁禁头 （顿时黑了脸）啊？这还了得！
（唱）妹子哀哀把苦情告，
气得俺一跳三丈高！
拳头发痒心火冒，
恨不绝声把牙咬。
黄毛丫头休撒泼，
我把你撕成碎条条！

〔丁禁头怒冲冲拔腿就走，王氏拉扯不住，李单传慌忙上前。

李单传 舅兄，你先耐耐火性，我还有话说。

丁禁头 你有啥话说？

李单传 （转身乞求）宝儿娘……

丁翠翘 （扭过脸去）哼！

李单传 舅兄呀！

（唱）街坊难免有口角，
牙齿还把舌头咬。
后退一步自然宽，
大事化小小化了。
对头一个也嫌多，
朋友千个还嫌少。
哪家不想求平安？
少惹是非少烦恼。
吃亏过后得便宜，
望兄嫂，劝劝翠翘把气消。

丁翠翘 （摔下拐杖，霍地跳起）你给我住嘴！

（唱）你是夹勿起的霉豆腐，
你是竖勿直的烂稻草。
走遍天下十八省，
你这种窝囊男人世上少！
出不了这口肮脏气，
老娘今晚就上吊！

〔丁翠翘寻死觅活，大哭大闹。

〔众人你拉我劝，好不容易才将丁翠翘扶到躺椅上。

丁翠翘 （哭闹）人要脸，树要皮，我丢不了这个脸呀！大哥，你要给我做主呀！

丁禁头 哼！不给张家一点颜色看看，我丁某还配在衙门里混饭吃？妹子，你放心，我一定给你出气！

丁翠翘 （高兴）大哥！……

丁禁头 看我的！

〔丁翠翘得意，王氏没奈何，李单传搓着手暗暗叫苦……

六

〔红日西沉。

〔钱塘城外，山景如画。

〔山荫道上，巧姑身背竹篓、头戴花鬓，欢快地下山来。

巧　姑　（唱）北高峰上采药归。

　　　　口唱山歌步如飞，

　　　　摘得山花头上戴，

　　　　花香引蝶扑面来。

　　　　粉蝶儿伴我出幽谷，

　　　　粉蝶儿伴我下山崖。

　　　　粉蝶儿伴我过溪涧，

　　　　粉蝶儿伴我左右飞。

　　　　一路欢笑到长亭——

　　　　粉蝶儿，双双飞落花鬓内。

〔山泉边，王文秀在舀水解渴，侧耳倾听巧姑的山歌声……

〔路亭。亭边树杈上挂着包囊雨伞。

〔巧姑卸下背篓，入亭小憩。

巧　姑　（摘下花鬓，含情地）蝴蝶儿，多谢你送我下山。回去吧，再见！（扬手）哈！飞了，飞了！

〔巧姑跟着飞碟，跑出亭来。看见挂在树杈上的包囊。

巧　姑　（四顾）咦，人呢？（取下包囊）呀，还有许多银子！（叫唤）喂！——这包裹银子是谁的呀？喂！……

〔山泉边，王文秀闻声正要答应，忽然草丛里探出一条眼镜蛇的头，昂首吐舌，凶毒异常！

〔王文秀惊恐万分，大喊“救命！”踉跄奔逃，毒蛇随后追扑上来，王文秀惊厥倒地……

〔巧姑一见，快步奔了过去，伸手抓住蛇尾，奋力将毒蛇甩了开去！

王文秀 （按臂）哎哟！……

巧　姑 啊？遭毒蛇咬了！

〔巧姑顾不得男女嫌疑，急忙将王文秀揽在怀里，卷起书生衣袖，双手按臂，用嘴吮出毒汁，又从筐内取出几枝草药，放入口中嚼细后敷在伤口上，然后掏出一块绣花手帕，包扎停当，搀扶王文秀到亭内坐下。

巧　姑 （拭汗）好了，没事了。

王文秀 （感激万分）谢姑娘，救了我一条命！

巧　姑 读书人，你受惊了。

王文秀 （垂泪）姑娘，我的恩人哪！

（唱）渴饮山泉入野林，
突遇毒蛇险丧命。
若非姑娘来相救，
怎能绝处又逢生？
滴水之恩涌泉报。
怎报得，起死回生救命恩？
姑娘恩情深似海。
今生今世我永铭心！

巧　姑 （唱）书生不必泪淋淋，
见危相助是本分。
救人之恩不须报，
人情似海自然深。
你帮我来我帮你，
人不为己要为人。
书生你若有出头日，
做官要学老包拯，
多为百姓做好事。
也不枉我今日救你在长亭。

王文秀 （唱）姑娘说话多真诚，
一言出口重千斤，
文秀心中好欢畅，
今日我三生有幸遇知音，
敢问姑娘名和姓——

巧　姑　我叫张巧姑，公子你姓什么？

王文秀　（唱）小生姓王——

巧　姑　（唱）莫非文秀是你名？

王文秀　（惊讶）呀！

（唱）你我初逢昧平生，

姑娘你怎知文秀是我名？

巧　姑　（唱）这包裹写着你名姓，

双手奉还读书人。

囊中还有银子在，

从今后，你自己的物件要自当心！

王文秀　（接过包裹，雨伞）多谢姑娘！多谢姑娘！

巧　姑　不用谢，天色不早，我要回家了。

王文秀　小生也要到钱塘城内求师访友，看望姐姐，正好同路呢！

巧　姑　那，我们一起走。

王文秀　（抚臂）哎哟！……

巧　姑　（大方地）读书人，我扶着你。

王文秀　多谢姑娘！

〔巧姑搀扶王文秀，一同向钱塘门走去……

〔幕后伴唱：

山也亲，水也亲。

人啊人，要相亲。

相逢何必曾相识，

人间情谊值千金！

〔伴随歌声，俩人身影渐渐远去，融入烟霞迷濛的暮色里。

七

〔众安桥头，灯火黄昏。

〔丁禁头一身醉态，摇摇晃晃走来。

〔内声：丁大哥，走好！

丁禁头 （转身拱手）老弟，再会！哈哈嘿嘿，好酒哇，好酒！……

〔丁禁头踉跄转身，与偕同巧姑走来的王文秀撞了个满怀。

丁禁头 谁挡了大爷的路？瞎了眼啦？

王文秀 大叔，你醉了，早点回家吧！

丁禁头 大爷醉不醉，与你何干？你给我滚……滚开！（王文秀让过）

巧　姑 秀才，你到武林门往前走。我也要回家了！

王文秀 巧姑，你走好！

丁禁头 巧姑？（猛地转身）站住！你就是四姑桥头医生张一脉的妹子张巧姑？

巧　姑 嗯，你……

丁禁头 （上下打量）我道你有三头六臂，原来是个娇滴滴的花小娘！嘿嘿，你人不大，胆子倒不小哇！

巧　姑 （后退）你……你要做什么？

丁禁头 我要扯你的裙子，剥你的衣裳，当街出出你的丑！

〔丁禁头上前动手，冷不防被巧姑扇了一巴掌！

丁禁头 （捂脸）哎哟！好个鬼丫头！不给你点颜色看看，不知道大爷的厉害！

〔丁禁头恶狠狠地上前抓巧姑，巧姑一躲，丁禁头一个踉跄，跌倒在地……

丁禁头 （一边爬起，一边呕吐）哇哟！……

王文秀 （挥手）巧姑！你别理睬这个醉鬼！你快回家！快走！（催促）快走呀！

〔巧姑犹豫了一下，转身急步走下。

丁禁头 鬼丫头，你……走不了！

王文秀 （拉住）大叔！看你是个衙门里的人，在大街上欺侮一个弱女子，有点不合理法吧！

丁禁头 （发怒）你是什么人？狗拿耗子，多管闲事！

王文秀 事不平，有人管！不是看你喝醉了酒，你知法犯法，罪加一等！

丁禁头 啊？你敢是吃了豹子胆，活得不耐烦啦！（抡起一拳头）去你娘的！

王文秀 （手捂胸口）恶贼！你……（昏厥倒地）

〔丁禁头还想行凶，被地上包囊绊住，蹲下捡起包囊。

丁禁头 （从包中取出银子）啊？银子！（连忙将包囊揣在腋下）便宜了你这小子！

〔丁禁头转身欲走，与匆匆上来的王氏撞了个满怀，包囊落地……

王　氏 当家的！你又喝酒了！（埋怨地）我那文秀兄弟今天到杭州，等了半天，

天快黑了还不来，你还不帮我去看看，是不是走错了路？

〔丁翠翘跟上。

丁翠翘 是啊，大哥！我们一起去看看。

丁禁头 好，好！（连忙弯身去捡包囊）

王　氏 咦，这是什么？

丁禁头 这……这……

王　氏 （拿过包囊细看）台州王文秀！（惊喜）啊！这包囊是我兄弟的！当家的！我兄弟人呢？

丁禁头 （慌乱）啊？他……他……

王　氏 （四处看望）文秀兄弟！文秀兄弟！

〔丁翠翘发现地上躺着的王文秀。

丁翠翘 咦，这是什么人？（捡起绣花帕）啊，一条女人用的绣花帕！大哥，他……

丁禁头 （开口不得）他，他……

王　氏 （急忙过去辨认）啊！你是文秀么？

王文秀 （微睁眼）你是……姐姐？

王　氏 （悲叫）文秀！文秀！我的小兄弟！是谁欺侮你？是谁害了你呀？

丁禁头 坏了！坏了！大水冲倒龙王庙，错打自家人了！

王　氏 什么？你……

丁禁头 我……我……

王文秀 啊，你……

王　氏 文秀，他是你亲姐夫呀！

丁禁头 小……小……小舅子！

王文秀 （手指丁禁头，颤恨地）你……你这恶贼！（又昏死过去）……

王　氏 （抱住王文秀，悲呼）弟弟！弟弟！弟弟！你睁睁眼，看看你的亲姐姐呀！

丁翠翘 （上前，探鼻息）啊？断气了！……

王　氏 天哪！——（瞪视丁禁头）你作了什么孽呀？……（也昏死过去）

丁翠翘 嫂子！嫂子！……

丁禁头 老婆！我该死！我该死！（狠狠用拳头打自己）老婆，你醒醒！你醒醒呀！……

八

〔暮色中，卜打更敲打梆锣，穿过街巷……

〔舞台上同时交替出现丁、李、张三家景象。

〔丁家。

〔王氏已陈尸床上，丁翠翘给王氏脸上盖上一块红布……

〔丁禁头两眼直勾勾地看着自己的右拳。

丁禁头 拳头呀拳头！你怎么不长眼睛，打了小郎舅呀？（狠狠一拳捶在茶碗上，碗破，满拳是血！）

〔李家。

李单传 天这么晚了，翠翘怎么还没回家？

〔宝儿翻身踢被，李单传到床前给宝儿盖上被子……

〔张家。

〔张一脉在灯下看医书，春娘坐在一旁做针线，用脚踩着摇床……

巧　姑 （牵挂地）秀才秀才，你该平安到你姐姐家，见到亲姐姐了吧？

〔隐隐传来二更梆锣声。

巧　姑 （唱）夜色深——

夜风送凉透窗灵，
灯光摇曳似我心。
秀才呀！
巧姑救你不图报，
难为你，见义勇为真可敬。
面对狂徒气不馁，
巧姑有难你敢挺身。
归家来，牵肠挂肚把秀才念，
不知他，如何对付强横的人？
愿秀才，吉人天相无凶险，
平平安安去探亲！

李单传 （唱）二更梆锣一声声，

翠翘还未回家门。

自从那日惹了事，

我是坐卧难安心不宁。

只怕舅兄去寻衅，

张家巧姑受欺凌。

翠翘呀！

你为何如此气量窄，

你何苦，要我为你耽愁心？

为什么，眼皮乱跳心忐忑，

天保佑，今夜不要出事情！

〔巧姑与李单传的形象和歌声可同时交叉出现，最后渐渐隐去……

〔景现丁家。

丁禁头 （看看自己血迹斑斑的拳头）天哪！

（唱）一拳打死亲舅郎，

气死老婆——命亡！

呼天叫地我将谁恨？

丁翠翘 （唱）恨只恨，张家惹事起祸殃。

一命要他赔一命，

出不了这口气——

枉到人世走一场！

丁禁头 （咬牙切齿）嘿！张家害得我家破人亡，我们也要叫他人亡家破！

丁翠翘 大哥！你有什么主意？

丁禁头 妹子！——

〔丁禁头近前悄声。丁翠翘侧耳谛听……

丁翠翘 （听了脱口而出）连夜移尸？

丁禁头 轻声！

〔丁翠翘连忙掩嘴。

〔更声起……

九

〔卜打更后领插着一盏灯笼，一路打更过来。

卜打更 （哼小调）

一更短，二更长。

鼓打三更想情郎。

隔墙难见情郎面，

衙役抓人似虎狼。

一路无情施棍棒，

未到公堂浑身伤，

仰天悲愤喊冤枉……

（悲呼）冤枉啊！冤枉……

十

〔天空雷声隆隆……

〔春娘手拎筐篮走动着，在县衙门前停住脚步。

〔春娘举手叩动虎头铁饕。一次、二次地叩门……

〔旁边小门打开。丁禁头探出脸来。

丁禁头 敲门干什么？

春　娘 大哥，我是来探监的。

丁禁头 探望什么人？

春　娘 我的丈夫——张一脉。

丁禁头 哦。你是凶犯张一脉的妻子？来的不是时候！

春　娘 大哥！我求求你行行好，让我夫妻见一面。

丁禁头 嘿嘿！你是求观音进了瘟神庙——弄错了菩萨了！

春　娘 求求大哥，这点饭菜、衣服转交给我丈夫……（递篮子）

丁禁头 （脸一沉）你知道我是谁吗？我丁某与张家是前世的对头、今世的冤家。等到秋后上法场去活祭你丈夫吧！

〔丁禁头一挥手，篮子飞出……

〔砰的一声门关上。

春　娘 （扑向牢门，悲喊）夫郎！麟儿爹呀！……

〔一声闷雷，风雨忽至。

〔风雨中，春娘木然地走动着……

十一

〔风凄凄，雨霏霏……

〔春娘在风雨中摇摇晃晃地走来。

春　娘 （唱）风凄凄呀雨霏霏……

春娘心中更苦凄！
风啊！风啊！
你为何只向受苦人的身上刮？
雨啊！雨啊！
你把受难人儿破碎的心敲打得血淋淋！
天哪！天！……
我夫郎为何遭此滔天祸？
含冤入狱出无期。
探监难见夫郎面，
丁禁头好似那凶神恶煞将人欺！
为什么，他的心肠这样狠？
为什么，他把张家当仇家？
为什么，祸祟偏临我家门？
为什么，夫郎无事受冤屈？
恳求苍天睁睁眼啊——

看一看我那受难的夫郎、可怜的妹子、凄苦的春娘、襁褓的麟儿无靠无依！

〔春娘失神地走进家门，摇摇欲倒……

〔巧姑出来，慌忙上前扶住春娘。

巧　姑　啊？嫂嫂！你……怎么被雨水淋成这个样子？

春　娘　（垂泪）妹妹！……我……

巧　姑　（也垂泪）嫂嫂！你见到哥哥了？他怎么样？啊？

春　娘　（摇头）……

巧　姑　啊？为什么？为什么？

春　娘　丁禁头他……他……他不让见！

巧　姑　啊？丁禁头！你好狠毒！

春　娘　巧姑，妹妹！见不到一脉，伸不了冤枉，往后可怎么办呀？

巧　姑　不！这冤枉一定要申诉！

〔巧姑说着，扭头就走……

春　娘　巧姑，你到哪里去？

巧　姑　到公堂喊冤告状去！

春　娘　你告谁？

巧　姑　我要告那丁禁头！（奔出门）

〔婴儿突然啼哭起来……

春　娘　（一边跑去抱麟儿，一边向外呼唤）巧姑！巧姑！巧姑！……

十二

〔县衙门，赫然一面大鼓。

〔巧姑奔上去，取槌欲敲，突然被一只大手捏住手腕。

巧　姑　（回头）啊？！

丁禁头　（夺下鼓槌，凶光毕露）嘿嘿！你来干什么？

巧　姑　我……我要击鼓告状！

丁禁头　告哪个？

巧　姑　告你！

丁禁头 告我？你要告我什么？

巧　姑 王秀才暴死，哥哥蒙冤，都与你丁禁头有关！

丁禁头 （步步进逼）好，把凭证拿出来，无凭无证，敢来诬告我丁某人。你是不要命啦！

〔巧姑悲愤难忍，猛地推开丁禁头，冲到大鼓前，举起双槌，欲去击鼓……

〔丁禁头急忙跟上前去，抓住巧姑手臂，用力一甩，巧姑滚下台阶……

丁禁头 去你娘的！

〔巧姑滚翻在地。

丁禁头 （奸笑着）嘿嘿！你再敢来诬赖好人。我把你粉身碎骨！

巧　姑 （艰难地爬起）丁禁头，你这条恶棍！我到阴曹地府也要告你！

十三

〔李单传在家，坐立不安……

李单传 （唱）钱塘县内出人命，
街头巷尾多议论。
说是丁家有蹊跷，
都为张家抱不平。
昨夜翠翘睡不稳，
梦话不断到天明。
说什么，大哥拳头不长眼。
一拳打死自家人！
翠翘有个老毛病，
多年夫妻我知情。
她日里说话半掺假，
梦里说话却吐真。
倘若梦里是真话，
岂不是，平白无辜害好人？
越思越想心沉重……
见了她，我要盘根究底问个清。

〔李单传暗自思忖，画外心声：

见了她，我该怎么说呢？开门见山，实话实说。我就说，舅郎王文秀，是被大舅一拳打死的。她会问：你听谁说的？我说：是你昨夜梦里说的。她听了一定会火冒三丈，说我昏头昏脑，梦话当真。不但勿肯承认。还会跟我大吵一场。不行，不行！还得另想办法……嗯，有了！为了探出真情，老实人也得要一次滑头，做一场假戏。今生今世，只此一遭。对！我就是这个主意！

〔丁翠翘从外入，嘴里叫着："宝儿爹"。

〔李单传闻声，连忙伏在桌上假装打瞌睡。

丁翠翘 （进门）宝儿爹！……咦，大白天他倒睡着了！

〔丁翠翘正要上前。李单传大喊一声蓦地惊起，满屋乱转……

李单传 啊！舅嫂，舅嫂……（一把拉住丁翠翘）舅嫂！

丁翠翘 （甩开手，生气地）我不是你舅嫂，是你老婆！

李单传 啊，宝儿娘！（揉眼四顾）舅嫂呢？

丁翠翘 大嫂死了，还会上我家来？你见鬼啦！

李单传 唉，宝儿娘！

（唱）坐店堂，神志昏昏入梦境……

恍惚间，来到荒郊小桥亭。

亭内传出女人哭，

哭声哀哀好伤心。

我走进桥亭看究竟，

却原来是舅嫂发悲声。

我问她，为何一人独自行，

她说道，姐弟相会要到枉死城。

我问她，为何坐在亭中哭？

她说道，弟遭枉死心有恨。

一拳打死亲兄弟，

不是仇人是亲人！

丁翠翘 （失惊）啊？大哥打死亲舅郎，大嫂在梦里都告诉你啦？

李单传 （也失惊）啊！那王秀才果然是被你大哥打死的！

丁翠翘 （急掩口）轻声！（四下张望，转身叮嘱）宝儿爹呀！

（唱）大嫂白日显了灵，

梦中与你诉真情。
外人面前莫泄露，
这件事，你嘴唇皮上要缝几针，
——千万莫出声！

李单传 （唱）你大哥误伤郎舅命，
为何冤枉张医生？

丁翠翘 （唱）什么冤枉不冤枉，
水有源来树有根。
不是张家先惹事，
哪会接连丧二命？
为报仇，移花接木定巧计，
半夜移尸到张门。
人命大案当堂定，
定叫他家破人亡我才甘心！

李单传 （又惊又气，几乎晕厥过去）啊？你，你，……你……存心害人，要遭报应的啊！

丁翠翘 哼，有仇不报枉为人！

李单传 （唱）翠翘她一心只想报怨恨，
她是吃了秤砣铁了心。
丁家已经丧二命，
张家横祸又临身。
眼睁睁看人受冤屈，
连累无辜我怎忍心？
大难当头要猛醒，
我不能再做糊涂人！
稳一稳精神往外走……

丁翠翘 你到哪里去？

李单传 （唱）我……我要当堂出首到衙门。

〔丁翠翘一把拖回丈夫，急忙闩上房门。

丁翠翘 （气急败坏）好哇！你想叫我大哥去杀头充军，叫你老婆去吃罪坐牢呀？

李单传 你坐牢，我也陪你去坐牢！

丁翠翘 啊？不，不！宝儿爹，你饶我这一回吧！

李单传 你叫我怎么办？

丁翠翘 瞒瞒过，别到公堂去出首。啊？

李单传 不，不！不能冤枉好人！我们俩一起去出首！

〔李单传去拉她，被丁翠翘狠力一推，踉跄倒地……

李单传 （爬起身）啊？你……

丁翠翘 我不去！你敢到衙门去出首，老娘我……我就碰死在你面前！

〔丁翠翘说着将头顶在丈夫胸前乱顶乱撞，哭闹不休……

李单传 （气得连连顿足）你……你气死我了！

丁翠翘 哼，有气受是你的福气！

李单传 （气极）我……我……

丁翠翘 你要怎么样？

李单传 我……（从门后拿起一把扫帚）我打死你这个惹祸精！

丁翠翘 好哇！你敢打老娘？你打！你打！

〔丁翠翘步步进逼，李单传步步后退……

李单传 我。我……

〔李单传忍无可忍，咬咬牙猛地打了一扫帚柄，打得丁翠翘“哇哇”直叫。

丁翠翘 哎哟！你真打了，我跟你拼了！

〔丁翠翘上去夺扫帚，又被李单传狠狠打了几棒，见势不对，慌忙逃出房门……

〔李单传举帚赶上追打，不留神被门槛绊了个踉跄，一头冲撞在柱子上，闷叫一声，扑倒在地！

〔丁翠翘转身捡起扫帚，举帚欲打，见地上的李单传一动不动，声息全无，不禁吃了一惊。丁翠翘急忙丢下扫帚，扶起丈夫，翻过脸来一瞧，只见李单传满面是血，已气绝身亡！

丁翠翘 （抱住夫尸，号啕大哭）哎呀！宝儿爹，我的夫哇！……

十四

〔李家灵堂。（出现在一表演区）

〔小宝儿白衣白帽，手捧哭丧棒，跪在灵堂前，一边哭着喊爹，一边叩响头。

〔丁翠翘披麻戴孝，手捧灵牌，捶胸号哭，丁禁头在一旁相劝……

〔张家卧房。(出现在另一表演区)

〔春娘卧病在床，巧姑在床边服侍嫂嫂吃药，披衣服……

春　娘　(凄然地)妹妹，告状无门，探监无路，你哥哥凶多吉少，往后日子可怎么过呀?

巧　姑　(流泪)嫂嫂，你可千万保重身子。我哪怕死了，也要为受苦的哥哥伸冤!

春　娘　(也哭)妹妹，你也要多保重，千万不要往绝路上去想呀!

巧　姑　(泪流满面)嫂嫂!……

〔姑嫂抱头大哭!

〔摇床上的婴儿也啼哭起来……

〔巧姑哭着抱起麟儿。

春　娘　(悲呼)麟儿，我苦命的麟儿呀!

〔春娘和巧姑一同把麟儿拥抱在胸怀里，禁不住悲泪交流!

〔春娘、巧姑的悲声与婴儿啼哭声交织在一起，惨不忍闻!……

〔同时出现街头卖唱人，手拉胡琴，在两个表演空间穿梭而过……

〔卖唱人的歌声：

人啊人，要相亲，
气不忍，祸就生。
一怒便成仇，
一笑便是亲。
相逢何必曾相识?
人情值千金!

〔卖唱人走到台前隐去……

〔全场转暗。

〔两支白烛闪动着惨淡的光……

〔李家灵堂重现。

〔丁翠翘一边给亡夫上香磕头，一边掏东西揩眼泪，从怀里一掏，掏出一块绣花手帕，定睛一瞧，突然止哭。

丁翠翘　(目瞪绣帕，咬牙切齿地)张巧姑!鬼丫头!害得我做了寡妇，我与你誓不甘休!

〔丁翠翘恨声不绝，高高举起手中的绣花帕……

十五

〔青竹竿尖顶上，摇曳着绣花帕……

〔丁翠翘手举青竹竿，一路招摇过街，来到四姑桥头张家门首。

丁翠翘 （唱）快来看呀快来听，
青竹竿上出新闻。
张家巧姑小妖精，
花花手帕绣花名，
迷魂帕，哎呀香喷喷！
招蜂引蝶会勾魂，
前门进，哎呀后门出，
夜夜半开门，
勾引小后生。
后生家，哎呀要当心，
迷上这个狐狸精，
丢了钱财又送命！
进了迷魂阵，
活着难出门！

〔丁翠翘将竹竿插在张家门前，一边拍手叫骂，一边招呼路人来看……

〔砰然门开，张巧姑披头散发、悲愤万分、满面泪痕……

巧　姑 （唱）听骂声，心肺气炸悲难忍，
怎忍受这无端羞辱满街闻？
长舌妇上门来寻衅，
污秽言，犹如脏水泼满身。
纵然浑身都是口，
满街流言难辩清。
狂风吹花落泥潭啊……
叫我巧姑怎见人？

（掩面悲啼，回头猛见竿头绣花帕）啊？绣花帕！

〔巧姑折断竹竿，取帕在手，瞧着瞧着，禁不住泪如雨下……

〔伴唱声起：

绣花帕呀一片云，
化作泪雨乱纷纷！
绣花帕呀一团丝，
缠得姑娘心如痴……

巧　姑　（唱）心如痴……
想起长亭相见时，
一见如故两心知。
我敬秀才重情义，
绣花帕包扎秀才手，
心指望，重逢在花好月圆时。
却不料大祸从天降，
秀才突然命夭亡！
尸首搁在家门口，
连累哥哥遭冤枉。
巧姑是无依无靠一枝柳，
怎禁得，乌云压顶风雨狂？
秀才一死我心碎……
天哪，天哪！
绣花帕，变成了催命符一张！

〔巧姑悲愤地奔上桥头，欲纵身跳河，猛又转身……

巧　姑　不，我不能死，不能不明不白的死！我与秀才是清白的！我要找丁翠翘去评理！

〔巧姑一转身，与过来的丁翠翘猝然相遇！

〔巧姑悲愤的目光与丁翠翘苦狠的目光，互相凝射，眼中几乎要喷出火来……

巧　姑　丁翠翘！你……你还我一个道理！

丁翠翘　我有凭有据！

巧　姑　你含血喷人！

丁翠翘　好一个会勾魂的狐狸精！老娘给你钱塘县里扬扬名！

巧　姑　你……

丁翠翘　（拍手叫嚷）花花狐狸小妖精出洞了，大家快来看呀！

〔巧姑悲愤交加，猛地扇了丁翠翘一巴掌！

丁翠翘　（捂脸变色）啊？你敢打老娘！

〔丁翠翘咬牙勒袖，抢步上前，一把抓住巧姑衣领，猛力一扯，“哧”的一声，将巧姑衫子从胸前撕成两半，顿时胸臂赤露！

〔巧姑急忙掩住胸前红肚兜，浑身颤抖，惊惶后退，羞愤得无地容身……

丁翠翘　（得意地拍掌大嚷）狐狸精现原形了，快来看呀！快来看呀！

〔巧姑泪流满面，羞愤已极。咬一咬牙，猛地纵身跳下桥去！

〔桥下激起无数水花……

〔春娘抱子出门，见状惊恐万分，失手婴儿坠地……

春　娘　巧姑投河了，救命啊！（急又抱儿，扑向桥头）巧姑！巧姑呀！

〔婴儿啼声渐弱，春娘摇摇欲倒……

〔悲凉的伴唱声：

可怜，可怜！
一缕魂随春波去，
四姑桥下水呜咽……

十六

〔天光惨淡，监狱阴森。

〔张一脉镣铐加身、浑身血痕，仰望铁窗、凄凉落泪。

张一脉　（流泪悲呼）春娘！巧姑！你们可知道，公堂上我含冤招认，杀人大罪，性命难存！撇下了孤儿寡妇和苦命的小妹，你们的日子可怎么过呀？……春娘！巧姑！我的麟儿！生前不能与你们见上一面，我死不瞑目啊！

〔春娘抱子上。

春　娘　（猛上步）夫郎！——

〔一声悲呼，使张一脉疑在梦中……

张一脉　（猛回头）啊？春娘！——

〔春娘奔向牢门，夫妻隔栏相见，不禁涕泪交流！

〔幕后伴唱：

一声夫郎山也倾！
一声春娘地也沉！
流泪眼对流泪眼，
断肠人对断肠人……

春　娘　（唱）泪如泉涌悲难禁，
一见夫郎欲断魂！
你含冤入狱未半月，
好像变成两个人。
身似干柴人消瘦，
遍体鳞伤透血痕。
夫妻难得见一面，夫郎呀！——
你的怨恨比海深！

张一脉　（唱）身陷囹圄冤难伸，
日夜思念盼亲人。
公堂上，屈打成招把罪认。
为的是，留得残生见亲人。
丁禁头，如狼似虎心肠狠。
苦折磨，鞭打索绑动私刑。
三餐牢饭改一顿，
不许亲人探监进牢门。
我是求生不得死也难啊——
思念妻儿亲妹泪满襟。
春娘啊，你如何能把监牢进？

春　娘　（唱）多亏得，禁子大哥发善心。
趁着禁头人不在，
偷偷放我进牢门。

张一脉　（唱）为何不见巧姑来？

春　娘　（唱）巧姑她，她，她……

张一脉　（急问）她怎么啦？

春　娘　（唱）她留在家中守店门。

张一脉 （唱）让我看看小麟儿——

（望儿一惊）啊？

小娇儿，为何喘急哭无声？

春　娘 （泪流满面）

（唱）儿受惊，得急病，

夫郎啊，你快把儿病诊！

张一脉 （急忙伸手出诊，把脉诊视）啊？……

（唱）脉细微弱眼无神，

手脚痉挛唇发青。

急惊风夹热哮喘，

麟儿垂危病势沉。

牢狱之中无纸笔，

怎能开方救儿命？

春　娘 （悲泣）夫郎！

张一脉 也罢！

〔幕后伴唱：

撕下一块白衣襟，

咬破指头血淋淋！

以血当墨指作笔——

张一脉 （唱）献血沾泪写药名。

一帖血方急开就，

嘱咐春娘仔细听。

内中二味救命草，

须往深山崖下寻。

麟儿病危不容缓，

归家去，速命巧姑上山行。

春　娘 （接方发怔）叫巧姑上山采药？

张一脉 对！救病如救火，越快越好！

春　娘 （悲恸失声，血方落地）巧姑妹妹，你死得好惨呀！

张一脉 （震惊）啊？巧姑死了！妹妹是怎么死的？你说，你快说呀！

春　娘 （唱）哭一声巧姑血泪淋，

哭一声妹妹憔悴心！

夫郎啊！
你无端受罪入牢门，
一家哭泣成泪人。
日里哀伤泪洗面，
夜里悲啼梦魂惊。
为祈夫郎脱灾祸，
烧香拜佛求神灵。
谁知祸事接连起，
丁翠翘，一路骂街骂上门。
恶言毒语似刀剑，
污水泼上女儿身。
巧姑一气投河死啊——
含冤抱恨水底沉！
麟儿受惊吓成病，
奄奄一息命难存。
夫郎啊！
春娘心碎泪已尽……

张一脉　（悲呼）巧姑！我的妹妹！你……你死得好惨呀！

〔一阵天旋地转，张一脉昏死过去……

〔春娘怀抱病儿，跪步扑向牢门。

春　娘　（抓栅悲呼）夫郎！夫郎！夫郎啊！

〔丁禁头走来。

丁禁头　牢房重地，何人喧哗？（见春娘）啊？你是怎么来的？还不快滚出去！

春　娘　夫郎！……

丁禁头　滚！

〔丁禁头狠力将春娘推倒在地！

春　娘　（病儿啼喘，抱儿悲呼）我的儿呀！

张一脉　（苏醒）春娘呀，你……你快给麟儿求医抓药啊！……

〔春娘正要揣入怀，丁禁头猛地将血方抢了过去。

春　娘　啊！你……

丁禁头　嘿嘿！这张救命方，到了我手上，就是一张催命符！

〔丁禁头连声冷笑，将血方撕成碎布条，踩在脚下。

张一脉 （悲愤万分）丁禁头！你……你好狠毒！

丁禁头 你张家不绝后，我丁某睡不着觉哇！

〔丁禁头转过身，恶狠狠地逼向春娘……

〔春娘紧护麟儿，神色惊惶，步步后退……

〔牢栅内，张一脉焦急万分，摇摇欲倒……

〔丁禁头一把从春娘怀里夺过婴儿，狞笑着将婴儿高高举起，猛地摔下，婴儿啼声骤断！

张一脉 （惨呼）麟儿呀！……恶贼，你……

〔张一脉仰身倒地，昏死过去……

春　娘 （惨呼）夫郎！……麟儿！

〔春娘一阵天旋地转，也昏死过去……

〔丁禁头狂笑，以为张一脉已死，打开牢门，蹲下去拖尸……

〔张一脉苏醒，睁眼面对仇人，猛地坐起身来，用尽最后一点力气，将铁索套在丁禁头头脖颈上，拼命勒紧，勒紧……

〔丁禁头狂叫一声，扑地而死！

〔张一脉一松手，也倒地死去。

春　娘 （扑向牢栅）夫郎！夫郎！夫郎！（捡起一把小银锁，惨笑）哈哈哈，哈哈哈哈！……

〔春娘猛回首，眼里闪烁着复仇之火！

〔丁翠翘忽起忽坐，心神不宁……

〔呼儿声中，出现似疯非疯的春娘，她手上晃荡着一把小银锁，在李家屋前屋后，穿梭似的忽来忽去、忽东忽西……

春　娘 （招魂似的）麟儿，你回来吧！回来吧！……

〔丁翠翘提心吊胆地推门张望……

春　娘 （猛回首，色怒声厉）我要报仇！我要杀人！

〔丁翠翘猛吃一惊，慌忙关门……

〔呼儿声中，春娘渐渐隐去……

丁翠翘 （唱）身颤肉跳，
　　胆怕心惊，
　　春娘她变成了半疯的人，
　　张家门，父死子亡绝了后，
　　咬牙切齿她要杀人！

大哥死了我无靠傍，
怎保得李家一条根？
倘若是，宝儿落在春娘手，
宝儿的小命活不成！
一声声，乌鸦悲啼像催命……
急得我，神思慌乱丢了魂！

丁翠翘 宝儿回来了？（开门）

〔门开处，卜打更笑嘻嘻地走了进来。

丁翠翘 啊？是你！

卜打更 （掩上门）嘻嘻，这屋里真暖和！

丁翠翘 卜打更，你来做什么？

卜打更 进来歇歇脚，讨碗热茶吃吃。

〔丁翠翘无奈只得沏上热茶。

〔卜打更接过茶碗，两眼直勾勾地盯着丁翠翘……

〔丁翠翘转过身去。

卜打更 （唱）若要俏，三分孝。
眼前翠翘分外娇！
莫道她已人半老，
光棍见了魂魄消！
看得我，心痒难抓魂出窍……

丁翠翘 （唱）看得我心头卜卜跳！
恨煞该死的打更佬。
他不怀好意耍奸刁，
低下头来想计较……

〔丁翠翘开门欲出，卜打更连忙拦住。

卜打更 翠翘，你到哪里去？

丁翠翘 我替你上街买老酒去。

卜打更 嘻嘻，翠翘呀！今天我是不吃老酒人也醉，你是我救苦救难的活观音啊！哈哈哈！

丁翠翘 （沉下脸来）卜打更！你把老娘看成什么人？你给我滚，滚，滚！

卜打更 滚？（也沉下来）嘿嘿，丁翠翘！你兄妹俩丧天害理，移尸坑人，害得张家家破人亡，把柄都捏在我手里！只要我到县衙门一敲堂鼓，管叫有

你的好看！

〔卜打更转身要走，丁翠翘慌忙扯住。

丁翠翘　卜大哥，有话好说！

卜打更　（站住脚）我说嘛，你是个明白人，只要你肯答应，欠我的四十两银子也不要了，天大的事情统统一笔勾销！

〔丁翠翘正寻思间，被卜打更一把扯住，推入内房，闭上房门……

〔宝儿惶急奔上。

宝　儿　（入屋寻呼）娘！娘，娘！……

〔房门砰然而开，丁翠翘手持剪刀，满脸是血，出现在房门口。

宝　儿　（惊呆）啊？……

〔母子相对，半晌无言。

丁翠翘　（猛地回过神来，一把抱住宝儿，失声痛哭）宝儿啊！……

宝　儿　（抱住娘哭）娘啊！……

丁翠翘　宝儿，娘对不起你呀！

宝　儿　娘。你这是怎么啦？你脸上的血……

丁翠翘　小孩子不用多问。（猛推宝儿）你给我走！走得越快越好！越远越好！

宝　儿　（抱住娘）娘啊，你为啥要我走？

丁翠翘　（泪流满面）儿呀，儿呀。你是娘的心头肉，你是娘的性命！娘要你走，是为了保全李家一条根！儿呀，儿呀。你逃奔在外，自己保重，自己当心。待你长大成人，再回来看看爹娘的坟，在坟前哭上一声爹，叫上一身娘。娘在九泉之下，也甘心瞑目了！

宝　儿　（抱娘大哭）娘呀，我不走，宝儿舍不得离开娘！

丁翠翘　（咬咬牙，猛地推开宝儿）你走，你快走！

〔丁翠翘死命将宝儿推开门外，将门紧闭！

〔宝儿在门外，擂拳捶门，哭叫呼娘……

〔春娘突然出现。随着宝儿的哭喊声，一步一步向宝儿逼近……

〔宝儿惊惶地望着春娘，一声惊叫，转身逃奔……

〔宝儿逃奔，春娘追赶……

〔春娘凄厉地叫声："我要报仇！我要杀人！……"在夜空中回荡。

〔丁翠翘正要举剪自尽，闻声猛地住手，抛下剪刀冲出门去……

丁翠翘　（奔走寻呼）宝儿！宝儿！宝儿！……

〔惊惶逃奔的宝儿，悲愤追索的春娘，奔走寻呼的丁翠翘，在黑暗中交

叉穿行，越走越快，越奔越疾……
〔狂风怒号，茫茫大雪铺天盖地撒了下来！

十七

〔漫天飞雪。
〔春娘追杀宝儿，气氛紧张……
〔丁翠翘悔恨交加，精神恍惚，歪歪斜斜地走动着，无声地一路呼唤宝儿……
〔宝儿顶风冒雪，一路逃奔。疲惫不堪……
〔春娘一路追索,在岔路口东寻西觅,发现雪地上孩童足迹,循迹而行……
〔春娘终于发现宝儿，猛地扑了上去！
〔宝儿猛然惊觉，慌忙躲避，从春娘肋下钻过，舍命逃奔……
〔春娘扑了个空，急忙转身，随后紧追不舍，在雪地上一路跌扑，追上雪坡，猛地脚下一滑，滚下雪坡，仰翻在雪崖边上……
〔宝儿趁机欲逃，心又不忍，回转身子去拉春娘……
〔春娘猛一伸手，抓住宝儿衣服不放……
〔宝儿急中生智，急忙解开衣扣，卸衣逃脱，飞奔而去……
〔春娘站起身来，恨恨地将衣服扔下雪崖，迎着风雪，追赶宝儿……
〔在春娘追赶宝儿过程中，交替出现神情恍惚、行动迟缓的丁翠翘，凝滞的目光看着前方，不断发出低沉而又揪人心肺的呼叫声：

丁翠翘　宝儿，你快逃呀！逃得越远越好，越远越好……逃呀！逃呀！春娘！麟儿他娘！你行行好，饶过宝儿吧！放过宝儿吧！天哪！我怎么会作下天大的罪孽呀？我作孽！我该死！要杀就杀了我吧！宝儿！是娘害了你呀！你快逃，快快逃。千万别回头呀！……

〔丁翠翘激烈的呼唤声，在深山雪谷中不断地回荡……
〔追赶宝儿的春娘，像幻影似的不时从丁翠翘面前穿过……
〔终于，神魂无主的丁翠翘随着渐渐的呼唤声，隐没在一片白茫茫之中。

十八

〔荒野上空，一弯寒月。

〔寒冽的月光，映照着一座新坟。

〔丁翠翘好似一根枯木，立在李单传的坟墓前……

〔幽幽的咽泣声，随着夜风飘动……

〔李单传好似从地底下发出的声音：翠翘，你来了！

〔丁翠翘的声音：是的，我来了！

〔李单传的声音：你来做什么？

〔李单传的声音：让我看看你，也让你看看我呀！

〔李单传的声音：唉！可惜我眼前一片黑，看不见你了！

〔丁翠翘的声音：宝儿爹！看不见，听听你说话也是好的呀！

〔李单传的声音：宝儿娘，你愿意听我说话么？

〔丁翠翘啜泣起来……

〔李单传的声音：翠翘，你怎么哭起来了？

〔丁翠翘啜泣的声音：宝儿爹！我好后悔呀！我后悔不听你的话，才落得今天这个下场！自栽苦果自己吃，好苦好苦哇！……

〔李单传突然笑了起来，笑得冷凄凄的。

〔丁翠翘的声音：宝儿爹！你笑了。笑得真高兴！

〔李单传的声音：是啊！我高兴，你知道我的心……

〔丁翠翘的声音：知道，知道，宝儿爹！你让我跟你在一起，好好地说说知心话吧！

〔李单传的声音：啊？不，不！你不要来，不要来！

〔丁翠翘的声音：宝儿爹！你不要阻拦我！我打定主意了，我要永远陪伴你，说说从来没有说过的知心话！

〔李单传急促的声音：不，不！我不要你来！不要来！

〔丁翠翘往后退了两步，低头冲上前，向坟碑一头撞去……

〔宝儿哭喊着“娘呀！”奔过去拉扯母亲，双手扯下一条破碎的衣襟……

〔一声撕心裂肺的碰击声！
〔沉寂。绝对的沉寂！

十九

〔天边渐渐泛起一片惨淡的曙光。
〔宝儿跪在坟碑前，抚抱着丁翠翘的尸体，号啕大哭！……
〔幕后伴唱：

苦命的孩子没了娘，
呼天抢地泪汪汪！

宝　儿（唱）娘啊娘！
你狠心舍得抛儿去，
孩儿怎能舍得娘？
宝儿好比落巢雏，
羽短毛稀翅难张。
宝儿好比无根草，
怎经得风暴雨又狂？
娘啊，娘！
宝儿求你睁睁眼，
爹爹坟前把儿看望。
儿在人家受苦难，
求娘亲，将儿带到你身边！

〔宝儿哭着放下母亲尸体，脱了破衣，盖在丁翠翘身上……
〔灯光渐隐。
〔远处传来春娘凄凉的呼唤声："麟儿！麟儿！麟儿呀！……"
〔呼儿声中，春娘手上拎着小银锁，神情恍惚地走了过去……
〔传来宝儿哭泣之声，春娘侧耳谛听。
〔哭声继续……
〔春娘循着哭声，在乱坟堆中穿行……
〔坟前灯光渐亮。

〔宝儿掩埋母亲，一边啼哭：“爹！娘！……”

〔春娘猛然止步，差点儿叫出声来：“啊！”

春　娘　（唱）坟前墓地见仇人，

怒火燃胸血翻腾！

踏破铁鞋无觅处，

狭路相逢你难逃生！

报仇雪恨在今朝——

〔春娘怒视宝儿，拔出剪刀。

春　娘　（唱）我要绝你的后代断你的根！

〔春娘手持剪刀，从身后一步步逼近宝儿。

〔宝儿忽然抬起脸来。

〔春娘急闪身，隐蔽在一座坟碑背后。

〔墓地响起清脆的黄雀飞鸣声。

〔一只脚上系着红绳的小黄雀，在野草荒坟上空盘旋飞鸣……

〔宝儿仰望飞雀，面露笑容。

宝　儿　呀，小黄雀！

〔宝儿追随飞雀，春娘追随宝儿……

〔春娘几次举剪欲刺，都被宝儿无意识地躲闪掉……

〔忽然，小黄雀拍着翅膀飞落在宝儿手上。

宝　儿　（手捧黄雀，笑出声来）哈！小黄雀，我认识你！

〔小黄雀似曾相识，在宝儿手上拍翅轻啼。

〔宝儿瞧着，听着。脸上笑容渐渐消失，由喜转悲，滴下泪来。

宝　儿　娘舅死了，舅妈死了，舅妈的兄弟也死了，还害得张医生也死了，小麟儿也死了，巧姑姐姐也死了，两家人差不多都死完了，剩下宝儿我……也活不久了！

〔说着说着，宝儿双腿一软，跪坐在地，捧着小黄雀，号啕大哭！……

〔春娘心颤手抖，举剪难下……

春　娘　（唱）见宝儿，手捧着黄雀突哀声，

一声声，裂我肝肠揪我心！

小小黄雀脚爪上，

还系着巧姑的红头绳。

（悲凉的音乐伴着巧姑欢快的笑声）

却不料，为了一只小黄雀，
张、李两家结怨恨。
一点火星酿大火，
无墙生灾祸临门。
先后连丧九条命，
血泪洒遍了杭州城。

〔伴随歌声，幻现出：抱着麟儿的张一脉，搀扶着王文秀的张巧姑，手提猪肉的丁禁头和笑容可掬的王氏，跟在丁翠翘身后憨笑老实的李单传，哼小调敲更的卜打更……

春　娘（唱）张家三代一脉传，
李家单传一条根；
儿死张家绝了后，
留下春娘报仇人。
李家尚留血脉在，
宝儿他，东躲西藏想逃生。
他好似一枝风中草，
轻轻一折就断根。
我举剪欲刺心不忍，
怎忍心，又添无辜一冤魂？
我若放他自逃生，
对不起我那冤死的夫郎遗恨深！
杀也难来放也难……
一团乱麻缠得春娘乱了心。
天哪，天！——
结冤仇，该不该两家都死绝？
人世间，为何相残难相亲？
春娘我心颤怕染无辜血，
求苍天，指引我生死路上的断肠人！

〔春娘迟疑着渐渐走向宝儿……

〔宝儿慢慢抬起泪眼，怔怔地望着春娘……

〔春娘与宝儿相凝视，一动不动，好像凝成了两座石像。

宝　儿（出奇的平静）麟儿娘！你的麟儿死了，你心里最后的一点火苗也熄灭

了。我真该死！要是我能代替麟儿去死，让麟儿活回来。我愿意死上一百次，一千次，麟儿娘！我想死，又怕死。你来了，我知道。宝儿今天活不成了。我只求你在杀我之前，让我在爹坟前再哭一声爹，再叫一声娘……

〔春娘颤着手举起剪刀……

宝　儿　（流着泪，仰望春娘）麟儿娘！你杀吧！杀了我吧！我死了，求求你把我和爹娘埋在一起，不要让宝儿孤零零的再受苦！……（雀鸣）小黄雀，你回去吧！快飞回你爹娘身边去吧！宝儿我也要到爹娘那里去了。

〔宝儿放雀，小黄雀在天空中盘旋飞鸣，好久，好久……

〔举剪难下的春娘与跪在坟前的宝儿，流着眼泪，互相凝视……

〔春娘手上的剪刀落地，宝儿跪步上前，紧紧抱住春娘的双腿……

〔凝注，造型。

〔说书人拉着胡琴，歌唱着走向前台……

〔歌声：说是假，也是真。
　　编个故事话人生。
　　一只小黄雀，
　　害了九条命，
　　血泪洒遍杭州城，
　　动魄又惊心！

　　说是假，也是真，
　　真假都在你的心。
　　但愿人生也像戏，
　　真真假假都留情！

〔歌声中引出全部人物，向观众谢幕。

〔剧终。

1992 年

古装悲喜越剧

琥 珀 泪

（又名《琥珀缘》）

戚天法

人物表 万　子——20 岁，皇帝与宫娥之子，身份不明的落难书生。

金粟兰——18 岁，郎中之女，逃荒姑娘。

金　樱——13 岁，粟兰弟弟。

皇　帝——50 岁，当朝天子。

史淦昌——38 岁，京畿府知事。

曹世祥——38 岁，当今国舅、钦差。

史夫人——38 岁，知府夫人。

程夫人——50 岁，诰命丞相夫人。

史　姬——18 岁，知府千金。

曹　姬——18 岁，国舅千金。

程　姬——30 岁，丞相千金。

卞　龙——知府总管。

结　巴——知府门差。

太监、丫鬟、歌女、刺客、锦衣卫若干人。

序

〔剧场铃响。

〔幕启灯亮。

〔天幕，高悬巨幅皇榜——“代天寻子”。

〔两列雄健威武的兵士上。太监上。

太　监　（宣）皇帝诏告：代天寻子，琥珀为凭！琥珀为凭！寻见太子者，有女封后，无女赐官，有官者官上加官！速来揭榜！速来揭榜！速来揭榜哪！

〔太监、兵士下。

第一场　凉亭救缘

〔幕启灯亮。凉亭野菊，小桥流水，玉兔东升。

〔万子捧白绫趔趄上。

〔幕后领唱声起：

莹莹琥珀叠泪痕，
寂寂黄花泣无声。
古来多少心酸事，
流水悠悠作见证。

万　子　娘——娘啊……万子我投亲遭逐，无路可走……粟兰！多亏你姐弟救我。两月来，拖累你们一场，我在阴间地狱定会记得你们的一片深情。娘——孩儿阵阵头晕，天旋地转，跟你来了……（绾白绫即昏倒）

〔粟兰提讨饭篮呼喊上。

粟　兰　小弟！小弟！小弟——又跑到哪里去了？（发现万子）相公！相公！你怎么啦？你怎么啦？（把脉、推搡）相公醒醒！醒醒！快醒醒啊！相公！相公……

万　子　（苏醒）粟兰……

粟　兰　（捧起白绫）你这是？

万　子　我……我……

粟　兰　你真叫人伤心哪！（生气）

万　子　怎好长时拖累你姐弟呀？

〔金樱奔上。

金　樱　姐姐！姐姐！姐姐！……（见状，做出逗乐动作）姐姐——万子哥哥——（怀中掏出馒头）万子哥哥，庙里捞的冷馒头，快吃吧！

〔万子不好意思接馒头。

粟　兰　吃吧吃吧！

金　樱　吃！吃！

〔万子狼吞虎咽。

金　樱　姐姐！万子哥哥饿煞哉！

粟　兰　人知饥饿，病也快好了，只是太虚弱！

〔万子噎住，粟兰捶背。

金　樱　我去拿水！（发现篮子里的石斛）啊！石斛。万子哥哥，你看铁皮石斛！

万　子　铁皮石斛？

金　樱　姐姐，这么新鲜的救命仙草，哪里采的？

粟　兰　（唱）西岭陡峭山叠山，
险崖陡峭无人攀。
粟兰没钱买补药，
采得石斛归已晚。

万　子　（动情）粟兰，你又为我——

金　樱　嗨！
（唱）姐姐好比白素贞，
盗来仙草救许仙！

粟　兰　（羞嗔）小弟，看姐打你……

金　樱　万子哥哥！（躲万子身后）

万　子　（挡住）粟兰！

粟　兰　喔！（急扶手腕）

万　子　（惊）粟兰！这……

粟　兰　没什么！没有什么！

金　樱　还没什么？看，肿得像馒头一样胖起来了！

万　子　（感激）粟兰——

粟　兰　（急阻止）又要谢什么悬壶济世，救命之恩了？

万　子　粟兰！万子我真不知该如何报答！

金　樱　这呀，交关便当！

（唱）姐姐与我是郎中后，

逃荒苦水已喝够。

你投亲遭逐无家归，

病倒路边是我姐姐救。

有道是，槟榔怜蕲艾，

茴香惜乌头，

不如趁着月圆夜，

与姐姐，同拜天地结鸾俦。

（掏出半截蜡烛）看！拜堂的蜡烛我都捞来了！

粟　兰　（害羞）小弟，你胡说什么呀！

万　子　不胡说！不胡说！万子我早有此意。

粟　兰　不不不！

金　樱　姐姐！你我逃荒乞讨，举目无亲。你已经十八岁了，今晚就给小弟找个姐夫吧！

粟　兰　小弟，你好不懂事呀！（拿石斛急进凉亭）

金　樱　嗨！万子哥哥，我姐姐还难为情呢！

万　子　（欣喜）……

金　樱　哎！现在我好喊你姐夫了？

万　子　小弟，凉亭虽破，亦有欢乐，今晚大喜，岂可无酒哪？

金　樱　我们饭都没得吃，哪有银子买酒喝？

万　子　这？有了……（掏出琥珀）

金　樱　哦！一个松香球，里面还有两只花蝴蝶。见过，姐姐不让我碰你的东西。

万　子　这叫双蝶琥珀，是我娘亲的遗物！

金　樱　是你姆妈的东西？

万　子　娘呀娘！你要孩儿将双蝶琥珀永藏身上，无非给孩儿祈福。今晚儿要与粟兰姑娘订亲，你的心愿也就了了。小弟，换酒去吧！

金　樱　好！日后多讨些银子，赎回来！

万 子 小弟，去吧去吧！

金 樱 哎！（拿琥珀奔下）

粟 兰 （捧衣追出）小弟！小弟！回来——

万 子 让他去吧！

粟 兰 相公，你千万不能随小弟胡来呀！

万 子 粟兰，你我……

粟 兰 相公！夜露霜重，该添衣了。（给万子披衣）

万 子 粟兰！（牵住粟兰手）

粟 兰 （急抽回）相公，汤药正在煎呢！（欲进凉亭）

万 子 （拉住）粟兰，粟兰啊！

（唱）休嫌我，有娘无爹忒苦痛，
休嫌我，孑然一身落魄穷。
同是天涯沦落人，
救命恩义更比泰山重。
你姐弟，晨采草药晚煎汤，
夜夜陪侍到日放红。
半碗冷饭熬成粥，
勺勺相润我口中。
姑娘羞涩你难顾及，
我滚滚热泪汇心胸。
今宵凉亭订鸯盟，
明日花开相映红。
送你姐弟返乡去，
重建家园乐融融。
我读书，你行医，
茅舍同唱白头颂。
来日若遂凌云志，
争一个，为民之官夫贵妻荣。（欲跪）

粟 兰 （急扶）相公，不可呀！那知府将你赶出门来，兴许是一时糊涂，何况那位小姐并无与你见面哪！

万 子 不！粟兰，凉亭虽破，却有肝胆之热。我再也不去府邸了。我要永远与你们在一起！

粟　兰　相公呀！

（唱）粟兰我，路边野菊身卑微，
　　难配你，琼苑玉桂乘龙婿。
　　待相公，病树逢春枝叶壮，
　　我一路送行去府邸。

万　子　不，粟兰！我要与你姐弟在一起！你看，今夜明月正圆，我俩……

〔粟兰欲走开。

万　子　粟兰……（拽住）

粟　兰　（动情）相公！……

〔两人相拥，幕后领唱声起：
　　月溶溶，心头胜如波涛涌，
　　夜静静，千恩万情不言中。

〔金樱执琥珀惊慌逃上。

金　樱　啊！姐姐！姐姐！姐姐——

粟　兰　（惊）小弟……

万　子　（惊）小弟……

金　樱　大事不好了！我刚拿出琥珀换酒……看，追来了！他们追来了！追来了……

粟　兰　（接过琥珀）这……

万　子　这是娘亲的遗物。（一阵恍惚）

粟　兰　（急扶）相公！

金　樱　姐姐，他们来了！

〔卞龙、结巴挥汗奔上。

〔姐弟扶万子入凉亭。

卞　龙　嗨！逃得比兔子还要快。

〔国舅曹世祥、京畿知府史淦昌率众衙役急上。

国　舅　怎么样？

卞　龙　大人，小讨饭逃到凉亭不见了！

史知府　搜！

〔卞龙、结巴欲入凉亭，粟兰执琥珀出。

粟　兰　你们来此……

史知府　拿琥珀的孩童逃到这里了！

粟　兰　找这个吗？（示琥珀）

国　舅　（接细察）一个琥珀……两只蝶蝶……啊哟！真是它！真是它！

史知府　嘟！从何而来？

粟　兰　路上拾的。

结　巴　拾拾拾……拾的？明是叫花，实实实……是盗窃！

〔金樱冲出凉亭。

金　樱　我拾的，与我姐姐无关！

史知府　吞吞吐吐，讲不清楚，带回拷问！

〔万子踉跄出。

万　子　慢！我，琥珀之主，你们不能抓姐弟！

〔众惊，静场。曹国舅与史知府等人围绕万子转圈审视。

卞　龙　大人！这是两月之前被夫人赶出门来的投亲女婿哪！

史知府　哦……（审视）

卞　龙　野种！还待在凉亭里？马上离开京畿！把凉亭烧掉。

结　巴　烧烧烧……烧掉！

粟　兰
金　樱　（合）不能烧！不能烧！

万　子　无法无天，你们这帮……

曹国舅　慢……（再察琥珀）到底从何而来？

万　子　是我娘亲的遗物！

金　樱　他姆妈的东西，管勿着！

曹国舅　你娘亲的遗物？

万　子　（点头）……

曹国舅　（惊喜，蓦地下跪）国舅曹世祥，觐见太子殿下，千岁千岁千千岁！

史知府　（惶恐）什么……啊哟！（急跪）觐见太子殿下！殿下千岁千岁千千岁！

众　人　（齐跪）殿下千岁千岁千千岁！

万　子　不不不！你们认错人了，认错人了！

众　人　殿下吉祥吉祥吉吉祥！

万　子　不不不，一定认错人了！

史知府　国舅大人！到底像不像皇上？

钦　差　（举灯照看）像！像！

万　子　不是的！我不是的、我不是的……（晕眩欲倒）

〔姐弟急扶。卞龙、结巴争相架扶。

史知府　快快救护殿下，打道回府！

曹国舅　起轿。

〔卞龙、结巴与众衙役扶拥万子急下。曹国舅捧琥珀下。史知府紧随下。

粟　兰　（惊呆。捧衣欲追）相公！相公……路上冷！

金　樱　（蹦哒）啊呀姐姐！眼睛一眨，老母鸡变鸭。万子哥哥自己还不知道是皇太子呢！

粟　兰　小弟，我们在做梦？

金　樱　好像不是。姐姐，拧我一把。（撅起屁股）

〔粟兰拧弟。

金　樱　喔哇哇哇……

粟　兰　小弟，不是做梦！不是做梦！相公他真是落尘的皇太子！

金　樱　哦！万子万子，原来是万岁的昵子！

粟　兰　（遐想）相公，这下你们父子可以团聚了！

金　樱　姐姐，咸鱼翻身，阿拉也苦出头了！（狂奔嘶喊）喂——万子哥哥是皇太子！喂——万子哥哥是皇太子……

〔粟兰奔进凉亭，端汤药复出。

粟　兰　小弟，他病未痊愈，汤药煎好，我们快送去！

金　樱　哎呀！姐姐，知府里厢，补品有得是！

粟　兰　不！伤寒初愈，不可大补。我在铁皮石斛汤里放了麻黄、红娘子、龙香脑，可断伤寒之根哪！

金　樱　这，怎么走呀？

粟　兰　小心地一步一步慢慢走吧！

〔金樱捧起讨饭篮。

〔粟兰将药碗放入，端着篮子小心翼翼向前走去……

〔切光，领唱声起：

荣枯沉浮何足论，
真诚一片方为金。
金碧辉煌史知府，
闺秀难忘旧时情。

第二场　华堂拆缘

〔哀怨的乐曲声中幕启灯亮。

〔知府华堂，画栋雕梁，金碧辉煌。

〔史姬眺望堂前星空。

史　姬　万郎！你在哪里呀？

（唱）我与你，青梅竹马两相知，

长大异地两分株。

照镜顾影多嗟叹，

夜雨敲窗常有思。

两月前，你登府投亲遭驱逐，

我怨高堂失理智。

如今你，漂泊异乡落何处？

史姬我，魂牵梦萦泪如丝。

芸窗兴悲眺碧汉，

是冷是暖、是饥是渴牵挂我心池。

〔史夫人上。

史夫人　女儿！你不吃不喝，这般下去，叫为娘如何是好？

〔史姬无语。

史夫人　女儿，女儿呀！

（唱）你看哪，燕子筑巢拣豪门，

猫儿喜蹲墙头顶。

联姻总盼门第高，

谁将鲜花插牛粪？

古往今来皆如是，

为娘我，只望女婿有荣贵身。

天下夫郎非万子，

娘要你，嫁一门势大财多、显显赫赫的如意君！

史　姬　不！母亲……

〔卞龙奔上。

卞　龙　来哉来哉来哉！夫人——皇太子这次真的寻着哉！

史夫人　真的寻着哉！好哇，代天寻子闹腾多年，真真假假，这趟真的寻着哉？

卞　龙　真的！真的！

史夫人　女儿，你的国母运来了！皇榜上写着，寻着太子者有女封后！日后你是皇后娘娘，我就是皇帝的丈母娘了！

史　姬　不不不，女儿我与万子哥早有……

史夫人　还提那万子？当皇后娘娘委屈你哉？对！卞龙，皇太子长得如何？

卞　龙　天庭饱满，地角方圆，潇洒英俊，一表才人！不，一表人才。

史夫人　是高是矮、是胖是瘦？

卞　龙　皇太子你是门缝里老早见过的！

史夫人　见过的？

卞　龙　就是你叫我一盆冷水逐出府门去的倒霉女婿！

史夫人　啥？你说啥？

卞　龙　就是你叫我一盆冷水逐出府门去的倒霉女婿！

史夫人　（惊呆）……

史　姬　（惊喜）啊！是万子哥哥……

史夫人　不对不对！哪里找到的？

卞　龙　荒郊凉亭，伤寒病加上饿煞病！

史夫人　噢……（头晕）

史　姬　母亲！母亲……

〔内报："殿下驾到！"

〔史知府忧喜参半匆匆上。

史夫人　（迎上）老爷！老爷！

史知府　（嗔）你呀你呀你呀！

（唱）九天星临山岳朗，

　　我又惊又喜又恐惶。

　　总以为，皇子必定是新贵人，

　　哪料想，竟是逐出的原东床。

史夫人　哎哟！竟是他。人呢？

史知府　（接唱）殿下他，贵体微恙歇书房，

史夫人 那琥珀呢？

史知府 （接唱）国舅他，捧着心急火燎进宫墙！

史夫人 好哇！老爷，女儿与殿下是对过娃娃亲的，女儿对他是有情谊的！

史知府 都怪你翻手是云，覆手是雨，眼下尴尬勿尴尬？

史夫人 哎！办法总比困难多……（与之耳语）

史知府 （惊）什么？让女儿与殿下今晚洞房？啊呀！大祸临头，满门抄斩！还异想天开？

史夫人 这……（焦急）

史知府 赖婿之事，殿下记恨，还不赶紧想想办法！

史夫人 （踯躅沉思）……嗯，来个瞒天过海，鹊桥暗度，把生米煮成熟饭！

史知府 唉呀，你脑子发霉了！

史　姬 母亲！使不得！使不得……

史夫人 怕什么？他那庚帖八字忘记烧掉，还在我镜箱里呢！

史知府 哎哟夫人！（与之耳语）

史夫人 啥？（惊诧）荒郊凉亭，还有救过他性命的讨饭姑娘？

史知府 同吃共宿两个多月哪！

史夫人 哦……这倒要弄弄清爽。女儿！快去侍候太子殿下。

史　姬 母亲，女儿没脸……（哭泣）

史知府 女儿！去吧去吧。

〔史夫人暗示史知府随女儿下。

〔卞龙上。

卞　龙 报！夫人，荒郊凉亭的讨饭姐弟求见。

史夫人 看，找上门来了。

卞　龙 见是不见？

史夫人 （点头）……

卞　龙 粟兰姑娘姐弟进见！

〔史夫人对卞龙吩咐下。

〔粟兰捧篮上。弟弟随上。

金　樱 哎哟！这五里路，比走五十里还吃力！（张望）哇噻！姐姐，介高大的楼房，万子哥哥跳进白米缸哉！

粟　兰 别乱说，不知相公身体如何？

〔史夫人迎上。

史夫人 噢！你们就是悬壶济世、救过皇太子性命的恩姐恩弟？

粟　兰 夫人！不敢当。

金　樱 （学斯文）不敢当啊不敢当！

史夫人 哎哟！恩人到府，快快赐坐！快快赐坐！

金　樱 （坐）真正吃力煞哉！

粟　兰 夫人！奴家金粟兰，特来给万子相公递送汤药。（从篮子里端出汤药）

史夫人 好的好的！放着。姑娘，你是天下第一功臣哪！

金　樱 姐姐是天下第一功臣？

史夫人 是呀是呀！

（唱）守护殿下有救驾功，
诊治伤寒有御医功，
乞食相喂有颐养功，
问寒送暖有内侍功。
功功功功功功功，
从头到脚啊呀，
从脚到头都是功！

粟　兰 夫人过奖。

金　樱 我姐有介多功劳啊？

史夫人 （接唱）有！有——
姑娘确有天大功，
未知有否……
哈哈哈！这桩事体不好意思问的。

粟　兰 （坦然）有啥不好意思的？

史夫人 （接唱）未知有否把房同？

粟　兰 （羞赧）啊呀夫人！我救相公之初，他伤寒病发。现在伤寒初愈，身体虚弱……你想到哪里去了？

史夫人 （狂喜）好啊好啊！快快赐茶，快快赐茶！

〔结巴端茶上。下。

金　樱 （喝）茶杯介漂亮，吃吃苦答答！

粟　兰 夫人，我想看看相公，汤药需按时服下，以防病患复发。（递药）

史夫人 放着放着放着！这一切，我女儿都会做的！

粟　兰 （警觉）你的女儿……

史夫人 姑娘，聪明嗄！

（唱）你不愧，杏林世传郎中后，

望闻问切会得看征候。

日后他，有我阿囡好侍奉，

劝姑娘，野花莫向金瓶求！

粟　兰 （愣住）这……

（唱）说什么，野花莫向金瓶求，

啄木鸟登枝有原由。

夫人呀，粟兰今夜唯送药，

何出此言驱我走？

史夫人 啊呀呀！我怎么好赶恩人走呢？我真想收养你们姐弟呢！

金　樱 收养我们？这样的人还没出世吧！

粟　兰 夫人，我想见相公一面，让他……

史夫人 啊呀！殿下现在不是寻常之人了，连老身也不敢随便打扰！

粟　兰 这……

金　樱 有病也不治啦？

史夫人 事到如今，不瞒你们。万子同我女儿从小天生一对，情投意合。现在两人正在闺阁畅叙旧情，你们横插进去，合适吗？

粟　兰 这……（悲伤）小弟，我们走吧！

金　樱 我不走！他怎么这么快就变了呢？（大声喊）万子！万子！你出来！你出来呀——

粟　兰 （打弟）丢人。走！

史夫人 啊呀呀！恩人要走，我也不好强留。殿下还是感激的。来！送谢礼。

〔卞龙、结巴端银锭彩缎上。

卞　龙 来来来！接着。

粟　兰 （愤慨）难道我们是为这个来的吗？（调头跑下）

金　樱 姐姐——（追，折返，拿讨饭篮）哼！（追下）

史夫人 （端起药碗）嘿嘿嘿……

〔史知府与女儿上。

史知府 夫人，这礼品……

史夫人 叫花子给支走了。那头怎么样？

史知府 殿下昏昏睡着，女儿又不肯……

〔结巴急上。

结　巴　报报报……报！国舅带着千金到到到……到府！（下）

史夫人　（愣住）还带着千金？

史知府　（愣住）啊哟，官爵比我大，插足搅局来了！

〔曹国舅提礼盒偕女儿兴冲冲上。

曹国舅　（官腔）啊，史知府，寻太子啊，你我功劳都不小哇！啊。

史知府　国舅大人，失迎失迎！

曹国舅　啊，我看太子殿下身体不是很好么，老夫连夜将琥珀交于娘娘代呈皇上，特带小女过来，送点冬虫夏草补补身子。没别的意思，没别的意思，啊。

知　府
夫　人　国舅大人！我们明白您的意思！明白您的意思！

曹　姬　（放荡）嘻嘻嘻！我已经十八岁了！八字上说皇后命相，我想与殿下马上订终身，顶好么今晚就那个……嘻嘻嘻！

曹国舅　（呵斥）女儿，成何体统！

〔结巴奔上。

结　巴　报报报……报！丞相夫人，带着千金到到到……府（下）

众　人　（震惊）啊！诰命夫人也带千金来了？

史夫人　这……

史知府　（叫苦）都蹚浑水来了……

〔程诰命提礼盒偕女儿急匆匆上。

众　人　恭候诰命夫人！丞相千金！

程诰命　大家不要误会！听说太子殿下受了不少苦，我们得加倍关爱！带女儿送点人参燕窝，大家不要误会，不要误会！

众　人　我们没有误会！没有误会！

程诰命　噢！国舅千金也在，碰巧碰巧！女儿，你年长三十，还未见过两个妹妹，快去见来！

程　姬　（高傲）我是来会会皇太子的，看看这次是真是假。

程夫人　对对！史知府快领我们去见皇太子？

曹国舅　见见！见见！

曹　姬　（突然高叫）我真正急煞哉！

史知府　嘘——太子殿下正睡觉呢！

众　人　不可惊动！不可惊动……

〔史夫人端起汤药拉女儿悄悄下。

〔切光。

〔幕后领唱：

天上众星拱月宫，
地下无水不朝东。
万子惦念金粟兰，
贫贱不弃志如虹。

第三场　洞房谋缘

〔官邸闺阁。

〔乐曲中幕启灯亮。万子沉眠，史姬端送汤药。

万　子　（梦呓）粟兰！粟兰！粟兰——

史　姬　万子哥！万子哥醒来！万子哥醒来！

万　子　（醒）……粟兰！粟兰！（四顾）……

万　子　（视药碗）粟兰——

史　姬　万子哥！奴家是你史姬妹妹，请用汤药！

万　子　（推开）这是何处？这是何处？……

史　姬　我的闺房。

万　子　这药碗……她来过了！她姐弟来过了！（找）他们在哪里？在哪里？

〔史夫人、史知府急上，端过药碗。

史夫人　殿下！他们离开京畿，走了！

万　子　不，骗人！你们又在骗人。

史知府　殿下，你是未来的一国之君，岂能与丐女为伴啊！

万　子　与丐女为伴？嘿！你们高贵门第，富贵人家。是你们一盆冷水将我逐出门去，而流浪姐弟却把我当人、当兄长、救我性命。我找他们去！我找他们去！（一阵恍惚）

〔史姬与史知府忙扶。

史夫人　殿下，殿下呀！

（唱）人非圣贤孰无过，

殿下量大望宽恕。
骏马总有失蹄时，
白玉千好也带疵。
前番懵懂失道义，
赶走你殿下该万死。
怜惜小女竹马情，
我知错改错不为迟。

万　子　哼！你们焉能有错？你们焉知有错？

史知府　殿下，下官知罪呀！
（唱）想当初，令堂与我为近邻，
素日多有襄助恩。
十载寒窗我度日艰，
大比之年缺考本。

史夫人　（唱）你娘亲，雪中送炭恩义厚，
当卖金钗赠考银。

史知府　（唱）我为报答赈济恩，
将女儿，与你订下儿时亲。

万　子　你们呀——
（唱）一朝得志升迁去，
全然不念我母子恩。
娘亲亡故我来投，
你们却，口骂野种、百般凌辱、冷水泼头赶出门。

史夫人　都怪你！都怪你！

史知府　（掌嘴）该打！该打！望殿下恕罪。

万　子　你们要我怎样？

史知府　殿下！明日你就要进宫面见父皇，小女与你重修姻缘。今晚……夫人，我说不出口来呀。

万　子　要我成亲？

史夫人　对！

万　子　拜堂？

史夫人　对对！

万　子　洞房？

史夫人 对对对！

万　子 好吧！将我穿戴起来。

史知府 （欣喜）殿下！你真的……

万　子 好拜堂洞房啊！

史夫人 爽！爽！拜堂洞房，洞房拜堂！还是小时候的性格。女儿你的洪福来哉！

史　姬 母亲……

〔曹国舅带着捧金锁的曹姬，程诰命带着捧金冠的程姬急上。

曹　姬 （大声叫喊）表兄殿下！表兄殿下！表兄殿下——

史夫人 哇啦哇啦又来了！

四　人 （合）参见太子殿下，千岁千岁千千岁！

〔史夫人忙递锦袍给史姬。

史　姬 （胆怯）殿下！奴家赠你锦丝绣袍一袭。（给万子穿上锦袍，史夫人相帮）

〔曹姬举金锁。

曹　姬 表兄殿下——

（唱）我曹姬，当今国舅千金女，
一心想嫁金龟婿，
妙龄十八待闺中，
天下郎君缺门第。
你看我，亭亭玉立西施貌，
樱桃小口像个杨贵妃。
爹说你，外貌酷像当今帝，
知我心中有多欢喜。
姑表兄妹配成双，
天作之合结连理。
送你一口黄金锁，（为万子戴上金锁）
永生永世不分离。
今晚上，鸳鸯交颈成好事，
到明年，给你生个白白胖胖、胖胖白白的小皇帝！（扭起身子）

曹国舅 （顿脚呵斥）女——儿！

曹　姬 阿爹滑稽哦？心里厢高兴，多讲两句怕啥希？

史夫人 神经病！

程　姬　（傲慢）哼！没教养，也想伴君王？

曹　姬　你相配？你相配？哈哈哈……

程　姬　（手托金冠）殿下！

（唱）程姬我，堂堂相国万金身，
无缘宜人三十春。
黄花绽金时虽迟，
腊梅含霜候贵人。
殿下落尘今夕归，
万里银河耀金星。
三世姻缘喜今宵，
半生结缡百年亲。
酥手为君戴金冠，（为万子戴上金冠）
唯愿那，皇后的宝座万年稳！

史夫人　吔！有啥理由都来抢皇后宝座？

史知府　我女儿与殿下自幼订婚，凡事总得讲个先后么！

史　姬　（胆怯）爹爹！母亲……

史夫人　去！我堂兄的表阿侄的岳父的师兄，是当今大元帅！谁怕谁？

曹　姬　我可是什么事都做得出来的！皇后娘娘这把交椅我是坐定了！（挽万子并坐，翘二郎腿）

万　子　……

众　人　请殿下谕旨！

万　子　（吟诗）金风过清夜，
灯蛾扑玉柱。
明月三千里，
伊人在何处？

众　人　……不懂不懂。

万　子　我胸闷，需要月下散步。

曹　姬　我陪伴殿下！

程　姬　我陪伴殿下！

史　姬　我……

万　子　我需独自清静！

史知府　家人，侍候殿下，花园赏月！

结　巴　是!

〔结巴导万子下。

史夫人　国舅大人!俗话说,宰相肚里好撑船,国舅心中船好撑,恳求两位……

曹　姬　我不让!我要与殿下表兄今晚洞房、困觉!

曹国舅　(怒喝)女儿!

曹　姬　怕啥希?(登上座椅)我还要当众脱衣呢!

众　人　不要脸!不要脸!不要脸!

曹国舅　(生气)你们焉敢骂我的千金!

〔曹姬抓住史夫人胸襟。

〔众人相骂相打,一场混战。

〔结巴慌张奔上。

结　巴　报报报……报,皇太子他他他……

史知府　他什么?

结　巴　他他他……

史知府　快唱啊!

结　巴　(数板)皇子后园赏月光,
　　　　不让下人随身旁,
　　　　转眼不见影与踪,

众　人　(惊)哪儿去了?

结　巴　(接唱)不知今夜去何方?

史知府　快!全府出动,代天寻子——

〔众人提灯笼,呼喊过场。

〔切光,领唱声起:

大千世界多荒唐,
争名逐利忙忙忙。
送药泪淹过来路,
冷月无言照凄凉。

第四场　荒郊觅缘

〔幕启灯亮。荒郊凉亭，皓月当空，蛙声一片。

〔粟兰凝望明月，金樱捂头坐于石阶。

金　樱　姐姐，那知府骂万子哥是野种，赶出府门，现在又把他当宝贝，这是为啥？

粟　兰　（摇头）……

金　樱　那夫人说，“野菊金瓶难相求”，就是说姐姐不能与万子哥哥成亲，这又是为啥？

粟　兰　（摇头）……

金　樱　姐姐，万子哥哥为啥不来接我们？姐姐，他为啥不来接我们啊？

粟　兰　不知道、不知道、不知道——

金　樱　姐姐！你生气了？我不问了。我想万子哥哥，好想好想。姐姐，你不想他吗？

粟　兰　（掩泣）怎么会不想呢……

金　樱　姐姐！又哭了？

粟　兰　他不会回来了！再也不会回来了……我们走。小弟，整理行装吧！

〔金樱进凉亭，拿石斛复出。

金　樱　姐姐！万子哥哥吃剩的铁皮石斛……

粟　兰　（接石斛，悲苦感慨）……

金　樱　当蒜苗咬咬吃掉算哉！

粟　兰　（摇头）收拾行李去吧！

金　樱　哼！（进凉亭）

粟　兰　（睹物思人）石斛！石斛呀！

（唱）见石斛，往事历历难回首，

阵阵伤楚泛心舟。

石斛里，含着我多少情和爱，

多少憧憬在里头；

相公呀！自从那日将你救，
梦景时时心中浮。
救治垂危昼复夜，
非分之念无生有。
你聪明敦厚怀才气，
历经磨难志不短。
适才你，欲拜明月交鸾俦，
粟兰我，嘴里推诿心早有。
谁料想，竟是落尘的皇太子，
粟兰我，千般欢喜万种愁。
你如明月高悬亮汪汪，
我如野菊茕茕匍地沟。
为你喜，从此飞黄脱苦海，
金殿称孤牧九州。
为己悲，鹿茸茜草价不同，
贵贱悬殊难聚首。（哭泣）
为什么，蝶欲采花花自守？
为什么，琼瑶相报木瓜留？
为什么，两月聚首羞吐爱？
为什么，身欲归去心忧愁？
野菊呀，哪个定你开晚秋？
为何早不把春光收？
石斛还在他已去，
我是怨是悲、是愁是恨、麻丝一团理难休。

〔金樱挟破席提包袱出亭。

金　樱　姐姐，（递包袱）走吧！

粟　兰　小弟，送去的汤药，不知他能……

金　樱　哎呀！我们端着汤药走了这么多路，见他一面都不能，你瞎想他做啥？

粟　兰　不服药，伤寒病会复发的！

金　樱　姐姐，猫拖咸鳖——多管闲账，皇宫里有得是太医大夫。走吧走吧！

粟　兰　姐姐想进凉亭再看看他睡过的草窝。

金　樱　哎呀！四穿凉棚，倒塌凉亭，一堆烂稻草，有啥好看的？

粟　兰　姐姐真的想看看。（进凉亭）

金　樱　唉！（掷破席，跟进凉亭）

〔万子内唱：穿巷陌，越荒郊，急奔凉亭——

〔万子着锦袍、戴金冠、挂金锁急奔上。

寻粟兰，表心迹，静候佳音。

万　子　粟兰！小弟！小弟！粟兰！（见破席）啊！他们走了？他们走了……（嘶声）粟兰！粟兰！粟兰——

〔粟兰从凉亭内出，一时不敢相认。金樱随上，惊住。

万　子　粟兰！

粟　兰　……

万　子　粟兰，我是万子呀！（晕眩）

金　樱　万子哥哥——

〔粟兰急扶，突然推开。

粟　兰　你还来做什么？

万　子　寻你们来了。

粟　兰　寻我们？

万　子　听夫人言，你们要离开京畿，特来悄悄寻找。

粟　兰　特来悄悄寻找？

金　樱　你是逃出来的？

万　子　嗯！他们争着要与我联姻。你们不要走，千万不要走！等着我！

粟　兰　相公——（感动相拥）

万　子　粟兰——

金　樱　万子哥哥！

〔三人激越相拥。领唱声起：

月华浓浓神交深，

冷饭抽芽不离分。

〔幕后传来寻人的呼喊声："殿下——殿下——"

粟　兰　（惊起）相公……

〔卞龙率众家院提灯笼寻上。

卞　龙　请殿下起驾回府！

万　子　粟兰，你们不要走！千万不要走！

〔万子毅然下，众人随下。

〔卞龙冷盯粟兰有顷，下。

金　樱　姐姐，我说万子哥哥不会忘记我们的！我们不走了吧？

粟　兰　不走了！

金　樱　姐姐，你说万子阿哥会见到父皇吗？

粟　兰　会的。

金　樱　姐姐，你说万子阿哥会带我们上金銮殿吗？

粟　兰　会的。

金　樱　姐姐，你说万子阿哥会与你这个吗？（翘两大拇指对拜作比拟）……

粟　兰　（茫然）不知道……

金　樱　会的会的会的！

粟　兰　小弟，今后可要听万子哥哥的话呀！

金　樱　（逗趣）“遵旨！万岁万岁万万岁！”

粟　兰　小弟，姐打你……

〔姐弟欢快嬉闹、追逐。

〔幕内叫声：金姑娘！金姑娘！

〔卞龙引史夫人、史姬上。

史夫人　金姑娘！金姑娘！

史　姬　拜见恩人！

粟　兰　不敢当，快请起！

金　樱　你们来做什么呀？（即被粟兰推进凉亭）

史夫人　哎哟金姑娘！老身有过，也不能连累女儿终身。请姑娘看在女儿与殿下青梅竹马份上，放弃了吧！你有何要求，老身一定满足于你。只望今夜离开京畿，断绝与殿下的情谊。姑娘的大恩大德，永世不忘！

粟　兰　（惊呆）这……

〔史夫人示意女儿。

史　姬　粟兰姐姐！（跪）你就可怜可怜妹妹吧！

粟　兰　（愣住）这这……

史夫人　姑娘！俗话说，君子有成人之美，贤人不夺人所爱。想姑娘定会怜悯我女儿的痛苦！

粟　兰　这……

史夫人　姑娘，母女给你跪下了！（跪下）

粟　兰　哎呀，这是做啥？

史夫人 姑娘，你无论如何要成全我们！

粟　兰 我……我……

史夫人 姑娘，救了殿下，也救救我家女儿吧！

史　姬 粟兰姐姐！

粟　兰 我我我……

史夫人 姑娘若不答应，我母女就长跪不起来了！

粟　兰 不不不！

史夫人 （拉起女儿）姑娘，你答应了？

粟　兰 我……我……我……你俩真是青梅竹马？

史　姬 是的。

史夫人 从小是隔壁邻舍。

粟　兰 你俩真有婚约？

史夫人 对对对！娃娃亲（忙掏庚帖）。看看！看看！

粟　兰 妹妹！你心里有他？

史　姬 （点头）……

粟　兰 （万般无奈，强忍悲酸）我……我……好……我成全。

史夫人 （欣喜若狂）多谢恩人！多谢恩人！多谢恩人！

史　姬 多谢粟兰姐姐！

粟　兰 走吧，你们走吧！

史　姬 （惭愧）谢粟兰姐姐！

〔史夫人狂喜拉女儿下，丫鬟随下。

〔粟兰凝望母女背影，精神渐垮。

粟　兰 （嘶声）不！不——（追，止）

（唱）见她们，喜色匆匆脚步轻，

好一似，无情摘走了我的心。

野菊卑微也有梦，

却为何，敬恭如仪强作多情？

殷殷切切，惜惜惺惺，

拱手捧心送他人。（悲戚，追，止步）

不可啊！

她那里，悲悲戚戚姻缘三生定，

我不过，萍水相逢萌动了少女春。

虽然是，竹箬护笋付艰辛，
她却是，三更梦中记挂的人。
情意本无价，
聚散不由人。
无家可归的贫贱女，
仗助何力抗豪门？
罢罢罢！
且将这，一腔燃情强浇熄，
但愿他，扶摇直上登荣尊。（释怀）

〔金樱上。

金　樱　姐姐，她们走了？她们来做什么呀？

粟　兰　（掩泣）小弟，我们走吧！

金　樱　哪里去？万子哥哥不是要我们在这里等他么？

粟　兰　回家乡去吧。

金　樱　家乡？大水一过，白地一片，哪里还有家呀！

粟　兰　那，到万子哥找不到的地方去！

金　樱　姐姐，这是为啥呀？

粟　兰　（将破席递与）不要问了！走吧，随姐姐去吧！（牵起手离开，留恋地回望）

〔幕徐落切光，领唱声起：

这边是，子规啼泣梦传神，
步步泪水步步沉。
那边是，欲断莲藕万缕情，
花团锦簇歌舞盛。

第五场　花庭惊缘

〔翌日。知府。

〔乐曲声中灯亮。玫瑰花的海洋，美不胜收。

〔史知府、史夫人、程诰命、曹国舅与分别捧黄、白、紫玫瑰的程姬、

曹姬、史姬欣然迎候。

史知府 恭请殿下，光临玫瑰盛宴！

〔万子坐轮椅由家院推出。

众　人 （跪）太子殿下，千岁千岁千千岁！

万　子 何日进宫见我父皇？

曹国舅 启奏殿下，双蝶琥珀已奉于娘娘，想必还未转呈皇上。

万　子 今天是……

史知府 殿下进宫之前，诸位大人一定要见见您！

众　人 能与殿下一起饮酒赏花，三生有幸啊！

史知府 献——舞！

万　子 （拂袖）头痛。

史夫人 莫非又在思念丐女……献花！

〔程姬欲上前，曹国舅示意女儿抢先。

曹　姬 （执白玫瑰）啊呀，殿下！

（唱）一束白玫献君前，

丐女有啥好思念？

曹姬我，雪白肌肤美如玉，

管叫你，龙床之第喜开颜。

众　人 （捂嘴笑）……

曹　姬 笑个屁，神经病！

曹国舅 （呵斥）还不退下！

〔程诰命示意女儿快上。

程　姬 （执黄玫瑰）殿下！

（唱）程姬我，一束黄玫献君前，

该将丐女抛一边。

程姬生来富天命，

长姐为后福寿添。

万　子 （默然）……

〔史夫人示女儿快上，史姬犹豫。

史夫人 快呀快呀！

史　姬 （执紫玫瑰）万子哥！

（唱）一束紫玫献君前，

史姬惶恐愧汗颜。

愿君从此登极位，

珍重玉体早康健。

万　子　你们还有多少话要讲？

众　人　多着呢！多着呢！

万　子　别说了！

〔粟兰出现在朦胧的光囊之中。

〔定格静场。

粟　兰　（唱）粟兰我，路边野菊身卑微，

难配你，琼苑玉桂乘龙婿。

待相公，病树逢春枝叶壮，

一路送行去府邸。

万　子　（嘶声呼唤）粟兰——

〔粟兰幻影消失。

〔内喊：万岁圣旨下。

〔太监执旨上。

众　人　迎公公！

太　监　曹国舅、史知府接旨！

〔曹、史跪。众女眷跟跪。

太　监　（念）奉天承运，代天诏曰：尔等呈来双蝶琥珀，系伪造之物，本当重重治罪，念代天寻子甚为辛劳，故不予追究。敕令继续代天寻子，将功赎罪，此谕，谢恩！

〔霹雳炸响，雷鸣电闪。

众　人　（众呆）伪造之物？

太　监　快快谢恩！

众　人　万岁万岁万万岁！

太　监　伪造之物，拿回去吧！（扔琥珀于地）

〔太监下。

曹　姬
史　姬　送公公！送公公！

众女眷　（惊叫）琥珀假的？假的？假的？

万　子　（捧起琥珀）假的？假的？假的？

程夫人 哼！骗到我相国千金头上来了。

程　姬 （摘除万子金冠）骗子！拐子！

曹　姬 可惜呀！（摘除万子金锁）差点爱上你哉。

曹国舅 （官腔）岂有此理！岂有此理！明朝啊，再去代天寻子！啊。

史　姬 （哭泣，掩面奔下）

史夫人 唉！竹篮打水……

程　姬 母亲回吧！

曹国舅 一起走，一起走！

曹　姬 送给你……（飞吻）

〔程夫人、程姬、曹国舅、曹姬悻悻下。

史知府 （垂首无语）……

史夫人 喂喂！一副倒霉相，还赖着做什么？

史知府 夫人！他……

史夫人 对！穿着锦袍去要饭，惹人笑话。剥下来，别糟蹋了它！

〔卞龙、结巴欲剥万子锦袍，万子挡住，自脱锦袍。

史知府 （于心不忍）夫人！他病未痊愈，外面雷雨电闪，给他根棒吧？

史夫人 来！给他一根讨饭棒！

〔卞龙将棒扔于地。

史夫人 恕不远送！（拉史知府下）

〔雷鸣电闪，暴雨倾盆。

〔万子凝视琥珀，满目怆然。

万　子 琥——珀！我到底是谁啊？哈哈哈……

（唱）万里晴空降惊雷，
沉沉浮浮溅血泪。
万子我，前世造了何种孽，
横遭这，起起落落、凶凶吉吉任割宰。
怒目睁睁问苍天，
苍天你，风雨如磐为我悲。
世态多冰火，人若变色龙，
胜如五蠹噬咬我心田。
蝇营狗苟谁解读，
真真假假利相连。

栗兰呀！世间唯有你凉亭暖，
总将万子挂胸怀。
命运多舛临绝境，
愿荒郊，尚有姐弟影踪在……

〔又一个霹雳炸响，风雨交加中万子踉跄走去……

〔幕落切光，领唱声起：

玉箫声断玫瑰宴，
险躁人性动地哀。
伊人已随流云去，
凉亭空虚秋风悲。

第六场　旷野悲缘

〔幕启灯亮。荒郊雨后，流云洗月，秋虫哀鸣。

〔万子执琥珀趔趄上，倒于凉亭石阶。

万　子　（惨烈呼唤）栗兰！栗兰——（绝望、昏厥）

〔聚光下另一表演区。栗兰秉烛祈祷。

栗　兰　（声泪俱下）相——公！

（唱）烛光熠熠我泪满腮，
明月无语菊自哀。
今夜一别天涯去，
欲求相见梦里来。
祝愿你，春风化雨早康健，
金銮殿上父子会。
祝愿你，红叶题诗早合璧，
青梅煮酒庆于归。
祝愿你，叆叇祥云笼九重，
四海升平青史垂。
祝愿你，位极别忘我冻死骨，
殚精竭虑杜懈怠。

粟兰我，天涯海角多拜上，
炬烛成灰终不悔。（隐去）

〔万子苏醒，挣扎起。

万　子　粟兰——粟兰——粟兰——你在哪里？你们在哪里……琥珀呀！
（唱）琥珀莹莹如幻梦，
醒来方晓路已穷。
早知黄花不结果，
悔极昨夜去府中。
娘亲呀，万子我到底谁家子，
你因何，临终仍不指迷蒙。
流水涓涓终天恸，
草木凋零凉亭空。
粟兰不知何处去？
秋虫春草难相逢。
凄云惨雾望旧巢，
枯枝黄叶哭秋风。
（夹白）我好恨哪！
一场噩梦毁了我，
天涯难觅她影踪。（一阵秋风袭来）
浑身颤栗阵阵寒，
看起来，万子薄命到临终。（昏倒，琥珀掉地）

〔两蒙面刺客上。

刺客甲　喂喂喂！

万　子　（惊醒）

刺客乙　你是万子？

万　子　你们……

刺客甲　皇后娘娘所派，要你的性命！

万　子　（惊恐）啊！（逃，挣扎，被擒）你们！让我死个明白？

刺客乙　琥珀巨案，皇上震怒！

刺客甲　皇后假传圣旨，拿你灭口！我们可不敢对你动刀。（抽出白绫）

刺客乙　升天吧！

万　子　娘……粟兰……

〔刺客架万子于桥堍下。

万　子　粟兰！（尖叫）啊……

〔幕后叫声：姐姐！姐姐……

〔刺客闻声，慌乱逃下。

〔粟兰上，金樱挟破席追上。

金　樱　姐姐！姐姐！唉……

（唱）嘴说要到天边去，

两脚却不把步移。

姐姐心事我知道，

记挂那万子哥哥病未愈。（发现琥珀）

这是啥？（捡琥珀）这不是万子阿哥的双蝶琥珀么？姐姐！你看你看。

粟　兰　（惊）双蝶琥珀？是相公的！哪里来的？

金　樱　就在这里。

粟　兰　他来过了！一定来过了！快寻！（呼喊）相公！相公！相公……

金　樱　说不定接我们进宫去呢！万子哥哥——万子哥哥——万子哥哥……

〔金樱至桥堍，音乐声骤起。

金　樱　万子阿哥！姐姐快来！快来快来呀！

粟　兰　相公！相公！相公……

〔姐弟扶起万子，复滑落。

金　樱　姐姐！你快给万子哥哥补补气呀！快呀快呀！

粟　兰　这……

金　樱　快呀！口对口，快呀！

〔粟兰为万子补气。

金　樱　对！

万　子　（长吁）哦——（缓过气来）

金　樱　姐姐，你这口气真灵光！万子哥哥！万子哥哥……

万　子　（渐苏醒）……小弟！粟兰！

金　樱　万子哥哥，为啥上吊呀？

万　子　皇后假传圣旨，说双蝶琥珀是伪造之物，还派人杀我。

粟　兰　派人杀你？

金　樱　介坏（音歪）种啦！

万　子　要不是你们……

粟　兰　相公你……

万　子　我又被赶出来了……

金　樱　又赶出来了？

万　子　一言难尽嗄！

（唱）懵里懵懂变成皇太子，

糊里糊涂当了大骗子；

说你真，捧你捧得像宝珠，

说你假，恨你恨得要鞭尸。

为争显位掌权势，

万子我，亲历了天堂地狱、冰山火海、厚颜无耻的荒唐事！

粟　兰　万子哥！

万　子　粟兰！我又无家可归了，活着还有啥意思……

粟　兰　相公——

（唱）莫绝望，别忧愁，

天黑也有人行走。

我和你，甘草当归永相随，

熬过严冬，同沐春光景色秀。

首乌附墙不分离，

茯苓滋根天长地也久！

金　樱　嗄！我们有家喽！我们有家喽！（忙舀水给万子喝）

万　子　（喝水，感慨）有家了，和你姐弟在一起！水都是甜的！

金　樱　万子哥！现在，我正正式式好喊你姐夫了？

万　子　嗯！

金　樱　姐夫——万子哥！我和姐姐好想好想你呀！

万　子　我也想你们姐弟啊！

粟　兰　（羞涩）……

〔金樱奔进凉亭。

〔万子将琥珀郑重地放到粟兰手掌上。

〔金樱秉着点燃的半截蜡烛复出。

金　樱　姐姐、姐夫！半支蜡烛给你们拜堂！

万　子　好呀！

粟　兰　（羞赧）小弟……

〔内喊：万岁驾到——

〔锦衣卫列队上。

〔太监甲、乙上。

太监甲 万岁前来验证琥珀！速将琥珀呈上。

〔粟兰将琥珀交予万子。

万 子 假的……这是假的……我，也是假的！

太 监 假的也要呈上。

金 樱 假的东西，多看看啥希？

万 子 ……（交琥珀）

〔太监甲捧琥珀下。

粟 兰 我们快逃！

〔姐弟扶万子逃，锦衣卫挡住。

〔皇帝执琥珀急切上。

〔万子与皇帝无声峙观。

皇 帝 （观察，惊愕）……

太 监 （宣）擎高灯！

〔锦衣卫齐举灯笼。

〔无声中，皇帝与万子转圈互辨，渐现惊诧、惊异、惊奇神色。

皇 帝 （突然呼）龙——儿？

万 子 龙儿？娘也是这般叫我……

皇 帝 你，手腕上有颗红痣？

万 子 有红痣……

金 樱 红痣！

粟 兰 是胎记。

〔万子下意识抬起手，皇帝捏查看。

皇 帝 （突然激动、失控）这颗痣！这颗痣！这颗痣！皇——儿！

（唱）你襁褓离父到今朝，

我万般思念音讯渺。

你娘亲，凄凄戚戚携儿去，

父皇是，朝朝夕夕泪暗抛。

今日里，喜见皇儿从天降，

二十年心病瞬息消。（卸皇帔，披于万子身）

万　子　（悲酸呆然）……

皇　帝　皇儿！（情真意切）这二十年来，可苦了你们母子了！这双蝶琥珀原是父皇赐你母亲的信物。

万　子　（悲恸）母亲……

皇　帝　快告诉我，你母亲现在哪里？

万　子　母——亲（悲号），她已经不在人世了！（抽泣）

皇　帝　不在人世了（悲哀）……皇儿！我知道，你们母子怪我！怨我！恨我！这是为父生平最大的憾事哪！我对不起你们母子呀……（剧烈咳嗽）皇儿！你就不能原谅为父吗？

万　子　（木然迸发）父——皇！（跪，但不愿目视）

皇　帝　（趋前紧抱）皇儿！父皇想你呀！

万　子　孩儿也想呀……

皇　帝　（摩挲）皇儿！

（接唱）代天寻子我九州布告，

妖后弄权罪恶昭彰。

适才将魑魅魍魉一并诛，

宫阙清明阴霾尽扫。

快乘御辇随父归，

万里江山我要亲手交！

万　子　父皇，孩儿才疏学浅，恐难继承皇位。孩儿只求父皇一桩！

皇　帝　父皇连江山都要交给你了，别说一桩，就是千桩万桩，父皇也要补偿于你。

万　子　父皇！孩儿之身，乃父皇母亲所赐；孩儿之命，是金粟兰姑娘所救！两月前，孩儿病卧荒郊，是她冒险攀崖，悬壶治愈孩儿伤寒；是她沿家乞讨，悉心照料；是她在孩儿途穷之时，真心抚慰；又是她在孩儿惨遭杀害之时，再度相救。父皇！若没有她姐弟几度救护，孩儿早已是荒郊野鬼了。两月来，我们患难与共，心心相印，求父皇带她进宫，孩儿要娶她为妻！

皇　帝　（惊讶）娶——她——为——妻？

粟　兰　民女叩见皇上！（跪）

皇　帝　姑娘起来！都起来！

粟　兰　谢皇上！

皇　帝　姑娘！你可是我们皇家的大恩人哪！若没有你悉心救治，哪有我父子今

日的团聚！朕要以房墅田园、金银财宝重重酬谢！

粟 兰 皇上！救死扶伤，是医家本分。

皇 帝 （震惊）哦哦……可嘉可嘉！孤皇更须封赏。

万 子 父皇！看在母亲份上，你就答应孩儿吧？（跪，粟兰同跪）

皇 帝 皇儿姻缘，关乎江山社稷、宗室子嗣，不可草率，回宫再议！回宫再议！

〔皇帝携万子手，万子携粟兰手，粟兰携弟弟手，登上台阶。

皇 帝 哈哈哈……

〔幕落切光，领唱声起：

江山帝位莫想它，
只盼同妹共一家。
草根立后难难难，
喜看丐女登金阶。

第七场　金殿结缘

〔金銮殿。

〔幕启灯亮。皇帝和万子并坐，众大臣分列朝贺。

众大臣 （跪）万岁！太子回归，百官朝贺！万岁万岁万万岁！千岁千岁千千岁！

皇 帝 众爱卿平身！

太 监 （上）启禀万岁！丞相诰命、曹国舅、京畿知府三家，各带千金前来朝贺，殿外候旨。

皇 帝 今日孤皇高兴，恩准达官眷属，入宫参贺。

太 监 （宣）万岁有旨，程诰命、曹太尉、史知府三家人上殿！

〔程诰命、曹太尉、知府夫妇偕程姬、曹姬、史姬上。

程 姬
曹 姬 恭喜万岁！贺喜万岁！
史 姬

曹国舅 万岁！下官斗胆启奏：今日若为皇太子订下姻缘，岂不是双喜临门，喜上加喜？

众大臣 对对对！订下姻缘，三喜临门！

皇　帝　正合朕意！

万　子　（焦急）父皇！孩儿只想娶金粟兰姑娘为妻，你就答应吧！

〔众大臣、程、曹、史三家，瞬间争论激烈。

皇　帝　皇儿！先听听众爱卿的朝议吧！

众大臣　万岁——

（唱）三皇五帝渊源长，
不变法度共纲常。
皇子娶妻公侯家，
哪有民女做娘娘？

程夫人　万岁！

（唱）皇后理该我相国女！

曹国舅　（唱）皇后理该我国舅女！

史知府　（唱）我女自幼配皇子！

史夫人　（唱）何况是，皇榜写得煞清爽！

万　子　我是野种？我是骗子？我是拐子？我怎能与你们相配呀？

程　姬
曹　姬
史　姬　殿下！我等知罪。

万　子　父皇！孩儿定要娶金粟兰姑娘为妻！

众大臣　万岁！丐女立后，有损国体，遭天下人耻笑！

皇　帝　嗯！

万　子　父皇！粟兰为后，上顺天意，下接地气！

皇　帝　嗯嗯！

众大臣　万岁！天不变，道亦不变！

皇　帝　嗯嗯嗯！千古遗训！

万　子　父皇！道不可以终静哪！

皇　帝　嗯嗯嗯嗯！理当与时俱进。

众大臣　这……（词穷理屈）万岁！吾等肱股谏言哪！

皇　帝　丞相告病，尔等乃是国之栋梁！

众大臣　（喜）万岁圣明……

万　子　（欲语无言）……

皇　帝　尔等三家站过一旁！

程　姬
曹　姬　万岁……
史　姬

皇　帝　（颔首）……

〔三家人欣喜旁立。

万　子　（急）父皇！你答应孩儿了吧？

皇　帝　皇儿呀！

（唱）皇儿联姻举足重，

维系着，皇亲国戚合朝大臣的权和利。

〔三家人与众大臣露出笑脸。

满朝文武若背离，

皇儿你，怎坐江山掌社稷？

〔三家人与众大臣表情矫矜。

数十年，我位高九尊搏风雨，

如今是，垂暮老翁多病体。

父在尚能助皇儿，

父亡谁来辅佐你？

〔三家人与众大臣面面相觑。

民女为后众臣妒，

儿的皇位必遭废！

〔三家人与众大臣尴尬。

皇权情爱两相比，

孰轻孰重儿要多思虑！

〔三家人与众大臣又频频点头。

万　子　（跪求）父——皇！

（唱）难道你，忘了娘亲悲别离？

难道你，要让贤德姑娘恨无期？

难道你，要让孩儿重吞父苦果？

难道你，要让孩儿为君不仁义？

〔三家人表情冷酷，众大臣漠然。

若不允儿娶粟兰……

皇　帝　皇儿，你想怎么样？

万　子　（接唱）宁走天涯不——为——帝！

众大臣　（大惊失色）殿下你……

三家人　（惊骇）这……

皇　帝　皇儿……父皇也有难处嘎！

众大臣　万岁！殿下不能走哇……

皇　帝　（成竹于胸）宣民女金粟兰姑娘姐弟上殿。

太　监　金粟兰姑娘姐弟上殿！

〔粟兰偕弟弟上。

粟　兰　叩见皇上！

皇　帝　姑娘！你姐弟都在偏殿之上？

粟　兰　（点头）在……

皇　帝　听到众大臣的高论了？

金　樱　听得煞清爽，肚皮气鼓鼓！

皇　帝　姑娘！皇儿若娶你为妻，就是来日的皇后了！你可知道这皇后之位，将会给你带来什么吗？

粟　兰　万岁！帝后显位，民女做梦也不曾想过。

皇　帝　皇儿说他要跟你远走天涯，永不为帝……

粟　兰　不可！不可！不可！万子哥——

（唱）殿下你，一片真情扣心扉，

粟兰我，从此生死无憾意。

〔三家人与众大臣倾听。

劝殿下，一国储君天下事，

莫为粟兰误社稷。

〔众大臣惊讶，三家人沉默。

我本是，民间草根流浪女，

难配那，凤冠霞帔霓裳衣。

我求你，从此忘却金粟兰，

只当是，一阵秋风过草地。

〔众大臣肃然起敬。

愿你勤政戒骄奢，

做一个清政明智、国业昌盛的好皇帝。

〔三家人忐忑自惭，众大臣频频点头。

金　樱　万子哥哥……

粟　兰　小弟，我们走吧！

金　樱　姐姐，我们就这样走啦？

粟　兰　走吧！（携弟手）

金　樱　不！万子哥哥！我想要……

粟　兰　小弟，金银财宝、房墅田园，我们啥都不要！

金　樱　万子哥！我想要你……

三家人　要什么都可答应的。

金　樱　我想要你抱下我和姐姐？我们从此以后再也见不到了……（哭泣）

万　子　（嘶声喊）不——粟兰，一起走！一起走！（猛跪）父皇！恕孩儿不忠不孝了。（牵起粟兰与金樱手）走！

皇　帝　（含泪狂笑不止）哈哈哈……哈哈哈……哈哈哈……

众大臣　（惊慌）万岁……

万　子　（惊转身）父皇……

皇　帝　众爱卿！你们都听到了？

众大臣　（惶悚）听到了！

皇　帝　看到了？

众大臣　（汗颜）看到了！

皇　帝　感受若何呀？

〔三家人呆滞。

众大臣　（醒悟）万岁！原来你是……

皇　帝　（笑）呵呵呵……众爱卿哪！

（唱）孤皇我，走过了一条坎坷的路，

纠结过两颗破碎的心。

我怎忍，一生苦涩延儿身？

我怎忍，万里江山留遗恨？

万　子　（惊喜）父——皇！

皇　帝　（唱）皇儿呀！历朝先祖有遗训，

华夏千古重感恩。

喝水莫忘掘井人，

父皇我，岂是得鱼忘筌、过河拆桥、薄情寡义的无道君。

更何况，好姑娘，深仁厚泽，秀外慧中，天赋德行，

如此的儿媳何处去找寻！
家有贤妻少祸祟，
宫有贤后社稷兴。
姑娘呀！日后你辅佐皇儿坐朝廷，
相夫相国，母仪天下，
何忧国业不昌、江山不稳！

众爱卿！朕革故鼎新，接纳民女，意下若何呀？

众大臣 （惭愧）万岁！臣等糊涂呀糊涂……

万　子 （狂喜）粟兰——

粟　兰 （百感交集，施礼）皇帝……公公！

皇　帝 好！好！传旨：太子回归，革故鼎新，皇儿与粟兰姑娘择日大婚，天下大赦，赋税减半，举国同庆！

太　监 （宣）万岁有旨，太子回归，革故鼎新！皇子与金粟兰姑娘大婚，大赦天下，赋税减半，举国同庆！

皇　帝 皇儿！这双蝶琥珀就交予你们了！

〔皇帝郑重地将琥珀交予万子。

万　子 （喜极）……

粟　兰 （感激）……

万　子
粟　兰 谢父皇！

金　樱 皇帝老伯伯！你呀（跷起大拇指）太——那个了……

皇　帝 呵呵！小国舅，这回可满意、高兴了？！

〔万子与粟兰持琥珀相拥。

〔切光，笙箫鼓乐声起……

尾　声

〔笙箫鼓乐悠扬。

〔灯亮。皇帝与剧中人物分批次登场。

〔万子绾红绸悬琥珀，牵凤冠霞帔的金粟兰上场，金樱随后。

〔画外音：一拜天地……二拜皇帝……新人对拜……

〔众大臣与曹、程、史三家表情迥异。

皇　帝　哈哈哈……以德为行，以道为宗，国之大幸，民之大幸，天下之大幸！

众大臣　万岁！万岁！万万岁！千岁！千岁！千千岁！

〔万子给粟兰赐挂琥珀。

〔万子、粟兰幸福依偎。

〔演职员谢幕。

〔幕后领唱：

莹莹琥珀叠泪痕，

亦悲亦喜鉴人心。

奇缘一出万代传，

大德善举世间珍。

〔剧终。

1992年

《越剧古装剧》

怡红院的丫鬟

周 粟

人物表 晴 雯 贾宝玉 袭 人 芳 官 四 儿 司 棋 妙 玉 小 红 秋 纹 麝 月 碧 痕 绣 橘 潘又安 王夫人 周瑞家 张 妈 王 妈

一

〔大观园。

〔暮春季节，东风轻荡，花影摇动。

〔独唱：借得山川秀，
仙境别红尘。
两两，三三，
婵娟出花径。
花容花貌花芳芬，
花开花落花样命。
莫摇，莫摇，
好梦正初长，
莫摇，莫摇，
莫摇碎，万艳千红花下影。

〔晴雯、芳官扛着一个美人筝，四儿扛着一杆簍子上。

晴　雯　芳官，把线理好了。

芳　官　哎。……这春风和暖，正赶上时候了！

四　儿　看，这美人筝画得像谁呢？

芳　官　像谁？……像林姑娘。

四　儿　像晴雯姐姐！

晴　雯　（正在系三线）小蹄子，怎么说上我来了。

四　儿　芳官，你过来，仔细地看看。

芳　官　……呀！

四　儿
芳　官　（合唱）淡淡眉，是谁画成，

亮晶晶，秋波水盈。

袅婷婷，柳枝风拂，

一缕缕，青丝香润。

晴　雯　死丫头，还不知羞！

〔秋纹、麝月、小红、碧痕引贾宝玉上。

芳　官　（唱）似林姑娘步出潇湘馆，

四　儿　（唱）似天仙降落了九霄云。

哈哈哈嘻嘻……

晴　雯　我撕你俩的嘴！……（追闹）

芳　官　……呀，宝二爷！

贾宝玉　（接唱）——却多了三分喜，

缺欠了七分愁情。

艳阳下，桃红李白，

姚黄魏紫花色明。

晴　雯　（娇羞地）二爷！

四　儿　是啊、是啊。

小　红　（凑趣）是啊、是啊。

晴　雯　小蹄子！……你别跑呀！……（追四儿）

芳　官　哎呀别闹了、别闹了，线儿都搅乱了！

四　儿　好姐姐、好姐姐，饶了我吧，以后再不敢说了。

晴　雯　宝二爷，我们放风筝吧。

贾宝玉　放吧，放吧！

众丫鬟 ……飞起来了，飞起来了！

贾宝玉 好一个美人筝！

〔独唱：东风，东风，
轻轻，轻轻，
好风送你上青云。
青云，青云，
盈盈，盈盈，
难系住彩衣红裙。
红裙，红裙，
飘零，飘零，
化一缕西天晚云。

芳　官 当心，风儿紧了！

〔一阵大风吹来，四儿、芳官、晴雯手忙脚乱，牵筝搏风。贾宝玉和丫鬟们或喜或忧，笑嘻嘻、吵嚷嚷地下。

〔周瑞家和一群老妈引王夫人上。

王夫人 （唱）大观园，琼楼玉宇花如锦，
人间天堂蓬莱境。
英祖宗疆场立下开国功，
贤子孙忠孝节义披祖荫。

〔忽然响起众丫鬟的呼喊声："哎呦！""线断了，线断了！""美人筝飘走了！""飘走了——"

〔晴雯、芳官、四儿登上高坡，喊叫着："啊呀啊呀！""飘走了。这怎么好呢！"

周瑞家 太太，看见了，怡红院中，就这三个丫头，又风流，又轻狂。

王夫人 噢。

袭　人 （喊着"宝玉"上）……奴婢叩见太太。今日天气好，太太进园赏花来了。……我扶扶太太。

王夫人 袭人，那个眉眼像林姑娘的，就是晴雯？

袭　人 哎，她叫晴雯。

〔四儿、芳官跑下高坡。晴雯倩影独立，沉思般地望着飘去的美人筝，又匆匆下了高坡。

王夫人 这个浪样子，叫人看了不顺眼。

袭　人　太太，晴雯是比别人长得好看些。

王夫人　人长得好看，心里就不安分。

袭　人　太太，晴雯是比别人聪明些。

王夫人　我看的是人品。平日宝玉对她亲近吗?

袭　人　二爷嘛……太太，宝二爷对她并不什么，只是……哎，太太……

王夫人　袭人啊，你今日说话，怎么吞吞吐吐的了?

袭　人　太太不见怪，袭人就说了。二爷、二爷他常、常把晴雯比作芙蓉花呢!

王夫人　（怒）又是一个妖精!……你走吧。

袭　人　是。……（下）

〔晴雯、芳官、四儿上。

四　儿　飞了，飞了!

芳　官　放了晦气了!

晴　雯　恐怕兆着我们三人的命运了。什么时候，我们姐妹三人，也如这美人筝一般，离开大观园，生的生，死的死，谁也不知道谁。

四　儿　四儿是不愿意去的。

晴　雯　终究要散的。

芳　官　晴雯姐姐，这一回，你真的像林姑娘了!

晴　雯　（高兴地）是吗。嘻嘻嘻，我们回怡红院吧。……

王夫人　站住!

晴　雯
芳　官
四　儿　（赶忙）拜见太太!

王夫人　……好一个美人儿，你叫晴雯吗?

晴　雯　是。太太。

王夫人　天天花枝招展、做些狂样子给谁看!你干的事，当我不知道?我且放着你。现在问你，宝玉的病，可好些了?

晴　雯　回太太，晴雯不常和宝二爷一起，好歹，我不知道呢。

四　儿　宝二爷的病，是好些了，刚才还……

〔芳官悄悄拧了四儿一把。

王夫人　谁叫你插嘴!我只问晴雯。

晴　雯　太太应问袭人、麝月去。

王夫人　唔?这就该打嘴。你难道是死人，要你做什么?

晴　雯　太太啊！

（唱）老太太派我去怡红院，

守院门晨开晚掩。

花台浇水勤修理，

闲来临窗做针线。

袭人姐侍候宝二爷，

小晴雯只配启画帘。

太太怪我少留意……

王夫人　怎么，难道错怪你了？

晴　雯　（接唱）从此后——

遵奉太太言，

常近宝二爷。

王夫人　啊！

晴　雯　（接唱）亲亲热热……

王夫人　阿弥陀佛。

晴　雯　（接唱）仔仔细细……

王夫人　省哉、省哉！

晴　雯　（接唱）勤劳照管年复年、年复年长长远远。

王夫人　哎哟，你不近宝玉，是我的造化了。既然你是老太太给宝玉的，我明儿回了老太太再撵你。还站着干什么，我看不上这浪样子！

〔晴雯、芳官、四儿应声“是”，急匆匆下。

王夫人　总有一天，我要整治整治这大观园！

〔王夫人一行人下；晴雯、芳官、四儿急忙忙上。

晴　雯　有人暗算我了。

芳　官　是啊，太太为什么只冲着你来？

四　儿　晴雯姐姐，你别难过，我们做奴婢的，就是让人骂的。

晴　雯　奴婢，也不能从早到晚提着心过日子呀！

四　儿　……看，美人筝，美人筝！

〔晴雯、芳官、四儿跑上高坡，眺望愈飘愈远的美人筝……

〔独唱：云飘飘，风轻吹，

断线的风筝，悠悠飞去。

〔秋纹、麝月、小红、碧痕等丫鬟上，也眺望美人筝。

〔独唱：落向，青山、嫁草木，
落向，流水，嫁游鱼。
——只要心情儿舒。

〔怡红院的丫鬟们沉思般地走上高坡，望着天边，组成了一组塑像。

〔天阴云暝，吞没了一叶断筝，也吞没了她们。雷声隐隐约约而又沉重地滚来。

二

〔晚霞满天，蝉鸣初起。

〔夏日的黄昏。

〔怡红院内外。院子里一树芙蓉，青枝绿叶，缀满含苞花蕾。秋纹、麝月上，挂灯下。晴雯在提水浇花。

袭　人　（呼喊着上）宝玉，宝玉！……晴雯，宝二爷呢？我刚理了理衣服，转眼他就不见了。……出门了没？

晴　雯　二爷出门，什么时候同我商量过，问我，哪里知道呢。

袭　人　啊哟，问一声就得罪你了。你今日哪来这么大的火气啊！

晴　雯　哈。哪个敢跟你发脾气呢。府中上下，谁不知道你袭人姑娘是大贤大德呢。

袭　人　好妹妹，不说了，就算我的不是吧，啊。

〔一束红光投下。晴雯和袭人置身于红色的光圈中凝视。两人第一次进行心灵的冲撞。

晴　雯　你有没有在太太面前说过我的不是？

袭　人　太太既然叫我袭人做丫鬟的班头，我自然都要管的。

晴　雯　哼。你知道吗，老太太是喜欢我晴雯的。

袭　人　嘻。你呀，什么都不懂。老太太只不过是人人敬奉着罢了。

晴　雯　哦。你真聪明啊！

〔红色光圈消逝。

袭　人　……秋纹，四儿！

秋　纹
四　儿　（上）袭人姐姐。

袭　人　知道宝二爷上哪里去了？

四　儿　二爷带着芳官玩去了。

袭　人　啊呀，老爷今日回府，说明日盘考他的功课，他如何应付得了呢。一定到宝姑娘那里去了，去找找吧。

秋　纹
四　儿　哎。（下）

〔晴雯浇罢水下；袭人叹息一声，下。

〔芳官引贾宝玉上。

贾宝玉　（唱）出潇湘，翠竹万杆悬琼轮，
　　皎皎灼灼见桂影。
　　有魂无恨当长圆，
　　瑶台相映芳园景。
　　姮娥多情来共舞，
　　玉兔相伴离彩云。
　　人说是，月里婵娟动人姿，
　　我看那，难及我的林妹妹……

芳　官　哈哈哈……

贾宝玉　（接唱）你芳官……

芳　官　二爷，你说着说着就没正经了。

贾宝玉　（接唱）还有俏晴雯。

芳　官　我告诉太太、老太太去。

贾宝玉　好妹妹，别生气，下次，下次不敢、不敢了。

芳　官　嘻。

〔贾宝玉和芳官进院；袭人迎出。

袭　人　二爷，你上哪里去了？

贾宝玉　看林妹妹去了啊。

袭　人　老爷回来，就要盘问你的功课，还不去温习温习。

贾宝玉　我知道的。……哎，芙蓉花蕾如豆，晴雯又浇过水了。……（吟）“唤作拒霜应未称，细量却是最宜霜。”

袭　人　二爷，不要整天花呀月呀的，还是去温习功课吧。

贾宝玉　你晓得吗，这是苏东坡的诗句呢。

袭　人　老爷不问你诗赋，考的是“四书”“五经”。

贾宝玉 什么经不经的，无非是教我去沽名钓誉罢了！

袭　人 去吧。……麝月，点上灯，宝二爷要读书了！

贾宝玉 好。宝二爷要读书了！

小　红 （上，讨好地）宝二爷要读书了！

袭　人 小红，快给二爷泡茶。

小　红 （背书似的）“千万别泡六安茶，宝二爷喜欢喝老君眉！”（下）

芳　官 （学小红的腔调）“千万别泡六安茶，宝二爷喜欢喝老君眉！”嘻嘻……

〔袭人和芳官簇拥贾宝玉欲进房。

〔树上宿鸟扑啦啦飞起——

贾宝玉 （转身）听，这是什么声音？

袭　人 鸟儿飞起，有什么好听的。

贾宝玉 唉，我们侯门公子，还不如那鸟儿自在，飞便飞，止便止。……等我化成一股轻烟，风一吹就散了的时候，你们也就管不着我了！

袭　人 别说这些了，我已经听过十几回了。去吧，啊，明天二爷要是考不出来，太太又要怪罪我的。

贾宝玉 你也别急，我去读就是了。

〔袭人去关院门。

芳　官 （悄悄地）二爷，装个样子就是了。

贾宝玉 这个二爷会。哈哈哈……

芳　官 （吆喝）宝二爷要读书了！

〔幕内传呼声：“宝二爷要读书了！”“宝二爷要读书了！”“宝二爷要读书了！”

〔芳官和贾宝玉笑着下；袭人关好院门下。

〔清脆的“夜鸟”叫声——

司　棋 （上，学鸟叫）嘘嘘嘘嘘。（轻声）表哥，表哥……

（唱）长天又逢朗月明，
花丛柳下会情人。（“鸟”叫声）
鸟语一声惊又喜，
表哥遵约已来临。（学鸟叫）
悄悄四顾无人影，
抬头偏见牛女星。
粉墙高高银河阔，

割不断相思的人。

潘又安 （喜盈盈地上）司棋妹妹。

司　棋 表哥！……是张妈放你进来的？

潘又安 嗯，是的。

（唱）此良辰，值千金，

司　棋 （唱）妹牵哥，上幽径。

潘又安 （唱）柳拂面，

司　棋 （唱）花打裙，

潘又安
司　棋 （合唱）花和柳，可曾见，

这贾府中几对奴婢敢爱、敢亲？

潘又安 （唱）男的怨，

司　棋 （唱）女的叹，

司　棋
潘又安 （合唱）痴的痴来蠢的蠢。

〔院内。晴雯上，凭栏望月。

司　棋 （唱）就说那，俏晴雯，

钗横斜，鬓不整，风情丝丝狂又轻。

潘又安 （唱）她是老太太的心爱奴，

她是宝二爷的贴心人。

司　棋 （唱）将来当个三姨娘，

无非是一只绣花枕。

〔两人忘情嬉笑，惊动了查夜的老妈："谁呀？！"

司　棋 啊！

潘又安 快走！（和司棋急下）

〔查夜的两个老妈子提灯笼上。

王　妈 谁呀，快出来，出来！

张　妈 上那边看看去。（同下）

晴　雯 （唱）对明月，暗心伤，

九州何处是家乡！

落地十载身为奴，

六年前黄土埋爹娘。

上无兄长下无妹，

孤雁单飞叹凄凉。
平日嬉笑忘忧事，
未知前程却渺茫。
命如那美人筝断线飞，
风扯雨撕落何方？
命如这芙蓉花开在槛旁，
谁能保年年花红绿叶旺。
宝二爷另眼看待情义长，
却赢得冷箭暗枪处处难防。

贾宝玉 （上）晴雯，晴雯。……唔，你怎么哭了？是谁欺负你了？

晴　雯 好端端的，我哭什么呢。

贾宝玉 明日老爷盘问功课，我哪里能背得熟呢！好姐姐，你给我出个主意好不好？

晴　雯 啊呀，我不是知书识礼的林姑娘，又不是温柔敦厚的贤袭人，能有什么好主意呢。

袭　人 （上）宝二爷，你又出来了，同奴婢们说说笑笑，岂不误了功课。晴雯，你也不劝劝二爷。

晴　雯 是啊是啊，我原是个糊涂人，哪里配和我说话呢。哈哈哈……

〔红色光束投下。光圈中，晴雯和袭人凝视，展开第二次心灵的冲撞。

袭　人 晴雯，你不要笑得太早了。

晴　雯 我笑我的，与你有什么相干呢？

袭　人 你在连累我呀！

晴　雯 哈哈哈哈，你说你是个丫鬟的班头，为什么二爷有了事情要与晴雯商量，却冷落了班头你呢？

袭　人 哈。我和二爷的那层情义，你是永远也不会知道的。

晴　雯 什么情义？

〔红色光圈消逝。

晴　雯 哈哈哈哈……二爷，你……

袭　人 晴雯，使不得的。

晴　雯 宝二爷，你就——

〔宿鸟惊飞声——

〔秋纹、四儿惊慌地上：“啊！黑影，黑影！”“鬼！有鬼、有鬼啊！”

〔秋纹、四儿慌慌张张地推开院门。

秋　纹　黑影，一个人跳墙了、跳墙了！

四　儿　是鬼，一定是鬼！

袭　人　什么，是、是什么？

〔晴雯示意贾宝玉装病。

贾宝玉　（会意）什么？黑影，黑影，跳进来了，跳进来了，在那儿、在那儿！

袭　人　二爷，宝二爷！

贾宝玉　是鬼、是鬼吗？快堵住院门，快堵住院门！不是鬼，是人、是人！

袭　人　二爷、二爷，宝二爷你怎么了、怎么了啊？！

晴　雯　宝二爷吓疯了！

贾宝玉　他是来抢晴雯姐姐的，快给我打了出去，打了出去！

〔麝月、小红、碧痕等丫鬟从房里跑出。

袭　人　宝二爷！宝二爷！

贾宝玉　那个人逃了、逃了，快追，快追，抓住他，抓住他！

晴　雯　姐妹们！

丫鬟们　在！

晴　雯　提灯，查人去！

丫鬟们　是！……（进屋拿灯笼，复上）

〔晴雯率领提灯笼的丫鬟们冲出院门喊叫："来人啊，有人翻墙了！""来人啊，有人翻墙了！""宝二爷吓着了！"

〔院内。袭人搀扶假装受惊吓、念念叨叨的贾宝玉进房，下。

〔丫鬟们喊着下。

晴　雯　（突然）啊！

〔司棋拉着潘又安急上；晴雯躲进院内，掩门。

司　棋　你怎么出得去呢？

〔锣声四起；喊声频传："守住门啰，守住门！""别让人跑了！跑了！""……"

潘又安　我跳墙出去。

〔晴雯悄悄打开门，观望。

司　棋　表哥，我们什么时候再见面呢？

潘又安　……这是香袋儿，表妹你收着，留个纪念。（急下）

司　棋　（捧着香袋）表哥！……（急下）

〔老妈们和小厮们搜索过场。

〔丫鬟们回到怡红院前；晴雯出院门来。

晴　雯　秋纹，你去回太太，就说宝玉吓着了。

秋　纹　哎。（急下）

晴　雯　大家回去，准备迎接太太。我去上房给宝二爷拿些安魂丸来。

〔芳官等丫鬟应声进院下；晴雯朝上房方向走去，下。

〔内喊：太太到——

〔秋纹、王夫人、周瑞家、丫鬟们上；袭人、麝月、小红、四儿等迎出。

王夫人　宝玉，我的宝玉！……

〔众丫鬟簇拥王夫人进院门、进房下。

〔晴雯拿着安魂丸回来，上。

晴　雯　（唱）任性儿，巧计端，

今夜晚掀翻了大观园。
谁知晓拆开了鸳鸯对，
惊散了好姻缘。
只恐是牵花连藕祸事来，
岂非是因我害、惹人怨？
司棋啊，你不该，
偷情取欢在大观园。
岂能忘，金钏儿，
一句逗笑香魂断。
事到此，如何办？
忧愁添，心儿悬。
只得合掌求苍天，
三尺风波平如泉。
但愿得，司棋妹，
莫多心，保平安。

〔老妈、小厮们上。

张　妈　姑娘，园内四周都查了。

晴　雯　（紧张地）人呢？跳墙的人呢？

众　人　我们都没有看见呢。

晴　雯　（轻松了）这么说来，是太平无事了？

张　妈　太太平平。刚才，嘻嘻，是不是你们园中的姑娘们睡花了眼，风摇树枝，

窸窸窣窣的，错认了人？

晴　雯　（突然作色）噢，你们查守不严，怕担不是，还拿话来支吾，刚才并不是一个人看见的，宝玉吓得颜色都变了。太太问起来，要回明了的，难道依说就罢了？

张　妈　姑娘说得是。再查吧，查吧！

众　人　再查，再查！（下）

晴　雯　太太平平！嘻嘻嘻……

〔锣声和喊声又响起。老妈们提灯笼巡查过场。两个提灯笼的小厮上。

小厮甲　呸，真是妖精看见鬼！

小厮乙　唉，哥们儿跑断腿！

小厮甲　（看见了晴雯）查去，查去！（同下）

〔锣声和喊声又响起——

晴　雯　嘻嘻嘻！

（唱）人影动，灯影闪，

　　喊声响彻大观园。

　　太太心慌瞧公子，

　　奶奶病中心绪乱。

　　嘻嘻嘻……

　　蘅芜院莺儿严把门，

　　潇湘馆吓煞义紫鹃。

　　猜不透是人是鬼，

　　只有晴雯心了然。

　　哈嘻嘻嘻……

〔袭人送王夫人一行出院门……

晴　雯　（唱）小晴雯成了女元帅，

王夫人　那不是晴雯吗？

晴　雯　（接唱）素袖作令旗，素袖作令旗把兵遣将唤。

　　　嘻嘻嘻嘻……

王夫人　（怒喝）晴雯！

晴　雯　啊！

王夫人　你站在这里干什么？！

晴　雯　……喏，我给宝二爷取药去了，这是安魂丸呢。

王夫人　取丸药，要这么长工夫？你不是说上夜守门的，宝玉吓着了，你倒没事一样。给我跪下，跪下！

〔晴雯无奈跪下；老妈、小厮们上。

王　妈　回太太，没有查到人，只拾了一个香、香……（献香袋）

王夫人　（接过香袋）绣春囊！……是你一个人捡的？

王　妈　是老奴一个人捡的。

王夫人　声张了没有？

王　妈　不敢声张。

王夫人　再不准提起这件东西。

王　妈　晓得。

王夫人　下去！……

王　妈　是。（和老妈、小厮们下）

王夫人　（恨恨地）我要好好整治这大观园！

袭　人　送太太！

〔王夫人等一行人气咻咻地下。

芳　官
四　儿　晴雯姐姐。（扶起晴雯）

袭　人　（看一眼晴雯）你叫我说你什么好呢，唉！

〔晴雯抚胸咳嗽……

〔风声——

〔灯在晴雯的咳嗽声和风声中渐暗。

三

〔怡红院外，景色依旧。

〔翌日上午，司棋在花径寻找香囊。

司　棋　（唱）失落香囊四处寻，
花间柳下觅无影。
忆昨晚怡红院中喊声紧，
急匆匆赠囊在此紫竹林。

袭　人　（上）……司棋？……司棋！

司　棋　绣春囊，绣春囊。……

袭　人　绣春囊？……（隐身）

司　棋　你在哪里？你在哪里？（寻找着下）

袭　人　这就奇了！

（唱）小司棋口喊春囊四下看，
失魂落魄尘步乱。
她表哥出逃贾府人已疑，
昨夜晚黑影越墙更有嫌。
我还是告诉太太去。……不可呀不可。
若是太太查此事，
她难免杖责鞭笞苦泪泫。

绣　橘　（上）袭人姐姐，你看见司棋了吗？

袭　人　司棋？噢，没有看见啊。

绣　橘　司棋！……司棋！……

袭　人　哎，绣橘妹妹，你找司棋，有什么要紧的事呢？

绣　橘　太太要问问他，司棋的表哥逃走了，究竟逃到哪里去了，住在什么地方，好叫官府拿他回来。

袭　人　哦。司棋怎么能知道呢？

绣　橘　是啊。但太太说，司棋一定知道的。……司棋，司棋！（下）

袭　人　呀！

（唱）太太有意审司棋，
想必真情已露泄。
园中相遇觉蹊跷，
知情不报恐无理。
平日主子另眼看，
人前人后称贤惠。
奶奶加我月份银，
太太许我做二姨。
暗护司棋恩谁知，
反负太太栽培意。

事到如此，也怪不得我了。……

〔司棋急上，与袭人相遇。

袭　人　（忽又爱怜和同情地）司棋！

司　棋　啊！我没有丢失什么，我没有、没有……

〔司棋离开，被一群老妈拦住。

周瑞家　司棋，见太太去！

司　棋　（反显得冷静了）知道。

老妈们　走！

袭　人　司棋妹妹，别担心，事情说清楚就是了。我们一起见太太去。

〔袭人牵了司棋的手。

司　棋　袭人姐姐，你真好。

〔袭人和司棋下；老妈们跟下。

〔风声——

〔晴雯吃力地打开怡红院的大门。

晴　雯　（唱）枯坐院中念司棋，
步出院门探风声。
昨夜晚人喧共鬼嚎，
今日里却比坟墓静。
司棋啊，打散鸳鸯本无心，
天也知来人可证。
当去会你释疑心，
怕只怕弄巧成拙反累你身。

芳　官　（急上）晴雯姐姐，不得了啦，司棋被打了，还要配人，逐出大观园！

晴　雯　逐出大观园！

〔独唱：又一朵嫩花儿风雨摧落，
又一个痴女儿惊散芳魂。

〔独唱声中，周瑞家率领一班老妈押着受伤的司棋上。

晴　雯　司棋妹妹！

司　棋　晴雯姐姐！

〔独唱：此一别见何期天涯海角，
千句话哽咽喉悲泪纵横。

晴　雯　芳官，喊宝二爷来！

芳　官　宝二爷，宝二爷，快来啊！

贾宝玉 （内唱）来了——

众丫鬟引我出怡红——

众丫鬟 （内喊）是！

〔四儿、秋纹、麝月、小红、碧痕等引贾宝玉上。

司　棋 宝二爷！

贾宝玉 （接唱）但见得雨打梨花泪纷纷。

司　棋 （唱）二爷啊，求二爷唤取太太慈悲心，

司棋我愿受鞭杖责、乱棍打、饿可饿、吊可吊、杀可杀，

莫，莫，莫，

莫将司棋另配人。

表哥！（泣）

贾宝玉 （唱）好一个多情种，

好一颗纯真的心！

天地灵气钟女子，

岂岂岂、岂容得冰霜来蹂躏！

周瑞家 宝玉，不干你的事啊，快去念书吧。司棋，走！

贾宝玉 拦下了！

众丫鬟 是！……

贾宝玉 你们且站一站，我求老太太去，是有我的道理。

周瑞家 太太吩咐，不许少挨时刻。我们只知道太太的话，管不得许多。

晴　雯 噢，你们连老太太都不放在眼里了？

周瑞家 这……哼。司棋，今天你要是不听话，我就打得你了！

晴　雯 宝二爷在此，看谁敢放肆！

贾宝玉 奇怪，奇怪，你们这些人，只嫁了男子，就染上了男人的气味，就这等混账起来，比男人更可杀了！

周瑞家 二爷，你这些话，当心太太知道。

〔内喊："太太到！""太太到——"

贾宝玉 啊，母亲来了！

周瑞家 拉走！

司　棋 宝二爷！（施一礼）

晴　雯 司棋妹妹！

〔晴雯拉住司棋，被周瑞家狠狠地推开；晴雯跌倒在地。众老妈架着司

棋下。

众丫鬟 晴雯姐姐！……

〔收光。

〔风声——

四

〔落叶飘撒，已是深秋季节。怡红院中，芙蓉花团团压枝，烂漫如火。

〔贾宝玉伫立花前；芳官坐在台阶上。

贾宝玉 唉，这会儿司棋不知道在哪里呢？

芳　官 我打听过了，在娘家住着，病了，还不曾配人。

贾宝玉 这人世间，真正的没趣！……哎，芳官，你唱一曲吧，你也好久没有唱了。

芳　官 好啊好啊，我给二爷唱一段《惊梦》吧。

贾宝玉 是啊是啊，这梦儿也该惊醒了！

芳　官 “不到这园林，怎知春色如许！”

（唱）原来姹紫嫣红，

似这般都付与断井颓垣……

四　儿 （从花径转上）蝴蝶！……宝二爷，看，花蝴蝶！（扑蝶）

贾宝玉 （看去）花蝴蝶！

芳　官 （嘟嘴）小蹄子！

贾宝玉 （唱）穿花粉蝶款款飞，

多情怜香总属伊。

四　儿 （唱）双双对对舞软翅，

贾宝玉 （唱）恩爱从来不言语。

〔晴雯头缠绿绢巾，手拿一条未完工的红棉裤，揭开珠帘，来到栏槛旁，坐下。

贾宝玉 哎，四儿，这一对蝴蝶一定是同生日的。

四　儿 二爷，你怎么知道的呢？

贾宝玉 你不是说过，同生日的就是夫妻吗？

四　儿　啊呀，二爷、二爷，求求你，你别再提那句话了。

芳　官　嘻嘻嘻，不要脸的，羞、羞！说自己和宝二爷是同生日的就是夫妻呢。

四　儿　芳官姐姐，别说了，羞死我了，羞死我了！

芳　官　小蹄子，你也知道羞了，羞了？（和四儿嬉闹）

晴　雯　别闹着叫太太知道，要不，怪罪下来，又说我们把宝二爷勾引坏了。

四　儿　怪罪下来，我们少不了给赶出去。

贾宝玉　好妹妹，你们放心，我不回太太，没有人敢去回的。

晴　雯　但愿如此。

四　儿　……哎，看，一对紫蝴蝶！（和芳官追蝶下）

贾宝玉　（摘了一朵芙蓉花，上台阶）晴雯，又给谁缝棉裤子呢？

晴　雯　麝月的，她不会针线。

贾宝玉　你不是病了吗？（把花插在晴雯头上）

晴　雯　我们当奴婢的，病了和没病一个样。（咳嗽）宝玉，有一天，我成了司棋那样，被人赶出去，我就一头碰死了，也不出这门儿。不是愿意在这里……（咳嗽）这天下……（咳嗽）

贾宝玉　晴雯，晴雯！

晴　雯　没有我晴雯落脚的地方。（咳嗽）

贾宝玉　晴雯，好好的，说这些做什么呢！

秋　纹　（撩起珠帘）晴雯姐姐，药煎好了，趁热吃吧。

〔晴雯继续咳嗽；秋纹扶晴雯进珠帘，下。

贾宝玉　可叹啊可叹，为什么一个个生得天仙般的女儿，都有满腹的心事呢！

袭　人　（自外上，进院）宝玉。

贾宝玉　人活在世上，真正的没趣。刚刚高兴了一会儿，又来了烦恼，今天，竟然有两个人说要出去！

袭　人　二爷啊！

（唱）千里搭筵终须散，
花开时艳落时淡。

贾宝玉　你的心，怎么这么的冷呢！

袭　人　（唱）相聚自有相离期，
姑娘终究要配儿男。
千次劝，万次劝，
只劝你捷足攀登上书山。

那书中富贵花旺争春开，
那书中倾国娇娃倚栏杆。

贾宝玉 （唱）你是鹦鹉学舌嘴儿乖，
怪不得上上下下把你赞。
你要我身入仕途作禄蠹，
还不如心奉菩萨把贝页翻。

是了是了，我还是和林妹妹玩去，林妹妹从不说这种混账话！（欲下）

袭　人 等等。小红——

小　红 （上）噢，二爷要喝茶了。“千万别泡六安茶，宝二爷要喝老君眉！”

袭　人 去取孔雀裘来。

小　红 哎，去取孔雀裘来。宝二爷要穿孔雀裘了！（下）

袭　人 （折了几枝芙蓉花）给林姑娘送去。

〔小红拿来了孔雀裘上，袭人接过，替贾宝玉披上。贾宝玉怏怏地走出院门，下。

周瑞家 （上）袭人姑娘在吗？

袭　人 周妈妈来了，屋里坐吧。

小　红 （讨好地）拜见周妈妈！

周瑞家 哈哈哈，这姑娘有出息！你玩去吧，啊。

小　红 是。周妈妈等些进屋喝茶。（下）

周瑞家 太太吩咐，今天不得放丫鬟出去，太太要来训话，要整治整治你们怡红院！

袭　人 （慌乱地）哎。

周瑞家 我走了。（出院门，下）

袭　人 送妈妈。……

（唱）我怎的、怎的，心急意紊神错乱？
太太要整饬怡红院！
平日里常给太太送音讯，
今日里积雨堆云怒电闪。
不知何人要受罚？
何人要过鬼门关？
为人莫做亏心事，
直觉得心羞愧、神怎安？

四　儿　（捧果盘上）袭人姐姐，刚才鸳鸯姐姐送来一篮桔子，这是留给你的。
袭　人　四儿，你多吃几个吧。
四　儿　我最喜欢吃桔子。
袭　人　那你留着吃吧。……你吃呀。
四　儿　袭人姐姐，你怎么了？是不是太太要整治我们了？
袭　人　你年纪轻轻，整你什么呢。
四　儿　那，我上春燕姐姐那里去了，送几个桔子给她。……
袭　人　四儿，回来！
四　儿　怎么呢？
袭　人　今天不要去了，明天去吧，啊？
四　儿　（忽然跪下）袭人姐姐，太太一定要撵我出去了。我可没说什么，没做什么呀！袭人姐姐，你要替四儿说说好话呀，袭人姐姐！
袭　人　傻妹子，你、你快起来，没、没你什么事的。
〔贾宝玉匆匆走进院门。
四　儿　不不，姐姐不答应，四儿不起来。
贾宝玉　四儿，你怎么了？
袭　人　（忙扶四儿起来，搪塞地）没有什么。二爷怎么回来了？
贾宝玉　不好了，孔雀裘烧了个洞儿。
袭　人　啊！老太太、太太说了，明日一定要穿这件孔雀裘去舅舅家呢。
〔袭人帮贾宝玉脱了孔雀裘，查看；众丫鬟上。
袭　人　这是火星子溅的，洞不小呢，这可怎么好呢？！……
〔晴雯上。
众丫鬟　这可怎么好呢？！
晴　雯　拿来，让我看看。……这是孔雀金线织的，如今也用孔雀金线，就像界线似的界密了，只怕还可以混过去。
麝　月　孔雀金线现成有，只是这界线，除了你，还有谁能界呢？
晴　雯　快去找来，我来挣命吧。
贾宝玉　这怎么使得。你都病成这样了，怎么做活？
晴　雯　不用你唠唠叨叨的，我自己知道。
袭　人　大家快去找找金线。
〔众丫鬟应声下。
袭　人　我去取竹弓来。（下）

贾宝玉 晴雯，进屋里补吧。

晴　雯 这里能照着阳光，也暖和，也让我看看芙蓉花。明年，或许开不了这么多了。

贾宝玉 （无限爱怜地）晴雯！

〔麝月取来孔雀金线；芳官取来金刀；袭人拿着竹弓；秋纹、四儿随上。

晴　雯 （咳嗽）咳咳咳……

贾宝玉 快去取碗热茶来。

麝　月 哎。（把孔雀线交给芳官，下）

袭　人 （关心地）晴雯，晴雯！

〔晴雯继续咳嗽着；麝月上，送上一碗热茶，贾宝玉接过，让晴雯喝水。

贾宝玉 （哀求地）晴雯，你歇了吧。

晴　雯 （勉强一笑）我哪有这么娇嫩。……孔雀线。

〔晴雯接过芳官递上的孔雀线。

晴　雯 （唱）比一比，孔雀线，
绷，绷紧了竹弓。

众丫鬟 （唱）举金刀，对破洞，
刮呀，刮得散松松。

晴　雯 （唱）娇喘急，头沉重，
眼面前金星乱飞动。

众丫鬟 晴雯姐姐！

〔晴雯引针穿线，手颤抖，眼发花，线头穿不过针孔；芳官欲接过针线，晴雯不让，终于穿成。

晴　雯 （唱）贱奴婢，巧手艺，
自爱自怜自悲恸。

〔贾宝玉感动地捧住晴雯发烫的双手。

贾宝玉 （唱）纤纤手，热烘烘，
冷汗淋漓令心痛。

晴　雯 （唱）今日搏命补雀裘……

〔晴雯急迫地喘着气，靠在芳官身上歇了歇；四儿轻轻替她捶背。

贾宝玉 晴雯，晴雯！……

晴　雯 （唱）针针线线用心血缝……

众丫鬟 （齐唱）缝呀缝呀缝呀缝，

针针线线情义重。

〔晴雯又觉胸口沉闷，喘着气。

四　儿　晴雯姐姐！

贾宝玉　不缝了、不缝了，明日我自己去回老太太就是了。

〔贾宝玉抢过孔雀裘；晴雯抓住衣襟。

晴　雯　宝玉！……（笑）小祖宗，你只管玩去吧。把你急出病来，那可怎么得了呢！（慢慢收回裘衣）秋纹，快请二爷回屋里去吧。

贾宝玉　我陪你，让我陪你吧，陪你吧。

〔袭人独自走向院门……

袭　人　（唱）悄悄地，掩重门，

挡恶雨，莫让、莫让浇破三春梦。

众丫鬟　（唱）缝呀，缝呀，缝呀缝，

直缝得日落西山花荫浓。

芳　官　好了！好了！……

众丫鬟　呀！真正的一样了！

袭　人　好妹妹，真是好手艺！

〔袭人和晴雯又置身于红色光圈中，凝视，进行第三次心灵的冲撞。

袭　人　我为什么学不会你这般好手艺呢？

晴　雯　我也学不会你这样做人呀！

袭　人　你呀，你要是本本实实的做人，该多好啊！

晴　雯　我什么地方不本实了呢？

袭　人　一个人本实不本实是要做给别人看的。

晴　雯　这么说，人有两个本实，一个是给人看的；一个是给自己看的。两个本实，不就是不本实了？

袭　人　你呀，就吃亏在嘴上。

〔红色光圈消逝。

四　儿　（送上桔子）晴雯姐姐，给你。

〔晴雯舒了一口气，含笑摇头，推开桔子。

贾宝玉　（感激地）晴雯！

〔晴雯用力站起，忽然晕倒。

众丫鬟　晴雯姐姐！

贾宝玉　快，快扶进屋去！

〔芳官、四儿搀扶着晴雯进屋；众丫鬟跟下。

〔传来喊声：太太到——

贾宝玉 啊，她怎么来了！

〔王夫人率领一群老妈，气势汹汹地扑进了怡红院；袭人忙招呼院内七八个丫鬟出来迎接。

贾宝玉 （施礼）母亲。

王夫人 王妈妈，你带宝玉到书房歇歇。

贾宝玉 母亲？

王　妈 宝二爷，走吧！

〔贾宝玉步步回头，惶惑地跟着王妈进屋，下。

王夫人 都到齐了吗？

周瑞家 ……少一个晴雯。

王夫人 好大的架子，我来了，也不出来迎接！

袭　人 回太太，晴雯刚吃了药，躺着，正在穿衣呢。

王夫人 叫她快出来！

袭　人 是。（进屋）

王夫人 ……哎哟，好一班天仙！

（唱）整日里涂脂抹粉花枝展，
　　　心无廉耻出戏言。
　　　调唆宝玉入邪道，
　　　不顾贾府家法严。

袭　人 （捧茶上）太太用茶。

王夫人 不用。那狐狸精起来了没有？

袭　人 太太，晴雯就来了。……

王夫人 你等以为我不常来怡红院，隔得远，就无法无天了。哈，哪件事我不知道的。小红呢？

小　红 （紧张）太太。

王夫人 你诚心服侍宝玉，平日忠厚老实，提升你去二奶奶那里做活，你的月份钱也增了。

小　红 （高兴地）谢太太！

周瑞家 去吧，回头再来取东西。

小　红 是。袭人姐姐，（吆喝）“千万不要泡六安茶，宝二爷喜欢喝老君眉！”

袭　人　知道了，快去吧。

〔小红向王夫人行了大礼，带着几分得意，下。

王夫人　哪个同宝玉同生日的，出来！

周瑞家　四儿出来！

四　儿　啊！（哭）

王夫人　哭什么！

（唱）说同宝玉配夫妻，
人小鬼大无脸皮。
快快唤他家人来，
收拾衣装赶出去。

四　儿　太太，饶了我吧，太太饶了我吧。（跪下）

王夫人　起来！……你手上拿的什么东西？

四　儿　桔子，想送给春燕姐姐的。

周瑞家　拉走！

〔四儿被一个老妈拉走，还在呼唤“袭人姐姐”，手中的桔子滚落在地上。

王夫人　芳官呢？

芳　官　（镇定地）太太。

王夫人　把你的妆盒拿来。

芳　官　是。（进屋，下）

王夫人　难道我一个宝玉，就白白地被你们勾引坏了不成！

芳　官　（捧妆盒上）太太。

〔周瑞家夺过妆盒，打开盒盖；王夫人瞟了一眼，取出一个玉如意。

王夫人　哪里来的？

芳　官　宝二爷赏的。

王夫人　出身戏子，更是个妖精了，平时弹唱淫词艳调，调唆宝玉，无所不为。

芳　官　并不敢调唆什么。

王夫人　你还犟嘴！唤她的干娘来。

周瑞家　候在外头了。

王夫人　赏她外头配人。

芳　官　把妆盒还我！……还我！

〔芳官夺回妆盒，亮出一把剪子，又放下。

王夫人　拉出去！

芳　官　我自己会走。

〔芳官缓缓地回转身来，扫视了她曾居住过的怡红院，最后把担忧的目光停留在门帘上。

老　妈　走！

〔芳官含泪离去。

王夫人　那个狐狸精怎么还不滚出来！

周瑞家　进去！

〔两老妈冲向帘门，听见晴雯唱声，止步。

晴　雯　（内唱）一声声，似鬼嚎，催魂、索命——

〔晴雯手抱梨木妆盒，猛然撩开珠帘，出现在门前。她缓缓地解开头上的绿绢巾，抛开。

晴　雯　（接唱）带病痛强忍冤步出帘门。
隔绣帷早知道庭前风云，
四儿哭芳官悲轮到晴雯。
事到此何惧那祸灾厄运，
提妆盒下石阶微撩素裙。

太太，要不要查查我的妆盒呢？

王夫人　当然要查的。件件东西说来历，桩桩事情讲清楚！

周瑞家　拿过来！

王夫人　叫她自己翻吧。

晴　雯　遵命了。

（唱）六年前两手空空进府门，
如今是绫罗裹身珠垂鬓。
人说道王府侯门奴也贵，
到头来生死配发任凭人。
六载为奴篱下草，
今日里偏把身子挺一挺。
借妆盒嬉笑怒骂怡红院，
说物件一解奴婢心头恨。

周妈妈，我说了。

周瑞家　老早好说哉！

晴　雯　（唱）轻轻儿打开了梨花盒盖，

只见那众宝物吐光散莹。

〔众老妈引颈探看。

晴　雯　（唱）取一枚，黄铜镜……

周瑞家　哪里来的？

晴　雯　（接唱）月里嫦娥殷勤赠。

晨对铜镜理云鬓，

丑女也会变美人。

都看见了？……都看见了？（放下镜子，取梳）

不是玳瑁水晶梳——

王夫人　一个木梳子，有什么好说的？！

晴　雯　太太，你不知道啊！

（接唱）观音玉竹调制成。

梳头不用水和油，

到老还见鬓如云。

都看见了？……都看见了？

王夫人　（气极）我不要看了！……（从妆盒里取出扇骨子）

晴　雯　……

王夫人　（唱）这把扇骨藏得深，

其中究竟啥原因？

众老妈　说！说！

〔收光。一束红光打在晴雯身上。

〔响起贾宝玉的声音："这扇子原是给人扇的，你要撕就撕吧。"

〔晴雯的声音："真的？要是让太太知道了，我可没命了。"

〔贾宝玉的声音："是我让你撕的，你就撕吧、撕吧。"

〔晴雯的声音："那我就撕了。"

〔响起撕破扇子的声音和晴雯的笑声——

〔灯复明，红光消逝。

晴　雯　呀！

（唱）想那日，二爷逗我撕宝扇，

太太怎知其中情？

王夫人　说呀？

众老妈　说！

晴　雯　太太要问这把扇骨子？
王夫人　哪里来的？！
晴　雯　是宝二爷的。
（唱）那日宝玉似得病，
手把宝扇发了愣。
王夫人　这把宝扇是谁撕破的？
晴　雯　是晴雯撕破的。
王夫人　一共撕了几把？
晴　雯　两把。
王夫人　你知道一把扇子值多少银子？
晴　雯　没有多少银子。
王夫人　啊，好大的口气！卖你十个丫头，也抵不上这一把扇子。
晴　雯　太太啊！
（唱）就算宝扇值千金，
也难抵二爷金玉身。
我撕宝扇二爷笑，
一笑顿解忧郁病。
王夫人　轻狂，轻狂！
晴　雯　（接唱）纵然是撕破千把万把扇，
爱子太太何须问？
王夫人　哎哟，你倒变得有理了！
晴　雯　太太，在场的，不止我一人，我撕宝扇，袭人姐姐笑得比我还响呢。袭人姐姐，你是个大贤大德之人，若不是你为我作证，太太怎么会相信呢？
袭　人　太太，这件事，原本该是，是怪罪袭人的。
王夫人　好了，好了，宝玉还送你什么东西？
晴　雯　许许多多。
王夫人　一件件说来！
周瑞家　拿出来！
晴　雯　（唱）只可惜，看不见来觅无影——
王夫人　什么东西？
晴　雯　（接唱）耳鬓边送我句句赞叹声。
赞我表里如一无奸诈，

叹我义重如山刚强性。
太太若要详盘问，
只怕是三日三夜也难说清。

王夫人 气死我了！
（唱）妖艳轻狂活妖精，
勾引宝玉是祸根。

晴　雯 轻狂，轻狂？！
（唱）剖心腹，对苍天，
晴雯何曾作狐媚？
身心洁如中秋月，
奴婢虽贱知自爱。
宝二爷，宝二爷。……（咳嗽）宝玉到哪里去了？若不信，请二爷来——
〔贾宝玉冲出帘门，喊一声“晴雯”，被两个老妈子拉回去了。

晴　雯（接唱）庭前双双来对质。
院中还有众姐妹，
我何曾卖弄风骚把宝玉害？
——放手抛开彩妆盒，
哪件物品可定罪？！

王夫人 好厉害的嘴巴！

晴　雯（唱）晴雯落地十六载，
人前人后同心怀。
在世不做亏心事，
死后有脸傲小鬼。
〔晴雯咳嗽不止，突然吐出一口血来；袭人上前搀扶住她。
〔红色光束投下，晴雯和袭人凝视，进行第四次心灵的冲撞。

晴　雯 你上来扶我，不怕太太见怪？

袭　人 我、我是来赎罪的。

晴　雯 你也觉得有罪了？早知今日，何必当初呢？

袭　人 当初，只不过嫉妒你。你这朵花，实在开得太鲜艳了。

晴　雯 晴雯今日算领教了，这“嫉妒”二字，好杀人呢！
〔红色光圈消逝。

〔晴雯咳嗽不止。

周瑞家 太太，晴雯生的是女儿痨。

王夫人 她的舅哥嫂来了吗？

周瑞家 在院外等着。

王夫人 把她的贴身衣服拿出去，余下的，留给听话的丫头穿。架出去！

〔两个老妈过来欲拉晴雯，晴雯推开老妈们，深情地和秋纹、麝月等姐妹告别。

晴　雯 麝月，我好像要还你一样东西。……噢，棉裤子……在栏槛上，还有几针，叫秋纹给你缝缝吧。

〔麝月哭泣。

〔晴雯硬撑身子着朝院门走去——

〔幕内传出哽哽咽咽的独唱：

霁月难逢，
彩云易散，
心比天高，
身为下贱，
风流灵巧招人怨。

〔贾宝玉又冲出房门，默默垂泪。

〔晴雯头上的那朵芙蓉花落在地上。

贾宝玉 （终于喊出）晴雯——

晴　雯 （转身）宝玉——

〔晴雯昏晕欲倒。憨厚胆怯的麝月只是颤抖了一下，低头抹泪。只有秋纹一人不顾一切地奔上，扶住晴雯：“姐姐——”

〔收光。

〔哀悼般的晚钟声响起——

五

〔钟声中，出现栊翠庵山门。

妙　玉 （内唱）访友尼，游京郊，回归庵来——（上）

每对山门喜转悲。
自幼金刀断青丝，
敲磬焚香莲花台。
寂寞清冷帐幔间，
却为世人渡苦海。
谁能知佛经释卷皆枉然，
这贾府建寺造庙养僧道，
——何曾酬慈悲。

芳　官　（急上）师父——（跪下）

妙　玉　阿弥陀佛。芳官，你怎么了？

芳　官　（唱）求师父，行慈心，
收我为徒入山门。（起来）
脱却红妆换缁衣，
了罢人间苦和恨。
师父、师父，收下我吧，师父！

妙　玉　（唱）自古来颜如鲜花命儿薄，
芳官她求入空门泪滂沱。
她怎知佛门凄凄笼惨雾，
哪来的菩提树结得长生果。

芳　官　师父？

妙　玉　（唱）芳官啊，人间也有千条路，
何故定要入浮图？

芳　官　（唱）师父啊人生几许伤心事，
不向空门向何求？

妙　玉　（唱）年如娇花方承露，
哪来如此悲和忧？

芳　官　（唱）八岁离家做戏子，
天涯沦落去还留。
台上妆成千金女，
台下却遭世人蹂。
昨日加罪逐出府，
认我戏子即风流。

干娘爱钱不怜女，
寻个白发儿婿不知羞。
芳官誓死不上轿，
闯进园内把师父求。
师父啊，快送我宝筏渡苦海，
快赐我青灯黄卷释愁忧。

妙　玉　（唱）听此言心酸珠泪相对流，
又见那三春花顿作九秋柳。

芳　官　收下我吧，师父！

妙　玉　（唱）芳官啊，终身大事思虑周，
渡苦海难作掉头舟。

芳　官　（唱）心如铁，志已就……
师父，你来看——（取剪刀，欲断发）

妙　玉　芳官！
（接唱）芳官啊，慢断青丝，细思量，待计谋。

芳　官　师父？

妙　玉　不是贫尼不愿收你，怎奈孤庵处在大观园中，是贾府的家庵，岂能收留你这个被逐之人。待贫尼求过太太，劝她以慈悲为本，免去配人，再去各庵张罗，收你为徒。

芳　官　如此多谢师父了。

妙　玉　贫尼先去更换衣袍。（进庵门，下）

芳　官　我等着。

贾宝玉　（上）芳官，芳官！

芳　官　宝二爷！

贾宝玉　来来来，我陪你找我母亲去，让你回来、回来吧。（要牵起芳官的手）

芳　官　二爷珍重了。如今，我、我不是你的奴婢了。

贾宝玉　好妹妹，难道往日之情，一旦烟消云散了吗？！

芳　官　二爷，你来看！
（唱）乱青丝，散云鬓，
卸下银钗……抛珠鬟。

贾宝玉　芳官，你怎么了？

芳　官　（唱）曾对菱花堆鬓发，

细分蝉翼高髻挽。
插珠钗，戴花钿，
频对流水照红颜。
做成多少女儿梦，
今日里一齐付与金刀斩。

〔芳官突然亮出剪子。

贾宝玉 芳官，芳官！

〔芳官毅然剪发。

贾宝玉 （痛苦地）芳官！

芳　官 （似梦醒一般）啊，剪了，剪了，果然……剪了！（哭泣）

〔芳官捧着剪下的青丝，缓缓地朝台口走来——

〔独唱：原来是姹紫嫣红，
似这般都付与断井颓垣。

贾宝玉 芳官，你这是何苦呢？！

芳　官 二爷，这卷发，你收着，看见它，你会想起一个贴心的丫鬟来，也不枉我们主仆一场！

〔贾宝玉幽幽收下发卷。

芳　官 宝二爷，再受芳官一拜！……（含泪急下）

〔贾宝玉哀哀地；妙玉更换了衣袍走出山门。

〔独唱继续：
良辰美景奈何天，
赏心乐事谁家院。

〔鸦噪声声，凄唳扰人。

六

〔鸦噪声在继续……渐渐歇止。

〔浓云低垂，西风苍凉。古道旁，老树下，两间草棚，在凄风中颤抖。

〔棚内炕上，躺着重病的晴雯。

晴　雯 ……表嫂嫂，……给我一口水，我渴、渴。……表嫂嫂，我渴了，渴！

（唱）一觉大梦魂去遥，
醒来时，西风卷帘，丝丝入骨冷难熬。
十六岁少女比残烛，
蜡尽芯枯泪将了。
表嫂嫂，你在哪里？……给我一口水喝呀。……水！
草房无人伴病榻，
只听得寒鸦啼树慰寂寥。
〔晴雯掀开一件破棉袄，艰难下炕，向灶台走去……跌倒……

贾宝玉 （上）
（唱）离墙院，探望晴雯到棚前——（进门）
晴雯，晴雯！……啊！（扶起晴雯）晴雯，晴雯！

晴　雯 宝玉！……我只道见不到你了！

贾宝玉 （接唱）不忍看杏脸香枯花容凋。
〔贾宝玉扶晴雯回到炕上。

晴　雯 你来得正好，且把那茶倒半碗我喝。渴了半天，叫半个人也没有。

贾宝玉 茶在哪里？

晴　雯 在灶台上。
〔贾宝玉过去提壶斟了半碗茶，闻了闻。

贾宝玉 这哪里是茶。

晴　雯 快给我喝一口吧，这就是茶，哪里比得我们的茶呢。
〔贾宝玉尝了尝，咸涩不堪，只得递给晴雯。晴雯接过碗，一气喝了。

贾宝玉 （唱）一口苦水当琼浆喝，
土炕冰寒只盖这半件破棉袍。
眼包泪水不肯流，
眉藏百愁强颜笑。
你呀你呀，你天性刚强何须改，
我呀我呀，我枉为公子难难、难将贤婢保！
〔晴雯由于一阵激动，强支病躯，且咳嗽不止。

贾宝玉 晴雯！

晴　雯 宝玉！

贾宝玉 你有什么要说的，趁没有人，快告诉我。

晴　雯 事到如今，有什么可说的。

（唱）一朝死去魂归阴，
形消骸灭在荒坟。
只难忘呀，只难忘五载侍候在怡红院，
主婢一场情谊深。
情谊深，情谊深，
我何曾、何曾轻狂妖媚把你、把你来勾引？

贾宝玉 这从何说起呢！

晴　雯 （唱）为什么，口口声声骂轻狂？
为什么，句句诬我是狐狸精？！
千般悔，万般恨，
此事不明目难瞑。
悔当初……

〔幕后齐唱：
悔当初、悔当初，
云欲雨，天偏晴。

晴　雯 （唱）今日知是梦中梦，

贾宝玉 （接唱）你自尝辛酸到如今。

晴　雯 （无限深情地）宝玉！……

贾宝玉 （唱）宝玉深知闺中恨，
谣言诟语出帷屏。
你可比松柏高洁冰雪中，
你可比白莲出水不染尘。
愿只愿你病愈神复回芳园，
相依相伴不离分。
人间广大知己少，
此生巧遇你俏晴雯。

晴　雯 你的心里也都知道谁好谁歹了？

贾宝玉 我什么不知道？不过，我也是枉担了公子的虚名啊！

晴　雯 你今日一来，晴雯就是死了，也不枉担了虚名……（咳嗽）

〔贾宝玉脱了孔雀裘要披在晴雯的身上；晴雯拿过孔雀裘。

晴　雯 孔雀裘！

〔晴雯寻找到自己亲手补过的印迹，无限感慨。发卷掉出。

晴　雯　头发？

贾宝玉　芳官她、她削发为尼了！

晴　雯　（悲痛）芳官妹妹！……（咳嗽）宝玉，你把那帘子卷起一些。

贾宝玉　怎么使得。你伤了风，病会加重的。

晴　雯　我想看看天地万物呢。去吧。

贾宝玉　你把衣服裹紧些。……（卷帘）

晴　雯　有没有人在放风筝呢？

贾宝玉　这哪里是放风筝的天气。……（风声）秋风萧凉，落叶飘散，添人愁思。晴雯，不看也罢。

晴　雯　（恍惚地）美人筝。……美人筝！

贾宝玉　……那是一只乌鸦。

〔鸦噪声——

〔袭人挎包袱上，进门。

袭　人　晴雯妹妹！……（几分悲怆地）好妹妹！

贾宝玉　你来做什么？！

袭　人　你来得，偏我来不得？

晴　雯　是啊是啊，我早说过，这里是你们来的地方吗？

袭　人　好妹妹，安心养病吧。……这是你的衣裳身着，放在炕上吧。……这是院中姐妹凑的钱，放着延医吃药。待病好了，叫宝二爷去老太太跟前求求，接你回去，啊。

〔红色光圈中：晴雯和袭人凝视，又一次展开心灵的冲撞。

晴　雯　袭人，你今日说的是实话了？

袭　人　谁人知我袭人的难处呢！一个丫头要活得体面一些，多不容易啊！家中父母，街坊邻居，眼睁睁地盯着我。为挣得“体面”二字，我只好……好妹妹，我的心，也是苦楚的啊！

晴　雯　好姐姐，你交出这份心来，我晴雯就再不怨恨姐姐了。

袭　人　好妹妹，你若回到院中，袭人一定像你亲姐姐一样待你。

〔红色光圈消逝。

贾宝玉　唉！我们私下说的话，做的事，太太怎么就知道了？又没有外人走风，奇怪，真正的奇怪了！

碧　痕　（上）袭人姐姐，老爷唤二爷呢。

晴　雯　你们快走吧。

袭　人　好妹妹，你安心养病吧。

碧　痕　晴雯姐姐，好些了吗？

晴　雯　（递上孔雀裘）给宝玉穿上。

〔袭人和碧痕帮贾宝玉穿回孔雀裘。

〔贾宝玉去放下帘子。

贾宝玉　晴雯，我会再来看你的。

晴　雯　走吧，走吧。……（笑着）我哪里就会死呢！

〔贾宝玉、袭人、碧痕忧郁地离开，下。

晴　雯　（踉踉跄跄走到门边）宝玉，宝玉。……（咳嗽；昏晕过去，倒地）

〔秋纹捧一束芙蓉花和麝月急上，进门。

秋　纹　晴雯姐姐！……啊！（手中芙蓉花落地）晴雯姐姐！

麝　月　（和秋纹一起扶起晴雯）晴雯！（哭泣）

晴　雯　你们来了。

〔秋纹和麝月把晴雯扶回到炕上。麝月忙去倒茶；晴雯接过茶碗，手儿颤抖；茶碗落地破碎，晕过去。

秋　纹
麝　月　晴雯姐姐！

〔芳官尼姑打扮急上，冲进门。

芳　官　晴雯姐姐。（悲戚）我来了，晴雯，芳官来了啊，你醒醒、醒醒啊！

三人合　晴雯姐姐！

晴　雯　（缓缓醒来）……芳官，芳官！……你真的出家了！……四儿呢？……就缺她一个人了！你还记得断线的美人筝吗？……（遐思地）“飞了！”“飞了！”……我要是不、不死……咳咳、咳咳。把帘子卷起来，卷高些。

〔秋纹去卷起帘子。

〔天空出现一角晴天，几只筝影。

晴　雯　有人放风筝了。好像四儿在喊呢。

〔追光。（意象）四儿在高坡上呼喊：“飞了！飞了！”“美人筝飘走了！”

〔她们望着窗外，似乎在倾听遥远的心声……

〔独唱起：

云飘飘，风轻吹，
断线的风筝，悠悠飞去。

落向，青山、嫁草木，

落向，流水，嫁游鱼。

——只要心情儿舒。

〔四儿的身影隐去。晴雯突然咳嗽不止，连连吐血。

芳　官　麝月，快去请宝二爷来！

麝　月　哎。……（急步出了草棚）

晴　雯　……娘，娘——（死去）

麝　月　啊！（止步）

〔风声、鸦噪声、哭声、悲愤苍凉的音乐声交织一起，充塞全场。

七

〔黄昏。淡天刷墨，寒霭愁蔽。

〔怡红院中：贾宝玉伫立在芙蓉花树前，手里攥着一幅上书《芙蓉女儿诔》的冰鲛縠，地上插三支白烛、兰香，摆放着四样吃食，一个茶壶，一个茶杯。

贾宝玉　晴雯，你虽然超生苦海，但从此不能相见了！宝玉难以灵前祭奠，却在芙蓉树前，诚致诔文一篇。晴雯，你走了，走了，这人世间容不得你，并不是为了别的，只是你是不属于这个混浊、寒冷的人世的。它不配有你。你原本是属于另一个天地的，也许，是属于一个美丽、纯洁的梦境的，一个美丽的梦境！

〔寒风凛冽，飞雪初下。

〔芙蓉花树如今花影杳然，枯叶飘落。

〔贾宝玉点燃鲛縠。

〔袭人率领众丫鬟上。

袭　人　宝玉！

贾宝玉　下雪了，哦，下雪了！一切都安静了！

袭　人　二爷，回房中去吧，外面好冷呢。

贾宝玉　冷，嗯，好冷。什么花都没有了，只有这漫天雪花，飘呀飘，明天，白皑皑的一片，又该陪老太太、太太赏雪了！

袭　人　碧痕！……

碧　痕　知道了。快给二爷泡茶，“千万不要六安茶，宝二爷喜欢喝老君眉！”（下）

〔现在，那红色的光圈投在袭人和芙蓉树上。

袭　人　晴雯，我多想和你、和你说说话呀，晴雯！……

〔单调的梆声和着栊翠庵传来的晚钟声，掠过沉闷而又萧瑟的天地。

〔贾宝玉在众丫鬟的簇拥下，默默地踏上台阶，走向房门……

〔大幕徐徐落下。

〔剧终。

1992 年

现代悲喜剧

妈妈，你不要哭

谭均华　朱秋僧　陆云龙

人物表　季大发　金银花　季小龙　史金花　王小君　周老师　沙　莎
马师傅　胖　胖　牛　山　中学生　民　警　狱　警　联防队员

序　幕

〔当代。一个鲜花盛开的季节。

〔某中学的校园内。绿地上立着两块标语牌：“文明校园”“礼仪少年”八个大字十分醒目。

〔开幕曲：

热空气，冷空气，
妈妈有悲也有喜。
说传奇，玩传奇，
花季雨季都是戏。

〔在活泼昂扬的音乐声中，王小君胸挂红领巾、臂戴“值日”绿袖套上。

王小君　（向台下左面敬队礼）这位同学你好！请将丢掉的尼龙袋捡起来！……好，谢谢！（向台下右面敬队礼）那位同学你好！你校服上少了一颗纽扣，请到学校服务部去补钉一颗。对，谢谢！

〔沙莎戴遮阳帽边骑车边听 MP3 上。

王小君　（对沙莎背影）这位男同学你好！（见沙莎不理）站住！（追沙莎进幕内）

〔王小君押着沙莎推自行车回上。

王小君 这位男同学，你好！（行队礼）请不要在校园人行道骑自行车！

沙　莎 （摘下阳帽）……

王小君 这位男……（意外）沙莎，是你！（严肃地）沙莎同学，你好！（行队礼）请不要在校园人行道骑自行车！

沙　莎 小君，我们是好朋友，别那么认真了，好不好？

王小君 不行！沙莎同学，按照校园礼仪规定第 4 条第 3 点，你必须承认错误！

沙　莎 （故意）我就不承认错误，你能把我怎么样？

王小君 我不能把你怎么样，可是校规第 4 条第 5 点规定，对拒不承认错误的同学，可由值日领她去教导处进行谈话教育。请！

〔沙莎欲溜，小君盯住不放。

王小君 沙莎同学，请！

沙　莎 好了，好了，我服你了，我承认错误！

王小君 承认错误就好，沙莎同学，（敬队礼）谢谢！

沙　莎 小君，今天，我是故意试试你的，想不到你那么认真。为了奖励你，请你听一首 MP3——《大地飞歌》。

王小君 （接过一只耳塞）真好听！

〔两人坐在花坛边上听音乐。

〔周老师捧着讲义夹边看边走上。

（站起）周老师好！

周老师 同学们好！王小君，你要借的法律方面的参考书，我给你找到了。

王小君 （喜悦地）真的？谢谢周老师！

周老师 小君，你是班长，下星期少年模拟法庭班会活动准备好了吗？

王小君 正在准备。

周老师 好！同学们再见！（下）

〔季小龙头颈里挂着书包跑上。

季小龙 （站上花坛）同学们，告诉大家一个好消息。

〔同学甲、乙和胖胖上。

季小龙 新大地网吧到了一个新的传奇游戏，名字叫“哈利·波特第五”。

同　学 （兴奋地）哇，太好了！

胖　胖 （沮丧地）告诉大家一个坏消息，新大地网吧非法接纳未成年人，已被取缔了。

季小龙 （手一招）好消息，我有一条秘密通道！

胖　胖 坏消息，我玩游戏没钱。

季小龙 好消息，我有钱。

胖　胖 坏消息，你撒谎。你还欠网吧老板一千元，哪来的钱？

季小龙 我从妈妈皮包里拿的。（取钱炫耀）你们看，五百元！

王小君 季小龙，你妈妈知道吗？

季小龙 不知道。

王小君 你这是偷！

季小龙 偷？哈哈哈，拿自己家的钱也叫偷？笑话！

胖　胖 对，拿自己家的钱也叫偷？笑话！

季小龙 晚上放学后大家都去，我请客！

沙　莎 我不去，我要去听超女演唱音乐会！

胖　胖 超女！哇，好棒哦，哪来的票子？

沙　莎 （不无自傲地）季宇春给的。

胖　胖 季宇春？

沙　莎 她是我大师姐。

胖　胖 （瞪圆双眼）哇！真的？

王小君 少见多怪，沙莎参加超女选拔赛，只差 1 分，要不沙莎她也是超女了！

胖　胖 哇！沙莎，你真厉害！

王小君 比沙莎厉害的还有一个……

众 谁？

王小君 季小龙！

众 他？

季小龙 我？

王小君 对！小龙虽然歌唱得不及沙莎好，可他写小品，演小品可是全校第一。

季小龙 （有点得意）一般一般，全国领先。

王小君 下周班里要举行少年模拟法庭活动，这少年模拟法庭的剧本，你们说应该请谁写？

众 （异口同声）季小龙！

季小龙 （惊喜）请我？

〔切光。

一

〔某中学课堂，已布置成少年法庭。

〔沙莎走到台前。

沙　莎　周老师、各位同学，大家好！我是主持人沙莎。欢迎走进江南中学少年模拟法庭。下面我先介绍一下今天模拟法庭要审理的案件情况。今天将要开庭审理一个关于涉嫌抢劫的案件，涉案的被告人是一个16岁的青少年，他由于迷恋于网吧，最后走上了违法犯罪的道路。

周老师　（上）这位未成年人是如何一步一步走上犯罪道路的呢？法庭会如何对他进行审判呢？他又会留给我们青少年那些警示的教育作用呢？让我们一起拭目以待。

沙　莎　本次模拟法庭由下列同学组成：审判长：王小君；公诉人：沙莎；法警：胖胖；被告：季小龙；辩护人：赵华；被害人：于林。江南中学少年模拟法庭现在正式开庭。

〔周老师坐入旁听席，沙莎入庭。

沙　莎　请公诉人、被害人、辩护人入庭。

〔各有关人员入庭。

沙　莎　全体起立，请审判长入庭。

〔王小君入庭。

沙　莎　提被告人季小龙到庭。

〔胖胖押季小龙到庭。

王小君　现在开始法庭调查，首先由公诉人宣读起诉书。

〔金银花手拿雨伞上。

金银花　哟，这里怎么变成法庭了。跑错了，跑错了（转身就走，停住）不对，我明明从学校门口走进，走到这里，对，肯定是小龙的教室。（走到窗口）

王小君　被告人季小龙，下面你就起诉书指控的内容向法庭进行陈述。

金银花　被告人季小龙？（仔细张望）这不是我儿子小龙吗？（大步闯进法庭）你们在做什么？怎么审判起我儿子季小龙来了，他又没犯法，审他干嘛，

这不是欺侮人吗！

沙　莎　肃静！肃静！

胖　胖　（把金银花拉到一边）小龙妈妈，这里是少年模拟法庭。我们这是在搞班会活动。

金银花　班会活动就能审我儿子了，不行！我们小龙不参加。

季小龙　（忙过去拉开金银花）妈妈，你来干吗？

金银花　小龙，外面下大雨，我是给你送雨伞来的。走，当犯人太丢人了。

季小龙　妈，你快回去吧，这里是模拟法庭，不是真的法庭，我也不是真的犯人。

金银花　不是真的犯人？

季小龙　不是。妈，你要不走，我，我就生气了。（板脸）

金银花　小龙，你不要生气嘛！

季小龙　（推金）快走！

周老师　小龙妈妈，来，坐在我旁边。

〔周老师把金银花请到自己旁边坐下。

〔季小龙回到被告位置。

王小君　下面由公诉人就本案事实对被告人季小龙进行讯问。

沙　莎　被告人季小龙，你在被公安机关逮捕之前，是否是初中在校学生？

季小龙　是。

沙　莎　那你花的钱是怎么来的？

季小龙　家里拿的。

沙　莎　拿过几次，多少钱？

季小龙　七八次，共3500多元。

沙　莎　你家里人知道吗？

季小龙　不知道。

沙　莎　这是一种偷窃行为，你明白吗？

季小龙　我明白。

金银花　（跳起来）我反对，小龙拿自己家里的钱怎么是偷窃行为呢？老实说，家里的钱是我和小龙爸爸的，也是小龙的，归根结底是小龙的。

王小君　肃静！肃静！

季小龙　妈妈，家里的钱是爸爸和你的劳动所得。我要用，也必须得到你们的同意。否则，我偷偷挪用就是偷。过去我不懂，认为家里的钱就是我的钱，现在经过模拟少年法庭的筹备工作和周老师的帮助，我懂了。

金银花 （又立起）你懂啥？你一点也不懂。你以为小偷的名气好听啊，呆大！

周老师 小龙妈妈，不要影响他们搞班会活动，好吗？

金银花 哦，对不起，对不起！（坐下）

沙　莎 李小龙，2006年元月12日晚11点，你为什么要对一位工厂女工实施抢劫？

季小龙 我一开始没有抢，只想向她借钱。

沙　莎 你们互相认识吗？

季小龙 不认识。

沙　莎 不认识怎么向人家借钱？

季小龙 ……因为我身上没钱花了。

沙　莎 那后来为什么要抢呢？

季小龙 她不借给我，我只好拿出小刀吓她。

金银花 （熬不住）啊呀，小龙，你怎么好拿刀呢！这是犯法的呀！（意识到自己失态）哦，这是在搞活动，对不起，对不起！

沙　莎 你身上的小刀哪里来的？

季小龙 路边的小摊上买来的。

沙　莎 一共抢了多少钱财？

季小龙 人民币80元，诺基亚8250手机一部，自行车一辆。

沙　莎 抢了钱之后，你打算怎么花？

季小龙 上网玩游戏。

沙　莎 你认为持刀抢劫违法吗？

季小龙 违法的。

沙　莎 既然你知道是违法的，那为什么还要去抢呢？

季小龙 我错了……我下次再也不敢了。我悔恨，悔恨自己上网玩游戏成了网瘾，放弃了学习；悔恨自己没听老师的话，没好好学习法律知识。还有，这件事我爸爸、妈妈也有责任，爸爸只知道打打打，训训训……

金银花 对对对，他爸爸只知道打打打，训训训，是有责任。

季小龙 妈妈只知道帮着我，护着我，百依百顺，从来不批评……

金银花 小龙啊，你讲话怎么那么没良心，妈妈对你百依百顺是爱你呀！

周老师 小龙妈妈，小龙讲的这个妈妈不是你，我们也不希望你成为这样的妈妈，这不是爱他，是害他。

金银花 这怎么是害他呢？哦，这是班会活动，不是真的，对不起，对不起！

王小君 根据本案的犯罪事实。情节及对社会的危害程度，依照《中华人民共和国刑法》第二百六十三条、第五十二条、第五十三条和第六十四条，判决如下：

〔全体起立。

王小君 一、被告人季小龙犯抢劫罪，念其未成年，从轻处理，判处劳动教养三年，并处罚金人民币 1000 元。二、被告人季小龙所抢劫的财物人民币 80 元，诺基亚 8250 手机一部，自行车一辆发还给被害人……

金银花 （突然站起）我受不了啦，我受不了啦！我们小龙，多聪明的一个孩子，比诸葛亮还亮，比阿木林还灵，为啥让他当囚犯……

周老师 小龙妈妈，这是少年模拟法庭，是班会活动，这囚犯不是真的……

金银花 假的也不行。这是不吉利的呀！现在是假的，将来变成真的怎么办？为什么王小君当法官，我们小龙就不能当？

季小龙 妈妈……

金银花 我是越听越气，越想越气。王小君的妈妈是我家里的家政工人，样样都听我的，轮不到王小君来审判我的儿子。周老师，你们这是明显在欺侮我家小龙，我抗议，我要向学校领导反映，我……

季小龙 妈妈，妈妈……（见妈妈不听，大声）金银花同志！

〔金银花一愣。

季小龙 妈妈，这场戏的剧本是我编的，我扮演被告人也是我决定的，同周老师他们没任何关系！

金银花 什么，你当囚犯是你自己决定的？

季小龙 （点头）是！

金银花 难道你喜欢当囚犯？

季小龙 是，哦不……

金银花 （气涌心口）小龙，你……（瘫倒在地）

季小龙 （急扶）妈妈，妈妈！

众 小龙妈妈，小龙妈妈！

〔切光。

二

〔初夏季节。

〔同一个院子里，季小龙家的高楼与王小君家的矮屋比邻而居。

〔史金花拎塑料桶，扎围裙从季家高楼走出。

〔金银花拎菜篮上。

史金花 小龙妈，买菜回来啦？

金银花 哎，小君妈妈，我屋里的卫生搞好了？

史金花 搞好了，请侬去验收。

金银花 验收啥，你是市里的模范家政工，上过电视台，啥人勿晓得。

史金花 小龙妈，那这个月的工资……小君的学费等着我去交呢。

金银花 哦，发工资的辰光到了。（取钱）给你，200元。

史金花 讲好150元，还给你50元。

金银花 你家政工作做得好，50元奖励你。

史金花 工作做得好是应该的。（把50元交还给金，下）

金银花 给她钱都不要，真是呆大。

季大发 （拎密码箱上）啥人是呆大？

金银花 （惊喜）大发，侬广交会回来了？

季大发 回来了。

金银花 外贸服装定单拿了多少？

季大发 勿多，十三张，五百万。

金银花 五百万，蛮好吗。（手一伸）拿来！

季大发 老早存在银行卡上了。

金银花 勿是钞票。

季大发 是什么？

金银花 我的生日礼物。

季大发 哎呀，忘记了。

金银花 怎么？忘记了？你这个没良心的！把我生日都忘了？想当初我只有十八

岁，你已经三十八岁了。我爸妈是不同意的，你像牛皮糖一样，粘牢我不肯放。现在你当副总经理了，口袋有钱了，广州、深圳走走，花花世界跑跑，漂亮女人陪陪，连我都忘记了——（越说越伤心）儿子大了，我也老了——（放声大哭）呜——呜——呜！

季大发 哭得像火车叫。银花，我是和你开开玩笑的。

金银花 （哭声急刹车）开玩笑?

季大发 银花！

（唱）我是早也想，夜也想，

一日到夜想你小龙娘。

我想你身上打扮得真漂亮，

面孔上化妆品擦得喷喷香。

我想你喜欢日日搓麻将，

会不会西风白板钞票输得精精光。

我想你只顾自己搓麻将，

会不会小龙的读书成绩勿像样?

我躺在床上想，

走在路上想，

翻来覆去想，

挖空心思想，

闭拢眼睛想，

睁开乌珠想，

我东也想西也想，

我东想西想，七想八想，

有想不想，胡思乱想，

想得我，三千根头发都脱光。

（取出首饰盒）喏，你的生日礼物我已经替你买来了。（递给银花）

金银花 唷！介漂亮一根钻石项链呀？（看条签）“送给我亲爱的喇叭花！”喇叭花是谁?

季大发 喇叭花是你呀，你这只喉咙，一日到夜哗啦哗啦，像只高音喇叭！

金银花 要多少钞票?

季大发 便宜的，“八八八！”

金银花 八百八十八?

季大发 不是八百八十八，是八千八百八。

金银花 发发发！大发，你要发啦！

史金花 （上）小龙爸爸回来了？

季大发 回来了，哎，小君妈妈，你的身体还好吗？

史金花 医生讲我有胆结石，需要住院开刀，现在我到银行里去取钞票，预备明天去住院。（下）

季大发 史金花男人死得早，女儿还介小，工作介辛苦，工资又介少，这份家却料理得介好，真不容易呀！哎，我们小龙学习成绩怎么样？要是成绩好，我有奖励。

金银花 我们小龙的成绩么，这次期中考试考了100分。

季大发 （喜）100分？奖他一百块。哪门功课考得介好？是语文？

金银花 语文48。

季大发 数学？

金银花 数学38，

季大发 英语？

金银花 英语16分。

季大发 什么？三门功课加起来考100分？门门不及格？今天回来，我一定要好好地教训教训他——（拎起密码箱下）

〔季小龙奔上，马师傅拿着书包、羽毛球拍跟上。

季小龙 妈妈，我回来啦！

〔金银花把项链放进口袋，不慎掉地——

季小龙 妈妈！今天上体育课，老师叫我们跑三千米，跑得吃力煞了。

金银花 妈妈给你敲敲，按摩一下。（作按摩状）

季小龙 （痒感）嘻嘻——痒的。妈妈！你背我上楼去好吗？

金银花 你这么大了，自己上楼。

季小龙 （撒娇地）嗯，我不要，我要你背我上楼么。

金银花 妈妈背不动了。

季小龙 （向她示意叫马师傅背）

金银花 （向马）马师傅！不好意思，我想跟你商量一件事——

马师傅 我晓得的，你儿子太吃力了。

金银花 嗳——马师傅，他走不动了——

马师傅 他要你背？

金银花 嗳——

马师傅 你也背不动?

金银花 嗳——

马师傅 想叫我来背?

金银花 嗳——

马师傅 不来事的。

金银花 （尴尬地）我知道的。现在社会上都讲实惠，要有经济效益。马师傅!今天你把小龙背上去，出租车钱我加你五元。（马摇头）

季小龙 加八元。（马仍摇头）

金银花 加十元。

季小龙 加十五块。

金银花 今天看在儿子面上，加十五块。

马师傅 背到楼上加十五块?

金银花 对。背了?

马师傅 不背的。

金银花 为什么?

马师傅 小龙刚才在学校里鲜龙活跳，踢足球，打羽毛球，劲道十足，我看这几步楼梯，让他自己走完全可以的。

金银花 这个你就不懂了。小孩子在玩的时候一点也不吃力的，就像我打麻将一样，廿四个小时打下来一点也不吃力，一停下来就腰酸背痛没得命啦!小龙是吗?

季小龙 是的。我现在立都立不牢啦——

〔季小龙身体倒下，银花忙扶住。

金银花 你看，像排门板一样倒下来了。（扶坐）

马师傅 小龙妈妈，你也太宠爱小龙了，这样下去要宠坏的。

金银花 马师傅你在讲笑话了，我哪能算宠呢，人家经济条件好，孩子上学奥迪接送，我们条件不够，只能坐坐出租车——

季小龙 我们家条件不够，只能坐坐出租车。

金银花 再讲，现在都是独生子女，哪一个不宠爱呢?（对小龙）儿子儿子我爱你，好像母鸡爱小鸡。

季小龙 妈妈妈妈我爱你，好像老鼠爱大米。

马师傅 王小君的妈妈就不像你。

金银花 （笑）王小君的妈妈经济条件不够。她是我屋里的家政工，

马师傅 小龙妈妈！我老婆生毛病，我要走了。

金银花 好好，我有数。（取出大钞）这是接送小龙的出租车工钱。

马师傅 （接钞）壹佰块？

金银花 没有零碎钞票。

马师傅 （在身上摸出找头，不慎将一只信封掉地）喏，找你八十块。我走了。

金银花 马师傅！明天早上老辰光来接！

马师傅 晓得了。（匆匆而下）

季小龙 妈妈，学校布置作业，每个同学给妈妈洗一次脚。

金银花 给我洗脚？哈哈，还是我帮你洗脚吧！

季小龙 妈妈，哪我现在怎么上楼？

金银花 你自己走算了。

季小龙 我走不动嘛——

金银花 好好，妈妈来背你——

〔王小君唱着歌曲上。

季小龙 王小君回来了？

王小君 回来了。阿姨！

金银花 哎，小君！早就放学了，你怎么才回来？

王小君 我在回来的路上，看见一个骑摩托车的，将一位横穿马路的老伯伯撞倒了，这个人回头看了看，就骑着摩托车溜走了。

季小龙 这种人也太缺德了。要是给我看见，非要把他从摩托车上拉下来！后来怎么样？

王小君 后来我就扶老伯伯到附近医院包扎，再打电话通知他的家属。

金银花 小君，下次碰到这种事情，千万不要瞎起劲，弄不好，老头子的家属以为是你撞倒的，要你赔什么医药费、营养费、护理费、误工费、住院费，万一死了，还要丧葬费！

王小君 不会的，周老师说，从小就要培养公德心。

季小龙 对呀！妈妈，照你这么说，下次你被人家撞倒，人家也不要扶你起来？

金银花 这……

季小龙 王小君，你陪我打一会儿羽毛球好吗？

王小君 不行。我妈身体不好，我还要洗衣服、做作业呢！

季小龙 只要五分钟。要赖是小狗。

王小君 好！

金银花 小龙呀！刚才你不是讲吃力死了吗？

季小龙 现在我不吃力了，就像你搓麻将一样的。

金银花 （无奈地）哎，打五分钟就上楼。妈妈给你去蒸甲鱼。（拎了菜篮下）

〔季小龙与王小君兴冲冲地打起羽毛球来。羽毛球掉在远处，二人去拣，发现羽毛球旁边有一个信封。

王小君 咦？一封信？（拾起）

季小龙 这封信好厚呀！

王小君 （打开看）都是钞票？

季小龙 我们来点点看。（二人数钱）

王小君 有三千块！

季小龙 三千块！

〔金银花喊着“小龙！”上。

金银花 （发现钱）咦，这么多钱哪儿来的？

季小龙 我们在这里拾到的。

金银花 （高兴地）拾到的？快！交给妈妈！

季小龙 不能给你的，我们要交给失主。

金银花 憨大！拾到钞票应该交给妈妈。再说，妈妈最喜欢钞票了。

王小君 阿姨，我们老师说的，拾到东西要么交给老师，要么交给民警叔叔。

金银花 交给民警叔叔做啥？儿子拾到东西规定要交给妈妈。来，交给我！

王小君 我妈妈说，拾到东西一定要还给人家。

金银花 还给人家？现在是什么时候？现在是改革开放，搞活经济，“搞活”你们懂不懂？我来讲给你们听——（拉二人坐下）什么叫搞活？我打个比方，我去打麻将，我的钱输给了你，你的钱输给了他，最后这个钱统统输给了我，妈妈口袋里有了钱可是搞活了？

王小君 这是赌博么？

季小龙 我妈妈是靠搓麻将搞活经济的。

金银花 小龙爸爸这次到广州去赚了好几万，刚才还给我一叠钞票——啊呀！我的钞票没得了！（故意四处寻找）

王小君 小龙，这个钞票会不会是你妈妈的？

季小龙 我来问问她。（高声地）金银花同志！

金银花 到！

季小龙 你的钞票放在什么地方？

金银花 （双眼盯住信封）是放在一只信封里的。

季小龙 （与王小君示意，点头）那么里边有多少钞票？

金银花 （语塞，用手乱比划）有多少钞票么——

季小龙 （看看她的手掌）是不是三千块？

金银花 对对，是三千块。

季小龙 （与王小君点头）都是大钞票？

金银花 是大钞票。

季小龙 都是一百块的？

金银花 都是一百块的。

季小龙 完全正确，钞票还给你。（递过信封）

金银花 （喜出望外地接过信封）我的乖儿子！

王小君 阿姨！下次你要当心一点，我回去了。

金银花 小君！你钞票还给我，阿姨要奖励你，奖励你一百块。

王小君 阿姨！我不要。我妈说的，拾到东西还给人家，不能拿报酬。

金银花 你妈身体不好，阿姨给你一百块，你去买些台湾水果，这样你也可以做个孝顺女儿。拿去吧。（硬塞在小君手里）

王小君 这……，谢谢阿姨！（欲走）

金银花 小君，刚才这件事不要对人家说，说出来阿姨面子都没有了。

王小君 晓得了。再见！（下）

季小龙 妈妈，小君有奖励，那我呢？

金银花 自己儿子当然更要奖励。你说要什么？妈妈给你去买。

季小龙 我要买奔四。

金银花 奔驰？哎呀，你爸爸奥迪都买不起，你想买奔驰？

季小龙 勿是奔驰轿车，是奔四电脑，听讲上网速度快，搞游戏最好！

金银花 搞电脑蛮复杂的，要不，我给你去买双名牌运动鞋！

季小龙 好，我要买耐克。勿过，要一千多元……

金银花 一千多元怕啥？走，妈妈陪你去买。（同下）

〔沙莎上。

沙　莎 （看到地上的金项链）一条金项链？“送给亲爱的喇叭花”！（见史金花上）阿姨！这根金项链是不是你的？

史金花 不是我的。

沙　莎　阿姨！“喇叭花”是谁？

史金花　“喇叭花？”喔，小龙爸爸经常说小龙妈妈是只“喇叭”。

沙　莎　可能是小龙妈妈的。我去问问——（下）

史金花　沙莎这姑娘真好！（向外张望）咦？小君怎么到现在还不回来？（下）

马师傅　（急匆匆地上）

（唱）急煞哉，急煞哉，急煞里格哉！
钞票丢落三千块，急煞里格哉！
老婆等在医院里，
钞票不交难住院。
怎么办？怎么办？
钞票是我顶着星星上下班，
辛辛苦苦赚出来。
风里来，雨里去，
一日三餐吃泡饭，
本来体重一百六，
现在只剩一百三。
老婆啊，
为来为去为了你，
今天叫我怎么办？
急煞哉，急煞哉，真正急煞哉！

〔马师傅在院中四处寻找钞票。

〔史金花闻声上。

史金花　马师傅！你在做啥？

马师傅　我在找钞票。我丢落三千块。

史金花　钞票？丢掉三千块？

马师傅　我积蓄这点钞票是不容易的——（流泪）

史金花　啊呀！你为啥身边要带介许多钞票呢？

马师傅　因为我老婆急性胆囊炎发作，医生讲一定要开刀，否则就有生命危险！我是刚从银行里取出来的——（抹泪）

史金花　你怎么可以肯定钞票是落在此地的呢？也许丢失在别的地方？

马师傅　不可能的。我银行里取了钞票就去接小龙，小龙接回来，就在此地找小龙妈八十块，其他地方我没有去过。

史金花 你不要急，我帮你再找找——（四面寻找）

马师傅 （哭丧着脸）找不到了。老婆啊！看样子，你这条命要断送在我的手里了！

史金花 这样吧！我这里有二千块现钞，你先拿去救你爱人要紧。

马师傅 这个——（推却）

史金花 这是——反正我现在还不用，你先拿去吧！（把钱塞到马师傅手里）

马师傅 这怎么可以呢？

史金花 拿去，救人要紧！

马师傅 （感动地接过钱）谢谢你！我去办手续，我老婆有救啦！（下）

〔王小君提了一袋水果上。

王小君 妈妈！

史金花 小君！今天怎么介迟回来？

王小君 妈妈你看，香蕉、苹果、鸭梨，都是你最喜欢吃的。

史金花 这是哪里来的？

王小君 当然是买来的啰。

史金花 钱是哪里来的？

王小君 这是小龙妈妈给我的。这里还有八十块钱。（交给妈妈）

史金花 小龙妈妈为什么要给你这么多钱？

王小君 刚才我与小龙在这里打羽毛球，拾到一只信封，里面有三千块钱。小龙妈妈说这钞票是小龙爸爸今天给她的，是她丢落的，我们还给她，她就奖励我一百块。

史金花 小君！我跟你讲过多少遍，拾到钞票还给人家是应该的。怎么可以拿人家报酬呢？

王小君 （委屈地）我是不要。她硬要给我。

史金花 以后不许这样，这一百块我来退还给她。小君，今天妈妈给你买了几本书。（从手提袋里取出两本书给小君）

王小君 《中国通史》《法律概论》。妈妈！你怎么知道我需要这些书？

史金花 上次我看你向同学借来看，知道你一定很需要这些书。今天妈妈发了工资，就给你买来了。

王小君 你真是我的好妈妈！

史金花 （拿起水果）小君！你快把这水果送到医院里去，送给马师傅的爱人。

王小君 马师傅怎么啦？

史金花 马师傅刚才在这里丢落三千块钱。会不会……

王小君　马师傅也丢落三千块？

史金花　马师傅的爱人要住院开刀，这三千块可是救命钱呀！

王小君　这怎么办？

史金花　小君！你告诉马师傅不要急，他丢落的三千块钱可能有着落了。

王小君　晓得了。（急下）

〔沙莎与季大发从楼上下来。

季大发　沙莎，谢谢你！

沙　莎　不用谢的。

季大发　（对史）沙莎姑娘真好，拾到东西还给我。她名字叫沙莎，其实一点都不傻。你看她相貌生得多少漂亮。沙莎！将来叔叔给你介绍个对象。

史金花　大发！你也太会搅了。介小的姑娘怎么给她介绍对象呢？

季大发　我是讲讲笑话的。

史金花　（想起）大发！我有件事想问你一下。

季大发　什么事？

史金花　今天你给了银花三千块钞票？

季大发　没有。

史金花　放在一只信封里的？

季大发　没有。

史金花　是你在此地亲手交给她的？

季大发　没有。

史金花　你真的没有给她三千块钞票？

季大发　没有。

史金花　大发！刚才马师傅丢了三千块，是小君、小龙拾到，银花说是她丢了，藏进自己袋里了。

季大发　嗨！这个“喇叭花”弄弄要“喇叭腔”！

〔季小龙穿着新鞋与金银花同上。

金银花　小龙，你穿这双耐克真漂亮。

季小龙　（得意地）嗯。

史金花　银花！你回来得正好，我正要寻你。

金银花　什么事呀？

季大发　三千块！

金银花　（急阻止）什么三千块？

史金花　银花！刚才你在此地拾到三千块钞票？

季小龙　这个钞票是爸爸交给妈妈的，爸爸对吗？

季大发　瞎讲！今天我根本没有交给你妈妈钞票。

季小龙　妈妈你——？

金银花　这是妈妈搓麻将赢来的。

季大发　（把银花拉过一边）亏你说得出来，这搓麻将赌钞票可是犯法的。

沙　莎　阿姨！这是不道德的！

金银花　什么道德？道德能卖多少钱？

〔马师傅暗上，在旁听着。

季小龙　你们不要瞎讲，这个钞票是我妈妈搓麻将赢来的。

史金花　银花！这三千元钞票是马师傅丢落的，他爱人开刀要用，你还给他吧。这是你给小君的一百元，还给你。（递钱）

金银花　小君妈妈，你有什么根据讲这个钞票是马师傅的而不是我的呢？

史金花　这个就要凭做人的良心了。

金银花　是啊！我的良心好，钞票丢了儿子拾到，还给妈妈。

季大发　银花！人家马师傅是开出租车的，赚点钞票不容易，还给人家算啦！

金银花　你有毛病的！明明是我的钞票，为什么一定要讲是人家的呢？你钞票多？

马师傅　小龙妈，我的钞票是有证据的！

金银花　（一怔）你有什么证据？

马师傅　我这三千块是刚从银行里取出来的，信封里有我的年息单子，上面有我的名字。

〔沙莎、季小龙从银花手里夺过信封查看。

沙　莎　（看年息单）是马师傅的么！

季小龙　妈妈！这个钞票是马师傅的。

金银花　（尴尬）这个钞票是你拾的，（夺过信封）马师傅，捡到东西交还本人，应该要有奖励的啰。

季小龙　奖励我一百元。

金银花　憨大！三千元，百分之十也要三百元。

季小龙　对！三百元！

马师傅　好！三百元就三百元。

沙　莎　慢！拾到东西交还人家还要奖励？

金银花　当然要奖励。

沙　莎　那么我的奖励呢？

金银花　这个奖励轮不到你！

沙　莎　小龙爸爸，你把刚才我交给你的东西还给我。

〔季大发会意地取出金项链给沙莎。

金银花　这是我的金项链。

沙　莎　马师傅！这根金项链价值八千八百八，是我刚才拾到的，我捐献给你。

史金花　沙莎！

沙　莎　（调皮地）我是向银花阿姨学习的。

史金花　（从沙莎手中拿过金项链还给银花）银花！还是将钞票还给人家吧。

〔金银花持信封有些舍不得的样子。

季大发　啊呀！快将钞票还给人家，手不要发抖么！

〔金银花无奈将信封还给马师傅。

沙　莎　（向银花道歉）阿姨！对不起！

季大发　嗨！我真替你难为情！

金银花　（一口气全都发泄在丈夫身上）都是你呀！今天我弄得面子都没有啦！

（金银花狠狠蹬一脚，恰巧踩在季小龙的脚上）

季小龙　啊唷哇！（痛倒在地）

〔金银花急忙去扶季小龙。

〔切光。

三

〔数月以后，一个夏天的下午。

〔季小龙家客厅。

〔季大发拉着季小龙上。

季大发　你这个小鬼，三天三夜泡在网吧，勿去读书，你，你到底想做啥？

季小龙　（害怕）我……

季大发　小龙呀小龙，你现在不好好读书，只晓得上网吧、打游戏，将来怎么办？

季小龙　将来像你一样当总经理，做大老板。

季大发　文化没有，好当总经理，做大老板的？

季小龙 怕啥！我现在已经读初中了，文化水平比你高，不像你只有读到小学三年级，只会写季大发三个字，字写出来像蟹爬一样。

季大发 小鬼在揭我老疤。今天我要杀杀克克、结结棍棍教训教训你——（随手举起鸡毛帚要打，季小龙逃）

季小龙 （急叫）妈妈！

季大发 小鬼人虽小，逃得比我快。

季小龙 （喊叫）妈妈！救救我呀！

〔金银花闻声出来，持两只香蕉对准季大发。

金银花 不许动！

季大发 （见妻惧怕，举起双手）我投降！今天碰到双枪老太婆了。

金银花 你干什么？我的儿子轮得着你打？

季大发 哎，我是他爸爸。

金银花 没有我你能当爸爸？

季大发 我在管教自己的儿子。

金银花 没有我你会有儿子？

季大发 （无话可说）……

金银花 对孩子吓吓么算了。头上乱打，脑子打坏了怎么办？

季小龙 对！吓吓我么算了。头上乱打，打伤了要伤脑筋的，弄得不好要变神经病。

金银花 乖儿子，打痛了吗？

季小龙 痛，痛得不得了。

季大发 又在讲假话了，打都没有打着会痛的？这小鬼！

季小龙 老鬼！

季大发 小猢狲！

季小龙 老猢狲！

季大发 啊！你叫我老猢狲？（欲打）

金银花 （拦住）你是属猢狲的，他又没讲错。

〔季大发持鸡毛帚的手僵在空中，双眼盯着金银花——

金银花 （见状）什么？你想打我？（大发过去欲打小龙）你敢打他？你打给我看。

〔季大发无从下手，只能对着沙发狠狠拍打。

季大发 我打沙发总可以的。（气愤地坐下）

金银花 好哇，你打沙发是在向我示威哪？我明白了，你现在有钞票了，看不起我了……（哭泣）

金银花 （唱）骂一声季大发，

你这个黑心鬼，

我银花命真苦，

嫁你倒了霉！

妈妈曾经跟我谈，

嫁男人眼睛要睁开，

像南货店里买花生米，

一颗一颗要细心拣。

我是人品出众卖相崭，

胜过当年的祝英台，

妈妈的话我不肯听，

偏要嫁给你这“活宝贝”哪——

我的妈妈哎！

〔哭泣声中季大发帮腔。

季小龙 哈哈！男女声二重唱。（将一只剥皮香蕉塞给金银花）妈妈，你不要哭么。

金银花 你看儿子多少好，晓得我哭得吃力了，香蕉塞到我嘴里。

季小龙 妈妈，明天我请你吃肯德基。

金银花 请我吃肯德基？听听，我儿子多少孝顺，我给他二百块钱零用，他还要省下来请妈妈吃肯德基。

季小龙 我不是省下来的，是网吧打老K游戏赢来的。

季大发 啊！你这小鬼去赌博了！你好赌博的？（拿起鸡毛帚欲打）

金银花 （夺过鸡毛帚）你干什么？我告诉你，今天你敢打他一下，我就打你两下！

季小龙 妈妈！你要打得重，打得痛，打得他动也不会动。

季大发 打得我不会动，你们只好去吃西北风。我问你，介小年纪怎么学会赌博的？

季小龙 这个最便当了，妈妈好搓麻将赌博，我为啥勿好赌博？

季大发 你……

金银花 难得搞搞白相，你介认真做啥？（发现小龙脸上有伤痕）小龙！你脸上被哪一个抓破的？

季小龙 昨天晚上在网吧与弄堂口小山东儿子打相打抓破的。

金银花 你怎么跟小山东儿子打相打？她儿子的块头多少大？他是吃发糕吃大

的！妈妈教你一个门槛，下次你要跟比你小的打，打得过就打，打不过就逃，实在逃不了就睡在地上装死。

季小龙 为啥要睡在地上装死？

金银花 这个就叫“避免不必要的牺牲”！

季小龙 妈妈的门槛真精。

金银花 妈妈是“老门槛”了。老实说，你爸爸想在我面前“翻门槛”，谈都不要谈。

季小龙 哎，妈妈，你给我五百元，我还想去搞游戏，味道太好了！

金银花 还想去？

季大发 再去就打断你的双脚！

季小龙 （撒娇）姆妈！

金银花 好好好……

季小龙 （高兴地）你真是我的好妈妈！

金银花 不过，这是最后一次！

季小龙 哦，最后一次！（对季）气死你！

〔传来周老师的声音：“季小龙在家吗？”——

季小龙 周老师来了！（慌张地欲躲）

季大发 看见周老师我怎么说呢？（欲躲）

〔父子俩都慌作一团相撞——

金银花 哎！你吓他干啥？

季大发 你看看清爽，是他在吓我！

金银花 周老师来有啥可怕的？你开门，小龙躲到沙发后边去，千万不要出来，大家听我的！

〔大发出去，季小龙躲在沙发后边。

〔大发领周老师进来。

季大发 周老师请，请沙发上坐！（与周一起坐下）周老师难为你了，我们这个地方很难找的。（金银花妒意，干咳）周老师你坐这里舒服些，宽敞些，爽快些，我坐到那边去——太平些。（与银花坐一起）

周老师 季小龙爸爸！你家小龙已经有三天不到学校来上课了，今天我是特地来看看他的。

〔季大发欲言被银花挡住。

金银花 周老师，事情是这样的，我家小龙得了感冒发烧，烧得结棍哪！已经烧

了三天三夜了。

季大发 已经烧了三日三夜，再要烧下去要烧焦哉。

金银花 我想，他到学校里去要传染给其他同学，所以叫他不要上学了。

周老师 现在季小龙人呢？

金银花 他到网吧搞游戏去了。

周老师 发烧怎么能去网吧搞游戏呢？

金银花 听讲网吧搞游戏蛮紧张，蛮刺激的，人一紧张一刺激就会出汗，一出汗就会退烧……

〔季小龙从沙发后探头发笑，银花急挥手示意他躲下。

周老师 （见状）小龙妈妈的手怎么啦？

季大发 （讲着生硬的普通话）她的手？是搓麻将伤筋了，现在锻炼锻炼，活络活络。

周老师 小龙爸爸，季小龙人很聪明，计算机学得特别好。

金银花 听听，计算机学得特别好。计算机呀，勿是懒孵鸡，一般人学不好的。小龙小龙，将来一定成龙。

周老师 小龙妈妈，家长是孩子的第一老师，我希望你们管得严一点。

金银花 周老师，我对他严的。我非但对儿子严，对他老子也非常严。

季大发 （尴尬地）她在讲笑话。周老师，我们季小龙他在学校表现怎么样？

周老师 最近一段时间经常逃课，还影响了几个同学。

季大发 （怒）有这种事？等一会我一定要杀杀克克、结结棍棍打他一顿！

〔季小龙探头，听见“打”即躲下。

周老师 小龙爸爸！对孩子的教育，靠打骂是不能解决问题的。

金银花 听见没有？老师也这样说，对小龙是不好打骂的。

季大发 你是说我没有管好啰？

金银花 你是没有管好。

季大发 好好，今后我不管你管。

金银花 我管就我管。

季大发 周老师！我还有事，请你跟小龙妈妈再谈谈。（下）

金银花 周老师，不瞒你讲，小龙爸爸的工作很忙，他在外面做外贸生意，我呢，早上去公园跳迪斯科，白天要打双枊，夜里还要麻将搓，我是忙得来连打哈欠的辰光都没有。

周老师 做父母的再忙，也应该抽点时间关心孩子，爱护孩子，跟自己的孩子谈

谈心。

金银花 我对小龙蛮关心的，我……

周老师 根据同学反映，最近季小龙常常到地下网吧玩游戏，搞赌博，同一个不三不四的网吧老板搅在一起。如果小龙交上了这种坏朋友，今后就麻烦了。希望家长要加强对他的教育。

金银花 周老师，你这种话太滑稽了，要我们家长教育，那要你们老师干什么？我们把小龙送到学校里来，就是要你们老师来教育，否则我学费不是白缴了？老实说，我儿子最欢喜读书了，人家小学读六年，他要读八年，比人家多读两年。

周老师 （哭笑不得）小龙妈妈，其实小龙相当聪明，主要是心思不在读书上。所以……

金银花 （打断）多读书有什么用场？他爸爸小学都没有毕业，可是他一天的收入——周老师你不要生气，比你一个月的工资还要多哪！

周老师 你说得也是事实。不过，现在有许多老板，明显感到文化的重要，有的聘请大学生来帮助经营，有的上大学进修，还有的赞助希望工程来发展教育。

金银花 我不管这些，我们小龙是独养儿子，他爸爸有钱，小龙就是不读书，不工作，将来也不会饿肚子的！

〔季小龙激动得跳了起来。

季小龙 OK，我可以不用读书了！

周老师 （惊住）季小龙？！（气得转身欲走）

金银花 啊呀，小龙你怎么介早回来啦？

季小龙 不是你叫我躲在沙发后边的？

周老师 （耐心地）季小龙，明天你来上课，脱了的课，我给你补上。（欲走）

金银花 （假惺惺地）周老师你慢走。

周老师 小龙妈妈！有句话请你记住：对孩子过分的宠爱，实际上是害了他。我希望你不要做一个糊涂妈妈！（下）

金银花 糊涂妈妈？

季大发 （持矿泉水上）周老师，请喝矿泉水！

金银花 人家走啦！

季大发 （喊）周老师！——（追下）

金银花 小龙，刚才周老师说你交了个不三不四的朋友，叫啥名字？

季小龙 “带鱼鲞”，就是包头鱼的儿子，我家也来过。

金银花 哦，是包头鱼的儿子——包子。“带鱼鲞”嘴巴倒蛮甜的，看见我总是小龙妈妈、小龙妈妈叫不停。

季小龙 妈妈，我要买奔四。

金银花 （看表）要死，七搅八搅，“三缺一”辰光过了。小龙你在家等着，我去搓麻将，钞票赢来，给你买奔四。（匆匆地下）

〔手机铃响。

季小龙 （取出手机接听）喂！你是“带鱼鲞”。什么，打“传奇”游戏？两对两PK？好！我马上就来。（搁断，摸出香烟点火欲抽）

季大发 （上，夺过香烟）喔唷！三五牌？介小年纪吃香烟了？

季小龙 妈妈同意的，她说牌子吃好点，香烟吃少点。

季大发 你妈人呢？

季小龙 她搓麻将去了。

季大发 好！趁她不在，今天我非要杀杀克克、结结棍棍教训教训你。

〔举起鸡毛帚欲打，季小龙索兴往地上一躺。

季大发 我还没有打你，你就躺在地上装死？

季小龙 （坐起）妈妈说的，这叫“避免不必要的牺牲”。

季大发 啊！（气得跳脚）

〔切光。

四

〔王小君家中，整洁简朴。

〔史金花在扎扫帚。

沙　莎 史阿姨！

史金花 唷，沙莎！

沙　莎 阿姨，我想给你一个惊喜。

史金花 惊喜？

沙　莎 （展开报纸）你看！

史金花 （看报）王小君同学在“全国法律知识竞赛”中荣获第一名。

沙　莎　阿姨，小君得全国第一，你高兴吗？

史金花　（笑）当然高兴！

〔金银花、季大发嚷着上。

金银花　小君妈妈，不好了，不好了——

季大发　出事体哉！

史金花　啥事体？

金银花　这桩事体是不得了——

季大发　外加了不得。

沙　莎　到底出了啥事体？

金银花　（对季）你说。

季大发　你说，你说——

史金花　你们二人不要客气了，快点讲吧！

金银花　你们小君被公安局捉进去啦！

史金花　（不相信）小君怎么会被公安局捉进去？

沙　莎　是谁看见的？

季大发　是我看见的。

沙　莎　小龙爸爸，你不要看错人！

季大发　我两只眼睛像爱克斯光一样，绝对不会看错的。

沙　莎　你在什么地方看到的？

季大发　我在马路上亲眼看到。只见王小君坐在公安局的边三轮上，低了头，响都不响，旁边一个戴大盖帽的人民警察，“嘟嘟嘟……”——开进了公安局。

史金花　（自语）不可能！

沙　莎　王小君是优秀学生，绝对不可能做坏事的。

金银花　沙莎！你这个话难讲的。现在外面有歌厅、舞厅、录像厅、卡拉OK厅……

季大发　好哉。你讲了介许多厅，他们一听都不听。

金银花　……王小君看到自己袋里没得钞票，一只手就摸到人家口袋里去了！

史金花　你不要乱讲，我们小君不是这种人。

沙　莎　我去看看——

金银花　要看，你们一起去看。同时把被头铺盖、生活用品……

季大发　而且毛巾、牙刷牙膏一起拿走。还有样顶顶重要的，天天要用的东西，

不可忘记。

史金花 啥东西？

季大发 卫生草纸。

史金花 这些东西不需要。沙莎，我们一起去了解一下情况，你等等我。（金花进内室）

金银花 （惋惜地）哎，想不到王小君会做这种事。

季大发 真想不到。

王小君 （上）小龙爸爸，小龙妈妈！

〔俩人看到王小君，吓了一跳。

季大发 （低声地）小君，你放出来了？

王小君 小龙爸爸话都不会讲，什么放出来，应该说，我回来了。

季大发 （对金）放出来才好回来。

王小君 沙莎！

沙　莎 （喜）阿姨，小君回来了！

〔史金花提了只拎包上。

王小君 妈！我回来了。

史金花 （关心地）小君！刚才你到啥地方去了？

王小君 我刚才到公安局去了一趟。

季大发 喏！听见没有？

史金花 （镇静地）你为啥要到公安局去？

王小君 是为了一只包的事。

沙　莎 这只包是你拿的？

王小君 嗯。

沙　莎 所以，你要到公安局去？

王小君 不错。

〔沙莎气得无话可说。

史金花 （难过地）你……你……（举手欲打）

季大发 （劝说）打不好打的，小君，下次这种事体不好做的。

王小君 （莫名其妙地）妈妈你不要哭么。到底出了啥事体？

〔周老师匆匆地上。

周老师 （严肃地）王小君，你怎么可以自己逃回来了？

季大发 是逃回来的？！

周老师 公安局同志没看见，她就溜回来了。

季大发 这是仍旧要捉回去的。

周老师 你们误会了。事情是这样的，今天，有一位美国太太在西湖里划船，不小心，一只高级拎包掉进西湖，是小君跳进西湖，帮她把包捞了起来。包里有八千美金，还有一张今天飞往美国的飞机票。这位外宾拿到拎包激动地说："凡来各特，凡来各特"。

金银花 周老师，"凡来各特"什么意思？

季大发 这个你就不懂了，我来讲给你听。"饭里谷多"是外国话，就是说："饭里的谷太多了。"

周老师 （笑）"凡来各特"就是好的意思。（对众）这位外宾一定要谢谢中国的小朋友，谁知小君做了好事后，马上就离开了，所以外宾只好通过公安局请来了小君。

〔史金花听了眉开眼笑——

沙　莎 小龙爸爸！你的眼睛像爱克斯光？

季大发 今天我的眼睛在"发流火"。

周老师 王小君！

王小君 周老师！

周老师 外宾见你不肯收她的钱，临走时，她将心爱的签字笔送给你，留作纪念。

〔周老师递笔，小君接过签字笔。

王小君 谢谢周老师！

民　警 （上）请问季小龙的家长在这里吗？

季大发 在这里。

金银花 （欣喜地）大家看见没有？公安局同志来寻我们小龙。我们小龙也是"凡来各特"！（对民警）同志！我就是季小龙的妈咪，他是季小龙的爹地。

季大发 我不是他弟弟，我是他的爸爸。

金银花 爹地就是爸爸。

民　警 好，我正式通知你们，季小龙因参与聚众赌博，已被公安机关依法拘留七天。（下）

金银花 （哭丧着脸）我家小龙拘留了。

季大发 银花，快把生活用品送去——还有一样最最要紧的东西，勿要忘记。

金银花 我晓得，卫生草纸。

〔切光。

五

〔一周以后。

〔季小龙家中。

〔季大发在用手机打电话——

季大发 喂！我是季大发。你是哪一位？阿华？你讲什么普通话？你讲普通话害得我也要弯舌头了。什么事？……阿华！我告诉你，外贸服装一定要保质保量——什么？人手不够。（金银花上）到人才市场去解决！——你这个人怎么介烦的？（挼断）

金银花 一日到晚，打不完的电话。钞票赚得不多，老板派头倒蛮大。你不能来帮帮我的。我累死了。

季大发 什么事？

金银花 昨天我一个晚上没睡着，一早就到小菜场去买菜。今天儿子要回来了，他在里边吃了不少苦，回来要好好地慰劳慰劳他。

季大发 啊呀！儿子是从拘留所里放出来，又不是出国回转来。照你的意思，我们还要用大幅标语，贴出弄堂口等着：（挥舞双手高喊）“欢迎！欢迎！热烈欢迎！”

金银花 我知道的，你是在损我？

季大发 你也懂的。

金银花 我告诉你，儿子不是我一个人的。

季大发 没有你我会有儿子？

金银花 哎！你是他的爸爸。

季大发 没有你我好做爸爸？

金银花 这次儿子回转来，你去管。

季大发 我管就我管。小鬼回转来，我要杀杀克克、结结棍棍打他一顿。

〔季小龙拎着面盆网兜上来，听见要“打”，急躲一旁。

金银花 你敢！你敢打他一下，我就跟你离婚。你这个没良心的——（哭泣）

季大发 一哭二吵三离婚，这是你的“拿手好戏”。（气下）

季小龙 （轻轻地）妈妈。

金银花 （惊喜）乖儿子！你回来啦？让妈妈好好看看。……一个星期不看见，人也瘦了——

季小龙 妈妈！你也瘦了。

金银花 妈妈是在减肥。儿子，你真想死妈妈了。

季小龙 妈妈！我也天天想你。

金银花 想得我呀，连自摸发财都会打出去的。

季小龙 我知道你在想我，我天天都在打喷嚏。

金银花 好了，过去的事不要再想了。（见小龙摸口袋）喏！妈妈都给你准备好了。（取出几包三五牌塞进小龙口袋）香烟吃少点，牌子吃好点。

季小龙 嗯。

金银花 今天妈妈知道你要回来，特地定了一只大蛋糕，慰劳慰劳你，妈妈去拿。（下）

〔季小龙舒服地吸烟。

季大发 （回上）小龙！

季小龙 （熄灭烟蒂）爸爸！

季大发 你回来了？你爸爸年纪活了介大，拘留所朝南朝北都不认识，你小小年纪拘留所也去过哉。

季小龙 爸爸你拘留所不认识，下次我领你去。

季大发 你当你在做导游？妈妈呢？

季小龙 她去拿蛋糕了。

季大发 好，乘她不在，今天我要杀杀克克、结结棍棍教训教训你！（随手拿起扫帚）

季小龙 （看见扫帚）啊！又要打了？（往沙发上一躺）

季大发 今天你就是装死，我也要打得你要死。

〔季大发举起扫帚朝小龙头上打去……

季小龙 （疼痛）哎唷！真的打啊？

季大发 你当我在和你寻开心！

（唱）我手拿扫帚将你打……

打你个好样不学学坏样。

终日为你来淘气，

打死你——譬如我大发当和尚。

季小龙　（疼得直叫）啊唷！妈妈，救命啊！

〔切光。

〔复明。

〔季小龙头上缠着纱布，坐在椅子上发愣。

牛　山　（上）唷，头上“包装”过了。

季小龙　不要搅，看啥人？

牛　山　我特地来看你。

季小龙　（回头）啊！“带鱼鲞”，是你？你来做啥？

牛　山　讨债！你到我网吧连牢一个月，吃我的，困我的，玩我的，怎么，五千元欠债想不付？

季小龙　不，“带鱼鲞”，我今天拘留所刚回来，身上没有钞票。

牛　山　没有钞票就不想还了？

季小龙　等我爸爸转来，讨到了再还，好吗？

牛　山　等你爸爸回来，不怕他再给你“加工”？

季小龙　这也没有办法的。

牛　山　办法多了。

季小龙　啥办法？

牛　山　可惜，我的地下网吧被文化市场执法队取缔了，不过你可以跟我做生意去。

季小龙　做什么生意？

牛　山　当黑客。

季小龙　叫我去当黑客，克隆银行网站，骗取用户信息？你这个生意我做不来的。

牛　山　我晓得你电脑技术蛮灵光，肯定做得好。

季小龙　做得好也勿做，我可不想被少年法庭审判。

牛　山　我的脾气你知道的，翻脸不认人的！要是你欠债不还，我就要——

季小龙　（害怕地）白刀子进去红刀子出来。

牛　山　知道就好。

季小龙　你等一会，让我去想想办法。（进内）

牛　山　蜡烛！不点不亮——

季小龙　（回上）“带鱼鲞”，钞票找不到——

牛　山　钞票找不到？（凶相毕露）你说怎么办？

季小龙　找……找到一根金项链。（递上）

牛　山　（接过）一般。算两千块，还有三千块。

〔金银花拎蛋糕盒上。

牛　山　（笑脸）小龙妈妈，你回来了！

季小龙　妈妈！

金银花　（看见小龙的头）你头上怎么啦？

季小龙　被爸爸打的。

金银花　死老头子，等他回来，我再跟他算账！

牛　山　小龙妈妈不要气，当心自己身体。坐下来歇歇。（接过蛋糕，放在沙发上）

金银花　（发现牛山手上的金项链）咦？这根链条是我的？

牛　山　小龙妈妈，事情是这样的。小龙在我的网吧玩游戏，欠我五千元，这根项链抵两千，还有三千元。

金银花　（对小龙）你欠他五千元？

季小龙　（点头）……

金银花　啊呀！你玩游戏怎么欠这么多债呢？（对牛山）"带鱼鲞"先生，我想跟你商量一桩事体。

牛　山　商量啥事体？

金银花　这根项链是小龙爸爸送给我的生日礼物，八千多元，请你还给我。

牛　山　还给你？小龙！你妈妈叫我将这根项链还给她，我这个人是讲信用的。你看呢？（暗中摸出小刀扬了扬）

金银花　当然还给我啰！

季小龙　妈妈！做人要讲信用，输给人家就要赔给人家。

金银花　这根项链是妈妈的。

牛　山　小龙，这根项链给我还是给你娘？等你一句闲话了。（项链在手上扬着）

金银花　（一把夺过项链）当然给我。

季小龙　（急）妈妈！你不能要回来的，赶快给他。

金银花　这是妈妈的么。

季小龙　（发火地）我叫你给他，就一定要给他。

金银花　一定要给他？"带鱼鲞"，我儿子说，这根项链一定要给你的。

牛　山　（得意地）刚才你的手很活络？现在我不要啦！

金银花　他说他不要了！

季小龙　妈妈！他不要——（紧张地）我就要——你去给他！

金银花　我不给。
季小龙　你不给，我就——（举起拳头）
金银花　你要打妈妈？
季小龙　我……（一跺脚转身）我走了。
金银花　（急拉）儿子你不能走！你一走，剩下妈妈怎么办？
季小龙　那你去还给他！
金银花　哦，还给他，（对牛山）“带鱼鲞”先生，儿子说一定要给你的，求求你，行行好，看我苦恼，收下来算啦。（捧上）
牛　山　你这样求我，我是看你可怜，只好硬劲收下。（收下项链）不过你这根项链只值两千块，还有三千怎么办？
金银花　这根项链值八千元！
牛　山　两千元！
金银花　算五千元！
牛　山　那就还给你！
季小龙　（急）妈妈！
金银花　（被迫）哦，两千元，两千元。
金银花　现在他爸爸不在，我没有介许多现钞。还有三千元，是不是再过几天？
牛　山　不看僧面看佛面，看在你的面上，再过三天好吗？
金银花　谢谢你了。
牛　山　不过，口说无凭，你看呢？
金银花　我们写张欠条。
牛　山　可以。
〔金银花取出纸笔叫小龙写欠条。
金银花　“带鱼鲞”！写好了。
牛　山　写好了，读一遍。
季小龙　（读）“兹有‘带鱼鲞’欠我人民币三千元整，三日内还清。”
牛　山　我一定还——哎，是你欠我还是我欠你？
金银花　重新写过。（小龙改写）写好了。（给牛山）
牛　山　三天。三天付不出钞票，当着你的面，放你儿子的血。
金银花　啊唷喂！乖乖没得命啦！
季小龙　妈妈，三天还不出三千块，我就要“开大刀”啦！
牛　山　不要急，不要紧张——办法还是有的。

金银花 你有啥办法？

牛　山 现在小龙书也不读了。屋里躺躺，马路上荡荡，社会上混混，要是碰上坏人哪能办？我说还是跟我去做生意。

金银花 做生意？好的，好的。

牛　山 现在我们公司正需要人。

金银花 你们是什么公司？

牛　山 公司的名称是司冒尔·托溜公司。（公司英语叫“康泼奈”）

季小龙 （自语）骗子公司。

金银花 司冒尔·托溜公司，范围蛮大的？

牛　山 大呀！全国都有业务点，钞票赚得最多，用不着交税的。

金银花 不交税，钞票赚得足。

牛　山 小龙说，只要你同意就可以了。

金银花 做生意赚钞票，我哪能会不同意？小龙，你跟“带鱼鲞”做生意去。

季小龙 妈妈，你晓得做啥生意？

金银花 “带鱼鲞”么，一定做水产生意。

季小龙 他这种生意我做不来的。（急得在身上乱拍）

金银花 “带鱼鲞”，关键是我们做生意没有本钿。

牛　山 本钿？全部我来。

金银花 本钿你来？

牛　山 他一分本钿也不用拿出，赚来钞票一人一半。

金银花 小龙，一人一半，这是无本钿生意。

季小龙 妈妈。这个生意不好做的，我不去！

金银花 “带鱼鲞”！我儿子不肯去，我去怎么样？

牛　山 你去做啥？

金银花 我给你们当公关小姐！

牛　山 （自语）我们这个生意还用公关小姐？“攻”得不好要关进去的。

金银花 小龙！还是你去做。

季小龙 我真的做不来的。

金银花 做不来么学呀。

牛　山 小龙妈妈，这样好吗？只要小龙肯跟我去做生意，这张欠条，当了你们的面，当场撕毁，一笔勾销。

金银花 当场撕毁？讲话算数？

牛　山　大丈夫一言既出，驷马难追？小龙过来，欠条拿去。

季小龙　（接过欠条）妈妈！这是你叫我去的——

金银花　去吧，妈妈还轮不着呢。

〔季小龙撕欠条，面露苦笑。

〔牛山得意地笑。

〔金银花盲目地笑。

〔切光。

六

〔新大地网吧门口。网吧门紧闭。

季大发　（拎皮包上，敲网吧门）小龙！小龙！

牛　山　（上，开门）哦，小龙爸爸。小龙不在这里。

季大发　周老师叫他回去上学，我到处找不到他，你知道他在哪里吗？

牛　山　他去外边做生意了呀！

季大发　做生意？初中还没有毕业，做什么生意？

牛　山　听说在一家冒尔·托溜公司。

季大发　要么是“造帽公司”。你不晓得他公司电话号码？

牛　山　他说保密的。

季大发　公司地址？

牛　山　保密的。

季大发　经营范围？

牛　山　保密的。

季大发　上班辰光？

牛　山　保密的。

季大发　下班辰光？

牛　山　保密的。

季大发　再下去，他要做保密局特务了。这保密局特务，叫我到哪里去找呢？

（手机铃响。牛山关门下）

季大发　（接听）喂，王会计，什么？公司存在网上银行的18万元不翼而飞了？

这怎么回事？什么，银行网页是伪造的？我们受骗了。那怎么办？哦，你已经向公安局报案了。好好。

金银花 （上）什么事这么紧张？

季大发 公司 18 万元钞票被伪造的网上银行骗走了。

金银花 什么网上银行？

季大发 就是计算机网络里的银行。

金银花 计算机的一张网……什么网？渔网还是蜘蛛网？

季大发 你不懂的。

金银花 我是不懂的，哎，小龙懂，问小龙去。

季大发 我是想找他，走！

〔两人下。

〔王小君和沙莎上。两人走到网吧门口。

王小君 （敲门）季小龙！季小龙！

牛　山 （上，开门）你找季小龙？

王小君 你是？

牛　山 我是季小龙的老朋友，你是他的新朋友，老朋友、新朋友，我们都是好朋友。

王小君 我们是季小龙的同学，我叫王小君，她叫沙莎。

牛　山 是来玩电脑游戏的吧？请进！

王小君 不，我们是来找季小龙的。

牛　山 小龙不在。

王小君 小龙不在，我们走了。（欲走）

牛　山 哪能一来就走呢？（笑眯眯地）小君妹妹真漂亮呀！面孔像只水蜜桃，两只眼睛像葡萄，一张嘴巴像樱桃，看得我有点浑陶陶——

〔牛山用手去摸王小君的脸，被王小君一把抓住一使劲，痛得牛山狂叫——

牛　山 喔唷！麻辣辣、酸溜溜，赛过在上电刑！

沙　莎 打得好，打得好！

王小君 请你放尊重一些！（松手）

牛　山 小君妹妹！你越是这样我越是喜欢。

〔牛山扑过去扑空，跌在地上，被王小君踩住，将他的双手翻了过来。

牛　山 唷——要脱骱了！（求饶地）我求求你，再翻过去，骱要翻脱了，我要

变翻骱（番茄）了！

王小君 番茄？我让你吃“番茄酱”！（举脚要踩）

牛　山 （急叫）救命——

王小君 下次看到小姑娘，还敢动手动脚吗？

牛　山 再也不敢了！哎哟！姑奶奶！外婆！救命啊！

〔季小龙上。

季小龙 王小君。

王小君 季小龙，终于找到你了。

〔王小君放开牛山。

季小龙 小君，你找我干什么？

王小君 请你回学校和我们一起上学。

季小龙 都一个月没上学了，学校还要我吗？

沙　莎 当然要！

王小君 周老师和同学们都很记挂你，找了你多次，都没有找到。请你明天一定回学校去，功课大家帮你补。我走了……（走没几步，回转）小龙，这是你的朋友？

季小龙 嗯。

王小君 你听我一句话，这种不三不四的朋友今后还是少来往。

牛　山 你这是什么话？（上前一步）你想挑拨离间——

王小君 我是说近朱者赤、近墨者黑！你想再领教一下吗？（上前一步）

牛　山 （畏惧地）不不！外婆走好！

〔王小君和沙莎下。

季小龙 “带鱼鲞”！你吃豆腐也不看看人头，她从小就是少体校武术班的尖子生。

牛　山 怪不得。我今天吃了一碗“麻辣豆腐”。哎，小龙，今天有鱼上钩吗？

季小龙 有一条大鱼，一下汇进了18万。

牛　山 （兴奋）18万？哇，不要太多哦！快，快想办法把它套牢。

季小龙 不，我不想再做了！我，我害怕……我……我想回学校。

牛　山 回学校？

季小龙 一旦被人发现，我就惨啦！

牛　山 别怕，出事我顶着，有钱赚你三我七，大家分。这回可是18万啊。

季小龙 数字那么大，我不敢。

牛　山 你都当过两回小黑客了，虽说只赚了几千元钱，但也算是下水了，想不

干，没门！

季小龙 我……

牛　山 你要不干，也可以，不过你要答应我一个条件。

季小龙 只要不干，什么条件都答应你。

牛　山 和我去一个地方。

季小龙 什么地方？

牛　山 公安局。

季小龙 公安局？（后退）不……

牛　山 投案自首，大不了陪你坐几年牢监。

季小龙 不，不不……

牛　山 不想坐牢监，就跟我做生意。

季小龙 我……（痛苦地抱头蹲下）

牛　山 （眼睛一转）好了，好了，我也不为难你了，就做这一次，好不好？

季小龙 就做这一次？

牛　山 （点头，把小龙拉起）对，做成功了，咱们就分手！你想去哪去哪！

季小龙 说话算数？

牛　山 当然算数。我真要说了不算，你就去买个30斤的大冬瓜，把我带鱼鲞压扁。

季小龙 你……

牛　山 好了，好了，快进去吧，保证就这一回！走吧，走吧！

〔牛山推着小龙进网吧。

周老师 （上）季小龙！

季小龙 （像见到亲人一样，跑到周老师面前）周老师！

周老师 季小龙！（疼爱地整理小龙的乱发和衣服）总算让老师找着你了，走，跟老师回学校去！

季小龙 哦！（走了几步又停了下来）不，周老师，现在我……我不能回学校……

周老师 为什么？

牛　山 哦，周老师，情况是这样的，小龙过去在我这里上网玩游戏，欠我三千元钱，他现在是在帮我维修电脑，以工抵债。

周老师 小龙，是这样吗？

季小龙 （点头）是的，周老师。

周老师 小龙，三千元钱，老师会和你爸爸妈妈联系，帮你还上，但这个黑网吧，你一天也不能待！走！

〔牛山大声干咳了两声。季小龙不敢再走。

周老师 （拉着季小龙的手）小龙，走呀！

牛　山 （故意）小龙，你走吧。

〔小龙跟周老师走了两步。

牛　山 你走了，可不要后悔！

季小龙 周老师，我……我不能去学校。（脱开周老师的手，走到一边）

周老师 为什么？就为欠他三千元钱？

季小龙 不……

周老师 那又为什么呢？

季小龙 我……是我不想回学校了。

周老师 季小龙！

（唱）你是一只快乐的小鸟，
应该在翠绿枝头跳跃；
你是一头健美的小鹿，
应该在希望的原野奔跑。
校园盼望着你的拥抱，
同学们离不开你的欢笑。
向日葵花朵朵俏，一朵也不能少，
朗朗书声多美妙，难道你能忘掉？

〔幕后伴唱：
春眠不觉晓，
处处闻啼鸟，
夜来风雨声，
花落知多少。

周老师 （接唱）小龙啊，
山有风，水有潮，
风狂潮猛莫弯腰。
擦亮眼，走大道，
好好读书为明朝。
珍惜那每一分，每一秒，

让学校，让老师为你骄傲，为你骄傲。

周老师　小龙，（取出一张参赛证）这是“全市中学生计算机网页设计大赛”的参赛证，给你！

季小龙　给我？

周老师　（微笑）对！老师和同学们相信你，一致推荐你代表学校参加比赛！

季小龙　（激动地拿过参赛证）周老师！

（唱）老师给我一个微笑，
微笑像阳光照耀；
老师给我一股暖流，
暖流溶化我无尽的烦恼。
我也曾梦想明天的美好，
我也想龙腾九霄。
可谁知道，谁知道，谁知道，
糊里糊涂离学校，
懵懵懂懂网吧泡。
变成木偶任人牵，
一片落叶随风飘。
老师啊，
都怪我不听您的话，
都怪我由着性子乱马跑。
不是我不肯跟你走，
只因为，
跑遍天下难买后悔药。

周老师，谢谢你给我这个参赛的机会，可是我……我对不起老师，周老师，谢谢你了，你走吧！（一鞠躬后快步跑进网吧）

周老师　季小龙，季小龙！（欲进网吧）

牛　山　（拦住）周老师，请回吧！

周老师　（无奈，对内大声）季小龙，我还会再来的。（下）

〔季小龙冲上。季大发上。

季小龙　周老师……

牛　山　好了，好了，周老师走了，还有我“带鱼鲞”带老师，跟着带老师，潇洒一辈子。快！快跟我去把那发展公司的 18 万元搞定。

季小龙 我实在不想当黑客。

牛　山 你都已经当了，后悔也没用。（推季小龙）走吧！

〔两人欲下。

季大发 （上去拦住）站住！小龙，这18万元是怎么回事？你给我讲清楚！

季小龙 阿爸，这是网络上的事情，你不懂。

季大发 网络我是不懂，所以要来问你。

季小龙 这18万元和你没关系，有什么好问的？

牛　山 什么18万元，这里是网吧，又不是银行。

季大发 可是我们发展公司存在网上银行的18万元被人骗走了！

季小龙 （一惊）发展公司？阿爸，你那个公司不是叫大发公司吗？

季大发 最近刚改的。

季小龙 （把牛山拉过一边）带鱼鲞，这18万元是我阿爸公司的，他是副总经理，有责任的，你就还给他吧！

牛　山 还给他？讲得轻松，好不容易钓到一条大鱼，怎么能放回去。

季大发 小龙，这件事是不是你做的？你可以做侠客，做剑客，可千万不能做黑客。这18万元可是你阿爸和全公司员工的血汗钱呀！

季小龙 阿爸，我……

牛　山 （抢过话头）小龙爸爸，什么18万元，和我们一点关系都没有。小龙，你说是不是？

季小龙 是，是一点关系也没有。

季大发 刚才我都听见了，小龙，快跟我去公安局自首，现在还来得及。（去拉小龙）

季小龙 来不及了，我都已经做了两回……

牛　山 （截住）我们又没做坏事，为啥要去公安局？

季大发 我都听见了，还想赖？！

牛　山 耳听是虚，讲话要有证据！

季大发 小龙就是证据。小龙，走！

季小龙 阿爸，你不要害我。

季大发 害你？我是救你！

牛　山 （一把推倒季大发）小龙，走！

季大发 （站起，推开牛山）走开，我管教儿子，不要你管！

牛　山 他跟我做生意，他是我的老板，不，我是他的雇工，哦不，我们都是老

板……

季大发 什么老板？板牢！

牛　山 板牢就板牢。（一把推开季大发，和小龙进网吧，关门）

季大发 （敲门）小龙，小龙！

〔金银花上。

金银花 你看见小龙了？

季大发 小龙就在里面。小龙闯大祸了。

金银花 （一吓）闯什么大祸？

季大发 小龙当黑客了。

金银花 黑客？啥叫黑客？是不是夜里做客人叫黑客？

季大发 格是老酒吃醉，扑在桌子上做客人要叫“扑克”。黑客其实就是黑心黑肝骗人家钞票，剋进人家肉里去的人！

金银花 难道小龙就是这种黑客？

季大发 我公司的 18 万元钞票就是被小龙和那个黄鱼白鲞骗走的。

金银花 带鱼鲞！不是黄鱼白鲞！

季大发 我看小龙和那个老板就是黄鱼白鲞，半斤八两。

金银花 小龙不是这种黑客，顶多是个到黑网吧做客的黑客。

季大发 我亲耳听到他们在讲什么发展公司的 18 万到手了。

金银花 （慌张）真的？那怎么办！小龙会不会抓进去坐牢？

季大发 这是重大诈骗行为，肯定要坐牢。不过也要看小龙的态度。要是他能去公安局自首……

金银花 公安局不能去，一去肯定要捉起来。

季大发 那就只能等着上少年法庭了！

金银花 上少年法庭？这……这也不行！

季大发 只好我去报告公安局，要求对小龙从宽处理。

金银花 不行，不行！你前脚去，小龙后脚就会被抓起来！一抓起来，你就是诈骗犯的爷，我就是诈骗犯的娘，难道你这个副总经理不怕丢面子？

季大发 小龙做都做了，我再要面子也没用，弄得不好，连里子也保不牢。（下决心）走！

〔牛山，季小龙悄上，开门偷听。

金银花 哪里去？

季大发 公安局举报！

金银花　举报你的儿子？你还是不是他亲爸爸？你的心为啥介黑？你是不是想剜到我肉里去才放手？我看，小龙不是黑客，你才是黑客。

季大发　小龙不肯去自首，只好我去自首……不，举报。我也是没有办法……

金银花　我有办法。

季大发　啥办法？

金银花　宁可不要票子，也要保牢面子！

季大发　你是说……

金银花　去公安局……

季大发　去公安局？你同意了？

金银花　你们公司不是报案了吗？赶紧去撤回！

季大发　撤回？我怎么向公司员工交待？

金银花　经济损失我来赔偿。

季大发　那小龙怎么办？就让他再去骗人家，黑客继续当下去？

金银花　小龙我会教育的。当务之急，你赶紧去公安局撤回报案，就说 18 万元取回来了！

季大发　我不去！

金银花　你就不想救救小龙？

季大发　这不是救小龙，这是害小龙！

金银花　（逼近）你去不去？

季大发　我不去！

金银花　你一定不去？

季大发　一定不去。

金银花　真的不去？

季大发　真的不去。

金银花　好，公安局不去，换个地方去去。

季大发　什么地方？

金银花　民政局！

季大发　去民政局做什么？

金银花　离婚！

季大发　啊！

〔切光。

七

〔半月后的一个黄昏。

〔静僻的街头。鹅毛般的雪花悄悄地飘落。

〔远远传来金银花的呼喊声："小龙！小龙……"

〔稍顷，金银花和马师傅持电筒上。

金银花 （喊）小龙！

马师傅 （喊）小龙！

〔双方分头找，找了一圈后，马师傅找下。季大发上。季、金两人各自将电筒照在对方的脸上……

金银花 你照我干啥？

季大发 你不是先照我。

金银花 都是你，到公安局举报，吓得小龙逃掉。

季大发 这能怪我？是你不好，儿子拘留所回来，还要"热烈欢迎"，我要管管伊，你叫他做生意，现在他逃走，也是你打电话通知他，还要怪我？

金银花 我也后悔死了，公安局讲，只要他投案自首，可以从轻处理，我打电话叫他回来，可他老是关机。

季大发 都怪你不听我的话。

金银花 告诉你，这次要是小龙找不回来，我真的跟你离婚！

季大发 离婚就离婚。为了个儿子，离婚离了三十几次了……

〔两人找下。

〔大雪骤降。

〔远处出现一队人影，临近时，一把把自动花伞依次弹开。灯光下，如游龙，似花海，呈现出一道独特的景观。

〔风雪中，队伍奋力前行。

〔借助舞台特写灯光，可以发现队伍中有周老师、王小君、沙莎、小胖及其他同学。

周老师 同学们，我们分两个组去找，王小君、沙莎、小胖一组，其他同学和我

一组，一定要想办法找到季小龙！

众 是！

〔众分头找下。

季小龙 （鬼鬼祟祟地上，喊）“带鱼鲞！”“带鱼鲞！”

牛　山 （从暗处闪出）小龙！

季小龙 “带鱼鲞”，钞票取到了吗？

牛　山 没有，差点被抓牢。

季小龙 还是给我妈打个电话吧？让她给送点钱来。

牛　山 不行，你妈的电话一定被公安局监控，一打就会被发现。

季小龙 那怎么办？

牛　山 我们必须马上离开此地，现在顶要紧的是赶快弄点钞票做路费。

季小龙 现在雪下得介大，到哪里去弄钱？

牛　山 （与小龙耳语）——

季小龙 啊？拦路抢劫？

牛　山 轻点，勿做这种事情又怎么办？

季小龙 拦路抢劫我做不来的。

牛　山 不做？告诉你，上船容易下船难。（用匕首对准小龙）做不做？

季小龙 （无奈地点头）——做，做！

〔金银花拿手电照上。牛山悄悄逼近。

牛　山 （故意变音）不许动！

金银花 我不动——。

牛　山 （举匕首）钞票拿出来！

金银花 我身上没有钞票。

牛　山 戒指脱下来。（金银花除下戒指给牛山）手镯、手表，（银花一一除下给他）还有吗？

金银花 没有啦！

牛　山 站在这里不许动，不许响！走！

金银花 （突然抓住季小龙，大喊）快来人啊！

季小龙 （拔出匕首，变声）快放手，再不放手，我就……

牛　山 快动手！（季小龙不敢下手——）

〔牛山一把抓住小龙持匕首的手，往金银花身上刺去。

金银花 （被刺）啊！（发现季小龙）小龙！（倒下）

〔牛山逃下。

季小龙　（突然发现是妈妈，跪爬过去）妈妈、妈妈……

〔切光。

八

〔距上场一个多月。

〔台左是医院病房。台右是监狱一角。两个空间流淌着一种沉重，悲切的母子情感。

〔季小龙坐在铁窗边，眼看窗外皎洁的圆月，失神的双目，不时射出悔恨、痛苦甚至绝望——

季小龙　（唱）星星还是那个星星，
月亮还是那个月亮，
我呀还是那个我，
住房却变成牢房。
我抢劫钱财发了狂，
刀刺妈妈丧尽了天良。
季小龙，你还是人吗？
面对高墙悔青了肚肠，
季小龙你……你简直是一头狼！
恋游戏，变流氓。
当黑客，掉泥坑，
只怪自己太荒唐，
泪流满面也洗不尽我囚犯的肮脏。（伏地痛哭）

〔史金花拎着食品袋上。

狱　警　季小龙！有人看你来啦！

〔季小龙走进探视室。

史金花　（见到小龙心痛地）小龙！

季小龙　小君妈妈！我爸爸呢？他为什么不来看我？

金银花　你爸爸为了你，气得中风，送进医院，现在他半身瘫痪动也不会动了——

（泣）

〔王小君推着坐轮椅的季大发上。

季小龙 （痛哭）爸爸！你真的被我气死了——现在我真想你结结棍棍、杀杀克克打我一顿呀！

季大发 过去，你说要打得重，打得痛，打得我动也不会动——（欲举手）现在真的动也不会动了——

季小龙 （后悔地）爸爸！我妈妈呢？爸爸，你快点告诉我，妈妈现在怎么样？是我害了她！是我害了她！

王小君 （流泪）你妈妈她经过医院抢救，已经脱离了生命危险。你妈妈说刺她的主要凶手是"带鱼鲞"，"带鱼鲞"也已经承认了。

季小龙 （跪下）妈妈！我对不起你！我对不起你！（哭泣，呼唤）妈妈，妈妈。

（唱）我天天都在想着你，
我有多少话要对你讲。

〔金银花出现在病房。

金银花 （唱）为什么我的命运这般苦，
为什么爱儿却送儿进牢房？（哭泣）

季小龙 （唱）盼星星，盼月亮，
盼望爸妈到身旁，
千错万错儿子错，
求妈妈，狠狠给我三巴掌。

金银花 （唱）小龙呀！伤口滴血痛心上，
妈在悔恨恨断肠。
千错万错妈妈错，
是妈妈害你推你入泥坑。

季小龙 （唱）妈妈呀！你的刀伤痛不痛，
都怪我让你泪水又发烫。

金银花 （唱）都怪我当妈当得不像妈，
宠子宠得不像样。
一颗苦果两人尝，
噩梦醒来泪汪汪。

季小龙 （唱）我一失足成千古恨，
妈妈你千万莫悲伤，莫悲伤！

金银花 （泣不成声）——

季小龙 妈妈你不要哭！妈妈你不要哭——

〔幕后独唱：

都说世上妈妈好，
妈妈当我是珍宝。
都说宠爱也是爱，
小心将来泪滔滔。

〔幕落。

〔剧终。

1995年

古装绍剧

大禹治水

（根据杨小白同名小说改编）

杨小白　顾颂恩

人物表　大　禹——初任治水司空时23岁，历时30年治水成功。

女　娇——大禹妻。

蒙——涂山氏族酋长，女娇父。

鲧——大禹父，治水失败被杀。

女　灼——涂山民女，年龄比女娇略大。

长　脚——褒氏部落酋长。

巨　手——夷区部落酋长。

启——大禹之子。

益——涂山民工头领。

舜——舜君，后接帝位。

民工、村女、土著、灾民、祭民、武士、信使、解差、舞队等。

序　幕

〔史前。羽山。

〔彤云密布，雷电交加，汤汤大水，浊浪排空；水中露出羽山礁石，电火在礁石四周燃烧。

〔幕后合唱：

天雷震，恶水狂，
人为鱼鳖，泪雨翻作浪；
百年洪荒，生灵绝望，
汤汤大水连天际——
路在何方？

〔一道闪电。黑云深处，出现舜。兵士执斧站两旁，鲧伏地而跪。

舜　鲧！

鲧　舜君……

舜　尧帝封你治水司空，万民寄予厚望。九年来，你虽劳身焦思，筑堤垒坝，怎奈江河依旧，治水无状。面对这弥天大水，千里洪荒，该当如何？

鲧　罪臣九年治水无寸功，愧对君臣百姓，唯有以死谢天下！

舜　（念）漫道治水无寸功，
敢为人先即英雄；
君心自有一准绳，
你是苦海一苍龙！

鲧　舜君明察，虽死无怨！

舜　我奉尧帝之命，为你送行来了！

鲧　谢舜君！

舜　行刑！

众　鲧大人！

〔刽子手欲动手，悲风怒号。

鲧　苍天啊，鲧有罪，该当一死。天若有情，赐我娇儿，继承我志，解救生灵！吾以头颅祭苍天！
（念）悲风为我扬，
雷电为我鸣；
苍生不得救，
虽死目难瞑。

〔鲧受刑。

〔黑云翻卷，涛声似雷。舜、兵士们隐去。

鲧　魂　洪水不退，我心不死！洪水不退，我心不死！

〔天际一个炸雷，火光闪处，幼小的禹腾空跃出。

〔禹茫然四顾。

禹　父亲！

鲧　魂　（惊喜）啊！天赐我儿！天赐我儿！

禹　父亲，为孩儿取个名字吧！

鲧　魂　你生在羽山之巅，就取名禹！

禹　谢父亲。父亲，你为天下人甘愿受戮，虽死犹生；禹儿要继承父志，根治水患！

鲧　魂　禹儿壮心可嘉。……儿啊，黄帝所作《水经图》，是天地宇宙大道之图，可为我儿指点迷津。

禹　《水经图》？

鲧　魂　此图现在大越宛委山涂山酉长蒙处。

禹　涂山酉长蒙？

鲧　魂　他随为父治水多年，我不该不听他忠告，以致弟兄失和，为父深疚于心！

禹　孩儿记下了。

鲧　魂　儿啊，快来接斧。

禹　是！父亲……（腾身扑向石斧）

〔合唱：禹儿啊，快长大，快长大！

〔雷鸣电闪，日月流转。

〔暗转。

一

〔高高宛委山。山峰耸立，幽兰飘香。

〔禹内唱："继父志，觅宝图，直上涂山——"，背插石斧急上。

禹　（接唱）受君命，担重任，何惧艰难。

一路上，大水汹涌房舍坍，

不忍看，遍野哀鸿尸骨烂。

为救苍生脱水患，

不得宝图誓不返。

行来已近宛委山，

但只见，仙云飘绕花烂漫！

〔女娇、女灼随一群少女采兰花上。

村　女　（唱）越女采幽兰，
　　　　结伴进山弯。
　　　　灾年花不落，
　　　　香飘万重山。

禹　大姐，这里是宛委山？

村　女　是宛委山！

女　娇　你是来投亲的？

女　灼　还是来相亲的？

〔村女笑。

禹　大姐不要取笑。我千里到此，特来求见涂山酋长蒙伯！

女　灼　哈哈，你来得真巧。喏，这位姑娘就是蒙大伯的女儿，名叫女娇。

禹　（大喜）真是天助我啊。大姐，大伯可在家中？

女　娇　今天是祈神之日，家父正在宛委山顶祭拜神器。

禹　神器？

女　娇　就是黄帝所传《水经图》。

禹　（惊喜）啊！《水经图》，我日思夜盼，终于能见到蒙大人了！请大姐速速带我前往！

〔村女们嬉戏追逐下。

〔奇峰旋转，出现宛委山巅祭台。上供陶文《水经图》。

〔蒙率众祭拜。祭祀音乐。

〔合唱：盘古开天兮黄帝赐图，
　　　　天降神器兮驱灾消祸；
　　　　保佑涂山兮苦海有渡，
　　　　顶礼膜拜兮朝朝暮暮。

〔女娇领禹上。

禹　啊！那就是《水经图》……（欲上前）

蒙　是谁？

女　娇　（上前）爹爹，有个外地后生，特来求见。

禹　（急步上前）拜见蒙伯。

蒙　（一呆）……唔……

禹　侄儿姒禹特向蒙伯求取水经宝图。

蒙　荒唐！

（念）天赐《水经图》，
神器不可侮！
谁敢惊神灵，
苍天降灾祸！

〔蒙不理禹，转身祭拜。

禹　蒙伯！黄帝所传《水经图》，蕴含大道，内藏玄机。求蒙伯将宝图赐与侄儿吧！

女　娇（念）爹爹，你十年祭拜毫无结果，
不妨借他一用，
也许能解救生灵！

益　蒙伯，女娇此话有理。

蒙　胡说！

（念）宝图不传外姓人，
谁敢多言砍头颅！
后生无须多纠缠，
速离涂山登归途。

禹　不！

（念）奉命治水心如火，
誓死要取《水经图》。
苦求蒙伯应允我，
我作儿来你作父！

蒙（念）小子说话太荒唐，
你家中可有亲生父？

禹（念）家父不幸已亡故，
他碧血洒在羽山坡！

蒙　你……究竟是谁？

禹　治水司空鲧之子。

蒙　鲧之子……

禹　蒙伯，侄儿我受尧帝之命，接任亡父之职。父亲魂灵嘱咐，要我寻访蒙伯，代父负罪登山，求取宝图。故而我肩背祖传石斧，历尽千辛万苦，终于来到涂山，得见宝图。恳求蒙伯看在我父面上，答应我吧！（呈斧）

蒙　　鲧兄……

（唱）见石斧，彻骨寒心泪模糊，

我的老友啊……

似见你，羽山坡上血成河。

贤侄啊，

你的父，看图未能解河图，

九年辛劳结恶果。

百年水荒是天数，

逆天终难制洪波。

治水宝图盼圣贤，

岂可违天轻托付。

苦心劝你回家走，

不忍见，姒门父子断头颅！

禹　　蒙伯，你的好意，侄儿心领。怎奈治水心愿，坚如磐石，不达目的，决不回头！

蒙　　（气，对众）来人……把他送下山去！

〔众强行拖扯。

〔禹奋力挣开，上前双膝跪地。

禹　　蒙伯……

蒙　　你……下跪何意？

禹　　有求蒙伯，焉能不跪！

蒙　　你跪也无用！

禹　　蒙伯不宥父过，不传宝图，侄儿长跪不起！

蒙　　你难道不睡不吃了？

禹　　侄儿我发誓粒米不沾，滴水不进！

蒙　　（气极）鲧兄，你怎么生了这条莽牛啊！（对众）下山！让他去跪。（率众下）

女　娇　大哥，我爹爹生性固执，你还是回去吧。大哥，你莫非要跪下山去？大哥，你不能这样……

〔禹跪步追赶，女娇欲扶被推开。

〔幕后独唱：

跪步下山岭，

一路留血痕。

跪灭西山日，

跪来一天星。

〔景转。女娇家门前，石笋枯藤。远处可闻海涛声。

〔深夜。禹跪在枯藤下。

禹　（唱）夜深沉，数星辰，

一颗星儿一条命。

天上星星无穷尽，

灾民如星数不清……

〔现背景。荒滩枯枝，尸骨遍地，灾民逃荒。

〔凄婉的女声唱：

荒滩垒白骨，

恶水淹枯藤。

茫茫天涯路已尽，

泪眼盼救星！

〔女娇家门前。

〔烈日高照，酷热难当。

〔禹跪地挣扎。

禹　（唱）烈日高照，

漫天火云烧。

汗似汤浇，

头痛欲裂似刀绞……

〔女娇提水罐急上。

女　娇　（唱）见大哥苦挣扎，我五内俱焦，

大哥啊，你喝一口清凉水免受煎熬。

禹　（唱）好一碗清泉水似甘霖润旱苗，

姒禹我立誓言岂可动摇！（将水洒地）

女　娇　大哥，你还是起来吧！

禹　不！

（唱）百年洪荒，神州苦飘摇，

救黎民，治洪水，爹把头颅抛。

来涂山求宝图出师第一遭，

你爹他固执己见我心如火燎。
区区磨难我能熬，
只盼根除百年涝。

女　娇　（不忍）大哥……

禹　娇妹，把我的双手绑在那枯藤之上。……我求你了！

〔女娇哭着将禹的双手吊在树干枯藤上。

〔乌云奔涌，霹雳闪电，雷雨交加，夜幕降临。

〔禹昏晕，双臂高悬，身子垂落。

〔女娇跪在禹身旁，双手护卫着禹。

〔蒙出。

蒙　姒禹，起来吧。……姒禹，你快起来吧！

禹　（仿佛从梦中醒来，突然大喊）不！！

〔合唱：一声喊，漫天泪雨浇，
心似磐石，山崩志不摇。
雷雨夜，只看见星光闪耀，
送宝图，招贤婿，就在今宵。

蒙　姒禹！

〔合唱中，蒙举斧斩断绑禹手的枯藤。蒙抱着禹，呼叫着。

〔喜乐声起。

〔喜满寨门，飘扬着各式图腾旗幡。

〔村民把禹和女娇推在一起，向他们撒鲜花以示庆贺。

〔禹、蒙在寨门前迎酋长们到来。

〔内声："褒氏酋长到——"

〔长脚上。

长　脚　庆贺，庆贺！

蒙　姒禹，这是褒氏族酋长，叫长脚，特来庆贺！

禹　多谢了。

长　脚　从今以后，下海筑塘有我在！

〔内声："夷氏酋长到——"

〔巨手上。

长　脚　巨手酋长！

巨　手　你倒比我先到啊！大禹兄弟，我是夷氏族酋长，人称巨手酋长。从今以

后，挖土垒坝，我包了！

蒙 好！两位酋长，这是涂山虎将益。从今以后，请大家要多多尽力。

长 脚 好！我们都听大禹号令！

巨 手 来，击掌为盟！

〔众村民举火把、石器，歌舞欢跃……

〔暗转。

〔金鸡啼。天明。大禹替女娇梳头。

女 娇 （唱）夜短偏闻金鸡啼，
送君远行心悲凄。

禹 （唱）为娇妹，秀发理，
千言万语，何以慰我妻。

女 娇 （唱）忍悲泪，一缕青丝赠禹郎，
千丝万缕情相依。
夫君啊，新婚三朝愁别离，
你何日功成归故里？

禹 （唱）我夜读水经深无底，
何时平洪峰，难以诉归期。
娇妹啊，我报捷归来相伴你，
无功决不见娇妻！

女 娇 （唱）一句话，痛心肺，
临别含羞问夫婿：
我若有孕生儿女，
取何名字合夫意？

禹 （唱）姒禹治水今启程，
生儿生女取名启。

〔鸡鸣二遍。

禹 （唱）鸡鸣声声催我行，
留赠爱妻身上衣。

女 娇 （唱）待等海晏河清日，
宛委山下迎候你。

〔灯暗。

二

〔江边大堤，禹旗高扬。

〔劳动号子，震天撼地。

〔众民工奋力筑坝。

〔洪水溢堤，无法阻挡。

〔工棚。大禹焦虑万分。长脚等人注视着大禹。

巨　手　（高喊进工棚）大禹，洪水还在上涨，眼看就要溢堤，怎么办？

禹　（不知所措）这是怎么回事？先父在世之时，这里堤高八尺……

长　脚　如今堤高三丈啦！

巨　手　可是洪水有增无减！

〔蒙上。

蒙　姒禹！

众　蒙伯！？

蒙　姒禹，你还在用你父亲堵的办法，管什么用！

巨　手　从来兵来将挡，水来土掩。我们筑堤堵洪有什么错？

禹　蒙伯，我读遍水经，这治水良策，究竟在哪里？

蒙　这水经来历久远，广及九州，其中玄机，非一朝一夕可以参透。

禹　但愿精诚所至，金石为开！

蒙　只怕风动水流，天意难违！

众　天意难违……

民　工　禹大人，西坝块口！

禹　啊！你们看，洪水滚滚，风狂浪急。弟兄们性命难保，救人要紧！（率众奋力抢救下）

众　禹大人！

〔少顷。内声："不好啦，禹大人出事了！"

〔蒙见状欲下水，被巨手拉住。

巨　手　蒙伯，你不能去，还是我去！（跃入水中）

〔蒙挣脱益和众人阻拦，下水。

众　禹大人！

〔巨手救大禹上。

巨　手　大禹！

众　禹大人！

禹　（苏醒）蒙伯！蒙伯在哪里？蒙伯在哪里？

〔益急上。

益　大禹，蒙伯他……他被洪水……

禹　蒙伯！把他找回来，把他找回来！

〔内声："舜君信使到。"

〔信使上。

信　使　大禹治水十月，大河泛滥，南江倒堤，东川决口，水荒遍及神州。足见治水无方，着令解押东夷听候发落。

禹　啊？

益　大禹哥有什么罪？大禹哥没有罪！他十个月来，筑堤垒坝，千里奔波，昼夜辛劳。你们看！他脚也烂了，腰也闪了，多少次昏死在大堤之上……

禹　不！劳而无功，于百姓何益，姒禹理当伏罪。众位兄弟，禹此去面君，求你们务必找回蒙伯。万一他身遭不测，也要让他老人家尸骨还乡！

禹　两位酋长，你们带领各部落兄弟，坚守待命。姒禹拜托了！

众　大禹，我们等你回来！

信　使　上路！

众　禹大人。

〔众送下。

三

〔女娇家门口。

〔女娇呆呆地站在门外。女灼上。

女　灼　娇妹，你怎么又出来了。眼看就要临盆，你要当心身子啊。……怎么，

你又梦见大禹了？

女　娇　是啊，我每梦见他一次，就打一个结，都已经打这么多了……

女　灼　你呀，也太痴情了。他新婚一别，十月未归。如今你又快要临产，他依然音讯全无。这还算什么丈夫？

女　娇　姐姐，你不要怪他。我生养事小，他治水事大……

女　灼　治水？治水又不靠他一个人，上有尧帝舜君，下有黎民百姓。可你的丈夫只有一个。……好了，不说了，快进屋去吧。

女　娇　姐姐，我真想为他生个儿子。……姐姐，你听，他在叫我……

〔风声。

女　灼　谁呀？

女　娇　是禹郎他回来了……

女　灼　那是风声。你啊，想他想疯了。

女　娇　禹郎……，禹郎……（进屋）

〔禹唱："戴枷锁，经涂山，心驰神飞——"上。

禹　（接唱）风雨中似闻娇妹呼声凄。

你怎知蒙伯已经离我去，

你怎知丈夫负罪赴东夷。

遥望柴门步难移——

解　差　禹哥，回家去看看吧。

禹　多谢两位！娇妹，姒禹看你来了！

〔屋内传出喊声："喔唷！……""孩子要降生了！"

禹　（惊喜）啊？启儿，我的启儿要降生了！

（接唱）娇妹啊，你独守寒门，

十月怀胎非容易。

蒙伯竟辞世，

噩耗口难启。

今成解押犯，

怎会产房妻！

〔女娇冲出门来，女灼一把拖住。

女　娇　禹郎……，禹郎……

女　灼　娇妹，外面风大雨大，你是不能出去的呀！

女　娇　禹郎他真的回来了！禹郎，我好像听见你的声音了。你是向我报喜来的

吧？禹郎，我爹爹可好？他什么时候回来？你快进家门来吧！

女　灼　娇妹，你不为自己着想，也要为腹中的孩子想想啊！

女　娇　禹郎你回来吧，你快回来吧！……（被女灼拖入内）

〔风声更紧。

禹　（唱）一声声，牵心动肺，

方寸似割泪透衣。
为什么，苦心治水水淹堤？
为什么，苦读水经难解谜？
叹只叹，苍天总不遂人意，
痛只痛，相逢不敢诉别离。
手抚青丝唤爱妻，
夫在门外相伴你。
风雨夜，心不离，
只盼启儿一声啼。
何日里，海晏河清春风起，
归故里，会爱妻，再为你——
把满头秀发重梳理……

（神思飘忽）……娇妹……

〔女娇声音："禹郎……"

〔禹幻觉中似见女娇就在眼前……

〔合唱：啊……

春风荡漾，
鸟语花香。
风吹秀发扬，
情比溪水长。

〔男、女声伴唱：

涂山女儿秀发长，
好似溪水绕山梁。
涂山女儿秀发亮，
好似飞瀑浴朝阳。
光盘不梳发打结，
越梳越顺越通畅。

好似那小溪河涧通江流，

更似那百川千流奔海洋！

〔女娇幻影渐渐消失。

〔大禹呆坐在地中央，耳畔响起浑厚、遥远的声音：“疏吧，让洪水东流；疏吧，让九流归海；疏吧，疏吧。”

禹　（惊醒）疏？！疏！（顿悟）水经藏玄机，太极分阴阳。盘古开天之时，“天倾西北，地陷东南”。西北高山峻岭，东南平原、湖泽。蒙伯曾说：“风动水流，此乃天意。……”以往只堵不疏，洪水淤积；倘若有堵有疏，定能引水东流，泄洪入海！啊！治水良策……我找到了！我要立即面奏尧帝舜君！

〔女娇怀抱婴儿，冲至门口。

〔婴儿啼哭。

〔暗转。

四

〔幕后合唱：

劈龙门，

百川飞泻泄狂涛。

疏导初见效，

十载辛劳！辛劳！辛劳！

〔深夜。江边营地。

〔民工们参差散坐在江边，仰望星月。

〔浑厚的男声领唱，众和唱：

十年堵啊十年疏，

十年离愁十年苦。

风霜催白少年头，

荒草长满家乡路。

茫茫大水无边际，

背井离乡思故土。

何时才能回家乡，

相会我那亲父母……

〔巨手巡夜上。

巨　手　你们唉声叹气干什么？

民工甲　我们想回家……

巨　手　禹大人说了，治水成功，为期不远，不出三年便能大功告成！

民工甲　哼！谁知道是三年还是三十年！我们褒氏部落地势高，风水好，治水十年，早已风平浪静。我们早该回家了。

众　是啊！何必要在这里受苦受难！

〔众人议论纷纷。

巨　手　这是人说的话吗？还有大片土地淹没在洪水之中！怎么能只顾自己。告诉他们，谁想逃走，抓回来杀头！

民工甲　你少来吓唬人。如今尧帝驾崩，舜帝接位，大赦天下。你要杀我们头，先杀你的头！

巨　手　这是谁说的？

民工甲　我们褒氏酋长！你又不是我们的酋长，少来管我们！

巨　手　（大怒）我偏要管，先来管你！

〔巨手一巴掌劈倒民工甲，群情激怒，被巨手打得七零八落。

〔满头白发、手拄耒锸的大禹蹒跚着上。

禹　住手！……把他扶起来，扶起来！（搀起倒地民工。见一民工脚伤）小兄弟，你的脚泡烂了。来，我来给你包扎。（撕下衣片给一民工包扎）

一民工　禹大人，你自己的脚也烂了……

老　者　（感动）禹大人……

禹　（回头见老者）老人家，你治水已经多年了吧？看你年老体弱，明天我派人送你回家可好？

老　者　不用，不用。禹大人，喏！这是我的儿子，那是我的孙子，我们祖孙三代都在这里了。

〔群情渐渐稳定下来。

禹　老人家，（感情地）姒禹无能，累苦众位父老兄弟了！十年来，大家风雨相随，生死不离，姒禹感激在心。如今治水到了最后关头，南江、东川中游水道尚未疏通。倘若再遇洪峰，又会殃及神州，十年辛劳将功亏一篑！有劳各位再助兄弟一把，待大功告成，我们喝他三天三夜，堂堂

正正地回家！

〔静场。

民工甲 （轻声地）禹大人，我不走了……

众 我们不走了！

禹 好！

〔探上。

探 禹大人！——褒氏酋长出逃！

众 啊！（又一阵骚动）

巨　手 哼！我早知道长脚肚里有文章！

益 我这就去把他抓回来！

巨　手 砍头示众！

禹 不！他是褒氏族的好酋长，我的好兄弟。如今治了大河，还要穿山峡、治南江。大功尚未告成，他决不能离开这里。我这就去找他！

益 大禹哥，你的脚……

禹 只要骨头还在，我就一定要追上他！（急下）

巨　手 益兄弟，大禹刚才说穿山峡、治南江？

益 对，下一步要凿开山峡，泄南江大水，东流入海。

巨　手 那我们夷氏部落正处在南江下游、东海之滨。

益 禹大哥正要和你们商量。我们涂山部落和你们夷氏部落都要迁居宛委山！

巨　手 啊！迁居宛委山？（沉思）

〔景转涂山。黄昏。长脚匆匆上。

长　脚 （念）四下无人拔腿溜，
一步跨出九尺九。
十年治水白了首，
好比苦笋难出头。
治水治得介长久，
何年何月会到头？
须发白，面皮皱，
身子熬得精光瘦。
如若站在家门口，
老婆、妮子还道我是外地来的孤老头。
闲话少讲快步走，

啊呀！山回路转昏了头。

啊！我怎么走到涂山来了？那不是女娇吗？千万不能被她看见。（避到树后）

〔女娇背柴上。

女　娇　（唱）花落花开十年久，
种粟打柴操井臼。
老父亡故儿长大，
倚门盼夫春到秋。
一天天，只见水泽化绿洲，
一年年，不见离燕归枝头。

〔启儿穿禹服突然从暗处跃出。

启　母亲！

女　娇　啊！啊呀，差点儿认不出你了。穿起这件衣衫，活像你的父亲！

启　母亲，我父亲是什么样子？他什么时候回来？我一直在想念他呢！

女　娇　你父亲容貌端庄，神态威武，身材高大，步履刚健。他为拯救天下百姓，终年辛劳，大家都称他是治水英雄！

启　我长大后一定要像父亲一样！

女　娇　这才是大禹的儿子！

启　母亲你累了，我来帮你背柴！（背柴偕女娇下）

〔启和顽童甲、乙、丙上。

众　童　阿启，我们来玩游戏！

启　我们来玩什么游戏？

童　甲　我们来玩老鹰捉小鸡！

启　不！我们来玩治水游戏！（脱衣挂树枝上）

众　童　好！

启　（唱）我筑长长一道堤，

众　童　（唱）挡住狂风和暴雨。

启　（唱）我开宽宽一条河，

众　童　（唱）平定洪水驾船舸。

启　（唱）我挖圆圆一口塘，

众　童　（唱）养得鱼儿肥又壮。

〔禹踉跄上。儿童们与禹相撞。

禹　童儿，见到一位长脚的叔叔没有？

启　（想）没有。

禹　（发现树上外衣）啊，这不是我留给娇妹的衣衫吗？我怎么走到自己家门口来了。童儿，这是谁的衣衫？

启　这是我父亲十年前留在家里的。

禹　你是……

启　我叫启，是我父亲给我取的名字。

禹　啊！……启儿，……启儿，我就是你父亲呀！

启　（大惊）不，我母亲说，我爹爹神态威武，步履刚健。哪像你……

童甲　是个疯老头！

禹　启儿，你母亲好吗？她在家吗？（欲抱启）

启　（逃开，呼唤）母亲，快来呀，有个疯老头！

〔女娇跑上。

女娇　原来是位老人家。……老人家，看样子，你是从治水工地来的？

禹　是啊……

女娇　你可见过大禹。

禹　见过。

女娇　他……

禹　他老了！

女娇　老了？

禹　他老了！

女娇　老了？

禹　只怕他站在你面前，你也不认识了。

女娇　不……

禹　那你还记得他吗？

女娇　（悲从中来）我无时无刻不在想念他。新婚三朝，他就离我而去，为了治水，从未回过家门。……启儿降生之夜，我在风雨中盼他回家，不见禹郎归来，却传来父亲遇难的噩耗。多少天，我抱着启儿站在那涂山坡上，盼哪，盼哪！我整整盼了十年啊！禹郎，我多想你在我的身边，我多想见你一面哪！

禹　（掩面哭泣）……娇妹，你仔细看看我吧！……（掏出青丝）

女娇　（细看青丝，终于认出）禹郎……

（唱）见禹郎，好似千刀万斧剜我心，
岁月催你变了形。
双手轻抚禹郎面，
道道皱纹刻艰辛。

禹　（唱）烈日暴晒风雨淋，
霜打雪扫留记印。

女　娇　（唱）泪面紧贴禹郎手，
满掌石茧痛我心。

禹　（唱）开山凿岩理当先，
手雕险岳与峻岭。

女　娇　（唱）我痛你，满头白发满身伤，
恨不能，妻肩帮你挑千斤。
唤启儿，快来认你亲生父——

禹　启儿。

启　父亲……

女　娇　（接唱）求夫君，回家敷药快治病。

禹　不，我得赶紧去寻找一位治水兄弟！

女　娇　禹郎，他是什么人，非要寻找不可吗？

禹　（唱）他是我好兄弟治水功臣，
十年来紧相随入死出生。
到如今，一人出走军心动，
战将不归令难行。

女　娇　启儿，快搀扶你父亲，我们一起去寻找那位大叔！

长　脚　（从树丛内奔出）不要找了。

禹　长脚兄弟！

长　脚　（激动）大禹！（紧紧相抱）

禹　启儿，这位就是爹要找的治水英雄，长脚伯伯。

启　长脚伯伯！

长　脚　（尴尬）哎……

禹　褒氏兄弟，工地上正等你回去，我们快走吧！

女　娇　不，你们难得回来，快进门歇息吧……

禹　（为难地）娇妹，你的心意我知道，可是我……

女　娇　（会意，强忍悲泪）启儿，搀扶你父亲上路吧。

禹　不！

长　脚　大禹！

女　娇　（取过耒锸）启儿，去吧！

启　父亲——

禹　（猛然回头）娇妹！（禹手拄耒锸下。启、长脚随下）

〔传来启的声音："母亲！"

女　娇　启儿，禹郎！禹郎——

〔女娇飞步奔上涂山坡。

〔灯暗。

五

〔工地。

〔巨手率众上。长脚追上。

长　脚　巨手兄弟，杀气腾腾到哪里去？

巨　手　你管不着！

长　脚　大禹要来劝你……

巨　手　不用劝了，我们夷氏部落誓与家乡共存亡！

长　脚　巨手兄弟，还有大片土地淹没在洪水之中。你不是这样劝说过弟兄们的吗？

巨　手　哼！大水冲不到你褒氏部落，你少来挖苦！

长　脚　大禹把你们安顿在宛委山上。那里风光好，风景好，风水好……

巨　手　好就留给你！（一掌推倒长脚）

长　脚　赶快报与大禹知道！

〔景转大禹帐内。

〔长脚阻挡不住。巨手率众拥上。

禹　巨手兄弟，你来了。

巨　手　也许是最后一次了。

禹　此话怎讲？

巨　手　哼，我万万没有想到，治水，治水，最后治的不是水，而是我！

禹　兄弟……

巨　手　大禹！

（唱）我跟随你大禹十多年，

雨里奔波浪里颠。

不辞艰辛不避险，

夷氏真心可对天。

到头来治水反要遭水淹，

保不住祖宗陵墓祖宗田。

禹　夷氏兄弟，不要伤心，我已经在宛委山上……

巨　手　宛委山我们不去！

众　对！夷氏神祭寸步不离，夷氏家乡寸土不让！

禹　住口！（怒）你们寸步不离、寸土不让，难道让九流之水从天上入海不成！

〔众欲拔刀。巨手制止。

巨　手　那为什么要让九流之水从夷氏部落流过呢？

禹　不！不光是夷氏部落，还要从涂山流过！

巨　手　涂山……。弟兄们，跟我走！（率众下）

长　脚　大禹，夷氏酋长怒气冲冲而去，莫非前往涂山？

益　大禹哥，舜君有旨，命你在雨季前，劈开夷山，君前复旨。可夷氏酋长他……

禹　（忽然想到）我们涂山和夷氏山水相连，只有先搬迁涂山，方能令夷氏信服。我要连夜赶去涂山！

益　禹大哥，巨手酋长生性粗野，你此去恐有不测。我跟你一起去吧！

长　脚　对，我们一起去！

禹　不，你们守在这里，将弟兄们稳住。

启　父亲，我跟你去！

禹　启儿。益兄弟，启儿就托付给你了。

益　你放心吧……

禹　走！

启　父亲！

〔禹下。启等送别。

〔滚雷声。

〔转景。女娇家门前。

〔巨手率夷氏部落土著围住女娇。

巨　手　禹夫人，涂山部落跟我们一样，祖祖辈辈生活在这里，我们要共同保住这片血脉之地啊！

女　娇　我相信禹郎，他这样做，总有他的道理。

巨　手　道理？什么道理？这里不是他的出生之地，自然没有切肤之痛。

女　娇　不，他不是这种人。一定是为治水……

巨　手　治水？治水是为了救百姓。好端端的涂山和夷山偏要叫洪水淹掉，这不是害百姓吗？禹夫人，你是涂山的女儿，可不能为自己的丈夫，把生养我们的家乡父老置于死地。

女　娇　你不要说了。……（忽见无数火把围集拢来）你这是什么意思？

巨　手　我已召集涂山和夷山父老乡亲，恳求夫人出面，请大禹收回成命！

女　娇　我这就去找他……

巨　手　弟兄们！禹夫人发话了，我们一起去找大禹！

女　娇　不，我不是这个意思……

〔众人围住女娇。

〔大禹冲上。

禹　闪开！

女　娇　禹郎！

众　禹大人！

禹　（对巨手）巨手，你这是干什么？

巨　手　我为夷氏部落，也为你们涂山着想。

禹　你为什么不替天下百姓想想？（雷声）听，你们听，雷声隆隆，暴雨将临，漫长的雨季就要到来。南江、东川中道堵塞，中原依旧一片汪洋。若不赶在雨季前凿通山峡，疏流归海，中原百姓将何以为生啊？

巨　手　大禹！养育你的不是中原百姓，而是东海父老！

众　是啊！

禹　我是九州司空，我管的是天下！

巨　手　我是夷氏酋长，只管脚下！

禹　天下未平，脚下难保！

巨　手　脚下难保，还管什么天下！弟兄们跟我回家，树倒猢狲散，还治什么水。我们死也要死在祖宗坟前。

禹　站住！

巨　手　你们不顾家乡父老，天良何在？弟兄们，跟我走哇！

禹　（怒喝）将他绑起来！！

〔禹的随从拥上，架住巨手。土著迅即绑住女娇。

巨　手　好，你不仁，我不义。弟兄们，大禹不收回成命，就拿女娇开刀！

禹　来人哪！你们放开她！

巨　手　放她容易，只要你收回成命，保住我们的家乡！

众　对！

女　娇　禹郎，你劈龙门、开山峡，九流归海，地平天成，这是我公爹、我父亲毕生未遂的心愿。我为此一死，千秋无悔！

禹　妻心昭昭，可与日月争辉！

巨　手　（大吼）开刀！

禹　谁敢！（抱起女娇）娇妹……

（唱）痛娇妹，犹如万钧雷霆摧肺腑，
泪雨滂沱愧憾多。
如今你不惜捐躯为治水，
这样的贤妻举世无。

女　娇　（唱）禹郎啊，天赐女娇好丈夫，
我三十年光阴不虚度。
求禹郎宛委山上筑新坟，
我要看夫君疏洪入海涂。

禹　娇妹！

巨　手　你们……。好，总是我酋长无能，我只得以死求苍天。大禹，你再不收回成命，劳你收尸三千！

众　收尸三千！

禹　（唱）十年治水千道关，
无不水患加人患。
总道世上水难治，
治人更比治水难。
巨手，我的好兄弟啊——
蒙鸿定，天地倾，洪荒百代，
巨浪滚，恶水涌，生灵涂炭。

我的父，为治水，血染羽山，
蒙大人，为治水，尸骨未还。
众兄弟，为治水，击掌为盟，信誓旦旦，
前赴后继，拯民水火，历尽艰难。
眼见得，泄九流，将成大业，
谁知你率弟兄拼死阻拦。
我怎忍十年功毁于一旦，
我怎忍众兄弟血溅涂山。
难哪难——
我泄洪入海难，
收回成命难，
告慰苍生难，
君前复旨难，
九流归海难上难，
众心归一更比登天难。

〔雷声。

禹　天哪！天神震怒，人心散失。何以上顺天意，下安黎民？巨手兄弟啊，九流归海，必经夷山和涂山，此乃天意。你却违背天意，执意阻拦，导致泄洪不成，前功尽弃。姒禹只得步我父后尘，去君前请罪服诛！

（唱）姒禹至死将你盼，
只盼你，夷氏部族，
心回意转，为救苍生，
同献肝胆，让开泄洪一道关！

告辞！

巨　手　（抓住大禹）

女　娇　夷氏大哥！

巨　手　弟兄们……迁居宛委山！

禹　好兄弟！……不怕洪水泛滥，就怕人心涣散哪！

众　禹大人！

禹　巨手兄弟！弟兄们，泄洪开山！

众　泄洪开山！

〔山呼海应。

〔强烈的音乐声起。

六

〔大江。
〔恶浪翻卷，涛声震天。
〔幕后合唱：

大江浪滔天，百蛟舞翩跹；
峭壁高万丈，巍巍锁千年；
挥石斧，
摧顽岩；
劈山峡，砸锁链，
放苍龙入大海；
教神州换新颜，
人定胜天！

〔民工战山峡。禹旗高扬。
〔一声巨响，山峡被砸开。江水飞泻，急浪奔涌。

尾　声

〔蓝天白云，春风杨柳，神州一片翠绿。
〔女声独唱：

南风之薰兮，
可以解吾民之愠兮；
南风之时兮，
可以阜吾民之财兮。

〔女声合唱：

　　茫茫禹迹兮碧水鬟绕，
　　田沃稼丰兮春社笙箫；
　　兽有茂草兮民有温饱，
　　各有悠处兮后世光照。
〔金钟高鸣，神圣豪迈的典仪音乐声起。
〔男高音独唱：
　　江淮河汉思明德，
　　精一危微见道心；
　　百川东流归沧海，
　　万世留颂华夏魂。
〔独唱声中，大禹和女娇上，双双成雕塑像状。
〔男舞队高举图腾从两侧舞上。
〔女舞队手捧稻穗舞上。
〔剧终。

1995年

《越剧古装剧》

西施断缆

阮　逊（执笔）陈伟龙

人物表　西　施——绝色民女。

范　蠡——越国上大夫。

勾　践——越国君王。

越夫人——勾践夫人。

伯　嚭——吴国太宰。

阿　岚——西施表姐。

文　种——越国下大夫。

施　母——西施之母。

越国浣纱女、宫女、内侍、兵民、吴兵等各若干人。

一

〔雄浑而压抑的无字歌似闷雷滚动。

〔画外音：两千多年前的春秋时期，诸侯争霸，烽烟四起。西施的故乡越国被吴国打败，君臣入吴为奴，黎民火热水深……

〔幕启：越国古都诸暨，苎萝山下，浣纱江畔。

〔西施浣纱，心事沉重。

〔伴唱：苎萝山下西施女，
江畔浣纱独徘徊。
泪湿纱巾盼郎归，
往事如潮滚滚来。

〔时空闪回：春光明媚，莺啼燕啭。

〔内声：姐妹们，浣纱去啰！

〔西施与众姐妹欢快地浣纱。

〔浣纱舞。

〔伴唱：春光潋滟江南美，
越女结伴浣纱来。
百媚千娇清波里，
欢歌笑语云天外，
浣呀浣呀快快浣，
纱巾如雪逐浪飞。
浣呀浣呀快快浣，
阿哥他等我把家回。

〔闪回时空消失。

西　施　（接唱）忘不了三年之前好时光，
范蠡他，扁舟一叶款款来。
叹如今，郎为吴囚隔天涯，
吉凶生死梦难猜。

范郎啊！月贡岁纳犹可忍，
只望你，早日平安踏歌回。
西施我，枉自凝眉苦等盼，
却不知，何日得偿相思债？

〔西施默默浣纱。

范　蠡（内唱）久违了，诸山暨水众乡亲——（上）
（接唱）乘长风，驾轻舟，不死的范蠡转回程！
奉王命，练兵欲去勾嵊山，
今日里，特来苎萝订终身。
（遥见西施背影）喂！这位姑娘……

〔西施闻声转身，两人相互认出。

西　施（悲喜交集）范郎——

范　蠡（喜出望外地）西施姑娘——

西　施　你终于回来了！

范　蠡　我回来了！我回来了！

〔范蠡抛缆绳，西施接住，深情缓拉。

〔船靠岸，范蠡跃上，二人共系缆绳。

〔西施扑进范蠡怀中。

〔伴唱：一个是，捧心颦眉貌更丽，
一个是，华发早生骨更奇。

范　蠡　姑娘，你还唱《小燕子》吗？

西　施　三年来我不知唱了多少遍。

范　蠡　山高路远，天隔一方。范蠡三年没有听到了，快唱给我听听。

西　施　嗯。
（唱）小燕子，飞啊飞。
不借天，不借地。
只借梁上做个窠，
给你生个小弟弟。

范　蠡（动情地）姑娘！（吟）你就是我的小燕子，我就是你的梁和泥。

西　施　范郎……

〔二人相依相偎，悄诉衷肠。

〔阿岚上，撞见。

阿　岚　是范蠡……

〔阿岚故意跺足。

〔西施羞，急与范蠡分开。

西　施　阿岚姐姐！

阿　岚　（一本正经地）喂，你是何人？竟敢在光天化日之下调戏民女！

西　施　阿岚姐姐，休得胡说。

阿　岚　不害羞！被一个陌生男子搂着抱着，还不许别人说。

西　施　哎呀！阿岚姐姐，他是……（耳语）

阿　岚　（忍不住扑哧一笑，又一本正经地）噢！原来，你就是那个当时死啊活地发誓爱人家，转身三年无影无踪无消息，害得人家得了相思病的……楚国佬吗？

范　蠡　姑娘骂得对，范蠡领教了。

西　施　阿岚姐姐，不要闹了。

阿　岚　（调皮地）我要闹，就要闹！

〔阿岚一招手，众浣纱女涌上。

〔伴唱：要闹要闹就要闹，
　　　直闹得洞房花烛高高照，
　　　直闹得小燕子生小燕子，
　　　直闹得楚国佬生楚国佬！

〔阿岚率众浣纱女跳起欢快的木屐舞。

〔施母上。

施　母　哟！什么事这么高兴啊？

西　施　（欢叫）娘！娘——你看谁来啦？

范　蠡　伯母。我是……

众越女　（推开范蠡，调侃）伯母，我是范蠡呀！（笑下）

施　母　你，真是范大夫？

西　施　娘！哪还有假？

范　蠡　伯母，真是范蠡回来了。

施　母　（悲喜交集）谢天谢地，你总算回来了！

（唱）你可知，她对月常把清香烧，
　　　梦中也把你呼叫，
　　　三年愁云遮香腮，

今日才见她欢笑。

西　施　娘！不要说了！

施　母　（对西施）你呀你呀……（又对范蠡）你看，你看……

西　施　娘……

范　蠡　伯母啊！

（唱）范蠡自楚来越乡，

功业未成役吴邦。

多承西施将我怜，

俩心相许情意长。

我本是，农家的后代苦菜的秧，

你就是，孤儿的慈亲范蠡的娘。

今日里，特地登门求亲来，

望伯母，认下范蠡作婿郎。（跪）

施　母　（大受感动）范蠡，我苦命的……儿啊。（扶起）

范　蠡　（从腰间解下玉佩）这块玉佩，乃范蠡初拜上大夫时，大王亲手赐赠。今日权作聘物，望伯母笑纳。

施　母　（接过）这么贵重的聘物，我们……

西　施　（抢过）娘……（欲回赠纱巾，羞而交与施母转送）

施　母　这纱巾洁白无瑕，好比我的女儿，今日就……（递纱巾）

范　蠡　（接住）范蠡定将它珍藏在身。

施　母　好！那就挑个日子，尽快成婚。

范　蠡　伯母！范蠡就要去勾嵊山操练三军，等范蠡练兵回来，再作确定。好吗？

西　施　娘！范郎肩负重任，女儿愿等。

施　母　好，好！

范　蠡　伯母！范蠡还有一事相告，承蒙大王厚爱，叫西施姑娘即日进宫，教习礼仪。

施　母　嗯！马上要做大夫夫人了，是该学点斯文样。

范　蠡　伯母说得对呀！

阿　岚　怎么？还叫伯母？

范　蠡　……岳母大人！

〔施母喜而忽悲。

西　施　娘……

施　母　（哈呼）她爹，要是你不死在吴兵刀下，有多好哇！

西　施　爹！……

阿　岚　姨夫……

范　蠡　国仇家恨，不共戴天。岳父大人，小婿范蠡定要为你们报仇雪恨！

〔范蠡跪地信誓，西施同跪。

〔灯渐暗。

二

〔另一光区中，勾践正在宫中负鞭请罪。

勾　践　父王！三年前，勾践断送了你打下的江山，君臣入吴为奴，石室养马，受尽耻辱。回国后，不肖儿每日在此负鞭请罪，你可知道？勾践立誓复仇复国，求父王在天之灵，多多庇佑。（内声）吴国太宰伯嚭大人到。

文　种　（上）大王！吴国太宰伯嚭又来了。

勾　践　上月他押送我们回来，时隔一月，又来作甚？

文　种　他奉吴王之命，前来巡视越国。

勾　践　文大夫，小心伺候。来呀，有请。（将鞭交与内侍）

内　侍　有请吴国太宰——

〔勾践、文种等跪迎，伯嚭笑上。

勾　践　恭迎太宰。

文　种　恭迎太宰。

伯　嚭　嗬！起来，起来。（见供着的马鞭）勾践！这马鞭，你还供着？

勾　践　勾践永远是吴王的忠实奴仆。

伯　嚭　难得你有这份孝心。不过，老夫一来，却闻到了一股怪味。

勾　践　一股怪味？

伯　嚭　一股不想再臣服于吴的怪味，请问，范大夫到哪里去了？

勾　践　（旁白）莫非他已知我在练兵不成？

伯　嚭　嘿嘿，你不说，我也知道。

勾　践　他……

伯　嚭　他呀，蒙你恩准，自享艳福去了。

勾　践　（惊魂始定，长长地吁出一口气）……

伯　嚭　怎么？老夫说错了？

勾　践　哪里哪里。太宰正是明察秋毫，范大夫确是会西施去了。

文　种　还望太宰看在老乡份上，恕他未能到此恭迎。

伯　嚭　嘿……怠慢了老夫，倒也无妨；只是，公然怠慢我家大王，也忒胆大妄为了！

勾　践　太宰，何出此言？

伯　嚭　好，你听着！

（唱）你曾对，我家大王发誓言，

回国后，常挑美女作贡献。

可有此话？

勾　践　确有此话。

伯　嚭　（接唱）可眼下，偏藏绝色不贡奉，

言而无信罪难免。

勾　践　太宰！

（唱）勾践岂敢食前言，

回国即将美女选。

上月已送十名去——

伯　嚭　（接唱）却为何，送的没有留的艳？

勾　践　这个……

（唱）西施确是绝色女，

怎奈她，早与范蠡定情先。

伯　嚭　（接唱）我家大王与范蠡，

孰重孰轻，你要细权衡，慎分辨！

勾　践　太宰！惟有此事，勾践实难应允！

伯　嚭　怎么？刚回越国，头颈就硬起来啦？

勾　践　勾践只是可怜范蠡，决非不忠吴王啊。

伯　嚭　忠与不忠，就看你送是不送？

勾　践　……

伯　嚭　送是不送？

勾　践　不！

伯　嚭　好哇！看来……

〔伯嚭步步紧逼，勾践痛苦地后退。

文　种　太宰！太宰，请允我家大王三思。

伯　嚭　文大夫，我看你家大王，是宁要一个女子，不顾一片江山了。

勾　践　（一怔）……

伯　嚭　西施之美，姑苏城内早有传闻。我家大王最爱美人！你若将西施送去，我家大王必对你仁爱有加，宠信倍增。再说，有西施姑娘在我家大王身边，你还有什么事情不好办呢？

勾　践　（思之再三，终于下决心）多谢太宰苦心教诲……

伯　嚭　勾践，你真乃识时务之俊杰也！好，老夫等着你的决定！（下）

勾　践　送太宰！

文　种　送太宰！

〔勾践突然显得十分痛苦。

文　种　大王！

勾　践　范大夫，勾践对不起你啊！

文　种　大王，范大夫深明大义，他定能体谅大王的苦衷，权衡利弊，忍痛割爱。

勾　践　不！我定要与范大夫事先相商。

文　种　大王……

勾　践　速去勾嵊山，请范大夫回宫议事。

文　种　……是。（欲下）

勾　践　慢！宫中要严加看管，不能让西施姑娘事先知道，更不能让她发生什么意外。

文　种　是。（下）

勾　践　（独自叹息）唉！西施姑娘……

〔灯渐暗。

三

〔内声：西施姑娘——

〔灯复明，景转越宫后院。

〔在众宫女陪伴下，西施试穿宫装。

西　施　（唱）进越宫，心欢畅，
对铜镜，试宫装。
一支凤钗头上戴，
一副耳鬟垂两旁，
一身霞帔金光闪，
一串玉佩响叮当。
一步一摆一回眸，
见了范郎羞难当！
好大王，情义长，
细心周到热心肠。
说我将入大夫第，
理该有个夫人样，
因此接我进了宫，
教习礼仪与诗章。
连日来，学容学步学歌舞，
哎呀呀，西施改了旧模样。

〔伯嚭悄悄上，见西施轻声呼唤。

伯　嚭　西施姑娘，西施姑娘！

西　施　（转身随应）嗳——

伯　嚭　（惊艳）啊——
（伴唱）能令君王失江山，
能令将军落马鞍！

伯　嚭　（忘神赞叹）从此以后，老夫眼中再也没有美人了！

〔西施见是生人，欲避。伯嚭紧追不舍。

伯　嚭　哎，西施姑娘，别走啊别走！

西　施　（愠色）你是何人？

伯　嚭　嘿嘿，你可千万别吓着。西施姑娘！
（唱）老夫四海名气大，
吴国太宰有身价。
此番奉我大王命，
巡视越国当钦差。
你家大王与范蠡，

生杀凭我一句话。

西　施　啊？！

〔伯嚭拂退众宫女。

伯　嚭　（接唱）早闻姑娘有绝色，

故而特来访名花。

西　施　西施乃乡村民女，何劳太宰费神？（又欲避开）

伯　嚭　嘿嘿，西施姑娘，莫怯生，莫见外，你我已是一家人了。

西　施　谁与你一家人？

〔文种上，见状止步，十分尴尬。

伯　嚭　西施姑娘，你听我说。再过几天，你就要……

文　种　太宰……

伯　嚭　嘿嘿，文大夫。你来得正好，请你当面告诉她。

文　种　这……我家大王想慢慢开导于她。

伯　嚭　啊？再过几天，她就要随老夫去吴国了，还慢慢开导于她？

西　施　（惊）什么？同去吴国？文大夫，我去吴国干什么？我去吴国干什么？

文　种　这……西施姑娘……

伯　嚭　西施姑娘！实话对你说了吧，你家大王就要将你献与我家大王了。

西　施　（抓住文种）他，他说的可是真的？

文　种　唉！（无奈点头）

西　施　（惊呆）你……你们……

伯　嚭　西施姑娘，你能去吴国，乃是福气。倘若你没有天姿国色，惊人美貌……

西　施　惊人美貌？！

伯　嚭　对！倘若你没有天姿国色，惊人美貌，勾践想贡献，我家大王还不要呢。姑娘，日后你做了贵妃，可别忘了老夫我啊！

西　施　呸！厚颜无耻……

文　种　姑娘……太宰……唉！

伯　嚭　（恼羞成怒）告诉你，若把老夫惹恼了，我可马上叫勾践、范蠡再去石室养马！

西　施　你……（脱掉宫服，掩面冲下）

文　种　西施姑娘！西施姑娘——（追下）

伯　嚭　（拾起宫服）哼！脾气还不小嘛……

〔灯暗。

四

〔浣纱江畔，月色朦胧。

〔内声杂嘈：西施姑娘……

西　施（内唱）心凄凄，泪汪汪，冲出宫墙——（踉跄上）

（接唱）恨满腔，怨满腔，

冷月空照浣纱江。

江啊江！曾记得，娘亲从小对我讲，

我是你，水中明珠转世上。

天姿国色是你生，

痴情柔肠是你养。

又谁知，风波皆因美貌生，

逼我离乡去吴邦……

既然美貌是祸殃，

我宁愿，毁了娇容改了样。

战兢兢，头上拔下苦竹簪——

〔西施欲毁容。（内声突起）姑娘！

〔时空闪回：当年范蠡与西施相依相偎的情景，浮现在面前。

范　蠡（接唱）——姑娘啊，你的姣美世无双。

你好比明珠出水，

亮灿灿永放光芒。

又好似桃花吐蕊，

红艳艳醉人心房……

〔闪回时空消失，陶醉中的西施惊醒。

西　施　范郎。范郎……唉！

（唱）范郎你练兵在深山，

怎知宫中起风浪？

西施此身早许你，

岂肯屈从伺虎狼！
只要你范郎不嫌弃，
我终成丑女又何妨？

〔西施举簪欲毁容，施母、阿岚寻上。

阿　岚　妹妹——（奋力拦阻）

施　母　女儿——

西　施　……（惨呼）娘——

〔三人抱头痛哭。

阿　岚　妹妹，切莫如此！（夺簪）切莫如此！

施　母　女儿，你这样想不开，真叫为娘心痛啊！

西　施　娘，女儿决不去吴国！

阿　岚　对！到我家去，就是不到吴国去。

施　母　对。先去你表姐家，躲避一阵再说。

阿　岚　快走！

范　蠡　（内声突起）姑娘！姑娘——

西　施　范郎？是范郎！

范　蠡　（寻呼上）姑娘！

西　施　范郎——（扑向范蠡）

范　蠡　姑娘！委屈你了。

阿　岚　你倒来啦，人家差点儿毁了自己的容颜。

范　蠡　（惊）姑娘！你若是毁了自己的容颜，就是撕碎了范蠡的心啊！

阿　岚　说得好听。连自己的心上人也保不住，还算什么男子汉！

施　母　出了这么大的事情，你为何今日才来？

范　蠡　岳母大人！范蠡接到大王旨令，即从山里赶来，谁知出了这样大的变故！

施　母　范蠡，我就这么一个女儿，全指望你了。

范　蠡　岳母，范蠡这就进宫，请求大王改变主张。

西　施　范郎，见了大王，多多求恳。

范　蠡　姑娘放心。想我与大王生死与共，患难相交，范蠡的婚姻大事，他总会酌情处置。

阿　岚　依我看呀，等你回来，立即成婚。

施　母　对！生米煮成熟饭，拜了堂再说，看他们还能怎么样？

范　蠡　岳母，我这就去见大王，你们且回家去吧！

〔西施、施母、阿岚下。

〔范蠡进宫。

五

〔景转越宫：一根马鞭供于醒目处，勾践正沉思着什么。

〔范蠡入宫，冲动地盯着勾践。

范　蠡　（压住情绪）大王，你召范蠡入宫，为了何事？

勾　践　范大夫，你总算来了！只是西施姑娘她……

范　蠡　我已经知道了。大王，西施已是范蠡的人了，你为何不先与我相商？

勾　践　我召你进宫，就为与你相商。

范　蠡　与我相商？大王乃一国之主，请问你是何主意？

勾　践　……我想，也只有送了！

范　蠡　如此说来，大王召我进宫，并非诚心与我相商？

勾　践　都怪伯嚭这老贼，早早惹出祸端，勾践我……又怎么对你讲呢？

范　蠡　不讲也罢！我只求大王改变主意，还我西施！

勾　践　事已至此，勾践实难改变！

范　蠡　……要是范蠡不从呢？

勾　践　勾践深信你会想通的。

范　蠡　不！范蠡想不通！

勾　践　范大夫，你……

范　蠡　大王！

（唱）范蠡千里来投奔，
三十不娶为的甚？
西施等我三长载，
迟迟不嫁为何因？
都只为，范蠡与你共患难，
才误婚期到如今。
大王啊！虽说献美势必行，
也该酌情有区分。

勾　践　（唱）既然献美势必行，
理该抛开儿女情。
西施之美天下闻，
伯嚭已将她点名，
我若拒不将她献，
吴王得知岂甘心？

范　蠡　大王！
（唱）范蠡娶妻乃私事，
吴王得知何足论？
你逼我献出心上人，
岂不是，违天理、悖人情、不义又不仁！

勾　践　（惨笑）……我违天理？我悖人情？我不义？我不仁？是啊，我把最珍贵的东西送给吴王，又要把最美的女子献给吴王，害得举国上下亲人离散，臣民寒心。可是我……我这又是为什么啊……

范　蠡　（心情复杂地）大王……

勾　践　（冲动地）不要再叫我大王。你……你走吧，带上你的西施，享福去吧！

范　蠡　（委屈地）大王，你听我说……

勾　践　不要说了！从今以后，越国兴衰与你无干。你，毕竟是个楚国人！

范　蠡　（如雷击顶）楚国人——
（唱）大王一声楚国人，
恰似霹雳击头顶。
想不到生死与共几多年，
他却将我当外人！
谁不知，夫差战败我救驾，
会稽死守我压阵。
入吴为奴我作伴，
回越图强我统兵。
到如今，满腹委屈无处诉，
一片赤诚化成冰！
也罢！既然此处不留人，
带了西施隐山林。
……既然如此，范蠡告辞了！

〔范蠡欲下；文种上，拦住。

文　种　贤弟！你要到哪里去？

范　蠡　带了西施，归隐山林！

文　种　啊！去不得，万万去不得！

范　蠡　范蠡已蒙大王恩准。

文　种　大王你……

勾　践　让他走！

范　蠡　这就走！

文　种　大王！

勾　践　我大不了再去石室养马！

文　种　石室养马——（见马鞭，上前取过，严肃地）你们……你们还认得这个吗？

〔无字歌起。

勾　践　……这马鞭，是我君臣在吴国养马时所用。

范　蠡　……是我越国受辱的见证。

勾　践　……为不忘复仇雪耻，勾践将它亲手带回。

范　蠡　……大王曾说，不论何人，若是忘了复仇大业，当用此鞭教训！

文　种　好！（突然猛喝）勾践！看鞭！

〔勾践刚转身，已挨了重重一鞭。

范　蠡　（急上前阻拦）文兄……

文　种　范蠡！看鞭！（也给了其重重一鞭）

〔文种托鞭跪地。

文　种　大王……

勾　践　（忽然大悟，感动地）范大夫……

范　蠡　（愧悔地）大王……

〔勾践、范蠡紧紧拥抱。

勾　践　（唱）马鞭儿，打醒我心浮气躁、亡国之君，

范　蠡　（唱）马鞭儿，打回我儿女情长、离群孤鸿。

勾　践
范　蠡　（合唱）马鞭儿，打出个肝胆相照、患难与共。

〔三人紧握马鞭。

〔伴唱：酸甜苦辣，尽在不言中！

〔无字歌震撼人心。灯渐暗。

六

〔景转西施家中：一派喜庆景象，西施正绣嫁衣。

西　施　（唱）线儿长，针儿细，
千针万线绣嫁衣。
心儿随着线儿走，
绣出一对燕双飞。
范郎啊！从此你，
白日练兵在营地，
我提壶送饭不知疲。
你夜来秉烛阅简章，
我缝衣陪伴到鸡啼。
还有一件要紧事——

〔范蠡步履沉重地上，见状欲进又退，倚门而立。

西　施　（接唱）给你生个小弟弟，哎呀小弟弟！

〔西施试穿嫁衣，沉湎于遐想之中。

〔范蠡欲语还罢，痛苦不堪。

范　蠡　（唱）她那里，脸似桃花三春煦，
我这里，心若冰雪四九凄。
难抑悲愤一声叹——唉！

〔西施发现，又惊又喜又羞。

西　施　范郎！范郎！
（接唱）谁要你，偷看西施……试嫁衣！
范郎，你看，好么？

范　蠡　（心不在焉）好，好。

西　施　范郎，你看，这对双飞燕。你再仔细看看嘛！

范　蠡　（强打精神）噢。（又不由自主地）唉！

西　施　呀！

（旁唱）范郎本是英雄汉，
为何今日失了常？
范　蠡（旁唱）范蠡人称英雄汉，
为何今日失了常？
西　施（旁唱）莫非他，难使大王改主张。
范　蠡（旁唱）我已是，未吐真情露真相。
二　人（旁唱）越思越想心越慌，
西　施（旁唱）倒不如直言相问把心放。
范　蠡（旁唱）倒不如直言相告把心横。
范　蠡　姑娘！
西　施　范郎！
（唱）我见你，心猿意马神颓伤，
定然有，难言之隐心中藏。
只要我俩在一起，
纵然是，天塌地陷同担当。
范　蠡（唱）姑娘你，言恳词切人善良，
不由我，七尺男儿热泪淌。
范蠡徒有爱你心，你只有——
西　施　怎么样？
范　蠡（接唱）忍辱负重去吴邦。
西　施（惊呆）啊……
（伴唱）轻飘飘话儿一句，
霍喇喇魂魄俱伤！
西　施（神黯良久）……范郎，你我逃走吧！
范　蠡　逃走？！
西　施　范郎！
（唱）燕子入笼命不长，
西施去吴亦断肠。
而今唯有这条路，
错过时机难成双。（跪求）
范　蠡（唱）多少回，有心去享天伦乐，
多少回，梦里同入温柔乡。

面对姑娘哀哀求——（扶起西施，欲走）

〔画外音：范蠡！看鞭——

〔鞭声阵阵，震天回响。

范　蠡　啊呀！

（接唱）宫中誓言响耳旁！

宁伤姑娘爱我心，

晓以大义把私情藏！

西　施　范郎，你快带我逃走吧！

范　蠡　姑娘！

（唱）姑娘啊！我若与你逃生去，

这练兵复仇谁承当？

纵然仇仇不相报，

又怎能，一走了之害越乡？

你若不到吴国去，

伯嚭定会兴风浪，

吴王岂肯善罢休，

黎民又要遭灾殃。

大王决策本无错，

范蠡我，先国后家理应当。

西　施　（像是听错了话）你说什么？你不愿带我逃走？

范　蠡　（痛苦地）范蠡不能走！

西　施　你，就不可怜我么？

范　蠡　你也……不能走！

西　施　（扯住范蠡头上的纱巾）范蠡！今日你定要给我一个回答，你究竟还爱不爱我啊？！

范　蠡　……越国不兴，范蠡不走；要你去吴，也是范蠡的决定！

〔西施大惊失色，全身颤抖；纱巾掉地。

〔范蠡欲言无词，转身疾下。

〔《小燕子》歌曲揪人心肺。

〔伴唱：小燕子，飞啊飞。

不借天，不借地。

只借梁上做个窠，

给你生个小弟弟……

西　施　（茫然地）我在哪里？我到哪里去呀……

〔景转浣纱江畔。

西　施　（唱）昏沉沉，辨不清南北东西，

何处是，西施女魂归之地？

叩山问水总不答，

只闻子规带血啼，

你今啼血有我听，

我今啼血谁人理？

悔不该，一见钟情把心许，

悔不该，三年苦等长相忆。

悔不该，错向朝堂觅夫婿，

几番匆匆试嫁衣。

实指望，远走高飞成双对，

谁料他，一朝绝情永无期！

情已绝，永无期，满腔怨恨向谁提？

娘啊娘，莫怪女儿离你去，

从此后，化作子规带血啼……

〔西施拖着纱巾下。

〔一声惊雷，范蠡跳出，失魂落魄，四处寻呼。

范　蠡　姑娘！姑娘——

（唱）刹时间，心惊肉跳魂不定，

似曾见，滔滔江水将她吞。

悔不该，适才未把真情表，

悔不该，未曾取回素纱巾，

悔不该，一时迷茫顾自走，

忍看姑娘断了魂。

姑娘啊！范蠡心已随你去，

纵然是，千难万险、上天入地，也要将你寻！

姑娘……姑娘……

〔阿岚泣上，一把扯住范蠡。

阿　岚　范蠡！你这负心汉！

范　蠡　阿岚姑娘！你，可曾见到西施？
阿　岚　哼！我且问你，西施待你可好？
范　蠡　她，待我一往情深！
阿　岚　我再问你，你待西施如何？
范　蠡　我的心早已被她带走了！
阿　岚　（一丝冷笑）说得好听。她，明明是被你逼走的呀！
范　蠡　那，那是万不得已。我，我是违心的呀！
阿　岚　呸！你这伪君子！

（唱）说什么，你违心，
说什么，带走了心！
数遍天下无情汉，
哪有你范蠡心肠狠？
你为了献媚邀宠，
竟拿她巴结仇人；
你为了一己功名，
却不顾他人死生。
叹妹妹有眼无珠，
未看透虚意假情。
到如今空余悔恨，
只落得碧波葬身！

范　蠡　（大惊失色，抓住阿岚）你说什么？西施她……
阿　岚　（出示纱巾）你还认得这个吗？
范　蠡　（夺过）难道西施她……不……阿岚！你快告诉我，西施她……她到底怎么啦？
阿　岚　妹妹她万念俱灰，跳入了江中……
范　蠡　啊？！姑娘……我爱你反而害了你呀！（突然一阵眩晕，吐出大口鲜血，昏倒）
阿　岚　（忙上前扶住范蠡）啊？血！范大夫！你醒醒，你醒醒啊……

七

〔勾践夫妇寝宫。

〔紧接前场，随着阿岚的呼叫，出现另一光区：越夫人同时在呼叫着昏迷的西施。

越夫人 西施姑娘！你醒醒，你醒醒啊……

西　施 （恨声呓语）范蠡，你好……

范　蠡 （似有感应地呓语）我是违心的呀……

阿　岚 范大夫……（二人隐去）

越夫人 谢天谢地，你终于醒来了。

西　施 我在哪里？我在哪里呀？

越夫人 姑娘！

（唱）叫声姑娘且定神，

允我把话说分明。

自从你昨日投江被救起，

一直昏迷到如今。

西　施 让我去死，让我去死……

越夫人 （唱）姑娘啊你正年轻，

纵有难，莫轻生。

若是你还信得过，

有怨尽管说我听。

西　施 你，你是谁？

越夫人 （唱）我也是个苦命女，

此处就是我家门，

姑娘尽可把身养，

我愿为你伺晨昏。

西　施 大姊！

越夫人 （一怔）姑娘，你叫我吗？

西　施　大婶！

（唱）谢大婶，救我命，
西施不该怨恩人。
看起来，你与西施一个样，
活在世上也艰辛。

越夫人　（唱）姑娘你，把我看作自家人，
倒叫我，千言万语涌上心。
姑娘啊，眼前之苦不算苦，
提起往事倍酸辛。

西　施　大婶，你也有满腹苦水？

越夫人　姑娘愿听，我就说上几句。

（唱）姑娘声声叫大婶，
你猜我是几岁人？

西　施　（唱）我猜你，与我娘亲差不多，

越夫人　（唱）怎敢与施家阿妈相并论？

西　施　（唱）至少也过不惑年，

越夫人　（唱）可怜我只虚度了三十春！

西　施　怎么？原来你才三十岁？

越夫人　三十岁……

（唱）为只为越王兵败灾难生，
凤凰变鸡受欺凌。
千里去吴别幼稚，
三年不归死双亲。
囚石室，夏遭虫咬冬卧冰，
作奴才，日扫庭院夜守坟。
忍听夫君作马夫，
更痛夫君尝人粪。
夫妻隔墙受煎熬，
只闻呻吟难见人。
奇耻大辱说不完——

西　施　啊？莫非你……

越夫人　（唱）我就是勾践的妻，越国夫人。

西　施　你就是越国夫人？！

越夫人　一个早已该死、偏不肯死的苦命人！

西　施　（仿佛还想证实似地四顾）那——这犁这纺车呢？

越夫人　大王和我用的。他说过，不是自己耕种的，就不吃。不是自己纺织的，就不穿。

西　施　那——这草铺呢？

越夫人　大王与我睡的，只为不忘弱者受欺。

西　施　（自语）弱者受欺！弱者受欺……（发现悬着的胆，上前）这是什么？

越夫人　苦胆！

西　施　这苦胆，挂在这里作什么？

越夫人　大王日尝三遍，只为不忘复仇雪耻！

西　施　不忘复仇雪耻！复仇雪耻……夫人在上，请受西施一拜！

〔西施心情忽变复杂，摇摇欲倒。

越夫人　（急扶住）姑娘！你怎么啦？怪我说得太多，叫你受累了。

西　施　没有什么……

越夫人　快躺下，躺下，我给你熬姜汤去。（下）

〔西施重新打量着周围的一切。

〔阿岚上。

阿　岚　妹妹——

西　施　（闻声）姐姐——

阿　岚　妹妹，你总算醒过来了。自从昨日文大夫把你救起，又亲自将你送到这里……

西　施　是文大夫救了我？

阿　岚　可你一直昏迷不醒，唉，真把人急死啦。妹妹，你可知范大夫他……

西　施　不要提他！

阿　岚　妹妹，你千万不要再错怪范大夫了！他对你绝情，是违心的呀！

西　施　（一怔）违心？

阿　岚　昨日，他一听说你投江自尽，急得口吐鲜血，当时就昏了过去……（递纱巾）

西　施　啊？！范郎……（捧着纱巾啜泣）

阿　岚　妹妹，范大夫实是爱你的呀！你可知他现在还病倒在床上呢！

西　施　我要去见他！我要去见他！

〔西施欲出门，勾践夫妇上，相遇。

勾　践　西施姑娘，你要到哪里去？

西　施　我要去见范蠡！我要去见范蠡……

勾　践　姑娘，此时此刻，你……不能出去！

西　施　夫人……

越夫人　姑娘，你身子虚弱，万一……

西　施　让我出去！让我出去……（跪求）

勾　践　（扶起）姑娘！看来，我只好对你直言了。

（唱）你怎知，献美之事难变更，

伯嚭早向姑苏禀。

今日吴王旨已到，（出示旨令）

明日你就要启程。

西　施　（惊）啊！

勾　践　（唱）姑娘啊！弱者受欺实无奈，

卑身事吴另有因。

君臣立下复国志，

欲成大业须先忍。

勾践因此阻拦你，

为只为，报仇雪恨、以曲求伸、

社稷安危系你身！（交旨）

西　施　这……

越夫人　姑娘，你再想想吧。

〔勾践见西施陷入沉思，暗示越夫人与阿岚出。

越夫人　大王，西施姑娘与范大夫就要分手了，我看还是让他们……

勾　践　我自有安排。（示意越夫人关好门，三人同下）

西　施　（手捧吴王旨令）倘若我不去吴国……倘若我不去吴国……

〔想象时空出现：吴王夫差的画外音耸人听闻。

〔画外音：勾践！你知罪吗？你不送西施，就是不忠！范蠡！你若违抗圣旨，就叫你再去石室养马！哈……与我杀！杀！杀！

〔在众吴兵的喊“杀——”声中，想象时空消失。

〔西施渐渐回过神来。

西　施　（唱）血雨飞，腥风卷，

刀光闪，剑影寒。
吴王之命不可违，
弱肉强食好凄惨！
爹娘啊！西施只得吴国去，
不去怎能报仇冤？
大王身为一国主，
卧薪尝胆为哪般？
夫人身为一国母，
未老先衰岂无怨？
范郎身为热血男，
岂让他进退两难伤心肝？
舍身去，别家园，
吴王无由再征战。
富国强兵有时日，
他年雪耻有机缘。
范郎得遂凌云志，
乡亲父老得平安。
西施我，纵然今生难回还，
能换个，国泰民安也心甘。

（捧纱巾）范郎啊范郎！西施有多少话要对你讲。可是，我若再见到你，只怕又会……范郎啊！从今以后，你就忘了西施吧……（痛泣）

〔范蠡由勾践扶着踉跄上。

勾　践　范大夫！你走好……范大夫，勾践深信你会挺住的！

范　蠡　大王……

〔勾践下。

范　蠡　（敲门）姑娘开门！姑娘开门！

西　施　范郎？是范郎……（欲开门，突止住，闩门）不！

范　蠡　姑娘开门！姑娘你开门哪……

西　施　（强忍痛苦）你，你来干什么？

范　蠡　我……我来看你呀！

西　施　西施就要去吴国了，还看她干什么？

范　蠡　姑娘！就让范蠡再陪陪你吧。

西　施　……你，还是回去吧！

〔西施控制不住，抽泣出声。

范　蠡　啊?！姑娘！让我进去！让我进去……（敲门不止）

西　施　……范郎！西施一去，只怕再也回不来了。你……另娶淑女吧！

范　蠡　（百感交集）不！姑娘啊……

（唱）姑娘你，好心肠儿天下少，
范蠡我，此生有幸得知音。
莫道黄金最高贵，
人间无价是真情。
怎能忘，你痴心等我三年整，
怎能忘，雏燕借梁儿歌声，
怎能忘，你为我宁把娇容毁，
怎能忘，你为我投江险丧命。
今日里，你更为国违心忍痛拒相见，
忍辱负重、取义舍身、满腹委屈独自吞。

〔范蠡撞门，西施再也忍不住，猛然开门；范蠡跌入，西施扶起。

西　施　（痛苦地）范郎！不要说了……

范　蠡　不！

（唱）姑娘啊，范蠡虽为仕途客，
人非草木岂无情?
从今后，且收柔肠铸心剑，
奋发图强苦练兵，
纵抛头颅洒热血，
誓破姑苏将你迎。
到那时，定将半世功与名，
化作轻舟，永伴姑娘天涯行。

〔范蠡昏昏欲倒。

〔西施扶住。

西　施　（唱）范郎啊！西施从此再不怨，
只盼故国早复兴。
明日去吴意已决——

范　蠡　你愿去吴国了！

西　施　（接唱）为国为民也为你——心上的人！

范　蠡　好姑娘……

西　施　范郎，你千万珍重，西施就此拜别了！（大礼跪拜）

（伴唱）你违心，我违心。

欲绝情，情更深。

一声拜别行迟迟，

一声拜别断了魂！

〔范蠡亦大礼拜别。西施赠纱，二人紧握。

〔灯渐暗。

八

〔浣纱江边。

〔勾践夫妇、范蠡、文种和越国父老乡亲跪求上苍。

勾　践　苍天在上，佑我西施去吴平安！

众　……去吴平安！

〔吴兵引伯嚭快步上，见场上气氛，悄然登舟。

〔无字歌起。西施身着宫服缓缓上场。

〔西施拜别勾践夫妇、施母、阿岚等。

〔西施缓步走近范蠡；四目相对，欲言又止；众人都不忍看，背过身去。

〔西施离开范蠡，一个转身，捷步上埠头。

众　（疾呼）西施姑娘……

〔西施再也控制不住情感，猛回身，大礼拜别家乡父老，良久不起。

〔《小燕子》歌凄切、悲壮。

〔伴唱：小燕子，飞啊飞。

不借天，不借地。

只借梁上做个窠，

给你生个小弟弟……

〔西施坚定地跨上船头。

勾　践　解缆——

〔众围住缆柱，无一动手。

伯　嚭　（催促）解缆——

〔范蠡沉重地解开缆绳，欲抛缆放船。

〔施母、阿岚按捺不住，冲上前推开范蠡。

〔众拉住缆绳。

〔西施毅然从一吴兵腰间抽出佩剑，砍断缆绳。

〔船渐行。

施　母　（惨呼）女儿——

西　施　（惨呼）娘——

众　西施姑娘……

（伴唱）啊……

缆绳断，焉回首?

情长遗啊愁不留。

莫道弱女无侠胆，

自有那，绝代佳人、浣纱西施话春秋。

〔浓雾升腾，场上所有的人物都成了不同造型的塑像。

〔在强烈的无字歌声中，大幕徐闭。

〔剧终。

1995 年

越剧古装剧

金殿赐鸩

贺　荪　印运烨

人物表　李　膺——寒儒，后为司隶大臣。

李　兴——李膺之弟。

素　贞——总管府歌女，后为李兴恋人。

张　让——宦官，内侍院总管。

张　朔——张让之弟。

卜　良——野王县书生。

秋　姑——民妇，卜良之妻。

卜　母——卜良之母。

张　从——张朔管家。

沈县令——野王县令。

皇帝、校尉、恶奴、内侍、宫女、衙役。

序　幕

〔幕后独唱：

　　朔风阵阵暮鸦哀，
　　洛阳城外草木衰。
　　乾坤不清日无光，
　　几人清醒几人醉。

第一场

〔幕启，洛阳城郊破庙。寒风中李膺蜷缩于蒲席，强支病体，执卷翻阅。
〔一阵锣声，两公差幕内声。

公差甲　皇上招贤啰！
公差乙　不拘一格！
公差甲　皇上招贤啰！
公差乙　不拘一格！
公差甲
公差乙　皇上招贤啰！

〔李膺为之一震，摸出万言策。

李　膺　贤哉圣君！
　　（唱）腥风惨雨哀鸿嚎，
　　　　满目凄凉洛阳道。
公　差　（内声）皇上招贤啰！不拘一格！
李　膺　（唱）难得帝都圣诏颁，
　　　　不拘一格选英豪。
　　　　李膺我，三年写就万言策，

喜今日，报国有门献当朝。

只可叹，贫病交加举步难……

鲲鹏折翅阻破庙！（风声）

（白）李兴，你怎么还不回来啊……（风声）

（昏昏倒地）

〔李兴衣衫褴褛，执破篮和讨饭棍上。

李　兴　（唱）求奶奶拜爷爷走街穿巷，

讨饭篮打狗棒空手一双。

野王县人势利恶狗当道，

苦煞我兄弟俩落魄穷乡。

〔一阵狂风，李兴入庙，见李膺昏然倒地。

李　兴　阿哥，阿哥！阿哥你怎么了？

李　膺　（醒）哦，李兴，为兄腹中饥饿，实难支撑……

李　兴　阿哥，（捧上红枣粥）这是你我兄弟平时最爱吃的红枣粥。

李　膺　你吃吧！

李　兴　阿弟不饿，你先吃了，暖暖身子。来，阿弟喂你，阿哥，快吃（喂了几口，李膺有了力气，端粥猛喝）阿哥，你慢慢吃……

李　膺　李兴，快快扶我上路。

李　兴　上路？上路？

李　膺　圣上招贤，我……我要急赴洛阳。

李　兴　什么？要进洛阳？（以手按兄额）你还在发热呢！

李　膺　好兄弟，你就扶着为兄上路吧，我要面谒圣上，递呈这万言策呢！（一个踉跄）（碰到李兴脚）

李　兴　阿哥，（扶兄，脚上猛感疼痛）啊哟。（抚摸脚背）

李　膺　李兴，你这脚背为何血痕斑斑？

李　兴　这……阿哥，刚才我在一家大户人家，讨得这碗红枣粥，不料恶狗凶猛，被咬了一口。

李　膺　（动情地）好兄弟，（相拥而泣）你为为兄受苦了！……

李　兴　（忍住疼痛）阿哥，阿弟现在不疼了。（转身拿出补药）

李　膺　李兴，这是什么？

李　兴　阿哥，这是我特地给你买来的十全大补药。（顿觉失口）哦，……你吃了好赶路，好赶路！……（进内）

李　鹰　哦，十全大补药，（见李兴慌忙拎药下，李鹰思疑）呀……

（唱）见李兴，一语失口色不宁，

不由我，心中暗暗疑窦生。

野王县，官贪民穷少收成，

他乞讨何来买药的银？

李　兴　（端药上）阿哥，药煎好了，快趁热吃了。

李　鹰　为兄不吃！

李　兴　啥，又发书呆子气啦。阿哥，我求求你，吃了这药，才好赶路。

李　鹰　我来问你，这买药之银，你是从何而来？

李　兴　这……这银子嘛。嘿，你吃了药再说，你吃了药再说……

李　鹰　你若不说个明明白白，为兄宁可病死，不喝此药。

李　兴　阿哥，不瞒你说，这银子……

李　鹰　你快说，你快讲。

李　兴　嘿嘿，我是顺手牵羊，顺手……

李　鹰　啊，你……你竟然不顾廉耻，偷了人家……

李　兴　不要说偷嘛，多难听。

李　鹰　你。（愤极，打李兴一个耳光）

李　兴　（跪）阿哥，我下次再也不敢了……

李　鹰　你！（将药碗摔地）

（唱）李家不容忤逆男，

清白家训世传承。

饿死留得风骨在，

岂容你，辱没门第污清名！

李　兴　阿哥！

（唱）不是阿弟太贪心，

只恨老天不公平，

有钱人，花天酒地拥妻妾，

我兄弟，身无分文病染身。

为助兄长上京都，

我一念之差偷了银。

（白）这三两银子……

（唱）兄长若有出头日，

大不了，加倍奉还送上门。

李　鹰　好糊涂的兄弟啊！

（唱）千里之堤溃蚁穴，

防微杜渐谨记心。

速将这纹银还失主……

李　兴　阿哥！

（唱）你叫我一时哪里去找寻？

李　鹰　你若不去，为兄就不认你这个兄弟。

李　兴　好好，我去，我去！（李兴悻悻而下）

李　膺　气死我也。（强打精神，复又阅卷）

〔卜母，秋姑提篮上。

秋　姑　婆婆走好！

卜　母　（唱）恶狗吵扰搜上门，

我媳妇，身怀六甲常受惊，

为求平安上庙堂。

秋　姑　（唱）半路偏逢盗银人。

卜　母　媳妇，这香篮之中，原有二十两纹银，此人只拿了三两，不是急用是不会要的。但愿失了银两，免了灾星，只要张朔这个小畜生从此不强拆我居所，也就是了。

秋　姑　婆婆，我们进庙烧香去吧！婆婆，你看。

〔李膺闻声，强撑而迎。

卜　母　这位书生，你？

李　膺　伯母，李膺兄弟二人，进京途中贫病交迫，落难在此。

卜　母　倒也可怜。那你兄弟现在何处？

李　膺　唉，我这不争气的兄弟，在街上偷了人家三两银子，被我训斥一顿，叫他归还银两去了。

秋　姑　三两银子？婆婆，莫非正是天水桥给我们拎香篮的那位小哥。

李　膺　莫非二位就是失主，教弟不严兄之过，我这厢给你们赔礼了！

〔一揖下去，李膺又昏了过去。

卜　母
秋　姑　（急呼）李相公，李相公……

〔李兴没精打采上，见状大惊。

李　兴　阿哥，阿哥……（哭得伤心，李膺慢慢转苏醒）

李　兴　哦，菩萨保佑，还好还好！（又给李膺捶背抚胸）

李　膺　李兴，你看！

李　兴　啊呀，奈末要命哉！……老太太，少奶奶，你们大人勿记小人过，都是我李兴不好，李兴该死！

李　膺　还不快快送还银子。

李　兴　是。老太太，我阿哥病得厉害，无钱买药，四钱银子替他买了帖十全大补药，其余分文不少，如数奉还。（李兴跪地奉银，婆媳感动。卜母扶起李兴）

卜　母　（唱）同是天涯落难人，
一时志短亦常情。
常言道，助人为善胜求佛，
倒不如，赠银送他上京城。

秋　姑　婆婆，好啊！

卜　母　（白）李相公！
（唱）这里有银二十两，
助你兄弟上京城。
倘得一官和半职，
莫忘为民把正义申。

李　膺　伯母，这可如何使得？

卜　母　等你日后有出头之日，还我就是。

李　膺　（唱）谢伯母，仗义济危助李膺，
待来日，我登门再谢知遇恩。

〔伏地跪谢，伯母扶起兄弟俩。

卜　母　你们兄弟快快上路吧。

李　膺　如此多谢伯母，敢问伯母家住何方，尊姓大名？

卜　母　野王县城内总管第近旁，卜母便是老身。

李　膺　学生谨记了。李兴，我们上路吧。

李　兴　老太太，我们先走了。

卜　母　快走吧。

卜　母　走好！

〔李兴扶李膺，依依告别而下。切光。

第二场

〔洛阳城郊野王县总管第门外。

〔门墙一侧张贴县衙告示。

家　丁　少爷请。

张　朔　哈哈哈！

（唱）我阿哥，皇帝面前为总管，

张朔我，大树底下可乘凉。

不戴官帽胜做官，

野王县内名声响。

张　从　少爷。

张　朔　卖唱的可有带到？

张　从　门外候着。

张　朔　带上来。

张　从　是。

张　从　素贞，快来快来。

素　贞　（唱）爹爹暴病赴泉台，

卖唱葬父上大街。

总管府内招歌女，

卖身进府只为老父入土安。

张　从　（吆喝）素贞，还不见过少爷。

素　贞　少爷万福！

张　朔　唔，口眼耳鼻摆得蛮蛮乐胃。叫啥？

素　贞　民女素贞。

张　朔　素贞，少爷今朝拨侬交待清爽，这是三十两银票，让侬安葬老爹。不过，还须来勒卖身契上按上手印。

张　从　快，按上。（拉素贞手，按上手印）

张　朔　小娘子！

（唱）少爷我，闻听倷老娘厨艺专，
从今后，不必上街卖酸菜。
总管第厨房缺人手，
也可进府挣银财。
只要你，听从使唤勤服侍，
我保你，吃香喝辣享富贵。

素　贞　（唱）贫家母女手脚呆，
还望少爷多担待。

张　朔　好咯，进府。

素　贞　（唱）战战兢兢豪门进，
是祸是福难料猜。

张　从　素贞，快进去。（张从和少爷交流）

张　朔　张从，门外卜家可有拆除？

张　从　少爷，卜良居所并无一些些响动。

张　朔　那还等啥？动手！

张　从　是，动手！

〔张从与众家丁将凳、椅、包袱等物丢弃门外。

〔卜家婆媳上，抢捡物件。媳妇秋姑抢得包袱。张朔上前抢夺。

秋　姑
卜　母　（内声）你，你们干什么？干什么？婆婆！

张　从　滚！

张　朔　嘿，本少爷在此，无知少妇，还敢顽抗？

秋　姑　你，你们想干什么？

张　朔　哈哈哈哈，本少爷指条出路，叫倷住进城外破庙！

卜　母　张朔，你这畜生，几次三番强拆民房，难道你不怕王法吗？

张　朔　王法？我总管府的牌子，少爷我手中的银子就是王法。老乞婆，滚开！

〔狠推卜母倒地，秋姑急扶。

秋　姑　婆婆！

张　朔　来人，将这小妇人拉入府中喂狗。

家　丁　是！

〔家丁拉秋姑，被秋姑狠命推开，张朔上前抢夺包袱，手臂被秋姑狠咬一口。

张　朔　喔唷唷……！不识抬举的贱人！

〔张朔在秋姑腹部连踢两脚，惨叫声中，秋姑挣扎倒地。

伯　母　秋姑……媳妇……（一时昏厥）

张　从　（上前一触鼻息）啊，少……少爷，没……没气了。

张　朔　哼，反倒叫我灌了一肚子气，扫兴，回府。

众家丁　是！（张朔示意，与张从耳语）

张　朔　回府。

〔张朔带家丁耀武扬威入总管第，张从自另一侧下。

〔卜良急上。

卜　良　（唱）同窗论诗总不宁，
心忧家居化埃尘。
不见贤妻慈母面，
好似百爪揪我心。

卜　母　儿啊，儿啊。

卜　良　母亲，娘子……（见状，大惊）啊！母亲。这是怎么回事啊？

卜　母　（挣扎而起）都是张朔这个小畜生！……

卜　母　媳妇！

卜　良　（声嘶力竭地）娘子……（追光）

〔幕后独唱：
欲哭无泪问上苍，
苍天碧海两茫茫。
万民含泪盼法治，
还我公平除豺狼。

〔灯渐暗。

第三场

〔野王县衙，两旁石狮张牙舞爪。两衙役分列鸣冤鼓旁。

〔幕启，沈县令送张朔上。

张　朔　县太爷，一切拜托，务请多多留意。

沈县令　总管少爷，卑职这顶官帽，全凭你胞兄提携。所托之事，尽可放心。

张　朔　县太爷，留步，留步。

沈县令　恕不远送！（入内）

张　朔　嘿嘿！

（唱）常言道，念经要念高皇经，
拜佛要拜观世音。
野王县内已摆平，
烧香还愿脚步那个轻。
哈哈……（飘飘而下）

〔卜良甩发上。

卜　良　（唱）泼天奇祸六月霜，
丧妻失后恨满腔。
宁拼一死将县衙闯……（拿起鼓捶欲击）

衙　役　呔，来此何干？

卜　良　张朔踢死我妻，一尸两命！

（唱）讨回公道上大堂！

〔卜良击鼓。

县　令　（内声）带击鼓人上堂。

衙　役　击鼓人上堂。

卜　母　（唱）我的儿告县状娘心难放，
但愿得惩凶犯把命来偿。

〔衙役内声：一十、二十、三十、四十。衙役吼声似虎狼，莫不是，县令枉法贪了赃。

沈县令　（内问）招是不招？

卜　良　（内呼）冤枉！

沈县令　（内呼）与我加刑……

卜　良　（内呼）冤枉呐！

卜　母　（惨呼）儿啊！

（唱）儿受刑，声声痛在娘身上，
顾不得，年迈力衰往前闯……

〔卜母巍颠颠闯往大堂。

〔铁镣响起，卜良受刑后被差役押上。

衙　役　老爷坐堂，闲杂人员一概回避。

卜　母
卜　良　儿啊，母亲。

卜　良　母亲！（扑向老母）

（唱）野王县，不问皂白施残暴，
孩儿原告变被告。
反说我妻是小产死，
诬告张朔罪难逃。
当堂先责四十板，
铁索锒铛入大牢。

卜　母　（唱）见孩儿，斑斑血痕染铁镣，
问苍天，人间何处有公道？
为什么，良善总是遭辱杀？
为什么，真凶法外可逍遥？
狗仗人势压黎民，
血海深冤何处告？

卜　良　母亲，娘啊！

（唱）秋姑冤死儿入牢，
从今后，你白发孤寡向谁靠？
冷暖温饱自当心，
恕孩儿不能膝前尽孝道。
只要孩儿有口气，
我定要，踏破大衙把仇报！

卜　良
卜　母　母亲，儿呀……

卜　良　母亲！

卜　母　儿呀！

〔卜良被枕挟。

〔切光。

第四场

〔数月之后。

〔京郊驿道，传来开锣喝道之声。

李　膺　（内唱）金阙献策合圣听，

〔李膺乘宝马香车上，众校尉随拥而上。

（唱）紫衣锦袍登归程。

男儿立身须自省，

为官莫忘众黎民。

李　兴　（洋洋自得地）

（唱）阿哥他，蟒袍玉带加上身，

我阿嫂，官宦之女有身份。

李兴我，从此告别讨饭棒，

依兄附嫂成了人上人。

卜　母　（内喊）冤枉哪！

〔一校尉急下。

李　膺　州有州府，县有县衙，因何拦道鸣冤？

卫　士　禀大人，有一老妇状告张朔，闯县过府，无人接状。

李　膺　久闻张朔，横行乡里，来啊！

李　兴　慢。阿哥，张朔乃内侍院总管张让之胞弟，平时依仗兄长之势，无恶不作，我们还是小心一些为好！阿哥！

（唱）京城里面多大官，

你何必偏接疙瘩案。

十年寒窗非容易，

别人不管，我劝阿哥也勿要管！

李　膺　（唱）权势掩法民喊冤，

不整律条心不甘。

治病还须治根本，

别人不管我司隶衙门偏要管！

李　膺　（白）接状！

卜　母　冤枉哪……

李　膺　你这老妇，因何拦道鸣冤？

卜　母　啊呀，大人！野王县恶贼张朔，仗其胞兄张让之势，踢死我儿媳，又勾结县令反诬我儿入牢。老妇越衙上告，历尽苦楚，无人接状。今日大人若不接状，老妇宁可跪死驿道。

李　膺　竟有这等事来。将状纸呈上来！

（唱）一纸诉状重千斤，

字里行间血泪浸。

卜家一门遭奇冤，

天大的官司无人审。

白发人拦道鸣冤屈，

冒死告状令人敬。

（白）啊，原来是卜老恩母，快快请起。

李　兴　啊呀，老恩母，我们就是落难在古庙的兄弟俩啊！

卜　母　谢天谢地！

李　膺　来呀！

校　尉　在！

李　膺　将凶犯张朔捉拿归案。

校　尉　是。（下）

李　膺　李兴，速带校尉前去野王县递解卜良到堂。

李　兴　是。（下）

李　膺　回京！

〔切光。

第五场

〔洛阳城内醉八仙酒楼。

〔素贞盛装上。

（唱）金桂花开十里香，
可惜错栽泥潭旁。
只为张朔犯大案，
司隶衙门执法硬。
叫我乔装入酒楼，
把大人阿弟拉下场。
数日来，迎客唱曲端茶汤，
奉严命，暂认老板作干娘。
想我素贞进府后，
倍受蹦辱口难张。
出府顿觉天地宽，

〔内声：二老爷，再饮一杯。李兴：好了。内声：请啊请啊！李兴：请愿只愿，脱身虎穴任飞翔。

〔张从暗上。

张　从　素贞，那个宝贝就在那边喝酒，下面的戏，就要看你的了。

素　贞　管家，素贞虽出身寒门，从未干过害人之事。

张　从　少爷说过，事成之后，重重有赏。再说，李兴是司隶衙门二老爷，你一个歌婢，与他结识，拔头彩的是你呀。喏，这里有迷药一包，你叫李兴带入卜良狱中，叫他服下。

素　贞　迷药害人，不不不，素贞不愿。

张　从　不愿？少爷说过，你那老娘日日在井边洗碗，要是哪日掉了下去，施救不及，就有得你后悔哉！

素　贞　这……你们还想害我母亲。

张　从　好了好了，这个宝贝也喝得八九分了，下面就要看你的了。

素　贞　管家。

张　从　少爷还说，事成之后，许你无偿出府。

素　贞　管家。

李　兴　（内声）我不能再喝了……二老爷，不能走，不能走，二老爷请啊，二爷再喝一杯。

李　兴　二老爷不能再喝了，不能再喝了，哈哈哈！

（唱）阿哥做官弟风光，
大树底下好风凉。

每日里，出入酒楼有人请，
做一个，醉仙阁中快活郎！
哈哈哈哈……

〔素贞抽身入内，李兴踉跄上，张从急扶。

张　从　二老爷，二老爷。

李　兴　唔，又是你……你这小子，哈哈……

张　从　二老爷，这点小意思，算是我孝敬你喝茶。（塞上两锭银子）

李　兴　唔，你小子……嘴甜。

张　从　哎，二老爷，你说这洛阳城内，什么东西最好看？

李　兴　洛阳牡丹，天下尽知。

张　从　可洛阳的姑娘比牡丹更好看哩！（素贞唱小曲至远而近）

素　贞　（唱）庭前栽棵枣，
小哥唤阿娇！
阿婆不嫁女，

素　贞　哪得儿孙抱。

张　从　（白）二老爷，快去呀，快去呀。

素　贞　阿婆不嫁女，哪得儿孙抱。

素　贞　（挑逗的）素贞给二老爷请安了。

李　兴　素贞，哦，免……免礼。

素　贞　二老爷公务繁忙，难得有闲，让素贞再陪上一杯，也是有缘。（灌李兴酒）

李　兴　唔，有缘……有……缘。
（唱）酒楼千金天仙样，
秋波一转哎呀我……神思恍。（喝酒）
只可惜，红颜却是酒楼女，
牡丹虽好……味不香。

素　贞　哎呀二老爷，
（唱）休道我青楼卖唱，
也知晓三纲五常。
二老爷若不嫌弃，
再一杯又有何妨。（端酒搂李兴喂下）

李　兴　好……酒！
（唱）阿哥官家作东床，

我平生未享女红妆。

美人多情我有意，

陪她玩玩也无妨。

……呃，不！

兄长近日常教诲，

酒色误事谨提防。

我在衙门公事多，

不可久留莫彷徨！（欲走）

素　贞　（拦住）二老爷，我有话说。

李　兴　唔……讲。

素　贞　（唱）二老爷呀！

素贞出身虽寻常，

未识世间称心郎。

自从结识二老爷，

茶饭不香总难忘。

闺楼绣花常刺手，

梦醒三更唤君郎。

敬慕你，品貌端正办事勤，

敬慕你，不拘小节性豪放。

常言道，单只筷子要配对，

孤独阿哥爱成双。

二老爷，若不嫌弃我素贞……

李　兴　呀，酒楼千金，美赛天人，二老爷我……如何会……嫌弃。

素　贞　（接唱）我甘愿，侍茶奉汤陪君旁。

〔幕后独唱：酒色从未迷人眼，

李　兴　好！今朝就来个不醉不散。

素　贞　二老爷……（珠帘后）

〔幕后独唱：昏昏沉沉陷泥潭。

第六场

〔李膺书房，夜。

〔李膺阅卷，思索。

李　膺　（唱）野王县一尸两命案情明了，

为什么沈县令反诬原告。

为什么杀人犯法外逍遥，

为什么被告逃遁原告坐牢？

这桩桩件件非寻常，

其中因果我细推敲。

〔李兴一身酒气上。

李　兴　（唱）醉仙楼窈窕女撩人心窍，

冯素贞乃歌婢是张朔钩钓。

如今我，鱼儿上钩让人宰，

好比是，口吃黄连苦自晓。

李　膺　（看到李兴身影）李兴！

李　兴　（避不过）阿哥……

李　膺　近日你经常在外饮酒，却是为何？

李　兴　阿哥，我……

李　膺　小心酒后误事。今后不可！

李　兴　对对，小弟谨记阿哥教诲。

李　膺　李兴，报闻凶犯张朔已经畏罪潜逃，依我看来，张朔定然逃进洛阳，躲入张让府内。

李　兴　依阿弟看来，张让深得皇上宠信，即使匿藏张朔，却也奈何他不得。

李　膺　王子犯法与民同罪，张朔躲躲藏藏，休想逃脱法网。

李　兴　阿哥，你也不看看，现在是什么世道。有权能使鬼推磨，张让权势显赫，威压群臣，你这个刚刚接印的司隶偏要与他作对，不是拿着鸡蛋往石头上碰？依阿弟看来，此案不如大事化小，小事化了，只要你不查此案，

张让他还得记你的人情哩！

李　膺　你——

李　兴　好好，阿弟勿说……

李　膺　（不悦）还不与我下去。

李　兴　是。（无可奈何下）

〔李膺复坐翻卷。

〔校尉上。

校　尉　大人，启禀大人。小人探得明白，张朔果然逃入京来，藏匿于他兄长张让府中。

李　膺　果然如此。

〔李兴急上。

李　兴　阿哥，案犯卜良要求收回诉状。

李　膺　你说什么？

李　兴　卜良自愿收回诉状。

李　膺　（大惊）啊呀……

（唱）案情扑朔起风云，
叠叠疑雾心头涌。
张朔逃京犹可解，
卜良收状费思忖。

（白）带卜良！

〔校尉应下。

李　兴　阿哥——

（唱）张朔逃窜到京城，
全凭张让根基深。
你新任司隶想撼动，
除非是万岁亲自下龙廷。
如今卜良愿收状，
你正好顺水推舟做人情。

李　膺　（唱）卜良冤情海洋深，
无端抽状理不明。
李膺既然为司隶，
绝不让理案之中买人情。

（白）带卜良！

〔校尉带卜良上。

卜　良　卜良叩见大人。

李　膺　卜良，为何无端收状？

卜　良　只要大人能放我出去，卜良宁愿收回诉状。

李　膺　可是你甘心情愿？

卜　良　小人确是甘心情愿。

李　膺　那你杀妻之仇辱母之恨，难道就不报了吗？

卜　良　这……只要大人放我出去，母子团聚，这辱母之恨杀妻之仇……（咬牙）不报也罢。

李　膺　却是为何？

卜　良　大人——

（唱）想慈母两鬓添霜身有病，
怎禁得媳妇暴死儿监禁。
卜良求告皆无门，
宁愿回家奉慈亲。

李　膺　（唱）秋姑死因如何清？

卜　良　（唱）小产暴死命归阴。

李　膺　（唱）你状告张朔害人命，
出尔反尔为何因？

卜　良　（唱）状告张朔出无奈，
但求大人放我行。

李　膺　嘟，大胆卜良，你出尔反尔，果真诬告张朔，该当何罪？

卜　良　啊！你……

李　膺　你受何人唆使，何人指派？快快与我从实招来。

卜　良　你……出尔反尔，并非是我，恐怕是你，官官相护，为非作歹！

李　膺　大胆！今日你说得明白，倒也罢了，倘若道不清原因，休怪王法无情！

卜　良　大人，你果真要听？

李　膺　讲！

卜　良　（唱）卜良奇冤无处申，
官官相护是实情。
野王县受贿三千两，

我被诬入狱受重刑。

李　膺　既是蒙冤受屈，理应越衙上告，因何要抽回状纸？

卜　良　哼！

（唱）你不要，甜言蜜语假惺惺，

口蜜腹剑充好人，

是你暗示我收状纸，

是你同意放我行。

却原来，暗中设下连襞计，

果真要，把诬告罪名栽我身。

李　膺　（唱）猛听此言心暗惊，

前因后果费疑忖。

莫非有人使奸诈，

冒我名讳胡乱行。

（白）卜良，你可信得过本官？

卜　良　出尔反尔，实难相信。

李　膺　你纵然信不过我李膺，难道你也信不过生你养你的母亲。

卜　良　（疑惑地）母亲？

李　膺　有请卜老恩母。

〔卜母上。

卜　母　卜良。

卜　良　母亲……

卜　母　你呀！

（唱）李大人冒险接状品格高，

你怎能，不识好歹将是非颠倒。

妻仇不报失大义，

不遵母命枉为孝，

你口口声声收冤状，

把忠孝节义全忘掉。

卜家有你这不贤子，

我愧对大人心如绞！

卜　良　母亲，啊呀，母亲。非是孩儿不想报仇，只因我身在牢房无法脱身。不想昨晚有人进得牢房，对儿言道，说李大人和张朔乃是同乡，现又受了

张让厚礼，故而叫我收回诉状，不再上告，当可放我出狱，母子团聚……

李　膺　竟有此事，你可认得此人？

卜　良　那人蒙面而来，难以辩认。

卜　母　儿呀，你上了人家的圈套了。

卜　良　圈套？

卜　母　是啊！

卜　良　哎呀，我真糊涂，大人若能为我昭雪沉冤，卜良就是肝脑涂地，纵死无憾！

李　膺　卜良，你且暂回牢房，一切由我为你作主。

卜　良　多谢大人。

〔校尉押卜良下。

李　膺　来呀！

校　尉　在！

李　膺　起道总管府！

众　是！

〔切光。

第七场

〔总管太监张让府第，客厅。

张　朔　阿哥，闷……闷死我了。

张　让　你嚷嚷什么？若让李膺知道，还不是又要找我的麻烦。你就再忍耐一会吧。

张　朔　阿哥，忍耐，你叫我忍耐到什么时候。（自夹墙走了出来）

张　让　啊呀呀，你怎么出来了，要是被李膺撞见，总是不好。快进去。

张　朔　阿哥，这夹墙里不是人待的地方。你平日的威风到哪里去了。上至宰相尚书，大到满朝文武，哪个不知道你总管大人的厉害？如今倒反被这小小的李膺吓傻了。

张　让　（笑）不是我怕李膺，而是这个李膺软硬不吃，不讲情面，实难对付。何况你又有证据落在他手上。

张　朔　有证据又怎么啦？

张　让　嘘……事情还未成功，还是小心点好。

张　朔　早知你如此胆小，当初我也不会那样大胆了……

张　让　你！

〔内喊：司隶大人到。

〔张让推张朔入内。

张　让　有请。

〔李膺上，众校尉随上。

李　膺　（唱）总管府威赫赫画栋雕梁，
锦衣卫小侍女成群成行。
休道你大总管权倾朝野，
擒元凶布法网我当仁不让。

晚生李膺莽撞造府，望公公海涵。

张　让　呵呵……

李　膺　来呀。

校　尉　在！

李　膺　与我搜府。

校　尉　是。

张　让　且慢！小娃娃，你也太放肆了！

李　膺　李膺职事在身，倘有得罪之处，容后再向公公谢罪。

张　让　你可知道，这里是什么所在？

李　膺　这里乃是内侍总管府第。

张　让　何人所赐？

李　膺　万岁所赐。

张　让　却由来，你既知万岁亲赐，咱家岂能容你随意查抄？

李　膺　令弟张朔，杀人潜逃，有人告他逃入总管府内，因何搜查不得？

张　让　呀呀呸！你身为司隶信口雌黄，你的眼中还有当今万岁吗？还有咱家我吗？

李　膺　万岁既是授职本官，李膺就该秉公执法，按律行事。公公乃是朝廷股肱，亦应以社稷为重，今有皇上口谕容我一搜，以刷嫌疑！

张　让　好，咱家容你一搜。不过，今日搜出张朔倒也罢了，倘若搜不出张朔，你待怎讲？

李　膺　这……

张　让　司隶大人，

（唱）我与你，既是同乡又同朝，

万事应以和为好。

饶人三分步步宽，

逼人三分自烦恼。

李　膺　（唱）张让他，色厉内荏笑里藏刀，

软硬兼施行奸刁。

看起来，张朔定然府内藏，

倒不如，欲擒故纵设圈套！

回府！

校　尉　是！

张　让　呃，这就对了。常言道识事务者为俊杰。你我同乡同僚，相互有个照应，也是应该的。你，回府去吧。

李　膺　多谢公公不罪之恩。告辞！

〔率众校尉下。

〔张让挥汗，张朔暗上。

张　朔　阿哥，胳膊终究是拧不过大腿啊！……

张　让　这小子倒还识趣，哈哈……

〔内喊：不能进去！

〔李膺带校尉复上，张朔躲避不及。

李　膺　张朔！

张　让　你！

李　膺　来呀，拿下了！

〔校尉拿下张朔。

张　朔　阿哥救我！阿哥救我！

〔两校尉急上。

校　尉　报！启禀大人，卜良服毒身亡！

李　膺　（大惊）你说什么？

校　尉　卜良服毒身亡！

张　朔　哈哈哈哈……李膺，毒死卜良的不是别人，正是你的同胞兄弟李兴。

李　膺　来呀！

校　尉　在！

李　膺　将张朔带回府中。

校　尉　是!

张　朔　阿哥，救我……

〔幕后独唱：

好一似，在心在肺插把刀，

莫奈何，半信半疑查囚牢。

〔切光。

第八场

〔三日后，风雨交加之夜。

〔幕启，两束追灯轮番照射，书房中的李膺和监狱中的李兴先后出现在光囊中。

李　膺　（唱）秋风秋雨击窗槛，

书房盘桓独长叹。

恨李兴，迷恋酒色入歧途，

毒杀卜良罪当斩。

亲手判斩同胞弟，

我下笔沉重珠泪漫。

李　兴　（唱）秋风秋雨声惨惨，

独坐牢房悲泪溅!

只怪我，刚刚丢下讨饭棍，

就把那布衣淡饭抛一旦。

醉仙楼上温柔乡，

换来这，铁窗镣索伴孤单。

李　膺
李　兴　（同唱）几日不见哥哥
弟弟面，

牵肠挂肚望穿眼。

〔李膺区域收光，舞台灯亮，李兴牢房昏睡。

〔狱卒领李膺上。

狱　卒　老爷，此地便是李兴牢房。（开门）

李　膺　你且回避。（狱卒下）李兴，为兄看你来了。兄弟，为兄看你来了。

〔李兴醒，跪步迎上。

李　兴　（动情地）阿哥……

李　膺　兄弟！

（唱）弟在大狱兄心酸，
高墙阻隔情难断。

李　兴　阿哥！

李　膺　（唱）你不该，一见财色忘根本，
投毒灭口你……你手段残！

李　兴　阿哥，我贪恋财色，落入圈套，不知迷药就是毒药，看在同胞手足的份上，你总得网开一面，救救我，救救我啊……

李　膺　（唱）我身为司隶掌刑官，
理应该，秉公执法按律断，
杀人偿命萧何律，
立法如磐实难撼。

李　兴　阿哥！

（唱）阿弟我，行路不正鬼来揣，
脚陷泥塘步步喘。
只道洛阳牡丹美，
不识深潭涌暗川。
孰料想，毒药偏藏甜酒里，
孰料想，恶意尽在笑中传。
大海易测心难测啊，
半缕情思牵还断。
哥哥啊，你不看僧面看佛面，
也该看，白发高堂两鬓染。
出来兄弟人一双，
留下我异乡孤魂独盘桓。

李　膺　（唱）你可知，秋姑暴死骨未寒，
又把那，卜良冤死的噩讯传。
阿哥我，打落牙齿和血吞，

同僚神情不敢看。
树怕空心理怕亏，
身居高位不胜寒。
至今日，死囚狱中兄弟会，
我是剜骨剜肉剜心肝。

李　兴　阿哥！

李　膺　弟可知，卜老恩母仇未报，真凶不治心不甘！

李　兴　阿哥，照你这样说来，阿弟性命难保？

李　膺　天网恢恢疏而不漏，为兄的心里……

李　兴　也罢！

（唱）兄长难处弟知晓，
岂能因我违律条。
大义灭亲自古有，
你就当兄弟李兴命早夭。

李　膺　兄弟！

李　兴　千金难买后悔药，从此后，与阿哥，人间泉下相隔路迢迢，啊呀兄长呀……

李　膺　李兴，我的亲弟弟，想当初进京途中，弟弟含辛茹苦，乞讨养兄，为兄感激涕零，没齿不忘。这是你我兄弟平时最爱吃的红枣粥，哥哥喂你服下。

李　兴　阿哥……阿弟要走了，就让弟弟再服侍哥哥一回吧……

李　膺　我的好兄弟……

李　兴　阿哥！

李　膺　（唱）眼前多少旧时景，
点点滴滴涌上心。
怎能忘，进京路上身染病，
是兄弟，长街乞讨度残生，
怎能忘，破庙藏身避风雨，
唯兄弟，陪伴晨昏勤照应。
我日间畏冷弟生火，
夜来惧寒你偎我身。
一碗热汤先奉兄，

恶狗咬脚你不吱声。

李　兴　阿哥！

李　膺　恩母助银你节俭用，剩饭冷菜你暗自吞。异地难觅仁和义，我享不完眼前手足情。

李　兴　阿哥！

李　膺　李膺若无兄弟在，哪有今日爵在身？李膺若无兄弟在，何来今日列朝门。我宁愿舍却紫袍和玉带，保住弟——保住兄弟一条命。

〔卜良、秋姑魂上：大人申冤呐，大人冤枉呐！喊冤声四起。

李　膺　（唱）众黎民盼青天如盼甘霖，

我岂能为私情昧了良心。

湛湛蓝天一点墨，

岂能千古留骂名！

李　膺　有请卜老恩母。

〔狱卒扶卜母上。

〔卜母内声：卜良儿呀，你在哪里？……

卜　母　（疯，一见李兴）卜良，我的好儿子！哈哈哈哈，儿呀……

李　兴　（心肝俱裂，跪步上前）老恩母，你醒醒……，你醒醒呀！一切都是我李兴不好……！李兴该死！

卜　母　我们都是……好人，好人为什么要坐牢？……卜良！

李　兴　阿哥，小弟甘愿服罪。（跪地）

李　膺　（白）李兴，我的好兄弟！

（唱）非是我不顾仁和义，

非是我忘了手足情。

贼张让以弟为码挟兄长，

赦弟弟张朔法外更凶狞。

匡正义剪邪恶万民翘首，

为社稷安苍生王法难徇！

李　兴　阿哥！

李　膺　兄弟！

〔兄弟对拜、抱哭。

〔灯暗。

第九场

〔宫苑勤政殿。

〔宫女、内侍引皇帝上。

皇　帝　（唱）万言策常览阅开启心扉，
安社稷固大业不敢闲弃。
朝后又入勤政殿，
玉玺朱笔批奏议。

内　侍　禀万岁，总管张公公、司隶大人在殿外求见。

皇　帝　宣。

内　侍　张公公、司隶大人上殿。

〔张让拉李膺气汹汹上。

李　膺
张　让　臣见驾，吾皇万岁！

皇　帝　平身。

李　膺
张　让　谢万岁！

皇　帝　两位爱卿脸带怒容，却是为何？

张　让　万岁，适才司隶衙门大堂之上，李膺欲判吾弟张朔斩刑，望万岁法外开恩。

李　膺　万岁，张让吵扰公堂，干预执法，实非我朝大臣之所为，此风绝不可长。望万岁定夺。

张　让　万岁！
（唱）老奴侍驾三十年，
晨昏不懈常自勉。
到如今年届天命鬓染斑，
为黄门，自然无有子脉延。
身边唯有一胞弟，

杀人行凶犯法典。
求万岁，看在老奴薄面上，
网开一面，保留张门一脉线。

皇　帝　李爱卿，张让所言，倒是实情。你看……

李　膺　（紧接）万岁！

（唱）那张朔弟仗兄势霸乡间，
杀人掠美不知厌。
多少冤魂饮恨去，
野王县民愤如火煎。
死有余辜当立斩，
天朝律典启可偏。
稳社稷安黎民，
理当执法莫迟延。

皇　帝　爱卿言之有理。朕看张让入宫多年，身为内侍，无有子嗣，留他一弟，也是常情。

李　膺　啊呀万岁呀，只因张朔惯恃总管权势，鱼肉桑梓，残害乡民，无偿强拆民居，踢死有孕之妇，一尸两命。设计毒杀原告卜良，导致三命。如此凶犯，定当立斩。

张　让　李膺，毒杀原告卜良，原是你弟亲手所为，你道吾弟设计，可有人证？

李　膺　证人冯素贞在殿外候旨。

皇　帝　宣。

内　侍　宣冯素贞上殿。

〔冯素贞素衣上。

素　贞　民女冯素贞叩拜万岁。

皇　帝　免。

李　膺　冯素贞，你可从实道来。不得有半点虚瞒。

素　贞　是。万岁，大人——

（唱）民女是，卖身葬父作歌婢，
进豪门，受尽凌辱泪如洗。
贼张朔，逼奴以色识李兴，
脱樊笼，以身相许也是素贞心中意。

孰料想，老母生死相威逼，

莫奈何，战战兢兢将迷药递。

杀卜良，本是张朔设毒计，

悔不该，害了自己又害司隶亲兄弟。

李　膺　（对素贞）你且退下。（内侍引素贞下）万岁，吾弟李兴初涉帝京，被张朔利诱，沉迷酒色，毒死卜良是实。亦怪臣未能及时教诲。臣以为杀人偿命，亦当法不荫弟。

皇　帝　二位爱卿！

（唱）一殿之臣同朝堂，

万事应以和为上。

两位胞弟触刑法，

论罪均应将命偿。

今日里，朕与爱卿作商量，

不判斩刑，判它个活罪可妥当？

张　让　谢万岁龙恩！

李　鹰　万岁，臣以为不妥！

（韵白）朝廷法典，如磐如山，

无偏无倚，坦荡布刊。

君不可扰之，臣不可偏之，

奸佞不可蔽之，民众不可撼之。

立法不严，国威难颁，

执法有偏，王道不幡。

佞臣在朝，纵权独揽，

小人得志，屡偏屡犯。

国将不国，其祸漫漫，

民将不民，其状惨惨。

如若长此以往，势必积弊如山，

生灵涂炭，民心涣散，

天灾难防，人祸沸泛，

大厦将倾，圣手难挽，

国之不存，番贼顾盼，

民之不归，君臣何赖？
为保国事之升平，社稷之安耽，
实不容立法之无范，执法之偏袒！

（恳切地）望万岁三思！

皇　帝　（唱）感天恸地语铮铮，
字字珠玑合朕心。
乾坤风正全赖立法正，
国有贤良方是国之幸。
君臣合力护朝纲，
哪得江山不振兴。

野王县一案，爱卿可按律而断，不必迟疑。

张　让　万岁……

皇　帝　唔……张让无须多言。

张　让　万岁……

皇　帝　李爱卿，人犯现在何处？

李　膺　万岁，已绑赴午门候决。

皇　帝　一切由司隶大人按律决断，不必宽贷。

李　膺　领旨。野王县受贿枉法，撤职候审。民女素贞，受人胁迫，不加刑役。张朔、李兴立赴午门斩首。

皇　帝　且慢。将张朔立即斩首。（张让匆狂下）李兴受人唆使，朕金殿赐鸩，以留全尸（锦衣卫押李兴上，内侍捧鸩出，递予李兴）

李　膺　谢万岁隆恩！

〔光暗，所有人隐下，只有两个追光。

李　兴　阿哥不必难过，都是我自作自受。愿阿哥心系万民，从此斩尽邪恶，做个受人拥戴的好官！（一饮而尽）

李　膺　兄弟！

李　兴　阿哥……（毒酒发作，李兴挣扎而死）

〔幕后合唱：

金殿痛断手足情，
扶得朝廷立法正。
贪淫本是弑身刀，

一曲豪歌戒后人。

〔金殿上景阳钟悠悠长鸣，撼人心弦。

〔剧终。

1995年

《八场古装越剧》

出宫回宫

施小琴

人物表 唐明皇——大唐皇帝，年约 60 岁。

杨玉鬟——贵妃，年约 30 岁。

高力士——内廷总管，年约 60 岁。

李林甫——丞相，年 60 多岁。

李　瑁——明皇第十八子，封寿王，贵妃前夫，年 30 多岁。

王　利——寿王府内传太监，年约 30 岁。

杨　钊——后赐名国忠，贵妃堂兄，年约 40 岁。

袁思艺——内廷副总管，年 50 多岁。

杨　怡——贵妃堂妹，后封虢国夫人，年 20 多岁。

杨　銛——贵妃堂兄，年 50 多岁。

杨　绮——贵妃堂弟，年 20 多岁。

太华公主——明皇女，杨绮妻，年 20 多岁。

小太监若干。

内务府刑监若干。

宫女若干。

舞女若干。

第一场

〔大幕低垂。

〔太监袁思艺撩开大幕出。

袁思艺 （高声宣旨）皇上有旨：请贵妃娘娘开排《霓裳羽衣曲》，圣驾随后便到！（入）

〔《霓裳羽衣曲》起。

〔大幕缓缓上升。

〔华清宫。杨玉飍领衔，率众宫女翩翩起舞。

〔合唱歌声——

骊宫高处入青云，
仙乐风飘处处闻。
纤纤素手云托月，
摇摇轻步水飘萍。
袅袅霓裳成彩虹，
闪闪珠翠布天星。
最是君王看不足，
轻歌曼舞乐升平。

〔杨玉飍独舞。幕外独唱——

歌喉度仙曲，
琴心化彩云。
回眸朝天子，
低眉承新恩。
长得君王带笑看，
聊慰深宫寂寞心。

袁思艺 （看得心驰神往）啊！莺歌燕舞，醉人心魂，真个是“此曲只应天上有”呵！

〔太监王利匆匆上。

袁思艺 （用拂尘一拦）站住！你是何人，胆敢擅入深宫，惊扰贵妃练舞？

王　利　禀公公：我是寿王府近侍太监王利，受寿王之命，求见贵妃娘娘。

袁思艺　（一惊）什么？寿王要见娘娘？

王　利　是。

袁思艺　（拉过一边，叱责地）嫔妃与亲王来往，就是死罪一条，何况寿王和贵妃……怎可相见？！你不要命了！

王　利　（镇定地）奴才知道。不过，此事非同小可，不能不禀告贵妃！

袁思艺　（大吃一惊）啊！此事当真？

王　利　岂敢欺骗！

袁思艺　……你等着！（急近前）启禀娘娘，有人求见。

杨玉鬟　你不知我在练舞吗？不见！

袁思艺　（进前一步，轻声）是寿王有急事派人求见！

杨玉鬟　啊？（停舞）寿王……（挥手，众宫女下）人呢？

王　利　（急趋前）奴才在！

杨玉鬟　寿王有何急事？快说！

王　利　寿王命奴才进宫禀告娘娘：小殿下病危，命在旦夕，请娘娘速回寿王府相见一面，以尽母子之情。

杨玉鬟　（大惊失色）啊？你。你说什么？

王　利　娘娘！

（唱）恨天公，降下灾，

小殿下，无端病体危。

明眸皓齿失光彩，

杏脸桃腮色成灰。

气如游丝咬牙断，

命似浮沉随风吹。

惊魂常呼母相会，

奄奄一息盼娘归。

杨玉鬟　（几乎昏厥）啊，天啊！（冲动地）去寿王府！

袁思艺　（急拦）娘娘，不可！皇家家法森严，无有皇命，内宫嫔妃与外府亲王来往，罪在不赦！

杨玉鬟　（不以为然）难道儿子病危，做母亲的去探视一回，也是死罪？

袁思艺　皇法难违。

杨玉鬟　（决然）管不得那么多了！（走）

袁思艺 （急而脱口）娘娘！您和寿王关系不同一般，更是大忌啊！

杨玉鬟 （猛醒）这……（犹豫，痛苦地）天啊！

（唱）一句话，将沉梦惊醒，

猛记起，此身已非寿王妃！

太真院里度道士，

昭阳宫中换凤帔。

金册改名分，

玉律锁宫闱。

九重宫墙高似天，

徒唤奈何不能归！

王　利 娘娘，皇上原是仁慈之君，自有骨肉之情，定然体谅贵妃爱子之心。娘娘如若迟疑，只怕……

杨玉鬟 只怕什么？

王　利 只怕见不着小殿下生前一面了！

杨玉鬟 （脸色陡变，决然）王利，备车！

袁思艺 （跪拦）娘娘！……

杨玉鬟 （泪下）我儿命在旦夕，你忍心不让我母子一别么？

袁思艺 奴才不敢！

杨玉鬟 那好，你替我向皇上奏报，我去和娇儿生死一别，即便回宫！

〔杨玉鬟推开袁思艺，匆匆下。王利一笑，随下。

袁思艺 （慢慢爬起，惊慌不安）唉！只怕从此多事了！这怎么办呢？

〔外声：皇上驾到！

〔袁思艺急忙趴下。唐明皇手拿乐谱，边走边吟上。高力士随上。

唐明皇 （举目一望，惊异地）人呢？贵妃呢？

袁思艺 （嗫嚅地）皇上……！

唐明皇 （大声）袁思艺，人都到哪儿去了？

袁思艺 （向内）还不出来接驾！

〔众宫女纷纷上场，跪下。

众宫女 叩见皇上！

唐明皇 （巡视）贵妃呢？贵妃到哪儿去了？（众不语）

高力士 袁思艺，快奏明皇上！

袁思艺 是，是！启奏皇上，贵妃娘娘她，她……

唐明皇 （惊疑）她怎么啦？快说！

袁思艺 娘娘她，到寿王府去了。

唐明皇 （一震）啊！（大怒，将乐谱一摔）大胆！是谁放她出宫的？讲？

袁思艺 是娘娘自己……

高力士 （踢袁思艺一脚）狗奴才，你就不会拦住娘娘？

袁思艺 奴才拦不住她呀！

唐明皇 （震怒）好啊！你们这班狗才，串通一气，糊弄寡人，藐视皇法，破坏宫规，都不要命了！

（唱）尽是些狗家奴才，

守不住宫殿门台！

平日间诚惶诚恐忠诚相，

暗地里弄神装鬼奸佞态。

莫道朕，恩宠有加，

莫道朕，恩宏如海。

冒天威，必食恶果，

犯皇法，严惩不贷！

（厉声）来人！

〔外声：在！

唐明皇 传旨——

高力士 （扑地跪下）皇上且慢！息怒，息怒！请皇上先查明贵妃出宫原因，再处置不迟！

唐明皇 不！不管是甚原因，就是不准去寿王府！

高力士 是，是！总会有个道理……

唐明皇 朕不管！你混蛋！寿王府是她去的地方吗？！

高力士 娘娘是不该去寿王府，应该接娘娘回宫。这事要紧！

唐明皇 对，立刻将她追回来！快把她追回来！

高力士 是，是！这事交给奴才办。

唐明皇 你还跪着干什么？快走啊！

高力士 是！（起身欲下）

唐明皇 高力士！你听着，过了三刻，她不回宫，朕唯你是问！（一脚踢翻谱架，怒下）

〔高力士躬身领旨。抬头见众宫女等仍跪着，生气地——

高力士 还跪着做啥？还不给我滚下去！

〔众急忙溜下。

高力士 袁思艺！

袁思艺 高公公！

高力士 你说，贵妃娘娘为甚去寿王府？

袁思艺 刚才寿王府近侍太监王利来报：贵妃在寿王府所生的小殿下病危，寿王要娘娘去见一面，故而她……

高力士 （顿足长叹）唉！糊涂啊！糊涂啊！寿王妃已变成皇贵妃，还顾得了什么小殿下！全忘了自己的身份，全不懂皇上的忌讳！这祸闯大了！

袁思艺 （担惊地）高公公，这事会怎样了结呢？

高力士 谁也难说！你知道皇上脾气，老人家已经杀了三位皇子，只怕这事一起，刀光血影，还会人头落地哩！

袁思艺 （惊悚）高公公，全靠您老人家化解了！

高力士 （沉思）是啊！（决然）不能再伤社稷根本了！我尽力去办吧！你快备车马，让我去寿王府，接回贵妃，再做道理。

袁思艺 是！

〔二人匆匆下。

〔幕后合唱：

雷霆万钧震天宇，
惊破“霓裳羽衣曲”。
龙颜一怒天下秋，
顿教霜冷花落去。

〔灯暗。

第二场

〔寿王府书房。李瑁正在研读诗书。

李　瑁 （手捧《离骚》，高声朗读）“日月忽其不淹兮，春与秋其代序。惟草木之零落兮，恐美人之迟暮，不抚壮而弃移兮，何不改乎此度？乘骐骥以弛聘兮，来吾道夫先路。”（大有感触）啊！屈大夫的《离骚》，不正是

我李瑁的忧愁吗？

（唱）日月轮转换春秋，

草木零落美色休。

君木威夺寿王妃，

儿臣忍辱断鸾俦。

深宫秽事朝朝有，

王府蒙羞志难酬。

何时乘骥驰天宇，

指点江山改神州。

〔内侍匆匆上。

内　侍　启禀殿下，贵妃娘娘驾到！

李　瑁　（一愣）贵妃驾到？她来何事？

内　侍　不知。

李　瑁　可有凤辇仪仗、宫娥太监随来？

内　侍　没有。只有贵妃单身独来。

李　瑁　（惊疑）啊，她一人独来？（悄声）不可声张！速请贵妃到此相见！

内　侍　是！（急下）

李　瑁　（紧张地）唉！她怎么可以到我这里来呢？有什么急事让她不顾利害安危，到这是非之地呢？（焦急地踱步）……

〔内侍引杨玉鬟上。

李　瑁　臣，寿王李瑁，叩见娘娘！（跪下）

杨玉鬟　（顿足）唉！这是什么地方，旧夫妻还讲什么礼仪！快起来！

李　瑁　（命内侍）守住通道，不准任何人靠近书房！

内　侍　是！（下）

杨玉鬟　（焦急地）阿瑁，快告诉我，孩子病怎样了？

李　瑁　（一怔）什么？谁的孩子病了？

杨玉鬟　（焦急地）我们的孩子呀！还有谁的？

李　瑁　（惊异）我们的孩子？他活泼健壮，谁说有病？此话从何说起？！

杨玉鬟　真的没病？

李　瑁　岂有此理！刚才我还教他读诗，怎会有病？

杨玉鬟　（抚心合掌）谢天谢地！幸亏是一场虚惊！（不满地）阿瑁，你不该如此骗我出宫相见！

李　瑁　且慢！此话正该由我问你：是谁谎报孩儿生病，骗你出宫的？
杨玉鬟　是你的近侍太监王利。
李　瑁　王利？！他怎么说？
杨玉鬟　他说我们孩儿病危，是你叫我速速出宫，不然不能相见了。
李　瑁　（惊跌椅上）啊？！王利他……？（猛起大喊）来啊！传王利！
〔外声：是！
杨玉鬟　（渐觉事态严重）阿瑁，真的不是你派王利来叫我的吗？
李　瑁　（跌足）唉，玉鬟，你好糊涂啊！
（唱）我身为皇子懂宫规，
律法森森谁敢违！
亲王嫔妃禁来往，
私下沟通一死罪。
便是王儿真病危，
也该上本奏万岁。
岂敢私自禀贵妃？
无端自招大祸灾。
杨玉鬟　（点头）这也是。那，王利他，为什么骗我出宫呢？
李　瑁　正是这话！（猛想起）玉鬟，你出宫之时，有否奏明父皇？
杨玉鬟　没有，来不及了。
李　瑁　（惊恐）嘿！糟了！糟了！糟了！（急推玉鬟）快走，快走，快回宫去！
杨玉鬟　（不以为然）看把你急成这样！既然之，则安之；我要看看孩子，和你叙叙心事……
李　瑁　（长揖到地）我的好娘娘，皇上察觉，大祸临头，快请回宫吧！
杨玉鬟　（满有把握地）不怕！皇上那边有我呢！阿瑁——
（唱）天大地大，
王儿平安事最大。
寿王之子皇帝孙，
骨肉相连是一家。
玉鬟入宫蒙恩宠，
回府看儿也无差。
违犯宫规我承受，
回宫笑听皇上骂。

李　瑁　天啊！你说的好轻巧呀！入宫多年，还是这样不懂世事！

（唱）你可知，风雷全由帝心变，

阴晴皆看帝王脸。

你本是，寿王妃，

偷桃换李入宫眠；

帝君有心避人诽，

寿王大恐受猜嫌。

杨玉鬟　阿瑁！

（唱）你我本是同林鸟，

棒打鸳鸯分两边。

朝廷上下人皆知，

何用避嫌怕人言！

李　瑁　唉，你真不懂事理啊！

（唱）你可知，天下男子都一样，

最怕娇妻有外恋。

你私出宫门已有罪，

旧情相通事更险，

倘若父皇翻了脸，

刑鼎之下化尘烟！

杨玉鬟　未必如此凶险。阿瑁，你把事情看得如此严重，是不是怕失宠于皇上，不利你争立太子……

李　瑁　住口！玉鬟，你呀！你真不知轻重！（轻声）此事只能放在你的心中，岂能……

杨玉鬟　我才不管这些呢！好，不说了，我要看看我的孩子。

李　瑁　不能。你得赶快回宫！

杨玉鬟　我不！既然来了，我要看看孩子！

李　瑁　（左右作揖）玉鬟，我求你了，快回宫去吧！快回宫去吧！……

〔外声：圣旨下——！

李　瑁　（吓得发抖）接、接、接旨！

〔高力士率两宫娥上。

高力士　（朝北站定）皇上口谕：“立请贵妃杨玉鬟回宫！”

李　瑁　领旨！万万岁！（起）高公公……

高力士 贵妃娘娘，请回宫！来啊，搀扶娘娘回宫！

〔宫娥扶杨玉鬟急下。

李　瑁 高公公，请留步！

高力士 （站定）寿王殿下，咱家皇命在身，不能久留！

李　瑁 不敢久留。皇上他……

高力士 雷霆震怒，乾坤变色！

李　瑁 （目瞪口呆）啊？！（扑地跪下）高公公救我！

高力士 （长叹，扶起李瑁）唉！殿下！

（唱）咱知道，殿下无过，
怕只怕，其中有故。
造成贵妃罪错，
点燃君王嫉火，
迅雷落在寿王府，
只怕大祸难逃脱！

李　瑁 （委屈地）高公公，我真的全然不知啊！是有人害我！

高力士 王利呢？

李　瑁 （猛醒）王利！（向外）王利何在？！

内　侍 （急上）禀殿下！王利不见了，正在到处寻找。

高力士 （冷笑）哼，找不到了，不用找了！

李　瑁 啊！王利不见，更说不清了！

高力士 嘿嘿！

（接唱）事有八九已清楚，
盘根错节难说破。
但求苍天多保佑，
逢凶化吉消灾祸！

告辞！（下）

〔寿王惊恐，焦虑，团团乱转。见内侍站着，勃然大怒——

李　瑁 狗奴才！还不派人去寻王利！快给我去找，去寻，把整个长安翻个遍，也得把王利抓来！滚！

内　侍 是！是！

〔欲下，李林甫大笑上。

李林甫 哈哈哈哈！不用去找了，王利已经被逮住了！

李　瑁　（一喜）王利逮住了？谁逮住的？

李林甫　我，李林甫啊，哈哈！

李　瑁　多谢李相国！（宽慰地）这下可好了，审一审，事情就清楚了，皇上不会怪我了！

李林甫　哈哈，审一审，皇上不怪你？审一审，这大唐天下，就变了样哩！哈哈哈哈！

李　瑁　（一愣）李相国，此话怎讲？

李林甫　寿王殿下！

（唱）身为丞相立朝堂，
总揽江山如指掌。
朝廷政事多诡变，
宫中无处不风浪。
王利胆敢骗贵妃，
背后必定有文章。
暗箭直射寿王府，
是谁弯弓暗中藏？

李　瑁　王利背后，有人指使，这一层，我也想到了。可是，是谁在背后暗弄于我，却不明白，望相国指教！

李林甫　哈哈，殿下，你可明白？

（接唱）自古宫廷争立储，
腥风血雨不胜防。
为争太子夺帝位，
骨肉亲情皆可伤！

李　瑁　（一惊）啊，难道是……他？

李林甫　（阴险地）他，是谁啊？

李　瑁　不，不！他已是太子，决不会暗算于我！

李林甫　哈哈哈哈！寿王，你太自欺欺人了！

（唱）谁不知，贵妃原是寿王妃，
如今入宫侍帝皇。
旧情难忘须报答，
枕边吹风求补偿，
春风吹得君心醉，

东宫易储立寿王。

李　瑁　（被道破心事，大惊恐）啊，李相国，你可不能乱猜想！我李瑁谨慎小心，绝无野心……

李林甫　哈哈哈哈！寿王，不必惊慌，也不必瞒我！贵妃未入宫，你也许不敢想当太子；贵妃入宫之后，你就想有力争位了！（正色地）争得好！应该争！

李　瑁　李相国何出此言？

李林甫　殿下不是不知，我和太子李亨，冰火不容。他若登基，必置我于死地。因此，李亨贬出东宫，寿王你成太子，老夫后患即除了！这不是“争得好，应该争”吗？！

李　瑁　这……还有一个“如何争”呢？

李林甫　将事情闹大！闹得越大越好！

李　瑁　（又惊）啊，不行，不行！父皇正在震怒，闹大了，朝野震动，两败俱伤！

李林甫　哈哈哈哈！寿王，你怕什么？

李　瑁　我怕贵妃和我都会获罪。

李林甫　不！获罪的不是你们，而是那使阴谋的他们！只要揭出他们阴谋，大功就告成了！

李　瑁　相国是想……

李林甫　严审王利！

李　瑁　那就有劳相国了！（一揖）

李林甫　不敢！只是，将来寿王继承帝位，可不要忘了老臣哟？哈哈哈哈！告辞！

〔李瑁送李林甫下。

〔幕外合唱：

自古皇权太诱人，
骨肉相残惊鬼神！
祸起萧墙风雷动，
九重城阙烟尘生！

〔灯暗。

第三场

〔内宫。

〔灯火辉煌。宫女、太监们肃然侍立，唐明皇焦躁不安……

〔幕外合唱：

天颜色变雷霆震，
九重城阙烟尘生。
往日宫闱春阳暖，
今朝内苑秋霜冷。

唐明皇 （厉声）贵妃回宫了没有？

一太监 （上前）启禀皇上，贵妃凤辇已过承天门，即刻进宫了！

唐明皇 （生气地往龙椅上一坐）传旨：命贵妃速来见朕！

〔外声：贵妃娘娘回宫！

唐明皇 哼！（转身朝内）

〔杨玉鬟上。

杨玉鬟 （行礼）臣妾叩见皇上！

〔唐明皇不予理睬。

〔杨玉鬟含笑起。挥手令众宫女、太监下。

杨玉鬟 （轻拉明皇衣袖）三郎，干吗生我的气呀？我不是回宫了吗？

唐明皇 （将手一挥，推开杨玉鬟，怒冲冲地）你去哪里了？

杨玉鬟 我去一趟寿王府呀！

唐明皇 （跳起，叱责地）谁让你去的？

杨玉鬟 是我自己去的！我……

唐明皇 （怒叱）你好大的胆！你不懂皇家规矩吗？你不怕家法惩罚？！

杨玉鬟 （笑）我不怕。

唐明皇 （惊讶）啊，你，你倒不怕？……

杨玉鬟 （撒娇）有你皇上护着我，我还怕什么呀！

（唱）玉鬟可比一朵花，

三郎本是护花架。
娇花无力经风雨，
花架有力挡风沙。
花受风雨花零落，
架无娇花空有架。
有架挡风任风起，
娇花有架花不怕。

唐明皇 （苦笑）嘿嘿！玉鬟，你错了。
（唱）花架有力挡风雨，
难护青虫咬花芽，
架自有心防花害，
花却自残招虫蚜。
如今娇花已零落，
架自无须护残花！

杨玉鬟 （委屈地）皇上，你这话从何说起？便是去一趟寿王府，也不敢招虫残花，让皇上不护玉鬟呀！

唐明皇 你和寿王，关系不同，而你却瞒着朕，私去相会，旧情难忘，令朕伤心！

杨玉鬟 （苦笑）皇上，你说我旧情难忘，倒真是伤了我的心了！
（唱）忆昔春风开紫殿，
温泉水滑洗凝脂。
花前月下共缱绻，
品诗吟曲初相知。
轻歌曼舞听丝竹，
梨园静夜两心痴。
金风玉露一相逢，
天长地久连理枝。
此心唯属君王有，
往事如梦早已逝。

唐明皇 （冷笑）哼，我却不信！我问你——
（唱）若是旧情如梦逝，
岂能私会了相思？
皇家律法丢脑后，

敢置刑鼎以身试！
可见你，旧爱未断迷心窍，
恋情入火不畏死！

杨玉鬟 啊，皇上，你言重了！
（唱）私出宫门我知罪，
冤我恋情你太痴！
妾记得，七夕之夜有盟誓，
莫忘无人私语时。

唐明皇 （怒意渐起）哼！
（唱）七夕密誓犹在耳，
彩凤已栖旧时枝！

杨玉鬟 （唱）旧时枝，绝难栖，
舐犊之情难自制。
惊闻王儿病体危，
惶惶遽出未请旨。

唐明皇 哼，王孙果真有病么？

杨玉鬟 未有。不过……

唐明皇 （怒起）却又何来？！
（唱）舐犊之情朕可恕，
借口偷情又何辞？
藕断丝连暗相通，
阳奉阴违有谁知？

杨玉鬟 （大受委屈）皇上！你将玉鬟看得太贱了！
（唱）此身已属君王有，
岂能再系旧情丝！
汉宫秋月清如水，
昭阳碧玉洁无疵。

唐明皇 （唱）即便碧玉洁无疵，
亦应顾忌人笑嗤；
瓜田李下该避嫌，
怎可招摇不知耻！

杨玉鬟 （深受伤害，被激怒）三郎！你也太羞辱人了！玉鬟不是水性杨花之人，

侍奉皇上，事出有因，若说避嫌，何必当初！

唐明皇 当初如何？

杨玉鬟 （怒懑）当初你就该避嫌！

唐明皇 （被触痛，大怒）你！你！你好啊！

（唱）一句话，泄露了你心含怨恨，

想当初，错以为你善解朕心。

错以为，你衷心爱朕，

错以为，你醉心艺文。

错以为，你同心偕老，

错以为，你安心宫门。

却原来，你虚情假意，

却原来，你不忘旧情！

罢罢罢，玉龙金锁难锁凤，

花落花飞不留春！

（大喝）来人！

〔高力士和宫女、太监上。

唐明皇 听旨：贵妃杨玉鬟，不守宫规，出言不逊，应受杖责！

〔杨玉鬟跪下。

〔高力士和众宫女，太监亦跪下。

唐明皇 怎么？他们也敢不遵朕的旨意了？！（冷笑）好，好，你们不打，朕自己打！（去寻找刑杖）

高力士 （跪着爬向明皇，紧紧抱住他的双腿）皇上，皇上！娘娘乃是一宫之主，一时失言，可令思过，不可杖责，求皇上宽恕！（向杨玉鬟示意求饶）

杨玉鬟 （不服）皇上，臣妾失言，顶撞有罪，甘愿受罚。不过，我只是去寿王府，探望小殿下，他也是你的骨肉亲人，你何必如此震怒，不予体谅呢？

唐明皇 （震怒，气得说不出话来）你！你！你！……（举起杖欲打）

〔杨玉鬟闭目仰面，准备受杖。唐明皇又不忍下手。气不能出，便转而宫女、太监，举杖乱打。

唐明皇 反了！反了！平日里把你们宠惯了，宠坏了！你们眼中还有我这个皇帝吗？啊！啊！我要打死你们！死了干净！

杨玉鬟 （哭）皇上不必拿他们出气！你要打要罚，玉鬟领受！

唐明皇 （冷笑）哼哼！难道朕就不能惩罚你？

杨玉鬟 身为九五之尊，手握生杀大权，当然能够，莫说一个妃子，就连亲生皇子，也要杀……

〔高力士猛扑上去，捂住杨玉鬟之口。

〔众皆失色，全殿悚然。

唐明皇 （脸如死灰，突然大吼）你好大的胆！

（怒喝）贵妃失德，藐视朕躬，立刻逐出宫门！求情者，斩！

众 遵旨！

〔杨玉鬟跌坐在地。高力士欲言又止。全殿鸦雀无所。唐明皇痛苦地跌坐椅上，以袖掩面。

〔幕外合唱：

舌箭不慎伤圣心，
斩断了，七夕密誓缱绻情。
鹊桥崩塌谁修复？
从此天河隔双星！

〔高力士扶杨玉鬟起，杨玉鬟欲言，高力士摇手，暗示她出宫。杨玉鬟掩面哭下。宫女太监们随下。

〔静场。

高力士 （悄悄地走向唐明皇，轻声）皇上，贵妃娘娘，已逐出宫门了！

唐明皇 （猛地跳起）她走了？

高力士 娘娘走了！

唐明皇 （颓然坐下，突然又跳起）高力士听旨！

高力士 （以为收回圣命，高兴地）奴才在！

唐明皇 （咬牙切齿地）传旨：命龙武军包围寿王府，将李瑁逮捕，交刑司审问！

高力士 （大惊，扑地跪下）皇上，皇上，奴才不敢领旨……

唐明皇 你也敢抗旨？！

高力士 不敢，奴才哪一天、哪一件事不忠于皇上您啊？皇上在盛怒之下，出这么一道圣旨，天下会大乱的呀！不能下，不能下！不能贸然处置！

唐明皇 李瑁胆敢派遣内监，私入宫闱，骗引贵妃出宫私会，罪已致死，怎么是“贸然处置”？

高力士 奴才以为：寿王殿下，索性懦弱，知书达理，行事谨慎，决不敢有此忤逆之举……

唐明皇 那入宫传话的狗才，就是寿王内侍太监王利，证据已在，还有何说？

高力士 皇上圣明！干系就在王利身上！皇上！

（唱）王利胆敢闯内宫，

背后必有人操纵。

王子有病可明奏，

寿王何须暗相通？

事出有因非寻常，

定有文章在其中。

皇上暂息雷霆怒，

刀虽出鞘兵不动。

王利身上究底细，

水落石出惩元凶。

唐明皇 （点头）唔，此话说得倒有道理。王利现在何处？

高力士 已被李林甫相国逮捕。

唐明皇 好！召李林甫！

高力士 （高声）皇上有旨：召李林甫觐见！

〔外声：召李相国觐见！

〔李林甫匆匆上。

李林甫 臣，李林甫叩见皇上。

唐明皇 平身。李林甫，那擅入深宫，私引贵妃出宫的狗才王利，你已拿获了吗？

李林甫 是！皇上！

（唱）为丞相，忠心保国，

除奸佞，日夜提防。

狗王利，私入内宫，

早落在，我的手掌。

这其中，必有阴谋，

动乾坤，乱我大唐。

严拷问，追出首犯，

除祸根，保国安邦。

唐明皇 好！难得你一片忠心！李林甫听旨！

李林甫 臣在！

唐明皇 王利一案，朕命你……

高力士 且慢！皇上！

唐明皇　（不悦地）你！

高力士　皇上恕罪！奴才想说，太监犯罪，自有宫中内务府审理，这是祖宗家法规定，不能交外臣审问。

唐明皇　这……

李林甫　哈！高总管，王利一案，不同一般，他骗娘娘出宫，定与外臣勾结，自然交外廷有司审问。

高力士　李相国，王利一案，不同一般，他牵涉到贵妃、寿王，都是皇亲国戚，事关皇家内眷隐秘，外臣不许与闻！这道理，你身为宰相，难道也不懂吗？！

唐明皇　（被提醒）唔，高力士说得有理！

李林甫　皇上，只有交外廷严审，才能挖出祸根！

高力士　李相国，你敢在刑堂之上，深究贵妃与皇上的内宫之事吗？诽君就是死罪，怕你担当不起！

李林甫　这……

唐明皇　（裁决）不用争了！高力士说得有理。此案事关内宫，不得外传。高力士听旨：着你会同袁思艺，审问王利，务必追出首犯，不得有违！

高力士　遵旨！

唐明皇　李林甫听旨：速将罪犯王利，解交高力士审问，不得有误！

李林甫　遵旨！

〔唐明皇下。

李林甫　（冷笑）哼，高总管，您好厉害啊！

高力士　（冷笑）哼，李相国，您好胃口啊！

李林甫　（冷笑）哼，王利这块肉，已被您抢走，我吃不成哩！

高力士　（冷笑）哼，我是怕您被噎死，是在救您啊！

李林甫　（拱手）多谢！多谢！（狠狠下）

〔幕外合唱：

一个是，唯恐天下不乱，
一个是，力挽狂澜不倒；
一个是，欲保利禄小化大，
一个是，欲求平安大化小；
自古朝廷多风浪，
载舟覆舟事难料！

〔高力士沉思。

〔灯暗。

第四场

〔内务府刑堂。

〔夜。阴森森的大堂上，摆满恐怖的刑具，两个落地大灯笼，照着两行执行太监，活像阎罗大殿。

〔高力士端坐在案桌后面，袁思艺斜坐在一张小桌后，准备作口供记录。

高力士 （一声断喊）带罪犯王利！

〔满堂传呼：带罪犯王利！

〔在堂威声中，王利被二狱卒牵上刑堂，跪倒在地。

二狱卒 （跪禀）奉皇上谕旨，李相国将罪犯王利，移交内务府审理，请高总管验明正身！

高力士 （一挥手）下去！

〔二狱卒取镣铐下。

高力士 （将惊堂木一拍）王利，你知罪吗？

王　利 （一笑）哈！当然知道。

高力士 所犯何罪，从实招来！

王　利 好啊，不就是骗贵妃娘娘去寿王府的事吗？

高力士 （被他傲慢激怒，冷笑）哼！谁要你讲这些皮毛罪行！你听着：

（唱）咱家奉旨审奸徒，

高力士就是活阎罗！

剥你皮，碎你骨，

油煎火烤任凭我！

只要你招供谁主谋，

我便可大事化小开网罗！

王　利 要我招供阴谋和主使人？哈，这个不能讲！

高力士 为何不能讲？

王　利 高总管！

（唱）王利身为皇家奴，
宫廷机密不可露。
我劝总管莫追问，
留得后路好退步！

高力士 （大怒）大胆！
（唱）狗杀才胆大包天不自量，
欲盖弥彰太猖狂！
内务府向来不吃素，
敢叫阎罗魂魄丧！
不杀你，不剐你，
先让你，各式各样，千奇百怪，欲死不能的大刑都品尝！
（白）来啊！

众太监 在！

高力士 让这亡命之徒，看看咱内务的东西，让他能一件件尝尝！

众太监 喳！

袁思艺 （拉王利）王老弟，请吧！这玩意儿叫作——

众太监 死猪愁！

袁思艺 啊！死了的猪都发愁！可怕！这些东西是——

众太监 凤凰晒翅、仙人献果、玉女登天、仙童拜佛……

袁思艺 好了，好了，名目倒是挺好听的哩！王老弟，您要选哪一件尝尝滋味呀？别客气，我们给您一天尝一种，够你尝一年的哩！

王　利 （脸都吓白了）我不尝！我不尝！（扑地跪下）高总管，您行行好，干脆给我一刀吧！

高力士 （冷笑）哼，想死？没那么便宜！咱家要你死去活来，活来死去，一天死三次，一年死一千零九十五次！（大声）来啊！先让他死一次！

袁思艺 （高喊）上“老虎吼”——！

众太监 （呐喊）啊——！

王　利 （跌倒在地）不，不，我招！我招！

高力士 讲！

王　利 （欲言又止，愁了半天，终又摇头）不能，不能讲！死也不能讲！

高力士 好啊！你还是想尝尝“老虎吼”！

王　利 （决然）高总管，这事实在太大，不讲会死，讲了也得死！既然都是死，

何必多言！您就上刑吧！（说罢，盘腿闭目，不再开口）

〔高力士和袁思艺交换一下眼色，挥手让众太监下，然后离座，走向王利。

袁思艺 （扶起王利）王老弟，起来吧！

王　利 （睁眼一看）不审了？

袁思艺 冲你那犟劲儿，有骨气！不审了，咱谈谈。

王　利 嘿！这还差不多。够意思！

高力士 王老弟，咱们都是太监，都是伺候主子的奴才，宫廷之中，确有不少不能跟外头讲的事儿。我体谅你的忠心！

王　利 是这话！

袁思艺 所以，高总管才不让李相国审你。

王　利 我领情！

高力士 你说“不讲会死，讲也得死”，这不一定！

王　利 这话够意思！怎么不一定呢！

高力士 （笑）王老弟，你听着！

（唱）我身为总管掌内府，
奉旨审问权在身。
杀你但凭一句话，
超生只须笔留情。
太监本是同命人，
抱成一团相照应。
有福原该同享受，
有祸亦应共担分。

王　利 着啊！够朋友！高总管，我告诉您吧！

（唱）王利不是发疯的人，
敢闯内宫自有因！
骗得贵妃去私会，
拼将生死赌输赢！
若是总管放一马，
我保您，富贵荣华享不尽！

袁思艺 （大感兴趣）哦？快讲讲道理！

王　利 不忙，不忙！我先问问你俩。

高力士
袁思艺 问吧，问吧！

王　利（唱）我问你：道不变来天可变？

高力士
袁思艺（接唱）日月轮回时变迁。

王　利（唱）我问你：地不动来时可变？

高力士
袁思艺（接唱）冬去春来又一年。

王　利（唱）我问你：江山不改人可变？

高力士
袁思艺（接唱）山河万代人寿浅。

王　利（唱）我问你：朝廷不变君可变？

高力士
袁思艺（接唱）改朝换代开新天！

王　利 嘿嘿！你俩明白了吧？

（接唱）岂不闻，一朝天子一朝臣，
江山易主换旧人。
未两绸缪先备伞，
黄盖伞下好安身！

袁思艺（急拉椅子，按王利坐下，长揖到地）啊，多谢提醒，承教，承教！

高力士 想不到王老弟如此高瞻远瞩，未雨绸缪，先下一手！

王　利（得意地）政坛就是赌场，从政便是参赌，没这一手，就会输光！

高力士（突然一吼）你已经输光了！

王　利（吓一跳）啊？！怎么会呢？

袁思艺 您不是被我们逮住了吗？

王　利（讪笑）嘿嘿！所以嘛，请您哥儿俩高抬贵手，放我一马，将来我王利赢了，保您俩荣华富贵！

高力士（冷笑）哼！你绕了半天，还不吐一句真话，尽卖关子，叫我们如何信你？

袁思艺 就是！你不讲清来龙去脉，让我们判个虚实是非，能糊里糊涂跟你卖命吗？你做梦！

高力士 我高力士岂是等闲之辈，能让你牵着鼻子走吗？告诉你，你的命运还捏在我们手里！

王　利 这是，这是！是我王利不知道天高地厚，该死！该死！

袁思艺 你可明白，高总管是皇上近侍，皇上一举一动，只有他最清楚。他若跟你抱成一团，怕什么大事办不成！

王　利 （猛敲额头）我混！我混蛋！（忙向两人招手）过来，过来！

（唱）太子李亨坐东宫，
心悬九天多噩梦。
一怕龙心常变化，
二怕寿王使神通。
三怕贵妃入宫闱，
易储常吹枕边风。
天长日久坚冰融，
水到渠成毕大功。
有朝李瑁为太子，
李亨落得一场空！

高力士 （点头）这自然有其可能！皇上对贵妃，真是“三千宠爱在一身”啊！

王　利 对嘛！所以……

高力士 所以李亨太子就让你假传寿王之命，谎报王子病危，将贵妃骗进寿王府，使皇上嫉恨震怒，置他们于死地，除了太子李亨心腹之患，以保将来登基，你也就成了一大功臣，是这样吗？

王　利 （竖起大拇指）高！高公公不愧是宫廷总管！洞察秋毫！高！高！

高力士 （笑）高的不是我，而是这计谋高啊？一箭双雕。不过，为什么派你进宫呢？

王　利 我是寿王府内侍太监，让我去传话，贵妃才相信啊！

袁思艺 你就不怕出了事，犯杀头之罪？

王　利 李亨太子说，传了话，马上躲到东宫去，谁也找不到我。

高力士 可是，你却被李相国逮住了！

王　利 （丧气）咳，倒霉！想不到李林甫这样厉害，我从宫中一出来，就让他截住了！

袁思艺 李相国耳目遍天下，谁逃得过他的眼睛呵！你若在他手里审问，不仅你活不了，只怕……

王　利 我知道，知道！他和太子李亨，水火不容，发现是太子主谋，太子的祸就闯大了！咳！幸好是你们审问！上天保佑！

高力士 （冷笑）只怕上天不保佑你！

王　利　（一惊）高总管，此话怎讲？

高力士　（大吼）升堂！

〔众刑监齐声呐喊，挑灯拥上。王利吓得跌倒在地，索索发抖。

高力士　（一拍惊堂木）王利，好奸徒！

（唱）卖主求荣作走狗，

诡计多端行阴谋！

无端掀起滔天浪，

大唐社稷险覆舟！

天理难容无义贼，

（白）来啊！

（接唱）乱杖打杀一笔勾！

〔众刑监齐声呐喊，乱杖齐下，王利立毙杖下。

众太监　罪犯王利，已被杖杀！

高力士　拉下去埋了！

〔众拉王利尸体下。

袁思艺　（目瞪口呆，惊恐地）高公公，王利是个钦犯，他未画口供，将他打杀，怎样向皇上交代？

高力士　让他活着，拿这样口供，又怎样向皇上交代？

袁思艺　这……（茫然不释）

高力士　袁老弟，这场公案，不能明了啊！

（唱）李亨设计害寿王，

失德、诬陷罪两桩。

天威震怒杀心起，

霎时腥风血雨狂！

皇上已杀三皇子，

再杀只怕乱朝纲。

今日灭口息刀光，

大事化小保大唐！

袁思艺　（频频点头）啊，高公公，您真是高瞻远瞩，忠心可嘉啊！敬佩，敬佩！不过，此案如何了结呢？

高力士　（笑）无头公案，如何了清？还不是不了了之！

袁思艺　那王利之死，谁也没办法！

袁思艺 （心领神会，笑）对，对！畏罪自杀，谁也没办法！

〔二人相视而笑。

〔灯暗。

第五场

〔内宫寝殿，重闱低垂。时已黄昏，寂静幽暗。

〔唐明皇在来回踱步。

〔幕外合唱：

晚风起，月昏黄，
夕殿萤飞倍凄凉。
迟迟钟鼓动长安，
冷冷寒衾别梦长。

唐明皇 （唱）冷冷寒衾别梦长，
离情难断忆流光。
初识丽质难自制，
玉楼宴罢夜未央。
华清池暖洗凝脂，
骊宫人醉舞霓裳。
七夕双星同盟誓，
生生死死不相忘。

〔推窗遥望天宇，不胜凄楚。

唐明皇 （长叹一声）唉！天河双星犹在，唐宫朕已孤身！说什么生生世世为夫妇，却不料今生今世已变心！玉鬟，你辜负了朕啊！

（唱）耿耿星河不堪忘，
信誓旦旦恨相忘！
耳畔犹闻《霓裳曲》
芳心却恋旧鸳鸯！

〔幕外助唱：

你负了朕！

你背了盟！

你藕断丝连将朕伤！

你恃宠妄为太张狂！

（白）你害得朕啊——

孤零零，不堪寂寞，

冷清清，难挡恐慌。

空虚虚，一身惆怅，

黑沉沉，满眼凄凉！

〔颓然落座。猛抬头，见月影昏昏，暮色沉沉，顿觉孤寂，深感空虚。

唐明皇 （大声）来人！来人哪！

〔众宫女急入。

唐明皇 （怒斥）为什么黑沉沉漆黑一团？为什么冷冰冰死寂无人？难道贵妃不在，你们就可以怠慢偷懒吗？

众宫女 奴婢不敢！

唐明皇 掌灯！

众宫女 是！（连忙点灯）

〔一时间灯火辉煌。

唐明皇 （强光刺眼，双目难睁，忙以袖遮掩）狗奴才！为什么点那么多的灯火？难道要刺瞎朕的双眼，好让你们胡作非为吗？！（大喝）灭掉！留一盏！

众宫女 是！（灭灯。留一盏。退下）

〔唐明皇坐在孤灯之旁，又陷入苦恼之中。

〔幕外合唱：

孤对孤灯思悄然，

心事茫茫与谁言？

往日灯前共谱曲，

琴瑟和谐倍甘甜。

〔玉鬟外声唱：

今朝君王心太狠，

天颜一怒断情缘！

倾国名花易想得，

高山流水知音鲜。

从此后，新腔初成谁先试？

歌舞排时谁领先？
可怜堂堂天子家，
难栖堂前一飞燕！

唐明皇　（自问）难道是我错了不成？！我应细细查问，再作处置才对！为什么如此不慎！落得如此烦恼！咳！（焦躁地走动，欲拿茶润喉，无水。怒，高声）来人！

〔众宫女急入。

唐明皇　你们想渴死朕呀！贵妃不在，你们都不守宫规了！上茶！

众宫女　是！（急进茶水）

〔唐明皇喝一口，急忙吐出，摔杯。

唐明皇　（怒吐）该死！你们想烫死朕呀！滚！（众宫女退下）回来！（众宫女又急回）高力士来了没有？为什么还不来见朕？

众宫女　皇上，高总管还未回宫。

唐明皇　（生气地）该死的！这死奴才也放肆起来了！

〔高力士悄然上，在宫门外偷向宫女示意不要声张，并示意她们请皇上吃饭。

众宫女　（跪下）皇上好几天没好好进膳了，请先进些点心，等高总管回来。

唐明皇　（挥手）我不想吃！不吃！

众宫女　（叩头）皇上不进膳，饿坏龙体，奴婢都是死罪！求皇上可怜奴婢吧！

唐明皇　（无奈地点头）好吧，好吧！真烦死人了！

〔宫女们捧点心进上。明皇扒一口，将碗放下，叹口气，不吃了。宫女们向门外求教。高力士在门外暗示：弹奏歌舞。

众宫女　（下跪）皇上平日进膳，总是钟鸣鼎食，今天吃得不香，还是让奴婢们弹奏歌舞，让皇上宽宽心，解解闷，吃得香一点。

〔唐明皇无可无不可，宫女们自搬乐器，开始歌舞。

〔合唱：（带舞）

云想衣裳花想容，
春风拂槛露华浓。
若非群玉山头见，
会向瑶台月下逢。

唐明皇　（大声）停下，停下！什么乌七八糟！难听死了！平白糟蹋了李学士的好诗！贵妃在时，是这样教你们的吗？快给我滚下去！滚！

〔众宫女急忙出殿，被高力士拦住。

高力士 （顺势进宫）你们这是干什么了，怎么惹皇上生气了？

唐明皇 高力士，你总算回来了！朕好不心焦啊！

高力士 （回头骂宫女）皇上心焦，烦着呢！你们偏偏不体谅圣心，惹皇上生气！都给我跪下！

〔众宫女跪下。

唐明皇 （过意不去）咳，高力士，不关她们的事！是朕心烦，看什么也不顺眼，吃什么也不香，所以拿她们出气。你们都起来，下去吧。

众宫女 谢皇上！（下）

高力士 皇上的心情，只有奴才最清楚。依奴才看，这后宫内苑，没有贵妃娘娘，就乱成一窝蜂！吃不成吃，歌不成歌，舞不成舞！奴才担心皇上，真的没有了贵妃娘娘，这日子可怎么过呀！

（唱）皇家也是一个家，
是家得有内当家。
家中若无主妇在，
家事纷烦乱成麻！
吃不香，睡不香，
夜无灯火渴无茶。
三天两日犹可过，
一年半载龙体垮！

唐明皇 （激动地）咳！力士，朕何尝不知宫中不能没有贵妃呵！可她……竟做出这样的事来，叫朕如何能忍受！不惩罚不能儆将来；惩罚她吧，朕真的又舍不得！朕这个皇帝，也苦啊！

高力士 奴才知道，这些话，皇上也只能和奴才讲，也只有奴才最明白皇上的心意。

唐明皇 是的。譬如朕命令你审问王利，很想听你的审问结果，却又怕听结果！你明白朕的心意？

高力士 明白！总之皇上爱贵妃太深了，只怕……

唐明皇 （猛然一挥手）不用说了！不管怎样，总是要听个结果（坐下，闭目靠椅）你说吧，朕听着！

〔高力士见状一笑，稍停，悄悄走到明皇身边。

高力士 （轻声地）皇上，不必担心，是好消息！

唐明皇 （蹦地跳起，睁大眼）你说什么？

高力士 （大声地）是，好——消——息！

唐明皇 （一把抓住高力士）与贵妃无关？

高力士 无关！

唐明皇 （长嘘一口气，放松弛）你快说说，王利怎样招供？

高力士 启奏皇上：

（唱）审得王利查明，
怀有叛逆之心。
受人收买行奸，
阴谋陷害好人。
假传寿王命，
入宫谎报信。
有意嫁祸贵妃，
获罪逐出宫门。

唐明皇 那王利为什么要骗贵妃出宫？他受何人指使？又是为了什么图谋？

高力士 这正是奴才才要审问的根本！

唐明皇 王利招供了吗？

高力士 可惜，他没招。

唐明皇 （怒）用重刑！不怕他不招！

高力士 重刑也没用。

唐明皇 为什么？

高力士 他死了！

唐明皇 （惊）是你用刑过重，打死的吗？

高力士 不，是王利畏罪自杀身亡。

唐明皇 唉！如此重犯，怎么看守不严，让他死去的呢！

高力士 皇上，人若想死，随时可死，无人能防。不过，奴才想，王利死得好，死的是时候！

唐明皇 此话怎讲？

高力士 皇上！

（唱）贵妃疑案已澄清，
宫闱之中保安宁。
王利不死乱招供，

只怕朝廷起风尘。
人心惶惶株连众，
社稷不安伤根本。

唐明皇　（沉吟）你说的也是。不过，不害别人，为什么偏要陷害贵妃和寿王呢？

高力士　（笑）皇上，这还不明白吗？
（唱）三千宠爱在一身，
必招后宫嫉妒人。
收买王利设陷阱，
好让皇上断恋情。

唐明皇　哈哈哈哈！岂有此理！这后宫三千佳丽，有谁能比玉鬟的吗？她们抱什么怨，争什么风？！

高力士　（笑）我看难怪！你看，贵妃才出去几天，皇上就睡不安、吃不香，不是太偏心了吗？

唐明皇　不是朕偏心，而是这宫中少不得贵妃！这几天她不在，你看朕过的是什么日子！

高力士　据说娘娘出宫之后，日夜哭啼，不吃不睡，好好一朵牡丹花似的娘娘，憔悴得像雨打梨花了！

唐明皇　（惊）真的么！这可不行。她哭坏身子，乃朕之过啊！力士，你去，叫她吃饭，不要哭泣！

高力士　遵旨！（向外）皇上有旨："命贵妃娘娘吃饭，不要哭泣！"

〔外声：遵旨！

唐明皇　力士，你怎么这样传旨的呢？这样一道旨意，岂不是朕赦贵妃无罪了吗？

高力士　皇上，贵妃本来无罪的嘛！

唐明皇　（摇头）不，她私出宫门，顶撞朕躬，都有过失！不然，朕逐她出宫，岂不是朕错了吗？

高力士　不，皇上没有错。教训一下贵妃，也是要的。

唐明皇　对啊，不然，她恃宠倨傲，那还了得！

高力士　是的，不过……

唐明皇　不过什么？

高力士　不过，教训一下也就是了。宫内可不能没有贵妃啊！接娘娘回宫吧？

唐明皇　这要看她如何认错。

高力士　（做沮丧）那好吧，等她一个月，半年，一年，再说吧！

唐明皇 （笑）你就不会去开导开导她吗？

高力士 我？奴才不去！

唐明皇 （推高力士）去吧，去吧！

高力士 奴才没有圣旨，怎么能去啊？

唐明皇 朕不是叫你去吗？

高力士 （欣然一拜）领旨！

〔二人相视而笑。

〔幕外合唱：

一个是，急待喜鹊搭天桥，
一个是，搭桥喜鹊待君邀。
但等天清云散时，
且看鹊桥架碧霄。

〔灯暗。

第六场

〔杨钊府第。

〔一桌酒筵摆在当中，完好如初。杨玉鬟木然地坐在一张太师椅上，她的身边围满了人，其中有杨钊（国忠）、杨怡、杨绮、太华公主、杨铦等人，他们都在焦急地劝说杨玉鬟。

〔幕外合唱：

情海爱河波光敛，
君恩如水过境迁。
唇亡齿寒共休戚，
创巨痛深一身连。

杨　钊 娘娘！

（唱）汉皇重色思倾国，
杨家有女选君前。
姐妹兄弟皆烈士，
门户生光耀九天。

君王一旦恩爱绝，
杨家富贵化云烟！

杨　　怡　（唱）岂止富贵化云烟，
只怕全家获罪愆！

杨　　铦　（唱）龙颜一怒血光起，
一族冤鬼有谁怜？

杨　　绮　（唱）一荣俱荣同命运，
一损俱损共相连！

太华公主　（唱）还请贵妃认过错，
挽回天心求赦免。

杨 玉 鬟　（不胜其烦，发作地）你们吵什么！吵什么！我有什么过错？孩子生病去看看，也是罪错吗？

杨　　钊　可是王子没有病啊！

杨 玉 鬟　人家骗了我，我怎么知道？（冷笑）哼，都在骗我！骗我进宫，骗我探病，现在你们又在骗我认错！你们都在骗我，都在骗我啊！（放声大哭）

〔众默然。唯闻杨玉鬟抽泣声。

〔杨钊叹口气，暗示太华公主、杨怡，让她们劝说。

太华公主　娘娘，我们也知道你的委屈。可是那是皇帝啊，再委屈，只有含着眼泪吞到肚里去，有什么好说的呢？

杨　　怡　就是嘛！别哭了，你好几天没吃东西了，又哭又饿的，坏了身子，皇上会心疼的呀！

杨 玉 鬟　他心疼什么？！都把我赶出来了，还心疼我吗？我看，是你们心疼吧？

众　（同声）是啊，我们真的心疼死了！

杨 玉 鬟　（惨哭）哈哈哈哈！我就知道你们心疼！（爆发地）你们心疼我什么？！

（唱）心疼我，瘦了冰肌，
心疼我，肿了眼皮。
心疼我，废了贵妃，
心疼我，失去皇帝。
心疼你，丢了富贵，
心疼你，没了府第。

心疼你，断了骄奢，
心疼你，剥了官衣！
声声“心疼”为自己，
哪管我，含冤受辱悲泪泣！
（白）你们都给我走开！走开！
〔众杨受创，木然无策。又是冷场。

杨　钊　（小心地）贵妃的话是不错！我们的荣华富贵，全是贵妃赐给的，没有贵妃，哪有杨家光彩！不过，大家劝贵妃，首先还是为了贵妃好。

杨　怡　是嘛！贵妃不是说“喊冤受辱”吗？就是要死，也得把冤枉说清楚，不然，谬误流传，岂不是有损贵妃清白吗？

杨　铦　（鼓励地）贵妃若想弄清是非，就该养好身子，住好，睡好，才有精力辨明冤屈。

杨玉鬟　（长叹）唉！我现在心乱如麻，哪有口味吃东西？你们让我静一静，别这样围着我叽叽喳喳，好不好？

杨　钊　也好。让贵妃静心想想，会有好处。大家扶贵妃进房歇歇吧！
〔众杨扶杨玉鬟下。
〔看到一个人在堂上思考着，显然无策解难。
〔外声：李相国到！

杨　钊　（一怔）李林甫来此作甚？我与此人素来不和，从无来往……唔，必为贵妃而来！
（高声）有请！
〔李林甫笑容满面上。

李林甫　哈哈哈哈！（拱手）杨大人。贺喜！贺喜！大喜啊！

杨　钊　（愕然）李相国，莫不是皇上回心转意，迎请贵妃娘娘回宫了吗？

李林甫　（摇头）不，不！比这更为可贺可喜哩！哈哈哈哈！

杨　钊　李相国，请直言相告吧！

李林甫　好！杨大人！
（唱）无事不登三宝殿，
专为贵妃进一言：
蒙辱逐出宫墙外，
必得申冤洗罪愆！

杨　钊　（夹白）李相国说的极是！可是，如何申辩呢？

李林甫　（接唱）王利入宫将人骗，
　　　　　　　　背后有主售其奸！

杨　钊　（夹白）这会是谁呢？

李林甫　（接唱）太子李亨防事变，
　　　　　　　　最怕贵妃侍君前。
　　　　　　　　枕风频吹惑君王，
　　　　　　　　寿王争得太子衔！

杨　钊　哦，我明白了！骗得贵妃出宫，嫁祸寿王，一箭双雕！

李林甫　哈哈！对，对，你很聪明！

杨　钊　（警惕地）事既如此，李相国找我何事？

李林甫　特来救你一家性命！

杨　钊　（大惊）此话怎讲？

李林甫　我深知李亨对你杨家恨之入骨，必欲除之而后快。他若登基，只怕你杨家难逃活劫！此话可信？

杨　钊　（深深点头）我信！

李林甫　若是阴谋得逞。你们大祸就将临门！幸亏上天保佑，让我逮住王利，揭出阴谋，岂不可喜可贺？

杨　钊　李相国布置周密，逮住王利，方能逢凶化吉！多谢了！（一揖）

李林甫　（扶住）老弟不必谢我，我还有大事求你老弟哩！（一揖）

杨　钊　（扶住）啊，请讲。

李林甫　杨大人！
　　　　（唱）李亨与我积怨深，
　　　　　　　早有誓言杀老臣！
　　　　　　　他若登基我必死，
　　　　　　　你我原是一根藤！

杨　钊　呵呵！李相国此来，莫非要和我携手，共同对付李亨？

李林甫　同仇敌忾嘛！哈哈哈哈！

杨　钊　（沉吟）此事甚大，相国何以教我？

李林甫　（阴险地）请贵妃写一奏本，就说李亨设谋，陷害无辜，离间君臣，罪该万死。此本一上，既能洗雪贵妃冤枉，又置李亨于死地。

杨　钊　也是一箭双雕！

李林甫　以其人之道，还治其人之身嘛！哈哈哈哈！

杨　钊　若是李亨被贬，这东宫太子……？

李林甫　老臣必力保寿王为太子！有贵妃从中相助，事必成功。那时，你杨家妹夫当朝，自然永保荣华，哈哈哈哈！

杨　钊　（点头）事果如此，自然大好。李相国真乃神机妙算啊！

李林甫　谬奖了！

杨　钊　好吧，让我们劝说贵妃，再做定夺。

李林甫　愿你们杨家逢凶化吉，遇危转安！老夫静候佳音！告辞！

〔外声：圣旨下！

〔二人一怔。

杨　钊　（急忙）请往后门走！请！

〔李林甫匆匆下。

杨　钊　接旨！

〔小太监上。

小太监　请贵妃娘娘接旨！

〔众杨拥杨玉鬟急上。杨玉鬟跪听。

小太监　皇上口谕：请贵妃娘娘“不要哭，要吃饭”。钦此！

杨玉鬟　（起身，失望地）就这么几句话？

小太监　就是这几句话。

杨　钊　（突然拍手笑）哈哈！皇上这么说，就是心疼贵妃，想着贵妃了！皇上怕贵妃哭坏、饿坏身子，才特来抚慰，这是转机啊！喜事！喜事！

众　（均喜形于色）向贵妃道喜！

杨玉鬟　（亦喜亦嗔地）谁稀罕！他没说委屈了我，我就要饿，我就要哭！饿死了，哭死了，他才高兴呢！（哭）

小太监　（认真地）娘娘这些话，要奴才奏告皇上吗？

〔高力士已悄悄上。

高力士　（大声）混账！这些赌气话能上奏的吗？你是怎样当差的！滚回宫去！

小太监　（慌）是！是！（急下）

众　啊，高总管来了！

杨玉鬟　（急上前，把着高力士）高公公！我好委屈啊！

高力士　（安慰）娘娘，莫急，莫急！我全明白，保你无事！保你平安！

杨玉鬟　我是被人骗出宫去的，你要向皇上讲明白。

高力士　我知道，皇上也知道了！

杨　钊　高公公审过王利，这主谋之人，是太子李亨……

高力士　（大喝）住口！（变色）这话是谁告诉你的？

杨　钊　（尴尬地）是，是李相国。

高力士　胡说八道！你们听着！

（唱）王利未曾招口供，
畏罪自杀已送终。
相国无凭信流言，
翻云覆雨太汹汹！
他口蜜腹剑须防范，
切不可，人云亦云乱起哄！
须知道，朝廷事大家事小，
黄石安宁泰山重。

（白）你们明白了吗？

众　（竦然点头）高总管说的是！请总管指教！

杨玉鬟　高公公，皇上欺侮我，他不该冤枉我啊！

高力士　咳，娘娘，皇上怎么会欺侮您呢？他只是太爱您了，才发这么大的脾气啊！您看，皇上不是逼着我来看你来了吗？

杨玉鬟　（眼睛一亮）是他叫你来看我的？

高力士　（笑）皇上不下旨，我能来吗？他呀，等一刻也不肯，硬逼着我快来！

杨玉鬟　他怎么说？

高力士　皇上要你认个错，就算了。

杨玉鬟　（火从中生，任性地）我不！他叫我认错！我没错，是他错，是他错！

高力士　（笑）娘娘，您没向皇上告假，私出皇宫，总是错的吧？您说话不留神，顶撞了皇帝，总是错的吧？他是皇帝呀，除了老天爷，就是他最高最大的呀，您跟他赌气，能赢吗？

〔杨玉鬟不语。

高力士　你们大家都听着：

（唱）这场公案尚未已，
可大可小难预期。
大则朝廷争斗血风起，
小则夫妻吵嘴为赌气；
杀人救人皆可以，

何去何从想仔细！

众 是，是！贵妃娘娘，是祸是福，全看你如何了！

杨玉鬟 （长叹一口，向高力士一揖）多谢公公指教，我明白了。你叫我如何认错呢？

高力士 娘娘是聪明绝顶之人，深知皇上之心，自有高明之举！

〔杨玉鬟稍思片刻，理下一绺发髻，拿剪子剪下，并随手写下几行字，连同头发，一起交给高力士。

杨玉鬟 高公公，你将这青丝和这素笺，交给皇上，你说我……（招高力士过来，与之耳语）

高力士 （频频点头，大笑）哈哈哈哈！娘娘真是聪明，好，好，好极了！（藏好发丝和素笺）告辞了！（下）

〔杨家众人瞠目结舌，凝视玉鬟，杨玉鬟含笑。

杨玉鬟 呆着干什么？摆饭吧！

〔众哗然，忙叫开筵。喜乐起。

〔灯暗。

第七场

〔骊山。长生殿。

〔袁思艺正在指挥宫女们布置祭品。

〔幕外合唱：

月光如银秋空静，
银河迢迢缀双星。
天上佳会年年是，
人间情缘夜夜心！

袁思艺 （唱）骊山深处宫苑静，
长生殿中悄无声。
贵妃无心听孤雁，
君王有情祭双星。
心香一瓣告织女，

可怜不忘密誓情！

〔布置毕，挥手让宫女下。然后，轻轻拍掌。

〔一小太监，提宫灯，引唐明皇慢步上。

唐明皇　（抬头望天）啊，秋云淡淡，银河迢迢，正是那鹊桥待渡之时呵！袁思艺，祭品备齐了吗？

袁思艺　祭品已备。

唐明皇　（点头）唔，你为朕拈香！

袁思艺　是！（点蜡烛）

唐明皇　记得当年七夕，与贵妃同对牛女，共成密誓，岂知今宵河下，独留朕一人在此！往事如梦，不堪回首啊！

袁思艺　皇上今日特来骊山，在这长生殿祷告双星，一片诚心，上天定然保佑琴瑟和谐，百年偕老！

唐明皇　朕心愿如此，朕写得《秋歌》一首，以作祷辞，天、神共鉴也！

（唱《秋歌》）

秋云淡，秋殿静，
秋风秋雁泣秋声。
秋心凄寂秋夜永，
遥对秋空看秋星。
忆昔秋河渡秋女，
人间秋期动秋情。
秋宵密誓开秋祭，
秋华久渴得秋霖。
深悔秋飚太秋厉，
秋霜严逼摧秋英。
秋宫冷落听秋雨，
秋水伊人秋怨深！
但求秋莲霁秋色，
喜待秋溟转秋晴。

袁思艺　（感叹）唉！皇上对贵妃如此多情！《秋歌》一曲，感人肺腑；然而不必自责过甚，贵妃也有不是之处！

唐明皇　她有错处，朕过于酷责，不该逐她出宫！也不知今日七夕，她是如何度过此秋宵！（有些焦急）高力士怎么还未回宫？

袁思艺 奴才已遣人传话，让高力士快马赶到骊山见驾。

唐明皇 朕便在此等他。（拿过清香，祝拜，俯地默祷）

〔高力士挥汗上。见状，暗笑。袁思艺悄悄过来，与高力士耳语。高力士又和袁思艺耳语。二人正说得起劲，被明皇察觉。

唐明皇 高力士！

高力士 （一惊）啊，皇上！（急忙过来）

唐明皇 你倒是来了！

高力士 奴才回到大明宫，听说皇上到骊山了，便马不停蹄，赶来向皇上回奏。

唐明皇 贵妃她怎样了？

高力士 （故作难过状）贵妃娘娘日夜哭泣，不思饮食，面黄肌瘦，已无往日风采了！

唐明皇 （顿足）咳，坏了，坏了！国色天香，让朕害成残花败柳了！力士，你就没有劝劝她？

高力士 怎么没劝她？我口都劝干了！不然，我会待到这时候回来？

唐明皇 你怎么劝她？

高力士 我呀？我说：

（溜报）贵妃娘娘您没错，
去看孩子没过错。
说错全是皇帝错，
皂白不分判断错。
赶您出宫处置错，
忘了恩爱薄情错。
今朝皇上知过错，
让我代他来认错！

唐明皇 （生气地）咳，咳，咳！你好大胆，怎么这样说得全是朕的错呢？该死，该死！

高力士 呀，皇上，我不这样说，贵妃怎么能消气呢？我是让娘娘消消气呀！

唐明皇 得了，得了！她消气了吗？说下去！

高力士 娘娘消气了！她说：“高力士，你不该这么说。皇上发这么大的脾气，说明是很爱我的。不然，他不会这么焦急，也不会叫你来看望我。”……

唐明皇 （感动地）哎，哎，哎！还是玉鬟知朕之心啊！真实知音哪！说下去，说下去！

高力士 娘娘说：“我也有不是。我应当先奏明皇上，再去不迟。我太任性了，我不尊重皇上！”

唐明皇 （点头）咳！她总算明白了！明白了！也就算了嘛！

袁思艺 既然算了，皇上就该接娘娘回宫啊！

唐明皇 那，不行！就这样接她回宫，不合皇家规矩。朕是皇帝啊，按规矩，她应当上本，认错，求宽恕。然后朕下旨，恕她无罪，到那时……

高力士 （着急地）到那时，只怕娘娘人也不在了！

唐明皇 （大吃一惊）为什么？

高力士 （摸出鬓发，素笺）这是娘娘叫奴才带给皇上的，皇上自己拿去看吧！

〔唐明皇匆忙接来，看了鬓发，展开素笺。

唐明皇 《青丝词》！（读）

〔幕外女声独唱：

一绺青丝寄心意，
话在青丝里；
相思千万缕，
一把付与你。
她本连一体，
是你剪断才分离。
哪一根是情？
哪一根是义？
还有那说不清的委屈，
像乱丝儿一样给你去分理！

〔唐明皇读罢，激动不已，屡屡抚摸鬓发，泪水涟涟。

高力士 娘娘说：“身上所有东西，都是皇上赐给的，唯有这绺鬓发，是父母所生，自身所有，送与皇上，以表深情吧！”

唐明皇 啊，玉鬟，玉鬟！朕太辜负你了！太委屈你了！

高力士 皇上，据奴才看，娘娘剪发，不仅示情，也有断情之意啊！

唐明皇 （警觉）此话怎讲？

高力士 剪断青丝，出家礼佛；或则剪断情丝，决心去死哩！

唐明皇 （大惊失色）啊呀！真的会有这层意思？（惊慌地）高力士，袁思艺，快，快去把娘娘接回宫来！快去，快去！迟则生变！

高力士 夜深了，九城皆闭，进不得城门了！

袁思艺　明早去吧！

唐明皇　（顿足）不行，不行！一刻也不能等待！朕是皇帝，还怕城门不开？

袁思艺　皇帝也要守法呀！

唐明皇　废话！皇法是朕定的，朕就是皇法！传旨，大开禁城，接贵妃来骊宫！

高力士　遵旨！不过，皇上为什么接娘娘到骊宫呀？回长安大明宫去吧！

唐明皇　蠢材！贵妃受尽委屈，哭坏凤体，朕要让她在骊山好好养息啊！

袁思艺　（笑）咳！皇上真是细心，恩宠有加啊！

高力士　怪不得皇上到骊山来，原来早有准备的呢！

唐明皇　（厉声）胡说什么！还不快去！

高力士
袁思艺　领旨！（欣然下）

唐明皇　（追城）多派军马，小心护驾！

〔幕外合唱：

《秋歌》一曲见真心，
情丝万缕寄深情。
天河鹊桥已架就，
情急岂能待天明！

〔灯暗。

第八场

〔骊宫。

〔灯火辉煌，弦乐悠扬。唐明皇坐立不安，焦急地等待贵妃回宫。众太监肃立一边。

〔幕外合唱：

天高云散秋空净，
鹊桥架就渡双星。
天河情满盈盈水，
人间风波起又平。

唐明皇　贵妃到了吗？她到哪里了？

太监甲 （跪）启奏皇上，娘娘已上西绣岭了！

唐明皇 （向众）快准备奏乐，准备酒筵，准备好华清池温泉！

众 遵旨！（分头下）

太监乙 （急上）启奏皇上，娘娘已进华清宫了！

唐明皇 奏乐！接贵妃！

〔外声：娘娘回宫！

〔乐声大起，唐明皇起迎，杨玉鬟姗姗而来。

杨玉鬟 （跪下，哭）臣妾有错，求皇上恕罪！（泣不成声）

唐明皇 （心疼已极，连忙扶起）朕也有错，不用说了，不用说了。（连忙为她拭泪）

杨玉鬟 （撒娇地）不，我要说，我偏要说！

唐明皇 好，好，你说吧，消消气，好吗？

杨玉鬟 你还生我的气吗？

唐明皇 咳！你看，我这是生气的样子吗？

杨玉鬟 你还赶我出宫吗？

唐明皇 咳！（轻声）再也不敢了！

杨玉鬟 （白他一眼）这么说就算了？

唐明皇 朕赔不是，好不好？（长揖）

杨玉鬟 （戳他一指，笑）你呀！（扑向明皇）

〔幕外合唱：

破涕一笑化旧怨，
两心相融合新欢。
天河双星已相会，
骊宫帝后庆团圆。

唐明皇 传朕旨意，献上歌舞！赐贵妃沐浴！

高力士
袁思艺 （大声）皇上有旨！献歌舞，赐贵妃沐浴！

〔灯光变幻，宫女歌舞上，在歌舞队伍遮掩下，贵妃更衣。

〔台后大宫帏升起。华清池。蒸气腾腾，香雾濛濛。唐明皇挽杨贵妃入内，众宫女拥下。

〔舞女边舞边歌：

秋凉赐浴华清池，

温泉水清洗凝脂；
侍儿扶起娇无力，
又是重承恩泽时。

〔宫内帷在歌声中渐下，众舞女在帷外守候。

〔高力士，袁思艺分立宫门外。

〔李林甫匆匆上。

高力士 （拂尘一拦）李相国留步！

李林甫 我要谒见皇上。

袁思艺 皇上与贵妃沐浴，不见。

李林甫 和好了？

袁思艺 当然！

李林甫 （冷笑）哼，高总管真有回天之力，佩服！

高力士 李相国，咱家劝你几句。

〔幕外合唱：

贵妃原是寿王妃，
寿王岂可承玉玺？
明君自有戒心在，
相国切莫生是非！

李林甫 哦，领教，领教！（拱手下）

高力士
袁思艺 （高声）闭宫门！

〔太监拉大幕，徐徐闭合。

〔剧终。

1995年

《八场越剧古装剧》

荆 钗 记

张思聪

人物表 王十朋、孙汝权、钱玉莲、王士宏、童年的王十朋、冬梅
童年的钱玉莲、芸香、王母、堂候官、钱流行、苗良、姚氏
老僧、钱载和、差官、钱夫人、四丫鬟、邓尚书、四壮仆、万俟卨

序 幕

〔南宋。

〔温州。瓯江之滨，望江亭前。江心孤屿在望。

〔正是南戏（温州杂剧）形成并逐步兴旺之时，街头巷尾常见演出。这一天，望江亭前人山人海，争看戏文。

〔童年的王十朋和钱玉莲并排趴在地上，手托腮帮，忘神的目光牢牢地盯住戏台。

〔戏台上，一旦角舒舞长袖，悲痛欲绝。

〔戏中旦角唱……

骂声贼黑心烂肝，
叫声屈动地惊天。
欲诛负情汉，
恨无照胆剑。
四顾茫然，知向谁边？

四顾茫然，知向谁边？

冤！冤！冤……

钱玉莲　十朋哥哥，戏台上这女子是啥人？为啥哭哭啼啼呢？

王十朋　她是个痴情女，被她负心郎弄哭了。

钱玉莲　那负心郎怎么了？

王十朋　负心郎做了大官，不要她了。

钱玉莲　啊，真坏真坏！（哭）

王十朋　玉莲妹妹，别哭别哭！

钱玉莲　十朋哥哥，你长大了，会不会做负心郎？

王十朋　不会不会，决不会！我若做了负心郎，就让大火烧了我，就让江水淹了我，就让雷电劈了我！

钱玉莲　那台上的痴情女又怎么了？

王十朋　她要投江而死了！

〔旦角纵身一跃，跳入滚滚波涛。

〔钱玉莲尖叫一声，抱住王十朋。

〔王十朋紧紧护住钱玉莲。

〔切光。

第一场　送别

〔十年后。

〔仍在望江亭前。

〔冬梅拿包裹上。

冬　梅　小姐，快来。

〔钱玉莲上。

冬　梅　小姐，前边已是江心渡口，上京赶考的船只就停在码头。

钱玉莲　相公正在拜别业师，我在此等他。你先下船放好包裹行李。

冬　梅　是。

〔几声大喊，四个壮仆霸气十足，抬书有“孙”字的华丽箱笼上。

壮　仆　让开让开！（推搡冬梅）

冬　梅　作啥作啥？

壮　仆　我家孙少爷要上京赶考！

冬　梅　什么孙少爷儿少爷，没听说过！

壮　仆　嘿嘿，大名鼎鼎五马街的孙汝权孙少爷，你也没听说过？温州地方一半钱财都在我家少爷手中！

冬　梅　哼，钱财再多，也没有买走这条路！

壮　仆　你快快让开！

冬　梅　我偏不让开！

〔壮仆一把将冬梅推倒在地，扬长而下。

冬　梅　（欲起追骂）你——

钱玉莲　（忙扶起）冬梅，别和这种人一般见识。

冬　梅　（忿忿地）我是气不过！听说那孙汝权文章狗屁不通，仗着几个臭钱，也要上京赶考，带着这么多箱笼，莫非想花钱买个功名？

钱玉莲　树有千姿百态，人有三等六样，天下的事，见得多了，也就不怪了。

冬　梅　哎，小姐，听说这姓孙的当年还向你求过亲，有没有这回事？

钱玉莲　（笑而不答）别再提这种人，你下船去吧。对了，不要再和他们争吵。

〔冬梅不服地嘟哝着下。

〔孙汝权、王士宏上。钱玉莲避过一边。

王士宏　汝权贤弟，请。

孙汝权　士宏兄，请请请。

王士宏　汝权贤弟，你去过京城多次，听说那里十分繁华，到底何等模样？

孙汝权　（眉飞色舞地）嘿呀呀，当今的京城虽说偏安江南，半壁江山，却是酒香灯红，暖风熏人，更有那翠袖红裙，美女如云，一旦置身温柔乡中，士宏兄啊，我等只怕要（摇头晃脑地吟唱）不知今夕何夕，流连忘返哪，哈哈哈哈……

王士宏　哈哈哈哈……

钱玉莲　（闻言皱眉，回首，惊喜地）啊，相公来了。

〔王十朋上。

钱玉莲　相公！

王十朋　玉莲！

孙汝权　（见状又惊又妒，酸溜溜地）啧啧啧，十朋兄，嫂夫人真是多情多义，还特地码道相送。

王士宏　是啊是啊，见过嫂夫人。

王十朋　这是王士宏兄，这是孙汝权兄。我们三人同船上京。

钱玉莲　（勉强见礼）二位有礼。

王士宏　孙贤弟，你我先下船去吧。（下）

孙汝权　……好的好的……（仍恋恋不舍地盯视着钱玉莲，倒退而下）

钱玉莲　相公！

王十朋　玉莲！

〔两人紧紧相拥。

钱玉莲　相公。

（唱）江边送君上帝京，

笑脸强装泪眼盈。

心有叮咛千万句，

话到嘴边却无声……

王十朋　（唱）虽无声，早知情，

你待我情深意长永铭心。

想当初两小无猜共长大，

怎奈是贫富悬殊难结亲。

多亏你慧眼青睐读书郎，

全不顾继母拦阻自择人。

我家徒四壁无长物，

唯有那木头荆钗作礼聘。

你不嫌不弃插云鬓，

身换布裙进寒门。

玉莲啊，

今朝十朋赴试去，

满腹经纶颇自信，

蟾宫折桂报捷时，

先谢贤妻知遇恩。

钱玉莲　（唱）相公临别诉衷情，

我半是欢喜半担心。

喜的是壮志得遂已有时，

不枉我慧眼早识人。

愁的是荆棘横生仕途险，
风波难测宦海深。
江畔今弹分飞曲，
未知晓何时重唱比翼吟？

王十朋 娘子，京试一毕，不管中与不中，十朋都马上回来。

钱玉莲 不管中与不中，你都马上回来？

王十朋 十朋之话，娘子难道心中有疑？

钱玉莲 不，玉莲信你。只是你和孙汝权一道上京，适才听他讲说京城奢糜……

王十朋 （打断其话）娘子放心，十朋岂会和此辈同流合污！来，你来。（深情地）你可还记得，我们小时候一起，在此江边看过一本戏吗？

钱玉莲 莫非是那本痴情女和负心郎的戏？

王十朋 正是。记得当时你问我：十朋哥哥，你长大了，会不会作负心郎？

钱玉莲 你回答：不会不会，决不会……

王十朋 我还说：我若做了负心郎，就让大火烧了我，就让江水淹了我，就让雷电劈了我！娘子，这你还记得吗？

钱玉莲 记得！我全记得！

王十朋 （取过钱玉莲头上的荆钗，深情地）这支荆钗，虽然出自山野，却喜洁为色，坚为其本，任凭千折百磨，始终不改本色。娘子，临行之时，且让十朋亲为娘子戴上此钗，别后见钗犹如见人。（激动地高举荆钗）娘子，十朋此心，荆钗为证。君子一诺，字字千钧！

〔王十朋为钱玉莲戴上荆钗。钱玉莲幸福地望着他。

〔王十朋辞别下船。

〔钱玉莲沿岸送了一程又一程……

〔合唱：心随轻舟去，
情伴荆钗在。
遥望青云路，
未别先问归……

〔灯渐暗。

第二场　参相

〔临安相府书房。

〔一片欢声，喜气盈门。此日众进士蒙召进相府会文，正或赋诗或作画。王士宏和孙汝权围着万俟卨，津津有味地看其挥毫泼墨。

万俟卨　（书毕）哈哈哈哈，献丑献丑！

众　人　好字啊好字！

王士宏　大气磅礴，磊落巍峨，鹤舞凤飞，相爷真是大手笔！

孙汝权　是啊是啊，相爷书法，笔力可比颜真卿柳公权，神韵直逼欧阳询王羲之，门生今日大开眼界，真是三生有幸啊三生有幸！

众　人　（围观，一片赞颂之声）是啊是啊！

万俟卨　过奖过奖……

堂候官　禀相爷，新科状元王十朋进见。

万俟卨　快快有请，快快有请！

堂候官　有请状元公！

〔王十朋上。

王十朋　相爷，蒙召会文，来迟一步，望相爷见谅。

万俟卨　（笑呵呵地）老夫可要罚你哟。殿元名列榜首，才华出众，今日盛会，岂能无诗。来来来，罚你临砚试笔，留下墨宝。

众　人　相爷言之有理，言之有理。

堂候官　（忙推王十朋）状元公，请！

〔王十朋提笔，略一思索，一挥而就。

万俟卨　（边看边赞）好，雄秀独出，丰伟遒劲，（一把拉住王十朋的手，笑眯眯地上下打量）殿元果然锦心绣口，文采风流，难得呀难得，哈哈哈哈……

堂候官　是呀是呀，相爷慧眼识人，状元公这般人才，真是打着灯笼也找不到呢！

〔因受冷落，孙汝权不快、王士宏尴尬。

万俟卨　（见状应付地）今日可算群贤毕至，在座诸位都是少年英俊，（又目视王十朋，眉开眼笑地）英俊少年哪！

堂候官 （见万俟卨向己示意）相爷，花厅酒宴已经备好。

万俟卨 如此殿元请稍留片刻，诸位先请花厅用酒。

堂候官 请。

众　人 请。

〔除王十朋外，众相继下。

孙汝权 （将堂候官拉至一旁，焦急地）表叔，小侄拜托之事……

堂候官 啊呀，相爷今日有件大事要我操办，我正忙着呢！

孙汝权 表叔，小侄还有薄礼一份，再行奉敬相爷……（递上礼单）

堂候官 有数有数，你放心好了。请。

〔孙汝权悻悻地下。

王十朋 相爷留下晚生，不知有何见教？

万俟卨 殿元莫慌，坐下慢慢说话。不知殿元贵处是——

王十朋 晚生是温州人氏。

万俟卨 好啊，温州是文物之邦，素来多出才子，难怪殿元一表人才，满腹经纶。已有贵治了？

王十朋 蒙圣上之恩，除授江西饶州佥判。

万俟卨 江西饶州本鱼米之乡，好地方啊好地方！殿元此去，定能大展宏图，前程无量！

堂候官 是啊是啊，前程无量，无量前程！

〔两人哈哈大笑。

堂候官 状元公，相爷今日分外开心，你要喜上加喜了！

（唱）相府千金名多娇，

待字闺中心气高。

偏爱琴棋并书画，

更羡金榜独占鳌。

今日里佳人欲将才子招，

状元公，你双喜临门多荣耀！

状元公，还不快快拜见岳父大人。

〔万俟卨向王十朋哈哈大笑。

王十朋 （大惊）相爷！蒙相爷不弃寒微，深感恩德。只是我家中已有妻室，不敢从命。

万俟卨 （愣住）哦？

堂候官 不妨事不妨事，有道衣服穿旧了，要换新的；房子住长了，要调好的。不拘绳墨，见机行事，乃智者所为。状元公那么聪明的人，还不知道该怎么办吗？

王十朋 不拘绳墨，见机行事，果然是智者；然而守身如玉，终始不渝，更是贤者。

万俟卨 （微微一笑）殿元之话，也有道理。然而只知其一，不知其二。目今世上，富易交，贵易妻，纵公卿将相，也司空见惯，既成潮流，也就算不得什么大事了。

王十朋 相爷，旁人作为，晚生不敢妄评，只是晚生之妻，却是万万不可易的！

万俟卨 哦？

王十朋 相爷！

（唱）忆往昔，家贫如洗度时光，
钱氏女，不择门墙只选郎。
一支木荆钗，为聘结成双，
立下生死盟，但愿恩爱长。
今日我微名初登龙虎榜，
旦旦信誓岂能忘！
相爷你激浊扬清朝纲掌，
晚生苦心定见谅！

万俟卨 （沉吟片刻后）好罢，婚姻之事，老夫也难勉强，容你三思，再作定夺。

〔内叫声：相爷，快快有请！

万俟卨 诸位随意。哈哈哈哈……（下）

王十朋 相爷，相爷——（跌坐）

堂候官 啊呀呀，状元公，我真是不明白你呀！

（唱）入赘相府高枝攀，
你千推万阻作何想？

王十朋 （唱）平生颇读书几行，
只记得糟糠之妻不下堂！

堂候官 （唱）若是难舍痴情妻，
禀相爷，赠金千两能补偿。

王十朋 （唱）千金有价情无价，
“忠信”二字怎计量？

堂候官 （唱）你不见相爷变脸去后堂？

王十朋 （唱）怎奈是愚钝难改旧行藏。

堂候官 你——

（唱）大胆抗婚太无状，

王十朋 （唱）事出有因非顶撞。

堂候官 （唱）岂不怕来日方长反受殃？

王十朋 （唱）也只得听天由命，祸福任之，求一个问心无愧自坦荡！

告辞！（下）

堂候官 状元公慢走……嘿！（回头一看）相爷！

万俟卨 （早已暗上，连连摇头）哼，我不嫌他低微，招他为婿，想不到他却摆起穷酸架子来了。如今他初上仕途，就如此桀骜不驯，日后羽毛渐丰，还不知如何张狂呢！

堂候官 是啊，定要教训教训他，让他明白天有多高，地有多厚！

万俟卨 （又摇摇头）此事倒也易如反掌，只是他委实人品才华，百里挑一，叫我难舍这门婚事。

堂候官 相爷，要想婚事成功，先得叫他休了妻子。我倒有个主意。

万俟卨 说吧。

堂候官 方才会文之时，有个进士叫孙汝权的，相爷可还记得？

万俟卨 倒还有点记得。此人文章平平，不过说话还算顺耳。

堂候官 他对相爷可算得忠心耿耿，方才还递上礼单一份，请相爷——（出示礼单）

万俟卨 （看他一眼）少说废话，快讲正事。

堂候官 相爷，这孙汝权也是温州人氏，听说曾向王十朋之妻求亲，两人本来就有芥蒂。

万俟卨 原来如此。好吧，此事就由你看着办吧。但愿这个孙汝权能给老夫送上一份可心的礼物。

堂候官 下官尽力而为，尽力而为。（欲下）

万俟卨 慢！事成之前，将王十朋好生看待，不准他离开京城半步！

堂候官 是。

〔切光。

第三场　惊变

〔钱家。窗外可见江心孤屿。

〔钱玉莲手拿荆钗，倚窗遥望。

钱玉莲　（唱）叶飘零，叹伶仃，

遥望江天数孤云。

长空不见鸿雁影，

难寄相思到帝京。

数来已是开榜时，

却为何未见红梅早报春？

十朋啊十朋，

你去后，我和婆婆娘家住，

后母欺凌实可恨。

她骂我荆钗为聘穷一世，

我忍气吞声盼归人。

〔冬梅扶王母呼喊着上。

冬　梅　老夫人老夫人……

钱玉莲　（急出扶王母进门）婆婆，你怎么了？

冬　梅　小姐，老夫人是饿昏过去了。

钱玉莲　婆婆，你又没有吃早饭？

冬　梅　（跳起）嘿，明明锅里还有，夫人就是不给！

钱玉莲　冬梅，快上街买些点心来。

王　母　不必了，不必了……

〔冬梅下。

〔钱玉莲扶王母坐下。

〔门外，钱流行端饭上，姚氏追上。

姚　氏　你到哪里去？

钱流行　给亲家母送饭去。

姚　氏　哼！雪白米饭喂黄狗，黄狗尾巴还摇三摇。

钱流行　啊呀轻声！

姚　氏　咳，听他几句又有何妨，谁叫她生个儿子如此潦倒！

钱流行　啊呀，常言道欺老难欺小，穷书生能登青云道！

姚　氏　呸！

（唱）不是我吹牛乱放炮，
这双眼早识宝和草。
王十朋手短掌不得黄金印，
头小戴不住乌纱帽。
那老太婆面上无福相，
命中注定难封诰。
玉莲的八字我排过，
木头荆钗要戴到老。
还有侬有眼无珠老糊涂，
错把烂泥当珍宝。

钱玉莲　母亲，你不要说了……

姚　氏　我偏要说！

钱玉莲　母亲……

姚　氏　你说说，王十朋上京介多日子了，怎么还没有一点音讯？

钱玉莲　他说过不管中与不中，都马上回来的。

姚　氏　（冷笑）哼，当今世道，做了高官，就换妻房。依我看哪，他不中你苦，他中了你更苦！

王　母　亲家母，话可不能这样说呀！

姚　氏　不这样说，那怎么说？你倒想想，世上哪有要把出嫁女儿养到老的？哪有婆婆赖在媳妇娘家把饭讨的……

钱玉莲　（气得泪出）母亲，婆婆是我接到家里来的，你有气，骂我打我都可以，和婆婆无关。

姚　氏　哟，好一个孝顺媳妇！

钱流行　太过分了，你太过分了！（强拖姚氏下）

〔钱玉莲、王母气得发抖。

王　母　……气死我了，气死我了……

钱玉莲　婆婆，母亲她一时糊涂，万望婆婆不要放在心上。（见王母外出）婆婆，

你往哪里去？

王　母　纵然饿死街头，我也要离开这里！

钱玉莲　婆婆，你不能走！

王　母　我要走！

钱玉莲　我不放你走！

王　母　我一定要走！

钱玉莲　……婆婆啊！

（唱）牵衣拦道苦相求，
辛酸的话儿和泪流，
婆婆啊，玉莲虽非你亲生女，
你待我更比骨肉情意厚。
在夫家半碗热粥二人分，
到娘家一句冷言两人受。
千错万错媳妇错，
错带你娘家把亲投。
人说是女儿有苦娘家来，
谁知道隔重肚皮隔重楼。
婆婆啊，你若执意回家去，
媳妇情愿随你走。
只可叹家徒四壁无粒米，
饿死玉莲倒也罢了，
婆婆你若有三长两短啊，
这天大的灾祸谁能救！

王　母　好媳妇，你如此深明大义，叫婆婆说什么好呢！苍天，你还是保佑十朋早日回来吧！

钱玉莲　婆婆……

〔婆媳抱头痛哭。

〔冬梅上气不接下气地跑上。

冬　梅　老夫人——小姐夫人老爷，你们快来呀！

〔钱流行、姚氏上。

钱玉莲　冬梅，出什么事了？

冬　梅　我刚到街口，就碰到孙汝权府上那个红鼻头管家，他给了我一样东西。

众　人　什么东西？

冬　梅　就是姑爷带回来的书信！喏！（高高举起一信）

众　人　（兴奋地）信？信来了信来了！

钱玉莲　（接看信，递给王母）婆婆，这是十朋带来的家书。

王　母　（转交钱流行）亲家公，你拆你拆。

钱流行　谢天谢地，十朋总算来信了。

姚　氏　哟，看你们高兴的样子，好像这穷酸真的中状元了！

钱流行　哼，说不定就是如此！

姚　氏　呸，大白天说梦话！

钱玉莲　爹爹，快快拆信，看他说些什么。

钱流行　（拆信）“高中状元身挂绿，除授饶州佥判府。”（擦眼又看）“高中状元——”

众　人　什么？真的中状元了？

冬　梅　（高声地）哦，姑爷高中状元啰！恭喜小姐，恭喜老爷，（故意跳过姚氏）恭喜王老夫人。

〔三人放声大笑。

姚　氏　冬梅，你怎么不恭喜我呀？嘿嘿嘿嘿……

钱流行　你笑什么？

姚　氏　咦，我的宝贝女婿中了头名状元，我能不笑吗？

钱流行　这是大白天说梦话！

姚　氏　这是一家人说知心话！

（唱）不是我吹牛乱放炮，
这双眼早识草和宝。
十朋他两耳垂肩定做官，
八字双脚步步高。
亲家母慈眉善目有吉相，
诰命夫人福气好。
玉莲的八字我排过，
荆钗能把凤冠调。
还有你老眼力好，
才把这称心的女婿招。
来来来，堂上快摆贺喜酒，

亲朋好友都请到。
头位端坐你亲家母，
看我连敬三杯把心意表。

钱流行 你呀，直说横说都是你。酒慢点喝，还是先弄点早饭给你亲家母吃。

姚　氏 对，对对对。冬梅，快去把好酒好菜都端出来。

钱玉莲 爹爹，信还没有念完呢！

姚　氏 对对对，快念快念。

钱流行 “首相权重令入赘，羁留京城叹奈何。”

姚　氏 什么？宰相要招他当女婿？

钱流行 “游子思归归不得，望慈亲，使妻别……”

众　人 别什么？

钱流行 （对姚氏）亲家母肚子饿了，你先拿早饭去。

姚　氏 这……（疑惑地下，冬梅随下）

钱玉莲 爹爹，出了什么事？

钱流行 （将信递给玉莲）……

钱玉莲 （紧张地接信，念）“使妻别、别……”

王　母 怎么？你也别不下去了？

〔姚氏端饭上，窃听。冬梅随上。

钱玉莲 “使妻别嫁……”

王　母 怎么，他要你另嫁别人？

钱玉莲 婆婆……（信纸落地）

王　母 天哪，这从何说起？从何说起啊？

〔姚氏破门而入。

钱流行 （忙捡信）早饭拿来了？

姚　氏 拿来了！我，我，我拿来了！你这老糊涂！你这老发昏！（泼饭，摔碗于钱流行脸上）你找的好女婿，去相府招了亲！

钱玉莲 妈妈，此事尚有不明之处……

姚　氏 还有什么不明？你说他中与不中，都会马上回来，如今你还有什么话好说？这难道不是变心负义，有意回避吗？

王　母 亲家母……

姚　氏 谁是你亲家母？哪个是你的亲家母？庙小住不下如来佛，我家养不起你这状元的老夫人！

冬　梅　夫人，不不，你不要……

姚　氏　啊，你小小年纪，竟敢同我顶嘴！（抓棒就打）滚！都给我滚！（追打冬梅出门）

王　母　冬梅……（追出门）

〔姚氏见状，顺手把门一关，端椅堵门，一屁股坐下。

钱玉莲　啊，母亲，婆婆还在外头呢。

姚　氏　（不无痛楚地）贱坯！人家儿子都不要你了，你还叫她什么婆婆！

钱流行　你把门打开，你开不开？（欲拉开姚氏）

姚　氏　不开不开，我偏不开！（推开钱流行，钱流行倒地）

钱玉莲　爹爹——

姚　氏　（一怔）我的老头子——

冬　梅　夫人，开门开门！

姚　氏　（恶狠狠地）好啦！好端端一份人家，都叫你们弄成这副样子了，你们——你们给我滚，滚，滚！

冬　梅　夫人——

王　母　冬梅，不要叫了，不要叫了，我走，我走……（跌跌撞撞地下）

冬　梅　老夫人，你要到哪里去？啊呀小姐，老夫人她走了……（追下）

钱玉莲　婆婆——

钱流行　亲家母——（昏倒）

钱玉莲　啊——爹爹——

姚　氏　老头子，你怎么了？（和钱玉莲扶钱流行下）

〔管家捧聘礼引孙汝权上，敲门。姚氏复上。

姚　氏　怎么，侬这个老太婆又回来了？（猛开门打中孙汝权）我叫你来！我叫你来！

孙汝权　啊哟哟！

姚　氏　哟，原来是孙相公。对不起对不起，请，请坐。孙相公，什么风把你吹来的？

孙汝权　听说王十朋休了令爱。

姚　氏　这件事你也知道了？

孙汝权　王十朋入赘相府，京中早已家喻户晓。再说他的家书，还是我带回来的。

姚　氏　哦，早知道王十朋小子介没良心，当初……

孙汝权　当初小生也曾向玉莲求亲，妈妈你可一口答应的哟。

姚　氏　是啊是啊，只怪确认老老和玉莲不知好歹。

孙汝权　小生今日二度登门，向玉莲求婚，有明珠百颗孝敬妈妈，还有金钗一对作为聘礼。

姚　氏　啊，又是荆钗？

孙汝权　妈妈，请看。

〔管家呈上明珠和金钗。

姚　氏　啊哟哟，吓我一跳，我以为又是木头荆钗，原来是黄金宝钗。孙相公真是多情之人，这门亲事，我答应啦。

孙汝权　（大喜）如此岳母大人在上，受小婿一拜。

〔冬梅返上，在门口闻言一惊，驻足偷听。

姚　氏　起来起来。

孙汝权　啊呀妈妈，令爱生性刚烈，只怕不肯答应这门婚事。

姚　氏　此事不能声张，若是走漏消息，让她逃走，那就麻烦了。

孙汝权　一切听从妈妈安排。

姚　氏　这里由我把她稳住，事不宜迟，明日一早，花轿抬人！

孙汝权　好，明日一早，花轿抬人！

〔冬梅闻言，大惊欲叫，又忙用手捂住自己嘴巴。

〔切光。

第四场　投江

〔紧接上场。夜。

〔瓯江边。望江亭前。天上浓云密集，雷声隐隐，风雨初至。

钱玉莲　（内唱）夜深深，出绣帏，江边飞奔——（上）

（接唱）小冬梅，暗报信，天坍地崩！

仓皇中逃婚出家门，

啊，我的绣鞋呢？（雷声大作，风雨交加）

风雨里回望怨恨深……

骂一声后娘忒狠毒，

淫威逼我绝路行。

唤一声我那年迈的爹，
我魂牵心挂你病中身。
再把那可怜的婆婆高声唤，
风雨中何处栖身谁照应？
可叹你素重家教胜孟母，
却不料儿违母训变了心。
昏沉沉，鬼使神差把路引……
蓦抬头，旧地重游望江亭。
想儿时，亭下与郎同嬉游，
江边并肩看戏文。
台上痴情女，引我泪满襟，
戏中负心郎，惹你切齿恨。
你曾说：我长大之后，
若做了负心郎，
就叫大火烧了我，
就叫江水淹了我，
就叫雷电劈了我！
誓言犹在心已变，
可叹我看戏人变成戏中人……
（恍惚中，自己似变成当年痴情女，舒动长袖，怒火填膺）
王十朋——你好，你好啊！
只道是雪压霜欺竹节劲，
谁知你随波逐流柳絮轻；
只道是紫燕恋旧栖故巢，
谁知你黄鹂又拣新枝鸣。
你枉读诗书可知羞？
你朝秦暮楚为何因？
你口问心来心问口啊，
这天理公道公道天理何处存？
（雷电大作，风雨交加）
雷电为我鸣不平，
狂雨难洗心头恨。

如今是断了柔肠，灭了心灯，
碎了瑶琴，绝了知音，
千休万休今全休，
无垠江波寄此身！
（童年时的南戏音乐起，戏中人出现，二人合一，投入江中）

〔合唱：啊——
滔滔血泪八百里，
弱女抗争唯一命。
几多波涛葬冤魂，
四山风雨天地惊。
冤！冤！冤……

〔钱玉莲投江，下。

〔王母、冬梅急上。

王　母　玉莲啊媳妇——你在哪里啊？

冬　梅　小姐啊小姐——（发现绣鞋）啊，老夫人，这不是小姐的绣鞋吗？莫非小姐她投——

王　母　投什么？

冬　梅　投投投，她定是投江而死了！

王　母　啊！（扑向江岸大哭）媳妇，你死得好惨，死得好冤啊！

冬　梅　老夫人……

王　母　（挣扎站起，大声自语）走，我要走！

冬　梅　老夫人，你要到哪里去？

王　母　我要上京去，去见那个没良心的小畜生！

冬　梅　（决然地）老夫人，冬梅愿陪老夫人一同上京！

王　母　好，冬梅！我们走——（在冬梅搀扶下，一步步向前走去）

〔收光。

第五场　见娘

〔临安王十朋寓所。

〔夜未央，一盏孤灯摇曳不定。

〔沉睡中的王十朋一声惊叫，猛地从卧榻上坐起。

王十朋 娘子，玉莲——呀！

（唱）梦里天崩又地沉，

汗湿青衫有余惊。

一月前曾遣家书接亲人，

杳如黄鹤无回音。

自从参相风波生，

饶州改调潮阳任。

寓所周遭多鹰犬，

名为待命实幽禁。

考什么状元做什么官，

只落得夜夜残月伴孤灯！

〔冬梅引王母衣衫褴褛、风尘仆仆地上。

冬　梅 老夫人，找到了，此处就是状元府。

王　母 好，我们进去。

〔内声：嘟，老叫化子！不准进入状元府内！

王　母 （气）岂有此理！你听着，我这个老叫化子不是别人，是状元的娘！

〔内声：噢，是老夫人来了，待我进去通报。

王　母 啊，才当了两天官，架子倒摆得不小。冬梅，把头上孝带取下给我。

冬　梅 我这是给小姐戴孝呢。（取下孝带交给王母）

王　母 （藏于袖内）我是想不让这个没良心的看到，（颤巍巍地摇动拐杖）我今天非要打死这个小畜生不可！

王十朋 （叫上）母亲来了？母亲在哪里？

王　母 （进府）十朋！

王十朋 母亲！

王　母 （相抱，随即推开）你，你这个小畜生——

（唱）一见小畜生怒满腔，

你背信弃义丧天良。

气冲冲高举拐杖将你打，

打你个不忠不孝无情无义的负心郎！

王十朋 （倒地，用手架住拐杖）母亲，为何进门就打孩儿？

王　母　你自己心中明白！
王十朋　孩儿不明！
王　母　你——你呀！
王十朋　母亲，孩儿若做了错事，说清之后，就是打死我也无怨无恨。
王　母　好，听清楚了，你写的好一封家书！
王十朋　家书？那封家书有何不对？
王　母　你还犟嘴！把家书背一遍！
王十朋　（不解）这——
王　母　背！
王十朋　是。（回忆地）“高中状元身挂绿，除授饶州佥判府。首相权重令入赘，羁留京城叹奈何。游子思归归不得……”母亲，孩儿背得可对？
王　母　下面还有一句呢？
王十朋　“望慈亲，使妻别家上京都”。
王　母　不对，是“使妻别嫁上京都”！
王十朋　母亲，我写的是要她告别家里的家字。
王　母　你明明写的是要她改嫁他人的嫁字。
王十朋　是别家！
王　母　是别嫁！
王十朋　啊呀母亲，此事开不得玩笑！
王　母　谁开玩笑！你写的哪里是家书，分明是休书！
王十朋　（接念信）“使妻别嫁……”（大惊）啊呀母亲，定有人改了我的书信！
王　母　（也大惊）你——你没有入赘相府？
王十朋　母亲，孩儿若是入赘相府，怎会孤身一人在此？
〔王母、冬梅惊呆。
王　母　（自语）对，对……
王十朋　母亲，玉莲接到这封书信，定是伤心万分？
王　母　媳妇——（急避开）
王十朋　母亲，玉莲为何不与你们同来？
王　母　（欲说难言）……玉莲她、她本来要和我一起上京来的……
王十朋　那又为何不来呢？
王　母　这——
冬　梅　噢，姑爷，小姐她——

王　母　（急止）冬梅！十朋啊，只因你岳父年迈，玉莲她家务缠绕难以上京。

王十朋　娘家自有岳母操劳，何须玉莲费心。

王　母　这上京山高路远，玉莲弱体娇躯如何行得？

王十朋　啊呀母亲，你年迈之人都来了，难道玉莲她年纪轻轻……

王　母　这——

冬　梅　是老爷舍不得小姐，教她明春再来京。

王十朋　胡说！岳父他岂会强留出嫁之女，母亲，莫非是家中——

王　母　不，不，不，家中没有出事。

冬　梅　对对对，没有出事，家中没有出事……

王十朋　看她二人神色惊慌，莫非家中真有变故？母亲……（见母避开，转向冬梅）

冬　梅　（紧张地闭上眼睛，轻轻地自言自语）不要问我不要问我，我若说出小姐投江，只怕姑爷吓得胆战心惊……

王十朋　“惊”？冬梅，你口中念念有词，说什么“惊”字？

冬　梅　没有没有！

王十朋　嘟！我明明听见，你还要抵赖。讲，什么“惊”字？

冬　梅　……对、对，是有个“经”字。是“经过”的经，是“半斤八两”的斤，是“京城”的京……

王十朋　住口！快讲实话，讲！

冬　梅　老夫人，姑爷逼我——

王十朋　啊呀母亲，儿实因思妻心切，望母亲见谅，家中定有变故，还望母亲说明真情。

王　母　儿啦……

冬　梅　老夫人，你不能讲啊！

王十朋　母亲……（扶住王母，发现王母袖中掉出的孝带）

王十朋　（取过，惊）白纱？啊呀母亲，这是给谁人戴孝？

王　母　这——

王十朋　（跪下）啊呀母亲，你若再不讲个明白，孩儿就此长跪不起了！

王　母　（哭）儿啊，你的书信一到，家中就出了大事！你岳母即刻就——

王十朋　就怎么样？

王　母　就逼女改嫁孙汝权。

王十朋　母亲，我妻从也不从？

王　母　你妻宁死不从，她就……

冬　梅　啊，老夫人，你不能讲！

王十朋　嘟，要你多嘴！母亲你快讲！

冬　梅　老夫人，不能讲——

王十朋　嘟！母亲——

冬　梅　老夫人不能讲——

王十朋　嘟！母亲——

王　母　玉莲宁死不从，她就投江死了！

王十朋　什么？

王　母　你妻投江死了！

王十朋　啊呀！（昏倒）

王　母　十朋！

冬　梅　姑爷！

王十朋　（唱）闻噩耗，心惊怖，

问苍天，你为何作此过？

娘子啊，

只道夫妻聚京都，

谁知你先作河伯妇。

我无意再把残生度，

拚一死与你同赴黄泉路！

王　母　十朋儿啦，万万不可，你若走了绝路，叫为娘如何活呀？

王十朋　（抱母痛哭）母亲！

（唱）娘啊娘，贤妻可有绝命书？

王　母　（唱）只字片纸踪影无。

王十朋　（唱）贤妻灵柩停何处？

王　母　（唱）可怜娇躯葬鱼腹。

王十朋　（唱）订盟信物可留存？

王　母　（唱）荆钗随水任飘浮。

王十朋　（唱）难道说再无一物留于我？

王　母　（唱）只有那一只绣鞋落江坡。

王十朋　（从母亲处接过绣鞋）贤妻！

（唱）遥望南天倍伤神，

撮土为香祭亡灵。
你魂灵儿应是未去远，
暂且为我驻足听。
悔不该误尽平生觅封侯，
求什么功名宴琼林。
若无生离千里远，
何来死别万年恨？
恨不能身插双翅到幽冥，
剖腹掏心诉衷情。
似见你手执荆钗眼含泪啊，
怨我薄情目难瞑。
苦只苦荆钗订下白头盟，
谁知道无缘偕老先离分。
渡口一别成永诀，
骤然里天地倾，
花残春尽弦断酒冷人去楼空，
烟波无情葬冤魂。
如今是大劫过后催发白，
万念俱灰老了心……
母亲啊！你望儿芝兰茂门庭，
我有心无力负娘恩。
玉莲坚守荆钗志，
十朋不改岁寒心。
她寂寞幽冥形影孤，
我凄凉日月永独身。
从此王家香烟断，
母亲啊，
求娘亲，成全儿子一片心！（大恸）

王　母（也泪如雨下）儿啊，你字字血泪，教娘心痛欲裂；你句句赤诚，更叫娘百感交集。这么多年的书你没有白读，娘这么多年的话也没有白讲，你不愧是王家的好后代，为娘的好儿子。儿的心愿，为娘答应你就是。唉，只恨那个改了家书的人，害得我们一家……

王十朋 （回忆）这封家书，我是托孙汝权带回家的，莫非是他——

冬　梅 那孙汝权一肚子坏水，什么事做不出来。

王　母 孩儿，冬梅的话有理。

〔差官上。

差　官 见过状元公。吏部文书在此，命你即刻去广东潮阳上任，不得延误！

王十朋 知道了，退下。

差　官 是。（放下文书，下）

王　母 儿啊，你信中说到江西饶州上任，怎么又要到广东潮阳去了？

王十朋 母亲，江西饶州乃鱼米之乡，广东潮阳是烟瘴之地。万俟权相见我不肯入赘，将我调至广东，江西饶州改派王士宏王佥判去了。

王　母 啊，听说那烟瘴之地，多病多灾，那权相分明是要你有去无回啊。

王十朋 我若违抗吏部，万俟权相岂肯轻易放过。为给玉莲申冤，孩儿只得忍下这口气了。

王　母 玉莲，媳妇……

王十朋 （扶母亲，见手上绣鞋，又悲从中来）贤妻啊……

〔切光。

第六场　误讣

〔福州钱安抚府后堂。

〔钱夫人上。

钱夫人 芸香，芸香！

〔芸香上。

芸　香 夫人，你回来了？

钱夫人 回来了。芸香，小姐身体可好了一点？

芸　香 还是老样子。

钱夫人 今天我找到一位本地名医，听说是全福建最好的，开了几帖药，拿去给她试试。（递药）

芸　香 夫人，你为小姐可真是操够了心哪。

钱夫人 老天给我送来个女儿，我能不操心吗？快去快去。

〔芸香下。

钱夫人 （唱）老头子原在温州为太守，

月前升迁到福州。

临行江中救弱女，听身世，我心肠软来眼泪流。也算是命里注定吧，你说巧不巧，这女子姓钱，我家老头子也姓钱——一笔难写两个钱，又疼又怜义女收。怎奈她郁闷成疾身虚弱，这驱病何处神药求？

〔钱载和手舞足蹈、兴冲冲地上。

钱载和 哈哈哈哈……夫人，神药来哉，神药来哉！

钱夫人 老爷，何事这般高兴？

钱载和 喜事喜事！芸香，快请小姐出来！

芸　香 （内）是。（引钱玉莲上）

钱玉莲 拜见义父义母。

钱夫人 快快起来。

钱载和 女儿，大喜大喜啊！

（唱）适才京城来故人，

驿站叙谈闻喜讯。

王十朋相府入赘事，

却原来——

钱玉莲 怎么样？

钱载和 （接唱）却原来冤枉好人非实情。

好一个状元骨头硬，

守志抗婚留美名。

钱玉莲 （喜出望外）这、这是真的？

钱载和 真的真的，千真万确！

钱玉莲 我，我那王郎今在何处？

钱载和 权相逼亲不成，就不准他回家省亲，命他直接上任去了。

钱玉莲 （唱）重阴驱尽落尘埃，

红树花迎晓露开。

解开心头千千结，

喜极悲来泪满腮。

爹爹啊，

恨不即刻江西去，

夫妻重会诉情怀。

钱载和 女儿，此事为父早已想到，半月前就派苗良带我书信前往江西饶州探听消息，屈指算来，这儿日也该回来了。

钱玉莲 （兴奋得不知如何表达才好）爹爹你为女儿真是操够了心，请上受女儿一拜。

钱夫人 女儿，你可要当心身体……

钱玉莲 不妨，女儿此刻觉得身上的病全好了，全都好了！

〔众笑。

钱夫人 这就好了，这就好了。女儿，人逢喜事精神爽，快去脱掉素服，换上红装。

钱玉莲 女儿遵命。

芸　香 小姐。（示意钱玉莲取下头上白巾，后与钱玉莲笑下）

钱夫人 老爷，你总算求到神药哉！（也笑下）

〔钱载和大笑。

〔苗良背雨伞包裹上。

苗　良 老爷，老爷。

钱载和 喔，苗良，你回来了？

苗　良 回来了。

钱载和 到了江西饶州？

苗　良 到了。

钱载和 可曾见到姑爷？

苗　良 没有。

钱载和 可曾投书进衙？

苗　良 没有。

钱载和 可曾带书回来？

苗　良 也没有。

钱载和 嘟！那你此去，做了何事？

苗　良 原书带去，原书带回。

钱载和 这却为何？

苗　良 老爷。

（念）小人奉命饶州行，

只见孝幛挂满城。

怎奈小人不识字，

问过旁人才知情。

铭旌上写着王佥判——

钱载和 什么？王佥判他怎么样了？

苗　良 （念）一场重病已送命，已送命。

钱载和 苗良，此事非同小可，你可问明白了？

苗　良 明明白白。老爷，我又到私衙查问，他们说这位佥判是姓王，是温州人，是今科得中，也是刚刚上任，是重病死的。（下）

钱载和 （惊呆）啊呀！

（唱）只说是否极泰来又逢春，

谁知道新生变故更心惊。

想女儿泪痕初拭病转轻，

怎能教闺阁又响断肠声。

口难启，心何忍，

瞞噩耗，且寻夫人主意定。

（急呼）芸香！芸香！

〔芸香急上。

芸　香 来了来了。

钱载和 芸香，快将夫人请出来！

芸　香 是。（欲下）

钱载和 慢！芸香，小姐可在她自己房中？

芸　香 是啊是啊，小姐她可开心哩，正在梳妆打扮，换穿新衣裳呢！

钱载和 好，你去好好看住她，千万不要让她到这里来。

芸　香 啊，这是为啥？

钱载和 叫你去你就去，少多嘴！

芸　香 是。夫人，老爷有请。（下）

〔钱夫人急上。

钱夫人 来了来了。老爷唤我，莫非苗良已从饶州回来？

钱载和 正是苗良回来了。

钱夫人 带来了好消息？

钱载和 什么好消息！带回音讯，叫人痛心。

〔钱玉莲换上新衣，喜滋滋地上，闻言一怔。

钱夫人 你说什么？

钱载和 那王十朋他、他、他到任不久，就在饶州病故了！

钱夫人 （惊呆）啊！这，这从何说起啊？啊呀我那苦命的——

钱载和 （急止）轻声轻声。夫人，玉莲她体弱多病，再也经受不起了，我们要设法瞒过她才是。

钱夫人 是啊是啊，这件事千万不能让玉莲知道的呀……

〔钱玉莲在旁昏昏欲倒，芸香急上扶住。

芸　香 小姐，你到哪里去了？（玉莲倒地）啊呀老爷夫人，小姐不好了！

钱载和 女儿你怎么了？

钱夫人 芸香，快去端药。

钱玉莲 母亲，女儿之病非药可治。

钱载和 女儿，你说的什么傻话，刚刚还说你身上的病全都好了。

钱夫人 是啊是啊，女儿你一定要好好将养身子，过些日子我们不是要到江西去看望姑爷的吗？

钱载和 是啊是啊。

〔钱玉莲出奇的平静，没有再说什么，只是颤抖着手将刚刚戴上的红花摘下，又慢慢地、慢慢地将刚刚穿上的新衣脱下……

钱玉莲 爹爹，母亲……

钱夫人 女儿，你这是何意？

钱玉莲 （唱）几番风雨几番愁，
伤心早已无泪流。
心中有意盼聚首，
命里无缘也难求。

钱载和 女儿，你都听见了？

钱玉莲 （点头）
（接唱）王郎未将誓盟负。
两心已得长厮守。
回眸此生应无憾，
从今后二老膝前度春秋。

钱载和
钱夫人 （同）女儿……

钱玉莲 只是女儿唯有一事相求。

钱夫人 女儿你有话，尽管说来。

钱载和 是啊，快快讲来。

钱玉莲 （唱）每逢王郎忌辰日，
千卷心经返温州。
江心寺里荐亡灵，
三炷清香一壶酒！

钱载和 好个多情女子！为父答应就是。

钱玉莲 （连连叩拜）多谢爹爹……

〔切光。

第七场　荐亡

〔五年后。上元节。

〔温州江心寺。

〔钱载和、钱夫人上。芸香扶病中的钱玉莲随上。

钱玉莲 啊，又到江心寺了。（一阵咳嗽）

钱夫人 女儿，这一路风尘，我真担心你的身体……

钱玉莲 母亲，女儿我一回到温州，就觉得好多了……

钱载和 （感叹地）女儿，这五年里，你年年回来，到这江心寺祭夫，也真难为你了。

〔老僧迎上。

老　僧 阿弥陀佛。

钱载和 方丈，佛事可曾备齐？

老　僧 大人，今有退隐故居的邓尚书邓大人，陪同王太守也来此拈香。寺中之事忙不过来，请大人先到厢房歇息。

钱载和 哪个王太守？

老　僧 听说从广东潮阳而来，吉安赴任而去，改道路过本地。

〔邓尚书内叫上。

邓尚书 钱年兄，钱年兄！

钱载和 邓大人。

邓尚书 哈哈哈哈，幸会啊幸会。

老　僧　（作礼）阿弥陀佛。

邓尚书　（回礼）阿弥陀佛。（送老僧下）啊，钱年兄，早听说你要回温州探望，不意今日在此相见。

钱载和　只因小女在此有心愿未了，故而特来礼佛。

邓尚书　啊，原来钱年兄合家在此，幸会呀幸会。

〔钱夫人、钱玉莲施礼。

钱载和　夫人，你和女儿前往厢房暂歇，我同邓兄叙谈片刻。

〔钱夫人、钱玉莲、芸香下。

邓尚书　（目视钱玉莲背影，若有所思）哈哈哈哈！想不到钱年兄竟有这么个如花如玉的千金伴在膝下，只是身子有些虚弱……

钱载和　邓兄有所不知，小女身世坎坷，一直体弱多病。

邓尚书　噢，冒昧动问，令爱可曾婚配？

钱载和　她曾遭变故，一直不再言嫁。

邓尚书　啊呀钱兄，你真是老糊涂。我猜令爱之病乃是忧郁所致，若逢喜事，说不定能得排解。

钱载和　说得也是，只是小女生性倔强，不肯……

邓尚书　哎，年纪轻轻，哪有守寡终生之理！钱兄，邓某最爱替人做媒，今日愿为令爱作伐。喏喏喏，才郎就是新任吉安王太守。

钱载和　吉安王太守？

邓尚书　是啊，这王太守哟！

（唱）广东为官五年多，

清正廉明人赞慕。

幸喜得万俟权相命呜呼，

他擢升江西吉安府。

今日上任路过此

我陪他江心荐亡拜弥陀。

和令爱千里有缘来相会。

这现成的媒翁我来做。

〔老僧上。

老　僧　邓大人，王太守已到寺外。

邓尚书　我即刻就去即刻就去。钱兄，你与夫人令爱商议商议。我这就去会一会王太守，明日造府讨个喜信。

〔邓尚书笑下。老僧随下。

钱载和 邓兄邓兄！哈哈哈哈，这邓老头自说自话，热心过头。哎，不过他说的这王太守，倒真是不错。

〔钱夫人、钱玉莲、芸香早已暗上。

钱玉莲 爹爹，女儿愿侍奉双亲，终生不嫁。

钱载和 女儿，我知你仍然不忘王十朋，只是时隔五年，去者去矣，生者日子还长，听说这位王太守少年英俊，女儿不妨一见。

钱玉莲 女儿不见。

钱载和 兴许这对女儿病体有益。

钱玉莲 爹爹疼儿，儿心甚感，只是荆钗之盟，终身不忘，女儿曾对天立下誓愿。

钱载和 什么誓愿？

钱玉莲 若要再嫁，除非日从西出！

钱载和 女儿……

钱夫人 老爷，女儿不愿，你就不要勉强她了。

钱载和 好吧好吧，做佛事去吧。（与众同下）

〔邓尚书、王十朋同上。

邓尚书 王太守，请。

王十朋 邓大人，请。

邓尚书 王太守——

王十朋 邓大人，此番路过温州，承蒙大人看顾，同来江心寺打斋，下官这厢拜谢了。

邓尚书 哈哈哈哈，王太守，我看你还须再拜我一拜，再谢我一谢。

王十朋 （怔住）这是为何？

邓尚书 王太守，你的——

（唱）……喜事来了！

太守印堂亮晶晶，
运交桃花喜临门。
福建安抚有一女，
守寡多年美绝伦。
她八两，你半斤，
人相当，门相称，
天赐一对美婚姻，

月下老人我担承。

王十朋　大人，下官曾遭巨变，终生不娶了。

邓尚书　哎呀，这位小姐百里挑一，机不可失，太守不妨一见。

王十朋　下官不见。

邓尚书　（不悦）难道老夫之言无理？

王十朋　大人怜我，晚生感甚，只是荆钗之盟，终身不忘，下官曾对天立下誓愿。

邓尚书　什么誓愿？

王十朋　若要再娶，除非日从西出！

邓尚书　你呀！（气得别转脸）

〔老僧上。

老　僧　王大人，时辰已到，请大人拈香。（下）

王十朋　请。邓大人请勿见怪……

邓尚书　去吧去吧。

〔佛事音乐起。二人下。

〔内声：阿弥陀佛——

〔钱玉莲，王十朋各自拈香上。

**王十朋
钱玉莲**　（同唱）上元节，又来殿庭，

仗名香，祈告天灵

妻溺水
亡夫暴病 杳然去，

愿超亡灵上仙境。

王十朋　（唱）玉莲啊，未知你幽冥中可安好，

谁伴夜话到天明？

钱玉莲　（唱）王郎啊，我玉佩无声画屏冷，

夜夜苦雨独自听。

王十朋　（唱）我念你，伤心不敢江边走，

唯恐忽见你波中影。

钱玉莲　（唱）我念你，每戴荆钗泪双垂，

懒理容妆镜生尘。

二　人　（同唱）几番梦里喜逢君，

醒来惆怅寻无痕。

〔王十朋、钱玉莲同时发现对方，大惊，互相窥视。

〔合唱：啊——

蓦然见俊英，

恍若又入梦。

形容毕肖神相似，

惊骇起疑云……

〔两人欲近前细看，芸香上，在中阻挡。

芸　香　喂喂喂，你这个人，为何盯看我家小姐？好不害臊！咦，小姐，你也别看人家了，快走快走。

〔钱玉莲脚步踌躇，随芸香下。

王十朋　方丈快来！方丈快来！

〔老僧上。

老　僧　大人有何急事？

王十朋　适才妇人，是哪家宅眷？

老　僧　哦，是福建钱安抚家的小姐。

王十朋　什么，她——就是她呀！

老　僧　（莫名其妙）什么她就是她？

王十朋　方丈，方才邓大人说媒的，定是此人。世上哪有这么相似的人，莫非她就是我的……

老　僧　（更莫名其妙）你在说什么？

王十朋　你不明白，你不明白。我这就去找邓大人！这就去哟！（匆匆而下）

〔芸香呼喊着上。

芸　香　方丈——方丈，啊哟方丈，总算找到你了！方才和你说话的，可是吉安王太守？

老　僧　正是王太守。

芸　香　（跳起）他，就是他了。（忙高喊）小姐，他就是他啊！

老　僧　哎呀施主，什么他就是他？

芸　香　你不明白。（嫌老僧碍事，示意他离开）方丈，请，请。

老　僧　今天出了何事，怎么一个个都有毛病了！阿弥陀佛。（摇头下）

〔钱玉莲急上。

钱玉莲　芸香，芸香……

芸　香　小姐，他是吉安王太守。

钱玉莲 你没有弄错？

芸　香 不错不错。小姐，我倒要问你，这王太守真的像姑爷吗？

钱玉莲 ……论相貌嘛，倒是十分相像……

〔钱载和、钱夫人暗上。

芸　香 小姐呀，你还不去当面问个清楚！

钱玉莲 真相未明，只怕错认，使不得。

芸　香 哎，使得使得使得！

钱载和 嘟！大胆！（芸香下跪）

钱载和 女儿，想你方才拒婚，冰霜模样，原来是芸香背地里给你另作红娘！

钱玉莲 爹爹，不关芸香的事。适才女儿殿堂追荐亡灵，遇见那吉安王太守……

钱夫人 哦，就是邓尚书提亲之人。

钱玉莲 他、他、他……

钱载和 他怎么样？

钱玉莲 他好像我那夫君王十朋。

钱载和 王十朋？哈哈哈，女儿，我看你是思念过甚，眼睛看花，病糊涂了！

钱玉莲 （忙转向钱夫人求援，扯住其衣袖）母亲——

钱夫人 （心软）老爷，女儿之话，事出有因，不妨想法打听打听。

钱载和 如何打听？倘若不慎闹出笑话，叫老夫日后和王太守如何同朝为官？

钱玉莲 爹爹，女儿这里有荆钗一枚，乃是当年夫君的聘礼。爹爹明日不妨邀请邓大人和那位王太守前来赴宴，当堂出示荆钗，不就一清二楚了吗？

钱夫人 老爷，女儿此计甚好。

钱载和 （也心软）……好吧好吧，为父依你就是。

钱玉莲 （大喜）谢爹爹。

钱载和 回府去吧。（众欲下）

芸　香 啊呀老爷，芸香还跪着呢。

钱载和 哦，哦，起来起来！

芸　香 谢老爷。（站起，夸张地）啊唷！

〔切光。

第八场　钗圆

〔邓尚书上，王十朋追上。

王十朋　（连连作揖）大人、邓大人！啊呀邓大人……

（唱）我作揖作得头发昏，

好话说得说破唇，

万望大人施恻隐，

安抚府上走一程。

邓尚书　哎。

（唱）昨日是你力拒婚，

我塌台媒人真扫兴。

纵然你作揖作断腰，

要我出门万不能。

王十朋　啊呀邓大人……

邓尚书　（唱）罢罢罢，除非依我一件事——

王十朋　什么事，大人快快讲来！

邓尚书　（接唱）跪此地，叩头三响我就出门！

王十朋　这，这，这——

邓尚书　哼哼！（欲走）

王十朋　（四顾见无人，跪）邓大人慢走，晚生……

邓尚书　（连忙扶住）哈哈哈哈，王太守。

（唱）这真是，为找老婆费尽心，

也不顾男儿膝下有黄金。

莫怪老夫爱逗笑，

（从袖中取出一信）你来看，这是什么？

王十朋　（接看）请帖？

邓尚书　王太守——

（接唱）钱安抚邀你欢宴望江亭！

王十朋 望江亭？啊呀呀，这是我日思夜想的地方！邓大人你我快走，快走啊！（急下）

邓尚书 哈哈哈哈……此事真相，我已明白十之八九。待会儿我还要撒撒酒疯装懵懂，叫他们急惊风偏偏碰到慢郎中。王大人，王大人……（追下）

〔芸香引四丫鬟上，钱玉莲和钱夫人随上。钱载和追上。

钱载和 夫人，宴请时间已到，你俩快快上车，前往望江亭。

钱玉莲 爹爹，待会望江亭上宴客，女儿想来想去，无处藏身。

钱载和 此事为父早已想到。这辆香车就停在望江亭外，你们母女藏身车内，既不露身影，又看得清，听得明。

钱玉莲 多亏爹爹想得周到。

钱载和 （猛然想起）啊呀女儿，我在亭内问他底细，那王太守若是你夫，你又如何告诉于我呢？

钱玉莲 爹爹，今天乃是元宵佳节，处处是灯。女儿听得话语对头，就点起花灯。

钱载和 答对一句，就点一盏？

钱玉莲 对。

钱载和 要是全都答对呢？

钱玉莲 那就把这上上下下里里外外远远近近的灯，统统点亮，高高挂起！

钱载和 好！如此为父先走一步，你们随后就来。（下）

众　人 是。（载歌载舞下）

〔暗转成瓯江之滨，望江亭前。江心孤屿在望。

〔元宵之夜，灯火辉煌。

〔钱载和与邓尚书、王十朋上。

三　人 请，请，请。

（同唱）灯映江亭华宴开，
各有心事频举杯。

请。（干杯）

钱载和 （旁唱）我借酒解谜邀客来，
犹恐唐突费安排。

王十朋 （旁唱）我单刀直入欲启齿，
犹恐鲁莽人见怪。

邓尚书 （旁唱）我声色不动装糊涂，
反客为主催干杯。

钱年兄，王太守，请，请啊。哈哈哈哈！

王十朋　（暗示）邓大人，你方才……

邓尚书　哦，我方才已经干过，现在再干三杯，再干三杯！

钱载和　（也暗示）邓大人，你昨天……

邓尚书　哦，我昨天不曾喝酒，今天倒是要一醉方休，一醉方休！（转对王十朋）啊，王太守，来来来，干杯，请。

钱载和　（旁唱）适才请他后厅来，

暗告原由细交代，

托他穿针来引线，

却为何装聋作哑假痴呆？

邓尚书　啊呀钱兄，你怎么不干？一定要干，干……

王十朋　（旁唱）适才他答应真情探，

凡事由他来安排，

难道说未喝先醉把事误，

不着边际乱干杯。

邓尚书　啊，钱兄，王太守，今天我们一定要喝个痛快，喝个痛快哟……来来来，斟酒！

钱夫人　（暗上）老爷，你们怎么只顾喝酒，不谈女儿婚事？

钱载和　即刻就谈，即刻就谈。（推钱夫人下）邓大人，昨天江心寺里，你要为小女作媒，不知……

邓尚书　哦，这件事嘛，不成啊不成。

钱载和　为何不成？

邓尚书　咳！

（唱）可恼他，傲慢性，

对天发誓拒婚姻。

说什么“除非日从西方出”，

要他再娶万不能！

王十朋　（焦急地）哦，钱大人，事情不是这样的……

钱载和　（不悦）哼，王太守！

（唱）缔姻本双方事，

你情我愿两称心。

既然你对天发誓愿，

我不敢高攀作罢论。

王十朋 啊呀邓大人——

邓尚书 哦，双方不愿，倒也方便，不再提它就是。来来来，喝酒喝酒，喝醉就走。

〔钱夫人率芸香上，忍无可忍，冲出。

钱夫人 邓大人。

（唱）昨日你手拍胸膛做媒公，

今日里假装糊涂撒酒疯。

若不将真情说明白，

休怪为嫂出手重。

（一把夺下其酒杯）芸香，撤宴！

芸　香 撤宴！

众丫鬟 是！（撤宴）

钱载和 （无可奈何）邓大人——

邓尚书 哈哈哈哈！

（唱）看来为人莫作媒，

丈母娘要来夺酒杯。

转身唤一声王太守，

你且去当面说明白。

王十朋 见过钱夫人。

钱夫人 老身还礼。王太守。

（唱）恕我冒昧来相问，

太守本是何方人？

王十朋 （唱）瓯江之滨立家业，

下官原是温州人。

钱夫人 温州人，是温州人！

芸　香 （见钱夫人向己示意，忙向外高喊）哦，原来太守是温州人哪！

〔一盏花灯飞出。

钱夫人 （唱）饶州曾有王佥判，

其人其事可知闻？

王十朋 （唱）同乡同姓又同榜，

王年兄不幸死于病。

钱夫人 哦，原来如此。

（唱）太守少年好前程，
为何至今犹独身？

王十朋 （唱）可叹贤妻遭不测，
滚滚江涛葬她身。

芸　香 嘻嘻，原来少夫人是投江而死的。

王十朋 （不解）你——

芸　香 （又喊）喂，少夫人是投江而死的！

〔又一盏花灯飞出。

钱夫人 （唱）少年夫妻应恩爱，
她因何变故投江心？

王十朋 （唱）孙汝权逞奸改书信，
呈报上司已严惩。

钱夫人 对，对，孙汝权，是孙汝权！那么王太守，当初你与少夫人成婚，以何物为聘呢？

王十朋 （唱）非是金，非是银，
这聘物吗——

众　人 是什么？

王十朋 （接唱）一枚荆钗结同心！

众　人 荆钗？！是荆钗，是荆钗！

芸　香 （大叫）小姐小姐，是荆钗为聘的，你快出来呀！

〔内声：有请小姐！

〔四丫鬟齐出，迅速将满堂灯火点亮。其时，瓯江之上也灯火通明，满台辉煌。钱玉莲手执荆钗冲上，王十朋迎前，两人呆立相视。

〔幕后合唱：

荆钗作证！
啊——
荆钗作证！
若梦若醒，
似幻似真。
荆钗作证，
荆钗作证，
别时正青春，

归见白发生。

漫道人生跋涉苦，

天道终酬信！

〔夫妻抱头，喜泪频频。冬梅引王母上，母子婆媳重见。

〔王十朋为钱玉莲插荆钗，抚其眼角细纹；钱玉莲也轻拂王十朋鬓上白发，两人都感慨万千，阵阵心酸。渐渐地，钱玉莲似乎疲惫已极，软软地偎依在王十朋怀中……

〔众人好像怕惊扰了他们，渐渐隐去。

〔王十朋的画外音（深情地）……我若做了负心郎，就让大火烧了我！就让江水淹了我！就让雷电劈了我……

〔两人依偎，“定格”。

〔舞台框渐渐变成序幕里演出南戏时的舞台。

〔幕渐闭。

〔剧终。

1997 年

寒　情

冯　洁

时　间　远古年代

地　点　燕国

人物表　荆　轲——据载，他是“卫国人”。剧中，他的“籍贯”不可忽视，因为，涉及他的生、死、爱、恋。“好诗书击剑”的他云游四方，却因在燕国意外结识了一位可以与之品诗论剑的老先生，遇到了一位充满诱惑色彩的奇女子而暂住。他希望自己有所建树却又恪守自己的天性，在某些时候，甚至很有几分温情。他生逢一个非常特殊的年代——知己、朋友、情人都以超常的行为逼视他。于是，他只能特殊！

太子丹——燕国太子。剧中他与荆轲同龄。少时曾被质于赵国，后，又被自己的父亲质于秦国。在赵国时他和嬴政是好友，但称王后的嬴政并未因旧交善待之，反而处处与他对峙。丹后从秦国逃亡。逃亡生涯充满艰难。在这出戏中，丹如何出逃秦国并不重要，重要的是他绝不愿意被嬴政所吞并。他性格复杂，表面上也许比任何人都显得斯文。但在他内心深处绝无温情可言，因此，任何违背天性的事发生在他的身上都是合理的。

夏　韵——这个人物在以往关于“荆轲刺秦王”的传说中不曾有过记载，当她被编剧虚构而出现在本剧中时，我们必须假定她是卫国人。一如荆轲，“籍贯”对于她也非常重要。没有了“籍贯”，她的许多行为顿时失去了合理的依托。夏韵自幼

流浪到燕国，被太子丹收养。她聪慧至极，天性中有某些不可言传的品质。她是太子丹宠爱的女人。由此，她的许多行为举止在某些时候显得非常唐突、任性。她原想帮助太子丹实现“刺秦”夙愿。结果，却因此而深深爱上了荆轲，并为之自绝。这样的女人应是天地间的一个精灵。

田　光——这位老先生在有关书籍中有过记载。当他走进这出戏时，只有一点没变——拔剑自刎。田光的初衷是为了帮助太子丹完成“刺秦”大业而举荐挚友荆轲。他认为自己的举荐是成全了荆轲的夙愿，但结果却把对方送上了绝路。人生的“二律悖反”总是在不经意中很残酷地渗透到人物的命运中去。现实生活又何尝不是如此？

樊於期——嬴政手下的一员大将。因不堪暴政而叛逃。剧中，他是个重要人物，但却始终不出场。他像一枚杀伤力很强的定时炸弹，他出现在哪里，哪里就会危机四起。戏开场时，他逃到了燕国，故事由此展开。

乐　手——剧中特别设置的“符号”。有他们存在，戏或许可以因此而获得某种特殊的氛围。他们应是这出戏的诗意所在的标志之一。有了他们，戏就有可能产生“抽离”的效果。与现实生活“抽离”，我把它看成是女子越剧审美特征之一。

第一场

〔场灯渐渐暗下，低垂的大幕后传来阵阵神秘乐音……乐音时断时续，时弱时强。在很久很久以前，人们称它为“筑”。

〔在神秘的“筑”乐的衬托下，远远传来侠客荆轲的吟唱：

日落回家，
美酒空洒。
一地寂静，
一天飞霞。
相逢何喜？

相别何悲？
情到深处？
无以牵挂。
日落回家，
心走天涯……

〔大幕在吟唱声中缓缓打开。幽暗的灯光下只见一群装束古朴的乐手正在击“筑”。与此同时，幕后传来阵阵高喊——

“秦国叛将樊於期逃到燕国之地！”
“秦王百金重赏，捉拿樊於期！”
“收留叛将者，秦王与他决一死战！”
“留下樊於期，秦国发兵有借口！”
“留下樊於期，天下便知太子的仁慈！”

乐　手　叛将到燕国是福还是祸？叛将到燕国是福还是祸（重复）……

〔在乐手们一声强过一声的叩问中，燕国太子丹匆匆上场！

太子丹　（唱）强秦霸气天下横，
燕国不甘被侵吞。
我梦里惊悸危机深，
梦醒只见悲月西沉。
叛将突然到燕门，
燕门霎时乱纷纷。
仰面静思把天意问，
留他放他须谨慎……

〔太子丹渐渐镇定下来。他鬟顾四周，四周一片寂静。那些乐手们此刻已停止击“筑”，像“树桩”般默然伫立于旷野之中。太子丹烦闷地挥挥手，乐手们下。

〔月光如水，天风如歌。太子丹茫然远眺，不知自己此刻身在何处……

〔夏韵端着酒具款款上场。她轻盈的脚步像是踩踏出一片清灵的乐音，发出动人声响。肃杀的旷野因此隐透出难得的恬静。

夏　韵　（嗔怪地）太子，太子！你为何独立夜色之中？让我好找啊！

太子丹　（答非所问）逃来一个秦国大将军，我是留他还是……

夏　韵　（不假思索）啊呀！我已经把樊将军留下了！

太子丹　（震惊）什么？！你留下了樊於期？！

夏　韵　（不以为然地）是啊。方才他闯进宫来求见你。我见他蓬头垢面，衣衫褴褛就……

太子丹　就动了恻隐之心？

夏　韵　（咯咯咯笑不停）是呀。当年你从秦国出逃，他曾帮助于你。既然人家救过你的命，我就留下了他。

太子丹　（自言自语）你留下了他，分明是把我逼上了绝路！（突然转身，下场）

夏　韵　（紧追几步）太子……太子……（没追上，气恼地）我怎会把你逼上绝路呢？！唉，这么好的"百年红"也解不了你的心头郁闷。救人一命又有何妨呢？唉，可惜了，这美酒……

〔清丽的秋月下，夏韵独饮，时而又颇感无趣地举杯把酒泼洒在地。

〔随着神秘的"筑"乐从远方再次传来，游侠荆轲出现在舞台深处。

荆　轲　旷野深处，何来这阵阵酒香？

夏　韵　（意外而惊喜地）啊呀，莫非来了个豪饮的酒人儿？！

荆　轲　豪饮的酒人穿风踏月独闯燕门！

夏　韵　穿风踏月的酒人儿，你何不在此一停，与我豪饮？

荆　轲　酒人我心中若无大事，便一杯饮尽你的"百年红"！

夏　韵　你若真是酒人，就该识得这"百年红"！

荆　轲　好一坛美酒！好一个丽人儿！慢，品酒赏月的丽人儿，请问我如何方能见得太子？

夏　韵　（头也不抬）又来一个……你为何要见太子呀？

荆　轲　救人！

夏　韵　救谁？

荆　轲　樊大将军！

（唱）独闯燕门游侠情，
欲救将军脱险境。
燕门若有信义酒，
该把将军当客迎。

夏　韵　（接唱）燕门笑迎天下客，
款待将军自有人。
旷野深处藏美酒，
何不止步相对饮？

来，酒人儿，陪我喝了这杯"百年红"再说。

荆 轲 （无奈）丽人儿啊丽人儿，此时我何来品酒的雅兴？救人要紧！

夏 韵 看不出，你倒是又重情又重义啊！

荆 轲 行千里路走的是个“义”字，闯万道关守的是个“信”字。信义之情此乃游侠做人之本。丽人儿，还望为我指点迷津。荆轲拜托了！

夏 韵 （十分喜出望外地）莫非你就是那个远道而来空佩名剑的荆轲？！

荆 轲 （疑惑不解地）你怎知我名剑空佩？！

夏 韵 “不杀生，不见血，名剑空佩，永不开锋！”燕国方圆几百里，谁人不知谁人不晓你荆轲说的话！

荆 轲 （欣慰）知我游侠便好。丽人儿，快快告诉我，荆轲如何才能拜见太子？

夏 韵 像我这样一个旷野独饮的小女子，如何带你去拜见太子啊？

荆 轲 （顿时有种被耍弄的气恼）你……！

夏 韵 重情重义的酒人儿，快去救你的大将军吧。何时这尊名剑开了锋，我再与你对饮那“百年红”！

〔夏韵风情万种地一转身，随意低吟道：日落回家，美酒空洒……（下）

〔听到夏韵的哼唱，荆轲猛然一惊！急追几步……

荆 轲 （充满疑惑地自语）莫非这丽人儿也是卫国人？！（哼唱）日落回家……

〔白须飘然的田光缓步而来。

田 光 果然又是荆卿在这天苍地茫之间，独感旷野美景！

荆 轲 先生你看，这朗朗秋月，满目诗意，真是妙哉燕门！

田 光 危在燕门！生灵涂炭，白骨填沟。秦灭诸国，哀民痛嚎。荆卿你听，还有那亡灵声声泣血！

荆 轲 好一个忧国忧民的先生啊！

田 光 荆卿，老夫正有要事寻你。

荆 轲 寻我何事？

田 光 燕国太子在宫中设下乐阵，老夫正要邀你一同前往。

荆 轲 （略感意外，继而欣喜地）啊呀先生，荆轲正欲求见太子。

田 光 何事求见？

荆 轲 只为秦国大将军樊於期。

田 光 樊於期？！唉，荆卿，生死在天，富贵有命。你还是与我品诗论剑吧。

荆 轲 先生，救人要紧！

田 光 荆卿，老夫昨日输你一剑，今日要与你对弈天地。

荆 轲 先生啊先生，下完了你的天棋，只怕那樊将军的人头早已落地了！

田　光　（意味深长地）欲救人命，先解天棋。

荆　轲　（无可奈何地）田老先生……

田　光　哈哈哈……

〔神秘的“筑”乐又在天边悠然响起……

〔收光。

第二场

〔深不可测的燕宫后庭。

〔向上延伸的台阶上依次散坐着乐手，每位乐手面前摆放着造型古朴的乐器。太子丹行走于乐手之间，不时指点着他们的演奏。天边传来沉闷的雷声，雷声掠过，偶尔可闻清晰的滴漏声。

太子丹　乐手们，听我慢慢奏来——

（唱）一声重，重似万马齐奔腾，
一声轻，轻似飞雪落无痕。
轻轻重重十指间，
指指弹拨心底声。
秦王他欲统天下灭诸门，
太子我国无雄兵怎抗争。
乱世之弦乱纷纷，
错弹一指此生功勋难建成！

众乐手　（唱）一声重，重似万马齐奔腾，
一声轻，轻似飞雪落无痕。

太子啊，要建功勋你寻窍门，一人能抵万千人！

〔荆轲与田光上场。荆轲鬟顾四周乐阵，被这美妙的音乐所吸引……

荆　轲　啊呀田老先生，想不到燕国宫中竟有这如此美妙的乐阵！

太子丹　先生，这是……

田　光　太子，这就是老夫向太子举荐的荆卿！

荆　轲　荆轲拜见太子！

太子丹　原来你就是荆轲……

荆　轲　太子，荆轲有要事求见！

太子丹　（一挥手）乐阵退下。

〔众乐手下场。

太子丹　何事求见，只管道来。

荆　轲　太子，荆轲闻知樊大将军已到燕国，太子理应将他收留，善而待之！

太子丹　收留一个叛将倒也不难……只是秦国若借口发兵，那燕国岂不……

荆　轲　倘若太子送樊大将军送回秦国，太子必因此而失信于天下！

田　光　太子，不妨听听荆卿的高见……

太子丹　先生，你可知樊将军的头颅实在诱人啊……将军的头颅价值百金……

荆　轲　将军的头颅何止百金？！将军的头颅能换得情义无价！

太子丹　将军的头颅在我眼中可是半壁江山……

荆　轲　将军的头颅能使太子以仁爱之心一统天下！

太子丹　哦……愿闻其详……

荆　轲　燕国富不如魏，兵不及韩，屯不抵赵，疆不比齐，然苍天不灭燕国，实乃是燕国民风纯朴，君王清明！游侠在此可以品诗论剑，走投无路者可以在此安度余生！太子，得江山易，得人心难！太子若能大仁大义而治燕国，那燕国人心所向，众志成城，弱能胜强，无往而不胜！

太子丹　好一位大智大谋的荆卿！

田　光　老夫的挚交自然是人中豪杰！

太子丹　荆卿，丹慧眼识英雄，愿为你而伸张正义，留下樊於期的头颅！

荆　轲　荆轲拜谢太子！

太子丹　可我还在想着另一个头颅……那头颅比樊将军的更珍贵……那头颅不可一世……那头颅充满邪恶……那头颅也该因劳累过度而疲惫不堪……倘若有那么一日……那颗头颅低垂在胸前……

田　光　按宫中的规矩，那一刻宫中并无守卫的武士……

太子丹　这时，从宫外来了一位别国使者，使者随身携带一卷精美地图……

田　光　那使者走上前去，缓缓展开手中地图，那是一幅多么诱人的地图啊！

太　子　那颗低垂的头颅随着地图的展开理当慢慢兴奋起来……突然，使者抽出地图深处一把利剑——

田　光　说时迟，那时快——

荆　轲　图穷匕首现！你想刺杀秦王？！

田　光　荆卿，老夫引你进宫，正是为了向太子举荐你……

荆　轲　荐我何来？

田　光　刺杀秦王！

荆　轲　哈哈……

（唱）太子出言似虚似狂，
荆轲怎能刺了秦王？
相邀只道天乐同赏，
为何弦外空翻别浪？

田　光　荆卿！

（接唱）天乐理为勇士奏响，
荐卿理当老夫担当。
强秦暴政天理丧尽，
“刺秦”义举美名远！

荆　轲　（接唱）荆轲天生游游荡荡，
品诗耍剑别无所长。
若是一句儿戏话，
扮个刺客倒也无妨；
若非一句儿戏话，
世人难免贻笑大方。

太子丹　荆卿——

（接唱）游游荡荡你见多识广，
品诗论剑你武艺高强。
除强扶弱你义士衷肠，
“刺秦”“灭秦”万人颂你故土情长！

荆　轲　（接唱）侠游燕国何来一片故土情长？
此生飘零何必又去刺杀秦王？
谢了太子，
天乐使我心底亮堂；
拜了先生，
此番荐死千古奇情热心肠！

田　光　（惊愕不解）荐死？！这……

荆　轲　（洒脱地）莫非荐生不成？！

田　光　啊呀荆卿，你本非凡夫俗子！老夫荐你刺秦，愿你一展男儿宏图！

太子丹 荆卿，先生与你相交相识，知你敬你，方向太子我重荐于你！

田 光 荆卿，莫非你此生真的要空佩名剑不成？！

太子丹 荆卿……

荆 轲 荆轲只愿在天风美酒之中品诗论剑，荆轲只愿云游四方心无牵挂！荆轲不愿白送性命！

太子丹 莫非你不想搭救樊将军了？！

荆 轲 荆轲有搭救之心，却无回天之力，荆轲不才抱憾终生。荆轲告辞！

〔急切转身的荆轲差点儿和端酒而上的夏韵撞个满怀！

夏 韵 酒人儿，你说走千里路行的是一个义字，闯万道关守的是一个信字，莫非那是酒后胡言？

荆 轲 （意外地）听风赏月的丽人儿，你怎会在宫中？！

太子丹 （充满疑虑地）你们……

夏 韵 我们曾在天风旷野之中一论美酒……

田 光 韵姑娘可是太子的心上人。

荆 轲 酒是好酒，人是妙人，可惜啊，可惜深藏宫中……

夏 韵 昨日你风风火火求见太子，说是将军有难你怎可袖手旁观？！今日见了太子，你怎么说话又不算了……

荆 轲 好你个丽人儿，看你两片粉唇如蝶翻飞，说的倒是轻巧，莫非在你们眼中，人头落地犹如你纤手绣花不成？！

太子丹 荆卿此话过分了！

荆 轲 （戏谑地）太子，倘若这小女子愿陪我荆轲豪饮宫中美酒，我倒不妨重新考虑你太子的请求。太子，如何？哈……（下场）

田 光 （急追）荆卿……荆卿……莫非我老眼昏花，错荐了英才？

太子丹 莫非是我操之过急而失之交臂……

田 光 刺杀秦王，无论成败，都是千古壮举！是生是死，有何不同？莫非老夫荐死，真是天理不容？

太子丹 先生万万不可胡思乱想！丹是深知你一片赤诚之心的！先生，丹拜托你去照看一下樊於期……（话中有话地）先生一定要厚待他，并将“刺秦”之意转告于他……

田 光 太子放心！

夏 韵 太子，夏韵愿将宫中美酒再送荆轲！太子——

（唱）天风引我美酒送，

不怕游侠心不动。

欢步回宫报喜时，

“刺秦”不再是空梦。

太子丹 （接唱）一坛美酒酿宫中，

一朝开封有大用。

〔夏韵缓缓跪下，太子丹将一坛美酒交到她的手中……

〔收光。

第三场

〔夜晚，荆轲住处。窗外不时掠过旷野天风……灯光下，荆轲盘腿席地而坐，一柄利剑端放面前。荆轲缓缓抽剑，蓦得一跃而起，挥舞利剑……

荆　轲 （喃喃自语）来啊，燕国太子，荆轲今日要与你耍剑一场，借你的命替名剑开了锋！不不不……你的血是污黑的……可惜这名剑了……如此，荆轲愿借你的王袍一用！剑劈王袍，游侠美名！

（唱）云游四方几长载，

孤身独步燕国来。

易水低鸣夕阳散，

月圆酒红当家还。

谁料想，乱世春秋血腥年，

散淡的人儿难散淡。

救人不成反被荐，

霎时心头方寸乱。

方寸乱，一时血涌为哪般？

游侠自有心规缠。

笑而推挡天乐中，

荆轲天性无意点江山。

看起来，游侠风情无人解，

万事一走方了断！

〔荆轲匆匆整顿行装，打算即刻离开……

〔夏韵端酒上场。

夏 韵 （唱）手捧“百年红”，

步儿轻轻心儿重。

此酒今夜饮，

非同天风旷野中。

〔荆轲发现夏韵，略感惊讶……

荆 轲 宫中丽人，你……为何到此？

夏 韵 小女子陪你饮酒来了……

荆 轲 要施美人计了？

夏 韵 你自己说的话，怎么又忘了？

荆 轲 那……那不过是句儿戏话！

夏 韵 小女子可是当真的！

荆 轲 丽人儿，荆轲是不会喝你的宫中美酒的！

夏 韵 我偏要你喝！

荆 轲 荆轲见不得酒红！

夏 韵 一个见不得酒红的胆小之人，岂能见得了血红？怪不得你不答应去刺秦，因为你见不得人头落地！那你又何必身佩名剑，路见不平，装模做样地救什么樊将军？！你不喝，我自己喝。要知道，燕国的酒可比那血还要红呢……

荆 轲 太子真是调教有方……

夏 韵 哎哟，好好的“百年红”怎么也有丝丝的酸味……

荆 轲 哼……

夏 韵 听你这一哼，我便知你是卫国人……

荆 轲 荆轲哪方人士与你何关？

夏 韵 小女子也生于卫国，五岁双亲早亡流浪到燕国，被太子收留，那年我只有九岁……

荆 轲 想不到丽人儿也有伤心的身世……

夏 韵 无家无国，无根无基，只有那香浓的“百年红”才是我最亲的贴己！

荆 轲 丽人儿啊丽人儿，深更半夜，你何必在此与我攀得什么乡亲故里？你……你是白费心机！

夏 韵 （低声吟唱）日落回家，

美酒空洒。

一地寂静，
一天飞霞。
相逢何喜？
相别何悲？
情到深处，
无以牵挂。
日落回家，
心走天涯……

〔听到熟悉的卫国民谣，荆轲内心涌起一阵冲动，端起酒，一饮而尽！

夏　韵　凭你义救将军的勇气，你也绝不是一个混世的闲人！你若答应了太子的请求，不但可以救得将军还可报效燕国燕民！除了秦王，你英名远扬！到那时荆卿你衣锦还乡，荣归故里！你也不枉天生是个男儿……

荆　轲　衣锦还乡……荣归故里……乡关何处啊——

（唱）乡音声声满溢心中，
乡曲阵阵思情亦浓。
荆轲离家几十载，
不知家乡的山水还依旧？
曾记得，炊烟绕断夕阳红，
曾记得，林间啼翠清风送。
曾记得，父老乡邻同饮一坛酒，
曾记得，白发的老母灯下寒衣缝。
养子教子奉双亲，
不见兵革一生终。
秋去冬来春色空，
荆轲身逢乱世中。
一把战火葬全家，
从此独自天涯无影无踪！

夏　韵　（唱）听他一番话，
心泪已千行。
人不生逢盛世中，
雨打孤雁倍凄惶。
既然游侠是漂泊人，

何必难他去刺秦王？

回宫去，面对太子诉衷肠，

天大的罪名我一人承担！

荆卿，既然你不喝这宫中美酒，我只好回宫去了……荆卿，夏韵愿与你对饮一杯“百年红”再走……

荆 轲 谢丽人儿为无家可归的漂泊之人吟唱乡曲！荆轲愿敬你一杯……

夏 韵 夏韵不敢！

荆 轲 夏韵，荆轲想救将军一命，是对还是错？

夏 韵 将军走投无路理当被救！

荆 轲 那太子为何还要送将军回秦国？为何还要诱我去刺杀秦王？！

夏 韵 太子也是为了燕国……

荆 轲 倘若太子真正不畏强暴，他就理当收留将军善而待之。荆轲以为，国正天心顺，王仁民自安。这也是我云游四方，落巢燕国的美梦所在！可我万万没有想到，燕国的太子亦非仁爱之人！我想救人一命，我就必须杀人一回！荒唐，真是荒唐！

夏 韵 你说太子荒唐……可若留下叛将，万一秦国借此出兵，他如何面对父王与燕民？

荆 轲 如此说来，樊将军必死无疑……

夏 韵 只有帮将军逃离燕国……

荆 轲 什么？！你说什么……

夏 韵 只有帮将军再奔逃生之路！

荆 轲 太子的心上人怎会替将军着想？！丽人儿，你又要施美人计了吧？

夏 韵 可我也是为了你！

荆 轲 我又不是太子！

夏 韵 可你也是性情中人！

荆 轲 丽人儿，谢你的一番美意，你还是速速回宫去吧……

夏 韵 可惜了，这滴滴美酒……

（唱）横流一地“百年红”，

空怀满腔女人梦。

今夜送来这坛酒，

几番心思酿其中。

旷野听风俩相遇，

（你）义救将军（我）心儿动。
乡音声中再识你，
痴人儿深深陷落情网中。
莫问此情缘何生，
女人的真心天下无人真懂。

荆　轲　（接唱）天下真心最珍贵，
任意泼洒难收回。
声声乡音催我泪，
乱世相识一生悔。
今日里，一坛美酒满地碎，
我已知，涓涓红酒丽人泪。
留下旷野相识情，
地久天长我不归恰似归！

夏　韵　（接唱）乱世情缘我不悔，
此生可否随你归？
荆卿啊为何不擦夏韵泪？
为何挥剑美酒劈成水？
荆卿啊我问你，
人间可有天缘会？
错过天缘，你我此生何处归？
荆卿，夏韵是真心实意愿帮你和将军逃离燕国！

荆　轲　（接唱）“百年红”酿成百年泪，
“百年红”识妹妹。
“百年红”断那百年会，
“百年红”里醉了此生当不悔！

夏　韵　荆卿……

荆　轲　夏韵……你说如何才能帮助将军逃离燕国？

夏　韵　我去禀告太子就说你有赴秦之意，要面见将军探得秦国军情，唯有此才能救将军一命！

荆　轲　你设法带将军逃出宫殿，等将军一到，我们三人即刻起程！

夏　韵　我这就回宫！

〔内喊：樊将军自献首级了——

〔荆轲大惊！

〔收光。

第四场

〔田光手捧樊於期的首级与太子丹同上。

荆　轲　将军为何自献首级？！

太子丹　将军听说荆卿要去刺杀秦王，自愿献上首级作为荆卿晋见秦王的厚礼，有了这样的见面礼，荆轲不就有了贴近秦王的机会？

荆　轲　太子你……是谁告诉将军我要去刺秦？

田　光　是太子托老夫照看将军，老夫便与将军言及此事，可老夫万万没有想到将军会自献首级！

荆　轲　太子，你就是这样拜托先生照看将军的？！

太子丹　将军深明大义，为拯救燕国危亡而自献头颅，将军虽死犹生，从此英名盖世！

荆　轲　谎称我欲"刺秦"，却索了将军的性命！太子，你不以仁爱一统天下，却非要出此下策！看来你我并非同路之人。我本为搭救将军而来，如今，将军已去，我也该走了！

田　光　荆卿，你真要离开燕国？

荆　轲　将军的人头已经落地，我为何还不走？从今往后，我再也不想见到燕国的一山一水，一草一木！

田　光　荆卿，你千万不可意气用事！

太子丹　先生，不要难为他！人各有志。将军的头颅不会白白落下！先人已去，后继有人。先生我要高筑祭台，祭奠将军的在天英灵！荆卿想走，就让他走吧……丹绝不忘记先生的荐才之举！（从田光手中接过樊将军的首级）只是先生要保重……保重……（走了几步又回身，加深语气）先生你要保重啊！（下场，随从一起下）

田　光　荆卿……

荆　轲　苍天在上，将军自献，荆轲无言……

田　光　将军自献首级，为的是助你得天道，荆卿，你真的无动于衷吗？！

荆　轲　白白落下一颗人头……白白落下一颗人头……

田　光　堂堂男儿怎会如此懦弱……将军的大愿，你不可辜负啊！

荆　轲　先生，难道将军的大愿就是逼我去刺杀秦王？

田　光　荐你“刺秦”，只想还你藏而不露的毕生夙愿……

荆　轲　荆轲平生并无夙愿！

田　光　老夫迂腐啊……荐你刺秦我实实是知你不深！

荆　轲　先生荐我是假，欲成你一生苦求之事是真！

田　光　我苦求何事？

荆　轲　义士美名！

田　光　荆卿，你！老夫深受太子的重托……

荆　轲　太子重托并非安邦之上策！

田　光　荆卿，生灵涂炭，白骨填沟，难道你真是那种无动于衷的冷血之人吗？！

荆　轲　秦王称霸，兵强国盛，就算你杀了一个秦王，又怎能灭得秦国？刺杀秦王实在是无为无义之举啊！

田　光　暴君不除，世无安宁！莫非你真是那种名剑空佩的玩耍之人？！

荆　轲　荆轲游荡惯了，只怕受了重托，从此再无品诗论剑的真性真情……

田　光　荆卿！

（唱）荆卿一言情犹真，
田光识你深一层。
燕门苍苔（你）独徘徊，
烟树凋零（你）心更冷。
精魂在飘泊，放逐你自身；
孤独而寻觅，屈守你自尊。
将军自献已成仁，
难道你还要名剑空佩孤对青灯？

荆　轲　（接唱）将军本是蒙难人，
无力救他我落泪无痕。
心灰意冷离燕国，
叹只叹祭台空筑难慰将军魂！

田　光　荆卿，老夫愿与你再论诗剑！

荆　轲　好剑啊……

田　光　荆卿，这世上究竟剑役人还是人役剑？

荆 轲 剑未出手，人役剑，剑一出手，剑役人，这收发之间，全凭一心！

田 光 好！秦王凶残，却也计谋多端，鲁莽之人，难以靠近。凭你识剑之道，收发之功，“刺秦”大任非你莫属！荆卿，此乃天意啊！

荆 轲 先生，你为什么还不肯放过我？！

田 光 荆卿——

（唱）天降大任去“刺秦”，
血染青史留英名。
莫道荐死是奇情，
此情一片义士心。
将军一去千古恨，
老夫别你撼天庭。
人生苦短浩气长，
春秋不写儿女情！

你远方而来，落巢燕国，老夫实为暮年与你相遇而喜悦。诗剑情中，老夫恍如回到自己年盛时期。你我情同手足，义士兄弟，忘年之交，人间少有！荆卿，看剑——

〔田光与荆轲比剑。几个回合，田光手中的剑落地……二人对视良久！

田 光 燕国宫内，天乐声中，太子以心相托，老夫以义相承，然而，你道老夫是荐死奇情！莫非老夫不晓人心，不懂天理？！

〔荆轲拾起落地的剑交回田光手中。

荆 轲 先生，你……你不要再说了！

田 光 （抚摸手中的剑）天音渺渺，天庭寂静，天风阵阵，天乐轰鸣！荆卿，这天风鼓我义士情怀，这天乐助你壮士远行舍生取义，自古有之，荐死奇情，风骚独领，荆卿，为成“刺秦”壮举，老夫与你剑别了！

〔令荆轲猝不及防，田光突然拔剑自刎！

荆 轲 先生——

（唱）你一剑别了千年情，
千年剑别天地情。
你一剑断了万年情，
万年难断生死情。
知我识我忘年情，
举我荐我义士情。

难寻难觅诗剑情，
难守难舍游侠情。
大地无声血泪情，
你魂在何方牵我情。
牵我情，却不了解我性情，
莫非你我此生只有死荐情——死荐情！
孤雁哀鸣寄悲情，
夕阳西照托思情，
寒剑滴血留真情，
情到深处不言情！
忘年情、义士情、诗剑情、血泪情，
怨情、伤情、别情、悲情，
祭天祭地我难祭你千古寒情！

先生啊先生，我该早走一步的呀！

〔太子丹匆匆而上。

太子丹 先生何以至此？何以至此啊？先生……

荆　轲 （逼视太子丹）先生他，没有辜负你的重托！

太子丹 荆卿，先生以死再次举荐你“刺秦”，承担大任，为报答将军的大理，先生的大义，荆卿，你当名剑开锋了！

荆　轲 为了你的“刺秦”大业，两颗人头已经落地，如今你又以大理大义逼我去“刺秦”。太子，告诉我，你为何要去刺杀秦王？！

太子丹 少时丹与秦王一起在赵国长大，可他不念旧情反要灭我燕国。荆卿，像这样的暴君，岂有不杀之理？！

荆　轲 你不怕刺秦不成，反被秦王灭了燕国？！

太子丹 刺杀秦王哪怕只有半点机会，我也决不放过！刺杀秦王，哪怕燕国举国皆亡我也在所不惜！

荆　轲 太子啊太子你哪里是为了燕国燕民？什么民？！你分明是在泄私怨！悲哉先生！悲哉将军！

太子丹 就算荆卿不愿为我去刺杀秦王，可面对将军的首级，先生的尸骨，想你也不得不去了？！

荆　轲 好，倘若太子真要我去刺杀秦王，你就当以你的头颅为我名剑开锋！倘若太子真能自献头颅荆轲即赴刺秦之路！

太子丹 原来，荆卿是想要我的头颅……好，荆卿，只要你去刺秦，我愿自献首级！以一腔热血报效燕国燕民！

荆 轲 如此，拜托太子为我名剑开锋！

〔荆轲把名剑扔给太子丹。太子丹接过名剑，不寒而栗……

〔收光。

第五场

〔燕国宫中。神情惶恐的太子丹正在焦虑不安地来回踱步……

〔乐手们击“筑”而喊——

众乐手 先生的人头已经落地！太子啊，为了燕国燕民，你可愿祭杀自身……

太子丹 停！

〔太子丹挥手示意众乐手们退下。

〔太子丹久久凝视荆轲的那把名剑……

〔夏韵上场。

夏 韵 太子……

太子丹 你……识得这把剑吗？

夏 韵 这不是荆卿的剑吗？怎会在此……

太子丹 将军、先生的大义凛然，荆卿定是被他们所感动，已答应前去刺秦……

夏 韵 什么？！荆卿答应要去刺杀秦王了？！

太子丹 是啊，只要拿我的头颅为他名剑开锋，荆卿即刻上路！

夏 韵 （极其意外）你的头颅？！

太子丹 想将军和先生的性命，远远不及太子我的头颅更能取信秦王，所以……

夏 韵 太子，你非要刺杀秦王吗？

太子丹 秦王不死，我一日不宁！

夏 韵 如此说来，又要人头落地了……

太子丹 为了让荆轲去刺杀秦王，韵，在这非同寻常的时刻，太子我怎么苟且偷生？人人都在抛头颅洒热血，燕国的太子我怎能无动于衷呢？

夏 韵 太子你……

太子丹 刺杀秦王，丹并非为了丹自己，丹是为了天下太平！我魂断名剑也是心

甘情愿！只是我心中唯一放不下的只有夏韵你啊……

夏　韵　太子！

太子丹　韵啊——

（唱）养你孤女在宫庭，

万般宠爱到如今。

此别永无相逢时，

你无人相依我泪满襟。

夏　韵　太子——

（唱）万般宠爱铭刻心，

怎忍见他泪满襟。

更怕人头再落地，

乱箭横穿傍两难心。

太子丹　（接唱）霎时血溅太子颈，

但愿燕国得太平！

夏　韵　（接唱）左右为难心绞碎，

天塌地崩纤手擎！

请太子赐我荆卿名剑——

太子丹　你要干什么？！

夏　韵　我……我去见荆卿……

太子丹　见他何来？

夏　韵　求他放过太子。

太子丹　韵，我怎能忍心让一个弱女子为我再求……

夏　韵　你是我的救命恩人！事到如今，我理当前去求他不要让你为他名剑开锋！

太子丹　倘若无人为这名剑开锋，荆卿是不会去刺秦的！

夏　韵　太子，你难道非要荆卿去刺秦？！

太子丹　丹的千秋大业，就在这轰轰烈烈的“刺秦”一举！

夏　韵　可这千秋大业，分明是让荆卿白白送死啊！

太子丹　怎么了？！你怎么了？！你……可是我的心上人啊！

夏　韵　为了你的千秋大业，两颗人头已经落地，夏韵我不忍再见人头落地！

太子丹　韵，你不用说了……还是让我为荆轲的名剑开锋吧……

夏　韵　太子……请赐我荆卿的名剑……

太子丹　韵，身为一国太子，丹却无力保护燕国的弱女子，丹无地自容……

〔夏韵从太子丹手中接过荆轲的名剑。

夏 韵 （唱）为保太子一条命，

再求荆卿不赴秦。

〔收光。

第六场

〔寂静的旷野，天风呼啸而过……

〔幽暗的光线下，只见荆轲和夏韵各自击“筑”。

夏 韵 荆卿，你真的不走了？

荆 轲 我还能走吗？

夏 韵 你真的要留下来？

荆 轲 荆轲此生只怕也要魂系燕国了。

夏 韵 荆卿，你不是说再也不想见到燕国的一山一水，一草一木了……

荆 轲 难道你真的不懂先生和将军赠我的死别之情？

夏 韵 这与你游侠何关？是他们情愿报效太子！燕国的大事就让燕国人自己承当！求你不要再牵挂了！

荆 轲 正是这看似与我无关的死别，驱走了那个浪迹天涯、心无牵挂的荆轲。从此，我被索住了心，从此，我只有安于那天命了……

夏 韵 你不是将军，你不是先生，更不是堂堂的一国太子！你走吧，依你的天性四处游荡吧……

荆 轲 你不怕我一走再不回来……

夏 韵 不怕！

荆 轲 你不怕我一走旷野，从此空留“百年红”……

夏 韵 不怕！

荆 轲 你不怕我这一走……

夏 韵 我只怕你不走！

荆 轲 夏韵！

夏 韵 荆卿！

（唱）我宁愿——

孤身望断天涯路，
孤杯饮尽思恋酒。
孤心浸透别后泪，
孤情缠绕满目忧。
只要你荆卿远离去，
一声祝福，百年天涯任你游！

荆　轲　（唱）宁愿天涯不再游，
不愿见你满目忧。
为你饮尽千杯酒，
为你拭泪拭断袖。
仰面难忘将军志，
俯首难对先生猷。
此生不问功名事，
百年美酒魂唱酬！

荆　轲　夏韵……

夏　韵　荆卿……

〔两人正欲相拥，突然，藏在夏韵身上的名剑落地。

荆　轲　莫非太子已为名剑开锋？

夏　韵　不，是夏韵从太子的手中索来名剑……

荆　轲　你为何索来名剑？

夏　韵　荆卿，夏韵我不愿太子去死，更不愿你去“刺秦”！

荆　轲　太子啊，你果然出言又反悔了！

夏　韵　荆卿，太子收我养我，百般宠爱，而我与荆卿的酒中之情，惺惺相惜。我不愿太子命短，我更不愿你去“刺秦”！既然荆卿决心已定，夏韵唯有随你而去……

荆　轲　莫非你要替太子为我名剑开锋……不？！

夏　韵　夏韵只为绝我恋你之情……

荆　轲　太子的“刺秦”大业为何还要断送夏韵你的性命？！夏韵，我宁愿愧对九泉英灵，我宁愿不赴“刺秦”之路，我也不愿连累于你！

夏　韵　荆卿，夏韵我知你已身负两条性命，夏韵我知你不能不赴“刺秦”之路。倘若荆卿因我而不去“刺秦”，荆卿你虽生犹死，永无安宁……

荆　轲　夏韵，旷野相识无以相赠，酒中相惜，无以相留，荆轲明知此去“刺秦”

有去无回，但我愿以自己的性命换得你一片欢笑，满目无忧！荆轲求你为我活在这个世上……

夏　韵　荆卿，小女子不懂天道，不明天理，只有一死还你游侠的信义之本！天缘难续，死有何妨？荆卿，记住我对游侠的挚爱之情！

〔冥冥中，夏韵听到远处传来为自己送行的悲歌……

夏　韵　夏韵愿与荆卿在苍穹之间同接连理，再饮美酒……

荆　轲　夏韵……

〔远处传来歌声——

一步低唤哥哥亲，
两步我揭红头巾。
三步相依羞明月，
四步回眸笑而行。
五步踏碎妹妹心，
六步酒红滴穿冰……

〔荆轲和夏韵紧紧相依……夏韵第一次也是最后一次轻轻抚摸荆轲的脸庞……

〔歌声还在继续。夏韵恋恋不舍地站起身来，趁荆轲不备夺走了他的名剑！

〔沉浸在巨大悲愤中的荆轲浑然不觉……

〔歌声——

七步八步醉九步，
步步走断生死未了情、未了情、未了情……

〔夏韵突然飞奔而去，自刎！

荆　轲　夏……韵……

〔太子丹悄悄上场。

太子丹　荆卿不要难过，夏韵是以死报答了我的宠爱之恩。如今，夏韵已为名剑开锋，你快上路吧……

荆　轲　太子，你果然血不溅名剑，又逼杀了一个无辜……

太子丹　哈哈哈……来呀，让燕国的天乐送荆卿上路！

〔众乐手上场。惊天动地的鼓声中，荆轲步步逼视太子丹！

太子丹　（佯装镇定）记得丹与荆卿初次相见，也是在这天乐阵中，那时荆卿不

愿前去刺杀秦王，荆卿，告诉我，你为何又答应了去“刺秦”了……

荆　轲　那日在天乐声中我对太子说过，荆轲只愿在天风美酒之中品诗论剑，荆轲只愿云游四方，心无牵挂，不愿白送性命！

太子丹　那今日呢……

荆　轲　今日又闻天乐，我要对太子说，荆轲不再云游四方，不再品诗论剑，荆轲愿意独身而行，即刻上路！

太子丹　这又是为了……

荆　轲　将军大义、先生大理、丽人大爱！太子，夏韵以死守住了游侠之本！

太子丹　哈哈哈……何为信义之本？将军人头落地，你毫不动心！先生拔剑自刎，你情冷似冰！而这小女子一命呜呼，你倒上路了！这就是你的信义之本？！

荆　轲　身不殉国的太子，你好让我看轻啊！你怎会懂得将军笑献头颅的痛？！先生拔剑自刎的忠义？！丽人含笑绝情的贞烈？！游侠欣然上路的快慰？！你倘若珍惜一滴鲜血、一颗人头、一条人命、一片真情，你就是不报宿怨也能取信于民，你就是不刺秦王也能稳守江山！可惜啊，可惜，你永远不会懂得珍惜！太子如此，燕国哪有不亡之理？！而将军大义、先生大理、丽人大爱、游侠大仁撑起的一片天地，千古不亡！来吧，太子，让你燕国的天乐送我上路！

太子丹　天乐伺候！

〔太子丹气急败坏地下。乐手们随即快速上场。激越的鼓声铺天盖地卷来！

〔在不断反复的“风潇潇兮……”的吟唱中，荆轲踏上“刺秦”之路。他仿佛听见了夏韵的呼唤——

〔远远又传来歌声：

日落回家，
美酒空洒。
一地寂静，
一天飞霞。
相逢何喜？
相别何悲？
情到深处，

日落回家，

心走天涯……

〔剧终。

1996年

越剧民间传奇剧

梨　花　情

包朝赞

有钱难买人长久，有缘终能成眷属。
黄金有价情无价，春雨梨花最风流。

人物表　梨　花——花乡绣女
孟云天——春江秀才
钱友良——钱塘商贾
冷　艳——豪门千金
钱　姐——客栈店主
田　嫂——农家少妇
王老板——酒店老板
童　儿——少年小贩
冷　云——冷府婢女
冷　月——冷府婢女
村姑、村民、打手、丫鬟、家丁、伙计、绣花女各若干人

一　双飞

〔春到江南，小溪流水般的乐曲声起——

〔一支清婉的山歌，随风飘来：

小溪悠悠水长流，
人生匆匆易白头。
青春年华多美梦，
梦成真时添忧愁。
有钱未必人长久，
有情百年共牵手。
一段良缘前世修，
春雨梨花最风流。

〔江南山野，梨花似雪，晚霞似火。

〔一位如花丽人，悄坐花丛，挥针刺绣。

梨　花　（唱）阳雀高歌入彩云，
春暖枝头花似锦。
桃李开花盼结果，
女儿家，谁不盼有个好郎君。
我与那春江秀才孟相公，
今生有缘结同心。
约好了，三月花开来相迎，
我望穿双眼等佳音。

〔远处传来欢闹的迎亲喜乐。

梨　花　（唱）山前传来喜乐声，
莫不是，秀才的花轿到山村？

〔众村姑内喊：“梨花姐姐！”喜气洋洋地跑上。

村姑甲　姐姐，大喜临门，你怎么还躲在这里？

村姑乙　是呀，你看，花轿都进村了！

梨　花　（羞喜，旁白）孟相公果然迎我来了……

〔几个身披红绸彩带的村民跑上。

村民甲　梨花，良辰已到，你兄长命你速速回家，梳妆打扮上花轿。

〔喜乐声中，众人拥簇着梨花下。

〔稍顷，孟云天匆匆奔上。

孟云天　（唱）逃脱了，迎亲龙船离春江，
一路汗雨到花乡。

花乡有我梨花妹，
我与她，百年相约情深谊长。
一路奔来一路想，
想爹娘，财迷心窍太荒唐。
逼儿招赘入豪门，
我宁死不从今生永不回门墙。
一路奔来一路笑，
我笑那，冷府千金不自量。
她以为，金钱能买书生爱，
要我就范休妄想。
一路奔来一路喜，
喜今后，远离金钱名利场，
笼鸟高飞得自由，
两袖清风心坦荡。

〔田嫂匆匆上。

田　嫂　（一见，意外地）孟秀才？

孟云天　（高兴地）大嫂！

田　嫂　我正要找你呢。

孟云天　找我何事？

田　嫂　梨花她——

孟云天　梨花她怎么样了？

田　嫂　她日盼夜盼，盼你早遣红媒，花轿相迎。可你却迟迟不来，如今她兄长做主，将她许与一位钱塘商人，花轿已到，即刻便要抬走了。

孟云天　（震惊）啊？梨花……（一口气背了过去）

田　嫂　（急扶）秀才，秀才！

孟云天　（一把拉住田嫂，哭求）大嫂，我与梨花妹妹三载相爱，情深如海，你是知道的呀，求求你救救梨花，帮帮我们呀！

田　嫂　你不要难过，我来想想办法。（想计）有了，你且悄悄前往青藤岭。

孟云天　青藤岭？

〔田嫂与孟云天耳语叮嘱。

〔切光，暗转。

〔灯亮。山野路口，月色狰狞，鹃啼蛙鸣。

〔田嫂领着新娘妆扮的梨花潜步逃上。

梨　花　嫂嫂！

田　嫂　嘘！（推梨花藏下）

〔梨花向田嫂深深一拜，急藏入花丛。

田　嫂　（见人已藏好，大声喊叫）哎呀不好了，快来人哪！

〔迎亲的村民们闻声赶上。

村民甲　出什么事了？

田　嫂　新娘子跑了！

村民甲　什么，新娘子跑了？往哪里跑的？

田　嫂　（指相反方向）那边，那边。

村民甲　快追！

村民们　（边追边喊）新娘子，快回来！（追下）

田　嫂　（双手合十，对天祈祷）苍天保佑，愿他俩平安无事，远走高飞。（下）

〔稍顷，孟云天悄步寻上。

孟云天　（轻声寻呼）梨花，梨花！

梨　花　（出）相公！

〔两人急步相迎，紧紧拥抱。

梨　花　（唱）惊弓之鸟魂未定，
难中相逢泪纷纷。
兄长贪财绝情义，
棍棒逼我嫁商人。
幸得嫂嫂暗相助，
逃出花轿藏我身。

孟云天　（唱）这世道，物欲横流丧廉耻，
为了钱，骨肉相残灭人性。

梨　花　（唱）相公啊，盼你花轿早来迎，
却为何——

孟云天　（接唱）天生不测起风云。
钱塘有位冷千金，
贪我才貌慕我名。
一掷千金作诱饵，
自作多情许婚姻。

老父逼我招亲去，
我逃下龙舟到山村。

梨　花　（唱）却原来，我与相公双逃婚，
从今后，无家无钱怎安身？

孟云天　（唱）莫道金钱是万能，
爱情无价胜黄金。
你我携手天涯走，
桃源有路慢慢寻。
山外青山觅净土，
君子忧道不忧贫。

梨　花　（唱）相公才高情义深，
愿随你，上天入地永不分。（脱下嫁衣，狠掷在地）

孟云天　（激动地）苍天在上，青山作证，海枯石烂，同死共生！（跪誓）

梨　花　（跪扶）孟郎！

〔伴唱："三月桃李花逢春，
花乡妹子恋书生。
愿作九天星伴月，
郎比梧桐妹是藤。"

〔远处传来人声、脚步声。

梨　花　此处不可久留，快走。（拉孟云天急下）

〔田嫂与村民们返上。

村民甲　新娘子逃走了，钱老板面前如何交代？

村民乙　看，钱老板来了。

〔钱友良新郎打扮，焦急奔上。

钱友良　新娘子呢，新娘子呢？（对田嫂）你怎么让她跑了？

田　嫂　新郎官，常言道，四只脚好管，两只脚难管。新娘子要下轿方便，怎好阻拦？她一去不回，我有啥办法？

村民乙　（忽然发现）咦？嫁衣？

村民甲　哈哈！嫁衣在此，人一定就藏在附近，快搜。

田　嫂　慢，这山前山后，河东河西，全都搜遍了，何必再去白花力气？

村民甲　哎，话不好这么说的，新娘子不找回来，钱老板婚事泡汤，大家喜酒吃不成。要想吃喜酒，大家跟我走。（下）

村民们 （边走边喊）新娘子，快回来呀！（找下）

田　嫂 （于心不忍，劝慰地）新郎官，这都是缘分，不要难过，下次再来过。

钱友良 （心烦地）去去去！

〔田嫂退下。

钱友良 （捧着嫁衣，无奈叹息）只怕是找得回她的人，拉不回她的心呀！

（唱）手捧嫁衣暗叹息，
流年不利多晦气。
两年娶了两回妻，
一样是，竹篮打水空欢喜。
第一回，新娘未嫁命归西，
蚀了聘金三百几。
第二回，新娘未曾照过面，
上了花轿又逃去。
两度新郎一光棍，
年纪已经二十七。
看起来，有钱难买情和义，
有缘方能成夫妻。

〔伴唱：“且把这，大红嫁衣先藏起，
也不知，下一回谁人穿它拜天地。”

〔灯渐暗。

二　苦旅

〔三月后，客栈内外。

〔伴唱：“藤缠树来树牵藤，
离地无土不生根。
天涯何处有桃源？
流落异乡受穷困。”

〔一抹夕阳，斜照草堂。

〔孟云天独处一隅，埋头读书。

〔童儿内喊：“肉包子要买吗？”提篮叫卖上。

童　儿　热火火的肉包子要买吗？相公，肉包子要吗？

孟云天　（禁不住诱惑，却又放不下架子）我是吃惯了山珍海味的，这包子味道如何？且先来上一只，品尝品尝。

童　儿　好。（取包子，见孟云天伸手欲接）且慢，一手交钱，一手交货。

孟云天　（摸出两文小钱）拿去。（接过包子，欲吃）

童　儿　还差一文钱。

孟云天　（摸遍口袋，再也找不出一文小钱）小弟弟，能否欠一欠？

童　儿　小本生意，概不赊欠。（夺回包子）

孟云天　难道还怕我堂堂秀才赖你一文钱不成？小弟弟，你可是认识我的呀。

童　儿　我只认铜钿不认人。

孟云天　那我教你读书，抵过这一文小钱，好不好？

童　儿　不好。相公你读了那么多书，照样饿肚皮，读书有啥用？我不读。你看，如今发大财当老板的，有几个是读书人？（走而复回）哎，相公，我听你读起书来，喉咙光响，收你做个小徒弟，跟着我沿街吆喝卖包子，包你能赚钱。

孟云天　（气恼）你——你给我走，快走！

童　儿　走就走，介凶做啥？真是狗咬吕洞宾，不识好人心。（吆喝）喂，热火火的包子要买吗？卖包子来！（边喊边下）

孟云天　岂有此理，岂有此理！

〔钱姐上。

钱　姐　秀才，这一大清早，你喉咙梆梆响在做啥？

孟云天　店家大姐，有何吩咐？

钱　姐　我问你，欠我的房钱啥时候付？

孟云天　是，是，我家娘子正在想办法。

钱　姐　她在想办法，那么你呢，你在做啥？

孟云天　我么，我在读书，我在读书啊。

钱　姐　读书读书，我看你是越读越输！

（唱）别人是，读书越读越聪明，
　　　七品八品得功名。
　　　没官当，去学手艺去经商，
　　　也能够，养家糊口过光阴。

谁像你，光读不做假清高，
坐吃山空混沌沌。
你若再，厚着脸皮不还钱，
当心我，将你扫地赶出门。（下）

孟云天 可恨，可恼！
（唱）世道荒唐人心变，
开口闭口钱钱钱！
黄口稚童变财迷，
店主逼债吐恶言。
想当年，我锦衣玉食心孤傲，
鄙薄名利不求官。
到如今，遭人白眼受人欺，
我悔在心头口难言。

〔梨花从河边洗衣归来。

梨　花 （见孟云天沮丧的神态）相公，你怎么啦?

孟云天 （掩饰地）没有什么，娘子，我来。（抢着上前帮忙）

梨　花 我给你拿早餐来。（进屋捧上一碗菜粥）相公，快吃吧！

孟云天 （端起碗，一看）啊? 又是菜粥！

梨　花 （歉疚地）相公，米面早已吃完了，这菜粥，你就将就吃一点吧。

孟云天 娘子，我……不饿。

梨　花 相公！
（唱）自从结伴到异乡，
几多辛酸含泪尝。
梨花吃苦不觉苦，
委屈了相公理不当。

孟云天 不，娘子！
（唱）都怪我，心比天高不自量，
连累你，花容憔悴熬风霜。
梦中净土在何方?
欲寻桃源路渺茫。

梨　花 （唱）劝相公，莫懊丧，
困龙待等大潮涨。

来年大比题金榜，
苦尽甜来总有望。
相公啊，莫嫌这菜粥少滋味，
暂且吃下充饥肠。
明日里，我外出揽活做帮佣，
赚来银钱买细粮。
煮上一锅白米饭，
也让你，换换口味好调养。

孟云天　（感动）多谢娘子一片苦心！我吃，我吃。（端起碗，尝了一口，忽又放下，欲走）

梨　花　相公要到哪里去？

孟云天　你不是总劝我安心读书，金榜题名吗？我要读书去了。（自嘲地）圣人曰，书中自有黄金屋，书中自有……千盅粟。哈哈哈！（下）

梨　花　相公！（焦急地）相公他从小锦衣玉食，这薄粥菜汤叫他如何吃得下？若是饿坏了身体，那可怎么办呀？（伤心落泪，剧咳）

〔钱姐上。

钱　姐　小娘子，你怎么啦？（按梨花额角）哎呀，烧得发烫！我去叫秀才来。

梨　花　大姐，千万不要去惊动相公，免他为我担忧。

钱　姐　你呀你呀，什么都想着他。这样吧，我这里有三两银子，你拿着，我店里忙跑不开，你自己去买些补药，好好调养。

梨　花　不，我欠大姐的房钱都未付清，怎好再拿你银子？

钱　姐　房钱归房钱，我问秀才讨。这三两银子，就算是你帮我挑水煮茶的工钱。拿着，快拿着。（硬塞给梨花）

〔内喊声："店家大姐，快来呀！"

钱　姐　哎，来了来了。你快去吧，啊！（匆匆下）

梨　花　大姐真是个好人。（一想，招呼）相公快来！

〔孟云天上。

梨　花　相公，这里有三两银子，你快上街买些自己爱吃的东西吧。

孟云天　（眼睛一亮）银子！这银子哪里来的？

梨　花　这是……这是我的私房银子。

孟云天　什么？娘子你倒藏有私房银子？唉，想当初，我家中有得是银子，我若带它个百两千两出来，何至今日受苦？

梨　花　相公，你快去吧。

孟云天　（推让）不，还是娘子去买些吃的吧。

梨　花　快拿着。（塞给孟云天）早去早回，啊！（下）

孟云天　（发泄地）你、你这该死的银子！

（唱）手拿银子骂出声，
心中几多怨和恨。
当年将你作粪土，
尔今受尽你欺凌。
你万恶来你万能，
你是魔鬼你是神。
今日落在我的手，
定将你，用完买绝不留情！

（吟诗）“人生得意须尽欢，
莫使金樽空对月。
天生我材必有用，
千金散尽还复来。”（下）

〔钱友良上。

钱友良　姐姐！姐姐在家吗？

〔钱姐上。

钱　姐　（高兴地）原来是弟弟来了，快快坐下。（倒茶）弟弟，几月不见，你可瘦多了。

钱友良　要赚铜钿，总要辛苦的。

钱　姐　你不要瞒我了，我知道你是为了那件婚事心里难过。那个逃走的新娘子可有下落？

钱友良　东寻西找三月已过，踪影全无。

钱　姐　难道就这样罢了不成？

钱友良　不罢了又怎么办？算我晦气，就当是生了场毛病，蚀掉笔生意吧。

钱　姐　弟弟！

（唱）你二十七岁一单身，
两回娶妻两未成。
姐姐为你心焦急，
再去送礼托媒人。

钱友良 （唱）姐姐休要多劳神，
我心中早已主意定。
钱　姐 什么主意？
钱友良 （唱）只要我，经商切戒奸诈心，
不谋暴利信为本，
行得春风有夏雨，
三年定交桃花运。
钱　姐 再过三年，你都三十岁啦。
钱友良 （唱）三十而立不为晚，
赚钱发家趁年轻。
缘分可遇不可求，
功德圆满自然成。
钱　姐 这该死的新娘子，有朝一日让我碰到，我一定对她不客气！
〔正巧梨花提着铜壶走上。
梨　花 大姐，水开了。
钱　姐 快放下，你身体不好，还来帮忙？喏，这是我弟弟。
梨　花 大哥万福。（行礼）
钱友良 还礼还礼。（悄问钱姐）她是——
钱　姐 是个穷客人，小夫妻已经住了数月，说是家乡遭灾，投亲未遇，穷得连房租都付不起，真可怜。
梨　花 大姐，我想托你件事。
钱　姐 说吧。
梨　花 这几幅绣帕，是我在娘家时绣的，不知能否换几文小钱？
钱　姐 这倒巧了，我弟弟就是做绣品生意的，快叫他看看。
梨　花 （送上）大哥请看。
钱友良 （接看，赞叹）妙，妙啊！
（唱）五彩绣帕多绚丽，
巧夺天工好技艺。
牡丹红艳艳，
莲荷情依依。
孔雀七彩屏，
鸾凤比翼飞。

传世精品人少见，

我买进卖出得大利。

孟云天 （狼狈逃上）救命啊！

〔王老板带领打手，持棍棒追上。

钱 姐 王老板，有话好说。

王老板 （一把推开钱姐）闪开！哼，这个穷酸，混充阔佬，跑进店堂，一口气吃了我一桌子山珍海味，竟敢赖账不付！（凶相毕露，大吼）拿钱来！

孟云天 三两银子全都给你了，我已身无分文。

王老板 没有钱？老子将你抽筋剥皮，给我上！

〔打手们一拥而上。

梨 花 （阻拦）求你们高抬贵手，饶了他吧。（跪求）

王老板 （一见，色眯眯地）哟，一朵鲜花插在牛粪里，可惜了。小娘子，既然你来求情，这银子我就不要了，起来吧。

〔梨花拉过孟云天欲走。

王老板 不过，你得跟我走。

梨 花 到哪里去？

王老板 到我店里去当三陪女，接客陪酒做生意。

梨 花 不不，我不去，我不去。

孟云天 一人做事一人当，不许为难我家娘子。

王老板 哼，你拿不出银子，我就要你的娘子，带走！

〔众打手推开孟云天，架起梨花。

钱友良 住手！王老板，你讨债归讨债，怎么抢起他的娘子来了？

王老板 钱老板，你做生意要赚钱，我做生意也要赚钱，请你闲事少管。今天我是有钱要钱，无钱带人。

梨 花 （向钱友良求援）大哥！

钱友良 你要多少银子？

王老板 三十两，少一钱都不行。

钱友良 把她放了，银子我来付。（交银子）

王老板 她是你的什么人？

钱友良 什么人也不是。

王老板 什么人也不是？噢，我明白了。（淫笑）哈哈哈哈！好吧，钱老板，今天我给你面子，把这棵摇钱树让给你。不过，我有话在先，日后发了大

财，可要分我一半。一言为定，后会有期。走。（领众打手下）

钱　姐　王老板，你走好。（送下）

孟云天　多谢大哥救命之恩！

钱友良　谢倒不用谢，话要说清楚，我这银子可不是白送你的，有借有还，再借不难。

孟云天　我两手空空，拿什么来还你？

钱友良　你两手空空，你娘子的一双手却是聚宝盆呀。我想请她到我店里去帮工抵债。

孟云天　（旁白）啊？原来他也是居心不良。不，我决不让她去。

钱友良　你不让她去，我也不强人所难，那就给我写张欠银字据吧。（端上笔砚）

孟云天　好，我写。（一挥即就）

钱友良　（接过）哟，一手好字，龙飞凤舞。我说秀才，你有这手本领，何不到城里去摆个地摊，替人代写书信，卖对联，写招牌，生意一定兴隆。

孟云天　什么，你叫我堂堂秀才，到长街去摆摊卖字？

钱友良　怕丢面子是不是？你想吃饱肚子，就要去赚银子；要赚银子，就顾不得面子。其实，靠本事赚钱，是不丢脸的。

〔钱姐上。

钱　姐　（虎着脸）秀才，你过来。你知不知道，那王老板是个有名的奸商恶棍，敲诈勒索，杀人放火，样样都来，人人恨他又怕他，避之唯恐不远。你为啥偏偏要到他的黑店去吃啥个断命老酒？

孟云天　本想借酒消愁，谁知……唉，错也，悔也！

钱　姐　我再问你，吃老酒的银子哪里来的？

孟云天　是娘子给我的……私房银子。

钱　姐　私房银子？

孟云天　对呀。

钱　姐　（狠狠地）对你个骨头脑髓！这是我给她买药吃的！

孟云天　（震惊）啊！

钱　姐　她为你日夜操劳，吃没好吃，穿没好穿，病成这个样子，你还要让她担惊受气，你安的什么心？你读的什么书？你算什么男子汉大丈夫？

梨　花　（欲讲情）大姐——

钱　姐　（打断）我也要骂你！自己身体不知爱惜，还要拿我的银子给他去作孽。（恨铁不成钢地）秀才啊秀才，看你年纪轻轻，满腹文章，堂堂七尺男

儿汉，怎么会这样没有出息呀？难道你还想一辈子这样过下去吗？

钱友良 好了好了，你就少说几句吧。（拉钱姐同下）

孟云天 娘子，我对不起你，你骂我吧，你狠狠地打我吧。

梨 花 （泣）相公……

孟云天 我明白了，有钱走遍天下，无钱寸步难行。这世道，有钱才是硬道理。我要去摆地摊，我要去卖字，我要去赚钱。我要发财，我要发大财！我豁出去了！娘子，给我拿行李来。快去呀！

〔梨花无奈下。

孟云天 书啊书，我读你又有何用？我还读什么书啊！（掷书）

〔梨花取行李上。

孟云天 娘子，你等着，我要去赚钱，赚大笔大笔的钱，我要给娘子买药，买衣衫，买许多许多好东西回来，娘子……

梨 花 （伤心地）相公！你不要说了……

〔两人抱头痛哭。

〔伴唱：风吹桃李雨又淋，
　　雨中一对流泪人。
　　千辛万苦妹不怨啊，
　　愿郎此去早回程。

〔灯渐暗。

三　折腰

〔冷府后园，繁花翠柳，水榭亭台。

〔冷艳华装丽服，在丫鬟们小心伺候下，放怀纵酒。

冷 云 （劝说地）小姐，你喝得太多了。

冷 艳 我乃天生海量，一口气能喝下半个西湖。（又喝）

冷 云 奴婢知道小姐心中有气，借酒浇愁。小姐何必如此折磨自己，一个小小的孟云天，又算得了什么？

冷 艳 是啊，家藏万金，我就不信买不回这个孟云天！

〔冷月内喊：“小姐！”匆匆上。

冷　月　见过小姐。

冷　艳　命你等四方查访，那孟相公可有下落？

冷　月　小姐，奴婢已经查到了。（与冷艳耳语）

冷　艳　（精神一振）好啊，速去长街领他回府，我要买他的字画。

冷　月　遵命。（欲走）

冷　艳　慢，先不许让他认出你来。

冷　月　是。（下）

冷　艳　（唱）我本是，生长在钱塘富豪家，
　　自幼娇宠享荣华。
　　那一日，百里回乡祭祖坟，
　　有缘幸会孟冤家。
　　我爱他，貌比潘安是才子，
　　千金财礼招郎入赘抬举他。
　　谁知他，不爱牡丹爱野花，
　　抗婚私奔走天涯。
　　害得我，亲朋面前头难抬，
　　一口冤气咽不下。
　　欲得之物我必得——
　　今生非他偏不嫁。

〔冷月内声：“先生，走好了。”

〔冷云扶冷艳隐坐花丛。

〔冷月引孟云天上。

孟云天　（唱）石狮门楼金玉堂，
　　红毡铺地九曲廊。
　　满目锦绣仰头望，
　　青衫自惭步彷徨。
　　也曾享过贵人福，
　　也曾做过富家郎。
　　三月流浪知炎凉，
　　人生苦酒低头尝。
　　今日卖字进豪门，
　　几多辛酸涌心房。

见过小姐。（叩礼）

冷　艳　罢了，请先生坐下说话。

冷　月　先生请坐。

孟云天　不知小姐要写些什么？但请吩咐。

冷　艳　（唱）久闻先生才学高，
妙笔生花字字宝。
鸿志高洁厌俗流，
浪迹天涯任逍遥。
今日有幸迎贵客，
附庸风雅凑热闹。

千金买你一个字——

孟云天　千金买我一字？一个什么字？

冷　艳　一个“悔”字。

孟云天　一个“悔”字？

冷　艳　（接唱）长挂堂前朝观暮看陶冶情操。

（吩咐）与我玉炉焚香，准备笔砚，伺候先生。

冷　云
冷　月　是。（诸事办毕）先生，请。

冷　云　（唱）豪门求字价昂贵，
千金买我一字“悔”。
举笔犹觉千钧重，
这悔字，心中已写千百回。
悔不该，恃才傲物违世俗，
无心功名落第归。
悔不该，忤逆高堂绝后路，
六亲皆断家难回。
当年不识穷滋味，
今方知，人生无钱百事悲。
手欲写，心流泪，
泪洒砚田悔悔悔！（几笔挥就，掷笔长叹）

冷　艳　（悄悄上前）先生这个悔字，果然气势非凡。

孟云天　（转身一见，愣住了）啊？原来是你！

冷　艳　人生何处不相逢？

孟云天　告辞。（欲走）

冷　艳　慢，既来之，则安之。坐，请坐。

孟云天　坐就坐。（坐下）小姐有何见教？小生洗耳恭听。

冷　艳　孟相公，想当初，龙船相迎你不来，今日却是长街卖字一呼即来。此时此刻，此情此景，不知相公作何感想？

孟云天　幸灾乐祸，你讥笑吧。

冷　艳　不，我是为你可怜惋惜呀。

（唱）你本是，富家公子人上人，
怎落得，荒村野店受穷困？
绣口难咽糠菜汤，
玉体怎禁风雨淋？
潦倒长街丐为伍，
斯文扫地留笑柄。
说什么，君子忧道不忧贫，
说什么，爱情无价值万金。
常言道，富若蛟龙游四海，
穷如瘟疫断六亲。
大丈夫，一日无权门庭冷，
小丈夫，一日无钱人看轻。

孟云天　（旁唱）她句句话儿似钢针，
刺中我痛处痛连心。
心痛且在嘴上忍，
虚与周旋早脱身。

不劳小姐训教，人各有志，我觉得自己过得很好。谁想看轻，就让他看轻吧，我不在乎，告辞。（欲走）

冷　艳　站住！孟相公，不要以为我是在求你，我是在救你！

孟云天　救我？

冷　艳　你身为圣贤之徒，忤逆不孝，违命抗婚，夺人之妻，苟合私奔，礼法难容，世人痛恨！只要我愿意，向钱塘县打个招呼，立即将你革去秀才功名，游街示众，看你今生今世还有何脸面在这世上为人？

孟云天　（骇怕地）这个……

冷　艳　我再问你，你真的爱那个山乡女子吗？

孟云天　这还用问吗？我当然爱她。

冷　艳　不，你不是爱她，你是在害她。

孟云天　什么，我在害她？

冷　艳　自从你带她私奔，你给她带来过什么欢乐、什么幸福？你给她带来的是贫穷、屈辱、眼泪和痛苦！一个女子能有几个十八岁？难道你还想害她一辈子不成吗？

孟云天　这个……（跌坐）

冷　艳　（唱）天堂有路偏不走，
盲人瞎马一意孤行。
我问你，无有金屋怎藏娇？
我问你，误人青春心何忍？
你若真心爱梨花，
早就该，开笼放鸟归山林。
你辜负我一片冰心闺中等，
难道你，舍不下这一身破衣两手空空三餐薄粥四方流浪五经扫地六亲不认七颠八倒九曲断肠十分凄凉苦光景？难道你，要等那灯油熬尽青春老，白发满头梦才醒？（逼视，直指）你走，怎么不走啦？你给我听着！
（唱）你给那，不知羞的女子捎个信，
等着我，兴师问罪到山村。

孟云天　你想把她怎么样？

冷　艳　我要报夺夫之仇，我要叫她一辈子不得安生！

孟云天　（又气又怕）你，你何必再去害她？

冷　艳　我说得出便做得到！这都是你逼着我不得不如此。

孟云天　什么，我逼你？

冷　艳　你若能悬崖勒马，浪子回头，不就什么事都没有了吗？
（唱）只要你，荒唐之事从此了，
我一定，得饶人时且饶人，
放她一条做人路。
我与你，不计前嫌再联姻。
要官替你捐个官，
要名替你买个名，

要风要雨得风雨，
风流潇洒度青春。
〔孟云天彷徨动摇，痛苦抉择。
〔伴唱：“留下吧，这里有锦衣玉食富贵功名，
归去吧，那边有千金难买挚爱真情。”

孟云天 （旁唱）眼前一条伤心路，
进退去留皆断魂！
想当初，坐而论道学圣人，
总以为，世人皆醉我独醒。
离家方知处世难，
百无一用是书生。
曾经三九知寒冷，
人望幸福树望春。
我不能，假作清高苦到死，
我不能，不食烟火只为情。
我不能，爱花反使花凋零，
我不能，误人误己误一生。
人生有得必有失，
又有谁，一世做人不违心？
（上前，拜倒在地）小姐！

冷　艳 （终于长长地吐了口气）欲得之物我终得，扬眉吐气遂心愿。哈哈哈哈！好了好了，快快起来吧。

孟云天 慢，请先付我润笔银子。

冷　艳 府中万物齐备，你要银子何用？

孟云天 可怜她身无分文，如何安身度日？

冷　艳 你心中还是放不下她，好吧，给她五十两。

孟云天 你说过，一字千金。

冷　艳 不，你这个悔字，最多也就值一百两。

孟云天 五百两。

冷　艳 二百两。

孟云天 三百两，少一两我即刻便走。

冷　艳 三百两就三百两。冷云、冷月，伺候相公，后厅赴宴。（下）

〔孟云天终于得到了曾经失去的东西，但也失去了曾经得到的东西，心头涌上一股难言的苦涩与无奈。

孟云天 梨花，我对不起你呀！

〔灯渐暗。

四 惊梦

〔夜，客店内外，残月孤灯。

〔梨花孤影月下，疑神远望盼郎归。

〔伴唱：孤星伴月牙，
夜风送落花；
伊人千心结，
泪眼望天涯。

〔钱姐上。

钱 姐 小娘子，这些天来，你总是这样盼啊等啊，我看今晚又回不来了，回房歇息去吧。

梨 花 大姐，我心中焦急，睡不着呀。（咳嗽）

钱 姐 你看你看，凉风一吹，你的病又犯了，进去吧。（扶梨花进屋）

梨 花 （忧心忡忡地）大姐，你说他会不会出什么事呀？

钱 姐 你呀，真是赤膊鸡替鸭子发愁，他又不是三岁孩子，还怕他找不回来？

梨 花 可我总是放心不下……

钱 姐 （一想）好吧，我替你到村口茶馆去打听打听，那里人来客往，或许有人在城里见过他。

梨 花 我与大姐同去。

钱 姐 不必了，好好歇着，啊！（下）

〔乌云遮月，秋风呼啸。

〔梨花挑灯夜绣。

〔孟云天步履沉重地上。

孟云天 （唱）龙舟犹似囚牢船，
秋风落叶到门前。

低头欲进步难迈，
这半尺门槛似高山。
梨花啊，我盼相见怕相见，
见了你，这绝情的话儿怎开言？
莫奈何，船到江心缆绳断，
开弓无有回头箭。
比翼一对同命鸟，
今宵分飞隔重天。
强作欢颜且上前，
劝慰她，好聚好散心放宽。

（进门，上前）梨花！

梨　花　（抬头一见，惊喜）相公回来了！快坐下，快坐下。（扶坐，手忙脚乱地）我去打洗脸水来。（欲走）

孟云天　不必了，我已洗过了。

梨　花　相公定然饿了，我去端饭菜来。（又欲走）

孟云天　不必了，我已吃过了。

梨　花　那……相公，钱大哥买下我的绣帕，我替你做了件新衣衫，也不知合身不合身？（取衣）

孟云天　不必了，你坐下。

梨　花　（顺从地）是。（坐）

孟云天　这些天来，你的身体可好些了吗？

梨　花　见到相公，我的病就好了。

孟云天　这盒补药，是特地为你买的。

梨　花　相公何必为我破费？

孟云天　这里还有三百两银子，你留着，以后慢慢用吧。

梨　花　（高兴地）相公卖字，得了这许多银子？相公真不愧是春江才子呀！

孟云天　不，我是个无能之辈，当初不该连累你流落异乡，吃苦受难。

梨　花　不，这是我自己心甘情愿的。

孟云天　梨花，我想与你商量件事。

梨　花　相公请讲。

孟云天　为了你我来日幸福，我要与你暂作小别。

梨　花　相公要到哪里去？

孟云天 我想……我想再出去卖字，不不，出去经商，赚一笔大钱。

梨　花 相公还要出去？好吧，我与相公同往，一路之上，也好有个照应。

孟云天 不不，你可千万去不得！

梨　花 这是为何？

孟云天 （支吾地）你身体有病呀。

梨　花 不知相公此去，何时能回？

孟云天 我想……至多也不过三年五载吧。

梨　花 （一惊）三年五载？（觉察）相公，我看你瞒着什么事？

孟云天 不不，我……

梨　花 相公啊相公，梨花把一颗女儿之心，把一生青春全都交托于你，你可要对我说真话呀！

孟云天 梨花，我……我对不起你呀。

梨　花 （预感不祥）你怎么啦？

孟云天 事到如今，我就与你实说了吧。天下没有不散的筵席，我已与冷小姐重归于好，今夜特来向你道别，即刻便要回府完婚去了。

梨　花 （如雷击顶，一下愣住了。半晌，喃喃地）这是……真的吗？

孟云天 真的……

梨　花 （突然爆发，一巴掌将孟云天打倒在地。忽又心痛地跪步上前扶起他，紧抱痛哭）相公！

（唱）叫一声相公啊，你太狠心，
你不能啊，不能抛下我苦命人。
想当初，兄长逼我另婚配，
打得我，遍体鳞伤鲜血淋淋。
打死也要跟你走，
生作夫妻死同坟。
我将你，比作九天一轮月，
我将你，比作大树缠青藤；
我将你，比作高山有依靠，
我将你，比作江河载舟行。
有你才有欢乐在，
有你才能得庇荫。
我托付青春志坚贞，

你海誓山盟天作证。
一片爱心连肺腑，
一个情字刻骨深。
百年之约方一春，
你怎能，半途离弃毁前盟？
你叫我，山崩水断何处去？
你叫我，无依无靠举目无亲流落异乡孤苦伶丁花落春残不清不白怎做人？

孟云天 梨花，我孟云天今生今世，只爱你梨花一人。总有一天，花会再红，月会再圆。你若不信，我愿对天——

梨　花 不，你不用再对天发誓，我不听，我不信。我求求你，不要走，不要去……

孟云天 梨花，你要为我想想，我实在也是没有办法呀。

梨　花 可你也要为我想想呀，你叫我一个人怎么活下去？

孟云天 你放心，以后我会偷偷接济你银子的。

梨　花 不，我不要你的银子！（掷银于地）我要找她评理去！（欲下）

〔冷艳趾高气扬地上，冷云、冷月随上。

冷　艳 （渺视地）你就是那个梨花吧？（见其美貌，妒恨地）怪不得……

梨　花 你是什么人？

冷　艳 堂堂孟夫人。

梨　花 不，我与孟相公三载相知，情深如海，他是我的……

冷　艳 住口！他本来就是我的，是你不顾廉耻，勾引了他。

梨　花 （抗争）不，是你趁人之危，用金钱收买了他。你若要抢走他，先杀了我吧，杀了我吧！

孟云天 （连忙两边讨饶）都是我不好，不要说了，不要说了……

冷　艳 （故作大度）算了算了，看你是个可怜的山村女子，让你一步，女人何必与女人过不去呢？孟郎，三百两银子已经付清，你们俩的这笔孽债，就算了了。时候不早，我们回府去吧。

〔孟云天低头欲走。

梨　花 （哽咽地）相公，难道你真的……就这样走了吗？

孟云天 （转身上前）梨花……

冷　艳 （严厉地）嗯？

〔孟云天无奈，抛下梨花，掩面奔下。

梨　花　相公！（追赶，被冷府丫鬟狠狠推开）

〔冷云、冷月扶着冷艳离去。

梨　花　（呼天抢地，痛不欲生）相公！（昏倒在地）

〔伴唱：风吹梧桐连根拔，
　　　冷雨似刀砍苦藤。
　　　江河干，冰山倒，
　　　痴情孤女痛断魂。

〔切光。

五　明志

〔月夜，江畔。

钱友良　（内唱）披星戴月过钱江——

〔风尘仆仆、兴冲冲赶路上。

钱友良　（接唱）一路上，鲜花开来心花放。
　　　一纸订单怀中藏，
　　　大老爷，要买绣品送娘娘。
　　　愁只愁，活多人少忙不转，
　　　去与姐姐作商量。

〔江边传来哭声。

钱友良　（一惊）啊？夜半三更，谁在这江边啼哭？（循声上前，见远处有一女子悠悠荡荡向江边走去）哎呀不好！莫非她想投河自尽？（喊）喂，你等一等！（急赶上前，一把拉住那女子，仔细一看）啊？原来是你！

梨　花　（泣声）大哥……

钱友良　不要哭，不要哭，到底出了什么事？

梨　花　相公他……

钱友良　相公他怎么啦？

梨　花　他背信弃义，到钱塘豪门招亲去了。

钱友良　什么？叫他去卖字，他倒把自己卖掉了？呸！都怪我这个馊主意出得

不好。

梨　花　可怜我一片痴情、一腔希望、一生青春，就换来他三百两银子，我好冤啊！活在这世上，还有什么意思？

钱友良　怎么没有意思？做人又不是光为别人活着的。他走他的独木桥，你走你的阳关道。（苦口婆心地）喏，我来给你打个比方吧。人的性命，好比做生意的本钱，只要本钱在，总有翻梢的日子。留得青山在，不怕没柴烧。你若是往这河里“扑通”一跳，本钱泡汤，那就真的完啦。

梨　花　我心已决，大哥休得阻拦。（欲走）

钱友良　不，我决不让你去死。

梨　花　我一定要死。

〔两人三走三拦。

钱友良　（火了）你真的要死？

梨　花　真的要死。

钱友良　一定不想活了？

梨　花　不想活了。

钱友良　好好好，你真的一定要去死，别人有啥办法？我不拦你了，你去死吧。不过，请你等我走远点再跳下去，省得别人说我见死不救。（佯走）

梨　花　（悲声）好心的大哥，下世再见了。（奔下）

钱友良　（转身）哎，你等一等！（追上，又将梨花拉回来）

梨　花　你放开我，让我去死……

钱友良　（一把推开梨花，狠狠地）小娘子，你糊涂！

〔梨花被他的威严镇住了，低泣。

钱友良　（缓下口气，劝说地）小娘子！

（唱）只怨相公无情义，
另攀高枝将你弃。
这样的事儿古来有，
你看那，庙台年年演苦戏。
痴心女子一哭二求三上吊，
自暴自弃人看低。
世上做人不容易，
有谁一生无风雨？
我不说别人说自己，

也曾被人来抛弃。
别人弃我我不自弃，
问心无愧照样活得忙忙碌碌欢欢喜喜有滋味。
倘若是，像你一样想不开，
我早就，疯疯癫癫不死也要脱层皮。

〔钱姐内喊：“小娘子！”

钱友良 看，我姐姐找你来了。

〔钱姐举灯笼上。

梨　花 （似见亲人，扑上，大哭）大姐！

钱　姐 你的事我都知道了，不要哭，抬起头来，听我说！

（唱）你是个，聪明美丽的绣花女，
切莫要，自卑自贱自暴自弃。
佛争一炉香，
人争一口气；
女人也是人，
何必把人依？
一个酸秀才，
走了不可惜。
偏要活出精神来，
是福是祸靠自己。
小娘子，走，跟我们回家。

梨　花 回家？

钱友良 小娘子，你若不嫌弃，从今之后，我们的家，就是你的家！

梨　花 （感激难言，热泪盈眶）大哥，大姐！（跪拜）

〔音乐激越，朝霞满天。

〔切光。

六　喜祸

〔三年后，绣坊内外。

〔伴唱：三月桃李花逢春，
　　　三载风雨天地新。
　　　有志果然创大业，
　　　弱柳成材树成荫。

〔绣坊外，花树下，悬飘着一幅幅五彩绸缎，梨花带领一群绣花姑娘，欢快地刺绣。

〔伴唱：三月桃花花逢春，
　　　绣坊姐妹绣花巾。
　　　金丝银线绣彩霞，
　　　巧夺天工传美名。
　　　名师高徒手艺精，
　　　好比织女下凡尘。
　　　双双巧手聚宝盆，
　　　绣出人间艳阳春。

〔钱友良拿着账本兴冲冲上。

钱友良　小妹！

梨　花　大哥来了。姐妹们，你们先歇息去吧！

〔绣花姑娘们退下。

梨　花　大哥，找我有事吗？

〔钱友良刚欲开口，王老板气势汹汹地上。

王老板　钱老板，过来！

钱友良　（厌恶地）王老板，你怎么又来了？

王老板　（伸手）拿钱来！

梨　花　（奇怪地）我们欠你什么钱？

王老板　小娘子真是贵人多忘事呀，三年前，我把你这棵摇钱树让给了他，有言

在先，日后发了财，要分我一半。如今我店铺关门，生意倒灶，急需一笔银子，可我几次上门讨债，他竟敢赖账不付！

钱友良 （气）你这是存心敲诈！

王老板 你——

梨　花 王老板，今非昔比，你有难处，好话好说，有借有还，给你个十两二十两还可商量。你若还同三年前那样黑心敲诈，那你可就翻错了老皇历了。

王老板 好啊，你们一搭一档，真是财大气粗啊。今天我是先礼后兵，再问一句，这钱你们到底给不给？

钱友良 （斩钉截铁地）不给！半个铜钱也休想要！

王老板 好，这话可是你说的，你可不要后悔！

钱友良 你敢怎么样？

王老板 （险毒地）我敢怎么样？哈哈哈哈！狗急会跳墙，老子光棍一条，什么都敢！要发财大家一起发财，要倒灶大家一起倒灶。你们等着瞧吧！（恶狠狠地下）

钱友良 （气愤地对着王老板的背影）难道我还怕你不成？呸！

梨　花 （劝慰地）大哥，这种无赖小人，犯不着与他生气。

钱友良 对，我不生气，我不生气。（情绪好转）

梨　花 大哥，你找我有什么事吗？

钱友良 有，有。（拿出账本）小妹，上月又赚进一百两，二一添作五，你我各得五十两，这是账目。

梨　花 大哥，我早就说过，一家人不记两本账，这银子我不要。

钱友良 要的要的，亲兄弟明算账，该你得的，一分一厘也不好少你的。

梨　花 大哥，你……

（旁唱）三年来，恩兄厚待胜同胞，
一片真诚好照应。
他是个，未读圣贤的真君子，
他是个，仗义守信的好商人。
我看他，心中有话口难开，
不说我也能猜几分。

钱友良 （旁唱）我与她，同锅吃饭三年长，
男女之事心中藏。

有心与她成眷属，
只怕我，草鸡难配金凤凰。
今日里，投石问路试一试，
且与她，半说半笑半商量。

小妹……

梨　花　大哥，有什么话，你只管讲吧。

钱友良　（唱）看绣坊，生意兴隆通三江，
全靠你，一花引来百花香。
唯有一事牵愁肠——

梨　花　什么事呀？

钱友良　（接唱）愁只愁，一朝分手我独力难撑绣花坊。

梨　花　（唱）大哥且把心宽放，
我与你，不分不离百年长。

钱友良　（唱）女大当嫁难久留，
兄妹怎能百年长？

梨　花　（唱）莫非你，欲想迎娶新嫂嫂，
要赶我出门离店堂？

钱友良　不不不，我是想……

梨　花　你想怎么样？说呀，你说！

〔钱姐上。

钱　姐　小妹，什么事这么高兴呀？

梨　花　大姐，大哥他……

钱　姐　哼，他呀！

（唱）弟弟他，只知闷头做生意，
三十岁，老婆还在天上飞。
看起来，他是有钱有貌难娶妻，
皇帝不急我太监急。
前村有个老姑娘，
五大三粗有力气。
今日里，我想上门送嫁衣，
问小妹，这门亲事——

钱友良　（接唱）这门亲事我不愿意。

钱　姐　你不愿意？好啊，那你马上给我讨个现成的新娘子回来吧，要不然，我就要给老姑娘送嫁衣去了。（下）

钱友良　姐姐——（焦急地）小妹，这件事你看怎么办？

梨　花　你说怎么办？

钱友良　我……我拿定了主意，小妹，今生今世，我是非你——

〔钱姐取嫁衣上。

钱　姐　非她怎么样？说呀，你快说呀！

钱友良　好，我说，我说。（上前，夺过嫁衣）姐姐，这件嫁衣，我是为小妹留着的，小妹，也不知你合不合身……

钱　姐　小妹，听见了吗？这件嫁衣是留给你穿的。你要不要？你不要，我可要走了。（佯走）

梨　花　（羞嗔）大姐，谁说我不要了……

钱　姐　哈哈哈哈！其实呀，你们两人的心事，我早就知道了。唉，小妹啊，说起这件新嫁衣，真有一本戏文好唱呀。三年前，弟弟也曾讨过新娘子。

钱友良　姐姐，这种陈年八股的烂芝麻，不要再说了。

梨　花　不不，大姐，我想听听。

钱　姐　你想听？那我就说给你听听。（回忆地）第一次，这新嫁衣没来得及送出去；第二次，新娘子坐上了花轿，谁知抬到半路上——

梨　花　抬到半路上又怎么样了？

钱　姐　那新娘子借口下轿方便，逃跑啦。

梨　花　逃跑了？

钱　姐　只丢下了这件新嫁衣。你看看，还是崭崭新的呀。

〔梨花接过嫁衣，细细翻看，震惊。

梨　花　（旁唱）逃婚逃到夫家门，

却原来，恩兄是我好郎君！

这真是大水冲了龙王庙，

我愧对大哥千言万语万语千言说不清……

钱　姐　小妹，你怎么啦？

梨　花　大姐，这嫁衣——

钱　姐　这嫁衣怎么啦？

梨　花　这嫁衣……就是我当年丢下的呀……

钱友良　（万想不到）什么？！

钱　姐　原来你就是那个逃走的新娘子呀？你、你、你……

梨　花　求大哥大姐恕罪……（还嫁衣，欲走）

钱　姐　站住！你要到哪里去？这里是你的家呀！

钱友良　是呀，这里本来就是你的家呀。

梨　花　（感动地）大哥，大姐，梨花对不起你们呀！（哭）

钱　姐　好了好了，过去的事，就让它过去了吧，只要你们小两口子恩恩爱爱，我也就放心了。（大声招呼）姑娘们，布置新房，拜堂成亲！

〔喜乐声大作，绣花姑娘们上，打扮新娘新郎，一派欢乐景象。

梨　花　（唱）这嫁衣，当年穿它似囚衣，
今日里，失而复得愧又喜。
嫁衣化作金翅膀，
与大哥，蓝天白云比翼飞。

〔突然传来一阵急骤的锣声，众人惊诧。

〔小伙计边打锣边喊，慌张跑上。

小伙计　不好啦，不好啦！

钱友良　出什么事了？

小伙计　（恨恨地）那该死的王老板，丧尽天良，暗中放火，看，绣坊着火了！

〔绣坊腾起滚滚浓烟，熊熊烈火。

钱友良　（大喊）快救火呀！

〔锣声、喊声乱成一片。

〔伴唱：大喜佳期大祸临，
锦绣家园化灰烬。
凄风苦雨何处去？
无衣无食住凉亭。

〔切光。

七　真金

〔一片废墟，一座凉亭。

〔钱友良身负伤痛，蹒跚走上。

钱友良 （望着火后废墟，痛苦地）完了，半生心血，一场大火，全都完了……

〔梨花上。

梨　花 （上前劝慰）大哥，不要灰心，不要难过，你说过，留得青山在，不怕没柴烧。十年创业，东山再起，我们还要造楼房，我们还要做老板！

钱友良 （受到鼓舞）好，你有信心，我也不灰心！我去借米，你去挖野菜，吃饱了，我们从头做起。

〔两人分头走下。

孟云天 （内唱）一江春水水连天——

〔家丁们拥簇着华装丽服的孟云天上。

孟云天 （接唱）风帆送我到江南。

魂归青山觅旧梦，

折断的莲藕千丝连。

看眼前，山水依旧人已变，

春江秀才成了钱塘财神孟百万！

叹只叹，金山难买情和爱，

心缺一角钱难填。

那冷千金，酗酒成疾身夭折，

我取而代之掌大权。

衣锦还乡赎旧情，

但愿今宵月重圆。

（挥手让家丁退下）看眼前一片废墟，一座凉亭，梨花，你受苦了。

〔钱友良背米袋上。

孟云天 这不是钱大哥吗？

钱友良 （辨认）原来是你！你来做什么？

孟云天 闻说你家遭了回禄之灾，特来探望。

钱友良 家破财尽，住了凉亭，有啥望头？

孟云天 （感慨地）沧海桑田，人生难料啊。不知我家娘子可好吗？

钱友良 你家娘子是谁？

孟云天 （改口）不不，我是说梨花她可好吗？

钱友良 梨花是梨花，娘子是娘子，名分不好叫错。（指）喏，她在那边挖野菜。

孟云天 想当年，我穷途落魄，受那奸恶商人敲诈，多蒙大哥解囊相助。知恩图报，乃君子之德，我想助你重建家园，奉送白银三万两。

钱友良 白银三万两？

孟云天 不过，有个小小条件。

钱友良 什么条件？

孟云天 如今那冷千金已命归黄泉，我孤单一人，请你把梨花还给我。

钱友良 把梨花还给你？当初你抛弃了她，害得她差点走上绝路。如今你又想来买她，你把她当作什么人？把我又当作什么人了？

孟云天 当初我也是迫于无奈，如今我有了钱，我要弥补我的过错，我要报答大哥恩情。此事可谓一举两得，三方有利。钱大哥，你就成全我们吧。

钱友良 我钱友良再穷再苦，也决不出卖自己的亲人！这笔生意不好做，你走吧。（欲下）

孟云天 回来！不要以为我在求你，我是在救你。

钱友良 我不用你来救，我们自己救自己。梨花我不卖，我爱她，我爱她！

孟云天 不，你这不是爱她，你是在害她！

钱友良 什么，我在害她？

孟云天 如今你已落到这步田地，梨花再跟着你，以后的日子怎么过？你两手空空，身无分文，还能给她带来什么欢乐、什么幸福？不，你给她带来的只有贫穷、眼泪和痛苦！难道你还想连累她一辈子陪着你吃苦受罪不成？钱大哥，做人不能光为自己打算，也要为别人想想啊！

钱友良 （旁唱）一番话，犹似利剑刺我心，
虽无情，却有理，我有口难分。
人比人，心比心，
事到临头三思忖。
我与梨花真心爱，
三载风雨情义深。
总道是，前世有缘配成双，
又谁知，今生无福难成婚。
恶人纵火家遭难，
我心力交瘁留伤痕。
他是腰缠万贯赎旧情，
五彩龙舟来相迎。
我是两手空空住凉亭，
好比那，泥菩萨过河难保自身。

更何况，他们少年初恋是原配，
我却是，半路夫妻未成亲。
我若执意不放行，
误人青春心何忍？
有心劝她离我去，
怎奈是，钢刀断铁难断情。

孟云天 钱大哥，你若放她一条生路，利人利己，功德无量，你还可白得银子三万两，三万两啊！

钱友良 （痛苦抉择）……好吧，我依你便是。不过，我有话在先，从今之后，你要痛改前非，真心待她，恩恩爱爱地过一辈子。若是遇上什么风吹草动，你又背信弃义，我是决不会饶过你的！（下）

〔梨花挎一篮野菜上。

孟云天 （上前）梨花！

梨　花 （一见，竹篮落地）你——（自制，冷冷地）孟老爷，什么风把你吹到这里来了？

孟云天 梨花，我是来赔罪，来赎情的。

梨　花 我听不懂你的话。（欲走）

孟云天 梨花慢走，你看，那江边停着一条披锦挂彩的龙船，我是特来接你回府去的。

梨　花 接我回府？

孟云天 是啊，那位冷小姐已死，我想与你破镜重圆。

梨　花 镜已破，心已碎，还圆得了吗？

孟云天 梨花，你可还记得，我曾经说过，孟云天今生今世，只爱你梨花一人。总有一天，花会再红，月会再圆——

梨　花 （打断）你不要再说了！覆水难收，为时已晚。你走吧，我决不会抛下钱大哥，让他一人受苦。

孟云天 你放心，钱大哥我是不会叫他吃亏的，刚才已经与他谈妥，我愿付白银三万两。

梨　花 白银三万两？好大的价钱呀，他又怎说？

孟云天 他是个商人，在三万两银子面前，他还能怎么说？

梨　花 不，我决不相信，大哥他不是那种人。

孟云天 这……（招呼）钱大哥！

〔钱友良上。

孟云天 钱大哥，梨花她不信你我刚才已经商量妥了，你就当着她的面说句话吧。

钱友良 （劝说地）梨花，既然相公回心转意，你还是跟他回府去吧。

梨　花 （一震）此话当真？

钱友良 （真诚地）真的，水往低处流，人往高处走，我不留你了。

孟云天 好了好了，这是三万两银票，请收下。

梨　花 （担心地）大哥——

钱友良 （迟疑地）我……

孟云天 大哥，拿着吧。

钱友良 好吧，我收下。（接过银票）

梨　花 （失望，痛心）大哥……

孟云天 （高兴地）好了好了，我去吩咐家人，即刻开船回府。（下）

钱友良 梨花，请你稍待，我去去就来。（下）

梨　花 （痛苦地）真是料想不到啊……

（唱）三年前，秀才落魄换门庭，
三百两银子绝恩情。
三年后，大哥遭灾遇财神，
三万两银子卖我身。
三百两，三万两，
难道说，金钱果能买灵魂？

〔钱友良一手提包袱，一手捧酒壶上。

钱友良 梨花，这包袱里是你的东西，请你带走。（递）这壶酒，是刚从废墟里找出来的喜酒，你要走了，我敬你一杯。

梨　花 （凄然一笑）好，梨花平日滴酒不进，今天就陪你干上一杯。

钱友良 （斟酒）来！

梨　花 来！

〔两人不停地干杯，很快都喝醉了。

梨　花 钱老板，我想问你句话。

钱友良 十句百句，只管问来。

梨　花 当年我投河自尽，你为何要来救我？

钱友良 见死不救，非君子也。

梨　花 你也算个君子？

钱友良 马马虎虎，算个小小君子，一个倒霉的小小君子。

梨　花 不，你不是君子，你是个人贩子！

钱友良 （跳了起来）什么？你、你说我是个人贩子？

梨　花 当初你救了我，又养了我三年，如今有人出高价，你就狠心将我卖了，你不是人贩子是什么？你被三万两银子迷住了眼睛，你被三万两银子买走了灵魂！

钱友良 什么？我被三万两银子买走了灵魂？（大怒，猛掷酒杯）你、你打开包袱，睁大眼睛，好好看看！

梨　花 （打开包袱，发现银票）银票！（银票落地）大哥！

钱友良 （爆发地）什么大哥小哥！你以为我是个商人，商人就只认得钱吗？是的，我爱钱，我要赚钱，但父母从小教我，君子爱财，取之有道。该我得的，一分一厘我都要；不该我得的，金山银山我不贪！如今我遭灾落难，家破财尽，我是不愿连累别人受苦呀！你却说我是人贩子？不，我也是个有心有肝、有情有义的人呀！我这心里在流血，你看见了吗？你看见了吗！你们都给我滚吧！

梨　花 （扑上，热泪滚滚）大哥！

（唱）紧拉亲人热泪滚，
叫一声大哥啊，我的好郎君！
听你大哥这番话，
爱你大哥这片情。
怪你好意错办事，
伤我梨花这颗心。
患难之交命相依，
浪打风吹永不分。
家毁人穷志不移，
卖力卖艺不卖身。
宁愿跟你当叫化，
宁愿跟你住凉亭。
无吃妹会挖野菜，
衣破妹会连补丁。
有手能起八角楼，
有志岂会一世贫？

　　　　不做天上随风云，
　　　　不做水中无根萍。
　　　　青竹坚挺不变节，
　　　　蜡炬成灰一条心。
　　　　真金不怕烈火烧，
　　　　人间最贵是真情！

钱友良　（激动上前，紧紧拥抱）娘子！

〔孟云天上，见状，欲上前干预，又觉理亏气短，止步彷徨。

〔那首山歌又响起来了：

　　　　小溪悠悠水长流，
　　　　人生匆匆易白头。
　　　　青春年华多美梦，
　　　　梦成真时添忧愁。
　　　　有钱未必人长久，
　　　　有情百年共牵手。
　　　　一段良缘传佳话，
　　　　春雨梨花最风流。

〔孟云天望着梨花与钱友良依依远去的身影，心头涌起一阵难言的失落感。他捡起地上的银票，边走边撕，随风抛撒，悄然隐去……

〔梨花似雪，晚霞似火……

〔灯渐暗，幕徐落。

〔剧终。

1997年

《五场话剧》

生命禁区

赵遵生

时　间　现代。

地　点　西藏。安多。

布　景　舞台中，一具硕大而冷厉的山崖，肃杀地斜空横出；周边，即是山崖的延伸，冷厉中掠出禁锢的肃杀。背境，即是驰名天下的唐古拉雪山，既巍峨，又峻峭，其明暗、色调，随剧情时有更迭。

人物表　陈金水——安多气象站站长，34—35岁。

刘晓云——气象站技术员，陈金水之妻，27—28岁。

次旦旺鸠——男。气象站藏族技术员，24—25岁。

桑　曲——女。气象站藏族女学员，18—19岁。

沙一川——男。新来气象站的大专毕业生，绰号“皮蛋”，22—23岁。

闻如舟——男。新来气象站的大专毕业生，人称“大诗人”，22岁。

唐　雅——女。新来气象站的大专毕业生，人称“歌唱家”，21—22岁。

达　布——男。藏族老牧民，73—74岁。

陈启厚——男。陈金水同学、同事。

老　母——陈金水之母金庭仙。

平师傅——男。运输站老驾驶员。

黄　莺——女。沙一川的同窗、女友。

男女小生灵一对。

汉族毕业生、藏族培训生若干。

〔每一场幕启之先，均伴有滞重、憋迫的喘息声，是“禁区”缺氧的反映，更是生命的抗争。

第一场

〔时间：并非春季的三月。

〔布景：左侧，可见半壁帐篷。篷内，牛粪作垫，铺着一张不是床的床，床头上方的壁间，挂着一杆猎枪。除了简陋的气象仪器，便是一具同样简陋的烧牛粪的铁炉，以及铝锅、盆罐之类。有门帘通另一帐篷。右侧，稍远处，石坡凸兀，是气象观察区；测雨量、冻土之类器具依稀可辨，只有两只百叶箱，倒是历历可观，托护着一杆击天的风向杆。放眼四望，满目灰黄，遐迩之间，无树无木，倍显出生命的无奈、贫脊与荒凉。

〔幕启前。凄苍而揪心的山歌，犹似从远古传来——

“唐古拉哇，唐古拉，
你一挺半天高。
冷眼看哇，
谁能料——
风吹石头跑，
夏天穿棉袄，
氧气吸不饱，
小命真难熬！
真难熬！”

〔幕在歌声中启。

〔旁白随出：“这便是与北极、南极同称为地球‘三极’的青藏高原，且是高中之高的西藏北大门安多，海拔四千八百零二米，被国际生物界、医学界，甚至列国旅行家认定是生命的禁区。看，没有一株树木、没有一片农田，就连顽强的灌木，也活不下一丛；可是陈金水，他、他们——一群普普通通的中国气象开路人，却偏偏打入了这世界上独一无二的死亡谷……”

刘晓云 （缝制着婴儿的小花衣，蜜意甜甜地哼唱）

“小燕子，

穿花衣，

年年春天来这里。

……”

〔火车的汽笛，似欲穿越“难熬”，但终显得迷蒙、乏力。一个男小生灵的声音，骤然飘出——

男生灵 咦，这是什么声音？

刘晓云 这是火车的汽笛声。

男生灵 火车？我爸爸是开火车的？

刘晓云 我跟你爸爸呀，是做气象工作的；各行各业都离不开气象唷。

男生灵 气象？在这里？

刘晓云 嗯。这里的山呀，好高好高；这里的天呀，好冷好冷。

男生灵 噢——。这里是什么地方呀？

刘晓云 是我们的第二个家，叫安多。

男生灵 安多？

〔刘晓云起身又敲出几块碎冰放入锅里，再往灶里添上牛粪。她忽觉着头晕，连连用手按抚。

男生灵 那……我爸爸呢？

刘晓云 你爸爸呀，（摇摇头，醒醒神）在钓鱼。

男生灵 钓鱼？

刘晓云 嗯。他要钓好大好大、好多好多的鱼，给你妈妈吃，好让你呀早点长大、早点出来。

男生灵 我怎么什么也看不见？我要出来！我要吃鱼！

刘晓云 不要急、不要急，一急，出来就没命啦。

男生灵 啊？（少许）爸爸在哪里钓鱼？很远么？

刘晓云 在很远很远的安多河。

〔转台微旋，追灯照出“很远的地方”——陈金水在安多河畔钓鱼。

陈金水 （显出焦急）快上钩、快上钩，我都钓了大半天了，你总不能叫我空着手回去哇。我的晓云可是从来不提什么要求的，这回想吃鱼，我知道是她肚里的儿子要吃。快点、快点，晓云和我的儿子都等着、盼着呐，再不要叫他俩失望唷！来，上钩、上钩，哪怕来条小不点儿……（正念叨，

浮子滑动，他迫不及待地拉竿而起）

〔钓钩上，一条小不点的无鳞鱼。

陈金水 哈，鱼。鱼！老天有眼！（小心翼翼将鱼放入桶中，收起鱼竿）小是小了点，嗯，炖汤给她喝。

〔转台旋，灯光移，恢复出营地帐篷。

刘晓云 （依然甜意蜜蜜地哼唱着）

“这里的春天真美丽！

……”

男生灵 爸爸怎么还不回来？

刘晓云 嘴馋了？小东西！

〔陈金水乐滋滋回帐，鱼桶一拎，欲报喜，却见妻子晓云亦自乐滋滋地言语着——

刘晓云 他呀，就回来，就回来。

陈金水 （左右鬟顾）你跟谁说话呢？

刘晓云 跟他呀，你的儿子。

陈金水 呵呵，你怕是想傻了。

刘晓云 你不信？要做母亲的，跟胎儿就是有感应。

陈金水 真的？

刘晓云 谁还骗你？

陈金水 也叫要当爸爸的感应感应。（伏身贴耳谛听，煞有介事）儿子呀，这里太高、太冷，氧气又少，水也难得喝上，你可要熬得住，争口气，好好出来唷！

刘晓云 （“扑哧”失笑）我看呀，倒是你想儿子想傻了。

陈金水 呵呵。是想，老梦见他——我的儿子！……（蓦然记起）噢，钓着了，我钓着鱼啦！（一把提过鱼桶）看看——

刘晓云 呀，鱼？！

陈金水 就是……就是小了点儿。

刘晓云 （轻轻捧鱼出水）怕也有四两多重呐！（不觉唏嘘失声）

陈金水 晓云？

刘晓云 好多年没有见到鱼了！……

〔陈金水油然共鸣，抚慰地轻揽过爱妻，替她揩去泪花。

刘晓云 看我，儿子、我，都有鱼吃了，还……（径自抹掉泪水，打起笑脸）

陈 金 水 炖汤喝?

刘 晓 云 好。

陈 金 水 (将一大锅水端下)嗯,化了那么一大锅热水?!(立时惊悟)是分配的大学生到了?

刘 晓 云 嗯。你前脚走,平师傅后脚就带讯来;小桑曲等不及了,拉着次旦旺鸠就去县里接人了。

陈 金 水 接了三次都没接到,总算来啦!晓云,鱼汤你先炖着,我得去看看。

刘 晓 云 (习以为常)你呀!

〔隐约的怪哮已由远及近,迫在耳下;转瞬间,风卷沙,将掀帘而出的陈金水生生顶住。陈金水老道地侧过身,避开风头。

陈 金 水 空气湿度多少?

刘 晓 云 不到百分之六十。

陈 金 水 (鬟视周遭)这能见度也……

〔一股风沙,将陈金水的话断住。

〔天光迅疾晦暗,给人不祥的预兆。

陈 金 水 不好,要起沙尘暴!

刘 晓 云 那新来的大学生?!……

〔陈金水侧身钻风而去,随着大转台的旋动,他已然听得踉跄的脚步,羼杂着咳嗽、呕吐与骂天。

陈 金 水 欢迎!欢迎!

〔陈金水这边刚迎下,那边一溜人马——次旦旺鸠扶背着大诗人闻如舟,小桑曲搀着歌唱家唐雅,只有"皮蛋"沙一川强自挺着,刚登上,即被呼噜噜、噗滋滋突袭而至的沙尘暴卷住;煞那间,天地一片昏黑,有如夜半。

〔昏黑中,惊怵的唐雅大吐不止。闻如舟咳着嗽,不由自主地一下瘫坐斜坡上。

沙 一 川 陈老师,还有多远?

陈 金 水 快到了。咬咬牙,再坚持一下。

唐 雅 你怎么了?

闻 如 舟 (大口喘息)我……我怕不、不行了!……

次旦旺鸠 哎,坐不得,会冻死的!

闻 如 舟 这是什么"天下第一气象站"?简直是……(话未出口,已被尘暴堵

住，几乎要断气一般，竟而不由自主地哭泣起来）

沙一川　又没死人，哭什么？！（嘴一噘，气益急，喘息连连）

陈金水　哎哎，叫不得、吼不得。沙尘暴是想给你们一个下马威呐！没什么。同学们，再加把油！看——快到了、快到了。

沙一川　它叫沙什么暴？

陈金水　沙尘暴。

沙一川　这鬼风也姓沙？晦气！

陈金水　噢，你叫——沙一川？呵呵呵！……

唐　雅　我们书上学的叫扬沙暴呀？怎么？

陈金水　扬沙暴能见度在一万米之内，一千米以上，只有沙尘暴在一千米以内，现在怕只有一二十米。

〔得意的沙尘暴飞扬跋扈。

沙一川　嘿，长见识！

陈金水　（扶起闻如舟）没什么，这里三四月份常刮沙尘暴。

闻如舟　妈呀，它还……还常来？

陈金水　待惯了，也没什么；不见它，还嫌冷清呐！呵呵，看——到了、到了，快进屋。

〔小桑曲见大学生张口结舌的情状，不由“扑哧”失笑。

〔“扑哧”，帐篷内的刘晓云点燃了蜡烛，一支，又一支，六星火苗，洞穿了昏黑的世界。

刘晓云　（掀开门帘一角，用身子挡着风）欢迎同学们！来，都快进屋。

唐　雅　你就是晓云姐？

刘晓云　嗯。

〔众人鱼贯入帐。

闻如舟　陈老师，我们住哪里？

陈金水　就在后面，等下带你们去；先歇歇，暖和暖和。

唐　雅　（骤然发现晔晔然的烛火）呀，好一个光明世界！大诗人、皮蛋，快来看呀！

〔进屋人，莫不为六点晔晔的烛光开眼、动心！

桑　曲　一、二、三、四、五、六，咦，为什么是六根蜡烛？陈老师。

陈金水　欢迎你们六位难得的……

〔次旦旺鸠正默然将新伙伴的铺盖搬去后面帐篷，不得不急急跟陈金

水使眼色；陈金水却不知个中。

刘晓云 哎，怎么……少了一位同学？

〔唐雅与闻如舟瞥一眼沙一川，不便作声。

桑　曲 （不无奚落）问他，是他的女朋友黄莺，回去了。

沙一川 回去又怎么了？

次旦旺鸠 （低语告诉陈金水）一到拉萨，黄莺就吐得不行，人也……站不起来。

桑　曲 唐雅不也一样？不是照样来了？我看……

刘晓云 桑曲！

沙一川 就你小不点儿话多！还有完没完？

桑　曲 “小不点儿”怎么了？……

闻如舟 （连连提醒）皮蛋、皮蛋，注意对女同胞的态度。

沙一川 得、得、得，你有爱情陪着，我现在——悬着呐！

陈金水 （见唐雅与闻如舟相顾尴尬，连连化解）哎哎，叛匪早都平了，我们自己可不能再开仗哇。她是叫黄莺？

沙一川 嗯。

陈金水 不来也没什么；抽空，我去拉萨看看。

沙一川 （尴尬）她……回上海了。

陈金水 回上海了？这么急！（倒也料所不及，轻声一叹）

〔沙一川自己一步上去，吹灭属于黄莺的烛火。

唐　雅 哎哎，皮蛋，是六个。

沙一川 （一巡周围）哪来六个？

唐　雅 看看，这里，我们站长和晓云姐的结晶——这个可爱的小生命，不是要来了？

桑　曲 （眼光一睃刘晓云的鼓腹，煞时亮开）哎呀，对对对，算一个！算一个！（又急急点旺吹灭的烛火）

〔次旦旺鸠已取出新伙伴的脸盆、毛巾，陈金水随即端起已烧好的热水分倒。

陈金水 同学们，看看，一个个都成黑包公了，来来，痛痛快快洗把脸。

〔奔袭的沙尘暴又席卷过来，几将帐篷掀走。风哮、沙击，满世界飒飒作响。

陈金水 （条件反射一般）几点了？

刘晓云 快十四点了，我去。

陈金水 这几天，你拣牛粪、化冰水，够累的了。

刘晓云 今天沙尘暴大，当心。

陈金水 嗳。（接过观察簿，只身欲出）

次旦旺鸠 陈老师。（脱下大衣，替陈穿上）

桑曲 哎哎，等等！（取下头巾，替老师严严包实）

陈金水 嗯，我这不成狼外婆了？（嘴里言笑，眼里已浮出泪光，拳拳地跟次旦旺鸠与桑曲一点头，便掀帘直出）

次旦旺鸠 陈老师，当心——！

〔一股尖啸的尘暴，应时袭到。

〔才来的三位学子，见状大是惊讶，不无撼动！

闻如舟 好家伙，就像壮士出征！

〔陈金水一出帐，即被风沙卷住。帐内的烛光险被击灭。

〔陈金水侧身、扭脸，斜身登坡。身子一仰，竟被飚风刮倒，不得不趴伏在凸口。他骤然念及什么，身子一探，瞩目不远处，头重重一点。

次旦旺鸠 （听得响动，掀帘而出）陈老师？

陈金水 没什么。你去照顾新同……（一股风沙堵住了后半截话。须臾）风沙大，快回去。（挣身而起，扬上观察区）

〔恣肆的尘暴，将人吞没。

闻如舟 （洗擦着，惴惴地睃一眼帘外）难道每天都？……

刘晓云 隔一小时，要查看一次自记仪；一天作三次观察记录。

闻如舟 落冰雹、下大雪呢？

次旦旺鸠 那就更得注意观察。南极、北极和青藏高原的三极气象，关系到全球的气候。晓云姐，我说得对么？

刘晓云 不错。次旦旺鸠大有进步！我们所在的这个青藏高原，是全世界最高的高原，直接影响大气鬟流。寒流也好、暖流也好，一经它挡住，至少我们亚洲的气候就会有想不到的变化，观察一旦失误，说不定就会带来大灾难！

沙一川 （将信将疑）“大灾难”？！还有……那么多的学问？！

〔闻如舟再没言语，忧心忡忡地呆坐凳上，已然顾不上洗擦。

唐雅 如舟，怎么了？（递上毛巾）

闻如舟 （喘着气，掩饰地）没啥。没啥。

沙一川 （一瞪大诗人）人家能活、能待，我们也能！（带气逞强地一下将水

泼掉）

桑　　曲　哎哎。

沙 一 川　又怎么？

桑　　曲　多可惜！

刘 晓 云　（暗止桑曲）洗、洗，尽管洗。

唐　　雅　（觉察出什么）桑曲、次旦旺鸠，你们两只大花脸怎么不洗洗？

次旦旺鸠　不急不急。

唐　　雅　（吸口气，强撑起，踱去揭开锅盖一看，又往积水的桶里一瞄）水呢？你们自己？……

刘 晓 云　喏，还有半块冰。

〔次旦旺鸠从积水桶里捧出冰块，铁锤一抓，便敲打开来。小桑曲即忙蹲身帮忙。

〔内地学子，六目瞠然！

唐　　雅　你们就靠冰化水？

沙 一 川　（再不忍洗擦）那吃的水？

刘 晓 云　洗，管你们洗。下面有条安多河，也就一公里远。

闻 如 舟　一公里？有一千米呐！妈呀！就是空手走走，都……都怕要断气！

唐　　雅　（暗捅男友一拳）就你气短！

闻 如 舟　我就是气短嘛。

刘 晓 云　（拧把毛巾给唐雅）这里最难的，就是吃水。没有山泉、没有井，唯一的一条安多河，又太远……（神思渐自忧切）就像今天这种天气，就是担河水回来，也不能喝；要天气好，河水清，才行。

闻 如 舟　完了，完了。氧气，氧气吃不饱，连吃水也像登天，叫……叫人还怎么活？！

〔一场沉寂！

刘 晓 云　（强作松快）怪我言重了。老陈建站的时候，才一个人，都活得有滋有味的。

闻 如 舟　（大困惑、大不解）一个人？建这气象站？！

刘 晓 云　嗯。

闻 如 舟　简直像听天方夜谭！

沙 一 川　（大感佩）陈站长，有种气！

刘 晓 云　看看，我们今天多了六个人，哪会活不下去？

唐　　雅　（有心活跃）哎，你漏掉一个啦！
桑　　曲　对对！
唐　　雅　晓云姐，你闭上眼睛。
刘 晓 云　嗯，变什么把戏？（莞尔闭目）
〔闻如舟着即拎过行囊。
唐　　雅　（拉链一启）好！
〔刘晓云眼一睁，眼前居然亮着一件招人喜欢又发笑的小藏袍。
刘 晓 云　（显出少妇的窘促）你怎么知道？
唐　　雅　区气象局领导告诉的。我和如舟特地赶到布达拉宫，总算挑到这件小藏袍。嘻嘻！
刘 晓 云　（比试着）谢谢。谢谢。
唐　　雅　（胳膊肘一碰男友）哎，你不是专门写了首诗么？快！
次旦旺鸠　是写小生命的？
〔闻如舟兴致不高，欲诵还休。
沙 一 川　别酸溜溜的，你不念，我来——呵哼！……
闻 如 舟　你算了、算了，我念、我念。
沙 一 川　我来介绍一下，这是我们学校有名的大诗人。
闻 如 舟　小作者。小作者。（稍事沉吟，觉着气短，不得不深吸几口大气）
“莫道是生命禁区，
偏将那儿女孕育。
我知道——
生命一去哇，
人间成地狱；
我懂得——
生命一出哇。
万象谱新曲。
万岁，我呼唤生命！
……”
刘 晓 云　（抚摸着“生命”，深受感动）到底是大诗人，作得真好！来，喝口水。
唐　　雅　怎么忘了最后一句？“奋力，你冲破禁锢！”
闻 如 舟　（心有顾忌）不知道冲不冲得破……
桑　　曲　（心下一紧，直冲而出）冲得破，我们的小生命一定冲得破！（端视

着刘晓云鼓腹）真想他早点出来……

〔“小生命”之语未了，忽闻得怪哮大作，呼噜噜、扑滋滋，地动山摇。猛然间，传来高地观察区里陈金水的呼喊——

陈金水 晓云，测风仪坏了！

〔隐约中，但见那高高的风向杆，顶端的风向标不转了。

〔室内人一惊，个个抽心。

陈金水 拿工具箱来，再带一圈铁索。

刘晓云 嗳。（嘴应着，手已从床下拖出只铁盒，又掏过一圈铁索）

次旦旺鸠 我去。（不由分说，拎过箱，掮上铁索，夺帘急出）

沙一川 等等。我也去！（毅然接踵跟出）

刘晓云 不要顶着风！

〔沙一川一无经验，顶风而上，几招窒息。

唐雅 （暗搡如舟）快去帮一把。

〔闻如舟欲去又迟疑。

刘晓云 今天沙尘暴太大，危险。

〔闻如舟就此打住。

〔唐雅不满地一瞥如舟，只身奔出。

闻如舟 （大急）哎哎，你不要命了？！（无奈之下，只得“舍命”跟上）

〔“呼啦——”一风钻入，将六星烛火击灭。

〔遥见得高地观察区里，次旦旺鸠亮开手电，正照着爬上风向杆的陈金水。沙一川心悬悬，紧盯着杆上人。

唐雅 站长，太危险，快下来！

次旦旺鸠 不修复测风仪，风速、风向资料就残缺了！

〔次旦旺鸠话方落，一股尘暴袭到，将杆上的陈金水刮落下来。沙一川似欲接住，不想亦被带翻。

众人 老陈？！
站长？！

〔桑曲刚点燃一支蜡烛，闻声一颤——

桑曲 陈老师？（急欲外出）

刘晓云 （心下抽紧，还是安抚住小桑曲）不会有事。（独自掀帘探顾）

陈金水 （从山地上缓缓爬起，宽解地）没什么。（又攀往风向杆）

次旦旺鸠 我上。

沙 一 川 看我的！

陈 金 水 测风仪你们还不熟，一时三刻修不好，非摔下来不可。

唐　　雅 站长，你要是再……

陈 金 水 （依然笑微微、慢悠悠）不会有“再”了。（铁索一捎，又攀上风向标）

〔在明彻的手电光束中，陈金水一节一节登向杆顶；不时风袭沙击，几次不得不擎臂遮遮眼鼻，稍事喘息又登向杆顶。就在攀至顶端的瞬间，突发的沙尘暴似欲将陈金水再度掀走。

唐　　雅 站长！（吓得紧闭双眼）

〔次旦旺鸠的手电，死死照定陈金水，在暝暝半空里划出斜斜的光流。

〔光流中的陈金水，紧抱杆头，犹如焊住一般。

陈 金 水 来，接住铁索——（铁索往下一抛）拉紧了！

〔沙一川接住铁索，次旦旺鸠将手电交托唐雅，便与沙一川以及后到的闻如舟紧固风向杆。

唐　　雅 陈老师，修得好么？

陈 金 水 两颗螺丝松动了。

〔手电光束中，半空里的陈金水备若一尊透亮的光人。

陈 金 水 （紧固了螺丝，拨动几下测风仪与风向标，观察片刻）好了。

〔手电光束中，仪器又开始运作。

〔借着手电光，陈金水爬下风向杆，这才吐出一口大气。

闻 如 舟 站长，我观察你这人……

陈 金 水 到底是诗人，才来就“观察”上了？没关系，直说。

闻 如 舟 你这人好像不怕死。

陈 金 水 死？……呵呵。我也“观察”了，这不怕死的人，大多死不了；怕死的人，一般死得早。

沙 一 川 对！对！大有哲理！我皮蛋肯定死不了！

〔众忍俊不禁。

闻 如 舟 你呀，难说。

唐　　雅 （一捅男友）生生死死的玩笑乱开不得。

陈 金 水 来，同学们，我带你们去个地方。

沙 一 川 （玩笑地）说不定又是“生生死死”的问题。

唐　　雅 你还瞎说？！

陈 金 水　皮蛋“瞎说”得不错，是关系到我们的“生死”。

〔不光唐雅、闻如舟，连开开玩笑的沙一川也立时心收神紧。

陈 金 水　看见像牛角样子的怪岩石头么？

〔众人踮足抬首。

沙 一 川　是像牛角。尖头怪脑的！

陈 金 水　我走山翻坡，查地方史、找地理书，就数这“牛角”下的岩层最有希望。

唐　　雅　什么希望？

陈 金 水　水。

沙 一 川
闻 如 舟　水？！

陈 金 水　嗯。我们要在这里打一口井。

次旦旺鸠　（一拍脑瓜）哎呀，看我这记性！平师傅捎打井的工具来了，我放在下面仓库里。

陈 金 水　这么紧要的事，你居然……真该打屁股！

沙 一 川　（大不解）打井？

陈 金 水　那千米之外的安多河，远水难解近渴，不打井，就没有水；没有水，我们就没法活命，这安多气象站就难以痛痛快快地生存。

沙 一 川　莫非你真想在这里扎根，不走了？

陈 金 水　如果需要，再十年、二十年，哪怕三十年。

〔沙一川、唐雅、闻如舟大是骇异！

唐　　雅　难怪呐！听区气象局领导说，调你去拉萨，你都不去？

闻 如 舟　不可能。拉萨是省府，谁不想去？

陈 金 水　呵呵，是来征求过我两回意见。

闻 如 舟　你……不去？

唐　　雅　废话。人都在这里！

陈 金 水　怎么？

闻 如 舟　不可思议。

〔陈金水置之一笑。

沙 一 川　哎，一二不过三，要是真下调令？

陈 金 水　呵呵，你这是算命呐？

沙 一 川　老站长，我们可是冲着你来的，你要走，我沙一川可就打铺盖回黑龙江啦！

陈 金 水　嗯，刚来，就下通牒了？

闻 如 舟　不用等下通牒，我怕……（话一出，顿叫风沙堵住，几欲窒息）

陈 金 水　快侧过身子。

闻 如 舟　（避过风头，喘几口气）我怕不用十天，半年的，小命早叫这禁区“禁”掉了！

唐　　雅　（一拳捅去）不要瞎说！

陈 金 水　就是要叫这禁区“禁”不掉我们，才打井——找水。这井不打，水不见，我陈金水可不肯死。

〔一众莞尔乐开了。

陈 金 水　好，回。

〔众人随陈金水落坡归去。

闻 如 舟　没人喜欢死，就怕由不得人。

陈 金 水　（哂然）我陈金水命大，死过两回，偏偏今还活着。嘿！

〔帐内。刘晓云重又点燃了另五星烛火。

刘 晓 云　桑曲，拿六只碗。（从铁炉上端过鱼汤锅）

桑　　曲　嗳！（碗、缸一拿出，觉着什么，揭盖一看）鱼汤？晓云姐，这是陈老师特地为你钓的鱼！不不。（重又将碗、缸“没收”）

刘 晓 云　他们初来乍到，老陈又来不及打猎，没有什么好招待他们的。来，听话。

桑　　曲　这鱼汤是给你喝的。

刘 晓 云　（不无所动）桑曲……

桑　　曲　你不吃，你肚里的孩子还想吃呐！

刘 晓 云　（一时失语。转瞬间听得外面有脚步近来，连连出迎）快进来，快进来。

〔进帐人呵着气、蹬着脚，围炉取暖。

刘 晓 云　也没有什么好招待的，都来喝碗鱼汤。

众　　人　鱼汤？哈，这雪山高原上头还有鱼？太棒啦！

〔小桑曲“霸持”着碗、缸，噘嘴不动。

陈 金 水　（不觉一怔，目光在爱妻肚子上一顿，感慰又歉疚地一睃晓云）就是鱼太小，不像样子。

沙 一 川　（好奇地揭盖一瞄，大不介意）就那么个小不点儿？

桑　　曲　那你就不要喝！

刘 晓 云　桑曲。

沙 一 川　哎，这回我说的可不是你喔。

陈金水 就那么个小不点儿，我还钓了大半天呐！

唐　雅 大小也是鱼嘛！

闻如舟 对对，多少也是营养。来来！

刘晓云 桑曲。

〔桑曲极不情愿地扫一眼众人，噘着小嘴，分搁碗、缸。

唐　雅 怎么了？小桑曲。

刘晓云 到底是小孩子，不管她。（分倒鱼汤）

陈金水 来来，我们这“安多气象站”，没有美酒，连水也难喝上，这碗鱼汤，算是欢迎大家——老朋友次旦旺鸠、桑曲，新朋友大诗人、歌唱家，嗯……

沙一川 没关系，没关系，叫我皮蛋。皮蛋！

陈金水 那多不礼貌？

沙一川 听习惯了，蛮舒服的。

〔一众不觉闻言失笑。

陈金水 你们是挑战生命禁区的人。唐古拉山、青藏铁路，会记住你们的。来——

〔沙、唐、闻，仰首豪饮。

陈金水 （象征性地微咪一口，即转往爱妻）晓云，你多喝一点。

刘晓云 你快趁热喝了。看你这浑身上下……（借机替爱夫掸拂尘土）

〔小桑曲与次旦旺鸠看在眼里，益不忍卒喝。

〔闻、唐、沙都品尝得近乎忘情。

沙一川 嘿，还有点鲜味！（啧嘴品尝）

闻如舟 嗯嗯。在“伸手把天抓”的唐古拉山上，喝鱼汤，够诗意的！

唐　雅 哎呀，就别“诗意”了，喝你的鱼汤！

沙一川 来来来，干！

〔三位内地学子，一无顾忌，畅饮而尽。

闻如舟 可惜少了一点。

沙一川 来来，加上——（连锅端上）

桑　曲 （情急之下，一冲而出）你们？！

沙一川 （一愣神）别吓人好不好？我可有“心脏病”！

刘晓云 （暗止）桑曲！你们管自己喝，喝。

沙一川 看看，还是我们晓云姐。（故意冲桑曲做了个鬼脸）来，干杯——

〔安抚着桑曲的次旦旺鸠看不下去，张口欲制止，叫陈金水暗下止住。

〔忘情中的三位大学生，乐呼呼把杯而起。

唐　雅　为我们走向生活的第一站。

闻如舟　人生的第一站！

沙一川　得、得、得，别酸。干了——

〔三位学子举杯欲尽，好不快意！

〔陈金水与刘晓云见状，不无感染。

刘晓云　还愣着？都凉了，快喝。

陈金水　我身体好，用不着，你可是“急需”。来，为我们的小生命，喝了它。

刘晓云　哎呀，我喝过了……（推回鱼汤）

桑　曲　不。你没有喝，你说谎！（再按捺不住，失声抽噎）

〔三位学子一收快意，不知所以。

唐　雅　小桑曲，怎么回事？

桑　曲　晓云姐自从有了身子，就想吃鱼，这鱼汤是特地炖给她喝的。

刘晓云　桑曲！

桑　曲　不。我要说！这里什么营养也没有，除了干菜、凉粉，就是凉粉、干菜。上个星期天，陈老师为晓云姐钓了一天鱼，一条都没钓到；今天总算钓了那么一小条，这是晓云姐的；是她、她肚里孩子的！……（由抽噎而至啼哭）可是你们……你们都喝光了。

〔举场大愕然！大失措！闻如舟、唐雅、沙一川呆然之下，煞是不安。

唐　雅　（愧怍地攥住刘晓云）晓云姐，对不起！……

沙一川　（如梦初醒，一拳击在自己脑瓜上）我真浑！

〔闻如舟手执喝光的空碗，尴尬地僵立着。

刘晓云　小桑曲言重了，我刘晓云可没有那么娇贵唷！（强打出宽慰的笑脸）

陈金水　没什么、没什么，你们喜欢吃鱼，等休息天，我带你们去钓——好好钓一钓！

闻如舟　就这里？这冰天雪地里？

陈金水　（欣然颔首）嗯。

唐　雅　（来劲地一捅沙一川）嘿！

沙一川　我们一定将功赎罪！

陈金水　（故作正色）哎，再不许这么说哇！

〔气氛立见松弛。

闻 如 舟 哈呀，那可是——

“孤舟蓑笠翁，

独钓寒江雪。”

沙 一 川 （倾羡又狐疑）你作的？

闻 如 舟 （摆首）不不，是唐朝大诗人柳宗元。

沙 一 川 噢。柳宗元？我还当是沙一川呐！

陈 金 水 说起诗，我这里还有个集子。（庄重地从兜里取出“工作手册”）

闻 如 舟 诗集？！

陈 金 水 你们看——

“唐古拉哇，唐古拉，

你一起天地摇。

抬望眼哇，

谁能料——

志士披雪到，

观云察尘暴；

……”

唐　　雅 咦，是写的我们气象人？！

陈 金 水 嗯。

闻 如 舟 “志士披雪到，观云察尘暴”？……有点意思。有点意思！（萌动诗兴）下面呢？

陈 金 水 他……没能写完。

沙 一 川 怎么？

陈 金 水 牺牲了……

〔大料不及，举场肃然！

唐　　雅 他叫什么？

陈 金 水 陈启厚，我的好同学……

〔沙尘暴再度疯狂卷到，只听得怪哮由远及近。骤然间，“嘣”的一声断响，接着“嘶啦”一叫，帐篷--壁竟然掀掉，锅翻水流；同时间，六星烛火齐齐刮灭。

〔一片昏蒙。

桑　　曲 水——！

陈 金 水 这沙尘暴，是非要把我们赶出禁区不可哇。晓云，你撑住我们的家；

次旦旺鸠，我们去安多河背冰！

次旦旺鸠 嗳。

唐　　雅 （急呼）晓云姐——

〔昏蒙中，但见紧攥住帐篷一角的刘晓云，竟然被风暴刮倒。唐雅嘴喊着，人已扑倒，两人一起死攥住掀起的帐篷角。“呼噜噜”，又一股尘暴袭到，掀开了帐篷另一角。

刘 晓 云 快，抓住绳子！

唐　　雅 （应声扑出，见沙尘暴太大）得叫回站长！（自语着，急往山下追去）

〔无情的尘暴将地下的刘晓云刮出几个筋斗，一不留神，手中绳子随飞起的帐篷弹出；她咬牙撑起，已是脚步踉跄。她按抚着鼓腹，咬牙攥回长绳，不想再度被刮翻下地。

刘 晓 云 啊——！（一响痛呼之下，拽绳的手，不得不紧按住鼓腹）

〔一股小生命的殷红热血，已然浸染开刘晓云身下冰冻的厚土，在雪地里，红得分外刺目。

〔血光四溢！

刘 晓 云 （一惊不小，痛呼失声）孩子！我的孩子——！

〔骤然静场，死寂。死寂。

〔呼唤的音乐，一破而出，撼人心魄！

男 生 灵 呀，我是怎么了？一点没气力，活溜溜的，要流走了？！

刘 晓 云 孩子，孩子！

男 生 灵 妈妈，我还没有出世，不能就这么走了；我还没见爸爸呐！妈妈，别让我走，我不走！不走！

刘 晓 云 怪妈妈，是妈妈不好……（泪流不止）

男 生 灵 （声力渐弱）我还要听汽笛叫、看火车跑……我、我一定要投到弟弟妹妹的生命里去……

刘 晓 云 会的，你一定会的！我的孩——子——！

桑　　曲 （擎着蜡烛，边呼边上）晓云姐，我们的家刮不走……（话未完，突见刘晓云横倒在血泊中，吓得一时无措）血？！不好，来人呐！陈老师——！

〔旋即，陈金水抢在沙一川与唐雅前头，箭步直趋；闻如舟亦紧随其后。

陈 金 水 （扶托起爱妻，一时心痛）晓云，晓云，怎么了？

刘 晓 云 我们的孩子……

陈金水 （这才发现地上的鲜血，不觉气缩）孩子?！……你真的被这禁区禁锢住了么？不！你、我们的生命是禁锢不住的。孩子！……（泪不能禁）

刘晓云 老陈，我……对不起你；你都三十四了，早该有……

陈金水 不不，该对不起的是我，我没有照顾好你，让你风里雪里的；是我对不起……

〔刘晓云轻捂住丈夫的嘴，替丈夫抹去泪水。

〔一股飚风袭来，将那一星生命的烛火击灭了。

唐　雅 我们在拉萨，听区气象局领导说晓云姐怀孕了，好高兴！可是她……流失了！

闻如舟 白白的雪地上，鲜红的血在流淌、流淌……那是生命——流失的生命哇！我呼唤生命，你却冲不破禁锢，冲不破……；可怜的小生命！

陈金水 不！它禁锢不住。我们会有自己儿子、女儿的。一定会的！

〔一束生命的强光，投射在流走的热血中，宛若生命的再现！……

〔渐收光。

第二场

〔时间：并非夏季的五月。

〔布景：冻土如石，石如寒铁。右侧，系帐篷一角，有帘通外；篷后，那风向杆，坚挺挺直插云空。左侧，丛岩斜凸，状如牛角。浅草微微，难敌满坡荒荒。叠嶂层峦，绵延而去，奇寒逼人。

〔幕启前，三响鱼贯的爆破，在高原空谷激起隆隆回应。

〔欢声鹊起。呼号可闻。

〔幕启。

〔五月雪，飞飞扬扬。

〔唐雅在百叶箱跟前蹬脚、呵气，作着观察记录。

〔少许，小转台旋去，大转台旋出——井口。那是斜凸的牛角怪岩，业已炸开，口子上架着滑轮，长绳通过滑轮探入井口；口子后堆叠着挖出的泥石。次旦旺鸠一身泥污，操持着滑轮；两个青年藏民在帮着清倒吊桶。小桑曲也是泥污斑斑，此刻手里捧着只包裹。

〔井下的挖掘之声已很是迟缓，喘息之声却格外闷重。

次旦旺鸠 大诗人，怎么样？

〔井下，闻如舟声：“我坚持不住，没气了……”。

桑　　曲 你才五分钟，我都挖了十分钟呐！

〔同时间，沙一川从帐篷里几步赶出，手里捧着个包裹。

沙 一 川 师傅。咦，人呢？

桑　　曲 刚走。

沙 一 川 平师傅！

〔沙一川拔脚追下，撞着观察回来的唐雅。

唐　　雅 干什么呢？救火呀？

沙 一 川 嘿嘿，给黄莺寄点“宝贝”。（追下）

桑　　曲 又是冬虫夏草！黄莺有什么好？

唐　　雅 鬼丫头，你生的哪门子气呀？！喏，把观察记录送给晓云姐。

桑　　曲 嗳。（将手中的包裹往唐雅怀里一送）皮蛋哥的。（即去）

〔唐雅刚回身，放下水壶，恰见长绳从井下拽上气喘吁吁的闻如舟。他人一出井口，便瘫坐在泥石上。次旦旺鸠连忙替他披上大衣。

唐　　雅 如舟，吃得消么？

闻 如 舟 不，不行，我怕要断气……

唐　　雅 又来了！（拧开盖子，替如舟喂水）快喝口水。

〔次旦旺鸠见状，取过几壶水，悄自避开。

唐　　雅 （暗下一笑）次旦旺鸠，不用躲；你要喜欢，我也喂你——

次旦旺鸠 （窘迫）不不不，我、我自己会。

闻 如 舟 我说，不要白费力了；这四千八百米的高山堆里能有水？

唐　　雅 （一捅如舟）你又不是不知道，陈老师又翻书、又查地质资料，都顶半个水利专家了。

次旦旺鸠 那是！爬山翻坡的，老陈考察得那个认真哇，连岩石的什么断层，什么走向，都一一记下，可严密了！

闻 如 舟 （一笑置之）有水，还叫什么“生命禁区”？既叫“禁区”，就不允许有生命存在。全世界气象站，都在四千五百米以下，唯独我们安多……（话一憋，气益短）我可不想白送了自己小命。

唐　　雅 （一下“没收”水壶，不快地）行了、行了，就你的命值钱？陈老师建站时才一个人，连个讲话的人都没有，不是也熬过来了？

闻如舟 不可思议！

唐　雅 那你就多“思议思议”，等“思议”通了，你的伟大诗篇也许就生出来了！

次旦旺鸠 我们就等着看大诗人的“新生儿”啰！（将长绳往腰间一缚）

闻如舟 （苦涩地一笑）只怕还没有生出来，就会像晓云姐的小生命——夭折了。

〔唐雅、次旦旺鸠闻言一记抽搐！

唐　雅 如舟！你是怎么了？在学校里的热情、朝气都哪里去了？

闻如舟 还热情？朝气？我整天得对付我的呼吸问题。

〔唐雅怫然直面男友。

闻如舟 （避过目光）我从小就有气短的毛病，不知道什么时候真就“过去”了！

唐　雅 你这人真没劲。

〔闻如舟与唐雅，一对情侣顿时僵持。

〔次旦旺鸠看一眼僵峙的情侣，微叹一声，绳头一紧，正欲下，沙一川兴冲冲返转上来。

沙一川 哎哎，轮到我下了。

次旦旺鸠 我替你。（跟同伴一示意，即滑入井下）

唐　雅 喏，完璧归赵——（将捧着的包裹塞给沙一川）

沙一川 咳，我的黄莺还是我的，没有蹬了我。（冲着包裹一个夸张的响吻）

闻如舟 几只臭皮蛋，也值得你……

沙一川 大诗人，想吃拳头？

唐　雅 来来，打开看看。（又抢回包裹，兴冲冲三下五除二拆开）哈呀，真是皮蛋！

沙一川 今晚，我请客！

唐　雅 （见包裹中滑出一片对折的便笺）嘿，还有封——情书！

沙一川 （当仁不让）那是，我的黄莺嘛。哎哎，不许偷看哇！（美滋滋接手打开，猝然失色）“最后一次”？什么意思？……

闻如舟 （凑身一看）明摆着，要你撤——！

沙一川 要断交？妈的！

〔沙一川即手抓起包裹一掼，皮蛋叶咯咯滚撒一地。

〔顷刻失语。

唐　雅 这个黄莺也真是！下最后通牒了？我去找她！

闻如舟 怎么找？

唐　雅 先拍电报，再写信。

闻如舟 省省心。你当她是你哇？她一回上海，我就估计到了……

唐　雅 我不信，她就这么甩手？就这么丢掉四年同窗、朋友的情分？！

闻如舟 （摆首一笑）你还说我书生意气！咳，（微微摆首）现在的人呀，不比过去咯，一个个都变得实际啦！她会舍得离开大都市上海？到这个要氧气没氧气，要水没水的唐古拉来？哧！

唐　雅 （再度直面男友）你到底是说黄莺？还是你自己？

闻如舟 你怎么老跟我过不去？

唐　雅 是你跟我过不去！

闻如舟 我？分明是你！

唐　雅 你！是你！

沙一川 哎、哎、哎，是你们的女朋友，还是我的女朋友？活见鬼！

〔尴尬中，桑曲拿着观察簿迅步赶来。

桑　曲 皮蛋哥，你怎么搞的？晓云姐都生气了。

沙一川 （正在气头上，横过一眼）我又怎么？

桑　曲 （打开观察簿）你自己看看，三项空白。值班怎么不记……

沙一川 记记记，记个屁！人都要“记”走啦！

桑　曲 （顿被噎得渗出泪花）你……你吃了火药了？

唐　雅 （款款地搂过小桑曲，细声地）黄莺逼他回上海。

桑　曲 （心下一抽）啊？！皮蛋哥……

沙一川 （无以出气，发泄地几步登上井口）上来！上来！

次旦旺鸠 （在井下）我行，再挖一桶。

沙一川 （不无失态）我叫你上来——！（吼叫着，不由分说，转动滑轮）

闻如舟 皮蛋！

〔须臾，次旦旺鸠被硬拽出井口。

次旦旺鸠 一川，你？！……

〔沙一川也不解释，气火火将对方捆索一松，便缚到自己腰上。

桑　曲 （听得脚步，俯身一望）陈老师回来了！

〔众回首，但见陈金水扛着只死羊，神思悲沉，一反缓缓常态，忿忿然拖步归来，不等人接，一卸下羊，自己竟伴着死羊，愧怍地瘫坐地下。

众　　人　你这是？……陈老师？！

陈 金 水　你过来。

沙 一 川　（微愣，不动）我要下井！

陈 金 水　我叫你过来！

〔众人从未见站长如此的恼形于色，个个不知所以，面面相觑。

唐　　雅　皮蛋，去呀。

沙 一 川　（大不情愿地捆索一松，踱将过去）怎么了？

陈 金 水　“怎么了”？你自己看看——（一指死羊）

〔众心一提，益发懵懂。

沙 一 川　一只死羊，有什么大不了的！

陈 金 水　好大的口气！下雪前一个晚上，你在干什么？

沙 一 川　（一记触动，顿生忐忑）……喝酒。

陈 金 水　喝酒？你的观察记录呢？

〔小桑曲欲替皮蛋哥遮掩，将观察簿藏往身后。

陈 金 水　（早看在眼里，手一伸）嗯？

〔小桑曲仍犹豫着。

沙 一 川　（一步过去，抓过观察簿往陈金水手里一塞）你看、看、看罢！

陈 金 水　（一打开，双眉一蹙）好嘛，三项空白！

〔沙一川哑然。

陈 金 水　还填着“高积云”？你就这么跟达布阿爸的女儿“预报”的？

〔唐雅与闻如舟目光一碰，不觉同时落到死羊上。

陈 金 水　你还跟达布阿爸的女儿说了什么？

沙 一 川　（喃喃地）我、我说：“这大热天的，哪儿会下什么雪？”

陈 金 水　现在下的什么？

沙 一 川　雪……

陈 金 水　把积雨云，看作“高积云”！你怎么“观察”的？观察个什么？你知不知道湿度增加了多少？知不知道在暖式空气的控制下，气温突然升高是反常的预兆？

〔沙一川无以言对。

〔众人提着心，显出紧张。

陈 金 水　达布阿爸的女儿，就是看了你的记录（一敲观察簿），听了你——一个气象工作者的话，她相信了，赶着羊群去草地，恰恰碰上大风雪。

七十头羊，活活冻死了一多半！

沙一川　什么？！（料所不及，顿时傻眼）

〔如惊雷劈顶，一场震慑！

〔刘晓云悄然出帐，也大是意外！

〔难耐的死寂，唯有扬雪如泪！

陈金水　我和达布阿爸找到她时，她就躺在雪地里，眼泪早结成冰，人也像死了一样，可怀里却紧紧……紧紧抱着这头刚死的羊；她不想活了，她要同死羊一道去！……（哽咽失语）

〔小桑曲一下抱着刘晓云，失声哭啜。

〔唐雅拉着闻如舟亦泪不能禁。

沙一川　（震撼之下，一时心乱神迷）我……赔、赔，我赔！

唐　雅　我们也帮着凑……

陈金水　赔？就算你、你们赔得起羊，可赔得起藏族同胞对我们气象人的信赖？他们的情义？他们的指望？你赔得了么？！

沙一川　要赔，你说赔不了；你要我怎么？坐牢？杀头？！

〔气氛立时变得肃杀！

次旦旺鸠　（久久抚摸着死羊）一川，你、你了解我们牧民么？你懂得我们对牛、羊的感情么？我们吃的是她的肉，喝的是她的奶，穿的是她的皮；她……她们是我们的命根子哇！（不由热泪直泻）

陈金水　听见了？这羊、牛，是达布阿爸他们的命根子，是牧民同胞的命根子哇！赔得了么？

刘晓云　（恐有差池）金水，他们刚来不久，会吃一堑，长一智的。

唐　雅　皮蛋！（暗扯沙一川，示意其认错）还不？……

〔沙一川倔然不动。

陈金水　你们知不知道？这是一场百年未遇的全区性大雪，温度下降到摄氏零下三十九、四十度！要是我们的气象站值班员都像你一样喝酒、误报，那会是场什么样灾难？！……恐怕枪毙十个沙一川、陈金水也洗刷不了罪责！

〔满场悸动，相顾失色！

〔死寂。良久。良久。

沙一川　（不料有如此惊变，暗下心收气缩）一句话，你要我……怎么办？走人？滚蛋？！

闻如舟 （下意识地一记颤动）走、走人？！……

唐　雅 一川！

〔沙一川倔然不睬，直睃陈金水，转瞬间，扭首出离！

〔再度死寂，人人吊胆。

陈金水 走！走——！你回你的黑龙江；唐雅，你回你的贵州；闻如舟，你回江苏老家，我和晓云去拉萨，大家各奔前程——散伙！

〔一场呆然，个个未动。

闻如舟 真的？

〔唐雅怪嗔地一拳捅向男友！

桑　曲 （惊傻）不——陈老师！

陈金水 （激动中，衷肠一泻而出）让安多气象站，从此勾销；让世界三极之一的青藏高原气象，永远留下空白！……

〔人们这才幡然醒悟！变得沉重与不安的缄默。

陈金水 那样，我们都轻松了，可成了什么人？对得起西藏同胞么？对得起自己的国家么？对得起一个气象工作者的良心么？（稍顷，从衣兜里掏出一个染着重重热血的小本子）你们不是一直问我，陈启厚同志是怎么牺牲的么？

〔血染的小本子，立时吸引住睽睽众目。

陈金水 那是1959年，区里的三大领主分裂作乱，滥杀无辜，连我们这个搞气象的也不放过……

〔灯渐暗，一束追灯照出高地观区白白的百叶箱。

陈金水 那一天清早，正碰见日出，太阳金灿灿的，天蓝蓝的，好美呵！启厚观察簿一夹就上观察区。

〔陈启厚登山的脚步声似略约可闻。

陈金水 哪料到叛匪已偷袭了过来，我们一发现，急得大叫启厚回来！他还不信——

〔陈启厚的声音："没事。我们是来帮助建设西藏的，他们不会……"

〔"砰！"枪响了，百叶箱一记颤动，渗出一缕鲜血！

〔陈启厚的声音："你们……为什么杀我，我们远离自己的家乡父老来这里，你们还？！……""砰！""砰！"又是两枪，陈启厚再没有了声音，但闻罪恶的枪声，在空谷回荡；但见鲜血四溅，染红了白白的百叶箱。

陈金水 启厚就这样，倒在百叶箱跟前，倒在自己的工作岗上！……

〔灯渐明。

〔陈金水依然沉浸在难忘的往事中，神思凝重。

〔众人莫不义愤填膺！唐雅泪凝双睫。沙一川备觉愧悔。闻如舟大是惊骇。小桑曲哭了。次旦旺鸠久久凝视着血染的百叶箱……

陈金水 我去背他时，他手里还紧紧……紧紧捏着观察记录簿，眼睛也睁着，他丢不下他热爱的气象工作，不忍心就这么去了……他好像还在跟我说：我不后悔，我们是“世界屋脊”上开路的气象人哇！

〔沙一川不无撼动。

〔众人不由不肃然起敬。

陈金水 （掂量着小小的本子）这是我从他身上找出来的小本本。上面染着他的血，记着他的诗；多少年来，我一直揣着、带着，从不敢忘记。

〔一场庄穆。

〔闻如舟欲接又忌讳什么，而唐雅已端端地接过这血染的“诗记”，翻着、看着，不觉淌下热泪。小桑曲、次旦旺鸠亦凑身上来，细看着。少许，唐雅有心将“诗记”传给如舟。

次旦旺鸠 （不善言辞，却情重意深）我的同胞，是不会忘记的——米亚古都。好人哪！

陈金水 我们为什么从大老远的天南海北，来到这四千八百米高，又没水、又缺氧的青藏高原上来建气象站呢？（爱抚着死羊）就因为牧民同胞太需要了，天上的航空太需要了，晓云跟你们介绍的世界“三极”冷暖空气流向和它的气象规律更少不了；尤其是我们的铁路，要从安多通过……

唐雅 你是说青藏铁路？

刘晓云 嗯，是西藏、青海的经济大动脉。

陈金水 （神驰个中）这是世界上独一无二的高原铁路哇！可唐古拉山脉，地下是永久性冻土层，火车过不了，只有安多是冻土层边缘区，又在那曲和沱沱河中间，建气象站，收集天上的气候资料、地下的冻土数据，再适合不过了。

闻如舟 （亦一时心热）噢，这天寒地冻的安多，还……还真了不起哇！

桑曲 那当然！

唐雅 （一样地心热情动）这大铁路什么时候动工？

陈金水 已经从青海启动了。多少同胞看着！多少代人盼着！就连我们友好邻

邦也久久等着！（取过血染的“诗集”）启厚，还有烈士陵园里躺着的人，都眼睁睁看着我们呐，我们搞气象的能……

沙一川 站长，陈老师，别说了！我……

陈金水 （接过血染的“诗记”，深有寄托地按到沙一川手心）你带着，再看看、想想。

沙一川 嗳。（倏然踱至死羊跟前，愧疚地端视片刻，慢慢将羊扛上肩膀）

次旦旺鸠 皮蛋，你这是？

沙一川 我去负荆请罪。

闻如舟 你要去达布阿爸家？

沙一川 嗯！

〔山下传来一串牛哞。

次旦旺鸠 （关切地）那有七八十里路呐。

闻如舟 （大不以为然）何必呢？

沙一川 就是死，我也要死在达布阿爸跟前。（不由分说，沉步欲下）

〔“是谁要死在我跟前呀？”声方落，人已到，正是达布老人。

沙一川 （意外之下，顷刻呆住）达布阿爸？！

达布 羊死了，倒能赔、能补；你要是死了，我达布怎么向老少乡亲交代呀？

沙一川 （愧悔无及）阿爸，我没钱赔你羊，只有小命一条，要罚、要杀，你一句话！

〔众人闻言心紧，直睃达布。

达布 唿，倒也像个高原汉子，有种气！（目光从沙一川挪往大学生们）嗯，都安下点心，学着点金水兄弟；修铁路，建设西藏，指望着你们搞气象的；我们放牧的也少不了你们哇！

沙一川 （不胜愧悔）嗳！

闻如舟 （松下口气）达布阿爸，你是说不要赔了？

达布 要赔的，金水兄弟已经赔了；要补的，山下运输站的平师傅也补了。我这是来送羊的，都在下头运输站里。

桑曲 （紧搂达布）谢谢老阿爸！

达布 傻丫头，要你谢个什么呀？！

次旦旺鸠 （紧拉着达布的手）达布阿爸！

沙一川 （不无尴尬）陈老师，替我……赔了？！

达布 陈老师是赔了，我要你赔的，只一件。

〔松弛的气氛，突又绷紧。

达　　布　（疑惑地踱到井口，探首揣摩）跟着金水兄弟，打井。

沙 一 川　（决然颔首）嗳！

达　　布　就是打不出水，也值！

闻 如 舟　（一惊不小）你也说打不出水？

〔陈金水莞尔望着忧心忡忡的老人。

次旦旺鸠　我们站长可是有根有据，书上写的、地下埋的，都研究遍了！

达　　布　傻小子！你当阿爸就不想出水呀？想。一代一代的人，做梦都想着、盼着……

桑　　曲　想就不许瞎说！

达　　布　（爱昵地揽过小桑曲）祖祖辈辈，算到唐朝公主文成进藏也怕有一千三百多年了……就是没有听说过这半天高的唐古拉山石头窟窿里，打得出水的。唉——！

桑　　曲　老阿爸，你那是陈古十八年的老黄历啦！

次旦旺鸠　我们站长可是有科学根据的。

闻 如 舟　什么科学根据？科学根据事实。事实是这里根本就没有水。难怪呢？我一镐下去一个白点，铁板钉钉呐！

沙 一 川　就算是铁板，也得钉钉看！

桑　　曲　就是！万一“钉”出水来呢？

闻 如 舟　万一？嗤！

桑　　曲　陈老师，你说呢？

陈 金 水　陈老师今天要跟达布阿爸赌一赌，要是打出水来？

达　　布　好好好，当面锣鼓当面敲。要是你打出水来，我达布甘愿贡上这颗——（作割首状）

〔众欲笑不能，既企盼，更担忧。

陈 金 水　使不得，使不得，那我可要犯大罪。

达　　布　使得，使得。你能犯下这个“罪”，我就是上了西天，也要到佛祖面前给你烧高香！

陈 金 水　怎么说？

达　　布　这打出了水，就是找出了命，你们活了，气象站活了，我们牧民也跟着沾光；这多少年、多少代荒荒凉凉的山疙瘩，就不是除了你们气象人再没有人敢待的“生命禁区”了！单凭这一条，不管有水没水，难

道不该试试？

次旦旺鸠 桑　　曲 该！该！

沙 一 川 好——

众　　人 （欢忭而起）唐古拉山作证。

达　　布 慢着，慢着，要是打不出水来呢？

闻 如 舟 那还用问？下山——到不是禁区的生命区里去。

次旦旺鸠 你是要撤？那青藏铁路怎么通？这“生命禁区”不就永远是“禁区”了？

闻 如 舟 哎呀，禁区就是禁区，容不得……

陈 金 水 天上有雨，山里盖雪，地下是土，我不信这千里唐古拉山底下就没有水。

众　　人 对！

达　　布 好你个陈老弟，是一只唐古拉的鹰！苍天哇，你开开眼哇！

〔突起的逆光，将呼喝的达布老人，映照得一如“天人”！

〔光渐收。

第三场

〔时间：并非秋季的十月。

〔布景：同第一幕。稍有改观的是墙脚一围，已是泥、石砌成。

〔幕启前。

〔迫促的喘息夹着铁镐滞重的挖掘声，声声入耳。

〔情深意长的弦子胡琴，伴出唐雅悠悠未绝的心歌：

“唐古拉哇，唐古拉，
你可曾也知晓？
有多少生灵，
有多少父老，
为你把命抛？！
为你担心劳？！

……”

〔幕启。

〔一片混沌中，仿佛从唐古拉山的深处，飘荡出小生灵的声音……

男生灵 咦，我又活了！我的生命接给妹妹了。（四处飘忽）

女生灵 哥哥，你就是我，我就是你呀！咦，你听，这是什么声音？是火车的汽笛么？

〔掘井之声，訇然可闻。

男生灵 不是汽笛，是爸爸他们在挖井——找水哩。

女生灵 找水？

男生灵 嗯。这山顶顶上没有水。水哇，就是命；找到水了，你就活了。

女生灵 噢，找水就是找我？嘻嘻，那就快找、快找，找到了，我就好出去了！

男生灵 还要当心沙子风。

女生灵 什么沙子风？

男生灵 风里都是沙子，还有石头，呼嘶嘶怪叫，顶坏顶坏了！

女生灵 我可不要碰到他！

男生灵 别怕。这回爸爸一定有办法。看，爸爸来了。

〔陈金水飘然而至。

女生灵 他是我爸爸？

陈金水 怎么？不像么？

男生灵 是你的，也是我的。

除金水 当然。当然。（内疚地）我是个不称职的爸爸，对不起你们哇。

男生灵 爸爸，这回妹妹一定会听你的——“争口气，好好生出来”；替我听听汽笛叫，看看火车跑。

陈金水 嗯，好、好！我和你妈要带妹妹回临安你奶奶那里去生。

女生灵 临安？回临安去生我？嘻嘻！

男生灵 妹妹，这回你一定会走出去的！一定！（飘闪而去）

女生灵 哥哥，等等我！……（随之远去）

陈金水 儿子、女儿，你们去哪里？

男生灵
女生灵 我们去临安看奶奶！……

〔“嗳！”随着一声应，于空蒙的烟霭中，寻出奶奶——陈金水之老母金庭仙。

老　母　是谁在叫呀？这么细细嫩嫩的！

陈金水　妈？！（不堪惊喜，迭步迎迓）你老人家怎么来了？快、快下山，这里太……

老　母　嘘——（四下寻探）刚才谁叫我哩，细细嫩嫩的声音。

陈金水　那是你的孙女儿。

老　母　我的孙女儿？我有孙女儿了？（不觉凝望相告人）你是谁呀？

陈金水　（不由心酸）你的儿子金水哇。

老　母　金水？（一惊之下，欲疑又信）我的儿子？你怎么变得这么黑瘦黑瘦的？

陈金水　这里离太阳最近，是紫外线照的。

老　母　紫……紫外线？难怪。（顿觉畏冷、胸闷）咦，怎么刚才在临安我还好好的，一到你这里就、就……（身直抖，嘴大张）

陈金水　妈，快，我扶你下山。这里太高太高，一年四季都是大冬天。

老　母　（大讶）啥？都……都是大冬天？就没有个夏天、春天的？……这天底下还有这样的地方！

陈金水　都叫这里“世界屋脊”，就是最高最高的房顶顶。

老　母　（惊疑不已）噢——，难怪你说“离太阳最近”。

陈金水　嗯。来，儿子背你下山。

老　母　哎，慢点，慢点！（一手推开陈金水）都叫你搞晕了。快叫我孙女儿出来，让妈好好看看。（四下顾探）

〔流泉般的乐曲中，兄妹两生灵飘然而至。

男生灵　妹妹，快去。

女生灵　你呢？

男生灵　奶奶要是晓得我没有了，会伤心死的！

女生灵　噢。奶奶——

老　母　嗳，我的宝贝孙女儿！来来，快出来让奶奶看看，像你爸？还是像你妈？

女生灵　嘻嘻。我像爸爸，也像妈妈，还像呀，还像你——奶奶！

老　母　（大是开怀）啧，看你这张小甜嘴！还不出来？跟奶奶“躲猫猫”呀？！

陈金水　妈，她还在晓云肚子里呐。

老　母　啥？还没出来？！

女生灵　嘻嘻！

老　母　（身子益抖，嘴巴大张）怎么喘不过气？妈上临安一钱山替你烧香，跑几趟了都没事……

陈金水 这里有四五百个一钱山那么高呐！

老　母 （大讶不迭）噢，这“房顶顶”不上天啦？！你妈……

陈金水 快不要说话，我背你下山！（连忙背起喘气不赢、冷战频频的老母落坡）

〔小转台旋动。

老　母 你们就在这地方……怀的她？

陈金水 嗯。（念及夭折的生命）是不容易，太不容易了！

老　母 妈活了那么大把年纪，还从没听说过哩！了不得。我这孙女儿出来，硬是个不怕冷呀、高呀的种；哎，说不定是个仙胎！

〔做儿子的忍俊不禁了。

女生灵 不，奶奶。我不是仙胎！

老　母 傻丫头，仙胎里出来的可是仙人——天上下凡的！

女生灵 我不做仙人，我要像爸爸。

〔背着老母的陈金水，煞是欣慰。

老　母 （嗔爱）鬼丫头，还没下来就“出息”上了！（见儿子暗下开心情状，故作生气地一敲）笑你个头！给我留着点神，她要是出个啥差错，我就要你的命！

女生灵 （悄对兄长）哥，奶奶真好！

男生灵 嘘——

陈金水 你老放心，到时候，我会带晓云回临安的。

老　母 这还是句话。小孙女呀，你可得老老实实在里头待着，好好熬着，不怕不出头！

女生灵 奶奶放心，我沙子风都不怕，会待着、熬着的。

老　母 嗯，不怕，不怕，奶奶在老家临安等你，等你……

〔小转台旋去，大转台旋出帐内。床上。

〔陈金水大梦难尽。

陈金水 （兀自在梦游中）妈，你老人家一定等着、等着……

刘晓云 金水、金水，醒醒。

〔陈金水睁开蒙眬的睡眼。

刘晓云 做什么梦呀？看你又哭又笑的！（替爱夫轻抹去眼角的泪花）

〔陈金水念及什么，定睛盯着爱妻的鼓腹。

刘晓云 （被看得腼腆起来）还没看够？傻乎乎的样子！

陈金水 （揽过爱妻，轻轻揽抚）嘿嘿，梦里妈还虎着脸警告我，说你有个什么

差错，就要我的命呐！（不无负重地一笑）

刘晓云 前面流产的事，你告诉妈了？

陈金水 告诉她？那她会杀了我！

〔刘晓云苦涩地一笑。

陈金水 （摩挲着爱妻的肚子）嗳，我梦见我们的小生命了！

刘晓云 喔？我以为只有做母亲的才有感应呐。

陈金水 怎么会？我毕竟也是他爸爸呀。（回味梦中）他还带来了他的妹妹……

刘晓云 （一捂鼓腹）她？是女儿？

〔隔壁帐里帘子偷偷一掀，探出小桑曲与唐雅的脑袋，两人屏息窥视。

陈金水 咳，那是在梦里，谁知道呢？

刘晓云 要是女儿，起个什么名字？

陈金水 嗯……（思量片刻）叫陈军，怎么样？

刘晓云 陈军？

陈金水 我总也忘不了曾在一起生生死死的那些个战士，特别是躺在烈士陵园里的……都那么年轻，才十八九岁，二十出头，就离开父母、家乡；像启厚……

〔灯渐暗，于高地观察区那血染的百叶箱紧旁，风向杆跟前，显出纯真可掬的陈启厚……

陈启厚 我才十九岁，人生刚启步，不想就……

陈金水 启厚，我和我的同志是不会忘记你们的。

陈启厚 不不，我只是个普普通通的气象人，去就去了，只要热血还流淌在不去的生命里。

陈金水 你又在写诗！诗的哲理，哲理的诗。

陈启厚 可惜我不能再写了……（深怀遗憾与凝重的企盼）

〔仿佛是从启厚的心田中流出：

“……

志士披雪到，

观云察尘暴；

……”

〔陈启厚影像渐去。

〔少顷。

刘晓云 好，女儿就叫陈军。

〔唐雅与小桑曲油然共鸣！

刘晓云 要是儿子呢？

陈金水 我想就叫……陈林。

刘晓云 陈林？

陈金水 这里太荒凉，没有树木、没有绿色；要是能长树、有林子，像我们家乡临安，该多好哇！……

〔转瞬间，天幕上渐映出临安天目山，莽莽千里，无尽的树木、竹林、碧草，绿莹莹，光晔晔，备若生命的华章！

陈金水 看——那就是我们家乡临安，到处是绿色，到处是生命！

刘晓云 （感染个中）哦——！我好像看见我们的小生命——陈林、陈军了……

陈金水 小生命哇！……（希冀的目光徐徐回落到爱妻的鼓腹间）孩子呀，我们既然造出你们，就一定要把你们接出来，冲破这禁区，做生命的主人！

唐　雅
桑　曲 “做生命的主人！”（一钻而出）

唐　雅 太对啦！

桑　曲 真好！

陈金水 你们两个鬼东西，敢偷听我们夫妻夜话？

〔唐雅与桑曲相顾窃笑。感怀之下，唐雅脱口唱出《洗衣歌》，桑曲随即和上。

刘晓云 （拍拍“床”沿）来来，坐。

〔桑曲和唐雅倚身坐下。

刘晓云 怎么不睡觉？

唐　雅 你们这么亲亲热热，儿长女短的，我们哪儿还睡得着？

陈金水 呵呵，我们安多也出“夜半歌声”啦！好，歌唱家，尽情唱！

〔唐雅与桑曲又相顾哂然，引喉放歌。

〔陈金水与刘晓云亦感染其间，接口相和。

〔合着节拍，引来了兴味盎然的次旦旺鸠。少许，睡眼惺忪的闻如舟，哈欠连连的沙一川，亦不知所以地循声而至。

沙一川 哎、哎，怎么回事？天不亮就“联欢”上了？人家……

闻如舟 人家梦里正跟黄莺相会呐！

〔一座开颜！

沙 一 川 相会算个啥？我还——啧，吻她呐！

〔一围大噱！

沙 一 川 怎么样？大诗人，你敢不敢也当众……

闻 如 舟 （连连抬手挡架）我服了、服了、服了。

唐　　雅 去你的！臭皮蛋。

桑　　曲 （对沙一川）你真的？……

刘 晓 云 傻丫头！来来，大家尝尝陈老师家乡的山核桃。

沙 一 川 山核桃？这小东西，我上海的女朋友最迷了！

陈 金 水 喔？那我一定给你创造条件去……就算去拍个“马屁”罢。

〔一屋哂然。

〔传来三响汽车喇叭。

刘 晓 云 （听声知人）运输站平师傅叫你呐。

陈 金 水 一大老早的，什么事？（起身，披衣）你们慢慢品尝我们临安的山核桃，我去一下。（出外）

唐　　雅 听喇叭，就知道是平师傅？

刘 晓 云 （莞尔点首）老朋友，熟悉了。哎，大诗人，好久没有听你念诗了。

沙 一 川 来一首！来一首！

次旦旺鸠 说来就能来？

沙 一 川 那当然，大诗人嘛！

闻 如 舟 想听？

桑　　曲 想听！想听！

闻 如 舟 （怅然之气，一泄个中）

“世界第一气象站，

美名传九天，

谁知个中难？

风雪雷雹久作伴，

碌碌度华年！”

次旦旺鸠 我不懂诗，你的“碌碌度华年”？……

闻 如 舟 不能苟同？

唐　　雅 怎么是“碌碌”呢？在这里观察气象，是难、是苦，可我觉得比在学校里充实。

沙 一 川 没错。我也觉着踏实多了。

〔无意相争，一笑置之。

沙一川 （对大诗人）你不是想惊天动地么？那就用“烈烈”，多带劲？！

桑　曲 晓云姐，你说呢？！

刘晓云 （一直静心谛听，此刻微微一笑）要我说呀，我喜欢“默默”。

唐　雅 “默默度华年”？

次旦旺鸠 我看晓云姐就是“默默”，“默默”就是晓云姐。

刘晓云 你也作起诗来了？

唐　雅 好诗！好诗！诗如其人，就是晓云姐，就是站长。

桑　曲 “默默”？（咀嚼着，目光定在晓云姐上）太对了！

〔闻如舟头一摆，苦笑一声。

〔同时间，陈金水稳步返回。

陈金水 （掀帘而入）猜猜，平师傅给我们带什么宝贝来了？

〔众心一提，不知所以。

〔陈金水一下从后背亮出两扎青菜——尽管边皮业已发黄。

众　人 （不堪惊喜）青菜？

不是做梦？

太伟大啦！

青菜万岁！

沙一川 （趁闻如舟喊“万岁”不备，抬手摘了一片绿叶塞进嘴里）哈呀，鲜！是鲜！

桑　曲 我都十个月没见到了。

唐　雅 （一个愣神）十个月？我们来之前就？……

桑　曲 嗯。

沙一川 （又偷摘一片）给。

〔小桑曲接手便送进嘴巴，嚼得滋味无穷！

闻如舟 哎哎，公共财产，不能偷袭！

〔陈金水与刘晓云相顾无语，心下负疚，浸渐浮出两点泪光。

陈金水 天快亮了，我们就美餐一顿，解解馋，接着打井。

闻如舟 万岁！

〔一呼众应。大家围拥着小小两扎青菜，热切切奔入内帐。

刘晓云 看他们那个高兴劲！（不无疑惑）金水，哪儿来的青菜？

陈金水 县长特地让平师傅送来的。（望一眼内帐，这才掏出封信）

刘晓云 谁的信？唷，县长？！

陈金水 嗯。（拆开信）

〔伴出县长的画外音：“金水同志：你们太苦了！今送上三斤青菜，略表县委对晓云同志的慰劳，请她务必保重身子；这回，一定要让我们安多培育的小生命顺利出世！”

〔刘晓云接过信，不觉热泪涌动。

陈金水 （搅扶爱妻）晓云，对不起，我擅自作主……

刘晓云 你做得对。我一个人吃，怎么吃得下？

陈金水 （不胜慰悦地替爱妻理平乱发，感慨良深）他们来了都半年了，还没有见过一株青菜呐；你和次旦旺鸠十个月都不止。……没有叶绿素，缺少维生素C，真难为大家啦！

刘晓云 （感慨与共）他们能待在这里，就不容易了！

陈金水 是哇，能待在这里，就是对死亡的挑战。（收好信，决然地）这回，你一定好好保重；我也一定看着你，保着你。

刘晓云 （嫣然一笑）只怕一忙，又会“对不起”我。

陈金水 不不，这回不会再“对不起”。（目光不由自主地投落到爱妻肚子上）难过不？

〔刘晓云甜甜地摇首。

陈金水 要不要早一点送你回临安？妈还等着哩。

刘晓云 我有数的，你就放心。

陈金水 （不尽甘苦）咳，有时候，真还提心吊胆的。这小生命哇！……（见晓云手支搭着头，连忙扶过）怎么，又头晕？

刘晓云 （故作松快地一笑）还好，高原反应总有一点。

陈金水 不是一点。你的高血压，我倒不担心，我担心的是你的心脏……

刘晓云 （伸手捂住爱夫的嘴）你轻点，叫他们听到。（瞄一眼戏笑热闹的内帐）现在好多了，没再绞痛。

陈金水 你可不要……

〔“青菜汤来喽——”沙一川的吆喝，刹住了陈金水的叮嘱。旋即，沙一川一钻而出，手里捧着锅青菜汤。

〔桑曲接踵随出，手里捧着勺、碗；唐雅与次旦旺鸠已然“捷足先登”不尽欣悦地吃喝开了。

桑　曲 陈老师，晓云姐，快尝尝！（乐滋滋盛舀菜汤）

陈金水 （接碗一品）哇，好香啊！

沙 一 川 （碗一擎）来——站好、站好，立正！向我看齐。咦，少了一个？大诗人！

唐　　雅 扫兴，不管他。

陈 金 水 又有个什么讲究呀？

唐　　雅 （眼光一下投到刘晓云肚上）为在生命禁区里再造的小生命！

次旦旺鸠 这回一定得替我们气象站保住他！

众　　人 一定要保住他。

刘 晓 云 （怦然心动）谢谢。谢谢！

〔内帐里，猝然嘣出大诗人似突发灵感的呼喊："咳，生命，火红的生命出来啦！"

〔一语惊众。

闻 如 舟 （端着青菜汤，欣欣奔来，引指东天）唐雅，看、看——

〔众人不觉出帐登坡，翘足仰首——

〔但见一轮生命的旭日，冉冉东升，将银妆素裹的唐古拉山染映得白白，红红，透透，亮亮。天，如圣泉洗礼了一般——湛蓝；雾，如轻纱飘绕一般——空蒙。

陈 金 水 我们的安多，还有这西藏，可不光是天寒地冻的冷酷呀，（由衷自豪）看看，美不美？

沙 一 川 做梦都没有想到，会……这么美！

桑　　曲 看——雪山染红了！染红了！

刘 晓 云 不来安多，你们还看不到呐！

〔众人莫不陶醉在蓬莱仙境中。

唐　　雅 好一幅雪山日出图！

闻 如 舟 （不由心醉神迷）这是生命的日出，是我们壮美的人生！

沙 一 川 得、得、得，又不"碌碌度华年"了？

〔众乐。

陈 金 水 大诗人说得好。是我们的人生！是生命的日出！

〔切光。

第四场

〔时间：同前场。

〔布景：同第二场。

〔幕启。

〔唐雅、闻如舟、小桑曲和新伙伴们，拽绳的、探首的，急切切蜂拥在井口，一个个泥浆斑驳，一个个大呼小叫。小桑曲业已急得直抽泣。

桑　曲　陈老师，你再不上来，会……会冻死、憋死的！

闻如舟　（一个冷战）天呐，都一个半钟头啦！他怎……怎么熬得住？！

唐　雅　（紧拽着绳，直冲井下）不许我们超过三十分钟，你自己……（一阵风，将话噎住）

〔井下铁镐击石之声，略约可闻，已然显得迟缓、沉重，伴随着虚乏的喘息，揪人肺腑。

闻如舟　陈老师，我服你了，你不怕死，可人也有个极限！你会送命……

〔唐雅心头一紧，急止男友。

桑　曲　求你了，陈老师！快上来！……

〔井下陈金水声："我好好的。你们……放心。"

〔声音已然失力，还哆嗦。少许："来，拉。"

〔井口绳子抽动，是信号。

唐　雅　快，快。

〔井口人心急慌忙地急急收拉。未几，出得井口的却是一铁桶冻土烂石，黑黑的，只见泥浆滴哒。

闻如舟　（与唐雅倾倒泥石）他真是要水不要命了！

唐　雅　你再不上来，我们不放吊桶了！

〔井下陈金水声："再挖一桶，就……就上来。"

桑　曲　（抹一把泪）我去替他。

唐　雅　你刚才冻得人都站不直了！如舟，你下去。

闻如舟　我……（不觉犹豫，瞥一眼山下）这个次旦旺鸠，挑水挑得人影都没了！

唐　　雅　（不满）你当作诗呀，那是挑水，真功夫；你挑空桶到河边都累趴下几回呐！

闻如舟　对、对、对，我就只会作诗，什么都不行，好了罢？

〔唐雅再不多说，怫然将绳子缚往自己腰间。

唐　　雅　我下去。

桑　　曲　你一个上午都下去三回了！我去叫皮蛋哥。

唐　　雅　别叫。让他多睡一歇。

桑　　曲　那……？

〔陈金水井下声："放……放心，我还行。"

〔桑曲急得脚一蹬，一声响叹，拎过烂泥桶转下。

闻如舟　（心下犯酸）你对皮蛋倒是够关心的！

唐　　雅　人家昨天跟陈老师干了一夜！

闻如舟　那我呢？我没干？我不累？我……（急恼之下，备觉委屈）我有话跟你说。

唐　　雅　什么时候不好说？偏拣现在？（见如舟急恼的情状，只得"委屈"）好好，说罢。

闻如舟　不说了！

唐　　雅　你？

闻如舟　我怎么？自从到这安多，你整个人都变了！

唐　　雅　到底是我变了？还是你自己变了？

闻如舟　（听若不闻，心中块垒一泄而出）对这"天下第一气象站"，满脑子的幻想；对这没边没影的打井，满脑子的疯狂！可对我——你相交四年半的朋友呢？冷得就像那安多河的冰！你忘了，我们在学校的时候，我作词、你唱歌，多么和谐，甜美！你忘了，我们多少次一道看日出，嘴上没有说一句话，心里却一同在呼喊："我们的生命，要像这日出一样！"……你忘了，都忘了！……

唐　　雅　（不觉怦然心热）我没忘……我记得昨天那学生时代的诗情画意，可我更看重现在的安多，这气象站的实际，要打井，要生存，要观察记录这里严酷的气候地理数据。如舟，我的诗人同志，我们是气象工作者，不是……

闻如舟　不是什么？不是学生时代？不是作诗？不是我们原来对生活的设计？……是的，"天下第一气象站"，远不如我想象中的豪迈；可我来

这里的另一半支撑，是你、是我们的爱情！现在这支撑也……

唐　　雅　你当我不希望支撑？可我们的支撑又靠什么？你看陈老师和晓云姐……

闻 如 舟　（话中有话）不用我看，倒是你自己眼睛睁大一点。

唐　　雅　（心神一抽）你什么意思？

闻 如 舟　（宣泄地）没有意思。可以理解，这禁区本来就容不得生命的存在！

〔闻如舟拂袖而去，撞上担水回来的次旦旺鸠，桑曲拎着空桶旁随而返。

次旦旺鸠　哎哎，大诗人，不来喝点水？

〔幕后闻如舟声："不了。"

次旦旺鸠　他怎么了？

唐　　雅　（一时怅怅然，又茫茫然。俄而）不管他。来，快把陈老师拉上来！

次旦旺鸠　（一惊不小）他还没上来？（几步登上井口）

〔几个人心悬空，连手收拉。须臾，紧绷的长绳拽上陈金水，汗衫、短裤，光脚，一身土灰泥浆，人疲软，腿紫肿，手里还捧掬着什么——

陈 金 水　看，看看，这是什么？！

众　　人　（不知所以，定睛一看，大振奋）泥水？！

陈 金 水　终算见到水——泥水啦！……（话未了，脚一软，人已歪倒下去）

桑　　曲　陈老师！

次旦旺鸠　怎么了？胸闷？是不是？……

陈 金 水　没什么，没什么。（欲抬脚，脚难动）咦？

唐　　雅　你腿？

〔陈金水头一摆，强自提脚，岂料身一倾，人却倒落下去。

次旦旺鸠　（一把扶住）陈老师？！

桑　　曲　（急得大叫）晓云姐，快来，陈老师他……

〔未几，刘晓云挎着陈金水的大衣，迭步赶出。

刘 晓 云　金水？

〔陈金水斜指腿部。

〔刘晓云心下一紧，将陈金水的腿慢慢捧入怀里，轻轻敲击开来。

陈 金 水　（依旧浑然不觉）这腿……像没有了一样。

〔桑曲吓得连连捧过老站长的腿，呵护开来。

唐　　雅　送县医院？

〔刘晓云微愣，转望金水。

陈金水 不用。是冻的，过一会儿就好。（搭着晓云欲起，又跌倒）

〔两人搀扶，陈金水竟也不能自立。

桑　曲 （揪痛之下，泪花直冒）这腿是怎么了？

陈金水 （徐徐摆首）不要急。兴许暖一暖就好了。

〔传来熟识的牛嗥。

陈金水 （听声知人）是达布阿爸来了。

〔果是达布老人，挎着前后两大筐干牛粪，手里提着牛鞭。

陈金水 达布阿爸，你又给我们送牛粪！

达　布 顺道捎上点儿。大冷天的，不能断了火。

刘晓云 达布阿爸，你快来看看金水的腿。

〔达布这才留意到欲站难起的陈金水，粪筐一卸，老道地搭住那已变得紫肿的腿，如号脉一般。

达　布 （怪嗔）小老弟，你真是要水不要命——疯了！

陈金水 （似戏若真）阿爸，我可记着你发的誓喔。

达　布 忘不了。我等着——（拍拍脑袋）送你下酒。

〔众乐。

陈金水 呵呵，那我得赶紧练练酒量。

达　布 我可是海量，还是小心保着点自己的——（牛鞭一指小老弟脑瓜）

〔众笑。

达　布 来，快点、快点。

唐　雅 烧水？我这就去。

达　布 你要你们站长做无腿将军哇！用牛粪焐。

唐　雅 牛粪？就这——（疑惑地捧掬过牛粪，旋即笨手笨脚地往陈金水腿上捂去）

〔桑曲见状失笑。

达　布 傻姑娘，你要冻死他哇？快抬屋里去。

唐　雅 （尴尬）噢噢。（手忙脚乱地扒拣牛粪）

桑　曲 我来我来。（熟练地捧拣牛粪）

次旦旺鸠 来，陈老师。（急急背起陈金水回帐）

〔大转台渐旋往屋内。

〔同时间，帐内的沙一川徘徊片刻，少许，还是决然从陈金水准备了

的旅行袋里，抽出什么，一看，神思突变。

沙 一 川 真下“调令”了？！大诗人说的没错……（心旗摇荡，直视“调令”）“区气象局今决定调陈金水、刘晓云同志回拉萨工作。职务，另定。”陈老师要走？这回是动真格的了。怎么办？他可是主心骨……他一走，这里怕就……散伙啦！（思量间，听得有人回转，即刻将调令仍塞回袋内）

〔少顷，次旦旺鸠背着陈金水，在众人护拥下，回到屋内。陈金水刚坐落床沿，猛见沙一川将自己的行囊“扑通”掼到眼鼻子下。

〔众人煞时呆住。

陈 金 水 （歉意地）怎么？吵着你了？

沙 一 川 别装模作样了，陈金水！

桑　　曲 皮蛋哥！你……是不是疯了？！

〔沙一川一瞥陈金水歪软的腿，窘恼中，并不在意。

唐　　雅 （觉察出什么，低语提醒）黄莺跟你分手，你怎么冲陈老师发火？

达　　布 （不满地撇下沙一川）快快，牛粪。

〔陈金水抬手轻止。

沙 一 川 （勃然吼出）什么找水呀、创造生命呀，唱得好听！

刘 晓 云 （艰难地挺起大肚子）皮蛋？！（话未尽，肚内作痛，不得不喘息，摩挲）

达　　布 浑小子！（挥鞭就抽）

陈 金 水 （急止）达布阿爸！

沙 一 川 （直点地下行囊）陈金水，你是不是要调回拉萨？

陈 金 水 有那么回事。

〔众人一怔，大是意外。

唐　　雅 （不无惶恐）难怪如舟会……这是真的？！

沙 一 川 （进逼）“调令”是不是到了？

陈 金 水 是的。

〔众人错愕之下，益显焦急！

达　　布 （亦料所不及）金水兄弟？……

桑　　曲 （不敢置信）不，不！……陈老师？

陈 金 水 桑曲，你看陈老师会走么？

沙 一 川 行李都准备好了，还用假惺惺问么？

〔众人也不由一时懵懂，心下抽紧。

陈 金 水 你再看看。

沙 一 川 看？哼！（一下从袋里抽出“调令”，在众人面前一亮）看看，都看看。

众　　人 真是“调令”！

怎么回事？

陈老师，难道？！……

沙 一 川 还“难”啥“道”？一二不过三。它要调，你要走，该！你毕竟支援西藏十一年了！可你这一走，安多气象站呢？我们是冲着你、冲着“天下第一气象站”来的！……我们哭过、闹过、动摇过，也后悔过；我还喝酒误报，闯下大祸……是你，是你们流产的小生命，是你告诉我们那牺牲的陈启厚，叫我们横下心，哪怕九死一生，也要造出这生命禁区里的生命，造出我们的青藏大铁路！……可你却瞒着，自己要走了、离开了，这究竟算个什么？！（心潮突起，人一蹲，失声号啕）

唐　　雅 （跟至沙一川边，欲安慰，却无辞，心有共鸣）陈老师，你……你不该走。不是时候……

陈 金 水 （冲唐雅徐徐领首）皮蛋，谢谢。（在晓云的扶携下，硬是撑起麻木的双腿，挨去摁住沙一川的肩膀）谢谢你！

〔不啻场中人，就连皮蛋也挂着泪珠，哭了。

达　　布 （虽不识其详，却已然放心）浑小子，别火爆，静下心来听听陈老师怎么说的。

陈 金 水 我和晓云商量过，也犹豫过……她心脏不太好，有高原反应，我们是想过调回拉萨去算了。

唐　　雅 晓云姐，你的心脏？

桑　　曲 （紧拉过师长晓云）你怎么从来都不说呀？

刘 晓 云 （故作轻松）就一点病，不要紧。

陈 金 水 想到你说的这些，我们又决定不去了。拉萨少一个陈金水、刘晓云，没有什么；这里多一个人，可就多一份力啦！我们还在找水，还在争生存，还在跟死神挑战……我不能离开，也离不开哇！

刘 晓 云 喏，我们的报告就附在“调令”后面。

〔沙一川傻眼一眨，翻过“调令”。

唐　　雅 要是区气象局不批准呢？

陈 金 水 我想，上面会理解的。

次旦旺鸠 万一？

陈金水 （半戏半真）真有个什么“万一”的话，为安多，我陈金水准备犯个“错误”。

达　布 （甚是欣慰，转对皮蛋）浑小子，听清楚了？

沙一川 陈老师——（挥泪扑住站长）我陪着你一道“犯错误”，就是天塌下来，皮蛋我也跟定陈老师……

唐　雅 还有我，我们一起！

陈金水 （哂然打住）有你们这份心，我就知足啦！

沙一川 （感怀之下，倏然跪地）对不起，陈老师。我不该乱生疑心……

陈金水 没什么。换了我，突然见到谁的调令，说不定也会。快起来，起来。

沙一川 （兀自长跪不起）我急得昏了头，是舍不得你哇；你真一走，这禁区里的气象站，怕真就……就散伙啦！

陈金水 没有那么严重罢？来，起来！

刘晓云 你们陈老师呀，这回是先到拉萨送报告，再去上海开气象工作会议。（从旅行袋里取出几袋山核桃）看，这是带给你黄莺的。

沙一川 （怦然心动）临安山核桃？！

陈金水 我们不是有约在先么？开了会，我就去看看她。我要告诉她：“你的男朋友，是雪山高原的一条硬汉子！”

沙一川 （愧悔交集）不、不，我不是，我不配，我是个……糊涂蛋！连草都不如。

〔沙一川信手一攥，拔起一簇小草，不料长长的根，仍紧紧咬在岩地里。沙一川、唐雅不觉大是诧异！

达　布 知道这是什么草么？

〔两位大学生相顾摇首。

桑　曲 （一笑）叫那达草。

唐　雅
沙一川 （不约而同）那达草？

达　布 别看它又矮又小，不起眼，可雪压不垮，风刮不跑，冰雹打不死，吃不饱氧气也照样活，比那些个高高大大的树木，可厉害多了。知道为什么？

〔沙一川、唐雅他们被问住了。达布一使劲，好不容易，将那达草连根拔出——竟有半米长！细密、板结，独具风姿。

〔众人兴叹！

达　布 （爱抚着密集的根须）这就是它熬得住，不死的道理。你们看，那么细、那么长……

陈金水 （寄意深长）这是它生命的根哇！

沙一川 生命的根？……（恍然醒悟）

达　布 你们的陈老师呀，就是这那达草！……

唐　雅 我们也应该是那达草！

〔沙一川见刘晓云拾掇着行囊，正将山核桃塞往袋内，两步奔去，又拿出山核桃。

刘晓云 怎么？

沙一川 不用了。黄莺不会舍得离开她的大上海，我也舍不得离开我的同伴、我的老师，还有我们的小安多（瞩目着刘晓云的鼓腹）……

桑　曲 （喜不能禁，下意识一蹦而起）皮蛋哥！

唐　雅 皮蛋！

〔刘晓云默默地与陈金水交换着眼色，不胜慰藉。

陈金水 （揽过沙一川）想定了？

沙一川 嗯。

陈金水 （有心敲打）这可是在四千八百零二米的生命禁区里，是容不得我们生存的。

沙一川 陈老师你在，我就能在！

陈金水 好！（在沙一川肩头重重一摁）

刘晓云 （将拾掇好的行囊，递给金水）带猎枪不？

陈金水 带。顺便打点野味，让平师傅捎回来。

〔氛围一转，显出欢忭。

〔小桑曲飞身回屋取枪。

〔未几，闻如舟艰难地扛着一凸凸鼓鼓的牛皮囊，气吁吁拖步上来，脑袋耷拉着，一脸忧戚。

唐　雅 如舟？你躲到……（刚怪嗔，突见皮囊）咦，扛的什么呀？（急忙上前，帮着搬运下地，一看，是铁镐、木柄之类）哈呀，正急等着换用呐！哎，我还当你生气出走了。（往男友脸上一个亲吻）

〔闻如舟居然无动于衷。

陈金水 噢，是平师傅回来了？（检看铁镐、木柄）好。太好了！平师傅人呢？在山下运输站？

闻如舟 （欲说难启齿）他……

陈金水 我正要搭他的便车。

桑　　曲　（兴冲冲奔回，猎枪一递）给，多打点野味哇！

陈 金 水　有你吃的，小馋猫！

唐　　雅　如舟，你怎么了？

〔闻如舟晕乎乎头一摆，浩叹一声。

〔次旦旺鸠默默提过行囊欲送老师，叫达布接过。

达　　布　我顺路。走，金水兄弟。

陈 金 水　嗳。

闻 如 舟　陈老师……

陈 金 水　嗯？大诗人有什么心事？

闻 如 舟　平师傅他……

陈 金 水　（心头一记抽搐）他怎么？

唐　　雅　哎呀，你倒快说哇！

闻 如 舟　他们车子开出拉萨第二天，在峡谷里碰上雪崩，他和另三个师傅都……

陈 金 水　（几不敢信）什么？！

〔举场震呆！

陈 金 水　这是真的？真——的——？！

〔闻如舟洒泪颔首。

沙 一 川　他……怎么会？！

桑　　曲　平师傅！……（失声啼泣）

〔唐雅轻搂住小桑曲，也泪不能禁。

陈 金 水　老天哇，你——太不公道！（一掌击在凸岩上）

刘 晓 云　（轻弹泪水，扶慰地）金水。

达　　布　平兄弟哇！（当空挥出一鞭）

〔“啪”！半天里一记震响。

闻 如 舟　又一个生命，夭折了！……我说过，生命在这里太脆弱、太脆弱，简直就和死神暗中连着手！（有所指地）平师傅也去了，人生结束了，那么短暂、短暂……

唐　　雅　如舟！

沙 一 川　死就死，一条命——只要值得！像启厚同志……

陈 金 水　（缓缓颔首）是哇……启厚早死了，我们都念着他；烈士陵园里的人，总有后来人去祭奠。他们是死了，可在我们心里却活着。平师傅为我们运牛粪、送青菜……还没忘记给我们带来打井急需的工具。我们会

忘记他么?

次旦旺鸠 不，我们会一辈子记住他——米亚古都!

桑　曲 (泪眼一抹)嗯! 米亚古都……

〔刘晓云暗自抹一把泪水，轻揽过嘤嘤垂泪的桑曲与唐雅。

陈金水 只要我们在，你平师傅、启厚、烈士陵园里的同胞，还有我的儿子，就是不死的!(猛地抓过猎枪，迎天两下)

〔“砰砰”两响枪声，紧连着“不死的”呼喝，在高原空谷激起阵阵回响，久久不绝……

〔渐收光。

〔琴音绵绵，心歌拳拳：

……
是志士哇，
是同胞，
为你久煎熬!
为你竟折腰!
……

第五场

〔时间：冬季。二月。

〔布景：同第一场。只是帐篷周遭的泥石围墙，又比第一场高出半截。

〔幕启前。喘息之声依旧，铁镐挖掘之声，却益见下力，不时传来喧争。

〔热切的弦子胡琴伴出琴师巴望的热切呼唤：

“唐古拉哇，唐古拉，
你一惊天地摇。
天地摇哇，
摇……”

〔幕启。

〔吓人的闷雷似的狂风，已轰然入耳，天低云重，转瞬之间，变得四野凄迷，又如第一场一般。

〔刘晓云腆着更加隆大的肚子，在观察区百叶箱前，手执观察簿，不时速记着什么；间或仰顾着摇晃中的风向杆。一股忿恼的狂风，几将她刮走。

〔唐雅一身泥浆，从邻坡急急拐出，看得出，刚从井下上来不久。她喘着气，往帐内一寻——

唐　　雅　晓云姐！咦？（返首一巡，发现）啊呀，晓云姐，你怎么又在大风里？快回屋！快、快！

刘 晓 云　是“皮蛋”……（顶头风顿将话堵住，她不得不翼翼然踱下高坡）

唐　　雅　当心。（几步登坡扶住）你快叫陈老师上来，他在井下都两个半钟头啦！会憋死的！

〔刘晓云嗳嗔地摆首一叹。

唐　　雅　我三十分钟一待，就恶心得不行！（一把拽过对方）快。

刘 晓 云　他不比你们，心里有个数。（按抚住唐雅）我倒是担心皮蛋。

唐　　雅　皮蛋有县医院保驾，不用担心。快快，你一定得出马——（又拽住晓云，拖往井头）

〔传来临近的喘息、脚步。

〔拖扭着的唐雅、刘晓云四目回顾，但见达布老人在先，次旦旺鸠在后，扛着担架上的沙一川拖步登来，一旁随着泪眼汪汪的小桑曲。

〔沙一川仍在半昏厥状态，喘息频频，似有不测。

刘 晓 云　快进屋。

〔唐雅帮着达布扛人进内。

刘 晓 云　（一看沙一川，大惊）怎么没看？！

次旦旺鸠　（懊丧，不满）医生下乡了！

唐　　雅　总有值班的哇。

刘 晓 云　县医院只有那么一个医生。

唐　　雅　才……一个？

达　　布　唉，山高路远的，我们这里太缺医生啦！

唐　　雅　一川。一川？

沙 一 川　（强睁开眼，大口喘息）没什么。

唐　　雅　你倒学会老陈的口头语了！还“没什么”？你为什么跟自己过不去？要不是陈老师拽你出来，真就没命了！（急得泪水直冒）

〔小桑曲失声抽泣。

沙一川　死在这里，值。

桑　曲　求你了，不要。不要！你不会死的。

刘晓云　都不要说了。（转对达布）阿爸，我看他是严重缺氧。

达　布　井下憋得太久，心气儿又不顺……

桑　曲　都怪那个黄莺！

刘晓云　（轻止）桑曲！（转对次旦旺鸠）告诉老陈了？

次旦旺鸠　嗯。

达　布　你们不是熟悉下面运输站么？叫辆车把下乡的医生截来！

刘晓云　就怕……（回视着张口喘不赢气的沙一川）也只能这样。次旦旺鸠，你——

次旦旺鸠　我这就去。（飞步奔出）

〔沙一川蓦然瞪眼、张口，满脸涨红。

唐　雅　一川、一川，怎么了？

沙一川　透不出气。我、我怕……

桑　曲　不！不会的！

沙一川　小桑曲，你真……可爱。唐雅，我实在去得不是时候……

唐　雅　（洒泪相劝）一川，你不要多说话。

沙一川　（缓缓摇头）真要不行了，我们的"计划"就……拜托你们……

唐　雅　嗯，一定。

〔张口欲说，以致无气，眼看难以为继；涨红的脸色亦渐自泛青。

刘晓云　一川，你一定要挺住，不要再费力说话。

桑　曲　求求你，听晓云姐的，不要再说了……不要！……

刘晓云　（骤然想起）运输站像是有氧气！

达　布　我去！

刘晓云　不不，我想办法。（捂着大肚，往外直趋）

〔沙一川眼示唐雅，抬臂似欲制止大肚子的刘晓云。

〔"不用了。"话到，人至，是陈金水。一身打井积下的泥浆，肩上扛着一罐长长的氧气瓶，连裤腿都未及放下，浑身热气如雾。

唐　雅　（大惊喜）氧气瓶？！

达　布　哎呀呀，陈老弟，你救大命了！

桑　曲　（一下扑住）陈老师！（一声出，竟然开怀地号啕开来）

陈金水　不要哭，不要哭。（卸下氧气瓶，搁于床头）

〔刘晓云熟练地接上皮管，轻轻插入沙一川鼻孔。

陈金水 好了？（见晓云点头，即拧开阀门，看定仪表）你看，可以不？

刘晓云 （审看仪表）行了。

陈金水 （关注沙一川）怎么样？

沙一川 （氧气一吸，喘息顿平，抬臂拉拉陈金水）站长，谢谢！……（话未了，泪自泻）

〔小桑曲在一旁也泪水涟涟。

陈金水 嘿，自家人，谢什么？我趴下了，你也会。

沙一川 （头重重一点）嗯！

刘晓云 （细细监护）胸口还闷不闷？

沙一川 （头一摇）舒服多了。

〔唐雅这才轻舒一口气。

〔小桑曲破涕为笑。

达　布 陈老弟，看不出你还有这么一身气力——扛那么个铁家伙！

陈金水 也许是急的。现在再扛，怕起不来了。

刘晓云 从来没见过！

〔唐雅倒好热水，拧把毛巾。

唐　雅 给，站长。

陈金水 （接手）什么站长站长的？叫老陈。

唐　雅 （哂然一笑）我可是跟皮蛋学的唷！

刘晓云 哎，你没见着次旦旺鸠？他也去运输站了。

陈金水 没有。我抄的近路。（擦着脸，瞄住达布）达布阿爸，你老是刺探情报的？

刘晓云 （怪嗔）人家是帮着抬一川来的。

唐　雅 （蓦然念起）憨托如舟呢？

达　布 没有在打井？

唐　雅 （摇头）他和次旦旺鸠抬一川去的医院。

刘晓云 会不会留在医院里，等医生？

桑　曲 （摇头）连影子都没见！

达　布 我看那东西，像唐古拉山顶的云，虚虚飘飘的，不如这浑小子——（直指沙一川）

陈金水 （沉吟片刻）走，达布阿爸，去看看打井。（踱往床头，拉过沙一川的手一拍）安心歇着。

〔沙一川动情地头一点。

陈金水 （返顾达布，引指帘外）我真担心老阿爸的这颗——（一点脑袋）

达　　布 嗤，我等着呐！

〔两人相与调侃着，比肩出门。

刘晓云 一对倔头！

〔开心的小桑曲，失声而笑。

〔唐雅独自思量着什么，似记挂，更担忧。

刘晓云 大诗人不是小该子了，你不用太担心。（宽慰地拉拉唐雅的手，随即取过观察簿，行欲去）

沙一川 （急了）哎哎，晓云姐。

刘晓云 （折回）怎么？又不舒服？

沙一川 不是我不舒服，是你，你再不能爬高走低的了。

唐　　雅 （醒神过来，抢过观察簿）我去。

沙一川 （示意唐雅）不要忘了我们的“计划”。

〔唐雅应允着，刚欲出门，与赶回的次旦旺鸠撞了个正着。

次旦旺鸠 送来了？

唐　　雅 嗯。没事没事了，（耳语关照）照“计划”行动……，次旦旺鸠，嗳！（凑近关照一川）你就放心躺着。（返身与唐雅直出）

刘晓云 你们搞什么“阴谋”？神秘兮兮的！

〔沙一川与桑曲诡谲地相视一笑。

刘晓云 你这小东西也参加了？

桑　　曲 哎——！

〔那边牛角怪岩处，不时传来打井的热切呼唤与争喧。

沙一川 你还不去出把力？

桑　　曲 那你？

沙一川 我一切正常。去罢，好小妹。

桑　　曲 你叫我什么？“好小妹”？！（喜出望外，情难自禁地在沙一川额上一个亲吻，便飞步跑下）

〔沙一川始料不及，大是骇异！

刘晓云 我们这个小桑曲，是喜欢上你了。

沙一川 不不不，这……（一时失措）

刘晓云 （“扑哧”而笑）这么个大男子汉，也会害怕？（少许）哎，这大诗

人……会去哪里呢？

沙 一 川 （摇头）这两天老见他趴在床上又写又撕的，像走火入魔了！

刘 晓 云 写什么？

沙 一 川 鬼晓得！总是诗什么的。哎，会不会在写站长交代的那……“唐古拉诗”？

刘 晓 云 但愿……哎，他近来跟唐雅怎么老磕磕碰碰的？

沙 一 川 两人在学校里倒也般配，一个写出诗，一个就唱，天造的一样。一分到这里，我看大诗人就泄气了，想打退堂鼓。

刘 晓 云 他大概把“天下第一气象站”想得太好、太美了。

沙 一 川 嗯，他太浪漫，像是来体验生活。特别见唐雅拜巴望为师，学民歌，那晚上大吵了一场！

刘 晓 云 唐雅倒是跟我说了。唉，这个大诗人，太不甘寂寞，就怕平平凡凡……

〔险厄的逆风袭来，呼呼作响，夹带着尘沙，打得帐篷嗵嗵作响。四野无光，给人不祥的预兆。

〔刘晓云不觉打了个寒噤，少许，似感到到肚中胎儿的躁动，下意识地摩挲开大肚。

沙 一 川 又不舒服？

刘 晓 云 （款款摇头）憨坨他在里面动。

沙 一 川 他可得熬住！

刘 晓 云 （一笑）憨坨怎么？

沙 一 川 嘿嘿，现在保密。

刘 晓 云 噢，又是那个“阴谋”？

〔沙一川笑而不答，病况大见好转。

〔似已结下缘的“唐古拉”又从弦子胡里、从琴师巴望心底，悠悠传来，由远及近——

唐古拉哇，唐古拉，
你一挺天地摇。
抬望眼哇
谁能料——
志士披雪到，
观云察尘暴。
察尘暴……

〔尘暴应声突起，似欲将志士们无情地刮跑。

刘晓云 是巴望回来了？！

沙一川 （一坐而起）是他，我们的琴师——歌手！（拔管下床）

刘晓云 （连连挡住，按下）急什么？他今天来，许是个好兆头？

〔“水？”惊呼一起，石破天惊！

〔“出水啦！——”群声狂呼，地动山摇！

〔沙一川再也躺不住，一跃而起，拔掉插管，飞身疾趋。

刘晓云 哎呀呀，你刚缓过气……（招呼着，关掉氧气，摇首一叹，眼里竟也涌上两点泪光）出水了，你到底出来了！盼了你多少年，多少代哇！……（抹一把喜泪，条件反射般地端过大锅，又往炉里添上牛粪）喝，这回大家可以痛痛快快喝个够啦！我们“天下第一气象站”可以在这禁区里生下根啦！（又爱抚起腹中躁动的胎儿）……

女生灵 妈妈，有水就有生命了？

刘晓云 嗯，有水就有生命。你就是你爸爸、妈妈结出的生命，你可是这生命禁区里的新生命哇！

女生灵 嗯！我在里面等了好久好久啦，怎么这么难呀？！

刘晓云 是不容易哇！

〔次旦旺鸠一如泥人，拎着桶井水疾步奔来，也不管气穷喘、心狂跳。

次旦旺鸠 晓云姐——水！我们的井水！（亦是喜泪不禁，舀出一勺）你尝尝！还清甜清甜的。

刘晓云 （一尝一品）真的？是清甜！

〔那边，井口欢腾依旧；这边，拎桶的、捧碗的、执缸的，你灌我，我抢你，一个个湿漉漉、喜滋滋，拥着陈金水，忘情而至。

唐雅 （喜不能禁）晓云姐！（一把抱住，竟而哭泣开来）

〔场中人，感慨与共，喜泪凝睫。

〔陈金水乐在丛中，没有言语，也没有激昂，默默然享受着人生的至快、至美。少许，他与相依为命的晓云目光接上了，两人相视哂然，尽在不言中……

陈金水 （捧起水罐，将水徐徐浇下）就盼着这一天，这一天哇！（话一出，亦泪流横斜）

〔备受冷落的沙尘暴猛发淫威，奔天呼地，几欲将这帐篷再次席卷而去。天与地，霎那间，变得一片灰黑。

〔屋中人顿生骚动，有几个胆小的失声啼叫开来。

沙 一 川 哈，今天我这个姓沙的风暴老乡配合得不错。（示意次旦旺鸠）

次旦旺鸠 来，看我们的——

〔有如变魔术一般，声才了，即燃起蜡烛，一支、一支、又一支，七簇烛火，恰在第一场同一位置上，将灰黑的帐篷映照得一片璀璨。

〔举座皆喜，个个意外。

唐　　雅 老陈，一年前，你用燃烧的蜡烛迎接我们，可惜没有留住小生命；今天，我们借这个出水的好日子，还是用燃烧的蜡烛，预祝这延续的第二个小生命，顺顺利利、平平安安诞生出来！

刘 晓 云 噢，原来你们搞的这个“阴谋”哇！

〔众呼应，笑的、叹的、击掌的，不一而足。

陈 金 水 （衷肠热切，无以言表）谢谢。谢谢！

〔内帐里，只听得小桑曲一声呼叫，着急奔出，手里抓着封信。

桑　　曲 陈老师，给你的信。

〔唐雅即刻省悟出什么。

陈 金 水 （接信）放在哪里？

桑　　曲 唐雅姐的床上。

唐　　雅 是如舟？！

陈 金 水 （拆开封口）嗯。

〔闻如舟的声音，随信而出：

“站长：

我这么不辞而别，多请原谅。你是个好人，默默奉献，从不张扬；我敬佩你，却不敢视你为榜样。生命太短，我不敢想象十年、二十年、三十年，在这生命禁区里苦熬时光。没有了爱情，此刻倒也一身轻装；虽然前景茫茫，我也不知会去往何方。至少可以像琴师——歌手巴望，去游走、去闯荡，任它兴衰与存亡！

骂我吧！诅咒我吧！昔日的同窗与我敬重的站长！”

唐　　雅 （一把抓过信）可耻！（欲撕）

陈 金 水 （止住，沉沉接过）是我没有做好工作……

次旦旺鸠 怎么能怪你呢？达布阿爸早说过，强扭的瓜不甜，强抓的山鹿圈不住。

陈 金 水 达布说的也是道理，人各有志，勉强不得。

刘 晓 云 （见唐雅泪眼婆娑，便轻轻揽住）唐雅……

唐　　雅（抹一把泪，毅然直身）没什么。

〔呼啦一股沙尘暴漫卷过来，不远处房顶铁皮什么的被裹席在半空里，发出一阵阵无奈的呻吟。

〔欢庆的氛围，顷刻变得沉重。

〔巴望来了。那灵性的琴、灵性的歌：

“唐古拉哇，唐古拉，

你一惊天地摇。

抬望眼哇，

谁能料——

志士披雪到，

观云察尘暴。

……”

〔声音渐激越，情思益奔涌；渐近、更近……

〔陈金水凝神倾听。

〔一场人凝神倾听。

〔歌词终未绝，已然续接上：

“扎在死亡角，

开出生命岛！”

唐　　雅（油然一振，如吐心声一般跟腔唱出）

“扎在死亡角，

开出生命岛！”

〔巴望应声而上。

巴　　望　是唐雅罢？唱得有声！有情！好好。

陈 金 水（一步上前，紧搂住老友）到底接上了！接上了！“扎在死亡角，开出生命岛”……（咀嚼、遐思）对，太对了，正是启厚同志的心思！（奋切之下，肃然恭身）请允许我代表牺牲的启厚战友、代表我们气象站同事，谢谢你！（躬身行下大礼）

巴　　望（已然感触到）不不，金水兄弟。没有你们，我是想不出的；要谢的，是你们。这里是死亡角，没有你们扎根，哪里开得出“生命”？只怕还是古老的荒蛮，还是永远的禁地哇！

〔一语触发，人们不由不思量个中。

〔沙尘暴淫威不减，肆虐禁地。

唐　雅（情之所至，不能自已）

“唐古拉哇，唐古拉，

你一挺半天高。

……”

〔苍凉之声，即刻引出巴望的衷肠，他甩手拉开弦子胡。

唐　雅“冷眼看哇，

谁能料——

风吹石头跑，

夏天穿棉袄，

氧气吸不饱，

……”

巴　望（身心共鸣，脱口应和）

“小命真难熬。

真难熬！……”

〔凄切之情，催人下泪。

〔刘晓云不由自主地爱抚起腹中小生命。

〔陈金水，伴扶着刘晓云，感慨系之！

巴　望到底熬出头，熬出头了！（重重一拨琴弦）

〔“嗡——”声顿出，恰如雄鸡一唱！

陈金水来，喝口我们的井水。

巴　望（接过，感觉着什么，慢慢喝一口，品一品）嗯，雪山下的水，岩石里的水，真水，是真水，比金子还珍贵！

〔“哈哈，说得好，好！”声一出，人随到。是达布阿爸。

陈金水达布阿爸，我当你学兔子，溜掉了呐。

〔众笑。

达　布想不到、真想不到，这不长树、不长木的唐古拉山底下，还藏着活溜溜的山水？！我服了，金水兄弟！你要头，给头；实在不要我这颗老白头，我另送你一只大黑头。

陈金水喔？

〔众不知所以，一个个睁眼鹤望。

达　布女儿，送上来。

〔一声喝，由他闺女端上托盘——盘中盛着只硕大的黑牛头。

〔一座哗然。

陈金水 （一惊不小）哎呀我的老阿爸，你怎么把宝贝“黑神”给杀了？

达　　布 这神井都出水了，还有啥给不得的？况且又不是我的头。

〔众乐！

达　　布 来，这头，这里祭着；身子，今晚慰劳志士。

〔一屋开颜。

〔沙一川赎罪似的，赶忙从达布女儿手里接下牛头，端端搁好。

刘晓云 （敬重地递上碗井水）达布阿爸，请——

达　　布 好，好。（一饮而尽）金子水，金子水哇！

巴　　望 （忽发灵感）嗳，就叫金水井？

唐　　雅 对对，好名字！

众　　人 金水井？

巴　　望 这井，是金水兄弟带头开；这水，又是金子一样的神水……

陈金水 不不，不行不行。

〔未待陈金水劝阻了，已然群起呼应。

众　　人 金水井——

〔似应验这地动山摇的呼唤，天顶间骤然洒下丝丝如金的清泉。

沙一川 （端起水碗，一举）来，我们就以金水代美酒，保佑金水站长和晓云嫂子顺利去，顺利回。

唐　　雅 （提醒）哎哎，小生命、小生命。

沙一川 哎唷，对对。保佑我们的小生命、小生命……（一时没辞）

唐　　雅 小生命……

巴　　望 呱呱落地。

达　　布 听起来怎么像火车叫？

〔一座开颜！

次旦旺鸠 （直面站长，把杯而起）来。

众　　人 （同向金水，把杯而随）来。

〔陈金水在缕缕金水中，情浓浓、意切切，与爱妻晓云把杯而起……

〔定格。

〔小生灵“哇哇”面世之声随即响起。

〔婴儿的啼号溶入鸣响的汽笛。隆隆的火车终于启动，声声入耳。

〔随声化出二场陈金水回想中的临安天目山，山青葱，野碧绿，水清透，生机天限！

〔唐雅的心歌一泻而出：

“哦，生命，你是绿色，

哦，绿色，你是生命；

谁道不准出生？

我们要做生命的主人！”

女生灵 我到底出来了，出来了——

男生灵 我就是你，你就是新生命！

女生灵
男生灵 我们来喽——！

〔满山遍野，回荡着生命的呼号，久久不绝：

我们来喽——！

来喽——！

〔旁白同出：“两个月后的4月21日，延续着上一个生命的女儿陈军，终于冲破禁区，来到世间；一个月后，做了父亲的陈金水，不及洗去征尘，又匆匆赶回安多。陈金水从1956年8月到1995年12月，先后三次请缨赴藏，将生命中最美好的三十三个春秋，无私、无悔、无返顾地奉献给了高原热土。敬礼，陈金水！敬礼，共和国的一代开路先锋！”

〔随着旁白，舞台复活。陈金水在众人携伴下，一步又一步走向观众、走向人们……

〔幕徐闭。

〔弦子胡琴伴出巴望与唐雅相共的心歌：

唐古拉哇，唐古拉，

你一惊天地摇。

抬望眼哇，

谁能料——

志士披雪到，

观云察尘暴。

扎在死亡角，

开出生命岛！
开出生命岛！
生命岛！
……

〔剧终。

1997 年

《七场民间传奇越剧》

杨　乃　武

谭均华　金　耘

人物表　杨乃武、毕秀姑、杨淑英、夏同善、夏母、葛小大、汪树屏、钱坦、钱李氏、西太后、刘锡彤、刘子和、桑春荣、陈竹山、报童、杨德、公差、衙役、太监、百姓等

序　幕

〔苍凉、沉重的音乐声中幕启。

〔一幅幅有关杨乃武冤案报道的上海《申报》被放大以后，先后在舞台上降落，透过《申报》的纱幕可以看见如下画面次第出现。

〔如狼似虎的公差押着身穿囚服、颈戴镣铐的杨乃武和毕秀姑过场。

〔杨淑英、汪树屏、钱李氏、杨德和众乡亲冲上，被公差们挡住。

〔记者何雪华采访杨淑英、汪树屏等人。

〔众人围住何雪华，纷纷申述不平。何雪华边听边记录，神情激愤。

〔报童高扬着手中的《申报》，边跑边喊：“看报，看报，请看上海《申报》！请看杨乃武奇冤，杨乃武奇冤！”

〔序曲虽悲犹壮：

落叶飘飘清宫树，
苕溪涟涟泪似珠。
百年奇冤千夫怒，

悲歌一曲杨乃武。

第一场　红颜有祸

〔余杭苕溪岸边。

〔溪水清清，翠竹亭亭，远山朦胧，古塔巍巍。

〔幕后独唱：

咿呀一小舟，
悠悠画中游。
明媚春光里，
桨桨送温柔。

〔舒展轻柔的音乐声中，葛小大和毕秀姑划一小舟上。

〔旖旎风光中的毕秀姑、小舟被彩霞映衬得分外娇俏。

〔毕秀姑将一朵山花插上云鬓，舞桨戏水，笑逐颜开。

〔毕秀姑看见杨乃武远远走来，大声招呼。

毕秀姑　（高兴地）杨二少爷，你杭州回来啦！

〔杨乃武内应："回来啦！"上。

杨乃武　秀姑，小大，你们都好吧！

毕秀姑　好！二少爷，请吃塘栖枇杷！（丢过一串枇杷）

〔杨乃武接住枇杷，笑着向毕挥挥手。毕、葛划舟离去。

杨乃武　（唱）杭城会试展才华，
张扬文字抒锦霞。
激浊扬清论时势，
指点江山心胸大。
天生乃武必有用，
叱咤风云非自夸。
金榜题名囊中物，
手拿喜报转回家。
乃武我，不忘姐姐养育恩，
不负寒窗浪淘沙。

我要扫尽世间不平事，

胸装万民走天涯。

〔杨淑英内喊：“弟弟！弟弟！”端衣盆、拎水桶上。

杨乃武 姐姐！我来，我来。（忙上前接过水桶，取出手帕替姐姐擦汗）

杨淑英 弟弟，看你神采飞扬，一定有什么喜事！

杨乃武 姐姐，你看！（展开手中喜报）

杨淑英 （看读）“杨乃武高中第四十八名举人”！（激动地）弟弟，你果然金榜题名，这太好了，这太好了！真是祖宗保佑！

〔突然传来毕秀姑的呼救声：“来人，快来人呀！”只见刘子和、陈竹山追葛小大、毕秀姑上。

〔刘子和紧紧盯着毕秀姑，嘻嘻直笑。

葛小大 （护住秀姑）刘……刘少爷，你……你想干什么？

刘子和 （一把推开葛小大）你给我滚开！小白菜，你快过来！（调戏毕秀姑）

毕秀姑 （惊呼）小大，小大！

〔葛小大向前阻拦，被刘子和一脚踢倒。

毕秀姑 （急呼）来人，快来人呀！

杨乃武 （上前挡住刘子和）住手！

〔杨淑英把毕秀姑拉在身边。

刘子和 （正要发火，突然软了下来）原来是杨乃武。你，你又来多管闲事了！

杨乃武 光天化日之下，公然调戏民女，行凶打人，真是无法无天！

刘子和 杨乃武，你是存心和我过不去了？

杨乃武 你错了，不是我和你过不去，是法，是大清王法！

葛小大 （胆怯地）杨二少爷，我看算了吧。

毕秀姑 算了吧。

杨乃武 算了？

刘子和 （狂妄地）啥人敢鸡蛋撞石头？（旁若无人地调戏毕秀姑）小白菜，快过来！哈哈哈哈！

杨乃武 （怒不可遏）刘子和！

（唱）无法无天刘子和，

一条黑鲤掀狂波。

杨乃武，胸中腾起熊熊火，

恶虎欺人我敢搏！

〔杨乃武将姐姐的洗衣棒槌高高举起，正义凛然。刘子和连连后退。刘子和一挥手，两个家院冲上。

杨乃武 （镇定自若）怎么，还想白日打抢？难道你忘了是谁一张状子摘掉过你阿爸的红顶子？你就不怕我再写状子告你阿爸一个养子不教，纵子行凶？

刘子和 这……

杨淑英 （对葛、毕）你们不要怕，我弟弟已考入举人，他一定会替你们作主的！

陈竹山 （拉拉刘子和的衣角）少爷，走吧……

刘子和 杨乃武，算你狠。你，你等着。

〔刘子和、陈竹山等溜下。

杨乃武 （痛快地）哈哈哈哈！

杨淑英 秀姑，你受惊了。

毕秀姑 大小姐，真不知怎么感激二少爷才好！

葛小大 二少爷，真难为你了！

杨乃武 不必客气。

〔葛小大头晕欲倒。

杨乃武 （忙上去扶住）小大兄弟，你怎么啦？

葛小大 老毛病，痧气又发了。

毕秀姑 上次吃了二少爷配的药，已经好多了，可是这几天，连做豆腐吃力过头……

杨乃武 （搭脉）虚火上升，冷热不均，必须好生养息。（开方并取出一本折子）秀姑，这是我的药折子，等下你去爱仁堂药店老板钱坦那里配药，钱就记在我的账上。

葛小大 这怎么可以……

杨乃武 （摸出一锭银子）小大，这五两银子给你补补身体。

葛小大 不……

杨乃武 亲帮亲，邻帮邻，谁家没有个为难的时候。你就拿着吧。

葛小大 多谢二少爷！

毕秀姑 （同时）多谢二少爷！

〔切光。

〔一束光打在刘子和、陈竹山身上。

刘子和 （恨恨地）杨乃武，你这块尖角石头，总有一天要被我搬掉！

陈竹山 这杨乃武一张嘴伶牙俐齿，一支笔胜过刀枪，连你阿爸都怕他三分，如今他又是新科举人，搬掉他，谈何容易？

刘子和 这……可是那一株水灵灵的小白菜，若能一尝滋味，我愿死他十回八回……你给我想想办法。

陈竹山 你看，小白菜来了！（两人躲过一边）

〔毕秀姑一手拿药和折子，一手拿绿梅上。

毕秀姑 杨二少爷真好，给小大看病、送药，又教我读书识字，还送给我一枝绿梅。

〔刘子和、陈竹山突然从暗处走出，左右拦住毕秀姑。

毕秀姑 （惊慌）你们，你们要干什么？

刘子和 （抢过药和药折子，夺过绿梅，将绿梅狠狠地踩在脚下）嘻嘻，到我府上去，和你交个朋友！

〔毕秀姑欲喊，却被捂住了嘴巴，刘、陈挟持着毕秀姑下。

〔切光。

〔幕后独唱：

咿呀一小舟，
颠颠浪里走。
飘摇风雨中，
簖簖泪花流。

第二场　人间有鬼

〔景同前场。

〔乌云压顶，风雨欲来。

〔毕秀姑神情悲愤，脚步呆滞地上。突然，她发狂似的奔向苕溪大堤。

〔电闪雷鸣。

毕秀姑 （悲愤地）天哪！

（唱）苕溪水，恶浪翻滚向东流，
流不走我满腔愤和仇。
苕溪水，长又长，
洗不尽我心中悲和羞。

秀姑本是童养媳，
和小大，豆腐夫妻苦相守。
本以为，清清白白好做人，
谁知道，无主羊羔落虎口。
刘子和凶狠将我抢，
三天来，污我清白下毒手。
我要告不敢告，
要逃无路走，有苦不能讲，
有难无人救。

我本想去找杨二少爷，可是，那刘家财大势大，我不能连累二少爷……再说，婆婆她不许我去杨家，说什么“羊吃白菜”……可是二少爷他是好人哪！

（接唱）二少爷为人仗义伸援手，
关心小大恩德厚。
他教我读书写字长学问，
他教我品性要学梅花秀。

〔毕秀姑幻觉中出现杨乃武。

杨乃武 秀姑，你可知道这人字最难写！

毕秀姑 （自语）人字最难写？

杨乃武 （唱）莫把人字来看轻，
笔划虽少学问深。
头顶天，脚踩地，
一撇一捺须站稳。
我们写人做人要像人，
堂堂正正是根本。

杨乃武 （拿出一枝梅花）秀姑，你看，这是梅花中的珍品绿梅！
（念）玉洁冰清碧罗裙，
雪里飘香脱芳尘。
悄然一夜凌霜开，
唤来人间万里春。

毕秀姑 （自语）玉洁冰清碧罗裙……

杨乃武 秀姑，你要是喜欢，就送给你，愿你像绿梅一样，清清白白，雪里飘香……

〔幻觉隐去。

毕秀姑 （自语）……清清白白，雪里飘香……可是我……（百感交集，埋首痛苦）

（唱）红颜薄命清白丢，

奇耻大辱压心头。

与其活着难抬首，

倒不如，跳进苕溪万事休。

〔秀姑走上溪岸。远远传来小大喊声："秀姑，秀姑！"

毕秀姑 （猛醒）小大，他怎么来了？他不是发寒热躺在床上么？对，他还在等我的药给他治病呢！我要是走了，叫他怎么办？可是我……

〔葛小大上。

葛小大 （惊呼）秀姑！（冲上溪岸，拉住秀姑）秀姑，这三天你……你到哪里去了？你……你为什么要到这里来？

毕秀姑 （痛哭）小大……

〔雷雨交加。

葛小大 这几天，余杭镇上到处在传"羊吃白菜"，难道是杨乃武……

毕秀姑 不，杨二少爷是好人，欺侮我的是那个丧尽天良的刘子和！

葛小大 这个狗东西，我，我跟他拼了……

毕秀姑 （一把拉住）不，你不要去，他们当官人家，我们斗不过他……小大，你在发烧，（以手试额）烧得厉害，不能再淋雨了，快回家去吧……

〔毕、葛两人扶持着走下溪岸。刘子和打着伞上。

刘子和 秀姑，秀姑，原来你在这里，叫我找得好苦。喏，这块打簧金表是我花三百两银子从杭州买来的，送给你，做个定情之物。

毕秀姑 谁和你定情，你快走！

葛小大 刘子和，你，你不要欺人太甚！

刘子和 （一把推开葛小大）葛小大，你听着，小白菜已经是我的人，从今天起，她归我了！

毕秀姑 刘子和，你再不走，我就去找杨乃武为我作主！

刘子和 杨乃武……

葛小大 （猛地抓住刘子和）你这个恶棍，我和你拼了！

刘子和 （猛力一推）你给我滚开！

葛小大 （跌翻，挣扎着站起）你，你……（猛喷一口鲜血，倒地死去）

刘子和 （一探鼻息）不好，出人命了……（把金表硬塞给秀姑，匆匆逃下）

毕秀姑 （丢掉金表，急呼）小大，小大！我该怎么办？我该怎么办？

〔雷声隆隆。切光。

〔堂鼓阵阵，众公差在堂威声中过场。

〔公差内声："葛小大母亲上堂喊冤，称她儿子被人毒死！"

〔灯渐亮。刘锡彤正在县衙花厅阅览状子。

刘锡彤 （思索）葛小大母亲上堂喊冤……葛小大被人毒死……这凶手究竟是谁？这金表主人又是哪一个？

〔刘子和、陈竹山上。

刘子和 阿爸，这金表是我的，是我送给小白菜的。（拿过金表放到自己袋里）

刘锡彤 你的？莫非是你毒死了葛小大？

刘子和 不不，我没有下毒，那葛小大乃暴病而亡。

刘锡彤 那你送金表给小白菜作甚？

刘子和 我……我……

刘锡彤 没出息的东西，要是小白菜招出你来，看你怎么办？

陈竹山 老爷，小白菜倒不可怕，可怕的是杨乃武……

刘锡彤 杨乃武？

刘子和 对，小白菜说要去找杨乃武揭发我……

刘锡彤 揭发你什么？

刘子和 揭……揭发我强暴于她……

刘锡彤 （拍桌大怒）什么？你竟敢去强暴小白菜！你可知王法条条，法不容情？（扬掌欲打）

刘子和 （挡住）王法？王法还不是阿爸你笔头一勾。

刘锡彤 你……

刘子和 小白菜还说要请杨乃武帮她讨回公道……

陈竹山 老爷，那杨乃武本来就是一串红辣椒，如今成了举人，如虎添翼，更是厉害！

刘锡彤 一个举人，怕他何来！

陈竹山 听说他和上海《申报》记者以及汪树屏等同窗举人打得火热，要是少爷的事一闹大……

刘子和 阿爸，当年你丢掉官帽，还不是因为杨乃武的举报，难道你忘了？是他害得你花了五万两银子，才拿回头上的顶子。

刘锡彤 （又恨又怕）要不是他，我早就是五品杭州知府了。哼，杨乃武这块尖

角石头，迟早要设法搬掉。

刘子和 阿爸，葛小大母亲上堂喊冤，要你捉拿凶手，我们正好乘机把杨乃武治一治。

陈竹山 将错就错，把病死当成毒死……

刘锡彤 你是说嫁祸于杨乃武……可这断案要有证据……

刘子和 （取出药折子）阿爸，你看！

刘锡彤 （接看）杨乃武的药折子。

刘子和 是从小白菜手里拿到的。

陈竹山 说明杨乃武和小白菜早有私情。难道老爷没有听说过“羊吃白菜”的传闻？

刘锡彤 这杨乃武可不是好吃的果子。要有人指证啊。

陈竹山 老爷，只要爱仁堂药店老板钱坦和小白菜一同招供杨乃武……

刘子和 你真是痴人说梦，这怎么可能呢？

刘锡彤 （阴狠地）大刑之下，何求不得！

陈竹山 办他一个……

三　人 （合）谋夫夺妇！

〔切光。

第三场　男儿有泪

〔灯渐亮，舞台上出现交叉组合的下面三组空间。

〔刘锡彤审讯毕秀姑。

刘锡彤 毕秀姑，杨乃武谋夫夺妇、下毒害人，你还不快招？

毕秀姑 不，小妇人从未见过什么毒药，冤枉难招！

刘锡彤 哼哼，“羊吃白菜”，余杭县哪个不知，谁人不晓？你若不招，杨乃武落得个终生坐牢！

毕秀姑 要说奸夫，乃是你家公子刘子和把我强暴。

刘锡彤 证据何在？

毕秀姑 这……

刘锡彤 毕秀姑，你可知杨乃武是新科举人，你若招供，可以大事化小，小事化了。

毕秀姑 诬陷杨二少爷，天理不容，冤枉难招。

刘锡彤 来呀，拶指伺候！

〔毕秀姑惨遭拶刑。

刘锡彤 招是不招？

毕秀姑 冤枉难招！

〔毕秀姑昏迷中被公差拿起手指在供状上按印。

〔隐去。

〔陈竹山威逼钱坦。

钱　坦 陈先生，爱仁堂从来没有卖过砒霜，我怎么能说杨乃武到本店买过砒霜呢？

陈竹山 钱老板，要知道葛小大中毒身亡，他吃的药都是来自你爱仁堂！

钱　坦 作假证，这可是伤天害理的呀！

陈竹山 难道你就不怕上刑、杀头、绑法场？！

钱　坦 这……天哪！

〔隐去。

〔刘锡彤审讯杨乃武。

刘锡彤 杨乃武，还不跪下！

杨乃武 我乃新科举人，岂能跪你！

刘锡彤 （一扬手中公文）哼哼，省里批文，已经革去你的举人！

〔公差将公文递给杨乃武。杨看后两手颤抖，悲愤难禁。

〔公差拿过公文，摘去杨乃武举人帽，逼杨跪下。

杨乃武 刘锡彤，你竟敢藐视国法，未经审问便革去我功名。

刘锡彤 杨乃武，快快招供谋夫夺妇、下毒害人！

杨乃武 无中生有，诬陷于我。难道你不怕天打雷劈、激怒乾坤？

刘锡彤 钱坦、毕秀姑均已招供，你还想抵赖不成？

杨乃武 我要与他二人当堂对质，辨明真伪！

刘锡彤 口供在此，铁证如山！你若不招，夹棍无情！

杨乃武 莫非你想栽赃陷害、屈打成招？

刘锡彤 不动大刑，谅你不肯招认！

〔众公差给杨乃武上夹棍。

杨乃武 哎呀！

刘锡彤 杨乃武，有招无招？

杨乃武 无招！

〔公差用刑。

杨乃武 （惨叫）哎呀！

刘锡彤 有招无招？

杨乃武 无招！

〔公差再用刑。

杨乃武 （更惨地叫）啊……

刘锡彤 杨乃武，难道你就不怕骨折筋断、火链加身？

杨乃武 狗官！

（唱）恶毒凶狠刘锡彤，
滥施毒刑逼招供。
杨乃武，一生从不似弯弓，
冤屈刺心泪直涌。
含冤受屈心不甘，
急中生智斗顽凶。
隐语化成蝌蚪文，（提笔，书）
屈打成招在其中。
浪大挡不住鱼穿水，
留得青山待春风。（扔笔）

刘锡彤 （看供状狞笑）哈哈哈哈！（一声炸雷，惊恐）

〔幕后合唱：一声炸雷震九天，
阴风阵阵刺骨寒。
旷世奇冤男儿泪，
洒尽人间，湿尽人间。

〔切光。

第四场　书生有种

〔杭州府衙外。

报　童 （手挥报纸）看报，看报，请看上海《申报》，今天登载杨乃武冤案第九、

第十篇新闻。余杭县秘密审讯，杭州府刑讯逼供，判处杨乃武谋夫夺妇斩立决，葛毕氏通奸谋命凌迟处死。刑部翁同龢大人和夏同善大人仗义执言，朝廷已派钦差大人胡瑞澜前来复审。看报，看报，请看上海《申报》！（跑下）

〔暗转。

〔官员甲上。

〔两公差抬礼品过场。刘锡彤随上。

刘锡彤 大人，杨乃武一案审理多次，并无冤情，请大人维持原判，为士林雪耻。（呈上礼单）

官员甲 （读出声来）“绸缎百疋，黄金千两……”（严厉地）嘟！大胆余杭县，你竟敢行贿朝廷命官，该当何罪？

刘锡彤 （吓得跪下）大……大人，这是一点小小意思，实在不好意思。

官员甲 （口气转缓和）下次……不可……

刘锡彤 （擦汗）是，下次不可，下次不可。

〔官员甲下。官员乙上。

刘锡彤 大人，杨乃武一案审理多次，并无冤情，请大人维持原判，为士林雪耻。（呈上礼单）

〔两公差抬礼品上。

官员乙 （拦住礼担，仔细翻看）余杭县，这些金银珠宝都是送给本官的？

刘锡彤 大人，这是一点小小意思，实在不好意思。

官员乙 刘锡彤，你这礼送得好，送得巧，送得妙啊！

刘锡彤 大人……

官员乙 它告诉我两件事。

刘锡彤 哦？

官员乙 第一，你刘锡彤为官不正、心中有鬼……

刘锡彤 （一惊）啊……

官员乙 第二，那杨乃武实在是大大的冤枉！

刘锡彤 不……

官员乙 杨乃武若无冤情，你来此作甚，送礼何用？！

刘锡彤 大人……

官员乙 滚，滚，滚！

〔两公差抬礼品慌忙跑下。刘锡彤狼狈随后。

官员乙 慢！老实告诉你，倘若杨乃武昭雪平反，浙江的十多个官，还有你，都要撤职查办、红顶子落地！

刘锡彤 （跪下）大人，快拉兄弟一把！

官员乙 （不无遗憾）为了你们这些老部下、老战友、老同乡，也只好委屈杨乃武了。

刘锡彤 （喜出望外）大人英明，大人英明！

〔官员乙下。

〔陈竹山急上。

陈竹山 （递过一叠报纸）老爷，你看！我们的事都上报纸了。怕……

刘锡彤 怕啥,一张小小的《申报》管不了我,不要理它！（撕掉报纸,扔在地上）

陈竹山 老爷，报纸虽小，影响却大。

刘锡彤 有那么多大人顶着，天塌不下来！走！

〔切光。

〔杭州会审公所公堂。堂鼓声响后，传来汪树屏等人和群众的呼喊声："青天大人，杨乃武冤枉啊！"

〔堂鼓声急剧响起。汪树屏和群众蜂拥而上。

汪树屏 青天大人，举人汪树屏愿意为杨乃武作证，他十月初五和我一起在杭州写诗会文，未曾离开半步。

群众甲 十月初五，是小人亲自划船将杨二少爷送到杭州，小人可以作证！

何雪华 我们都可以为杨二少爷作证！

〔幕外问官：汪树屏，你竟敢带头吵扰公堂，还不与我退下！

汪树屏 你……

〔幕外问官：来呀，都给我轰了出去。

〔幕内何雪华声："且慢！"

〔何雪华身背照相机上。

问　官 你是何人？

何雪华 上海《申报》记者何雪华。

问　官 来此作甚？

何雪华 不平则鸣。请问大人，你可知秉公执法？

问　官 自然知道。

何雪华 既然知道，为何不敢公开审案，让民众旁听？为何随意推翻杨乃武的人证？

问　官　这……

何雪华　请大人给《申报》一个说法。

问　官　你……哼，我不问你一个擅闯公堂之罪，你竟要讨什么说法，还不退下。

何雪华　新闻记者有采访的自由！（将镜头对准公堂）

问　官　公堂之上，岂容你想来就来，想问就问。来呀！将何雪华等人统统赶了出去！

公　差　（抢下相机）走！

〔公差驱赶众人下。

问　官　带杨乃武！

〔随着幕内杨乃武“钦差大人，杨乃武冤枉！”的凄烈悲号，两公差押杨乃武上。

〔堂鼓咚咚。

杨乃武　（唱）脚步踉跄上公堂，
悲风杀气透心凉。
喊冤叫屈几十趟，
个个问官脸带霜。
未解冤情一丝毫，
血迹斑斑反添伤。
盼星星，盼月亮，
只盼钦差送曙光。

杨乃武叩见众位大人！

〔幕外问官声响起。

问　官　（沙哑声）杨乃武，谋夫夺妇可是你所为？

杨乃武　大人，冤枉！想我杨乃武十年寒窗，苦读圣贤，岂会作出此等辱没祖宗，玷污士林之事！

问　官　休得啰嗦，我只要你答是或者不是。

杨乃武　（无奈）是。

问　官　谋夫夺妇可是你所为？

杨乃武　不是！

问　官　十月初五可是你去爱仁堂买的砒霜？

杨乃武　不是！

问　官　可是你将砒霜交于葛毕氏？

杨乃武 不是！

问　官 （粗鲁声）好一个杨乃武，一问三不是。既然不是，为何招供？

杨乃武 请大人细看供状画押之处。

问　官 原来是蝌蚪文屈打成招。

杨乃武 正是三木之下，屈打成招！

问　官 钱坦、葛毕氏均已招供，人证物证俱在，岂容抵赖！

杨乃武 十月初五不在余杭，乃武也有人证。

问　官 哈哈，你的人证都是你的亲朋好友，岂可作证？！

杨乃武 莫非大人也想指鹿为马么？

问　官 难道浙江几十个问官都冤枉你不成？

杨乃武 正是他们官官相护，草菅人命！

问　官 你竟敢攻击朝廷命官！

杨乃武 我这是实话实说！

问　官 杨乃武，此乃铁案，你若翻案，须知刑法无情！

杨乃武 刑法无情？（冷笑）哈哈哈哈！

问　官 你笑什么？

杨乃武 （愤慨）今日钦差大人临审，以为天眼重开，奇冤可雪。哪知又是大刑相逼。（哭）嗯哼哼！

问　官 你哭什么？

杨乃武 可叹堂堂大清国法竟败坏在你们这些昏官手中！

问　官 （恼羞成怒）本官早就听说你杨乃武是一个狂妄之徒，今日一见果然如此。来呀，夹棍伺候！

杨乃武 （被夹）哎呀！

问　官 招是不招！

杨乃武 冤枉难招！

问　官 火链上堂。

〔公差用刑。

杨乃武 （惨叫）哎呀！

问　官 招是不招？

杨乃武 宁死不招！

问　官 掌灯！锡龙伺候！

〔四只写着“清正廉明”的大红灯笼高高挂起。锡龙上场。

杨乃武 （惨笑）哼哼，好清正的钦差，好廉明的巡抚！

（唱）公堂上听狼嗥悲愤满腔，

似看见苕溪中滚滚浊浪。

夜茫茫只盼望明灯闪亮，

阴惨惨唯见这鬼火张扬。

官官相护尽魍魉，

王法条条皆蜡枪。

杨乃武此心如水照青霄，

岂畏酷刑如虎狼。

我要为浙江士林保清白，

我要为子孙后代挺脊梁。

黎民有冤无处喊，

宁可一死告上苍。

昏官！人可以一死，可是天理不死！

问　官 （声嘶力竭）用刑，用刑，用刑！

〔锡龙喷吐的火焰中杨乃武威武不屈。

杨乃武 （悲愤地）举人变犯人，

斯文扫地；

学台充刑台，

乃武归天。

〔幕后合唱：

耿书生，硬头颈，

好男儿，真血性。

天若有爱天蓝蓝，

地若有情草青青。

〔切光。

〔杭州会审公所公堂外。

〔众乡亲议论纷纷。

杨淑英 难道这大清国真的没有清官了么？难道我乃武兄弟真的要冤沉海底了么？哼，狗官刘锡彤、胡瑞澜、杨昌浚，我就不信你们能一手遮天！我就不信这天底下会没有公道！

汪树屏 （大声地）这些赃官串通一气，陷害乃武兄，他们绝没有好下场！

〔何雪华上。

杨淑英 （拉住何雪华双手）何小姐！

何雪华 杨大姐，据可靠消息，刘锡彤已用银子贿赂胡瑞澜。我一定要把他们揭露出来。

杨淑英 谢谢大家对我杨家的关心。杨德，准备行装！

杨　德 大小姐，你……

杨淑英 立即启程，进京告状！

杨　德 打了两年的官司，家里房屋田地都变卖得差不多了，这进京的盘川……

杨淑英 （坚定地）哪怕乞讨进京，我也要为弟弟讨回公道！

汪树屏 我这里有祖传宝玉一对，拿去凑个数。

〔汪树屏把宝玉交杨德。

何雪华 这耳鬟、手镯还值点钱。（交给杨淑英）

〔在场群众纷纷解囊相助。蹲在远处的一位老乞丐慢慢地走到杨淑英面前，颤抖抖地把三个铜钱交到她手中。

杨淑英 （热泪盈眶）

（唱）扶危济困一片诚，

不由淑英泪盈盈。

经冬倍觉阳光暖，

真情胜金永记心。

〔切光。

第五场　姐弟有情

〔数天后。

〔杭州府衙男监。斗窗外一弯冷月。

〔杨淑英一脚踏进男监，和半卧在地的杨乃武四目相对。

杨淑英 （激动地）弟弟！

杨乃武 （挣扎欲起）姐姐！

杨淑英 （上前扶住）弟弟！（两人相拥痛哭）

（唱）见弟弟腿骨断伤痕遍体，

斑斑血盈盈泪我痛彻心肺。
你面容憔悴人形落，
两鬓斑斑霜雪起。（为弟梳发）
只恨赃官无天理，
陷害无辜施毒计；
柔弱书生披荆棘。
弟弟呀，都怪姐姐力单薄，
未能救你苦海离。

杨乃武 姐姐！

（唱）见姐姐人消瘦频添鱼尾，
带风尘飘银丝更觉伤凄。
你为我流尽辛酸泪，
为我喊冤跪破膝。
为找青天不辞苦，
不怕风雨严相逼。
只怪乃武命不好，
害苦了姐姐和贤妻。

杨淑英 弟弟！

杨乃武 （接唱）总以为，大清国法威无比，
惩恶扬善举大旗。
谁知公堂无公道，
处处但闻乌鸦啼。
到如今，遍体鳞伤腿骨断，
残月寒星照囚衣。
钦差重审置死地，
冤狱无情把我欺。
茫茫黑夜哪有路，
舟沉冤海无归期。

姐姐，我真想和小时候一样在你的怀里甜甜地睡上一觉，我真累，真累啊！

杨淑英 弟弟！

（唱）黑夜虽长有鸡啼，

翠竹不怕暴雨欺。
涧底松也有见天时，
切莫要，沉沉落日向山低。
留得明眸看月圆，
珍重身体待归期。

杨乃武 （用拐棍站起）姐姐……

杨淑英 （凝重地）请弟弟写好状子，姐姐我要千里进京，去刑部大堂滚钉板告状！（将状纸递给杨乃武）

杨乃武 怎么，姐姐你要去滚钉板告状？铁案已定，你何苦走这不归路？

杨淑英 只要还有一线希望，我绝不彷徨！

杨乃武 姐姐，你可知钦差维持原判，这奏折不日就要快马进京！一旦朝廷御批，刑部发文，弟弟的人头就要落地！

杨淑英 所以姐姐准备即刻登程！

杨乃武 可是姐姐的脚步能比马还快么？

杨淑英 只要能抢先进京，哪怕是翻山越岭！

杨乃武 五千里路，风雨兼程，你一个弱女子，怎么可以……

杨淑英 要知道我只有你这么一个弟弟，要是我还不了你的清白，救不了你的性命，有何面目去见父母的在天之灵！

杨乃武 （潸然泪下）姐姐，我的好姐姐！

（唱）感天动地姐姐心，
一片亲情泣鬼神。
犹记幼时养育恩，
是姐姐，荷糕喂我长成人。
难忘寒窗伴读时，
是姐姐，严教勤督夜三更。
姐弟相依二十春，
绿叶永记根枝情。
你为了乃武把冤申，
你不辞，远山遥岭多艰辛，
为了乃武把冤申，
你不怕，刑部告状险万分。
姐姐呀，一刀难断藤千根。

双拳怎敌虎一群。
庶民难告红顶子，
你何苦，风风雨雨上帝京。
挑雪填井枉费劲，
连累姐姐我心何忍？（丢掉状纸）
春蚕总要变成茧，
一了何妨见阎君。
贤妻劝她改门庭，
宝宝托姐当亲生。
他日坟前烧张纸，
墓草苍苍祭冤魂。
姐姐啊，一曲囚歌成绝唱，
且待来世报大恩。

杨淑英 弟弟！

（唱）莫道眼前黑沉沉，
自有彩霞驱乌云。
人生自古谁无死，
一身硬骨不能轻。
且把那，断肠话儿付流水，
挺起胸膛拼一拼。
进京告状铁了心，
不见青天不回程。

弟弟，你就忍心让你那三岁的孩子没有父亲？你就甘心不明不白沉冤海底？难道一死你就瞑目了么？

杨乃武 （震动）姐姐！

杨淑英 你看，这是树屏兄等十八名同科举人为你申述所写的联名公禀，这是《申报》连续报道你冤情的文章。

杨乃武 （震惊，激奋）真想不到，真想不到！

杨淑英 胡庆余堂胡雪岩大人还专门派人送来二百两赴京盘川。弟弟，世上有爱、人间有情啊！

杨乃武 姐姐！

（唱）姐姐话似阳光一扫寒潮，

一句句似阳光把冰雪融消。
弱女胜须眉，
乃武愧难超。
姐姐呀，世上有爱烫我心，
人间有情挺我腰。
你奇胆豪气冲九霄，
我岂能，杨柳遇风把头摇。
杨乃武，一身傲骨天铸就，
姐弟同心讨公道。（捡起状纸）

杨淑英 弟弟，站起来，喝口酒，写好状子，为姐姐送行！

〔杨乃武接过姐姐递过的酒，一饮而尽。

〔幕后合唱：

苕溪水，向东流，
浪花更比山花秀。
高山峻岭挡不住，
不到大海不回头。

〔合唱声中，杨淑英跪立在地，杨乃武艰难而坚定地在姐姐背上铺纸奋笔疾书。最后，咬破手指，滴血写下“苍天在上”四个大字，映红了整个天幕。

第六场　钉板有血

〔刑部大堂门外。两只石狮虎视眈眈，一面堂鼓阴森威严。

〔杨淑英和杨德风尘仆仆冲上。杨淑英高举鼓槌击鼓三通。

杨淑英 （悲号）青天大人，杨乃武冤枉！

〔两公差高举钉板上，圆场，杨淑英紧跟，杨德随后。

〔在惊心动魄的音乐声、锣声和公差的呼威声中，杨淑英、杨德紧跟钉板冲进刑部大堂。

〔一束红光映照出杨淑英勇滚钉板的不屈身影。

〔幕内女声独唱：

舍生忘死杨淑英，

血溅钉板几断魂。

〔钱李氏急急忙忙冲上，高举鼓槌，连击三下。

钱李氏　（高喊）青天大人，杨乃武冤枉！

〔公差上。

公　差　刚才一个滚顶板告状，怎么又来一个？哎，你来凑什么热闹？！莫非你不知板钉的厉害？

钱李氏　只要能为杨乃武申冤，我情愿血溅钉板！

公　差　皇太后圣旨已下，杨乃武斩立决。谁滚钉板也没有用！

钱李氏　（大惊）啊！

〔杨淑英内唱“恨苍天不开眼满腔悲愤……”

〔幕内传来“退堂”的阵阵高喊声。

〔杨德扶浑身是血的杨淑英艰难地从刑部大门走出。

杨淑英　（接唱）退堂声一阵阵万箭穿心。

杨淑英　（泪流满面，轻声问苍天）退堂？刑部大堂不是为民申冤的地方么？这大清国法不是为黎民作主的么？大清国法到哪里去了？

〔天地寂然无声。

杨淑英　（撕心裂肺，高喊）这大清国法到哪里去了？（昏厥）

钱李氏　（跪下急呼）杨大姐，杨大姐！都是我家先生不好，是我们害了你，害了杨二少爷！

杨淑英　（醒来）你是谁？起来说话！

钱李氏　你若能原谅我家先生，我就起来！

杨　德　你家先生是谁？

钱李氏　爱仁堂药店老板钱坦。

杨　德　原来你是钱大嫂。

钱李氏　乃武兄弟含冤受屈，是钱坦他作了假证，都怪他骨头太软。

杨淑英　其实爱仁堂从未卖过砒霜，钱老板作假证也是被人所逼，违心所为。

钱李氏　杨大姐，你原谅他了？

杨淑英　（点头）人，都有无奈之时。

钱李氏　（站起，凄惶对远方）孩子他爹，杨家已经原谅你了，你在九泉之下也可以安息了！

杨淑英　（吃惊）怎么，钱老板他……

钱李氏 （痛苦地）他受不了良心的责备，他，他悬梁自尽了！

杨淑英 啊！

钱李氏 婆婆听说你要进京告状，特地要我赶到京城，到刑部大堂为乃武兄弟鸣冤作证！

杨淑英 可是我们都来迟了！

钱李氏 （着急地）怎么办！乃武兄弟的性命……

杨淑英 （沉着地）看来，我只有去求夏同善大人，请他进宫见太后，救我弟弟一命！

钱李氏 夏大人？

杨　德 我家大小姐在夏府教过书。夏老夫人心地善良，夏大人为人耿直。

杨淑英 我们走！

〔杨淑英没走几步，便晕倒在地。钱李氏忙上去背起杨淑英。

钱李氏 杨大姐，来，我们走！

〔一束红光照着钱李氏背着杨淑英前进的身影。

第七场　夏公有胆

〔夏府花厅，夜烛高照。夏同善案前阅卷，眉头紧锁，心潮难平。

夏同善 秘密审讯，滥用刑罚，草菅人命，罗织冤案……这些地方官公私不辩，曲直不分，竟敢朋比为奸，欺蒙朝廷，真是岂有此理！（拍案而起）

（唱）杨乃武遭奇冤历时三载，

公堂上无公断天理丧尽。

众百姓为此案民意怨愤，

惊动了西太后下旨重审。

又谁知众多问官抱成团，

结党营私欺朝廷。

如今是七审六决成铁案，

要想翻案已不能。

同善我有心据理去抗争，

又只怕违圣命犯律条，左思右想心不宁。

（苦苦思索）两条人命，不是儿戏，苟有冤屈，岂能轻易定罪……

〔家院上。

家　院　老爷，老爷！有余杭乡亲求见。

夏同善　余杭老乡？

家　院　她说曾在府上教过书，一定要求见大人和老夫人。

夏同善　哦，快请，快请！

家　院　（对内）有请！

〔杨德、钱李氏扶杨淑英上。

〔家院引杨德、钱李氏下。

夏同善　淑英大姐！

杨淑英　夏大人，杨乃武冤枉啊！

夏同善　请坐，快请坐。淑英大姐，杨乃武冤枉，本官早就知道。可是……

杨淑英　大人，余杭乡亲都道你敢于直言，是青天大人。如今乃武一案世人皆知，淑英我为弟弟申冤，千里迢迢来到京城，你可要为他作主啊！

夏同善　淑英大姐，乃武一案，我已和翁同龢大人商量多次，无奈皇太后圣旨已下，上命难违，我心有余而力不足……

杨淑英　莫非此案已无转机？

夏同善　我看你还是……唉！

杨淑英　（立起）看来大清朝真的没有清官了。可怜我那弟弟只能屈死九泉，再也不能瞑目了。（缓缓向门外走去）

夏同善　淑英大姐！

〔夏母内声："淑英大姐！"上。

夏　母　淑英大姐！淑英！

杨淑英　（激动地）老夫人！老夫人！我那乃武兄弟冤枉啊！

夏　母　淑英，此事上海《申报》已登载了五十多篇报道，我都看见了。这些赃官真可恶！淑英，你坐。（对夏同善）儿啊，杨乃武一案，你看……

夏同善　母亲，杨乃武确实冤枉。可是此案岂止是涉及一两个赃官。地方官吏一大帮啊！再说皇太后……

夏　母　（打断）淑英，看来这位夏大人对你兄弟乃武的冤情尚未明白，你就再仔仔细细地讲讲！

杨淑英　老夫人，大人！

（唱）杨乃武三年冤狱苦难深，

杨淑英钉板告状到京城。
我一告余杭刘锡彤，
诬陷我弟血口喷。
二告陈鲁恶知府，
营私舞弊用毒刑。
三告巡抚杨昌浚，
官官相护无人性。
贪官钦差胡瑞澜，
不要天理只要银。
葫芦一画奏朝廷，
欺上压下负皇恩。
可叹我弟杨乃武，
触犯权奸祸临门。
可怜我弟杨乃武，
铁索带血锁缠身。
可悲我弟杨乃武，
十年寒窗化烟云。
可敬我弟杨乃武，
书生有种敢抗争。
奇冤激怒众举人，
联名上书有血性。
上海《申报》倡正义，
篇篇文章鸣不平。
我身为姐姐骨肉亲，
只求为弟把冤申。
只要冤案能平反，
我情愿一命换一命。
谁知刑部不准状，
明镜高悬无光明。
我抬头呼天天无声，
低头叫地地不应。
大清国总有青天在，

岂能让惨云愁雾压苍生！
大清国总有尚方剑，
岂能容魑魅魍魉乱乾坤。

夏　母　淑英，你兄弟杨乃武吃介大的冤枉，我老太婆也心痛煞哉。

杨淑英　（哭求）老夫人，我家兄弟的生死存亡都压在我做姐姐的身上，请老夫人帮忙，求夏大人救我弟弟一命！

夏　母　儿啦！你赶快去向皇太后禀明真情，请她收回圣命。

夏同善　皇太后向来说一不二，要收回圣命难于登天！

夏　母　难道此事再也没有办法了？

夏同善　（摇头）……

夏　母　（生气）哼，我来问你，在朝为官，所为何来？

夏同善　上为朝廷分忧，下为黎民申冤。

夏　母　好哇，想那杨乃武遭受天大的冤枉，你身为父母官竟不理民冤，还口口声声说爱民如子，如今这话到哪里去了？

夏同善　母亲息怒，非是孩儿不愿为民申冤，实是此案非同一般，要想翻案，千难万难。

夏　母　我不问你难不难，我只问你冤不冤？

夏同善　杨乃武冤枉！

夏　母　（拍桌发怒）既然冤枉，你就该鼎力相救，明镜高悬，为什么只知难难难，不知冤冤冤？见难而退，袖手旁观，见死不救，见冤不管？！

夏同善　母亲……（跪下）

夏　母　（唱）害怕风浪莫上船，
贪图太平莫当官。
你是百姓头上一把伞，
遮风挡雨、为民解愁，
岂能随便丢一边。
杨家弱女子，
不怕滚钉板；
浙江读书人，
仗义敢直言。
做人须有忠义胆，
当官要学包青天。

黎民有苦你要听，
黎民有求你要办。
黎民有难你要问，
黎民有冤你要管。
纵然此案多凶险，
你也要拼将一死挽狂澜。

夏同善 （深受震动）好，待我即刻进宫，面谏太后！

杨淑英 多谢大人！

〔切光。

〔坤宁宫。

〔内声："掌灯！"众太监应声："掌灯！"

〔众太监执灯四周巡视。

〔夏同善内喊："让我进去，让我进去！"

〔夏同善奔上，众太监阻拦。

众太监 没有太后旨意，不得入宫！

夏同善 我有急事面呈太后，让我进去！

〔众太监阻拦，夏同善奋力推开，直奔宫中。

众太监 启禀太后，夏同善闯宫！

〔西太后上。

西太后 （怒斥）夏同善大胆！

〔夏同善不顾一切奔向西太后。

夏同善 啊呀皇太后，大事不好，大事不好！

西太后 夏同善，何事惊慌？

夏同善 皇太后，浙江读书人造反了！

西太后 夏同善，你说什么？

夏同善 皇太后，浙江全省的读书人罢课罢读，聚集杭城……

西太后 （惊奇）哦……他们为何如此？

夏同善 为了新科举人杨乃武遭受不白之冤。

西太后 杨乃武一案，我已多次派人重审，并无冤情。

夏同善 （呈上《申报》和公禀）皇太后，请看！

西太后 （翻看）这上海《申报》倒是来势汹汹，浙江读书人肝胆相照，却也难得！如此看来，杨乃武……

夏同善 杨乃武确是冤枉啊！杨乃武一案历时三载，七审六决，昭雪艰难，众多问官，贪赃枉法，朝廷旨意，视同儿戏，欺蒙太后，藐视国法，长此以往，朝廷孤立，大清江山，毁于一旦！

西太后 嗯，说得有理。可是哀家圣旨既下，岂能出尔反尔？

夏同善 （跪下）此事定要皇太后恩典！

西太后 不必多言，出宫去吧。（走到另一边）

夏同善 （跪步阻拦）皇太后恩典！（连连叩头）

西太后 （不耐烦）夏同善，你可知哀家的脾气？

夏同善 皇太后向来说一不二，可是……

西太后 （发火）没有可是，要是哀家朝令夕改，还谈得上什么朝廷威仪！（走开）

夏同善 （苦谏）皇太后，有道是知错能改，方是圣君！

西太后 大胆！夏同善，莫非你连顶戴花翎也不想要了吗？

夏同善 （毅然摘下顶戴）启奏皇太后，为了大清国的长治久安，为了黎民百姓的安居乐业，恳请皇太后恩典！

西太后 （虽怒却也为夏同善的忠心感动）夏同善，莫非你要哀家把浙江几十个问官都罢了不成？！来呀，与我轰了出去！

〔太监上。

夏同善 民心不可辱，民意不可欺。皇太后三思！

西太后 哼！

夏同善 皇太后若不收回成命，卑职就一头撞死宫中，以死相谏！

西太后 （动容）夏同善，一个小小的杨乃武冤就冤死了，死就死了，你又何苦如此？

夏同善 既然卑职上不能为朝廷分忧，下不能为黎民申冤，活着又有何用？

西太后 （拂袖）哼！

夏同善 皇太后保重！（一头向朝柱撞去，昏倒在地）

众太监 启禀皇太后，夏大人撞昏过去了。

西太后 （震惊）哦，此人以死相谏，倒是个大大的忠臣！速请太医疗伤，不得有误！

众太监 是！（扶夏同善下）

〔太监们纷纷呈上奏本。

太监甲 启奏皇太后，御史王昕有奏本呈上！

西太后 （接览）……“大臣倘有朋比之势，朝廷不无孤立之忧……”

太监乙 启奏皇太后，大学士翁同龢有奏本呈上！

西太后 （接览）……“地方官欺蒙皇上年幼，两宫垂帘……”

太监丙 启奏皇太后，恭亲王爷有奏本呈上！

西太后 （接览）……“外国公使宣言：贵国刑狱不过如杨乃武一案含糊了结……”

〔西太后心情震动，难以平静。

太监丁 启奏皇太后！……

太监戊 启奏皇太后！……

西太后 （两手满是奏本，反复阅看，思绪翻腾）……民心不平，社稷难安……浙江读书人联名公禀……上海《申报》连篇报道……连篇报道……

〔顿时，西太后脑中一片混乱，似觉大清江山在摇动。

〔在报童“看报，看报”声中，一张巨幅《申报》从天而降。

〔杨乃武、毕秀姑蓬头垢面，惨呼“冤枉”！

〔何雪华振振有词：“……地方官员，刑讯不禁，将危及清廷统治的根基……”

〔汪树屏和众举人：“……草菅人命，罗织冤狱，请将全案提京复审！”

〔刘锡彤等地方官员：“不能翻案，维持原判，太后也得依靠我们地方官……”

〔夏同善等京官慷慨激昂：“果有冤情，必使平反，必使平反！”

西太后 （沉思）看来杨乃武一案不翻，地方官气焰更会嚣张，哪还把我们孤儿寡母放在眼里！为了大清江山……

〔切光。

第八场　苍天有眼

〔追光中报童挥舞《申报》。

报　童 （大声）看报，看报，请看上海《申报》！今天登载杨乃武冤案第72篇新闻。杨乃武、葛毕氏等有关人犯已经押解京城，刑部大堂奉太后谕旨重新复审。看报，看报，请看上海《申报》！

〔暗转。

〔舞台上出现两个光区，左面是刑部男监，右面是女监。杨乃武、毕秀

姑单独关押在这里。虽近在咫尺，却远隔天涯。

〔寒月残星，夜深人静，更鼓声声。

杨乃武　复审，明天刑部就要复审了！

（唱）铁窗外更鼓声敲打心头，
黑牢中盼天明恶梦早休。
秀姑啊，我当初伸出扶人手，
你为何反张害人口？
害我举人堂前跪，
诬攀乃武成冤囚。
问你良心在哪里？
问你可知愧与羞？

毕秀姑　复审，明天刑部就要复审了！

（唱）铁窗外更鼓声敲打心头，
黑牢中盼天明还我自由。
二少爷，你待我秀姑千般好，
我岂能，害你受冤心伤透。
不是秀姑不知羞，
不是秀姑恩作仇。
一讲真话便上毒刑，
十指带残血泪流。

杨乃武　（唱）秀姑善良性本柔，
无故冤我没来由。
供词纵有她手印，
她定是细柳难挡风雪骤。
秀姑啊，知你有苦难开口，
知你有冤难启喉。
刑部复审无他求，
只求你真话讲从头。

毕秀姑　（唱）三年梦中恨悠悠，
恨我小舟随波流。
二少爷，盼望出狱重相见，
由你骂，任鞭抽，

只求你能原谅我，

纵死黄泉无他求。

〔鼓号声喧。内传："带杨乃武、葛毕氏上堂！"一群刑部公差架着两人出监。

〔景转刑部大堂，肃穆威严，桑春荣、夏同善高坐堂上。

〔刑部大堂门口，杨乃武与毕秀姑不期而遇，四目相对，百感交集。

〔幕后独唱：

杨乃武与小白菜，

含冤受屈三长载。

今日劫后重相见，

心儿颤抖泪满腮。

〔杨乃武拖着受伤的腿，欲起又跌倒。

毕秀姑 （大惊）二少爷……你……

杨乃武 我……

〔公差带杨乃武、毕秀姑进大堂跪下。

桑春荣 葛毕氏，葛小大被何人毒死？从实讲来！

毕秀姑 （不知所措）被……

桑春荣 奸夫是谁？

毕秀姑 是……

杨乃武 （激动地）秀姑，你……

〔公差堂威喊响。

毕秀姑 二少爷，我……

杨乃武 （按捺不住，不顾一切高喊）冤枉啊！

〔公差又喊堂威。

杨乃武 青天大人，杨乃武冤枉！（慷慨悲壮）想那刘锡彤，鱼肉百姓，欺压良善，是杨乃武路见不平，一张状子，罢了他的官，丢了他的丑，于是他恨我入骨，必欲置之死地方休。（激愤地）是他，一个官字两个口，一个口对上欺骗，一个口无中生有。他栽赃陷害，图报私仇，秘密审讯，暗下毒手。可怜杨乃武，新科举人竟成了阶下之囚，日熬夜审，屡死屡苏，受尽毒刑，鲜血直流，腿骨被生生夹断，竟成了一个废人！原以为知府巡抚，三堂会审，定能明察冤情，公道可求，哪知他们讲的是清正廉明，丢的是为民分忧，做的是权钱交易，图的是前程锦绣。他们刑讯

逼供，草菅人命，官官相护，臭味相投，哪里还有半点做官的良心，一丝为民的抱负！（充满希望地）可是人间有情，世上有爱，许多正义之士挺身相救，我姐姐千里上京钉板告状，众举人联名奔走，上海《申报》频频呼吁，各界人士伸出援手。如今这刑部大堂，重新复审，明镜高悬，机会难求。秀姑啊秀姑，我们死要死得清清白白，活要活得挺胸昂首。你要口问心，心问口，说真话，讲从头。要知道抬头三尺有神明，天理昭彰鬼见愁！

〔众公差听得入神，竟忘了去阻止杨乃武。

毕秀姑 （爆发地转向桑春荣高喊）青天大人，杨乃武和小女子冤枉！

桑春荣 冤从何来？

毕秀姑 小女子从无奸夫，也不敢下毒害人，只有那个该死的刘锡彤之子刘子和……

桑春荣 刘子和？

毕秀姑 他用迷药霸占小女子，小大死的那天他也在场。

桑春荣 带刘子和！

〔刘子和上。跪下。

桑春荣 刘子和，葛小大中毒死亡，可是你所为？

刘子和 大人冤枉！此事是杨乃武所为，不信可问爱仁堂药店老板钱坦！

桑春荣 带钱李氏！

〔钱李氏上，跪下。

桑春荣 钱李氏，爱仁堂药店可曾卖给杨乃武砒霜？

钱李氏 大人，爱仁堂从无此事。

桑春荣 钱坦为何作证？

钱李氏 都是那个短命的陈竹山威逼于他。

桑春荣 带陈竹山！

〔陈竹山上，跪下。

桑春荣 陈竹山，你逼迫钱坦违心作证，该当何罪？

陈竹山 小人该死，其实葛小大是病死，说他毒死乃是刘锡彤父子企图陷害杨乃武。

桑春荣 传刘锡彤！

〔刘锡彤上。

桑春荣 刘锡彤，葛小大到底是被毒死还是病死？

刘锡彤 （心虚）禀大人，葛小大乃是被毒死。

陈竹山 不，他是病死！

刘锡彤 他是被毒死！

陈竹山 病死！

刘锡彤 被毒死！

〔公差上。

公　差 禀大人，葛小大尸棺已运至海会寺。

桑春荣 来得正好，立即开棺验尸！

〔切光。一束光照着“明镜高悬”牌匾。

〔幕后合唱：

冬雪欲白路边草，
春晖又红树上桃。
休说奇冤奇十分，
只怨世道太颠倒。

〔灯亮。夏母、何雪华、汪树屏等人均在场旁听。

〔公差上。

公　差 禀大人，开棺验尸结果，葛小大并非中毒而死。

桑春荣 怎么讲？

公　差 （朗声）葛小大并非中毒而死！

刘锡彤 （扑通跪地）大人饶命，大人饶命！

桑春荣 来呀，摘去刘锡彤顶戴，打入大牢，听候处置！

〔公差带刘锡彤下。

夏同善 杨乃武、葛毕氏有冤无罪，须还他十年寒窗。

桑春荣 说得有理，待我禀明圣上，还他功名便了。

杨乃武 多谢青天大人！

〔内声：“圣旨下！太后有旨：陈鲁、边葆诚、杨昌浚等众多问官一律罢官；刘锡彤、刘子和充军千里；葛毕氏削发为尼；杨乃武不避男女，有伤风化，革去举人，永不录用！

杨乃武 （苦笑）哈哈哈……（继而狂笑）哈哈哈哈！

〔暗转。

尾 声

〔幕后合唱：

茗溪水，向东流，

浪花更比山花秀。

高山峻岭挡不住，

不到大海不回头。

〔茗溪岸边，一轮朝阳，冉冉升起。

〔杨乃武、汪树屏、杨德、钱李氏、何雪华、夏母、杨淑英等从天幕深处走来。毕秀姑女尼打扮，双手合十从台右走上，和杨乃武、杨淑英相聚，并和众人一起向台口走来，走来……

〔大幕徐徐降落。

〔剧落。

1999年

（本剧由谭均华执笔，与金耘合作）

《越剧古装剧》

洗　马　桥

郑朝阳

人物表　刘文龙、肖月英、宋湘、娇公主、刘母、永宁、可汗、番邦男子、随从、女兵、宫女。

离　别

〔音乐带着淡淡的忧伤低回。刘文龙稽首立于刘母面前，他的身边是妻子肖月英。

刘文龙　母亲，来此已是洗马桥，孩儿就此拜别，望母亲多多保重。

刘　母　（伤感）去吧，去吧！你只想着考功名，做大官。媳妇过门才三天，你就这样走了？我老了，想抱孙子！你啊，你啊……

刘文龙　（惴惴不安）母亲！

〔刘母叹息。

肖月英　（移步到刘母身边，低声劝慰）婆婆，夫君怀抱鸿鹄之志，正是婆婆教子有方。眼下大比在即，不能耽误。但愿夫君此去，科场得意，早日归来。至于婆婆的心愿嘛，等他回来，也不迟的……（含羞）

刘　母　（解颐微笑）唉，既然你们小夫妻都商量好了，我老太婆还说什么呢？文龙，你此去要日落早投宿，天明再登程，逢山涉水要仔细，莫忘了为娘盼儿早回家门。

刘文龙　母亲，孩儿记下了。

刘　母　你们小夫妻再说几句吧！（含泪转身下）

〔夫妻相对，离情相煎。

刘文龙　（唱）叫一声月英我贤妻，

离情别绪相煎急。

虽说是男儿自有四方志，

怎舍我白发老母红颜妻？

洗马桥上两相别，

铁石心顿作泪嘘唏。

肖月英　夫君！

（唱）你十年寒窗苦砥砺，

萤火雪光文章奇。

为妻虽是闺中妇，

也知丈夫报国志不移。

家中婆母我奉敬，

夫君宽心赴大比。

刘文龙　难得我妻深明大义，为夫多谢了！

肖月英　（拿出一枚菱花镜）

（唱）这是菱花合双镜，

出嫁时节爹娘赠。

分开是两面，

一枚把与君。

桥头分别作凭信——

刘文龙
肖月英　（合唱）归来和合永不分。

〔两人照镜，依依难舍。宋湘上。

宋　湘　表兄。

刘文龙　表弟。

宋　湘　表兄，船已经雇好，书童永宁已在岸上等候。

刘文龙　多谢表弟。

宋　湘　（拿出两锭银子）表兄，这是二十两纹银，是表弟的一点心意。愿表兄此去鱼跃龙门，状元及第！

刘文龙　啊，路上盘缠，虽不宽裕，但节俭一些也是可以的，不敢再劳表弟。

宋　湘　哎！都说是穷家富路，出门在外，千山万水，还是宽裕一点好。你就带上吧。（递银给刘文龙）

刘文龙　（收下银两）多谢表弟！月英，来，（牵过肖月英对宋湘）愚兄出门在外，家中老母妻小，还望贤弟多多照看。

宋　湘　小弟自当尽心。

肖月英　多谢表叔。

〔书童永宁边跑边叫上。

永　宁　相公，相公！快走吧，船老大催得急，说潮水落了，就走不成了。

刘文龙　（对肖月英和宋湘）如此，告辞了！

肖月英　（恋恋不舍，忘情牵住）文龙！

永　宁　（拉过刘文龙）走吧，相公！再留下去，只怕这里的水落了，这江里的水又涨了，那就走不成了！（拉刘文龙下）

〔肖月英急步跑上江堤眺望。

〔风雨袭来，肖月英浑然不觉。宋湘打开雨伞，默默为她撑住。

〔收光。

出　塞

〔内报声："刘文龙一甲及第，高中状元！"

〔内声宣诏："奉天承运，皇帝诏曰：新科状元刘文龙敕封为和番使臣，出使番邦。钦此！"

〔书童永宁望上一叩："老爷保重，永宁为你回家报信去了！"

〔景转塞外，落日黄沙。

〔内声高呼："边邦可汗，迎接中原使节！"

〔仪仗过场。

〔刘文龙风尘仆仆，带着二随从上。

刘文龙　（唱）跨黄河，过阴山，
烟尘漫卷到北关。
笛声幽咽马嘶鸣，
塞外风情异江南。

万里不叹身飘零，
男儿报国气如山。
弘扬圣德化九州，
愿天地澄明息狼烟。

〔内声："啊呀！"只见一番邦男子中箭倒地。

刘文龙 （接唱）眼前当无边烽起，
为何弓箭落马前？

〔随从扶起匈奴男子。

二随从 （呼唤）壮士醒来，壮士醒来！

番邦男子 （虚弱而兴奋地）我见到公主了，我见到公主芳容了，我死而无憾了！

刘文龙 （不解）公主，什么公主？

番邦男子 公主，公……（倒地而死）

〔二随从拖番邦男子下。

刘文龙 （饕顾四周）这究竟是怎么回事？

〔冲上一队番邦女兵。

女兵 姐妹们，与我绑了！

〔二随从护着刘文龙。

二随从 谁敢？！

刘文龙 （制止）慢！没有我的命令，不许轻举妄动。（转对女兵）你们，这是……

女兵 哼！偷看公主芳容，还敢装模作样！

刘文龙 谁是公主？

女兵 大胆！公主在此狩猎，胆敢闯入偷看，与我绑了！

〔内声："且慢——"娇公主罩面纱款款而上。

众女兵 （躬身）公主！

娇公主 哼！本公主剑下，没有屈死的冤魂，就让他看上一眼，叫他死而无憾！（傲然撩开面纱）

〔刘文龙抬眼看去，娇公主几个侧身造型，似乎在夸耀美丽，也是让对方看个明白。刘文龙因惊讶而注目。

刘文龙 你就是公主？公主就是你？真正出人意料，难以置信！

娇公主 公主美貌，上天杰作，自然是出俗人意料，令愚夫难信！

刘文龙 （摇头）错了，错了。

娇公主 什么错了？

刘文龙 公主你意会错了。

（唱）公主相貌无意欣赏，
公主冷酷令人胆丧。
窥一眼，头落地，
看一眼，剑下亡。
那造物的天公也糊涂，
娇容错配狠心肠。

娇公主 （回头看刘文龙，吃惊、意外）

（唱）从未有人如此大胆，
竟敢对我乱评判。
但见他，三分英俊七分傲，
刀剑加身从容谈。
文雅男儿铁骨汉，
不由公主另眼看。

〔刘文龙欲走。

娇公主 哎，你、你是什么人？你从哪里来？

〔刘文龙不语。

娇公主 （上下打量刘文龙）看你衣着打扮，必是汉邦人氏，定从中原而来。

刘文龙 算你说对了。我来自中原帝乡，礼仪之邦，朝过天子，见过玉女，却从未想到，在这乾坤底下，还有一位公主，因美貌而杀人！

娇公主 在你看来，偷看公主美貌，难道不该杀吗？

刘文龙 （冷笑）爱美之心，人之常情。但我江南女子，美而不骄，温柔似水，与公主相比，真可谓天差地别！

娇公主 大胆！（怒）

（唱）公主美貌甲天下，
须眉俗物拜脚下。
今朝受辱头一回，
羞愧难当怒火发。
举刀杀了他——

众女兵 杀！

娇公主 （接唱）心乱忽如麻。

进不能，退不下，

欲哭又怕人笑话。

〔内呼：“可汗驾到——”

〔番邦可汗带亲兵仪仗上。

娇公主 （万分委屈，一头扑上）哎呀父王，阿爸！

可　汗 （慌了手脚）怎么了？我的娇娇怎么了？谁欺侮你，谁敢欺侮你？

娇公主 他，就是他嘛！（指刘文龙）

可　汗 好、好……杀了他，快快杀了他！

娇公主 杀、杀不得！

可　汗 啊？在我娇娇眼里，还有哪个男人是杀不得的？

刘文龙 天朝使臣刘文龙，参见可汗。

可　汗 （一惊）原来是天朝大使，哎呀呀，这倒真是杀不得的。（对刘文龙）小王感谢天朝皇帝恩德，亲迎大使而来，不料在此相遇。

刘文龙 我受皇上派遣，千里迢迢，送来诏书，请可汗受领。

可　汗 谢天朝皇帝！

娇公主 阿爸！（将可汗拉到一边）阿爸，这个天朝大使，倒是蛮合女儿心意的。

可　汗 胡闹！（转向刘文龙）小女无知，得罪大使，还请多多包涵！

刘文龙 不必介意。

可　汗 来，迎接天朝大使回宫。

刘文龙 请！

〔仪仗前行，可汗同刘文龙下。

〔娇公主被众女兵嬉笑，羞。

〔景转山路，永宁骑马送信急上。

永　宁 （唱）为恩主千里送信，

受重托日夜兼程。

顾不得山高路难行，

霹雳如鞭马蹄惊。

〔雷电交加，马惊，永宁滚下山崖。

永　宁 老爷！啊——

〔切光。

逼 婚

〔可汗宫殿，娇公主率领宫女布置宴席。

娇公主 （唱）本公主招驸马看上文龙，

为婚姻逼父王去做媒翁。

阿爸，来呀！

〔可汗上。

娇公主 （接唱）家宴上酥油飘香美酒红，

牵线搭桥祝父王马到成功。

可　汗 哎呀阿娇！使节刚到，立马招亲，这恐怕不妥吧？

娇公主 有什么不妥？平常你怕我嫁不出去，如今我要嫁人，你又说不妥，你到底安的什么心哟？

可　汗 我不是这个意思！我是说，我的阿娇公主乃是金枝玉叶，多少沙漠王子，你都视为粪土。如今这刘文龙，文弱书生，一介使臣，这样急急忙忙嫁与他，你就不觉得掉价吗？

娇公主 本公主要恨就恨，要爱就爱，阿爸若是不肯说媒嘛……，我自己跟他说！

可　汗 （急忙拉住）不不不，我说，我说！

娇公主 （一笑）不怕你不说！

可　汗 （摇头）唉，真拿你没办法！

〔内声："天朝大使到！"

娇公主 （喜）阿爸，天朝大使来了！

可　汗 （对娇公主）快，回避，回避。

〔可汗欲哄娇公主下，娇公主不肯，转身指指挂毯，一笑，藏于后面。

可　汗 有请大……

娇公主 慢——（从挂毯后面跑出）

可　汗 又怎么啦？

娇公主 阿爸，这个媒，你只许说成，不许说败。你要是说不成呀——

可　汗 怎么样？

娇公主 我罚你学狗叫！

〔两旁宫女窃笑。

可　汗 （跺脚）哎呀，快进去吧！（端一端架子）来，有请天朝大使！

宫　女 有请天朝大使！

〔刘文龙上。

刘文龙 见过可汗。

〔娇公主不时从后面探头出来。

可　汗 啊，大使从中原而来，缔结两国和平，本王特设家宴，以表谢忱。

刘文龙 多谢可汗。

可　汗 请坐。

刘文龙 请。

〔宫女斟酒。

可　汗 使节今年贵庚几何？

刘文龙 虚长二十春秋。

可　汗 （自语）倒也合适。（转对刘文龙）啊，大使，敝国虽为边陲之邦，不如中原繁华，却也是牧野万里，兵强马壮。这宫中，尽多宫姬美女，奇珍异宝。大使若能长留敝国，尽可享受荣华富贵。

刘文龙 多谢可汗好意。文龙身为使臣，非为荣华富贵而来，但求不辱使命而归。

可　汗 你们中原有句话，叫作“既来之，则安之”，这“回去”二字，不提也罢。

刘文龙 这？可汗此言何意？

可　汗 （有点难于启齿）这个嘛……

刘文龙 可汗有话，但讲无妨。

可　汗 （踟蹰）那个嘛……

〔娇公主从里面探头出来咳嗽示意。

〔众宫女忙将她遮住。

可　汗 （下决心地）大使听了！

（唱）本王国偏远居一方，

却也是威名震慑众小邦。

你少年英俊状元郎，

可作敝国一栋梁。

本王我见而爱、另眼看，

与天朝联姻择你为东床。

刘文龙 啊？此事万万使不得！

〔娇公主从里面忽出——

娇公主 有何使不得，有何使不得？

可 汗 （急将娇公主拉到一边）哎呀女儿，这两国联姻，当由父王以国事商议，你这样子，叫我这面子往哪里摆哟！

娇公主 （任性地）这是我的事，我自己跟他说！刘文龙，本公主情愿嫁你，你是愿意、还是不愿意？

刘文龙 公主听了！

（唱）刘文龙故国有妻房，
成亲三日赴科场。
身为和平使，
持节秉忠肠。
东床快婿难担承，
我完成使命回故乡。

〔娇公主呆住。

可 汗 （有点不高兴）大使听了：这两国联姻，可免战祸。只要本王修书一封，不怕他中原皇帝不答应！你呢，只管安心做我的女婿！

刘文龙 不，文龙已经说过，我家有贤妻！

娇公主 贤妻？难道你的贤妻比本公主还要美吗？

刘文龙 我妻肖月英，也许难比公主貌美，但贤德温顺，无人可比。

娇公主 （恍然）噢！说了半天，你是先看贤德，再看美貌，这还不容易吗？

（唱）天生美貌人难为，
贤德温顺能学会。
只要我美貌公主学贤德，
不怕你刘文龙不将我来爱！（说罢，旋风般下）

可 汗 阿娇，阿娇！（劝阻不住，泄气）哎，本王我一世威名，称霸沙漠，就是拿这个女儿没有办法呀！

刘文龙 （颇有同感）是啊，公主任性，这都是不受教化的缘故。如我中原女子，决不会如此！

可 汗 哦？中原女子，真是那么贤慧吗？

刘文龙 那是当然！

可 汗 （一想）大使啊，事已至此，我也不跟你谈婚论嫁了，不如请大使做我

阿娇的先生，教她学学妇道，也可去我一块心病嘛！

刘文龙 （转念一想，旁白）免招东床做先生，他下台阶我退身。（转对可汗）承蒙可汗器重，文龙身为使节，宣扬教化，也是我分内之事。

可　汗 好，这就好！快快有请公主！

众宫女 有请公主！

〔娇公主内应："来也——"只见她已换成一身汉装，迈着纤纤细步，缓缓来到刘文龙面前——

娇公主 奴家有礼了！（深深一拜，回头问父亲）我学得像不像？

可　汗 像、像、像！快去见过你的先生。

娇公主 什么？他、他不是我的驸马吗？

可　汗 （拉过公主悄声）勤学妇道拜先生，天长日久功自成！

娇公主 （领会，高兴）哎哟，阿爸，你真坏！（转向刘文龙）拜见先生！

〔娇公主踩裙摔倒，刘文龙忙将她扶住。

刘文龙 公主，衣妆之像，皮毛而已。但要真懂妇道礼仪，还须从头学起。

娇公主 从头学起？那要学到什么时候啊？

刘文龙 汉家文化博大精深，不下苦功，难得精髓。

娇公主 依我之见，汉家文化的精髓就是先生的贤妻，除此之外，我一概不学。（随即甩掉身上汉装）

可　汗 （怕刘文龙拒绝，急忙拉过他）大使你就答应了吧！学你的妻子，这不是现成的课本吗？

刘文龙 我的妻子？

娇公主 先生，我一定学得像！

〔可汗与众宫女退下。

刘文龙 （提起贤妻，魂追万里）

（唱）面对痴蒙授经训，
贤妻美德作范本。
教学更牵肺腑恸，
临摹愈加思念深。
我这里边陲王宫为师表，
连累你家中操持多苦辛。
恨不能插翅飞回相依偎，
却总是君命在身不由人。

遥对长空深深拜：
念文龙家国难两全，
负疚在此心。

娇公主 （看呆）
（唱）我看他铁面冰冰冷，
却原来如此多深情。
声声爱妻唤不停，
缠绵悱恻动我心。
似这般有情有节真男子，
嫁与他不负女儿托终身。

刘文龙 （沉浸在思念中）贤妻！母亲！
〔收光。

苦 守

〔三年以后，灾年饥荒。肖月英采野菜归来，翘首苦盼刘文龙，然后拿出菱花镜，轻轻擦拭。
〔刘母面容憔悴，唤媳妇出。

刘　母 媳妇，媳妇！
肖月英 婆婆，你怎么啦？
刘　母 我饿！
肖月英 婆婆，媳妇已采得野菜，我这就为你去熬野菜。
刘　母 又是野菜，我实在难以下咽啊！
肖月英 媳妇无能，累婆婆受苦了！
刘　母 这也不怪你，巧妇难为无米之炊。只有等我侄儿宋湘来了。
〔肖月英扭头要走。
刘　母 我一提宋湘，你就避开作什么？
〔肖月英不语。
刘　母 媳妇！
（唱）宋湘是我的侄儿娘家人，

从小与文龙情义深。
他无父无母一单身，
把姑母当娘来奉承。
我吃一点、拿一点，
于情于理不过分。
你又何必多见外，
一提宋湘脸色沉。

肖月英 婆婆！

（唱）宋湘虽好也是外姓人，
我与他叔嫂定名分。
受人接济欠人情，
只怕人情还不清。
婆婆你且将就、暂忍耐，
暂把野菜充饥馑。
只等文龙回家来，
定将那甘脂膏粱供奉老娘亲。

刘　母（深感委屈）

（唱）我年纪一大把，
黄泉路已近。
终日里饥肠辘辘咽糠菜，
饿死也是一冤魂。

肖月英 婆婆！

刘　母 文龙一去不回，侄儿的情你不肯领，自己又没有办法。

〔肖月英低头哭泣。

刘　母 你只晓得哭、哭、哭，哭又哭不出白米饭来。文龙，你回来，你回来啊……（下）

肖月英（深感委屈，悲呼）文龙，你回来，你回来啊！……（怕婆婆听见，吞声）

〔宋湘提一袋米上。

宋　湘（唱）出门三江走五湖，
最怕归来一身孤。
灾年生计难，
颗粒贵如珠。

总记挂、老姑母，

还有那月英表嫂牵肺腑。

（唤）姑母、表嫂。（见肖月英）啊，表嫂，宋湘有礼了。

肖月英 表叔不必多礼。（埋头拣野菜）

宋　湘 （指米）表嫂，你看，这里有米……

〔刘母闻声而出。

刘　母 是侄儿来了吗？

宋　湘 （急迎上）啊，姑母，是侄儿来了。

刘　母 来了就好，来了就好。我那不孝的儿子一去不回，我就怕你也不来了。

宋　湘 姑母，侄儿在外，也是多方打听，可总是打听不到表兄的下落。

刘　母 三年过去了，渺无音信，也不知他是死是活。（伤心）

宋　湘 （连忙安慰）姑母不要难过。姑母你看，侄儿给你送米来了。

刘　母 米，真的有米？哎呀，米好，米好啊！（抱米抚摸）媳妇，快去烧碗米粥来。

〔肖月英犹豫，宋湘要主动提米下厨，肖月英只好接住，下。

刘　母 侄儿，这饥年灾荒，亏得侄儿相助，我这把老骨头才得以活命。可你也老大不小了，该娶一门亲，成个家才是。

宋　湘 （不安）

（旁唱）老姑母一语触心头，

宋湘顿觉满面羞。

表兄一去无音讯，

重重心事难出口。

姑母啊！

（接唱）男大当婚理虽明，

姻缘是缘缘未投。

刘　母 （唱）姻缘是线线要牵，

不托媒人哪有偶？

明朝姑母托媒去，

寻下亲事免我忧。

宋　湘 不不不！

（唱）求姑母千万莫托媒，

侄儿暂时不求偶！

刘　母　这？（叹气）唉！

〔肖月英端米粥上。

肖月英　婆婆，米粥熟了，婆婆请用。

刘　母　我不想吃了。

肖月英　婆婆，你怎么啦？

刘　母　侄儿的婚事没有着落，我心里……

宋　湘　（急制止）哎呀姑母，米粥凉了，你快吃吧！（从肖月英手中接过粥碗，递给刘母，示意她不要再讲）

刘　母　（喝下几口米粥）多好的米粥啊！（想到肖月英）媳妇，你也来喝几口。

肖月英　媳妇自有吃的。（去拿野菜）

刘　母　（皱眉）你又来了。难得今朝有米粥，你还要吃野菜。

肖月英　婆婆，你自己吃吧。

刘　母　噢，我吃米粥你吃野菜，你叫我心里好过吗？

宋　湘　（接过米粥）表嫂，多吃野菜，有伤身体。这是姑母的一片心意，你就喝几口米粥又有何妨？

肖月英　有妨无妨，我心里清楚！

〔宋湘愣住。

刘　母　你看你看，天天吃野菜，一张脸吃得比野菜还要黄。（见肖月英又去拿野菜）来，让我拿去倒掉。

〔刘母夺过野菜筐递给宋湘，肖月英急忙制止，摔倒。宋湘慌忙将野菜筐还给肖月英。

肖月英　（紧紧抱住野菜筐，百感交集）野菜啊野菜！

（唱）野菜生长在野外，
与我相伴已三载；
我为你踏遍青山去采觅，
你为我填充饥肠度荒灾。
你苦涩怎能比稻米？
你粗粝却保我清白。
我愿与你两相守，
守到夫君回家来。

夫君，你在哪里，你在哪里？（饥饿伤心，昏倒在地）

宋　湘　表嫂！（大惊）啊？

刘　母　媳妇！

刘　母　媳妇啊，你这是何苦哟？

〔刘母示意宋湘端来米粥，她喂肖月英米粥，肖月英慢慢醒转。刘母与宋湘都松了一口气。

肖月英　（还在幻觉中）文龙——！

刘　母　媳妇，你总算醒过来了！

肖月英　（惊醒）婆婆，我这是怎么啦？

刘　母　你刚才是饿昏过去了。

宋　湘　表嫂，你再喝几口吧！

肖月英　（见宋湘捧着粥碗，猛站起）你？

宋　湘　（吓一跳）啊！这、这不是我的意思！

肖月英　（知道自己昏迷中已喝下米粥，悲从中来）文龙，我好恨啊！

（唱）骂一声文龙薄情郎，
千般怨恨在胸膛。
三年无音信，
逍遥在何方？
堂上老母你不奉，
糟糠之妻你不养。
瓜田李下难避嫌，
接受恩惠愧难当。
你生要人归来，
死要魂还乡。
似这般不明不白不奉养，
枉读圣贤为哪桩？（悲愤摔镜，又心痛拾起，哭）

刘　母　媳妇，你不该如此为难自己啊！

肖月英　婆婆！（与刘母相拥而哭）

宋　湘　（醒悟，理解）

（唱）表嫂说话有斤两，
句句打在心坎上。
她自比野菜叹高洁，
矢志守贫堪敬仰。
云开山头现，

各把家底亮。

表嫂，

（接唱）我敬你爱你不隐瞒，

不求不赖不勉强。

叔嫂有别名分定，

奉养姑母也应当。

你若不耻外人赐，

权当邻里来相帮。

我一笔笔、记在账，

一宗宗、写清爽。

只等表兄回家来，

你借钱还钱、借粮还粮。

两家人不吃一锅饭，

井水河水各自清清亮。

（拿出一个小账本）表嫂你看，宋湘我是个生意人，这来往账目，都记在上面。（递账本给肖月英）

〔肖月英接过账本看，意外，惊讶。

宋　湘　这下，你可以放心了吧？

肖月英　原来，表叔是个明白人！（携刘母向宋湘致谢致歉）

〔收光。

殉　情

〔十六年后。刘文龙年将不惑，随着女弟子阿娇的汉化成功，他越来越难以克制对她的爱慕，但道德信念不允许他迈出这一步。为了坚守节操，他一方面回避阿娇，一方面向单于辞行。此刻，他正从可汗寝宫辞行出来，仰望秋空过雁，感慨忧思。

刘文龙　（唱）长空雁去不回头，

我送雁行立寒秋。

诗书熔炼顽石化，

阿娇她玉已成器大功酬。
大功酬，心更揪，
日久生情在沙丘。
女弟子美德芳华如春风，
消融我三尺坚冰化暖流。
窈窕淑女君好逑，
难抑心魔满面羞。
怎奈是士不改志竹有节，
归去来兮终需走！
我还是要向可汗言明去意！

〔一束追光打出娇公主，她正向可汗寝宫走去。她已经三十二岁，显得稳重、忧郁。

娇公主 （唱）大漠千里北风寒，
长空雁叫飞南天。
雁去可是不祥兆？
顿觉寒意袭心田。
冷落了角弓箭簇，
读遍了圣贤诗书。
岁月匆匆十六年，
先生教诲醒醍醐。

刘文龙
娇公主 （不期而遇）啊？

（唱）怕/待相见在此偏/喜相见，
没来由不敢看正眼。
无边烦恼因你起，
满腹心事对谁言？

娇公主 先生……

刘文龙 公主……

娇公主 先生在上，学生有礼了。

刘文龙 公主免礼。

娇公主 先生多日未到学馆，弟子的学业怕是荒疏了。

刘文龙 公主学业已成，文龙无以为教。

娇公主 先生……（轻轻喟叹）夫子曰：日有所醒，不亦乐乎？弟子通过学习，大有今是而昨非之慨，还请先生不吝赐教。

刘文龙 公主，学为务本，学以致用。妇道女德，贵在日常体用。若是一味坐而论道，只怕耽误公主。文龙惭愧，无以再教公主了！（匆匆离去）

娇公主 先生你？……（喟然长叹，然后打起精神）传我求见父王。

〔内声传报："娇公主求见！"

〔可汗上。

可　汗 哎哟，是我的娇娇来了！

娇公主 女儿给父王请安。

可　汗 女儿啊，外面风大霜冷，这请安嘛，是不必认真的。

娇公主 阿爸此言差矣。君臣早朝，父女请安，此乃圣贤大教，怎能不认真呢？

可　汗 啧啧啧，这都是你先生教的吧？阿娇啊，你告诉阿爸，那刘文龙到底对你动心了没有？

娇公主 （摇头）女儿不敢妄猜先生心事。潜心学习，修心养性，这才是女儿的本分。

可　汗 （皱眉）我看你这妇道女德是越学越呆了！我问你，刚才，那刘文龙又来辞行，这是怎么回事？

娇公主 什么？先生又来辞行？

可　汗 是啊。可是被我挡回去了！

娇公主 （喟叹）先生辞行，罪在阿娇！

可　汗 怎么讲？

娇公主 总是阿娇的德行学不到家，才留不住先生的心啊！

可　汗 （心疼地）阿娇啊阿娇！你怎么变成这个样子呢？我过去的娇娇哪里去了？来，对阿爸笑一笑，笑一笑嘛！

〔娇公主苦笑。

可　汗 哎哟，笑得比哭还难看！（忽然想到）阿娇你看！（学狗叫）汪、汪汪！笑，笑啊！

娇公主 阿爸！（潸然泪下）

可　汗 （惊）你……

娇公主 阿爸，女儿已经三十二岁！

可　汗 三十二岁也是我的娇娇啊！

娇公主 阿爸，你仔细看看，女儿还是十六年前那个阿娇吗？

可　汗 （细看女儿，震惊）

（唱）面对女儿细端详，
恍惚好似梦一场。
阿娇潜心学妇道，
不见笑容见苍凉。
总以为，瓜儿强扭怕不甜，
石头捂久也发烫。
说什么，皇帝女儿不愁嫁，
阿娇人老珠已黄！
到如今，刘文龙当面还辞行，
分明是伤我尊严欺我小邦！

来啊！宣本王口谕：娇公主择中原大使刘文龙为驸马，即日完婚！

众亲兵 领旨。

娇公主 （大惊）父王，不可如此！

可　汗 哼，你不要说了！

娇公主 既如此，也当与先生商量才是！

可　汗 商量？还要商量？若非那个刘文龙，今日成亲的不是你，而是我的外孙！

娇公主 父王！

可　汗 不必说了，一切有父王做主。你呢，只管打扮打扮，去做新娘。（下）

众亲兵 （传令）可汗有令，娇公主、刘文龙即日完婚！

〔刘文龙心急火燎，策马上。

刘文龙 （唱）可汗他一声令下，
不由分说招驸马。
情急无奈走为上，
羁留无益终害她。
遥望故国心如焚，
跃马扬鞭过黄沙。（急下）

〔喜乐悠扬，众宫女及女兵簇拥娇公主上。

娇公主 （容光焕发）

（唱）光鲜嫁衣含羞穿，
忐忑不安做新娘。

银河鹊桥已架定，
是喜是悲还是慌？
喜父王疼爱明察作主张，
悲姻缘忽从天降怕荒唐。
痴情苦等终如愿，
苍天保佑爱无疆。（真诚祈祷，如痴如醉）

〔外面传来嘈杂声：“新郎逃跑了！

娇公主 （惊起）啊！

众宫女 新郎逃跑了！

娇公主 天哪！（几乎昏倒，又坚强站起）快，取我的令牌、宝马！

女　兵 是！（急下）

〔星夜旷野，茫茫大漠。

〔刘文龙趱马急行，娇公主紧紧追赶。

刘文龙 （唱）心急马行慢，
挥鞭频频催。

娇公主 （唱）身跨白云骓，
驰骋快如飞。

刘文龙 （唱）望边关恨不生双翅，
驾长风好似雁南归。

娇公主 （唱）振长鞭缚住南飞雁，
化苍鹰万里长相追！（翻身下马，挡住刘文龙）

刘文龙 （仰天长叹）苍天负我！我负月英！

娇公主 （泪如雨下）先生，在你心里，真的只有肖月英吗？

刘文龙 文龙此心，唯天可鉴！

娇公主 在你心里，阿娇我真的一文不值吗？

刘文龙 文龙此心，唯天可鉴！

娇公主 （忍痛点头）好，我成全你。（拿出令牌）先生你看，这是过关令牌，你拿去吧！

刘文龙 （大出意外）你？

娇公主 前方哨卡如林，没有令牌，你是过不去的。还有这匹宝马，它追风逐电，一日千里。你骑上它，不消几日，就能见到我的师娘肖月英了。

刘文龙 阿娇！

娇公主 恩师啊！

（唱）我不该痴心妄想盼姻缘，

我不该听凭父命强所难。

十六年修身养性学圣贤，

到如今方知行亏功力浅。

面对先生多惭愧，

临行告别有一言：

此去南国回故里，

代向师娘道声歉；

原谅阿娇曾无知，

连累师娘十六年。

天各一方未谋面，

感念贤德长汗颜！

刘文龙 阿娇！你叫文龙无地自容啊！

娇公主 恩师，事到如今，什么也不要说了。你快走吧！若再迟疑，等我父王追来，那就来不及了！

〔马蹄奔腾，喊声如潮。可汗领兵追来。

可　汗 刘文龙，你往哪里逃！（举箭）

娇公主 （拼命摆手）阿爸，不要这样，不要啊！

〔可汗一箭射向刘文龙。

娇公主 文龙！（挺身护住，中箭）

刘文龙 （撕肝裂肺）阿娇！（抱住）

〔可汗赶到，悲痛欲绝。

可　汗 阿娇！

娇公主 （虚弱地）阿爸，你让文龙回去吧！

可　汗 阿娇！（悲痛点头）

娇公主 （拼尽最后一点力气问）恩师，在你看来，我，还像一个汉家女子吗？

刘文龙 （痛心疾首，频频点头）阿娇！……

〔得到刘文龙肯定的回答，娇公主露出欣慰的笑容，死去。

刘文龙 （震惊）阿娇？阿娇！苍天啊，是我害了阿娇！

（唱）你本来白璧无瑕，

何须学汉家文化？

高山雪莲玉晶莹，
飞落人间一奇葩。
可笑文龙为人师，
俗物怎教奇女子。
三生有幸能相识，
奈何相识不相知。
你真情在天化星河，
碧血入地醒愚痴。
愚有愧，痴更恨，
愧恨填胸无颜苟活在人世！
（举起射中阿娇的那支箭）
（接唱）阿娇为我中箭亡，
我为阿娇求一死！（欲自裁）

可　汗　（一把夺下）你已辜负阿娇，难道还要违她遗愿，辜负你妻肖月英吗？我为阿娇留你，如今阿娇已死，你、你走吧！

〔无词歌起。刘文龙声嘶力竭地呼叫着两个人的名字："阿娇！月英！月英！阿娇！"在他的呼叫声中，光渐收。

拜　寿

〔十六年后，刘家。度过了艰难岁月的肖月英虽然老了，却显得精神干练。她正在给刘母缝制新衣。

肖月英　（唱）花落花开十六年，
门前枯柳又返青。
十六年光阴不容易，
岁月风霜打磨人。
脸上皱纹细细添，
手上老茧一层层。
谋生存，挑重担，
双肩也能把家承。

且看今朝好日子，
迎来了婆母六十大寿辰。
人还在，家不散，
肖月英苦辣酸甜泪盈盈。

〔宋湘提寿礼上。

宋　湘　表嫂。

肖月英　是表叔来了。（起身相迎）

宋　湘　这是给姑母的寿礼。

肖月英　又让表叔破费。

宋　湘　一点心意，理所应当。

〔宋湘欲提礼物下，肖月英见他衣衫破了。

肖月英　表叔，你的衣衫破了。

宋　湘　不妨事……

肖月英　来，我给你缝上几针。

〔宋湘坐下，肖月英替他缝衣。当肖月英低头咬断线头时，宋湘慌忙一闪，针尖扎破了肖月英的手指——

肖月英　哎哟……（捂住手指）

宋　湘　啊？表嫂……让我看看，快让我看看，划破了没有？

肖月英　（一笑，坦然地伸出手指）你看，不妨事。

宋　湘　（欲握肖月英的手，又不敢，焦急无措）真该死，我真该死……

肖月英　（一笑，摇头）你啊！

〔刘母从里面唤出。

刘　母　是宋湘来了吗？是侄儿来了吗？（见状一愣，欲退回）

宋　湘　（忙答应）啊，是侄儿来了。姑母，是侄儿给你拜寿来了。

刘　母　（重新走出）又让你费心了。

宋　湘　应该的，应该的。（扶住刘母）姑母走好。

刘　母　哎！

肖月英　婆婆，你看，这是我给你做的新衣裳。（为刘母穿上）

宋　湘　姑母，这是侄儿送你的寿礼。（奉上寿礼）

〔肖月英和宋湘扶刘母坐下，双双为刘母拜寿。

宋　湘　祝姑母福如东海。

肖月英　愿婆婆寿比南山。

刘　母　（开心而笑）哎哟，我哪来这样好的福气啊！（继而叹气）唉！

肖月英　婆婆，你怎么啦？

刘　母　媳妇！

（唱）婆婆年过六十秋，
夕阳虽好难久留。
只怕一旦撒手去，
你形单影只怎堪忧？

肖月英　婆婆！

刘　母　（接唱）还有你，无父无母的宋湘儿，
孤雁单飞向谁投？

宋　湘　姑母，今日是你寿诞之喜，别说这些伤心话了。

刘　母　（决心已定）不，事到如今，我不能不说！（揽过二人）你们听着：文龙一去十六年，石沉大海，杳无音信，我不信他还活在人世。倘若真还活着，他十六年不奉不养，我也不认这个儿子了。今天，是我做主，将你们啊——

（唱）两根苦藤牵一处，
打个结儿拧成股。
风雨两相依，
坎坷同心助。
了却多年心头愿，
六十老人死瞑目。

宋　湘　（大惊失色）哎呀姑母，你怎么说出这等话来！

（唱）想当年、我与她、有言约定，
表叔嫂、只当作、亲戚相认。
宋湘经商常在外，
回到家中冷冰冰。
唯有姑母表嫂来记挂，
暖暖融融是亲情。
已知足、已感恩，
请姑母不要再操心。

刘　母　（沉下脸来）既然如此，我老太婆也无须你来牵挂，这份寿礼你拿回去吧。从今以后，你不要再到我家来了。

宋　湘　（伤心）姑母！

刘　母　你走吧！

宋　湘　姑母！（哭求，跪下）

〔肖月英见此情景，百感交集，她先示意宋湘起来，然后转对刘母——

肖月英　婆婆！

（唱）谢婆婆一番好意来玉成，
年迈人不拘说教重真情。
十六年相扶走过艰辛路，
相依为命心连心。
若非是知冷知热来体贴，
岂能够将儿终身另许人？
你是婆婆、胜亲娘，
到如今，儿只想满怀深情叫一声老娘亲！

刘　母　儿啊！

肖月英　娘！（转对宋湘）表叔！

（接唱）谢表叔一番至诚来拒婚，
君子有信我感恩。
想当年一本账目释疑虑，
月英从此心生敬。
我敬你，心中有爱不强求，
默默隐忍更深沉；
我敬你，患难相助济危困，
真诚热情有分寸；
我敬你，平平凡凡生意人，
实实在在道理明。
说平凡，不平凡，
说实在，情更真。
到如今我也说句真心话，
为文龙我节已守、义已尽；
倘若表叔不嫌弃，
婆婆心愿当应承。

宋　湘　（一震）你说什么？

肖月英 我说表叔若不嫌弃，月英愿与表叔结为夫妻。

宋　湘 （呆住）这……啊呀天啊！

〔宋湘因惊喜而昏迷，肖月英与刘母大惊失措。

肖月英 婆婆，这、这可怎么办哪？

刘　母 儿啊，解铃还需系铃人，办法还在你身上。

肖月英 我？对对对，我去拿米汤来。

刘　母 米汤，米汤有什么用？他又不是饿昏过去要喝米汤，他呀，要喝还魂汤！

肖月英 还魂汤，还魂汤在哪里？

刘　母 你就是还魂汤！只要你轻轻唤他，亲亲热热地唤他，他就会醒来的。

肖月英 这……（转对宋湘）表叔醒醒，表叔你醒醒呀！

刘　母 哎呀，再叫表叔，他就醒不过来了！

肖月英 （醒悟，走近宋湘，唤）宋湘，你醒醒，宋湘，你醒醒呀！

宋　湘 （醒转）

（唱）宋湘宋湘唤得亲，

多谢你不称表叔唤我名。

〔刘母先看着肖月英与宋湘微笑，然后想起刘文龙，悲从中来，黯然下。

〔宋湘痴看肖月英。

肖月英 宋湘，我都老了。

宋　湘 人生在世，谁能不老？我只要你真情不老！

肖月英 （触动）好个真情不老！宋湘，明天是我和文龙在洗马桥分别十六年的日子，你我成亲之前，我想祭告于他。他若泉下有知，也当谅解；他若活在人世，也当了断。

〔宋湘点头。收光。

生　祭

〔洗马桥。肖月英上。

肖月英 （唱）手提着两荤两素四样菜，

肖月英洗马桥上祭夫来。

你新婚三日去赶考，

对镜盟誓不分开。
谁知一去十六年，
黄鹤悠悠不再来。
今日桥头祭告你，
高堂老母身康泰；
六十寿诞礼虽简，
亲情如歌也开怀。
月英苦守心已尽，
老母做主重嫁改。
往日恩情今了断，
三生石上盟不在。
你多保重，我自珍爱，
你魂若有知听明白。

（默默祭告）

〔刘文龙上。

刘文龙 （唱）快马加鞭万里归，
披星戴月把家回。
谁知近乡情更怯，
马蹄踟蹰人徘徊。
眼前就是洗马桥，
一见此桥肝胆摧！

这桥上足迹可是慈母望儿处？这桥下碧波可是贤妻伤心泪？恨不能一脚跨进家门去，诉说衷肠再请罪！

（急步行走，忽又止步）啊，一别多年，不便孟浪回家。（见肖月英，唤）大嫂，大嫂。

〔肖月英抬头。两人各自一惊，再互相看看，都摇头否认，恢复镇定。

刘文龙 相烦大嫂，我向你打听一户人家。

肖月英 请问客官，这方圆之内，你要打听哪户人家？

刘文龙 我打听这洗马桥边刘文龙一家。

肖月英 （一震）刘文龙？你打听他做什么？

刘文龙 我与他沾亲带故。我知道刘文龙当年上京赶考，一去不回。

肖月英 （自语）他知道文龙下落？（转对刘文龙）刘文龙现在何处？

刘文龙 他当年考中状元，受皇上派遣，作为和番使臣，出使番邦，羁留难回。

肖月英 那，他为何不报信回家？

刘文龙 曾遣书童永宁回家报信。

肖月英 （自语）永宁，永宁何曾来过啊？（转对刘文龙）刘文龙现在哪里？

刘文龙 十六年后，他终于重返帝京，回朝复命，受皇上嘉奖，被封为本地州官。如今，他已经回到故乡来了。

肖月英 （险些惊倒）你、你、你是什么人？

刘文龙 我就是那十六年不曾回家的刘文龙！

肖月英 （断然否认）不！刘文龙白面书生，青年英俊，哪像你，满面胡须，一脸风沙，你也不拿镜子照一照！

刘文龙 镜子？对，这镜子整整伴我十六年哪！（拿出镜子）

肖月英 啊？（急拿出自己的镜子去合，天衣无缝）

刘文龙 （悲切）月英！

肖月英 文龙！

〔宋湘上，见此情景，惊讶避下。肖月英梦幻般地看着刘文龙，又拿镜自照，无限伤感。刘文龙轻抚肖月英，怜惜感慨——

刘文龙 月英，总算我已经回来了，我们回家吧。

肖月英 回家？回家？（哭）天哪！我、我、我还怎么能回家呀！

刘文龙 （一震）月英，我一别多年，想必你和母亲受尽苦难。你、你有什么委屈，只管说来，为夫与你做主。不，本官为你申冤！

肖月英 （猛回头）你已是本地州官？

刘文龙 对，我官封知府，坐镇本州。

肖月英 好啊！

（唱）叫一声知府大老官，
民女月英含奇冤。
冤深似海难申诉，
三个状本告当前。

刘文龙 你状告哪个？

肖月英 （唱）头状告他刘文龙，
抛妻别母十六年。
茫茫生死无音讯，
不见家书寄片言。

〔刘文龙惊讶。

肖月英 （唱）二状再告刘文龙，
桑梓亲情抛一边。
家乡连年遭大灾，
你生死不问心何安？

〔刘文龙羞愧。

肖月英 （唱）三状还告刘文龙，
糟糠有冤冤也奇。
十六年我含辛茹苦挑重担，
你萍踪浪迹在哪里？
患难相助是宋湘，
真情感化架虹霓。
今日我洗马桥上摆生祭，
祭罢我成宋湘妻。
刘文龙，你不迟不早把家还，
害月英进退两难、有苦难言、
含羞饮恨、走投无路、
唯有那桥下碧波把冤洗！
（急步上桥，纵身欲跳）

〔刘母与宋湘急急赶来。

刘　母 月英，你不能死！要死，也是我老太婆去死啊！

肖月英 娘！

刘文龙 （骤见刘母，悲喜交加）母亲，不孝儿回来了！母亲，文龙回来了！

刘　母 （猛回头）你、你为什么到今天才回来？你为什么到今天才回来？！

刘文龙 母亲！

刘　母 不，我没有你这个儿子，我没有你这个儿子！

〔刘母因激动而晕眩，肖月英与宋湘将她扶住。

刘文龙 （见此情景，伤感刺激）母亲！
（唱）不孝儿，娘跟前，泣血长跪，
想不到，塞外归，人情已非。
十六年不奉不养我有罪，
你可知儿心中万般无奈！

为报国，我不辞生死赴君命，
为事亲，我何日不将娘挂怀？
夫妻守信誓盟在，
秉忠节辜负公主真情爱！
原以为，叶落归根忠孝得两全，
到头来，亲人嫌弃有家不能回！

娘啊娘，

（接唱）只要你认一认亲生叫一声儿，
我吞黄连、咽苦水、无怨无悔，
不枉我瀚海守信万里归！

刘　母　（情不能禁，扑上）文龙，我的儿啊！你为国为家样样不欠，可眼前之事你都看见。十六年辛酸一言难讲，与媳妇侄儿共历劫难，才结下这生死之情山高水长。儿啊，莫怨为娘狠心不认儿郎，这苦果只有你一人吞下，独自承当！

刘文龙　（悲呼）娘！

刘　母　你、你还是远走他乡吧！

刘文龙　（仰天自问）难道我不该回来？难道我真的不该回来吗？

肖月英　不，文龙！（扑向刘文龙，忽想到宋湘，尴尬）天哪！

刘文龙　看来我是真的不该回来呀。母亲保重！（欲走）

〔此时，宋湘挺身拦住刘文龙。

刘文龙　表弟，多谢你十六年的照应。现在，请你让开，我要上路了。

〔宋湘不让。

刘文龙　表弟，请你让开！

宋　湘　表兄，你不能走，你我之间，还有一笔账没有算清，你怎么能走呢？

刘文龙　账，你还要怎样算账？

宋　湘　表兄你来看，当初你走的时候，托付我照看你的老母妻小。十六年来，你家缺粮我送粮，你家缺钱我送钱；这一笔笔、一宗宗，账目分明、清清爽爽。如今你回来了，欠钱还钱，理所当然；欠粮还粮，人情两清。你可不能赖账要走哦！

刘文龙　你……

肖月英　（看见账本，百感交集）不，这不是一本柴米账，这是十六年来还也还不清的人情账啊！

宋　湘　（苦涩地一笑）表嫂！

（唱）人人都有一本账，

账目清晰心有纲。

煌煌历史记大账，

区区小民记小账。

宋湘是个生意人，

往来账目须清爽。

老姑母，是长辈，

奉养孝敬理应当；

对表嫂，真情爱，

三生结盟敢担当。

想想表嫂做人难，

看看姑母老泪淌，

还有你表兄不容易，

十六年苦守归故乡。

只要你母慈子孝夫妻团圆，

我情愿肩背行囊走四方。

刘文龙　表弟……

宋　湘　表兄，只要你留下来，我们的账就两清了！（撕碎账本）

刘文龙　表弟！

刘　母　宋湘，我的侄儿啊！

宋　湘　姑母，表兄，表嫂，你们看，此刻瓯江潮水正涨，我要趁这趟潮水做生意去啰！（急下）

刘　母
文　龙　（同声）宋湘……

肖月英　（呆看宋湘离去，忽惊醒，大叫）宋湘！（急步跑上江堤，重现十六年前肖月英追赶刘文龙的一幕）宋湘……

〔无字歌起。

〔剧终。

1999 年

民间传奇越剧

花　烛　泪

胡小孩　谢　枋　天　方

啊——
人心天地，
天地人心。
一半黑暗，
一半光明。
光明可以驱散黑暗，
黑暗也会掩埋光明。
别让那天狗吞噬了日月，
别让私欲翳暗了你的眼睛。
让人心多一些美好，
让天地多一些光明。
啊——
人心、人心……

序　幕

〔曹娥江上，乌云翻滚、浊浪滔天。

〔黄金龙撑篙舟上，远处传来阵阵“救命”声。

〔黄金龙被白玉凤宝箱迷住了心窍，对其猛击三篙，惨叫声淹没在汹涌

的波涛声中。

〔黄金龙手托宝箱，高兴？内疚？负罪感还是……

〔愤怒而又深沉的合唱声起：

啊——

魔鬼迷心眼，

善恶一念间，

救生变成害命船。

弱女随波去，

浊浪滔天！

三篙恨！三篙恨！

三篙恨呀恨绵绵，恨绵绵……

〔“三篙恨”巨幅出。

〔天际边孤雁哀鸣、划破晨空。

一

〔曹娥江畔、竹篱茅舍。

〔江涛汹涌、暮色苍茫。

〔月光透过窗棂，照着躺在竹榻上的玉凤。

玉　凤　（唱）月光如水透窗棂，

神魂飘荡昏沉沉。

此时情，此时景，

不知是死还是生？

〔方良手捧姜茶推门而入。

玉　凤　（惊恐地）啊！你、你是谁？走开！

方　良　姑娘，不要害怕，我叫方良，打鱼为生，是这里的主人呀！

玉　凤　那……我怎么会到这里来的？

方　良　姑娘！方才你在江中呼救，是我将你救回家来。

玉　凤　原来大哥是救命恩人，请上受我一拜。

方　良　哎！不敢、不敢。姑娘，你落水受凉身子弱，我替你熬了一碗姜汤，驱

驱寒气。

玉　凤　大哥，你真好！

方　良　姑娘呀！

（唱）急难相救理应当，

不用流泪谢方良。

玉　凤　（唱）同是江上陌路人，

善恶清浊天地分。

方　良　姑娘！此话怎讲？

玉　凤　（伤心地）大哥！

（唱）小女子，名叫白玉凤，

家住临江白家村。

洪水中父母双亡沉江底，

玉凤我随波逐浪任浮沉。

江面上求救偏遇狠心贼，

狠心贼只捞钱财不捞人。

一篙打我皮肉绽，

二篙打我痛彻心。

三篙将我打下水，

夺我宝箱害我命。

方　良　（气愤万分）啊！

（唱）见死不救实可恨，

图财害命灭人伦。

姑娘呀你把他相貌身材告诉我，

我定要为你除恶报仇恨！

玉　凤　（唱）不劳大哥将他寻找，

这恶人总有一天会得报应。

方　良　唉！姑娘，你真是……

〔方良递姜茶，玉凤感激地接过。

方　良　姑娘！

（唱）大难不死莫伤心，

但不知有无亲友可投奔。

玉　凤　这……（羞涩）大哥呀！

（唱）父母在世曾把亲事订，
夫家就在余姚城。
公公早已过世去，
黄善婆是我婆母亲。

方　良　黄善婆是你婆母，好哇！
（唱）提起余姚黄善婆，
方圆百里有善名。
她夏施凉茶冬施粥，
修桥铺路造凉亭。
长年吃素拜观音，
乐施好善菩萨心。
住处依稀还记得，
官家弄里老墙门。

方　良　姑娘，我这就到余姚城里给你婆家报信去。

〔方良说完欲走。

玉　凤　大哥，天色未明，何必太着急！

方　良　那也好，姑娘，那你就先在我家养伤吧。

玉　凤　怎好打扰大哥？

方　良　不妨事，不妨事！姑娘啊，你莫看我渔家穷户，虽无山珍海味，粗茶淡饭总是有得吃的。（感慨地）想我方良自幼父母双亡，上无兄姐，下无弟妹，你在这里养伤，我就如多了个妹妹！

〔玉凤感激地望着方良，伴唱起：
遇好人成亲人，
玉凤喜泪淋。

玉　凤　（激动突跪）大哥！

〔无词的“啊”声起，远处的月亮变成了太阳，芦苇花被朝阳染成一片红。

〔光淡出。

（伴唱）做新娘上花轿，
抬进黄家积善门。

二

〔黄家，堂上花烛高烧。

〔悠扬的喜乐声中，众乡亲、官绅、太太坐立两厢。

〔玉凤头盖红罗巾，身穿吉服端坐；黄金龙胸扎红球，身穿喜服，按捺不住内心的喜乐，端坐另一旁。

傧　相　（领唱）善门开，红灯挂起来。

众傧相　（齐唱）贺喜、贺喜、贺喜啊！

（领唱）鞭炮响，花轿进门来。

（齐唱）贺喜、贺喜、贺喜啊！

男贺客　（独唱）善婆行善积德，

（齐唱）善名百里传开。

（独唱）一家有喜千家贺——

（齐唱）官绅满堂多光彩、多光彩！

女贺客　（独唱）落难女，逢凶化吉，

（齐唱）做新娘，苦尽甘来。

（独唱）进了善门好福气——

（齐唱）好福气，好福气，

到明年，喜上加喜抱孙来！

傧　相　（唱）一拜天地——

众傧相　（唱）喜呀！喜呀！拜天地——

傧　相　（唱）二拜高堂——

众傧相　（唱）喜呀！喜呀！拜高堂——

傧　相　（唱）夫妻对拜——

众傧相　（唱）喜呀！喜呀！

傧　相　（唱）夫妻对拜送入洞房——

众傧相　（唱）喜呀！喜呀！哈哈哈！

〔黄善婆、黄金龙送客人下。

〔洞房，寂静，玉凤自揭盖头，无限憧憬。

玉　凤　（唱）堂前鼓乐闹盈盈，

新郎送客出房门。

含羞揭下红罗巾，

面对花烛喜泪淋。

苦尽甘来心头暖，

夫妻恩爱结同心。

〔小茴香端茶上。

茴　香　少夫人，恭喜你了！

玉　凤　你叫什么名字？

茴　香　我叫小茴香，老太太叫我过来服侍少夫人的。

玉　凤　多谢婆母关心。

茴　香　少夫人，你福气真好。

玉　凤　你我初次见面，你怎么知道我福气好呢？

茴　香　少夫人！

（唱）酒宴上，贺客纷纷在谈论，

都说新娘是福星。

大难巧遇恩兄救，

投亲又进积善门。

新娘呀，

你看这画栋雕梁金灿灿，

红木家具簇崭新，

还有这，梳妆台上百宝箱，（揭去红巾，露出百宝箱）

珠光宝气亮晶晶！（白玉凤见箱大惊）

（伴唱）一见宝箱心头震，

心头阵阵起疑云。

玉　凤　（唱）想不到江上失物又重见，

为什么今日进了黄家门？

〔白玉凤开箱检视，愈惊！

金簪！玉镯！……

〔拿出一支白玉凤钗！双手颤抖，直愣愣地。

小茴香　少夫人，你怎么啦？……哎呀！老夫人。（下）

白玉凤 （唱）曹娥江上三篙恨，
物证在手心胆颤！
难道是善门出恶虎？
难道是江上贼倒卖宝箱落此间？
猛想起那夜江上遇恶贼，
搏斗中划破伤口在额前。
心碎欲见新郎面，
看一看有无伤疤识真颜。

〔一阵笑声，黄金龙跨步进房。

〔白玉凤上前逼视黄金龙前额，发现伤疤。

〔此时背景出现，黄金龙与玉凤搏斗，三篙击打声再次出现，惨叫声淹没……

（合唱）啊！是他，是他，就是他！
天塌地陷，
地陷天塌……

〔玉凤终于支撑不住，重重摔在地下！

〔黄金龙急扶。

黄金龙 玉凤！玉凤！你怎么啦？

〔突然意识到什么，下意识摸伤疤，恍然大悟，吃惊，紧张，不知所措。

〔黄善婆与小茴香上，见状上前。

黄善婆 凤儿，凤儿！

小茴香 少夫人你醒醒，你醒醒。

黄善婆 小茴香，这到底是怎么回事？！

小茴香 禀老夫人，少夫人刚刚还是蛮开心的，后来看到这箱子就像中了邪似的浑身发抖，一言不发，我，我就跑来找你了。

黄善婆 （似乎明白什么）噢，这里没有你的事，下去吧。

〔此时玉凤苏醒，黄善婆扶，黄金龙也要扶，被玉凤推开。

白玉凤 走开！

黄金龙 娘……娘子！

白玉凤 你的娘子早已成了水中冤鬼！

〔黄金龙听后，浑身一颤，紧张、哆嗦。

黄善婆 （严厉地）龙儿！！

黄金龙　母亲，孩儿我……

黄善婆　我看你有事瞒着为娘。

黄金龙　娘……

黄善婆　（严正地）讲！

〔黄金龙跪下痛哭流涕。

黄金龙　（唱）那一日，山洪暴发大祸临，

母亲命儿救灾民，

鬼迷心窍捞财货，

忘了江上呼救人。

白玉凤　（唱）贼子你三篙将我打下水，

一篙更比一篙恨；

夺我宝箱害我命，

谋财害命罪非轻！

黄善婆　（吃惊）啊！……

（唱）难道此事果是真？

白玉凤　（唱）玉凤就是活证人。

黄善婆　啊？！你这个逆子！

〔狠狠打了儿子一个耳光，自己昏厥过去。

〔白玉凤失声痛哭。

黄金龙　娘！……

黄善婆　（悠悠醒来）

（唱）闻此言气得我七窍冒烟飞了魂……

捶胸顿足泪淋淋！

逆子呀！

平日里为娘如何教导你？

做人行善为根本。

我教你日里走路轻抬脚，

当心脚下蚂蚁命；

我教你夜里点灯加纱罩，

免得那飞蛾扑火自丧命。

我教你倘若发家成巨富，

救苦济穷造凉亭；

我教你一朝为官把堂坐，
不许贪财冤屈人。
谁知你竟会谋财丧天良，
你害我媳妇险丧生！
我把你五花大绑送公堂，
我要为苦命贤媳把冤伸。
当堂出首告逆子，
判你个不仁不孝大罪名！

黄金龙 娘！事到如今，孩儿我追悔莫及，我死不足惜。可看在黄家三代单丁，饶了孩儿一条命吧！

〔黄善婆生气不理，黄金龙悔恨地跪在白玉凤面前。

黄金龙 （唱）贤妻呀！
千悔恨万悔恨，
悔不该一时错把歹念生。
一念之错失本性，
财迷双眼鬼迷心。
为了黄门不绝后，
我决心改邪归正做好人。
只求夫妻能和好，
从今后我待贤妻如娘亲。
死心塌地，
永不变心！

（哭求）娘子！贤妻！你饶恕我吧！……

黄善婆 你这个小畜生！想我黄门，诗礼传家，清清白白，想不到竟会出你这个黑心的畜生。你还不与我滚出去！

〔黄金龙退下。

黄善婆 （上前，沉重地）哎，想不到我黄家门，竟出了这样一个逆子，做出这种伤天害理之事，玷污了黄家门庭，我是心胆俱碎，痛不欲生啊！唉，都怪我这个做娘的平日家教不严，心中愧疚万分！玉凤，我的好媳妇！念在黄家三代单传的份上，饶恕了这个逆子吧！再说你俩今晚已拜堂成亲，全城内外，无人不知，倘若此事传扬出去，黄家名声将毁于一旦，叫我日后如何做人？凤儿，婆婆我……求你了！（直挺挺地跪下）

白玉凤 （连忙下跪搀扶）婆婆！……

黄善婆 （不肯起身）好媳妇，你饶了他吧！

白玉凤 （唱）婆婆跪地苦求情，
逼得玉凤碎了心。
欲走无家归，
要留难忘三篙恨。

黄善婆 媳妇啊媳妇，你若不应允，婆婆只好随夫君去了……

白玉凤 （止住）婆婆！
（唱）若要儿媳饶恕他，
冤家夫妻只挂名。
生不与他同罗帐，
死不与他葬同坟。
愿与婆婆长相伴，
吃素修行拜观音。

黄善婆 我的好媳妇……
（伴唱）心头流血苦苦忍，
念佛修行伴青灯。

〔远处传来佛堂钟磬声，白玉凤露出了痛苦、无奈、渺茫的眼神。

〔光渐弱。

三

〔深秋，黄家经堂。

〔婢女陪黄善婆在观音像前焚香祭天。

黄善婆 （唱）手执清香祝告苍天，
为儿赎罪诚心一片，
南无阿弥陀佛。
苍天啊苍天！
情愿减我十年寿，
保佑媳妇早康健阖家欢颜，

南无阿弥陀佛。

大慈大悲观世音菩萨。

〔白玉凤、小茴香上。

白玉凤 婆婆！……

黄善婆 凤儿！刚才你到哪里去了？

小茴香 老太太！少夫人病体稍好，我陪她到花园散心解闷去了。

黄善婆 如此甚好。凤儿，我给你送汤药来了，你看，药都凉了。小茴香，你拿去热一热。

小茴香 是。（捧参汤下）

白玉凤 （感激地）多谢婆婆关心！

黄善婆 唉，好媳妇！我看近日来龙儿散财行善，大有改悔之心……

〔白玉凤低头不语，黄善婆叹息着。

黄善婆 凤儿呀！

（唱）只叹逆子不争气，

一失足成千古恨；

积善人家出逆子，

恨不得一命早归阴。

白玉凤 婆婆！

（唱）婆婆待我胜亲生，

恩比山高情似海深。

不怨天来不怨地，

玉凤受苦命中定。

过往之事如烟散，

从今后陪伴婆婆到终身。

〔黄善婆老泪纵横，白玉凤抹擦着婆婆的泪水。

白玉凤 婆婆你要保重了。

黄善婆 好了，伤心的事不说了。

白玉凤 请婆婆回房安息。

黄善婆 喔，我倒想起来了，你我婆媳相依有今日，全仗你恩兄急难相救，今日里，我特地做了一套衣裳送与方良。

白玉凤 有劳婆婆操心。

黄善婆 我还要去张罗一下凉亭施粥之事。

白玉凤 送婆婆。

黄善婆 媳妇留步。（下）

白玉凤 （望着黄善婆背影，捧起新衣，无限感慨地）

（唱）手捧新衣思方良，

隔月更比隔年长。

恩兄啊今生劫难你能救，

前世孽债我难偿。

实指望投亲有靠凶化吉，

又谁知洞房偏遇黑心狼！

难得婆婆待我好，

问寒问暖亲如娘。

我只得忍气吞声修来世，

口念弥陀度时光……

〔坐下，闭目诵经。茴香拉着方良上。

小茴香 （喜出望外）玉凤姐姐！你看谁来了？

白玉凤 方良哥哥！

方　良 玉凤妹妹！

白玉凤 哥哥！你怎么到今朝才来？

方　良 打鱼赶秋汛，谋生要紧啊！玉凤，鲢鲤成双，聊表哥哥一点心意。

白玉凤 多谢哥哥。

〔小茴香拿起两条鱼下。

方　良 玉凤！看你面色，莫非病了？

白玉凤 哥哥，我没有病。

方　良 不要骗我了，你比一月之前瘦多了！有啥心事，快对哥哥讲吧！

白玉凤 我……（看到新衣）噢，这里有套新衣，是婆婆亲手为你所做，千针万线，是她老人家一点心意。（送衣）

方　良 多谢老夫人。（继续追问）妹妹，看你捻着佛珠，点着清香，泪痕未干，到底是为了啥？

白玉凤 我跟婆婆修行。（茴香上）

方　良 （诧异）啊？刚刚新婚，就带发修行，莫不是夫妻争吵伤了和气？

小茴香 方良哥哥，茴香我也弄不清楚，玉凤姐刚拜过堂就进了佛堂……

白玉凤 （急阻）茴香！

方　良　小妹，你一定有事瞒着大哥！

小茴香　是啊，肯定是有苦说不出！

白玉凤　哥哥，你们就不要逼小妹了。（抽泣）

方　良　（唱）你容颜憔悴悲泪淌，

定有怨苦肚内藏。

你有苦有怨对亲人讲，

莫把怨苦一人扛。

天坍下来有大哥在，

你还有何言不能讲？

〔方良一再追问，白玉凤咬牙不言。

方　良　哎呀，真急死人了，小妹，你再不把真情说出来，大哥我要生气了！

〔玉凤泣不成声，满腹的苦水一下子倒了出来。

白玉凤　大哥，可记得我在江中遭不幸？！

方　良　记得！

白玉凤　曾有人，打我三篙夺我宝箱？！你道此人是谁——（黄金龙上）

〔方良，小茴香急问“谁”——

白玉凤　黄金龙！

〔如雷击顶。黄金龙闻言一惊！急隐藏听。

方　良　黄金龙！！！

（唱）肺气炸怒满腔，

却原来仇人就在你身旁。

见蛇不打三分罪，

岂能够纵容恶人留祸殃？

走遍天下十八省，

一张状子告公堂！

小茴香　（唱）不怕见官滚钉板，

舍生忘死上公堂。

申冤雪恨除恶贼，

首告有我小茴香！

〔黄金龙更吃惊……

玉　凤　（痛苦万分）我……唉！

（唱）肺腑之言听得真，

玉凤成了两难人。
永世难忘三篙恨，
我早已与那贼子断了情。
却难为婆婆行善心地好，
昼夜为我操碎心。
她待我胜过亲生女，
铁石心肠也感恩。
倘若此事闹出去，
婆婆她定会把短见寻。
我报冤仇她丧命，
玉凤怎能害好人？
我在菩萨面前发过誓，
决不负婆婆一片心！

方　良　玉凤，难道说你就甘心情愿在黄家受苦一辈子吗？

玉　凤　玉凤命苦，我是万般无奈呀！

方　良　哎！不行！（欲走）

玉　凤　方良哥！

方　良　玉凤妹妹，你要保重了！

玉　凤　方良哥，你要到哪里去？

玉　凤　找人写状告官！（下）

茴　香　方良哥哥！（下）

〔黄金龙出，望着方良去的方向，急得团团转，汗雨直下。

黄金龙　啊呀！此事已被方良知道，一旦传扬出去，闹上公堂，那……那还了得，怎么办？怎么办？！

（唱）一霎时头昏脑胀，
急得我冷汗直淌。
我是一失足成千古恨，
提心吊胆饭不香。
挂名夫妻冷如冰，
玉凤她吃素念佛入经堂。
我也想洗心革面重做人，
却不料玉凤把隐情告方良。

恶事无脚走千里，
一旦事发要遭殃。
老母一生行善化灰烬，
黄家门一世英名要败在我身上。
若要保全先灭口——
去找母亲共商量。

（欲走又止）啊呀，不妥！母亲一向行善积德，劝人为善，决不会答应我这样做的，倘若急坏了母亲，一气身亡，那我的罪孽就更大了！我还是瞒过母亲，自己动手，一不做二不休，先下手为强！（双手合十）老天菩萨，保佑我的母亲，也保佑我黄金龙，让我逃过一劫吧！（猛转身）方良呀方良！是你逼我不得不下毒手，你要做出头椽子，我叫你死无葬身之地！

〔背景火光突起，烈焰冲天！

（合唱）烧！烧！烧！
月黑风高；
烧！烧！烧！
红透江涛。

〔黄金龙双眼露出凶光，脸孔渐渐变形扭曲。

〔小茴香上来看见，暗惊！

〔光渐收。

火焚渔家变焦土，
方良尸骨难寻找。
秋风萧瑟衰草萋萋，（起光）
寒雁悲鸣声渐遥……

四

〔曹娥江边，颓垣焦土，几丛烧焦了的茅草在风中摇曳。

〔几个黄家佣人在忙忙碌碌地清理残物杂草。

〔黄善婆在一旁念经，家佣站立身旁。

〔白玉凤身穿素服，酹酒祭奠。

白玉凤 （捧酒望江，悲痛欲绝）

（唱）曹娥江啊水流长，

见江思人欲断肠。

恩兄啊！

难忘你飞舟破浪救玉凤，

难忘你草房结拜情义长。

在黄府我日日忍来夜夜熬，

苦水长流心头淌。

只要有你大哥在，

玉凤我此生尚有一线望。

谁料想一场大火从天降，

哥哥你尸骨成灰随风扬。

江水悠悠人永别，

从此后身边又不见小茴香。

事出蹊跷费思量，

求大哥三更入梦吐真相。

为什么夜夜梦中你不来？

空教我愁对冷月照寒窗。

哥哥啊！……

〔玉凤跪地痛哭，黄善婆劝慰。

黄善婆 媳妇啊！这半年来，每逢初一、十五你总要来此哭祭一场，你方良大哥在九泉之下也会心痛难受的。唉，人死不能复生，你要保重节哀。来呀，快扶少夫人回府！

白玉凤 婆婆，我还要到观音堂烧香许愿，为方良超度来生。

黄善婆 也好，（对丫头与黄贵）路上小心伺候，不得有半点差错。

黄　贵 是！

〔白玉凤由丫头扶下，黄贵跟下。

〔黄善婆望着白玉凤的背影沉思，一阵寒风吹过，头上乌鸦声声。

黄善婆 唉，看来我黄家今后祸福难料啊！

（唱）头上乌鸦叫连声，

叫得我心惊肉跳不安宁！

我吃素念佛数十年，
常存行善济世心；
一片虔诚修正果，
指望着积善之家多福荫。
叹只叹家门不幸出逆子，
不肖子一错再错罪孽深。
我也曾想将逆子送官府，
怎奈是黄家三代一单丁。
我也曾自欺欺人暗瞒压，
小茴香她突然出走必有因。
怕只怕纸难包火瞒不住，
愁只愁一旦事发露真情。
到头来身败名裂遭唾骂，
数十年行善积德化灰尘。
死后灵魂难升天，
反倒要坠入地狱十八层！

（顿足叹息）唉！怎么办？怎么办……

〔心中的佛与心中的魔鬼同时出现，它们斗争着，忽隐忽现……

〔一声巨雷，黄善婆佛珠落地，一片寂静。

〔鸦声再起。

黄善婆 （双手合十）为了保全我的名声，为了黄家的香火，求菩萨大发慈悲，赎我的罪，我要破戒了！

〔又一声巨雷，黄善婆一个震颤！

〔黄金龙出现在母亲身后，他上前拾起佛珠交给娘手。滚滚雷声继续……

黄金龙 娘，娘你怎么啦？

黄善婆 （回过神来）唉！你这畜牲，把娘害苦了！

黄金龙 孩儿是对不住娘，可是娘啊，孩儿比你更苦哇！成亲以来，夫妻不像夫妻，见面冰冰冷，被窝冷冰冰，见了玉凤我还得低头哈腰赔笑脸，每日里提心吊胆，寝食不安。娘，这种苦日子叫孩儿我怎么过得下去啊？

黄善婆 这是你自作自受，过不下去你也得忍！

黄金龙 忍，忍，忍，叫我忍到哪一天？

黄善婆 忍不下去，你就杀人放火？你这畜牲！你干的好事，迟早要被玉凤知道，

黄家迟早要败在你的手里！

黄金龙 娘，我也是没有办法啊！孩儿也不想把事情做绝，可这事若被方良告上公堂，孩儿杀头坐牢不要紧，可你老人家的善名那可真的要毁于一旦，全完啦！娘，孩儿我这也是为了你呀！

黄善婆 这……孽障呀孽障！（闭目合十）阿弥陀佛——

〔黄富上。

黄　富 少爷，少爷！

黄金龙 （拉到一边）弄到了没有？

〔黄富将一个纸包交与黄金龙。

黄善婆 你们两个偷偷摸摸又想搞什么名堂？

黄金龙 母亲，孩儿让黄富弄到一样东西。

黄善婆 什么东西？

黄金龙 哑药！

黄善婆 啊，你要把玉凤她——

黄金龙 永远闭上嘴！

黄善婆 （拿过哑药）畜牲，不许你胡来！

黄金龙 娘！你……

黄善婆 （暗示地）她会写字！

黄金龙 啊？这……

黄善婆 （冷冷地）玉凤有病，你知道吗？

黄金龙 孩儿知道她得了虚弱之症，可是要拖到何年何月，才能了结呀？

黄善婆 治病要治本，人参可以治本。

黄金龙 （不解）人参？……

黄善婆 （提醒）人参可是大补之物啊！

黄金龙 （茅塞顿开）噢！虚不受补，越补越虚，以补促疾，病上加病……妙，妙，妙！

黄善婆 阿弥陀佛，罪过，罪过！龙儿，茴香这个丫头可有下落？

黄金龙 至今音讯全无，不过我已告她盗窃财物，背主私逃，官府已画形通缉，母亲放心！

黄善婆 这个丫头在外，总是个祸患啊！

黄金龙 孩儿明白，孩儿一定加紧追究，决不懈怠！

黄善婆 等这桩事情了结，你要洗心革面，再也不可滋事生非，为娘为你好好

赎罪！

黄金龙 孩儿记下了！

黄善婆 （闭目合十）阿弥陀佛！哦，今天一早县官大老爷派人送来信件。

〔黄善婆递信与黄金龙。

〔黄金龙看信大喜。

黄金龙 太好了，太好了！当今皇上为了表彰娘的善行，特遣钦差大臣赵御史来我家，亲赐金匾。（兴奋万分）好哇！皇恩浩荡，钦差上门，我黄家就要名扬天下了！

黄善婆 龙儿且慢高兴，为娘有话叮嘱，你过来！

〔黄金龙上前，母子耳语。

黄金龙 （边听边点头）孩儿知道，孩儿谨记！母亲，孩儿新近买了百亩良田，离此不远，孩儿陪母亲前去踏看一番如何？

黄善婆 也好，走吧！

〔丫鬟扶黄善婆下，黄金龙跟随左右。

〔秋风阵阵，红叶飘落。

〔大雁声声。

〔内唱声起：

小茴香 （唱）茴香火中救方良，
历尽风霜回娥江。

〔茴香搀扶双目失明的方良上。

方　良 （唱）茴香妹义如山恩似海——
大恩大德难报偿！

小茴香 （唱）莫道恩，休说义，
患难兄妹应相帮。

方　良 （唱）闻听钦差到余姚，
昼夜奔波回娥江。
我替玉凤告御状，
拼死上诉申冤枉！

〔方良一阵晕眩，茴香急扶。

小茴香 方良哥，你怎么啦？

方　良 没有什么。

小茴香 你在此歇歇，我去讨碗水来。（下）

〔方良躺坐在焦土旁。黄贵上，见方良躺着，大声呵斥。

黄　贵　喂！臭叫花子，你竟敢躺在大恩人方良的坟前，还不快滚！

方　良　啊？（摸索）这是方良的坟？！……

黄　贵　不许你东抓西摸，玷辱恩公！滚，滚，滚！

方　良　如此说来，我这个瞎叫花，真的是有眼无珠，不识好人，不知死活了！哈哈哈！……（愤笑，摸索着下）

黄　贵　（上前望方良背影）瞎眼叫化，嘴巴贼老，哼！

〔白玉凤上，同情地望着方良蹒跚而去，似有所思。

白玉凤　你们怎么可以欺负人？

黄　贵　（假惺惺）少夫人，奴才错了。请少夫人回府！

白玉凤　你们在前面等我，我随后就来。

〔黄贵与丫鬟下。白玉凤面对坟茔，倚坟饮泣。

〔小茴香讨得碗水端上。

小茴香　（寻呼）哥哥，哥哥！……

白玉凤　（闻声回头，意外地）啊，你！……茴香妹妹！

小茴香　（惊喜地）啊！玉凤姐姐！

〔两人抱在一起。

白玉凤　茴香妹，你为何不别而行？这半年来在哪里安身，今日怎么会在这里？

小茴香　姐姐，此事一言难尽！我们正要进城找你，想不到会在这里相逢，姐姐，你怎么会到这里来？

白玉凤　我是来祭奠方良哥哥的……

小茴香　祭奠方良哥哥？

白玉凤　你可知道，自你走后，方良哥哥竟被天火烧身而亡，落得尸骨难寻。

小茴香　姐姐，你好糊涂！

〔小茴香四顾之后与玉凤悄声低语。

白玉凤　（兴奋地）如此说来，方良哥哥还在人间？

小茴香　他……可惜被黄金龙用石灰撒坏眼睛，已经双目失明了！

白玉凤　（痛心疾首地）啊！（哭叫）哥哥……（几乎昏厥）（明白）黄家贼子，我与你们不共戴天！

白玉凤　哥哥如今在何方？

小茴香　刚才还在这里，不知道哪里去了？

白玉凤　啊！刚才被恶奴赶走的一位身背渔鼓的瞎眼叫化郎，莫非就是哥哥？

小茴香 （着急地）一定是他！

〔望着方良下去的方向。

小茴香 那你我快去找他……

〔幕后黄贵声："少夫人，快走——"

〔白玉凤一惊，一时手足无措。

小茴香 （焦急徘徊）姐姐！

白玉凤 （略想）有了：明天一早，我只说到城东娘娘庙烧香，你和哥哥在娘娘庙等我，共商报仇大计！

小茴香 （点头）知道了！

〔内又喊："少夫人，走啊。"

小茴香 姐姐你快走吧！

〔白玉凤忍悲回身下。

小茴香 （望坟茔）假情假意，蛇蝎心肠！（欲走）

〔黄金龙和黄善婆上，与茴香迎面相遇。

黄金龙 （猛地认出小茴香）啊！……

小茴香 （惊避）啊？！……

黄金龙 （拦住）是你呀？！踏破铁鞋无觅处，得来全不费功夫，你叫我寻得好苦哇！

〔小茴香转身欲逃，黄贵家佣窜上拦住。

黄金龙 将她绑了！

〔家丁上前动手。

黄善婆 （摇手阻止）慢！是小茴香呀！阿弥陀佛！半年不见，我看你弄得面黄肌瘦，衣衫褴褛，真正可怜！这半年来，你到哪里去了？

小茴香 我……

黄金龙 讲！

黄善婆 （假惺惺地呵斥）龙儿！

黄善婆 小茴香，老太太平时待你不薄，你为什么要走呢？

小茴香 （灵机一动）茴香我不甘一生为奴，心想出门投亲，远奔他乡。

黄善婆 （点头）不甘为奴，也算你有志气，既然你他乡投亲，为何又在这里？

小茴香 （唱）只因我投亲不遇无归宿，

一路乞讨回家乡。

沿途听得人言讲，

老太太积善成风美名扬。
江边造起善风亭，
青冢墓下葬方良。
方良生前待我好，
特来坟前哭一场。

黄善婆 阿弥陀佛，难得你小小年纪，倒有义气，今天老太太成全你，让你回去！

黄金龙 （发急）啊，娘！……

黄善婆 行善为根本，奴婢也是人！小茴香，你喝了这碗酒，你我主仆的情分就算了结了，今后你可以自由了。

〔说着暗将纸包交与黄贵，黄贵心领神会。

黄善婆 茴香啊，我这里还有三两银子你也带上，回家好作安身之用。

黄金龙 （急将母亲拉到一旁）母亲，若放她走，那是放虎归山，麻烦大了！

黄善婆 我意已定，不必多说。（笑着接过黄贵送上的酒碗，交给茴香）茴香，喝了这杯酒，你就上路回家吧！

小茴香 （接酒喝下）多谢……（突然说不出来，无比悲愤，欲喊无声）啊，啊，啊……（怒指黄家母子）啊！……

黄金龙 （恍然大悟）哈哈哈！捆回府去，关入磨房！

黄　贵 是！（与仆佣拖拽小茴香下）

黄善婆 （闭目合十）善哉！善哉！大慈大悲，救苦救难的观世音菩萨！

〔阴云四合，雷声隆隆……

〔低沉的合唱声起：

变了，变了！
魔由心生，
鬼迷心窍。
变了，变了！
人兽之间，
一步之遥。
哦！变了，变了，变了！……
南无阿弥陀佛！

〔雷声大作，暴雨倾盆。

〔黄金龙为母亲撑伞，黑暗中映出两条披着人皮的狼的造型。

五

〔黄家经堂。

〔白玉凤在灯下伏案写状。

白玉凤 （唱）一盏青灯照佛堂，
不诵佛经写冤状。
今日里娘娘庙前约方良，
却为何不见踪影心彷徨。
莫非半路生变故，
倒叫玉凤费思量。
到明日御史台前诉冤枉，
我还须见机而行定主张。

〔丫鬟扶茴香上。

丫　鬟 （急呼）少夫人！……

白玉凤 （见受伤的茴香，急忙起身搀扶）小茴香，你怎么啦？（对丫头）这是怎么回事？

丫　鬟 少夫人！刚才我路过磨房，只见一个黑影从窗口跳出昏倒在地上，我一看原来是茴香，便将她搀扶到此。

白玉凤 茴香妹妹，你醒醒，茴香妹妹！

小茴香 （醒来，欲说无声）啊，啊……

白玉凤 妹妹你为何被关在磨房？哥哥可有找到？

小茴香 （摇头，以手比划）啊，啊！

白玉凤 妹妹，你为何不说话？

小茴香 （点头，以手比划被黄善婆用酒药哑）啊，啊，啊……

白玉凤 （领会）难道是那恶婆把你药哑？

小茴香 （点头顿足，哑然大哭）……

白玉凤 （气恨万分）黄善婆，你好狠的心哪！
（唱）小茴香无声哭诉明真相，

不由人心肺气炸怒满腔！
原以为儿虽狠毒母慈悲，
没想到，娘也是——
口念弥陀心如蛇蝎披着人皮的狼！
含恨奋笔写怨状，
字字滴血悲泪淌；
行行血泪写状上，
定叫他恶母凶子原形毕露在寿堂！

丫　鬟　（急跑）少夫人！老太太与少公子来啦！

〔白玉凤急示意丫鬟扶小茴香躲入内房。

〔白玉凤收起状纸，定神而坐，闭目诵经。

〔黄善婆、黄金龙上。黄金龙捧着一碗热气腾腾的参汤。

黄善婆　（示意儿子在门外站着，自己带笑上前）凤儿，夜已深了，你还在诵经拜佛呀！

白玉凤　婆婆！明日是您老人家六十寿诞，媳妇要连夜念完一百卷“心经”，为婆婆祝福添寿！

黄善婆　哦，有劳贤媳一片孝心！

〔黄善婆上来看经，白玉凤机智地将状纸掩藏在经卷内。……

〔黄金龙急不可待地进门来。

黄金龙　娘子！

白玉凤　你来做什么？

黄金龙　我怕娘子诵经劳累，特地为你送上参汤！

黄善婆　难得龙儿一片心意，贤媳你趁热喝了吧？

黄金龙　娘子！

（唱）一碗参汤热腾腾，
为夫我亲自下厨慢火炖。
娘子你虚弱身有病，
人参大补养精神！

黄善婆　（唱）龙儿改邪已归正，
他做善事你念经。
今晚亲把参汤送，
还望贤媳多领情。

白玉凤 （唱）今晚母子齐上阵，
定有阴谋诡计生。
笑里藏刀要留神，
黄善婆 （唱）看来她已起疑心。
黄金龙 （唱）参汤趁热你慢慢饮，
白玉凤 （唱）知人知面不知心。
黄金龙 （唱）只要夫妻重和好，
白玉凤 （唱）与虎同眠万不能！
黄善婆 （唱）生姜还是老的辣，
黄金龙 （唱）今晚生死由你定。
白玉凤 （唱）我有一张冤枉状，
黄金龙 （唱）我有一条断命绳！
黄善婆 （唱）我有一张阴阳脸，
白玉凤 （唱）我有一颗铁打的心。
我要沉住气耐住性，
莫让恶魔起疑心。
随机应变巧周旋，
熬过星夜见光明！

〔母子俩一前一后，满脸堆笑地围着白玉凤团团转……

黄金龙 娘子请用参汤！
黄善婆 凤儿，趁热吃，趁热吃！

〔白玉凤暗暗打定主意。

黄金龙 娘子！（捧上参汤）

〔白玉凤故意背身不理睬。

黄善婆 （拿过参汤）贤媳！身子要紧！
白玉凤 （慢慢转身，接过参汤）多谢婆婆！
黄善婆 凤儿，我的好媳妇！今晚我与龙儿来到经堂，有一件大事与贤媳商量。
白玉凤 婆婆请讲！
黄善婆 凤儿，我的贤媳呀！
（唱）可喜我黄家积德善名扬，
明朝贺客满寿堂。
更可喜钦差御史上门来，

亲赐金匾增荣光！
当着御史大人面，
美中不足事一桩，
你与龙儿来拜寿，
总不能一前一后不成双！

白玉凤 （旁唱）今日恶婆求成双，
我不妨见风使舵要她难提防。
婆婆呀！儿媳从小读经书，
懂得三纲并五常。
金龙虽然负玉凤，
念婆婆恩深义重胜亲娘。
明朝拜寿行大礼，
我一定听你吩咐夫妻双双出寿堂。

黄善婆 （大喜，装腔拭泪）啊，好媳妇！你能不念旧怨，与龙儿夫妻和好，婆婆我纵死九泉，也可瞑目了！

黄金龙 （喜得连连打躬作揖）多谢娘子，多谢娘子！

白玉凤 （故作羞态）啊，婆婆！……

黄善婆 好媳妇，不必怕羞。

黄金龙 娘子。

黄善婆 （暗示地）龙儿，你让贤媳早点歇息。少年夫妻么，来日方长！

黄金龙 是。

白玉凤 送婆婆！

〔黄金龙趁机去摸白玉凤，白玉凤避开。

〔黄金龙无奈与母亲下。

〔白玉凤见黄金龙母子下，急叫丫鬟、茴香出。

丫　鬟 少夫人——

白玉凤 你陪茴香暂回磨房，然后连夜去找方良哥哥，到明朝……（与丫鬟耳语）

〔丫鬟点头领会，忙领茴香出门下。

白玉凤 （激愤地）
（唱）熊熊烈火心头烧，
报仇雪恨待来朝。
一张状纸千行泪，

化作利剑斩魔妖！

（伴唱）一张状纸千行泪，

化作利剑斩魔妖！

〔白玉凤从经卷中取出状纸，提笔，拭泪写状，奋笔疾书。

〔光渐收。

六

〔翌日，黄家厅堂。

〔“积善堂”上高悬“乐善好施”金匾。华灯满堂，金碧辉煌。

〔黄善婆母子、白玉凤、众官绅、太太、乡亲及赵御史与校尉对金匾行礼膜拜。

赵御史　（领唱）红灯高照喜事来，

积善堂上寿筵开。

众宾客　（齐唱）喜呀喜呀！

赵御史　（领唱）黄家善风千里扬，

御赐金匾放光彩！

众宾客　（齐唱）善哉善哉！

女　宾　（齐唱）祝善婆寿比南山，

男　宾　（齐唱）祝善婆福如东海。

众宾客　（轮唱）寿比南山，福如东海，

福如东海，寿比南山，

喜呀喜呀！

善哉善哉！

一女宾　（领唱）做人要行善啊！

众女宾　（齐唱）行善福自来。

一男宾　（领唱）做人莫作恶呀！

众男宾　（齐唱）作恶在降灾。

众宾客　（齐唱）善恶到头终有报，

只怕早到与迟来。

男　宾　（唱）作恶的，万人唾骂下地狱；

女　宾　（唱）行善的，位列仙班坐莲台。

众宾客　（齐唱）啊！善哉善哉！

黄善婆　（高居上座，举杯）赵御史请！

赵御史　（举杯）大善人请！

黄善婆　众乡亲请！

众宾客　（一齐举杯）老寿星请！

〔门外传来渔鼓声。

黄　富　（上）启禀老太太，门外来了一个唱曲盲人，听说老太太六十大寿，要来唱曲祝贺，以表敬意！

黄金龙　唱曲盲人？！

黄善婆　盲人唱曲，难登大雅之堂。黄富，赏他纹银，让他回去吧！

白玉凤　（惊喜交加）慢！盲人上门祝贺，定是受了婆婆善风感化，不妨宣他上堂，唱上一曲，为婆婆增福添寿！

黄善婆　（眼望赵御史）……

赵御史　喔，黄老善人善名远扬，连唱曲盲人也上门祝贺，可敬可敬！

黄善婆　（急对黄富）快把唱曲盲人唤上堂来，为钦差大人助助雅兴。

黄　富　是。（下）

〔方良乔装成老人，手持竹尺、渔鼓，由黄富引上。

〔白玉凤见是个盲目老人，有所失望。

黄善婆　赐坐！

〔黄富搬凳，方良坐下。

黄金龙　今日钦差大人在此，唱得好重重有赏！

方　良　（唱）善人祝寿闹盈盈，

瞎子开口唱新闻。

新闻出在余姚城，

官家弄有个大善人。……

〔黄善婆、黄金龙喜形于色。

黄金龙　诸位大人，这里正是余姚官家弄。

赵御史　哦！……

黄金龙　唱下去！唱下去！

方　良　（唱）大善人，出了名，

吃素念佛拜观音。
财丁两旺喜临门，
收留孤女扬誉名。

众贺客 唱得好！唱得好！

黄善婆 赏纹银十两。

〔黄金龙取银交方良。

方　良 （突然放声冷笑）嘿嘿嘿嘿！

赵御史 唱曲先生，你笑什么？

方　良 （唱）我笑世人多混沌，
善恶真假分不清！
善婆念佛拜观音，
人前人后两颗心。
凶母恶子如虎狼，
连皮带骨反蚀吞！
曹娥江上三篙恨，
黄金龙谋财害命罪非轻！
恶魔装神瞒众目，
积善堂上血淋淋啊！

〔全场哗然，白玉凤惊喜！

黄善婆 （心惊肉跳，咬牙切齿）阿弥陀佛，血口喷人！

黄金龙 呸！大胆盲丐，竟敢诬陷我黄家谋财害命，真是一派胡言！

方　良 盲人所唱句句是实！

黄金龙 你有何凭证？

方　良 （揭去假须化妆）烧不死的方良回来了！

白玉凤 方良哥哥！（全场震惊）

〔小茴香突然冲出，全场更惊！

小茴香 啊，啊……

〔小茴香愤怒地扑向黄善婆，被黄金龙一脚踢翻在地，白玉凤急忙上前护住……

赵御史 她是何人？

黄善婆 她原是我家丫鬟，因盗窃财物私逃，正要送官严办。

黄金龙 来呀！将他们两人轰出去！

白玉凤 青天大人，我们兄妹冤比天高，恨似海深哪！

（唱）面对苍天喊冤枉，

深仇大恨一桩桩。

青天在上主公道，

千古奇冤要伸张！

〔出示状纸，赵御史看状，震惊，愤怒！

赵御史 （唱）玉凤泣血诉冤状，

字字行行血泪淌；

积善堂原是万恶场，

大善人竟是黑心狼。

狼披羊皮盗善名，

杀人灭口罪昭彰。

本御史执法如山雪民冤，

严惩凶奸不饶放！

如此恶人巧取善名，愚弄百姓，理应罪加一等！来呀，将黄善婆母子打入大牢，依法严惩！

黄善婆 慢！（冷静地理理头发，整整衣服，然后端过一把椅子坐下）想我黄善婆，早年丧夫，吃素念佛，修桥铺路，散财济贫，买鱼放生，一辈子做了许多好事善事，到头来却落得个如此下场……

黄金龙 母亲——

黄善婆 （抚摸着儿子的头，悲痛、悔恨交加，语无伦次地）唉！我为了保全黄家后代，为了保住自己的善名，生了偏心，昧了良心！迷失了本性，失去善心，做出了种种不善业……（泣不成声，激动万分）我虽然信佛行善，却摇摇摆摆，把握不住自己的心啊……我离经叛道，成了罪人，佛祖呀佛祖，饶恕我们母子吧！

〔全场一片寂静。

黄善婆 （抹去老泪，平静地）欲路勿染，一染指便深入万仞。

〔突然一头撞向椅角，慢慢倒下。

〔全场震惊！

赵御史 终于大彻大悟，可惜太晚了！

〔主题歌起，光慢慢淡出。

尾　声

〔主题歌延续。

〔一片芦苇，一抹朝阳。

〔白玉凤、方良、小茴香驾舟穿行在芦苇中。

〔一行大雁飞过，“好哇好哇！”的雁叫声在天边回响，仿佛在祝福他们一路平安！

〔幕落，剧终。

1999年

寒 号 鸟

沈经伟

人物表 寒号鸟——原名快乐鸟，其聪明、好学、好动、好吃、好睡等所有优缺点真似现代的聪明小孩子一样，并更具有鲜明的个性。

懒　虫——自叫嘻嘻，第二自我。奸、刁、滑、两面派，并总喜欢笑嘻嘻地干坏事。

织布鸟——慈祥的奶奶。对孩子溺爱、宠爱，又有伟大的母爱。

树公公——千岁老树，森林族长。深埋爱心，严肃、认真。

猫头鹰——正直的大哥，森林巡逻员。

喜　鹊——善良、美丽的妹妹。

啄木鸟——热心、挚着的森林医生。

咪咪鸟——纯洁、可爱的小妹。

鹦鹉及导演所需要配置的其他动物、植物、昆虫类。

〔合唱：哆罗罗，哆罗罗，

快乐究竟是什么？

它的含义真的有许多。

哆罗罗，哆罗罗，

看得见又摸得着，

其实它就藏在你心窝。

快乐吧，快乐吧，

快乐汇成万条河，

冲走心里所有的失落，

快乐吧，快乐吧，

快乐谱出千支歌，
唱出心中最深的寄托！
想好了就去做，
追着月亮找传说，
感动的泪也会带着快乐，
别多说，别磋跎，
送走朝霞看日落，
东边日出西边有雨落。

〔《快乐歌》声中幕启。

夏

〔怪异的懒虫嘻嘻内唱《找朋友》歌，跳着滑稽舞步上。

〔迷人的大森林，圆月、明星装点的夜空，美妙而神秘。一株千年古树，枝叶苍莽如盘，其间点缀着千姿百态、造型各异的鸟巢，灯火盏盏如透亮的红苹果，与闪闪星星相映生辉！

懒　虫　（唱）你认识我吗？
（白）我是懒虫啊，
（唱）你不要害怕，
（白）嘻嘻嘻……我们做朋友吧？（一鸟关门，熄灯）嘻嘻嘻……我们做朋友吧？（又一鸟关门熄灯，一而再，再而三地碰壁，树上的鸟窝全熄了灯，仍不罢休）哼，我太爷爷说："我的朋友遍天下！"
（唱）你忘了我吗？
啊！我会害怕！
我找啊找啊，
我四处观察，
我一定要找到，
（白）发现目标！是谁？暂时保密！（惊喜地窃笑）
（唱）可依赖的朋友找到啦！
嘻嘻嘻……（笑着隐去）

〔灯暗转。

〔夏天的清晨，翠松昂扬，鲜花滴露，鸟儿脆鸣，阳光灿烂！

〔森林小乐队成员一个个调皮地持长笛（丝）、琵琶（半个葫芦）、铜锣（荷叶）、鼓（南瓜）等乐器出场演奏《夏之歌》。

〔树儿、鸟儿，欢快而友好地舞蹈，不时传出小鸟甜脆的咯咯的笑声！好一派森林大家庭的祥和气氛！

〔合唱：太阳光金灿灿，
万朵花齐开放，
小鸟儿跳又唱，
森林喜洋洋。
不怕苦，不怕累，
也不怕汗水淌，
为公公贺千岁，
练乐忙。
啷叻咯啷啷，
啷叻咯啷，
啷叻咯啷，
啷啷啷叻咯啷。
葫芦琴顶呱呱，
南瓜鼓咚咚锵，
荷叶锣响声脆，
丝瓜笛声扬。
不怕苦，不怕累，
也不怕汗水淌，
为公公贺千岁，
练乐忙。

猫头鹰 （唱）我就是猫头鹰，
白天睡夜值勤，
有一双雪亮的大眼睛，
我是森林之中，
正义的大哥哥，
森林老师也是巡逻兵。

鹦鹉鸟 （学舌）巡逻兵，巡逻兵。

啄木鸟 （唱）我的名字叫，
嘟嘟嘟啄木鸟，
害虫们见到我难逃跑，
我是个小医生，
把大家健康保，
飞来飞去不怕辛劳。

鹦鹉鸟 （学舌）不累不累，不累。

咪咪鸟 （唱）我是森林之中，
可爱的小娇娇，
有一身美丽的花羽毛，
天生着一副，
漂亮的好嗓子，
他们叫我咪咪鸟。

鹦鹉鸟 我是鹦鹉、鹦鹉，鹦鹉——

喜　鹊 （唱）我就是小喜鹊，
叽呖叽呖咋啦咋，
常常给大家传喜报，
小妹妹，咪咪鸟，
和我最要好，
我们最爱唱歌谣。

〔合唱：葫芦琴顶呱呱，
南瓜鼓咚咚锵，
荷叶锣响声脆，
丝瓜笛声扬，
不怕苦，不怕累，
也不怕汗水淌，
为公公贺千岁练乐忙。

咪咪鸟 （唱）快乐鸟哥哥，哪儿去了？

啄木鸟 （唱）不是去玩耍，就是睡懒觉。

喜　鹊 （唱）树公公千岁，快到了，

猫头鹰 （唱）这样的大事，他怎能迟到。

猫头鹰 这小弟近来考试也不及格！

〔大树露出慈祥而可爱的脸，开口说话。

树公公 这孩子，是该管管了！

织布鸟 他还小呢，长大就懂事了。

喜　鹊 快乐鸟还小哇？比我还大两岁哩！

咪咪鸟 奶奶，他比我大五岁呢？

〔树公公从大树中走出。

树公公 （唱）小苗不剪花不发，
小树不修乱生杈，
小孩不可以太娇惯，
过分娇惯会害娃娃，
我说辛苦的鸟奶奶啊。

织布鸟 （唱）我说树公公啊，
尊敬的老人家啊，
这些道理我懂，
他还是娃娃啊。

树公公 （唱）既然道理你懂，
为何还要袒护他？

织布鸟 （唱）只因他爹妈不在家，

树公公 （唱）也不能万事都由他！

〔合唱：小树发了芽，
需要爱心浇灌它，
陪伴春秋冬夏，
看它每天长大，
时光在改变，
爱心永远放光华，
大家互助相爱相亲，
让每天的心情都像彩霞！
多么幸福的家，
充满多少真心，
天上飘过的云，
是我们洁白的情，

爱是共同的爱，
家是共有的家啊，
我们努力去建好它，
让我们的家永远美丽如画。

喜　鹊　哎，我们快去把快乐鸟哥哥找回来吧！

众　好！

〔合唱：南瓜鼓咚咚打，
葫芦琴顶呱呱，
荷叶锣响声脆，
丝瓜笛飞扬。
为公公贺千岁，
小乐队练兵忙。
不见了快乐鸟，
谁来吹唢呐，
不见了快乐鸟，
谁来吹唢呐。
赶快找他，
快去找他。
不见了快乐鸟，
谁来吹唢呐。
快去找他。

众　（呼喊）快乐鸟，快乐鸟……

喜　鹊　快乐鸟找不到，怎么办？

猫头鹰　我们还是自己练吧！

〔快乐鸟在一只天然吊床里狂笑着荡秋千。

快乐鸟　（唱）哆罗罗，哆罗罗，
真快乐，真快乐，
快乐鸟当然就是我，
哆罗罗哆罗罗，
有谁比我更快乐？
无忧无虑什么也不做。

〔合唱：哆罗罗，哆罗罗，

快乐鸟为什么，
调皮捣蛋，
真是让人恼火。

快乐鸟 哆罗罗，哆罗罗，
天生我就该快活，
什么事情我都不愿做。

啄木鸟 （唱）成天就知道快活，

猫头鹰 （唱）骄傲自满是苦果，

喜　鹊 （唱）树公公说得对，
当心要后悔。

快乐鸟 （唱）嘀嘀嘀哒哒哒，
我是天才人人夸！
小小唢呐不用再练它！

快乐鸟
懒　虫 （二重唱）啊有个朋友喜从天降，
和我好得不寻常，
笑、他一齐笑，唱、他一块唱，
他是我的好榜样。
有个朋友喜从天降，
教我天天把福享。
唢呐不用练，
一个劲儿地玩。
考试我就把病装，
蒙头大睡到天亮，
逍遥自在好风光。

快乐鸟 好朋友，跟你玩了半天，你还没告诉我你叫什么名字呢？

懒　虫 我叫懒……（急改口）嘻嘻！

快乐鸟 嘻嘻？

懒　虫 对！你是哈哈，我是嘻嘻。（嘻嘻地笑）

快乐鸟 嘻、嘻、嘻……，你怎么连笑也和我一样？

懒　虫 我本来就是和你一样嘛！

〔呼叫快乐鸟的声音渐近，快乐鸟惊醒欲答，懒虫突然捂住他的嘴。

织布鸟 快乐鸟，快乐鸟，你又贪玩了？快！和小伙伴们练乐去！

快乐鸟 嘻嘻，练乐有啥难？我是小天才，不用练，照样比他们强！

树公公 勤学苦练能上进，

骄傲自满要后退。

织布鸟 公公说得对，

好孩子，快快练起来！

快乐鸟 （赌气地）练就练！

〔快乐鸟吹得气喘吁吁，大汗淋漓。

〔懒虫神气活现地冷笑。

快乐鸟 （唱）练得我气喘吁吁，

大汗直冒；

吹得我舌燥口干，

青筋直暴。

哎哟哟，

我实在是吃不消，吃不消！

懒　虫 嘻嘻嘻……，别再练了，趁着天凉，好好睡一觉。

快乐鸟 对！睡觉去！

喜　鹊 哎呀，你们看哪，快乐鸟哥哥说睡就睡了。

咪咪鸟 快乐鸟哥哥以前可不是这样的呀！

啄木鸟 他恐怕是生病了！

织布鸟 有病了？啄木鸟，请你快给他看看吧。

众 对，快给他看看吧。

树公公 （拧住快乐鸟的耳朵把他拉醒）听到没有，你是病了，让医生看病。

快乐鸟 我没病。

树公公 明明有病，还说没病。快去。

快乐鸟 我——

啄木鸟 你先让我看看！

〔啄木鸟用嘴巴依次敲他的屁股、肩、腰和脑袋，快乐鸟一惊一乍地乱叫。

〔啄木鸟、快乐鸟、懒虫三人跳夸张的《捉虫舞》、唱《看病歌》。

啄木鸟 （唱）别想跑，

我看你往哪跑？

我是森林医生，

健康保证。
要和那数不清，
数不清，数不清的害虫作斗争，
无论你躲得远，
还是藏得深，
怎么也逃不过，
逃不过，
逃不过我的眼睛。

〔啄木鸟逼懒虫现形。

快乐鸟
懒　虫（唱）啄木鸟他真高明，
一眼看穿了实情，
快快想个办法，
想个办法躲过去，
不然就要漏了底。
奶奶身后最安全，
让她为我讲道理，讲道理。

啄木鸟（唱）别想跑，我看你往哪跑。

织布鸟（唱）孙儿你别着急，
奶奶知道只是你，
心慌慌、心慌慌、心慌慌，
匆忙忙太在意。
啄木鸟是好心，
怕你患病，
奶奶马上去、马上去，
马上去为你讲明！
这孩子他只是，
吹风有些头痛，
千万不必，
不必大惊小怪，
说严重，说严重。

树公公（唱）这个孩子近来又贪吃又贪睡，

有病快快找病根，

不要拖延。

织布鸟 啄木鸟，快给他看看吧。

快乐鸟 干嘛？不是看过了吗？啄木鸟！你……你……你来看，有没有？根本就没有嘛！

啄木鸟 找到了，病根找到了。

众 什么病？

啄木鸟 他脑子里生了虫。

众 什么虫？

啄木鸟 是一条很奇怪，很奇怪的怪虫！

〔懒虫钻出，惊愣，快乐鸟急掩饰。

快乐鸟 没有没有。

啄木鸟 我相信我的眼睛，我确实看见一条怪虫！

快乐鸟 你胡说，我智商这么高，会生虫？呸、呸、呸！

织布鸟 虫呢？

啄木鸟 咦，我明明看见了一条怪虫，怎么又不见了呢？奇怪！

快乐鸟 树公公，鸟奶奶，啄木鸟诬陷我，我跟你没完！我跟你没完！

树公公 这孩子怎么变得不讲理了？

织布鸟 啄木鸟医生，你可不能误诊！

啄木鸟 鸟奶奶，刚才我真的看见了怪虫！

快乐鸟 （撒娇的）没有！没有！没有嘛！

织布鸟 别急，别急，奶奶知道你没长虫！

〔懒虫与快乐鸟窃笑。

〔树公公与织布鸟辩论。

树公公 孩子！有病不看，要吃大苦头的。

快乐鸟 （调皮地学）要吃大苦头的……

〔合唱：朋友们，你们看快乐鸟，

这可怎么好，

啊朋友们，

懒虫施小计已把他骗倒，

糟糕了，快快想办法，

看谁有高招帮助他？嘿，

耐心看下去，
秋天快要到。

秋

〔大森林金秋的早晨。

〔秋阳冉冉上升，天边笼罩了一层彩霞。鲜艳的红枫叶在薄雾中忽隐忽现，乍黄乍红显得美丽异常。

〔茂盛壮观的大树，靠近地面的树枝旁逸斜出，仿佛一座桥梁让鸟儿衔枝、垒巢、运输更方便。

〔树儿、鸟儿友爱而勤快的《劳作舞》，情趣盎然。

〔森林小乐队演奏《秋之歌》。

童　合（唱）叽呖叽，咋啦咋，
叽呖叽，咋啦咋，
天高高，云飘飘，
叽呖叽，咋啦咋，
叽呖叽，咋啦咋，
秋意浓，景色好。
叽呖叽，叽呖叽，
咋啦咋，咋啦咋，
风儿吹过草儿笑。
叽呖叽，咋啦咋，
叽呖叽，咋啦咋，
re mi fa so la xi do re。
叽呖叽，咋啦咋，
叽呖叽，咋啦咋，
锣鼓响像鞭炮。
叽呖叽，咋啦咋，
叽呖叽，咋啦咋，
金色森林好热闹。

叽呖叽，叽呖叽，
咋啦咋，咋啦咋，
大伙儿劳动干劲高。
叽呖叽，咋啦咋，
叽呖叽，咋啦咋，
re mi fa mi fa so so re。

喜　鹊　（唱）叽呖叽，咋啦咋，
叽呖叽，咋啦咋，
快乐鸟别瞎胡闹。
叽呖叽，咋啦咋，
叽呖叽，咋啦咋，
快垒窝趁天气好。
叽呖叽，叽呖叽，
咋啦咋，咋啦咋，
抓紧时间垒个巢。
叽呖叽，咋啦咋，
叽呖叽，咋啦咋，
re mi fa so la xi do re。

〔合唱：叽呖叽，咋啦咋，
叽呖叽，咋啦咋，
小喜鹊啊喳喳叫。
叽呖叽，咋啦咋，
叽呖叽，咋啦咋，
新窝做得快又好。
叽呖叽，叽呖叽，
咋啦咋，咋啦咋，
她为伙伴传喜报。
叽呖叽，咋啦咋，
叽呖叽，咋啦咋，
re mi la so la xi do re。

快乐鸟　（唱）哎呀呀，哎呀呀，
说玩耍就兴致高。

呜啦啦，呜啦啦，
什么都没它重要！
嘟噜噜，嘟噜噜，
谁说时间被消耗？
傻喜鹊不要吵，
他们忙得多可笑！

懒　虫（唱）多可笑，多可笑，
他们忙得多可笑。
实在妙，实在妙，
大家爱你像个宝！
（白）是你的名字呀取得好，不用劳动也有依靠！

童　合（唱）快乐鸟头发烧，
偏听那一套。
要幸福靠勤劳，
光想办不到。
树公公，鸟奶奶，
他们已年老。
都心焦，都心焦，
谁能够帮得了啊。

快乐鸟（数板）喜鹊窝建得高，
调皮捣蛋是我绝招，
捣它下来抛一抛，
哈哈哈，呵呵呵，
这一招真见效，
我跑得快，她追不着。

〔合唱：飞呀飞呀飞呀，
快乐鸟成了捣蛋鸟。
小的懒，老的糟，
奶奶找食快回来。
告诉她怕她急坏了，
快乐鸟是她最爱的。
乖乖乖，乖乖乖，

她最爱的小乖乖，

乖乖乖，乖乖乖。

〔懒虫对快乐鸟耳语，快乐鸟会意地笑，尔后，悄悄捣下喜鹊的窝。

〔窝到了快乐鸟手中变魔术般地真成了花球。

〔啄木鸟与喜鹊拦阻不住，喜鹊的窝被弄坏了。

喜　鹊　你赔，你赔……（哭泣）

〔懒虫装鬼脸地拉着快乐鸟溜走了，扔下地的花球又变成了窝！

喜　鹊　猫头鹰大哥，（把窝捧上）快乐鸟哥哥欺负我！

众　快乐鸟变成了捣蛋鸟，怎么办呢？

猫头鹰　不要着急，我们想想办法。

〔咪咪鸟转悠了半天也拿不定主意。

啄木鸟　还是请树公公和织布鸟奶奶来管管他吧！

咪咪鸟　我看到织布鸟奶奶大清早就去给快乐鸟哥哥找食去了。

喜　鹊　那我们去找树公公吧？

众　好！

〔织布鸟觅食上。

织布鸟　（唱）快乐鸟啊快乐鸟，

整天就知道贪玩。

快乐鸟啊快乐鸟，

你什么也不知道。

怎么办，怎么办，

让他知道快乐一定要

依靠劳动去实现，

靠劳动去寻找！

〔快乐鸟、懒虫跳《饥饿》双人舞。

快乐鸟　（唱）哆罗罗，哆罗罗，

玩太累了肚子饿，

又饥又渴，没吃也没喝。

哆罗罗，哆罗罗，

山珍海味馋死我，

这样下去怎熬得过？

织布鸟　（唱）快乐鸟，快乐鸟，

怎么劝你才知道？
秋天过了冬会来，
没巢御寒怎么好？
他无忧，我却犯愁。
这个孩子又到哪儿去了？
真叫我坐立不安好心焦。

〔合唱：快乐鸟，快乐鸟，
别再听信那个坏朋友，
他对你设下的是个圈套。

织布鸟　（唱）总有那么一天，
你会清醒头脑，
错了就改还是个好宝宝。

〔合唱：总有那么一天，
你会清醒头脑，
错了就改还是个好宝宝。

快乐鸟　哎唷，我的肚子是越来越饿了！唉，这会要是有许多许多好吃的东西，那该多美呀！

懒　虫　你的胃口是越来越好了！

快乐鸟　对啊！自从跟你交上朋友，我是样样都想吃！哎，我这是不是越变越馋啦？

懒　虫　越变越馋？好啊，馋了就可以多吃东西。

快乐鸟　可是树公公对我们说过，懒了就会变馋，哎，我是不是变懒了？

懒　虫　那不叫懒，那叫会过日子！睡觉去，睡在梦里是不想吃东西的。

快乐鸟　不，我即使睡在梦里也想吃东西。真的！

懒　虫　啊，好香啊？好像是从喜鹊家飘来的。

快乐鸟　你一说，我就想吃……

〔懒虫耳语。

快乐鸟　（惊讶地）什么，又叫我装病？

懒　虫　你不装病，人家能同情你吗？

快乐鸟　那多难为情。我不！

懒　虫　哼，你不听我的话，你会肚子疼！（吹气）

快乐鸟　肚子痛？我不相信！啊唷！啊唷！真的肚子痛了！

懒　虫　这说明你肚子饿了，快去讨！快装病！

快乐鸟　好！好！我装！我装！（装肚子痛）喜鹊妹妹，快救救我吧，我饿得肚子痛，啊唷，啊唷！

喜　鹊　（开门）你呀，大伙儿叫你垒窝你不垒，叫你寻食你不寻食，现在饿了吧。

快乐鸟　你说得对，我明天就去觅食！你今天就先给我一点吧！

喜　鹊　明天，明天，你老是没完没了的明天，树公公说过了，给你也是害你！不要讨，要自己去找！

懒　虫　（教唆地）这个坏妹妹，一点也不给，走，到猫头鹰家去，他那里有烤肉，比什么都香。

快乐鸟　猫头鹰大哥凶得很，我怕——

懒　虫
快乐鸟　嘿！有了，去找咪咪鸟！

〔灯暗转，咪咪鸟家。

〔咪咪鸟拿起特大玉米，边吃边出门。

咪咪鸟　（唱）太阳公公当头照，
呆在家里真无聊，
急得眼泪掉，嘴巴翘，
心儿早已跟着伙伴跑。
别说我的年纪小，
其实我早已长高，
一双小手真灵巧，
创造幸福生活靠勤劳。
咿呀，咿呀，
咿呀咿呀咿呀，
一双小手真灵巧，
创造幸福生活靠勤劳。

〔快乐鸟看见玉米棒，忙迎上去。

咪咪鸟　快乐鸟哥哥，你好！

快乐鸟　好——好——好——好香哇！

咪咪鸟　您是说玉米棒吗？

〔快乐鸟急欲接，咪咪鸟却收回往自己嘴里送。

快乐鸟　咪咪鸟，大家都说你是个聪明的孩子，我来教你做猜谜语的游戏，好

不好？

咪咪鸟 好啊。

快乐鸟 如果你学会了，我就再教你一个。

咪咪鸟 太好了，快说吧！

快乐鸟 那你学会了奖励我什么呢？

咪咪鸟 这……，（扬玉米）给你吃一口这个！

〔快乐鸟盯视着玉米，兴奋地边舞边唱《谜语歌》，学做游蛇舞。

快乐鸟 （唱）我拍一，你拍一，
“有头没脚”啥东西？

咪咪鸟 （唱）你拍一，我拍一，
蛇与黄鳝差不离！

快乐鸟 哇，好聪明。来。

〔咪咪鸟欲亲快乐鸟，快乐鸟却趁机大大地偷啃了一口玉米棒，

快乐鸟 真香！

咪咪鸟 （递送玉米棒）吃一口吧！

〔快乐鸟又吃一口，欲再吃一口时，咪咪鸟机灵地藏过玉米，快乐鸟无奈，又学做螃蟹舞。

快乐鸟 （唱）我拍二，你拍二，
“没脚没头”啥东西？

咪咪鸟 （唱）你拍二，我拍二，
螃蟹横行真稀奇。

快乐鸟 OK！快，快送玉米棒！

咪咪鸟 哎！（欲给又藏背后）咬小一点好吗？

快乐鸟 好吧！

〔懒虫示意。

〔快乐鸟接过玉米棒连啃三口，咪咪鸟心痛地抢回。

快乐鸟 好吃，真好吃！

咪咪鸟 快乐鸟哥哥看你口水都流出来了，先擦擦吧！

快乐鸟 不！接着最后一个谜语……（模仿河蚌舞）

快乐鸟 （唱）我拍三，你拍三，
“没脚没头”水里钻？

咪咪鸟 （唱）你拍三，我拍三，

河蚌躲在壳里边！

快乐鸟 （迫不急待地）对！是河蚌！

咪咪鸟 快乐鸟哥哥你真聪明！给！咬一口！

〔快乐鸟接过猛吃，咪咪鸟仍学做河蚌舞。

快乐鸟 （讨好地）谢谢你——咪咪鸟！

咪咪鸟 （惊讶地）呀，你怎么全吃光了？坏哥哥骗我的玉米吃。我告诉奶奶去！（哭下）

快乐鸟 唉，可惜玉米小，肚皮大，你听，肚子还是饿得咕咕乱叫……

〔快乐鸟饿得无力行走。

〔树公公与织布鸟上。

织布鸟 孩子，你在这儿啊，喏！（递食物）吃吧！

快乐鸟 （睁眼大喜）啊！这么多好吃的东西呀！我太幸福啦！我太幸福啦！

〔快乐鸟贪婪地大吃大喝。

织布鸟 慢慢吃，别咽着。唉，这孩子真可怜。

树公公 你要再宠爱他，就是害他！

〔快乐鸟吃个不停，眼看要全部吃光了。

织布鸟 别着急，慢慢吃，好乖乖——

树公公 你省着点吃，
别太贪婪，
不留过冬粮，
寒天怎办？

懒　虫 今天有酒今天醉，得过且过。

快乐鸟 二位老人家，
反正没事干。
多寻点储备粮，
帮我过冬天。

树公公 胡说！
有手你不用，
变得懒又馋，
从此你别再依赖，
我们再不管！

快乐鸟 没事，吃到用到，老天爷送到！

树公公 （气愤地）你说什么？

快乐鸟 我没说什么呀。

树公公 你——

织布鸟 树公公，他还是孩子呢？

懒　虫 （隐蔽并悄声地）吃得饱，睡得香！

快乐鸟 对！吃饱了，得好好睡一觉。

〔懒虫教唆地，像唱催眠曲似地哄快乐鸟，懒虫唱一句，快乐鸟学唱一句，唱着唱着快乐鸟睡着了。

懒　虫 （唱）哆罗罗，哆罗罗，
太阳真暖和，
明天再垒窝，
得过且过，
得过且过，
得过且过……

〔懒虫变得越来越大，越来越肥！

〔快乐鸟鼾声大作，树公公和织布鸟无可奈何干着急。

〔合唱：你看他什么时候了，
还没睡醒？
啊，不像话，
大家都在忙，他却在梦境。
怎么好，
严寒没商量，
冬天快来临，
听听吧，
是什么声音，
渐渐地走近……

冬

〔凛冽的北风怒号，像奔腾不羁的脱缰野马，席卷万物。枯树瑟索。大森林的冬天，寒气逼人。

〔快乐鸟被狂风吹醒，惊慌失措。

〔合唱：冬天来了，
冬天来了……

快乐鸟 （唱）哆罗罗，哆罗罗，
北风狂呼雪花落，
老天爷他真的发了火。
哆罗罗，哆罗罗，
冻死我冻死我，
两条腿儿直哆嗦。
哆罗罗，哆罗罗，
小河结冰三尺多，
这个冬天怎么过？
哆罗罗，哆罗罗，
冻死我冻死我，
上下牙齿直哆嗦。
老天爷啊，
你为什么不喜欢我，
把我的快乐冻成冰砣？
公公奶奶啊，
快快来温暖我的心窝，
我不要冰冷的寂寞。
给我一双坚强的翅膀，
给我坚定的胸膛，
燃烧那希望，抛下那忧伤，

让我忘情地飞翔，
再次寻找春天，
想再次回到大家园。

〔快乐鸟、懒虫《挣扎舞》。

〔合唱：冬天来了，
冬天来了。

快乐鸟 嘻嘻，我的朋友，你在哪儿？

懒　虫 （从快乐鸟的羽毛下钻出，不耐烦地）我不是在这儿吗，一步也没离开你呀！

快乐鸟 你倒好，舒舒服服地藏在我的肚子里，我可是被冻坏了。

懒　虫 哎，猫头鹰家门开着！我们到他家去暖和暖和。

〔快乐鸟与懒虫进了猫头鹰的屋。

快乐鸟
懒　虫 啊，猫头鹰大哥的家里又大又暖和，行了，咱们就在这里过冬吧。

〔他们刚睡下，猫头鹰回来。

猫头鹰 唉，快乐鸟，你这个小懒虫，不想劳动，光想享受，还占我的窝，想得挺美啊！

〔生气地将快乐鸟踢出门外。

〔快乐鸟和懒虫在美梦中惊醒，只听见猫头鹰讥讽的笑声。

〔风更紧。快乐鸟和懒虫走投无路。

快乐鸟
懒　虫 （异口同声地）找奶奶！嘻、嘻、嘻，好办法！

〔二人一跛一跛地到了织布鸟奶奶的门口，使劲地敲门。

快乐鸟 奶奶，奶奶，我要冻死了。

织布鸟 （急开门）哎呀，小乖乖，你怎么冻成这样了。

快乐鸟 奶奶，救救我吧，我快要冻死了。

织布鸟 （慈祥、着急地）快上来！

〔快乐鸟和懒虫挤进奶奶狭小的窝，懒虫推奶奶下树，快乐鸟有些不忍。

快乐鸟 奶奶！奶奶！

织布鸟 好乖乖，奶奶在外面给你挡风！（二重唱起）

（唱）大风吹雪花寒，
冰凉刺骨不能眠。

只要孙儿睡梦甜，
挨冻受累我心甘。

快乐鸟 （唱）大风吹雪花寒，
奶奶的屋真温暖。
只要我睡梦甜，
什么事儿都不管。

织布鸟 我心甘，

快乐鸟 我不管，

织布鸟 冻僵我这一把老骨头，

快乐鸟 只要我这一个小天才，

织布鸟 换来孙儿的温暖，

快乐鸟 舒舒服服地安睡，

织布鸟 我永不后悔！

快乐鸟 我觉得应该！

〔众鸟上树发现此景，猫头鹰拉出快乐鸟，啄木鸟、喜鹊搀扶起织布鸟奶奶。

猫头鹰 （唱）你太无礼，你太不该，
自己好偷懒，
老人受大罪。
做我们的朋友，
你根本就不配。
这个森林不能容忍，
你这个没心肝的小败类！

〔众鸟、快乐鸟、懒虫三重唱：
你太无礼，你太不该，
自己好偷懒，
老人受大罪。

快乐鸟 （唱）我好像感觉到有些不对。

懒　虫 （唱）有什么不对？

〔合唱：做我的朋友，
你根本就不配。

快乐鸟 （唱）我好像感觉到有些后悔！

懒　虫　（唱）没关系，无所谓。

〔合唱：这个森林不能容忍，

你这个没心肝的小败类！

懒　虫　（唱）我照样老方一贴，逍遥自在。

〔猫头鹰一掌将快乐鸟推开。

织布鸟　（有气无力地）他还小，别难为他，别……

〔织布鸟昏倒于地，众鸟呼救。

〔灯暗转。

〔北风怒吼，大雪纷飞，快乐鸟与懒虫冻得无处可逃。

快乐鸟　（指懒虫）你，全都是你害了我！

懒　虫　（凶相毕露）你怎么能怪我呢？落到今天这个地步，全都是你自己干的……

快乐鸟　可全是你出的主意！

懒　虫　我只不过是你脑瓜里的一个细胞。

快乐鸟　什么？你害得我奶奶冻病，你害得我被小伙伴抛弃，你害得我变懒变馋，你害得我贪婪无尽，我，我一定要和你分道扬镳！

懒　虫　分道扬镳？哼，你知道我是谁？

快乐鸟　你不是嘻嘻吗？

懒　虫　（阴险地）不！嘻嘻是我的小名，我是懒虫！

快乐鸟　（惊恐地）什么？懒虫？

懒　虫　（洋洋得意地）我是大懒虫！

快乐鸟　（如梦初醒）怪不得树公公说我变懒了，小伙伴说我变坏了，原来都是你这个坏蛋在作怪！

懒　虫　嘻嘻，我是坏蛋，你也是坏蛋！（又变成快乐鸟模样）

快乐鸟　啊，你怎么跟我一模一样？

懒　虫　我本来就和你一样！我是你的心，你的脑，你的魂。我就是你自己！

快乐鸟　（惊愣）什么？

懒　虫　（还原形）明白了吧？是你自己喜欢我！离不开我！才有了我！

快乐鸟　（气极）我和你拼了！

懒　虫　哈哈，我是强大无比的自我，我就像细菌、病毒无所不在、无所不能，任何人都无法战胜我。

快乐鸟　我一定要战胜你！

懒　虫　我就不信，你能战胜你自己！

〔懒虫摇身变出一群小懒虫步步逼向快乐鸟。

〔快乐鸟奋力与懒虫搏斗。

〔强烈的音乐，快乐鸟英勇拼搏，终因寡不敌众，渐而不支，猛然间摸到唢呐，豪情奋吹！以坚强的意志战胜懒虫！

〔快乐鸟终于精疲力竭，踉跄倒地，苦苦挣扎……

〔狂风暴雪。

快乐鸟　风啊，求求你别吹，雪啊，求求你别下，冷、冷、冷死了……，我好孤独啊！好害怕啊！小伙伴们，我好想你们呐，你们在哪里？我要和你们在一起！可是我快冻死了，我再也看不到你们了！奶奶，我错了！公公，我好后悔！我好后悔啊！我不要冻死，我要垒窝！我不要冻死，我要垒窝！（呼啸的风雪盖没了快乐鸟由衷的泣喊声）

〔合唱：冬天来了，
　　　冬天来了……

织布鸟　（唱）快乐鸟啊快乐鸟，
　　　你现在才知道，
　　　快乐鸟啊快乐鸟，
　　　事到如今怎么好？

童　独　悔不该你不听劝，
不听当初大家对你，
那一些善意的肺腑之言。

童　合　多希望那时光它能够倒转，
（二重唱）再给你多一次改错的时间。

童　合　只要自己勤劳就不怕严寒。

〔合唱：冬天来了，
　　　冬天来了……

〔幻觉中，快乐鸟与慈祥的鸟奶奶在一起。

〔幻觉中，树公公亲切地呼唤快乐鸟。

〔幻觉中，朵朵雪花变成了个个莲花般的火炬，众鸟与快乐鸟欢快地跳《垒窝舞》。

〔风雪一根根揪去快乐鸟的羽毛，快乐鸟在雪地里凄惨地嚎叫，冻倒在冰雪中。

〔织布鸟硬撑着虚弱的身体在风雪中寻找快乐鸟，看见冻倒的快乐鸟，急切地扑上前去扒雪救他，众鸟上。

织布鸟 （唱）快乐鸟啊快乐鸟，
你现在才知道，
快乐鸟啊快乐鸟，
事到如今怎么好?
你真不该不听劝，
不听当初大家对你，
那一些善意的肺腑之言。
快乐鸟啊快乐鸟，
我最爱的乖宝宝。
快乐鸟啊快乐鸟，
我早已经想好，
可知道我已想好，已想好，
奉献出自己那身上最美丽的羽毛!

小乐队 （唱）快乐鸟我们都想好，都想好，
奉献自己那身上最美丽的羽毛。
看那点点温暖在驱走严寒，
那是我们共同编织的春天。
把你结冰的心重新唤醒，
那是因为有我们不变的情。

〔合唱：回来吧，回来吧，
我们共同是一家，
回来吧，回来吧!
严寒一起面对它。
不用怕，
面对它，
让我们用真心真情，
去创造那一个真实的神话。
回来吧，回来吧，
我们永远是一家，
回来吧，回来吧，

严寒一起战胜它，
不用怕，
战胜它！
让我们用真心真情，
去创造那一个真实的神话！

〔众鸟围绕快乐鸟，一片温暖的友情中，快乐鸟渐渐苏醒。

〔一件绚丽光彩的特大百羽衣闪烁着金光飞到快乐鸟身上。

春

〔大地回春，繁花似锦，灿烂绚丽。薄雾、森林、鸟儿，恬静可爱，充满生机，仿佛是一首咏春诗，隽永、含蓄……

〔金色的太阳向大地吐着红光，远山近树呈现出一片新绿。

〔精神焕发的树公公从显眼的大树中显身而出。

〔远处传来唢呐声，十分动听悦耳。

〔小乐队在演奏《春之歌》。

〔合唱：阳光，
多么温暖的阳光，
滋润每一个生灵，
感动每一天的心情。
蓝的大海，绿的森林，
金色的大地，你藏着所有快乐的秘密。
天空，
多少明媚的天空。
自由自在地飞翔，
自由自在歌唱。
如果你能每天不停，
在阳光上辛勤劳动，
你就能找到一个快乐的奇迹。
大海，

多少辽阔的大海，
带着我们的梦想，
飞到遥远的地方。
把你的心放在未来，
把你的爱放在身边，
所有快乐来自你的心里。
森林，
多么美丽的森林，
养育我们的地方，
我们可爱的家园。
你的微笑，我的宽容，
我们大家互相帮助。
这就是永远快乐的真义！

树公公 哈哈哈，哎！快乐鸟呢？

啄木鸟 他正在给喜鹊垒窝呢！

啄木鸟 看，快乐鸟来了。

〔快乐鸟一身新衣，精神抖擞地上。

〔众热烈欢迎，快乐鸟表示感谢。

喜　鹊 （拉住快乐鸟）快乐鸟哥哥——

快乐鸟 对不起，从今以后请大家叫我寒号鸟！

众 （惊讶地）叫寒号鸟？

快乐鸟 对！就叫寒号鸟，我永远都忘记不了在雪地里凄惨的嚎叫，如果不是大家友爱地救了我，我可就没命了！为了记住这个惨痛的教训，请大家叫我寒号鸟！

树公公 （高兴地）好，这个名字有意思！就叫寒号鸟！

寒号鸟 喜鹊妹妹，我垒了窝还给你，不及你原来的好，对不起了！（深深地鞠躬）

喜　鹊 不！你垒的窝是现代派的，很好！谢谢！

寒号鸟 树公公、鸟奶奶，对不起了！

织布鸟 （激动地）这也是我把你娇惯的，我也有责任！

树公公 哎，都别这么说了，寒号鸟知错能改，战胜了自己心里的懒虫，高兴还来不及哩！今天是我的生日，也是寒号鸟重获新生的日子，来，让我们

双喜并贺吧！

〔众热烈鼓掌欢呼！

寒号鸟 （激动地泣声）谢谢！谢谢大家！树公公，谢谢你的鼓励。为了给您祝贺千岁生日，我编了一个唢呐独奏曲，希望你喜欢。

树公公 好，好！

〔树儿花儿鸟儿齐歌欢舞。

〔合唱：多么幸福的家，
充满多少真心。
天上飘过的云，
是我们洁白的情。
爱是共同的爱，
家是共同的家。
我们努力去建好它，
让我们的家，
永远美丽如画！

快乐鸟 （唱）哆罗罗，哆罗罗，
快乐究竟是什么？
它的含义真的有许多。
哆罗罗，哆罗罗，
看得见又摸得着，
其实它就藏在你心窝。
快乐吧，快乐吧，
快乐汇成万条河，
冲走心里所有的失落。
快乐吧，快乐吧，
快乐谱出千支歌，
唱出心中最深的寄托！
想好了就去做，
追着月亮找传说，
感动的泪也会带着快乐，
别多说别磋跎，
送走朝霞看日落，

东边日出西边有雨落。
让我们拥抱甜美的希望，
尽情快乐幻想，
幸福的时光，
就在你身旁，
快乐写在你脸上，
让我们放飞所有的梦想，
去无忧无虑歌唱。
过去的岁月，
往事最难忘，
要让它地久天长，
一起迎接明天，
去创建美好的家园。
快乐吧，快乐吧，
快乐汇成万条河，
冲走心里所有的失落，
快乐吧，快乐吧，
快乐谱出千支歌，
唱出心中最深的寄托！
飞啊飞啊，
快乐永远在心里，
飞啊飞啊，
快乐永远属于你，
快乐快乐快乐，
哆罗罗。

〔掌声中，演奏开始。

〔谢幕，众鸟拥寒号鸟答谢观众，懒虫忽然自说自话地出现。

懒　　虫　怎么，你们都不要我啦？不！一定会有人要我的！

众　不要，不要，我们再不要懒虫了！

懒　　虫　不可能！我不可能就消亡！太爷爷说我的寿命有几千年呢！我要找新朋友去，小朋友你们一定欢迎我吧？

台下观众　不欢迎！我们不欢迎懒虫！

〔懒虫灰溜溜逃掉，众大笑。

〔在欢快而热烈的乐曲声中幕落。

〔剧终。

2001 年

六幕古装京剧

东　坡　宴

《关于疏浚西湖及多渠道集资的情况报告》

莫江陵　顾颂恩

人物表　苏东坡——北宋文学家，学士，杭州知州。
皇　帝——北宋皇帝。
老平章——北宋大臣。
新参政——北宋大臣。
朝　云——苏东坡侍妾。
佛　印——和尚。
陈太初——道士。
杭佬儿——秀才。
老、少家院——老平章、新参政的家院。
太监、秀才、衙役、歌姬、小和尚、小道士、百姓等。

一　东坡茶

〔京师。灯光现出皇帝正在忘情地吟诵苏东坡的“念奴娇”。

皇　帝　“大江东去浪淘尽，千古风流人物，故垒西边。人道是，三国周郎赤壁……”

太　监　（上）报！启奏万岁，杭州大旱，百姓遭难，西湖干涸，遍地哀怨！

皇　帝　知道了。“大江东去浪淘尽，千古风流人物……”好词啊好词！

太　监　（上）报！启奏万岁，杭州来了一僧一道，带来百姓们的联名上表，恳

请万岁速派大臣前往杭州，赈灾解难。还特地送来一杯龙井香茶。

皇　帝　龙井香茶，呈上来。

〔大太监呈龙井茶，皇帝和众太监品尝。

众太监　如此苦涩！

皇　帝　十年前，苏学士在杭州任通判，曾亲手栽下了龙井茶树，每年清明，佛印禅师和太初道长都要赴京城送来香茶。而今这茶不香、水不甜，看来灾情不小啊！

太　监　万岁，杭州大旱，西湖干涸，连这荷叶都黄了，这茶能不苦吗？

皇　帝　传老平章、新参政。

太　监　老平章、新参政晋见！

〔老、少家院上。

少家院　启奏万岁，
西湖淤塞天大旱，
大人终日把心担。
正欲前往救危难，
不料突发脑血栓。

皇　帝　有这么严重，那老平章呢？

老家院　启奏万岁，
杭州百姓受苦难，
大人心中似油煎。
茶不思来饭不想，
血压升到三百三。

皇　帝　回去告诉他们，一旦痊愈，立即赴杭州巡察督办。

老家院
少家院　遵旨。

皇　帝　传苏东坡晋见。

太　监　苏东坡晋见！

皇　帝　我说东坡，这些日子你的诗词可是有失水准！朕外派你去至杭州，一来，把西湖给治理好；二来嘛，好好体验生活，再多写几首好诗。朕赐你两坛皇封御酒。

众太监　皇封御酒？

皇　帝　那可是无价之宝啊！

苏东坡 （内声）臣领旨——

皇　帝 撤！

〔皇帝领众人下。

苏东坡 （上）

（唱）辞别了京城金銮殿，
躲开了官场是非圈。
抛闪了名缰利索轻如飞燕，
恨不得展翅飞到西湖边。
遥望杭城心火燃，
西湖百姓苦受熬煎。
此去千里不再返，
还一个美杭州，碧水蓝天，
姹紫嫣红好河山，我醉在其间。

佛　印
陈太初 （上）苏学士！

苏东坡 禅师、道长，别来无恙，杭州受灾我时刻挂心间。

佛　印 一杯苦茶，万岁爷就把你给苦出来了。

太　初 学士，杭州百姓们都盼着您呢。

苏东坡 还望二位鼎力相助，时间紧迫，灾情严重，我们即刻上路吧。

朝　云 （上）相公！

苏东坡 朝云，见过禅师、道长。

朝　云 朝云拜见禅师道长。

佛　印
太　初 阿弥陀佛，无量佛。

朝　云 相公，都收拾好了。

苏东坡 朝云，此番又能回到你的家乡了。

朝　云 那咱们赶紧启程吧。

苏东坡 好，人役们——

〔差役应声，带锅碗瓢盆等上。

佛　印
陈太初 学士，十五年前，你去杭州任通判，带的就是这些辣椒大蒜。如今你可是知州大人了，怎么还是带着这些……

苏东坡 禅师、道长，东坡为官少不得这些锅碗瓢盆，辣椒调料。杭州去者！

〔轿舞。

〔伴唱：踏遍青山道道坎，荣辱沉浮谈笑间。
　　　酸甜苦辣人生味，治国如同烹小鲜。

〔切光。

二　东坡酒

〔灵隐寺、玉虚观。

〔老平章、新参政分头上。

老平章　（唱）老平章主朝政谁不恭敬，

新参政　（唱）新参政在朝中平步青云。

老平章　（唱）离京都——

新参政　（唱）下基层——

老平章
新参政　（唱）采风观景。

老平章　（唱）灵隐寺——

新参政　（唱）玉虚观——

老平章
新参政　（唱）春光宜人。

〔老、少家院分头上。

老家院
少家院　大人，苏东坡得知大人巡查江南来到杭州，特备下宴席，请大人去喝酒！

老平章
新参政　请我去喝酒？嗯，苏东坡可是我，（老）恢复祖制，（新）推行新政，用得着的人。（一想）吩咐你办的事怎么样了？

老家院
少家院　噢，那红包已让禅师、道长送过去了。

老平章
新参政　他请了杭州哪些官员？（想起，指着对方）可曾请他？

老家院
少家院　不会，不会，苏东坡不请无用之人！

老家院　您三朝元老，德高望重！

少家院 您年轻有为，前程似锦！

老家院 少家院 不请您，他请谁啊？

老平章 新参政 知我者，东坡也。来！

老家院 少家院 有！

老平章 新参政 备马！

老家院 少家院 是。

〔四人舞下。

〔转景知州府衙。

〔苏东坡、朝云上。

苏东坡 备酒，备酒！

（唱）疏浚西湖巧用计，

“草船借箭”把银两筹集。

眼下时兴饮花酒——

朝　云 （接唱）唤营妓，作招待，让他们神昏心迷，不知不觉鸟入樊篱！

苏东坡 快去准备。

〔朝云下。佛印、陈太初上。

陈太初 佛　印 学士！老平章、新参政特地给你送来红包。

苏东坡 莫非他二人也知东坡疏浚西湖缺少钱款，难得啊难得。（对佛、陈）哦，禅师，道长，如今疏浚西湖还需走访知情之人，勘察西湖四周，还要请二位化缘集资，多多出力。

佛　印 陈太初 唉，我们请你来，就因为你有能耐，怎么倒差起我们来了？

佛　印 出家人六根清净。

陈太初 修道人远离红尘。

苏东坡 怎么，不去？

佛　印 陈太初 不去。

苏东坡 不瞒二位，我已奏请朝廷，申要度牒——

佛　印
陈太初　度牒？

苏东坡　这可是你们招募道僧的资格证书。

陈太初　太好了！一张度牒可以招募一名道僧，眼下杭州百姓为了免抽壮丁，免征徭役，都愿出资购买度牒……

佛　印　对呀！要到度牒，既可以扩充寺观，又能募集到疏浚西湖的经费。好办法！学士，你要了多少度牒？

苏东坡　五百。

佛　印
陈太初　五百？

苏东坡　只要你两人愿为疏浚西湖化缘集资，多劳多得。

陈太初　好！那我去。

佛　印　我也去。

佛　印
陈太初　咱也为苏学士讨几个红包来。

苏东坡　（翻看红包）好一个红包！

（唱）这一张青田石刻、西湖花鸟，
这一张金华火腿、绍兴花雕。
这一迭俱是那赌场中万贯金银信手来押宝，
这一刀更有那风月场中，千金买笑，玉楼度良宵。
还说是代天巡狩工作需要，
让我这新任的知州——

众　怎么样？

苏东坡　（唱）公款报销！

佛　印
陈太初　我说没那么好的事吧。苏学士，这俩个贪官可不好对付，你得小心着点！我们先走了。

苏东坡　有劳了。

佛　印
陈太初　学士，那度牒的事儿，你可别忘了。

苏东坡　一言为定，多劳多得！

佛　印
陈太初　好！多劳多得！（佛、陈下）

〔老家院引老平章上。

老平章 东坡！

苏东坡 老大人！

老平章 一日不见如三秋，

苏东坡 三日不见白了头！

新参政 （内声）东坡！

老平章 这小子学会了盯梢！

〔少家院引新参政上。

新参政 东坡！

苏东坡 大人！

新参政 当年同榜你为首，

苏东坡 如今宦海你驾舟。

新参政 这老头儿怎么不请自到？

苏东坡 二位大人！请来上座！

新参政 老大人，您德高望重，您先请。

老平章 你年轻有为，你先请。

新参政 万岁让你主政，理当你先请！

老平章 万岁给你越级上告之权力，理当你先请！

老平章
新参政 你先请，你先请……

苏东坡 二位大人不必谦让，还是一同入席！大人请！

〔三人入席。

苏东坡 二位大人，东坡初到杭州，还有诸多难事，还望鼎力相助。如今这西湖……

老平章 西湖好啊！山水如画，人才风流……

新参政 鱼米之乡，钟灵毓秀！

老平章 望你为官一任，造福一州！

新参政 吃苦在前，享乐在后！

老平章
新参政 青史留名、名扬九州！

苏东坡 谢二位大人吉言。饮酒，饮酒。

老平章 东坡酒，味纯适口！

新参政 通心畅肺，香型永久！

老平章 有酒无曲不风流……

新参政 不风流怎做得文坛领袖？

苏东坡 如此，歌舞上来？

老平章
新参政 客随主便，客随主便！

苏东坡 歌舞伺候！

〔众营妓舞上。

（虞美人）湖山信是东南美，一望弥千里。
使君能得几回来，便使樽前醉倒更徘徊。
沙河塘里灯初上，水调谁家唱？
夜阑风静欲归时，唯有一江明月碧琉璃。（众舞下）

苏东坡 二位大人，怎么样啊？

老平章 字正腔圆，余音绕梁，唱得好！

新参政 婀娜多姿，曼妙无比，跳得好！

苏东坡 二位大人，东坡备下美味佳肴，请二位大人品尝。

新参政
老平章 是何美味佳肴？

苏东坡 上西湖鱼！

新参政 东坡，就这西湖鱼不能上。

苏东坡 怎么？

老平章 西湖淤塞，水臭鱼腥，不能吃呀。

苏东坡 不能吃？啊呀，这就难了！东坡两袖清风，何以款待？也罢，为表心意，东坡只好将万岁恩赐的皇封御酒忍痛割爱。

新参政
老平章 皇封御酒？

苏东坡 来，上酒。

〔衙役捧酒坛上。

新参政
老平章 （肃然敬立）真是皇封御酒啊！

老平章 （无限感慨）当年欧阳修同志光荣退休，万岁也就赐他三杯皇封御酒，欧阳老就连叩九个响头，感激得热泪盈眶啊！

新参政 可惜我们虽侍君多年，却没这个福分！（激动得浑身打颤，情不自禁地高唱意大利歌曲）啊！我的太阳……

老平章 （震耳欲聋，捂住双耳）别唱了！见酒如见君！

新参政
老平章 臣等不敢领受！

朝　云 相公！（拉苏至一旁）皇封御酒您不早就喝完了吗？这可是你自己酿的东坡酒啊！

苏东坡 你我三人来到杭州，只要能将西湖治理好，还万岁锦绣河山，这御酒么——万岁，东坡对不起您了。

老平章
新参政 东坡，你有何难处，只管道来！

苏东坡 万岁命我来到杭州，疏浚西湖，赈灾解难。可朝廷只拨银三万贯，叫我如何担此重任呵？

老平章
新参政 没钱？没钱！

苏东坡 万般无奈，出此下策，惟有将那皇封御酒——

老平章
新参政 怎么样？

苏东坡 卖与那些达官贵人、富商巨贾……

新参政 御酒乃是国宝。

老平章 岂能流落民间！

老平章
新参政 为了疏浚西湖，赈灾解难，这两坛御酒我们收购了。（争抢御酒）

苏东坡 慢！二位大人，出价多少？

老平章
新参政 开个价吧！

苏东坡 一坛御酒三万贯！

老平章
新参政 三万？！

新参政 （旁白）一倒手就能卖六万！

老平章 （旁白）反正用的是公款！

老平章
新参政 东坡——成交！

苏东坡 万岁，西湖有救了！我再给万岁上道奏折，就说二位大人惦记着西湖，诚心可表啊！

老平章
新参政 对！东坡，你就快写吧。

苏东坡 好！笔墨伺候！

苏东坡 （唱）我识西湖金鲫面，十五年前有诗篇。

归来金鲫难得见，人道西湖久沽干。

唯愿金鲫化龙去，飞疏直达九重天。

〔苏东坡挥毫。切光。

三　东坡鱼

〔御殿。

太　监 万岁有旨，宣老平章、新参政上殿哪！

〔内声：领旨。老、新二人上。

老平章 新参政 （唱）杭州巡查巧得皇封御酒，

见万岁只报喜来不报忧。

（白）微臣见驾，吾皇万岁，万岁，万万岁！

〔从御座内飞出两个蒲团。

皇　帝 你们俩陪着朕念会儿经，念哪！

老平章 新参政 阿弥陀佛……

〔少顷，皇帝从御座内走出。

皇　帝 成了！

（唱）宋天子坐江山北旱南涝，

新党闹旧派吵，吵吵闹闹，

唠唠叨叨，何时能了。

三天前苏东坡又上奏表，

疏西湖赈灾民情如火烧。

国库中尚余下多少银票？

老平章 新参政 没那么严重吧？万岁。

（唱）美西湖依旧是柳摆花摇。

老平章 万岁，虽说杭州受点儿灾，可百姓还是安居乐业，深感万岁治国有道。

皇　帝 是吗？那为什么杭州百姓说你们到了那儿，敛财掠宝？

老平章
新参政 不不不，万岁，您弄错了，杭州百姓有口皆碑，说我们到了那儿，是天高三尺！

皇　帝 笨蛋！刮地三尺，天才变高。

老平章
新参政 万岁，我俩清正廉洁，为民解难，有苏东坡的奏表为证。

皇　帝 你们说的是这个吗？（扔下一叠奏章）

老平章
新参政 就是这个。啊？发票？

皇　帝 你们俩可没少消费啊！

老平章
新参政 好你个苏东坡！

皇　帝 别怨人家了，知罪吗？

老平章
新参政 万岁——

皇　帝 下不为例，写份检讨。账单收回，自己报销。

老平章
新参政 谢万岁——

皇　帝 为了疏浚西湖，苏东坡奏表向朕要钱。国库里的银子还有多少？

老平章
新参政 （恨恨地）今年六省受灾，国库空虚，边关兵饷不足，十万火急。

皇　帝 怎么，没钱？

老平章
新参政 没钱。

皇　帝 不给钱？

老平章
新参政 没法给，也不能给。

皇　帝 东坡说，不给钱就给点儿政策。

老平章
新参政 政策？

皇　帝 御批度牒五百。

老平章
新参政 不知万岁批了没有？

皇　帝 朕也拿不定主意，故而身披袈裟口念经文，面对度牒聆听佛旨。方才一阵心血来潮，仿佛神灵在说，灵隐寺佛光普照，玉虚观道行千里，这个

度牒该批，该批！所以朕就批了。

老平章 万岁，臣以为万万不可。

皇　帝 为什么？

老平章 苏东坡他——（气急）

新参政 我来说，日前和老大人视察杭州，方知苏东坡身为知州，不理公务，整天拥着歌姬美女，沉湎酒色……

皇　帝 好了，好了。东坡是风流文人，其情可恕。

老平章 万岁，祖制规定，下一张度牒，少抽一名壮丁，免去一人徭役，男人都成了和尚、道士，谁去打仗？万一边关告急——

皇　帝 这话有理，那就不给了。

老平章
新参政 万岁圣明——

皇　帝 要不减半，给他个二百五。

新参政 二百五也不能给。

皇　帝 干嘛呀？是我做皇帝，还是你做皇帝？

新参政 万岁——苏东坡他居心不良。

皇　帝 怎么说？

新参政 他请臣等吃饭，竟端出两盘臭鱼！

皇　帝 臭鱼？

太　监 启奏万岁，苏东坡宫外候旨，求取万岁五百度牒。

老平章
新参政 苏东坡？

太　监 他还带来一罐西湖鱼。

老平章
新参政 又是臭鱼！

太　监 说是请万岁——

老平章
新参政 怎么？

太　监 亲口品尝。

老平章 他胆子也太大了！（眼睛发直）苏东坡他反了，反了——

皇　帝 好你个大胆的苏东坡——

（唱）送臭鱼进宫来有何奥妙，

苏东坡在玩的什么花招？

不食青梅焉知酸，宣——

太　监　遵旨。万岁有旨，苏东坡上殿呐——

苏东坡　领旨——

（唱）三尺扁担刚又软，
鱼罐酒坛方且圆。
只见那，二位大人的脸色变，
万岁的鼻子歪在一边，
这一趟千里迢迢路程远，
想求取五百度牒难上难。

臣苏东坡见驾，吾皇万岁——

皇　帝　平身——

苏东坡　万万岁——

皇　帝　东坡，你知罪吗？

老平章
新参政　知罪吗？

苏东坡　东坡何罪？

皇　帝　二位大人视察杭州，你愚弄领导，陷害领导，还想给领导吃臭鱼。

苏东坡　万岁，罪在老天。久旱无雨，西湖淤塞，不闻鱼臭，焉知灾情。再说，二位大人未曾沾口，东坡何罪之有？

皇　帝　对啊，你们俩未曾沾口，他何罪之有？

老平章　万岁——

皇　帝　好了——东坡，这坛坛罐罐的，装的是什么呀？

苏东坡　鱼罐酒坛，献与万岁驱风寒。

新参政　万岁身体永远健康，岂容你恶语诅咒！

皇　帝　不，朕恰恰就风寒了。把罐儿打开，朕要亲口品尝。

老平章
新参政　万岁——这是臭鱼！其臭无比，吃不得呀！

苏东坡　你们二位慌什么呀，是臭是香，万岁自有明断。

皇　帝　不错，金殿之上，何用尔等多言，如果是臭鱼，他不就犯下了欺君之罪？要是能把臭鱼做得可口，那就是宰相之才。有道是，治大国——

老平章
新参政　（唱）如烹小鲜也——

苏东坡　万岁，治大国是两位大人之事，烹小鲜才是东坡的活儿。

皇　帝　瞧瞧人家东坡，活得就是比你们潇洒。东坡，把鱼罐打开。

苏东坡　遵旨——我可要打开了。

老平章
新参政　万岁，不能吃啊。

皇　帝　后边儿去，后边儿去！

苏东坡　万岁，这鱼可是有点辣。

皇　帝　东坡不怕辣，朕是辣不怕。（尝）好辣，好麻。好霸道的东坡鱼呀！这哪是臭鱼，是好鱼。味道好极了！好你个苏东坡，真是宰相之才呀。

（唱）大汗淋漓心畅快，
可叹太医全庸才。
数日风寒麻辣解，
笑二人不辨香臭信口开。
神清气爽把东坡问，
可有本章奏上来？

苏东坡　臣有本章呈上，只是本章太长，二位大人闲着也闲着……

老平章
新参政　苏东坡！

皇　帝　过去帮帮忙。

老平章
新参政　是。

苏东坡　万岁——

（唱）悲西湖，叹今昔，泪流心颤，
葑草萋萋何处泊画船。
四月八为君祈福西湖畔，
六井枯竭悲声惨。
灾民沿湖不忍看，
滴水难求泪已干。
万顷禾苗成焦炭，
二十万酒税化灰烟。
运河见底航路断，
赈粮不得到江南。
急急急来惨惨惨，
愁愁愁来难难难！

若无有五百度牒救急难，

到那时灾民成群国不安！

皇　帝　别哭了，有情有理，有理有情。东坡，赶明儿给我在西湖边上，造个亭子，朕有空也去深入基层，坐坐看看。

苏东坡　遵旨——

皇　帝　把度牒端上来，二百五十张和尚度牒，二百五十张道士度牒。佛道两家一视同仁，东坡，带回杭州去吧。

苏东坡　谢万岁——

老平章
新参政　（扯住度牒）万岁——

皇　帝　放下，放下！

（唱）你二人瞎张罗，要闭门思过，

以后要，多行善事免生风波。

罚你们，把一年俸禄交与我——

（念）给治湖民工改善伙食，再买点儿新鲜水果。

苏东坡　谢万岁——

老平章
新参政　把我们的工资都发给民工了？

皇　帝　你们可没少克扣啊？！东坡，你可别拖欠民工的工资啊！

老平章
新参政　万岁！

皇　帝　（唱）莫再啰嗦！

苏东坡　两位大人，帮帮忙，有劳了。

（唱）来一挑，回一担，功德圆满——

（白）免送，免送。

（唱）回杭州，候两位，禄米清单。

皇　帝　站住！你们俩也别闲着，朕赐你们每人蒲团一个，回去好好琢磨琢磨。

老平章　老臣我感激涕零。

皇　帝　下不为例。

新参政　微臣我受宠若惊。

皇　帝　什么毛病？以观后效！（皇帝下）

老平章　一年的工资没了……

新参政　老大人，越是困难的时候，咱们越要精诚团结。

老平章 你有什么办法?

新参政 给苏东坡准备一根上吊的绳子。

老平章 此话怎讲?

新参政 他能来京城，咱们就不能派人去杭州?

〔二人会意、握手，灯暗。

四 东坡鳝

〔杭州。东坡住所前院。

〔佛印、太初领着众和尚、道士各执法器，做道场。

众 僧
众 道 行善积德，多多施舍。

功在千秋，多多施舍。

疏浚西湖，多多施舍。

赈灾解难，多多施舍。

知州大人，多多施舍。

朝云姑娘，多多施舍。

朝 云 (迎上)禅师道长，大清早的，怎么坐在我们家门口啊?

佛 印 化缘不分亲友，

陈太初 募捐何论老幼?

佛 印 大家一起来凑，

陈太初 西湖才能有救!

佛 印
陈太初 女善人，(女弟子)献献爱心吧!

朝 云 (笑)呦!上班上到我们家院儿里来了。禅师道长，何用你二位亲自前来，我们家该拿的都拿了，该捐的都捐了。

佛 印
陈太初 朝云姑娘，你乃堂堂知州夫人，难道就真的没有一点值钱之物了吗?

朝 云 (想起)噢，我早就知道这根金簪子保不住了。

〔朝云以竹簪子簪住发髻，取下金簪，放在道士的盘子里。

佛　印
陈太初 不对，东坡为官多年，总有点儿“小金库”吧？

朝　云 禅师道长啊！

（唱）别人当官钱万贯，
只有他知州大人是穷酸。
早餐一碗酸辣面，
佐酒一碟豆腐干。
辣酱辣油辣椒面，
辣得我腹内着火口冒烟。
安济坊，他倾囊垫进五百贯，
造粮仓，我含泪当掉金耳鬟。
朝云我绞尽脑汁细盘算，
一日三餐并两餐，
拆了裙子补衣衫。
家徒四壁难盘算，
哪有银钱再赠捐。

苏东坡 （上）朝云，别寒碜我了，其实咱们还是有些家当的。

朝　云 咱们家还有什么？

佛　印
陈太初 你说说看。

苏东坡 待我报来——

（唱）一台端砚随身带，
两刀宣纸案上摆。
三支湖笔四块墨，
五口书箱六捆柴。
七卷诗稿八幅画，
九床棉絮十人盖。

佛　印
陈太初 就这家当啊？

苏东坡 我还有辣椒没算呢。

佛　印
陈太初 辣椒，辣椒，工地没钱了。

苏东坡 度牒卖来的钱呢？

佛　印
陈太初　花了。

苏东坡　那二位大人的俸银呢?

佛　印
陈太初　用了。

苏东坡　不对，你们以疏浚西湖的名义化了不少缘吧?

佛　印　都垫进去了。

苏东坡　真的没钱了?

佛　印
陈太初　没了。

苏东坡　那我……

佛　印
陈太初　你有办法?

苏东坡　我肚子饿了。

佛　印　你手里拿的是什么?

苏东坡　我抓了几条黄鳝，还有几只小虾，沸油爆炒，美味佳肴。

朝　云　禅师，我再给你做两道素菜。

佛　印　黄鳝钻出来了，学士，我就等着吃你做的美味佳肴——东坡鳝了。

苏东坡　东坡鳝?（一想）有了!

（唱）在蜀地一把纸扇三贯银救过穷汉——
钱来了。

佛　印
陈太初　在哪儿?

苏东坡　东坡扇!

佛　印
陈太初　卖黄鳝?

苏东坡　快快准备纸笔和墨砚，我要题诗作画，卖这东坡扇!

佛　印
陈太初　不成!堂堂知州大人当街作画卖扇，不怕被人笑话?

苏东坡　（唱）知州颜面值啥子钱——

佛　印
陈太初　学士?

苏东坡　（接唱）值几钱?

佛　印
陈太初　你不怕丢人，我们怕什么呀?我们走!

苏东坡 桌案伺候。

〔转景街市，衙役们背案执扇上。

衙　役 （唱）知州大人一声唤，

公案摆在衙门前。

你收钱来我卖扇，

万人空巷笑声欢。

〔苏东坡上。

苏东坡 （唱）衙前叫卖东坡扇，

摩肩接踵人闹喧。

诗千行，钱万贯，

画出锦绣好河山。

〔杭佬儿哼杭州滩簧上。

杭佬儿 （唱）吃进三只葱包脍儿，

河坊街走出我杭佬儿。

三天前，平章、参政老爷来条儿，

送来一张同泰钱庄银票儿。

他要我，把苏东坡——

（杭州方言）说不来的，要保密……苏东坡这个落儿弄不灵清，来到我们杭州，搞什么疏浚西湖，我们杭州人自己不会疏，要你四川佬儿来疏？真当空佬佬！今朝机会蛮好，你画画儿，写字儿，摆摊儿，卖扇儿，想“刨黄瓜儿”，我要你乌珠脱出翘辫儿！让我冒充个北佬儿。（徐州方言吟）东坡诗，天下闻，诗题扇，十两银。

苏东坡 这位先生，你要题什么诗？

杭佬儿 我说先生呀！

（唱）俺徐州发大水一片苦海，

官敲诈兵打劫遍地狼豺。

这风花雪月俺不爱，

敢为民言是高才。

苏东坡 （唱）笔写民声中心怀，

不由得诗情澎湃滚滚来。

杭佬儿 那你就澎湃澎湃吧！

朝　云 相公，记得来杭州前，有人提醒相公：“北客若来休问答，西湖虽好莫

吟诗。”

苏东坡 有道是，忍痛易，忍痒难。不画画尚可，若不写诗，那可痒得很哪。

朝　云 别再写了，扇子已经卖得六千贯……

苏东坡 多多益善！

朝　云 再说他一个人买那么多的扇子干什么呀？

苏东坡 这位秀才，你一个人买那么多扇子何用啊？

杭佬儿 听说先生为疏浚西湖筹集钱款，俺也想出一份力，捐点钱。再说徐州也遭了大灾，俺想把扇子带回去，卖给江淮大财主，把挣来的钱捐给灾区人民！

苏东坡 好！这位秀才，你要多少我写多少。

杭佬儿 你写多少我买多少！

苏东坡 （唱）独立寒江观苍海，
满目顽云拨不开。
天外黑风吹海立，
浙东风雨过江来！

那种田的弃田而去，打鱼的弃网而走，栽茶的弃园而奔，经商的弃店而匿。国不因重税而富，贪官却因重税而肥。公道人心尽失于此。东坡无力回天，惟有为天下苍生一哭……

杭佬儿 真是感动人啊！今天这扇子我是非买不可。（向内）我说大伙儿快来呀！

〔上来一批秀才打扮的人。

杭佬儿 先生，你瞧瞧，有这么多的扇子等你写！

苏东坡 待我写来！

（唱）泼墨淋漓怒难耐，
洒落愁肠燃心怀。
大好河山遭破坏，
满目疮痍动地哀。
官吏如虎层层税，
民无粒米泪满腮。
难忍那贪官多腐败，
以笔作刀屠狼豺。
钱塘江潮多澎湃——

〔行弦。

〔东坡奋笔疾书，众围着东坡递扇，争扇，舞。

苏东坡 （接唱）恨不得举笔扫阴霾！

〔众造形亮相。

〔转景御殿。

新参政 万岁请看，全是反诗！（呈扇念）

“竹篱茅屋趁谿斜，

春入山村处处花。

无象太平还有象。

孤烟起处是人家。”

多恶毒啊！

皇　帝 是首山水诗，恶毒在哪里呢？

新参政 “谿斜烟孤，无象太平”。分明是说当今天下谿也斜了，烟也灭了，太平也没了。何其刁钻刻毒！

皇　帝 有点儿牵强附会。我说老平章，你说这诗……

老平章 万岁圣明。是有点牵强，而且参政大人断诗，文理欠通。

皇　帝 你听听，我说你这进士职称是怎么让你混上来的。

老平章 不过，文人之心深不可测，万岁也不可不防啊——

新参政 就算有点儿牵强附会，可这儿还有呢……万岁您看——（呈扇念）

“杖藜裹饭去匆匆，

过眼青钱转手空。

赢得儿童语音好，

一年强半在城中。”

这“去匆匆，转手空”，分明是说当今朝廷变法一场空。还说了，乡下人进城，田地荒芜，颗粒无收。他还说，“吴儿生长狎涛渊”，分明讥讽万岁兴修水利。

皇　帝 （烦了）好了，好了。老平章，你有学问，你说说，那苏东坡真有这么坏吗？

老平章 看一个人要全面考察，综合评估。御史大人李定，德高望重之王圭老大人，都说苏东坡自恃才高，不把朝廷放在眼里。危险啊！老朽纵观古今，从周威烈王始，至今千年有余，此类文人恃才傲世，用笔如刀，终无善果！

皇　帝 （一震）这……哎！你不是说还有人证？人证都在哪儿呢？

新参政 都在宫门外候着呢！

皇　帝 宣！

新参政 都给我出来！

〔杭佬儿、众秀才执扇上。

众 杭州秀才、钱塘学子、武林名流、绍兴师爷，叩见万岁，万万岁！

皇　帝 这都是证人吗？

众 正是！

皇　帝 苏东坡题写反诗，你们都能作证吗？

众 能！

皇　帝 给我说！

〔众抖开折扇。

甲 皇恩披万里，

乙 帝都霞光起。

丙 是年祥云落，

丁 个中显真谛。

戊 大漠浩歌涌，

己 浑然震天地。

庚 蛋破鸾凤飞，

辛 也都朝京畿。

杭佬儿 万岁请看，这都是苏东坡的亲笔题诗。

皇　帝 什么乱七八糟的，这哪是苏东坡的诗？

杭佬儿 万岁，别以为他是大文豪，其实他也就这么点儿墨水，写多了，写昏了，写急了，写烂了，什么乌七八糟的破词儿、错字儿、脏话儿、坏心眼儿都抖露出来了。

新参政 万岁，这确是苏东坡的亲手笔迹和印鉴。

皇　帝 （再看）“皇恩披万里，帝都霞光起……”

杭佬儿 万岁不能这么读，这是一首藏头诗。请看每句第一个字，然后连着念。

甲 “皇恩披万里”——皇，

乙 “帝都霞光起”——帝，

丙 “是年祥云落”——是，

丁 “个中显真谛”——个，

戊 “大漠浩歌涌”——大，

己　“浑然震天地”——浑，

庚　“蛋破鸾凤飞”——蛋，

辛　“也都朝京畿”——也，

众　（挨个念）皇、帝、是、个、大、浑、蛋、也。

皇　帝　呸！你他妈的才是个大浑蛋！

新参政　（夸张地）万岁，如今这八把扇子一首诗，杭州城里你传我看，我传你看，家喻户晓，老少皆知，闹得满城风雨啊——

杭佬儿　万岁！

〔杭佬儿指挥大合唱：

苏东坡题反诗煽动谋反，
传遍了杭州城铁证如山。
万岁爷若再不严打重判，
怕只怕宋江山毁于一旦。

〔杭佬儿、众秀才急下。

皇　帝　（毛骨耸然）不定我还真是个大浑蛋……

（唱）索立九重雾漫漫，
尤觉高处不胜寒。
疑他谋反虽武断，
知人容易知心难。
文人反骨最麻烦，
须防西湖起波澜！

新参政　万岁，你看这事儿——

皇　帝　人家大唐天子容得下李白，杜甫，白居易，我大宋天子就容不得一个苏东坡？

老平章　万岁，苏东坡比他们都麻烦——

新参政　“须防西湖起波澜”呀，万岁！

皇　帝　（一怔）我……？你们……看着办吧。

〔皇帝下。

新参政　老大人，你没看出来？万岁已经动心了。

老平章　没错儿！

新参政　要趁热打铁！

老平章　先由你新参政发文——

新参政 再由您平章老大人圈阅！将苏东坡关进大狱，严加治罪！

老平章
新参政 来呀！速去杭州捉拿苏东坡！

〔灯暗。

五 东坡肉

〔京师监狱。

〔天幕前密匝匝各种人物光影，群小乱嚷，弹冠相庆。

群 臣 喝呀！

甲 这个可恶的苏东坡，总算被关进监狱了！

乙 谁让他骄傲自满，谁让他题写反诗呢！

丙 打他个斯文扫地，皮开肉绽！

丁 报复他，一解心头之恨！

〔苏东坡上。

苏东坡 好热闹呀！

（唱）灯惨惨，鸦啼远，人静夜阑，
笑东坡，离京师，避江南，避不开，
那衮衮诸公，谀媚进谗，
明枪暗剑，何等凶残！
木秀于林风必摧，至理明言，
人超于群处世难，难也不难。
陷囹圄正好把尘世来看，
群小乱舞可佐餐。
既有那，蜀地老家干椒辣，
又有这，镇江老醋粘又酸。
这酸甜苦辣皆成味，
嘻笑怒骂作拼盘。
我好比城墙上的麻雀练就的胆，不怕吓来不怕赶，
等你们笑得腮帮子酸。

笑脱了下巴不要紧，
苏东坡我来接，来托，来托，来接，来揉，来按。
哪座庙里不成佛，
谁说大狱不登仙。（安然打盹）

〔皇帝扮狱卒由太监引上。

皇　帝　（唱）反诗案直闹得天旋地转，
宋天子扮狱卒钦辨忠奸。
（向内）探监的小娘子随我来。

〔朝云提食篮上。

朝　云　（进监）相公，相公——

苏东坡　（醒）啊！是朝云！牢门紧闭，防卫森严，你是怎么进来的？

朝　云　是这位好心的狱卒带我进来的。

苏东坡　东坡叩头拜谢。

皇　帝　（习惯地）平——（急改口）平头老狱卒你行什么礼呀，免了免了——

〔苏东坡一愣，定睛一看，转身。

朝　云　禅师、道长让我带来一封信，还有一张度牒。

苏东坡　（念信）“学士宽怀，佛在莲台。西湖竣工，指日可待。慈航有渡，出家免灾。”好！这张度牒正好拿去换钱。

皇　帝　（旁白）朕的御批度牒也敢拿去换钱，这小子该抓！（对苏）苏学士，你换钱干吗？

苏东坡　好买酒肉。坐牢之人，也得吃饭。如若不然，有损万岁体面。

皇　帝　都坐大牢了，嘴还那么馋？好，看在苏学士的份上，这酒肉我白送了。说吧，想吃宫中哪道名菜？

苏东坡　我想吃东坡肉。

皇　帝　东坡肉？谁会做？

苏东坡　她会呀，烦请老人家带她前去调理调理。

皇　帝　我倒也想尝尝。来呀，带这小娘子去烧东坡肉。

太　监　遵——命。

皇　帝　坐，坐。我说苏学士，东坡肉怎么个烧法。

苏东坡　这东坡肉，要挑上好的五花条肉，炭要青冈木烧的炭，调料要酒、酱、盐、糖，加桂皮、茴香，武火四成，文火六成，阴阳调和，文武相济，这东坡肉才肥而不腻，入口即化。

皇　帝　看来，这煮肉还大有门道。

苏东坡　做什么都有门道。做人有做人之道，为官有为官之道，你当狱卒也有狱卒之道。

皇　帝　那做皇帝呢？

苏东坡　这为君之道岂可乱讲。

皇　帝　那……你就说说为官之道吧！

太　监　老平章、新参政到。

皇　帝　啊，他们怎么来了？

苏东坡　老人家，这二位才是深谙官道的朝中要臣，您还是听听他们的吧。

**新参政
老平章**　（唱）反诗案掀起了满城风波，

　　给他个下马威我快快活活。
　　苏东坡如今已把死牢坐，
　　落井下石我送他见阎罗。

走错门了。苏东坡，你好啊，鬟境变了，感觉不错吧？老头儿，靠边儿。

苏东坡　多蒙二位大人抬爱，东坡在杭州之时，诸事繁多，疲惫不堪，如今来到此地，倒也清闲自在。

新参政　你题写反诗，犯的可是死罪呀。

苏东坡　不然，不然。万岁若能得见二位在此，东坡便安然无恙了。

**新参政
老平章**　哈哈哈，你别做梦了，万岁能上这儿来吗？怎么这么香啊，哪儿在炖肉呢？

皇　帝　苏学士在做东坡肉呢。

**新参政
老平章**　如今你死到临头，还想吃肉？

老平章　东坡，你今天就是砧板上之肉，任人宰割。

新参政　东坡啊东坡，你说你把煮肉之道，研究得那么透彻，怎么不下功夫琢磨琢磨为官之道呢？

皇　帝　二位有何高见？不妨给苏学士开导开导。

苏东坡　东坡洗耳恭听。

老平章　说说，那就说说吧。

苏东坡　老人家，你要听仔细了。

新参政
老平章 我说东坡你呀——

（唱）人道你有才气，我说你缺灵气，
岂不知官场中密藏玄机。
万岁爷他在宫中，耳聋目闭，
任凭俺瞒骗他何知东西。

苏东坡 当今万岁乃是有道明君。

皇　帝 对，是有道明君！

新参政
老平章 要说当今万岁啊——

（唱）你三句好话他龙心大喜，
你瞒天过海他云里雾里。

明白了吗？还是没明白。东坡，再教你一招，你听好了——

（唱）若要万岁提拔你，
自我吹嘘厚脸皮。
若遇难题莫着急，
少做多说动嘴皮。
若有同僚不服气，
扯起大旗做虎皮。
一旦有人弹劾你，
党同伐异翻脸皮。
东坡啊——

新参政 苏东坡！这套秘诀，一般人我还不告诉他呢！

新参政
老平章 （接唱）为官一任不容易，

大胆放手刮地皮。
有钱能叫鬼唱戏，
权位本是通天梯。

苏东坡 上有苍天，下有神灵，中间有黎民百姓，群众眼睛是雪亮的。

新参政
老平章 那好，就让你听听群众的呼声。带上来！

〔上来杭佬儿。

苏东坡 怎么是他？他可不能代表群众。

新参政
老平章 哈哈哈，这个是假的，给你带两个真的。来，带上来——

佛　印 （唱）勒令我们来声讨，

陈太初 （唱）治东坡于死地他们不依不饶。

老平章 你们俩听好，作为群众代表，让你们来控诉苏东坡。

新参政 说得好，就放你们走，说得不好，打入死牢。

老平章 开始——

佛　印
陈太初 苏东坡，你害苦我们了——

（念）苏东坡是个大笨蛋，
榆木脑壳不转弯。
人家做官把钱赚，
你治湖把家底全掏完。

佛　印
陈太初 （念）人家顺杆儿往上爬，
你治湖修堤下牢监。
你做官不会耍手腕，
落得个皮开肉又绽。

杭佬儿 说得对！

佛　印
陈太初 （念）如今是东坡肉上砧板，
水里煮，油里煎。
你命在旦夕落了难，
害得我俩也入牢监。
我劝你，认个错，服个软，
快向大人说道歉。
为官一任想自己，
你管它杭州美不美，西湖干不干。

杭佬儿 二位大人，态度如何？

新参政
老平章 嗯，还不错！下去。

〔佛、陈下。

皇　帝 真是颠倒黑白，无法无天。

苏东坡 哎，老人家别激动。

新参政
老平章 你是干什么的？

皇　帝 我是万……

新参政
老平章 万什么？

皇　帝 万万没想到哇。

新参政
老平章 没想到吧？东坡是个大笨蛋！

皇　帝 你们！

新参政
老平章 倒酒！东坡，今天我们是来给你送行的，这是你最后一杯酒了。我喝了，你一路走好，千万别怪我们啊。

〔新、老醉倒一旁。

苏东坡 老人家，你今日可是亲耳听见了。

皇　帝 不错，是我亲耳听见的，可我还是要听听你的。

苏东坡 好！待东坡道来。这为官之道首要一条是用人之道！选材要精，

皇　帝 用人要准。

苏东坡 就好比我做东坡肉，一定要用上好的五花条肉，不能用猪下水……

皇　帝 说错了，猪下水怎么了？各尽其用。有道是人有高矮，这肉有肥瘦，十个手指头不还有长短，五花条肉要用，猪下水也能吃呀。

苏东坡 原来老人家爱吃猪下水，那我们话不投机！（起身欲走）

皇　帝 站住！大伙看看，老虎屁股摸不得。意见不一致，就撂挑子，耍脾气。你恃才傲物，自命清高！

苏东坡 你良莠不分，忠奸不辨！

皇　帝 你目中无人！

苏东坡 句句实言！

皇　帝 言过其实！

苏东坡 恰如其分！

皇　帝 胡说八道！

苏东坡 你爱听不听！

皇　帝 你这个苏学士，有什么了不起，不就是喜欢炒几个小菜，写几首小诗，闯几个小祸……

苏东坡　你全盘否定！

皇　帝　对对对，也干了点小事。

苏东坡　谢谢！

皇　帝　万岁他容易吗？每天看不完的文件，圈不完的奏表。眼睛一睁，累到熄灯，就连伤风感冒他还得坚持工作。

苏东坡　日理万机！

皇　帝　你不体谅万岁的苦衷，还题写反诗，给万岁添乱。

苏东坡　添乱？

皇　帝　你说“皇帝是个大混蛋”。

苏东坡　我没说过。

皇　帝　说过的！

新参政
老平章　（突然抬头，下意识地）这是我俩的——杰作！

皇　帝　啊！这还有！

苏东坡　还有什么？

皇　帝　“杖藜裹饭去匆匆，
过眼青钱转手空。
赢得儿童语音好，
一年强半在——”
在什么中？

苏东坡　“在城中。”

皇　帝　谢谢。“在城中”。你是讥讽朝廷推行新政，新政错在那儿？这是朝廷给农民发放青苗贷款，目的是让农民安心务农。黎民百姓无不有口皆碑，文武百官一片歌功颂德。只有你，狗咬吕洞宾，不识好人心！

苏东坡　你不识庐山真面目。

皇　帝　此话何意？

苏东坡　州县官吏，借发放青苗贷款，向农民高利盘剥，中饱私囊。农民破产，卖牛拆屋，弃田进城，四处流浪！老人家，你知道吗？

皇　帝　（一怔）什么？

苏东坡　为官者当牢记四个字。

皇　帝　哪四个字？

苏东坡　真知力行。

皇　帝　何为真知力行？

苏东坡　识国情，察民心，明事非，辨真假。民心所欲，天必从之。坐而论道，不如起而行道！

皇　帝　这……

苏东坡　老人家，你要往前走……

皇　帝　我行吗？

苏东坡　最好走到下面去，你要——

（唱）找点时间，抽点儿空闲，

常下去看看，下去看看！

皇　帝　啊！

（唱）苏东坡一席话——

苏东坡　（旁白）万岁是河南人，唱起河南梆子了。

皇　帝　（接唱）提神醒脑——

苏东坡　（唱）我借题发挥，侧击旁敲。

皇　帝　（唱）我愿将尊意转奏朝廷，让万岁知晓——

苏东坡　（唱）宋天子他有道无道你可明了？

皇　帝　当今天子，自然是有道明君。

苏东坡　（唱）说东坡题反诗他委实可笑，

我笑他偏听偏信枉穿龙袍。

皇　帝　你吃了豹子胆了！

（唱）你辱骂万岁大逆不道，

你身为知州所行何道？

苏东坡　老人家！

（唱）美西湖遭污染，众百姓怨声如潮，

多亏请来僧和道，迎来度牒购粮草，哪顾辛劳。

全仗着杭州众父老，

修起了西湖六吊桥。

你来看——

那望山桥、锁澜桥、诗情画意映波桥，

东浦桥、压堤桥、长天秋水跨虹桥。

你问我行的什么路来，走的什么道——

我只是画点扇儿，换些钱儿，拓片湖儿，修道堤儿，栽些桃儿，插些柳

儿。外加一张东坡全席的菜单儿。要为万岁提个醒儿、出个招儿。不过是为大宋江山补点洞儿、少些乱儿。为黎民百姓免些苦儿、添些乐儿。我纵然受点冤儿、蒙些屈儿、遭些罪儿、却不改性儿，为的是架起一条万岁与百姓的——

（接唱）连心桥！

皇　帝　这，这就是你的为官之道？好，再唱一遍！

苏东坡　没了。

皇　帝　你没了？我唱！

（唱）一席话说得我大开心窍，
　　论安邦说治国东坡为高。
　　这样的好人才何处寻找，
　　望学士留京师辅佐当朝。

学士，你还是留下来吧。

苏东坡　留下作甚？

皇　帝　辅佐当今。

苏东坡　东坡无能。

皇　帝　那就给万岁写诗。

苏东坡　东坡才思枯竭。

皇　帝　你敢抗旨不遵么？来呀！

〔新、老闻听，猛然站起。

新参政
老平章　有！在！

苏东坡
新参政
老平章　叩见万岁！

皇　帝　都看出来了？

苏东坡　我早看出来了。

皇　帝　那就平身吧。

苏东坡
新参政
老平章　谢万岁！（新、老欲起身）

皇　帝　（对新、老）没说你们！（新、老又跪下）

皇　帝　东坡，不听朕言，执意要走？

苏东坡 东坡心在杭州，志在修堤。

皇　帝 东坡，这张度牒你收好，你要好自为之。

新参政
老平章 啊？就这么放了？

皇　帝 苏东坡题写反诗，查无实据，乃是遭人陷害，官复原职。来呀——

太　监 有——

皇　帝 再赐他五花条肉十斤。

朝　云 东坡肉来了。

皇　帝 东坡，你可以走了。

苏东坡 遵旨——

皇　帝 别忘了给我东坡肉的烹调配方。

苏东坡 二位大人失陪，失陪。

〔苏、朝下，老、少家院急上。

老家院 小人有密报。

皇　帝 讲！

老家院 万岁，杭州百姓联名上疏。

少家院 要在西湖之畔筹建一座苏东坡生祠。

皇　帝 生祠？

老平章 胆子也太大了！他有什么千秋功业，还活着就给自己建造祠堂？

新参政 那功业是他的吗？没有万岁，能有西湖吗？

皇　帝 （不悦）苏东坡……

老平章 万岁！这下您该明白了吧？苏东坡疏浚西湖是假……

新参政 为自己树碑立传是真！

新参政
老平章 杭州人——只念东坡不念君！

〔灯暗。

六　东坡全宴

〔苏堤春晓。苏东坡率众百姓举行隆重的放生仪式。

苏东坡 苍天在上，东坡率杭州百姓仰天祈祷！如今西湖疏浚，春归江南。山水秀美，百姓欢颜。东坡何能，全仗杭州父老同心相助，感地动天。愿西湖不老，春满人间！

佛　印
陈太初 西湖放生！

苏东坡 放天空于明镜！

众 放天空于明镜！

苏东坡 放鱼鳖入湖海！

众 放鱼鳖入湖海！

苏东坡 还西湖于秀美！

众 还西湖于秀美！

苏东坡 放人间于康泰！

众 放人间于康泰！

苏东坡 酒宴摆下！

（唱）西湖边摆下了东坡宴，
酬天地敬鬼神国泰民安。

朝　云 （唱）万岁爷坐金殿愁眉难展，
品一口东坡茶先苦后甜。

陈太初 （唱）老平章新参政利令智昏，
争一坛东坡酒六万银钱。

佛　印 （唱）疏西湖学士他再上金殿，
东坡鱼麻辣烫解民倒悬。

朝　云 （唱）东坡扇诉民情惹下天祸，

佛　印
陈太初 （唱）天牢里批斗会热火朝天。

朝　云 （唱）全凭着东坡肉乾坤扭转，

佛　印
陈太初 （唱）才有这湖堤上

东坡全宴——

（大家唱）快乐无边。

〔内声：“圣旨下”

〔老平章、新参政带老少家院同上。

苏东坡 原来是二位大人。

老平章 苏东坡听旨。

苏东坡 万岁！

老平章 （念）苏东坡疏浚西湖，修筑长堤有功。朕心甚喜，钦名“苏堤”。

苏东坡 谢万岁！

老平章 （念）杭州百姓，欲建苏东坡生祠，民心可嘉。朕准奏敕建东坡祠。

众 （一片欢腾）万岁！万万岁！

苏东坡 要出事。

新参政 苏东坡身为知州，执法犯法，贪污御批度牒一张，戏辱圣上，理当重判——

众 你们……

新参政 （大声念）但念其治湖有功，功罪相抵，敕令苏东坡立赴海南岛，修筑海堤。

陈太初 那也太远了吧！

老平章 海南岛上好风光，

新参政 海堤更比苏堤长。

〔老、少家院拉开一横幅。

陈太初 （念）欢送学士赴海南，

佛　印 （念）永世不得返中原。

陈太初 学士！别去海南，随我修道！

佛　印 慈航有度，干脆出家！

苏东坡 天高地远，登山入海，海南何地，天涯咫尺！万岁说得好，这张度牒，非比寻常，好好珍藏。（递度牒）禅师、道长拜别了，朝云，我们走！

新参政 朝云留下，看管东坡祠！

苏东坡 你们——

老平章 万岁有旨，边陲重地，不得带家属。不嫌麻烦，一年可以探亲一次。

朝　云 相公！

（唱）晴空飘雨心凄惨，
别君惟有泪潸潸。
纵然天涯万里远，
心随相公到海南。

苏东坡 请两位转奏万岁，他要的东坡肉配方……

老平章 （大笑）东坡啊迂腐！万岁什么山珍海味吃不着，还偏要吃你的东坡肉？自作多情！

新参政 什么东坡肉？人称苏东坡硬得像块石头，如今看来，也不过是块豆腐。

苏东坡 豆腐？怎么讲？

新参政 让你去哪你就得去哪，让你干什么你就得干什么。

老平章 对，是豆腐。

老平章
新参政 豆腐一碗，一碗豆腐！

老平章 软软塌塌，稀稀松松，看似有形，到口就化！豆腐！

老平章
新参政 豆腐一碗。一碗豆腐。

〔绕着苏东坡打转。

苏东坡 着哇！东坡钻研食谱十几年，怎么没想到这豆腐的妙用？多谢二位指点迷津，我这东坡全席可就配齐了！

（唱）您二位风云际会在金殿，
苏东坡乐在西湖烹小鲜。
东坡鱼加麻辣可口又保健，
东坡肉浴老酒醉意缠绵。
东坡豆腐稀稀松松，软软塌塌，荤素不厌，
拌些儿葱，撒点儿盐，清清白白，本色不变，他贵在清廉！
谢二位成全了东坡宴，
留得宋词又一篇。

二位大人，（掏出奏本）“关于疏浚西湖及多渠道集资的情况报告”……

老平章
新参政 怎么？

苏东坡 请转呈万岁。（老平章接过奏本）这东坡全席的菜单嘛……

老平章 留着去海南岛自个琢磨吧！

苏东坡 万岁，那东坡就对不住您了！往后要吃什么，到海南来咨询吧！

〔灯暗。

〔造型光。

〔“啪”的一声，皇帝打老耳光，老又顺手打新耳光。

皇　帝 你们……大内御膳，朕吃腻了熊掌鱼翅海参猴脑，就想尝尝东坡肉、东坡鳝、东坡豆腐，让东坡鱼治治我的风寒发烧打摆子流鼻涕，可你们，竟让苏东坡把菜单全带走了，你们算什么忠臣！分明想让朕体不安！来呀！革去官职，下放到杭州府膳食坊——

老平章
新参政 万岁——

皇　帝 学烧东坡肉去！

〔老、新下。灯暗。转场。

〔苏东坡和皇帝遥相呼应。

皇　帝 东坡。

苏东坡 万岁。

皇　帝 你知罪吗？

苏东坡 罪在生祠。

皇　帝 我将你流放海南。

苏东坡 您成全我毕生夙愿。

皇　帝 从杭州到儋州？

苏东坡 从苏堤到海堤。

皇　帝 雨打芭蕉愁记心。

苏东坡 万事从来风过耳！

皇　帝 往事如烟。赠诗一首，聊以戒勉。（示扇）

苏东坡 聆听圣谕。（观扇，念）

“少年壮怀老弥坚，

管教西湖换新颜。

闲来学作垂钓客，

事君无妨烹小鲜。”

又是一首藏头诗，万岁要我“少管闲事”，多烹菜肴。嘿……

皇　帝 东坡，听说西湖疏浚，美如仙境，是真是假？

苏东坡 臣不敢妄语，有诗呈上，请万岁御览。（呈扇）

皇　帝 （观扇，念）

“水光潋滟晴方好，

山色空蒙雨亦奇。

欲把西湖比西子，

淡妆浓抹总相宜。”

〔优美的音乐声起，荷花盛开，一片湖光山色。

众太监 万岁，西湖疏浚，荷红莲绿了！

〔苏东坡画外音：“万岁，这西湖美景全留给您了，愿青山常绿，碧水常

蓝，人间天堂，千秋万代！”

皇　帝　（激动）苏学士——好你个苏东皮！

众太监　“大江东去，浪淘尽，千古风流人物，故垒西边。人道是，三国周郎赤壁……

〔幕闭。

〔剧终。

〔谢幕。老、新念东坡宴菜单。

东坡宴膳单

东坡茶——清心明目，幽香绵绵。皇家贡品，茶中经典。

东坡酒——五谷陈酿，养胃护肝。一杯消愁，三杯成仙。

东坡鱼——麻辣油煎，镇邪驱寒。到此一烩，七窍通天。

东坡鳝——江南川味，可辣可甜。能脆能软，宜女宜男。

东坡肉——本乡本土，免疫免检。滋补延年，补脑驻颜。

东坡豆腐——一清二白，不分贵贱。清清淡淡，活到百年。

2002 年

六场古装越剧

藏书之家

王旭烽

人物表　范容、花如笺、伺书夫人、孙知府、绢纸、羊毫、卖书人、范家仆人

幕前曲

〔伴唱：天一生水，地六成之，
啊……
宝籍拥万卷高阁束经典，
空煎满腹字烂熟方寸间，
天一生水，地六成之，
命定藏书人岁岁复年年，
命定藏书人岁岁复年年，
岁岁复年年……

第一场

〔时间：明末宁波一个兵荒马乱的夜晚。
〔地点：天一阁后院。

〔人物：伺书夫人、绢纸、卖书人、羊毫、范容、花如笺、众家仆。

〔羊毫与绢纸提着灯笼匆匆忙忙地上场，他们正在找突然消失的范容。

羊　毫　（白）大少爷定亲十年前，
今夜理应结良缘，
孰料亲兵过江狼烟起，
新郎抗敌未回还。

绢　纸　（白）夫人无奈来周旋，
代兄成亲靠二少爷，
谁知他神龙藏首又避尾，
阖府上下难寻见。

〔羊毫下，伺书夫人匆匆上场。

夫　人　（唱）清兵入关天下乱，
大明江山半壁残，
天一阁，
寅吃卯粮难为继，
迎新人，
十里红妆解危难。
百年书楼奈若何，
桃代李僵暂过关。

〔卖书人匆匆忙忙地上，背上背了一个书兜。

卖书人　（喊）范阁主，范阁主。

绢　纸　来者何人？

卖书人　卖书人也！

夫　人　范家今日迎亲，恕不洽谈。

卖书人　啊呀夫人，天一阁收书名声在外，我乃慕名而来。（放下书兜，一本本地拿出书来）看，此乃抱老阁二经堂的刻书，这是善诵楼琴箫书屋的藏本，都是绝世好书啊！

夫　人　《世说新语》，好书，好书。

卖书人　夫人，如何？

〔夫人解下手里的镯子，交给卖书人。

夫　人　身逢乱世，惺惺相惜，也罢，这些书，我且代范阁主先收下。（卖书人掂量了一下手镯，很满意）

卖书人 成色不错。（小心翼翼欲拿出一部书）夫人，我这里，还有绝世孤本一部——李贽《焚书》！

夫　人 （打断）暂且打住，绢纸送客。

卖书人 （急切地）此书乃天一阁必藏之籍，今夜不收，他日悔之晚矣。

夫　人 （狠下心）绢纸，送客！

〔卖书人悻悻然下，绢纸不由得露出惋惜之意。

绢　纸 （小心翼翼）夫人，卖家言为绝世孤本……

夫　人 若为孤本，索价必高，心有余而力不足，岂不徒添伤感。

〔正此时有范家仆人上。

仆　人 夫人，二少爷找到了！

夫　人 速速替他披红挂彩，登堂迎亲！

〔转场至天一阁池前，书架前放李贽的《藏书》，书僮羊毫手里提着个灯笼，远远地跟在范容后面，范容想要看书，又怕火离书太近，沉浸在自己的世界，边走边吟诵李贽的诗篇。

范　容 （遥拜夜空）李贽先生，晚辈范容又来求教于你了。先生生前著书立说，深陷大狱，自绝之日，终不忘托书天一阁，此乃先生于天一阁天大的缘分也。如今国破在即，斯文狼藉，《藏书》在手，《焚书》无迹，世界何窄，方册何宽，相思何家——

（唱）魂游梦牵……

对苍天，对苍天，
捧《藏书》遥拜先贤。
守书楼承祖业尔来十年，
风雨袭书厄起兵荒马乱，
传薪火继文脉步履维坚。
知先生有《焚书》江湖飘零，
待何年双书配了此夙愿。
山河破藏书人投笔心切，
问先生，可为我解惑授言……

范　容 （自我陶醉中吟唱）有客开青眼，无人问落花……

羊　毫 （傻呼呼地跟背）有客开青眼，无人问落花……（呼叫）不懂，还是不懂。二少爷，为何那客人一来，这眼睛就青了呢？

范　容 此乃李贽先生诗句，说的是知音来访，正眼相待，为之青眼；至于俗蠹

登门……

羊　毫　（恍然大悟）……那就白眼相加了！（感慨地）李贽先生就是二少爷开青眼的知音哪！

〔伺书夫人匆匆赶上来。

夫　人　范容，你太过分了！

范　容　惭愧惭愧，夫人辛苦，然代兄成亲，范容不为……

夫　人　花轿临门，已无退路。

范　容　不妨直言相告，请新娘自择。

夫　人　莫非你不想让她进门？

范　容　那就要看她与天一阁，有没有书缘了。

夫　人　何为书缘？

范　容　姨娘与天一阁便为书缘。

〔绢纸匆匆赶上。

绢　纸　夫人，夫人，不好了，那送亲的人吵吵嚷嚷地要进门，嫁妆都已经抬进来了。

〔夫人、绢纸、羊毫等人下场，二少爷范容开始吹箫。

范　容　（唱）有客开青眼，无人问落花；

如　笺　（唱）暖风熏细草，凉月照晴沙。

羊　毫　开青眼，开青眼，二少爷的知音来也……

〔花如笺走进了范家大院。

范　容　（唱）客夕翻疑梦，

如　笺　（唱）朋来不忆家，琴书犹未整，

范　容　（唱）独坐送残霞。

二　人　（唱）独坐送残霞，独坐送残霞。

如　笺　新人初嫁，范门以李贽先生《独坐》之诗，歌以迎之，如笺三生有幸。

范　容　知书达理，斯文女子，范门有幸也。

新　娘　你——就是大名鼎鼎的天一阁主范容？

范　容　正是！

新　娘　这书楼，你就这么守了十几年？

范　容　朝朝暮暮，春夏秋冬，书楼威严，书楼安泰。

新　娘　好一个，气派典雅的藏书楼。

范　容　嫂嫂大喜之日无人迎娶，多有得罪。

新　娘　见到了，我终于见到天一阁了；

（唱）莫对红颜数岁月，
镜妆对读等十年。
梦中常见天一阁，
万卷藏书气宇轩。
如期自嫁结情缘，
登楼释卷了心愿。

范　容　（略松一口气）嫂嫂爱书，天一阁求之不得，只是家有书规，容二弟道来。

（唱）天一阁府祖训严，
世世代代相承传。
谨遵慎防多留意，
字字句句在心间。

祖规明训——

羊　毫　藏书守书，爱书敬祖，书不出阁，代不分书，女不入阁，入阁遭黜。

范　容　嫂嫂……

（唱）还望嫂嫂解人意，
天一池边释书缘。

新　娘　什么，如此说来，我十年等待付之东流？

〔伺书夫人匆匆上场，一见新娘，露出女主人的殷切。

夫　人　新媳妇啊新媳妇，你怎么自己从后门进来了。新郎误婚，新娘独嫁，范家对不起你啊。

如　笺　若要对得起我，让我登楼读书！

夫　人　我的大少奶奶……

（唱）范家祖规非寻常，
你初进家门怎知详？
日后我姨娘细细讲，
天长日久你要放眼量。

夫　人　大喜之日，大家高兴，一家人不说两家话，天一阁，正等着你的嫁妆养书呢。

新　娘　夫人，如笺自嫁，为人为书，今入范门，无书无人。既然如此，夫人休怪如笺袖手旁观了，来，将嫁妆抬进洞房。

〔花如笺指挥着抬嫁妆的仆人气冲冲地下场。

夫　人　大少奶奶，大少奶奶，大少奶奶……

〔心急火焚地追随着大少奶奶下场。

〔见此情，范容不由地大笑起来。

范　容　哈哈，李贽先生，你看到了没有，范家又多了一位命中注定与书结缘的女子也。

〔伴唱：洞房花烛夜，新人下轿迟。

芳心叩书楼，但问君可知。

〔第一场完。

第二场

〔时间：六月，晒书时节。

〔地点：天一阁晒书场。

〔人物：花如笺、羊毫、绢纸、伺书夫人、孙知府、范容、众书仆。

〔六月，众家仆都在晒书场上晒书，伺书夫人在监管，如笺百无聊赖地置于其中。

众　（合唱）六月骄阳，六月骄阳，

清风发纸香，飘然散芬芳。

晴空朗朗楼阁下，

藏书人家晒书忙。

晴空朗朗楼阁下，

藏书人家晒书忙。

羊　毫　大少奶奶若要读书，今日便是时候。

（唱）百年书楼藏为上，晒书之日，满目琳琅；

耕耘不问收获事，前人种树，后人乘凉。

如　笺　（唱）千古典籍尘埃定，却为何，束之高阁封高墙？

万卷千册只为守，辜负我，十年读书在南窗！

绢　纸　大少奶奶有所不知，范家的男人守护书楼，范家的女人，守候守楼的男人。

（唱）范家男儿来守书，命里注定为书忙。

范家女人不问书，朝夕相伴护儿郎。

如　笺　（不敢相信）莫非夫人嫁到范家，还未曾登过书楼？

众　人　祖训家规，岂能违背。

如　笺　（暗自沉思）想不到书香世家，竟如此抱残守缺。

夫　人　（苦口婆心）如笺哪，天一阁抱的就是残，守的就是缺呀。

（唱）范家世代来相守，千册万卷入书楼。

范家女人循祖规，自甘寂寞世少有。

安贫乐道度春秋，

天一阁，逆水行舟不逐流。

（合唱）天一生水，地六成之，

抱守残缺，笑傲王侯。

家仆报：孙知府到——

〔孙知府上场。

知　府　听政有余闲，不妨甓运陶斋花栽潘县；做官无它物，只此一庭明月两袖清风；范门书香人家，可否知晓此乃何人之联？

如　笺　大人所吟乃李贽对联。

知　府　花家才女到底还是嫁过来也。本官我为何听说，花小姐自嫁范门，却未见新郎啊？

（唱）空房独守，

落寞聚闲愁，

都说人约黄昏后，

怎奈何花自飘零，水自流。

如　笺　（唱）有情岂在长相守，

如笺结缘是书楼。

知　府　原来是嫁书而非嫁人。孙某家藏万册，十年来，仰慕小姐却不得青睐，早知如此，我买下这座书城！

如　笺　只怕你大人有钱收买，我范家无心出手啊。少陪了。（下）

知　府　好一个心高气傲的书香女子也！

〔范容上。

范　容　孙大人……

知　府　范阁主……

范　容　知府大驾光临，范容来迟一步，还望大人恕罪。

知　府　束冠升堂，我乃堂堂知府；免冠解袍，不过一介书生。你我都是藏书之人，上辈论书往来不绝，后人又何必如此生分。

范　容　想起来了，想起来了，家父曾与孙老先生切磋书道，交谊匪浅。

知　府　我父为登天一阁读书，三跪以求，然范府家规森严，终不通融啊。

范　容　好在大人不计前嫌，朱紫官袍，登布衣之门，令范门蓬荜生辉。但未知大人不期登门，有何公干？

知　府　实不相瞒，今日前来，为的是一本书。

范　容　一本书？

知　府　一本你朝思暮想的千古奇书，当收无愧，一旦错失，遗恨终身。

范　容　（惊）大人是在说《焚书》？

知　府　范阁主……

（唱）特立独行者，惊世骇俗书。

页页撼鬼神，句句烈火铸。

只因切膏肓，拥者当庭诛。

自言当焚之，却复燃江湖。

知　府　我已知《焚书》手稿下落，可助你索得此书。

范　容　大人乃朝廷命官，想不到对禁书竟如此赏识。

知　府　历朝历代，圣贤巨著，凡官家所禁，必彪炳秋千。

范　容　禁不禁书乃朝廷匡定，藏不藏书，乃你我书生之责呀。

知　府　如此说来，冒死藏之亦在所不辞。

范　容　但不知作价多少？

知　府　纹银十万两。（见范容愣住了）千古奇书，物有所值。

范　容　（打肿脸充胖子）不贵，不贵。想当年王世贞，为购宋版《汉书》，不惜将一座庄园变卖，此乃藏书人千古风流之举。况李贽之书无价之宝，讨价还价，岂不羞人。只是仓促之间，纹银实难筹措，望大人转告卖家，予我些许时日。

知　府　范阁主，天赐良机，不可错失，款到书到，过时不候。

范　容　大人、大人，孙大人，千万给我留住此书，拜托拜托……

知　府　告辞，告辞……（下）

范　容　李贽先生，你可曾听到，《焚书》已重现江湖，你生前的托书之约就要实现了。苦苦寻觅，一朝圆满，双书合璧，舍我其谁？范容啊范容，你一生都在苦苦等待的这本书终于出现了，你万死不辞的天命，终究……

（唱）降临了……

天幸生我双慧目，珍籍经典辨得清；
天幸生我通灵手，千册万卷识分明。
天幸生我天一阁，慰我与书不了情；
一朝双书终合璧，午夜招魂拜三星。
一朝双书终合璧，午夜招魂拜三星。

〔花如笺上场。

范　容　（高兴地绕着她，端详她）嫂嫂，嫂嫂，嫂嫂啊……

如　笺　（不解地）难怪坊间传说范阁主藏书藏得神经兮兮，果然名不虚传……

范　容　（傻呼呼）惭愧，惭愧，（暗示）嫂嫂进门，已然是我范家的书香女子了。

如　笺　此话怎讲？

范　容　（别有所知地）那收书的嫁妆银两，不过暂且还在嫂嫂你的床头罢了。

如　笺　此乃旧话。

范　容　天一阁还有新喜啊！嫂嫂一入范门，便把范容毕生所求的一本书带来了。

如　笺　（亦喜）莫非李贽《焚书》已入天一阁？

范　容　（看花如笺的脸色）书倒已经在家门口了，只是……

如　笺　（故意说破）只是没有请书之款。

（唱）捉襟见肘天一阁；

阁主焦头又烂额。
可叹百年守书人，
奇书眼前求不得。
范容无力难回天，
如笺有心奈若何。

范　容　事到如今，二弟我只好，我只好……

如　笺　（故意刺他）你只好卖田求书了。

范　容　（被点醒，激动）对啊，范容我卖掉那二百亩祖传良田，珍籍不就请回来了吗？

〔范容兴奋地坐下吹箫，开始吟起了李贽的诗句。

范　容　有客开青眼……

如　笺　无人问落花……

〔伴唱：嫁书楼，觅知己，
　　　痴书情，不期遇；

问人书之缘，

心有灵犀。

〔第二场完。

第三场

〔时间：接上场。

〔地点：同上。

〔人物：夫人、范容、如笺、卖书人、众书仆。

〔夫人火烧火燎地追着范容上。

夫　人　（拉住范容衣角）二少爷，二少爷，范容，你竟然想卖掉祖宗田产，你疯了！

范　容　不过区区二百亩田，若能换回好书，也就值了。（摊开手）快将田契给我。

夫　人　你休想！

范　容　（沉浸在极度的迷狂之中，目光迷离）姨娘啊，你当知晓，此刻我范容眼前，有一本书，那是我命中注定之书，如若不能与它相拥，我就会，我就会，我就会死。姨娘，你这个范家的女主人，总不能眼睁睁地看着我堂堂天一阁主，为一本书，一命呜呼吧？

夫　人　又来了，又来了，又开始发神经了。十几年来，哪一本好书，不是你这样呼天抢地得来的？

范　容　（小声地，好像还是天大秘密，怕人听见）这次非同小可，这次可是李贽的《焚书》手稿，况书价不贵，只要十万两便可以收下了。

夫　人　（吓得差点瘫倒）什么，十万两，这是什么命宝啊，我的冤家！

（唱）国破家亡雪加霜，藏书无缘实堪伤，

《焚书》曾送天一阁，姨娘我过眼拒收下。

范　容　（大惊）什么！你你你，你竟然将送上门来的《焚书》退回去了。（捶胸顿足）啊呀姨娘啊。

（唱）《焚书》入范门，

实乃是天降大任；

拒之落红尘，
重一番大海捞针。
姨娘啊，你擦肩而过铸大错，
先贤托书欲落空，
愧煞我藏书之人。

范　容　当初收下《焚书》，不过再出一对手镯，而今重收《焚书》，却要付十万银两，姨娘，这两笔账你算算看，你糊涂，你糊涂之极啊。

夫　人　（被范容的歇斯底里吓坏了），是是是，是我姨娘糊涂，是我姨娘糊涂啊……

范　容　（顿时如雷击顶，自言自语）完了，我完了，我范容真的完了……

（唱）我本天地书一本，
投身为人来世间。
但为书缘历劫难，
搜尽千册又万卷。
何人解我失书痛，
孤身四望心茫然。
不收《焚书》枉为人，
何颜再立人世间。
生不如死死如生，
且效李贽归佛禅。

姨娘，烦你速速寻利剪一把。

夫　人　二少爷，你要做什么？

范　容　李贽先生，你为着《焚书》出家为僧，而今收书不成，天一阁有负先生，惟一刀割断青丝三千，随先生在天之灵出家。天一阁，我也去……

〔花如笺冷眼在旁，这时开口。

如　笺　二弟这是何苦呢？

夫　人　（知道自己闯下大祸，有弥补心情，小心翼翼地）大少奶奶，二少爷想收《焚书》，万般无计，走投无路，大少奶奶，你可不能见死不救啊……

如　笺　夫人，二弟啊……

（唱）如潮思绪心底埋，
天一阁前人徘徊。
十年夙愿一朝现，

孰料人书两分开。

悠悠此心无人解，

夫人啊，

你何时允我上楼台？

如　笺　只要夫人了我心愿，如笺嫁妆，尽为书楼所有。

夫　人　如笺哪，我入范门十几年，从未想过要上书楼，况楼上楼下，一般读书，你才进门几日，为何就非要破了祖宗规矩？

如　笺　若非登楼读书，何必待嫁十年；若非登楼读书，如何一睹《藏书》；若非登楼读书，难为范家女人。

夫　人　（长叹）也罢，既然你不愿与夫家同甘共苦，不妨暂回娘家数日，等范迁回来再说。

范　容　姨娘，你看看，你看看，你都说了些什么呀。

如　笺　我既进范门，就没有想过再回去。夫人，这书楼我一定要登，如若不然，你就莫想打我嫁妆的主意。

〔欲下场，被范容拦住。

范　容　只要嫂嫂肯出钱收书，万事皆可从长计议。

夫　人　范容大胆，允她登楼就犯了家规。

范　容　家规也是人订的嘛，当初我代长兄守楼，不也是你破的家规？

夫　人　（语塞）真正气死我也。你是听她的，还是听我的，今日就给我做个了断。

范　容　（一跺脚）谁给我书款，我就听谁的。

如　笺　（大喜）天一阁，我来也……

夫　人　（大怒）花如笺，你敢放肆！

〔一把拦在了门前，正在此时，羊毫赶上场。

羊　毫　二少爷，大事不好，大少爷他，他在扬州御敌阵亡了。

范　容　（大恸而叫）兄长……

〔场景换之范家花园。

如　笺　（唱）山墙高庭院深曲水低咽，

新嫁娘心悲痛泪雨绵绵。

与新郎未谋面梦里曾见，

谁料想，他赴国难魂归九泉。

未成婚却落得空房永守，

更知晓与书楼此生无缘。

千般味难述这十年期盼，
此一去天一阁永不回还。

范　容　嫂嫂……

如　笺　二弟……

范　容　莫非嫂嫂真的要走了？

新　娘　夫君人已不在，娘家派人来接，我还能再等吗？

范　容　嫂嫂，是范家对不起你，还望嫂嫂莫再伤怀。

新　娘　夫君已故，怎不伤怀？书楼未等，怎不伤感？可怜我十年期盼，终化南柯一梦。

范　容　嫂嫂，花如笺情系书楼，范容铭记在心。
（唱）曾记否，曾记否，
迎亲无人揭盖头，
你独对花烛泪不流。
解书释卷南窗下，
一心遥寄到书楼。

如　笺　（唱）曾记否，进门喜闻《独坐》诗，
天一阁前歌以酬。
你竖箫一曲逐人愿，
我十年等待付东流。

范　容　（唱）付东流更伤悲兄长罹难，
你独来孤走。

如　笺　（唱）情切切，天谴我返，
痛别书楼。

范　容　（唱）此一别兮难再回首，

如　笺　（唱）此一别兮难再回首，

二　人　（唱）天一阁兮魂牵梦游。

范　容　嫂嫂，保重！

〔卖书人匆匆忙忙地上。

卖书人　范阁主，书，汲古阁的好书。

范　容　什么，莫非连名扬四海的汲古阁也……

卖书人　穷途末落，阁倒书散，托我卖书，以寻知音。

范　容　好，我就是知音，我都要了，都要了。

卖书人 一手交书，一手交钱！

范 容 知音还要付钱？

卖书人 不是我不通融，那汲古阁等着救命之银。

范 容 先生你要到哪里去？

卖书人 东海小岛造纸人家。

范 容 先生，莫非你就存心看着宝书化成灰飞烟灭？

卖书人 先生收书，我收钱。

范 容 且慢，我有一妙计。

卖书人 范阁主讲来。

范 容 我留你在我府上小憩几日，范容我已山穷水尽弹尽粮绝，莫说是一本书，就连一页书我也买不起。可我有手、有纸、有笔，我可以把它抄下来。

卖书人 抄书，这许多的书，你抄得完？

范 容 当年智永抄《千字文》，一抄抄得八百本，我为何抄不完？抄得完，抄得完，我即刻就抄给你看，羊毫！

羊 毫 哎……

范 容 抄书！

〔合唱：天一生水，地六成之。
宝籍拥万卷，高阁束经典。
空煎满腹字烂熟方寸间。
天一生水，地六成之。
命定藏书人岁岁复年年。

〔花如笺返身把所带的嫁妆珠宝盒交给了范容。

如 笺 二弟，拿去收书吧。

范 容 嫂嫂，范家有愧于你，我怎能……

如 笺 二弟，如笺也是范家女人，我怎能离得开天一阁。

夫 人 如笺，好媳妇，你总算是我范家的女人了。

〔合唱：清贫不失志，肝胆照先贤，
一句一慷慨，书罢乾坤现。
书罢乾坤现。

第四场

〔时间：上一场之后。

〔地点：孙府。

〔人物：范容、孙知府。

范　容　（唱）绝处逢生天有道，

一掷千金好嫂嫂。

先父亡兄相慰告，

悲欣交集涌心潮。

眼看双书要合璧，

知　府　（唱）求仁得仁在今朝。

范　容　孙大人，天一阁书款筹齐。

知　府　范阁主果然言而有信。

范　容　速速请出经籍，解我相思之苦。

知　府　此乃新娘嫁妆，天一阁真是好福气啊，但不知银两足否？

范　容　范家奉金，只多不少。

知　府　恐怕是只少不多吧？

范　容　大人莫非不信范家的诚意。

知　府　兵荒马乱，珍宝贬值，欲求真迹，这银两不够啊。

范　容　还差多少？

知　府　不下三万。

范　容　三万，孙大人，孙大人，孙大人，孙大人，望大人买个书生人情，替我给那卖家传话，就说今日将书让给天一阁，范容刻骨铭心没齿不忘。

知　府　范阁主啊范阁主，你真是藏书藏呆了，难道你还没有看出，那卖家就是我呀。

范　容　果然是你。如此，孙大人，你就通融通融吧。

知　府　非孙某不肯通融，实在是《焚书》物有所值，低价出手，江湖上遭人耻笑，也有负先生盛名。范容，你若心诚，当三跪以求。

范　容　孙大人，莫非大人欲报当年令尊求书不得之宿怨？

知　府　非也，当年我父三跪以求，只为登阁读书，今日你三跪求书，非示我，乃示李贽先生也。

范　容　此话怎讲？

知　府　想当初《焚书》曾到贵府，堂堂天一阁主竟慧眼不识，擦肩而过，而今再求，诚意只在你范阁主身上。男儿膝下有黄金，万两一跪，以慰先生，此举感天动地，焉能不动我心。如此，那三万两我就不要了。

范　容　十几年为访珍籍，范容寝食难安，朝思暮盼。不收《焚书》，有负先生对天一阁之厚望，有辱天一阁百年藏书之美名；为收珍卷，嫂嫂不惜嫁妆，范门不惜卖田，其情切切，范容志在必得，岂在乎这一跪乎。孙大人，为求《焚书》，范容与你跪下了。

范　容　（唱）藏书人，

一跪求书双泪流，
尘埃定万般滋味涌心头。
天一阁历尽艰辛藏珍卷，
多少代穷经皓首护书楼。
百年来，父子传承寂寞中，
百年来，儿孙陋巷清贫守。
百年来，天地正气在心胸，
百年来，千秋文脉不绝缕。
谁曾想，万般劳楚尚不足，
今日里，膝下黄金把书求。

知　府　好，讲得好，不过，范阁主，书中自有黄金屋，书中自有颜如玉，可你范家藏书，却藏得债台高筑，生计堪忧，你到底所求何来啊？

范　容　（唱）藏书人，二跪求书显忠诚，

扪心问，苦中作乐何所求？
饥藏书，一字一句且为肉，
寒藏书，一张一页但为裘。
孤藏书，一册一卷援为友，
忧藏书，一籍一典解以愁。
喜藏书，一匣一箱但为宝，
乐藏书，一楼一阁且风流。

感天动地泣鬼神，无所憾，

膝下黄金把书求。

知　府　好啊，孙某肃然起敬。可李贽文章异端邪说，天一阁收藏《焚书》，莫非你不怕引来杀身之祸吗？

范　容　孙大人，秦时焚书坑儒，尽毁百家之书，然志士毛亨冒死收藏《诗经》，诗三百方能流传至今，若毛亨惧死求生，《诗经》则不存矣。孙大人，范容与你三跪了！

范　容　（唱）藏书人，三跪求书展心怀，

求《焚书》真知箴言传永久。

天降任于斯，怎能不承受？

珍卷愧失传，万代罪名留！

祖先若追问，扪心怎启口？

子孙若追问，无语来遮羞！

日月若追问，何颜世上走？

天地君亲若追问，訇然毁塌百年楼！

范容荣辱早悟透，只求双书重聚首。

满天清辉作答酬，

日月鉴，膝下黄金把书求。

知　府　大丈夫承天命，能屈能伸，可敬可佩！

范　容　为求《焚书》，苍天可鉴！

知　府　悠悠此心，感天动地，那三万两银，一笔勾销。

范　容　大人书生意气尚存，范容谢了。

知　府　慢，孙某还有一事相托阁主，但不知如何启口。

范　容　直言不讳，但讲无妨。

知　府　如此，孙某唐突了。

（唱）你兄长在扬州御敌丧命，

抛下才情女抱憾终身。

孙某我慕如笺由来已久，

求阁主成全我才子佳人。

范　容　（愣住了）大人，大、大人，大人此话从何说起呀？

知　府　孙某其理有三。

范　容　这一？

知　府　孙某无妻，如笺无夫，窈窕淑女，君子好逑。

范　容　这二？

知　府　如得如笺为妻，效你范家，男人守书，女子掌门。

范　容　这三呢？

知　府　孙某乃堂堂朝廷命官，一朝拼死城头，我一世藏书悉数赋予如笺，此生无憾。

范　容　（被孙知府这一棒打昏了）如此说来，如笺当嫁孙府。

知　府　当嫁，当嫁。

范　容　（一咬牙）当嫁则嫁，范容允了。

知　府　如此，孙某大恩不言谢，花轿即刻上门！

范　容　花轿？

〔耳边响起了花如笺嫁进范门的歌声。

如　笺　（唱）有客开青眼，无人问落花；

暖风熏细草，凉月照晴沙。

〔范容突然清醒过来了。

范　容　慢慢慢慢……孙大人，大人止步，大人止步。

知　府　范阁主还有何言相告？

范　容　（理直气壮）孙大人此举大谬，花如笺已嫁范门，怎能再入孙府？

知　府　范阁主，

（唱）女子丧偶当再嫁，

天经地义合人伦。

李贽文章发宏论，

旗帜鲜明赞私奔。

知　府　范阁主张口《焚书》闭口李贽，当知道他对卓文君再嫁司马相如一事赞叹不已，范阁主钟情李贽，莫非叶公好龙焉？

范　容　这个……这个……

知　府　孙某有情，天地可知，倘若范阁主肯做媒，择日登门迎亲，你一手交人，我双手奉书。如此绝世珍书，如此绝代佳人，岂非千古风流美谈……哈哈哈哈哈……（下）

〔范容一人站在舞台上，他开始明白在他身上发生了什么。

范　容　（苦笑）绝世珍书？绝代佳人？千古风流美谈？哈哈哈哈哈……呜呜呜呜……

〔范容从苦笑变成了哭泣，上场。

第五场

〔时间：紧接上场之后。

〔地点：天一阁伺书夫人房中。

〔人物：伺书、如笺、范容。

如　笺　（唱）一掷千金解危难，

范容他索书尚未还。

都道书楼金不换，

有谁知，藏书人家的悲与酸。

〔夫人上场。

夫　人　（忧心重重）如笺，天色已晚，二少爷如何还不归来？

如　笺　二弟定会将《焚书》请回阁中，姨娘你只管放心便是。

夫　人　唉，都怪姨娘我一时糊涂，错失良机，让二少爷于今如此狼狈。

如　笺　姨娘，天一阁捉襟见肘，全靠您苦苦支撑，如笺看在眼里，切莫再有自责……

夫　人　如笺啊，姨娘有句话一直想问你，嫁到范家，无书无人，你后悔吗？

如　笺　人书俱有命，范迁他为国捐躯，如笺我无悔无怨。

夫　人　如笺……

（唱）范容自幼丧娘亲，

姨娘我照看长成人。

代兄守书整十年，

艰辛困苦言难尽。

伺书心余力不足，

愧对先人托使命。

如今你如笺入范门，

时时处处你多关心。

收书当谨慎，藏书更小心，

遭挫亦自信，得意莫忘形。

千叮万嘱一句话，

天一阁男人守书是本分，

女人的本分是护男人。

如　笺　姨娘之言，千金之托，如笺字字句句，铭记在心。

〔范容气喘吁吁地赶了回来。

夫　人　二少爷，你回来了，《焚书》收到了？

范　容　（看到了如笺，吞吞吐吐）收到了，没有收到。

如　笺　莫非孙知府又变卦了？

范　容　不是他变卦，是我变卦了。

夫　人　（一惊起身）你可不是一个变卦之人啊！

范　容　（痛苦地说不出话来）唉，嫂嫂，啊呀嫂嫂，你叫我如何开口啊！范容有愧，让范家女人吃尽了苦，姨娘，我不想再藏书了……

夫　人　藏书受难，此乃范家人天命……

范　容　天命，天命又为何对我藏书人如此不公。如今连累姨娘身心憔悴，更连累嫂嫂红颜守寡……我范容连人都守不住，还守什么书啊……

如　笺　（劝慰）二弟，如今《焚书》能收回，双书能合璧，也算是了了姨娘与我的一桩心愿，你当宽慰才是啊。

范　容　（吞吞吐吐）绝世珍书……绝代佳人……

姨　娘　什么？

范　容　（不得不和盘托出）孙知府托《焚书》于天一阁，将上城楼御敌血拼，行前惟有一愿，想娶嫂嫂为妻，以承孙府藏书……

夫　人　（大吃一惊）啊……以人换书？

（唱）原以为天一阁可付如笺，

不曾想孙知府仰慕红颜。

青春女活守寡非我初愿，

莫非道她本命中定，

不是我范家的谪传？

如　笺　（唱）惊闻人书欲分换，

孰去孰归两徘徊？

我知范容肝肠断，

守书人至情至理难了断。

范　容　（唱）自古道红袖添香读书夜，

从未闻绝代佳人换书卷。

范容宁愿不藏书，

守住知音花如笺。

夫　人（暗自表明态度）是孤守书楼痛失良机？是凤冠霞帔志得奇书？如笺冰雪聪明之人，何去何从，自择便是了。

如　笺（跪下，泪如雨下）姨娘，你的意思，如笺明白了……

（唱）当初自嫁范家门，

仰慕楼阁书万卷。

飘摇风雨日作年，

又添人书入情怀。

如今我愿再自嫁，

天一阁下长叩别。

但愿换得《焚书》来，

见书如见花如笺。

夫　人　如笺，范家世世代代铭记你的恩德。范容，二少爷，你要记住她，她是我范家的好女人啊……

范　容　不，姨娘，我不愿让嫂嫂走，如笺你不能走，你，你不能走啊……（跪下）

如　笺　二弟，范容，二弟……

夫　人　二少爷，二少爷……

〔第五场完。

第六场

〔时间：不久之后。

〔地点：天一阁书楼。

〔人物：范容、花如笺。

〔伴唱：天塌地陷愁云涌，

大祸临门，哀伤重重。

天一阁生死劫难逢绝境，

藏书人忍悲伤别书楼阁中。

范 容 李贽先生，天一阁范容别书来也。当初先生将《藏书》托付天一阁，以待《焚书》双册合璧，承君子之诺，范容死而无憾。我知先生胸襟，乃集天下书生之情怀，我知先生大作，乃集古往今来之灼见，先生著书，我藏书，实为人书一统之天道，薪尽火传之伟业。天一阁配先生，好比是天配地，日配月，天造地设，天经地义啊。然，今日在这天一阁内，在这千册万卷、历代圣贤之前，《焚书》啊，范容却要与你诀别了！《焚书》在范容手中失落，匣内空留《藏书》，双书再不能在这天一阁内合璧了。先生啊，你当知晓，范容别书如别先生般苦痛，范容别书如别父母般伤悲，范容舍书剐肝沥血，摧骨折心；范容舍书，实实地缘为舍不得书啊。

范 容 （唱）舍不得，舍不得，

我舍不得《焚书》，

朝相思，夕想念情同骨肉。

多少次与《焚书》梦中相见，

多少次与先生神交心晤。

到如今舍宝书自诀先辈，

肝胆裂心泣血长歌当哭！

先生啊，我的《焚书》！

范 容 先祖啊，不孝之孙范容违逆家规，留人弃书，实实地是舍不得人啊。

（唱）舍不得，舍不得，

我难舍佳人，

结书缘，和琴箫，三生有幸。

释珍卷，心在书，执手相共，

红绡湿，丧服重，不离范门。

为《焚书》人欲去，我心难静，

到如今，方知晓，此情亦深。

为红颜，难割舍，情丝千缕，

长相知，永相守，

红颜添袖一知音。

〔亦梦亦幻中花如笺上场。

范 容 嫂嫂，如笺是你吗？

如　笺　（唱）天一阁，天一阁，
为你痴情为你歌。
一步一行一寸心，
旷世书愿终相得终相得。

范　容　（唱）天一阁，
为你痴情为你歌，
一朝红颜遇知己，
百年藏书不寂寞。
红嫁裳，今非昨，

新　娘　（唱）天作之缘拥书册。

范　容　（唱）佳人近，莫蹉跎，
琴箫一曲奏谐和。

二　人　（唱）守书承志终不悔，
一片冰心日月托。
但愿斯文传永久，
人书一统，天一阁。

如　笺　二弟，走进这书楼，我才知晓，天一阁男人世代藏书淡薄功名，心无旁骛一生坚守，为的就是这些书啊。我终于看见了，在这千册万卷之中，天一阁历代藏书人魂在书间，心系书楼，世世代代长夜固守……

范　容　他们守护着范容，守护着书楼，祖祖辈辈，我分不清哪一个是你，哪一个是先人，他们就是范容，范容就是他们……

如　笺　我愿与你，清贫度日，寂寞坚守。

范　容　唯你知我解我藏书之家，你可愿与范容同守书楼?

如　笺　今生今世，我愿为您添香温茶，研墨修书，我愿永生守护书楼的藏书人……

〔亦梦亦幻中如笺走了。

羊　毫　二少爷，大少奶奶她……

范　容　她怎么了……

羊　毫　她身着嫁衣，走出范门了……

范　容　（呼喊）如笺你回来，天一阁主要请你登楼释卷，范容我要请你同守书楼，如笺，你回来啊……

尾　声

〔时间：宁波城破之时。

〔地点：天一阁下。

〔人物：卖书人、范容、羊毫、绢纸。

〔伴唱：**泱泱国土山河破，**
强虏铁蹄到宁波；
壮士城头殉国难，
藏书维系天一阁。

〔卖书人已成孙知府手下将士，他带着孙知府的书和一封书信，来到天一阁，面对范容读信。

卖书人　（读信）范阁主，清兵入甬，国亡家破了，孙某曾数番试探天一阁，只为托书，多有冒犯，望先生见谅。先生曾言，大隐隐于山野，大书藏民间，孙某万册珍卷，若能珍藏范府，男儿赴死无憾了……（对白）范阁主，宁波城破，孙知府率兵御敌，身负重伤，临终前命我等护《焚书》进天一阁，遵孙夫人之言，孙府万卷家书全托付天一阁；夫人说，唯范家人有国破藏书之胆魄。范阁主，国亡了，书没了，天下读书人，仰仗你这天一阁了……

范　容　羊毫……

羊　毫　二少爷……

范　容　将《藏书》《焚书》，还有长箫、瑶琴，一并砌进夹墙……

众　人　二少爷……

〔范容缓缓走进了天一阁墙门，将自己砌成了一块藏书的砖墙，深深地嵌入了历史深处。

〔绢纸和羊毫上。

绢　纸　一六七三年，范氏后人范光燮破祖规，首引大学者黄宗羲登天一阁阅书，感慨之极，黄氏文以记之：尝叹读书难，藏书尤难，藏之久而不散，则难之又难矣。

羊　毫　一七七三年，清政府纂修《四库全书》，乾隆帝下诏征天下遗书，天一阁应诏捐藏书近千册。

绢　纸　从明至今四百余年，天一阁人寂寞坚守。

羊　毫　藏书承志，抱残守缺。

二　人　藏书承志，抱残守缺，永继斯文！

〔伴唱：天一生水，地六成之。

啊……

宝籍拥万卷，高阁束经典。

空煎满腹字，烂熟方寸间。

命定藏书人，岁岁复年年，岁岁复年年。

〔剧终。

2002 年

第一次的亲密接触

（此剧根据蔡智恒同名小说改编）

吕建华

时　间　E时代。
地　点　台湾。
人物表　痞子蔡——台南成功大学研究生。
轻舞飞扬——台南成功大学学生。
阿　泰——痞子蔡的同室同学。
小　雯——轻舞飞扬的同室同学。
母　亲——轻舞飞扬的母亲。
舞者若干。

一

〔黑暗中，“猫”上网的“叽哩——叽哩——”声。
〔响起“达达达”的击键声。
〔大屏幕上跳出一行行的字来。
〔画外男声独唱：

如果我有一千万，
就能把楼房买下来。
我有一千万吗？可叹。

所以我还是无房产。
如果我有一对翅膀，
就能在蓝天任飞翔。
我有翅膀吗？空想。
所以我不能去飞翔。
如果把海洋的水倒出，
也浇不熄对你的爱意。
海水能全倒出吗？可惜。
所以我并不爱你。

〔一束光，照亮痞子蔡的宿舍。

〔痞子蔡正在“哒哒哒”地打着键盘上网。

〔“咣当”一声，一个又高又帅、长着一张又甜又油的嘴巴的阿泰，哼着刘德华的《忘情水》，兴味盎然地回来了。

阿　泰　（唱）……给我一杯忘情水，……

痞子蔡　……阿泰？（看了看钟）你今天回来得早嘛。

阿　泰　还早？……嗯，是比过去早了一点。这说明我顺利。顺利，懂吗？

痞子蔡　懂！谁不知道你阿泰是我们成功大学的情圣呢？

阿　泰　不好意思，我常常是不会失败的……

痞子蔡　这次没有带俘虏？

阿　泰　俘虏？我在情场上从不收容俘虏。这叫作“万花丛中过，片叶不沾身”。懂吗？

痞子蔡　这么说来，你比人家徐志摩还要高级。人家是“挥一挥衣袖，不带走一片云彩”，你是连衣袖也不用挥了。

阿　泰　这就是情场上的最高境界，懂了吧？你呀，太老实，只能做情场上的炮灰。还是跟我学着点吧。

痞子蔡　怎么个学法？请学兄指点一二。

阿　泰　……好吧，看在我们同学一场，又同居一室的面子上，我来给你一点忠告，免收咨询费。你还在网上等那个叫什么飞扬的女孩子聊天？等到没有？

痞子蔡　（老实地）……没有。

阿　泰　啊哈哈……还没有等到？等了三个月了，只是和她伊妹儿发来发去？

痞子蔡　那有什么办法？碰不到她嘛。

阿　　泰　哎呀，好好好，我来给你出出点子。她叫什么来着？

痞 子 蔡　轻舞飞扬啊。

阿　　泰　轻舞飞扬？我看你还是趁早别等她了吧！

痞 子 蔡　为什么？

阿　　泰　因为从她取的网上的这个名字来看，如果她不是长头发，就是花痴。

痞 子 蔡　何以见得？

阿　　泰　你想，女孩子在跳舞时只有两个地方会飞扬：头发和裙子。头发飞扬当然很美；但若裙子飞扬，则表示她有相当程度的性暗示。

痞 子 蔡　照你这样说来，你给我取的昵称叫痞子蔡，我就一定不是个好人了？

阿　　泰　这你就不懂了。这叫作置之死地而后生，反而会达到吸引纯情女孩子的效果。你以前自己取的昵称，什么爱你一万年啦，深情的 Jack 啦，俗，俗不可耐。这也是你网恋失败的原因之一。

痞 子 蔡　阿泰，你怎样评价别的女孩子我不管，但你这样评价轻舞飞扬，我可不敢苟同。你没有和她聊过天，也没和她见过面，你怎么知道……

阿　　泰　那你了解？你到现在连在网上聊天都没有碰到过她，你就这么自信？

痞 子 蔡　我在网上看到过她的 plan。你看，她是这样写的——

〔屏幕上跳出一行行字来。

〔画外女声独唱：

我欢歌曼舞步轻盈，
飞舞在拥挤的人群中。
人群中我发现了你，
你投过来异样的眼神。
诧异也好，欣赏也罢，
并不曾使我的舞步零星。
因为令我飞扬的不是你的眼神，
而是我一颗年轻的心。

痞 子 蔡　这样的女孩子，我相信一定是一个很可爱的女孩子。

阿　　泰　你凭网上这样一个 plan，就能断定她是一个美媚？那我叫你在网上取的昵称叫痞子，你就真的是痞子了？网上的东西都是虚幻的，懂不懂，书呆子？

痞 子 蔡　我觉得，网络是虚幻的，但人的感情不会假。对一人总要有个了解的过程……

阿　　泰　了解？你忘了莎士比亚是怎么说的？“女人是被爱的，不是被了解的。”女人还用得着了解？我虽然没有见过这个轻舞飞扬小姐，但我可以告诉你，网络无美女，这是我几年来得出的基本结论。如果有美女，还会剩到今天留给你？

痞子蔡　是啊，像你这样长得又高又帅的研究生，全台湾岛的女孩子哪一个能逃得过你的引诱？我很怀疑有任何雌性动物能不淹没在你这滔滔不绝的口水之中呢。

阿　　泰　是吗？谢谢你的恭维。但你也不要妒忌我，这要怪你爹妈没给你一个像我这样的长相。这也难怪，你长得又不怎么样，眼睛又小，又在鼻梁上骑了一副高度近视眼镜，人又这么老实，只有被眼屎勾到的女孩子，才可能看上你。好了，不要想入非非了，什么轻舞飞扬？还是让我从我约会过的女孩子中，挑一个给你吧……

痞子蔡　谢谢你的美意。不过你过去过户给我的，也没有什么让我动心的。每次去约会，见到的都是大恐龙……

阿　　泰　唉，你也不要要求太高，人家也不同样把你叫作青蛙？……啊，啊，（打呵欠）我可困了。你还要等她？那你就等吧，我可不奉陪了。（上床）……不过，我还是要劝告你一句，网上的感情，玩玩即可，千万别当真。躲在任何一个英文 ID 后面的人，先不论个性好坏或外表美丑，就连是男是女都不知道，又能产生什么狗屁爱情？……啊啊……不听我情圣言，失恋在眼前……

〔阿泰倒在床上，一会儿就打起了呼噜。

〔痞子蔡替他盖了被子，回到电脑桌前。

〔灯暗。

二

〔另一束光，照亮了轻舞飞扬的宿舍。

〔轻舞飞扬也在“哒哒哒”地打着键盘上网。

轻舞飞扬　（唱）我欢歌漫舞步轻盈，
　　　　轻舞在拥挤的人群中。

人群中我发现了你，
你投过来异样的眼神。
诧异也好，欣赏也罢，
并不曾使我的舞步零星。
因为令我飞扬的不是你的眼神，
而是我一颗年轻的心。

〔母亲上。

母　　亲　女儿……

轻舞飞扬　（高兴地）啊，妈，你怎么来了？

母　　亲　想我的宝贝女儿了嘛。……小雯呢？

轻舞飞扬　小雯出去还没有回来。（撒娇地）妈，你刚刚上个星期来过嘛。是不是不放心女儿呀？从台北飞到台南，每个星期来一次，多累呀……

母　　亲　那你听我的话，转学到台北去读书，不是一样吗？台北的大学也不比台南的差呀。

轻舞飞扬　妈，我这个学期结束，就可以毕业了，何必再转来转去的？妈，让我再坚持几个月吧，啊？

母　　亲　你呀！不是妈不放心，妈是担心你的身体……

轻舞飞扬　妈，我的身体很好。你看……（转了一个圈）我的身体现在休养得很好，一点问题也没有。……再说，我有一个当医生的妈，我怕什么呀？（突然发现母亲在偷偷地擦泪）妈……你怎么了？

母　　亲　（掩饰地）没什么，没什么。妈是见到女儿高兴。女儿，你真的感觉身体很好？

轻舞飞扬　哎呀，妈，你真的放心吧，我感到从来没有像现在这样好过。我也很听你的嘱咐，很少晒太阳，很少做剧烈的活动。我看我的病是没有复发的可能了……

母　　亲　那就好，那就好……可是，你也不能睡得太晚呀。你在上网？

轻舞飞扬　啊，是，是在上网。

母　　亲　网上看点有用的东西也是好的，可不要随便去交什么网上的朋友，大多不太可靠……

轻舞飞扬　没有呀，我连一个网友都没有。……说实话，没有一个是我看得中的……

母　　亲　那就好。这是我给你带来的药和补品，还有一只玩具熊……

轻舞飞扬 啊，太好玩了，太好玩了！……（抱着玩具熊玩了起来）

母　　亲 唉，还真是个孩子哪。……你早点睡，我走了啊……

轻舞飞扬 妈，你还是要睡到学校的宾馆去？就睡在我们宿舍里吧。

母　　亲 我可不想违反你们的校规。早点睡，听到了吗？

轻舞飞扬 听到了，你说了一遍又一遍了。……我耳朵里起茧了。

母　　亲 你呀，还是个长不大的孩子，叫妈不放心……

轻舞飞扬 我呀，在妈妈的眼里，永远是个孩子。你放心吧……（抱着妈妈亲了一口）

〔母亲下。

〔门被踢开。小雯风风火火地进来，将两只高跟鞋踢得老远。

轻舞飞扬 小雯，怎么了？

小　　雯 哼，气死我了。这个花言巧语的阿泰，看我怎么收拾你……

轻舞飞扬 阿泰？哪个阿泰？

小　　雯 还有哪个阿泰，成大水利系的那个研究生嘛。

轻舞飞扬 成大水利系的阿泰？你和他约会了？

小　　雯 他老是要约我，还给我在网上发来了他的照片。看看倒是长得人模狗样的，话说得也很得体。可是我会轻易上当？今天我到我们外语系的同学那里去打听了一下，才知道他整个是一个花花公子。有个女生，还为他堕了胎呢……

轻舞飞扬 我早跟你说过，在网上交友，不是长得很难看的青蛙，就是长得很帅的骗子。

小　　雯 你也不要幸灾乐祸。我看你呀，迟早要被那个叫什么痞子的人给骗了。到现在还在网上找他？还没有找到？

轻舞飞扬 这真是怪了，怎么老跟他错过？

小　　雯 我看也是靠不住的。好端端的，叫什么痞子蔡呀？你记住，青蛙的昵称，若好听，未必是好；但如果难听的话，就一定坏。我听了这样的名字，就知道不是好东西……

轻舞飞扬 可是他的 plan 倒很有趣。你听：

〔画外男声独唱：

如果我有一千万，
就能把楼房买下来。
我有一千万吗？可叹。

所以我还是无房产。

你看，他的文笔很酷吧？

小　雯　我看，他是在放屁！什么倒太平洋的水，大白天说梦话，骗骗你这样的傻女生。我劝你要小心，像你这样多愁善感的女孩子，一不小心掉到了情网里，要拔出来就难了……

轻舞飞扬　我不怕。我有你这样一个厉害的好同学，谁敢欺侮我？

小　雯　那当然。哎，这只玩具熊是谁给你的？你妈妈来了？

轻舞飞扬　（点头）嗯。我妈妈来了，她叮嘱了一番，去休息了。

小　雯　她还是不放心你的身体，要你去台北？

轻舞飞扬　是啊，可是我不喜欢台北，喜欢台南……

小　雯　我觉得，你妈好像有什么心事瞒着你。

轻舞飞扬　心事？不会吧。你不知道，我父亲去世以后，她只有我一个女儿了。她是太爱我了，所以总是不大放心……

小　雯　你呀，还是得小心一点。你的病要是发起来，可是不得了的……

轻舞飞扬　没关系，再坚持一个学期就可以毕业了。我妈请医生们会诊过了，医生说，我的病现在是缓解期，只要不太累，少晒太阳，是没有问题的。

小　雯　还说不要太累，你看现在是几点了？快睡吧，我的小姑奶奶。要不，你妈又要怪我没管好你了。

轻舞飞扬　你先睡吧。我现在睡不着。

小　雯　（打呵欠）我可眼睛都睁不开了。……你还要在网上找他？我劝你啊，小心被一大堆青蛙吓倒啦。……什么痞子蔡，连他的ID都那么难念：J、H、T，三个字母没有一个是母音，英文程度近似于无知。一定是一只比青蛙更臭的癞蛤蟆……

〔小雯倒在床上，睡去。

〔轻舞飞扬坐到电脑桌前。

〔轻舞飞扬在电脑桌前，上网的“猫”叫声。

轻舞飞扬　（唱）夜深沉，静无声，

轻轻击键网上行。

三月来，电子邮件传书信，

常为他，机智言谈来吸引。

可只是，他半夜三更才上网，

聊天室，失之交臂无踪影。

本姑娘，不知为何会想他，
蓦然间，心似小鹿跳不停。
母亲她，劝我休学回台北，
她怎知，我对台南有感情。
医生说我是缓解期，
再一年，读完大学也可行。
坐桌前，再在网上行——
呀！JHT，是你？
坏痞子，料你也逃不出我的掌心！

〔另一演区的灯亮。痞子蔡也正坐在电脑前。

〔痞子蔡的 PC 传出了“当当”的声音。痞子蔡双手合十，作了个祈祷的姿势，然后搓搓双手，敲了一下键盘。

〔轻舞飞扬和痞子蔡在网上对话，成画外音，并在大屏幕上显示。

轻舞飞扬 痞子，这么晚了，还没睡？

痞 子 蔡 （高兴地叫起来）轻舞飞扬？今天我总算找到她了。（深深地吸了一口气，敲键盘）你也没睡？

轻舞飞扬 ……我心情不好，睡不着。你也是吗？

痞 子 蔡 我……我心情也不好，让我们负负得正吧！

轻舞飞扬 好啊！……可是你还没有向我问好哪……

痞 子 蔡 （打自己的脸）该死，该死！（打键盘）长发飘扬的女孩，你好！

轻舞飞扬 咦，你怎么知道我留长发？

痞 子 蔡 我不仅知道你留长发，我还知道你不常穿裙子……

轻舞飞扬 哇，……不会吧。……连本姑娘不喜欢穿裙子你也知道？

痞 子 蔡 （得意地）我只是觉得你应该有一双美腿，……所以不应该让裙子遮住你的曲线……

轻舞飞扬 呵！……痞子，你真的很痞耶！不过，今天，怎么会这么巧在网上遇见你……

痞 子 蔡 是啊，怎么这么巧？不过，我是在网上找你已经好几天了。……你呢？

轻舞飞扬 我嘛……刚刚才上网，……真是巧了。

痞 子 蔡 是吗？你们女孩子琼瑶的小说看得多了，是不是觉得靠缘分邂逅的男人最浪漫？

轻舞飞扬 痞子，你在吹牛……

痞 子 蔡 吹牛？好，我说给你听。举例而言——

〔以下表演，痞子蔡和轻舞飞扬都离开电脑，在虚拟的空间，分别扮作男女主角，边说边做。但双方都看不见对方。

痞 子 蔡 （唱）在夏天，海边邂逅最销魂，
他古铜色的皮肤有精神。
远远就传来他爽朗的笑声，
抱起你再转三圈逆时针……（抱起轻舞飞扬转圈）

轻舞飞扬 （兴奋地）痞子，……你再吹呀……

痞 子 蔡 再吹？好，不说夏天，说秋天——
（唱）在秋天，满地落叶沙沙声，
你与他在街上邂逅很斯文。
他手捧诗集戴眼镜，
说你比诗还美十分……

轻舞飞扬 ……（笑）痞子，你在乱掰哦……

痞 子 蔡 乱掰？好，不说时间的邂逅，改用地点的邂逅——
（唱）在山中，他是留着长发的艺术家，
你与他，邂逅在无人的大树下。
他为你画一幅写真画，
也许你脱得一丝也不挂。

轻舞飞扬 （推开他）……痞子，你吃错药了！

痞 子 蔡 吃错药了？好，换一个文明的地点——
（唱）在酒吧，他有胡子一大把，
你与他，邂逅在昏暗的烛光下。
这时候你被酒醉的人调戏，
他挥动铁拳把他打垮……

轻舞飞扬 （欢乐地）痞子，这些都很浪漫啊……

痞 子 蔡 浪漫？小姐，浪漫其实只是小说中的情节而已。（边说边表演）现实生活中——
（唱）海边跑步的黑男子，
可能会踩到玻璃去急诊。
踏着满地秋叶的俊男子，
可能会踩到狗屎臭难闻。

在山中作画的大胡子，
小鸟会拉屎在他头顶。
在酒吧中喝酒的冷男子，
可能是，钱袋空空无分文……

〔以上均与轻舞飞扬边说边充当男女主角表演。

轻舞飞扬 （不高兴地）……痞子，你跟浪漫有仇啊？

痞 子 蔡 跟浪漫有仇？当然不是。我只是以统计学的观点得出一些结论而已。因为以上的男子，无论是粗犷型、斯文型、艺术型与颓废型，他们最大的特点是高。而我不高，所以我要抗议……

轻舞飞扬 痞子，……抗议驳回……。你得承认，你不是个浪漫的人。

痞 子 蔡 我承认，我承认。

〔轻舞飞扬和痞子蔡各自坐到电脑前，继续网上对话。

痞 子 蔡 你心情好点了吗？美丽的轻舞飞扬小姐？

轻舞飞扬 嗯……好多了，可爱的痞子先生……

痞 子 蔡 知道你的心情变好，我的心情也跟着好转。你说奇怪不奇怪？

轻舞飞扬 呵……痞子，你真会说话。……我累了，要睡了，明早 10 点上网，你陪我吗？

痞 子 蔡 赴汤蹈火尚且在所不辞，何况陪你聊天乎？

轻舞飞扬 嘻嘻……那么明早见了。晚安，痞子……

痞 子 蔡 小小不然，应是今早见。……晚安，You too……

〔轻舞飞扬的灯暗。

〔痞子蔡下了网，高兴地叫了起来。

痞 子 蔡 啊，我出运了，我出运了！

阿　　泰 （从床上跳了起来）出什么事了？出什么事了？

痞 子 蔡 阿泰，我在网上碰到她了！

阿　　泰 你见了大头鬼了！这有什么可大惊小怪的？现在才几点？……才 5 点钟啊。天还没亮，你吵什么吵啊！

〔痞子蔡把阿泰按倒在床上。

〔灯暗。

四

〔圣诞夜。舞会。

〔轻舞飞扬和小雯在跳舞。小雯穿着红色紧身马裤，暗红线衫，很性感。

〔一群舞蹈演员和她们伴舞。

〔圣诞树上的小灯在闪烁。

小　　雯　（边舞边问）……哎，我看你这段时间来，老是魂不守舍的样子，是被那个叫痞子的迷了心窍了吧？……

轻舞飞扬　哪里……我们只是在网上聊天而已……

小　　雯　他究竟是谁？

轻舞飞扬　他是一个普通的台南成功大学水利系的研究生。

小　　雯　就这些？不会吧？我看你成了夜游神了，每天半夜3点钟上网，去和他聊天。你们聊什么呢？有什么好聊的？

轻舞飞扬　反正他很会掰，所以也不愁没话讲……

小　　雯　那，你知道他叫什么名字？我去打听打听……

轻舞飞扬　……我……不知道。……我知道他叫痞子……

小　　雯　什么？你们聊了一个月了，你连他的真名都不知道？

轻舞飞扬　他从来没问过我的名字，我怎么能去问他的名字？

小　　雯　哎呀，我看你是碰上了江湖高手了！你可要小心……

轻舞飞扬　才不是嘞……痞子不是这种人……

小　　雯　那你为什么不问清楚啊？

轻舞飞扬　我才不问呢！我是女孩子啊，总不能不学会矜持吧？

小　　雯　哎呀，我算是服了你们了。要是我啊，非把他从电脑背后揪出来不可！

轻舞飞扬　谁不知道你小雯是个辣妹呀？

小　　雯　好呀，你也敢叫我辣妹，看我不撕了你的小嘴……

〔轻舞飞扬和小雯扭在了一起呵痒。轻舞飞扬笑得吃不消了。

轻舞飞扬　……我不行了，我投降。

〔两人坐在一边，喘气。

小　　雯　你累了吧？可不要累出病来哦……

轻舞飞扬　没关系。

小　　雯　哎，我忘了告诉你了，你妈妈又到台南来了。

轻舞飞扬　是吗？那她肯定又要在宿舍等我了。我回去了。

小　　雯　我看你呀，还是听你妈妈的话，休学回台北吧。……同学们都在说，你不像一个大学生，而是一个小学生，离不开妈妈……

轻舞飞扬　谁？谁在胡说？

小　　雯　你别管是谁了。我看你妈妈也是太溺爱你了，每个星期都来。也许，她是离不开你，也许是另有原因。……你还是回台北吧……

轻舞飞扬　不，我不要，我想见他……

小　　雯　见他？见谁？……痞子？

轻舞飞扬　（点点头）……

小　　雯　那你也要休息好呀。早点回去睡吧。……走，我送你……

轻舞飞扬　不用了，你还没有玩够呢，你继续玩吧。我自己会回去的……

小　　雯　好，那我再跳一会儿。你早点回去吧。

〔轻舞飞扬目送小雯下。

〔灯暗。

五

〔轻舞飞扬的房间灯亮。

〔她在上网。

〔痞子蔡的房间灯也亮了。

〔他也上了网。

〔轻舞飞扬和痞子蔡在网上的对话，是时空自由的。

轻舞飞扬　……痞子，谢谢你的圣诞电子贺卡。

痞 子 蔡　……轻舞飞扬，祝你圣诞快乐！

轻舞飞扬　也祝你快乐！今晚，我们可以多聊一会儿吧？

痞 子 蔡　只要你愿意听我瞎掰，我是没有问题的。只是很晚了，我怎忍心让你放弃休息而听我大放厥词呢？

轻舞飞扬 你的厥词是绝词，绝妙好词也。只管放吧，要不，我睡不着……痞子，上次你说网络不真实，网络为何不真实？虚幻的应是人性，而不是网络，不是吗？

痞 子 蔡 话虽如此，但由于网络有很安全的防护措施，所以通常会产生三种人……

轻舞飞扬 三种人？哪三种呢？

痞 子 蔡 （唱）第一种，他和平时不一样，

在网上，次要性格反鲜明。

轻舞飞扬 那么，这第二种人呢？

痞 子 蔡 （唱）第二种，他总是学别人，

在网上，他希望成为另一种人。

轻舞飞扬 ……痞子，你真会吹。那第三种人呢？……

痞 子 蔡 这第三种人……

（唱）平时有许多不可能，

他在网上去过过瘾。

如果你明明是恐龙，

在网上你可做绝代佳人。

轻舞飞扬 ……痞子，你是属于哪一种人？……而我呢？

痞 子 蔡 我不相信你是第三种人，但你也不是第一种人，因为你特别。而让特别的你所欣赏的我，自然也有点特别。所以，我们都是第二种人，就是在网上变成希望成为的那种人。

轻舞飞扬 ……痞子，你可真能放臭屁哦。……那我们如果都是第二种人，是好还是坏呢？

痞 子 蔡 （唱）第二种人最愚蠢，

因为他总是羡慕别人。

其实人人有优点，

失落了自己如丢魂。

如果他是酸柠檬，

就应该不怕酸倒牙根。

水蜜桃虽然很甜美，

但它不可能做成酸梅精。

轻舞飞扬 痞子！

（唱）如此说，你我都是酸柠檬，
　　算不算，同是天涯沦落人？
　　痞子你在装浪漫，
　　果然是，希望变成浪漫的第二种人！

痞子蔡　厉害！居然这样也会让你抓住把柄，所以你也酸得厉害……

轻舞飞扬　好了，我不来跟你斗嘴。那你告诉我，你为什么会是第二种人呢？

痞子蔡　为什么我是第二种人？

（唱）这个道理很简单，
　　因为我实在太平凡。
　　我身材不高也不矮，
　　长相不丑也不帅。
　　头脑不精也不呆，
　　个性不好也不坏。
　　因此只好上上网，
　　好让自己不平凡……

轻舞飞扬　痞子，那你希望变成谁呢？

痞子蔡　我当然希望像阿泰那样，浪漫而多情，风趣而健谈……

轻舞飞扬　痞子，那我呢？

痞子蔡　你嘛……

轻舞飞扬　……你快说，不要想编出点好听的话来哄我。

痞子蔡　……好，那我就只好实话实说了。

（唱）你取名轻舞飞扬，
　　你对生命充满希望。
　　你想尽情挥洒年轻，
　　你要舞动青春的理想。
　　如果这是你无法做到的希望，
　　那只有两种情况：
　　一是你即将老去，
　　二是你人有病不太健康……

轻舞飞扬　（呆住）……

〔痞子蔡也为自己讲错话而呆住。

〔静场。

痞 子 蔡　……我在乱说什么呀?

（唱）想对她说一声对不起，

却又不知从何说起。

她是不是从此不再理我?

但愿她是刚刚当机……

轻舞飞扬　痞子……

痞 子 蔡　啊……

轻舞飞扬　……伊莎贝尔，……我们见面吧!

痞 子 蔡　（意外地）啊? 见面? 太好了! 她终于同意见面了。（敲下两键）O、K……

〔灯暗。

六

〔1997 年 12 月 30 日，晚 7 点半。

〔台南大学路，麦当劳内外。

〔痞子蔡背着个书包，骑着野狼摩托车上。

痞 子 蔡　（唱）驾野狼东窜西绕，

我的心，也似野狼突突狂跳。

她说是，自己长得不可爱，

很可能郎才女不貌。

我劝她，同是天涯没貌人，

相逢何必太龟毛?

牛郎织女渡鹊桥，

相会在今晚的麦当劳。

〔痞子蔡停车，观望。

〔轻舞飞扬一身咖啡色，悄悄上。

轻舞飞扬　（唱）见一人，东张西望在麦当劳，

是痞子，一眼就能猜得到。

怕相见，已经拖了一月整，

见到他，心中的顾虑已烟散云消。

轻舞飞扬 （从背后拍了痞子蔡一下）痞子……

痞 子 蔡 ……啊？……你是轻舞飞扬？

轻舞飞扬 （微笑）你就是……痞子？

〔四目相对，静场。

〔幕后女声伴唱：

啊……

一个是惊鸿落霞，

一个是朴实无华。

若说是，网络虚，

怎又见活生生娇娃？

若说是，网络真，

怎又像雾里看花？

痞 子 蔡 （故作镇定）……我……你。……吃过饭了吧？……我们进麦当劳里面再聊……

轻舞飞扬 痞子……你果然高明哦。……这样不失为省钱的好方法……

痞 子 蔡 ……是吗？

〔痞子蔡作了一个傻笑，带轻舞飞扬进了麦当劳，要了两杯可乐和两份薯条，坐在一张桌子前。

轻舞飞扬 痞子……你信教吗？我是虔诚的基督徒，不介意我祷告吧？

痞 子 蔡 我不信教，……但我可以陪你祷告……

轻舞飞扬 痞子，你祷告什么呢？

痞 子 蔡 我吗？……我要为我皮夹子里阵亡的100元钞票祈祷，……希望它能安息……

轻舞飞扬 （大笑）哈哈哈，……痞子，……你真的很小气哪……

痞 子 蔡 我小气？我要是有1000万，我一定会买一幢房子给你……

轻舞飞扬 可惜，我没有1000万，所以……你的前提都是虚幻的，所以都等于白说。……痞子，你现在见了我，是不是很失望呢？

痞 子 蔡 为什么我会失望呢？

轻舞飞扬 因为我说过我长得不可爱啊……

痞 子 蔡 那为什么你要骗我说你长得不可爱呢？

轻舞飞扬 痞子，我只说我不可爱，可我没说我长得不漂亮啊……

痞 子 蔡 ……呵呵，看来你也跟我一样的痞啊。

轻舞飞扬 可看到你，我觉得你……长得也很斯文啊，……也不像你自己说的那样不堪入目……

痞 子 蔡 在许多女孩子的眼里，斯文和呆滞是没有什么两样的。

轻舞飞扬 呆不呆，我问几个问题考考你就知道了。……不过，为了公正，我可以让你先提问题……

痞 子 蔡 谢谢，轻舞飞扬小姐。我一见到你，就有一个问题想问：你为什么那么偏爱咖啡色呢？

轻舞飞扬 因为我喜欢喝咖啡呀……

痞 子 蔡 这可说不通哪……

（唱）爱喝咖啡穿咖啡装，
爱喝橙汁穿一身黄，
爱喝牛奶穿乳白色，
这样一来，要是爱喝雪碧，是不是就——
一身透明不穿衣裳？！

轻舞飞扬 ……呵呵，……痞子，……你在美女面前也敢这么痞啊！下次再这样我就不理你了。

痞 子 蔡 下次不敢了。那你说说，你为什么喜欢喝咖啡呢？

轻舞飞扬 痞子，你听说过咖啡哲学吧？

痞 子 蔡 ……这……好像是一家连锁咖啡店。

轻舞飞扬 此哲学非彼哲学也。……我从头到脚，就是一套咖啡哲学……

痞 子 蔡 ……哦？

轻舞飞扬 你听好了——

（唱）我的鞋袜颜色深，
恰似那，炭烧咖啡浓又香。
喇叭裤，颜色稍浅，
好比是，摩卡咖啡酸味强。
毛线衣，颜色更浅，
就像那，蓝山咖啡细腻醇香。
这背包，内深外浅，
这与那 Cappuccino 咖啡一模一样。
甘醇甜美香味浓，

看你会不会口水淌？

痞 子 蔡 ……啊啊，……佩服，佩服。……不过，你说从头到脚都是咖啡色，你这头发乌黑发亮，可没有咖啡色啊。

轻舞飞扬 你没有看到吗？（转身将头发拨弄到胸前）……挑染的几绺发丝，不是咖啡色的吗？

痞 子 蔡 这个……

（唱）她拨弄长发，仪态万方，
她冰雪聪明，灵性飞扬。
昨晚上，她还是网络游魂，
转眼间，变成个美丽姑娘。
恍惚间，我好似，身临梦境——

轻舞飞扬 痞子，你怎么当机了？你不要装傻哦，现在轮到你来说说你一身蓝色的原因了。……要不，你干脆认输算了。输给美女，也不算丢脸呀。不是说英雄难过美人关吗……

痞 子 蔡 （接唱）小丫头，你不要跟我逞强。
你用哲学来出题，
我用力学也相当。
流体力学本专业，
水流蓝色很正常。
我的鞋袜颜色深，
是深沉忧郁的太平洋。
牛仔裤颜色又稍浅，
是漂着冰山的北冰洋。
衬衫的颜色更加浅，
如游泳池水清澈明亮。
这书包，外深内浅绿背带，
恰好似，日月潭水沐春光。

轻舞飞扬 ……啊啊……

痞 子 蔡 怎么？你也当机了？

轻舞飞扬 （回过神来）……呵呵，……痞子，……算你过关了。

痞 子 蔡 过关有奖品吗？……不然，奖金也可以呀。

轻舞飞扬 有奖品呀，……我不是在对你微笑吗？

痞 子 蔡 这的确是最好的奖品，不过太贵重了。我也笑几个还你……

轻舞飞扬 痞子，只有美女才一笑倾城哦。……你的笑只能倾掉我手中的这杯可乐。……痞子，我是外文系的，你呢？

痞 子 蔡 弟本布衣，就读于水利，苟全成绩于系上，不求闻达于网络……

轻舞飞扬 痞子，你干嘛要学诸葛亮的《出师表》？

痞 子 蔡 这样，看起来好像比较有学问……

轻舞飞扬 干嘛要看起来好像有？……你本来就很有学问嘛。……痞子，我是3月15日出生，双鱼座。……你呢？

痞 子 蔡 我是11月13日出生，天蝎座。……你问这干嘛？

轻舞飞扬 ……我想知道我们合不合……

痞 子 蔡 天底下只有不合的人，没有不合的星座。

轻舞飞扬 ……嗯，好！（豪迈地站起来）来，为你的这句话干杯！

痞 子 蔡 （好玩地看着轻舞飞扬，站起来）……好，干杯！

〔两人碰杯。痞子蔡的手和轻舞飞扬的手相接触，又同时缩回去。

〔两人合唱、轮唱：

痞 子 蔡 第一次的亲密接触，手碰手，惊起万千遐思。

轻舞飞扬 （唱）第一次的亲密接触，
手碰手，浮起满面羞涩。

痞 子 蔡 （唱）她的手，好冰凉，

轻舞飞扬 （唱）他的手，如火炙。

痞 子 蔡 （唱）这岂是纤纤玉指，
似一把开锁的钥匙。

轻舞飞扬 （唱）好一个老实的痞子，
碰我手，怕似兔子。
从此后认他为友，
相依相伴又相知。
（举起杯）痞子，祝贺你……

痞 子 蔡 祝贺我？……祝贺我什么？

轻舞飞扬 祝贺你从此可以正式开始约我了。……明天，我们去……

痞 子 蔡 ……啊，……看电影，……好吗？……

〔切光。

七

〔轻舞飞扬的浴室内。
〔一阵闹钟的铃声。
〔轻舞飞扬穿着睡衣进门。

轻舞飞扬 （唱）闹钟响，迟迟起，
睡眼蒙眬去把浴洗。
昨晚相见在麦当劳，
心中的石头落了地。
痞子他虽然嘴上痞，
骨子里善良有才气。
情切切，心欢喜，
水帘洒珠沐春雨。
暖暖水流抚我身，
滴滴都是情和意。
抬手要把龙头关，
忽见手臂红斑起——
啊？红斑？红斑……
见红斑，人僵立，
心狂跳，似霹雳。
天啊天，你为何常把红颜欺，
红蝴蝶偏偏又飞起？
我应马上回台北，
可是欲走还留情依依。
看时钟，紧相逼，
痞子他马上要来把我接。
急忙忙，穿罗衣，
挽长发，画细眉。

只听得窗外摩托声，

我强颜欢笑下楼去……

〔灯暗。

八

〔台南市的路上。

〔痞子蔡与轻舞飞扬同骑一辆野狼摩托车上。

痞 子 蔡 （唱）放油门，轻换挡，海风扑面，

轻舞飞扬 （唱）紧抓他，皮带鬟，又怕又险。

痞 子 蔡 （唱）上斜坡，我好似，船头拉纤，

下坡去，放慢行，确保安全。

第一次，带着她，飙车兜风，

浑身汗，手脚麻，心中蜜甜。

轻舞飞扬 （唱）在后座，似听见，他怦怦心跳，

刚相知，将分手，我心如熬煎。

为了这，唯一的，青春之约，

我定要，忍悲哀，倍加欢颜。

痞 子 蔡 ……今天天气真好，对吧？……

轻舞飞扬 对啊，……今天太阳也很圆哦。……痞子，你的车开得也又稳又帅耶！

痞 子 蔡 啊，那是你坐车坐得好，有你在后面掌舵嘛……

轻舞飞扬 痞子，到台南戏院，不走这条路的。你在绕圈子啊……

痞 子 蔡 你不知道吗？那边好像在修路哎！

（唱）这丫头，鬼精灵，难将她骗，

我只想，路无尽，直到天边。

姑娘，到了，台南戏院！

〔停车。两人下车。

轻舞飞扬 ……啊？这么多人在排队买票啊！……都是一对一对的……

痞 子 蔡 你要看《泰坦尼克号》嘛。……哎，我忘了问你了，听说看这部电影，要流很多眼泪的，你的手绢带够了没有？

轻舞飞扬 我带了两块手绢和一包面巾纸，够了吧？

痞 子 蔡 ……这还差不多。……你到里面去看海报吧，我一个人排队就可以了。

轻舞飞扬 不嘛，我要陪你……

痞 子 蔡 这样你会很无聊的……

轻舞飞扬 跟你在一起怎么会无聊呢？……让我陪嘛……

痞 子 蔡 ……哦，……好好好，如果你坚持要付钱，我也会依你的……

轻舞飞扬 痞子，你别担心，今天我是不会跟你争着付钱的……

痞 子 蔡 我担心？我担心的是你不跟我争……

轻舞飞扬 嘻嘻……别痞了，快走吧……

〔两人下。

〔灯暗。

九

〔《泰坦尼克号》的主题歌《My heart will go on》响起。

〔稍顷，痞子蔡和擦着眼泪的轻舞飞扬上。

痞 子 蔡 ……你……手绢够吗？

轻舞飞扬 （仍沉浸在剧情中）……Jack, If I jump, do you jump?

痞 子 蔡 当然，你跳，我也跳……

轻舞飞扬 痞子，你还记得 Jack 沉入海底前的那段话吗？

痞 子 蔡 我的外文肯定没有你好，不过还记得几句：You must do me this honor. Promise me you will survive. That you will never give up.……轻舞飞扬……no matter what happens. No matter how hopeless. Promise me now and never let go of that promise.（凝视着痞子蔡）痞子，电影终究会散场，但人生还得继续，是吗？

痞 子 蔡 （点点头）……你……今天怎么了？

轻舞飞扬 没什么。……痞子，你签个名吧……（递上票根）

痞 子 蔡 签在这票根上？

轻舞飞扬 你看，11 排 13 号，就是你的生日，11 月 13 日。

（唱）一张票根，一张票根，

他的生日，我要保存。

痞 子 蔡 （唱）一张票根，一张票根，

我的生日，她很认真。

轻舞飞扬 （唱）票根记着一段情，

是我们，爱情唯一好见证。

从此与他将分手，

不知今生能否重逢？

痞子啊，请你给我签个名，

我要好好来保存。

痞 子 蔡 （唱）我不是什么大明星，

要我签名我要头昏。

看她今天有点怪，

好像是，从此要变成陌路人。

痞 子 蔡 好吧，你要我签什么？要么就签“余誓以至诚，效忠轻舞飞扬小姐”？

轻舞飞扬 讨厌……

（唱）你就签上痞子蔡，

反正我不知你真姓名。

痞 子 蔡 （唱）谁叫你不肯开金口，

从来不问我姓和名？

轻舞飞扬 （唱）你也从来不问我，

我是“己所不欲，勿施于人”。

痞 子 蔡 （唱）好吧……那我就写上痞子蔡，

恭敬不如来从命。

轻舞飞扬 （接过票根，叹了一口气）唉……

（唱）痞子呆，痞子笨，

他看不出我的用意深。

只盼他留下真姓名，

也算是，相恋一场有名分。

看来只有顺天意，

爱他个不知名和姓。

唉……谢谢你，……痞子……

痞 子 蔡 （唱）她既然谢我应高兴，

为何叹气另有音？
难道是怪我字难看？
难道是怨我看戏不动情？
小女孩心里曲曲弯，
痞子我实在弄不清。

轻舞飞扬 笨痞子，呆痞子，……不说了。……痞子，你在连线小说版上看过Lemonade写的《香水》吗？

痞 子 蔡 看过这篇短篇小说，写得很感人的……

轻舞飞扬 那瓶Christian Dior的Dolce Vita香水，是男主角在女主角订婚时送她的。他还说，Dolce Vita是意大利文，中文的意思是甜蜜的日子……

痞 子 蔡 是吗？我倒没看得这么仔细……

轻舞飞扬 痞子，……我们今天算不算甜蜜的日子？

痞 子 蔡 ……本来可以算，但你一哭，就打了折了……

轻舞飞扬 这样说来，有点甜蜜又不会太甜蜜。你就买一瓶小的好了……

痞 子 蔡 好啊。……很晚了，你饿不饿？

轻舞飞扬 我吃不下。……你呢？

痞 子 蔡 You eat, I eat——你吃，我也吃……

轻舞飞扬 ……痞子……（擦眼泪）

痞 子 蔡 ……是我不好。……我不学电影里的话了……

〔小雯跑上。

小　　雯 哎呀，你们在这里，叫我好找。

轻舞飞扬 ……小雯，……我来介绍，这就是痞子，这是我的同室同学小雯。

小　　雯 怎么？你欺侮她？

痞 子 蔡 冤枉啊！……是她看了《泰坦尼克号》……

小　　雯 哼，要是你敢欺侮她，本小姐……

轻舞飞扬 小雯，不是他，……是电影……

小　　雯 好了好了，现在就开始护着他。……我们快到那边去吧，今天是今年的最后一天，等一会儿，有通宵狂欢舞会呢……

〔阿泰跑上。

阿　　泰 ……啊，……痞子，你们都在这儿啊。不去参加狂欢吗？

小　　雯 你走一边去，这里没有你的事……

阿　　泰 小雯，不要这样绝情嘛！……恋爱不成，友情在嘛。

小　　雯　谁跟你友情？花言巧语……

痞 子 蔡　你们别斗嘴了。……阿泰，这位是轻舞飞扬小姐……

阿　　泰　啊！……痞子,你好厉害,竟然带了一瓶皇家礼炮 21 响的 XO 来。……你好，久仰了……

轻舞飞扬　呵呵，……阿泰兄，我对你才是久闻大名，如雷贯耳呢。

阿　　泰　……是吗？我已经是尽可能地掩饰锋芒了。

轻舞飞扬　我可是经常在女生宿舍的墙上看到你的名字啊！

阿　　泰　是吗？一定都是些太仰慕我的话吧？

轻舞飞扬　……说出来可是会让你大吃一惊的！

小　　雯　让我来告诉你吧，墙上写的是："阿泰，你去吃屎吧……"

轻舞飞扬　而且是写在厕所的墙上……

痞 子 蔡　（笑得蹲了下来）哈哈……

阿　　泰　啊……。轻舞兄……你是跟痞子学的，还是跟小雯学的？

轻舞飞扬　跟谁学，也不会跟你学。痞子，我们走吧，去买……

痞 子 蔡　……啊，好。

轻舞飞扬　小雯，我们走了。

小　　雯　痞子，让她早点休息。

痞 子 蔡　知道……

〔痞子蔡和轻舞飞扬下。

小　　雯　怎么？今天形单影只了？

阿　　泰　怎么？今天心回意转了？

小　　雯　……我们全班女同学都在那边跳舞呢……

阿　　泰　在等我？

小　　雯　做梦吧。欢迎全校研究生参加，……就你除外……

〔小雯说完就跑了。

〔阿泰一个人呆立在那里。

〔礼花飞上天空。

〔灯暗。

十

〔子夜。

〔轻舞飞扬的宿舍门口。

〔痞子蔡送轻舞飞扬回宿舍。

〔幕后伴唱：

告别了去年，
远离了喧闹。
依依说再见，
夜露湿发梢。
两颗年轻的心，
分手在新年的清早。

痞 子 蔡 你到家了……

轻舞飞扬 我到家了……

痞 子 蔡 你进去吧……

轻舞飞扬 ……痞子，谢谢你的香水。

痞 子 蔡 你今天说了好几遍谢谢了。……明天见……

轻舞飞扬 明天？……痞子，……我还有一个心愿，……你还记得香水的正确用法吗？

痞 子 蔡 （摇摇头）……

轻舞飞扬 先擦在耳后，再涂在脖子和手上的静脉上，然后将香水洒在空中，最后是人在香水中走过……

痞 子 蔡 你骗我……这样的话，这小瓶的香水不是一下子就用光了？

轻舞飞扬 痞子，我们来试试好吗？

痞 子 蔡 我们？你试好了，我是个大男人哪……

〔轻舞飞扬用香水涂在耳后、脖子和手的静脉处，然后将香水洒在空中。她张开了双臂，轻轻地旋转……

〔画外女声伴唱：

香水雨啊香水雨，
你是爱情的宣言。
香水雨啊香水雨，
你是青春的展现。
我是一只美丽的蝴蝶，
飞舞在花雨之间。

〔伴唱声中，轻舞飞扬给痞子蔡也喷上了香水，拉着他一起在香水雨中旋转。

让我们铭记这一刻，
让真爱永留在人间。

〔轻舞飞扬旋转着，几乎要倒下。

〔痞子蔡扶住她。

痞子蔡 轻舞飞扬，你怎么了？

轻舞飞扬 ……没什么，我太兴奋了……

痞子蔡 你太累了，快去休息吧。……明天见！

轻舞飞扬 痞子，……今天晚上……我不上网，你也不要上网。明天中午，你会收到我的电子邮件……

痞子蔡 明天中午？

轻舞飞扬 对，答应我，好吗？

痞子蔡 好，这有什么难的？我答应你。

轻舞飞扬 ……好吧。……痞子……再见……

〔轻舞飞扬突然在他的脸上亲了一口，转身消失在夜色中。

痞子蔡 （一时脑子转不过来）……她是怎么了？

〔灯渐暗。

十一

〔痞子蔡的宿舍。

〔黑暗中，传来调制解调器“叽哩……叽哩……”的叫声。

〔一束光起。痞子蔡坐在电脑前。

〔阿泰上。

阿　　泰　啊，痞子，你还在网上找她？

痞 子 蔡　阿泰，轻舞飞扬她不见了，……消失了……

阿　　泰　我早就说过嘛，网上的爱情只能玩玩，不能当真。你太当真了……

痞 子 蔡　不会吧？我看她是很真诚的。

阿　　泰　真诚？在网上谈真诚？你真是太天真了。这样的网恋我见得多了。你跟她谈得正投机，想要和她进一步发展了，她就突然消失了。对吗？

痞 子 蔡　是啊。……她和我谈得好好的，依依不舍的，还和我一起洒了香水雨。……难道是一场游戏？

阿　　泰　对呀，网恋本来就是一场游戏嘛。你呀，上当了。那个轻舞飞扬啊，我敢向上帝保证，她肯定不会再出现了，你就死了这条心吧。……这就叫见光死，懂了吧？

痞 子 蔡　见光死？真的会见光死？她和我谈得好好的……

阿　　泰　别傻了，痞子。和她一刀两断，死了这条心吧。

痞 子 蔡　不。我要找到她，我要和她说个清楚。（坐到电脑前，继续寻找）啊，有她的一封电子邮件！

阿　　泰　对啦，电子邮件，是和你告别的。

痞 子 蔡　和我告别？

阿　　泰　不信，你打开看看就知道了。

痞 子 蔡　好，让我打开电子邮件看看……

〔轻舞飞扬出现在另一演区。她坐在飞机的座舱里。

轻舞飞扬　（唱）痞子啊，当你看到这邮件，

我在去台北的飞机上。
请你打开伊妹儿，
记录着三月交往的时光。
或删或留全在你，
从此后，请你永远将我忘。

痞 子 蔡　啊？……轻舞飞扬已去了台北？……这是怎么回事？这是怎么回事啊？！

阿　　泰　怎么样？我说的没错吧？她走了，她找一个理由，就这样从此在你的眼前消失了。这样的伎俩，我见得多了。

痞 子 蔡　（唱）看邮件，心发慌，

双眼迷茫手冰凉。

说什么，远航台北飞机上，

难道说，昨天相会是梦一场？

不，下面还有她的日记，让我看下去……

〔屏幕上出现“1997年9月18日”的字样。

〔紧接着，一个一个的日期闪过：

1997/09/22

1997/09/30

1997/10/05

1997/10/10

1997/10/25

1997/11/08

1997/11/13

痞子蔡 （唱）看日记，长又长，

一幕幕，在回放。

她说是，网上寻友不容易，

她说是，要寻真情在网上。

她说是，旧病复发太突然，

她只得，强忍痛楚轻飞扬。

〔轻舞飞扬时隐时现地在他的身边舞蹈。

〔痞子蔡拿起行囊。

阿　泰 痞子，你要到哪里去？

痞子蔡 我要到台北去找她……

阿　泰 痞子，别傻了，她不会见你。

痞子蔡 不，我一定要见到她……（冲出门去）

〔灯暗。

十二

〔台北荣军医院病房。

〔一张洁白的病床。轻舞飞扬在睡梦中。

〔痞子蔡上。

〔小雯上。

小　雯　你才来呀……

痞子蔡　我……怎么？你也在这里？谁生病了？

小　雯　谁生病了？你还问我？你没收到她的电子邮件？你不知道她病了？

痞子蔡　她？轻舞飞扬真的病了？

小　雯　什么？你以为她是假病？装病？

痞子蔡　不，我不是这个意思……

小　雯　不是这个意思，那是什么意思？早告诉你了，她病了！你到现在才来，还怀疑人家是假病。你这个人怎么这样无情无义啊……

痞子蔡　我以为，她是想……

小　雯　你以为她是想什么？

（唱）你以为她是想离开你？
你以为她是装病将你欺？
你以为她是找理由，
躲到台北不理你？
我看是，轻舞飞扬瞎了眼，
会看上你这样的痞子，无情无义！

痞子蔡　你骂得对，我……明白了……

〔轻舞飞扬的母亲穿着白大褂上。

母　亲　谁在这儿这么大声说话？

小　雯　阿姨，……是他来了……

母　亲　你是……

小　雯　他就是那个痞子。

母　亲　啊，你好，小伙子。

痞子蔡　你是……

小　雯　她是轻舞飞扬的妈妈。

痞子蔡　啊，伯母，你好……

母　亲　我怎么称呼你呢？我叫你小蔡吧。小蔡，真的很对不起。

痞子蔡　对不起？

母　亲　是的。我们飞扬她太任性了。她是不该谈恋爱的……

痞子蔡 不该谈恋爱?

母 亲 对。不过，她自己并不知道病情。

痞子蔡 她自己不知道?

母 亲 对。

（唱）我是母亲也是医生，

我知道她的病不轻。

为让她不在绝望中生活，

我只告诉她要好好养病。

不要晒太阳，

不要做运动。

不要睡太晚，

不要谈爱情……

可是她不知病情，

还是爱上了别人。

她不知自己没有权利恋爱，

她伤害了你的心。

痞子蔡 医生，不，伯母，你错了!

母 亲 我错了?

痞子蔡 对。你错了。而且，我也错怪她了。

（唱）爱是每个人天生的权利，

谁都有权沐浴爱的甘霖。

她爱别人她才幸福，

她给我的爱更让我幸福万分。

虽然她有病要离我而去，

但真挚的爱情将因此而永恒。

小雯，……她现在怎么样了?

小 雯 （抹泪）……她快不行了……

痞子蔡 啊……?

小 雯 ……旧病复发。……现在她睡着了……

痞子蔡 伯母，让我去看看她，可以吗?

母 亲 你……

小 雯 阿姨，让他去吧……

母　　亲　你……不要让她太激动……

〔痞子蔡点点头。

〔小雯和母亲下。痞子蔡进病房。

痞 子 蔡　轻舞飞扬，轻舞飞扬……

〔轻舞飞扬翻了个身，醒来。

轻舞飞扬　……你……？

痞 子 蔡　……你醒来了？

〔轻舞飞扬急忙转过身去，将脸捂住。

痞 子 蔡　……不要这样，你和以前一样好看……

轻舞飞扬　（露出脸来，坐了起来，笑了笑）痞子……你来了……？

痞 子 蔡　（也笑了笑）是啊。……今天天气真好，……对吧……

轻舞飞扬　对啊。……今天太阳也很圆，不是吗？……痞子，你坐啊，……干嘛一直站着？

〔痞子蔡这才找了一个地方坐下。

痞 子 蔡　……呵。……你还好吧……

轻舞飞扬　……其他都还好，医院的伙食不太好，所以病人通常会比较瘦。……痞子，你肚子饿了吗？中午饭吃过了吗？你好像瘦了哎。……痞子，你论文写完了吗？今年可以毕业了吧？……痞子，你为什么一直这样看着我，而且又不说话？

痞 子 蔡　……都是你在问，我怎么插得上嘴呀！

轻舞飞扬　那么……你有没有碰到小雯？

痞 子 蔡　刚才见到了……

轻舞飞扬　……你觉得她怎么样？

痞 子 蔡　什么怎么样？

轻舞飞扬　她漂亮吗？……你们可以做朋友吗？

痞 子 蔡　……她确实很漂亮，太漂亮，不过，她太辣了，我眼睛吃不消。阿泰喜欢吃辣，可以让他们俩“互相残杀”……

轻舞飞扬　（开心地笑了）嘻嘻，……痞子，我很渴哪，……我想喝点东西……

痞 子 蔡　我给你去倒水。

轻舞飞扬　不嘛，我要喝曼巴咖啡……

痞 子 蔡　……喝咖啡？这种刺激性饮料，对身体不好，还是少喝点。

轻舞飞扬　痞子，你也知道咖啡不好，所以你以后也要少喝点哦……

痞 子 蔡 （感动）好……

（唱）她身体虚弱病不轻，
却只为别人细叮咛。
转弯抹角提醒我，
婉转体贴又温存。
不由酸楚袭上心，
强忍泪水在眼中滚……

……好，我答应你，我以后尽量不喝咖啡……

轻舞飞扬 ……那你还要顺便答应我……

痞 子 蔡 你说吧，我都答应你……

轻舞飞扬 痞子……

（唱）答应我，以后不要再熬夜，
早睡早起有精神。
答应我，不要半夜去上网，
学业为重是根本。
答应我，以后早餐不能忘，
吃了营养才均衡。
答应我，以后不要穿蓝色，
这种颜色太沉闷。
答应我啊答应我……

痞 子 蔡 你不要说了……

（唱）我答应答应都答应。

（强忍泪水）我……我去给你倒点水来……

〔痞子蔡走到一边倒水，悄悄擦去眼角的泪水。

轻舞飞扬 痞子，你快点回来，我怕冷清……

痞 子 蔡 （递水杯）……轻舞飞扬……你看，我给你带了什么来？

〔痞子蔡从包里取出一大瓶香水。

轻舞飞扬 啊，……香水！我要……

〔轻舞飞扬坐起来，要下床。

痞 子 蔡 你不要下来……

轻舞飞扬 你来看我，我好多了……。这么大一瓶香水，可以下很多很多的香水雨哪……

痞 子 蔡 等你病好了，我要和你在医院门口，洒满一条街的香水雨……

轻舞飞扬 ……我等不及了，我现在就要……

痞 子 蔡 你……现在不行，……再等几天，好吗？

轻舞飞扬 不，我不要，我不想再等。我现在就要。

痞 子 蔡 ……好吧，……我们走……

〔痞子蔡搂着轻舞飞扬走出病房。

〔灯暗。

十三

〔夜，喷水池旁。

〔痞子蔡和轻舞飞扬手拉着手，欢快地上。

痞 子 蔡 在这里吧。

轻舞飞扬 在这里？

痞 子 蔡 对，在这里。

轻舞飞扬 痞子，你一点都不浪漫哦……

痞 子 蔡 不浪漫？我确实不是一个浪漫的人，但是，今天，我要浪漫给你看……

〔痞子蔡把香水瓶打开，在一个个喷泉的泉眼上倒上香水，然后向后边一挥手。

〔音乐起，泉水带着香水从地面上喷射而起。

〔喷泉随着绚丽的彩灯跳跃，变幻多姿。

痞 子 蔡 怎么样？还不浪漫？

轻舞飞扬 （几乎陶醉了）……浪漫，太浪漫了！……痞子，你真好！

〔痞子蔡拉着轻舞飞扬，在香水喷泉中翩翩起舞。

〔画外女声伴唱：

香水雨啊香水雨，
你是爱情的宣言。
香水雨啊香水雨，
你是青春的展现。

我是一只美丽的蝴蝶，
飞舞在花雨之间。

〔伴唱声中，轻舞飞扬让痞子蔡抱着旋转。

让我们铭记这一刻，
让真爱永留在人间。

〔轻舞飞扬倒在痞子蔡的怀里。

痞子蔡 轻舞飞扬，轻舞飞扬……

〔轻舞飞扬一动也不动。

痞子蔡 （悲天呼地）天哪！……飞扬，你醒醒啊……

（唱）见飞扬，双眼紧闭嘴含笑，
在我怀中香殒玉消，
飞扬啊，你不能这样离我去啊，
你可知，我今生只有你最好！
只见你，肌肤洁白发如云，
美丽的脸庞泪未消。
你是否刚刚入梦乡？
你是否又在网上把我找？
你是否又回到麦当劳？
你是否又泪洒《泰坦尼克号》？
你是否又飘洒香水雨？
你是否又暗自落泪强欢笑？
好姑娘你是天外来，
清纯善良人间少。
聪明慧黠又好强，
上苍为何把你抛？
我痴痴看你泪双流，
恨不能替你去死在今朝！

痞子蔡 飞扬，你睡吧，你安心地睡吧。我会守在你的身边，永远守在你的身边……

〔痞子蔡抱起她，向台前走来。

〔香水味飘满了整个剧场。

〔灯渐暗。

十四

〔景同第一场。

〔黑暗中，电脑调制解调器传出“叽哩——叽哩——”的叫声。

〔灯亮。痞子蔡在宿舍里上网。

〔随着键盘的“哒哒”声，屏幕上跳出一行行字来：

痞子蔡 ……飞扬！

（唱）今天是3月15日，

你22岁生日又来到。

虽然你不可能再飞扬，

我要在网络世界里将你找。

从今后，每天凌晨3点正，

在网上和你渡鹤桥。

因为你说怕孤单……

我会陪你把天聊。

我虽然不再喝咖啡，

今晚要为你把咖啡调……

曼巴咖啡你最喜欢，

让它的香味在网上飘。

飞扬啊，你可闻到咖啡香，

你可听到我心灵在呼叫？

〔一束光照在桌子上，两杯咖啡在飘着热气和香味……

〔出现轻舞飞扬的幻影，在痞子蔡的电脑前飘舞。

〔痞子蔡迷茫地站起来，和幻影一起，旋转，旋转……

〔随着键盘的“哒哒”声，屏幕上现出一行行字来，同时女声伴唱：

如果我还能活一天，

我要做你的爱侣。

我能活一天吗？可惜。

所以我不是你的爱侣。
如果我有一对翅膀，
就从天堂下来看你。
我有翅膀吗？可惜。
所以我无法再见到你。
如果把浴缸的水倒出，
爱的火焰也难以浇熄。
浴缸的水能倒出吗？可以。
所以我永远地爱你、爱你、爱你……

〔痞子蔡和轻舞飞扬仍然在舞着。

〔灯渐暗。

〔剧终。

2002 年

《绍剧神话剧》

真假悟空

潘文德　顾颂恩

人物表　孙悟空、唐僧、猪八戒、沙僧、假悟空、“天竺国公主”、观音、龙王
龙婆、假唐僧、假猪八戒、假沙僧、众水族、众小猴、众小妖、众仙女

序

〔云山万重，马蹄声远。
〔主题歌悠悠起：
千道关，
万重山，
取经路漫漫；
路遥心莫散啊，
求真不畏难；
行得青峰凌绝顶，
见灵山。

第一场　归山

〔花果山。

〔层层叠叠山林，无垠无际绿茵，一帘飞瀑，奔泻而下。众小猴跳树攀枝，采花觅果，尽情嬉耍。

〔幕后一路传报："大王驾到，大王驾到……"

〔孙悟空一身金盔银甲，众小猴簇拥着上。

众小猴　参见大王！

孙悟空　哈哈哈！

（念）重归洞府复聚首，
　　　前呼后拥威风抖。
　　　从此不问取经事，
　　　花果山上乐悠悠。

〔众小猴端上鲜桃美酒。孙悟空举杯欲饮，思绪万千，闷上心头，重重放下酒杯。

小　猴　（惊异）啊！大王……你回山已有数日，不要再想那烦心事了。

孙悟空　可恼唐僧，是非不分，赏罚不明！俺保他西行取经，一路降妖伏怪，出生入死。谁料俺打死了几个行凶作恶的强盗，他便声声念起咒语，与俺断绝师徒之情！

一老猴　大王但请宽心，到时唐长老一定又会来请大王你出山。

孙悟空　哼，他就是来请，俺也不去了！

众小猴　不去了！

一小猴　祝大王重归洞府，共享天伦之乐！

众小猴　祝大王福寿无量！

孙悟空　哈哈哈……（狂饮酒，渐醉）俺就杀了几个强盗，究竟错在哪里？错在哪里……（昏然睡去）

〔梦幻中，观音画外音：悟空……

孙悟空　啊，大士……

〔观音飘然而至。

观　音　悟空，你保师取经，一路除妖灭怪，这是你的功德；可那翦径强人，还该劝他们改恶从善，怎可轻易杀生。

孙悟空　这……纵然如此，他也不该不念师徒之情，动辄念咒。务请大士为我摘去头上紧箍！

观　音　脱去紧箍，那就重新回到五行山下。

孙悟空　（一听站起）啊呀大士，你大慈大悲，救苦救难，却为何对弟子如此心狠？

观　音　悟空啊！

（唱）西行万里求真经，
风风雨雨贵同心。
外患常因内患起，
取经更须重修性。

悟空，我暗察祥晦，你师徒只怕又有劫难临头，你速速回去，或可免遭一劫。回去吧，回去吧。（渐隐）

孙悟空　（从梦中惊醒）大士、大士……

众小猴　大王，你醒了。

孙悟空　西行路上千魔百怪，俺怎能不顾师父安危？子孙们，你们好好看守洞府，俺保师去也！

〔灯暗。

第二场　乱真

〔西行路上，骄阳似火。唐僧挥汗如雨，引颈眺望，沙僧紧随。

唐　僧　唉！

（唱）烈日当空如火焚，
山野茫茫无行人。
八戒化斋久不归，
饥犹可忍渴难忍。
莫非他途中遭意外——

（焦虑地）八戒一去半日，怎么还不归来？

沙　僧　要是大师兄在，一个筋斗十万八千里，纵然无处化斋，也能采来各种鲜嫩野果与师父充饥。

唐　僧　你、你还提他作甚！

沙　僧　徒儿我实在忧心，没有大师兄，只怕到不了灵山，上不了雷音。

唐　僧　你、你住口！

（接唱）提起泼猴我心怨愤。

贫僧纵然在途中渴死饿死，也不会再收他这样凶……凶残的逆徒！（一阵昏晕欲倒）

沙　僧　啊，师父，师父……（急搀扶）

唐　僧　真、真正渴死人也。

沙　僧　师父，你在这里暂且歇息，待徒儿到山涧溪边先寻点水来与师父解渴。

唐　僧　慢，把文牒留下，你要速去速回。

沙　僧　是！（取钵下）

唐　僧　（就坐，闭目诵经）阿弥陀佛……

〔假悟空蒙面披黑氅上。

假悟空　（念）西行取经灵山近，

师徒反目遂我心。

趁机变化夺正果，

成佛何须苦修行。

〔烟雾中变化成假悟空端钵盂上前。

假悟空　（跪）师父，师父……

唐　僧　（睁眼一看）啊，你、你又来作甚？

假悟空　请师父饮水进斋！

唐　僧　你休来玷污贫僧，还不拿了回去！

假悟空　师父，徒儿不该不听师父教诲，打死强盗，擅丧生灵，如今已痛悔不已……

唐　僧　你、你屡犯清规，本性难改，还不速速离开！

假悟空　师父，从今以后，徒儿一定慈悲为本，众生为怀，立誓不再丧生！

唐　僧　你我已无师徒情分，日后何去何从，由你自己作主！

假悟空　这……师父，徒儿没有师父，难以修成正果；师父没有徒儿，只怕难取真经！

唐　僧　若再纠缠，贫僧我又要念紧箍咒了！

假悟空　啊……（激怒）哼，还说是大唐高僧，竟然如此偏执绝情，一意孤行！

若无师徒名分，俺就……（掣棒）

唐　僧　（怒）你……

假悟空　嘿，嘿嘿嘿，你既无师徒之情，俺也要你一事无成！（一把抢过包袱，打开搜寻）

唐　僧　你、你要做什么？

假悟空　抢走文牒，叫你难取真经！

唐　僧　你与我住手！（上前阻拦，被假悟空一把推开，踉跄倒地，昏了过去）

假悟空　（寻出文牒，念）“大唐贞观一十三年秋吉日御前文牒……”哈哈哈……

孙悟空　（内）师父，徒儿回来了！（纵身上，见对方竟与自己同形同声，莫名惊异）何方妖孽，抢我文牒？

假悟空　俺乃齐天大圣孙悟空是也！

孙悟空　哈哈，在孙爷爷面前，你竟然敢冒名顶替，弄虚作假！

假悟空　世事真中有假，假中有真，你又何必较真。

孙悟空　天地间只有一个孙悟空，岂许你鱼目混珠，以假乱真。

假悟空　哼，你师徒已然反目，取经之事与你无关。

孙悟空　不，俺听从南海观音大士劝诫，归来保师取经，降妖伏怪！

假悟空　哈哈哈，这可是你自作多情。你可知这老和尚固执己见，他又怎会收留于你。

孙悟空　这个……

假悟空　再说，当初他若念半点师徒之情，又怎会痛念咒语，让你入肉半寸，害你头痛欲裂，还要生生把你贬走！

孙悟空　呔，你敢离间我师徒之情，是何居心，着打！

假悟空　哼，难道俺怕你不成！

〔棍棒相接，一经交手，即分开各自旁白。

假悟空　啊，泼猴果真厉害！

孙悟空　嗯，此妖非同寻常！

〔猪八戒上。

猪八戒　唉。

（念）猴头一走我套牢，

　　吃喝拉撒我全包。

孙悟空　八戒……

猪八戒　（猛然见两个悟空，惊）啊，大、大师兄……奈咯有两个大师兄哉？

孙悟空　他是假的，我是真的……

假悟空　我是真的，他是假的……

猪八戒　好哉……

〔沙僧上，见唐僧倒一旁，即端水上前。

沙　僧　啊，师父，师父……

孙悟空　（上前）师父！

唐　僧　泼猴（抓住孙悟空）还我文牒，还我文牒……

孙悟空　文牒？（指假悟空）你？

假悟空　（使计）师父，若非俺从南海归来，这文牒已被妖猴抢走！（交文牒）

孙悟空　师父，是他抢走文牒。

假悟空　师父，是俺夺回文牒。

唐　僧　（左看右看，惊异）啊，他二人怎会一般无二……

假悟空　师父，他刚才还骂你无情无义，善恶不分，说要抢走文牒，毁我取经。

孙悟空　啊，妖孽好不奸诈。师父，适才在俺面前，他承认自己是假，此刻竟诬陷起孙爷爷来了，招打！

猪八戒　慢！到底谁真谁假，是谁抢走文牒，快快与我老实交待！

唐　僧　八戒，不管谁真谁假，都叫他们走，走！

假悟空　师父，只因俺师徒不睦，妖猴才乘虚而入，只要师父认下徒儿，徒儿就可与两位师弟共除妖猴！

孙悟空　啊！你还敢招摇撞骗，以假乱真！

〔二人打斗下。

唐　僧　八戒！由他们打斗去吧，我们快快上路。

猪八戒　这……（一想）师父哙，你既然要赶大师兄回花果山，就放我老猪回高老庄算哉。

唐　僧　啊……你，（怒，强忍）八戒，取经须要心诚志坚。

猪八戒　这我有数咯。可此去西天，不说山高水险路途遥，处处妖魔来挡道，就说今朝化斋，荒山野岭人烟少，走得我两脚都起泡，累得我腰酸背痛热汗冒，讲得舌焦口燥，才化到剩饭半瓢……

唐　僧　这个……

猪八戒　大师兄一走，伢三个人呀，不是冻煞、饿煞，也要急煞、吓煞，上不了西天，见不得菩萨！

沙　僧　师父，二师兄说得有理，取经不能没有大师兄……

唐　僧　他违背佛门宗旨，擅丧生灵，罪莫大焉！

沙　僧　大师兄纵有过错，也是功大于过，再说强盗行凶作恶，也是咎由自取。

猪八戒　师父，反正直也死，横也死，侬就饶饶我算哉！

沙　僧　师父，二师兄一走，你我……如何到得灵山！（抽泣）

唐　僧　呀！

（唱）西行再次起狂澜，
　　船到江心进退难。
　　泼猴伤生岂可恕，
　　师徒情断怎回还。
　　遥望前途路漫漫，
　　孰料八戒起俗念。
　　痛心疾首方寸乱，
　　怎忍取经毁一旦……

猪八戒　（进一步使心计）师父哙，事到如今，既然你主意已定，那我……我去哉！（佯装要走）

沙　僧　（急）二师兄……

唐　僧　（急）不，八戒……

猪八戒　临别之际，师父你还有什么吩咐？

唐　僧　八戒，纵然叫你大师兄归来，可眼前有两个悟空，真假莫辨，又如何是好？

猪八戒　（精神一振）师父哙，只要你同意大师兄归来，办法我有带！喏，大师兄所使金箍棒，原是龙宫定海神针，只要辨清金箍棒，定叫妖孽难躲藏。

沙　僧　对，师父，快叫二师兄带他们二人前去龙宫辨物定人，我兄弟就可合力除妖！

猪八戒　师父，侬看呢？

唐　僧　这……八戒，你、你要速去速回！

猪八戒　呕！嗨嗨嗨……（得计笑下）

唐　僧　唉！（无奈叹息）

〔灯暗。

第三场　辨假

〔悟空内声：妖猴，哪里走！

〔富丽龙宫。金殿玉宇，画栋雕梁。霎时巨浪汹涌，殿宇晃动，众水族乱成一片。

〔龙王、龙婆东倒西歪跌跌撞撞上。

龙　王　不好了！

（唱）辨假打斗到龙宫，

翻江倒海浪千重。

啊呀梓童啊！五百年前的泼猴辨真假打进龙宫来了。

（接唱）切记住，凶神恶煞两难犯，

谨提防，祸从口出恨无穷。

龙　婆　哼，嘿嘿嘿，

（唱）是他求我辨真假，

何必担惊忧心重。

若今朝，定海神针在我手，

何来此刻浪汹涌。

当年若不是你胆小怕事，那御宝岂会落到泼猴手中！

龙　王　啊呀呀，你怎知处世之道，当忍则忍。

〔悟空内声：妖猴！

〔真假悟空打斗上，猪八戒随上。

孙悟空　（念）龙宫真假辨分晓，

管叫妖孽命难逃。

猪八戒　停，奈还打勿光咯打哉！真的就是真的，假的就是假的！

孙悟空　八戒，龙宫辨宝，好主意，好主意。

猪八戒　哎哎，我老猪办事讲公道，你不用麻油夹头浇。

孙悟空　老龙王。

龙　王　大圣。

孙悟空 龙宫定海神针，原有几根？

龙　王 噢，仅有一根，大禹亲造，举世无双。

孙悟空 龙王，五百年前俺龙宫借宝，此事你可记恨在心？

龙　王 不敢，不敢！

孙悟空 你若想泄当年心头之愤，今日尽可真假颠倒。

龙　王 啊呀大圣，小神素以诚信为本，怎敢欺心，怎敢欺心。

猪八戒 那就请你仔细辨认。

假悟空 龙王，如若错识真假，信口雌黄，嘿嘿嘿。

孙悟空 你要据实辨认，不得妄为！

猪八戒 （拍胸）老龙王尽管大胆，有我老猪在！

龙　王 是是，来呀，快将神镜取了出来！

〔接过龙女送上的放大镜左右辨认，一一“认真”细看。

孙悟空 老龙王，可曾看清？

龙　王 噢，这根看来倒是真的。

孙悟空 哈哈哈，老龙王果然善察真伪。

猪八戒 （怀疑假悟空）原来是侬……

假悟空 老龙王过来，老龙王再与我细细认来！

龙　王 是是，噢，这根不……不像是假的。

孙悟空 啊……

龙　王 噢，这根越看越像真的。

假悟空 哦……

龙　王 这根丝毫也看不出是假的。

〔猪八戒随龙王所指，左看右看，无从判别真假。

猪八戒 老龙王，到底哪一根是真的？

龙　王 （装傻）哈，嘿，哈哈哈……

猪八戒 嗬嗬，碰到个老江湖。

孙悟空 龙王，你如此模棱两可，含糊其辞，是何居心？

假悟空 是何居心？

龙　王 这……

呃……

〔龙婆上。

龙　婆 啊呀呀，我家这糟老头呀，得了青光眼，外加白内障，其实要辨这定海

神针，又有什么难处。

孙悟空 哦，你能识别真假？

龙　婆 放心，放心，在龙宫老身与它伴随千年，早晚相见，岂会不识。

龙　王 啊呀呀，我家婆娘老眼昏花，老年痴呆……

龙　婆 胡说！我年纪越老，记性越好，五百年前的事，点点滴滴都在心头。来呀，宝印伺候！

〔虾兵蟹将将印捧上，按龙婆所指，分别把印盖上。

假悟空 真！

孙悟空 假！

假悟空 （一看狂喜）哈哈哈，老龙婆果然善察真伪。

猪八戒 （对孙悟空）嗨，我老早晓得伊是个冒牌货。大师兄走！

假悟空 哈哈哈！（下）

孙悟空 八戒，（一把拉过龙婆）你挟嫌报复，真假颠倒，后患无穷哪！

〔龙王连连求饶，龙婆东躲西闪，孙悟空大闹龙宫。众水族全逃下。

孙悟空 可恼，可恼哪！

〔合唱：恨哪……

　　真作假、假作真。

　　天地昏海水混，

　　黑了乾坤。

孙悟空 师父！

〔灯暗。

第四场　别师

〔西行路上，唐僧焦虑不安，沙僧紧随一旁。

唐　僧 唉，

（唱）龙宫一去无音讯，

　　左等右盼心不宁。

　　思绪如麻理不清，

　　身处荒野倍凄零。

〔一张大网从天而降，罩住二人，众小妖一拥而上。

一小妖 来呀，与我押回洞府！

众小妖 走！

沙　僧 何方妖孽，竟敢害我师徒！

一小妖 少啰嗦，见了我家大王，自会明白，带走！

〔猪八戒随假悟空腾空而下。假悟空“奋勇当先”，打翻小妖，“救出”二人。

假悟空 妖怪，休得猖狂！

众　妖 （叩头）饶命！饶命！

假悟空 口走！尔等可是妖猴指使？

众小妖 正、正是我家大王差遣。

假悟空 哼，俺若非牢记师父教诲，慈悲为怀，定叫你们有来无回！

猪八戒 嗨，奈种头寸，伢大师兄只要掐虱子咯掐掐好哉。

众小妖 是是。

假悟空 回去告诉妖猴，有俺齐天大圣保师取经，叫他休再妄想！滚。

众小妖 多谢大圣！多谢大圣！（“逃窜”下）

猪八戒 大师兄，妖猴原形败露，看来已凶相毕露。

假悟空 任凭他软硬兼施，用尽心计，只要我们眼明心亮，妖猴决难得逞。

猪八戒 一些勿错！师父，我与大师兄为辨神针到水府，已经查出冒牌货（接过“金箍棒”）师父，侬来看！

唐　僧 （一看）好！

猪八戒 对，龙宫辨宝定铁案，妖猴已难假乱真！

假悟空 （“真诚”地）师父，都怪徒儿来迟一步，又害师父担惊！

唐　僧 （激动地）不，是为师错怪你了！

唐　僧 （热泪盈眶）徒儿……

假悟空 （跪步向前）师父……

〔相拥一起。

猪八戒 呆沙鳅，侬看，我老猪一出手，大事化小，坏事变好！

假悟空 师父，只是依徒儿之见，妖猴不会善罢甘休，定会卷土重来。

猪八戒 大师兄侬放心，如今真假分明，保证旗帜鲜明。

假悟空 八戒你哪里知道，他乃六耳猕猴，他曾千年修行，善于变化，最能钻营，只因未成正果，才变化与俺同形同声，一心想夺取文牒，骗取真经……

猪八戒　噢，伊挖空心思动脑筋，原来想夺取文牒骗真经。

唐　僧　（忧心地）悟净，这文牒你要慎之又慎，倍加小心！

沙　僧　徒儿明白！

猪八戒　师父，关键时刻，须防万一，看来这文牒还是由大师兄保管。呆沙鳅，文牒拿出来……

〔孙悟空突然跃上山岩。

孙悟空　八戒！你拱手让文牒，正好遂了妖孽心！

猪八戒　啊，侬果然贼心不死，还又来哉！

孙悟空　（上前）师父……

唐　僧　你、你又来作甚？

孙悟空　师父，妖孽身世已查清，他乃是……

猪八戒　（紧接，背诵一般）他乃六耳猕猴，也曾千年修行，善于变化，最能钻营，只因未成正果，才变化成同形同声，一心要夺取文牒，骗取真经……

孙悟空　（惊怒）八戒，你……

猪八戒　嗨嗨，侬想讲咯话，我心里只要随便想想好哉！

孙悟空　八戒，你误中妖计，还自以为是！

猪八戒　（接过“金箍棒”一顿）看带清爽，如今真假早分明，侬要想蒙混万不能。

孙悟空　师父，当年俺老孙龙宫借宝，那龙婆怀恨在心，这才真假颠倒，挟嫌报复！

猪八戒　师父，龙公龙婆都是天地正神，怎会弄虚作假？

唐　僧　哼！任凭你能言善辨，变化多端，也是枉费心计。

孙悟空　师父，你肉眼凡胎真假莫辨，（暗示）可徒儿头上紧箍，原是你亲手戴上，只要你细细察看……

猪八戒　（自作聪明）噢，侬是想挑动师父，痛念咒语，害我们大师兄受苦。

假悟空　八戒，师父一念咒语，他定会露出破绽，你就叫师父狠狠地念吧！

沙　僧　（忧虑地）师父，一念咒语，又会伤害大师兄。

唐　僧　嗯！（对孙悟空）妖猴呀妖猴，纵然你用尽心计，也难离间我师徒之情。你与我走，走！

孙悟空　师父，你可不能真假颠倒，善恶不分！

假悟空　俺师父大唐高僧，早已看清你的本性，你为何还不死心，还不死心？

孙悟空　师父，你真假不辨，这也无奈，可眼前这文牒你定要好好保管。

唐　僧　好！悟净，快将文牒交与你大师兄保管。

孙悟空　慢！这通关文牒事关取经大业，万万不能落入妖孽手中！

唐　僧　住口！

（唱）你花言巧语乱视听，
　　甜言蜜语蛇蝎心。
　　强抢文牒现原形，
　　贼喊捉贼尤可恨。

孙悟空　师父！

唐　僧　你与我走，走，走！

孙悟空　师父，徒儿苦苦求师尊，不为私念为取经。这妖孽外表殷勤，内藏虎狼之心。你若赶走徒儿，任其妖计得逞，时机一到，必露原形，残害师父，肆意横行，窃取正果，骗取真经。到那时，千秋功业毁一旦，怎对得起天下苍生……师父啊，你睁开眼睛好好看看徒儿，俺与你患难与共万里行，风雨同舟几度春，难道你真的认不出悟空吗？如今灵山已近，怎忍功败垂成？师父，你要再思再想，你要细细思忖。恳求师父认下徒儿，师徒合力，驱走妖孽，徒儿我泣血涕零，泣血涕零……（雷声）

唐　僧　（有所触动）这……你……

假悟空　（施刁）师父，妖猴如此恶意中伤，俺已忍无可忍！只要师父说俺是假，俺就走！

猪八戒　（急阻）大师兄你不能走！你若回花果山，我老猪马上回高老庄，取经到此结束！

唐　僧　（忧急）啊……

沙　僧　二位师兄万万不可啊！

唐　僧　八戒……

猪八戒　师父，妖猴如此纠缠，无非看中你手中文牒，你快将它交与大师兄保管。

孙悟空　（急阻）师父！

唐　僧　（反而更信猪八戒所言）哼！（对假悟空）悟空，这文牒乃唐皇御笔亲赐，途经一国，加盖一印，记下我师徒十几年艰难历程！（雷声）

孙悟空　使不得……

〔唐僧亲手将文牒交与假悟空，孙悟空欲阻不能。

孙悟空　啊……唐三藏啊唐三藏——

（唱）俺保你取经十几春，
　　经魔历劫言难尽。
　　你竟然忠言逆耳听不进，

你竟然视亲为仇仇为亲。

是非善恶两颠倒，

如此昏聩哪——毁取经！（雷声大作）

唐　僧　（气得浑身颤抖）纵、纵然我断送取经，此事也与你无关；纵、纵然我葬身妖腹，贫僧也将死而无怨！

孙悟空　好！既然你没有我这个徒儿，我也就没有你这样的师父，从此你我一刀两断，各奔东西！唐僧，俺老孙去也！（纵筋斗云急下）

〔唐僧气得浑身打颤，一阵昏晕。

猪八戒
沙　僧　啊，师父，师父……（急上前搀扶）

假悟空　（得意）嘿……哈哈哈……

〔灯暗。

〔黑云奔涌，雷电交加。

〔孙悟空失神落魄地上。

〔六耳笑声更强烈。

孙悟空　（茫然四顾，欲哭无泪）孤零零，路迢迢，形影相吊……妖孽奸诈不足道，师徒离心（悲从中来）……俺（克制）俺（再克制）……俺心痛如刀绞啊（爆发，翻腾倒地）……

〔雷鸣电闪。

观　音　（画外音）悟空……

孙悟空　啊……大士，大士！

观　音　悟空。

孙悟空　俺是孙悟空，俺才是赤胆忠心的孙悟空啊……

观　音　悟空，你蒙冤受屈天地有知。

孙悟空　（感激涕零）大士……

观　音　但你蒙冤生恨，弃师而去，置师父于妖孽之口，置自身于败军之地，岂是大智大勇的大圣所为呀！

孙悟空　（挺身跃起）这……

观　音　悟空啊，孽海茫茫，天日昭昭，欲擒妖猴，智取为高。你去吧。（隐下）

孙悟空　大士——

（唱）黑云深处灵光照，

天助悟空降魔妖。

六耳啊妖猴，你不要笑得太早，俺倒要看看，谁笑到最后，谁笑得最好！哈……

〔满天星斗，悟空挥手变出一座古庙。

第五场　赚妖

〔西行路上，师徒栖身之所。

〔猪八戒醉步踉跄上。

猪八戒　嗨嗨嗨，

（唱）老猪出手功告就，

夜宿古庙吃老酒。

师兄对我情义厚，

千杯万盏乐悠悠。

〔假悟空得意忘形，饮酒狂喜。

假悟空　哈哈哈！

（念）设计驱泼猴，

了却心中愁。

文牒在我手，

今夜醉方休。

哈哈哈，八戒，拿酒来！

〔沙僧执壶随上。

猪八戒　大师兄，酒来哉。

〔八戒倒酒，假悟空连饮三大碗。

沙　僧　（不安地）大师兄，明日五更就要启程，今晚还须早点安歇，饮酒切莫过量。

假悟空　嘿，老孙喝酒，谁敢唠叨！

沙　僧　大师兄，师父一再关照，不要吃酒误事，定要管好文牒。

假悟空　哈，文牒，文牒就在我的怀中，谁也休想拿走！哈哈哈，八戒，我们喝个痛快！

〔捧起酒坛，边狂饮边下。

〔沙僧无奈随下。

〔孙悟空暗上，烟雾中化作女子。

〔猪八戒端起酒壶欲下，忽听见女子声音，止步聆听。

女　子　苦啊……

猪八戒　……大姑娘……

〔女子移步上前，四顾茫然，凄然坐下抹泪。

猪八戒　（近前）嘿嘿，大姑娘……

女　子　啊……你……

猪八戒　喔！啐啐！勿可怕，勿可怕……

女　子　你……你怎么长得这般相貌？

猪八戒　侬真当勿晓得！男人不讲相貌只讲钞票。我相貌勿好福气好，肚里油水木佬佬……

〔女子暗踢一脚。

猪八戒　喔唷……（踉跄倒地）

〔女子忍俊不禁，掩嘴一笑。

猪八戒　笑哉，笑哉就好。请问姑娘，你可是单身一人？（上前拉扯）

女　子　啊！你怎么动手动脚的……（躲避）

猪八戒　我哪里动手动脚？（紧追不舍）

女　子　救命！救命……来人哪……

〔假悟空醉态上，一见。

假悟空　住手！

猪八戒　（一惊）这断命猴头，早勿来，迟勿来，要紧关头来带来……

假悟空　（醉步踉跄）你……你竟敢调戏女子！

猪八戒　大师兄，这勿是调戏，这叫逢场作戏……

假悟空　闭、闭嘴！出、出家人当六根清静，远离女色！还、还不快走！走！

猪八戒　呕，我走！我走……（一跺脚恋恋不舍地下）

假悟空　姑娘受惊了。

女　子　恩公……

假悟空　（醉眼蒙眬）做什么？

女　子　若无恩公相救，奴家险些失身。

假悟空　噢，小、小事一桩，小事一桩……（头重脚轻）

女　子　恩公好像喝多了。

假悟空 俺是醉了，醉了！哈……

女　子 那就让奴家侍候恩公。陪你歇息，给你醒酒。

假悟空 （惊异，警惕）你是何人？

女　子 恩公啊！

（唱）奴本是天竺国帝皇后裔——

假悟空 哦……

女　子 （唱）当朝公主千金体。

进香遭劫荒野地，

孤雁难觅一枝栖。

得遇英雄仗大义，

奴定要结草衔鬟报答你！

假悟空 你……你真是天竺国公主？

女　子 印鉴为凭。（取出印鉴）

假悟空 （接看）“天竺国牡丹公主”……哈哈哈，怪不得天姿国色，美轮美奂！

女　子 恩公过奖了。

假悟空 不，你真是天下绝色的大美人哪！

女　子 哎，你才是古道热肠的大英雄呢！

假悟空 哈哈哈，美人……

女　子 嘿嘿嘿，英雄……

假悟空 （旁白）哎，俺不妨明里灵山取经，莲台封佛；暗娶公主为妻，坐享荣华富贵……公主，今日天赐良缘，愿与公主永结百年之好，不知意下如何？

女　子 （羞怯）这……承蒙恩公青睐，不过……我与恩公素昧平生……

假悟空 公主，俺就是赫赫威名的齐天大圣！前往西天取经，一旦真经到手，便可莲台封佛！

女　子 （娇滴滴地）你是齐天大圣，我却不信！你，你骗人！

假悟空 不！公主……

女　子 （躲开）嘻嘻，你骗人，你骗人……

假悟空 （紧随不舍）公主，公主……

女　子 嘻嘻……

（唱）你说来取经，

是假还是真？

无凭又无证，

定在哄骗人！

假悟空 我有文牒为凭。

女　子 文牒？什么叫文牒？

假悟空 唐皇所赐通关文书。途经一国，加盖一章。凭此文牒，便可上灵山领取真经。（把文牒一扬）

女　子 （唱）若要我相信，

当场看分明。

把文牒交于我——

方见你是真情。

哎，（撒娇）让我先看一看嘛。

假悟空 （色眯眯地）哈……好，好，你去看来……（正交文牒，听到脚步声，立即收回。）

〔猪八戒拉唐僧上，沙僧随上。

猪八戒 （破门而入）师父，侬来看！

唐　僧 啊！（恨恨地）你……你这逆徒！

女　子 （"惊慌"，紧依假悟空，伸手欲掏文牒）恩公……

假悟空 （捏住手）……

〔唐僧，不堪入目，闭目诵经。

女　子 （见唐僧默诵，下意识摸头，继而一想）恩公你看！他在念什么？

假悟空 啊！紧箍咒！（立即抱头"呼"痛）啊唷……

女　子 （得计点戳）嗨……

沙　僧 （挥拳上前）贱女……

〔女子掩嘴逃下。

猪八戒 （始则得意，继而不忍）大师兄，大师兄……师父喂，大师兄要痛煞哉，侬勿可念哉。

唐　僧 （睁眼一看，见假悟空地上打滚，大惊）八戒，我们受骗了！

猪八戒 （一呆）奈咯话？

唐　僧 刚才为师默诵心经，并未念紧箍咒。

猪八戒 啊！

假悟空 啊……

唐　僧 （怒指假悟空）你……你不是悟空，而是妖孽变化。

假悟空 嘿，嘿嘿嘿，唐三藏啊唐三藏，你那宝贝徒儿已经被你赶走了，俺凭着

手中文牒，就要上灵山领取真经。哈哈哈，来呀，与我绑了！

〔众小妖应声上，师徒三人被绑。

唐　僧　（唱）见妖孽现原形我如雷击顶，

悔不该，师徒反目，一意孤行，

轻信妖言，善恶不明，一念之差毁取经。

（痛悔不已，痛心疾首）悟空……

你苦苦求我细分辨，

我闭目袖手冷若冰。

我声声骂你是妖孽，

辜负你徒儿赤诚心。

万里西行路，

十载师徒情，

大唐取经僧，

两眼竟蒙尘……

（恨恨地）妖猴啊妖猴！

纵然你刁钻奸诈善变化，

变得了，形和声；变不了，妖孽心。

千古正邪两分明，

你恶贯满盈必报应。

假悟空　啊……唐三藏啊唐三藏，俺先割下你的舌头！

唐　僧　（痛呼）大徒儿，悟空……

孙悟空　师父！

〔孙悟空突然变出，救下唐僧等三人。

孙悟空　哈哈！

（唱）机关算尽枉徒劳，

妖怪死期在今朝。

〔三人合力打妖。

假悟空　孙悟空，你不要高兴得太早。（一扬手中文牒急下）

孙悟空　哪里走！（欲追）

唐　僧　（激动地）悟空……

孙悟空　师父……

唐　僧　大徒儿……

猪八戒
沙　僧 大师兄……

〔灯暗。

第六场　降妖

〔取经路上。

唐　僧 （内唱）恨妖孽抢文牒毁我取经——

〔孙悟空、猪八戒、沙僧随唐僧上。

〔假悟空、假八戒、假沙僧随假唐僧上。

假唐僧 （唱）凭文牒换真经抢登雷音。

唐　僧 （一见）啊！

（唱）何来这假唐僧同貌同音？

假唐僧 （唱）披袈裟念弥陀以假乱真。

真沙僧
假沙僧 （唱）真假沙僧谁能辨，

假八戒
真八戒 （唱）变一个耳大嘴长的猪悟能。

假八戒 徒儿（师父），我是真的，他是假的！

假唐僧 我才是真的。

孙悟空 妖怪！

〔开打。猪八戒斗假八戒，沙僧斗假沙僧。假八戒、假沙僧先后被击毙。三人合力斗假悟空，假悟空败退至悬崖绝壁。

孙悟空 妖猴！快快交出文牒！

假悟空 慢，你们速速与我退下，如若不然，我把文牒烧了。

〔唐僧上。

唐　僧 且慢，且慢哪……这文牒是我师徒四人行万里路，过千道关，一步一个足印换来的，你烧不得，烧不得啊！

假悟空 唐僧，俺把文牒烧了，叫你们上不了雷音，取不得真经。

〔顿时，整个舞台火光焰焰。

孙悟空 师父！纵然他烧了文牒，徒儿陪你重返长安，重上西行之路！哪怕再经

千难万险，再受千辛万苦，徒儿定保师父上得雷音！

沙　僧
猪八戒　徒儿跟随师父，万死不辞！

唐　僧　好哇！

（唱）师徒同心立誓愿，
　　　丹心昭昭可对天。
　　　千难万险从头越，
　　　千磨万劫不避险！

〔假悟空喷火欲烧文牒，孙悟空奋勇上前，在大火中与假悟空争抢。两人火中拼搏，最终合力将假悟空击毙。

孙悟空　师父，文牒在此！

唐　僧　文牒，文牒，阿弥陀佛！

〔观音飘然下。

〔主题歌起：

　　千道关，万重山，
　　取经路漫漫；
　　路遥心莫散啊，
　　求真不畏难；
　　行得青峰凌绝顶，
　　见灵山。

〔剧终。

2002 年

浙江省新时期优秀剧作选

第四卷

——浙江省戏剧家协会 编著

優秀劇作

Selection of Excellent Dramas
in Zhejiang Province
in the New Period

中国戏剧出版社
CHINA THEATRE PRESS

目　录

《科幻儿童剧》

两个宇宙蛋

（根据冰波小说《怪蛋之谜》改编）

童汀苗

人物表 米 米 儿——某国海拉市儿童，飞碟迷。
豆 豆 儿——来自太空的小外星人。
巨　　人——来自太空的外星巨人。
红　　孩——某国儿童，米米儿的朋友。
蓝　　孩——某国儿童，米米儿的朋友。
黑　　孩——某国儿童，米米儿的朋友。
肖勃拉兹——某国海拉市警官，米米儿的父亲。
凯　　西——米米儿的母亲。
庞　　尔——某国海拉市警局局长。
威 特 风——某国国防部三星上将。
婀　　娜——某国国防大臣夫人。
科学家、记者、服装设计师、士兵、警察、群众等。

第一场

〔整个舞台是个神秘的天体，布满了瑰丽的星系。
〔某国海拉市中央公园。这是个宁静的夜晚。
〔来自太空的一种古怪声——类似鸽哨——持续不断地响着。

〔一个巨大的飞碟悬在半空。

〔两束圆筒形的强光从飞碟里罩下来，罩在两个白色圆形宇宙蛋上。

〔宇宙蛋一个搁在公园的小天文台，一个躺在草坪上。

〔从遥远的星际继续响着那种古怪的声音。两个宇宙蛋发出幽幽的蓝光，像是回应。

〔两束光随着这声音收去，飞碟渐渐升空消失。

〔警报嘶鸣，警车呼叫，满城惊恐。

〔市民惊恐过场："飞碟！飞碟！飞碟入侵地球！外星人入侵地球！快逃！……"

〔黑人警官肖勃拉兹带着几名警察风风火火上，迅速架起铁丝网，拦住公园所有通道，布上岗哨。

肖警官 （指挥逃难的人群）女士们，先生们，公民们，外星飞碟还在上空，请大家赶快疏散，别往公园进，对不起，走这边……

〔肖警官的儿子米米儿跑上，一手拿个天文望远镜，跟踪观察飞碟。

〔米米儿的微型全球可视通响起叫声。这个全球可视通圆圆的，小小的，几乎就是一只怀表，按一下上面的小按钮即能自动打开通话。

〔对方声音："米米儿！米米儿！……"

米米儿 我是米米儿。红孩，我看到你的图像了，非常清晰。请讲，什么事？

〔对方声音："南美观察站发现飞碟……"

米米儿 飞碟正在我头顶，一会儿联络。

〔又一个声音从全球可视通里传出："米米儿，我是蓝孩，澳洲观察站发现飞碟……"

米米儿 蓝孩，飞碟正在我上空，一会儿联络。

〔又一个声音响起："米米儿！米米儿！非洲上空观察到了飞碟……"

米米儿 黑孩！黑孩！我正在追踪这个飞碟！……

〔肖警官身上的通话器响："001 呼叫！001 呼叫……"

肖警官 001，001，我是肖勃拉兹警长。是，是！飞碟入侵，情况危急！报告庇尔局长，我已对中央公园实行紧急戒严……附近的居民基本已经疏散……噢，您还在宴会上……我会采取果断措施……Yes Sir!

米米儿 爸爸，今天真是太运气了，我们宇宙之友的几个观察员，几乎都目睹了飞碟，而我，我的观察肯定最详细，最具体，最有价值！今晚 7 点 15 分 15 秒，正当我在楼顶观察一颗小行星的时候，天空突然出现一个光

球！三秒钟以后，这个光球出现在这中央公园上空，轮廓清晰可见，它的形状完全是我们想象中的飞碟！飞碟高度大约三米，底部跨径大约五至六米，顶部脉冲式的红光，底部射出几道很强的白光、蓝光、绿光，而且非常有节奏，刷！刷！……

肖警官 （打断）我说小公民……

米米儿 你听着！五秒钟以后飞碟在中央公园上空盘旋，地面高度大约一百米。盘旋时间大约五秒，五秒钟以后飞碟突然俯冲，几乎贴着地面，突然打开底舱，下了两个蛋！时间是 7 点 15 分 28 秒！

肖警官 知道知道！海拉市的许多飞碟爱好者都迅速向我做了报告，不过你，我的米米儿，你是第一个给我打电话的，谢谢！（拿过儿子的望远镜对空观察）离开了，离开了，那个闪光的火球，那个危险的家伙，终于离开了地球……（又拍了拍儿子）谢谢！

〔他转身在公园大门口竖起一块木牌："军事重地，不得入内。"

米米儿 爸爸，那两个蛋呢？那两个宇宙蛋在哪儿？

肖警官 （一指）瞧见了吗？

米米儿 （用望远镜观察）太神奇了！你仔细看，里面像是个神秘的星球，太可爱了！（拔脚就往里进）

肖警官 （严肃地）站住！小公民，没看见这牌子吗？

米米儿 什么呀！这是公园，我有公园 IC 卡！

肖警官 （一把抓住）小公民，连弄清这两个宇宙蛋究竟是什么东西之前，谁也不许靠近！

米米儿 唉呀爸爸！我是宇宙之友研究会，也就是 UFO 研究会的会员，我要在第一时间对圆球……

肖警官 别妨碍我执行公务。

米米儿 亲爱的爸爸，宇宙是个神秘的天体，你懂吗？

肖警官 我懂，亲爱的。（牢牢拦着米米儿）

米米儿 关于这个神秘天体的许许多多不解之谜，今天仍然没有解开是吗？

肖警官 是的，孩子。

米米儿 茫茫宇宙是圆的？凹的？凸的？还是平坦的？外星有生命吗？外星人是我们的敌人还是朋友？……

肖警官 孩子，所有这些，你可以慢慢和你们的宇宙之友去研究，你可以慢慢与科学家去探讨。你现在唯一可以马上做的，是马上离开这里，懂吗？

米米儿 真是对牛弹琴！爸爸，爸爸！你知道去年我们又一次向太空发送了信息，那里面有妈妈的录音，有我的录音，说不定是外星生命收到信息与地球人交往来了！说不定是来找我的呢！我得进去，我得观察，我得研究，我得与它对话……

肖警官 再胡闹我就把你铐起来！

米米儿 你真是的！你知道这是多么难得的机会！我做梦都在追寻外星人的足迹……

〔米米儿的母亲凯西，白人，一个美式大胖子，亮着嗓门叫上。

凯　西 米米儿！米米儿！亲爱的，你在哪里？

米米儿 妈妈，我在这里！

凯　西 我知道你会在这里，你这个飞碟迷！找到飞碟下的那两个蛋了吗？

米米儿 喏，那儿。

凯　西 哇！好大的两个蛋！太稀罕了！

米米儿 爸就是不让进。

凯　西 爸不让进妈让进。走，进去看看。

肖警官 （拦住）亲爱的，戒严了。

凯　西 亲爱的，不就是两个蛋嘛？它静静地躺着，什么事也没发生。（突然转身大喊）女士们，先生们，海拉市的公民们！飞碟警报解除了，没事了！快来看看这两个稀罕的东西吧！

〔众人“呼”一下涌了上来。

甲 是两个石球吧？外星人干吗扔两个石球给我们玩玩？

乙 我看是探测气象的气球，是外星人的飞碟扔下来的吗？

米米儿 没错，是飞碟生下的两个蛋。

丙 蛋？难道飞碟是老母鸡吗？

众 （大笑）哈哈哈！

肖警官 亲爱的公民们，你们说得对。至今为止，世界上发生过数千起外星人绑架地球人的事，可从来也没听说外星人下蛋！

米米儿 不对！说不定这个星球的外星人，就是通过下蛋来繁殖生命的。

凯　西 呵！我的孩子，你真能幻想。我们进去看看吧，看看它到底是什么东西。

众 对，进去，进去……

肖警官 （拦住）对不起，公民们，对不起，我要对你们的安全负责！

凯　西 （把肖猛拉到一边）亲爱的，你干什么老挡道？

肖警官 （命令岗哨）拦住！拦住！……

警　察 Yes Sir!

众 不行！我们得进去！这是公园！你有什么权利不让进去？进去，大家进去！……

〔众人拆铁丝网，肖勃拉兹鸣枪示警。

肖警官 公民们，我是你们这个辖区的警长，我有权在特定的情况下采取特定的措施。这是联邦法律赋予我的权力。现在我命令你们后撤，后撤一千米，这是安全距离。

众 （更是不可思议）干吗？不进就不进，干吗还要后撤一千米？

凯　西 （气呼呼地指责丈夫）我说你！你是存心想捉弄我们是不是？

肖警官 No! No! No! 亲爱的，既然飞碟不是老母鸡，那么这两个宝贝决不会是鸡蛋鸭蛋或者驼鸟蛋什么的，对不对？外星人的科技远比我们发达，他光顾地球一趟，决不会随随便便扔下两样东西。据我的分析，这是两个圆形定时炸弹！

〔众大惊失色，尖叫着拼命躲，有的钻进公园长椅，有的趴在地上，有的捂住耳朵闭上眼睛。

米米儿 （伏在地上用望远镜观察）爸爸，不会是炸弹的，你看，里面好像水波一样在晃动……

肖警官 那可能是一种特别的液体炸弹，我说了，外星人比我们先进。（对大家）公民们，请你们快撤！现在我打算马上命令我们警署的大力神机器人把它们搬走，交给有关专家处理。为了以防万一，请大家立即后撤！对不起，对不起……

〔众下。

〔肖勃拉兹用遥控器按了几下，两个大力神机器人（用人扮演）迈着机器人的步子走了出来。

〔肖勃拉兹遥控他们的走向。机器人一个跨越一级级阶梯走上天文台，一个走进草坪，一起在圆球前停住。

〔又一按，机器人双双抱住圆球。再按，机器人却抱不起来。

肖警官 大力神，稍稍使点劲，就五百公斤吧。

机器人 Yes Sir!

〔但机器人仍然无奈，张开双臂抱住，使劲，却又不得不放弃。如此反复数次，一无成效。

肖警官　使劲，使劲，臂力加到一千公斤……两千公斤……三千公斤……给我使点儿劲！

机器人　（实在无能为力）Sorry! Sorry!

肖警官　见鬼！你们是大力神，每个人的能量可以轻而易举抱起五千公斤的东西……

机器人　（又试了一下）Sorry!

肖警官　启动极限程序，一万公斤，给我马上搬到车上去！

机器人　Yes Sir!（再次使劲，仍然无法撼动）

机器人　Sorry, Sorry...

肖警官　下去！

机器人　Sorry, Sorry...（下）

〔肖勃拉兹怔怔地站着，一头冷汗，不知所措。

〔警车声。海拉市警局局长庞尔上，一身轻松无所谓的样子。

肖警官　上帝啊，您终于来了！

庞　尔　怎么，太阳掉下来了吗？

肖警官　庞尔局长，事态非常严重，完全超出了我的想象。如果说有人预言世界的末日就要来临，地球即将毁灭，那么它就是一个先兆。

庞　尔　噢，两个蛋，只是大了点。是两块陨石吧？

肖警官　可是局长，再大的陨石也是可以搬动的，而这两个蛋像两座山，我们的大力神启动了极限程序，它却纹丝不动！可怕，真是可怕……

庞　尔　那么我们假设一下，是一种不可知的杀人武器？

肖警官　对呀！刚才我就怀疑它是定时炸弹，所以我叫市民后撤一千米，想马上搬走，保证安全。

庞　尔　很好，很好。你是说市民已撤到安全距离？很好。（拿出手枪瞄准）我们试试另一种方法？

肖警官　引爆？

庞　尔　如果是定时炸弹，就地引爆不就完事了吗？

〔庞尔随即开了两枪，卧倒，但毫无动静。

〔庞尔又用岗哨的冲锋枪扫射，仍无丝毫反应。

肖警官　真可怕，这究竟是两个什么怪蛋？

庞　尔　（突然变得十分轻松）哈哈哈！我敢说，这确实是千禧之年外星人送给地球人的礼物，肖勃拉兹先生，瞧，不就是两个圆形的现代雕塑吗？正

好安放在公园，一高一低，错落有致，太艺术了！这将为公园的门票收入带来巨大的效益。（往回走）当然，用的是外星球的特殊材料，可能重了点，不过重点好啊，谁也搬不走，这将是个永久的纪念……取消戒严，岗哨撤了……再见。

肖警官 局长，您这就回去？

庇　尔 我还有个晚宴。

肖警官 局长，我刚刚跟您报告的时候，您不是已经在晚宴了吗？

庇　尔 我通常一个晚上要赶两至三场宴会。（顺手扔了那块戒严的木牌，一溜烟远去）

肖警官 （大喊）局长，我不信它是个现代雕塑！外星人不会给我们好东西！我要直接报告国防部！

〔凯西和米米儿蹑足上。

凯　西 亲爱的，叫什么呀？两个蛋搬走了吗？

肖警官 （恼火地）问题是搬不走它，像两座山！

凯　西 那就摆着，摆着不也挺好，碍着谁了？

肖警官 问题是它究竟有没有危险！

凯　西 还会爆炸吗？

肖警官 可能暂时不会，但必须继续监视。亲爱的，我要马上写份材料直接报告国防部。你，你，你们给我牢牢看着，等我回来。（又转身拥抱妻子）亲爱的，我爱你。（急下）

米米儿 嗨！这下可好了！

〔米米儿踢了一脚横倒在地上的那块戒严木牌，大模大样走进公园，走向怪蛋。

〔怪蛋发出幽幽的蓝光。

米米儿 妈，你看，美丽极了！

凯　西 （惊）这是怎么回事？

米米儿 （呆呆地看着）妈，我总觉得它是有生命的。你要知道，地外生命不一定是人形的，也有液态的，像水一样，也许是球状的……

凯　西 也许是吧，这些你懂。哎！你别靠近！飞碟到过的地方有很强的放射性，会得病的，有的甚至得了白血病。

〔一阵来自太空的古怪声，类似鸽哨。

米米儿 妈，你听，你听！这也许是外太空的信息，我们也给它一个信息，你说，

妈，你快对它说……

凯　西　亲爱的，说什么？

米米儿　就说去年向外太空发送信息时说的话，那个录音……

凯　西　噢！知道了，我说，我说……（走近天文台上那个圆球，非常彬彬有礼）你们好！欢迎外星生命来到地球！我一直有个心愿，如果我遇到外星生命，而且恰巧又是孩子，那么，我愿意成为这个孩子在地球上的妈妈……

米米儿　（也上前，十分真诚）如果这个外星生命比我大点，那我米米儿就是它地球上的弟弟；如果比我小点，那我就是哥哥……

〔忽然天文台上的这个圆球发出闪闪绿光，并且有声音传出："这真让人感动！好感动！……"

〔好像还伴有感动的抽泣声。

米米儿　是谁在说话？是谁的声音这么奇特？好像还在哭泣……妈，你听到了吗？

〔声音："我们正是为寻求这种爱……"

米米儿　你听你听！又说话了！

凯　西　好像是有种特别的声音……

〔凯西四处寻找，米米儿最后认定声音来自宇宙蛋。

米米儿　声音是从那儿发出来的！妈，他们是有生命的，他们在跟我们说话！

〔米米儿跑上阶梯至天文台，一把抱住怪蛋。

米米儿　你好！欢迎你来到地球！

〔米米儿这一抱，竟毫不费力地把怪蛋抱了起来。

〔声音："谢谢，米米儿。"

米米儿　妈，他在跟我说话，他叫我米米儿！

〔米米儿高举宇宙蛋。

〔凯西惊呆。

第二场

〔米米儿家。第二天清晨。

〔正中通向阳台，一道漂亮的落地窗帘把房间和阳台隔开。

〔这里的摆设都呈球状。

〔窗帘上时不时透出神秘的蓝光。

〔刚过了圣诞节，门外还摆着圣诞老人和圣诞树。

〔警官肖勃拉兹在用健身器健身，练得满头大汗。

〔凯西兴奋地举着一张英文早报上。

凯　西　Hello! 亲爱的，看看今天的早报。

肖警官　“飞碟二次光临的目击证人凯西和米米儿。”你和米米儿的照片上了头版?

凯　西　真感谢你昨天晚上那么一本正经又把我们叫回中央公园，恰巧碰上记者，咔嚓！多美！

肖警官　你们真的看见飞碟再次降落，把其中的一个怪蛋收了回去?

凯　西　难道你怀疑是谁把它搬回家去了吗? 你们的大力神都动它不得，又有谁搬得走它呢? 嗯嗯?

肖警官　（耸耸肩）说得是，亲爱的。

〔肖警官发现窗帘上有幽幽的光，迅速拔出手枪。

凯　西　（吓了一跳）你干吗?

肖警官　我总觉得我们还处在危险之中。你看，阳台上有一种特别的光……（往后退）

凯　西　没有呀!

肖警官　肯定有。（走过去欲拉开窗帘）

凯　西　（拉住）你干什么?

肖警官　我去阳台上看看。亲爱的，我总觉得不对劲。

凯　西　（递上一罐饮料）那是你的幻觉。一晚上你都搅在飞碟当中，而飞碟是个发光体，所以……

肖警官　No!（又欲过去）

〔米米儿弄了一筐草上。

米米儿　妈妈！妈妈！……

肖警官　小公民，一大早弄筐草干什么?

米米儿　我昨天买了只兔子，妈妈，你说是吗?

凯　西　（一时拐不过弯来）兔子? 什么兔子?

米米儿　就是那只浑身白的，全白的兔子，兔子……（比画着那个圆球，指指阳台）……

肖警官 兔子在阳台上？（又去拉窗帘）

凯　西 （大喝一声）你干什么？

肖警官 亲爱的，难道这外面有什么秘密吗？

凯　西 什么秘密？一只兔子，难道需要一个大男人去照料吗？

〔小车声，叫声："肖勃拉兹先生！肖勃拉兹先生！

凯　西 快去，有人叫你！

肖警官 Yes madam.（下）

凯　西 孩子，这事要让你爸知道，肯定报告警局，报告国防部，那我们可成了外星人的奸细，要坐牢的。米米儿，如果你把月亮摘下来，也不会像现在这么严重。

米米儿 妈妈，没事的。我们再观察两天，等有了结果再告诉他们，说不定还会受到奖赏。

凯　西 上帝保佑。米米儿，你和它一定有缘，大力神搬不走的东西，你却这么轻轻地，轻轻地捧回了家……

米米儿 妈妈，这个宇宙蛋会不会生一只小恐龙？

凯　西 笨蛋！恐龙会说话，会叫米米儿？

米米儿 听说有个星球上就生活着会说话的恐龙，叫恐龙人，吃草的，所以我（指指筐子里的草）……

〔突然从阳台上传来"咔咔"几声爆裂声。

米米儿 （掀窗帘看，大惊）妈妈，宇宙蛋裂了一条缝！

凯　西 （一看差点晕过去）啊？……

〔肖勃拉兹和局长庞尔上。庞尔有些醉意，手里拿着一块有"戒严"字样的木牌。

〔凯西慌忙放下窗帘。

庞　尔 肖勃拉兹先生，你，你做得对……

肖警官 局长，请，你走好！（扶了他一把）……

庞　尔 你，很对，很对，very very good! 告诉你，国防部同意我们的看法，我叫你写的那份传真稿，引起了国防大臣的高度重视……

肖警官 什么？你叫我写的？……

凯　西 庞尔先生，您昨晚喝多了吧？

庞　尔 不多。尽管昨晚第三场宴会凌晨刚刚结束，但我很清醒，是我指示他，详细报告国防部……

肖警官 庞尔先生！

庞　尔 不说了，这无关紧要！（严肃地）听着！国防部刚刚来电，认为这是一次太空侵略！飞碟的降临，是恶劣的太空侵略行径！扔下深奥莫测的圆球，更是对我领土主权的严重挑衅！为此，国防部决定，特派三星上将威特风将军前来亲自接管，全权处理。现在，我命令你立即调集你们辖区的全部警力，重新戒严，封锁中央公园，二十四小时全天候进行监护。（把木牌交给他）明白了吗？

肖警官 Yes Sir!

〔庞尔和肖勃拉兹下。

凯　西 儿子，太好了！让他们全副精力对付那边去吧，（指指阳台）这儿，就安全了。

〔米米儿的全球可视通响："米米儿，米米儿，我是红孩，我是蓝孩，我是黑孩，我们已奉命赶到海拉市……"

〔随着这声响，三个从肤色到服饰都全红、全蓝、全黑的孩子，一边通话一边已来到米米儿家门外。

米米儿 来得太好了！你们在哪儿？

三孩子 （站在门外）在这儿！

米米儿 妈妈，这是红孩，这是蓝孩，这是黑孩，来自南美洲，澳洲，非洲，宇宙之友。

三孩子 宇宙之友。

凯　西 欢迎你们，宇宙之友！（分别拥抱他们）

米米儿 快来看！（拉他们观看圆球）多神秘的一个圆球，它会发出不同颜色的光，它会说话，它绝对是个生命体！

〔圆球变换着光的色彩，里面像水波一样轻轻波动。

〔圆球发出声音："红孩，你好！蓝孩，你好！黑孩，你好！……"

〔三个孩子惊奇得"哇哇"直叫，连连回应。

红　孩 （对圆球）你好！我用我们的拉丁舞欢迎你！

蓝　孩 你好！我用我们澳洲的土著舞欢迎你！

黑　孩 你好！我用非洲的摇滚欢迎你！

〔三个孩子跳起风情各异的舞蹈，圆球又发出"咔咔"两声巨响，声音更为爆裂震慑。

〔连凯西在内，全吓得趴倒在地。

凯　西　别、别怕，孩子们，别怕，离远点，远点，也许真的是个炸弹什么的……

米米儿　（爬过去观察）妈妈，圆球里面有个东西在晃动！像不像婴儿？

三孩子　（跑过去）对！对！好像就要蹦出来了！

凯　西　（突然悟到）它快要出生了！我敢断定，这是一个小外星人，天哪，一个外星蛋生一个外星人，那飞碟可真是老母鸡！

米米儿　妈妈，快想想办法。

凯　西　不管怎么说，这是个生命。快准备，准备迎接它的降生。（忙忙乎乎起来）孩子们，来，把室温打高点，别让它受凉。（对米米儿）亲爱的，我们再把这儿布置一下。

〔米米儿和三个孩子去搬圣诞树和圣诞老人。

凯　西　好，很好，孩子们，很好，我们要让它感觉到我们这个星球是美好的。

米米儿　妈妈，需要音乐吗？

凯　西　对，音乐，世界上最美好的是音乐。

〔米米儿打开一个球状音响。

凯　西　亲爱的，我去超市，再买些东西。音量不要开得太大，别刺激它。再见，孩子们，守着这个宝贝。

米米儿　妈妈，你可得快点，我有点怕。

凯　西　没事的，没事的。（匆匆下）

〔又有“咔咔”的声音传出。

米米儿　求求你，你慢点出来好吗？再忍耐一下，等我妈妈回来……

〔几个电视台记者、科学家、服装设计师蜂拥而入。

众　你就是米米儿吗？你就是昨晚亲眼目睹飞碟再次降落并且收回一个怪蛋的目击证人？我们可以向你提些问题吗？你愿意回答吗？如果我们想讨论某些方面的疑问，你不介意吧？……

米米儿　（嘘了声）嘘！一个奇特的小生命就要诞生了，请安静。

三孩子　嘘！请安静！

记　者　奇特的小生命？你指的什么？

米米儿　一只小兔子。

众　你真幽默！哈哈哈！……

米米儿　你们想要知道什么？神秘的宇宙？外星人？不管我昨晚见与没见，我都有兴趣。不过不要花费我太多的时间，OK？

科学家　我作为科学家，首先，非常希望知道飞碟的真实外形。

记　者　你看见外星人了吗？先请你详细描述一下外貌好吗？例如高矮、长相、是四肢爬行还是两脚直立？……

服装师　还有服装，我对外星人的服装感兴趣，我希望推出一个崭新的太空时装品牌。

米米儿　（挠挠头）他跟人差不多。两脚直立，有两只手臂，头很大很大，好像没有头发。眼睛也很大很大，但是嘴很小，好像也有鼻子，没有耳朵。个子不高，就像我们这样的儿童。

科学家　皮肤呢，皮肤的颜色？

米米儿　灰的。

服装师　衣服呢？有衣服吗？

米米儿　穿连身衣，一直连到这儿（指脖子）……

服装师　再想想，衣服的质感，质感……

米米儿　很粗，像大象的皮。

服装师　太前卫了！好极了！（抱住米米儿亲他）我的最新太空时装品牌就叫“大象的皮”！拜拜！（下）

〔阳台上有轻轻的声音：“米米儿……”

米米儿　（回头对阳台）别急，别急……

〔三个孩子挡在米米儿身后，怕他们瞧见圆球。

记　者　米米儿，你真是个了不起的孩子！但是亲爱的，你这满口谎言是你自己编的，还是别人教的？大家走吧，这鬼精灵在诱骗我们！

米米儿　真的真的！我不骗你们！我有根据，知道瑞士恒威镇有个叫爱德华·迈尔的人吗？他和依柔星上的外星人有过许多次接触，他的描述就是这样的，对，就这样。

记　者　鬼才相信！除地球以外，外太空没有生命存在。即使存在这样的假设，他们怎么来到地球？也让我来告诉你一个事实，离我们地球最近的星球是半人马座星，距地球四百亿公里，你如果乘坐现在的大型波音客机单程飞行，耗时需要五百万年，打个来回，一千万年。哈哈哈！走吧走吧！

〔凯西拎着大包小包上。

凯　西　米米儿！米米儿！它生了吗？

〔凯西与采访者在门外相撞，东西跌落一地。

〔凯西未及放下东西，就掀开窗帘看了看。“咔”的一声巨响。

凯　西　快！快！

〔急急忙忙摆出包里的东西：奶瓶，牛奶，婴儿衣，尿不湿，面包……

凯　西　孩子，快打亮彩灯。音乐，怎么关了音乐？

〔凯西穿上白大褂，像个产科医生。

凯　西　（忽儿又叫）剪子！剪子！（找剪子）米米儿，给我拿酒精。

米米儿　妈妈，这是干什么？

凯　西　笨蛋，接生孩子难道不用剪子剪脐带吗？

米米儿　也许是的，妈妈。

凯　西　好吧，孩子们，让我们欢迎外星小生命来到地球！

〔在美妙的音乐中，他们屏息期待着这个小生命的降生。

〔“咔咔”声大作。

凯　西　天哪，要是个怪物，那可怎么办？

米米儿　不会的，妈妈，我想，一定是个可爱的外星朋友。

凯　西　上帝，上帝……（不断画十字）

〔孩子们远远躲着。

〔千呼万唤，一个小外星人从圆球里蹦了出来，鹤然而立。他和米米儿一般高矮大小，头颅确实很大，眼睛确实很大，也确实没头发，没耳朵，奇异的是左手手掌心有一块紧贴的星形物，中心有个小红点，像按钮，隐隐发光。穿的不是“大象的皮”，很艳很美很现代。

〔凯西和米米儿初见十分惊讶，但看他这么漂亮可爱，慢慢镇定下来。

米米儿　你，你真是外星人？

外星人　是的，米米儿。

米米儿　能让我们摸摸吗？（外星人点头）来，大家摸摸，也许这不是真的……啊，头很大很大，眼睛很大很大，真没头发，没耳朵，不过这身衣服可不是大象的皮。（见他左手手心的星形物）这是什么？

外星人　这是秘密，慢慢再告诉你们，好吗？现在我很想找到一位妈妈。

凯　西　妈妈？

外星人　在我们星球上，我们收到了一位地球妈妈的声音，她说……

凯　西　不用说了，孩子，那就是我！

外星人　你！真是你？

凯　西　是的，亲爱的孩子！（拥抱）

外星人　亲爱的妈妈！（做了一个与众不同的拥抱动作）现在我有两个妈妈，你是地球妈妈，在我们斯拉古诺星球，还有我的沙利妈妈。

凯　西　沙利妈妈？

外星人　在我们居住的星球上，所有的孩子都叫沙利，只有一个共同的妈妈，沙利妈妈。

凯　西　呵！你的妈妈就像是地球上蜜蜂的蜂皇！太神奇了！

孩　子　呵！这太神奇了！

米米儿　（拿过一块尿不湿）妈妈，快给他这个。

凯　西　对，新生儿需要这个。

外星人　这是什么？

米米儿　尿不湿，我们小时候都用。

外星人　我们不需要这个，我们从不撒尿。

凯　西　（举起装有牛奶的奶瓶）那么，你总得吃吧？宝贝，吃点。

米米儿　（送上一个大面包）吃点。

〔三孩子也递上吃的东西。

外星人　我不吃饭，我吃音乐。

凯　西　吃音乐？

外星人　对，音乐，音乐就是我的饭，我一听音乐就长。你们给我听了这么多美好的音乐，所以我一下子就长到这么大。

米米儿　（按音响）那你再吃点。

外星人　耶！

〔音乐中小外星人和孩子们先后舞动起来，渐渐地凯西也加入了进去。

米米儿　妈妈，我们给他取个名字吧。

凯　西　好的。

米米儿　我叫米米儿，他叫豆豆儿，好吗？

凯　西　不错，听起来像是两兄弟。

米米儿　亲爱的弟弟，你好！

豆豆儿　亲爱的哥哥，你好！

凯　西　哈哈！亲爱的儿子，这下你的愿望也实现了，你真做了外星人的哥哥！

豆豆儿　难道另外一个送入太空传到我们星球上的声音，就是你吗？

米米儿　是的，亲爱的弟弟！

豆豆儿　呵！亲爱的哥哥！

米米儿　（突然停止舞蹈发问）你怎么会讲我们的语言？

豆豆儿　我们一到地球就储存信息，把你们所有的语言，行为举止，还有情感，

全部储存到了这儿（指指左手手心的星形物），所以实际上，我现在差不多就是地球人。来，地球人，让我们拉起手跳个太空舞吧！

米米儿 等等！红孩，蓝孩，黑孩，现在，我们的宇宙之友是真正的宇宙之友！外星人，地球人，宇宙之友！

〔他们唱起《宇宙之友》，无比欢乐地跳着。

〔《宇宙之友》歌词："我们同处一个太空，我们同在一个宇宙。让爱化作金桥，连接外星与地球。和平，友谊，和平，友谊，我们手拉手，我们是宇宙之友。"

米米儿 豆豆儿，你们是怎么来到地球的？

豆豆儿 穿过时空隧道，飞行星际走廊，很方便，很快。

米米儿 你们的飞船这么先进？

豆豆儿 我们的飞船用速子驱动，进入超时空，超光速飞行。一艘飞船从这头进去到那头出来，无论多远，几秒钟就可以到达，这叫思想速度。我们用思想速度实现星际旅行。

米米儿 啊！太带劲了！来，继续跳，尽情地跳！

豆豆儿 对不起，能歇会儿吗？我得出去找找我的沙利兄弟。

米米儿 谁？

豆豆儿 就是另外一个，一个蛋。

米米儿 对，把它找来，再生出一个外星人，我们就多了一个太空兄弟。走，红孩，蓝孩，黑孩，我们一起去。

〔外面一声威严的叫喊："威特风将军到！"

〔两个卫兵端着先进的太空枪，迈着整齐划一的步子站到门外。

〔气氛顿时紧张。

米米儿 妈妈，他们会把豆豆儿抓走的！

豆豆儿 （镇静地取出一粒小小的糖丸一样的东西）我吃下这粒变形丸，立刻就可以变成一个完完全全和你一样的儿童。没事的，一会儿见。

〔豆豆儿往嘴里送进变形丸，走进窗帘后的阳台。

〔威特风将军威严无比，在庇尔陪同下上。

凯　西 将军，欢迎你。

米米儿 将军，欢迎你。

〔豆豆儿从窗帘后跳出，已完全没有了外星人的特征，纯粹是一个现代儿童。

豆豆儿 将军，欢迎你。

威特风 谁是米米儿？

米米儿 （吓得半死）我是，将军。

威特风 好，小公民！你第一个报告飞碟入侵，很好，这说明你是一个真正的公民。（振振有词）什么叫真正的公民？真正的公民应该区别于一般的市民。市民庸庸碌碌，只为私利；而公民，以国家的安危为安危，以国家的责任为责任，以国家的义务为义务。公民们，联合起来，坚决消灭胆敢入侵的飞碟！

豆豆儿 （叫起来）不！……

庇　尔 这是谁？你们家不就一个孩子吗？

米米儿 我的朋友，朋友。

凯　西 对，刚认识的，朋友。

威特风 朋友？好，（拉住豆豆儿的手）朋友，我们的目标，我们的任务，是一举铲除那个飞碟扔下的圆球！

豆豆儿 （叫得更响）不！……

〔米米儿和三个孩子赶紧捂住豆豆儿的嘴。

第三场

〔中央公园。又是一个夜晚。

〔另一个宇宙蛋被厚厚的钢板罩住，像个蘑菇状的城堡，结实的铆钉铆得坚不可摧。顶端有个小圆盖，正面有个较大的透明圆洞，两侧有铁梯可供上下，四周另有些小孔可以观察里面的动静。

〔一个集电脑程序和无线通话于一体的球状控制圆盘，正由值勤的肖警官在操作。

〔一名士兵通过顶端小圆盖在探测宇宙蛋。

士　兵 报告肖警官，通过电子探测器仔细探测，定时炸弹或者地雷的怀疑完全可以排除。

肖警官 （无线通话）报告将军，报告将军，我是肖勃拉兹警官，第一程序现在结束，可以排除。目前这个怪蛋没有任何动静。是，继续监视，准备下

一个程序。

〔肖警官在控制圆盘上设定程序，隐到城堡后头观察。

〔场上仍有警官和士兵在流动值勤。

〔外星人豆豆儿跑上，他手上戴了一双白手套，遮住了手上的星形物。米米儿和三个孩子随上，一起寻找。

豆豆儿 （急切地）沙利兄弟！沙利兄弟！……

孩　子 沙利兄弟！沙利兄弟！……

豆豆儿 没有呀！米米儿，你看那个将军，那样的一脸杀气，我想沙利兄弟一定有危险，快帮我再找。

米米儿 再找！不吃不喝，找到天涯海角，也要把沙利兄弟找回来！

红　孩 对，找回来，我们一起玩，一起唱，一起跳，一起畅想这个神秘的天体。

豆豆儿 米米儿，你们真好，真让我感动！（哭了起来）

米米儿 别哭别哭……

三孩子 别哭，这是我们应该做的，应该做的，应该做的……

米米儿 这都是我不好，我真后悔当时没把那个蛋也搬回家。

豆豆儿 米米儿，你的真诚又一次让我感动，非常的感动！……（哭得更响）

米米儿 别哭，来，你擦擦眼泪。

〔他们一起围过去为他擦泪，又迅即闪开，聚到一边。

黑　孩 你们看清楚了吗？他哭得这么凶，却没有一滴眼泪！假的！

豆豆儿 对不起，我们斯拉古诺的沙利人不知道眼泪是什么东西。

米米儿 对不起，误会了。

三孩子 对不起！……

豆豆儿 没关系，我们继续找吧。

〔米米儿发现城堡，透过圆洞，看到了禁锢在里面的圆球。

米米儿 你的沙利兄弟在这儿！

豆豆儿 （进不去，拍打着）沙利兄弟！沙利兄弟！……

孩　子 沙利兄弟！沙利兄弟！……

〔肖警官闻声出。

肖警官 谁？

米米儿 爸爸，是我。

肖警官 小公民，（指豆豆儿）这是谁？（指另外三个孩子）这又是谁？

米米儿 噢！爸爸，你还没来得及见过他们，他们都是我的朋友。豆豆儿，这是

我爸爸。

豆豆儿 你好，爸爸。

肖警官 谁是你爸爸？

豆豆儿 你既然是米米儿的爸爸，也应该是我豆豆儿的爸爸，对吗？

肖警官 什么什么？

豆豆儿 爸爸，求求你，求你别把他（指城堡里的圆球）关在里面，快放了他。真的，你们不能这样对待他，这样会酿成大祸的，快放了他。

肖警官 胡言乱语！这是大圆球，怪蛋，不是人，放什么放？

豆豆儿 请你相信，他真是个生命。

三孩子 真的，是个生命。

米米儿 真的，爸爸，是个生命。

肖警官 （对米米儿）孩子，你总是那么富于幻想。（突然提高嗓门，非常严肃）是不是生命，将由威特风将军亲自作出决定。现在威特风将军命令把它关在这座用特种钢打造的城堡里，为的是要通过一系列的试验，搞清楚究竟是什么东西。

豆豆儿 （大声）是和我一样的东西！

米米儿 （大声）是和他一样的东西！

三孩子 （大声）是和他一样的东西！

肖警官 别再胡闹了！走开！懂吗？

〔控制圆盘上的红灯亮。无线通话器传出声音：“肖警官，肖警官……”

肖警官 我是肖警官。是，将军，马上开始下一个程序。

〔一按控制圆盘，一名士兵扛一个巨型电锯上，快步登上城堡一侧边沿的梯子，先试了试电锯，电锯飞速转动，然后打开城堡圆顶盖，把电锯伸进城堡。

豆豆儿 （问米米儿）这是要干什么？

米米儿 爸爸，这是要干什么？

肖警官 亲爱的，我们对它进行解剖手术，把它切成两半。（对士兵喊）切开！把它切开！

〔电锯声刺耳。

三孩子 豆豆儿，怎么办，你的沙利兄弟要被锯成两半了！

米米儿 （拉着豆豆儿）走！……

〔米米儿招呼孩子绕到城堡后。突然从城堡后传出一片大哭。

肖警官 谁在哭？

米米儿 爸爸，是里面圆球在哭……

豆豆儿 是里面圆球在哭。

三孩子 是里面圆球在哭。

〔肖警官发现是他们在作弄，气极。

肖警官 （举枪威胁）马上离开这里！

士　兵 （拿出电锯，大惊）肖警官，这锯齿，锯齿磨平了！

肖警官 锯开了吗？

士　兵 （趴在顶盖上看）它，它的硬度远远超过金刚石，丝毫未损！

〔肖警官透过圆洞一看，瘫坐下来。

孩　子 （一齐放声大笑）哈哈哈！……

〔孩子们开心得舞蹈起来。

〔控制圆盘红灯亮，无线通话器响："肖警官，肖警官……"

肖警官 报告将军，不可思议，不可思议！它的硬度超过金刚石，电锯根本没用！……是，下一个程序！

〔一按控制圆盘，一个士兵扛一台巨型电钻上，飞速登上梯子，开始对圆球打钻。

肖警官 钻透它！钻透它！（登上另一边的梯子督阵）加大功率！加大功率！……

〔突然"咔"的一声。

士　兵 肖警官，钻头断了！

肖警官 钻透了吗？

〔两人同时趴在城堡圆顶盖上往下看。

〔孩子贴在城堡圆洞上观望。

米米儿 哈哈！圆球上连个小白点也没留下！

〔孩子们开怀大笑。

〔肖警官气得疯了似的从梯子上跳下来。

肖警官 把这几个小捣蛋赶走！

〔庞尔上。

肖警官 报告局长，两次试验全部失败！你看，电锯平了，钻头断了……

〔庞尔看了看电锯和钻头，立即和将军通话。

庞　尔 报告将军，两项试验全部无效，建议采用终极方案。

肖警官 局长，什么终极方案？

庇　尔　这是威特风将军使的最后一招。你知道国防部最新研制了一种近于原子爆炸的裂变炸药吗？体积很小，遥控引爆，一朵蘑菇云，连同城堡的粉末一起飞上蓝天。神奇的是城堡四周一米以外没有辐射，没有冲击波，我们可以站在这里尽情观赏。呵！这真是上帝的意旨，上帝说，让这个圆球立刻消失。

〔按了下控制圆盘，一个士兵端上一块黄色炸药，体积很小，像块蛋糕。

庇　尔　呵！一块诱人的小蛋糕。让它和它作伴，真是太合适了。

〔士兵登上梯子。

米米儿　豆豆儿，这下全完了。

〔豆豆儿愤愤地站着，毫无反应。

米米儿　豆豆儿，你怎么了？

〔豆豆儿仍然愤愤而立。

〔士兵掀开城堡的圆顶盖，往里投放炸药。

庇　尔　准备引爆！

〔豆豆儿突然飞速登上城堡另一边的梯子，一屁股坐在圆顶盖上。

米米儿　（也爬上梯子）豆豆儿，米米儿永远和你在一起！

三孩子　（也爬上梯子）豆豆儿，我们永远和你在一起！

肖警官　（对米米儿）孩子，你不要命了？下来，孩子，你们都下来，下来……

〔豆豆儿推了一下米米儿，肖警官双手接住了儿子。

〔豆豆儿又把红孩、蓝孩、黑孩一一推了下去。

庇　尔　把他（指豆豆儿）铐起来。

〔豆豆儿立即被警察铐住。

〔未等警察转身，豆豆儿只轻轻一撑，手铐“咔”一下断了。他把手铐扔了下来。

庇　尔　再铐！

〔他把自己带的手铐扔上去，豆豆儿重新又被铐住。又是轻轻一撑，“咔”一声又断了，又扔了下来。

庇　尔　再铐！再铐！把警局那副特种手铐拿上来！

〔两名警察吃力地抬上一副特种手铐，费了九牛二虎之力才弄上去铐住豆豆儿，结果“咔”一声又断了，又是“哐”的一声被扔了下来。

〔全场惊呆。

肖警官　（对儿子）我说亲爱的，你的这个朋友到底是什么人？

庞　尔　上次在你家的时候，我就很怀疑。（举枪对准米米儿的头）我说亲爱的，说吧，他是什么人？

豆豆儿　（终于开口）外星人。

米米儿　他是，是外星人。他和我们说过，他体内储存着大量的宇宙能，他的力量没有上限，你们谁也弄不过他。

〔大家面面相觑。

豆豆儿　我要和你们的威特风将军说话。

庞　尔　是，是，我们把将军请来。

〔一声威严的叫喊："威特风将军到！……"

〔威特风将军威风无比地上。

豆豆儿　将军阁下，我请求和你对话。

威特风　他是什么人？

庞　尔　你在肖警官家里见过他。

威特风　记起来了。朋友？（去和他拉手）……

庞　尔　将军，他正是入侵的外星人！

威特风　（立即缩手）什么？

肖警官　（指指断了一地的手铐）他，他力大无比！

豆豆儿　将军，你不用怀疑，我是外星人，来自哈第星系斯拉古诺星球。

威特风　那，那好吧，今天我们就算两个星球的谈判。

豆豆儿　请你先作出承诺，不炸毁这个城堡。

威特风　可以，可以。谈判开始？请问贵姓？

豆豆儿　免贵，无姓。

威特风　大名？

豆豆儿　沙利。

威特风　这个名字听起来不错。性别？

豆豆儿　沙利人没有性别。

威特风　噢！这真让人惊喜。沙利人不分男女，亦男亦女，非男非女。什么时候来到地球？

豆豆儿　我和城堡里的沙利兄弟一起到达你们海拉市。

威特风　（一把抓住庞尔）怎么回事？你不是报告另一个圆球让飞碟收回去了吗？

庞　尔　（一把抓住肖警官）怎么回事？你不是报告另一个圆球让飞碟收回去了吗？

肖警官 （一把抓住米米儿）怎么回事？你不是报告另一个圆球让飞碟收回去了吗？

米米儿 爸爸，对不起，我怕你们伤害宇宙蛋，就把它带回家。这个蛋就像孵小鸡一样孵出了外星人。

肖警官 胡说！它重得像座山，你能带回去？

豆豆儿 错了，谁要给我们爱，我们就轻得像张纸，谁要给我们仇恨，我们就还他仇恨。谁要给我们暴力，我们就还他暴力。谁要想杀害我们，我们就让他化为灰烬。

威特风 引爆！先让他见鬼去！

〔豆豆儿脱去右手的白手套，举起左手，手上的星形物清晰可见。

〔米米儿扑过去抱住遥控器。

米米儿 （大叫）他手上能释放死亡之光，不要引爆！

三孩子 （也大叫）不要引爆！他能释放死亡之光！

〔威特风按了一下控制圆盘，一队手持太空激光枪的士兵上，枪口对准豆豆儿。

威特风 我这太空激光枪是专门对付太空人的。

〔豆豆儿按了一下手心的小红点。刷！射出几道绿光。

豆豆儿 魔鬼战士，上！

〔霎时上来一队克隆外星人，形状和豆豆儿出生时一样。

豆豆儿 这是我克隆的沙利兄弟，也就是魔鬼战士。如果需要，我可以继续克隆。我的克隆没有上限。将军阁下，你记住，你们的科技水平，还只是我们的远古时代。

〔克隆的外星人步步进逼士兵，把将军围困在中间。

豆豆儿 如果我命令他们释放死亡之光，那他们将是真正的魔鬼，你们将不复存在，海拉市将不复存在，地球将不复存在。

威特风 你们外星人的野心就是想征服世界，主宰世界，奴役世界，对吗？

豆豆儿 不，我们只是收到太空信息以后作一次星际旅行，用一种特殊的方式观察一下地球人。

威特风 那好，我们恢复和谈。

豆豆儿 不，我信不过你们。

〔凯西喊上。

凯　西 米米儿！米米儿！（见状）这是怎么啦？怎么啦？

米米儿 妈妈，他们要炸毁城堡里的沙利兄弟，所以……

豆豆儿 我的魔鬼战士将毁灭他们。

凯　西 毁灭？孩子，这可不好。

豆豆儿 妈妈，我真的不懂，为什么他们会有这么狠的心，为什么要这么对待我们的到来？

凯　西 孩子，看在地球妈妈的份上，你是不是请示一下你的沙利妈妈？

〔豆豆儿点点头，举起左手，手心发出绿光，准备与外星通话。

〔来自太空的古怪声。

豆豆儿 妈妈，妈妈！地球是个并不完全文明的星球。他们要消灭我们，我们是不是也该消灭他们？……

凯　西 地球妈妈说，暂时原谅他们这一回。你告诉她，告诉她……

豆豆儿 地球妈妈说，暂时原谅他们这一回……

〔人们专注地听着那古怪声。

米米儿 豆豆儿，你的沙利妈妈说些什么？

豆豆儿 沙利妈妈说，真遗憾，地球人的心灵发展还很贫乏，但我们仍然祈求和平、友谊和爱……

〔一扬手，刷！克隆的外星人不见了。

凯　西 妈妈的心是相通的！（张开双臂）来，地球妈妈爱你，宝贝！

〔凯西抱豆豆儿下来，亲了亲他。

凯　西 听着！地球妈妈说，我们也祈求和平、友谊和爱！

第四场

〔紧接前场，米米儿家里。

〔孩子们聚在一起玩。

米米儿 豆豆儿，快把你的外星礼物拿出来呀！

豆豆儿 你们猜猜是什么？

〔凯西拿冰淇淋上。

凯　西 孩子们，吃冰淇淋，（对豆豆儿）呵！你吃音乐。（按响音响）

豆豆儿 妈妈，他们什么时候拆除城堡，让我们去带回我的沙利兄弟？

凯　西　我想，大概还需要些时间。孩子，我比你还急，我希望马上带回这个蛋，马上孵出第二个外星孩子。

〔肖警官上。

凯　西　我的警官先生，城堡拆除了吗？

肖警官　将军说，让我和你们一起耐心等待。

凯　西　不会变卦吧？这可是将军当面对我作出的承诺。

肖警官　不会，亲爱的，不会。（对孩子）孩子们，该进屋休息去了，睡吧，睡吧……

凯　西　折腾了半天，都累了，睡吧，孩子们。

米米儿　（对豆豆儿）快把礼物给我们呀。

〔豆豆儿拿出四个星形物，颜色与他左手的星形物不同。

豆豆儿　这可是我们星球上最珍贵的礼物，喜欢吗？

孩　子　喜欢！快给我，给我……

〔孩子们争抢着涌进内室。

凯　西　亲爱的，吃冰淇淋吗？

肖警官　（摇头）……

凯　西　来杯可乐？

肖警官　（摇头）……

凯　西　给你杯咖啡吧。

肖警官　（心烦地一甩手打翻咖啡）我说要咖啡了吗？……

〔他的样子很可怕，吓着了凯西。

肖警官　对不起，亲爱的。

凯　西　亲爱的，这究竟怎么了？发生了什么事？

肖警官　其实，也没发生什么事，真的，什么也没发生。我只是希望你和孩子们一样，赶紧睡，只有你们都睡着了，睡死了，我才能执行这个该死的任务。

凯　西　奇怪，你执行任务跟孩子们睡觉有什么关系？

肖警官　只有你们睡得死死的，安安静静的，我才能……嗨，我没法跟你说清楚！你也睡觉去，好吗？睡得死死的，安安静静的，我不希望这屋子里有任何声响，任何人影……

凯　西　你执行的任务真神秘。好吧，我去睡，安安静静的睡。（对室内）孩子们，你们也安安静静睡，别妨碍我们家肖警官执行任务。（下）

肖警官　（往沙发上一躺）天哪，让我安安静静休息五分钟！

〔肖警官真闭上了双眼，稍事休息，放松一下紧绷的神经。

〔突然豆豆儿开门轻轻走了出来，又轻轻拿起肖警官的手枪左看右瞧。

豆豆儿　这是什么？真好玩。

肖警官　谁？（马上夺过枪）你干吗不睡觉？

豆豆儿　我们斯拉古诺的沙利人从不睡觉。我想和你玩玩。

肖警官　玩玩？

豆豆儿　对。在家里你不是警官，你是爸爸。真有意思，沙利人没有爸爸，地球人却有爸爸。我真羡慕米米儿，米米儿有个爸爸。（坐到肖腿上）爸爸，你这是什么？（摸他的胡子）

肖警官　胡子。

豆豆儿　胡子？胡子有什么用处吗？（用力拔）

肖警官　哎唷！胡子就是胡子！你下去！

豆豆儿　（又去拿枪）你这东西又是干什么的？

肖警官　这东西是杀人的。

豆豆儿　杀谁？

肖警官　敌人。

豆豆儿　谁是敌人？

肖警官　（举枪对着他）你！……

豆豆儿　我？你们地球人总是误解，其实我们外星人真的不是恶魔，我们为和平、友谊和爱而来……请不要拿枪对着我……

肖警官　你和米米儿他们相处得这么好，这确实也难以叫做敌人……（收起枪）你还是睡觉去吧。

豆豆儿　我跟你说了，我从不睡觉。（往外走）

肖警官　你干吗？

豆豆儿　我想到外面去看看星星，我想和我妈妈说说话，我想妈妈了。（往外走）

肖警官　（一转念）好极了！好极了！这也许是个极好的机会，让他不知不觉地……孩子，往外走，往外走，再远点，远点，找一找你们的星球，和你的沙利妈妈好好说说话……

〔豆豆儿一直往屋外走，走，肖警官在背后跟，跟，慢慢举起枪，瞄准豆豆儿的后背，扣住扳机。

〔米米儿和红孩、蓝孩、黑孩突然冲出，寻找豆豆儿。

孩　子　豆豆儿！豆豆儿！

米米儿　豆豆儿在这里！

〔孩子们迅即围上去，肖警官立即收起枪。

孩　子　豆豆儿！你怎么趁我们睡着的时候跑了呢？豆豆儿，你是不是想离开我们回到你们的星球去？一定是的，你送了这礼物，是要离开我们。豆豆儿，你走了我们会想死你的……

〔肖警官错过了时机，只好叹息一声回屋。

豆豆儿　不不，我现在不走，我得等到我的沙利兄弟。这会儿我只是想和我的沙利妈妈说说话。

米米儿　我们能和她说话吗？

豆豆儿　能呀！……

〔豆豆儿站到屋外稍高一些的位置，左手举向空中，手心发出绿光。

〔来自太空的古怪声开始响起。

豆豆儿　可以通话了，说吧。

〔米米儿和三个孩子像课堂上发言似的都举手争抢："报告，我说。""报告，我说。""报告，我说。"……

蓝　孩　（抢先）沙利妈妈，你们斯拉古诺星球上为什么只有一个共同的妈妈？

〔太空的古怪声。

豆豆儿　那是因为我们这个星球上的五亿沙利人，都是由我用基因一手培育的，也可以说我有五亿个孩子。

孩　子　哇！真伟大，一生生五亿个！

米米儿　沙利妈妈，我们总是搞不清宇宙中有多少颗星星，你能搞清吗？

〔太空的古怪声。

豆豆儿　孩子，给你个数学公式，你们自己算吧。宇宙中大约有 10×21 次方颗星星，10×21 次方，10×21 次方……

米米儿　算，快算！……

〔孩子们"哗"一下拉着豆豆儿全涌入屋里，像数学竞赛一样演算起来。

〔孩子们纷纷叫嚷起来："我算出来了！""我算出来了！""我算出来了！"……

肖警官　（举枪怒视，大吼一声）别吵了！小外星人，你站到外面去！出去！快！

米米儿　爸爸，你这是要干什么？

肖警官　将军指令，立即杀了外星人！

米米儿　妈妈！妈妈！你快来，爸爸发疯了，他要杀了豆豆儿！

〔凯西上。

肖警官 谁也不许靠近我！（用枪指着豆豆儿）快出去！

凯　西 亲爱的，你这是在开玩笑吧？（保护着豆豆儿）一定是个玩笑，他有时爱开个玩笑，豆豆儿，别害怕。亲爱的，把枪给我。（趁其不备一把夺过枪）你出去！我先杀了你！好啊，这枪还装着消音器，原来嚷嚷安静安静，是为了偷偷地执行暗杀计划。

豆豆儿 妈妈，这不怪他，这是一场骗局，他们会得到报应的。请你把枪放下……

凯　西 不，我一定得惩罚他！

肖警官 亲爱的，这是将军的指令！将军说我知情不报，窝藏外星人，几乎就是奸细，要是我不执行指令，我与他一块儿完蛋！

〔直升机的轰鸣声在屋顶响起，同时传来庞尔局长的喊话："肖警官，让我们结束这场游戏吧！"接着"轰轰"几声，房子四周顿时燃起了熊熊烈焰。

肖警官 这是国防部最新研制的火焰弹，含有极强的放射物，非常毒，可以燃烧一整天，我们谁也逃不出去。

豆豆儿 （拿过枪交给肖警官）这都是因为我引起的，他们是冲着我来的，你杀了我，你们就可躲过这场灾难。

肖警官 不，孩子，还是让你的沙利妈妈赶快派飞碟来救你回去。

豆豆儿 不行，我一走，你们大家必死无疑。来，快开枪，直升机还在头顶，他们还在看着呢。

肖警官 不，不……

米米儿 豆豆儿，克隆你的魔鬼战士，释放死亡之光，把他们统统灭了。

豆豆儿 不，一旦释放死亡之光，魔鬼战士就不受控制，海拉市在瞬息之间就会变成一堆废墟，你们也不能幸免。（再次把枪给肖警官）快！……

肖警官 豆豆儿，没有了你，谁去惩罚他们？

豆豆儿 我把惩罚他们的任务留给沙利兄弟，来……

肖警官 不！不！孩子，我怎么能忍心……

〔豆豆儿拿过枪，举手对天发出一组信号，然后对准自己心脏"砰"的一枪，应声倒下。

肖警官 （对头顶一直盘旋的直升机喊）这下你们如愿了，他死了！外星人死了！

〔又听"轰轰"几声，烈焰顿灭。

〔庇尔带士兵全副武装上。

庇　尔　都别动！我们要把他带去见将军！

〔突然射来三束强光罩住豆豆儿，紧接着一团烟雾，豆豆儿瞬间不见了。

〔众大惊。

第五场

〔紧接前场。中央公园。

〔将军刚刚怒斥过庇尔，庇尔哭丧着脸。

庇　尔　将军，这实在是太出人意料，太出人意料！一定是太空人把他劫持走了！

威特风　（微微点头）这也许是唯一的解释。

庇　尔　我担心它（指城堡里的圆球）也会突如其来被太空人劫走。

威特风　所以我们得赶紧想个对策，懂吗？

庇　尔　是，是。

〔米米儿带红孩、蓝孩、黑孩齐喊一声“冲啊”，全跑到城堡上坐定。

庇　尔　干吗干吗？你们干吗？

米米儿　我要和你们的威特风将军说话。

威特风　看你的架势，是想效仿你的外星朋友，与我来一场谈判？

米米儿　Yes.

三孩子　Yes.

威特风　好吧，那就算同一个星球的谈判？

米米儿　是的。

三孩子　是的。

威特风　请问尊姓大名？

〔孩子们叫得一个比一个响：“米米儿！”“红孩！”“蓝孩！”“黑孩！”

威特风　那么，你们的性别……

孩　子　没见我们都是标准的爷们吗？

威特风　噢！我还以为和你们的外星朋友一样，是一群没有性别的，非男非女的，亦男亦女的两性人。

〔孩子们齐刷刷举起右手，右手手心有豆豆儿送给他们的星形物。四个

星形物“唰唰”地射出道道白光，道道白光射向威特风。

〔威特风惊愕得不知所措。

威特风 你们，你们……

米米儿 先给你点厉害瞧，告诉你，我们也能释放死亡之光，这是豆豆儿留下的秘密武器。

〔又“唰”地射去几道白光。

威特风 请说，请说，什么条件，请提谈判的条件。

米米儿 给你提出一个警告。

威特风 警告？就提一个警告？

米米儿 对，就提一个警告！

〔米米儿他们打出一条标语：“爱爱爱。”

威特风 哈哈哈！就这个？哈哈哈！……

孩　子 不许笑！

米米儿 请不要把我们的话当作儿戏。如果你们不保护这个外星生命，继续对他施加暴力，那么你们将立即得到惩罚，海拉市将立即变为废墟，连我们都要陪你们一块殉难。

〔米米儿和孩子们跳下城堡，跳着唱起他们的《宇宙之友》：“我们同处一个太空，我们同在一个宇宙。让爱化作金桥，连接外星与地球。和平，友谊，和平，友谊，我们手拉手，我们是宇宙之友。”

威特风 （命令庇尔）把他们赶走！

庇　尔 警察！警察！把他们赶走，赶出海拉市，赶得越远越好！快！快！……

〔一队武装警察强驱硬赶，赶走孩子。

孩　子 （大喊）爱爱爱！爱爱爱！……

〔孩子们被赶下。

〔突然，城堡里发出“咔咔”的巨响。

威特风 怎么回事？

庇　尔 （观察，大惊）报告将军，这个圆球自动破裂！太神奇了，电锯锯不开，电钻钻不透的圆球竟然自己破了开来！

威特风 继续观察。

〔场上的人一齐紧贴城堡观察。

士　兵 报告！这个圆球在无规则翻动。

庇　尔 报告！圆球好像，好像真是个生命体。

士　兵　报告！怪蛋对半破裂，蛋壳倒向两边。

庇　尔　报告！怪蛋生了个活的，活的东西。

威特风　什么东西？

庇　尔　将军，不好说。

威特风　说！

庇　尔　人不像人，猩猩不像猩猩，全身皱皱巴巴，纯粹一张大象的皮，地道一个怪物，绝对比巴黎圣母院的钟楼怪人还要怪！

威特风　（走近欲看）……

庇　尔　将军，您就不用亲自看了。

威特风　为什么？

庇　尔　我怕吓着您。

〔无线通话器响："将军阁下，将军阁下……"

威特风　我是。什么？国防大臣的夫人前来视察？

〔直升机声。

〔空中传来国防大臣夫人婀娜的声音："威特风将军，我看见你了！我是婀娜！……"

威特风　（对上空）夫人，您好！

〔空中声音："国防大臣让我来看望你们！……"

威特风　夫人，欢迎您的到来！

〔将士们摆开欢迎的场面，静候夫人出场。

〔一群记者、科学家、服装设计师随夫人上，夫人风采不凡。

夫　人　（拥抱将军）亲爱的，辛苦你了。特别试验结束了吗？

威特风　结束了。

夫　人　结果呢？可以向国防大臣报告结果吗？

威特风　夫人，结果是，是迎来了一个莫名其妙的东西，我们暂且叫他孩子。不管怎么说，总显得不够严肃。

夫　人　孩子？你是说孩子？这太好了！你知道我和英国皇妃戴安娜一样，致力于慈善事业。我自己没有孩子，但我喜欢孩子。我有许多孩子，有黑人、有白人、有黄种人，有一次，我还有了一个红种人和一个蓝种人。我一共办了十四个孤儿院，收养了一千九百九十九个孩子，如果再收养一个外星人，那就有两千个孩子。就要跨入2000年了，我有两千个孩子，呵，上帝，如果你同意的话，我想成为这个小外星人的监护人，妈妈。

威特风　这个……是不是您先看看。

夫　人　好的，好的。

〔夫人快乐得像个小孩子，蹦跳着走近城堡，透过圆孔一看，惊叫一声，吓得昏倒下来。

威特风　快，快送急救中心！

〔直升机发动，远去。

〔与此同时，记者、科学家、服装设计师争相观看城堡里的怪物。

记　者　将军，听说那个蛋孵出的外星人已经被你们枪杀，是真的吗？

威特风　无可奉告。

科学家　将军，这个蛋孵出的外星人可得好好保护，这是国宝。全球唯一一个活的外星人，无价之宝！我请求交给我们科研机构。

服装师　将军，无论付出多大的代价，我都要带回去训化，让他成为我太空时装的活体广告。呵！“大象的皮”！

记　者　真不该是这么个结果，倒让我输给了一个孩子。不过既成事实，不如从人道出发，装入火箭，送入太空。来自太空，还给太空。将军，您以为呢？

威特风　No! No!（严肃地）由于外星飞碟未经我国同意，擅自入侵，把怪蛋丢在这儿孵化而成可怕的怪物，这绝对不能容忍！这是一般的怪物吗？No！这实际上是一种特种武器，如果把他从城堡里放出去，不仅会惊吓女性公民，而且还可能带着未知的外星病毒。知道吗？人类的感冒病毒是随宇宙尘埃传入地球的。那么，这一个来自宇宙的活体就极有可能存在一种未知的非常可怕的病毒。这将危及整个人类的安全！

记　者　那么下一步你们将怎样处置这个外星人？

威特风　这是国防部一级机密，对不起。（做了一个请走的手势）

〔记者、科学家、服装设计师只好耸耸肩离去。

庇　尔　将军，为了人类自身的安全，是不是……（悄悄耳语）

威特风　好，出色的想法，和处理那个外星人一样简单，好！

〔庇尔按了一下控制圆盘。

〔士兵上，枪口从城堡四周的小孔一齐瞄准。

〔一阵排枪。

威特风　死了吗？

庇　尔　（观察）报告将军，他，他没有倒下。

威特风　继续射击。

〔又一阵排枪。

庇　尔　（观察）他，他，他在跳舞！

威特风　射击！

〔不停的排枪。

〔透过城堡正面的圆洞，只见小外星人手舞足蹈，显得很兴奋。

〔威特风将军也惊呆了。

庇　尔　将军，这，这……

〔威特风将军按了一下控制圆盘。

〔一个戴防毒面具的防化兵登上城堡梯子，打开铁盖，施放毒气。

庇　尔　将军，英明。打不死，还毒不死吗？

〔城堡内烟雾迷漫。庇尔走近观察。

庇　尔　将军，他还是没死！

〔外星人对着透明圆洞大笑。

〔笑声令人毛骨悚然。

威特风　庇、庇、庇尔先生，你记得古老的印第安人使用的是什么武器吗？

庇　尔　我记得，记得是毒箭。

威特风　那好，你亲自去办，涂上足够的氰化物。

庇　尔　是，是。（急下）

威特风　（对防化兵）不要停，不要停，他会死的，会死的……

〔防化兵继续施放毒气。

〔威特风看了看里面。外星人一时静寂。

威特风　哈哈！这不是死了吗？

〔话音未尽，"砰"的一声，外星人的拳头砸在圆洞上，好似砸在将军的后脑勺。

〔庇尔上，拿了三支毒箭。

庇　尔　将军，一支毒箭足够毒死一千匹马。

〔将军接过一支箭。

威特风　让我亲自来。

〔将军和庇尔各执射一支，士兵执射一支。

庇　尔　（观察）哈哈！好极了，好极了！全射中了他的嘴！

〔突然，一声巨响，城堡的圆顶盖飞了开去，伸出外星人的一只巨手。

〔接着又一声巨响，城堡裂成两半。

〔外星人嘴里含着三支毒箭，如巨人屹立。他有一双巨手，面目丑陋，左手手心有相同的星形物，浑身皱褶，像一张大象的皮。

〔外星人立着像座山。怒火喷薄欲出。

巨　人　（雷鸣一声）我要摧毁你们海拉市！

〔士兵开枪齐射，枪口喷出蓝光。

〔巨人手臂横掠过去，水泥电杆断成两截。

〔士兵慌忙逃去。

〔巨人追赶。一步一声巨响，每步都地动山摇。

第六场

〔还是夜晚。

〔还是中央公园。

〔警车、救护车、消防车的呼叫混杂一片。

〔房屋倒塌的轰隆声、东西砸碎的哗啦声不断传来。

〔火光冲天，烟尘滚滚。

〔满城恐怖，如临末日。

〔人们心惊肉跳，满街奔跑。从这头跑上，迎面一座高楼倒塌，只好折回；刚转身，迎面同样是震耳欲聋的轰隆声，只好又退而却步。他们简直蒙头转向，无路可逃，无处遁身。

〔恐怖笼罩整个海拉市。

〔直升机在空中盘旋，撒下许多传单。

〔直升机上传来威特风将军的声音："女士们，先生们，公民们！我是国防部委派来海拉市的威特风上将，我遗憾地向大家宣布，现在我们海拉市正受到外星巨人的袭击，高楼不断被砸而倒塌，交通不断被毁而瘫痪，局面已经难以控制。我命令大家立刻疏散，任何人不得以任何手段攻击外星巨人。公民们，外星巨人是无敌的，任何武器对他已失去任何意义。请大家立刻疏散……"

〔巨人从远处逼近。一步一声巨响，撼天动地。

〔像是发生了地震，人们跌跌撞撞，歪歪斜斜。

众 上帝啊！海拉市完了，快来救救我们！……

〔肖警官带着红孩、蓝孩、黑孩，凯西带着米米儿一起跑上。

肖警官 孩子们，快跟我跑，别拉开距离，来，快跑！凯西，你拉着米米儿。跟着我，快！快！……

〔不知是谁突然发现了走近的外星巨人，大叫一声："巨人！外星巨人！快逃！……"众逃下。

〔巨人一步步走来，回望被他破坏的一切，开怀大笑。

巨　人 哈哈哈！哈哈哈！

〔米米儿突然返回，截住巨人。

米米儿 （大喝一声）沙利！你站住！

巨　人 （背着身）是谁，竟敢用这么大的口气跟我说话？

米米儿 是我，地球人米米儿！

巨　人 （仍背着身）一个米米大的小孩子吗？

米米儿 是的。米米大的小孩子请你回身看一看！你看一看！海拉市的第五大道全给你毁了！废墟，一片废墟！

巨　人 哈哈哈！我将毁掉你们所有的大道。

米米儿 难道一拳砸掉一座高楼，一掌毁去一座学校，在街上随手抓起一辆载人汽车像投篮一样投入大海，你就不觉得残忍吗？

巨　人 我觉得开心！（转过身来）孩子，我觉得好开心！哈哈哈！我要摧毁你们整个海拉市，毁掉你们这个野蛮的星球！

米米儿 你要知道，我们是无辜的，你残害无辜难道是你们沙利妈妈教你的吗？

巨　人 沙利妈妈给我们的使命是或毁灭所到的星球，或繁荣所到的星球，偏偏你们这个星球从我降落那一刻起，就没有善待过我，那我就只有毁灭你们！

〔巨人昂首阔步而去。

〔凯西叫上。

凯　西 米米儿！米米儿！（一把抱住儿子）米米儿，巨人没伤着你吧？

米米儿 （摇摇头）……

凯　西 天哪！我们完了！米米儿，妈跑不动了，只有在这等死了。

米米儿 （突然看到右手的星形物）妈妈，豆豆儿说过，如需要帮助，可以向太空发一个信号，太空人有思维感应。

凯　西 真的？快，快试试。

〔米米儿举起右手，手心向上，发出白光。

〔有顷，太空传来那种古怪声。

米米儿 这是太空信号，通了！你快说，跟沙利妈妈说。

凯　西 沙利妈妈，请不要把灾难降临到我们头上，现在海拉市由于你的孩子沙利，眼看就要全部摧毁，成为一片废墟。我们都是母亲，母亲博大的胸怀和博大的爱，能化解一切！……

〔太空的古怪声。

米米儿 妈妈，我相信沙利妈妈已经感应到了，我们会有救的。

〔肖警官带红孩、蓝孩、黑孩上。

三孩子 米米儿，快躲开！巨人又过来了！

肖警官 凯西，快逃，巨人！

〔肖警官带凯西和孩子穿场下。

米米儿 拉后一步，搬起一块石头，准备迎战巨人。

〔巨人上。

巨　人 毁灭！毁灭！……

米米儿 我要试试能不能先毁灭你！

巨　人 把石块给我。别怕，给我，我可以推迟一分钟把你碾成粉末。

〔巨人拿过石块，轻轻一捏，石块变成粉末哗哗落下。

〔米米儿吓得发抖。

巨　人 来，过来，也许可以借你的脑袋做一次试验。（伸出一只巨手）

米米儿 你，你怎么那么蛮不讲理？

巨　人 跟你们地球人无理可讲。

〔巨人的巨手去抓米米儿的脑袋，米米儿个子小，灵活，几次都逃脱了。

米米儿 （像捉迷藏）你来你来！你太笨了，你抓不到我！哈哈哈！哎，我们勾勾手指，做好朋友，怎么样？好吗？

巨　人 骗人的鬼话！

〔巨人一把抓住米米儿的脑袋。

巨　人 试验可以开始了吗？

米米儿 No！你再等等，让我和豆豆儿告别一声。

巨　人 豆豆儿是谁？

米米儿 他是和你一起来到地球的沙利，你的沙利兄弟。

巨　人 他在哪儿？

米米儿 他已经回到你们的星球了。我们是好朋友，真的，我们在一起非常开心……

巨　人 孩子，我和你在一起也非常开心，哈哈哈！（紧抓着他的脑袋）

米米儿 那我可真是完了，我原想请豆豆儿来救我，救海拉市。

巨　人 还想说什么？

米米儿 不说了，说了也没有用，你就开始吧。（举右手向空中发出白光）豆豆儿，再见了！

〔米米儿闭上眼睛。

〔“唰”的一声响，射出几道绿光，巨人的手立即缩了回去。

〔豆豆儿上。

米米儿 （大叫）豆豆儿，我知道你还在！我知道你会来的！

巨　人 （向豆豆儿）你是谁？

豆豆儿 我是哈第星系斯拉古诺星球的沙利。

〔举起左手亮出手心的星形物。

豆豆儿 你是谁？

巨　人 我是哈第星系期拉古诺星球的沙利。

〔也举起左手，亮出手心的星形物。

〔豆豆儿和巨人对视片刻，确认无疑，互相拥抱。

豆豆儿 我的沙利兄弟！

巨　人 我的沙利兄弟！

〔肖警官、凯西及三个孩子叫着“米米儿！米米儿！……”复上。

肖警官 （一把拉开米米儿）米米儿，巨人，危险！

凯　西 （突然发现豆豆儿）豆豆儿！……

肖警官 豆豆儿！

凯　西 孩子，妈妈知道你是回你的星球去了，这是沙利妈妈让你来的？感应到我的话了？

豆豆儿 是的是的，妈妈。

〔威特风将军带着庞尔和士兵上。

威特风 （对豆豆儿）外星朋友，真心欢迎你！（打开一条“爱爱爱”的标语）我知道你为拯救海拉市而来……

肖警官 （拉住豆豆儿的手，郑重地）豆豆儿，你和米米儿曾经一起愉快地生活，也应该算是海拉市的小公民。现在，只有你能拯救海拉市，小公民，求你了！

巨　人 哈哈哈！求他没用！沙利规矩，无权干涉对方的行动。

凯　西 （对豆豆儿）那就找你妈！（把他拉到天文台上）给我联系一下，我要和你妈再说几句！

豆豆儿 （一时沉默）……

凯　西 怎么了？听见没有？地球妈妈要和沙利妈妈说话，我要让你们的沙利妈妈教训教训他！

豆豆儿 这没用。沙利是有这条规矩，规矩不能更改。

巨　人 哈哈哈！听见了吧？你们给我站好，排好队，我要一个个把你们的脑袋……米米儿，还是从你开始。

〔巨人的手又抓住了米米儿的脑袋。

豆豆儿 等等！就是我自己不复存在，我也要制止你的暴行！魔鬼战士，上！

〔唰！豆豆儿一按手心的小红点，一队克隆的外星人上，形状如前，服饰亮丽现代。

巨　人 魔鬼战士，上！

〔唰！巨人一按手心的小红点，也上来一队克隆的外星人，状如巨人般丑陋，服饰皱褶，像大象的皮。

〔两队克隆的外星人对峙。你进我退，我逼你退，僵持良久，未分胜负。

〔豆豆儿急急跑上天文台，举起左手发出信号。

〔圆筒形的光马上罩住了豆豆儿。

豆豆儿 妈妈！妈妈！我向您紧急求助！……

〔来自太空的古怪声。

〔大家静静地听着。

米米儿 豆豆儿，怎么说？

凯　西 孩子，你妈说什么？

豆豆儿 先让我们改变一种方式，用微笑来给他一点温暖，一点爱。如果失败，那么最后，妈妈同意我使用最后的办法，来拯救这场灾难。

〔他们排好队，一个个作好了微笑的准备。

米米儿 （真诚的微笑）您好，欢迎您来到地球。

〔巨人是第一次听到这种温柔的声音，为之一震，巨大的身子晃了一下。

凯　西 （带着母性的笑）宝贝，你受惊了，来，妈妈抱抱。

〔巨人又是一震，巨大的身子晃了两下，感觉似乎要哭泣了。

庞　尔 （勉强笑着）你好，欢迎你……

肖警官 （笑得也不太自然）是的，我们都欢迎你……

威特风 （尽量微笑）Sorry, I am Sorry

〔他们的微笑似乎未能打动巨人，他不再晃动，死死盯着将军，突然狂叫。

巨　人 不！不！我不信！一切都是虚假的，我要毁灭一切！

〔巨人一挥手，他的那队克隆外星人又展开进攻态势。

〔豆豆儿一挥手，他的那队克隆外星人也展开进攻态势。

凯　西 豆豆儿，请你使用最后的办法。

豆豆儿 妈妈，在使用最后的办法以前，我要与你们告别。现在，我启动主电脑的自毁程序……

〔豆豆儿左手手心朝胸，按了一下。

众 怎么，豆豆儿？

豆豆儿 我们沙利人的记忆是可以用电脑操纵的。你们看，我们的电脑在服饰上，这叫穿戴式电脑。如果我按下这个遗忘键，那么我们大脑中那些不愉快的、痛苦的、暴力的记忆，瞬间将在记忆库中消失；同时我开启记忆键，我将在瞬息之间，先把我的思维、记忆、情感和我整个的生命，全部叠加到巨人身上，巨人瞬间就会镇定下来，放弃暴力。但是我自己，只留下了一个躯壳，不再是你们的豆豆儿，我将回到我的星球……

米米儿 不！不！豆豆儿！你不能回去！

凯　西 豆豆儿，你不能走，地球妈妈爱你！

肖警官 豆豆儿，你曾叫我爸爸，爸爸爱你……

〔豆豆儿与每个人拥抱告别。

豆豆儿 米米儿，我爱你；妈妈，我爱你；爸爸，我也爱你；庞尔先生、将军阁下，我也爱你们……

〔被拥抱的人都流泪重复同一句话：“我也爱你……”

豆豆儿 在我开启记忆键之后，同时需要给他你们的特定信息，这就是和平、友

谊和爱，让它永远储存在记忆库中，永不忘记……

巨　人　（大吼一声，指挥自己的队伍）别听这些废话！魔鬼战士，消灭他们！释放死亡之光！

〔豆豆儿猛地跑过去跪在巨人面前，手心的星形物对着他的脸，绿光射向他的眼，然后按下巨人身上的遗忘键并开启记忆键。

豆豆儿　把我的心拿去吧！这是沙利妈妈的命令！

〔巨人的情绪立刻缓和下来。

巨　人　（喃喃地）无条件接受，接受你的思维、记忆、情感和整个生命……

〔巨人的克隆队伍消失。

〔豆豆儿的克隆队伍消失。

豆豆儿　（也喃喃地）遗忘键已经关闭，记忆键已经开启，快给他爱，爱……

〔孩子们唱起他们的《宇宙之友》，并围着巨人轻轻舞动。

〔凯西在歌声中用她的肢体语言表达出对巨人的爱。

〔太空的古怪声响了，圆筒光照在天文台上。

〔豆豆儿已成躯体，像飘浮物一样飘向天文台。

米米儿　豆豆儿，告诉我，哪颗星是你们的星球，每天晚上我会用望远镜看你。豆豆儿，告诉我，告诉我……

〔豆豆儿滚下泪水，但已不能说话。

米米儿　豆豆儿流泪了，有泪水了！豆豆儿！……

众　豆豆儿！……

〔凯西还在专心致志用她的母爱呼唤巨人："孩子！孩子，地球妈妈爱你，爱你……"

〔输入的信息终于起了作用，巨人慢慢地一件件脱去其"大象的皮"。

〔大家专注着巨人的蜕变。

〔巨人完全脱去了他可怕狰狞丑陋的外壳，靓丽如豆豆儿，漂亮可爱。

巨　人　（突然抱住凯西）地球妈妈，我爱你！（拥抱米米儿）米米儿，我爱你！我爱大家！……

众　沙利兄弟，我们爱你！

〔随着太空的古怪声，飞碟徐徐降下，横贯舞台。

〔巨人挽住豆豆儿，挥手"再见"。

众　再见！

〔幕落，剧终。

〔谢幕时豆豆儿拉着巨人再次出现。

豆豆儿　米米儿！沙利妈妈给了我新的生命，我和我的沙利兄弟准备带你作一次星际旅行。

2003 年

昆剧

张协状元

（本剧根据同名南戏改编）

张　烈

时　间　宋

人物表　生——扮张协

旦——扮贫女、胜花

丑——扮王德用、小二、强盗甲

末——扮大公、祇候、黄门、强盗乙

净——扮庙判

丑——扮庙鬼

〔净庙判打扮，丑庙鬼打扮上。

净　原本该副末开场，此回由净丑充当。莫当他是庙鬼我庙判，是扮起角色串戏场。

丑　现在他还不是庙中判官，我也不是庙中小鬼，唱起戏来才是——别光说话，唱起来呀！

净　（唱）这番书会，要夺魁名，占断东瓯盛事，

不再用“诸宫调”唱出来因。

丑　（唱）饶个踏场，

搽灰抹土，插科使砌，

搾掇末泥色，

敷演一段张协赴宸京夺魁扬名。

〔转暗。

〔薄暮，大雪飞扬。

〔古庙，凄凉冷落。

〔净扮庙判，丑扮庙鬼由伫立不动转为开口说话，活动起来。

庙　判　我乃庙中判官。

庙　鬼　我乃庙中小鬼。（向外观望），咦，见那边有人行凶——唔，原来是乡人摆戏场演戏文，演戏文。

〔生扮张协内喊：“强盗抢劫哪！”逃上。丑扮强盗甲、末扮强盗乙追上，抓住张协实施抢劫。

庙　判　可恨！光天化日强盗横行。（欲上前阻止）

庙　鬼　（拦住庙判）泥塑木雕，眼开眼闭，少费精神。

强盗甲
强盗乙　（抢夺得手后）走！（下）

张　协　（惨呼）天哪！

庙　判　他衣不遮体怎御寒冷？

张　协　好冷的天哪！（进庙）

庙　鬼　戏演人间百态，描摹芸芸众生，说是假亦是真。

庙　判　归座！

庙　鬼　这下惨了，我与他都成了戏中人。

张　协　呵呵，苦嗬——（走向门边，从缝隙处向外观望）好冷的天哪！

（唱）雪狂风劲，

　　白茫茫不见前村。

　　图活命避死伴鬼神。

〔一阵风将门吹开。张协急忙将门关上，用力过猛，失修的门，门板脱落。寒风袭来，张协挡不住严寒，跌跌爬爬回至神座。

庙　鬼　这下好，本来只剩几块木板的破门，如今又少了几块木板。这大冷天，他可怎么过？

庙　判　你我来作门。

庙　鬼　作门？亏你想得出。

庙　判　做做好事，发发善心，挡住风，莫叫他冻死。

庙　鬼　没法子，小鬼听判官的。作门！（同庙判前去相倚作门）不妥，判爷，这是贫女住处，如今让秀才占了窝，贫女回来怎么办？

庙　判　唔，这却不曾想到。贫女回来，一个孤男，一个寡女，这孤男寡女聚在一起，干柴遇着烈火，万一做出不该做的事来，可就坏了。

庙　鬼　坏倒不坏，一个没有老公，一个没有老婆，只要真心相爱，结成夫妻，也是人间美事。我还巴望他们在庙内生儿育女，图个热闹呢。（见远处贫女行来）贫女回来了，你我开门。

庙　判　关门。

庙　鬼　开门。

庙　判　关门。

庙　鬼　存心不让她进门啊！

庙　判　你我关门，贫女叫门。秀才前来开门，好叫贫女知道庙内有人。

庙　鬼　好！作门哪——（同庙判相倚着装作紧闭的门）

〔旦扮贫女上。

贫　女　（唱）路滑雪深，

谋衣食朝出归黄昏。（推门推不开）

是何因门儿闭得紧？

开门，开门！（擂门）

庙　鬼　哎哟……（呼痛）

庙　判　噤声，忍着点。

庙　鬼　专往我身上打呀！

庙　判　这叫拳拣瘦的打

庙　鬼　哎呀，就苦我呀！

贫　女　（接唱）莫非鸠占鹊巢，庙内有人。

开门，开门！

张　协　有人叫门？听声音是个女子，谅来不是强盗，待我开门。（开门）

贫　女　（进门，注视张协）你是何人？

张　协　你又是何人？

贫　女　我是此处主人。

张　协　笑话了。小小破庙，谁都是主，谁都是客，分什么主客！张协遭难，出于无奈，在此住宿。

贫　女　不可以，不可以的呀！你住这里，我住哪里呀？

张　协　这个嘛……你住殿上，我住廊下。

贫　女　小小破庙，男女同处，传扬开去，有丧名节。就是我肯了，只怕庙中神

灵也是不会肯的呀！

庙　判　唔，讲得好！

张　协　说的也是。大姐，可有穿的？

贫　女　女人衣衫你如何穿得？

张　协　可有吃的？

贫　女　我朝出晚归，替人缉麻织布，挣得一文半文，原是有一顿无一顿的，哪有吃的给你哟！

张　协　既无吃的，又无穿的，我一出此门……你看看，外面天寒地冻，我是要冻饿而死的呀！

贫　女　这个……

张　协　大姐，读书读到此时，我明白了一个道理，叫作“名节事小，性命事大”。

贫　女　相公，你说错了，是“性命事小，名节事大”。

张　协　留得青山在，才能有柴烧。若死了，就什么都没有了。大姐容颜秀美，贫居庙中，其实你也在等那可烧之柴呀！

庙　鬼　说的倒是大实话。

〔丑扮小二内喊：“我来了！”

庙　判
庙　鬼　有人来啦——作门！（相倚作门）

〔小二提一只猪头一壶酒上。

小　二　（念）一只猪头一壶酒，

爸在后跟我前走。

假装不肯来此地，

爸哄我：我的老婆今宵有。

到了。先别叫门，看看我贫女姐在做什么。（扳开门缝往里望）咦，有个男人？不好！别叫他骗了我老婆去。

〔小二推门，门推不开，转而退后几步，猛一个冲刺，向门撞去。庙判、庙鬼倒地，小二也跟着跌倒。

小　二　今朝这门软哄哄的不经碰。（爬起）

庙　鬼　唉哟！（呼痛）判爷，你害苦我了。

庙　判　你看。（指小二手上的酒肉）

庙　鬼　（喜）平常豆饭难见，今日有酒有肉。

庙　判　门神暂且不当，速回原位享受。（同庙鬼归座）

小　二　（对张协）咦咦，走开！你敢跟我老婆在一起……

张　协　（不相信）她会是你老婆？

贫　女　小二，口边乳臭未干，头上胎发犹存，不可胡言乱语，你应叫我姐姐。

小　二　是姐姐也是老婆，不信问我爸。（冲庙外喊）爸，你快来呀！

〔末扮大公匆匆上。

大　公　不要吵，不要闹。老汉一步来迟了！

贫　女　大公，小二无礼。

大　公　贫女休怪。大雪之夜，怕你缺吃少穿，备了点酒肉，要他陪我同来，他就是不肯。我就哄骗他，讲："你若肯同来，贫女就是你老婆了。"

小　二　哼，都当我傻，我才不傻。

大　公　（发现张协）这位是……

张　协　西川举子张协，这厢有礼了。

大　公　原来读书相公，失敬了。你怎会如此模样来在这里？

张　协　说来惭愧。

大　公　慢慢说来。

张　协　（唱）一介青衿，

奉父命赴考上帝京。

道出五矾山径，

遇强人打劫，衣衫全剥，盘缠罄尽，

还一叉打得血淋淋。

蒙垂问，

不由我悲从中来，泪洒衣襟。

贫　女
大　公　（唱）伤心，

面对落难人。

怜悯，

不由泪盈盈。

小　二　咦咦，他哭了，她也哭了。（抬头见大公眼睛红红）咦，爸，你怎么也哭了？

大　公　眼睛有毛病，见风落泪。

小　二　你们都哭我也哭，呜呜呜……

贫　女　小二，莫哭。（为小二抹泪）

小　二　（顽皮地抬头）贫女姐，我没眼泪。（转对张协）你冷吧？

张　协　冷，冷嗬！

小　二　（脱下衣裳给张协）穿上！

张　协　（接过，一股臭味袭来，皱眉）臭……唉，有比没有好啊！（披上）

大　公　张相公，水有涨落，人有沉浮，你不必悲伤。老汉问你，不知你今后作何打算？

张　协　苦无盘缠，若有盘缠，自当上京赴考。

大　公　老汉若是赠你盘缠，你有幸高中，这高中之后呢？

张　协　定当答谢深恩。

大　公　我不叫你谢我，叫你谢她。（指贫女）

张　协　大姐容留之恩自然也当答谢。

大　公　张相公，我给你直说了吧！你与贫女相遇，可称天之安排，老汉有意要贫女嫁你，你可愿意？

张　协　不，不！（坚拒转踌躇思索）这……事出突然，事出突然啊！

（唱）她容颜秀美举止温存，
偏是庙居贫贱身。
到来日成龙时节，
她怎配作诰命？
她怎配作诰命？

大　公　张相公，你意下如何？

张　协　婚姻大事尚须父母作主。

大　公　不知你父母现在哪里？

张　协　路隔千里，远在西川。

小　二　推得远，那是问不着了。

张　协　再者，张协志向：先得志，后问婚。

大　公　如此志向可钦可敬，这婚事么不提了。

小　二　（见贫女神情沮丧）爸，贫女姐，我叫他答应。（转对张协）相公，想吃肉吗？

张　协　想吃哟！

小　二　想喝酒吗？

张　协　想喝酒哟！

小　二　身上暖和吗？

张　协　还算暖和。

小　二　你给我拿来吧！（夺过张协身上衣服）从今往后，没吃没喝没穿！

张　协　唉呀，我可要冻饿而死了！

小　二　死路一条！

张　协　（唱）听一言提醒，

不允婚事无吃无穿难活命。

当细思忖，

结姻亲馈赠盘缠上帝京。

蒲草虽贱尚有用，

脚踩蒲团上青云。

哎，性命事大，名节事小哟！（转对大公）大公美意，学生却之有愧。大姐若有意俯就，学生岂不高攀。

大　公　此话你对贫女讲去。

张　协　大姐啊——

（唱）蒙容留，

甘效琴瑟，鸾凤和鸣。

你晨起梳妆对宝镜，

你晨起梳妆对宝镜，

我效张敞，画眉人代匀铅粉。

贫　女　（唱）孤贫女，孤贫女，贫无宝镜，

梳妆时，梳妆时，映在水滨。

当解我，当解我缉织苦与辛，

常伴你，伴你樵采，足践山林。

张　协　（唱）男儿志当发奋岂肯劳身？

去科场夺魁扬名，

去科场夺魁扬名，

脱下你布衣裙，

改换起锦罗绫。

贫　女　（唱）只求个贫贱夫妻百年好，

得意时莫忘糟糠妇结发人。

张　协　张协此心天可鉴，举头三尺有神灵。

庙　判　好一个会讲话的秀才。

庙　鬼　把你我扯在里面，有得麻烦。

大　公　好了好了，如今该问这庙中神灵肯不肯了。

小　二　阿爸，泥塑木雕的可是不会讲话。

大　公　打个圣杯，求个阴阳，这大媒人嘛还得由神道来做哟！

庙　鬼　（拉过庙判）判爷，若是好姻缘，终究会团圆；若是恶姻缘，媒人要损娘。

庙　判　没听讲过。

庙　鬼　人家要骂娘——还损女儿。

庙　判　这与女儿又有何干？

庙　鬼　东瓯民间有话，叫“做媒人的赔女儿”。

大　公　正好带有猪头与酒，先来祭拜神灵，再作祈祷。

庙　鬼　唉哟，总算有得吃了。（急步上前）

庙　判　回来吧！（拉回庙鬼）

小　二　（寻找可放祭品的桌子）阿爸，没桌子。

大　公　你是桌子。

小　二　我是桌子？好嘞，我是桌子嘞！（伏在地上）

〔大公将酒肉放在小二背上，将肉切开。

小　二　（伸手从自己背上偷拿了块肉）我先吃。

庙　鬼　该我先吃。（俯下身子）

小　二　好嘞！（将肉在庙鬼口中塞过，然后放进自己口中）

〔庙鬼咀嚼得满嘴流油。

庙　判　该我吃了。

小　二　（照样取肉往庙判口中一塞，纳回自己的口里）好了，好了，吃都吃了。我先祷告——

（念）求神灵，祷神灵，
吃了我肉要显灵。
张协若是负心汉，
不出阳来给个阴。（掷出卦杯，卦呈阴象）

大　公　不巧，是个阴卦。（见贫女神情沮丧，安慰）莫急，莫急，你看，庙宇长年失修，皆因神言不准。

庙　判
庙　鬼　瞎说！

大　公　我放心不下，再掷一次。

（念）求神灵，祷神灵，
怜他孤贫对孤贫。
结伴可解孤贫苦，
当出阳卦莫出阴。（掷出卦杯）

小　二/大　公　（冲卦杯喊）阳，阳，阳……（卦怀落地成阳卦，庙鬼将它翻作阴卦。

小　二　咦咦，奇怪，明明是阳卦，被风一吹成了阴卦。

贫　女　莫非是上天明示，此婚莫成么？

大　公　此地民俗，凡事“三盘落灯盏”，以三作准。再掷一次。

张　协　我来祈祷。

（念）求神灵，祷神灵，
人间美事望玉成。
张协得舒凌云志，
重修庙宇塑金身。

庙　判/庙　鬼　唔，有好处喽！（喜）

〔张协掷出卦杯。

张　协/大　公　（喊）阳！

〔卦呈阳象。

大　公　（惊喜）阳！

贫　女　阳吗？（喜不自禁）

张　协　阳啊！（喜）

大　公　贫女，快去梳妆打扮去吧！（携贫女下）

〔小二随下。

庙　鬼　（见张协得意洋洋）你得意什么？

张　协　逢凶化吉，遇难成祥，岂不得意！

庙　鬼　你不亏心吗？

张　协　情知不是伴，事急且相随哟！

庙　鬼　呸！（啐了张协一口）

张　协　（抹去唾沫，面前无所见，惊诧）我遇见鬼了？

庙　鬼　判爷，张协欺心负心，日后怕会丧心狠心。传扬开去，知道是你作的媒，难保不会有人来拆庙、烧庙。你我是门面，躲不过这场劫难哪！

庙　判　这个……唉，走吧！

张　协　这回我要饱餐一顿了。（寻找桌子）桌子呢？桌子呢？我还没吃饭哪

〔小二捧官衣上。

张　协　哎，小二，桌子呢？

小　二　桌子被人借走了。

张　协　桌子，桌子……我还没吃饭呢！（追下）

小　二　还当我是小二？戴起官帽，穿起官衣，迈起官步，让你看看我是谁。（边说边换装，改扮成赫王王德用）

〔灯光切换。枢密使相府。厅堂。

王德用　（念）别再当我小二，
此刻改扮赫王。
若问官有多大，
群僚都听我讲。

（喊）堂后官。

〔末上。

末　儿啊——

王德用　此刻你不是我爸，是我的堂后官。

末　是，是。（换装扮成祗候）

王德用　去给我取把座椅。

祗　候　去前厅取。

王德用　太远。

祗　候　去后堂拿。

王德用　费时——你就作座椅。

祗　候　我作座椅？唉唷喂！

王德用　只是临时使用，又非一年半载，作啥一副苦相？

祗　候　昨日扭伤腰，腰疼。

王德用　有你吃的。

祗　候　有吃的倒还可以。

王德用　一剂驱风散。

祗　候　苦药啊！唉哟，苦嘀——

王德用　（推祗候伏地，坐上）你苦？我才苦呢！

（唱）有女胜花，

深闺待嫁。
工商士农不在眼下，
定要嫁状元郎风流潇洒。
她病恹恹难解相思苦，
我急煎煎思量没办法。

祇　候　有办法，张协……

王德用　张贴？堂堂赫王还张贴招婿榜文啊？亏你想得出。

祇　候　放我起来。《登科记》上写分明，请相爷过目。

王德用　起来，起来。多日不到朝堂，把这事给忘了。新科状元是谁？

祇　候　（起立，打开《登科记》，宣读）新科状元四川成都人姓张名协。

王德用　年老年少？

祇　候　翩翩少年。

王德用　模样如何？

祇　候　风流潇洒。今日披红挂绿，御街走马。

王德用　唉哟喂，你怎么不早说呀！快，去拿丝鞭来。（对内喊）胜花，我的女儿，你快来呀！

〔祇候下。

〔旦扮胜花上。

胜　花　（唱）幽闺独处，
闻声唤无聊赖轻移莲步。
问爹行何事唤我？

王德用　（唱）状元郎披红挂绿街衢过，
好姻缘今日天降落。

〔胜花欲喜还羞。

王德用
胜　花　（唱）女儿家红云上脸欲诉难诉，
心头事各心知何必说出，
美姻缘切莫蹉跎。

〔祇候取丝鞭上。

祇　候　丝鞭取到。

〔王德用取过丝鞭递给胜花。

胜　花　爹爹，要它何用？

王德用 你我去那御街之上，状元游街过来，你若看得中意就递上丝鞭，他若接了丝鞭……

胜　花 怎么样？

王德用 那是婚事可成。

胜　花 若是不接丝鞭呢？

王德用 红绳扯断，各自走散。

〔内鼓乐声起。

祗　候 相爷，状元郎游街过来了。

王德用 女儿，快走啊！（同胜花下）

〔祗候随下。

〔灯光切换。京城。街道。

〔净扮庙判、丑扮庙鬼上。

庙　判 离了古庙四处行，

庙　鬼 我成野鬼他游神

庙　判 伴随张协京城走，

庙　鬼 他若负心，我俩伤心。

庙　判 张协今日跨马游街，人手缺少，你我相帮他去。

庙　鬼 鬼会抬轿，神吹喇叭，相帮去吧！（同庙判下）

〔王德用携胜花上。祗候随上。

〔鼓乐声中，庙判执伞、庙鬼牵马引张协上，作行路舞蹈

张　协 （唱）披红挂绿，

摆头踏，御街走马。

春风得意时，

一夜看遍洛阳花。

庙　判 （唱）我执伞，

庙　鬼 （唱）我牵马。

庙　判 （唱）他难看见我，

庙　鬼 （唱）我能看见他。

庙　判 （唱）好叫他善听神言……

庙　鬼 （接唱）还有我鬼话。

胜　花 （欲看张协看不见）

（唱）怪，怪人头攒动，

怨人声嘈杂。

王德用 前面人等闪开，就说赫王相公与小姐看状元来啦！

胜　花 （前看，喜）

（唱）不差，

此模样日里常想梦里常见，

莫非是五百年前安排下，

此身应属他。

王德用 女儿，这上好的白面馒头，你不伸手，当心叫别人抢去吃了。快递上丝鞭呀！

〔胜花含羞不前。

胜　花 （唱）羞答答，欲递难递丝鞭，

王德用 （唱）心中有语，口中无话。

堂后官，你代小姐递上丝鞭。

祇　候 （递丝鞭给张协）状元郎请接丝鞭。

张　协 （接下丝鞭）接此丝鞭却是何意？

祇　侯 赫王府招驸马！

张　协 赫王府招驸马？呵呵，哈哈哈……（得意大笑）

庙　鬼 接了丝鞭还笑，笑得我浑身发毛。

张　协 （唱）人言不差，

书中自有黄金屋、千钟粟，

还有那颜如玉女娇娃。

人美我御街走马，

又逢这相府招婿，

得意时岂不喜煞笑煞。

这丝鞭我接下。

庙　鬼 （唱）莫接下！莫接下！

张　协 （唱）耳边厢谁人说话？

庙　判 （唱）神话鬼话化你心中话

张　协 （唱）我蓦地里暗惊讶，

蓦地里暗惊讶。

忽刺刺冷风拂面，

是何因惊我坐马？

呀——

蓦想起庙中人织布缉麻，

两月夫妻三更伴读青灯下，

岂能忘她？岂能忘她！

这丝鞭莫接下，

这丝鞭莫接下。

〔庙鬼夺过丝鞭抛还给祗候。

胜　花　爹爹，他接下丝鞭又递还丝鞭……（垂泪）

王德用　女儿莫急。爹亲自去，不怕他不接丝鞭。（上前）状元郎下马说话！

张　协　好。

庙　鬼　别下马，别下马！

〔张协欲下马被庙判、庙鬼拉住。

张　协　赫王见谅。皇命所赐，走马御街，恕难下马。

王德用　给他下马威，他还不下马。（转对张协）堂堂赫王招你为婿，是抬举你。你接了丝鞭又递还丝鞭是何道理？

张　协　人各有志，不可相强。

王德用　什么志？

张　协　千里跋涉到京城，不为求妻只为名。

王德用　这话酸溜溜听起来带醋味——我说张协，我赫王嫁女，人家求之不得，你却推三阻四，莫非另有苦衷，家中已有妻房？

张　协　这妻房嘛……

王德用　还是没有妻房？

张　协　这没有妻房嘛……

王德用　你给我当街说个明白！

张　协　（思索之后）张协尚无妻房。

庙　鬼　大白天说鬼话。

张　协　要紧当口是要说假话的哟！——倘若自认已有妻房，那五矶山遭劫狼狈，破庙中结亲荒唐，那桩桩都要抖露出来。再者，庙中贫女，怎堪作状元夫人？到时，同僚耻笑事小，只怕龙颜不悦，有妨前程哪！

王德用　真的没有妻房？

张　协　确确无有妻房。

王德用　其实不管有妻房无妻房你都是我家女婿，就算有妻房，休了前妻，再娶

后妻，也是当官的常有的事。

张　协　这不有丧名节吗？

庙　鬼　（揶揄地）你不是说名节事小吗？

张　协　名节事大！落魄时名节事小，得意时名节事大哟！

王德用　张协状元，请接丝鞭。

张　协　这丝鞭么……还是不接的好。

（唱）作一个抗强权当街拒婚，

留一个性命事小名节事大，传佳话。

这丝鞭我不能接。

王德用　真敢不接？（威逼）

张　协　（唱）莫非你当街贱卖败柳残花。

起马！

胜　花　状元郎留步。（跃然上前，拦住张协马头）

（唱）顾不得抛头露面，

只因你言有差。

丝鞭招赘古有成法，

你怎认作当街贱卖？

怎认奴是败柳残花？

张　协　（见胜花容颜秀美，不自觉滚鞍下马）呀——

（唱）原来是玉无瑕，

疑是九天玄女下彩霞。（扶住胜花）

胜　花　（唱）蒙眷恋，请将丝鞭接下。

张　协　（接过丝鞭，踌躇）

（唱）哎呀！难接下，

有人羁绊，难有你，只因她。（弃丝鞭于地）

〔胜花眩晕，摇摇欲倒。王德用急扶。

〔灯光切换。状元府第。

〔净扮庙判、丑扮庙鬼上。

庙　判　都道神仙日子易过，其实人间岁月也快。

庙　鬼　匆匆几月过去，就像我俩后台一转到了前台。

庙　判　有人说张协状元当街拒婚有气派。

庙　鬼　有人夸好，有人说呆。

庙　判　还有人说是沽名钓誉文人丑态。

庙　鬼　要说呆，男人呆，女人更呆——胜花娘子含怨受气想不开，忧思成病，一病不起，魂悬一丝，快要去泉台。

庙　判　王德用一腔怒气在胸怀，气坏、恨坏，恨张协……

庙　鬼　别说了，张协来了。你我走吧！

〔生扮张协上。

张　协　留步。

庙　鬼　坏了——在喊你我哪！

张　协　相烦作门。

庙　鬼　作门啊！判爷，都是你，有了一次就有二次三次……

庙　判　如今他是天子门生，听他的，作一回状元府大门也还可以。

庙　鬼　我明白，这叫钱能通神，你把自己卖了。

庙　判　还有话呢！

庙　鬼　是说我的，叫"有钱能使鬼推磨"——作门吧！（同庙判分立，作开着的门）

张　协　听着：皇宫使者、皇亲国戚来时，开门。

庙　判　明白！

张　协　文臣武将，贵胄达官来时，开门。

庙　鬼　晓得！

张　协　若是那农夫、村妇来时……

庙　判　自然也是开门。

张　协　却要关门。

庙　鬼　要是来了五矶山下古庙之中的贫女……

张　协　这贫女来嘛……（思索）还是关门的好。

庙　鬼　（背白）存心不肯见她。

张　协　记住：开门要响，关门要迷。

庙　判　明白，开门要响，显出状元府第气派。

庙　鬼　关门要迷？哎，判爷，什么叫关门要迷？人家不懂。

庙　判　此乃温州俗语，是严丝合缝之意。

庙　鬼　原来不让外边看见里边。我说张协，你关得住人的身影，可关不住人的声音哪！

张　协　关门！

庙　判
庙　鬼　关门哪！（作关门状）

〔旦扮贫女上。

贫　女　（念）小二买得《登科记》

得知夫郎中状元。

喜滋滋不辞艰辛京城到，

浑忘却盘缠尽食无衣单。

此处已是状元府第。门上大爷，相烦通禀一声，就说状元夫人、五矶山下古庙之中的贫女来了。

庙　鬼　我是门，不是人，你高声说话，里面听得见。

贫　女　张协，你的贫女来了？

张　协　怎么？贫女来了！

庙　鬼　（对庙判）你我开门。

张　协　不可开门！

贫　女　奴家千里跋涉，历尽苦辛，前来寻你，只求个夫妻团聚，请你开门。

张　协　贫女，我难以开门。

贫　女　原是你糟糠妇，不是那陌路人，自当开门相认。

张　协　已难作夫妻，已难再相认。

贫　女　啊，（一震）你再说一遍。

张　协　夫妻缘尽，你走吧！

贫　女　这……这……（呆立）

（唱）似落冰窖周身冷，

欢欣化烟云。

举步离去……

哎呀，痛煞煞步难行。

门哪！

能隔断富与贫，

莫隔断夫妻情。

哎呀，夫君呀——

我诉悲愤紧擂门。

庙　鬼　使劲打，我忍着，不叫疼。

张　协　（唱）也觉得心惊，

此声音动鬼神。

贫　女（唱）都道是一日夫妻百日恩，

张　协（唱）也难忘庙中情愫两月光景。

贫　女
张　协（唱）风雪黄昏，

香积橱旁互问饱温。

深夜伴读，

相依取暖软款温馨。

一个馒头，一半一半分，

一半自/她不吃，

暖怀中还解他/我饥馑……

贫　女（唱）可知我此一时立寒风惨泪淋淋。

张　协（唱）也不觉步践苍苔门儿近，

待我来开门。

（开门又停住）啊呀！不可啊不可，这门一开一关之间关系着我的是非祸福啊！张协啊张协，你一步走差再不可步步走差哟！（回身走）

〔末扮黄门太监上。

黄　门　奉谕状元府第走，赐他喜与忧。——开门！开门！

张　协　门外哪位？

庙　鬼　皇宫太监。

黄　门　没规矩，要叫公公。

张　协　皇宫内侍来了。速速开门！

〔庙判、庙鬼开门。张协出迎。

贫　女　夫郎……（欲上前相认）

〔张协急上前阻止。

黄　门　状元公，她是你何人？

张　协　可笑，这妇人疯疯癫癫前来冒认官亲——你们速把那妇人赶走！

庙　鬼　又作门又作人的，真够累的。（同庙判赶贫女下，又回来作门）

张　协　公公请坐。

黄　门　坐哪儿呢？没桌没椅的，要坐还不叫我自己坐自己背上了。免了吧！状元公，可喜可贺，万岁爷恩典，外放你为梓州府佥判。

张　协　小小佥判何喜可贺？也好，远离京城，避开赫王王德用，倒也清净。

黄　门　如此说来你清净不了。

张　协　为何清净不了？

黄　门　赫王相公在万岁爷面前请下旨来，也外放梓州，他作通判，你作佥判，他大你小……

张　协　啊呀！（吓得坐跌）

黄　门　也太性急了，我还没作座椅你就坐下了。起来，起来吧！（扶张协起）明白了吧！从来不怕大只怕管，今后你与赫王同地为官，他大你那么一点点，现官现管，管住你，有你的苦果子吃哟！

张　协　是啊！是啊。

黄　门　咱家不懂，赫王要将女儿嫁你，你却假正经不接丝鞭，同赫王结冤……

张　协　自思也颇觉后悔。

黄　门　后悔药可是没处买。我走了！（又回头）状元公，给你说句体己话，你可是没有妻房？

张　协　自然没有妻房。

黄　门　切不可将门外那个认作妻房，再添烦恼哟！

〔张协又吓得坐跌。

黄　门　（拉住张协）又要坐下去，底下还没椅子。

张　协　开……开门送客，

庙　判　开门要响！（开门）

〔黄门出门，下。

张　协　速速关门，莫放贫女进来！

庙　鬼　关门要迷。（关门）

张　协　（念）一番话吓得汗淋淋，
　　　　躲不开冤孽缠身。
　　　　前庭难立，前庭难立，
　　　　去后院还坐愁城。（转向后院）

〔旦扮贫女上。

庙　判　贫女，张协已去后院。

贫　女　如此我去后门。

庙　鬼　判爷，前门能作后门也能当，跟着走吧！（同庙判随贫女绕场）

贫　女　张协，你可听见妾身的哭声吗？

张　协　贫女，你速速回去，不要在此自寻烦恼。我上任路上路过五矶山时定去庙中看你。

贫　女　路途遥远，身无分文，难以行走。夫郎啊——

（唱）求夫君且当作施恩怜悯，
开门儿半扇，
赐我薄粥半盏，铜钱半缗，
免教我饿死沟渠。
啊呀，夫啊——
应念及结发共枕，
何决绝抛撇下，闭门不相认。

张　协　（背唱）难有怜悯，
此声音入耳，似蛇咬项颈，
公且作个不睬不答不闻。（下）

庙　判　可怜，薄幸冤家成间阻，痴心女子盼团圆。

庙　鬼　一路上唱小曲讨饭回去吧！

贫　女　也罢！就将那“诸宫调”唱来因，唱一段欺心负心张协状元。（哭下）

庙　鬼　判爷，张协要去梓州，你我不必再留京城，回古庙去吧！

庙　判　好！走！

〔灯光切换。薄暮。古庙。

〔庙判、庙鬼伫立。旦扮贫女卧在神座旁。

贫　女　（唱）疏雨残风，
恨夫郎薄幸。
泪偷垂，不敢教神听。

〔生扮张协上，幽灵似地进庙。

张　协　贫女，我张协来了！

贫　女　（起立）你真的来了么？莫非是上任路上经过此地？

张　协　我是特地前来看你的。

贫　女　特地前来看我吗？（燃起一线希望，喜）你看，破庙之中凌乱得很……

张　协　还与往日一样。

贫　女　这坐无坐处……（欲招呼张协坐，又无处可坐）喏喏喏，那边倒是你往日坐卧之地。

张　协　还要我再在那边坐卧吗？

贫　女　你看，这墙上留有你的墨迹，我不肯擦洗，留着它，望着它，好随时想起你呀！

张　协　难得你如此深情。

贫　女　两月缱绻，岂能忘情？

张　协　我呀，怕提那庙中狼狈。

贫　女　我嘛，却认作蜜里光阴。

张　协　贫女，你不该前往京城。

贫　女　女人总思夫君。

张　协　不该门外哭闹。

贫　女　是你紧闭大门。

张　协　你看看你可配作状元妇？

贫　女　细想想夫富岂可嫌妻贫？

张　协　离京城一路唱起“诸宫调”。

贫　女　为贫所逼，为求活命！

张　协　诸多故事都可唱，为何独唱张协状元欺心负心？

贫　女　唱得句句实情，神灵可鉴，何处非真？弱女子遭欺凌，万般无奈，痛煞煞抹丝弦，将泪水化悲声，只求你回心转意，不再欺心负心。

张　协　好一个欺心负心！（冷笑）呵呵嘿嘿……你可知我来此之意？

贫　女　妾身不知。

张　协　先给你说个明白，再给你作个了断。当初与你结亲，为的解一时之困，我是假意，可笑你以假作真。如今你哭也无用，我只有将你恨。

贫　女　你恨我何来？

张　协　因有你，我御街难接丝鞭，怕留下停妻再娶骂名，与赫王结下仇与恨；因有你，衣不遮体，蓬头垢面，形同庙中之鬼，却痴心妄想，要作状元夫人，逼得我当街自认：无有妻房，还是独身。不料你上汴京，弹唱那张协状元欺心负心，此事一旦败露，赫王挑唆，皇上震怒，我祸及杀身。（抽出佩剑）如今你已成我肉中刺、骨内瘤、心头病。逼得我与你一剑作了断，莫怪我手下无情！（挥剑）

〔贫女手臂中剑，呼痛，滚过一旁。

庙　鬼　判爷，张协杀人，你不管哪？

庙　判　泥塑木雕，也是无有办法。

张　协　看剑！（举剑进逼）

贫　女　（步步后退）张协，你就不怕举头三尺有神灵吗？

张　协　你信神灵，我不信神灵。若是神灵有灵，你先得恨他。是他作媒，叫你我成亲。

庙　鬼　判爷，他在骂你哪——我可忍不住了！

庙　判　（喊）张协，杀人可恕，情理难容，你该住手了！

张　协　（猛地一震，佩剑落地，四望无所见，惊恐）

（唱）悲风凛凛，

古庙阴森。

见点点般红，台阶血浸，

止不住战兢兢，

速速离去，作一个张协未杀人。（下）

〔静场。有顷，昏卧地上的贫女渐渐抬头。

贫　女　（唱）耳畔风轻，

觉死般寂静，

孤苦儿苦泪和血忍。

苦向谁诉？谁为鸣不平？（起立）

问天？天高，

问地？地原冥冥。

唯问鬼神！

只当神言可信，

原来是神志不清。

都道神目似电，

却做得个神魂颠倒鬼迷心窍，

啊呀，害了我，害了我终生。

神啊……（号哭着拍打神像）

恨不将泥塑木雕碎成粉，

可怜我，可怜我心慈手软力难从心。

哭无泪，血将尽，命难存。（渐渐不支，倒下）

庙　鬼　（哭号）判爷，冤哪！遭人打，遭人骂，这鬼，这泥塑木雕的鬼我不做了。

庙　判　我也不做了，我心里也难受啊！

〔丑扮王德用上。

王德用　（喊）庙内有人吗？

〔庙判、庙鬼赶紧归座，恢复原样。

王德用 人生一条路，皇宫可走，破庙要住。平时锦衣玉食，落难时南瓜饼是好货。只因贪着赶路，错过了宿头，来到这前不巴村后不巴店的地方，今天只得在这里伴着鬼神住宿。咦，暗地里还躺着个女子，过去看看。哎呀，这不是我女儿胜花嘛——（喊）胜花，胜花……

贫　女 （苏醒过来）你是何人？

王德用 你是胜花，我是你爸。

贫　女 我不是胜花，你也不是我爸。

王德用 我女儿忧思成疾，去了泉下。我知你不叫胜花，我要你改叫胜花。我不是你爸，我要你认作爸。

贫　女 不不，张协讲过，不可冒认官亲。

王德用 不是你要冒认官亲，是我叫你冒认官亲。这次我去梓州上任。

贫　女 也去梓州吗？

王德用 专管张协。

贫　女 张协吗？

王德用 我女儿死了，她生前与你长得一模一样，看见你，我就想起她。我苦嘛，我的女儿啊……（号哭）

贫　女 （觉不忍）老人家休要悲伤，若蒙不弃，贫女甘作你的女儿。

王德用 （笑）嘻嘻，我还没出眼泪她就认了。（扶起贫女）女儿起来。啊，你手臂有伤，鲜血淋漓，是怎么回事？

贫　女 这个嘛……（欲说难说）

王德用 先都别说，来人哪！送副门板来，抬胜花小姐去前村治伤。

〔末扮大公内应："来了！"上。

王德用 只当来副门板，原来来个老头。

贫　女 大公，我苦啊。（依在大公怀里哭）

王德用 咦，他是你何人？

贫　女 贫女缺衣少食，全靠大公照应。

王德用 这么说你是她干爹？干爹也是爹，随我去任所住些日子，也好相帮照看你我的女儿。

大　公 贫女，你手臂有伤，却是为何？

贫　女 是他……（欲说不忍说，只是哭）

王德用 女儿莫哭，说出来，有冤爹替你伸冤，有仇爹替你报仇。

〔大公蓦见地上宝剑，捡起看。

大　公　啊！张协！（将剑递给王德用）

王德用　（看剑）张协？哈哈，张协啊张协，你害死我的第一个女儿不算，如今又害我第二个女儿，我岂能放过？女儿莫急，张协是颗薄壳核桃，外表看着硬，其实不经敲，里头还脆着呢！到了梓州，我叫他尝尝我这硬壳核桃的厉害。

庙　鬼　判爷，我们也去梓州看热闹去吧！

庙　判　走！

〔灯光切换。梓州。王德用任所。

〔净扮庙判、丑扮庙鬼上。

庙　判
庙　鬼　（喊）赫王召见张协状元！（喊罢退下）

〔生扮张协上，在堂下站着。

张　协　（念）赫王召见，局促不安立堂前。

〔丑扮王德用上。

王德用　他想早召见，我偏不见，挫挫他的锐气。张协听着：本定三年之后，现改三天，你耐心站着，三天之后召你相见叙话。

张　协　既是三日之后，张协先回，三日后再过府拜访可好？

王德用　不好！我这衙门，没人作门，开门不响，关门不迷，进得来就出不去，出去了就进不来！

张　协　要见难见，要走难走，他在存心折磨我呀！

王德用　好吧！不难为你了，不须三日，只等你鞋底站穿就来相见。

张　协　唉，这……

（唱）遭磨难，

王德用　为的什么？

张　协　（唱）不接丝鞭，浓情结厚冤。

王德用　说对了！

张　协　（唱）晨站起，眼见日衔山。

王德用　还早呢！

张　协　（唱）鞋底未穿，脚底先穿。

王德用　听你说得可怜，好吧！上堂相见。

张　协　遵命！（艰难地步上厅堂）张协拜见赫王。

王德用 坐呀！（见张协寻找坐处）没椅子——虚坐。

张　协 何为虚坐？

〔王德用摘下髯口，走出角色，成了丑角演员，拉扮张协的生角演员至台口。

丑 列位看官，你看看，他连虚坐都不懂。（转对扮张协的演员）虚坐就是戏场外的看官见你像坐着，其实屁股底下没椅子，像蹲不蹲的假坐！（同扮张协的演员回位，重新进入角色）

张　协 （作虚坐状）唉，我已整整站了一天，如此坐法，我如何经受得起哟！

王德用 哼！（板下面孔）你也知经受不起了？你跨马游街，我女胜花当街站了半天，你是接了丝鞭又递还丝鞭，接了丝鞭还递还丝鞭，苦苦折磨她。她就经受得起吗？

张　协 此乃事出有因，细思当知情有可原。

王德用 什么情有可原，讲！

张　协 婚姻大事岂可轻率，我接丝鞭又递还丝鞭乃思之又思之，遇事思之又思之也是人之常情啊！

王德用 有道理！去小摊上买咸鱼，想要时拿起，怕不新鲜放下；再想要时又拿起，怕价钱不对又放下。这思之又思之确乃人之常情。（回过味来，觉不对）大胆！你当我女儿是咸鱼啊？

张　协 张协并无此意。

王德用 张协啊张协，你胆子不小。当街自认没有妻房，其实已有妻房，就不怕我在圣上面前参你一本，道你出言不实，欺君罔上，办你个欺君之罪吗？

张　协 这有无妻房嘛，时至今日已无关紧要了。

王德用 要紧所在，怎叫无关紧要？

张　协 原有妻房休了妻房或死了妻房就无了妻房，无了妻房再娶妻房就又有了妻房。赫王，王大人，当初我不接丝鞭，如今深觉后悔。若蒙不弃，张协愿依在膝下，与小姐结为连理。

王德用 等我女儿死了他倒求婚来了——你呀，是个会讲话的人才，讲假话的天才，怪不得皇恩浩荡钦点你为状元才。我有点喜欢上他了。（对张协）站过一边去，等我女儿出来，你亲自跟她讲。（对内喊）女儿，你来呀！

〔旦扮贫女已是胜花模样的打扮，上。大公随上。

王德用 女儿，张协来了，我要为你出气伸冤，只是这如何惩罚的办法吗……

贫　女 任凭爹爹作主也就是了。

王德用　（装作思索）杀他？皇帝不开口我不能杀；打他？眼下无过错不能随便打；给他小鞋穿嘛他懂得穿小鞋办法…这主意还是你自己拿——我去取件东西再来。（下）

张　协　（走上前）胜花小姐，张协这厢有礼了！

贫　女　（仇人相见，分外眼红）张协，是你，你、你、你认错人了！

张　协　赫王府中，不是胜花小姐又是何人，我是不会认错的。

大　公　你仔细看看她是谁。

张　协　（惊）大公，你怎么也在这里？

〔王德用拿张协遗弃在古庙的佩剑上。

张　协　啊呀！莫非她是……

贫　女　你要见的胜花已被你害死了。我是那古庙之中未曾被你一剑劈死的贫女！

王德用　现在是王府千金第二个胜花小姐。

张　协　王府千金原是古庙贫女？古庙贫女成了王府千金！（苦涩的笑）嘿嘿呵呵哈哈……

（唱）天弄人设下圈套，

弃旧图新，攀贵附高，

孰料新即旧贱成贵全颠倒。

赫王势大，消磨我丈夫气尽，

无奈何腼颜厚脸还讨旧好。

娘子，张协这厢有礼了！有道人非圣贤孰能无过，以前是我错了。圣人又言：知错能改，善莫大焉。娘子你我今日相遇，自当再续前缘。（见贫女不理，转对大公）老人家，你替我劝劝她呀！

大　公　当初我要她嫁你，是想图她嫁夫有靠，不料你你你……唉，如今我都下不了台阶了，还如何劝她哟！

张　协　（转对王德用）赫王，王大人，她是你的义女，自然我就是你的女婿了，有道夫妻无有隔宿的冤仇，还求岳丈大人从中说合呀！

王德用　先别认亲戚。我知你会说话，我也不多说话，还是让它说话。（示宝剑）你还认得它吗？

张　协　这……（不觉惊悸）认……认得。

王德用　（将剑递给贫女）女儿，宝剑在手，主意嘛你自己拿。

张　协　不不，王大人，娘子……

贫　女　（见宝剑，恨上心头）宝剑啊宝剑，张协啊张协——

（唱）见青锋剑冷，
惹我新愁，起我旧恨。
庙中相逼，
欲教我一剑殒命，
此一刻却来假惺惺。（将剑指向张协）

张　协　（唱）抖索索立难稳，（避杀，不慎跌倒）
偏一步不慎，
跌在地埃尘。
荣华未享，
怎肯作剑下丧命。

王德用　女儿先停手，让爹跟他说几句悄悄话。（转对张协）张协，知道怕吗？

张　协　怕，怕哟。

王德用　知道悔吗？

张　协　悔不当初，不该抛撇下庙中贫女，如今的胜花小姐啊！

王德用　错了！你不该当街不接丝鞭，害我胜花女儿忧郁而死！

张　协　是啊！若是那日接了丝鞭，就不会有今日的劫难了！

王德用　你想躲过今朝的劫难吗？

张　协　还求赫王相公宽容。

王德用　先别求我，说好话加假话前去求她。

张　协　是啊！娘子，我的好娘子。（匐匍向前）
（唱）听诉衷情，
非薄幸，也知恩深当报恩。
得意时未忘根本。
只因官场险恶，
稍不慎风波生。
也怨世风如此：
同僚重富，皇上嫌贫，
故而你寻亲我闭门。
最不该神魂颠倒鬼迷心窍，
剑起时误伤卿卿，
此一后睡梦常惊。（见贫女泪流满面，颤抖着不下手，放大了胆子）
娘子，你若不宽容，就……就杀了我吧！

贫　女　（唱）全假话，非真情，

欲待剑起，欲待剑起，

又怕见血淋淋。（不敢下手，丢了宝剑，依在大公怀里哭）

王德用　女儿，你不杀他？

贫　女　孤贫女子，天生懦弱，下不了手。

王德用　既是下不了手，你可就得重新嫁他。

贫　女　重新嫁他？（一震）爹爹，你不是在说胡话吧？

王德用　听起来像胡话，其实这胡话有胡话的道理。我呀！就是要个状元作女婿，你嫁了个新科状元也不吃亏。

贫　女　爹爹，女儿怎能再随他去？

王德用　以前你是贫女，他压你；如今你是王府千金，你压他。（捡起宝剑递给贫女）这宝剑你还带着，不怕他不听你的话。大公，你劝劝她。

大　公　是啊！若是他回心转意，痛改前非，这破镜重合总是好的。

贫　女　爹爹，你一定要我嫁他吗？

王德用　这叫父母之命。

贫　女　大公，你也要我随他去吗？

大　公　原是神作大媒，神言要听。

贫　女　（唱）神言，父命，

逼我同负心汉再共鸳枕，

谁怜我剑伤未愈心头恨深。

现如今活有何味，

作一个剑起时血染泉路，

化幽魂还回古庙还伴鬼神。（举剑自戮）

张　协　使不得！使不得！（夺下贫女手中宝剑哭嚷）娘子，是我害了你啊！要死的不是你而是张协我啊！既然言语难求娘子体谅，唯有一死以明心迹！（假作举剑自尽）

王德用　（夺住剑把）女儿，你就忍心让他死吗？

大　公　贫女，他都做到这一步了，你就认下他吧！

〔贫女上前夺下张协手中剑，弃之地上。

张　协　（扑哧一笑）娘子，谢谢你了！

贫　女　你……（被捉弄的感觉油然而生）

张　协　你不能死！过去是庙中贫女不死，如今锦衣玉食呼奴使婢岂可轻生？我

嘛，自然是更不能死的了。

贫　女　我明白，这叫名节事小性命事大！

张　协　对对对！夫人，你成了王府千金之后忽而变得聪明了。

王德用　从今往后我这府中可就聪明人成堆了。

贫　女　（垂泪）

（唱）叹薄命。

原为求真情，

还得伴假人，

此一后静夜难眠，泪洒衾枕。（欲走）

张　协　（拉住贫女）夫人，莫急着走啊！

王德用　好了！好了！吹鼓手上来。今日赫王嫁女，吹吹打打送新郎新娘入洞房喽！

〔净扮庙判、丑扮庙鬼上，充当吹鼓手。

众　人　（唱）摆花堂，入洞房，

房内是非，帐底恩怨，何必管。

到底是破镜又合，

大团圆张协状元。

〔庙判、庙鬼丢了喇叭。

庙　鬼　判爷，这媒你算保定了。

庙　判　说不出的滋味，回古庙去吧！

庙　鬼　（唱）好姻缘，恶姻缘，

姻缘进了面糊盆。

善恶是非恩怨事，

稀里糊涂莫认真。

眼半闭，眼半睁，

笑看人间出出戏，

莫再作媒人。

〔灯暗，幕闭。

〔剧终。

2004 年

昆剧历史剧

公孙子都

张　烈

时　间　春秋。公元前712年，郑庄公32年。

人物表　子　都——名公孙阏，姬姓之后，郑国战将。

颍考叔——颍谷之考叔，郑国战将。

颍　姝——考叔之妹，郑庄公赐婚，嫁子都为妻。

郑庄公——名寤生，郑国国君。

祭　足——郑国大夫，主刑名、祭祀官员。

许　貅——许国战将。

探　马——郑国军中探报。

朝臣、中军、郑国兵士、许国兵士、内侍、卫士、侍女等。

一

〔公元前712年（**郑庄公三十二年**）秋七月，郑庄公假周天子命，以颍考叔为帅，公孙子都为副帅，发兵讨伐许国……

〔画角鼙鼓声中幕启：

〔许国郊外。旷野。

〔郑国兵士上。

（内唱【出队子】）鼙鼓画角，

率貔貅越黄沙衰草。

奉主命将许国征讨。

〔合唱声中颍考叔、子都上。中军举“奉天讨罪”大纛上。

颍考叔 子都将军，此番出征，俺为先锋，你作殿后。

子　都 叫俺殿后么？

颍考叔 出征之前，俺已禀明主公。为何让你殿后，日后你能明白——兵士们！随俺杀敌去也！（率兵士下）

子　都 主公啊主公，你将颍谷村夫考叔定为主帅，冷落俺这贵胄之后公孙子都。此番讨伐许国，他叫俺殿后，分明不教建功，真是恼煞人也！

〔内战鼓喊杀声大起。

〔探马喊：“报！”上。

子　都 前方战况如何？

探　马 启禀副帅：许国将领许貅骁勇善战。主帅出战，未分胜负。

子　都 再探！

探　马 得令！（下）

子　都 （唱【一枝花】）遥见鏖战急，
平添心内焦。
当在少壮时，
为国建功劳。
偏遇阻挠，
强压心头恼。
抖精神挥舞银蛇，
战顽枭。

〔许国兵士与郑国兵士交战上。子都迎战。

子　都 （边打边唱【梁州第七】）驱战车赛游龙，
陡显俺英雄气傲，
挥戈矛杀他个鬼哭神嚎。
英雄本色志气高，
做一个杀敌勇猛，
搏一个青史名标。

〔颍考叔率兵追杀许貅上。开打。许貅败下。颍考叔欲追。

子　都 主帅留步。小小许貅，无名鼠辈，何劳主帅动手？

颍考叔 子都将军，命你殿后，为何率兵前来？

子　都　两军交锋，胜负未分，俺自当助战。

颍考叔　此番征战，杀敌非你之事，退下去吧！（率兵士下）

子　都　好恼！子都傲倔，岂被你所阻，俺自有主张。

〔许貅率兵败上。子都迎战。开打。子都杀死许貅。

〔许国都城下。

子　都　将士们！随俺攻城！

〔城上矢石骤发。子都奋力攻城。

〔颍考叔上。

颍考叔　子都走开。（夺过“奉天讨罪”大纛，推开子都，跃上城头）

子　都　颍考叔啊颍考叔，俺骂你这颍谷村夫！校场比武，夺俺帅印；沙场征战，不容建功；俺建功在即，又来争功。看来已有你无我，有我无你。有你，俺难以建功；无你，俺得抒抱负——俺容不得你了！（腰间取出弩机，放箭）

〔颍考叔中箭，从城头跌下。

子　都　（不觉悔惧，上前扶起颍考叔）考叔，考叔……

颍考叔　（怒视子都）子都……你……俺错看你了。（死去）

子　都　考叔，考叔……

（唱【哭皇天】）呼号，

哭号，

蓦见他殷红鲜血染征袍。

惧意儿心头绕。

〔探马上。窥视。隐下。

〔转暗。

二

〔数日后。

〔郑宫大殿。

〔郑庄公上。

郑庄公　（唱【端正好】）列旌旗，庆凯旋。

灭许国教列国胆丧，
堪夸雄兵神武将，
霸主显荣光。

〔祭足上。

祭　足　主公，许国已灭，你当欢喜。

郑庄公　考叔阵亡，难止悲伤。朕已宣考叔之妹颍姝前来见朕。

祭　足　得知兄长已死，颍姝定悲痛万分。

郑庄公　抚慰其妹，至关要紧。出征之前，考叔有言：叫朕主婚，将颍姝嫁与子都。

祭　足　怎么，主公要将颍姝赐嫁子都？

郑庄公　你以为不可？

祭　足　依臣之见么……

〔祭足欲言未言。内侍内喊："考叔将军之妹颍姝求见！"

郑庄公　宣！

〔内侍喊："颍姝进见哪！"

〔颍姝上。

颍　姝　（唱【滚绣球】）哭哀哀上殿堂，
拭悲泪叩君王。
兄长他命丧泉壤，
痛彻骨泪落潸潸。（进殿，跪）
小女子颍姝叩见主公。

郑庄公　起来！（扶起颍姝）颍姝，你失兄长，国失栋梁，你悲苦，朕伤心哪！考叔忠直仁厚，朕与他还有一段非同寻常的往事哪！记得当年，朕母串同我弟叔段谋反。平叛之后，我将我母囚在颍谷，就是你与你兄长所居之地。我立下誓言：今生不与母亲相见，若要相见，除非黄泉。到底母子连心，思母之情无时不萦胸臆，待要相见又有悖誓言……

祭　足　是你兄长解主公愁怀。他在颍谷掘地数丈，见有泉水冒出，将国母移居其中……

郑庄公　叫朕母子泉下相见哪！考叔是大孝之人，忠诚之士啊！
（唱【上小楼】）君臣谊长，
思念难忘。
军失良将，
国丧栋梁，

倍觉哀伤。
祭足大夫，
设祭招魂，
追荐亡灵，
抒正气浩然。
教臣民得知人君恩义广。

祭　足　主持祭祀，臣之职责。臣下定当妥善处之。

郑庄公　颍姝，你与考叔相依为命，如今考叔已死，今后何以为生哪？

颍　姝　兄长亡故，丢下小女子孤苦一人……（不觉悲啼）

郑庄公　你嫁与子都吧！

颍　姝　兄长在生也曾言到，只是兄长尸骨未寒，怕非其时……（啜泣）

郑庄公　哎，逝者已逝，活者当安。考叔有知，也会欣慰。

颍　姝　主公，小女子有事相求。

郑庄公　所求何事，请讲。

颍　姝　为我兄长报仇。

郑庄公　如此说来，你越发要嫁与子都了。子都怀将帅之才，讨敌伐罪是他的事了。嫁他之后，你去求他——婚嫁之事么由朕操办。你放心回去吧！

颍　姝　谢主公。（抹泪下）

〔内钲鸣鼓响。

祭　足　子都凯旋回来了。

〔子都一身衰苎上。

子　都　（唱【叨叨令】）战兢兢上殿台，
将难告人事心底埋。
但愿得否去泰来，
此一后沐王恩抒壮怀。（进殿，跪）

罪臣子都，叩见主公！

郑庄公　灭许之功，功高盖世。你何罪之有？

子　都　身为副帅，未能护保主帅，令主帅阵亡，子都罪莫大焉！

郑庄公　战场之中，刀光剑影，考叔之死，岂能怪你。来，就座。

〔子都就座。

郑庄公　子都，论功当赏。朕不赏你黄金千两，也不赏你好绢百匹，朕要赏你……

子　都　赏俺什么？

郑庄公　一个大大的美人。

子　都　敢问主公，这大大的美人她是哪个？

郑庄公　考叔之妹颖姝。

子　都　考叔之妹么？（大惊）不不，主公，不可啊！

郑庄公　有何不可？

子　都　这个么……？考叔之死，俺觉愧疚。颖姝会见俺生怨的呀！

郑庄公　你存愧疚之心，朕深感欣慰。如此说来，颖姝越发地要嫁给你了。

子　都　不不，俺见颖姝似见考叔，俺会日日不安的呀！

祭　足　子都将军，莫非考叔死于你手，若不，何必如此惧怕？

子　都　哪有什么惧怕，只因与考叔情长谊深，见其妹如见其人。故而……

郑庄公　子都，你是天下第一美男，颖姝是颍谷第一美女。有道“窈窕淑女，君子好逑”，你就不要推辞了。再是，你既与考叔情长谊深，抚慰其妹你难辞其责。

子　都　这个……男婚女嫁当求两厢情愿……

郑庄公　颖姝愿意，你敢不允？为解颖姝丧兄之苦，祭奠考叔之后，择吉完婚——子都将军，你鞍马劳顿，回府去吧！

子　都　唉，谢主隆恩。

（唱【脱布衫】）强扭作百年之好，
却教俺徒增烦恼。
兄丧俺手她若知晓，
爱成怨怎投怀入抱？（下）

祭　足　主公……

郑庄公　方才你似有未尽之言，不妨道来。

祭　足　有一人要见主公，已等候多时。（向内招手）

〔探马上。

郑庄公　他是何人？

探　马　军中探马叩见君王。

郑庄公　你有何事？讲！

探　马　（掏出弩箭，呈给郑庄公）主公请看。

郑庄公　（接箭，惊）弩箭？——弩箭非远射之物。军中岂人人皆有，年前朕赠他此物。莫非是他？——他为何要射杀考叔，讲！

探　马　校场比武，结怨在先。此番出征，只教殿后，不让前攻……

郑庄公　莫非因争功而起……

探　马　两军交战，胜负难分。子都将军不遵将令，临阵杀死敌将。城破在即时，考叔元帅夺过大旗，抢先登上城头。子都将军一怒之下一箭射出……

郑庄公　果真如此——探马，此事除你之外可有他人得知？

探　马　除了小人，再无他人知晓。

郑庄公　如此甚好！谅你对朕一片忠心，朕无物可赠，赐你此剑。（摘佩剑）

〔探马上前接剑。郑庄公抽剑刺死探马。

祭　足　主公你……莫非要袒护子都么？

郑庄公　祭足大夫啊！

（唱【朝天子】）他骁勇善战，
他领兵有方。
是二虎相争起祸殃。
此刻朕已失右膀，
怎将左臂伤。

祭　足　主公思虑得是。只是杀人不予治罪，可也不能教他心安理得呀！

郑庄公　教他心知有罪，感恩，报恩，为朕所用。

祭　足　微臣明白。唉，只是苦了颍姝姑娘了！

〔转暗。

三

〔数日之后。

〔从祭坛返回的途中。

〔子都驾车上。

子　都　（唱【泣颜回】）策马上归途，
一腔惶恐暂舒。
祭奠坛前，
佯装泪雨滂沱。
遮人耳目，

假文章权作真事做。
归去兮温车代步，
求得个高枕安卧。

〔祭足内喊：“子都将军慢走！”乘车上。

子　都　（停步）原来是祭足大夫。

祭　足　子都将军，祭奠考叔刚刚完毕，就不见你的踪影，走得好快呀！

子　都　速去速回乃习武之人秉性。

祭　足　你可曾见过你的未来夫人颍姝小姐么？

子　都　祭坛之下人多眼杂，不便相见。

祭　足　祭坛之前，颍姝哭得泪人儿似的，天地为之动容哪！

子　都　痛失兄长，岂不悲伤！

祭　足　你也哭声甚高，只是不该有泪。

子　都　哀哭之时，岂能无泪？

祭　足　你当高兴，连祭足我都为你高兴。

子　都　唔？

祭　足　考叔一死，得益的可是你呀！

子　都　此话从何说起？

祭　足　考叔在时，你当不得主帅，考叔一死么，这主帅的位置不日就是你的了。

子　都　若果真如此，子都自觉任重。

祭　足　任重！权重！利重！大丈夫在世谁不图功名利禄哟！

子　都　这倒也是。此乃天赐。

祭　足　自然该是天赐。若是人谋么……唉，子都将军，我有一事相问。

子　都　请讲。

祭　足　方才为考叔入殓，他乃箭中后背而死……

子　都　箭中后背么？

祭　足　不像是敌兵所杀。

子　都　若非敌兵，又是何人？（暗自惊惶）

祭　足　怕是自己人所为，你定当知晓？

子　都　俺若知晓，早当禀告主公。

祭　足　对对，你若知晓，自当早早地禀告主公。子都将军，你身为副帅，又随考叔出征。你可得相帮老夫查出真凶哟！

（唱【胜如花】）念在下掌刑名，

效皋陶公正。
功与罪赏罚分明，
沐主恩岂敢徇情。
可叹呵！
总有那作恶之人，
自作聪明心存侥幸，
觉天可欺地原冥冥。
其实呵！
难得安宁，
鬼胎儿暗萦，
在人前强装志诚，
背地里肉跳心惊，
静夜里睡梦难稳。

子　都　你的话俺似懂非懂。

祭　足　考叔大夫在天之灵能懂。

子　都　难道真有鬼魂么？

祭　足　笑话。我这主祭官员，祭坛上为考叔招魂，若无有鬼魂，难道是在人前作戏不成？

子　都　你信鬼，俺不信鬼。

祭　足　当信有鬼！俗语道：为人不作亏心事，不怕更深鬼叫门。心中有鬼时，鬼将随心生哟！——唉，人哪，一念之贞能成英雄；一念之差成了罪人。从来是一念之贞难，一念之差易哟！

子　都　祭足大夫，你的话可有所指？

祭　足　哪有什么所指哟！人老了，话多了。途中无聊，发此浩叹而已。子都大夫，脚下道路尚长，路上难免坑洼，可得小心着走哟！老夫我先行一步了！（下）

〔子都望着祭足远去的背影，陷入思索。

子　都　（唱【驻马听】）颇费思量，
絮絮言语玄机藏，
难以猜详。
啊呀呵，
他言虽平常，

其中杀机暗藏。
思之顿觉心头凉，
不自觉马踟蹰蹄行慢。
路长路短，
难驮我满腹惊与惶。（下）

〔转暗。

四

〔数日后。
〔子都、颍姝合卺之夜。
〔子都宅邸。颍姝端坐。
〔众宾朋作庆贺歌舞。

众宾朋 （唱【梁州新郎】）秉烛华堂，
曼舒霓裳，
香溢遍满。
杯筹交错，
齐贺天赐良缘。
也颂王恩浩荡，
鸾凤和鸣，
和琴瑟天际遥传。

〔歌舞罢，众宾朋散去，下。
〔颍姝起立。

颍　姝 （唱【桂枝香】）喜烛照人，
拭悲泪换出笑容。
脱丧服改着红裙，
欢欣中暗藏苦情。
兄长呵，
今朝喜庆，
今朝喜庆，

缺你来临，
痛煞煞泪湿衣襟。

〔子都微醉上。

子 都 （唱【耍孩儿】）宾朋散后喜堂静，
难进的房门还得进房门，（进房）
睹容颜隐现亡人身与影。
可叹这姻缘错定，
偏教俺面对冤孽唤亲亲，（坐）
且做个无言枯坐对双灯。（与颍姝相对无言）

颍 姝 （终于憋不住）大喜之日看你脸带愁容，莫非嫌妾身容颜丑陋么？

子 都 非也！

颍 姝 那是为何？

子 都 这个么？……俺想起你的兄长。

颍 姝 难得你我同心。我也思念我的兄长啊！（泪潸潸下）你有此心，妾身敬你一杯。（斟酒，递给子都）

子 都 （接杯，同颍姝四目对视，被她的美艳所惊）呀——
（唱【步步娇】）恰似见翩翩惊鸿来照影，

颍 姝 （也为子都的俊美所动）
（唱）羞对着英俊潇洒美后生。

子 都 （唱）不自觉喜不禁。

颍 姝 （唱）愁云驱散起欢欣，
谢君恩，
美姻缘上天排定。

子 都 （唱）早知有今日良缘，
悔当初大丈夫心狠。

颍 姝 夫君。

子 都 娘子。

〔子都、颍姝双双沉湎于缠绵缱绻中。

颍 姝 夫君，你可知晓。兄长早有将我嫁你之意。只因将军乃贵胄之后，妾身乃颍谷细民，恐有高攀之嫌。兄长出征之前，曾托君王主婚。

子 都 （惶恐）什么？你讲的什么？这……这是真的么？

颍 姝 谁来骗你哟！

子　都　如此说来，他……校场比武，夺俺帅印……

颍　姝　不教你冒死沙场。

子　都　他作先锋，命俺殿后……

颍　姝　担心你临阵受伤。

子　都　啊呀！（惊呆，跌坐）俺错了！俺大大的错了呀！

颍　姝　你怎么样了？

〔子都不觉。

颍　姝　子都，子都……

子　都　（惊觉，忙掩饰）蒙兄长垂爱，俺未能护保好兄长，子都有愧啊！

颍　姝　（斟酒举杯）好了。我已敬过你了。你就不回敬我么？

子　都　自当回敬。（举杯）

（唱【迎仙客】）愿借此酒，
伴夫妻浓情，
泡淡她的杀兄恨。（偶视杯中）
啊呀呵，
杯中幻出亡灵，
蓦地心惊。（举杯颤抖）

颍　姝　你又怎么样了？

子　都　不妨事，该是酒喝多了。颍姝，我来问你：兄长乃箭中后背而死，你可有所知？

颍　姝　已有所知。

子　都　道是自己人所为，可有所闻？

颍　姝　也有所闻。

子　都　若是寻到你的杀兄仇人……？

颍　姝　我要杀了他！

子　都　你一个娇弱女子不信会动手杀人。

颍　姝　如今不比从前，当由你来动手！

子　都　俺来动手么——呵呵……（苦笑）

颍　姝　喜庆之夜莫言悲苦之事，你我喝交杯酒吧！

子　都　要喝，要喝。（举杯）

（唱【幺篇】）杯儿里，
苦涩中伴有欢欣，

今以后怎看承？
夫妻间真事隐去，
甜蜜中假语常云，
处同床却异梦怎度余生？（举壶狂饮）

颍　姝　（阻止）不可以，不可以的呀！这是要醉的。

子　都　颍姝，俺就是要寻找一个“醉”字呀！（醉倒）

〔转暗。

五

〔接上场。

〔烛影朦胧，阴云弥漫——子都的梦境。

〔子都推窗望月，寒风袭来，不觉寒颤。

〔颍姝取衣给子都披上。

颍　姝　（唱【皂罗袍】）当防秋深夜凉，
喜凝眸送意，
且添衣裳。

子　都　颍姝，你真好！

颍　姝　你呀！（羞涩）

子　都　（唱）但愿得花间月下长徜徉，

颍　姝　（唱）自应当携手同沐日月光。

子　都　（唱）但愿得流光永驻，日轮不转，

颍　姝　（唱）百年共度，秋归春长，

子　都
颍　姝　（同唱）对月盟誓，结不了情缘。

〔子都、颍姝沉醉在甜蜜中。

〔传来颍考叔的喊声：“子都，俺来也！”

〔颍考叔的幽灵上。

颍考叔　（唱【快活三】）驾阴云来人寰，
庆新婚贺新郎。

颍　姝　（喜，迎）兄长！

颍考叔　颍姝，主公将你赐嫁子都，你有所归，兄长心愿已遂。

子　都　考叔，（难止惊怖）你你你……到底是人是鬼？

颍考叔　人鬼么只在一念之间，一念之贞是人，一念之差成鬼。俺虽非人。你却如鬼。不讲了！俺是贺喜来的，来来来，喝酒。

（唱【么篇】）合卺夜欢庆为好，
休提那往日烦恼。（携过子都）
莫担心冤冤相报，
俺非索命而来，祝贺你们呵，
共相守白头偕老。

颍　姝　兄长，我知你非人。我不骇怕。生是我哥哥，死是我哥哥。我知晓，你是箭中后背而死，真是自己人所为么？

颍考叔　哎，何必问。

颍　姝　要问的呀！你讲个明白，有人替你伸冤替我报仇的呀！

颍考叔　谁能为俺伸冤？谁能为你报仇？

颍　姝　你的妹夫，我的夫君，子都他呀！

颍考叔　他么？呵呵哈哈……（笑）

颍　姝　兄长，你快讲呀！

颍考叔　还是不讲为好。

子　都　是呀！还是不讲的好。

颍考叔　颍姝，你且回避。俺与子都有话要讲。

〔颍姝下。

子　都　考叔元帅，俺全已明白，是俺铸成大错！

颍考叔　灭许之战，你背后射出暗箭，好叫俺伤心哪！

子　都　生自可恋，死也何怖。子都悔之已晚。考叔，你杀了我吧！

颍考叔　俺非子都，岂肯杀人？

子　都　也罢！待俺自戮。（抽佩剑）

颍考叔　（将剑握住）难得你已知罪。子都呵——

（唱【好姐姐】）握青锋欲语难言，

子　都　（唱）何惧那般红血见。

颍考叔　（唱）怨未曾嫁妹明语两军前。

子　都　（唱）现如今恩与怨齐袭心间。

颍考叔 （唱）曾羡你临敌阵军功卓显，

子　都 （唱）现成了逞凶顽难洗罪愆。

不怨天怨自作孽，

颍考叔
子　都 （合唱）两下里惨泪涟涟。

颍考叔 子都，往事已去，来日方长，前程尚远，你当珍重。可叹哪！俺可要永远伴随你了！

子　都 永远伴随我么？

颍考叔 印在你脑里，常在你心中，白日见我，夜夜心惊，俺要伴你一生了！呵呵哈哈……（大笑声中隐去）

〔子都茫然，陷于凄苦中。

〔晨鸡啼，天亮。

〔子都从梦境中醒来。

子　都 原来是场恶梦哪！

（唱【四边静】）心头泪落，

悔在当初，

欲叫英名垂千古。

暗箭射出，

一念差惹得一身苦。

深愧悔难有回头路，

领受心诛，

夤夜里偏遇鬼不捉。

〔内喊："祭足大夫到！"

〔祭足上。

祭　足 主公谕旨，子都听宣：

〔子都跪。

祭　足 （展开竹简念）"子都将军骁勇善战，战功卓著，策封为兵马大元帅。十日后率兵讨伐郧国。"

子　都 谢主隆恩！（站起）

祭　足 （掏出锦囊递给子都）主公恩典，赐你锦囊，命你在无人时独自拆看。

〔祭足下。

子　都 （拆开锦囊，掉出弩箭，惊）弩箭？呵呵……（苦笑）只当神鬼不知，

原来人知鬼知——也罢！此番伐郕，待俺洒血沙场，洗俺愧疚！

〔转暗。

六

〔十日后。

〔郕国。郊外。

〔子都率兵与成国将领激战。大开打。

〔郕兵败下……

〔子都举“奉天讨罪”大纛追下……

〔转暗。

七

〔数日后，子都伐郕凯旋之日。

〔校场，拜帅高台前，旌旗林立……

〔内侍、卫士引郑庄公、祭足上。

郑庄公 （唱【新水令】）旌旗掩映临帅台，

迎凯旋喜见那天淡云开。

兴邦赖贤臣，

讨伐凭帅才。

霸主胸怀，

集贤能示国威显风采。

〔奏凯歌声远来。

〔内喊：“子都元帅奏凯回还！”

〔子都心力交瘁上。

郑庄公 （携过子都）伐许得胜，伐郕奏凯。子都，英雄哪！

子　都　子都愧称英雄。

郑庄公　拜帅台前朕迎侯与你，你可知朕的用意么？

子　都　臣下不知。

祭　足　主公心意：今后凡有战事，这三军统帅就是你了。

子　都　子都难当其任。

郑庄公　朕赠你锦囊，可曾看过？

子　都　已是拆看。

祭　足　主公用意：是叫你奋勇杀敌，将功折罪。

郑庄公　非也！是凭它激励你奋勇杀敌，为国建功。

子　都　有罪不罚，感激涕零。敌国已灭，国享太平。子都不敢言功，只知有罪。

〔颍姝上。

颍　姝　颍姝迎见夫君。

子　都　颍姝！

颍　姝　夫君！

子　都／颍　姝　（合唱【哭相思】）难止苦/喜泪湿衣襟，

颍　姝　（唱）似将兄长凯旋迎。

子　都　（唱）负疚深，

未知俺乃戴罪身。

郕国已灭，主恩已报，俺的心事已了。颍姝，你的心事也该了了。

颍　姝　（喜）找到杀兄仇人了？

子　都　找到了！

颍　姝　他是谁？他在哪里？

子　都　就是你真情相爱，深信不疑的夫君——公孙子都！

颍　姝　（似遇雷击）是你？我不信，我不信……

子　都　子都罪孽深重！（跪）

颍　姝　真的是你么？——呵呵哈哈……（刺激过度，变态的笑）

（唱【折桂令】）眼前事似幻似真，

曾与缠绵，同衾共枕。

蓦怨那天公弄人，

苍天哪！

殷勤美男，忽成狰狞。

道什么美姻缘上苍赐定，
可笑我寻凶顽，
与他夜语深沉。
归路已尽，天可怜悯？
奴成了柳絮飞花，柳絮飞花，
虚飘飘孑然一身。（不自觉步上帅台，跃下，死去）

子　都　颍妹……（惨呼）

郑庄公　子都，大丈夫莫被儿女情所困，当以国事为重。你与我止哭。

子　都　止哭？俺止得住哭么？！（步上拜帅高台，仰视苍穹）
（唱【雁儿落带得胜令】）凝泪眼望流云，
闻鼙鼓耳畔鸣。
驱车入敌阵，
浩气惊鬼神。
俱往兮！
盖世英雄汉，
英名化烟尘。
功罪谁与论？
人生途程远，
自叹未自珍。
恨不曾马革裹尸壮烈死，
也不去人前遮羞度余生。
借鲜血洗遗恨，
难洗去身后骂名。（跃下高台，死去）

〔一队黑衣人执拂绕场……
（【招魂曲】起）魂兮归去兮其行姗姗，
魂兮归去兮风随云旋。
归去兮归去兮……

〔伴随招魂歌声的远去幕徐徐落。

〔剧终。

2005 年

《越剧》

阿 育 王

王晓菁

时 间 孔雀王朝，大概公元前268年。

地 点 古印度。

人物表 阿育王——20岁，孔雀王朝英武的王子，残暴的君王，慈悲的佛教徒。一路走来，爱恨交集，恶善一身，放下屠刀，立地成佛。

卡 瓦——18岁，太阳国的公主，春花般明媚，春雨般温柔，因奸人乱朝而被迫护弟流浪。对磨难她挺然不屈，对爱情坚定执着，而面对造化弄人的命运，她无力地倒下了。

达 玛——40岁，阿育王的母亲，如恒河的水静谧安祥，是她的善良给予了阿育王内心深处的柔软。而为了儿子，她犹如风岩般坚硬，决绝地放弃一切，包括生命。

阿 亚——8岁，太阳国的小王子，卡瓦的弟弟，那是一个真正的太阳国的传人，充满着阳光的笑容照耀着每个人的心灵，仿佛世上的纷扰都会溶解在他纯真无邪的眼光里。

将 军——25岁，太阳国的将军。护佑着流亡的卡瓦和小王子，忠诚勇敢，甚至有点不通人情。外表强硬的他却在心底埋藏着最柔软的爱，并默默为此守护，直到献出生命，无怨无悔。

阿 奇——21岁，孔武有力的民间汉子，单纯憨厚的小人物，而本能的正直善良在大是大非前却如星辰耀目明亮。

苏哈马——22岁，阿育王的长兄，奸诈狠毒，为了争夺王位不择手段，而这也许有王宫欲海中无法自拔的几分无奈吧。

老国王——60岁，阿育王的爷爷，孔雀王朝的缔造者，一个放弃权欲

的智者和仁者。

维塔、苏加、亚森等众王子，百姓，军士等。

序

〔一切是静穆的。

〔华丽高贵的王座前，一柄宝剑置于高架之上，发出令人炫目的光芒。而剑架上挂着的一串佛珠，让人找到一丝宁静。

〔天际飘来悠远的佛音，清婉绵长，神秘平和地攫取了人们的心灵。

〔画外音传来：苏哈马王子到，苏加王子到，阿育王子到——到，到，到……

〔一声声报到声中，一个个小王子们俯拜在地。

〔老国王端坐在剑架前，仿佛未曾看见脚下的子孙，而把静谧深邃的眼光投向远方。

〔悠悠的合唱声起：

在那孔雀开屏的地方，

有一个剑的传说久久吟唱。

噬血宝剑已然入鞘，

慈善的花朵弥散暗香。

〔众王子把眼光牢牢对准着这柄宝剑，充满敬畏和欲望，虎视眈眈。

老国王 不要碰它，当宝剑落下，便会饮食鲜血，不管是朋友或是敌人，看到的只有鲜血！

〔老国王披上白纱，缓缓起身，取下剑架上的佛珠，毫无牵挂地离去。

〔敬畏逼退了欲望，众人犹豫着，慢慢散去。

〔阿育却忽然起身，猛然间把剑拔出来，毫不畏惧地指向天际。顿时剑光四射，剑气凛冽，天地为之变色。

〔气势雄威的合唱声中，阿育在迅速成长。

啊，剑已出鞘，

啊，风正萧萧。

啊——

阿育，阿育，
你是战场上的狂飙，
阿育，阿育，
你是孔雀朝的骄傲。
岁月磨利剑锋，
照见少年英豪。
得胜的王子啊，
山呼海颂迎你归朝！

〔众人恭顺热烈地列队迎接远征得胜归来的阿育王子，在众人颂扬声中，已是成年的阿育王子身披大红战氅，威风凛凛地回来了。

一

众　人　恭迎阿育王子远征得胜归朝。阿育王子，千岁，阿育王子，千岁！

阿　育　哈哈哈！

（唱）似风雷长空激荡，
似海啸狂卷千浪。
战马驰骋，
横扫千里疆场。
刀剑过处，
染红天际斜阳。
洗剑笑蘸恒河血，
笑天下谁来与我争锋芒。

〔阿育朗声大笑，充满欲望地看着宝座，一步一步地走近它。

〔苏哈马与众王子如幽灵一般上。

苏哈马　（冷冷地）一个失宠王妃的儿子。

维　塔　一个备受冷落的王子。

苏　加　一个无人喜爱的孤独者。

苏哈马　打了一回胜仗，就这样趾高气扬！

〔苏哈马带着众王子，装出一副谦恭亲热的样子，但却制止住了阿育的

步伐。

苏哈马 啊，亲爱的阿育，我的兄弟，孔雀王朝的英雄！

阿　育 苏哈马，我亲爱的哥哥，可要好好感谢你，在父王面前竭力推荐，让我以三万兵士抗击六十万敌军的团团围攻！你大概没有想过我能活着回来，重返王宫？

苏哈马 不，不，我们早就期待着你得胜归来，为你庆功！

阿　育 只怕我的回来，让你心痛！（呼唤）父王！

苏哈马 父王不能下床，病情严重。你看，王座上已是灰尘蒙蒙。

〔阿育走近王座，撩起战麾扑打王座。

众王子 （唱）休要这样，

灰尘落进我们的眼眶！

阿　育 （唱）蒙尘的王座，

血染的征衣会把它擦亮。

〔擦毕，把战麾搭在王座靠背上。

众王子 （唱）你，你，你，这是王宫，

不是你的军帐。

阿　育 （唱）劳苦功勋，

征衣自会言讲！

众王子 （唱）你想干什么？

阿　育 （唱）论功行赏！（下意识地拍拍王位）

众王子 （唱）想称王？

阿　育 （唱）坐一坐王位又有何妨！

〔阿育大剌剌地一下坐在王位上。

〔众王子迅速聚集在一起，他们嫉恨地看着王位上踌躇满志的阿育，怒火在心头燃烧。

众王子 （合唱，声浪一层高过一层）

看，看，看，

这个野心勃勃的男人，

这个杀气腾腾的男人。

他，他，他

他是我们共同的威胁，

他是我们共同的敌人。

〔达玛惊恐不安地看着眼前这一切，她无比地担心着儿子。

达　玛　（唱）不，不要这样，
孩子啊你太鲁莽。
冷宫冻伤了你的童年，
却燃沸你野性的血浆。
这血浆会让王位上血腥斑斑，
这血浆会让宫廷内刀剑鸣响！

苏哈马　（阴冷地看着达玛）
（唱）柔弱的羔羊，
却能停止猛虎的啸响。
温顺的目光，
是勒住野马的缰绳。

〔众王子会意，转身狠狠地对着达玛，厉声斥责。

众王子　（唱）是你，
是你放纵他的狂妄；
是你，
是你助长他的荒唐。
制止他，制止他，
不然你心爱的儿子，
定招来悲惨下场。

〔众人在不断的诅咒中渐渐散去，场上只留下遥遥相对的母子俩。

达　玛　（轻声地呼唤）阿育。

阿　育　（欢快地跑到母亲的身边）母亲。

达　玛　（充满爱意地看着心爱的儿子）
（唱）哦，阿育。

阿　育　（阿育热烈地回应着母亲）
（唱）哦，母亲。

达　玛　（唱）我的神气小伙，

阿　育　（唱）我的白发美人。

达　玛　（唱）每夜仰望天上的星星，
就像你永远明亮的眼睛。
如果流星从梦中滑落，

忧虑会袭上孤独的心灵。

阿　育　（唱）每夜听那夜莺的低唱，
就会听到你美丽的声音。
我用宝剑常和风雷，
你可看到儿子威武的身影！

达　玛　（唱）哦，阿育，

阿　育　（唱）哦，母亲。

达　玛　（唱）哦，我的神气小伙，

阿　育　（唱）哦，我的白发美人。

达　玛　（唱）我的孩子，
剑的寒光会刺痛我的眼睛。
我总是怀念那一朵素馨花，
开在你的童年，温暖我的梦境。

阿　育　（唱）冷宫尘封了你的笑言，
花径拒绝了你的脚印。
我摘来一朵素馨花，
你说看到春天全部的风景。

达　玛　（唱）哦，阿育，

阿　育　（唱）哦，母亲。

达　玛　（唱）没有花儿的童年，
你独自点燃了仇恨！
欲望的火焰会把你焚烧，
寻找清泉吧你会沐浴明净！

阿　育　（唱）利剑喝退狂风乱云，
才能守住莺声的永恒。
血气鼓荡着我的野性，
火与剑都已发出响声。

达　玛　（还想劝说）
（唱）哦，阿育，

阿　育　（微笑地摇头）
（唱）哦，母亲。

达　玛　（唱）为什么母亲的心总是怦怦不停，

你可见那一双双射出毒液的眼睛？
你快离去吧，隐姓埋名，
去追寻人间的快乐与安宁。

阿　育（唱）我决不离开。

达　玛（唱）你快走吧，

阿　育（唱）我不会走。

达　玛（唱）阿育，

阿　育（唱）母亲。

达　玛（唱）苦心劝说你不听，
母亲从此永无声。

〔达玛静静地盘腿坐下，双手合十，低眉闭目。侍女们上来，把白纱轻轻地披覆在她的身上。

阿　育（惊呆了）母亲，母亲，你这是为何？你说话，你和我说话啊，我要听你的声音，我要听你的声音。母亲，你——好，我走！

〔阿育欲下，又猛然回头，母亲还是低首不语。阿育恭恭敬敬地向母亲跪拜，然后起身步步后退，毅然转身下。

〔阿奇跟下。

〔达玛缓缓站起，望着儿子远去的地方，久久凝视着。

〔一个女声在充满柔情地吟唱：
泪水模糊了双眼，
祝福缠满了视线。
孩子，用你明澈的瞳仁，
快找到心灵的春天！

二

〔春光明媚，春花灿烂，耍蛇艺人、喷火艺人等都在炫耀自己的绝技，热热闹闹的民间集会争奇斗艳。

〔人们在尽情歌唱起舞，享受这生命中最美妙的时光。

〔人们载歌载舞：

（唱）春天来了，春天来了！
天国的南门已打开，
太阳国的鲜花搭起歌台。
谁的歌声如夜莺明亮，
谁把这歌王花环佩戴！

〔一身民间装扮的阿育，郁郁寡欢地上，阿奇随上。

〔阿育穿梭在欢乐的人群里，显得如此的格格不入。阿奇却已沉醉在歌舞海洋里，和众人嬉笑玩闹着。

阿　育（唱）无奈何离故国流浪四方，

众　人（依旧欢乐的歌唱）春天来了，春天来了。

阿　育（唱）志未酬意难逞遗恨满腔。

众　人（唱）歌声飞扬，歌声飞扬。

阿　育（唱）太阳国何来太阳，

众　人（唱）搭起歌台，搭起歌台。

阿　育（唱）我的心如阴云灰暗无光。

众　人（唱）谁是歌王，谁是歌王！

阿　奇（笑着跳到台中间）哈哈，我就是歌王啦！

〔阿奇要去拿花环，众人快乐地引逗着阿奇，却怎么也不把花环给他。

阿　奇（急得跑来跑去）哎，把花儿给我，给我嘛！

〔阿育却冷冷看着，一下挡住阿奇。

阿　育　迷恋鲜花，真没出息，男子汉要用剑来说话！（噌地拔出利剑，指向花环。）

〔众人被吓得一下愣住，欢乐场面刹那停滞。

众　人　你，你是谁？

阿　育（傲然地）我，我是烈焰！

（唱）我是烈焰划过天边，
让黑夜睁开了双眼。
火焰啊，火焰啊，
你狂野的瞬间，
暴烈把大地点燃。
火焰啊，火焰啊，
你耀眼的瞬间，

闪电被铸成利剑。

〔突然远处传来清凌凌的歌声，卡瓦带着她柔美的歌声缓缓而来，如一泓清泉喷涌而出，熄灭了剑拔弩张的怒火。

卡 瓦 （唱）我是清泉流过山间，
美妙舞步拨动大地琴弦。
清泉啊，清泉啊，
你静谧的吟唱，
熄灭了躁动的火焰。
清泉啊，清泉啊，
你深情的吟唱，
滋润了干涸的心田。

〔众人涌向了卡瓦。

众 人 （唱）你清泉的歌声，
带给花儿春风的神韵。
献给你美丽的鲜花，
祝福祥和与安宁。

〔众人热情地把花环献给了卡瓦。阿亚快乐地跑到卡瓦的身边。

阿 亚 姐姐，你唱得真好听。（看到阿育不以为然的表情，神气地过去拍拍阿育）我姐姐的歌声好听吧？

〔阿育不快地哼了一声。

〔卡瓦轻轻地把阿亚拉过，微笑地走到阿育身边。

卡 瓦 朋友，这美丽的花环献给你，愿你的心情像春花一样明媚灿烂！

〔阿育却冷冷地用剑挑过，转着圈，噌地一下把花环狠狠地甩掉。

众 人 （唱）你，你，你，
为什么要把花儿揉碎，
为什么要让美好伤悲？
一个不爱花的人，快走快走，
请离开我们春天的歌会！

卡 瓦 不要这样！
（唱）开花的年华，
花儿让青春动心。
开花的青春，

花儿让生命欢欣。
也许，苦闷埋着伤痛，
也许，忧郁积成阴云。
谁都有过难言的痛楚，
请敞开我们宽容的心。
世间相见皆是缘，
善意相待换真诚。
（捡起花环，走近阿育）
啊，朋友，
请接受我的祝福。
愿这一朵素馨花，
带给你春天全部的风景。

众　人　（和唱）啊，朋友，
请接受我的祝福。
愿这一朵素馨花，
带给你春天全部的风景。

〔阿育忽被触动，他手持花环，如坚冰的目光在渐渐溶化。

〔一村民捧着大花篮突然窜出人群。

村　民　多么善良，多么仁慈，请允许我把最美的花儿，献给我们的圣女！

卡　瓦　谢谢！

村　民　（朝阿亚招手）小弟弟，这素馨花可是你最喜欢的！

阿　亚　（奔来）真香，真好看。（伸手欲拿花）

阿　育　等一等！（一剑把花篮里的花朵砍得零零落落，一把抓住村民）

众　人　（惊呆）
（合唱）为什么？为什么？

阿　育　（唱）花篮里藏着阴谋！

村　民　（唱）血口喷人！

卡　瓦　（唱）我不相信！

阿　亚　（唱）我也不信……

〔阿亚伸手拿花，阿育眼疾手快挡在阿亚前面。一条毒蛇从花篮里窜出，咬了阿育一口，阿育挥剑斩杀毒蛇。

众　人　（唱）啊——

毁花人原是护花神!

卡　瓦　(惊魂未定,对“村民”)为什么要害我们?

村　民　卡瓦公主饶命,是首相派我来的。

卡　瓦　好狠毒,害死了我的父王母后,又想加害我们!

村　民　公主饶命!

〔阿育剑指“村民”胸膛。

卡　瓦　放他走吧。

阿　育　(不解)他可是要杀你的人?!

卡　瓦　他也是奉命行事,罪不当死。(把“村民”扶起),多行不义,必伤自身,你好自为之。走吧!

〔“村民”转身欲下又回。

村　民　公主,你们要小心,首相,哦,奸相是不会放过你们的。

卡　瓦　知道了,谢谢你。

〔“村民”虔诚地向卡瓦献上一朵素馨花,拜别卡瓦下,众人也散去。

〔阿育看着卡瓦,有惊奇有敬意更有情愫暗生,卡瓦触到他火辣辣的目光,不由害羞地低下了头。

阿　亚　(崇拜地看着阿育)你受伤了,会中毒吗?

阿　育　不要紧,咬破一层皮!(一剑削去臂上中毒的皮肉)

卡　瓦　请告诉我,你是谁?

阿　育　我,我是帕马。

卡　瓦　帕马,告诉我,你怎么知道花篮里藏有阴谋?

阿　育　篮中花儿,忽然抖动,定有机巧,隐藏其中。人在江湖,这样的故事听得多了……

阿　亚　(饶有兴趣)故事?我要听故事,我命令你给我讲一个故事。

阿　育　(爱怜地)你,是谁啊?

阿　亚　(神气地)我,太阳国的王子!

阿　育　(笑嘻嘻)遵命,遵命,我的王子。

阿　育　好,我给你讲故事。从前有一个王子,离开了王国,四处流浪。

阿　亚　他为什么流浪啊?

阿　育　因为别人夺去了他的王国,只好流浪了。

阿　亚　(一下伤心了)哦,就像我们一样,我们的王国也被人夺走了,他们夺走了我们的太阳国。

阿　育　阿亚，不要伤心，不要担心。太阳是你的，月亮是你的，星星也是你的，没有人可以把它夺走，没有人。

阿　亚　帕马，我相信你。那后来呢？

阿　育　有一天，他忽然听到了世界上最美妙的夜莺在啼唱，那是一个公主的歌声。他深深地爱上歌声的主人，他们相爱了。

〔阿育深情地看着卡瓦，阿亚见状开心地悄悄离开了。

〔月亮升起来了，洒下一片清辉。

〔女声深情吟唱：

（唱）你是我的谁？
你是我的谁？

阿　育　（唱）为什么，别样的激情猛地冲动？
为什么，温柔的热血忽然汹涌？
纱丽带来的彩虹，
让焦灼的生命变得轻松。

卡　瓦　（唱）为什么，安静的春心悄悄萌动？
为什么，娇羞的脸颊偷偷泛红？
春天编成的花环，
让逃亡的心灵不再沉重。

阿　育　（唱）你是我的谁？

卡　瓦　（唱）你是我的谁？

阿　育　（唱）我是烈焰肆意奔放，
却甘愿熄灭在你清澈的目光。
我要让天下的珍宝为你装扮，
我要把天下的财富与你分享。
来吧，美丽的姑娘，
我的肩膀为你刚强。
我要用我的生命，
让你的笑容永远绽放。

卡　瓦　（唱）我是清泉随心流淌，
却甘愿停留在你威武的身旁。
最美的珍宝是快乐安宁，
最贵的财富是情真意长。

来吧，矫健的雄鹰，
我的歌声为你唱响。
我要用我的生命，
让你的春天永远安详。

〔阿育虔诚地把花环给卡瓦戴上。

〔深情的女声在轻轻吟唱：

（唱）你是我的谁？
你是我的谁？

阿　育　母亲说得对。

卡　瓦　什么？

阿　育　她说我会在这里找到真正的快乐，我终于找到了！

〔突然，一阵急促的马蹄声打碎了宁静。阿奇和阿亚上。

阿　奇　主人，（轻声地）宫里来人了。说你母亲想见你，请你回宫。

阿　育　母亲，可她不是要我永不回宫吗？

阿　奇　她病了，病得很重。

阿　育　（着急）真的？我知道了。

卡　瓦　（察觉阿育神色的异常）怎么了？

阿　育　母亲病了。

卡　瓦　你应该去看她。

阿　育　可你和阿亚怎么办，我不放心啊！

阿　奇　主人，让我留下来保护卡瓦公主和阿亚王子！

阿　育　好吧，你们多加小心了。（万分不舍地）卡瓦——

卡　瓦　（无限留恋）帕马——

阿　亚　（拉住阿育）我不让你走，你的故事还没有讲完呢。

阿　育　噢，讲到哪里了？

阿　育　讲到他和公主相爱了。可后来啊，他的母亲病了，要去看母亲，就只好暂时和公主分开。

阿　亚　这是一个伤心的故事啊。

阿　育　不是的，王子他会带着很多马匹，还有大象回来，回来迎娶他的新娘，他的至爱！

卡　瓦　让王子快点回来，不要让公主太久太久地等待！

阿　育　王子会马上回来的。

〔卡瓦摘下花环给阿育。

卡　瓦　把我的祝福带给你的母亲！

〔阿育解下佩剑，递给卡瓦。

阿　育　保重！

〔阿育依依不舍，一步三回，卡瓦忍痛示意他赶快回去，阿育终于离去了。

〔卡瓦和阿亚跑到高处，望着阿育离去的方向。

阿　亚　帕马，我们等着你的马匹，还有大象，早日归来！

三

〔孔雀王朝的宫廷，苏哈马得意地狂笑。

苏哈马　哈哈哈！

（唱）马匹，大象，
我已听到脆响的铃铛。

众王子　（唱）等待你新的主人，
奔驰你的梦想。

苏哈马　（唱）王宫，王座，
我已靠近顶峰的太阳。

众王子　（唱）等待你新的国王，
迎接你的荣光。

苏哈马　（唱）父王是风中的残烛，

众王子　（唱）只剩下最后一丝昏黄。

苏哈马　（唱）通往王位的路上，

众王子　（唱）只剩下最后一道路障。

苏哈马　（唱）阿育，阿育，
我永远的隐患，
今日里布下了天罗地网。

众王子　（唱）斩草除根，
斩草除根！
把他锁进地狱，

才有狂欢的天堂！

〔在他们气势汹汹的合唱声中，阿育迈着轻松的步伐走过。

〔苏哈马把一柄利剑递给刺客，刺客受命下。

〔内宫，达玛在独自徘徊。

达　玛（唱）晚霞胜火残阳似血，
如兆不祥心惊胆怯。
老国王病入膏肓气息奄，
宫廷内刀光剑影不静歇。
幸喜我儿早飞远，
保得平安避灾劫。

〔阿育匆匆上，看见达玛，欣喜万分。

阿　育　母亲！

达　玛（一惊）阿育？

阿　育（热烈地）
（唱）哦，母亲！

达　玛（抚摩着儿子）
（唱）哦，阿育！

阿　育（唱）我的白发美人，

达　玛（唱）我的神气小伙。
（忽然想到）你怎么回来了？

阿　育（把花献给母亲）我给你带花来了。

达　玛（欣喜地）好美的素馨花。

阿　育　这是一个叫卡瓦的姑娘，献给你的祝福！

达　玛　我的儿子，你嘴角藏满快乐，眼睛饱含幸福，孩子，你有爱人了？！

阿　育（开心地点头）
（唱）她是一只美丽的夜莺，
她的歌声像母亲一般动听。
她是我快乐的源泉，
她是我幸福的星辰。
她也挂念母亲病情。
我带来她的问候和致敬。
如今见你安然无恙，

一路焦虑消散烟云。

达　玛　（突然变色）

（唱）谁说我有病，

谁让你回宫廷？

阴谋，一定是阴谋，

危机四伏你已身处险境。

似听到战鼓铁骑震天响，

似看到血雨腥风如潮倾。

快走，你赶快走，

灾星正在降临。

快走，快走吧，

牢记住你的快乐是母亲的祈望，

你的安宁是母亲的生命。

〔阿育依依不舍拜别母亲，欲下。忽然听见阿奇的呼唤："阿育王子，阿育王子！"

〔阿奇伤痕累累，急上。

阿　育　（一看大惊）阿奇，你怎么了，卡瓦呢？！阿亚呢？！他们怎么了？！你快说啊！

阿　奇　王子，我对不起你——

阿　育　（紧张地）她怎么样啦？

阿　奇　她——

阿　育　（几乎疯狂）她怎么样？

阿　奇　太阳国首相大肆搜捕公主，竟然丧心病狂，焚烧树林。我与公主奋战失散，再去寻找，只见——

阿　育　只见什么？

阿　奇　只见一片焦土，生灵涂炭！

阿　育　不，他们一定逃脱，一定是逃脱了。我这就去找他们，我一定会找到卡瓦的。

阿　奇　焦尸早已面目难辨，只有这把剑——

〔冲天的火光仿佛熊熊燃起，卡瓦在火中痛苦地挣扎呼唤着：帕马，帕马！

阿　育　卡瓦，卡瓦！（他眼睁睁地看着卡瓦被烈火吞噬，痛不欲生，强烈的刺

激让他仿佛对一切失去了知觉）

〔达玛心疼地抱住神思恍惚的阿育。

达　玛　我的孩子，你想哭就哭出来，你说一句话吧，说话，和母亲说话啊！

〔阿育只是呆呆不语，仿佛一切已经凝滞。

〔刺客暗上，见状用剑刺向阿育。阿育木然地没有丝毫躲避和反击，达玛见状忙扑向阿育护住他，但自己却被利剑刺中。

〔阿奇连忙追刺客下。

〔阿育此时才猛然惊醒，发现达玛已经倒在血泊中。

阿　育　母亲，你怎么啦？血？母亲！

达　玛　又是血，流不尽的血。阿育，答应母亲，不要再流血了，不要再——

〔达玛终于支持不住，死去

阿　育　（大恸）母亲，说话，你跟我说话啊，快跟我说话啊！（撕心裂肺）母亲！

（唱）母亲啊，

你的眼睛不肯合上，
目光射透了我的胸膛。
你的唇边抿着忧伤，
鲜血击穿了我的心房。
总以为插上爱情的翅膀，
快乐的日子会地久天长。
却为何，却为何，
一把火烧毁我的所有，
一柄剑刺醒我的梦想。
鲜花何用真情无能，
怎敌它血淋淋的权力和欲望。
什么快乐哪里安宁，
换得个生死茫茫枉断肠。

（悲极反笑）哈哈哈，都走了，卡瓦走了，母亲也走了，好，你们都走吧，都走吧！让我一人孤独地面对这个世界吧！

（唱）烈火啊，

我命你熊熊燃烧，
烧尽这无尽黑暗伏兽丛莽。
雷电啊，

我命你万钧齐击，
击碎这世上妖魔人间孽障。
心中爱已消，
只剩恨满腔。
从今后人间不再有春天，
我的心只有大雪茫茫。
凝固的血液结成长长冰凌，
就是我手中宝剑凛凛寒光。
剖开我的胸膛，
驱赶温情善良。
让残酷的人生更残酷，
让疯狂的世界更疯狂。
从今后，你就是
我的脊梁，我的铁掌。
我称王天下的血气，
我征服一切的力量！

〔阿育一把把剑拔出。

〔幕后合唱：

啊，剑已出鞘，
啊，风正萧萧。

〔阿育疯狂般地舞剑狂笑。

〔苏哈马带着众王子悄悄上，他们突然看见阿育狰狞的样子，不禁有点吃惊。

维　塔　（讪讪地）啊，阿育，王后怎么了——

〔他话音未落，阿育已经把剑刺进了他的胸膛。维塔仿佛不相信地看着阿育，挣扎地倒下。其他王子颤抖地想躲开，而阿育早已杀红了眼。

苏哈马　阿育，你真的疯了啊。

阿　育　对，我疯了。杀，杀，杀，杀光你们这些虎视眈眈的畜生，杀光你们这些懦弱无能的东西，杀吧，杀吧！

〔兄弟们纷纷应剑倒地，想求饶的，想逃跑的，都无法躲避阿育疯狂的利剑。

〔苏哈马顽抗，阿育一剑刺向苏哈马。

苏哈马 （气息奄奄）老祖宗没有说错，当宝剑落下，便会饮食鲜血……

阿　育 （狠狠地接过）不管是朋友还是敌人，看到只有鲜血！

〔此时的阿育如变脸般恐怖和疯狂，他踩着满台的尸体，步步登上王位，

〔众人在浓浓血光中俯首山呼“阿育王万岁！”

〔阿育端坐在王位上。

〔他一把抽出高架上的宝剑。忽地指向茫茫天际，一代君王凛然而立。

〔合唱：啊，剑已出鞘，

啊，风正萧萧。

啊——

阿育，阿育，

你是战场上的狂飙，

阿育，阿育，

你是孔雀朝的咆哮。

财富在你手中，

疆土在你剑梢。

无敌的国王啊，

铁骑过处地动山摇！

四

〔太阳国宁静欢乐的水井边。

〔卡瓦和众少女头顶陶罐在汲水。

众少女 （唱）沐浴阳光和清泉，

摆下和平的盛宴。

鸣响脚镯和耳环，

走进春天的家园。

卡　瓦 （唱）奸相肆虐烈火焚，

萨娜代死惨遭难。

拼强敌阿奇失散无处寻，

护幼弟天涯亡命频履险。

幸遇忠臣冒死助，
太阳国河清海晏平叛乱。
重归故国饮上甘甜泉水，
心里跃动不灭火焰。
我也曾千山万水苦寻访，
却为何天涯难觅帕马面。
夜莺歌声何时重闻，
你威武的身影何时重见？
阿育王征战起烽烟，
邻国纷纷遭劫难。
思亲人，忧家国，
重重心事独无言。

众少女 （唱）欢乐笑声飘向天边，
公主你为何沉默不言？
战火燃在远山外，
家园春光正灿烂！

〔一支冷箭突然射来，一少女倒下。

〔众人愕然，阿亚惊呼，扑到卡瓦的怀里。

阿　亚 姐姐我害怕。

卡　瓦 （唱）一支箭射穿安宁，
无情火烧到了家园。
若是帕马在身边，
他定会帮我们渡过难关！

众少女 公主，战火越烧越近了！

〔场景转到战火纷飞的旷野，满目疮痍。

〔一片血光中身着白衣的卡瓦慢慢走来了，她看着眼前被战争蹂躏后的惨淡景象，惊呆了。

〔阿育王气势汹汹地带着他的队伍，举着他的宝剑前进，势如破竹。

众军士 （唱）啊，剑已出鞘！
啊，风正萧萧！

卡　瓦 （唱）无情战火从天降，
血色太阳闪泪光。

田地毁，家园破，
秃鹫厉声助凄凉。

众军士 （唱）啊，剑已出鞘！
啊，风正萧萧！

卡　瓦 （唱）兵来马去尘土扬，
心惊胆战脚步慌。
一路跟随铁蹄来，
只闻魔鬼杀声狂。

众军士 （唱）啊，剑已出鞘！
啊，风正萧萧！

卡　瓦 （唱）血火战场夜无眠，
狼藉焦土满眼荒。
帕马啊，
可听得卡瓦声声唤，
乱世苍茫你在何方？

〔阿育王的军队在势不可挡地前进着，行走在坚硬的盔甲中的卡瓦和阿亚显得那么弱小单薄，她和阿育王一次次地交错而过。

卡　瓦 帕马，帕马，你到底在哪里啊？

〔忽然，阿亚和将领急上。

将　领 公主，阿育王铁骑已近，马上就要兵临城下！

卡　瓦 阿育王，这个杀人的魔鬼。兄弟姐妹们，为了我们的家园，为了我们的亲人，我们不惜在战场上流尽最后一滴血！

〔他们庄严地宣誓，卡瓦把手割破，用鲜血在额头抹下了殷红的圣印。

〔悠长的号角声猛然刺破长空，战鼓已被擂动，声声如密雨般越来越急，直至响彻天地。

五

〔断垣残壁，哀鸿遍野。

〔阿奇捧着绚烂的鲜花上，而他的脸却满是阴云。

阿　奇（环顾大地，思绪茫茫）

（唱）熊熊战火映天红，
阿育王征战气势汹。
夺得疆土奏凯歌，
为什么我却是忧心忡忡。
拼死沙场眉不皱，
白骨横野怎从容。
眼见主人心成魔，
欲壑难填杀气浓。
采来野花驱惆怅，
又似见花红滴血我彻骨痛。

〔阿育面无表情地在剑池洗剑。

阿　育（冷冷地）把花扔了，柔软的温情，会锈蚀战士的刀锋！

阿　奇（忽然跪下）主人，停下脚步吧，你看，够多的财富，已能受用不尽，夺来的土地，已是一望无穷！够了，够了……

阿　育够？我要让天下每一分土地，都在我的脚下；让天下所有的财富，都收入我的囊中。我，阿育王，至高无上，至尊至崇！

阿　奇可我够了，我看够了血淋淋的刀剑，听够了凄惨惨的哭声。只剩下一个太阳国了，放过他们吧！

阿　育太阳国，这个让我失去爱人的国家，我要让它失去一切！

阿　奇我该走了。

阿　育走，你不能走！阿奇，难道你不知道你已是我最后的至爱亲朋！？

阿　奇我的主人，放下剑吧，那滴下的鲜血让我憎恨，让我惊恐！每天晚上我尽做噩梦！

阿　育噩梦？哼，我从来不做噩梦，我只会让别人去做噩梦！你竟是胆小鬼吗？你要做逃兵吗？快亮出你的剑锋！

〔阿育一把抓过阿奇手中的鲜花，一下把它们揉碎，然后把剑递给阿奇，逼迫阿奇接受。

阿　奇主人，你还记得母亲临终的话吗？不要再流血了？不要再——

阿　育（厉声制止）不要说了！亮剑！怎么，我的命令，你敢不从？你可知挡我者死，逆我者亡吗？

〔把剑直指阿奇的胸口，阿奇挺然面对。阿育恼急成怒，威胁地举剑欲

刺阿奇，却不料阿奇毅然往前一挺，剑入身亡。

阿　奇　（奄奄一息）你逼迫不了我，你逼迫不了任何人。永别了，至高无上的阿育王！（死去）

阿　育　（震惊，急急扶住阿奇，嘶声呼唤）阿奇，阿奇！

〔阿育抽出阿奇身上的剑，用手想抹去剑上的血，却怎么也抹不干净。他把剑放入池中，却把整个池水染红，红得令人心惊胆战。

〔幽灵的声音响起。

幽　灵　这剑上早已血锈斑斑，永远也擦拭不净。

阿　育　（惊恐地）谁，你们是谁？

幽　灵　我们是你的噩梦啊！

阿　育　噩梦？我哪有什么噩梦。走开，走开。

幽　灵　我是维塔，我是维塔。你杀了我们九十九个兄弟，你杀了我们九十九个兄弟！还我命来，还我命来！

阿　育　（不由胆战，痛苦地翻滚）不，不！

〔达玛在温柔地轻声呼唤。

达　玛　阿育，阿育。

阿　育　母亲，母亲！

〔阿育跑过去，想抱住母亲，母亲却突然消失了。响起卡瓦的声音“帕马，帕马”

阿　育　卡瓦，卡瓦！（猛地被号角声惊醒）天亮了，一场恶战又将开始。

〔他欲大步前走，却腿软一个踉跄，心中一震。

（唱）为什么坚定的步伐猛地踉跄？
为什么举剑的双手失去力量？
刚强的心跳回应不了战鼓鸣响，
无名的恐惧让我手脚冰凉？
噩梦缠绕挥之不去，
那久远的回忆弥漫在心房。
难道说欲望的扩张伴有梦魇嚣张，
难道说战争的烽火泯灭一切情长。
不，不，不，
怎会有这可笑的念头，
辜负了我母亲的鲜血爱人的泪光我的滚滚烫烫汹汹涌涌澎澎湃湃

沸沸腾腾的野性血浆！
别无退路，
收起彷徨！
来来来，挥利剑劈噩梦斩天网，
何惧鬼神哭凄惶。
纵然地狱十八层，
成就大业便是我的天堂！
母亲，卡瓦，为我祝福吧，我将为你们而战！战士们，把剑高高举起，向太阳国，前进，冲锋！

六

〔合唱：啊——
血似雨，腥似风，
大地颤抖泣苍穹。
生命如草芥，
碾作刺目红。

卡　瓦　（唱）血肉相搏，群情激昂，
齐心击敌，决不退让。

民　众　（唱）齐心击敌，决不退让。
前赴后继，走上战场。

阿　育　（唱）剑风过处，谁能阻挡。
让你屈服，让你投降。

卡　瓦　（唱）护我姐妹，保我家乡，
甘洒热血，何惧死亡。

民　众　（唱）甘洒热血，何惧死亡，
决不屈服，决不投降。

〔太阳国民众血肉抵抗，宁死刀下，也绝不退让，但毕竟势单力薄，勇士们一个个壮烈牺牲。

〔阿育杀兴正浓，他看都不看，手起刀落，杀了一个，又一个。卡瓦奋

勇还击，回头突然发现阿育。

〔卡瓦呆呆地看着挥舞着屠刀杀人如麻的阿育，呆呆地看着阿育准备刺向她的一剑。阿育转身正待持剑刺向卡瓦，一见也呆住了。

卡　瓦　（无论如何不肯相信）帕马？

阿　育　（猛然呆住，也不敢相信）你——

卡　瓦　帕马——

阿　育　你——

卡　瓦　阿育王？

阿　育　卡瓦？

〔残酷的现实让两人无言以对，内心似焚。

〔昔日的歌声又仿佛传来：

你是我的谁？

你是我的谁？

〔阿育想要靠近卡瓦，卡瓦用剑抵住阿育。

卡　瓦　阿育王，战争还没有结束，你想赢，就先把我杀了吧。

阿　育　我怎么能杀你呢，我是你的帕马呀！

卡　瓦　帕马，你不是帕马，不是的，你是阿育王，阿育王，你这个杀人魔鬼！

〔阿亚悄悄地从两人中间钻出来，看见阿育，很是开心。

阿　亚　帕马？

阿　育　阿亚，我的小阿亚。

阿　亚　（有点生气）你去哪里了，阿育王夺走了我所有的土地。

阿　育　不，没有人可以夺走你的土地，没有人。我回来了。

阿　亚　你回来就好，故事还没讲完呢。王子带着马匹和大象一起回来了吗？

阿　育　是的，带了很多马匹和大象，回来了。

阿　亚　然后呢？

阿　育　然后，他带着公主一起过上了幸福快乐的日子。

阿　亚　幸福快乐，真好，幸福——

〔突然阿亚倒下了，他们这才发现，阿亚的背上早已被利箭刺穿。

〔卡瓦发疯般地扑上去，抱起阿亚。

卡　瓦　阿亚，阿亚！

阿　亚　（挣扎地）天黑了，太阳，月亮，星星都黑了。

阿　育　（泪流满面）阿亚，你睁开眼，太阳是你的，月亮是你的，星星也是你的，

你睁开眼，睁开眼啊。

卡　瓦　（疯狂地）你不要碰他！不要碰他！

阿　育　不，卡瓦，不，这不是我要的，这不是我要的！我以为你被烧死，我是要用天下的土地来祭奠你，祭奠我们的爱情啊！

卡　瓦　爱情？呸，一个魔鬼也配说爱情？你的心里藏着邪恶，美好的爱情也成了狰狞的毒蛇！

卡　瓦　（唱）苦苦找，苦苦寻，
苦苦盼，苦苦等。
寻来的却是一个魔鬼，
等来的却是一片血腥。
心中的帕马早已死，
斩蛇人已比毒蛇毒万分！
乱箭刺穿阿亚身，
屠刀绞碎卡瓦心。
弟弟呀，
姐姐和你永不分，
姐姐带你去远行。
离开这罪恶杀戮的肮脏地，
离开这哀鸿遍野悲凉景。
寻找那善良多情的好帕马，
寻找那清泉流淌神仙境。
阿育王，你赢了，你赢了，
赢得了这屠刀上斑斑殷红，
滴滴是我同胞鲜血淋淋！
你赢了，你赢了，
赢得了寡妇孤儿哭声凄，
赢得了尸横遍野触目惊。
赢得了日月失容星斗沉，
赢得了满目苍痍皆冤魂。

〔夜色渐褪，旭日喷薄而出，血腥的战场更被映照得刺目惊心。

卡　瓦　（颤抖地拾起阿育的剑）沾满鲜血的剑啊，让我用我的血来洗净你吧！

〔卡瓦把剑猛刺进自己的胸怀，倒地。

〔阿育发疯般地抱住她，悲痛欲绝，发出声声哀号。

阿　育　卡瓦！

〔满山遍野战死的民众，如同受到召唤般地慢慢站起来，和卡瓦、阿亚聚集在一起，愤怒地面向阿育。

众冤魂　（唱）活着是不屈的生命，
死了是站着的灵魂。
杀人的魔鬼啊，
你掠夺去我们的家园，
征服不了我们的心灵。

〔达玛缓缓而来，走到了卡瓦和众冤魂身边。

达　玛　（唱）魔鬼啊，你罪恶的剑，
扫落了我明亮的星星。
地狱的门口，我没有了神灯。

阿　亚　（唱）魔鬼啊，你罪恶的剑，
讲给我最后的故事。
你说下去啊，我还想听。

卡　瓦　（唱）魔鬼啊，你罪恶的剑，
斩断我夜莺的歌喉。
我无声的诅咒，将化作震天雷霆！

众冤魂　（唱）魔鬼啊，魔鬼啊，
长夜漫漫，会有尽头，
你的太阳，已经沉沦！

阿　育　（一惊）母亲！卡瓦！

〔阿育急忙跑向母亲和卡瓦，可她们却冷冷地和他交错而过，相携着向远处走去，看都不看阿育一眼……

阿　育　走了，都走了，又留下我一人面对着孤独的世界！
（唱）寒风飕飕寂无声，
幽灵凄凄撼人魂。
握剑的手为何颤抖？
饮血的剑心头咬损。
剑啊剑，
你让我的权力指逼苍穹，

却让我的良知葬送渊深。
你让我的贪欲无处不至，
却让我的善良无处生存。
你让我变成了一团烈焰，
却让我自焚了至爱至亲。
你让我削平了座座城堡，
却让我填埋了生命泉井。
剑下花飘零，
沾满他人血，更是我血痕。
莺声何处闻，
茫茫天和地，唯有悲和恨。

〔天际的佛音远远响起，那是让人宁静平和的声音。阿育渐渐安静了下来，他在倾听着，慢慢醒悟着……

（唱）战鼓息，梵音起
深深忏悔涌上心。
往昔所造恶业重，
皆因贪欲邪念生。
罪孽深重难轻赎，
悔过自新求重生。
我要让清泉再流淌，
我要让鲜花重芳芬。
欢乐歌声满春天，
和平长在心长宁。

〔阿育缓缓地把宝剑插入高架。

〔清泉流淌，鲜花盛开，一片安详欢乐。

〔悠悠的合唱声又起：

在那孔雀开屏的地方，
有一个剑的传说久久吟唱。
噬血宝剑已然入鞘，
慈善的花朵弥散暗香。

〔一幅白纱幕从天而降，上面书写着：阿育王从此停止武力扩张，英明治理国家，他在位的时代以富于人道和谐富足著称于世。他把佛教定

为国教，一心从善，取释迦牟尼舍利造舍利塔八万四千座，分至邻近的国家和地区以示佛光普照。其中现唯一一座完整保存于中国宁波的阿育王寺，已有1700多年历史！

〔在充满和平安宁的佛教的音乐中，大幕渐渐闭。

〔全剧终。

2005年

《越剧古装剧》

天道正义

（根据传统经典《铡美案》改编）

顾颂恩

人物表 秦香莲、陈世美、包拯、韩琪、王延龄、张三阳、公主、国太、英哥、冬妹、太监、宫女、门官、王朝、马汉、张龙、赵虎、衙役若干。

〔风雪小路。

〔秦香莲素服，携英哥冬妹，沿路行乞，从远处走来。

〔幕后合唱：

青青荒原草，
风雨里生长，冰雪中挺腰。
扎根大地心不死，
千磨万踩永不凋。
愿以草根贱，
换得春光好。

一

〔追光下，秦香莲携英哥冬妹茫然四顾上。

英　哥　妈妈，我饿——

冬　妹　妈妈，我渴——

〔舞台灯亮。汴梁街市，高升客栈，张三阳在柜台前张罗。

秦香莲　（上前）大哥，行个方便讨碗水喝。

张三阳　好好——

秦香莲　多谢大哥。

张三阳　这位大嫂拖儿带女的，不知从何到此？

秦香莲　我名秦香莲，湖广荆州人氏，从家乡来的。

张三阳　啊！与我张三阳是同乡！老乡见老乡，两眼泪汪汪啊！来——进店坐。

秦香莲　多谢大哥。

张三阳　请问大嫂，你们路远迢迢来到汴梁，不知为了何事？

秦香莲　寻找丈夫。

张三阳　你丈夫——

秦香莲　我丈夫是读书之人。三年前赴京赶考，至今不见音讯，故而我母子三人，受尽千辛万苦特地寻访到此，但愿贵人相助，能教夫妻团聚才好啊。（落泪）

张三阳　（旁白）明白了，“一朝得发，忘记结发”。啊，大嫂，这东京汴梁乃繁华之地，你男人会不会碰着狐狸精，神魂颠倒，忘记回去了？

秦香莲　别的男人我不敢说，我家男人知书达理，非礼不为，断不会沉湎酒色，抛撇妻儿的。

张三阳　（旁白）这倒也是。看样子，这位大嫂不是个寻常之辈。不知你家相公姓甚名谁？

秦香莲　姓陈名世美。

张三阳　（一吓）你，你再说一遍！

秦香莲　陈世美。

张三阳　耳东陈？

秦香莲　正是。

张三阳　世态炎凉的世，美中不足的美？

秦香莲　非也，乃五世其昌的世，两全其美的美。

张三阳　（怒）这陈世美——

秦香莲　怎么？大哥认识我夫？

张三阳　呃，认识，认识——不瞒你说，三年前，他上京赶考就住在这“高升客栈”。

秦香莲　（喜出望外）真的？

张三阳　对了，有几件旧衣服还抛弃在我这里呢！今天正好交还给你。（一想）慢，（旁白）现在诈骗犯不少，我要提防一二。大娘，你丈夫离家之时，带有哪几件衣服，还记得吗？

秦香莲　记得。两套白布衣裤，一件海青棉袍，衣领和袖管上各有两处补丁，衣袋破了，曾用麻线缝的。

张三阳　（旁白）一些勿错。大嫂你等着，我这就去拿来！（下）

秦香莲　儿啊，你爹爹有消息了！

张三阳　（拿衣包上）都在这里，请大嫂收下。

秦香莲　（双手接过衣包，热泪盈眶）啊，（贴在怀里）夫君啊，已经整整三年了啊——哎，这衣袋里怎么还有书信一封？（急看信）

（念）一纸家书寄湖广，
寄于香莲好妻房。
上灯时节东京到，
二月初旬进考场。
熬尽十年寒窗苦，
一朝题名上金榜。
娘子啊，不忘你东借银钱西借粮，
不忘你，卖发助我到汴梁。
纸短情长难尽意，
待等归来话衷肠。
啊——

（唱）读罢家书喜泪淌，
你为何，有书不寄到家乡？
可是在京公务忙，
不知你身体可安康？
回身忙把老伯叫——
老伯呀，恩公啊，快带我去见那日夜惦念的世美郎！

张三阳　（暗自垂泪）大嫂，你丈夫他——

秦香莲　大伯，此信是三年前所写，因何一直留在这里，没有寄回家乡？

张三阳　那一天，他刚写完此信，便有人来找，他随手将信放进衣袋，事过之后，说衣物都不要了，只怕他早已忘怀了啊！

秦香莲 哦，那天何人找他？
张三阳 大内公公。
秦香莲 找他何事？
张三阳 召他进宫。
秦香莲 进宫作甚？
张三阳 实不相瞒，太后颁下懿旨，要招他为婿！
秦香莲 （难以置信）啊！这不可能！
张三阳 大嫂——
秦香莲 （感觉不妙）那——那后来呢？
张三阳 后来——他奉旨成亲，娶公主为妻，成了当朝驸马！
秦香莲 （如雷击顶）不——他，他，他家有妻儿——
张三阳 他说“孤身一人，尚未成婚”！
秦香莲 啊！他——他今在何方？
张三阳 城西驸马府——墨池宫！

〔幕后合唱：

心似火，行如风，
步已乱，人似疯。
顾不得宫门万千重，
秦香莲，拼死要闯墨池宫！

〔合唱声中灯暗。
〔景转驸马府。
〔秦香莲携儿女疾步上，闯宫。

门　官 （急上）呔！何方乡妇，竟敢私闯驸马宫，还当了得！
秦香莲 相烦通报你家驸马，就说乡亲求见。
门　官 明日驸马寿诞，乡邻一概不见。
秦香莲 我非一般乡邻。请通报驸马，就说英哥之母，冬妹之娘特来求见。

〔张三阳暗上。

门　官 （旁白）哦——那你等着。（急下，少顷捧银锭回上）驸马给你五十两银子，回家去吧。
秦香莲 啊，他还说什么？
门　官 没有了。
秦香莲 没有了？啊呀官家，实不相瞒，我乃陈驸马糟糠之妻秦香莲。丈夫离家

三年，音信全无，家乡遭灾，公婆双亡，可怜我拖儿带女，千里到此，求官家高抬贵手，容我进门一见——（跪地哭求）

门　官　（旁白）看这位妇人，身世凄惨言辞恳切——

秦香莲　官家——（起身欲进门）

门　官　（急阻）哎哎，你不能啊——（香莲苦求）若放你进去——我这小小门官吃罪不起呀！（见小儿哀哭）——那这样吧，你撕下半幅罗裙交于我手，若有人追问，我就说阻挡不住，让你闯进宫了！

秦香莲　多谢官家！（撕下半幅罗裙交于门官，携儿女冲进驸马府）

门　官　（故意手扬裙角高声）啊，你回来，你回来呀——

秦香莲　（呼唤寻觅）陈郎——（灯光下忽见陈世美背影）陈郎——官人——

陈世美　（猛回头）啊！你——

秦香莲　儿啊，快上前见过爹爹。

英　哥
冬　妹　爹爹——

秦香莲　陈郎——

陈世美　你们——你们为谁穿孝？

秦香莲　公公婆婆——

陈世美　啊！爹爹、母亲——

秦香莲　（悲从中来）陈郎——三年了啊——

陈世美　（失魂落魄，嘴唇哆嗦）对对，三年，三年——（急拉香莲至隐蔽处）香莲——

秦香莲　陈郎，夫啊——

（唱）见夫君——苦水伴着泪水淌，
三年来，夜夜梦魂到夫旁。
冬夜担心你身寒冷，
炎夏谁为你端茶汤。
盼啊盼，屋前梅子青又黄，
只见归雁不见郎。
陈郎啊，去年家乡遭旱灾，
今冬大雪压草房。
一家人，粒米无求咽粗糠，
好公婆，省下薄粥喂儿郎。

谁知道，除夕之夜公公死，
婆婆饿毙倒在床。
我扒开冻土葬公婆，
泪眼四顾，弱女娇儿去何方？
陈郎啊，我真想跟随公婆去，
抛不开，这英哥冬妹十指连心声声悲号在身旁。
风凄凄，雪茫茫，
一线希望在汴梁。
我携弱女，挽娇儿，
顾不得，山高水远沿路乞讨风雪狂。
谁知道，千里寻夫梦一场，
夫君已非旧时郎。
陈郎啊，你不念为妻念高堂，
你不念高堂念儿郎。
总是你陈郎亲生儿，
怎忍心，居无所，食无粮，有家难归，风雨流浪，饥寒冻饿在街坊——

〔陈世美浑身颤抖。

陈世美 （唱）舐犊之情炙胸膛，
热血悲泪心头淌——
（一把抱住英哥冬妹，失声痛哭）英哥、冬妹——

英　哥
冬　哥 （哭）爹爹——

〔内声：公主回府！

陈世美 （如闻惊雷）啊！不，不——（推开儿女）你们出去！快快出去！

秦香莲 陈郎——

陈世美 快！快将这——这疯女人赶了出去！（返身急下）

〔强烈的音乐声起。

〔秦香莲叫正门，正门关上；转身叫东侧门，东侧门关上；返身叫西侧门，西侧门关上。三名小太监将母子三人拖出大门，大门轰然关闭，灯暗。

〔追灯下，英哥、冬妹在哭。张三阳扶起秦香莲。

张三阳 香莲，这五十两银子不拿白不拿，拿了算白拿，拿着吧——

秦香莲 曾记何时，他读圣贤书，行圣贤礼。说道“无官回家，恭奉双亲，有官

在朝，为民父母，非礼不言，无义不行。”余音在耳，他竟欺瞒朝廷，抛妻再娶，我要问他礼在何方，义在哪里！

张三阳 香莲，你去问谁啊——

（唱）你真傻，实在傻，

他一步登天，早已忘了旧时话！

“为民父母”是招牌，

“礼义廉耻”嘴边挂。

他一心只怕丢乌纱，

梦里犹想往上爬。

香莲啊，鸡蛋莫往石上砸，

你乡村女拗不过陈驸马。

倒不如，五十两白银拿在手，

收篷转舵快回家。

如今荒年荒月，五十两银子不好说了！

（津津乐道地）好买一百亩田，一间草房，六只猪——

秦香莲 可买不来良心道义！

张三阳 好一个刚烈女子！既然如此，你头顶冤状，去往陈州！

秦香莲 去陈州作甚？

张三阳 找陈州放粮的包拯、包大人、包青天，状告陈世美！

秦香莲 这个——

张三阳 告他一个忤逆高堂、抛妻再娶、欺君罔上之罪！

秦香莲 那陈郎便当如何？

张三阳 死罪难逃！

秦香莲 不不，大哥——他虽无夫妻之情，我还有结发之义，倘若陈郎确有为难之处，我怎忍心置他于死地呀！只要能——劝得陈郎回心转意，那怕有天大的冤屈，我也——认了——

张三阳 好心人啊！（想）能劝动陈驸马的——我看京城只有一人。

秦香莲 是谁？

张三阳 德高望重的王延龄王老丞相！

秦香莲 明白了！多谢大哥！（携儿女急下）

张三阳 啊，好一个善良的香莲啊——

〔灯暗。

二

〔欢快热烈的音乐声起。

〔墨池宫正厅。

〔音乐声中，百官上门庆贺，陈世美堂前迎客，太监接百官去花厅喝茶饮酒。

〔人声远去，陈世美踌躇满志，有点陶醉。

陈世美 （唱）三年一觉青云梦，

忘不了，那一天，国太将我召进宫。

问我“家乡可成婚？”

我灵机一动忙转篷。

说道“平生无妻室”，

从此进宫作乘龙。

作乘龙，圆我荣华梦，

贵为驸马，入主墨池宫。

霎时间，太监宫女，殷勤来侍奉，

文武百官，挤破门墙把礼送。

好一个，左右逢源，八面来风，

细品做官味无穷——

昨日忽见香莲到，

好比白日做噩梦。

幸亏我快刀斩乱麻，

五十两银，打发他们回家中。

不是世美心太狠，

宦海沉浮浪汹汹。

亏欠二老非我愿，

我相信，爱儿的爹娘，九泉有知亦宽容。

太　监 （上）启禀陈驸马，王延龄老丞相贺寿来了。

陈世美 （一惊）啊，快快有请。（太监应下）这个老儿不好对付。快！鼓乐相迎！（急下）

太　监 鼓乐相迎！

〔老院公引王延龄从另一侧笑上。

王延龄 （唱）老夫今年六十九，
种花养草等退休。
昨日路遇秦香莲，
一听身世把眉皱。
悔婚皇亲世少有，
乌纱害他人变兽。
本想金殿一本奏，
劝我不要火浇油。
老来莫管朝中事，
不管心里痒不休。
今日登门去庆寿，
我与香莲设计谋——

〔陈世美回上。

陈世美 啊，老相国！你怎么从西门进来了？

王延龄 那边热闹，不想招摇。

陈世美 这个——

王延龄 啊，陈驸马一步青云，攀龙伴凤，老夫特来祝贺千秋。礼单呈上。

陈世美 老相国三朝元老，本宫有何德能，敢受相国重礼。

王延龄 理当如此。哎，今日驸马寿诞，怎不见公主千金？

陈世美 公主进宫向国太请安，回来再与本宫庆寿。

王延龄 哦——那就委屈你了。

陈世美 哪里哪里，三纲五常孝道为先！

王延龄 孝道为先么？

陈世美 当然当然，儿女都要孝敬父母。

王延龄 哈哈。

陈世美 噢，今天首先要孝敬老相国，来来来，请相国东花厅饮酒。

王延龄 东花厅——那里人太多，老了，喜欢清净，这西花园如何？

陈世美 这——噢！今天老相国官最大，谁大听谁的。（向内）来，摆酒西花园！

王延龄 啊，今天驸马府的莲花开得十分茂盛，格外娇媚啊！

陈世美 莲花盛情迎客，可见相国福星高照啊！

王延龄 不是老夫福星高照，恐怕是你陈驸马与莲有缘啊！

陈世美 老相国说得好，说得好，与莲——（突然想到连忙住口）

王延龄 怎么？不是与莲有缘吗？

陈世美 （扯顺风旗）有缘！绝对有缘——（旁白）莫非他话中有话？——不可能！我也不要疑神疑鬼，啊，老相国很有情趣啊。

王延龄 有酒无曲，哪来什么情趣呵！

陈世美 （对太监）歌舞侍侯！

王延龄 慢来慢来，那些宫廷歌舞，老朽听厌了，看腻了。

陈世美 那——

王延龄 日前有个卖唱的村妇，说尽忠孝节义，唱尽悲欢离合，不错啊不错，此刻就在门外。老院公，你不妨唤她进来，唱给驸马听听。

陈世美 不不——老相国，那街头村妇，登堂入室，不太雅吧？

王延龄 （眼睛一瞪）哦！街头村妇又怎么了？

陈世美 啊！（旁白）嘿嘿，这老头喜欢路边野花，倒是另有一功啊！噢，刚才说了，今天相国最大要听相国的，如此烦劳老院公走一趟了。

〔老院公下。

陈世美 （举杯）老相国请。

王延龄 驸马请。

老院公 （上）相爷、驸马公，那村妇来了。

〔秦香莲怀抱琵琶上。

秦香莲 村妇叩见相爷。

陈世美 （大惊失色）啊！把她轰出去，轰出去！

王延龄 啊，怎么了驸马公？莫非你们认识的？是与她有仇么？

陈世美 这——

王延龄 有恨？

陈世美 呃——我堂堂驸马怎会与她认识？她，她衣衫褴褛，成何体统！

王延龄 驸马此言差矣，你是听她唱曲还是与她攀亲？只为她未能嫁得一个好丈夫，才落得衣衫褴褛沦落街头，若能嫁一个像你这样的好丈夫，还不是满头珠翠富贵荣华了吗？要骂就要骂那个不成器，没良心，禽兽不如的丈夫，害她衣衫褴褛出乖露丑！驸马公，你说对不对呀？

陈世美 老相国所言岂有不对。

王延龄 来，这位妇人坐得近点，慢慢唱。

秦香莲 多谢相爷。

王延龄 不知你唱的什么曲？

秦香莲 村妇唱的乃是家乡荆州的曲调。

王延龄 啊，这就巧了！驸马公，你不也是湖广荆州人氏吗？这叫有缘千里来相逢，乡音难得，句句入耳啊！

陈世美 呃——（恨恨地）村妇听了，你当唱则唱，不当唱的不许唱！

王延龄 哎，当唱的要唱，不当唱的也要唱，要有头有尾，唱个明明白白。好，细细的唱来！

秦香莲 （端起琵琶）两位老爷听了——

（唱）百里奚，五羊皮，

唱别离，认荆妻——

古人若将今人比，

一个天来一个地。

王延龄 哎，慢来慢来，驸马公，那百里奚是什么人？还记得吗？

陈世美 （旁白）哪个不晓！还不是从我书里看来的！（故意地）啊呀呀，下官倒是忘怀了。

王延龄 （故意）嘟！你这头名状元连大名鼎鼎的百里奚都不知道，还不如这位村妇呢！她衣衫褴褛，倒是读过《春秋》啊！说的是秦国一位读书人，家中一贫如洗，妻子杀了一只生蛋鸡，劈断门闩烧了一碗汤，送他进京赶考，谁知他得中功名忘了妻儿。妻子千里登门唱曲诉旧，百里奚回心转意，破镜重圆，后来成了赫赫有名的秦国大夫。这故事有意思得很哪！这位村妇，听话听音，你比的莫非就是你自己呵？

秦香莲 正是。

王延龄 哦？莫非你的丈夫也是中了功名忘了妻儿？

陈世美 老相国，这老调重弹，味同嚼蜡。

王延龄 古为今用，味道就在这里呀。不知村妇姓甚名谁？

秦香莲 姓秦，名香莲。

王延龄 不知家中还有何人？

秦香莲 身边一双儿女，在上还有公婆，公公名叫陈元德——

王延龄 陈元德？啊，陈驸马，他也姓陈，你们同是荆州人，同乡同宗，不知可

否相识？

陈世美 （窘）这——啊，这陈元德——我倒是不，不，不认识！

王延龄 （旁白）自己亲爹说不认识，禽兽不如！噢，既然你们不认识，那我要骂他几句了！

陈世美 你骂他何来？

王延龄 我骂这陈元德老奴才，生下这不孝不义的小畜生，害儿媳受尽冤苦！

陈世美 老人已死，相国何必再去骂他？

王延龄 啊呀呀，这倒奇怪了，你既不认识陈元德，何知他死了？

陈世美 （语塞）呃——我想他已经老了——

王延龄 （跳起来）啊，老了，必定死了！老夫也老了，明年要退休了，莫非我也要——

陈世美 哎呀老相国，下官失言，掌嘴，掌嘴——

秦香莲 相爷，不知还要不要唱下去？

陈世美 （抢白）算了，不用唱了！

王延龄 哎！要唱，要唱！陈驸马，好听的还在后面呢！（对太监、院公等）你们喝酒去吧，你不是说谁大听谁的吗？

陈世美 （起身）相国——下官醉了，恕不奉陪——（欲溜）

王延龄 （一把拖住）哎，我老干部未醉，你新干部天天干杯，怎么反倒醉了？一曲未了，不许走！要是唱得好，我还要带她去唱给国太听呢！

陈世美 你！（如坐针毡）

王延龄 啊，秦香莲，唱了半天，不知你丈夫究竟是谁？是何名号？

秦香莲 他名世美，陈世美！

王延龄 哦？可是世态炎凉的世，美中不足的美？

秦香莲 正是。

王延龄 嘟，大胆村妇，怎敢提驸马的名讳！

陈世美 啊，不不不——一定是同名同姓，下官乃五世其昌的世，两全其美的美。

王延龄 噢，如此说来，那世美非这世美？是两个世美？好，既然如此放开喉咙唱！

秦香莲 （唱）怒拨琴弦火燃眉，

骂一声，不忠不孝不仁不义的陈世美！

陈世美 （怒起）大胆！

王延龄 哎，驸马公，莫非她那个“世美”就是你这个“世美”？

陈世美 （尴尬）啊！不不——

王延龄 既然不是你，骂她作甚呀？她骂的是“那世美”，骂得越狠越好！秦香莲，你把“那世美”的不忠不孝不仁不义从头到尾原原本本的唱来！

秦香莲 （唱）琴声切切似惊雷，
往事历历眼前来。
当年泪别长亭路，
丈夫誓言响如雷。
说道夫妻永恩爱，
雷劈雪打不分开。
谁知一去三年长，
山盟海誓早成灰。
天降灾，家断炊
荒村二老命垂危。
公公呼儿儿何在，
婆婆想儿儿不归。
小儿唤爹爹不应，
女儿喊爹哭干泪。
公婆临死将儿盼啊——
口眼不闭落坟台。
我总道，夫有磨难家难回，
谁知他，帽插宫花，平步青云在宫闱！

〔幕后合唱：
声声血和泪，
地哭天也悲。
纵是铁心陈世美——
迷途上，你可知悔？

〔在秦香莲弹唱过程中，陈世美不无心动处，合唱声中他禁不住起身焦灼踱步，背身悄悄抹泪，不禁自叹“香莲——”

王延龄 （见状暗指陈，悄悄对秦）见好就收，我该走了，这把扇儿聊作酬资，好生收下。

秦香莲 不！相爷——

王延龄 （悄悄）万一有变，以此为凭，去找开封府包大人！（转对陈）驸马公，

老夫听此一曲，得益匪浅。人活一世，小事可马虎，大事莫糊涂啊！放心，老夫听的是“那世美”不是“这世美”。此间无人，你要耐心地听下去呵，嘿——（下）

陈世美 这——

〔陈世美四顾无人，感情复杂地看着秦香莲。

陈世美 香莲啊，其实我心里——也很难过——（抹泪）这些年来，我何尝不在苦苦思念你们——

秦香莲 （落泪）当初贫贱夫妻，虽苦犹甜，如今一人富贵，全家遭难——

陈世美 是啊是啊，说不尽的难难难——

秦香莲 （悲叹）贫也难，富也难——

陈世美 你说到我心里去了，你也难，我也难啊，别看我身穿红袍，足蹬朝靴，其实我是难不胜难哪！

〔灯渐暗。

〔追光。

陈世美 （唱）十年寒窗功名难，
得中功名做官难。
你可知，官场变幻转舵难，
八面玲珑周旋难。
陪皇伴驾分寸难，
御前听旨透气难。
国太选我做驸马，
违抗懿旨愈加难。
总以为，做了驸马总不难，
谁知道，侍侯公主比登天难。
食不露齿难，
伤风咳嗽难。
想说奉承话，
拍错马屁也有难。

秦香莲 （唱）这也难，那也难，
陈郎啊，你抛却富贵都不难。

陈世美 （唱）金榜题名，千难万难，
你要我，抛富贵，落田畈，

汗珠掉地摔八瓣——哎呀你说说容易做做难。

秦香莲 （唱）一语道尽千种难，

看起来，一朝得志回头难。

只求你，收下一双儿和女，

粗茶淡饭总不难。

陈世美 （脱口而出）好好——（一想）哎呀香莲啊！

（唱）若被公主来知晓，

好一比，与虎谋皮，壁上推车，火上浇油，我生不如死难上难！

〔静场。

秦香莲 （心冷如冰）——我明白了。

陈世美 明白就好，有道是恻隐之心人皆有之，求你看在昔日夫妻的份上，带上五十两纹银好生回家去吧。

〔秦香莲拂袖而去。

陈世美 （发现秦香莲走远）她走了，她——总算走了——（抹了把汗，突然发现桌上五十两银锭）啊！银子！她留下银子什么意思？要翻脸告我吗？告到丞相府？王延龄老谋深算，明年就要告老还乡，与皇亲作对，谅他不敢——包拯！几天后他陈州放粮就要回来！这家伙天不怕地不怕，连龙袍都敢打，万一找上包黑头，凶多吉少！她——她真的走了吗？雁过留声，人过留影，她的魂还留在这里啊！这里有她的脚印，这里有她的身影，这里、这里还响着她的声音——东花厅的百官看到没有？王延龄这老狐狸在打什么主意？被公主发觉怎么办？——啊——不行——不行！杀身之祸，杀身之祸啊！有道是“先下手为强，后下手遭殃”！内侍哪里？

太　监 （上）驸马爷。

陈世美 去、去、去传驸马府家将——韩琪。

〔太监应下。

〔灯暗。

三

〔傍晚城郊古庙。秦香莲母子夜宿神龛下。

秦香莲　（唱）秋风萧瑟月西斜，
古庙枯枝栖昏鸦。
看透肮脏帝皇家，
天明携儿走天涯。

冬　妹　（噩梦中惊醒）妈妈。

秦香莲　儿啊，妈妈在这里。

英　哥　爸爸他真的不要我们了吗？

秦香莲　他不要我们，我们更不要他！英哥冬妹啊！
（唱）他不配做爸爸，
宫门一哈巴。
他贪恋富贵与荣华，
宁作黄犬地上爬。
你看他，嗟来之食心担惊，
失魂落魄做驸马。
我怨他恨他可怜他，
不义之徒下场差。
孩子啊，夜深风寒莫害怕，
相依为命有妈妈。
亲人怀里莲台下，
便是孩儿温暖的家。

英　哥　妈妈我懂。

冬　妹　我也懂。

秦香莲　我的好孩子——

韩　琪　（持刀上）呔！疯妇在哪里！

英　哥
冬　妹　（惊怕）妈妈——（秦香莲急忙掩口）

〔圆场。

韩　琪　奉了驸马命，
追杀疯妇人。

英　冬　（尖叫）妈妈——

韩　琪　看刀！

秦香莲　你，你，你无端杀我何因？

韩　琪　你可叫秦香莲？

秦香莲　这——

韩　琪　讲！

秦香莲　我是秦香莲——

韩　琪　看刀！

〔韩琪欲杀，秦香莲挺身遮挡，抓住韩手腕，英哥冬妹抱住韩琪双腿。

秦香莲　军爷，我与你往日有怨？

韩　琪　无怨。

秦香莲　近日有仇？

韩　琪　无仇。

秦香莲　既是无怨无仇，为何杀我？

韩　琪　你身犯重罪。

秦香莲　我身犯何罪？

韩　琪　冒认皇亲杀无赦！

秦香莲　何人所言？

韩　琪　墨池宫陈驸马！

秦香莲　啊！（恨极）陈世美！
（唱）人道虎毒不食子，
他比虎狼狠十分。
军爷容我把冤诉，
纵死九泉也甘心。

韩　琪　讲！

秦香莲　（唱）秦香莲配夫陈世美——

韩　琪　哪个陈世美？

秦香莲　（唱）就是那，当朝驸马新贵人！

韩　琪　啊！

秦香莲　（念）他——他当年上京，
去无回音。
公婆饿死，
儿受饥馑。
我千里寻夫，
被赶出宫门！
他——
（唱）不认妻儿且不论，
竟然血手杀亲生！
军爷啊，你若今天将我杀，
我阴曹地府也要把冤伸！

韩　琪　（唱）血泪声声暗震惊，
惊疑参半心不稳。
不对！你道是驸马之妻吗？

秦香莲　正是。

韩　琪　何以为证？

秦香莲　一双儿女。

韩　琪　儿女怎讲？

秦香莲　请军爷辨认。

韩　琪　（看，一怔）好生面熟？

秦香莲　所像何人？

韩　琪　（细看震惊）啊！他——

秦香莲　可是那墨池宫——

韩　琪　（紧接）陈驸马！哎呀！

英　哥
冬　妹　（上前）大叔，爹爹要杀我们母子，求你饶饶我们吧——

秦香莲　军爷——（跪泣）

韩　琪　（唱）细辨容貌透心冷，
儿女原是他亲生！
无情负义世间有，

杀妻灭子何曾闻？
佛眼炯炯看着我——
也罢！
放她母子去逃生。
（一想）不——
（唱）驸马临行下严令，
斩草除根不容情。
若放母子去逃生，
回转宫院怎复命？
杀也难来放也难——

秦香莲 军爷——

英　哥
冬　妹 大叔——

韩　琪 呀！
（唱）铁石心肠也伤情——
月映钢刀刀问我，
钢刀岂斩负冤人？
刀问韩琪我问心，
理义二字可分明？（跺足）
苍天有眼主意定，
夫人！

秦香莲 军爷何事唤我？

韩　琪 （唱）你母子乘黑夜快快逃生！
去吧！

秦香莲 军爷啊，再造之恩今世不报来世定报！（携英哥冬妹急欲下）

韩　琪 且慢！转来！

秦香莲 （一惊）莫非军爷有追悔之意？

韩　琪 非是我有追悔之意，是驸马他——他要提头验证！

秦香莲 他，他要提头验证么？明白了，我秦香莲不死，那贼子岂肯罢休！儿啊，你们姐弟相依逃生去吧，若有人问儿姓名，你千万莫说孩儿姓陈——这把扇儿你们带着，若有贵人相助，你们一定要去找包大人，将那贼子告下！军爷，求你留下我一双孤苦的孩儿，杀了香莲复命去吧。

英　哥
冬　妹　不——大叔，你饶饶我们母子吧，从今以后，我们母子再也不来找爹爹了！大叔，饶了我们吧！

秦香莲　儿啊！

英　哥
冬　妹　妈妈！

韩　琪　（唱）他母子抱头哭断魂，
　　哭声唤醒懵懂人。
　　驸马他丧尽天良灭人伦，
　　韩琪我助纣为虐枉为人。
　　收起钢刀回宫转——

秦香莲　军爷！
　　（唱）你空手回宫祸临身！
　　贼子不见刀血痕，
　　军爷必定命难存。
　　为我死，心何忍？
　　香莲成了不义人。
　　你快刀将我砍，
　　我怒目转宫门。
　　看这血腥驸马府，
　　雷劈地陷天火焚！

韩　琪　（唱）夫人贤明令人敬，
　　我岂做为虎作伥人！
　　昔日仗义有程婴，
　　为救孤儿敢舍身。
　　韩琪也是男儿汉，
　　杀身取义岂贪生！
　　夫人，那边有人来了！（乘香莲不注意，拾刀自刎而死）

秦香莲　军爷！军爷——
　　〔幕后合唱：
　　啊——
　　义薄云天——

〔画外音："开封府包大人奉旨回朝，奉旨回朝——"

秦香莲 儿啊，回转京城！

〔灯暗。

四

〔开封府正厅。

〔王朝、张龙等引包拯上。

包　拯 （唱）奉旨陈州放粮归，

秦香莲，扑水状告陈世美。

一纸诉状一把扇，

丞相深意不难猜。

苦莲一朵千滴泪，

读罢诉状夜难寐。

他杀妻灭嗣罪行重，

又怎奈，背后皇亲一大堆。

我缉凶无权闯宫闱，

请柬邀他上门来。

马　汉 （上）包大人，他来了。

包　拯 有请！

马　汉 是。（向外）有请陈驸马！

〔太监引陈世美得意洋洋上。

陈世美 （念）快刀断祸根，不怕鬼敲门；赴宴开封府，放胆会包拯。啊，包大人奉旨放粮劳苦功高！万岁又有恩赏了吧！

包　拯 岂敢岂敢，皇恩浩荡，功在万岁。请驸马上坐。

陈世美 （落座，居高临下地）包大人请本宫到此，所为何事啊？

包　拯 实不相瞒，臣有一事为难，还请驸马相助。

陈世美 （得意）好说好说，我与你包大人，那是谁跟谁呀？什么事说！

包　拯 昨夜城郊古庙有杀人命案一桩。

陈世美 （一震）喔！（猜度）（旁白）他——

包　拯　死了一人。

陈世美　（脱口而出）不，三人——

包　拯　（冷眼观察）嘿——只有一人。

陈世美　（紧张）是谁？

包　拯　正是你家偏将韩琪。

陈世美　（大惊失色）啊！

〔包拯示意众人退下。

陈世美　（凶光毕露）韩琪是你所杀？

包　拯　接到报案，他已死了。

陈世美　（松了口气）噢——那凶手是谁？

包　拯　——驸马公，苍天有眼，善恶有报，你要再思再想啊！

陈世美　这——这是什么话？我怎么一句也听不懂？

包　拯　驸马公啊！

（唱）我与你，前后科试中状元，
有缘苦口来相劝。
有道是，薄纸难包火一团，
欺君日久心何安？
糟糠之妻不下堂，
古来圣贤美名传。
只要驸马回心转，
及早自首可从宽。
只要破镜能重圆，
包拯我，奏君皇，求国太，说公主，告百官，
化凶为夷，百般斡旋，拼却乌纱保你平安。

陈世美　（唱）一字一句震心弦，
须防他，圈套做得滴溜圆。
骗我直言讲，
获证好重判！
我官龄不长见识多，
骗供诱供是手段。
谁不晓，“坦白”未必能“从宽”，
民不招供官难断！

我贵为驸马何所惧，
打道回宫免纠缠！
内侍，备轿！

包　拯　驸马，要去哪里？

陈世美　回转宫院！

包　拯　啊，适才包拯肺腑之言，难道你无动于衷么？

陈世美　你说些什么呀，莫名其妙！内侍，走！

包　拯　且慢！

陈世美　怎么？

包　拯　只怕你来得去不得！

陈世美　你待怎样？

包　拯　升堂！

陈世美　啊！

〔堂威声中，王朝、马汉、张龙、赵虎等上，景转开封府大堂。

包　拯　秦香莲上堂！

陈世美　啊！

秦香莲　（内唱）包大人一声唤怒燃眉稍——（上）

陈世美　（拔剑就刺）看剑！

包　拯　哎，驸马，你认识她？

陈世美　我——我怎会认识她？

包　拯　不相识，为何仗剑就杀？

陈世美　我杀了她你再问！

包　拯　你杀了她我还问些什么！

〔陈世美欲溜被阻。

秦香莲　（唱）负义的贼子你哪里逃！
包大人好言来劝告，
你怙恶不悛敢撒刁。
贪恋荣华忘宗祧，
杀妻灭子罪难饶。
你看我头戴公婆孝，
你，你，你身穿团花大红袍。
似你这，不忠不孝不仁不义千古少，

枉披人皮在今朝！

包　拯（唱）命韩琪行刺到古庙，

你杀她母子还不招！

陈世美（唱）我——我命韩琪谁作证？

包　拯（唱）现有你府上的杀人刀！

陈世美 啊！

（唱）大堂之上验了刀——

三十六计走为高。（太监急下，陈紧随欲下）

包　拯（阻）哪里走？

陈世美（唱）我有本章奏当朝！

包　拯（唱）先打官司你后上朝！

陈世美 哼！

（唱）问声狂徒黑老包，

敢把我当朝驸马怎开销？

包　拯 呸！

（唱）慢说你小小陈世美，

就是那龙子龙孙我也不饶！

头上打去乌纱帽！

众 是！

包　拯（唱）身上再脱他蟒龙袍！

众 是！

包　拯 刽子手！

众 有！

包　拯（唱）来人将他绑下了！

〔陈世美欲逃被擒，绑下。

包　拯（唱）铡了这负义的人再奏当朝！

〔内声：国太、公主驾到！

国　太（内唱）在宫中闻惊报怒冲九霄——

〔太监、宫女引国太、公主匆匆上。

国　太（唱）这大宋天下姓赵不姓包！

包　拯 臣——包拯见驾国太千岁。

公　主（哭）呸！母后——

（唱）开封府，太狂傲，
扣押皇亲犯律条。
你要为我出口气——（欲夺国太的龙头拐杖）
一杖打死这黑老包！

国　太　休得胡闹！（对包拯）平身。

包　拯　谢国太。

国　太　适才驸马到此，因何不见回来？

包　拯　国太——

国　太　小包啊，哀家待你如何？

包　拯　国太隆恩永记在心。

公　主　（怒）你还记得什么？

国　太　（暗阻）贵为国太也有为难之时啊，请你不看僧面看佛面，后宫之事以粗为宜，以和为贵，快放驸马出来，与哀家一起回宫吧。

包　拯　国太，驸马犯有欺君之罪，只怕放不得。

国　太　哦，此话怎讲？

包　拯　民女秦香莲本是他原配夫人——

公　主　什么秦香莲不秦香莲的，她算什么东西！

包　拯　公主，“王子犯法与庶民同罪”！她诉状齐备，上告驸马。

国　太　把原告被告带来见我。

包　拯　这——

国　太　不方便吗？

包　拯　不，包某无事不可对君言。（对王朝）带上来。

王　朝　（向内）秦香莲、陈世美上堂。

〔戴铁链的陈世美闻声急步上。

陈世美　公主、母后——

公　主　啊，驸马！（急得双脚跳）哎呀母后你看，他们把驸马弄成这副模样，这还了得！包拯，快把他放了，你敢不放么？

包　拯　公主休得喧哗，这里是开封府，不是你墨池宫！香莲，去叩见国太、公主。

秦香莲　叩见国太。

国　太　下跪何人？

秦香莲　陈世美原配妻子秦香莲。

公　主　啊！陈驸马，这黄脸婆就是你妻子？

（唱）开封府平地起波涛，
你哪里觅来的宝？
分明是个乡间女，
冒认皇亲胆不小。
无中生有黑老包，
国法不能饶！

国　太　皇儿！

陈世美　公主，她，她不是我妻子！母后！

国　太　嚷嚷什么？小包！

包　拯　国太。

国　太　身为开封府言必有据，你何以确认她是驸马原配，而非冒认皇亲？

包　拯　（顿觉棘手）这，国太，她一对儿女便是驸马亲生。

国　太　何以知晓？

包　拯　国太请看，这双儿女与驸马长得十分相像。

公　主　嘿，像什么呀，黑不溜秋的，我看倒像包大人的！

包　拯　唔——

公　主　有点像就算自己儿子了？照这么说，天底下长得黑的，都是包大人生的了，哈——

包　拯　公主放尊重些！

国　太　（拄杖怒起）包拯！
（唱）你无凭又无证，
道什么香莲是夫人！
你血口诬皇亲，
当众护贱人！
我问你，这民女是你什么人？
捣乱宫廷为何因？
你对哀家仇何深？
你对皇亲心何狠？
你拿出证据倒还罢，
要不然，即刻与你去见君！

包　拯　（唱）怒上心头火冲顶，
包拯何惧见圣君！

走！

国　太　慢！放了陈驸马！

包　拯　不放！

国　太　你拿不出证据，我，我打死你这逆贼！（高举龙头拐杖）

秦香莲　（突然想起）且慢哪——包大人啊，这封信，本是贼子亲笔，遗留在“高升客栈”！（呈信）

〔陈世美猛想起，浑身发抖。

包　拯　哦，呈上来。

（念）“一纸家书寄湖广，
寄于香莲好妻房。
上灯时节东京到，
二月初旬进考场。
熬尽十年寒窗苦，
一朝题名上金榜。
不忘你，东借银钱西借粮，
不忘你，卖发助我到汴梁。
纸短情长难尽意，
待等归来话衷肠。
陈世美”
铁证如山！

〔公主欲抢信，包拯闪过。

包　拯　将陈世美押赴刑房！（急下）

国　太　啊？包拯！

公　主　包黑头！

〔秦香莲母子欲随下，被国太叫住。

英　哥
冬　妹　（惊慌）妈妈！

〔秦香莲护住受惊的儿女。

国　太　（暗对太监）把她儿女拿下了！

〔两太监上前抢走英哥冬妹。

秦香莲　啊！你们要干什么？

国　太　撤回诉状，放了驸马，换你儿女。带走！

〔太监拖英哥冬妹下。

秦香莲 天哪——

（唱）凶神恶煞从天降，

骨肉分离急断肠。

逼我就范是妄想，

不信大宋天不亮！

包大人，包大人！

公堂不见包青天，

猛击堂鼓震天响！（举槌击鼓）

〔鼓声。

〔景现开封府正堂。

〔包拯上，衙役们跟上。

包　拯 香莲因何击鼓？

秦香莲 国太抢走英哥冬妹。

包　拯 啊！国太，陈世美已经招供，你强拆骨肉所为何来？（示意王朝、马汉）

〔王、马会意暗下。

国　太 除非撤回诉状，放了驸马！

包　拯 “王子犯法与庶民同罪”，你贵为国太岂有不晓？

国　太 大胆！

（唱）斗胆放肆黑小包，

君臣较量在今朝！

今日不令他气焰消，

宋皇爷何以立当朝！

包拯！

包　拯 国太。

国　太 放了驸马，君臣相安无事。

包　拯 包拯可恕——

国　太 好！

包　拯 国法难饶！

国　太 君听臣，还是臣听君？

包　拯 王法君皇所定。

国　太 如此生杀在君。

包　拯　宽严在法。

国　太　法不犯上，驸马你放是不放？

包　拯　庶民同罪，罪大难放！

国　太　果真不放？

包　拯　决然不放！

国　太　（唱）霎时怒火冲天烧，

权臣震主决不能饶！

开封府大堂我坐定了——（上座）

包　拯　啊，国太——

国　太　谁敢上前！

（唱）血溅五步，拼却哀家命一条！

包　拯　啊！

秦香莲　包大人——

包　拯　（唱）国太震怒，天雷炸霄汉！

弦外有音，六月飞雪寒——

驸马有罪她不管，

铁证在手也枉然。

争一个，君听臣还是臣听君，

她定要与臣论长短！

忠臣自古不怕死——（欲上又止）

不——

怎忍心，她母子三人旧恨未雪又添新冤以卵击石命不全！

来，取过俸银三百两，

〔王朝送银上。

包　拯　香莲啊！

（唱）亲将纹银赠香莲，

拿回家去度饥寒。

教子求学把书念，

长大千万莫做官。

他爹爹倒把高官做，

害你一家不团圆。

三百俸银你收下，

带上儿女回家转。

秦香莲 （唱）那一日，五十两银将我赶，

今日里，三百两银来了断。

谢大人，知我香莲倒悬苦，

肺腑之言话心酸。

从今后，香莲屈死不喊冤，

只对尘世冷眼看。

人言道，开封府有包青天，

想不到，面对皇亲也胆寒。

香莲梦醒告世人：

百姓有冤莫告官。

官官相护抱成团，

你看他，欺君罔上，抛妻再娶，

杀妻灭嗣，杀人灭口，铁证如山也坦然！

“铁面无私”——纵然包拯也做不到，

三百俸银买平安！

包　拯 （汗流浃背）啊！

秦香莲 民女唯有一事相求。

包　拯 你只管讲来。

秦香莲 （唱）取下这，“明镜高悬”堂上匾，

免在世上虚名传！

包　拯 啊呀！

（唱）秦香莲一席话火焚刀扎，

包龙图在堂上咬碎钢牙！

刽子手！

众 有！

包　拯 （唱）龙头铡刀来摆下——

公　主 母后——

国　太 哀家在此，你敢！

包　拯 （唱）明镜高悬堂上挂！

多少人看着这开封府衙，

看包拯为民作主是真是假？

我倘若畏权势放了陈驸马，
这铁面无私秉公执法成了千古笑话！
纲纪乱，民心丧，
宋江山，法制无存，乱了天下！
不不不，罢罢罢，
刑房押上陈驸马！
今天慢说你国太在，
皇帝来了也不怕！
右手举起行刑签，
左手摘去黑乌纱。
开封府上把令下——

〔衙役拖开国太。

〔包拯上座。

〔铡刀和陈世美从两边推上。

王　朝　陈世美押到。

包　拯　好！（扔签）

（唱）“明镜高悬”正国法！
开——铡！

〔鼓声。

〔灯暗。

〔合唱声中灯亮。秦香莲携儿女沿小路向远方走去。

〔幕后合唱：

青青荒原草，
风雨里生长，冰雪中挺腰。
扎根大地心不死，
千磨万踩永不凋。
愿以草根贱，
换得春光好。

〔剧终。

2006年

《近代甬剧》

风雨祠堂

（根据瑞士作家迪伦马特《老妇还乡》改编创作）

王信厚

时　间　20世纪二三十年代。

地　点　江南小镇——程镇，这是一个以程氏大家族居住为主的古镇。

人物表　夫　人——女，四十岁，简称夫人。闯荡世界后回到故乡程镇的阔太太。

程家传——男，四十五岁，程镇程家铺子老板，夫人的前情人。

花　儿——女，十八岁，程家传的女儿，族长媳妇，小学教师。

程志远——男，十九岁，族长的儿子。花儿的新婚夫，程镇医院医生。

族　长——男，五十多岁，程家传的亲家公，程氏宗族第十八任族长，兼任程镇镇长。

总　管——男，六十来岁，清末太监，现为夫人随从总管、法律顾问。

驼背公——男，七十岁，族老。

程家商铺小伙计。

《申报》记者。

打锣人。

族长随从若干。

程镇乡亲若干。

一

〔幕启，程镇“程氏宗祠”，临河而筑。在“粉墙矗矗、鸳瓦鳞鳞”的江南村落中，最显眼的就是祠堂。民居簇拥，牌坊映照，把因年久失修显得陈旧的祠堂衬托得高大、庄严和气派。祠堂是村落中宗族的“眼睛”，它不仅俯瞰着村中族人的日常生活，同时也关注着宗族将来的繁衍和发展……

〔幕后女声独唱：

昏沉沉，那年份，
迷茫茫，那小镇。
风风雨雨那祠堂，
世态炎凉那人生。

〔族里打锣人鸣锣上，一阵锣声。

打锣人 程氏丫鬟，出洋谋生，如今发财，回乡寻根，族长有令，各位听清，族里老少，人人出迎。

〔打锣人鸣锣喊下，族长在众人的簇拥下上。众人打着欢迎夫人的五彩旗子，大家都穿得很寒碜。

族　长 乡亲们，夫人的客船马上就要到了，族里之人都到齐了吗？

乡亲甲 族里之人都到齐了，只有你儿子和亲家公程家传一家还未到。

〔花儿匆匆奔上

花　儿 爸爸！

族　长 你的爸爸呢？

花　儿 爸爸听说夫人要来，吓得魂飞魄散，一早就不见踪影。

〔程志远拉程家传上。

程志远 来了，来了，我的岳父大人来了！

程家传 志远——

族　长 亲家公，你怕啥？

众乡亲 是呀，程先生，你怕啥？

程家传 唉！我欠了夫人二十年的情债啊！

（唱）想当初，我在家里学功课，

她在我家丫鬟做，

少男少女同相处，

相处日久生爱慕。

我爱她天然之美无雕琢，

似一股清泉流心窝。

日后常约小树林，

偷偷相恋热如火。

谁知我父不应允，

说什么主仆相爱不许可。

将她赶出程家门，

害她在风雪之中受冻挨饿遭折磨。

众亲甲 那你没去救她？

众乡亲 是啊，你咋不去救她啊？

程家传 （唱）我胆怯不敢去相救，

违背诺言把心负。

更不该，我父还要罚她去“沉塘”，

夫人她差点丢命在小河。

族　长 对，对，就在这河边，你父亲要把她捆在青石板上沉入河底。（突然发现）哎呀，就是这块青石板，放在这里太显眼了，要是让夫人见了会伤心。快，快，快把它抬过一边去。

〔两青年把青石板抬到一边。

乡亲乙 那夫人后来没沉塘？

族　长 后来多亏驼背公公为她说了情。

驼背公 非也。这女人其罪当罚，只是沉塘之刑乃是我程家族规族法，非我族人，不可享受也。

乡亲甲 要是能享受，就没有夫人今天了。

乡亲乙 程先生，这你不怕夫人回来……

程家传 是啊，亲家公，夫人一定会记恨于我。

族　长 我看不会，亲家公，这你就不必多虑了。夫人是见过世面之人，岂会对陈年旧账耿耿于怀？我倒是听说夫人在外常常想念于你，说不定这次回

来她还想与你重续旧情呢！

程家传 这不可能，这决不可能。

族　长 可能的，要不然夫人也许就不会回来了。要是夫人一高兴，丢下这几百元大洋，还不是九牛身上掉下一根毛。

〔海螺声又响起。

〔一男上。

乡亲丁 族长，那边来了一条船。

族　长 喔，是不是夫人来了，我们过去看看。

〔族长、驼背公、几个女的下。

乡亲甲 听说这个洋菩萨铜钿多得不得了，她刚死去的丈夫是国外一家纺织公司的大老板。织出来的布又多又好又便宜，一天的产量就抵得上我们十年啦。

乡亲乙 是啊，这洋货一涌入，我们的手工作坊可倒霉了，我的布厂要关门了。

乡亲丙 我的榨油坊已经亏了本。

乡亲甲 我的米厂也快倒闭了。

乡亲丙 人家机器一响，黄金万两。我们没办法与他们比。

乡亲乙 是啊，大家的饭碗要敲破了。

〔乡亲们在议论纷纷中下。

〔夫人缓缓走上，四十岁，戴着珍珠项链和大型金手镯，浓施粉黛，俨然是一个在当时江南小镇上并不多见的外国贵妇人打扮。两位随从跟着她，其中有总管赵安，六十来岁，戴一副墨镜，他曾是清末的一个太监。

夫　人 这里就是我的故乡程镇。你们先下去吧，让我一个人在这里歇一歇。（挥手示意赵安下，深情地环顾四周……突然发现了放在一边的青石板）青石板！

（唱）青石板　青莹莹，

深深耻辱刻在心。

一别故乡二十载，

穷丫头变成贵妇人。

见祠堂，苍老破残露凄凉，

枯树斑剥伤痕深。

这石板上刻着我屈辱，

小河里流着我悲辛。
几多怨　几多情，
几多梦　几多恨。
几多愤慨与不平。
我要化作冲天燃烧一把火，
响彻小镇雷一声！

〔族长、程家传等手持欢迎的小旗子复上。

〔祠堂大鼓敲响。

族　长　（忙诚惶诚恐地上前去）欢迎，欢迎！尊敬的夫人，鄙人乃程氏宗族第十八任族长并兼程镇的镇长，欣闻夫人衣锦还乡，特召全族男女恭迎夫人，迎接来迟，望夫人多多包涵。

夫　人　不用客气，谢谢族长先生的美意。

〔夫人缓步走下台阶，看似无意，却一脚踏在青石板上，众乡亲倒吸了一口冷气。夫人又在人群中似乎寻找着什么，众人领悟，渐渐闪开，把程家传让了出来。

夫　人　家传！

程家传　夫人，你回来了，太好了，太好了。

夫　人　自从我离开程镇已整整二十年了，这二十年来，在那天涯海角的日日夜夜，我一直想回来，想回来看看大家，尤其是你。家传，你想我吗？

程家传　（紧张地）我何尝不想呢，我一直在想你。

夫　人　是呀，我们俩过去在一起的日子可真美啊！

程家传　（终于舒了一口气）真美啊！（再试探）夫人，未知如今，我该如何称呼您？

夫　人　过去怎么叫，现在就怎么叫。

程家传　那……我就叫你……小花猫？

夫　人　对，小花猫，而我当时称呼你，我的小黑狗。

程家传　对，对，小黑狗，小黑狗吧！（如释重负地对族长和众人）没事了，没事了。

夫　人　族长先生，请允许我介绍我的随从。这是我的总管赵安，原名小德子。

赵　安　各位好。

众　人　好像不大像男人。

乡亲甲　像太监。

夫　人　对，他就是清朝的末代太监，大清倒台后流亡他乡。念他对我的忠心，我用重金让他到英国剑桥攻读法律，现在是我的总管兼法律顾问，希望他能够用法律维护公正，去争取获取诺贝尔和平奖。

乡亲乙　诺贝尔，驼背儿？驼背公公，夫人在讲你呐。

驼背公　非也？我是中国的驼背儿，夫人讲的是外国的驼背儿，此驼背儿非那驼背儿也。

花　儿　哎哟，啥驼背儿，是诺贝尔，是瑞典著名科学家。

夫　人　（打量花儿）小姑娘，你也晓得诺贝尔，真不简单！

族　长　她是我们镇上小学的老师，是鄙人的儿媳，也是程家传先生的女儿。

夫　人　噢，你们是亲家，好，肥水不外流。噢，那你的太太呢？

程家传　几年前过世了。

夫　人　还是我的命长。

族　长　夫人，这位中国的“驼背儿”是我们族里的族老，二十年前曾任族长，当初就是他在这里——（驼背公公以咳嗽制止，他不愿提起往事）

夫　人　喔，我记起来了，当初家传父亲要将我沉塘，是你放了我一马。好，承蒙各位长辈当初手下留情，让我逃过一劫。为了报答大家，我给程镇带来一件珍贵的礼物。

〔众议论纷纷，期待。幕内传来一阵狗叫声，众惊呼“狗”？

夫　人　不，这是我带来的宠物狗——一只跟着我很长时间的可爱的小黑狗，至于送给你们的礼物，乃是当今西方文明的新成果。

〔众纷纷猜测。

〔赵安率两个杂役抬着一台发电机上来，众惊愕。

众乡亲　这是什么东西？

夫　人　没看见过吧，这是一台发电机。

（唱）发电机　力如虎，
漂洋过海来落户。
有了它，
电灯一开家家亮。
机器一动人人富，
小镇上有了这个好宝贝，
大家不再受穷苦。

〔众欢呼：好，好！太好了！我的布厂有救了！我的米厂也有救了！我

的榨油坊也有救了。

夫　人　当然，我还不能忘了程家传，当初要不是他放手，就没有我的今天，所以我也应该赠他一件珍贵的礼物。

〔赵安捧着礼物上，礼物上盖着一块绸缎，夫人揭开绸缎，众惊呼：金盒子。

夫　人　（唱）一份厚礼来怀旧，
闪闪发亮世少有。
南非纯金荷兰钻，
罗马工艺称一流。
此物赠与程先生，
不枉你我曾风流。

程家传　（接过）啊，上面还刻着松柏图案！

程志远　这是松柏长青，岳父，夫人祝你长命百岁。

程家传　（受宠若惊）啊，谢谢，太谢谢，夫人把这样贵重的礼品送给我，夫人，我不是在做梦吧？

夫　人　不，这是真的。

程家传　我的天哪，程某我受之有愧，受之有愧。（欲收下）

夫　人　慢，赠送这样一件珍贵而又有意义的礼物，总得有个仪式吧。（赵安从程家传手中取回金盒子）放心，家传，它一定会属于你。

〔程家传欣喜若狂，众乡亲羡慕不已。

〔夫人、赵安下场，族长等人送下，几位乡亲围住程家传。

众乡亲　程先生，你发财了！

〔音乐起

〔幕下。

二

〔次日。

〔幕启，这是靠近祠堂的一个小院子，鲜花遍地，树木葱郁，与破落的祠堂形成强烈的反差。程家传推开院门，招呼夫人进院子。深情地环

顾四周。

程家传 夫人，到了，这就是当初我和你经常约会的小院子。

夫　人 啊，真美，还是像当初一样的美！

程家传 是呀，夫人，你还记得当初我们俩在这里唱过的一首山歌吗？

（唱）哥是喜鹊天上飞，

妹是院中一枝梅。

夫　人 （唱）喜鹊落在梅树上，

棍棒打来也不飞。

〔一束粉红光打在地上。

夫　人 那棵梅树没有了？

程家传 死了，喔，老了。

夫　人 我们也都老了。

程家传 可喜的是夫人你现在比我活得更好，你看，你还那么年轻。

夫　人 我也变老了。

程家传 不，夫人一点也不老。你看你的身材还是那么苗条，你的手，你的腿……（不经意地碰到了夫人的腿脚，他哇的一声惊叫起来）

夫　人 碰到了我腿上的一枚镙丝钉？

程家传 夫人，你这条腿是假的？

夫　人 是。因为一次车祸，我丢掉了左腿，不过他们替我做的这条假腿可真灵光。你看，（她撩起裙子露出左腿来）完全可以自由伸曲。家传，你的女儿多大了？

程家传 已经十九了，我好不容易供她上省城读书，可她毕业以后却和族长儿子一起回到了这个穷地方。我劝他们离开，他们不听，说什么要用自己的双手使程镇的人富起来。哪有这样容易，真是不懂事！

夫　人 她会很快懂事的。

程家传 夫人，这个小院子物是人非，我们俩不可同日而语，我冒昧地问一句，除了这个发电机外，你还能给我们一些帮助吗？

夫　人 我决不会对自己的故乡一毛不拔。

程家传 可我们这个穷地方是需要许多铜钿才能解决问题的。

夫　人 可以。

程家传 太好了，我代表程家全族的人感谢你！

夫　人 （摆了一下手）那不算一回事。

程家传　（他不禁拉住夫人的右手）还是这只凉丝丝的、白嫩嫩的手。

夫　人　错了，这也是一只假手，象牙做的假手。

程家传　（大吃一惊）啊，夫人，你的身体全部都是假的。

夫　人　差不多。年轻时，我从一家妓院里逃出来，翻墙摔断了手，还算命大，摔不死。

程家传　太幸运了，简直是太幸运了。

夫　人　不，这是痛苦，是常人想不到也受不了的痛苦！

（唱）零件装配我一身，
留下只有脑与心。
近闻吱吱响，
触摸阴沉沉。
活着如同一僵尸，
春光永逝冷如冰。
我羡慕粗野奔放的穷姑娘，
我羡慕清茶淡饭的老妇人。
我羡慕身无分文的庄稼汉，
我恨那世道对我不公平！

程家传　这样讲，你后来的丈夫没给你留下亲人？

夫　人　这还用问吗？那方面的功能我早就没有了！家传，你知道这二十年我是怎么过来的吗？

（唱）莫道我荣华富贵于一身，
身后的悲凉谁知情。
不堪回首这二十年，
尝尽了多少屈辱和酸辛。
我做过妓女卖过血，
蹲过监狱受过刑。
浪迹天涯四处走，
不见人间有真情。
到后来　嫁与白发一富翁，
做了个继承遗产的贵妇人。
如今我在世无有几多日，
只盼望临终能雪心头恨。

程家传 夫人，这都是我的错，真是对不起，其实你走了之后，我也是痛苦万分……

夫　人 算了吧，没人会相信你的。

程家传 是的，我知道夫人是不会相信的，我也不指望夫人会相信，然而令人感动的是夫人大人不计小人过，昨天居然还提出送我一个金盒子。

夫　人 你晓得这金盒子是放啥的？

程家传 放啥？

夫　人 放骨灰。

程家传 骨灰？

夫　人 对，现在西方讲文明，人死了兴火葬，这个金盒子是放你的骨灰的。

程家传 这样讲你要我死？

夫　人 是。

程家传 你要杀死我？

夫　人 不，有人会杀死你。

程家传 谁？

夫　人 你们程家族里的人，你的亲朋好友。

程家传 不，这不可能。我们这里民风淳朴，人心善良，更何况我与他们无怨无仇，又是同一个族里人，杀死我？——何至于此哪！不可能！不可能，绝对不可能！

夫　人 可能，不信，你就看着。（夫人扬长而去）

程家传 （程家传恐惧地不自由主地倒在地上，一声闷雷，风雨大作——）

〔强烈音乐起。

〔切光，幕闭。

三

〔次日。

〔祠堂。祠堂的广场。程家镇所有人在场。

〔祠堂虽破败，但仍显森严。背景处可隐约看出发电厂的建设工地。祭祖仪式暨欢迎夫人的大会将在这里举行，花花绿绿的布置与森严肃穆

的祠堂形成鲜明的反差。年轻人在族长指挥下，挂横幅，插彩旗，摆鲜花。年长者则在族老的布置下，摆供品，点香火，准备祭祖……

族　长　乡亲们，夫人马上就要光临，大家都看到了，（指远处）夫人捐助的发电厂正在动工建造，今天在这个祭祖仪式上她还将宣布对程氏大家族的捐助，这将是我们程氏家族历史上最光辉的时刻。

驼背公　此话谬也，我们程家也曾出过状元，难道此女子比状元还风光不成？

族　长　唉，此一时，彼一时也，现在我们需要的是金钱，那状元是远水救不了近渴呀！（对程志远）志远，你有没有听你岳父说起，夫人是不是准备捐助？

程志远　听我岳父说，她已经答应了！

族　长　（感动地）啊哟，真是太慷慨了！这一下，我们程家有救了！

乡亲甲　（唱）天天盼，年年盼，

乡亲乙　（唱）盼来了财神娘娘下了凡。

乡亲丙　（唱）夫人捐出金钱来。

乡亲丁　（唱）族里个个乐开怀。

程志远　（唱）电厂已动工，机器响起来。

花　儿　（唱）祠堂修一修，学生把校返。

众乡亲　（齐唱）千年古镇翻了身，
　　　　　　　山河旧貌换新颜。

乡亲甲　族长，我们家里已经没米了，是不是把铜钿先分点给大家。

众乡亲　（响应）对，对，每家先分一点。

族　长　好吧，让大家吃个饱，每家先分三百。不过现在夫人的钱还未到位，各自设法先去借一点。

乡亲甲　什么？要我们自己去借？

族　长　是啊，夫人的大笔汇款子还未汇到。现在造发电厂、修祠堂的钱也都是从钱庄借来的。不过大家放心，有我亲家公与夫人那层关系在，夫人绝对不会失信。（忽然想起，对程志远）咦，志远，你父亲呢？

程志远　他一早血压有点高，在家休息呢。

乡亲甲　他呀，是不是得了金盒子，过于兴奋了？

族　长　对，不过今天这个祭祖仪式一定要他参加。

花　儿　我去寻他。（下）

族　长　哦，好，乡亲们，等夫人一到，祭祖仪式马上开始。

驼背公 嗳，她不是我程家之人，怎能祭祖？

族　长 她与亲家公不是有那么一层关系在吗？

驼背公 荒谬，荒谬！既非明媒正娶，更无拜堂成亲，让她祭祖，岂不被世人笑话。

族　长 驼背公公，你这又是老皇历了，现在乃是民国时代，提倡自由恋爱，当初亲家公与夫人虽非明媒正娶，但也可谓情投意合吧，所以夫人理当要成为我们程家媳妇，大家说对不对？

众乡亲 （齐声）对！

〔一乡亲：族长，夫人来了！

族　长 好，（望远处）赶快敲锣打鼓迎接夫人！

〔甲、乙、丙、丁有的敲锣打鼓，有的放鞭炮，其余的拍手欢迎。夫人及随从们神采飞扬地上。

族　长 尊敬的夫人，鄙人与乡亲们恭候您——我们的程家媳妇前来祭祖。

夫　人 （意外地）啊，我已成了你们程家的媳妇？不胜荣幸，不胜荣幸啊！

〔花儿陪同程家传上。

花　儿 来了。来了。

族　长 喔，夫人，程先生来了，他因过于兴奋，血压有点高，今天是抱病参加。祭祖仪式就此开始。

乡亲甲 向祖宗神位三鞠躬。一鞠躬、二鞠躬、三鞠躬……请族老宣读祖训。

驼背公 我程家祖训：子必孝亲、弟必敬兄、幼必顺长、卑必承尊。处宗族以和敬为先，处乡党以忠厚为本。毋以众欺少，毋以强欺弱，毋以富欺贫，毋以尊欺卑，凡我族人，均必遵之。

乡亲甲 请族长宣读致夫人的欢迎词。

族　长 尊敬的夫人，程氏家族父老兄弟姐妹们：自从夫人离开我们程家，离开我们这座小镇已有二十年了，这二十年来世事多变，我们也经受了许多苦难，先是清末皇帝倒台，后是军阀割据，兵荒马乱，天灾人祸，老百姓苦不堪言，我们的生活是多么的悲惨！（掏出手帕擦泪）可是我们始终没有忘记你——我们程家的媳妇，尊敬的夫人，二十年前，你在故乡做了不少好事，为此我们表示深深地感谢（雷鸣般的掌声），现在我只举一例。（掏出笔记本看了一下）当初，夫人为了不让一个贫困的老妇饥饿而死，曾经绞尽脑汁，设法弄一些糕点给那位老妇人送去。（又一阵雷鸣般的掌声）

夫　人　尊敬的族长先生，程镇的乡亲们，族长的赞誉使我非常惭愧。事实上我小时候和族长先生说的不完全一样。我在程家当丫鬟的时候，常常受到程家主人的打骂。（程家传尴尬）我，在程家传的帮助下，就在这里，庄严的祠堂供桌上，偷了一些供品给那个老寡妇，并非是为了救她的命，而是为了要她把床让出来，让我跟程家传舒舒服服地睡一会儿。（众人窃笑，程家传更是坐立不安）但不管怎样，为了对你们这种欢迎表示我的一点意思，我现在决定，除了我正式帮助你们建一家发电厂外，再送给程镇十五万用来修祠堂，置义田，增添族产；十五万各家均分。一共大洋三十万！

〔死一样的沉寂，人们惊呆了，似乎还不相信这是真的，众人呆若木鸡般的造型定格……所有的人立即发出难以形容的狂热欢呼声，有的蹦跳着，有的站在椅子上，有的高兴得连连用拳头捶打自己的胸脯。

夫　人　可是我有一个条件。

族　长　不管什么条件，我们都答应你。

众　人　我们都答应你。

夫　人　我可以给你们三十万，但是我要用它为我买个公道！

〔死一般的沉寂，众人面面相觑。

赵　安　乡亲们，程家传和他的父亲在二十年前做了一件极不公道之事，二十年前，他将程家的一个丫鬟，就是现在的夫人骗到手后，为了娶进一个富商的女儿，竟把夫人一脚踢出了程家大门，更可恶的是他父亲还要将夫人“沉塘”处死。

程家传　这是早已过去的事，我父亲也已经去世了多年了。

赵　安　可是你还活着，应当由你来承担一切后果。乡亲们，夫人答应给你们三十万可是要用钱为她昭雪在程家所遭受的冤屈。

夫　人　当初，你们程家不是欺负我没钱吗？好，现在我有的是钱，可以买到公道。我可以给你们三十万！但是，我要程家传死！

〔死一般的沉寂。程志远恐慌地向程家传跑过去，拥抱着他。

程志远　岳父！

程家传　不要怕，我相信，我们善良的程家人决不会见利忘义，夫人，你的决定办不到。

夫　人　那得问大家。

〔众人被夫人突如其来的决定和她那股威势镇住了，大家你望我我望你，

不知说什么好……

驼背公 荒谬，荒谬也，这族有族规，国有国法，若于族规与国法而不顾，以钱买命岂非教人心不轨，天下大乱呀！

程志远 夫人，你昨天和我岳父还是好好的，怎么一下子变了呢？你不是要赠他一个金盒子吗？

夫 人 那是让他死了以后放骨灰的。

程志远 啊！

夫 人 当然，这只金盒子就成了你岳父留给你的遗物，这份财产就归你了，不过要等他死了以后，明白吗？

花 儿 不，夫人！

（唱）爸爸纵然有过错，
你不能以错对错错上错。
遗弃毕竟无死罪，
量刑应当有尺度。
岂可凭你一句话，
将人逼上黄泉路！

程家传 是呀，夫人！

（唱）你我分离二十年，
悠悠岁月变化大。
如今你是身缠万贯大富豪，
我却是一贫如洗日子苦。
恳求夫人多宽恕，
生活已经惩罚了我。

夫 人 不！

（唱）寒天吃冷水，
点点在心头。
忘不了，当年被弃风雪中，
忘不了，捆上石板欲沉河。
忘不了，浪迹天涯吃尽苦，
忘不了，逼入妓院受折磨。
到如今我身上四肢都是假，
身边亲人无一个。

所以我要用三十万大洋买你死，

我不信有钱难使鬼推磨！

乡亲甲 你——你这不是用钱买我们程家的一条命吗？

驼背公 岂有此理，真是岂有此理！一个外姓人竟敢对我们程家大施淫威，族长，你要为我们程家做主呀！

众乡亲 族长！

〔族长脸色苍白，显出很有威严的样子站了起来。

族　长 夫人！你刚才说有钱能使鬼推磨，但我们是人，不是鬼！

夫　人 可有时候，人比鬼更爱钱，族长先生，我走遍了世界几十个国家，没看见有人不爱钱！

族　长 可我们程家偏不是如此，夫人！

（唱）程家百年祠堂古，

千秋世族和，

邻里乡亲如骨肉，

与人为善常相助。

不为穷困而改节，

信奉孔孟有风度。

夫人啊！

我们饿死也不要你三十万，

决不让清白之心受玷污！

众乡亲 （合唱）我们饿死也不要你三十万，

决不让清白之心受玷污！

夫　人 （逼视着众人，突然大笑）哈哈哈——！

〔夫人扬长而去。

〔众被夫人笑得目瞪口呆，渐渐转向族长，族长不知如何处之。

〔音乐起，幕闭。

四

〔数日后。

〔程家传开的程家铺子，“恕不赊账”的牌子显目地挂在店中。

〔幕启，小伙计在整理店铺，一会，程家传也上来一起整理。

〔传来鸡啼声，乡亲们上。

乡亲甲
乡亲乙
乡亲丙
乡亲丁 （唱）小小一块银洋钿，

魔力无比真神奇。

没有它只得做孙子，

有它就可做老子。

为了它顾不得是与非，

用它做回活神仙。

〔女乡亲们上，欲拉回男乡亲，示意让他们别赊买东西，男乡亲们与她们咬耳……

女乡亲 什么，夫人出了新招？

男乡亲 对，族长也同意了！

〔女乡亲们惊喜，也纷纷投入赊买行列……

乡亲甲 （唱）我买两块香肥皂，

乡亲乙 （唱）我买一条上等烟。

乡亲丙 （唱）我买两罐五香肉，

乡亲丁 （唱）给我买瓶绍兴加饭过过瘾。

程家传 铜钿呢！

乡亲甲 （唱）今天让我赊一赊，

乡亲乙 （唱）明天就能还给你。

程家传 明天铜钿从哪里来，你们还得起吗？

乡亲们 （齐唱）还得起，还得起，

我们今非昔日比。
天上掉下金元宝，
难道你还有怀疑。

〔男乡亲们纷纷进入铺子，抢货物，有的拿肥皂，有的拿香烟，有的拿酒，有的拿食品包……随即跑向各自的女乡亲旁，摆出各种造型，定格。

程家传 这——啊，

（唱）难道说是那可恶的三十万，
让你们经不起诱惑态度变。
难道说你们赊钱怀恶意，
盼的是我程某早日上西天。

〔众乡亲拿着货物纷纷下。

程家传 拿来……（大声地）你们给我回来！给我说清楚！

〔族长从另一方向上。

族　长 （见程家传气鼓鼓的样子）亲家公。

程家传 太气人了，实在太气人了。

族　长 火气介大，啥事体呀？

程家传 想不到有人竟不顾同族情分，为了一点钱而落井下石——

族　长 先慢慢说，亲家公先给我一坛十年陈的绍兴花雕。

程家传 亲家公，你不是一直喝普通黄酒吗？

族　长 普通黄酒味道太差，今天我要尝尝这十年陈的花雕。这铜钿就记在我们账上。

程家传 你也要赊铜钿？（发现）亲家公，今天你穿上了新衣服、新皮鞋？还有挂表？

族　长 刚刚从街里买来，也都是赊的。（喝黄酒）

程家传 亲家公，我要求逮捕夫人，送官究办。

族　长 这为啥？

程家传 她怂恿大众，欲置我于死地。

族　长 你是说她用三十万来换你一条命？

程家传 对。她犯挑唆谋杀罪，要害我程家传。

族　长 不，她不会害你。亲家公，我要向你贺喜了！

程家传 贺喜？

族　长 对，夫人想与你破镜重圆，她想嫁给你。

程家传 亲家公，现在什么时候了，还开这种玩笑！

族　长 这是真的，今天一早她来找我，要我为她做媒。她要做一回正宗的程家媳妇。

〔打锣人匆匆奔上。

打锣人 夫人寻根，重续旧情，嫁给家传，大喜临门，千万家财，从此姓程，凡我族人，个个有份！

〔打锣人一边敲锣，一边喊着下。

程家传 这样讲，夫人不会让我死了？

族　长 是呀，我的亲家公。

（唱）夫人要进程家门，
财星高照族里人。
更喜是，
听说夫人命不长，
巨额遗产可继承。
你我两家最得益。
这真是祖宗保佑显神灵。

程家传 （唱）只道是山穷水尽疑无路，
却不料柳暗花明又一村。
夫人终于发善心。
家传我绝处又逢生。
亲家公，我这里有一坛十年陈花雕，
今天阿拉俩亲家公高兴，喝它个痛快。

〔与族长饮酒。

〔夫人上，赵安随上。

赵　安 夫人，小的不明白，您为什么要和程家传结婚呢？

夫　人 结婚？我这身体还能结婚吗？我是要看看程家是不是真的不要钱，哼，什么“信奉孔孟有风度”，什么“百年祠堂古，千秋世族和”，在金钱面前，谁都得低下头来！你明天到上海去，把我在洋行里的存款取三十万来。

〔赵安点头，下。

夫　人 家传。

程家传 夫人。

族　长　夫人，你托的媒，我已对他说了。

夫　人　家传，我能高攀吗？

程家传　哪里，哪里，夫人，是我高攀于你。

夫　人　这样讲，你同意了？

程家传　那当然，那当然。

夫　人　好，我与族长讲了，我们俩要举行程家有史以来最隆重、最热烈的一场婚礼。

（唱）婚礼上要点燃百支大红烛，
挂上百盏大灯笼，
办起百桌喜庆宴，
奏响百曲欢乐颂。
家传啊，
人生在世一场梦，
你是我最后一位夫郎君。
我愿把，所有家产留给你，
肥水不流族外人。
从此后，程家有了这笔钱，
世世代代吃不穷。

族　长　好，太好了！真是程家有幸啊。夫人，我要在祠堂里给你树碑立传，要让我们程家世世代代铭记着你的恩情。

夫　人　这倒不必，我只要家传能够忠于我，给我发一个誓。

程家传　发誓？

族　长　亲家公，你就快点去讲两句吧。

程家传　我对你海枯石烂心不变。（夫人摇头）我和你白头到老。（夫人又摇头）不求同生但求同死。

夫　人　好，我要的就是你这句话。“不求同生，但求同死”。家传，当我要走的时候，你真的会同我一起走吗？

程家传　（后悔自己失言）这……

族　长　一起走，一起走，否则还叫什么“不求同生但求同死”呢？

〔赵安匆匆上。

赵　安　夫人，你带来的一只狗，一早遗失在街头，快快叫人去围捕，不能让它偷溜走。

族　长　夫人，是不是您带来的那只黑狗？

赵　安　对，就是那只黑狗。

夫　人　族长，你一定要替我抓到它，必要时，可以把它打死。

族　长　这可是夫人的宠物。

夫　人　正因为是我的宠物，所以我想在我走之前让它先走，明白吗？

族　长　在你走之前，让它先走？

夫　人　对，我在这个世上的日子不长了，不知哪一天说走就走。

赵　安　所以，夫人的意思，想请程先生也先走一步。

程家传　这，这也太过分了吧。夫人还是不相信我？

赵　安　对，夫人担心她走之后，你在金钱面前，不舍得离开，所以，你应该比夫人先走一步，婚事办完，立刻就走，不然，你们程家休想得到夫人的钱。

程家传　族长，夫人还是要我死呀。

夫　人　族长，你现在还是先把我那条黑狗抓到，我要叫它立刻就走。

族　长　是。（下。族长与赵安也下。）

程家传　亲家公！（想把他们叫住，可没人理他，惊慌。）黑狗，黑狗不就是我嘛。

〔花儿匆匆上。

花　儿　爸爸，不好了。

（唱）一夜风雨变气候，
乡亲上街在赊购。
都说明天有了钱，
今天放开买个够。
原来是夫人要与你结婚，
巨额家产为诱钩。
程家老小都得益，
父亲让步不再斗。
看来大家已妥协，
顶不住诱惑退在后。

程家传　是呀！

（唱）他们还在抓黑狗，
分明杀鸡为儆猴。
夫人刚才来威胁，
要我自尽在婚后。

此劫难逃天注定，
爸爸死日已临头。
花儿呀，
想那天，夫人送我金盒子，
原来她早就存预谋。

（幕内传来阵阵狗叫和众人围捕叫喊声。程家传惊慌，有点神经质地）你看，他们正在帮夫人打狗。总有一天，我也会像狗一样被他们打死。

花　儿　不，不，爸爸，你不要这样想，也许这条狗是夫人的宠物，他们为了讨好她才这么做的。

程家传　不，我的小名就叫黑狗，如今夫人打狗真谓“项庄舞剑，意在沛公”啊！

花　儿　爸爸，我看还是送你到外头去避一避，等避过这风头再讲。

程家传　（还是犹豫）……

花　儿　你不要多想了，我现在就去寻船。

〔幕内又传来阵阵狗叫和众人围捕叫喊声。随后，一些乡亲手持木棍高喊着“打狗啊”过场。

〔狗叫声渐近……

〔“砰”的一阵棒落，黑狗被打死。

〔族长领夫人上。赵安随后紧跟。

族　长　夫人，那条黑狗已被打死。

夫　人　安息吧，我的小宝贝。（回身）族长先生，给它备口上等棺木，叫寺院里师父念经三日，阿弥陀佛。

族　长　是。

〔夫人下，族长随下。所有人一齐扭头看着程家传，程家传更加害怕。

〔切光。

五

〔接上场。

〔程家祠堂前河埠头，景同第一场。

〔幕启，花儿背着大包、提着小包，与程家传同上。

花　儿　爸爸，去城里的航船就要到了。

程家传　好，嗳，志远呢？常言道女婿是半子，我要走了，也不来送送，晓得他在忙什么吗？

花　儿　他被夫人叫去了。爸爸，你在这里等一等，我到那面去看看船。

〔花儿下。

程家传　花儿，辛苦你了！（花儿下）

〔程志远从另一侧上。

程志远　岳父，岳父。

程家传　志远，你终于来了。

程志远　听说你要到外地去？

程家传　是呀，岳父要到外地暂住。夫人把你找去了？

程志远　是啊，夫人出资要让我和花儿去国外留学。岳父。

（唱）与花儿双双毕业回程镇，
一心想大展宏图显才能。
只奈小镇太贫穷，
与花儿龙困浅滩难飞腾。
今日里喜闻夫人来资助，
助我俩脱离苦海出国门。
从此奔上幸福道，
苦尽甘来真高兴！

程家传　（唱）儿高兴，我伤心，
你可知夫人要我一条命。

程志远　夫人要你一条命？这不可能！她不是要和你结婚吗？

程家传　可结婚以后，她要我马上就死。志远，你是要岳父一条命，还是要夫人一笔钱？

程志远　我两样都要。

程家传　可如果只能选择一样呢？

程志远　（为难）这……这……

程家传　（生气地）好了，我明白了，人家说女婿是半子，你太没良心了！

程志远　岳父，你不要生气。你是我岳父，我怎么会想你死呢？可我一个人不让你死也是没用的，你得听听近来乡亲们是怎么说的？

程家传　难道他们真的都要我死？

程志远 他们嘴里不说，可心里也许，也许……，唉，岳父，你不要再问了好吗。

程家传 难道驼背公公也不出来说句话？

程志远 他说话已没人听了，现在他病倒在家里。岳父，这都怪我们国家太落后，百姓太穷，所以我要到国外学些东西回来——

程家传 等你回来，你岳父早就死了！（爆发地）你，你这个不孝的东西！滚！滚！

〔程志远下。

程家传 志远——

〔航船到来的海螺声由远而近。花儿奔上。

花　儿 爸爸，航船已经到了，我们快走，怎么，志远还没来过？（程家传难过地摇摇头）走吧！

〔不知什么时候，族长和程镇的乡亲们慢慢从四面八方向程家传走过来，将程家传与花儿包围住。

族　长 程先生，你好！

乡亲们 程先生，你好！

程家传 （迟疑地）你们好！

族　长 你要到啥地方去？

程家传 去乘航船。

族　长 我们来送送你。

众乡亲 我们来送送你。

〔更多的乡亲还在不断地走来。

程家传 不用了，不用麻烦你们。

族　长 你要出远门？

程家传 是，我要出远门了。

族　长 你不是要结婚了吗？

程家传 我不想结婚。

族　长 难道你想逃婚？

众乡亲 逃婚？

（唱）稀奇稀奇真稀奇，
程家出了新鲜事。
甜甜的仙桃他不采，
金色的鸟儿他不恋。
年已半百还逃婚——

花　儿　不逃——

（唱）难道要他去等死！

爸爸，阿拉走！

〔程家传开始快跑，乡亲们在后面紧紧追赶，最后又把他围上。

程家传　你们为何紧跟不放啊？

乡亲们　（唱）程家大叔别生气，

我们是在欢送你。

〔程家传又开始走。

乡亲甲　（唱）你走我也走，

乡亲们　（唱）一步也不离。

〔程家传停步。

乡亲丙　（唱）你停我就停，

乡亲们　（唱）停下歇口气。

程家传　（唱）求求你们快回去。

乡亲们　（唱）大家不愿离开你。

程家传　（唱）请你们留步别再送，

乡亲们　（唱）族里人何必太客气，

祝你一路走得好，

祝你万事皆如意。

花　儿　爸爸，我们走！

程家传　你们为何要围着我？

乡亲们　我们没有围着你。

程家传　让我走——

乡亲们　你尽管走！

〔所有的人都没有动，他们好像并没有不让程家传走，但程家传好像又走不了……

〔程家传终于支撑不住，慢慢地跪了下去。

花　儿　（搀扶起程家传）爸爸，船要开走了。

程家传　他们不让我走。

族　长　这个人疯了！

乡亲们　这个人疯了！

〔呜！一声海螺叫，船老大用篙子撑开船埠头……内喊：“开船了——”

族　长　程先生，明天乃是你大喜之日，你就不要走了。

乡亲们　你就不要走了。

〔众乡亲这才慢慢隐退下去。

程家传　（又瘫倒在地）完了，我全完了。

花　儿　（抱起程家传）爸爸！

〔音乐起，幕闭。

六

〔隔日后。

〔程家店铺。店铺装璜明显比过去气派多了。原有的“恕不赊账”的牌子不见了，换上一个大红喜字，店铺张灯结彩，披红挂绿，两旁贴着婚喜对联，“人间程家传两美　天上银河渡双星”。今天是店铺主人程家传与夫人的结婚喜日。远处传来喜庆的鼓乐声……幕启时，店铺小伙计在店堂上忙碌着。乡亲们在店堂喝酒。

〔族长上。

族　长　乡亲们，今天是我亲家公大喜日子，大家要喝个痛快。

乡亲们　是啊，我们都是托他的福！

族　长　我的亲家公呢？

伙　计　他喝醉了，在里面睡着。

族　长　哦，那就不要打扰他了。对了，听说花儿从上海请来一位《申报》记者，准备来采访亲家公，你去同他说，在记者面前千万不可乱讲，比如讲夫人要花钱买他性命，这就不能讲，讲了以后会损害夫人的形象，也给我们带来麻烦。

伙　计　我明白，等一下我同程先生说，不过我担心的倒不是程先生，而是你的儿媳妇，谁也没法封牢她的嘴巴。

族　长　唉，这小娘从小没娘，性格倔强，进了我家后从来没与我一条心。

乡亲乙　嗳，我有个好办法，等会花儿老师来了……（与众咬耳）……

众乡亲　唔，好办法，好办法。

乡亲丙　（发现）嗳，她来了。

族　长　噢，小心点，适可而止。我在此多有不便，先走了，大家就按刚才说的办。（下）

〔众乡亲让小伙计拿出酒和酒具，大家倒酒喝酒。

〔花儿上。

乡亲甲　花儿老师，今天我们非常开心，我想请你喝一点。

乡亲乙　对，对，你刚才婚宴上没好好喝过，这回要补上。

花　儿　不，我不会喝。

乡亲丙　嗳，你回到小镇后，我们还没和你喝过酒，今天一定要喝。

乡亲甲　是啊，花儿老师，今天是你爸爸大喜之日，你不喝，就是看他不起。

乡亲丁　对，也是看不起我们。

众乡亲　花儿老师，今天你非喝不可！

〔花儿在众人恳求下，不好意思再推让。

众乡亲　（唱）绍兴老酒香又甜，
端起酒杯敬老师。
感激的话儿说不完，
请你大口喝下去。

乡亲女　花儿老师，
（唱）一杯酒，敬老师，
老师人品了不起。
甘受清贫来小镇，
与我们同受苦难不容易。

众乡亲　花儿老师，喝下去吧。

花　儿　我不会喝的。

众乡亲　哎，喝吧。

乡亲甲　（唱）二杯酒，敬老师，
做人难得糊涂点。
眼头活络学你阿公，
多吃老酒少管事。

众乡亲　花儿老师喝吧。

花　儿　我不会喝的。

众乡亲　喝吧。

乡亲女　（唱）三杯酒，敬老师，

一杯一杯要见底。

今日有酒今日醉，

一醉方休把眼闭。

〔花儿被大家灌得差不多了，她终于支撑不住倒在地上。

〔众乡亲：倒，倒，倒！

〔小伙计忙跑过去将她扶起。

〔花儿睡去。

〔记者背着照相机上。

记　者　大家好，我是上海《申报》记者，请问程先生在吗？

乡亲甲　（守着通道）他不在，有什么事问我们大家好了。

记　者　那好，第一个问题是，夫人回到故乡后，大家感觉怎么样？

乡亲乙　夫人回到故乡后，让我们感到非常快乐。

乡亲丙　非常兴奋。

乡亲丁　非常光荣。

乡亲甲　非常骄傲。

记　者　那第二个问题是，据说程先生是夫人过去的情人，他曾经做了许多对不起夫人的事？

乡亲甲　是呀，当初是他将夫人赶出家门。

乡亲乙　他父亲还要将夫人沉塘致死。

记　者　听说现在夫人给了你们一大笔钞票，就是要让程先生死？

乡亲乙　不，我们是为了维护家规族法。

乡亲甲　是出于正义！出于公道。

〔花儿在一旁醒了过来，她歪歪斜斜地奔到记者面前。

花　儿　胡说，记者小姐，我就是给你们写信的学校老师花儿，我要讲一讲那位贵妇人来到小镇后的真实情况！

乡亲甲　她醉了，不要听她的。

乡亲丁　花儿老师，这可是你阿公办的事，不要胡说。

乡亲乙　讲了对你阿公没好处。

花　儿　不，你们吓唬不倒我，我要讲。记者小姐，这是一场阴谋！

〔众乡亲又一阵指责，推拉，乱成一团。

花　儿　（挣扎着）我要揭露这个不道德的罪恶行为！

〔众乡亲立即围过去，用毛巾塞住花儿的嘴。

〔正在这时，新郎程家传佩戴大红花，神色憔悴地上。

程家传 （大声地）吵什么！（众乡亲这才松手，退向一边）

花　儿 （站上凳子）记者小姐，这位就是受迫害的程先生。爸爸，我要揭露真相，我要把真实情况告诉这位记者小姐。

程家传 下来！

〔花儿茫然地下来，不知其意。

程家传 记者小姐，请你给我拍张照片，唉，是放在那个金盒子上面。

记　者 程先生？

程家传 我家里像样的照片没了，请你把我拍得好一点。

记　者 程先生，你准备好，笑一笑。

〔程家传始终笑不出。

记　者 嗳哟，怎么笑得介难看。（勉强拍完照）程先生，请容许我提几个问题。

程家传 无可奉告。

记　者 我是记者，请你配合一下。

程家传 （大声地）无可奉告，如果没其他事，请你走吧。

众乡亲 是呀，没你事了，请！

〔众乡亲连推带拉把记者支走。

花　儿 爸爸，你这是怎么啦？

程家传 我已经不打算再做任何挣扎了。

花　儿 啥？

程家传 我想明白了，反正一切都是我的错。

花　儿 都是你的错？

程家传 是。

（唱）家规族法写清楚，
白纸黑字不含糊。
想当初，以强欺弱是我错，
以众欺少是我错。
以富欺贫是我错，
以尊欺卑是我错。
倘若是因我不能继遗产，
那更是千错万错错上错。
花儿呀，

阎王已向我招手，
我要到地狱里面去改错。

花　儿　不。

（唱）爸爸你，口口声声错错错，
都是你屈打成招才认错。
花儿知你不想死，
花儿知你内心苦。
是金钱改变了是与非，
是金钱扭曲了功与过。
是金钱让你心灵受折磨
是金钱迫你无奈走绝路，
爸爸呀，
你要振作精神直起腰。
万不能不明不白，自暴自弃摔破锅！

〔族长陪夫人上。

族　长　程先生。

花　儿　（发现夫人）夫人，我正要寻你。

夫　人　有啥事吗？

花　儿　（缓和一下语气）夫人，对你过去的遭遇，我很同情，我虽还年轻，但我懂得一个女人在深受屈辱后的心情，我真想替爸爸对你讲声对不起。

夫　人　谢谢你的同情，姑娘，我真喜欢你的聪明和美丽。现在，我和你爸爸结了婚，你就是我的女儿了，我的那笔巨额遗产，就归你们小两口了。你们有了钱，可以去国外读书。

花　儿　不，我不想要。

夫　人　不要客气，我和你爸爸很快就会离开人世的，我的那笔遗产与其留在国外给洋人，倒不如给了你们。对这个世界，我已厌倦了。

花　儿　不，夫人。生命是人最宝贵的东西。所以，我希望你能打消报复爸爸的念头。

夫　人　不，我不想改变。花儿，你应该知道，人是不能把金钱带进坟墓的，可是金钱却能把人带进坟墓！

花　儿　你这就不对了，夫人。人不论强弱贫富，应该都是平等的，大家都有活着的权利。如果你仗着有钱欺负人……

夫　人　（恼怒）放肆，我不需要你来教训。

族　长　花儿，对待夫人要有礼貌。

花　儿　爸爸，我要到县里去找官府告他们。

程家传　不用了。

族　长　花儿！（阻拦）

夫　人　让她去吧，我倒要看看官府是听她还是听我。

花　儿　爸爸，你可要等我回来。

〔花儿匆匆下。

族　长　程先生，听说刚才你应付记者表现得非常不错，你真是太配合了。

程家传　这都是承蒙你的点拨，我认罪，我不反抗了。现在这样，你们拿不到夫人的财产，而我又一直处于恐怖与痛苦之中，我受不了，我想还是早点结束自己。（突然从袋里掏出一条绳子）刚刚我试了一下，唉，下不了手，还是请你帮我一把吧。

夫　人　你是讲用绳子上吊，把自己卡死？不，这样做太不文明了，你晓得，我为啥要在这里造发电厂吗？我是想让你尝尝西方文明的滋味，现在西方发明了电刑，就是让电通过你的身体，几秒钟便可死去，像睡熟一样，没有痛苦。

族　长　啊，程先生，你看，人家洋人就是先进，连死也比我们中国人舒服。亲家公，你真有福气啊。

程家传　那好，我让给你。

族　长　（知道失言）哎，对不起，怪我多说了，程先生，不过明天要举行电厂发电仪式，有好多新闻界朋友要来，在这个仪式上还需要你做出最后的配合，你愿意吗？

程家传　（痛苦地点了点头）……

族　长　好，你的善良与奉献，真是令人感动，你完全知道我们所有的人是多么贫苦，我们的生活是多么悲惨，有多少老人因缺医少药而死去，有多少孩子因无钱而失学，甚至还在忍饥挨饿……

程家传　不要讲了，我真不明白，为何非要用我的这条命让大家富起来？夫人，要是我换了你——

夫　人　你换了我，也会如此。

程家传　好了，反正你也不会相信，夫人，这辈子欠你的账也该了结了。这是我留给你的信，失陪了。（进屋）

〔族长看了夫人一眼，把信递给夫人，欲看，夫人示意他回去。族长下。

夫　人（打开信）

（唱）夫人啊！

无可奈何花落去，

今日里我终于彻底输给了你。

这镇上人人跟着金钱走，

个个盼我早日死。

我似推倒的墙，落水的狗，

步步走在悬崖边。

终日里恐惧绝望又挣扎，

悲伤哭泣泪涟涟。

惶惶不可度一日，

度日好比如度年。

如今终于认了输，

倒反而一身轻松无挂牵。

〔舞台一表演区灯亮。程家传默默地上。

程家传（唱）夫人呀，

你去海外二十年，

变得冷酷无情义。

昔日的和善已不在，

当年的爱心更不见。

今日里你用金钱杀了我，

这温柔的一刀好锋利。

家传人穷斗不过你，

我是输在金钱不输理。

夫　人　什么输了金钱不输理，这世上有钱就有理，岂有输钱不输理之说！

〔打锣人上：祠堂翻新，电厂落成，程家富裕，不忘文明，扬善惩恶，拨乱反正，善恶有报，维护公平。

夫　人　好，说得好，打锣人有赏！

〔打锣人惊喜万分：祠堂翻新……

〔强音乐起。

〔切光、幕闭。

七

〔接上场。

〔新修的祠堂，门面是欧洲歌特式建筑，“程氏宗祠”四个大字写在上面，让人看了有点滑稽的感觉。“庆祝电厂发电”的横幅挂在祠堂前，高高架起的变压器矗立在舞台一侧，变压器上方架了一些电线，有一石梯可拾级而上。民众们敲锣打鼓地欢庆着新祠堂的落成和发电时刻的到来，族长居然穿起西装。

族　长　乡亲们，电厂就要发电了，我们程镇历史上最光辉的时刻马上就要到来了。大家知道，这方圆百里的几大家族，只有我们程家才用上电，这可都是夫人的恩典呐！

乡亲甲　（望远处）哎，夫人来了！

〔夫人上。

族　长　喔，欢迎夫人光临，夫人啊，这发电仪式就等你亲自来剪彩呢。

夫　人　（夫人在族长手中接过剪刀）不，今天的发电仪式应由程家传先生来剪彩。

〔众人意外，一会，族长从夫人手里拿回剪刀，递给程家传，程家传惊恐不前，族长握着程家传的手，一刀剪去红绸……一下子灯光齐明，舞台上一片光明，民众们拍手欢跃。

夫　人　大家知道吗，我为何要请程家传先生来剪彩呢？是因为这电厂原本就是为他而建，没有他过去与本人的往来，没有他今天出来担当，就不可能有这小镇的光明。不过，程先生的担当还要经过我们大家同意。

族　长　好吧，遵照夫人的意思，现在大家来民主表决。

乡亲甲　哎，不用表决了？你是一族之长，你说一句就是啦。

众乡亲　对，你说一句就是！

族　长　不，不能由我说了算。夫人给我们带来西方民主，我们也得享受享受这民主的权利。（讨好地）夫人，是吗？（夫人点头）好吧，同意让程先生走的请举手。

〔乡亲们见程家传的可怜状，你望我，我望你，不忍举手，一乡亲向族

长示意当场举手有点为难……

夫　人　（摆手制止）嗳，按照西方民主，应该采取无记名投票，这样大家尽可以表示自己真实意愿。程先生，你不是想走吗？你也应该有投票的权利嘛。噢，我在此有所不便，先走了。（扬长而去）

族　长　（送下）夫人放心，慢走。（转身）那就掷豆表决，掷入黄豆的表示同意让程先生走，掷入绿豆的表示反对。

〔众乡亲点头，族长命族丁分豆给众人，然后大家纷纷将豆掷入铜盆中，发出一声声清脆的响声。

族　长　开箱计票！

族　丁　（计豆）族长，乡亲们投的都是黄豆。

族　长　哦，如此说来，大家都想程先生走？（发现）不，这里有一颗绿豆，也有人想挽留程先生？

众乡亲　（见程家传绝望，先由一人表态是自己投的，渐渐大家争着讨好）是我投的，是我投的——

程家传　别吵了，这颗绿豆是我投的！

族　长　好，少数服从多数，就一致通过。现在，族里的人都留下来，散会。

〔记者退去。乡亲们一齐朝程家传看去，程家传似乎领悟。

程家传　你们现在就办吗？

族　长　对，就在这里给你办。（指挥）阿毛，请把这张椅子搬过来。（乡亲甲把椅子搬到舞台中央，）电工师傅，请把电线拉过来。把所有电灯都灭了。（灯暗。一束蓝光打在椅子上）程先生，请你到那边去。

〔程家传恐惧、忧郁、迟疑……

族　长　（上前与程家传拥抱告别）来呀，程先生，你不要怕，不痛的，要坚强，去呀……

〔程家传痛苦地慢慢走过去，他突然停住脚步，转过身来，回望众人，众人不理……

程家传　（唱）挪步往前走，
一步一回头。
泪眼望亲人，
久久看不够。
女婿在哪里，
花儿可在否。

看乡亲，神情木讷冷如冰，
一个个装聋作哑不开口。
没人来安慰，
没人把我留，
没人说句话，
没人点下头。
寂寞无声太可怕，
程某心里真难受。
想当初我待大家也不错，
一生行善本分守。
夏施茶水冬扫雪，
春修路面秋填沟，
叔伯婶侄常称赞，
乡亲好友情谊厚，
今日为何变了脸。
真叫人肝肠欲裂痛心头。
唉，
莫非这世道变了样，
莫非这人间换春秋。
这世上认钱不认理，
我无须留恋还是走！

〔程家传终于坐在椅子上，双手捏住电线，电线爆出火花。

〔停顿，长久的停顿，所有人紧张地看着他，他突然发现人群中自己的女婿程志远……

程家传 （发现了女婿，他似乎还存在着一丝幻想）志远！（志远低下头不理）志远！你过来！

程志远 （推辞）不，岳父，医院里有病人等着我去看病……（程志远惶惶地溜下）

程家传 你岳父快死了，你都不救，还看什么病！（绝望）连自己女婿都要我死！（突然大叫）我为何要死！我为何要为你们去死。我不死，我偏不死！（猛地扔掉了手中的电线，在众人的惊愕中迈步走出祠堂……）

〔众乡亲面面相觑，顿了一会儿才醒过来，突然高喊："程家传跑了！"疾奔过去。

〔就像前场中打死黑狗的情形一样，所有的男女老幼都提着红灯笼，手执棍棒，喊杀声震天，在黑暗中四处搜寻程家传。

〔片刻，四处一片寂静。

〔稍倾，夫人独自一人静静的上场。她环顾四周，慢慢走到电线旁，拾起电线看了看，若有所思。远处传来众族人的怒吼“程家传跑了！程家传跑了！”……

夫　人　（唱）山谷幽幽山风紧，

山道弯弯传吼声。

我高兴，灯火为我满山舞，

我高兴，乡亲为我在狂奔。

眼看着家传走上不归路……

却为何，我又惘然若失凄凉生？

〔族长和众人上。

族　长　（急上前）夫人，程家传跳崖身亡了！

夫　人　（一惊）啊，他怎么会跳崖呢？

族　长　是啊，当初说好让他触电致死，他也答应了的，突然他又不愿死了，而且跑了，乡亲们见他跑了，出于愤怒就拼命地追，结果把他追到山上，没想到他却跳崖身亡了……（解释）是他自己跳下去的，没人推他！

众　人　是啊，我们没有推他！

夫　人　（叹了口气）好吧，族长，他毕竟是我的丈夫，又是你的亲家，我们要把他的丧事办得体面一些。

族　长　那当然。不过，办丧事得花铜钿，现在我们已身无分文。你看，这造电厂和祠堂的钱，钱庄已来催讨好几次，另外答应过乡亲们的一些铜钿……

夫　人　我知道了，国外的汇款应该到了，我已派赵安去上海提取。

〔赵安急上。

赵　安　夫人，我去上海洋行里提款，可他们说你的汇款不会来了。

夫　人　这是为啥？

赵　安　你在国外的公司已经倒闭，财产全被扣押，银行的账户也被查封！

夫　人　啊！（晕倒）

〔强烈音乐起，切光。

八

〔接前场，祠堂前。

打锣人 程家媳妇，谋杀亲夫，招摇撞骗，面目暴露。罚罪沉塘，死有余辜，立即执行，以息众怒！

〔众乡亲渐渐聚集在祠堂前。

乡亲甲 唉，昨天像只凤，

乡亲乙 今天变条虫，

乡亲丙 夫人落了难，

乡亲丁 我们做场梦。

众 （齐声）唉，竹篮打水一场空！族长！

〔族长和众族老上。

族　长 （语塞）……现在我们族里负了一大笔债务，就连发电机也被城里钱庄拆走了，这还不够，人家还要来讨债！

乡亲甲 是啊，族长，还有欠我们的铜钿怎么办？

众乡亲 “我们都是高利贷借来的，不还，人家要拆我们的房子！”“人家要我们的性命！”

花　儿 那你们的铜钿都用光了？

众乡亲 “早就用光了，我儿子每天上酒馆。”“我老公搓麻将输了好多铜钱。”“我们都成了穷光蛋啦！”

族　长 （对夫人）这都是这个女人惹的祸。把这个孽妇给我带出来。

〔族丁押夫人上。夫人虽略显憔悴，但气质犹存，不失风度。

族　长 家传之死，你可知罪？

夫　人 我知罪。我死有余辜，罪有应得。

族　长 好，痛快，按族规，谋杀亲夫，现该沉塘致死。现在，你是程家媳妇了，理该按族规处置。

夫　人 我死后，请让我与家传同穴而葬。

驼背公 不可！恶妇罪孽深重，理应打入另册，岂容你再玷污我程家门风！

族　长　是啊，来人！把那块青石板给我抬回来。（两青年抬石板上，族长吩咐青年将石板放到夫人身边）

夫　人　（抚摸着青石板，感慨地）二十年了，缘分呀。

族　长　快点吧，要是花儿他们来了，只怕你还得多受一分罪。来人，将她沉塘！

众乡亲　沉塘！（族丁上前，正将夫人绑上石板之际，花儿奔上。）

花　儿　（大声）住手！（上前欲替夫人松绑）你们凭啥将她沉塘？

族　长　他害死了你爸爸。

众乡亲　对，她害死了你爸爸。

花　儿　不，想害死爸爸的，不但有她，还有你，有你，有你，你们大家都有份！我问你们，当初我帮爸爸离开这里，拦住他不放是谁？在祠堂里逼他触电自尽是谁？手拿棍棒追杀他是谁？把他逼到山上让他走投无路跳崖自尽又是谁？其实你们今天要将夫人沉塘，讲穿了，就是她没有给你们那笔铜钿，你们没有拿到那笔足以使你们富起来的铜钱！

族　长　不管怎么讲，是她指使我们干的，是她害死了你爸爸。

众乡亲　对，是她害死了你爸爸。

花　儿　不，我爸爸没有死！

众　（吃惊）什么，程家传没有死？！

花　儿　对，他跳下去被一棵大树钩住，我救了他。（向内叫）爸爸！

〔程家传遍体鳞伤，捧着金盒子上，虽只隔了一天，但人却苍老得多了。程家传将手中的金盒子颤抖地交还给夫人。

夫　人　（拒接）不，不，我伤害了你，这只金盒子就作为我对你的补偿。（程家传摇了摇头）

花　儿　夫人，爸爸早就讲过不要你的金盒子。（夫人还是拒接）这样吧，要是你愿意的话，就让族里作为抵债之用。

族　长　唔，这倒是个好办法。

夫　人　不，我情愿以命抵债。

族　长　算了，这许多的债务，恐怕你一命也抵不了！（说着从程家传手里接过金盒子）

众乡亲　族长，快去换铜钿，让我们还债。

族　长　吵什么，先得还族里的债务。

〔族长下，众人边讨钱，边蜂拥着随下。但也有二三老妇走到夫人身边，安抚一下夫人后从另处下。

〔花儿替夫人松绑。

夫　人　（不相信地看着花儿的举动）你……你们……原谅了我？

花　儿　（停住手中的动作）……你要害死我的爸爸，我们永远也不会原谅你！

夫　人　（不解）可你为什么要救我？

花　儿　因为你是一个人，你是一条生命！

夫　人　可我已经一贫如洗，我不想再活在这个世界上。

花　儿　人不论强弱贫富，都是一个应该珍惜的生命。

夫　人　你说啥？

花　儿　人不论强弱贫富，都是一个应该珍惜的生命。

〔夫人内心受到极大的震动，一时无语。

〔停顿。

花　儿　夫人，我们走了，爸爸把小店卖掉了，我们要到一个很远的地方去，希望你能好好地活下去。

夫　人　（懦怯地祈望）我能跟你们一起走吗？

程家传　（迟疑了一会，终于摇了摇头）……

〔程家传在花儿的搀扶下慢慢地下，突然程家传转身回来，从口袋里掏出几张纸币，颤抖地塞在夫人手里。

夫　人　（见钱，意外，激动）钱！……

〔程家传在花儿的搀扶下渐渐地消失在夫人的视线中。

夫　人　（望着程家传等远去的背影……）

（唱）望着他伤残的身躯，
受着他无言的责备。
捧着他温存的钱币，
我的心在一阵阵颤抖。
回首一生坎坷路，
历尽贫富多少回。
曾尝过有钱的风光无钱的苦，
也尝过无钱的卑微有钱的威。
有了钱，我回乡复仇呼风雨，
没有钱，受罚沉塘命垂危。
今日手捧这份钱，
却为何别有滋味在心内。

想往日我用金钱把他害，
他却用金钱把我救回来。
只是我适才祈求遭拒绝，
自吞苦果心如灰。
钱啊钱！
你写满了世上辛酸事，
你浸透了人间血和泪。
你是一把双刃剑，
多少人稍不留神被你毁。
到如今人去楼空好凄凉，
我才知钱财哪有真情贵。
步踉跄，路何方？
天涯茫茫我何处归！

〔音乐停。夫人把钱一张一张地轻轻地撕碎，抛向天空，钱的碎片在舞台上飞扬……

〔寂静无声中，夫人呆立在祠堂中央。

〔稍倾，在寂静中，她将地上的麻绳拾起来，重新绕在自己的身上，然后她将麻绳捆住了那块青石板，当她欲将青石板抱起时，她感到力不从心。绝望中，她用力拖动了青石板，拽着青石板步履沉重地向祠堂大门走去。那扇祠堂大门像第一场那样渐渐打开，发出浑厚沉重的“吱呀”声。

〔她越走越远，身影在祠堂巨大的阴影中越来越小。

〔终于，她走出了祠堂。

〔高大的祠堂空无一人。

〔幕渐闭。

〔剧终。

2002年

话剧

天堂往左，爱情向右

夏　强

题　记

一个已婚的男人，想寻找心灵的出口
一个待婚的女人，想找回往日的理想与激情
一个迷离的夜晚
一段难以名状的情感
面对家庭，面对婚姻，面对自我，面对爱情
他们会做出如何的选择
牵手还是分手
向左还是向右

人物表　（按出场先后）

陈　涛——男，四十来岁，某公司经理，潇洒，不失风度，然而在干练的同时也会不时掠过一丝疲惫。

田　雨——女，二十九岁，某公司白领，浪漫，温顺，曾对生活充满期待而现在却更多的是对未来的茫然。

杰西卡——女，三十二岁，酒吧年轻的女老板，泼辣，风趣，见多识广。

阿　惠——女，三十八岁，某医院护士，干净利落，风风火火。

李　凡——男，三十三岁，某国企技术员，勤恳，谨慎，细致。

男、女歌手——二十多岁，现代都市民谣的演绎者。

酒吧客人若干。

布　景　在我们这个称为“天堂”的城市里随意就可以找到这样的酒吧，装饰简朴、随和。有一精致的小型歌台，可供歌手及客人上去演唱，另外悬空而挂的几台大电视机除了播放MTV外，还时不时地可以切换到客人、歌者的细节。在吧台附近散落着几张桌子，玻璃做的，吧椅可以随意转动。一段楼梯通向酒吧的二楼，它隐在吧台的背后，楼梯曲折而典雅。舞台装置力求简洁，可随剧情变化而自由转换。

一

〔夜正阑珊，弹着吉他的歌手在小歌台上吟唱着：

没有人会留意，在这个城市的冬天，
窗外阳光灿烂，我却没有温暖。
带着我的歌声，是我心碎的幻想，
你用你的眼泪，抚摩我的寂寞，
我用我的歌声，浇灌你的心田。

〔有人进来，又有人出去。缤纷嘈杂中，分不清他们的面目与身份。

〔迷人的霓虹渐渐散去。一束孤独的烛光照在一个人身上。这是我们的男主人公陈涛，一个身材挺拔、潇洒干练又不失风度的男子，他看上去四十多岁。穿着看似随意但质地却非一般。

〔他坐在吧台前，缓缓转过身来，吧台另一边的远处，坐着在酒吧唱歌的女歌手，一个人喝着，静静的。

〔一个三十岁左右身材高挑、服装艳丽的女人——酒吧老板杰西卡走到年轻的女歌手面前。

杰西卡　怎么样？

女歌手　什么怎么样？

杰西卡　换了没有？

女歌手　换鞋？

杰西卡　装傻？你呀，换男朋友就像换鞋一样。

女歌手 这年月换几个男朋友算什么，我姐们儿一口气换了好几个，走马灯似的。

杰西卡 行，你够可以的，去吧。

〔女歌手喝完饮料，款款走下，杰西卡无奈地微笑一下，来到陈涛身旁。

杰西卡 来了。

陈　涛 （点头）……

杰西卡 你今天需要点什么？

陈　涛 我需要你——

杰西卡 我？——（二人对视）

陈　涛 陪我聊聊？

杰西卡 真会开玩笑。我这酒吧里那么多漂亮妹妹，你怎么会对我这个老板娘感兴趣？要不要给你介绍一个陪你聊聊？

陈　涛 俗，来一扎啤……

杰西卡 好，（示意吧台内酒保——麦克倒酒）你先玩着！

〔看着杰西卡走远，陈涛喝了口杯中的酒。他慢慢打量着四周的人。

〔随着他的视线，我们看到了我们的女主人公，她单独坐在酒吧一角，她约摸二十五岁至三十岁之间，尽管其身着休闲的服饰，但还是掩饰不了职业女性的矜持。

〔陈涛向她那里挪了一下，以示自己的想法。但不谙酒吧规则的她并没有什么反应。也许是她在迷离灯光下的美反而使她有种拒人于千里之外的感觉。陈涛退缩了。

〔她其实一个人孤独地在那里坐了很久了。面前的酒杯已经空了，似乎有些微醉。

〔陈涛转向吧台。

陈　涛 哎，麦克，你这个老板娘真不简单，两年前还是小小的办事员……现在居然开了一家这么大的酒吧，命运可真是变幻莫测啊。来麦克，我看看你的手相？看看你的命运怎么样，不错，你将来会有一大堆女孩子围着你。

〔他又来到吧台对角另一个女客人面前。

陈　涛 看看你的。你将衣食无忧。

麦　克 她爸爸是粮食局的。

陈　涛 什么？你爸是粮食局的，将来再找个服装公司的老总的儿子嫁给他，你就什么都齐了，别笑呀。

〔女主人公注视着他，那有一丝飘忽的眼神衬出了内心的不安。

〔陈涛正欲转身。她站了起来。

田　雨　能给我看看吗？

〔陈涛一愣。他们两个人互相注视了大约有半分钟，而酒吧里其他的一切也仿佛停滞了。小型歌台响起的吉他和弦声，打破了片刻的宁静。

田　雨　怎么，不可以？

陈　涛　当然……当然可以——不过你得把你的手给我。

〔陈涛欲握住田雨的手，田雨抽回。

田　雨　会看吗？

陈　涛　试试看。

田　雨　（稍微镇定了一下伸出手）看出什么……

〔陈涛抬头看了她一眼，再看她纤细的手。

陈　涛　你还没结婚。

田　雨　没戴戒指，傻瓜都看得出我没结婚。

陈　涛　那倒不一定，我认识好多人，不论女的男的进酒吧前可都把戒指放进皮包或口袋的。但你是一定没结过婚。

田　雨　就算你蒙对了。还有什么——

陈　涛　事业线，还行。不过，女人是不应该看事业线的。

田　雨　那看看我的感情线吧，看到什么？

陈　涛　我看到了两个男人，一个是你男朋友——另一个是——我。

〔田雨欲抽手。

陈　涛　开个玩笑，别介意。

〔田雨转身对着侍者。

田　雨　再来一杯。

陈　涛　麦克，给她来杯处女玛丽。

田　雨　不，我只喝我自己的酒。

陈　涛　你很固执。

田　雨　我就固执，怎么样？

陈　涛　谁要是娶了你这么固执的女孩可够受的。

〔侍者端来一杯酒，田雨推给陈涛。

陈　涛　你是固执呢，还是没有胆量？

田　雨　你将我！（拿过酒闻了一下）这是什么呀？

陈　涛　名字挺吓人的，其实就是一杯番茄汁，你今天喝了不少了，给你醒醒酒。

〔陈涛坐了下来。

田　雨　你挺逗的，酒吧里的男人都会劝女孩喝酒，你却让我醒酒？

〔田雨喝了口饮料就坐在了这个看来颇懂体贴的中年男子身边。

陈　涛　我，可不希望一个女孩子喝多了，躺在地上发酒疯，样子会很难看的。

田　雨　谢谢，你还挺会怜香惜玉的。（拉陈涛手看）把手给我。

陈　涛　怎么，给我看手相？

田　雨　我就猜到你会戴个戒指。

陈　涛　这是我女儿送我的生日礼物，石头的。

田　雨　你倒是很坦诚。

陈　涛　都一把年纪了，不想玩小孩子的游戏。你慢慢喝。

〔陈涛走到吧台坐下，田雨跟着走到吧台边。

陈　涛　你一个人？

田　雨　一个人？（笑）你来了，不就是两个人了。

陈　涛　（停顿）不错——

田　雨　什么不错——

陈　涛　今天晚上的天气不错。

田　雨　是不错，就这么干坐着？

陈　涛　那你的意思……

田　雨　我的意思像他们一样玩玩骰子？

陈　涛　可以，这我可拿手——说好了今天玩骰子可以，可不许赌酒喝。

田　雨　怕喝酒？那我们玩真心话大冒险。

陈　涛　真心话大冒险？

田　雨　是的，比点数大小。谁输了，就要回答对方一个问题。真心话还是大冒险？真心话就是你一定要说大实话，大冒险就是你一定要去做一件平时你不敢做的事。

陈　涛　那就真心话吧，反正我不是通缉犯，叫我招啥都行。

〔两人开始摇骰子。打开。

田　雨　你输了。我问你，你是男的还是女的。

陈　涛　你这也是问题？

田　雨　当然是问题，这年月，什么样的人没有。

陈　涛　我目前还是个男的。

〔又玩，田雨输了。

陈　涛　该你了。你会不会喜欢比你大一轮以上的男性？

田　雨　会，才怪呢。

陈　涛　伤自尊了。

田　雨　绝望吧你。再来——

〔打开，田雨赢了。

田　雨　你觉得我漂亮吗，说真话。

〔陈涛仔细打量一下。

陈　涛　一般。一般一般，也就港姐第三。

〔田雨被他的恭维逗笑了。

田　雨　喜欢吗？

陈　涛　不喜欢——才怪呢。（稍倾）是不是漂亮的女人都很自我？

田　雨　不，聪明的女人都很自我。

〔打开。陈涛输了。

田　雨　你又输了。

陈　涛　好，你问吧。

田　雨　我问你，人为什么要结婚？

陈　涛　（做沉思状）这是个值得思考的问题。

田　雨　（笑一笑）饶了你，我问你爱情能永远吗？

陈　涛　永远有多远？

田　雨　你爱你的妻子吗？说实话，你会和她共度一生吗？

陈　涛　我——

〔陈涛欲言又止，也许他真的不知道能说什么。于是他拿起边上的酒杯痛饮起来。酒顺着嘴角流了他一身。

〔边上的田雨看呆了。

〔收光。

〔淡淡的音乐。吧台区灯光亮，身着时尚的杰西卡似乎一直在关注着之前发生的这一幕。

杰西卡　酒吧是一个充满可能的地方，记得有人说过，如果男人和女人关系已经很明确，他们就可能用不着来酒吧……如果男人和女人没什么关系也可能不会来这里……来到这儿的人，是因为他们还没有什么关系却又想发生点什么……当然也可能什么也不会发生。酒吧就是一个地方，别太多

地指望在这里发现太多，尤其是你刚被命运轻轻地撞一下腰的时候。

〔灯光缓收。

二

〔黄昏的酒吧，少了几分喧闹和迷离，多了些慵懒的气息。酒吧里空荡荡的，服务员们都在做着准备。

〔一束光打在门口，门口出现了一个中年妇女，她穿着一件套装，显然是新买的，还有些不合身。她是戴着墨镜进来的，她仿佛在寻找着什么。又像害怕着什么。

〔阿惠摘下墨镜打量着四周，神经质般的找纸巾擦桌子，杰西卡见状送来餐巾纸盒。

杰西卡 要喝些什么？

阿　惠 茶。

杰西卡 茶？好的。茶。

〔杰西卡向服务员示意。

阿　惠 （拿起桌上的牌子看了一眼）我忘了，你们这里是酒吧。不过我一直不喜欢喝酒。

杰西卡 没关系，我们这里也有茶的。小姐（见阿惠皱眉）——你可能第一次到我们这里玩吧？现在还早，晚上才会热闹。您的茶。

〔阿惠拿起茶就喝。感到有些烫。

杰西卡 慢些喝，刚泡的茶总是热的，放一会儿就凉了。

阿　惠 你这茶不错，没想到像你这样的酒吧也有这么好的茶叶。

杰西卡 杭州嘛，到处都是好茶叶。你在这里等朋友？

阿　惠 不，随便坐坐。你是这里的老板娘？

〔杰西卡不由有一点小小吃惊。

杰西卡 你，挺厉害。一眼就看出来了。

阿　惠 直觉。女人的直觉。（看到杰西卡手上的戒指）这戒指……？

杰西卡 噢，昨天也不知是哪个喝醉酒的男人留下的，不值几个钱，地摊货。

阿　惠 （语调里带着嘲讽）男人到这里来都是来喝酒的吗？

杰西卡 您可别多想，我们这里可是规规矩矩的地方。至于那些客人怎么想，我们管不着。不过既然我们都是女人，我劝您一句，其实不必对男人管得太多，他们来酒吧不过是贪图一时之欢，哪怕喝醉了，多半也是会回家的。

阿　惠 就怕到时连家门都摸不到。

杰西卡 我见过很多喝醉的男人，大多数都还能找到回家的路。

阿　惠 但不是每一个。

〔杰西卡点头。二人沉默了片刻。

杰西卡 需要续水吗?

阿　惠 等一会儿。等一会儿，我会走的。

杰西卡 没关系，您在这里哪怕喝茶也是我们酒吧的客人，愿待多久就多久。

阿　惠 你结婚了吗?

杰西卡 如果我结婚的话，这个酒吧就不存在了。

阿　惠 明白了，你人好像挺直率的。如果有机会，我请你到我们家喝酒。我们家有很多很多洋酒，就是没人喝。

杰西卡 谢谢，虽然我开酒吧，但最近也喜欢上喝茶了，喝好茶。

阿　惠 难怪，你这会有好茶。

杰西卡 我想说句话你别介意。其实婚姻有时候就像这茶，刚拿到手上是热烘烘的，喝上一口也挺香的，可是再泡却是会越来越淡，最后就像白开水一样。

阿　惠 所以那些男人会来这里喝酒?

〔杰西卡笑了一下作为回答。

阿　惠 那你说，结了婚的女人该怎么办?

杰西卡 简单，自己也可以变成一杯酒。变成一杯让男人陶醉的美酒。

〔看到有客人来杰西卡笑着，退下。

李　凡 （提着个纸盒边走边打着电话）李大姐，我是小李，今天晚上你有空吗?哦，你不在家，没事没事，再见，再见。

〔李凡看到这酒吧的装潢不由有些忐忑，不敢入座。

阿　惠 小李，我在这儿。

李　凡 阿惠姐。

阿　惠 坐吧。

李　凡 你要的产品我带来了。

〔李凡把纸盒放在桌上。

李　凡　你请坐。我为您介绍一下。这是我们新进的无烟锅，卖得可好了。这可是现在最环保最节能的高科技产品。技术一流，德国品质。

〔李凡的言谈好像模仿电视里的推销主持，有种过分认真反而好笑的感觉。

阿　惠　慢点说，想喝点什么——

〔阿惠顺手把桌上的酒单递了过去，看着上面的价目，李凡有些尴尬但很快还是做出了反应。

李　凡　就来杯茶吧。

阿　惠　唉，到酒吧来怎么能喝茶呢，要喝酒。小姐，来两杯龙——

杰西卡　龙舌兰。

阿　惠　对对，龙舌兰。

李　凡　两杯？

阿　惠　是呀，你一杯，我一杯。

〔李凡下意识地看了一下价目单。

阿　惠　别看，我请客。

李　凡　（尴尬）阿惠姐，没想是在这里见面——对了，我介绍一下这个无烟锅。炒菜少油烟，炸鸡翅不用油，对中老年人也有好处，可以防止高血脂还有老年痴呆。

阿　惠　你也说我老了——

李　凡　不，你不老。

阿　惠　不，老了。四十岁了。女人四十是一件尴尬而无趣的事，曾经热烈的爱情埋葬在婚姻里，走到大街上再没有人频频为你回首，回到家中丈夫依然冷漠，孩子依旧吵闹，只有重复了几千日的锅碗瓢盆交响曲。

李　凡　是的，你们家的锅子是该换换了。

阿　惠　不光换锅子，一切都要改变一下，你知道今天我为什么请你来吗？

李　凡　大概，你有什么喜事吧。今天是你生日？

〔阿惠又为两人斟上酒。

阿　惠　生日？（稍一犹豫）对，生日也快到了。

李　凡　啊！怎么不早说，真不好意思，连生日礼物都没给你准备。

〔李凡眼角看到自己桌旁的盒子。

李　凡　要不这个环保锅就当给你的礼物？（其实他话一出口就懊悔不已）

阿　惠　你把我看成什么人了？买东西还是要东西？

李　凡　不，我不是这意思。我是说，这锅真的很好用，你可以为你先生烧饭做菜——

阿　惠　我老公？他已经很久没回家吃饭了。

李　凡　……

〔侍者端上两杯酒。

阿　惠　小李，来，为你今天的准时赴会干杯！

李　凡　谢谢。

〔两人碰杯，一饮而尽。

阿　惠　你能来陪我聊聊就是最好的礼物了。

李　凡　阿惠姐，祝你生日快乐。

阿　惠　谢谢，不过今天不是我的生日。

李　凡　不是——

阿　惠　今天是我和我丈夫的结婚纪念日。

〔阿惠给自己倒了一杯，喝下，李凡忙拿起酒杯，给两人斟上。

李　凡　阿惠姐，那祝你们幸福……

阿　惠　好，我喝！

〔李凡又要倒酒，阿惠见李凡满脸通红的样子。

阿　惠　其实我也忘了，从结婚第二年起我们就再也没过过结婚纪念日。

李　凡　那今天——

阿　惠　今天我刚从婚姻问题专家那里回来。她给我说了好多，什么要打扮自己啦，要经常一起过节过纪念日。所以我想今天要好好打扮一下自己，晚上再做几个好菜。

李　凡　没错，我的这个无烟锅炒菜最好了。（发现自己还在推销）

阿　惠　小李，放心。我叫你来就是买你锅子的。

李　凡　没关系的。买不买没关系。

阿　惠　你看我今天穿了一件新衣服，好看吗？

李　凡　好看好看。

阿　惠　看得出你是老实人不会说谎。

李　凡　这年月，老实没钱有啥用。

〔阿惠发现李凡心事重重。

阿　惠　有事需要姐帮你的话——

李　凡　不，不用。谢谢你，阿惠姐。

阿　惠　（把酒喝完）叫我姐。

李　凡　姐！

阿　惠　这才是我认识的大学生李凡。

李　凡　阿惠姐，我到你们小区推销锅子，你是唯一一个让我进屋的人。

阿　惠　（看着李凡）是真的吗？

李　凡　（不说话，只望着阿惠微笑）……阿惠姐，你今天的衣服真的很好看。

阿　惠　真的？

李　凡　真的。

阿　惠　可我穿上它还是没有自信，人老了。

李　凡　不，你不老，你比刘晓庆年轻多了……

阿　惠　啊？我看上去已经五十了吗？

李　凡　不，不是。

阿　惠　我不知道为什么会这么做，可是我再也没有性子忍下去了。我都要被我的家庭逼疯了。

李　凡　家里谁逼你了？

阿　惠　家里没人，我把自己给逼疯了。

李　凡　（递给阿惠一杯水）姐……

〔怅然和失落的情绪包裹着这个已经疲惫不堪的女性。

阿　惠　……

李　凡　（停顿）其实每个人的生活都差不多，幸福只是一种表象，要是把人世间的许多事情都看透后，人就会少许多烦恼。

阿　惠　婚姻问题专家也是这么说的……

李　凡　生活每天都在改变着我们。改变着我们的事业，改变着我们地位。改变着我们的权利，改变着我们的家庭，改变着我们的情感，改变着我们的一切。而我们能改变生活嘛？不，不能，我们一点也改变不了自己的生活。生活原来是什么样，你就只能这样，改变的只是表面，那些肤浅的东西。

阿　惠　想不到你卖锅卖出这么多改变，你倒是也可以去当婚姻问题专家。

李　凡　电视里，报纸上都这么说的。对了，今天不是你们结婚纪念日吗？

阿　惠　对，对。我要赶回去。婚姻问题专家说了，要管住男人先要管住男人的胃。我回去了。

〔阿惠匆忙起身。李凡有些着急。

李　凡　阿惠姐，这锅……

阿　惠　看我，这是这锅的钱。

李　凡　谢谢你，（拿好阿惠的衣服）我送你回家吧。

阿　惠　不，不用，我自己能回去，你早点走，要不然女朋友要惦记的。

李　凡　女朋友？阿惠姐，下个月我就结婚了，到时候来喝我们的喜酒吧。我在杭州也没啥亲戚和朋友。

阿　惠　好，我一定来。

李　凡　和大哥一起来。

阿　惠　祝你们幸福！

李　凡　谢谢！

〔见他们起身，杰西卡拿着账单走了过来。

杰西卡　一共 93 元，给 90 元就行。

李　凡　（弯腰去找什么）我——

阿　惠　我来吧，不用找了，能把你手上的这个戒指给我吗？

杰西卡　拿走吧。

〔灯光灭。

三

〔淡淡的钢琴。时间的流转。

〔正将迎来客人高峰的酒吧，有着片刻的宁静。陈涛急冲冲地走进了酒吧。在地上寻找着什么。

杰西卡　找什么？

陈　涛　啊！一个小东西。

杰西卡　刚刚打扫过，没有发现什么呀。

陈　涛　也许丢在其它地方了。

杰西卡　能告诉我是什么吗？

陈　涛　没什么。

杰西卡　你们男人啊，晚上喝上点酒，再遇上个对眼的女孩儿，就什么都会丢。

陈　涛　嗨。

杰西卡　昨晚的那个蛮清纯的？把魂给丢了？

陈　涛　看你说到哪去了。

杰西卡　哎，你很在意她？

陈　涛　别胡说，没你想的那样。

杰西卡　你紧张什么？我又不是你老婆。哎，你昨晚还是真敢喝啊。

陈　涛　那我能问你个问题吗？你可是这方面的专家。

杰西卡　骂人。什么专家呀，只是情感历程丰富了点，挫折多了点罢了。说白了，经历多了，经验也跟着多了。说……

陈　涛　我有个朋友，有家，有孩子，有房，有车，什么都不缺，就是感觉不到快乐。

杰西卡　说完了？快乐也好，幸福也罢，都是自己的，告诉你那位朋友，爱干什么就干什么吧。

〔田雨在夜色中走进酒吧，见到陈涛。

田　雨　要走啊？

陈　涛　啊，没有啊，想喝点什么？

田　雨　威士忌。

陈　涛　噢，来杯威士忌。

田　雨　我要纯的，不加冰块。

陈　涛　再来一杯汤力水。小姐，你挺烈的。

田　雨　我喜欢喝多的感觉，喝多了会很开心。

陈　涛　你在笑话我？

田　雨　我怎么笑话你了，昨晚回家没跪搓衣板吧？有人说，男人在外是老公，回家是小工，在外是老板，回家跪搓衣板。

陈　涛　也有人说女人在外浪漫，回家野蛮。

田　雨　落伍了吧，现在流行野蛮女友。

〔二人一笑干杯。

田　雨　给你猜个植物名？

陈　涛　好。

田　雨　大米的妈妈是谁？

陈　涛　——谷子，谷子剥开了不就是大米了？

田　雨　花生米。那大米的爸爸是谁呢？

陈　涛　——爆米花，一手抱着米，一手抱着花？

田　雨　蝶恋花。（二人笑）给我讲个笑话吧。

陈　涛　那我给你讲个古代笑话？

田　雨　好的。

陈　涛　从前有个衙役，要押送一个犯人去外省。这个犯人是个和尚。衙役每天晚上睡前总要清点一下自己的东西和人：包裹，在；雨伞，在；刀，在；和尚，在；我，在；然后睡觉。那天他俩路过一个小酒馆进去喝酒，和尚就把那衙役灌醉了，半夜和尚就把衙役的头给剃光了，把枷锁戴在了衙役的脖子上，自己跑掉了。第二天那衙役醒来，照例要清点一下：包裹在，雨伞在，刀在，一摸枷锁再摸摸自己头，噢，和尚也在。哎，那我呢？我怎么不见了？好笑吗？

田　雨　不好笑，麦克，好笑吗？（*麦克摇头*）我觉得你倒是挺好笑的。

陈　涛　是吗？你们是不懂古人的幽默。

田　雨　跟你聊天挺开心的。

陈　涛　是吗？你去看看现在有多少人为了赚钱，把良心丢了；多少人为了生活，把做人的乐趣丢了；多少人为了可怜的自尊，把对他人的关心丢了；多少人为了享受片刻的欢愉，把感情丢了；到后来呢，最后连自己也丢了。

田　雨　来，为咱们自己干杯。她怎么样？

陈　涛　谁？

田　雨　你女儿呀。她多大了？

陈　涛　十五岁。我这有她照片，想看吗？

田　雨　想看。

陈　涛　（*陈涛拿照片给他看*）……

田　雨　挺漂亮的，这是几岁拍的？

陈　涛　十岁，上小学四年级。

田　雨　笑起来挺可爱的，有人说，女儿是爸爸的前世情人。

陈　涛　对，对对。

田　雨　是，我就和我爸爸关系特好，她长得像谁？

陈　涛　她长得像妈妈，但脾气像我。

田　雨　她妈妈年轻时候一定很漂亮吧？

陈　涛　是的，那时候她是个护士，现在是个护士长。

田　雨　挺忙的。

陈　涛　是的。

田　雨　年轻时追求她的人一定很多吧？

陈　涛　是啊，我那时可是花没少送，电影也没少看。

田　雨　你那时还挺浪漫。

陈　涛　什么叫浪漫，明知那个女孩不爱他，还送她999朵玫瑰。可我老婆说我是浪费。

田　雨　嗯？

陈　涛　不是吗，明知一个女孩爱他，还送给他999朵玫瑰。

田　雨　（不语）……

陈　涛　那都是过去的事了。（转头向麦克）麦克，换一个香水蜡烛。就是你老板娘自己点的，拿来。

〔陈涛点好蜡烛，然后笑了起来。

田　雨　你笑什么？

陈　涛　看见这蜡烛，我想起了有一年给她过生日。我特地跑到当时的海丰西餐馆给她订了个大蛋糕，在家等她。听见她上楼的脚步声，点上蜡烛。听着她拿出钥匙，开门……你知道她一进门说什么？哎，怎么回事，停电了啦？保险丝坏了？你愣着干什么，快去修呀！自从有了孩子，我跟她就再也没有进过电影院，这不，害得新华电影院都开不下去变成酒吧了。（二人沉默）

陈　涛　你是不是觉得我很失败的？

田　雨　爱情总是失败的，不是败于难成佳偶的遗憾，就是输于终成眷属的厌倦。

陈　涛　这好像不是你这种年龄的女孩说的话。

田　雨　是不是我说的，是张小娴说的。（停顿）真香啊，我刚才路过湖边发现花开了。

陈　涛　是啊，春天到了。

〔二人对视，举杯。灯光缓收。

四

〔傍晚。大楼门厅处。

〔陈涛走向自己大门时总是很慢，好象走了无数个台阶而不是短短的几级楼梯。他看到阿惠提着个箱子。

陈　涛　你这是？你没带钥匙啊？

阿　惠　你回来了，我该走了。

陈　涛　你干吗？你又要找事啊？

阿　惠　没有啊，我主动要求下岗啊。

陈　涛　你觉得这样有意思吗？

阿　惠　有意思，很有意思，我今天忙了一天，做了一桌的菜，等某人回家吃饭，然后看着一桌的菜慢慢凉掉，我觉得很有意思。

陈　涛　说话别这么刻薄，我不就是没回来吃饭嘛，犯得着这样吗？

阿　惠　我担心某人喝多了酒，进了别人的家的门。

陈　涛　好，我告诉你，我去酒吧了，我就是喝了点酒，我——

阿　惠　找别的女人——

陈　涛　夫妻间到了这份上还有信任可言吗？好，现在我说，我和一个女的出去谈了一夜你会信吗？

阿　惠　我信，我更相信今晚是故意晚回来！

〔陈涛惊呆了。

陈　涛　我故意？

阿　惠　因为今天是我们15周年的结婚纪念日。

〔阿惠淡然地一丝苦笑，提起箱子走下了楼梯。

陈　涛　对不起，我真的忘了，我以后一定注意，我以后可以补上。

阿　惠　我们还会有以后吗？

〔阿惠走下，传来重重的关门声。

陈　涛　结婚都15年了，我不想就这样年华老去，激情不再。我想过我的无数次逃离，逃离这个家和一成不变的生活。每次当我在酒吧喝得烂醉醒来时却总是发现自己躺在家里的大床上。为什么偏偏是今天，今天是我结婚15周年的日子——我却和另外一个女人在一起。可有一点是真的，真的什么也没发生，我只是和她在不远的湖边，我和她——

〔陈涛转身，似乎看见了坐在湖边的田雨。

五

〔西湖边，夜色下。

〔这是一段回忆的场景，是以意识流的形态进入的。

〔陈涛走向在波光倒影中的田雨。

〔两人并肩坐着，任水波映在他们的身上。

〔忽然田雨笑了。

陈　涛　你笑什么——

田　雨　我在想你昨天喝醉了的样子。

陈　涛　我昨天——吐了？我没胡说什么吧？

〔田雨摇了摇头。

田　雨　哭了，哭得很伤心。

陈　涛　不会吧。

田　雨　我好多年没见过一个男人这么哭了。

陈　涛　完了，你可是除了我妈以外第一个看见我哭的女人。

田　雨　真的。

陈　涛　不骗你。

田　雨　害羞了？

陈　涛　在你这么个女孩面前我——下雨了，回去吧。

田　雨　——下个月，我就要结婚了。

〔田雨不知该怎么安慰这个其实还像是个孩子的男人。于是她轻轻哼起了一首歌。

田　雨　（轻唱）男人哭吧哭吧不是罪。

陈　涛　（接唱）也想有个人来安慰。

〔二人相视，似乎有种无名的情感在两人之间交流。

〔光渐收在水光涟漪之间。

〔男歌手在舞台的另一头用带有磁性的嗓音演绎着这首《男人哭吧不是罪》。其中的涵义不言而喻。

〔收光。

六

〔酒吧，刚入夜的酒吧。不知是有意还是无心，DJ放着低沉而哀惋的曲子。

〔阿惠坐着，面前放着一盆摆成美丽花样般的水果拼盘。她的衣服也有些不合时宜的艳丽。她坐在那里，显得有些焦虑和不安。

〔坐在一边的李凡也有些不安。

李　凡　锅子还好用吧，阿惠姐。

阿　惠　锅子，今天我不想谈锅子。小李，难道我们之间除了锅子就不能谈点别的。

李　凡　别的？

阿　惠　今天我约你出来是下了很大决心的。

〔李凡看着阿惠不知道她下的是怎样的决心。

〔可阿惠却低下了头。

阿　惠　我丈夫外面好像有女人了——所以我想我也找个男人，所以我找你。

〔这话把李凡吓了一跳。

李　凡　阿惠姐，我快结婚了。

阿　惠　找你聊聊也不行吗？亏我还买了你一个锅子，不行，再买你两个——

李　凡　不，阿惠姐，我不是这个意思。我的意思是你可以去找你的婚姻专家，对，专家。

阿　惠　我上午去过了。

李　凡　他怎么说？

阿　惠　他不在，秘书说他和老婆去法院打离婚官司去了。

李　凡　哦。

阿　惠　小李，你说这世界上还有好人吗？还有正派的，有爱心，对除了老婆以外的漂亮女人不动心的好男人吗？

李　凡　我觉得，总是有的。

阿　惠　我觉得没有，我身边不是在闹离婚的，就是有外遇的。再看看报纸上，三角恋，老少恋。办公室里性骚扰，娱乐界里潜规则。

李　凡　是有一些，但不是全部。还是有好男人的。

阿　惠　你倒是说说看。有谁——

李　凡　我想想，唐僧，对，唐僧。那么多妖精还有女儿国里的国王都打他主意，抛他媚眼。可人家可都坚持住了。

阿　惠　算一个吧，可他是个和尚。那还有吗？

李　凡　别急，让我想想——孔子，孔大圣人。孔子一定是个正派，有爱心，没有绯闻的好男人。

阿　惠　可他是两千年前的好人。太遥远了，现在怎么就找不到了呢？

〔看着阿惠绝望的表情，李凡不知怎么去安慰，又不忍心。

李　凡　那，我。我算不算一个？

阿　惠　你？

李　凡　对，我。我想我算一个。我正派，不偷不抢，读书时考试作弊都没有胆子。我有爱心，我工资不高，可街上有慈善活动我都会捐上几块。我有礼貌，还有孝心，每年春运火车那么挤也要带上大包小包回去看爸妈。还有，还有——自从我谈上这个女朋友以后，八年，八年来也没有过别的念头。只想着赚钱，买房，成家。

阿　惠　是呀，你是好人。你未婚妻真是好福气。

李　凡　对了,一会儿我的未婚妻会来这儿,等下我介绍你们认识。她人真的不错。

阿　惠　算了，姐要走了。

李　凡　这么急，她马上就到了。

阿　惠　我已经没有勇气面对年轻漂亮的女孩了。单，我已经买掉了。

〔阿惠起身，拿起了自己的提包。

李　凡　阿惠姐。

阿　惠　再一次祝你们幸福。

李　凡　谢谢。

〔阿惠匆匆走了下去。

〔李凡坐了下来。他品味着刚才和阿惠关于家庭的谈话。

〔田雨进来，她觉得地方有点熟悉，但没说什么，坐在李凡面前。李凡又点了杯热饮。

李　凡　来了？

田　雨　找我什么事，不好在电话里说。

李　凡　下个月就要到了，这是我列的亲戚朋友的名单，你看看，有没有漏掉的？

田　雨　你定了就行了。

李　凡　三天婚假我是这样想的。我们先到上海购物，现在百盛正好在打折——

田　雨　我不喜欢人家挑剩的东西。

李　凡　田雨同学，我的话还没有说完呢，我是说我们先去上海购物，然后把五天的年假一起休了，这样我们可以去个远点的地方。

田　雨　去远一点的地方？真的？

李　凡　真的，我什么时候骗过你？我们去西藏，去拉萨，去布达拉宫？

田　雨　转过头我们再去丽江，去玉龙雪山，到四方城走走，去一个陌生的从来没有人去过的地方，在那我们什么事都不干就那样静静地待着……

李　凡　没有人来打扰我们……

田　雨　只有你和我……只有蓝天、白云、雪山、篝火。

李　凡　我们大口地吃着牛羊肉，大碗地喝着青稞酒，还有熊熊的篝火……

〔两人不由自主地哼着藏歌，就着节拍跳着。他们仿佛回到了学生时代。

李　凡　（停顿）对了，去海南岛也不错，那里有大海，有沙滩，还有特价。

〔李凡回头发现田雨又恢复到了刚才低沉的状态。

田　雨　噢，你为什么不问问我这两天晚上去哪儿了？

李　凡　不是加班吗？其实你不用那么辛苦。

田　雨　那我要是没有去加班呢？

〔李凡沉默了一下。

李　凡　我想你总有你的原因，你自己的事情，我不必管那么多吧。

田　雨　你就不想问问我有什么事！

李　凡　（疑惑的）你能有什么事，不是同事聊天，就是你的上司约你谈工作，不说了，天不早了，我们该回去了，下个月还有很多事要忙呢。

田　雨　是呀，下个月——

李　凡　是呀，下个月我们就要结婚了，这些人将见证我的幸福。

田　雨　幸福？什么样的幸福？

李　凡　我们会有一个家，虽然不大，但很温馨；还应该有个孩子，最好是男孩，我们供他上小学，中学，大学，最好是我们那所大学，不过学费也太贵了。

田　雨　你不觉得这样的生活很平淡吗？你就不担忧吗？

李　凡　担忧？我曾经担忧过，可这八年来她一直在我身边，我想她是不会离开我的。

田　雨　我还记得他当年鼓起勇气向我说爱的样子，可现在我们连说不爱的勇气

都没有了。

〔小型歌台上女歌手唱起梁静茹的《勇气》。

〔收光。

七

〔第三夜的午夜，酒吧，灯光渐弱，歌手唱着忧郁的歌声出现。

女　孩　你瞧瞧你，有个奇瑞 QQ 也叫有车，有个单居室也叫有房？你们男人啊，结婚之前是加号，结婚之后是减号。

男　孩　不管怎么说你先嫁给我。

女　孩　那等你有了车有了房再来跟我说。

男　孩　你总不能让我去偷去抢吧。

女　孩　去偷去抢，谅你也没有这个胆量。

男　孩　你总得给我时间吧。

女　孩　给你时间黄花菜也凉了。（下）

男　孩　你干吗去？

女　孩　我还有约会。

〔男孩放下钞票，跟着追下。看着这一幕，杰西卡和陈涛都有些感慨。

杰西卡　要求？女人对男人的要求真不少。钻戒要三克拉以上，宝马别墅更不在话下。要求他们既浪漫潇洒，又温暖体贴，总之，不但要求你是白马王子，更要求你是宝马王子，可我呢？连个青蛙王子都没有遇见过，唉，可怜的女人啊。

陈　涛　有的女人要求丈夫天天回家，陪她吃饭，看看无聊电视；还要求为了儿女的上学，求爷爷告奶奶；男人呢？男人更累，不仅被女人要求，还要要求自己。身份，地位，金钱。不然的话，不仅给女人看不起，有时连男人自己都看不起自己。我们男人的要求有时看起来很大，其实想想也很小，可那些小小的要求呢？比如看一场足球赛都不行，都被拖着一起看《大长今》喽。

杰西卡　你可能还有别的要求，别看我，我可没有其他意思。结婚有结婚的烦恼，不结婚有不结婚的烦恼。有家的人不想回家，像我这样没家的人怕回家。

每一个男人都认为是自己在努力工作养活着这个家；每一个女人都认为是自己含辛茹苦支撑着这个家。总之，都是认为自己最重要，最委屈，你要想不委屈自己，就跟着感觉走。（见田雨进来，悄悄地说一句）感觉来了。（下）

〔田雨坐到陈涛身边，良久，陈涛才发现。

陈　涛　是你，没想到还会遇到你，喝一杯，你不是要结婚了吗？

田　雨　没想到在这儿也还会遇到你？

陈　涛　婚房在哪里？

田　雨　文三路，是二手房，他选的。

田　雨　如果让你选择，到一个最远的地方你会去哪儿？

陈　涛　去南极，那是世界上最纯净的地方。

田　雨　很美！我也想去。

陈　涛　可惜啊！现在还没有去那儿的航班。

田　雨　我要结婚了！在结婚前今天晚上你能陪我跳支舞吗？

陈　涛　（无语站起陪田雨跳舞）……

田　雨　如果一对相爱的夫妻一起生活五十年，你知道是多少天吗？

陈　涛　五十年——那是一万八千二百五十天。

田　雨　是啊！一万八千二百五十天，如果夫妻之间能够相亲相爱，浪漫一生该多好啊。

陈　涛　夫妻之间能够相互宽容，彼此理解就很好了，没那么多浪漫。

田　雨　女孩儿小的时候都喜欢童话故事。

陈　涛　男孩也一样。

田　雨　童话故事结尾都是美丽的公主和白马王子结婚过上了幸福的生活。可当爱情在这个世界上没有了容身之处，那些单纯，美丽的让人难以置信的爱情故事也就只能存在于久远的童话故事里了。

陈　涛　可人是活在现实里的。

〔两人默默无语对视，田雨把陈涛推开坐回到吧台。

陈　涛　（慢慢走到田雨身边）我送你回去吧。

田　雨　不，我还要在这儿坐会儿。

陈　涛　好，我就陪你一会儿，别太挑剔，这年月牛粪也不好找。

田　雨　不回家吗？

陈　涛　哦，这两天我住在公司里。

田　雨　（看着陈涛）……

陈　涛　其实，不幸福的婚姻不一定是两个不相爱的人结合，但幸福的婚姻一定是两个相爱的人在一起依然相爱。我愿意去忍受，抱怨也好，牢骚也好，唠叨也好，我愿意哪怕是夫妻相对无语我静静地听着她的呼吸声，只要她是我喜欢的，我爱的人。

田　雨　可能是没有在对的地方，遇见对的人。

陈　涛　对的地方，对的人？

田　雨　我记得有人说过高难度的爱情是月色、诗歌，三十六万五千朵玫瑰，加上永恒；高难度的婚姻，是账簿、证书，三十六万五千次争吵，加上忍耐……

〔酒吧的一边，阿惠正看着陈涛和田雨。

陈　涛　你怎么来了？

阿　惠　没想到吧，会在这儿见面。

阿　惠　（对田雨）不错，年轻，还很漂亮，比我强多了。

陈　涛　别误会，我和她只是普通朋友。

阿　惠　你用不着解释。

陈　涛　阿惠，你……

阿　惠　小姐对不起打扰你了，就给我两分钟，两分钟！有些事我不想当着外人的面说。

陈　涛　（走到一边）什么事，说。

阿　惠　我刚回去过——晨晨不见了——

陈　涛　什么，孩子怎么不见了。你——（为妻子现在的冷静而真的气恼）你找了吗？

阿　惠　找了，可是你妈家，学校都没有。

陈　涛　那别的地方呢，网吧，同学家，图书馆？

阿　惠　都找过了，没有。

陈　涛　你，你是怎么当妈的？你就知道在家和我吵架。

阿　惠　那你这个当父亲的呢？陈涛，几年前你摘下了我们的戒指放进了抽屉。这其实我都知道，我没说什么，可现在，你连女儿送给你的戒指都丢掉了。

陈　涛　你，你在哪里找到的，是在家里吗？

阿　惠　告诉你，就在这……

〔一束光打在陈涛身上，阿惠隐去，只剩下陈涛捧着石头戒指痛苦地流泪。

〔突然他想起了田雨，田雨正在注视着他，（两个光束）两人四目相对，什么都说不出来。

〔田雨走到他的身旁。轻轻安抚着他的脸庞。

田　雨　怎么了？

陈　涛　我女儿丢了，我本来想告诉你，但现在……

田　雨　（把包默默给陈涛）去吧，快去找你的女儿。

〔收光。

八

〔几个小时后，午夜过后的酒吧，人已散去不少。酒吧也安静了下来。

〔田雨和李凡面对面坐着，似乎坐了很久，又似乎什么话也没说。

田　雨　我想婚礼的事还是暂时放下吧。

〔李凡感到惊讶，他没有说话，只是定定地望着田雨，良久。

李　凡　是因为有了别的选择？

田　雨　不是，不是你想的那样。日子越来越近，我就越觉得紧张，紧张得我都睡不着。我总是在想我们从前的一些事情，想着我们第一次见面。

李　凡　我当然记得，我还记得第一次见你的时候，你穿着一身蓝色的连衣裙，还有淡淡的笑容，很美。

田　雨　是新生第一次报到。那天你代表老生来接我们，你帮我提着行李来到女生宿舍，可看门的阿姨没让你上去，你就说她人好，看上去还不到50岁，其实那时她还不到四十。

李　凡　可后来你经常到我们男生宿舍来玩，我同屋说你一定喜欢上我了。

田　雨　是的。我那时经常偷偷地跑到篮球场，看你打篮球的样子。

李　凡　直到有一天，我约你到小河边才鼓足勇气对你说，我要让你成为世界上最幸福的女人。因为那年夏天，我就要毕业了。

田　雨　那年我十九岁。

李　凡　八年了。一切仿佛就在眼前。

田　雨　八年了。我不想改变，可一切还是变了。

李　凡　我为了你改变了。为了你可以有一个温馨的小房子，为了你可以回家的时候不用去烦恼，我每天下班骑着自行车去推销各式各样的产品。

田　雨　李凡李凡我知道，我每天看着你早出晚归疲惫的样子，我心都痛了，可当这一切幸福都摆在我面前的时候，我却不想走进这样的生活了。

李　凡　那你要什么生活？浪漫，激情，这一切以前我也有过。可是现在……现在你为什么就不能和我一样现实一些呢？

田　雨　现实太残酷了。有这样一对农民夫妇，他们朴实憨厚，勤劳地耕种着属于他们的土地，劳累了一天之后，他们并排躺在土坑上。这时妻子回身问丈夫鸡窝是否关严，丈夫起身按照妻子的吩咐去查看，一会儿丈夫带着一身的寒气回来钻进被窝，妻子把身体贴了过去，接下来就是夫妻间这些事情。没有温存，没有缠绵。很快，妻子起身整理衣服，此时劳累了一天的丈夫，鼾声四起。

李　凡　你是想说——你不想和我一起变成过日子的农民。

〔田雨不语，其实是无言的肯定。

〔停顿。

李　凡　真没想到，其实刚来到这个城市的时候我想过也许我们会分手，但没想到分别会来得那么迟。

田　雨　我把最美好的时光都留给你，让我们努力的试着忘了彼此吧。

李　凡　八年了，很久了，一直说时光会让一切淡忘，我能忘记吗？

〔一首《八年》带着对校园爱情的留恋，被歌手深情演绎着。

〔舞台上一片沉寂，两处灯光渐暗着。两处追光将田雨和李凡，孤零零地照亮在台上。两人各自离开座位，在黑暗中走向对方，但他们并没有碰上，好几次就要碰上，却被某种无形之物挡开。

〔收光。

九

〔这是两个空间在一同出现的戏，表演可同时进行，也可分前后进行。田雨和陈涛在酒吧，一会儿李凡和阿惠将出现在另一演区。

〔酒吧里客人正在纷纷散去，田雨孤坐在角落，对着即将熄灭的蜡烛沉思。

杰西卡 加一支蜡烛。

田　雨 要打烊了吧！

杰西卡 没关系，爱待多久待多久，小的时候，期待长大，长大以后期待爱情，有了爱情期待婚姻，有了婚姻期待幸福，当这一切期待都实现了，就不觉得是幸福了。

田　雨 那幸福是什么呢？

杰西卡 简单，对我来说酒吧生意好，就是最大的幸福。

〔陈涛拖着疲惫身躯走进了酒吧，田雨急切地迎了上去。

田　雨 找到了？

陈　涛 找到了，我回去打开电脑发现她网恋了。一个才十几岁的小女孩，她竟然去找网友。

田　雨 也许需要的不是爱情，是被爱着的感觉。

陈　涛 爱，我以为我已经忘记这个字了。谢谢！在这里遇见了你。

田　雨 别客气！如果不是我，你也会遇到别人，遇到许多机会去选择。

陈　涛 可当无数选择来到你面前的时候，你会发现其实你已经别无选择。那天你问我人为什么非要结婚，有些问题看似简单却要用一生来回答。在茫茫人海中，你需要一个家，一个属于你自己的家，不论它是一艘豪华游艇，还是一只小帆船。早点回家吧，那怕我们两鬓斑白，也是要回家的孩子。

〔田雨自然明白陈涛真实的选择。

田　雨 会的，我会成家的，但不是现在，我会找到属于自己的爱情。你也早点回去吧！记住，不管发生什么事情，不管任何时候，任何情况下，你都要回家，不管天有多晚，人有多累，你都要回家。

〔另一演区，李凡和阿惠。

阿　惠 也许我也是有责任的，不该当着孩子的面和他大吵大闹。也许我们真的该好好谈谈。都说初恋时不懂爱情，可结了婚，我倒什么都不懂了。

李　凡 我看你一直在努力。

阿　惠 家庭是双方的，一个人是难以撑起一个完整的家……

李　凡 我想，也许他——你的丈夫正在赶回家的路上。

阿　惠 是啊，情如鱼水是夫妻双方最高的追求，但我们都犯了一个错误，总认为自己是水，对方是鱼……对了，我是该回去了，那你呢？

李　凡 我要离开这座城市了，去寻找一个更适合于我的地方。

阿　惠　为什么？

〔阿惠诧异得看着李凡，可他却显得平静而淡然。

李　凡　我们分手了。

阿　惠　啊，你们——

李　凡　阿惠姐，不用安慰我，我很好，我想明白了，我给她的并不是她想要的，我想给自己一点时间。

阿　惠　结婚是爱情的坟墓，但是如果不结婚，爱情就死无葬身之地。小李记住，以后如果有什么不开心的就来找我，我们是朋友。

〔陈涛和田雨，在酒吧。

陈　涛　那你呢。

田　雨　我——天就快亮了。天一亮，我就要去公司，会有忙不完的事情。

陈　涛　可天还是会黑的，夜晚还是会来临。

田　雨　晚上，也许我还会来这里，也许（摇摇头）不知道。但一定还会遇上爱情的，也还会微笑的。就像那天在湖边一样微笑。

陈　涛　——等等。

〔田雨站定，但没有转身。

陈　涛　我还不知道你的名字。

田　雨　田雨，心田的田。

陈　涛　下雨的雨？

田　雨　不，现在改了，羽毛的羽，想飞的意思——你呢？

陈　涛　陈涛——普通的名字。

〔陈涛的嘴角动了一下，也许是欲言又止，也许是想勉强给予田雨一个笑容。

田　雨　会忘了我吗？

〔田雨鼓起勇气说出这句话。

陈　涛　我会永远记得那如湖水般荡漾的笑容。

〔说完这句，陈涛转身离去。否则也许他就无法离开。田雨望着陈涛的背景远去。

〔灯光收。

〔陈涛和阿惠两人从各自不同的方向走下，在路上相遇，并肩走下去。

〔李凡和田雨从不同的方向走来，互相朝对方走出，然而就在两人相见时却停住了脚步，似曾相识地打了一个招呼，然后各自向自己的方向

走去。

〔舞台上主题歌声响起：

当爱来临的时候，我不知该拒绝还是接受

在下一个路口，我不知会向左还是右——

我知道夜色很美，我知道天堂在左，爱情在右——

〔剧终。

2007 年

《九场现代越剧》

红色浪漫

（取材于章轲、黄先钢长篇纪实文学《红岩魂》）

吕建华　黄先钢　陈志军

时　间　1948 年春至 1949 年秋。

地　点　重庆。

人物表　刘国鋕——男，27 岁，中共重庆地下党学运特支书记。

曾紫霞——女，21 岁，重庆大学医学院学生，中共地下党员。

李文祥——男，28 岁，中共重庆地下党城区区委书记。

熊咏辉——女，25 岁，李文祥妻，中共地下党员。

刘国其——男，35 岁，刘国鋕的五哥，香港银行家。

监狱长——敌监狱长。

狱中难友若干。

军统特务、监狱看守若干。

序　幕

〔舞台后区，一组表现革命志士狱中生活的舞蹈与造型。

〔领唱、合唱主题歌：

即使剪了翅膀，
雄鹰何曾忘记飞翔。
纵然身陷囚笼，

战士依旧激情飞扬。
沉沉炼狱中，
爱情之花悄然绽放。
一曲悲歌终了，
便是那天晓的时光！

〔收光。

第一场

〔1948年春。山城重庆。

〔墙上贴着大红喜字，在灯光的照射下透出几分暖意。

〔灯下，曾紫霞陪伴着熊咏辉。

〔一阵刺耳的警车声……

曾紫霞 咏辉姐，你听，又是警车！

熊咏辉 （有些担心地）是啊！这么晚了，文祥他还没有回来，该不会出了什么事吧？

曾紫霞 咏辉姐，老李有丰富的斗争经验，不会有事的……不过他也真是的，新婚之夜，让你这个新娘子独守空房！

熊咏辉 （微微一笑）他忙啊！前些天，我们的同志把《挺进报》都贴到了市中心去了，敌人急得像疯狗一样到处抓人。文祥他们有许多事情需要应对啊！

曾紫霞 咏辉姐，我真的好羡慕你们。

熊咏辉 羡慕？

曾紫霞 你们是同志，是战友，又是心心相印的爱人，多浪漫啊！

熊咏辉 浪漫？如果说这就是浪漫的话，你也可以拥有啊！

曾紫霞 我？

熊咏辉 是啊，你和刘国鋕……

曾紫霞 刘国鋕？

熊咏辉 对啊，刘国鋕是文祥一手培养起来的，各方面表现都很不错。我看你们就是很好的一对。这两年你一直在做他的联络员，你们接触那么多……

曾紫霞 哎……我们只是工作关系！

熊咏辉 呵呵，你就不要瞒我啦。刘国鋕不是时常叫你“小东西”吗？我看刘国鋕对你有意思，你对他嘛也有好感，要不要我给你们当回红娘啊？

曾紫霞 不要不要不要，我还要想想呢！

熊咏辉 还要想什么呢？

曾紫霞 咏辉姐……

（唱）刘国鋕出身在豪门，
原本是娇生惯养一书生。
虽说他投身革命已数载，
看起来依然未脱少爷身。
你看他，皮鞋锃亮西装笔挺，
身挂金表亮晶晶。
风度翩翩倒是蛮潇洒，
却不像成熟刚强的革命人。

熊咏辉 什么，就因为他依然未脱少爷身？

曾紫霞 （害羞地）咏辉姐……

〔门铃声。

熊咏辉 （听了听）自己人……

〔熊咏辉打开门，一看，不由笑了起来。

熊咏辉 哈哈哈哈，说到曹操，曹操就到。你看，谁来了？

〔刘国鋕上。他捧着一束鲜花，一身的西装革履，一副富家公子的样子。

刘国鋕 老李，老李……（看见曾紫霞）哦，紫霞，你也来了？

〔看见刘国鋕的模样，熊咏辉笑得更厉害了，曾紫霞也不由得笑了起来。

刘国鋕 你们笑什么啊？

熊咏辉 我们正在笑你呢！

刘国鋕 笑我？我有什么好笑的？

熊咏辉 好了好了，这是我与紫霞的私房话……

刘国鋕 （将手中的鲜花递交给熊咏辉）新娘子，恭喜你们了！

熊咏辉 （接过鲜花）谢谢你！

刘国鋕 （四处看看）哎，新郎呢？

熊咏辉 他还没有回来呢。

刘国鋕 （有些担忧地）这么晚了……

熊咏辉 这样吧，你们先聊一聊，我给你们准备点夜宵去。

〔熊咏辉冲曾紫霞一笑，下。

刘国鋕 哎，紫霞，我正好有话要对你说。

曾紫霞 什么话？

刘国鋕 （略犹豫，从包里拿出一条红围巾）紫霞，你看……

曾紫霞 啊，好漂亮的围巾！

刘国鋕 喜欢吗？这是我叫五哥特地从香港为你买来的。

曾紫霞 （一愣，不解地）为我……

刘国鋕 紫霞，老李和咏辉都已经结婚了，我想，我们今天也把关系定下来吧！

曾紫霞 关系？什么关系呀？

刘国鋕 当然是恋爱关系呀！

曾紫霞 （惊异）啊……

刘国鋕 紫霞……

（唱）解放炮声震中华，
　　春晓前，寒霜阵阵更肃杀。
　　地下斗争多严酷，
　　岂容得，你我徜徉在花前月下。
　　我们是并肩战斗的好同志，
　　手牵手，山城同播报春花。
　　今日里，若把关系来确定，
　　从今后，携手前行无牵挂！

曾紫霞 （唱）听他一番来表白，
　　我又羞又急说不出话。
　　他那边，直截了当来求爱，
　　我这里，主意未定怎回答？
　　多少次，我把爱情来憧憬，
　　到来时，却教我一颗心儿乱如麻。
　　稳住心神来应对，
　　假装生气拒绝他！

曾紫霞 （把红围巾甩还给刘国鋕）哪个喜欢你这样的人，你就送给她吧……

〔曾紫霞欲下，刘国鋕急忙拦住。

刘国鋕 哎，紫霞，你……好，要是你不愿意的话，那好，我保证，今后再也不提它了。只是不要影响工作，啊？

曾紫霞 好吧，你是我们的特支书记，我作为党员，作为你的联络员，会做好我自己应该做的事情。

〔刘国鋕松了一口气。

刘国鋕 这就好，这就好……

〔李文祥匆匆上。

李文祥 咏辉，咏辉……

曾紫霞 新郎官回来了！

刘国鋕 老李……

熊咏辉 （上）文祥，你总算回来了……

李文祥 都不要说了！现在情况紧急，必须马上转移！

刘国鋕 出了什么事？

李文祥 党内出了叛徒，组织遭到了严重破坏！

〔众人皆惊。

熊咏辉 文祥……

李文祥 （对熊咏辉）赶快收拾一下，即刻转移。（对刘国鋕）国鋕，过来……

〔这时，警报声突然响起……

刘国鋕 狗子们来得真快啊！

〔这时，突然传来敲门声……

李文祥 （镇定地）快，从后门走。

〔四人奔向后门。

〔特务从前门、后门分别破门而入，将四人围堵在中间。

特　务 不许动！

〔特务上前逼近。

李文祥 你们，你们想干什么呀？

刘国鋕 你们……

李文祥 这两位是我的客人，有什么事，与他们无关……

特　务 少啰嗦！带走！

〔一个特务给李文祥戴上手铐。

〔一个特务要给刘国鋕戴手铐。

刘国鋕 慢！（见曾紫霞有些紧张，柔声叮嘱）紫霞，来……（缓缓上前，将围巾围在曾紫霞脖子上）小东西，不要怕，我们走！

特　务 走！

〔收光。

第二场

〔舞台后区显现出众难友受刑场面……

众难友 （合唱）热铁烙胸脯，

竹签钉指尖。

凉水灌鼻孔，

脊背落毒鞭。

任他们百般毒刑都用遍，

我只管紧闭嘴唇不开言。

〔李文祥、刘国鋕带着刑伤，分别被几个看守拖进牢房，扔在地上。

〔刘国鋕缓缓从地上爬起，四处张望。

李文祥 水，水……

刘国鋕 （循声看见倒在地上的李文祥，上前扶起）老李！老李……

李文祥 是国鋕吗？

刘国鋕 是啊。

李文祥 国鋕，你和我都是被我们的上级出卖的，身份已经完全暴露，但你们的学运特支还是完整的，敌人肯定会千方百计从你这里打开缺口，你一定要坚守住这一关啊！

刘国鋕 老李你放心，我知道该怎样做！

李文祥 还有，紫霞的身份还没有暴露，你一定要保护好她！

刘国鋕 我明白！

〔高墙外传来一阵金属敲击发出的“当当”声响。

〔特务的喊声：女室放风了……出来出来，放风了……

〔牢门打开的声音、铁镣声……

刘国鋕 老李，女室放风了。

李文祥 （张望）女室放风了……

〔熊咏辉和曾紫霞上。

熊咏辉 （边跑边喊）文祥，文祥……

李文祥 （听见妻子的呼唤，应答着）咏辉，咏辉……

熊咏辉 （将手伸入牢门铁栅，紧握住李文祥的手）文祥……

李文祥 咏辉……你好吗？

熊咏辉 （哽咽）好，好……

李文祥 不要哭，不要哭……（一阵剧痛袭来）啊……

〔刘国鋕将李文祥扶到一旁坐下。

〔李文祥和熊咏辉隔着铁窗窃窃私语。

曾紫霞 国鋕……

刘国鋕 紫霞……

曾紫霞 你好吗？你身上的伤痛吗？

刘国鋕 （机警地看看四周，低声地）紫霞，来，我正好有话对你讲……

〔曾紫霞也机警地看看四周，侧耳倾听。

刘国鋕 我是被上级出卖的，身份已经完全暴露，只能跟敌人正面斗争了。你不一样，他们只知道你与我关系密切。我已经对他们说了，你与我只是恋人关系……

曾紫霞 （意外）恋人……

刘国鋕 （忙解释）哦，你千万不要误会，这完全是为了迷惑敌人！

（唱）特务们深追细究严拷问，

企图把组织一网来打尽。

特支是你单线联络，

战友安危系你身。

一旦身份被确认，

就可能露出线索祸祟生！

紫霞啊，

我已上下被咬死，

你却有望能脱身。

且把情感搁一旁，

与我扮作假恋人。

你只管一切往我身上推，

我助你迷惑敌人渡险境。

〔看守内喊：放风时间不许说话！

曾紫霞 （唱）国鋕他一番言语讲得清，

把千难万险担己身。
面对这真情真意真汉子，
紫霞我崇敬之情油然生。

曾紫霞 国鋕，我……

刘国鋕 紫霞……

〔看守的声音：不许说话！

〔刘国鋕和曾紫霞的双手，隔着牢门紧紧相握……

〔收光。

第三场

〔监狱长办公室。

监狱长 （唱）南京城一通急电来头大，
要把那刘家少爷放回家。
有钱能使鬼推磨，
他刘家黄金铺路把命买。
刘国鋕冥顽不化骨头硬，
我这里软硬兼施化解他。
让他五哥来劝降，
诱他签字与画押。
一旦把那防线破，
我顺着藤儿再摸瓜。

监狱长 来呀，有请刘国其先生……

〔内喊：刘先生请！

〔刘国其上。

监狱长 啊，是刘先生啊！呵呵呵，刘先生请，请！

刘国其 多谢长官能抽出时间来接见我，实在是三生有幸。

监狱长 哪里，哪里，你们万顺行刘家的面子，连张群院长、何应钦总长都要买，我怎敢怠慢哪？

刘国其 （敷衍地）哪里哪里……噢，我这次从香港来，家父特地关照，只要能

让七弟出狱，刘家不惜一切代价……你看这样行不行？我马上为你开个户头，从今天起，在成都的川康、川盐两家银行，你都可以随意透支！

监狱长 （笑得合不拢嘴）啊？哈哈哈，客气，太客气了……刘先生，请坐，请！哈哈哈……

刘国其 那我七弟的事……

监狱长 噢……徐处长已有交代，不过，必要的手续还是要办办的，很简单，只要刘国鋕在报上发表声明脱离共产党，就可以将他放了。

刘国其 （有些为难地）还要登报声明？

监狱长 （作略思索状）噢，这样吧，看在你刘先生的面子上，这个报也不要他登了，签个字就行！

刘国其 啊，谢谢，真是太感谢了……

监狱长 哎呀刘先生，你不要高兴得太早了。我这里答应了，你那七弟他答不答应还很难说。他呀，中毒太深了！

刘国其 （附和地）是啊是啊……

监狱长 刘先生，我真是搞不懂，像你这样的人家，怎么也闹出一个共产党来？

刘国其 我也搞不懂啊……

监狱长 刘先生，你可要好好地劝劝他呀！

刘国其 一定，一定……

监狱长 （高声）来呀，有请刘家七少爷！

特　务 有请！

〔脱去镣铐、换上新衣的刘国鋕上。

刘国鋕 （唱）卸镣脱铐出监房，
新衣难掩遍体伤。
凶神恶煞装笑脸，
蹊跷之中诡计藏。
胸中自有主意在，
管他弄啥鬼名堂！

刘国其 七弟……

刘国鋕 （惊讶地）啊，五哥？

刘国其 七弟！

刘国鋕 五哥……你怎么来了？

刘国其 （痛心地）七弟啊……（发现刘国鋕身上的伤痕）啊，他们打你了？

刘国鋕 不要紧，不要紧……

〔刘国鋕扶刘国其坐下。

刘国其 你不知道，全家人有多想你啊！

刘国鋕 我也很想家啊！五哥，爸爸妈妈好吗？还有大哥、二哥、三姐他们……

刘国其 大家都好，大家都好，都盼着你早日回家呢！

刘国鋕 （指监狱长，讥讽地）不是我不想回去，是他们不让我回去。

监狱长 刘国鋕，这次你五哥特地从香港赶来，就是专程来接你回家的。

刘国鋕 接我回家？（看看刘国其问）这是真的？

刘国其 （赶紧答道）是的是的！七弟呀，我已经跟长官说好了，只要你办一个手续，今天你就可以平平安安地跟我回家去了。

刘国鋕 （看看刘国其，又看看监狱长）噢，我明白了……（对监狱长）看来，你已经把我当作筹码，与我五哥谈成了一笔交易！

监狱长 （有些尴尬）呃……本来嘛，登报声明脱离共产党，这是恢复自由最起码的条件。现在看在你五哥的份上，这个报也不要你登了，只要你在脱党声明上签一个字，我就马上释放你。怎么样？

刘国鋕 要我脱离共产党？哈哈哈哈，做梦！

监狱长 （对刘国其）刘先生，你看，你看，这……

刘国其 （急）哎呀，七弟！七弟啊……

（唱）劝七弟，且忍让，
千万不要再莽撞。
你身在狱中不知情，
如今是，世道纷乱人心惶。
上海南京和北平，
到处在杀共产党。
自从你被捕陷囹圄，
全家为你把神伤。
兄弟因你急出病，
父母天天苦泪淌。
不知托了多少人，
才求得你脱出牢笼有希望。

刘国鋕 五哥！

（接唱）你为救我奔走忙，

手足之情暖心房。
不是我不领五哥情，
这签字里头有文章。
一旦签字落把柄，
紧接着，就是交出组织联系网。
有多少人头要落地？
有多少血债谁抵偿？
一失足便成千古恨，
出卖组织我罪难当！

刘国其　七弟！
（接唱）我家世代生意人，
安分守己本平常。
你本是，锦衣玉食无忧恙，
又何苦，以命相搏争短长？
七弟你从小最聪明，
出国深造有志向。
我替你留学手续已办妥，
出狱后就可赴美把学上。
你就随便给他签个字，
也好脱离苦海去远洋！

刘国鋕　五哥！
（接唱）我真想，出狱回家见爹娘，
我也想，出国深造科学救国求富强。
可是我，不能拿灵魂做交易，
更不能，背弃信念与理想。
五哥啊！
这里的道理你不懂，
我一时也难再多讲。
拜托五哥几件事，
请你务必记心上。
一求你，代我看望爹和娘，
就说我，不能尽孝请原谅。

二求你，代我问候众兄长，
愿他们，乱世之中保安康。
三求你，全家照片寄一张，
好让我，思念之时常相望。
四求你，寄点药品到牢房，
难友们，受了拷打好疗伤。
五求你，替我关照一个人，
我恋人，紫霞也关押在牢房。
六求你，就当我为了理想已赴死，
从今后，再不要千里迢迢来探望！
五哥啊，求你答应这几件事，
七弟我，九泉之下把心放。

刘国其 （泣不成声）七弟……

刘国鋕 五哥！

〔兄弟二人紧紧相拥。

监狱长 刘国鋕，你不要把话说绝了。你再好好想想吧……

刘国鋕 （决然地）少啰嗦，带我回牢！

监狱长 你……

刘国鋕 （提高调门）听见没有？带我回牢！

监狱长 （恼怒地）带走！

特　务 走！

〔刘国鋕转身走。

刘国其 （绝望地大声呼唤）七弟……

〔刘国鋕听见哥哥的呼唤，顿了顿，但没有回头……

〔收光。

第四场

〔刑讯室传来重重的鞭打声和特务恶狠狠的吼叫声：刘国鋕。你说不说！快说……

〔光起，照见捆在刑具上的刘国鋕。

〔一桶凉水将刘国鋕浇醒。

〔看守的吆喝声：曾紫霞，进来！

〔曾紫霞被监狱长等带入。

曾紫霞 （看见遍体麟伤的刘国鋕，痛心地）国鋕！

刘国鋕 （看见曾紫霞，一愣）紫霞，你怎么来了？

监狱长 曾紫霞，你可要好好地劝劝他啊！只要他能交出地下党的学运组织，你们都可以出去了！

〔监狱长示意众看守退下。

〔看守将刘国鋕从刑具上解下来，推倒在地。

曾紫霞 （扑上前去）国鋕……

刘国鋕 （用力撑起）紫霞，不要哭！

曾紫霞 （示意隔墙有耳）他们……

刘国鋕 （会意，故意提高调门让外面听见）我也不瞒你了，他们抓我没有抓错，我的确是个共产党员。紫霞，是我连累了你，你不要怪我……

曾紫霞 不，我不怪你，我不怪你……

刘国鋕 （唱）紫霞啊，连日来威逼利诱加我身，

要我交出同道人。

一边是花团锦簇求生路，

一边是刀斧丛生地狱门。

天地间凛然万古有正气，

我岂能寡廉鲜耻背信弃义来偷生？

曾紫霞 （接唱）原以为，你是娇生惯养富家子，

今才知，你是顶天立地金刚身。

浮云焉能终蔽眼，

烈火过处见真金。

既然你我已相恋，

紫霞我今生今世倍加珍视这份情。

〔两人凝视着对方，伸手紧紧相握……

刘国鋕 （接唱）她突然提起这份情，

不由得心潮阵阵难平静。

她是真情自然来流露？

还是假借恋情迷惑敌人弦外音？

曾紫霞 （接唱）却原来，痛苦磨难是考验，
风雨中，一丝情愫日渐深。

刘国鋕 （接唱）猛然间，大汗淋漓人惊醒，
铁窗下，岂容这儿女之情？

曾紫霞 （接唱）敞开心扉……

刘国鋕 （接唱）斩断情丝……

刘国鋕
曾紫霞 （合唱）与她（他）把话说分明。

曾紫霞 国鋕，我有句话想对你说……
〔刘国鋕伸手止住曾紫霞。

刘国鋕 （唱）紫霞啊——
铭心刻骨一段情，
琴瑟相伴是缘分。
只可惜，此身已陷地狱门，
赴死之路难逃遁。
你受牵连暂入狱，
还有望重获自由享安宁。
待到春来万象新，
你意气风发奔前程。
天高地远任你飞，
切莫再久久把我挂在心。

曾紫霞 不，不！国鋕……
（接唱）说什么此身已陷地狱门，
说什么赴死之路难逃遁。
既然是答应他们来劝你，
我就劝上几句你仔细听。
我劝你，吃饱睡足身体健，
过堂受审有精神。
我劝你，心勿焦来气勿躁，
乐观开朗莫消沉。
我劝你，雷霆权当风过耳，

胸中明镜不染尘。
我劝你，既敢恨来就敢爱，
莫负姑娘这片心！

刘国鋕 （激动地）紫霞……

〔监狱长急匆匆上。

监狱长 曾紫霞，我是叫你这样劝他的吗？

〔刘国鋕哈哈大笑。

监狱长 （气急败坏地）来人，把曾紫霞给我吊起来打！

〔几个看守上，七手八脚地将曾紫霞吊了起来。

刘国鋕 （起身欲扑上去）紫霞……

〔看守上前，死死将刘国鋕拉开。

监狱长 刘国鋕，她的命运现在就掌握在你的手里。何去何从，就在你一念之间！

刘国鋕 你们把她放下来，有什么话跟我讲！

监狱长 放了她很容易，只要你交出地下学运组织……

曾紫霞 （急）国鋕，不要管我，不要相信他们！

监狱长 （对刘国鋕）刘国鋕，再给你一次机会……

刘国鋕 （对监狱长，轻蔑地）白日做梦！

监狱长 （恼羞成怒地指着刘国鋕）给我打！

〔几个看守将刘国鋕绑缚在老虎凳上。

〔刘国鋕不住地挣扎着……

〔曾紫霞突然高声唱起歌来……

曾紫霞 （唱）这样的人我怎不爱他？
他是个真情汉子从不虚假。
这样的人我怎不牵挂？
肩负着千斤担他也不会垮。

刘国鋕 （激动地）小东西……
（接唱）这样的人我怎不爱她？
她是个好姑娘纯洁无瑕。
这样的人我怎不牵挂？
面对着虎狼刑头不低下。

曾紫霞 （接唱）我爱他那份呆啊，
我爱他那份傻。

我愿和他成一对，

生生死死不分家。

〔歌声传入牢房。后景中，难友们在倾听。

刘国鋕 （接唱）寒夜过尽是暖春，

牢笼之外天地大。

我要与她手牵手，

跨上骏马走天涯。

曾紫霞 （接唱）越过千山和万水，

刘国鋕 （接唱）穿过森林与青纱。

刘国鋕
曾紫霞 （合唱）闯入一个新世界，

笑看那，姹紫嫣红开百花。

〔众难友也跟着唱了起来。

众难友 （合唱）闯入一个新世界，

笑看那，姹紫嫣红开百花。

闯入一个新世界，

笑看那，姹紫嫣红开百花。

〔在警笛刺耳的鸣叫声中，监狱长领着一群看守对着牢房高声喊叫。

众看守 不许唱，不许唱……

监狱长 把刘国鋕和那几个要犯给我押出去！

〔看守们吆喝着奔向牢房。

〔一块巨大的黑幕突然从天而降，将刑讯室和所有监室都遮挡在它后面。台前只留下监狱长。

〔一阵嘈杂：牢门开启和关闭、镣铐在地上拖行、汽车发动与远去……

〔监狱中又静了下来。

监狱长 （独白）唉！想不到，这个刘国鋕软硬不吃……（思索着）看起来，要破获地下学运组织，还得另找缺口……

〔收光。

第五场

〔看守内喊：带李文祥、熊咏辉……

〔三束光起。李文祥、熊咏辉、监狱长各站在一个光区里。

监狱长 李先生、李太太，你们还在蜜月里吧？我是很同情你们的，因此安排这次你们夫妻见面。要好好珍惜啊，这样的机会不多了！（下）

〔镣铐声。

熊咏辉 （循声张望）是文祥吗？

李文祥 （见熊咏辉，一愣）咏辉？

熊咏辉 文祥！

〔两人紧紧相拥。

李文祥 咏辉，你好吗？

熊咏辉 好，我都好……就是每时每刻都在为你担心。

李文祥 我也是，我也是……我好想你，好想你！

〔两人执手相看泪眼。

熊咏辉 文祥，这些天，他们把你弄到什么地方去了？

李文祥 我和刘国鋕、老许、陈然都在一起。

熊咏辉 他们都好吧？

李文祥 好，都好，都还是那么坚强。

熊咏辉 （深情地望着李文祥）文祥，你瘦了，好像很憔悴……

李文祥 （深情地望着熊咏辉）咏辉，来，坐下，让我好好看看你……咏辉，他们有没有折磨你？你有没有生过病啊？

熊咏辉 （摇头）……

李文祥 咏辉！

（唱）新婚之夜风云变，
夫妻双双入牢监。
百般折磨我不怕，
难忍爱人受熬煎。

眼见得，爱情之花遭摧残，
文祥我，肝肠寸断痛难言。

熊咏辉 （接唱）听他深情一番话，
一股暖流涌心间。
硬汉心中有柔肠，
珍爱之情深感念。
文祥啊，夫妻本是同命鸟，
遇难时，甘苦共尝是我愿。

李文祥 （紧握着熊咏辉的手不放）咏辉，我的好妻子！

熊咏辉 （深情地）文祥，今天，我们还是在蜜月里呢！

李文祥 （点点头，感慨地）是啊，想不到，我们的蜜月竟会在这铁窗下度过！

熊咏辉 也许，正是这样的蜜月，才使人更加难忘……

李文祥 不，不！（自责地）都是我不好，都是我不好！咏辉，我没有让你过上一天好日子，反而连累你，让你吃这样的苦头，受这样的煎熬……

熊咏辉 不不不！文祥，你千万不要这样说！
（唱）你我相识已数年，
风雨之中把手牵。
你带我走上光明路，
我只有感激无尤怨。
文祥啊，
你是我身后的一座山，
你是我头上的一片天。
生命中只要有了你，
我不怕千般艰辛万般险！

李文祥 （接唱）叫咏辉，听我言，
文祥心中有夙愿。
只要挺过这一关，
很快就能把天见。
向往着，那一天，
春风拂面花满园。
夫妻双双园中坐，
娇女乖儿绕膝前。

衣食无忧人无虑，
既无惊来又无险。
苦到尽头甘会至，
明天的日子别样甜。

〔听到这里，熊咏辉心有所感，泣不成声。

李文祥 咏辉，你怎么了？你难道不相信我能让你过上那样的日子吗？

熊咏辉 我相信，相信……可是，文祥你说，我们真的能够活着看到那一天吗？在好日子到来之前，他们会放过我们吗？

李文祥 （一怔，若有所思）是啊……（又想起什么）刚才监狱长说，这样的机会不多了……

熊咏辉 文祥，我不敢想象，如果没有你，我还怎么能够活下去！

李文祥 （激动地）不，咏辉，我不会离开你的，我绝不会离开你的……

熊咏辉 文祥！

李文祥 （将熊咏辉紧紧地搂在怀中，喃喃地）不会的，不会的……

〔收光。

第六场

〔渣滓洞女牢，牢中只有曾紫霞一人。

〔监狱长上。

监狱长 （装出和颜悦色的样子）曾紫霞，这几天考虑得怎么样了？

曾紫霞 考虑什么？

监狱长 我不是问过你吗？你和刘国鋕一起，都去过什么地方。

曾紫霞 去过的地方多了……

监狱长 那又和什么人见过面啊？

曾紫霞 我们是在谈恋爱，怎么会去见旁人？躲都来不及！

监狱长 这……

曾紫霞 你们把刘国鋕弄到哪里去了？

监狱长 实话告诉你吧，刘国鋕他早已出狱了。

曾紫霞 （惊异地）什么？出狱？

监狱长 他刘家有的是钱，连南京政府的高官都在替他说情，早就保他出去了。

曾紫霞 你……你胡说！

监狱长 还在单相思啊？我可亲眼看见，刘国鋕他带着个姑娘，在国泰电影院看电影呢！

〔曾紫霞闻言一怔。

〔监狱长下。曾紫霞陷入沉思……

曾紫霞 （唱）一阵秋风卷愁云，
一番言语乱我心。
自从他那夜被押走，
生死茫茫无音讯。
想起他，鲁莽求爱傻模样，
想起他，脉脉情深送围巾；
想起他，遍体鳞伤面带笑，
想起他，长夜放歌抒豪情。
他是个忠肝义胆男子汉，
怎会做薄情寡义失信人？
望断高墙与铁窗，
我柔肠百转思绪难平。

〔牢门响，熊咏辉上。

曾紫霞 咏辉姐，他们又让你和老李见面了吗？老李他还好吗？

熊咏辉 还好，就是瘦了一点，精神也比以前差了许多。

曾紫霞 （欲言又止）……

熊咏辉 （感觉曾紫霞神情不对）噢，紫霞，你怎么了？

曾紫霞 刚才你和老李见面的时候，听他说起国鋕的事吗？

熊咏辉 国鋕？国鋕他怎么了？

曾紫霞 刚才监狱长来过了，他说国鋕已经出狱了……

熊咏辉 造谣，造谣！

曾紫霞 他说在国泰电影院看见国鋕，身边还带着个姑娘！

熊咏辉 紫霞，他们的话你也信啊？文祥告诉我，刘国鋕就关在白公馆，他们在一起。他还是那样，什么也不说，敌人拿他一点办法也没有。

曾紫霞 （激动地）这是真的吗？

熊咏辉 对自己心爱的人还不放心吗？你呀！

曾紫霞 咏辉姐，我想，有没有办法给国鋕带个信，让他知道，我在爱着他，想着他，等着与他团聚的那一天。

熊咏辉 （思忖着）带信？怎么带信呢？

曾紫霞 （试探地）我看那个刘医官还算良心未泯。

熊咏辉 （点头）可以试试。不过不要写成文字，万一落到他们手里，你会暴露。

曾紫霞 咏辉姐，我想在这红围巾上绣两朵并蒂莲……

熊咏辉 对，国鋕一看就明白了！

曾紫霞 两朵洁白如玉的并蒂莲！

熊咏辉 嗯！

〔曾紫霞脸上绽出了笑容。

〔这时，天空中传来一阵雁叫声。

〔曾紫霞奔到牢门口，隔着铁栅朝天空观望……

曾紫霞 （唱）窗外天高气又清，
长空阵阵传雁鸣。
鸿雁你往何处去，
能否为我停一停？
请你飞到他身边，
带上我的祝福我的爱，
还有一颗滚烫的心。
我与他，身虽相隔心相印，
熬过长夜迎天明。

〔一束光照亮另一表演区。光束下，刘国鋕手捧围巾，感慨万千……

刘国鋕 （唱）黑牢喜获红围巾，
不知是梦还是醒。
并蒂莲花虽无言，
丝丝缕缕见心声。
几月来，高墙铁窗隔音讯，
日日思念情难禁。
不知她，身份是否已暴露？
不知她，牢中有无灾与病？
今见信物如见人，
手捧围巾热泪盈。

她好比霜雪之中一枝梅，
傲霜凌雪俏迎春。
坐穿牢底亦无悔，
人生难得是知音！

〔舞台后区平台上，飘动起一条巨大的红围巾。

〔这是一个想象的空间，刘国鋕与曾紫霞在这里翩翩起舞……

〔幕后合唱：

沉沉炼狱中，
爱情之花悄然绽放。
一曲悲歌终了，
便是那天晓的时光！

〔收光。

第七场

〔白公馆男牢。

〔刘国鋕手捧红围巾，沉浸在遐想中……

李文祥 当你知道有一个女人在爱着你的时候，你的心情是不是和过去有些不一样了？

刘国鋕 确实有点不一样……（想起，问）老李，今天他们又让你跟咏辉见面了？

李文祥 （点点头，面色凝重地）他们说，这是最后一次见面。

刘国鋕 （琢磨着）什么意思？

李文祥 不知道……（激动起来）国鋕，咏辉她是个好妻子！（动情地）我没有让她过上一天好日子，反而连累她坐牢，弄不好还要丢掉一条性命！我这心里头实在（哽咽，落泪）……

刘国鋕 （奇怪地看着李文祥）老李，你今天怎么了，这可不像你呀！

李文祥 噢……（意识到自己失态，掩饰地）没有什么，没有什么……

〔有敲击墙壁的声音。

〔刘国鋕循声到墙角，示意李文祥到牢门口望风，自己从秘密通道中取出一张纸条。

刘国鍂 （展开纸条看，喜形于色）啊……

李文祥 国鍂，怎么了？你说话呀！

刘国鍂 （一字一顿地）辽沈战役胜利，东北全境解放！

李文祥 （也受到感染）啊，辽沈战役胜利，东北全境解放……

刘国鍂 （欣喜若狂地）太好了！太好了！老李，胜利的日子离我们不远了！

李文祥 （忽想起什么，脸色顿时转阴，摇头道）国鍂你想得太简单了！

（唱）你我相交八年整，
并肩战斗在山城。
同陷囹圄有数月，
更见你我患难情。
到如今，眼看胜利已临近，
你是否，听得霍霍磨刀声？
刽子手，狗急跳墙露凶相，
狱中人，屠刀在颈大限临！
生死关头许多事，
前因后果费思吟。
文祥本是刚强汉，
为求出路闹革命。
百般艰辛苦熬忍，
只望长夜过后迎黎明。
谁料一切成泡影，
拂晓之时命难存。
更可叹，心爱之人难幸免，
爱情之花将凋零！
想到此，一股寒气冲头顶，
毛骨悚然冷冰冰。
关键时，莫莽撞，
你与我，还须审时度势、谨慎面对、三思而行。

刘国鍂 （看到李文祥的神情，奇怪地）老李，你讲了这么多，到底是什么意思？

李文祥 国鍂，你有没有想过，在最后的胜利到来之前，他们会放过我们吗？

刘国鍂 （想了想，摇头答道）不会。

李文祥 那就是说，胜利离我们越近，这死亡也离我们越近？

〔刘国鋕默默地点了点头。

李文祥 那我们究竟是先看到胜利呢，还是先看到死亡？

刘国鋕 （思索着）我想，摆在我们面前的，也许只有一条路。

李文祥 什么路？

刘国鋕 坦然地面对死亡。

李文祥 坦然地面对死亡？（一声苦笑）你能做得到吗？

刘国鋕 （肯定地）我能做到。

李文祥 不！我们奋斗了那么多年，苦了那么多年，这到底是为了什么，你想过吗？

刘国鋕 我当然想过……

（唱）国鋕本是读书郎，
自幼身在富贵乡。
若是只为自己想，
又何必投身革命出生入死在疆场？
我有一个梦想，
一个美好的梦想——
有一天，
阳光公平地洒在每张脸上，
人世间再也没有欺凌和压迫，
蓝天下自由之神纵情飞翔。
我有一个梦想，
一个美好的梦想——
有一天，
温饱再也不是穷人的奢望，
孤寡人都得到妥善的照料，
苦孩子也能够走进学堂。
我有一个梦想，
一个美好的梦想——
有一天，
大地处处都是花的海洋，
戈壁滩变成了美丽的绿洲，
田野中麦浪滚滚稻花飘香。
我有一个梦想，

一个美好的梦想——
有一天，
祖国巨人般屹立东方，
江河中再没有屈辱的呜咽，
欢歌声响彻那每一座山岗！
这就是我的追求和向往，
为了这我已把生死荣辱抛一旁。
只要这美好的梦想能实现，
纵然是粉身碎骨又何妨。

李文祥 看起来，你真的是铁了心了。

刘国鋕 是啊！我不入地狱，谁入地狱？！

李文祥 （长叹一声）唉，年轻啊！

刘国鋕 （感觉不对头）老李，你这话什么意思啊？

李文祥 我李文祥坐牢数月，受尽了折磨，吃尽了苦头，咬紧牙关坚持到今天，也算是对得起了吧？可现在……到了这生死关头，我要……

刘国鋕 （逼问）你要什么？

李文祥 我要为自己找一条生路……

刘国鋕 你要出卖同志，出卖组织，出卖你自己的灵魂？

〔李文祥犹豫一番，下决心走向牢门。

刘国鋕 （用身体挡住李文祥）你敢！

李文祥 （在刘国鋕的逼视下后退）……杀人啦，杀人啦……（奔逃，直至瘫软在地）救命，救命啊……救命啊……

〔收光。

第八场

〔渣滓洞女牢。

〔“当当”的金属敲击声又响了起来。

〔传来人声：报告，又抓到一批……把他们押进来………

〔曾紫霞在铁窗前朝外看。

曾紫霞 （唱）近日霜冷风声急，
又有同志陷囹圄。
其中定有蹊跷生，
情形诡异令人疑。
咏辉姐又被提审我心焦虑，
牢门口，稳住心神等消息。

〔传来敲击墙壁的声音。

〔曾紫霞从墙缝中取出一张小纸条。

曾紫霞 （念）新被捕的同志都是李文祥联系的单线，已证实被李文祥出卖……（大惊）啊……已证实被李文祥出卖！（疑惑）被李文祥出卖？

〔牢门打开，熊咏辉上。

〔曾紫霞赶紧将纸条藏好。

熊咏辉 紫霞！

曾紫霞 哦，咏辉姐，你这么快就回来了？

熊咏辉 紫霞，告诉你一个突如其来的消息，我要被释放了……

曾紫霞 什么，释放？

熊咏辉 是啊！

曾紫霞 咏辉姐，你不觉得这件事有些蹊跷吗？

熊咏辉 我也觉得太突然啦……

〔曾紫霞避开熊咏辉的目光。

熊咏辉 （看出曾紫霞神情不自然，警觉地）紫霞，是不是出了什么事？

曾紫霞 这……

熊咏辉 紫霞，到底出了什么事？

曾紫霞 咏辉姐，答应我，不管发生什么事，你都一定要挺住！

〔监狱长和两个看守走入。

监狱长 把曾紫霞铐起来！

看　守 是！

熊咏辉 你们干什么？你们为什么要给她戴镣铐？

监狱长 哼，为什么？就是因为她一直以来没讲过一句真话！我们还真以为你只不过和刘国鋕谈谈恋爱……差点被她蒙混过去！幸亏李文祥先生自新反正，这才真相大白。

熊咏辉 （一惊）你说什么？你说什么？

曾紫霞 咏辉姐……

监狱长 曾紫霞！李文祥是你的入党监誓人，你是刘国鋕的联络员！怎么？你还想抵赖吗？带走！

看　守 走！

熊咏辉 你们不能带她走！紫霞……

曾紫霞 咏辉姐，咏辉姐……你要挺住啊……

熊咏辉 紫霞……

〔曾紫霞被带下。熊咏辉被拦住。

监狱长 李太太，恭喜你了，你的丈夫李文祥先生已弃暗投明。今天，我们抓了这么多共党分子，可都是他的功劳啊！

熊咏辉 造谣！造谣你……

监狱长 造谣？哼，你也不想想，如果不是你丈夫自新反正，我们怎么会放你出狱？

熊咏辉 （一怔）……

监狱长 好啦，不要胡思乱想了！赶快收拾一下，过一会儿你丈夫就来接你了。哈哈哈……

〔监狱长下。

熊咏辉 （自言自语地）造谣……造谣……

〔一声霹雳。

熊咏辉 （唱）文祥他本是铮铮铁骨汉，
怎能够出卖灵魂图苟安！
莫非敌人故伎演，
挑拨离间耍手段？
莫非神思多恍惚，
所思所想成梦幻？
心存侥幸系一线，
六神无主难判断。

〔牢门打开的声音。

〔拷打后的曾紫霞被拖进来。

熊咏辉 （抱住曾紫霞）紫霞……紫霞！

曾紫霞 （艰难地）他们要我跟李文祥当面对质，逼我交出学运特支的党员名单。打死我也不交，我要和国鋕一样，宁死也不当叛徒！

熊咏辉 （悲从中来）紫霞，我……我对不起你……

曾紫霞 咏辉姐，不要这样说，李文祥是李文祥，你是你啊！

熊咏辉 （百感交集，失声痛哭）紫霞……

曾紫霞 不要伤心，不要难过，还是好好想想以后怎么办吧。

熊咏辉 紫霞，你快帮我想想办法，你想想看，有什么办法，可以让我赖在这里不走啊？

曾紫霞 这里是什么宝贝地方，你还想赖着不走？你想想看，这几个月来，我们哪一天不在盼着重获自由？

熊咏辉 可这是什么样的一种自由啊！

（唱）铁窗下，盼自由，
没想到自由来时泪双流！
李文祥苟且偷生无廉耻，
咏辉我心生怒火无地自容面蒙羞。
从此后，志不同来道不合，
怎能与他再聚首？
若是随他出狱去，
心戴重枷度寒秋。
这样的自由太肮脏，
这样的自由怎自由。
我决不丢弃灵魂跟他走，
我宁愿跟着难友坐穿牢狱斗争到底永不回头！

曾紫霞 （和熊咏辉相拥）咏辉姐！

〔这时，从各个监室里传来难友们鼓励的呼喊声。

众难友 咏辉，我们相信你……

众难友 紫霞，好样的，我们和你在一起……

众难友 坚持，坚持，再坚持，曙光就在前面……

熊咏辉 （激动地对大家）李文祥背叛了我们的理想，也就是背叛了我们的爱情。我是绝不会跟他走的！从今后，不管是坐穿牢底还是走上刑场，我都要同你们在一起！

〔看守在门外喊：熊咏辉，收拾好了，该走了。

熊咏辉 告诉李文祥，让他一个人从狗洞子里爬出去！

曾紫霞 咏辉姐！

〔熊咏辉和曾紫霞相互支撑，紧紧相依。

〔收光。

第九场

〔汽车开过的声音。

〔深秋，夜。

〔监狱长大声宣布：大家听着，上峰有令，所有犯人从现在开始分批转移。许晓轩、陈然、王朴、周从化、王振华、黎洁霜、王白屿、黎又霖、丁地平……

〔光起。黑霾滚滚。

〔一个个难友拖镣戴铐，从舞台后区走过……

〔看守的声音：女室犯人全部集中到楼下一号！

〔女牢难友相互搀扶着走出来，熊咏辉在他们中间。

〔李文祥身着国民党军军装，匆匆上。

李文祥 咏辉！咏辉……（急切地）咏辉，快，快跟我走。

熊咏辉 （冷冷地）你是谁？我不认识你！

李文祥 咏辉，你知道吗，这里所有的政治犯，都要以转移的名义就地处决。再不走就来不及了！

熊咏辉 再说一遍，我不认识你！

李文祥 咏辉，我是你的丈夫，我爱你啊……

〔熊咏辉头也不回，转身走下。

李文祥 （绝望地）咏辉……

监狱长 李先生，走吧！

〔李文祥垂头丧气地走下。

监狱长 带刘国鋕！

〔刘国鋕从容地缓缓走上。

〔突然，远处隐隐传来一阵隆隆的炮声……

刘国鋕 （听见炮声，精神一振）炮声……这是炮声，是我们的炮声！

（唱）隆隆炮声传耳边，

春雷滚滚天地间。

摧枯拉朽山河变，
人民胜利在今天！
只待这寒夜过尽东方晓，
霞光万里百花艳。
眼看梦想将实现，
我坦然赴死无遗憾。

众看守 走！

〔曾紫霞冲了出来。

曾紫霞 （边跑边喊）国鋕……

刘国鋕 （喊着迎上去）紫霞……

〔刘国鋕与曾紫霞双手紧握在一起。

曾紫霞 国鋕！

刘国鋕 紫霞，没想到，我们还能在这里见面！

曾紫霞 你知道吗，他们这是要下毒手啊……

刘国鋕 我当然知道……（轻柔地）紫霞，你……还好吧！

〔曾紫霞连连点头。

刘国鋕 （唱）一年来魂牵梦萦将你盼，
今日里终于相会赴刑前。
为理想此身将赴黄泉路，
顷刻间热血抛洒在天边。

曾紫霞 （泣不成声）国鋕……

刘国鋕 紫霞，不要哭！我要走了，这条围巾，还是留给你吧（解下脖子上的围巾，为曾紫霞系上）……紫霞，你看，天快要亮了！可以想象得到，明天的阳光会多么绚丽、多么灿烂！你要是能看到的话，就一定要替我多多地看上几眼啊！

曾紫霞 不，明天我们一起去，一起看……

刘国鋕 不要说傻话了。谢谢你给了我这份真挚的爱！在这最黑暗的日子里，它带给了我无限的向往和无穷的力量！

曾紫霞 （哽咽着）国鋕，有句话我一直藏在心中，今天……

刘国鋕 不要说了，你要说的我都知道……紫霞，你要是能活下来，就一定要好好地学习，好好地工作，好好地建设我们的新中国！

曾紫霞 （情绪激动地）国鋕，这句话我要说，我一定要说！

（唱）雾锁长天黑云乱，
霜凝大地夜风寒。
你就像天边那颗启明星，
破雾穿云耀河汉。
爱上这样的好儿男，
紫霞此生无遗憾。
虽不能花前月下情缱绻，
磨炼中爱情之花更绚烂。
虽不能白头偕老共百年，
一颗心永远与你来相伴。

刘国鋕　（接唱）紫霞你抬头放眼看，
我一腔热血要把大地来浇灌。
且待明朝阳光暖，
一朵红花迎风绽。
它若上下把头点，
那是我为你欢歌将你赞。
它若左右枝叶摆，
那是我为你鼓劲与呐喊！
我盼诸君多努力，
代我悉心建家园。
待等那满园锦绣花烂漫，
捷报声中，我喜泪纷飞化作春雨洒河川。

众看守　（对刘国鋕喝道）刘国鋕，走！

刘国鋕　小东西，保重！

〔曾紫霞扑向刘国鋕。
〔两人第一次也是最后一次紧紧地拥抱。
〔两人深情拥吻……
〔幕后合唱主题歌：
即使剪了翅膀，
雄鹰何曾忘记飞翔。
纵然身陷囚笼，
战士依旧激情飞扬。

沉沉炼狱中，

爱情之花悄然绽放。

一曲悲歌终了，

便是那天晓的时光！

〔刘国鋕拖着镣铐，一步一步走向刑场……

〔一排枪响。

〔一块巨大的红布自上而下垂落，占满天幕，宛若一面飘动着的红旗。

刘国鋕 （转身，振臂高呼）新中国万岁！

〔曾紫霞和难友们深情地望着远方。

〔幕落。

〔剧终。

2007年

九场古装越剧

樊梨花与薛丁山

严　迟

人物表　樊梨花、薛丁山、程咬金、薛仁贵、薛金莲、铁珍、樊洪、樊虎、杨凡、小军、老军、众唐军、众番兵、众女兵

序

〔寒江关前，两军对垒。

〔幕间唱：

　　西域多事起战端，

　　大军西征寒江关。

〔“杀”声中幕启，两军开打，樊虎等败下。

〔樊梨花率女兵上。开打。

〔唐军败下。

〔樊梨花率众女兵造型。

〔幕外音：圣旨到！

〔樊梨花、樊洪、樊虎等跪。

太　监　狼主有曰：寒江关激战，樊洪将军碧血丹心，为国效忠，立下汗马功劳，特赏黄金万两，着令提升三级！

樊　洪　谢主隆恩！

太　监　樊虎守关勇猛，身先士卒，招为东床驸马！

樊　虎　谢主隆恩！

太　监　樊梨花英武善战，保国有方，选配皇侄杨凡，战捷完婚！钦此！

〔幕后唱：

一声选配波澜兴，

花自无语乱寸心。

樊梨花　（唱）虽说他与我学艺在同门，

虽说他一次次对我表真情。

到如今他借机颁旨配婚姻，

我却是一颗芳心深锁紧。

冥冥中梨花只为一人放，

请恕我此旨难以来应承！

〔众人不同的表情。

〔幕后唱：

世间万事天注定，

摘得梨花是何人……

第一场

〔樊江关。番旗招展。

〔樊洪举目遥望。幕后男声独唱。

西征万里困胡尘，

伤心总为离别情。

白发萧萧游子心，

向何处？

把不尽相思含笑饮！

樊　虎　爹爹！（急上）爹爹，探马来报，唐将薛丁山和程咬金带领人马，临关扎寨！说什么前来劝降。

樊　洪　怎么，程咬金也来了！

〔音乐。景转关前隘口。

程咬金　樊总兵请了！

樊　洪　程千岁请了！

程咬金　一别十多年了！

樊　洪　十有二载！我们都老了！

程咬金　是啊，老了，老马识途晚节可保呀！哦，当年三万将士可都安好？

樊　洪　三万将士俱都安好！

程咬金　这就好！樊总兵一生倥偬，对大唐也算是有功之臣，如今兵伐相见，唐家军打唐家军，岂非自相残杀。望樊总兵识大体，过去之事……

樊　洪　老夫老矣！过去之事不想再提！

程咬金　只要你献关归唐，过去之事由老夫做主。

樊　洪　当年老夫降了西番，虽然保住了三万将士的性命。但天下之人必以为我贪生怕死，老夫早已百口莫辩，个人荣辱之事，老夫早已置之度外，今日再要献关，恐怕大唐西番，普天之下都要骂我了。

程咬金　樊总兵，你当年降番，是奸臣陷害，况且你保下三万将士的性命，中原百姓将士眷属，无不感恩戴德。你樊洪元帅的英名也是永垂千古啊！

樊　洪　百姓恩戴？名垂青史？

程咬金　是啊！（乡音油然而起）哦，你可还记得故乡的乡音么！

〔歌声渐起：

　　征战万里困西番，

（清唱）天际声声泣哀雁。

程咬金　众位将士，献关归唐，共享天伦吧！

心恋慈亲泪未干，

梦绕在河关。

〔众将士受到感染，相互拥抱。同时感染樊洪。

樊　虎　嘟！不准听，谁想回家，立斩不赦！

樊　洪　（唱）毡帐冷，铁衣轻，

　　秋气肃，暮烟横。

　　边庭草色几回青，

　　遥望故国泪满襟。

　　进退各两难，

　　何时得归程。

程咬金　（唱）当机须立断，

　　无虑一身轻。

搏一回大江东去，

千古风流名垂丹青。

樊　洪　也罢！

收拾起千般忧虑，

待等那雨过天晴。

众位将士听令……

樊　虎　且慢，啊呀爹爹呀！你我十二年留番，深得狼主宽待厚禄，大丈夫理应知恩图报啊！（逼程）程咬金你危言耸听，蛊惑人心，瓦解军阵，制乱取胜！你——

程咬金　樊总兵你要三思啊！

樊　虎　程老儿，你再胡言乱语，休怪俺手下无情了！（取剑）

樊　洪　（急阻）虎儿不可！

〔樊虎刺剑，樊洪去挡，不意中剑倒地。

樊　虎　爹爹！爹爹！

〔樊洪昏死过去。

〔定点光下，梨花出现接唱，内换景

第二场

樊梨花　（唱）闻听得爹爹受重伤，（铁珍跟上）

急忙忙来到军中大帐。（起光）

爹爹！

恕女儿不孝晚来到，

让慈父身中剑血染衣裳。

爹爹！

樊　洪　我儿莫要悲伤，你爹爹戎马一生，身经百战，早已视死如归，受点伤又算得了什么？只是……

樊梨花　只是什么？

樊　洪　只是这十二年深藏的忧虑难以抛却啊，咳，此事如有不测，为父我死难瞑目。

樊梨花 爹爹，女儿自幼娘亲早亡，追随师父梨山学艺十年，如今女儿已长大成人，爹爹有什么心事不妨对儿言讲，女儿愿为爹爹分忧解愁！

樊　洪 儿啊，你可知寒江关三万将士都是大唐之人！如今你哥哥他贪图富贵、心狠手辣，爹爹怕那三万将士的性命，终究会断送在他之手。

樊梨花 爹爹此话怎讲?

樊　洪 儿啊，听为父与你讲来！（悲壮凄凉音乐起）想当年孤军三万困西凉，权奸绝援又断粮。怎忍将士命不保，为父才忍辱负重把西番降。

樊梨花 （唱）呀！

原以为保家卫国守寒江，
却原来几多真情内中藏。
十年来学艺未知身边事，
谁知晓寒江将士本姓唐。

樊　洪 儿啊

（唱）十年来听尽骂声情可谅，
最难受无时不在思故乡。
望孩儿解我一片苦衷肠，
挽大局还靠你擎天栋梁。

樊梨花 （唱）爹爹他忍辱负重在异乡，
十年来风霜雪侵也凄凉。
十年来三万孤儿盼亲娘，
此情此景也感伤！
我思一思想一想，
当归不归遗恨长。（战鼓声）

樊　洪 儿啊，你那哥哥定是开城挑战去了，唐家军不要再打唐家军了哇！

樊梨花 （接唱）爹爹养伤宽心放，
梨花我愿为爹爹重担扛。

带马！

第三场

〔接前，樊虎带兵交叉上。

〔小军拿大板斧，程咬金、薛金莲站山坡观战。

樊　虎　唐军速来受死！

薛丁山　（内唱）统领雄兵杀气高，

扫尽狼烟在今朝。

白马神枪无人敌，

管叫番儿魂魄消。

〔樊虎领兵与薛丁山交锋。

薛丁山　来者通名！

樊　虎　樊江关副总兵樊虎是也！

薛丁山　原来是无情无义、心狠手辣的无耻小人！

樊　虎　哼，大丈夫凭手中家伙比个高低。

薛丁山　我看你心胸狭窄，暗放冷箭，本待一枪结果你的狗命，看在你父份儿上，速速献关归唐，还可饶你一死！

樊　虎　休得多言，看刀！

〔两军交锋，樊虎被薛丁山打落马下，薛丁山欲刺，被樊梨花一枪架住。

〔樊虎乘机而逃，旋又立于暗处突放冷箭。

樊　虎　看箭！

薛丁山　（惊）啊！

樊梨花　（接住冷箭）哥哥你！

薛丁山　敢问女将何人？

樊梨花　本姑娘樊梨花，你是何人？

薛丁山　大唐二路元帅薛丁山！（二人不觉一个照面）

〔幕后唱：

一霎时慌了神，乱了心，

两下里只顾对眼神。

〔跳出规定情景，眼里只有对方。

薛丁山　（唱）忽如一夜春风来，
梨花开处暖三春。
飒爽英姿真国色，
九天仙女下凡尘。

樊梨花　（唱）白马将，力举鼎，
快马弯弓射胡鹰。
见过了多少英雄将，
却为何一见犹如遇故亲？

程咬金　（耳聋眼花地）金莲，她是何人？

小　军　她说她是蔷薇花。

程咬金　莫非是樊梨花？

金　莲　不错，正是樊梨花！

程咬金　哦！老千岁上了年纪，耳聋眼花，你要给我看仔细了！

金　莲　是！

〔众将士鼓噪：杀！

樊梨花　杀！

薛丁山　杀！

〔两人一开打，又架在一起。

薛丁山　（唱）自幼学艺校武场，
人枪合一震四方。
今日举枪意彷徨，
怕将对手来误伤。
小姐呀！
你父亲西征投了降，
你兄长卑劣又猖狂。
灭门之罪难宽谅，
关破之日没商量。
恳望小姐做主张，
当机立断献寒江。
立大功，免祸殃，
也免我——

樊梨花 怎么样？

薛丁山 （唱）也免我，鲜花殒落痛断肠。

樊梨花 （唱）听他一番肺腑话，
又是惊喜又感伤！
今日一战遇知己，
樊梨花此心早归“唐”。
谢将军，情意真，
相识一礼献寒江！

程咬金 金莲，他们在此做什么？

薛金莲 这……（羞涩）

程咬金 小军！小军！

小　军 （正在出神）啊！老千岁要喝茶啊？

程咬金 我问你，他们在做什么？

小　军 唔，这个，这个——

程咬金 真是饭桶！

薛金莲 （与程咬金耳语）

程咬金 明白了，明白了！哈哈哈！

小　军 哈哈哈！站稳了，站稳了！

〔三军鼓噪：杀！薛丁山刺，樊梨花架住。

樊梨花 将军枪法神奇，我樊梨花深感佩服！

薛丁山 听说小姐武艺高超，枪法无敌，丁山今日想见识见识！

樊梨花 哦，原来他要试试我的枪法！如此放马过来！

〔两人打。

〔薛丁山被挑下马来。

程咬金 啊呀呀！坏了，坏了！

薛金莲 啊呀呀，跌落马了！

程咬金 哦！

樊梨花 将军请上马！

薛丁山 哼！

樊梨花 将军，姑娘失礼了！（回身欲返关）

薛丁山 （拦住马头）且慢！刚才马失前蹄，被你占利，不足为奇。

樊梨花 你一定要胜我才肯罢休吗？

薛丁山 要与你再试！

〔二人交锋，薛丁山枪枪紧逼，樊梨花相让。

薛金莲 啊呀，又打起来了！

程咬金 快快取我的板斧过来！

小　军 老千岁，你要去助阵吗？

程咬金 老夫这是要去做和事佬，哈哈哈！

小　军 哦，哈哈哈！（同下）

〔薛丁山二次落马，樊梨花下马相扶。

程咬金 和了，和了！哈哈哈！

樊梨花 原来是老千岁！

程咬金 樊小姐。

樊梨花 小将军与我比试枪法，不慎马失前蹄……

程咬金 哈哈哈！方才之事，老夫看得一清二楚，包在我的身上，包在我的身上！

薛金莲 老千岁你大包大揽什么呀？

程咬金 我呀眼花了耳聋了，心里明白得很！樊姑娘，我给你们俩做个月老不知樊小姐意下如何？

樊梨花 （又羞又喜，含羞点头）……

程咬金 （对薛丁山）你哪？

薛丁山 但凭千岁做主！

程咬金 哈哈哈！我老夫有得吃十八只蹄膀哉！姑娘，只是这寒江关？

樊梨花 梨花即刻进关，劝说兄长，但见城楼降下番旗，便知大事成功！

程咬金 如此甚好，请姑娘速速进关！

众 好！（收光）

第四场

〔樊江关。紧接前场，樊洪扎绷带在养伤。

樊　虎 好什么！要我归唐？休想！（起光聚义厅）

（唱【扑灯蛾】）樊梨花好大胆，

我发冷箭她阻拦。

都是你把她来娇惯，

樊　洪　唐家军不能自相残。

劝儿归唐把心转，

樊　虎　哼！除非红日出西边。（推洪，梨花扶住）

樊梨花　爹爹！

樊　洪　（挣扎着）女儿回来了？今日上阵战事如何？

樊梨花　爹爹伤重，这打仗之事以后再说不迟。

樊　洪　哎！打仗之事，确也不算重大，但关系寒江三万将士……！

樊　虎　是啊，与其死无葬身之地，不如背水一战，拼个鱼死网破！

樊　洪　住口！（剧烈咳嗽）

樊梨花　哥哥！你三番两次暗箭伤人，害得爹爹命悬一线，你还想活活气死他吗？

樊　虎　哼，我正要问你，刚才我一箭射去，眼见薛丁山小命不保，你为何接我的雕翎利箭？

樊梨花　大丈夫对阵作战，理应明枪明刀，你偷发冷箭，我都替你害羞！

樊　虎　你——！

樊　洪　好了好了。儿啊，此番出战胜败如何？

铁　珍　老爷，小姐是稍动刀枪，算不得什么胜败。

樊　洪　哦？敢是不分上下？

铁　珍　也不是！小姐出得关去，放马施枪，就这么轻轻一挑，就将那薛丁山挑下马来了！

樊　虎　哦？那薛丁山被刺死了？

铁　珍　没有！

樊　虎　活捉了？

铁　珍　也没有！

樊　虎　既没刺死，也没活擒，难道他插翅飞了不成？

铁　珍　是小姐将他放了！

樊　虎　你好大的胆！

樊梨花　（唱）兄长啊！

恕小妹自小学艺不知情，

却原来三万将士个个都是唐汉的兵。

当年降番事有因，

十多年盼归程兮却无门！

今日归唐正时机，
错失良机要悔终身！
因此我，擅自相约小将军，
唐家军不杀唐家兵！

樊　洪　那薛丁山意下如何？

樊梨花　（唱）壮志轩昂一将军，
明喻暗示心意诚。

樊　虎　哼！唐汉之人，擅搞阴谋，你不要挖了陷阱埋自身！

樊梨花　（唱）爹爹啊！
爹爹膝下两兄妹，
拉扯成人操透心。
养育之恩无以报，
唯望爹老来儿女绕膝享天伦。
沙场之上儿做主，
我与那白袍小将……

樊　洪　怎么样？

铁　珍　程千岁做媒，小姐与薛丁山结为秦晋之好了！

樊　虎　你待怎讲？

铁　珍　你要做大舅子啦！

樊　虎　呀呀呸！

樊　洪　（唱）哈哈哈！
笑十年埋没英雄，
看今朝喜挂战弓。
青山无路绕故宫，
归唐有心天下同。
梨花丁山结永好，
了却我一桩心事重。
儿啊，传我号令，大开关门，迎接唐兵！

樊　虎　呀！
（唱）乘龙快婿变条虫，
美女黄金要落空。
心有不甘计谋穷，

逼到绝境露狰狞！

樊　虎　来呀！

众卫兵　是！（纷纷举起刀兵，围在樊梨花、铁珍、樊洪等身后。）

樊　洪　虎儿你要做什么？难道要犯乱？

樊　虎　不想做什么，只请爹爹交出兵权！

樊　洪　你这畜生竟敢对你父……

樊　虎　少啰嗦，交出兵符。与我抢。

〔樊虎抢夺兵符，樊洪护住，忙乱中，樊虎杀死樊洪。

樊　洪　归——唐！（死去）

樊梨花　爹爹……！

〔合唱：啊！

浮云尽，世事空，

英雄魂兮归江东。

樊梨花　爹爹……！

樊　虎　三军听着！元帅归天，从今往后军事兵权，由我做主，即日起，高筑城墙，征收兵丁！消灭唐汉，壮大西番。

樊梨花　樊虎！（音乐）你忤逆杀父，阴谋篡权，对得起爹爹的养育之恩吗？你为驸马之美梦，暗箭伤人，安排心腹，自相残杀，你忍心吗？你这样陷三军于不忠不孝，故国难回，客死他乡！不怕人神共愤吗？（音乐收）在这归唐的关口，看在爹爹份儿上，念你我兄妹一场，只要你悬崖勒马，改过自新，樊梨花我饶你一命！

樊　虎　开弓没有回头的箭！

樊梨花　劝你不要执迷不悟，追悔莫及呀！

樊　虎　还不知道谁会后悔！来呀！

众　在！

樊　虎　将樊梨花绑了起来，若是反抗，格杀勿论！

众　是！

樊梨花　你逼人忒甚！

〔开打，樊梨花杀死樊虎。

樊梨花　铁珍！

铁　珍　小姐！

樊梨花　速令守关兵将，降下番旗，献关归唐！

〔画外将士高呼：归唐喽！

〔主题歌起：

征战万里困西番，

天际声声泣哀雁。

心恋慈亲泪未干，

梦绕在河关！

第五场

〔急转喜乐吹打，女兵来回忙乎。光墙外。

〔薛仁贵，程咬金上（哈哈）。

薛仁贵 啊，千岁，少时华堂之上还得您老多担待！

程咬金 不妨，不妨，我老夫做了个现成月老，送佛上西天，帮人帮到底，这叫包讨媳妇包生儿！

薛仁贵 嗯？

程咬金 哈哈哈，说错了，说错了，等会儿罚酒三杯。

薛仁贵 这酒老千岁是一定要喝的。

薛金莲 老千岁，新娘子到了。

程咬金 快快吩咐张灯结彩！

薛金莲 哦，堂里堂外，挂起一百盏灯笼！

程咬金 鸣炮奏乐！

薛金莲 鸣炮奏乐！

程咬金 哎，你这个傻丫头，还不快去服侍新娘子梳妆打扮！

薛金莲 噫！梳妆打扮也要我服侍啊？那哥哥做什么去？

程咬金 哎，你真是个傻丫头，他们还未曾拜过天地呢！

薛金莲 噢，如此说来，我是该去的。好，看新娘子去啰！（下）

程咬金 哈哈哈。

（唱）寒江关前摆战场，

比武比出个美娇娘！

千里姻缘天注定，

不羡神仙羡鸳鸯！（暗下，一队女兵上舞蹈）

程咬金　（内声）一拜天地！二拜高堂！夫妻交拜，送入洞房！

〔喜乐声继续。鼓打二更。

〔小军与老军敲更上。

老　军　（追着问）寒江关前，你当真见过新娘子了？快说呀快说呀！

小　军　哎呀讲了多少遍了，新娘子貌若天仙，与少将军佳偶天成。

老　军　我是讲新娘子的武艺。

小　军　十分高超，她是轻轻一挑，二路元帅就乖乖下马了。二路元帅啊，不是新娘子的对手！

老　军　二路元帅也是个武艺了得的将军啊！

小　军　他呀，什么都比不过新娘子！

〔薛丁山闻声叹气“唉！”

〔小军和老军顿感失言，醉态而下。

〔音乐转。

薛丁山　（唱）一番话听得我心底波澜起，

满心欢喜泄了气。

可恨我寒江一战落了马，

一辈子笑柄军中提。

自从盘古分天地，

哪有个男儿汉不如妻。

洞房花烛闷了气，

我静愿，独坐天明解解气！

〔鼓打三更。

樊梨花　（唱）耳听得谯楼打三更，

洞房悄悄人声静。

人说道良宵一刻值千金，

他为何独坐一旁怨气生？

莫非为沙场落了马，

直到如今他气难平。

将军呀，胜败兵家寻常事，

成夫妻何必太认真？

你也是一杆神枪有威名，

我这里真心诚意来赔情。

薛丁山 （唱）她性随和，人温存，

不由我暗暗敬意生。

梨花你近日多劳顿，

早就寝免得伤了身。

樊梨花 听将军一说，我就放心了，将军，请。

薛丁山 樊江关一战，你功不可没，待我禀明皇上，给你记上一功！

樊梨花 樊江一战，代价惨重，想起父兄，我……

薛丁山 梨花可有心事？

樊梨花 这！

薛丁山 哎！你我既是夫妻，为丈夫的理当与妻分担，但说无妨！

樊梨花 将军！

（唱）昔日里三万唐兵降西凉，

我父兄忍辱负重在异乡。

薛丁山 临阵投敌，虽也无奈，但按律追究，也算灭门大罪。

樊梨花 （唱）这一次樊江关前摆战场，

爹爹他深明大义欲归唐。

薛丁山 弃暗投明，戴罪立功，不失为明智之举。

樊梨花 （唱）兄长他贪图富贵效番王。

薛丁山 这贪图富贵一说，不知从何说起？

樊梨花 （唱）守寒江番王来许愿，

万两黄金作犒赏。

薛丁山 黄金万两，也算一份重礼了。

樊梨花 （唱）宣旨兄长为东床，

又许我……

薛丁山 许你怎么？

樊梨花 （唱）许我皇亲配鸳鸯！

薛丁山 啊！你已许了人家了？

樊梨花 （唱）番王的表侄叫杨凡，

曾与我，同门学艺威名扬。

薛丁山 （唱）同门之谊非寻常，

日久必然情意长。

到如今他追你追到战场上，
我心里酸涩纷纷脸无光。

樊梨花 （唱）梨花只为你一人放，
你就是我梦里相寻的如意新郎！

薛丁山 哈哈哈！那后来呢？

樊梨花 （唱）贪富贵兄长发了狂，
夺兵权杀父剑下亡。
势危急大祸起萧墙，
挽大局三尺青锋杀兄长。

薛丁山 呀！
（唱）听罢言来猛一惊，
一女功成两条命！
父亲为她命归阴，
亲手杀兄太绝情。
你既与杨凡订了婚，
就不该反复无常来成亲。

樊梨花 （唱）许配杨凡非我愿，
梨花至今未应允。
我把你当作至亲人，
无话不对你言明。
将军呀，你替为妻忖一忖，
是对是错理自明。

薛丁山 （唱）樊梨花
你不该一女两许婚，
残杀同胞亲，
害死亲爹命。
这桩桩件件寒我心，
你让我如何收你进薛门？

樊梨花 （一惊）将军，我一片诚心对你言讲，你你何出此言？

薛丁山 似你这等不忠不孝不仁不义之人，怎配做我薛丁山的夫人！

樊梨花 你待怎讲？

薛丁山 薛门容不下你！（音乐）

〔薛金莲和铁珍闻声赶上。

薛金莲 （急阻）啊呀哥哥，新婚之夜，你要赶走嫂嫂，如此绝情，是何道理？

薛丁山 你不必多言，我自有主张！

薛金莲 好！我去叫爹爹来，要你的好看！（下）

铁　珍 小姐！

樊梨花 （唱）绝情话伤透梨花心，
纵有委屈理难申！
梨花我，
为归唐大义灭了亲，
为归唐送了爹爹命！
心中的委屈无处诉，

薛丁山 你与我走！

樊梨花 （唱）他一声走碎了梨花心！
薛丁山，你既然说我不忠不孝，当初就不该娶我进门！

薛丁山 当初不知，再说我一未花轿迎娶，二未登门去请，是你自己亲自送上门来的。

樊梨花 好你个薛丁山，铁珍，我们走！（伤心下）

〔薛金莲，薛仁贵，程咬金等上。

薛金莲 嫂嫂人呢？

薛丁山 走了。

薛仁贵 去哪里了？

薛丁山 回五羊山去了！

薛仁贵 啊！小奴才！（打薛丁山）

程咬金 打得好！还该打重些！

薛金莲 自讨苦吃。

薛仁贵 樊梨花深明大义，献关归唐，你且不顾大局，致生内乱！今日气走樊梨花，若是一旦寒江突变，岂非乱了大谋。速速与我把樊梨花追了回来。

程咬金 还不快去追来。

薛金莲 哥哥快去呀！

薛丁山 不去！

薛仁贵 好个不识抬举、不识轻重的奴才，竟敢如此放肆，来呀！

小军等 在！

薛仁贵 摘了他的二路元帅。

薛丁山 哼!

薛仁贵 嘟!大胆奴才,还敢如此强横,拖下去重责四十!将这奴才押进军牢!

〔薛丁山被押下。

〔杀声起。

杨　凡 (上)

(唱)冲天怒火万丈高。

夺妻之恨恨难消!

众番儿!

众 有!

杨　凡 来此何方?

众 已到寒江关前!

杨　凡 给我团团围住,狠命杀敌!

众 是!

〔下。

小　军 (上)报!杨凡带领人马,已将寒江关团团围住!

小　军 报!杨凡猛攻寒江关,关内守军伤亡惨重!

薛仁贵 啊呀众位将军哪,今日之事,形势险恶。想杨凡乃西番第一大将,天下无人能敌,这这便如何是好?

程咬金 杨凡猛攻,胜负难料,一旦寒江失守,西征计谋必受重创。如今之事,只有请回樊梨花,才可解危。

薛仁贵 只是樊梨花含怒而去,不知谁能请得动她?

程咬金 依老夫所见,樊梨花真心归唐,只要相请,顾全大局,必派兵前来。只是此去相请,必须请出一人。

薛仁贵 何人?

程咬金 薛丁山!

薛仁贵 这个小畜生犟头倔脑,成事不足,败事有余。

程咬金 元帅放心,老夫自会安排。

薛仁贵 也罢,请老千岁代传一令。(下)

程咬金 下面听着,放出薛丁山!(内应声)

薛丁山 (上)参见老千岁!

程咬金 罢了,你的运气来了。

薛丁山 薛丁山在军牢受苦，说什么运气来了？

程咬金 你可知杨凡带领人马猛攻寒江关？

薛丁山 莫非父帅让我带兵上阵？

程咬金 元帅对你另有重任。

薛丁山 什么重任？

程咬金 让你去五羊山请回樊小姐！

薛丁山 哎！唐营兵多将广，难道还缺一个樊梨花不成？

程咬金 小畜生！你好不知趣，这是老千岁心向于你，给你个夫妻和好的由头，你还不知好歹！

薛丁山 呀！（定点光）

（唱）连日来面壁反思在军牢，
梨花她身影总在心头绕。
洞房夜没来由将她赶跑，
我多半儿心痛小半儿恼。
今日里千岁爷让我和好，
我顺梯而下，五羊山前走一遭。（切光）

第六场

樊梨花 （内唱）樊梨花扎大营五羊山下——

〔铁珍引女兵到队操练。

（唱）白日里逐金乌教场练兵，
到夜晚难入眠梦回唐营。
我只盼元帅来将令，
我只盼冤家能回心。
我只盼夫妻圆破镜，
我只盼浪息风也平！

铁　珍 小姐，你又在思念那负心姑爷了！

樊梨花 铁珍，你叫我怎能抛得开呀！

铁　珍 小姐还得多多保重！

樊梨花 我自晓得！传守关兵！

铁 珍 是！

守关兵 来了！（上）小姐有何吩咐？

樊梨花 如今两军交兵，松懈不得。所有生人，严加盘查，不得有误！

守关兵 小人记在心头。

樊梨花 回寨！

铁 珍 是！（众下）

守关兵 （念）五羊山前守寨门，
日日夜夜常操心。
一夫当关我最大，
苍蝇别想混进门。（关大门）

薛丁山 （唱）快马来到五羊山，
百感交集涌心间。
（一头撞在门上）哎哟！

守关兵 哪个不入调的？关门鼓撞破要赔的！

薛丁山 啊呀！原来寨门紧闭，这便如何是好？哎，让我唤叫几声！喂！开门！开门哪！

守关兵 癞蛤蟆张嘴，好大的口气！

薛丁山 呔！快快开门，我要进寨哪！

守关兵 今日时辰已过，明日一早再来！

薛丁山 啊呀，糟了！

守关兵 三更已过，还早呢？

薛丁山 你可知道我是何人？

守关兵 天王老子也不例外。

薛丁山 我是薛……

守关兵 薛，哦……（开门张望）

薛丁山 啊呀且住！我本待通上真名实姓，只是我无有兵丁，单人独骑，如此狼狈，他必生疑！也罢！我……我是奉薛丁山将军之令，前来相请樊小姐回转军营的。

守关兵 哼！不提薛丁山倒也罢了！

薛丁山 提起他呢？

守关兵 叫我好恼！

薛丁山 你恼着何来？

守关兵 我们姑娘为着归唐之事，一家闹了不和，死的死了，亡的亡了。可是她强忍悲痛，去往唐营与薛丁山完婚。谁知不分好歹的东西，反将我们姑娘气回五羊山，害得她报国不成，归家无门！薛丁山啊薛丁山，有朝一日碰到我手里，不收拾你一命，骂也要骂你个半死！

薛丁山 听你之言，都是薛丁山的错了？

守关兵 不是薛丁山的错，难道还是我守关兵的错吗？你弄不灵清，不跟你说了！

薛丁山 慢来！慢来！

守关兵 什么慢来慢来，快回去告诉薛丁山，要想我姑娘回营，除非薛丁山头顶香盘一步三叩拜到五羊山！

薛丁山 啊？

守关兵 真正气他不过，有这个不知高低的小畜生！

薛丁山 哎，好了，好了！

守关兵 眼睛不生乌珠的小奴才，你这个……

薛丁山 不要骂了，骂够了！

守关兵 骂够了，我还刚开个头哪，你这个小……

薛丁山 如今我……我不是前来相请了吗？

守关兵 你算是哪路的英雄好汉？

薛丁山 我便是薛丁山！

守关兵 什么？你便是薛丁山？

薛丁山 哦……（改口）不……，我是奉薛丁山将军之令前来相请樊小姐的。

守关兵 呸！开口薛丁山，闭口薛丁山，你想拿薛丁山来压我不成？

薛丁山 休得啰嗦，让我进寨！

守关兵 且慢！拿来！

薛丁山 什么？

守关兵 你既是薛丁山派来的人，我要查你的令箭！

薛丁山 这……无有！

守关兵 文书？

薛丁山 那……也没有！

守关兵 既无文书令箭，你来打什么混账？

薛丁山 随我见了樊小姐，你便知道了！

守关兵 慢来，薛丁山帐下人马数万，樊小姐如何一一认得？快快与我走开！

薛丁山 开门！开门！

守关兵 嘟！你且听了！速速离开此地则还罢了，要是不然，按你个强闯山寨，非盗即抢的罪名，关你个十天半月，叫你知道五羊山号令的厉害！（下）

薛丁山 你……哼！哎哟！碰上这么个老头儿，算我倒霉！

（唱）一夜往返辛劳，

反被小人讥笑。

还想夫妻和好，

老婆都没见到。

〔低头直接撞上程咬金。起光，唐营。

程咬金 啊唷！

（接唱）哪个狗才敢挡道？

（念）啊！你这么快就回来了？

薛丁山 啊！

程咬金 我来问你，可曾去往寒江。

薛丁山 去过了。

程咬金 那樊小姐人呢？

薛丁山 未曾请来。

程咬金 啊！哦，我明白了，你分明是抗拒老千岁的将令，哪里去过寒江，不知躲在哪个凉亭破庙耽搁一宵，编造出一套谎话来哄骗于我，是也不是？

薛丁山 哎呀！冤枉呀！

程咬金 你且不要叫冤，马上与我再去相请！

薛丁山 我宁愿坐牢受苦，这五羊山我是再也不去的了！

程咬金 什么？你在老千岁面前就敢撒娇放野啦？好，等你父帅回营，要你好看！

小　军 （上）报！大元帅中了杨凡的奸计，兵困青龙山！

程咬金 啊！再探！

小　军 得令！（下）

程咬金 嘟！大胆奴才，叫你搬兵，你不去，连累大元帅被困，你该当何罪？

小　军 报！杨凡攻破寒江关！

程咬金 啊！（昏昏欲倒）

〔薛丁山，小军忙搀扶。

杨　凡 哈哈哈！

（唱）兵马遮天，杀敌气势高，

三军奋勇，地动山也摇！

今日一战，拿下寒江关，真是天助我也！

番　将　将军盖世英雄，天下无敌！

杨　凡　哈哈哈！人算不如天算。想薛家军平日里用兵如神，只可惜今日里棋错一着！

〔另一表演区。

程咬金　棋错一着啊，满盘皆输。

薛丁山　不知错在哪一步棋？

〔另一表演区。

杨　凡　薛丁山啊薛丁山，你是真糊涂还是假糊涂？要是你没有把她赶走，我哪里能这么轻易攻下寒江关！

番　将　你说的是？

〔另一表演区。

程咬金　樊梨花！你们夫妻一场，吵架事小，可影响到国家西征大业，你呀！你！

薛丁山　事到如今，该怎么办？

程咬金　待我修书一封，你带着我的书信和紧急令箭，立即前去五羊山，请回樊梨花！

〔另一表演区。

杨　凡　就怕樊梨花重回唐营，传令兵！

传令兵　在：

杨　凡　一旁伺候！（边唱边写）

书呈梨花仔细听，
一字一句是真情。
我与你梨花学艺在同门，
耳鬓厮磨情愫生。
我不计你寒江曾献关，
我不计你与丁山小贼成了亲。
只要你答应嫁给我，
天大的事儿化烟云。

杨　凡　你速速带上我的书信，赶在唐军之前，将书信交与樊梨花！

传令兵　是！

〔另一表演区。

程咬金 此事重大，你务必立即出发，请她回营，如有差池，军法处置！

薛丁山 是！

〔丁山和传令兵同时下。

〔景转。

薛丁山 呀！

（唱）番儿攻破寒江关，
父帅被困青龙山。
这桩桩件件，
难道说与我有关联？
一路走一路想，
梨花她人心贤，美如仙。
大是大非有主见，
我怒在面上爱心间。
看眼前，想梨花，
我真心相请道个歉。

啊呀且住，前面隐约见人影一闪，不免让我心起疑团。代我躲过一边看个仔细……（躲下）

〔传令兵鬼鬼祟祟上。

传令兵 （念）主人一声召唤，小的脚骨跑断。来此已到山前，待我上前叫关！

薛丁山 番贼哪里走？

〔传令兵逃跑不成，小开打，薛丁山杀死番兵。

薛丁山 （搜出书信）是杨凡贼子的书信，待我看来！

（唱）读罢书信恨难平，
贼子信中露真情！
说什么同门师妹情谊深，
却原来梨花是水性杨花人。
打转马头回军营……
呀！不好！
军令如山罪不轻！
我咬咬牙，强隐忍，
例行公事再理论！

（念）樊梨花，我找你来了！

第七场

〔景转五羊山。

樊梨花 呀！

（唱）心儿跳，脸发烫，

冤家来了心头慌。（起光，带铁珍）

相见难时牵挂长，

真相见时却彷徨。

你道他此来为何故？

铁　珍 （接唱）登门谢罪，请姑娘。

樊梨花 不知冤家这次前来是否诚心，想起以往之事，还是不见的好！

铁　珍 小姐，我有个主意在此。（咬耳）

樊梨花 若是他无诚意？

铁　珍 你就不见。也免得再受闲气，被他看轻！

樊梨花 若是真心前来？

铁　珍 你再见不迟！

樊梨花 如此甚好！（下）

铁　珍 女兵们！

众女兵 有！

铁　珍 列队！

众女兵 是（众女兵上，列队）

铁　珍 （念）一声号令人马齐，

要替小姐来辩理，

威严赛过男儿汉，

方知女儿不可欺！

命薛丁山报门而进！

女　兵 （举令牌）薛丁山报门而进！

薛丁山 （无奈）也罢！报！薛丁山报门！樊梨花听令！

铁　珍　嘟！下站何人？
众女兵　通名！
薛丁山　薛丁山！
铁　珍　到来何事？
薛丁山　啊！小小丫头，大胆放肆！快快叫你家小姐出来。
铁　珍　好大的口气！你口口声声让小姐出来，究竟此来何事？
薛丁山　来传樊梨花去往大营！
铁　珍　这是你的主意？
薛丁山　哼！（举令箭）这是老千岁的主意！
铁　珍　那么你呢？
薛丁山　我嘛，自然是奉命前来。
铁　珍　我家小姐若是前去，你该怎样？
薛丁山　我便好回营交账！
铁　珍　若是不去呢？
薛丁山　哼……她敢违抗千岁的军令？
铁　珍　啊！看来他毫无悔意，毫无诚心，开口军令，闭口军令！真是欺人太甚！薛丁山，我且问你，难道你上得山来，一点也不想见到小姐吗？
薛丁山　这……
铁　珍　你和小姐夫妻一场，难道真的一点情意也不讲了吗？
薛丁山　她无情，我无义。我薛丁山堂堂男子汉大丈夫，难道还要我跪下求她不成？真正岂有此理！
铁　珍　你话语如此绝情，却是为何？
薛丁山　（示信）哼，我有证据！
铁　珍　什么证据？
薛丁山　（收回信）待等父帅和千岁一起，我自会辩个明白！
铁　珍　如此顽冥不化，让小姐如何回营？来呀！
众　有！
铁　珍　缴了他的令箭，与我轰出去！
众　啊！
薛丁山　（被逐出）哼！走就走！错不在我！（去）
铁　珍　小姐！
樊梨花　别说了，将他的令箭与我！

铁　珍　是（递令箭）

樊梨花　还有老千岁亲笔书信一封！

铁　珍　老千岁的书信，怎么讲的？

樊梨花　（念）杨凡带领人和马，

　　　　夺下寒江把营扎！

铁　珍　啊！寒江失守了吗？

樊梨花　（念）元帅被困军情急！

　　　　速来阵前把敌杀！

啊呀！冤家，你险些误了大事！

铁　珍　这便如何是好？

樊梨花　铁珍，传令快马驰援，兵发寒江！

铁　珍　得令！

第八场

〔大开打。

〔战鼓声中，两军交战，唐兵败下。

〔薛仁贵与杨凡开打，薛仁贵败下。

〔薛丁山战上，亦败下。

〔铁珍领女兵上，番兵渐渐不敌。

〔杨凡战败狼狈的与樊梨花遇上。

樊梨花　来将通名！

杨　凡　西凉东路大元帅，无敌大将军杨凡是也！

樊梨花　杨凡师兄！

杨　凡　啊！原来是师妹，可曾收到我的书信？

樊梨花　书信？

杨　凡　日前我令军卒送往五羊山的？师妹，你我本是一家人，何必蹚这浑水？不如和我一同杀敌，重回西凉！

樊梨花　师兄此言差矣，你是一员番将，我是大唐之人，怎么说是一家子人？

杨　凡　啊呀师妹呀！难道你忘了我二人同门学艺之谊，战捷完婚之事了么？

樊梨花 梨花终身早已有主，师兄你死心了吧！

杨　凡 哼，你抗旨完婚，叛我西凉，看枪！

樊梨花 （抓枪）师兄，梨花投唐乃叶落归根，终身大事又岂可勉强！你还是早日收兵，献关归唐吧！

杨　凡 一派胡言看枪！

樊梨花 师兄……

〔丁山上。

薛丁山 番贼休走，看枪！

樊梨花 丁山！

杨　凡 哦，你就是薛丁山？

薛丁山 正是你爷爷薛——丁——山！

樊梨花 丁山且慢！师兄，听梨花一言，不要再执迷不悟，劝师兄化干戈为玉帛，梨花我领你一份情了。

薛丁山 哼，不亏是同门师兄妹，青梅竹马，真是水性杨花。

樊梨花 薛丁山你听我说！

薛丁山 说什么？你师兄与你的情书在我手中，你还有何话可讲？

杨　凡 啊！原来是你小贼拦了书信！

薛丁山 怎么样？撞破了你们的好事是不是？

樊梨花 丁山！

杨　凡 不错！我和梨花同门学艺，十年耳鬓厮磨，肌肤相亲，那时你在哪里？

薛丁山 呸！

杨　凡 此次大战寒江关，狼主亲自颁旨，许我与梨花战捷完婚。想我俩自小同门，现在又遵旨娶亲，明媒正娶。你横插一杠，夺我爱妻，还有什么脸面和我说话！

樊梨花 师兄！

薛丁山 哼！梨花与我已经拜堂成亲，她已是薛家的人了！

杨　凡 虽说拜堂成亲，你却是挑弄是非，新婚之夜赶她出门！如今梨花还是完璧之身，我不计以往，诚心待她，为了她，我今日与你作个了断！

薛丁山 今日之事，你是来得去不得！

杨　凡 夺妻之恨，不共戴天！看枪！

樊梨花 （急阻）丁山！师兄！

（唱）劝师兄丁山怒气平，

梨花的事儿再理论。
今日一战定乾坤，
劝师兄大义献关早退兵。
我不忍十年情谊成仇敌，
我不忍同门师兄死非命。
愿师兄战场大势来看清，
及早回头莫负我一片真情！

杨　凡　哼，大丈夫马革裹尸，各为其主，个人生死，听天由命吧！

薛丁山　（唱）你对着仇敌讲真情，
旧情难忘寒我心。
今日里我们之间作了断，
你也可跟定杨凡西域行。
薛家世代忠良后，
哪容得水性杨花娶进门！

樊梨花　（痛心）丁山！

杨　凡　既如此，梨花跟我走！只要你我联手，天下谁人能敌！

薛丁山　呸！

杨　凡　今日有你无我，看枪！

樊梨花　丁山闪开（护丁山中枪）

〔杨凡刺丁山要害，梨花挺身一挡受伤，丁山傻眼，杨凡分神被梨花刺死，梨花倒下。

〔铁珍，金莲女兵上。

铁　珍　小姐！小姐！

探　子　报！番军全线溃退，青龙山敌阵已破，我大唐汉军重新夺回寒江关！

铁　珍　小姐，你听见了吗？

薛丁山　梨花！

〔梨花昏倒，众叫。

樊梨花　（不理吃力地）回山！（切光，切换）

〔幕后唱：
边关万里清霜冷，
胡笳哀泪哭征人。

程咬金　（画外）薛丁山啊你这个小奴才，今日要不是梨花为你以身挡枪，你哪

有活命？她报国爱夫的一片赤诚，你何颜相对？你你你何颜相对啊？

第九场

〔薛丁山山头边撕信边上。

薛丁山 （内唱）离别了青龙山去往五羊，
一路行一路拜一路思量。
梨花她杀兄献关全大义，
为救丁山受重伤。
这样的贤德妻古今难找，
只怪我有眼无珠性张狂。
今日里我痛改悔三上五羊，
三步一拜悔断肠。
天保佑梨花她早日健康，
我纵是俯首折腰又何妨？
大姐开门！大姐开门！

铁　珍 啊！门外哪来的猫狗叫？

薛丁山 不是猫狗，是我薛丁山！

铁　珍 前来何事？

薛丁山 前来看……看望梨花小姐。

铁　珍 我家小姐不愿见你！你走吧！

薛丁山 啊呀大姐呀！千错万错是我丁山之错，望大姐开门让我见到小姐以表丁山一片诚心！

铁　珍 哼，你还配说什么诚心？你的心早被狗叼去啦！快走！

薛丁山 丁山知错了，丁山是诚心的！请大姐开开门吧！

铁　珍 也罢！念你远道而来，三步一叩也算不易，进来吧！

薛丁山 多谢大姐，多谢大姐！

〔薛丁山进门，灵堂光亮。

薛丁山 樊梨花之灵位！樊梨花之灵位！（昏死过去）

铁　珍 将军醒来！

薛丁山 啊呀！

（唱）晴天霹雳闻恶讯。

梨花她为我把命丧。

薛丁山 （醒来）梨花！梨花！

（唱）魂悠悠眼前一阵黑呀一阵明，

心流血胸口一阵痛呀一阵紧！

叹贤妻忍辱含屈人飘零，

梦醒时阴阳两隔万针刺我心！

（合唱）梦已醒，人西行，

不堪回首往时景！

薛丁山 （唱）曾记得，梨花沙场自许亲，

我却将一份真情来看轻。

曾记得我挑战落马恨连声，

她却是好言好语性温存。

曾记得她杀兄献关大义明，

我却是怪她心狠太无情！

洞房之夜赶出门，

二次相请心不诚。

她落草五羊多孤零，

我却是冷言讥讽杨花性。

到如今她刀劈杨凡心迹明，

我却是回天无术阴阳分！

贤妻啊！

〔幕后合唱：

悔已迟，错铸成，

直教丁山恨终身！

薛丁山 （唱）一脉香魂随风去，

我岂有面目独偷生？

〔樊梨花急示意铁珍。

贤妻（抽剑）丁山随你来了！

樊梨花 （失声地）丁山！将军！

薛丁山 怎么？你你没有死？

樊梨花 我心里扔不下你这个冤家，阎王让我转回来了！

程咬金 枪伤是真，无性命之忧，设灵是假，看看你有无悔改之意！看来——

薛金莲 看来哥哥对嫂嫂还是有情呀！

薛丁山 丁山有愧，贤妻大谅！（跪）

樊梨花 （激动）将军……（扶起抱头）

〔在热闹的喜乐声中，众人全出，幕后唱：

樊梨花与薛丁山，
一段佳话千古传。
西出阳关遇知音，
幸福美满万万年。

〔剧终。

2007 年

越剧

心比天高

（取材于易卜生名剧《海达·高布乐》）

孙惠柱　费春放　吕灵芝

人物表　海　达——在父亲的私学中读过书，才华出众，曾与天才文柏相好，给了他很多自己无法实现的想法，但这浪子一事无成。海达父亲死后失去依靠，弃文柏而嫁给了诚实的庸才思孟。思孟仕途尚未成功，文柏却突然浪子回头，眼看就要夺走思孟预期的官位。海达又悔又恼，她要改变这两个男人的命运，来实现自己的梦想。

思　孟——曾是海达父亲的门生，成了海达的丈夫，家境殷实，循规蹈矩，是个公认的好男人，但才华和魅力绝对比不上文柏。

文　柏——也曾是海达父亲的门生，没有背景但有灵气有才华，一度放荡不羁，贫困潦倒，一旦用起心来谁也比不上他。他吸引了两个女人，一个爱恨交集毁了他，另一个永远忠心耿耿。

西　娅——海达的远房表妹，家学远不如海达，但也粗通文字，遇到飘泊的文柏一见倾心，把一切都交给了他。

白大人——海达先父的老友，老友临终前答应照顾海达，促成海达和思孟的婚事。位高权重，春心未泯，能左右两个年轻人的前程，还要占海达的便宜。

〔幕后：

一片情深误今生，

一点怨恨堆成病。

一世聪明入梦境，

一生心思化烟云。

〔梦境，舞剑的海达、文柏，双剑交错间，情意缱绻。

海　达　剑成对，人成双。

文　柏　天地久，真情长。

海　达　文柏，此生不可负我。

文　柏　（夸张地）我若负你，就教我鸳鸯剑下亡。

〔梦中的文柏作势自刺。

海　达　（惊呼）文柏！

〔幕启，思孟家后院，石桌、石凳。梦醒的海达持剑四顾。

〔幕后唱：

飘忽忽，遇故人，

乱纷纷，动心神。

真切切又见庭院深，

恨悠悠，一场春梦，

一场春梦了无痕。

思　孟　（上）海达，你怎么又在舞剑？

海　达　长日漫漫，权当消磨时光。

思　孟　只怕是睹物思人吧？这鸳鸯剑，只见鸯，不见鸳——

（唱）莫非你送故人？

莫非你送友朋？

我与你已成连理定今生，

你何必念念不忘旧前盟。

海　达　思孟——

（唱）前盟已了了无痕，

今世有缘结良姻。

你我携手谋今生，

旧情往事休过问。

思　孟　（唱）不过问，难过问，

有一事你须应承。

海　达　说来听听。

思　孟　收起这把剑。

海　达　哦？

思　孟　海达——

（唱）你是女儿身，

怎能动刀兵？

青铜剑，冷冰冰，

你却日作伴夜为枕，

片刻不离身。

即便是战事祸乱连烽火，

何须你枕戈待旦到天明？

海　达（唱）谁说女儿身，

不能动刀兵？

纵不能如男儿万里从军征，

也一般持刀弄剑来强身。

思　孟　你成天舞刀弄剑，让人笑话。

海　达　三日后你便要上朝晋见，当庭论法，到如今你还文不成章，书不成卷，这才真是笑话。

思　孟　我有白大人担保举荐。

海　达　就是有人举荐，也要你真才实学啊。

思　孟　你舞刀弄剑，看得人心惊胆颤，哪有心情写书。

海　达　只怕你才穷思竭，还不如我来替你著书立说，谋划前程。

思　孟　你是女儿家……

海　达　那又如何？想当年先父门徒逾百，我一样读书识字。奇门八卦，娴熟于心；天文地理，了若指掌；倒是你们这些男儿，文不见名传，武不足报国，又有哪个比得上我这女儿家？

思　孟　你是天资聪颖，家学渊源。可著书立说，筹谋策划终不是女人的本分。

海　达　女人的本分——

思　孟　相夫教子，浣洗烹饪。

海　达　你要我做使唤丫鬟？

思　孟　也可以养花怡情，弹琴养性。

海　达　养花谁欣赏？弹琴无知音。

家　院　（幕后）禀夫人，你的远房表妹西娅来了。

西　娅　（上）表姐！

海　达　西娅！这是思孟，你姐夫。

西　娅　姐夫。

海　达　西娅，你怎么来了？

西　娅　我，我脱离夫家重返旧地来了。

海　达　（疑惑）此话怎讲？

西　娅　表姐，姐夫，

（唱）青春守寡老了年华，
度日如年身似披枷。
谁知道枯木又遇甘霖洒，
我奔出了牢笼任由人笑骂。

海　达　好啊，西娅，想不到你竟有如此气魄，让我刮目相看。

西　娅　表姐，我就知道你与常人不同，一定会支持我的。

思　孟　只是你孤身一人……

西　娅　并非孤身，有人为伴。

海　达　哦？

西　娅　他是舅父的学生，姐夫的同窗，表姐的学长。

海　达
思　孟　（疑）谁？

西　娅　文柏。

海　达
思　孟　（惊）是他！

西　娅　正因遇见文柏，西娅才有勇气脱离夫家。

海　达　你和他私奔？

西　娅　情之所致。

思　孟　恭喜恭喜。

西　娅　多谢姐夫，你是第一个恭喜我的人。

思　孟　（失态地）哈哈，喜从天降，我终于可以放心了。

西　娅　（疑惑）放心？

思　孟　（掩饰）文柏乃放荡不羁之人，如今肯为你安定下来，我自然就放心了。

海　达　我不放心。

思　孟
西　娅　你？

海　达　江山易改，本性难移。西娅，文柏可是个浪子。

思　孟　浪子回头，总是好事嘛。我去叫人准备茶果酒水，给表妹庆祝庆祝。（下）

西　娅　表姐，姐夫他学识渊博，秉性宽厚，真是人中翘楚。

海　达　那文柏呢？

西　娅　文柏么——

（唱）狷狂不甘受羁绊，
人世陈规长笑看。
才高常书锦绣篇，
灵气纵横逼云汉。
他是那风中青柏天外仙，
谪落人间享清远。

海　达　（唱）她那里喜滋滋，
我心中溜溜酸。
西娅竟将文柏攀，
怎奈我一点妒火渐燎原。
（白）西娅，文柏待你可好？

西　娅　我与他相扶相持，甚是融洽。

海　达　只是相扶相持？不是相亲相爱？

西　娅　表姐！你怎么一眼就看出我的心事？

海　达　你还真有心事？

西　娅　文柏他……他时常对着一把宝剑发呆。

海　达　宝剑？

西　娅　会不会是他过去的定情之物？

（唱）我侍文柏逾半年，
常见他停笔不书长握剑。
睡里梦里总牵念。
我夜夜忧心不成眠。

海　达　（唱）也许是他梦里说呓言，
你何必庸人自扰空哀怨。

西　娅（唱）只怕他旧情未断还想见，
久别重逢藕断丝连。
（白）表姐，你与文柏同窗几年，可知他的往事？
海　达　他的往事嘛——
（唱）他爱流连花草间，
风流不羁难规劝。
嗜酒如命常疯癫，
才情虽高却糟践。
西　娅　那些旧习，他倒都改了。
海　达　浪子回头了？
西　娅　近来他日夜奋笔，著书成卷，受保应荐，要当庭奏对。
海　达　你说什么？
西　娅　文柏要来和那些三公九卿当朝论法！
海　达（唱）浪荡子才情终现，
不枉我当年真心相恋，
倾心奉献我的识见，
如今心情酸又甜。
他要与我夫争长短！
还已结下了女人缘，
流水早无情，爱恨难辨。
西　娅　文柏出头之日，便是西娅成婚之时。
海　达（唱）我与他山穷水尽难共婵娟，
她与他柳暗花明竟结侣伴。
（白）西娅，你怕不怕文柏出人头地之后，旧习重犯，见异思迁？
西　娅　文柏不是薄情寡义之人，怕就怕他心里的那个女人。
海　达　西娅，要怕的不是女人，是男人。
（唱）时世人情多变幻，
女人素来立世难。
难就难才子浪子隔根线，
难就难誓言谎言难分辨。
难就难扳不回时间，
难就难恨海如何填？

识人乏慧眼，
良莠要仔细拣。

西　娅　西娅愚笨，没有表姐你的慧眼识人辨人。

海　达　今日我就把眼睛借你一用。

西　娅　啊？

海　达　去请你的文柏来，让我来看看，他心中所藏何人。

西　娅　文柏也正想请姐夫为他出谋划策，准备庭对呢。我这就去。

海　达　你倒是一举两得。

西　娅　表姐说笑。（下）

〔灯光转。

〔幕后：浪子回头，浪子回头，浪子回头。

海　达　（失控）我不信，我不信……文柏——（拿起鸳鸯剑）鸳鸯剑啊，

（唱）盼你斩断不了情，
盼你剖开真假心。
盼你刺破春秋梦，
盼你洞穿虚幻境。
盼你拨开迷雾扫烟尘，
爱恨情仇看如今。（持剑起舞。）

〔白大人上，险被剑刺中。

白大人　哎呀，我的小姐，你要我的老命啊。（摇晃躲避，他乘机拉海达的手）

海　达　（避开）白大人，不见通报，你怎便闯入？

白大人　语气不对嘛，莫非思孟对你不好？

海　达　白大人做的媒，怎会不好？

白大人　书香世家，稳重可靠。

海　达　榆木疙瘩，死不开窍。

白大人　他是谦谦君子，当然不比那浪子来得奇峭。

海　达　你是长辈，说话可要留心。

白大人　我说话行事，你大可放心。

海　达　思孟的前程我可放不下心。

白大人　这个嘛——

思　孟　（上）白大人，终于把你盼来了。

白大人　思孟，给你带来一点消息——

思　孟　是否庭对论法……

白大人　是，不过在你庭对之前，有人要捷足先登。

思　孟　谁？

白大人
海　达　文柏！

白大人
思　孟　你怎么知道？

海　达　你忘了西娅？刚才你还恭喜过她。

白大人　这文柏横空出世，才华横溢，已经著书成卷，惊动朝野。

思　孟　这怎么可能？他这个浪子——

海　达　也是个才子。

思　孟　你怎么帮他说话。

海　达　我说的是实话。

白大人　（打圆场）哎，庭上交锋还没开始，你们夫妻倒不和了？

思　孟　我的书怎么赶也来不及了。

海　达　思孟，你输给谁都可以，就是不能输给文柏。

（唱）这回你必须赢，为我赢。
此生你必须拼，为我拼。
拼完你今生气与力，
赢尽这世上声与名。

思　孟　（唱）文柏他周游列国见识深，

海　达　（唱）你有那书香门第作后盾。

思　孟　（唱）文柏他才思敏捷有机锋，

海　达　（唱）你一样博览群书人聪明。

思　孟　（唱）他已有力作成卷震朝廷，

海　达　（唱）你定要魔高一丈去问鼎。

白大人　（唱）这女子好一股勇悍狠劲，
辛辣决绝令人心惊。
我必须小心谨慎见机行，
来一个渔翁得利入佳境。

文　柏　（幕后）故人造访，可有主人迎候？

海　达
思　孟　（惊）文柏？

文　柏　（上）思孟师兄，海达师妹，别来无恙否？

思　孟　文柏，我来给你引见，这位是白大人……

文　柏　白大人！久仰久仰。

白大人　年轻人，可畏可畏。

海　达
思　孟　你们认识？

文　柏　聆听过大人宏论，尚未有幸当面请教。

海　达　如此，我备些酒水，几位辩论辩论，也好让海达长长见识。

文　柏　酒水不必，我已然戒除。

思　孟　佩服佩服，文柏，愚兄正想拜读你的大作。

文　柏　岂敢岂敢，拙作初成，盼师兄指点一二；也望白大人鼎力相助，多多指教。

白大人　老朽愚昧，哪敢指教。老朽已在文澜轩设宴待客，两位不如一同前往，到时读书辩法，却也热闹。

海　达　（警觉地）白大人，原来你早有安排，却瞒得这么紧。

白大人　些许小事，怎说瞒字？

文　柏　只是拙作，还在客栈中。

海　达　可遣人请西娅携书前来。

文　柏　如此甚好。

白大人　海达，我与思孟到书房有事相商，你们师兄妹久别重逢，正好叙叙旧。

思　孟　在此商量就好。

白大人　还是书房清净，走吧。（下）

〔灯光转，海达故意不理文柏，径自取出酒壶、酒杯。

文　柏　海达……

海　达　人事已非，这称呼要改了。

文　柏　师妹？嫂夫人！

海　达　西娅叫我表姐。

文　柏　这……

海　达
文　柏　（同唱）梦中人活（俏）生生在眼前晃，

旧情话火辣辣在耳边荡。
心慌慌有鹿怀中撞，
乱纷纷爱恨两迷茫。

文　柏　（唱）她已是少女初换新妇装，
俏颜犹胜旧模样。
海　达　（唱）他已是浪子回头博声望，
性情不改仍狷狂。
海　达
文　柏　（同唱）为什么接（发）邀请入府拜访？
莫非他/她旧情仍难忘。
海　达　（唱）旧尘往事难思量，
文　柏　（唱）今日言行细猜想。
海　达　文柏，士别三日，真当刮目相看。
文　柏　只恐仍旧入不了你的法眼啊。
海　达　你著书成卷，轰动一时啊。
文　柏　哈，书算什么？天降之才本应述而不作，无奈拗不过西娅的啰嗦……
海　达　你是说你的书是为西娅而写？
文　柏　那是她与我两个人的心血，两个人的孩子。
海　达　哼！你当真忘了你我的切磋，狠心如此？
文　柏　不，我对她是感激有加，对你却情深无限。
海　达　（唱）你口口声声说西娅，
心中何曾有海达？
你弃我犹如路边花，
你尊她好似春林葩。
文　柏　（唱）我心中同藏你与她，
从来不曾分高下。
恩重如山须酬答，
情深似海更牵挂。
海　达　（唱）情与恩已然有疙瘩，
你如何周旋能融洽？
文　柏　（试探地拿出宝剑）
（唱）浪子从此收猿马，
宝剑归还请入匣。
海　达　难道你今日前来，就是为了还剑？
文　柏　或许我应该留着？

海　达　拿来！（毅然夺下文柏手中之剑，又拿出她自己的）鸳鸯剑，又成对了。

（唱）鸳鸯剑，亮晃晃，
多少往事涌心上。
当年相识互欣赏，
谈古论今意气昂。
剑成对，人成双，
花前月下成鸳行。
谁料他不思进取人轻狂，
我负气别嫁离情郎。

文　柏　（唱）别后音信两渺茫，
每逢相思几欲狂。
本还想久别重逢叙衷肠，
却只觉恩断义绝血成霜。

海　达　（唱）往日情分今埋葬，

文　柏　（唱）爱海从此翻仇浪。

海　达　（唱）海达持剑对上苍，
定叫你情场触礁难酬唱，
官场翻船休出航。

文　柏　（突然拿起酒壶，斟满一杯一饮而尽，从海达手里夺过一把剑，和她对舞）哈哈！

（唱）戒酒更觉味芬芳，
还剑方知情难忘。
雌雄宝剑舞翩跹，
忍将情场变战场！

〔白大人与思孟前后悄悄而上，隐在一边偷看。

思　孟
白大人　（唱）他二人针尖对麦芒，
不由我心花怒放。

思　孟　（唱）再不愁她心中藏情郎，
思孟文柏早分颉颃。

白大人　（唱）从此后我行事更顺当。
文澜轩中唱双簧。

〔西娅上，白大人看见，忙走出，大喊。

白大人 思孟，文柏，我们该赴宴去了。哎呀，又有客人来访。

〔思孟胡乱答应着出。海达从容藏剑。

海　达 西娅，怎么现在才来，文柏等得心焦呢。噢，这位是白大人。

西　娅 给白大人请安。文柏，你的书稿。（拿出书稿）

海　达
思　孟
白大人 书稿？

〔三人一齐伸手欲拿书，却被文柏抢先拿走，放入怀中。

海　达 你如此小心，莫非是怕人抢走不成？

文　柏 这是我唯一的手稿，不怕抢，却怕丢啊。

思　孟 在我家中，还能丢到哪里去？

文　柏 文澜轩中再读不迟。

西　娅 文澜轩？你这是要去哪里？

文　柏 只是读书辩法，我自会早去早归。

海　达 只怕不会早。西娅，你我就长夜作伴，闲聊家常吧。

〔文柏欲言，被白大人拦住。

白大人 小儿女家，如此情长，走吧走吧，来日方长。

海　达 白大人，你要替我照顾思孟。

白大人 放心，一切都会如你所愿。

海　达 如此多谢了。

白大人 （神情暧昧地）怎么谢？

海　达 结果未出，已要谢礼？

白大人 也好，等有了定局再说。（拉文柏和思孟下。）

〔灯光转。入夜，转入厅堂，火炉中火光闪闪。

〔两个光区中，各怀心事的海达、西娅。

海　达
西　娅 （唱）文澜轩，咫尺天边。

西　娅 （唱）长夜苦等，思虑万千。

海　达 （唱）思虑万千，旧爱新欢乱心弦。

西　娅 （唱）乱了心弦，今夜为何多忌嫌。

〔入睡。各自的梦境。海达的过往，西娅的现状。

〔手持酒杯、胡乱歌唱舞蹈的文柏。

文　柏　（醉醺醺）人生难得遇知己，来来来，干杯。

海　达　文柏，你喝得如此烂醉。

文　柏　何曾醉过？只是微醺。正是人生好时光。

西　娅　文柏，这是什么地方？你又喝酒了？

文　柏　西娅，你怎么来了？

海　达
西　娅　你的书稿呢？

文　柏　（对海达）你只关心书稿不关心我，我把它撕了。（对西娅）你放心，不会丢。

西　娅　（同时）我怎么会放心？你的书稿就是你的前程。

海　达　（同时）我怎能不关心，你的书稿应是我的前程。

文　柏　为何只记着前程，我要的是逍遥。

海　达
西　娅　我让你逍遥，你怎能留恋舞坊，不知归返？

文　柏　只是好友聚会。

海　达　好友？莫非是你的新欢？

西　娅　好友？莫非是你的旧爱？

〔两个人的梦境似乎融为一体，两个女人同时走向彼此。

西　娅　你是谁？

海　达　你是谁？

海　达
西　娅　（同时责问文柏）她是谁？（文柏纠缠在两个女人之间。）

文　柏　（唱）你莫要气势汹汹严相逼，
都是些过眼云烟休提起。

海　达　（唱）你日日流连烟花地，

西　娅　（唱）你夜夜牵念是过去。

海　达
西　娅　（唱）你对我是否真情意？

人心隔肚皮。

海　达　（唱）雾里看花难知彼，

西　娅　（唱）水中望月如猜谜。

文　柏　（对海达）你对我总猜疑，不如两分离。（对西娅）我对你不相欺，此生总相依。

西　娅（唱）盼相依，总相依，
心相连，对天地。
海　达（唱）怕分离，总分离，
鸳鸯剑，血相祭。
〔海达拔剑刺向文柏，西娅高声惊呼。灯亮，梦醒。
海　达　西娅，你怎么了？
西　娅　我梦见文柏，他喝醉了。
海　达　原来都在做梦。我梦见过去，你却梦到未来。
西　娅　你梦见什么？
海　达　歌坊、舞坊，就不是文澜轩。
西　娅　那个女人拿剑刺向文柏。
海　达　不过是个梦。（故意亮出宝剑）
西　娅　你怎会有这把剑？
海　达　这是我家传的鸳鸯宝剑。
西　娅（恍然大悟）原来不是梦，不是梦。（欲出门）
海　达　半夜三更，你去哪里？
西　娅　去寻文柏。
海　达　他自会来接你。
西　娅　我不放心，我去找他。（冲下）
海　达　你去吧，去问个明白。（笑）
〔思孟捧书稿慌慌张张上，见到海达，忙掩藏。
海　达　你手中何物？
思　孟　是，是，是书稿。
海　达　你偷了文柏的书稿？
思　孟　不不不，我怎么会偷？是白大人，还有三姑娘……
海　达　到底怎么回事？
思　孟　读书会后，我们又去了……
海　达　哪里？
思　孟　三姑娘那里的歌舞坊。
海　达　你……好好好，压压惊，定定神，仔细说清楚。
〔灯光转。
〔白大人、文柏、思孟三人出现在一个灯光迷乱的风月场所。三姑娘等

女子的笑声十分突出。

〔众人向醉醺醺的文柏灌酒。

三姑娘 （画外音）白大人，读书人，将进酒，杯莫停。

白大人 （唱）杯莫停，今夜酒醒哭号啕。

思　孟 （唱）杯莫停，今夜心事各怀抱。

文　柏 （唱）杯莫停，今夜论书意气豪。

白大人 （唱）倾耳听，酒中行事巧借刀，
助你步步高。

思　孟 （唱）倾耳听，歌舞坊中设圈套，
心中乱如捣。

文　柏 （唱）倾耳听，美人美酒美良宵。
你我共舞蹈。

思　孟 白大人，三姑娘，文柏醉了，不能再喝了。

三姑娘 （画外音）杯莫停，今夜陪你乐逍遥。

文　柏 （醉醺醺地手舞足蹈，似在朗读他的大作）五花马，千金裘，呼儿将出换美酒，与尔同销万古愁。酒呢？酒呢？（将书稿撒落在地）

白大人 美酒美人多得是，跟我来。（携文柏下，下场前向思孟示意地上的书稿）

〔思孟犹豫再三，终于紧张地拾起书稿。

〔灯光转回到思孟与海达家中。

海　达 你就这样得到的书稿？

思　孟 是捡的，只是捡的。

海　达 当然是捡的。如今书稿在手，你如何处置？

思　孟 这……

海　达 有人看见你捡书稿吗？

思　孟 倒是没有，可是……

海　达 如此优柔寡断，如何能成就大事！（伸出手）

思　孟 （紧张地）你要……

海　达 我也看看，是怎样的一本奇书。（思孟犹豫着把书递给海达）该做什么做什么去吧。

〔思孟下，灯光转。海达翻阅书稿。

海　达 （唱）顽石点成金，
璞玉显灵魂。

果真是一部力作才气横，
我的心血终于凝成精。
〔海达兴奋莫名，几欲忘形。
文　柏　（画外音）思孟，思孟！
〔海达急忙收起书稿。
文　柏　（气急败坏地冲上）海达，思孟在哪里？
海　达　什么事？
文　柏　我的书稿不见了！
海　达　你的书稿，和他有啥关系？
文　柏　夜里我和他在一道喝酒。
海　达　是不是拿书稿换酒喝了？
文　柏　不可能！这是我和西娅的心血，我们的孩子。我就是穷死，饿死，也不会把它换了。
海　达　（妒火中烧）你和西娅的心血？你和西娅的孩子？那你和西娅再生一个呀。
文　柏　丢了书稿，我怎么还有脸去见她？
海　达　不会再写一部？
文　柏　没有西娅我没有了动力，没有西娅我没有了灵气。海达！你帮我找找书稿，帮我找找西娅！
海　达　西娅走了。
文　柏　那思孟呢？我要找他。
海　达　与思孟何干？酒在哪里喝，人在哪里会，书在哪里丢，便去哪里追。
文　柏　噢，对了！就是那里，我去！（愣头愣脑就要走）
海　达　且慢。你这样子去，进得去吗？
文　柏　谁敢不让我进去？（见海达的目光无意中转到宝剑上，眼睛一亮，拿起一把剑）借我一把剑。
海　达　就是你刚刚给我的，何必说借？你的本是我的，我的早就成了你的。
〔文柏持剑耍一通，梦魂般地下。
〔海达取出书稿，眼前出现幻觉，火花跳跃，纸灰轻扬，像无数蝴蝶翩翩翻飞，构成一幅奇特的画面。
文　柏　（画外音）我的书稿，这是我和西娅的心血，我们的孩子！
海　达　（妒火中烧）这是他与西娅的心血，不是我的；这是他与西娅的孩子，

不是我的。我好悔，我好恨啊！

海　达　（唱）青梅竹马旧时光，
智识授受情意长。
只有恨铁不成钢，
岂会忍心将他伤？
心碎魂散是海达，
皆因旧情未能忘。
早知今日你风光，
何必当初弃情郎？
我知晓此书为你添翅膀，
我做梦见你扶摇九天上，
我只恨未能教你早成章，
我无缘扶你荣登天子堂！

文　柏　（幕后）这是我的书稿，我和西娅的心血，我们的孩子！

海　达　你和西娅的？心血？孩子？（把纸一张张送进火炉）

〔幕后唱：
纸灰扬，烈火焚，
熊熊炉火烧奇珍。
烧尽书稿魂和灵，
烧尽天下恩与情。

海　达　（唱）谁叫它成了她的儿？
谁叫它反来嘲弄我？
谁叫它将我丈夫仕途阻？
谁叫它令我一世心中苦？
老天啊——
（唱）巾帼女为何定要靠须眉？
恨不能翻转乾坤将天补！！

〔海达烧完最后一张纸。火渐渐熄灭。

〔灯光转。白大人、思孟冲上。

白大人
思　孟　海达！

白大人　（兴奋）文柏死了！

思　孟　（惊慌）文柏死了！

海　达　（迷茫）谁？谁？

思　孟
白大人　文柏死了！

海　达　（惊起，复坐下）文柏死了！……他怎么死的？

白大人　他酒后丢了书稿。

思　孟　他寻书惊动官府。

白大人　他滋生事端，

思　孟　他拒捕伤人。

白大人　他拔剑自卫。

思　孟　他终究自伤。

海　达　（自言自语）书稿殁了，他便也要走了吗？

思　孟　书稿丢了，总是可以找回来的。

海　达　（看着地上的灰烬，慢慢摇头）纸包不住火……

〔思孟、白大人转向灰烬，恍然大悟。

白大人　火烧掉了纸？！

思　孟　你烧掉了书稿？

白大人　她终于为你扫清了路障。

思　孟　可惜了这部旷世奇著。

海　达　（痛苦地发作）书稿殁了，他便走了？书稿殁了，他便死了？

西　娅　（上）不，他没有死。他的魂灵没有死。（掏出笔记）你们看……

西　娅　我留不住文柏的人，留不住文柏的心，可我留下了他写过的字字句句。

思　孟　你替他保存了草稿？

西　娅　还望姐夫襄助，整理成书。

思　孟　（兴奋地）好啊，让我看，我定当尽心竭力。

海　达　思孟，这可是人家的东西。

思　孟　我帮他整理，也可以助我成名。

海　达　你就如此出息？

思　孟　西娅，来！我来整理，到书房来。

海　达　思孟？

〔思孟拂袖而走，拉西娅下。

白大人　多么讽刺，他们竟成了一对。海达……

海　达　放开你的脏手。

白大人　脏？脏在哪里。

海　达　你害了文柏。

白大人　书不是我烧的，剑也不是我送的，我白大人上上下下，清清爽爽。倒是你……

（唱）手不执刃杀情人，

血不沾身毁奇珍。

官府上门来取证，

我看你百口莫辩难洗清。

海　达　你要告发我？

白大人　这又何必，就看你了……（逼近海达）

海　达　思孟，思孟！

思　孟　（上）我正忙着呢。不是有白大人与你作伴吗？去吧！

白大人　多么识趣的思孟。

海　达　你无耻。

白大人　谁无耻？是谁把你交给我？

海　达　你好狠。

白大人　要狠过你胸中的怒火。

海　达　（拔出剑）你请吧。

白大人　（躲）好，好，来日方长。海达，想想你的名声，想想思孟的前程，我静候你的佳音。（冷笑着下。）

海　达　走了，都走了。思孟……

思　孟　（幕后）西娅，这真是天下瑰宝啊。

西　娅　（幕后）全仗姐夫了。

思　孟　（幕后）理当如此。

海　达　思孟，你……

（唱）我一心为你争前程，

你却将我推火坑。

我玩火终自焚，

害人害自身。

白大人，你逼得狠啊……

气昂昂道貌岸然，

赤裸裸人面兽心。
毒辣辣借刀杀人，
恰似那魔鬼化身。
文柏，你死得妙啊……
刚出一书爆名声，
一了百了绝前尘。
你清凉世界逍遥睏，
留我炎热人间凄凉醒。

海　达（唱）我一生为情困，
为情碎了心。
我一生为名困，
为名断了魂。
我一生为利困，
为利焚了身。
谁见我泪落无声，
谁见我心碎无痕。
谁见我情梦如困，
谁见我悔恨成病。

〔幕后：
一堆智识成灰烬，
一片情深误今生。
一世聪明入梦境，
一生心思化烟云。

〔拔剑自刎。

〔剧终。

2007 年

七场话剧

爱的心碎

沈经伟

第一场

〔舞台上一条蜿蜒的小路，延伸到后面的高台。

〔动效，嘈杂的不同人的电话声、还有车流、飞机等各种城市的声音交织在一起……

〔随着音效，灯光展示都市的光影。

“妈，再给我寄点儿钱，我有急事！以后还你。”

“我花那么多钱请来保姆伺候您，您就别老让我回家了，我太忙……”

“钱不是已经打到卡里了，那是我孝敬你们的……那还老打电话？我不是说了我回不去？”

“你别管我的事！你老说养我这么大，我以后把钱全还你！”

"敬老院特好，明天我就送你去！"

“谁不养您了？您别老上法院，丢人！房子就是我的！咱们好好算笔账，我上大学的钱、养我到大的钱，娶媳妇的钱，现在我都还给您了，咱们两清！”

“妈妈，我昨天又梦见你了，你好吗，我真的很忙，实在回不去了”

〔光渐起。

〔身着职业装的小花上，她的面容恍惚、疲惫。

〔声音渐小。

〔一个清晰的画外音："陈总，您给家里寄的钱都退回来了，还有您的一封信。"

小　花　（惊诧地站起）你说什么？全退回来了？

画外音　（小花女儿的声音）"这是我第一次给您写信，我不知道该称呼您什么。您每年都从国外寄来钱，我跟外婆一分都没有花，现在我把它们存在一起全给您退回去。您放心，我已经有能力养外婆了，也请您不要再寄了。"

小　花　（痛苦地）一分都没有花……为什么？这么多年你们是怎么过来的！

〔音乐。

〔小花含泪望着前方，她身后的高台上出现一束追光，妈妈带着小草。

妈　妈　小草，小花，来，给你爸爸磕头。

小　草　哎！（跪下磕头）

妈　妈　孩子她爸，放心吧，我怎么着也得把这俩孩子拉扯大。小草，跟爸说两句。

小　草　（傻乎乎地）爸，放心吧，我怎么着也能把妈拉扯大……

妈　妈　（笑打她）傻孩子！是妈养你！小花，你跟爸说两句。

小　花　（在前台面冲观众冲动地）等我们长大了，妈老了，我们养妈。

妈　妈　（听到，感动）他爸，你听见啦？俩孩子多懂事啊，她们说要养我。（笑）妈可不用你们养。等妈老了，你们也长大啦，就远走高飞了。

小　花　不，我们长大了无论走到哪儿，都要回到妈的身边。

小　草　（喊）我们长大了，无论走到哪儿，都要回到妈的身边……

〔后区收光。

小　花　（痛苦地捂住头）妈妈，请您原谅小花吧！女儿以为用钱就可以赎回所有欠您的情，可是您为什么一分钱都没有花？妈妈，我怎么才能补偿我当年的过错，我到底该怎么做才能让您幸福呢？您到底需要什么？您告诉我……（自语）我们长大了，无论走到哪儿，都要回到妈的身边……

〔收光。

第二场

〔音乐。

〔场亮时，小草的状态完全是弱智儿的感觉，边跑边叫，妈妈在后面跟着……

小　草　（叫着）学校里没怪物！学校里没怪物！学校里没怪物！

妈　妈　小草，妈妈让你给妹妹的东西你给了吧。

小　草　给了。

妈　妈　小草真聪明，真乖！快进屋吧。

〔两人进入室内，妈妈拿起针线缝着。

小　草　学校没有怪物。（拿出一瓶营养液放在桌上）

妈　妈　小草，你怎么把这个东西拿回来了？

小　草　妹妹不要。妈妈，学校里好多人，他们都对我笑。学校里真的没有怪物！

妈　妈　小草，你不能再去学校了。学校里真的有怪物，只是你看不见。

小　草　那妹妹怎么不怕呢？

妈　妈　怪物不吃妹妹。

小　草　怪物只吃小草？

妈　妈　……是，只吃小草。

〔小草即刻藏到桌子底下。

小　草　妈妈，怪物看得见吗？

妈　妈　看不见，小草真乖！

〔妈妈的手被扎了一下，她刚要放嘴里含。小草抢先把妈妈的手放在自己的嘴里含着，同时把手递到妈妈嘴边。

小　草　妈妈含小草的。

妈　妈　小草真乖……妈的心肝宝贝。小草，要是妹妹回来了，不管她说什么，你就爬到桌子底下去躲着，跟刚才一样别出来，啊？

小　草　嗯，小花抓不到我！

妈　妈　小草，妈妈问你，咱家现在最重要的人是谁？

小　草　小花。

妈　妈　为什么呢？

小　草　因为小花要考舞蹈学院。

妈　妈　真乖！等你妹妹回来了，你跟妈妈都要小声说话，不能吵到妹妹，让她用心复习文化课，听见没有？

小　草　嗯！小草知道！

〔小花心情低落地进来。

妈　妈　小花回来了！

小　草　你猜我在哪儿？

小　花　我管你在哪儿。

妈　妈　小花，来，赶紧把这个喝了。

小　花　妈，我去写作业。

小　草　你找不着我。

妈　妈　小草，别跟妹妹闹了。妈妈刚才怎么说的。

小　草　怪物不吃妹妹，怪物只吃小草。

小　花　（突然爆发）你烦不烦！

妈　妈　（忙挡中间）小花！

小　花　我求你了姐，别再给我添乱了好不好？我脸全让你丢尽了！

妈　妈　小花。

小　花　她去学校为什么还要找到我们班去？（含泪）同学都问我，那个傻子是谁啊，他们都在笑。你在学校扫厕所就够丢人的了，又把她带去，你们是成心让我丢脸！

小　草　丢脸、丢脸。

小　花　我真的受不了。

妈　妈　小花，小草是给你送补脑液去的，就因为你早上忘了喝，妈让她给你送去的。

小　草　妹妹不喝。

小　花　妈，你知道吗，她一进去，全班都笑翻了。他们都说这回终于明白，为什么我总是两年专业都过了，可文化课就是考不过去。她们说原来我是家族遗传，姐姐是傻子，妹妹也傻！

〔寂静。

妈　妈　小花！妈知道你要考试了，压力很大。妈是答应过你，你看这一学期，

妈在学校跟你打过招呼么？没有。妈从你面前走过去的时候，都不看你一眼。这次妈真是没办法了，你姐她昨天自己在家的时候，水开了，她没关煤气。幸亏妈回的早，妈怎么放心让她一个人在家呢？是妈的错，以后不会再有这种事了，别生气了，啊！

小　花　妈，我没事，我去写作业了。

〔小花进屋，拿起本书看。

妈　妈　（神秘地）嘘……咱们现在说话都要小点声。（拿起营养液）把这个给妹妹送去，轻点。

小　草　（闻了闻）妈妈，好香？

妈　妈　来，喝一口。

小　草　（摇头）小草不喝。给妹妹。

〔妈妈动情地看着她，小草悄悄地把营养液放在小花的桌上。

〔妈妈拿出逗孩子的东西，叠星星。

妈　妈　小草，你看。

小　草　真好看。

妈　妈　（唱）秋季到来荷花香，

大姑娘夜夜梦家乡。

醒来不见爹娘面，

只见窗前明月光。

〔暖色的灯光笼罩着母女俩……

〔音乐。

〔小花端着营养液慢慢走到前场，望着那一幕场景。

小　花　那时我是多么恨自己。我恨自己为什么两年文化课都过不了，我恨自己为什么不争气。我恨自己为什么要生在这个……这个家！那时的我用尽所有的力量，只为了逃离这个家。现在我才明白，我生命中最美好的时光恰恰是那个时候，那些快乐是金钱永远买不回来的。我曾无数次的回想起当时我跟妈妈说的话，我太不懂事了！那些话分明已经刺伤了一个做母亲的心，妈妈，请您原谅女儿的幼稚和无心吧……

妈　妈　小花，学累了吧？

小　花　咱们约法三章。

妈　妈　你说。

小　花　第一，以后妈妈在学校见了我的面，还要装不认识，你要想给我点什么，

咱们还约在厕所见。

妈　妈　（笑）一不留神，成地下工作者了。

小　花　妈！我也不愿意，可是现在是非常时期我不想分心。

妈　妈　妈明白！说下一条？

小　花　第二，以后不许小草再去学校。

小　草　学校里没怪物。（妈掐她）妈你掐我干嘛？

妈　妈　小草以后不去了，妈看着她。

小　花　我没别的意思，看她被同学笑话，我心里也别扭。第三，从现在到我考大学，不许再给我熬这些费钱的东西。

妈　妈　为什么？

小　花　我不想你这么苦。

妈　妈　小花……

小　花　妈，您放心，我今年一定要考上。将来我要挣好多好多钱，养活你和姐。

妈　妈　傻孩子，等你挣了钱，妈也老了，你也有自己的家了。那时候需要花钱的地方多着呢。

小　草　小草也要自己的家。

妈　妈　小草，不害羞！小花，看你姐多不害羞！小花，妈没逼你，你别那么大的负担。不是非考上不可的，别把身体累坏了。妈多盼着你们长大啊，多学本事养活自己，平平安安过日子。

〔小花把营养液送到妈妈的手上。

小　花　妈，您把它喝了吧。

妈　妈　我不喝。

小　花　妈，您喝！

小　草　妈妈喝！

小　花　妈妈，我帮你做鞋底。

〔音乐。

〔小花接过妈妈手中的针线，小草也跟着抢着缝……

〔妈妈眼睛有些湿润……

小　花　妈妈，你怎么了？

妈　妈　没事，妈……妈的眼睛进了什么东西。

小　花　我看看。

妈　妈　可能是进沙子了吧？

小　花　我来舔！

小　草　我来舔。

小　花　妈，我来给你舔。

〔小花轻轻扒开妈妈眼皮，小草也凑上前，妈妈仰起头，任两个女儿捧着脸……

〔两个孩子各一边，依偎着妈妈。灯光渐暗，母女三人憧憬着。

第三场

〔场亮时，妈妈与小草正坐着小板凳择菜。妈妈有点焦虑不安，不时起来望一望。

〔音效，夏日的效果。

妈　妈　小花去学校半天了，要是有通知书，拿了就早该回来了。

小　草　怪物不吃妹妹，怪物只吃小草。

妈　妈　这孩子心重，真怕她……小草，你在家坐这别动啊。妈得去学校看看。

〔小花上台，与妈妈正撞个满怀。小花不说话。妈妈急迫地打量她。

妈　妈　小花，拿到了吗？说啊。（小花喘息不语。妈更紧张，声音都颤了）孩子，没什么的，咱有本事哪儿不能跳啊？小花，跟妈说句话？

小　花　（哽咽）妈……

妈　妈　（急）小花，别哭。是舞蹈学院瞎了眼，它不收咱让它后悔去！妈早听说舞蹈学院不好，一直没敢跟你说，那里出来的人啊都是花架子没真功夫……，它就是请我们小花，我们也不去，我们不稀罕！

小　花　妈，我考上了。

〔寂静。妈妈呆呆站着。

小　花　妈，这是舞蹈学院的录取通知书。

妈　妈　（慢慢接过，怔怔看着）这是真的吗？小草，来帮妈妈看看这是不是真的？

小　草　（傻呼呼地）嘿嘿，学校有怪物。

小　花　妈，是真的。您看，陈小花同学，舞蹈学院欢迎你！

〔妈妈突然背过身捂住脸。小草扑过去小花猛地冲上，从后拦腰紧紧搂住妈妈。

妈　妈　这是真的！我女儿考上了，考上了。孩子他爸，我们小花考上了。

小　花　妈！我不去了。

妈　妈　小花，你！

小　花　妈，学费太贵了。

妈　妈　这个不用你管！快去，快发糖报喜去！小草，今天是咱家大喜的日子！妈早准备好了！

〔音乐。

小　草　哎！吃糖喽！

〔妈妈欢天喜地拉着小草到观众席发喜糖。小花深情地站在追光下，望着妈妈的身影。

〔音乐。

小　花　那一天，妈恨不能让所有的人都知道，她的女儿出息了，考上舞蹈学院。直到过了很多年，我才真正明白妈妈那时的心情，女儿是她一生中最大的骄傲，因为女儿，她的一生才不平凡，她哪怕用尽自己最后一滴血，也要把女儿托起，看着女儿带着自己的心、带着自己的魂飞向高空……妈妈，可是女儿越来越远了啊……（小花捂住脸）

〔灯光转为夜景。

〔妈妈疲惫地出现在后区，看到小花兴奋地下来。

妈　妈　小花，你看？

小　花　妈，哪儿来那么多钱？

妈　妈　平时妈攒的。这下派上用场啦。

小　花　妈，你太棒了！

妈　妈　（得意）还有哪，瞧瞧这是什么？

〔音乐。

小　花　（激动地）舞鞋？还有舞裙？妈，你哪儿买的？这都是最棒的名牌！（进去换衣服）

妈　妈　我闺女有出息，配穿这些。妈转遍了全城，一定要买最好的。那舞蹈学院是什么地方，里面都是有能耐的人，我们小花不能输给她们！

小　花　妈，小花不会让您失望的！

妈　妈　小花有出息喽，有出息喽。（发现不见小草）小草呢？（四处找）小花，看见你姐没有？

小　花　（在内应）啊？不是跟你一起出去了么？

妈　妈　（惊）什么？她没跟我出去啊？不行，我得去找找。这孩子怎么自己就溜出去了呢？

〔小草上台，身子有点摇晃。

妈　妈　小草！

小　草　妈。（手中拿块糖）给妹妹。

妈　妈　你去哪儿啦？你要把妈急死啊！

小　草　给妹妹。

妈　妈　小草真乖。

小　花　（得意出来）妈，姐！

〔音乐。

小　花　（穿着新裙子舞上）好看么？

妈　妈　真漂亮！

小　草　小草也要穿！

妈　妈　小草，那是给妹妹上学用的。

小　花　姐，漂亮吧。

小　草　漂亮，小草也要！（追）

小　花　姐，别把衣服弄坏了。

妈　妈　小草听话，等以后妈给你做一套。

〔小草仍追小花要衣服。

小　花　姐，等我挣了钱，给你买行么？你要什么衣服我就给你买什么衣服。

妈　妈　听见啦小草？小花说，她以后挣了钱，要给你买衣服呢。

小　草　给我买？我有钱！

〔寂静，小花和妈妈都呆呆看着角落中的小草，小草得意的举着手中的钱。

妈　妈　小草，你钱从哪儿来的？

小　草　给妹妹。

妈　妈　小草，跟妈说，钱谁给的？

小　草　叔叔给的。

妈　妈　他干嘛给你钱？

小　草　他给你钱干什么？

妈　妈　（惊呆）你去干嘛了？

小　草　伸胳膊……

妈　妈　啊？

小　草　妈妈伸胳膊，小草也伸胳膊，叔叔还给我糖吃，妹妹给你，吃糖……

小　花　妈，这到底怎么回事？

小　花　（目瞪口呆）妈、姐，你们去……卖血了？

小　草　妈妈吃糖，甜！

妈　妈　那地方是你去的吗！（气得哆嗦，拽过小草就打）我让你跟着！我让你跟着！

小　草　（大哭）妈妈别打！

小　花　妈！别打了。这个学我不上了。

〔小花要撕通知书，妈妈忙上前拦。

妈　妈　小花，不能啊。

小　花　（哭）妈，我真的不上了，我不让你们去卖血……

〔音乐。

妈　妈　没事，妈身体好着呢。好好上学，你有出息，妈就高兴。刚才是妈不好，把你们吓着了。来，小草，让妈看看胳膊。头晕不晕？

小　花　姐！

〔小草还在发抖，妈妈上前一把搂住女儿。

妈　妈　小草，妈的乖女儿。妈不要你去卖血，你不明白，不明白……

〔小花走到光束下，痛苦地望着母女俩，慢慢转向观众。

小　花　那一夜，我们母女三个抱在一起哭了很久很久。从那时起我就知道，钱太重要了，它能改变很多东西，能给人同时带来痛苦和幸福，我从心底暗暗发誓，有一天我一定要用上百、上千倍的钱来报答她们，我一定会做到的！

〔昏暗的灯下，妈妈搂着小草深情地望着小花。

妈　妈　妈年轻的时候就有一个梦想，

〔音乐。

妈　妈　就是在舞台上跳舞，这个梦想现在让你妹妹给实现了。

小　花　妈，让小花替您跳吧。

妈　妈　（含泪的笑）哎！

〔小花含泪在高台上跳起来。

妈　妈　小草，看小花，多像个公主啊。

〔妈妈欣慰地笑起来，母女搂在一起，看着小花跳舞……

〔灯光聚在小花身上，音乐不断的发展，她的舞蹈越跳越美，美妙的音乐引导她走向一条新的路……

第四场

〔场灯亮时，母女在桌旁，妈妈仍在做鞋底，小草在一旁玩着那棵小树，嘴里还哼着歌，看着桌上的照片……

妈　妈　小花，帮妈看看水开了没有。

小　草　哎！

〔小草去后面关水壶，可以看到她的影像在幕后闪动，一声响碰翻了桌上的茶杯。

小　草　唉呦！

妈　妈　小草，小草，你没事吧？

小　草　（哭着跑上台）妈，烫死我了。

妈　妈　（给她吹）妈妈看看，乖，抹点牙膏就好了

小　草　不疼了，妹妹你看……

妈　妈　（看见桌上的照片）小草，想妹妹了？

小　草　妹妹……

妈　妈　小花也不知道怎么样了，上这三年学，总共就回家三次，一次比一次瘦。唉，这一年，小花的信越来越少了。最后一封信说要回来的，可什么时候回啊？（叹息）她信里说她现在很幸福，很幸福……你妹有事瞒着我啊。

妈　妈　（恍惚听着）小草，你听见有人叫妈妈了吗？

小　草　没有。

小　花　（上）妈！姐！

〔音乐。

妈　妈　（惊喜地）小花回来啦？你听，咱们的小花回来了！

小　花　（提着蛋糕冲上场）妈！姐！

妈　妈　小花。

小　草　妹妹！（高兴地拉着妹妹跳）

小　花　姐你看，我给你买什么了。

小　草　新衣服！

小　花　我答应你的，穿上看看。

小　草　妹妹好，妹妹好。

小　花　妈，你看这个！

妈　妈　这么多钱？哪儿来的？

小　花　（得意）是我去跳舞挣的！妈，你数数，一千。

妈　妈　这孩子，那不耽误学习啊？

小　花　没事！白天上课，晚上才去跳，跳一次给五十。

妈　妈　我的老天爷，跳一次舞就给五十？

小　花　这算什么，等我毕了业，会挣更多的钱，让你和姐过上好日子。

妈　妈　小花，妈知道上学不容易，你要安心学习，别老想着家里，要注意自己身体……

小　花　我知道，您放心吧。

小　草　妈，你看。

妈　妈　蛋糕！这孩子，这么远的路带蛋糕回来干吗呀？

小　花　妈你忘了，今天是你的生日。

小　草　哦，吃蛋糕喽！

妈　妈　（激动地）好孩子，还记得妈的生日，妈妈自己都忘了……（小花对着妈妈唱生日歌）……

〔妈从蛋糕盒里拿出一串星星。

妈　妈　这是？

小　花　妈，这是您教给我的，我想您的时候，就叠一个。

小　草　小草也会叠！

〔小草拿出星星树。快活的笨手笨脚的跳着唱着《四季歌》，三人跟着唱起来……

〔音乐。

妈　妈　妈好久没有这么高兴了。

小　花　（到妈妈身边）妈妈，我现在很幸福。

妈　妈　妈也很幸福。

小　花　妈，你知道那种感觉吗？

妈　妈　妈知道，妈知道。

妈　妈　（仔细听）哪种感觉？

小　花　就是一种温暖的，能感觉到心在跳，一股一股地涌上脑袋，流遍全身的感觉。

妈　妈　像过电一样？

小　花　对对！就是这种感觉。妈，你真会形容。

妈　妈　小花，有男朋友了？

小　花　（含羞点头）嗯。

妈　妈　叫什么？

小　花　叫 BENNY。

妈　妈　笨泥？这么怪的名字？

小　花　这是他的英文名。

妈　妈　（一惊）是外国人？

小　花　不是，他是香港人。

妈　妈　（沉思）香港人？你们怎么认识的？

小　花　妈，你别问了。烦不烦啊！

小　草　妈妈烦、妈妈烦。

妈　妈　妈先给你做饭去。

小　花　（欲吐还休地）不了，妈，我想跟你商量件事。

妈　妈　（看出女儿的隐秘）说吧。

小　花　我明年就毕业了，好多同学都忙着找工作，我倒不急，可总得去学些新东西充实自己。

妈　妈　（笑）看我们小花，说话都一套一套的。

小　花　妈你别笑，你一定要支持我。这是关键的一年，等我出息了，会挣更多的钱报答你。

妈　妈　你老跟妈说钱钱的，妈不喜欢听这个。

小　花　可是我现在需要钱！

妈　妈　上个月不是刚给你寄去两百吗？

小　花　不够啦！

妈　妈　不够？那你这是（指小花带回来的钱）

小　花　女儿想做大事，所以……

妈　妈　那你要多少？

小　花　（犹豫，下定决心地）五千！五千就可以！

妈　妈　要那么多钱干什么？你是不是出了什么大事了？

小　花　什么出了什么大事？

妈　妈　你是不是做什么见不得人的事欠人钱？

小　花　妈，瞧您想到哪去了？不就是五千块钱嘛。

妈　妈　你还是个学生，到底要用那么多钱干什么？你是不是有事瞒我？

小　花　妈，我是有事瞒着你……

妈　妈　什么事，快说，快说呀，都急死我啦！

小　花　是我要借给他钱。

〔寂静。妈妈注视着女儿。

妈　妈　借那个……笨泥？

小　花　妈，我只借这一次。

妈　妈　（叹息）妈妈寄给你的钱，你是不是都给他了？

小　花　妈……

妈　妈　你们认识多长时间了？他是个怎么样的人？

小　花　他挺好的！

小　草　（拿着蛋糕）吃蛋糕、吃蛋糕！

小　花　你别烦！（把小草推到一边）妈，我跟你说吧，BENNY是个有理想、有抱负的人，现在许多香港人都在回归之前纷纷移民到了国外。他们家里很有钱，全家都移民去加拿大了，但他却选择在我们内地创业，为了这件事，他都和家里人闹翻了。他爸爸还在那边给他找了一个女孩，但他不愿意。他说，宁可吃再多的苦也要守在我身边。为了爱，我们俩付出了太多太多，您肯定是不能想象的，我们俩租房子、去外面吃饭都需要钱……

妈　妈　等等！你们……住在了一起？

小　花　（意识到说漏）妈，我很快会把钱还你。

妈　妈　你跟他住在一起了？

小　花　……

妈　妈　你们同学都知道？老师都知道？

小　花　妈，现在都什么年代了，有什么大惊小怪的！

妈　妈　你……你怎这么不要脸啊！

小　草　不要脸。

〔小花愤怒地打了小草一巴掌。小草哇地哭出来。

小　花　我不许你们玷污我的爱情。

妈　妈　小花，你疯了么？你告诉妈你到底怎么了？

小　花　他现在正是创业阶段，急需这笔钱，我是没有办法了才回家来要的，妈，你就帮帮我吧！

妈　妈　你让妈好好想想。

小　花　这有什么好想的？妈妈，他爱你的女儿，你的女儿也爱他，这就够了！

妈　妈　不，小花你冷静点儿，妈的意思是说你现在谈爱啊情的是不是早了点儿？妈就是担心……

小　花　行了，不就是担心那点儿钱吗？你干吗把钱看得那么重，为了这点儿钱，连女儿的幸福都不管了。

妈　妈　小花！

小　花　妈，我真的很爱他！真的，我从来没有这么爱过一个人！

妈　妈　那……那妈呢，你姐呢？

小　花　不一样，不一样！我有一天都会偿还给你们！

妈　妈　妈不要你偿还。天底下没有一个妈抚养儿女还想着回报的。妈只想让你别学坏，别被人骗。你说那个笨泥家里很有钱，可你跟他在一块儿，还老跟你要钱，你快醒醒吧孩子……

小　花　我不想听，一提到钱，你就根本不像个妈妈。

小　草　妈，妈！

妈　妈　家里没有钱。这一千元钱，你拿回去。

小　花　这钱要是凑不够，我还不如死！

妈　妈　小花！你怎么能说这种话。

小　花　（哭）拿不到钱，我没脸回去。BENNY 这么爱我，我却一点忙也帮不上。妈，您要还当我是您的女儿，就帮我这一回吧。妈，我求你了！

小　草　妈妈，小草不想让妹妹死！

妈　妈　小花，妈不能、妈不能！

〔妈妈背过身去，搂住小草。

小　花　我宁可卖我的血，卖我身上的器官，卖我的身体，也要 BENNY 过这一关。（起身欲走）

妈　妈　小花！

〔母女俩默默对视，静场。

妈　妈　你的身体是父母给的。你以后不能说这种话。钱，妈给你，给你……

〔妈妈从怀里掏出手帕，一层层打开，颤巍巍递到小花手中。

小　草　给你，妈妈给你了，别哭妹妹！

小　花　谢谢你，妈！

小　草　给她了，给她了！（高兴地手舞足蹈）

〔音乐。

妈　妈　这是妈攒下的，那是要给你姐姐治病的钱啊！

小　花　（一惊）什么？

妈　妈　医生说小草的大脑萎缩，要赶快治还能治好。

小　花　（歉疚地）姐……等我挣了钱，就带你去看病，看最好的医生！妈，我会报答你的……

〔小花冲下台去。

小　草　妈妈，妹妹打我？

妈　妈　小花，她是糊涂了，她不明白，不明白……

〔一束追光，小花出现在高台上，俯视母女。

小　花　那时的我是多么的疯狂。没想到 BENNY 是个骗子，他带着我的钱，我对他的爱跑了，而我怀上了他的孩子，这惩罚来得太重了……我什么都没有了，那时我想过死。妈妈，你为什么再一次的原谅我？你为什么不唾弃我，惩罚我骂我打我？妈妈，我现在明白当时最痛苦的应该是您，您的女儿从天上掉下来了，她从来没有飞起过，那只是您的一场梦而已……

〔音效，雷电交加。

〔妈妈在场上奔走呼喊。

妈　妈　小花！你在哪儿？小花！你在哪儿啊！

小　花　（抱起一个婴儿襁褓，茫然地站在高台）……

妈　妈　（仰视到女儿）小花！站着别动！

小　花　（哭）妈，对不起！

妈　妈　小花，千万别干傻事！带着孩子跟妈回家去，妈不怪你。

小　花　他们会笑话咱家的。

妈　妈　谁敢笑话妈去骂他！这么多年，咱孤儿寡母的，什么风浪没经过？

小　花　妈，您辛辛苦苦攒的钱，给姐姐治病的钱都没了。

妈　妈　钱算什么！没了可以再挣！下来吧孩子，啊？跟妈回家。

小　花　妈，学院把我开除了。

妈　妈　不怕，妈养你和孩子！

〔音乐。

妈　妈　只要跟妈回家，妈把门一关，风吹不进来，雨打不进来，这是你的家啊！

小　花　妈……

妈　妈　孩子！

〔妈妈张开双臂，小花走下高台，缓缓投向妈妈的怀抱……

〔场渐暗。

第五场

〔小草抱着孩子，仍然唱着那首儿歌，学着大人的样子哄着她玩……

〔小花在另一侧的床上昏昏睡着。

〔妈妈在桌边准备奶，忙碌着……

小　草　妈妈，妈妈，你看，她笑了，哈哈，她笑了。

妈　妈　多可爱的孩子啊。

小　草　多可爱的孩子啊！

妈　妈　叫外婆，囡囡。

小　草　叫外婆，囡囡。

妈　妈　好了，该给她喂奶了。

小　草　妈妈，我来喂。

妈　妈　小草真乖！（又去后面洗着尿布，不时捶捶腰。）

小　草　妈！湿了、湿了！

妈　妈　（忙上前抱）小点声！别吵醒你妹妹。

小　花　（呓语）别走！我求你别走！快把钱还给我、还给我……

妈　妈　小草，快去看看妹妹，她要醒了，就让她把这个喝了。

小　草　哎。（端一碗汤过去，走到小花的床前）

〔妈妈忙着给孩子收拾。小花渐渐醒来。

小　草　妹妹，喝鸡汤。

小　花　姐，你喝吧。

小　草　（小草闻了闻）好香，妹妹喝！

小　花　姐，我以前对你不好，你能原谅我吗？让你跟妈吃了那么多苦。

小　草　不苦，好香！

小　花　姐，我不会让你们再受委屈，我一定要把钱追回来，那是你跟妈的血汗钱。

小　草　什么钱啊？

小　花　就是给你治病的钱。

小　草　（笑）我没病。

小　花　姐，你没病，你比所有正常的人都要好，你是天底下最好的人！

小　草　哈哈，别人都对我笑，说我傻，哈哈！

小　花　别人才是傻子。笑话你的人都是傻子！

妈　妈　（抱着孩子走过来）小花醒了。

小　花　妈！

妈　妈　快看看这孩子，真是一天一个样，多乖啊！

小　花　（接过孩子，哭）可怜的孩子……

妈　妈　（忙抱开）怎么又哭上了？小花，别吓着孩子。刚才你睡的时候啊，这孩子都叫妈了。

小　草　没叫！

妈　妈　（掐她）叫了！

小　草　没有。

妈　妈　你这孩子就倔吧，妈说叫了就叫了！

小　花　妈，我的命为什么这么苦啊！

妈　妈　孩子，不能老抱怨自己的命，老天爷对谁都是公平的。这人活着啊都不容易，不容易人就不活了？小花，做妈妈挺好的，你看妈这么多年有你们俩不是挺幸福的？来，快给孩子喂奶。

小　花　不，凭什么他说走就走，让我来养他的孩子。

妈　妈　小花，她也是你的孩子啊！

小　花　不！我要去找他，我要当面问他，为什么要骗我！

妈　妈　小草，快抱住你妹妹！

〔小草忙抱住小花。

小　花　你们都别管我，我得找他去，就是追到天涯海角我也要把他找到！

〔小花往外冲，小草死命的拦着。

妈　妈　小花！

小　草　妹妹！

〔孩子的哭声……

小　花　妈，我真不想活了。

妈　妈　小花，你现在是做妈的人了，你得为你孩子活着，好好把她拉扯大，这孩子本来就没爸了，你不能让她受一点委屈，再苦你也得忍着！

小　花　（哽咽）妈……

妈　妈　（含泪却带着笑）没错，妈这么些年就是这么过来的，你们小的时候，妈也苦过，也想过死，可是看着你们俩在床上哇哇大哭，妈当时就后悔了，孩子，人不能光想着自己，知道吗？

小　花　妈，我知道，可我……

妈　妈　妈知道你心里疼，可妈不能替你疼啊，你咬牙也得忍着。

小　花　（哭）妈！我不能再让你们受罪了。

妈　妈　什么受罪啊，咱们一家三代同堂多幸福啊。老天爷给了我你们两个这么可爱的孩子，你们给妈妈带来多少快乐和希望啊，别多想了快给孩子喂喂奶。要知道宝宝吃了妈妈的奶，妈妈就再也离不开她了！

〔小花把孩子抱过来，缓缓转身。

〔音乐。

小　花　这孩子她就不该生在这世上！（欲走）

妈　妈　小花，你要干什么？

小　花　我要把她扔了，谁爱养让他养去！

妈　妈　小花，你怎么能这么无情。

小　花　凭什么让我来承受这些。

妈　妈　凭你是她的妈妈。

小　花　他不要我也不要！

妈　妈　你想让她成为孤儿吗？

小　花　我才不管呢。

妈　妈　你就是个孤儿。

小　花　（颤抖）你说什么？妈，你说什么？

妈　妈　你是被人家扔掉的孩子。

小　花　这不是真的，这不是真的！

妈　妈　（背过身去）你是二十年前妈从河边捡来的，你就是别人扔的孩子。

小　花　妈妈。

妈　妈　你不能再让你的孩子跟你一样。（抱过孩子）你父母不负责任，可你必

须扛起来。

小　花　为什么不早告诉我？

妈　妈　妈想一直瞒着你，等你结了婚自己做了妈妈再告诉你。

小　花　（凄然一笑）等我做了妈妈……（晕过去）

妈　妈　小花？醒醒，小花？（妈妈把小花轻轻扶倒在床上）小草，看着你妹妹。妈去给她弄点糖水去。

〔妈停了一下，迟疑，又进后面做饭。小草看着那个孩子。

小　花　（睁开眼睛，恍惚站起）怎么会是这样，怎么会是这样？他们为什么这么对我？我要去找他们！

〔小花恍惚地走出屋去，突然转身。

小　花　妈、姐，我对不起你们！对不起这个家，总有一天我一定会回来报答您们！（下）

〔妈妈端着盘子出来，诧异地看着小草。

妈　妈　小草，你妹呢？

小　草　妹妹走了。

〔妈妈手里的盘子掉落在地上。

妈　妈　（转身冲出去，又回来抱起孩子）小草，在家等妈。你什么都别动啊！

小　草　妈！怪物不吃妹妹，怪物只吃小草！

〔妈妈冲出屋去。小草收拾着地上的东西。

小　草　（她想起什么，笑）小草给妈和妹妹做饭吃去！（哼着歌）

〔音乐。

〔小草转到后区，前区压光，形成剪影，小草边哼着歌边做饭。

〔音效：气体泄漏的声音……逐渐变强，

〔小草慢慢倒下。

第六场

〔沉重的音乐变得缥缈，场上的光也随之变得忧伤、无常，神秘的气氛笼罩全场。妈妈抱着孩子恍惚地在场上寻找，不知身处何方。

妈　妈　小草，小花，你们怎么都走了，小花，小草，外面风大雨大，你们快回

家吧。她爸，现在就剩我一个人了，你知道吗，就我一个人了。我真没用啊，我对不住你，没有拉扯好两个孩子。她爸，是我做错了什么，是老天爷在惩罚我吗？为什么要抢走了我的两个女儿？她爸，你告诉我，这是为什么？

〔音乐，天籁之音……

〔小草出现在光芒中，就像是个天使……

小　草　妈妈，不要难过。

妈　妈　小草，妈对不起你，妈还没来得及治好你的病，你就……小草，对不起你啊！

小　草　不，妈妈，是小草对不起您，我先走了。我知道，有小草在您身边，您就幸福。小草是您的心肝肉，小草是您的小棉袄。

妈　妈　（含泪）小草是妈的心肝肉，妈的小棉袄。

小　草　您就把怀里的孩子当作小草吧，将她养大成人，让她替小草永远的陪着妈妈……

妈　妈　孩子。

小　草　妈妈，你看天晴了，多么美的彩虹，多么美的世界。谢谢你把我带到这个世间，小草下辈子还要做你的孩子……

〔小草身上的光也渐隐，小草消失在黑暗中。场上只剩下一束光，笼罩着妈妈。

妈　妈　（深情的将脸贴在孩子身上）孩子，是妈的心肝肉，是妈的小棉袄……

〔光渐暗。

第七场

〔音乐。

〔小花出现在后区。

小　花　孩子，是妈的心肝肉，是妈的小棉袄。……妈，妈妈！姐姐，我的孩子！日日夜夜想念着她们。随着时间一天天过去，我越来越跟这个家生疏，我没脸回家，没勇气回家。我只有拼命工作，拼命挣钱。钱，它满足了我所有的欲望，它帮我彻底解决了骗我的人，所有得罪我的人。可是这

些年，我的心安宁过么？没有人知道我风光后的苦痛和绝望。妈妈，我已经离家越来越来远了，我还能回到您的身边吗？我必须回去，我要回家！

〔场亮，依然是简陋的家，但已没了当年的热闹，小花走上台，慢慢扫视这个家……

妈　妈　（苍老的声音）谁啊？

〔小花转过身，妈妈颤巍巍地走出来，恍惚的看着小花，小花激动的上前。

小　花　妈！

妈　妈　你找谁啊？

小　花　（不敢相信的）您，不认识我了？

妈　妈　（仔细打量，摇头）你是找我们小草的吧？

小　花　（一惊）小草？

妈　妈　她上学去了，还没回来呢。你坐。

小　花　（惊讶地打量妈妈，颤抖着声）妈，是我，您的女儿小花！

妈　妈　（只顾倒水）她一会儿就回家，你别动这裙子。

小　花　妈，您怎么了？

小　花　这是我当年上舞蹈学院穿的裙子，是您给我买的，您不认识我了么？我是小花！

妈　妈　（笑）裙子破了，老得缝。你坐啊，喝水。

〔小花退几步，捂嘴不让自己哭出。

小　花　我姐呢？姐！姐！

〔小小草上，听见她们说话。

妈　妈　你问小草啊，她学习可好了。每天下了学从不出去玩，回来就做功课，然后就干活。这孩子真懂事，除了睡觉的时候跟我说说话，她从来不玩。

小　花　（扑倒在妈妈面前）妈！您怎么了，我是您的小花，你真的不认识我了吗？

妈　妈　（半疯半醒的）小花是谁啊？小花是我的女儿，她可不是一般的人。

小　花　妈妈，我错了，我对不起您，这么多年我一直在外面打拼，拼命的挣钱，拼命的工作，就想让您能过上幸福的日子，弥补我过去所做错的一切，没想到我一步走错，步步走错，妈，我对不起您！（跪下）

妈　妈　（傻笑）小花说过，等天上下起了大雪，树上挂满了星星，小花就回来了……

小　花　妈妈，妈妈，您醒醒（拼命的摇着妈妈）

小小草 外婆!

妈　妈 （害怕地喊）小草，这个人要打我!

〔小花猛回身，小小草停住脚步。两个人默默注视对方。

小小草 外婆，别怕。

小　花 （激动地）你，你就是……

小小草 （冷漠地）您好。

小　花 （愣了一下）你好。

妈　妈 （凑到她们面前，傻傻地看小花）小草，她是谁啊?

〔小小草低头不语。

小　花 为什么她叫你小草?你知道小草是谁么?

〔小小草默默点头，拉下桌子上一个白纱布。露出小草的照片。

小小草 她是我姨。

小　花 （惊呆）姐!这到底是怎么回事?妈，我姐她……

〔妈妈也茫然地望着照片。

小小草 我刚生出来的时候，外婆出去找你，等回家的时候发现我姨煤气中毒，没有救过来。

小　花 （上前几步，含泪望着，轻声颤抖着叫）不，姐……

〔小花悲痛地抱住照片，说不出话。

〔小小草在一旁默默地看着。

妈　妈 小草，她在干吗?坐坐，都站着干吗?快坐。

小小草 您请坐吧。

小　花 我能问你几个问题么?

小小草 您请问。

小　花 这么多年，你们怎么生活的?我打过来的钱你都给我退回来了。你可以不要钱，但你为什么要这样阻止我向我的母亲尽孝?

小小草 谢谢您的关心。您可能不太清楚，我小时候外婆还清醒，她靠卖破烂给人家干活把我养大，等我上了中学，外婆就慢慢变糊涂了，我就把外婆的活儿都接下来，上完学晚上我自己干。还好，街道每个月给我们送低保金，邻居们都特别关照我们，学校还给我发助学金，我们家不缺钱!外婆清醒的时候说过，您寄的钱一分都不许动。她知道您想补偿什么，但她说天底下没有一个母亲抚养自己的孩子还想着回报的。

〔寂静。

妈　妈　（害怕地）小草，快把那照片。盖上！盖上！

小小草　哎！（她忙将小草的遗照盖好）她现在糊涂了，已经把我当成她了。

小　花　（点头）那……我该怎么称呼你？

小小草　您就叫我小草吧。

小　花　小草，我跟你说件事。

小　花　小草，我想跟你商量件事。

小小草　（小大人般）您说。

小　花　我能把你接出去深造，也把你外婆接出国过新的生活，好吗？

小小草　（着急）您误会我的意思了，我给您写信，把钱退回去，就是为了让你回来。外婆太想您了，连做梦都经常叫您的名字。我想，如果你能回来，外婆也许就会醒过来。

小　花　孩子把这些钱收好……

小小草　我不要！

小　花　这是给外婆的，我欠这个家太多，走的时候我答应过她，有一天要回来还债。

小小草　我说了，外婆不会要。

小　花　你怎么做外婆的主？

小小草　外婆现在虽然糊涂，可就算她清醒了也不会要你的钱！

小　花　那你呢？

小小草　我，我更不会要你的钱！

小　花　你说什么？我是你的妈妈。

小小草　妈妈？！

小　花　小草，妈妈现在回来了，你要原谅妈妈。孩子，从现在起，你想要什么妈妈都给你，妈妈挣的所有钱都是你的！

小小草　钱钱钱，钱能弥补一切吗？

小　花　妈妈知道，钱不能弥补一切，但是这么多年我始终坚信，钱可以让你爱的人幸福！孩子！你根本不知道钱对一个家有多么的重要！当我没有钱的时候，你外婆只能靠打工挣钱供我上学，甚至是卖血！那时候我就发誓一定要挣很多的钱让她幸福。

小小草　钱真的能让你爱的人幸福吗？当别人的妈妈去开家长会的时候，我只能告诉老师我没有妈妈，那时候你在哪儿？当我夜里醒来，一个人想起妈妈哭的时候，那时候你在哪儿？小时候，我问外婆妈妈去哪儿了，外

婆说你去了很远很远的地方，只有天下起雪，树上挂满了星星，妈妈才会回来。我真傻，我每天叠星星，天天盼下雪，就盼着早点见到我的妈妈……

小　花　（跪下）我的孩子！妈妈知道错了。

〔音乐。

妈　妈　小草，今天你叠星星了吗？

小小草　外婆！

小　花　妈！

妈　妈　（没有理会小花）你不是说每天叠一个，小花就回来了么？你怎么不叠了？

小　花　我来叠。

妈　妈　小草叠。

小小草　外婆，不叠了、不叠了。

小　花　让我来叠。

小小草　不叠了。

〔争抢中，星星洒落一地……

〔三个人看这地上的星星……

妈　妈　小花说，想我的时候就叠一个星星。我想啊，当星星挂满了大树，小花就回来了。

〔音乐。

〔雪花慢慢飘落，挂满星星的树出现了……

〔小花跟着妈妈在地上拣星星……，小小草在一旁静静的看着。

小小草　也许外婆永远都不会醒过来，所以我不知道她会不会原谅她的女儿？生命不能轮回！

小　花　生命不能轮回？

小小草　爱不能重来！

小　花　爱不能重来？

小小草　谁能告诉我，该不该原谅这样的妈妈？

小　花　谁能告诉我，怎么才能回到妈妈身边？

妈　妈　等我长大了，无论走到哪，都要回到妈的身边……（笑着慢慢走向后区的星星树）

小　花　等我长大了，无论走到哪，都要回到妈的身边……

小小草　等我长大了，无论走到哪，都要回到妈的身边……

〔音乐渐渐强起。

〔三人走向挂满星星的大树……

〔光渐收。幕落。

〔剧终。

2007 年

五场古装越剧

一钱太守

顾颂恩　徐　沙　颜全毅（执笔）

第一场

〔会稽石板桥。

〔一座碑石，上写：

循吏当年齐国刘，
大钱留一话千秋。
而今若问亲民者，
定道一钱不敢留。

〔画外音：东汉桓帝时期，地方豪强四起，不受朝廷约束，肆意盘剥百姓，贪腐之风日盛。黎民百姓呼唤着清廉自守的官员。此时，孝廉名士刘宠受朝廷委派，出任会稽太守。

〔内声：稽山越水好地方啊！

〔刘宠上，兰云随上。

刘　宠（唱）会稽山鉴湖水苍翠浩渺，
古越地蕴精华东南称骄。
绕碧溪枕青丘钟灵毓秀，
更有这慨而慷佳话遍晓。
三过家门大禹义，

卧薪尝胆越王豪。
如今为官会稽郡，
又是忐忑又荣耀。
朝廷重托须肩挑，
百姓期盼更为要。
胸襟坦荡廉为本，
为民请命莫辞劳。
休负这千古风流豪迈处，
归去来两袖清风当含笑。

兰　云　大人，你看进城了！

刘　宠　啊，夫人……

兰　云　我扮作男装是为了好照顾你，你不要随口一叫露了行藏！

刘　宠　母亲的官船就要到了，兰云！

兰　云　在！

刘　宠　你我下马等候。

兰　云　是！

〔街上人来人往，喧哗声渐起，都尉府兵卒清道净街上。

孙　勇　大家听着！会稽都尉府有令，迎接新太守到任闲人回避！

兵　卒　净街喽！（驱赶）走……

乡民甲　军爷，我们要进城做生意，什么时候放行啊？

兵　卒　新太守什么时候到，就什么时候放行！

乡民乙　那怎么办，我的鱼虾要烂掉的呀！

军　卒　少废话，回去！

〔秋姑手拿一串铜钱匆匆上场。

军　卒　喂喂喂……耳朵聋了？净街了不能过去。

秋　姑　军爷，我爷爷病了，要进城内买药。

军　卒　不能过去！

秋　姑　军爷，求你放我过去吧。

军　卒　回去！

〔钱总管上。

钱总管　怎么了？

众军卒　钱大人！

钱总管 怎么还不清道？

秋　姑 大人，我要进城替爷爷买药。

钱总管 赶她走……赶她走！

众军卒 是！

刘　宠 慢！请问这位是？

〔钱总管一愣。

钱总管 督尉府的总管。

刘　宠 这位总管，小姑娘买药救人，还是快让她走吧！

钱总管 你是哪里来的？今朝是新太守到任之日，倘有闪失罪责非小。

刘　宠 难道为了一个太守新任，连百姓的命都不管了吗？

钱总管 你这个人牢骚蛮多，少管闲事。去……

秋　姑 大人！

钱总管 快回去，赶他走！

〔争抢中秋姑手中的铜钱扔地。

秋　姑 我的钱！

众乡民 你们怎么可以这样！

众　兵 去去去……

〔兰云扶起秋姑。

刘　宠 （灵机一动）啊呀，不好，救驾！快救驾——

钱总管 救驾？皇上在哪里？你！又是你，你敢捣乱。今朝绝不放过你。来人，抓起来！

军　卒 是！

〔内声：都尉大人到！

众兵士 见过孙大人！

孙　超 怎么回事？

钱总管 大人！这个刁徒扰乱秩序，竟然乱喊救驾。皇上在哪里？你救的什么驾？

刘　宠 你们有眼不识君！

钱总管 啊？他说皇上在他脚下！羞辱万岁押下去。

刘　宠 慢！羞辱万岁的正是你们啊！

（唱）请军爷俯下身来仔细瞧，
可看见个个钱币满地抛。
一枚枚俱都是朝廷督造，

上铸有光灿灿皇帝圣号。
见圣号犹似见圣驾，
怎忍心任人践踏染污淖。
圣上受辱官家为何不阻挠？
一个个竟然旁边冷眼瞧！
若被那新任太守来知晓，
金殿一本奏鉴湖起波涛。
哎呀圣上啊，
他们人前人后两张脸，
当面呼万岁背后辱当朝！
我救驾来迟罪孽大，
没奈何孤身跪地，
撕片破衣拭龙袍。

钱总管　（顿时失色）大人，他——

孙　超　还站着干什么！

钱总管　救驾！我来救，我来救！大家快救驾！

众军卒　是！

〔内声：禀大人，新太守的官船到了！

钱总管　大人，来了来了。

〔老夫人、丫鬟桥上过。

〔幕后唱：

稽山越水，
长桥短桥。
虽不似家乡，
一般样。
长桥短桥石板道。

孙　超　来，列队恭迎太守。

军　卒　是！

〔孙超、钱总管带手下急忙迎了上去。

钱总管　喂喂喂……找死啊？靠边。再靠边……再靠边。（啊呀）再靠边！（不耐烦地）

孙　超　会稽都尉孙超恭迎刘太守！

〔丫鬟搀扶老夫人上。

孙　超　老夫人，请问刘大人？

老夫人　老身是刘宠的母亲，刘宠他骑马先来了。

孙　超　（一惊）先来了？哦，恭迎老夫人。

〔钱总管急忙殷勤去搀扶老夫人。

老夫人　哦，多谢孙大人。

钱总管　老夫人，我是总管，卑姓钱。

老夫人　哦，老身眼力不好，失礼了。

孙　超　老夫人，多小心。

钱总管　老夫人啊，这位才是督尉府的孙大将军。

老夫人　孙将军，多谢孙大人！

刘　宠　母亲！孩儿在此恭候母亲。

老夫人　宠儿啊，你们先到了？

刘　宠　我们到此已经多时了！

〔孙超、钱总管顿时失色。

刘　宠　母亲，一路辛苦了！

钱总管　（紧张地上前向刘宠）请问……

刘　宠　在下就是新任会稽太守刘宠！

钱总管　（大惊）刘宠……刘宠！（吓倒在地）

刘　宠　印鉴在此！（示印）

孙　超　孙超拜见刘太守！

钱总管　（指挥手下大声地）快……拜见刘太守！

众　兵　拜见刘太守！

刘　宠　诸位请起！

孙　超　在下失职，未能及时恭候！

刘　宠　没有那么严重！下官骑马先行，正好图一个自在。有劳都尉远迎了！

孙　超　刘大人一路劳顿，请先到官衙歇息。

刘　宠　请！

孙　超　请！

钱总管　刘大人，遵照朝廷旨意，在你上任前，会稽郡由我们都尉府孙大将军暂为代管。听闻大人上任，孙将军满心期盼，特意安排盛大的欢迎仪式。看，都命属下写成文案了。（熟练地翻开文案）“啊，新太守到任，浙东

红日高升，会稽万民欢腾。当日午时，都尉府于鉴湖迎宾馆设酒接风。翌日卯时起，会稽所属各县先后于，仰山楼、八仙楼、望海楼、钟鼓楼、朝阳楼、七星楼设茶座酒宴迎接太守，晚间张灯结彩搭台唱戏与民同乐七天七夜……

刘　宠　（打断钱总管）好了，好了！

（唱）听得我眼前金星直冒，
这接待排场太过招摇。
初来乍到各方莫惊扰，
繁文缛节一概免了。
阅文案独处府衙静谧为好，
有疑难我自会登门讨教。

孙　超　（唱）闻上谕孝廉名士任太守，
这真是会稽福分与荣耀。
几年来越地开荒多良田，
赋税增多民生早温饱。
请太守莫嫌弃与民同乐，
容孙某将殷殷之情表一表。

刘　宠　孙都尉！

（唱）一片诚心我知晓，
初上任又何必美酒佳肴。
烦劳你撤去烦琐千杯宴。
陪刘宠百姓人家，
饥寒饱暖问一遭。

孙　超　怎么，大人现在就去访察？

刘　宠　是啊。母亲、兰云，就请你们先到官衙休息，孩儿随孙都尉查访一番即回。

钱总管　啊，你饭都不吃了？

孙　超　刘大人真是亲民廉洁，令人敬佩！那么，末将就请大人先到盐田村看一看。

刘　宠　盐田村？

钱总管　那可是孙将军最大的功绩，原本一个海水盐滩，如今是良田千亩，缴纳赋税许多多。

刘　宠　哦，正想一观，如此有劳孙都尉。

孙　超　好，刘太守，请！

刘　宠　请！

第二场

〔桥上二兵士巡逻。章澄水、秋姑上。

〔内声：老章头…老章头…（老头甲、乙追上。）

乡民甲　老章头，你病成了这样，就不要再进城了。

章澄水　我就是怕我病体不行了，孙超怕的东西在我身上。我一定要亲自见到太守，把实情告明。听说新太守上任三月来，为民办事、为官清正。看来我们的冤屈有处可申了！

乡民乙　老章头，都尉府多次传话下来，禁止我们强盗村的百姓进城。你看，连这座桥都新设了关卡，就是怕我们进城啊。

章澄水　不见太守，我死不瞑目。

〔章澄水带着秋姑和甲乙前行，孙勇把守上。

孙　勇　喂……你们这些人，不在强盗村里待着，跑出来干什么？

章澄水　军老爷，今天是清明。你总得让我们回村，去祭祭先人吧。

甲乙　是啊……是啊！

孙　勇　休想！！孙都尉早就知道你们这些人，唯恐天下不乱。想到太守那里告状，是不是？

〔刘宠暗上。

刘　宠　（暗中）告状？

章澄水　你们不敢让我们见太守，是做贼心虚吧！

孙　勇　住口！你不要敬酒不吃吃罚酒！回去，回到强盗村里不许出来！

甲老头　你们欺人太甚！我们这把年纪，会做强盗吗？

秋　姑　盐田村是我们的家，我们要回家。

刘　宠　盐田村？

孙　勇　找死啊，小强盗胚！

秋　姑　我不是强盗胚，你们才是强盗胚！强盗胚——

孙　勇　抓起来！

〔拉扯，章澄水执意进城，被孙勇一脚踢翻，秋姑阻拦，被打哭。

刘　宠　（挺身而出）住手！

孙　勇　你是哪路神仙，蹦了出来？

刘　宠　我么？军老爷听了！

（唱）在下山东刘阿祥，
行旅匆匆为经商。
闻听太守是老乡，
特到贵地跑单帮。
常言道和为贵，
能帮人处且相帮。
这老老少少想回家，
为何军爷没商量？

孙　勇　你真的是太守老乡？

刘　宠　军老爷，看在老的老、小的小的份上，你放过他们吧。（拿出钱给孙勇）

孙　勇　太守的老乡？好！今天看在你的面子上，我就放过他们。（对章澄水）老东西，想要进城，做梦。快滚回强盗村去。

〔章澄水被打伤，一瘸一拐，无奈，拉上秋姑。

秋　姑　爷爷，上次进城买药，就是这位大叔帮我的！

章澄水　（啊呀）好人……好人哪！谢谢你了！

刘　宠　老人家，不要客气！

孙　勇　走开……走开。老东西，今天对你客气了。回去，回到山里不许出来！

〔章澄水等下。

刘　宠　军老爷，这些老百姓，为什么只能待在山里啊？

孙　勇　阿祥朋友！你说是太守的老乡，可与太守认识？

刘　宠　他是个当大官的，我只不过是个小老百姓。

孙　勇　八杆子也搭不着的？

刘　宠　搭不着！搭不着！

孙　勇　那我就告诉你。这是我们孙都尉下的令。

刘　宠　孙超？

孙　勇　你这个搭不着的，就不要多管了。

刘　宠　军老爷，我是个做生意的，想上山去看看，有没有钱赚呢？

孙　勇　里面都是些穷老百姓，你可不要进去。山里是个强盗村！

刘　宠　强盗村？

孙　勇　朋友，来……坐！我说你对这些刁民不要太好心。我们孙都尉说了，里面这些都是乱民，要严加防范！

刘　宠　若被刘太守知道了，岂不怪罪孙都尉欺压百姓吗？

孙　勇　只要这批刁民见不到刘太守，刘太守是绝对不会知道的！

刘　宠　哦……

孙　勇　你们做生意不会懂的，做官要有诀窍！看看前任马臻太守到会稽，不去巴结上司，埋头修什么鉴湖，开垦什么盐田，结果……我们孙都尉可学聪明了！

刘　宠　孙都尉是怎样学聪明啊？

孙　勇　（闪烁其词）不说了……不说了。（雷声）要下雨了，天色也不早了。你还是快回城里去吧！去……

刘　宠　那你们呢？

孙　勇　我们？走，到荣禄春吃老酒去！

〔孙勇和兵卒们下。

刘　宠　（若有所思）强盗村？

（唱）离京都赴任会稽三月整，
总有这疑虑满腹解不明。
为什么上报赋税几倍增？
为什么却多乞丐和游民，
为什么屡闻百姓衙前聚？
为什么待召见，
却是人去云散无踪影？
今日里我避开都尉私下行，
亲眼见酷吏残暴欺百姓。
那军士言辞闪烁鸣得意，
老和幼悲愤难言几许恨。
看起来山岭深处有隐情，
强盗村恰似那孤潭水深。
趁今夜月黑风高人不知，

刘宠我独闯深山查究竟。

〔兰云内声：大人！（兰云上）

兰　云　大人！

刘　宠　你？

兰　云　老公！

刘　宠　是夫人，你怎么来了？还扮作个书僮模样？

兰　云　你一早出门，连把伞都没有带。婆婆不放心，叫我找你回家。

刘　宠　你怎么知道我在这里？

兰　云　知刘宠者兰云也！这几天，你不是老是想进这深山去看个明白吗？

刘　宠　兰云，今日我好不容易避开了孙超，关卡上的官兵也饮酒去了。此时夜深雨急，正是我进山的好机会啊！你快回家告诉母亲，说我今晚有事不回家了。

兰　云　你一人进山我不放心，让僮儿陪大人一同前往！

刘　宠　真是我的好夫人！

第三场

〔雨夜，太守府中。老夫人一人缝着衣服。

老夫人　（唱）独坐缝衣襟，
窗外风雨声。
在家盼儿心难静，
多年的心事又翻腾。
那一年也是风雨中，
兵荒马乱去投亲。
为救宠儿失永儿，
从此后魂牵梦绕暗泪吞。
幸喜得宠儿发奋振家风，
为官清廉人品正。
此生有喜又有憾，
阴晴圆缺难凭定。

老夫人 永儿，娘对不起你啊！你在哪里？你在哪里啊？

〔墨香上。

墨　香 老夫人，夜深了，快歇息吧！

老夫人 这么晚了，宠儿出门怎么还不回来？

墨　香 老夫人，你不是叫夫人去找大人了吗。放心吧！

老夫人 兰云媳妇倒是聪明能干。墨香，你给我穿好针。

墨　香 老夫人！

老夫人 我再缝几针，等他们回来。

墨　香 哎！

〔内声：都尉孙大人求见！

老夫人 这么晚他来作甚？快快有请！

墨　香 有请！

〔孙超、钱总管同上。

孙　超 老夫人，末将孙超特来拜访！

老夫人 孙将军，什么风把贵客吹来了？

孙　超 老夫人！末将平日总想登门，只是刘大人严拒应酬，连登门拜访也推辞再三。今日做了个不速之客，老夫人不怪吧？

老夫人 孙将军屈尊探望，哪有怪罪之理。请！只是我儿尚未回家，只有老身相陪了。

孙　超 怎么，大人不在家中？

老夫人 他任职以来甚是繁忙，常常深夜才回。

孙　超 那此刻夜深雨急，他会到哪里去呢？

老夫人 唉……真叫人担心啊！孙将军你……

孙　超 老夫人，早闻刘大人的孝廉是百官之楷模。末将还听说，时至今日老夫人还时常为刘大人梳头呢？

老夫人 是啊，这孩子再大也是娘的心头肉。从小到大都是我给他梳头，还给他唱歌。（情不自禁地哼着）青石桥白石桥，小囡囡哪里去了……落雨天黑了，鸟雀归了巢。小囡囡勿要跑，快回来饭熟了……

孙　超 （情不自禁地）好个母子情深！天伦之乐令人羡慕。

老夫人 哎呀，这人老了就是啰嗦，让将军见笑了。

孙　超 老夫人！刘大人废寝忘食、勤于公务，叫人钦佩啊！只是会稽这个地方，看似风平浪静，其实危机四伏。你要劝告太守大人，切莫单枪匹马独断

独行。一来为太守安危着想，二来他势孤力单，也办不成事啊。有什么难处只管与末将商量，我们一起干！我保他任职三年，顺顺利利、稳稳当当！

老夫人 噢？

孙　超 老夫人，你这么大年纪还自己缝补衣裳，真叫人于心不忍！老夫人，今天末将还给你带来了礼物！（孙超示意叫钱总管送上礼品）老夫人……

老夫人 孙将军这是……

钱总管 老夫人，这些都是孙大人孝敬你的。你看珍珠玛瑙、绫罗绸缎……

孙　超 （止住）小小礼物不足挂齿，这是末将的一片孝心！

老夫人 拿回去吧！

孙　超 这——

老夫人 拿回去！

钱总管 老太太和儿子脾气，是一式一样！

孙　超 末将听从老夫人教诲。告辞！

老夫人 如此孙将军走好。墨香送客！

墨　香 是。孙将军，请！

孙　超 天都要亮了，刘宠还是不归。莫非他……

钱总管 去了强盗村？

〔收光。

〔起光。山间窝棚，章澄水躺倒在榻上，众人围着，刘宠与兰云在一旁。

刘　宠 如此说来，是孙超强行侵占盐田村，把你们赶进了深山之中？

众百姓 是啊……是啊……

章澄水 大人啊！托前任马臻太守之福，修造鉴湖拦了海水。为了将盐滩改造为良田，马太守大大鼓励百姓耕种，千辛万苦建起了一个盐田村。还免去了村民的赋税。谁知一个如此为民造福的马太守，因得罪权贵，功成之日含冤被杀。

（唱）马太守带百姓开垦良田，
　　　恤民情免赋税谕令五年。
　　　又谁知马臻死孙超接管，
　　　求功绩下狠手突然变脸。

乡民甲 （唱）抢了我们地，
　　　占了百姓田。

满腹冤屈无处辩，
老百姓悲愤交加对苍天。

乡民乙　（唱）横征暴敛坏心眼，
欺下媚上收黑钱。
为怕真相见光死，
把我们苦苦困在山里面。

章澄水　（唱）账本一件最关键，
孙超罪证太明显。

刘　宠　账本？

章澄水　大人啊，今日我交到大人手上的这份账本，是孙超代管之初，会稽真正的赋税账目。当年经手的吏官，不明不白被人害死。临死前将此账本秘藏在我这里。这里可以看出孙超为了政绩，胆子有多大，篡改赋税数目，又横征暴敛。

刘　宠　如此说来，孙超弄虚作假？

章澄水　虚报垦荒一万亩，多报壮丁数千人。

刘　宠　（吸一口冷气）一万亩……孙超还中饱私囊？

群　众　中饱私囊，百姓尽知。

章澄水　他还行贿拍马屁。

刘　宠　行贿？

章澄水　大人啊，这些日子，乡亲们打渔看见芦苇荡中，一些官兵偷偷地往船上装运财物。我们打听到，是都尉府要给上头送礼呢！

刘　宠　哦？此事要即刻查实。兰云，我们这就去调查船只之事。

兰　云　好！

刘　宠　老人家，盐田村之案定然早作答复！

众百姓　大人！

刘　宠　大家放心吧，刘宠告辞！

章澄水　你这就走了？连口水都没有喝呀！

刘　宠　老人家，听了你们的冤情，刘宠心中有愧。正是官府所为，害你们受苦受屈。等替你们解决了冤情，阖家欢庆之时，我再上门来讨水喝！

章澄水　好太守啊！
（唱）一句话不由我热泪盈眶，
好太守真挚言暖人胸膛。

山深雨急路狭长，
你不避艰辛深夜访。
荒山僻岭多荆棘，
从无有官吏敢来往。
你堂堂太守居高位，
却如同一家人问短问长。
章澄水受尽了层层欺压，
几曾见这样的好官为民着想。
清贫老汉无所谢，
唯有一跪表衷肠！

章澄水
众百姓 我们的好太守啊！

〔章澄水跪下，众百姓也跪下。

刘　宠 （唱）——老人家啊！
雨水打湿你衣裳，
泪水纵横你脸庞。
看你白发如严霜，
叫人辛酸又惆怅。
我已悔未能及时来探望，
害你们多增辛劳与悲伤。
当官先做人，
做人应善良。
岂能够为添功绩伤百姓，
更不能为饱私囊昧天良。
当官也是人，
有爹也有娘。
百姓生来百姓养，
众父老与我亲人一般样。
你们的冤情我记心上，

众百姓 大人！

刘　宠 （接唱）——刘宠我定将此案查端详！

众百姓 大人，一路走好啊！

刘　宠　大家回去吧。风大雨急，大家快回去吧！

〔刘宠与兰云下。

秋　姑　叔叔……伞，伞拿去！

众百姓　大人，一路走好啊！

〔光暗转。

〔光复起。刘宠府中，歌谣声中刘宠端坐，老夫人正为儿子梳头。

老夫人　（重唱）举木梳，亲手为儿理发丝，

刘　宠　（重唱）老娘亲，亲手为儿理发丝。

老夫人　（重唱）多少年，母子情深常相依，

刘　宠　（重唱）多少年，天伦之乐暖心里。

老夫人　宠儿！多少年，娘给你梳头总是一丝不苟，纹丝不乱。

刘　宠　是，一丝不苟纹丝不乱！

老夫人　娘教你为人也要如此。

刘　宠　孩儿从来都是遵循母亲教诲，谨记不忘！

老夫人　只是你如今做了地方要员，只怕……

刘　宠　母亲难道还信不过孩儿吗？母亲！

（唱）母亲你平日耳旁常警示，
学前贤半点贪念莫敢起。
钱不清身难正，
身不正祸将至。
一文一厘不大意，
清白家风儿谨记！

〔兰云女装上。

兰　云　夫君，都尉府的钱总管送来请柬。说今天是孙将军的生日，一定要夫君薄暮时分过府饮宴。倘若不去，钱总管就候在府中不走了。

刘　宠　哦，这场酒宴来得好蹊跷？

老夫人　宠儿，这酒宴我看还是不去为好。

刘　宠　母亲，今天的酒宴我去！

兰　云　夫君……

刘　宠　今晚的酒宴非同一般，事关一桩大案，我一定要去。

老夫人　哦，那你千万要小心！兰云，你还是女扮男装跟着他，不要让他喝多了。

刘　宠
兰　云　母亲（婆婆）放心！

〔老夫人下。

刘　宠　这些天我正在查船的事，孙超定有察觉。

兰　云　他请你赴宴，分明是要探个虚实。你可不要打草惊蛇！

刘　宠　我倒是要来一个引蛇出洞！

兰　云　引蛇出洞？

刘　宠　让他措手不及，自投罗网。

兰　云　那我陪你一起去？

刘　宠　不！我不要你陪我去，我要你带我回。

兰　云　什么意思？

〔刘宠与兰云耳语。

兰　云　哦，将计就计。

〔切光。

第四场

孙　超　都安排好了吗？

钱总管　安排停当！

孙　超　今晚，船只能准时启航吗？

钱总管　大人放心，一切按计划进行。

孙　超　刘宠，请来了吗？

〔内声：会稽太守刘大人到！

钱总管　大人，果然来了！

孙　超　好你个钱总管！看我眼色行事。

钱总管　有数！

孙　超　快快有请。

钱总管　是，有请！

〔刘宠上。

刘　宠　（唱）今日里暗伏危机，

查实情将计就计。
杯对杯来盏碰盏，
水落石出看今夕。

孙　超　刘大人！

刘　宠　孙将军！

孙　超　（唱）难得应约人亲至，
深感抬爱荣幸极。

刘　宠　（唱）总管邀约情深挚，
言说都尉寿辰期。
平日里疏于问候生歉意，
逢寿辰岂能再违失礼仪。

孙　超　（唱）孙超我三旬寿辰不足议，
免宴请去尽排场宾客稀。
趁今日倾心交谈剖情谊，
愿只愿——
今宵一醉对知己。

刘　宠　（唱）深愧领，孙将军一片美意。
论年纪，你我相仿该称兄弟。
今日里，刘宠不妨来破例。
一醉方休——

孙　超　（大喜）怎么，大人破例？

刘　宠　（唱）一醉方休酬知己！

孙　超　来，抬酒上来。给大人敬酒！

〔内兵士应：是！

〔歌妓们内应：是！

刘　宠　孙将军，你这是什么意思？

孙　超　大人，好酒岂能无佳人，半品醇醪半品人！

刘　宠　好一个半品醇醪半品人！如此孙将军，请！

孙　超　请！

二歌姬　刘大人，请！

刘　宠　好酒啊是好酒！

孙　超　刘大人，请！

刘　宠　孙将军，我有句话想要问你？

孙　超　请讲！

刘　宠　（唱）问将军会稽佳酿出何因？
香满地天下之人都闻名。

孙　超　（唱）都只为会稽鉴湖水流清，
才酿出醇香老酒世闻名。

刘　宠　（唱）好酒因水清——

孙　超　（唱）今宵共欢饮——

刘　宠　（唱）人生难得醉，

孙　超　（接唱）有酒须尽兴——

〔合唱：人生难得醉，
有酒须尽兴。
半品醇醪半品人，
云里雾里可看清？

孙　超　刘大人，官场官场有来有往。你何必板着脸，从不通融呢？

刘　宠　将军的意思是……

孙　超　有酒一起喝，有事一起做。

刘　宠　你说说什么事能一起做？老百姓痛骂的事，刘宠我可不做啊！

孙　超　大人，有些老百姓，一丁点事情不满意就骂声连天。这些话是不能听的。

刘　宠　刘宠我想听也听不到！会稽的路我不熟，鉴湖的水我也不知深啊。你说哪些话该听，哪些路好走啊？

孙　超　太守大人，你可不能一个人在山里走夜路啊。

刘　宠　我倒是宁愿一个人走夜路，也不想和有些人一起做暗事。走夜路天总会亮的，做暗事绝路一条！

孙　超　什么意思？

刘　宠　孙将军，不明白吗？

孙　超　你去了强盗村？

刘　宠　难道不该去？

孙　超　（哎呀）那些刁民都是亡命之徒。官府辛辛苦苦，为他们把盐田开垦为良田，他们却连赋税都不交，这笔账是算不清楚的。

刘　宠　糊涂账就罢了，只怕算清楚了，是要命账。

孙　超　要命账！

刘　宠　孙都尉，这笔账到底怎么算，你可要心里有数啊！

孙　超　（哎呀）今天是我生日，不谈这些。放松……饮酒饮酒。

钱总管　来……再给刘大人敬酒！

众歌妓　是！刘大人……

孙　超　那个刘宠绝不是同路人，芦苇荡的船只即刻启程。

钱总管　有数！

刘　宠　你们在说些什么啊？饮酒……（刘宠连喝几杯，佯醉）

孙　超　对，不醉不散！刘大人，饮酒，饮酒！

众歌妓　大人，请！

刘　宠　孙将军，你是要拉我下水啊？

孙　超　湿湿鞋子又有何妨啊！人生得意须尽欢，大人今日何妨放浪形骸。你们这些女子要是侍候不周到，刘大人看不上你们，我就打断你们的腿！

刘　宠　哦，如此说来今日我若不怜香惜玉，这些如花似玉的小女子，反倒要遭殃了？好，那就喝！

众歌妓　刘大人！先喝我的！

〔兰云匆匆上。

兰　云　大人！禀大人，家有要事请你速回。

孙　超　无礼！今天是本都尉生日，我要与大人拼酒。大人不回去了。

兰　云　孙将军，我家大人已经醉了，要拼酒我来！（夺过刘宠手中酒杯）孙将军！

（唱）感谢款待盛情谊，
兰云敬酒你莫辞。
人生得意须尽欢，
何妨一醉畅心意。

兰　云　干！（喝下杯中酒）

孙　超　大人，好厉害的跟班啊！

刘　宠　这是我娘舅的外甥的堂阿弟，专门派来管我的。

孙　超　今日在都尉府你就不用管他了，来，再给大人斟酒！

众歌妓　刘大人……

兰　云　大人，你不能再喝了……刘宠！

刘　宠　大胆，你敢直呼老爷的名字，你不要命了。老爷我今日偏要喝他个酩酊大醉。来，倒酒！

众歌妓 刘大人！刘大人！

刘　宠 一个个来……一个个来！

兰　云 孙将军，你们再让大人喝酒，要出事的！

孙　超 能出什么事。

兰　云 孙将军！

（唱）太守家中结发眷，
河东狮吼最凶悍。
深夜不见丈夫面，
定然上门来纠缠。
那时节一场闹得欢，
乒乒乓乓都打乱。
只怕是欢欢喜喜庆寿诞，
到后来不欢而散收场难。

刘　宠 哎哟是啊！我那妻室凶是凶的呀，不讲道理胡搅蛮缠。不过在都尉府中，我怕她作甚？莫非她想把我拖回去不成吗？我还要喝……（醉倒在地）

兰　云 大人，你不能醉，你家中还有事！（刘宠踢了一脚，兰云明白）糟了！他真的醉成烂泥了，你说怎么办？

刘　宠 我没有醉，倒酒！

孙　超 兰云，就让太守住在这里，明天一早我送过去。

兰　云 孙将军，你还是送大人回府吧。要不然少夫人狮吼到此，打烂都尉府，我可担待不起啊！

孙　超 好吧！将太守送回府第。

众兵士 是！

刘　宠 好酒……好酒！

兰　云 多谢孙将军！

〔兵士架着刘宠下，兰云跟下。

钱总管 大人啊，（见状）码头上的船就要启航了，你怎么能把他放走了？

孙　超 少根筋！他真的醉了，我会亲自到刘府盯着他，你只管顺风启航。

钱总管 高！

孙　超 这里有我一封亲笔信，你一定要亲手交给梁冀国舅。

钱总管 大人，放心！

孙　超 来，去往太守府。

〔内声：是！

〔灯暗。

第五场

〔起光。刘府里老夫人抚摸着玉佩。墨香上。

墨　香　老夫人，吃药吧！

老夫人　老爷夫人回来了吗？

墨　香　夫人回来了，老爷说有要案要办连夜又去了。

老夫人　要案？

墨　香　夫人说，如果有人登门问起老爷，一定要说老爷酒醉在家歇息。

老夫人　噢……

墨　香　夫人还说，老爷吩咐过，今夜一定有客人登门，就请老夫人款待一番。

老夫人　哦，有客人登门？

〔内声：都尉孙大人登门叩见！

老夫人　他又来作甚？有请！

墨　香　老夫人说请大人进来！

〔孙超上。

孙　超　老夫人，孙超拜见。

老夫人　孙将军，这么晚前来我家，有何贵干？

孙　超　哦，我是来看看刘大人，他酒后可还安泰？

老夫人　酒后？哦，我儿酒醉在家歇息！

孙　超　那末将正好来拜望老夫人。

老夫人　请！

孙　超　那日老夫人一番教训，使孙超受益匪浅。孙超若有老夫人一般的娘亲时常管教，那该有多好啊！

老夫人　孙将军你的双亲……

孙　超　可叹孙超生来命运不济！从小被亲人遗弃，在马帮里长大。从未尝过父母怜爱的滋味！

老夫人　（深为同情）孙将军，你也不用太难过。人生总有不如意的事。别看我

们阖家团圆，其实也有伤痛！

孙　超　怎么？

老夫人　（缓缓地）我一个儿子丢了，到现在音信全无。

孙　超　儿子丢了？

老夫人　是啊很多年了！我日日思夜夜想，以泪洗面。哭得眼睛都快看不见了。

孙　超　老夫人，丢在哪里？我帮你去寻，帮你去找？

老夫人　山东牟平。

孙　超　牟平？

老夫人　那一年，孩子他爹不幸在战乱中亡故。我带着两个孩子从牟平家中逃出。不料中途刘宠得病，我只得将小儿刘永藏在破庙之内，抱着刘宠去看病。谁知等我回来，永儿他再也找不着了。

孙　超　老夫人，你那孩子身上可有信物？

老夫人　刘家祖传玉佩。一块在他身上，一块在我这里。

孙　超　那玉佩背后可是一个福字，旁边刻有团花？

老夫人　你怎么会知道？

孙　超　老夫人，你那儿子是不是身着素色麻衣，裤子上绣有粉色花纹？

老夫人　你怎么会知道的这样清楚？

孙　超　我……我就是被母亲丢失的那个孩子！

老夫人　永儿！

孙　超　母亲！

老夫人　我的亲儿子！

孙　超　娘！

老夫人　（唱）三十年苦期盼以为无望，
今日里一生缺憾终报偿。

孙　超　（唱）三十年盼亲娘终见亲娘，
今日里乍重逢惊喜非常。

老夫人　（重唱）三十年泪朦胧，
日日夜夜把儿想。
今日里庆团圆，
尽享天伦不忧伤。

孙　超　（重唱）三十年怨娘亲，
生儿不把儿来养。

今日里知娘亲，
苦苦把儿挂心肠。

老夫人 今日能与我儿重聚，娘就是死也瞑目了。

孙　超 娘！对了，如此说来，刘宠太守就是我的兄长了？

老夫人 是啊！是啊！儿啊，我去把你兄长叫出来。你兄长他，也想你想得好苦啊！

孙　超 我也想他啊。

老夫人 哦，你兄长他不在家。

孙　超 他不是酒醉回家了么？

老夫人 连夜办要案去了。

孙　超 什么？办案去了？

老夫人 是啊。儿啊你坐坐，我去把你嫂嫂叫出来。

孙　超 办案去了？莫非去码头了？啊呀！一定去码头了！

〔孙超六神无主想夺门而去，正遇刘宠回来。二人相视。

刘　宠 孙将军，我知道你会跟来我家的。

孙　超 刘大人，你不是喝醉了吗？

刘　宠 是你想让我醉，可惜刘宠要么不喝，要喝起来却也是海量。

孙　超 你装醉！

刘　宠 我若不醉，如何脱身？如何好让你放心地跟到这里来？而我正好去看看你那满船的金银财物。满满的一船哪！孙超，那可都是会稽的民脂民膏啊！

孙　超 好你个金蝉脱壳！

刘　宠 对不起！坏了你的调虎离山。

孙　超 好厉害的太守！

刘　宠 好贪心的都尉！

孙　超 上天自有好生之德！

刘　宠 人间难容贪渎之官！

孙　超 得饶人处且饶人！

刘　宠 皇皇纲纪律法森严！

〔老夫人上。

老夫人 宠儿，你回来了？

刘　宠 母亲，孩儿回来了。夫人，那条船已经扣下了！

兰　云 好！

孙　超　你的夫人？

兰　云　孙将军，兰云本是太守夫人！

孙　超　你们？

老夫人　你们说什么啊？宠儿，告诉你一件天大的喜事。我们日夜思念的亲人找到了！

刘　宠　真的？！

老夫人　的的确确，（拿出玉佩）两块玉佩！

刘　宠　弟弟在哪里？弟弟在哪里？

孙　超　兄长！

刘　宠　（愣住）他？

老夫人　是啊，孙超就是你失散多年的亲弟弟。他受了多少罪，吃了多少苦。老天啊，我们终于团聚了！

孙　超　娘！

刘　宠　母亲！

老夫人　宠儿，娘今日太高兴了！这一辈子的遗憾与愧疚，今日终于弥补了。

刘　宠　这是真的？

（唱）老娘亲为重逢喜难自禁，
怎知道刘宠我心难平静。
失散的亲兄弟终于团聚，
这本是天大喜事实堪庆。
又谁知孙超竟是手足亲，
贪钱财害百姓，
他罪犯不轻。
律法森严难宽宥，
我岂能因私庇护来徇情。
欲将实情来挑明，

老夫人　永儿！

孙　超　娘！

刘　宠　（唱）猛然见老娘亲，
泪眼模糊抚儿亲。
可怜她三十年，
苦苦期盼泪如线，

怎忍心，

教她痛伤再失亲生。

老夫人 宠儿，今日团圆之喜，你为何闷闷不乐，默默无声啊？

刘　宠 母亲，只因孩儿方才办完一个大案，犹在痛心。

老夫人 什么大案？

刘　宠 会稽的一些官员，为了大出功绩，将盐田村百姓早已开垦的良田，当作兴修水利新增之田。多报垦荒一万亩，虚报壮丁几千名。失地百姓却被赶进深山，他们失去糊口来源，徭役赋税却还不减，有人告状就被关押进监。逼得那些走投无路的只好去当了强盗！

老夫人 他们为什么要这样做啊？

刘　宠 （唱）为功绩显示才能，

赢来了朝廷赞声。

为地位上下钻营，

送银钱贿赂成风。

为富贵中饱私囊，

贪腐兴暴敛横征。

可怜的老百姓啊！

谁人来怜悯？

富庶之地多乞丐，

鱼米之乡添游民。

他们是辛勤耕种，

流汗出力无收成，

赋税如山徭役似海难生存。

食不饱、衣难温、失家园、

迁山岭、被盘剥、被欺凌，

这样的官员，

湛湛青天岂能容忍！

孙　超 大人！

刘　宠 孙超，你扪心自问，你对得起百姓？对得起良心吗？

老夫人 什么，孙超他？

刘　宠 母亲，孙超身为都尉代管会稽，罪责难逃。

孙　超 兄长！

刘　宠　你明知犯法，怕暴露用尽手段。为保富贵，你拉拢勾结豪强权贵。为保富贵，你设法藏匿赃物钱财。故而今晚设下酒宴，企图趁我不备暗自启航。是儿先派人前去查实，将计就计假醉离开，孙超以为无事跟来府中，我却带上精兵强将，查获航船物证俱在！

刘　宠　钱总管为了将功赎罪，将你的罪行一一招供。还交出了一封你给朝中权贵的亲笔信。

孙　超　信！

刘　宠　这封信言词阿谀难以入目！孙超啊孙超，你这个丧失天良的贪官，没有尊严的东西！

老夫人　孙超……我儿！你兄长所言可都是真？贪赃枉法、欺压百姓，可都是你之所为？

孙　超　母亲！

老夫人　（走到孙超身边，扬起手来欲打）我……我打你！

〔老夫人全身颤抖，一阵昏晕……

刘　宠
孙　超　（急呼）母亲！

老夫人　永儿，让我好好地看看你，是什么让你变成这个样子？是什么让你变成这个样子？怎么，我什么都看不见了！我真是瞎了眼了，我何苦要寻你这样一个儿子！（悲呼）我……我瞎了！

孙　超　母亲！

老夫人　我打你……我打……

（唱）多少年思刘永泪流不停，

却存有一线希望半点光明。

今日里骤然相见太欢欣，

却不料一场噩梦更惊心。

乍喜还悲痛难忍，

蓦地里瞎了眼睛。

孙　超　母亲，孩儿对不起你啊！

老夫人　（唱）初见儿看不见儿，

长痛惜今日偏痛恨。

天哪天！

我思什么儿来盼什么儿，

倒不如天涯相隔莫相认。

孙　超　（唱）见母亲痛切意又恨又悯，

神恍惚情悲切悔恨相生。

儿本是马臻手下都尉将，

马太守含冤被杀心太惊。

借银钱为免株连去送礼，

保职位代管会稽更威风。

从此后为保官位渐堕落，

瞒上欺下胡乱行。

母亲啊！

儿不是自甘堕落少人性，

少教养一步一步入陷阱。

老夫人　难道你不明白，这丑事是不能见阳光的吗？

孙　超　不！母亲，我错了。兄长！请兄长看在手足情份饶我这遭。我辞官不做，归隐家乡侍奉老人，补上这三十年丢失的天伦之乐！（跪倒在地，哭泣恳求母亲）

老夫人　儿啊，你是错了！可是先错在没了爹娘无人教诲。这千错万错是娘的错，娘不该把你丢了。儿啊！

刘　宠　母亲！

老夫人　宠儿，你兄弟他会定何罪？

刘　宠　欺君罔上、坑害百姓、贪图富贵、中饱私囊，只能押解京城洛阳，听候朝廷发落。

老夫人　那他还能回到娘的身边吗？

刘　宠　这……孩儿不知！

老夫人　宠儿，你也明白！娘最心痛的，是丢掉了你的弟弟。这三十年来，无时无刻不心怀愧疚。今日母子终于团聚，不料他却犯了大罪。可是娘怎能眼睁睁看他……宠儿，你能为了娘，放过他吗？宠儿，娘求你了！

刘　宠　母亲！

（唱）老娘亲痛骨肉苦求声悲，

既伤痛又怜悯难以主裁。

三十年兄弟同根不同命，

才有这重逢离别喜与哀。

我这里常受慈母亲教诲，
立人品洁身自好不贪财。
他那里失哺孤雁落尘埃，
无母爱受冷待，
谁人教育谁人栽培？
一朝错，
贿赂高官搜刮钱财，
夹缝求生苦果自栽，
一错再错欲恨还悲！
错又错悲复悲，
其情虽可悯其行不可为。
酒香因水清身正心无碍。
心无碍为官为人坐得正，
坐得正岂惧风雨自宽怀。
民心不可欺欺心必服罪，
骨肉情虽重律法不能违。
母亲啊，
你教儿一生坦荡莫欺心，
儿怎能昧心枉法犯大罪！

兰　云　婆婆，恕媳妇直言！今日婆婆终于和失散多年的儿子得以重逢。阖家团聚之际，婆婆却再次饱受了失子之痛……夫君他身为朝廷命官，位居太守。如若对自己的兄弟有过不咎、有罪不查，不顾百姓疾苦，有负朝廷重托，这绝非婆婆一生含辛茹苦，生儿育儿之所望啊！如此结果，婆婆失去的岂止一个儿子！

老夫人　（愣住）我怎么这样糊涂！我已经害了一个儿子，我不能再害一个儿子！永儿……

孙　超　娘！

老夫人　娘对不起你呀！你变成这个样子，娘的心痛啊！

孙　超　娘！

老夫人　你要好好听你兄长的话，押解进京听凭朝廷发落。倘若有个三长两短，你的家人有我们照顾。你放心！娘一定会好好管教你的孩子，让他们像你哥哥那样，成为一个堂堂正正、清清白白的人！

孙　超　娘！

老夫人　来！让为娘给你们兄弟二人，好好地梳一次头！

〔静场，音乐声渐起。孙超像个孩子那样蹲在了母亲面前。老夫人为两人梳头。

〔幕后童谣声渐起：青石桥，白石桥……

尾　声

〔画外音：刘宠任会稽太守期间，“简除烦苛，禁察非法，郡中大治。”三年后，刘宠任满，升迁赴京。

刘　宠　三年了，来了又要去了！

（唱）长桥短桥还依旧，
　　河水栈道两悠悠。
　　别会稽种种情由欲诉还休，
　　且喜这空空行囊清风一袖。

兰　云　婆婆，走好！

老夫人　人老了路也不好走了！

刘　宠　母亲，前面就要过桥了。

老夫人　会稽就是桥多，我们家乡也有桥。

刘　宠　母亲，小心了！

老夫人　宠儿，你的手下带着永儿的家眷，先回牟平家中，想必已经到了？

刘　宠　母亲，想必到了！

〔内声：刘大人！大人……

章澄水　大人，你怎么走得这样匆忙？我们准备给你做万民伞，都来不及啊！

刘　宠　老人家，不劳你们相送。刘宠最受不了离别之情啊！

老人甲　大人，你在会稽三年，让我们过上太平好日子。老百姓感念你，舍不得你走啊！

秋　姑　大人，你慢点走，让我们再送送你吧！

众百姓　大人，你慢点走，让我们再送送你吧！

章澄水　大人啊，你为我们洗清了冤枉，把盐田村的良田还给了我们，你真是我

们的大恩人啊！

众百姓 你真是我们的大恩人啊！

秋　姑 大人，这些钱给你的！

刘　宠 钱？

章澄水 是啊，百姓舍不得大人走。说这三年日子好了全靠大人。我们给你凑了些盘缠，大人一定要收下。

百姓乙 大人，这是盐田村百姓的心意，你就当作纪念吧！

众百姓 大人，你就收下吧！

刘　宠 那刘宠就收下一文，权作纪念！

众百姓 大人……

刘　宠 大家不要再送了，刘宠走了！

众百姓 大人，一路走好啊……

〔刘宠行至桥畔。

刘　宠 （唱）一文钱，也是钱。

无限感慨涌心间。

纪念何必要用钱，

俱都是百姓的血汗钱。

遥望西江水连天，

灌溉山会万顷田。

奉还百姓一文钱，

留得清白在人间！

〔合唱：一钱向水水自清，

天清地清人也清。

〔剧终。

2008 年

现代甬剧

宁波大哥

王信厚　孙仰芳　王晓菁　孟　华

人物表　王永强——男，宁波永强有限公司董事长。
李信良——男，又名李宁波，宁波支边青年，黑龙江某煤矿工人。
辛巧灵——女，李信良妻子。
张老康——男，煤矿老工人。退休后鞋摊经营者。
李萍萍——女，李信良女儿。
小　应——女，王永强秘书。
医　生——男，雪城医院医生。
护　士——女，雪城医院护士。
李宁波甲、乙，年轻妈妈，工人甲、乙、丙，少先队员若干等。

〔一曲宁波民谣缓缓响起——
芝麻香，糯米糯，
宁波汤团猪油裹，
回家的亲人尝一尝，
团团圆圆暖心窝。

〔画外音：这个故事，发生在20世纪80年代，至今想来还是那么刻骨铭心、难以忘怀。当年，王永强我还只十八九岁，腿上却得了一种怪病，千里迢迢的从宁波来到东北治疗，在一家小医院里，和一位宁波老乡邂逅相遇，此时正值大年三十，亲人团聚的日子……

一

〔字幕：20 世纪 80 年代初，东北某地，雪城医院。

〔医院外，花圃、曲径、灌丛。一条斜路通向一垛耸立的石峰，峰下即是深谷。远山之巅，白雪皑皑。虽是严冬季节，但似乎已透出了一丝早春气息。

〔幕启，大年三十，红灯笼、红对联，爆竹阵阵，医院里洋溢过年气氛。李信良推着轮椅上的张老康上。温暖的阳光下，李信良边推着轮椅漫步，边在张老康耳边哼唱宁波山歌——张老康一身病号服，闭着眼睛坐在轮椅上倾听着。

李信良 （哼唱）芝麻香，糯米糯，
宁波汤团猪油裹，
回家的亲人尝一尝，
团团圆圆暖心窝。

张老康 小李子，只要你对着师父唱起你们宁波家乡小调，我的伤口疼痛就见轻，比吃药还灵。

李信良 师父，你喜欢听，我每天都唱给你听。

张老康 哦，你打算让师父住一辈子医院哪！（二人笑）我这次真是死里逃生啊！我知道，我们矿上私底下把花圈都给我准备好了，是你小子楞把我从阎王殿拽回来！唉，这一百多天真难为你呀，今天是大年三十了，你还不能回家……

李信良 师父说这话就见外了！矿上派我来，就是要我照顾您。况且你是我的师父，又是我和巧灵的大媒人。俗话说，一日为师，终生为父，你就把我当你的亲儿子吧！

张老康 好啊，老天有眼，让我孤老头子终于有了儿子，哈哈哈哈……

〔突然，数名医生护士慌慌张张奔上，一边喊叫着“王永强”的名字，一边四处寻找——

护　士 李宁波，你看到王永强了吗？

李信良 王永强？

护　士 就是新来那位病号，十八九岁，走路一瘸一拐的？

李信良 你们别急，宁波话我懂，等他回来我给你们当翻译。

医　生 哎呀不是，正要给他做截肢手术，可是他要寻短见。你看，这是他留的遗书！

李信良 糟糕！这大年三十了，千万别让他出事，快找，我帮你们一起找——

众　人 （边找边喊）王永强——！！！……

〔在那垛石峰边上，出现了王永强，他拄着拐杖，神情沮丧，眼露绝望。

王永强 你们别找了，我在这儿。我们就在这儿告个别吧……

众　人 王永强！（众人欲往上冲）

王永强 站住，你们要是过来，我现在就跳下去！

护　士 王永强，你那里危险！

王永强 不，对我来说，这儿最安全，我一跳下去，就和痛苦彻底告别了！

医　生 王永强，你还年轻，如果对医疗方案有意见，我们可以再商量。

王永强 这不怪你们，我知道我的病情，我家里已经为我倾家荡产，我不能再连累他们了，这年，我过不过去了……

李信良 小兄弟，我是宁波人，我们是老乡。你有什么事，跟大哥说说吧。

〔医生、护士欲上前扑救——

王永强 站住，你们谁也别过来。求你们给我父母捎个信儿，要他们好好活着，别为我伤心。再见吧！（欲跳）

李信良 （突然大喝一声）王永强，你勿是阿拉宁波男人！你没种！有勇气活着的才是阿拉宁波男人！宁波男人要有种！

〔王永强被李信良的大声斥责镇住了，一下子瘫坐在地上，抱头哭起来。

李信良 小兄弟，你即使不为自已活着，也要为你们家乡亲人活着，你父母等你回去呢！对了，今天是大年三十，是亲人团聚的日子，我给你唱个家乡小调吧。

芝麻香，糯米糯，
宁波汤团猪油裹，
回家的亲人尝一尝，
团团圆圆暖心窝。

〔李信良唱着家乡小调吸引王永强注意力，并一边暗示医院护工偷偷绕到王永强背后，趁机扑过去，紧紧抱住王永强。

〔医生护士们抢上前去，将王永强架下。

王永强 （挣扎）不，不不！……你们放开我，放开我。

李信良 医生，把他交给我吧，我们老乡对老乡，说说心里话，好吧？

医　生 好吧。

张老康 小伙子，你千万不要想不开啊！

〔医生护士推着张老康下。

李信良 小兄弟，能在这大东北遇见你这个小老乡，说明我俩有缘分。说说，究竟是怎么回事？

王永强 （摇头）说说有什么用？你也救不了我。

李信良 你不说怎么知道我救不了你？我在东北已经好多年了，或许我真有办法帮你哪！说说看。

王永强 我真不愿再提这条该死的腿呀！（恨得捶腿，却疼得咬牙）……

（唱）王永强年纪轻轻灾星重——

一条腿，邪病生，先红肿，后肿疼，红红肿肿、肿肿疼疼、

日渐加剧成毒痈，腐骨败血又化脓，百般疼痛如酷刑啊！

我出不了家门走不成路，

卖不成力气打不成工。

为治病家中财产变卖尽，

穷家寒舍四壁空。

到头来腿病越来越严重，

眼看判死无回生！

绝望时一张广告让我心一动——

长城北，寒江东，此家医院把报登：

专治骨科疑难症，言之凿凿板钉钉，浑似天上降救星！

王永强，砸锅卖铁拼路费，咬牙忍疼奔征程。越长江，渡黄河，

穿太行，闯关东，水路、旱路、铁路、土路、

风霜雨雪半月路，千里单拐寻光明。

哪料到救星也救不了我的腿，

他们要我锯腿，锯腿，锯腿——锯腿保命留残生！

哪家医院没有锯？

要锯腿，我何必，千里迢迢奔雪城？

望四方：一片漆黑皆绝路，

倒不如临涧一跳万事清！（挣扎扑涧，被李信良紧抱）

李信良 小兄弟，千万别想不开，大哥帮你问问医生，腿能不锯就不锯，看看有没有其他好办法，大哥陪你好好过一个年。

〔医生出现在一旁。

医　生 李宁波，你们讲的话我都听到了。作为医生，我何尝不想保住他的腿？可是……

李信良 可是什么，医生？

医　生 他患的是"广泛性骨髓炎"，肌肉已经大面积溃烂，部分腿骨已经碎裂。虽然不是骨癌，但治疗难度不亚于骨癌。

李信良 但还是有治疗办法的，对吧？

医　生 那就要剔肉敲骨。

李信良 剔肉敲骨？

医　生 就是把坏死的肉一块一块剔掉，把被毒菌感染的骨头一块一块敲掉。

李信良 （对王永强）兄弟，为了保腿，咬咬牙，坚持做吧？……

医　生 不，难度不在于病人，而在于护理！——手术后的伤口是敞开的，不能缝合，不能包扎，可我们是小医院，没有无菌室，只能在常规病房护理，稍有不慎，造成感染，就有可能转成败血病。手术需要反复几次，护理需要半年，很难保证不出问题。可以这样讲，三分在治疗，七分在护理。

李信良 那我们就精心护理呗！

医　生 李宁波，你想得太简单了！有些话不得不当面讲，我们的护士只能做技术护理，而日常的护理工作需要病人家属。可是，小王是一个人跑出来治病的，身上仅有的三百块钱也让他弄丢了，孤身在外，远离亲人，你说怎么办？

李信良 是这样吗，兄弟？

王永强 （抽泣）……

李信良 （嗔怪地）哭什么哭，像个男子汉大丈夫吗！（掏出一酒壶猛灌一口）家里亲人来不了是吗？那我来，谁让我们是老乡呢！陈医生，手术你们只管做，护理工作全部交给我吧！

医　生 你老婆已怀孕了，矿上不是要把你换回去吗？

李信良 不，我老婆没那么娇气，我跟矿上说说，不要叫人来换我了，再说张老康也喜欢我照顾，一举两得嘛。

医　生 李宁波，你很讲义气，但这件事义气不得，（急）他连一个亲人也没有，

谁来为他的手术签字？

李信良 （略思索，回头看着王永强）小兄弟，我不知道，你信得过我吗？我能不能代表你？

王永强 （含着眼泪，一瘸一拐走近李信良）大哥，我的这条命就交给你了，你就是我的亲大哥！

李信良 那好，（转向医生）这个字（一字一顿）我——来——签！

〔二人扑抱一起。爆竹声又响起。隔灯。

二

〔画外音：人是救下来了，为了保全我的腿，医生对治疗方案做了改动，本来是照顾张老康的宁波大哥却又担负起了对我的护理工作，一百多天哪，接屎接尿洗血洗脓，还把自己的工资也搭上，家里的事情全部扔给了他怀着孕的妻子辛巧灵。这也罢了，没想到这位大哥家里也有一堆烦心的事呢。

〔四个月后。

〔医院病房。一道屏风把房间隔成内外两个单元。屏风上写有："重症监护，请勿擅入"八个大字。

〔李信良身着白大褂，戴着大口罩，轻手轻脚又忙忙碌碌，他从屏风后端出便盆，匆匆走下。

〔辛巧灵挺着大肚子，挎着鸡蛋篮子上。

辛巧灵 当家的，当家的！……

李信良 （端衣服盆子上）嘘——！巧灵，你怎么又来了？

辛巧灵 怎么，我不能来？

李信良 我是说医院离家远，你挺着大肚子，又舍不得坐车，总是靠你的11号……

辛巧灵 这不用你操心！

李信良 巧灵，今天你送什么好吃的？（发现鸡蛋，高兴地捧着鸡蛋篮子看）这么大的鸡蛋，肯定是我们自家鸡下的蛋，巧灵你晓得吗，这小子特别喜欢吃你送来的蛋，他讲遇上你这么个好嫂子是我们兄弟的福气啊！

〔幕内王永强声：大哥，大哥大嫂又来了，都怪我连累了你们。

李信良 不要瞎讲你快睡吧。（转对巧灵）巧灵，你怀了孕也需要营养，以后就给自己留点吧。

辛巧灵 我结结实实的吃什么都行，放心，也亏待不了你儿子。（指肚内）小兄弟快好了，跟你一起来的知青也差不多都回城了，你也该准备跟他一道回宁波了！

李信良 哎，小兄弟还真有这个意思。巧灵，我还给我的同学写了信，托他到知青办活动，帮我们办回宁波……

辛巧灵 你同学回信了。

李信良 （高兴地）回信了？真的？信呢？

辛巧灵 （取出一纸）你只用在这上边签个字，事情就成了。

李信良 （兴奋得一跳）哇！签字还不好办？拿来，我签！——（正要签字，一看愣住了）——离婚书？巧灵，我知道这几个月你在家辛苦了，怀着孕，家里没人照顾，自己还要出去摆摊，我的工资又都花在医院里，委屈了你……可是，你不能开这种玩笑啊！……

辛巧灵 （取出信件）你同学的信，你自己看吧！

李信良 （接过，看信）——

〔画外音:——你好！你托我打听的事，今天才有了消息。安置办答复说，目前要求返回宁波的知青很多。像你这样已经在当地成了家的知青很难办理。按政策规定，单身的知青才能回城，这就看你的决心了。离婚也许是很痛苦的，但甘蔗没有两头甜，我等着你的抉择……

〔如雷轰顶，音乐大作——

李信良 这，怎么会是这样呢？

辛巧灵 （爆发地对李）你当初就不该要我，不该有这个家，更不该有这个孩子！（慢慢静下来，转对李）好了，你走吧。

李信良 我去哪里呀？

辛巧灵 你不是做梦也想回宁波吗？

李信良 是呀，可我是想和你一起回去呀，谁知——

辛巧灵 （发泄地）我没福气，我不想连累你！（见李信良傻愣愣，又觉自己太冲了，真诚地）当家的，我虽没去过宁波，但知道宁波是个好地方，眼前是个好机会，千万别为我耽误了你。

（唱）轻轻拉过我的夫，

你的心思我清楚。
眼见得人家都能回故乡
你是半夜汹酒心里苦
思念宁波你酒醉，
口喊宁波你梦中哭，你放声梦中哭啊！你梦中哭！
巧灵我看在眼里难相助，
暗淌眼泪湿衣服。
眼下机会已来到，
千万不可轻辜负。
签名三个字，一纸离婚书；
户口返原籍，条件就成熟。
东海之滨谋发展，
转眼就有大前途！
巧灵我带着孩子守黑土，
母子们生活虽苦好对付。
但等到，儿女长大成人后，
让他们东海之滨寻亲父。
父子团圆享天伦，
巧灵我常为你们祈祷平安多祝福！……

李信良 巧灵，我的妻呀！
（唱）巧灵你声声话语似利箭，
又好似一根情丝绕我身
这情丝一头系着故乡梦，
一头系着妻巧灵。
难返故乡我虽心疼，
更难舍知心善解恩爱情！
想当年荒原茅屋一场病，
来了个少言寡语辛巧灵。
提水带饭把药送，
输液守我到天明。
一连七日勤护理，
东北女子献赤诚。

曾记得有人笑你傻巧灵，
爱上个两袖清风穷光棍。
你说道——

辛巧灵（唱）钱有用，权有用，
难比善良价连城。
你有一颗金子心，
足够巧灵享一生！
（二人重唱）两床被子合一起，
半支蜡烛当红灯。
几张报纸做罗帐，
一间破屋建家庭。
穷苦曲调欢乐唱，
我和你相依为命，
尝到了温暖、尝遍了甘甜、尝到了幸福、得到了安宁，
享受到天伦之乐乐无穷！

李信良 罢罢罢——
（唱）纵然故乡万般好，
难抵我妻辛巧灵。
离婚二字抛海底，（把信撕掉）
我绝此心，断此念，
扎根东北做矿工——
守着贤妻、带着儿女、不弃不离伴终生！
〔屏风后又传来病人的叫声："大哥——！"
〔李信良急奔屏风后——
〔辛巧灵欲进又不敢进，悲喜交集地徘徊着……
〔灯暗。

三

〔画外音：我的腿病终于痊愈可以出院了。回宁波前，辛巧灵，这位勤

劳善良、快要临产的东北大嫂为给我送行，天不亮就起床了，和白面，包饺子，忙得不亦乐乎。

〔距前场两月后。

〔李信良家。矿工家舍，陈设简单，但东北味儿十足。

〔幕启时，辛巧灵在屋内收整着，忙活着，喜鹊喳喳欢叫声……

辛巧灵 （唱）喜鹊欢叫心开花，
兄弟出院要来家。
富贵糕点都没啥，
菜肴简单酒也差。
好在是穷哥穷嫂送穷弟，
礼不讲究心一家！

〔张老康上

辛巧灵 （急切地）老康叔，肉馅儿买来了吗？

张老康 （递上一个小纸包）给！

辛巧灵 这么少呀！

张老康 还要着肉票哪！多亏我存着三两肉票，要不还抓瞎咧！凑合着吃吧！

辛巧灵 待会儿你也来呀，陪那位小兄弟喝两杯！

张老康 拉倒吧，我要来了，这肉馅儿不够我一人吃！（笑着下）

〔辛巧灵进里屋。

〔李信良上，他领着王永强走进屋来——王永强的腿还有点跛，拄着拐，但满脸康复的兴奋。

李信良 到了！进来呀？

王永强 （观察着犹疑地走进）大哥，这就是我家呀？

李信良 咋的？

王永强 住这么简陋？

李信良 你小子嫌哥穷啊？（内喊）巧灵，你看谁来啦！？

〔身系围裙的辛巧灵应声出——

辛巧灵 永强兄弟！全好啦？能走这么远的路啦？

李信良 出院手续都办完啦，今天来做客，明天就回宁波。

王永强 （鞠躬）大嫂！

辛巧灵 别别别，兄弟，今天日子好，你弟兄俩好好喝两盅。我去收拾菜。对了，待会儿吃饺子！（下）

李信良　（兴奋地）嘿！有饺子吃啊？算你小子运气好！（深情地）招待客人，在我们宁波是吃汤团，可惜你大哥有好多年没吃啦！

王永强　汤团我也喜欢吃，大哥，那天你唱的那个宁波汤团可救了我的命啊！

李信良　是吗？（与王永强同哼）

芝麻香，糯米糯，
宁波汤团猪油裹，
回家的亲人尝一尝，
团团圆圆暖心窝。

〔辛巧灵上摆好菜，并往桌上竖上三瓶白酒。

王永强　（惊讶）这么多酒？多少人喝啊？

辛巧灵　就你兄弟俩！（斟上两碗）

王永强　啊，大嫂，我可不行……

辛巧灵　到了东北，就得按东北规矩来！（笑下）

李信良　来，先干为敬！（一饮而尽）兄弟，你明天就要走了，这一走，天南地北，不知何年何月才能碰面，按东北人规矩，三杯酒是一定要喝的！

王永强　（端起碗，为难地）大哥，我不会喝，我就喝一杯……

李信良　喝！（一饮而尽）

王永强　（略一入口，便拼命咳嗽）……大哥，东北的酒太厉害了！

李信良　东北高粱，最低50度，再低不过瘾！

王永强　大哥真像东北人了。

李信良　人是东北人，可根是宁波根哪！

王永强　大哥，你是宁波的信义、东北的豪爽，合二为一了。

李信良　你小子也会奉承人了。可惜大哥待在宁波的时间太短，15岁就离开了。

王永强　大哥，我早想问你，你为什么这么小就来到东北？

李信良　（唱）大哥我从小父母早亡故，
跟随外公度光阴。
贫穷养就吃苦性，
孤单练就漂泊心。
文化革命风雷滚——
上山下乡随大军。
半身戎装千里路，
七台河煤矿扎下根。

有缘娶上东北女，

大哥我成了个地地道道的东北人。

王永强 大哥，那你不想老家？

李信良 我怎么能不想呢？

王永强 那你为啥不回宁波呢？

李信良 我要是回去了，你嫂子怎么办？

〔辛巧灵端饺子上

辛巧灵 哎——热饺子来啦！快吃快吃！……我们东北人有句话，叫“饺子就酒，越吃越有”，（示意对李信良）你让兄弟先吃，啊！（下）

李信良 （会意）哎哎，那当然。

王永强 （贪馋地大口吃起来）哎呀，东北饺子真好吃，大哥，你也吃啊！让大嫂也来一起吃！

李信良 你大嫂正在忙活，你先吃。

王永强 大哥，我明白你的心。上次在医院里听到大哥为了嫂子回不了宁波，小弟回去后一定要赚大钱替哥买大房子，把嫂子一起接回宁波住。

李信良 好，赚大钱，有志气，不过大哥不想要你大房子，大哥只要你站直了，好好活着，做个平常人，来，喝酒！

王永强 不，你看不起兄弟，这酒我不喝。

李信良 这……兄弟，赚大钱没那么容易呀。

王永强 （倔强地）小弟非赚大钱不可，不赚大钱，今后小弟绝不再来见你！

李信良 （安慰地）喔，好，好，大哥相信你有这一天！

王永强 （高兴地）好！（倒酒）大哥，干！（二人碰杯，双双一饮而尽）

（唱）临别喝哥这杯酒，

浑身热血涌心头。

来日赚钱买新房，

接不回哥嫂誓不休。

（略露醉态）咦，大嫂呢，大嫂一起来吃饺子呀——大嫂，大嫂！……

〔王永强提着喝完酒的空杯子，喊着走进厨房，只听“当啷”一声摔碎杯子的声音……音乐起。稍顷，王永强从厨房走出，手里拿着个半截红薯，神色沮丧——

王永强 大哥，大嫂还拿我当外人啊！她让我吃饺子，她在厨房偷偷吃这个！（举红薯头）

辛巧灵　（走出）兄弟别多心，饺子馅儿少了点……

王永强　少了也该你来吃，你肚子里还有一个人哪，让我吃红薯头！（大口啃起红薯）

李信良　（夺过红薯）你嫂子今天做饺子就是为你包的！（说着自己啃起红薯来）

王永强　（上去夺，急得要哭）不！大哥，大嫂，

（唱）哥嫂吃薯我吃肉，
愧对哥嫂不胜羞。
哥嫂积蓄都用尽，
顿教永强热泪流！
危境相遇是天佑，
大哥救我在关头。
保腿手术哥促就，
高昂医费哥奔筹。
住院时日一百九，
大哥天天守床头。
洗脓、洗血、端屎、端尿、翻身、擦身、喂药、喂饭、
剪头、修脚、驱蚊、驱蝇……诸般脏累哥经手，
生命再造哥燃炉！
大恩大德难承受，
我的大哥啊！——
歃血跪拜磕响头！

〔王永强欲屈膝下跪，却疼痛难忍……

辛巧灵　（端饺子上，见状急扶）做啥做啥！？

王永强　大嫂，我要按照我们家乡的规矩，跟大哥结拜为亲兄弟，焚香跪地，朝天三叩——（说着又要下跪，又疼得咬牙）……

辛巧灵　（心疼地搀住王永强）兄弟，你疯了！你的伤口刚刚愈合，怎么可以跪？

李信良　（赞许地）嗯！兄弟你听我说，大哥在宁波已经没亲人了，我也想有你这样一个兄弟，这样吧，你先回宁波，等你完全恢复了，大哥回老家找你。

辛巧灵　我也去，到时候，我带一把东北的乌拉香——

李信良　我们同去四明山，面对雪窦寺，点燃乌拉香，让青山为我们做个见证，对天跪拜，永结同心，好不好？

王永强 那好！那我们就说定个日子！

李信良 一年后的今天——八月八日，怎么样？

王永强 八月八，发发发，好，那样吧大哥，你再多给我几年时间，我要干出个样子再见你！

李信良 好，我等你，那我们就先定个八月八日——

王永强 兄弟肩并肩——

李信良 同登四明山——

王永强 君子一言——

李信良 驷马难追——

王永强 大哥，拿酒来！

〔倒酒、敬酒、双双一饮而尽。王永强似醉非醉。

二　人 （相抱）大哥！——兄弟！

〔灯暗。

四

〔画外音：我回到宁波后，憋足劲儿折腾了七八年，生意终于有了起色，一有了钱，我先给大哥大嫂买来一套房子，可哪想到商海沉浮，世事难料，我还没来得及给大哥写信报喜，公司却因上一个重大项目失败，一下子陷入了困境。恰在此时，大哥大嫂回宁波看我来了。

〔距前场八年后，又一个八月八日。

〔王永强的企业，总经理办公室。整个办公室有一种凌乱迫急之氛围。灯亮时，手机、电话铃声接二连三的响起，秘书小应应接不暇……

小　应 （座机、手机轮换接听）“你好，对不起，王总不在，他来了我一定对他讲。”——“喂，你好，对不起，王总不在，这笔款子要缓一缓，你放心，我们企业运转正常。”——“喂，你好，你说什么？我们企业破产？总经理逃亡？这纯属无稽之谈！请你不要相信，你放心，欠你的款子我们一定会补上的。”（小应刚合上手机，铃声又响起，小应极不耐烦，干脆关闭手机，掐断座机线）唉！

（唱）新上项目不成功，

千万投资成亏空。

债主逼门找王总，

王总暂避隐行踪。

〔一群工人悄悄上。

小　应　各位师傅，你们这是？……

工人甲　我们要见王总。

小　应　王总不在。

工人甲　应秘书，听说我们工厂要倒闭了？

工人丁　王总两个月不见了，拖欠我们的工资怎么办？

工人丙　（呜呜呜地哭起来）呜……我上有老，下有小，这工厂一倒闭，我可怎么办哪！（又哭）

工人乙　老赵，你哭什么呀？今天我们一定要找到王老板，绝不能让他要滑头！

工人丁　应秘书，外面传说，王总已经卷款外逃了，不会是真的吧？

〔王永强破帽遮颜，悄悄走上。

王永强　（摘下墨镜、口罩）胡说！

众　人　"王总"，"王总你终于回来了"。……

工人乙　王永强，我儿子读书等钱用，你发不发我们工资？

王永强　我正在想办法。

工人乙　别来这一套，说清楚了，发还是不发？不发，我马上去爬甬江大桥，从桥顶上跳下去，让全市人民都知道你王永强逼我们活不下去！

王永强　这——

工人乙　要不，你同我一起去跳？

王永强　不，我不会去跳，要跳，八年前我就跳过了，可就从那时候我明白一个道理，人，只要自己不倒，就没有爬不过去的坎！兄弟，你家的困难我清楚，我不会让大家过不去的，我工厂也绝不会破产！小应，这是我想办法搞的钱，你领大家到会计室，每人工资先发一点。哦，对了，赵师傅的母亲又住院了，你再从我的工资中拿出点钱，把住院费先补齐了。

工人丙　王总，我，我该怎么感谢您……（又哭）

王永强　各位师傅！公司是遇到了麻烦，不过，这是暂时的，我相信肯定会成功。想当年，我的这条腿差点要我的命，我不是挺过来了吗？你们放心，我王永强只要有一碗饭，这碗饭就是大家的！

众　人　王总！！……

工人丁 王总，见到你我们就放心了。只要你不倒，我们就有信心！（对工人）兄弟们，我们也要替王总分忧解难！

众　人 对！

工人丁 走，我们干活去！

工人丙 王总你要多保重自己身体啊！

王永强 各位师傅，再见！（工人们下。他颓然坐下）

小　应 王总，你太累了，脸色很不好，你还是到里面去睡会儿吧！

王永强 那就请你替我把把关，特别是——

小　应 特别是有些要账的还化着装、变着腔，冒充你的亲属，这些我已经领教不少了。哦，王总，刚才银行来人，把你新买的那套大房子抵押了。

王永强 不，不，这套新房子我要送给大哥大嫂，要抵押就抵押我自己住的那套吧！

小　应 你忘了，你自已住的那套早就抵押了。

王永强 啊，亏得我还没告诉大哥，要不——唉，关公败走麦城噢！……（二人分头下）

〔李信良与辛巧灵上。

李信良 （唱）少小离家老大还，
三日火车两日船。

辛巧灵 （唱）游子探家迷花眼，
宁波处处都新鲜。

李信良 （唱）拜罢亲朋访旧友，
探罢老屋看故里。
儿时印象寻不见，

辛巧灵 我怕他旅途劳累受不起。

李信良 循址探路访兄弟——

辛巧灵 好一座高门靓厦现眼前！

李信良 （拿出字条核对）嗐，好小子，这段时间不来信，我还当他出了什么事，原来闷声大发财，当上老板了？巧灵，永强当初夸下海口，说回宁波干不出名堂就不见我。你看，现在果然发啦！走，找他去！……

辛巧灵 等等！看你这副狼狈相！（急忙为他擦脸、理头发）——
（唱）头未梳，脸未刮，
胡子拉碴脏巴巴。
不怕兄弟看见笑，

笑你越活越邋遢！

李信良 （唱）马驹不会笑老马，

小鹅不会笑老鸭。

兄弟相见亲不够，

哪有机会修眉发！

辛巧灵 （唱）见面莫讲你的病，

别叫兄弟多牵挂。

李信良 不讲，不讲！

辛巧灵 （唱）话中别提穷与困，

休添惆怅把弟压。

李信良 不提，不提！

二　人 （唱）高声一腔宁波话，

东北大哥回老家！走！……

〔李信良拉着妻子兴致勃勃地进门，被秘书小应拦住。

小　应 喂，你们二位找谁啊？

李信良 请问这里是永强实业有限公司吗？

小　应 你有什么事？

李信良 我找公司老板王永强。

小　应 你们是？……

李信良 我们是王永强的朋友。

小　应 朋友？（背）又是变了法来要账的，我得想尽办法把他们支走！……

辛巧灵 小同志，我当家的可是你们老板的好朋友！

李信良 请问王老板在吗？

小　应 对不起，王总不在！（墙上挂钟敲了三下）

辛巧灵 （着急）小同志，麻烦你去找一下，我们已经买好了晚上五点钟回东北的火车票，时间很紧。

小　应 时间很紧，我也没办法呀。

〔辛、李二人对视，无奈……

李信良 巧灵，我们就在这儿等一会儿吧！

小　应 （背）完了，赖这儿了！……

李信良 要不，你给你们老总打个电话？

小　应 （灵机一动）打个电话？好吧！（假装打电话，随意拨号）王总啊，我

是小应，你在外面开会啊？这里来了两个人，噢，你没时间见哪——

李信良 你告诉他我是东北来的，叫李宁波！

小　应 “他说他从东北来的，叫李宁波！什么？你不认识？”（急忙放下电话）对不起，王总说不认识你们！

李信良 你再说一遍。

小　应 王总说他不认识你们！

辛巧灵 信良，看来，我们是认错人了。

李信良 （迟疑）不，不，永强不会是这种人，也许——

辛巧灵 也许什么？唉，现在有些人呀，富了就看不起穷朋友，你身体不好，本来我是不想让你来，可你偏要来！

李信良 这么多年了，我心中放不下的就是他，不管他是富是穷，我总得和他见次面吧。（还在留恋）

辛巧灵 这种忘恩负义的人，见了面又怎样？以后我永远不想见到他，你也别在我面前提起他，走！

小　应 二位，走好！

李信良 （取出乌拉香）小同志，你见到王老板，请将这把乌拉香交给他。

辛巧灵 信良，走！（将李信良拖下）

小　应 （目送二人）二位，不送了！……哼，装得挺像，老江湖遇着我小江湖，谁玩谁呀！乌拉香？（得意地哼哼着从另侧下）

〔光线暗下来，墙上挂钟七响——王永强伸着懒腰走出内室。小应闻声从外面进来，打开室灯，把手中的汤团、茶水摆上。

小　应 王总，你起来了？

王永强 小应，你还没走啊？

小　应 王总在里面休息，我敢擅离岗位吗？这是“狗鸭狗”老字号的猪油汤团，你喜欢吃，食堂特意为你留的。

〔“汤团歌”音乐轻轻起……

王永强 （端起汤团，想起什么）……

小　应 吃汤团图个吉利，快趁热吃。

王永强 （痛苦地）我吃不下。（看表）哟，我这一睡，四五个小时过去了。今天下午倒是挺安静啊！

小　应 我叫门卫尽量帮助拦人，看来很有效果的，整个下午这里只进来了一男一女两个人，不过，已经让我打发走了。

王永强 哦，一男一女，是什么人？

小　应 他们没说是来要债的，只说是你的朋友，我说王总不在，他们就要坐在这里等。我一看就知道这两个人想和我斗心眼儿，不过，没门！

王永强 哈！那你用什么高招，让他们不等了？

小　应 我灵机一动，假装给你拨了个电话，我说：王总啊，你在外面开会呀！这里来了两个人，说是你的朋友，你看怎么办？那男的赶紧跑过来说他叫李宁波——

王永强 李宁波？……

小　应 是呀，那我就奇怪了，宁波就是宁波，东北就是东北，怎么还有李宁波的名字。

王永强 等等，你再说一遍。

小　应 怎么了王总？

王永强 他说他叫李宁波？

小　应 是啊，他还说他们是从东北来的……

王永强 他说他们是在东北来的？

小　应 是啊……

王永强 （猛地站起）人哪！？

小　应 （嗫嚅着）老早走了……

王永强 （大吼）赶快给我追回来！！……

小　应 （慌）是，王总，（又回头）哦，这是他留下的东西……（下）

王永强 （打开看）乌——拉——香！今天是什么日子？（看表）八月八日？真是我大哥回来了呀！……（失态地、喃喃地、又急速地自言自语）这是我跟大哥约好的日子，这是大嫂为我准备的东北乌拉香，八月八，烧香磕头，义结同心……

〔小应带着一群工人急上。

小　应 王总，我们做了分工：张师傅去火车站，刘师傅去汽车站，赵师傅去码头，其他人跟我去机场，两个人的穿着打扮相貌特征我都交代好了……同志们，出发！——

王永强 等等！……（欲言又止，僵僵地呆在那里）……

〔小应和工人们也都呆立着，不知如何是好——好久，王永强挥挥手，工人们退下，只有小应还守在总经理身旁——

王永强 不追了！就是追了回来——我这副烂摊子，我这副狼狈相，见了大哥大

嫂怎么说？说我快破产了？说我快倒闭了？说我欠债上千万？说我快入狱了？……我那个大哥，他要知道我的处境，他比我还急呢！（略思，又觉不妥）不，不管怎样，人家老远过来，我还是要把他们找回来，我王永强当面向大哥大嫂叩头谢罪！（欲下）

〔正欲下，小应急上。

工人甲 不好了，大门口债主封门，他们说王总就在公司里，连我们也出不去！（下）

王永强 这，这……（束手无策，说着哭着，抡起巴掌猛扇自己）——我不争气！我没能耐！我给大哥大嫂丢脸！我……（激动得失控，以至于昏厥）……

小　应 （惊恐）啊？……快来人哪！王总昏倒啦！……

〔切光。120急救车笛声——

〔灯暗。

五

〔画外音：在困境中卧薪尝胆，我苦苦奋斗了几年，使企业起死回生，那套给大哥买的房子从银行里赎回来了，这时候，我要联系大哥，我要尽快把大哥大嫂接回宁波，可是上百封书信被退回，对方电话销号，派出去的几批人员都空手而归，大哥大嫂好像一下子从地球上消失了。这次我下定决心一定要亲自去趟东北。

〔字幕："距前场十年后"。

〔李信良新家，然而比老家更简陋些，石墙石屋。辛巧灵和女儿萍萍正在忙家务。张老康扛着一袋米上。

张老康 萍萍！

李萍萍 张爷爷！（赶紧上前接米袋）

辛巧灵 张师傅，又教你花钱了！

张老康 一袋米钱算什么！（又掏出装着钱的信封）这些钱拿去给你哥哥交学费！

李萍萍 （望着鼓鼓的信封不敢接）这，这么多呀！……

张老康 不多，都是五毛、一块的，一共才三百元。你知道，你张爷爷一个钉鞋匠，能攒几个钱？

辛巧灵 张师傅，这钱你自己用，我没钱孝敬你，怎么好再用你的钱呢！

张老康 整啥啊！巧灵，我这老命还不是信良救下的呀。巧灵，我这里还有一个好消息呢！（取出一张报纸）

辛巧灵 什么好消息？

张老康 刚才有人来修鞋，手里拿着一张报，里面有个寻人启事，我一看，嗐！这不是找信良的嘛！

李萍萍 （接过报纸念）——“寻人启事：黑龙江李宁波，宁波大哥：十八年前的救命之恩小弟时时铭记。宁波王永强无时无刻不在想你。现在我正在黑龙江找你，但你原有的煤矿封了，你的住处也搬了，不知你搬到哪里？恳望你见报后，速速与我联系——小弟在苦苦等你！”

辛巧灵 （自语）是他？！……

张老康 是不是信良经常提到的那个人来了！

辛巧灵 他来干什么？

张老康 （指着报纸）看样子，不像是遇到啥难事来找信良的。

辛巧灵 张师傅，我不想见他！

张老康 难道你还在怄这口气呀？看起来，这小子还是有点良心的。

辛巧灵 人心隔肚皮，木心隔树皮。

张老康 要不让我先去会会他，看他究竟想干啥！

辛巧灵 他干啥，我们都不稀罕，他走他的阳关道，我走我的独木桥。

李萍萍 妈！有理还不打上门客呢。你平时教导我，今天咋了？

辛巧灵 对别人可以，对他……还是不见的好！

李萍萍 好，好，不见就不见。（张老康对萍萍使眼色，萍萍会意）……

〔暗转。宾馆会客室。

王永强 （唱）恩人相会我错过，
心中亏欠逐年多。
电话电报失联络，
封封书信退宁波。
岁月穿梭年年过，
我要亲上东北找大哥。
报纸电视打广告，

派出所也来帮忙工作做。
李宁波前后查出十几个，
但愿能见到大哥李宁波！

〔李宁波甲上。

李宁波甲 请问，你是王永强同志吗？

王 永 强 我就是。你是——？

李宁波甲 我叫李宁波。

王 永 强 噢？……

李宁波甲 （唱）我是一个宁波人，
毕业分配到大庆，
乐为祖国献石油，
春夏秋冬打油井。

王 永 强 请坐。

〔一位白发苍苍、拄着拐杖的老大爷走上。

李宁波乙 请问王永强何在？

王 永 强 老大爷，你也是李宁波？

李宁波乙 不错，不错。

王 永 强 请坐，请坐。
（唱）当年我本宁波人，
年岁已经九十整，
少年北上闯关东，
三代东北扎了根。

王 永 强 噢！老大爷，可敬，可敬！

〔上来一位抱着婴儿的年轻妈妈。

年轻妈妈 李宁波来了，李宁波来了，来了，来了！

王 永 强 这位大姐，你说的李宁波在哪里呀？

年轻妈妈 （指怀中婴儿）这不是嘛！
（唱）我本东北乡下人，
南下打工宁波城。
去年分娩遭难产，
生命垂危险万分。
宁波医生医术高，

保我母子两条命。
大家捐款又捐物，
宁波市民真热情。
因此上孩子取名李宁波，
为的是永远感念牢记心。

王 永 强 这位大姐，你也请坐。

年轻妈妈 谢谢！

王 永 强 啊，好，好，见到各位李宁波，我非常高兴！不过，遗憾啊，我要寻的李宁波还是没找到。

李宁波乙 小兄弟，别急，你还有什么线索说出来，我们帮你找找。

年轻妈妈 是啊，我们知道我们不是你要找的李宁波，可是，你千里寻找恩人的行为感动了我们，我就是想来看看您寻恩的场面！

李宁波甲 不错，我父母亲也是当年到东北的宁波知青，在电视上看到您的寻人启事，就感动得流泪。我们在东北久了，看能不能帮帮你？

王 永 强 （从包里掏出一张照片）这是我当年与李宁波大哥分别时拍的一张照片，大家看看，这个李宁波有没有在哪里见过。

〔众人围坐在王永强身边仔细辨认，回忆，忽然想起什么，一会儿又摇头……

〔张老康上。他戴墨镜、顶毡帽，一副神秘兮兮的样子。

众　　人 又来一位李宁波？

张 老 康 不敢，不敢，在下不是李宁波，但我可以帮你们找到李宁波！（说着从臂弯处垂下一幅幌帘，上写“文王八卦”）

李宁波甲 噢，是个算卦的！老先生，这里要找真人，不要算卦！

张 老 康 要找真人，问问卦神。只要心诚，开口则灵。

李宁波甲 哟，他还挺会吹的！

张 老 康 算卦不靠吹，卦象定是非。举手抬抬头，万事不用愁。

李宁波乙 那你算算我们之中谁在找人？

张 老 康 不用掐，不用推，一看便知是这位——（指王永强）

众　　人 哇，被他说对了嘛！……

王 永 强 先生，请您说说我要寻的是一位什么样的人？

张 老 康 他嘛——待人接物怪怪的，帮助别人快快的，照看自己怠怠的，挖起煤来实在的……

年轻妈妈 他说的对路吗？

王 永 强 （信服地）还真有点对路！……

张 老 康 李宁波，是外号，户口簿上找不到。小名出，大名藏，真名就叫李信良。

年轻妈妈 啥？李宁波叫李信良？

王 永 强 老先生，你到底是谁？

李宁波甲 这就有点乱讲了，人家是兄弟，能不知道叫什么吗？

李宁波乙 不，我倒觉得被他这么一说，我们倒要往另外一方面想了，比如说我原名叫李庆山，我们厂里上班的有三个人叫李庆山，大家为了区别，就叫我这个宁波人叫李宁波。后来我索性改了名，干脆就叫李宁波。

王 永 强 （激动地）老先生，你到底是谁？请露露真相？道道原委？指指方向？这一场寻恩路寻得我实在太苦了！

张 老 康 寻恩虽说苦，大义作弥补。十八年不相逢，皆因无真名。老板当了七百日，恩人当面不相识。本该结拜甬三江，生生误了一把香！……

王 永 强 （扑上前抓住张老康）我今天遇到神仙了！老先生，您说的句句对路，件件对头，请您告诉我，我该用什么办法才能寻到我的恩人李宁波——不，李信良！

张 老 康 （唱）李宁波，李信良，
不愿再见你王永强。

王 永 强 为什么？

张 老 康 （唱）甬江岸边有旧账，
当面不认你人情凉！

王 永 强 嘿！
（唱）提起此事心血淌，
悔煞愧煞我王永强！

张 老 康 为什么？

王 永 强 （唱）皆只为当年遭遇大讨账，
债务压身两眼盲！

张 老 康 （唱）十八年前君子约，
弟兄们跪拜在甬江。
李信良千里跋涉回故土，
为还兄弟三炷香。

王 永 强 （取出香包）

（唱）一包炷香千支箭，
箭箭都射我心房！
良心负荆找大哥，
当面请罪诉衷肠。

张 老 康 （唱）过隙白驹东逝水，
大哥不见你王永强。

王 永 强 （唱）永强不见大哥面，
撞碎船头不返航。

张 老 康 （唱）一厢情愿单面想，
沤出烂麻也白忙。

王 永 强 你讲此话是何意？

张 老 康 此话代表李信良。

王 永 强 到底你是哪一个？

张 老 康 赤橙青紫绿蓝黄！……（欲下）

王 永 强 老先生，你不能走，我知道，你一定能帮我寻到我的恩人大哥！

张 老 康 （突然从身上抽出一张纸条递给王永强）要找真人，问问卦神，只要心诚，开口则灵……（张老康下）

〔众人围过来看张老康留下的字条——

王 永 强 （念）“勃利乌金西，二三石头居。墙上有老李，身上无寒衣。”

年轻妈妈 这算什么意思啊？

李宁波甲 不，好像有点意思！

李宁波乙 当然了，相当有意思！（对王永强）来来来小兄弟，我给你讲啊，勃利是我们东北的勃利县，乌金是县里的乌金路，西呢，就是乌金路的西头……

众　　人 西头？

李宁波乙 这“二三石头居”嘛？

王 永 强 “二三石头居”？……

〔灯暗。

六

〔距第一场整整十八年，新年前夕，又是红灯笼红对联，爆竹声声，洋溢着过年气氛……李信良家门前。李萍萍招揽着擦皮鞋的生意……

李萍萍 擦皮鞋，擦皮鞋喽！

（唱）迎新爆竹响街头，

我擦皮鞋在路口。

为帮哥哥凑学费，

要替妈妈分忧愁！

擦皮鞋喽！

〔王永强上。他拿着那张纸条，一边念叨着，一边观察着……

王永强 “勃利乌金西”……嗳，姑娘，请问这里是勃利县乌金路吗？

李萍萍 没错。

王永强 谢谢。“勃利乌金西，二三石头居”？……

李萍萍 喂，叔叔，你在说什么？

王永强 （不好意思地）没什么，我在寻人。

李萍萍 叔叔，快过新年了，这皮鞋该擦一擦。来来来，擦刮勒新迎新年。

王永强 （坐下）好吧。姑娘，快过年了为什么还在这里摆鞋摊？

李萍萍 过年了，来擦皮鞋的人多，生意好。

王永强 可你是上学的年龄呀，不想读书了吧？

李萍萍 是书不想读我！

王永强 那是成绩跟不上。

李萍萍 从小学到初中，我门门儿功课都在 95 分以上。

王永强 那为什么不读了？

李萍萍 罗锅上山——钱（前）紧呀！

王永强 那太可惜了。

李萍萍 还有比我更可惜的呢，我哥哥高考全校第一，就是因为凑不够学费，现在还在大学门口转悠报不上名呢！

王永强 还缺多少学费？

李萍萍 四五千呢！

王永强 缺这点钱就把学业耽误了？

李萍萍 这还少啊？如果补鞋，一年也挣不来这个数呀！

王永强 唉！姑娘，这地方像你这样上不起学的学生多不多？

李萍萍 多着呢，这里是老煤矿，煤开完了，工人都只得下岗。噢，叔叔，好了，一元钱。

〔王永强打开手提包，取出一叠钞票。

王永强 姑娘，给你。

李萍萍 叔叔，擦皮鞋只要一元钱就够了。

王永强 给你一元钱。姑娘，这些钱先让你哥哥去大学报名。如果你也能继续上学，学费都由我来出。

李萍萍 （一下子惊呆了，望着那厚厚的一叠钱无所适从）你……你开什么玩笑啊！

王永强 这绝对不是开玩笑，请收下。

李萍萍 妈！……（吓得跑进屋去，少顷，拉着妈妈上）

辛巧灵 这位大兄弟！听我女儿说，你要赞助她哥哥学费？

王永强 是啊大姐，这点钱，先替你儿子把第一学期学费交了。（把钱递到辛巧灵手上）至于你的女儿，她也在学习年龄，如果能够继续读书，兄妹俩每学期的学费，我都会及时给你们汇来。

辛巧灵 （觉察、辨识、认出）……你？留个地址姓名吧！

王永强 不必了。我这条命，就是一位不留真名实姓的人救的。收下吧。

辛巧灵 不，你一定得报个真名实姓！

王永强 好吧！既然你一定要知道我的名字，那我就告诉你们，我叫宁波大哥。

辛巧灵 （一下子呆了，手中钞票跌落地上）……

王永强 （念着纸条）“勃利乌金西，二三石头居”……姑娘，这乌金路西街头该往哪个方向走？

李萍萍 这里就是西街头！

王永强 这里就是？“二三石头居”——这里有个23号吗？

李萍萍 有啊，就是我家！

王永强 （惊异）你家？

李萍萍 石灰窑改的老屋，可有年代了。

王永强 李宁波，不，李信良就住这里吗？

李萍萍 （笑）李宁波李信良是同一个人，他是我爸爸！

王永强 天哪！我的大哥，你叫我寻得好苦啊！那，你就是大嫂了？大嫂，你不认得我了？我是永强，王永强啊！

辛巧灵 对不起，你认错人了！

王永强 不，我没有认错，你就是大嫂！大嫂，我大哥呢？

辛巧灵 你想找的那个人他是不会见你的！你请回吧！

李萍萍 妈！你这是为什么？

辛巧灵 少插嘴，走！

〔拉起萍萍，进屋，嘭地一声关上大门。

王永强 （敲门）大嫂，大嫂！……

（唱）大嫂冷冷把门关，
隔墙似闻怒潮翻。
多年的误解酿成怨，
积怨成债难偿还！
大嫂啊！
小弟我负荆请罪上门来，
恳求大嫂把门开。

辛巧灵 （旁唱）忘却了的旧事凉透了的饭，
火星一碰又冒烟。
不想再见又再见，
真不相见却也难。
我欲上前去开门，
压不住的心火又上来。
不见不见永不见，
永不见你这过河拆桥的负心汉！

王永强 （唱）大嫂呀，你骂我打我都可以，
别对我不理又不睬。
纵然小弟千般错，
也容弟当面向你认错来。

辛巧灵 （唱）单门独户哪来的弟？
无亲无故不高攀。

大哥任谁都不见，
劝君子快快回家赚大钱！

王永强 （唱）哥家就是我的家，
我回哥家把家搬。

辛巧灵 （唱）哥家根扎黑土地，
毕生不离矿山湾。

王永强 小弟见哥要跪拜，要焚香，要还愿……

辛巧灵 跪拜的香火已留在宁波大楼的办公间！

王永强 这把香我要与哥当面燃……

辛巧灵 当哥的如今对此不稀罕！

王永强 门不开我会跪到地塌陷——

张老康 （上）
（接唱）张老康上前我把侄儿挽。
永强，你要冷静，冷静啊！……

王永强 你是？……

张老康 你现在总该认出来了吧？十八年前，在雪城医院，你要跳崖自尽，我亲眼看见信良把你救下来的……

王永强 噢——张师傅！昨天，那个文王八卦……

张老康 那也是我。

王永强 哎呀，张师傅，多亏您的指点，我才找到这里。你那四句谶语实在太妙了，前头两句都已经兑现了，这后一句："墙上有老李"是什么意思？

张老康 （鼻子一酸，流下泪来）别怪巧灵心狠，她不是不愿给你开门，是不敢给你开门，怕你猛一见受不住——（张老康引王永强进屋，指着墙上挂着李信良的遗像）孩子，你大哥不在了！

辛巧灵 对不起，你来迟了，只能在墙上见见你的大哥了！

王永强 （如雷轰顶）什么？我大哥他——？

辛巧灵 你大哥他三年前已经走了。

王永强 （惊呆）不，不不！你，你们跟我开玩笑……大哥也爱开玩笑……快，……

张老康 谁敢开这样的玩笑？信良是得了癌症走了！

辛巧灵 信良走之前还一直记挂着你王永强！

李萍萍 我爸爸还给你留着一封信哪，他说他最遗憾的就是约你在四明山雪窦寺

的那把香没烧成！

王永强 （一头倒地，失声痛哭）大哥…

〔合唱起：

芝麻香，糯米糯，

宁波汤团猪油裹，

回家的亲人尝一尝，

团团圆圆暖心窝。

〔灯暗。

七

〔紧接前场，荒原雪野。

〔北风咆哮，大雪纷飞。王永强拉着扒犁，扒犁上驮着一只大花圈。

王永强 （唱）寻恩梦破心似铁，

飕飕狂风茫茫雪。

十八年感恩怀德图一报，

怎料到年关前兄弟相逢在墓穴。

鹰隼号啕啸荒野，

杜鹃寒巢啼冰血。

孤冢哪座是兄舍？

小弟喊哥声声咽！……

〔张老康追上。

张老康 永强，还是让我来拉吧！

王永强 张师傅……只求你给我指路，我大哥的坟在哪里？！

张老康 还远着哪！你看，东北这大风雪较起劲来那是如狼似虎，别说拉爬犁，就是空着手走路也不容易。还是我来拉吧！（伸手去夺爬犁）永强，这雪越下越大了，是不是——

王永强 不，就是砸铁下刀子我也要去见大哥，我千里迢迢来这里，就是为了见我大哥呀！！（躲闪过去，双脚滑倒，又挺直身子）今天我就是爬也要爬到大哥的坟头！

张老康 嗯，够爷们。孩子，走！

〔两人下。辛巧灵顶风冒雪地追上。

辛巧灵 （唱）王永强冒雪祭荒坟，
果然是情真意切感恩人。
巧灵我心怀歉意把信送，
追赶兄弟穿松林。
遥望亲人长眠处，
一步一叹一断魂。
信良呀！
你一生命运多坎坷，
到头来奔南留北、带着遗憾、带着思念、埋在他乡——
孤独独留下一座北国坟！（舞下）

〔王永强与张老康推车上。

王永强 张师傅，到了没有？

张老康 好像就是这块地方……

王永强 （停车环视四周）怎么不见大哥的坟头？张师傅，你会不会记错？

张老康 不会的，每年上坟我都和巧灵一起来，可现在让大雪这么一盖，哪里还看得见坟头呢？

〔两人寻坟，辛巧灵上。

辛巧灵 张师傅。

张老康 （发现巧灵）噢！巧灵来了——（忙奔过去）快告诉永强坟在哪里？

辛巧灵 眼前就是。

〔随着辛巧灵手指处，茫茫大雪中，果然出现一小土包。

王永强 （一下子愣住）怎么？我大哥的墓竟然这么小、这么简陋、这么不起眼！

张老康 唉！一个穷矿工，哪里造得起豪华大墓！

辛巧灵 信良去世前交代说，一切从简……

王永强 （失声痛哭）我的大哥呀！
大哥大哥你躺北邙——
来迟了：昏昏噩噩、碌碌忙忙、忽忽疏疏、荒荒唐唐、愧火煎心、悔火烧肠、丢恩失义的王永强！
请大哥你动巴掌吧……

辛巧灵 永强兄弟，信良去世前对我说，要把他的坟头朝向宁波。因为那边是他

的故乡，有他死去的父母，有他的童年和少年，还有一个在雪城医院结下过兄弟情义的宁波小老乡！（对坟墓）信良，永强兄弟看你来了。

（唱）信良啊，你抬眼望，

兄弟就跪在你身旁。

千里寻哥来，

你要多宽谅，

见面说高兴，

不要诉悲伤。

十八年北兄南弟苦盼望，

今日一见兄弟相对叙衷肠。

辛巧灵 （掏出信）永强兄弟，这是信良临终前给你写的信，我一直未拆，他嘱咐我要当面交给你，他说你一定会来的，（辛巧灵欲将信交到王永强手上，忽然停住）也许这信里没什么好话，你可要体谅大哥呀。

王永强 是该狠狠骂骂我！（激动地拆信，手有点发抖）……

王永强 （读信）"永强兄弟：见信时，大哥可能已不在人世了，遗憾的是上次南下未能见到你，谅必兄弟定有难言之隐，哥不怨你，来世，我们一定会再相见……"（读不下去，嘶呼）大哥！（扑向坟墓，泣不成声，张老康上前将信接过，转交给辛巧灵）

张老康 巧灵，你帮他读下去吧。（扶起王永强）

辛巧灵 （接过信读）"永强兄弟"

（唱）兄弟呀！

大哥将要离人世，

多想与你诉旧情。

只盼望，薄薄一杯酒，

滴滴胜千金。

淡淡一碗茶，

娓娓诉衷心。

这世上什么都是浮云过，

唯有真情是永恒。

哥盼你贫不失志莫气馁，

富不奢侈多善行。

商海深浅不可测，

冷暖自知得小心。
大哥我在天堂祈福你，
但愿你快快乐乐、平安健康过一生！

王永强 （唱）读罢信，顿使我肝肠寸断热泪盈眶！
大哥呀，
你真是个胸怀坦荡胸襟开阔宽厚待人的好兄长！
你无怨无悔无责怪，
更使我深深内疚愧难挡。
今日隔着这三尺墓，
求哥醒来听我讲。
想当年，临别敬哥三杯酒，
发誓要混出个人模样。
却不料为此奋斗了十八年，
十八年，我一路坎坷非寻常。
头几年，我回家先做小生意，
经营榨菜把业创。
奔田畈、跑码头，
老板伙计一人兼。
千方百计来推销，
千山万水都走遍。
千言万语磨破嘴，
千辛万苦挣点钱。
几年后办起小公司，
想接回哥嫂兑诺言。
却不料新上项目破了产，
赔得我血本全无巨债欠。
躲债无有藏身地，
曾到东北来找你。
人到门前又止步，
怎忍心大恩未报再把你牵连。
没奈何我变卖财产填亏空，
苦苦奋斗又几年。

总算是偿清债务抬了头，
先赎回为你买的新房子，
我配好了箱柜床，
装好了水电气，
备好了高粱酒，
包好了汤团和饺子，
只等哥嫂回家乡！
想不到，
大哥你默默自往，留下我声噎肠断的小兄弟！
大哥呀，
我只道挣足钱才能还清恩情账，
到如今，混来了钱，混来了房，岂料想兄弟相隔阴阳见！
——我可怜的大哥呀！
再多钱——
买不到生死关头有人救，
买不到舍妻弃子结知己。
买不到半碗饺子三人让，
买不到十八年分离心相牵。
买不到起死回生惊天术，
买不到早走的大哥再相见。
大哥你裹风盖雪土下静静躺，
留下我：偿不清的债、报不了的恩、还不上的愿、断不掉的想、富贵难慰、金钱难抚——去不掉的伤痛永远埋心底！

〔王永强取出那把乌拉香，又取出一瓶酒——

王永强 大哥，这是你和大嫂带回宁波的那把乌拉香，虽然在宁波没烧成，可我一直带在身边，它一直暖着我。今天我们该烧了！十八年前分别时你让我喝酒，我不敢喝，因为我不会喝。可这件事我一直感到亏欠，这是我特地为你带来的家乡酒，今天，小弟我一定陪着大哥喝！……

〔他点燃乌拉香，星火闪耀，一片奇幻；——他打开酒瓶，酒香四溢，松杉摇曳。

〔幕后合唱：

冰雪天地一把香，

银白世界布红霜。
狂风不吹星星火，
似见大哥显灵光。
举杯斟酒酒翻浪，
似闻大哥笑朗朗。

〔烧香、洒酒、跪拜……

头碗酒，先补多年亏欠账，
二碗酒，十万想念化酒浆。
三碗酒，愿哥好人有好报，
驾云乘鹤升天堂。

〔幕后合唱：

醉眼望山山腾浪，
狂风如歌歌荒冈。
漫天飞雪翩翩舞，
浑似百仙飘霓裳。

王永强 （唱）乌香三炷向空举，
义结手足天地长，
阴阳两界不相忘，
年年岁岁岁岁年年节节令令令令节节！
三碗清酒一缕香——
平平安安报天堂！
家事请哥把心放，
大大小小老老少少万般诸事你都交永强，
人间重任我担当！

王永强 大嫂，大哥的坟不能放在这个地方。

辛巧灵 兄弟说该放在哪里？

王永强 我要把大哥的坟迁回宁波，埋在老家！

辛巧灵 这……

王永强 我要为大哥好好修座坟，让他永伴四明山！

辛巧灵 兄弟……

王永强 你和孩子们也搬回去，宁波的房子我都给你买好了，还请人装修了一下。

辛巧灵 谢谢兄弟的好意。我不能回去……

王永强 大嫂！……

辛巧灵 你大哥在东北也住惯了，他喜欢上了这块黑土地。他已是东北人了。

王永强 明白了，张师傅，请你帮我大哥修修坟，立块碑。还有一件事情要你们帮忙——麻烦你们跟矿上领导沟通一下，说我在七台河煤矿要建立一个教育基金会，资金由我投，让矿上的贫困孩子都能上得起学。大哥虽然走了，但要让他的精神留在世上。通过这个基金会，让孩子们把大哥的精神一代一代传下去！——基金会的名字？就叫：李信良基金会！

辛巧灵 不，信良不喜欢张扬，如果挂他的名字，他在地下会不安宁的！

张老康 以我说，就叫宁波大哥基金会，既是信良，也是你王永强，也是所有有情有义的人啊！

王永强 好，就叫“宁波大哥基金会”！……

〔切光。

〔灯亮，少先队员手捧红烛向宁波大哥致意……

〔幕后合唱：

芝麻香，糯米糯，
宁波汤团猪油裹，
回家的亲人尝一尝，
团团圆圆暖心窝。

〔幕闭。

〔剧终。

2009年

七场神话绍剧

八戒别传

谢丽泓

人物表 猪八戒 高翠兰 孙悟空 唐 僧 蛤蟆精 高员外 高 才
大 姑 二 姨 叔 公 叔 婆 大姑夫 二姨夫 叔 婶
叔 叔 假嫦娥 观 音 玉 帝 四男童 四女童 小八戒
小蛤蟆 四家员

序 幕

〔出玉帝发怒的画外音：天蓬元帅，你色胆包天，竟敢调戏月宫嫦娥！众天将，将他打入凡间。

〔众天将：领法旨！

〔玉帝：天蓬！你违反天规，天法不容，罚你去凡间受苦受难，赎罪去吧。

第一场

〔时间：古代。

〔地点：村外小溪边。

〔幕启，仙境般村庄，参天野树迎门，曲水溪桥映户。一条溪流绕村而行，

一群孩童在溪边戏耍玩闹。

〔浓郁的地方童谣起。

众孩童 （念）舅舅舅舅，水中游游，

马桶角落头佝佝。

砰个一脚头，

踢到河里头。

还道是只大黄狗，

原来是伢大娘舅……

〔童谣声中，一声巨响，水中冒起一阵烟雾，一声猪叫声。

〔一头猪，抖落一身水珠，爬上岸来。

孩童们 （发现八戒，惊吓，大喊）妖怪——妖怪——

猪八戒 妖怪？妖怪在啥地方？妖怪勿有，你吓吓惊到怪！

孩童们 （追打）你是妖怪！妖怪！

猪八戒 我是妖怪？笑话，我是神仙，是天蓬元帅。（碰到自己耳朵）这是啥东西？

孩童甲 是你耳朵。你是猪妖怪。

孩童们 （起哄）猪妖怪！猪妖怪！

猪八戒 （水中照影。痛苦大叫）投胎错哉！我痛！我恼！好痛好恼也！

（唱）痛痛痛，恼恼恼，

玉帝老儿下狠招。

醉戏嫦娥犯天条，

贬落凡尘变怪貌。

一张长嘴像烟囱罩，

两只耳朵把风招。

懵里懵懂一霎时，

天蓬元帅成猪妖。

嫦娥姐姐喂，我，我变得张肉猪相貌，我再也不能见你哉！呜呜……

众 打妖怪，打妖怪。

家　员 哪里来的妖怪？

孩童们 刚才还在这里。

家　员 有没有看错？

孩童们 （七嘴八舌）没有没有。大大的耳朵，长长的嘴巴，圆圆的肚子。

家　员　找找看，找……

〔猪八戒变成一个俊朗的黑后生从树后闪出。

猪八戒　（偷乐）嘿嘿，还好，那玉帝老儿总算还给我留了点变化的本事，这样做个人嘛还马马虎虎。

家　员　喂，大哥，有没有看到一个长嘴大耳的猪妖怪？

猪八戒　噢噢，有个，有个，猪妖怪往那里逃去哉！（故意混在人群中高喊）打猪妖怪！（下）

〔众人也跟着喊“打猪妖怪！”下。

〔音乐起，高翠兰拿着风筝载歌载舞上。

高翠兰　（唱）云雀儿吵，粉蝶儿闹，
花影儿摇，柳絮儿飘，
郊外春正俏，
风筝儿冲天试比高。

〔高才气喘吁吁追上。

高　才　小姐小姐，员外叫你回去。

高翠兰　回去作甚？如此美景风物，岂有不赏之理！

高　才　小姐，员外说你夫家来退婚了。

高翠兰　啊？退得好！这种男人一点丈夫气都没有，要他作甚？（欲走）

高　才　（阻拦）小姐，员外说你一个女儿家到处玩闹，怕以后没人敢要你了。

高翠兰　哼！不要更好，这方圆百里的男人，我一个也看不上！（顾自跑）

高　才　（追）小姐——

高翠兰　停！你一定要我回去？（高才点头）好！你闭上眼睛（高才闭眼），转圈圈（高才转圈）停！往前走！一、二、三、四、五、六……

〔高才遵高翠兰意，掉进河里。

高翠兰　（拍手叫好）河水不深，你痛痛快快洗个澡吧。哈哈哈……

〔高翠兰说完拉着风筝一溜烟跑了。

高　才　啊唷，小姐你快点回去，员外又要骂我了。

〔高才从河里爬上，一只癞蛤蟆拖住腿，一起上岸。

高　才　（甩腿）这只脚怎么这么重？这是啥东西？（吓）天哪！介大一只癞蛤蟆！

蛤蟆精　莫怕莫怕。（放开高才腿）小哥受惊了。

高　才　（惊）啊，你还会讲人话？

〔蛤蟆精摇身一变站起。

蛤蟆精 我还能变化。……烦劳小哥帮我引荐引荐你东家小姐……

高　才 啊，什么？

蛤蟆精 我想认识高老庄最美的女子高翠兰小姐。

高　才 哈哈哈哈哈，这真是癞蛤蟆想吃天鹅肉。

蛤蟆精 你、你这奴才真是狗眼看人低！不愿引荐罢了！（朝高翠兰方向追）我毛遂自荐。

高　才 （一把抱住蛤蟆精）小姐，快跑，癞蛤蟆、癞蛤蟆来哉——

蛤蟆精 你不帮忙还捣乱？滚！今天我要和你家小姐 happy happy……（蛤蟆精作法，吹起一阵狂风。）

〔高翠兰内喊："救命啊——救命啊——"

高　才 （紧张，大叫）小姐被吹到天上去了？

蛤蟆精 我要英雄救美了。

高　才 来人啊！

小　孩 有人吹到天上去了。

猪八戒 闪开，老猪来哉。（飞）

高　才 怎么蹿到天上去了。你们看，抓住了，抓住了。

〔高翠兰拖着大风筝飞出，挂在半空。

〔猪八戒腾空而起，接住了高翠兰。

〔猪八戒与高翠兰四目相对，款款落地。

〔静场。

高翠兰 （唱）适才间魂消魄散，
顷刻间转危为安。

猪八戒 （唱）天蓬元帅一出手，
区区小事只等闲。

高翠兰 （唱）相救竟是奇男子，
女儿芳心霎时乱。

猪八戒 （唱）粉脸含春貌惊艳，
疑似嫦娥下凡间。

高翠兰 多谢救命之恩。

猪八戒 嘻嘻，不要客气，不要客气。喔唷，这凡间咋会有介漂亮的大姑娘啊？不对，不对，为了嫦娥苦头都吃煞，侬介勿长记性？（掴自己巴掌）

高翠兰 （含情脉脉盯着猪八戒）天，我的他……终于出现了。（一把拉紧猪八戒）走！

猪八戒 做啥？

高翠兰 跟我见爹爹去！

孩童们 耶——

猪八戒 啊？

〔切光。

第二场

〔地点：高员外家厅堂。

〔幕启，高家高朋满座。

高员外 众位亲友啊！

（唱）小女幼年丧亲娘，

怪我娇惯任天养，

今被夫家退婚约，

邀请众亲来商量。

众 应该格应该格。

叔　公 （唱）侄孙女娇蛮名远扬，

怕近处难找准夫郎。

众 是的是的。

（合唱）近处难找准夫郎。

高员外 还望众位亲友多给高见啊！

叔　公 大家说说。

叔　婆 （唱）眼不见，心不烦，

不如远远嫁他乡。

众 也是也是也是！

（合唱）不如远远嫁他乡。

大　姑 勿对的！

（唱）二哥（侬）年迈需照应，

还是招个上门郎。

众　对的对的对的！

（合唱）还是招个上门郎。

〔众逐渐形成两派。

叔婆派　勿对勿对勿对，嫁他乡、嫁他乡、嫁他乡、嫁他乡……

大姑派　勿好勿好勿好，上门郎、上门郎、上门郎、上门郎……

〔高翠兰画外音：不要争了！爹爹——（上）

高翠兰　（唱）天降如意郎，

心花儿怒放。

他才貌出众武艺高强鹤立鸡群威风凛凛豪情万丈，

久盼的人儿终于登场。

高翠兰　叔公、叔婆，各位长辈……从今往后你们不要再为我费心了，翠兰我自己找到如意郎君啦！

〔众像炸开锅。

大　姑　侄女儿，哪有大姑娘自找丈夫的？

叔　婆　真是见所未见，闻所未闻！

叔　公　岂有此理！荒唐！

高员外　荒唐之极！

高翠兰　爹爹，他是个英雄！

众　英雄？

高翠兰　爹爹有所不知，刚才女儿在村外放风筝。（一惊一乍，夸张地）突然一阵狂风吹过，呼——女儿和风筝被吹上了天。啪——风筝断翅。哗——女儿从万丈高空往下掉……

众　（紧张）啊？！

高翠兰　这时，他……出现了。他以迅雷不及掩耳之势伸出双手……接住了女儿。

高员外　菩萨保佑。

高翠兰　他救了女儿，（甜蜜地）女儿喜欢上了他。

众　啊！

高员外　他人在哪里？

高翠兰　（对内喊）相公，快进来。

众　都叫相公了？

叔　公　坐好，坐好。

〔猪八戒憨憨地上场。

猪八戒 （唱“巡山”小调）

想想真滑稽，

忖忖真稀奇。

打入凡世，

糊里糊涂，

竟招女婿。

高翠兰 爹爹，他就是救女儿的英雄。

高员外 （唱）敦敦厚厚一壮汉，

田事农活能胜任。

未知人品与底细，

不可轻率进家门。

高翠兰 相公，他是我爹爹。叫岳父大人！

猪八戒 啊？岳父大人？拜见……岳……

叔　公 （拍桌）胡闹！子不教父之过！

高员外 （赶紧）女儿，你对他一不知身世，二不知底细，婚姻大事怎可如此儿戏？

高翠兰 我知道他才貌出众，是个英雄就够了！

大　姑 侄女儿，其实伊爆插眼看看蛮蛮登样、蛮蛮漂亮格，仔细挑挑嘛……

〔大家围着猪八戒像看动物似地评论。

大　姑 （数板）皮肤也蛮蛮黑，

高翠兰 （数板）肤黑……是阳刚！

二　姨 （数板）嘴巴也蛮蛮大，

高翠兰 （数板）嘴大……吃四方！

〔猪八戒摸脸又摸嘴，尴尬低头。

叔　婆 （数板）身体也蛮蛮胖，

高翠兰 （数板）体胖……有力量！

叔　婶 （数板）耳朵也蛮蛮长，

高翠兰 （数板）耳长是福相！

叔　公 看来看去，我咋看勿出啥个英雄相？

高员外 （对猪八戒）好了，好了。你还不快快告诉大家，何方人氏？家住哪里？

叔　公 何方人氏？家住哪里？

猪八戒 哦，我家住在天上……

众　（惊）啊？

猪八戒　哦哦哦，天上村。

众　天上村？何方人氏？

猪八戒　月亮……

众　月亮？

猪八戒　哦哦哦，月亮、月亮湾人氏。

众　家境如何？

猪八戒　勿错勿错格。

叔　婶　家里做些什么？

猪八戒　养兔子。

大　姑　办养殖场？养了多少只兔子？

猪八戒　一只。

二　姑　啊？一只？

二姑父　一只兔子啥用场？

猪八戒　一只……一只……一只一只一只，喔哟哟，木佬佬唻。

叔　公　到底多少只？

猪八戒　多得数也数勿灵清格。

众　格么家里还有没有做其他？

猪八戒　还种桂花。

众　种桂花？有多少亩？

猪八戒　一棵。

众　啊？一棵？

猪八戒　一棵……一棵……一棵一棵一棵，喔哟哟，木佬佬棵唻。

众　到底多少棵啊？

猪八戒　多得话也话勿清爽了。

高员外　格么家里有什么人？

猪八戒　有玉皇大帝、王母娘娘、嫦娥、吴刚、杨戬、太白金星、托塔李天王……

叔　公　一派胡言！乱话三千！

高翠兰　（大叫一声）相公！你好好说。

猪八戒　啊？（打自己的头）咳，我怎么把天上的事体说出来了？哦，哦，那我只能讲假话了。（想）各位叔公叔婆，我老实和你们说……

（唱）家住福凌本姓……猪，

众　朱？

猪八戒　对对，朱。

（接唱）父母双故兄弟无。

今早得遇高小姐，

我……

（接唱）愿意上门做丈夫。

叔　公　（七嘴八舌，步步紧逼）想做上门女婿？没有介便当。

二　姨　扯七扯八，大家不要去听他。

大　姑　侬……侬有啥个本事？

众　有啥个本事？快说、快说、快说——

高翠兰　（坐地哭泣）哇……你们……你们既然担心我嫁不出去，为何又不让我嫁人？你们居心何在？

众　侄女、外甥女……我们都是为你好！

猪八戒　（突然发威，举起巨型宝鼎）你们听着！

（念）我力能拔山，

手能举塔。

搬砖运瓦、筑土打墙、耕田耙地、插秧种麦……

样样能干！

样样出色！

〔众人惊讶。

高小姐　（开心极了）相公！你好拽！

众　拽，拽，拽！

大　姑　哎呀，这下我造房子搬砖不用叫人了。

猪八戒　（英雄般）是的是的，有我呢！

叔　婆　哎呀，这下我家一百亩地有人耕了。

猪八戒　是的是的，有我呢！

高员外　（对牌位）高家祖宗终于显灵了。

高翠兰　（趁机对猪）还不快叫岳父大人。

猪八戒　有数哉，岳父大人在上——

叔　公　（打断）慢慢叫！要做高家女婿，先得干活三年！一怕有变，二也是考验上门女婿的诚意！

猪八戒　奈要做煞哉。（跌坐）

〔切光。

第三场

〔舞台一角追光起。猪八戒正端着大锅在大口吃面，感觉有人偷看，躲了躲，背着他们。

〔叔婆与大姑在外面窃笑。

大　姑　照这样吃下去，这份人家要吃倒灶。

叔　婆　怎么介会吃呢？

大　姑　已经吃了一锅粥、三笼包，

二　姨　五斤馒头、七块糕，

叔　婆　九只粽子、十碗面条，

大　姑　呐……十一碗哉！

二　姨　连卤水都吃得活脱精光。

〔猪八戒吃得打饱嗝，众人嗤笑。

〔高翠兰上。

高翠兰　（不悦）不要笑了。事情做得多，吃得当然也多了。

大　姑　侄女儿，他已经一口气吃掉十几个人的饭量啦！

高翠兰　大姑，他一口气帮你挑满八只七石缸的水，也是十几个人干的活呢！

大　姑　是的是的，生活做得蛮好的！

叔　婆　我家那一百亩地，他答应帮我翻的，啥辰光动手啊？

高翠兰　（隔窗喊）我帮你问问看。相公，叔婆家的一百亩地你啥时帮他翻啊。

猪八戒　（瞌睡迷糊中，敷衍着）今天就翻。

叔　婆　啥辰光会翻好呢？

猪八戒　今天就好。

叔　婆　（吃惊）今天只有半日辰光了，一百亩呢？

猪八戒　放心，一定帮你翻个底朝天。

高翠兰　（自豪地）叔婆，听见了？你明天去验收就是了。

叔　婆　好！如果他今天帮我一百亩地翻完，他三个月的饭食我全包了！

高翠兰　一言既出？

叔　婆　驷马难追！走！

〔叔婆大姑下，猪八戒雷鸣般地呼噜声就响起了。

高翠兰　（揪着猪耳朵）你、你怎么吃饱又睡觉了。

〔猪八戒一个翻身，继续睡。

高翠兰　你夸下了海口，叔婆家的一百亩地你什么时候翻完啊？

猪八戒　（醒）我啥时候讲过啊？

高翠兰　啊？你怎么说话不算数啊？

猪八戒　让我睡会儿再说。

高翠兰　（无奈）你……（也打了个哈欠）啊呵……，这哈欠总是传染……（也靠着桌子睡着了）

〔高员外急匆匆上。

高员外　（急得直跺脚）哎呀呀，一对活宝！又贪吃又贪睡。太阳快落山了，他还在睡？

高翠兰　（跳起）相公相公。

猪八戒　（惊醒）啊？

高翠兰　要出洋相了！要出洋相了！

高员外　洋相出足哉！族人们都等在地里半天了……

猪八戒　你们说翻地的事情？哦，明日一早去地里验收便是了。嘿嘿，高小姐，大事体我欢喜夜头做……

高翠兰　夜头？

猪八戒　（故意神神叨叨）夜里有土地公公帮我做。你们千万不要来偷看！如果来偷看，土地公公就不会来了。你们回房歇歇。

〔高员外拉着女儿下。

高翠兰　（回头叮嘱）你一定要翻好的。

猪八戒　放心。（抖擞精神）我要做生活去哉！

〔夜深，更打三下，高员外鬼鬼祟祟地拿着灯笼，溜门而出。

〔切光。

〔公鸡鸣叫。

高员外　（上）女儿，出怪，出怪，怪事啦，昨夜我看见叔婆地里一头猪在拱地。

高翠兰　（睡眼朦胧上）啊？爹爹，你去偷看了？相公不是说不能偷看吗？

高员外　我好奇嘛！结果什么都没看见，就看到一头猪（学猪拱地）啵……

高翠兰　一定是你老眼昏花看走眼了。

高员外 昨夜连月光都没有。也有可能。

〔族人们推着满头大汗的猪八戒上场。

族人们 英雄哪！真神啊！

叔　婆 天，他真的一夜之间把我一百亩地给翻完了。

猪八戒 （逞能）小意思啦！你再给我一百亩……

〔高翠兰拧了猪八戒一把，暗示他别说。

猪八戒 （忙收）嘿嘿……

高翠兰 （偷偷问）昨夜土地公公帮你了？

猪八戒 昨夜他没来。

高翠兰 （怨父亲）都是你去偷看！（心痛地）相公，你累坏了吧？（替猪擦汗，惊叫）啊，嘴巴都出血了？

猪八戒 （避开）是、是蚊虫血，昨夜地里的蚊虫像老鸭一样大。

高翠兰 啊，手也起血泡了，痛吗？

猪八戒 （对高翠兰）勿痛勿痛，一些儿也勿痛，（对观众）怎么会勿痛？勿痛就是死肉猪哉。高小姐，侬冒肉痛，昨夜头我双手轻轻一推，这一百亩地就翻出来了。

族人们 啊呀，员外，恭喜恭喜啊！你招了个好女婿啊！

高员外 （高兴）好！女儿，为父同意你们，即日完婚！

高翠兰 （搂住爹爹）爹爹！

〔一片呐喊声中，鞭炮声响起，紧接着喜庆吹打声。

〔童谣起：

贴囍字，抛彩子，
扛箱子，抬轿子，
吹吹打打唱曲子，
娇娇滴滴新娘子。

〔众内喊：新郎新娘来了！

〔洞房，囍字高挂，红烛高照。

〔猪八戒对着戴红盖头的高翠兰憨憨地笑。

猪八戒 （唱）想想真开心，
忖忖笑煞人。
老猪福气，
凡间成亲，

笃笃定定。

〔孩童把挑子给猪八戒。

猪八戒 这是干什么？

众 人 挑盖头红。看新娘子。

猪八戒 哦，哈哈！有数哉！

〔猪八戒乐颠颠拿着挑子去揭红盖头，被高翠兰一把夺过，三下五除二把猪八戒打翻在地。

众 （大笑）哈哈哈……

高员外 好了，好了。请各位亲友喝喜酒去（招呼族人随下）

〔猪八戒故意赖在地上叫“啊哟啊哟……”

高翠兰 （急了）相公，怎么啦？

猪八戒 你刚才把我腰骨打断哉。

高翠兰 啊？相公，我给你揉揉。

猪八戒 （揉着舒服又痒，笑了起来）嘿嘿嘿嘿嘿……重些重些。

高翠兰 （生气）你骗人？（再拳打）

猪八戒 娘子你这样的花拳绣腿，怎么会是我的对手呢？

高翠兰 相公，差矣！虽然你武艺高强，可你还是打不过我。

猪八戒 为啥？

高翠兰 因为我是你娘子，只有我打你，你不会还手滴！

猪八戒 对对。只要娘子高兴，你爱怎么打就怎么打！

高翠兰 （撒娇）哎……打有什么好？我要你疼我，宠我，把我当成心尖尖上的宝……

猪八戒 娘子你……就是老猪心尖尖上的宝。（搂）

高翠兰 （依偎着）相公，你力气这么大，工夫这么好，以后娘子不想走路，你就得背我！

猪八戒 好，我背你。

高翠兰 嘻……现在就背！

猪八戒 好，现在就背。（开心地）

高翠兰 （把红盖头盖在猪八戒头上）你是上门女婿，这盖头你来盖。

猪八戒 我盖，我盖。

猪八戒 背媳妇啰——

〔音乐起。猪八戒背起高翠兰。

猪八戒　（唱）背媳妇，
喂呀喂，依呀依，
转圈圈，
喂呀喂，依呀依，
玉帝老儿也红眼。
呀嘿呀喂呀喂，

高翠兰　（唱）背媳妇，
喂呀喂，依呀依，
转圈圈，
喂呀喂，依呀依，
嫦娥姐姐也心烦。
呀嘿呀喂呀喂

猪八戒　（一惊，掉下红盖头，停）娘子，你也知道嫦、嫦娥仙子？

高翠兰　谁不知嫦娥仙子啊？转圈圈、转圈圈，转转转转转……

〔猪八戒越背越快，最后俩人转得摔倒在床上。

〔蛤蟆精“呱呱”一叫出场。

蛤蟆精　难怪鼓乐声声揪心，原来我的美人今夜成亲……三年前我制造英雄救美机会，谁知美人被他抢走……从此我潜心修炼已有三载，为的是把美人夺回我手，今日我化作道长模样，潜入高家见机行事……（继续偷听）

高翠兰　相公，你还能喝多少酒？

猪八戒　酒？你相公生来是海量！

高翠兰　你娘子也不差，你我比高低？

猪八戒　哎，我怎能与小女子比喝酒？

高翠兰　什么小女子？有本事我用杯，你用碗。

猪八戒　你用碗，我用坛。

高翠兰　好，相公，你要说话算数。

猪八戒　算数！

〔蛤蟆精躲下。

高翠兰　拉钩！

猪八戒　拉钩！

〔猪八戒搬出坛酒，高翠兰拿出杯。

〔两人对酌。

高翠兰 （唱）一杯两杯，似水流，

猪八戒 （唱）一坛二坛，不算酒。

高翠兰 （唱）三杯四杯，润润喉，

相公啊，

猪八戒 （唱）娘子呀，

依嘿依嘿饮酒呀，

三坛四坛，漱漱口。

高翠兰 （唱）五杯六杯，刚上头，

猪八戒 （唱）五坛六坛，味正稠。

高翠兰 （唱）七杯八杯，晃悠悠，

高翠兰 （唱）相公啊，

猪八戒 （唱）娘子呀，

依嘿依嘿饮酒呀，

猪八戒 （唱）七坛八坛，浑丢丢。

高翠兰 （唱）九杯十杯，相公背我走，

猪八戒 （唱）九坛十坛，你走我不走……

〔猪八戒捧着酒坛，感觉身体不适，卧倒在地。

高翠兰 哈哈，你输了，你输……

〔高翠兰也醉倒在地。

〔一阵烟雾，猪八戒现出原形。

〔蛤蟆精现出。

蛤蟆精 呱呱呱呱呱，原来是一头丑猪。这下高美人醒来有好戏看了！哈哈……待我变作道长，公诸于众！（摇身变成道长，喊着下）来人啊，高家姑爷是妖怪——

〔高员外和家人们提着锄头、草耙跌跌撞撞上场。

〔众人敲门。

高员外 女儿开门，女儿开门！

众　人 妖怪，妖怪在哪里？

〔众敲门未开，撞门而入，见到八戒猪的模样，猪依然酣睡。

众　人 啊，妖怪，真是妖怪！果然如道长所说。

高员外 天啊，高家祖宗不显灵啊！（大声）女儿——

高翠兰 （惊醒）啊？爹爹，你们……

高员外 快看看你的相公。

高翠兰 （大惊）相公怎么变这样了？

高员外 这要问你啊！

高　才 这个猪妖怪我在村口见过，后来不见，原来变姑爷来了。

高翠兰 （哭）爹爹——不是的！不是的！

高员外 都是你整天在外疯疯癫癫，竟然把妖怪引进门来。（继续责备）那夜在叔婆地里我明明看见头猪，你还说我老眼昏花……

道　长 员外莫要责怪小姐，事情尚可挽回。

高员外 道长，多亏你慧眼识破，否则为时晚也！

道　长 如此美貌小姐，怎可落入猪妖之手？

高员外 这妖怪如何处置？还请道长指点。

道　长 先把妖怪关进柴房，我自有安排。（欲下）

高员外 （拉住道长）妖人在家，如住虎穴。求道长不要离开！

众　人 求道长不要离开。

道　长 好，那贫道暂且居住你家商讨降妖捉怪之策。

高员外 太好了，多谢多谢！女儿，快快过来谢过道长。

高翠兰 多谢道长！

道　长 （激动搀扶）免礼免礼！

高翠兰 （依然不信）相公，相公。（见猪，吓）

〔切光。

第四场

〔高翠兰忐忑上场。

高翠兰 （唱）道长在厅堂把除妖狠计献，

我心烦意乱愁绪万千。

身不由己来到柴房外，

满腹狐疑怯步不前。

〔柴房，猪八戒醒来，发现捆绑，挣脱绳索，摸自己耳朵，明白。

猪八戒 西洋镜戳穿哉！

（唱）酒醉失控原形现，
后悔莫及大事耽。
尴尬局面怎收拾，
去不得，留不得，只得把人喊。

猪八戒 （大声）来人！开门！

高翠兰 （嘘声）住口！

猪八戒 （高兴）娘子，你在门口？

高翠兰 谁是你娘子！

猪八戒 娘子……

高翠兰 闭嘴！

猪八戒 哦，我不说。

高翠兰 我问你，你是何方妖孽？为何要化作人形来害我们？

猪八戒 娘子，你开门进来我实话跟你说。

高翠兰 进来？你想我开门，让你逃跑？

猪八戒 哈哈，娘子，这门还难得倒我老猪？（施法）娘子进来——

高翠兰 （进门，发现猪，吓）啊——救命啊！

猪八戒 娘子莫怕莫怕，你是我娘子，我不会伤害你的。

高翠兰 （惊魂未定）你，你果然是妖怪。

猪八戒 我不是妖怪，我是真心喜欢你。

高翠兰 呸，你长成这副模样，还说这样的话，真叫人恶心！

猪八戒 娘子，要漂亮很便当，我只要嚓嚓变化几下，就蛮漂亮了。

高翠兰 你还要变化？

猪八戒 不！我不想再变来变去来骗你。

高翠兰 少啰嗦，你到底是何方妖孽，快快给我说来。

猪八戒 哦。

〔猪八戒挪椅子靠近高翠兰，想给她坐。

高翠兰 放下，快讲。

猪八戒 娘子喂，你听牢。

（唱）我本是，天蓬元帅督天河，
醉戏嫦娥贬凡间。
错投猪胎变容颜，

我并非妖怪而是仙。
也曾为，丑猪容貌肝肠断，
没奈何，暂且变人把身安。
遇娘子，真情相待倍温暖，
抛他念，死心塌地做庄汉。
为娘子，吃苦受累无有怨，
实指望，恩恩爱爱快快乐乐共百年！

高翠兰 （唱）他那里，坦坦诚诚吐真言，
我这里，纷纷扰扰芳寸乱。
三年来，他晨去昏来勤耕作，
挥汗如雨在田间。
他非凡人，隐约之中有预感，
慕英雄，托付终身是己选。
高翠兰，生性要强厌平淡，
凡人哪个遂我愿？
择他本是我所为，
与他携手已有年。
既然是，情投意合两相牵，
嫁一个，天蓬转世也心甘。

高翠兰 你受苦了！起来吧！

猪八戒 娘子，你不嫌弃我了？

高翠兰 三年的感情，说断，能断得了吗？

猪八戒 （兴奋地）娘子——（欲拥抱）

高翠兰 相公——（相拥，突发现猪丑貌，转身捂眼，大叫）啊——啊——你这个样子……

猪八戒 （歉意）娘子不能接受，我还是再变回来。

高翠兰 （想了想）算了，假模假样也没意思，让我慢慢习惯吧！

猪八戒 其实一进高家，我就说过天上格事，奈都勿相信，我只好讲造话。

高翠兰 嗯，的确如此。那你在天上做什么呢？

猪八戒 做天蓬元帅啊！

高翠兰 天蓬元帅做什么？

猪八戒 管水利的，相当于人间的水利部长……

高翠兰 水利部长？正部级？

猪八戒 是格。（吹牛）想当初我在天上督管天河，统领三军，那是威风八面！……那天河水我叫它满它不敢浅，我叫它浅它不敢满！

高翠兰 权力大？有送红包的？

猪八戒 红包算啥？还送美女呢！（越吹越来劲）那些美女……就是天上的仙女们，见到我还抛媚眼（作抛媚眼状），同我发嗲（发嗲状），献殷勤（献殷勤状），连那玉帝老儿也忌我三分……

高翠兰 （生气）所以把你打入凡间！

猪八戒 哎，那是玉帝老头吃醋！那日我多饮了几杯酒，同嫦娥仙子眼对眼、手拉手，被玉帝看见，就判了我个“调戏嫦娥之罪”！

〔猪八戒沉浸在叙述中，没注意高翠兰早已生气，这时一个巴掌狠狠扇在脸上……

猪八戒 （傻了）开打哉！

高翠兰 （咬牙切齿）还送美女！（对猪八戒左右开弓打耳光，猪配合着）

猪八戒 左右开弓。

高翠兰 该把你打入十八层地狱！

猪八戒 女人的脸，三月的天，说变就变！

〔火光起，烟雾弥漫。

高翠兰 （咳嗽）啊？柴房着火了！道长果然出此下策！（对猪八戒）你快开门，不然咱们要被烧死了。

猪八戒 娘子莫怕，你相公是神仙。（施法）娘子，跟我走。（穿墙而飞走）

〔众上。

蛤蟆精 哈哈哈，蠢猪，今夜定将你烧成一只烤全猪。（看见猪携高飞出，绝望隐退）啊！

〔幕后合唱：

一把大火通天烧，
高府上下乱糟糟。

〔厅堂，高员外携族人烧香求平安。

高员外 祖宗显灵，菩萨保佑，除妖降魔，消灾免祸。

众　人 除妖降魔，消灾免祸。

叔　公 这狠心的道长为何出此狠招，一把大火差点把高家烧得精光。

高员外 这骗人的道长，结果妖怪尸骨未见，女儿不知去向，连他自己也都不见了。

大　姑　侄女儿一定被那猪妖怪抓去，呐个办办呢？

〔家丁赶来，上。

家丁甲　员外——员外——亲朋好友左邻右舍俱已找遍，不见小姐踪影。

家丁乙　员外——员外——村里村外山上山下都已寻过，不见小姐踪影。

高员外　这便如何是好？

〔高才跌跌撞撞上。

高　才　员外——员外——有一个去西天取经的大唐高僧，正路过高老庄，听说本领高强，能降妖除魔。

叔　公　大唐高僧？威名赫赫，来到高老庄了？

高　才　是，路过。

叔　公　天佑高家。

高员外　（激动）快快有请。

高　才　是。

高员外　来人，阖府上下迎接大唐高僧。

家　丁　阖府上下迎接大唐高僧。

众　人　（匍匐在地）有请大唐高僧。

〔伟人出场般音乐响起——

〔孙悟空大刀阔斧上。

〔唐僧后面追赶上，一出场差点摔个狗吃屎。

孙悟空　（扶住）师父，小心点小心点嘛！

唐　僧　（生气，甩开，数落）你这猴头，让你慢慢走慢慢走，总是这么猴急猴急，真是冥顽不化、野性难改！跟你说过多少回了，要站如松，坐如钟，行如……

孙悟空　（不耐烦，捂耳）咦——唠叨公！

众　人　见过大唐高僧！

唐　僧　（忙端好，慈厚地）阿弥陀佛！众施主，请起……（对悟空，训斥）还不见过众位施主？

孙悟空　好好好，俺老孙见过众位施主了。

高员外　（看见孙悟空，惊吓）啊！怎么又来了一个雷公？

孙悟空　老高，你空长了年纪，这么不懂事！俺老孙虽长得怪，却能替你捉得妖精，还你女儿。

高员外　你、你真能替我捉得妖怪，还我女儿？

唐　僧　员外莫要担心，我徒儿乃是捉妖能手。

孙悟空　高老头，我听说你女婿蛮有能耐，帮你家做了许多事情。为何不能接纳于他？

高员外　可他是妖怪，怎可做我女婿？再说现在他抢走我的女儿……

唐　僧　（对悟空）让你捉妖你就去嘛，叽里呱啦废话那么多作甚？（对众人）阿弥陀佛，尔等放心，我徒儿武艺高强，一定能捉得妖怪，还你女儿。

孙悟空　好吧，高老头，好生照顾我家师父。俺老孙降妖去哉！

〔切光。

第五场

〔地点：一窝棚下。

〔清晓，林中鸟鸣。朝霞初现。

〔两人醒来。

猪八戒　娘子。

〔高翠兰打喷嚏，猪给她披衣。高不理，猪故意咳嗽，高把衣扔给他。

猪八戒　嘿嘿嘿，娘子还是关心我的！

高翠兰　（变脸）呸！

猪八戒　喔唷，火气还有这么猛啊？

高翠兰　（扭头）哼！

猪八戒　（缓和气氛）娘子你肚子饿不饿？你要是饿了，我大腿的肉割块下来，火里煨煨——火腿肉，多少香嘞！

高翠兰　（忍不住，笑）

〔高翠兰举衣打猪。

高翠兰　你个死猪，你老实说，你心里还有没有嫦娥？还有没有那些仙女？

猪八戒　（掴己嘴巴）牛皮有啥吹头呢？自讨苦吃！（对高）娘子喂，跟你解释N遍了，自从见到你，我再也没想过其他女人了。

高翠兰　真的没有？

猪八戒　真的没有。

高翠兰　那你对天发誓！从今以后，不再想嫦娥，与我好好过日子。

猪八戒 好，我对天发誓！从今以后再也不想嫦娥，如果再想想的话，下世变鸡变狗变泥鳅。

高翠兰 你跟我说实话，嫦娥到底有多美？你愿为她受这份罪。

〔孙悟空上，一旁偷听。

猪八戒 嫦娥啊？……嫦娥是那个那个……丑的。

高翠兰 丑？

猪八戒 很丑很丑很很丑……

高翠兰 （眼睛一亮）照你说，我比她美？

猪八戒 当然你美。

高翠兰 （开心）起来吧！

猪八戒 （来劲）啊哟，嫦娥比哒侬，谈都不要谈了，

（唱）娘子美貌赛天仙，
百花哪有你娇艳。
嫦娥原是丑八怪，

〔孙悟空偷着乐。

猪八戒 （接唱）丑得让人吓破胆。

孙悟空 （唱）蠢猪句句是谎言，
略施小计去揭穿。

高翠兰 （唱）你心中若有高翠兰，
从此不许生邪念。

猪八戒 （唱）一见娘子我三春暖，
一想嫦娥我腊月寒。

孙悟空 （唱）究竟是暖还是寒，
看你怎生把谎圆。

〔孙悟空摇身一变，成了嫦娥，立在猪前。

猪八戒 （突见嫦娥，不知所措）啊！我、我刚才说什么了？怎么把嫦娥给招来了？……（对假嫦娥）不、不知嫦娥姐姐驾到……

高小姐 啊？她就是嫦娥？有这么美的丑八怪？

假嫦娥 你竟然在背后说我丑八怪？

猪八戒 说我自己丑八怪。

假嫦娥 你是够丑的。老实交代，你是哪里来的妖怪？

猪八戒 嫦娥姐姐，你竟然忘了我？天蓬元帅成了这个模样，让嫦娥姐姐都认不

出来了。呜呜……

假嫦娥 （偷乐）这厮还真老实，没几下就露了底。原来你是天蓬水神下界？

猪八戒 那日酒后对你露了真情，被玉帝重责二千锤，直打得皮开肉绽骨将折，还变成了这副模样。

假嫦娥 哈哈哈，想不到你这猪还是个情种！

猪八戒 我以为这辈子再也见不到姐姐了，也无脸再见姐姐了。

高翠兰 （揪猪耳朵）你——你原来说的都是假话？

猪八戒 不不，娘子，自从见了你，我心里真的只有你了。

假嫦娥 喂呀——我不远万里苦苦寻找于你，你竟然另有新欢了。

猪八戒 你真是不远万里寻找于我？

假嫦娥 不然我怎会到此？

猪八戒 嫦娥姐姐……（哽咽）想不到你对我如此真情……不枉我变猪一场。

高翠兰 （扇猪一巴掌）你！我为了你，跟父亲家人邻里亲友反目成仇，我为了你，在这种鬼地方受饥挨冻，你竟然还为她感动？！

猪八戒 娘子，天知地知，你的感情我最知，虽然你常常用拳脚表示，不过我喜欢。我喜欢被你打，我喜欢被你骂，这叫作萝卜白菜各有所爱。

高翠兰 谁要你来爱，你这个丑八怪！

假嫦娥 天蓬，她嫌你丑，我不嫌！我看你这样子蛮可爱。你还是跟我回广寒宫去。

高翠兰 （对猪八戒）你敢！

猪八戒 哦。

假嫦娥 走。

高翠兰 回来。

假嫦娥 走。

高翠兰 你……

〔高翠兰怒，欲和假嫦娥拼命。

〔假嫦娥点中高翠兰假死穴。

〔高翠兰倒地。

假嫦娥 （故意）哈哈，她死了。

猪八戒 你害死了她？

假嫦娥 哪知她这么不经打。

猪八戒 （哭喊）啊——娘子啊——娘子啊，你不能死，你不能死啊！你死了我咋办啊？我纵然寻遍天涯海角，也要求得神医灵药，将你救活娘子——

假嫦娥 算了，还是跟我回广寒宫逍遥去吧。（拉猪）

猪八戒 （恨恨地）走开，我现在什么人都不想，我心里只有一个高—小—姐！（高夸张坐起，孙赶紧一指，高又倒地。猪浑然不觉）……你快走！若再不走的话，我要和你拼命！（咬牙）咿呀—

〔孙悟空变回。

孙悟空 嘻嘻嘻嘻哈哈哈哈哈……

猪八戒 （见孙悟空）眼睛一眨老母鸡变鸭。你是谁?

孙悟空 俺是齐天大圣孙悟空！

猪八戒 （惊醒）啊？你是五百年前大闹天宫的齐天大圣?

孙悟空 正是。

猪八戒 你来做啥?

孙悟空 奉你家岳父之命，前来捉拿与你！

猪八戒 （一听，欲跑，又还）你这个下作胚！你来抓我就抓我好了，把我娘子打死做啥？娘子喂——唉——

孙悟空 好啦！她没死。

猪八戒 啊？她没有死?

孙悟空 你来看。（解穴）

〔高翠兰醒来。

猪八戒 （兴奋极了）娘子！

高翠兰 （一站起就抱住猪，狂亲）叭叭叭叭叭……相公，你真好！刚才说的话我全听见了！我——爱——你！

猪八戒 嘻嘻，（对孙悟空）谢谢弼马……不，谢谢大圣！谢谢大圣！

孙悟空 再谢再谢，谢完了，我还得捉你走！

猪八戒 哎呀忘了这茬了！娘子啊，这弼马温是岳父大人派来捉我的，他本事交关大，我先躲躲再说。

〔猪八戒说完一溜烟跑了。

孙悟空 哪里走！

〔孙悟空取出金箍棒紧追。

高翠兰 相公，等等我！

〔高翠兰追下。

〔猪八戒复上。孙悟空与高翠兰也相继而上。三人形成三连追。

猪八戒 （念扑灯蛾）猴头步步紧相压，

抖擞精神快作法。
翻江倒海鬼神愁，
山崩地裂谁不怕。

孙悟空 （念）一路追打细窥察，
蠢猪能耐有几下。
待他力竭技穷时，
定然乖乖待我抓。

高翠兰 （念）相公他天罡数变化何怯怛？
威风凛凛看得我红霞染双颊。
虽说弼马温本领强，
相公未必输给他。

猪八戒 （念）休仗你闹天宫威名大，
九尺钉耙威力毫不差。

孙悟空 （念）没尝老孙的金箍棒，
拿着钉耙把威风耍。

高翠兰 （念）两虎相争有一伤，
翠兰为夫帮一把。

猪八戒 （念）你拆人姻缘可知罪？

孙悟空 （念）你强占民女犯皇法。

高翠兰 （念）你狗拖耗子多管事，
遭人唾弃被人骂。

猪八戒 分明是你拆人姻缘！

孙悟空 分明是你强抢民女！

高翠兰 分明是你多管闲事！

猪八戒 你拆人姻缘！

孙悟空 你强抢民女！

高翠兰 你多管闲事！

孙悟空 着打！

高翠兰 相公，接招！

〔两人上天入地，直打得天昏地暗。

〔幕后伴唱：

一个是口喷彩华，

一个是气吐红霞。
一个是大圣临凡世，
一个是元帅降天涯。
金箍棒，九齿耙，
两个英雄实可嘉。

〔高翠兰时而赞赏，时而高叫，时而捣乱。几次弄得孙悟空措手不及。

〔高见猪有点力不从心，高突然高叫："停！相公，歇会儿！"猪忙作停歇手势。

猪八戒 （趁机坐下）歇会歇会，大家都歇会。啊呀妈呀，累死我啦！

高翠兰 相公，擦把汗。

猪八戒 娘子，你真好！

高翠兰 相公，累不？

猪八戒 累……不累！有娘子在，相公有得是力气哟！

高翠兰 （盯着猪八戒看）相公——

猪八戒 嘿嘿，不要看了，我样子勿好看！

高翠兰 好看，好看，看惯了，越看越觉可爱。

猪八戒 （不好意思）嘻嘻嘻嘻。

孙悟空 这高老头，什么事嘛，害我空忙一场，依我看这一对挺好。

猪八戒 娘子，你真好，你让老猪感动。

高翠兰 相公，我终于明白什么才是真爱。

孙悟空 咦——肉麻肉麻！

猪八戒 他是嫉妒！

高翠兰 嘻——嫉妒！

孙悟空 呆子，看你们这个样子，我不想费事了。你跟我回去见师父，向他交个差，跟你丈人说说清楚也就算了。

猪八戒 娘子，这弼马瘟说得有几分道理。

高翠兰 嗯。

猪八戒 为了你，我还是得去拜见岳丈大人！

高翠兰 那好，我们一起回家！

猪八戒 好。

孙悟空 （揪住猪八戒耳朵）走！

猪八戒 啊哟！

高翠兰 喂——你轻点轻点……

〔切光。

第六场

〔地点：高家厅堂。

〔唐僧、高员外及族人等坐满一堂，气氛异常紧张，紧张得只有唐僧念经的声音。

高员外 （耐不住）请问唐长老，你徒弟去了多时，不知……

唐　僧 阿弥陀佛，各位不必着急，且安心等待便是。（对观众）这猴头，不知去哪里野了。

高　才 （内喊）员外——小姐回来了。

〔高才和高翠兰上

高翠兰 爹爹——

高员外 女儿，你终于回来了——（紧张地上下打量高翠兰）你没事吧？

高翠兰 我好好的啊！

〔父女相拥。

孙悟空 （内喊）师父——

〔孙悟空拉着猪八戒上。

〔众亲友看见猪八戒紧张。

唐　僧 （见状问）悟空，你已降伏此妖？

孙悟空 师父，我看他们两人感情甚好。这高老头……

猪八戒 （嘴巴很甜）丈人阿爸、叔公、叔婆、大姑、二姨……女婿给你们行大礼了。

〔各位面面相觑，不作回答。

高翠兰 你们怎么不理睬啊？

众 （轻声）他是妖怪！

高翠兰 （郑重地）我宣布就算他是妖怪，我也要嫁给他！

众 啊？

高翠兰 爹爹，何况相公他不是妖怪，他是天蓬元帅下凡的神仙。

唐　僧 （一惊）天蓬元帅？你是督管天河的天蓬元帅？

猪八戒 唉！好汉不提当年勇啊！

叔　父 我老早就算出来哉，你就是神仙！

〔高家人开心地把猪八戒围住。唐僧想说话，插不上话。

孙悟空 停！

唐　僧 阿弥陀佛！徒儿，为师终于找到你了！

猪八戒 哎呀你不要乱话，我怎会是你和尚的徒弟。

唐　僧 你触犯天条，被玉帝打入凡间，观音菩萨嘱我收你为徒，让你跟随为师去西天取经。

猪八戒 观音菩萨？

唐　僧 是啊，菩萨的意思是：要你将功折罪，早日脱离灾瘴。

孙悟空 搞了半天，他还是我师弟？

猪八戒 你的师弟……

孙悟空 还不行过拜师大礼？

高翠兰 （阻止）相公，你不能去，你还有我娘子呢！

大　姑 对对，你是有老婆的人，怎么可以去做和尚呢！

猪八戒 我现在日脚过过蛮蛮好，西天我不去的，怎么都不去的！

唐　僧 哎呀，孺子不可教也！不可教也！

孙悟空 师父，休要与他啰嗦，待我抓了他上路便了。

唐　僧 悟空，此事强求不得！

（唱）西行取经非儿戏，
需经千难与万险。
生死祸福均难料，
全凭信念事关天。

孙悟空 蠢猪贪吃贪睡，跟他谈信念？迂……腐！师父，蠢猪取经只会添乱，还是不去为好。我们上路吧！（拉唐僧欲走）

唐　僧 不可不可，这是观音菩萨嘱咐，不可随意放弃，还是教化为上。

〔众七嘴八舌，快速地。

高翠兰 相公，你不要去。

众 去不来、去不来的。

唐　僧 阿弥陀佛。

〔猪八戒有点犹豫。

高翠兰 相公，不要去！

高员外 去不来的！

众　人 去不来的！

〔猪八戒彷徨无定，逃到了香炉后面。

唐　僧 各位施主，还是让他自己想个明白。我等在高老庄暂且安顿再说。

〔唐僧让大家退下。众下。

孙悟空 （对着香炉）哈哈，堂堂天蓬元帅已经从里到外活脱脱变成一头猪了！

〔猪八戒从香炉后面小心翼翼爬出。

猪八戒 （伤心地）我是猪？我是一头猪？！

（唱）猴头说话像利剑，
剑剑刺痛我心尖。
曾经是，八面威风大罗仙，
如今是，猪品猪性羞凡间。
我若是听从菩萨取经去，
或许还能把天庭还。
（再一想）勿对咯。
我若真往西天去，
怎舍娘子高翠兰。
左也难，右也难
老猪今日难难难。

〔画外音响起高翠兰的笑声："咯咯咯……相公，你真好……（柔声）相公……"

猪八戒 （唱）这里是温柔乡，
那里是火海场。
前途茫茫取经路，
生死未卜苦尽尝。
纵然功成返天庭，
天庭怎及高老庄？
我不要出家取经做和尚，
我只想朝朝暮暮伴娇娘。

〔切光。

第七场

〔高翠兰在学做针线。

高翠兰 （唱）相公不做取经僧，
翠兰欣喜不自胜。
学做女工学拈线，
大脚媳妇提绣针。

〔蛤蟆精扮道长上。

道　长 （唱）机关算尽难如愿，
美人跟前底牌摊。

道　长 （行大礼）小姐，你好。

高翠兰 道长，你又来做什么？

道　长 我来劝你早点让猪妖去西天取经。

高翠兰 我和相公已经和好，不需麻烦你了。

道　长 可他命里注定就是个和尚！

高翠兰 他已经决定不去西天做和尚了。

道　长 他迟早要走，不如早走。他走了，我对你会比他更好。

高翠兰 （惊讶）你说什么？

道　长 你当众宣布：不喜凡人只嫁妖仙！

高翠兰 你断章取义！

道　长 实话告诉你！其实我不是什么道长，而是修行百年，武功超群，对你一往情深的蛤蟆仙。（恢复蛤蟆貌）

高翠兰 啊，你、你原来是只癞蛤蟆？

蛤蟆精 我哪癞？我是英俊的蛤蟆王。（跪下）我会呼风唤雨，翻手割麦，覆手插秧。我会比猪妖对你好上百倍、千倍……美人，嫁给我吧！

高翠兰 啊，你……

蛤蟆精 （欲搂抱高翠兰）美人！

高翠兰 （逃）你走开！

蛤蟆精　（恨）你……我绅士你不从，我只好流氓了……（一把抱住高翠兰）跟我走！

〔高翠兰用剪刀刺中蛤蟆精左眼。

蛤蟆精　啊？我的眼睛——臭婆娘，你竟然用剪刀刺我眼睛？

高翠兰　（举起剪刀）你再胡来，我就杀了你！

蛤蟆精　（眼痛）哎唷……美人竟成恶婆娘，心碎一地！我要你后悔！后悔——（发威）呱呱呱呱呱呱呱——

〔蛤蟆精发功。狂风暴雨起——

高翠兰　你、你要干什么？

蛤蟆精　我要你后悔，乖乖跪下来求我——

高翠兰　你休想！我死也不会求你！

蛤蟆精　哼！那你看着！

（唱）呼冰雹、驱雷电……

〔众雪妖群魔乱舞上。

蛤蟆精　（唱）冰雹狂泻，众生乱一团。

〔幕后和唱：

众生乱一团。

〔狂风呼啸，电闪雷鸣，冰雹狂泻。

高翠兰　（唱）霎那间狂风呼啸电闪雷鸣，

冰雪倾盆掀……

妖魔作乱，

天象颠倒颠……

〔幕后和唱：

天象颠倒颠……

〔幕内传来高老庄鸡犬嚎叫和村民们的惨叫声。

蛤蟆精　呱呱呱呱呱呱，我蛤蟆精的功夫越来越厉害了！……

高翠兰　（唱）高老庄鬼哭狼嚎尸横遍野。

〔幕后和唱：

高老庄尸横遍野。

高翠兰　（大叫）你住手！快快住手！

蛤蟆精　（走火入魔，继续发功）呱呱呱呱呱呱……只要你跪下求我和我好，否则高老庄将毁于你手……

猪八戒 （冲上）娘子，我来了！

〔猪八戒与孙悟空赶到。孙悟空去追蛤蟆精，蛤蟆精逃遁。

高翠兰 相公——相公——。

猪八戒 娘子，（把高藏于石头后）你先躲一躲，我去除妖。

〔孙悟空把蛤蟆精逼回舞台。

猪八戒 （举起钉耙狠狠打去）妖怪，我要将你碎尸万段！

〔猪八戒一耙打在孙悟空头上。钉耙火冒金星。

猪八戒 好头好头！

孙悟空 呆子，你瞎眼了？

猪八戒 猴头，这是我的事情，你凑什么热闹？

孙悟空 蠢猪，这时你逞什么能！

〔蛤蟆精变出一堆小蛤蟆，蜂拥上。

猪八戒 嘿嘿，看我的。

〔猪八戒变出一堆小猪，与一堆小蛤蟆打斗，全场充满幽默搞笑令人捧腹的场面。

孙悟空 （举起金箍棒）妖怪，看棒！

猪八戒 慢！猴哥，我来！（举起钉耙，狠狠打去）咦……人呢？

孙悟空 早跑了。呆子，你尽添乱！我真想揍你！（追下）妖精——哪里逃！

猪八戒 （欲追）哪里逃！

蛤蟆精 （抓出高翠兰重上）你敢过来，我就杀了她！

高翠兰 （看见猪八戒，奔扑过去）相公——

猪八戒 （拥抱）娘子——

〔蛤蟆精掀起一个惊雷从背后打死高翠兰，高翠兰死在猪八戒怀里。

蛤蟆精 我得不到的女人，你也别想得到！呱呱呱呱……（下）

孙悟空 （举起金箍棒）妖怪，哪里逃！（一棒将蛤蟆精打死。双下）

猪八戒 （抱住高翠兰，歇斯底里）娘子，娘子——

（唱）呼天抢地把娘子叫，
千呼万唤枉徒劳。
适才还，蹦蹦跳跳欢声笑，
顷刻间，命丧黄泉赴阴曹。
原以为，夫妻同心筑爱巢，
温柔乡里乐淘淘。

谁知祸福事难料，

妖孽作祟毁一朝。

从此是，生离死别两茫茫，

不由我，心如枯槁尘念销。

〔梵音四起。

〔观音画外音：阿弥陀佛，天地混沌，魔障肆虐，西天取经，除妖灭瘴，拯救苍生，求得天下太平！

猪八戒 （接唱）莫辜负，娘子真心实意对我好，

下决心，除妖灭瘴为世人铺平阳关道。

〔云头现观音。

〔观音菩萨手提宝瓶与柳枝，洒甘露于众生。

〔幕后合唱：

滴滴甘露洒人间，

高庄消灾复从前。

〔合唱声中高翠兰活过来，与猪八戒拥抱。

高翠兰 相公！

猪八戒 娘子！

猪八戒 高翠兰 多谢菩萨救生之恩。

观　音 天蓬，我赐你法号“悟能”，从今后你要断三荤五厌，统称八戒。依你相貌为姓，八戒为名，取名猪八戒。

高翠兰 猪八戒。

猪八戒 猪八戒。

观　音 八戒，从今后你护佑三藏西天取经，将功折罪，早日脱离灾瘴。

猪八戒 （打破庄严，突然对菩萨）菩萨，慢慢叫，（拉着高翠兰到一边，又回头对菩萨）让我同娘子商量商量。（对高翠兰）娘子，我真当话要当和尚去了呢？

高翠兰 嘘！都什么时候了，还黏黏糊糊的。

猪八戒 哦！干脆点！

高翠兰 对！

猪八戒 菩萨，格么我取经去，侬会勿会让我变只漂亮相貌回来啊？

高翠兰 相公，我已经习惯你的相貌了。

猪八戒　哦，格么，菩萨，侬好勿好让我早点回来啊？

〔高翠兰拧猪八戒：“好了！你还跟菩萨谈条件？”

猪八戒　好哪好哪，就当是挂职锻炼去。……格么菩萨，全凭侬做主好了。

〔观音诵“阿弥陀佛”，隐去。

唐　僧　（高兴地）八戒，快点来快点来，待为师为你摩顶受戒。

孙悟空　（看唐僧样子，对观众笑）骨头轻煞哉！

猪八戒　哦。

〔猪八戒庄严地坐下，唐僧为猪八戒剃度。

高翠兰　（抚摸八戒的光头，伤感地）相公，你真就成和尚了吗？

猪八戒　（幽默地）嘿嘿，娘子，我今天做了和尚，明天可以做回来的。（唐僧听此言失手）哎呀，师父喂，轻些。

孙悟空　师父，重些！

猪八戒　死猴头，情商太低！

唐　僧　好了，剃度完毕。

高翠兰　相公，（深情地）

（唱）顶天立地男儿汉，
我会爱你到永远。
只要记得回家路，
我定含笑迎你还。

猪八戒　（唱）待归来，带回长生不老丹，
再与你，快快乐乐共万年。

高翠兰　（笑了）拉钩！

两　人　拉钩上吊，一万年不许变……

〔童谣：拉钩钩，许诺言，
一万年不许变。
谁耍赖，变只老鼠地洞钻，
谁耍赖，变只王八转圈圈。
不许变！不许变！
不变不变一万年！

〔合唱声中，众人送八戒。

唐　僧　八戒，悟空，随为师启程吧。

孙悟空　这下好了，不用唠叨我一个人，替死的来了。嘻嘻！

高员外 贤婿一路保重！

猪八戒 丈人阿爸，伢娘子侬要照顾好咯。

高员外 放心，放心！

孙悟空 哎呀，不要再婆婆妈妈了！（拉猪八戒耳朵走）

〔猪八戒扛起钉耙，被孙悟空拉着耳朵，一步一回头。

猪八戒 叔婆叔公大姑二姨，我还要回来做高家上门女婿格！

众 好格好格！

猪八戒 娘子，我无非是去西天挂职锻炼格！

高翠兰 相公，娘子明白。

猪八戒 咱们还要长生不老格！

孙悟空 走啦！

〔以上台词，猪八戒被孙悟空拉着耳朵每走几步回头说一句，最后夸张地一步一回头，直到消失在远方……

〔光慢慢收。

〔剧终。

2010 年

古装姚剧

王 阳 明

杨东标 张金海

人物表 王阳明——即王守仁，明中叶著名思想家、哲学家、军事家。
王 鹏——王阳明的书僮，后为门生。
诸 氏——王阳明之妻。
王 华——王阳明之父。
罗 岩——先为贵州某知县，后升赣南某知府。
巴 龙——苗民，后跟从王阳明。
巴龙娘——年迈老人。
阿里红——巴龙之妻。
宁 王——朱宸濠，南昌藩王。
娄 妃——娄素珍，宁王之妻，王阳明的师妹。
刘养正——宁王幕僚。
翠 儿——娄妃的贴身丫鬟。
小发子——内宫太监。
小木儿——内宫太监。
兵士、门生、衙役、侍女、侍卫等若干名

序 幕

〔江西广信，娄谅家院子，绿竹摇曳。

〔幕后唱：

离南昌，回余姚，途经广信，

拜娄谅，为师尊，指点人生。

为什么，先生忽然人不见，

急煞了，求知心切的王阳明。

王阳明　（寻找，焦急）先生，先生……先生人呢？

诸　氏　夫君，师妹在叫我们，你在这里做什么？

王阳明　先生人呢？

诸　氏　我不知道。

王阳明　我和先生讲好，今天我们可是要回余姚的。

〔娄谅之女娄素珍上。她后来成为宁王王妃，故全剧以娄妃称之。

娄　妃　师兄，嫂嫂，吃饭了。

王阳明　我不吃。

娄　妃　咦，怎么了？

王阳明　先生昨晚答应我今天见面的。

（唱）我拜你父为师尊，

只为一心学圣人。

说好走前教诲我，

他怎能，一走了之失于信？

诸　氏　（唱）学圣人，做圣人，

你师兄快要成疯人。

娄　妃　（唱）学圣人，做圣人，

不吃饭只能成疯人。

师兄，疯人，疯人……

诸　氏　好了，好了。师妹，宁王府选妃的名帖已经下来，你可是要做王妃娘娘的人。王妃，可不能火上浇油啊！

娄　妃　王妃……我……哈哈……

王阳明　好了，你父亲呢？

娄　妃　知府大人要我父亲去修改祭孔的文稿，一早来人把他接走了。

王阳明　那先生他？

娄　妃　父亲说，你们是新婚，不要叫醒你们，让你们多睡一会儿。

王阳明　我们今天就要回余姚。

娄　妃　我父亲没有忘记。（拿出信件）师兄……

王阳明　什么？

娄　妃　你先生给你的信。

王阳明　信？

娄　妃　慢，去吃饭。

王阳明　给我就吃。

娄　妃　吃了给你。

〔两人抢信，王夺过信。

娄　妃　（含嗔）你……！

王阳明　（拆读）圣人必可学而至的，圣人必可学而至的！（大喜）先生！

诸　氏　什么意思？

娄　妃　我父亲说只要肯学，圣人是可以学成功的。

王阳明　先生……（叩拜）

娄　妃　师兄，饭还吃吗？

王阳明　（大声地）吃，我吃三大碗！

〔三人大笑。

〔灯暗。

〔正德年间。北京。

小木儿　（追上小发子）哎哎哎，小发子，匆匆忙忙地做什么去呀？

小发子　哎哟，不得了，又出事了。刘公公要我去宣旨。

小木儿　（一惊）又要咔嚓啦？（作杀头状）

小发子　嘿嘿，那个人的胆子也真大，竟敢为南京罪臣戴铣说话，想扳倒我们的头儿刘公公。刘公公是皇上的大红人，他能扳得倒吗？这不是鸡蛋往石头上撞吗？

小木儿　他是谁呀？

小发子　王阳明。王阳明就是王守仁，吏部左侍郎王华的儿子。

小木儿　是他的儿子呀，听说王华是个大好人呀。

小发子　好人，好人有什么用？

小木儿　小发子……

小发子　兄弟，你还嫩一点，得要学学我。

小木儿　学学你？

小发子　（有点得意）嘿嘿，大家叫你小木儿，你是木了一点，一边去吧。

〔小木儿隐下。

小发子 王守仁、王华听旨——（宣旨）兵部主事王守仁目无朝纲，为罪臣戴铣鸣冤喊屈，诬劾司礼总管刘瑾，廷杖四十，贬谪贵州龙场驿丞！礼部左侍郎王华纵子乱政，调离京城，南京赴任。钦此！

〔杖打王阳明。廷杖声：用刑……杖打一十，二十，三十，四十……

〔惨淡的灯光下，王华心痛欲裂，踉跄而上。

王华儿 呀！

（唱）四十杖，打得儿，血肉飞溅，

王阳明 （唱）四十杖，打得我，天崩地坍。

王　华 （唱）儿受刑，父疼痛，刀割剑剜。

王阳明 （唱）恨权奸，误社稷，比虎狼凶残。

王华儿 呀，你痛吗？

王阳明 痛，孩儿心痛！

王　华 你还要嘴巴硬！就你仗义执言？就你疾恶如仇？你到京城才几年，你知道官场的凶险吗？……要不是兵部尚书王大人的力保，皇上能饶了你饶了我吗？

王阳明 爹爹，孩儿讲的是真话，人是一定要讲真话的！

王　华 （气又上来）真话，真话！官场之上有几个人在讲真话，你活该！打死你我不心疼！……这辈子你等着吃苦吧！

众衙役 走！

王阳明 爹爹，孩儿不孝，连累父亲。容孩儿日后再报答！

〔两人隐去。

〔小发子、小木儿隐现。

小木儿 （手拿王阳明的官帽，可惜地）他发配走喽！这是王阳明的官帽啊。

小发子 发配到贵州龙场当驿臣，还想戴这顶帽子？

小木儿 他还能回来吗？

小发子 回来？这一路上，刘公公还能让他活着回来吗？刘公公早已经安排好了，杀手多着呢。（作杀头状）

小木儿 （吃惊）啊？！

〔灯暗。

〔一年多后，贵州龙场。

〔苍茫高原，山洞内外。

〔一具石棺，王阳明卧躺棺内。

〔王鹏守坐一旁。

〔巴龙潜上，影子一闪，躲在一边。

〔罗岩上，两衙役抬了一坛酒随后。

衙　役　大人，到了。

罗　岩　王鹏……

王　鹏　罗大人，上山辛苦，喝口山泉。

罗　岩　王鹏，先生呢？

王　鹏　先生正在悟道。

罗　岩　悟道？好一个王阳明呀，如此境遇还能悟道，人呢？在哪里悟道？

王　鹏　罗大人，你看，躺在石棺里。

罗　岩　什么？王阳明呀王阳明，你真是一个奇人，怪人！阳明先生……

王　鹏　嘘！罗大人，先生吩咐，三天之内，任何人不得干扰先生悟道！

罗　岩　今日是第几天？

王　鹏　再过半个时辰，就满三天。

罗　岩　好啊，你们快把酒抬进去。

衙　役　是。

王　鹏　慢！（拦住）罗大人，先生讲是不能收礼的。

罗　岩　你这个小书僮，把关把得蛮紧嘛，告诉你，这是苗家乡亲烧的当地土酒，虽然没有绍兴老酒那么有名，却是老百姓的一片心意，还不快快抬进去！

王　鹏　（不知如何是好）罗大人，这……

罗　岩　阳明先生为苗家乡亲做了许多好事，他们特地委托我来感谢先生的。

〔众抬酒下。静场。

〔王阳明意念思想的升腾。

王阳明　（唱）山野寂寂，云淡风轻，

岚气缥缈，羽化我身。

思绪如潮，横空奔涌，

俯瞰万物，复归于心。

〔巴龙闪出，逼近石棺，欲下手。

巴　龙　啊？死了？管他是死是活，我先砍他两刀，银子就到手了。（挥刀砍去）

王阳明　（顿有所悟，激情狂笑）哈哈，吾心即理！

巴　龙　啊？原来是装死！今天碰到我巴龙，算你倒霉！（一刀砍去）

王阳明　（挡住）你是什么人？

巴　龙　（大惊）你是什么人？

王阳明　我是王阳明。

巴　龙　王阳明？对，我砍的就是你这个王阳明！

王阳明　你手里拿的是……

巴　龙　刀！

王阳明　朋友，我与你前世有冤？

巴　龙　无冤！

王阳明　今世有仇？

巴　龙　无仇！

王阳明　那你为什么要杀我？

巴　龙　明人不做暗事，你听了！

（唱）你与我，无冤又无仇，
　　却有人把你当作眼中瘤。
　　赏我白银三十两，
　　教你刀下一命休！

王阳明　哈哈哈！痛快痛快！

（唱）你直言直语说情由，
　　称得上，一条汉子血气有。
　　可惜只值三十两，
　　全不分是非善恶昏了头！

巴　龙　是非善恶？哼，我管不了！我只要银子到手，养家糊口！

王阳明　那要看你的造化。

〔一颗石弹飞出，击中巴龙手臂。

巴　龙　喔唷！

〔罗岩、王鹏、衙役等人上。

罗　岩　（大喝一声）拿下了！（巴龙惊惶欲逃）又是你，刁民巴龙！

〔两衙役将巴龙擒住。

〔王鹏扶王阳明出棺。

罗　岩　先生受惊了。

王阳明　大风大浪都过来了，这点惊吓算不了什么。

罗　岩　巴龙，因何行刺先生？

王阳明 罗大人，不问也罢，我被贬龙场，这一路上，走到哪里，刺客就追到哪里。那刘瑾时时想把我置于死地！

罗 岩 竟有这等事？巴龙，你行刺先生，犯下死罪，我岂能饶你！来呀！

衙 役 有！

罗 岩 将他推了下去！

衙 役 是！

〔阿里红急奔上：“大人饶命，大人饶命呀——”

巴 龙 阿里红！

阿里红 大人饶命！

王阳明 你是他的什么人？

阿里红 大人啊！

（唱）阿里红父母早归天，
巴龙哥，收留抚养我十多年。
虽说他游手好闲恶习染，
对我却是真心见。
滴水之恩涌泉报，
我以身相许愿结并蒂莲。
求大人饶了他一命，
任打任罚我都无怨言。
大人饶命，大人饶命！

巴 龙 阿里红，你快起来，跟这些鸟官讲什么真心假心。

罗 岩 （恼怒）如此刁民，天良已丧，岂可饶得！推下去斩了！

王阳明 且慢！罗大人，此案由我一审可好？

罗 岩 请！

王阳明 巴龙，你既有胆行刺，可有胆量脱衣？

巴 龙 要杀就杀，脱什么衣服！

王阳明 脱！

巴 龙 脱就脱！（三下两下，脱去衣服扔给阿里红）阿里红，拿回去！好好照顾我娘。

阿里红 巴龙哥，你不能死呀！（哭泣）

巴 龙 阿里红，不要哭！十八年后，我巴龙又是一条好汉。

王阳明 把裤子脱下来！

巴　龙　脱就脱！（脱裤，扔给阿里红）

王阳明　把内裤也脱了！

巴　龙　这个不能脱！

王阳明　为什么？

巴　龙　父母留下的根种，岂可见人，好汉可杀不可辱！

王阳明　（大笑）哈哈哈哈。原来你也知道羞耻。罗大人，知道羞耻的人，就不要杀了吧。

罗　岩　先生有所不知，凡抓到这等坏人，格杀勿论，这就是这里的王法！

王阳明　罗大人，天下强盗窃贼，能杀得完吗？

罗　岩　那怎么办呢？

王阳明　重在教化，改恶从善，破去心中之贼！

罗　岩　像巴龙这种人，还能教化吗？

王阳明　有何不可？我在洞里悟道，悟来悟去悟得“心即理”三字，他心里知道羞耻，尚可救得。

罗　岩　巴龙，今朝算你命大，记住王先生的不杀之恩！

王阳明　（取出一点碎银，递给阿里红）阿里红，这里一点碎银，回去拜堂成亲，好好过日子！

巴　龙
阿里红　多谢先生救命之恩，巴龙、阿里红永世不忘！（两人跪地）

王阳明　起来起来，回家去吧！

〔巴龙、阿里红下。

罗　岩　便宜了他！先生三天来滴水未沾，又遇到了巴龙。罗岩也拿不出好酒好菜，一盆南瓜饼充饥，一坛土酒，喝上几杯。

王　鹏　先生，罗大人为了给你补身子，特地杀了鸽子，熬了汤送来！

王阳明　多谢。

罗　岩　饿坏了吧？

王阳明　无妨无妨。现在我倒急于想办一个书院，讲学授业，启迪民智。

罗　岩　阳明先生好主意，我立刻张榜，告知县内学子开办书院。

王阳明　罗大人！王阳明流放到此，难得遇到你这样的知己。来，酒逢知己千杯少，（斟酒）罗大人请！

罗　岩　为先生龙场悟道，启迪民智干杯！（干杯）

〔灯暗。

〔赣南，王阳明临时寓所。

〔诸氏在一旁煎药。

诸　氏　（唱）先生平盗到赣南，

旧病常发征战间。

我千里奔波来送药，

旱獭之肝细调研。

幸喜得，夫君服药渐好转，

盼只盼，早日平盗熄狼烟。

〔罗岩急上。

罗　岩　王大人。

诸　氏　罗大人。

罗　岩　夫人，王大人呢?

诸　氏　我去叫醒他。

罗　岩　不！让他多休息一会儿吧。

诸　氏　罗大人，先生多亏你们照顾了。

罗　岩　夫人，朝廷命我从贵州来到赣南，跟随先生平盗，是我三生大幸。夫人，你知道那山上的强盗王是谁吗?

诸　氏　是谁?

罗　岩　就是当年在龙场被王大人放走的巴龙。这次我一定遵照军令，首恶从严，杀一儆百。夫人，王大人心慈手软啊。

王阳明　（内出）谁说我心慈手软?

罗　岩　王大人。

王阳明　罗大人，军令是我定的，首恶从严，胁从不问，杀一儆百，绝不手软。不过我们不能错杀无辜。

罗　岩　王大人，你来看，按照你的命令，我们的兵马已将前山后山四面包围，只待大人一声令下!

王阳明　好啊!

罗　岩　王大人，我这就去准备打。

王阳明　罗大人，打不难，我还是那句话，破山中贼易，破心中贼难，只有真正收服巴龙，才能确保一方的长治久安。因此……

罗　岩　围而不打!

王阳明　对!

罗　岩　遵命！

诸　氏　药凉了，快喝药吧。夫君，你好些了吗？

王阳明　喝了你送来的药好多了。

〔王鹏与一士兵背着巴龙娘急急而上。

王　鹏　先生。

王阳明　王鹏。

王　鹏　先生，你看！

王阳明　怎么回事？

王　鹏　她昏倒在路边，嘴里好像喊着巴龙，我把她带来了。

王阳明　大娘，大娘……

〔巴龙娘慢慢醒来。

巴龙娘　（惊骇）啊，你们是……

王阳明　大娘，你不要怕。刚才你昏倒在路边，我的部下把你救了。

巴龙娘　你的部下……（见王）那你是……

王　鹏　这位是王阳明王大人。

巴龙娘　王阳明！你是不是当年龙场的那个王大人？

王阳明　是啊，大娘你……

巴龙娘　我就是巴龙的娘。

诸　氏　大娘，来！（给茶）

王阳明　大娘，你知道巴龙现在在做什么？

巴龙娘　知道知道，王大人！

（唱）自从你龙场把我儿子放，
巴龙他，一心学好去经商。
年初托人带信来，
他日夜思念白发老娘！
儿媳陪我，千里迢迢到江西。
一路上历尽艰难与风霜，
谁知到了丛山里，
官兵正在剿强梁。
我早已是，双腿发软走不动，
媳妇她，让我休息独自问路上山岗。
我又是惊吓又是饿，

昏昏沉沉倒路旁……

王阳明 夫人，大娘肯定饿坏了，你快扶她进去喝碗热粥。

诸　氏 大娘，走吧。

巴龙娘 王大人，谢谢你！

王阳明 快去吧！

〔诸氏扶巴龙娘进内。

〔巴龙与阿里红潜上，张望。

巴　龙 刚才接到密报，娘被王阳明抓起来了，好像就在这里。（拔出匕首）

阿里红 巴龙，当心！

王阳明 （仍在思索）巴龙的娘？

王　鹏 先生，你对强盗的娘为什么也这么好啊？

王阳明 强盗是强盗，娘是娘。天下哪个母亲愿意儿子当强盗？

〔巴龙手一扬，匕首飞进来，被王阳明接住。

王　鹏 抓刺客！

〔众兵士抓住巴龙、阿里红，押至王跟前。

巴　龙 王阳明，你抓了我娘，算什么英雄，快把我娘放了啊！

王阳明 巴龙！来呀，把阿里红放了！（兵士放阿里红）快去照顾你的婆婆！

阿里红 大人，我……

王阳明 去吧！

阿里红 巴龙……

巴　龙 阿里红……

〔阿里红下。

王阳明 巴龙，龙场一别数年，想不到你在这里当了强盗王，更想不到你给我的见面礼又是一刀！

巴　龙 可惜我的刀没长眼睛！

王阳明 是你没长良心！（步步紧逼）你说你在干什么？

巴　龙 当强盗！

王阳明 杀人放火还理直气壮！

巴　龙 我没有饭吃，我活不下去。

王阳明 （把桌子一拍）你要活，就不让别人活？你犯了杀头之罪。

巴　龙 只要把我娘放了，你要杀就杀，你杀吧！（一脚踢翻地上的药罐子）

〔巴龙娘、阿里红等内出。

巴龙娘 巴龙，你胡说什么，是王大人救了我，想不到你恩将仇报，你的良心被狗吃了，竟然与这么好的人作对，你不是我的儿子！

（唱）我满腔热望把山进，

谁知道，一盆冰水当头淋！

你骗我在江西做生意，

谁知你，当了强盗胡乱行！

说什么你把娘孝顺，

你烂了肝肺黑了心！

说什么孝？道什么敬？

大逆不道，你伤了娘的心！

今日里，自投罗网罪应得，

要杀要剐任凭王大人！

巴　龙 （委屈地）娘……

王阳明 当强盗，是大逆不道，不过，大娘，巴龙还有孝心。

巴龙娘 他做强盗还有孝心？

王阳明 如果没有孝心，他怎会盼你与他团聚？如果没有孝心，他怎会冒死来见你。巴龙，我说得对吗？

巴　龙 不错！

王阳明 巴龙，你既懂羞耻又有孝心，你能不能为山上的弟兄们想一想，能不能为你娘想一想，能不能不打呢？

巴　龙 你不敢跟我打？

王阳明 你已被我们团团包围，你能打得赢吗？

巴　龙 打不赢，我也要拼！拼个你死我活，血流成河，尸横遍野！

王阳明 尸横遍野，血流成河，有什么好？！

（唱）人是父母生下来，

天下生命最宝贵。

怎忍见，无辜生灵遭杀戮，

怎忍见，血流成河家破碎。

休言一死无所谓，

轻生不是英雄汉。

今日我再把机会留给你，

只要你，悬崖勒马坦坦荡荡正路归。

巴龙娘 巴龙啊！这可是王大人天大的恩情啊，你听是不听？

巴　龙 娘，不是孩儿不听，我山上还有许多弟兄，他们都没有饭吃。

王阳明 说得好，做人不能光顾自己，只要你们不做强盗，我立即修造梯田大兴农耕，让大家都有饭吃。

巴龙娘 王大人，你真是救苦救难的活菩萨。

巴　龙
阿里红 王大人！（下跪）

王阳明 大娘起来，都起来。巴龙，好好照顾你娘，回家去吧。巴龙，你若再做强盗，我绝不轻饶！

巴　龙 （感动）王大人，我愿将功赎罪，去劝说兄弟们下山，王大人，你就收下我吧！

巴龙娘 王大人，你就收下他吧！

巴　龙
巴龙娘
阿里红 王大人！

王阳明 巴龙，跟着我，可不比你做强盗，是要守规矩的。

巴　龙 我听大人的。

王阳明 若有违令，军法处置。

巴　龙 我心甘情愿。

王阳明 军中无戏言。

巴　龙 愿以人头担保。

王阳明 好！今后就跟在我的身边！（突然剧咳）

诸　氏 快喝药，快喝药。

巴　龙 药罐子刚才被我踢翻了。

王阳明 巴龙你，你刚才是强盗嘛！

〔灯暗。

〔小发子和小木儿分头上。从步履神态看来，小发子已今非昔比。

〔小发子身边的随从太监趾高气扬地对小木儿："走开！"

小木儿 哎发子，发子兄弟。

小发子 （摆着架子）叫我什么？

小木儿 喔，公公，总管公公。啊呀，我俩从小入宫，亲如兄弟，叫惯了小名，忘记了刘瑾一倒，你连升三级，如今已提升为内宫总管啦。

小发子 （颇为得意）刘瑾倒台我是立过功的，他的十七条弥天大罪，有七条可

是我揭发作证的。

小木儿 辣手咯。公公又是去传旨?

小发子 是啊，这回我要去南昌一走，给宁王爷送匾去。

小木儿 给宁王爷送什么匾?

小发子 这其中的奥秘你就不懂了。哈哈!

小木儿 路上当心点!发子!

〔小发子猛地扇了小木儿一个耳光。

小发子 叫我什么?

小木儿 (忍辱)总管公公走好!

小发子 干什么事都要有规矩。(端着架子下)

小木儿 呸!摆什么臭架子，看看你师父刘瑾，爬得越高，跌得越惨!(灯转)

〔江西南昌宁王府，张灯结彩，一派寿庆景象。

〔鼓乐声中，传呼声:总管公公到——

〔内王爷声:有请——

〔差役扛一金匾上，上书:“御赐护卫营”，小发子随上。

〔宁王、刘养正出迎。

小发子 (施礼)宁王爷!

宁　王 (施礼)总管公公!

小发子 送礼来了，送礼来了!

宁　王 (王府家丁接匾，差役下)太好了，挂上去，挂上去!

小发子 给王爷拜寿，祝王爷福如东海，寿比南山!

宁　王 (欣喜地念)“御赐护卫营”!哈哈哈哈!

小发子 王爷，这份寿礼怎么样?

宁　王 总管公公送来了天下第一礼，礼比泰山重呀!养正，你看如何呀?

刘养正 王爷说得正是，此乃宁王府的及时雨，六月风呀。

小发子 (阴阴地)嘿嘿嘿嘿……这真是遮雨的伞，挡风的墙呀，以后宁王府招兵买马，旁人就不能闲言碎语啦!

宁　王 总管公公，我知道你帮了大忙了。

小发子 大忙说不上，小忙倒是有的。

〔两娇艳女子上。

两　女 王爷!

宁　王 这是我给总管公公的一份见面礼。

两　女　公公！

宁　王　为总管公公接风洗尘，好生侍候！

两　女　是！公公！

小发子　（讪讪）本公公如何消受这般美女，可惜了，可惜了！

宁　王　美女手上，自然有总管公公喜爱的东西！

〔两女子亮银票。

小发子　（一瞧）哦，三万两银票！

宁　王　这东西总管公公一定受得了。

两　女　受得了。（两女挽起小发子，将银票塞入小发子袖中）

宁　王　内厅陪酒！哈哈哈……

两　女　公公，走，喝酒去！

小发子　下不为例，下不为例！

两　女　公公走吧。

〔两女子挽小发子下。

刘养正　恭喜王爷，贺喜王爷！

宁　王　哈哈哈！

（唱）御赐金匾来得好，
如虎添翼气焰高。
三万两银子兵权买，
从此是，招兵买马何惧太招摇。
我也是，开国太祖的亲子孙，
为何不能穿龙袍？

刘养正　（唱）王爷！鄱阳湖上兵马啸，
千舟待发挽弓刀。
三日后，王府设下鸿门宴，
来一个，顺者昌，逆者亡，血祭旌旄。

宁　王　（大乐）好！

刘养正　（唱）心腹之患只一件——

宁　王　何事？

刘养正　王爷，此番举兵，直捣南京，胜券在握，心头之患就是一个人——

宁　王　王阳明？

刘养正　对！他正举兵赣南，近在咫尺，犹如身边猛虎，不可不防！

（接唱）不知他，能否如约进圈套？

宁　王　哼！我请柬已去，他胆敢不从？

刘养正　万一不到呢？

〔内报：赣南巡抚王阳明到——

宁　王　（诧异）王阳明来了？

刘养正　说到曹操，曹操就到，王阳明提前而到。

宁　王　真是天助我也，请军师好好安排，若有不妙……（示意杀）有请！

〔宁王与刘养正隐下。

〔王阳明内唱：借祝寿到南昌会见宁王——

〔王阳明上，巴龙紧随上。

王阳明　（唱）辨真假探虚实暗查明访。

（见金匾）（念）“御赐护卫营”！

（唱）朝廷派人传密诏，

司马昭之心须提防。

御赐金匾大堂挂，

为什么，皇上又把兵权放？

教我赣南带兵人，

如何做得这文章？

〔内喊“王爷到”！

〔宁王与刘养正出迎。

王阳明　拜见王爷！

宁　王　先生来得早哇！

王阳明　王爷大寿，理该早贺。（从巴龙手中接过礼单呈上）区区薄礼，请王爷笑纳！

宁　王　（接礼单）多谢先生一份厚礼！请，请！

刘养正　在下刘养正见过巡抚大人！

王阳明　免礼免礼，这位是……

宁　王　本王的知心幕僚，南昌才子刘养正。养正呀，王大人也是满腹经纶的才子！

刘养正　先生大名，如雷贯耳，多多指教，多多指教。

王阳明　不敢！

宁　王　（甚为开心）养正，王大人可是奇才呀，想当年被贬龙场，我是有心请

先生到我府上来，只是本王庙小，请不动大菩萨！

王阳明 王爷言重了。区区王守仁，穷酸文人一个，命里晦气缠身，岂敢登王爷大雅之堂？

刘养正 先生这就过谦了。王爷可是求贤若渴，唯才是举呀。前不久，我还听王爷说，力荐你来南昌当江西巡抚，王爷可是分外看重你呀。

王阳明 卑职不敢。

宁 王 养正，你知道吗？论资排辈，王大人还是本王的大舅子呢。

刘养正 （故作糊涂）大舅子？

宁 王 这你就不知道了，当年王大人曾拜我的岳父为师，我的娄妃与王大人乃是师兄妹，如此而论，王大人岂非是我的大舅子？

刘养正 （故作恍然大悟）噢，原来如此，这天下说大也大说小也小，转来转去，都是自己人了。

王阳明 自己人？

刘养正 自己人。

宁 王 自己人啊！

〔三人大笑。

〔已被灌得大醉的小发子由两侍女扶上。

小发子 你们在说什么？这么高兴。

刘养正 总管公公，我们正在认亲呢，加上你一个，也就更热闹啦！

小发子 认亲？这位是——

宁 王 这位可是我的大舅子，赣南巡抚，王守仁。

小发子 （醉眼朦胧相视）王守仁就是王阳明嘛！哎哟，这真是大水冲了龙王庙啦，当年打你四十大板，那道圣旨还是我传的呢，一晃已十……十几年啦？

王阳明 公公，十三年啦。

小发子 对，十三年，是十三年啦。那屁股打得……

王阳明 好啊！

小发子 冤哪！

宁 王 不说了，不说了，这过去的事，还提它做什么？重要的是我们的今天，你们说是吗？

刘养正 是的，重要的是今天。王爷，素闻王先生一手好字，满腹文章，何不请王先生大笔挥写一副寿联，为王爷喜庆增色？

宁　王　好主意好主意，不知王先生是否肯赐墨宝？

刘养正
小发子　先生？

宁　王
王阳明　秀才人情纸一张，王爷之命，敢有不从？

宁　王　来呀，告诉娘娘，书斋笔墨侍候，你们师兄师妹好好聚聚。

王阳明　多谢！

众　请。

小发子　这就是自己人嘛。

王阳明　自己人？哈哈……

〔灯暗。

〔转亮，宁王府书斋。

娄　妃　（唱）宁王府里不宁静，
觥筹交错藏杀声。
夫君他，反心日炽妄举动，
娄妃我，几番苦劝他不听。
忽报来了王守仁，
他提前拜寿为何因？
只怕他，进府容易出府难，
安知喜宴是陷阱？
有心及时来提醒，
只怕隔墙有耳听。
倘若危急生异变，
娄妃我，成了千古一罪人……

〔内报，王阳明到——

〔翠儿引王阳明上。翠儿退下。

〔刘养正在暗处窥听，隐去。

王阳明　拜见娘娘。

娄　妃　师兄免礼。

王阳明　师妹。

娄　妃　师兄。（示意侍女）退下！

侍　女　娘娘，是王爷命我们前来侍候的。

娄　妃　师兄，请！师兄请用茶，嫂子可好？

王阳明　随军在侧，多有不便，未能同来拜见师妹。

娄　妃　师兄，我俩一别已三十年了。

王阳明　是啊。

（唱）岁月匆匆三十年，
人世间，已是沧海换桑田。

娄　妃　（唱）犹记得，你求师问圣争信件，
差点不肯吃早餐。

王阳明　（唱）早知师妹奇女子，
果然是，出人头地有今天。

娄　妃　（唱）你不见，我白发早生脸憔悴？

王阳明　（唱）莫不是，师妹有病不堪言？

娄　妃　（唱）人有病，天知否？
甘苦冷暖自爱怜。
也曾听得兄消息，
大苦大难，且喜雨后见晴天。

王阳明　（唱）人经苦难能大悟，
悟得良知在心间。
师妹若有闲暇时，
听我细说为我作指点。

娄　妃　师兄，请坐。

（唱）你又做学问又带兵，
文韬武略非等闲。
小妹怎能指点你？
只问你，此番进府为哪般？

王阳明　（唱）王爷五秩庆华诞，
命我书斋写寿联。
这寿联字字千钧重，
不知师妹有何高见？

娄　妃　（旁唱）写寿联本是寻常事，
岂知此联非一般？

王阳明　（旁唱）师妹突然语吞吐，

一片愁云罩眉间。

娄　妃　（旁唱）他若不写此寿联，

违背王命遭风险；

他若写了这寿联，

助纣为虐，留下罪证，生死关天！

王阳明　（旁唱）师妹神色非常态，

定有隐情在其间。

莫不是，宁王果欲图不轨，

她是左难右难口难言？

娄　妃　师兄，这寿联你可要好好写，我这里有一幅诗画，是我送给王爷生日的礼物，你不妨看看。

王阳明　师妹的诗画？

娄　妃　是的。我可比不上师兄大手笔。这里笔墨纸砚一应俱全，你在这里写字，我让翠儿送些果品上来，请师兄细细品尝。师妹身体不适，暂先告退了。（对侍女）退下！

侍　女　娘娘……

娄　妃　（微怒）嗯……

侍　女　是！

王阳明　送师妹。

〔娄妃下。

王阳明　（展画细读）好一幅“采樵图”，上面还有诗：“妇劝夫兮夫且听，采樵须是担头轻。昨宵雨过苍苔滑，莫向苍苔险处行。”莫向苍苔险处行！

（唱）好一幅师妹的“采樵图”，

用心良苦劝丈夫。

劝夫莫向险处行，

大是大非不含糊。

她分明已把隐情吐，

我不虚此行明意图。

王阳明，岂能为叛逆寿联写？

我还需见机行事巧应付。

〔翠儿匆匆送水果上。

翠　儿　王大人，奉娘娘之命送上果品。大人，娘娘说这茶就不要喝了，果品请

细细品尝。

王阳明 多谢娄妃娘娘。

翠 儿 告退了。（匆匆下）

〔隐约间护卫暗跟下。

王阳明 （打开果盒）啊！

（唱）师妹送来果一盆，

二次嘱我细细品。

几枚红枣多鲜润，

数只黄梨亮澄澄。

红枣黄梨相辉映，

一梨一枣相对应。

红枣黄梨，黄梨红枣……枣、梨、梨、枣……（恍然大悟）“早离”呀！

枣梨枣梨连声喊，

分明是，催我早离南昌城。

王府果然有陷阱，

师妹暗示用苦心。

借用果刀刺舌尖，

当机立断离险境！

〔“哗啦”一声重响，王阳明将果盆打翻在地，自己也倒地。

〔巴龙冲出，护卫也冲出，宁王上。

巴 龙 先生先生，你怎么啦，你快起来？

〔王阳明剧烈地咳嗽，吐出一口血来。

巴 龙 啊！血！（不知所措）

宁王王 大人，你怎么啦？

王阳明 （挣扎起来）没有什么，没有什么。

巴 龙 王爷，先生的肺疾刚刚复愈，看来旧病又复发了。听郎中说，这肺疾可是要传人的。

宁 王 那就扶到后厢休息一会儿。

〔王阳明又一口鲜血，喷在纸上。

巴 龙 啊呀，先生，我送你回驿站先服药。

王阳明 我不走，我不走，我要留在王府，我要为王爷写寿联！

巴 龙 先生，你病成这个样子……

宁　王　王大人，你这个样子，怎么写寿联？

王阳明　要不我服了药立即回来。王爷，寿联我会来写的。晚上我还要来喝酒呢。

宁　王　你速去速回。

〔巴龙背王阳明下。

〔暗中的娄妃，轻轻舒了一口气。

刘养正　（匆匆上）王爷，你怎么让王阳明走了？

宁　王　你放心，他会回来的，他还要为我写寿联呢！

刘养正　（巡视四周，发现果品，拿起果刀）一枣一梨是谁送的？

宁　王　当然是娄妃送的。

刘养正　不对！王爷，王阳明有诈，他逃走了！

宁　王　（吃惊）什么，逃走了？

刘养正　（轻声地）王爷，一枣一梨，即为早离，只怕娄妃娘娘漏了风声！

宁　王　（恼怒）什么？速将王守仁飞马追回！

刘养正　且慢，王爷，只怕惊动了南昌，坏了大事！

宁　王　小小王阳明，我宁王怕他什么！

刘养正　千万不能再走漏了风声。

宁　王　来呀！把娄妃贱人囚禁起来。

〔灯暗。

〔一个多月以后，赣江畔。

〔喊杀声四起，火光冲天。

〔合唱：赣江滚滚起波涛，
　　　　鄱阳湖上兵马啸。
　　　　王阳明，以少胜多出奇招，
　　　　平定叛乱烽烟消。

〔内欢呼声：胜利啦，胜利啦，我们胜利啦！

〔众兵士押宁王过场。

〔巴龙兴高采烈地上。

巴　龙　哈哈哈哈！兄弟们，今天我们要喝他娘的三大碗！
（唱）先生用计赛孔明，
　　　巴龙冲锋打头阵。
　　　好比秋风扫落叶，
　　　如虎扑羊，亲手我把宁王擒！

〔一士兵捧酒坛上，给巴龙倒酒，巴龙狂饮。

〔罗岩引佩剑的王阳明上。

罗　岩　（厉声）放肆！成何体统！

巴　龙　禀大人，打了胜仗，活捉宁王，兄弟们太高兴了，所以就多喝了几碗！

王阳明　人之常情。巴龙，自从你跟了我，今天立了大功。不过现在还不到庆功的时候，你们可知道娄妃娘娘的下落？

巴　龙　不知道。

王阳明　巴龙，带兵速去寻找！

巴　龙　是！

王阳明　活要见人，死要见尸！

巴　龙　先生放心，就是掘地三尺，翻江倒海，我也要把娄妃娘娘找回来！兄弟们，走！

〔诸氏、翠儿捧娄妃的衣服、妃冠等上。

巴　龙　先生……

王阳明　怎么啦？

诸　氏　娄妃……师妹她……投水自尽了！

翠　儿　（哀哀地）王大人，这是娘娘的绝命诗，写在衣服上了。

王阳明　（哀泣）师妹——！（王阳明接过衣服）

罗　岩
巴　龙
诸　氏　先生！

〔诸氏含泪无语。

〔翠儿泣呼：娘娘——

〔众人渐渐退下。

〔背景滔滔赣江水，欢呼声远去，静场。

〔王阳明颤抖着读诗。

〔幕后娄妃的声音：

画虎画龙叹旧图，
血书才了凤眼枯，
眼前十丈鄱湖水，
流尽当时泪点无？

王阳明　（哀痛地）师妹——

（唱）师妹啊，你本是乡间无邪一女子，
清如山泉溪涧流；
敬你才华如锦绣，
书画琴棋样样优；
惜你命儿如纸薄，
安知福至祸亦多？
〔娄妃渐渐从水中走来。

娄　妃　（唱）最不幸，选入王府作妃子，
哪有民间多自由。
最可悲，夫君野心日日炽，
欲图江山起阴谋。
我也曾，苦苦地劝，谆谆地诱，
采樵图上诗句留。
我也曾重重地谏，狠狠地咒，
反遭宁王囚禁杏花楼。
身为一介弱女子，
何处去诉？何处去求？

王阳明　（唱）师妹大义昭天下，
一身气节照千秋。
一盘“枣梨”将我救，
平叛有你功一筹；
今日我，重殓厚葬送你走，
还你一个，清白之身到天尽头！

娄　妃　知我者师兄也，小妹此生足矣！（隐去）

王阳明　（理直气壮地）来人哪！

〔罗岩、巴龙、诸氏等上。

罗　岩　王大人！

巴　龙　先生！

王阳明　我要立碑厚葬娄妃——！

罗　岩　大人不可，娄妃是万万不可立碑厚葬的！

王阳明　为什么？

罗　岩　这难道还不清楚吗？

王阳明 她有错?

罗　岩 无错。

王阳明 有罪?

罗　岩 无罪。

王阳明 对啊!她不但无错无罪,且有功有德,为什么不能厚葬?为什么不能立碑?

罗　岩 可她是叛逆宁王的妻呀!

巴　龙 是呀!

王阳明 宁王的妻又怎么啦?宁王是宁王,娄妃是娄妃!

罗　岩 王大人!

(唱)举兵谋反罪滔天,
按律九族受株连。
你若为她来厚葬,
瓜田李下要招嫌。
朝中本来多奸党,
蛊惑皇上进谗言。
你立功反要受诬陷,
只怕是落人话柄受牵连!

王阳明 原来如此!罗大人,你知道我在想什么?

罗　岩 大人!

王阳明 这天地间有良知吗?我王阳明有良知吗?难道我为了自己这顶乌纱帽,就可以颠倒是非,混淆黑白,不分真假,不辨善恶,让清白之人蒙冤受屈吗?

(唱)厚殓娄妃,就是为了倡良知,
怕什么瓜田李下受牵连。
苍天有眼,江河作证,
自有正气在人间!

〔小发子上。

巴　龙 先生,总管公公到了。

罗　岩 巴龙总管公公!

小发子 王大人!

王阳明 公公!

小发子 贺喜,贺喜呀!想不到一场叛乱,王大人只用了三十五天时间便已平定,

实乃神兵神将，天高之功！

王阳明 公公过奖了。

小发子 王阳明，皇上有旨。

王阳明 万岁万岁万万岁。

小发子 （宣旨）闻逆贼宸濠谋反，朕亲任威武大将军之职，率骁勇数万南下亲征，命将朱宸濠放归鄱阳湖中，由朕亲自擒获归案，钦此。

〔王阳明一时呆了。

小发子 王守仁接旨！

王阳明 公公，什么意思？

小发子 你还不清楚吗？

罗　岩 那宁王朱宸濠不是已经捉住了吗？

小发子 皇上威武齐天，亲自重捉，彪炳千秋！

王阳明 这又是你们这些宠臣的主意？

小发子 王阳明，莫非你不想交出朱宸濠？

王阳明 臣亲自将逆犯押至南京送与皇上，劝皇上不要南下。

小发子 嘿嘿嘿……王阳明，你知道这样做的后果吗？

（唱）君君臣臣莫颠倒，
你休要，倚功敢把死罪冒。
御驾亲征鄱阳湖，
威震天下功德高。
你一时逞强抗圣旨，
可想到，断头之罪不可饶？

王阳明 （唱）王阳明，身经百难悟生死，
此生什么没想到？
我想到，鄱阳湖捉放朱宸濠，
荒唐闹剧惹人笑。
我想到，胜利得来不容易，
岂可劳民伤财再把战火烧？
我想到，今日不把圣旨遵，
前功尽弃，罪名能列三百条。
我想到，王阳明一生求良知，
岂可把违心之事做一遭？

小发子 王大人，你什么都懂，就是不懂为官之道，我小发子什么都不懂，就是懂一点其中的诀窍。你若遵旨，皆大欢喜，你若抗旨，自找晦气！这就是升官之道呀！

王阳明 公公，昧着良心的事，我王守仁是不会做的！

小发子 你……王阳明，你的胆子真大呀，你不怕朝中早有议论，你与宁王历来通好，本为同谋，只因虑事不成而起兵的吗？刚才我亲耳听到，你要为娄妃大礼厚葬，亲自凭吊，你想弄得一身不干不净吗？我知道，你和他们是“自己人”！

王阳明 公公言重了。谁和宁王朱宸濠是自己人，公公心里不明白吗？谁得了朱宸濠的好处，谁又为朱宸濠立下汗马功劳，公公心里不清楚吗？……

小发子 王阳明，你……你不怕丢官杀头吗？

王阳明 （哈哈大笑）你不是知道我的头已经杀过好几回了吗？……

〔王阳明坦然取下头冠。

王阳明 今天就烦劳公公带回去吧。

小发子 （气极）你……你等着！（下）

〔诸氏、翠儿上。

巴　龙 先生。

罗　岩 大人，我们一起厚葬娄妃。

王阳明 不，皇上降罪我一人承担，你们退下。

巴　龙 先生。

罗　岩 大人。

王阳明 退下。

〔罗岩、巴龙退场。

王阳明 夫人，你我夫妻厚葬娄妃！

〔天地共鸣：厚葬娄妃——

〔众将士举着白幡上。

巴　龙 先生，我们一起厚葬娄妃！

王阳明 （感动）罗大人，巴龙……众将士厚葬娄妃！

诸　氏 师妹……

王阳明 人是一定要讲良知的！

〔灯暗。

〔合唱：才高招妒，功高震主，

这年间鱼目可混珠。
王阳明难道心里不清楚？
任它去，此心早归浙东山水处。

〔余姚王府，一盏孤灯，窗外满天星星。

〔王华病卧床榻，奄奄一息。

诸　氏　（侍于一侧，轻唤）公爹，你好点了吗？守仁今天就要回来了。

王　华　（惊醒）什么，我儿守仁要回来了？

诸　氏　现在还没到。公爹，我给你去温药。（下）

王　华　守仁！守仁！你要回来了。（挣扎起床）你终于要回来了，你人呢？你到哪里了？……啊，今夜是满天星星呀。都说天上一颗星，世间一个人。哪一颗是我呢？哪一颗是我的儿子守仁呢？这颗，这颗亮啊，我王华枉中了状元，比起我儿守仁来，他这颗星比我亮，亮多喽！

〔诸氏夫人端药上。

诸　氏　公爹，你怎么起来了？当心！（连忙放药，扶住王华）公爹，你今天好些了吗？

王　华　守仁要回来了？

诸　氏　是的，闻公爹身体不适，他已飞马回乡。

王　华　好，好，我们父子已经好多年没见面了。他一直忙于公务，打不完的仗，这些年，我一直想对他说一句话，总是没有机会。我已经憋了好多年了。

诸　氏　公爹，见了守仁千万不能再发火了。你要骂就骂我，你有什么话就与我说。

王　华　这话不能对你说，我要当面对他说。

〔马蹄声由远及近，诸氏出迎。

诸　氏　夫君你回来了，你总算回来了。

王阳明　夫人。爹爹呢？

诸　氏　公爹在这里，你千万不能再惹他生气了。（两人进内）

王阳明　（跪地）爹爹，不孝孩儿守仁叩见父亲大人。

王　华　守仁！

王阳明　爹爹——孩儿不孝，未能侍奉爹爹，孩儿乞请爹爹见谅。

王　华　起来起来，让为父好好看看你。守仁，你也两鬓斑斑了。

王阳明　有爹爹健在，孩儿永远是孩儿。

王　华　仗都打完了？

王阳明 （点点头）……

王　华 功过是非，都有公论了？

王阳明 ……

王　华 你还在讲学，讲那些“异端邪说”？

王阳明 （点头）

王　华 守仁啊，为父这一生，只有训斥你，可从来没有夸过你！

王阳明 爹爹，孩儿这一生，总让你老人家担心，从来没有使你宽心过啊！

王　华 （百感交集）守仁啊……

王阳明 爹爹，我不是你的好儿子，我没有听你的话，总让你生气！

（唱）四明山水别有情，
二月霜雪也是春。
流光如水五十年，
难忘严父慈爱深。
孩儿生性脾气强，
害得父亲伤了心。
今日我，三个响头一起叩，
原谅孩儿未尽孝敬心。

王　华 （唱）四明山水别有情，
五十年，你一言一行牵我心。
悖朱子，斗刘瑾，
悟龙场，带雄兵，
平宁王，救黎民，
致良知，斗奸佞。
桩桩件件留青史，
轰轰烈烈写人生！
为父一生错怪了你，
（不禁老泪纵横）儿啊！
你是王家门庭百里挑一的好儿孙！

王阳明 （感动地）爹爹！

〔王华站立不稳。

王　华 不哭！儿啊，官不做了不要紧，著书立说，讲学育人。

〔王华死去。诸氏出。

王阳明　（大恸）爹爹——

诸　氏　公爹。

〔切光。

〔余姚，龙泉山上中天阁。

〔莘莘学子，济济一堂，等待王阳明来讲学。

王　鹏　（兴冲冲上）先生来了，先生上山来了。

众学子　恭迎先生！先生吉祥！

王阳明　（亲和地）诸生吉祥！

（唱）百战归来白发新，
　　蓦见学子百感生。
　　还是家乡风光好，
　　龙泉山上春色明。
　　中天阁里诗书读，
　　人间唯有学问真！

〔门生——钱德珙从内捧出一叠书本。

门　生　先生，这是学生为你刻印的书，书名《传习录》，原是徐爱兄编的，现在又作了丰富，其意是让天下学子传播学习！

王阳明　（诧异地翻书）德珙，这几年，我在外讲学，你怎么编成书了？

门　生　先生，你猜？

王阳明　我猜，我又不是神仙，怎么猜得着！

王　鹏　（得意地）先生，是我把你的书稿，偷偷抄下来，送给钱德珙大师兄！

王阳明　王鹏，想不到你也有这一手！

门　生　（玩笑地）这叫做里应外合，以少胜多，就像先生打仗用兵！

王阳明　好啊，我都被你们瞒过了。

〔幕后声：总管公公到——

王　鹏　先生，又是这个“阴阳人”人来了。

〔小发子带着护卫上。

小发子　啧，中天阁果然名不虚传，倚山临水，绿树如云，才子满堂，书香飘飘，不知先生讲些什么学问？

王　鹏　先生讲的是良知。总管公公不妨也来听听，它对做官做人大有益处呢。

小发子　放肆！这里有你说话的份儿吗？什么东西！

王阳明　王鹏。（止住）公公休要生气，他不懂朝廷规矩，不知公公今日特地来

到余姚，有何吩咐？

小发子 皇上有旨，请你到刑部大堂走一趟！

王阳明 王阳明何罪之有？

小发子 你还不清楚吗？你违抗圣意，厚葬娄妃，刑部要审查你与宁王府的瓜葛！（将圣旨扔给王阳明）带走！（众学子护住王阳明）

小发子 你们想造反吗？

〔幕后声：钦差大人到——

〔罗岩、巴龙引小木儿上。

小发子 小木儿，我前脚才到，你怎么后脚跟来？

小木儿 我是快马紧追而来！

小发子 为什么？

小木儿 天有不测风云，人有旦夕祸福。小发子！现在我是总管公公了。东窗事发，你自己去看吧！（掷圣旨于小发子）

小发子 （阅旨，大惊失色）啊，皇上变心了！

小木儿 小发子，宁王这三万两银子可不是那么好拿的唷，拿下了。

众护卫 （押小发子下）走！

罗　岩 先生，又一个倒台了。

小木儿 王阳明听旨！

王阳明 万岁万岁万万岁！

小木儿 （宣诏）奉天承运，皇帝诏曰：广西山贼为患，屡剿不止，动乱愈甚，民不安生。授王阳明两广总督，速往平乱。钦此！

王　鹏 啊，先生你又要带兵出征？

众学子 是啊，先生你有病呀，你如何出征？先生！……

王阳明 为了社稷江山，鞠躬尽瘁，死而后已。这就是良知的最高境界。个人恩怨荣辱，算得了什么！王守仁接旨！（接下圣旨）

小木儿 王大人，又要辛苦你了！

王阳明 不敢不敢！

小木儿 告辞！

王阳明 送公公。

小木儿 王大人保重。

王阳明 多谢。送公公！

众学子 送公公！

〔小木儿下。

罗　岩　先生，朝廷太昏暗了，你一次次立下大功，本该行赏，却一次次含冤受屈，可这带兵打仗的苦差使又轮到你了，朝廷对你不公呀！

王阳明　诸位！人生苦短，来去匆匆，吾心光明，亦复何言！

（唱）五十余年如流星，
功过荣辱一风轻。
想我王阳明，
九九归一乃是读书人。
论什么功？行什么赏？
功名于我如浮云。
喊什么冤？叫什么屈？
千秋功罪自有后人评。
甜酸苦辣可酿酒，
坎坷磨难悟人生。
为什么，天道不公人心殆？
为什么，小人得志任横行？
为什么，学理脱节貌公允？
为什么，欲壑万丈浑难平？
解惑须往源头寻，
世间万物皆在心。
无善无恶心之体，
有善有恶心之因。
知善知恶是良知，
丧失良知天地昏！
致良知，乃是万物根和本，
致良知，如舟操舵何惧风浪生！
千难万劫悟良知，
自古相传骨血真。
片言只语难说尽，
诸生啊，个中道理，经天纬地，山高海深，千呼万唤，
我百难备尝才悟清！
王阳明出征！

〔定格，灯渐暗。

〔画外音：王阳明此番出征，改征为抚，未动一刀一箭，平息诸多动乱，稳定西南边陲。但这一去再也没有回来，病殁于凯程路上，时年五十七岁。

〔剧终。

2010 年

《越剧历史故事剧》

大漠骊歌

罗　瑜

人物表　长孙晟——北周时任和亲使护送宇文芳和番，杨坚立隋后归朝，成为一代大将。

宇文芳——北周郡主，被封为千金公主和亲漠北，成为沙钵略可汗的可贺敦（汗后）。

杨　坚——北周丞相，后以隋代周，成为隋朝开国皇帝。

沙钵略——漠北草原大可汗，宇文芳丈夫。

都　蓝——沙钵略之侄，沙钵略死后继任大可汗。

汉胡两地官兵、百姓若干。

序　幕

〔舞台前垂着一道巨幅纱幕，上面描绘着富有北朝风韵的图饰。

〔幕后伴唱（离歌）：

晨行梓道中，梓叶相切磨。

与君别交中，繣如新缣罗。

裂之有余丝，吐之无还期。

〔纱幕前，少年长孙晟和少年宇文芳正在交谈。

少年宇文芳　（焦急地）长孙哥哥，你要走？

少年长孙晟　是啊！父亲受命镇守边关，我也要随他从军出征。

少年宇文芳 那我们两个的事……

少年长孙晟 只有等我回来以后再说了。

少年宇文芳 你什么时候才能回来啊？

少年长孙晟 （从腰间取下一把金刀，深情地）芳儿，等着我。金刀为凭，我一定会回来的！

少年宇文芳 （接过金刀）好，我等着你！

少年长孙晟 等我回来，我们再也不分开！

少年宇文芳 嗯，等你回来，我们就再也不分开了！

〔离歌声中，两人依依不舍地挥手作别。

第一场　重逢

〔台前纱幕缓缓升起。

〔三年后，北周都城长安，校场。人声鼎沸，枪戟闪烁，旌旗飞扬。

〔杨坚端坐校场点将高台正中。

杨　　坚 （唱）中原纷乱三百年，
山河破碎国多难。
杨坚我，身居相位常忧患，
奈何当朝贪逸安。
边关战事频，
百姓若倒悬。
摆擂台，选才俊，
好送公主去和番。

（白）朝廷摆擂，广选贤才。凡胸怀报效朝廷之志者，不问出身，不论贵贱，皆可上擂比试。

众 军 士 （高声宣呼）开擂——

〔震耳欲聋的鼓声越敲越响，直冲云霄。

〔校场一旁，长孙晟手持大刀，飞跃而上。

长 孙 晟 （唱）归故乡、心激荡，
长安城，依旧笙箫绕画梁。

悲老父，一腔热血洒疆场，

长孙晟，承志报国不彷徨。

〔长孙晟上擂，与对手比武。

〔校场另一边，女扮男装的宇文芳手握金枪，飘然而上。

宇文芳 （唱）校场擂鼓震天响，

引来我，心高气盛的宇文芳。

乔装扮，钗环卸尽上擂场，

试看那，谁家儿男胜姑娘。

长孙晟 （唱）刀在手，

宇文芳 （唱）枪闪亮，

长孙晟 （唱）神抖擞，

宇文芳 （唱）意飞扬，

长孙晟
宇文芳 （合）舒一舒，男儿（巾帼）豪气满胸膛。

〔长孙晟与宇文芳照面，势成对决。

长孙晟 且慢，敢问小将军尊姓大名？

宇文芳 （一看，认出长孙晟，喜出望外）你是……长孙晟？

长孙晟 （一愣）怎么，你……

宇文芳 （转念，一笑）看枪！

〔长孙晟忙应战。

宇文芳 （唱）好一个，久别重逢的长孙郎！

长孙晟 （唱）好一个，英姿飒爽的少年郎！

宇文芳 （唱）他刀舞彩练身手强。

长孙晟 （唱）他腾挪闪避不慌张。

宇文芳 （唱）不由我，一阵惊喜涌心房。

长孙晟 （唱）我与他，似曾相识为哪桩？

宇文芳 （唱）三长载，音问杳然如参商，（注：“参”读音 shēn）

不知他，金刀之约可曾忘。

长孙晟 （唱）难道是，当年旧友变模样？

我还须，再将少年看端详。

宇文芳
长孙晟 （正欲探问，忽闻擂鼓再响，皆一惊）啊……

（合）莫忘身处擂台上，

且待我，奋力战下这一场。

〔长孙晟抖擞精神，越战越勇，宇文芳渐处下风。

宇文芳　（突喊）慢！

〔长孙晟一愣，停手。

宇文芳　（抛开手中银枪，从腰间拔出一把金刀，高高举起）你来看——

长孙晟　（一惊）啊，我的金刀？

宇文芳　（从容地摘下头盔，露出一头青丝）长孙晟，你可认得我？

长孙晟　（仔细端详，欣喜地）……芳儿！（将手中大刀一抛，急上前）

宇文芳　（背过身，嗔怪道）你既回长安，因何不来见我？

长孙晟　（忙解释）我自边关日夜兼程而来，本意打完擂再去找你，不料竟在此相逢……

宇文芳　（松了口气，转身面向长孙晟，露出女儿之态）长孙哥哥……

长孙晟　（激动地）芳儿……

〔两人情不自禁地握住双手，竟忘了身之所在。

杨　坚　（喝问）大胆！谁家女子如此大胆？竟敢乔装改扮，戏弄朝廷！

宇文芳　（面朝杨坚，一笑）相爷连我都认不出了么？

杨　坚　（仔细打量）哦，原来是千金郡主！

〔宇文芳掩嘴一笑。

杨　坚　（看看长孙晟，又看看宇文芳）怎么？两位相识？

长孙晟　禀相爷，小人与千金郡主乃是……儿时玩伴。

杨　坚　哦，原来是故友。

长孙晟　正是。

杨　坚　如此便更好了！

宇文芳　（奇怪）什么更好？

杨　坚　大漠可汗沙钵略遣使入朝求亲。朝堂之上，圣意已决，册封宇文芳为千金公主，赐婚漠北……

宇文芳　（一惊）什么？（喝问）大胆杨坚，竟敢假传圣命……

杨　坚　（哈哈一笑）公主莫非在外游玩多日未曾归家？何不快快回去问问你父亲赵王爷。

〔宇文芳愣住了。

杨　坚　（当众宣布）今日擂台得胜者长孙晟即拜送亲使，护送公主入番！

长孙晟 （惊呼）啊……

宇文芳 （高呼）不……

〔一声号角响起，压倒了长孙晟和宇文芳的呼声。

杨　坚 千金公主以天下苍生为念，远嫁漠北。老夫代大周的万千子民跪谢公主！

〔禁卫军士随杨坚下跪，齐呼：“大周万千子民跪谢公主！”

〔宇文芳一脸无奈，茫然望向身边站立的长孙晟。

〔长孙晟同样是一脸的茫然。

〔幕后伴唱：

一个是泪难禁，
一个是意难平。
纵有夙愿，难违天命。
才喜重逢，又做离萍。

〔纱幕垂落。长孙晟独自留在纱幕前。

长孙晟 （悲愤难抑）朝廷昏聩……昏聩啊！

〔杨坚走到长孙晟身边。

杨　坚 长孙郎，因何感慨？

长孙晟 保国护民乃军中男儿之责，却系于弱质女儿之身，岂不悲乎？

杨　坚 依你之见，该当如何？

长孙晟 非我狂妄，给我三万精骑，便可横扫漠北、踏平都斤！

杨　坚 （赞赏地）好啊！壮哉长孙！老夫果然没有看错……（语气一转）只是，中原连年征战，国力早已折损殆尽，若非和亲，何以休养生息？

长孙晟 （仍欲争辩）可那宇文芳乃皇室宗亲，朝廷何以如此狠心啊！

杨　坚 长孙郎，你该明白一个道理，人生在世，想为之事未必可为，可为之事可未必当为！（反问）纵是皇室宗亲又能怎样？一介女子、天下苍生，孰轻孰重？

长孙晟 （语塞）这……

杨　坚 相信老夫，终有一天，老夫定当驱除内忧外患，重振乾坤，还天下百姓一个太平盛世！（拍拍长孙晟肩）长孙郎，你我任重道远，任重道远啊！

〔杨坚下，只留长孙晟怔怔地站在那里。

〔耳畔隐隐传来飒飒风声……

第二场　惊蹄

〔大漠，悲风呼号。

〔纱幕启。送亲马队顶风前行。

〔长孙晟策马而上。

长孙晟　（唱）大漠无边朔风疾，
风卷黄沙入眼迷。
晓行夜宿走千里，
相伴竟为送亲去。
她去国离乡无归期，
我心如悬旌苦无计。
儿女情家国义怎难两全？
想为事当为事煎熬心肺。

〔宇文芳坐车随上。

军　士　（报）长孙大人，前面路断！

长孙晟　将公主的胭脂马牵来。（下马，在宇文芳车前恭敬地）公主，前面路断，鸾驾无法前移，请上马而行。

宇文芳　（看看四周）我们这是到了什么地方？

长孙晟　已是大漠深处，离都斤山不远了。

宇文芳　哦，离都斤山不远了？

长孙晟　正是。

宇文芳　（幽怨地）如此说，你我相伴同行之路，就要走到尽头了？

长孙晟　（无言以对）这……

军　士　（牵来胭脂马）有请公主上马！

宇文芳　（看看眼前的马，摇摇头）我想骑长孙大人的坐驾。

长孙晟　（略犹豫）公主，这千里追风驹性情刚烈难以驯服，公主骑上恐有危险。

宇文芳　性情刚烈？唉，性情刚烈又能怎样，到头来，还不是受人驱使被人欺？

长孙晟　这……

宇文芳 莫非你舍不得？

长孙晟 不，公主……

宇文芳 那便是舍得？

长孙晟 （不知该如何回答）这个……

宇文芳 大人今日因何吞吞吐吐？这可不像我认识的那个长孙晟啊！

长孙晟 （无奈，将手中的马鞭递上）如此，就请公主小心骑行。

宇文芳 （欲接马鞭，又觉无趣，叹道）罢了！

〔军士牵来胭脂马，让宇文芳骑上。

〔内喊：沙钵略可汗迎亲使者到。

〔都蓝率一队兵士驾马上。

都　蓝 沙钵略大可汗迎亲使都蓝有礼。

长孙晟 大周送亲使长孙晟还礼。

〔宇文芳未予理会。

都　蓝 （再度驾马上前向宇文芳行礼）可贺敦有礼！

宇文芳 （没好气地）可贺敦？是什么东西？

长孙晟 禀公主，可贺敦便是汉家所称皇后。

宇文芳 未到都斤，我还不是他们的皇后。你告诉他们，还是称我公主为好！

都　蓝 （心中大不悦，暗道）哼！好一个伶牙俐齿、目中无人的汉家女！

长孙晟 （见势不对，引开话题）公主，看天色已晚，还须快些赶路才是。

宇文芳 哦，（鞭指都蓝）那就让他们前面引路吧。

都　蓝 （欲发作）你……

长孙晟 （赶紧上前拦住都蓝，彬彬有礼地）尊使大人请了！

都　蓝 （负气地）……好，请！（举起马鞭重重一甩，发出“啪”的一声巨响）

〔宇文芳身下胭脂马被鞭声所惊，一阵狂跳，几乎将她掀下马来。

长孙晟 （急呼）公主……

〔送亲与迎亲的队顿时乱了阵脚。

〔胭脂马驮着宇文芳狂奔而去。长孙晟策马急追。

〔暗转。大漠深处，夜。

〔宇文芳骑着狂奔的胭脂马上。长孙晟随后追上。

宇文芳 （唱）魂飞魄散一路奔，
南北东西莫辨分。

长孙晟 （唱）扬鞭催马一路奔，

绝尘追风寻伊人。

宇文芳 （唱）我亲也散，情也断，

只怕是，从此飘零成孤魂。

长孙晟 （唱）我心也急，意也切，

顾不得，大漠风寒夜渐深。

〔宇文芳在马上摇摇欲坠，长孙晟飞身上前，将她救下。

〔宇文芳一阵激动，昏厥过去。

长孙晟 （万分焦急地）公主，公主！

宇文芳 （缓缓醒来，见自己在长孙晟怀中，一阵激动）是你……

长孙晟 （轻舒一口气）公主……（忽意识到什么，忙松开宇文芳）

宇文芳 （忽听远处传来狼嗥，紧张地抓住长孙晟）不，不要离开我……

长孙晟 （安慰道）公主莫怕，公主莫怕……

宇文芳 （渐渐镇定下来）你……带我逃走吧！

长孙晟 逃走？逃向何方？

宇文芳 去一个无人的地方，（充满向往地）一个只有我们两人的世外桃源！

长孙晟 （也向往着）一个五柳先生笔下的桃花源……

〔幕后突然响起杨坚的声音：若非和亲，何以休养生息？长孙晟，你我任重道远，任重道远啊……

长孙晟 （惊醒）哎呀，不可！

宇文芳 因何不可？你是不敢？

长孙晟 我……

宇文芳 那便是不愿？

长孙晟 （一时不知如何回答）这……

宇文芳 你不用再说，我已经明白了！

长孙晟 你明白什么？

宇文芳 （悲凉地）朝廷把我弃，父王将我舍，如今，就连你也不要我了！

〔宇文芳一把将长孙晟推开，跌跌撞撞跑开。

长孙晟 （急忙拉住）你往哪里去？

宇文芳 （欲甩开）不用你管。

长孙晟 这里是沙漠，胡乱前行，会送命的！

宇文芳 哼！我不过是个示好的物品，死又何妨？

长孙晟 （急欲解释）不！公主，你听我说，你听我说……

〔拉拽中，挂在宇文芳腰间的那把金刀砰然落地。两人都愣了愣，几乎同时伸手欲捡，又同时缩回手来。

〔长孙晟拾起金刀，双手捧上。

长孙晟 （唱）西风悲马出长安，
一路行来肝肠断。
今日大漠将你追，
更知此情深缱绻。
芳儿啊！
我也想，与你携手赴桃源，
东篱之下把身安。
坐看云起卧听雨，
再不问，人间春暖与秋寒。
怎奈是，天降使命如山倒，
我与你，社稷黎民两系悬。
若是风云变，
家国遭离乱。
纵入桃花源，
此心怎泰然？
一把金刀捧在手，
苍天为证立誓愿。
人生易老天不老，
情缘易断心难断。
从此后，与你契若兄妹结金兰，
都斤山下生生死死岁岁年年长相伴！

〔长孙晟双手捧着金刀，递向宇文芳。

宇文芳 （欲接金刀，却又推拒）你受命送亲，岂能擅留大漠？

长孙晟 将在外，君命有所不受！

宇文芳 你就不怕朝廷问罪？

长孙晟 你我不辱使命，赢得天下太平，上不负朝廷，下不负百姓，何罪之有？

宇文芳 （从长孙晟手中接过金刀，动情地）长孙……哥哥！

〔长孙晟扶宇文芳前行。只见远方地平线上，露出一抹红霞。

长孙晟 （抬头远望）芳儿你看，大漠日出！

宇文芳 （感叹）是啊！原来，大漠日出，竟是这般苍凉的！

第三场　逐归

〔一年后，漠北都斤山，宇文芳穹庐前。

〔绿色的草原上，一群草原姑娘们跳起了欢快的民族舞蹈。

姑娘们 （唱）敕勒川，阴山下，

千里草原是我家。

天阔云高传鹰啸，

风吹草低奏胡笳。

牛羊欢跳逐绿草，

骏马飞驰追彩霞。

〔姑娘们追逐着穿汉服的姑娘甲嬉戏逗乐。

姑娘甲 姐姐们，你们看，这身汉家衣裳是可贺敦送给我的，你们看，漂亮吗！

〔众人围上来看。

姑娘乙 这个我知道，可贺敦跟我说过，这叫丝绸，名贵得很呢！

〔众人伸手去摸衣服。

姑娘丙 真好看，真滑爽啊！

姑娘丁 莫说是穿，就是见也没有见过啊！

〔宇文芳上。

众姑娘 可贺敦来了。

〔众姑娘们纷纷上前去行礼，宇文芳微笑着点头还礼。

宇文芳 （唱）一年来，少女情梦藏心头，

恪尽本分做汗后。

飘泊人生再无求，

惟愿大周江山万年久。

〔幕后传来沙钵略的大笑声。众姑娘闻声退下。

沙钵略 （拉着长孙晟手臂大笑上）勇士！真正的勇士啊！哈哈哈哈……（看到宇文芳）可贺敦，想不到你们中原还有如此勇士，连我草原子弟也望尘莫及啊！

长孙晟 （谦逊地）汗王过奖了！

宇文芳 汗王何事如此高兴？

沙钵略 今日狩猎，见空中两只大雕在争抢一块肉食，我交给长孙大人两枝利箭，问他能否射下。不料，长孙大人策马上前，一箭凌空，两只大雕应声落地！（从侍卫处拿过一箭双雕给宇文芳看）你看！

宇文芳 （看双雕，惊喜地）哦，果然是一箭射下双雕！

沙钵略 是啊，一箭双雕！一箭双雕！哈哈哈哈……（对长孙晟）今夜本王备下美酒，要与长孙勇士畅饮，不醉无归！

长孙晟 谢汗王！

〔宇文芳向长孙晟微笑致意，扶沙钵略下。

〔长孙晟默默地注视着宇文芳的背影。

〔漠北军士打扮的长安密使上。

密　使 （凑近长孙晟，轻声地）长孙大人！

长孙晟 （一惊）你……你是何人？

密　使 长安密使！

长孙晟 密使？

密　使 此次前来，为长孙大人带来密函一封。（取出密函交给长孙晟，匆匆下）

长孙晟 （拆阅密函，不由大惊）啊？！

（唱）长安密函传消息，
丞相夺位称了帝。
赵王暗中谋起事，
满门抄斩命归西。
当幸天下得明主，
富国强兵应有期。
却怜芳儿遭此劫，
大祸如何经得起？
新皇召我东归去，
般般期盼言辞寄。
他要我，扬鞭长安不停蹄，
他盼我，君臣齐心匡社稷。
他嘱我，男儿建功正时机，
他许我，好风青云展翅飞。

召归去，难归去，
怎忍她，家败亲丧苦无依？
召归去，怎归去，
我与她，大漠共老盟已缔。
虽说是，男儿当怀志千里，
怎奈我，梦魂独系宇文女……

〔宇文芳上。

宇文芳 长孙大人……

长孙晟 （忙将密函藏入袖中）啊，公主……

宇文芳 （察觉异样，关切望向长孙晟）哥哥怎么了？面色何以如此不好？

长孙晟 哦，（掩饰地）没有什么，没有什么……

宇文芳 （关切地）可是身体不适？

长孙晟 不……

宇文芳 （生疑）那便是有什么事情瞒着我？

长孙晟 不……不……

宇文芳 （追问）若非有事相瞒，何以如此失态？

长孙晟 这……（一咬牙，拿出密函，交到宇文芳手中）唉！你……自己看吧！

〔宇文芳一脸疑问地阅函，大惊，一个踉跄，险些晕倒。

长孙晟 （赶紧扶住宇文芳）公主……

〔宇文芳站定，忍不住大声悲啼。

〔沙钵略闻声上。

沙钵略 （惊讶地）怎么？出了什么事？

宇文芳 （将密函交给沙钵略）是出了事，出了大事，出了天大的事情啊！

（唱）长安噩耗如霹雳，
摧肝裂胆撕心肺。

沙钵略 （阅密函，亦大惊）啊……

长孙晟 （唱）她号恸崩摧难自已，
我相对无言怎慰藉。

宇文芳 （满怀悲愤地）汗王，你……你可要为我做主啊！

（唱）我本皇族帝家女，
岂容江山作鼎移？
国恨家仇若不报，

亲人冤魂何所依！

沙钵略 （唱）本王久有东征意，
今日喜获此良机。
兴兵东征有缘由，
为妻复仇是正理。

长孙晟 （唱）她含恨乞战悲声啼，
他摩拳擦掌露杀机。
惟恐平地炸惊雷，
长安道上血雨飞。

宇文芳 （唱）求汗王，诛杀奸佞方遂我心意！

沙钵略 （唱）升牙帐，号令三军直下长安去！

长孙晟 （唱）切不可，莽撞行事边关战事起！

宇文芳 （唱）速发兵，复仇志不移！

沙钵略 （唱）当发兵，东征不迟疑！

长孙晟 （唱）莫发兵，利害须计议！

宇文芳 （唱）灭隋复周……

沙钵略 （唱）斩关夺隘……

长孙晟 （唱）烽火千里……

宇文芳
沙钵略 （合）惊天地！
长孙晟

宇文芳 汗王！（猛地跪下）求汗王发兵，为宇文一族复仇啊！

长孙晟 （急阻拦）不可！汗王，万万不可啊！

沙钵略 （扶起宇文芳，面对阻拦的长孙晟，满脸不悦地）为何不可？

长孙晟 汗王，一旦发兵东征，边关之上，定是一番腥风血雨。望汗王以万千生灵为念，保全胡汉和睦、边境安宁！

宇文芳 （不悦地）大人此言差矣！想我宇文芳，忍受离散之苦，远嫁漠北，为的就是胡汉和睦、边境安宁。可我换来的，却是国破家亡！似这般血海深仇，焉能不报！

长孙晟 事关天下苍生，还望公主三思！

宇文芳 （抢白）你错了，这里已无汉家公主，只有草原的可贺敦！

长孙晟 公主……

宇文芳 长孙大人，我且问你，那杨坚老贼密函召你归朝，你归是不归？

长孙晟 这……长孙晟曾经立誓长留草原……

沙钵略 这便是了！本王即刻授你三万兵马，让你统领出征。大军直驱长安之日，便是你裂土封王之时。你看如何？

长孙晟 （缄口不语）……

沙钵略 怎么，莫非长孙大人还有别的什么愿望？

长孙晟 长孙并无他愿，只求汗王万勿兴兵东征。

宇文芳 （断然地）此事箭在弦上，谁也休想阻拦！

长孙晟 可贺敦……

宇文芳 无须多言，我只问你一句话：你是走，还是留？

长孙晟 （愣了愣，恳切地）长孙生于中原，长于中原，那里的土地就是我的家园，那里的百姓就是我的父老乡亲。汗王和可贺敦要我做什么我都可以答应，若要我背叛故国，蹂躏家园，屠戮乡亲，却是万万不能！

宇文芳 故国？哼！大周既亡，故国安在？

长孙晟 可贺敦出身宗室，以你看来，家便是国，国便是家。可长孙心中，家是亿兆黎民，国是万里河山，无论朝代如何更迭，家国永在！

宇文芳 （尚存最后一丝希望）若是……我求你呢？

长孙晟 （痛苦地）可贺敦休再相逼，只此一事，长孙晟万难从命！

宇文芳 （怒喝）长孙晟！

（唱）说什么，契若金兰不分离，
想不到，转眼已然成儿戏。
从此恩断义已绝，
再无兄妹情与意。
你做你的汉家臣，
我当我的汗王妃。
背信的金刀还给你，
再见便是战场敌！

〔从腰间解下金刀，抛掷于地。

长孙晟 可贺敦……

宇文芳 你……你与我滚！滚回你的中原去吧！

〔长孙晟痛心地拾起金刀。宇文芳扭过脸去。

沙钵略 （下令）来人！

〔都蓝率众将冲上。

沙钵略 送长孙大人归朝！

众　人 是！送长孙大人归朝——

〔长孙晟无奈地退下。

沙钵略 （喝令）都蓝听令！

都　蓝 在！

沙钵略 集结草原四十万大军，直捣长安！

都　蓝 谨遵军令！（对内）众将听令，汗王有令，集结兵马，整顿粮草，号令三军，直捣长安！

〔激昂的音乐骤起，舞台后区枪戟林立，旌旗飘舞。

〔台前纱幕再次垂下。

第四场　明心

〔急促的战鼓声和音乐声中，杨坚和长孙晟现身纱幕前。

杨　坚 长孙晟！

长孙晟 臣在！

杨　坚 你回来得正好！朕命你全力平定边关之乱！

长孙晟 遵命！（急下）

〔杨坚焦急地等待着前方的消息。

〔内喊：报！奉车都尉长孙晟以少胜多，在白道川大破漠北铁骑……

〔内喊：报！漠北沙钵略可汗身负重伤，率残军败退都斤……

〔内喊：报！沙钵略遣使求降……

杨　坚 哈哈哈，好！好啊……颁诏：沙钵略自愿请降，朕亦愿化干戈为玉帛，钦封宇文芳为大义公主，赐姓杨。擢长孙晟为车骑将军，出使漠北招安……

〔纱幕缓缓升起，景现宇文芳穹庐。

〔月夜，一身素缟的宇文芳在孤灯下暗自垂泪。

宇文芳 （唱）朔风紧，鹰悲鸣，

家国不幸江山倾。

羞把降书呈隋廷，

耻将大义换千金。

〔长孙晟缓缓走上。

长孙晟 （唱）奉旨招安到都斤，

诧闻汗王身已殒。

风云变幻世事险，

更忧她，伶仃孤苦若飘萍。

〔幕后传来喜乐声。

〔都蓝的声音：哈哈哈哈，从今往后，我都蓝便是草原之主了！

〔众人声：恭贺都蓝可汗！恭贺都蓝可汗……

〔都蓝的声音：来呀！歌舞、美酒……

宇文芳 （唱）酒伤情，歌刺心，

椎心泣血忆前情。

眼中泪，早流尽，

女儿沧桑谁与听。

长孙晟 （唱）忆前情，箭穿心，

忍看残灯照孤影。

徘徊帐外泪涕零，

咫尺千里难言声。

宇文芳 （唱）怎能忘，情窦开时两离分，

擂台重逢喜变惊。

长孙晟 （唱）怎能忘，大漠深处盟誓定，

草原相伴一年零。

宇文芳 （唱）怎能忘，长安惊变怨忿生，

金刀掷地绝了情。

长孙晟 （唱）怎能忘，两军阵前刀光凛，

相思相望难相亲。

宇文芳 （悲情难抑，自言自语地）我恨，我好恨哪……

长孙晟 （受到触动，脱口喊出）公主……

宇文芳 （闻声惊问）什么人？

长孙晟 （惊醒，忙隔着帐门躬身施礼）长孙晟求见可贺敦！

宇文芳 （闻声一愣）你……（抑制情绪，以冰冷的口吻问）尊使大人有何见教？

长孙晟 长孙晟奉旨前来招安，却遇沙钵略可汗不幸亡故。如今吊唁已毕，特来……辞行！

宇文芳 噢……（依旧冷冷地）恕不远送！

长孙晟 （再拜）长孙晟恳请可贺敦赐见！

宇文芳 大人使命已成，自可回朝复命，何必再见？

长孙晟 （长叹一声）唉……（改换口吻）公主真的不愿见我吗？

宇文芳 公主？（百感交集，一声苦笑）托大人之福，我一个亡国失亲的孤女，又成了隋室的公主！

长孙晟 公主，我知道你心中有恨。长孙晟不求宽恕，只求见你一面……

〔宇文芳欲起身掀门，却又犹豫不前。

长孙晟 （恳切地）公主……

〔宇文芳内心十分矛盾，报之以沉默。

长孙晟 （见迟迟无回应，又一声长叹，无奈地）唉……如此，请容告辞！

〔长孙晟走了两步，却又停住脚步，回转身来。

〔宇文芳急忙出帐观望，只见长孙晟像一尊雕塑般，痴痴地站在那里。

宇文芳 （又羞又气，一顿足）你……（转身进帐）。

长孙晟 （跟入穹庐，跪地长拜）请公主受我一拜！

宇文芳 哼！你以为这一拜，就能消解我心中的怨恨？

长孙晟 不能！（痛苦地）这怨恨，怕是今生今世也难以消解！

宇文芳 知道就好！（突然拔出一把剑）你信是不信，此刻，我只想一剑取了你的性命！

长孙晟 （坦然地）若能抚平公主的伤痛，化解公主的仇恨，长孙晟甘愿受死！

〔长孙晟挺胸面对宇文芳。

〔宇文芳高高地举起手中的剑，却怎么也刺不下去。

宇文芳 （把剑一抛）冤家！你真是我的冤家对头啊……（掩面而泣）

长孙晟 （捡起落剑，轻轻放在一边）

（唱）我与你，情有缘，命无分，
颠沛人生叹离分。
我与你，应相惜，却生恨，
梦隔巫山十二层。
一边是，保境安邦家国事，
一边是，魂牵梦萦心上人。

求两全，总不能，
我与你，无奈成了对头人。

宇文芳 （悲声地）你不要再说了！
（唱）兴兵征伐三年整，
血影刀光度晨昏。
不愿想，偏思量，
独独放不下你长孙晟。
知有恨，难舍爱，
爱恨交织痛、痛、痛煞人！

长孙晟 我知道，我全都知道！你恨……
（唱）恨我背誓离都斤，
归隋效力破东征。
恨我致胜白道川，
令你复仇事不成。
恨我逼你做隋臣，
认敌作父羞难忍。
桩桩件件都因我，
普天下，长孙独负你一人！

宇文芳 （长叹一声）唉！
（唱）连日来，身披素缟伴孤灯，
我已把，前因后果想分明。
你是定国安邦有重任，
我是国恨家仇压在身。
情非得已运不济，
身不由己命弄人。
到如今，世事成败已勘破，
也只能，自酿的苦酒自己吞。

长孙晟 公主……

宇文芳 你不要再说了，你要说的话我全都知晓。你……还是走吧！

长孙晟 敢问公主以后有何打算？

宇文芳 打算？我还能有什么打算？我……也只好认命了！

长孙晟 莫如我奏请圣上，迎你回朝。

宇文芳 回朝？回哪个朝？你以为我会忘却国恨家仇，真心认贼作父吗？那杨坚真会毫无芥蒂，把我当作女儿？

长孙晟 （语塞）这……

宇文芳 都不过是逢场作戏罢了……（自语般地）中原我是回不去了。从今往后，宇文芳只能是孤身一人，终老大漠了！

长孙晟 （痛心地）公主……

宇文芳 此地不宜久留，你还是快些回去吧！

长孙晟 （恋恋不舍）你……你要珍重了！

宇文芳 （同样恋恋不舍地）你也要珍重！

〔长孙晟强忍悲伤，朝外走去。

宇文芳 （突然叫住长孙晟）慢！

〔长孙晟止步，缓缓转身。

宇文芳 （凄然地）今朝一别，此生只怕再无相见之期。我……好想再听你叫我一声……芳儿！

长孙晟 （再也抑制不住，大声呼唤）芳儿！

〔宇文芳与长孙晟不顾一切的相拥在一起。

〔一阵马嘶声传来，将两人惊醒。

〔宇文芳猛然推开长孙晟，示意他快走。

〔长孙晟掩面疾下。

宇文芳 （追喊）长孙哥哥！长孙哥哥……

〔长孙晟策马穿过舞台后区。

〔宇文芳目送长孙晟远去，凄然回身，取来笔墨，奋笔疾书，将压抑已久的怨愤寄予笔端（水袖）。

〔幕后伴唱：

啊……

余本皇家子，漂流入虏廷。

一朝睹成败，怀抱忽纵横。

古来共如此，非我独申名。

惟有昭君曲，偏伤远嫁情……

〔天幕上渐渐显出用狂草写成的诗句，映衬着宇文芳孤寂的背影……

第五场　抗命

〔舞台前，杨坚、长孙晟各站在一个表演区。

杨　坚　（吟）余本皇家子，漂流入虏廷……

长孙晟　（吟）惟有昭君曲，偏伤远嫁情……

杨　坚　哼！她那复仇之心至今依然未死啊！

长孙晟　唉！她将一腔悲苦全付这断肠诗啊！

杨　坚　长孙爱卿，你难道没有看出么，这是一首反诗？

长孙晟　反诗？

杨　坚　近日前朝宗室蠢蠢欲动，意欲勾结漠北谋反。这首反诗便是罪证！

长孙晟　（惊愕地）以臣下看，诗中无非抒发些离乡远嫁之怨，并无反意啊！

杨　坚　爱卿可知这“虏廷”二字何指？分明影射本朝。

长孙晟　只怕有人捕风捉影，还望圣上明查。

杨　坚　（摆手止住长孙晟）今日召你前来，就是要遣你再往都斤，给那都蓝可汗送去一道密诏。

长孙晟　密诏？

杨　坚　朕要让那都蓝可汗代朕除掉宇文芳！

长孙晟　（大惊失色）啊？！

杨　坚　爱卿因何如此慌张？

长孙晟　圣上容禀。大义公主自请为帝女以来，一心降服。那年臣下赴漠北招安，大义公主曾亲口保证，今后再无兴兵东征之事。

杨　坚　（笑道）这样的保证你也信得？朕从不相信那宇文氏会真心降服。长久以来，这宇文氏始终是朕心中的一块心病。此病不除，朕寝食难安！

长孙晟　（不顾一切地）圣上，圣上三思啊……

杨　坚　（不容置疑地）朕意已决，爱卿不必多言！

〔长孙晟怔住了。

杨　坚　朕倒要问问，爱卿为何一而再再而三替那宇文氏争辩？莫非真如传言所闻，你二人早已暗通私情？

长孙晟 （语塞）这个……

杨　坚 （恩威并重地）长孙爱卿，朕曾对你说过：人生在世，想为之事未必可为，可为之事未必当为。

（唱）朕对你栽培多年费苦心，
不忍你前程一朝化灰烬。
想当初，你一箭双雕惊大漠，
今日里，朕一箭双雕遣你行。
一为除去心头患，
二为救你出迷津。
此番用心何良苦，
爱卿你可要想分明！

〔杨坚将密诏扔在长孙晟手中。下。

长孙晟 （唱）密诏在手沉甸甸，
赫然一把杀人剑。
说什么，诗文暗藏谋反意，
分明是，斩草除根定罪愆。
披肝沥胆为人臣，
出生入死若等闲。
实指望，君臣同心消除外患整乾坤，
未料想，他要借我之手赶尽杀绝行凶险！
我若奉旨去行事，
怎堪亲人血飞溅？
我若抗命不出使，
朝廷定将他人遣。
我若奉旨去行事，
枉为男儿立世间！
我若抗命不出使，
她岂能，重围之下逃生天？

〔幕后响起杨坚的声音：长孙爱卿，朕以一纸密诏试探你对朝廷的忠心，你可不要让朕失望啊！

长孙晟 （决然地）不！不……

（唱）堂堂七尺男，

泰山不压肩。
以身报国犹未悔，
为虎作伥非我愿！

〔幕后再次响起杨坚的声音：长孙爱卿，朕如此看重与你，你可不要辜负于朕，不要辜负于朕啊！

长孙晟 （决然地）罢！罢！罢！

（唱）再西行主意拿定，
觅生机催马扬鞭。
拼出长孙命一条，
我也要救出那失家失国失亲失依的失群雁！

〔长孙晟急下。

〔舞台前区，杨坚身影又现。

〔内喊：启禀圣上，左勋卫骠骑将军长孙晟已打马直奔漠北而去。

杨　坚 那长孙晟虽已去得，朕总觉放心不下。尔等速将此密诏再送漠北都蓝可汗，朕要万无一失！

〔杨坚扬手扔出又一份密诏，隐。

〔与此同时，台前另一表演区，都蓝伫立在光影中。

都　蓝 （展观密诏，喜上眉梢）……好！好！杨坚此意正合本王之心啊！

（唱）十八部落似散沙，
谁不想，把汗王之位收囊下。
她公主之名本是假，
我背靠杨隋好称霸。
示诚心，遵密令，
当机立断将宇文杀！

〔内喊：报！有人冲破禁卫阻挡，带着可贺敦，双双打马直奔荒漠而去。

都　蓝 （大惊）啊？何人如此大胆？

〔内喊：来人黑纱裹面，黑暗之中难以辨认。

都　蓝 来呀！集结本王精锐马队，与我追！

〔强劲气氛音乐起。舞台上，朔风劲吹，暴雪弥漫。

众骑兵 （唱）风狂雪骤，马蹄声疾，
漠北铁骑，驰驱追击。
汗王有令，翦灭叛逆，

踏遍荒漠，所向披靡！

〔都蓝的精锐马队在漫天雪花中呼叫着、奔驰着……

第六场　死别

〔夜，大漠中。

长孙晟　（内唱）穹庐夜救起波澜——

〔长孙晟、宇文芳双双策马飞奔而上。

宇文芳　（唱）飞马双双出重关。

长孙晟　（唱）再不见风云变幻长安城，

宇文芳　（唱）再不见日月如水都斤山。

长孙晟　（唱）雪如絮风如剑寒云惨淡，

宇文芳　（唱）追风驹胭脂马相依相伴。

〔都蓝的精锐马队狂飙般冲杀而来。

众骑兵　（唱）风狂雪骤，马蹄声疾，

漠北铁骑，驰驱追击……

〔长孙晟（蒙面）与宇文芳携手躲开众骑兵的围截，打马向沙漠深处飞驰而去。

〔都蓝率马队追下。

〔暗转。大漠深处，景同第二场后段。

〔风停雪止。精疲力竭地宇文芳与长孙晟勒住马。

长孙晟　（向后看看）追兵远去了。奔走了半夜，我们在此歇息片刻吧？

宇文芳　就依哥哥。

〔两人下马。

宇文芳　（环顾四周）咦，这片荒漠我们好像曾经来过啊？

长孙晟　（也环顾一番，认出）可记得，那年你我初来大漠，都蓝一声鞭响，惊了你的胭脂马……

宇文芳　啊！（兴奋地）记得，我都还记得！

（唱）还记得，你危难之时将我救，

长孙晟　（唱）醒来时，你惊魂未定抓我手。

宇文芳 （唱）还记得，我求你带我寻桃源，

长孙晟 （唱）立誓愿，我草原与你长相守。

宇文芳 长孙晟 （合）还记得，你我并肩把日出看，

大漠旭日无限苍凉像血像火映荒丘。

〔两人亲密相依相偎，陷入了共同美好的回忆。

宇文芳 （想起什么，脸色一变，突然挣脱长孙晟的怀抱）我且问你，你为何突然来到漠北救我？你又怎知都蓝他会杀我？

长孙晟 （一时不知如何回答）这个……

宇文芳 （追问）是杨坚命你来的吧？

长孙晟 你不要问了，快随我走！

宇文芳 （摇头）不，我不能跟你走？

长孙晟 （一愣）你说什么？

宇文芳 如今杨坚、都蓝都要杀我，我已无处可逃，何必多此一举！

长孙晟 （不容置疑地）长孙晟在此，谁能杀你？

宇文芳 可你今日所为若为杨坚知晓，他岂能容你？

长孙晟 既已抗命，便是横下此心，怎会再求见容！

宇文芳 不！你不能……你是天下名将，你是国之重臣，你有你治国平天下的宏愿，你有你骠骑大将军的荣光。所有这些，你又如何放得下啊？

长孙晟 名将？重臣？宏愿？荣光……（不屑地）都不过是些过眼烟云罢了。如今天下一统，百姓有依，长孙晟俯仰天地问心无愧，也再无羁绊！

宇文芳 （叹道）唉！你……你这又是何苦呢？

长孙晟 此时此刻，我只有一个愿望，那便是与你一起，远离俗世，在那桃花源中隐姓埋名，相依相伴，生生世世不弃不离！

〔长孙晟再次捧出那把金刀，递到宇文芳手中。

〔宇文芳手捧金刀，感慨万分。

宇文芳 （唱）长孙哥哥啊……

一番话，不由我，

心如刀割泪如雨。

人生辗转到故地，

往事不堪忆。

三年恶战血雨飞，

边关内外满疮痍。
生死关头猛惊醒，
欲追悔时已莫及！
长孙他，宁毁前程不相弃，
甘愿伴我去浪迹。
他本是，经国治世栋梁才，
我已然，千疮百孔身心疲。
世间纵有桃花源，
怎寻回，高翔远引当年意？
放眼茫茫天地间，
哪有我，安身立命一锥地？
又怎能，连累他，
将那半生宏愿一世英名千秋功业零落碾成泥？

金刀啊金刀！

（唱）才是重相见，偏要永相离，
我是满心眷恋难舍你。
难舍你，须舍你，
但愿得，天下再无悲与啼！

宇文芳 长孙哥哥！（紧紧抱住长孙晟，深情地）你让我再无遗憾，芳儿此生足矣！

长孙晟 （不解地）你这是……

宇文芳 （伸手一指）哥哥你看，旭日东升，它映红了万丈天际，染红了千里黄沙，真美呀……

〔长孙晟顺着宇文芳手指的方向望去。

长孙晟 （赞叹着）是啊！好美呀！

〔宇文芳趁长孙晟不注意，拔出金刀，刺入心口。

长孙晟 （大惊失色，手足无措）芳儿！芳儿！芳儿……

宇文芳 哥哥你看，万道霞光直上云天，扫尽阴霾。这才是真正的大漠日出啊！

〔宇文芳在长孙晟怀中渐渐逝去。

长孙晟 （满怀悲怆，痛不欲生）芳儿！芳儿！你这是为什么啊……

（唱）为什么九死一生方脱险，
你却向青冥飘芳魂？

为什么血如泉涌入黄尘，
千呼万唤无应声？
为什么我护国安邦尽责任，
却难救亲人脱沉沦？
为什么情义难两存？
为什么难解爱与恨？
为什么翻云覆雨苦折腾？
为什么穷尽万般总不能？
恨天恨地恨自身，
问天问地问谁人？
我已把当为之事都做尽，
为什么想为之事一无成？

〔都蓝马队追上，纱幕缓缓下。

〔造型，剧终。

2010年

越剧古装剧

大唐骊歌

（根据电视连续剧《大明宫词》片断改编）

张思聪

人物表 薛　绍

太　平——大唐公主，武则天之女，后为薛绍之妻

武则天——大唐皇后

李　治——大唐皇帝

瑾　娘——薛绍原妻子慧娘之姐

武承嗣——武则天之侄

突厥国王子

薛　父——薛绍之父

薛　母——薛绍之母

叶　儿——薛绍和慧娘之子

住　持

春　娘——太平贴身宫女

宫女们、太监们、官员们、将士们、僧人们

合唱队

序

〔唐代长安街头灯市。

〔正逢元宵佳节，火树银花。街头人山人海，男女老幼戴着各色面具，蜂拥上街看灯。

〔太平和春娘平民装扮，没有戴面具，十分好奇地挤在人群里看灯。

〔一组舞妓和一组民间艺人载歌载舞，且呼且唱“上元观灯，普天同庆，天佑大唐，四海升平……”。

〔欢乐的人们在她们身前闪过。两人被分开。

〔太平不见春娘，心里惊慌，一不小心，跌倒在地。

〔一个青年男子伸手扶起了她。

〔太平站起，向其致谢。

〔青年男子微笑着摘下面具——他就是英武的薛绍。

〔两人四目对视的刹那间，天边似传来美妙绝伦的乐声，夜空也突然明亮无比。太平似被雷电击中，傻傻地盯视着薛绍，一动不动。

〔《长相守》主题曲悠然而起。

〔合唱队歌声：

寻寻觅觅千百度，
春色阅无数。
不知天上人间，
谁人同唱和？
蓦回首，
那人原在魂牵梦绕处！

一

〔太监们齐呼："圣上升殿——"

〔长安。唐宫熏风殿。强国盛世，万千气象，太监们宫女们和官员们排列如仪。李治和武则天相扶而上，一场盛大的选择驸马典礼就要开始。

李　治　（唱）四海升平庆大同，
媚娘辅佐第一功。
和亲结好突厥国，
择婿就在大明宫。

众大臣　万岁万万岁！

武则天　（唱）家事国事两相共，
纵横捭阖股掌中。
唯盼好事能成双，
两情相悦喜相逢！

众大臣　恭贺皇上，恭贺皇后！

李　治　众卿平身！

众大臣　谢万岁！

李　治　宣突厥王子上殿！

太　监　皇上有旨，宣突厥王子上殿！

〔突厥国王子上。

王　子　突厥王子参见大唐圣上圣后！

李　治　平身，赐座。

王　子　圣上圣后，今日我特来大唐求亲，恳请允我迎娶太平公主！

武则天　王子，你可知我女儿太平是何等样人呢？

王　子　早听说公主国色天香，举世无双，更兼特立独行，我行我素，非比寻常。

李　治　"特立独行，我行我素"？皇后，这八个字说得倒还有些道理呢。

王　子　倘若此番得娶太平公主，从此两国便不再兵戎相见，干戈平息。

武则天　哦！但愿你我都能如愿以偿呵。

李　治　众位大臣！

众大臣　万岁！

李　治　为两国修好满饮此杯。请！

众大臣　请！

内　声　太平公主到！

太　平　（内唱）风风火火金殿进——

〔太平公主着乞丐装风风火火地上。众惊愕。

太　平　参见父皇母后！

武则天　太平，你？

太　平　（接唱）且看我一身奇装四座惊。

父皇母后情虽笃，
无奈不识女儿心。
谈婚论嫁笑对应，
我心中自有妙计定！

母后！（兴奋地展示服装）女儿这身衣裳是我自己想出来的，取街上讨饭的乞丐装束之意，可算得天下无双呢！

李　治　放肆！太平，今日有贵客在此，你理该盛装来见……

王　子　不妨不妨！公主别出心裁，不同凡响，真正令人叹为观止啊。

武则天　太平，这位就是突厥王子。

王　子　见过公主。

太　平　（夸张地）哟！想不到我还碰到一个域外知音，欣赏我的新装呢！哎，我最喜欢好玩的东西，你千里迢迢从突厥而来，可有什么……（看到王子身上的佩刀）哎，我可以看看你的佩刀吗？

王　子　当然可以。这把佩刀随我多年，公主若是喜欢，我可以相赠。

太　平　（接刀）好刀啊好刀！（突然抽刀出鞘）

王　子　（失声叫出）当心！此刀十分锋利，当心割破手指！

太　平　我就想割割自己的手指呢！（举起刀就往手上割去，众人惊呼，一截手指应声落地）

王　子　（惊叫）公主！你，你真的割下了自己的手指？！（朝圣上圣后）她、她真的割下了自己的手指！

太　平　不要怕！我还要把它吃掉呢！

王　子　什么？你还要吃掉？

太　平　对呀！哎，你爱吃吗？

王　子　（一阵干呕，连连后退）我、我……圣上，我突感身体不适，告退，告退！（边说边想退下）

太　平　哎！你不是想娶我吗？我爱吃的，你也要学会吃啊！

王　子　可怕——太可怕了！（边说边急速退下）

太　平　（哈哈大笑）真笨！他真笨！

众大臣　万岁！

太　平　母后……

武则天　太平，又是你变戏法变出来的吧！

太　平　母后你太聪明了！那个手指是我用面粉做的呀！

李　治　放肆！太平，身为公主，如此模样，日后何谈安邦治国，助我大唐？！

武则天　皇上息怒！众位大臣，请先退下！

众大臣　领旨！

〔太监宫女和大臣们下。

李　治　太平，你也太不象话了！穿戴不三不四，还故意戏弄王子，难道你不知冒犯突厥王子的后果吗？

太　平　（不服气地）我当然知道！可远嫁小女子去保家卫国，那还要满朝文武何用呢？我就是不想嫁他嘛！

武则天　不想嫁？难道你想永远留在这大明宫吗？

太　平　母后你说得对。女儿不是不想嫁人，而是非常非常想嫁，（向往地）只是要嫁给心仪之人！

李　治　哦！难道你已有了心仪之人？谁？是谁？你快说……

武则天　啊皇上，莫要着急，你先去歇息，此事就交给我来办吧！

李　治　好，一切由你做主吧。哼！（太监伺候下）

武则天　太平过来。

太　平　母后。

武则天　你说已有心仪之人，姓甚名谁？又如何认识的呢？

太　平　母后，可还记得今年上元灯节，我和春娘偷偷出宫，灯市人山人海，把我俩冲散了。女儿心里焦急，一不小心摔倒在地，这时候伸过来一双陌生的手，暖暖的，柔柔的，慢慢地牵起了我，我抬头一看啊！

武则天　你看见什么了？

太　平　母后！

（唱）我似见春阳灿烂照脸庞，
我似见寒冬火炉暖心房。
青春的面孔多英武，
柔和的笑容多明亮，
刚毅的鼻梁坚又挺，
双目炯炯气轩昂。
太平我自从来到人世上，
也曾有几多期盼几多想。
总算是上天宠幸多垂怜，
教女儿不期而遇梦里郎！

武则天 你怎么看了一眼，就认定要嫁他了？

太　平 母后，当初你和父皇在感业寺第一次见面，不也是一见钟情吗？

武则天 （一怔，转而笑）哈哈哈！这孩子，这也要像我？那你知道他是谁吗？

太　平 我打听了，他叫薛绍，在神策军效力！

武则天 神策军薛绍？

太　平 回来后，我还画出了他的模样。（出示一幅容图）母后，你就帮我找到他吧！

武则天 （看图）薛绍！

太　平 母后，你和父皇就答应我嫁给他吧！

武则天 好吧，你先回去，让我与你父皇再商量商量！

太　平 反正我就是一句话！（斩钉截铁般地）女儿非他不嫁！非他不嫁！（径自而下）

武则天 哎——这孩子！（看着她的背影，感叹地）长大了，有了主见了，也越来越像我了！不，不不不！我可不希望她以后也走我这条路呀……
（唱）人说道皇家儿女富贵命，
谁知晓莫测风云罩宫门。
龙阙从来多争斗，
凤楼时有刀剑影。
我为妃为后数十春，
血雨腥风几曾经！
太平乃我心头珍，
唯愿她远离是非，随心所欲、欢欢喜喜、太太平平过一生！

（毅然有所决）此事皇上让我做主，我就好好地做一回主吧！来呀！

〔太监上。

太　监　皇后！

武则天　传武承嗣进宫！

太　监　是，武承嗣进宫！

〔武承嗣上。

武承嗣　臣武承嗣见驾。

武则天　平身。承嗣侄儿，神策军属你管辖，有位叫薛绍的人，可曾认得？（递画图）

武承嗣　（接看画图）噢，此人臣认得。虽然官职不高，却青年英俊，能文善武，更兼温文敦厚，知书达礼。

武则天　噢，如此说来，倒是个难得的人才。

武承嗣　确实少见。不知圣后问他作甚？

武则天　太平看上了他……

武承嗣　什么？太平公主看上了他？（焦急地）圣后，你可还记得我……

武则天　你虽是我嫡亲侄儿，但想娶太平，万万不能！我意已决，就招薛绍为驸马！

武承嗣　（轻轻一笑）哼，平步青云，这也算他的造化，不过臣知道他已成家，妻名唤慧娘，与他青梅竹马，十分恩爱，故而此事难办。

武则天　普天之下，莫非王土。大唐之事，我要想办，就没有办不成的！

武承嗣　那——要是薛绍决意不从呢？

武则天　（仰天长笑）成为大唐驸马，是每个年青男子的梦想，这天大的幸运，他岂有推托之理？至于他妻子慧娘嘛，此事就由你去办！记住，要办得干干净净，不留一点后患。

武承嗣　（有点不愿）圣后？

武则天　（沉下了脸）倘有闪失，小心你的……速去处置！

武承嗣　臣领旨！（退下）

武则天　传薛绍进宫！

太　监　是。皇后有旨，薛绍进宫！

内　声　薛绍进宫！

〔转武则天寝宫。

薛　绍　（内唱）懿旨召我到内宫——

〔薛绍上。

薛　绍　这是何处？

太　监　皇后娘娘的寝宫。

薛　绍　（惊）

（接唱）何来此般圣眷隆？

难解其中缘和由，

狐疑不知吉与凶！

（伏地跪拜）臣薛绍参见皇后娘娘。

武则天　（打量观察，满意地）平身，赐座。

薛　绍　谢座！

武则天　薛绍，可是初次进宫？

薛　绍　是。

武则天　知道为什么宣你进宫吗？

薛　绍　臣不知。

武则天　薛绍，你现今官有几品？

薛　绍　官居七品。

武则天　家有封地多少？

薛　绍　五百顷。

武则天　家宅多少？

薛　绍　约有百间。

武则天　（对太监）宣旨！

太　监　是。神策军薛绍听旨。（展开圣旨，宣读）“圣上手喻。神策军薛绍，忠孝有加，礼义兼备，文采不凡，武略出众。今封左金吾卫大将军，赐房宅三百间，绫绸五百匹，玉带一百，家奴一百。钦此。”

〔薛绍听罢，目瞪口呆，不知所措。

太　监　薛大将军，还不快快谢恩？

薛　绍　（惊觉）谢主龙恩！

武则天　（微微一笑）新任左金吾卫大将军，恭喜了。

薛　绍　多谢娘娘。只是臣无功受禄，惶恐之至，实在想不到……

武则天　你想不到的事还多着呢！薛大将军！

（唱）青山长绿水长东，

君王一言九鼎重。
高官厚禄垂手得，
平步青云多威风。
知恩图报真君子，
识事务者为俊雄。
只要你凡事三思而后行，
我保你永享富贵乐无穷！

薛　绍　娘娘……

武则天　听着，回家之后，不管发生什么事，都要记住，要为自己想想，要为父母想想，更要为全家全族男男女女想一想！听明白了吗？

薛　绍　听——清楚了……

武则天　你先回去吧！

薛　绍　臣告退。

〔薛绍百思不得其解，缓缓起步回家，耳边却不断响着武则天的话声："回家之后，不管发生什么事，都要记住，要为自己想想，要为父母想想，更要为全家全族男男女女想一想！想一想，想一想，想一想……"

〔一队兵丁巡逻而过。

〔薛绍家厅堂。

〔薛母抱着孙子，薛父护着薛母，呆坐在椅子上颤抖不停。一个兵士捧着一条白绫站等一旁。

薛　父　儿啊，你回来了！

薛　绍　爹爹！我家四周为何兵丁密布？

薛　父　儿啊，刚才武承嗣将军来过，是他下的令。

薛　绍　武承嗣？他来干什么？

薛　母　他、他带来一道婚旨……

薛　绍　婚旨？什么婚旨？

薛　父　儿啦，你看！

薛　绍　（接读圣旨）"奉天承运，皇帝诏曰：左金吾卫大将军薛绍文武兼备，人才难得，特赐太平公主下嫁，召为驸马。"召我为驸马？这，这是从何说起呀？！

薛　父　儿啊，武承嗣将军说，是太平公主看中了你！

薛　绍　荒唐！我与她从未谋面，她怎会看中我？再说我已经成家，还有了孩子。

我当驸马，那我的孩子怎么办？我妻慧娘怎么办？慧娘，慧娘呢？慧娘在哪里？

薛　父　儿啦，你来看！

〔兵士展开白绫。

薛　绍　（大惊）白绫？

兵　士　这是皇后娘娘的恩赐！

薛　绍　（目瞪口呆）不！不！（发了疯似地、跌跌撞撞地狂奔）

〔两个兵士执枪上，拦住薛绍。

内　声　时辰已到，慧娘上路——

薛　绍　慧——娘——

〔薛绍拚死欲跟进，被兵士们牢牢拦住。

〔屋里屋外，呼喊声、惨叫声、孩子的哭声交织在一起。

〔灯光投射在内室的窗棂，映照着一个女子——慧娘已被绞杀的剪影。

薛　绍　慧娘，你死得好惨哪……

〔无数条白绫相继缓缓下降，全场一片惨白。

〔合唱声悲怆而起：

至尊至圣荒唐令，
奇冤终铸成。
不知天上人间，
何人不悲鸣？
泪已尽，
那人泣血呜咽不堪闻……

二

〔突然，隐隐传来喜乐声，越来越响，越来越近。

〔兵士们、太监们、宫女们捧着、抬着、举着婚礼物品上，直扑哭昏倒地的薛绍。

〔两个宫女将一件大红喜袍强行披挂在薛绍身上。

〔全场瞬间由惨白色变成血红色。

〔薛府新房。

〔太平公主满怀喜悦地坐在喜床上等候新郎。

〔薛绍则坐在外间一动不动。

〔鼓响一更。

太　平（掀起红盖头）呀！

（唱）鼓敲一更月如钩，

洞房内外静幽幽。

多谢二圣施恩泽，

终遂夙愿结鸾俦。

喜滋滋心花相伴灯花开，

含笑带羞将他候。

薛　绍（长叹一声）唉！

（唱）鼓敲一更月如钩，

洞房内外静幽幽。

身如僵尸心麻木，

伤悲已是无泪流。

什么公主？我根本就不认识她！慧娘，我的妻，我的妻啊！

我与你两小无猜情意投，

青梅竹马结佳偶。

难忘却百年好合新婚夜，

瑶琴上你亲刻三字“长相守”。

悠悠弦雨诉心曲，

两相誓不离不弃共千秋。

想不到一条白绫无端降，

祸起萧墙一命丢！

慧娘啊，

你无辜踏上不归路，

我本想同生共死随你走。

只唯恐皇家威权盖天下，

株连那白发双亲、襁褓孩儿、九族男女命全休！

百般无奈忍辱负重苟活命，

从今后生不如死，黄莲苦药我自吞受！

〔鼓敲二更。

〔太平又掀开红盖头，见仍无人，起身张望，发现外室的薛绍。

太　平　（一怔，轻声自语）咦，他怎么独在外室？……莫非新婚燕尔，还有几分羞怯？（示意薛绍进房）

薛　绍　（起身进内，冷冷地）见过公主。

太　平　怎么，你叫我公主？这就是你的不是了！

薛　绍　（反感地）哼，我有什么不是？

太　平　你我既成夫妻，你就该叫我一声夫人，我也该叫你一声薛郎。（亲热地）

薛　绍　薛郎？……

太　平　你抬头看看我呀！你抬头看看我呀！

薛　绍　你？怎么，是你？

太　平　你认出我来了！那天元宵灯会，是你的马撞倒了我，今天你得给我赔礼。

薛　绍　你是太平公主？

太　平　怎么还是公主公主的，你该叫我夫人！

薛　绍　夫人？！

太　平　（笑）哎！薛郎！（见薛绍神态，仍以为其拘谨，有意放松地）薛郎，今天是你我大喜日子，看我给你来点惊喜！（双手迅速地变戏法，调皮地变出各种小干果）薛郎你来看啊，红枣、花生、桂圆、莲子……他们说这叫……（羞涩地）早生贵子呢！薛郎，我的戏法变得可好？

薛　绍　（哭笑不得）好、好……

太　平　我还会变很多很多种戏法，以后慢慢变给你看！

薛　绍　（冷冷一笑）看你这么高兴，我倒想问你一事。你只见了我一面，可知道我、还有我家里的一切吗？

太　平　我当然知道！我知道你知书达礼，能文善武。我也知道公公婆婆为人善良，慈爱可亲。

薛　绍　还有呢？

太　平　还有什么？

薛　绍　还有我家里其他的人……

太　平　（迷惑不解地）你家里其他人怎么了？不是人人和美，事事顺畅，一切都好好的吗？

薛　绍　呀！

（旁唱）听她话，惊心上，

果真武后瞒真相？
她分明不知慧娘事，
倒叫我一时无语意彷徨！

太　平　（旁唱）郎君沉吟话不讲，
分明有事心里藏。
适才相问家里事……
莫非是顾忌君臣尊卑有大防！
（接唱）薛郎啊，
太平昨是皇家女，
今已为媳侍君旁。
你家就是我的家，
不分尊卑宽心放。
从今后举案齐眉鼓琴瑟，
夫唱妇随喜洋洋。
相敬如宾共白头，
终日厮守渡时光。

薛　绍　呀！
（旁唱）她一厢情愿寄厚望，
哪知我心中唯慧娘！
本想是扳下面孔怒斥责，
怎奈她一脸无辜我口难张！（呆坐下）

太　平　呀！
（旁唱）我欢欢喜喜进洞房，
他无端冷落我心不爽。
半真半假沉下脸，
佯装生气追真相！
（也一屁股坐下，重重地咳了一声）哼！

薛　绍　（见状一怔）公主……

太　平　（大声地）我生气了！今日你我大婚，普天同庆，好像只有你不大开心呢！

薛　绍　这——我，我只是……

太　平　只是什么？说！你倒是快说呀！

薛　绍　（嗫嚅地）只是，只是这福分来得太过突然，我一时不知如何消受……

太　平　胡说！今天你不说个明白，我可不依不饶！

薛　绍　这——（猛然计上心来）有了！（转对太平）好吧，我确有一事，如鲠在喉，心中不快！

太　平　哦，什么事？

薛　绍　那日圣上降旨，我寸功未立，一夜之间就擢升大将军。分明攀龙附凤，青云直上，你说我堂堂男儿，脸面何在？！

太　平　（一怔，马上笑）哈，原来是这点小事。郎君高风亮节，所想有理。可官都已经升了，又该怎么办呢？

薛　绍　只有奋勇杀敌，建功立业，才能让世人知晓我薛绍非蝇营狗苟等闲之辈！

太　平　好！郎君志存高远！只是到哪里去杀敌立功呢？

薛　绍　有啊！自从公主拒绝王子求婚，突厥恼羞成怒，兴兵犯我大唐边境，明日一早，我就奏请皇上准我奔赴前方！

太　平　（大出意料）什么，明日一早？可你我新婚燕尔……

薛　绍　（不容否定地）薛绍此意已决，驷马难追！

太　平　呀！

（旁唱）但见他铁定心肠要远行，
我又愁又喜乱纷纷。
愁的是新婚燕尔说别离，
我心中难舍又难分。
喜的是他不甘荫庇图自强，
庆幸我一双慧眼识对人！
薛郎！
好男儿豪情壮志令人敬，
且待我金杯美酒送君行！

（端起桌子上的酒杯，斟满美酒）薛郎，这是父皇母后亲赐的宫廷美酒，一来庆贺你我新婚，二来为你送行，薛郎，请！

薛　绍　好！（举杯一饮而尽，未待太平转过神来，又自斟自饮，最后干脆拿起酒壶直接就喝）

太　平　（欲阻不及）薛郎，你——等一等，等一等！你要醉了！

薛　绍　醉了好啊！醉了好啊！哈哈哈哈……（踉踉跄跄地歪倒在椅子上）

太　平　（忙过去推摇）薛郎！薛郎……你不要睡不要睡嘛，薛郎……你醒醒你醒醒！陪我说说话嘛……（摇不醒薛绍，自己慢慢地趴在薛绍身上也疲

乏地睡着了……）

三

〔佛经诵读声渐响。

〔京城某寺院。

〔住持率僧人们列队迎接。

住　持　众僧听了：今有圣后驾临本寺，为出征大军祈福祝祷，合寺上下务必尽心尽力，迎驾侍候，切不可有丝毫疏漏。

众　阿弥陀佛！

〔内声：娘娘驾到！

〔仪仗引武则天上。武承嗣与薛绍分列左右护卫。

武则天　（执香祈祷）佛祖在上，大唐皇后今日前来恭敬皈拜，只因突厥犯境，大军即将征讨。唯求旗开得胜，祈愿佛祖护照。更助驸马建功立业，早日班师回朝。太平早得贵子，夫妻和美逍遥！阿弥陀佛！

〔武则天等下。薛绍落后一步，与住持闪至一边低声私语。

薛　绍　长老！长老，我家叶儿寄养宝刹，多蒙看顾，不知近日可好？

住　持　叶儿深藏在本寺密室，无人知晓，一切都好。

薛　绍　多谢长老。

住　持　只是今日孩子姨娘来了，说要见你。

薛　绍　（惊）瑾娘来了？她一家已迁送边陲，今日来此，太冒险了！

住　持　老衲先去圣前侍候，你去见她一面，千万小心，不可久留！

薛　绍　薛绍明白。

〔住持下。薛绍走向小院。

〔小院密室。

〔摇篮里的孩子啼哭。瑾娘抱起孩子。

瑾　娘　叶儿！

（唱）耳听叶儿一声哭，

悲从中来双泪落。

可怜你小小年纪失亲娘，

命运乖蹇忒坎坷。
但愿你藏身禅院置世外，
隐名埋姓免灾祸！
妹妹临终曾嘱付，
托我精心来呵护。
我定要保你平安快长大，
妹妹九泉也瞑目！

薛　绍　（敲门）瑾娘，是我。（瑾娘开门，薛绍进）叶儿！叶儿可好？

瑾　娘　他刚睡着，不要弄醒他。

薛　绍　瑾娘，今日圣后在此，你怎么能来呢？

瑾　娘　（冷冷地）我就是要来。一来看望我可怜的甥儿，二来么，也看看春风得意、沉醉温柔乡中的驸马！

薛　绍　瑾娘，你——唉，我现在苟且偷生，生不如死，每天能做的除了忍，还是忍！

瑾　娘　（尖锐地）忍忍忍？太平分明是妹妹的仇人，你为什么不与她拼命？

薛　绍　我又何曾不想拼命，可她偏偏是个无辜之人！

瑾　娘　她怎么是无辜之人？

薛　绍　她母亲隐瞒真相，故而慧娘之事，她至今不知！

瑾　娘　不！你错了！她不知就不罪吗？要不是她选你为夫，会有如此惨绝人寰之事吗？至于她的母亲，那个自以为不可一世的女人，她更该受到上天的惩罚！

薛　绍　你说得对，我恨！可她是至高无上的皇后，而我如同一粒微不足道的尘土，无能为力……

瑾　娘　（大声地）不，你又错了！你手里明明有把剑！

薛　绍　我手里有把剑？

瑾　娘　对！有把可以刺穿她们心的利剑！

（唱）为君者目空一切霸天下，
自以为世间万物皆属她。
哪知晓有权难买真情爱，
要叫她青春磋砣悲白发。
空对着水中明月镜里花，
到头来有女无婿悔错嫁。

这就叫万千仇恨铸成剑，
一剑直向她心底扎！

薛　绍　（唱）瑾娘她醍醐灌顶一番话，
茅塞顿开恨咬牙！
钝刀割肉肉更痛，
也教她生不如死度生涯！
手提三尺剜心剑，
泪眼望天毒誓发！
旷古冤仇若不报，
瑾娘！
任你千刀与万剐！

〔孩子啼哭。瑾娘抱哄。

〔武承嗣上，四处张望。

武承嗣　奇怪，这个薛绍跑到哪里去了？咦，这里有个角门。

〔薛绍出门，与武承嗣打个照面。

武承嗣　呀，薛将军，你为何在这里？

薛　绍　哦，我正在查看有否香客未曾回避。武将军怎么也会来此偏僻之处呢？

武承嗣　哦，我也来查看查看。（欲进角门）

〔住持上，见状忙上前阻拦。

住　持　啊呀二位将军，叫老衲好找啊？圣后正在寻找二位呢。

薛　绍　武将军，定是你我离驾太久，圣后动怒了。

住　持　请二位将军速速前往。

薛　绍　武将军请！

武承嗣　请。

〔住持下。

〔转景。

武承嗣　薛将军，出征在即，舍得新婚燕尔的公主吗？

薛　绍　为国效力，义不容辞。

〔太监们引武则天上。

武承嗣
薛　绍　臣见过圣后！

武则天　本宫敬香完毕，怎么不见二位将军？

武承嗣 （看了薛绍一眼，忙接过话来）启禀圣后！寺内尚有香客未曾回避，臣去查看了。

武则天 想必薛将军同去了？

薛　绍 正是。

武则天 如此武将军请退下，驸马留步。

武承嗣 是。（太监们随下）

武则天 （坐于锦毡，见薛绍站得远远的）驸马，为何离我这么远啊？过来一步说话。

薛　绍 是！

武则天 你是驸马，是我的女婿，为何见了我，总是如此拘谨？

薛　绍 娘娘天威宸眄，叫臣不敢仰视。

武则天 只要心中坦荡，何畏之有呢？知道今天我找你，所为何事吗？

薛　绍 臣不知。

武则天 我来问你，婚后过得可好？

薛　绍 托母后之福，一切都好。

武则天 这是实话？

薛　绍 不敢虚妄。

武则天 那太平在你家如何？

薛　绍 也……也好吧！

武则天 “也好”？我且问你，成婚之后，你们夫妻恩爱吗？

薛　绍 这……

武则天 可有早起画眉，夜来酬唱？

薛　绍 没有。

武则天 你有和她一起踏青赏花，游船戏水吗？

薛　绍 没有。

武则天 你有看过她最喜欢的变戏法吗？

薛　绍 也——没有。

武则天 这也没有，那也没有，你说她能开心吗？

薛　绍 她……

武则天 你爱过她吗？

薛　绍 这……

武则天 你称得上是驸马吗？

薛　绍　我不知道。

武则天　荒唐！（突然话头一转）你知道方才在此的武承嗣吗？

薛　绍　知道，他是母后的侄儿。

武则天　他可是个有心之人。一直想娶太平，你知道吗？

薛　绍　（一怔）那为何不选他当驸马？

武则天　因为太平爱的是你！

薛　绍　可臣无能为力……

武则天　（突然厉声地）住口！你是无能为力，还是根本不想为力？

薛　绍　臣有罪……

武则天　（停了一下，然后缓缓地）知错就好。你知道太平对我而言，意味着什么吗？

（唱）纵然我位居九重称至尊，
心中也有舐犊情。
一生精血凝成爱，
万千宠信集一身。
为太平我曾对天立誓愿，
愿为她追星揽月尽所能！
谁敢斗胆伤她心，
休怪我无情要他命！
唯望你心似我心，
呵护她称心如意、如意称心、不受委曲过一生！
你能给我一个承诺吗？

薛　绍　什么承诺？

武则天　尽力去爱我的女儿！做得到吗？

薛　绍　我……能做到。

武则天　看着我的眼睛！

薛　绍　臣一定做到！

武则天　我真后悔那天升你的官。

薛　绍　臣不明白……

武则天　因为这样你就可以名正言顺地请命出征，而将新婚燕尔的太平冷落在家中！

薛　绍　可我请命出征，公主也未曾反对。

武则天 关乎你大丈夫的尊严，她能反对吗？你倒是聪明，可惜瞒不过我的眼睛。听着，你可以去出征，但只要太平召你，你就得立即回转！

薛　绍 母后——

武则天 （强硬地）这是我和皇上的决定！还记得那天我对你说的话吗？

薛　绍 （木然地背诵）“回家之后，不管发生什么事，都要记住，要为自己想想，要为父母想想，更要为全家全族男男女女想一想！”

武则天 好！（转为缓缓地）薛绍，身为驸马，你不能以折磨太平来缅怀一个已经不存在的女人，堂堂男子，要拿得起放得下。你还年轻，不懂世上好多事情，一天不行，那就一月，一月不行，那就一年，一年、一年、再一年……最后岁月会将它统统改变的！

〔沉重、忧郁的乐曲声悠然渐起。

四

〔六年之后。

〔薛府庭院和书房。

〔浮云遮月，时隐时现。

〔太平独自在园中散步，春娘寻上。

春　娘 公主，你又独自一人在此啊！

太　平 春娘，驸马去寺院拜会方丈可曾回府？

春　娘 还未见回来呢！公主，夜已深了，你先睡吧！

太　平 这天闷闷的，我想在园中独自走走，你先去睡吧！

春　娘 公主……

太　平 去吧！（春娘下）

太　平 （蹲下看花，不无感叹地自语）这园中的花花草草，都是我婚后栽下的，屈指算来也有六年了，六年了……

（唱）独步园中天地静，
　　遥望乌云遮月轮。
　　六年前初识薛郎面，
　　到如今犹隔云雾未看清。

若说他对我无情意，
他也是彬彬有礼敬如宾。
若说他对我真心爱，
他又是不远不近隔一层。
不冷不热话语少，
不卑不亢讲分寸。
不声不响常发呆，
不明不白城府深。
似这般不即不离夫妻做，
真叫我不尴不尬心烦闷！
莫非他天生冷漠难亲近，
薄情寡义心如冰？
太平我生来倔强性，
定要把铁棒磨成针。
不信东风唤不回，
总有日风吹云散，再见冰清玉洁月华明！

（发现书房）咦，这后园僻静之处，竟还有一间房子，薛郎可从未提起过。（欲推门而不得进，突又闻脚步声，眺望）啊，是薛郎回来了……（欲迎上又止）这夜深人静，他来此作甚？（想了想，闪过一边观望）

〔薛绍上。

薛　绍　（唱）适才寺院去探亲，
见儿思娘欲断魂。
归来步至旧书房——（开门进房，点灯，来至琴几前）
见琴犹如见故人。
这琴上，犹留慧娘纤手痕，
霎那间，耳旁似响旧时音。（情不自禁地弹琴）

太　平　（闪出）
（旁唱）隐约房里传琴声，
荡气回肠动人心。

薛　绍　（唱）一曲重弹长相守，
遥想往事泪满襟。

太　平　（唱）万千忧郁指下流，

悲从中来为何因？（推门，进）

薛郎！

薛　绍　（惊立）公主！你——怎么来了？

太　平　薛郎，这夜深人静的，你独自在此弹琴，好有雅兴哪！（走到琴前，随意拨弄）

薛　绍　（支吾地）噢，久不习此技，指法生疏，与公主相比，差远了。

太　平　六年来，我从不知薛郎也精通音律，真是深藏不露呢。（俯身看琴，突有发现，暗吃一惊，想了想，装作不经意地）“长相守”！这琴是你的吧？

薛　绍　……也算是吧！

太　平　什么叫也算是呢？

薛　绍　它原是我的……一个好友的。

太　平　（单刀直入地）她是个女的吧？

薛　绍　（震惊地）你怎么知道她是个女的？

太　平　这琴上刻的“长相守”三字，笔迹娟秀，分明是女子所写。

薛　绍　（急速思索，有了主意）……公主好眼力，确是女子所写。

太　平　那你和她——

薛　绍　公主不要多疑……这琴中，有着世上最美丽也最动情的故事！

太　平　故事？能讲给我听听吗？

薛　绍　公主一定要听？

太　平　要听。

薛　绍　那好吧。请。（悠悠地边想边说）有两个孩子，从小青梅竹马，一起生长在仙境一般的山野之中，长大后，他俩结成了夫妻。新婚之夜，妻子为丈夫弹奏了天籁般的心曲“长相守”，还在琴上刻下了这三个字，两人发誓不管天崩地裂，都要同生死，长相守！

太　平　（体味地）“同生死，长相守”，他们真幸福……

薛　绍　夫妻俩以采集珍贵药材为生。有一天，他们看见悬崖顶上有朵美丽的雪莲，可脚下是万丈深渊。于是夫妻俩抢着要去冒险。丈夫抢先一步，就在雪莲将要采到之时，一脚落空，身子便向万丈深渊坠落！

太　平　（紧紧抓住薛绍的手）那怎么办？

薛　绍　刹那间，妻子毫不犹豫地扑上去，抱住了丈夫！

太　平　那以后呢？以后呢？

薛　绍　以后夫妻俩就这样紧紧相拥着坠入了深渊，他们的身躯，他们的鲜血，

他们的生命，连同他们的歌声琴声，一切的一切，都终如所愿，合二而一，同生死，长相守了！

（唱）看身躯相连，

碧血飞溅！

青山震惊，

流泉呜咽，

群花低首，

百鸟无言，

云举素幛，

雨垂泪眼，

天地齐悼念，

只为那“同生死，长相守”，

铿锵誓言！

只为那“同生死，长相守”，

铿锵誓言！

（沉浸在感情的波涛中，伫立着一动不动，泪流满面）

太　平（唱）听郎含泪故事讲，

心底翻起滔天浪。

夫妻六年两相处，

误认为郎君天生冷心肠。

今日里拨开迷雾见本色，

君原有如火爱心胸中藏。

太平也是多情女，

那山中夫妻是榜样。

愿与君同生死，长相守，

花开并蒂永留香。

（深情地）薛郎，从今往后，若逢危难，我一定也会像那妻子一样，为你而死！

薛　绍（大为震惊，看着太平，呆立片刻后，情不自禁地拥其入怀，脱口而出）夫人，夫人……

太　平（全身一震）夫人？……六年了，我第一次听到你叫我夫人，薛郎，我真想天天像今日，每刻像现在，薛郎，你紧紧地抱着我，直到永远……

薛　绍　（突然惊觉）不，不——（推开太平，狂奔而下）

太　平　薛郎——（百思不得其解，望着薛绍的背影）

〔乐曲声越来越响。

〔合唱队：

寻寻觅觅千百度，
春色阅无数。
不知天上人间，
谁人同唱和？
蓦回首，
那人原在魂牵梦绕处……

〔城郊。慧娘墓地。

〔墓碑上刻着“长相守”三个大字。

〔狂风暴雨中，薛绍呼喊着狂奔而上。

薛　绍　慧娘——慧娘，我的妻啊！

（唱）顶风冒雨到孤坟，
心乱如麻诉卿听。
慧娘啊，
六年来你千古沉冤难昭雪，
我也是生不如死度光阴。
心中痛楚已不堪，
谁知道纠结之事又添增。
自从太平进府来，
我拒之千里心如冰。
谁知她不知底里情如火，
我难免日长月久也情愫生。
我爱也不是恨不是，
也曾想一死了之证我心。
却无奈爹娘虽亡故，
尚有叶儿未成人。
慧娘啊，
只悔恨当初不曾随你走，
到如今左右为难、进退维谷、爱恨交加、不死不活难做人！

慧娘，我对不起你，你惩罚我吧，你惩罚我吧。

〔瑾娘从墓后走出。

瑾　娘　我早就料到，你会有这一天。

薛　绍　瑾娘，此话何意啊？

瑾　娘　面对你心爱的公主，日长月久，想不变心也难！

薛　绍　瑾娘，我是这样的人吗？

瑾　娘　你心里明白，叶儿已经六岁，他是妹妹的亲骨肉，我有责任保护他。

薛　绍　你想怎么样？

瑾　娘　我要带他离开这里，远走边陲。

薛　绍　不！我是他亲生父亲！我能保护他。

瑾　娘　我不信你了！孩子在你身边，迟早要落在公主手里，只怕性命难保！听着！你一定要尽快把叶儿带到这里，交给我！

薛　绍　瑾娘——

瑾　娘　（冷冷地打断他的话）倘若你不能做到，休怪我瑾娘翻脸无情！（转身急下）

薛　绍　瑾娘——

五

〔寺院。牡丹花开得正好。粉墙边有一小门。

〔小门打开。叶儿溜出门外玩耍，好像出笼的小鸟，四处观看花草，还时不时追逐蝴蝶小鸟。见有人来，顽皮躲到一旁。住持上。

住　持　那薛将军已有数月未来看望叶儿了。叶儿，叶儿——

叶　儿　我在这里。

住　持　啊呀叶儿，你怎么到处乱跑！

叶　儿　（轻声地）我想玩。

住　持　哎！你叔叔马上要来看你了，快进去、快进去！

〔薛绍神情恍惚地匆匆上。

薛　绍　长老！

住　持　薛将军！

叶　儿　（飞扑到薛绍怀抱）叔叔——
薛　绍　（抚摸着孩子的头）叶儿！
叶　儿　叔叔，叶儿想你！
薛　绍　叔叔也想你啊！
住　持　薛将军，多日不见，你消瘦了。
薛　绍　长老，我要把叶儿送走。
住　持　送到哪里去？
薛　绍　（叹了口气）长老，我们进去说话。
〔三人进小院，关门。武承嗣上
武承嗣　寺内这偏僻小院，总有什么文章……
〔内声：公主，快来看西园的牡丹。
〔太平带春娘上。
武承嗣　公主，什么风把你吹来了？
太　平　武将军，你怎么在此啊？
武承嗣　呃——我随意走走，随意走走。
春　娘　（知道太平不喜欢他）那就走啊！
武承嗣　（仍然死乞白赖地）你？公主，难道你不知我一直对你——
太　平　（正色地）对我什么？本公主可是有驸马的！
武承嗣　（恼羞成怒）驸马？哼，我劝你还是睁大眼睛看看你的驸马吧！（悻悻地下）
太　平　（闻言一怔）你——
春　娘　公主不要听他胡言乱语！
太　平　春娘，薛郎叫我一起来寺院观赏牡丹，可怎么转眼又不见人影了呢？
春　娘　公主，你在此歇息，春娘去找驸马。
〔春娘下。薛绍和住持上
薛　绍　长老，今夜之事千万不可走漏风声，我这就去告知瑾娘。
住　持　薛将军放心。
〔薛绍与住持从内院开门出。
住　持　（发现公主，忙向薛绍示意）你快从后门出去。
〔薛绍转身下。
住　持　见过公主。
太　平　长老，你可曾见到驸马？

住　持　哦，方才接报，宫中有事，他先走一步了。

太　平　（不快）怎么？他又只顾自己走了？

住　持　（忙打圆场，欲引开太平）啊，公主，你看东园那边牡丹也开得特别艳丽，不妨前去观赏观赏。请！

太　平　驸马已走，我也兴味索然。长老，你去唤春娘过来，就说我要回府了！

住　持　公主，还是去东园看看吧……

太　平　（不耐烦地打断）长老，你话多了！快找春娘去吧！

住　持　是。（无奈地看了一眼小院，揣揣不安地下）

太　平　唉！

（唱）转眼薛郎失踪影，
我一腔欢喜化成冰。
武承嗣适才一言来提醒，
话中有话费思忖……
倘若他花开别园另有春，
哼！
莫怪太平我下手狠！

〔院墙内，叶儿攀上矮墙头，探头张望。

太　平　呀！这院中竟关着个孩子！（试探地）你是谁家的孩子啊？不要怕，我变戏法给你看。

〔太平迅速地从身上变出许多各种各样的鲜花，撒满一地。

〔叶儿在墙头看得发呆，惊愕地张大了嘴巴。

叶　儿　戏法？真好看！

太　平　还有呢！

叶　儿　我要我要……（从墙头翻落倒地）

太　平　（扶他起来）摔痛了没有？

叶　儿　不痛，不痛。

太　平　（又变出一个木偶）你看他脸圆圆的，多像你啊！（笑将木偶递给叶儿）给你！

叶　儿　（摇摇头）不不不……长老爷爷说别人的东西不能拿。

太　平　我还会变出来的！

叶　儿　（捧着小木偶，突然轻声地）那你能把他爸爸妈妈也变出来吗？

太　平　（一怔）那你的爸爸妈妈呢？

叶 儿 （黯然地）长老爷爷说，他们……他们都死了……（流泪）

太 平 （一把抱住叶儿）对不起！

太 平 你叫什么名字？

叶 儿 我叫叶儿。

太 平 叶儿，那你现在跟谁住在一起？

叶 儿 跟长老爷爷住在一起。

太 平 长老爷爷？

〔住持和春娘上。

住 持 （见状一惊）叶儿！

叶 儿 长老爷爷。

住 持 你怎么出来了？快进去，快进去！

太 平 长老。

住 持 公主。

太 平 长老，这是谁家的孩子，怎么住在寺院里？

住 持 哦，他父母双亡，是个孤儿。

太 平 住在寺院，岂是长久之计？

住 持 是啊是啊，一有合适人家，老衲马上会送去领养。

太 平 领养？（若有所决）长老，这个孩子十分可爱，我很喜欢，就由我来领养吧！

住 持 （大惊）公主这可使不得！使不得！

太 平 为何使不得？

住 持 （支吾地）这……孩子长期孤单一人，性情怪癖，不爱与生人为伴，对，不爱与生人为伴哟。

太 平 叶儿，我做你的姨娘好吗？

叶 儿 好……

太 平 你看姨娘也孤单单的，你喜欢和我在一起吗？

叶 儿 （看了看住持，没有回答）喜……

太 平 我带你出去玩，带你读书，和你一起变戏法，还要给你变出爸爸妈妈来，你喜欢吗？

叶 儿 （又想了想，终于轻声地）喜欢！

太 平 （拍手欢呼）太好了！长老，他喜欢跟我一起呢！这件事就说定了！春娘，带上孩子，我们走！

春　娘　是！（拉着叶儿的手就走）

住　持　公主，这可万万使不得使不得啊……

太　平　（推开住持，不容反对地）长老，本公主要领养个孩子，有何不可呢？

住　持　这——

太　平　长老，对不起了！春娘，走。

叶　儿　长老爷爷，长老爷爷——

〔太平、春娘带叶儿下。

住　持　（欲阻不能，急得团团打转）叶儿，叶儿！啊呀这天可要塌了啊！这天可要塌了啊！

〔武承嗣早已暗上，见状若有所决。

六

〔内声："驸马回府！"

薛　绍　（内唱）惊闻叶儿被领走，（上）

（接唱）事出突然魂魄丢！

倘若公主知真相，

只怕是弥天大祸要临头！

〔太平内声：叶儿，快来！

〔太平兴高采烈地上。

太　平　薛郎，你回来了。

薛　绍　公主！

太　平　薛郎，今天我从寺院领养了一个孩子。

薛　绍　（明知故问）孩子？

太　平　叶儿，来。

春　娘　叶儿，走啊！

〔春娘领换了新装的叶儿上。

太　平　叶儿，你看！

叶　儿　（惊讶地）叔叔！

太　平　（大惊）怎么，你们——

薛　绍　哦，叶儿，你怎么到这里来了？

叶　儿　是这个姨娘带我来的。

薛　绍　公主……

太　平　（意识到问题有点严重）春娘，你先带叶儿下去。

〔春娘带叶儿下。

太　平　说吧，你们是怎么认识的？

薛　绍　他是我侄儿。

太　平　那他父母是谁？为何住在寺院里？

薛　绍　这……

太　平　（激动地）薛绍，你还要瞒我到什么时候？！

薛　绍　……公主，你还记得那张瑶琴吗？

太　平　那张刻着“长相守”的瑶琴？

薛　绍　正是，琴的主人是我多年的好友。他们死后留下一个孩子，就是叶儿。

太　平　什么？叶儿是他们的孩子？

薛　绍　是！

太　平　那你为何不告诉我？我们可以把他接来一起住啊！

薛　绍　他是不能被外人知道的。

太　平　为什么？

薛　绍　因为他——他的父亲不满朝廷，是被通缉的罪犯……

太　平　通缉的罪犯？！可你忘了，你娶的是大唐皇帝的女儿，天塌下来，有我顶着呢！薛郎，我们干脆就认叶儿做儿子！

薛　绍　（大惊）你，你要认叶儿做儿子？

太　平　（兴奋地）对啊，如此一来，什么样的通缉犯都不用怕了！叶儿，快来快来！

〔春娘领叶儿上。

太　平　叶儿，你不是想有爸爸妈妈吗？

叶　儿　（点点头）嗯，我想他们。

太　平　（真挚地）从今以后叔叔就是你的爸爸，我就是你的妈妈。

叶　儿　妈妈！

太　平　（一把抱住叶儿）好孩子！（示意他转身叫薛绍）快叫爸爸啊！

叶　儿　爸爸——（扑进薛绍怀抱）爸爸……

薛　绍　（紧紧抱住叶儿，泪如雨下）孩子！

太　平　叶儿！

叶　儿　妈妈！

太　平　（在旁也不禁拭泪）走，妈妈去给你整理个房间。（带春娘和叶儿下）

薛　绍　（仍然沉浸在刚才的情境之中，如癫如狂地唱）

荒唐恍若入梦境，
亲儿当作干儿认。
只道是今日祸事比天大，
谁知晓飘零嫩叶忽归根。
太平她心清犹如玉壶冰，
痴爱女子世难寻。
太平啊太平，你可以骂我打我，
甚至杀了我，可你偏偏要这么对我好！
不！不能再这样下去！
想到此，心惊怕，
悬崖勒马步且停。
生死情仇两难兼，
漫漫人生路已尽。（更鼓声响）
月上中天夜色临，
猛想起瑾娘与我有约定。
与其等情难自拔陷泥尘，
倒不如一了百了、六年恩怨一朝清！（进内室，下）

〔更鼓声响

〔墓地。

〔云遮中天，只剩一片残月。

〔瑾娘正在焦急地等待。

〔薛绍带叶儿急上。

薛　绍　瑾娘！

瑾　娘　叶儿！

叶　儿　姨娘！

瑾　娘　我这就带他离开这里。

薛　绍　慢！叶儿，你很想你的亲生母亲是吗？

叶　儿　嗯。

薛　绍　这里就埋着你的亲生母亲！

叶　儿　（愣住）母亲？母亲——

薛　绍　慧娘——

瑾　娘　叶儿，叔叔就是你的亲生父亲！

叶　儿　爹爹——

薛　绍　孩子——（父子抱头大哭）

薛　绍　（跪倒墓前）慧娘，我带叶儿看你来了！

瑾　娘　妹妹，我们都来看你了！

叶　儿　母亲——

薛　绍　慧娘，瑾娘要带叶儿远走边陲。他再来坟前磕头，也不知何年何月了，一想到此，我，我心痛如绞啊！

叶　儿　爹爹——

瑾　娘　妹妹——

〔三人大哭着叩拜。

薛　绍　叶儿，让爹爹再看看你！

叶　儿　爹爹！

薛　绍　以后要听姨娘的话……

瑾　娘　薛绍你？

薛　绍　瑾娘，你带走了叶儿，这世上就没有我要牵挂的事了。我也该到我该去的地方去了……

瑾　娘　（闻言一怔）薛绍，你？

薛　绍　（深深一拜）瑾娘，一切拜托了！

叶　儿　爹爹！

薛　绍　时候不早，你们快走快走吧！（欲推她们下）

〔内声："哪里走！"刹那间，火把通明。

〔武承嗣带士兵们执刀剑拥上，挡住去路。

武承嗣　（冷笑）果然不出我之所料！（向内）有请公主！

众将士　有请公主！

〔太平气喘吁吁地带春娘急上。

〔薛绍、瑾娘与叶儿三人紧紧站在一起。

太　平　（看着眼前的一切，气得全身发抖）你——（猛地从武承嗣身边抽出宝剑，直向他们冲去）

〔薛绍和瑾娘争先挡在对方面前。

叶　儿　（惊叫）爹爹——

太　平　（闻言一愣）他叫你什么？

薛　绍　（平静地）他是我的亲生儿子。

太　平　那你们——（举起了剑）

瑾　娘　薛绍，把真相告诉她！把真相告诉她！

太　平　武将军，把她们先押下去。

武承嗣　押下去！（众人下）

太　平　说吧！那个女人是谁？

薛　绍　她叫瑾娘，是我原来妻子的姐姐！

太　平　（如雷轰顶）你原来的妻子？你原来有妻子？

薛　绍　（指坟墓）如今她就躺在这冰冷的泥土之中！

太　平　（奔到坟前，读墓碑上字）“长、相、守”？

薛　绍　对，她就是在那张琴上刻“长相守”三个字的人！我和她虽然不是采药为生，但确实青梅竹马，只盼能共度人生，白头偕老！就在下旨招我为驸马的那天，你母后……杀死了她！

太　平　啊？母后杀死了她？

薛　绍　还下令不让你知道真相，不然诛杀全族。

太　平　（声嘶力竭地）你——你说谎！！

薛　绍　（反而平静地）倘若这也是谎言，那世上就没有真话了！

太　平　（颓然坐下）可这六年，六年来——！我对你——

薛　绍　公主，六年中你对我一片真心，这，正是我今天拼死也要离开你的原因！

（唱）那日你欢天喜地我家进，
　　　未知晓大红宫灯血染成。
　　　我曾想冷眼冷面冷对你，
　　　谁知你热心热肠更热情；
　　　我曾想随军出征躲避你，
　　　谁知你宽容大度气不生；
　　　只道你刁蛮公主性强悍，
　　　谁知你善解人意不骄矜；
　　　只道你目空一切欺压人，
　　　谁知你收养叶儿慈母心；

只道你日久生厌两离分，
谁知你一如既往六年整！
公主啊，薛绍不是无情辈，
六年整纵是木石也动心。
今夜里不辞而别走天涯，
原只为躲避你如火一片情！

太　平（唱）他血泪往事哭痛陈，
我大梦初醒魂魄惊。
母后她一手遮天铸奇冤，
瞒天过海蒙太平。
更可叹六年岁月不算短，
难为他忍冤含屈度光阴。
薛郎啊，
千言难尽我歉意深，
为母赎罪有太平！
从今后莫愁叶儿无母爱，
太平待他胜亲生；
从今后莫怕薛家受牵连，
太平守护保安宁！

薛　绍（唱）公主你似海情怀世少有，
我肝脑涂地难报恩。
你一诺千金保亲人，
我如释重负一身轻。
娶妻若你复何求，
薛昭此生何其幸。
怎奈何生死誓言不敢忘，
长相守三字永铭心。
六年纠结全消解，
回头已是百年身。
冥冥中似闻召唤声，
总算能……
总算能了无挂牵登归程！

太　平　薛郎！

薛　绍　公主，六年来，有句话我一直想对你母后说！

太　平　什么话？

薛　绍　人都道普天之下，莫非王土。我却要说唯有一处，非己莫属！

太　平　何处？……

薛　绍　（指着自己的心口）这里，这里是她永远也不能左右的！（猛地取剑刺向自己）

太　平　（大惊失色）薛郎！

薛　绍　公主，谢谢你，你是个值得爱的，我们来生……再见……（死）

太　平　啊！（一声惨叫，将薛绍紧紧搂在怀中，高呼）薛郎！

（唱）千呼万唤君不应，
紧抱薛郎贴近身。
临别你说声谢谢我，
眼含珠泪约来生。
你和我同床异梦六年整，
死后才得心贴心。
其实你不必避我哄我爱上我，
你理该厌我骂我把我恨！
只怪人心太叵测，
只怪人生太无情，
只怪人世太险恶，
上天你，待我太平太不平！
泪朦胧仰望夜天天无语，
唯见那残月斜照长安城！

〔内声：娘娘驾到！

〔太监们、宫女们引武则天匆匆而上。

武则天　（见状一惊）太平……

太　平　（无比痛楚地）他死了，是我——杀死的，是我杀死的！

武则天　不，你不是。太平，他是值得你爱，可惜他太不懂得忘却，无缘消受你的一片真情。太平，世上的事，过去了也就让它过去吧！

太　平　（冷冷一笑）可是有些事是永远也过不去的！母后，你为什么要这样做？为什么？

武则天　因为你是我女儿，我爱你！我能用别人做不到的一切办法来爱你！

太　平　（指着薛绍的尸体，异常愤激地）这就是你的爱吗？这样的结果就是你

的爱吗？

武则天 （一震）……

太　平 （一字一顿地）我一生最美好的开始，就毁在你的手里，母后，我永远也不会原谅你！

武则天 （全身一震）……武承嗣！

武承嗣 臣在！

武则天 起驾回宫！

武承嗣 是！

武则天 太平，随我回家！

太　平 回家！母后忘了吗？我们是两家人了，我是薛绍的妻子，我要为我的丈夫守灵，还有儿子要我抚养……

武则天 太平！太平——

〔太平轻轻放下薛绍，默默起身取过薛绍的琴，席地而奏。

尾　声

〔合唱歌声悠悠而起，在那遥远的天际边，我们好像看见了薛绍故事里的采药人与妻子相抱着，在山谷中迎风自由飘游、不断飘游，永不坠落地飘游………

〔合唱队：

寻寻觅觅千百度，
春色阅无数。
不知天上人间，
谁人同唱和？
蓦回首，
那人原在魂牵梦绕处……

〔幕渐闭。

〔剧终。

2010 年

《古装越剧》

龙　凤　锁

双　戈

人物表　林逢春——宰相之子，皇帝螟蛉。
金　凤——金三之女，卖豆腐姑娘。
皇　帝——林逢春义父。
李景阳——都御史，人称都堂。
林凤皋——林逢春之父，宰相。
林夫人——林逢春之母，诰命夫人。
何定忠——钱塘知县。
金　三——金凤之父。
骆得胥——金凤之舅。
中军、管家、船工、内侍、衙役、丫鬟等。

主题歌

锁，锁，锁！
锁上龙凤玲珑透。
帕，帕，帕！
帕中鸳鸯戏水游。
不羡富，不嫌贫，
真情无价永相守。

且看那太子民女怎聚首，
一曲爱歌唱千秋！

一 郎挑水

〔清晨，鸟雀欢叫声中，金凤豆腐店店堂内，金三、金凤父女做完生意，正在收拾店堂。

金 三 金凤——金凤——

金 凤 嗳——阿爸！

金 三 金凤，今天一早豆腐卖完，阿爸我要出去了。

金 凤 阿爹，你是不是又去看戏文？

金 三 今朝正月十五，阿爸我要到拱宸桥去你外婆家，嘿嘿，顺便么看看戏文。

金 凤 阿爸，又不带我去！

金 三 你把家里管好。

金 凤 （不情愿地）晓得！

金 三 小心点！

金 凤 你不放心呀？

金 三 阿爹我么是不大放心。隔壁邻居在传，说豆腐西施家里出了个田螺哥哥，每天帮我女儿挑水。有没有，你老实讲？

金 凤 你不要听邻居嚼舌头。你这样疑神疑鬼，下次你出门，将我反锁起来好了。

金 三 阿爹怕他是油头小光棍。好了，好了，阿爹多心，阿爸错了。阿爸出门去了！

金 凤 阿爹你要早点回来噢？

金 三 喔，晓得！

〔金三下。金凤也入内取绣绷。

〔林逢春挑水担上。

林逢春 （唱）林逢春，真无用，
挑起担来跌冲冲。
从小生长富贵家，

双肩何曾压过重？

一担清水剩半担，

半担泼在路当中！

〔金凤拿着绣绷从内出，见状。

林逢春 姑娘，我挑水来啦！

金　凤 （埋怨）谁要你又去挑水？（接过担子）

林逢春 姑娘，你脚痛还没有好吧？

金　凤 早就好了，今后不许你帮我挑水了。

林逢春 嗳。

金　凤 你呀！

（唱）细皮嫩肉公子身，

肩头难压四两沉。

不会挑担强出头，

满街都在看戏文。

林逢春 嘿嘿嘿，姑娘，我挑水吃力了，让我坐坐吧！（欲在店堂内坐下）

金　凤 哎哎，你和我并排坐在店堂内，算啥个名堂？（递给小板凳）你坐远些！

林逢春 （听话地拿着小凳子坐远）……

金　凤 再坐远些！

林逢春 （再坐远）……

金　凤 再坐远些！

林逢春 （在后退时不小心摔倒在地）再退我要跌到台底下去了！

金　凤 （笑）哈哈哈哈！

林逢春 （也尴尬地）哈哈哈哈！

金　凤 （顾自绣花）……

林逢春 （看金凤绣花，又情不自禁地靠近）……

金　凤 （唱）飞针走线多轻盈，

巧手翻飞爱煞人。

她不扫娥眉不点唇，

无限娇美出天真。

林逢春越看越觉爱意生——

〔这时金凤也在看他，二人视线相遇，她一惊，绣针刺着手指，情不自禁地喊："哟唷！"

林逢春 呀！

（唱）针刺姑娘我痛心！

姑娘，你痛吗？（金凤摇头不语）姑娘，我叫阿春，今年十八岁。姑娘，请教你的芳名？——你不告诉我呀？我来猜！阿花？（金凤摇头）阿娟？（金凤又摇头）

林逢春 又不是呀？（使劲动脑筋再想）

〔小青萝拎豆腐篮上。

小青萝 （唱）帮助太婆买豆腐，

弄堂里走出我小青萝。

但见一个陌生人，

他苦思苦想却为何？

金凤姐姐！

林逢春 （惊喜地）噢，你叫金凤？

小青萝 （见金凤未听见，再叫一声）金凤姐姐！

金　凤 （回过神来，难为情地）青萝妹妹！

小青萝 金凤姐姐，二太婆叫我来买两块豆腐。

金　凤 豆腐早就卖完了。

小青萝 （失望地）啊，买完了？

金　凤 小青萝不要急，我特地为二太婆留了两块。（边说边在小青萝篮内剁进两块豆腐）拿去！

小青萝 金凤姐姐你真好！我拿走了。（经过林逢春身旁，见二人又在对视，她调皮地去了又回）啊呀，二太婆还叫我带两句话，我差点忘了！

金　凤 哪两句？

小青萝 （唱）她说道，金凤姑娘真真好，

保佑你，嫁个郎君年轻漂亮，又如意来又称心！

金　凤 你真坏，看我打你！（追打）

小青萝 姐姐还怕难为情呢！

〔小青萝提着篮逃下。

林逢春 （在一旁大笑）哈哈哈哈！哈哈哈哈！

金　凤 笑什么？都是你！（转身关门）

林逢春 哎哎，不要关门！

〔金凤装生气，关门入内，下。

林逢春 （唱）姑娘生气门关紧，
我一颗心儿也跟进！
〔合唱：关，关，关！
林逢春被关出门，
回家来失魂落魄不安宁。
他自幼生长在相府，
皇帝认他作螟蛉。
爹娘宠似心中宝，
爱得深来管得紧。
今日吃了闭门羹，
他是相思难消情难解，
急匆匆又溜出相府再把金凤寻。

二　夜敲门

〔夜已深，林逢春溜出家门，路经花灯闹巷，直奔金凤家门。
林逢春 （唱）武林门外花灯闹，
米市巷口人欢腾。
万家灯火我不去赏，
直奔那卖鱼桥边、金凤门前、寻找我失落在此、
装满痴情的一颗心！
（来到金凤家，敲门）开门！姑娘！开门！
〔金凤持灯盏警惕地上。
金　凤 啥人？
林逢春 是我。
金　凤 是鹅？还是鸭儿来？
林逢春 我勿是鸭儿，是我呀！
金　凤 （唱）骂你油头小光棍，
为什么半夜三更来敲门？
林逢春 （唱）我不是油头小光棍，

我，我，我——

金 凤 你是谁呀？

林逢春 （唱）我是十三太子林逢春。

金 凤 十三太子，我不认识。

林逢春 （唱）我是江边挑水的叫阿春。

金 凤 你骗我？

林逢春 （唱）我特地返回将你寻，

站立门外浑身冷，

恳求姑娘快开门。

金 凤 （开门，上下打量着林逢春）

林逢春 嗬嗬嗬！（浑身抖索地进门）

金 凤 （关门）阿春，夜已深了，你还到这里来做啥？

林逢春 我……

金 凤 你坐一歇，好回去了！

林逢春 姑娘，你让我坐坐暖暖身子吧！

金 凤 你再不回去，我要生气的噢！

林逢春 （唱）姑娘不必怒气生，

且容小生诉衷情。

恨不能生长在你家，

与姑娘一起忙碌度一生。

金 凤 你越说越不像话了！

林逢春 （唱）早晨帮你扫店堂，

夜里帮你上排门。

你推磨，我拎水，

你卖豆腐我来称。

金 凤 （唱）你一桶水也拎不起，

一杆秤也认不准。

不要空口说白话，

劝你快快回家门。

林逢春 （唱）姑娘莫要将我赶，

我说此话是真心。

只要姑娘肯留我，

我一定老老实实守店门。

金　凤　（唱）你言语多得缠不清，
满嘴痴话难当真。

林逢春　（唱）姑娘听我表真心，
我原是宰相之子林逢春。
那一日我微服出府信步行，
见姑娘出门挑水伤了筋。
帮姑娘我嫩肩硬充挑水郎，
为姑娘我一连几天登你门。
爱姑娘人也好来心也好，
想姑娘不顾天黑来敲门。
我不怕姑娘怪我追得紧，
怕的是，错过了今日，回转了家门，
关进了书房，隔断了缘分，我要悔一生！
我剖心说出真情话，
还望姑娘鉴我心！

金　凤　（唱）公子说出真情话，
不由金凤动了心。（欲近又止）
公子对我虽真诚，
姑娘家还须多谨慎。
公子呀，你家富贵我家贫，
小户人不想攀高门。
你莫要一时情来一时兴，
还是另找名门女千金。

林逢春　（唱）婚姻岂能贫富论，
逢春不是世俗人。
胸前摘下龙凤锁，
这是皇上御赐物，送你姑娘作礼聘。
金凤，你拿着，拿着呀！

金　凤　（唱）一见金锁羞煞人，
他要我定情许终身。
女儿家终身大事非儿戏，

倒教我左思右想心不宁。

我看他虽是名门贵公子，

倒是个品行端方好后生。

言谈举止不轻浮，

待人处事心至诚。

〔伴唱：羞羞答答心相许，（金凤接锁）

锁锁锁，锁住两颗恋人心！

林逢春 金凤，你也要给我一物，作为回聘。

金　凤 我，我没有东西。（害羞转身，林逢春见金凤手上鸳鸯巾，一把夺过）

林逢春 鸳鸯巾！

〔二人互萌情爱，翩翩起舞。

〔金三拿着酒壶，摸黑上。

金　三 阿囡，开门！阿爹我吃饱之老酒回来哉！

〔金凤、林逢春惊恐万状。

金　三 （不耐烦地）开门！开门！

〔这时金三敲门响如擂鼓。林逢春见箱子，慌忙躲进。

金　凤 （镇静一下心情，开门）

金　三 （带着酒气进门）金凤，你困死了？

金　凤 阿爸，你好去困得来！

金　三 （推开金凤）今朝格壶老酒勿喝光，两本戏文不讲给你听，我是不会困觉的。

金　凤 好，好，好，！那你讲吧！（顾自走开）

金　三 （拉住金凤）你走了我讲给灶司菩萨听呀？

金　凤 阿爸！

金　三 你给我坐咚！

（唱）未开戏先把锣鼓敲，（金凤掩护箱子）

文场武场花台闹。

文戏唱的何文秀，（金凤过去开箱盖）

张堂害他坐监牢。（林逢春喘大气）

武戏唱的关云长，

陈桥兵变加黄袍。

（金三手舞足蹈，索性坐在箱子上）哈，哈，哈，哈！

金　凤　阿爸！（忙把金三推离箱子）阿爸！你好去困的来！

金　三　我介个从关云长唱到赵匡胤，唱错哉，错哉！

〔金凤扶金三入内。她又急急回上。

金　凤　（开箱）公子！你好出来了！公子，公子，公子！啊，公子——！

（唱）公子闷死在笼箱，

我似乱箭刺胸膛。

悔不该爹前不把真情讲，

悔不该乱中让你进笼箱。

千悔万悔悔不转，

你紧闭双目魂飞扬。

千呼万唤唤不醒，

千痛万痛痛断肠！

公子嗳！（哭倒在箱边）

〔骆得胥上。

骆得胥　（唱）牌运不好手气差，

流走的银子白花花。

心里想歇手还痒，

借钱来到姐夫家。

（推门）怎么门都没关？（进门）姐夫，姐夫！外甥女儿！

金　凤　（忙合上箱盖）哪个？

骆得胥　是娘舅。

金　凤　是娘舅啊！（仍哭）

骆得胥　是你爹打你？（金凤摇头）骂你？（金凤又摇头）没打没骂，为啥要哭？（金凤还哭）好哉！勿要哭哉！

金　凤　娘舅你来做啥？

骆得胥　聪明人不用问，娘舅是老生活。（作推牌手势）

金　凤　可是输光了又来借钱？

骆得胥　勿错，问你借五百私房钱。

金　凤　没有。

骆得胥　铜钱没有，借点值钱的东西让我做当头。

金　凤　当头也没有。

骆得胥　介小气！刚才我进门，她就把这个箱子关起来了。箱子里一定有值钱的

东西！

金 凤 没的，没的！（拦住）

骆得胥 我一提箱子，她就……有花头。走开！（金凤又挡）你给我站开！（拉开金凤，开箱）啊，一个人，出来，出来！你给我出……（无声，用手一摸）啊，死人？！

金 凤 我……

骆得胥 他身穿绫罗衫，头戴紫金冠，他？

金 凤 他他他是相府公子林逢春。

骆得胥 啊？（吓昏过去）

金 凤 娘舅！娘舅！（忙拍胸口）

骆得胥 （醒来）娘舅吓死得来。外甥女，介个事情呀？

金 凤 娘舅！（诉说）

骆得胥 金凤！

（唱）提起这个龙凤锁，
事情更加讲不清。
你看它四面镶嵌珍和宝，
听说是御赐之物价连城。
你说是公子送的定情物，
人说你见财起意来谋命。

金 凤 啊？

骆得胥 （唱）就是那包公来审也这样审，
你父女要白白搭上两条命！

金 凤 天……！

骆得胥 轻点，轻点！

金 凤 呐！（金凤忍住哭。骆得胥递还龙凤锁）

骆得胥 金凤，你先将龙凤锁给公子挂回去。我去叫你爹出来。（急忙进内）

金 凤 （哭道）公子，金凤与你无缘分，龙凤锁还给你吧！（将龙凤锁挂回公子项上）

〔骆得胥拉着神色慌张的金三上，金三见女儿就打。

金 凤 阿爸！（跪）

骆得胥 姐夫，现在勿是打女儿个辰光，赶快将尸体抬到山上安葬了吧？

金 三 唉！

三　钱塘审

〔合唱：抬，抬，抬，
抬着尸体夜雾里行。
慌，慌，慌，
慌忙上山埋逢春。
两人抬箱急急走，
一声响动吓死人！

骆得胥　姐、姐、姐夫，有人看到我们了。

金　三　介个办、办呢？

骆得胥　看来抬不到山上去了，只得将箱子搁在这里。我们快逃吧！

〔二人跑了几步。

骆得胥　喔唷唷姐、姐夫，我觉得逃走也勿、勿对。

金　三　介个又勿对啦？

骆得胥　林、林公子是不是伢金凤杀的？

金　三　当然不是。

骆得胥　那我们慌啥？我看还是去报官。这样良心上过得去。

金　三　抬了个箱子去报官啊？我是抬不动的来。

骆得胥　个么箱子放这里，尸体总不会有人偷的，我们报官去！

〔金三、骆得胥连滚带爬下。

〔中军和船工上。

中　军　刚才一声巨响，你我附近找一找！

船　工　是。

〔二人找。船工碰到箱子，箱子里发出呻吟。

船　工　中军老爷，箱子里有人！

中　军　打开箱盖！

船　工　（打开箱盖一摸）还有微微一口气！

中　军　都堂命我等立即开船，不可停留。就将他背到船上去施救吧！

船　工　嗯！

〔中军和船工背林逢春出箱，灯暗。

〔灯光重明，人声鼎沸。钱塘知县何定忠在指挥河边捞人。

衙　役　报——！禀大人，河里打捞半天，不见踪影。

众衙役　大人！大人——（都没有打捞到）

林夫人　儿啊——！

（唱）我的儿是相府独子皇上的亲，
全家的荣耀二老的根。
他富贵前程无可量，
如今梁断大厦倾。
我将那金三父女切齿恨——
何贤契，你将杀死我儿的凶手判了没有？

何定忠　未曾。

林夫人　（唱）为何不将他三人判死刑？

何定忠　门生正在审问。

林夫人　那你说说，我儿是怎么死的？

何定忠　据金三之女金凤说，正月十五之夜，师弟逢春前去金凤家求亲——

林夫人　住了！我儿乃金枝玉叶，怎会向寒门之女求亲？

何定忠　逢春师弟的秉性我略知一二，少男少女偶发关鸠之情，忘了门第差别，也是有的。

林夫人　嗯？

何定忠　门生猜度而已。

林夫人　小贱人还说什么？

何定忠　金凤言道，师弟和她定情之时，正好其父回家。师弟害怕被金三发现，自己躲进箱内不小心闷死了。

林夫人　够了！分明是金三父女妻舅三人谋财害命，抛尸灭迹，该判极刑，你还犹豫什么？

何定忠　师母！若说谋财，师弟出门未带钱财。

林夫人　龙凤锁就是无价之宝！

何定忠　若说抛尸灭迹，请师母宽限数日，待学生再打捞一遍。

林夫人　我看你呀，就是拖着不判！

（唱）骂声狗官何定忠，

你是忘恩负义人。
相爷提拔你到钱塘，
盼你对我家有照应。
如今你师弟遭惨死，
你却是偏听偏信不严审。
天大的命案你不动刑，
分明是要为罪犯脱罪名。
我立即派人上京去！（怒冲冲欲下）

何定忠 送师母！

林夫人 （气势汹汹返回）我要相爷撤你职，罢你官！

何定忠 啊？

林夫人 打你板子，充你军！

何定忠 啊！

林夫人〔林夫人带着仆人怒气冲天地下。

何定忠 （唱）老夫人临走发雷霆，
不由定忠冷汗淋。
我本想暂不动刑细审问，
老夫人泰山压顶势凌人。
我熬得十年寒窗苦，
难道说此案断送我前程？
狠下心来再审问——
带人犯，带人犯！
定要人犯来招认！

〔灯亮。众衙役带金三、骆得胥上。

二　人 拜见大老爷！

何定忠 金三、骆得胥，你们将谋害林公子之事从实招来！

二　人 大老爷，我们已经讲过的来，林公子是自己躲进箱子闷死的，不是我们害死的。

何定忠 我不相信！

金　三 老爷！元宵夜我灌了一壶黄汤儿，醉醺醺回转老家敲门儿。勿晓得屋里厢多了个小伙子，吓得他慌忙躲进木箱儿。

骆得胥 老爷！昨夜晚我在玩牌儿，输光铜钱去借银儿。见金凤哭得像泪人儿，

开箱一看，林公子已经翘辫儿。

何定忠 为什么箱子在郊外？

骆得胥 是小的们抬出门儿，搁在郊外的。

何定忠 为何箱内空空无人？

二 人 啊？勿晓得哪个偷儿偷去得来。

何定忠 一派胡言！有偷钱偷物，哪有偷尸的？

二 人 那小人就不知道了。

何定忠 看来不加刑讯，你们不会招认。来呀！与我拉下去打！

〔衙役按住二人。

金 三 （急了）老爷！慢！小老儿讲的都是真话儿，介个的儿讲真话反而要吃板子儿？小老儿斗胆问声大老爷，你到底要听真话儿还是假话儿？

骆得胥 （眼看要挨打，也慌不择语）大老爷！我们是主动来报案，竹筒倒豆儿，直骨笼通，夯白浪打，一塌刮子，一股脑儿，情况没留半点儿。老爷你该信的却不信，不该打的却要打？你一时清楚，一时糊涂，审官司好像三岁伢儿来啦搞搞儿！

何定忠 大胆，大胆！拉下去打！

众衙役 是！（押下二人去受刑）

〔金凤喊上：“大人！”

金 凤 大老爷！林公子之死与我爸爸、舅舅无关，望大人息怒。

何定忠 那你将加害林公子之事从实招来！

金 凤 小女子已无隐瞒。

何定忠 看来不动刑你也不会招认，来呀，动拶刑！

衙 役 老爷，这小姑娘十个手指头像嫩葱一样，一用刑就要夹断了。

何定忠 休得啰嗦，用刑！

〔衙役对金凤用拶具。金凤昏倒在地。

衙 役 禀大人，女犯昏厥！

何定忠 （示意衙役退下）金凤，你有招无招？

金 凤 无招！金凤无招！

何定忠 你不招认，老爷就要用大刑了！

金 凤 大人！

（唱）方才大人明如镜，

为什么转眼似阎罗逼人命？

老夫人来了你主意变，
惧怕权贵你乱用刑。
小小弱女不禁风，
但严刑难以改口供。
金凤一死何足惧，
到阴间还能相会我郎君。
冤案终有翻身日，
怕只怕大人的清名要化烟云。
说完这番痛心话，
就请大人再用刑！

何定忠 啊？！
（唱）小女子一番言语催我醒，
我拔出火签手又停。
我平日做事有准星，
为什么老夫人来了我乱方寸？
为保前程乱用刑，
难道说粗暴逼供就能保功名？
三木刑求须慎用，
我还须釜底抽薪且冷静！
来呀，收监！

四 探女牢

〔月夜，船上，林逢春临窗望月。

林逢春 （唱）风凄凄夜茫茫月照纱窗，
林逢春将养在客地他乡。

〔月夜，女牢中。

金 凤 （唱）风凄凄夜茫茫月照铁窗
金凤我在牢房十指痛伤。

林逢春 （唱）多亏了李都堂救我还阳，

对绣巾和宝锁黯然神伤。

金 凤 （唱）想那日大堂上险些命丧，
连累了爹和舅万分凄凉。

林逢春 （唱）鸳鸯巾是金凤定情之物，
龙凤锁却为何重回身旁？

金 凤 （唱）公子啊求你为我托一梦，
告诉我你的魂灵儿现在何方？

林逢春 （唱）遇突变姑娘她定遭祸殃，
想到此急得我如坐针芒！
（向内喊）李恩叔！李恩叔！

〔都御史李景阳上。

李景阳 贤侄，你何事着急？

林逢春 恩叔，侄儿在此养病，想那金凤姑娘定会因我而蒙冤。侄儿想连夜赶回钱塘，万望恩叔依充。

李景阳 难得侄儿对金凤一片深情，好！连夜掉转船头！

〔暗转，女牢。

〔何定忠陪李景阳上。林逢春扮成随从上。

何定忠 带金凤！

〔女牢役带金凤上。

金 凤 拜见大人！

李景阳 （端详金凤）金凤，你把手伸出来！

〔金凤抖抖索索地伸出双手。

林逢春 （抢上一步抓住金凤双手）啊？
（唱）一见金凤我失了魂，
她十指疼痛鲜血淋。
这斑斑刑伤我不忍看——
（林逢春站立不住，昏晕欲倒）

金 凤 （唱）恍惚间似见公子眼前呈？（欲向前）

李景阳 （见状，立即阻止，示意速将金凤带下）

何定忠 恩师，你这位贵差怎么啦？

李景阳 他见不得血。

何定忠 噢，原来他有晕血病？

林逢春 （一把抓住何定忠）何定忠，你！

何定忠 （定睛一看）啊？原来你是逢春贤弟？

林逢春 （唱）骂声狗官何定忠，

乱用刑讯太气人。

你明知箱不见尸有蹊跷，

逢春可能世上存。

你明知金凤是我心爱人，

你下此毒手心何忍？

何定忠 贤弟！

林逢春 （唱）你看她细细十指嫩如葱，

竟然对她动拶刑？

恨不得也用酷刑将你拶！

拶断你十指变废人！

何定忠 贤弟，令堂大人逼得太凶太紧，愚兄不得已才用刑呀！

李景阳 何贤契，你要以此为训，下次不可！

何定忠 是，是，是！

李景阳 贤侄，事已至此，你有何打算？

林逢春 我要她平安无事。

李景阳 这好办。立即送你回府，就能使她平安无事。从今后，你做你的宰相公子，她磨她的豆腐，二人井水不犯河水。来呀，快送公子回府！

林逢春 恩叔，我还想与她结成良缘呢！

李景阳 这就难了。

林逢春 啊？

李景阳 （唱）令尊与我同朝为官交谊深，

你家的事我知情。

你母亲一品诰命重门第，

盼着你与王公贵戚去联姻。

锦绣前程她安排定，

哪容你与贫家之女定终身？

林逢春 我一定要和金凤结成双！

李景阳 （唱）若要成双，若要成双必须——

林逢春 必须什么？

李景阳 （唱）若要成双必须死！

林逢春 啊，恩叔救了我，却要我去死？

李景阳 活着你母亲不会同意。

林逢春 死了我怎么和金凤成亲呢？

李景阳 你若愿死，我就包你成亲。

林逢春 恩叔？

李景阳 你附耳过来！（与之耳语）

林逢春 假死？

李景阳 假死。

（唱）或许还有一线希望配成婚。

五 见相爷

〔林府。

〔林凤皋和李都堂同坐客厅。

林凤皋 都堂！听说你一到钱塘，就过问我儿的案情？

李景阳 相爷！

（唱）这桩案子不寻常，
非是谋杀非是抢。
年轻人一时慌乱起祸殃，
他们俩郎才女貌本相当。
倘若公子尚未死，
与金凤正好配成双。
我想做过现成媒，
老相爷定能成全少年郎。

林凤皋 你说是我儿还活着？

李景阳 （唱）林公子尸体未找到，
完全可能活世上。

林凤皋 要是活着，自可商量。

〔林夫人在屏风后咳嗽一声。

林凤皋 （忙改口）是呀，贫富悬殊，贵贱异途，我儿即使活着，也难成就这对姻缘啊！

李景阳 相爷！

（唱）说什么贫富太悬殊，

贵贱相配古寻常。

林凤皋 有些道理，有些道理。

李景阳 那么相爷之意？

林凤皋 这个——

〔林凤皋看看里面，林夫人从屏风后走出。

林夫人 民间之女怎配的王孙公子？

林凤皋 夫人当初也是民间之女呀，还不是与我——

林夫人 哼！这是我命好，嫁了你你才升为宰相！

林凤皋 好好好。李都堂，这桩婚事门不当，户不对。

李景阳 这个媒我做不成了？

林凤皋 啊呀这事你不要再提了。

李景阳 我还有一事。

林凤皋 何事？

李景阳 相爷！

（唱）既然是谋害公子证不足，

请相爷高抬贵手放姑娘。

林夫人 不行！

李景阳 相爷！

（唱）有道是宰相肚里好撑船，

老大人洪量应海样宽。

失子之痛我体谅，

黎民疾苦也须怜。

相爷，你就把金凤放出牢吧！

林凤皋 这——（没了主意，又去找夫人商量）

林夫人 （对林凤皋）不！即使不杀她头，也要她把牢底坐穿！

李景阳 相爷！

（唱）那金凤证据不足定罪难，

怎让她终身监禁受熬煎。

得放手时且放手，
饶人一命福寿添。
请求相爷看薄面，
饶放金凤出牢监。
倘若此求你不答应，
二十年交情从此断！

林凤皋 夫人！
（唱）李景阳朝中有名犟头官，
倘若不给他面子，他定会不依不饶闹翻天。

李景阳 夫人！

林夫人 若要我同意放那女子出监，必须依我一件。

李景阳 那一件？

林夫人 （唱）是她伤了我儿命，
怨气不出心难平。
若要金凤出牢门，
除非是披麻戴孝抱着主木来成亲！

李景阳 夫人，你要她守一世活寡？

林夫人 对！

李景阳 好！我料到夫人会提这一条，我代金凤答应了，拜堂的木主牌位我也做了。不过，相爷你不要反悔！

林夫人 绝不反悔！

林凤皋 绝不反悔！

李景阳 可敢三击掌为誓？

林夫人 三击掌就三击掌！（示意林凤皋）

林凤皋 好，就三击掌！
〔林凤皋与李景阳三击掌。

六　抱木主

〔合唱：击，击，击！
击掌三声言无悔。
抱，抱，抱！
抱牌成亲假作真。
是丧是喜何须问，
戏中有戏闹阴亲。

〔灵堂。何定忠等在场。

何定忠　今天黄道吉日，金凤姑娘与林公子木主牌位拜堂成亲，请都堂大人主婚。

〔舞蹈上。

〔李景阳上。

李景阳　婚礼开始！

〔小青萝作伴娘，扶着披麻戴孝的金凤上。

金　凤　（唱）披麻戴孝来成亲。
伴娘青萝泪不停，
爹和舅哭哭笑笑后面跟。
哪里是送我来拜堂，
分明送我把坟堂进。
为公子披麻戴孝我愿意，
为强权逼迫我不甘心！

李景阳　新郎林逢春木主牌位上堂！

〔身蒙黑纱、手捧木主的林逢春上。

林逢春　（唱）黑衣黑罩黑纱巾，
今天我活人扮死人。
大大的木主双手捧，
"林逢春"三字写分明。
眼见金凤一身白，

梨花带雨可怜人。
双亲含悲堂上坐，
原谅我此刻不能来相认。
姻缘成败在此举，
天保佑我与金凤两成亲！

李景阳 一拜天地！

〔金凤与抱木主逢春同拜天地。

李景阳 二拜高堂！

〔金凤与抱木主逢春要拜林凤皋夫妇。

林凤皋 （见到木主悲从中来）我的儿呀！

林夫人 （一见金凤就来了气）慢！她不能拜！

李景阳 夫人，她是和你儿子结成阴亲，当然要拜你呀。拜！

〔金凤和抱木主逢春拜，林夫人扭转身子背坐不理睬。金三和骆得胥也在一旁受拜。

李景阳 夫妻对拜！

〔金凤和林逢春木主相对，感情爆发。

金 凤 木主！（夺过木主）

（唱）一见木主断了魂，
似见公子林逢春。
生前不能夫妻配，
想不到死后与你来成亲。
抱木主珠泪纷纷下，
愿与你双双相会在地狱门！（哭昏）

林逢春 （唱）金凤哭昏我心何忍，
我再不能一旁装扮死魂灵。
忙将宝锁换木主——

〔林逢春用龙凤锁换下金凤手中的木主。

金 凤 啊，龙凤锁！

（唱）这宝锁公子带入阴间去，
为何今日眼前呈？

〔林逢春又递出鸳鸯巾落在金凤眼前。

金 凤 鸳鸯巾！（见鸳鸯巾更是伤心）

（唱）一针一线鸳鸯巾，
丝丝缕缕女儿情。
我以为鸳巾已随黄泉逝，
为何此刻又现身？

林逢春 （激动地撩开面纱）金凤，你再看看呀！

金　凤 公子？公子！——（两人跪地拥抱）

〔伴唱：恍恍惚惚一场梦，
木、木、木、木牌竟变活逢春！

金　凤 （以刑伤的双手抚摸公子的脸）公子——！（激动地昏倒在公子怀里）

林逢春 金凤！

（唱）九死一生灵堂会，
怀抱金凤哭断魂。
痛金凤为我受尽牢狱苦，
纤纤十指鲜血淋。
痛金凤披麻戴孝对空坟，
为我成了守墓人。
金凤呀，阴阳结缡虽荒唐，
但三媒六证都是真。
你虽与木主来成亲，
但夫妻名分从此定。
从今后哪怕就在坟堂住，
我和你堂堂正正永不分！

金　凤 公子！

〔林府家院声：公子他没有死……

林夫人 啊？

李景阳 送入洞房！

〔众送林逢春、金凤下场。

〔林夫人促林凤皋上前阻止。

林凤皋 慢！这拜堂不算数！

李景阳 老相爷，我和你已三击掌了，怎能不算数？

林凤皋 你还我儿子！

李景阳 你不承认这拜堂，我就不还你儿子。

林夫人 相爷，你到万岁那里告他去！（扭住李景阳）

李景阳 去就去！

七 皇帝审

〔合唱：告，告，告！
告状告到紫禁城。
审，审，审！
且看皇帝如何审？

〔金殿。内侍引皇帝上。

皇 帝 （唱）寡人逍遥坐龙廷。
林丞相辅助有功勋。
为示恩，朕收他儿为螟蛉，
不料想逢春遭难一命倾。
年老丞相痛失子，
寡人为此也伤心。

〔内侍甲上。

内侍甲 万岁！林丞相和诰命夫人向万岁告状来了。

皇 帝 丞相回来了？他们状告谁？

内侍甲 他们状告都御史李景阳夺子骗婚。

皇 帝 如此说来，逢春没有死，是在李景阳那里。

〔内侍乙上。

内侍乙 万岁！都御史李景阳向万岁告状来了。

皇 帝 他告哪一个？

内侍乙 他告丞相言而无信，图赖婚姻。

皇 帝 这倒要听听，先传李景阳。

内 侍 都御史李景阳上殿！

〔李景阳上。

李景阳 臣叩见万岁！

皇 帝 李景阳，丞相告你夺子骗婚。你有何话讲？

李景阳 万岁！臣没有夺他儿子而是救他儿子，林逢春自己不慎，闷死在笼箱之内，是臣救活了他。

皇　帝 噢！

李景阳 （唱）臣得知他与民女金凤两相爱，
又是臣好心做媒，当面恳求老丞相。
丞相与臣三击掌，
亲口答应逢春、金凤两拜堂。
如今他老脸一变想反悔，
因此臣告他个，出尔反尔、言而无信、
图赖婚姻理不当，理不当！

皇　帝 宣老丞相和诰命夫人上殿！

〔林凤皋和林夫人上。

二　人 老臣夫妇拜见万岁！

皇　帝 老丞相，听李景阳说，是你以三击掌为誓，同意逢春与金凤成亲？

林凤皋 万岁！李景阳欺君罔上。老臣只同意那女子与我死去的儿子拜堂，并未答应与我活着的儿子成亲呀！

皇　帝 这是为什么？

李景阳 万岁！丞相要金凤与林逢春的木主灵牌拜堂，是要她守一辈子空坟，做一辈子活寡。

皇　帝 为什么不同意金凤与活着的逢春成亲呢？

林凤皋 万岁！
（唱）逢春是万岁的螟蛉子，
自幼受封蒙天恩。
倘若随便允婚事，
岂不是辜负万岁眷顾深。

林夫人 是呀！
（唱）我儿名门她寒贫，
天渊之别不相称。
倘若随便乱配婚，
万岁你也不答应。

皇　帝 嘿！
（唱）分明是他俩不允婚，

却要寡人背骂名。
老丞相，林夫人！
儿女婚姻是大事，
寡人要亲自问问年轻人。

林凤皋 万岁不必问他们。儿女婚姻，父母做主。

林夫人 我儿绝不会娶这个小贱人！

皇　帝 （唱）林夫人提起金凤切齿恨，
却引起寡人好奇心。
是何等样的民间女，
能使逢春动了情？
内侍！

内　侍 在！

皇　帝 先传金凤上殿！

内　侍 （传旨）传金凤上殿！

〔内传：金凤上殿！

金　凤 （内唱）禁宫森严我吓了魂——

内　侍 金凤上殿！

金　凤 （唱）想不到小女子婚事掀大浪，
竟要由皇帝亲自定死生！
相爷夫人见我似仇人，
李都堂，使我金凤稍安心。
民女金凤拜见万岁！

皇　帝 民女金凤，你与丞相之子私定终身，是贪他的富贵？

金　凤 民女不贪他的富贵。

皇　帝 那是为什么？

金　凤 只为二人情投意合。

皇　帝 既然你不贪他的荣华富贵，可以另找门当户对之人。老丞相和诰命夫人劝你放弃你俩的婚约，从此分手，他二老将重重谢你。

林夫人 是啊！只要你与逢春断绝，我二老将谢你千金。

〔金凤不语。

林凤皋 金凤！万岁都劝你放弃婚约，难道你抗旨不遵么？

金　凤 这……

皇　帝　（威严地）讲呀？

林夫妇　（追逼地）讲！

金　凤　（害怕）我——

李景阳　万岁！你不要把这小姑娘吓坏了。（向金凤递眼色）

金　凤　万岁要金凤讲真话，还是说违心之言？

皇　帝　讲真话。

金　凤　请万岁恕罪，此事民女办不到！

皇　帝　啊？

〔林凤皋、林夫人怒，李景阳得意。

金　凤　万岁！

（唱）我与公子两情深，
非因公子是豪门。
他不嫌金凤家寒贫，
我爱他君子心至诚。
经过生死诀别苦，
经过刑讯死牢门。
经过阴阳两拜堂，
经过披麻守空坟。
越受折磨情越坚，
我与他海枯石烂不变心！

林夫人　万岁你听听，这小贱人口气有多硬！

金　凤　老夫人！

（唱）金凤我出身虽低身不贱，
家道虽贫志不贫。
两情相守钱难买，
何论千金与万金？
若要与公子断情义，
除非是——

林夫妇　怎么样？

李景阳　怎么样？

皇　帝　怎么样？

金　凤　（唱）除非是，公子出来亲口对我说一声！

皇　帝　你是说，只要林逢春出来亲口对你说你俩从此分手，你就和他一刀两断。

金　凤　对！只要林公子亲口对我说我俩从此分手，那我就回我的老家磨豆腐，他回他的相府做他的王孙公子，两人从此井水不犯河水！

皇　帝　有骨气！

林夫人　万岁！你就赶快叫逢春儿上殿，劝他说一声与她分手。

皇　帝　夫人不着急。金凤先下殿！

金　凤　是！（退下）

皇　帝　李都堂！

李景阳　臣在！

皇　帝　林逢春不是被你藏起来了吗？你就将他交出来，还给他二老吧！

李景阳　万岁，臣是从箱子里捡到他们儿子的，要还，也必须重新装进箱子里交还给他们。

皇　帝　好吧！

李景阳　（向下传话）下面听着！将林逢春装进箱子抬上来！

〔内应：“是！”何定忠指挥人役抬着装有林逢春的箱子上。

李景阳　喏，儿子还给你们！

林夫人　啊？你还给我们一个死的？

李景阳　是死是活自己看。逢春，你出来！

〔林逢春出箱，看看上头的皇帝，再看看边上的父母。

林逢春　义子林逢春拜见吾皇万岁！孩儿拜见爹娘！

林夫妇　（悲喜交集地）我儿——

皇　帝　宣金凤进殿。

〔金凤上。

林夫人　我儿快说与这小贱人一刀两断！

林凤皋　儿要听从父母，快说吧！

李景阳　贤侄，你有话就大胆说吧！

林逢春　（看看长辈，看看金凤，胆怯地）——

金　凤　公子！是合是分，你就当着万岁的面说吧！

林夫妇　（又一次催促）你说吧！你说呀！

皇　帝　逢春！你父母对你如此关心，还不照他们的心思说呀？

林逢春　万岁！我怨，我怨，我好怨！

皇　帝　啊？

林逢春 万岁!

（唱）怨我逢春太无能，

不该生在富贵门。

父母把我当金丝鸟，

年复年豢养笼中难飞腾。

饭来张口不许动，

只养得细皮嫩肉公子身。

父母把我当稀世宝，

一心想结交权贵去联姻。

从不念孩儿已是男子汉，

逢春也是有志人。

现成富贵儿不愿，

儿要做自强自立的有用人!

皇　帝 （赞许地）逢春儿，你再讲吧!

林逢春 （唱）金凤虽是平民女，

心灵手巧性至诚。

品格高贵人良善，

不卑不亢有自尊。

我与她相爱不论贫与富，

情意相投许终身。

我愿帮她守店堂，

担水扫地我甘心。

自食其力非轻贱，

胜似那饭来张口无用身。

自己的幸福自安排，

胜似那母亲替我定终身。

一清二白做豆腐，

儿还要当街吆喝“卖豆腐喽”两三声。

林夫妇 （坚决反对）不不不，我们坚决不同意!

林逢春 （唱）二老若是不应允，

休怪儿抛却富贵，永不回府，与金凤卖鱼桥边，

豆腐店里，相依相伴度终身!

林夫妇 不不不！

林逢春 怎么还不答应啊？金凤！让我们相依相伴去死吧！

金　凤 公子！

〔二人激动地跳入箱笼。

二　人 （唱）生生死死永不分！

〔“乒”的一声，二人毅然把箱盖合上。

众　人 啊？！（全场人为这对青年的激烈举动所震惊）

李景阳 （激动地）万岁！是他们不许活着的逢春与金凤成亲，只许死去的逢春和金凤成双，如今多好的一对青年真的要闷死了！

皇　帝 （问林凤皋夫妇）你俩到底同不同意他俩成亲？

林夫妇 勿勿勿，勿同意！

皇　帝 好！既然勿同意，（招呼侍儿们）来来来，再踏上几只脚，好让他们死得快些，早点到阴间成亲吧！（众太监踩上脚，皇帝自己也坐在箱上）

林夫人 万岁！救救我儿，救救我儿！

皇　帝 （唱）你要他俩活不成双死成亲，
　　　似这般不通情理世未闻。

林凤皋 万岁！我儿快要闷死了！

皇　帝 林丞相！
（唱）你位列朝堂居高位，
　　　这样做，难道不怕失民心？

林凤皋 老臣知罪，老臣知罪！

林夫人 万岁！你快起来吧，我儿真要闷死了！

皇　帝 你们呀！
（唱）莫要把富贵门第太看重，
　　　须知道皇帝也有草鞋亲。
　　　这金凤有才有貌更有志，
　　　哪一点比不上名门千金？

林凤皋 老臣心服口服了，心服口服了！

林夫人 命妇也是心服口服了。

皇　帝 （唱）只要是真正口服心也服，
　　　儿子何用你担心。
　　　这箱子，背后通风抽一板，

还你们，活生生一对生死恋人！

〔林逢春和金凤相拥从箱内站起。

皇　帝　婚礼开始！

李景阳　一拜天地！二拜高堂！夫妻对拜！慢！你们看这桩婚姻奇案皇帝审得怎么样啊？

众　人　好！

皇　帝　哎，这是他们两人生死相恋感人的真爱呀！

〔合唱：锁，锁，锁！
锁上龙凤玲珑透。
帕，帕，帕！
帕中鸳鸯戏水游。
不羡富，不嫌贫，
真情无价永相守。
且看那太子民女怎聚首，
一曲爱歌唱千秋！

〔剧终。

2013年

《六场昆剧历史剧》

大将军韩信

黄先钢

人物表 韩　信——刘邦帐下大将军，曾封齐王、楚王，后贬封淮阴侯。
刘　邦——汉王，后成为汉朝开国皇帝。
萧　何——汉丞相。
吕　雉——汉王妃，后成为汉朝开国皇后。
广武君——名李左车，韩信帐下谋士，后被刘邦调走。
陈　豨——原韩信部将，后归入刘邦帐下。
钟离眛——楚军大将，楚亡后投附韩信。
屠　中——淮阴屠户，曾令韩信蒙胯下之辱，后被韩信收为侍卫。
漂　母——淮阴老妇，曾予韩信一饭之恩。
众文武、内侍、军士、家将、乡民等。

第一场　徙楚

〔幕启。
〔一束定点光映照出萧何的身影。

萧　何　汉王有令，拜韩信为大将军，执戈秉钺，号令三军！

〔定点光收，萧何隐。

韩　信　（内呼）众将官！

众将官　（内应）啊！

韩　信　（内呼）传我将令，明修栈道，暗度陈仓，兵发关中！

〔激越的锣鼓声中，光复起。

〔大军浩浩荡荡，势不可挡。

〔幕后男声齐唱：

风起云飚，
万钧雷霆响。
狂飚从天降，
纵横千里所向披靡不可挡。
中原再逐鹿，
百战百胜灭强梁。

〔大军浩浩荡荡，军阵中旌旗飞动。

〔韩信上，身侧有广武君、陈豨等一班谋臣武将。

韩　信　（唱【水仙子】）过陈仓引兵东进秦地平，
赵魏齐若寒蝉惊乱心。
恰尤如骋驰在无人境，
任由咱掠城池建殊勋。
奏明君领王爵加身。
未几朝重将这良驹跨，
呼哈儿，赴垓下圣命请，
共诸侯会战平靖乾坤。

探　马　（报上）报……楚军大将钟离眛在前列阵！

韩　信　钟离眛？

广武君　（提醒）大王，那钟离眛乃项王帐下五大将之一，智勇双全，不可小觑。

陈　豨　不错，昔日汉王屡次在其手下落败，深恨于此。

韩　信　（自信地微微一笑）无妨！（命令）众将官，随本王杀敌建功！

众将官　啊！

〔韩信率军前行。

〔钟离眛率军迎面上。

〔两军对垒。

钟离眛 韩信，昔日帐下执戟郎中，今日竟位居王侯。殊不知，看似风光无限，实则祸在旦夕。

韩　信 钟离将军，昔日蒙将军多方提携，本王没齿难忘。那项王刚愎自用，将军何不转投汉王，建功封侯？

钟离眛 休得多言。看刀！

韩　信 如此，休怪韩信无礼了！

〔韩信与钟离眛挥舞兵戈，出手相搏。

〔两军将士开打，一时势均力敌。

〔突然，杀声四起，广武君和陈豨两部分别从两翼包抄过来。

〔楚军被击溃，钟离眛败退。

韩　信 （高声下令）众将官，十面设下埋伏，四面唱起楚歌，聚而歼之，一举功成！

众将官 啊！

〔一路路汉军奋勇上前。一时间，军旗翻卷，弥漫舞台。

〔光渐收。呐喊声渐渐隐没。

众文武 （内呼）恭请大汉皇帝登基。

〔舞台后区定点光起。刘邦身着龙袍，走上高台。

刘　邦 （唱）大风起兮云飞扬，

威加海内兮归故乡。

安得猛士兮守四方？

众文武 （内呼）吾皇万岁！万岁！万万岁！

〔舞台后区定点光收，刘邦隐。

〔台口一侧一束定点光起，照亮宣旨内侍。

内　侍 （手捧圣旨，念）奉天承运，皇帝诏曰：今四海平定，有功者裂地而封为王侯。楚地广袤，不可一日无君。查义帝无后，而齐王韩信原系楚人，习楚风俗，故改封韩信为楚王，都下邳。钦此。

〔收光。

第二场　就藩

〔长安，长乐宫前殿。

〔刘邦召见萧何，吕稚陪伴于侧。

萧　何　（拜）陛下，自大军东出，臣一直镇守后方，徒持文墨议论，无有汗马之劳。不料此番论功行封，竟定以功劳最甚。着实令臣羞惭万分啊！

刘　邦　哈哈，萧丞相不必过谦。若无爱卿当年月下相追，韩信早已遘奔他乡，朕还困于汉中，谈何平定天下？仅此一事，爱卿功莫大焉。

萧　何　（略犹豫）说起韩信，臣有一事不明，不知当问与否？

刘　邦　但问无妨。

萧　何　垓下一战，韩信统领三军，设下十面埋伏，厥功甚伟。而陛下非但无有追加封赏，反将其改封为楚王，令其只身就藩，却为何故？

刘　邦　（呵呵一笑，反问）依萧丞相看，朕对那韩信，还能给予何等封赏？

萧　何　（一愣）这个……

吕　雉　（插言）萧丞相，圣上岂不知那韩信平生所图便是建功封侯？

（唱【迎仙客】）齐初定韩信呈上表儿假王来央，

授其真王爵赫然恍然旒扆畅朗。

至陈下更分割予辽阔畿疆，

方令他出垓下勤王。

今已然无可封亦无可赏。

萧　何　（愕然）如此说来，对韩信已是封无可封、赏无可赏了？

吕　雉　非但如此。丞相可知，垓下战前，圣上屡次诏令韩信前来勤王，他却迟迟不肯发兵，致使圣上孤军困于固陵，险遭不测。

萧　何　（震惊）竟有这等事？

吕　雉　如此拥兵自重，不知在萧丞相看来，当赏还是当罚？

萧　何　（语塞）这个……

刘　邦　（对吕稚摆摆手）罢了，此事已然过去，无须再提。（对萧何）萧丞相，朕此番将韩信改封楚王，无关赏罚，实为成其之美。

萧　何　哦？陛下此话怎讲？

刘　邦　韩信原系楚人，如今功成名就，正可成就其衣锦还乡之愿，岂非美事？

萧　何　哦，美事？

刘　邦　自然是美事一桩。

萧　何　美事一桩？

刘　邦　呵呵呵呵……

〔暗转。

〔陈豨率麾下将士已列成仪仗。

〔韩信在广武君等的伴随下从军阵前走过。

陈　豨　（恋恋不舍地）大王此去下邳，不带兵马。我等再不能追随大王征战天下。每念及此，心内好不痛楚也！

韩　信　（亦难抑内心不舍）本王既已改封楚王，自然不能再将齐国之兵。今日拜别，各自珍重！

广武君　此番会兵垓下，大王前来时拥兵三十万，浩浩荡荡，好不威风。今日离去，却是轻车简从。不知大王有何感想？

韩　信　感想？（微微一笑）广武君莫非话中有话？

陈　豨　（不满地）广武君不必闪烁其词。圣上分明是忌惮大王手握重兵，在剥夺大王的兵权啊！

广武君　呵呵！一纸诏书，三十万兵马瞬间易手。果然好算计！

韩　信　（不以为然地）哎，此言差矣！若非圣上拜将封王，何来这些兵马？这兵权么，圣上想要，拿去便是！

陈　豨　大王……

韩　信　（信心满满地）想我三楚，土地丰饶，人口繁多，只要戮力生聚、悉心教训，慢说是三十万兵马，就是四十万、五十万又有何难？

广武君　（还欲相劝）大王……

韩　信　（不容置疑地）今日话题，日后休再提起！

〔广武君、陈豨面面相觑。

韩　信　陈豨将军，你我就此拜别！

陈　豨　如此，大王一路珍重了！

〔暗转。淮阴道。

〔韩信上。

韩　信　（唱【红绣鞋】）看乡关绿茵烟树，

望天空云隐云浮。
衣锦绣，踏归途。
封爵偿夙愿，
王土罩三隅。
有旧恩仇当了去。

〔广武君引众乡民上。

广武君 臣下奉大王之命，已将千金赠于漂母。众乡亲听说大王荣归故里，纷纷前来拜望。

众乡民 （同拜）拜见大王！

韩　信 众乡亲不必多礼！快快请起！

众乡民 谢大王！

漂　母 （内呼）韩信？

韩　信 （惊喜地）漂母？

〔漂母上。

漂　母 韩信！

韩　信 漂母！

韩　信 漂母在上，请受韩信一拜！（跪拜）

漂　母 （慌忙拉韩信）哎呀呀，如今你贵为王侯，这如何使得？

韩　信 若非当年漂母赐饭，韩信早已饿死。

漂　母 （叹道）唉，那是见你可怜，才与你分饭而食。今日以千金相赠，让老身如何担当得起？

韩　信 韩信曾言，漂母赠饭，理当千金相报。今日不过是了却夙愿，漂母无须介怀。

广武君 （喝令）将那屠户押了上来！

〔军士将被五花大绑的屠中押至韩信面前。

广武君 此人当年曾令大王蒙受胯下之辱，臣下已将其擒获，请大王处置。

韩　信 （看向屠中）噢，屠中？久违了！

屠　中 （吓得魂飞魄散，捣蒜一般连连叩首）大王饶命，大王饶命啊！

韩　信 （微微一笑，上前，亲手为屠中松绑）放了！

广武君 （一愣）大王……

众乡亲 （不解地）放了？

屠　中 （疑惑地）大王你不杀我啦？

韩　信　昔日你以胯下相辱，终成就本王今日之功。你乃壮士，在本王帐下做个中尉如何？

屠　中　（懵懂地）小的莫非是在做梦？

广武君　大王襟怀宽阔，臣等敬佩不已！（提醒屠中）还不快快谢恩！

屠　中　（又连连叩首）多谢大王恩典！小的无以为报，唯肝脑涂地，死而后已！

韩　信　哈哈哈哈……

（唱【快活三】）休道俺放襟怀禀性殊，

只缘心向海天趋。

看俺虽失东隅撷桑榆，

坐的是好山河，谁能拒？

侍　卫　（报上）启禀大王，有一壮士，自称大王故旧，前来拜见。

韩　信　本王故旧？唤他过来。

侍　卫　（对内喊）有请！

〔钟离眛遮头掩面，疾行而上。

钟离眛　大王别来无恙！

韩　信　（认出钟离眛，一愣，命令左右）退下！

〔除广武君外，众军士及众乡民皆退下。

韩　信　钟离将军，你好胆量啊！

钟离眛　（自嘲地）累累若丧家之犬，谈何胆量？末将此次前来，只为投效大王。

韩　信　投效与我？（不由大喜）本王由齐徙楚，失了兵马，正是用人之际。钟离将军来投，如虎添翼啊！

广武君　（急阻）大王不可！

韩　信　广武君何出此言？

广武君　臣闻圣上对钟离将军怀抱宿怨，钟离将军因而走投无路，四下亡匿。今日大王若收留与他，难免招惹忌恨，引火烧身啊！

韩　信　（不以为然地）哎，战场拼杀，各为其主，不足为奇。如今战云已散，天下大定，圣上何等胸襟，岂能宿怨难消？

广武君　这……

韩　信　本王乃一方诸侯。依循周礼，王侯在领地之内享有生杀之权，便是天子也无从干涉。

广武君　（力谏）大王，大汉难比春秋战国，圣上绝非周朝天子，而大王你……也不是当年的秦王楚君啊！

韩　信　广武君多虑了！（对钟离昧）啊，钟离将军随我回府。本王今夜摆下宴席，你我重叙旧情，不醉无归！哈哈哈哈……

钟离昧　多谢大王！

〔切光。

第三场　祸起

〔夜，长乐宫后殿上书房。

〔刘邦正伏案批阅奏折。

刘　邦（抬头，若有所思）

（唱【朝天子】）坐深深朝堂，阅沉沉奏章，
怎又还引动心旌荡。
看天下正诸侯霸领各一方，
尽割据呈分治相。
这才知裂土封王，
予取参商！
乱世春秋怎能忘，
孤这里文要振纲，武要安邦，
想着这心头患未泯添惆怅！

〔吕雉手持一折密奏上。

吕　雉　陛下！

刘　邦　啊，更漏已深，皇后因何事而来？

吕　雉　妾身刚刚收到御史府送来的一折密奏。因事态紧要，特意呈送陛下。

刘　邦　哦？密奏所言何事？

吕　雉（将奏折交予刘邦之手）陛下请看。

刘　邦（阅奏折，一惊）什么？韩信意欲谋反？

吕　雉　不错！那韩信一入楚地，便招兵买马；每行县邑，皆陈兵出入；明知陛下深恶钟离昧，却招与帐下，委以重任。这一桩桩，一件件，若非谋反，却是意欲何为？

刘　邦（略思忖，自信地一笑）呵呵，朕却不信，那韩信有志与朕争夺天下。

吕　雉　韩信或许无意这天子之位，但他那拥兵割据之心却已昭然若揭。

刘　邦　哦？

吕　雉　陛下平定天下，凭的是诸侯之力。如今，八王裂土，各据一方。长此以往，不知这天下猛士所守，究竟是各自的领地，还是陛下的四方？

刘　邦　依皇后之见呢？

吕　雉　普天之下，莫非王土；率土之滨，莫非王臣。若任由诸侯分封割据，势必危及社稷根基。春秋列国称雄争霸的前车之鉴，不远矣！

刘　邦　（想了想，令内侍）来，速宣萧丞相进宫！

内　侍　（向内呼）圣上有旨，宣萧丞相进宫见驾呐！

萧　何　（内应）领——旨！

〔萧何上。

萧　何　臣萧何叩见陛下！（欲拜）

刘　邦　爱卿无须多礼，你来看。（将奏折递给萧何）

萧　何　（接阅奏折，大惊）韩信谋反？（疑惑）这韩信怎会谋反？（转念）不，不不不，韩信绝不会谋反！

吕　雉　萧丞相，本宫知你素与韩信交好，但此事关乎社稷安危，岂能感情用事？

萧　何　（毫不犹豫地）老臣敢用性命担保，韩信绝无反意！

吕　雉　你……

刘　邦　（阻止二人）好了好了，尔等无须争辩，朕自有主张。（吩咐萧何）萧丞相，发使通告各路诸侯，朕将巡狩云梦，大会诸侯于陈。

萧　何　（有些不解）云梦与陈皆在楚地，陛下这是……

刘　邦　（反问）楚地？楚地便又如何？难道朕去不得么？

萧　何　（语塞）这个……

刘　邦　（像是自言自语）如此说来，朕还真该到那楚地看上一看！

〔暗转。下邳，楚王府内。

〔韩信与广武君相对议论，气氛紧张、凝重。

韩　信　（惊讶地）圣上为何突然驾临楚地？

广武君　（冷冷一笑）他果然来了！

（唱【脱布衫带小凉州】）人常言月晕而风，
兼道是础润雨浓。
只吾王仍蒙鼓中，
不合呵祸根来种！

早闻知汉皇于君猜忌重，
却又将钦犯收容。
事已至此应何从？
快决断，莫落得一场空！

韩　信　（仰首向天）陛下啊陛下，我对你忠心不二，你为何猜忌与我？

广武君　大王，当下可行之计，唯有上下两策。

韩　信　（急切地）哦，上策讲来。

广武君　秣马厉兵，疏通诸侯，设下埋伏，劫持辇驾，反！

韩　信　（大惊）反？

广武君　不错！（补充道）方今之势，若能统合各路王侯之力，便能争得天下。由此推之，汉既能灭楚，楚亦可亡汉！

韩　信　这个……不！不可！

广武君　（欲再劝谏）大王……

韩　信　（不容置疑地）广武君，本王绝非忘恩负义之徒，谋反之事，断不可行！

广武君　这……如此，便只有下策可取。

韩　信　何谓下策？

广武君　当机立断，取了钟离眛首级，谒上表忠。

韩　信　只此二策？

广武君　别无他计。

韩　信　（一脸苦笑）呵呵，呵呵呵呵，广武君啊广武君，你果然好计谋，上策陷本王于不忠，下策陷本王于不义，你你你你这是让本王无路可走啊！

〔钟离眛上。

钟离眛　大王，臣钟离眛拜见！

韩　信　钟离将军，你……（掩饰地）你何事前来？

钟离眛　臣听说大王缺件物事，特意送上。

韩　信　（惊疑地）物事？是何物事？

钟离眛　臣的项上人头！

〔韩信与广武君皆一惊。

钟离眛　大王无须遮掩，目下处境臣已全然知晓。大王若反，臣愿鞍前马后，万死不辞；大王若不肯背汉，意欲表忠，首级随时可取！

韩　信　（一时不知所措）这……不，不可……

广武君　大王快快决断！此时不反，更待何时？

钟离昧 大王若不肯背汉，首级随时可取！

广武君 反了罢！反了罢！

钟离昧 反了罢！反了罢！

韩　信 这个……

（唱【上小楼】）无端生隙，
横祸将至。
策来拟，上则不忠，
下则不义。
怎不教俺难自持，
空叹吁，全然无计。
终究是莫奈何忖度的主意！

钟离昧 （转而失望，摇头叹息）大王呀大王！韩信呀韩信！

（唱【幺篇】）显赫赫大王呵，
顶天立地。
颤巍巍韩信呵，
畏首畏尾。
岂让你陡添骂名，
怨咱无情，怪咱无义。
蒙难人，无傍依，
把祸灾移将于你，
则到头来让他人借机趁隙！

韩　信 （欲相劝）不可……

钟离昧 （毅然决然地）保重了！（拔剑，自刎）

韩　信 （惊呼）钟离将军……

〔切光。

第四场　贬爵

〔内呼：赵王、燕王、魏王、韩王、梁王、长沙王、淮南王、楚王觐见……

〔内侍呼唤声中，光渐起。

〔陈县，刘邦行宫大帐。

〔刘邦端坐中央，接受各路诸侯朝拜。

〔韩信手托装有钟离昧首级的木匣上。

韩　信　（唱【风入松】）行宫里托匣在手战兢兢，

竟心底五味并杂陈。

想昔日君臣也曾是两无间，

无多日竟漠然生分。

即便他实情勘明，

恐难与俺再续前盟。

韩　信　（跪拜）臣韩信参见陛下。

刘　邦　韩信，手中所捧何物？

韩　信　此乃钟离昧首级，特意贡献陛下。

刘　邦　贡献予朕？（一笑）好，果然好……（突然高呼）武士安在？

〔众武士上。

刘　邦　（一指韩信）拿下了！

〔众武士上前，擒住韩信。

韩　信　（挣扎着）陛下这是何意？

刘　邦　只因有人告你谋反！

韩　信　怎么讲？

刘　邦　有人告你谋反！

韩　信　谋反？莫非果若人言，飞鸟尽，良弓藏么……不，陛下，臣冤枉，冤枉啊！

〔刘邦面无表情，不为所动。

〔暗转。一束定点光投射在舞台中央，照见身缠缧绁的韩信。

韩　信　（唱【乔木查】）纵千般谨慎，

却难逃缧绁将咱困，

端的是霹雳来轰把长梦醒。

哪知有王爵加己身，

仍处他胯之下奇耻难忍。

〔舞台一角，一束定点光下，萧何现身。

萧　何　（唱【落梅风】）他罹横祸囹圄进，

俺心中难安宁。

是疑嫌应须厘清，

盼拔开君臣心上锁，

寻回那旧时情分。

〔舞台另一角，一束定点光下，吕雉现身。

吕　雉　（唱【庆宣和】）终诱捕那韩信入笼，

把这乱局定，

莫忘了驱邪当尽。

为政者纵横江山问九鼎，

有情难论也。嗳，论也。

〔后区高台，一束定点光下，刘邦现身。

刘　邦　（唱【拨不断】）休看俺面从容，身镇定，

意儿中忐忑，心儿里闷。

未忘君臣旧日情，

想昨昔英雄肝胆两相映，

到如今却教俺怎来惩儆？

韩　信　陛下，陛下明鉴，韩信冤枉！冤枉啊！

萧　何　陛下，刀下留情，不可令功臣寒心啊！

吕　雉　陛下，事已至此，万不能放虎归山啊！

韩　信　陛下……

萧　何　陛下……

吕　雉　陛下……

三人合　陛下……

〔刘邦摆了摆手，众人顿时噤声。

刘　邦　（下令）颁诏：韩信谋反一案，事出有因，查无实据。赦罪，贬封淮阴侯，限居长安，未经许可不得归藩。

〔暗转。长安淮阴侯府花园。

〔韩信在园中漫步，显得心事重重。身后只有屠中陪伴。

韩　信　（想起什么）广武君，广武君……

屠　中　侯爷，广武君应圣上之召前往东宫辅佐太子殿下，已离去多日了。

韩　信　（这才想起）离去了？

屠　中　（点头道）离去了。（摇头一叹，下）

韩　信　（自言自语）唉，死的死了，离去的离去了……（拔剑出鞘，面对宝剑，感慨万分）如今只有你相伴与我……唉！剑啊剑，你也曾光焰万仞，怎

料今日黯然蒙尘，陋鞘偷生；你也曾叱咤风云，怎料今日吊影孤形，自陷于埋伏重重！

〔韩信舞动宝剑，以此抒发心中愤懑。

屠　中　（复上）侯爷，陈豨将军求见。

韩　信　陈豨？（欣喜地）快快有请！

屠　中　（向内）有请陈豨将军！

韩　信　（急切地迎上前去）陈豨哪里？陈豨哪里？

〔陈豨上。

陈　豨　末将陈豨拜见大王！

韩　信　大王？（苦笑）哪里还有什么大王？无有了，无有了啊！

陈　豨　（不由一声长叹）只好以侯爷相称了。

韩　信　陈豨将军，这淮阴侯府向来门可罗雀，难道你就不怕……

陈　豨　陈豨向蒙侯爷照拂，一日不敢相忘恩。只因长年征战，无暇前来拜望。此番还朝领受圣命，特来辞行。

韩　信　哦？领受圣命？圣上遣你何处任职？

陈　豨　圣上命末将前往钜鹿，以赵相之职，统领赵、代两地之兵。

韩　信　（琢磨着）统领赵、代两地之兵？

陈　豨　正是。

韩　信　钜鹿乃天下精兵之处，如此，足见圣上对你的信任啊！

陈　豨　信任？（一笑）呵呵……

韩　信　将军因何发笑？

陈　豨　侯爷，末将心中有些话儿，不知当讲否？

韩　信　但请讲来。

陈　豨　如今末将虽深得圣上信任，但若是有人在圣上面前告我谋反呢？

韩　信　圣上自然不信。

陈　豨　若有人再次告我谋反？

韩　信　那……圣上或许便会生疑。

陈　豨　如若一而再、再而三有人告我谋反呢？

韩　信　这个……（思忖）圣上定会大发雷霆，自将亲征。

陈　豨　呵呵，侯爷果然感同身受。

韩　信　（欲言又止，只发出一声悲叹）唉……

陈　豨　依末将看，若真如此，便只有一条对策。

韩　信　是何对策？

陈　豨　（轻声吐出一个字）反！

韩　信　（一惊）你待怎讲？

陈　豨　君若逼臣，臣将不得不反！

韩　信　（喃喃自语，像是在沉思）不得不反，不得不反……

陈　豨　侯爷，末将若反，侯爷将如何自处？

韩　信　（犹豫）这……

陈　豨　该不会为圣上前驱，率军前来剿杀吧？

韩　信　（仍在犹豫）这个……

陈　豨　侯爷功高盖世，却屡屡遭遇不公。先是由齐徙楚，失却兵权，侯爷忍了；继而贬为侯爵，失却封地，侯爷又忍了。侯爷平生之志莫非建功封侯？如今尤如笼中之虎，困于这侯府之中，岂能再隐忍下去？

韩　信　（浑身一震）哦……

（唱【高阳台】）悲咽虎被犬欺龙遭虾戏，

纷繁幻梦俱灭。

忽觉满腔热血沸滚……

陈　豨　侯爷，当断不断，必受其乱啊！

〔韩信内心仍纠结万分。

陈　豨　（连声呼唤）侯爷，侯爷……

韩　信　（接唱）天涯无路难把人绝。

你休说蚍蜉怎将云树撼，

耻辱心定要洗雪。

待时机龙腾虎跃再冲天野！

陈　豨　侯爷！

〔收光。

第五场　宴君

〔淮阴侯府门前。

〔家院打扮的屠中，正洒扫门庭。

屠　中　（念）转瞬三年过去，
　　宛若过隙白驹。
　　门中依然了无生气，
　　墙外照旧攘攘熙熙。

〔刘邦乔装改扮，只身上。

刘　邦　家院，此处可是淮阴侯府？

屠　中　（不耐烦地朝门上一指）门上写得有，阁下莫非大字不识？

刘　邦　（不以为忤，一笑）不知淮阴侯可在府中？

屠　中　不在府中又在何处？整整三年，我家侯爷都难得迈出府门一步。

刘　邦　噢……劳烦通报一声，就说故旧来访。

屠　中　故旧？（打量刘邦）又是故旧？莫非也是来祸害我家侯爷的？

刘　邦　哎，此话从何说起？

屠　中　三年前，我家侯爷……噢，不不不，那时还是王爷，在楚地收留了一位故旧。未料想，所谓故旧，实乃祸水……

刘　邦　（打断）噢，明白了明白了。家院放心，我这位故旧与那位故旧不同，绝非祸水。

屠　中　如此，我便通报一声？

刘　邦　叨扰了。

屠　中　（向内）启禀侯爷，有故旧来访。

〔韩信内应：有请！

〔屠中伸手示意，刘邦移步。

〔场景转换，景现淮阴侯府花园。韩信从内上。

韩　信　（迎面看见刘邦，不由大惊）啊，陛下……

屠　中　（惊愕地看着刘邦）陛下？

韩　信　（赶紧正衣冠，匍匐于地）淮阴侯韩信恭迎陛下！

屠　中　（吓得浑身瘫软，跪倒于地）哎呀我的妈呀！

刘　邦　（语气平和地）此处并非朝堂，无须多礼。朕只不过来此讨杯酒水吃吃。都起来吧！

韩　信　谢陛下！（起身）

屠　中　（欲起身，却又倒地）在下起……起起起起不来了。

韩　信　（将屠中拉起，吩咐）速去备些上好的酒菜，送至凉亭中来。

屠　中　遵命。（欲下）

韩　信　（想起什么）且慢！（小声吩咐）酒菜须亲口品尝。稍有差池，小心尔的性命！

屠　中　是！（下）

刘　邦　（环顾花园）这园中花草，倒是养得不错。

韩　信　此乃陛下封赏，不敢怠慢，自当精心奉养。

刘　邦　（听出韩信话中有话）朕的封赏？呵呵……

韩　信　呵呵……

刘　邦
韩　信　（会心地）呵呵呵呵……

〔屠中提酒菜复上，摆置亭中。

刘　邦　（指着屠中）淮阴侯，你这家院，倒也十分有趣啊！

韩　信　说起这家院么，却是有几分名气。

刘　邦　哦？但不知是怎样的名气？

韩　信　陛下可知臣胯下受辱之事？

刘　邦　此事天下皆知，朕怎会不晓？

韩　信　那辱臣之胯么，（拍拍屠中的一条大腿）便是此物。

刘　邦　哈哈……（也拍拍屠中的另一条大腿）此物了不得啊！居然有大将军出自其下！哈哈哈哈……

〔韩信示意屠中回避。屠中退下。

韩　信　（举杯）陛下请！

刘　邦　（举杯）淮阴侯请！

〔两人一饮而尽。

刘　邦　好酒！好酒啊！

韩　信　陛下此行，只怕不是为了吃臣这点酒水而来吧？

刘　邦　呵呵，这三年，你淮阴侯总是托病不出，朝会不来，侍行不去，久未谋面了啊！此来，一则想看看你过得怎样；二则有几桩事情要向你讨教。

韩　信　噢……（给刘邦斟酒）陛下请！

刘　邦　朕将率军出征。依淮阴侯看，朕能统领几多人马？

韩　信　依韩信看来，陛下能将之兵，不过十万之众。

刘　邦　哦？那么你淮阴侯呢？又能将兵几何？

韩　信　韩信我么……自然是多多益善耳。

刘　邦　哈哈……多多益善，何故为朕所擒？

韩　信　陛下不善将兵，却善将将，臣故而为陛下所擒。

刘　邦　不善将兵，却善将将？（琢磨着）嗯，此话有理。

韩　信　（看看刘邦的脸色）陛下，臣像是有些醉了。若说醉话，陛下莫怪。

刘　邦　无妨，无妨。来来来，你我再饮。

韩　信　（举杯）请！

刘　邦　（举杯）请！

韩　信　（唱【甲马引】）似醉非醺善周旋，
　　　　　　　　谁说伪真难辨。

刘　邦　（接唱）把盏推杯言笑晏晏，
　　　　　　掩森然锋锐在席间。

韩　信　陛下此番亲征，不知去往何处？

刘　邦　去往钜鹿。

韩　信　（一惊）钜鹿？

刘　邦　淮阴侯有所不知，那陈豨在外掌兵数年，早有图谋不轨之传闻。两月前朕召其进京，他以病推托，而后竟自立为代王，举兵反叛。

韩　信　（脱口而出）陈豨他真的反了？

刘　邦　（敏锐地）怎么，淮阴侯预先知情？

韩　信　这……（忙掩饰）自然是全不知情。

刘　邦　（逼问）果真全不知情？

韩　信　（赶紧岔开话题）呵呵，陛下你吃醉了？

刘　邦　朕尚未吃醉。

韩　信　醉了。

刘　邦　未醉。

韩　信　臣已吃醉，陛下你怎会未醉？

刘　邦　朕说未醉便是未醉！

韩　信　（无奈地）陛下说未醉，自然是未醉，臣谨遵圣命！

刘　邦　（大笑）哈哈哈哈……朕此番率兵平乱，淮阴侯可愿随驾出征？

韩　信　这个……臣有恙在身，不堪鞍马劳顿，还望陛下恕罪。

刘　邦　噢……（又发问）你说，朕待陈豨不薄，他怎会谋反？他因何谋反？

韩　信　陈豨因何谋反，为臣确是不知。要说猜测么……

刘　邦　淮阴侯有何猜测？

韩　信　陈豨谋反，定是陛下逼迫所致。

刘　邦　此话怎讲？

韩　信　君若逼臣，臣不得不反！

刘　邦　哦？如此说来，朕若逼迫与你，你也会与陈豨一样，起兵反朕么？

韩　信　这个……（一笑）呵呵，臣的兵马何在？臣的封地何在？事到如今，臣便是想起兵，也是有心无力了啊！

刘　邦　此话当真？

韩　信　（掩饰地）陛下，臣醉了，醉了啊……

刘　邦　不，你未醉！

韩　信　真的醉了。

刘　邦　朕说你未醉便是未醉！

韩　信　噢，噢……陛下圣明，陛下说未醉，臣便是未醉。

刘　邦　（沉默片刻，一声长叹）唉，其实要说逼迫，朕又何尝不是被逼迫的呢？

韩　信　这便奇了，陛下贵为天子，何人能够逼迫与你？

刘　邦　（伸手指指上天）天命使然！

韩　信　（一愣）这天命么……

刘　邦　天降大任于朕，今日始，再无齐人、楚人、燕人、赵人，唯有汉人！

韩　信　（喟然一叹）原来如此！明白了，明白了……

刘　邦　哦，淮阴侯何事明白？

韩　信　既无齐人、楚人，何来齐王、楚王？

刘　邦　呵呵……

韩　信　呵呵……

韩　信
刘　邦　呵呵呵呵……

刘　邦　（话题一转）韩信啊，你可知，三年来，朕时常在睡梦之中，忆起当年的情景啊！

（唱【忒忒令】）可记得那翩翩少年，
挺身躯为孤御刀剑，
怎料想一朝离间。

韩　信　（接唱）倒不如那范蠡船，
浮荡江湖被人忘，
也省得个心烦。

刘　邦　（感慨）唉，往事已矣，再也无法追回了！

〔韩信陷入沉默，一时无语，只报以一声叹息。

刘　邦　（有些动情地）韩信啊，你可知，朕是真的不想与你为敌，不想与你生死相向啊！

韩　信　（也有些动情）陛下，臣也不想，真的不想！

刘　邦　朕适才所言，你信？

韩　信　臣信！

刘　邦　嗯，朕也信你的话！（突然大笑）哈哈哈哈，醉了，醉了！多谢淮阴侯的款待，朕走了，走了……（迈步向外，脚步看似有些踉跄）

韩　信　恭送陛下！

〔刘邦没有回头，只是挥手示意韩信不要再送。

刘　邦　（一出门，顿时醉态全消，招呼）来！

〔早已暗中等候在此的众内侍、卫士迎上。

刘　邦　摆驾回宫！

〔刘邦登辇，下。

〔府内花园中的韩信，也已全然不见醉态。

韩　信　（默默地思考着，突然神色突变）啊呀且住！适才杯盏觥筹之间，诸般话语皆已言尽，却是再无转圜余地！（感叹）事已至此，我是反也得反，不反也得反了啊……（终下决心）也罢！（招呼）屠中何在？

屠　中　（应声上）来了。

韩　信　（神情肃然）陈豨已反，速速召集众家臣，议定因应之计！

屠　中　（惊讶）侯爷……

韩　信　（威严地）快去！

屠　中　（赶紧拱手）遵命！

〔暗转。长安郊外，灞水桥头。

〔鼓号声响，大军威武雄壮。

萧　何　祝愿陛下旗开得胜，凯旋而归。

刘　邦　萧丞相，朕出征之后，朝中之事尽皆托付于你，还望你辅佐皇后，尽心管护。

萧　何　陛下放心，臣当恪尽职守，不敢稍有懈怠。

刘　邦　（放低语调，小声叮嘱）这段时日，与我紧紧盯住淮阴侯府。

萧　何　（一愣）淮阴侯府？这……

吕　雉　萧丞相该不会苟循私情吧？

萧　何　娘娘此言何意？

吕　雉　陈豨乃韩信旧部，难免暗中勾结。如今大军尽发，长安空虚，万一韩信从中内应，大危矣！

萧　何　这……这等大事，焉能凭空臆测？

刘　邦　倒也并非凭空臆测。昨日朕亲往淮阴侯府查探虚实，判断有二。

萧　何　（意外地）哦？

刘　邦　其一，韩信真不想反……

萧　侯　（松了口气）噢……

刘　邦　其二，韩信迟早会反！

萧　何　（又一愣）这个……

刘　邦　萧丞相，你与那韩信有忘年之交，情同手足，总不忍与之为敌。其实朕又何尝不是如此？（看看吕雉）莫怪皇后屡屡相逼，她也是为朕考虑。毕竟，我等肩上所负，远非一己之情，而是千秋社稷啊！

萧　何　（郑重地）陛下放心。如遇大是大非，老臣自会省得轻重。

刘　邦　这就好！这就好啊！

〔萧何将目光投向远方，眼中充满忧虑。

刘　邦　你二人听了：朕出征期间，淮阴侯若相安无事，任谁也不得动他一根毫毛；若稍有异动，当果断处置，毫不留情！

吕　雉
萧　何　（皆面色凝重）谨遵圣命！

〔收光。

第六场　入彀

〔夜。淮阴侯府中厅。

〔韩信正在听取屠中禀报。

屠　中　禀侯爷，众家臣遵侯爷之命，矫诏赦免囚徒官奴，一切颇为顺利。已有获释囚徒官奴赶往预定集结之地。

韩　信　（点头）好！

屠　中　众家臣请侯爷示下，一旦集结完成，不知突袭何处？

韩　信　直指两处：一乃吕后所居长乐宫，二乃太子东宫。

屠　中　遵命！（欲下）

韩　信　（想起什么）且慢！

〔屠中停步。

韩　信　诸官接到伪诏，可有人看出破绽？

屠　中　在下未曾听说……

〔广武君上。

广武君　（突然接道）不然，那伪诏已被人识破！

韩　信　广武君你来得正好啊！

广武君　在下冒死前来，有一言相告。

韩　信　快快讲来。

广武君　恳请侯爷即刻罢手，收回成命！

韩　信　却是为何？

广武君　昔日在齐，侯爷坐拥三十万大军，翻天覆地易如反掌。及至徙封于楚，虽说兵马被夺，但背靠三楚大地，兼有钟离眛这等勇将，也不惧任何强敌。可是，到了今日……

韩　信　（打断广武君的话，一声苦笑）事到如今，想要罢手，怕也为时已晚。

广武君　侯爷何出此言？

韩　信　矫诏一事既被广武君识破，便是存有破绽。那吕后与萧丞相是何等样人，能不查出蛛丝马迹？他们知晓，岂能善罢甘休？

家　臣　（内呼）萧何丞相求见！

〔两人皆浑身一凛。

广武君　（一惊）这便来了？

屠　中　侯爷……

韩　信　（吩咐屠中）速速调集家将，埋伏于厅堂四周，见机行事！

屠　中　遵命！

〔广武君与屠中等皆入内回避。

韩　信　（整理衣冠，镇定地）有请萧丞相！

家　臣　（内呼）有请萧丞相！

〔萧何上。

萧　何　（唱【醉娘子】）猛听闻警讯足冰手冷，

正知他暗筹谋将逆行。

怎顾得旧日情，
侯府去来假传讯，
及时安陷阱将他困。

韩　信　萧丞相夤夜至此，所为何事？

萧　何　淮阴侯可知，钜鹿来人传回消息，陛下大破叛军，已斩得陈豨首级。

韩　信　（惊愕）此话当真？

萧　何　岂能有假？列侯群臣得到消息，纷纷进宫致贺。老夫怕淮阴侯深居简出，消息闭塞，特意前来通报。

韩　信　（一笑）本侯有恙在身，久未进宫，不去也罢！

萧　何　此事非同小可，淮阴侯便是有恙，也须勉为其难，到宫中走上一遭。

韩　信　（冷冷一笑）本侯若是不去呢？

萧　何　这……

韩　信　丞相美意，韩信领受了。（朝门外一指）请便！

萧　何　淮阴侯……

韩　信　（语气强硬地）萧丞相请！

萧　何　（仰天一叹）唉，淮阴侯呀淮阴侯，你何苦如此？

韩　信　丞相，你对本侯有恩，我向来对你十分敬重，今日之事么……

萧　何　如何？

韩　信　请不要相逼与我！

萧　何　（脸色一变）淮阴侯意欲何为？

屠　中　（内呼）侯爷……（急上）羽林军已暗布于侯府四周，设下重重埋伏！

韩　信　你待怎讲？

屠　中　羽林军已设下重重埋伏！

〔韩信神情激动，猛然将手中剑从鞘中拉出一半。

〔众家将上。

萧　何　（厉声地）韩信！这侯府上下人以百计，岂见覆巢之下安有完卵乎？

〔韩信一愣，停住不动。

众家将　侯爷！

〔韩信思忖良久，终叹一口气，将手中剑回归剑鞘，挥挥手，示意众家将退下。

众家将　侯爷……

韩　信　（对众家将摇了摇头，语气平和但又是不容置疑地）退下！

屠　中　（猛然跪在韩信面前，紧紧抱住韩信的腿，大放悲声）侯爷……

韩　信　（将屠中扶起，轻拍他的肩膀以示安慰，然后下令）屠中，备马！

〔暗转。月下，长安街头。

〔韩信、萧何趟马上。

韩　信　（唱【五般宜】）映寒月坊巷间肃煞寂然，
隐约见墙檐后禁军现身。
俺争，争得个热血变冰凌，
岂不知前行注定命亡人殒。

萧　何　（接唱）俺这里左思右想，
断难把斯人救拯。
看大夜正弥天，深深，
怕饕蚊已成阵。

韩　信　（唱【蛮牌令】）含悲向前奔，
一路还宫城。
问心犹哀叹，
时势弄煞人。

萧　何　（接唱）犹想你归汉那年，
也似这逐影追形。
宫城近，哀情生，
催骑送你最后一程。

〔两人趟马，圆场。

萧　何　（追喊）淮阴侯慢走，淮阴侯慢走！

〔韩信闻声勒马。

萧　何　（追至韩信身边）淮阴侯，今非昔比，老夫如今是追不上你了！看宫城已然临近，不如在此歇上一歇，如何啊？

韩　信　就依丞相。

〔两人下马。

萧　何　啊，淮阴侯，看这月光如洗。遥想当年你我月下相追，何其相似乃尔！

韩　信　（一笑）此一时彼一时，虽说情景相似，然则遭遇迥异，心境全然不同。

萧　何　淮阴侯，老夫……（欲言又止，一叹）唉！

韩　信　丞相，今日之事你我心知肚明，何必吞吞吐吐？

萧　何　（心怀歉疚）淮阴侯心知老夫此番乃诓你入彀，难免怪罪老夫……

韩　信　（摆手阻止）丞相乃匡扶汉鼎之臣。为扶保乾坤，当舍弃一切。今日之事么，不足为怪。

萧　何　（意外地）哦，淮阴侯果真如此之想？

韩　信　我虽如此之想，却难堵天下之口。天下人会说，成也萧何，败也萧何！

萧　何　噢，这成也萧何，败也萧何么……

韩　信　呵呵，这成也好，败也罢，皆是就韩信而言。而对大汉社稷，你萧丞相，从来只有一个成字。

萧　何　（感慨地）知我者，淮阴侯也！

韩　信　丞相，韩信心中也有一事不明，还望丞相赐教。

萧　何　但请讲来。

韩　信　想我韩信，始为布衣，受漂母饭，蒙胯下辱。投奔项王，官不过郎中，位不过执戟，言不听，计不用。承蒙萧丞相月下相追，挽留与我；又蒙圣上解衣衣我，推食食我，筑坛拜将，裂土封王。韩信感恩不尽，因而出生入死，出陈仓，下三秦，降赵魏，灭齐楚，大小一百余战，立下赫赫战功，成就了圣上的帝业。韩信本无谋反之意，圣上也曾亲口言讲不想与我生死相向，若非我反，萧丞相你更不会加害与我。既然彼此本无敌意，却为何走到今日这般田地？我……（痛切万分）我是百思而不得其解啊！

萧　何　这个……（想了想）天道泱泱，岂人力可以抗拒？淮阴侯可知，顺之者昌，逆之者不死则亡！

韩　信　（一怔，似有所悟，缓缓点头，凄然一笑）呵呵，呵呵呵呵……受教了！

（唱【小桃红】）启开茅塞在心田，
一似爆闪光如电，也。
大罪难赎，行将命归泉。
仰首看苍天，
方知有祭坛要我身捐，
宏图已成虚影，也。
早无须神往心牵。
望只望转来生，
把此事作笑谈。

〔幕后合唱：
大风起兮云飞扬，

威加海内兮归故乡。

安得猛士兮守四方?

〔歌声中，韩信沿着台阶，缓步走上后区高台，站定。

〔沉重而悠远的钟声鸣响。

韩　信　（遥望天际）天道无情，天道无情啊！（凄然大笑）哈哈哈哈……

〔钟声中，韩信訇然倒地，唯留一束红光投射在他的躯体之上。

〔字幕出：汉十一年（公元前196年）春，韩信被处死于长乐宫钟室。随后，刘邦以铲除异姓王为手段，逐步消灭了一切割据势力。由此，发端于秦、以郡县制为主要形式的中央集权制度，在汉代得以巩固，并在中国历史上一直延续，长达2000余年。

〔钟声渐渐远去。

〔钟声与字幕同隐。

〔幕落。剧终。

2014年

《七场古装越剧》

凤　姐

谢丽泓

人物表　凤　姐——荣国府管家奶奶王熙凤，贾赦之媳，贾琏之妻。
贾　琏——贾赦二子，凤姐之夫。
平　儿——凤姐大丫鬟，贾琏通房丫鬟。
尤二姐——贾琏新夫人，贾珍小姨子。
秋　桐——贾赦大丫头，后赏贾琏。
贾　珍——宁府长孙，贾琏堂兄。
贾　蓉——贾珍之子。
尤　氏——贾珍之妻，尤二姐之姐。
来　旺——王熙凤娘家带来的下人管家。
贾蔷、贾芸、林之孝，来兴、丰儿、王太医、众家人、丫鬟、老妈子、堂官、番役、锦衣卫等。

序　幕

〔是乃昌明隆盛之邦，诗礼簪缨之族。
〔京城荣国府、宁国府。
〔幕后伴唱：
　　凡鸟偏从末世来，
　　都知爱慕此生才。

一从二令三人木，

哭向金陵事更哀。

〔音乐和气氛充满诡异和神秘之气息。

〔女音：尔乃脂粉队里的英雄，怎么连两句俗语也不晓得？

凤　姐　（恍惚中）未知是哪两句？

〔女音：常言道“月满则亏，水满则溢”，又道是“登高必跌重”，如今你家虽是烈火烹油、鲜花着锦之盛，勿以为荣华不绝，不思日后，终非长策啊……

凤　姐　虑得极是……不知有何示教？

〔女音：嘘……此乃太虚幻境，不可妄言。尔且附耳听了……

〔突，一阵喜乐狂奏，王熙凤惊醒。

〔平儿出。

平　儿　奶奶，大喜大喜啊！元春娘娘被御封为贵妃，上元节将省亲回府。

众　声　娘娘封为贵妃，就要省亲回府了——

第一场

〔喜乐声中灯火华丽。

〔幕后伴唱：

钟鸣鼎食国公门，

百年荣耀冠京城。

今逢长女封贵妃，

修建别院感皇恩。

省亲别墅大观园，

原是金银堆簇成。

〔贾府草字辈的少爷们和管家林之孝手拿货单和牌签先后出。个个拿牌签，着平儿支取银票。

林之孝　平姑娘……省亲用的烟花灯火都买好，小戏子和小尼姑也都在各处安置督教。我这二千两押金可取了。

贾　芸　平姑娘……林管家。省亲别墅大观园里的鸟雀鹿鹤，奇花异草都到了，

均在各处饲养、栽种，平姑娘，我那五千两扣款可领取了。

贾 蔷 平姑娘……林管家，芸儿。金银器皿，绫罗绸貂已悉数买好，平姑娘，我这里还需支走一万两银子。

贾 蓉 平儿姐姐，古董文玩，奇珍异宝，均已齐备，平儿好姐姐，需给我五万两银票。

贾 蔷
贾 芸 啊？五万两？
林之孝

贾 蓉 古玩珍宝，价值连城，岂是它物可比？芸儿蔷儿，我寻到一座唐宫的宝鼎，那可是世间难找啊！

平 儿 （着急、为难）啊唷超了超了，大大地超支了！丰儿，快请二奶奶回来。

凤 姐 （爽朗笑，内唱出）哈哈哈……

（唱）贾元春封贵妃声势浩荡，
国公府花着锦再添荣光。
上元节迎归省万事皆忙，
携奴婢百密无疏暗查访。
接銮舆须做得万众景仰，
舍我其谁，
谁能胜荣国府管家奶奶凤翥龙翔。

众 二婶来了（林之孝称：二奶奶）。（行礼）给二婶婶、二奶奶请安！

凤 姐 免了免了，尔等这几月里辛苦了！差事办得不错，货物都不赖，符合我们府上的规格，等省亲事毕，定然重重有赏！

众 （兴奋）谢二婶、谢二奶奶。

贾 蓉 （得意）二婶，这差事交与我等，尽可放一百个……

凤 姐 （打断）不过，好像有需用过费、滥支冒领、督管不力现象哦！

众 这……

凤 姐 （突指林）林之孝，林大管家，你管的摊子，是事事无大小、苦乐不均衡，偷懒推诿吃闲饭的大有人在！（拿过账单，速算）单说采买的小尼小道……一五一十，十进百，百进千，看看，这出工费竟然多花了三成！

林之孝 这……是是，二奶奶英明。

凤 姐 你这二千银票只有先押这里了！

林之孝 好好，我这就去！（慌张下）

凤　姐　贾蔷！
贾　蔷　二婶。
凤　姐　那金银器皿、绫罗绸貂，可有遗失？
贾　蔷　不会不会，婶婶尽可放心。
凤　姐　（掏出银茶壶）这是什么？
贾　蔷　这……（紧张接过）我、我这就去追查。（急欲下）
凤　姐　要是管不好那些物件，别说扣款在这里押着，我要你的肉都给我割出来！
贾　蔷　是是！（连滚带爬下）
贾　芸　（紧张）二婶，要不我先去各处再看看，押金回头再说。（擦汗，溜下）
凤　姐　嗯，这就对了！（看一个个样子，笑）哈哈哈……蓉儿。
贾　蓉　（也笑）二婶。
凤　姐　这次大观园里的内饰装帧，你采办古董文玩、奇珍异宝，银数是最大的。
贾　蓉　蓉儿不敢辜负婶婶的器重，采办的货色绝对一流！
凤　姐　嗯，确是不错，我们蓉儿确非一般。二婶我也最器重蓉儿了……
贾　蓉　（亲昵地拉凤姐）侄儿知晓，二婶婶是最疼蓉哥儿了。
凤　姐　哈哈哈……蓉儿就是善解人意。
贾　蓉　还不是二婶调教得好嘛！
凤　姐　蓉儿，这是什么？（递单子）二婶我看不大明白。
贾　蓉　（一看，脸色大变）这……这……这货物原单，怎会在二婶手里？
凤　姐　蓉儿忘了，二婶我是王熙凤，王熙凤想要的东西还有拿不到之理？
贾　蓉　（急下跪）二婶恕罪！
凤　姐　哎，起来起来，男儿膝下有黄金（忙扶）。（笑说）一般过得去，二婶也就算啦！你么，胃口稍许大了点，单一座唐宫铜鼎就多报了一万两银子，你叫二婶怎么替你说话呀？我这里要是过去了，你让人家怎么看我啊？
贾　蓉　（尴尬）二婶原谅，允蓉儿重新算了再来。
凤　姐　好！蓉儿一定不会让二婶失望的。
贾　蓉　一定！一定！（边跑边说，绊了一跤，狼狈下）
凤　姐　走好啊……（一转脸，怒气顿生）一帮蛀虫，竟然骗到我的头上来了。
平　儿　（摇头叹息）唉！……奶奶，这大观园也太奢华靡费了！银子花得像流水一样。
凤　姐　没有办法，我们这种人家，里空，面子总要光鲜的。那周贵人、吴贵妃家都盖了省亲别院，我们岂能被比下去，失了体面？

平 儿 唉！这个省亲，把我们家底都摊上了。再来一次，真的要精穷了。

〔画外音：琏二爷回府。

凤 姐 （兴奋地）二爷回来了。平儿，你快去厨房替二爷安排酒宴去。

平 儿 是。（下）

凤 姐 （千娇百媚地）奴婢迎接二……国舅爷荣耀归来！

贾 琏 （风流倜傥上）哈哈哈……夫人，请起！夫人！

凤 姐 二爷！

（唱）你外出公干一月余，

为妻掐指盼归期。

思夫念君在梦里，

爷在外，对我母女可想起？

贾 琏 哈哈哈

（唱）小别夫人胜新妻，

万种风情馨香袭。

琏二爷骨也酥来心也急，

抱起夫人鸳鸯戏。

〔贾琏抱起凤姐欲亲热。

凤 姐 （笑推）二爷二爷，哎，二爷，不好嘛！

贾 琏 有什么不好？

凤 姐 大天白日的，门未及关，你就不怕……

贾 琏 哈哈哈，夫人，你也有怕的时候？

凤 姐 奴家年纪轻轻，这胆儿还小着呢！

贾 琏 哈哈哈……好好，等天黑下来，这胆子也好大起来了。……巧姐，女儿呢？

凤 姐 宝贝女儿被奶妈带去给太太请安去了！

贾 琏 哦，那……平儿呢？

凤 姐 我让她去厨房给二爷安排接风酒席去了。……怎么？想她了？

贾 琏 夫人多心了哦！

凤 姐 想是正常，不想才怪呢！

平 儿 （匆匆上）奶奶，老太太差人来请奶奶过去。

凤 姐 这老祖宗，我一日没去，就差人来查了。

平 儿 这老太太，哪里能离得开奶奶呀！

凤 姐 生来命苦有甚法子，东奔西忙听差使，还落个恶名凤辣子！（得意）

（下）

〔凤姐一走，贾琏就要和平儿亲热。

贾　琏　平儿平儿，你想死二爷了。

平　儿　（慌）啊呀二爷，不可不可！

贾　琏　（唱）你是我的通房丫头，

名正言顺（你）少耍花头。

平　儿　（唱）二爷你出门时已久，

回来该先与奶奶去相酬。

贾　琏　你哪来这么多规矩！我不管……（拉平儿）

平　儿　二奶奶她……（跑出门外，隔窗而语）我图你亲热一番，回头被她恼？

贾　琏　（恼）这算什么嘛！她自己不论是小叔子还是侄儿子，说说笑笑，就使得。凭什么对我像防贼似地，与女的略近一些，都使不得？我这还算什么男人嘛！

平　儿　她防你使得，你醋她就使不得。人家本来就行得正，你一行动便是坏心，连我也不放心，不要说是她呢！

贾　琏　好好好，都是你们行得正，都是我坏心。早晚死在我手里！

〔凤姐惦记丈夫，匆匆赶回。

凤　姐　（见此情景）唷，要说话怎不在屋里，跑出来隔着窗户闹，何意呀？

贾　琏　（一惊，心虚地）屋里有老虎，要吃了她呢！

平　儿　屋里一个人也没有，我在他跟前做什么？

凤　姐　哼！没有人才好呢！

平　儿　（生气，摔帘子进）不要逼我说出好话来！

凤　姐　唷，这死丫头存心要降服我了。小心你的皮！

贾　琏　（拍手）哈哈哈，我竟不知平儿如此厉害，从此倒是服了她了！

凤　姐　都是你惯的，我只和你算账！

贾　琏　哎哎，你们闹不和，就拿我来出气？我躲开你们不行吗？（下）

凤　姐　哎，二爷——（一阵恶心，欲吐）

平　儿　（忙递帕子，吩咐丰儿）丰儿，快请王太医来。

丰　儿　是。（下）

凤　姐　做什么？

平　儿　这阵子几次犯了，身上也有两月不见来了。难不成有了？

凤　姐　身上本来就乱。巧姐儿都这么大了，从未见动静，心也死了。

平　儿　太医一看便知了。

凤　姐　多此一举，反落笑柄。

〔内声：王太医到。

王太医　平姑娘，何人有恙？

平　儿　我家奶奶，王太医请。

王太医　给二奶奶请安。二奶奶，有何不适？

凤　姐　你且看来。

王太医　（诊脉）恭喜奶奶、贺喜奶奶。

凤　姐
平　儿　（同问）喜从何来？

王太医　这是喜脉，二奶奶有喜了。

平　儿　（惊喜）真的？

王太医　嗯……这脉象强健有力、铿锵有声，像是个男孩。

平　儿　奶奶！

凤　姐　（兴奋）平儿，赏！

平　儿　是。（赏王太医银子）

王太医　小的告退。（下）

平　儿　我这就去告知二爷……（兴奋地乱了头绪）啊不，我先去告知老太太、太太们去。（下）

〔幕后伴唱：啊……

凤　姐　（喜极）我有儿子了，

（唱）我有儿子了——

喜讯从天降，

阴霾一扫光。（喜不自禁，长袖飞舞，难抒内心万千感慨）

贾府治家数载长，

指点江山威四方。

治家严厉遭人谤，

无后之忧如泰山压心房。

从今后扬眉吐气，气吐眉扬，

当家奶奶位置，

我坐得顺顺畅畅稳稳当当。

〔切光。

第二场

〔一月后。翻造一新的大观园某楼阁。

〔幕起，贾珍、贾琏、贾蓉边喝酒，边欣赏园中学戏的女子们。“咿咿呀呀”的声音时有传出。

贾　琏　哈哈哈，这大观园，帐舞蟠龙，帘飞彩凤，金银焕彩，珠宝争辉，好一派奢华富贵之气啊！

贾　珍　这个自然，贾府省亲，可是那些小户妃子们比得了？不说那些稀世珍藏，单说眼前这些学戏的女子，个个都生得天姿国色，鲜嫩嫩水灵灵……这个像莺莺待月……那个像杨妃出浴……

贾　蓉　孩儿见得林之孝采买的那些个小尼姑也是十分喜人。

贾　珍　（不屑）你何等眼光！

贾　琏　何不传唤小尼姑们过来，一睹芳容？让二弟我也见识见识！

贾　珍　你……哎，你就免了！免了吧！二弟！

（唱）二弟虽为国公后，
强妻压顶难抬头。
风流韵事莫沾手，
当心回家河东狮吼。

贾　珍　哈……可怜啊可怜！

贾　琏　哎，大哥差也！

（唱）强妻再强总是妻，
夫为妻纲我为首。
想必尔等有领教，
她处处敬夫礼数周。

贾　珍　（唱）那不过是她遮人耳目掩众口！

贾　蓉　哎呀父亲、二叔，何必说这些自寻烦恼，来，喝酒。

（唱）人生不如意事常八九，
唯有快乐最难求。

今朝有酒今朝醉，

来一个，开怀畅饮醉红楼。

贾　珍　好！今日高兴，一醉方休。二姐，把我二十年陈的琼浆酒拿出来。

尤二姐　是！

贾　蓉　二姨，你快来呀！

尤二姐　（娇媚内声）来了！（端酒，款款上，施礼）见过姐夫。

贾　琏　（惊艳）呀！

（唱）何处仙子落凡州？

人间哪得几回有？

贾　珍　（唱）她乃是你大嫂的二妹本姓尤。

贾　琏　（唱）原来是尤二姐，

她美艳无双占鳌头！

……啊呀呀二姨妹，愚兄这下有礼了。

尤二姐　（羞答答）还礼。

贾　琏　呀，二姨妹出落得越发的动人了，未知哪个男子有此洪福，能娶二姨妹这样的女子为妻哦！

尤二姐　二爷取笑了，二爷请用酒……（斟酒）

贾　琏　（搭尤二姐手，四目相对）多谢二妹，愚兄我自已来……

贾　蓉　啊，酒已洒出……

贾　珍　哈哈哈哈哈……

〔尤二姐含羞抽手。

贾　琏　（唱）她那里娇滴滴温绵如柳，

尤二姐　（唱）他那里莽撞撞人才风流。

贾　琏　（唱）她那里羞答答欲说还休，

尤二姐　（唱）他那里火辣辣魂舍难守。

贾　琏　（唱）她那里情脉脉，

分明是有意来相酬，

尤二姐　（唱）他那里意切切，

我犹如小鹿撞心头。

贾　珍　（唱）既然是两情相悦，

我何不顺水推舟。

二弟若娶二姨妹，

兄愿为二弟牵红绸。

贾　琏　多谢大哥！一切任凭大哥做主。

尤　氏　（从内冲出）不可不可，千万不可啊！二妹嫁谁，也不能嫁二叔。

众　却是为何？

尤　氏　莫非你们忘了二婶子王熙凤？

贾　珍　王熙凤也太霸道了，男人三妻四妾理所当然，难道她想一辈子都不让二弟娶二房吗？

贾　蓉　是啊！二叔也太委屈了。

贾　琏　（委屈地）我这算什么男人嘛？这次我偏要娶二姨妹！看她怎么着！

尤　氏　你们呀！（拉尤二姐于一旁）二妹，你我虽非一母亲生，但姐妹情同手足，你且听为姐几句，那王熙凤绝非等闲之辈，二妹宁可嫁张华，也不可去惹她。

尤二姐　姐姐呀！

（唱）多谢姐姐来叮咛，

妹有心事相告禀。

那张华一贫如洗嗜赌如命，

这二爷貌若潘安显赫门庭。

妹不愿眼睁睁作践受贫，

妹情愿作二房衣食无忧享安宁。

尤　氏　这……唉！怎得安宁啊！

〔切光。

第三场

〔贾琏躲躲闪闪出，被平儿叫住。

平　儿　二爷！

贾　琏　（吓一跳）嘿嘿，平儿。

平　儿　二爷怎的又要出门？

贾　琏　衙门里有公事要办。

平　儿　二爷，省亲在即，各处举事汇总，各项工程了结，奶奶一早忙到现在，

米粒未沾呢！

贾 琏 那就烦请平儿姑娘多照顾着点，叫她多歇息，少劳累……

平 儿 事务庞杂，怎歇得了？奶奶今日有些见红了。

贾 琏 那得请王太医，我也无用啊！

丰 儿 （上）二爷，老爷的大丫头秋桐姑娘求见。

贾 琏 下去吧！（出房门）

丰 儿 是！

〔屋外表演区，妖骚的秋桐在一旁，贾琏背后热情迎上。

贾 琏 秋桐姑娘——

秋 桐 啊，二爷——喂呀呀，二爷吓着秋桐了呢！（夸张抚胸）

贾 琏 （贴近秋桐）要不要二爷帮你揉揉，压压惊啊？

秋 桐 （娇嗔）去！

贾 琏 找我有事？

秋 桐 没有事，就不能来找二爷了吗？

贾 琏 （捏一把秋桐脸，轻声）是不是想二爷了啊？

秋 桐 （打一下贾琏）想得美！是老爷相中了石呆子的古扇，要你想办法去弄来。

贾 琏 人家石呆子死活不卖，我有什么办法？

秋 桐 二爷肯出手，还怕没有办法？

贾 琏 对！秋桐说我有办法，二爷就有办法。

秋 桐 二爷，什么时候你给秋桐也弄些什么好东西啊！

凤 姐 （由平儿搀扶着出）哟，二爷不是要去公干嘛？让什么绊住脚了？

贾 琏 我正要去呢！（忙遛）

秋 桐 哎——哎——二爷，老爷还等着回话呢！

凤 姐 平儿，拿扫把来扫扫，这里一股子的骚味！

秋 桐 （不示弱）秋桐闻到的怎么是一股子的酸味呢？

凤 姐 大胆奴才！勾引二爷，还敢犟嘴，该当何罪？

秋 桐 秋桐是老爷的奴才，二奶奶去向老爷问罪吧！哼！（头也不回下）

凤 姐 （哭笑不得）嘀，好你一个贱人！

平 儿 奶奶，犯不着，快快进屋歇歇，累了一天了，小心别动了胎气。

凤 姐 真真的上梁不正下梁歪！

〔平儿搀凤姐入内。

来 旺 （神色慌张悄上，轻唤）平姑娘——平姑娘——

平　儿　（出）是来旺，何事惊慌？
来　旺　大事不好啊！（与平儿耳语）
平　儿　（惊慌）天哪！（赶紧捂嘴）……不会有错？
来　旺　没有错，我特意去打听了，的确是真。还是快告知奶奶为好。
平　儿　不可！不可！今日奶奶已劳累过度，要是知晓此事，怕是会……
来　旺　要是知情不告，一旦发觉，我们吃罪不起啊！
凤　姐　（艰难上）嘀咕什么？什么告不告的，说来听听。
平　儿　（紧张）奶奶，你身子不适，先回房吧！
凤　姐　让来旺说！
来　旺　（忙下跪）奶奶恕罪，小的听得二门上两个门童在议……
凤　姐　议什么？
平　儿　哎呀奴才的话，岂可当真。
凤　姐　休要打岔。说呀！
来　旺　他们说，二爷在外面娶了个新奶奶……
凤　姐　什么？他们说……
来　旺　二爷在外娶了个新奶奶。
凤　姐　……那新奶奶是谁？
来　旺　是珍大爷的小姨子尤二姐。
凤　姐　（跌坐）啊！（痴呆半天）
平　儿　（着急）奶奶、奶奶……此事定是误传，来旺，不要乱说惹奶奶生气！
来　旺　小的不敢半句有假。我都打听明白了，那尤二姐本来是许了人家的，我有个亲戚与她前夫张华相识，那张华穷得叮当响，他们给了银子，就叫张华把婚给退了。
凤　姐　（缓过气来）这事谁做的主？谁牵的线？
来　旺　是珍大爷作的主，蓉哥儿牵的线。
凤　姐　珍大爷？蓉哥儿？此事有多久了？
来　旺　估摸着有一段时日了，因为那尤二姐已经身怀有孕了。
凤　姐　你说什么？
来　旺　那尤二姐已经身怀有孕，一月有余了。
凤　姐　啊？（众围上："奶奶……"）……滚！
〔来旺打自己嘴巴。
凤　姐　（唱）忽觉晴空霹雳震，

又似那六月冰冻寒彻身。
原以为，王熙凤聪明过人，
却原来，是糊涂透顶一痴昏。
原以为，当家奶奶万事控掌心，
却原来，他在我眼皮下亲做成。
原以为，夫妻恩爱情谊深，
生下儿，便可亲亲热热和和美美度晨昏。
却原来，他移情别恋动了真，
转瞬间，新人已有孕在身。
原以为，凤辣子无人敢惹，
却原来，全府上下水不漏风不透独独欺瞒我一人。
原以为，我怀子嗣位如磐石稳，
却原来，他叔侄共撼根基震。
（白）贾琏，好一个朝暮相伴的知心人！
我这里操持贾府费心血，
你那里沾草惹蝶眠花枕。
我这里身怀六甲理家业，
你那里新婚燕尔享温存。
贾珍、贾蓉！
狼狈父子断情分，
恩将仇报将我坑。
哈哈哈……
笑你们眼瞎头发昏，
烧错高香，摸错了庙门。
我卧榻侧，岂容他人安睡，
王熙凤绝非省油灯！
呼奴唤婢把宁府闯，
定要闹他个人仰马翻地动天倾，
宁府从此不安生！
（突然腹痛）啊唷……

众 （着急）奶奶——奶奶——（光收）

〔画外音："不好了，奶奶儿子掉了！"

〔凤姐歇斯底里的画外音："我的儿啊！——"

第四场

〔幕后伴唱：

痛煞煞，殁了娇儿，
恨切切，伤了心身。

平　儿（唱）奶奶她强支病体迎归省，
众口赞办得体面又周正。
双重痛击未曾垮，
不愧是女中之杰胜常人。

凤　姐（唱）那一日，
怒动肝肠失了亲生，
犹如剜心碎了方寸。
咬银牙强镇定隐瞒真相，
忍巨痛不动色办完归省。
旁人只夸我强干，
怎知我五内滴血痛彻身。
女人失爱已致命，
失子更断命中根。
失爱失子已失魂，
王熙凤九死还一生。
此仇不报非为人，
明报又恐犯下"七出"罪孽深。
失子无后本是罪，
失妇德留妒名满盘皆输罪加一等。
连日来我细寻思、长计议，
深谋虑、暗思忖，
那贱人非是寻常人，
宁府至亲根基深。

牵一发动全身，
枝枝蔓蔓连着根。
此仇要报得静又稳，
借刀杀人不留痕。
连环妙计酝酿成，
谅你们插上翅膀难逃遁。

贾珍！三月前，你宁府刚刚死了父亲，朝中又死了娘娘，家孝国孝两孝在身，你还做出这种缺德之事。好啊！既然你们暗度陈仓，我就顺水推舟！既然你们男盗女娼，我何必替你们藏着掖着？倒不如把丑事都抖出来晒一晒，让天下人都来看一看！平儿——

平　儿　（上）奶奶。

凤　姐　你二爷去平安州还要多时才能回来？

平　儿　还要半月。

凤　姐　你去招来各色匠役，收拾东厢房三间，一律按我正房的装饰铺排陈列。

平　儿　奶奶，这是何用？

凤　姐　给新二奶奶入住。

平　儿　（惊讶）什么？

凤　姐　（惯有的声调）本是自家亲戚，可谓是亲上加亲了。都有三个多月的身孕了，难道还要等儿子长大了，牵着上门不成？来旺说她住在花枝巷，一家人的，她一人在外，成何体统？明日我亲自去花枝巷，登门相请，接她到府里来住。

平　儿　（疑惑）这……

凤　姐　这什么这，还不快去安排！

平　儿　是。

〔平儿下。

凤　姐　（看着平儿下，冷笑）哼哼！但等那秋桐小骚妇一到，就有好戏看了。

丰　儿　（上）奶奶，老爷已经答应，把他大丫鬟秋桐姑娘赏给二爷了。

凤　姐　（喜）太好了！（即收）知道了，你下去安排吧！

丰　儿　是！（下）

平　儿　（着急喊上）奶奶——不好了！不好了！老爷把秋桐赏给二爷了。这便如何是好啊？

凤　姐　好啊！好极了！这下二爷就该心满意足了呀！

平　儿　奶奶千万不可答应啊！

凤　姐　（瞪平儿一眼）呃！

〔平儿悻悻退下。

凤　姐　（背白）你哪里知道，有了秋桐，那尤二姐就没有好日子过了。哈……

〔光收，再启。

凤　姐　来旺，你拿二十两银子交与那尤二的前夫张华，叫他到有司衙门告状去。

来　旺　告状？告谁？

凤　姐　告我们家这个琏二爷。

来　旺　（不解）告琏二爷？

凤　姐　你附耳过来。（对来旺耳语）

来　旺　哦……（紧张）啊，奶奶，这一告，我们二爷、珍大爷、蓉哥儿岂不是全要去坐牢吗？

凤　姐　就是告我们造反也不要紧，闹大了，奶奶我自然会收拾。……对了，这里是二百两银票，等会儿你与我到察院去打点一下。

来　旺　是！

〔凤姐与来旺继续耳语，来旺点头。

〔收光。

第五场

〔幕后伴唱：

琏二爷终于交了桃花运，

转眼间三妻四妾满华庭。

尤二姐　给姐姐请安。

凤　姐　妹妹，起来了，睡得可还安实？

尤二姐　安实的。

凤　姐　可与那花枝巷比？

尤二姐　那花枝巷陋室，怎与国公府相比！

〔秋桐懒洋洋地上。

秋　桐　嗯哼！

凤　姐　秋桐妹妹，你起来了？
秋　桐　二奶奶，琏二爷什么时候回来啊？
凤　姐　今日就回。我已备下接风的宴席了。
〔内声：二爷回府。
凤　姐　看，二爷回来了，快快摆宴。
〔贾琏探头探脑、蹑手蹑脚上。
贾　琏　（唱）听说是二姐被接住府上，
与熙凤姐妹相称过家常。
满腹狐疑到华堂，
战战兢兢朝里望。
凤　姐　妹妹请。
尤二姐　还是姐姐先请。
凤　姐　妹妹初来乍到，当然是妹妹先请。
贾　琏　（接唱）难道传闻非是假？
难道她果真有这般好心肠？
凤　姐　啊呀二爷，你回来了，怎么还不进来呀。
贾　琏　嘿嘿，夫人，这事嘛……
凤　姐　你何必瞒我，看，如今多好啊！
尤二姐　二爷，我……
秋　桐　（抢上一步）二爷，你终于回来了！
贾　琏　（惊讶）秋桐，你怎会在这里？
凤　姐　老爷夸二爷治家有方，特意把秋桐姑娘赏赐给二爷。
贾　琏　（惊讶）啊？
秋　桐　（不悦）怎么？二爷不欢喜？那秋桐就回去！
贾　琏　啊？不不不！欢喜欢喜。
秋　桐　秋桐以为二爷会满心欢喜，谁知二爷……（撒娇）
贾　琏　（应付）哦哦，（急于想同二姐说私话）你……你……
尤二姐　（欲解释不得解释）二爷……
贾　琏　夫人……
平　儿　奶奶，宴席已摆好。
凤　姐　好，二爷上座，姐妹们，都入座吧。
〔凤姐引尤二姐与秋桐坐下，见平儿立于一旁，拉住平儿……

凤　姐　平儿，你劳苦功高，理当坐下！（将平儿按在自己的位置上）

平　儿　奶奶，我……（被硬拉着坐下）

众　　请……

〔众人坐下，端起酒杯……突然发现，凤姐一人立于一旁，“呼”一下全立起，众人紧张地看着凤姐……

凤　姐　哈哈哈……坐下都坐下，我看着高兴。二爷终于妻妾成群，热热闹闹的了。再过个一年半载，你们都给二爷生个儿子出来，琏二爷家就不怕断后了。

平　儿　（知凤姐内心苦楚，拉她重新坐下）奶奶，坐。

〔凤姐坐下。众都站着。

凤　姐　丰儿，给平姐姐端把凳子来。大家都坐下。

丰　儿　是。（端上凳）

〔众这才落座。

凤　姐　二爷、姐妹们请。

众　　请！

贾　琏　（唱）眼花缭乱妻妾成群，

半惊半喜云里雾里。

凤　姐　（唱）满面欢喜满心流泪，

新人欢笑旧人暗啼。

平　儿　（唱）此情此景将信将疑，

不知收场在何时何地。

凤　姐　姐妹们，今日喝团圆酒，大家放开怀，一醉方休，请。

〔尤二姐只是碰了碰唇，放下。

秋　桐　怎么，嫌酒不好？

尤二姐　不不！我不胜酒力。

贾　琏　哦，二姐的酒，我来替她喝吧。

秋　桐　哎，二爷不可偏心！

凤　姐　哎呀我忘了，妹妹是有身孕的人，这可是我们这里最最贵重之人啊！好，妹妹的酒为姐替你喝了。（喝净）

平　儿　奶奶，你身子虚弱，少喝一点。

秋　桐　（霍地站了起来）奶奶，非是秋桐夸下海口，明年今日，我一定替二爷生下一个不带一丝杂质、绝不拖泥带水、二爷的老牌实货、贾府嫡传的

正宗儿子出来！

〔尤二姐酒杯跌地。丫鬟们忙收拾。

凤　姐　哈哈哈……好！姐姐敬你一杯。喝！（再喝）

〔兴儿焦急跑上。

兴　儿　二爷、二爷，不好了不好了！

贾　琏　何事惊慌？

兴　儿　二爷被新二奶奶的前夫张华给告了，衙门里的差人到府上抓人来了。

贾　琏　啊？他告我什么？

兴　儿　他告你……罪名木佬佬来，什么国孝家孝在身，背旨瞒亲……

贾　琏　国孝家孝在身，背旨瞒亲？

兴　儿　还有……倚财仗势，强逼退亲，停妻再娶！

贾　琏　倚财仗势，强逼退亲，停妻再娶？……

兴　儿　是的是的，都朝这里来了。

贾　琏　你快快去拦住他们。

兴　儿　是。（下）

〔尤二姐昏厥。

贾　琏　夫人夫人！

凤　姐　妹妹妹妹！

众　　新二奶奶！

凤　姐　二爷，这到底是怎么回事？

贾　琏　那个张华！收了珍大哥二十两银子已经退了婚的，谁知道他怎么又告起状来了！这……

〔兴儿急上。

兴　儿　二爷、二爷，不好了不好了，那些衙役凶神恶煞地过来啦……我挡不住。

凤　姐　平儿，你快去拿些银子给他们，让他们先去茶厅喝茶。

平　儿　是。（匆匆下）

贾　琏　（对兴儿）你快去告知珍大哥。

兴　儿　二爷，那张华不但告了二爷，还告了珍大爷和蓉哥儿呢！

贾　琏　还告了他们？告他们什么？

兴　儿　告他们挑唆做媒，欺压良善！

贾　琏　挑唆做媒，欺压良善！

兴　儿　这会儿珍大爷、蓉哥儿兴许已被衙役带走了。

尤二姐 天哪！（哭泣，晕倒）

〔切光。

第六场

〔平儿端药碗上。

凤　姐 （上）平儿，你辛苦了。

平　儿 奶奶，刚才来旺媳妇把那三百两银子的利钱送来了。

凤　姐 你告诉来旺媳妇，放在外头的账，一概在年底收了回来，少一个铜钱也不依！这些年我想了多少省钱、生钱的法子，反正也填补不了这无底的窟窿。

平　儿 奶奶，不放也罢，免得成天瞒这瞒那的，官府知晓，还得吃官司。不放利银也可省点心。

凤　姐 省不了心了，这府里早已是出得多，进得少。男人们只知玩乐，不思进取，女人们只知争风吃醋。若不是我东挪西凑的，这日子早过到破窑里去了。一个个还当这里是什么金玉宝地，硬往此挤……不说了，你且去吧！

平　儿 哎。（下）

秋　桐 （懒洋洋上）二奶奶，她天天把二爷霸占着，把我掼进冷铁锅里干冻、干晾着，我这颗火热热的心，快成冰块了！我还怎么替你们生得出二爷真宗实货的儿子来呀？

凤　姐 哎呀！二爷也不知怎么啦，放着这般如花似玉的妹妹不来疼爱，偏偏……我都替妹妹不平啊！

秋　桐 （受到鼓舞）还不是那狐狸精给害的。（突然性起，入内拉着尤二姐出）你给我出来！

尤二姐 （梨花带雨状）妹妹、妹妹……

秋　桐 你再这样装病作嗲缠着二爷，我可要对你采取行动了。二爷是我们大家的，一天十二个时辰公平分配，我是夜猫，寅时出动，这时候我力道正足呢！（对尤二姐摆开架势）

凤　姐 （假意劝架）妹妹不要再说了，尤二妹妹有孕在身……

秋 桐 不就是借着这个（指肚子）作嗲吗？呸！我才不稀罕呢！还不知是哪个野鬼下的种呢！

尤二姐 你……（晕了过去）

凤 姐 妹妹进去歇一歇吧！（扶尤入内）

〔秋桐怒下。

贾 琏 （急上）夫人、夫人——

凤 姐 （热情迎出）二爷，你回来了……

贾 琏 （绕过凤姐进内，内声）夫人，你怎么样了？你怎么病成这样了啊？

凤 姐 （跌坐椅子上）

（唱）二爷他对熙凤冷若冰霜，
痛贱人动了肝肠。
往日恩爱撇一旁，
不由人凉透了心房。

贾 琏 （内声）还不快去请太医！你们都是死人了？

凤 姐 （恨恨地）请太医。来旺！

来 旺 （上）奶奶，你吩咐胡太医的药已经煎好了。

〔切光。

〔女音：常言道“月满则亏，水满则溢”，又道是“登高必跌重”，勿以为荣华不绝，不思日后……

〔画外音起：“啊呀不好了！二爷，新二奶奶喝了汤药不久，胎儿就坠下了！……”

〔光亮，凤姐和平儿速入内。

凤 姐 妹妹妹妹——

贾 琏 （气急败坏拿着药方上）什么淤血凝结，下淤通经！有孕之身，怎可开出如此虎狼之药？来旺，快去把那胡庸医抓来！

来 旺 （急上）二爷，那胡太医已经卷铺盖逃走了。

贾 琏 逃走了？与我全力追捕！

来 旺 是。（急下）

〔平儿扶着凤姐出。

凤 姐 果然又是个儿子，看来咱们真的是命中无子啊！

贾 琏 （咬牙切齿）到底是没有本事还是别有用心？

〔凤姐一惊，忙哭泣，胡乱骂人。

凤　姐（对平儿）你怎么也这么没用，怎么也不替二爷生个儿子出来！

平　儿奶奶，你说什么呀！（生气）

贾　琏唉！

（唱）莫非是我命里真无子？
莫非是她故意设圈套？
为何件件总落空？
为何事事添懊恼？

凤　姐（唱）那日衙役一场闹，
贱人惊得一病倒。
秋桐果然是妙棋，
过河兵卒胜车炮。

平　儿（唱）自从二爷娶新娇，
奶奶突然换新貌。
一身病体全不顾，
亲为新人求神拜佛勤照料。

贾　琏（唱）男儿恋花是本性，
三妻四妾是常道。
她素来不认这个理，
疑圈套又无迹象与根苗。

凤　姐（唱）今日里延医开出虎狼药，
胎儿坠地大患消。
步步为营均中招，
天衣无缝人难晓。

平　儿（唱）她常皱眉头人发怵，
终日闭嘴言语少。
往日有事不瞒我，
看来此事实紧要。

贾　琏（唱）我怎会，
事与愿违总折夭？

凤　姐（唱）我怎会，
胜券在握心力焦？

平　儿（唱）我怎会，

痛新人疼旧人又怜自身命杳渺。

〔幕后伴唱：

怎会？怎会？怎会？

难道是命里定在劫难逃？

〔幕后发出器皿破碎声。

秋　桐　（拉尤二姐上）你这个不要脸的狐狸精，没人要的小娼妇，贱货！人家都说那宁国府，只有门口那对石狮子才是干净的呢！

尤二姐　（羞恨难当）你……

秋　桐　你什么你！（欲打尤）

凤　姐　（上。阻止）放肆！（赶秋桐）下去！

〔尤二姐扑进凤姐怀里痛哭："姐姐——"

凤　姐　（尴尬，安慰）不要哭，她年少不更事，休要怪她。

尤二姐　不不，我不怪谁，都是我命不好。我是一步走错，步步错，没有回头路啊！姐姐呀！

（唱）我也是生长在富贵门庭，

都只为家道中落交困受贫。

母女们全靠姐夫接济度光阴，

闲言碎语难免闻。

屋漏偏逢连夜雨，

许张华遇人不淑更苦命。

嫁二爷无意争春，

只图个衣食有靠饱和温。

承蒙姐姐不嫌弃，

收留进府姐妹相称付真情。

只等生下一男半子来报恩，

谁知半途夭折，愧对姐姐一片心。

起风波，污点怎能濯清？

欲安宁怎得清静？

如今是孩子既去无牵挂，

含羞带愧一身病。

妹妹命中无福份，

只怕是来日无多别姐而行。

凤　姐　（唱）霎时间，魂不守，身不定，

飘忽忽，晃悠悠，情难禁。

〔一阵恍惚，站定。

（接唱）好一番痴心软语吐了真情，

一瞬间触动了女儿柔心。

女儿身，本薄命，

何必急火相煎焚？

她犯我惹我虽可恶，

此时此景也可悯。

遇着个逆来顺受、无骨无恨的软弱人，

我丧了斗志瘫了精神。

行船猛然收了帆，

我虽胜犹败失了航灯。

……

（似自言自语）妹妹，女人的命运都是差不多的，你好好活着、好好活着吧！（恍恍惚惚出门）

尤二姐　姐姐，不知二爷在哪里？我想见他。

凤　姐　我也不知他在哪里。（自语）唉！你怎么还不明白……

〔光暗。夜，更声。

贾　琏　（喝醉酒，兴儿扶着回家）喝！再喝，我没有醉！

秋　桐　（上）二爷、二爷！

贾　琏　你是谁？

秋　桐　我是秋桐啊。

贾　琏　秋桐？哦，秋桐。

秋　桐　秋桐来了那么多天，二爷一直不理不睬，二爷过去对秋桐是何等的欢喜，老爷赏了却又……

贾　琏　秋桐姑娘，二爷近日心情不好，故而……不过看见你就好了！

秋　桐　太好了！那就跟我走啊！嘻嘻……

贾　琏　哦哦，跟你走、走，哈哈哈……

〔两人嬉笑着下，浪笑声响彻夜空，神秘而又诡异。

丰　儿　（内声）啊呀不好了，奶奶、奶奶，新二奶奶吞金自尽了！

〔一声闷锣响起！

〔低沉的无字之曲："啊——"

秋　桐　（衣冠不整出）二爷，我的玉簪不见了，你要给我买一支新玉簪。

贾　琏　（上）好好好，买！买！

秋　桐　二爷，珍大爷府里开了个赌场，还配了陪赌女，我想去见识见识嘛！

贾　琏　好好。

秋　桐　咯咯咯……二爷，来呀——来呀——

贾　琏　哈哈哈哈……

平　儿　（上）二爷——二爷——

贾　琏　（冷淡地）什么事？

平　儿　下月各房无有月例可发了。

贾　琏　找你奶奶去。

平　儿　奶奶卧病在床，无力治家，你要想想办法呀！

贾　琏　你烦不烦！（甩袖而下）

凤　姐　（缠着头巾，憔悴不堪上）平儿——

平　儿　奶奶，你怎么起来了？

凤　姐　咱们府里这阵子晦气不断，我让来旺去请算命先生问卦，不知回来没有？

来　旺　（闻声上）奶奶，奴才已回。

凤　姐　算命先生卦象如何？

来　旺　卦象说，是一个属兔的人犯冲的缘故。

众　（惶恐不安，争相申辩）我不属兔，我属马、我属羊，我属狗……

秋　桐　我属兔，只有我一个属兔吗？……（突然明白）啊？不不！

凤　姐　原来祸因在此。来呀，快把秋桐赶出府去。

〔众拉秋桐。

秋　桐　（挣扎撒泼）不！不！你们要赶我走吗？没有那么便宜！（跳坐于地）什么犯冲？谁要害我？快出来！快出来啊！

凤　姐　还不拉了下去！

秋　桐　（对凤姐）你！就是你！（被拉下去）二爷救我——二爷救我——

〔凤姐手按腹部，痛楚难忍状。

来　旺　（奔上）奶奶——奶奶——贵妃娘娘她……

凤　姐　娘娘她怎么样了？

来　旺　娘娘薨了。

凤　姐　啊！

〔幕后伴唱：

啊——

大树倒，根基撼，

贾府破败非一日寒。

千金散尽不复还，

醉生梦死终成烟。

第七场

〔画外音：贾赦交通外官，倚势凌弱，辜负朕恩，有忝祖德，着革去世职，钦此！

堂　官　锦衣卫，把守好前后门，查抄贾府！

〔幕启，阖府男女鬼哭狼嚎乱成一团。凤姐披头散发与贾琏立于一侧，锦衣府堂官立于中间。

番役甲　报——启禀大人，贾琏房中查抄出两箱房地契，一箱借据，全都是违例取利、重利盘剥的凭证。

堂　官　单凭“违例取利、重利盘剥”这一条，罪已深重。

贾　琏　（咬牙切齿对凤姐）都是你……

番役乙　报——禀大人，内室查出御用衣裙并有众多禁用之物。

〔报声中，风起雪降……

堂　官　（宣读罪状）贾珍贾琏官府有案，贾琏国孝家孝在身，背旨瞒亲，强占良民张华之妻，倚财仗势，强逼退亲，停妻再娶。贾珍、贾蓉挑唆做媒，欺压良善，强占人妻为妾，因其不从，凌逼致死。

贾　琏　啊？（差点晕倒）

凤　姐　不不！不是这样的，大人，不是这样的！

堂　官　来呀，把贾赦、贾珍、贾琏、贾蓉全部押走！

〔一干人等拿枷锁套住贾琏。

贾　琏　（挣扎对凤姐）都是你把我们给害了！你以为我不知道？告状、堕胎、借刀杀人……全是你一手策划操办。（恶狠狠地）你这恶妇！我要休了你！

凤 姐 （歇斯底里）不！不！！！——

〔风雨雷电齐鸣，一声惊雷，悬景从天跌落。

〔幕后伴唱：

啊……

忽喇喇似大厦倾，

昏惨惨似灯将尽。

赫赫扬扬国公府，

穷途已无回天擎。

〔光渐启。

机关算尽太聪明，

反误了卿卿性命。

〔洗劫混乱的房间，一半毁的卧榻，凤姐半躺昏睡。

凤 姐 （昏迷中说胡话）都是我害的！都是我害的？不！不！我不想害人，我不想害人，都是你们逼的。

平 儿 （端药上）奶奶，奶奶，醒醒，醒醒……唉！又说胡话了。

（唱）见奶奶花颜失，似疯癫，

不由人泪难禁，心如煎。

平儿我伴她身边已数年，

今日里五味杂陈浮眼前。

也曾经磕磕绊绊，

也曾经心心念念。

也曾经恨之切切，

也曾经爱之绵绵。

我憎她恼她又怕她

我敬她爱她又服她

我忧她虑她又怜她，

我指望伴她共华年。

旧日荣光在眼前，

又谁知瞬间家破人不全。

争强好胜留下了血斑斑，

费尽心思换来了愁怨漫天。

纵怀一身绝世才，

难脱命里铁锁链。

凤　姐　（胡话）鬼，鬼，有鬼——

平　儿　奶奶、奶奶……

凤　姐　（惊起）谁？

平　儿　是我，奶奶……

〔凤姐见是平儿，松一口气，重重地躺了回去。

平　儿　（递药）奶奶，趁热把药喝了。

凤　姐　不！让我死了、让我死了吧！这抄家一定都在怨我……

平　儿　抄家，都是男人们惹出的祸，要没有奶奶硬撑着，早就出事了。奶奶，休要多思，（递药）保重身体要紧。

〔凤姐拒药，重又躺下。

凤　姐　唉！还喝什么药，我刚才见到阴曹里的人了。我自己知晓，我命不久矣！

平　儿　奶奶休要胡说，奶奶身子强健，一定能长命百岁！

凤　姐　好了好了，莫要哄我了。我死了，你们的眼中刺拔了，你和二爷就可以和和睦睦地过日子了……

平　儿　奶奶都什么时候了，还说这样的话！奶奶要打要骂只管朝平儿出气，何苦说这样的话气我呢！……这些年了，还不知道平儿的心吗！（哭）

凤　姐　（也哭）死丫头……

（唱）我怎不知你知冷知热亲人样，
我怎不知你真心贴意为我想。
到如今你不离不弃守身旁，
怎不教我为往日跋扈羞愧难当。
原谅我刚愎自用常提防，
原谅我自以为是将你伤。
难为你为我遮风又挡雨，
甜酸苦辣味尽尝。
多少怨恨你一起当，
多少辛劳你一起扛。
如今我撒手归西去，
只留给你满室凄凉、前路茫茫……

平　儿　（泪流满面，打断）奶奶，你休要说了……

凤　姐　（哭）平儿……我对不住你！

平 儿 奶奶……（抱住凤姐大哭）

凤 姐 平儿，我要走了，可有一事放不下，可怜我女儿巧姐，三灾八难的，如今又成了没娘的孩子……我只求你们善待于她，拜托妹妹了……（挣扎跪下磕头）

平 儿 （忙扶）奶奶……

凤 姐 我曾盼她嫁个王侯将相，如今明白，只愿她平安健康……长大以后，替她找一户平常人家，有一个真心疼她爱她的夫婿，舒心快乐、平安终老……我九泉之下也可瞑目了。

平 儿 （哽咽）奶奶，平儿记下了。

〔凤姐昏死过去。平儿盖好被子，擦泪，下。

〔神秘音乐起，画外女音：月满则亏，水满则溢，奴已数次提及，尔未曾自省，如今登高跌重……痛耶？悔耶？

凤 姐 痛？悔？我痛！我悔！

（唱）一生张罗，落此光景。

一生争脸，脸面何寻？

逞强好能，

只剩半条残躯一身病。

争宠护爱，

只得一纸休书成弃人。

呼风唤雨，呼不顺命本乖蹇，

权力尽掌，掌不住大厦轰然倒倾。

（呐喊大恸）我痛我悔啊！……（转而悲笑）哈哈……哈哈！痛有何益？悔有何用？！

（唱）再悔，也悔不回花好人圆，

再痛，也无非是荒凉一梦。

再哭，也只是清泪两行，

再恨，也俱是白骨无情。

倒不如昂首赴阴司，

要煎要剐要烹要炸下十八层地狱，

我绝不辩解不求怜悯，

死也要死得直挺挺！

〔神秘音乐起，女音飘飘然上……

女　音　三春去后诸芳尽，各自须寻各自门……

凤　姐　奴这就随你去了……

〔凤姐灵魂出窍，躯体慢慢倒下……

〔漫天雪花徐徐落下，覆于凤姐之体，直至掩没。舞台一片白色。

〔幕后合唱：

红楼梦醒在今晨，
繁华已逝了无痕，
天地尽头逍遥地，
白茫茫一片真干净。

〔幕徐徐落下。

〔全剧终。

2014 年

古装越剧

屈 原

吕育忠

序

〔汨罗江畔。皓月当空，波光潋滟。

〔在颇具岁月沧桑感的伴唱声中，怀抱治国方略的屈原，意气奋发，气宇轩昂地从舞台纵深处走来。

路漫漫其修远兮，
吾将上下而求索。

〔舞台一隅，出现靳尚。

靳 尚 左徒大人。

屈 原 靳大人，你因何至此？！

靳 尚 左徒大人旷世奇才，甫一上任，就赴疮痍之地，察民之情体民之苦，下官我是步你后尘啊！

屈 原 靳大人步我后尘，体恤民情？

靳 尚 对啊，左徒大人力推美政，对内除弊革新，对外合纵抗秦，催人振奋，你我身为楚国重臣，自当同心携手，为国劬劳！

屈 原 哈哈哈——道虽同——

靳 尚 就能心同！

屈 原 靳大人，你看这是什么？

〔屈原用双掌合成一个“人”字模样。

靳 尚 宫殿，宫殿！

屈 原 这一撇一捺，分明是个人字，在靳大人的眼中，怎么就成了宫殿呢？

靳　尚　这个——

屈　原　可惜啊可惜，人生在世，清者自清——

靳　尚　浊者——左徒大人，你去问问渔夫，水至清可有鱼乎？

〔舞台一隅，出现渔夫。

渔　夫　水至清无鱼，水至浊鱼死，不清不浊，鱼儿肥美！

〔渔夫钓上一条鱼。靳尚隐去。

屈　原　自古以来，清者自清，浊者自浊，扫荡世上浑浊之气，屈原不屑与浊者同行！

〔幕后伴唱：

路漫漫其修远兮，
吾将上下而求索——

〔屈原一往无前。

〔灯暗。

一

〔凌云殿。靳尚等文武大臣肃立。

〔幕内宣呼：大王驾到！

〔楚怀王在侍女的簇拥下，踌躇满志地上。

众大臣　臣等参见大王！

楚怀王　众卿平身。

众大臣　谢大王！

楚怀王　（唱）层林尽染豪情壮，
铲除时弊意气扬。
合纵抗秦树威望，
大楚英名百世芳。

众大臣　大王英明贤达，楚国雄霸天下。

〔子椒喊上。

楚怀王　众位爱卿

众大臣　大王！

楚怀王 今日齐、韩、赵、魏、燕五国各派特使，前来楚国合纵联盟，真乃楚国之幸也。

靳　尚 大王英明，楚国洪福齐天！

众大臣 大王英明，楚国洪福齐天！

楚怀王 多亏左徒屈原，不懈奔走，多方游说，从中斡旋。宣左徒屈原上殿！

待　者 大王有旨，宣左徒大人上殿觐见！

〔屈原内声："来也"！屈原上。

屈　原 （唱）喜怀王纳忠言英明德劭，
明辨是非察秋毫。
力排众议施美政，
举贤授能万世标。
六国合纵立盟誓，
抵御强秦意气豪。
精忠报国平生愿，
一酬壮志在今朝。

屈　原 左徒屈原参见大王！

楚怀王 左徒日夜为国辛劳，功莫大焉。

屈　原 为国劬劳，义不容辞。

楚怀王 五国使者现在何处？

屈　原 现在殿外侯见。

楚怀王 好，宣五国特使觐见！

靳　尚 大王！大王请看（挥手）

〔兵士推齐、韩、赵、魏、燕五国国君的塑像。

〔众臣迷惑不解，议论纷纷。

屈　原 靳大人，你这是何意？

靳　尚 （对屈原）清者自清，浊者自浊！（对众）大王、众位大臣，大王身为六国合纵盟主，必然君临天下，五国只派特使前来结盟，是对大王的怠慢，故尔臣斗胆请来能工巧匠，赶制了五国国君塑像，代替特使前来结盟，以约束六国合纵！

楚怀王 （查看塑像，大笑）哈哈哈——
（唱）憨态可掬五尊像，
令人喜气满胸膛。

爱卿奇思更妙想，
本王敬你美酒浆。
来，上酒。
屈　原　慢！大王啊！
（唱）五国合纵山河壮，
塑像儿戏笑天方。
传扬开去掀骇浪，
左右树敌毁楚邦。
楚怀王　左徒言重了！
子　椒　危言耸听！
靳　尚　小题大作！
屈　原　大王，塑像有辱天下！
楚怀王　有辱天下？！
屈　原　塑像鄙视五国诸侯，必引国君不满，倘若大王沽名钓誉、孤芳自居、好大喜功，六国合纵将流于空谈！
楚怀王　左徒，靳大夫做此塑像，权且娱之，有何不妥？！
子　椒　大王英明！
屈　原　大王！
楚怀王　（打断）既然五国特使已然前来，那就宣他们觐见！
屈　原　大王明察，有请五国特使！
内　侍　宣五国特使觐见！
〔一内侍报上。
内　侍　大王，大王！禀大王，五国特使拒不上殿！
楚怀王　嗯？！
内　侍　只为塑像之事，有损该国君威！
屈　原　大王，你看。
楚怀王　下去。
〔内侍下。
靳　尚　哼！既推大王为合纵盟主，莫说是塑像，就是真人前来，也不为过！
楚怀王　（愠色）退朝！
〔众隐去。
屈　原　大王啊大王，这六国合纵岂能如同儿戏呀！

〔另一光圈下，出现张仪。

张 仪 哈哈哈——好个迂腐的南国诗人，三楚才子！你以为有楚王对你的器重，就能锋芒毕露、狂妄直言吗？不成熟，欠练达。对了，你要问我是谁，我就是鬼谷子的弟子、秦国丞相张仪！渔夫说得对，水至清无鱼，水至浊鱼死，不清不浊，鱼儿肥美！

〔灯暗。

二

〔秋之晨。左徒屈原府第内外。

〔舞台一隅，橘树下，出现风度翩然、年轻俊美的宋玉，他全神贯注地弹琴哼吟屈原的《橘颂》：

后皇嘉树，橘徕服兮。
受命不迁，生南国兮。
苏世独立，横而不流兮。
秉德无私，参天地兮。

〔婵娟上。去门外探望。

婵 娟 （唱）晨风吹雀鸟飞曙色秀媚，
先生他为合纵彻夜未归。
恨靳尚为争宠装神弄鬼，
怨怀王为颜面不分是非。
害先生苦口婆心四游说，
为合纵弥创痕克难扶危。
婵娟我敬先生功高奇伟，
无限亲情藏心扉。

〔见橘树下宋玉。

婵 娟 宋学子。

宋 玉 婵娟！先生彻夜未回吗？

婵 娟 是的。宋学子，刚才你是不是又在弹唱先生的《橘颂》？

宋 玉 正是先生的《橘颂》。

〔二侍者引楚怀王上，倾听。

宋　玉　婵娟，你看这橘树，既不骄矜，也不怯懦；既不懈怠，也不迁就。它们生长南方，就扎根南方，若要迁移它们，并不容易。

婵　娟　是啊，人也要像橘树一样，独立不移，凛冽难犯，无论是风霜雪雨，还是大节临头，绝不苟且迁就。

楚怀王　说的好。

宋　玉
婵　娟　大王？拜见大王。

楚怀王　起来吧。

宋　玉
婵　娟　谢大王！

楚怀王　婵娟，你家先生呢？

婵　娟　我家先生为劝五国特使签下合纵盟书，昨晚就去了驿馆，到此刻未回。

楚怀王　左徒真是忠心可嘉啊！你就是黄州才子宋玉？

宋　玉　在下宋玉。

楚怀王　方才听了你对《橘颂》的一番解读，真是后生可畏，后生可畏啊！

婵　娟　先生回来了。大王，先生回来了。

〔屈原上。

屈　原　婵娟！

婵　娟　先生，大王来了。

屈　原　不知大王驾到，臣下有罪。

楚怀王　左徒，六国盟约之事怎么样了？

屈　原　大王你为六国盟约之事而来？！

楚怀王　正是。

屈　原　婵娟上茶，大王请坐。

婵　娟　是。

〔宋玉、婵娟、二侍者退下。

楚怀王　左徒，塑像之举，思想起来，本王莽撞，确有过处。

屈　原　大王！

（唱）犹忆起当年问政在殿内，

君臣间惺惺相惜意宏恢。

楚怀王　（唱）左徒你深谋远虑大无畏，

施美政志向高远大可为。

屈 原 （唱）大王你一言九鼎难言退，

那塑像有辱五国惹是非。

楚怀王 （唱）为修好本王决意塑像毁，

屈 原 （唱）你将塑像毁？

楚怀王 （唱）以求得五国君王心相随。

屈 原 （唱）塑像不能毁——

楚怀王 （唱）本王我心悔，

左徒你可有妙策再解危？

屈 原 （唱）再做个新塑像普天告慰，

楚怀王 （唱）你是想塑本王一边相陪？

屈 原 大王有心胸，

楚怀王 才子有谋略，

二 人 （同唱）定妙计为大楚展翅奋飞。

屈 原 大王，臣下还有一计。

楚怀王 讲！

屈 原 请！

屈 原 大王，臣以为以六国君王塑像筑一盟誓之台，必能取信天下号令六国。

楚怀王 什么，你是要让本王陪同其他五国君主风吹雨淋？

屈 原 大王——

楚怀王 你……不愧为是三楚才子，本王应了！

屈 原 多谢大王！

楚怀王 左徒，实施美政，对内除弊，对外合纵，只有上下同心，方能付诸实施！

屈 原 大王，臣下明白，要清除朝中迷障合纵抵御强秦绝非一朝一夕之功，臣定当不辱王命！

楚怀王 好。盟誓台之事速去办理。

屈 原 大王放心！

楚怀王 回宫！

屈 原 送大王！

〔楚怀王下。

宋 玉 先生，六国合纵大功可成？

屈 原 是啊是啊，多亏大王明察。

婵　娟　先生一心为国，婵娟无以为报，特意赶制了这件衣袍，请先生笑纳。

屈　原　好好好，婵娟费心了。

宋　玉　先生，学生近日草就《九辩》，还请先生指教！

屈　原　哦？诵来一听！

宋　玉　（吟诵《九辩》三章）悲哉，秋之为气也！萧瑟兮草木摇落而变衰，贫士失职而志不平，燕翩翩其辞归兮，蝉寂寞而无声。

屈　原　好个蝉寂寞而无声。难得你有如此情怀。宋玉，今日先生正式收你为徒。

宋　玉　（激动地下跪）先生，学生跪拜。

屈　原　宋玉

（唱）对求学对官职不图虚位，
对楚国对楚王忠心相随。
对善恶对是非慎思明辨，
对做人对做事真心面对。

宋　玉　先生，学生时刻铭记在心。

屈　原　婵娟，宋玉。

宋　玉
婵　娟　先生。

屈　原　你们看先生写的这个人字，虽只有两笔，但不好写。这一撇一捺乃德和才也。德乃人之魂，才乃人之本！少了德这一撇，便不成其人，少了才这一捺，便难立其身。

宋　玉　德乃人之魂，才乃人之本也！

〔舞台一隅，出现张仪。屈原，婵娟隐去。

张　仪　楚虽三户，亡秦必楚！

宋　玉　什么人？

张　仪　我是对你慕名而来的秦国丞相张仪。

宋　玉　秦国的丞相？怎么跑到楚国来了？

张　仪　周游列国，施展抱负，今日来只想送你一句千古名言。

宋　玉　千古名言？

张　仪　良禽择木而栖。

宋　玉　什么意思？

张　仪　苦短人生，理应顺天而为。追求无非二者：眼下与久远。宋玉小哥，左徒屈原在宫中一无周旋之力，更不谙官场潜规，这样的人，能长久立足

吗？拜屈原为师，大错特错，大错特错啊……

〔张仪飘然而下。

宋 玉 拜屈原为师，大错特错？

〔灯暗。

三

〔六国合纵盟誓台。楚、齐、韩、赵、魏、燕六国君王塑像依次排列。屈原率五国特使举行合纵仪式。

屈 原 皇天在上，六国合纵，共抗强秦，对天盟誓，永无二心！

众 对天盟誓，永无二心！

屈 原 （吟诵）俯察风云兮，六国英豪，壮怀激烈；合纵抗秦兮，中流基石，巍巍千秋。与天地兮同寿，与日月兮同光！

〔众隐去。雷电交鸣，大雨倾盆。六国君王塑像在大雨中或隐或现。

楚怀王 （唱）塑像之间苦徘徊，

心绪缭乱愁满怀。

左徒他为挽合纵解燃眉，

竟将这本王塑像雨淋日晒。

是无奈是失落更是懊丧，

想不到盟誓台竟成了他的号令台。

〔楚怀王隐去。

〔雷雨交加，南后、靳尚、子椒出现。

靳 尚 娘娘，屈原胆大包天，竟敢将大王的塑像立于光天化日之下风吹雨淋！

子 椒 娘娘，大王他流泪啦！

南 后 既是六国合纵，理该和衷共济，风雨同舟！

子 椒 屈原所谓的美政，对内除弊，对外合纵，朝内上下，人心惶然，如不加以阻止，势必招来动荡。

南 后 屈原才高志大，无可厚非。

靳 尚 娘娘。

南 后 你们能像屈原那样两袖清风，纤尘不染吗？！

子　椒　那他也不能破坏官场潜规！

靳　尚　是啊，水至清则无鱼，人至察则无徒！

南　后　那黄州城的宋玉不就拜屈原为师了吗。

靳　尚　宋玉，无非是个投机钻营之徒！

南　后　那宋玉怎么不拜在你门下呢？

子　椒　啊呀娘娘，只怕屈原将世袭一改，公子子兰，就难以继任王位了。

靳　尚　还有更坏的结果呢，如今子兰求学秦国，一旦合纵，与秦国为敌，只怕子兰公子连性命也难保啊！

靳　尚　娘娘，臣下认为，秦国丞相张仪的连横之术，就绝不在屈原的合纵之策之下！

子　椒　娘娘，合纵弊大于利，连横亲秦，却能得到商於六百里之地！

南　后　荒唐！

靳　尚　娘娘，世上万事皆有利弊，张仪说了，只要楚国断齐亲秦，不仅能得商於六百里之地，而且能扶公子子兰成为太子，并继任王位。

南　后　哦，张仪身为秦国丞相，此人可信？我倒要见识见识。

靳　尚　娘娘，张仪正在宫外候着呢。

南　后　难道你们串通张仪？

靳　尚　微臣不敢！

南　后　先下去吧。

靳　尚　是！

〔二人下。

〔南后踱步徘徊。

南　后　一旦合纵，与秦国为敌，子兰他只怕连性命都难保了！

（唱）多年来受专宠心舒意爽，
为怀王生爱子无限风光。
但愿他成太子前程有望，
现如今求学业身在秦邦。
屈原他施美政深孚众望，
不由我忧思缕缕暗恐慌。
倘若是因合纵风云跌宕，
岂不是顷刻间毁我宫墙？
来呀，上茶！

〔齐女端茶上。

齐　女　请娘娘用茶。

南　后　你就是齐宣王献与大王的女子？

齐　女　是，娘娘！

南　后　果然是绝色美人！

齐　女　娘娘。

南　后　过来，近日大王心急气躁，你可要小心侍候。

齐　女　是，娘娘。

南　后　（强忍心头之火）站住，告诉你，大王对你什么都喜欢，就是不喜欢你的鼻子，少时见了大王，你就掩上鼻子，省得大王心烦眼不顺。

齐　女　多谢娘娘。

〔齐女下。

〔内声：大王驾到！

〔楚怀王郁闷走上。

南　后　臣妾拜见大王！

楚怀王　平身。（叹气）唉！

南　后　大王，为何闷闷不乐？定是为了塑像之事？

楚怀王　妇人之见！自本王下令屈原施行美政，朝内上下暗流涌动，叫本王坐立不安哪。

南　后　大王心思臣妾明白！

（唱）都只为江山万里长空朗，

都只为富民强国兴楚邦。

楚怀王　（唱）乱世中诸侯逐鹿风云状，

乱世中生灵涂炭池鱼殃。

南　后　（唱）因此你施行美政承众望，

楚怀王　（唱）因此我六国合纵赤旗张。

南　后　（唱）因此你殚精竭虑驱雾瘴，

楚怀王　（唱）因此我忧心如焚愁断肠。

屈原他大刀阔斧掀骇浪。

目空空无视我这楚怀王。

南　后　大王

（唱）左徒他力推美政势强悍，

合纵除弊揽专权，
疾风暴雨千山暗，
固守己见理不端。
大王你应采纳百言开生面，
方能够称霸六国天地宽。

楚怀王 依你之见？

南　后 据臣妾所知，秦国张丞相的连横之术，就不在屈原的合纵方略之下。

楚怀王 秦国张仪？鬼谷先生的弟子？他那连横之术本王早有所闻。

南　后 大王，他此刻就在宫外候旨。

楚怀王 哦？就在宫外候旨？

南　后 大王，不妨一见？

楚怀王 好，来人！

内　侍 大王！

楚怀王 宣秦国丞相张仪大殿觐见！

内　侍 领旨！大王有旨，宣秦国丞相张仪大殿觐见！

〔灯暗。

四

〔大殿。

〔内传：宣秦国丞相张仪大殿觐见！

张　仪 （唱）一声宣不由人心情激荡！

〔张仪光束亮。

张　仪 （唱）张仪我破合纵、费周章、
胸有成竹见楚王。
三寸舌定叫合纵成虚妄，
促成连横为秦邦。

〔舞台屈原另一光束亮。

屈　原 （唱）为什么急宣张仪大殿上，
为什么南后相伴君王旁？

大王你朝令夕改欠思量，
我还需静观其变、
从中周旋、
莫使合纵付汪洋！

张　仪　张仪拜见楚王，拜见娘娘！

楚怀王
南　后　免！

楚怀王　张丞相你不辞辛劳来到楚国，请直言连横之策！

张　仪　大王容禀！

屈　原　且慢！

楚怀王　左徒屈原，你有何话讲？

屈　原　大王，臣下愿替张丞相进言。

靳　尚　什么？左徒大人替张丞相进言？

南　后　哎呀大王，左徒大人不愧是我三楚才子！

楚怀王　好，那你就讲来。

屈　原　七国争雄，秦邦为上，秦联齐则齐强，秦楚联盟，则楚更强。

南　后　张丞相，左徒大人他所言不假？

张　仪　不假。微臣认为，齐有三不如楚。这一么……

屈　原　国不如楚。楚国幅员辽阔，地大物博。

楚怀王　那二呢？

屈　原　君不如楚，大王乃庄王之后，威名远扬。

楚怀王　哈哈哈……那三呢？

屈　原　民不如楚，楚民楚风，淳朴诚实，有口皆碑。

张　仪　（唱）他巧舌如簧一针见血破迷嶂，
不由人倒吸凉气心惶惶。

楚怀王　（唱）左徒他情真意切令人舒畅，
妙语连珠口若悬河夸楚邦。

张丞相！

张　仪　大王！

楚怀王　左徒之言，当真就是你之所言？！

张　仪　当真。

楚怀王　果然？

张　仪　果然。大王，既然齐有三不如楚，那么齐楚联盟，岂不拖累楚国？

屈　原　大王，这连横之术，包藏祸心，不可信也！

楚怀王　怎么讲？

屈　原　大王啊！六国联盟，便可破秦。而张丞相的连横之术，乃要我大楚断齐亲秦，各国分裂，秦就可借机各个击破，吞并天下！

张　仪　哈哈哈，左徒大人只知皮毛，不知其里！

楚怀王　请解其详！

张　仪　我家大王对臣承诺，楚若断齐亲秦，秦将献商於之地六百里！

楚怀王　什么？商於六百里地？！

张　仪　正是。

屈　原　大王，虎狼之秦，平白赠地六百，其中必有诈！

楚怀王　大胆张仪，竟敢愚弄本王，来呀！与我轰了下去！

张　仪　且慢！大王，君无戏言！大王若断齐亲秦，即可派人随臣赴秦，索取六百里之地！

楚怀王　空口无凭！

张　仪　血书为证！（咬指以血书之）

楚怀王　（接看）楚若断齐亲秦，秦赠商於六千里之地？张仪，六百里地，怎变成了六千里之地？！

张　仪　哎呀大王，是微臣有感于大王威力，一时惊慌，竟把一个百字写成了千字。

楚怀王　啊，你？哈哈哈——本王只要六百里足够了！

屈　原　荒唐啊荒唐！

楚怀王　哈哈哈！

（唱）霎时间心潮犹如江河浪，
天赐我六百里广肥沃地，
我要改弦更张。

屈　原　大王，切不可中了张仪离间之计！

张　仪　身为大秦之相，岂施小人伎俩！

屈　原　大王！

屈　原　张丞相！

张　仪　左徒大人！

屈　原　张仪！

张　仪　屈原！

屈　原　哈哈哈——

张　仪　嘿嘿嘿——

屈　原　人，你还算个人吗？！你生为魏国贵族后裔，出卖父母之邦，亲秦伐魏，如今又到楚国挑拨离间，你居心何安？！

张　仪　左徒大人！

（唱）英雄乱世奉天命，
君择臣臣择君地仪天经。

屈　原（唱）英雄乱世秀骨劲，
为国家为黎民肝胆相倾。

张　仪（唱）周游列国展才志，
正襟危坐浪得名。

屈　原（唱）忠君爱民臣天性，
岂能苟且来偷生。
你巧言如簧善辞令，
谗言蜜语会钻营。
朗朗乾坤玉宇净，
泾渭清浊两分明。
肆意离间来作梗，
关东诸侯自纷争。
助秦国各个击破来吞并，
罪深恶极书难罄。

张　仪　大王，张仪无暇在此与屈原斗口争辩，这份血书足以表明张仪用心之良苦，秦王连横之诚意，请大王三思，张仪告辞！

屈　原　大王，张仪的连横之术，意在拆散齐楚联盟。楚国一旦失去齐国，恐只有招架之功，再无还手之力，大王啊，鬼蜮伎俩不足信，这血书只是画饼一张！

楚怀王　画饼一张？

南　后　大王息怒，来呀，给大王上茶。

〔齐女内：是！

〔端茶上。

齐　女　大王请用茶。（齐女掩鼻）

楚怀王 什么意思？

南　后 大王，齐美人多次在我面前说过，若不是为了实施齐王的齐楚联盟，若不是为了让楚国成为齐国抵挡秦国的马前卒，她才不愿闻大王的一身臭气！

齐　女 （大惊）不，大人……

屈　原 娘娘，你……

楚怀王 你，你这贱婢！原来齐宣王将你献与本王，就是为了他一己私利，让楚国成为齐国的马前卒！来人，将这贱人的鼻子割了！

众大臣 大王！

齐　女 大王，冤枉，冤枉！

〔二卫士押齐女下，传来一声惨叫。

屈　原 大王，且慢动手，且慢动手！大王大王，伤及齐女，万万不可，万万不可啊！

楚怀王 哼！世道险恶，人心不古，齐宣王，本王断断要与你绝交！

众大臣 大王！

〔传来一声惨叫！

〔二卫士拖齐女上，齐女痛绝，倒地。

众大臣 大王！

楚怀王 孤意已决，断齐亲秦！

屈　原 （仰天长啸）苍天啊，你要亡楚吗？你要亡楚吗？！

〔灯暗。

五

〔数日后，屈府。

屈　原 （内唱）晴天霹雳起风暴，
风云难测触暗礁！
心如捣，泪暗抛。
湿衣袍，此恨难消！
想不透，实难料，

南后笑戮无形刀。
那齐女来楚国千里迢迢，
为合纵却遭害芳魂渺渺。
张仪巧舌善诡辩，
更有人里应外合来干扰。
恨大王朝令夕改鬼迷心窍，
叹屈原合纵基业似水漂。
满腹怨愤无处诉，
心如油煎似火烧！

宋 玉 先生，

屈 原 宋玉。

宋 玉 先生，你又是通宵未眠？

屈 原 风云诡谲，变幻莫测呀！

宋 玉 先生，想必大王周边多了些小人谗言。

屈 原 是啊，一国之强弱取决于一君之明晦。可怀王他心胸狭隘、目光短浅、朝令夕改、言而无信，楚国衰落，已成必然！

宋 玉 先生心中怨愤，学生也实实难平。不过有些话，学生不知当讲否？

屈 原 讲。

宋 玉 先生，面对时局，学生觉得，凡事不能过于执着而不变通，不妨有些后退。

屈 原 你的意思是？

宋 玉 逢大势不践小诺，处大事不拘小礼，先生要建立新的平衡，可否先妥协……

屈 原 人之相惜，惜于品，人之相敬，敬于德！我绝不同流合污！

宋 玉 先生，这叫逢山开路，遇河架桥，因势利导，随机应变。

屈 原 筚路蓝缕，以启山林，实行美政，阻力再大，也当自强不息！

宋 玉
婵 娟 先生。

屈 原 宋玉，你还记得先生说的这个人字？

宋 玉 先生教诲学生铭记于心。

屈 原 宋玉。

〔太监上台。

太 监 左徒大人……左徒大人！传大王口谕，张仪诡计秦王食言，六百里商於

之地竟变成了六里。

屈　原　果不出所料！

太　监　本王决意出兵，与秦国决一死战，特命左徒屈原，披坚执锐速赴校场，等候号令。

屈　原　大王啊大王，你冒然伐秦，必将给楚国招来灭顶之灾。我要以死相谏，劝阻大王！婵娟，速与我准备麻衣孝服。

婵　娟　是！

〔内声号角响起。

屈　原　大王他在校场点兵了，我要即去校场劝阻大王！

婵　娟　先生——

宋　玉　先生——

〔屈原、宋玉、婵娟三人急下。

〔暗转。校场。楚怀王站于高处向出征前的将士慷慨陈词。

楚怀王　秦王，老贼！

（唱）恨秦王言无信欺人太甚，

出尔反尔浮如云。

六百里地变六里，

奇耻大辱我脸面难存。

以牙还牙雪仇恨，

不灭强秦不收兵。

众将士！

众将士　啊！

楚怀王　立功受奖富贵无尽，

贪生怕死九族受刑！

楚怀王　众将士。

众将士　啊！

楚怀王　披坚执锐出征伐秦！

众将士　大王！大王！

〔屈原内喊：且慢！（内唱）贼秦王激将大楚起挑衅——

〔屈原上。

靳　尚　左徒大人！

屈　原　（唱）屈原我，

身穿孝服，腰扎苘带，
急阻校场，力挽狂澜，
以免塌天大祸临！

屈 原 屈原拜见大王！

楚怀王 左徒你为何披麻戴孝？

屈 原 大王，屈原为楚军将士前来吊丧。

楚怀王 呀呸！秦楚尚未开战，胜负未定，你身为左徒，不盼楚军获胜，反咒楚军失败，是何道理？！

屈 原 大王啊！

（唱）不忍见楚国危亡陷绝境，
不忍见十万楚军做冤魂。
秦诱楚战步凶险，
杀机四伏察分明。
披麻戴孝唤君醒，
望大王切莫莽撞遗恨深。

靳 尚 左徒！

（唱）尚未开战折锐气，
危言耸听惑人心。
举止无礼丧门星，
理该将他问斩刑。

屈 原 靳尚！

（唱）国难当头不劝阻，
推波助澜居何心？
屈原我，
宁将己命换他命，
只要大王不出兵。

楚怀王 （唱）你怎断言楚军败？

屈 原 （唱）以卵击石实难胜。

楚怀王 （唱）丧气之言胡乱云，

屈 原 （唱）一片丹心天地明。

楚怀王 （唱）你尚武精神今何在？

屈 原 （唱）我爱国忠君骨气存！

楚怀王 你……左徒啊左徒，你今日之举，本王实难姑息呀！

屈　原 大王啊大王，你的不慎之决，将给楚国带来灭顶之灾啊！

楚怀王 来呀！

众将士 啊！

楚怀王 将左徒屈原贬为三闾大夫，逐出朝堂！

靳　尚 领旨！

屈　原 大王！

楚怀王 （下令）出征！

〔幕后伴唱：

仰天长啸兮唤不回，
忠心被贬兮哭无声。
楚军大败兮作英魂，
尸横遍野兮筑新坟。

屈　原 楚国将兵，无端战死，苍天怜见，屈死的怨魂，回来吧！（吟唱《国殇》）

操吴戈兮被犀甲，
车错毂兮短兵接。
带长剑兮挟秦弓，
首身离兮心不惩。
诚既勇兮又以武，
终刚强兮不可凌。
身既死兮神以灵，
子魂魄兮为鬼雄！

〔灯暗。

六

〔南后宫中。

〔起光。

子　椒 娘娘，微臣已将屈原那疯子关押囚禁，只等娘娘懿旨，就……

南　后 唉！

（唱）丹阳一战楚溃败，
黔中蜀地被秦吞。
叹大王咸阳求和遭囚禁，
忧子兰秦国求学难安身。
恨屈原意欲另立太子篡新政，
愁本宫半世心血要化灰烬。

南 后 大王被囚未归，屈原不救大王，却四处煽风点火，蛊惑人心，欲立太子横为王，这是对大王的大大不敬啊！

靳 尚 是啊，娘娘，屈原胆大妄为，根本不把娘娘放在眼里，理该问斩！

南 后 问斩？可屈原罪不当诛啊！

子 椒 娘娘，那就……

〔南后默认。

靳 尚 娘娘，下官闻知屈原弟子宋玉，晓事理，明变通，如今屈原身陷囹圄，或许他能识时务，为娘娘……

南 后 此事就交你去办。

〔宋玉上。

宋 玉 先生啊先生！你秉性耿直，忠诚效楚，反落得逐出朝堂，囚禁关押，只叹学生无能为力救先生危难之中。

靳 尚 宋玉，你听着，为了公子子兰的前程，娘娘已将屈原囚禁，因他是子兰公子继位的拦路虎、绊脚石，此人绝不可留！

宋 玉 你们要将我先生怎样？你们要害死先生！？

靳 尚 此事你去办！

宋 玉 我？

靳 尚 一旦事成，待子兰公子继位，就封你为左徒。

宋 玉 不！

靳 尚 你若不去，就自饮此酒！你选择吧！

〔靳尚下。

〔光打在宋玉身上。

宋 玉 先生！

〔光暗。

〔宋玉隐下。

〔舞台出现两个空间：一个是身陷牢狱的屈原，一个是囚禁在咸阳的

怀王。

屈　原
楚怀王（唱）漫漫苦夜星月晦，

身陷牢房天如坠。
君臣相隔南与北，
往事桩桩涌心扉。

楚怀王　左徒啊！说心里话，你恨本王吗？

屈　原　当大王放弃美政理想，屈原惋惜；当大王不图进取，屈原失望；当大王违背盟约与齐断交，既恼羞成怒又不讲信义，既贪婪自私且鼠目寸光，屈原愤怒！

楚怀王　可叹几百年的楚国江山，亡于我手，事到如今，我只有至死抗争，誓不降秦！

（唱）恨只恨智昏不辨是和非，
铸大错谗言巧语迷心醉。

屈　原（唱）叹只叹屈原未能抗妖魅，
千古遗恨难挽回。

楚怀王（唱）恨只恨不听左徒忠言劝，
一意孤行今方悔！

屈　原（唱）叹只叹螳臂挡车孤军战，
难挽大楚困于危。

楚怀王（唱）敬左徒耿耿铁骨志不摧，

屈　原（唱）敬大王誓不降秦人赞佩。

楚怀王（唱）眼见得身死异乡孤魂飞，

屈　原（唱）眼见得民不聊生国将毁。

楚怀王（唱）待来世同把社稷细描绘，

屈　原（唱）待来世同为百姓解困危。

二　人（唱）泪滔滔如同滚滚江河水，
昏沉沉不堪回首不胜悲——

〔楚怀王拭泪隐去。月色之下，靳尚上，宋玉提酒壶与婵娟同上。

靳　尚　娘娘懿旨，命他们前来探监！宋玉，娘娘可是等着你复命的！

宋　玉　先生！

屈　原　婵娟，宋玉？

婵　娟　先生！

屈　原　你们怎么来了？

婵　娟
宋　玉　先生！

屈　原　起来！

宋　玉　先生，学生不才，让先生受苦了。

屈　原　不怪你，你们来看我，先生有多欣慰呀！

婵　娟　先生，多亏宋玉多方打点，才能前来探监。先生，多日不见，你瘦了老了。

屈　原　婵娟不哭，来，坐！

宋　玉　先生，你坐！

屈　原　宋玉！

宋　玉　先生！

屈　原　你是先生唯一的希望，你要为先生的美政理想尽力啊。

宋　玉　先生，学生有几句话，不知当讲否？

屈　原　讲！

宋　玉　先生！

（唱）七霸争强觅贤士，
楚才晋用择木栖。
先生你满腹经纶鸿鹄志，
旷世奇才千古稀。
更何况良臣理应择明主，
传大道施展抱负自奋蹄。
劝先生因时而变莫固执，
展翅高飞脱藩篱。

屈　原　宋玉！

（唱）生我养我楚国地，
山河壮丽子民淳朴古来稀。
我离不开巍巍楚山江汉水，
更难忘朝堂兴衰万世机。
到如今国遭厄运山河碎，
理应该为国劬劳肝胆披。

一片挚诚日月鉴，
屈原我宁死不屈故土依。

宋　玉　既然如此，先生请上，受学生深深一拜！

屈　原　宋玉，你这是……

宋　玉　先生，学生要离开你了，也许再也见不到先生了。

婵　娟　宋玉，你这是何意？先生徒遭不测，身陷囹圄，正在危困之时，难道你也要像那些小人那样，离先生而去吗？

宋　玉　婵娟！

婵　娟　宋玉，你不能走，纵然死，我们也要和先生在一起。

宋　玉　不，先生不能死，先生，楚国需要你，百姓需要你，学生也需要你，你要好好地活下去。先生，时不待人，学生必须要走了。

婵　娟　宋玉，你不能走！

宋　玉　婵娟，先生就拜托你了。这酒……你陪先生喝吧。（欲走）

婵　娟　宋玉，你不能走！

屈　原　婵娟，不要拦他！人各有志，不必强求。宋玉！

宋　玉　先生！

屈　原　你曾经是我的学生，从今后不管你是投秦，还是效楚，须牢牢记住：人生在世，做人最为要紧！

宋　玉　学生定当尽力而为！

〔宋玉急下。

婵　娟　（嘶声力竭）宋玉，你不能这样走呀！（哭）

屈　原　婵娟，不要难过，你也走吧，跟着先生只会受苦。

婵　娟　婵娟愿终身陪伴先生。

屈　原　先生无需你照顾。

婵　娟　照顾先生是婵娟一生的责任！

屈　原　婵娟，你跟着先生只会老死山野。

婵　娟　照料先生不离不弃，婵娟心甘情愿！

屈　原　婵娟！好孩子！你也长大了，我收留你的时候还是个小姑娘！

婵　娟　婵娟能有今日，多亏了先生！

（唱）想婵娟幼失双亲四处流浪，
受尽了凄风苦雨人间悲凉。
多亏得先生你将我收养，

情深深犹如那三月春风拂心房。
怎能忘橘园夜色赏月亮，
笑语绕天方。
怎能忘灯下习文手把手，
般般脸慈祥。
先生啊，吉人自有吉天相，
乌云散尽迎曙光。

屈 原 （无限感动）婵娟，讲得好！

婵 娟 （斟酒）先生请上坐，婵娟敬你一杯！
（唱）一杯酒感先生恩情永在——

屈 原 好，我们一起喝！
〔二人饮酒。

婵 娟 （又斟酒）
（接唱）二杯酒敬先生护国胸怀。
〔二人又饮酒。

婵 娟 （斟酒）
（唱）三杯酒劝先生暂且忍耐，
待等那雾霾散月朗云开。

屈 原 哈哈哈，婵娟，这些天先生从未如此开怀舒心呀！婵娟，你可知你名字的含意吗？

婵 娟 小时候我听先生说过，婵娟就是月亮，先生是吗？

屈 原 是啊，月与人可亲而不可近，孤独者视月为朋友，迷茫者视月为希望，奋进者视月为信念！

婵 娟 婵娟知道，在这个污浊的世界上，先生生活的不愉快，先生的才华也得不到施展。可婵娟只是个小小的女子，帮不了先生！

屈 原 婵娟，先生深谢你的一片纯真之情，在人心向背的世道，你能追随先生，陪伴先生，先生足矣！

婵 娟 先生，婵娟累了，婵娟想像小时候那样依偎在先生的身边歇一歇。

屈 原 好好好，婵娟累了，来歇一歇。
〔婵娟慢慢熟睡。

屈 原 婵娟，你知道吗？生命就是一个结果，奔着目标一往直前，绝无悔意。先生深知，一身之净并不能换得天下之洁，无济于苍生命运，无济于楚

国的起死回生，先生愿做一个有气节的螳臂，虽九死犹未悔！

婵　娟　先生！

〔舞台一隅出现宋玉、靳尚。

靳　尚　宋玉，我命你送的毒酒呢？

宋　玉　宋玉虽一介布衣，但我有做人的底线，毒害先生断难相从。

靳　尚　难道你就不为自己的前程着想？

宋　玉　宋玉心甘情愿，终生无憾！

〔舞台一隅出现南后、靳尚。

南　后　宋玉现在何处？

靳　尚　禀娘娘，宋玉早已逃地无影无踪。

南　后　张榜缉拿，绝不能留下活口！

靳　尚　领旨。娘娘，只是那屈原……

南　后　将他发配流放，永不返朝！

靳　尚　领旨！

〔萧瑟江风吹拂下，屈原依旧拍打着婵娟的肩膀。

七

〔汨罗江畔。乌云遮月，雷声隐隐。

〔在颇具岁月沧桑感的伴唱声中，屈原神情憔悴，徘徊，告别。

〔舞台一隅，出现靳尚。隐隐的雷声。

靳　尚　屈原，事到如今，有何所思，有何所感？

屈　原　世事轮回，无人能料。

靳　尚　世，不能看得太清，清了难有作为！

屈　原　人，不能陷得太深，深了难以自拔！

靳　尚　你就不能改一改为人之道吗？

屈　原　江山易改，秉性难移。

靳　尚　这倒是句大实话，你的秉性害了你一生。

屈　原　难道对楚国的现状不该击一猛掌，下一剂猛药？

靳　尚　结果呢？你问问渔夫。

〔靳尚隐去。舞台另一隅，出现渔夫。

渔 夫 国破民殃，连鱼儿全都跑到秦国去了！

〔渔夫隐去。

〔音乐声中。楚国难民啼饥呐喊过场。

（合唱）乱云飞荡，
星辰暗无光。
故乡沦丧，
千里雾迷茫。

〔屈原仰天长啸。

屈 原 （唱）朗朗玉宇宇不净，
湛湛青天天不青。
屈原我一腔碧血天可鉴，
却谁知事与愿违梦魂惊。
痛大王昏庸无能遭囚禁，
痛楚国金瓯破碎大厦倾。
痛百姓颠沛流离凄凉境，
痛屈原无力回天扭乾坤。
恨只恨奸佞当道世混沌，
屈原我耿直本性岂同程？
众人皆醉我独醒，
举世皆浊我独清。
纵然是含垢蒙耻濒绝境，
屈原我死守善道留英名。
磊磊秉性，
拳拳衷情。
苍天作证，
可谁人与我同行？
恨地无环天无柄，
只手乾坤志难成。
恨地恨天恨自己，
寂寞孤身悲填膺。
难道说，楚国危亡天注定？

难道说，肝胆披沥世不明？
天哪天，天哪天，
长太息，泪飞迸，
哀人生，问苍天，
只闻江水风雨声。

〔江风习来。

屈　原　荒江古道，风雨飘摇，山河破碎百姓遭殃。在这危难之际，屈原却无力回天爱莫能助。可屈原怎忍见故土分崩，子民失所，楚国的先贤，屈原无能啊。楚国，屈原来也！

〔幕后伴唱：

路漫漫其修远兮，
吾将上下而求索。

〔愤懑奔到江边，跳入江中，江水翻腾。

〔幕后伴唱：

水柱擎天，英气断流。

〔远处，宋玉、婵娟呼号而上。

宋　玉
婵　娟　先生，先生！（伏地、跪在江边）

宋　玉　江水难洗千古恨，天地定知忠义魂！

〔点点火把，恰似流星，蜿蜒汇成一条河；阵阵呼唤，由远而近，由弱而强。

〔剧终。

2014年

《六场古装越剧》

白　云　源

黄先钢

时　间　某朝某代。

地　点　大山深处，白云源。

人物表　方木根——白云人家小酒馆厨师。

长　乐——当朝长乐公主，女扮男装时化名“常乐”。

方　母——方木根之母。

方月儿——方木根之妹。

皇　帝——当朝皇帝，长乐之父。

皇　后——当朝皇后，长乐之母。

太　子——当朝太子，长乐之兄。

马公公——宫廷内侍。

牛公公——宫廷内侍。

山中姑娘若干，官员士绅若干，内侍、侍卫若干，食客若干。

第一场

〔幕后伴唱：

山坳里飘来一片云，
云朵中藏着一颗心。
心窝里飞出一首歌，

歌声中流淌一份情。

〔幕启。

〔青山葱笼，白云缭绕，溪声淙淙。

〔长乐兴冲冲上。

长　乐　（唱）眼望山巅云飘逸，
耳听林间鸟轻啼。
春风环抱添喜气，
攀岩登崖步履疾。
我本是金枝玉叶皇家女，
自幼来锦衣玉食有凭依。
厌倦了高墙之内小天地，
腻烦了宫闱之间大规矩。
群山深处白云源，
耳听父皇曾言及。
说这里山青木秀春水绿，
更有那石笋石鸡石斑鱼。
由此勾出小馋虫，
陡然心生出走意。
女扮男装更布衣，
长乐公主脱樊篱。
好一似天高任鸟飞，
自由翱翔到这里。

〔一群背着背篼的姑娘迎面走来，方月儿在其中。

方月儿　（唱）清晨林间踏露行，
三春景色倍清新。
岭头翻遍不觉累，
背篼装满仍嫌轻。

姑娘甲　月儿，给我看看，你都采了哪些山货？

方月儿　（解下背篼）喏，你看！

姑娘甲　（唱）石笋鲜嫩嫩，
石鸡活生生。

姑娘乙　（唱）箬叶青幽幽，

芥菜绿莹莹。

方月儿 （唱）还有几条石斑鱼，

活蹦乱跳不安生。

众姑娘 （合唱）天材地宝取不尽，

便有这白云深处好光景。

长　乐 （上前）有请几位姑娘……

方月儿 这位公子……（打量长乐，暗自旁白）哇，是个帅哥呢！

姑娘甲 （一笑，悄声问方月儿）怎么？花痴了？

方月儿 （笑嗔）去去去！

长　乐 请问，前方可是白云源？

方月儿 （一愣）公子要去白云源？

长　乐 正是，但不知尚有多少路程？

姑娘甲 白云源啊？（指指方月儿）公子随她走便是，她便住在白云源。

众姑娘 对对对，她便住在白云源！

方月儿 （含羞嗔道）你们……

姑娘甲 哈哈，走了！

众姑娘 哈哈哈哈，走了！

〔众姑娘嬉笑着，一哄而下。

〔方月儿似还有些不好意思，怔怔地呆在原处。

长　乐 姑娘……

方月儿 （如梦初醒）噢……如此，公子请！

长　乐 姑娘请！

〔两人结伴前行。

方月儿 公子请看，前面便是白云源！

长　乐 （驻足观望）噢，白云源……

方月儿 公子有所不知，这白云源可是一方宝地，就连当今皇上，也是从这里起兵，方才夺得天下呢！

长　乐 （放眼观望，感叹）果然好景色！

〔一面酒旗蓦然出现，上书四个大字："白云人家"。

长　乐 白云人家……（不由兴奋起来）这便到了么？

方月儿 （也十分兴奋）是啊是啊……（朝内喊）阿哥，阿哥，来人客了！

〔酒旗下，景现一间不大不小的酒馆，门外摆放着八仙桌和长条凳。

方月儿　（忙不迭地招呼）公子请坐！快请坐！（回头再喊）阿哥……

〔方木根内应：来哉！

〔方木根上。

方木根　（唱）白云深处酒旗升，

店堂清新无埃尘。

童叟无欺依本分，

勤勤恳恳做营生。

方月儿　阿哥……

方木根　（点点头，上前询问）客官有何吩咐？

长　乐　请问店家，店里可有上好的酒菜？

方木根　（一笑）要说酒菜么，我这小店的滋味，方圆几十里无人能及。

长　乐　哦？该不是吹牛吧？

方木根　客官尝过便知。若有虚言，分文不取！

长　乐　那好！就把你这店里最拿手的招牌菜都端上来，让本公子逐样品尝。

方月儿　（吃惊地）什么？都端上来？

方木根　客官孤身一人，要来许多酒菜，怎能吃得落？

长　乐　（哈哈一笑）店家莫不是怕本公子付不起这酒菜钱？

方木根　这个……（点点头）公子请稍候！（转身向内下）

方月儿　公子，莫怪我阿哥生疑，这许多酒菜，你一个人真的吃不落。

长　乐　（一笑）尝尝而已，何须都吃落？

方月儿　这个……（试探地）公子可是来自县城？

长　乐　（摇头）不是。

方月儿　那么便是省城？

长　乐　（依然摇头）也不是。

方月儿　（惊讶地）莫非……莫非公子来自京城？

长　乐　（奇怪地）来自京城便又怎样？

方月儿　（充满向往地）我听说，京城有好多好多又高又大的房子，有好多好多车马、好多好多人，可是我……（神色黯然）我连县城都未去过呢！

〔方木根内喊：上菜了！

〔方月儿闻声下，复与方木根一起端着酒菜上。

〔方木根和方月儿在桌上摆放好酒菜。

方月儿　酒菜已上好，公子慢用。

长　乐　哦……（正欲举筷，突然皱起眉头，立起）哎呀，不对！

方月儿　什么不对？

长　乐　你看这些菜品……

（唱）黑乎乎，油腻腻，

糊搭搭，粘兮兮。

碗筷盘盏也不济，

教人如何生食欲？

方月儿　（一愣）这……

方木根　（上前）敢问客官尊姓大名？

长　乐　我嘛，我叫长乐……

方木根　噢，原来是常公子。

长　乐　呵呵，不错，本公子正是姓常。

方木根　常公子平日想必是用眼睛吃饭？

长　乐　（一愣）这个……

方木根　常公子今日想吃的，想必是这些碗筷盘盏？

长　乐　（不悦地）无稽之谈！

方月儿　（忙向长乐解释）我阿哥的意思是，何不先用你的嘴巴尝尝这些菜呢？

长　乐　哦？尝尝？

方月儿　是啊，尝尝！（忙不迭地递上筷子）

长　乐　（接过筷子，举筷夹菜，尝了一口，意外地）嗯？

方月儿　味道如何？

〔长乐顾不上回答，只管东一筷子西一筷子地将菜往口里夹。

方月儿　（松了口气）我没有说错吧？（上前倒酒）常公子，来，喝口酒……（指点着）这个菜味道也不错，你尝尝……哎，你慢些，慢些吃嘛……

〔长乐放开肚子大快朵颐，直吃得气喘吁吁。

方月儿　公子，再吃一些。

长　乐　（拍拍肚皮）吃不落哉。

方木根　（得意地）怎么样？我没有吹牛吧？

长　乐　（点点头）嗯，滋味倒说得过去，不过这卖相嘛，还是差了许多啊！

方木根　（朝内喊）娘，客官吃罢，要结账了！

方　母　（内应）来了，来了！（上，对长乐）可是这位小哥要结账？

长　乐　嗯，不错。

方　母　小哥啊，你这顿饭，花得可有些多呢。

长　乐　不妨事。几多银两，只管说来。

方　母　连酒带菜，算你……（缓缓伸出一根手指）

长　乐　噢，明白！（在身上摸索了一阵，掏出一张银票）给你。

方　母　（接过银票）这是啥兮？

方木根　这莫非就是传说中的银票？（接过银票，一看，顿时瞪大了眼珠，口中也结巴起来）一、一、一……一千两？

方　母　（被吓住了）哎呀我的个娘哎！

长　乐　怎么？多了？你刚才不是说……（学方母的样伸出一根手指）

方木根　那是说一两银子。（把银票扔回）一千两？你这是存心吓吓我们？

长　乐　啊……我很少花银子，对银两没有什么感觉。

方木根　（根本不信）很少花银子？你是从天上掉落的？

长　乐　这……我出门只带了些银票，无有零碎银两。要不，你们找给我？

方　母　这……唉，我就是把这片小店一塌刮子都找给你，怕是也不够啊！

长　乐　（摸出一支金钗）那我可不可以用这来抵？

方木根　（接过金钗）这是……土豪金？

方　母　（惊讶地）啥个土豪金？这是地地道道的赤金啊！

方月儿　（凑上来）我看看我看看……

长　乐　大妈，不知这支金钗，可抵得上我那酒菜钱？

方　母　（哭笑不得）小哥，你这金钗，比那张银票还要值钱呢。

长　乐　这个……（又想了想，一连掏出一堆首饰）那这些呢？会不会便宜些？你看，这耳环，这玉佩，还有这珍珠项链……

方月儿　（惊呆了）苍天啊！大地啊……

方木根　且慢！（沉着脸，将一堆首饰扔回长乐怀中）这种来历不明的东西，公子还是拿回去吧。我们这种小户人家，担当不起！

长　乐　（不解地）你这是何意？

方木根　（质问）我且问你，你乃堂堂男儿，因何身怀这许多女人家的饰品？

长　乐　这个……（张口结舌，不知如何解释）我……我……

方木根　（正色道）常公子，我们是正正经经的人家，做的是堂堂正正的生意……

长　乐　（恼怒地）这这这……你把我长乐当成什么人了？

方月儿　（上前欲劝解）阿哥……

方木根
长　乐　（异口同声）咄！噤声！

长　乐　真真气煞人也！这这这……是可忍，孰不可忍！

方木根　（一愣，问方月儿）他说什么？啥个师傅可忍，叔叔不可忍？

方月儿　（琢磨着）不对不对，好像是叔叔可忍，婶婶不可忍……

长　乐　啊？（忍俊不禁）哈哈哈哈……

方木根　（羞恼）常公子！

（唱）管你从前在哪里，
管你到此有何意，
算我木根倒大霉，
一桌酒菜白送你。
劝你速速离此地，
切不可祸害一方把人欺！

长　乐　凭啥赶我走？不就是一两银子么，还你便是，不可污辱我的人格！

方木根　还？哼，你拿什么还？

长　乐　我……（灵机一动）我留在这里做工，用工钱来抵酒菜钱，不可以么？（旁白）呵呵，反正我一时没有安身之处，此地有得住有得吃，风景又美，何乐而不为？

方月儿　你要留在这里做工？（兴奋地）哎，好呀好呀……（撒娇般地摇晃着母亲胳膊，央求地）娘，店里不是还缺个小工么？就留他下来吧！啊？

方　母　（疼爱地）好好好，就依你。这个小工啊，我收下了。

方木根　（一怔，欲阻止）娘，你怎么也……

方　母
方月儿　（异口同声）咄，噤声！

〔方木根愣住了。

〔方月儿欢天喜地地拉着长乐往里走。

〔长乐回头，挑衅般地冲方木根做了个鬼脸。

〔方木根瞪眼。

〔收光。

第二场

〔舞台前区，马公公、牛公公上。

牛公公 （念）长乐公主玩心重，
自作主张跑出宫。

马公公 （念）皇上下令来寻找，
朝廷内外全惊动。

牛公公 （念）乔装改扮出宫门，
一路奔波觅行踪。

马公公 （念）蛛丝马迹不放过，
追寻来至此山中。

牛公公 （朝前方看看，带着几分疑惑）我说马公公，好像不对啊！

马公公 有何不对？

牛公公 你看这山越来越高，路越来越窄，草木葱茏，人烟稀少，公主贪玩，所去之处自然是越热闹越好，怎会来到这种地方？

马公公 我说牛公公啊，你可知前方便是何处？

牛公公 （懵懵懂懂地）前方何处？

马公公 前方便是圣上当年起兵之处——白云源啊！

牛公公 （还是有些不解）白云源？你是说……

马公公 圣上不是时常说起想回那白云源看看么？长乐公主长年耳濡目染，就不会……

牛公公 （恍然）噢，明白了，明白了，到底还是你马公公聪明。

马公公 （得意地）那是当然！还不快走？

牛公公 走！

〔马公公、牛公公奔下。

〔舞台后区光起，白云人家店堂内。

〔长乐在店堂里擦拭着桌凳。

长　乐 （接唱）帮工一月活计重，

方知人生不轻松。
可笑木根小老板，
吆三喝四逞威风。
所幸母女心良善，
嘘寒问暖情意浓。
仿佛身处桃源境，
别有趣味在其中。
更兼三餐有美味，
倒让我如鱼得水乐融融。

〔马公公、牛公公上，大摇大摆走入店门。

〔长乐看见马、牛二人，一惊，连忙背转身，欲向内下。

牛公公 伙计……

〔长乐不理，径直走向店内。

牛公公 （火了）站住！

〔长乐驻足。

牛公公 本大人问你话，因何不理不睬？

长　乐 （仍背着身）两位大人请稍坐，小的有些急事，容稍后就来。（又欲下）

马公公 且慢！

长　乐 （只得再驻足）大人有何吩咐？

马公公 你……转过身来！

长　乐 大人一定要小的转身么？

马公公 不错！

牛公公 （不耐烦地）叫你转身就转身，啰嗦什么？

〔长乐缓缓转过身来。

马公公
牛公公 （看清长乐面容，脸色和态度随之一变）公公公公……

长　乐 （没好气地）公什么公？

马公公 公……公子！

长　乐 （对马公公）算你聪明！你二人来此作甚？

牛公公 公……公子有所不知，自你那日悄悄出宫，宫里是闹翻了天，圣上他……

长　乐 （眼一瞪）嗯？

〔牛公公赶紧捂嘴噤声。

〔内室传来方母的询问声：常公子，是有人客来么？

长　乐　（回头对内）啊，不是人客，是……是问路的！（对马、牛二人）快走！

牛公公　这个……

马公公　如此，我们如何向圣上交代啊？

长　乐　我管你们如何交代？你们两个听了，一不许你们再来此处，二不许将我的行踪告诉他人，否则，待我回得宫去定拔掉你们的胡须！

牛公公　啊？

长　乐　（急了）啊什么啊？还不快走！

马公公　是是是，我们走！（一拉牛公公）走啊！

〔马公公和牛公公出得门去。

〔长乐一把将店门关紧。

牛公公　我说马公公啊，我们这就走了？

马公公　不走还能怎样？

牛公公　可是，这……

马公公　我说牛公公啊，你有胡须么？

牛公公　没有。

马公公　这便是了，胡须嘛……我也没有。

牛公公　你是说……

〔马公公将嘴凑到牛公公耳边低声说了些什么。牛公公听着，连连点头。

〔马公公和牛公公急下。

〔方母拎着酱油瓶从内室来到店堂。

方　母　常公子……（见店门紧闭，疑惑地）哎，这店门怎么关上了？

长　乐　（掩饰地）噢，方才……方才我赶走了两只苍蝇……（拉开店门，朝外看看，见已无马、牛二人踪影，松了一口气）

方月儿　（边喊边上）常乐哥哥，常乐哥哥……

长　乐　（笑道）月儿啊，怎么又这样急吼吼的？不是跟你说过么，你已是大姑娘，要学会矜持。

方月儿　（一吐舌头）是是是，矜持……我要矜持……（刚要装模作样摆架势，忽然发现母亲正笑盈盈地望着自己，有些难为情地）娘，你……

方　母　（一笑）不要管我，你们继续，（举起手中酱油瓶）我是去打酱油的。

〔方母快步走向门外，下。

方月儿　（缠着长乐）常乐哥哥，再给我讲讲京城里头的事情嘛！

长　乐　不行啊，我正在做生活呢！

方月儿　（撅起嘴，抱怨着）做生活，做生活，总是做生活！都怪我那木头阿哥，好像见不得你闲下来。

长　乐　不要说了，若是让你阿哥听见，又要恼了……

方木根　（上，虎着脸接过话头）背后嚼舌头，嘴巴会烂的！

长　乐　（习以为常地微微一笑，对方月儿）你看，他果然恼了。

方月儿　（不满地）阿哥，你怎么总是板着个脸，像是别人欠你三百铜板。

方木根　不错，有人欠我一两银子，值一千铜板。

方月儿　你！

方木根　都不要在这里闲扯了。（指着长乐）你，到伙房去拣菜！（对方月儿）月儿，你……

长　乐　（打断）且慢！木头，我有桩事体与你商量。

方木根　我叫木根！

长　乐　噢，木头根……还是根木头。

〔方月儿“扑哧”笑出了声。

方木根　少啰嗦，有话快说！

长　乐　我们这店堂的墙壁空无一物，一览无余。（拿出画卷）我画了几张画，可以挂在墙上，把这里装点一番。

〔长乐展开画卷。

方月儿　（惊叹）哇，这真是你画的么？太好看了！来，我们这就挂上去。

方木根　（看着画，也有些惊喜，但脸上却放不下来）嗯，还算说得过去。想挂就挂吧……

〔长乐和方月儿一起，将一幅画挂到墙上。

长　乐　（洋洋自得地）怎么样？

方月儿　我怎么觉得，连这店堂都亮了许多？

方木根　（不屑地）这有什么？客人是来吃酒吃菜的，又不是来吃墙吃画的。

方月儿　阿哥你……

长　乐　（摇头叹道）你这木头，简直不可理喻！

方木根　不捫鲤鱼？我们这里鲤鱼本来就不吃的。白云溪里有石斑鱼，富春江里有鲥鱼、鲻鱼、子陵鱼……

长　乐　（举起双手向方木根作示弱状）我去伙房拣菜。（落荒而逃般地向内跑下）

方月儿 阿哥，我也去拣菜了……（欲下）

方木根 月儿，你回来！

〔方月儿止步，转身。

方木根 来，坐下，阿哥有话问你。

方月儿 （坐下，怯怯地）什么话？

方木根 跟阿哥说实话，你是不是喜欢常乐？

方月儿 （一惊，蓦然立起）这……

（唱）他一句话儿将我问，
惹得我心头乱纷纷。
自从见到公子面，
一缕情丝心底生。
欢喜他风流倜傥人潇洒，
敬佩他谈吐风雅有学问。
女儿心恰似窗户纸，
一旦捅破让我颜面何处存？

方木根 （叹口气）月儿啊……

（唱）莫怪阿哥将你问，
此事万万不可行。
阿哥我人木心不浑，
一双眼睛看得清。
那常乐来历不明举止怪，
与你我不同世界两样人。
若是为他动真情，
终难免血本无归伤己身。

方月儿 你……你胡说！

方木根 月儿，你要听阿哥的话。阿哥是怕你受伤害，是为了你好啊！

方月儿 不，不……（像是自言自语）常乐哥哥是好人，他不会害我的。

方木根 月儿，你听我说……

方月儿 你不要再说了。我自己的事情，不要你管！（扭头急下）

方木根 月儿！月儿……（望着妹妹远去的背影，无奈地叹了口气）

〔方母拎着酱油瓶急上。

方　母 木根，月儿、常乐他们呢？

方木根 常乐在伙房拣菜，月儿她……（转移话题）娘，你找他们做什么？

方 母 （向内喊）月儿，常乐，快，都出来！月儿，常乐……

〔长乐和方月儿闻声上。

方木根 娘，你这风风火火的，到底要说啥个事体？

方 母 （唱）今日坊间有传闻，

镇子上下乱纷纭。

都说是当今天子不忘本，

常思念白云源里味津津。

长 乐 （自言自语地）嗯，不错，他倒是经常记挂着这一口。

方木根 （抢白）皇帝老儿记挂何事，你如何知晓？

长 乐 我……（忙掩饰）我这不是在听大妈说么？（对方母）大妈，你接着说！

方 母 （唱）县衙奉旨把令行，

告示一张贴城门。

全县厨子都有份，

一月之后大比拼。

选出魁首做御厨，

轿子抬抬送京城。

方木根 （思忖着）竟有这等事？

方 母 木根啊！

（唱）你自幼学厨技艺精，

炒勺一把有名声。

接下这天上掉落大馅饼，

定能够出人头地跳龙门。

方木根 （有些犹豫）这个……

长 乐 （思忖着）嗯，这倒是个出头的好机会……

方月儿 是啊是啊！阿哥，你好好准备，千万不可放过这个机会。

方木根 （不以为然）啥个机会？我在这白云源中自在惯了。京城有啥好？御厨又怎样？我还不稀罕呢！

方 母 （意外地）木根，你……

方月儿 （急了）阿哥，你……你怎么这样？

长 乐 （故意用讥讽的口吻）也是，这人嘛，也只有这么一点儿出息。本事不大，脾气不小，去了也是白去。

方月儿　（不解地）常乐哥哥，你怎么……

〔长乐俯在方月儿耳边轻声说了句什么，方月儿会意地点点头。

方木根　（被长乐的话激怒）常乐，你说什么？

长　乐　我说错了么？你看你，色香味形都不讲究，配菜上菜全无规矩，炊具餐具嘛也是文齐武不齐。这种水平，去了只能垫底。

方木根　（不服地）既然你这样讲，我倒是偏要赢它回来给你看看！

长　乐　（不屑地）哼，你只会输！

方木根　（坚定地）不，我定能赢！

长　乐　你要是输了便怎样？

方木根　我要是赢了便如何？

长　乐　你敢不敢与我赌一把？

方木根　赌？怎么赌？

长　乐　你要是输了，给我一两银子，抵我欠的酒菜钱。

方木根　我要是赢了呢？

长　乐　（掏出一张银票拍在桌上）这银票一千两，便是你的。

方木根　（有些意外）这……

长　乐　少废话，你到底敢是不敢？

方木根　（一股气上来）有何不敢？

长　乐　那好，君子一言……

方木根　石板高头掼甲鱼——硬碰硬！

方月儿　（欣喜地）阿哥，你真的决定要去？

方木根　那还用说？

方月儿
长　乐　（相视一笑，击掌庆贺）耶！

方木根　（一愣）这这这……你们……

方月儿　（笑道）常乐哥哥，你这激将法真当管用。我对你的景仰犹如滔滔江水连绵不绝，又如黄河泛滥一发不可收拾……

方　母　（看到方木根吃瘪的模样，不禁开怀大笑）哈哈哈哈……

〔光暗。

第三场

〔夜，方家厅堂。方母独坐其中。

〔长乐上。

长　乐　大妈，你找我？

方　母　是啊是啊，常公子，来来来，快请坐。

长　乐　大妈不必客气，小生是晚辈，叫我常乐即可。

方　母　噢，常乐……常公子！

方　母　（唱）公子来此一月零。

大妈对你少照应。

今日寻你无他意，

说点闲话谈谈心。

长　乐　（唱）大妈对我多关照，

小生点点记在心。

有话但说并无妨，

所问必答本该应。

方　母　（唱）我问你，自幼生长在何处，

家居哪县又哪村？

长　乐　（唱）自幼生长在京城，

家居……家居京都皇城根。

方　母　（唱）家中长辈可安好？

兄弟姊妹有几人？

长　乐　（唱）家父家母皆健在，

兄弟姊妹……兄弟姊妹一时难说清。

方　母　哦？如此说，你那常家也算是个大户人家了？

长　乐　这……在京城也算是数得上的人家吧……（旁白）咳，这还用数么？

方　母　（唱）公子今年有几岁？

可有妻房娶进门？

长　乐（唱）小生今年十八整，

至今未曾订过亲。

方　母没有订过亲？

长　乐没有。

方　母（试探地）这个可以有。

长　乐（肯定地）这个真没有。

方　母（高兴地）哈哈哈哈，没有就好，没有就好，没有就太好了！

长　乐（惊讶地）什么？没有就好？

方　母（直截了当地）是啊！没有订过亲，你就可以娶我们家月儿呀！

〔一束定点光，照出另一表演区内方月儿偷听的身影和反应。

长　乐（大惊）啊？！（大窘）这……我……

（唱）大妈她直言快语来提亲，

直教人手足无措心内惊。

我本闺中一钗裙，

如何迎娶女儿身？

本当断然将此拒，

唯恐伤及月儿心。

倘若胡乱来应承，

荒唐至极成丑闻。

只怪我兴之所致改装扮，

到头来一错再错误会深。

弄出这本糊涂账……

方　母常公子，你怎么不说话呀？

长　乐我……我……

方　母莫非你看不上我家月儿？

长　乐啊，不是……噢，是的……不不不，不是的……

方　母哎，到底是也不是呢？

长　乐（无奈长叹）唉！

（唱）我纵然浑身是嘴也难辩清。

〔方月儿从内急上（走出定点光，迈入主表演区）。

方月儿（阻止方母）娘，你不可这样逼他！

长　乐（愈加尴尬）月儿，我……

方月儿 （看着长乐，微微笑着）常乐哥哥，我晓得，你心里是喜欢我的，对吧？

长 乐 （忙不迭地点着头）噢，是的是的！只是……

方月儿 （示意长乐不要再说）我明白，我全都明白……

〔方木根闻声走上，有些懵懵懂懂。方母忙把他拉到一边耳语。

方月儿 常乐哥哥，你是大户人家的读书郎，我是小户人家的野丫头。我们出身两样，门第不同。所谓不是一样人难进一家门……

长 乐 不不不，月儿，你不要误会，我绝对没有这个意思……

方木根 （插言）你没有这个意思？那到底有啥个意思呢？若不是有啥意思，你一个堂堂书生又怎好意思在此厮混？今日你便意思意思，把你来这里的意思讲讲清楚，否则的话，便……便没有意思了！

方月儿 阿哥你啥意思？不要在这里打横炮。我说过了，我的事不要你管！

方木根 （还想再说什么）月儿……

方 母
方月儿 （异口同声）咄！噤声！

〔方木根翻了翻眼睛，不再出声。

方 母 常公子！你屋里嘛是大户人家，规矩嘛肯定是蛮多的。这婚姻大事，讲得是三媒六聘，也由不得你自家做主。（回头招呼）木根！

方木根 （忙应答）哎！

方 母 （唱）账上取出一半银，
县城里头请媒人。
常家住址先问清，
聘礼备好进京城。
不管门槛有几高，
硬着头皮往里进。
若是客气你要讲礼数，
若是不客气……

方木根 怎样？

方 母 （唱）便与我砸开他家大宅门！

长 乐 （大惊）使不得，万万使不得……（旁白）要砸皇宫，那还了得？

方 母 好了好了，都不要说了。今日我拍板，就这样定了！

方木根
方月儿 （均有些疑惑）这……

方　母　（不容置疑地）天色不早，散了散了，都歇息去吧。

〔方母下。方木根和方月儿略犹豫后也分头下。舞台上仅留下长乐一人。

长　乐　（一脸苦笑）这这这……这算是怎么一回事啊？

（唱）哭不得来笑不能，

无端祸事险酿成。

一旦戳穿更尴尬，

无颜面对这家人。

（白）这……这这这便如何是好啊？

〔长乐走至窗前，看向窗外。

〔马公公和牛公公突然出现在长乐的视线中。

长　乐　（一惊）啊？

牛公公　（瑟瑟发抖）我说马公公啊，冷煞哉！

马公公　山里的夜晚就是这样，你就忍忍吧！

牛公公　（一叹）唉，也不知太子他们何时能来？

马公公　总归是快了，快了……

长　乐　（收回目光，思忖着）看来，此地是留不住了！

（唱）三十六计走为上，

果断方能绝祸根。

留下金钗偿欠账，

夜幕遮掩我快启程！

〔长乐取出金钗留放在厅堂，匆匆忙忙从后门离去。

〔切光。

第四场

〔夜，方家厅堂（景同上一场）。

〔方母和方月儿不时看向门外，显得十分焦急。

方　母　（唱）常乐突然无踪影，

只留金钗不见人。

月儿急得直跳脚，

木根匆匆去找寻。

方月儿 （唱）他只晓平时山间风光美，

却怎知夜间凶险吓煞人。

唯恐公子入险境，

不由月儿心如焚。

〔方木根搀扶着长乐跌跌撞撞上，两人都浑身发抖，显得十分狼狈。

方　母 啊，谢天谢地，总算回来了！（见两人模样，惊讶地）你们……你们这是怎么了？

方木根 他掉落到鸳鸯潭里了。

方月儿 是你把他救上来的？

方木根 嗯，还好被我看见，要是迟上一步，他这条小命就没有了！

〔长乐一直垂着头，不声不响。

方　母 哎呀，这浑身都湿透了！（对方月儿）月儿，还不快去烧些热水，让他们擦身换衣服？

方月儿 噢！（向内下）

方　母 我去烧个火盆来给你们烤烤！（向内下）

〔方木根和长乐都抱臂蜷身，瑟瑟发抖。

长　乐 （抬头看看方木根）木根，谢谢你！

方木根 （没好气地）谢什么谢？半夜三更往那种地方跑，你是精神有病，还是存心害人？

长　乐 （一时语塞）我……

方木根 你不要命，我还要命呢！

长　乐 你……

〔方月儿内声：常公子，水好了，快来擦身换衣服吧！

〔长乐应声入内。

方木根 （忽想起什么，向内喊）月儿，你给我出来！

方月儿 （上，不悦地）阿哥，唤我何事？

方木根 人家公子擦身换衣服，你一个大姑娘家在里头作甚？

方月儿 （嘟囔着）出来就出来，你不要介凶好不好？

〔方母捧着火盆上。

方　母 火盆来了，火盆来了……（见方木根还在店堂里，问）哎，木根啊，你怎么还不进去换衣服？

方木根 那常公子在里头，人家读书人讲究多，还是等他换完再说吧。

方　母 这都什么时候了，哪有那么多讲究？晓不晓得啥个叫作倒春寒？裹着一身湿衣裳，若是寒气侵身，会落下毛病来的！

方月儿 是啊，都是大男人，换身衣服，有啥关系？

方　母 去吧去吧！

〔方木根迈入内室。

〔内室中突然传出长乐的一声尖叫。紧接着，方木根惊惶失措地从内室倒退而出，跌坐在地。

方　母
方月儿 （大惊）怎么了？怎么了？

方木根 （呆坐着）他……她……

方月儿 他怎么了？（朝内室看，也惊呆了）我晕！（也跌坐在地）

〔内室门口，出现了长乐羞羞答答、扭扭捏捏的身影。

方　母 （目瞪口呆）这这这……这才是眼睛一眨，老母鸡变鸭！

〔幕后伴唱：

公子变身女钗裙，
老娘惊诧阿妹晕。
从来好事多磨难，
一波方平一波兴。

〔方木根不知所措，逃一般地奔入内室。

方　母 原来你是姑娘……（忽然笑了起来）哈哈哈哈，姑娘好！姑娘好啊！

方月儿 我……我还是晕！

方　母 要是晕，就到屋里去躺躺！

方月儿 我……

方　母 （摆摆手）快去呀！

〔方月儿向内下。

方　母 （向内喊）木根啊，衣服换好了么？快出来烤火！

〔方木根上，眼睛不敢看长乐，小心翼翼地在火盆边坐下。

长　乐 （也有些不好意思）大妈，我……我回房去了。

方　母 （急阻）不可不可，你们两个都要在这里烤火。鸳鸯潭里的寒气，一定要逼出来才行！（打了个哈欠）啊，我困了，就不陪你们了。你们慢慢烤，慢慢烤……（下）

〔方木根和长乐相互看看，都低下头去。

〔静场，只有两人中间的那盆碳火，幽幽地闪着红光。

方木根
长　乐 （几乎同时抬头，同时发话）你……

〔两人又同时停口，都不免有些尴尬。

方木根 （想起什么，摸出金钗）噢，这是你的金钗。

长　乐 （接过金钗，用它将披散的长发简单挽起，轻声轻语地）多谢了！

方木根 呵呵，不必客气！

〔碳火更旺，火光渐渐映红了他们的脸庞。

长　乐 木头，我落水的那个地方，叫个什么潭？

方木根 噢，那里叫作鸳鸯潭。

长　乐 鸳鸯潭……（一笑）可惜在那里没有看到鸳鸯，只有一对落汤鸡。

方木根 （被逗笑）哈哈哈哈……不过，我真是服了你，一个京城的弱女子，竟敢跑到这种地方来！

长　乐 我……（声音很低，但却十分真诚地）对不起，真是对不起！

方木根 （有些不好意思）哪里哪里，我也有许多不是，你莫要见怪！

〔两人相视一笑。

方木根
长　乐 （唱）碳火融融驱寒意，

一股暖流涌心底。

方木根 （唱）她兰心蕙质不娇弱，

只身闯荡有胆气。

长　乐 （唱）他憨直之中藏灵窍，

善良勇敢人仗义。

方木根 （唱）今朝落水揭谜底，

再无心中疑与虑。

长　乐 （唱）敞开心扉抒胸臆，

尽释前嫌除芥蒂。

方木根
长　乐 （唱）长夜漫漫仍嫌短，

不觉间，东方悄然露晨曦。

方木根 （鼓起勇气）常公……噢，常姑娘，你不要走了，就留下来吧？

长　乐 （一怔）留下来？

方木根 是啊，留下来，不好么？

长　乐 这个……（不知该怎么回答，只得黯然一叹）

〔收光。

第五场

〔白云人家店堂内（景同第二场）。

〔方月儿在店堂里擦拭着桌凳。

〔方母又拎着酱油瓶从内上。

方　母 月儿，你现在头还晕不晕？

方月儿 早就不晕了。

方　母 好，不晕好，不晕就正常了。

方月儿 （一笑）不过，又好像有人不大正常了。

方　母 嗯？你是说……

〔内传长乐和方木根的对话声：

长　乐 （内白）木头！我跟你说了多少遍，你怎么就是不长记性？

方木根 （内白）啊，对不起对不起……

〔方母和方月儿面面相觑。

方月儿 你听，这还是我那木头阿哥么？

方　母 这……呵呵，我还是去打酱油吧！

〔方母笑着摇摇头，拎着酱油瓶下。

〔长乐从内上。方木根紧跟在她身后。

方木根 （追着长乐说）常乐，你说要讲究色香味形，我一直都在改进。如今我烧的菜，红的、绿的、黄的、白的，只只清爽。月儿你说是也不是？

方月儿 嗯，倒是有些长进，不过比起常乐姐姐的要求嘛，还是差了许多。

方木根 你……你也不帮我说说话，总是跟她一个腔调。

方月儿 那是自然，你晓得我现在跟她是什么关系么？这叫闺蜜！

长　乐 月儿，不要跟他说了。你到镇上跑一趟，采办一批新餐具。规格要求我已与你写好，你照样购置便是。

方木根 常乐，这个事情是不是再考虑一下……

长　乐
方月儿　（异口同声）咄！

方木根　（主动举起双手）好，我噤声，我噤声。

长　乐　（拿出两张纸）这是采买清单，这是一千两银票，你收好。（又轻声嘱咐）记得顺便买些胭脂水粉回来。

方月儿　（高兴地）哎！我这就收拾收拾，准备出发。（向内下）

方木根　为何要买那些新餐具呢？现在的还可将就着用嘛！

长　乐　（数落着）你这人啊就是不开窍！此次厨艺大比拼，并非让你们这些厨子集中一处同场竞技，而是分别到各自店中评判你们办的酒宴。等到考官们坐到你店里来，你就用这些破旧碗盏装菜给他们吃啊？

方木根　倒也不错，只是……花得银子还是多了一些。

长　乐　（白了方木根一眼）我的银子，我想花就花，你管得着么？

方木根　我……（声音放低，真挚地）常乐，多谢你这样帮我！

长　乐　（脸上露出一丝笑意）闲话少说。我问你，我让你排的菜单呢？

方木根　已经排好了。（摸出菜单递给长乐）常姑娘请看……

（唱）宴席分回合，
每回十六道。
四道算一切，
四切刚刚好。
第一回合先茶叙，
亲朋好友坐一道。
四生果，四干果，
吃茶寒暄不单调。
四冷素，四冷荤，
开怀饮酒胃口好。
回合结束换盘盏，
香巾揩面把汗消。

长　乐　（微微点头）那第二回合呢？

方木根　（唱）第二回合上正料，
成败全看这一遭。
头切上来四热炒，
野味山珍不可少。

二切要上四大菜，
扣肉白鱼鸡鸭煲。
三切再上四饭菜，
小炒过饭口味妙。
四切便是四饭食，
馒头汤粥加面条。
十六回切全吃遍，
身心舒坦乐陶陶。

长　乐　（看着菜单，赞赏地）嗯，这十六回切……还算不错。

方木根　（走到长乐身旁，拿把扇子给她扇着风）还不都是你的主意。不然，以我这个山窝里的野厨子，哪里想得出这许多花样？

〔方月儿从内上，看见方木根殷勤摇扇的样子，不禁发笑。

方月儿　（谈侃地）阿哥，今朝很热么？

方木根　（有些尴尬）有些热，还是有些热……

方月儿　（把方木根拉到一旁）阿哥，来，我同你说句话。

方木根　什么话？

方月儿　（学着方木根的口吻，故意叹口气）唉，阿哥啊……

（唱）那常乐来历不明举止怪，
与你我不同世界两样人。
若是为他动真情，
终难免血本无归伤己身。

方木根　（哭笑不得）你……

方月儿　我怎么样？

方木根　有句俗话说得好……

方月儿　啥个俗话？

方木根　（突然放大声量）滚！

方月儿　（大笑）哈哈哈哈，不要管我，你们继续……（笑着跑向门外，下）

〔长乐看着方月儿的背影，心有所感。

方木根　（觉察到长乐的异样）常乐，你……

长　乐　（语气低沉地）木根，待厨艺大比拼完结，我就该离开这里了。

方木根　（神色一变）啊？（转念，压抑着情绪）噢……

长　乐
方木根　（合唱）眼见他神情黯然失望样（她欲言又止踟蹰样），

不由我心头紧抽（眉头紧皱）暗思量。

长　乐　（唱）怎不知两心拳拳早相悦？

方木根　（唱）怎不晓依恋日日在增长？

长　乐　（唱）他哪知天大障碍难逾越，

势如泰山不可挡。

方木根　（唱）她定有苦衷在心难言表，

欲说不能独自伤。

长　乐　（唱）无心已将月儿误，

岂能再把木根妨？

方木根　（唱）既是真心将她爱，

理当为她来着想。

方木根
长　乐　（合唱）便只能一片真情埋心底，

狠下心来斩断情丝酿杯苦酒自己尝。

〔方母上。

方　母　（乐呵呵地）我酱油打回来了！

方木根　娘，怎么去了这么许久？

方　母　在外头碰到一个人……噢，（对长乐）他是来找你的。

长　乐　（一怔）找我的？

方　母　是啊，他说他认得你，还问了我好多话。

长　乐　（有些紧张）你都跟他说了些什么？

〔太子上，身后跟着马公公和牛公公。

太　子　（接答）她跟我说，原想招你做女婿，没有想到如今快要变成儿媳了。

长　乐　（一惊，脱口而出）王兄……

方木根　（大窘，埋怨地）娘，你怎么乱说啊！

方　母　我没有乱说啊！不要以为别人看不出来，你娘我虽然老了，这双眼睛还是蛮灵清的……（见方木根要发急，连忙晃晃手中的酱油瓶）好好好，不说了，我把酱油拿到伙房去。（向内下）

太　子　（看着店堂挂的画）呵呵，小妹啊，想不到能在这里看到你的妙笔丹青。

马公公
牛公公　（附和地）是啊是啊……

长　乐　（敷衍地）呵呵……（转向马、牛二公公，愤愤地）都是你们干的好事！忘了我跟你们怎样说的？

马公公　公……公……噢，小姐，不关我的事……

牛公公　呵呵，我们两个没有胡须……

长　乐　没有胡须？呵呵，那我剥你们的皮！

〔马公公和牛公公吓得脖子一缩，躲到太子身后。

方木根　（上前招呼）王兄是吧？来，请坐……

太　子　（诧异地）王兄？你叫我王兄？

方木根　是啊，你不是姓王么？刚才，我听常姑娘她便是叫你王兄嘛！

太　子　常姑娘……（会意）哈哈哈哈，常姑娘？王兄？有意思，有意思！

方木根　怎么，我说得不对？

太　子　对，对，当然对，我就是王兄……（转向长乐）常姑娘，你说呢？

〔长乐无语，只报以白眼。

方木根　（看看太子，又看看长乐）看起来，你们两个是熟人？

太　子　何止是熟人？这么跟你说吧，我跟这位常姑娘，自幼一起长大，可以说是青梅竹马，两小无猜。

方木根　噢，我好像有些明白了。

太　子　哦？你明白了什么？

方木根　让我想想看……噢，你们王家跟他们常家世代交好，你们两个自幼一起长大。你喜欢她，两家大人也要让她嫁给你。可能是她还没有想好，也可能是她跟家里闹了什么别扭，所以离家出走……

太　子　（忍不住大笑）哈哈哈哈，你倒是聪明得很啊！

长　乐　（急忙解释）不，不是这样的！他……他是我的阿哥啊！

方木根　阿哥？（想了想，还是摇摇头）他姓王，你姓常，分明不是一家人嘛！

长　乐　你……（一时无法解释，一跺脚）你真是根木头！

太　子　（对方木根）你就是方木根？

方木根　（有些奇怪地）你怎会晓得我的名字？

太　子　呵呵，我可以单独跟你谈谈么？

长　乐　（有些担心地）王兄，你……

太　子　（示意长乐让她放心）能否请你暂且回避一下？

〔长乐略犹豫，点点头，向内下。

〔太子朝马、牛二公公使了个眼色。

〔马、牛二公公会意，随长乐向内下。

方木根 王兄啊，我这个人嘛蛮忙的，有啥个话就快说吧。

太　子 好，那我就直说了。这些天，小妹住在你处，多有打扰，自然应该表示感谢。你们想要些什么，只管说来。我只有一个条件……

方木根 什么条件？

〔一束定点光，照出另一表演区内长乐偷听的身影和反应。

太　子 我要你从此远离长乐。

方木根 （怏怏地）她不久就要回京城，本来就是要远离的。

太　子 不，我是说，要你从此与她断绝一切联系，终生不得与她见面。

方木根 什么？

太　子 只要答应这个条件，无论金银财宝还是高官厚禄，你要什么我给你什么！

方木根 （摇头）我明明白白地告诉你，我对你许的那些东西没有任何兴趣，同样，我也不会答应你的任何条件。

太　子 哦？看不出来，你倒是有些骨气！不过我还是要提醒你，在这个世界上，有些人不是你能攀得上的，有些势力也不是你能惹得起的。

方木根 你这是在吓我？

太　子 不敢，只是给你一点忠告。恕我直言，你根本没有与她交往的资格。

方木根 资格？

太　子 不错，资格！我问你，你可出身显赫门庭？家中可有良田万顷？此生可有望求取功名、建立功勋？

方木根 这……（依然嘴硬）这有什么？三百六十行，行行出状元，你又怎知我方木根没有出头之日？

太　子 （嗤之以鼻）你能出的头再大也有限。想想看，如若那常姑娘是皇家公主，你还敢同她交往，你还配同她交往么？

方木根 （被激怒）姓王的，你不要欺人太甚！

（唱）木根生来邪不信，
　　不怕鬼怪不怕神。
　　想做何事便要做，
　　哪怕刀剑割头颈。
　　皇家公主又如何？
　　皇帝也有草鞋亲。
　　莫忘天子起兵时，

也是平头小草民。

〔另一表演区中的长乐听到这些，显得非常激动。

长　乐　（唱）几句铿锵语，

掷地若有声。

拨开眼前雾，

除去心头云。

他既不怕刀刎颈，

我又何惧路难行？

从此犹豫彷徨都抛却，

定下心来与他一同把梦寻。

太　子　（对方木根）你倒是真有胆色啊！我不得不再奉劝你一句：当心你的头，莫被人砍了去！

方木根　哦？那我倒要看看，何人敢砍我的头！

太　子　何人敢砍？我就敢砍！（突然抽出宝剑，将它横架在方木根的脖子上）

〔长乐大惊，从内急上（走出定点光，迈入主表演区）。

〔马、牛二公公也从内急上。

长　乐　王兄住手！

太　子　不！此人胆大包天，大逆不道。我一定给他一点颜色看看，让他晓得花儿为什么这样红！

方木根　（镇定下来，看看太子，又看看架在脖子上的剑，满不在乎地）好呀，大好头颅在此，你要砍便砍，何需多言？有胆量你就砍，你要是不砍，就是狗娘……

马公公
牛公公　（大惊失色，忙捂住方木根的嘴）说不得，说不得的啊！

太　子　（一把丢开手中剑）给我住口！你……你还真是不要命了！

方木根　（轻轻推开捂着自己嘴巴的手掌）哈哈，原来你也只有这点胆量！

太　子　你这家伙……我还真是服了你！

长　乐　（捡起掉落在地的宝剑，递给太子）王兄，我的事情我自己自有分寸，不用你管。以后，我喜欢什么人，我想与何人交往，都请你不要干预！

太　子　（宝剑入鞘，苦笑着）小妹，你该明白，我这都是为了你好！

长　乐　（坚定地）我明白得很，但那是我自己的事情，无须王兄操心！

太　子　（一脸无奈）好好好，我不管，我不管总可以了吧？

方木根 （对太子）要我说，你这个人啊，用常姑娘的话讲，就是不可鲤鱼……还有一句是怎么讲的？……噢，我想起来了，（振振有词地）师傅可忍叔叔不可忍，叔叔可忍婶婶不可忍，婶婶可忍我方木根不可忍……

太　子 这这这……我说小妹，怎么被你找到的这个宝贝？简直让人……不行不行，我要崩溃了，我要崩溃了……

长　乐 （大笑）哈哈哈哈……

太　子 不跟你们说了，我走，我这就走！（对马、牛二公公）跟我走！（奔至台口，又不甘心地回过头来）我一定会回来的！

〔收光。

第六场

〔白云人家门外（景同第一场）。

〔院里几张八仙桌前坐了一些官员、士绅，唯有正中一桌虚位以待。

〔长乐和方木根、方母、方月儿一家人都站在一旁迎候。

〔太子身着蟒袍上。

方木根 （看见太子，十分惊讶，脱口而出）王兄？

长　乐 今日的主考官便是你么？

太　子 怎么，今日比拼，你也有份？

长　乐 正是，还望殿下成全！

太　子 （笑着摆摆手）呵呵，你的事我可管不了，今日的主考官么，另有他人。

长　乐 （一怔）噢？

方木根 （琢磨着）殿下，殿下……（突然意识到什么，瞪圆眼睛望着长乐）你……

方　母 （也回过神来，吓得浑身一软）哎呀我的个娘哎！

长　乐 （扶住方母）大妈，大妈……

方月儿 常乐姐姐，弱弱地问一句，你真的是……

〔内声：主考官到！

〔皇帝、皇后上，身后跟着一众侍卫与内侍，马、牛二公公也在其列。

长　乐 （大惊）啊？父皇、母后……

众官绅 （纷纷跪拜）陛下万岁！万万岁！娘娘千岁！千千岁！

〔方母和方月儿腿一软，也随众人跪倒在地。

〔方木根茫然不知所措，被长乐一拉，也跪倒在地。

皇　帝　平身！

众　人　谢万岁！（纷纷立起）

皇　帝　众位考官，都入席吧！

〔众官绅入席坐定。

方木根　（充满疑惑地）常姑娘，你……

〔长乐连连摆手，示意方木根不要再问。

皇　帝　（紧盯着长乐）呵呵，常乐，常姑娘，你的本事不小啊！

长　乐　父皇……

皇　帝　玩够了么？

长　乐　（抬起头，带着几分倔犟）没有！

皇　帝　好，那就让你再玩上一回！（问太子）今日参评的厨子是哪一个？

太　子　（指着方木根）就是那位，名叫方木根。

皇　帝　（看向方木根）噢，你就是方木根……（上下打量）嗯，好，你很好！

长　乐　（走到皇后身边。悄声对皇后）母后……

皇　后　（用手指点点长乐的额头）你呀！

长　乐　（有些担忧地）父皇会不会……

〔皇后一笑，摆摆手，示意长乐不要再问。

皇　帝　（下令）开始吧！

太　子　方木根，可以开始了！

〔长乐、方木根和方母、方月儿走到一起。

方木根　（问长乐）这……这到底是怎么一回事？

长　乐　现在不是说这些的时候。比拼马上就要开始，你一定要把握住这个机会！

方木根　可是……可是……

方月儿　阿哥，你的手抖得好厉害耶！

方　母　我也在抖。（忧心忡忡地）这……这到底是皇上和娘娘啊！万一……

长　乐　木头，木头，你不是说，只要是想做的事情，哪怕刀割头颈也要做么？

方木根　嗯！

长　乐　你想不想跟我到京城去闯荡一番？

方木根　想！

长　乐　那好，今朝，我要你赢！

方木根 （振作起来，郑重地点点头）好，今朝，我一定赢！

长　乐 （伸出手掌，掌心向下）来！

〔方木根、方母、方月儿也都伸出自己的手掌。几人手掌相叠，同喊了一声“加油”。

〔方木根与方母、方月儿均入内，仅唯留长乐在现场。

长　乐 （高声宣告）白云源十六回切，开——席！

〔乐声起。

〔舞台后区一角，一束定点光下，显现出方木根在灶台前操作的身影。

〔方母上，为考官们一一递上香巾。

长　乐 第一回合起……

〔方月儿手持铜壶上，为客人加水泡茶。

长　乐 头切，四生果……

〔四名少女上，摆上四盘鲜果。随即下。

长　乐 二切，四干果……

〔又有四名少女上，摆上四盘干果。随即下。

长　乐 三切，四冷素……

〔方月儿在桌旁续茶倒酒，忙个不停。

长　乐 四切，四冷荤……

〔舞台上，两组各四名少女走马灯似地穿行，令人目不暇接。

〔考官们吃得津津有味，不时点头赞赏。

皇　帝 （吃着，转头问皇后）皇后啊，你品尝这十六回切，感觉如何？

皇　后 要问我的感觉么？

（唱）十六回切不寻常，
仪式排场有气象。
赏心悦目花色靓，
舌留滋味口余香。
此宴只应天上有，
哪得人间几回尝？

皇　帝 （大笑）哈哈哈哈……

皇　后 皇上因何发笑？

皇　帝 （对众考官白）众位爱卿，你们的考评结果呢？

一考官 启禀陛下，依臣下看来，本场比拼，无论菜式和滋味都无可挑剔，理应

拔得头筹！

众考官　（异口同声）是啊是啊，本场主厨当居魁首！

皇　帝　哦？众口一词，竟然毫无异议？

太　子　父皇，这方木根的厨艺远远高于他人，没有异议也在情理之中。

皇　帝　如此，朕这个主考官岂不是白当了？

太　子　（一愣）这个……

众官绅　（齐声）恭请陛下评定！

皇　帝　（捋须沉吟）若是由朕来评定么……（眉头渐渐皱起）

〔现场气氛突然变得紧张起来。

方月儿　（悄悄对方母）娘，好像有些不对头呢，皇上他会不会……

方　母　（也是惊惶不定）常姑娘，你说呢？

长　乐　（摇摇头）我也不晓得……

〔皇帝突然重重地一拍桌子。

〔方家母女及长乐均被惊得浑身一抖。

皇　帝　（放声大笑）哈哈哈哈，好！朕想要的，就是这个味道！

〔所有的人都松了一口气，也放声笑了起来。

太　子　（对马、牛二公公）就请这位方主厨出来，跟跟大家见见面吧！

马公公
牛公公　（对内喊）有请本场主厨方木根！

〔众人自然地站成两排，形成夹道欢迎的阵势。

〔在众人目光的注视下，方木根有些腼腆、有些紧张、有些懵懂、有些笨拙地走了出来。一不小心有两步走成顺拐，引来一阵大笑。

〔众人纷纷上前，围着方木根，有的祝贺，有的恭维，有的询问。

〔在众人的包围中，方木根一时应接不暇。

〔突然，他似乎感觉到什么，显得有些心神不安，一双眼睛四处张望，像是在寻找什么。

〔这时，人圈外传来马、牛二公公的声音：陛下起驾回宫！

〔应和声：恭送陛下！

〔方木根一惊，顾不得敷衍应酬，分开众人，冲出人从。

方木根　（急切地四处找寻着）常乐……常乐呢？常乐在哪里……

〔方木根有些发狂了，但依然没有找见长乐的身影。

〔方母和方月儿来到方木根身旁。

方木根 娘，常乐她……

方　母 她走了，跟着皇上皇后回了京城。唉，原来，她就是当朝长乐公主！吓煞人，我还要你去砸她家大宅门呢！

〔方木根像是失去了魂魄，呆在那里不动不语。

方月儿 长乐公主叫我转告你，不要忘记你说过的话，她会在京城等着你。（拿出一根金钗和一封信）这支金钗是她留给你的，还有这封信。

方木根 （接过金钗和信，喃喃自语）常乐走了……她走了……

〔灯光变化中，众人隐去，舞台上只留方木根一人。

〔方木根回过神来，小心地将金钗收好，然后展开长乐留下的那封信。

〔画外，像是从很远的地方，传来长乐的声音：……我的意中人是一位盖世英雄，有一天他会驾着七彩祥云来娶我。我猜中了开头，却不知它的结局……

方木根 （激动地）常乐……

〔方木根跑上高处，向着远方深情眺望。

方木根 （沉吟着）曾经有一份真诚的爱情放在我面前，我没有珍惜，等到失去的时候才后悔莫及，人世间最痛苦的事莫过于此。如果上天能够给我再来一次机会，我会对她说三个字：我爱你！

（唱）灶火熄店堂空人客散尽，
白云源喧嚣后复归安宁。
大比拼夺魁首却无喜意，
只因为心上人雁过无音。
想起那时初相见，
错上加错笑煞人，
鸳鸯潭边同遇险，
一缕情丝心中生。
十六回切共研创，
情怀欲诉未启唇。
早知二人相距远，
未料竟似天与尘。
难道说，此生与她无缘分，
土鸡凤凰难攀亲？
难道说，纵使奋斗也无望，

只能甘心把命认？

〔耳畔响起太子的声音：你根本没有与她交往的资格。你可出身显赫门庭？家中可有良田万顷？此生可有望求取功名、建立功勋……

方木根 不！不……

想到前方有人等，
我信心填满力倍增。
世上无难事，
只要肯攀登。
若是功夫到，
铁杵能成针。
且待我昂首阔步进京城，
建奇功立大业天地之间任驰骋！

方木根 （坚定地）长乐，等着我！京城，等着我！我来了！

〔幕后伴唱：

山坳里飘来一片云，
云朵中藏着一颗心。
心窝里飞出一首歌，
歌声中流淌一份情。

〔收光。

〔幕落。剧终。

2015年

两袖清风

钱法成

人物表 于　谦——河南、山西两省巡抚。
王　振——司礼监掌印太监。
于夫人——于谦之妻，董氏。
周　王——明宗室，分封河南为藩王。
皇祖母——正统皇帝的祖母，太皇太后张氏。
正　统——明正统皇帝，庙号英宗。
吕　宝——太监，王振之徒，周王府总管。
于　康——于谦的书僮。
兴　安——太皇太后随身太监。
曹　吉——王振手下小太监。
蒋　钦——周王府人员。
灾民、市民、王府人员、太监、宫女、百官、女官、卫士等。

一

〔音乐声中，幕启。开封抚台衙门街头。

〔幕后合唱：

　　河患，旱蝗，

　　豫晋连年遭灾殃。

官府不力邪气长，
豪强夺地民哀伤。
朝廷急派于谦到——
〔灾民结队行乞。
〔吕宝率众家丁豪取强夺、欺压百姓。
〔画外音：大家听了！朝廷为解救河南、山西两地灾荒，特命于谦于大人为两省巡抚，今日就要来到开封——

吕　宝　（轻蔑地）于谦！
〔吕宝示意手下将众百姓捆绑。
〔幕后合唱：
又谁知，王振恶党横阻挡！

吕　宝　嘿嘿嘿……
〔灯暗。
〔于谦内唱导板：
（唱）奉圣命救豫晋单骑赴任——
〔于谦策马上，于康随上。

于　谦　（唱）一路上察灾情触目惊心！
黄河决田园毁哀鸿遍野，
拯灾民不容缓心似火焚。
到开封却为何街衢断行？
〔被绑百姓暗上。

于　谦　（唱）众黎民被捆绑是为何因？
〔于谦下马。
〔二衙役上。

二衙役　拜见于大人！

于　谦　这些百姓被何人捆绑？

衙役甲　是周王府的总管太监吕宝所绑。
〔昏倒在地的少年醒来，不断呻吟。
〔于谦上前查看。

于　谦　何人下此毒手？

衙役乙　大人，这少年被吕宝手下人打成重伤。

于　谦　于康，速去救治。

于　康　是！

〔于康扶受伤少年下。

于　谦　众位百姓，你们所犯何罪？

百姓甲　大人，小民们住了周王府的街屋，王府屋破不修，反要加租逼债。

百姓乙　小民是京城王振公公的佃户，灾荒连年，颗粒无收，吕总管还来逼租！

众百姓　吕总管将我们捆绑示众，求大人为小民做主呀！

衙役甲　大人，那吕宝还说，他捆绑这些债户，是特地给大人看的。

于　谦　此话怎讲？

衙役乙　吕总管说，大人若要在此做官，就要替他办事，替他讨债，不然……不然……

于　谦　不然怎样？

衙役乙　不然就让您……卷铺盖滚蛋！

衙役甲　大人，这吕宝前几年被王振大太监派到山西，趁着荒年在山西为王振买下了方圆百里的田地。如今河南有灾，王振又将吕宝派到这里，想必又要趁火打劫，鲸吞民田了。

于　谦　呀！

（唱）民遭大难不聊生，

雪上加霜有奸佞。

于谦不惧权势大，

不许虎狼趁乱行。

奸佞不除民不宁，

我要斗一斗，这些落井下石的不法人！

为他们松绑！

二衙役　是！

〔二衙役正欲为众百姓松绑。

〔吕宝和蒋钦等人上。

吕　宝　（阻挡）慢！

于　谦　（坚决地）松绑！

众百姓　（松绑）谢大人……（下）

吕　宝　嘿嘿……你就是于大人喽？

于　谦　吕总管！你身为王府总管，应知大明律条，怎可任意绑人？

吕　宝　呵呵……是你们地方衙门不管我王府之事，我才绑人的。

于　谦　吕总管怎知我地方衙门不管你王府之事？

吕　宝　好，好，好极了！既然你于大人愿管，那就请你替王府讨要房租欠债吧！

于　谦　拿纸笔来！

〔二衙役呈上纸笔，于谦写判词。

于　谦　吕总管，这就是本官的判决。

吕　宝　“王府屋漏不修，加租逼债理偏。总管若要房钱，等待于谦任满。”照于大人判来，你一任三年，我三年不能收房租；你若连任几任，我就十多年不能收房租？

于　谦　对，不修房只加租的房钱，在我于谦任上就不能收。

吕　宝　此话你敢对我王爷讲？

于　谦　我写都写了，哪有不敢讲之理？还有，眼下灾荒期间，也不许你派人去下乡收租逼债。

吕　宝　于大人！你可知道我收租的田地是谁的？

于　谦　是谁的？

吕　宝　是我的师父，大内司礼监掌印太监王振大人的！

于　谦　大内王公公的，越发的不能收！

吕　宝　啊？于谦！你与王公公作对，你，你是不是不想做官了吗？

于　谦　我为朝廷、为百姓做官，与王公公何干？

吕　宝　好哇……于谦，我们王府见！

于　谦　且慢！将行凶打人者留下！

〔于康扶包扎着头的少年上。

于　谦　行凶者何人，你大胆指来！

少　年　是他！

于　谦　拿下！

〔二衙役上前拿住蒋钦。

蒋　钦　（求）总管大人……

吕　宝　于谦！有道是打狗要看主人面，你竟敢抓王府的人？

于　谦　既然你把自己比作是狗，今天我就替周王爷打一打你们这些作威作福的恶狗！

吕　宝　走！我和你面见王爷！

于　谦　于谦奉陪！

〔内喊“周王爷驾到！”

〔卫士引周王上。

周　王　（念）听说于谦到开封，

特从庄园会贤臣。

于　谦　臣于谦参见周王千岁！

周　王　于大人免礼！

〔手下人搬来椅子，周王坐。

周　王　久仰大人贤名，听说大人今日上任，孤王特地从庄园赶来，会上一面。

于　谦　卑职正要登府参拜，何敢劳驾千岁降临……

吕　宝　（打断）千岁！这于谦十分无理！他不许我王府收房租地租，还绑了王府的人！王爷，你看他的判词！

周　王　（念判词）“王府屋漏不修，加租逼债理偏。总管若要房钱，且等于谦任满。”吕宝！

吕　宝　小的在！

周　王　王府拨下修房之银，你用到哪里去了？

吕　宝　（语塞）这……

周　王　你讲呀？

吕　宝　……

于　谦　千岁！

（唱）千岁你静居王府养德性，

又怎知恶奴仗势胡乱行。

总管出府似狼虎，

恣意毒打善良人。

于谦执法惩恶奴，

为的是正王法，维护王爷贤德名。

周　王　（唱）于谦他不卑不亢言词正，

果然是一身刚毅不徇情。

我再以“王振”试他心——

（白）于巡抚，你可知道，吕总管乃是司礼监王振的得意高徒，难道你不怕得罪王公公么？

于　谦　千岁，于谦虽为一介地方官吏，但心中只有大明江山与黎民百姓，何惧自身安危？千岁乃堂堂藩王，太祖龙孙，德高望重，素有贤名。却为何对府中恶奴一再忍让，难道任凭其胡作非为，败坏王府贤德之名吗？

周　王　呀！

（唱）这于“铁头”慷慨陈词铿锵声。

他一番忠言令人敬，

说得孤王热血腾！

今日里难得来了铁面臣——

孤王何不趁此机会……

（唱）肃整王府得安宁！

来呀！将蒋钦当街捆打四十，逐出王府！

蒋　钦　（求）王爷！王爷！吕总管！……

〔蒋钦被二侍卫拖下。

吕　宝　王爷！你，你这是长他人志气，灭自己威风！

周　王　大胆吕宝，今日之事，祸根在你，你与我回府闭门思过，不许你再出来胡作非为！

吕　宝　（不服，经过于谦身边）哼！（悻悻地下）

于　谦　王爷，你从庄园回来，定知乡下灾情。卑职离京之前，已奏请朝廷，开仓放粮，赈济灾民。卑职还自愿捐出两年俸禄，共两千五百两，作为杯水车薪，以解百姓燃眉之急。

周　王　（感动而关切地）于巡抚，你将两年全部俸禄捐出，今后你自己何以为生？

于　谦　于谦虽贫，尚有余资可薄养家人。当前十万火急，救济灾民要紧！

周　王　大人干得好！你随我来！（携于谦手共同上前见百姓）众位百姓听着！于巡抚为救灾民，已请旨放粮，还自捐俸禄，与百姓同甘共苦。孤王为表仁爱之心，今日当众宣布：免去所有佃户一年田租！免去开封房户三年房租！还捐出白银五千两，粮食两千石！（卫士捧出银子）

众百姓　（欢呼）谢千岁！谢于大人！

〔吕宝气呼呼地嚷着上。

吕　宝　太气人啦！太气人啦！小小一个巡抚，他要抓人让他抓，还要倒贴这许多银子和粮食，天底下哪有这样的事！哪有这样的事？！

周　王　吕总管，这街旁的树上，有乌鸦在叫，你去赶跑它。

吕　宝　乌鸦？哪里有乌鸦，乌鸦在哪里？没有呀？

周　王　怎么没有？现在还在叫嚷！

吕　宝　现在还在叫？啊，王爷是将我比作乌鸦？

周　王　哼，乌鸦哪里及得上你！
吕　宝　好啊，我吕宝做事哪一件不是为了王府？既然王爷这样讨厌我，我就走！
周　王　悉听尊便。
吕　宝　于巡抚！
于　谦　吕总管！
吕　宝　后会有期！
于　谦　恕不远送！
吕　宝　哼！
〔吕宝愤愤然地下。
〔收光。

二

〔王振府第。
〔王振在宫女、太监侍候下闭目养神。
〔吕宝跪地小心侍候。
吕　宝　恩师，这事你一定要给我做主啊……
〔王振闭目不置可否。
吕　宝　恩师，于谦和周王骂我，这都没什么。可是于谦不让我下乡收租，那里可有你老人家大片的田产啊！于谦这样无法无天，只怕恩师在河南、山西的田地房产都要难保了！
〔王振睁眼暗惊。
王　振　这个于谦真是可恶，敢在我太岁头上动土！在他的怂恿之下，连那胆小怕事的周王也学坏了。
吕　宝　恩师你要狠狠地治他们，不然我们这些派出去的徒儿们，今后还怎么活呀？
王　振　报仇之事不在一天两天！你既然回来了，就在我身边当差吧！
吕　宝　是……恩师，这个于谦？
王　振　为师必须先在皇上面前多种花！
吕　宝　种花？

王　振　就是讨皇上的欢心，然后再把于谦这些讨厌的刺头……一个一个都拔掉！

吕　宝　恩师高明……恩师高明……

〔曹吉慌张地上。

曹　吉　禀、禀大人，皇、皇、皇、皇上……来了！

王　振　快，快，赶快更衣！还有，桌上那两个小东西拿来！

吕　宝　恩师要这些小东西干什么？

王　振　这个你不懂，我这两只袖袋呀回回不能空，要随时随地给万岁爷一个惊喜。

〔内声：万岁到——

〔正统皇帝上。

〔王振连忙匍爬出接；吕宝等也忙跪下。

王　振　奴才该死！奴才该死！

正　统　先生，起来，起来！

王　振　皇上，你今天应去御书房听课，怎么驾临奴才住的地方来啦？

正　统　朕想着你就来了，朕一刻也离不开先生。

王　振　皇上，你不去上学怎么行？要是太皇太后知道万岁逃学到奴婢这里，奴婢就完了！

正　统　先生放心好了。皇祖母现在一心在佛堂念佛。朕除了每日清早请安，平时都见不到，她不会知道的。

王　振　万岁！奴婢给你整理衣冠。

正　统　先生，今天你的衣袖里藏了什么好东西？

王　振　没有。奴才衣袖里哪有好东西？

正　统　你骗我，让我搜！

王　振　嘿嘿……皇上，是外国进贡的机器娃娃。

正　统　好玩！还有一只袖袋呢？

王　振　没有了，真的没有了。

正　统　朕还要搜！

〔正统抓住王振衣袖往里摸，摸出一只精致的小弹弓。

正　统　哈哈！小弹弓！

〔正统拉开弹弓对着太监宫女，吓得他们满屋乱转。

众　人　万岁爷，饶了奴婢吧！万岁爷，饶了奴婢吧！

王　振　跑什么？让万岁弹弹有什么了不起？

〔正统皇帝对着宫女的脸拉弓，宫女忍到最后大哭起来。

正　统　哈哈……朕最喜欢摸先生的袖袋！

王　振　万岁最不喜欢什么呢？

正　统　朕最不喜欢进御书房。这些讲课的老夫子整天诚惶诚恐地板着脸。还是先生好，以后朕都听先生的。

王　振　皇上……

正　统　先生讲得好好的，怎么落泪啦？

王　振　皇上！

（唱）万岁恩典海样深，
可百官中，瞧得起王振有几人？

正　统　是先生将朕从小带大，哪个敢瞧不起朕的先生？

王　振　（唱）在京的官儿虽不敢，
外放的藩臣却势凌人。
我徒儿今日河南被赶回，
老奴想来也寒心。
想老奴碌碌虚度四十春，
赤胆忠心在深宫。
荣宗耀祖我不想，
一心想只为皇上把气争。
老奴若被人看轻，
辜负了万岁一番栽培恩！

正　统　（唱）先生莫要珠泪淋，
朕为你撑腰要气争。
今年八月你寿诞期——

朕下旨命天下各省的封疆大臣，都进京来给你拜寿，长长你的威风！

（唱）看哪个还敢小看我先生！

王　振　谢皇上！

〔曹吉慌张地报上。

曹　吉　皇、皇、皇上，不、不好了，太、太、太、太……

正　统　太什么？

曹　吉　太皇太后朝这边来了！

正　统　这！怎、怎、怎么办？怎么办？

王　振　皇上，躲是躲不成了。奴婢只有装病，皇上您也接驾吧！

〔太监替王振包上头巾，还给他披上小被单。

〔皇祖母内唱：

手扶着龙头杖步履颤颤——

〔太监兴安扶着皇祖母上。

皇祖母　（唱）宣宗儿英年早逝我重担在肩。

叹只叹小皇帝逃学贪玩，

今日里哀家亲自来查看！

正　统　孙儿拜见皇祖母！

王　振　奴婢…王振…参见太皇太后！

皇祖母　孙儿，你怎么逃学逃到这里来了？

正　统　孙儿今天并非逃学，因为先生生病，特来看看。

皇祖母　先生？哪位先生？

正　统　哦，是王振生病，特来看看。

皇祖母　你的先生分明在御书房等着你。王振何德何能，敢称先生？快随我回御书房去吧！

〔正统舍不得离开。

皇祖母　嗯！？

正　统　哦……

〔正统无奈地随皇祖母下。

众　人　送太皇太后！送万岁！

〔王振犹自跪地发抖。

吕　宝　师父！太皇太后走了！走远了！

王　振　好险哪……嘿嘿，万岁下旨为我做寿，你报仇的机会来了。

吕　宝　师父做寿，有什么机会？

王　振　我乃奉旨做寿，于谦若是不来，可以办他个抗旨不遵！

吕　宝　他要是来了呢？

王　振　他来？就要他在百官面前拜倒在俺的脚下！到时候让你们看看他这个“于铁头”怎么变成“于低头”！哈哈……这奉旨摆宴可谓一箭双雕：一可收获财礼，二可收服官员，一举两得！

〔王振得意地下。

吕　宝　师父高明！师父高明……嘿嘿，于谦！到时候看你怎么乖乖地拜倒在我们的脚下！哈哈……

三

〔画外音：万岁有旨，天下各省封疆大臣都进京与王振大人拜寿！

〔幕后合唱：

圣旨传四方，
庆寿大开张。
百官齐出动，
纷纷赴寿堂。

〔合唱声中众官员前来拜寿，吕宝、曹吉在府门张罗。

曹　吉　云贵总督，礼金一千两！

吕　宝　请进东花厅，留饭！

曹　吉　工部郎中王佑礼金一千两，工部尚书陈勘礼金五百两！

吕　宝　王郎中东花厅留饭，陈尚书西花厅留茶！

官员甲　不对，想我比那王郎中官高四品，怎么他东花厅留饭，我西花厅留茶？

吕　宝　对不起，进我们司礼监王大人的府门，从来不认官阶高低，只认礼金多少。今天你比他官高四品，说不定明日王郎中变成王尚书，你陈尚书变会成陈郎中呢？

官员甲　那我追加五百两。

吕　宝　这就对了，陈尚书东花厅留饭！

曹　吉　李少卿礼金五百，西花厅留茶！张侍郎礼金一百两，站立廊下等候！

〔许多官员走错了，吕宝忙去纠正。

吕　宝　曹吉，看来我必须进去张罗，不然他们不按规格乱窜乱坐？

曹　吉　吕公公你去吧，这里有我。

〔吕宝进内。

〔于康上，往里探头探脑。

曹　吉　喂，你干什么？

于　康　我家老爷叫我打听一下，这里有什么规矩？

曹　吉　你家老爷是谁？

于　康　河南、山西两省巡抚于谦大人。

曹　吉　不管你家老爷官有多大，只凭礼金多少来定接待规格：千金留饭，五百金留茶，百金廊下伺候。

于　康　知道了，百金留饭，千金留茶，五百金廊下伺候。

曹　吉　错啦！千金留饭，五百金留茶……

于　康　噢，五百金留饭，千金留茶……

曹　吉　又错啦！

于　康　对了，百金留茶，一千金廊下伺候。

曹　吉　你是天下第一大笨蛋！

于　康　是，公公，我实在弄不清，你能不能写一张，我好向老爷禀报，准备礼金呀。

曹　吉　拿去，大笨蛋！

于　康　谢谢……

〔于康拿着条子下。

〔王振在众人的簇拥中上。

王　振　（唱）大开华堂作寿翁，
自忖功劳赛周公。
圣旨一道满朝动，
谁敢不到我府中？

吕　宝　千金者上堂！

〔千金者鱼贯而入上。

众　人　祝大人寿比南山！

王　振　诸位请起，堂上看坐！

吕　宝　五百金者上堂拜寿！

〔五百金者鱼贯而入上。

众　人　祝大人福如东海！

王　振　唔，西花厅留茶！

〔五百金者拜谢后下。

吕　宝　百金者堂下拜寿！

〔百金者上。

吕　宝　往后退，再往后退，堂下行礼！

众　人　下官为大人拜寿！

王　振　免！

吕　宝　廊下伺候！

〔百金者下。

王　振　文武百官都来了吗？

吕　宝　禀大人，只有于谦未到。

王　振　啊？好啊！他不来，办他个抗旨不遵！

〔于谦内声：豫、晋两省巡抚于谦，拜寿来也——

〔于谦、于康上。

于　谦　（唱）奉命拜寿见王振，

阉臣恶行令人愤。

两袖空空登门去——

康儿！

于　康　在！

于　谦　（唱）大胆上前报名姓！

于　康　喂，门上公公，我们于谦大老爷来了！

〔曹吉上。

曹　吉　原来是你。你家老爷什么规格？

于　康　我家老爷亲自登门，就是最高规格。

曹　吉　最高规格是多少？

〔于康双手一摊。

曹　吉　是十万两？

〔于康用一只手摇摇。

曹　吉　五千两？

于　康　不是五千两，是无两。

曹　吉　五两？

于　康　无两。

曹　吉　是说五两！

于　康　是无两！你这个大笨蛋！

曹　吉　六月债还得快！你们给我等着！禀大人，于谦上门拜寿。

王　振　嘿，他终于来了！

吕　宝　他带多少礼金？

曹　吉　他说亲自登门就是最高规格，一分礼金都没有。

吕　宝　不见！

王　振　慢！于谦空手而来，我若不见，到时皇上问起，他可说已奉旨前来，是我不让他进门。不如让他进来，当面羞辱于他。

官员甲　好主意！不过，大人对付他可要小心。

王　振　嘿，在我的府中，他还敢撒野么？叫他进来！

吕　宝　是！于大人，久违了！

于　谦　久违了！

吕　宝　请进！于谦拜寿，空空两袖！哈哈……

众官员　空空两袖，两袖空空！哈哈……

于　谦　（唱）于谦踏进王府门，

两旁传来讥笑声。

大堂王振踞高坐，

众同僚一个个笑不像笑，

哭不似哭，动不敢动，

似坐针毡失了魂！

于谦我不卑不亢大堂进——

他来一招我有一招迎！

司礼监大人，于谦奉旨前来拜寿，有礼了！

吕　宝　于大人，请吧！（指地下）

于　谦　这是何意？

王　振　拜寿呀！你看堂上诸公，官阶比你高者甚多，他们都跪下行了大礼，你奉旨前来，怎可不拜？

于　谦　王大人，于谦奉旨前来拜寿，礼数已到。这于礼有亏的，却是大人你呀！

王　振　什么，你说我于礼有亏？

于　谦　王大人！于谦来到你府上，你是主人，我是客人；若论朝中官位，你我品级相同，应是同僚；若论地方乡谊，你是山西人氏，我是山西、河南两省的地方长官，也可算是你的父母官了；若论拜寿礼数，我见面已深深一揖，却未见你的还礼。哪有客人、同僚、父母官来到你的面前，你反而端着架子大模大样地安坐不起之理呀！现在你的父母官已经坐下，是轮到你来还礼的时候了！

王　振　这……

（唱）于谦言词似利刃，

我自搬石头压自身。

既然他自称父母官……

我就以家乡的私事托他，

（唱）看他如何把话论？

于大人！

于　谦　王大人！

王　振　父母官！

于　谦　王公公！

王　振　（唱）我王振离开山西十年整，

家有良田数万顷。

亲戚好友不胜数，

乡里乡亲须照应。

我要你特别照顾另眼看，

未知大人肯不肯？

于　谦　好说！好说！

（唱）照顾你乡亲是我本分。

王　振　（唱）看起来他算是个知趣之人！

于　谦　司礼监大人，下官有一事不明，要当堂请教。

王　振　问吧！

于　谦　听说大人奉旨做寿，却明码开价，大收礼金？

王　振　啊？这，这，哪有此事！？

于　谦　有贵府手下人字条为证，怎说无有？哦，是了，我想大人身为司礼监，定知朝廷法度，怎会借做寿之机搜刮钱财？大人此番作为，必有良苦用心，想必是借此机会造福乡里，赈济乡亲吧？

王　振　这！对、对……

于　谦　如此说来，堂上诸位慷慨出资，也是为此？

众　人　对！对！对……

于　谦　如此我这个父母官，就代山西百姓多谢诸位的好意啦！

〔于谦从曹吉手中拿过账簿。

于　谦　（唱）手拿礼金账一本，

笔笔行善有大名。

祝公公年年增福寿，

我一定特别照顾你乡亲！

（白）告辞！

〔于谦拿着账本，昂然而下。

〔王振愣在当场。

吕　宝　师父，师父……于谦把账本拿走了！

王　振　于谦呀于谦！你竟敢搅闹寿堂，戏弄于我！

吕　宝　师父，现在怎么办？

王　振　哼！于谦！天堂有路你不走，地狱无门你自来！嘿嘿嘿……

〔收光。

四

〔河南抚衙内院。

〔于夫人在缝补衣服。

于夫人　（唱）寒来暑往又一年，

乐从夫志苦也甜。

官人他为国挑重担，

为治河，为救灾，两省奔波受风寒。

今日里企盼官人回程转，

倒教我秋水望穿心挂牵。

〔于康上。

于　康　夫人！老爷和我从山西回来了！

于夫人　康儿，老爷呢？

于　康　老爷命我先来报信。他到修河工地上看看就回。

于夫人　康儿辛苦了！

〔于谦内声：众百姓不必再送，就此回去吧——

〔于谦上。

于夫人　官人！

于　谦　夫人！

于夫人　（唱）一家人，难得见，

相逢好似在梦间。
看官人满面倦容人消瘦，
怎不叫为妻忧心添。

于　谦　夫人……
（唱）我和你聚少离多各一方，
全仗你在杭侍奉二高堂。
昨日你刚从故乡来探望，
又要你为我担忧为我忙。

于夫人　（唱）夫君休言为谁忙，
为妻辛苦理应当。
且喜灾情已缓解，
请夫君放下心事好调养。

〔于康上。

于　康　老爷！那……那吕宝率众前来传旨！

于　谦　吕宝！？接旨！

〔于夫人下。

〔众校尉引吕宝上。

吕　宝　圣旨下！

于　谦　万岁！

吕　宝　奉天承运，皇帝诏曰：豫、晋两省巡抚于谦不合大臣体统，妄自荐举私人，实是未得升迁，对朕心怀怨望。着令钦差拿赴京师问罪。钦此！

〔于康暗下。

于　谦　啊？于谦哪有荐举私人之事？

吕　宝　啊哟，我的于大人，你老人家真是贵人多忘事。三月之前，你不是上本推荐山西左参政王来么？

于　谦　王来抗灾有功，理政有方。我身为一方之长，理当向皇上推荐贤能之臣。

吕　宝　这就对了么，你可知道王来是哪里人？

于　谦　浙江余姚人氏。

吕　宝　看哇！你是浙江杭州人，他是浙江余姚人，都是浙江人，不是结党营私又是什么？

于　谦　古来荐贤，外不避仇，内不避亲，何况我与他非亲非故？

吕　宝　不对！我去浙江查了你们的祖宗十八代，查明王来他爷爷的爷爷的爷爷

曾在你家里教过书。

于　谦　你，欲加之罪，何患无词？

吕　宝　嘿嘿！于谦，想不到你也有今日之下场，更想不到是我吕宝亲自押解你进京的吧！哈哈……

于　谦　呸！好贼子！

吕　宝　加上铁链，押了走！

〔于谦被擒；于康引于夫人上。

于夫人　官人！

〔于夫人上前阻拦，被吕宝一脚踢倒在地。

于　谦　夫人！夫人！

吕　宝　走！

〔于谦被押下，吕宝随下。

于　康　老爷！夫人！

于夫人　官人——

〔收光。

五

〔音乐起。

〔王振内声：于谦！你断我田租，搅闹寿堂，处处与我作对。如今你进了这诏狱，也休想活着出去！用刑！

〔于谦内唱：

一番酷刑遭摧残——

〔灯光渐起；阴森的牢房，于谦倒在地上。

于　谦　（唱）这诏狱黑暗暗阴风凄凄如同深渊，
有多少忠良臣惨遭磨难。
于谦我落到此料难生还，
抚伤痛思往事感慨万千。
十余载效命兰台凭赤胆，
访瑶民，问苦难，平冤狱，抑豪强，巡狩代天。

而立年奉皇命解救豫晋，
为黎民寝食废于心无憾。
叹只叹我有负两省万民盼，
叹只叹我身陷囹圄欲破难！
恨王振欺幼主矫旨弄权，
铲邪恶斗巨奸我力薄势单！
遥对南天把亲人念——
双亲！贤妻……
料今生难相见我痛彻心肝！

〔于夫人内声：官人……

于　谦　夫人？夫人！夫人……

〔于夫人上，夫妻相会。

于夫人　官人——

于　谦　夫人——

于夫人　（唱）一见官人肝肠断，
不由为妻泪不干。
恨不能以身代夫受大难，
求苍天昭雪大冤救忠贤！

于　谦　（唱）铁链锒铛入御监，
若要昭雪难上难。
纵然是难逃魔掌遭不测，
于谦我为国尽忠心坦然。

于夫人　官人！

于　谦　夫人……
（唱）十余载同甘共苦心相连，
可怜你缕缕白发为我添。
如今是再不能携手酬唱西湖畔，
再不能同侍高堂共承欢。
双亲儿女托付你，
于谦我待来世再与贤妻续前缘！

于夫人　（唱）官人你莫说这断肠之言，
官人你万万莫生绝望念。

古有言大义之人苍天助，
官人你，你，你定能解牢狱之灾重见天！
（白）官人，河南、山西上万民众正来京请愿。周王也已赶到京城。周王言道：明日太皇太后前往太庙降香，若能拦驾告状，官人或能重见天日。

于　谦　拦阻凤驾，非同小可，要立毙杖下！夫人，你，你，你……万万去不得！

于夫人　纵然立毙杖下，为妻也愿一试！

于　谦　夫人，于谦如今已是一死，怎可让夫人再去犯险殒命！

于夫人　官人你视死如归，准备为国牺牲。为妻纵是女流，为了官人，又何惧血溅长街！

于　谦　啊呀夫人哪，那太皇太后已久不干政，夫人纵然拦下凤驾，只怕她……也不予接状……

于夫人　倘若太皇太后不予接状，为妻我，我便以死相谏！

于　谦　夫人！你，你，你……这又何苦……

于夫人　官人哪！
（唱）生死同命为夫君，
刀山火海一起拼。
不入虎穴焉得子？
不置死地怎求生？
求官人奋笔写下血泪文，
告御状不为自身为大明！

于　谦　呀——
（唱）贤夫人一番话热血奔腾，
说得我一潭死水波涛生！
夫人大义令人敬，
我手持羊毫重千斤。
上写拜上多拜上，
于谦冒死奏天庭。
怒告王振欺幼主，
残害忠良乱朝廷。
滥施淫威设私刑，
巧立名目贪万金。

桩桩件件有明证，

请太皇太后痛下决心，

立斩巨奸救大明！

〔于谦拜谢夫人，夫人急忙还礼。

〔二人造型。

〔收光。

六

〔御街上。

〔于夫人与周王过场；于夫人将账簿交付周王。

〔王振内声：启禀皇上、太皇太后，御驾已至太庙。

〔皇祖母内声：下辇！

〔景转太庙外。

〔众仪仗、众宫女、兴安、吕宝、王振迎皇祖母、正统上。

皇祖母 （唱）表虔诚下车辇趋步行走，

携孙儿行斋戒来把福求。

祈列祖佑大明太平永久——

〔于夫人内声：冤枉——

〔于夫人上，仪仗阻拦。

皇祖母 （唱）有女子拦凤驾是为何由？

何方女子如此大胆，竟敢来此喊冤！

王　振 冲撞御驾，应立毙杖下！

皇祖母 今当祭祖之日，念她初犯，拖了出去。

王　振 拖了出去！

众仪仗 是！

于夫人 太皇太后，申冤哪——

〔吕宝认出于夫人。

吕　宝 师父，她是于谦之妻！

王　振 啊！

〔王振暗示吕宝下杀手。

吕　宝　与我狠狠的打！

〔武士们高举棍棒打于夫人。

〔吕宝欲置于夫人于死地。

皇祖母　大胆！

于夫人　太皇太后，申……冤……哪……

皇祖母　呀！

（唱）这女子口口声声喊申冤，

我满腹疑虑难排遣。

她为何冒死拦驾身犯险？

那吕宝为何一再行凶残？

人来与我把交椅搬——

王　振　太皇太后，时辰已到，请凤驾进庙。

皇祖母　（唱）不解疑团我不进殿！

于夫人　太……皇……申……冤……

皇祖母　你这女子，哀家看你弱质女流，竟然不惧生死！接你状纸，救治去吧。

〔宫女护送于夫人下；皇祖母和正统入座。

〔皇祖母看状。

皇祖母　皇帝，你知河南、山西两省巡抚于谦被捕到京之事么？

正　统　孙儿曾听先……王振说起……

皇祖母　王振。

王　振　在……在……奴婢在！

皇祖母　今有于谦告你“滥用私刑，贪匿万金”，你可有此事！？

王　振　太皇太后！奴婢一向忠心耿耿，哪有此事。这是于谦血口喷人，无中生有！

皇祖母　血口喷人，无中生有？来！

兴　安　有！

皇祖母　宣于谦太庙对质！

兴　安　太皇太后有旨，宣于谦太庙对质——

众仪仗　宣于谦太庙对质——

〔于谦内唱：

带铁链奉御召来到庙前——

〔于谦上。

于　谦　（唱）见太后与万岁高坐并肩。
望四周不见夫人面，
却教我五内如焚心不安。
莫不是她触怒天颜遭大难，
莫不是王振奸党行凶残。
贤妻你为于谦不怕万险，
于谦我又何惧火海刀山。
凭着这七尺男儿一身胆，
今日里直言死谏御驾前。
于谦见驾吾皇万岁，太皇太后千岁！

皇祖母　于谦，你状告王振，如今这司礼监王大人就在此处，哀家容你当面对质。

正　统　于谦，只许你当面对质，不许你血口喷人，无中生有！

于　谦　万岁，太皇太后呀！
（唱）大明社稷起风云，
王振弄权乱朝廷。
于谦身为封疆臣，
竟然无端入牢门。

王　振　呸！
（唱）你未得升迁心怨愤，
擅荐私人罪孽深。
万岁出旨解帝京，
怎说王振胡乱行！

于　谦　（唱）纵然是圣旨降罪行，
又为何不经有司不庭审？

王　振　（唱）有司陈案尚未清，
到时自为你定罪名！

于　谦　（唱）既然是有司陈案尚未清，
岂容你私自毒打动大刑？

王　振　（唱）哪个与你动私刑？

于　谦　（唱）我条条伤痕是明证！

王　振　（唱）太后莫听他疯人语！

于　谦　（唱）龙国太伏望圣裁正视听！
皇祖母　皇帝，你因何将于谦囚解进京？
正　统　听王振说，他，他推荐了一名同乡人……
皇祖母　古来荐贤，内不避亲，外不避仇，推荐一名同乡之人，怎算得罪名？
于　谦　万岁，太皇太后！这王振胡作非为，何止于此。
皇祖母　还有何事？
于　谦　太皇太后呀！
（唱）王振敛财有名声，
巧立名目贪万金。
卖官鬻爵明价码，
无有贿赂难进门。
单就去年摆寿宴，
（白）王振他就搜刮了，
（唱）三万五千雪花银！
王　振　太皇太后！万岁爷！
（唱）奴才庆寿奉皇命，
于谦诬告冤枉人。
百官送礼皆自愿，
并无有明码标价强迫行。
你要告人须凭证，
怎可以无有根据空口论！
皇祖母　于谦，你无端入狱，哀家已知。只是你状告司礼监卖官鬻爵、贪匿万金。此事非同小可，你可有证据？
王　振　对！证据…你拿出证据来啊！
于　谦　太皇太后，王振他寿宴之期礼金账簿，在臣之手。
王　振　账簿！账簿……账簿呢？
于　谦　现在夫人之手，即刻呈交台前！
王　振　你夫人……哈哈……于谦！你那夫人冲撞圣驾，现在还不知道是死是活呢！
于　谦　啊！夫人……
王　振　于谦！你交不出账簿，今日我要你死无葬身之地！
于　谦　这！

王　振　啊呀万岁、太皇太后，于谦他分明是欺瞒圣驾、诬告大臣！

正　统　于谦！你欺瞒圣驾、诬告大臣！众武士！

〔众武士应声而上。

正　统　（唱）将逆臣于谦推出斩！

〔周王内声：且慢哪——

〔周王押曹吉上。

周　王　（唱）急赴太庙救贤臣，

怀中取出贼账簿，

双手交付二圣君。

皇祖母　一千金留饭，五百金留茶，一百金廊下候见……啊！

周　王　太皇太后呀！

（唱）这奸贼恶行何止此？

他竟敢扰乱朝政惑圣君！

衣袖之内藏玩物，

欺主年幼乱乾坤！

皇祖母　好恼也——

（唱）王振行事太凶险，

矫旨欺上罪滔天。

蛊惑万岁害忠贤——

皇祖母　兴安！

兴　安　老奴在！

皇祖母　搜他衣袖！

兴　安　领旨！

〔兴安从王振袖袋中搜出二物。

兴　安　禀太皇太后，王振衣袖之中搜出房中术一本，春宫图一张。

皇祖母　（唱）今日我定要斩巨奸！

拉出去斩！

王　振　太皇太后……万岁……太皇太后饶命！万岁……救命哪……

正　统　皇祖母！皇祖母，王振有罪理当斩首。可是……可是……孙儿少他不得呀！皇祖母开恩！皇祖母开恩……

兴　安　太皇太后，老奴也帮皇上求情了！

皇祖母　老兴安，难道你也为这贼子讲话么？

兴　安　太皇太后，可怜先王早早弃世，万岁他幼年无伴，幽居深宫，都是王振寝食照料、陪伴左右。如今王振有罪，罪该万死！只是杀了王振，怕的是幼主不安哪……

皇祖母　呀……

（唱）老兴安一番话令人心酸，
　　小孙儿苦哀求却也可怜。
　　杀王振怕的是独苗难安，
　　倒教我年迈人难下决断……

也罢！

（唱）先将孽党开刀斩——

吕　宝
曹　吉　太皇太后……师父……师父……

〔武士将吕宝、曹吉二人拖下。

皇祖母　王振！

王　振　在……

皇祖母　削去你司礼监之职！交有司衙门审问查办！

王　振　是……是……

皇祖母　（唱）暂寄你头颅项上悬！

王　振　谢太皇太后……谢太皇太后……

皇祖母　押了出去！

〔武士押王振下。

于　谦　太皇太后，不知我夫人如今安在？

兴　安　于夫人身受重伤，太皇太后已命御医好生调治，不日即能痊愈。

于　谦　臣代拙荆谢太皇太后再造之恩。

皇祖母　孙儿，你走上前去，摸一摸于爱卿的袖袋，看里面藏的什么？

〔正统好奇地上前摸于谦袖袋。

正　统　他的袖袋里什么都没有呀！

皇祖母　有！于爱卿带给你的，是两袖清风呀！

（唱）涤荡污秽醒深宫，
　　于爱卿带来是清风。

哀家听说，于谦前去河南、山西救灾，立即捐出两年俸禄，全家只靠微薄的积蓄艰难度日，而他不辞劳苦，终年奔走太行山，为国效劳；哀家

还听到京城流传他的诗："清风两袖朝天去，免得闾阎话短长"。他能做到不送礼，不媚上，真乃是清廉刚正的栋梁之臣。

（唱）如此良臣国之宝，

栋梁不封更谁封？

正　统　朕封你……朕封你……

于　谦　万岁！

（唱）臣不求留京不求封，

只求回转太原和开封。

为国愿效绵薄力，

为黎民策马再奔太行中！

正　统　好，那你官封原职，回转太原开封去吧！

于　谦　谢万岁！

周　王　好！孤和你重回开封！

〔景转空旷明朗，梅花盛开。

〔民众及于夫人、于康等上。

众　人　于青天！周王爷！

〔幕后合唱：

寒梅盛开玉为神，

斗雪傲霜驱冻云。

大地冰封终有尽，

陇头喜见万枝春！

〔众造型。

〔剧终。

2015 年

现代婺剧

橘红满山香

邵建伟

时　间　当代。

地　点　浙西龙门村。

人物表　梁　燕——27岁，龙门村村主任，女大学生村官。

徐旺财——53岁，龙门砖瓦厂厂长，原村主任，徐少华的父亲。

徐少华——27岁，小学教师，梁燕的恋人。

刘红霞——51岁，龙门村村民，梁燕的母亲。

琦　琦——24岁，龙门村村民，徐旺财的侄女，“手机控”。

侯小宝——28岁，龙门村村民，砖瓦厂秘书。

春　明——27岁，龙门村村委文书。

秋　月——26岁，龙门村女村民。

刘支书、男女村民若干。

一

〔富有浓郁浙西民歌风味的歌声从远处飘来：“高高龙门山呀，九曲十八弯哎，祖祖那格辈辈，围着里格大山转哎……”

〔光启。初春，上午。

〔村头大樟树下。远处群山起伏，橘林绵延。

〔横幅醒目：“龙门村直选村委会主任大会”。

〔刘支书、记票员上。

刘支书 演讲结束，投票开始！

〔梁燕、徐旺财、琦琦、侯小宝、春明、秋月及众村民依次投票。

〔幕后合唱：

三年村委又改选，
龙门今日吵翻天。
未来公爹与儿媳，
同台竞争面对面。
一个是久经沙场老主任，
一个是初出茅庐女村官。

〔梁燕、徐旺财相遇，微笑点头致意。

春　明 这真叫杨六郎碰上穆桂英——

秋　月 金刀银枪有得拼。

〔幕后合唱：

“这正是棋逢对手难分解，
鹿死谁手分解难……”

刘支书 投票结束，请记票员统计选票。

〔记票员抬选票箱下。

春　明 二叔，你准儿媳梁燕来和你竞选，没想到吧？

徐旺财 虽是意料之外，却在情理之中。春山弃权，增补候选人是必须的，要不然，我不成唱独角戏的了？

梁　燕 二叔。

徐旺财 燕燕。

梁　燕 我也是想了很久才来竞选的，都还没顾上和你打声招呼，你不会生气吧？

徐旺财 不生气，不生气，年轻人有追求、有梦想是好事嘛！

琦　琦 哇！二伯真大度。

侯小宝 当然喽，人说宰相肚里能撑船，我们厂长肚里呀能撑航空母舰哩！

琦　琦 哼！你呀就会拍马屁。

〔众村民哄笑。

琦　琦 过来。小宝，我猜你肯定把票投给你们厂长了。

侯小宝 我妈说，滴水之恩当涌泉相报，厂长提拔我当秘书，是我的恩人，我……

琦　琦 好了好了，依我看呀，投给谁都一样，肯定是我们梁燕姐当选。

侯小宝 这是为什么呢？琦？

琦　琦 为什么？因为我们梁燕姐的设想时髦、新潮！

（念）梁燕姐刚才演讲说分明，
龙门村低端产业需转型。
要想让绿水青山变金山，
砖瓦厂污染环境须关停。

侯小宝 哦？那可不一定哟！

（念）徐厂长刚才演讲更中听，
那掌声呼啦一片已证明。
砖瓦厂烟囱冒烟啥要紧？
能赚钱生活富足是根本。

琦　琦 （念）井底蛙只看眼前三五寸，
梁燕姐视野开阔观念新。
龙门村观光园区一建成，
凭旅游大把赚钱小康奔。

侯小宝 （念）赚大钱我们厂长是强项，
多少人跟着他干已脱贫。
村主任当了两届威望高，
谁敢说厂长不是大能人？

琦　琦 小宝。

侯小宝 琦。

琦　琦 梁燕姐当选。

侯小宝 徐厂长当选。

琦　琦 梁燕姐当选。

侯小宝 徐厂长当选。

村民甲 对，徐厂长是村委老主任，工作水平高。

村民乙 NO，梁燕是村官大学生，做事有头脑。

女村民 徐厂长能让我们过上像城里人一样的生活。

男村民 梁燕能让我们过上城里人都羡慕的生活。

徐旺财 燕燕，你看到没有？

（唱）一村选民分两派，
有人捧场有人踩。

万一落选怎么办?

千万不要想不开。

梁　燕　（唱）多谢二叔言提醒，

谆谆教诲铭心怀。

能否当选遵民意，

从容面对成与败。

徐旺财　好！燕燕，你有这个心胸，二叔很高兴。不过这个选举有赢就有输，我们都要看淡点，要有一颗平常心。

梁　燕　我知道了，二叔。

刘支书　乡亲们，票选结果马上揭晓！

〔唱票员和计票员推出画满“正”字的大黑板。

侯小宝　哇，厂长两票领先喂。

秋　月　梁燕姐还落后两票。

春　明　嘘！点球大战开始啦！

唱票员　徐旺财——

侯小宝　厂长三票领先了。

唱票员　徐旺财——

侯小宝　厂长四票领先。

唱票员　梁燕？哎哎哎，一票两投，此票作废。

〔侯小宝等村民泄气。

唱票员　梁燕，梁燕——

琦　琦　梁燕姐上去了。

唱票员　梁燕——

琦　琦　哇，持平了，持平了。

唱票员　还有最后一票！

琦　琦　（夸张地捂胸）哎哟，我的小心脏呀！

〔琦琦和侯小宝紧张地作祈祷状。

唱票员　最后一票是——梁燕！

琦　琦　梁燕姐当选了，梁燕姐当选了。

〔梁燕、秋月、春明及大多数村民欢呼雀跃。

徐旺财　啊？（一阵眩晕）

村民乙　（警报般高喊）厂长晕倒了，厂长晕倒了，厂长晕倒了！

梁　燕　（急切上前）二叔不要紧吧？

徐旺财　（推开梁燕）不要紧，不要紧，今天忘记吃药，血压有点高。没事，没事！

〔在侯小宝搀扶下，跌跌撞撞下。

琦　琦　这村主任没连任又不是天塌下来，二伯怎么这样的呢？

春　明　输给了准儿媳，跌面呗！

琦　琦　偶倒！

〔切光。

二

〔光启。三天后，傍晚。

〔梁燕家前院。刘红霞门前张望。

刘红霞　（唱）自从村委改选后，
心中有喜也有忧。
喜的是燕燕当上村主任，
忧的是旺财落选面子丢。
但愿他俩不要为这事，
从此心存疙瘩闹别扭。

梁　燕　（打着手机上）好，谢谢！妈！

刘红霞　燕燕回来了？

梁　燕　（到桌前）妈，今天准备这么多好吃的，家里来客人了？

刘红霞　今天是大礼拜，少华休息。

梁　燕　哎哟！

刘红霞　你呀都忙昏头了。燕燕……

梁　燕　哎！妈，怎么了？

刘红霞　妈是担心你和你二叔今后怎么相处？毕竟他是你未来的公爹呀。

梁　燕　妈，你想得太多了，今后他公爹我儿媳，该怎么相处就怎么相处嘛。

刘红霞　你呀。燕燕，这保健品能降血压，是妈特地给你二叔买的，你给他送过去，叫他过来吃晚饭。

梁　燕　哎，妈，你对二叔真好。

刘红霞　你二叔对我们也好呀，去吧！（下）

〔梁燕欲下，徐少华上，包朝桌上一丢。

梁　燕　少华，你回来了？（徐少华扭头不理）哟？谁惹我们徐老师生气了？二叔给你打电话了？

徐少华　我说燕燕——

（唱）你此番竞选太离奇，
竟和未来公爹争高低。

梁　燕　（唱）和二叔成对手未先通气，
这也是事凑巧并非有意。

徐少华　（唱）我爹也算个大能人，
当个村委主任正适宜。

梁　燕　（唱）适不适宜我们说了不算数，
能否当选取决他自己。

徐少华　燕燕，我们事先讲好的，我在城里当教师，你村官聘期满了回城考公务员，将来一起在城里发展，为啥突然变卦？为啥要和我爹来挤这条独木桥？

梁　燕　少华，原先我们确实是这么计划的，可当了一年多村官，我的想法改变了。我看到了很多，也想了很多。我看到，龙门村落后的生产方式面临着被淘汰，以破坏环境为代价的低端产业急需要整改转型。我们现在虽然富了，但生活品质却没有提高。你看人家外国，那里的乡村农庄真如世外桃源，美不胜收。我们龙门村的资源比他们丰富多了，为啥就不能改变呢？我作为农大毕业的大学生，理应承担起这份责任呐。

徐少华　你的意思要在这里扎根了？

梁　燕　少华！

（唱）少华莫要将我怨，
听我几句肺腑言。
我是龙门村生来龙门村长，
故土情缘难割断。
从小有个心中梦，
梦想着家乡美丽胜桃源。
而今机遇在眼前，
就该挺身迎挑战。

（白）少华，你知道吗？我们村有四十余幢晚清民居，稍加修缮，就是一处罕见的古村落。如果以它为依托，整合周边的古道、橘园、瀑布、枫树林等自然景观来打造生态观光园区，那前景将是何等的广阔！到那时，我们龙门村呀——

（唱）水是清澈的水，

山是绿色的山。

人是快乐的人，

天是湛蓝的天。

城里人都羡慕煞，

纷纷把家往这儿搬。

少华呀！

我俩相爱已数年，

发誓牵手到永远。

这回就当是考验，

看你帮不帮我把梦圆。

〔徐少华定定地看着梁燕。

梁　燕　怎么？傻了？

徐少华　燕燕，看来我真该把你当成一本书来好好解读。

梁　燕　哦？我有那么深邃吗？

〔徐旺财内声：“臭小子——”

梁　燕　二叔？

徐少华　燕燕，我爹天天催我回来，回来了却在你家，他一定生气了。

〔琦琦、春明、秋月上。

琦　琦　少华哥，二伯找你来了。

秋　月　徐老师，二叔说要找你算账。

梁　燕　少华，那快进屋去避一避。

〔徐旺财上，

徐旺财　（断喝）臭小子，你给我站住！

徐少华　爹，我回来啦……

徐旺财　过来。

徐少华　我不过来。

徐旺财　过来。

徐少华 不过来。

徐旺财 你给我过来。

秋 月
琦 琦 他不过来。

〔徐旺财顺手抓过一把扫帚，直扑徐少华，梁燕急拦。

梁 燕 二叔，有话好好说……

徐旺财 （推开梁燕）梁主任，我教自己的儿子，你就不用管了吧？

徐少华 爹，你说什么呢？

徐旺财 臭小子，都说娶了媳妇忘了娘，你是有了对象不要爹！

（唱）让你回家评评理，

今天才见你照面。

不把长辈放眼里，

还没会走就想飞。

徐少华 爹，我知道你心里不爽，不过，爹——

（唱）你今年已经五十三，

何必争挑村委主任这副担？

梁燕年轻有才干，

又是公派女村官。

只要她能让龙门蒸蒸日上，

当长辈的就不该去阻拦。

徐旺财 臭小子，用得着你来教训我？看我不打死你。

春 明 （拦）二叔，少华是堂堂的人民教师，你给他留点面子嘛。

秋 月
琦 琦 给他留点面子嘛。

徐旺财 不关你们的事，出去，出去！（对徐少华）臭小子，你不要逃！

琦 琦 二伯打人了，二伯打人了。

梁 燕 妈，妈——

〔刘红霞手持锅铲上。

刘红霞 住手！

春 明 杨六郎要斩杨宗保，杨老令婆来赶到，好戏连台呀。

〔徐旺财装作扫地，之后没事般想往外溜。

刘红霞 站住，少给我装。

〔徐旺财顿时僵立，双手投降似的举起。

梁　燕　妈。

刘红霞　燕燕，你别管。徐旺财，我来问你，你为啥当着众人的面打我儿子？

徐旺财　啊？儿子？少华明明是我儿子，啥时候成你儿子了？

刘红霞　一个女婿半个儿，他就是我儿子！

（唱）不是我偏心护少华，

是你今日事做差。

你不该当着众人面，

又是打来又是骂。

常言道一个女婿半个儿，

做娘的容不得有人欺负他。

越说越恼怒气发，

信不信我一枪把你挑下马。

〔追打徐旺财，春明、侯小宝等人趴在院墙看热闹。

徐旺财　你要干什么？

刘红霞　你打少华，我就打你。

徐旺财　你不要乱来，乱来我就对你不客气。

〔虚张声势地用扫帚打刘红霞。

〔刘红霞扔掉锅铲，拿起一根晒衣杆，和徐旺财对打。

徐旺财　你要跟我来小快枪？

刘红霞　对，我就要和你打小快枪。

〔徐旺财仓促应战，不敌狂跑。刘红霞追上，一竹竿将徐旺财打翻在地。

〔众村民在一旁拍手叫好。

徐少华　爹，你不要紧吧？

徐旺财　不要你管。哎哟！（手捂额头）

刘红霞　旺财，怎么了？

徐旺财　被你一枪刺中。

梁　燕　啊？出血了？

徐少华　我爹晕血。

〔徐旺财闻言，突然晕倒。

琦　琦　不好，二伯“咣当”了！

〔众惊呼涌上。切光。

三

〔光启。当天夜晚。

〔村卫生室。徐旺财边打点滴边睡觉，刘红霞在陪护。

徐旺财　（睁开眼睛）红霞……

刘红霞　你醒了？看你睡的香，就没叫醒你。旺财，本来和你闹着玩的，没想到会伤到你，对不起了啊。

徐旺财　没事没事，我还巴不得呢。

刘红霞　为啥？

徐旺财　嘿嘿，有你陪我呀。红霞，虽说我们同住一村，可真正能坐下来聊聊天的机会却不多。

〔刘红霞默默的点点头。

徐旺财　人老了怕孤单，上了年纪就爱回忆过去，想想我们在村办剧团演戏，那时候真是有意思。

刘红霞　是啊，那时候我们每天练功、排练，演出一点也不觉得累。哎，还记得有次我们排《三请梨花》吗？像今天一样，一不小心，枪刺到你头上。当时我都吓傻了，赶紧把你送医院，病床前陪了你三天三夜。

徐旺财　其实我两天就可出院了，知道为啥多赖一天吗？

刘红霞　我还不知道你那点鬼心思？想让我多陪陪你呗。

徐旺财　时间过得真快，一眨眼功夫三十多年就过去了。那时我们俩都还年轻，虽说日子过得清苦些，可心里是甜的。

（唱）想起演戏那几年，
至今觉得心头暖。
台上痴心演夫妻，
台下多情意缠绵。

刘红霞　（唱）只要有你在身边，
日子再苦也甘甜。
心心相印整三年，

发誓相爱到永远。

徐旺财 红霞，怪我爹妈背着我提亲……

刘红霞 你爹妈不知道我们的事，等知道了，彩礼都送出去了，唉，命中无缘呀！

徐旺财 红霞，这辈子我亏欠你太多了。

刘红霞 都过去了，过去了，你不要心思太重，该忘的就把它忘了，一切重新开始。旺财呀，有句话我还是要劝劝你，以后少和年轻人较劲，常言道：年老不和年少比，后退一步天地宽。

徐旺财 不是我较劲，我是不放心哪。你说燕燕这孩子，大学毕业没两年，就想着去当村主任，她哪知道盐有多咸？醋有多酸？村里的事有多难缠哦？

刘红霞 所以才要你这个老主任多帮他呀。

徐旺财 我是想帮她，可她领不领情就难说了，现在的年轻人哪……看不懂。

〔梁燕、徐少华拎着水果篮上。

徐少华 婶。

梁　燕 二叔。

刘红霞 少华，燕燕。旺财，我先回去熬点小米粥，让燕燕和少华在这里陪着你，等会再来看你。（下）

梁　燕 二叔，你好些了吗？

徐旺财 一时半会死不了。

梁　燕 （递上剥好的橘子）二叔，吃个橘子。

〔徐旺财不理梁燕。

徐少华 爹，梁燕有事和你商量。

徐旺财 说吧。

梁　燕 二叔，是这样的，昨晚村委会讨论通过了两件事：一是利用村里的山水资源，打造生态观光园区；二是保护古民居，争取入选中华文明古村落。

徐旺财 古村落？你是说那些老屋？

梁　燕 二叔，你可别小看那些老屋，不久的将来，它将成我们村的无价之宝呀。

徐旺财 无价之宝？

梁　燕 对，二叔！

（唱）古村落镌刻着历史印记，
古村落存封着不解之谜。
古村落流传着陈年故事，
古村落留下了前辈足迹。

古村落能引发思乡之愁，

古村落能唤起美好回忆。

龙门村有这笔宝贵财富，

理应当勤保护好好珍惜。

（白）可惜有人不拿老屋当宝，翻新改造、原拆原建，啥想法都有。所以我想——

（唱）阻村民乱拆乱建当务之急，

请二叔帮我忙签份协议。

徐旺财 签协议？

梁　燕 对！就是老屋保护合同，二叔名下不是有幢祖传老屋吗？你在村里的威望高，只要你带个头，其他村民都会跟着做的。

徐旺财 我哪有这么大的影响力？

徐少华 爹，你当了两届的村主任，村里很多人又在你砖瓦厂上班，你的威望高着呢。

徐旺财 少华，少给我吃汤团。（对梁燕）燕燕，我问你，要是我签了这份合同，是不是还可以继续住在里面？

梁　燕 不但可以继续住在里面，还能拿到一笔老屋修缮补偿费。

徐旺财 那要是我私自拆屋或扩建了呢？

梁　燕 合同上写得清清楚楚，那就是违法，要承担法律责任。

徐旺财 村里真的有人在等我的决定？

梁　燕 哎呀二叔，我已经跑了好几家，一开始都说好。但听说你老还没有签，就都变得支支吾吾，所以才想请二叔帮忙带个头嘛。

徐旺财 哦？

（唱）心中已然有了底，

主动权在我手里。

给她出道小难题，

考考她，分量到底几斤几。

哎呀呀燕燕，老屋保护合同的事你为啥不早说？我早就想原拆原建造幢新楼，图纸都花钱请人设计好了哟。

徐少华 哎，爹，这事我怎么不知道呀？

徐旺财 臭小子，这个家你当还是我当？你在城里教书，三天两头不在家，你当然不知道喽！

（唱）三年前就量屋基，
四层楼房平地起。
图纸设计高大上，
新楼考究又洋气。

我跟你们说，我准备在新楼前造一座花园，里面装上喷池，池里养上金鱼小乌龟，我还要留块空地当练功场……（起花脸叫头）哇呀呀……

〔梁燕、徐少华忍不住笑。

徐旺财 有什么好笑的？

徐少华 爹，俗话说头三脚难踢，梁燕刚当上村主任，你就帮帮她的忙嘛。

徐旺财 哎呀，我必须要去趟……（拔腿就走）

徐少华 哎，爹，盐水没挂完，你要到哪里去？

徐旺财 我突然想起一件要紧事，我要去趟城里，请专家把设计图纸再修改修改。（拔掉针头）没有要紧的事就别找我了。（匆匆下）

梁　燕 二叔。

徐少华 爹。

〔切光。男村民和女村民出现在一束光中。

男村民 老太婆，签下这份老屋保护合同，房子继续住，还能拿到一笔修缮补偿费，到哪里去找这样的好事呀？

女村民 事再好，我也看徐厂长的，他不签，我就不签。

男村民 你……（隐去）

〔村民甲、乙出现在另一束光中。

村民甲 梁燕要我们签老屋保护合同，我看是件好事呀，听说修缮补偿费的数目还不小哩……

村民乙 事是好事，可我们在徐厂长的砖瓦厂打工，总得给他面子，要不然，砖瓦厂的活还干不干了？

村民甲 这倒也是，得罪谁也不好得罪徐厂长。（隐去）

〔侯小宝出现在一束光中。

侯小宝 （打手机）厂长，您还要再过三天才回来？……梁燕？哎哟，这几天她可惨了，像那热锅上的蚂蚁一样。厂里的人都说了，老屋保护合同的事，都听厂长的，厂长指东，他们决不向西……好好好，再考她几天，看她怎么过关……（琦琦暗上，站侯小宝身后）哎哟，琦，吓死我了，你啥时候来的？

琦　琦　啥时候来的不重要，重要的是让偶看到一副丑恶的嘴脸。

侯小宝　为什么呢?

琦　琦　帮人出馊主意很在行哈?说，刚才和谁打电话?

侯小宝　和……一个朋友。

琦　琦　不说实话哈?（点开手机）

侯小宝　别拉黑。是我们厂长……

琦　琦　他人在哪里?啥时回来?

侯小宝　我妈说，做人要忠诚，不能当叛徒，所以我只能对你说——无可奉告。

琦　琦　无可奉告哈?侯小宝，偶让你后悔一辈子。（狠戳手机，下）

侯小宝　（回过神来）哎呀我的妈呀，这不要我的命吗?琦，我全部交待。（追下）

〔灯暗。

四

〔光启。三天后，中午。

〔徐旺财家门前。徐旺财上。

徐旺财　（唱）人在朋友家中玩，

心挂龙门棋一盘。

听说梁燕工作不好做，

见好就收，我得赶紧往家赶。

琦　琦　（持手机一路语音上）喂，亲，偶最近真的很忙很忙喂……哇，二伯，你终于现身了?这几天玩人间蒸发?

徐旺财　没有，我手机坏了。（扭头就走）

琦　琦　真的?我帮你看看。

徐旺财　不要你管。

琦　琦　（拦住）哎，二伯，干吗这么讨厌偶呀?

徐旺财　你自己看看，肚脐眼露露出，一条裤子十七八个洞，难不难为情?

琦　琦　二伯，你好歹也是个厂长，还当过村主任，场面上的人怎么连这也不懂?我告诉你，我这叫时髦，新潮。（摆个造型）你看，偶这漂亮的凤眼肚脐，配上这千疮百孔的牛仔裤，是不是酷毙了?（连连眨眼）

〔徐旺财如鹅听雷，呆呆地看着琦琦。

琦　琦　哎呀，偶对着兵马俑说什么周杰伦？真是。

徐旺财　你这个样子，怎么嫁得出去哟。

琦　琦　二伯你不要操心，追偶的帅哥正排着长队呢，不信你看。（递过手机）亲，想偶了哈？偶也想你了喂。萌萌哒，看到没？偶不缺男朋友。

徐旺财　神经病。（掏钥匙开门）

琦　琦　哎，二伯，梁燕姐找你喂。

〔徐旺财进家后“砰”地关门，悠然自得地喝口茶，跟着哼唱。

琦　琦　（打手机）梁燕姐，我二伯回家了，你快点过来。

〔梁燕、春明、秋月、男村民上。

梁　燕　（唱）为把那老屋保护合同签，
连日来嘴皮磨破腿跑酸。
房主人工作都在砖瓦厂，
一个个唯厂长马首是瞻。
突然间闻听二叔已回家，
急匆匆赶忙来到他门前。

二叔，我们看你来了。

〔徐旺财忙关掉音响。

梁　燕　二叔，我知道你在家，快开开门吧。好吧，你不开门，我就在外面说吧。二叔，你不在村里的这段时间，我是深深感受到了当村主任的艰难，这村里的工作真难做啊。跑断了腿，还是有好多人不签协议。二叔呀，你是德高望重的老主任、老厂长，只有你能出面帮我了。

〔徐旺财一声不吭。

梁　燕　二叔，求求你，你是我未来的公爹，总不能眼看着儿媳妇难堪吧？

〔徐旺财打开音响。

男村民　二叔真是个老顽童。

秋　月　梁燕姐，你就别求二叔了，求也没用，他今天是油盐不进。

春　明　二叔不签字，其他人的工作根本做不通啊。

〔徐旺财闻言得意，做起戏曲身段。

秋　月　这可怎么办呢？

春　明　梁主任，你说二叔要造新楼，材料都买好了，可怎么不见动静呢？

琦　琦　是啊，梁燕姐，你不是说少华哥也不知道吗？

梁　燕　莫非……二叔在有意考验我？哎，我有办法了……

众　人　什么办法？

梁　燕　过来……（耳语，和众人击掌，示意春明和徐旺财“隔空”对话）妈，我二叔回来了……

春　明　梁燕，我是想在旅游区开民宿馆的，可是你连自己未来的公爹都摆不平，教我还怎么相信你？

秋　月　是啊，都说新官上任三把火，这第一把火没烧就灭，太让我们失望了。

春　明　以前二叔当村主任的时候，那是多大的气魄，振臂一呼，全村响应，那领导水平，比你梁燕强十倍呀。梁主任，知道村里的人是怎么说你的吗？

梁　燕　啊？怎么说我的？

众　人　听好了！

（唱）说你不知天多高，
　　道你年轻嘴无毛。
　　敢和二叔斗戏法，
　　迟早倒霉要摔跤。
　　你走马上任才几天，
　　已经尝到朝天椒。
　　常言道，生姜还是老的辣，
　　文物还是古的好。

梁　燕　我真怕到那个时候呀——

（唱）小的对我翻白眼，
　　老的见我把头摇。
　　主任当到这份上，
　　想想还有啥味道？

（窃笑，大声地）我也没想到当个村主任会这么难……哎，春明、秋月、琦琦，你们别走呀。（使个眼色，众人原地踏步作出离去的脚步声）

徐旺财　（得意）嘿嘿嘿！

（唱）梁燕朝我苦水倒，
　　让我心里暗发笑。
　　我这关都过不去，
　　又怎能当好村领导？

咦？真走了？（出屋门，担心）哎哟，不要真出什么事哎。这个春明真

不懂事，一点小事就把朋友给卖喽，年轻人做事就是那么冲动。（手机铃声响，接听）喂，是红霞呀？啥？新楼设计图纸？嗐，我哪有什么新楼设计图纸？拆老屋，造新楼，那都是子虚乌有的……我为难梁燕？怎么会呢？我是考验考验她，想不到我刚使出第一招，她就败下阵来。你说，让这帮小年轻当家，我怎么能放心哟。

〔梁燕等人突然现身。

众　人　（齐喊）二叔……

徐旺财　啊？哎哟，心脏病都被你们吓出来了，你们怎么进来的？

梁　燕　二叔，你和我妈在电话里怎么说？拆老屋造新楼是子虚乌有，考验考验我的？

徐旺财　呃，我有说过吗？

〔琦琦放录音。

春　明　二叔，说过的话要算数哟。

琦　琦
秋　月　大丈夫一言九鼎呀。

梁　燕　二叔，既然不拆老屋造新楼，那这合同……

徐旺财　我本来就是考验考验你的，我又没说不签。（签字）

梁　燕　初战告捷，拍照留念。

〔众人将徐旺财拉到当中，琦琦手机自拍。

〔切光。

五

〔光启。半月后的黄昏。梁燕家前院。

〔梁燕上，从春明手中接过一份文件，梁燕阅后眉头紧锁。

〔幕后合唱：

“梁燕上任才半月，
酸甜苦辣已尝遍。
古民居保护合同刚签完，
一道难题又摆面前。”

梁　燕　（唱）这难题牵涉二叔砖瓦厂，

事遇阻让我心烦意乱愁闷添。

妈妈让我今晚早回家，

不知何事要商谈？

〔进院子，徐少华和徐旺财已坐在小桌前。

梁　燕　少华，二叔，你们怎么也来了？

徐旺财　接到你妈电话我们就赶过来了。

〔红霞内声：“都到了吗？”

三　人　都到了。（面面相觑）

〔刘红霞捧蛋糕，唱着生日歌上。

梁　燕　妈，今天是……

刘红霞　今天是我们徐大厂长五十三岁生日。

梁　燕　哦？原来今天是二叔的生日呀？

徐少华　哎呀爹的生日我都忘记了。

徐旺财　红霞，你不是不知道，这二十多年我从来都不过生日的。

刘红霞　我知道，可从今天开始，你每年都要过生日，我要你快乐生活每一天。

梁　燕
徐少华　对对对，快乐生活每一天。

梁　燕　二叔，先许个愿吧。

〔徐旺财许愿，众人吹灭蜡烛。

刘红霞　来来来，快坐下。燕燕，倒酒。

〔梁燕斟酒。

刘红霞　我先说一句，我们两家人吃个团圆饭不容易，今天只许高高兴兴吃饭，不许谈工作的事。

三　人　对对对，不谈不谈。

刘红霞　燕燕，少华，我们举杯，一起来敬寿星。（和梁燕、徐少华同敬徐旺财）祝旺财生日快乐！

徐旺财　谢谢！（喝干杯中酒）

徐少华　爹，我先敬你，儿子不懂事，常惹你生气，这杯酒就当是我向你赔罪了。

徐旺财　少华，坐下坐下。说实话，爹有你这么个儿子，心里还是很骄傲的。

徐少华　啊？我一直以为爹看我不顺眼，没想到评价这么高。爹，干！

〔徐旺财和儿子碰杯后一饮而尽。

梁　燕　该我了，二叔，我要连敬你三杯！

（唱）头杯酒，敬寿星，

蒙你关照二十春。

点点滴滴铭肺腑，

米酒一杯表寸心。

二叔，干！

徐旺财　干！燕燕呀，你是个懂事的孩子，知道感恩，不容易呀，来来来，吃菜。

梁　燕　谢二叔，我自己来。这第二杯酒——

（唱）虽说我还未过门，

早把二叔当爹敬。

晚辈祝你快乐多，

长命百岁万年春。

二叔，我干了。

徐旺财　干！少华，燕燕这番话暖人心哪，现在像她这么孝顺的媳妇，不好找啦。要珍惜。哦，还有第三杯酒？

梁　燕　对，这第三杯酒——

（唱）新主任敬老主任，

你是梁燕引路人。

没有前人铺平路，

哪来后辈事业成？

徐旺财　燕燕，你这番话让我心里热乎乎的呀。都说人走茶凉，我看现在的人，人没走茶就凉了，心里装着老领导的不多，你是那少数中的一个。二叔干了。

梁　燕　二叔……

刘红霞　旺财，慢点喝，我再去炒几个菜。（欲下）

徐旺财　（拉住刘红霞）红霞你不要走，坐下，坐下。这么多年了，不知道我在你心目中是个什么样的人？你能对我说说吗？

刘红霞　真想听？

徐旺财　想听！

徐少华
梁　燕　想听想听，我们也想听。

刘红霞　少华，在我眼中，你爹除了是个有情有义的血性汉子，还是个赚钱能手。

论赚钱的本事，在他那一辈人里头，没人比得过他。

徐旺财 哈哈，还是红霞了解我呀……来，红霞，我们俩干一杯。（干杯，对刘红霞）快喝。

刘红霞 我喝。（饮酒）

徐旺财 来来来，吃菜。

刘红霞 你们慢慢喝，我再去炒几个菜。（下）

徐旺财 燕燕，少华，我跟你们说。（对梁燕）燕燕，我像你这么大的时候，已经和你爹合伙办砖瓦厂了。虽说创业之初，条件艰苦，可我们硬是咬牙挺过来了。不到三年，我就当了全镇第一个万元户。镇长书记亲自给我披红挂彩，台下几千双羡慕的眼睛看着哪，那份荣耀呀……哈哈哈！

徐少华 爹……

徐旺财 不说了，今天高兴，喝酒喝酒。

梁　燕 （唱）也难怪二叔他豪气冲天，
砖瓦厂确实曾风光无限。
本想把整改之事对他讲，
话到唇边又往回咽。

徐旺财 燕燕，怎么了？有心事？

梁　燕 哦，没事，二叔，你们这辈人太不容易了，我钦佩你，这杯酒我干了。

徐旺财 不对，一定有啥为难的事。来，说出来，二叔一定帮你。

〔梁燕欲言又止。

徐旺财 燕燕，二叔对你掏心窝了，你还对我藏着掖着，算怎么回事？

梁　燕 算了，说出来怕你生气。

徐旺财 不生气。

梁　燕 真不生气？

徐旺财 嗯。

〔梁燕从包里拿出停业通知单递上。

徐旺财 （阅通知单）哦……这事我们以后再说吧，今天酒有点喝高兴了。儿子，扶你老爹回家。红霞，走啦！（被徐少华扶下）

刘红霞 （端菜上）啊？人呢？燕燕……旺财，我送送你。（下）

〔梁燕望着徐旺财远去的背影，若有所思。

〔切光。

六

〔光启。数月后，夏日上午。

〔龙门村生态观光园区前。

〔幕后合唱：

高高龙门山呀，九曲十八弯哎，
祖祖那格辈辈，围着里格大山转哎。
伊子呀嗬依呀，呀子伊嗬哟，
如今的山里人哟，撑起了一片天哎，
一片别样的天啰。

〔合唱声中，男女村民或在橘园劳作，或在溪边浣衣洗菜。

〔梁燕内唱："晨风拂面鸟啾鸣——"上。

梁　燕　（接唱）但只见群山起伏郁郁葱葱百花吐艳莺飞草长好一派橘乡美景。

数月来全村老少苦奋战，
才有这生态园区气象新。
小瀑布飞流三叠似银带，
观光园秋摘红橘春赏景。
大枫树片片枫叶红胜火，
古村落古色古香古神韵。
梁燕我展望未来心花放，
发宏愿决不辜负众乡亲。

〔秋月、琦琦上。

秋　月　梁燕姐，区里开会回来了？砖瓦厂的事怎么说？

梁　燕　区政府这次下了大决心，要把我们镇创建成省级特色小镇，这种大环境下，砖瓦厂就显得太不协调了，必须要尽快关停。

琦　琦　关停砖瓦厂？

梁　燕　区政府已经下文。

秋　月　二叔知道吗？知道了恐怕……

梁　燕　我知道这块骨头难啃，可再难啃，也要硬着头皮把它啃下来。要不然，乡亲们的信任就付诸东流了。琦琦，秋月，砖瓦厂关停后，我想把它改建成砖瓦制作体验馆、古民居展示中心。

琦　琦　太好了，这么一来，游客们会络绎不绝来我们龙门村的。

〔村民们围着梁燕，兴奋地询问议论。

〔徐旺财内唱："听乡亲传话火冒三千丈——"急上，身后跟着侯小宝和村民甲、乙。

徐旺财　（接唱）区政府竟要关停砖瓦厂。

徐旺财只要还有寸气在，

绝不许他人胡乱作主张。

燕燕，我问你，上面要关停砖瓦厂，你同意了？

梁　燕　是的。

徐旺财　你……燕燕，你身为村主任，这胳膊肘不应该往外拐吧？

梁　燕　不是我胳膊肘往外拐，二叔，砖瓦厂污染严重，它不仅损害村民的身体健康，与区政府创建省级特色小镇的决定也严重对立。

徐旺财　可砖瓦厂已存在二十多年，它是乡亲们的主要经济来源哪。首先，关停后，合同违约金怎么赔？年底七十岁以上老人的慰问金从哪里来？

男村民　对对对，砖瓦厂关了，我那常年生病的老婆怎么办？除了农保报销，自己一年最少要拿出三万多，教我到哪去变钱去？

女村民　是啊，我女儿考了个三本，学费加生活费，一年最少也得二万多，没了砖瓦厂的这份收入，我女儿的大学就读不成了。（抹泪）这可怎么办哪。

徐旺财　燕燕啊燕燕，身为村主任，你要体恤民心啊。

梁　燕　二叔，你把话说反了，民心是宁可少挣钱也不要污染。砖瓦厂严重污染村周围环境，挖空的山又造成塌方等安全隐患，所以区政府的决定是完全正确的。

徐旺财　污染污染，现在全中国都在污染，你管得着吗？

梁　燕　正因为到处都有污染，才需要我们一点一点去清除。乡亲们，砖瓦厂是能挣钱，可潜在的危害也大。钱没了还可以再去挣，命没了就什么都没了。乡亲们，我们的目光要放长远些，不能因为眼前的利益而毁了自己的家园呀！

〔春明内喊："梁主任！"持文件上，刘红霞、徐少华随上。

春　明　梁主任，区政府的文件到了，即日起关停砖瓦厂。（递文件）

徐旺财　（一把夺过文件看，怔呆）啊？

二村民　厂长。（哭）砖瓦厂关了，这教我们怎么办哪？

徐旺财　梁燕，砖瓦厂是我的私人企业，政府要关停，我服从，可我厂里的五六十号工人的生计饭碗怎么办？

梁　燕　他们的生计饭碗我会想办法解决的。

徐旺财　你怎么解决？你说，怎么解决？

梁　燕　我已经有初步设想，只是还没拿出具体解决方案……

徐旺财　我的梁大主任，你是民选村主任，这么大的事，你居然拿不出解决方案？

梁　燕　我……

徐旺财　好，我明确告诉你，什么时候解决了生计饭碗，我什么时候关停。生计饭碗没解决，谁也别想关停我的砖瓦厂。走，上工去。

梁　燕　站住！二叔，你这是目无法纪。

徐旺财　我这是被逼的！（欲走）

徐少华　（拦住徐旺财）爹，你不能这么蛮干呀。

徐旺财　不要你管。

春　明　二叔，别生气，有话好好说嘛。

徐旺财　我把话先撂这里，今天谁敢阻拦我开工，谁就是我的对头，走！

春　明　（拉住徐旺财）二叔，你不能去。

〔侯小宝朝春明手上狠咬一口，侯小宝摔倒，撞到村民乙。

村民乙　春明，你怎么打人？

春　明　我没打他，是他咬我。

村民乙　我明明看到你打他了。

〔村民乙狠推春明一把，春明不得已还手，几个村民加入到斗殴的行列。侯小宝拿起一块砖头，欲朝春明头上拍去。

徐旺财　住手！侯小宝，你要干什么？想害我去坐牢吗？梁燕，你也看到了，关停砖瓦厂迟早要出事，今天是拍砖，明天说不定就要动刀子了。

（唱）鸡飞狗跳闹翻天，
　　和谐之村成笑谈。
　　今朝关停砖瓦厂，
　　明日只怕酿血案。

梁　燕　（唱）二叔之言提醒我，
　　须防村民扩事端。

乡亲们，是我工作失误出纰漏，
一切责任我承担。

徐旺财 （唱）谁担责任先别管，
我问你，工人生计怎么办？

梁　燕 （唱）这事以后会解决，
眼下是，砖瓦厂关停不容缓。

徐旺财 （唱）你就不能为村民，
求上级，网开一面别停产？

梁　燕 （唱）环境污染事非小，
我不能放弃原则跟头栽在人情关。

徐旺财 你……这么说，砖瓦厂今日是非关停不可？

梁　燕 嗯，请二叔配合。

徐旺财 （光火）梁燕，我是看着你长大的，从小到大，我拿你当亲生女儿，没对你说过一句重话，今天，我要好好对你说道说道。自从你当上村主任，整个人都变了，变得自以为是，不近人情。就拿这次关停砖瓦厂的事来说吧，多少村的两委会对这种事都睁眼闭眼，能拖则拖，风头一过，啥事没有。你倒好，小题大做，蚂蝗叮脚骨，叮住就不放。我再三恳求，好话说尽，你是铁面无情哪。人家区长市长还讲究个地方保护呢，你一个村主任弄得这么死板，真把自己当女包公了？我告诉你，我和你爹可是生死之交，今天我就实心实意的奉劝你一句：别太高看自己，你能当上村主任，那是村民们信任你，你就该知恩图报，多为村民多办实事，而不是像现在这样，和村民对着干！

梁　燕 二叔，听我说……

徐旺财 不用说了，我不想听你讲大道理。今天，我只要你老实回答我，你眼里到底有没有二叔？

梁　燕 有。

徐旺财 二叔的话还要不要听？

梁　燕 听。

徐旺财 那好，你现在就答应我，和区政府去交涉，暂时别关停龙门砖瓦厂。

梁　燕 对不起二叔，我做不到。

徐旺财 （气笑了）哈哈，好，好，回答得真干脆。（眩晕）

梁　燕 （急扶）二叔，你没事吧？

徐旺财 （推开梁燕的手）请你从今往后别叫我二叔——（重声）我当不起！

〔梁燕怔呆。

刘红霞 旺财，你……

徐少华 爹，你说这话，不是往燕燕心口捅刀子吗？

徐旺财 臭小子，你少插嘴。

梁　燕 二叔，不管你认不认我，站在我的立场，有句话我今天不得不说。

刘红霞 燕燕……

徐旺财 红霞，别拦着，让她说。

梁　燕 人不能太自私。

徐旺财 啥？我自私？请你把话说清楚，我哪里自私了？

梁　燕 你明明想保住自己的砖瓦厂，却拿村民作挡箭牌，不是自私是什么？

徐旺财 （被戳到痛处，一时哑然）我……

徐少华 燕燕，你怎么这么说我爹？

梁　燕 我说的是事实！二叔，砖瓦厂是能挣钱，可污染的空气，挖空的山坡，还有上个月泥石流差点压死人的警示，难道还不该让我们清醒吗？我爹不就因为突发事故而死在砖瓦厂吗？

刘红霞 燕燕，和你二叔好好说话，啊？

梁　燕 和他好好说，他会听吗？妈，他就是怕看到自己创办的砖瓦厂被关停，怕往日的成绩被否定。

刘红霞 （急阻）燕燕……

梁　燕 没有砖瓦厂，就不能在村里一呼百应，更没有他徐旺财的往日辉煌……

刘红霞 燕燕，求求你别说了！

梁　燕 不！我一定要说——（冲向徐旺财）

〔刘红霞朝梁燕狠甩一巴掌。

〔静场。梁燕、刘红霞及众村民俱都怔住。

梁　燕 妈，你心里只有二叔，根本没有我！（哭着冲下）

刘红霞 燕燕……（追下）

〔徐旺财手捂胸口，浑身颤抖。

徐少华 爹……

〔空中响起一声炸雷。

〔切光。

七

〔光启。紧接前场，村委会前。

〔雷鸣电闪，狂风大作，暴雨倾盆。

〔梁燕内唱："狂风起滚雷响电光闪闪——"踉踉跄跄冲上。

梁　燕　（接唱）恨不能风雨中放声呐喊。

踉跄跄步蹒跚神迷意乱，
恍惚惚来到了村委会前。
想当初竞选会对乡亲许下诺言，
为梦想揽重担不顾深浅。
半年来为家乡面貌改变，
梁燕我可算得痴心一片。
为园区常跑得双腿酸软，
为老屋一家家上门动员。
盼望着事业有成遂心愿，
又谁知事与愿违众怒犯。
到如今二叔翻脸少华怨，
亲生母甩耳光言出如剑。
至爱亲情瞬间断，
身似掉进万丈渊。
满腹委屈心灰冷，
百感交集泪如涌泉。

我到底错在哪里？我到底错在哪里呀？（大哭）

〔刘红霞内喊"燕燕"，一路搜寻上，梁燕躲到橘树后。

刘红霞　燕燕，二十多年了，就算你犯再大的错，妈从来都没碰过你一个手指头。千不该，万不该，妈不该当着这么多人的面打你。妈知道你受委屈了，妈对不起你……（跌倒）燕燕——

梁　燕　（从橘树后奔出）妈？

刘红霞 燕燕。

梁　燕 （哭着扑上）妈——（母女俩抱头痛哭）

刘红霞 妈对不起你。燕燕，你爹和你二叔他们这辈人不容易呀。当初他们办砖瓦厂，那真是苦呀。大热天的和泥，制坯，烧窑，一身臭汗哪。这么辛苦，吃的是啥？青菜萝卜辣椒酱，一两个月不见荤腥，一分钱恨不能掰成两半花。那时候没有别的想法，一门心思只想赚钱，你知道赚钱为的是啥？为的是让你们下一代能过上好日子……

梁　燕 妈，这些我能理解，可关停砖瓦厂的事，难道二叔就没有私心？

刘红霞 有，有私心。知道你二叔为啥这么多年不过生日吗？

〔梁燕茫然摇头。

刘红霞 因为你爹出事的那天，正好是你二叔的生日。

梁　燕 我爹？

刘红霞 那天雨很大，你爹拿着酒菜，想给你值班的二叔好好过个生日，不想因为窑顶漏水而突然引发炸窑，当时你二叔整个人都傻了，站在那里一动不动。你爹二话没说，一把推开你二叔，冲到窑前，想凿开封死的窑门，不料巨大的热浪和烧红的砖坯把你爹……后来，你二叔当了村主任，他用砖瓦厂里赚来的钱修路、建学校，办养老院。燕燕，砖瓦厂连着他和你爹那份割不断的情，也连着乡亲们的生计饭碗。你说要关停砖瓦厂，他能不急吗？

梁　燕 （唱）听完妈妈一席话，

五味翻腾鲠在喉。

小小一座砖瓦厂，

承载着父辈们的希冀与期盼。

二十余年苦经营，

二十余年晨昏伴。

二十余年洒热血，

二十余年历磨难。

那里有他们的苦乐，

那里有他们的悲欢。

那里有他们的追求，

那里有他们的梦幻。

为了家乡脱贫致富，

他们带领村民埋头苦干。
为了子孙生活安耽，
他们倾尽心血辛勤浇灌。
梁燕呀梁燕——
你不该为成就梦想，
无视民生言语冒犯。
你不该不顾民心民意，
一意孤行草率武断。
虽说你有热血一腔，
却无意间遗落了那份珍贵的民风碎片。
父辈们用生命浇铸的梦，
该我们下一代帮他们实现。
从今后行动指针需重拨，
承前启后继往开来圆梦路上一步一重天。

妈，你把准备给我结婚用的钱先给我好吗？

刘红霞 你要做什么？

梁　燕 妈，二叔说得对，厂里工人的生计饭碗没解决，这砖瓦厂的确不能关停。

刘红霞 你是想把这些钱……

梁　燕 妈，你去取钱，我先去看二叔了。（奔下）

〔切光。

八

〔光启。一个多月后，秋天下午。

〔龙门村生态观光园区前。红橘挂满枝头。

〔幕后歌声起：

“高高龙门山呀，九曲十八弯哎，
祖祖那格辈辈，围着里格大山转哎。
伊子呀嗬依呀，呀子伊嗬哟，
如今的山里人哟，撑起了一片天哎，

一片别样的天啰。"

〔众村民们在橘园劳动，"剪橘"舞蹈。

〔梁燕、秋月上，二村民抬牌匾随上，牌匾上写着"龙门村砖瓦制作体验馆"字样。

春　明　（上）梁主任，龙门村砖瓦制作体验馆开馆仪式已布置停当，只等你剪彩了。

梁　燕　今天开馆仪式的主角可不是我。

众　人　那是谁呀？

梁　燕　二叔。

〔众人轻声议论。侯小宝内喊"琦——"上

侯小宝　琦，我妈想请你吃个饭，明天中午十二点，不见不散。（下）

琦　琦　这是几个意思？他妈要我和小宝订亲？

梁　燕　完全有可能哟。

〔徐少华拎着大包小包上。

徐少华　燕燕，我爹回来了。

梁　燕　少华，砖瓦制作体验馆剪彩的事，和二叔说了吗？

徐少华　说了，可不知怎么，我爹一听这事脸就拉了下来，来的路上一声不吭。

梁　燕　啊？莫非二叔还在生我的气？

春　明　砖瓦厂变成体验馆，够让他闹心了，你还让他剪彩，他能不生气吗？

〔徐旺财内声："谁说我生气了？"和刘红霞上。

梁　燕　二叔，你今天出院，我都抽不出时间去接你。

徐旺财　（仍板着脸）有你妈和少华接我，一样的。

梁　燕　二叔，请你在砖瓦制作体验馆开馆仪式上剪彩的事，考虑得怎么样了？

徐旺财　不用考虑，我没资格剪这个彩。

梁　燕　二叔，你还在为关停砖瓦厂的事生气呀？哎呀都怪我年轻不懂事……

徐旺财　你别说了，你没错，错的是我，是我这榆木脑袋不开窍呀。

〔众人不知深浅，窃窃私语。

徐旺财　在医院的这些天，我翻来覆去的想：为啥我做每件事都不如梁燕？这差距到底在哪里？直到昨晚终于想明白了，我呀好比拖拉机追动车，赶不上趟啦。今后这世界是你们年轻人的，我这老头子只有边上看的份喽。

徐少华　爹，你说的是这么一番话呀？吓死我了。

徐旺财　吓死活该。不过燕燕，有件事我还是担心……

梁　燕　二叔，我知道你还在担心砖瓦厂工人的饭碗。放心吧，我正在解决他们的上岗问题，已经有眉目了。二叔——

（唱）二叔莫存后顾忧，
听我把话说从头。
生态园区建成后，
处处都能显身手。
农家乐，开发农家菜，
民宿馆，推出特色游。
土特产，销往国内外，
观光园，红橘满枝头。
村民家家土地入股是股东，
何愁生活不富有？
生活富有有奔头，
就该有更高的人生追求。
我要让，家乡天空永湛蓝，
天然氧吧吸个够；
我要让，家乡小河清见底，
水中鱼儿悠哉游；
我要让，家乡民风多淳厚，
人人尊老又爱幼；
我要让，家乡宛如桃花源，
乡亲们互敬互爱祥和快乐乐悠悠。
我要让，我们的龙门村，
一步一层楼，万里前程多锦绣！

徐旺财　（热泪盈眶）乡亲们，我徐旺财从不当面夸人，今日我要当着大家的面夸夸我的未来儿媳梁燕，她的能力魄力，一般男人都比不过。

侯小宝　厂长，那你这不一般的男人呢？

刘红霞　那也是准儿媳的手下败将。（众笑）

徐旺财　告诉大家一个好消息，元旦少华燕燕就要结婚，大家都要来喝喜酒哟。

众村民　一定来，一定来。

春　明　梁主任，那你不能再叫二叔，得改口叫爹喽。

众村民　（七嘴八舌起哄）叫爹，叫爹。

梁　燕　（甜甜地）爹！

徐旺财　哎！

刘支书　梁燕，旺财到底是你的公爹还是你自家的“爹”？

梁　燕　是公爹，也是自家的爹。

刘支书　那就两家合一家，来个双喜临门！

〔徐旺财和刘红霞、梁燕和徐少华被推到一起，众鼓掌欢呼，开心大笑。

〔幕徐落。

〔剧终。

2016 年

后 记

摆在读者面前的这部《浙江省新时期优秀剧作选》丛书，编入了浙江省在1978年至2016年期间创作的77个戏剧剧本。这是“浙派”戏剧文学的一次集中展示，更是浙江戏剧界献给改革开放40周年的一份厚礼。

浙江省文联、剧协非常重视本套丛书的编辑工作，从2016年起就成立了丛书编委会，并确定了本丛书的编选原则。此次编入的剧本，都是改革开放以来由浙江籍编剧创作并在浙江戏剧舞台上演出、有一定影响的戏剧剧目。编委会经反复研究论证，并征得作者个人同意，从三百多个剧本中最终确定了入选剧本。这些剧本涉及全省不同剧种，题材广泛，风格各异。作者中，既有新中国第一代编剧，也有目前活跃在戏剧创作一线的中青年编剧，可谓百花齐放，争奇斗艳。40年超长跨度的年限，给我们留下了浙江戏剧创作各个历史阶段的基本轮廓和发展轨迹，具有较强的史料价值。

在这套丛书的编选过程中，钱法成、顾天高、周冠均等戏剧界老领导作为浙江改革开放以来各年代戏剧作品的亲历者和见证者，秉持公心，反复论证，对入选剧目选定发挥了关键作用；执行主编徐沙先生提供了几百部剧目的目录和简要情况，并承担了繁重复杂的编校工作；李尧坤先生不辞劳苦，在炎炎夏日中对丛书作了最后校订。感谢入选作品的作者们，他们在最大程度上以实际行动积极支持这套丛书的出版。特别是一些已故作者的家属，都对剧作选的出版给予了全力支持与配合，令我们十分感动。

本套丛书原定于2018年纪念改革开放40周年之际出版发行。由于一些剧本距今年代久远而当时印刷条件较差，给文字编校工作造成了困难；加上联系作者

（包括请作者或家属进行版权确认，协调合作者关系等）方面也出现一些客观困难，编辑工作进度有所延迟，在此向各位作者和读者表示歉意。

由于编校工作量较大，加上时间和经验不足等原因，这套丛书肯定还有许多不够完善之处，一些差错在所难免，敬请批评指正。

编　者

2018年12月